U0620635

九靈山房集箋注

四

〔元〕戴良 著

朱祖日 箋注

上海古籍出版社

九靈山房集卷之二十四

越遊稿一

辭

和陶淵明歸去來兮辭

余客海上〔一〕，追和淵明《歸去來詞》。蓋淵明以既歸爲高〔二〕，余以未歸爲達。雖事有不一，要其志，未嘗不同也。

歸去來兮，時不我偶將安歸〔三〕？念此生之如寄，忽感悟而增悲〔四〕。老冉冉其將及，體力欸乎莫追〔五〕。旁人見余以驚愕，曰影是而形非。望東南之歸路，想兒女之牽衣〔六〕。顧迷途之已遠，愧前賢之知微。緬懷故山，若蹲若奔。鬱乎松楸，擁我衡門〔七〕。田園故在，圖書尚存。散襟頹簷，亦有一尊〔八〕。無囂聲之入耳，無憂色之在顏〔九〕。比鴟鵂與蝘蜓，固無適而不安〔一〇〕。

胡出疆以載質〔一一〕，胎余聱之間關〔一二〕？奉先師之遺訓，冀國光之一觀〔一三〕。豈禍福之無門？乃一出而一還〔一四〕。因傷今以懷昔，心欲絶而桓桓〔一五〕。歸去來兮，姑放浪以遐遊〔一六〕。既反觀而内足，復於世以何求〔一七〕？使有榮而有辱，寧無樂以無憂〔一八〕。匪斯世之可忘，懼夫人之難疇〔一九〕。我之所歷，如水行舟。始欹傾於灘瀨，終倚泊乎林丘〔二〇〕。視末路之狂瀾，睹薄俗之横流〔二一〕。知此來之幸濟，誠祖考之餘休〔二二〕。

已矣乎！富貴真有命，利達亦有時〔二三〕。時命未至誰爲留？歲云莫矣今何之〔二四〕？古人不可見，來哲亦難期〔二五〕。逐猿鶴以長往，俯隴畝而耘耔〔二六〕。歌接輿之古調，和淵明之新詩〔二七〕。爲一世之逸民，委運待盡蓋無疑〔二八〕。

【題解】

和，和韻，用原韻應和他人詩詞。陶淵明：東晉末年隱逸詩人，以恬淡静穆著稱。袁行霈《陶淵明集箋注》附録一昭明太子《陶淵明傳》：「陶淵明，字元亮。或云潛，字淵明。潯陽柴桑人也。

曾祖侃，晉大司馬。淵明少有高趣，博學善屬文，穎脱不群，任真自得。嘗著《五柳先生傳》以自況：『先生不知何許人也，亦不詳姓字，宅邊有五柳樹，因以爲號焉。閑静少言，不慕榮利。好讀書，不求甚解；每有會意，便欣然忘食。性嗜酒，家貧不能恒得。親舊知其如此，或置酒而招之。造飲輒盡，期在必醉。既醉而退，曾不吝情去留。環堵蕭然，不蔽風日，短褐穿結，簞瓢屢空，晏如也。常著文章自娱，頗示己志。忘懷得失，以此自終。』時人謂之實録。……後爲鎮軍建威參軍，謂親朋曰：『聊欲弦歌以爲三徑之資，可乎？』執事者聞之，以爲彭澤令。不以家累自隨，送一力給其子，書曰：『汝旦夕之費自給爲難，今遣此力助汝薪水之勞。此亦人子也，可善遇之。』公田悉令吏種秫，曰：『吾常得醉於酒，足矣！』妻子固請種粳，乃使二頃五十畝種秫，五十畝種粳。歲終，會郡遣督郵至縣，吏請曰：『應束帶見之。』淵明歎曰：『我豈能爲五斗米折腰向鄉里小兒！』即日解綬去職，賦《歸去來》……嘗九月九日出宅邊菊叢中坐，久之，滿手把菊。忽值弘送酒至，即便就酌，醉而歸。淵明不解音律，而蓄無弦琴一張，每酒適輒撫弄以寄其意。貴賤造之者，有酒輒設。淵明若先醉，便語客：『我醉欲眠，卿可去。』其率真如此……其妻翟氏亦能安勤苦，與其同志。自以曾祖晉世宰輔，恥復屈身後代，自宋高祖王業漸隆，不復肯仕。元嘉四年將復徵命，會卒，時年六十三，世號靖節先生。」

《歸去來兮辭》，陶淵明辭彭澤令以歸隱桑梓時所作。陶淵明出仕之主因，非詩序所言之「余家貧，耕植不足以自給。幼稚盈室，缾無儲粟，生生所資，未見其術，親故多勸余爲長吏，脱然有懷，求之靡途。會有四方之事，諸侯以惠愛爲德，家叔以余貧苦，遂見用爲小邑」，乃其《雜詩》所云之「猛志逸四海，騫翮思遠翥」。至於其歸隱，序中所言「尋程氏妹喪於武昌，情在駿奔，自免去職」，近因而已；「及少日，眷然有歸歟之情。何者？質性自然，非矯勵所得。飢凍雖切，違己交病。嘗從人事，皆口腹自役。於是悵然慷慨，深愧平生之志」，乃真實緣由。

「歸去來」，歸也。袁行霈《陶淵明集箋注》卷五《歸去來兮辭并序》云：「至於『歸去來』乃六朝習語，《樂府詩集》卷二五梁鼓角横吹曲《黄淡思歌辭》其四：『緑絲何葳蕤，逐郎歸去來。』《樂府詩集》卷八九《梁武帝時謡》：『城中諸少年，逐歡歸去來。』同卷《陳初時謡》：『日西夜烏飛，拔劍倚梁柱。歸去來，歸山下。』沈約《八詠詩·解佩去朝市》：『眷昔日兮懷哉，日將暮兮歸去來。』（《玉台新詠》〔卷〕九）吴均《贈别新林詩》：『去去歸去來，還傾鸚鵡杯。』（《文苑英華》卷二八六）盧思道《聽鳴蟬詩》：『歸去來，青山下，秋菊離離日堪把，獨焚枯魚宴林野。』（《藝文類聚》卷九七）……總之，『歸去來』之涵義重在『歸』字，而『去』『來』之方向性已逐漸淡化，重在表示强調、呼喚之語氣。」

《陶淵明集箋注·附録二·和陶詩九種·戴良和陶詩》録本卷所載諸和陶詩。

【箋注】

〔一〕海上：海畔明州與越州，詳見卷三十《故九靈先生戴公墓誌銘》。

〔二〕《歸去來兮辭》：「悟已往之不諫，知來者之可追。實迷途其未遠，覺今是而昨非。」

〔三〕偶：契合，和諧。《爾雅·釋詁上》：「偶，合也。」《廣韻·厚韻》：「偶，諧也。」《歸去來兮辭》：「歸去來兮，田園將蕪胡不歸？」

〔四〕喻良能《次陸務觀韻題姚復之秀才適齋》：「應覺此生如寄耳，何妨一室且蕭然？」宋濂《元故集賢大學士榮禄大夫致仕吴公行狀》：「生爲寄，死爲棄，何分冀北與江南乎？」

〔五〕《楚辭》屈原《九歌·大司命》：「老冉冉兮既極，不寖近兮愈疏。」

〔六〕參見《客中寫懷六首》其二《憶子》。

〔七〕故山：此指浦江縣仙華、九靈諸山，參見卷六《送宋景濂入仙華山爲道士序》及卷八《望九靈山》。衡門：横木爲門，代陋室，此指浦江縣城西隅天機流動軒。《歸去來兮辭》：「乃瞻衡宇，載欣載奔。」

〔八〕散襟：解開衣襟，形容閑適自在。陸游《秋思》：「秋毫不受俗塵侵，隨處悠然一散襟。」頹簷：破舊房舍。陸游《雨中作》：「濕苔緣暗壁，腐瓦落頹簷。」《歸去來兮辭》：「攜幼入室，有酒盈樽。」

〔九〕劉禹錫《陋室銘》：「無絲竹之亂耳，無案牘之勞形。」葉茵《田父吟五首》：「已占此後無憂色，緑遍村前菜麥田。」《歸去來兮辭》：「引壺觴以自酌，眄庭柯以怡顔。」

〔一〇〕《莊子·逍遥遊》：「鷦鷯巢於深林，不過一枝；偃鼠飲河，不過滿腹。歸休乎君，予無所用天下爲！」蝘蜓：守宫，壁虎。《漢書》卷八十七下《揚雄傳下》：「今子乃以鴟梟而笑鳳皇，執蝘蜓而嘲龜龍，不亦病乎！」李白《鳴皋歌送岑徵君》：「蝘蜓嘲龍，魚目混珍。」邵亨貞《一枝安記》：「吾子既知夫一室之可安，與天地萬化相爲表裏，將無適不安矣，予復何言！」

〔一一〕載質：君子有志經世，離開一國疆土時，帶上拜見其他諸侯之禮物；質，同「贄」，古時見面禮物。《孟子·滕文公下》：「周霄問曰：『古之君子仕乎？』孟子曰：『仕。《傳》曰：孔子三月無君，則皇皇如也，出疆必載質。公明儀曰：古之人三月無君，則弔。』」

〔一二〕脂轄：塗油脂於固定車輪與車軸之銷釘上。《左傳·哀公三年》：「校人乘馬，巾車脂轄。」楊伯峻《注》：「轄爲車軸兩頭之鍵，塗之以脂。」間關：象聲詞，車輪轉動時車軸所發摩擦聲。《詩經·小雅·車舝》：「間關車之舝兮，思孌季女逝兮。」

〔一三〕先師：此指孔子。陶淵明《癸卯歲始春懷古田舍》：「先師有遺訓，憂道不憂貧。」國光：國家之盛德光輝。《易·觀》：「六四，觀國之光，利用賓于王。」

〔一四〕張鼎《欹器賦》：「福兮禍所伏，禍兮福所倚，既禍福之無門，信吉凶之由己。」出：出仕。盧象《送綦毋潛》：「出處暫爲耳，沉浮安繫哉？」

〔一五〕桓桓：憂慮愁苦貌。《方言》卷一：「桓，憂也。」

〔一六〕楊時《陳留書事》：「崎嶔道路真堪笑，放浪江湖已判年。」

〔一七〕反觀：反省。《歸去來兮辭》：「世與我而相違，復駕言兮焉求？」

〔一八〕吕祖謙《蘇仁仲計議挽章二首》：「向使胸中有榮辱，那能八十鬢毛班？」蘇軾《薄薄酒二首》：「生前富貴，死後文章，百年瞬息萬世忙，夷齊盜跖俱亡羊，不如眼前一醉是非憂樂兩都忘。」

〔一九〕夫人：衆人。《左傳·襄公八年》：「夫人愁痛。」杜預《注》：「夫人，猶人人也。」疇：同輩，同伴。《戰國策·齊策三》：「夫物各有疇，今髡賢者之疇也。」《楚辭》屈原《漁父》：「舉世皆濁我獨清，世人皆醉我獨醒，是以見放。」

〔二〇〕此言初沉浮宦海，險象叢生；卒歸隱山林，心閑意淡。欹傾：傾斜。

〔二一〕末路：朝代末期。曹勳《朝中措》：「何妨談笑？平生志節，可障狂瀾。」陸游《書感》：「薄俗慣看翻覆手，憂心空復倒顛衣。」橫流：比喻動蕩局勢。陸倕《石闕銘》：「拯茲塗炭，救此橫流。」

〔二二〕餘休：先輩遺留之福澤。《國語·周語中》：「以承天休。」韋昭《注》：「休，慶也。」秦觀《和淵明歸去來辭》：「識此行之匪禍，乃造物之餘休。」

〔二三〕《論語·顔淵》：「死生有命，富貴在天。」利達：顯達。《孟子·離婁下》：「由君子觀之，則人之所以求富貴利達者，其妻妾不羞也而不相泣者，幾希矣。」

〔二四〕時命：命運。韓愈《贈崔立之評事》：「時命雖乖心轉壯，技能虛富家逾窘。」歲云莫矣：晚年；云，語氣助詞；莫，通「暮」。左思《雜詩》：「壯齒不恒居，歲暮常慨慷。」呂向《注》：「歲暮，謂衰暮之年也。」

〔二五〕陳子昂《登幽州歌》：「前不見古人，後不見來者。念天地之悠悠，獨愴然而涕下。」

〔二六〕施肩吾《山中喜静和子見訪》：「絶壁深溪無四鄰，每逢猿鶴即相親。」耘耔：除草培土，泛指田間勞作。《歸去來兮辭》：「懷良辰以孤往，或植杖而耘耔。」

〔二七〕接輿：春秋時隱逸高人，參見卷十五《感懷十九首》其一。

〔二八〕委運：隨順命運。陶潛《形影神·神釋》：「甚念傷吾生，正宜委運去。」蘇軾《問淵明》：「委運憂傷生，憂去生亦還。」

五言古詩

和陶淵明雜詩十一首

其一

大鈞播萬類，飄忽如風塵〔一〕。爲物在世中，倏焉成我身。弟兄與妻子，於前定何親〔二〕！生同屋室處，死與丘山鄰〔三〕。彼蒼無私力，宵盡已復晨〔四〕。獨有路旁堠，長閲往來人〔五〕。

【題解】

陶淵明《雜詩》，或云十一首，或云十二首。謂十二首者，多録「嫋嫋松摽崖，婉孌柔童子。年始三五間，喬柯何可倚？養色含津氣，粲然有心理」一詩，蘇軾《和雜詩》與戴九靈《和陶淵明雜詩》悉未和答此篇。陶淵明《雜詩》十一首，内容頗雜：人生無常，青春長逝（其一、其三、其六、其七）；歲時不與，壯志難酬（其二、其五）；不求虚名，願不知老（其四）；生計寂寥，喟貧歎苦（其八）；掩淚東遊，羈役思歸（其九、其十、其十一）。

【箋注】

〔一〕大鈞：大自然，造物主。賈誼《鵩鳥賦》：「大鈞播物兮，坱圠無垠。」飄忽：變幻莫測。范成大《王希武通判挽詞》：「物理真飄忽，家聲正隱鱗。」陶淵明《雜詩》其一：「人生無根蒂，飄如陌上塵。」

〔二〕前：佛教輪回説所謂之前生。定：究竟。陶淵明《連雨獨飲一首》：「世間有松喬，於今定何間？」袁行霈《箋注》：「定，究竟。」何：一何，多麽。

〔三〕白居易《贈内》：「生爲同室親，死爲同穴塵。」楊維楨《南婦還》：「白骨滿丘山，我逝其從誰！」

〔四〕私：偏愛，不公正。《楚辭》屈原《離騷》：「皇天無私阿兮，覽民德焉錯輔。」

〔五〕堠：標記里程之土堆，一般五里一堠。李曾伯《己酉夏詠月巖》：「閱盡來去人，了不蒼其顏。」孟浩然《與諸子登峴山》：「人事有代謝，往來成古今。」

其二

憶昔客吴山，門對萬松嶺〔一〕。松下日行遊，况值長春景。朅來卧窮海，時秋枕席冷〔二〕。還同泣露蛩，唧唧吊宵永〔三〕。豈無棲泊處，寄此形與影？行矣臨逝川，前途無由騁〔四〕。以之懷往年，一念詎能静〔五〕？

【箋注】

〔一〕吴山：杭州山名，詳見卷八《遊吴山承天觀》。萬松嶺：杭州嶺名。《淳祐臨安志》卷九《山川·城内外諸嶺·萬松嶺》：「舊圖經云：『在錢塘舊治正南，到縣一十里。嶺上夾道栽松。』白居易《夜歸》詩云『萬株松樹青山上，十里沙堤明月中』；翰林蘇公軾《蠟梅》詩亦有『萬松嶺下黄千葉』之句。今在大内之西，皆爲第宅，民居層壘襞積，直至巔頂焉。」

〔二〕朅：發語辭。李白《禪房懷友人岑倫》：「朅來已永久。」王琦《注》：「朅，發語辭。」陶淵明

《雜詩》其二：「風來入房户，夜中枕席冷。」

〔三〕韓奕《秋齋》：「露蛩啼夕陰，風竹亂窗影。」吊：悲傷，憐憫。張耒《次韻淵明飲酒詩》：「鵶飛朝樹疏，蟲吊宵月白。」陶淵明《雜詩》其二：「氣變悟時易，不眠知夕永。」

〔四〕《論語·子罕》：「子在川上曰：『逝者如斯夫，不舍晝夜。』」陶淵明《雜詩》其二：「日月擲人去，有志不獲騁。」

〔五〕皎然《禪思》：「妄以一念動，勢如千波翻。」

其三

羲馭不肯遲，榮悴詎可量〔一〕？舉頭望穹昊，日月已宿房〔二〕。隕霜凋衆類，慘慘未渠央〔三〕。李梅忽冬實，又復值愆陽〔四〕。物化苟如此，秖亂我中腸〔五〕。

【箋注】

〔一〕羲馭：由羲和駕馭六龍牽引之太陽所乘車輛，代太陽。《初學記》卷一《天部上·日第二》：「爰止羲和，爰息六螭，是謂懸車。（日乘車，駕以六龍，羲和御之，日至此而薄於虞泉，羲和至此而回六螭。）」榮悴：榮枯盛衰。陶淵明《雜詩》其三：「榮華難久居，盛衰不可量。」

〔二〕穹昊：蒼天。房：夏曆每月初一日月交會處，參見卷二《山中度歲》。《周禮・冬官考工記第六・輈人》：「輪輻三十，以象日月也。」賈公彦《疏》：「若據日月合會於其處，則名宿，亦名辰，亦名次，亦名房也。」元俞琰《席上腐談》卷上：「二十八宿，有房日兔、畢月烏。《丹書》云『烏月兔』，蓋謂日月之交也。」

〔三〕黄庭堅《過家》：「夜闌風隕霜，乾葉落成陣。」渠央：立即結束。渠，通「遽」。陶淵明《雜詩》其三：「嚴霜結野草，枯悴未遽央。」

〔四〕《漢書》卷三十六《楚元王傳》：「晝冥晦。雨木冰。李梅冬實。」愆陽：陽氣過盛。《左傳・昭公四年》：「夫冰以風壯，而以風出，其藏之也周，其用之也徧，則冬無愆陽，夏無伏陰。」杜預《注》：「愆，過也；謂冬温。」《逸周書・時訓》：「草木不黄落，是爲愆陽。」

〔五〕物化：事物變化。《莊子・齊物論》：「昔者莊周夢爲蝴蝶，栩栩然蝴蝶也；自喻適志與！不知周也。俄然覺，則蘧蘧然周也。不知周之夢爲蝴蝶與，蝴蝶之夢爲周與？周與蝴蝶，則必有分矣。此之謂物化。」秖：通「祇」，只。

其四

遜默度危時，無如莊與老〔一〕。膏火終受焚，樗櫟庶自保〔二〕。我昔獻三策〔三〕，論辨吻常燥。一聞倚伏言，頗恨歸不早〔四〕。此理端足信，明月耿中抱〔五〕。愁絶舊同袍，學廣未聞道〔六〕。

【箋注】

〔一〕無如：不如。《莊子·山木》：「陽子曰：『弟子記之，行賢而去自賢之行，安往而不愛哉！』」《莊子·徐無鬼》：「狗不以善吠爲良，人不以善言爲賢，而況爲大乎！」《老子》八章：「上善若水。水善利萬物而不爭，處衆人之所惡，故幾於道。」又，四十三章：「不言之教，無爲之益，天下希及之。」

〔二〕此言無用乃爲大用，鋒芒畢露自取其辱，晦迹韜光方屬上策。《莊子·人間世》：「山木自寇也，膏火自煎也。桂可食，故伐之；漆可用，故割之。人皆知有用之用，而莫知無用之用也。」樗櫟：臭椿與柞樹。《莊子·逍遥遊》：「惠子謂莊子曰：『吾有大樹，人謂之樗，其大本擁腫而不中繩墨，其小枝卷曲而不中規矩，立之塗，匠者不顧……』莊子曰：『……今子有大樹，患其無用，何不樹之於無何有之鄉廣莫之野？彷徨乎無爲其側，逍遥乎寢卧其下。不夭斤斧，物無害者，無所可用，安所困苦哉！』」《莊子·人間世》：「匠石之齊，至於曲轅，見櫟社樹，其大蔽數千牛，絜之百圍，其高臨山，十仞而後有枝，其可以爲舟者旁十數……曰：『已矣，勿言之矣！散木也，以爲舟則沉，以爲棺槨則速腐，以爲器則速毁，以爲門户則液樠，以爲柱則蠹。是不材之木也，無所可用，故能若是之壽。』匠石歸，櫟社見夢曰：『女將惡乎比予哉？若將比予於文木邪？夫楂梨橘柚果蓏之屬，實熟則剥，剥則辱；大枝折，小枝泄。此以其能苦其生者也，故不終其天年而中道夭，自掊擊於世俗者也。物莫不若是。且予求無所可用久矣，幾死，乃今得之，爲予大用。使予也而有用，且得有此大也耶？』」

〔三〕三策：漢武帝舉賢良文學之士，董仲舒先後對以三策；後以三策泛指經國謀猷。參見《漢書》卷五十六《董仲舒傳》。徐鈞《董仲舒》：「三策前陳語漫詳，外遷一再相驕王。惟餘正誼兼明道，此傳流傳萬古香。」

〔四〕倚伏：禍殃福澤相互依存。《老子》五十八章：「禍兮，福之所倚；福兮，禍之所伏。」

〔五〕端：正好，恰好。耿：照耀。中抱：抱中，襟懷。今言抱中、林中、庭中、流中……古語常言中抱、中林、中庭、中流……李綱《次韻李似之秋居雜詠十首》：「如何慷慨士，百慮繞中抱？」鮑溶《子規》：「中林子規啼，云是古蜀帝。」白居易《秋槿》：「中庭有槿花，榮落同一晨。」白居易《宿池上》：「泉來從絶壑，亭敞在中流。」

〔六〕同袍：戰友，後泛指至交。《詩經·秦風·無衣》：「豈曰無衣，與子同袍。」許渾《曉發天井關寄李師誨》：「逢秋正多感，萬里別同袍。」

其五

我無猛烈心，出處每猶豫〔一〕。或同燕雀棲，或逐梟鸞翥〔二〕。向焉固非就，今者孰爲去〔三〕？去就本一途，何用獨多慮〔四〕？但慮末代下，事事古不如〔五〕。從今便束裝，移入醉鄉住。醉鄉固云樂，猶是生滅處〔六〕。何當乘物化，無喜亦無懼〔七〕？

【箋注】

〔一〕此乃戴九靈謙遜之言，與陶淵明《雜詩》其五所言「猛志逸四海，騫翮思遠翥」殊異。

〔二〕燕雀：喻平凡庸碌者。阮籍《詠懷》：「高鳥翔山岡，燕雀棲下林。」梟鸞：比喻梟雄傑士；鸞，鳳類。翥：仰飛。蘇軾《和陶雜詩十一首》：「哀哉喪亂世，梟鸞各騰翥。」

〔三〕向：先前。就：出仕宦遊。梅堯臣《勉致仕李秘監》：「去就異前人，其義已介獨。」

〔四〕《孟子·盡心上》：「窮不失義，故士得己焉；達不離道，故民不失望焉。古之人得志，澤加於民；不得志，修身見於世。」曾豐《寄題劉淵甫可齋》：「君子無莫也無適，聖人毋固也毋必。行藏視彼時所宜，去就惟吾義之適。吾道難莫難於權，其惟孔子爲能然。」

〔五〕劉學箕《醉歌》：「夜闌秉燭相對語，謾道今人不如古。」

〔六〕醉鄉：醉酒後縹緲幻境。《唐文粹》卷七十一王績《醉鄉記》：「阮嗣宗、陶淵明等十數人，并遊於醉鄉，死葬其壤，中國以爲酒仙云。」生滅：佛教語，因緣和合而有謂之生，因緣離散而無謂之滅；就有情而言，即人類之生死輪回無盡無際。釋智圓《湖居感傷》：「生滅非吾土，圓澄是故鄉。」釋印肅《偈頌五首》：「有無俱不到，生滅豈相干？」

〔七〕乘物化：順應外物以變化。《莊子·人間世》：「且夫乘物以遊心，托不得已以養中，至矣。」蘇軾《和陶形贈影》：「忽然乘物化，豈與生滅期？」陶淵明《神釋》：「縱浪大化中，不喜亦不懼。」

其六

東漢有兩士，幼安與程喜〔一〕。爰得交友心，知音乃餘事〔二〕。伯牙絶其弦，豈亦會斯意〔三〕？如何百代下，不與昔人值？涉江采芳馨，頹波正奔駛〔四〕。四顧無寄者，三嗅復棄置〔五〕。

【箋注】

〔一〕幼安：東漢管寧，字幼安，與華歆、邴原友善，漢末魏初著名隱士。魏初數徵召，管寧皆以病婉拒。由是魏明帝猜疑管寧守節抗命，下詔青州刺史程喜暗中稽查。程喜服膺管寧，上書言管寧年老智衰隱逸謙退而已，明帝由是盡去狐疑。詳見《三國志》卷十一《魏書·管寧》。

〔二〕餘事：次要事物。漢何休《公羊傳序》：「此世之餘事。」《疏》：「餘，末也……世之末事，猶天下之閑事也。」《莊子·讓王》：「帝王之功，聖人之餘事也，非所以完身養生也。」

〔三〕《吕氏春秋》卷十四《本味》：「伯牙鼓琴，鍾子期聽之。方鼓琴而志在太山，鍾子期曰：『善哉乎鼓琴！巍巍乎若太山』。少選之間，而志在流水，鍾子期又曰：『善哉乎鼓琴，湯湯乎若流水。』鍾子期死，伯牙破琴絶弦，終身不復鼓琴，以爲世無足復爲鼓琴者。」

〔四〕《文選》卷二十九《雜詩上·古詩十九首》：「涉江采芙蓉，蘭澤多芳草。采之欲遺誰？所思在遠道。」李善《注》引《楚辭》云：「折芳馨兮遺所思。」頽波：向下灌注之波濤，既示光陰匆迫，尤喻風俗頽喪。劉禹錫《詠史二首》：「世道劇頽波，我心如砥柱。」陶淵明《雜詩》其六：「傾家時作樂，竟此歲月駛。」

〔五〕趙蕃《寄黄子耕》：「折梅無以贈，三嗅鬢霜繁。」

其七

唐堯忽以遠，遺風浸①徧迫〔一〕。子陵識其機，竟别洛陽陌〔二〕。自非大聖人，誰能試堅白〔三〕？長嘯望前途，宇宙乃爾窄〔四〕。徘徊東海上，庶遇煙霞客〔五〕。此事已荒唐，且向環中宅〔六〕。

【校勘】

① 浸：乾隆本作「濅」。

【箋注】

〔一〕褊迫：狹窄局迫。蘇軾《和陶雜詩》：「藍喬近得道，常苦世褊迫。」

〔二〕機：細微徵兆。子陵：東漢隱士嚴光，子陵其字也，少與光武同遊學，光武詔至京闕，欲授官，子陵固辭，東隱富春江畔；參見卷十五《感懷十九首》。

〔三〕《左傳・成公十六年》：「自非聖人，外寧必有内憂。」堅白：堅貞潔白。《論語・陽貨》：「不曰堅乎，磨而不磷；不曰白乎，涅而不緇。」

〔四〕郭印《蘭坡》：「我今日暮前途窄，握香不羨尚書郎。」陶淵明《雜詩》其七：「素標插人頭，前途漸就窄。」

〔五〕煙霞客：餐霞漱瀣之仙家。呂巖《爲賈師雄發明古鐵鏡》：「須知物外煙霞客，不是塵中磨鏡人。」

〔六〕環中：圓環中心，喻是非兩忘壁壘消弭之逍遥自在境界。《莊子・齊物論》：「是亦彼也，彼亦是也。彼亦一是非，此亦一是非，果且有彼是乎哉？果且無彼是乎哉？彼是莫得其偶，謂之道樞。樞始得其環中，以應無窮。」邵雍《閑行吟》：「自從會得環中意，閑氣胸中一點無。」

其八

朝耕谷口田，暮采陌上桑〔一〕。歲晚望有收，嗟哉成粃糠〔二〕。白頭去逐食，所謀惟稻粱〔三〕。嗷嗷天海際，何異雁隨陽〔四〕？昨宵得奇夢，可喜復可傷。爲言東海上，卻粒有其方〔五〕。早晚西王母，酌以瑤池觴〔六〕。

【箋注】

〔一〕谷口：西漢名士鄭子真修身隱逸之地，參見卷二十八《谷口莊記》。陌上桑：本魏晉時樂曲，此指采桑勞作。《樂府詩集》卷二十八《相和歌辭三・陌上桑三解》：「日出東南隅，照我秦氏樓。秦氏有好女，自名爲羅敷。羅敷喜蠶桑，采桑東南隅。」陶淵明《雜詩》其八：「代耕本非望，所業在田桑。」

〔二〕粃糠：癟穀與米皮。粃，同「秕」。華岳《春夫》：「秕糠粒粒裏真珠，玉杵舂來白有餘。」

〔三〕逐食：求食。稻粱：穀物總稱。《史記》卷二十三《禮書》：「稻粱五味，所以養口也。」仇遠《送存博教授回虎林》：「一歸華表飲風露，一住滄州謀稻粱。」陶淵明《雜詩》其八：「豈期過滿腹？但願飽粳糧。」

〔四〕杜甫《遣遇》：「索錢多門户，喪亂紛嗷嗷。」張南史《西陵懷靈一上人兼寄朱放》：「同悲鵲繞樹，獨坐雁隨陽。」

〔五〕范成大《三江亭觀雪》：「乘興卻遊東海上，白銀宮闕認蓬萊。」卻粒：辟穀。陸機《漢高祖功臣頌》：「托迹黃老，辭世卻粒。」

〔六〕西王母：仙人名，俗稱王母娘娘。《穆天子傳》卷三《古文》：「吉日甲子，天子賓于西王母。」郭璞《注》：「西王母如人，虎齒蓬髮，戴勝善嘯。《紀年》：『穆王十七年，西征崑崙丘，見西王母。其年來見，賓于昭宫。』」瑶池：西王母所居崑崙山上池名。《史記》卷一百二十三《大宛列傳》：「崑崙其高二千五百餘里，日月所相避隱爲光明也；其上有醴泉瑶池。」《穆天子傳》卷三《古文》：「乙丑，天子觴西王母于瑶池之上。」

其九

天地有常運，陰陽無定端〔一〕。夏蟲時不永，安睹歲月遷〔二〕？嗟我在世中，倏忽已華顛〔三〕。何能得仙訣，拾取朝霞飡〔四〕。蓬萊去此近，欲往無由緣〔五〕。從今棄諸事，盡付《悟真篇》〔六〕。

【箋注】

〔一〕常運：穩定恒常之運行軌迹。王柏《和立齋芙蓉觀三十韻》：「天道有常運，過化續者新。」陰陽：此指生死。《楚辭》屈原《九歌·大司命》：「乘清氣兮御陰陽。」王逸《注》：「陰主殺，陽主生。言司命常乘天清明之氣御持萬民死生之命也。」定端：確定緣由。李白《古風》：

「白日掩徂輝，浮雲無定端。」

〔二〕夏蟲：夏生夏死之小蟲。《莊子・秋水》：「井蛙不可以語於海者，拘於虚也；夏蟲不可以語於冰者，篤於時也；曲士不可以語於道者，束於教也。」

〔三〕華顛：頭髮花白。陸游《浪迹》：「浪迹人間四十年，鏡中不覺已華顛。」

〔四〕陳舜俞《初見廬山》：「聞有高世士，眠雲不知載。飲露餐朝霞，嘯月下天籟。」

〔五〕陶淵明《雜詩》其九：「慷慨思南歸，路遐無由緣。」

〔六〕悟真篇：北宋天台張伯端所撰道家典籍。張伯端《悟真篇序》：「後至熙寧己酉歲，因隨龍圖陸公入成都，以夙志不回，初誠愈恪，遂感真人，授金丹藥物火候之訣。其言甚簡，其要不繁，可謂指流知源，語一悟百，霧開日瑩，塵盡鑑明，校之仙經，若合符契。因念世之學仙者十有八九，而達其真要者未聞一二。僕既遇真詮，安敢隱默？罄所得成律詩九九八十一首，號曰《悟真篇》。內七言四韻一十六首，以表二八之數；絶句六十四首，按《周易》諸卦；五言一首，以象太一之奇。續添《西江月》一十二首，以周歲律。其如鼎器尊卑、藥物斤兩、火候進退、主客後先，存亡有無、吉凶悔吝，悉備其中矣。及乎編集既成之後，又覺其中惟談養命固形之術，而於本源真覺之性有所未究，遂按佛書及《傳燈録》，至於祖師有擊竹而悟者，乃形於歌頌詩曲雜言三十二首，今附之卷末，庶幾達本明性之道盡於此矣。所期同志覽之，則見末而悟本，捨妄以從真。時皇宋熙寧乙卯歲旦，天台張伯端平叔序。」

其十

秦灰未遽冷，於古何所稽〔一〕？前行有衢路，往往變巖崖。我來一問津，感歎傷人懷〔二〕。是道在天地，大可六合彌〔三〕。諸儒拾煨燼，破裂日愈離〔四〕。遂令高世才，放蕩莫控羈〔五〕。時無洛中叟，此事諒終虧〔六〕。

【箋注】

〔一〕意謂秦始皇焚燒載籍，然華夏文化未嘗泯滅絶迹。《史記》卷六《秦始皇本紀》：「丞相李斯曰：『……臣請史官非秦記皆燒之。非博士官所職，天下敢有藏《詩》《書》百家語者，悉詣守、尉雜燒之。有敢偶語《詩》《書》者棄市。以古非今者族。吏見知不舉者與同罪。令下三十日不燒，黥爲城旦。所不去者，醫藥卜筮種樹之書。若欲有學法令，以吏爲師。』制曰：『可。』」陸游《冬夜讀書有感》：「六經未與秦灰冷，尚付餘年斷簡中。」

〔二〕問津：詢問渡口，喻探尋大道。《論語·微子》：「長沮、桀溺耦而耕，孔子過之，使子路問津焉。長沮曰：『夫執輿者爲誰？』子路曰：『爲孔丘。』曰：『是魯孔丘與？』曰：『是也。』曰：『是知津矣。』」

〔三〕六合：東南西北上下。朱熹《中庸章句》：「其書始言一理，中散爲萬事，末復合爲一理。放之則彌六合，卷之則退藏於密。」

〔四〕煨燼：灰燼。宋王柏《魯齋集》卷十六《詩十辨》：「《序》曰：『聖人之道，以書而傳，亦以書而晦。』夫天高地下，萬物散殊，皆與道爲體，然載道之全者莫如書，既曰以是而傳，又曰以是而晦，何也？在昔上古，教化隆盛，學校修明。聖人之道，流行宣著，雖無書可也。惟教化有時而衰，學校有時而廢，道之托於人者，始不得其傳，然後筆於言，存於簡册，以開後之學者，而書之功大矣。及其專門之學興，而各主其傳；訓詁之義作，而各是其説。或膠於淺陋，或騖於高遠，援據傅會，穿鑿支離，詭受以飾私，駕古以借重，執其詞而害於意者有之，襲其訛而誣其義者有之，遂使聖人之道反晦蝕殘毁，卒不得大明於天下，故曰以書而晦。此無他，識不足以破其妄，力不足以排其非，後世任道者之通病也。」

〔五〕高世：超越塵世。王安石《答揚州劉原甫》：「君實高世才，主思正綢繆。」陶淵明《雜詩》其十：「閑居執蕩志，時駛不可羈。」

〔六〕洛中叟：北宋洛陽耆英會文彦博、富弼、司馬光等長者，參見卷十八《羅氏五老贊》。袁易《静春堂詩集》卷一《贈崑山儒醫張生生攜洛陽耆英圖云圖中名燾者某之始祖也》：「豈若洛中叟，抱材自卷舒？誠著金鉉職，忠裨繡衮謨。功成遂投紱，身退斯懸車。逍遥天地中，優游日月徐。相顧髮皓白，胥會情怡愉。既應德星聚，亦彰南極符。一時聚冠蓋，千祀存畫圖。」

其十一

文武久不作，周德日以涼〔一〕。老聃隱柱史〔二〕，莊叟避濠梁〔三〕。正聲淪鄭衛〔四〕，禮俗變遭鄉〔五〕。是來談治道，夏虫以鳴霜〔六〕。悠悠溯黄唐，古意一何長〔七〕！

【箋注】

〔一〕文武：周文王與周武王，此代繼承文武精髓之後代聖君。作：興起。涼：淺薄。《左傳·莊公三十二年》：「虢多涼德，其何土之能得？」杜預《注》：「涼，薄也。」陸龜蒙《襲美先輩以龜蒙所獻五百言既蒙見和復示榮唱至於千字提獎之重蔑有稱實再抒鄙懷用伸詶謝》：「粤若魯聖出，正當周德衰。」

〔二〕老聃：老子，道家學派創始人，曾擔任周朝柱下史，即掌管圖書典籍之小吏。《史記》卷六十三《老子韓非列傳》：「老子者，楚苦縣厲鄉曲仁里人也，姓李氏，名耳，字聃，周守藏室之史也。」司馬貞《索隱》：「按藏室史，周藏書室之史也。又《張蒼傳》『老子爲柱下史』，蓋即藏室之柱下，因以爲官名。」

〔三〕莊叟：莊子，名周，嘗與交好惠子同遊濠梁，參見卷十五《遊慈湖》。

〔四〕正聲：純正樂曲。《荀子·樂論》：「正聲感人而順氣應之。」鄭衛：春秋時鄭衛二國，其地流行頹廢淫靡樂曲。《論語·衛靈公》：「放鄭聲，遠佞人。鄭聲淫，佞人殆。」《列女傳》卷二《賢明傳·齊桓衛姬》：「衛姬者，衛侯之女，齊桓公之夫人也。桓公好淫樂，衛姬爲之不聽鄭衛之聲。」林正大《水調歌頭》：「千古遺音猶在，一洗淫哇鄭衛，北里與南陵。」

〔五〕禮俗：美好禮儀暨醇厚習俗。《周禮·天官·大宰》：「以八則治都鄙……六曰禮俗，以馭其民。」遭鄉：艱難困厄之地域。

〔六〕夏蟲：蟪蛄類小蟲，或春生夏死，或夏生秋死，無以見早春或霜秋。《淮南子·原道訓》：「夏蟲不可與語寒，篤於時也。」

〔七〕黄唐：先聖黄帝與唐堯。陸游《秋分後頓淒冷有感》：「飲酒讀古書，慨然想黄唐。」古意：思古幽情。杜甫《登兖州城樓》：「從來多古意，臨眺獨躊躇。」

和陶淵明擬古九首

其一

皎皎雲間月，濯濯風中柳〔一〕。一時固云好，相看不堅久〔二〕。我昔途路中，談笑得石友〔三〕。殷勤無與比，常若接杯酒〔四〕。當其定交心，生死肯余負？一朝臨小利，何者爲薄厚〔五〕？平居且尚然，緩急復何有〔六〕？

【題解】

陶淵明有《擬古》九首，大多模擬《文選》《玉臺新詠》古詩，或言良友過從，如其一、其三、其六；或贊古今賢人義士，如其二、其五、其八；或云功名不可久居，如其四；或叹人生短暫易逝，如其七；或言此而意彼，如其九。火就燥，水流濕，同氣以相求，同聲則相應，靖節心境，戴九靈常有之，是故和之以九詩。

【箋注】

〔一〕王臺卿《陌上桑》：「鬱鬱陌上桑，皎皎雲間月。」濯濯：清朗明净貌。《晉書》卷八十四《王恭》：「恭美姿儀，人多愛悦，或目之云：『濯濯如春月柳。』」陶淵明《擬古》其一：「榮榮窗下蘭，密密堂前柳。」

〔二〕王安石《懷元度四首》：「數枝石榴發，豈無一時好？」

〔三〕石友：至交，誼如磐石確乎不移。黄庭堅《次韻奉酬劉景文河上見寄》：「珍重多情惟石友，琢磨佳句問潛郎。」陶淵明《擬古》其一：「出門萬里客，中道逢嘉友。」

〔四〕張養浩《郊居許敬臣廉使見過》：「亹亹及經術，眷眷接杯酒。」陶淵明《擬古》其一：「未言心先醉，不在接杯酒。」

〔五〕薄厚：輕視優待，此指漠視友情醉心利禄。韓愈《孟東野失子》：「問天主下人，薄厚胡不均？」

〔六〕且尚：尚且，同義複詞。梅堯臣《答宣闔司理》：「歐陽最我知，初時且尚窒。」緩急：危急，偏義複詞。陳與義《里翁行》：「里翁無人支緩急，天雨牆壞百憂集。」

其二

撫劍從羈役，歲月已一終〔一〕。借問所經行，非夷亦非戎〔二〕。中遭世運否，言依蓋世雄〔三〕。塵埃縱滿目，肯污西來風〔四〕？舉世嘲我拙，我自安長窮〔五〕。孤客難爲辭，寄意一言中〔六〕。

【箋注】

〔一〕羈役：羈旅行役。一終：十二年。《左傳·襄公九年》：「十二年矣，是謂一終，一星終也。」杜預《注》：「歲星十二歲而一周天。」

〔二〕經行：經歷。夷：東夷，東部少數民族。皇甫曾《送歸中丞使新羅》：「南幰銜恩去，東夷泛海行。」戎：西戎，西部少數民族。杜甫《西山》：「西戎背和好，殺氣日相纏。」陶淵明《擬古》其二：「問君今何行？非商復非戎。」

〔三〕世運：人世間盛衰治亂之更迭推移。否：衰落頽敗。王禹偁《酬楊遂》：「人生一世間，否泰安可逃？」言：則，於是。裴學海《古書虚字集釋》：「言猶則也。《詩·定之方中》篇：『星言夙駕。』《左傳·僖九年》：『既盟之後，言歸於好。』」蓋世雄：此指元末豪雄擴廓帖木兒，參見卷九《始發吴門》。

〔四〕塵埃：喻人世污濁。陸游《登東山》：「漆園傲吏《養生主》，栗里高人《歸去來》。俱作放翁新受用，不妨平地脱塵埃。」西來風：秋風揚塵，王導以之貶斥庾亮，後遂爲典故。劉義慶《世説新語·輕詆第二十六》：「庾公權重，足傾王公。庾在石頭，王在冶城坐，大風揚塵，王以扇拂塵，曰：『元規塵污人。』」蘇軾《次舊韻贈清涼長老》：「過灘入洛地多塵，舉扇西風欲污人。」

〔五〕黄庭堅《戲題》：「平生性拙觸事真，醉裏笑談多忤人。」陶淵明《歸園田居》：「開荒南野際，守拙歸園田。」《史記》卷四十七《孔子世家》：「子路愠見曰：『君子亦有窮乎？』孔子曰：『君子固窮，小人窮斯濫矣。』」

〔六〕難爲辭：難以表達。陶淵明《雜詩》其十一：「愁人難爲辭，遥遥春夜長。」一言：一番話。《左傳·僖公二十八年》：「楚一言而定三國，我一言而亡之。」

其三

白日忽已晚，流光薄西隅〔一〕。老人閉關坐，慘慘意不舒〔二〕。日月我户牖〔三〕，天地吾室廬〔四〕。自非奪元化，此中寧久居〔五〕？今夕復何夕，涼月滿平蕪〔六〕。悠悠望去途，歎息將焉如〔七〕？

【箋注】

〔一〕白日：太陽。薄：迫近。西隅：西方，傳説中太陽夜宿崦嵫。陳子昂《感遇》：「黄沙幕南起，白日隱西隅。」陶淵明《擬古》：「仲春遘時雨，始雷發東隅。」

〔二〕閉關：關門謝客。李廌《送秦少章》：「平生困末路，龍蠖意不舒。」

〔三〕參見卷十一《日月牖記》。

〔四〕黄庭堅《雜詩》：「此身天地一蘧廬，世事消磨緑鬢疏。」《李白全集》卷二十七《春夜宴從弟桃花園序》：「夫天地者萬物之逆旅也，光陰者百代之過客也。」

〔五〕奪：改變。元化：造化，大自然之創造演化。孟郊《達士》：「四時如逝水，百川皆東波。青春去不還，白髮鑷更多。達人識元化，變愁爲高歌。」

〔六〕杜甫《贈衛八處士》：「人生不相見，動如參與商。今夕復何夕，共此燈燭光。」平蕪：草木叢生之曠野。江淹《去故鄉賦》：「窮陰匝海，平蕪帶天。」

〔七〕去途：由此及彼之路途。白居易《初出藍田路作》：「停驂問前路，路在秋雲裏。蒼蒼縣南道，去途從此始。」

其四

我昔年少時，高視隘八荒〔一〕。惟思涉險道，誰能戒垂堂〔二〕？南轅與北軌，所歷何杳茫〔三〕？一旦十年後，盡化爭戰場。豈無英雄士，幾人歸北邙〔四〕！撫此重長歎，壯志失軒昂〔五〕。斂退就衡宇，蹙蹙守一方〔六〕。往事且棄置，身在亦奚傷？

【題解】

此詩描述人生軌迹：早年意氣風發，南征北趨；天下動蕩，四海疆場，宏願落空，退居林壑。

【箋注】

〔一〕隘：認爲狹小。八荒：八方荒遠地域。劉向《説苑·辨物》：「八荒之内有四海，四海之内有九州。」楊時《謝詹司業送酒》：「鄭公負才名，流落四十年。高視隘八荒，天寒坐無氈。」陶淵明《擬古》其四：「迢迢百尺樓，分明望四荒。」

〔二〕垂堂：堂屋簷下；以簷瓦下墜則傷人，故用垂堂擬危險境地。《史記》卷一百一十七《司馬相如列傳》：「故鄙諺曰：『家累千金，坐不垂堂。』」王定保《唐摭言·及第後隱居》：「時四郊多壘，穎以垂堂之誡，絶意禄位，隱於鹿門别墅。」

〔三〕南轅：至正十八年詩人自浦江南遊朱元璋所轄金華，時稱寧越府。北軌：至正二十二年詩人自金華北征吴中，至正二十六年由吴中經明越二州浮泛益都路。杳茫：渺茫，迷茫。牟融《山中有懷李十二》：「林前風景晚蒼蒼，林下懷人路杳茫。」

〔四〕幾人：此處極言其多。《東維子集》卷六《鹿皮子文集序》：「自孔氏後，立言傳世者，不知幾人焉；其滅没不傳，卒與齊民共腐者，亦不知幾人焉。」北邙：山名，漢魏以後王侯公卿多葬於此，後泛指墳地。沈佺期《邙山》：「北邙山上列墳塋，萬古千秋對洛城。」陶淵明《擬古》其四：「一旦百歲後，相與還北邙。」

〔五〕軒昂：高漲激昂。陸游《自嘲》：「老去形容雖變改，醉來意氣尚軒昂。」

〔六〕蹙蹙：局促蜷縮。《詩經·小雅·節南山》：「我瞻四方，蹙蹙靡所騁。」

其五

圭玷猶足磨，甑墮不可完〔一〕。素行有一失，誠負頭上冠〔二〕。孔門諸弟子，賢者是曾顏〔三〕。超然季孟中，窮達了不關〔四〕。我嘗慕其人，相從叩兩端〔五〕。形影忽不及，咄咄指空彈〔六〕。取琴置膝上，以之操《孤鸞》〔七〕。寸心固云苦，中有千歲寒〔八〕。

【箋注】

〔一〕圭玷：玉製禮器圭上之斑點。《詩經·大雅·抑》：「白圭之玷，尚可磨也；斯言之玷，不可爲也。」甑：瓦製蒸飯炊器。《後漢書》卷六十八《郭太》：「孟敏字叔達，巨鹿楊氏人也。客居太原。荷甑墮地，不顧而去。林宗見而問其意。對曰：『甑以破矣，視之何益？』林宗以此異之，因勸令遊學。」陸游《書逆旅壁》：「功名已甑墮，身世真瓦裂。」

〔二〕素行：純潔品行。清江《春遊司直城西鸕鷀谿別業》：「家貧知素行，心苦見清溪。」

〔三〕曾顏：孔門高足曾參與顏淵。《史記》卷六十七《仲尼弟子列傳》：「顏回者，魯人也，字子淵。少孔子三十歲。顏淵問仁，孔子曰：『克己復禮，天下歸仁焉。』孔子曰：『賢哉回也！……在陋巷，人不堪其憂，回也不改其樂。』『回也如愚；退而省其私，亦足以發，回也不愚。』『用之則行，捨之則藏，唯我與爾有是夫！』……曾參，南武城人，字子輿。少孔子四十六歲。孔子以爲能通孝道，故授之業。作《孝經》。」

〔四〕季孟：本爲魯國上卿季氏和下卿孟氏，後多指不相上下。《論語·微子》：「齊景公待孔子，曰：『若季氏則吾不能，以季孟之間待之。』」羅隱《途中逢劉知遠》：「吴楚煙波裏，巢由季孟間。」劉滄《題桃源處士山居留寄》：「窮達盡爲身外事，浩然元氣樂樵漁。」

〔五〕叩：詢問。兩端：開始與終結。《論語·子罕》「吾有知乎哉？無知也。有鄙夫問於我，空空如也，我叩其兩端而竭焉。」劉寶楠《正義》：「兩端，終始也。」

〔六〕東晉名流殷浩，識度清遠，遠近欽佩。後北伐失利，桓温譖之，坐貶爲庶人。然聽天委命，神氣平和，口無怨言，唯終日凌空書「咄咄怪事」四字而已。詳見《晉書》卷七十七《殷浩》。

〔七〕孤鸞：琴曲名，或稱《離鸞》。劉歆《西京雜記》卷二：「慶安世年十五，爲成帝侍郎，善鼓琴，能爲《雙鳳》《離鸞》之曲。」陶淵明《擬古》之五：「上弦驚《别鶴》，下弦操《孤鸞》。」

〔八〕《論語·子罕》：「歲寒，然後知松柏之後凋也。」邵雍《代書吟》：「草木面前何止萬？歲寒松桂獨青青。」

其六

天運相尋繹，世道亦如兹〔一〕。王孫泣路傍，寧似開元時〔二〕。所以古達人，是心無磷緇〔三〕。弁髦視軒冕，草澤去不疑〔四〕。西方有一士，與世亦久辭〔五〕。介然守窮獨，富貴非所思〔六〕。豈不瘁且艱？道勝心靡欺〔七〕。恨無史氏筆，爲君振耀之。誰是知音者？請試弦吾詩〔八〕。

【箋注】

〔一〕天運：天命，氣數。《後漢書》卷七十三《公孫瓚》：「舍諸天運，徵乎人文。」李賢《注》：「天運猶天命也。」尋繹：推移更替。陶淵明《己酉歲九月九日》：「萬化相尋繹，人生豈不勞？」

〔二〕世道：人世風氣。李白《古風》：「世道日交喪，澆風散淳源。」

〔三〕開元：唐玄宗年號，時陷安史之亂。寧：竟然。杜甫《哀王孫》：「腰下寶玦青珊瑚，可憐王孫泣路隅。問之不肯道姓名，但道困苦乞爲奴。已經百日竄荆棘，身上無有完肌膚。高帝子孫盡隆準，龍種自與常人殊。豺狼在邑龍在野，王孫善保千金軀。」

〔三〕磷緇：役於外物而變遷；磷，因磨而薄損；緇，因染而變黑。《論語·陽貨》：「不曰堅乎，磨而不磷；不曰白乎，涅而不緇。」

〔四〕弁髦：緇布冠與幼童垂覆眉際之頭髮，喻棄置無用之物，參見卷十八《錢春軒像贊》。草澤：荒野。左思《詠史》：「何世無奇才，遺之在草澤？」

〔五〕西方：賢才所居地。《詩經·邶風·簡兮》：「彼美人兮，西方之人兮。」葉適《翁誠之挽詞》：「西方之人美無度，眷此南邑朝陽鳴。」

〔六〕介然：專一堅定貌。包恢《送蒙齋赴召六首》：「希舜廛野居，介然有如石。」

〔七〕道勝：大道優越美好。陸游《秋夜》：「身閑詩簡淡，道勝夢輕安。」

〔八〕振耀：顯耀。劉勰《文心雕龍·知音》：「音實難知，知實難逢，逢其知音，千載其一乎！」弦：弦歌，以琴瑟伴奏而歌。《史記》卷四十七《孔子世家》：「三百五篇，孔子皆弦歌之。」

其七

勸君勿沉憂，沉憂損天和〔一〕。尊中有美酒，胡不飲且歌〔二〕？我觀此身世，變幻一何多！無相亦無壞，信若空中花〔三〕。戚戚以終老，君今其奈何〔四〕？

【箋注】

〔一〕天和：人體元氣。葛洪《抱朴子·道意》：「精靈困於煩擾，榮衛消於役用。煎熬形氣，刻削天和。」

〔二〕范仲淹《上漢謡》：「天人兩相忘，逍遥何有鄉。吾當飲且歌，不知羲與黄。」陶淵明《擬古》其七：「佳人美清夜，達曙酣且歌。」

〔三〕無相：法性，涅槃，超越有相之真如實相。《涅槃經》卷三十：「涅槃名無相。」陳著《僧雍野堂贊》：「風月往來，雲壑上下。空空洞洞，規模廣大。是真非真，是假非假。善哉善哉，無成無壞。」空中華：空花，或曰空華，喻空幻虛妄。蘇軾《病中夜讀朱博士詩》：「君詩如秋露，浄我空中花。」陸游《幽居》：「蚩蚩彼何人，欲摘空中花？」

〔四〕戚戚：悲傷。李清照《聲聲慢》：「尋尋覓覓，冷冷清清，淒淒慘慘戚戚。」

其八

故國日已久，朝暮但神遊〔一〕。誰謂相去遠，夙昔隘九州〔二〕。此計一云失，坐見歲月流〔三〕。歲月未足惜，恐遂忘首丘〔四〕。在昔七人者，抱節去衰周〔五〕。不遇魯中叟，履迹將安求〔六〕？

【箋注】

〔一〕故國：故鄉。杜甫《上白帝城》：「取醉他鄉客，相逢故國人。」陶淵明《擬古》其八：「少時壯且厲，撫劍獨行遊。」

〔二〕曹植《七啓八首》：「志飄飖焉，嶢嶢焉，似若狹六合而隘九州。」

〔三〕坐：徒然。陳與義《寒食日遊百花亭》：「自聞鼙鼓聒，不恨歲月流。」

〔四〕首丘：狐狸死時頭朝故丘，喻不忘故土或死後歸葬故鄉。《禮記・檀弓上》：「禮，不忘其本。古之人有言曰：『狐死正丘首，仁也。』」《疏》：「所以正首而向丘者，丘是狐窟穴根本之處，雖狼狽而死，意猶向此丘。」《楚辭》屈原《哀郢》：「鳥飛返故鄉兮，狐死必首丘。」

〔五〕七人：《論語》所載七位隱逸高人。《論語・微子第十八》：「逸民：伯夷、叔齊、虞仲、夷逸、朱張、柳下惠、少連。子曰：『不降其志，不辱其身，伯夷、叔齊與？』謂：『柳下惠、少連降志辱身矣，言中倫，行中慮，其斯而已矣。』謂：『虞仲、夷逸隱居放言，身中清，廢中權。』」

〔六〕魯中叟：春秋時魯國孔子。蒲壽宬《和博古直五首》：「栖栖魯中叟，救世誠艱辛。」履迹：足迹。岑參《長門怨》：「緑錢生履迹，紅粉濕啼痕。」

其九

牆頭有叢菊，粲粲誰復采〔一〕？蹉跎歲年晚，香色日以改〔二〕。我欲一往問，渺渺阻煙海〔三〕。遥知霜霰繁，莖葉不余待。亦既輕去國，已矣今何悔〔四〕！

【箋注】

〔一〕陸游《晚菊》：「粲粲滋夕露，英英傲晨霜。」陶淵明《擬古》其九：「種桑長江邊，三年望當采。」

〔二〕李頎《放歌行答從弟墨卿》：「由是蹉跎一老夫，養鷄牧豕東城隅。」方蒙仲《盛開梅》：「十分香色十分清，摇落都從盛處生。」

〔三〕渺渺：遥遠貌。王安石《憶金陵》：「想見舊時遊歷處，煙雲渺渺水茫茫。」

〔四〕去國：離開故鄉。蘇軾《勝相院經藏記》：「有一居士，其先蜀人……去國流浪，在江淮間。」

和陶淵明飲酒二十首 并序

余性不解飲，然喜與客同倡酬。士友過從，輒呼酒對酌，頹然竟醉〔一〕，醉則坐睡終日，此興陶然。壬子之秋，乍遷鳳湖〔二〕，酒既艱得，客亦罕至。湖上諸君子知余之寡歡也，或命之飲，或饋之酒。行遊之暇，輒一舉觴，飲雖至少，而樂則有餘。因讀淵明《飲酒》二十詩，愛其語淡而思逸，遂次其韻以示里中諸作者〔三〕，同爲商榷①云耳。

【題解】

《陶淵明集箋注・陶淵明年譜簡編》：「晉安帝義熙十三年丁巳，淵明六十六歲。《飲酒二十首》《贈羊長史》作於是年。」《陶淵明集箋注》卷三《飲酒二十首·序》：「余閑居寡歡，兼秋夜已長，偶有名酒，無夕不飲。顧影獨盡，忽焉復醉。既醉之後，輒題數句自娱。」方東樹《昭昧詹言》：「據《序》亦是雜詩，直書胸臆，直書其事，借飲酒爲題耳，非詠飲酒也。」戴九靈和詩，洵藉陶元亮樽中酒以澆自身心魂塊壘。

【校勘】

①権：原文作「碓」，據乾隆本改。

【箋注】

〔一〕頹然：醉酒傾倒貌。柳宗元《始得西山宴遊記》：「引觴滿酌，頹然就醉，不知日之入。」

〔二〕鳳湖：元定海鳳浦湖，詳見卷十六《題鳳湖梧竹居》。

〔三〕思逸：神思奔放充沛。歐陽修《哭聖俞》：「一飲百盞不言休，酒酣思逸語更遒。」

其一

今晨風日美，吾行欲何之〔一〕？平生慕陶公，得似斜川時〔二〕。此身已如寄，無爲待來兹〔三〕。况多載酒人，任意復奚疑〔四〕？山巔與水裔，一觴歡共持〔五〕。

【箋注】

〔一〕風日：天氣。陸游《貧歎》：「今朝風日美，且復過比鄰。」

〔二〕斜川：陶淵明鄉邦勝地。陶淵明《遊斜川一首·序》：「辛丑正月五日，天氣澄和，風物閑美，與二三鄰曲同遊斜川。臨長流，望曾城，魴鯉躍鱗於將夕，水鷗乘和以翻飛。彼南阜者，名實舊矣，不復乃爲嗟歎。若夫層城，傍無依接，獨秀中皐，遥想靈山，有愛嘉名。欣對不足，共爾賦詩。悲日月之遂往，悼吾年之不留。」

〔三〕陸游《歲窮》：「困厄身如寄，推遷歲忽窮。」無爲：不用。《西京雜記》卷二：「揚雄讀書，有人語之曰：『無爲自苦，《玄》故難傳。』」來兹：來年。《文選》卷二十九《古詩一十九首·生年不滿百》：「爲樂當及時，何能待來兹？」李善《注》：「《吕氏春秋》曰：『今兹美禾，來兹美麥。』高誘曰：『兹，年。』」

〔四〕《漢書》卷八十七下《揚雄傳下》：「家素貧，耆酒，人希至其門。時有好事者載酒肴從遊學。」

〔五〕山顛：同「山巔」。水裔：水邊。陶淵明《飲酒》其一：「忽與一觴酒，日夕歡相持。」

其二

好鳥不鳴旦〔一〕，好水不出山〔二〕。入冥而止坎，古亦有遺言〔三〕。所以彭澤翁，折腰愧當年〔四〕。不有酣中趣，高風竟誰傳〔五〕？

【箋注】

〔一〕意謂好鳥隨遇而安，不像鶡旦欲反夜爲晝而長鳴。《禮記·月令》：「仲冬之月……冰益壯，地始坼，鶡旦不鳴，虎始交。」鄭玄《注》：「鶡旦，求旦之鳥也。」《禮記訓纂》卷三十《坊記第三十》：「《詩》云：『相彼盍旦，尚猶患之。』《注》：『盍旦，夜鳴求旦之鳥也。求不可得也，人猶惡其欲反晝夜而亂晦明，況於臣之僭君。求不可得之類，亂上下，惑衆也。』《正義》：『此逸《詩》也。言夜是闇時，此鳥意欲反夜而爲旦，猶若臣之奢僭，欲反下而爲上也。』」桓寬《鹽鐵論·利議》：「鶡鳴夜鳴，無益於明。」

〔二〕意謂世間濁穢，好水不出深山以避污染。《杜詩詳注》卷七《佳人》：「在山泉水清，出山泉水濁……《詩》：『相彼泉水，載清載濁。』此謂守貞清而改節濁也。」

〔三〕入冥：凌空飛天，喻高士避囂絶塵。《後漢書》卷八十三《逸民列傳》：「楊雄曰：『鴻飛冥冥，弋者何篡焉？』言其違患之遠也。」李賢《注》：「宋衷曰：『篡，取也。鴻高飛冥冥薄天，雖有弋人，何施巧而取也？喻賢者隱處，不離暴亂之害也。』」《後漢書》卷八十三《逸民列傳·矯慎》：「蓋聞黄老之言，乘虛入冥，藏身遠遁。」止坎：面對險境止步不前，常指高士避害全身歸隱山澤；坎，低陷處，喻兇險境地。《漢書·賈誼傳第十八》：「寥廓忽荒，與道翱翔。

乘流則逝，得坎而止。」顏師古《注》：「孟康曰：『《易》坎爲險，遇險難而止也。』張晏曰：『謂夷易則仕，險難則隱也。』」劉清夫《水調歌頭》：「萬事付蝸角，止坎謾乘流。」方回《題徐仲彬達觀亭》：「乘流止坎大厥觀，進退久速不預揣。」

〔四〕彭澤翁：東晉詩人陶淵明，曾爲彭澤令，因不堪心爲形役而掛冠歸隱，詳見本卷《和陶淵明歸去來兮辭》。

〔五〕孟浩然《登鹿門山懷古》：「隱迹今尚存，高風邈已遠。」陶淵明《飲酒》其二：「不賴固窮節，百世當誰傳！」

其三

淵明曠達士，未及至人情〔一〕。有田惟種秫，似爲酒中名〔二〕。過飲多患害，曷足稱養生〔三〕？此生如聚沫，忽忽風浪驚〔四〕。沉醉固無益，不醉亦何成？

【箋注】

〔一〕至人：道德修養達到最高境界者。莊子《逍遥遊》：「至人無己，神人無功，聖人無名。」陸機《齊謳行》：「鄙哉牛山歎，未及至人情。」

〔二〕秫：黏性稷。陶潛《歸去來兮辭·序》：「于時風波未静，心憚遠役，彭澤去家百里，公田之秫，過足爲潤，故便求之。」其事亦載《晉書》卷九十四《隱逸·陶潛》。

〔三〕《黄帝内經素問·上古天真論》：「是以嗜欲不能勞其目，淫邪不能惑其心，愚智賢不肖不攫於物，故合於道。」

〔四〕《金剛經·應化非真分第三十二》：「一切有爲法，如夢幻泡影，如露亦如電，應作如是觀。」忽忽：急速貌。風浪：喻危難兇險。葉適《題五畏齋》：「君不見匹夫膽大氣如山，風浪只在須臾間。」李贄《與城老書》：「大抵七十之人，平生所經風浪多矣。」陶淵明《飲酒》其三：「一生復能幾，倏如流電驚。」

其四

一鳥乘風起，逍遥天畔飛〔一〕。一鳥墮泥塗，嗷嗷鳴聲悲〔二〕。升沉亦何常？時去兩無依〔三〕。我昔道力淺，磬折久忘歸〔四〕。邇來解其會，百念坐自衰〔五〕。惟尋醉鄉樂，一任壯心違〔六〕。

【箋注】

〔一〕李白《上李邕》：「大鵬一日同風起，扶摇直上九萬里。假令風歇時下來，猶能簸卻滄溟水。」

〔二〕墮泥塗：喻處境艱難困厄。彭龜年《挽張南軒先生》：「拱璧墮泥塗，康瓠置壇墠。天心與人事，頗似好乖舛。」陶淵明《飲酒》其四：「裴回無定止，夜夜聲轉悲。」

〔三〕升沉：升遷沉淪。韓偓《味道》：「升沉不定都如夢，毀譽無恒卻要聾。」

〔四〕道力：修道所獲功力。惠洪《二十日偶書二首》：「臨事無疑知道力，讀書有味覺身閑。」磬折：或作罄折，彎腰如磬，表示謙恭。曹植《箜篌引》：「謙謙君子德，磬折何所求？」

〔五〕解其會：領悟；其，助詞。《古書虛字集釋》卷五《其》：「其，語助也……《呂氏春秋・異用篇》『以網其四十國』，《新序・雜事篇》作『以網四十國』。」黃庭堅《衆人觀俳優》：「衆人觀俳優，誠有可笑時。侏儒笑人後，所笑動未知。非桀是堯舜，諸生同一詞。不能解其會，何笑侏儒爲？」百念：紛紜欲念。陸游《浮生》：「浮生過六十，百念已頹然；獨有枕書癖，猶同總角年。」坐：徒然。

〔六〕醉鄉：參見本卷《和陶淵明雜詩十一首》。一任：完全聽憑。陸游《書憤》：「壯心未與年俱老，死去猶能作鬼雄。」陶淵明《飲酒》其四：「托身已得所，千載不相違。」

其五

昔出非好榮，今處非避喧〔一〕。中行有前訓，恐遂墮一偏〔二〕。商於四老人，遺之在西山〔三〕。朝歌紫芝去，暮逐白雲還〔四〕。當其扶漢儲，亦復吐一言〔五〕。

【箋注】

〔一〕出：出仕，與下句「處」字相對。白居易《和答詩十首·答四皓廟》：「勿高巢與由，勿尚呂與伊。巢由往不返，伊呂去不歸。豈如四先生，出處兩逶迤。何必長隱逸？何必長濟時？」陶淵明《飲酒》其五：「結廬在人境，而無車馬喧。」

〔二〕中行：中庸。一偏：一面，片面。荀子《天論》：「萬物爲道一偏，一物爲萬物一偏，愚者爲一物一偏，而自以爲知道，無知也。」姚勉《贈宗人簡齋》：「不知格物學，蓋在誠意先。如斯謂之簡，毋乃墮一偏。」

〔三〕商於：地名，在今陝西商南縣與河南淅川縣境内，商山乃其境名山。《史記》卷四十《楚世家》：「王爲儀閉關而絶齊，今使使者從儀西取故秦所分楚商於之地方六百里，如是則齊弱矣。是北弱齊，西德於秦，私商於以爲富，此一計而三利俱至也。」四老人：商山四皓，秦末漢初隱士，詳見卷十七《題四皓圖》。西山：常稱首陽山，周初伯夷、叔齊隱逸於此以明志成仁，此代四皓潛居之商山。《史記》卷六十一《伯夷列傳》：「武王已平殷亂，天下宗周，而伯夷、叔齊恥之，義不食周粟，隱於首陽山，采薇而食之。及餓且死，作歌。其辭曰：『登彼西山兮，采其薇矣。』」阮籍《詠懷》其三：「驅馬舍之去，去上西山趾。」李善《注》：「西山，夷齊所居，言欲從之以避世禍。」

〔四〕白居易《仙娥峰下作》：「商山無數峰，最愛仙娥好。參差樹若插，匼匝雲如抱。渴望寒玉泉，香聞紫芝草。青崖屏削碧，白石床鋪縞。向無如此物，安足留四皓？」

〔五〕漢儲：漢高祖時太子劉盈。漢高祖既立吕后所生劉盈爲儲貳，復寵戚夫人及其子趙王如意，欲易趙王爲太子。吕后惶恐，問計於張良，乃使人奉太子書，卑辭厚禮，延商山四皓至京都以佐劉盈。四皓初止太子將兵擊黥布，後從太子侍高祖。高祖乍瞥四皓，陡然一驚，遂滅更易太子之念。詳見《史記》卷五十五《留侯世家》。

其六

紛紜世中事，夢幻無乃是〔一〕。方夢境謂真，既覺竟①隨毁〔二〕。豈惟世事然？我身亦復爾〔三〕。請看竺乾書，此語諒非綺〔四〕。

【校勘】

①竟：乾隆本作「境」。

【箋注】

〔一〕無乃：豈不是，得非，得無。曹植《贈白馬王彪》：「憂思成疾疹，無乃兒女仁？」

〔二〕竟：通「境」。陸游《讀史》：「人間著脚盡危機，睡覺方知夢境非。」饒介《夢中》：「懸知皆夢境，一笑萬緣空。」

〔三〕劉克莊《又和後九首》：「覺性靈明自若，本心利欲食之。大觀如夢如幻，小視坐忘坐馳。」

〔四〕竺乾：印度别稱，亦指佛。于鵠《哭凌霄山光上人》：「黄昏溪路上，聞哭竺乾師。」綺：綺語，藻飾浮誇言辭。陸游《冬夜讀書》：「六經萬世眼，守此可以老。多聞竟何用？綺語期一掃。」

其七

幽蘭在浚谷，衆卉没其英〔一〕。清風一吹拂，卓然見高情〔二〕。萬物皆有時，泰至否自傾〔三〕。蟄雷聲久閟，未必先春鳴〔四〕。有酒且歡酌，何用歎此生〔五〕！

【箋注】

〔一〕浚谷：深谷。陸機《招隱詩》：「躑躅欲安之？幽人在浚谷。」陶淵明《飲酒》其八：「青松在東園，衆草没其姿。」

〔二〕白居易《忘筌亭》：「虚室閑生白，高情澹入玄。」

〔三〕盧仝《雜興》：「昨朝惆悵不如君，今日悲君不如我。否泰交加無定主，懶學風雲戢翎羽。」

傾：盡。《史記》卷七十七《魏公子列傳》：「天下士復往歸公子，公子傾平原君客。」

〔四〕蟄雷：驚醒蟄蟲之初發春雷。劉禹錫《與刑部韓侍郎書》：「然譬諸蟄蟲坏户而俯者，與夫槁死無以異矣。春雷一振，必歆然翹首，與生爲徒。」歐陽修《嘗新茶呈聖俞》：「年窮臘盡春欲動，蟄雷未起驅龍蛇。」悶：沉默貌。《莊子·德充符》：「悶然而後應。」先春：冬末春前。吕温《衡州歲前遊合江亭見山櫻蕊未折因賦含彩各驚春》：「山櫻先春發，紅蕊滿霜枝。」

〔五〕宋祁《閲古堂》：「堂皇對岑蔚，歡酌坐怡然。」陶淵明《飲酒》其七：「嘯傲東軒下，聊復得此生。」

其八

三春布陽德，萬物發華滋〔一〕。凌霄直微類，近亦附喬枝〔二〕。低迷衆無睹，高出乃見奇〔三〕。煌煌九霄中，榮夸遽爾爲〔四〕。我道似不爾，一笑懸吾羈〔五〕。

【箋注】

〔一〕陽德：陽氣。《周禮·春官·大宗伯》：「以地産作陽德，以和樂防之。」鄭玄《注》：「陽德，陽氣在人者。」李復《負暄》：「温温百骸舒，漸發兩頰紅。乃知萬物生，陽德有全功。」華滋：

繁茂。《古詩十九首·庭中有奇樹》：「庭中有奇樹，緑葉發華滋。」

〔二〕趙公碩《凌霄花爲復上人作》：「裊裊枯藤淺絳葩，會緣直上照殘霞。老僧不作依附想，將謂青松自有花。」

〔三〕低迷：模糊迷離。陶淵明《飲酒》其八：「凝霜殄異類，卓然見高枝。連林人不覺，獨樹衆乃奇。」

〔四〕遽而：即刻，驟然。駱賓王《夏日遊德州贈高四》：「將歡促席賞，遽爾又歸别。」

〔五〕陶淵明《飲酒》其六：「三季多此事，達士似不爾。」懸：懸掛，丢棄不用。羈：馬籠頭。

其九

我卜山中居，柴門林際開〔一〕。湖光并野色，一一入吾懷〔二〕。勿言此居好，殆與素心乖〔三〕。越鳥當北翔，夜夜思南栖〔四〕。蛟龍去窟宅，常懷蟄其泥〔五〕。此土固云樂，我事寡所諧〔六〕。惟於酣醉中，歸路了不迷。時時沃以酒，吾駕亦忘回〔七〕。

【箋注】

〔一〕謝逸《寄隱居士》：「先生骨相不封侯，卜居但得林塘幽。」

〔二〕陳舜俞《衆樂亭》：「湖光野色著人衣，衆樂開亭此處宜。」

〔三〕素心：夙願。李白《贈從弟南平太守之遥二首》：「素心愛美酒，不是顧專城。」

〔四〕《文選》卷二十九《古詩一十九首·行行重行行》：「胡馬依北風，越鳥巢南枝。」李善《注》引《韓詩外傳》云：「詩曰『代馬依北風，飛鳥棲故巢』，皆不忘本之謂也。」

〔五〕蟄：潛藏。杜甫《暮秋枉裴道州手札率爾遣興寄遞呈蘇涣侍御》：「鳥雀苦肥秋粟菽，蛟龍欲蟄寒沙水。」蘇頌《胡完夫再示西省唱和詩特記曩遊過有謙屈率爾賡次》：「當年覆實子亭西，曾見春龍起蟄泥。」

〔六〕諧：順暢成功。駱賓王《靈泉頌》：「事諧則感，道洽斯親。」

〔七〕沃：澆灌。陶淵明《飲酒》其九：「且共歡此飲，吾駕不可回。」

其十

悠悠從羈役，故里限東隅〔一〕。風波豈不惡？遊子念歸途〔二〕。朝隨一帆逝，暮逐一馬驅〔三〕。如何十舍近，翻勝千里餘〔四〕。在世俱是客，且此葺吾居〔五〕。

【箋注】

〔一〕羈役：羈旅行役。陶淵明《雜詩》：「遥遥從羈役，一心處兩端。」東隅：東方。《隋書》卷五十八《徐善心》：「李虔僻處西土，陸機少長東隅。」

〔二〕風波：喻糾紛患難。元稹《酬周從事望海亭見寄》：「不辭狂復醉，人世有風波。」陶淵明《飲酒》其十：「道路迥且長，風波阻中塗。」

〔三〕杜荀鶴《舟行即事》：「朝隨賈客憂風色，夜逐漁翁宿葦林。」杜甫《奉贈韋左丞丈二十二韻》：「朝扣富兒門，暮隨肥馬塵。殘杯與冷炙，到處潛悲辛。」

〔四〕十舍：三百里，此指明初寧波府定海縣至金華府浦江縣路程；舍，三十里。翻：卻，反而。庾信《卧疾窮愁詩》：「有菊翻無酒，無弦則有琴。」

〔五〕陶淵明《雜詩》：「家爲逆旅舍，我如當去客。去去欲何之？南山有舊宅。」

其十一

我如北塞駒，困此東南道〔一〕。有力不獲騁，長鳴至於老〔二〕。苒苒陰陽移，萬物遞榮槁〔三〕。既無騰化術，此身豈長好〔四〕？一朝委運往，恐遂失吾寶〔五〕。何當攜麯生，縱浪遊八表〔六〕？

【箋注】

〔一〕意謂塞北草原廣袤，適合馬駒馳騁；東南江湖密布，便於舸艦浮泛。今駿馬困東南，恨無用武之地也。《樂府詩集》卷四十五《吴聲歌曲二》唐王翰《子夜春歌》：「桑女淮南曲，金鞍塞北裝。」

〔二〕《戰國策》卷十七《楚四》：「汗明曰：『君亦聞驥乎？夫驥之齒至矣，服鹽車而上太行。蹄申膝折，尾湛胕潰，漉汁灑地，白汗交流，中阪遷延，負轅不能上。伯樂遭之，下車攀而哭之，解紵衣以冪之。驥於是俛而噴，仰而鳴，聲達於天，若出金石聲者，何也？彼見伯樂之知己也。』」

〔三〕陰陽：日月。蘇轍《冬至日》：「陰陽升降自相催，齒髮誰教老不回？」榮槁：盛衰。張耒《次韻淵明飲酒詩》：「世間無非苦，病死與生老。相尋無窮已，遞代作榮槁。」

〔四〕騰化：飛昇成仙。郭印《中秋月試院中作呈莫少虚》：「恨無騰化術，返老成童嬰。」

〔五〕委運：順從大自然之更迭變化。陶潛《形影神·神釋》：「甚念傷吾生，正宜委運去。」吾寶：自己珍視之寶物，或以爲榮名，或以爲美德智慧，或以爲生命。《古詩十九首》：「奄忽隨物化，榮名以爲寶。」《老子》六十七章：「我有三寶，持而保之：一曰慈，二曰儉，三曰不敢爲天下先。」陶淵明《飲酒》其十一：「各養千金軀，臨化消其寶。」

〔六〕麯生：傳説中美酒所化鬼魅，常以之代美酒；詳見卷七《祭方壽父先生文》。縱浪：放浪，放縱不羈。陶淵明《神釋》：「縱浪大化中，不喜亦不懼。」八表：八方以外，極遠之地。陶潛《歸鳥》：「遠之八表，近憩雲岑。」

其十二

靡靡歲云晏，此已非吾時〔一〕。深居執蕩志，逝將與世辭〔二〕。破屋交悲風，得處正在兹〔三〕。握粟者誰子？無煩決所疑〔四〕。道喪士失己，節義久吾欺〔五〕。於心苟不愧，窮達一任之〔六〕。

【箋注】

〔一〕靡靡：遲緩貌。陶潛《己酉歲九月九日》：「靡靡秋已夕，淒淒風露交。」歲晏：暮年。李白《贈崔郎中宗之》：「歲晏歸去來，富貴安可求？」韓愈《試大理評事王君墓誌銘》：「上初即位，以四科募天下士，君笑曰：『此非吾時耶！』即提所作書，緣道歌吟，趨直言試。」黄庭堅《漫尉》：「不篡非己事，不趨非吾時。」

〔二〕深居：幽居避世。蕩志：逸志，清閑脱俗情懷。嵇康《四言詩》其四：「寔惟龍化，蕩志浩然。」陶淵明《雜詩》其十：「閑居執蕩志，時駛不可稽。」陶潛《飲酒》其十二：「杜門不復出，終身與世辭。」

〔三〕得處：得道處。邵雍《晚涼閑步》：「得處亦多矣，風前任鬢班。」李衡《贈學者》：「少讀三百篇，每自歎無補。一念絶邪思，得處忘我所。」

〔四〕握粟：握持粟米以預測吉凶成敗。《詩經·小雅·小宛》：「握粟出卜，自何能穀？」朱熹《詩集傳》：「故握持其粟出而卜之曰：『何自而能善乎？』」顧炎武《日知録·握粟出卜》：「古時用錢未廣，《詩》《書》皆無貨泉之文，而問卜者亦用粟。」牟巘五《贈羅竹山術者》：「門外有來能握粟，爲渠滿意説年豐。」

〔五〕陸游《寄黄龍升老》：「世衰道喪士自欺，山林亦復踐駭機。」陶淵明《飲酒》其十二：「一往便當已，何爲復狐疑？」

〔六〕陸游《貧居即事》：「守道常違俗，存心不愧天。」楊炯《驄馬》：「風霜但自保，窮達任皇天。」陸游《排悶》：「民饜糟糠寧細事？俗忘節義更深憂。」

其十三

世間有真樂，除是醉中境〔一〕。可能得美酒，一醉不復醒？陶生久已没，此意竟誰領〔二〕？東坡與子由，當是出囊穎〔三〕。和陶三四詩，粲粲夜光炳〔四〕。

【箋注】

〔一〕邊元鼎《八月十四日對酒》：「清風颯颯四坐來，吹入羲皇醉中境。」

〔二〕陶生：隱逸詩人陶淵明。《陶淵明集箋注》附録一蕭統《陶淵明文集序》：「有疑陶淵明詩篇篇有酒，吾觀其意不在酒，亦寄酒爲迹焉。其文章不群，詞彩精拔，跌宕昭彰，獨超衆類，抑揚爽朗，莫之與京。横素波而傍流，干青雲而直上。語時事則指而可想，論懷抱則曠而且真，加以貞志不休，安道苦節，不以躬耕爲恥，不以無財爲病，自非大賢篤志，與道汚隆，孰能如此乎？」

〔三〕東坡：宋文學家蘇軾，號東坡居士；弟轍，字子由；二賢名德參見卷二十二《題馬元德伯仲詩後》。出囊穎：錐芒破囊而出，喻出類拔萃。《史記》卷七十六《平原君虞卿列傳第十六》：「平原君曰：『夫賢士之處世也，譬若錐之處囊中，其末立見。今先生處勝之門下三年於此矣，左右未有所稱誦，勝未有所聞，是先生無所有也。先生不能，先生留。』毛遂曰：『臣乃今日請處囊中耳。使遂蚤得處囊中，乃穎脱而出，非特其末見而已。』」

〔四〕袁行霈《陶淵明集箋注・附録二》輯録《東坡先生和陶淵明詩》四卷及蘇轍繼和詩若干首。

其十四

里中有一士，愛客情亦至〔一〕。生平不解飲，而獨容我醉。我亦高其風，往還日幾次〔二〕。爾汝且兩忘，何知外物貴〔三〕！尚懼數見疏，淡中自多味〔四〕。

【箋注】

〔一〕一士：此謂定海縣詩家錢仲仁，參見卷二十一《錢氏三樓詩序》與本卷《和陶淵明移居二首并序》。孟郊《感懷》：「東方有一士，歲暮常苦飢。」曹嘉《贈石崇詩》：「疇昔謬同位，情至過魯衛。」

〔二〕李白《贈盧徵君昆弟》：「明主訪賢逸，雲泉今已空。二盧竟不起，萬乘高其風。」

〔三〕爾汝：彼此以爾汝相稱，表示親昵。杜甫《贈鄭虔醉時歌》：「忘形到爾汝，痛飲真吾師。」陶淵明《飲酒》其十四：「不覺知有我，安知物爲貴？」

〔四〕數：多次，屢次。《論語·里仁》：「子游曰：『事君數，斯辱矣；朋友數，斯疏矣。』」方回《贈程君以忠楊君泰之》：「淡中滋味參須透，聖處工夫語不傳。」

其十五

老我愛窮居，蒿蓬荒繞宅〔一〕。與世罕所同，車馬絶來迹〔二〕。寓形天壤内，幾人年滿百〔三〕。顧獨守區區，保此堅與白〔四〕。若復不醉飲，此生端足惜。

【箋注】

〔一〕窮居：潛居幽深荒僻之地；窮，荒僻。陶淵明《詠貧士》其六：「仲蔚愛窮居，繞宅生蒿蓬。」

〔二〕陶淵明《詠貧士》其六：「此士胡獨然？實由罕所同。」王安石《憶北山送勝上人》：「山高水深魚鳥樂，車馬迹絶人長閑。」

〔三〕陶潛《歸去來兮辭》：「已矣乎，寓形宇内復幾時，曷不委心任去留？」白居易《和答詩十首·和思歸樂》：「人生百歲内，天地暫寓形。」陶淵明《飲酒二十首》其十五：「宇宙一何悠，人生少至百。」

〔四〕顧獨：只。吴儆《題騎牛圖》：「兩翁非病狂，顧獨不取彼。」區區：真情摯意。繁欽《定情詩》：「何以致區區？耳中明月珠。」堅白：參見本卷《和陶淵明雜詩十一首》。

其十六

大男逾弱冠，粗嘗傳一經〔一〕。小男年十三，玉骨早已成〔二〕。亦有兩女子，家事幼①所更〔三〕。女解事舅姑，男可了門庭〔四〕。悉如黄口雛，未食已先鳴〔五〕。此日不在眼，何以慰吾情〔六〕？

【校勘】

①幼：底本作「幻」，據乾隆本改。

【箋注】

〔一〕大男：戴思禮，字叔儀，參見卷七《元故戴府君墳記》。梅堯臣《送弟赴和州幕》：「須記長傳一經訓，雖貧莫改飲瓢歡。」

〔二〕小男：戴思樂，字和之，號默庵，參見卷七《元故戴府君墳記》；按《民國浦陽戴氏宗譜》卷十七《戴默齋先生墓表》，洪武五年壬子，戴思樂年十四。玉骨：骨頭美稱。杜甫《徐卿二子歌》：「大兒九齡色清澈，秋水爲神玉爲骨。」

〔三〕兩女子：長女戴鳳，適張琪，詳見卷二十三《亡女張孺人戴氏墓碣銘并序》；次女適倪佐。陶淵明《飲酒二十首》其十六：「竟抱固窮節，飢寒飽所更。」

〔四〕《禮記·内則》：「婦事舅姑，如事父母。」傅玄《豫章行·苦相篇》：「男兒當門户，墮地自生神。」

〔五〕黄口雛：雛鳥。劉向《説苑·敬慎》：「孔子見羅者，其所得者皆黄口也。孔子曰：『黄口盡得，大爵獨不得，何也？』」食：通「飼」，養育。《左傳·文公十八年》：「功以食民。」杜預《注》：「食，養也。」

〔六〕俞鎬《刈菅》：「終焉同草莽，何以慰吾情？」

其十七

五十知昨非，伯玉有遺風〔一〕。而我豈謂然？野蓬生麻中〔二〕。年來更世患，頗悟窮與通〔三〕。所失豈魯寶？所亡非楚弓〔四〕？

【箋注】

〔一〕《淮南鴻烈解》卷一《原道訓》：「故蘧伯玉年五十而知四十九年非。何者？先者難爲知，而後者易爲攻也。」《莊子·則陽》：「蘧伯玉行年六十而六十化，未嘗不始於是之而卒詘之以非也，未知今之所謂是之非五十九非也。」《論語·憲問》：「蘧伯玉使人於孔子，孔子與之坐而問焉，曰：『夫子何爲？』對曰：『夫子欲寡其過而未能也。』」

〔二〕《荀子·勸學》：「蓬生麻中，不扶而直；白沙在涅，與之俱黑。」

〔三〕陸游《寓歎》：「人生各自有窮通，世事寧論拙與工？」

〔四〕魯寶：春秋時魯國之寶玉大弓。楚弓：春秋時楚王良弓。俱見卷十六《庸道提學訪予定川寓舍……》。

其十八

栖栖徒旅中，美酒不常得〔一〕。偶得弗爲飲，人將嘲我惑。天運恒往還，人道有通塞〔二〕。伊洛與瀍澗，幾度吊亡國〔三〕。酒至且盡觴，餘事付默默〔四〕。

【箋注】

〔一〕栖栖：忙碌不安貌。唐玄宗《經魯祭孔子而歎之》：「夫子何爲者？栖栖一代中。」徒旅：旅客。謝靈運《七里瀨》：「孤客傷逝湍，徒旅苦奔峭。」

〔二〕天運：天體運轉。《老子》四十章：「反者，道之動。」孟郊《答姚怤見寄》：「日月不同光，晝夜各有宜。賢哲不苟合，出處亦待時。」白居易《江南謫居十韻》：「行藏與通塞，一切任陶鈞。」

〔三〕伊洛：河南伊水與洛水。瀍澗：河南瀍水與澗水。參見《水經注》卷十五《洛水伊水瀍水澗水》。蘇軾《和陶飲酒二十首》：「明年起華堂，置酒吊亡國。」

〔四〕李白《金陵酒肆留别》：「金陵子弟來相送，欲行不行各盡觴。」默默：無知無覺貌。《莊子·天運》：「蕩蕩默默，乃不自得。」成玄英《疏》：「默默，無知之貌。」

其十九

結交數丈夫，有仕有不仕〔一〕。静躁固異姿，出處盡忘己〔二〕。此志不獲同，而我獨多恥〔三〕。先師有遺訓，處仁在擇里〔四〕。懷此頗有年，兹行始堪紀〔五〕。四海皆弟兄，可止便須止〔六〕。酣歌盡百載，古道端足恃〔七〕。

【箋注】

〔一〕《孟子·滕文公下》：「富貴不能淫，貧賤不能移，威武不能屈：此之謂大丈夫。」

〔二〕静躁：動静。張華《答何劭》：「洪鈞陶萬類，大塊稟群生。明暗信異姿，静躁亦殊形。」忘己：隨順自然，博愛無私。王維《贈房盧氏琯》：「達人無不可，忘己愛蒼生。」

〔三〕陶淵明《飲酒二十首》其十九：「是時向立年，志意多所恥。」

〔四〕陸游《兀坐久散步野舍》：「先師有遺訓，萬事忌安排。」處仁：心懷仁道。《孟子·萬章上》：「三年，太甲悔過，自怨自艾，於桐處仁遷義。」擇里：選擇居住地。《論語·里仁》：「子曰：『里仁爲美，擇不處仁，焉得知！』」

〔五〕兹行：此指移居定海縣鳳湖。紀：記載。陶淵明《移居》：「昔欲居南村，非爲卜其宅。聞多素心人，樂與數晨夕。懷此頗有年，今日從兹役。」

〔六〕《論語·顔淵》：「四海之内，皆兄弟也。」陸游《崔伯易畫像贊》：「古之君子，學以爲己。可行則行，可止則止。仕以行義，止以遠恥。世衰道微，豈復知此？」

〔七〕陸游《村舍》：「飽飯不爲明日慮，酣歌便過百年中。」古道：古時聖賢大道。文天祥《正氣歌》：「風簷展書讀，古道照顔色。」

其二十

陶翁種五柳，蕭散本天真〔一〕。劉生荷一鍤，似亦返其淳〔二〕。步兵哭途窮，詩思日以新〔三〕。子雲草《太玄》，亦復賦《劇秦》〔四〕。四士今何在？賢愚同一塵〔五〕。當時不痛飲，爲事亦徒勤①。嗟我百代下，頗與四士親。遥遥涉其涯，斂然一問津〔六〕。但懼翻醉墨，污此衣與巾〔七〕。君其恕狂謬，我豈獨醒人〔八〕？

【校勘】

① 勤：底本作「動」，據乾隆本改。

【箋注】

〔一〕參見本卷《和陶淵明歸去來兮辭》。蕭散：瀟灑超脱。

〔二〕鍤：農具。劉生：劉伶，魏晉時竹林七賢之一。沖淡寡欲，恬静灑脱。放浪形骸，以細宇宙齊萬物爲心。常乘鹿車，攜酒一壺，令人荷鍤跟從，誡之以「死便埋我」。詳見《晉書》卷四十九《劉伶》。

〔三〕步兵：三國魏阮籍，嘗任步兵校尉，時遇途窮輒慟哭以返；參見卷三《謁彦修先生墓分韻得風字》。唐王勃《滕王閣序》：「阮籍猖狂，豈效窮途之哭？」

〔四〕子雲：揚雄，字子雲，西漢雅士。《漢書》卷八十七下《揚雄傳下》：「哀帝時，丁、傅、董賢用事，諸附離之者或起家至二千石。時雄方草《太玄》，有以自守，泊如也。」《文選》卷四十八

《劇秦美新》李善《注》：「李充《翰林論》曰：『楊子論秦之劇，稱新之美，此乃計其勝負，比其優劣之義。』……王莽潛移龜鼎，子雲進不能辟戟丹墀，亢辭鯁議；退不能草《玄》虛室，頤性全真；而反露才以耽寵，詭情以懷禄，素餐所刺，何以加焉！《抱朴》方之仲尼，斯爲過矣。」

〔五〕楊冠卿《久客倦遊歸憩僧坊有懷蓬居梵竺卿寂光常不輕》：「得喪亦何有？賢愚同一丘。」

〔六〕涉涯：踏進，觸及。劉克莊《用强甫蒙仲韻十首》：「少時歲月真馳隙，聖處工夫未涉涯。」斂然：約束謙遜貌。胡寅《荷花》：「夢到南塘翠蓋稠，姹然得意斂然羞。」《論語·微子》：「長沮、桀溺耦而耕，孔子過之，使子路問津焉。」

〔七〕翻醉墨：酣醉時肆意摇毫行墨。侯寘《滿江紅》：「君不見，蘇仙翻醉墨，一篇水調鏘金石。」楊萬里《試毗陵周壽墨池樣筆》：「願翻墨汁詩戰場，先生一揮十萬行。」陸龜蒙《奉和襲美醉中偶作見寄次韻》：「憐君醉墨風流甚，幾度題詩小謝齋。」

〔八〕《楚辭》屈原《漁父》：「舉世皆濁我獨清，衆人皆醉我獨醒，是以見放。」

和陶淵明移居二首 并序

余去歲六月遷居慈溪之華嶼〔一〕，迨今逾一年，僻處寡儔，頗懷鳳湖士俗之盛〔二〕，意欲居之。後遊其地，得錢仲仁氏山齋數椽〔三〕，遂欣然徙家焉。因和此二詩，以呈仲仁。

【題解】

陶氏《移居二首》，詠新居南村肆意率性之樂：談文論道，樂；登高賦詩，樂；斟酒豪飲，樂；力耕足食，樂。陶淵明由此移彼，皆在桑梓；戴九靈自華嶼徙鳳湖，悉處異鄉，故其和詩，不論道新居之樂，抑或念舊居之情，皆無以掩覆靈臺深處之悲慼苦楚。

【箋注】

〔一〕華嶼：元時慈溪縣治東南十里花嶼湖，詳見卷十九《覺智圓明述禪師傳》。《光緒慈溪縣志》卷四十三《舊迹三·居址上·九靈隱居》：「洪武四年，戴良隱慈之花嶼湖，居白龍寺西軒。」

〔二〕鳳湖：或曰鳳浦湖，詳見卷十六《題鳳湖梧竹居》。士俗：士人和風俗。吴芾《和王龜齡待制貢院落成二首》：「主盟湖學屬何人？賴有公來爲作新。士俗似聞衰也久，文場今見美哉輪。」

〔三〕錢仲仁：元末定海名士，詳見本書卷二十一《錢氏三樓詩序》。

其一

昔我客華嶼，古寺分半宅〔一〕。窮年無俗調，看山閲朝夕〔二〕。如何舍之去，遥遥從兹役〔三〕？朋遊方餞送，賦詩仍設席〔四〕。共言新居好，今更勝疇昔。高歌縱逸舟，持用慰離析〔五〕。

【箋注】

〔一〕古寺：慈溪白龍寺。《嘉靖寧波府志》卷十八《寺觀·慈溪·白龍禪寺》：「縣東一十里，五代漢乾祐中，里人唐居惠舍址結宇，修道講經，有白龍矯首室外以聽。宋建隆二年重置，號白龍院。大明洪武七年燬，二十二年重建。」

〔二〕陶潛《答龐參軍》：「談諧無俗調，所説聖人篇。」陸游《出遊》：「本因尋友去，卻爲看山留。」

〔三〕從：爲，做。《老子》六十四章：「民之從事。」河上公《注》：「從，爲也。」陶淵明《移居二首》：「懷此頗有年，今日從兹役。」

〔四〕仍：且，又。設席：鋪設坐席，設宴。文同《邛州東園晚興》：「攜琴秀野彈流水，設席芳洲詠落霞。」

〔五〕逸舟：快船；逸，急速。傅毅《舞賦》：「良駿逸足。」李善《注》：「逸，疾也。」陶淵明《五月旦作和戴主簿一首》：「虚舟縱逸棹，回復遂無窮。」離析：離别。李白《淮南卧病書懷寄蜀中趙徵君蕤》：「寄書西飛鴻，贈爾慰離析。」

其二

我未踐斯境，已賦《考盤》詩〔一〕。懷此多年歲，一①廛今得之〔二〕。陶翁徙南村，言笑慰相思〔三〕。斗酒洽鄰曲，亦有如翁時〔四〕。投身既得所，何能復去兹〔五〕？鷦鷯一枝足，古語不余欺〔六〕。

【校勘】

① 一：底本作「二」，據乾隆本改。

【箋注】

〔一〕考盤：常作「考槃」，修建盤桓隱逸之居室，泛指避世隱居。《詩·衛風·考槃》：「考槃在澗，碩人之寬。」《詩集傳》：「考，成也。槃，盤桓之意。言成其隱處之室也。」

〔二〕一廛：一家所居之地。《孟子·滕文公上》：「遠方之人，聞君行仁政，願受一廛而爲氓。」

〔三〕陶淵明《移居二首》其一：「昔欲居南村，非爲卜其宅。」其二：「農務各自歸，閑暇輒相思。相思則披衣，言笑無厭時。」

〔四〕鄰曲：鄰居。陶淵明《雜詩十二首》：「得歡當作樂，斗酒聚比鄰。」陶淵明《移居二首》其二：「過門更相呼，有酒斟酌之。」

〔五〕得所：覓取適宜處所。《詩經·魏風·碩鼠》：「樂土樂土，爰得我所。」

〔六〕鷦鷯：參見本卷《和陶淵明歸去來兮辭》。陶淵明《移居二首》其一：「弊廬何必廣？取足蔽床席。」蘇軾《石鐘山記》：「古之人不余欺也。」

和陶淵明歲暮答張常侍一首

長蛇驚赴壑，逸騎渴奔泉〔一〕。歲月亦如是，吾生復何言？容鬢久已衰，矧兹憂慮繁〔二〕。俯仰念今昔，其能免厥愆〔三〕？馬老猶伏櫪，鳥倦尚歸山〔四〕。一來東海上，十載不知還〔五〕。竟如庭下柏，受此蔓草纏〔六〕。莖葉日已固，何有挺出年〔七〕？人生無定在，形迹憑化遷〔八〕。請棄悠悠談，有酒且陶然〔九〕。

【題解】

常侍，通稱散騎常侍，其職侍奉帝王，規過失以備顧問。張常侍，陶淵明姻親張野。《東林十八高賢傳・張野》：「張野，字萊民，居尋陽紫桑，與淵明有婚姻契。野學兼華梵，尤善屬文。性孝友，田宅悉推與弟，一味之甘與九族共。州舉秀才、南中郎、府功曹、州治中，徵拜散騎常侍，俱不就。入廬山依遠公，與劉、雷同尚浄業。及遠公卒，謝靈運爲銘，野爲序首，稱門人，世服其義。義熙十四年與家人别，入室端坐而逝，春秋六十九。」

陶淵明《歲暮答張常侍一首》以歲暮爲媒介，抒發三端感慨：時光流逝，一年已盡，「明旦非今日，歲暮余何言！」「厲厲氣遂嚴，紛紛飛鳥還」；光陰無情，己身老邁，「素顔斂光潤，白髮一已繁」「民生鮮常在，矧伊愁苦纏」；盛衰更替，東晉垂危，「撫己有深懷，履運增慨然」。歲末、年邁、世亂，陶靖節與戴九靈所共苦；越婺毗鄰，有家難回，戴九靈所獨苦。戴陶二詩，同而不同矣。

【箋注】

〔一〕劉克莊《五和》：「暮年已學鷦巢林，徂歲無異蛇赴壑。」逸騎：奔馬。金堅《翠蛟亭》：「怒猊抉石驥奔泉，誰挽河流下九天？」

〔二〕杜甫《登高》：「艱難苦恨繁霜鬢，潦倒新停濁酒杯。」劉商《胡笳十八拍・第三拍》：「如羈囚兮在縲絏，憂慮萬端無處説。」

〔三〕俯仰：一俯一仰，喻時光短暫。王安石《送李屯田守桂陽》：「追思少時事，俯仰如一夕。」

愆：喪失，流失。《左傳・昭公二十六年》：「王昏不若，用愆厥位。」

〔四〕王昌齡《代扶風主人答》：「老馬思伏櫪，長鳴力已殫。」陶淵明《歸去來兮辭》：「雲無心以出岫，鳥倦飛而知還。」

〔五〕參見卷三十趙友同《故九靈先生戴公墓誌銘》。

〔六〕蔓草：攀緣他物之長莖野草。張祜《題程氏書齋》：「青蘿纏柏葉，紅粉墜蓮枝。」杜甫《遣興三首》：「朽骨穴螻蟻，又爲蔓草纏。」

〔七〕挺出：突出，傑出。杜甫《奉贈韋左丞文》：「自謂頗挺出，立登要路津。」

〔八〕定在：固定不移。陶潛《飲酒》：「衰榮無定在，彼此更共之。」孫應時《再和》：「得失塞翁無定在，濁清漁父有遺歌。」憑化：聽憑造化。陶淵明《始作鎮軍參軍經曲阿一首》：「聊且憑化遷，終返班生廬。」王維《給事中竇紹爲亡弟故駙馬都尉于孝義寺浮圖畫西方阿彌陀變讚》：「憑化而遷，轉身不息。」

〔九〕悠悠：庸俗虛妄。陶淵明《飲酒》：「擺落悠悠談，請從余所之。」

和陶淵明連雨獨飲一首 并序

吾居海上，旅懷鬱鬱，方、錢諸地主時饋名酒〔一〕，慰此寂寥。悶至輒引滿獨酌〔二〕，坐睡竟日。乃和此詩以寄。

平生不解醉，未飲輒頹然〔三〕。近賴好事人，置我嵇阮間〔四〕。一酌憂盡忘，數斟思已仙。似同曾點輩，舞此風雩天〔五〕。人道何所本？乃在羲皇先〔六〕。如何末代下，莫挽淳風還〔七〕？淫雨動連月，此日復何年〔八〕？履運有深懷，酒至已忘言〔九〕。

【題解】

陰雨霏霏，朋友罕至，陶淵明孤寂獨飲，感喟人生有限，終期於盡，「運生會歸盡，終古謂之然」；仰慕羽化昇仙，高蹈飄渺，「雲鶴有奇翼，八表須臾還」「世間有松喬，於今定何間」；慶幸抱朴守真，外化内不化，「天豈去此哉？任真無所先」「形骸久已化，心在復何言」。視靖節先生，戴九靈路途更險，處境更窘，寂寞更甚。唯見獨守一，抱道不移，千年之久，如影隨形；百舍之遥，如響應聲。

【箋注】

〔一〕方：元末明初定海縣方梧竹，生平不詳，參看本書卷十六《題鳳湖梧竹居》。錢：定海錢仲仁昆弟，參看本書卷二十一《錢氏三樓詩序》。

〔二〕引滿：斟酒滿杯。陶潛《遊斜川》：「提壺接賓侣，引滿更獻酬。」

〔三〕頽然：酒醉傾倒貌。梅堯臣《永叔贈酒》：「誰識我爲我，賓主各頽然。」

〔四〕好事人：熱心人。皇甫謐《高士傳》卷中《向長》：「貧無資食，好事者更饋焉，受之，取足而反其餘。」嵇阮：魏晉竹林七賢之嵇康與阮籍，悉欲藉酒以脱俗遠禍。《晉書》卷四十九《嵇康》：「今但欲守陋巷，教養子孫，時時與親舊敘離闊，陳説平生，濁酒一杯，彈琴一曲，志意畢矣。」《晉書》卷四十九《阮籍》：「博覽群籍，尤好《莊》《老》。嗜酒能嘯，善彈琴。」阮籍《詠懷》：「一日復一朝，一昏復一晨。容色改平常，精神自飄淪。臨觴多哀楚，思我故時人。對酒不能言，悽愴懷酸辛。」

〔五〕曾點：字子晳，孔子弟子，曾參之父。雩：祭祀祈雨。《論語·先進》：「『點，爾何如？』鼓瑟希，鏗爾，舍瑟而作，對曰：『異乎三子者之撰。』子曰：『何傷乎？亦各言其志也。』曰：『莫春者，春服既成，冠者五六人，童子六七人，浴乎沂，風乎舞雩，詠而歸。』夫子喟然歎曰：『吾與點也！』」

〔六〕羲皇：上古帝王伏羲氏，其時風俗真淳，民心純素。《後漢書》卷六十下《蔡邕列傳下》：「昔自太極，君臣始基，有羲皇之洪寧，唐虞之至時。」

〔七〕杜甫《奉贈韋左丞丈二十二韻》：「致君堯舜上，再使風俗淳。」

〔八〕此謂世事變幻浮生若夢。陳著《留西山》：「悠悠一俯仰，今日是何年？」丁鶴年《二靈寺守歲》：「已悟化城非樂事，不知今日是何年？」

〔九〕履運：遭逢時運。陶潛《歲暮和張常侍一首》：「撫己有深懷，履運增慨然。」忘言：心領神會而毋須言説。陶淵明《飲酒》：「此中有真意，欲辯已忘言。」

和陶淵明詠貧士七首 并序

余居海上之明年，適遭歲儉，生計日落，飢乏動念，況味蕭然，乃和此七詩以寄鶴年〔一〕，且邀同志諸公賦①。

【題解】

世乏知音，則尚友古人，此陶淵明《詠貧士七首》旨意。前二首直抒胸臆，賴古賢高風以禦饑寒屯蹇；後五首歌詠榮啓期、原憲，黔婁，袁安、阮公、張仲蔚、黄子廉諸賢，雖凍寒貧苦，顛沛窘迫，而志不降氣不餒，安於貧樂於道，此陶氏所以引爲異代知音也。戴九靈漂泊海隅，貧寠困厄，然偃蹇孤傲，介然不移，其高風清節，奚愧於古賢！此和詩七首，藉前賢之固窮以明己志爾。

【校勘】

①同志諸公賦：底本作「同賦諸志諸公」，據乾隆本與同治本改。

【箋注】

〔一〕歲儉：年成歉收。《後漢書》卷六十九《竇武》：「是時羌蠻寇難，歲儉民飢。」鶴年：回族詩人丁鶴年，詳見本書卷十九《高士傳》。

其一

烏鵲失其群，栖栖無所依〔一〕。豈不遇良夜，誰共星月輝？兩翮已云倦，何力求奮飛〔二〕？遥見青松樹，決起一來歸〔三〕。孤危正自念，復慮歲晚飢〔四〕。苟遂一枝托，安知溝壑悲〔五〕？

【箋注】

〔一〕烏鵲：喜鵲，乾鵲。杜甫《喜觀即到復題短篇》：「待爾嗔烏鵲，抛書示鶺鴒。」仇兆鼇《注》：「按《西京雜記》：『乾鵲噪而行人至。』」栖栖：忙碌不安貌。陶淵明《詠貧士七首》：「萬族各有托，孤雲獨無依。」

〔二〕兩翮：雙翅；翮，羽莖。沈大椿《扃秀亭》：「倦飛山鳥未能還，心在孤雲疊嶂間。」

〔三〕決起：迅疾起身。《莊子・逍遥遊》：「我決起而飛，搶榆枋而止。」

〔四〕蘇拯《聞猿》：「漫向孤危驚客心，何曾解入笙歌耳？」

〔五〕一枝：飛鳥築巢之樹枝，喻寄寓形體之屋舍。《莊子·逍遥遊》：「鷦鷯巢於深林，不過一枝；偃鼠飲河，不過滿腹。」溝壑：此指横死溝壑，泛指死亡。《史記》卷一百二十《汲黯》：「黯爲上泣曰：『臣自以爲填溝壑，不復見陛下，不意陛下復收用之。』」

其二

大道邈難及，我已後羲軒〔一〕。代耕非所願，十年躬灌園〔二〕。晨興當抱甕，破突寒無煙〔三〕。寥寥千古心，豈暇相磨研〔四〕？鳳兮有遺歌，三歎諷微言〔五〕。餘生倘可企，托知此前賢〔六〕。

【箋注】

〔一〕大道：正道。《禮記·禮運》：「孔子曰：『大道之行也，與三代之英，丘未之逮也，而有志焉。』」羲軒：遠古帝王伏羲與軒轅。邵雍《天人吟》：「羲軒堯舜雖難復，湯武桓文尚可循。」

〔二〕代耕：居官食禄。陶淵明《雜詩》其八：「代耕本非望，所業在田桑。」灌園：澆灌園圃，代退隱躬耕。阮籍《辭蔣太尉辟命奏記》：「昔榮期帶索，仲尼不易其三樂；仲子守志，楚王不奪其灌園。」

〔三〕抱甕：抱甕灌園，喻摒棄擾攘崇尚古樸。《莊子・天地》：「子貢南遊於楚，反於晉，過漢陰，見一丈人方將爲圃畦，鑿隧而入井，抱甕而出灌，搰搰然用力甚多而見功寡。子貢曰：『有械於此，一日浸百畦，用力甚寡而見功多，夫子不欲乎？』爲圃者仰而視之曰：『奈何？』曰：『鑿木爲機，後重前輕，挈水若抽，數如泆湯，其名爲槔。』爲圃者忿然作色而笑曰：『吾聞之吾師，有機械者必有機事，有機事者必有機心。機心存於胸中則純白不備。純白不備則神生不定，神生不定者，道之所不載也。吾非不知，羞而不爲也。』」突：煙囱。陶淵明《詠貧士七首》其二：「傾壺絶餘瀝，窺竈不見煙。」

〔四〕磨研：切磋探討。度正《八月中浣同官會於塵外亭分韻得煙字》：「珍重金石交，議論相磨研。」陶淵明《詠貧士七首》其二：「詩書塞座外，日昃不遑研。」

〔五〕此用《論語・微子》所載接輿行迹，詳見卷十五《感懷十九首》其一。諷：委婉勸告。

〔六〕企：企及。托知：深交。黄溍《抱琴》：「此行端有意，何處托知音？」方孝孺《與王脩德八首》：「足下識高而學古，托知之日久。」

其三

永夜寒不寐，起坐彈鳴琴〔一〕。清哉《白雪》掺①，世已無知音〔二〕。座上何所有？

五窮迭相尋〔三〕。呼酒欲與酌，塵罍屢罷斟〔四〕。簞瓢世所棄，鼎食衆争欽〔五〕。固窮有高節，誰見昔賢心〔六〕？

【校勘】

① 摻：乾隆本作「操」。

【箋注】

〔一〕阮籍《詠懷》：「夜中不能寐，起坐彈鳴琴。」

〔二〕白雪：古時雅正琴曲。《樂府詩集》卷五十七《琴曲歌辭一・白雪歌》：「謝希逸《琴論》曰：『劉涓子善鼓琴，制《陽春白雪》曲。』《琴集》曰：『《白雪》，師曠所作商調曲也。』《唐書・樂志》曰：『《白雪》，周曲也。』張華《博物志》曰：『《白雪》者，太帝使素女鼓五十弦瑟曲名也。』」摻：同「操」。

〔三〕五窮：智窮、學窮、文窮、命窮、交窮諸窮鬼。《韓昌黎文集校注》卷八《送窮文》：「主人應之曰：『子以吾爲真不知也耶！子之朋儔，非六非四，在十去五，滿七除二，各有主張，私立名字，捩手覆羹，轉喉觸諱。凡所以使吾面目可憎、語言無味者，皆子之志也。其名曰智窮：矯矯亢亢，惡圓喜方，羞爲姦欺，不忍害傷。其次名曰學窮：傲數與名，摘抉杳微，高挹群言，執神之機。又其次曰文窮：不專一能，怪怪奇奇，不可時施，祇以自嬉。又其次曰命窮：影與形殊，面醜心妍，利居衆後，責在人先。又其次曰交窮：磨肌戛骨，吐出心肝，企足以待，寘我讎冤。凡此五鬼，爲吾五患，飢我寒我，興訛造訕，能使我迷，人莫能間，朝悔其行，暮已復然，蠅營狗苟，驅去復還。』」尋：連續。

〔四〕塵罍：盛酒器布滿灰塵，形容酒器長久廢棄不用。方干《雪中寄李知誨判官》：「此時門巷無行迹，塵滿尊罍誰得知？」

〔五〕簞瓢：簞食瓢飲，形容安貧樂道。《論語・雍也》：「子曰：『賢哉，回也！一簞食，一瓢飲，在陋巷，人不堪其憂，回也不改其樂。賢哉，回也！』」鼎食：列鼎而食，代世家大族豪奢生活。王維《戲贈張五弟諲三首》：「今子方豪蕩，思爲鼎食人。」

〔六〕固窮：逆境裏堅守大道，參見本卷《和陶淵明擬古九首》其二。

其四

長吟望穹旻，煜煜明降婁〔一〕。時秋屬收斂，此願竟莫酬〔二〕。自余逢家乏，歲月幾環周〔三〕。姬公忽以遠，白屋終懷憂〔四〕。我豈忘世者？嗟哉誰與儔〔五〕！伯夷本不隘，此説君當求〔六〕。

【箋注】

〔一〕長吟：長歎。向秀《思舊賦》：「昔李斯之受罪兮，歎黄犬而長吟。」張銑《注》：「吟，歎聲也。」潘岳《笙賦》：「荆王喟其長吟，楚妃歎而增悲。」穹昊：蒼天。煜煜：光亮貌。蘇軾《二十七日自陽平至斜谷宿於南山中蟠龍寺》：「谷中暗水響瀧瀧，嶺上疏星明煜煜。」降婁：星次名，即西方白虎七宿之奎、婁二宿。《爾雅・釋天》：「降婁，奎、婁也。」

〔二〕收斂：收穫。陸游《蕎麥初熟刈者滿野喜而有作》：「城南城北如鋪雪，原野家家種蕎麥。霜晴收斂少在家，餅餌今冬不憂窄。」

〔三〕環周：一年，春夏秋冬周而復始。徐賁《長安即事三首》：「抛擲清溪舊釣鈎，長安寒暑再環周。」

〔四〕姬公：周公姬旦，道隆德盛，禮賢下士，自謂「一沐三捉髮，一飯三吐哺，起以待士，猶恐失天下之賢人」；詳見《史記》卷三十三《魯周公世家》。《論衡》卷七《語增篇》：「傳語曰：『周公執贄下白屋之士，謂候之也。』夫三公，鼎足之臣，王者之貞幹也；白屋之士，閭巷之微賤者也。三公傾鼎足之尊，執贄候白屋之士，非其實也。時或待士卑恭，不驕白屋，人則言其往候白屋；或時起白屋之士，以璧迎禮之，人則言其執贄以候其家也。」忽：隱約微茫貌。《廣雅・釋詁四》：「總、紑，微也。」王念孫《疏證》：「忽，亦微也。」《莊子・應帝王》：「北海之帝爲忽。」陸德明《釋文》引李頤云：「忽，喻無形也。」

〔五〕鄭剛中《簡潘義榮》：「雖然公豈忘世者？終念后稷由己饑。」陶淵明《詠貧士七首》其四：「從來將千載，未復見斯儔。」

〔六〕《孟子・公孫丑上》：「孟子曰：『伯夷，非其君不事；非其友不友。不立於惡人之朝，不與惡人言；立於惡人之朝，與惡人言，如以朝衣朝冠坐於塗炭。推惡惡之心，思與鄉人立，其冠不正，望望然去之，若將浼焉。是故諸侯雖有善其辭命而至者，不受也。不受也者，是亦不屑就已……』孟子曰：『伯夷隘，柳下惠不恭。隘與不恭，君子不由也。』」司馬光《疑孟・伯夷隘柳下惠不恭》：「是故君子邦有道則見，邦無道則隱，事其大夫之賢者，交其士之仁者，非隘也。」

其五

陶翁固貧士，異患猶不干〔一〕。公田足種秫，亦且居一官〔二〕。我無半畝宅，三旬纔九餐〔三〕。況多身外憂，有甚飢與寒〔四〕！委懷窮櫚下，何以開此顏〔五〕？清風颯然至，高歌吾掩關〔六〕。

【箋注】

〔一〕異患：詭異禍患。干：干擾，侵犯。陶淵明《庚戌歲九月中於西田穫旱稻》：「四體誠乃疲，庶無異患干。」

〔二〕詳見本卷《和陶淵明歸去來兮辭》。

〔三〕陶淵明《歸園田居》：「開荒南野際，守拙歸園田。方宅十餘畝，草屋八九間。」又，《有會而作一首》：「弱年逢家乏，老至更長飢。菽麥實所羨，孰敢慕甘肥！惄如亞九飯，當暑厭寒衣。」劉向《説苑·立節》：「子思居衛，緼袍無表，三旬而九食。」

〔四〕白居易《何處堪避暑》：「拙退是其分，榮耀非所求。雖被世間笑，終無身外憂。」陶淵明《詠貧士七首》其五：「豈不實苦辛？所懼非飢寒。」

〔五〕委懷：寄托心靈。陶淵明《始作鎮軍參軍經曲阿作》：「弱齡寄事外，委懷在琴書。」李白《夢遊天姥吟留別》：「安能摧眉折腰事權貴，使我不得開心顔！」

〔六〕陶淵明《與子儼等疏》：「常言五六月中，北窗下卧，遇涼風暫至，自謂是羲皇上人。」颯然：風聲。掩關：閉門。

其六

僦居當陋巷，舉目但蒿蓬〔一〕。豈忘翦刈心？家窶罕人工〔二〕。且兹敦苦節，竊附楚兩龔〔三〕。其人不并世，兹懷誰與同〔四〕？有榮方覺辱，無屈豈求通〔五〕？適值偶耕者，欣然將往從〔六〕。

【箋注】

〔一〕僦居：賃屋居住。趙蕃《示兒》：「年來漸知得力處，簞瓢陋巷忘其貧。」程公許《季夏郊墅即事》：「剩著圖書圍几席，何妨門徑擁蒿蓬！」

〔二〕翦刈：割除。窶：貧困。陶潛《飲酒》：「貧居乏人工，灌木荒余宅。」

〔三〕敦：勉勵，督促。苦節：忍受困苦以堅守氣節。兩龔：西漢楚人龔勝與龔舍相友善，咸好學明經，以氣節著稱於時，世謂楚兩龔。龔勝入朝居官，耿介特立，直言激揚。迨王莽攝政，上書乞骸骨以歸老桑梓。王莽篡國，逼迫龔勝出仕，龔勝一身不事二姓，毅然絶食以報故主。龔舍屢受詔於天子，初暫出即以病告歸，後固辭不起。以教授《魯詩》爲樂，壽終於鄉里。二龔事迹詳見《漢書》卷七十二《王貢兩龔鮑傳》。

〔四〕并世：同一時代。韓愈《醉留東野》：「昔年因讀李白杜甫詩，長恨二人不相從。吾與東野生并世，如何復躡二子蹤？」

〔五〕杜甫《寫懷二首》：「全命甘留滯，忘情任榮辱。」屈：貶損，受挫。李康《運命論》：「其身可抑，而道不可屈。」呂延濟《注》：「屈，損也。」杜甫《贈王二十四侍御契四十韻》：「洗眼看輕薄，虛懷任屈伸。」陶淵明《詠貧士七首》其六：「介焉安其業，所樂非窮通。」

〔六〕偶耕：或作耦耕，兩人合作耕種，此指春秋隱士長沮、桀溺。《論語・微子》：「長沮、桀溺耦而耕，孔子過之，使子路問津焉……（桀溺）曰：『滔滔者，天下皆是也，而誰以易之？且而與其從辟人之士也，豈若從辟世之士哉！』」

其七

疇昔解塵鞅，撫劍遊東州〔一〕。飢劬十年久，遂與樵牧儔〔二〕。世人見不識，翳然成俗流〔三〕。子廉感妻仁〔四〕，靖節爲子憂〔五〕。因念南歸日，此責復難酬〔六〕。吾事可奈何？終以愧前修。

【箋注】

〔一〕塵鞅：羈縻人生之俗務；鞅，套在馬頸上之皮帶。劉長卿《遊四窗》：「對此脱塵鞅，頓忘榮與辱。」東州：此指益都、四明等地。參見卷八《始發吴門》及卷九《泛海》以下諸紀行詩。

〔二〕飢劬：飢餓勞累。陶潛《和劉柴桑》：「谷風轉凄薄，春醪解飢劬。」陸游《村居》：「樵牧相諳欲争席，比鄰漸熟約論婚。」

〔三〕翳然：埋没隱匿貌。王炎《旅興》：「白眼看時事，剛腸厭俗流。」

〔四〕子廉：即黃子廉，漢朝南陽太守，嘗以其妻愛子之言而心有戚戚焉。《三國志》卷五十五《吳書十·黃蓋》：「字公覆，零陵泉陵人也。」裴松之《注》引《吳書》曰：「故南陽太守黃子廉之後也。」《太平御覽》卷四百二十六引《風俗通》：「潁川黃子廉者，每飲馬，投錢於水中。」陶淵明《詠貧士七首》其七：「昔有黃子廉，彈冠佐名州。一朝辭吏歸，清貧略難儔。年饑感仁妻，泣涕向我流。丈夫雖有志，固爲兒女憂。」

〔五〕陶淵明《命子》：「厲夜生子，遽而求火。凡百有心，奚特於我！既見其生，實欲其可。人亦有言，斯情無假。日居月諸，漸免於孩。福不虛至，禍亦易來。夙興夜寐，願爾斯才。爾之不才，亦已焉哉！」陶淵明《責子》：「白髮被兩鬢，肌膚不復實。雖有五男兒，總不好紙筆。阿舒已二八，懶惰故無匹。阿宣行志學，而不愛文術。雍端年十三，不識六與七。通子垂九齡，但覓梨與栗。天運苟如此，且進杯中物。」陶淵明《與子儼等疏》：「汝輩稚小家貧，每役柴水之勞，何時可免？念之在心，若何可言？然汝等雖不同生，當思四海皆兄弟之義。鮑叔、管仲，分財無猜；歸生、伍舉，班荊道舊，遂能以敗爲成，因喪立功。他人尚爾，況同父之人哉！」

〔六〕南歸：返回故鄉金華府浦江縣。責：通「債」。史彌寧《懷歸》：「了卻眼前兒女債，買蓑煙際伴閑鷗。」

題巽上人游息軒

名山鬱岧嶢，飛軒起弘①敞〔一〕。覺花墮檻明，忍草緣階長〔二〕。日落萬壑泠，風振百泉響〔三〕。掃庭驅虎出，倚欄延月上〔四〕。雲影共棲息，山光同偃仰〔五〕。晚磬度筠清，夕窗含澗爽〔六〕。偶造幽人境，獲陪芳景賞〔七〕。談玄悟道言，觀妙滅塵想〔八〕。良遊雖暫適，多累詎長往〔九〕？所以俗中人，昏昏在天壤。

【題解】

上人，常用以尊稱僧人。《釋氏要覽·稱謂》：「《摩訶般若經》云：『何名上人？佛言若菩薩一心行阿耨菩提，心不散亂，是名上人。』《增一經》云：『夫人處世，有過能自改者，名上人。』《十誦律》云：『有四種：一粗人，二濁人，三中間人，四上人。』律缾沙王呼佛弟子爲上人。古師云：『内有智德，外有勝行，在人之上，名上人。』」

巽上人，元末明初台州高僧，嘗雲遊四明。《明詩綜》卷二十二李孝謙《送巽上人還台州》：「掛錫遥憐野寺鐘，赤城何處問芙蓉？歸心千里月千里，行色一重山一重。霞洞春深多藥味，石橋雲斷少人蹤。秋風紅葉桃花似，此日相期谷口逢。」

【校勘】

①弘：乾隆本作「宏」。

【箋注】

〔一〕鬱：草木茂盛貌。《詩經・秦風・晨風》：「鴥彼晨風，鬱彼北林。」岧嶢：高峻貌。崔顥《行經華陰》：「岧嶢太華俯咸京，天外三峰削不成。」宏敞：高大寬敞。

〔二〕覺花：與下句「忍辱」皆花名，詳見卷十五《遊香山》。

〔三〕韋應物《藍嶺精舍》：「日落群山陰，天秋百泉響。」

〔四〕驅虎：形容巽上人道行高深。徐應秋《玉芝堂談薈》卷八《馴虎制龍》：「《合璧事類》：『善覺禪師居潭州華林，觀察使裴休訪之：門有侍者否？師唤：大空少空。二虎自庵後出。師曰：有客且去。二虎咆哮而去。』……《朝野僉載》：『空如禪師居陸渾山蘭若。見野豬與虎鬬，師藜杖揮之曰不須相争，各弭耳去。唐天成初，扣水澡光古佛居將軍巖，常有二虎侍側。』《河南通志》：『後梁乾化初，釋法聰居襄陽白馬寺。晉安王來部襄陽，乃詣禪室，見二虎侍側，王告境内虎災。聰即入定，須臾十七大虎至。聰命弟子以布繩繫頸而去，虎遂無害。』」韋應物《詣西山深師》：「掃林驅虎出，宴坐一林間。」曹勳《薄暮動弦歌》：「置酒高樓上，延月開靈襟。」

〔五〕偃仰：一俯一仰，形容悠閑灑脱。歸有光《項脊軒志》：「借書滿架，偃仰嘯歌。」

〔六〕周敦頤《宿崇聖》：「温泉喧古洞，晚磬度危樓。」韋應物《西郊養疾聞暢校書有新什見贈久佇不至先寄此詩》：「窗夕含澗涼，雨餘愛筠緑。」

〔七〕幽人：此指幽居高僧。釋皎然《冬日山行過薛徵君》：「幽人訪名士，家在南岡曲。」

〔八〕談玄：談論玄理。戴叔倫《寄禪師寺華上人次韻三首》：「遥憶談玄地，月高人未眠。」道言：此指佛家真諦。張雨《雲霏分韻得作字》：「道言匪虚無，梵册皆矩矱。」觀妙：觀照大道奥妙。《老子》一章：「無，名天地之始；有，名萬物之母。故常無，欲以觀其妙；常有，欲以觀其徼。」塵想：俗念。朱敦儒《水龍吟》：「平生塵想，老來俗狀，都齊驚散。」

〔九〕累：連累，受害。韓愈《送劉師服》：「士生爲名累，有似魚中鈎。」

次韻答張静虚

天運無停晷，星紀奄已中〔一〕。悠悠悲逝景，靡靡慚化工〔二〕。貞操失蒼蒨，弱植謾葱蘢〔三〕。益壽乏丹木，養生疑絳宫〔四〕。仙遊時既晚，客行歲屢終〔五〕。驚塵歎斐斐，駭浪聽流流〔六〕。魯連寧蹈海，殷浩第書空〔七〕。庶思抱微尚，豈謂表孤忠〔八〕？於焉遇鄉耋，久亦隱牆東〔九〕。形類啄苔鶴，心同避弋鴻〔一〇〕。觀器驗覆昃，察人識盈沖〔一一〕。常時被芳訊，及茲聆緒風〔一二〕。聯裀彰愛昵，列飲慰羈窮〔一三〕。蘭卮遵近約，綺席示前豐〔一四〕。篤顧荷吟伯，陪次辱文雄〔一五〕。談諧重珠玉，榮願薄苓通〔一六〕。摻情情已愜，即道道已隆〔一七〕。孤葩耀霜徑，獨鶚奮秋嵩〔一八〕。昔聚動春作，今離觀歲功〔一九〕。繁翰承存故，希聲忸聽聰〔二〇〕。誠言非外獎，德意自中充〔二一〕。鳴嚶固睦耳，躧步當省躬〔二二〕。寡和難爲繼，淑貺豈所蒙〔二三〕？屬美謝巴曲，撫志愧南翁〔二四〕。

【題解】

張静虚，生平不詳，參看卷二十五《伏承静虚翁以所和詠貧士詩見寄爲賦四韻》。按「於焉遇鄉耋，久亦隱牆東」，張氏亦婺州甚至浦江文士，元末明初匿迹東南海濱。

【箋注】

〔一〕「停晷」：時間停滯；晷，日影，引申爲歲月。陸機《長歌行》：「寸陰無停晷，尺波豈徒旋？」星紀：十二星次之一，爲二十八宿之斗宿與牛宿；此泛指歲時。《爾雅·釋天》：「星紀，斗牽牛也。」奄：奄忽，急遽。中：一年之半。陶潛《五月旦作和戴主簿》：「發歲始俯仰，星紀奄將中。」

〔二〕悠悠：深思貌。《詩經·邶風·終風》：「莫往莫來，悠悠我思。」朱熹《詩集傳》：「悠悠，思之長也。」逝景：時光流逝。王僧達《答顔延年》：「歡此乘日暇，忽忘逝景侵。」靡靡：憂愁貌。王粲《從軍行》：「悠悠涉荒路，靡靡我心愁。」吕延濟《注》：「靡靡，愁貌。」化工：大自然之陶冶化育。《漢書》卷四十八《賈誼傳》：「且夫天地爲鑪，造化爲工。」元淮《立春日賞紅梅之作》：「應是化工嫌粉瘦，故將顔色助花嬌。」

〔三〕貞操：氣節堅定情操高潔。沈約《謝齊竟陵王教撰高士傳啓》：「貞操與日月俱懸，孤芳隨山壑共遠。」蒼蒨：葱蒨，喻生機蓬勃。弱植：怯懦無能，自立無方。《左傳·襄公三十年》：「其君弱植，公子侈，大子卑，大夫敖，政多門，以介於大國，能無亡乎？」秦觀《春日雜興》：「志士恥弱植，卷迹甘飢寒。」葱蘢：喻得志猖獗。謾：徒然。

〔四〕丹木：傳説中奇木。《山海經·西山經》：「又西北四百二十里，峚山，其上多丹木，員葉而赤莖，黄華而赤實，其味如飴，食之不飢。」絳宫：仙宫。裴漼《奉和御制平胡》：「廟略占黄氣，神兵出絳宫。」

〔五〕李白《感興》：「十五遊神仙，仙遊未曾歇。」温庭筠《商山早行》：「晨起動征鐸，客行悲故鄉。」

〔六〕驚塵：車馬疾駛後所揚灰塵。斐斐：輕淡貌。謝惠連《泛湖歸出樓中玩月》：「斐斐氣冪岫，泫泫露盈條。」流流：水聲。

〔七〕魯連：魯仲連，戰國氣節之士，詳見卷一《送屠彦德七首》。殷浩：東晉大臣，北伐失利被廢，終日凌空書「咄咄怪事」四字，參見本卷《和陶淵明擬古九首》。

〔八〕庶思：反復斟酌；庶，多。顧炎武《日知録》卷二十四《重言》：「既庶且多。庶即多也。」微尚：微小志願；尚，心願。《戰國策·魏策一》：「魏王尚遇秦。」鮑彪《注》：「尚，言欲之甚。」《爾雅·釋言》：「庶幾，尚也。」邢昺《疏》：「尚，謂心所希望也。」謝靈運《初去郡》：「伊余秉微尚，拙訥謝浮名。」孤忠：孤立無援而忠心耿耿。胡炳文《拜岳鄂王墓》：「大義君臣重，孤忠天地知。」

〔九〕耋：老翁。《説文》：「耋，年八十曰耋。」隱牆東：本爲東漢王君公隱逸事迹，泛指避世潛居，參見卷十六《庸道提學訪予定川寓舍……》。

〔一〇〕蘇軾《放鶴亭記》：「蓋其爲物，清遠閑放，超然於塵埃之外，故《易》《詩》人以比賢人君子……獨終日於澗谷之間兮，啄蒼苔而履白石。」丘葵《書山翁房壁》：「獨有曾遊客，清臞似鶴形。」弋：以繩繫箭而射。王初《自和書秋》：「隴首斜飛避弋鴻，穨雲蕭索見層空。」陸游《夜坐》：「驚鴻避弋鳴煙渚，斷角凌風上雪雲。」

〔一一〕器：欹器，傾斜易覆之器。覆昃：水滿則器覆，無水則器斜，喻傲慢以致敗亡，無知以致坎壈；昃，通「仄」，傾斜。《孔子家語·三恕第九》：「子曰：『吾聞宥坐之器，虛則欹，中則正，滿則覆。明君以爲至誡，故常置之於坐側。』顧謂弟子曰：『試注水焉！』乃注之水。中則正，滿則覆。夫子喟然歎曰：『嗚呼！夫物惡有滿而不覆哉？』」盈沖：極充盈者似乎虛空匱乏，此喻淵博睿智者謙卑虚心；沖，空虚。《老子》四十五章：「大盈若沖，其用不窮。」

〔一二〕芳訊：美好音問。劉禹錫《酬令狐相公歲暮遠懷見寄》：「芳訊遠彌重，知音老更稀。」緒風：餘風，喻往聖先賢所遺風尚。《姑溪居士前集》卷十四《謝金陵舉人》：「造語警拔，蔚有緒風。」

〔一三〕聯裀：坐墊相連；裀，通「茵」，褥墊。喻良能《贈神童林公滋公澤女神童幼玉》：「聯茵并載驚都市，萬里青雲從此始。」列飲：并列飲酒。宋濂《次黄侍講贈陳性初詩韻》：「列飲杏花陰，吹笛侑羹獻。」羈窮：漂泊困厄。陸游《雨後出門散步》：「老大徂年速，羈窮壯志違。」

〔一四〕蘭巵：美好酒器；巵，圓形酒器。李德裕《懷山居邀松陽子同作》：「秋憶泛蘭巵，冬思玩松雪。」綺席：華美坐席。李商隱《祭呂商州文》：「華樽旨酒，綺席佳餚。」

〔一五〕篤顧：真誠探訪。王僧達《答顔延年》：「結遊略年義，篤顧棄浮沉。」荷：蒙受。吟伯：詩伯，詩壇名流。王冕《雜興》：「寄語儒林趙詩伯，好收風月作比鄰。」陪次：陪伴住宿；次，停留。《廣雅·釋詁四》：「次，舍也。」王念孫《疏證》：「次爲舍止之舍。」文雄：文豪。李白《大獵賦》：「而相如、子雲競誇辭賦，歷代以爲文雄，莫敢詆訐。」

〔一六〕蘇轍《答孔武仲》：「談諧傾蓋間，還往白首熟。」苓通：豬屎與馬糞，喻極卑賤之物。王安石《登小茅公》：「物外真遊來几席，人間榮願付苓通。」

〔一七〕即道：詢問大道；即，走近詢問。《漢書·孫寶傳》：「事下三公即訊。」顔師古《注》：「即，就問之。」徐集孫《古意》：「三彈彈《離騷》，感慨古道隆。」

〔一八〕孤葩：此喻德盛才美特立獨行者。鶚：猛禽，喻卓犖絶倫者。杜甫《奉贈嚴八閣老》：「蛟龍得雲雨，鵰鶚在秋天。」仇兆鼇《注》：「《唐書》：『韋思謙爲御史大夫，見王公未嘗屈禮，曰：『耳目之官，固當特立，鵰鶚鷹鸇，豈衆禽之偶？』』」嵩：嵩山。

〔一九〕春作：春日耕作。陶潛《丙辰歲八月中於下潠田舍穫》：「不言春作苦，常恐負所懷。」歲功：一年收成。陶淵明《癸卯歲始春懷古田舍》：「雖未量歲功，即事多所欣。」

〔二〇〕存故：慰問故友。陶淵明《與殷晉安别》：「脱有經過便，念來存故人。」希聲：極細極微聽而不聞之聲音。《老子》：「大器晚成，大音希聲，大象無形。」柳宗元《初秋夜坐贈吴武陵》：「希聲閟大樸，聾俗何由聰？」忸：慚愧。

〔二一〕《陶淵明集箋注·附録二·東坡先生和陶淵明詩·詠貧士七首》：「淵明初亦仕，弦歌本誠言。」德意：善心，恩惠。陳剛中《視澇》：「要須盡蠲除，仰稱德意美。」中充：心靈充實。蘇軾《王頤赴建州錢監求詩及草書》：「羨君顔色愈少壯，外慕漸少由中充。」

〔二二〕嚶嚶：飛鳥之柔和鳴聲，喻好友聚談。《詩經·小雅·伐木》：「嚶其鳴矣，求其友聲。相彼鳥矣，猶求友聲。矧伊人矣，不求友生？」《詩集傳》：「此燕朋友故舊之樂歌。故以伐木之丁丁興鳥鳴之嚶嚶，而言鳥之求友。遂以鳥之求友，喻人之不可無友也。」睦耳：悦耳。躧步：步伐輕快。左思《魏都賦》：「邯鄲躧步，趙之鳴瑟。」

〔二三〕寡和：曲高和寡，參見卷九《次韻春雪禁體》；此形容張氏辭章高雅超卓。淑貺：美好賞賜。

〔二四〕屬美：連綴記述嘉言懿行。顔延之《贈王太常》：「屬美謝繁翰，遥懷具短札。」吕向《注》：「愧我無繁辭之翰，綴屬君之美事。」謝：懷抱歉意。巴曲：巴歌，古楚地歌曲《下里巴人》，此喻淺薄思慮庸常筆墨。李群玉《自澧浦東遊江表途出巴丘投員外從公虞》：「巴歌掩白雪，鮑肆埋蘭芳。」撫志：撫心，反省自問。南翁：南公，戰國時楚國隱士，此代張静虚。《史記》卷七《項羽本紀》：「故楚南公曰：『楚雖三户，亡秦必楚也。』」裴駰《集解》：「徐廣曰：『楚人也，善言陰陽。』文穎曰：『南方老人也。』」

觀雨憶竹梅翁

陽景蔽秋節，愁霖久未收〔一〕。既騰舜江水，亦湧秦湖流〔二〕。朝旦振衣起，言登川上樓〔三〕。兩目固云曠，撫事多離憂〔四〕。爲懷我儔侶，年大雪盈頭〔五〕。近緣促官課，滯彼海東州〔六〕。滷液入庭潤，鹽煙當座浮〔七〕。行潦作蹊徑，沉泥壅道周〔八〕。跬步不能出，兀若坐虚舟〔九〕。得似客遊日，長途騁驊騮〔一〇〕。

【題解】

竹梅翁，元時餘姚王嘉閭，慷慨豪俠，警敏幹練，詳見卷二十七《竹梅翁傳》。《御選元詩・姓名爵里二・王嘉閭》：「字景善，一字雲昇，餘姚人，以薦除松江財賦提舉，至正間累遷廣東道宣慰副使。」《御選元詩》卷七《王嘉閭・葉敬常祠下歌》：「北溟波浪幾千里，南山倚石空纍纍。石工未刻厭水犀，石精化作萬丈青虹霓。青虹墮地飲水不肯去，即作葉侯捍海之横堤。堤蟠三萬二千尺，盡是南山倚空石。葉侯驅石應有神，抔土丸泥真戲劇。舊時天吳上平地，幾處桑田爲海水。潮來汐去二百年，海波還變爲桑田。堤成侯去民安土，祠下年年聞社鼓。餘姚編民十萬户，仰視葉侯如父母。侯之去兮不可留，桂爲楫兮蘭爲舟。侯之没兮神來遊，芹香酒旨羅庶羞。石堤捍海終不朽，侯德與之同永久。南山蒼蒼，北海茫茫，餘姚之民兮，思葉侯不忘。」

【箋注】

〔一〕陽景：陽光。曹植《情詩》：「微陰翳陽景，清風飄我衣。」

〔二〕舜江：一名姚江，今餘姚市江流，詳見卷二十《愛日堂記》。秦湖：今慈溪市石堰村湖泊，詳見卷二十五《秦湖隱居》。

〔三〕振衣：抖掉衣上灰塵。左思《詠史》：「振衣千仞岡，濯足萬里流。」

〔四〕撫事：思慮世事。杜甫《感舊》：「功名竟何在？撫事感頹齡。」

〔五〕雪：此喻白髮。王諲《後庭怨》：「紅顔舊來花不勝，白髮如今雪相似。」

〔六〕按卷二十七《竹梅翁傳》，竹梅翁元時嘗除松江等處財賦提舉而政績卓著，不知此次因何重操舊業。官課：官府税收。《宋史》卷一百七十三《食貨上一》：「江淮間沙田蘆場，爲人冒占，歲失官課至多。」海東州：此指明代寧波府。舒岳祥《憶筇竹杖詞》：「四明直在海東頭，我得一條長在掌。」

〔七〕滷液：鹹水。《廣韻·錫韻》：「滷，鹹也。」陳造《定海四首》：「官廨鹽煙外，居人雜賈胡。」

〔八〕行潦：流水；潦，雨水。《詩經·召南·采蘋》：「于以采藻，于彼行潦。」道周：周道，大路。《詩經·小雅·四牡》：「四牡騑騑，周道倭遲。」朱熹《詩集傳》：「周道，大路也。」

〔九〕跬步：古時邁兩腳曰步，邁一腳曰跬。兀若：静止貌。陸機《文賦》：「兀若枯木，豁若涸流。」虚舟：無人駕馭之船。《莊子·山木》：「方舟而濟於河，有虚船來觸舟，雖有惼心之人不怒。」

〔一〇〕得似：怎似。楊萬里《詔追供職學省曉發鳴山驛》：「帝城萬事好，得似早還家？」王安石《驊騮》：「驊騮亦駿物，卓犖地上遊。怒行追疾風，忽忽跨九州。」

九靈山房集卷之二十五

越遊稿二

七言律詩

秋日書懷

獨對欄干苜蓿盤，入秋兩鬢轉班班①〔一〕。長途自覺衰難任，故國誰令老未還〔二〕？猶喜病妻安久困，只憐弱子歷多艱〔三〕。有書若報征徭事，又遣新愁損舊顔〔四〕。

【題解】

「自古逢秋悲寂寥」，文人墨客每逢西風蕭瑟黄葉飄飛之素秋，常以《秋日書懷》《秋日》《書懷》等爲題，抒發鬱結苦悶之情。

【校勘】

①班班：乾隆本作「斑斑」。

【箋注】

〔一〕欄干：同「闌干」，縱横雜亂貌。岑參《白雪歌送武判官歸京》：「瀚海闌干百丈冰，愁雲慘澹萬里凝。」苜蓿盤：盛放苜蓿之菜盤，形容清苦冷落生活。王定保《唐摭言》卷十五《閩中進士》：「薛令之，閩中長溪人……累遷左庶子。時開元東宫官僚清淡，令之以詩自悼，復紀於公署曰：『朝旭上團團，照見先生盤。盤中何所有？苜蓿長闌干。飯澀匙難綰，羹稀箸易寬。何以謀朝夕？何由保歲寒？』」班班：同「斑斑」，頭髮花白貌。

〔二〕故國：故鄉。唐崔塗《春日登吴門》：「故國望不見，愁襟難暫開。」

〔三〕妻：趙氏夫人，時攜子女居住於故鄉金華浦江城西，參見卷二十九《祭亡妻趙氏夫人文》。

〔四〕征徭：賦税徭役。杜荀鶴《山中寡婦》：「任是深山更深處，也應無計避征徭。」舊顔：先前容貌。林景熙《答山中侃上人》：「因笑塵中客，重逢改舊顔。」

七夕有感

聞道長安全盛時，年年此日是佳期。九華燈下來王母〔一〕，百子池邊宴戚姬〔二〕。

青鳥只今無信至，彩樓何處賞心虧〔三〕？不須更向天河望，涼月悽人雙淚垂。

【題解】

七夕，傳説牛郎織女天河相會之夜。《荆楚歲時記》：「七月七日爲牽牛織女聚會之夜……是夕，人家婦女結彩縷，穿七孔針，或以金銀鍮石爲針，陳几筵酒脯瓜菓於庭中以乞巧，有蟢子網於瓜上，則以爲符應。」

【箋注】

〔一〕九華燈：或曰九光燈。《漢武帝内傳》：「至七月七日，乃修除宫掖之内，設座殿上。以紫羅薦地，燔百和之香，張雲錦之帳。然九光之燈，設玉門之棗，酌蒲萄之酒，躬監肴物，爲天官之饌。帝乃盛服立於陛下，敕端門之内，不得妄有窺者。内外寂謐，以俟雲駕。至二唱之後，忽天西南如白雲起，鬱然直來，逕趨宫庭間，須臾轉近，聞雲中有簫鼓之聲人馬之響。復半食頃，王母至也……王母上殿東向坐，著黄錦袷襡，文采鮮明，光儀淑穆。帶靈飛大綬，腰分頭之劍，頭上大華結，戴太真晨嬰之冠，履元璚鳳文之舄。視之可年卅許，修短得中，天姿掩藹，容顔絶世，真靈人也。」

〔二〕百子池：西漢宫禁内水池。戚姬：漢高祖時寵姬戚夫人。《三輔黄圖》卷四《池沼·百子池》：「戚夫人侍兒賈佩蘭（後出爲扶風人段儒妻）説：『在宫内時見戚夫人侍高祖，嘗以趙王如意爲言，而高祖思之，幾半日不言，歎息悽愴而未知其術。使夫人擊筑，高祖歌《大風》以和之。七月七日，臨百子池，作于闐樂，樂闋，以五色縷相羈，謂之相連愛。』」

〔三〕青鳥：人神間傳遞音訊之靈鳥。曹唐《漢武帝將候西王母下降》：「歌聽紫鸞猶縹緲，語來青鳥許從容。」彩樓：特指七夕乞巧樓。南唐李中《七夕》：「星河耿耿正新秋，絲竹千家列彩樓。」仇遠《七夕》：「歲歲今宵乞巧樓，疏星如弈月如鈎。」賞心：心情歡暢。謝靈運《擬魏太子鄴中集詩八首并序》：「天下良辰、美景、賞心、樂事，四者難并。」

九日感傷　先人下世忌

常年九日倍悲秋，況在長途獨倚樓〔一〕。手種白楊何處是？頭簪黄菊此生休〔二〕。悠悠歲月衹添老，靡靡湖山已倦遊〔三〕。只有思親雙淚眼，寒江忍付水東流〔四〕。

【題解】

九日，雙九重陽，呼朋引伴，扶老攜幼，佩茱萸，賞菊花，飲美酒，游目眺遠，祝壽敬老。《西京雜記》卷三：「九月九日，佩茱萸，食蓬餌，飲菊花酒，令人長壽。」戴九靈流落海濱，孤獨寂寥，況逢先人辭世忌日，俯仰四顧，潸然淚下。

【箋注】

〔一〕常年：歲月悠久。《集韻·陽韻》：「常，久也。」杜甫《送裴五赴東川》：「凜凜悲秋意，非君誰與論？」

〔二〕白楊：古時常植墓地之樹種。《古詩十九首·去者日以疏》：「白楊多悲風，蕭蕭愁殺人。」又，《驅車上東門》：「白楊何蕭蕭！松柏夾廣路。」陶淵明《擬挽歌辭三首》其三：「荒草何茫茫！白楊亦蕭蕭。」簪：插。杜牧《九日齊山登高》：「塵世難逢開口笑，菊花須插滿頭歸。」

〔三〕陸游《東籬雜書》：「莽莽江湖遠，悠悠歲月移。」靡靡：蜿蜒起伏貌。王安石《題舒州山谷寺石牛洞泉穴》：「水泠泠而北出，山靡靡以旁圍。」項安世《次韻爲樂黔州內子壽》：「西閣雨晴山靡靡，東湖雲澹水微微。」

〔四〕忍：豈忍，未忍。杜甫《登牛頭山亭子》：「猶殘數行淚，忍對百花叢？」

寄鶴年

衡門之下可棲遲，且抱遺經住海涯〔一〕。東漢已編高士傳，西方仍誦美人詩〔二〕。

衰年避地方蓬轉，故國傷心忽《黍離》〔三〕。天末秋風正瀟①瑟，一鴻聲徹暮雲悲〔四〕。

【題解】

丁鶴年，元末明初回族詩人，詳見卷十九《高士傳》。

【校勘】

① 瀟：乾隆本作「蕭」。

【箋注】

〔一〕《詩經・陳風・衡門》：「衡門之下，可以棲遲。」遺經：先聖所遺儒家經典。丁生俊《丁鶴年詩輯注・補遺・避地》：「避地長年大海東，蕭條生事野人同。深春耒耜孤村雨，落日帆檣遠浦風。那得文章偕隱豹？聊將音問托歸鴻。平生自恨無仙骨，五色蓬萊咫尺中。」

〔二〕高士傳：本爲《後漢書》卷八十三《逸民列傳》所載雅士仙客，此暗指本集卷十九《高士傳》。美人：喻高尚賢士。《詩經・邶風・簡兮》：「云誰之思，西方美人。彼美人兮，西方之人兮。」鄭玄《箋》：「思周室之賢者。」

〔三〕蓬轉：蓬草隨風飛轉，喻流離飄零。潘岳《西征賦》：「陋吾人之拘攣，飄萍浮而蓬轉。」黍離：本爲《詩經》篇目，參見卷十七《哭揭秘監三十四韻》；此代丁氏悲悼元朝衰亡諸詩。《丁鶴年詩輯注・哀思集・勞勞》：「閶闔排雲事已休，勞勞猶恥爲身謀。數莖白髮未爲老，一寸丹心都是愁。燕代地高山北峙，荆揚天闊水東流。英雄已去空形勝，劍氣中宵射斗牛。」又《兀兀》：「數莖白髮鏡中新，兀兀窮年愧此身。萬里雲霄雙倦羽，千尋江漢一窮鱗。望鄉薄暮憑西日，去國中宵禮北辰。客路漸遥身漸老，此生何以報君親？」

〔四〕天末：極遥遠之天邊。瀟瑟：同「蕭瑟」，風吹草木聲。李繼本《柳居圖》：「清風蕭瑟來枕席，流水汩㶁鳴階除。」喻良能《次韻周敏卿秋興三首》：「蕭蕭林影薄，杳杳鴻聲悲。」

寄天淵老禪　時住二靈

路入錢湖是二靈，玻瓈影裏樹冥冥〔一〕。木杯幾渡源頭水，貝葉長翻笈内經〔二〕。禪室夜開容虎卧，法筵朝講使龍聽〔三〕。何時去①結東林社，待看曇花瑞世青〔四〕？

【題解】

天淵，元時鄞縣二靈教寺高僧，詳見卷十六《湖下對雨有懷天淵老禪》。

【校勘】

①去：底本作「夫」，據乾隆本與同治本改。

【箋注】

〔一〕錢湖：常曰東錢湖，亦名東湖；其畔有名山曰二靈，二靈教寺在焉；詳見卷十五《遊東湖》。玻瓈：同「玻璃」，喻清平湖面。何耕《寒碧亭》：「憑欄日日俯清湍，洗竹年年斬惡竿。十頃玻璃秋色静，一林竽籟曉聲寒。」冥冥：昏暗幽深貌。《楚辭》屈原《九章・涉江》：「深林杳以冥冥兮，乃猿狖之所居。」

〔二〕木杯：晉宋時高僧杯度跨越江湖之水杯，暗指天淵禪師道行高深。釋慧皎《高僧傳》卷十《神異下・宋京師杯度》：「杯度者，不知姓名。常乘木杯度水，因而爲目。初見在冀州。不修細行，神力卓越，世莫測其由來。嘗於北方寄宿一家，家有一金像，度竊而將去，家主覺而追之。見度徐行，走馬逐而不及。至孟津河，浮木杯於水，憑之度河。無假風棹，輕疾如飛。俄而度岸，達於京師。見時可年四十許，帶索繿縷，殆不蔽身。」貝葉：佛家寫經之樹葉。柳宗元《晨詣超師院讀禪經》：「閑持貝葉書，步出東齋讀。」

〔三〕虎卧：參見卷二十四《題巽上人游息軒》。曾慥《類説》卷十九《龍聽講經》：「有僧講經山寺，常有一叟來聽，問其姓氏。曰：『某乃山下潭中龍也，幸歲旱得閑，來此聽法。』僧曰：『公能救旱乎？』曰：『上帝封江湖，有水不得輒用。』僧曰：『此硯中水可用乎？』乃就硯吸水徑去。是夕雷雨大作，逮曉視之，悉黑水。」

〔四〕東林社：由晉釋慧遠首倡十八僧俗在廬山東林寺所結社團，詳見卷十七《題永樂寺水竹居》。曇花：梵語，或作曇華，常稱優曇鉢華，謂轉輪王出世，曇花始放；漢譯祥瑞靈異花。《長阿含經》卷四《遊行經》：「告諸比丘，汝等當觀，如來時時出世，如優曇鉢華時一現耳。」《南史》卷四十四《竟陵文宣王子良》：「子良啓進沙門，於殿户前誦經，武帝爲感，夢見優曇鉢花。」瑞世：饋世間以祥瑞。

梅簷爲天敘師賦

上人昔住大梅山，坐看簷梅眼欲穿〔一〕。白足亂迷行道日，寶花輕墮講經天〔二〕。肯將素服欺塵夢？只許清香入梵筵〔三〕。看到常師成熟後，始知此道有真傳〔四〕。

【題解】

本詩目録作《簷梅爲秩天敘賦》。簷，屋簷，代屋舍；梅簷，疑爲大梅山護聖禪寺梅熟堂。天敘師，元末明初四明禪師。參見卷十六《承天淵天敘二禪師下顧適出不及一會而去詩以謝之》。《鮚埼亭集外編》卷十五《小江湖梅梁銘》：「嗟乎！年運而往，大梅山中護聖寺所謂梅熟堂者，今已不可復問，不特古木之無稽也。而光同鄉芝山之梅，亦更無一枝片葉存於世間。」

【箋注】

〔一〕大梅山：鄞縣大山，詳見卷十九《覺智圓明述禪師傳》。眼欲穿：企盼貌。白居易《江樓夜吟元九律詩三十韻》：「白頭吟處變，青眼望中穿。」

〔二〕白足：南北朝時釋曇始，足白於面，人稱白足和尚；泛指得道僧徒。慧皎《高僧傳》卷十《釋曇始》：「釋曇始，關中人。自出家以後，多有異迹。晉孝武太元之末，齎經律數十部，往遼東宣化，顯授三乘，立以歸戒，蓋高句驪聞道之始也。義熙初復還關中，開導三輔。始足白於面，雖跣涉泥水，未嘗沾濕，天下咸稱白足和尚。」蘇軾《贈上天竺辯才師》：「坐令一都會，男女禮白足。」亂迷：目亂睛迷，形容驚駭癡迷貌。楊衒之《洛陽伽藍記》卷一《景樂寺》：「召諸音樂逞伎寺内。奇禽怪獸，舞忭殿庭，飛空幻惑，世所未睹，異端奇術，總萃其中。剥驢投井，植棗種瓜，須臾之間皆得食。士女觀者，目亂睛迷。」寶花輕墮：雙關語，明指梅花，暗用天花亂墜之典；參見卷十三《雲深詩序》。《大乘本生心地觀經》卷一《序品第一》：「六欲諸天來供養，天華亂墜遍虚空。」

〔三〕素服：本色服裝，此指僧服。塵夢：人世間功利迷夢。戴叔倫《贈月溪羽士》：「自知塵夢遠，一洗道心清。」梵筵：佛教法筵。

〔四〕常師：唐時法常禪師，晚年講道護聖寺，參見卷二十九《大梅常禪師語録序》。《五燈會元》卷三《馬祖一禪師法嗣》：「明州大梅山法常禪師者，襄陽人也……其僧回，舉似馬祖。祖曰：『梅子熟也！』龐居士聞之，欲驗師實，特去相訪。才相見，士便問：『久向大梅，未審梅子熟也未？』師曰：『熟也，你向甚麼處下口。』士曰：『百雜碎。』師伸手曰：『還我核子來。』士無語。自此學者漸臻，師道彌著。」真傳：嫡傳。陽枋《挽黄循齋》：「周經談正印，《易》學話真傳。」

有懷淬用剛賦此以寄

何處名山擅地靈，雨微峰下樹青青〔一〕。九天石落疑星化，一夜龍歸挾霧腥〔二〕。禪窟已鐫新賜翰，法函惟啓舊藏經〔三〕。道人猶恨居山淺，杖錫時時入杳冥〔四〕。

【題解】

淬用剛，元末慈溪永樂寺高僧，詳見本書卷十七《同淬用剛登甘露寺》。

【箋注】

〔一〕雨微峰：慈溪山名，或稱龍山、雨徵峰，永樂寺在焉，參見卷十六《遊龍山》。

〔二〕石：此指龍山石崖。林景熙《金山寺》：「一星化石江成陸，雙塔摩空寺裏山。」龍：明稱龍山，暗喻淬用剛，以佛教常用龍象擬得道高僧。何耕《題龍華山寺》：「鳥下窺齋鉢，龍歸識梵音。」

〔三〕禪窟：禪寺，禪師聚集之所。張籍《遊襄陽山寺》：「薜荔侵禪窟，蝦蟆占浴池。」賜翰：此指明初永樂寺高僧祖闡東渡日本時洪武帝所賜詩章，詳見卷二十八《歸庵記》。法函：貯藏佛經之木匣。

〔四〕杖錫：僧人拄錫杖以雲遊。杜甫《宿贊公房》：「杖錫何來此？秋風已颯然。」杳冥：幽暗深密之地。釋文珦《言志》：「千山復萬山，曾不厭深密。」文同《宿隆平精舍》：「下馬穿蒙密，隨僧入杳冥。」

寄郁文海長老

每追杖錫向東皋，渾似天台訪石橋〔一〕。結社自慚非栗里，能詩誰説避參寥〔二〕。金華洞古行歸隱，檀特巖深久見招〔三〕。只恐燕鴻相背後，高情無復念塵勞〔四〕。

【題解】

郁文海，元末明初高僧，始出福建漳州檀特巖精舍，後雲遊浙江海濱叢林，詳見本書卷二十六

《郁文海像贊》。

【箋注】

〔一〕東皋：慈溪東皋福昌寺，詳見卷二十八《重建東皋福昌寺記》。天台：浙江天台山。石橋：天台山著名景觀石梁飛瀑。《嘉定赤城志》卷二十一《山水門三·山》：「天台山。在縣北三里，自神迹石起。按陶弘景《真誥》，高一萬八千丈，周回八百里，山有八重，四面如一……石橋。在縣北五十里，即五百應真之境，相傳爲方廣寺。有石梁架兩厓間，龍形龜背，廣不盈咫，其上雙澗合流，泄爲瀑布，西流出剡中。梁既峭危，且多莓苔，甚滑。下臨絶澗，過者目眩心悸。」

〔二〕社：白蓮社，或稱東林社，東晉時高僧慧遠所倡，嘗延陶淵明談玄論道，詳見卷十七《題永樂寺水竹居》。《江西通志》卷一百五十九《雜記》：「遠法師結白蓮社，以書招淵明。淵明曰：『弟子性嗜酒，法師許飲，即往矣。』遠許之，遂造焉。因勉以入社，淵明攢眉而去。」栗里：東晉潯陽郡柴桑縣地名，詩人陶淵明故鄉。白居易《訪陶公舊宅》：「柴桑古村落，栗里舊山川。」避：比不上。《説苑·正諫》：「寡人之行，豈避堯舜哉！」參寥：宋高僧道潛，字參寥，號參寥子，以詩文鳴於世，與蘇軾等文儒過從甚密，詳見卷二十八《大慈寺上蒙堂記》。

〔三〕金華洞：浙江金華雙龍洞等勝迹，此泛指戴九靈故鄉金華；參見卷三《往山洞》。檀特巖：福建漳州龍溪檀特巖精舍，詳見卷二十八《檀特巖精舍記》。

〔四〕燕鴻：燕以自喻，鴻擬郁文海。丘遲《與陳伯之書》：「將軍勇冠三軍，才爲世出，棄燕雀之小志，慕鴻鵠以高翔！」塵勞：佛家所謂俗事煩惱。吕温《道州敬酬何處士書情見贈》：「意氣曾傾四國豪，偶來幽寺息塵勞。」

遲九思不至

老我飄零此海湄，故人别去竟愆期〔一〕。道途正遠誰相慰，歲序幾何成久離〔二〕。白月墮梁頻夢想，清風啜茗重懷思〔三〕。長卿多病尋常事，莫爲當壚出每遲〔四〕。

【題解】

九思，元末明初餘姚詩家張克問，九思其字也。戴九靈與張克問皆嘗遊上虞魏仲遠家，此或兩賢相知肇始。《御選元詩·姓名爵里二·張克問》：「字九思，餘姚人。」《御選元詩》卷五十三張克問《姚江對月有懷仲遠徵君》：「百里芙蓉繞曲阿，錦帆輕颺白鷗波。月華夜照山河淡，露氣秋添草木多。湖上故人成遠别，天邊鴻雁幾時過？相思兩岸蘋花白，回首西風倚棹歌。」

【箋注】

〔一〕愆期：誤期，爽約。《詩經·衛風·氓》：「匪我愆期，子無良媒。」

〔二〕歲序：時令；序，時序季節。王勃《春思賦》：「君度山川成白首，應知歲序歇紅顏。」

〔三〕杜甫《夢李白》：「落月滿屋梁，猶疑照顏色。」陸游《初夏閑居》：「啜茗清風兩腋生，西齋雅具愜幽情。」

〔四〕長卿：西漢文學家司馬相如，字長卿，患消渴病，早歲嘗與妻卓文君沽酒謀生。當爐：同「當壚」「當盧」，在土墩前賣酒；此明言卓文君，暗指九思妻。《漢書》卷五十七《司馬相如傳》：「相如與俱之臨邛，盡賣車騎，買酒舍，乃令文君當盧……相如口吃而善著書。常有消渴病。與卓氏婚，饒於財。故其仕宦，未嘗肯與公卿國家之事，常稱疾閑居，不慕官爵。」

寄駱以大

先生節操古人同，每歎清時老不逢。東海眼穿華表鶴，西風淚盡鼎湖龍〔一〕。家貧已覺交遊少，地僻應忘禮數慵〔二〕。獨有風塵老羈客，時時杖屨許相從〔三〕。

【題解】

駱以大，元末鄞縣高潔特立之士，詳見本書卷十八《愛菊説》。

【箋注】

〔一〕華表鶴：傳説遼東丁令威化鶴回鄉，棲於城門華表柱；後爲遊子返鄉之典；詳見卷十七《偶書》。鼎湖龍：傳説黄帝鑄鼎於荆山下，鼎成，有龍迎黄帝上天，後遂以鼎湖龍去爲皇帝駕崩之典；此則悲悼元朝順帝敗北以亡。《史記》卷二十八《封禪書》：「黄帝采首山銅，鑄鼎於荆山下。鼎既成，有龍垂胡髯下迎黄帝。黄帝上騎，群臣後宫從上者七十餘人，龍乃上去……故後世因名其處曰鼎湖。」杜甫《驪山》：「鼎湖龍去遠，銀海雁飛深。」虞集《挽文丞相》：「雲暗鼎湖龍去遠，月明華表鶴歸遲。」

〔二〕陸游《貧中自戲》：「門冷并無殘客迹，家貧常讀絶編書。」釋文珦《還山》：「吾性本閑曠，素不喜城郭。而况賓主間，禮數相束縛。」

〔三〕風塵：喻行旅艱辛。范靖妻沈氏《晨風行》：「念君劬勞冒風塵，臨路揮袂淚沾巾。」

寄紀宗正

一别故人雲水遥，相思徒使寸心勞〔一〕。長卿病肺偏能賦，楚客憂時謾作騷〔二〕。

龍卧山深風氣聚，虎蹲巖近海氛消〔三〕。但令兩地宜耕釣，白首何嫌不見招〔四〕？

【題解】

紀宗正，元末明初鄞縣儒士，據本詩「龍卧山」「虎蹲巖」，紀氏村莊坐落於元時鄞縣、定海交界處。參看卷十六《十一月十日紀宗正夏君衡約遊東湖》。

【箋注】

〔一〕雲水：雲遮水阻。陸游《長相思》：「雲千重，水千重，身在千重雲水中。」

〔二〕長卿：漢文學家司馬相如，患消渴病，古人誤以爲肺病，詳見本卷《遲九思不至》。李石《憂旱》：「吾生老文園，肺渴不自慰。」楚客：此指屈原，遭罹放逐而苦吟《離騷》。《史記》卷八十四《屈原賈生列傳》：「屈平疾王聽之不聰也，讒諂之蔽明也，邪曲之害公也，方正之不容也，故憂愁幽思而作《離騷》……若《離騷》者，可謂兼之矣。上稱帝嚳，下道齊桓，中述湯武，以刺世事。明道德之廣崇，治亂之條貫，靡不畢見。其文約，其辭微，其志絜，其行廉。其稱文小而其指極大，舉類邇而見義遠。其志絜，故其稱物芳。其行廉，故死而不容。自疏濯淖污泥之中，蟬蜕於濁穢，以浮游塵埃之外，不獲世之滋垢，皭然泥而不滓者也。推此志也，雖與日月争光可也。」

〔三〕龍卧山：通稱龍山。《乾隆鄞縣志》卷三《山川·龍山》：「縣東三十里，與鎮海陳山界。狀如游龍，四明山發脉，迤邐自南而東北至此，雙峰在龍山頂。」虎蹲巖：通稱虎蹲山。《光緒鎮海縣志》卷六《山川上·虎蹲山》：「縣東三里，屹立海口，以形得名，古稱蛟門、虎蹲天險之設。」

〔四〕嫌：怨恨，不滿。招：朝廷徵召。左思《詠史》：「馮公豈不偉？白首不見招。」

寄胡仲孚

客裏遊從近十年，一時朋舊羨君賢〔一〕。學通上古長桑術，道悟南華散櫟篇〔二〕。交久直看書似笥，愛深時借筆如椽〔三〕。白頭歸倚西風立，一度相思一惘然〔四〕。

【題解】

胡仲孚，其人不詳。依據本詩，胡氏精通岐黄術，追慕莊子遺世避禍以長生久視之道。

【箋注】

〔一〕遊從：交往。釋文珦《衡門》：「介癖遊從少，幽深景物偏。」陸游《新春》：「何時見朋舊，細話別來心？」

〔二〕長桑：戰國時神醫，扁鵲獲其禁方而醫術卓絶，參見卷十八《項彥章像贊》。南華：莊子，唐玄宗時賜封南華真人。散櫟：無用而享天年之櫟木，喻遺世避禍以全真養生者。散櫟篇：

此指《莊子·人間世》，參見卷二十四《和陶淵明雜詩十一首》其四。

〔三〕書似筍：山勢峭崒峭拔，常擬之以筍；此則移用於書法，謂胡氏字體瘦硬勁挺。鄭剛中《移司道中四絶》：「千山似筍憐渠瘦，一水如藍對我寒。」杜甫《李潮八分小篆歌》：「苦縣光和尚骨立，書貴瘦硬方通神。」筆如椽：形容文筆雄健遒勁。《晉書》卷六十五《王珣》：「珣夢人以大筆如椽與之，既覺，語人云：『此當有大手筆事。』俄而帝崩，哀册謚議，皆珣所草。」

〔四〕歸：返回故國金華浦江。張羽《贈彈箏人》：「坐中北客聽來少，暗想當時一惘然。」

寄宋廷臣

憶昔遨遊多士間，江城幾度共盤桓〔一〕。眼穿東海蓬萊殿，人老西風苜蓿盤〔二〕。郢國善歌稱宋玉，唐朝能賦愧方干〔三〕。如今寂寞空山裏，脉脉無言心自酸〔四〕。

【題解】

宋廷臣，四明人，嘗爲推官，主州郡刑獄，與丁鶴年、鄭真、趙撝謙諸名流過從交遊。丁生俊《丁鶴年詩輯注·續集·哭四明宋廷臣推官》：「甬東郭外爲鄰住，湖北城中值宦遊。直擬千回同一日，那知一别竟千秋？」

鄭真《滎陽外史集》卷九十三《用韻答宋推官廷臣見寄》：「淮南爲客已多年，長憶山中孟浩然。雁信遠隨千里月，鸞章忽報九重天。論文願借清風榻，載酒須同碧水船。莫道老虔官獨冷，吹噓正待向雲邊。」

趙撝謙《趙考古文集》卷一《與宋推官書》：「古則奉書廷臣推相公閣下：昔在鍾離，深蒙刮目，非斯文之至者，烏能獲此禮哉？别來月餘，西便者三四，不奉尺素者，非慢且怠，乃恐恥於閣下，故不敢耳。今復此呶喋者，既而熟思之，乃歎曰：宋公乃達道理君子人也，豈以我之不幸而有昜中耶？且僕之不幸，非實故獲於慮，乃墮於憸人之計耳。抑觀之，自古逮今，若是類者，原原有之，亦何足動余之方寸哉！且古聖賢之出處行藏，塞於此者通於彼，屈於今者伸於後。僕之屈塞，必有通伸者焉。今而往，吾將深藏夫不刊之書，傳之於後，必有所在也。今僕之出此言，非所以矜耀誇誕於左右，恃在交深愛厚，姑道其常耳。」

【箋注】

〔一〕多士：衆多士子，常指士大夫群體。《詩經·大雅·文王》：「濟濟多士，文王以寧。」江城：此指戴九靈遊宦數年之蘇州。

〔二〕苜蓿盤：裝盛苜蓿之菜盤，形容清苦冷落生活，詳見本卷《秋日書懷》。

〔三〕郢國：楚國；郢，春秋時楚國都城。宋玉：戰國末年楚國詩人，此代宋廷臣。《史記》卷八十四《屈原賈生列傳》：「屈原既死之後，楚有宋玉、唐勒、景差之徒者，皆好辭而以賦見稱；然皆祖屈原之從容辭令，終莫敢直諫。」李商隱《宋玉》：「何事荆臺百萬家，惟教宋玉擅才華？《楚辭》已不饒唐勒，《風賦》何曾讓景差！」方干：唐朝著名布衣詩人，詳見卷二十《安節堂記》。杜荀鶴《哭方干》：「何言寸禄不沾身？身没詩名萬古存。况有數篇關教化，得無餘慶及兒孫？」

〔四〕脉脉：有苦難言貌。《資治通鑑·隋紀三》：「何脉脉邪？」胡三省《注》：「脉脉，有言不得吐之意。」

寄方盛齋

蕭洒高人若個邊〔一〕？竹籬長繫泛湖船。畫圖樓閣蒼波外，錦繡園林白髮前。每向桃源尋舊隱，渾如蓬島見真仙〔二〕。只今遠道成惆悵，何日重來説往年？

【題解】

方盛齋，其人不詳。詩云「渾如蓬島見真仙」，則方氏乃元末明初避囂絶塵之山野隱士，恐即卷十六《蓬山新樓歌》之方德盛。

【箋注】

〔一〕蕭洒：灑脱自在。孔稚珪《北山移文》：「夫以耿介拔俗之標，蕭灑出塵之想，度白雪以方絜，干青雲而直上，吾方知之矣。」若個：哪個。盧照鄰《行路難》：「若個遊人不競攀，若個娼家不來折？」

〔二〕宋之問《遊陸渾南山自歇馬嶺到楓香林以詩代書答李舍人適》：「浩歌清潭曲，寄爾桃源心。」劉長卿《登東海龍興寺高頂望海簡演公》：「蓬島如在眼，羽人那可逢？」

寄錢仲仁

龍山西畔鳳湖東，渺渺三樓沆瀣中〔一〕。人似謫仙唐李白，世推高士漢梁鴻〔二〕。爲憐桃浪迷歸路，曾結茅廬近達蓬〔三〕。自是勝緣難强致，敢臨弱水怨回風〔四〕？

【題解】

錢仲仁，元時慶元路定海縣詩家，詳見卷二十一《錢氏三樓詩序》。

【箋注】

〔一〕龍山：定海伏龍山。《嘉靖寧波府志》卷六《山川下·定海·伏龍山》：「縣西北八十里，一名箬山，首尾跨東西海門，蜿蜒如龍，中有千丈巖、刺史門、石壇、乳井、海眼泉。」鳳湖：定海西北鳳浦湖，詳見卷十六《題鳳湖梧竹居》。渺渺：微茫幽遠貌。三樓：錢氏棲碧樓、攬秀樓、玩清樓，詳見卷二十一《錢氏三樓詩序》。沆瀣：北方夜半之氣。

〔二〕李白《答湖州迦葉司馬問白是何人》：「青蓮居士謫仙人，酒肆藏名三十春。」梁鴻：東漢太學生，耿介孤高，博覽群籍。娶妻孟光，安貧耐勞，糞土尊榮。相攜入霸陵山中，以耕織爲業，詠《詩》《書》彈清琴以自娱。後避禍吴地，葬要離冢旁，知者咸曰「要離烈士，而伯鸞清高，可令相近」。詳見《後漢書》卷八十三《逸民列傳·梁鴻》。

〔三〕桃浪：桃花浪，農曆二三月桃花盛開時上漲江流，此指陶靖節所記桃花源清溪。杜甫《春水》：「三月桃花浪，江流復舊痕。」陶淵明《桃花源記》：「晉太元中，武陵人捕魚爲業。緣溪行，忘路之遠近。忽逢桃花林，夾岸數百步，中無雜樹，芳草鮮美，落英繽紛。」達蓬：四明大山，詳見卷二十《蓬萊山房記》。

〔四〕自是：本是。《詩詞曲語辭例釋·自》：「『自』又經常與『是』連用而構成一熟語，等於説『本是』。」勝緣：善緣。弱水：水名，其説甚夥；此指仙境附近水流。葛洪《抱朴子内篇》卷四《祛惑第二十》：「其神則有無頭子、倒景君、翕鹿公、中黄先生與鹿門大夫。張陽，字子淵，使備玉闕，自不帶老君竹使符左右契者，不得入也。五河皆出山隅，弱水繞之，鴻毛不浮，飛鳥不過，唯仙人乃得越之。其上神鳥、神馬、幽昌、鷦鷗、騰黄、吉光之屬，皆能人語而不死，真濟快仙府也。」

寄方梧竹

鮫門北去更誰賢？兩鬢蕭蕭入暮年〔一〕。手種碧梧堪引鳳〔二〕，庭移翠竹已參天。孟嘗襟抱知誰識？杜老詩章只謾傳〔三〕。多愧舊情無以報，海鄉何許思綿綿〔四〕？

【題解】

方梧竹，方姓，號梧竹，元末明初定海人，詳見卷十六《題鳳湖梧竹居》。

【箋注】

〔一〕鮫門：定海山名，或作蛟門山。《嘉靖寧波府志》卷六《山川下·定海·蛟門山》：「縣東海中約十五里，一名嘉門山。環鎖海口，吐納潮汐，有蛟龍穴處，時興颶風怪浪，舟行避之。」蕭蕭：頭髮稀短貌。陸游《對酒作》：「此心不道無人識，雪鬢蕭蕭奈老何！」

〔二〕碧梧引鳳：與下文「庭移翠竹」，悉見卷十六《題鳳湖梧竹居》。

〔三〕孟嘗：東漢上虞人，安仁弘義，正氣直節。本邑孝婦冤死，孟嘗爲之洗雪而天應澍霖。後舉茂才，累官合浦太守，問民疾苦，悉易前弊。未及期年，去珠復還，黎庶樂業，百貨流通，民目之以神明。後以病上奏，被徵當還，吏民攀車挽留。孟嘗既不得進，乘船夜遁，隱處窮壤，躬自耕傭。士民慕其高風，移居其所者百餘家。詳見《後漢書》卷七十六《循吏列傳·孟嘗》。杜老：詩聖杜甫。方回《九日即事》：「佳句致多惟杜老，良辰專美只陶翁。」

〔四〕舊情：詩人寄寓鳳浦湖時，方梧竹遮護詩人之深情，參見卷二十四《和陶淵明移居二首并序》。張耒《上元後步西園》：「近水遠山情脉脉，碧雲芳草思綿綿。」

寄胡宗器

溪上先生誠足悲，胸中落落有誰知〔一〕？講經合據皋比座，逐食翻疑里社師〔二〕。年少賈生空抱志，數奇李廣實關時〔三〕。漂流固重衰年憶，當路吹嘘豈有之〔四〕？

【題解】

胡宗器，元末明初慈溪人，博學多才，有別業蒼雪軒，嘗講學慈湖書院。《光緒慈溪縣志》卷四十三《舊迹三・居址上・蒼雪軒》：「胡宗器別業。元釋來復《送胡宗器歸慈溪別業》詩：『丹山東望五雲飛，溪上茅堂此日歸。霜落果園金橘熟，潮通江市火魚肥。鄰僧買地邀元度，海客占星識少微。讀罷《南華》卧蒼雪，不知浮世有危機。』」

劉仁本《羽庭集》卷三《胡宗器訓迪慈湖書院詩以壯其行》：「姚江一見眼偏明，鄞海三年學業成。天末秋風看劍氣，燈前夜雨讀書聲。賈生未可輕年少，許劭還應重旦評。今日橫經慈水上，菁莪樂育蚤蜚英。」

《春草齋集》卷二《胡宗器使汾陽得韓幹畫馬石刻歸以見贈作歌遺之》：「胡君贈我韓幹馬一匹，乃是汾陽舊傳刻……胡君曾度太行去，畫裏龍媒忽相遇。涓人不用千黃金，自覺駑駘世無數。出入空騎驛中馬，挾此東歸愜幽愫。座間披覽風爲鳴，記得汾陽舊遊處。汾陽正有郭相家，恐是郭家獅子花。千年相業尚不泯，馬圖豈忍沈泥沙？我今得此重歎息，生者似今那復得？信知房精在神駿，形影空爲人愛惜。」

【箋注】

〔一〕落落：高超不凡貌。庾信《謝趙王示新詩啓》：「落落詞高，飄飄意遠。」

〔二〕皋比：虎皮座席，常指先生講席。戴叔倫《寄禪師寺華上人次韻》：「猊坐翻蕭瑟，皋比喜接連。」逐食：謀生奔走。疑：類似。陸瓊《長相思》：「室冷鏡疑冰，庭幽花似雪。」里社：古時里中祭祀土地神之處，代鄉里。

〔三〕賈生：賈誼，漢初名士，十八歲以詩文馳名本郡。孝文帝即位，賈誼論三代以來治亂得失，鞭辟入裏。當時更定律令，遣諸侯去京就國，賈誼悉爲之主謀。孝文帝欲擢賈誼爲公卿，朝廷元勳忌而詆之，其議遂寢。賈誼由是屯蹇不得志，謫諸侯太傅，鬱鬱以終。詳見《史記》卷八十四《屈原賈生列傳》。數奇：命運不佳。李廣：西漢孝武帝時虎將，與匈奴大小七十餘仗，以勇氣聞名匈奴，北狄畏服，號曰「漢之飛將軍」。其部下有封侯者，李廣卻終身無緣高爵顯位。後隨衛青征匈奴，失道後期，衛青責其幕府對簿，李廣不堪羞辱，引刀自剄。李廣所屬將士及百姓聞之，無不大慟垂涕。詳見《史記》卷一百九《李將軍列傳》。王維《老將行》：「衛青不敗由天幸，李廣無功緣數奇。」

〔四〕當路：身居要津者。孟浩然《留別王維》：「當路誰相假？知音世所稀。」吹噓：揄揚，贊譽。陸游《秋夜讀書有感》：「雨露安能澤枯朽？故人枉是費吹噓。」

承君衡叔幹遠送賦此以別

長風吹度海東邊，慣聽潮聲已十年。往事竟①成塵撲面，新愁惟有雪盈顛〔一〕。

半生望眼迷遼鶴，一夜歸心到蜀鵑〔二〕。遠賦《驪駒》慚二妙，縱歌安得酒如川〔三〕？

【題解】

詩云「一夜歸心到蜀鵑」，則此詩作於暮年返回桑梓浦江之時。君衡、叔榦，其人不詳。據卷十六《十一月十日紀宗正夏君衡約遊東湖……》，則君衡姓夏；按元末明初詩文，叔榦，或作叔幹，夏姓，殆君衡之同鄉。

《春草齋集》卷二《醉歌行贈夏叔幹》：「昨日江上沙，東頭漲起西頭倒；今日江上沙，西頭漸高東頭少。子少我方壯，子壯我衰老，氣義還如舊時好。我昔南回凌瘴煙，惡風掀簸西江船。歸來無處采薇蕨，自向江頭弄明月。隔江美人招我遊，白沙翠竹明月舟。天風瀟瀟落寒水，一去便爲三日留。回頭看人世，人世可長歎，贈人不有錦繡段，誰肯報之青玉案？子獨愛我春草青，我獨愛子雙眼明。凹鏡那知玉顔好？急弦始見枯桐清。莫信飛鴻書可寄，莫信盟鷗不相棄，不如澆蜜向錫中，到底甘甜復聯綴。子有酒，浮玉缸；我有詩，充錦囊。我醉子酒，子歌我詩。詩餘酒醉，春陽熙熙。醉裏乾坤漫顛倒，梨花亂發流鶯啼。鶯啼不須歇，梨花不須落，古道千年只如昨。」

【校勘】

① 竟：諸本皆作「免」，謹循上下文意改。

【箋注】

〔一〕塵撲面：形容屯蹇困苦羞辱愧恧。《唐摭言》卷七《起自寒苦》：「王播少孤貧，嘗客揚州惠昭寺木蘭院，隨僧齋餐。諸僧厭怠，播至已飯矣。後二紀，播自重位出鎮是邦，因訪舊遊，向之題已皆碧紗幕其上。播繼以二絶句曰：『二十年前此院遊，木蘭花發院新修。而今再到經行處，樹老無花僧白頭。上堂已了各西東，慚愧闍黎飯後鐘。二十年來塵撲面，如今始得碧紗籠。』」劉仁本《敏上人爲廣明山叟求詩》：「廣明山叟雪盈顛，獨住山中八十年。」

〔二〕遼鶴：傳説遼東丁令威化鶴歸鄉，後常指遊子返回桑梓，詳見卷十七《偶書》。蜀鵑：常曰杜鵑；傳説戰國時蜀王杜宇號望帝，死後魂魄化爲杜鵑，其鳴曰「不如歸去」；後人常藉杜鵑表露悽楚鄉愁。《禽經》：「望帝杜宇者，蓋天精也。李膺《蜀志》曰：『望帝稱王於蜀時，荆州有一人化從井中出，名曰鼈靈。於楚身死，屍反泝流上，至汶山之陽，忽復生。乃見望帝，立以爲相……後數歲，望帝以其功高，禪位於鼈靈，號曰開明氏。望帝修道，處西山而隱，化爲杜鵑鳥，或云化爲杜宇鳥，亦曰子規鳥，至春則啼，聞者悽惻。』」

〔三〕驪駒：逸《詩》篇名，常代離别詩歌。《漢書》卷八十八《儒林傳·王式》：「博士江公世爲《魯詩》宗，至江公著《孝經説》，心嫉式，謂歌吹諸生曰：『歌《驪駒》。』式曰：『聞之於師：客歌《驪駒》，主人歌《客毋庸歸》。』」顔師古《注》：「服虔曰：『逸《詩》篇名也，見《大戴禮》。客欲去，歌之。』文穎曰：『其辭云驪駒在門，僕夫具存；驪駒在路，僕夫整駕也。』」

寄羅彦直

畫舫高齋起澗阿，米家書畫貯來多〔一〕。清風時至自舒卷，俗客不來誰嘯歌？千里故人嗟我老，一時交友奈君何〔二〕？祇應别後增惆悵，頻寫新詩待雁過〔三〕。

【題解】

羅彦直，名本，元慈溪高士，詳見卷十八《竹所銘》。

【箋注】

〔一〕畫舫：此指書畫舫，參見卷二十一《書畫舫讌集詩序》。高齋：高雅書齋，此指竹所，參見卷十八《竹所銘并序》。澗阿：山澗彎曲回環處。洪咨夔《錢德成山水窟》：「嘉客賁埸谷，碩人槃澗阿。」米家：北宋著名書畫家米芾與其子米友仁，詳見卷二十二《題米元暉煙雨圖》。

〔二〕奈何：此謂交情至貴，不知如何酬恩攄意。孫應時《送别常漢度知縣》：「卓魯從來公輔器，攀轅卧轍奈君何？」

〔三〕李商隱《離思》：「朔雁傳書絶，湘篁染淚多。」

寄孫伯敬兄弟

誰似君家好弟兄，生平友愛早知名〔一〕。事同王勃三珠樹，義比田真一紫荆〔二〕。杖履幾回尋隱德，塤箎每荷慰羈情〔三〕。新堂近製怡顔號，愧乏長才爲勒銘〔四〕。

【題解】

孫伯敬兄弟，元末鄞縣古玩家孫伯敬、伯睿、伯恭三兄弟，詳見卷二十八《怡顔堂記》。

【箋注】

〔一〕韋莊《塗次逢李氏兄弟感舊》：「御溝西面朱門宅，記得當時好弟兄。」

〔二〕王勃：初唐四傑之一，與其兄王勔、王勮俱以才名，時人譽之爲三珠樹。《舊唐書》卷一百九十上《文苑上·王勃》：「勃六歲解屬文，構思無滯，詞情英邁，與兄勔、勮，才藻相類。父友杜易簡常稱之曰：『此王氏三珠樹也。』」田真：南北朝時人，三兄弟先析後合，堂前紫荆樹枯而復菀；參見卷六《送欒宣使還省詩序》。

〔三〕隱德：施德於人而不爲人所知。韓愈《進順宗皇帝實録表狀》：「順宗皇帝以上聖之姿，早處儲副，晨昏進見，必有所陳，二十餘年未嘗懈倦，陰功隱德，利及四海。」佚名《東陽夜怪詩》：「賴有青青河畔草，春來猶得慰羈情。」

〔四〕參見卷二十八《怡顏堂記》。勒銘：鐫刻銘文。陸游《夜泊水村》：「腰間羽箭久凋零，太息燕然未勒銘。」

寄揭平仲

祖父箕裘絶代無，玉堂金馬漢諸儒〔一〕。滇池自昔多龍種〔二〕，丹穴於今見鳳雛〔三〕。學術要須供世用，文章豈但飾皇圖〔四〕？從來大器成當晚，莫歎揚雄卧一區〔五〕。

【題解】

揭平仲，名樞，元儒林四傑揭傒斯孫，秘書少監揭汯子，明初著名書法家。元末明初，揭平仲隨父流浪四明。宋濂《元故秘書少監揭君墓碑》：「而君之子樞、樂，復好學問，不失儒行，當可繼於君。」解縉《春雨雜述·書學傳授》：「而在至正初，揭文安公亦以楷法得名，傳其子汯、其孫樞。」

〔樞〕在洪武中仕爲中書舍人，與仲珩、叔循聲名相埒云……揭樞，字平仲，豐城人。」

【箋注】

〔一〕祖父：元代大儒揭傒斯與名士揭汯。歐陽玄《圭齋文集》卷十《元翰林侍講學士中奉大夫知制誥同修國史同知經筵事豫章揭公墓誌銘》：「公文章在諸賢中正大簡潔，體制嚴整。作詩長於古樂府、選體、律詩、長句，偉然有盛唐風。楷法精健閑雅，行書尤工。國家典册及功臣家傳賜碑，遇其當筆，往往傳誦於人。四方釋老氏碑版購其文若字，袤及殊域。門人集其所著，已板行於世。在國史時，李文忠公見所修功臣列傳，撫卷歎曰：『他人謄史牘耳，若此方謂之傳。』在奎章時，上覽所撰《秋官憲典》，驚曰：『兹非唐律乎？』又覽所進《太平政要》四十九章，喜而呼其字以示臺臣曰：『此朕授經郎揭曼碩所進，卿等試觀之。』其本常置御榻側。爲經筵官，今上聽其講篇，深嘉其忠懇。故其際遇累朝，皆非疏遠儒臣所敢望者。」箕裘：克承先輩事業。《禮記·學記》：「良冶之子，必學爲裘；良弓之子，必學爲箕。」《禮記訓纂》引孔穎達《正義》：「善冶之家，其子弟見其父兄世業陶鑄金鐵，以補治破器，皆令全好，故子弟仍能學爲袍裘補續獸皮，片片相合，以至完全也……言善爲弓之家，使幹角撓屈調和成弓，故子弟仍學取柳撓之成箕也。」玉堂金馬：漢代金馬門與玉堂殿，參見卷二十三《祭揭秘監文》。

〔二〕龍種：駿馬，良馬。杜甫《秦州雜詩》：「聞説真龍種，仍殘老驌驦。」常璩《華陽國志》卷四《南中記》：「章帝時，蜀郡王阜爲益州太守，治化尤異。神馬四匹出滇池河中，甘露降，白烏見。始興文學，漸遷其俗。」

〔三〕丹穴：山名，其上多産鳳凰。《山海經·南山經第一》：「又東五百里曰丹穴之山，其上多金玉。丹水出焉，而南流注於渤海。有鳥焉，其狀如鷄，五采而文，名曰鳳皇，首文曰德，翼文曰義，背文曰禮，膺文曰仁，腹文曰信。是鳥也，飲食自然，自歌自舞，見則天下安寧。」《文苑英華》卷三百二十八李嶠《鳳》：「有鳥居丹穴，其名曰鳳凰。九苞應靈瑞，五色成文章。」

〔四〕皇圖：皇家版圖。李賀《出城别張又新酬李漢》：「皇圖跨四海，百姓拖長紳。」

〔五〕邵雍《首尾吟》：「大器晚成當自重，小人難養又何疑？」揚雄：西漢學問家，早年居岷山之陽，甘貧樂賤，篤志好學；參見卷十八《九靈自贊》。《漢書》卷八十七上《揚雄傳上》：「楚漢之興也，揚氏溯江上，處巴江州。而揚季官至廬江太守。漢元鼎間避仇，復溯江上，處岷山之陽曰郫，有田一廛，有宅一區，世世以農桑爲業。自季至雄，五世而傳一子，故雄亡它揚於蜀。雄少而好學，不爲章句，訓詁通而已，博覽無所不見。」

聞平仲有還鄉之志感念之餘爲賦四韻

廿年不到文安墓，早夜能忘返故居？獨奈慈親愁遠道，更堪旅櫬冷荒墟〔一〕。治行況復無餘槖，恤患誰能鬻駕車〔二〕？吾道艱虞今若此，白頭相視淚潸如〔三〕。

【題解】

平仲，揭平仲，參看前詩。鄉，元時龍興富州。《宋元學案》卷八十三《雙峰學案・雪樓門人・文安揭曼碩先生傒斯》：「揭傒斯，字曼碩，富州人。早有文名。大德間，出遊湘、漢，程巨夫爲湖南憲長，特器重之，妻以從妹，與盧摯列薦於朝。三入翰林，仕至侍講學士、同知經筵事。卒官，追封豫章郡公，謚文安。」

【箋注】

〔一〕慈親：雙親，此單指慈母。旅櫬：客死者靈柩，此指揭汯靈柩，參見卷十七《哭揭秘監三十四韻》。荒墟：廢墟。陶潛《歸園田居》：「試攜子侄輩，披榛步荒墟。」

〔二〕治行：整理行裝。《史記》卷五十四《曹相國世家》：「惠帝二年，蕭何卒。參聞之，告舍人趣治行。」槖：盛物口袋。《説文》：「槖，囊也。」鬻駕車：常言脱驂，解驂以救人急難，泛指以財濟人。《禮記・檀弓上》：「孔子之衛，遇舊館人之喪，入而哭之哀，出，使子貢説驂而賻之。」《史記》卷六十二《管晏列傳》：「越石父賢，在縲絏中。晏子出，遭之塗，解左驂贖之，載歸。」

〔三〕艱虞：艱難憂患。杜甫《空囊》：「世人共鹵莽，吾道屬艱難。」

寄胡舜咨

曾着①宫袍賦《上林》，一朝歸卧白雲深〔一〕。昂昂老鶴鳴皋態〔二〕，耿耿驚鴻避弋心〔三〕。病起尚餘頒送藥，客過時共賜來金〔四〕。鄉邦珍重斯文寄〔五〕，莫爲愁多鬢雪侵。

【題解】

胡惟仁，字舜咨，又字仲子，元末明初雅士，詳見本書卷十七《庸道既別云自山北訪桂同德胡舜咨而還》。烏斯道《春草齋集》卷六《曲水莊記》：「曲水莊者，胡仲子先生之室也。室東去慈溪廿里許，在驃騎山之南川流之上，流水左右曲折彎繞，因以名。四際皆疏林沃壤，石梁小溪隱隱入桃柳間，魚鳥飛躍，雲影上下，誠地之可樂者也。仲子學博才贍，始居會稽。早歲嘗侍先大夫宦遊慈溪，知邑有董黯、張釋之、孫之翰三孝子，有倡道者楊文元公，民化其風，風俗淳厚，可以托而居焉。爾後方僑於錢塘，值兵亂，遂蹈兹土以教授爲職業。久之，人情稔於會稽，若世居然者，遂築室買田，爲終老計。天朝初被徵，説書御前，就留宫中授諸王書。尋除儀真令，以目疾辭，詔許之，賜錢并衣巾歸田里。既歸，念曰：『向趨朝廷不能稱塞上意，早夜是懼，今而後惟造就小子，備國家器而用之，則庶幾報聖德也。』自是益屏迹郡縣，傳業弟子弗懈。暇則課童僕治園圃，園圃之隙，與賓友觴豆。間挾二三子登山憩石訪寺僧，盤桓終日。或命一小舟出入煙霞中，裕如也。屬余記之。余謂古今室以莊稱者豈少哉，何寥寥無聞？是在人不在室也。昔陶靖節謝彭澤令而歸五柳莊，人高其風而柳莊之名著，人知五柳莊，則知陶靖節也。仲子辭儀真令而歸曲水莊，追視靖節，迹雖不同，顧其風亦高於人，而曲水莊之名又不因以傳歟？人知曲水莊，則知仲子也，夫豈偶然哉！宜書之以復仲子之命。洪武七年甲子秋九月既望。」

【校勘】

① 着：乾隆本作「著」。

【箋注】

〔一〕宫袍：朝官禮服。上林：司馬相如著《上林賦》，以雄奇恢宏上林苑及漢天子遊獵聲勢彰顯盛世氣象；此代洪武初年胡氏舉京官時所撰傑作。吴筠《高士詠·商山四皓》：「四皓同無爲，丘中卧白雲。」

〔二〕昂昂：特立出群貌。《楚辭》屈原《卜居》：「寧昂昂若千里之駒乎？將泛泛若水中之鳧乎？」皋：沼澤。《詩經·小雅·鶴鳴》：「鶴鳴於九皋，聲聞於野……鶴鳴於九皋，聲聞於天。」

〔三〕耿耿：煩躁不安。《詩經·邶風·柏舟》：「耿耿不寐，如有隱憂。」弋：以繩繫矢而射。宋庠《北樓三首》：「脱兔横岡遠，冥鴻避弋高。」

〔四〕頒：分賜。《周禮·天官·宮伯》：「以時頒其衣裘。」《全唐詩》卷一百六十一《李白》：「帝欲官白，妃輒沮止。白自知不爲親近所容，懇求還山，帝賜金放還。乃浪迹江湖，終日沈飲。」

〔五〕斯文：文化，尤指禮樂制度。《論語·子罕》：「天之將喪斯文也，後死者不得與于斯文也。」

寄黄炳文

四明朱學有誰傳？爾祖淵源已百年〔一〕。世澤豈徒遺簡在〔二〕？家風親睹遠孫賢。山中風雨龍歸後，海上蓬萊鳥去前〔三〕。可是地靈鍾秀美，兩雛又復起蹁蹮〔四〕？

【題解】

黄炳文，元末明初慈溪人，參看卷二十《蓬萊山房記》。詩云「四明朱學」「爾祖淵源」，則黄炳文必爲南宋明州鴻儒黄震後裔。黄震私淑朱文公，宋元之際朱學在浙江海濱發揚光大，黄震實爲第一功臣。

《宋元學案》卷八十六《東發學案·東發學案序録》：「祖望謹案：四明之專宗朱氏者，東發爲最。《日鈔》百卷，躬行自得之言也，淵源出於輔氏。晦翁生平不喜浙學，而端平以後，閩中、江右諸弟子，支離舛戾固陋，無不有之，其能中振之者，北山師弟爲一支，東發爲一支，皆浙産也。其亦足以報先正惓惓浙學之意也夫！」

《宋元學案》卷八十六《東發學案》引謝山《澤山書院記》云：「朱徽公之學統，累傳至雙峰、北溪諸子，流入訓詁派。迨至咸淳而後，北山、魯齋、仁山起於婺，先生起於明，所造博大精深，徽公瓣香爲之重振。婺學出於長樂黄氏，建安之心法所歸，其淵源固極盛。先生則獨得之遺籍，默識而冥搜，其功尤巨。試讀其《日鈔》諸經説，間或不盡主建安舊講，大抵求其心之所安而止，斯其所以爲功臣也。西山爲建安大宗，先生獨深惜其晚節之玷，其嚴密如此。婺學由白雲以傳潛溪諸公，以文章著，故倍發揚其師説。先生獨與其子弟唱歎於海隅，傳之者少，遂稍闇澹。予嘗謂婺中四先生從祀，而獨遺東發，儒林之月旦有未當者，抑不獨從祀之典有闕。《宋史·儒林》所作傳，本之剡源《墓表》，其於先生之學，無所發明；清容則但稱先生之清節。嗚呼！聖人所以歎知德之鮮也。」

【箋注】

〔一〕按《宋元學案》卷八十六《東發學案》，東發服膺朱學，優遊厭飫，著《日鈔》一百卷，世稱於越先生；參見卷十二《通鑑前編舉要新書序》。長子黃夢榦，沉潛好古，天性恬淡。次子黃叔雅，學問汪洋暢整，文辭纚屬不窮。幼子黃叔英，一以躬行爲本，有《戇庵雜著》二十卷、《戇庵暇筆》三卷傳世；參見卷二十三《王先生墓誌銘并序》。孫黃正孫，有學行。曾孫黃玠，隱居教授，於書無不通曉，撰《弁山小隱集》《知非稿》。

〔二〕遺簡：前代典籍。韋應物《送褚校書歸舊山歌》：「漢箧亡書已暗傳，嵩丘遺簡還能識。」柴望《白雲莊四首·掬泉軒》：「枕石堂無金玉富，濯纓家有子孫賢。」

〔三〕山：此指慈溪縣達蓬山，傳説由此山出發可抵蓬萊仙境。參看卷二十《蓬萊山房記》。

〔四〕可是：豈是。白居易《苦熱題恒寂師禪室》：「可是禪房無熱到？但能心静即身涼。」兩雛：此喻黃炳文二子。蹁躚：輕盈盤旋貌。

寄張天民

於越山中張左臂，平生出處絶堪悲〔一〕。爲慚柳下甘三黜，竟逐梁鴻賦《五噫》〔二〕。紫陌縱榮心似鐵，黃金久盡鬢成絲〔三〕。更憐一種清奇病，獺髓鸞膠不可醫〔四〕。

【題解】

張員，字天民，元末明初會稽文士，參見卷二十七《張婦傳》。《光緒餘姚縣志》卷二十三《列傳七・張員》：「字壹民，一字天民，號雲航，喜讀書，又善爲詩，工書畫，貴勢人乞之，漫不爲作一字。常戴笠著高齒屐，笑歌自傲。窮空無衣食，不爲計度。衆誚員狂，其妻獨歎爲抱奇器偉節，濩落而橫發。洪武中薦爲開化教諭，樹師表，士林敬肅，衆乃知員不狂。員左目無瞳子，自稱左瞽。妻徐，在《列女傳》。」

丁生俊《丁鶴年詩輯注・補遺・贈張左瞽》：「張生脱略今有年，食無粱肉眠無氊。丈夫既與世不偶，貧賤肯爲人所憐？齊眉已喜孟光敬，剪髮況聞陶母賢。拂衣歸來好共隱，與爾并耕沮溺田。」

【箋注】

〔一〕於越：春秋時越國。《春秋・定公十四年》：「五月，於越敗吴于檇李。」

〔二〕意謂柳下惠甘願宦海浮沉，張氏以此爲羞，追慕梁鴻隱居川澤。柳下：春秋高士柳下惠，不見圭角，屢謫屢起。《論語・微子篇》：「柳下惠爲士師，三黜。人曰：『子未可以去乎？』曰：『直道而事人，焉往而不三黜？枉道而事人，何必去父母之邦』」梁鴻：東漢隱士，修身潔行，行己有恥，嘗過京師，賦《五噫之歌》，諷刺勞碌以逐榮華之徒。《後漢書》卷八十三《逸民列傳・梁鴻》：「因東出關，過京師，作《五噫之歌》曰：『陟彼北芒兮，噫！顧覽帝京兮，噫！宮室崔嵬兮，噫！人之劬勞兮，噫！遼遼未央兮，噫！』」

〔三〕紫陌：帝都郊野道路。岑參《奉和中書舍人賈至早朝大明宮》：「鷄鳴紫陌曙光寒，鶯囀皇州春色闌。」黄金久盡：此爲蘇秦游説不遂而潦倒落魄之典。《戰國策》卷三：「説秦王書十上，而説不行。黑貂之裘敝，黄金百斤盡，資用乏絶，去秦而歸。」陸游《暮春》：「季子黄金盡，安仁白髮新。」絲：蠶絲，喻白髮。

〔四〕釋重顯《送僧歸靈隱》：「白雲無羈，冷淡清奇。雪格未可，鶴態還卑。」獺髓：古時神異藥物。王嘉《拾遺記》卷八：「孫和悦鄧夫人，嘗置膝上。和於月下舞水精如意，誤傷夫人頰，血流污袴，嬌姹彌苦。自舐其瘡，命太醫和藥。醫曰：『得白獺髓，雜玉與琥珀屑，當滅此痕。』即購致百金，能得白獺髓者，厚賞之……和乃命合此膏，琥珀太多，及差而有赤點如朱，逼而視之，更益其妍。」鸞膠：或曰續弦膠，一種奇膠異膏。東方朔《海内十洲記》：「鳳麟洲在西海之中央，地方一千五百里。洲四面有弱水繞之，鴻毛不浮，不可越也。洲上多鳳麟數萬，各爲群。又有山川池澤及神藥百種，亦多仙家。煮鳳喙及麟角，合煎作膏，名之爲續弦膠，或名連金泥。此膠能續弓弩已斷之弦、刀劍斷折之金。更以膠連續之，使力士掣之，他處乃斷，所續之際終無斷也。」劉兼《征婦怨》：「鸞膠豈續愁腸斷？龍劍難揮別緒開。」

寄茅亢禮

此老胸藏萬卷書，論才只合上公車〔一〕。長途何事妨騏驥，美草頻年飽駏驉〔二〕？斗室深居來客少，一床兀坐老僧如〔三〕。邇來卻爲栖栖者，尊酒風流樂有餘〔四〕。

【題解】

茅亢禮，其人不詳，參看卷二十二《跋錢舜舉所臨閻立本西域圖》。

【箋注】

〔一〕公車：漢代官署，守衛皇宫司馬門并掌管臣民上書、徵召諸事務。

〔二〕駏驉：獸名，似馬，可供乘騎。崔豹《古今注》卷中《鳥獸第四》：「騾爲牝，馬爲牡，生駏。」《通雅》卷四十六《動物》：「牡牛交馬生駏驉。」

〔三〕翁卷《題竹》：「貧居來客少，賴爾慰人心。」兀坐：獨自端坐。戴叔倫《暉上人獨坐亭》：「蕭條心境外，兀坐獨參禪。」

〔四〕風流：才華橫溢而不拘禮法。《世説新語·品藻第九》：「有人問袁侍中曰：『殷仲堪何如韓康伯？』答曰：『理義所得，優劣乃復未辨；然門庭蕭寂，居然有名士風流，殷不及韓。』」

寄余①伯熊兼柬李仲彬

東郭先生最老成，天才久已負時名〔一〕。能詩不減唐工部，解飲渾如晉步兵〔二〕。塞上征鴻高避弋，海東歸鶴暗聞聲〔三〕。比鄰喜有知心客，一夜彈棋直到明〔四〕。

【題解】

余伯熊，元末明初慈溪高士。柬，通「簡」，信札。《嘉靖寧波府志》卷三十一《傳七・文學》：「余伯熊，名夢祥，以字行，慈溪人。敏慧越人，落落不與庸俗伍。家貧好學，寒暑不懈，以詞翰著聞。戴良嘗寄詩云：『能詩不減唐工部，解飲渾如晉步兵。』其爲名流所推如此。洪武十六年舉明經，授宜都知縣。内艱服闋，調知饒州安仁，所至皆著能聲。」

烏斯道《春草齋集》卷九《跋余伯熊古詞長歌》：「余伯熊書《自製贈理問沈子和吹簫曲》并《與諸友夜飲歌》各一篇，皆佳作也。《曲》清新俊逸，如玉樹倚風，蒼鷹度海，有姜白石之高韻；《歌》風流跌蕩，如青鸞翔漢，良馬脱羈，有李翰林之風度：良可嘉歎也。記伯熊年十四五時，學舉子業，有文名，余嘗比張童子。韓文公勖童子進於成人之道，竟寂寂無聞；今伯熊尚壯，記序箴銘章表詞賦之文尤簡潔雅麗，時流共稱，豈童子比？今而後吾知伯熊希賢之功，殆未可量也。」

李仲彬，慈溪人，詩人宦遊吴門時僚友，明初隱居故邦，參看本卷《承李仲彬遠顧賦此贈别》。

【校勘】

① 余：諸本皆作「俞」。謹按《嘉靖寧波府志》有余伯熊傳；《建溪集》亦載余夢祥《九靈山房詩》，夢祥即伯熊之名也。

【箋注】

〔一〕東郭先生：漢武帝時齊國方士，待詔公車既久，衣敝履穿，貧窶潦倒。後以獻策衛青而爲漢武帝所重，拜郡都尉。詳見《史記》卷一百二十六《滑稽列傳》。

〔二〕唐工部：詩聖杜甫嘗官檢校工部員外郎，故世稱杜工部。王冕《寄徐仲幾》：「吟詩不愧杜工部，乞米或如顔魯公。」晉步兵：西晉詩人阮籍，曾任步兵校尉，故世稱阮步兵；阮籍外則放縱不羈，實則睿智清醒，每每醉酒以避禍。《晉書》卷四十九《阮籍》：「籍本有濟世志，屬魏、晉之際，天下多故，名士少有全者，籍由是不與世事，遂酣飲爲常。文帝初欲爲武帝求婚於籍，籍醉六十日，不得言而止。鍾會數以時事問之，欲因其可否而致之罪，皆以酣醉獲免。」

〔三〕征鴻：此喻朋遊余伯熊，參見本卷《寄胡舜咨》。歸鶴：此用丁令威化鶴歸鄉之典，暗指李仲彬；參見卷十七《偶書》。

〔四〕彈棋：古代一種棋戲，詳見卷五《樂善堂記》。

寄鄭彦博

禮帙初攜入奉常，濯纓又復向滄浪〔一〕。匡時未必慚長策，撫事無如歸故鄉〔二〕。雨釣海頭機已息，雲耕谷口鬢俱蒼〔三〕。客來若也詢餘計，題得新詩滿草堂〔四〕。

【題解】

鄭彦博，名厚，元時鄞縣名士，壯歲宦遊京城，不久棄官歸隱谷口，其事詳見卷二十八《谷口莊記》。

【箋注】

〔一〕禮帙：禮學典籍；帙，卷册，函册。奉常：元代名太常禮儀院，掌管祭祀禮儀之官署。濯纓：洗濯冠纓，形容潔身自好超塵脱俗。滄浪：漢水，泛指碧色水流。《書經·禹貢》：「嶓冢導漾，東流爲漢，又東爲滄浪之水。」《楚辭》屈原《漁父》：「漁父莞爾而笑，鼓枻而去。乃歌曰：滄浪之水清兮，可以濯吾纓；滄浪之水濁兮，可以濯吾足。」

〔二〕長策：良策。杜甫《偶題》：「經濟慚長策，飛棲假一枝。」撫事：審察時事。杜甫《羌村》：「蕭蕭北風勁，撫事煎百慮。」

〔三〕機：機心，巧詐機變之心。《莊子·天地》：「機心存於胸中，則純白不備；純白不備，則神生不定；神生不定者，道之所不載也。」谷口：莊名，詳見卷二十八《谷口莊記》。

〔四〕蘇軾《次韻答頓起二首》：「何人更似蘇司業，和遍新詩滿洛城？」

秦湖隱居

西淛風光不及前，攜家避地到秦川〔一〕。雲山每憶嚴公釣，月夜時回賀老船〔二〕。門巷邊衢塵似海，樓臺近水影浮天〔三〕。旁人莫問心中事，洗濯除非是酒泉〔四〕。

【題解】

本詩目録作《秦湖居隱》。秦湖隱居，戴九靈匿迹會稽餘姚時屋舍。《乾隆餘姚縣志》卷五《古迹·秦湖隱居》：「九靈山人戴良流寓在石堰秦湖。」

秦湖，坐落於餘姚客星山麓石堰，今屬慈溪横河鎮。客星山，又名陳山，漢嚴子陵故鄉名山。《萬曆紹興府志》卷五《山川志二·餘姚·山·陳山》：「在縣東北十里，高千餘仞，少石，饒草木，遠望形卓峭如筆，至其巔則正平。本嚴先生光故里，先生墓在焉。亦名客星山。山半有華清泉，亦名旋井。舊有高節書院、清風閣、客星庵、陳山寺、絲風亭、靈瑞塔，今俱廢。元黄溍詩：『一柱孤撑杳靄間，人言此是客星山。流風百世今誰嗣？應詔諸賢故未還。荒冢草深迂石路，高齋月色滿柴關。窮年漫迹滄江上，及此維舟獨厚顔。』」

餘姚秦湖，元末明初多有高士雅客避亂寓居，戴九靈其一也。宋禧《庸庵集》卷七《邵氏秦湖隱居》：「秦湖隱者邵平孫，舊日生涯不復論。垂釣花間親白鳥，種瓜海上似青門。還知教子書千卷，不願封侯酒一尊。蓴菜鱸魚秋更好，扁舟何處覓桃源？」

【箋注】

〔一〕西浙：錢塘江以北長江以南地區，元末詩人嘗以淮南江北等處儒學提舉宦遊吴中，參見卷一《平饒信詩》。秦川：餘姚溪流，參看卷二十六《王竹梅像贊》。

〔二〕嚴公：名光，字子陵，東漢著名隱士，詳見卷十五《感懷十九首》其三。賀老：唐著名詩家賀知章，參見卷六《送宋景濂入仙華山爲道士序》。《鮚埼亭集》卷二十三《碑銘十八・賀公逸老堂碑銘》：「秘監之生，則於甬上，實在城南馬湖，有村曰賀家灣，有池曰洗馬，以秘監族祖德仁得名。馬湖稍北爲響巖，秘監釣臺在焉，有澤曰高尚。莫將之定秘監以鄞産，蓋以此也。秘監晚年復居會稽，則剡川既賜之後，以周官湖爲放生池，以千秋觀爲道場，故其嗣子曾子即以貳郡侍養，而墓亦在焉。徐渭之列秘監於會稽寓公，蓋以此也。」李白《送賀賓客歸越》：「鏡湖流水漾清波，狂客歸舟逸興多。山陰道士如相見，應寫《黄庭》换白鵝。」

〔三〕邊：靠近。文徵明《月夜登閶門西虹橋與子重同賦》：「人語不分塵似海，夜寒初重水生煙。」杜牧《題白雲》：「江村夜漲浮天水，澤國秋生動地風。」

〔四〕酒泉：泉名。東方朔《神異經》：「西北荒中有玉饋之酒，酒泉注焉。廣一丈，長深三丈，酒美如肉，澄清如鏡。上有玉尊玉籩，取一尊，一尊復生焉，與天同休無乾時。石邊有脯焉，味如獐鹿脯。飲此酒，人不生死。」

懷宋庸庵

《麥秀》歌殘已白頭，逢人猶自説東周〔一〕。風塵澒洞遺黎老，草木凋傷故國秋〔二〕。祖逖念時空擊楫〔三〕，仲宣多難但登樓〔四〕。何當去逐騎麟客，被髮同爲汗漫遊〔五〕？

【題解】

宋禧，或作僖，字無逸，號庸庵，元末明初餘姚名士，有《庸庵集》傳世，參見本卷《伏聞楊宋二先生及應平仲出遊且言回舟見顧喜而有述》《聞耕隱庸庵諸公遊山累日用深歎羨》及本書卷二十七《石孝子傳》、卷二十九《題倪樂工瓊花燈詩卷》。

《光緒餘姚縣志》卷二十三《列傳七・明・宋僖》：「字無逸，少穎悟力學，父欲奪之於市估胥吏，輒哭辭，受學於楊維楨，盡得其詩文法。元至正十年中江浙副榜，補繁昌教諭，纔十九日棄歸。闢一室，榜曰庸軒，因以自號。時海内喪亂，僖無復用世志，家貧，授徒自給。明興，徵修《元史》，《外國傳》自高麗而下悉出其手。事竣，典福建鄉試，稱有鑑別。晚窮濂洛之學，爲文縝密有尺度，詩亦清遠，著有《庸庵集》。」

《庸庵集・四庫全書提要》：「禧初名元禧，後改名禧，字無逸，庸庵其號也，餘姚人。元至正庚寅中浙江鄉試，補繁昌教諭，尋棄歸。洪武初，召修《元史》，所撰《外國傳》自高麗以下悉出其手，書成不受職，乞還山。復與桂彦良同徵，主考福建。故《明史》列之《文苑》中，附見《趙壎傳》末。然集中《題桐江釣隱圖》有云『黄冠漫憶賀知章，老病憐予簡書趣』，又《寄宋景濂》云『當時十八士，去留各有緣』，而戴良贈以詩，亦有『《麥秀》歌殘已白頭，逢人猶自説東周』之句，則亦沈夢麟、趙汸之流，非危素諸人比也。禧學問源出楊維楨，維楨才力横軼，所作詩歌以奇譎兀奡凌鑠一世，效之者號爲鐵體；而禧詩乃清和婉轉，獨以自然爲宗，頗出入香山、劍南之間。文亦詳贍明達，而不詭於理，可謂善學柳下惠莫如魯男子矣。」

【箋注】

〔一〕麥秀：殷末周初箕子痛悼故國之歌，詳見卷十七《哭揭秘監三十四韻》。東周：一般指朝代名，周自平王至赧王，都於雒邑，在舊都鎬京之東，史稱東周；此處之東周，乃孔子之意，即在東方建立西周般昌盛社會。《論語·陽貨》：「子曰：『夫召我者，而豈徒哉？如有用我者，吾其爲東周乎！』」

〔二〕風塵：風起塵揚，天昏地濁，比喻戰亂。澒洞：連續不斷廣漠無邊。杜甫《自京赴奉先縣詠懷五百字》：「憂端齊終南，澒洞不可掇。」黎老：老人。《國語·吴語》：「今王播棄黎老，而近孩童焉。」韋昭《注》：「鮐背之耇稱黎老。」杜甫《秋興》：「玉露凋傷楓樹林，巫山巫峽氣蕭森。」

〔三〕祖逖：東晉初年名將，元帝時請纓北伐，率衆渡江，中流擊楫而誓曰：「祖逖不能清中原而復濟者，有如大江！」辭色壯烈，衆皆慨歎。祖逖輾轉鏖戰，中原豪傑如響應聲，盡復黄河以南諸郡。詳見《晉書》卷六十二《祖逖》。

〔四〕仲宣：王粲，字仲宣，建安七子之一。漢末動蕩，往江南依荆州牧劉表，嘗陟高以著《登樓賦》，寓濟世於失意，蘊憂患於流離。《文選》卷十一《登樓賦》：「昔尼父之在陳兮，有歸歟之歎音。鍾儀幽而楚奏兮，莊舄顯而越吟。人情同於懷土兮，豈窮達而異心！惟日月之逾邁兮，俟河清其未極。冀王道之一平兮，假高衢而騁力。懼匏瓜之徒懸兮，畏井渫之莫食。」

〔五〕騎麟客：意同麒麟客，即道行高深瀟灑出塵者。喻良能《次韻王待制讀東坡詩兼述韓歐之美一首》：「作詩餘事真詩仙，騎麟被髮何翩然！」葉廷珪《海録碎事》卷十三上《鬼神道釋部·仙門·麒麟客》："麒麟客，張茂實家傭僕也。自言適與厄會，須傭作以償之。一日辭去，乘青麟上仙掌。"

伏承靜虛翁以所和詠貧士詩見寄爲賦四韻

先生閱世近期頤，鶴骨稜稜鶴髮垂〔一〕。法律舊窺唐制作，衣冠今睹漢威儀〔二〕。桓榮賜杖空前志，掌故傳經已後時〔三〕。獨有陶潛千載恨，品題都屬寄來詩〔四〕。

【題解】

靜虛翁，張姓，戴九靈同鄉，參看卷二十四《次韻答張靜虛》。東晉陶淵明高蹈肥遁，藉古賢以慰己心，遂傳《詠貧士》七首，參看卷二十三《和陶淵明詠貧士七首并序》。

【箋注】

〔一〕期頤：一百歲。《禮記·曲禮上》："百年曰期頤。"鄭玄《注》："期，猶要也；頤，養也。不知衣服食味，孝子要盡養道而已。"稜稜：清瘦骨立貌。范成大《病中夜坐》："薄薄寒相中，稜稜瘦不禁。"

〔二〕制作：制度。《史記》卷二十三《禮書》：「乃采風俗，定制作。」威儀：威嚴儀表。《左傳・襄公三十一年》：「有威而可畏，謂之威；有儀而可象，謂之儀。」

〔三〕桓榮：東漢初年傑出《書》學家。少時遊學長安，習《歐陽尚書》，入博士朱普門下。貧寠無資，常客傭以自給，然苦學不倦，十五年不窺家園。年六十餘，光武帝善其所論《尚書》，始釋褐入朝，以真儒見重廟堂。顯宗即位，尊以師禮，甚見恩寵。是時桓榮拜太常卿，天子幸太常府，會百官及桓氏門生數百人，令桓榮東向坐，設几案手杖，躬自執經請教，且言『大師在是』」。詳見《後漢書》卷三十七《桓榮丁鴻列傳》。掌故：漢代官名，掌禮樂制度等故事。傳經：傳承儒家經典；西漢晁錯以文章博學爲太常掌故，受《尚書》於伏生，詳見《史記》卷一百一《袁盎晁錯列傳》。後時：失時，不合時宜。《楚辭》賈誼《惜誓第十一》：「黃鵠後時而寄處兮，鴟梟群而制之。」王逸《注》：「言賢者失時後輩，亦爲讒佞所排逐。」

〔四〕鮑照《代東武吟》：「徒結千載恨，空負百年怨。」品題：品評。張栻《題榕溪閣》：「品題得要領，亦有翰墨留。」

懷滑攖寧

海日蒼涼兩鬢絲，異鄉飄泊已多時。欲爲散木居官道，故托長桑説上池〔一〕。蜀客著書人豈識？韓公賣藥世偏知〔二〕。道途同是傷心者，只合相從賦《黍離》〔三〕。

【題解】

滑壽，字伯仁，晚號攖寧生，元末明初傑出醫家，詳見卷十八《滑伯仁像贊》。滑壽《難經本義自序》：「《難經本義》者，許昌滑壽本《難經》之義而爲之説也。《難經》相傳爲渤海秦越人所著，而《史記》不載，隋唐書《經籍》《藝文志》乃有秦越人《黄帝八十一難經》二卷之目，豈其時門人弟子私相授受，太史公偶不及見之耶？考之《史記正義》及諸家之説，則爲越人書不誣矣。蓋本《黄帝素問》《靈樞》之旨，設爲問答以釋疑義，其間榮衛度數尺寸部位陰陽王相藏府内外脉法病能與夫經絡流注針刺俞穴，莫不該備。約其辭，博其義，所以擴前聖而啓後世，爲生民慮者至深切也。歷代以來，注家相踵，無慮數十，然而或失之繁，或失之簡，醇疵淆混，是非攻擊，且其書經華佗煨燼之餘，缺文錯簡，不能無遺憾焉。夫天下之事，循其故則其道立，浚其源則其流長，本其義而不得其旨者，未之有也。若上古《易》書，本爲卜筮設，子朱子推原象占作爲《本義》，而四聖之心以明，《難經本義》竊取諸此也。是故考之《樞》《素》以探其原，達之仲景、叔和以繹其緒，凡諸説之善者，亦旁蒐而博致之，缺文斷簡則委曲以求之，仍以先儒釋經之變例而傳疑焉。於戲！時有先後，理無今古，得其義斯得其理，得其理則作者之心曠百世而不外矣。雖然，斯義也，不敢自謂其已至也；後之君子，見其不逮，改而正之，不亦宜乎！」

【箋注】

〔一〕散木：無用之木，常喻遺世避禍以久視長生之智者，參見卷二十四《和陶淵明雜詩十一首》其四。長桑：古代神醫，嘗賜藥扁鵲，令其飲以上池之水；扁鵲以之神其術。參見卷十八《項彦章像贊》。

〔二〕蜀客：西漢文學家司馬相如，參見卷十五《白頭吟》。蘇軾《臨江仙》：「風流何似道家純，不應同蜀客，惟愛卓文君。」韓康：東漢高潔隱士。皇甫謐《高士傳》卷下《韓康》：「韓康字伯休，京兆霸陵人也。常遊名山采藥，賣於長安市中。口不二價者三十餘年。時有女子買藥於康，怒康守價，乃曰：『公是韓伯休邪？乃不二價乎？』康歎曰：『我欲避名，今區區女子皆知有我，何用藥爲？』遂遁入霸陵山中，博士公車連徵不至。」

〔三〕黍離：周大夫行役經過西周鎬京，見其宗廟宫室皆爲禾黍，遂大慟而賦《黍離》；後人遂以黍離爲哀悼故國之典，參見卷十七《哭揭秘監三十四韻》。

懷宋思賢

世間《風》《雅》久陵遲，此事惟君蚤得之〔一〕。遺響直憑東漢續，流波奚用晚唐爲〔二〕？後先作者皆殊列，得失中心只獨知〔三〕。白首低垂方抱愧，敢要佳句賦睽①離〔四〕？

【題解】

宋思賢，名棠，元末明初餘姚高士。《光緒餘姚縣志》卷二十三《列傳七·明·宋棠》：「字思賢，明《易》學，士多從之講説。元舉爲新城簿，不赴。洪武初以明經召，備顧問，尋引疾歸。自號退翁，有文集及編次《唐人絶句精華》行世。子洵，亦有文名。」宋禧《庸庵集》卷七《聞宋思賢等將還有作》：「半載江頭悵望頻，遠途音信苦難真。雲霄忽報辭鵷鷺，郊野還看養鳳麟。别去孤舟秋節晚，歸來斗酒歲華新。海隅山角長相見，歌詠同爲擊壤民。」

沈夢麟《花溪集》卷三《寄宋思賢》：「與子不見三年多，苦遭離亂奈老何？孤帆近宿舜江上，故人遠在東山阿。雲氣滿樓都是雨，夜涼如水欲穿羅。西州何似東州好？早晚商量結薜蘿。」

【校勘】

① 睽：乾隆本作「暌」。

【箋注】

〔一〕風雅：本指《詩經》中《國風》與《大雅》《小雅》，泛指純正詩文。艾性夫《冬夜抄詩作》：「諸老文章凡幾變，千年風雅欠中興。」陵遲：漸趨衰敗。

〔二〕遺響：此指《詩經》所遺氣韻風格，東漢建安諸大家遥和於千祀之後。劉勰《文心雕龍》卷二《明詩第六》：「暨建安之初，五言騰踴。文帝陳思縱轡以騁節，王徐應劉望路而争驅，并憐風月，狎池苑，述恩榮，敘酣宴。慷慨以任氣，磊落以使才。造懷指事，不求纖密之巧；驅辭逐貌，唯取昭晰之能。此其所同也。」流波：流水，此喻晚唐以韓偓、温庭筠爲首之柔弱萎靡文壇潮流。韓偓《香奩集序》：「余溺章句信有年矣，誠知非士大夫所爲，不能忘情，天所賦也。自庚辰辛巳之際，迄己丑庚子之間，所著歌詩不啻千首。其間以綺麗得意者，亦數百篇，往往在士大夫口，或樂工配入聲律。粉牆椒壁，斜行小字，竊詠者不可勝計。」

〔三〕殊列：等級殊異地位不同。杜甫《偶題》：「文章千古事，得失寸心知。作者皆殊列，名聲豈浪垂？」

〔四〕睽離：離散。杜甫《偶題》：「不敢要佳句，愁來賦别離。」

懷項彦昌

渭樹江雲每憶君，别來惟見白頭新〔一〕。百年誰是知心者，千里同爲歎世人。内景琴心篔谷夜〔二〕，外丹火候杏園晨〔三〕。極知養道多餘暇，何得長生及老身〔四〕？

【題解】

項彥昌，名昕，彥昌其字也，又字彥章，號抱一翁，元末明初醫學家，參看卷十八《項彥章像贊》、卷十九《抱一翁傳》、卷二十一《脾胃後論序》。

【箋注】

〔一〕杜甫《春日憶李白》：「渭北春天樹，江東日暮雲。何時一樽酒，重與細論文？」宋葛長庚《賀新郎》：「渭樹江雲多少恨，離合古今非偶。」

〔二〕内景琴心：道家《黄庭内景經》，參見卷二十二《跋黄庭經》。明王世貞《讀書後》卷七《讀黄庭内景經後》：「載考此經，一名《太上琴心文》，一名《太上金書》，一名《東華玉篇》。孔熙先兄弟以爲讀萬遍輒得仙而笑之，不知授者非凡師乃仙師也，受者非凡骨乃仙骨，而又慈惠忠信耽注玄真者也。」篔谷：篔簹谷，在陝西洋縣西北十里，谷中多竹，宋文同嘗建披雲亭於此。《宋文鑑》卷八十二蘇軾《文與可畫篔簹谷偃竹記》：「篔簹谷在洋州，與可嘗令予作《洋州三十韻》，《篔簹谷》其一也。予詩云：『漢川修竹賤如蓬，斤斧何曾赦籜龍？料得清貧饞太守，渭濱千畝在胸中。』」

〔三〕外丹：金丹，道家燒煉金石而成。《苕溪漁隱叢話後集》卷三十八《回仙》：「養生有内外。

精氣，內也，非金石所能堅凝；四支百骸，外也，非精氣所能變化。欲事內，必調養精氣，極而後內丹成，則不能死矣。然隱居人間，久之或托屍解而去，求變化輕舉，不可得也。蓋四大本外物和合而成，非精氣所能易也。惟外丹成，則可以點瓦礫，化皮骨，飛行無礙矣。然內丹未成，內無以交之，則服外丹者多死，譬積枯草弊絮，而置火其下，無不焚者。」火候：道家稱煉丹功夫，即煉丹時火力大小與時間久暫。白居易《同微之贈別郭虛舟煉師五十韻》：「心塵未净潔，火候曾參差。」杏園：唐朝西安園林，進士及第者常慶賀宴飲於此。《讀史方輿紀要》卷五十三《西安府·曲江池》：「唐開元中更疏鑿之。南有紫雲樓、芙蓉苑，西爲杏園、慈恩寺。」白居易《中秋夜溢亭玩月》：「昔年八月十五夜，曲江池畔杏園邊。」《唐才子傳》卷七《曹鄴》：「《杏園宴間呈同年》云：『岐路不在天，十年行不至。一旦公道開，青雲在平地。』」

〔四〕養道：道家養身術。邵雍《和君實端明》：「養道自安恬，霜毛一任添。」

王國臣以龔翠岩先生所畫梨樹幽禽圖見贈賦此

爲念閑情愛此圖，錦囊卷送結交初。槎枒玉樹君應似，宛轉珍禽我不如〔一〕。人物既爲時膾炙，才名真作世璠璵〔二〕。客途獨愧情難報，感謝當傳百代餘。

【題解】

王國臣，元末餘姚名士，參見陶安《陶學士集》卷二《題瀏鵝竹雀萱堂圖》所注「爲姚江王國臣作」及卷二十《高節書院紀略》「所與交者……又有文士鄭元秉、趙養直，帥史王國臣，漕史高仲寶」。

龔開，字聖予，一作聖與，號翠岩，宋末元初淮陰知名畫家。湯垕《畫鑑·宋畫》：「近世龔聖予先生，名開，淮陰人。身長八尺，碩大美髯，讀書爲文，能成一家法。畫馬專師曹霸，得神駿之意，但用筆頗粗，此爲不足耳。人物亦師曹韓，畫山水師米元暉，梅菊花卉雜師古作。卷後必題詩或贊跋，皆新奇。嘗自畫瘦馬，題詩曰：『一從雲霧降天關，空進先朝十二閑。今日有誰憐駿骨，夕陽沙岸影如山？』此詩膾炙人口，真有盛唐風致。嘗作《雲山稿》五册傳於家，僕嘗見之，乃平生所臨畫稿，亦奇物也。」

【箋注】

〔一〕槎枒：參差歧出貌。元稹《寺院新竹》：「槎枒矛戟合，屹屹龍蛇動。」玉樹：仙樹，喻姿貌秀美才幹優異者。《世説新語》卷下《容止第十四》：「魏明帝使后弟毛曾與夏侯玄共坐，時人謂蒹葭倚玉樹。」宛轉：形容聲音圓潤柔媚悠揚悦耳。劉禹錫《百舌吟》：「綿蠻宛轉似娱人，一心百舌何紛紛！」

〔二〕膾炙：細切肉與烹炒肉，常喻世間優美詩文卓犖人物。《七修類稿》卷二十九《詩文類·悼內詩》：「後詩尤勝於前，二作皆膾炙於世，録之。」璠璵：春秋時魯國美玉，常喻美好事物。《太平御覽》卷八百四《逸論語》：「璠璵，魯之寶玉也。孔子曰：『美哉璠璵！遠而望之煥若也，近而視之瑟若也。』」楊時《縣齋書事寄張世賢》：「歸來坐虛室，開編對璠璵。」

宗道師曾許尋鄭元秉春草圖見寄詩以促之

平生不識鄭山輝，寫草成圖偶見之。恍惚鵝群翻水日，依稀鴻爪印沙時〔一〕。康成已矣空書帶〔二〕，靈運悽其但夢池〔三〕。寸楮尺綃能寄否？敢憑去雁致深期〔四〕。

【題解】

宗道，餘姚嚴宗道，詳見卷十六《題嚴氏蒼雲軒》。鄭元秉，名彝，號山輝，元末餘姚畫家。《光緒餘姚縣志》卷二十三：「鄭彝，字元秉，號山輝，清逸夷曠，傲視貴倨。有郝將軍求見，彝不爲禮。郝退語人曰：『鄭先生視我若無有，真不凡也。』然彝於父母昆弟姻友，又皆委曲周密，忠厚之念藹然。以文學教授，有師法。擅作蘭蕙，人争購之。岑安卿云『坐對滎陽老，空懷正始音』，宋僖云『落筆十年身後在，懷人三絶眼中無』，其爲名家推重如此。」

鄭彝嘗構山輝軒。《羽庭集》卷二《山輝軒爲餘姚鄭元秉賦》：「江上峰巒照眼妍，開軒況得近龍泉。山因石潤清輝發，雲壓簷低秀色連。砌下芝蘭温似玉，春深花木暖生煙。廣文舊日讀書地，剩有遺光矚簡編。」

鄭彝善繪《春草圖》，同邑宋禧屢屢欽慕歌吟。《庸庵集》卷六《二月四日久雨始霽過水北王大本家觀山輝翁春草圖爲題詩一首》：「江上茅堂春雨多，春來野色竟如何？老夫朝朝望白日，隔水茫茫生緑莎。踏青屐齒畏泥濘，垂白鬢毛愁棹歌。何時乘我五湖興，翡翠蘭苕迎釣蓑？」卷七《鄭山輝春草圖》：「悵望情人立水南，水南風日正清酣。踏青已去空遺佩，拾翠重來可盍簪？當日佳期猶自惜，暮年别恨更何堪？夢中緑暗關河路，愁破天光動鬱藍。」卷九《二月廿日夜在城南僧舍題山輝翁春草圖》：「春院重過一夕留，忽思鄭老使人愁。更闌秉燭看圖畫，緑草紅花我白頭。」

【箋注】

〔一〕張雨《瑶花慢·賦雪次仇山村韻》：「想平沙鴻爪成行，恰似醉時書迹。」

〔二〕康成：鄭玄，字康成，東漢儒學家，相傳其門下取書帶草束書。《後漢書》志二十二《郡國四》：「東萊郡……不其侯國。」梁劉昭《注補》：「《三齊記》曰：『鄭玄教授不其山，山下生草大如薤，葉長一尺餘，堅刃異常，土人名曰康成書帶。』」李白《題江夏修静寺》：「書帶留青草，琴堂冪素塵。」

〔三〕悽其：淒涼貌。鍾嶸《詩品》卷中《宋法曹參軍謝惠連詩》：「《謝氏家録》云：『康樂每對惠連，輒得佳語。後在永嘉西堂，思詩竟日不就，寤寐間，忽見惠連，即成『池塘生春草』。故嘗云『此語有神助，非我語也』。」謝靈運《登池上樓》：「初景革緒風，新陽改故陰。池塘生春草，園柳變鳴禽。」

〔四〕寸楮尺綃：信箋；楮，紙。程登吉《幼學瓊林》卷四《文事類》：「寸楮尺素，通稱簡札。」深期：殷切期待。杜甫《暮春江陵送馬大卿公恩命追赴闕下》：「尊前江漢闊，後會且深期。」

近造嚴宗道蒼雲軒見宋庸庵壁間舊題因借韻嗣賦

先生去隱富春山，贏得聲名滿世間〔一〕。往事只今成變滅，荒祠終古倚孱顔〔二〕。
九霄共睹冥鴻遠，千載誰聞海鶴還〔三〕？自是賢孫知述德，故題軒宇領餘閑〔四〕。

【題解】

嚴宗道，元末明初餘姚人，嘗築蒼雲軒以懷古蓄德，詳見卷十六《題嚴氏蒼雲軒》。宋庸庵，元末明初餘姚高士，詳見本卷《懷宋庸庵》。

宋禧《庸庵集》卷六《嚴氏蒼雲軒》：「我住城南對北山，子陵墳墓在山間。每思高節空回首，得見諸孫爲破顔。鄉里未尋書屋去，客途曾向釣臺還。連年奔走頭添雪，愛汝看雲日日閑。」

【箋注】

〔一〕先生：東漢嚴子陵，長期隱居富春江之嚴陵瀨，詳見卷十五《感懷》。《釣臺集》卷下引唐李白詩：「松柏本孤直，難爲桃李顔。昭昭嚴子陵，垂釣滄波間。身將客星隱，心與浮雲閑。長揖萬乘君，還歸富春山。清風灑六合，邈然不可攀。使我長歎息，冥棲巖石間。」

〔二〕終古：永久。孱顔：同「巉巖」，高峻貌。李商隱《荆山》：「壓河連華勢孱顔，鳥没雲歸一望間。」

〔三〕冥鴻：高飛鴻雁，喻隱逸避世者。白居易《與元九書》：「時之不來也，爲霧豹，爲冥鴻，寂兮寥兮，奉身而退。」海鶴：此反用丁令威化鶴返鄉典故，參見卷十七《偶書》。李白《至陵陽山登天柱石酬韓侍御見招隱黄山》：「海鶴一笑之，思歸向遼東。」

〔四〕述德：繼承遵循祖先美德；述，遵循。《禮記·中庸》：「父作之，子述之。」餘閑：很從容極寧静。

承德輝漢章二高士遠顧賦此以寄

客裏神交近十春，江雲梁月幾懷人〔一〕。何言此日襟期合，轉憶當年製作新〔二〕？朋好忝居三益友，别情能忘兩吟身〔三〕？及秋倘失乘槎路，定向滄江一問津〔四〕。

【題解】

本詩目録作《承景德輝王漢章遠訪别後卻寄》。景星，一作景昇，未審孰是，字德輝，元末明初餘姚名流，嘗擢會稽郡學教授。《光緒餘姚縣志》卷二十三《列傳・景星》：「字德輝，邃於理學，開門授徒，晚爲仁和教諭。以著述爲任，有《四書集説啓蒙》十二卷，明初纂修《四書大全》采用其説。宋濂稱其『擩嚌經腴，朝夕不厭』，蓋經術之士也。」

《宋濂全集》卷二十八《送會稽景德輝教授鄉郡序》：「會稽，古諸侯之國，今爲浙河東大郡，會學官闕教授員，鄉之子弟咸曰：『言篤而行醇，惟我景先生則然。』其黄髮老成人又曰：『擩嚌經腴，朝夕不自饜，著述成書，惟我景公則然。』既而郡僚聞之，府公亦聞之，相與謀曰：『府庠之無師，二千石之責也。景君之賢，信如子弟、老成人之語，以鄉人之所尊，而爲鄉弟子之所師，未見其不可也，盍上其事於選曹乎？』選曹既從其請，試景君以《春秋》經義一通，白於丞相府，報下如章。景君將東還涖教事，詞林編摩之英，成均宿學之士，藩府賓僚之賢，咸造文若詩榮之，而以首簡授濂序……景君名昇，其字爲德輝云。」

程本立《巽隱集》卷一《送景德輝教授歸越中》：「斗酒都門别，孤帆水驛飛。青雲諸老盡，白髮幾人歸？風雨魚羹飯，煙霞鶴氅衣。溪山無限意，予亦夢柴扉。」

漢章，姓王名旭，號守拙，餘姚賢士，參看卷十八《拙守齋銘并序》。《萬曆紹興府志》卷四十一《人物志七・鄉賢之二・王旭》：「字漢章，餘姚人。强學力行，隱居教授，學者多從之遊。洪武中，以茂才徵拜英山知縣。縣舊多虎患，旭至，禱於神，虎輒避去。在官興學勸農，吏民親愛如父母焉。」

《庸庵集》卷二《己酉冬還自龍河浦王漢章宅元夕宴集鐵字韻詩》：「新年會飲元夕節，秩秩賓筵日中設。滿座烏巾異昔時，在眼華燈待明月。江梅尚覺花惱人，野老誰言心似鐵？當杯酣詠不成章，歲晚孤吟客歸越。」《庸庵集》卷五《爲王漢章題鄭山輝李石樓合作蘭竹圖》：「冀北李侯多晚興，江南鄭老有春愁。風潭對影來溪曲，雲谷聞香坐石頭。會合可稱雙璧在，畫圖將見萬金收。清華自古歸王謝，所愛曾兼二美不？」

鄭真《滎陽外史集》卷九十四《用韻寄王漢章三首》其一：「山中報政兩年餘，卓魯聲華總不如。遺迹向來詢漢楚，淳風今得問廬舒。據鞍自覺丹心壯，照鏡應憐緑鬢疏。楚澤天高鴻鴈遠，短歌空復賦三閭。」其二：「花縣仙人玉雪清，科名詞學早蜚聲。共知簪紱家傳久，多羨弦歌德化成。千里山川鯨海島，五雲宮闕鳳陽城。故人相見多青眼，狂客誰憐賀四明？」其三：「年過半百未容閒，縣宰今躋七品班。隴上恩須金誥贈，堂前笑待錦衣還。蓬萊雲近通三島，閶闔天高睇九關。海宇會同春正月，紫宸行復覲龍顏。」

【箋注】

〔一〕神交：尚未謀面而彼此仰慕。江雲梁月：二者悉藉杜甫詩以懷朋遊；前者參見本卷《懷項彦昌》，後者出自杜甫《夢李白二首》：「落月滿屋梁，猶疑照顏色。」

〔二〕襟期：襟懷志趣。唐寅《遊焦山》：「亂流尋梵刹，灑酒瀉襟期。」

〔三〕《論語·季氏》：「孔子曰：『益者三友，損者三友。友直、友諒、友多聞，益矣；友便辟、友善柔、友便佞，損矣。』」吟身：詩人。劉得仁《冬日喜同志宿》：「吟身坐霜石，眠鳥握風枝。」

〔四〕乘槎：乘坐木筏登天尋仙；據《博物志》卷三，天河通海，有居海濱者，每年八月海上有木筏來，即乘木筏到達天河，沿途可見牛郎織女相聚情景，詳見卷十七《秋興五首》。滄江：江流。杜甫《秋興八首》：「一卧滄江驚歲晚，幾回青瑣點朝班。」

葉孔昭爲尊公刊海堤集喜而有賦

翁昔爲州建土功，石堤萬丈海争雄。歌謡德美南陽似，紀載文成吏部同〔一〕。要見流傳千載遠，肯教零落百年中〔二〕？誰家有子賢如是，手把新編喜未窮。

【題解】

葉晉，字孔昭，元末明初鄞縣名流，詳見卷十六《舟次高錢遲孔昭不至詩以速之》。尊公，尊稱他人父親，此指葉孔昭父葉恒，其嘗率餘姚州民築石堤以禦水患，工詩者賦詩誦美，曰《餘姚海堤集》，詳見卷二十九《余姚海堤集序》。

【箋注】

〔一〕南陽：漢朝循吏召信臣和杜詩，先後擔任南陽太守，興修水利，施行仁政，造福元元，爲郡民所愛，詳見卷十八《陳文昭監丞像贊》。吏部：唐文學家韓愈，嘗授刑部侍郎與吏部侍郎。宰相裴度平定淮西時，韓愈任行軍司馬，事遂功成，撰《平淮西碑》以記之。詳見《新唐書》卷一百七十六《韓愈》。蘇軾《臨江驛》：「淮西功業冠吾唐，吏部文章日月光。千古斷碑人膾炙，不知世有段文昌。」

〔二〕零落：草木凋零，喻事迹失傳。

哭趙太初

蒲團兀坐幾經春，獨把《南華》味道真〔一〕。已薄丹砂勾漏令，定憐白髮杜陵人〔二〕。山中舊别期猶在，世上遊從迹竟陳〔三〕。楚些吟成無處寄，暮雲回首泣沾巾〔四〕。

【題解】

浦江趙良本，號太初子，戴九靈姊夫兼内兄，詳見卷二十三《祭趙立道文》。

【箋注】

〔一〕蒲團：蒲草墊，供打坐時用。陳與義《休日早起》：「蒲團著身寬，安取萬户邑？」南華：道家經典《莊子》别名。味道：體察大道。錢起《酬劉起居卧病見寄》：「味道能忘病，過庭更學《詩》。」

〔二〕勾漏令：晉道家學者葛洪，束髮從師，老而忘倦，耽嗜仙術，一意遊德棲真。晚聞餌丹砂可遐年益壽，乞爲勾漏令。後退居羅浮山，煉丹著書，推演導引黄白之術。詳見《晉書》卷七十二《葛洪》。杜陵人：詩聖杜甫，自稱杜陵野老、杜陵野客、杜陵布衣；此代詩人自身。杜甫《投簡成華兩縣諸子》：「長安苦寒誰獨悲？杜陵野老骨欲折。」

〔三〕山中：詩人故邦元代婺州路浦江縣。期：重逢期約。蘇轍《雪中訪王定國感舊》：「蘭亭俯仰迹已陳，黄公酒壚愁殺人。」

〔四〕楚些：《楚辭·招魂》皆以助詞「些」結尾，後遂以「楚些」代招魂歌。辛棄疾《沁園春·老子平生》：「試高吟楚些，重與招魂。」

哭張宜仲

一別逡巡十五年，可堪回首隔重泉〔一〕。高齋謾起延徐榻，遠道誰來訪戴船〔二〕？述德無聞嗟我老，承家有道賴孤賢。自從凶訃傳天末，獨立楓林幾泫然〔三〕。

【題解】

張宜仲，元代浦江縣嘉興鄉雅士。《宋濂全集》卷四十七《遂初堂銘》（《浦陽平安張氏宗譜》）：「吾友張君宜仲新成華構，顯敞虛明，心爲之爽，因名其堂曰遂初，進修之功於是繫。予病餘廢學，凡來求文者皆謝絶之，獨敬宜仲好古博雅，復濡毫爲之銘曰：「士之好古，其志焉如？蚤夜孜孜，期遂其初。伊何其德，明如皦日？至理渾然，無有攸失。人非聖賢，或從昧之。必由學故，復之無遺。顔之四勿，曾之三省。內外表裏，交致其警。我今何師，以會其精？古聖往矣，師我六經。物之古者，莫古如斯。心中好之，如渴飲水。日就月將，盎然吾融。獨立千古，私慮皆空。有美張君，華構伊飾。我勒銘詩，歌之無斁。」

【箋注】

〔一〕逡巡：頃刻，瞬間。陸游《除夜》：「相看更覺光陰速，笑語逡巡即隔年。」

〔二〕高齋：高雅書齋，此稱張宜仲屋舍。延徐榻：東漢豫章太守陳蕃敬重徐孺子，特設床榻以接待之，詳見卷三《投王郡守二首》。訪戴船：東晉王子猷乘興泛舟夜訪戴安道，詳見卷九《甲辰元日對雪聯句》。

〔三〕天末：天邊，此指浙東海濱詩人隱逸避禍之明越諸地。蘇軾《周夫人挽辭》：「凱風吹棘君休詠，我亦孤懷一泫然。」

承李仲彬遠顧賦此贈別

前朝白髮舊臺郎〔一〕，十載攜家住海鄉。每爲不才迂劍佩，致令多處識冠裳〔二〕。
冥鴻已遂天衢闊，退鷁方愁江路長〔三〕。地迥秋高形影獨，祇應別後轉淒涼〔四〕。

【題解】

李仲彬，生平不詳，參見本卷《寄余伯熊兼柬李仲彬》。按元末江浙行省左丞周伯琦文，李氏嘗遊吴門，入太尉張士誠之江浙分樞密院，此蓋戴李二人交遊之濫觴。《隆平紀事》：「（至正十七年）周王士誠降於元，元以爲太尉……立江淮分省、江浙分樞密院於平江以處其官署。」《澹遊集》卷上周伯琦《奉次定水見心禪師簡寄雅韻四首庸答先施》：「……至正甲辰，予以使事過四明，院掾李仲彬致書於定水寺見心長老。予素未及識，至則訪之。縉紳先生亟稱其才德俱高，無不樂道而與之遊。」

【箋注】

〔一〕臺郎：尚書郎。《後漢書》卷五十八《虞詡》：「臺郎顯職，仕之通階。今或一郡七八，或一州無人，宜令均平，以厭天下之望。」

〔二〕迂：路途迂曲遥遠。《資治通鑑・後漢紀二》：「我出河北，兵少路迂。」胡三省《注》：「迂，曲也，回遠也。」劍佩：士大夫裝飾，猶下句「冠裳」，悉代李仲彬。杜牧《冬至日寄小侄阿宜》：「我家公相家，劍佩嘗丁當。」寇準《述懷》：「吾家嗣儒業，奕世盛冠裳。」

〔三〕冥鴻：此喻李仲彬，參見本卷《近造嚴宗道蒼雲軒見宋庸庵壁間舊題因借韻嗣賦》。退鷁：退飛鷁鳥，暗喻詩人。《春秋・僖公十六年》：「是月，六鷁退飛，過宋都。」

〔四〕元稹《和樂天别弟後月夜作》：「況我兄弟遠，一身形影單。」轉：愈。杜甫《至後》：「愁極本憑詩遣興，詩成吟詠轉淒涼。」

懷陳中復

天漢迢迢幾問津，乘槎路斷海東濱〔一〕。諮詢不見皇華使，喪亂甘爲皓首人〔二〕。閻相丹青方致譽，杜陵詩句謾傳神〔三〕。芙蓉峰下芝堪食〔四〕，已約他年共結鄰。

【題解】

按《嘉靖寧波府志》，陳遠，字中復，攜侄陳恭徙居慶元路鄞縣，參見《乾隆鄞縣志》卷十八《藝術·陳遠》。《建溪集前編》卷一載録所謂慈溪陳恭中復之《九靈山房詩》，大誤。《嘉靖寧波府志》卷三十九《流寓》：「陳遠，字中復，一字中孚。先，濮之鄄城人。生而穎悟，讀誦一過輒不忘。弱冠遊學宣、饒間，從中書左丞韓伯高授《易》，得專門奥旨。工書法，有晉人風度。藝事無不研習，而尤善模寫人物。過四明，愛俗尚淳厚，遂家焉。太祖召至闕廷，命寫御容，賜金帛，以文淵閣待詔歸里。成祖嗣位，遣中貴驛召入覲，賜賚益厚，憫其年老賜歸。遠爲人清峻剛直，毅然不可犯，而意度閑雅，接之則和氣藹如，故士大夫多敬慕焉。」《嘉靖寧波府志》卷二十九《列傳四》：「陳恭，字孟起，從其叔陳遠徙家於鄞。舉永樂乙酉鄉試，與修《大典》。歷政秋官，出判興化府事，升工部營繕司郎中，政咸稱最。」

烏斯道《春草齋集》卷二《陳中復先生所畫馬轉贈吴生好德》:「曹將軍,能寫真,南薰殿上數承恩。千載有遺迹,畫馬尤絶倫。陳先生,最儒雅,亦能寫真兼畫馬。筆法妙入神,諒不在曹下。近歲奉詔寫御容,金門玉殿春融融。適值房精降沙苑,佛郎所進當争雄。就敕丹青記祥瑞,御前颯爽來天風。從此人間不易得,得之勝得真花驄。昔年遺我一紫燕,正是蕃人遠來獻。我藏篋底餘廿年,王真君夫豈曾見?吴生讀書有遠志,比似名駒復何異?轉將此畫持贈生,要助天衢激昂氣。吴生吴生意如何?贈汝錦段不足多。生年正壯吾老矣,他日乘肥莫忘此。」

唐之淳《唐愚士詩》卷一《送陳中復先生》:「水國春雨鳴,雲開遠洲曙。帆檣載風色,言指東霞去。月落蔣陵鐘,潮生越江渡。方忻盍簪樂,欲别愁反遽。」

【箋注】

〔一〕天漢:天河,銀河。《詩經·小雅·大東》:「維天有漢,監亦有光。」毛《傳》:「漢,天河也。」乘槎:乘坐木筏登天尋仙,參見卷十七《秋興五首》。

〔二〕皇華使:皇帝使臣。杜甫《寄韋有夏郎中》:「萬里皇華使,爲僚記腐儒。」

〔三〕閻相:唐朝傑出畫家閻立本,參見卷二十二《跋錢舜舉所臨閻立本西域圖》。杜陵:詩聖杜甫,參見本卷《哭趙太初》。《新唐書》卷二百一《文藝上·杜甫》:「至甫,渾涵汪茫,千彙萬狀,兼古今而有之,它人不足,甫乃厭餘,殘膏賸馥,沾丐後人多矣,故元稹謂『詩人以來,未有如子美者』。甫又善陳時事,律切精深,至千言不少衰,世號詩史。昌黎韓愈於文章慎許可，至歌詩，獨推曰『李杜文章在，光焰萬丈長』，誠可信云。」

〔四〕芙蓉峰：四明山別稱。《乾隆鄞縣志》卷三《山川·四明山》：「府西南六十里，綿亘明、越、台三郡之境。周回八百里，二百八十峰，峰峰相次上，擬於莽蒼。中頂五峰，狀如蓮花，疑近星斗。」芝：靈芝，古時常以采芝代隱逸生活，參見卷十七《題四皓圖》。

蔣彥章來訪別後懷之

會稽山下正黃昏，布襪芒鞋何處村〔一〕。無復霜臺觀獬豸，每從雨甸牧鷄豚〔二〕。
功名久已成澌盡〔三〕，節操由來與世存。久説首陽薇可采，爲歌遺事卻消魂〔四〕。

【題解】

蔣彥章，其人不詳。詩云「會稽山」「觀獬豸」，則蔣氏元末官御史臺或肅政廉訪司，明初潛居浙東紹興。

【箋注】

〔一〕會稽山：紹興名山。《萬曆紹興府志》卷四《山川志一·山·會稽·會稽山》：「在府城東南十二里……自經史地志所著，曰苗山，曰茅山，曰衡山，曰釜山，曰防山，曰覆釜，曰棟山，曰南山，實一山也。東北接觀嶺，其上有磐石屹立，曰降仙臺，一曰苗龍升仙臺，臺下有香爐峰。永興公祠側有茗塢、淘沙徑、思古亭遺址。山南別峰曰石傘峰，下有范蠡養魚池、唐齊抗書堂。山西北五里即禹井、禹廟。又西百餘步，有大禹寺、菲飲泉。」

〔二〕霜臺：御史臺。獬豸：傳説中獸名，能辨邪正曲直，詳見卷三《贈鐵冠子倪仲德》。雨甸：雨天郊野。陸游《種蔬》：「四壁愈空冬祭近，更催稚子牧雞豚。」

〔三〕澌盡：消亡。歐陽修《送徐無黨南歸序》：「草木鳥獸之爲物，衆人之爲人，其爲生雖異，而爲死則同，一歸於腐壞澌盡泯滅而已。」

〔四〕首陽：西周初年隱士伯夷、叔齊采薇礪節之山，詳見卷十八《竹所銘并序》。消魂：極度悲愁痛苦，若魂魄離散。

示唐生林

別來想不廢書檠〔一〕，簾幕秋風入夜清。箋注肯同緗帙蠹？飛騰能負練囊螢〔二〕？終軍英妙方年少〔三〕，庾信摧頹謾老成〔四〕。拭目早令觀豹變〔五〕，雙親頭白久含情。

【題解】

唐林，戴九靈晚年羈旅四明時弟子，詳見本書卷十八《唐林字説》。

【箋注】

〔一〕檠：燈架，代燈。黄庚《秋夜獨坐》：「《黄庭》重讀罷，掩卷對寒檠。」

〔二〕肯：豈肯。緗帙：淺黄色書套，常代書卷。蕭統《文選序》：「飛文染翰，則卷盈乎緗帙。」蠹：蠹書蟲，常喻埋頭苦讀而拘泥不化者。韓愈《雜詩》：「豈殊蠹書蟲，生死文字間？」能：豈能。練囊螢：東晉車胤苦學不輟，家貧少燈油，夏月輒盛數十螢於練囊，藉其微光以夜讀。及長，風姿美劭，文思敏速，甚有鄉曲之譽。參見《晉書》卷八十三《車胤》。

〔三〕終軍：西漢濟南人，少穎悟好學，以辯博能文馳名本郡。漢與南越和親，欲遣使説其稱臣。終軍自請於漢武帝：「願受長纓，必羈南越王而致之闕下。」武帝壯其志，許其南騁。終軍説越王，越王請舉國内屬。南越相吕嘉横逆不從，發兵攻殺其王及漢使者，終軍死焉。詳見《漢書》卷六十四下《終軍》。

〔四〕庾信：南北朝名士，聰敏絶倫，博覽群書，尤精《左傳》。善屬文，與徐陵齊名，世稱徐庾體。南朝梁時奉命出使西魏，無可奈何，羈留北地。轉仕北周，愈受恩禮。庾信以南人遊北地，雖位望通顯，常懷桑梓萬里之憾，作《哀江南賦》以致其意。詳見《北史》卷八十三《文苑·庾信》。摧頹：蹉跎失意。庾信《哀江南賦序》：「山嶽崩頹，既履危亡之運；春秋迭代，必有去故之悲。天意人事，可以悽愴傷心者矣！」老成：形容文章老練成熟。黄庭堅《憶邢惇夫》：「詩到隨州更老成，江山爲助筆縱横。」

〔五〕豹變：豹紋變得華美光澤，喻改過遷善或由賤而貴。李白《陳情贈友人》：「英豪未豹變，自古多艱辛。」

題高節書院

萬丈層崖置屋牢，子陵冢墓壓靈鼇〔一〕。繞庭雲氣皆山雨，滿壑風聲是海濤。隱德昔煩天使下，祠光今并客星高〔二〕。回頭卻憶當年事，幾度春陵鬼夜號〔三〕。

【題解】

高節書院，宋元餘姚著名書院。《萬曆紹興府志》卷十八《學校志·書院·餘姚高節書院》：「在客星山南，嚴子陵墓左。宋咸淳七年，劉黻爲沿海制置使，邑人何林請建，有夫子祠、義悦思賢二堂、絲風亭。嘉定十七年，郡守汪綱建高風閣。宋暨元并置山長，生徒甚盛，養贍田至八百餘畝……明陶安《記》：『高節書院，奉子陵嚴先生之祠，在餘姚州東北十五里。重山環合，巒飛嶂躍，邃林豐草，蒼翠眩目。書院乘山腰，隨地勢，前低後崇，葺理嚴潔，門屋四楹，中建大成殿，兩翼短廡。殿後爲子陵祠，塑衣冠像。祠東西室，列秩鄉賢；祠下左右爲四齋；講堂四楹，居祠後。《漢書·逸民傳》稱先生會稽餘姚人，耕於富春，釣於嚴瀨，年八十終於家。今其墓在書院右，蓋書院因墓而立，以祀先生也。登墓道上，東望山凹處，如吻仰張，天日晴朗，凹處隱隱見海。』」

黄溍《黄文獻公集》卷六《送高節書院劉山長序》：「尚論兩漢之士，必曰經術名節。自公孫弘至張禹、孔光之流，皆以經術致位宰相，而持禄保位未能免阿諛之譏。不有名節，孰矯其失？所謂名節，則嚴子陵實倡之。迄今千三百年，其故所居及嘗釣遊處，猶爲之立祠，即其旁置書院，而奉之以釋奠於先師之禮焉，其有功名教，賢於章句儒遠矣！……子陵矯前人之失，不過答侯霸之兩語，他論議風指，則皆寂寥無聞，世特以其人之賢而尊事之如此爾。夫道一而已，發於文則爲經術，修於行則爲名節，豈若九流百家，人自爲學，莫適相通乎？」

【箋注】

〔一〕靈鼇：傳説中頭戴巨山之靈物。《列子》卷五《湯問第五》：「渤海之東不知幾億萬里，有大壑焉，實惟無底之谷，其下無底，名曰歸墟。八紘九野之水，天漢之流，莫不注之，而無增無減焉。其中有五山焉：一曰岱輿，二曰員嶠，三曰方壺，四曰瀛洲，五曰蓬萊。其山高下周旋三萬里，其頂平處九千里。山之中間相去七萬里，以爲鄰居焉……而五山之根，無所連著，常隨潮波上下往還，不得暫峙焉。仙聖毒之，訴之於帝。帝恐流於西極，失群聖之居，乃命禺彊，使巨鼇十五舉首而戴之。迭爲三番，六萬歲一交焉。五山始峙。」

〔二〕隱德：遺世獨立不求聞達之德性。客星：忽隱忽現之星。西漢初年，光武帝遣使迎嚴光至京，促膝長談如遊學未達時。夜共偃卧，嚴光酣眠，置足帝腹。次日，太史奏客星侵犯御坐，帝笑言其故。詳見《後漢書》卷八十三《逸民列傳·嚴光》。

〔三〕春陵：漢光武先祖封地，本在零陵郡，以其地低濕，漢元帝時徙南陽；王莽末年，漢光武起兵於春陵。詳見《後漢書》卷一上《光武帝紀上》。《論衡》卷二《吉驗篇》：「王莽時，謁者蘇伯阿能望氣，使過春陵，城郭鬱鬱葱葱。及光武到河北，與伯阿見，問曰：『卿前過春陵，何用知其氣佳也？』伯阿對曰：『見其鬱鬱葱葱耳。』」

訪楊季常於陳山回途有述

爲憶幽人八十餘，片帆來訪水南居〔一〕。已知揚①子門多酒，誰信馮驩食有魚〔二〕？一代定歸《名士傳》，百篇真授伏生書〔三〕。前朝人物今無幾，獵罷猶堪載後車〔四〕。

【題解】

楊瑛，字季常，與弟楊璲、楊瑀俱爲元末明初餘姚高士。《萬曆紹興府志》卷四十三《人物志九·鄉賢之四·儒林》：「楊璲，字元度，餘姚人……兄瑛、弟瑀、孫軾同，皆有名，而軾同尤以詩顯於景泰、天順之間。」陶安《陶學士集》卷二十《高節書院紀略》：「余始視事當癸巳九月二日，所與交者前守郭彦達、省掾李元中、判官程邦民、學正劉中可及士人儒仕者劉彦質、鄭學可、李文衍、楊季常暨其弟元度、趙維翰、宋無逸。」

楊翮《佩玉齋類稿》卷六《楊季常送行序》：「今兹寓處錢唐，而江浙會府史楊季常屬滿當去。凡與之同吏是府者，莫不咸惜其去而不可留，又莫不咸愛其賢而不忍其去。謀所以攄其悒悒之懷，且以道其昔者之樂，而今者之不能舍，與夫異時之不能無思也。遂將聲之爲詩，颺之爲歌，顯書昭揭，列之祖帳，以華其去，而屬余爲之辭。余惟季常起身儒學，爲校官，師百里。會府籍其材，署爲曹掾，斯固所優爲而不難者。況其質容彬彬，推學以守正，發才以達時，是以施置措舉，固不至矯焉而爲迂，亦莫或靡焉而深文也。今其去而同事之人拳拳焉致其情若此，則季常之所以處朋友者可知已。」

陳山，或曰客星山，元末楊瑛隱居此地，參看本卷《秦湖隱居》《題高節書院》。

【校勘】

① 揚：底本作「湯」，據乾隆本改。

【箋注】

〔一〕幽人：隱士。孟浩然《夜歸鹿門歌》：「巖扉松徑長寂寥，惟有幽人自來去。」

〔二〕揚子：西漢辭賦家揚雄，或作楊雄，此代楊氏瑛；揚雄性嗜酒，參見卷十八《九靈自贊》。馮驩：戰國寒士，聞孟嘗君好客，屈身門下。孟嘗君置之傳舍，馮驩不悦，彈劍高歌，歎生計寥落飧饔無魚。孟嘗君知其意，遷之幸舍，於是食始有魚。詳見《史記》卷七十五《孟嘗君列傳》。

〔三〕名士傳：晉隋唐諸史皆録其書目。《隋書》卷三十三《經籍二》：「《海内名士傳》一卷；《正始名士傳》三卷，袁敬仲撰；《江左名士傳》一卷，劉義慶撰。」伏生：秦漢之際經學家，尤精《尚書》。秦時爲博士，始皇焚書，伏生壁藏《尚書》。漢定天下，伏生求其所藏書，亡佚數十篇，存二十九篇，教於齊魯之間。漢文帝時，伏生年九十餘，詔太常掌故鼂錯往受《尚書》。詳見《史記》卷一百二十一《儒林列傳》。

〔四〕此以吕尚見知於周文王擬楊季常之遠猷壯心。殷末，周文王出獵，遇吕尚於渭水北岸，與語大悦，車載以歸，立爲國師。周文王、武王崛起於諸侯間，吕尚實有力焉。詳見《史記》卷三十二《齊太公世家》。後車：副車。《詩經・小雅・綿蠻》：「命彼後車，謂之載之。」

詠懷古迹

客來慎勿説姑蘇〔一〕，吊古令人百感俱。已訝當年嘗越膽，更堪此日聽《吴趨》〔二〕。荒臺鹿下江聲咽，古木烏啼月影孤〔三〕。欲問闔閭埋葬地，五湖東①畔已荒蕪〔四〕。

【題解】

古詩人憑吊古迹抒發情懷，常題曰《詠懷古迹》，而以杜子美詩最著名。

【校勘】

①東：底本作「來」，據乾隆本改。

【箋注】

〔一〕姑蘇：蘇州吴縣西南名山，上有姑蘇臺，相傳爲吴王闔閭或夫差所築，詳見卷十三《送陳嘉興序》。

〔二〕嘗越膽：春秋時越王勾踐興師伐吴，大敗，不得已，臣服於吴王夫差。勾踐返國，苦身焦思，嘗膽以自勵。十年生聚，十年教訓，卒雪恥滅吴。詳見《史記》卷四十一《越王勾踐世家》。

更堪：兼，加上。吴趨：吴地歌曲《吴趨行》，吴人以之贊頌本土，參見《樂府詩集》卷六十四《雜曲歌辭四·吴趨行》。王鏊《姑蘇志》卷十三《風俗》：「吴音清柔，歌則窈窕洞徹，沈沈綿綿，切於感慕，故《樂府》有《吴趨行》《吴音子》。又曰吴歈，皆以音擅於天下，佗郡雖習之不及也。陸機《吴趨行》亦因古曲之餘以道吴地之淑美。」

〔三〕荒臺：此指姑蘇臺。李白《對酒》：「棘生石虎殿，鹿走姑蘇臺。」李白《蘇臺覽古》：「舊苑荒臺楊柳新，菱歌清唱不勝春。只今惟有西江月，曾照吴王宫裏人。」

〔四〕闔閭：或作闔廬，春秋末年吴國國君，其墓在蘇州虎丘。《越絶書》卷二《外傳記吴地傳·闔廬冢》：「在閶門外，名虎丘。下池廣六十步，水深丈五尺。銅槨三重，墳池六尺。玉鳧之流扁諸之劍三千，方圓之口三千，時耗、魚腸之劍在焉。千萬人築治之，取土臨湖口。葬三日而白虎居上，故號爲虎丘。」五湖：此指太湖。《國語·越語下第二十一》：「果興師而伐吴，戰於五湖。」韋昭《注》：「五湖，今太湖。」

哭陳夷白二首

其一

白髮江湖一病身，平生精力瘁斯文〔一〕。師門偉器今餘幾？藩國奇才獨數君〔二〕。共愛辭華追董賈〔三〕，肯將出處累機雲〔四〕？生芻不到黄瓊墓，目極五湖西日曛〔五〕。

【題解】

陳基，字敬初，台州臨海人，學者尊稱夷白先生，詳見卷八《陪陳夷白左司省先隴遂遊西山諸寺》。

【箋注】

〔一〕斯文：文化，尤指儒家禮樂制度。陸游《講學》：「天方斫斯文，魯叟虚歷聘。」

〔二〕師門：此指元代儒林四傑之黄溍。《宋元學案》卷七十《滄洲諸儒學案下·文貞門人》列舉黄溍門生七人：文憲宋潛溪先生濂，忠文王華川先生禕，提舉戴九靈先生良，陳夷白先生基，隱君劉青村先生涓，學正蔣先生允升，都事高則誠先生明。藩國：諸侯國，此指陳基輔佐元末梟雄張士誠於蘇州。

〔三〕董賈：漢名儒董仲舒與才士賈誼，參見卷十二《夷白齋稿序》與本卷《寄胡宗器》。

〔四〕將：因爲。陳叔寶《東飛伯勞歌》：「風飛蕊落將何故？可惜可憐空擲度。」機：魏晉名流陸機，參見卷一《和沈休文雙溪八詠》。雲：陸機胞弟；六歲能屬文，節操清正，才思條鬯。吴亡，隨兄仕晉，慘遭横禍。詳見《晉書》卷五十四《陸雲》。

〔五〕生芻：新割青草，代吊喪禮物。《後漢書》卷五十三《徐穉》：「林宗有母憂，穉往吊之，置生芻一束於廬前而去。」黄瓊：東漢名臣，以貞固耿介著稱於時。初數舉不應，後入朝居職，練達政事，累官司空，桓帝欲褒崇大將軍梁冀，衆皆脂韋阿附，擬賜周公禮，獨黄瓊守正持衡，齊之以鄧禹、霍光。後遷司徒，轉太尉，凡梁冀所托辟召者，一無所用。梁冀既誅，黄瓊舉奏州郡素行貪污至死徙者十餘人，朝野由是翕然悦服。詳見《後漢書》卷六十一《黄瓊》。五湖：此指太湖。曛：落日餘光。

其二

老我歸來托遠林，仙橈猶泛五湖深〔一〕。身名已喜全離亂，生死俄聞變古今。懸榻空餘徐穉恨，絶弦真亂伯牙心〔二〕。無端又向溪橋立，望斷秋鴻淚滿襟〔三〕。

【箋注】

〔一〕此謂至正二十六年春詩人去吴北遊益都，次年南還，淪落明越；陳基猶佐張士誠於平江，既而入明，預修《元史》，卒返太湖畔之常熟。遠林：此代詩人羈旅地寧波與紹興。仙橈：遊船美稱。《隆平紀事》：「基在吴得小圃於天心里，以台州有丹丘，因號小丹丘。吴平，明太祖召基修《元史》，賜金而還。」

〔二〕徐穉：東漢豫章賢士，太守陳蕃特爲設榻；此以陳蕃擬陳基，徐穉稱自身；參見卷三《投王郡守二首》。伯牙：古時傑出音樂家，此擬詩人自身，詳見卷二十四《和陶淵明雜詩十一首》。

〔三〕秋鴻：秋天鴻雁，常喻離散。白居易《秋江送客》：「秋鴻次第過，哀猿朝夕聞。」

喜謝密庵至二首

其一

自昔王門久曳裾，河間禮樂屬真儒〔一〕。宫袍已織雲爲錦，旅食真成饌有魚〔二〕。轉首俄驚蒼狗變，傷心忍對劫灰餘〔三〕。白頭野客欣重見，爲問風流似舊無〔四〕？

【題解】

謝肅，號密庵，會稽上虞名賢，元重臣貢師泰高徒，有《密庵集》傳世，詳見卷二十九《密庵文集序》。《萬曆紹興府志》卷四十三《人物志九·鄉賢之四·儒林》：「謝肅，字原功，上虞人。學問該博，洪武中，舉明經，授福建按察司僉事，克持風紀。所著有《密庵稿》，與唐肅齊名，時號會稽二肅。」」。

【箋注】

〔一〕王門曳裾：形容趨附王侯，此指張士誠稱王吴中，謝肅入其幕府；曳裾，拖曳衣服後襟。《漢書》卷五十一《鄒陽》：「今臣盡智畢議，易精極慮，則無國不可奸；飾固陋之心，則何王之門不可曳長裾乎？」河間：河北地名，以地處黄河與永定河之間而名。《讀史方輿紀要》卷十三《北直四·河間府》：「府北拱京師，南臨青、濟，水陸衝要，餉道所經，自古幽燕有事，未有不先圖河間者。」河間禮樂：西漢河間獻王劉德，嗜古好學，遍聚民間典籍，卷帙之多與朝廷相埒。立博士，修禮樂，弘揚儒術，譽流千秋；後遂以河間禮樂爲嗜古修學之典。詳見《漢書》卷五十三《景十三王傳·河間獻王劉德》。杜甫《奉漢中王手札》：「枚乘文章老，河間禮樂存。」

〔二〕宫袍：官服。殷堯藩《登鳳凰臺二首》：「鳳凰臺上望長安，五色宫袍照水寒。」饌有魚：孟嘗君門客馮驩有魚可食，此指禮遇於張士誠幕府，詳見本卷《訪楊季常於陳山回途有述》。

〔三〕蒼狗：白衣蒼狗，以流雲之忽如白衣忽如蒼狗比喻世事變幻無常，特指四海兵燹元明更替。杜甫《可歎》：「天上浮雲如白衣，斯須改變如蒼狗。」劫灰：劫火餘灰，多指戰争水火後殘餘物。陸游《蜀苑賞梅》：「盛衰自古無窮事，莫向昆明歎劫灰。」

〔四〕風流：才華横溢而不拘禮法。參見本卷《寄茅元禮》。

其二

世外逍遥已十春，更無魂夢到黄塵〔一〕。也知一别成陳迹，忽漫相逢恐後身〔二〕。英邁尚餘標格在，驅馳祇益鬢毛新〔三〕。古來名士多藏器，高卧東山代有人〔四〕。

【箋注】

〔一〕黄塵：黄色塵土，喻紛紜塵世。孔尚任《桃花扇》：「黄塵變，紅日滚，一篇詩話易沉淪。」

〔二〕忽漫：忽然，偶然。劉基《和李子庚》：「夜闌忽漫聞啼鳥，腸斷天邊信使稀。」後身：佛教有三世之説，以轉世之身爲後身。李白《答湖州迦葉司馬問白是何人》：「湖州司馬何須問？金粟如來是後身。」

〔三〕英邁：才識超群。標格：風範，風度。杜甫《奉贈李八丈判官》：「早年見標格，秀氣沖星斗。」

〔四〕藏器：隱藏才華。東山：東晉謝安隱居地，或云在上虞，或云在餘姚，後泛指隱士所居之山野草澤。《萬曆紹興府志》卷五《山川志二·山下·上虞·東山》:「在縣西南四十五里,晉太傅謝安所居也。宋王銍《記》云:『巋然特立於衆峰間,拱揖蔽虧,如鸞鶴飛舞,山林深蔚,望不可見。逮至山下,於千嶂掩抱間得微徑,循石路而上,今爲國慶禪院,乃太傅故宅。絶頂有謝公調馬路,白雲、明月二堂遺址。至此,山川始軒豁呈露,萬峰林立。下視煙海渺然,天水相接,蓋萬里雲景也。山半有薔薇洞,相傳太傅攜妓遊宴之地,雖蔓草荒寒,然古色不改,宛有六朝氣象。山西有太傅墓。又西一里始寧園,乃謝靈運别墅,一曰西莊,上有洗屐池,東西二眺亭。又西爲西小江,有琵琶洲。』」

伏聞楊宋二先生及應平仲出遊且言回舟見顧喜而有述

前輩凋殘半九原,一時文采尚誰賢?楚推宋玉偏能賦,蜀有揚雄正草《玄》〔一〕。鳧舄忽飛雙羽翰,鷁舟真載兩神仙〔二〕。同遊況得尋源客,定覓秦人到石川〔三〕。

【題解】

宋,餘姚詩家宋禧,詳見本卷《懷宋庸庵》。

按本卷《訪楊季常於陳山回途有述》及《餘姚縣志》《庸庵集》，楊爲元末明初餘姚名流楊瑛、楊璲、楊瑀三兄弟之一。《光緒餘姚縣志》卷二十三《列傳六·元·楊璲》：「兄瑛，慶元路學正；弟瑀，縉雲教諭；并有文名。璲既歸隱；瑛亦隱於陳山；瑀居縣北郭，結廬臨江，榜曰漁舍。與黄縉、戴良、宋僖等唱和，人稱爲三楊。」

楊瑛，字季常，參看本卷《訪楊季常於陳山回途有述》。

楊璲，字元度，號西園，元大儒柳貫弟子，戴九靈同門友。好學博聞，亨譽士林。《萬曆紹興府志》卷四十三《人物志九·鄉賢之四·儒林》：「楊璲，字元度，餘姚人，喜學問，師事柳待制貫，與海内博洽者辯説，數困之。注《詩傳名物類考》，侍御史姚黻刻文上之。後以鄉貢歷寧海、縉雲及本州學官。值南北盜起，乃避地邑之梅川，以著述終。」

楊瑀，字昭度，號灌園，善畫墨竹，嘗闢後清漁舍，爲雅士高人歡會酬唱之所。《庸庵集》卷十《辛亥歲十一月二十日夜觀楊昭度所作墨竹有感遂題其上》：「後清漁舍近嚴灘，歲晚江空竹影寒。留得畫圖成絶筆，燈前空憶釣魚竿。」又，卷五《五月十日楊灌園留飲後清漁舍且用梅字韻見教予亦用韻酬之》：「長懷載酒爲君來，夢裏寒花一夜開。識字可期天禄閣，吐詞何望廣平梅？田園歸處松三徑，詩賦生涯水一杯。白首追從頻有約，今朝又爲掃蒼苔。」又，卷八《八月廿二日過徐氏書舍觀楊昭度所作壁上墨竹爲之泫然因題詩一首》：「可人今已矣，塵壁見琅玕。老淚爲渠落，西窗秋雨寒。」又，卷九《四月廿九日爲楊生士立題其先父昭度畫竹》：「昔日曾憐虎豹姿，今年忽見鳳凰枝。可憐對雨思君子，正近梅天五月時。」

應平仲，《庸庵集》作平應仲，兩者當有一誤。《庸庵集》卷七《五月十四日過平應仲書塾其夜至明日雨不止有懷藍溪許月山化安真浄源》：「天晴獨跨蹇驢來，準擬書堂一宿回。野色幾年違白首，雨聲半夜落黄梅。南山樹對高僧立，東浦花隨處士開。親舊有懷難晤語，出門流水没蒼苔。」

【箋注】

〔一〕宋玉：戰國時楚國詩人，詳見本卷《寄宋廷臣》。揚雄，西漢著名學者，嘗覃思《易經》以撰《太玄》；詳見卷二十四《和陶淵明飲酒二十首》。

〔二〕鳧舄：傳説東漢顯宗時葉令王喬有神術，每逢朔望，輒化舄爲鳧，飛入帝都，拜謁皇帝；後常以鳧舄爲羽化登仙或知縣之典；舄，木底鞋。參見《後漢書》卷八十二上《方術列傳上・王喬》。羽翰：羽毛，代鳥。鷁舟：船頭塗畫鷁鳥之船。

〔三〕源：秦人避亂隱居之桃花源。陶淵明《桃花源記》：「村中聞有此人，咸來問訊。自云先世避秦時亂，率妻子邑人來此絶境，不復出焉，遂與外人間隔。問今是何世，乃不知有漢，無論魏晉。」石川：疑指陶靖節《桃花源記》中劉子驥所遊衡山幽澗，以其南岸有二石囷，故戴九靈稱之爲石川。《晉書》卷九十四《隱逸・劉驎之》：「劉驎之，字子驥，南陽人……好遊山澤，志存遁逸。嘗采藥至衡山，深入忘反，見有一澗水，水南有二石囷，一囷閉，一囷開，水深廣不得過。欲還失道，遇伐弓人問徑，僅得還家。或説囷中皆仙靈方藥諸雜物，驎之欲更尋索，終不復知處也。」

聞耕隱庸庵諸公遊山累日用深歎羨

抛卻江湖舊釣竿，客窗聊復理遺編〔一〕。心疲朱墨頭如雪，志困生徒日似年〔二〕。川泳謾誇秦故迹〔三〕，山遊能似晉諸賢〔四〕。西風久動歸歟歎，此日因君重惘然〔五〕。

【題解】

耕隱，姓張，字子文，餘姚人，顔其居曰耕隱。鄞縣張仲深《子淵詩集》卷二《題張子文耕隱》：「城市紅塵一千丈，轕利膠名騁輪鞅。經綸往往隱屠釣，自謂動庸隔霄壤。埜人只住城西隅，舍南舍北皆菑畬。東家襏襫許借我，一犁春雨耕煙蕪。婦能曉饁子能讀，一畝桑麻生理足。但願登平樂有年，肯爲馳驅謀食肉？歷山已遠有莘杳，出處當年計非小。君臣各與時際會，聖德於今麗穹昊。張君隱志非隱身，秫香釀得秋風醇。擬續豐年頌元德，醉歌願作動華民。」慈溪烏斯道《春草齋集》卷五《過張氏耕隱二首》其一：「四野茫茫雲接地，幽禽戛戛水連村。

明年學汝鞭牛法，只恐移家入鹿門。」其二：「秫米秋香足酒材，長歌夜起不成哀。何時推卻犁鉏柄，白幘烏韡入郭來？」

宋禧，號庸庵，餘姚詩家，詳見本卷《懷宋庸庵》。

【箋注】

〔一〕遺編：先賢所遺著作。柳宗元《吊屈原文》：「托遺編而歎喟兮，涣余涕之盈眶。」

〔二〕朱墨：用朱筆和墨筆分類批注或編纂書籍。生徒：戴九靈避禍東南海濱時，唐林、唐轅、李孝謙、何鼒諸生遊其門。《乾隆鄞縣志》卷十四：「李孝謙，名本，以字行，與弟悌謙、忠謙皆有至行。其父仕開饒於貲，會稽胡舜咨、金華戴叔能、錢唐楊彦常、曹南吴主一、豫章揭伯防先後遊四明，仕開筵致賓館，俾諸子問業，故其詩文有法。洪、永間與悌謙相繼舉孝廉，皆以母老固辭。」《抑庵文後集》卷三十一《檢討何先生墓誌銘》：「餘姚何先生諱鼒，字玉鉉，以子瑄貴，封翰林檢討，階徵仕郎……先生端重警敏，少從金華戴叔能學詩，深有造詣，戴公甚推許焉。然篤於事親不欲仕，郡大夫再以隱逸薦，皆力辭。」

〔三〕秦故迹：秦朝人所留遺迹，此指餘姚秦川諸水流；秦川，元餘姚高士王嘉閭考槃於此，詩家宋禧遊而頌之以《秦川八詠爲王景善作》，詳見卷二十六《王竹梅像贊》。

〔四〕晉諸賢：以東晉謝安爲首之諸名士。《光緒餘姚縣志》卷二《山川·東山》：「在縣西南三十里，有洞面臨大溪，屈曲如羊腸，相傳洞尻與海通。洞上巨石若巖，巖下一石似戴而立亭亭，平野望之，有千載寂寥之意。此謝文靖所居之東山也。今以上虞東山爲文靖所居者非。蓋在上虞者，謝玄所考卜；在此地者，文靖所棲遲。按康樂《山居賦注》：『余祖車騎建大功淮淝，及太傅既薨，解駕東歸，經始山川，實基於此。』若是文靖故居，則車騎踵武，安得云經始耶？此文靖東山不在上虞之證也。《高僧傳》曰：『支遁經餘姚塢山中，晚年猶還塢中，語人曰：謝安石昔數來見，輒移旬日，今觸情舉目，莫不興想。』宋樓扶曰：『過姚江而南，村以許稱，即元度所居里。史言文靖寓居會稽，與高陽許詢、桑門支遁，出則漁弋山水，入則諷詠屬文。』此山與支、許所居密邇，與史符合，可證文靖之東山非異地也矣。且其地清賢嶺、謝公嶺無不以文靖得名。舊經云：『梁徵士魏道微修道得仙於謝公山。』而杜光庭《福地記》云：『四明山在梨洲魏微上升處。』又足證文靖東山之在四明也。」又，《鄮山》：「在縣西南十二里。舊經云：『支道林居剡，每名辰遠來鄮山，或問之，答曰：謝安石昔來見就，輒移旬日，今觸情舉目，不覺欣想。後遂移來鄮中。』即今下鄮是也。」又，《清賢嶺》：「在縣西南三十里，晉謝安、許詢、支遁數往來焉。有牛眠石、有白蓮池，亦支道林故里。有太初泉，出於石壁之隙。」

〔五〕歸歟：回鄉。《論語·公冶長篇第五》：「子在陳，曰：『歸與！歸與！吾黨之小子狂簡，斐然成章，不知所以裁之。』」

九思發背彌月心甚念之忽得安字喜而有賦

甫及衰年已二毛，入秋一病轉蕭騷〔一〕。自緣宗澤憂時切，莫是文園作賦勞〔二〕。餌液若爲和獺髓？錦囊誰解致鸞膠〔三〕？曉來忽睹平安字，老筆縱横氣尚豪〔四〕。

【題解】

九思，參看本卷《遲九思不至》。發背，脊背生癰疽，屬督脉及足太陽膀胱經，爲火毒内蘊所致。

【箋注】

〔一〕二毛：頭髮黑白交織。《左傳·僖公二十二年》：「君子不重傷，不禽二毛。」蕭騷：蕭條淒涼。范成大《公辨再贈復次韻》：「書生活計極蕭騷，爝火微明似束蒿。」

〔二〕宗澤：宋朝抗金名將，參見卷十二《送胡主簿序》。切：深。文園：漢文帝陵園；漢司馬相如嘗爲文帝陵園令，後代詩文常以文園代稱司馬相如。《史記》卷一百一十七《司馬相如列傳》：「相如拜爲孝文園令。天子既美子虚之事，相如見上好仙道，因曰：『上林之事未足美也，尚有靡者。臣嘗爲《大人賦》，未就，請具而奏之。』相如以爲列仙之傳居山澤間，形容甚臞，此非帝王之仙意也，乃遂就《大人賦》。」

〔三〕餌液：湯藥。若爲：何如，怎樣。《廣釋詞》卷七《若爲—何如》：「謝靈運《東陽溪中贈答》：『但問情若爲？月就雲中墮。』邵陵王肖綸《車中見美人》：『懸念猶如此，得時應若爲？』若爲，何如也。」獺髓：滅瘢奇藥，與下句「鸞膠」悉見本卷《寄張天民》。

〔四〕縱横：形容奔放自如。陸游《書意》：「湖海淒涼身跌宕，杯觴豪舉筆縱横。」陸游《雨霰作雪不成大風散雲月色皎然》：「病侵齒髮才雖盡，酒挾江山氣尚豪。」

五言長律

秦湖漁隱爲袁桂芳賦

履運已成昔，名湖尚説秦〔一〕。避時端有意，把釣可無人？若士居姚水，遺風似舜民〔二〕。地雖占越上，境實慕①河濱〔三〕。已忝歸漁業，何言托隱淪〔四〕？月浮孤艇夜，雨着短蓑春。泊渚多依藻，窺汀或傍筠。羽沉疑中餌，絲動訝拖鱗〔五〕。竭澤知難脱，殃池數已屯〔六〕。競多聲失厲，得雋語忘嗔〔七〕。獺怨誅求盡，龍嫌蕩漾頻〔八〕。

腥風連巷陌，穢浪接沙塵。水際呼兒急，牆頭換酒新。謳歌便野習，嗜好任天真〔九〕。行媿清狂客，名傳放逐臣〔一〇〕。家臨煙浦近，門對雪漚馴〔一一〕。釣渭心徒苦，興周迹已陳〔一二〕。子陵辭漢日，賀老別唐辰〔一三〕。事業今如是，棲遲固足珍。青雲人既遠，白首我還親〔一四〕。衰謝無知己，飄零偶問津〔一五〕。但期連郡邑，豈料結比鄰？東主方懸榻，西風且釣緡〔一六〕。扁舟如可具，同老此湖濱〔一七〕。

【題解】

秦湖，餘姚客星山麓湖泊，詳見本卷《秦湖隱居》。漁隱，隱居江湖，捕魚爲業。袁桂芳，其人不詳，詩云「名傳放逐臣」「青雲人既遠」，則袁桂芳乃先仕後隱之縉紳。

【校勘】

①慕：底本作「暮」，據乾隆本改。

【箋注】

〔一〕履運：遭逢時運，此指秦時民衆遭逢厄運。陶潛《歲暮和張常侍》：「撫已有深懷，履運增慨然。」

〔二〕若士：此士，指袁桂芳。姚水：餘姚江，詳見卷十六《題嚴氏蒼雲軒》。舜民：虞舜時淳樸民衆，傳説餘姚爲舜舊地，故有此説。《光緒餘姚縣志》卷二《山川・歷山》：「在縣北四十里，有象田、舜井、石床諸迹。《康熙志》原注：『《野客叢書》云歷山有四而餘姚之歷山不列其間。然自漢以來，餘姚、上虞之名縣，皆以大舜，彼四歷山之所無，此一證也。舜禹同時，禹之迹在會稽，人所不疑，舜之迹在會稽，乃獨疑之乎？此又一證也。虞氏子孫盛於姚江者數千，彼四歷山未聞有顯者，此又一證也。合此三證，則歷山之在餘姚者爲是。』」

〔三〕河濱：虞舜製作陶器處。《史記》卷一《五帝本紀》：「舜耕歷山，歷山之人皆讓畔；漁雷澤，雷澤上人皆讓居；陶河濱，河濱器皆不苦窳。一年而所居成聚，二年成邑，三年成都。」

〔四〕隱淪：隱居。謝靈運《入華子崗是麻源第三谷》：「既枉隱淪客，亦棲肥遯賢。」

〔五〕羽：浮子，垂釣時浮於水面，魚上鈎則下沉。莊季裕《鷄肋篇》卷中：「釣絲之半，繫以荻梗，謂之浮子，視其没則知魚之中鈎。韓退之《釣魚》詩云『羽沈知食駛』，則唐世蓋浮以羽也。」中餌：魚吞餌料。王安石《舟夜即事》：「水明魚中餌，沙暖鷺忘眠。」

〔六〕《吕氏春秋》卷十四《孝行覽第二・必己》：「宋桓司馬有寶珠，抵罪出亡。王使人問珠之所在，曰：『投之池中。』於是竭池而求之，無得，魚死焉。」殃池：災禍牽涉池魚。杜弼《爲東魏檄蜀文》：「但恐楚國亡猿，禍延林木；城門失火，殃及池魚。」數：氣數，命運。屯：迍邅困厄。

〔七〕失厲：不由自主地氣急聲厲。得雋：俘獲敵方猛將勇士，此指捕獲大魚。《左傳・莊公十一年》：「大崩曰敗績，得儁曰克。」孔穎達《疏》：「戰勝其師，獲得其軍內之雄儁者，故云得儁曰克。」

〔八〕誅求：索求。杜甫《白帝》：「哀哀寡婦誅求盡，慟哭秋原何處村？」

〔九〕便：熟習。《三國志》卷七《魏書·呂布》：「布便弓馬，膂力過人，號爲飛將。」任天真：聽任天性。白居易《觀稼》：「言動任天真，未覺農人惡。」

〔一〇〕清狂：高邁不羈。杜甫《壯遊》：「放蕩齊趙間，裘馬頗清狂。」

〔一一〕漚：通「鷗」。馴：鳥獸馴服。《列子》卷二《黄帝第二》：「海上之人有好漚鳥者，每旦之海上，從漚鳥遊，漚鳥之至者百住而不止。」

〔一二〕釣渭：呂尚垂釣渭河。興周：呂尚輔佐文王振興周朝。呂尚事迹參見本卷《訪楊季常於陳山回途有述》。

〔一三〕子陵：東漢會稽餘姚隱士嚴子陵，詳見卷十五《感懷》。賀老：唐朝越州詩人賀知章，晚年隱居鏡湖剡川，詳見卷六《送宋景濂入仙華山爲道士序》。

〔一四〕青雲：比喻飛黄騰達。揚雄《解嘲》：「當塗者升青雲，失路者委溝渠。」

〔一五〕衰謝：衰頽敗落。方干《示鄉叟》：「暮齒甘衰謝，逢人惜別離。」

〔一六〕東主：東道主。《左傳·僖公三十年》：「若舍鄭以爲東道主，行李之往來，共其乏困，君亦無所害。」懸榻：東漢豫章太守陳蕃設榻接待高士徐孺子，詳見卷三《投王郡守二首》。釣緡：釣魚綫，此代釣魚。宋祁《山中清明》：「漢鯿漸美開魚禁，已約溪公下釣緡。」

〔一七〕岑參《漁父》：「扁舟滄浪叟，心與滄浪清。不自道鄉里，無人知姓名。」漘：水邊。《說文》：「漘，水厓也。」

九靈山房集卷之二十六

越遊稿三

辨

夏正辨

或問曰：「《春秋》以周月紀事，信乎？」曰：「然。」「然則正月非春，聖人易冬以爲春歟！」曰：「不然。夏用人正，而以建寅爲歲首〔一〕；周用天正，而以建子爲歲首〔二〕：所謂正朔也〔三〕。正朔可改而月數不可改。《春秋》書『王正月』，固周家所頒之正月，然猶建寅之月耳，正月非冬亦明矣。」曰：「然則傳《春秋》者曷爲多指周正而言乎？」曰：「自左氏有周正建子之説，諸儒倡而和之，同然一辭，而夏正周正遂致疑於千載〔四〕。今請歷舉經傳所書以及《易》《書》《詩》《禮》《語》《孟》《史》《鑑》百家之説折衷之何如〔五〕？」

《春秋》不書常事，事有非常則書之以示譏。《桓・八年》：「春正月己卯，烝〔六〕；夏五月丁丑，烝。」《公羊》曰：「烝，冬事也。何以書？譏亟也〔七〕。」《穀梁》曰：「烝，冬事也。春興之，志不時也。」其在丁丑之烝亦曰：「烝，冬事也；春夏興之，瀆祀也〔八〕。」以正月爲春，五月爲夏，豈非建寅建午之月乎？

《桓・十四年》：「八月御廩災，乙亥嘗〔九〕。」《公羊》《穀梁》謂：「八月而嘗，時也。御廩災，甫三日而嘗，《春秋》所以譏也。」以八月爲可嘗，豈非建酉之月乎？

《僖・三十一年》：「夏四月，四卜郊，不從，乃免牲〔一〇〕。」《穀梁》曰：「四月，不時也。」自正月至於三月，郊之時也。所謂四月者，豈非建巳之月乎？如以爲建卯之月，則郊爲及時，何至四卜而免牲乎？

《僖・三十三年》：「十二月，隕霜不殺草〔一一〕，李梅實。」説者謂嚴冬不殺，氣燠也〔一二〕。所謂十二月者，豈非建丑之月乎？如以爲建亥之月，則今之十月，草未盡殺，猶或有之，何爲遽書爲異乎？

《桓・十四年》春正月，書無冰；《成・元年》春二月，書無冰；《襄・二十八年》

春三月，又書無冰；皆以冰政不舉而書也。《詩》言「二之日鑿冰」，謂十二月取冰；「三之日納于凌陰」，謂正月藏冰；「四之日獻羔祭韭」，謂二月開冰〔一三〕。《周禮》藏冰、開冰亦同。《春秋》書無冰而皆在春，豈非冰政之不舉乎？

《哀·十二年》冬，書螽；《十三年》，又書螽〔一四〕：皆記異也。窮冬沍寒，閉蟄已久〔一五〕，而螟蝗生焉，其爲異也大矣。左氏乃托夫子答季孫之語，歸過於司曆之失閏〔一六〕；如宣十五年秋螽而冬蝝〔一七〕，亦謂之失閏，可乎？

《莊·七年》：「秋大水，無麥苗。」蓋中原地寒，種麥宜早，故《月令》仲秋勸種麥，曰「無或失時〔一八〕」。是歲以大水之故，種麥不以其時，或已種而遭溺，故曰「無麥苗」，豈謂已熟之麥乎？

《莊·二十八年》，冬，書「大無麥禾」，則以歲終計其公私所儲而言也。不然，麥熟在夏，禾熟在秋，何以書「無麥禾」於此時乎？且左氏主周正者也，《隱①·三年·傳》云：「四月鄭祭仲帥師取温之麥，秋又取成周之禾〔一九〕。」夏之言麥，秋之言禾，非夏正之月乎？

《莊·二十五年》：「六月辛未朔，日有食之，鼓，用牲於社〔二〇〕。」《傳》云：「惟正陽之月，日有食之，乃用幣伐鼓〔二一〕。」則以是月非陽正之月，故《經》以是爲譏。夫既非正陽之月，則是月也，非夏正之六月乎？《宣・八年》：「十月城平陽。」《傳》曰：「書，時也。」《傳》例以水昏正爲興作之候〔二二〕，若以此十月爲夏之八月，是時北方之星，何由而昏正乎？

此夏正之見於經與傳者然也。

考之於《易》。《臨》卦之《彖》曰「元亨利貞，至於八月有凶〔二三〕」，指《觀》而言也。蓋《臨》爲二陽四陰之卦，直十二月；《觀》四陰二陽之卦，直八月。夫自今年十二月指明年八月，當二陽之浸長，豫憂四陰之將盛也〔二四〕。是時商正以丑〔二五〕，而文王之《彖》惟從夏正而言也。

又考之書。《堯典》曰「日中星鳥，以殷仲春〔二六〕」，建卯之月也；「日永星火，以正仲夏〔二七〕」，建午之月也；「宵中星虛，以殷仲秋〔二八〕」，建酉之月也；「日短星昴，以正仲冬〔二九〕」，建子之月也。以子月爲仲冬，則寅月乃孟春也。《伊訓》：「元祀十有二月乙丑，伊尹奉嗣王祗見厥祖〔三〇〕。」《太甲》：「三祀十有二月朔，伊尹奉嗣王歸于亳。」此十二月乃商家之歲首，而但謂之十二月，有以見商家雖以建丑爲歲首，初未嘗改十二月爲正月也。

又考之詩。《小雅》「四月維夏，六月徂暑」等篇〔三一〕，皆夏時也。《豳風・七月》一章曰：「一之日觱發，二之日栗烈，無衣無褐，何以卒歲〔三二〕？」五章曰：「十月蟋蟀入我床下，穹窒熏鼠，塞向墐户〔三三〕。嗟我婦子，曰爲改歲，入此室處。」周以子月爲歲首，故十月改歲迎新歲也。至於卒歲，則猶十二月也。又以見周人雖以建子爲歲首，即未嘗改十一月爲正月也。

又考之二禮〔三四〕。《周禮・大胥》：「春入學，舍菜合舞；秋頒學合聲〔三五〕。」《媒氏》：「掌萬民之判，中春之月，令會男女〔三六〕。」《籥章》：「掌土鼓豳籥，中春晝擊土鼓歈《豳詩》以逆暑〔三七〕，中秋夜迎寒亦如之。」《大司馬》：「中春教振旅，遂以蒐〔三八〕；中夏教茇舍，遂以苗〔三九〕；中秋教治兵，遂以獮〔四〇〕；中冬教大閲，遂以狩〔四一〕。」亦夏時也。康成注「天官，正月之吉始和〔四二〕」，曰「周之正月」；注「小宰，正歲帥治官之屬而觀治象〔四三〕」，曰「夏之正月」：一歲而有兩正月乎？《周官》：「冬日至，祀圜丘；夏日至，祀方澤〔四四〕。季春出火，季秋納火〔四五〕。仲夏斬陰木，仲冬斬陽木〔四六〕。」亦皆夏時也。《凌人》：「掌冰正〔四七〕，歲十二月令斬冰。」傳者云「夏正十二月，今②之季冬也」，若以爲周正，則十二月乃今之孟冬。水始凍而未堅，冰可藏乎？《内宰》：「仲春，詔内外婦始蠶〔四八〕。」傳者云「夏之仲春也」，若以爲周正，乃今之十二月，而可蠶乎？

又考之《語》《孟》。曾點舍瑟一章〔四九〕，所謂暮春者，亦可指爲今之正月乎？今之正月，寒氣猶壯，既非春服之候，亦非可浴之時，則此暮春，非夏之三月乎？孟子曰：「七八月之間旱，則苗槁矣〔五〇〕。」按《豳》詩〔五一〕，五穀之中，惟禾稻晚③熟，「十月納禾稼」「十月穫稻」是也。七八月之間旱與七八月之間雨集，皆申酉之月。秋旱則苗槁，蓋指禾稻而言也。又「十一月徒杠成」「十二月輿梁成〔五二〕」，本言脩治橋梁必在深冬水涸之時。徒杠十一月可成，澗水先涸也；輿梁十二月乃成，河水後涸也。趙岐乃以七八月爲夏五六月，十一月爲夏九月，十二月爲夏十月。朱子晚年始悟其非是，欲改注之無及也。

又考之史。秦建亥矣〔五三〕，而《史記》始皇三十一年十二月，更名臘曰嘉平〔五四〕。夫臘必建丑之月也，秦以亥正，則臘爲九④月云。十二月者，寅月起數，固未嘗改也。至三十七年十月癸丑，始皇出遊，十一月行至雲夢。繼書七月丙寅始皇崩，九月葬驪山。先書十月十一月，而繼書七月九月者，數月以寅〔五五〕，亦未嘗改也。

司馬公作《治鑑》，於二世元年之下書曰「冬十月戊寅大赦」，於漢高祖元年之下書曰「冬十月，沛公至灞上」，於孝文元年之下書曰「冬十月，封琅琊王澤爲燕王」，於孝景元年之下書曰「冬十月，丞相嘉奏立祖宗廟」，於孝武元年之下書曰「冬十月，詔舉賢良方正直言極諫之士而親策之〔五六〕」。元年之下書冬者，時不改也；書十月者，月不改也。此漢因秦正朔，以亥月爲歲首，即未嘗以冬爲春，以十月爲正月也。

又考之百家之說。屈原《離騷經》曰：「攝提貞于孟陬〔五七〕。」按《天文志》，攝提，星名，在龍角之兩傍〔五八〕，直斗柄所指以建十二辰者也〔五九〕。寅月曰陬，蓋是月孟春昏時，龍角攝提星見在東北隅，隨斗柄指寅，故以爲名也。屈原以寅月爲孟月；則孟子所謂七八月者，乃攝提隨斗柄正指申酉之月，所謂十一月十二月者，乃攝提隨斗柄正指子丑之月：鄒魯與楚同一正朔故也〔六〇〕。

此夏正之見於《易》《書》《詩》《禮》《語》《孟》《史》《鑑》百家者然也。質之於經〔六一〕，證之於傳，考之於《易》《書》《詩》《禮》《語》《孟》《史》《鑑》百家，則《春秋》所書爲夏正耶，爲周正耶？

曰：「然則《春秋》黜周正而用夏正歟？」曰：「不然。夏周改正朔而不改月數，周之正月即夏之正月，夏之正月即唐虞殷商之正月。春首寅，歲首寅，百王不易之正也〔六二〕。何爲其然也？以冬爲春，非生物之候也。以夏而爲秋，物之方長而未成也。

以秋而爲冬，歲功未畢〔六三〕，欲閉藏而莫可也。商周聖人之心，即虞夏聖人之心，夫豈變易四時貿亂寒暑而曰『吾將以是而新民聽哉〔六四〕』？

「《汲冢書》曰〔六五〕：『夏數得天，百王所同。我周改正易朔以垂三統，至於敬授人時，巡狩烝嘗，猶自夏焉〔六六〕。』則建寅之月固周家之所用也。彼謂周家以建子首十一月者，左氏之誤。謂周家以子丑寅爲春，卯辰巳爲夏，午未申爲秋，酉戌亥爲冬者，孔安國〔六七〕、鄭康成之大誤也〔六八〕。

「且改時易月之論，孔孟以前經無明文，自左氏孔鄭諸公，迭爲之説，於是杜預之注《左氏》〔六九〕，何休之注《公羊》〔七〇〕，范甯之注《穀梁》〔七一〕，孔穎達之述《正義》〔七二〕，往往舍經信傳，踵謬承訛，歷千有餘年，無有能正其非者。至河南程氏始斷之曰：『周正月非春也？』此一言也，真足以破千載之惑矣；然又曰『假天時以立義』，猶不輕於斥左氏之非〔七三〕。胡康侯見冬不可以爲春，遂發明程子之意，謂『《春秋》以夏時冠周月〔七四〕』。誠如是也，則繫年之夏時與紀事之周月轉相矛盾，所謂分至啓閉十有二候十有二律乃與天氣物化不相應〔七五〕，而《春秋》非上律天時之書矣〔七六〕。善乎朱子之言曰『周改歲首而不改月數，若從胡氏之説，則月與時常差兩月，聖人作經，恐不若是之紛更』！斯言豈欺我哉？」

曰：「杜預之於左氏，每委曲遷就，無一言之不合。」説者謂：「預爲左氏之忠臣，若吾子之論，直則直矣。其在諸儒，將不謂之忠臣乎哉！」曰：「正其非以救其失，正所以爲忠也。若預者，乃左氏之諛臣，其於忠乎何有？」

【題解】

夏正，夏曆歲首。夏曆以建寅之月爲正月，一年分春夏秋冬四季及立春、雨水、驚蟄、春分等二十四個節氣以便於農事。《漢書》卷八十五《谷永》：「漢家行夏正。」顏師古《注》引張晏曰：「夏以建寅爲正。」《尚書·商書·咸有一德》：「爰革夏正。」蔡沈《集傳》：「改夏建寅之正而爲建丑正也。」劉知幾《史通》卷八《模擬第二十八》：「春秋諸國，皆用夏正。」顧炎武《日知録》卷五《正月之吉》：「（《詩經·豳風·七月》）一篇之中，凡言月者皆夏正，凡言日者皆周正。」辨，論述類文體之一。

此文所論曆法，頗近程端學之《程氏春秋或問》，其得失精粗，《四庫全書提要》之品評頗爲公允：「惟謂左氏事實多出僞撰，又堅主夏時之説，力詆左氏王周正傳，雖至於春書無冰，亦以爲建寅之月，而穿鑿《周禮》《豳詩》以解之。不知左氏周人，説經或有未確，記事未必盡誤，若自紀其本朝之正朔，則更必不誤也。端學所言，其無乃矯枉過正乎？蓋杜預諸人篤守專門，其弊不免屈經以從傳；而端學諸人務伸己説，其弊亦不免廢傳以説經。讀宋元以來之《春秋》者取其所長而知其所短可矣。」

【校勘】

① 隱：底本作「桓」，據乾隆本及《左傳》改。

② 今：底本作「令」，據乾隆本改。

③ 晚：底本作「脱」，據乾隆本改。

④ 九：底本作「十」，據乾隆本改。

【箋注】

〔一〕人正：契合人道之歲首；夏曆以農曆十三月爲歲首，古人以爲得人之正，故稱人正。班固《白虎通》卷三下《三正》：「十三月之時，萬物始達，孚甲而出，皆黑，人得加功，故夏爲人正，色尚黑。」建寅：夏朝以寅月爲歲首，稱建寅；建，北斗星斗柄所指，古代按北斗星斗柄在一年中所移位置爲十二辰，建子爲十一月，建丑爲十二月，建寅爲正月，其餘類推。

〔二〕天正：契合天道之歲首；周曆以農曆十一月爲歲首，古人以爲得天之正，故稱天正。班固《白虎通》卷三下《三正》：「十一月之時，陽氣始養根株黄泉之下，萬物皆赤。赤者，盛陽之氣也，故周爲天正，色尚赤也。」

〔三〕正朔：一年中首月首日；正爲一年之始，朔爲一月之初；古時改朝换代，新王朝表示應天承運，須重定正朔。

〔四〕周正：先儒以建子之月爲周朝正月；至宋程朱始探賾索隱，以建寅之月爲正月，戴九靈主後説。夏正：夏朝正月，即建寅之月。

〔五〕折衷：折中，調和不同意見使之合理得當。

〔六〕烝：冬祭。《禮記·祭統》：「凡祭有四時，春祭曰礿，夏祭曰禘，秋祭曰嘗，冬祭曰烝。」

〔七〕亟：急忙，匆遽。

〔八〕瀆祀：隨意祭祀。白居易《白孔六帖》卷六十九《瀆祀》：「禮無瀆神。祭不欲數，數則煩，煩則不敬。祭不欲疏，疏則怠，怠則忘。」

〔九〕御廩：宫廷倉廩，儲藏由帝王躬自種植之祭祀糧食。《春秋·桓公十四年》：「秋八月壬申，御廩災。」杜預《注》：「御廩，公所親耕以奉粢盛之倉也。」

〔一〇〕卜：古人用火灼龜甲取兆以預測吉凶。郊：祭祀名，古代帝王在郊外祭祀天地。不從：占卜不利。免牲：免而不殺郊時所需之牲口。

〔一一〕殺：草木枯死。《吕氏春秋》卷十三《有始覽第一·名類》：「及禹之時，天先見草木秋冬不殺。」

〔一二〕燠：温暖。《説文》：「燠，熱在中也。」

〔一三〕詩：此指《詩經·豳風·七月》。二之日：與下文「三之日」「四之日」各指夏曆十二月、正月與二月，或以爲周曆二月、三月及四月。凌陰：藏冰地窖；陰，通「窨」。獻羔祭韭：古代仲春開冰，開冰前用小羊和韭菜祭祖。

〔一四〕螽：蟲名，蝗類總稱。《説文》：「螽，蝗也。」

〔一五〕冱寒：寒氣凍結。閉蟄：蟲類藏伏冬眠。《左傳・桓公五年》：「凡祀，啓蟄而郊，龍見而雩，始殺而嘗，閉蟄而烝。」

〔一六〕司曆：掌管曆法之官吏。失閏：錯誤地推算閏月。《左傳・哀公十二年》：「冬十二月螽，季孫問諸仲尼。仲尼曰：『丘聞之，火伏而後蟄者畢。今火猶西流，司曆過也。』」

〔一七〕蝝：未生翅幼蝗。《説文》：「蝝，復陶也……董仲舒説蝗子也。」

〔一八〕《禮記・月令》：「仲秋之月……乃命有司，趣民收斂，務畜菜，多積聚，乃勸種麥，毋或失時，其有失時，行罪無疑。」

〔一九〕楊伯峻《春秋左傳注・隱公三年》：「温，周王畿内之小國，當在今河南省温縣稍南三十里之地……成周，《尚書・洛誥序》所謂『召公既相宅，周公往營成周』者是也。其後遷殷之遺民於此。故城在今河南省洛陽市東約四十里，偃師縣西約三十里。」

〔二〇〕社：祭祀土地神。《詩經・小雅・甫田》：「以我齊明，與我犧羊，以社以方。」

〔二一〕正陽：夏曆四月，一説正陽爲四月和十月。《藝文類聚》卷三引傅玄《述夏賦》：「四月惟夏，運臻正陽。」幣：束帛，古代以之祭祀或饋贈。

〔二二〕水：星名，或曰營室，或曰定星。《左傳・莊公二十九年》：「水昏正而栽。」洪亮吉《春秋左傳詁》引惠棟曰：「水即營室也。」昏正：此指黃昏時水星正現於南方。

〔二三〕此屬《周易·臨第十九》之經文；其《彖》曰：「《臨》，剛浸而長，説而順，剛中而應。大『亨』以正，天之道也。『至於八月有凶』，消不久也。」元亨利貞：歷來解釋不一。《易·乾·文言》：「元者善之長也，亨者嘉之會也，利者義之和也，貞者事之幹也。」《周易集解》卷一《乾元亨利貞》：「《子夏傳》曰：『元，始也；亨，通也；利，和也；貞，正也。』言乾稟純陽之性，故能首出庶物，各得元始、開通、和諧、貞固，不失其宜。是以君子法乾而行四德，故曰元亨利貞矣。」

〔二四〕二陽四陰：《臨》卦與《觀》卦由二陽爻與四陰爻組成，二卦之陰爻陽爻彼此互倒。李光地《御纂周易折中》卷三《臨》：「二陽浸長以逼於陰，故爲《臨》，十二月之卦也……故占者大亨而利於正，然至於八月當有凶也……或曰八月謂夏正八月，於卦爲《觀》，亦《臨》之反對也。」浸：逐漸。

〔二五〕商正：商朝歲首。丑：建丑之月，即夏曆十二月。

〔二六〕意謂晝夜平分，初昏時中星爲南方朱雀七宿，時令正值春分。日中：晝夜平分。星：中星；二十八星宿分布四方，按一定軌道運轉，依次每月行至中天南方之星宿。鳥，南方朱雀七宿。《尚書·堯典》：「日中星鳥。」孔安國《傳》：「鳥，南方朱鳥七宿。」殷：正當，正值。仲春：春分。

〔二七〕意謂晝長夜短，初昏時中星爲大火，時令正當夏至。火：大火，常曰心宿，此代東方蒼龍七宿。《尚書·堯典》：「日永星火。」孔安國《傳》：「火，蒼龍之中星。」

〔二八〕意謂晝夜平分，初昏時中星爲虚宿，時令正當秋分。虚：虚宿，此代北方玄武七宿。《尚書·堯典》：「宵中星虚。」孔安國《傳》：「虚，玄武之中星。」

〔二九〕意謂晝短夜長，初昏時中星爲昴宿，時令正當冬至。昴：昴宿，此代西方白虎七宿。《尚書·堯典》：「日短星昴。」孔安國《傳》：「昴，白虎之中星。」

〔三〇〕元祀：元年；祀，年。嗣王：繼位君王，此指太甲。祗：恭敬。

〔三一〕語出《詩經·小雅·四月》。鄭玄《箋》：「徂，猶始也。四月立夏矣，至六月乃始盛暑。」

〔三二〕一之日：此與下句「二之日」各指夏曆十一月與十二月，或以爲周曆一月與二月。觱發：寒風吹物聲。栗烈：凜冽，寒氣逼人。卒歲：終歲，度過年末。

〔三三〕穹窒：堵塞空穴。朱熹《詩集傳》注此曰：「穹，空隙也。」塞向墐户：堵住北窗，用濕泥塗抹柴門。

〔三四〕二禮：《周禮》與《儀禮》。王鳴盛《蛾術編》卷六《説録六·三禮》：「《漢志》先《儀禮》，即以《禮記》附入《儀禮》，不分爲二；《周禮》則别敘。是今人稱三禮，漢人則二禮也。」

〔三五〕大胥：古時成均官員，掌管卿大夫學舞之諸子。舍菜：古者入學，執菜以爲贄，一説持菜祀先師；舍，通「釋」。合舞：舞蹈時進退周旋符合節奏旋律。鄭玄《注》：「合舞，等其進退，使應節奏。」頒學：區別學子才藝高下。鄭玄《注》：「春使之學，秋頒其才藝所爲。」賈公彦《疏》：「頒，分也，分其才藝高下。」合聲：歌聲之高低疾徐清濁符合旋律節奏。鄭玄《注》：「合聲，亦等其曲折，使應節奏也。」

〔三六〕媒氏：掌管婚姻之職官。判：半，即男女各爲一半，配合而成夫婦。中春：仲春；中，通「仲」。

〔三七〕籥章：主鼓籥之吏。土鼓：先秦時鼓以黏土燒製而成。鄭玄《注》引杜子春曰：「土鼓，以瓦爲匡，以革爲兩面，可擊也。」豳籥：豳地竹製樂器。豳詩：周時豳國詩篇。鄭玄《注》引鄭司農云：「豳籥，豳國之地竹；《豳詩》亦如之。」逆暑：迎接炎暑。

〔三八〕振旅：整頓軍隊以返回務農。鄭玄《注》：「凡師出曰治兵，入曰振旅，皆習戰也。」蒐：春獵。鄭玄《注》：「春田爲蒐。」

〔三九〕茇舍：除草平地以爲營地。鄭玄《注》：「茇舍，草止之也，軍有草止之法。」苗：夏獵。鄭玄《注》：「夏田爲苗。」

〔四〇〕治兵：出門練兵。獮：秋獵。鄭玄《注》：「秋田爲獮。」

〔四一〕大閲：檢閲軍隊。鄭玄《注》：「至冬大閲，簡軍實。」狩：冬獵。鄭玄《注》：「冬田爲狩。」

〔四二〕語出《周禮·天官冢宰第一》。康成：鄭玄，字康成，東漢傑出學問家，詳見卷三《投王郡守二首》。吉：朔日，農曆每月初一。

〔四三〕語出《周禮・天官冢宰第一・小宰》。小宰：官名，輔佐太宰統率百官治理邦國。正歲：夏曆正月。治官：治事官吏。《尚書・周官》：「歸于宗周，董正治官。」蔡沈《傳》：「督正治事之官。」治象：政教法令；象，法令。干寶《晉紀總論》：「大象始構矣。」劉良《注》：「象，法也。」

〔四四〕周官：《周禮》一書，漢世初出，稱《周官》；因與《尚書・周官》篇相混，改稱《周官經》；自劉歆始名《周禮》，分天官、地官、春官、夏官、秋官、冬官等六篇。《周禮・春官宗伯下・大司樂》：「冬日至，於地上之圜丘奏之……夏日至，於澤中之方丘奏之。」圜丘：冬至祭天之高壇。方澤：夏至澤中祭地之方壇。賈公彦《疏》：「言圜丘者，案《爾雅》，土之高者曰丘，取自然之丘，圜者，象天圜……取方丘者，水鍾曰澤，不可以水中設祭，故亦取自然之方丘，象地方故也。」

〔四五〕語出《周禮・夏官司馬第四・司爟》。火：大火，即東方蒼龍七宿之心宿。出火：季春黄昏心宿出現於東方時取出火種。納火：季秋黄昏心宿西没時收藏火種。鄭玄《注》引鄭司農曰：「以三月本時昏，心星見於辰上，使民出火；九月本黄昏，心星伏在戌上，使民内火。」

〔四六〕語出《周禮・地官司徒下・山虞》。鄭玄《注》：「陽木，生山南者；陰木，生山北者。」

〔四七〕凌人：掌冰政之官吏。正：通「政」。

〔四八〕内宰：周時掌管宫中政令暨教化後宫妃嬪之官員，詳見《周禮・天官・内宰》。

〔四九〕《論語·先進》:「『點,爾何如?』鼓瑟希,鏗爾,舍瑟而作……曰:『莫春者,春服既成,冠者五六人,童子六七人,浴乎沂,風乎舞雩,詠而歸。』」

〔五〇〕語出《孟子·梁惠王上》。

〔五一〕豳:此指《詩經·豳風·七月》。

〔五二〕語出《孟子·離婁下》。徒杠:獨木橋。輿梁:可通車之橋梁。

〔五三〕建亥:以亥月爲歲首,即以夏曆十月爲歲首。

〔五四〕嘉平:臘月,夏曆十二月。王念孫《廣雅疏證》卷九上《釋天》:「臘,索也。夏曰清祀,殷曰嘉平,周曰大䄍,秦曰臘。」

〔五五〕意謂以建寅爲正月來計算月數。數:計算,推算。

〔五六〕策:策問;漢以來取士科目,詳見卷十三《贈葉生詩序》。

〔五七〕攝提:星名。《史記》卷二十七《天官書》:「大角者,天王帝廷,其兩旁各有三星,鼎足句之,曰攝提。攝提者,直斗杓所指,以建時節,故曰攝提格。」貞:正當。孟陬:夏曆正月。

〔五八〕龍角:東方蒼龍七宿之角宿;龍,東方蒼龍七宿,即角亢氐房心尾箕。

〔五九〕直:通「值」,會遇。斗柄:北斗七星之第五星玉衡、第六星開陽、第七星摇光排列成弧狀,形如酒斗之柄。

〔六〇〕鄒魯:孟子故鄉鄒國與孔子故鄉魯國之并稱,後亦代稱文教鼎盛之地。《莊子·天下》:

「其在於詩書禮樂者，鄒魯之士搢紳先生多能明之。」

〔六一〕質：驗證，對質。《禮記·曲禮上》：「雖質君之前，臣不諱也。」

〔六二〕歲首：此指夏之歲首。正：正月。

〔六三〕歲功：一年農事收穫。

〔六四〕貿亂：變更擾亂；貿，變易。《漢書》卷五十六《董仲舒傳》：「是以廉恥貿亂，賢不肖混淆，未得其真。」

〔六五〕汲冢書：晉太康二年，汲郡人不準盜發魏襄王墓（或言安釐王冢），得竹書數十車，晉武帝命荀勖次第編纂，曰《中經》。《晉書》卷三十九《荀勖》：「及得汲郡冢中古文竹書，詔勖撰次之，以爲《中經》，列在秘書。」

〔六六〕夏數：夏朝曆法；數，曆術。《左傳·昭公十七年》：「火出，於夏爲三月，於商爲四月，於周爲五月。夏數得天。」《淮南子·氾論訓》：「周室之執數者也。」高誘《注》：「數，曆術也。」三統：或曰三統曆；夏正建寅爲人統，商正建丑爲地統，周正建子爲天統。《漢書》卷二十一《律曆志第一上》：「三統者，天施、地化、人事之紀也。」人時：農時。《尚書·堯典》：「曆象日月星辰，敬授人時。」

〔六七〕孔安國：孔子後裔，西漢經學家，善古文字。魯共王壞孔子宅時，《古文尚書》及《禮記》《論語》《孝經》合數十篇見於世。孔安國悉得其書，後以《古文尚書》獻於朝，視行世之《尚書》二十九篇，凡多十六篇。詳見《漢書》卷三十《藝文志》。

〔六八〕程端學《春秋或問》卷一：「然周雖建子爲歲首，不過發號施令自此而始，而周家所以揆時授功者，夏時夏正也。彼謂周家以建子首十一月者，左氏之誤也。以爲周家變易四時，以子丑寅爲春，卯辰巳爲夏，午未申爲秋，酉戌亥爲冬者，孔安國鄭康成之大誤也。」

〔六九〕杜預：字元凱，晉初平吴名將。天下大定，厭飫群籍，耽思《左氏春秋》，著《春秋左氏經傳集解》。詳見《晉書》卷三十四《杜預》。孔穎達《春秋正義序》：「晉世杜元凱，又爲《左氏集解》，專取丘明之傳以釋孔氏之經，所謂『子應乎母，以膠投漆，雖欲勿合，其可離乎』？今校先儒優劣，杜爲甲矣，故晉宋傳授，以至於今。」

〔七〇〕何休：字邵公，東漢儒學家。質樸訥言，心思深邃，精研六經，世儒無及者。覃思十七年，目不窺門，撰《春秋公羊解詁》。詳見《後漢書》卷七十九下《儒林列傳下·何休》。

〔七一〕范甯：字武子，少篤學不倦，通覽群籍。嗜好《春秋穀梁傳》，沉思積年，撰《春秋穀梁集解》，其説精審，爲世所重。詳見《晉書》卷七十五《范甯》。

〔七二〕孔穎達：唐初經學家，秦王府文學館十八學士之一，嘗與諸儒遍訓五經。《新唐書》卷一百九十八《儒學上·孔穎達》：「初，穎達與顔師古、司馬才章、王恭、王琰受詔撰《五經》義訓凡百餘篇，號《義贊》，詔改爲《正義》云。雖包貫異家爲詳博，然其中不能無謬冗。」

〔七三〕李明復《春秋集義》卷一《隱公》：「程頤曰：『周正月非春也？假天時以立義爾。』」

〔七四〕胡康侯：名安國，字康侯，南宋儒學家，覃思《春秋》二十餘年，以爲天下事物無不備於《春秋》；參見卷十二《春秋案斷補遺序》。夏時：夏曆四季二十四節氣。冠：覆蓋。程端學《春秋或問》卷一：「黄氏曰：『據杜氏注《左傳》，有周正月今十一月之語。先儒遂多指《春秋》之春爲冬建子之月。至胡康侯講《春秋》，始謂前乎周以丑爲正，《書》『元祀十有二月』，知月不易也。後乎周以亥爲正，《書》『元年冬十月』，知時不易也。建子之月非春明矣。聖人語顔回以爲邦，則曰『行夏之時』，作《春秋》以經世，則曰『春王正月』，蓋以夏時冠周月，垂法萬世。以周正紀事，示無其位而不敢專也。然康侯以春爲夏正之春，建寅而非建子，可也。以月爲周之月，則時與月異，又在疑而未決也。故晦庵先生以爲若如胡氏説，則月與時當差兩月，恐聖人作經不若此之紛更。』」

〔七五〕分至啓閉：指春分、秋分，夏至、冬至，立春、立夏，立秋、立冬等八個節氣。十二候十二律：古時合曆法與樂律爲一，以十二月配十二律。《禮記·月令第六》云：孟春之月，律中太簇；仲春之月，律中夾鍾；季春之月，律中姑洗；孟夏之月，律中中吕；仲夏之月，律中蕤賓；季夏之月，律中林鍾；孟秋之月，律中夷則；仲秋之月，律中南吕；季秋之月，律中無射；孟冬之月，律中應鍾；仲冬之月，律中黄鍾；季冬之月，律中大吕。物化：事物變化。揚雄《甘泉賦》：「於是事變物化，目駭耳回。」

〔七六〕律：仿效，遵循。《中庸》：「仲尼祖述堯舜，憲章文武，上律天時，下襲水土。」

解

萍居解

萍居子自其早歲即嗜遊，放浪江湖，渺乎無涯〔一〕，隨所止宿，輒復爲家。榜以萍居，所至傳誇。

客有囂囂生者，過而問曰：「聞子儒林之秀士，藝苑之能人也。稽經諏史，蹈義行仁，吐言爲詩，肆口成文〔二〕。推其有，足以彌中而彪外；出其餘，足以尊主而芘民〔三〕。而又旁通卜祝，下兼瞽史〔四〕，審音節於鍾生〔五〕，定吉凶於鄭子〔六〕。子誠藝苑之能人，儒林之秀士也。然而年過四十，名不加顯，利不加豐，無尺宅以安其妻子，無寸禄以華其祖宗，顧乃甘貧樂賤，朝西暮東，户不常籍，賦無定庸〔七〕，内忘憤激之志，外絶愠悶之容。萍乎，萍乎，果足以擬其蹤乎？」

萍居子曰：「噫，生獨不見夫萍之樂也？不根以據，不土以着①〔八〕，或依沼沚，或傍溪壑，憑風聚散，挾雨棲泊，就必其深，避必其涸，逐鳧鷖而上下，結萑蒲以隱約〔九〕，類飛蓬之跌宕〔一〇〕，肖浮梗之落魄〔一一〕，此則萍之所甚樂而余之所托焉者也。」

嚻嚻生曰：「吾聞深山大澤，材木所鍾，爲杞爲梓爲椅爲桐〔一二〕，勁者其柏，喬者其松，大而梁柱之具，小而杙桷之充〔一三〕。子何不構此以爲室，營此以爲宮，去卑陋而即顯融乎〔一四〕？」

萍居子曰：「生胡取細而略大，明外而闇内，徒知材木爲宮室之需，不知宮室乃斯人之害？蓋德薄而禄厚者，志必虧；才小而福大者，身必危。與其冒甲第而戮辱〔一五〕，孰若葯其房而荷其室〔一六〕？與其侈朱樓而禍殃〔一七〕，孰若茅其廬而草其堂？吾非不知宮居之爲貴，室處之爲福也。顧德有不及才有不足爾。吾舍萍居何以哉？」

嚻嚻生乃仰而呼，俯而吁〔一八〕，曰：「知才德之難備而不有之者，自知之明也；知宮室之難安而思去之者，自守之篤也。自知之明，智也；自守之篤，仁也。仁智，聖賢之事也〔一九〕。萍居子豈特藝苑之能人、儒林之秀士哉？」

言既，萍居子改容以起，曲躬而謝曰：「僕誠鄙人，未知聖賢之大道。聞生之言，乃今心有戚戚矣〔二〇〕。」

【題解】

元末明初會稽名士唐之淳，號萍居子。唐氏逍遥嗜遊，榜其遊衍居室曰萍居，名其文集曰《萍居集》。萍居，人生如水上浮萍，游移不止飄泊不定。

《萬曆紹興府志》卷四十三《人物志九·鄉賢之四·儒林·唐肅》：「子之淳，字愚士，潛心著述，同時蔡庸、毛鉉、鎦績俱有詩名，而之淳爲稱首。以方孝孺薦，授翰林侍講。嘗集古今治亂爲書，將獻之，不果而卒。所著有《轂齋》《萍居》二集及《文斷》十卷。」

《明詩綜》卷十八《唐之淳》：「之淳，字愚士，以字行，紹興山陰人，應奉肅之子。建文初，用薦爲翰林侍讀，有《萍居稿》。王元美云：『侍讀清麗，足稱奕世之美。』《詩話》：『萍居亦正學好友。正學稱其孝行謂：「君父應奉謫死臨濠，君辛勤跋履，奉喪歸葬，追求父平生題詠荒郵敗壁高崖斷石之間，纂録收拾，如獲金璧，時時伏誦，淒切動人。」然則應奉所存《丹崖集》，皆出其子所緝也。建文三年，命舉文學之士撰《鑑戒録》，正學實薦之。召至，即拜侍讀，同事纂脩。是年閏月，即病死元津街官舍。蓋正學之友，若夷仲、士修、仲縉，皆先正學而亡，故皆不及於黨禍也。萍居詩流傳特寡，聞松陵一故家有鈔本，亟往購之，已轉付新安質庫，不可得矣。』」

方孝孺《遜志齋集》卷二十二《侍讀唐君墓誌銘》：「君諱之淳，字愚士，以字行，少有奇志，攻學如饑渴之慕飲食。父仕國初應奉翰林文字，有名。君早出遊諸公間，若翰林承旨宋公等，皆聲望高一世，亟稱許其文詞而勉其爲學。君年二十餘，已有聲浙水東……長身巨鼻，博聞多識，練達世故，爲文蔚贍有俊氣，長於詩而善筆札，每一篇出，人多傳道之。洪武中屢欲有薦之者，謝不就。曹國李公好士，爲勳戚第一，聞其名，走使者請至家，俾其子師焉，亦因與之講切，待以賓友禮，徵行四方皆與俱，歷燕薊秦周，過前代廢都舊邑名賢傑士之遺迹，未嘗不援筆有賦，詞旨超絶，必驚壓一時。頗喜飲酒，酒酣，談辨古今，雜以諧謔，竟日夜不窮。會天子即位之三載，詔翰林侍從之臣，集數千載經史中事爲書，以考治亂爲鑑戒。命舉優通文學士，孝孺與二三儒臣首以君薦，上亦雅知其名，且謂曹公之客必賢也，趣召至殿庭，即拜侍讀，賜以冠帶，俾與孝孺俱領脩書事，且同以《前漢書》進讀。人以君久困，晚得一官，輒得近人主左右，且將行其所學，咸爲之喜，無忌嫉之者。未幾而病，病愈復起，又未幾時病甚，或勸以禱於神，不許，卧月餘，竟卒……君别號萍居，所著有《萍居稿》數十卷，及集録他書又數十卷，可傳。」

【校勘】

①着：乾隆本作「著」。

【箋注】

〔一〕渺：曠遠貌。《管子·内業第四十九》：「渺渺乎如窮無極。」

〔二〕諏史：追問歷史。肆口：縱口。

〔三〕弸中而彪外：德劭者文采自然焕發；弸，充滿；彪，文采焕發。揚雄《法言·君子》：「或問：『君子言則成文，動則成德，何以也？』曰：『以其弸中而彪外也。』」芘：通「庇」，庇護。

〔四〕卜祝：占卜者與主管祭祀贊詞者。瞽史：樂師與史官。《國語・周語上》：「瞽史教誨，耆艾修之。」

〔五〕審：詳知，知悉。於：如，好像。《經傳釋詞》卷一《於》：「於，猶如也。《易・繫辭傳》曰：『介於石，不終日，貞吉。介如石焉，寧用終日，斷可識矣。』是介於石，即介如石也。」鍾生：古時音樂欣賞家鍾子期，詳見卷二十四《和陶淵明雜詩十一首》。

〔六〕鄭子：戰國時著名卜筮家鄭詹尹，詳見卷四《答徐進明書》。

〔七〕籍：户口簿。庸：隋唐時代替力役之賦税。《北史》卷十一《隋本紀上》：「始令人以二十一成丁，歲役功不過二十日，不役者收庸。」

〔八〕據：執守。《論語・述而》：「志於道，據於德，依於仁，遊於藝。」劉寶楠《正義》：「據，猶守也。」着：附著，依附。

〔九〕萑蒲：萑葦與蒲草。《詩經・豳風・七月》：「八月萑葦。」《説文》：「蒲，水草，可以作席。」隱約：潛藏。

〔一〇〕飛蓬：枯萎折斷隨風飄蕩之蓬草。跌宕：放縱不羈。《三國志》卷三十八《蜀書・簡雍》：「性簡傲跌宕，在先主坐席，猶箕踞傾倚，威儀不肅，自縱適。」

〔一一〕浮梗：水面上浮游枝莖。落魄：肆意不羈。杜牧《遣懷》：「落魄江南載酒行，楚腰纖細掌中輕。」

〔一二〕爲：有。《經傳釋詞》卷二《爲》：「家大人曰：『爲，猶有也。』《孟子・滕文公篇》曰：『夫滕，壤地褊小，將爲君子焉，將爲野人焉。』趙《注》曰：『爲，有也。雖小國亦有君子，亦有野人也。』」杞梓椅桐：四種良木。《南史》卷五十六《庾域》：「荆南杞梓，其在斯乎？」《詩經・鄘風・定之方中》：「樹之榛栗，椅桐梓漆。」

〔一三〕杙桷：木椿與方椽。張耒《送秦少章赴臨安簿序》：「然匠石操斧以遊於林，一舉而盡之，以充棟梁、桷杙、輪輿、輹輻，巨細强弱，無不勝其任者。」

〔一四〕顯融：顯赫光明。

〔一五〕冒：貪戀。甲第：貴族宅第。戮辱：遭受侮辱；戮，侮辱。

〔一六〕葯：白芷。《楚辭》屈原《九歌・湘夫人》：「辛夷楣兮葯房。」王逸《注》：「葯，白芷也。」《湘夫人》：「芷葺兮荷屋，繚之兮杜衡。」

〔一七〕侈：張大，擴大。《詩經・小雅・巷伯》：「哆兮侈兮，成是南箕。」朱熹《詩集傳》：「哆侈，微張之貌。」

〔一八〕吁：歎詞。《尚書・益稷》：「皋陶曰：『吁，如何？』」

〔一九〕《孟子・公孫丑上》：「學不厭，智也；教不倦，仁也。仁且智，夫子既聖矣。」

〔二〇〕既：盡。戚戚：感動共鳴貌。《孟子・梁惠王上》：「夫子言之，於我心有戚戚焉。」

贊

蒼雲圖贊

姚江嚴宗道，漢子陵先生之裔孫也〔一〕，嘗扁所居之室曰蒼雲。蓋取范文正公《祠堂記》語〔二〕，所以寓夫懷思祖德之微意云耳。其友九靈山人爲請柴君養吾作圖以遺之〔三〕，且爲之贊曰：

群陰既屏，萬象聿新〔四〕。誰居黄屋？平生故人〔五〕。玉帛雖至，肯屈吾身？雲山蒼蒼，作世隱淪。繪事既素〔六〕，孰知其因？睹象思德〔七〕，慰我後昆。芳時固遠，清風尚存。動静作息，蒼山白雲。

【題解】

蒼雲，軒名，餘姚嚴子陵後裔嚴宗道屋舍，詳見卷十六《題嚴氏蒼雲軒》。

【箋注】

〔一〕姚江：餘姚江，或名舜江，詳見卷十六《題嚴氏蒼雲軒》。子陵：東漢嚴光，字子陵，高節隱士，詳見卷十五《感懷》。

〔二〕《范文正集》卷七《桐廬郡嚴先生祠堂記》：「蓋先生之心，出乎日月之上；光武之器，包乎天地之外。微先生，不能成光武之大；微光武，豈能遂先生之高哉？而使貪夫廉，懦夫立，是大有功於名教也……又從而歌曰：『雲山蒼蒼，江水泱泱，先生之風，山高水長！』」

〔三〕柴養吾：元末温州雅士。《台州府志》卷一百十七《人物傳十八》：「毛南翰，字彝仲，黄巖人……晚舉爲鄮山書院山長，時無爲吴主一、會稽胡舜咨、永嘉柴養吾、魏郡邊魯生輩，後先寄迹於鄞，或賦詩，或作文，或論書法，各逞所長，常推南翰爲祭酒。辭章翰墨，人争得之。」全祖望《鮚埼亭集外編》卷四十九《甬上寓公偶志》：「南昌揭伯防、錢唐楊彦常、會稽盛景章、魏郡邊魯生、永嘉柴養吾，俱居鄞。」

〔四〕群陰：各種陰象，暗喻奸詐群小。屏：除去。

〔五〕黄屋：帝王所居宫室。王觀國《學林》卷四《路》：「車者，貴賤之所通乘，惟天子所乘獨謂之路；亦猶屋者，貴賤之所通居，惟天子所居獨謂之黄屋。」

〔六〕繪事既素：粉素爲底，施以五采，常喻賢士問道修身以經世濟民。《論語·八佾》：「子曰：『繪事後素。』」朱熹《集注》：「繪事，繪畫之事也；後素，後於素也。」

〔七〕象：此指《蒼雲圖》所繪雲山蒼蒼景象。

生意垣贊 并序

餘姚張與權，世善小兒醫，因名所居曰「生意垣」。中書參政危公書之〔一〕，秘書少監揭公記之〔二〕。於是其友九靈山人贊之。贊曰：

天地之心，是維生生〔三〕。施及乎物，而日以亨〔四〕。昔在神聖，體天法地〔五〕。教之醫學，生厥衆類。於情曰愛，於德曰仁。化貞作元〔六〕，變冬爲春。暨乎末流，淫厥術數〔七〕。舐痔成污〔八〕，中肝亦誤〔九〕。惟越張氏，《顱顖》則傳〔一〇〕。嘗觀其家，生意翕然。相彼嬰孤，如萌斯茁〔一一〕。視匪以時，輒夭而閼〔一二〕。曷其保之？是湯是熨〔一三〕。是或不慎，生道其息。俯仰堪輿〔一四〕，稽協典墳〔一五〕。揭名生意，敢告心君〔一六〕。

【題解】

生意，生機活力。餘姚張氏，醫學世家，裔孫張與權名其居室曰生意垣，參看卷十八《種德堂銘并序》。

元末通人雅士屢以詩文褒美生意垣。謝肅《密庵集》卷四《生意垣爲餘姚張與權賦》：「生意垣成舜水東，隱居之子有仙風。露凝曉圃三芝秀，日炫春林萬杏紅。玉訣致身躋壽域，禁方隨俗施神功。何時與論環中妙，一理周流六合通？」

宋禧《庸庵集》卷三《三月廿三夜與張與權宿建初寺燭下爲賦生意垣十四韻》：「同宿城南寺，吟詩過夜分。爲誰揮我筆，念爾好斯文。静里含生意，垣中謝俗氛。當階春草長，入户妙香聞。清液看朝露，微酣倚夕曛。豈知愁似海？但覺氣成雲。濂洛堪傳業，岐黄可策勳。天心常惻隱，世事謾紛紜。孰契鳶魚妙，難同虎豹群。窮陰陽始復，殘夜日將昕。至理從誰究，深衷爲汝云。張燈破昏黑，得句慰慇懃。屢聽城頭鼓，長延鼎内薰。一時留勝事，明發報嚴君。」

【箋注】

〔一〕危公：危素，元末明初賢士，至正間擢參知政事，參見卷十二《夷白齋稿序》。

〔二〕揭公：揭汯，元末明初庬材，至正間授秘書少監，詳見卷十七《哭揭秘監三十四韻》。

〔三〕生生：生育繁衍連綿不絶。《易經·繫辭上》：「生生之謂易。」孔穎達《正義》：「生生，不絶之辭。」《横渠易説》卷一《上經·復》：「大抵言天地之心者，天地之大德曰生，則以生物爲本者，乃天地之心也。」

〔四〕亨：通達順利。《易·坤卦》：「品物咸亨。」

〔五〕神聖：此指黄帝等聖王。體：依照，效法。高保衡、林億《重廣補注黄帝内經素問序》：「在昔黄帝之御極也，以理身緒餘治天下，坐於明堂之上，臨觀八極，考建五常，以謂人之生也，負陰而抱陽，食味而被色，外有寒暑之相蕩，内有喜怒之交侵，夭昏札瘥，國家代有，將欲斂時五福，以敷錫厥庶民。乃與岐伯上窮天紀，下極地理，遠取諸物，近取諸身，更相問難，垂法以福萬世。於是雷公之倫授業傳之，而《内經》作矣。」

〔六〕貞元：古以元亨利貞配春夏秋冬，或媲木火金水，貞元意爲化冬爲春，潤木以水；移之於醫，則祛疾除痾生死肉骨。《周易口訣義》卷一《上經一》：「若元亨利貞此四者，亦是天之四德也。天以四時之氣，春生秋殺冬寒夏暑。有此四時之義，故名爲天也。周氏云：『元，始也，於時配春，言萬物始生，得其原始之序發育長養。亨，通也，於時配夏，夏以暢通，合其嘉美之道。利者，義也，於時配秋，秋以成實，得其利物之宜。貞者，正也，於時配冬，冬以物之終，納幹正之道。』若以五行言之，元，木也；亨，火也；利，金也；貞，水也；土則資運四事，故不言之。」

〔七〕末流：日趨衰落喪失本質之潮流。淫：沉溺。術數：用占候、卜筮、星命等推算個人或國家之氣數命運。

〔八〕舐痔：舐舔人家痔瘡，形容阿諛諂媚之醜態。《莊子·列禦寇》：「秦王有病召醫，破癰潰痤者，得車一乘；舐痔者，得車五乘；所治愈下，得車愈多。」

〔九〕中肝：心中；肝，内心。杜甫《義鶻行》：「聊爲《義鶻行》，永激壯士肝。」

〔一〇〕《顱顖經·四庫全書提要》：「《顱顖經》二卷，不著撰人名氏，世亦别無傳本，獨永樂大典内載有其書。考歷代史志，自唐《藝文志》以上，皆無此名，至宋《藝文志》始有師巫《顱顖經》二卷……其名《顱顖》者，案首骨曰顱，腦蓋曰顖，殆因小兒初生，顱顖未合，證治各別，故取以名其書。首論脉候至數之法，小兒與大人不同。次論受病之本與治療之術，皆深中肯綮，要言不煩。次論火丹證治，分列十五名目，皆他書所未嘗見。其論雜證，亦多秘方，非後世俗醫所可及。蓋必別有師承，故能精晰如此。《宋史·方技傳》載錢乙始以《顱顖經》著名，至京師視長公主女疾，授翰林醫學。乙幼科冠絶一代，而其源實出於此書，亦可知其術之精矣。」

〔一一〕相：幫助，扶持。《説文》：「萌，草木芽也。」

〔一二〕以時：按時，不失時機。《孟子·梁惠王上》：「斧斤以時入山林，材木不可勝用也。」閼：阻遏。

〔一三〕熨：用藥熱敷。劉向《新序》：「疾在腠理，湯熨之所及也。」

〔一四〕堪輿：天地。《漢書》卷八十七上《揚雄傳上》：「屬堪輿以壁壘兮。」顔師古《注》引張晏曰：「堪輿，天地總名也。」

〔一五〕稽協：考察整合。《尚書·堯典》：「協和萬邦。」僞孔《傳》：「協，合也。」墳典：三墳五典，泛指古籍。

〔一六〕心君：心。陸游《夏日雜詠》：「省事心君静，忘情眼界開。」

黄元輔小像贊

其才之逸，駿躍而驤驤也〔一〕。其德之畜，玉藴而珠藏也〔二〕。其行之高，標正而矩方也〔三〕。噫，此所以隱約稽山之陰，逍遥鑑水之旁〔四〕，而使右軍遜其達，賀老遜其狂也〔五〕。

【題解】

黄元輔，元末明初諸暨名士黄鄰，詳見卷二十八《全有堂記》。《萬曆紹興府志》卷四十一《人物志七·鄉賢之二》：「黄鄰，字元輔，諸暨人。性簡重，工文詞，居鄉持重。洪武初，徵爲翰林院典籍，遷御史。以老出知杞縣，道民興學，政事雅茂。尋告歸。鄰嘗編次縣志，後多本之云。」

【箋注】

〔一〕逸：超群絶倫。驤：奔馳。

〔二〕班固《答賓戲》：「賓又不聞和氏之璧，韞於荆石；隨侯之珠，藏於蚌蛤乎？」

〔三〕標：標準，準則。陳普《擬古八首》：「天性賦貞清，動止中矩方。」

〔四〕隱約：潛藏。稽山：紹興會稽山，參見卷二十五《蔣彦章來訪别後懷之》。鑑水：紹興鑑湖。《萬曆紹興府志》卷七《山川志四・湖・山陰・鏡湖》：「在府城南三里，亦名鑑湖。任昉《述異記》『軒轅氏鑄鏡湖邊，因得名』；或云『黄帝獲寶鏡焉』；或又云『本王逸少語山陰路上行，如在鏡中游』：是名鏡湖……其源出會稽之五雲鄉，綿跨山、會二縣，周三百五十八里，總納二縣三十六源之水，東至曹娥，西至西小江，南至山，北至郡城。其初本潮汐往來之區，漢永和五年太守馬臻始築塘畜水，溉田九千餘頃。又界湖爲二：曰東湖，曰南湖。南湖所灌田，大約在今山陰境；東湖所灌田，在今會稽境。自漢永和以來，民咸利之。唐玄宗時，賜賀知章鑑湖一曲，又名賀監湖。」

〔五〕右軍：東晉書法家王羲之，世稱王右軍，參見卷五《修禊集後記》。賀老：唐朝名士賀知章，詳見卷六《送宋景濂入仙華山爲道士序》。狂：放蕩不羈。

王竹梅像贊

力足以任四國之重〔一〕，氣足以蓋一世之豪。矻矻乎其好賢之篤，孜孜乎其奉國之勞。此所以進而金章紫綬不足以爲其貴〔二〕，退而黄冠野服不足以爲其高〔三〕。懿哉斯人，其殆以①隱之綺角〔四〕，未用之蕭曹也歟〔五〕！

【題解】

王嘉間，字景善，號竹梅翁，元紹興路餘姚州英敏慷慨豪傑，詳見卷二十七《竹梅翁傳》。宋禧《庸庵集》卷八《秦川八詠爲王景善作》，其一《桃源》：「花暗疑無路，波明看有天。隨風紅雨暖，吹落釣魚船。」其二《柳橋》：「垂葉巢鶯處，飛花渡水時。畫欄人獨立，吟得送春詩。」其三《竹坡》：「地暖冬生筍，厨煙曉作虀。慈親年百歲，三徑昔曾行。」其四《菊徑》：「霜下樽長滿，風前鬢已華。秋來多落帽，客至共看花。」其五《藥闌》：「多種醫家草，常懷濟物心。當階偏愛護，鷄犬不能侵。」其六《橘圃》：「誰種江陵樹？看來趣不同。此中知有樂，對奕候仙翁。」其七《桐軒》：「涼葉窗前覆，新詩坐處題。照來蟾兔影，須見鳳凰棲。」其八《芸窗》：「書卷驅春蠹，燈花語曉鷄。兒孫深院裏，好學憶青藜。」

【校勘】

①以：乾隆本作「已」。

【箋注】

〔一〕四國：四方，泛指天下。《詩經·大雅·崧高》：「揉此萬邦，聞於四國。」

〔二〕金章紫綬：金質印章與紫色絲帶，代達官顯宦。

〔三〕黄冠：此指農夫之冠。《禮記·郊特牲第十一》：「野夫黄冠。黄冠，草服也。」

〔四〕以：通「已」。綺角：秦末漢初商山四皓之綺里季與角里先生，參見卷十七《題四皓圖》。

〔五〕蕭：漢初名相蕭何。漢高祖微時，蕭何爲縣吏，常佑護之。高祖起兵，蕭何追隨左右，屢獻遠猷，功冠群臣。漢興，蕭何以百姓苦秦苛法，順勢而爲，天下得以休養生息。世人論蕭何功德，殆與閎夭、散宜生相埒。詳見《史記》卷五十三《蕭相國世家》。曹：曹參，漢初賢臣。秦末隨高祖起兵，攻城野戰，勞苦勳高。漢興，以功封平陽侯。蕭何薨，曹參爲相，舉措無所變更，一遵蕭何法令，天下盛稱其清静無爲。詳見《史記》卷五十四《曹相國世家》。

郁文海像贊

圓悟正宗〔一〕，派别支分。歷世而十，乃肖其人。道有弛張，迹無罅隙〔二〕。如清在琴，如甜在蜜。族推大覺，業受三平〔三〕。冰釋鵬化〔四〕，誰使誰令？爰自臨漳，遠浮東海〔五〕。作法中龍，遊戲三昧〔六〕。何人逸想，幻此德容〔七〕？木蛇在手，見者震恭〔八〕。

【題解】

郁文海，元末明初高僧，初學道於福建漳州龍溪檀特巖精舍，後駐錫四明慈溪東皋福昌寺。

其事參看卷二十五《寄郁文海長老》、卷二十八《重建東皋福昌寺記》《檀特巖精舍記》及卷二十九《大梅常禪師語録序》。

劉仁本《羽庭集》卷三《爲閩僧郁上人題龍溪山房行卷》：「昔年暫過龍溪寺，寺後山房别有僧。鼻孔直撩天地外，腳跟遍踏水雲層。頻伽小鳥來何有？優鉢新花開未曾？歸去泉南真佛國，好傳大覺璉師燈。」

貢師泰《玩齋集》卷八《題宇文子貞爲郁文海作龍溪山房記後》：「予以使事過會稽，宿大能仁之方丈。閩僧郁上人間示宇文君所著《龍溪山房記》。龍溪爲臨漳壯縣，山房則上人舊居也。上人久遊江湖間，所至輒以是揭諸座隅，其惓惓不忘鄉井之意厚矣。昔吾朱夫子在武夷，嘗扁其齋曰紫陽。上人既有以見於斯，而宇文之記又足以發之，羈旅牢落之際，觀此庶足自慰矣。」

【箋注】

〔一〕圓悟：宋代禪宗臨濟宗高僧，與佛鑑慧勤、佛眼清遠齊名，譽之爲叢林三傑。俗姓駱，字無著，彭州崇寧人。幼年出家，輾轉學道，參五祖法演，得傳心印。初名克勤，先後賜號佛果禪師、圓悟禪師。紹興五年示寂，謚真覺禪師。宋張浚《圓悟佛果禪師語録序》：「圓悟禪師克勤嘗被遇今上皇帝，對揚正法眼藏，其道盛行。僧若平鳩工聚材，欲以師法語傳諸天下，以待後學，托嚴州天寧老元弼丐予爲敘。吁，此果師之本旨哉！予聞師嘗偃處一室，坐斷語言，轉無上法輪，不容擬議。揚眉開口，立便喪身；纔涉廉纖，老拳隨起。每舉到不與萬法爲侶，公案已是拖泥帶水落第二義。今乃欲裒集其平昔咳唾之音，鋪陳而揄揚之，師其聞而有不釋然者乎？雖然，師之不得已而有言，我知之矣。譬彼時雨，隨物濟潤，遐陬僻處，枯根蠹芽，若大若小，各各霑足。而太虚空本自無相，亦無有作。觀覽於斯者，宜得之言意之表。此集之行，在在處處，當有神物護持云。」正宗：禪宗稱初祖達摩所傳之嫡系宗派。

〔二〕弛張：時鬆時緊，喻盛衰起落。迹：足迹，腳印。

〔三〕大覺：佛之覺悟。《楞嚴經》卷六：「空生大覺中，如海一漚發。」三平：三平等觀，即佛、法、僧，或身、語、意，或心、佛、衆生三者平等。

〔四〕冰釋：喻消除疑慮。杜預《春秋左氏傳序》：「涣然冰釋，怡然理順。」鵬化：鯤化大鵬，形容境界日趨高遠浩大。《莊子・逍遥遊第一》：「北冥有魚，其名爲鯤。鯤之大，不知其幾千里也。化而爲鳥，其名爲鵬……鵬之徙於南冥也，水擊三千里，摶扶摇而上者九萬里，去以六月息者也。」

〔五〕臨漳：地名，元時福建行省漳州路，明代福建布政使司漳州府。《八閩通志》卷二《地理・郡名・漳州府》：「清漳，以漳水名；臨漳，同上。」

〔六〕遊戲三昧：佛教稱修行者達到自在無礙純浄無染之境界。

〔七〕逸想：超群脱俗之心思。朱熹《登閣》：「憑欄生逸想，投迹遠人群。」德容：有道者儀容。

〔八〕木蛇：蛇形木雕，喻禪宗義理。《五燈會元》卷十三《撫州疏山匡仁禪師》：「師常握木蛇，有僧問：『手中是甚麽？』師提起曰：『曹家女。』」震恭：震悚恭敬。

源道淵像贊

望之儼若〔一〕，即之粹然。如水之止，如雲之閑〔二〕。出世名刹，卓錫空山〔三〕。以堅固力，結精進緣〔四〕。乃於是中，得大法船〔五〕。非具正眼，曷睹釋天〔六〕？宗風久墜，妖瘴日纏〔七〕。庶幾百世，觀者敬虔。

【題解】

源道淵，或作原道淵，元末明初慈溪普濟寺高僧。烏斯道《春草齋集》卷六《石壁山房記》：「石壁山房者，原公道淵法師遊息之所也。慈溪縣治左掖有闞湖，湖上北向有闞峰，有寺曰普濟，蓋三國時闞丞相德潤讀書處。寺僧類因山勢憑高架虛構石室，石壁山房亦其一也。其室在寺之西廡窮盡處，尤亢爽闃寂。室背山石如壁，故以名焉。石壁之下，石窪焉若舟，水停其中，碧而味甘，雖旱暵弗竭。其上皆雜木，殊葱蒨陰鬱，天光日影微墜几席可愛。由室北梯而上，爲小閣，窗户四辟，臨眺則一邑山水之勝具在眉睫，宜公所樂也。公受經邑之東皋福昌院，院之創始以接待四方士也，迨今不敢少廢先緒。公歎曰：『四方士凡過是訪宿碩於大刹者，迨爲己也。彼皆方袍圓頂，吾非其徒歟？今老矣，而吾之將迎周旋無虚日，其如己何哉！』於是命子若孫綱紀院事，别構得石壁山房以居。吁，公知所重歟！世有妻子累者，且或遠紛就寂，治别業以樂衰暮，矧公素薙落以寂静爲志者，其肯久處要衝而不暇止息也耶？公性粹温，少博覽經史，後聽天台教習止觀。止，艮也，艮爲山，今又面石壁而觀史其中，益以静心如石壁焉，惡乎不可哉！

【箋注】

〔一〕儼若：嚴肅恭敬貌。《禮記·曲禮上》：「毋不敬，儼若思。」

〔二〕惠洪《石門文字禪》卷十九《芙蓉楷禪師贊》：「即之淵然，雲閑而水止。」

〔三〕卓錫：植立錫杖，形容僧徒居留某地。

〔四〕精進：克服懈怠竭力修煉。

〔五〕法船：佛法如船，衆生乘之，渡生死苦海以達極樂彼岸。

〔六〕正眼：正法眼藏，洞悉涅槃之妙心智慧。釋天：梵漢并舉曰帝釋天，漢言天帝，佛教護法神之一，爲忉利天之主，居須彌山頂之善見城。

〔七〕宗風：禪宗風範。元好問《夏山風雨》卷五：「慘澹經營有許功，吴僧誰得嗣宗風？」

銘

惟微齋銘

人之有心，實主乎身。危微曷異？理氣是分〔一〕。其理伊何？道之所出。曁雜以人，氣爲之汩。人也異熾，岌乎其危〔二〕。道也無形，是之謂微。二者之間，曾不容隙〔三〕。察之必精，守之必一。惟精故一，惟一故中〔四〕。大哉心學，萬世所宗。惟此道心，萬善之主。勿謂其微，終焉罔著。曰體曰用，不使有遺〔五〕。曰隱曰顯，罔間其幾〔六〕。四端已充〔七〕，四非亦克〔八〕。人十己千，式致乃力〔九〕。古聖所傳，悉會於心。充實光輝〔一〇〕，其積日深。戰兢以持〔一一〕，戒懼以守。希聖之功〔一二〕，於是乎有。紛紛小子，方寸罔治。卒以其公，而蔽於私。蔽之於私，實始乎人。回視此道，一何其湮〔一三〕。卓爾方生，心學是勉。乃以惟微，篆厥齋扁。朝斯夕斯，目擊道存〔一四〕。敢贅一辭，以告天君〔一五〕。

【題解】

惟微，精微深奥。《尚書・大禹謨》：「人心惟危，道心惟微。惟精惟一，允執厥中。」孔安國《正義》：「民心惟甚危險，道心惟甚幽微。危則難安，微則難明，汝當精心，惟當一意，信執其中正之道，乃得人安而道明耳。」銘云「卓爾方生」，則惟微齋主人當爲戴九靈方姓弟子。

【箋注】

〔一〕危微：人欲之危險與道心之精微。理氣：理，宇宙萬物之本源；氣，陰陽二氣；儒先以爲先有理，再剖天地，然後陰陽之氣運行而萬物叢生。《朱子語類》卷一《理氣上》：「未有天地之先，畢竟也只是理。有此理便有此天地；若無此理，便亦無天地，無人無物，都無該載了。有理，便有氣流行發育萬物。」

〔二〕暨：至，到。人：人心，人欲。汩：擾亂。熾：旺盛兇猛。岌乎：岌岌然，危險貌。《孟子・萬章上》：「天下殆哉！岌岌乎！」

〔三〕容：包含。田況《成都遨樂詩二十一首・八日太慈寺前蠶市》：「蜀雖云樂土，民勤過四方。寸壤不容隙，僅能充歲糧。」

〔四〕精：精誠，真誠。《管子・心術下》：「形不正者德不來，中不精者心不治。」尹知章《注》：「精，誠至之謂也。」中：中正，不偏不倚。

〔五〕體用：本體與功能。《朱子語類》卷一《理氣上》：「假如耳便是體，聽便是用；目是體，見是用。」

〔六〕罔間：事物之間没有隔閡。幾：精微神妙。《説文》：「幾，微也，殆也。」

〔七〕四端：惻隱、羞惡、辭讓、是非之心。《孟子·公孫丑上》：「由是觀之，無惻隱之心，非人也；無羞惡之心，非人也；無辭讓之心，非人也；無是非之心，非人也。惻隱之心，仁之端也；羞惡之心，義之端也；辭讓之心，禮之端也；是非之心，智之端也。人之有是四端也，猶其有四體也。有是四端而自謂不能者，自賊者也；謂其君不能者，賊其君者也。凡有四端於我者，知皆擴而充之矣，若火之始然，泉之始達。苟能充之，足以保四海；苟不充之，不足以事父母。」

〔八〕《論語·顔淵》：「子曰：『克己復禮爲仁。一日克己復禮，天下歸仁焉。爲仁由己，而由人乎哉？』顔淵曰：『請問其目。』子曰：『非禮勿視，非禮勿聽，非禮勿言，非禮勿動。』」

〔九〕《中庸》二十章：「人一能之，己百之；人十能之，己千之。果能此道矣，雖愚必明，雖柔必强。」式：發語詞。致：獻出。

〔一〇〕《孟子·盡心下》：「可欲之謂善，有諸己之謂信，充實之謂美，充實而有光輝之謂大，大而化之之謂聖，聖而不可知之之謂神。」

〔一一〕戰兢：戒慎恐懼。《詩經·小雅·小旻》：「戰戰兢兢，如臨深淵，如履薄冰。」

〔一二〕希聖：仰慕效法聖人。周敦頤《通書·志學》：「聖希天，賢希聖，士希賢。」

〔一三〕一何：何其，多麽。湮：埋没。

〔一四〕斯：助詞。《詩經・大雅・思齊》：「大姒嗣徽音，則百斯男。」目擊道存：目睹而悟道。《莊子・田子方》：「若夫人者，目擊而道存矣，亦不可以容聲矣。」

〔一五〕贅：連綴，綴集。《詩經・大雅・桑柔》：「哀恫中國，具贅卒荒。」朱熹《詩集傳》：「贅，屬也。」天君：心神。《荀子・天論》：「心居中虛以治五官，夫是之謂天君。」

仁齋銘

於皇上帝，降此下民〔一〕。形既生矣，抑何不仁〔二〕？人而不仁，乃形之役〔三〕。耳蔽於聲，目眯於色〔四〕。以言則誕，以動則危。惟誘夫欲，遂亂於爲。擾擾營營〔五〕，其曷予已〔六〕！我觀厥仁，嘻其有幾〔七〕。匪學匪師，孰示本原？有孔之聖，有顔之賢。示之有要，禮以爲則〔八〕。曷喻其功？妙在於勿〔九〕。己克禮復，乃純乎禮。仁豈遠哉，欲之則至〔一〇〕。臻此伊何？實先致知〔一一〕。知既云至，力行是期。非行曷全？非知曷有？以恕而求〔一二〕，以敬而守〔一三〕。察以動静，思以朝夕。爲仁之功，於斯爲極。我稽古人，其惟顔氏。涵濡聖學，有進無止〔一四〕。嗟爾羅君，曰顔是希。以仁名齋，冀其所幾〔一五〕。大哉仁乎，衆善所在。仰止齋名〔一六〕，其永無怠。

【題解】

銘云「嗟爾羅君，曰顔是希」，則仁齋爲羅氏居室，然不知羅氏究爲何人。「仁」乃孔門核心理念，或云「克己復禮爲仁」，或云「能行五者於天下爲仁矣」，或云「仁者先難而後獲」，或云「夫仁者，己欲立而立人，己欲達而達人」，羅氏命書舍以仁齋，洵篤信大道而不疑者。

【箋注】

〔一〕於皇：偉大。《詩經·周頌·武》：「於皇武王，無競維烈。」朱熹《詩集傳》：「於，歎辭；皇，大。」朱熹《晦庵集》卷八十五《尊德性齋銘》：「維皇上帝，降此下民。何以予之？曰義與仁。」

〔二〕王引之《經傳釋詞》卷三《抑》：「抑，詞之轉也。」

〔三〕役：驅使。陶潛《歸去來兮辭》：「既自以心爲形役，奚惆悵而獨悲？」

〔四〕眯：異物入眼而視覺錯亂。《老子》十二章：「五色令人目盲，五音令人耳聾，五味令人口爽，馳騁畋獵令人心發狂，難得之貨令人行妨。」

〔五〕擾擾：紛亂不安貌。營營：往來奔波貌。

〔六〕予：而。《廣釋詞》卷一《予—而》：「《詩·陳風·墓門》曰：『夫也不良，國人知之；知而不已，誰昔然矣。』又曰：『夫也不良，歌以訊之；訊予不顧，顛倒思予。』『訊予不顧』與『知而不已』，句法相同。『予』『而』互文，『訊予不顧』即訊而不顧，此『予』猶『而』之確證。推之《詩・衛風・河廣》『跂予望之』，即跂而望之。」已：停止。張栻《南軒集》卷四十一《故安人常氏哀詞》：「予惟罔極之哀兮，其曷予已？」

〔七〕幾：精微道理。《易・繫辭上》：「夫《易》，聖人之所以極深而研幾也。」

〔八〕顔：孔門高足顔淵。《論語・顔淵篇》：「顔淵問仁。子曰：『克己復禮爲仁。一日克己復禮，天下歸仁焉。爲仁由己，而由人乎哉？』」

〔九〕喻：説明。勿：此指克己復禮四條目，詳見本卷《惟微齋銘》。

〔一〇〕《論語・述而篇第七》：「仁遠乎哉？我欲仁，斯仁至矣。」

〔一一〕致知：獲得知識。《禮記・大學》：「欲誠其意者，先致其知，致知在格物。」

〔一二〕《論語・衛靈公》：「子貢問曰：『有一言而可以終身行之者乎？』子曰：『其恕乎！己所不欲，勿施於人。』」

〔一三〕敬：嚴肅慎重。《論語・子路》：「居處恭，執事敬，與人忠。」

〔一四〕涵濡：浸潤。《論語・子罕篇第九》：「子曰：『語之而不惰者，其回也與！』子謂顔淵曰：『惜乎！吾見其進也，未見其止也。』」

〔一五〕冀：希望。幾：接近。《左傳・襄公十一年》：「不從晉，國幾亡。」杜預《注》：「幾，近也。」

〔一六〕仰止：仰望；止，助詞。《詩經·小雅·車舝》：「高山仰止，景行行止。」

泉聲齋銘 并序

歸庵禪師以亶上人之嗜學也，爲飭西偏一小齋舍之〔一〕。亶徵余銘，乃爲其辭曰：

孰談無生〔二〕？惟歸庵師。孰爲聽徒？亶也於兹。師欲無言〔三〕，借泉作舌。靈源活意，一何潑潑〔四〕！惟亶善學，以目爲聰。聲固不離，耳則如聾。晏坐一齋，泉流在左。了無所礙，乃如來教〔五〕。

【題解】

泉聲齋，元末明初慈溪永樂寺仲猷闡公門徒亶上人居室。齋名泉聲，寓無言自悟目擊道存之旨。仲猷闡公，嘗構歸庵於永樂寺，故尊稱歸庵禪師，詳見卷二十八《歸庵記》。

【箋注】

〔一〕飭：修葺。西偏：西邊。舍：安排住宿。

〔二〕無生：不生不滅。《大寶積經》卷八十七：「無生者，非先有生，後説無生，本自不生，故名無生。」

〔三〕《論語·陽貨》：「子曰：『予欲無言。』子貢曰：『子如不言，則小子何述焉？』子曰：『天何言哉？四時行焉，百物生焉，天何言哉？』」

〔四〕靈源：活潑源泉，常喻心靈，佛家稱佛心、佛性、真如。活意：活力，生機。潑潑：旺盛貌。

〔五〕晏坐：安坐。了無所礙：大徹大悟，暢通自在。如來：釋迦牟尼法號之一。

清瀧硯銘

僧闡奉使日本，得清瀧石硯，求爲銘。銘曰：

懿兹硯，産東夷〔一〕，爲有靈源知所歸。嗟彼世人胡不思？

【題解】

清瀧，日本山名。黄遵憲《日本國志》卷三十五《禮俗志二》：「十六日之夕，城外諸山設火字，東則如意嶽，自北而西則松崎、鹿苑、舟岡、清瀧諸山，迤邐相次。其字或畫皆積薪排定，一時燃之，一畫長或數十丈，如意嶽爲大字，書法最遒勁，傳爲僧横川所製字迹。」未審清瀧硯是否清瀧山所産，俟博雅之士考證焉。

清瀧硯主人仲猷闡公，元末明初永樂寺高僧，詳見卷二十八《歸庵記》。

【箋注】

〔一〕東夷：東方少數民族或邦國，此指日本。

箴

存省齋箴

惟民之生，靡哲靡愚〔一〕，惟存與省，乃與道俱。其存伊何？曰養乎静，慮既未萌，卓爾有定〔二〕。其省伊何？曰察乎幾〔三〕，迹雖未著，昭然莫欺。人欲一棼，天理即晦〔四〕，或慎未然，或謹將殆。誰其尸之？莫匪是心，兢兢業業，履薄臨深〔五〕。心之所主，是名曰敬，動静相維，内外俱正〔六〕。道兼體用，心統性情，致中致和，皆敬之成。中位天地，和育萬物，亦敬之功，推其所極〔七〕。斯須或失，間隙已多，理欲二途，相去幾何〔八〕？維子思子，深閔斯世〔九〕，戒懼謹獨，提綱以示〔一〇〕。孟氏繼之，命曰思誠，申以操舍，其指益明〔一一〕。迨今濂洛，下及武夷〔一二〕，心學之傳，實肇於斯。相彼陋儒，表裏罔一，公不勝私，機變横出〔一三〕。孰知至人，每防以微〔一四〕？未發已發，存之省之。我作斯齋，篆以名扁①。目擊道存，夫豈云遠〔一五〕？志非不篤，守懼難終〔一六〕。乃述銘詩，以警其慵。

【題解】

《箴》云「我作斯齋，篆以名扁」，則存省齋蓋爲戴九靈晚年流落海濱時寓舍。存，存養，存心養性。《孟子·盡心上》：「孟子曰：『盡其心者，知其性也。知其性，則知天矣。存其心，養其性，所以事天也。殀壽不二，修身以俟，所以立命也。』」《朱子語類》卷一百一十五《朱子十二·訓門人三》：「大凡人須是存得此心。此心既存，則雖不讀書，亦有一個長進處。才一放蕩，則放下書册，便其中無一點學問氣象……如今要下工夫，且須端莊存養，獨觀昭曠之原，不須枉費工夫鑽紙上語。待存養得此中昭明洞達，自覺無許多窒礙。恁時方取文字來看，則自然有意味，道理自然透徹，遇事時自然迎刃而解，皆無許多病痛。」

省，省察，反省體察。王陽明《傳習録》卷二：「省察克治之功，則無時而可間，如去盜賊，須有個掃除廓清之意。無事時，將好色、好貨、好名等私逐一追究，搜尋出來，定要拔去病根，永不復起，方始爲快。常如貓之捕鼠，一眼看着，一耳聽着，纔有一念萌動，即與克去，斬釘截鐵，不可姑容與他方便，不可窩藏，不可放他出路，方是真實用功，方能掃除廓清。」

【校勘】

① 扁：底本作「篇」，據乾隆本改。

【箋注】

〔一〕靡哲靡愚：不論智者還是愚民。《詩經·大雅·抑》：「人亦有言，靡哲不愚。」

〔二〕定：確定志向。《大學》：「知止而後有定，定而後能靜，靜而後能安，安而後能慮，慮而後能得。」

〔三〕幾：細微徵兆。《易·繫辭下》：「君子見幾而作，不俟終日。」

〔四〕《朱子語類》卷七十八《尚書一》：「天理人欲是交界處，不是兩個。人心不成都流，只是占得多；道心不成十全，亦是占得多。須是在天理，則存天理；在人欲，則去人欲。」棼：紛亂。

〔五〕尸：主持。兢兢業業：謹慎畏懼。《詩經·大雅·雲漢》：「兢兢業業，如霆如雷。」

〔六〕維：把握。《逸周書·職方》：「大小相維。」孔晁《注》：「維，持也。」

〔七〕《禮記·中庸第三十一》：「喜怒哀樂之未發，謂之中；發而皆中節，謂之和。中也者，天下之大本也；和也者，天下之達道也。致中和，天地位焉，萬物育焉。」性情：本性與情欲。

《易・乾》：「利貞者，性情也。」孔穎達《疏》：「性者，天生之質，正而不邪；情者，性之欲也。」致中致和：達到不偏不倚和諧協調之境界。位：各得其所。

〔八〕間隙：可乘之機。理欲：天理私欲。《河南程氏遺書第二十四》：「人心私欲，故危殆；道心天理，故精微。滅私欲則天理明矣。」

〔九〕子思：孔子孫，名伋，戰國初期哲學家，嘗撰《中庸》。朱熹《四書章句集注・中庸章句》：「子程子曰：……此篇乃孔門傳授心法，子思恐其久而差也，故筆之於書，以授孟子。其書始言一理，中散爲萬事，末復合爲一理。」

〔一〇〕《禮記・中庸第三十一》：「道也者，不可須臾離也。可離，非道也。是故君子戒慎乎其所不睹，恐懼乎其所不聞。莫見乎隱，莫顯乎微，故君子慎其獨也。」

〔一一〕《孟子・離婁上》：「是故誠者，天之道也；思誠者，人之道也。」《孟子・告子上》：「故苟得其養，無物不長；苟失其養，無物不消。孔子曰『操則存，舍則亡；出入無時，莫知其鄉』，惟心之謂與？」指：旨意，主旨。

〔一二〕濂洛：北宋理學學派，濂指濂溪周敦頤，洛指洛陽程顥、程頤。宋衛宗武《理學》：「寥寥二千載，道統幾欲墜。濂洛暨關中，浚源接洙泗。」武夷：南宋傑出理學家朱熹，其問道講學於武夷精舍達數十年。《閩中理學淵源考》卷十六《文公朱晦庵先生熹》：「其爲學也，窮理以致其知，反躬以踐其實，而以居敬爲主。謂致知不以敬，則昏惑紛擾，無以察義理之歸；躬行不以敬，則怠惰放肆，無以致義理之實。持敬之方，莫先主一。既爲之箴以自警，又筆之書以爲小學大學皆本於此。終日儼然端坐一室，討論典訓，未嘗少輟。周程張邵之書，所以繼孔孟道統之傳，歷時未久，微言大義，鬱而不彰，先生爲之裒集發明，而後得以盛行於世。《太極》《先天》二圖，精微廣博，不可涯涘，爲之解剥條畫，而後天地本原聖賢蘊奥不至於泯没。」

〔一三〕相：察看。機變：機謀僞詐。《孟子·盡心上》：「恥之於人大矣，爲機變之巧者，無所用恥焉。」横出：濫施。秦觀《盜賊》：「賦斂横出，徭役數發。」

〔一四〕至人：聖人。防微：扼殺邪念於萌芽之際。《抱朴子内篇》卷二《明本第十》：「昔之達人，杜漸防微，色斯而逝，夜不待旦；睹幾而作，不俟終日。」

〔一五〕參見本卷《惟微齋銘》。

〔一六〕終：始終如一。《詩經·大雅·蕩》：「靡不有初，鮮克有終。」魏徵《諫太宗十思疏》：「有善始者實繁，能克終者蓋寡。」

樗庵箴

吾甥趙彦嘉，畏慎人也〔一〕。自以才非世用，題其宴私之室曰樗庵〔二〕。其舅九靈山人乃作箴曰：

孰矜匪巧？孰巧匪勞？孰知夫勞者巧之招？孰慚匪拙？孰拙匪逸？孰知夫逸者拙之積？是故南山之梓，其材可以作梁柱，匠氏遇之，卒斧而取〔三〕；官道之樗，其材不足以中規矩，匠氏過之，卒棄而馳〔四〕。然則予乎，其將爲巧者之梓乎，抑亦爲拙者之樗乎？嗚呼，余於樗也，知有以全其軀矣，支固卷曲，形亦擁腫，彼鈇彼鉞，庶不汝恐〔五〕！

【題解】

浦陽趙友亨，字彦嘉，其母戴九靈長姊戴如玉，名其齋曰樗庵，其事詳見卷四《題樗庵像贊》。元末明初耆宿金華胡翰、蘇伯衡皆善趙友亨，各爲之作《樗庵記》與《樗庵序》。

胡翰《胡仲子集》卷七《樗庵記》：「浦陽趙氏，由宋至今爲邑望族，而彦嘉尤良謹。能交遊四方賢士，與嫣仲子爲世契。仲子嘗踰長山，往過其家，山中見大木有若栲若椿者焉，問諸山之人，莫之知也。至於邑郛，彦嘉舍客而餉之。仲子語以故：『吾見大木有若栲若椿者，山之人弗我告，此何木也？』彦嘉曰：『是其大木擁腫者乎？小枝拳曲者乎？此散木也。吾庵嘗取以名之，莊周氏所謂樗者是也。』仲子曰：『吾辱交於子之門，少則從子之曾大父、大父遊；既而奔走世途間，又從子之父子遊。周旋進退庭戺間五十餘年矣。昔之敝者新，蕪者闢，植者拱矣。先世封殖宜有嘉樹，如王氏之槐、田氏之荆，安用夫散木若栲若椿者？且吾觀之，又未始有也。將自托於莊周氏？則子之家著孝慈，子弟慎禮節，生産力業，益又豐衍矣。人皆知子之才也，何居乎？』彦嘉曰：『待物以爲足者，徇外而忘内也；持己而不知戒者，見利而忘患也。吾豈藉夫擁腫拳曲者以爲吾輪奂觀美乎？吾豈自詭不欲人之規矩繩墨我乎？吾豈莊周氏之徒乎？以吾性不諧於俗，俛而就之則矯，固而執之則倨。矯與倨，君子不由也。不若去智而任性，去術而任情。彼以我爲散木，而不求用於我，不責備於我，庶若樗之全，盡其天年乎！此吾志也。先生何索我之深哉！』仲子曰：『物以才而貴，以非才而賤；以有用而伐，以無用而全。故楩楠豫章杶榦栝柏樅梓之屬，世謂之文木；樗櫟榕穀之屬，世謂之散木。文木，大者爲棟梁爲欂傍，小者爲榱桷爲棖闑，其用不可遽計，是宜貴也。散木，大不中繩墨，小不中規矩，求棟梁欂傍者無所用之，求榱桷棖闑者無所用之。匠者不顧，是宜賤也。才而貴也，而或伐之；不才而賤也，而或全之：是才不如非才也。貴而用也，而或有故而舍之；賤而非用也，而或不虞而災及之：是才猶愈於非才也。物之相形何算哉！此養生之所以難也。莊周氏得其一焉，彦嘉氏得其一焉，仲子則異矣。天之生才，非一朝夕而生也，非一朝夕而成也。合衆才而言之，其虧成不同，其所負者異也。舉一物而例之，其虧成不同，非其所負者異也。物有幸有不幸也，人之所遇，或幸或不幸，皆天也。君子不貳，所以事天也。人皆知有用之用，而不知無用之用；知無用之用，而不知有用以無用爲用。有用者才也，以無用爲用者德也。德崇而道立，是不惟禔爾身，且裕爾家用，燕爾子孫矣。故曰十年樹之以木，百年樹之以德，彦嘉其樹德乎？』或曰：『否，彦嘉善醫，其取諸虎目者，能已人之疾，是在炎帝之經，子與莊周亦夏蟲耳。』彦嘉笑而謝曰：『何言之嵬也？請書以爲吾庵之故實，俟夫志博物者辨之。』」

【箋注】

〔一〕畏慎：戒惕謹慎。蘇伯衡《蘇平仲文集》卷一《畏慎訓》：「趙君彦嘉，畏慎自牧，爰作齋居，大書揭諸座右。兹豈曰用朝夕觀省？其亦將訓迪於後之人。予庸作訓曰：我聞戰戰業業，若涉春冰，若履虎尾，時曰畏；又聞洞洞屬屬，若執玉，若奉盈，時曰慎。心非畏害制？事非慎害慮？惟畏惟慎，時乃要道，肆君子不敢不率。」

〔二〕宴私：遊宴玩樂。

〔三〕《莊子·人間世》：「宋有荆氏者，宜楸柏桑。其拱把而上者，求狙猴之杙者斬之；三圍四圍，求高名之麗者斬之；七圍八圍，貴人富商之家求樿傍者斬之。故未終其天年，而中道之夭於斧斤，此材之患也。」

〔四〕官道：公家修築之道路。中：符合。《莊子·逍遥遊》：「惠子謂莊子曰：『吾有大樹，人謂之樗。其大本擁腫而不中繩墨，其小枝卷曲而不中規矩，立之塗，匠者不顧。』」

〔五〕支：枝條。鈇鉞：鍘刀和大斧，古時腰斬砍頭之刑具。

説

李氏子字説

鄞江李時勉子男三人〔一〕，而其命名皆從玉〔二〕：長曰瑛，次曰璠，次曰璨。請余爲之字。

瑛，玉光也。《符瑞圖》曰：「玉瑛仁寶，不斵自成〔三〕。」蓋玉生之土中，混於沙石，良工斵焉，始成其器。惟仁寶也，成不待斵。待斵而成者，學者之事；不斵而成者，聖人之事也〔四〕。學至於聖，乃爲大成〔五〕。請字瑛曰孟成。

璠，璵璠也。孔子曰：「美哉璠璵〔六〕！」質之不美〔七〕，不可以爲器。器成而美，則其爲美也大矣。學至於充實，美之謂也〔八〕。請字璠曰叔美。

璨，璀璨也。《説文》曰：「玉光璀璨。」夫和順積乎中，然後光輝發於外〔九〕。玉之璀璨，猶學之有光輝也。請字璨曰仲輝。

嗟夫！成者所以具乎其體也，美者所以藴乎體之中也，輝者所以形乎體之外也。

是故成而後致乎美，美而後致乎輝。然則璠也璨也，非有資於瑛，則不能成其爲璠爲璨也。雖然，傳有之：「五常修則玉瑛見〔四〕。」瑛於骨肉之間，其亦加勉也哉！克顧名與字，則知所以玉成之道矣〔五〕。玉成之道，非講學而何哉？既以告三子，因書以爲説。

【題解】

李氏子，鄞縣李時勉三子李瑛、李璠、李璨。瑛，天然自成也，故字孟成；璠，美器也，故字叔美；璨，光輝也，故字仲輝。

【箋注】

〔一〕鄞江：或曰甬江，參見卷十一《剡源記》。

〔二〕從玉：以玉爲部首，其文字意義與玉有關。

〔三〕《新唐書》卷五十九《藝文三》：「顧野王《符瑞圖》十卷。」黄公紹、熊忠《古今韻會舉要》卷八《八・瑛》：「《説文》：『玉光也。』徐按《符瑞圖》：『玉瑛，仁寶，不斲自成，光若白華，漢文帝時渭陽玉瑛見。一云五常修則玉瑛見。』」

〔四〕《論語・季氏篇》：「孔子曰：『生而知之者，上也；學而知之者，次也；困而學之，又其次也；困而不學，民斯爲下矣。』」

〔五〕大成：學問事業有大成就。《禮記·學記》：「七年視論學取友，謂之小成；九年知類通達，强立而不反，謂之大成。」

〔六〕徐堅《初學記》卷二十七《寶器部》引《逸論語》曰：「璠璵，魯之寶玉也。孔子曰：『美哉璠璵！遠而望之，焕若也；近而視之，瑟若也。一則理勝，一則孚勝。』」

〔七〕質：本質，天資。《韓非子·解老》：「和氏之璧，不飾以五采；隋侯之珠，不飾以銀黄。其質至美，物不足以飾之。」

〔八〕參見本卷《惟微齋銘》。

〔九〕張栻《癸巳論語解》卷一《學而篇》：「和順積中，則英華發於外，而況于聖人乎？」

〔一〇〕傳：典籍，此指《符瑞圖》。五常：五種倫常道德。《書經·泰誓下》：「今商王受，狎侮五常。」孔穎達《正義》：「五常即五典，謂父義、母慈、兄友、弟恭、子孝。」

〔一一〕玉成：成全，促成。《幼學瓊林》卷三《人事類》：「贊襄其事，謂之玉成。」

九靈山房集卷之二十七

越遊稿四

傳

石孝子傳

石孝子者，四明山農夫也〔一〕。家世貧賤，老屋數楹隱隱叢薄中〔二〕。孝子早喪父，獨與其母俱。一日以事出，則告其母曰：「兒出，母居此無侍養者，幸往依女氏，待兒之歸也。」母曰：「諾。」其女氏家去母甚邇，孝子謂母可即至，竟行。

後二日歸，首過母所寓，而母未嘗至也。孝子即心驚，倉皇抵舍。忽見壁間一巨竇，覘之，則虎子三據其榻處爲穴。孝子知母已爲其所害，即慟且盡殺虎子。復磨一斧，堅執立竇內。頃之，母虎循竇入。即斫其首碎之，取肝腦磔諸庭〔三〕。而復大慟，以斧指天曰：「吾雖殺四虎，而吾母之讎未足以報也。」乃更迹牡虎所行路，持斧阻崖石待之〔四〕。牡虎果咆哮過崖下，孝子奮而前，當虎首連斫數斧，即斃。虎既斃，孝子亦隨死。僵立不仆，張兩目如生，而手所持斧獰不可奪。鄉鄰走吊，咸凜凜欲亡去〔五〕；獨嘗捕虎者相率拜祭而神之。蓋余至越，聞諸宋先生元僖云〔六〕。

論曰：父母之讎，不與共戴天。是以齊襄讎紀，而有紀侯之去國〔七〕；魯莊讎齊，而有乾時之戰敗〔八〕。蓋寢戈枕甲，讎在必復而已，其可逆計强弱蓄情抑志以每①其生哉〔九〕！竊痛宋氏南遷，二帝客死金虜〔一〇〕，稱兵以復讎，誠不可朝夕緩也。而顧有沮於姦議，卒使終天之恨竟莫一伸，是果何爲哉？當時議者孰不以宋弱金强爲説，以孝子觀之，宋雖弱，豈下於一夫；金雖强，詎勝於五虎？孝子能行之，而宋之君臣反有所不能。設使孝子之事見之於彼日，主國議者亦可少愧哉！嗚呼！若孝子者，皜皜焉，烈烈焉〔一一〕，雖與岳將軍輩比質可也〔一二〕。

【題解】

儒家踐仁道而本孝悌。《論語・學而》：「孝弟也者，其爲仁之本與！」《孟子・告子下》：「堯舜之道，孝弟而已矣。」曾參《孝經》：「夫孝，德之本也，教之所由生也……身體髮膚，受之父母，不敢毀傷，孝之始也。立身行道，揚名於後世，以顯父母，孝之終也。夫孝始於事親，中於事君，終於立身。」

石孝子，名明三，東海之濱目之爲鄉賢。或云鄞縣人，或云餘姚人，《乾隆鄞縣志》卷十八與《光緒餘姚縣志》卷二十三悉載石氏事迹。《萬曆紹興府志》卷四十五《人物志十一・鄉賢之六・孝義》：「石明三，四明山農夫也。早喪父，獨與母居山中。一日，明三自外歸，覓母不見。見壁間有巨竇，而三虎子據其牀，知母已爲虎所害，乃大慟，盡殺虎子。操巨斧立竇間，伺母虎入，即斫其首碎之，取肝腦磔諸庭。復大慟指天曰：『不并殺牡虎，不生也。』更礪斧，循虎迹，阻崖石伺之。牡虎果咆哮來，明三奮而前斫殺虎，明三亦立死不仆，張兩目如生，手所操斧牢不可拔。鄉里拜祭而神之，號曰孝子，立祠祀焉。」

【校勘】

①每：乾隆本作「苟」。

【箋注】

〔一〕四明山：參見卷二十一《求我齋文集序》。

〔二〕叢薄：叢生草木。

〔三〕覘：窺視，探看。磔：將用於祭祀之犧牲分裂張開。《説文》：「磔，辜也。」段玉裁《注》：

「凡言磔者，開也，張也，刳其胸腹而張之，令其乾枯不收。」

〔四〕迹：追蹤。阻：仗恃，依靠。《漢書》卷四十三《婁敬》：「凡居此者，欲令務以德致人，不欲阻險。」

〔五〕獰：兇惡。凜凜：驚恐畏懼貌。蘇軾《陳公弼傳》：「州素無兵備，民凜凜欲亡去。」

〔六〕宋元僖：或作元禧，元末明初倜儻名流，有《庸庵集》傳世，詳見卷二十五《懷宋庸庵》。

〔七〕《史記》卷三十二《齊太公世家》：「哀公時，紀侯譖之周，周烹哀公而立其弟靜，是爲胡公……（襄公）八年，伐紀，紀遷去其邑。」《索隱》：「按《春秋・莊四年》『紀侯大去其國』，《左傳》云『違齊難』是也。」

〔八〕《春秋左氏傳・莊公九年》：「夏，公伐齊，納子糾。桓公自莒先入。秋，師及齊師戰于乾時，我師敗績，公喪戎路，傳乘而歸。」《史記》卷三十二《齊太公世家》：「魯聞無知死，亦發兵送公子糾，而使管仲別將兵遮莒道，射中小白帶鈎，小白詳死。管仲使人馳報魯。魯送糾者行益遲，六日至齊。則小白已入，高傒立之，是爲桓公……秋，與魯戰于乾時，魯兵敗走。」

〔九〕逆計：預計。每：貪圖。《漢書・賈誼傳》：「誇者死權兮，品庶每生。」顔師古《注》引孟康：「每，貪也。」

〔一〇〕《宋史》卷二十二《徽宗四》：「明年二月丁卯，金人脅帝北行。紹興五年四月甲子，崩於五國城，年五十有四。」《宋史》卷二十三《欽宗》：「夏四月庚申朔，大風吹石折木。金人以帝及皇后、皇太子北歸……紹興三十一年五月辛卯，帝崩問至。」

〔二〕嗃嗃：潔白貌。烈烈：威武貌。《詩經·小雅·黍苗》：「烈烈征師，召伯成之。」鄭玄《箋》：「烈烈，威武貌。」

〔三〕岳將軍：岳飛，字鵬舉，生有神力，家貧苦學，好《左氏春秋》《孫吳兵法》。宗澤謂其智勇才藝，雖古良將亦不能過。鋭意北伐，屢挫金兵，黄河以南盡復之。秦檜陰謀沮壞，岳軍被迫南撤，十載戰功毁於一旦。後竟遭憸人毒手，冤死都城臨安。《宋史》卷三百六十五《岳飛》：「西漢而下，若韓、彭、絳、灌之爲將，代不乏人，求其文武全器、仁智并施如宋岳飛者，一代豈多見哉！史稱關雲長通《春秋》左氏學，然未嘗見其文章。飛北伐，軍至汴梁之朱仙鎮，有詔班師，飛自爲表答詔，忠義之言，流出肺腑，真有諸葛孔明之風，而卒死於秦檜之手。蓋飛與檜勢不兩立，使飛得志，則金讎可復，宋耻可雪；檜得志，則飛有死而已。」比質：本質上并列相埒。

張婦傳

張婦者，吴越間隱人張員妻也〔一〕。父故進士番陽徐勉之，以文學名於世〔二〕。

婦受其學，讀書取通大意，自劉向、范曄而下所記烈女事〔三〕，無所不觀。且雅善鼓琴，喜爲詩歌，習之晝夜不倦如學士大夫。父母以爲賢，恒爲擇對，不肯嫁凡子。後見員落落有奇節，慨然曰：「是可與吾女齊。」遂女之〔四〕。

員家素以豐產雄其鄉，至員輕財好施，人有以窮歸己者，輒傾所有濟之，不爲秋毫計惜。以其故數匱，至不能自給。婦入門，即屏嫁時服飾，更爲布裳麻履，操作而前〔五〕，薪水之役親之，中饋之事任之〔六〕，緝績紉縫之勞專之〔七〕，窮門陋屋，敝衣糲食，未嘗動其情。每遇員食飲不繼，終日清坐相看，甚無聊賴，則爲援琴而彈，一唱三歎〔八〕，有遺世之心焉。

員既益偃蹇，空一家出居慈水上，無寸土可卓錐〔九〕，無尺宅可蔽風雨，無上下之交可以通有無，而員剛介自若，似不知有寒餓者，豈獨員之能以理自遣哉？亦其妻之安於義命，不孜孜於温飽，不戚戚於乏絶〔一〇〕，有以助之也。姑年老，事之尤盡孝：或值疾作，扶持保抱廢櫛沐者動旬浹；即無恙時，漱盥不少怠；而菽水之薄，未始不得其歡心〔一一〕。姑每語人曰：「傷哉，吾貧久矣！然獲與鄉鄰女婦遊而樂，見吾子之熙熙而忘其憂〔一二〕，抑吾子婦之力歟！」婦稟性静柔而恭謹，雖日食不充口，寒暑之服御之不以時，而婦姑之禮，伉儷之情，肅如也，雝如也〔一三〕。

余與員交最晚，比至慈水，謁員於所寓，見員環堵蕭然，而舉室無愠見之容〔一四〕，心竊異之。及退而詢其所爲，則員之行事已見群公之論述，獨婦之賢無能紀載之者，乃以所見聞次第之，爲之傳。

九靈生曰：不流於時俗〔一五〕，而惟樂行古之道。貧賤憂戚之接乎己，而能無失其常心〔一六〕。此士君子之所難，而張婦以一女子能之，可不謂之尤難矣乎！雖學力之所成〔一七〕，蓋亦得之天性者然也。余嘗求之於古，如漢史所書鮑少君之提甕出汲〔一八〕，孟德曜之舉案齊眉〔一九〕，與夫陳孝婦之養姑盡義〔二〇〕，皆使人歎息之不已。欲得其人記之，而怪今世如古所書者何少也！及得張婦事，乃知今世固有其人，但不遇大手筆顯揚之，故不盡知也。張婦信賢矣，然區區之紀載，亦安能使之必傳如前三人者？姑録其大凡，以俟太史氏采擇焉。

【題解】

張，張員，字天民，元末明初餘姚書畫家，詳見本書卷二十五《寄張天民》。

張婦，東南海濱奇女子，祇順恬淡，不戚戚於貧賤，不汲汲於富貴。《光緒餘姚縣志》卷二十五

《列女傳一·明·張員妻徐氏》：「鄱陽人，進士勉之之女也，能讀書鼓琴爲詩歌。父母難其配，見員有奇節，歸之。員家素豐饒，至員愛義好施，後乃不自給。婦入門，未嘗以貧苦少嬰其情。時遇飲食不繼，與員終日清坐，援琴而彈，有遺世之心。其姑年老被疾，婦扶持保抱，動旬浹廢櫛沐。即無恙時，漱盥不少怠。菽水之薄，未始不得其歡心。姑每歎曰：『傷哉，吾病久矣！然吾得至今日，吾子日熙熙而忘憂者，抑吾子婦之力也。』員女適慈溪王伯壎。員善識鑑，常奇其女，教之經義。及適伯壎，生三子：來，工部尚書；復，刑部主事；鼎，御史，終廣東僉事。封太夫人。相夫教子，一以古人爲法。伯壎既没，手書箴訓，諄諄以竭忠報主爲規。來徵湖廣時，手製汗衫遺之云：『非爲不足汝所，特使汝知我尚康，庶得安心王事，不以我老爲念耳。』及凱還，復戒以毋自矜伐以全居美之道。母賢而子并顯，傳爲盛事。」

【箋注】

〔一〕隱人：隱士。

〔二〕番陽：同「鄱陽」，元江浙行省饒州路。《元史》卷六十二《地理五·江浙等處行中書省·饒州路》：「唐改鄱陽郡，仍改饒州，宋因之。元至元十四年，升饒州路總管府。」文學：文章博學。

〔三〕烈女：同「列女」；烈，通「列」。劉向：字子政，西漢學者，著《列女傳》，其書凡七類：母儀、賢明、仁智、貞順、節義、辯通、孽嬖。范曄：字蔚宗，南朝宋史學家，著《後漢書》，開正史編纂《列女傳》之先河。《後漢書》卷八十四《列女傳》：「《詩》《書》之言女德尚矣。若夫賢妃助國君之政，哲婦隆家人之道，高士弘清淳之風，貞女亮明白之節，則其徽美未殊也，而世典咸漏焉。故自中興以後，綜其成事，述爲《列女篇》。如馬、鄧、梁后別見前紀，梁嫕、李姬各附家傳，若斯之類，并不兼書。餘但搜次才行尤高秀者，不必專在一操而已。」

〔四〕落落：高超不群貌。女：以女嫁人。

〔五〕《後漢書》卷八十三《逸民列傳·梁鴻》：「及嫁，始以裝飾入門……乃更爲椎髻，著布衣，操作而前。」操作：勞作。

〔六〕中饋：婦女在家主管飲食。《易·家人》：「無攸遂，在中饋。」孔穎達《疏》：「婦人之道……其所職主在於家中饋食供祭而已。」

〔七〕緝績：將麻撕成絲狀再搓撚成綫。《説文》：「績，緝也。」專：獨自承擔。

〔八〕一唱三歎：一人歌唱，三人相和；後多形容詩文韻味悠長。陸機《文賦》：「雖一唱而三歎，固既雅而不豔。」

〔九〕偃蹇：困頓艱難。慈水：慈溪，參見卷十五《題盤隱軒》。卓錐：立錐；卓，植立。

〔一〇〕義命：天命，本分。周密《齊東野語·嘉定寶璽》：「誨之以安義命而知進退，勉之以崇名節而黜浮競。」戚戚：憂傷貌。乏絶：極度窮困。

〔一一〕動：常常，往往。旬浹：十天；浹，周遍。菽水：豆與水，常代指晚輩供養長輩之菲薄食物。《禮記·檀弓下》：「子路曰：『傷哉！貧也！生無以爲養，死無以爲禮也。』孔子曰：『啜菽飲水盡其歡，斯之謂孝。』」

〔一二〕熙熙：和樂貌。

〔一三〕服御：服飾車馬器用之類。靄如：美盛貌。

〔一四〕愠見：見面時怒形於色。《史記·孔子世家》：「不得行，絶糧。從者病，莫能興。孔子講誦弦歌不衰。子路愠見曰：『君子亦有窮乎？』孔子曰：『君子固窮，小人窮斯濫矣。』」

〔一五〕流：游移不定，放蕩。《左傳·成六年》：「士貞伯曰：『鄭伯其死乎，自棄也已！視流而行速，不安其位，宜不能久。』」

〔一六〕《近思録》卷二《爲學大要》：「富貴福澤，將厚吾之生也；貧賤憂戚，庸玉汝於成也。」

〔一七〕學力：學問上之功力造詣。

〔一八〕少君：姓桓，字少君，東漢鮑宣妻。鮑宣，少執摯爲桓少君父門徒，父愛其清高刻苦，以少君歸之，資奩甚盛。鮑宣疑少君富驕，少君窺其意，更著短布裳，與宣共挽鹿車返鄉。拜姑甫畢，輒提甕出汲，修行婦道，鄉鄰嘖嘖贊歎。詳見《後漢書》卷八十四《列女傳》。

〔一九〕孟德曜：東漢孟光，字德曜，詳見卷九《次韻哀逝》。

〔二〇〕顔師古注《漢書》卷九十二《游俠傳·原涉》云：「陳孝婦者，其夫當行，戒屬孝婦曰：『幸有老母，吾若不來，汝善養吾母。』孝婦曰：『諾。』夫果死，孝婦養姑愈謹。其父母將取嫁之，孝婦固欲自殺，父母懼而不取，遂使養姑。淮陽太守以聞，朝廷高其義，賜黄金四十斤，復之終身，號曰孝婦。」司馬光《家範》卷八《妻上》：「漢陳孝婦，年十六而嫁，未有子，其夫當行戍。夫且行時屬孝婦曰：『我生死未可知，幸有老母，無他兄弟備養，吾不還，汝肯養吾母乎？』婦應曰：『諾。』夫果死不還，婦乃養姑不衰，慈愛愈固，紡績織紝以爲家業，終無嫁意。居喪三年，父母哀其年少無子而早寡也，將取而嫁之。孝婦曰：『夫行時屬妾以其老母，妾既許諾之。夫養人老母而不能卒，許人以諾而不能信，將何以立於世？』欲自殺，其父母懼而不敢嫁也。遂使養其姑二十八年，姑八十餘以天年終，盡賣其田宅財物以葬之，終奉祭祀。淮陽太守以聞，孝文皇帝使使者賜黄金四十斤，復之終身無所與，號曰孝婦。」

汪節婦傳

節婦陳氏，鄞汪君彌亨妻也。年十有九歸汪君，明年有子曰常久，甫二歲而汪君死。諸父昆弟念其年盛而寡居也，欲奪而嫁之〔一〕。節婦哭且言曰：「命之不淑〔二〕，中道而喪所天〔三〕，老姑弱息，汪氏之不絶如綫〔四〕，以是而有二心，犬豕不食吾餘矣。」遂誓死不再適。乃屏華采服艱勤〔五〕，以奉其姑，以保其孤子，五十餘年如一日。

有司高其行，將摭其實上聞於朝而旌其門云。

九靈生曰：余讀《易》，至《節》之爲卦，未嘗不廢書而歎也。夫《節》，内兑而外坎，以「説而行險」也〔六〕。人於所説則不知已，遇艱險則思止。説以行險，非得於中正之道者能之乎？中正之道，爲士者猶難之，而況於婦人乎！若汪節婦，固世所謂難者也。有司將采而上之，朝廷著令將褒異之〔七〕，夫豈私一婦人哉！蓋欲勉人以所難，而使彼之去中與正，隳情義而不忌，負鬼神而不顧，施施然自以爲得計者〔八〕，亦或知愧哉！而士也不幸適類其所爲，聞節婦之風，其又不爲之愧死哉！

【題解】

節婦，從心不渝抗節不撓之寡居者，然循其蹤迹，悲苦辛酸，實非常人所堪。工文者哀其不幸，敬其堅貞，常操觚以傳不朽，此文乃其一例也。汪節婦陳氏，四明鄞縣汪彌亨妻，參看卷二十九《汪彦貞墓表》。

【箋注】

〔一〕奪：改變。《玉篇·奞部》：「奪，易也。」

〔二〕不淑：不幸。《禮記·雜記上》：「寡君使某，如何不淑？」陳澔《集説》：「如何不淑，慰問之辭，言何爲而罹此凶禍也？」

〔三〕天：丈夫，古代臣子妻視君父夫爲天。

〔四〕息：兒子。不絶如綫：危急衰弱。戴名世《困學集自序》：「自孟軻氏而後，學者不絶如綫，迨宋興而諸儒繼起，不可謂盛者歟！」

〔五〕華采：色彩華美之服飾。服：從事。

〔六〕内兑外坎：詳見卷二十《安節堂記》。説而行險：心有所樂，軒昂奮迅；遭罹兇險，戛然而止；説，通「悦」。

〔七〕著令：書面規章制度。《漢書》卷五《景帝紀》：「廷尉與丞相更議著令。」

〔八〕隳：毁壞。施施然：喜悦自得貌。得計：契合心願。

竹梅翁傳

翁姓王氏，名嘉閭，字景善，晚乃别號竹梅翁，越之餘姚人也。考諱文榮，以翁貴贈朝列大夫、同知杭州路總管府事、騎都尉，追封太原郡伯〔一〕；妣張氏，封太原郡太君〔二〕。

翁自爲兒童，强記捷見已超其長者。稍壯，益卓越，自放不羈，然有高志慷慨之才識。年近强仕〔三〕，遂北走齊魯燕趙以達輦轂之下，遨遊兩京者數載，一時智勇儁傑之士皆與之交際〔四〕。以其故，譽聞日著。

重紀至元六年〔五〕，中政院薦翁才行卓卓，授敦武校尉、松江等處財賦提舉〔六〕。先是，官若吏以負欠官課不得美解者項背相望〔七〕。翁至，鋤治姦蠹，正其税賦之無歸者〔八〕，而二十年間之積弊，一旦盡除。居位五年，無一人不滿去〔九〕；向之不得美解者，亦皆賴以徙官。滿去者喜曰：「微王君，吾不能去。」徙官者曰：「微王君，吾屬其拘死矣〔一〇〕。」其有長子孫之吏，累世爲姦欺，官知其然而莫之誰何也〔一一〕。翁鈎得其尤無良者二人〔一二〕，捕置諸法，餘皆帖帖願自新〔一三〕。府若省無不多翁之才〔一四〕。夫人以權勢聲名驕士者，亦每逆爲。翁自絀家食者十有五載〔一五〕。

至正二十年，擢武略將軍，同知紹興路總管府事，以親老不赴。二十三年，改武德將軍、廣東道宣慰副使、僉都元帥〔一六〕。于時鄉縣已隸方國珍〔一七〕，方聞翁將之官，即議改調。翁聞而笑曰：「吾爲天子命吏〔一八〕，非奉天子詔，吾職不改也。」然度時不可爲，年未六十即黄冠野服，逍遥物外，植竹與梅，日哦其間，曰：「吾與二友俱老歲寒矣〔一九〕！」

翁事親孝，太君年老，衣食藥物必躬親之，壽至期頤〔二〇〕。有司上之朝，旌其門曰「高年耆德〔二一〕」。樹桓之日，會客數百人，翁母子髮鬢皆皤然，而命服金紫照映几席〔二二〕。至今越人之爲子者，必以太君祝其親；爲父母者，必以翁期其子也。侄婦某氏寡居無依，既請有司表其閭，復割田贍之，俾得終其節〔二三〕。治家頗嚴憚，入其庭，内外無嘩。督子以學，每捐重幣逆良先生教之，而二子言、學日知名。

與人交，疏達自信，不問厚薄親疏，一與之傾盡〔二四〕，未嘗疑人。人或欺而負之，亦不爲變，彼固莫測其意也。歲凶，自鄉以内，居者賑之粟，行者爲粥食之，至匱盡乃已〔二五〕。寓公過使以亂來依者，莫不竭力營濟〔二六〕，於財無所顧計。江西省參政哈剌不花公素昧平生，一日攜家至其地。翁即館諸別室，月致薪米者三載。及薨，自斂至葬，咸賴以成禮；復爲植碣隧間，命守者護其域〔二七〕。福建省理問大都君〔二八〕，舊嘗識其父，一日抱病至，翁爲迎醫療治。後三日死，其治後事一如參政公。翁①遊京師時，嘗與奉御孟君德謙交〔二九〕；後三十年，其子流離遠道，翁遣人盡迎其家以來，計口給食養之。鄞故人從翁稱貸，有多至五千緡或三千緡者〔三〇〕，其人後度無以償，見翁輒自愧益疏。翁知其故，皆攜酒食詣門慰勞，出其券焚之，由是歡會復如初。里有侵其耕地而更以言相負者，翁怡然不與較，後竟登門謝過，且反所侵地。蓋其過人者類如此。

翁長身偉貌，語音如鍾〔三一〕，不甚學問而談道理若素習。酒酣操筆爲戲，輒屈其座人〔三二〕。爲人意氣廣博，不爲小廉曲謹以眩俗矜衆〔三三〕，而於出處去就必合於矩度。然好智謀事爲〔三四〕，欲以功名自顯，不肯碌碌。顧時遭平世，又所居位非要途，故其才不得肆。迨至有可設施，而藩鎮用事，竟矻矻以老〔三五〕。年及八十，猶康强善飲啖，精明於事如壯歲云。

贊曰：竹梅翁少時嘗慕朱家〔三六〕、郭解之爲人〔三七〕，閭里之俠無不長雄之。及壯而出遊，芥拾金紫以歸〔三八〕，車馬服飾益壯麗，第宅益華侈，蓋自謂一世豪士。去今幾載，英邁之氣猶見之眉宇間，而豈黄冠野服之人哉！二十年來，禍亂相仍，故官遺老在在凋弊，翁獨享有妻子田園之樂，以優遊於暮齒。此固天之所厚，要亦有人事焉。老子曰「知足不辱，知止不殆〔三九〕」，翁蓋近之矣！

【題解】

竹梅翁，元時餘姚豪雄王嘉閭别號，參看卷二十四《觀雨憶竹梅翁》、卷二十六《王竹梅像贊》

與卷二十八《思愛庵記》。《光緒餘姚縣志》卷二十三《列傳六・元・王嘉閭》所載與《竹梅翁傳》如出一轍，蓋檃括戴九靈斯傳而成。

母張氏妙真，孝親德劭，聲名籍籍；長媳張氏，守節不渝，鄉黨以爲矜式。《光緒餘姚縣志》卷二十五《列女傳一・元》：「王文榮妻張氏，名妙真，宣慰副使嘉閭母也。性至孝，事舅姑先意承志。姑老且死，祝曰：『願新婦如我壽，且後多賢，以報新婦孝云。』後生嘉閭兄弟五人，延良師教之，趣令從諸薦紳遊，以故嘉閭昆弟俱有才望。妙真初以高年有德被旌，至嘉閭貴，封太原郡君，壽百有四歲，子孫曾玄幾百人，如其姑之祝。妙真冢孫伯純婦張氏，年二十一而寡，即自誓曰：『所不鞠吾孤，奉吾舅姑，毀節負吾夫，吾無以出吾門。』王氏族戚衆，張爲宗婦有志節，閨門以爲儀則。州里上其事，與妙真同日被旌，世傳異之。」

【校勘】

①翁：底本作「公」，據乾隆本改。

【箋注】

〔一〕朝列大夫：與下文同知、騎都尉、郡伯悉參見卷二十三《元贈亞中大夫台州路總管追封延陵郡侯吳君墓誌銘》。

〔二〕郡太君：按《元史》卷八十四《選舉四》，正從四品官母妻并封贈郡君；此言郡太君，蓋俗傳之稱呼。

〔三〕强仕：四十歲。《禮記·曲禮上》：「四十曰强而仕。」

〔四〕輦轂：皇帝車輿，代京城。雋：通「俊」，才智出衆。

〔五〕重紀：一個朝代内重復使用之年號；元時世祖、順帝皆用「至元」年號，後代敘述順帝至元時事，則加「重紀」以資區别。

〔六〕《元史》卷八十八《百官四·中政院》：「掌中宫財賦營造供給，并番衛之士湯沐之邑。」敦武校尉：元時從七品武散官。《元史》卷八十八《百官四·江浙等處財賦都總管府》：「平江、松江、建康等處提舉司凡三處，秩并正五品。每司各設達魯花赤一員、提舉一員……」

〔七〕若：與，或者。官課：税收。美解：圓滿卸任。陳櫟《滿江紅·代送朱姓吏滿歸》：「及芳辰，美解賦歸來，真堪醉。」

〔八〕姦蠹：作姦犯科者。正：整治。《大戴禮記·千乘》：「有君長正之者乎？」王聘珍《解詁》：「正者，治也。」

〔九〕滿：任職期滿。

〔一〇〕拘：束縛。《孫子兵法·九地》：「深入則拘。」曹操《注》：「拘，縛也。」

〔一一〕長子孫：任期漫長，兒孫長大時尚未遷職。《史記》卷三十《平準書第八》：「守閭閻者食粱肉，爲吏者長子孫，居官者以爲姓號。」裴駰《集解》引如淳曰：「時無事，吏不數轉，至於子孫長大而不轉職任。」誰何：盤詰查問。

〔一二〕鈎：誘致，誘導獲取，參見卷二十三《元中順大夫秘書監丞陳君墓誌銘》。

〔一三〕捕置：逮捕關押。帖帖：服帖收斂貌。

〔一四〕府若省：江浙等處財賦都總管府與江浙等處行中書省。

〔一五〕夫：彼。逆爲：改變行爲；逆，反。絀：短缺不足。

〔一六〕武略將軍：元時從五品職官。武德將軍：元時正五品職官。廣東道宣慰副使：此指元時廣東道宣慰使司都元帥府副使，秩正四品。僉都元帥：通稱僉都元帥事；按《元史》卷九十一《宣慰使司都元帥府》，廣東道宣慰使司都元帥府未設僉都元帥事。

〔一七〕《明史》卷一百二十三《方國珍》：「國珍既授官，據有慶元、温、台之地。」

〔一八〕命吏：朝廷任命之官吏。

〔一九〕哦：吟唱。《御選元詩·姓名爵里二》：「王嘉閭，字景善，一字雲昇，餘姚人。以薦除松江財賦提舉，至正間累遷廣東道宣慰副使。」

〔二〇〕期頤：一百歲，參見卷二十五《伏承静虚翁以所和詠貧士詩見寄爲賦四韻》。

〔二一〕耆德：年高德劭。《尚書·伊訓》：「敢有侮聖言，逆忠直，遠耆德，比頑童，時謂亂風。」

〔二二〕桓：大柱，後世稱華表。皤然：白貌。命服：古代官員按等級所穿禮服。《詩經·小雅·采芑》：「服其命服，朱芾斯皇。」金紫：黄金印章與紫色綬帶。《漢書》卷十九上《百官公卿表上》：「相國、丞相皆秦官，金印紫綬。」

〔二三〕閭：里巷大門。終：成就。《國語·周語下》：「純明則終。」韋昭《注》：「終，成也。」

〔二四〕疏達：豁達開朗。傾盡：盡心竭力。《續資治通鑑·宋英宗治平二年》：「遘爲人輕俊明敏，通達世務……部吏皆樂傾盡，爲之耳目。」

〔二五〕匱：竭盡。《韓非子·外儲説右下》：「上有積財，則民臣必匱乏於下。」

〔二六〕寓公：僑居名士。過使：過路使者。營濟：救濟。郤超《奉法要》：「贍之以財，救疾以藥，終日欣欣，務存營濟。」

〔二七〕薨：周代諸侯死亡稱薨，秦漢以後亦稱顯官辭世。《新唐書》卷四十六《百官一·禮部》：「凡喪，三品以上稱薨，五品以上稱卒，自六品達于庶人稱死。」隧：墓道。

〔二八〕理問：元時理問所職官，參見卷九《送路理問出使太原》。

〔二九〕奉御：元時侍儀司職官。《元史》卷八十五《禮部·侍儀司》：「秩正四品，掌凡朝會、即位、册后、建儲、奉上尊號及外國朝覲之禮。至元八年始置。左右侍儀奉御二員……」

〔三〇〕稱貸：借貸，舉債。緡：成串銅錢，一千錢爲一緡。

〔三一〕鍾：通「鐘」。

〔三二〕屈：折服。《詩經·魯頌·泮水》：「屈此群醜。」朱熹《詩集傳》：「屈，服。」

〔三三〕小廉曲謹：小事廉潔謹慎，即拘於小節而不識大體；曲，局部，一部分。朱熹《答或人》：「鄉原是一種小廉曲謹阿世徇俗之人。」眩：通「炫」，矜誇。

〔三四〕事爲：事功。

〔三五〕要途：顯要官職。藩鎮：此指方國珍。用事：執政，當權。

〔三六〕朱家：漢高祖時魯地游俠，存亡死生不可勝記，所救豪士竟以百數；最著者季布，及布尊貴，終身不再見。濟人貧困，趨人急難，以至陋衣糲食，家無餘財，然終不矜其能，羞誇其德。詳見《史記》卷一百二十四《游俠列傳》。

〔三七〕郭解：西漢初年游俠。少時陰賊，年長折節。報怨以德，厚施寡取，雖拯人命而不矜其功。姊子仗勢欺人，人怒而刺殺之。郭解察其實情，終恕其人。諸公聞之，悉嘖嘖褒美郭解之高義。詳見《史記》卷一百二十四《游俠列傳》。

〔三八〕長雄：首領英雄。《漢書》卷七十二《鮑宣》：「以爲其地宜田牧，又少豪俊，易長雄，遂家於長子。」顔師古《注》：「長，爲之長帥也；雄，爲之雄豪也。」芥拾：拾取草芥，形容輕而易舉。

〔三九〕引自《老子》四十四章；意謂知足以免除羞辱，適可而止以避開危險。

滄州翁傳

滄州翁者，姓吕氏，名復，字元膺，晚號滄州翁。其先河東人也〔一〕；東萊先生成公與其季忠公〔二〕，自河東徙婺；吏部郎知台州事諱賓之者，復自婺徙鄞家焉〔三〕。大父克德，父居敬，比三世皆早喪〔四〕。翁幼孤，且甚貧，獨依母氏居。既長，從鄉先生受《尚書》《周易》。久之棄去習詞賦。後以母病，復喜攻岐扁術而恨無其師〔五〕。

一日，遇三衢鄭禮之逆旅中〔六〕，即知爲醫中毛遂也〔七〕，每謹事之。鄭亦見翁醇謹無他，頗心愛翁，因呼翁語曰：「我有古先禁方及《色脉》《藥論》諸書，知人生死，定可治，甚精〔八〕。我年老，欲具以授公。」翁即避席再拜，盡得其書受讀。可一年所，輒試之有驗，然尚未精也。鄭復教翁日記診藉，考方藥驗否，悉爲參訂〔九〕，不使毫釐失理。又若干年，所積爲人治診病，效無不神。自是鄞之病家及凡寓公過客以病留鄞者必歸翁，翁皆樂應之。

浙省平章左荅納失理在帥閫時病無睡〔一〇〕，睡則心悸神懾，如處孤壘而四面受敵兵。達旦，目眵眵無所見，耳瞶瞶無所聞，雖堅卧密室，睫未嘗交也。即選醫之良者處齊，累月弗瘉〔一一〕。後召翁診，翁切其脉，左關之陽浮而虚〔一二〕；察其色，少陽之支外溢於目眥〔一三〕。即告之曰：「此得之膽虚而風，諸公獨治其心，而不祛其膽之風〔一四〕，非法也。」因投禁方烏梅湯〔一五〕、抱膽丸〔一六〕，日再服，遂熟睡，比寤，病如脱。

郡人蘇伯友病衄〔一七〕，旬浹不止，時天暑脉弱，衆醫以氣虚不統血，日進耆歸茸附〔一八〕，彌甚，則告術窮，家人皆容貌變更，蘇亦流涕長潸，泣命其子強翁診。翁至，未食頃，其所衄血已三覆器矣。及切其脉，兩手皆虚芤〔一九〕，右上部滑浮數而躁，且其鼻赤查而色澤〔二〇〕，即告之曰：「此得之湎酒，酒毒暴悍而風暑乘之，熱蓄於上焦，故血妄行而淖溢〔二一〕。」蘇曰：「某嘗飢走赤日，已而醉酒向風卧，公診當是。」翁爲制地黄汁三升許，兼用防風湯半劑，飲之立驗〔二二〕。

童芳仲幼女華病嗜卧，頰赤而身不熱。命小兒醫四三人療之，皆以爲慢驚風〔二三〕，屢進攻風之劑，兼旬不愈。翁切其脉，右關獨滑而數，他部大小等而和〔二四〕，因告童曰：「女無病，關滑爲有宿食〔二五〕，意乳母致之。乳母必嗜酒，酒後輒乳，故令女醉，非風也。」及詰其内子李〔二六〕，李曰：「乳母近掌酒庫鑰，苟竊飲，必任意。」潛使人視卧内，有數空罌榻下，翼日拘其鑰〔二七〕。飲以枳椇①葛花〔二八〕，日二三服，女起如常時。

童良輔子年十二，患内癰腹脹，臍凸而頗鋭。醫欲刺臍出膿，其母鄞不許，抱子獨泣。童馳告翁，邀與俱。及造卧内，見一野僧擁爐熾炭，燃銅箸一二枚烈火中，瞪目視翁曰：「此兒病癰發小腸，苟舍刺臍，無他法。」翁喻之曰：「臍，神闕也，針刺所當禁。矧癰舍於内〔二九〕，惟當以湯丸攻之。苟如若言，必殺是子矣。」僧怒趨而出。翁投透膿散一匕〔三〇〕，明日，膿自氣合潰。繼以十奇湯下善應膏丸〔三一〕，旬浹瘥。

趙氏子病傷寒餘十日，身熱而人静，兩手脉盡伏，俚醫以爲死也，弗與藥。翁診之三部，舉按皆無〔三二〕，其舌胎滑而兩顴赤如火〔三三〕，語言不亂，因告之曰：「此子必大發赤班②，周身如錦文。夫脉，血之波瀾也。今血爲邪熱所搏，淖而爲班，外見於皮膚。呼吸之氣無形可依，猶溝隧之無水，雖有風不能成波瀾。班消則脉出矣。」及揭其衾，而赤班爛然〔三四〕，即用白虎加人參湯化其班〔三五〕，脉乃復常，繼投承氣下之瘉〔三六〕。發班無脉，長沙所未論，翁蓋以意消息耳〔三七〕。

普濟寺主僧體無爲病蹶〔三八〕，已三日不知人。翁切其脉，右口之陽弦而遲〔三九〕，少陰之脉堅而勁，不滿四十動而止。此寒邪乘於腎肝所致，法當以辛甘復其陽〔四〇〕，爲作湯三升，頓服，遂起對客如不病。然一藏已絶，去此若干日當復病，病即死。果死如其日。

臨川蕭雲泉，羽客也〔四一〕。偶遊鄞，造翁告曰：「某病兩目視物皆倒植，屢謁名醫弗喻。」翁曰：「視一物爲二，視直爲曲，古人嘗言之；視物倒植，誠所未喻也。願聞其因。」雲泉曰：「某嘗大醉，盡吐所飲酒，熟睡達曙，遂病。」翁切其脉，左關浮促，餘部皆無恙，即告之曰：「當傷酒大吐時，上焦反覆，致倒其膽腑〔四二〕，故視物皆倒植。此不由外因而致内傷者也，法當復吐以正其膽腑。」遂授黎蘆、瓜蔕，俾平旦湧之〔四三〕，湧畢，視物不倒植。

東皋寺僧述無作〔四四〕，族姓孫氏，一女子病厲風〔四五〕，爲夫所出，家貧不能致醫。無作過翁約曰：「吾女姪病可念，早舁致就翁診〔四六〕，顧僧舍不宜，能速爲我治療乎？」翁曰：「諾。」他日，匿患者於密室，召翁診其脉，翁曰：「脉來疾而去遲，上虚而下實，蓋得之醉酒接内而風毒乘之〔四七〕，今雖髮禿眉墜，然鼻根幸未陷，肌肉幸未死。」遂以防風通聖而益以下藥〔四八〕，下瘀血數升及蟲穢青黑物。并進蘄蛇、長松等湯丸〔四九〕，復佐以雄黄、楓油作膏摩之。逾月瘥。

餘姚州守郭文煜病噦十餘日，州之以醫名者畢至，悉以附子、丁香等劑療之，益甚。翁切其脉，陽明大而長，右口之陽數而躁〔五〇〕，因告之曰：「公之噦即古之咳逆〔五一〕，由胃熱而致。或者失察而反助其熱，誤矣！」飲以竹茹湯〔五二〕，未終劑噦止。

帥府經歷哈散侍人病喘不得卧〔五三〕。老醫製麻黄之劑以散其肺邪。翁後至，診之，脉口盛人迎一倍〔五四〕，蹶陰弦動而疾〔五五〕，兩尺俱短而離經〔五六〕，因告之曰：「病蓋得之毒藥動血以致胎死不下，奔迫而上衝，非風寒作喘也。」乃用催生湯倍芎歸煮二三升服之〔五七〕。夜半，果下一死兒，喘止。哈散密囑曰：「病妾誠有懷，以室人見嫉，故藥去之，衆人所不知也。」老醫聞之，慚而去。

樞密董孟起在帥閫時命翁臨診，俾審新故病〔五八〕，翁切其脉，兩寸俱浮弦。脉法：浮爲風，弦爲痛，兩寸屬上部。即告之曰：「明公他無所苦，首風乃故病也，蓋得之沐而中風〔五九〕。當發，先一日則劇〔六〇〕，劇則大吐而後已。」董笑曰：「然。余少時喜沐，每迎風以晞髮〔六一〕，因致頭作痛，痛一如公所言。公善診，幸余療也。」爲製龍腦芎犀丸四分〔六二〕，二之一遂愈。

帥府從事帖穆失爾病下痢完穀〔六三〕，衆醫咸謂洞泄寒中〔六四〕，日服四逆理中輩彌劇〔六五〕。翁診其脉，兩尺寸俱弦長，右關浮於左關一倍，其目外眥如草滋，蓋知肝風傳脾，因成飧泄〔六六〕，非藏寒所致。飲以小續命湯損麻黄加术〔六七〕，三五升痢止。續命非止痢藥，飲不終劑而痢止者，以從本治故也。

純孝廟祝楊天成女壽在室〔六八〕，病不月〔六九〕，命婦人醫療之，不得其名狀。及五閱月，其腹如有妊，求其色脉即怪〔七〇〕，因詢之曰：「汝病，非有異夢，則鬼靈所憑耳。」女不答，趨入卧内，密語其侍媪曰：「我去夏追涼廟廡下，薄暮過黄衣神心動；是夕，夢一男子如暮間所見者，即我寢親狎，由是感疾。我慚赧不敢以告人，醫言誠是也。」媪以告翁，翁曰：「女面色乍赤乍白者，鬼也；脉乍大乍小者，祟也。病因與脉色符，雖劇無苦[七一]。」乃以桃仁煎下血類豚肝者六七枚[七二]，俱有竅如魚目，病已。

延慶寺僧珂瑩中病[七三]，翁診其脉，獨右關浮滑，餘部皆無恙。曰：「右關屬脾，絡胃挾舌本，蓋風中廉泉得之，醉卧當風而成瘖。[七四]」珂舞手索筆書几上曰：「酒吾先佛所戒，自祝髮來未嘗飲。露坐當風，誠所不免。」其師天紀在座，即怒訶曰：「汝處别業時，每飲輒醉，尚諱疾自誤耶？」翁取荆瀝化至寶丹[七五]，飲之，翼日遂解語。

湖心寺僧履師者[七六]，一日偶搔膕中疥[七七]，忽自出血，汩汩如湧泉[七八]，竟日不止。瘍醫治療弗驗[七九]。邀翁往視，履時已困極，無氣可語，及持其脉，惟尺部如蛛絲，他部皆無，即告之曰：「夫脉，血氣之先也。今血妄溢，故榮氣暴衰[八〇]，然兩尺尚可按，惟當益營以瀉其陰火[八一]。」乃作四神湯加荆穗、防風[八二]，不間晨夜并進，明日脉漸出。更服十全大補一劑[八三]，遂痊。

全本然病傷寒旬日，邪入於陽明[八四]。俚醫以津液外出爲脉虚自汗，進玄武湯以實之[八五]，遂致神昏如熟睡。其家邀翁問死期，翁切其脉，皆伏不見，而肌熱灼指，即告其季曰：「此必榮血致班而脉伏，非陽病見陰脉比也[八六]。見班則應候[八七]，否則蓄血爾。」乃去衾裯③〔八八〕，視其隱處及小腹，果見赤班。臍下石堅且拒痛〔八九〕。爲作化班湯半劑，繼進韓氏生地黃湯逐其血〔九〇〕。是夕下黑矢若干枚，即班消脉出。後三日又腹痛，遂用桃核承氣以攻之〔九一〕，所下復如前，乃愈。

內子王病傷寒，乃陰隔陽〔九二〕。面赤足踡而下痢〔九三〕，躁擾不得眠，論者有主寒主温之不一，俞不能決〔九四〕。翁以紫雪匱理中丸進〔九五〕，徐以冰漬甘草乾薑湯飲之愈〔九六〕。且告之曰：「下痢足踡，四逆證也〔九七〕。苟用常法，則上焦之熱彌甚。今以紫雪折之，徐引辛甘以温裏，此熱因寒用也〔九八〕。」聞者皆歎服。

集賢修撰南宏遠奉旨往閩諭土猾余蠻子〔九九〕，余嘗戮人尊俎之間以恐之，遂驚氣入心，疾作如心風〔一〇〇〕。比銜使命來鄞，疾屢作，逐逐奔走〔一〇一〕，不避水與火；與人語，則自賢自貴，且或泣或笑。翁切其脉，上部皆弦滑〔一〇二〕，左倍勁於右。蓋痰溢膻中灌心胞〔一〇三〕，因驚而風經五臟耳。即投以湧齊，湧痰涎一頮器。徐以驚氣丸服之〔一〇四〕，盡一劑病瘳。

郡史虞東村內子王，年盛嗜酒且善食，忽疾作，肌肉頓消，骨立。翁診其脉，則兩手三部皆洪數，而左口尤躁疾。遂語虞曰：「此三陽病〔一〇五〕，由一水不能勝五火，乃移熱於小腸，不癃則淋〔一〇六〕。」王曰：「前溲如脂者已數日。」語未竟，趨入臥內漩，及需其溺器以視〔一〇七〕，則如飪釜置烈火，湧沸不少休。翁以虎杖、滑石、石膏、黄柏之劑清之〔一〇八〕，痛稍卻，而湧沸猶爾也；繼以龍腦、辰砂末之〔一〇九〕，蘸以椑柹〔一一〇〕，食方匕，沸輒止。

餘姚余慎言子孟仁病，寓湖心僧舍以求治〔一一一〕。翁至其處，而孟仁方飯，坐甫定，即摶爐中灰雜飯猛噬，且喃喃詈人。翁命左右掖之，切其脉，三部皆弦，直上下行〔一一二〕，而左口尤浮滑，蓋風痰留心胞證也〔一一三〕。法當湧其痰而凝其神。既湧出痰沫四五升，即熟睡，竟日乃寤，寤則病盡去。徐以治神之劑調治之，神完如初。

御史王彦芳内子病飧泄彌年，衆醫皆謂休息痢〔一一四〕，療以苦堅辛燥之劑，弗效。翁診其脉，當秋半雙弦而浮〔一一五〕，即告之曰：「夫人之病，蓋病驚風〔一一六〕，非飲食勞倦所致也。以肝主驚，故虚風自甚，因乘脾而成泄〔一一七〕。當金氣正隆尚爾〔一一八〕，至明春則病將益加。法當平木太過，扶土之不及〔一一九〕，其泄自止。」夫人曰：「儂寓南閩時，平章燕公以銅符密授御史，俾出入自如。吾兒闚關玩弄久之，遂失去。平章一日追符甚急，儂心懼焉，由是疾作。公指爲驚風，信然。」乃用黄犉牛肝和以攻風健脾之劑服之〔一二〇〕，踰月泄止。

郡守李孝文妻母龐病小腹痛，衆醫皆以爲瘕聚藥之〔一二一〕，浹月弗愈。繼命翁診，翁循其少陰脉，如刀刃之切手；胞門芤而數〔一二二〕。知其陰中痛，癰結小腸也〔一二三〕。即告之曰：「太夫人病在幽隱，不敢以聞，幸出侍人密語之。」乃出老嫗，翁曰：「患者苦小腸癰，以故臍下如瘕聚。今膿已成腫，迫於玉泉〔一二四〕，當不得前後溲〔一二五〕，溲則痛甚。」嫗拜曰：「公神人也，所苦一如公所言。」遂用國老、將軍爲向導〔一二六〕，挾麒麟竭、虎魄之類以攻之〔一二七〕，膿自小便潰，應手愈。

浙東憲使曲出道過鄞，病卧涵虛驛〔一二八〕，召翁往視。翁察色切脉，則面戴陽，氣口皆長而弦〔一二九〕，蓋傷寒、三陽合病也。以方涉海爲風濤所驚，遂血菀而神懾〔一三〇〕，爲熱所博逐，吐血一升許，且脅痛、煩渴、譫語〔一三一〕。適是年歲運，左尺當不應。其輔行京醫以爲腎已絶，泣告其左右曰：「監司脉病皆逆，不禄在旦夕。」家人皆惶惑無措。翁曰：「此天和脉〔一三二〕，無憂也。」爲投小柴胡湯減薑加生地黄〔一三三〕。半齊後，俟其胃實，以承氣下之得痢〔一三四〕，愈。

副樞張息軒病傷寒踰月〔一三五〕，既下而内熱不已，脅及小腹偏左滿，肌肉色不變。

俚醫以爲風矢所中，膏其手摩之，浹四旬所，其毒循宗筋流入於睾丸，赤腫若瓠子〔一三六〕。瘍醫刺潰之，而左脅腫痛如故。既選醫之尤良者在門，更召翁診。翁以關及尺中皆數滑而且芤〔一三七〕，因告之曰：「脉數不時，則生惡瘡；關内逢芤，則内癰作〔一三八〕。季脅之腫〔一三九〕，癰作膿也。經曰『癰疽不得頃時回〔一四〇〕』，下之慎勿晚。」乃用保生膏作丸，衣之以乳香，而用硝黄作湯以下之〔一四一〕。下膿如糜，可五升許。明日再圊下餘膿〔一四二〕，立瘥。

樞府陳斷事内人病〔一四三〕，召翁視。翁切其脉，左口弦而芤，餘部皆和。翁即起，密告陳曰：「夫人病當陰中痛而出血，且少陰對化在玉泉〔一四四〕。心或失寧，則玉泉應心痛，痛則動血，而與經水不相關〔一四五〕。蓋得之因内大驚，神懾而血菀。」陳曰：「公醫誠良也，致病一如公所言。」翁乃爲製益榮之劑〔一四六〕，且納藥幽隱，再劑即無苦④。

翁之治病，雖若不甚構思，然其鈎取古法，動中肯綮〔一四七〕，多類此。

其於醫門群經及古今方論，無不考索其要歸，他若諸醫爲術之精粗，施治之工拙，亦皆品彙區别，無一義之或遺。所考群經及古方論，語多不録。有曰：

《内經·素問》，世稱黄帝、岐伯問答之書。及觀其旨意，殆非一時之言；其所撰述，亦非一人之手。劉向指爲諸韓公子所著，程子謂出於戰國之末〔一四八〕。而其大略正如《禮記》之萃於漢儒，而與孔子、子思之言并傳也〔一四九〕。蓋《靈蘭秘典》《五常正》《六元正紀》等篇，無非闡明陰陽五行生制之理，配象合德〔一五〇〕，實切於人身，其諸色脉病名針則⑤治要，皆推是理以廣之。而皇甫謐之《甲乙》〔一五一〕，楊上善之《太素》〔一五二〕，亦皆本之於此而微有異同，醫家之大綱要法無越是書矣。然按《西漢・藝文志》，有《内經》十八卷及扁鵲、白氏二《内經》，凡三家〔一五三〕，而《素問》之目乃不列。至《隋・經籍志》，始有《素問》之名，而不指爲《内經》。唐王冰乃以《九靈》九卷牽合《漢志》之數而爲之注釋，復以《陰陽大論》托爲其師張公所藏，以補其亡逸，而其用心亦勤矣〔一五四〕。惜乎朱墨混殽，玉石相亂，訓詁失之於迂疏，引援或至於未切〔一五五〕。至宋林億、高若訥等正其誤文而增其缺義，頗於冰爲有功〔一五六〕。今於各篇之内，注意與經相類者，仍斷章摘句而釋以己意，冀與同志商榷⑥，非敢妄議前修也〔一五七〕。

《内經・靈樞》，漢隋唐《藝文志》皆不録。隋有《針經》九卷，唐有靈寶注⑦《黄帝九靈經》十二卷而已。或謂王冰以《九靈》更名爲《靈樞》。又謂《九靈》尤詳於針，故皇甫謐名之爲《針經》，即《隋志》「《針經》九卷」；苟一書而二名，不應《唐志》别出《針經》十二卷也。所謂靈寶注者，乃扁鵲太玄君所箋〔一五八〕，世所罕傳。宋季有《靈樞略》一卷，今亦湮没〔一五九〕。紹興初，史崧并是書爲十二卷而復其舊，較之他本頗善〔一六〇〕，學者當與《素問》并觀，蓋其旨意互相發明故也。

《本草》三卷，舊稱《神農本經》。《漢·藝文志》未嘗録，至梁陶隱君始尊信而表章之〔一六一〕，謂此書應與《素問》同類，但後人多更修飾之耳。秦皇所焚，醫方卜術不與，故猶得全録。及遭漢獻之遷徙，晉懷之奔迸，文籍焚糜〔一六二〕，千不遺一。今之所存有此三卷，是其本經。然所出郡縣乃多後漢時制，疑張仲景、華元化所記舊經之藥止三百六十五種〔一六三〕。陶氏進《名醫别録》亦三百六十五種〔一六四〕，因而注釋，分爲七卷。唐李英公世勣與蘇恭參考得失，又增一百一十四種〔一六五〕，分爲二十卷，世謂之《唐本草》〔一六六〕。宋劉翰等又附益醫家嘗用者一百二十種〔一六七〕。僞蜀孟昶亦命其臣韓保昇等以《唐本圖經》參比增廣，世謂之《蜀本草》〔一六八〕。至宋掌禹錫等補注新舊藥合一千八十二種，定以白字爲神農所説，黑字爲名醫所傳草石之品，可謂大備〔一六九〕。他若雷公以下〔一七〇〕，蔡邕、徐大山、秦承祖、王季璞、鄭虔諸公所撰名《本草》者〔一七一〕，凡三十九部三百五十卷，雖顯晦不齊，無非輔翼舊經焉耳。近代陳衍作《本草折衷》〔一七二〕，王好古作《湯液本草》〔一七三〕，亦删繁之遺意也。竊意舊記郡縣古今沿革不同，及一物而根苗異名，或同名異質而主療互見者，尚須考定，俾歸於一可也。

《難經》十三卷，乃秦越人祖述《黄帝内經》〔一七四〕，設爲問答之辭以示學者，所引經言多非《靈》《素》本文，蓋古有其書而今亡之耳。隋時有吕博望注本〔一七五〕，不傳。宋王惟一集五家之説而醇玼或相亂，惟虞氏粗爲可觀〔一七六〕。紀齊卿注稍密，乃附辨揚玄操、吕廣、王宗正三子之非〔一七七〕。周仲立頗加訂易而考證未明〔一七八〕。李子埜亦爲句解而無所啓發〔一七九〕。近代張潔古注後附藥，殊非經意〔一八〇〕。王少卿演繹其説，目曰《重玄》〔一八一〕，亦未足以發人之藴。余嘗輯諸家之長，先訓詁而後辭意，竊附鄙説其間以便後學，未敢以爲是也。

《傷寒論》十卷〔一八二〕，乃後漢張機仲景用《素問·熱論》之説廣伊尹湯液而爲之〔一八三〕。至晉王叔和始因舊説重爲撰次〔一八四〕，而宋成無己復爲之注釋〔一八五〕，其後龐安常〔一八六〕、朱肱〔一八七〕、許叔微〔一八八〕、韓祗和〔一八九〕、王寔之流〔一九〇〕，因亦互有開發，而大綱大要無越乎吐汗下温四法而已〔一九一〕。蓋一證一藥，萬選萬中，千載之下如合符節，前修指爲群方之祖，信矣！所可憾者，審脉時汩王氏之言；三陰率多斷簡〔一九二〕；況張經王傳，亦往往反覆後先亥豕相雜〔一九三〕。自非字字句句熟玩而精思之，未有能造其閫奥者。陳無擇嘗補三陰證藥於《三因論》〔一九四〕，其意蓋可見矣。近人徐止善作《傷寒補亡》〔一九五〕，恐與先哲之意不合。余因竊舉大要以補成氏所未備，知醫君子或有所取也。

《脉經》十卷，乃西晉太醫令王叔和本諸《内經·素問》《九靈》及扁鵲、仲景、元化之説裒次而成，實醫門之龜鏡，診切之指的，自與近代仿托鈐訣者不同〔一九六〕。歷歲既深，傳授不一，各秘所藏，互有得失。至宋秘閣林億等始考證謬妄，頗加改易〔一九七〕，意其新撰《四時經》之類，皆林氏所增入。陳孔碩〔一九八〕、何大任、毛升、王宗卿輩皆嘗審訂刊傳〔一九九〕，今不多見。近人謝堅白以其所藏舊本刻於豫章〔二〇〇〕，傳者始廣。余嘗摭其精語，并引《内經》之辭，作《診切樞要》一卷，非敢翦其冗複，間亦補其缺漏，且附私説各條之下，以與同志研究爾。

《脉訣》一卷，乃六朝高陽生所撰〔二〇一〕，托以叔和之名，謬立《七表》《八裏》《九道》之目以惑學者。通真子劉元賓爲之注，且續歌括附其後〔二〇二〕，辭既鄙俚，意亦滋晦。今代王光國删其舊辭而益以新語，既不出其畦逕，安能得乎本原〔二〇三〕？餘如清溪〔二〇四〕、徐裔〔二〇五〕、甄權〔二〇六〕、李上交輩〔二〇七〕，皆自撰著，凡十餘家，亦每蹈襲前説，在叔和之所不取。讀者止記《入式歌》以馴至乎《脉經》可也〔二〇八〕。

《病源論》五十卷，乃隋大業太醫博士巢元方等奉敕撰集〔二〇九〕。原諸病候而附以養生導引諸法〔二一〇〕，裒成一家之書，醇玼相混，蓋可見矣。宋之監署乃用爲課試〔二一一〕；元復循襲，列醫門之七經。然附會雜揉〔二一二〕，非復當時之舊，具眼者當自見之。吴景賢亦作《病源》一書〔二一三〕，近代不傳。

《太始天元玉册元誥》十卷，不知何人所作。歷漢至唐，諸《藝文志》俱不載録，其文自與《内經》不類，非戰國時書。其間有天真皇人昔書其文〔二一四〕，若「道正無爲，先天有之；太易無名，先於道生」等語〔二一五〕，皆老氏遺意，意必老氏之徒所著。大要推原五運六氣〔二一六〕、上下臨御、主客勝復〔二一七〕、政化淫正及三元九宫〔二一八〕、太乙司政之類〔二一九〕，殊爲詳明，深足以羽翼《内經·六微旨》《五常政》等篇。太玄君扁鵲爲之注，猶郭象之於《南華》〔二二〇〕，非新學之所易曉。觀其經注一律，似出一人之手。謂扁鵲爲黄帝時人，則其書不古；謂扁鵲爲秦越人，則《傳》中無太玄君之號〔二二一〕。醫門效托，率多類此。

《玄珠密語》十卷，乃啓玄子所述〔二二二〕。其《自序》謂：「得遇玄珠子而師事之，與我啓萌〔二二三〕，故自號啓玄子，蓋啓問於玄珠也。目曰《玄珠密語》，乃玄珠子密而口授之言也。」及考王氏《素問序》乃云：「辭理秘密難粗論述者，別撰《玄珠》以陳其道。」二序政自相戾〔二二四〕。意者《玄珠》之名取諸蒙莊子所謂「黄帝遺玄珠，使罔象得之」之語〔二二五〕，則師事玄珠子而號啓玄者，皆妄也。宋高保衡等校正《内經》乃云〔二二六〕：「詳王氏《玄珠》，世無傳者；今之《玄珠》，乃後人附托之文耳。雖非王氏之書，亦於《素問》十九卷二十四卷頗有發明。」余嘗合《素問》觀之，而《密語》所述乃六氣之説，與高氏所指諸卷全不侔，疑必刊傳者所誤也。原其所從，蓋攟摭《内經・六微旨》及《至真要》等五篇洎《天元玉册》要言而附會雜説，其諸紀運休祥之應，未必可徵，實僞書也〔二二七〕。苟啓玄別撰果見於世，又豈止述氣運一端而已？覽者取其長而去其短可也。

《中藏經》八卷〔二二八〕。少室山鄧處中云：「華先生佗遊公宜山古洞，值二老人，授以療病之法，得石床上書一函，用以施試甚驗。余乃先生外孫，因吊⑧先生寢室，夢有所授，獲是經於石函中〔二二九〕。」其托爲荒誕如此，竟不考《傳》獄吏焚書之實〔二三〇〕，其僞不攻自破。按《唐志》有吴普《集華氏藥方》〔二三一〕，别無《中藏》之名。普其弟子，宜有所集。竊意諸論非普輩不能作，鄧氏特附别方而更今名耳。蓋其方有用太平錢并山藥者。蓋太平乃宋熙陵初年號〔二三二〕；薯⑨蕷以避厚陵偏諱，而始名山藥〔二三三〕；其餘可以類推。然《脉要》及《察聲色形證》等説〔二三四〕，必出元化遺意，覽者細爲審諦，當自知之。

《聖濟經》十卷，宋徽宗所作〔二三五〕。大要祖述《内素》而引援六經，旁及老氏之言，以闡軒岐遺旨〔二三六〕。政和間班是經乎⑩兩學，辟雍生吴禔爲之解義〔二三七〕。若《達道》《正紀》等篇，皆足以裨益治道，啓迪衆工；餘如《孕元立本》《制字命物》二三章，釋諸字義，失於穿鑿，良由不考六書之過〔二三八〕。瑕瑜具存，固無害於美玉也。

其論諸醫有曰：扁鵲醫如秦鑑燭物，妍蚩不隱〔二三九〕；又如奕秋遇敵〔二四〇〕，着着⑪可法，觀者不能測其神機。倉公醫如輪扁斫輪〔二四一〕，得心應手，自不能以巧思語人。張長沙如湯武之師，無非王道，其攻守奇正，不以敵之大小皆可制勝〔二四二〕。華元化醫如庖丁解牛，揮刀而肯綮無礙〔二四三〕，其造詣自當有神，雖欲師之而不可得。孫思邈醫如康成注書，詳於制度訓詁，其自得之妙，未易以示人，味其膏腴，可以無飢矣〔二四四〕。

龐安常醫能啓扁鵲之所秘，法元化之可法，使天假其年，其所就當不在古人下〔二四五〕。錢仲陽醫如李靖用兵，度越縱舍，卒與法會〔二四六〕。其始以顱顖方著名於時，蓋猶扁鵲之因時所重而爲之變爾〔二四七〕。陳無擇醫如老吏斷按，深於鞫⑫讞，未免移情就法，自當其任則有餘，使之代治則繁劇〔二四八〕。許叔微醫如顧愷寫神〔二四九〕，神氣有餘，特不出形似之外，可模而不可及。張易水醫如濂溪之圖太極，分陰分陽而包括理氣〔二五〇〕。其要以古方新病，自爲家法；或者失察剛欲〔二五一〕，指圖爲極，則近乎畫蛇添足矣。劉河間醫如槖駝種樹，所在全活〔二五二〕。但假冰雪以爲春，利於松柏而不利於蒲柳。張子和醫如老將對敵，或陳兵背水，或濟河焚舟，置之死地而後生；不善效之，非潰則北矣〔二五三〕。其六門三法〔二五四〕，蓋長沙之緒餘也。李東垣醫如獅弦新緪，一鼓而竽籟并熄〔二五五〕。膠柱和之，七均由是而不諧矣〔二五六〕。無他，希聲之妙，非開指所能知也〔二五七〕。嚴子禮醫如歐陽詢寫字，善守法度而不尚飄逸〔二五八〕，學者易於摹仿，終乏漢晉風度。張公度醫專法仲景〔二五九〕，如簡齋賦詩，每有少陵氣韻〔二六〇〕。王德膚醫如虞人張羅〔二六一〕，廣絡原野，而脫兔殊多，詭遇獲禽〔二六二〕，無足算者。

翁之學問該博，非獨醫門爲然，他如經史、傳記、諸子、雜家以及天文、地志、曆算、兵刑、食貨、卜筮、釋老之書〔二六三〕，亦靡不精求熟玩，故其見之言語文字，皆有考據可徵，不爲浮葩以炫世。至於爲詩，尤雄健蒼古，有古作者之遺風。嘗以晦迹丘園，薦爲台州仙居縣儒學教諭，後調臨海，及升本郡教授〔二六四〕，俱不上。

善著書，有《内經或問》《靈樞經脉箋》《五色診奇眩》《切脉樞要》《運氣圖説》《養生雜言》《脉緒脉系圖》《難經附説》《四時燮理方》《長沙論傷寒十釋》《運氣常變釋》《松風齋雜著稿》各若干卷傳學者。

爲人恭勤詳緩，與人交款款常若不自足〔二六五〕。狀貌不踰中人，語言如不出諸口。卒然遇之，不知其學之富也。年老無子，而有女四人。生女不生男，人以太倉公方之〔二六六〕。

論曰：自古有疾醫〔二六七〕，參之以九藏九竅之變〔二六八〕，通之以五味五穀之資〔二六九〕，五色五氣五聲〔二七〇〕以視其生死，五毒五藥以攻其疾疢〔二七一〕。其爲術博矣。故非聰明治達，知夫天地神祇之次，明夫性命吉凶之數，處虚實之分，定逆順之節〔二七二〕，以與神聖爲徒者，未易以臻此。若滄州翁，豈近是乎？翁之爲醫，一遵古昔神聖之格言，而且博考載籍，參取化原〔二七三〕，著之於方册。余論次翁事，頗采其意云。使翁自拔醫術之中，一意儒學，著書以垂世，可謂稽古之士矣。

【題解】

滄州翁吕復，元末明初傑出醫學家，參看卷十八《松風老人吕君像贊》。《明史》卷二百九十九《方伎·吕復》悉剪裁於本文，兹不録。

【校勘】

①梖：諸本皆作「梖」，據《新修本草》改。

②班：乾隆本作「斑」；下同。

③裯：底本作「稠」，據乾隆本改。

④苦：底本作「若」，據乾隆本改。

⑤則：乾隆本作「剌」。

⑥榷：底本作「確」，據乾隆本改。

⑦注：諸本悉作「注及」；「及」係衍文。《新唐書》卷五十九《藝文三》：「靈寶注《黄帝九靈經》十二卷。」

⑧吊：底本作「弟」，據乾隆本改。

⑨薯：底本作「著」，據乾隆本改。

⑩乎：乾隆本作「於」。

⑪着着：乾隆本作「著著」。

⑫ 鞠：乾隆本作「鞫」。

【箋注】

〔一〕河東：黄河自北而南流經山西省，故稱山西省黄河東部地區爲河東，黄河以西地區爲河内。《孟子·梁惠王上》：「河内凶，則移其民於河東，移其粟於河内。河東凶亦然。」趙岐《注》：「魏舊在河東，後爲强國，兼得河内也。」

〔二〕成公：吕祖謙，字伯恭，南宋著名理學家，世稱東萊先生，謚成。忠公：吕祖儉，南宋忠蓋大臣，謚忠。二吕事迹參見卷十二《送胡主簿詩序》。

〔三〕《乾隆鄞縣志》卷十八《人物·寓賢·吕祖儉》：「字子約，婺州金華人，祖謙弟也。淳熙九年監明州苗米倉，郡中楊簡、袁燮、沈焕、舒璘各開講院，稱四先生。簡在碧沚，燮在城南之樓氏精舍，焕在竹洲，惟璘時以宦遊遠出。祖儉之來，於諸講院無日不會，甬上學者遂以吕代舒，亦稱四先生。滕璘爲鄞尉，朱熹語之曰：『彼中有楊、袁、沈、吕，可與語也。』子喬年，沈焕婿，能守家學。孫寶之，定居於鄞。」

〔四〕比：接連。

〔五〕岐扁術：以名醫岐伯、扁鵲爲典範之中華醫術。《漢書》卷三十《藝文志》：「方技者，皆生生之具，王官之一守也。太古有岐伯、俞拊，中世有扁鵲、秦和，蓋論病以及國，原診以知政。漢興有倉公。」

〔六〕三衢：衢州，以境内有三衢山而得名；參見卷五《送祝彦明詩後序》。

〔七〕毛遂：戰國時秦圍趙都邯鄲，趙公子平原君求救於楚，門客毛遂自薦以隨。至楚，毛遂及門客十九人論議，十九人莫不信服。平原君欲與楚合縱，言利害於楚王前，半日不決。毛遂挺身而上，楚王聞言震懾，遂定合縱之盟。既歸，平原君弗敢稱遂名：「毛先生一至楚，而使趙重於九鼎大吕。毛先生以三寸之舌，强於百萬之師。」詳見《史記》卷七十六《平原君虞卿列傳》。

〔八〕《史記》卷一百五《扁鵲倉公列傳》：「慶年七十餘，無子，使意盡去其故方，更悉以禁方予之，傳黄帝、扁鵲之脉書，五色診病，知人死生，决嫌疑，定可治，及藥論，甚精。」禁方：秘方。

〔九〕診藉：同「診籍」，醫案。《史記》卷一百五《扁鵲倉公列傳》：「今臣意所診者，皆有診籍。」方藥：藥方及藥物。

〔一〇〕浙省平章：元時從一品職官。帥閫：此指元浙東道宣慰司都元帥府，初治婺州，大德六年移治慶元。

〔一一〕眵眵：目汁凝結貌。處齊：或作處劑，中醫開藥方。

〔一二〕切脉：按脉，中醫診斷法。左關：左手關脉所在部位。陽：關部前方爲寸部，屬陽。李時珍《瀕湖脉學》：「掌後高骨，是謂之關。關前爲陽，關後爲陰。」

〔一三〕少陽：此指足少陽膽經。支：支絡，絡脉，縱横遍布之經脉分支。《靈樞·脉度第十七》：

「經脉爲裏，支而横者爲絡，絡之别者爲孫。」目眥：眼角。

〔一四〕《本草經疏》：「膽虚二證：易驚，屬膽氣虚；病後不得眠，屬膽虚。」祛：清除。

〔一五〕烏梅湯：詳見《千金翼方》卷十八。

〔一六〕抱膽丸：詳見明方賢《太醫院經驗奇效良方》卷三《抱膽丸》。

〔一七〕衄：鼻出血。王叔和《傷寒論·辨脉法》：「脉浮，鼻中燥者，必衄也。」

〔一八〕耆歸茸附：黄耆（或作黄芪）、當歸、鹿茸、附子諸中藥。

〔一九〕虚芤：中醫脉象，下文「滑浮數」同，參見卷十《丹溪翁傳》。

〔二〇〕右上部：右手寸部脉象；中醫寸關尺三部，關前爲寸，屬上，屬陽；關後爲尺，屬下，屬陰。赤查：紅色渣滓；查，通「渣」。

〔二一〕風暑：引發疾病之風氣與暑氣。《素問·至真要大論篇第七十四》：「夫百病之生也，皆生於風、寒、暑、濕、燥、火。」上焦：三焦上部，自咽喉至胸膈。淖溢：濕盛溢流；淖，濕盛。《素問·陰陽别論篇第七》：「淖則剛柔不和，經氣乃絶。」

〔二二〕防風湯：孫思邈《備急千金要方》卷八所録甄權方。

〔二三〕慢驚風：病症名。《普濟方》卷三百七十五《嬰孩驚風門·急慢驚風》：「慢驚之候，或吐或瀉，涎鳴微喘，眼開神緩，睡則露睛，驚跳搐搦，乍發乍静，或身熱，或身冷，或四肢熱口鼻氣熱，面色淡白淡青，眉間唇間或青或黯，其脉沉遲散緩。」

〔二四〕右關：右手關部脉象。他部：此指右手寸尺二部及左手寸關尺三部脉象。

〔二五〕宿食：積食不化之症。

〔二六〕内子：妻子，或指己妻，或指他人之妻。

〔二七〕翼日：次日；翼，通「翌」。拘：限制。

〔二八〕枳椇：藥名，出《新修本草》。甘酸平，入心、脾經，其效清熱除煩止渴，解酒毒，利二便，和血舒筋。葛花：藥名，出《名醫别録》。甘涼，入胃經，解酒醉，止煩渴，涼血止血。

〔二九〕喻：告知，曉喻。臍：人體部位名，經絡學又名神闕、氣合、氣舍、維會。舍：留宿，停留。

〔三〇〕透膿散：《外科正宗》卷一方。

〔三一〕十奇湯：或曰十奇散，出《重訂嚴氏濟生方》。善應膏丸：見《普濟方》卷三百十三。

〔三二〕三部：寸、關、尺三部脉象。《診家樞要》：「持脉之要有三：曰舉，曰按，曰尋。輕手循之曰舉，重手取之曰按，不輕不重委曲求之曰尋。」

〔三三〕舌胎：即舌苔，舌面上苔狀物。

〔三四〕班：通「斑」。爛然：燦爛鮮明貌。

〔三五〕白虎湯：《傷寒論》方。人參湯：《傷寒論》方，又名理中湯，即理中丸作湯劑。

〔三六〕承氣湯：又名養營承氣湯、養榮承氣湯，見《温疫論補注》卷上。

〔三七〕長沙：張機，字仲景，東漢醫學家，因其在長沙太守任上治病活人，故世稱張長沙。參見卷十《丹溪翁傳》。消息：斟酌權衡。

〔三八〕普濟寺：慈溪寺院。《光緒慈溪縣志》卷四十一《舊迹一・寺觀上・普濟教寺》：「縣東北一里，本吴太子太傅都鄉侯闞澤書堂，後舍爲寺。歷代毁廢。唐大中二年，縣令李楚臣復立爲德潤院，以澤字德潤，故取名之。乾符中敕賜應天德潤寺，僧文義大師清宴銘於石。宋大中祥符元年改賜普濟寺額。」蹶：跌倒顛仆。

〔三九〕口：此指寸口脉，即寸關尺三部脉；以關脉爲界，前爲陽，即寸脉爲陽；後爲陰，即尺脉爲陰。元戴啓宗《脉訣刊誤集解》卷上《診候入式歌》：「左心小腸肝膽腎，右肺大腸脾胃命。十二經動脉循環無端，始於手太陰，終於足厥陰。一晝夜五十周，朝於寸口，會於平旦。《内經》診以平旦，《難經》獨取寸口。寸口者，即手太陰之經渠穴也。」

〔四〇〕少陰脉：此謂足少陰腎經。乘：侵襲。辛甘：辛味甘味之藥同用以扶助陽氣。《素問・陰陽應象大論篇第五》：「氣味辛甘發散爲陽，酸苦涌泄爲陰。」

〔四一〕臨川：元時江西行省撫州路。羽客：道士。魏知古《玄元觀尋李先生不遇》：「羽客今何在？空尋伊洛間。」

〔四二〕膽腑：常曰膽。《普濟方》卷三十四：「夫膽腑者，主肝也，肝合氣於膽。膽者，中清之腑也。」

〔四三〕黎蘆：藥名，常作藜蘆。湧：湧吐，即吐法，用催吐藥使停痰宿食或毒物隨嘔吐排出；實證用瓜蒂、藜蘆、膽礬等，虛證用參蘆飲。

〔四四〕東皋：詳見卷二十八《重建東皋福昌寺記》。述無作：元時四明高僧，名文述，字無作，參見卷十九《覺智圓明述禪師傳》。

〔四五〕厲風：麻風；厲，通「癘」。《詩經·小雅·正月》：「今兹之正，胡然厲矣。」陳奐《傳疏》：「厲者，癘之假借字。」《素問·風論》：「癘者，有榮氣熱胕，其氣不清，故使其鼻柱壞而色敗，皮膚瘍潰，風寒客於脉而不去。」

〔四六〕可念：可憐。舁：抬。

〔四七〕接内：接納，此指房事；内，通「納」。《荀子·富國》：「婚姻聘内，送逆無禮。」楊倞《注》：「内，讀曰納，納幣也。」

〔四八〕防風通聖：通稱防風通聖散，《宣明論方》卷三方。

〔四九〕蘄蛇：又名白花蛇，百步蛇；甘鹹温，有毒，入肝、脾經；祛風濕，通絡，定驚。長松：也稱仙茅，甘温無毒，治麻風惡疾，眉髮脱落，百骸腐潰。《山西通志》卷四十七《物産·代州·長松草》：「出五臺。蘇詩注：『五臺山有草藥，名長松，亦名仙茅。』李時珍曰：『長松生古松下，根色如薺苨，長五六寸，味甘微苦類人參，清香可愛。』《張天覺集》：『僧普明居五臺山，患大風，眉鬚俱墮，哀苦不堪。忽遇異人，教服長松，示其形狀。明采服之，旬餘，毛髮俱生，顔色如故。』今土人以長松雜甘草、山藥爲湯煎，甚佳。蘇轍長公詩注：『近世有患大風疾者，自分必死，入五臺山，遇一異僧，以長松令服，而兩眉再生云。蓋觀世音所化也。』」

〔五〇〕陽明：此指足陽明胃經。右口：右手寸口脉。陽：此指寸脉。

〔五一〕噦：氣逆，乾嘔。《禮記·内則》：「不敢噦噫嚏咳。」咳逆：咳嗽氣逆。巢元方《重刊巢氏諸病源候總論》卷十四《咳逆候》：「咳逆者，是咳嗽而氣逆上也。氣爲陽，流行府藏，宣發腠理；而氣，肺之所主也。咳病由肺虚感微寒所成，寒搏於氣，氣不得宣，胃逆聚還肺，肺則脹滿，氣逆不下，故爲咳逆。」

〔五二〕竹茹湯：《普濟本事方》卷四方。

〔五三〕經歷：元時從六品職官，參見卷八《次韻蔡經歷病中述懷》。

〔五四〕脉口：又名寸口、氣口，此特指右手寸口脉。《靈樞·終始第九》：「終始者，經脉爲紀，持其脉口人迎，以知陰陽有餘不足，平與不平，天道畢矣。」人迎：左手寸口脉别稱。《脉經》：「左爲人迎，右爲氣口。」

〔五五〕蹶陰：同「厥陰」，人體十二經脉之足厥陰肝經與手厥陰心包經。

〔五六〕兩尺：左右兩手尺脉。離經：離經脉，離其通常度數之脉。《難經·十四難》：「脉有損至，何謂也？然。至之脉，一呼再至曰平，三至曰離經，四至曰奪精，五至曰困，六至曰命絶，此至之脉。何謂損？一呼一至曰離經，二呼一至曰奪精，三呼一至曰困，四呼一至曰命絶，此謂損之脉也。」

〔五七〕催生湯：《證治準繩·女科》卷四方。芎歸：川芎與當歸。

〔五八〕董孟起：名摶霄，孟起其字也，忠藎勇毅，戡亂殉國；嘗歷浙東道宣慰司都元帥府副使，累官河南行省右丞，然所任皆不能盡其才，君子惜之；詳見《元史》卷一百八十六《董摶霄》。

〔五九〕中風：外感風邪之病。張仲景《傷寒論·太陽病上》：「太陽病，發熱，汗出，惡風，脉緩者，名爲中風。」

〔六〇〕劇：煩亂，囂煩。《荀子·解蔽》：「不以夢劇亂知謂之静。」楊倞《注》：「劇，囂煩也。」

〔六一〕晞髮：曬乾頭髮。

〔六二〕龍腦芎犀丸：見《太平惠民和劑局方》卷一。分：通「份」。

〔六三〕下痢完穀：醫家常言下利清穀，即泄出物清稀并夾雜不消化食物。痢：痢疾。

〔六四〕洞泄：陰盛内寒所致泄瀉。《聖濟總録》卷七十四：「洞泄謂食已即泄……陰盛生内寒，故令人府藏内洞而泄。」寒中：邪在脾胃而見裏寒，見《靈樞·五邪第二十》及《内外傷辨惑論》等。

〔六五〕四逆：四逆湯，《傷寒論》方。理中：理中丸或理中湯，《傷寒論》方。

〔六六〕湌泄：同「飧泄」，消化不良而泄瀉。《聖濟總録》卷七十四：「夕食謂之飧。以食之難化者，尤在於夕，故食不化而泄出，則謂之飧泄。此俗所謂水穀痢也。」

〔六七〕小續命湯：《備急千金要方》卷八方。术：中藥白术。

〔六八〕純孝廟：慈溪廟名，奉祠東漢孝子董黯。張津《乾道四明圖經》卷一《祠廟三・純孝廟》：「東漢孝子董君祠也，在州東南五十五步。唐大曆十二年立，刺史崔殷爲之記，徐浩書。君名黯，其孝行之大已見於徐浩所書之碑，今祠宇即其故宅。先是，其母塑像在南郭外草堂中，康憲錢公億因訪問而知之，乃迎歸孝子廟以伸崇奉，且具其事實請於朝，乞加廟額，於是敕封爲純德徵君之廟也。徐浩所書碑，蓋郡中之寶也。今舊石不存，獨簽判韓嘉重刊石在廟中耳。」《光緒慈溪縣志》卷十四《經政三・壇廟上・董孝子廟》：「縣南門内，祀漢董黯。舊在縣東北一里。慈溪因孝子得名，而舊無祠宇，附祀於城隍廟。宋建炎間縣令林叔豹即靈應廟之西建祠堂，遷其像而祀之，有題跋刻於孝子碑陰。」祝：主祭祀贊詞者。在室：女子已訂婚而未嫁，或已嫁而被休回娘家。

〔六九〕不月：經閉，或月經不按月來潮，出《素問・陰陽别論》。

〔七〇〕色脉：色澤與脉象。即怪：與鬼怪親近；即，靠近。

〔七一〕劇：甚，嚴重。苦：擔憂。庾亮《讓中書令表》：「違命則苦。」吕向《注》：「苦，憂。」

〔七二〕桃仁煎：《備急千金要方》卷四方。

〔七三〕《乾隆鄞縣志》卷二十五《寺觀・延慶講寺》：「在縣治東南日湖中，周廣順三年建，曰報恩院。宋大中祥符三年改院名延慶。紹興十四年賜教額。寺之大悲閣有辟支佛舌舍利并普賢菩薩像，皆知禮所立。嘉定十三年燬，史彌遠重建，扁曰南湖福地。」

〔七四〕舌本：舌根。廉泉：經穴名，又名舌本、本池，位於結喉上方，當舌骨上緣凹陷處。瘖：瘖啞。

〔七五〕荆瀝：荆芥汁液；瀝，水滴。至寶丹：《太平惠民和劑局方》卷一方。

〔七六〕《乾隆鄞縣志》卷二十五《寺觀·湖心廣福寺》：「在西南隅西湖之心，舊號水陸冥道院，俗謂湖心寺。宋治平中建。熙寧元年改壽聖院。紹興三十二年改今額。係十方傳律講法處，爲放生池道場。乾道初大中趙伯圭建廣生堂。尚書袁子誠二女以奩貲置田三百四十畝，捨爲廣生田，及創行堂等屋。」

〔七七〕膕：膝蓋後彎曲處。疥：疥瘡。《周禮·天官·疾醫》：「夏時有癢疥疾。」

〔七八〕汩汩：水急流貌。

〔七九〕瘍醫：周代醫官之一，後泛指治療瘡傷之醫。《周禮·天官·瘍醫》：「掌腫瘍、潰瘍、金瘍、折瘍之祝藥劀殺之齊。」

〔八〇〕榮氣：營氣，脉中精氣。《素問·逆調論》：「榮氣虚則不仁，衛氣虚則不用，榮衛俱虚，則不仁且不用，肉如故也。」

〔八一〕陰火：飲食勞倦喜怒憂思所生之火，屬心火。元李杲《脾胃論·飲食勞倦所傷始爲熱中論》：「心火者，陰火也。」

〔八二〕四神湯：又名歸芪飲，《張氏醫通》卷十五方。荆穗：藥物名，通稱荆芥穗，即荆芥花穗。防風：《神農本草經》藥名。

〔八三〕十全大補：十全大補湯，《太平惠民和劑局方》卷五方。

〔八四〕陽明：手陽明大腸經與足陽明胃經。

〔八五〕玄武湯：又名真武湯，《傷寒論》方。

〔八六〕陽病見陰脉：陽病入陰，即傷寒病由三陽經傳入三陰經，或温熱病由衛氣分傳入營血分，此時病邪由表及裏，病情由輕變重。比：同類。《漢書》卷一百上《敘傳上》：「益求其比。」顔師古《注》：「比，類也。」

〔八七〕應候：符合症狀；候，症狀，證候。

〔八八〕衾裯：被子，同義複詞。

〔八九〕拒痛：疼痛部位因按壓而痛增，屬裏實證。《景岳全書・雜證謨》：「痛有虚實……辨之之法，但當察其可按者爲虚，拒按者爲實。」

〔九〇〕化班湯：《温病條辨》卷一方。韓式生地黄湯：其情不詳。清何夢瑶《醫碥》卷一《雜症・蓄血治法》：「仲景抵當丸難用，用韓氏生地黄湯。」

〔九一〕桃核承氣：桃核承氣湯，《傷寒論方》。

〔九二〕陰隔陽：陰盛格陽，體内陰寒過盛，陽氣被拒於外，可出現内真寒而外假熱之證候。

〔九三〕踡：蜷曲，彎曲。《素問・舉痛論篇第三十九》：「脉寒則縮踡。」

〔九四〕俞：更，後常作愈。

〔九五〕紫雪：《千金翼方》卷十八方。匱：加入。《廣雅·釋詁二》：「匱，加也。」王念孫《廣雅疏證》卷二上《釋詁》：「諸書無訓匱爲加者。匱當作遺，字之誤也；遺音唯季反。《邶風·北門篇》：『政事一埤遺我。』毛《傳》云：『遺，加也。』《成十二年·左傳》：『無亦唯是一矢以相加遺。』《釋文》并唯季反。」理中丸：疑即《明醫雜著》卷六之理中化痰丸。

〔九六〕甘草乾薑湯：《傷寒論》方。

〔九七〕四逆證：四肢逆冷不温之症狀。

〔九八〕熱因寒用：反治法之一，即内真熱而外假寒之病，以寒劑治之。《素問·至真要大論篇第七十四》：「熱因寒用，寒因熱用，塞因塞用，通因通用，必伏其所主，而先其所因，其始則同，其終則異。」

〔九九〕集賢修撰：元代集賢院從六品職官。土猾：土豪，地方豪强。

〔一〇〇〕心風：癲疾之一。戴原禮《證治要訣·癲狂》：「心風者，精神恍惚，喜怒不常，無語，時或錯亂，有癲之意，不如癲之甚。」

〔一〇一〕逐逐：匆迫貌。范仲淹《送鄖鄉尉黄通》：「争先尚逐逐，致遠貴徐徐。」

〔一〇二〕上部：寸脉。《難經·十四難》：「上部無脉，下部有脉，雖困無能爲害也。所以然者，人之有尺，譬如樹之有根，枝葉雖枯槁，根本將自生。」

〔一〇三〕膻中：胸部兩乳之間正中部位，爲宗氣所聚之處。《靈樞・海論》：「膻中者，爲氣之海。」心胞：即心包絡，胞絡。章楠《醫門棒喝二集・傷寒論本旨》卷一《診脉綱要》：「《靈樞・經脉篇》言『三焦經脉布膻中，散絡心包』，可見心包居於膻中也……蓋心臟如人，包絡如人穿之衣，膻中如人居之屋，三焦經脉分布屋中而散絡於衣上也。」

〔一〇四〕頮器：洗臉器皿。驚氣丸：《太平惠民和劑局方》卷一方。

〔一〇五〕三陽病：太陽病、陽明病、少陽病總稱。程文囿《醫述・陽經分經腑》：「三陽病在經者，可汗而已。」

〔一〇六〕癃：小便不利，屬癃閉之較輕者。林佩琴《類證治裁・閉癃遺溺》：「閉者，小便不通；癃者，小便不利。」淋：小便澀痛，滴瀝不盡。李梴《醫學入門・淋》：「淋，小便澀痛，欲去不去，不去又來，滴滴不斷。」

〔一〇七〕漩：水流旋轉，此指小便。需：等待。《説文》：「需，須也。」溺：小便，後作尿。

〔一〇八〕虎杖：出自《名醫别録》，苦酸涼，入肝膽經；活血散淤，祛風通絡，清熱利濕，解毒。滑石：出自《神農本草經》，甘淡寒，入胃、膀胱經，清熱解暑利水滲濕。石膏：出自《神農本草經》，甘辛大寒，入肺、胃經，清熱瀉火除煩止渴。黄柏：同「黄檗」；苦寒，入腎、膀胱、大腸經；瀉火解毒，清熱燥濕。

〔一〇九〕龍腦：或稱龍腦香，龍腦香樹樹榦所含油脂結晶；辛苦涼，入心、肺經；開竅醒神，散熱止痛，明目去翳。段成式《酉陽雜俎》卷一《忠志》：「天寶末交趾貢龍腦，如蟬蠶形。波斯言老龍腦樹節方有。禁中呼爲瑞龍腦，上唯賜貴妃十枚，香氣徹十餘步。」辰砂：即朱砂；甘、微寒，有小毒，入心經；安神定驚，解毒。

〔二〇〕椑柹：藥物名，柹之一種。李時珍《本草綱目》卷三十《果二·椑柹》：「椑乃柹之小而卑者，故謂之椑。他柹至熟則黄赤，惟此雖熟亦青黑色。搗碎浸汁謂之柹漆，可以染罾扇諸物，故有漆柹之名……主治壓丹石藥發熱，利水，解酒毒，去胃中熱，久食令人寒中，止煩渴，潤心肺，除腹臟冷熱。」

〔二一〕湖心：即湖心廣福寺，詳見本篇前注。

〔二二〕掖：挾持，拉人手臂。《説文》：「掖，以手持人臂也。」直上下：直上直下，向上向下。

〔二三〕風痰：痰擾肝經之病證。李中梓《醫宗必讀》卷九：「在肝經者，名曰風痰，脉弦面青，四肢滿悶，便溺秘澀，時有躁怒，其痰青而多泡。」

〔二四〕休息痢：痢疾時止時發，久久不愈之病證。多因治療失宜，或氣血虚弱，脾腎不足，以致正虚邪戀，濕熱積滯伏於腸胃而成。

〔二五〕秋半：仲秋。雙：此指左右寸口脉。

〔二六〕驚風：病名，分急驚風與慢驚風兩類；此當指慢驚風，治以培補元氣、温運脾胃爲主。

〔二七〕乘脾：病邪侵襲脾臟；乘，侵襲。

〔二八〕金氣：秋氣；據五行學説，春屬木，夏屬火，秋屬金，冬屬水，長夏屬土。

〔二九〕中醫五行與五臟對應，即肝木、心火、肺金、腎水、脾土；若肝氣過盛，肝木乘脾土，則當平木扶土，實脾健胃。

〔三〇〕黄犉牛：黑唇黄牛；犉，黄牛黑唇。《詩經·小雅·無羊》：「誰謂爾無牛？九十其犉。」

〔三一〕瘕：病證名。巢元方《巢氏諸病源候總論》卷十九《瘕病候》：「瘕病者，由寒温不適，飲食不消，與藏氣相搏，積在腹内，結塊瘕痛，隨氣移動是也。言其虚假不牢，故謂之爲瘕也。」

〔三二〕循：撫摩。少陰脉：足少陰腎經。胞門：此指經穴子户，婦女前陰，出《脉經》。

〔三三〕陰：陰道。癰：病名。《靈樞·癰疽》：「營氣稽留於經脉之中，則血泣而不行，不行則衛氣從之而不通，壅遏而不得行，故熱。大熱不止，熱勝則肉腐，肉腐則爲膿……故命曰癰。」

〔三四〕玉泉：經穴名，或曰中極、氣原，屬任脉；位於腹正中綫，臍下四寸。

〔三五〕前後溲：小便與大便。《史記》卷一百五《扁鵲倉公列傳》：「湧疝也，令人不得前後溲。」司馬貞《索隱》：「前溲謂小便；後溲，大便也。」

〔三六〕國老：常曰甘草；甘平，入脾、肺經；和中緩急，止痛解毒，祛痰止咳，調和諸藥。將軍：常曰大黄；苦寒，入胃、大腸、肝經；瀉熱毒，蕩積滯，行瘀血。

〔三七〕麒麟竭：通稱血竭、麒麟血，爲麒麟竭果實所滲之樹脂；甘鹹平，入心、肝經；行瘀，止痛，止血，斂瘡生肌。虎魄：通常作琥珀；甘淡平，入心、肝、小腸經；鎮驚安神，利水通淋，活血化瘀。《漢書》卷九十六上《西域傳上・罽賓國》：「（罽賓國）出封牛、水牛、象、大狗、沐猴、孔爵、珠璣、珊瑚、虎魄、璧流離。」

〔二八〕浙東憲使：浙東海右道肅政廉訪使。涵虚驛：坐落於四明月湖之畔。《乾隆鄞縣志》卷二十四《古迹・涵虚館》：「淳熙初皇子魏王愷守郡時建，在月湖中。元并逸老堂，改爲南北水馬二站，明改爲驛。」

〔二九〕戴陽：下焦虚寒而面赤體熱，即下虚寒而上假熱之證候。張仲景《傷寒論・辨厥陰病脉證并治》：「其面戴陽，下虚故也。」氣口：或曰寸口脉。《素問・經脉别論篇第二十一》：「氣口成寸，以決死生。」

〔三〇〕菀：通「藴」，鬱積。《素問・大奇論篇第四十八》：「五藏菀熟，寒熱獨并於腎也。」王冰《注》：「菀，積也；熟，熱也。」

〔三一〕脅痛：指一側或兩側脅肋部疼痛。《濟生方・脅痛》：「多因疲極嗔怒、悲哀煩惱、謀慮驚憂，致傷肝臟。既傷，積氣攻注。攻於左，則左脅痛；攻於右，則右脅痛；移逆兩脅，則兩脅俱痛。」煩渴：煩躁乾渴。譫語：神志不清胡言亂語。

〔三二〕天和脉：順應自然之脉象。《素問・五常政大論篇第七十》：「必先歲氣，無伐天和。」

〔三三〕小柴胡湯：《傷寒論》方。薓，同「參」。

〔三四〕承氣：常稱承氣養營湯，《温疫論補注》卷上方。

〔三五〕副樞：樞密院或行樞密院職官。《元史》卷八十六《百官二・樞密院》：「副樞二員，從二品。」

〔三六〕宗筋：諸筋會聚而成之大筋。瓠：通稱瓠瓜、葫蘆。

〔三七〕尺中：尺脉。張仲景《傷寒論・太陽病上》：「寸口、關上、尺中三處，大小、浮沉、遲數同等，雖有寒熱不解者，此脉陰陽爲和平，雖劇當愈。」

〔三八〕《脉訣刊誤》卷上：「寸芤積血在胸中，關内逢芤腸裏癰。」

〔三九〕季脅：又名季肋、軟肋、撅肋，即側胸第十一與第十二軟骨。《素問・脉要精微論篇第十七》：「尺内兩旁，則季脅也，尺外以候腎，尺裏以候腹。」張隱庵《集注》：「季脅，兩脅之下杪也。」

〔四〇〕回：旋轉，此爲猶豫遲疑之意。語見《素問・通評虚實論篇第二十八》。

〔四一〕保生丸：《太平惠民和劑局方》卷九方。乳香：藥名，辛苦温，歸心、肝、脾經，活血行氣止痛消腫生肌。硝黄：此指芒硝、大黄兩味中藥。芒硝：鹹苦寒，入胃、大腸經，瀉熱通便，潤燥軟堅。大黄：苦寒，入胃、大腸、肝經，瀉熱毒，蕩積滯，行瘀血。

〔四二〕圊：廁所。《爾雅・釋宮》：「圊，廁也。」

〔四三〕斷事：樞密院職官。《元史》卷八十六《百官二・樞密院》：「斷事官，秩正三品。掌處決軍府之獄訟。」

〔四四〕少陰：此指手少陰心經。對化：運氣術語，與正化共同闡釋十二地支化生六氣之道理，參見《類經圖翼》：此謂呼應以變化。

〔四五〕經水：婦女月經别稱。

〔四六〕益榮：益榮湯，出《重訂嚴氏濟生方》。

〔四七〕肯綮：喻要害關鍵；肯，骨上肌肉；綮，筋肉糾結之處。

〔四八〕《二程遺書》卷十八：「《素問》書出於戰國之末，氣象可見。」

〔四九〕《漢書》卷三十《藝文志第十》：「漢興，魯高堂生傳《士禮》十七篇。訖孝宣世，后倉最明。戴德、戴聖、慶普皆其弟子，三家立於學官。」

〔五〇〕《靈樞·論疾診尺篇》：「四時之變，寒暑之勝，重陰必陽，重陽必陰。故陰主寒，陽主熱，故寒甚則熱，熱甚則寒。故曰寒生熱，熱生寒，此陰陽之變也。」《醫門棒喝》卷一：「相生者，各以生氣相助也。克者，制也，五行相生不息，倘無節制，則但有發泄而無歸藏，則生氣竭矣。」生制：相生相克。配象合德：應和萬象契合天性。

〔五一〕甲乙：通稱《針灸甲乙經》，西晉醫學家皇甫謐撰。《四庫全書提要》：「書凡一百一十八篇。内十二經脉絡脉支别篇，疾形脉診篇，針灸禁忌篇，五臟傳病發寒熱篇，陰受病發痹篇，陽受病發風篇，各分上下；經脉篇，六經受病發傷寒熱病篇，各分上中下：實一百二十八篇。句中夾注，多引楊上達《太素經》、孫思邈《千金方》、王冰《素問注》、王惟德《銅人圖參考異同》，其書皆在謐後，蓋宋高保衡、孫奇、林億等校正所加，非謐之舊也。」

〔五二〕太素：通稱《黄帝内經太素》。周貞亮《校正内經太素楊注後序》：「《内經太素楊上善注》三十卷，兩唐志皆著録。北宋以還，漸多散佚，《宋志》僅存三卷；元以來遂鮮稱及之者，蓋亡失久矣。光緒中葉，吾鄉楊惺吾先生始從日本獲唐寫卷子本影鈔以歸，存二十三卷。桐廬袁忠節公得其書，未加詳校，即以付刊，僞謬滋多，未爲善本。吾姻友蕭北承孝廉精於醫，始聚群籍校正其書，殫精二十年以成此本。」

〔五三〕《漢書》卷三十《藝文志第十》：「《黄帝内經》十八卷……《扁鵲内經》九卷……《白氏内經》三十八卷。」

〔五四〕王冰《黄帝内經素問序》：「班固《漢書·藝文志》曰『《黄帝内經》十八卷』，《素問》即其經之九卷也，兼《靈樞》九卷，乃其數焉。雖復年移代革，而授學猶存；懼非其人，而時有所隱，故《第七》一卷，師氏藏之，今之奉行，惟八卷耳。」

〔五五〕切：貼近。《荀子·勸學》：「《詩》《書》故而不切。」楊倞《注》：「《詩》《書》但論先王故事，而不委曲切近於人。」

〔五六〕高保衡、林億《重廣補注黄帝内經素問序》：「臣等承乏典校，伏念旬歲，遂乃搜訪中外，裒集衆本，寖尋其義，正其訛舛，十得其三四，餘不能具。竊謂未足以稱明詔，副聖意，而又采漢唐書録古醫經之存於世者，得數十家，敘而考正焉。貫穿錯綜，磅礴會通，或端本以尋支，或溯流而討源，定其可知，次以舊目，正謬誤者六千餘字，增注義者二千餘條。一言去取，必有稽考，舛文疑義，於是詳明。以之治身，可以消患於未兆，施於有政，可以廣生於無窮。」高若訥：北宋重臣，强學善記，該貫群籍，頗精岐黄之術；子高保衡，深明方藥病機，實有大功於杏林；此處疑誤父爲子。《宋史》卷二百八十八《高若訥》：「因母病，遂兼通醫書，雖國醫皆屈伏。張仲景《傷寒論訣》、孫思邈《方書》及《外臺秘要》久不傳，悉考校訛謬行之，世始知有是書。名醫多出衛州，皆本高氏學焉。」

〔二七七〕注意：注解旨意。前修：先賢。

〔二七八〕太玄君：黄帝時扁鵲別號。《古今醫統大全》卷一《歷世聖賢名醫姓氏·采摭諸書·太始天元玉册元誥》：「太玄君扁鵲爲之注。此扁鵲號太玄君，爲黄帝時人；後秦越人醫術之神，人稱之曰扁鵲。」

〔二七九〕《宋史》卷二百五《藝文四·子類》：「《黄帝内經靈樞略》一卷。」

〔二八〇〕史崧：南宋成都人，著名醫學家，其所纂《靈樞》流傳至今。史崧《靈樞敘》：「昔黄帝作《内經》十八卷。《靈樞》九卷，《素問》九卷，乃其數焉。世所奉行唯《素問》耳。越人得其一二而述《難經》，皇甫謐次而爲《甲乙》，諸家之説悉自此始。其間或有得失，未可爲後世法則……但恨《靈樞》不傳久矣，世莫能究。夫爲醫者，在讀醫書耳。讀而不能爲醫者有矣，未有不讀而能爲醫者也。不讀醫書，又非世業，殺人尤毒於梃刃。是故古人有言曰：『爲人子而不讀醫書，猶爲不孝也。』僕本庸昧，自髫迄壯，潛心斯道，頗涉其理。輒不自揣，參對諸書，再行校正家藏舊本《靈樞》九卷共八十一篇，增修音釋，附於卷末，勒爲二十四卷。庶使好生之人，開卷易明，了無差別。」

〔一六一〕陶隱君：南朝梁時高士陶弘景。少穎悟不群，十歲讀葛洪《神仙傳》，輒慕養生羽化之術。及長，神儀明秀，博覽群籍，善琴棋草隸，精陰陽五行、風角星算、山川地理、醫術本草。好著述，嗜泉石，尚奇異，尤愛松風，每聞其響，陶然忘形。年逾八十而有壯容，見者以爲仙人。詳見《梁書》卷五十一《處士・陶弘景》。

〔一六二〕漢獻：初平元年，東漢獻帝劉協被迫遷都長安，董卓焚燒舊都洛陽宫廟及民居。參見《後漢書》卷九《孝獻帝紀》。晉懷：永嘉五年，劉曜、王彌率叛軍攻破西晉都城洛陽。晉懷帝司馬熾欲奔長安，叛軍追而縻之。劉曜諸人遂焚燒宫廟，草菅屠戮，王侯百官士庶死難者三萬餘人。參見《晉書》卷五《孝懷帝》。奔迸：逃散。焚燬：燒壞。

〔一六三〕華元化：華佗，字元化，漢末名醫。精方藥，工針灸。若針藥所不能及，輒令患者飲麻沸散，須臾醉死無所知，然後奏刀刳割；若病在腸中，則斷腸湔洗，縫腹膏摩。治既不痛，病亦夷瘳，衆咸以爲神。詳見《三國志》卷二十九《魏書・華佗》。

〔一六四〕名醫别録：秦漢諸醫家所集之藥學著作，早佚；陶弘景撰《本草經集注》，附載三百六十五種《名醫别録》藥物以留存概貌。

〔一六五〕世勣：李世勣，或曰李勣，字懋功，唐初醫家名臣，封英國公。孫一奎《赤水元珠・凡例》：

「其顯在六卿廊廟者，齊則褚澄，唐則王珪、李世勣、陸宣公、狄梁公、劉禹錫、李兵部，宋則文潞公、蘇子瞻、朱紫陽，我明則劉誠意，咸有著述。此皆上古良相之芳躅，逸人之高致，逮今風斯爲下，厠之技流，烏知醫之所自耶？」蘇恭：唐醫學家，本名敬，後避諱曰恭。王炎《雙溪類稿》卷二十五《本草正經序》：「《本草》舊三卷，藥三百六十有五種。梁陶宏景附《名醫別録》亦三百六十有五種，分七卷。唐顯慶中蘇恭增百十有四種。」

〔一六六〕唐本草：通稱《新修本草》。孔志約《新修本草序》：「既而朝議郎行右監門府長史騎都尉臣蘇敬，摭陶氏之乖違，辨俗用之紕紊，遂表請修定，深副聖懷。乃詔太尉揚州都督監修國史上柱國趙國公臣無忌、太中大夫行尚藥奉御臣許孝崇等二十二人，與蘇敬詳撰。竊以動植形生，因方舛性；春秋節變，感氣殊功。離其本土，則質同而效異；乖於采摘，乃物是而時非。名實既爽，寒温多謬。用之凡庶，其欺已甚；施之君父，逆莫大焉。於是上稟神規，下詢衆議；普頒天下，營求藥物。羽毛鱗介，無遠不臻；根莖花實，有名咸萃。遂乃詳探秘要，博綜方術。《本經》雖闕，有驗必書；《別録》雖存，無稽必正。考其同異，擇其去取。鉛翰昭章，定群言之得失；丹青綺焕，備庶物之形容。撰《本草》并《圖經》《目録》等，凡成五十四卷。庶以網羅今古，開滌耳目。盡醫方之妙極，拯生靈之性命。傳萬祀而無昧，懸百工而不朽。」

〔一六七〕劉翰：世習醫業，宋初授尚藥奉御。《宋史》卷四百六十一《方技上·劉翰》：「嘗被詔詳定

〔六五〕《唐本草》，翰與道士馬志、醫官翟煦、張素、吳復珪、王光祐、陳昭遇同議，凡《神農本經》三百六十種，《名醫錄》一百八十二種，唐本先附一百一十四種，有名無用一百九十四種，翰等又參定新附一百三十三種。」

〔一六八〕僞蜀：此指五代十國時之後蜀。韓保昇：後蜀廣政時博學名士。清吴任臣《十國春秋》卷五十六《後蜀九·韓保昇》：「韓保昇……博洽無所不窺，尤詳於名物之學。後主命保昇取《唐本草》，參校增注爲《圖經》二十卷。後主自爲製序，謂之《蜀本草》。」

〔一六九〕掌禹錫：北宋地理學家，兼通醫藥。《宋史》卷二百九十四《掌禹錫》：「禹錫矜慎畏法，居家勤儉，至自舉几案。嘗預修《皇祐方域圖志》《地理新書》，奏對帝前，王洙推其稽考有勞，賜三品服。及校正《類篇》《神農本草》，載藥石之名狀爲《圖經》。」

〔一七〇〕雷公：黄帝臣子與高足，上古醫學家，詳見《素問》之《著至教論》《示從容論》《疏五過論》《徵四失論》《陰陽類論》《方盛衰論》《解精微論》等篇目。《隋書》卷三十四《經籍三》：「《神農本草》四卷。（雷公集注）」

〔一七一〕《隋書》卷三十四《經籍三》：「《神農本草》八卷。（……蔡邕《本草》七卷……秦承祖《本草》六卷，王季璞《本草經》三卷）……《本草》二卷。（徐太山撰）」徐大山：《隋書》作徐太山，「大」同「太」。鄭虔：唐時宿學，杜甫摯友，長於地理，山川險易、方隅物産、兵戍衆寡無不詳。諸儒服其善著書，時號鄭廣文。詳見《新唐書》卷二百二《文藝中·鄭虔》。《本草綱目》卷一

《序例上・歷代諸家本草・海藥本草》：「又鄭虔有《胡本草》七卷，皆胡中藥物，今不傳。」

〔一七二〕陳衍：字萬卿，南宋黄巖人，習儒學，兼通醫術，紹定年間撰《寶慶本草折衷》，已佚。

〔一七三〕王好古：元時傑出醫學家。《湯液本草・四庫全書提要》：「《湯液本草》三卷，元王好古撰。曰湯液者，取《漢志》湯液經方義也。上卷載東垣藥類法象用藥心法，附以五宜五傷七方十劑。中下二卷，以《本草》諸藥配合三陰三陽十二經絡，仍以主病者爲首，臣佐使應次之。每藥之下，先氣，次味，次入某經。所謂象云者，藥類法象也；心云者，用藥心法也；珍云者，潔古珍珠囊也。其餘各家，雖間有采輯，然好古受業於潔古，而講肄於東垣，故於二家用藥尤多徵引焉。考《本草》藥味不過三品三百六十五名，陶宏景《别録》以下遞有增加，往往有名未用。即《本經》所云主治，亦或古今性異，不盡可從，如黄連今惟用以清火解毒，而《經》云能厚腸胃，醫家有敢遵之者哉？好古此書所列，皆從名醫試驗而來，雖爲數無多，而條例分明，簡而有要，亦可云適於實用之書矣。」

〔一七四〕難經：參見卷十《丹溪翁傳》。祖述：效法，仿效。

〔一七五〕《隋書》卷三十四《經籍三》：「《黄帝八十一難》二卷。（梁有《黄帝衆難經》一卷，吕博望注，亡）」

〔一七六〕醇疵：醇美與瑕疵；疵，玉石斑點。丹波元胤紹翁《醫籍考》卷七引丹波元簡廉夫《序》：「按《王翰林集注黄帝八十一難經》五卷……今是書每卷首題曰吕廣、丁德用、楊玄操、虞庶、楊康侯注解，王九思、王鼎象、石友諒、王唯一校正附音釋。所謂王翰林者，未詳何人。宋仁宗時，王惟一爲翰林醫官、朝散大夫、殿中省尚藥奉御、騎都尉，天聖五年，奉敕編修《銅人腧穴針灸圖經》。王翰林即是惟一已。而考趙希弁《志》，丁德用《注》成於嘉祐末；虞庶《注》，黎泰辰治平間爲之序：并在天聖之後。由此觀之，惟一歷仕仁宗、英宗兩朝，修《銅人經》之後，經三十餘年而校正是書也。吕廣、楊玄操、丁德用、虞庶《注》，簿録載其目，諸家亦多援引，特至楊康侯未有所考。《注》中稱楊氏而辨駁丁氏之説者兩條，明是康侯説矣。餘皆與玄操説混，不可辨也。」

〔一七〕紀齊卿：名天錫，齊卿其字也，金醫學家。《金史》卷一百三十一《方伎·紀天錫》：「早棄進士業，學醫，精於其技，遂以醫名世。《集注難經》五卷，大定十五年上其書，授醫學博士。」丹波元胤紹翁《醫籍考》卷七録紀天錫《進難經表》曰：「然其文義闔奥，後學難知。雖近代以來，有吕廣、楊玄操、高承德、丁德用、王宗正之徒，或作注解，或爲疏義。奈何文理差迭，違經背義，濫觴其説，遺而不解者，實其多矣？臣天錫念此爲醫之患，遂乃精加訪求，首尾十餘年間，方始識其理趣云。」楊玄操：唐初醫家，嘗授歙縣尉。丹波元胤紹翁《醫籍考》卷七録楊玄操《演黄帝八十一難經注·自序》：「逮於吴太醫令吕廣爲之注解，亦會合玄宗，足可垂訓。而所釋未半，餘皆見闕。余性好醫方，問道無倦，斯經章句，特承師授。既而耽研無斁，十載於兹，雖未達其本源，蓋亦舉其綱目。此教所興，多歷年代，非唯文句舛錯，抑亦事緒參差，後人傳覽，良難領會。今輒條貫編次，使類例相從，凡爲一十三篇，仍舊八十一首。呂氏未解，今并注釋；呂氏注不盡，因亦伸之，并别爲音義，以彰厥旨。」呂廣：或名博，三國東吴太醫令，嘗注《難經》而有大功於岐黄。王宗正：字誠叔，紹興人，南宋醫學家。《宋史》卷二百七《藝文六》：「王宗正《難經疏義》二卷。」

〔一七八〕周仲立：名與權，一作與權，仲立其字也，臨川人，宋醫學家，嘗訂《難經》而作《難經辨正釋疑》。

〔一七九〕李子埜：李駉，字子埜，號晞范子，南宋臨川醫家，撰《難經句解》四卷。李駉《句解八十一難經序》：「予業儒未效，惟祖醫是習。不揆所學，嘗集解王叔和《脉訣》矣，嘗句解《幼幼歌》矣。如《八十一難經》，乃越人授桑君之秘術，尤非膚淺者所能測其秘，隨句箋解，義不容辭。敬以十先生補注爲宗主，言言有訓，字字有釋。必欲學醫君子口誦心惟，以我之生觀彼之生，自必能回生起死矣，何至有實實虚虚醫殺之譏？」

〔一八〇〕張潔古：名元素，潔古其字也，金醫學家。河間劉完素病傷寒八日，自處方無效，潔古糾其誤，如其言而瘳。平素治病不用古方，曰「運氣不齊，古今異軌，古方新病不相能也」。詳見《金史》卷一百三十一《方伎·張元素》。丹波元胤紹翁《醫籍考》卷七引滑壽曰：「潔古氏《難經藥注》，疑其草稿，姑立章指義例，未及成書也。今所見者，往往言論於經不相涉，且無文理。潔古平日著述極醇正，此絶不相似，不知何自，遂乃板行，反爲先生之累。豈好事者爲之，而托爲先生之名邪？要之後來東垣、海藏、羅謙甫輩皆不及見；若見必當與足成其説；不然亦回護之，不使輕易流傳也。」

〔一八二〕王少卿：元代醫家，引申《難經》而著《重玄》。徐春甫《古今醫統大全》卷三《翼醫通考・難經》：「近代王少卿演繹，目曰《重玄》。」

〔一八三〕傷寒論：東漢末年張仲景所撰醫學經典。張仲景《傷寒（卒）〔雜〕病論集》：「余宗族素多，向餘二百，建安紀年以來，猶未十稔，其死亡者，三分有二，傷寒十居其七。感往昔之淪喪，傷橫夭之莫救，乃勤求古訓，博采衆方，撰用《素問》《九卷》《八十一難》《陰陽大論》《胎臚藥録》并《平脉辨證》，爲《傷寒雜病論》，合十六卷。雖未能盡愈諸病，庶可以見病知源。若能尋余所集，思過半矣。」

〔一八四〕《素問・熱論篇第三十一》：「黄帝問曰：『今夫熱病者，皆傷寒之類也。或愈或死，其死皆以六七日之間，其愈皆以十日以上者何也？』」皇甫謐《針灸甲乙經序》云：「伊尹以亞聖之才，撰用《神農本草》以爲湯液。」

〔一八五〕王叔和：名熙，叔和其字也，西晉醫學家。北宋高保衡、孫奇、林億《傷寒論序》：「夫《傷寒論》，蓋祖述大聖人之意，諸家莫其倫擬，故晉皇甫謐序《甲乙針經》云：伊尹以元聖之才，撰用《神農本草》以爲湯液；漢張仲景論廣湯液，爲十數卷，用之多驗；近世太醫令王叔和，撰次仲景遺論甚精，皆可施用。是仲景本伊尹之法，伊尹本神農之經，得不謂祖述大聖人之意乎？……自仲景於今八百餘年，惟王叔和能學之，其間如葛洪、陶景、胡洽、徐之才、孫思邈輩，非不才也，但各自名家，而不能修明之。」

〔一八五〕成無己：聊攝人，金醫學家，精通《傷寒論》。宋嚴器之《注解傷寒論序》云：「昨者邂逅聊攝成公，議論該博，術業精通，而有家學，注成《傷寒》十卷，出以示僕。其三百九十七法之內，分析異同，彰明隱奥，調陳脉理，區别陰陽，使表裏以昭然，俾汗下而灼見。百一十二方之後，通明名號之由，彰顯藥性之主，十劑輕重之攸分，七精製用之斯見，别氣味之所宜，明補瀉之所適。又皆引《内經》，旁牽衆説，方法之辨，莫不允當。實前賢所未言，後學所未識，是得仲景之深意者也。」

〔一八六〕龐安常：名安時，安常其字也，北宋蘄州醫家，與蘇軾、黄庭堅過從甚密。黄庭堅《傷寒總病論序》：「龐安常自少時喜醫方，爲人治病，處其死生多驗，名傾淮南諸醫……中年乃屏絶戲弄，閉門讀書。自神農黄帝經方、扁鵲《八十一難經》、皇甫謐《甲乙》，無不貫穿。其簡册紛錯，黄（帝）〔素〕朽蠹。先師或失其意，學術淺薄私智穿鑿曲士或竄其文。安常悉能辯論發揮，每用以治病，幾乎十全矣。然人疾詣門，不問貧富，爲便房曲齋調護寒暑所宜，珍膳美蔬時節其飢飽之度。愛老而慈幼，不以人之疾嘗試其方，如疾痛在己也。蓋其輕財如糞土，耐事如慈母而有常，似秦漢間任俠而不害人，似戰國四公子而不爭利，所以能動而得意。起人之疾不可爲數，他日過之，未嘗有德色也。其所總輯《傷寒論》，皆其日用書也。欲掇其大要，論其精妙，使士大夫稍知之。然未嘗遊其庭者，雖得吾説而不解；若有意於斯者，讀其書自足以攬其精微，故不著。著其行事以爲後序云。前序海上人諸爲之，故虚其右以待。」

〔一〇七〕朱肱：字翼中，號無求子，烏程人，宋代醫學家。張蕆《活人書序》：「余頃在三茅，見無求子《傷寒百問》，披而讀之，不知無求子何人也。愛其書，想其人，非居幽而志廣，形愁而思遠者，不能作也……今秋遊武林，邂逅致政朱奉議泛家入境，相遇於西湖之叢林，因論方士。奉議公乃稱：『賈誼云古之人不在朝廷之上，必居醫卜之中。故嚴君平隱於卜，韓伯休隱於醫。然卜占吉凶，醫有因果，不精於醫，寧隱於卜。班固所謂有病不治得中醫，蓋慎之也。古人治傷寒有法，治雜病有方。葛稚川作《肘後》，孫真人作《千金》，陶隱居作《集驗》，玄晏先生作《甲乙》，率著方書。其論傷寒活法者，長沙太守一人而已。華佗指張長沙《傷寒論》爲活人書，昔人又以《金匱玉函》名之，其重於世如此。然其言雅奥，非精於經絡不可曉會。頃因投閒，設爲對問，補苴綴緝，僅成卷軸。』因出以相示，然後知昔之所見《百問》，乃奉議公所作也。因乞其繕本，校其詳略，而《傷寒百問》十得五六，前日之所謂歉然者，悉完且備。書作於己巳，成於戊子，增爲二十卷，釐爲七册，計九萬一千三百六十八字。得此書者，雖在崎嶇僻陋之邦，道途倉卒之際，據病可以識證，因證可以得方，如執左契，易如反掌。遂使天下傷寒無横夭之人，其爲饒益不可思議。昔樞密使高若訥作《傷寒纂類》，翰林學士沈括作

《別次傷寒》，直秘閣胡勉作《傷寒類例》，殿中丞孫兆作《傷寒脉訣》，蘄水道人龐安常作《傷寒（卒）〔雜〕病論》，雖互相發明，難於檢閲，比之此書，天地遼落。張長沙，南陽人也，其言雖詳，其法難知。奉議公祖述其説，神而明之，以遺惠天下後世。余因揭其名爲《南陽活人書》云。大觀五年正月日序。」

〔一八八〕許叔微：字知可，真州白沙人，南宋醫家，潛心《傷寒論》而發明甚夥。清陸心源《重雕元刻傷寒百證歌發微論敘》：「《新編張仲景注解傷寒百證歌》五卷、《發微論》二卷，題曰白沙許叔微知可述……叔微，揚州儀徵人，少孤力學，於書無所不讀，而尤邃於醫。建炎初，劇賊張遇破真州，已而疾疫大作，知可遍歷里門，視病與藥，十活八九。仕至徽州、杭州教官，遷京秩……夫醫家之有仲景，猶儒家之有孔子也。醫書之有《傷寒論》，猶儒書之有四書也。宋時爲其學者，有成無己之《注》，李檉之《要旨》，王實之《證治》，韓祇和之《微旨》，龐安常之《總病論》，朱翼中之《活人書》，錢聞禮之《百問歌》，雖皆各有所長，而知可之書爲最能得其意。《百證歌》七字韻言，意該言簡。《發微論》探微索賾，妙悟通神。於以歎知可之學之深且邃，非薄技偏長執一是之見者所可及也。」

〔一八九〕韓祇和：北宋元祐時醫家；祇，或作衹，古籍通用。《傷寒微旨論·四庫全書提要》：「《傷寒微旨》二卷，宋韓祇和撰。是書《宋史·藝文志》不載。陳振孫《書録解題》載有其名，亦不著作者名氏，但據《序》題元祐丙寅，知其爲哲宗時人而已……書凡十五篇，間附方論，大抵皆推闡張機之旨而能變通於其間。」

〔一九〇〕王寔：字仲弓，北宋大臣王陶長子，問道精勤，善岐黄術，撰《傷寒證治》以傳世。葉夢得《建康集》卷三《書傷寒治要後》：「王仲弓，人物高勝，雖貴公子，超然不犯世故，居官數自免。博學多聞，尤長於醫，及與前世婁昌言、常穎士、來道方諸人遊。嘗云：『疾之傷寒所在，無歲不罹其患。然治法有證，傳於經絡效於日數者，不可差以毫釐。張仲景書在世，如法家有刑統，苟用之皆當，可使天下無冤人。而庸醫多不解，其見於形候者亦不盡審。是既不能用法，又不能察情，以故殺人不知其幾何。』因推仲景書，作《傷寒證治》，發明隱奥，雜載前數人議論，相與折衷。又恐流俗不可遍曉，復取其簡直明白人讀而可知者，刊爲《治要》。曰：『苟能原疾之所從來，而驗之以候，按我書而用之，雖不問醫，十可得八九。』此仁人之用心也。余嘗病，東南醫尤不通仲景術，乃爲鏤版，與衆共之。」

〔一九一〕吐：吐法，使人嘔吐以排出停痰宿食毒物。汗：汗法，發汗以解表邪。下：下法，用泄瀉攻逐潤滑藥以通導大便，消除積滯，蕩滌實熱，攻逐水飲。温：温法，用温熱藥治療寒症。

〔一九二〕汩：擾亂。三陰：此指《傷寒論》之《辨太陰病脉證并治法》《辨少陰病脉證并治法》《辨厥陰病脉證并治法》諸篇所論病證。

〔一九三〕反覆：翻轉顛倒。亥豕：二字篆文形似易訛。《吕氏春秋·察傳》：「有讀《史記》者曰：『晉師三豕涉河。』子夏曰：『非也，是己亥也。夫己與三相近，豕與亥相似。』」

〔一九四〕陳無擇：名言，字無擇，南宋青田醫家。《三因極一病證方論·四庫全書提要》：「宋陳言撰。言字無擇，青田人。是書分别三因，歸於一治，其説出《金匱要略》。三因者：一曰内因，爲七情，發自臟腑，形於肢體；一曰外因，爲六欲，起自經絡，舍於臟腑；一曰不内外因，爲飲食飢飽叫呼傷氣以及虎狼毒蟲金瘡壓溺之類。每類有論有方，文詞典雅而理致簡該，非他家鄙俚冗雜之比。」

〔一九五〕徐止善：按《花溪集》，徐氏乃元時錢塘名醫。沈夢麟《花溪集》卷三《挽徐止善先生》：「閉門讀《禮》了生涯，往事浮雲兩鬢華。陶令歸來題甲子，林逋老去種梅花。可堪掛劍先生墓，無復聞琴處士家。回首錢塘埋玉地，令人揮淚重咨嗟。」

〔一九六〕裒次：彙集編次。龜鏡：龜卜吉凶，鏡辨美醜，猶言借鑑。診切：切脉以察病狀。指的：准的。鈐訣：要領訣竅。

〔一九七〕林億：北宋神宗時醫學家，與掌禹錫、高保衡、孫奇等校訂《素問》《靈樞》《難經》《傷寒論》《金匱要略》《脉經》《諸病源候論》《千金要方》《千金翼方》《外臺秘要》諸典籍。《宋校定脉經進呈劄子》：「臣等承詔典校古醫經方書，所校讎中《脉經》一部，乃王叔和之所撰集也。叔和，西晉高平人，性度沉靖，尤好著述，博通經方，精意診處，洞識修養之道，其行事具唐甘伯宗《名醫傳》中。臣等觀其書，敘陰陽表裏，辨三部九候，分人迎氣口神門，條十二經二十四氣奇經八脉，以舉五臟六腑三焦四時之痾。若網在綱，有條而不紊。使人占外以知内，視死而別生，爲至詳悉，咸可按用。其文約，其事詳者，獨何哉？蓋其爲書，一本《黄帝内經》，間有疏略未盡處，而又輔以扁鵲、仲景、元化之法。自餘奇怪異端不經之説，一切不取。不如是，何以歷數千百年而傳用無毫髮之失乎？又其大較以爲脉理精微，其體難辨，兼有數候俱見異病同脉之惑，專之指下，不可以盡隱伏，而乃廣述形證虚實，詳明聲色王相，以此參伍，決死生之分，故得十全無一失之繆，爲果不疑……今則考以《素問》《九墟》《靈樞》《太素》《難經》《甲乙》仲景之書并《千金方》及《翼》説脉之篇以校之，除去重複，補其脱漏。其篇第亦頗爲改易，使以類相從。仍舊爲一十卷，總九十七篇。施之於人，俾披卷者足以占外以知内，視死而別生，無待飲上池之水矣。國子博士高保衡、尚書屯田郎中孫奇、光禄卿直秘閣林億等謹上。」

〔一六〕陳孔碩：字膚仲，南宋侯官人。少以聖賢自期，從張栻、吕祖謙、朱熹諸鴻儒學，官秘閣修撰，著《中庸大學解》《北山集》。《醫籍考》卷十七《診法一》：「陳孔碩《序》曰：『予少時母多疾，課醫率不效，因自誓學爲方，求古今醫書，而窮其原。得所謂王叔和《脉訣》者，怪其詞俚而指淺。更訪老醫，得《脉經》十卷，蓋祖黄帝、岐伯、扁鵲經以及於張氏《傷寒論》，條貫甚明，真王氏書也。驗之乃建本，自是求之建陽書坊，絶無鬻者，板亦不存。嘉定己巳歲京城疫，朝旨會孔碩董諸醫治方藥以拯民病。因從醫學求得《脉經》復傳閣本校之，與予前後所見者同一建本也，乃知《脉訣》出而《脉經》隱。醫者不讀，鬻者不售，板遂亦不存……因取所録建本《脉經》，略改誤文，寫以大字，刊之廣西漕司，庶幾學人知有本原云。』」

〔一九九〕何大任：南宋寧宗時醫家，任職太醫局，與同僚毛升、王宗卿等共校《脉經》以剞劂行世。王宗卿：其人不詳，《醫籍考》言有高宗卿者與何大任同校《脉經》，則王宗卿與高宗卿當爲同一人，第不知何姓爲是。《醫籍考》卷十七《診法一》：「何大任《後序》曰：『醫之學以七經爲本，猶儒家之六藝也。然七經中其論脉理精微，莫詳於王氏《脉經》，綱舉目分，言近旨遠。是以自西晉至於今日，與黄帝、盧扁之書并傳，學者咸宗師之。南渡以來，此經罕得善本，凡所刊行，類多訛舛，大任每切病之。有家藏紹聖小字監本，歷歲既深，陳故漫滅，字畫不能無謬。然昔賢參考，必不失真，久欲校正傳之，未暇。兹再承乏醫學，偶一時教官如毛君升、李君邦彦、王君邦佐、高君宗卿，皆洽聞者，知大任有志於斯，乃同博驗群書，孜孜凡累月，正其誤千有餘字。遂鳩工創刊於本局，與衆共之。』」

〔二〇〇〕謝堅白：名縉孫，堅白其字也，元時吉安醫家。虞集《道園學古録》卷三十六《吉安路三皇廟田記》：「吉安之爲郡，土厚而物殷，論人材文物之盛，則必稱焉。然而醫之爲學，猶未大有所興發者，則時力有所未至耳。仍改至元之二年，其守張侯浩介其郡人醫愈郎遼陽行省醫學提舉謝縉孫以其脩理醫學之事來告，而請書之云。」

〔二〇一〕高陽生：六朝人，或言北宋人。元戴啓宗《脉訣刊誤·四庫全書提要》：「吕復《群經古方論曰》：『《脉訣》一卷乃六朝高陽生所撰，托以叔和之名，謬立《七表》《八裏》《九道》之目以惑學者。通真子劉元賓爲之注且續《歌括》附其後，詞既鄙俚，意亦滋晦。』其説良是。然以高陽生爲六朝人，則不應《隋志》《唐志》皆不著録，是亦考之未審。《文獻通考》以爲熙寧以前人僞托，得其實矣。」

〔二〇二〕劉元賓：字子儀，北宋吉安醫學家。《江西通志》卷一百六《方技·吉安府·宋·劉元賓》：「連舉於鄉，任潭州司李，通陰陽醫藥術數，真宗試之驗，賜名通真子。所著有《集正歷》《横天卦圖》《神巧萬金方》《注解叔和脉訣》《傷寒論》《洞天針灸經》。」歌括：歌訣。

〔二〇三〕王光國：元時秘書監典簿。元王士點、商企翁《秘書監志》卷九《題名一·典簿》：「王光國，字國賓，集慶人，天曆三年正月初三日上。」畦徑：田間小路，喻窠臼常規。

〔二〇四〕清溪：古時醫學家，生平不詳。鄭樵《通志》卷六十九《藝文略第七·醫方類第十》：「清溪子《脉訣》一卷。」

〔二〇五〕徐裔：古時醫學家，生平不詳。《宋史》卷二百七《藝文六·子類》：「徐裔《脉訣》二卷。」

〔二〇六〕甄權：早年以母病，與弟共讀方書，遂爲隋唐時名醫。仕隋爲秘書省正字，稱疾辭歸。唐貞觀中，權已百歲，太宗枉駕親幸，訪其醫術，擢朝散大夫，賜几杖衣服。所撰《脉經》《針方》《明堂》等圖傳於時。參見《新唐書》卷二百四《方技·甄權》。

〔二〇七〕李上交：宋代贊皇文士，嘗著《近事會元》。《近事會元序》：「儒家者流，誠資博洽。天下之事，故有本原。苟道聽之未詳，則賓圍而奚解？實繁廣記，以避無稽。嘗謂經籍之淵，頗易探討；耳目之接，或難周知。上交以退寓鍾陵，静尋近史及諸小説雜記之類，起唐武德而下，盡周顯德之前，擷細務之所因，庶閑談之引據。如曰小不足講，懵則包羞。聊此篇聯，無誚叢脞。凡五百事，釐爲五卷，曰《近事會元》。爾時丙申嘉祐改元長至日也。」

〔二〇八〕入式歌：通稱《診候入式歌》，《脉訣》篇目之一。馴：漸進。

〔二〇九〕《巢氏諸病源候論・四庫全書提要》：「《讀書志》稱宋朝舊制用此書課試醫士，而太平興國中《集聖惠方》每門之首亦必冠以此書。蓋其時去古未遠，漢以來經方脉論存者尚多，又裒集衆長共相討論，故其言深密精邃，非後人之所能及。《内經》以下，自張機、王叔和、葛洪數家書外，此爲最古，究其指要，亦可云證治之津梁矣。」北宋宋綬《巢氏諸病源候總論序》：「《諸病源候論》者，隋大業中大醫巢元方等奉詔所作也。會稡羣説，沈研精理，形脉之證，罔不該集。明居處愛欲風濕之所感，示針鑱橋引湯熨之所宜。誠術藝之楷模，而診察之津涉。監署課試固常用此。」

〔二一〇〕病候：疾病症狀。導引：呼吸俯仰，屈伸手足，古醫家養生術。

〔二一一〕監署：此指宋朝太醫局。

〔二一二〕雜揉：同「雜糅」，混雜糅合。

〔二一三〕吴景賢：隋代醫家，生平不詳；或言吴景賢之《病源》與巢元方之《病源論》係一書兩傳。

《巢氏諸病源候論・四庫全書提要》：「臣等謹案，《巢氏諸病源候論》五十卷，隋大業中太醫博士巢元方等奉詔撰。考《隋書・經籍志》有『《諸病源候論》五卷，《目》一卷，吴景賢撰』，《舊唐書・經籍志》有『《諸病源候論》五十卷，吴景撰』，皆不言巢氏書。《宋史・藝文志》有『巢元方《巢氏諸病源候論》五十卷』，又無吴氏書。惟《新唐書・藝文志》二書并載，書名卷數并同。不應如是之相複。疑當時本屬官書，元方與景，一爲監修，一爲編撰，故或題景名，或題元方名，實止一書，《新唐書》偶然重出。」

〔二四〕天真皇人：道家人物。《抱朴子内篇》卷四《地真第十八》：「（黄帝）到峨眉山，見天真皇人於玉堂，請問真一之道。」《元始無量度人上品妙經》：「天真皇人昔書其文，以爲正音。」

〔二五〕正：純一不雜。太易：天地未剖前混沌鴻蒙狀態。《列子・天瑞》：「故曰：有太易，有太初，有太始，有太素。太易者，未見氣也。」

〔二六〕五運六氣：古代醫家推算五運六氣以判斷氣候與疾病情況；五運，以十天干之甲己配爲土運，乙庚配爲金運，丙辛配爲水運，丁壬配爲木運，戊癸配爲火運；六氣，以十二地支之巳亥配爲厥陰風木，子午配爲少陰君火，寅申配爲少陽相火，丑未配爲太陰濕土，卯酉配爲陽明燥金，辰戌配爲太陽寒水。

〔二七〕臨御：君臨天下，統治。勝復：運氣術語，勝，勝氣，偏勝之氣；復，復氣，報復之氣；凡先有勝，後必有復以報其勝。《素問・至真要大論篇第七十四》：「治諸勝復，寒者熱之，熱者寒之……此治之大體也。」

〔二八〕淫正：過度與中正。淫：溢滿過度。《左傳・昭公元年》：「六氣曰陰、陽、風、雨、晦、明也……過則爲災：陰淫寒疾，陽淫熱疾，風淫末疾，雨淫腹疾，晦淫惑疾，明淫心疾。」正：中正，恰當。《素問・五常政大論篇第七十》：「其味正。」張志聰《集注》：「正，中也。」三元：道家稱天、地、水爲三元。《雲笈七籤》卷五十六《諸家氣法》：「夫混沌後有天地水三元之氣，生成人倫，長養萬物。」九宮：道家指離、艮、兑、乾、坤、坎、震、巽八卦之宮兼中央宮。《後漢書》卷五十九《張衡列傳》：「臣聞聖人明審律曆以定吉凶，重之以卜筮，雜之以九宮。」李賢《注》：「《易乾鑿度》曰：『太一取其數以行九宮。』鄭玄《注》云：『太一者，北辰神名也。下行八卦之宮，每四乃還於中央。中央者，地神北辰之所居，故謂之九宮。』」

〔二九〕太乙：即太一，道家天神名。《史記・封禪書》：「天神貴者太一。」司馬貞《索隱》引宋均云：「天一、太一，北極神之别名。」

〔三〇〕郭象：字子玄，西晉河内人，厭飫《莊子》而造其閫奥者。陸德明《經典釋文》卷一《序録》：「然莊生弘才命世，辭趣華深，正言若反，故莫能暢其弘致；後人增足，漸失其真……惟子玄所注，特會莊生之旨，故爲世所貴。」

〔三一〕傳：此指《史記》卷一百五《扁鵲倉公列傳》，其述姓氏曰：「扁鵲者，勃海郡鄭人也。姓秦氏，名越人。」張守節《正義》：「《黄帝八十一難序》云：『秦越人與軒轅時扁鵲相類，仍號之爲扁鵲。』」

〔三〕啓玄子：唐醫家王冰，自號啓玄子，精勤博訪十二年以撰《黄帝素問注》。《玄珠密語·四庫全書提要》：「舊本題唐王冰撰。冰有《黄帝素問注》已著録。《素問序》稱『詞理祕密難粗論述者，别撰《玄珠》以明其道』，則冰實有《玄珠》一書。然考冰爲寶應時人，官至太僕令；而此書序中有『因則天理位，而乃退志休儒』之語，時代事迹皆不相合。其書本《素問》五運六氣之説而敷衍之，始言醫術，浸淫及於測望占候。前有自序，稱爲其師玄珠子所授，故曰《玄珠密語》。又自謂以啓問於玄珠，故號啓玄。然考冰所注《素問》，義藴宏深，文詞典雅，不似此書之迂怪。且序末稱『傳之非人，殃墮九祖』，乃粗野道流之言。序中又謂『余於百年間不逢志求之士，亦不敢隱没聖人之言，遂書五本，藏之五嶽深洞中』，是直言藏此書時其年已在百歲之外，居然自號神仙矣，尤怪妄不可信也。宋高保衡等校正《内經》云『詳王氏《玄珠》世無傳者，今之《玄珠》，乃後人附托之文耳，雖非王氏之書，亦於《素問》十九卷二十四卷頗有發明』，則宋時已知其僞。明洪武間吕復作《群經古方論》云『《密語》所述乃六氣之説，與高氏所指諸卷全不侔』，則吕復所見者并非高保衡所見，又僞本中之重臺。且鄭樵《通志略》稱《玄珠密語》十卷，吕復亦稱十卷，而此本乃十七卷，則後人更有所附益，又非明初之本矣。術數家假托古人，往往如是，不足詰也。其書舊列於醫家，今以其多涉機祥，故存其目於術數家焉。」

〔二三〕啓萌：啓發誘導以脱離蒙昧；萌，通「甿」，無知貌。《漢書》卷三十六《楚元王傳》：「不如是，則王公其何以戒慎？民萌何以勸勉？」顔師古《注》：「萌，與『甿』同，無知之貌。」

〔二四〕政：通「正」，恰好。戾：乖背，牴牾。

〔二五〕《莊子·天地》：「黄帝遊乎赤水之北，登乎崑崙之丘而南望，還歸，遺其玄珠。使知索之而不得，使離朱索之而不得，使吃詬索之而不得也。乃使象罔，象罔得之。」蒙：莊子係戰國時蒙人。玄珠：喻大道。罔象：通常作「象罔」，貌似有象而實無，形容物我兩忘。

〔二六〕高保衡：北宋醫家，深明方藥病機，爲校正醫書局骨幹，參與整理《素問》《脉經》等醫學經籍。《四庫全書總目提要》卷一百四《子部十四·醫家類二·御定醫宗金鑑九十卷》：「自古以來，惟宋代最重醫學。然林億、高保衡等校刊古書而已，不能有所發明。」

〔二七〕攟摭：采集。洎：及。紀：古指歲、日、月、星辰、曆數。《尚書·洪範》：「五紀：一曰歲，二曰日，三曰月，四曰星辰，五曰曆數。」傅咸《神泉賦》：「于時朱明紀運，旭日馳光。」休祥：吉祥。

〔二八〕孫星衍《重校華氏中藏經序》：「《華氏中藏經》見鄭樵《通志·藝文略》爲一卷；陳振孫《書録解題》同，云『漢譙郡華佗元化撰』；《宋史·藝文志》華氏作黄蓋，誤。今世傳本有八卷，吴勉學刊在《古今醫統》中。余以乾隆丁未年入翰林，在都見趙文敏手寫本。卷上自第十篇

《性忌則脉急》以下起至第二十九篇爲一卷，卷下自《萬應圓藥方》至末爲一卷，失其中卷，審是真迹。後歸張太史錦芳，其弟録稿贈余。又以嘉慶戊辰年乞假南歸，在吴門見周氏所藏元人寫本，亦稱趙書，具有上中下三卷，而缺《論診雜病必死候第四十八》及《察聲色形證決死法第四十九》兩篇。合前後二本，校勘明本，每篇脱落舛誤凡有數百字，其方藥名件次序分量俱經後人改易，或有删去其方者。今以趙寫兩本爲定。此書文義古奥，似是六朝人所撰，非後世所能假托……鄭處中之名不見書傳，陳振孫亦云『自言爲華先生外孫，稱此書因夢得於石函，莫可考也』。」

〔二九〕語見《華氏中藏經》所録應靈洞主探微真人少室山鄧處中《序》。少室山：河南名山，東鄰太室山；太室山者，中嶽嵩山也。《讀史方輿紀要》卷四十六《河南一》：「其名山則有嵩高，嵩高即嵩山，在河南府登封縣北十里，五嶽之中嶽也……其西爲少室山。戴延之《述征記》：『少室高與太室相埒，相去十七里。嵩其總名也。』」

〔三〇〕《三國志》卷二十九《魏書二十九·華佗》：「佗臨死，出一卷書與獄吏，曰：『此可以活人。』吏畏法不受，佗亦不强，索火燒之……廣陵吴普、彭城樊阿皆從佗學。普依準佗治，多所全濟。」

〔三一〕《新唐書》卷五十九《藝文三》：「吴普《集華氏藥方》十卷。（華佗）」

〔三二〕熙陵：宋太宗趙光義葬永熙陵，後世或以熙陵代稱之；其初始年號曰太平興國。

〔三三〕厚陵：宋英宗趙曙葬永厚陵，後世或以厚陵代稱之。偏諱：名有二字，雖偏舉其一，也要避諱。古時爲尊者諱，「薯蕷」之「薯」與宋英宗「趙曙」之「曙」同音，故更名山藥。

〔三四〕此謂今所傳《華氏中藏經》卷上《脉要論第十》及卷中《察聲色形證決死法第四十九》。

〔三五〕陸心源《刻聖濟經敘》：「《聖濟經》十卷，宋徽宗御製。其注題曰『辟雍生吴禔注』，經則《宋史·藝文志》《直齋書録解題》《昭德郡齋讀書志》《文獻通考》《明文淵閣書目》皆著於録。注則惟見於《書録解題》，數百年來流傳絶罕，四庫未收，阮文達亦未進呈；至常熟張氏《愛日精廬藏書志》，始著於録。吴禔仕履無考，據《書録解題》，知爲福建邵武人；據結銜，知爲太學生而已。徽宗自矜其書，謂可以躋斯民於仁壽，廣黄帝氏之傳，於《聖濟總録序》亦諄諄言之。蓋以此書爲經，《總録》爲傳，其意可見也。政和八年五月十一日頒之天下學宫。後允從臣之請，敕内外學校課試命題。九月二十四日，又從大司成李邦彦之請，選博士與《内經》《道德經》并講。趙希弁《讀書附志》言之頗詳。今觀其書，探五行之賾，明六氣之化，文淺而意深，言近而旨遠，可爲讀《素問》之階梯。視南宋以後諸家偏辭曲説，相去不啻天壤。」

〔三六〕祖述：遵循繼承。軒岐：中醫始祖黄帝和岐伯。

〔三七〕班：頒布。兩學：宋徽宗時太學與外學，外學亦曰辟雍。《宋史》卷一百五十七《選舉三》：「命將作少監李誡，即城南門外相地營建外學，是爲辟雍。蔡京又奏：『古者國内外皆有學，周成均蓋在邦中，而黨庠遂序則在國外。臣親承聖詔，天下皆興學貢士，即國南郊建外學以受之，俟其行藝中率，然後升諸太學。』……范致虚亦乞用《聖濟經》出題。」

〔三八〕六書：六種漢字構造方法，即象形、指事、會意、形聲、轉注、假借。

〔三九〕秦鑑：參見卷三《秦鏡歌》。

〔四〇〕奕秋：古代高卓不群之棋手；奕，通「弈」。《論語·陽貨》：「不有博奕者乎？」邢昺《疏》：「圍棋謂之奕，《説文》弈。」。《孟子·告子上》：「弈秋，通國之善弈者也。」

〔四一〕倉公：西漢時齊太倉長淳于意，少喜岐黄術，遊同郡陽慶之門。陽慶悉以禁方予之，授黄帝、扁鵲之脉書，教以五色診病，以知死生決嫌疑。三年，淳于意爲人治病，多驗。參見《史記》卷一百五《扁鵲倉公列傳》。輪扁：古代製輪神匠。《莊子·天道》：「輪扁曰：『臣也以臣之事觀之。斫輪，徐則甘而不固，疾則苦而不入。不徐不疾，得之於手而應於心，口不能言，有數存焉於其間。臣不能以喻臣之子，臣之子亦不能受之於臣，是以行年七十而老斫輪。』」

〔四二〕王禕《王忠文公集》卷四《兵論上》：「湯之伐夏也，有曰：『夏王滅德作威，以敷虐于爾萬方百姓。爾萬方百姓罹其凶害，弗忍荼毒。肆台小子，將天命明威，不敢赦。』武王之伐商也，有曰：『商罪貫盈，天命誅之。予弗順天，厥罪惟鈞。天矜惟民，民之所欲，天必從之。』嗚呼！湯武之師，以至仁伐至不仁者也。當其告誓之際，未嘗不拳拳於天命人心以爲言。由是言之，豈非應天順人者，名之所以立乎？名之立，事之所以成也。此湯所以東征西怨，南征北怨；而武王所以一戎衣而天下定也。」奇正：兵法術語；對陣交鋒爲正，設伏掩襲爲奇。《孫子・勢篇》：「三軍之衆，可使必受敵而無敗者，奇正是也。」

〔二三〕《莊子・養生主第三》：「庖丁爲文惠君解牛……方今之時，臣以神遇而不以目視，官知止而神欲行。依乎天理，批大郤，導大窾，因其固然。枝經肯綮之未嘗微礙，而況大軱乎！良庖歲更刀，割也；族庖月更刀，折也。今臣之刀十九年矣，所解數千牛矣，而刀刃若新發於硎。彼節者有間，而刀刃者無厚；以無厚入有間，恢恢乎其於遊刃必有餘地矣。是以十九年而刀刃若新發於硎。」

〔二四〕孫思邈：隋唐隱逸高人，嗜老莊言，通百家説，於陰陽、推步、醫藥無不善，其所著《備急千金藥方》《千金翼方》行於世。《備急千金藥方》卷一《大醫精誠第二》：「張湛曰：『夫經方之難精，由來尚矣。』今病有内同而外異，亦有内異而外同，故五臟六腑之盈虛，血脉榮衛之通塞，固非耳目之所察，必先診候以審之。而寸口關尺，有浮沉弦緊之亂；俞穴流注，有高下淺深之差；肌膚筋骨，有厚薄剛柔之異。唯用心精微者，始可與言於茲矣。今以至精至微之事，求之於至粗至淺之思，其不殆哉！若盈而益之，虛而損之，通而徹之，塞而壅之，寒而冷之，熱而温之，是重加其疾，而望其生，吾見其死矣。故醫方卜筮，藝能之難精者也。既非神授，何以得其幽微？」康成：鄭玄，字康成，東漢經學家，參見卷三《投王郡守二首》。《後漢書》卷三十五《鄭玄》：「凡玄所注《周易》《尚書》《毛詩》《儀禮》《禮記》《論語》《孝經》《尚書大傳》

《中候》《乾象曆》，又著《天文七政論》《魯禮禘祫義》《六藝論》《毛詩譜》《駁許慎五經異義》《答臨孝存周禮難》，凡百餘萬言……鄭玄括囊大典，網羅衆家，删裁繁誣，刊改漏失，自是學者略知所歸。」訓誥：二種文體；訓，教導之辭；誥，詔書或告誡之文。孔安國《尚書序》：「典、謨、訓、誥、誓、命之文凡百篇。」膏腴：豐贍美好。

〔二四五〕龐安常：宋代名醫，其造詣參見本篇前注。《宋史》卷四百六十二《方技下·龐安時》：「嘗曰：『世所謂醫書，予皆見之，惟扁鵲之言深矣。蓋所謂《難經》者，扁鵲寓術於其書，而言之不詳，意者使後人自求之歟！予之術蓋出於此。以之視淺深，決死生，若合符節。且察脉之要，莫急於人迎、寸口。是二脉陰陽相應，如兩引繩，陰陽均，則繩之大小等。故定陰陽於喉手，配覆溢於尺寸，寓九候於浮沉，分四温於傷寒。此皆扁鵲略開其端，而予參以《内經》諸書，考究而得其説。審而用之，順而治之，病不得逃矣。』」……有問以華佗之事者，曰：『術若是，非人所能爲也。其史之妄乎！』年五十八而疾作，門人請自視脉，笑曰：『吾察之審矣。且出入息亦脉也，今胃氣已絶。死矣。』遂屏卻藥餌。後數日，與客坐語而卒。」

〔二四六〕錢仲陽：北宋醫家錢乙，仲陽其字也，於書無所不窺，爲方不名一師，不斬斬守古法。詳見卷十《丹溪翁傳》。李靖：字藥師，唐初軍事家，凌煙閣功臣之一。《衛公兵法輯本》汪宗沂《敘》：「且兵事必由閲歷，非可空談。如衛公者，夙精兵略。參孫子、吴起而大其用，本太公、尉繚而善其術，乃猶韜晦浮沉，不輕一試。直至出入將相，宣威沙漠，成就功名，方著爲書。史傳頌其臨機果，料敵明，根於忠智而止，可謂得實矣。而當世庸俗之士震其高名，疑於風角雲祲別有秘傳，反視此平實精確之兵法爲不足措意。不知兵危事也，當以穩著出之；又陰謀也，當以正道行之。公之言兵，正而不詭，宜可承用於後世。」度越：超越。

〔二四七〕《史記》卷一百五《扁鵲倉公列傳》：「扁鵲名聞天下。過邯鄲，聞貴婦人，即爲帶下醫；過雒陽，聞周人愛老人，即爲耳目痹醫；來入咸陽，聞秦人愛小兒，即爲小兒醫：隨俗爲變。」

〔二四八〕陳無擇：宋代醫學家，詳見本篇前注及卷十《丹溪翁傳》。斷按：同「斷案」；按，通「案」。《潛夫論·贊學》：「按經而行。」汪繼培《箋》：「按與案通，依也。」鞠讞：審訊，同義複詞；鞠，通「鞫」。

〔二四九〕許叔微：南宋醫家，見本文前注。顧愷：東晉傑出畫家，詳見卷十六《題顧氏長江圖》。

〔二五〇〕張易水：金代醫學家張元素，世稱易水先生，參見本篇前注。濂溪：北宋理學家周敦頤，字茂叔，世稱濂溪先生。《宋史》卷四百二十七《道學一·周敦頤》：「博學行力，著《太極圖》，明天理之根源，究萬物之終始。其説曰：無極而太極。太極動而生陽，動極而靜，靜而生陰，靜極復動，一動一靜，互爲其根，分陰分陽，兩儀立焉。陽變陰合，而生水、火、木、金、土，五氣順布，四時行焉。五行一陰陽也，陰陽一太極也，太極本無極也……聖人定之以中正仁義而主靜，立人極焉。故聖人與天地合其德，日月合其明，四時合其序，鬼神合其吉凶。君子修之吉，小人悖之凶。故曰：『立天之道，曰陰與陽；立地之道，曰柔與剛；立人之道，曰仁與義。』」

〔五二〕剛欲：剛强正氣與私心欲念。《論語·公冶長第五》：「子曰：『吾未見剛者。』或對曰：『申根。』子曰：『根也欲，焉得剛？』」

〔五三〕河間：金代醫家劉完素，世稱劉河間，詳見卷十《丹溪翁傳》。槖駝：柳宗元所記種樹行家郭槖駝。《柳宗元集校注》卷十七《種樹郭槖駝傳》：「視駝所種樹，或移徙，無不活，且碩茂，蚤實以蕃。他植者雖窺伺效慕，莫能如也。有問之，對曰：『槖駝非能使木壽且孳也，能順木之天，以致其性焉爾。凡植木之性，其本欲舒，其培欲平，其土欲故，其築欲密。既然已，勿動勿慮，去不復顧。其蒔也若子，其置也若棄，則其天者全而其性得矣。故吾不害其長而已，非有能碩茂之也；不抑耗其實而已，非有能蚤而蕃之也。』」

〔五四〕張子和：金醫學家，詳見卷十《丹溪翁傳》。《史記》卷九十二《淮陰侯列傳》：「信乃使萬人先行，出，背水陣。趙軍望見而大笑。平旦，信建大將之旗鼓，鼓行出井陘口，趙開壁擊之，大戰良久。於是信、張耳詳棄鼓旗，走水上軍。水上軍開入之，復疾戰。趙果空壁争漢鼓旗，逐韓信、張耳。韓信、張耳已入水上軍，軍皆殊死戰，不可敗。」《史記》卷七《項羽本紀》：「項羽乃悉引兵渡河，皆沈船，破釜甑，燒廬舍，持三日糧，以示士卒必死，無一還心。於是至則圍王離，與秦軍遇，九戰，絶其甬道，大破之，殺蘇角，虜王離。涉間不降楚，自燒殺。當是時，楚兵冠諸侯。」北：戰敗。

〔二四〕六門三法：以風、寒、暑、濕、燥、火等六邪歸納諸病之因，以汗、吐、下三法治之，名曰六門三法，詳見張從正《儒門事親》。

〔二五〕李東垣：金醫學家，詳見卷十《丹溪翁傳》。獅弦：以獅子筋爲弦，奏之則餘弦悉絶。錢謙益《憨山大師夢遊全集序》：「大師與紫柏尊者皆以英雄不世出之資，當獅弦絶響之候，捨身爲法，一車兩輪。」緪：繃緊。竽籟：竽和簫，泛指樂器。宋玉《高唐賦》：「纖條悲鳴，聲似竽籟。」吕向《注》：「竽，笙屬；籟，簫也。」

〔二六〕膠柱：鼓瑟者轉動弦柱以調音，若膠其柱，則無從調節。七均：宫、商、角、徵、羽、變宫、變徵等七音諧調均衡。《朱子語類》卷九十二《樂》：「均，只是七均。如以黄鍾爲宫，便用林鍾爲徵，太簇爲商，南吕爲羽，姑洗爲角，應鍾爲變宫，蕤賓爲變徵。這七律自成一均，其聲自相諧應。」

〔二七〕希聲：極細至微聲。《老子》：「大器晚成，大音希聲，大象無形。」開指：張開手指彈奏琴瑟。沈説《贈段琴》：「自從識開指，反爲琴所使。」

〔二八〕嚴子禮：嚴用和，字子禮，南宋醫家，有《濟生方》行於世。《濟生方·四庫全書提要》：「《濟生方》八卷，宋嚴用和撰。用和始末未詳，考《吴澄集》有《易簡歸一方序》稱『嚴子禮剽陳氏《三因方》之論而附以經驗之藥』，以其名推之，子禮似即用和字，其人蓋在陳言後矣。澄又有《古今通變仁壽方序》曰：『世之醫師不一，惟有所傳授，得之嘗試者多驗。予最喜嚴氏

《濟生方》之藥，不泛不繁，用之輒有功。蓋嚴師於劉，其方乃平日所嘗試而驗者也。』則澄蓋甚重此書矣。其書分門別類，條例甚備，皆立論於前而以所處諸方次列於後。」嚴用和《濟生方序》：「余夙嗜名書，蚤印師授，以醫道行世五十餘年。此因暇日，論治凡八十，製方凡四百，總爲十卷，號《濟生方》。出而用之十有五年，收效甚多，用鋟諸梓以廣其傳。或謂：『古者處劑不過數種，針灸不過數處，君之方奚以多爲？』余應之曰：『醫者，意也。生意在天地間，一息不可間斷。續此方，所以續此意；續此意，所以續此生。請勿以多議余。』」歐陽詢：唐朝書法名家。張懷瓘《書斷》卷中：「（歐陽詢）八體盡能，筆力勁險，篆體尤精。高麗愛其書，遣使請焉。神堯歎曰：『不意詢之書名遠播夷狄，彼觀其迹，固謂其形魁梧耶！』飛白冠絶，峻於古人，有龍蛇戰鬬之象，雲霧輕濃之勢，風旋電激，掀舉若神。真行之書，雖於大令亦別成一體，森森焉若武庫矛戟，風神嚴於智永，潤色寡於虞世南。其草書，迭蕩流通，視之二王，可爲動色，然驚奇跳駿，不避危險，傷於清雅之致。」

〔二五九〕張公度：張騤，字公度，北宋潞州醫家。《古今圖書集成·博物彙編·藝術典》卷五百二十七《醫部醫術名流列傳四·宋·張騤》：「按《襄垣縣志》，張騤，字公度，潞州人。家世業醫，而騤尤精方脉，意在活人，不責其報。翰林院學士黄魯直母安康郡君太夫人病秘結，諸醫不能治，騤投餌即愈。魯直感謝，厚贈之，卻不受，飄然而去。」

〔二六〇〕簡齋：南宋陳與義，字去非，號簡齋，其詩體物寓興，清邃超特，紆餘閎肆，高舉橫厲，有少陵遺風。《簡齋集·四庫全書提要》：「其詩風格遒上，時見鑱削刻露之致，當代罕能過之。方回《瀛奎律髓》以杜甫爲一祖，而以黄庭堅、陳師道及與義爲三宗，雖門户之見，主持太過，要亦非盡構虚詞也。」

〔二六一〕王德膚：王碩，字德膚，南宋醫家，集平日經驗爲《易簡方》一卷。吴澄《吴文正集》卷十六《易簡歸一序》：「近代醫方惟陳無擇議論最有根底，而其藥多不驗。嚴子禮剽取其論，而附以平日所用經驗之藥，則既兼美矣。王德膚學於無擇，《易簡三十方》蓋特爲窮鄉僻原醫藥不便之地一時救急而設，非可通於久遠而語於能醫者流也。」虞人：掌管山澤苑囿之官。

〔二六二〕絡：罩住，籠罩。脱兔：逃出羅網之兔。詭遇：打獵時不按法度而横射禽獸。《孟子·滕文公下》：「吾爲之範我馳驅，終日不獲一；爲之詭遇，一朝而獲十。」

〔二六三〕該博：廣博。曆算：曆法，推算日月星辰之運行以定歲時節候。食貨：糧食貨物，代國家財政經濟。

〔二六四〕本郡：此指江浙行中書省慶元路。

〔二六五〕詳緩：審慎寬和。款款：誠懇忠實。

〔二六六〕《史記》卷一百五《扁鵲倉公列傳》：「文帝四年中，人上書言意，以刑罪當傳西之長安。意有五女，隨而泣。意怒，罵曰：『生子不生男，緩急無可使者！』於是少女緹縈傷父之言，乃隨父西。上書曰：『妾父爲吏，齊中稱其廉平，今坐法當刑。妾切痛死者不可復生而刑者不可復續，雖欲改過自新，其道莫由，終不可得。妾願入身爲官婢，以贖父刑罪，使得改行自新也。』書聞，上悲其意，此歲中亦除肉刑法。」

〔二六七〕疾醫：古代醫官名。《周禮·天官·疾醫》：「疾醫掌養萬民之疾病。」孫詒讓《正義》：「疾醫，若今之内科醫也。」

〔二六八〕參：考察，驗證。九藏：五神藏和四形藏；前者謂肝心肺腎脾，後者謂胃大腸小腸膀胱。九竅：雙眼、雙鼻、雙耳、口、前陰、後陰。

〔二六九〕《素問·藏氣法時論》：「五穀爲養。」王冰《注》：「謂粳米、小豆、麥、大豆、黄黍也。」又，《周禮·天官·疾醫》：「以五味、五穀、五藥養其病。」鄭玄《注》：「五穀，麻黍稷麥豆也。」資：天性，此指屬性。

〔二七〇〕五色：青、赤、黄、白、黑，與肝、心、脾、肺、腎相對應。五氣：臊氣、焦氣、香氣、腥氣、腐氣。《素問·六節藏象論》：「天食人以五氣。」張景岳《注》：「天以五氣食人者，燥氣入肝，焦氣入心，香氣入脾，腥氣入肺，腐氣入腎也。」五聲：呼、笑、歌、哭、呻，與肝、心、脾、肺、腎相對應，參見《素問·陰陽應象大論》。

〔二七一〕五毒：五種毒藥。《周禮·天官·瘍醫》：「凡療瘍，以五毒攻之。」鄭玄《注》：「五毒，五藥之有毒者……置石膽、丹沙、雄黄、礜石、慈石其中。」五藥：五類藥物。《周禮·天官·疾醫》：「以五味、五穀、五藥養其病。」鄭玄《注》：「五藥，草木蟲石穀也。」

〔二二〕數：氣數，命運。處：決斷。分：分際，界限。節：準則。《禮記・曲禮上》：「禮不逾節，不侵侮，不好狎。」

〔二三〕載籍：典籍。化原：或作「化源」，生化本源，或言五臟爲化原，或言脾胃爲化原。

袁廷玉傳

袁廷玉，名珙，以字行。其先南昌人也。五世祖子誠仕宋知臨安府〔一〕，以事至鄞，遂留家焉。父寧老，元翰林檢閲，博學善文〔二〕。廷玉幼襲其學，於書多所觀覽。迨壯，益爽秀。嘗遊東海補怛洛伽山〔三〕，僧有別古崖者，善相〔四〕，見而奇之，謂其眼光如電，法當以術顯。因給令仰視赤日，待兩目盡眩，潛布黑、赤豆於暗處，俾辨之；又夜懸五彩絨綫窗紙外，使映月光別其色：所試已，皆中〔五〕。然後悉以相家之術授焉，且曰：「子後當出我右，慎勿妄泄也。」其法候①夜將二鼓或五鼓罷〔六〕，燃兩炬，坐對占者，數以其炬左右視形狀氣色〔七〕。既得，第參以所生年月，而吉凶之徵有若節契然〔八〕。

在西浙，與憲史陳泰、項昕〔九〕、沈博、鄭文祖遊。謂泰曰：「君神庭、金櫃有黑氣〔一〇〕，日中當黜。」謂昕地角有魚鱗文〔一一〕，不三日家將火。謂博中部赤白氣貫，點點如梅花，三月之内有父服〔一二〕。謂文祖印堂、山根紅氣見，夏秋當赴辟，辟必南地〔一三〕。泰於其日午漏上，都堅不花僉事糾退之〔一四〕。昕次日所居屋災。博以父憂去，果三閱月。文祖爲福建帥府史，亦如期。

憲副李志、憲僉都堅不花、孛术魯育、普顏達失、史銓有所問。廷玉答曰：「李公蘭臺色慘〔一五〕，將旬日死。堅公天庭色紅，四十九日遷官南方。魯公口有赤光，而青黑乘之，三百日内不禄〔一六〕。普公陰位微紅，主禄位〔一七〕；然不宜動，動則凶矣。史公禄庫權準赤黑氣如雲行〔一八〕，兼之法令有白氣〔一九〕，三七日解凶官〔二〇〕。」李以次年正月卒。堅除福建憲僉、湖南路監郡、南臺經歷，三仕皆南地。魯至期以喪赴。普復職，後寄死野人家。史以言不行去。

在鄞，南臺大夫普花帖木兒公由閩海道鄞見廷玉〔二一〕。廷玉曰：「公神氣嚴肅，舉動風生，大貴驗也。但印堂司空有赤氣〔二二〕，到官一百十四日當奪印，然守正秉忠，名垂後世，願自勉。」普署臺事於越，果爲張太尉逼取印綬，抗節而薨。

見江西憲副程徐曰：「君帝座上黃紫氣見，千日内有二美除。但冷笑無情，非忠節相也。」徐於一年後拜兵部侍郎，升尚書，後歸款爲吏部侍郎〔二三〕。

劉仁本〔二四〕、張啓源、鄭文寶〔二五〕、丘楠請占〔二六〕。廷玉視仁本清中之濁，視啓源濁中之清〔二七〕，視文寶視楠九州光澤〔二八〕，精神澄徹。曰：「公等不十年官二品，但晚節皆得譴。吾且見之。」其後俱授樞密分院副使〔二九〕。改物後〔三〇〕，啓源、文寶就戮，仁本死獄中，楠亦責貶。啓源在分院時，廷玉曰：「公山根赤色浮見，一日内當有火厄。」次夕啓源家燬。質明又曰：「火氣猶未退。」啓源猥曰〔三一〕：「我家已一夕盡，尚何火耶？」俄而莊所亦告焚。

南臺中丞月魯不花公〔三二〕、治書胡公均、兵部郎中揭公汯將赴北〔三三〕，會於上虞。廷玉曰：「月公膚似凝脂，目如點漆，聰睿而文，官二品，今秋有中臺之命〔三四〕。然不宜往，往則不祥。」公問爲何。廷玉曰：「面有紫赤氣如玉印紋。玉印，除拜象也〔三五〕。然紫赤火色，豈宜往水位〔三六〕？胡公鼻梁聳，得陰貴助〔三七〕，司空揚州分野紅氣潤澤〔三八〕，六八日内除南方臺職。揭公骨氣巉巖，舉動端慤〔三九〕，館閣器也。但神庭、金櫃黑氣如弓，此去大不利，縱有美擢，而到任難矣。」月泛海而北，果爲倭寇所害，妻妾皆被虜。胡拜侍御史，開臺於閩〔四〇〕。揭與倭寇之難，脱身赴北，授秘書少監，未任而國事去。

廷玉回鄞，見方國瑛曰〔四一〕：「公神氣不常，舉動急速，性靈而氣暴，當以武處官，十年至一品。」乃見其從子明鞏、明敏，曰：「明鞏眼長而眉太重，額廣而日角不瑩〔四二〕，非喪父官不顯也。明敏邊地赤氣如刀②劍紋〔四三〕，二九日內因父功進爵可二品。」國瑛官江浙分省，後至平章政事。明鞏父死於兵，對品襲爵，至分省左丞〔四四〕。明敏從父克太倉有功，拜分省參政〔四五〕。

張彥珪、曾說、葉堅見。曰：「張君且貴，法曰：『肉滑筋藏骨更清，早年名位達天庭〔四六〕。』況準頭權印黃紫氣如圓珠，百五日內當有二除，到官必五馬職也〔四七〕，然不可言善終。曾君魚尾紛紋朝耳〔四八〕，耳無輪廓，他日死將無歸，官亦不過五品。且毛髮乾枯，眼光觀地，主身死而禍起。葉君首尾不欺〔四九〕，權衡職也，然氣色青浮，主七七日內恐懼成疾。」張以公事朝京，授樞密副使兼台州路總管。兵出，髡而遁，卒追殺之〔五〇〕。曾爲理官死，兵發其屍以戮〔五一〕。葉爲左司郎中〔五二〕，得驚而病風。

陶凱、張順祖、楊天顯往見問之。廷玉曰：「凱五岳朝揖而氣色未開〔五三〕，五星分明而光澤未現〔五四〕，宜藏器待時〔五五〕，不十年以文進爲異代臣子，官二品，顯名其在荆揚間耶〔五六〕？順祖面如洗而中準黑蘭臺慘，福去禍來，非壽兆也。天顯色青身小，語言清亮，亦主其文進。且邊地有氣如雲行月出，交夏四七日遠動得吉。」凱當內附之初爲禮部尚書，湖廣參政〔五七〕。順祖次年病死。天顯受差赴北，爲省都事〔五八〕。

趙宜訥、陳麟求鑑〔五九〕。廷玉曰：「趙君色温而黄，氣和而悦，當膺憲臺薦，官五品，但騰蛇氣居火星内〔六〇〕，過三年方莅事。陳君正面外青内黄，憂中有喜，況青龍氣在天庭，若祥雲瑞氣横貫秋月，進官累累可四品，然終不到職。」趙後三年赴僉都元帥任〔六一〕。陳擢户部主事，改瑞安知州，升秘書監丞，俱不克赴。

謝理〔六二〕、洪珏、胡熊、黄有猷請於廷玉。答曰：「謝君五岳峻，四水相朝〔六三〕，官可至理問。然朱雀氣居印堂，當貴人見怒罷職。所幸司空黄光明潤，來年五月必復任。洪君面方如田，富貴相也。但妻位氣青，主損兩配。生平多心術，長子必見刺貶〔六四〕。胡熊氣固清瑩，然貴而未實，惟喜明堂兩點如紅豆〔六五〕，端陽後可實授也。黄君中正廣而印堂清，地角豐而人中斜〔六六〕，既富且貴，但不久耳。」謝果以方丞相怒被黜〔六七〕，後二年除省理問，次年五月到官。洪後有田五十頃，官至省員外兼理問。一妻死，其一出也。長子刺屯遠地。胡於後五月實授省都事。黄後有田七十頃，爲省理問。

許方、蔣傑、黄益謙皆廷玉密友。廷玉嘗語方神氣澄澈，學堂氣全〔六八〕，後必以文顯，一萬日内官至三品，然宜早進。日下白氣散年壽上〔六九〕，一季之間，弟將溺死。又左右魚尾氣動，須急成昏，否則遲一千日，蓋内外三陽雲行紋見，必大服動也〔七〇〕。傑有剛毅汪洋之氣，亦主以文顯，十年内官四品。但眼尾、山根氣滯，其娶當遲。益謙氣有餘而形不足〔七一〕，後當處冗職，而富難久也。方後二月，次弟過桃花渡〔七二〕，果溺水死。姻將成，果以父喪止。後果爲南昌知府，三年再任，還鄞迎其母。廷玉曰：「公兩臉桃花氣見，兼之魚尾赤氣貫入太陽〔七三〕，法曰『遊魂無宅，死將臨焉』；母不可往；次女且亡：涉秋必皆應也。」因諫其母得不往，八月以疾卒於家；又一月，次女死南昌，而自身死金陵獄。傑爲刑部主事，姻尚未成。益謙爲司税官，而家日落。

其術之精類如此。廷玉嘗言：「吾每占人吉凶，即知其心之善惡。心善必吉，其不善者反是。以故占得其吉則喜，苟凶則怒。怒③輒念之，爲之反覆化導，期轉禍以爲福。」人不畏義理而畏禍患，因④廷玉之言格心改行者至衆〔七四〕。廷玉豪放曠達，重義輕利。與人言相，未嘗及於私。家徒四壁，處之晏若〔七五〕。然介直無阿，人有來占者，某忠某詐，輒憑占繇以斷，不少回護〔七六〕，或以是咎之。

論曰：占人形狀氣色以定其吉凶，蓋自古記之矣。荀卿著書，乃列《非相篇》以拒之，豈不以其相形而不論心哉〔七七〕？廷玉之於是術，必以形狀氣色本之於其心。心有善惡，則見於外者亦從而異焉，於是吉凶之徵應矣。嗚呼！若廷玉者，其可盡拒之耶？姑布子卿之後〔七八〕，善相者衆矣，然必以袁天剛爲稱首〔七九〕，廷玉豈其苗裔也耶？

【題解】

袁廷玉，名珙，元末明初卓越相士，參看本書卷十六《袁君廷玉以所藏何思敬山水圖求題爲賦長句》、卷十八《袁廷玉像贊》、卷二十一《四明袁氏譜圖序》。

《乾隆鄞縣志》卷二十四《古迹·柳莊》：「太常丞袁珙之居，有聖旨亭。」

姚廣孝《逃虚子詩集》卷九《贈相士袁廷玉》：「岸幘風流閃電眸，相形何似相心優？凌煙閣上丹青裏，未必人人盡虎頭。」

《明文衡》卷四十八胡儼《書袁廷玉傳後》：「人之貴富賤貧吉凶壽夭智愚賢不肖，果有相乎？禹之跳，湯之偏，皋陶之削瓜，伊尹之無須麋，周公之斷樒，仲尼之蒙倛，是耶非耶？果無相邪？公孫穀豐下而有後，伯石、越椒俱豺聲滅其氏，周亞夫、鄧通之不食，衛青、班超之必侯，見諸史傳者班班矣。荀卿子曰『相形不如論心，論心不如擇術，形不勝心，心不勝術』，斯可以論聖賢矣。其它囿於二氣五行，而盡性踐形之功或昧焉，或缺焉，或未至焉，則貴富賤貧吉凶壽夭智愚賢不肖之徵，亦豈外於相邪？故唐舉、吕公、管輅、袁天綱之徒，皆能以其術取名當時，流聲後世，此其人豈佞也哉？四明袁廷玉甫，其先南昌人，世業儒，至廷玉以相術顯。余官翰林時，廷玉擢太常丞，嘗見其貌清古而氣剛毅，有君子之風。今退休於家，其子忠徹爲中書舍人，乃持九靈山人戴良所撰甫傳示余而求題。嗚呼！廷玉術之神，其見諸傳者詳且核矣。然其言曰：『每占人吉凶，即知其心之善惡，輒念之，爲之反復化導，期轉禍以爲福。人不畏義理而畏禍患，因廷玉之言格心改行者甚衆。』然歟？若然，君子之用心也。昔嚴君平隱於卜筮，與人子言依於孝，與人弟言依於順，與人臣言依於忠，各因勢導之以善。千載之下求之，廷玉其有合哉！使占者能如廷玉言，棄咎而從義，誠於理道有裨焉。嗚呼！傳以術論之，其可乎？」

【校勘】

①候：乾隆本作「侯」。

②刀：底本作「刃」，據乾隆本改。

③怒：諸本皆闕，謹按上下文意補。

④因：諸本皆闕，據《明文衡》卷四十八《書袁廷玉傳後》補。

【箋注】

〔一〕參見卷二十一《四明袁氏譜圖序》。

〔二〕詳見卷十八《菊村先生袁君像贊》。朱彝尊《静志居詩話》卷六《袁珙》：「家本士族。其父彦章，仕元爲翰林國史檢閲，世稱菊村先生。嘗作《布衣歌》云『我家頗讀書，初非田舍翁』，道其實也。」

〔三〕補怛洛伽山：通稱梅岑山，東海佛教聖地。《昌國州圖志》卷四《敘山·梅岑山》：「在海之東，世傳梅福煉丹之所，因以名此山。一名補陀落迦山，佛書所謂海岸孤絶處，詳見《寶陀寺記》。」

〔四〕陸楫《古今説海》卷一百十四《説略三十》：「洪武中有番僧善相，在佛寺見三僧與寺主別，番僧謂主者曰：『彼三僧何之？』主者曰：『禮浦陀。』番僧亟令召回，否則皆有水厄。主者令追之，不及，果俱溺死。胡僧後見四明袁（庭禮）〔廷玉〕，欲授其術，乃令袁視日久之，雜以黑白豆，令揀之，袁目不眩，遂以其術傳之。袁亦多奇驗，嘗相戴九靈先生『日後當有一難』，壬戌冬，果死囹圄。」相：觀察人形貌、氣色、骨相以判斷吉凶禍福。

〔五〕紿：欺騙。映：照耀。中：符合。

〔六〕古時分一夜（前一日十九點至次日五點）爲五鼓，或曰五更，每鼓二小時。

〔七〕占：詢問。《漢書》卷五十二《韓安國》：「發政占古語。」顏師古《注》：「占，問也。」數：頻繁。

〔八〕徵：驗證。節契：符節與契約。

〔九〕項昕：字彦章，元代名醫，詳見卷十九《抱一翁傳》。

〔一〇〕神庭：相術部位，亦針灸穴位，或曰天庭，左側爲日角，右側爲月角。皇甫謐《針灸甲乙經》

卷三：「神庭，在髮際，直鼻，督脉，足太陽、陽明之會。」陳摶《神相全編》卷一《十三部位總歌·天庭》：「第二天庭連日角，龍角天府房心墓。」金櫃：相士術語，或作金匱，常言鼻翼；相術分人臉爲十二宫，稱鼻部爲財帛宫，金櫃屬焉。《神相全編》卷一《十二宫·二財帛》：「財帛宫論曰：天倉、地庫、金甲櫃、井竈，總曰財帛宫……氣色昏黑，主破失財禄。」馬總《意林》卷五《物理論》：「天倉、金匱以别貧富貴賤。」

〔一一〕地角：或曰地閣，常言下巴頦。《神相全編》卷一《十三部位總歌·地閣》：「十三地閣下舍隨，奴僕碓磨坑塹危。」

〔一二〕中部：或稱中停。《神相全編》卷一《面三停》：「面之三停者，自髮際下至眉間爲上停，自眉間下至鼻爲中停，自準下人中至頦爲下停。」父服：爲父親服喪。

〔一三〕印堂：左右眉中間。山根：鼻脊至兩眼中間處。《神相全編》卷一《十三部位總歌·印堂》：「第五印堂交鎖裏，左目蠶室林中起。」又，《山根》：「第六山根對太陽，中陽少陽及外陽。」

〔一四〕午漏：午時。上：時候。宋佚名《張協狀元》：「三歲上讀得書，五歲上屬得對。」僉事：肅政廉訪司僉事。糾：檢舉。

〔一五〕蘭臺：鼻尖左側。《太清神鑑》卷二：「準頭主富貴貧賤，百事吉凶……左爲蘭臺，右爲廷尉。」

〔一六〕乘：壓制。不祿：辭世諱稱。《禮記・曲禮下》：「天子死曰崩……大夫曰卒，士曰不祿。」

〔一七〕陰位：相術稱右眼下眼瞼爲三陰位，含太陰、中陰、少陰；左眼下眼瞼爲三陽位，含太陽、中陽、少陽。《神相全編》卷一《十二宫・五男女》：「男女者，位居兩眼下，名曰淚堂。三陽平滿，兒孫福祿榮昌。隱隱臥蠶，子息還須清貴。淚堂深陷，定爲男女無祿……男女宫論曰：三陰三陽，位雖豐厚，不宜枯陷。左三陽枯，克損男。右三陰枯，克損女。」《神相全編》卷一《流年運氣部位歌》：「三十六上會太陰……中陰三十八主亨……少陰四十少兄弟。」主：預示。《三國志平話》：「齊王問大臣：『銅鐵鳴，主何吉凶？』」祿位：俸祿與爵位。《周禮・天官・大宰》：「四曰祿位，以馭其士。」鄭玄《注》：「祿，若今之月奉也；位，爵次也。」

〔一八〕祿庫：祿倉與仙庫，在人中兩側。《神相全編》卷一《流年運氣部位歌》：「五十二三居仙庫……五五得請祿倉米。」權：通「顴」，左右顴骨。《戰國策・中山策》：「若乃其眉目準頞權衡。」鮑彪《注》：「權，輔骨，當作顴。」曹植《洛神賦》：「明眸善睞，靨輔承權。」準：鼻子。

〔一九〕法令：法令紋，兩條自鼻翼經口角之縱理紋。

〔二〇〕解：免職。《漢書》卷八十一《孔光》：「于法無以解。」顔師古《注》：「解，免也。」凶官：肅政廉訪司擔負監察彈劾百官之職責，故其官員稱凶官。

〔二一〕南臺大夫：元時江南諸道行御史臺從一品職官。高岱《鴻猷録》卷四《克張士誠》：「甲辰八月，士誠使其弟士信面數達識罪失，勒命自陳老疾避位去。脅將佐爲上言江浙丞相非士信不可。即逼取符印，幽達識帖睦邇於嘉興，士信自爲丞相。又脅普花帖木兒請實授王爵於元，普花帖木兒不從。即遣使至紹興逼取其印，普花帖木兒封其印置庫中曰：『我頭可斷，印不可得。』又脅之登舟，曰：『我可死，不可辱也。』從容沐浴，更衣賦詩，與妻子訣，仰藥死。達識帖睦邇聞之曰：『大夫且死，吾生何爲？』亦仰藥死。士誠遂專有江浙。」

〔二二〕司空：額前部，上鄰天庭，下近中正。《神相全編》卷一《十三部位總歌·司空》：「第三司空額角前，上卿少府更相連。」

〔二三〕程徐：元知名學者程端學之子，通曉《春秋》之學，明初拜刑部尚書。《宋元學案》卷八十七《静清學案·編修程積齋先生端學》：「梓材案：黄氏本此下續云『子徐，至正中以明《春秋》知名』，而全本無之。」王世貞《弇山堂别集》卷五十《刑部尚書表·程徐》：「浙江鄞縣人。故元兵部尚書歸附，洪武三年任，卒官。」帝座：面相部位，屬上府。《太清神鑑》卷三《色論》：「所謂貴處，印堂、帝座、内府、駟馬、龍虎、日月地角是也。」歸款：投誠，此指歸順明王朝。

〔二四〕《明史》卷一百二十三《劉仁本》：「字德元，國珍同縣人。元末進士乙科，歷官浙江行省郎中，與張本仁俱入國珍幕。數從名士趙俶、謝理、朱右等賦詩，有稱於時。國珍海運輸元，實仁本司其事。朱亮祖之下温州也，獲仁本。太祖數其罪，鞭背潰爛死。」

〔二五〕鄭文寶：元末天台名士。《澹遊集》録諸詩家云：「鄭文寶，字永思，天台人，累遷江浙行省左右司郎中、台州路總管、浙東元帥。」

〔二六〕丘楠：元末明初温州名士。《嘉靖寧波府志》卷二十五《名宦·丘楠》：「字彦材，永嘉人，至正中以户部主事從江浙行省左丞荅納失里同討方國珍。既效順，留楠自輔。國珍爲請於朝，歷仕江浙分省理問、行樞密院副使、慶元路總管，竭誠贊畫，保障地方。國朝丁未大軍臨城，國珍竄入海，楠告以天命有歸，國珍遂降。明年改元洪武，楠在俘馘。高皇帝素聞其名，特命原之，謫居廬州。未幾，召除工部員外郎，改知韶州府，坐事戍西涼。既耄得代歸省，道經四明，卒於定水寺，葬於寺傍。」

〔二七〕南唐宋齊邱《玉管照神局》卷上《陳摶先生風鑑》：「氣之在神，要其堅響清韻，而不在乎剛健强鳴。其内平則志篤，其外舒則氣和。有清焉，有濁焉；有清中之濁，有濁中之清。」

〔二八〕九州：大禹分天下爲青、梁、揚、冀、豫、兖、雍、徐、荆等九州，相術以之稱人臉九部位。《神相全編》卷十《定九州氣色吉凶》：「雍州在乾，左笑厭面下，乾位起於西北角，乃天門也……冀州在坎，中下唇，正北……兖州在艮，右笑厭面下，東北……青州在震，右顴骨上，正東……徐州在巽，右眼尾，東……揚州在離，印堂上，正南……荆州在坤，左眼尾下，西南……梁州在兑，左顴骨上，正西……豫州中央，在鼻梁上。」

〔二九〕晚節：晚年。《史記》卷四十九《外戚世家》：「及晚節色衰愛弛，而戚夫人有寵。」樞密副使：元時從二品職官。

〔三〇〕改物：改朝换代。

〔三一〕質明：拂曉。猥：苟且，隨意。

〔三二〕月魯不花：元時名臣，參看卷二十三《元故沖玄處士羅君墓誌銘》及《故翰林待制致仕汪君墓誌銘》。《元史》卷一百四十五《月魯不花》：「俄改山南道廉訪使，浮海北而往，道阻，還抵鐵山，遇倭賊船甚衆，乃挾同舟人力戰拒之，倭賊紿言投降，弗納。於是賊即登舟攫月魯不花，令拜伏，月魯不花罵曰：『吾朝廷重臣，寧爲賊拜邪！』遂遇害。當遇害時，麾家奴那海刺殺首賊。次子樞密院判官老安、侄百家奴捍敵，亦死之。同舟死事者八十餘人。事聞，朝廷贈攄忠宣武正憲徇義功臣、銀青榮禄大夫、遼陽等處行中書省平章政事、上柱國，謚忠肅。」

〔三三〕揭汯：字伯防，龍興富州人，詳見卷十七《哭揭秘監三十四韻》。

〔三四〕中臺：御史臺别稱；月魯不花充任山南江北道廉訪使，直屬御史。

〔三五〕玉印：玉製印章。除拜：授官。

〔三六〕水位：北方；五行學説中五行與方位對應，即木東，火南，金西，水北，土中。

〔三七〕陰貴：陰陽學家分貴人爲陰貴人與陽貴人；貴，貴人，援助自己亨通發達者。

〔三八〕分野：參見卷四《浦江縣新建婺女星君行祠碑》。

〔三九〕巉巖：險峻。端愨：正直誠謹。《淮南子·主術訓》：「其民樸重端愨。」高誘《注》：「端，直也；愨，誠也。」

〔四〇〕侍御史：元大德後從二品職官。《元史》卷八十六《百官二·御史臺》：「大德十一年，升中丞爲正二品，侍御史爲從二品，治書侍御史爲正三品。」開臺：設御史臺以徵辟僚屬。

〔四一〕方國瑛：或名方谷瑛，元末梟雄方國珍胞弟。《元季伏莽志》卷七《盜臣傳·方國瑛》：「國瑛，珍弟也。初從兄爲亂，至正十三年，元授信州路治中，不受命。珍既據温、台、慶元三郡，令國瑛隨國璋居台。後附明，授瑛行中書省參政。至正二十六年十月，元又以國瑛爲江浙行省平章政事。」

〔四二〕日角：相術家稱額骨隆起入左邊髮際處，與額骨隆起入右邊髮際處之月角相對。

〔四三〕邊地：相術家指左額角。《神相全編》卷一《十三部位總歌·天中》：「高廣尺陽武庫同，軍門輔角邊地足。」

〔四四〕明鞏：元末朱元璋授方國珍長兄國璋行省右丞，後國璋以攔截叛將而歿，朱元璋遣使撫慰國璋遺孤；此云「明鞏父死於兵，對品襲爵」，則明鞏爲方國璋之子。《元季伏莽志》卷七《盜臣傳·方國璋》：「（至正）十九年九月，明祖遣博士夏煜授璋行中書省右丞。二十二年，珍已納款於明，明苗軍降將蔣英、李福等叛殺首帥胡大海，持其首來曰：『願隸麾下。』衆皆賀。珍獨不許曰：『吾昔遣使效錢鏐，言猶在耳。今納其叛人，是見小利而忘大信也。』乃命璋率師邀擊於仙居。璋中流矢而歿。明祖遣使臨祭，慰撫其遺孤。」

〔四五〕明敏：元末東南梟雄方國珍子，名行，明敏其字也。《明史》卷一百二十三《方國珍》：「關弟行，字明敏，善詩，承旨宋濂嘗稱之。」《元季伏莽志》卷七《盜臣傳·方明敏》：「明敏亦國珍子。相士袁柳莊嘗相之曰：『君邊庭赤氣如刀劍紋，二九日有升進。』隨從父克太倉，授分省參政，調江西。明敏不知國珍第幾子，以克太倉升官，則亦年長矣。志此備考。」《宋濂全集》卷二十九《東軒集序》：「《東軒集》者，天台方君明敏之所作也。明敏仕於元，嘗參知政事於江浙行中書。襟韻瀟灑而氣岸偉如，發於聲詩，往往出人意表。其弟明則繕鈔成帙，同予學子桂慎請予評之。」太倉：元時隸屬平江路崑山州。《元季伏莽志》卷七《盜臣傳·方國珍》：「時張士誠據姑蘇、常、湖等郡，元患之，欲藉珍以收士誠，有詔徵珍討之。珍率兄弟諸侄以舟師進攻崑山州。士誠偵珍且至，遣其將史文炳、吕珍統十將軍兵七萬禦之……國珍横刃大呼而入，殺兩將軍及十餘人，張氏軍大潰。國珍與壯士追之，擊其中堅，文炳等接戰。國珍出入陣中，所向披靡。橋左右水騎迄不得成列，而岸上軍又敗北。文炳與吕珍棄馬走，亡七將軍，溺死者萬計。國珍次兵於岸。明日又戰，七戰七捷，直至城下。士誠遣使者送款，請奉元正朔。又托丁氏往來説合，結爲婚姻。於是兩境之民稍息。珍還，開治於鄞。元加優寵，升授太尉、江浙省左丞相，賜衛國公印章。兄弟子侄賓客皆至大官。」

〔四六〕天庭：帝王宫廷，朝廷。

〔四七〕準頭：鼻尖。《神相鐵關刀》卷三《相官禄宫法》：「鼻爲官，口爲禄，印堂爲印，兩顴爲權，額爲貴人，俱官相配。」五馬：漢時太守所乘車由五匹馬牽引，後遂以五馬代太守。白居易《西湖留别》：「翠黛不須留五馬，皇恩只許住三年。」

〔四八〕魚尾笏紋：魚尾紋，即眼角皺紋；魚尾，面相部位，即眼角。《神相全編》卷一《十三部位總歌·山根》：「魚尾奸門神光接，倉井天門元武藏。」

〔四九〕首尾不欺：殆指眉毛兩端豐盈均衡。袁廷玉《柳莊相法·五官説》卷上：「眉鬚要寬廣清長，雙分入鬢，或如玄犀新月，首尾豐盈，高居額中，乃爲保壽官成。」

〔五〇〕台州路總管：元時上路正三品職官。髡：剃光頭髮之刑罰。

〔五一〕理官：獄官。戮：陳屍示衆。《國語·魯語下》：「防風氏後至，禹殺而戮之。」韋昭《注》：「陳屍爲戮也。」

〔五二〕左司郎中：元時行省從五品職官，參見卷十二《送丁郎中赴京師詩序》。

〔五三〕五岳：相術家將五岳與臉部對應以占窮達禍福。《神相全編》卷二《五岳》：「額爲衡山，頦爲恒山，鼻爲嵩山，左顴爲泰山，右顴爲華山。」

〔五四〕五星：相術中五星與人臉部位對應。《神相全編》卷二《五星六曜決斷詩》：「金木星是耳……水星是口……火星是額……土星是鼻。」

〔五五〕藏器：深藏才能。《易·繫辭下》：「君子藏器於身，待時而動。」

〔五六〕荆揚：九州之荆州與揚州；荆州，在荆山與衡山之間；揚州，淮河長江流域之近海地區。《尚書·禹貢》：「淮、海惟揚州……荆及衡陽惟荆州。」《周禮·職方》：「東南曰揚州。」《爾雅・釋地》：「江南曰揚州。」

〔五七〕内附：此指元明更迭。陶凱：字中立，臨海人，明初以薦徵入朝，累官禮部尚書，遷湖廣參政。詳見《明史》卷一百三十六《陶凱》。《宋元學案》卷八十二《北山四先生學案・尚書陶耐久先生凱》：「陶凱，字中立，樂清人。洪武中，薦舉授翰林應奉，歷官國子祭酒。自稱耐久道人。先生應聘而起，時國家稽古禮文事，多先生裁定。詔令封册歌頌時命先生，文章遂盛傳於世。」

〔五八〕省都事：元從七品行省職官，參見卷十三《送楊都事序》。

〔五九〕陳麟：元時慈溪縣尹，詳見卷二十三《元中順大夫秘書監丞陳君墓誌銘》。

〔六〇〕朧蛇氣：污濁氣息。《太清神鑑》卷三《六神氣色》：「兩眼黑白分明、神光紅黄、精彩射人者，謂之青龍之色，主遷轉官職招進財帛喜慶之事。面色赤如撒丹、擾如煙昏者、病燥者，謂之朱雀之色，主有官災口舌驚擾之事。面上拂拂如灰土色、精神昏濁者，謂之朧蛇之色，主驚憂怪夢不祥家宅不安之事。」

〔六一〕僉都元帥：趙宜訥嘗官浙東道宣慰使司，該司未設僉都元帥一職；參見《元史》卷九十一《百官七・宣慰使司》。鄭真《滎陽外史集》卷四十六《郭進士傳》：「前浙東閫帥趙宜訥謫居濠梁，嘗友進士。至是聞訃，悵然曰：可學官不稱其志，死誠可惜。然靈壁之民長者，何其能用情也耶！傳曰『慎終追遠，民德歸厚矣』，信矣哉！」

〔六二〕謝理：元末天台名士。《澮遊集》録諸詩家云：「謝理，字玉成，天台人，行樞密院都事，今江浙省理問。」《元季伏莽志》卷七《降辱傳·劉仁本》：「至正庚子，仁本治師會稽之餘姚州，作雩詠亭於龍泉左麓，集多士趙俶、謝理、朱右、天台僧白雲以下四十二人，修禊賦詩，仁本自爲之敘。」

〔六三〕四水：相術中江河淮濟四水與人臉部位對應。《神相全編》卷二《四瀆》：「耳爲江，目爲河，口爲淮，鼻爲濟。」

〔六四〕妻位：常曰奸門，在眼角。《神相全編》卷一《十二宫·七妻妾》：「妻妾者，位居魚尾，號曰奸門。」刺：指責。

〔六五〕明堂：鼻子。《靈樞·五色第四十九》：「雷公問於黄帝曰：『五色獨決於明堂乎？小子未知其所謂也。』黄帝曰：『明堂者，鼻也。』」

〔六六〕中正：面相部位，司空與印堂之間。人中：面相部位，準頭與口之間。《神相全編》卷一《十三部位總歌》：「第四中正額角頭，虎眉牛骨輔骨遊……第十人中對井部，帳下細厨内閣附。」

〔六七〕方丞相：方國珍，元末占據浙東慶元、台州、温州諸路，元廷授以江浙行省左丞相，分省慶元；詳見《明史》卷一百二十三《方國珍》。

〔六八〕學堂：相術有四學堂與八學堂二説。《神相全編》卷一《四學堂論》：「官學堂。一曰眼爲官學堂，眼要長而清，主官職之位。祿學堂。二曰額爲祿學堂，額闊而長，主官壽。內學堂。三曰當門兩齒爲內學堂，要周正而密，主忠信孝敬；疏缺而小，主多狂妄。外學堂。四曰耳門之前爲外學堂，要耳前豐滿光潤，主聰明；若昏沉，愚鹵之人也。」又，《八學堂論》：「高明。第一高明部學堂，頭圓或有異骨昂。高廣。第二高廣部學堂，額（勇）〔角〕明潤骨起方。光大。第三光大部學堂，印堂平明無痕傷。明秀。第四明秀部學堂，眼光黑多入隱藏。聰明。第五聰明部學堂，耳有輪廓紅白黃。忠信。第六忠信部學堂，齒齊周密白如霜。廣德。第七廣德部學堂，舌長至準紅紋長。班筍。第八班筍部學堂，橫紋中節停合雙。八位學堂如有此，人生富貴多吉祥。」

〔六九〕日：日角。年壽：年上和壽上兩部位；居山根與準頭之間，年上近山根，壽上鄰準頭。

〔七〇〕大服：黎庶爲帝王或王后服喪，此指爲父母服喪。《漢書》卷九十九下《王莽傳下》：「閏月丙辰，大赦天下，天下大服民私服在詔書前亦釋除。」顏師古《注》引張晏曰：「莽妻本以此歲死，天下大服也；私服，自喪其親。皆除之。」

〔七一〕《太清神鑑》卷三《論神有餘》：「神之有餘者，眼色清瑩，顧盼不斜，眉秀而長、精彩聳動，容貌澄澈，舉止汪洋。灑然遠視，若秋月之照霜天；巍然近矚，似和風之動春葩。臨事剛毅，如猛獸而步深山；處衆逸超，似丹鳳而翔雲路。其坐也，若介石不動；其臥也，如棲鳥不搖。其形也，洋洋然如平水之流，昂昂然如孤峰之聳。言不妄發，性不妄躁，喜怒不動其心，榮辱不易其操，萬態紛錯於前而心恒一。斯皆謂神有餘也。神餘者，皆爲上貴之相，凶災難入，天禄永保其終矣。」又，卷四《論形不足》：「形之不足者，頭頂尖薄，肩膊狹斜，腰肋疏細，肢節短促，掌薄指疏，唇褰額塌、鼻抵耳反，臀低胸陷。一眉曲一眉直，一眼仰一眼低，一睛大一睛小，一顴高一顴低，一手有紋，一手無紋。睡中開眼，男子女聲，齒黄而露，口臭而尖。禿頂無髮，眼深不見。行步欹斜，顔色痿怯。頭小而身大，上短而下長。此謂之形不足也，多疾而短命，福薄而貧賤矣。」

〔七二〕桃花渡：鄞縣津渡。《讀史方輿紀要》卷九十二《浙江四・寧波府・鄞縣・桃花渡》：「府東北三里，即鄞江渡也。渡北有天成高阜九十有九，獨一阜半入於江，謂之江北墩。」

〔七三〕桃花氣：粉紅色。太陽：鬢角前眉梢後人體部位。宋慈《洗冤録・論沿身骨脉及要害去處》：「額下者眉，眉際之末者太陽穴。」

〔七四〕格心：匡正荒謬之心思。《尚書・冏命》：「繩愆糾謬，格其非心。」

〔七五〕晏若：晏如，安寧貌。

〔七六〕占繇：占卜文辭；繇，通「謡」，歌謡。回護：袒護。

〔七七〕占：細察徵兆。《廣韻・鹽韻》：「占，視兆也。」《荀子・非相篇》：「相人，古之人無有也，學者不道也。古者有姑布子卿，今之世梁有唐舉，相人之形狀顔色而知其吉凶妖祥，世俗稱之。古之人無有也，學者不道也。故相形不如論心，論心不如擇術。形不勝心，心不勝術。

術正而心順之，則形相雖惡而心術善，無害爲君子也；形相雖善而心術惡，無害爲小人也。君子之謂吉，小人之謂凶。故長短小大、善惡形相，非吉凶也。古之人無有也，學者不道也。」

〔七八〕姑布子卿：姓姑布，字子卿，相術祖師。春秋時晉卿趙鞅使姑布子卿相諸子，獨許婢女所生毋恤貴。自是之後，趙鞅屢試諸子，毋恤最賢，遂立爲太子。參見《史記》卷四十三《趙世家》。

〔七九〕袁天剛：常作袁天綱，唐朝玄學家、天文學家、相術家，嘗相武則天、杜淹、王珪、韋挺、竇軌、岑文本、張行成、馬周諸人，悉驗無差爽。詳見《新唐書》卷二百四《方技·袁天綱》。稱首：居首位。謝肇淛《五雜組》卷五：「卜自管輅、郭璞之後，至李淳風而神矣。相自姑布子卿、唐舉之後，至袁天綱而神矣。宋之費孝先、明之袁忠徹，皆詣極絶倫，上追千古，數百年來，未有繼之者也。」

九靈山房集卷之二十八

越遊稿五

記

全有堂記

人之有是身也，必有是心；有是心也，必有是理。若仁義禮智四者之爲性，蓋皆人所固有，而非由外至也[一]。然或不能知其性之所有而全之者，則以梏於氣[二]，動於欲，亂於意，有所陷溺而然耳。是以聖人因人之所固有而爲之教焉。

喜怒哀樂之情，人之所固有也。以其固有之情而美刺之[三]，於是乎有《詩》。《詩》者，人之情也。情雖易放，而辭讓之心則其所固有也，以其固有之心而爲之節文〔四〕，於是乎有《禮》。《禮》者，敬也。敬則自處卑矣，以其自卑之勢而又有《書》。《書》者，上所以通乎下之言也。上下既通，然後以其吉凶悔吝之機而作《易》焉〔五〕。《易》作而《春秋》繼之，蓋至於《春秋》，則人之固有者舉亡之矣。然亦以其是是非非而爲之斷焉。聖人爲教之備如此，而其大要，則務使人開其梏，制其動，治其亂，皆知是性之所有而全之也。

然所以使人知其性之所有而全之者，其文雖存乎《易》《詩》《書》《禮》《春秋》之籍，而其實則行乎君臣、父子、兄弟、夫婦、朋友之間也。孟子所謂「父子有親，君臣有義，夫婦有别，長幼有序，朋友有信」是也〔六〕。由是而觀，則上之所以教，下之所以學，其亦可知也已！

夫自世變俗衰，聖人教人之法盡壞。而士之爲學，不過釣聲名，干利禄，靡然從事乎其外〔七〕。幸而或知是理之在我而有意乎内求者，又往往收視反聽〔八〕，一以取足諸心爲事，其弊卒墮異説而不知〔九〕。噫，此後之學者所以不及於古也。不及於古者，由不能全乎其所有也。

欲全其有，寧有道乎？曰知與行而已。知蓋窮乎《易》《詩》《書》《禮》《春秋》之理，而行則盡夫君臣、父子、兄弟、夫婦、朋友之事也。知以有之，行以全之，此學之所以幾於古也。《詩》曰：「天生蒸民，有物有則。民之秉彝，好是懿德。」〔一〇〕是蓋爲學之大端也。學者舍是而欲求入於聖賢之域者，不亦難矣哉！

余友黄君元輔，有志乎古學者也。故嘗以全有名堂，而屬余記之。余惟全有之云，見之於朱子之書者，誠萬世學者之塗轍。今元輔重取斯言而用以名其室，則其於學也，可謂得其要矣。是尚奚以余言爲哉？余雖有言，亦豈能出於朱子所言之外哉？況若余者，方矻矻自保之不暇，又安能有及於朋友哉？然則是記也，非所以勉元輔，而惟將以自警焉爾。

【題解】

全有，保全固有之天性。朱熹《大學章句序》：「蓋自天降生民，則既莫不與之以仁義禮智之性矣。然其氣質之稟或不能齊，是以不能皆有以知其性之所有而全之也。一有聰明睿智能盡其性者出於其間，則天必命之以爲億兆之君師，使之治而教之，以復其性。」黄鄰，字元輔，諸暨人，構全有堂以示儒家立身安命之大道，其迹亦見卷二十六《黄元輔小像贊》。《諸暨縣志》卷四十一《坊宅志一》：「全有堂，在南門外，明監察御史黄鄰故宅。」《宋濂全集》卷四十五《全有堂箴・序》：「全有堂者何？監察御史黄君鄰讀書之室也。缺者，全之反。其謂之全者何？無毫毛之不備也。無者，有之對。其謂之有者何？心中本具，不假外求也。其謂全有者何？天德也。天德之著也，如鑑之明也，萬里森然，隨物而應之也。既曰全有，或乃斫之喪之以至弗完者何？人僞之滋也。人僞之滋，非學不足克之也。克之者何？整爾甲，礪爾戈，力戰而勝之也。是故生而能全之謂聖人，修而復全之謂賢人，棄而不知求全之謂愚人。三者之不同奈何？敬與怠之謂也。黄君欲全其所有，非敬將何以全之？黄君以政學聞於時，復遑遑自治不止，其殆知求全者歟！」

蘇平仲《蘇平仲文集》卷二《全有堂箴》：「監察御史（王）〔黄〕君元輔以全有名其堂，余知其有志於學也。因其請，爲作《全有堂箴》。其辭曰：惟人之初出，一而已焉；及其至也，爲智爲愚，爲狂爲聖，不啻天之與淵。其何以則然？豈不由固有之性能全與不能全乎？於戲！在我之天，其孰能遷之？奈何不勉以希夫聖賢？有如斫喪而不克奉以周旋，則處斯堂猶將局蹐，其將何以無愧於兩者之間也？」

《諸暨縣志》卷五十四《文徵・紀實外編》明錢子予《全有堂説》：「性也者，人人之所全有也。或不能有，有而不能全者，性之蔽也，欲之汩也。學焉而所知不蔽於氣，所行不汩於欲，則有者未嘗泯，全者未嘗虧也。是性也，具於吾心，其目有五，曰仁曰義曰禮曰智曰信，人人之所全者也。上焉而聖，固全有是性也；中焉而可以爲愚，可以爲聖，亦全有是性也。聖也者性焉，葆其有而全焉。愚也者暴焉棄焉，喪所有而虧其全焉。可以聖可以愚者，暴焉棄焉，則喪而虧者，終不得而復；復焉執焉，則喪而虧者，庶幾復全其天焉。孟軻氏曰性善，知性之全有是善也，天命之〔謂〕性也。荀卿氏曰性惡，揚雄氏曰善惡混，韓愈氏曰性有三品，皆以其稟於氣者當之，而不知性之全有是善也。且五性之具於心，人無有不善也，謂之惡可乎？人無有不同也，謂之混可乎？人無有不全也，謂有三品可乎？彼謂爲惡者，即氣之汩没者言之耳；謂爲混者，即氣之清濁者言之耳；謂爲三品者，即氣之至清至濁與夫清濁之間者言之耳。又孰知性即五常之理乎？知性即五常之理，則皆善也，何有於惡乎？何有於混乎？何有於三品乎？……《書》曰：『惟皇上帝，降衷於下民，若有恒性。』《易》曰：『一陰一陽之謂道，繼之者善也，成之者性也。』《詩》曰：『天生烝民，有物有則。民之秉彝，好是懿德。』《春秋左氏傳》曰：『民受天地之中以生。』《中庸》曰：『天命之謂性。』是可以見性之本善，而人之所全有也。孟子言性善，蓋本諸此。嗟夫！人之有生，形也者，氣之聚也；性也者，理之會也。孟子論性不論氣，知性者也，其言特未究耳。諸子論氣不論性，不知性者也。迨程張朱子之論出，而性之論著矣，故後之人得以窮夫理而盡其性焉。勾無黄原輔氏者，顔其進修之室曰全有，蓋本諸子朱子敘《大學》之旨也。原輔信能格物以致其知，誠意以正其心，則性之固有者可以復全其天焉！且原輔之所謂全有焉，全其性之有也。用也吾敢并以其得於天而本然全有者爲原輔言之。原輔將欲全其所有，以立程朱之門，以造孟氏之域，以升孔子之堂，固由其命於天者無不全也。作《全有堂説》。」

【箋注】

〔一〕詳見卷二十六《惟微齋銘》。

〔二〕梏：束縛，控制。《山海經·海内西經》：「帝乃梏之疏屬之山。」郭璞《注》：「梏，猶繫縛也。」

〔三〕美刺：贊美指責。

〔四〕節文：節制修飾。蘇軾《禮以養人爲本論》：「夫禮之初，始諸人情，視其所安者而爲之節文。」

〔五〕吉凶悔吝：福祥禍殃困厄艱難。悔：困厄。《易·幹》：「亢龍有悔。」《易·繫辭上》：「悔吝者，憂虞之象也。」吝：通「遴」，艱難。《説文》：「遴，行難也。」《廣雅·釋詁》：「遴，難也。」機：徵兆。

〔六〕語出《孟子·滕文公上》。别：内外有别，即婦主内夫主外。

〔七〕靡然：順風傾倒貌，形容聞風而動。

〔八〕反聽：自我省察。《史記》卷六十八《商君列傳》：「趙良曰：『反聽之謂聰，内視之謂明，自勝之謂强。』」

〔九〕《朱子語類》卷一百二十六《釋氏》：「釋氏見得高底儘高。或問他何故只説空。曰：『説玄空，又説真空。』玄空便是空無物，真空卻是有物，與吾儒説略同。但是他都不管天地四方，只是理會一個心，如老氏亦只是要存得一個神氣……釋老稱其有見，只是見得個空虛寂滅。真是虛，真是寂無處，不知他所謂見者見個甚底？莫親於父子，卻棄了父子；莫重於君臣，卻絶了君臣；以至民生彝倫之間不可闕者，它一皆去之。」

〔一〇〕語出《詩經·大雅·烝民》。朱熹《詩集傳》：「言天生衆民，有是物必有是則。蓋自百骸九竅五藏而達之君臣父子夫婦長幼朋友，無非物也，而莫不有法焉，如視之明、聽之聰、貌之恭、言之順、君臣有義、父子有親之類是也。是乃民所執之常性，故其情無不好此美德者。」蒸民：百姓；蒸，通「烝」，衆多。則：法度。秉彝：遵循常理。

怡顔堂記

鄞之孫氏有兄弟三人，長曰伯敬，而伯睿、伯恭其次也。三人嘗即所居西偏隙地雜植桑柘杞梓①諸木，而名其堂曰怡顔。凡當耕讀之餘，應酬之暇，則必退即是堂，以息以休，以觀夫諸木之鬱茂。使目諧其所見，神謀其所接，而怡然之樂溢諸顔間。故因其事之所以然而爲之名，蓋取陶淵明《歸去來辭》言也。噫，其可謂善取樂於卉木之間矣。

雖然，三人之樂，吾能言之。夫自世教下衰，而兄弟之間或不能以相睦者有矣，或至相視如怨家仇人者亦有矣。今三人者乃能相維以義，相守以和，上友下恭，薫爲禮俗〔一〕。而是木也適與宴私之堂直〔二〕，三人一舉目間，豈不曰「吾父，其木之本也；吾兄弟，其柯也；衆柯同出於一本，猶吾兄弟同生於一父也」，則所以盻其柯而知兄弟不可以相遠者〔三〕，顧不在於是木乎？善觀物者必有以驗夫人，此則三人之所樂也。一卉木之微，豈三人之樂哉？乃三人所以寄興於斯也。

昔者詩人常以常棣②之華興兄弟之和樂〔四〕：不曰「兄弟既具，和樂且孺」，則曰「兄弟既翕，和樂且湛〔五〕」。所謂和樂之云，亦在於兄弟，而不在於常棣矣。且夫子有曰「兄弟怡怡如也〔六〕」，怡怡，固其樂之見於兄弟者也。

是則三人之有取於怡顔者，其言雖出於淵明，而其意則非淵明之所知也。淵明且不之知，況世人哉！則凡世人所與同登於是堂者，其不内愧於心哉！而予也又以菲德之言綴名是堂間，其又不内愧於心哉！

【題解】

怡顔，心靈欣豫而面帶歡笑。靖節先生嘗以「怡顔」述其投簪隱逸之樂，《歸去來兮辭》：「三徑就荒，松菊猶存。攜幼入室，有酒盈樽。引壺觴以自酌，眄庭柯以怡顔。倚南窗以寄傲，審容膝之易安。」鄞縣孫氏兄弟融融泄泄，名堂以怡顔，發其敬兄愛弟之深情。陶公怡顔，一人之樂也；

孫氏怡顏，昆弟之樂也：此怡顏同而不同也。

孫氏昆弟，元末古玩家，其事亦見卷二十二《跋孫伯敬所藏十八學士圖》《跋孫伯睿所藏絳帖》《跋修禊帖》及卷二十五《寄孫伯敬兄弟》。

【校勘】

① 梓：底本作「椊」，據乾隆本改。

② 常以常棣：乾隆本作「嘗以棠棣」。

【箋注】

〔一〕《玉篇・宀部》：「守，護也。」薰：薰蒸，薰陶浸潤。《漢書》卷一百下《敘傳下》：「薰胥以刑。」顏師古《注》：「薰者，謂相薰蒸，亦漸及之義耳。」

〔二〕直：通「值」，相對，遇上。

〔三〕《廣雅・釋詁一》：「眄，視也。」

〔四〕常：通「嘗」。《助字辨略》卷二：「《高帝紀》：『高祖常繇咸陽。』此常字，與嘗通，猶云曾也。」常棣：或作「棠棣」，一種落葉灌木，又名郁李。興：襯托。《詩經・周南・關雎》：「關關雎鳩，在河之洲。窈窕淑女，君子好逑。」朱熹《詩集傳》：「興也……興者，先言他物以引起所詠之詞也。」

〔五〕語出《詩經・小雅・常棣》。朱熹《詩集傳》：「而兄弟有不具焉，則無與共享其樂矣……而兄弟有不合焉，則無以久其樂矣。」具：通「俱」，全。孺：親近。毛《傳》：「孺，屬也。」孔穎達《疏》引《釋言》李巡曰：「孺，骨肉相親屬也。」翕：聚集。湛：長久快樂。《詩經・小雅・鹿鳴》：「和樂且湛。」毛《傳》：「湛，樂之久。」

〔六〕怡怡：兄弟和睦快樂貌。《論語・子路》：「子曰：『切切偲偲，怡怡如也，可謂士矣。朋友切切偲偲，兄弟怡怡。』」

谷口莊記

鄞鄭君彥博名其隱居之所曰谷口莊，臨川危太史爲隸古題之〔一〕。余至鄞，數與君遊，乃求余記其所以名之義，余未及爲而去。後一年，復會君於鄞，而求之益力，余不得辭也。

谷口爲漢鄭子真隱處〔二〕，君乃子真之苗裔，因其故地以爲名，蓋寓懷思前人之微意，且示後人，使知所本爾。按子真居谷口時，耕於巖石之下，而名震京師。至成帝朝，王鳳以禮聘之，不屈。其清風高節，足以激貪而勵俗〔三〕。揚子稱其爲近古之逸民，信知言哉〔四〕！

君博學善文，自其壯歲，即稍出爲世用〔五〕。一旦倦遊而歸，逡巡乎山砠海涯，佳聲美譽方焱起而水湧〔六〕。然懼有力者之或奪也，乃益縮然退藏，即所謂谷口莊者而居之。雖谷口與鄞相去幾半萬里，庶幾植杖而思，釋耒而望，未嘗不神飛情越，而日往來乎其間也。

山空歲晏，遺響寂寥〔七〕，而鄭氏一宗，歷數百年之遠，數十世之久，以耕而隱，猶如一日，是孰使之然哉？大同之世，余不得而見之，此余因君之事所以深有歎於斯時也。士負有爲之志而不欲輕試於不可爲之時，故惟擇夫所得爲者而爲之。得爲者何？耕焉而止爾。

然氣運之消長往來無常〔八〕，人事之隱顯每與之相爲終始。「雷在地中，《復》〔九〕」，而陽氣已動於黄泉〔一〇〕，吾恐君之不能久耕谷口也。明發有懷，前人未遠〔一一〕。朝作夕息，若將終身〔一二〕，抑君之素志然乎！此余所以不辭而爲之記也，亦所以示君之後人也。

【題解】

谷口，西漢鄭子真修身隱逸之地。《漢書》卷七十二《王貢兩龔鮑傳》：「其後谷口有鄭子真，蜀有嚴君平，皆修身自保，非其服弗服，非其食弗食。成帝時，元舅大將軍王鳳以禮聘子真，子真遂不詘而終……及雄著書言當世士，稱此二人，其論曰：『或問：君子疾没世而名不稱，盍勢諸名卿可幾？曰：君子德名爲幾。梁、齊、楚、趙之君非不富且貴也，惡虖成其名！谷口鄭子真不詘其志，耕於巖石之下，名震於京師，豈其卿？豈其卿？』……自園公、綺里季、夏黄公、角里先生、鄭子真、嚴君平皆未嘗仕，然其風聲足以激貪厲俗，近古之逸民也。」

後裔鄭彦博，仰慕祖先高風，遂以谷口名其聚落。鄭氏行迹參看卷二十五《寄鄭彦博》。

【箋注】

〔一〕危太史：元末明初學者危素，參見卷十二《夷白齋稿序》。隸古：以隸書考校寫定古篆文。孔安國《書序》：「至魯共王，好治宫室，壞孔子舊宅以廣其居，於壁中得先人所藏古文虞、夏、商、周之書及傳《論語》《孝經》，皆科斗文字……科斗書廢已久，時人無能知者。以所聞伏生之書考論文義，定其可知者爲隸古定，更以竹簡寫之。」孔穎達《疏》：「言隸古者，正謂就古文體而從隸定之，存古爲可慕，以隸爲可識，故曰隸古，以雖隸而猶古。」《危太朴文續集附録》引宋濂《題危太樸隸書歌》：「學必博而後所見精。非惟諸經奥旨皆當研摩，至於隸書之學，漢魏以來其運筆結構多不同，苟不歷考其變，何以充其知識而祛流俗之陋哉？吾友危先生太樸作《隸書歌》一篇，贈四明汪君大雅，備括諸碑之所自且歷疏之，亹亹千餘言不休。嗚呼，世以空虚之學浮談强辨，如蜂起泉湧者，視此曷知愧哉？大雅方以隸學知名於時，復能惓惓於先生之詩，裝潢襲藏惟謹，則其尚德之心爲不可及已！」

〔二〕谷口：今陝西禮泉縣。《元和郡縣志》卷一《關内道·京兆府·醴泉縣》：「本漢谷口縣地，在九嵕山東仲山西，當涇水出山之處，故謂之谷口。」

〔三〕激貪勵俗：激勵貪婪庸俗者遠卑污慕清風。

〔四〕謹按《漢書》，此非揚雄語，乃《漢書·王貢兩龔鮑傳》之論。逸民：隱居避世者。知言：有見地之語言。

〔五〕據卷二十五《寄鄭彦博》「禮帙初攜入奉常」，鄭氏早年遊宦太常禮儀院，後投簪歸隱。

〔六〕砠：有土之石山。《爾雅·釋山》：「土戴石爲砠。」猋：同「飆」，疾風。《漢書》卷五十七上《司馬相如傳上》：「雷動猋至。」顔師古《注》：「猋，疾風也。若雷之動，如猋之至，言其威且疾也。」

〔七〕歲晏：歲末。遺響：餘音。

〔八〕氣運：氣數命運。消長：盛衰增減。

〔九〕《周易大傳·復第二十四》：「《象》曰：『雷在地中，《復》。』」高亨《周易大傳今注》：「天寒時雷在地中，天暖時雷出地上。雷在地中是雷復返其原處，是以卦名曰《復》。」

〔一〇〕《易·乾》：「初九，潛龍勿用。」李鼎祚《集解》引馬融曰：「物莫大於龍，故借龍以喻天之陽氣也。初九，建子之月，陽氣始動於黄泉，既未萌芽，猶是潛伏，故曰潛龍也。」

〔一一〕明發：黎明。《詩經·小雅·小宛》：「宛彼鳴鳩，翰飛戾天。我心憂傷，念昔先人。明發不寐，有懷二人。」朱熹《詩集傳》：「故言彼宛然之小鳥，亦翰飛而至於天矣。則我心之憂傷，豈能不念昔之先人哉？是以明發不寐，而有懷乎父母也。」

〔一二〕《孟子·盡心下》：「孟子曰：『舜之飯糗茹草也，若將終身焉；及其爲天子也，被袗衣，鼓琴，二女果，若固有之。』」

安貞堂記

由郡東門行五里所〔一〕，里巨室夏氏居之。余方客授其家，而夏氏之賢子弟瑢再拜請曰：「吾先子兄弟實共有此屋。於是先子下世，而吾母於屬爲尊行〔二〕，故專居中堂，而扁曰安貞，先生幸辱爲之記，使子若孫得以考覽焉。」

余未暇作而西遊越上，舟且行，瑢復追送十里遠。執别之次〔三〕，亦未始不以堂記爲言，且曰：「吾先子在時，吾母敬之如賢賓，語言容止必婉以順，脱有甚怒，亦怡然處之。其於内外親族，戚疏大小，撫循應接皆有禮〔四〕。下至姬媵臧獲之賤〔五〕，亦悉待之以恩厚。雖悍强頑鄙者，猶知敬慕其爲賢。以故一家之内，男女數十人，莫不欣欣化服。然事無巨細，一聽於先子，閫以外不敢有所與〔六〕，閫以内必諮而後行。迨至先子棄諸孤，而始終一節凜凜家庭者，又吾母之所安焉者也。嗚呼，吾母所恃以佚其老者〔七〕，以有吾兄弟也。吾兄既從軍萬里外，不得内顧其私親，而璿也又不能有所樹立以稍娱其心志，謂惟文字可以著其不朽，倘得因緣堂記而并及懿行之一二〔八〕，庶有以慰吾母之平生，此璿所以請文於先生之勤也。」

余既與璿兄弟遊，而嘗得拜其母於堂上，見其色和其容謹，聽其言儉而恭。退而聞其爲婦順，爲母慈，與璿所言無不合。知其享有是堂之名者，其宜也已。乃本命名之義而記之曰：

安貞之云，見於《大易》之《坤》者，可考而徵也。其曰：「西南得朋，東北喪朋，安貞吉〔九〕。」説者謂西南陰方，東北陽方，陰必從陽，乃有安貞之吉。得其常則安，安於常則貞，是以吉也〔一〇〕。夫《乾》《坤》二卦，俱有貞，然在乾爲剛固，在坤爲柔順〔一一〕。蓋乾爲陽，夫道也；坤爲陰，婦道也。婦先唱，則迷失其道；後和，則得其常理〔一二〕。此安貞所以爲婦教之大端也。婦教非一事，何獨有取於安貞？貞者，正也。夫夫婦婦，而家道正〔一三〕。然夫正者，正其身；婦正者，正其家也。家正則化行而俗美。故

《易》於《家人》又曰：「利女貞〔一四〕。」於《恒》又曰：「婦人貞吉，從一而終也〔一五〕。」

夏母當夫之存，既能體貞以順令；其死也，又能秉貞以守義。卒使一家之内，數十人之衆，一歸於正而無有異心，則其有得於《大易》之教爲何如？而斯堂之命名，不獨示訓於夏門，且將化邇而慕遠矣。傳曰「一家仁，一國興仁；一家讓，一國興讓〔一六〕」，夏母其庶幾矣乎！

予以是復於瓚。瓚能刻之於堂壁，百世之下，安知無徵辭考德於斯文者乎〔一七〕？

【題解】

安貞，安守正道，語本《易·坤第二》：「安貞吉。」《象》曰：「安貞之吉，應地無疆。」高亨《周易大傳今注》：「言安於正道，則能適應地之廣大無邊，西南也，東北也，無往不利，故吉。」安守正道，小則立身，大則齊家，遠則輔世化民，其意義之深遠，前修論述精到。《宋濂全集》卷七《貞節堂記》：「天地之間，有大經決不可廢者，猶如闔廬以爲居，稻粱以爲食，繒布以爲服，一日無之，則人事盡失，難以爲治。此其故何哉？苟無闔廬，則風雨震凌矣；苟無稻粱，則道饉相望矣；苟無繒布，則手足皸瘃矣。三者猶難闕一，而況於大經乎！大經者何？三綱之謂也。是故臣有二心者爲不忠，子悖其父者爲不孝，婦事二夫者爲失節。彝倫攸斁，職此之由，其所繫於人道之重者何如哉！……奈何世降俗漓，號爲士大夫，須鬣如戟，議論淩雲霄，一則曰『我丈夫也』，二則曰『我男子也』，或遇君父有難，作狐鼠竄去，往往而是，似婦人女子之不若，抑又何說哉！……然而君子之立志，寧暴露而無庇也，寧凍餓而殞其生也，天地之大經不可失也。」

【箋注】

〔一〕郡：明初明州府，洪武十四年易名寧波府。

〔二〕先子：先父别稱。《孟子·公孫丑上》：「曾西蹵然曰：『吾先子之所畏也。』」焦循《正義》：「稱先子者，謂父。」屬：親屬。《大戴禮記·千乘》：「成男成女名屬。」孔廣森《補注》：「屬，親屬。」尊行：長輩。

〔三〕次：中，内。《莊子·田子方》：「不入於胸次。」陸德明《釋文》引李云：「次，中也。」

〔四〕戚疏：親疏。撫循：安撫存恤。

〔五〕姬媵：侍妾。臧獲：奴婢。

〔六〕閫：閨房。《後漢書》卷十上《皇后紀上》：「内無出閫之言。」

〔七〕佚：通「逸」，安逸。《莊子·大宗師》：「夫大塊載我以形，勞我以生，佚我以老，息我以死。」

〔八〕私親：雙親，此特指母親。因緣：憑藉。

〔九〕程頤《伊川易傳》卷一《坤》：「西南陰方，從其類，得朋也。東北陽方，離其類，喪朋也。離其類而從陽，則能成生物之功，終有吉慶也。與類行者，本也；從於陽者，用也。陰體柔躁，故從於陽則能安貞而吉。」

〔一〇〕程頤《伊川易傳》卷一《坤》：「西南陰方，東北陽方。陰必從陽，離喪其朋類，乃能成化育之功，而有安貞之吉。得其常則安，安於常則貞，是以吉也。」

〔一一〕《伊川易傳》卷一《坤》：「坤，乾之對也。四德同而貞體則異。乾以剛固爲貞，坤則柔順而貞。」

〔一二〕《伊川易傳》卷一《坤》：「陰從陽者也，待唱而和。陰而先陽，則爲迷錯，居後乃得其常也。」

〔一三〕夫夫婦婦：夫履夫道，婦守婦道。周敦頤《周子通書·禮樂第十三》：「禮，理也；樂，和也。陰陽理而後和，君君、臣臣、父父、子子、兄兄、弟弟、夫夫、婦婦，萬物各得其理，然後和。故禮先而樂後。」家道：家庭賴以成立與維持之法則。王通《文中子·禮樂篇》：「冠禮廢，天下無成人矣；昏禮廢，天下無家道矣；喪禮廢，天下遺其親矣；祭禮廢，天下忘其祖矣。」

〔一四〕意謂婦人志行正直，則家人得利。

〔一五〕此言婦人堅守正道，從夫以終其身，則大吉大利。

〔一六〕傳：典籍，此指《大學》第十章，意謂一家仁愛，一國受其感化而興仁愛之風；一家謙讓，一國受其薰陶而成謙讓之俗。

〔一七〕徵辭：引證古人言辭。

重建東臯福昌寺記

東臯福昌寺在明之慈溪，其地去縣廨可二里所〔一〕。而東北諸山腋市區南下〔二〕，起者如鶩，伏者如踞；靡迤而西出者，如附如趨〔三〕。南爲大江，江流循支港前匯，則又繚焉而縈，泓焉而蓄。縣之近壤，最爲勝處，然久蔽翳於荒榛灌莽，未有居焉者。宋淳祐間法慧大師以爲像教之行〔四〕，莫盛於吾郡，靈宫秘宇相望森列，無非高人上士化迹之所寓。而諸方緇錫之奔走嚮風〔五〕，道出是縣者，尚乏依止。乃相茲土創精廬，爲接待垂三十年〔六〕，始有殿堂庫院如他浮圖居〔七〕，且白狀於郡守，以聞得賜今額。益增置山林田園陂池，俾儲峙①愈充〔八〕，矩度悉備，而秸榻之安，糲鉢之飽〔九〕，往來者賴之。大師嘗曰：「吾爲接待而度徒弟，不爲徒弟而建接待。」又曰：「入門不問方隅，托鉢不限鐘鼓〔一〇〕。」其守心平廣蓋如此。大師告寂，其徒甲乙授受百有餘年。

逮國朝至正丁酉閏月，寺以災毁。大師之七世孫思緝方主是席〔一一〕，念前人創置不易，振衰舉墜〔一二〕，誓殫厥心。謀諸徒弟文述，法孫一源、克丕，耆舊如標、行成，相與掇拾遺燼，廣拓故基。首建庫堂，爲居者之出納〔一三〕；次建茶亭，爲行者之棲息。達官大姓以及好事之家睹是勝緣，争輸財薦貨以佐功役〔一四〕。於是斂田之入以爲食，度錢之多寡以供費，諏日之吉而庀事焉〔一五〕。程督勸相〔一六〕，則悉諉之源與丕。不數年間，佛殿、三門、兩廡既潰於成〔一七〕，而伽藍之祠、祖師之堂，以至寮舍庾藏庖湢之屬〔一八〕，一無所闕。殿之高六尋七尺有畸，其深六尋，廣如其深之數，三門高深視殿之尋尺差少而廣如之〔一九〕。像設繪事〔二〇〕，具盡莊嚴；瓴甓杇墁〔二一〕，俱極縝壯。遂爲縣之大招提。始作於某年冬十月某日，以某年某月某日訖功。爲屋凡如干間，其比舊制崇廣加倍。總費錢以緡計者如干〔二二〕，米以石計者如干。

既而緝公以老病退席，述公嗣領其事，乃益竭慮悉力，節縮浮蠹〔二三〕，圖建法堂、僧堂、鐘樓、丈室〔二四〕，凡緝公欲爲而未暇者，皆以次就緒。會南北構兵，征役荐至，未及成而止。顧謂大師創始之績，緝公起廢之勳，久未有述，恐來者不知所自，無以述之於永久，爰伐貞石，奉清漳比丘郁公所爲事狀〔二五〕，屬余記之。

余惟教典有云：「建寺飯十方僧，其人獲福不可稱量〔二六〕。」而《阿含經》言：「能補故寺，是謂二梵之福〔二七〕。」大師以菩薩心利益人人，爲衆依怙；緝公、述公又皆以壞爲成，示現有爲，作如幻事〔二八〕，其爲福也，豈止如向所云而已？前規後隨，蓋在來者，其可無言以告，俾勿墜其已成之業，終其所欲爲之志，以資佛福於無窮哉〔二九〕？是用備記其顛末，授之使刻焉。

【題解】

東皋福昌寺，通稱東皋寺，慈溪寺院。《雍正慈溪縣志》卷十二《寺觀・東皋寺》：「縣東南三里。宋淳祐十一年僧智恭建，名東皋精舍。元至正間重建，戴良有記。」《光緒慈溪縣志》卷四十一《舊迹一・寺觀上・東皋寺》：「《勾章摭逸》牟巘《銘智恭塔》曰：『東皋福昌院友山和尚，名智恭，早孤，依止庵文詰師於德潤湖華嚴院，後祝髮結茅於董孝子祠。遂即邑之東皋創精廬，名福昌院，尊止庵開山第一。後曇噩祝髮於此，丁鶴年、孫太初嘗寄居焉。』……元孫子良《東皋寺》詩：『石橋孤塔長蒼苔，松下逶迤一徑開。門外斷山分月去，屋旁流水帶潮來。僧房地僻尋無路，佛殿香多聚作灰。托鉢不教鐘鼓限，江湖雲錫此徘徊。』」

【校勘】

① 峙：乾隆本作「偫」。

【箋注】

〔一〕明：明初明州府，旋更寧波府。縣廨：縣衙。

〔二〕腋：通「掖」，挾持。《集韻·昔韻》：「腋，通作掖。」《説文》：「掖，以手持人臂也。」

〔三〕《説文》：「騖，亂馳也。」靡迤：曲折連綿貌。

〔四〕法慧：名智恭，參見雍正、光緒諸《慈溪縣志》。像教：同「象教」，釋迦牟尼圓寂，諸大弟子想慕不已，刻木爲佛，以形象教人，故稱佛教爲象教。陳師道《遊鵲山院》：「頓攝塵緣盡，方知象教尊。」

〔五〕緇錫：緇衣錫杖，常代僧人。嚮風：敬慕。

〔六〕接待：佛教語，寺院給掛單僧人免費供給食宿。《古尊宿語録》卷三十八：「師於言下大悟，遂云：『他後向無人煙處卓個庵子，不畜一粒米，不種一莖菜，接待十方往來，盡與伊抽釘拔楔，拈卻炙脂帽子，脱卻鶻臭布衫，教伊洒洒地作個衲僧，豈不俊哉！』」

〔七〕浮圖：同「浮屠」，佛。《後漢書》卷八十八《西域傳·天竺國》：「後桓帝好神，數祀浮圖、老子。」

〔八〕儲峙：同「儲偫」，儲備。《後漢書》卷八十二《崔駰列傳第四十二》：「寔至官，斥賣儲峙，爲作紡績、織紝、練緼之具以教之，民得以免寒苦。」

〔九〕秸榻：鋪墊秸稈之簡陋床位。糲鉢：裝盛粗糲食物之鉢盂。

〔一〇〕方隅：方位，地方。《容齋五筆》卷九《東不可名園》：「今人亭館園池，多即其方隅以命名，如東園、東亭、西池、南館、北榭之類。」托鉢：僧人手托鉢盂到齋堂用膳或向施主乞求布施。

鐘鼓：古代報時器，代時間。

〔一一〕思緝：或曰大用諿公，與下文文述、一源、克丕，咸録卷十九《覺智圓明述禪師傳》。

〔一二〕墜：喪失。《國語·晉語二》：「知禮可使，敬不墜命。」

〔一三〕出納：支出收入。《論語·堯曰》：「出納之吝，謂之有司。」

〔一四〕勝緣：善緣。《玉篇》：「薦，進獻也。」功役：工程，勞役。

〔一五〕諏：選擇。庀事：辦事：

〔一六〕程督：監督。勸相：勸助，勸勉。《易·井》：「君子以勞民勸相。」

〔一七〕三門：或稱山門，寺院外門，象徵空門、無相門、無願門等三解脱門。潰：遂，達到。《詩經·小雅·小旻》：「如彼築室於道謀，是用不潰於成。」

〔一八〕伽藍：此指佛教寺院十八位守護神。《釋氏要覽》卷上《護伽藍神》：「《七佛經》云：『有十八神護伽藍：一美音，二梵音，三天鼓，四歎妙，五歎美，六摩妙，七雷音，八師子，九妙歎，十梵響，十一人音，十二佛奴，十三歎德，十四廣目，十五妙眼，十六徹聽，十七徹視，十八遍視。』」寮舍：僧舍，僧人住所。庾藏：倉庫。

〔一九〕畸：通「奇」，零數。差：略微。

〔二〇〕像設：人像或神佛像。何良俊《四友齋叢説·史六》：「北京功德寺後宫像設工而麗。」繪事：圖畫。宋秦觀《陳承事挽詞》：「八尺衣冠成繪事，百年風誼列幽鐫。」

〔二二〕瓴甓：磚塊。杇墁：常作圬鏝，塗飾牆壁。《宋史》卷二百七十一《陸萬友》：「萬友始業圬鏝，既貴達，不忘本，以銀爲圬鏝器數十事示子孫。」

〔二三〕緡：成串銅錢，一千錢爲一緡。

〔二三〕浮蠹：靡費，空耗。

〔二四〕法堂：寺院中演説佛法、皈戒集會之所。南朝梁任孝恭《多寶寺碑銘》：「法堂每喧，禪室恒静。」僧堂：僧衆日常修禪及起居之堂舍。《敕修百丈清規》卷六：「不得僧堂内聚頭説話，不得在僧堂中看經看册子，不得上下間行道穿堂直過，不得席上穿錢，不得牀上垂脚。」丈室：方丈居室。

〔二五〕貞石：碑石。清漳：明漳州府别稱。郁公：高僧郁文海，出自漳州龍溪檀特巖精舍，參見卷二十六《郁文海像贊》。

〔二六〕惠洪《禪林僧寶傳》卷八《洞山守初禪師》：「初默悟其旨曰：『他日正當於無人煙處，不畜粒米，飯十方僧。』」

〔二七〕梵福：佛教信徒所享福分。《增一阿含經》卷二十一：「若有信善男子善女人，未曾起偷婆處，於中能起偷婆者，是謂初梵之福也。復次，信善男子善女人，補治故寺者，是謂第二受梵之福也。」

〔二八〕示現：佛菩薩應機緣而現種種化身。《華嚴經·十地品》：「常有諸佛大神通力，隨衆生心而爲示現。」如幻：諸法皆空，如幻相般無實。《大智度論》卷六《大智度初品中十喻釋論第十一》：「解了諸法如幻，如焰，如水中月，如虛空，如響，如揵闥婆城，如夢，如影，如鏡中像，如化，是十喻爲解空法故。」

〔二九〕資：積蓄。《國語·越語上》：「夏則資皮，冬則資絺，旱則資舟，水則資車，以待乏也。」

思愛庵記

王君景善預爲樂丘於燭湖之梁山〔一〕，而築庵其旁，曰思愛。一日語余曰：「吾百歲後，子必誌吾之墓與記吾之庵，然不若及吾之見也。吾之平生，子既辱爲之傳矣，雖無誌焉可也。而庵壁之石未有刻辭，幸重爲我執筆焉。」

景善，越之餘姚人。世著隱德，至景善始有禄位於時。中歲以還，時屬多故〔二〕，即退處故山，益買田宅爲子孫計。及今壽年餘八十，因自念曰：「吾以艱苦起家，蚤夜畏飭，不敢斯須暇豫，而外以奉公上，内以給私親，與接世故之不得已者，亦良勤矣。今吾老且病，其亦可以少自休乎？」乃悉取産業付諸子，置家事不問，放浪湖山，即所謂思愛庵者以往來遊息焉。且割田百畝，入之是庵，以供營修祭享之費〔三〕，俾子若孫世掌之。

於是景善可謂善教子矣。思愛之云，見於《禮·祭義》之篇〔四〕。説者謂思父母慈愛，忘己躬耕之勞，用天分地以養父母也〔五〕。蓋古者不爲禄仕，則退而躬耕。躬耕以養而忘其勞，非篤於思愛者能之乎？雖然，此猶庶人之學①爾。若賢人大夫士，則尊重於仁，安行於義，而心無勞倦。心無勞倦，亦思其愛而已矣。能思其愛，則一舉足不敢忘父母，一出言不敢忘父母矣。若夫知事君不忠之非孝，則言必思忠；知蒞官不敬之非孝，則事必思敬；知居處不莊之非孝，則色必思温貌必思恭〔六〕：亦皆思父母之我愛而忘乎其勞也。夫愛者所以成吾之身也，吾其可弛焉而弗思乎？孔子曰：「立愛自親始，教民睦也〔七〕。」景善後人將充愛親之心〔八〕，則名庵之訓，何日忘之哉！

【題解】

思愛庵，餘姚王景善所築守墓祭享房舍。王景善，别號竹梅翁，爲人慷慨豪邁，視秦漢俠士而無愧，詳見卷二十七《竹梅翁傳》。

【校勘】

① 學：乾隆本作「孝」。

【箋注】

〔一〕樂丘：墳墓。燭湖：通稱燭溪湖。《萬曆紹興府志》卷七《山川志四·湖·餘姚·燭溪湖》：「在縣東北十八里。三面界山，東爲湖塘。舊經云：『昔人迷失道，忽有二人執燭夾溪而行，因得路，故名燭溪。』《十道志》：『昔人入山，昏暗四塞，迷惑悲泣山中，忽有雙燭照之。』其說略合。湖内有明塘溪，一名明塘湖，俗又呼淡水海，周二十餘里。」梁山：通稱梅梁山。《光緒餘姚縣志》卷二《山川·梅梁山》：「在石匱山南二里，宋理宗御書梅梁之山。相傳燭湖旁舊有大梅樹，伐其榦，斷而爲梁三：其一在郡之禹廟，其一在鄞之它山堰，其一留燭湖中。風雨大作之時，居人每震其靈異也。梅溪水出於其西。」

〔二〕故：事情，變故。《國語·鄭語》：「王室多故，余懼及焉。」

〔三〕祭享：陳設祭品以敬神供祖。

〔四〕語出《禮記·祭義第二十四》，詳見卷二十《愛日堂記》。

〔五〕用天分地：利用自然規律分辨土地優劣。《禮記正義》卷四十八《祭義第二十四》：「能養，謂用天分地以養父母也。」

〔六〕《禮記·祭義第二十四》：「居處不莊，非孝也；事君不忠，非孝也；蒞官不敬，非孝也；朋友不信，非孝也；戰陳無勇，非孝也。五者不遂，災及於親，敢不敬乎？」

〔七〕語出《禮記·祭義第二十四》。

〔八〕《孟子·梁惠王上》：「古之人所以大過人者，無他焉，善推其所爲而已矣！」

大慈寺上蒙堂記

洪武四年十月，大慈山教忠報國禪寺災。住持沙門南宗定公收合餘燼〔一〕，結屋集徒，蟻穴蜂房，亦既遍處山間林下。然念名緇奇衲來遊是山者〔二〕，上雨旁風，無所障蓋，乃建上蒙堂以居之。爲屋前後各四楹間，中爲堂，而旁列四室，室置二榻焉。經始於某年某月某日，後某月某日落成。既成，馳書海上，俾余爲之記。

昔宋大覺璉禪師主四明育王寺〔三〕，即寺建蒙堂，以延九峰韶〔四〕、佛國白〔五〕、參寥潛同居以講道〔六〕。自後諸方禪席，咸慕效而爲之。蒙堂之建，蓋有自來矣。至於蒙之爲義，或者有未解也。《易·蒙》之《象》曰：「山下出泉，《蒙》〔七〕。」説者曰：「蒙，稚也。泉之始出乎山，未知所適，若童稚然，《蒙》之所以命名也。」若夫名緇奇衲，尋流而得源，睹物而悟意，其於道也，固已知所適矣，何乃假蒙以示訓哉？」

余釋之曰：學道無他，求至乎聖而已。人莫昧乎蒙〔八〕，而莫明於聖，猶水之微乎泉而巨乎海也。蒙雖昧，至乎聖則明；泉雖微，至乎海則巨。君子觀《蒙》之象而果行育德〔九〕，非特施於山下出泉時也。於其所自有〔一〇〕，養之而不喪也；於其所當行，決之而不疑也。此學道者所以長養聖胎於是堂〔一一〕，處則養之以不喪，出則行之以不疑，而大覺之有功於叢社〔一二〕，可謂至矣。

南宗當是寺回禄之餘〔一三〕，而首興是役，得非君子之用心而大覺之徒歟！南宗於此，亦既無愧於大覺矣。第不知居是堂者，其亦無愧於九峰韶、佛國白、參寥潛三人者否乎？余於是堂之成，固未始不爲南宗喜，而又不能不爲諸公憂也。憂之如何？欲其如三人而已矣。然三人之道，不可以言喻，而可以象明，諸公出入是堂，觀《蒙》之示訓，而求「山下之出泉」也，則知自心靈源，初未嘗竭，始乎養正〔一四〕，終乎聖功，亦本諸此而已。苟或不然，非惟有愧於三人，而亦有負南宗作堂之意矣。

於是或人豁然而解，請疏其説以爲記〔一五〕。

【題解】

大慈寺，鄞縣大慈山寺院。大慈山，在鄞縣東六十里，詳見卷十五《遊大慈山》。大慈禪寺，又名教忠報國寺。《嘉靖寧波府志》卷十八《寺觀・鄞縣・寺・大慈寺》：「又名教忠報國，縣東六十里大慈山。宋嘉定十三年丞相史彌遠建功德寺，前有萬工池。大明洪武三年毁。五年重建佛殿、山門，又毁。嘉靖間重建佛殿、僧房。」洪武初年，教忠報國寺燬於烈火。住持南宗定公竭力重建，曰上蒙堂。南宗定公行迹參看卷十八《南宗禪師定公像贊》、卷二十一《重刊禪林僧寶傳序》、卷二十九《跋定武帖》。

【箋注】

〔一〕沙門：僧徒别名。《釋氏要覽》卷上《稱謂・沙門》：「肇師云：『出家之都名也。』梵云沙迦懣曩，唐言勤息，謂此人勤修善品，息諸惡故；又秦譯云勤行，謂勤修善法，行趣涅槃也。或云沙門那，或云桑門，皆譯人楚夏爾。」餘燼：燃燒後所剩之殘灰餘物。

〔二〕緇衲：僧衣，代僧侣。

〔三〕大覺璉禪師：北宋高僧，泐潭澄禪師高足。《五燈會元》卷十五《泐潭澄禪師法嗣・明州育王山懷璉大覺禪師》：「漳州龍溪陳氏子……齠齔出家，丱角圓頂，篤志道學，寢食無廢。一日洗面潑水於地，微有省發，即慕參尋，遠造泐潭法席，投機印可，師事之十餘年。去遊廬山，掌記於圓通訥禪師所。皇祐中仁廟有詔住浄因禪院，召對化成殿，問佛法大意，奏對稱旨，賜號大覺禪師……四明郡守以育王虚席迎致，九峰韶公作疏，勸請四明之人相與出力，建大閣藏所賜詩頌，榜之曰宸奎。」育王寺：四明鄞縣禪寺，參見卷十五《遊育王山》。

〔四〕九峰韶：北宋四明高僧，大覺璉禪師同門友。《五燈會元》卷十五《泐潭澄禪師法嗣·明州九峰鑑韶禪師》：「僧問：『承聞和尚是泐潭嫡子，是否？』師曰：『是。』曰：『還記得當時得力句否？』師曰：『記得。』曰：『請舉看。』師曰：『左手握拳，右手把筆。』上堂：『山僧説禪如蚝蜢吐油，捏著便出；若不捏著，一點也無。何故？祇爲不曾看讀古今因緣，及預先排疊勝妙。見知等候，升堂便磨唇捋嘴，將粥飯氣熏炙諸人。凡有一問一答，蓋不得已。豈獨山僧？看它大通智勝如來，默坐十劫無開口處，後因諸天梵天及十六王子再三勸請，方始説之，卻不是秘惜，祇爲不敢埋没諸人。山僧既不埋没諸人，不得道山僧會升座。參！』」

〔五〕佛國白：法名惟白，號佛國，北宋高僧。張商英《佛國禪師文殊指南圖贊序》：「李長者《合論》四十軸，觀國師《疏鈔》一百卷，龍樹尊者二十萬《偈》，佛國禪師五十四《贊》，四家之説，學者所宗。若乃攝大經之要樞，舉法界之綱目，標知識之儀相，述善財之悟門，人境交參，事理俱顯，則意詳文簡，其《圖贊》乎？」《五燈會元》卷十六《法雲秀禪師法嗣·東京法雲惟白佛國禪師》：「上堂：『離婁有意，白浪徒以滔天；罔象無心，明珠忽然在掌。』以手打一圓相，召大衆曰：『還見麽？』良久曰：『看即有分。』上堂，拈拄杖示衆曰：『山僧住持七十餘日，未曾拈動這個，而今不免現些小神通供養諸人。』遂卓拄杖，下座。上堂：『過去已過去，未來且莫算。正當現在事，今朝正月半。明月正團圓，打鼓普請看。大衆看即不無，畢竟唤甚麽作月？休於天上覓，莫向水中尋。』師有《續燈録三十卷》入藏。」

〔六〕参寥潛：北宋詩僧，與蘇軾、秦觀諸詩家過從甚密。《宋詩紀事》卷九十一《道潛》：「字参寥，於潛何氏子，與秦觀、蘇軾遊。軾守杭，卜智果精舍居之。軾南遷，坐詩語刺譏得罪，返初服。建中靖國初，詔復祝髮。崇寧末，歸老江湖，嘗賜號妙總大師，有集。《東坡詩話》：『僕在黄州，参寥自武陵來訪，館之東坡。一日夢参寥誦新詩，覺而記兩句云：寒食清明都過了，石泉槐火一時新。後七年出守錢塘，而参寥始卜居湖上智果院。院有泉出石縫間，甘冷宜茶。寒食之明日，僕與客泛舟，自孤山來謁，参寥汲泉鑽火，烹黄檗茶。忽悟所夢詩兆於七年之前。衆客驚歎，知傳記所載，蓋不妄也。』」蘇過《斜川集》卷四《送参寥道人南歸敘》：「浮屠中有参寥子者，年六十，性剛狷不能容物，又善觸忌諱，取憎於世，然未嘗以一毫自挫也。余始見之於黄，今二十年，髮白形瘦而志不少變。其徒語参寥子者必曰『是難於處』，士大夫語参寥子者必曰『是難與遊』，然参寥子之名益高，豈非所謂有君子之病者？夫使参寥子善俯仰，與世浮沈，雖人人譽之，余安用哉？」

〔七〕意謂《蒙》之上卦爲艮，下卦爲坎；艮爲山，坎爲泉，然則《蒙》之卦象是「山下出泉」。

〔八〕昧：糊塗，不明事理。蒙：幼稚。《易·序卦》：「蒙者，蒙也。物之穉也。」

〔九〕果行育德：行動果斷堅決，培養美德不懈。《易·蒙·象》：「君子以果行育德。」

〔一〇〕自：本心。《五燈會元》卷一《東土祖師·六祖慧能大鑑禪師》：「汝等諸人，自心是佛，更莫狐疑。外無一物而能建立，皆是本心生萬種法故。」

〔一一〕聖胎：佛性。《景德傳燈録》卷四《河中府中條山智封禪師》：「乃發憤罷講遊行，登武當山，見秀禪師，疑心頓釋。思養聖胎，乃辭去。居於蒲津安峰山，不下十年，木食澗飲。」

〔一二〕叢社：即叢林，寺院别稱。《五燈會元》卷五《道場如訥禪師》：「薙草卓庵，學徒四至。廣闡法化，遂成叢社焉。」

〔一三〕回禄：火災。

〔一四〕養正：涵養正道。《易·蒙》：「蒙以養正，聖功也。」孔穎達《疏》：「能以蒙昧隱默，自養正道，乃成至聖之功。」

〔一五〕疏：分條記載。《漢書》卷九十四上《匈奴傳上》：「於是説教單于左右疏記，以計識其人衆畜牧。」

歸庵記

鄞之龍山有招提曰永樂〔一〕，天寧禪師仲猷闡公之所居也。師以高行僧召至南京。尋奉旨使日本，畢事歸奏，詔許歸隱山中，乃名所居之庵曰歸。

余嘗與客造焉，客有言於其座者曰：「至哉，其名庵也！『靡不懷歸，畏此簡書〔二〕』，願歸而不可得者言也。師既得歸，名之所以志其願乎！」

或起而非之曰：「是固吾族之歸，而非學佛者之所謂歸也。夫學佛者，以靈知爲心〔三〕，何往非歸？以虛空爲體〔四〕，何寓非庵？師雖遠杭巨海〔五〕，往還萬里，而三千世界〔六〕，一一須彌〔七〕，無去無來，非彼非此〔八〕，以歸名庵，何必龍山哉！」

則又有非之者曰：「客之言是已。然獨不聞先佛之言乎？佛經有言：『譬如良醫，遠至他國，其子飲藥悶亂，是時其父來歸，乃以好藥速除苦惱〔九〕。』今師所度子孫，亦有處此而不悶亂者乎？其歸之也，固將除苦惱爾。然則願歸是山，豈徒然哉？」

於是在座之人，又相與非之曰：「假醫以歸，自是一理。必若客言，則行者常非，歸者常是，惡睹所謂真歸哉？人之未生，寂然本無；既生矣，强認爲有。苟認爲有，則營營生死，周流而不息。佛制八萬四千法門〔一〇〕，不過使人知所歸耳。故曰『歸原性無二〔一一〕』，又曰『歸根得旨〔一二〕』，又曰『萬法歸一〔一三〕』。原也，根也，一也，道而已矣！且所歸者庵，能歸者人，一刹那頃能所俱壞。能所俱壞而空不壞，道固然耳。歸之於道，是謂真歸。師之名庵，以此而已。」

師聞客言，啞然笑曰：「吾庵於此而歸於此，固以爲名，諸君何以有是譊譊也〔一四〕。」余亦笑曰：「師豈離言語相，離文字相，示人以真歸乎〔一五〕？」師復啞然而笑。遂書以爲記。

【題解】

明初高僧仲猷，以出世心魂做入世事業，不憚艱辛阽危，毅然出使日本，傳達明朝旨意，促進中日交流。既回國覆命，詔許歸隱永樂，名其室曰歸庵。仲猷闡公行迹參見卷二十六《泉聲齋銘并序》《清瀧硯銘》。

《乾隆鄞縣志》卷二十《仙釋》：「祖闡，字仲猷，慈溪陳氏子，主鄞之天寧寺。洪武五年，太祖謂劉基曰：『日本固非心腹之患，猶蚊虻驚悟，自覺不寧。其俗尚禪教，宜選高僧，説其歸順。』遂命闡與南京瓦棺僧無逸往彼，化其來貢。將行，賜御製詩以諭之。闡至其國，敷演正法，以善勸之。其王請主持天龍寺，闡以未奉帝命力辭。王悦，遣使奉方物，具表稱臣，同闡來貢。太祖喜，賜遇甚隆。仍歸天寧以終焉。」

宋濂《翰苑續集》卷八《恭跋御製詩後》：「釋門宏勝，無理不該，無事不攝。其於忠君愛物之心亦甚懸懸，凡可以致力，雖身命將棄之，況其餘者乎！人徒見其厭離生死，輒指爲寂滅之行。嗚呼！此特見其小乘者爾，吾佛之爲教，豈至是哉！天寧禪師祖闡仲猷，以高行僧召至南京。會朝廷將遣使日本，詔祖闡與克勤俱。祖闡不憚鯨波之險，毅然請行。上壯之，賜以法器、禪衣之屬，令太官進饌饗於武樓下。且諭其國敬浮屠，宜以善道行化。時天界禪師宗泐嘗賦詩餞之，其詩上徹御覽，遂俯賜和答。詩凡一十八韻：首言王化無遠邇，一視同仁；次言宜誘以善道，庶契西來祖意；次言經涉海洋，雖甚艱險，君臣大義毋忘；次言以平等法行之，無有彼此之意；末言使畢言旋，方盡始終之義。其丁寧反覆之意，不亦至哉！祖闡受命而行，自翁洲啓棹，五日至其國境。又逾月，始入王都，館於洛陽西山精舍。一遵聖訓，敷演正法，無非約之於善。聽者聳愕，以爲中華之禪伯，亟白於王，請主天龍禪寺。寺乃夢窗國師道場，實名刹也。祖闡以無上命，力辭之。且申布威德罔間内外，所以遣使者來之意。王悦，命總州太守聞溪宣同僧浄業等奉方物稱臣來貢。祖闡既入覲，天顔怡悦，賜白金一百兩，文綺二縑。祖闡以謂遭逢盛際，躬承光寵，不可無以示後裔，乃粉黄金爲泥，書上賜和詩成卷，勒其副名山……其東旋也，將見五色天光烜赫於龍山之上，晶晶熒熒，直燭霄漢，飛潛動植，皆與有榮耀焉。」

謝肅《密庵集》卷三《次永樂寺歸庵長老見寄韻》：「寶坊千仞俯層空，定起龍山第幾重？一筆妙書連翥鳳，五弦清響送飛鴻。化行日本朝唐帝，藥煉丹砂伏葛洪。坐我寸田寬似海，等閑擒得火中龍。」

仲猷闡公駐錫永樂寺時有書齋曰二蘭，其名可窺方外之清風遠韻。《春草齋集》卷六《二蘭齋記》：「邑西去六十里，有龍山永樂寺，寺有歸庵禪師受經其間。禪師善鼓琴，梵唄之餘，鼓《猗蘭》

《佩蘭》之曲，清壯邈悠，變化恍惚，深有得於徽軫之外，因扁其齋曰二蘭。余謂聖賢之處衰世，豈自爲哉？殆將以變諸俗也。荀君不信其道，民不被其澤，則憂見乎詞。孔子轍環諸國莫能容，仕父母之邦且有沮其政者，終無所騁，慘焉自傷，故《猗蘭》之操作焉。後人取其意，度而爲曲，其音悲，其思深，而孔子之意未始不顯明也。屈原憂楚之失道，以同姓恐屋其社，抗言曲諫，反以被讒見疏，終退而自潔，著《離騷經》，故佩蘭之詞見焉。後人取其意，度而爲曲，其音怨，其憂遠。而屈原之意亦未始不昭晰也。禪師自薩落即孤坐究曹洞宗旨，問山行木處，訪耆碩以質所見，雖三據象筵，考鐘伐鼓以發聾聵，而所處無一日不雲石俱也。今天子聞而嘉之，詔使日本宣布聖意，日本人首搶地從化。上大悦，其往也，御製餞章；其返也，親賜内饌。及對所問，又略不敢恃寵異言朝政而歸老焉。其迹也，其心也，其世也，俱非孔子屈原之比，何二蘭之托歟？余意大雄氏之心，願天地衆生皆作佛，其見溺苦海踣冥途也，必悽愴惻怛，若禪師者豈無大雄氏之心哉？有大雄氏之心，得不與孔子同一軌乎？奚特二蘭之曲取以自適而已？禪師韙余言，俾記之，於是乎書。」

【箋注】

〔一〕鄞：此指鄞州，明代始名明州府，旋更寧波府。龍山：慈溪大山，詳見卷十六《遊龍山》。招提：寺院。永樂：元時慈溪名刹，詳見卷十六《永樂寺觀先師柳公三大篆及諸石刻泫然賦此》。

〔二〕語出《詩經·小雅·出車》，意謂無人不欲歸鄉，唯畏天子誡命而艱辛奔波。簡書：公文。

〔三〕靈知：靈覺，衆生固有之靈明覺悟。

〔四〕虚空：虚無。《成唯識論》卷二：「離諸障礙，故名虚空。」《瑜伽師地論》卷五十三：「謂諸色非有所顯，是名虚空。」《全唐詩續拾》卷八玄覺《永嘉證道歌》：「諸行無常一切空，即是如來大圓覺……無相無空無不空，即是如來真實相。」

〔五〕杭：渡。《詩經・衛風・河廣》：「誰謂河廣，一葦杭之？」

〔六〕三千世界：通稱三千大千世界。據《長阿含經》卷十八，以須彌山爲中心，以鐵圍山爲外廓，同一日月所照之四天下，自地獄直至非想非非想天之全部三界，爲一個小千世界；一千個小千世界爲一個中千世界；一千個中千世界爲一個大千世界；大千世界包涵大中小三種千世界，故稱三千大千世界。

〔七〕須彌：漢語妙高，古印度神話之山，佛教以之爲器世間中心。該山高八萬四千由旬，山頂有三十三天，山腰四周爲四大天王，山麓繞以七條環形海兼七條環形山。第七條環形山外曰鹹海，海中有四大部洲，人類生焉。鹹海外曰鐵圍山。

〔八〕此言無爲法，即超越因緣而永無生滅變化之絶對存在。唐慈恩法師窺基《大乘百法明門論解》卷上：「言無爲法者，即不生不滅，無去無來，非彼非此，絶得絶失，簡異有爲，無造作故，名曰無爲也。」

〔九〕《妙法蓮華經》卷六《如來壽量品第十六》：「辟如良醫，智慧聰達，明練方藥，善治衆病。其人多諸子息，若十二十乃至百數。以有事緣，遠至餘國。諸子於後飲他毒藥，藥發悶亂，宛轉於地。是時其父還來歸家，諸子飲毒，或失本心，或不失者，遥見其父，皆大歡喜，拜跪問訊：『善安隱歸？我等愚癡，誤服毒藥，願見救療，更賜壽命。』父見子等苦惱若是，依諸經方，求好藥草，色香美味皆悉具足，擣篩和合，與子令服。」

〔一〇〕道誠《釋氏要覽》卷中《法門》：「肇云：『言爲世則謂之法，衆聖所由謂之門。』……八萬四千法門者，《賢劫王經》云：『謂佛最初修行諸波羅蜜多，乃至最後分布佛體波羅蜜三百五十度，一一皆具六波羅蜜，如是總有二千一百。對治貪嗔癡及等分，有八千四百。除四大種六無義所生過失，十轉合有八萬四千法門也。』」

〔一一〕性：自性，或曰實性、真如、佛性、自本心、自在法性、自己本來面目；自性存於色身，乃永恒不滅清淨無染之靈知。《楞嚴經》：「歸原性無二，方便有多門。」

〔一二〕《五燈會元》卷一僧璨《信心銘》：「歸根得旨，隨照失宗，須臾返照，勝卻前空。」

〔一三〕《全宋詩》卷三百八宋釋原妙《偈誦六十七首》：「萬法歸一一何歸？只貴惺惺著意疑。疑到情忘心絶處，金烏夜半徹天飛。」

〔一四〕啞然：笑聲。譊譊：争辯，論辯。

〔一五〕馬鳴菩薩《大乘起信論》：「是故一切法從本已來，離言説相，離名字相，離心緣相，畢竟平等，無有變異，不可破壞，唯是一心，故名真如。」離言語相：不依賴言語論辯之玄妙真諦。

離文字相：超越文字記載之玄妙真諦。

檀特巖精舍記

檀特巖在漳之龍溪〔一〕，由郡城北泝大江〔二〕，舟行五十餘里，始至其地。前瞰江流，後連崖谷。江有九龍潭，每夜參半，神珠煜煜光動〔三〕。循江而南，是名香、松二州〔四〕；折而西，爲細柳營〔五〕、虎渡橋〔六〕，皆是郡之勝。巖其最勝處，地位峻絶，風物清曠，幽篁美木，森布錯陳，而且夏涼冬燠〔七〕，有類檀特仙聖之所居，故以爲名。

精舍之建，則自鏡中禪師始。鏡中，郡之保福寺僧也。法道日著〔八〕，鄉邦慕之，遂施其巖，爲構兹宇。已而鏡中之嗣德松，德松之嗣壽泉、光郁〔九〕、法迪、法犖，咸甲乙傳次〔一〇〕，以領其事。一日，壽泉之嗣明徹，歷職杭之浄慈以歸，視其上漏旁穿，不可枝梧〔一一〕，乃罄衣盂之資，以供土木之費。闕者補之，仆者起之，殿堂門廡庫庾庖湢之屬，無不畢具。且於巖北①增築二壙以備本宗派下之埋瘞。其規制悉仿禪刹而差次之〔一二〕。

於是光郁遊方日久，將圖歸老故山，盡空諸相〔一三〕，而獨以開山鏡中之本末尚闕紀載，明徹營修之功亦未及篆諸樂石〔一四〕，大懼日就湮没，無以昭垂永久用勸來者，乃手書梗概，屬余書之。

夫佛刹之興，固每資於地之勝，而其所以爲勝者，則未始不由乎人。漳爲東南奥區，而茲巖又漳之勝處，其風氣之會，清淑所鍾〔一五〕，閟藏於空荒寂寥之中，亦已久矣！而造物者一旦啓之，寶構法幢熾然建立〔一六〕，髹彤金碧絢爛林丘〔一七〕，見者改觀，而聞者贊歎，豈非以其人哉！然地之勝，亘古今而無窮；人之勝，將歲月而俱化〔一八〕。自今以往，苟能繼繼承承，不徒使其棟宇之新與山川相久遠，而所以恢弘②祖道扶植教基者〔一九〕，亦且蟬聯而起。他日易精舍爲巨刹，宏模偉觀，固當屢書不一書矣！今以光郁之請，誼不容辭，姑爲之記，俾刻以俟焉。

【題解】

檀特，古印度山名，或曰彈多落迦山，爲蘇達拏太子苦修之所。《大唐西域記》卷二：「昔蘇達拏太子擯在彈多落迦山（舊曰檀特山，訛之也），婆羅門乞其男女於此鬻賣。跋虜沙城東北二十餘里至彈多落迦山，嶺上有窣堵波，無憂王所建，蘇達拏太子於此棲隱。其側不遠有窣堵波，太子於此以男女施婆羅門，婆羅門捶其男女，流血染地，今諸草木猶帶絳色。巖間石室，太子及妃習定之處。谷中林樹垂條若帷，并是太子昔所遊止。」漳州龍溪有山近乎檀特，曰檀特巖。檀特巖上建佛寺，曰檀特巖精舍。

【校勘】

①北：乾隆本作「壯」。

②弘：乾隆本作「宏」。

【箋注】

〔一〕《元史》卷六十二《地理五・江浙等處行中書省・漳州路》：「領司一，縣五。録事司。縣五：龍溪，漳浦，龍巖，長泰，南靖。」

〔二〕江：漳州九龍江與柳營江。《讀史方輿紀要》卷九十九《福建五・漳州・龍溪・九龍江》：「府東北四十里。一名北溪，亦曰龍溪，源出汀州府上杭、連城二縣及延平府沙縣界。東南流，合寧洋、龍巖、漳平之水而下華峰。又合長泰諸水過香洲渡，歷峽中，出峽爲柳營江，與南溪會流入海。梁大同間有九龍遊戲江上，因名縣曰龍溪，并以名江也。」又，《柳營江》：「府東四十里，上有虎渡橋。《志》云：九龍江水自華峰而來，注九龍山下爲漫潭，兩山如壁，流十餘里，漫而不湍，淵而不測，即梁時龍躍處。南流經香洲渡，又南經蓬萊峽，出兩峽間，亘虎渡橋，爲東偏要害。」

〔三〕九龍潭：通稱龍潭。《乾隆龍溪縣志》卷二《山川·龍潭》：「一名漫潭。兩山如壁十餘里，潭水深緩不流，梁九龍戲處也。其上流大小灘三十六。」參半：一半。煜煜：明亮貌。

〔四〕《福建通志》卷八《橋梁·漳州府·龍溪縣》：「浦頭渡……香洲渡、松洲渡。」州：通「洲」。《説文解字注·川部》：「州本州渚字，引申之乃爲九州。俗乃别製洲字，而小大分係矣。」

〔五〕細柳營：通稱柳營。《乾隆龍溪縣志》卷十一《古迹·柳營》：「柳營在江東。《白石丁氏家譜》云：『六朝以來，戍閩者屯兵於泉州之龍溪，阻江爲界，插柳爲營。』舊志云：『唐末王潮下泉，嘗駐輜重宿重兵以守之，故有柳營之號。』」

〔六〕《乾隆龍溪縣志》卷六《津梁·虎渡橋》：「一名江東橋。在柳營江，爲郡之寅方，因名虎渡。俗傳昔有虎渡江。宋紹熙間，守趙伯逷始作浮梁。嘉定間，守莊夏易以木，壘石爲址，釃水爲十五道而屋之，名通濟。嘉熙丁酉燬於火，守李韶捐錢五十萬爲倡，里人顔頤仲及故守夏之子夢説哀成之，里人陳正義董其役，長二百餘丈，梁長八尺餘，橋東西各有亭。」

〔七〕森布：密布。左思《魏都賦》：「朱桷森布而支離。」燠：温暖。

〔八〕法道：佛家大道。《古尊宿語録》卷十一《慈明禪師語録》：「暨登楊大年、李都尉之門，機語契投，於是法道大振。」

〔九〕光郁：高僧郁文海，後雲遊慈溪東皋福昌寺，詳見卷二十六《郁文海像贊》。

〔一〇〕甲乙：等級次序。《關尹子·四符篇》：「有死立者，有死坐者，有死卧者，有死病者，有死藥者，等死，無甲乙之殊。」

〔一一〕净慈：西湖四大古刹之一，坐落於西湖南岸南屏山慧日峰下。張岱《西湖夢尋》卷四《西湖南路・净慈寺》：「净慈寺，周顯德元年錢王俶建，號慧日永明院，迎衢州道潛禪師居之。潛嘗欲向王求金鑄十八阿羅漢，未白也。王忽夜夢十八巨人隨行。翌日，道潛以請，王異而許之，始作羅漢堂。宋建隆初，禪師延壽以佛祖大意，經綸正宗，撰《宗鏡録》一百卷，遂作宗鏡堂。熙寧中，郡守陳襄延僧宗本居之。歲旱，湖水盡涸，寺西隅甘泉出，有金色鰻魚游焉，因鑿井，寺僧千餘人飲之不竭，名曰圓照井。南渡時，燬而復建，僧道容鳩工五歲始成，塑五百阿羅漢，以田字殿貯之。紹興九年，改賜净慈報恩光化寺額。」枝梧：支撑。

〔一二〕壙：墓穴。差次：略低，略小；差，略微。

〔一三〕空：離開，超越。《瑜伽師地論》卷八十三：「空者，謂離一切煩惱等故。」相：現象。《成唯識論述記》卷一：「相謂相狀。」

〔一四〕樂石：可製樂器之石料，泛指碑碣。

〔一五〕奥區：腹地，深處。劉大櫆《遊凌雲圖記》：「南方固山水之奥區，而巴蜀峨眉尤爲怪偉奇絶。」風氣：風土氣候。《漢書》卷二十八下《地理志下》：「凡民函五常之性，而其剛柔緩急音聲不同，繫水土之風氣，故謂之風。」

〔一六〕寶構：壯麗房舍。法幢：寫有佛教經文之長筒圓形綢織或刻有佛教經文之石柱。熾然：

盛大貌。

〔一七〕髹彤：丹漆；髹，赤黑漆。何晏《景福殿賦》：「於是列髹彤之繡桷，垂琬琰之文璫。」李周翰《注》：「髹彤，丹漆也。」

〔一八〕將：與，跟。《廣釋詞》卷八《將—與》：「將猶與，介詞。訓見《經傳釋詞補》及《詩詞曲語辭匯釋》，兹廣其例。許瑶之《詠楠榴枕》：『朝將雲髻别，夜與蛾眉連。』蕭綱《詠螢》：『本將秋草并，今與夕風輕。』」

〔一九〕祖道：此指佛祖學説。《全宋詩》卷三百十二釋正覺《禮四祖大醫禪師塔》：「祖道已傳，黄梅妙齡。幻泡忽滅，白浄無形。」

四華世界記

距錢湖五里許，有阿蘭若曰大慈〔一〕，竺曇瑞師居之。其居之室名之曰四華世界，而命余爲記。余問四華世界之説，則知西方過十萬億佛土，有世界曰極樂，有佛曰阿彌陀〔二〕。其人無有三惡八難十纏九惱〔三〕，有能誠心大願歸心是度者，苟念力具足〔四〕，至盡命時精誠不亂，則佛爲現瑞光攝受〔五〕，俾得隨願以往生焉。其土極嚴淨，琉璃爲地，而飾以七寶行樹〔六〕，中有八功德池，池有華曰優鉢曇，曰拘佛頭，曰波斯迦，曰芬陀利，是謂四華也。又云佛之難值，猶優鉢曇華之時一瑞世〔七〕。故師名瑞，字竺曇，而以四華世界名其室云。

或曰大雄氏憫人之溺於染著〔八〕，是以贊歎極樂，勸之往生，而非實有之也；故曰「惟心淨土，自性彌陀」〔九〕。則所謂四華世界，果何在耶！今師既舉以名室，而又寓夫嚮往之私焉，則似泥夫迹之有也，失其旨矣。

師曰：「吾佛之道，雖有之而不有，雖不有之而有〔一〇〕，非智識所能知，非言議所能辨。子方譏我以泥夫有，而我又懼子之溺於無也。苟一切時不著於佛〔一一〕，不著①於法，而淨穢兩忘，能所俱泯〔一二〕，超然無有之表，則啓處周旋固未嘗離乎淨土〔一三〕，而四華世界亦豈遠在十萬億佛土之外哉！或不能爾，吾見情以境遷，識以事變，言有則泥夫有，語無則溺於無，則雖日坐四華之中，而淨土之遠，有不啻十萬億佛土之外而已。夫如是，則四華世界又可以有無論之哉！」

余聞而異之，且愛其言理而明，因筆受爲之記〔一四〕。使世之求乎無生之生者〔一五〕，有以知夫舟筏之在是焉。

【題解】

四華，此文曰優鉢曇、拘佛頭、波斯迦、芬陀利。優鉢曇，常作優鉢羅，漢語青蓮；拘佛頭，常曰拘物頭，漢語紅蓮；波斯迦，常曰波頭摩，漢語赤黄蓮；芬陀利，漢語白蓮。《續一切經音義》卷二《新大方廣佛華嚴經卷第八》：「優鉢羅，或云漚鉢羅，正云嗢鉢羅，此云青蓮華。其花青色，葉細狹長，香氣遠聞，人間無此華，唯無熱惱大龍池中有也……波頭摩，或云鉢頭摩，或云鉢弩摩，亦云鉢特摩，皆梵聲訛轉，正云鉢納摩，此云紅蓮花，人間亦有，或名赤黄色蓮華也。拘物頭，或云拘牟那，正云拘某陀，此云赤蓮華，其花深朱，甚香，亦大，人間亦無，唯彼池有。芬陁利，或云奔茶利迦，正云本拏哩迦，此云白蓮華，其花如雪如銀，光掩人目，甚香，亦大，多出彼池。」

四華世界，阿彌陀佛布道之極樂世界。《佛説阿彌陀經》：「爾時佛告長老舍利弗：『從是西方過十萬億佛土，有世界名曰極樂。其土有佛，號阿彌陀，今現在説法。舍利弗，彼土何故名爲極樂？其國衆生無有衆苦，但受諸樂，故名極樂。又，舍利弗，極樂國土七重欄楯，七重羅網，七重行樹，皆是四寶周匝圍繞，是故彼國名爲極樂。又，舍利弗，極樂國土有七寶池，八功德水充滿其中，池底純以金沙布地。四邊階道，金銀琉璃玻瓈合成。上有樓閣，亦以金銀琉璃玻瓈硨磲赤珠瑪瑙而嚴飾之。池中蓮華大如車輪，青色青光，黄色黄光，赤色赤光，白色白光，微妙香潔。』」

元末明初鄞縣大慈寺竺曇瑞師名其居室曰四華世界。大慈寺，或曰教忠報國寺，東錢湖畔名刹，詳見本卷《大慈寺上蒙堂記》。

【校勘】

① 著：底本作「善」，據乾隆本改。

【箋注】

〔一〕錢湖：鄞縣東錢湖，詳見卷十五《遊東湖》。阿蘭若：寺院别稱。《釋氏要覽》卷上《住處·蘭若》：「梵云阿蘭若，或云阿練若；唐言無諍。《四分律》云『空静處』，《薩婆多論》云『閑静處』，《智度論》云『遠離處』，《大悲經》云『阿蘭若者，離諸怱務故』，《十二頭陀經》云『佛言阿蘭若處，十方諸佛皆共贊歎，無量功德皆由此生』。」

〔二〕阿彌陀佛：梵語阿，漢言無；梵語彌陀，漢言量；故譯無量佛，或無量壽佛。《無量壽經》卷上載阿彌陀佛修行偉力：過去久遠劫世自在王佛時，有一國王發無上道心，捨棄王位，出家爲僧，名曰法藏比丘。世自在王佛應其請，廣説二百一十億佛國天人之善惡與國土之粗妙。法藏經五劫之思維，攝取其精華，至世自在王佛前發四十八願。歷劫修行，於十劫前願滿成佛，建浄土於西方，號阿彌陀。

〔三〕三惡：一切不善之身、語、意三業。《阿毗達磨集異門足論》卷三：「三惡行者，謂身惡行語惡行意惡行。身惡行云何？答：斷生命、不與取、欲邪行……語惡行云何？答：虚誑語、離間語、粗惡語、雜穢語……意惡行云何？答：貪欲、（瞋）〔嗔〕恚、邪見。」八難：難以見佛聞法之八種困境。釋道宣《廣弘明集》卷二十七下《自慶畢故止新門第二十一》：「八難難度。

一地獄難；二餓鬼難；三畜生難；四邊地難；五長壽天難；六雖得人身，盲聾喑瘂，不能聽受難；七雖得人身，六情完具，而世智辯聰，信邪倒見，不信三寶，肆意輕侮，此身死已，便在三途，隨業沈没，久乃得出，時在人道，還不正信家生第；八前後佛間，不睹正法，徒生一世，增長邪見，具造衆罪，尋爾徒死。」十纏：十種煩惱。龍樹菩薩《大智度論》卷七《大智度初品中佛土願釋論第十三》：「纏者十纏：瞋纏，覆罪纏，睡纏，眠纏，戲纏，調纏，無慚纏，無愧纏，慳纏，嫉纏。」九惱：九類煩惱。《十誦律》卷五十《九法初》：「有九惱。是人已侵損我，當侵損我，今侵損我，於彼生惱。是人已利益我怨家，當復利益，今復利益，於彼生惱。是人已侵損我知識，當復侵損，今復侵損，於彼生惱。是名九惱。」

〔四〕度：從生死迷界之此岸到達解脱涅槃之彼岸。念力：正念。《大般若波羅蜜多經》卷四百六十九：「五力者，謂菩薩摩訶薩信力、精進力、念力、定力、慧力，是名五力。」具足：完備。

〔五〕攝受：佛以慈悲心收取和護持衆生。

〔六〕七寶行樹：《阿彌陀經》作七重行樹。

〔七〕優鉢曇：極樂世界八功德池中之青蓮，千年一現，有緣目睹者至罕；古籍所載木本優鉢曇者，乃同名之異花。《宋濂全集》卷八十八《龍眠居士畫十八應真相贊》：「第七尊者，瞪目東望，口噓氣成雲，雲中現七成塔景。無縫寶塔，不因外見。優鉢曇華，千年一現。」

〔八〕大雄：釋迦牟尼尊稱。染著：佛教語，謂愛欲之心浸染於外物而執著不離。《無量壽經》卷下：「於其國土，所有萬物，無我所心，無染著心，去來進止，情無所繫。」

〔九〕意謂西方浄土，不出本心；阿彌陀佛，不出自性。《憨山老人夢遊集》卷二《示優婆塞結念佛社》：「今所念之佛，即自性彌陀。所求浄土，即唯心極樂。」浄土：佛所居清浄世界。彌陀：阿彌陀佛之簡稱。

〔一〇〕浄源《肇論中吴集解》卷上《不真空論》：「雖有而無，所謂非有。雖無而有，所謂非無……雖無而非無，無者不絶虚。雖有而非有，有者非真有。」

〔一一〕著：拘泥，不能超脱。

〔一二〕能所：佛教語，猶主觀與客觀。《壇經·機緣品》：「汝但心如虚空，不著空見，應用無礙，動静無心，凡聖情忘，能所俱泯，性相如如，無不定時也。」

〔一三〕啓處：安居。《詩經·小雅·四牡》：「王事靡盬，不遑啓處。」毛《傳》：「啓，跪；處，居也。」

〔一四〕筆受：用筆記録他人口語。

〔一五〕無生之生：浄土宗教義，意謂往生於西方彌陀浄土；此種生不是三界生死之生，只是假名爲生，故稱。曇鸞《往生論注》卷下：「明彼浄土是阿彌陀如來清浄本願無生之生，非如三有虚妄生也。何以言之？夫法性清浄，畢竟無生。言生者，是得生者之情耳。」

九靈山房集卷之二十九

越遊稿六

序

皇元風雅序

昔者孔子删《詩》〔一〕，蓋以周之盛世，其言出於民俗之歌謡，施之邦國鄉人，而有以爲教於天下者，謂之《風》；作於公卿大夫，陳之朝廷，而有以知其政之廢興者，謂之《雅》。及其衰也，先王之政教雖不行，而流風遺俗猶未盡泯，此陳古刺今之作，又所以爲《風》《雅》之變也〔二〕。

然而氣運有升降，人物有盛衰，是詩之變化亦每與之相爲於無窮。漢興，李陵、蘇武五言之作與凡樂府詩詞之見於漢武之采録者〔三〕，一皆去古未遠，《風》《雅》遺音，猶有所徵也。魏晉而降，三光五嶽之氣分〔四〕，而浮靡卑弱之辭遂不能以復古。唐一函夏〔五〕，文運重興，而李杜出焉。議者謂李之詩似《風》，杜之詩似《雅》〔六〕。聚奎啓宋〔七〕，歐、蘇、王、黄之徒〔八〕，亦皆視唐爲無愧。然唐詩主性情，故於《風》《雅》爲猶近；宋詩主議論，則其去《風》《雅》遠矣〔九〕。然能得夫《風》《雅》之正聲〔一〇〕，以一掃宋人之積弊，其惟我朝乎！

我朝輿地之廣，曠古所未有〔一一〕。學士大夫乘其雄渾之氣以爲詩者，固未易一二數。然自姚〔一二〕、盧〔一三〕、劉〔一四〕、趙諸先達以來〔一五〕，若范公德機〔一六〕、虞公伯生〔一七〕、揭公曼碩〔一八〕、楊公仲弘〔一九〕以及馬公伯庸、薩公天錫〔二〇〕、余公廷心〔二一〕，皆其卓卓然者也。至於巖穴之隱人、江湖之羈客，殆又不可以數計。

蓋方是時，祖宗以深仁厚德涵養天下垂五六十年之久，而戴白之老、垂髫之童，相與歡呼鼓舞於閭巷間，熙熙然有非漢、唐、宋之所可及〔二二〕。故一時作者，悉皆餐醇茹和以鳴太平之盛治〔二三〕。其格調固擬諸漢唐，理趣固資諸宋氏；至於陳政之大，施教之遠，則能優入乎周德之未衰〔二四〕，蓋至是而本朝之盛極矣！繼此而後，以詩名世者，猶累累焉。語其爲體，固有山林館閣之不同，然皆本之性情之正，基之德澤之深，流風遺俗班班而在〔二五〕。劉禹錫謂「八音與政通，文章與時高下」〔二六〕，豈不信然歟？顧其爲言，或散見於諸集，或爲世之徼名售利者所采擇，傳之於世，往往獲細而遺大，得此而失彼，學者於此或不能盡大觀而無憾〔二七〕，此《皇元風雅》之書所爲輯也。

良嘗受而伏讀，有以見其取之博而擇之精。於凡學士大夫之詠歌帝載黼黻王度者〔二八〕，固已烜耀衆目，如五緯之麗天〔二九〕；而隱人羈客珠捐璧棄於當年者，亦皆兼收并蓄，如武庫之無物不有。我朝爲政爲教之大凡，與夫流風遺俗之可概見者，庶展卷而盡得。其有關於世教，有功於新學，何其盛也！明往聖之心法，播昭代之治音，舍是書何以哉〔三〇〕？

書凡若干卷，東海隱君子鶴年所輯。鶴年之曾從祖左丞公，以豐功偉績受知世皇，出入禁近者甚久〔三一〕。鶴年既獲濡染家庭之異聞，而且日從鴻生碩士遊，粲然之文固厭飫於平生〔三二〕。一旦退處海隅，窮深極密，與世不相關者幾廿載。於是當代能言之士凋落殆盡，而鶴年亦老矣。乃取向所積篇章之富，句抉字擿，編集類次之而題以今名〔三三〕。良竊溯其有合於聖人删詩之大端者爲之序，庶幾同志之士共謹其傳焉〔三四〕！

【題解】

皇元，元朝美稱。《風》，《詩》所録四方歌謡，有以教化民心者；《雅》，《詩》所輯士大夫篇章，有以知曉行政之得失者。西域丁鶴年裒集編次有元諸家詩篇，既録學士大夫之稿，亦載隱士羈客之詩，命之以《皇元風雅》。選家回族丁鶴年，以風骨著稱，詳見卷十九《高士傳》。

元時清江傅説卿、廬陵孫存吾捃摭朝野諸家詩，名曰《皇元風雅》；建陽蔣易編次公卿大夫詩，亦命曰《皇元風雅》；不知丁鶴年何以選輯元詩而不避重名。元虞集《皇元風雅序》：「詩之爲教，存乎性情。苟無得於斯，則其道謂之幾絶可也。皇元近時作者迭起，庶幾《風》《雅》之遺，無愧《騷》《選》。然而朝廷之製作，或不盡傳於民間；山林之高風，必不俯諧於流俗。以詠歌爲樂者，固嘗病其不備見也。清江傅説卿行四方，得時賢詩甚多，卷帙繁浩。廬陵孫存吾略爲詮次，凡數百篇，而求予爲之題辭。予觀其編，以静修劉夢吉先生爲之首。自我朝觀之，若劉公之高識遠志，人品英邁，卓然不可企及，冠冕斯文，固爲得之。前後能賦之賢，未易枚舉，偶有未及，非逸之也。若乃僕區區曹鄶之陋，則在所不足録云。至元二年歲在丙子八月辛巳邵庵道人虞集伯生題辭。」

元黄清老《皇元風雅集序》：「(東)〔建〕陽蔣師文甫始集本朝諸公之詩凡若干卷，名曰《皇元風雅》，徵予序。予讀之，見其優遊不迫，有若古《樂府》者焉；沖澹自然，有若《選》者焉；音節鏗鏘，詞語雄渾，又有若盛唐諸名家者焉。辟如大塊噫氣，周旋於扶摇之表，而鼓蕩乎蒼莽之野，天聲地籟，翕然并作，清濁高下，雖有小大之不同，就其得於所感則一也。嗚呼，盛矣哉，我國之詞章也！因一代之詞章，而知一代之盛治，則此編豈小補哉！雖然，達而在上鳴於朝廷者，其詩易以傳；窮而在下鳴於山澤者，往往不可得而見，此十五國風所以難備也。予在京，見宋御史顯夫集詩二十年，得百十家，欲刊諸湖廣，猶日延四方之士而采之，惟恐滄海之有遺珠也，不知今已鋟梓否耶？師文有志於是，安得并求而刻之以備一代之盛觀云？」

【箋注】

〔一〕《史記》卷四十七《孔子世家》：「古者詩三千餘篇，及至孔子，去其重，取可施於禮義，上采契后稷，中述殷周之盛，至幽厲之缺，始於衽席，故曰：『《關雎》之亂以爲《風》始，《鹿鳴》爲《小雅》始，《文王》爲《大雅》始，《清廟》爲《頌》始。』三百五篇孔子皆弦歌之，以求合《韶》《武》《雅》《頌》之音。」

〔二〕朱熹《詩集傳序》：「吾聞之，凡《詩》之所謂《風》者，多出於里巷歌謡之作，所謂男女相與詠歌各言其情者也。惟《周南》《召南》親被文王之化以成德，而人皆有以得其性情之正，故其發於言者，樂而不過於淫，哀而不及於傷，是以二篇獨爲《風》詩之正經。自《邶》而下，則其國之治亂不同，人之賢否亦異，其所感而發者，有邪正是非之不齊，而所謂先王之《風》者，於此焉變矣。若夫《雅》《頌》之篇，則皆成周之世朝廷郊廟樂歌之詞，其語和而莊，其義寬而密，其作者往往聖人之徒，固所以爲萬世法程而不可易者也。至於《雅》之變者，亦皆一時賢人君子閔時病俗之所爲，而聖人取之，其忠厚惻怛之心，陳善閉邪之意，尤非後世能言之士所能及之。」

〔三〕蕭統《文選》卷二十九載録李陵《與蘇武三首》及蘇武《詩四首》。李善《注》：「《漢書》曰：李陵，字少卿，少時爲侍中建章監，善射，愛人。降匈奴，爲右校王，病死。……《漢書》曰：蘇武，字子卿，爲栘中監，使匈奴十九年，歸拜爲典屬國。病卒。」樂府：漢武帝時設立樂府以采集各地歌謡及整理制訂樂譜，後人將樂府收集并制譜之詩稱爲樂府詩。《漢書》卷二十二《禮樂志第二》：「（漢武帝）乃立樂府，采詩夜誦，有趙、代、秦、楚之謳。以李延年爲協律都尉，多舉司馬相如等數十人造爲詩賦，略論律吕，以合八音之調，作十九章之歌。」

〔四〕三光：日月星。班固《白虎通·封公侯》：「天有三光日月星，地有三形高下平。」

〔五〕一：統一。函夏：全中國。

〔六〕《詩人玉屑》卷十《含蓄·尚意》引《漫齋語録》云：「詩文要含蓄不露，便是好處。古人説雄深雅健，此便是含蓄不露也。用意十分，下語三分，可幾《風》《雅》；下語六分，可追李杜；下語十分，晚唐之作也。」

〔七〕聚奎：奎星，西方白虎七宿之一，由十六顆星會聚而成，此喻傑出文人群體。

〔八〕歐蘇王黄：歐陽修、蘇軾、王安石、黄庭堅等北宋巨擘。宋鄧牧《伯牙琴·友古齋記》：「又如與漢太史公、唐韓柳、宋歐蘇王黄輩終日辨論而弗已，則猶以爲未也，正冠肅衽，取聖經賢傳讀之。」

〔九〕主：注重。尤袤《全唐詩話序》：「唐自貞觀來，雖尚有六朝聲病，而氣韻雄深，駸駸古意。開元元和之盛，遂可追配《風》《雅》。」嚴羽《滄浪詩話·詩辯》：「近代諸公，乃作奇特解會，遂以文字爲詩，以才學爲詩，以議論爲詩。夫豈不工？終非古人之詩也。」

〔一〇〕得：契合。正聲：和平中正之詩篇。李白《古風》：「正聲何微茫！哀怨起騷人。」

〔一一〕輿地：大地。曠古：空前，從古至今未曾出現。

〔一二〕姚：姚燧，字端甫，號牧庵，元代名儒。《牧庵集·四庫全書提要》：「初以薦爲秦王府文學，後歷官至翰林學士承旨、集賢大學士，謚曰文，事迹具元史本傳。燧雖受學於許衡，而文章則過衡遠甚。張養浩作是集序，稱其『才驅氣駕，縱横開闔，紀律惟意，如古勁將率市人戰，鼓行六合，無敵不北』。柳貫作燧謚議，稱其『典册之雅奥，詔令之深醇，抉其浮靡，一返古轍，而銘志箴頌雄偉光潔，家傳人誦，莫得而掩』。雖不免同時推奬之詞，然宋濂撰《元史》，稱其文『閎肆該洽，豪而不宕，剛而不厲，舂容盛大，有西漢風，宋末弊習，爲之一變』。國初黄宗羲選《明文案》，其序亦云『唐之韓柳，宋之歐曾，金之元好問，元之虞集、姚燧，其文皆非有明一代作者所能及』。則皆異代論定，其語如出一轍。燧之文品，亦可概見矣。」

〔一三〕盧：元代詩人盧摯。《新元史》卷二百三十七《盧摯》：「元初能文者，曰姚、盧，謂燧及摯也。古今體詩，則以摯與劉因爲首，著有《疏齋集》。臨川吴澄曰：『盧學士所作古詩，類魏晉清言；古文出入盤誥中，字字土盆瓦缶，而有三代虎蜼瑚璉之色，見者莫不改觀。』摯嘗曰：

『清廟明堂謂之古，朱門大廈謂之華屋可也，不可謂之古。太羹元酒謂之古；八珍謂之美味可也，不可謂之古。知此，可與論古文矣。』其自言得力如此。」

〔一四〕劉：劉因，字夢吉，元代鴻儒。家居教授，師道尊嚴。朝廷徵，暫出即歸。再召，固辭不受，帝歎其爲不召之臣。壯年謝世，謚文靖。《元史》卷一百七十一《劉因》：「初爲經學，究訓詁疏釋之説，輒歎曰：『聖人精義，殆不止此。』及得周程張邵朱吕之書，一見能發其微，曰：『我固謂當有是也。』及評其學之所長，而曰：『邵，至大也；周，至精也；程，至正也；朱子，極其大，盡其精，而貫之以正也。』其高見遠識率類此……歐陽玄嘗贊因畫像曰：『微點之狂，而有沂上風雩之樂；資由之勇，而無北鄙鼓瑟之聲。於裕皇之仁，而見不可留之四皓；以世祖之略，而遇不能致之兩生。烏乎！麒麟鳳凰，固宇内之不常有也，然而一鳴而《六典》作，一出而《春秋》成，則其志不欲遺世而獨往也明矣，亦將從周公、孔子之後，爲往聖繼絶學，爲來世開太平者邪！』論者以爲知言。」

〔一五〕趙：元代傑出文士趙孟頫，參見卷二十二《跋趙文敏所臨蘭亭序》。戴表元《松雪齋集序》：「余評子昂古賦凌（歷）〔厲〕頓迅，在楚漢之間；古詩沈涵鮑謝；自餘諸作，猶傲睨高適、李翺云。」

〔一六〕范德機：名梈，清江人，以薦釋褐，累官湖南嶺北道廉訪使經歷，元詩四大家之一。《范德機詩集·四庫全書提要》：「揭傒斯序其集曰：『虞伯生稱德機如唐臨晉帖，終未逼真。改評之曰：范德機詩如秋空行雲，晴雷卷雨，縱横變化，出入無朕。又如空山道者，辟穀學仙，瘦骨崚嶒，神氣自若。又如豪鷹掠野，獨鶴叫群，四顧無人，一碧萬里云云。』傒斯之論，雖務反虞集之評，未免形容過當。然椁詩格實高，其機杼亦多自運，未嘗規規刻畫古人，固未可以『唐臨晉帖』一語據爲定論矣。」

〔一七〕虞伯生：名集，元詩四大家之一，參見卷十二《夷白齋稿序》。胡應麟《詩藪·外編六》：「虞奎章在元中葉，一代斗山，所傳《道園集》深厚典重，足掃晚宋尖新之習。」翁方綱《石洲詩話》卷五：「道園兼有六朝人藴藉，而全於含味不露中出之，所以其境高不可及。」

〔一八〕揭曼碩：名傒斯，元詩四大家之一，詳見卷二十三《祭揭秘監文》。

〔一九〕楊仲弘：名載，仲弘其字也，元詩四大家之一。《楊仲弘集·四庫全書提要》：「元代詩人，世推虞楊范揭。史稱其文章一以氣爲主，而於詩尤有法度，自其詩出，一洗宋季之陋云云。蓋宋代詩派凡數變：西崑傷於雕琢，一變而爲元祐之樸雅；元祐傷於平易，一變而爲江西之生新；南渡以後，江西宗派盛極而衰，江湖諸人欲變之而力不勝，於是仄徑旁行，相率而爲瑣屑寒陋，宋詩於是掃地矣。載生於詩道弊壞之後，窮極而變，乃復其始，風規雅贍，雍雍有元祐之遺音。史之所稱，固非溢美。故清思不及范椁，秀韻不及揭傒斯，權奇飛動尤不及虞集，而四家并稱，終無怍色，蓋以此也。」

〔二〇〕馬伯庸、薩天賜：元時著名詩人，詳見卷二十一《鶴年吟稿序》。

〔二一〕余廷心：元朝忠直大臣，詳見卷七《題余廉訪五大篆後》。

〔二二〕戴白：頭戴白髮。垂髫：兒童下垂頭髮。熙熙然：温和歡樂貌。

〔二三〕餐醇茹和：浸潤陶冶於醇風和氣。鳴：表達。

〔二四〕擬：仿效。優：充裕，寬裕。《詩經·大雅·瞻卬》：「天之降罔，維其優矣。」鄭玄《箋》：「優，寬也。」

〔二五〕李東陽《麓堂詩話》：「作山林詩易，作臺閣詩難。山林詩或失之野，臺閣詩或失之俗。野可犯，俗不可犯也。蓋惟李杜能兼二者之妙。若賈浪仙之山林，則野矣；白樂天之臺閣，則近乎俗矣。」館閣：古時昭文館、史館、集賢院、秘閣、龍圖閣、天章閣諸署，士大夫所作詩文工整典雅，故稱館閣體。班班：明顯清晰。

〔二六〕語出《劉賓客文集》卷十九《唐故尚書禮部員外郎河東柳君集紀》。八音：古代稱金、石、絲、竹、匏、土、革、木等八類樂器，泛指音樂。

〔二七〕大觀：雄偉景象。周中孚《鄭堂札記》卷一：「分門別類，博采群書，洋洋乎大觀哉！」

〔二八〕帝載：帝王事業。《尚書·舜典》：「咨四岳，有能奮庸熙帝之載。」孔安國《傳》：「載，事也。」黼黻：輔佐。王度：帝王政教制度。

〔二九〕烜耀：盛大耀眼。五緯：金、木、水、火、土五大行星。麗：附著。

〔三〇〕世教：正統思想。心法：傳心養性之法門。蔡沈《書集傳序》：「精一執中，堯舜禹相授之心法也。」昭代：清明時代。治音：清明太平之音訊。

〔三一〕詳見卷十九《高士傳》。世皇：元世祖忽必烈。禁近：宫禁；以入宫廷則近帝王，故稱禁近。

〔三二〕厭飫：吃飽，引申爲飽讀，肆意閲讀。

〔三三〕句抉字擿：一句一字挑揀選取；擿，選取。《類篇·手部》：「擿，取也。」類次：分類編排。

〔三四〕庶幾：希望。《左傳·襄公二十六年》：「懼而奔鄭，引領南望曰：『庶幾赦余！』」

餘姚海堤集序

餘姚俯瞰大海，而西北當其衝。每歲海潮奔突，颶風挾怒濤相輔爲害。率常破廬舍壞土田〔一〕，且將魚其人而沼其地。當宋爲縣時，知縣事謝景初嘗爲堤二萬八千尺，施宿又爲堤四萬二千尺，而其中爲石堤者五千七百尺。其所以與海爲抗者，可謂至矣。然土堤善崩，而舊涯日墊爲斥鹵〔二〕。凡西北田之受灌陂湖者，亦且溢入鹹流，歲用不稔〔三〕。

國朝易縣爲州四十餘年，而國子葉先生來爲其州判官，行視敗堤，亟與鄉之父老圖所以弭之。乃規貨食，募匠傭，揆日之吉〔四〕，鑿石爲堤，以尺計者，總二萬四千二百三十五，其視前人之功，可不謂益至矣乎。

於是州之民相與誦美之不已。既致辭走京師，請國子監丞陳公衆仲〔五〕、翰林學士王公師魯爲文記其事〔六〕；而復退率州士之工乎詩者以及寓公過客，作爲樂府歌行、五七言近體若干首，以詠歌先生之功於無極。先生之子南臺掾晉裒集爲若干卷〔七〕，將鋟梓以傳，而屬余序之。

昔漢召信臣爲南陽太守，嘗造鉗盧陂於穰縣，累石爲堤以節水勢，田獲美溉，民甚利之。及後漢杜詩爲太守，復修其業，時人爲之歌曰：「前有召父，後有杜母〔八〕。」先生繼謝、施二令爲海堤，視杜之繼召，作陂堤則同，州人士歌思之又同；所不同者，彼蓋漢史傳其事，此則出於民俗之頌美，而非太史氏之所紀録也。雖然，杜之功僅齊於召，而先生之功則非謝、施所可及。庸詎知是堤之築〔九〕，不有待於先生而後大顯於世乎？則夫他日之秉史筆者，固當以先生之紀録追見乎前事，而召杜不得專美兩漢矣。《詩》曰：「惟其有之，是以似之〔一〇〕。」庸敢竊取斯義，序所以作者之意如此〔一一〕。先生入官之履歷，作堤之歲月，與夫爲政之大凡，載之記文得以互見者，不贅焉。

【題解】

餘姚，元時紹興路州名。《元史》卷六十二《地理五・江浙等處行中書省・紹興路》：「領司一，縣六（山陰、會稽、上虞、蕭山、嵊縣、新昌），州二（餘姚州、諸暨州）。」

餘姚北臨巨海，歷朝修築海堤以遏水患，著名者有宋時縣令謝景初、施宿，元時州判葉恒等。《萬曆紹興府志》卷十七《水利志二・堤塘》：「餘姚海塘，在縣北四十里。縣之北壤，東起上林，西盡蘭風，七鄉十八都之地，悉瀕於海。作堤禦海，所從來久遠，文字缺蔑莫可考。宋慶曆七年，縣令謝景初自雲柯達於上林，爲堤二萬八千尺……慶元二年，縣令施宿乃自上林而蘭風，又爲堤四萬二千尺，其中石堤五千七百尺……至寶慶及元大德以來，復潰決，海壖内移，八鄉之地，悉漸於海。至正元年，州判葉恒乃作石堤二萬一千二百十一尺，下廣九十尺，上半之，高十有五尺，故土堤及石堤缺敗者皆易以石……至葉恒所築，則包山限海，綿亘爲一，無復部分矣。明興百餘年來，所以海無大害者，多恒之功德。」

《萬曆紹興府志》卷三十七《人物志三・名宦・葉恒》：「字敬常，鄞人。判姚，有幹局，籌畫久遠。姚有捍海堤，潮汐決嚙，海益内侵，民最苦之。恒更築石堤二千四百餘丈，自是遂無海患。至正間，録恒海堤功，追封仁功侯，立廟祀之。」

葉恒修築海堤，諸大夫士吟詠謳歌，其子袁其詩曰《餘姚海堤集》，參看卷十六《海堤行》及卷二十五《葉孔昭爲尊公刊海堤集喜而有賦》。

《御選元詩》卷五十八阿里沙《題前餘姚州判官葉敬常海堤遺卷》：「潮汐東來勢蹴天，一堤横捍萬家全。陵遷谷變人誰在？海晏河清事獨賢。曉日山川神禹迹，秋風禾黍有虞田。河渠他日書成績，應并宣房與代傳。」

【箋注】

〔一〕率常：往往，大抵。韓愈《柳子厚墓誌銘》：「踔厲風發，率常屈其座人。」

〔二〕墊：陷沉，淹没。

〔三〕用：以，因爲。稔：穀物成熟。

〔四〕規：規劃。揆：預測。《説文》：「揆，度也。」

〔五〕陳衆仲：名旅，元代鴻生，詳見卷十二《夷白齋稿序》。《萬曆紹興府志》卷十七《水利志二・堤塘》引陳旅《記》云：「紹興路總管府檄委州判葉君恒治之。君視壞堤，自開原至蘭風，見凡土爲者皆闕惡，愀然曰：『是則爲民禍也有窮已乎？』遂與其鄉老人議爲石堤……堤高下視海地淺深，深則高丈餘，淺則餘七尺，長則爲尺二萬一千二百十又一也。其中舊石塘之危且闕者，亦皆治完之。」

〔六〕王師魯：名沂，字師魯，一字思魯，元末鴻碩，世傳《伊濱集》。《伊濱集・四庫全書提要》：「沂歷躋館閣，多居文字之職，廟堂著作多出其手，與傅若金、許有壬、周伯琦、陳旅等俱相唱和，故所作詩文舂容和雅，猶有先正軌度。惜其名不甚著，集亦絶鮮流傳，選元詩者并不能舉其名氏。」《萬曆紹興府志》卷十七《水利志二·堤塘》引王沂《記》云：「餘姚濱海之田，歲墊潮汐。判官葉君恒作石堤以捍之，爲尺二萬一千二百十有一。既告成，而他土堤之差可緩而未甃以石者，則所未暇也。時宋公文瓚守紹興，嘉葉君之功，而惜其將代，請於江浙行省丞相及部使者，俾得終其役，而葉君謝事矣。未幾，完者都來代，宋公因督完者都成之。繼宋公之後者爲泰不華公，其督成是役亦竊究心焉。乃又作石堤三千一十有四尺，總爲尺二萬四千二百二十有五。自是以往，民不病海，而歲入倍地壤。」

〔七〕南臺：元江南諸道行御史臺。晉：葉晉，字孔昭，元末明初鄞縣文士，詳見卷十六《舟次高錢遲孔昭不至詩以速之》。

〔八〕召信臣：漢時循吏，與下文杜詩悉以興修水利造福一郡而垂名不朽，詳見卷十八《陳文昭監丞像贊》。《元和郡縣圖志》卷二十一《鄧州·穰縣·六門堰》：「在縣西三里。漢元帝建昭中，召信臣爲南陽太守，復於穰縣南六十里造鉗盧陂，累石爲堤，傍開六石門以節水勢。澤中有鉗盧玉池，因以爲名。用廣溉灌，歲歲增多，至三萬頃，人得其利。後漢杜詩爲太守，復修其陂，百姓歌之曰：『前有召父，後有杜母。』」

〔九〕庸詎：豈，哪裏，同義複詞。

〔一〇〕語出《詩經·小雅·裳裳者華》，意謂葉恒築堤樹勳，工詩者以之吟唱詩什。

〔一一〕庸：乃，於是。《尚書·益稷》：「帝庸作歌。」序：通「敘」，記述，敘述。

密庵文集序

文主於氣〔一〕，而氣之所充，非本於學不可也。六經而下，以文雄世者，稱孟軻氏、韓愈氏。孟軻氏曰：「我善養吾浩然之氣。」韓愈氏曰：「氣盛則言之短長聲之高下皆宜〔二〕。」然孟軻氏之養氣，則既始之以知言〔三〕；而韓愈氏之氣盛，亦惟三代兩漢之書是觀，聖人之志是存耳〔四〕。文以氣爲主，氣由學以充，見之二氏，可考而知也。後之學者，乃或不是之求，方貴華尚采〔五〕，粉澤以爲工，遒密以爲能〔六〕。吁！亦末矣。是故有見於此而思務去之者，豈不謂之有志之士乎？

若吾友謝君原功，斯爲有志之士矣。原功自幼强記捷識，敏於學問〔七〕。比壯，經史百家皆搜抉掐擢，毫分縷解。積之既久，淵泓湧溢〔八〕，浩乎其沛然矣。嘗一試江浙鄉闈不利，輒謝絶場屋，抱其遺經，見尚書貢公於吴山，公一見即待以奇士〔九〕。已而同泛大海，相與朝夕論辨，一意古學，刮摩淬礪〔一〇〕，訖爲聞人。後稍從軍淮右，應聘中吴，浮沉常調者數載〔一一〕。則疆土内附，例徙南京〔一二〕。達官貴人有知原功者，强起而致之遠郡。於是逾江渡河，北走齊魯，登泰山，臨淄水〔一三〕，而文氣益壯。奈何不二三年，復以疏雋不檢棄去〔一四〕？平生抱負，百不一試，而其志之可見者，獨文而已。原功之文，肖其爲人。其立論閎①以挺，其書事簡以悉〔一五〕，其序記銘贊雅健而奇警，其詩歌彬蔚而穠麗〔一六〕，庶幾傑出一時，流輩無敢與并者。

原功既東還故里，攜其所著《密庵稿》若干卷授余曰：「吾所與遊而文者誰歟？惟是文稿宜有序，敢以請於子。」余不得辭，謹爲論次其學之有得於孟韓者，書之於首簡。使世知原功之文，非徒粉澤遒密之是務，而其傑出一時者，蓋由有氣以充之，而又能本之以學也。原功，會稽人，名肅，其字原功，密庵乃別號也，故以題其稿云。

【題解】

謝肅，餘姚名士，參看卷二十五《喜謝密庵至二首》。戴九靈先後兩次爲謝肅作序，悉載《密庵集》。其一《序》曰：「余友謝先生原功，天下之豪俊人也。居於越之鄙，越人無少長，望見原功，皆畏服。始原功壯時，閉影讀書，期以事功見於世。當元之季，抱其所學，試藝江浙鄉闈，不即售，僅取一校官以去。後值兵起，浮沉藩鎮者久之。入國朝，嘗被簡拔入禮局，與太常諸儒同考禮。繼爲忌者所不容，遂出贊郡政千里外。又以胥鋪見黜，困而歸。原功既不偶，默然無所向，聞西北山水之雄壯，其山則有泰岱恒嶽太行之崛嵂，其水則有江淮沔濟汝潁之洶湧。伏羲堯舜禹湯文武之故都、孔顔鄒孟之故里與夫戰國王侯將相之丘墓咸在焉。於是由金陵走濟南走太原，盤桓吴楚齊魯燕趙晉魏之郊，感今懷古，一發於聲詩。當其登高臨下，或藉草坐卧，或劇飲大醉，必放歌朗吟，以適一時之樂，何其壯也！原功之詩，五言古律則本之漢魏，歌行則遵李杜，近體則祖少陵，六朝晚唐無論焉。他若山川之離合，土地之沿革，人物之廢興，可以正史策之訛謬，補志書之缺略者，則又等前數人而上之。紀行之詩而至原功，可謂盛矣。夫詩之紀行，自少陵秦蜀以後，作者豈無其人！然皆循守故轍，一唱百隨，求其自出新意以古爲則者，曾不多見。而原功獨卓卓如是，豈其學問之富使然歟！元功之學富矣，至其爲文，尤高出時輩，沛然有古作者之遺風。昔司馬子長遍遊名山川而文氣益盛，原功以既富之學沛然之文而加之壯遊，孟子所謂莫之禦者也。則其所恃以不朽者，徒詩乎哉？而余尤切切云爾者，蓋見原功於一聲律之微，亦無不盡心焉爾。嗟夫！原功年向老，平生自信，曾不及少試，是以人亦無所因以窺原功之所至。若即是詩考其筆力之雄健胸次之魁廓，亦足以知其志之有在矣。金華戴良序。」

【校勘】

①閑：乾隆本作「閎」。

【箋注】

〔一〕主：根本，此作動詞。《大戴禮記·曾子立事》：「言必有主。」王聘珍《解詁》：「主，本也。」

〔二〕韓愈《答李翊書》：「氣，水也；言，浮物也。水大而物之浮者大小畢浮。氣之與言猶是也，氣盛則言之短長與聲之高下者皆宜。」

〔三〕《孟子·公孫丑上》：「『敢問夫子惡乎長？』曰：『我知言，我善養吾浩然之氣。』」

〔四〕韓愈《答李翊書》：「愈之所爲，不自知其至猶未也。雖然，學之二十餘年矣。始者，非三代兩漢之書不敢觀，非聖人之志不敢存。」

〔五〕貴華尚采：崇尚華美辭藻；采，辭藻華美。《文心雕龍·情采》：「繁采寡情，味之必厭。」

〔六〕粉澤：刻意雕飾。遒密：雄健縝密。《柳宗元集校注》卷三十四《報崔黯秀才書》：「今世因貴辭而矜書，粉澤以爲工，遒密以爲能，不亦外乎！」

〔七〕捷識：快速記憶；識，通「志」，記住。敏：勤奮。

〔八〕搜抉：搜求挑取。掐擢：抽出，探取。韓愈《貞曜先生墓誌銘》：「及其爲詩，劌目鉥心，刃迎縷解，鉤章棘句，掐擢胃腎。」淵泓：深貌。

〔九〕吴山：杭州名山，見卷八《遊吴山承天觀》。謝肅《玩齋集序》：「至正五年春，宣城貢先生以翰林供奉出爲紹興推官，而文聲政譽赫然傾動乎東南。東南之民既德之，士而志於學者，亦皆争出門下，惟恐在後。于時肅年尚少，沈伏下里，雖不獲仰承緒風餘論，往往聞大夫士有誦先生詩若文者，則必録而識之，以自致其忻慕之心焉。又六年，肅始就學郡庠，則先生已去郡。值朝廷修黜陟之法，而大臣有薦先生在紹興治理爲兩浙第一者，遂以召復入史館矣。自是參贊經筵，司業國子，以歘歷於省臺之間，而治聲大振，播於人人，聞於朝廷。朝廷之倚任日益以重，而海内之人識與不識，咸望先生之大用於時也。如肅者，既抱其忻慕之心，至是則重自歎曰：『先生，今天下人豪也，肅安得一受指教以足平生之志願哉？』又八年春，肅以遊學來杭，適先生退自政府，始得謁拜於吴山舍館。先生受而不拒，列於弟子員後，使十餘年忻慕之心一旦傾寫，庯非幸歟！未幾，朝廷詔先生以户部尚書總漕閩廣，道出海昌，值海上有警，因留居於州之北門凡七閲月。而先生起居食息之頃，肅未嘗不在侍也。説經之暇，間授肅以作文賦詩之法。」

〔一〇〕刮摩：切磋研討。淬礪：磨煉兵刃，引申爲刻苦進修。

〔一一〕淮右：或曰淮西，宋設淮南西路，元設淮西總管府，旋更廬州路。《元史》卷五十九《地理二・河南江北等處行中書省・廬州路》：「宋爲淮南西路。元至元十三年，設淮西總管府。明年，於本路立總管府，隸淮西道。」中吴：蘇州别稱，至正間張士誠納款元朝，立江淮分省、江浙分樞密院於中吴以處其官屬。常調：按常規遷選官吏。

〔一二〕内附：此指元亡而明興。《隆平紀事》：「（至正二十七年）九月辛巳，徐達克平江……徐達籍所獲官屬平章李行素……内史陳基、饒介等所部將校及杭、湖、嘉興、松江等郡官吏家屬及外郡流寓之人凡二十餘萬人，并元宗室神保大王黑漢等九人，皆送應天。」

〔一三〕淄水：山東境内河流，參見卷九《次益都》。

〔一四〕疏雋：豪放超逸。蘇洵《養才》：「奇傑之士常好自負，疏雋傲誕，不事繩檢。」

〔一五〕閎：宏大。左思《魏都賦》：「旅楹有閎。」李善《注》：「閎，大也。」挺：突出，特出。悉：該盡，完備。《爾雅·釋詁上》：「悉，盡也。」

〔一六〕彬蔚：文采美盛貌。穠麗：豔麗。

大梅常禪師語録序

學佛之人，謂一切語言皆壅蔽自心光明〔一〕；又謂語言者，道之標幟也〔二〕。蓋道之妙不可以語言傳，而可以語言見。余觀常禪師初見馬祖〔三〕，問：「如何是佛？」馬祖曰：「即心是佛〔四〕。」後有一僧問云：「師見馬祖，得個什麽？」師曰：「馬祖向我道即心是佛。」僧曰：「馬祖近日佛法又别，又道『非心非佛〔五〕』。」師曰：「任汝非心非佛，我只管即心即佛。」馬祖聞之，爲之歎許。大哉言乎！非道之所由以見者乎！故自是而後，師之道行日著，而學徒之至如歸。以至臨殁示衆「物非他物」一語，洞見生死庭户，無少留情，信其爲一代之偉人矣。

鄞大梅山之護聖寺，蓋師講道之處。寺舊有《語録》，嘗鋟梓以傳，後毁於火，不存者久之。復言慥公主是寺之日，爲請文海郁公朝勘夕校，裒集成帙〔六〕，而并采摭唐宋以來諸碩德拈提頌古詩偈等篇〔七〕，及凡名人巨公所爲碑碣題詠之類，附之語録之左。復言方重入於梓，未及成而退席矣。本宗生公實補其處，乃急唱衣鉢〔八〕，命工完之。仍介文海求余序其首。

夫道以心而傳，以言而顯。言固不得與道抗，而道實不離乎言。粤自達磨西來〔九〕，有所謂「教外别傳，不立文字」之説〔一〇〕，學者遂至擯棄語言，絶口而不及，曰「吾師達磨嘗云爾」。彼獨不思馬鳴、龍樹〔一一〕、百丈〔一二〕、斷際諸師〔一三〕，皆前後達磨而興者也，或兼契經以造論〔一四〕，或借龍宫之書以泛觀〔一五〕，或精入乎三藏〔一六〕，或該綀乎諸宗〔一七〕。語言之顯夫是道者，其可盡棄之哉？

師爲馬祖的嗣，而是録也，一皆開闢正信〔一八〕，直明一心，以歸合佛祖之所示。非世之應機酬詰，以枝辭蔓説爲辨博，鈎章棘句爲迅機，岐道而二之者，所可同日語也〔一九〕。學者於此，苟能借言以顯其無言，以求所謂道者而躬行之。庶幾大法全體，離言語相〔二〇〕，用以證夫達磨氏之説，而於教外之傳，亦何同而何别乎？夫如是，則文海之所集，不爲徒是〔二一〕；復言、本宗之汲汲於刊布者，不爲虚行矣。雖然，學者其勉之。師，襄陽人，俗姓鄭氏。世系入道之詳具見《傳燈》〔二二〕，兹不贅述也。

【題解】

大梅，鄞縣大梅山，護聖寺在焉，詳見卷十九《覺智圓明述禪師傳》。

常禪師，唐釋馬祖道一弟子。《五燈會元》卷三《馬祖一禪師法嗣》：「明州大梅山法常禪師者，襄陽人也，姓鄭氏。幼歲從師於荆州玉泉寺。初參大寂，問：『如何是佛？』寂曰：『即心是佛。』師即大悟，遂之四明梅子真舊隱縛茅燕處。唐貞元中，鹽官會下有僧，因采拄杖迷路，至庵所問：『和尚在此多少時？』師曰：『祇見四山青又黄。』又問：『出山路向甚麽處去？』師曰：『隨流去。』僧歸舉似鹽官，官曰：『我在江西時曾見一僧，自後不知消息，莫是此僧否？』遂令僧去招之。師答以偈曰：『摧殘枯木倚寒林，幾度逢春不變心。樵客遇之猶不顧，郢人那得苦追尋？一池荷葉衣無盡，數樹松花食有餘。剛被世人知住處，又移茅舍入深居。』大寂聞師住山，乃令僧問：『和尚見馬大師得個甚麽，便住此山？』師曰：『大師向我道即心是佛，我便向這裏住。』僧曰：『大師近日佛法又別。』師曰：『作麽生？』曰：『又道非心非佛。』師曰：『這老漢惑亂人，未有了日。任他非心非佛，我只管即心即佛。』其僧回，舉似馬祖，祖曰：『梅子熟也！』……上堂：『汝等諸人各自回心達本，莫逐其末。但得其本，其末自至。若欲識本，唯了自心。此心元是一切世間、出世間法根本，故心生種種法生，心滅種種法滅。心且不附一切善惡而生，萬法本自如如。』問：『如何是佛法大意？』師曰：『蒲花柳絮，竹針麻綫。』……忽一日謂其徒曰：『來莫可抑，往莫可追。』從容間聞鼯鼠聲，乃曰：『即此物，非他物。汝等諸人，善自護持，吾今逝矣。』言訖示滅。永明壽禪師贊曰：『師初得道，即心是佛。最後示徒，物非他物。窮萬法源，徹千聖骨，真化不移，何妨出没！』」

【箋注】

〔一〕惠洪《石門文字禪》卷二十四《答郭公問傳燈義》：「昔達磨大師佩佛心印，於梁普通之初至震旦。時學者方以講觀相高，達磨大師乃曰：『吾不立文字，直指人心，見性成佛，如來教外别行，傳上根輩。』」自心：自性，本性。《六祖壇經·懺悔品第六》：「世人性本清浄，萬法從自性生……如是諸法在自性中，如天常清，日月常明。」

〔二〕惠洪《石門文字禪》卷二十五《題讓和尚傳》：「心之妙不可以語言傳，而可以語言見。蓋語言者心之緣，道之標幟也。標幟審則心契，故學者每以語言爲得道淺深之候。」標幟：記號。

〔三〕馬祖：唐代洪州禪創立者。《五燈會元》卷三《南嶽讓禪師法嗣》：「江西道一禪師，漢州什邡縣人也，姓馬氏……由是四方學者雲集座下。一日謂衆曰：『汝等諸人各信自心是佛，此心即是佛心。達磨大師從南天竺國來至中華，傳上乘一心之法，令汝等開悟。又引《楞伽經》文，以印衆生心地。恐汝顛倒，不自信此一心之法各各有之，故《楞伽經》以佛語心爲宗，無門爲法門。夫求法者應無所求，心外無别佛，佛外無别心……』僧問：『和尚爲甚麽説即心即佛？』師曰：『爲止小兒啼。』曰：『啼止時如何？』師曰：『非心非佛。』」

〔四〕即心是佛：或言即心即佛，意謂自性就是佛性，此心就是佛心。

〔五〕非心非佛：執著身心爲實有，稱作我執；執著佛爲實有，稱作佛執；破除我執佛執，謂之非心非佛。

〔六〕文海郁公：漳州龍溪檀特巖精舍高僧，後雲遊浙東沿海，詳見卷二十六《郁文海像贊》。裒集：聚集。

〔七〕碩德：大德耆宿。拈提：禪林説法者援引古則以揭示要旨。

〔八〕唱衣鉢：師徒一脉相承。唱：前後呼應。《莊子·齊物論》：「前者唱于，而隨者唱喁。」衣鉢：僧尼法服與食器，代學問、技藝、事業諸方面。

〔九〕達摩：南天竺得道高僧，有緣宣化震旦，泛海渡洋，越三周歲，於南朝梁普通七年九月至廣州。是歲輾轉梁都金陵、魏都洛陽，寓止於嵩山少林寺，面壁而坐，終日默然，人莫之測，謂之壁觀婆羅門。越九年，欲返天竺，命門人各言所得。道副、總持、道育、慧可，各得其皮、肉、骨、髓。遂以正法眼藏付慧可，令其護持闡揚。達摩遐振玄風，普施法雨，而輇才小慧之徒，自不堪任，競起害心，數加毒藥。至第六度，以化緣已畢，傳法得人，遂不復救之，端居而逝。此後禪宗異峰突起，悉尊達摩爲初祖。

〔一〇〕意謂禪宗在佛教經典外傳承真諦，不依靠文字流播教義。《五燈會元》卷一《七佛·釋迦牟尼佛》：「世尊在靈山會上拈花示衆。是時衆皆默然，唯迦葉尊者破顔微笑。世尊曰：『吾有正法眼藏，涅槃妙心，實相無相，微妙法門，不立文字，教外別傳，付囑摩訶迦葉。』」

〔一一〕馬鳴龍樹：古印度二位得道高僧，參見卷二十一《重刊禪林僧寶傳》。

〔一二〕百丈：唐福州長樂王氏子，大曆初至南康師事馬祖道一，虚往實歸，窮窺禪門閫奥。後居新吴，其山峻峭可千尺，號百丈巖，故檀信尊之爲百丈懷海，其禪學亦名百丈禪。施設《禪門清規》：不立佛殿，唯樹法堂；朝參夕聚，飲食隨宜；行普請法，上下均力。天下禪僧靡然向風，禪門因之卓爾獨立。詳見贊寧《宋高僧傳》卷十《唐新吴百丈山懷海傳》。

〔一三〕斷際：唐代閩人，成童薙髮於洪州高安黄檗山寺。參謁百丈懷海，得傳心印，復住黄檗山，弘揚直指單傳心要，故世稱黄檗希運。道益精，譽益高，四方緇白慕名雲集。相國裴休爲之建寺，延請説法。宣宗敕謚斷際禪師。《全唐文》卷七百四十三裴休《黄檗山斷際禪師傳心法要序》：「有大禪師法諱希運，住洪州高安縣黄檗山鷲峰下，乃曹溪六祖之嫡孫，西堂百丈之法嗣。獨佩最上乘，離文字之印，唯傳一心，更無别法。心體亦空，萬緣俱寂。如大日輪升虚空中，光明照耀，浄無纖埃。證之者無新舊，無淺深。説之者不立義解，不立宗主，不開户牖。直下便是，動念即乖，然後爲本佛。故其言簡，其理直，其道峻，其行孤。四方學徒，望山而趨，睹相而悟，往來海衆常千餘人。」

〔一四〕唐實叉難陀《新譯大乘起信論序》：「起信論者，大乘之秘典也。佛滅度後五百餘年，有馬鳴菩薩出興於世，時稱四日道王五天。轉不退輪，建無生忍。銘惣持之智印，宅畢竟之真空。受波奢付囑，蒙釋尊遠記，善説法要，大啓迷津。欲使群生殖不壞之信根，下難思之佛種，故造斯論。其爲論也，示無價寶，詮最上乘。演恒沙之法門，惟在方寸；開諸佛之秘藏，本自一心。遣執而不喪其真，存修而亦亡其相。少文而攝多義，假名而會深旨。落落焉皎智月於浄天，滔滔焉注禪河於性海。返迷歸極，莫不由之。」契經：佛經。慧遠《大乘義章》：「以其聖教稱當人情，契合法相，從義立目，名之爲契。」

〔一五〕鳩摩羅什譯《龍樹菩薩傳》：「大龍菩薩見其如是，惜而愍之，即接之入海，於宮殿中開七寶藏發七寶華函，以諸方等深奥經典無量妙法授之。龍樹受讀，九十日中通解甚多，其心深入，體得實利。龍知其心而問之：『看經遍未？』答言：『汝諸函中經多無量，不可盡也。我可讀者已十倍閻浮提。』龍言：『如我宮中所有經典，諸處此比復不可數。』龍樹既得諸經一箱，深入無生，二忍具足。龍還送出於南天竺，大弘佛法，摧伏外道。」

〔一六〕《全唐文》卷四百四十六陳詡《唐洪州百丈山故懷海禪師塔銘》：「落髪於西山慧照和尚，進具於衡山法朝律師，既而歎曰：『將滌妄源，必遊法海。豈惟心證？亦假言詮。』遂詣廬江，閱浮槎經藏，不窺庭宇者積年。」三藏：佛教經、律、論總稱。

〔一七〕《石門文字禪》卷第二十五《題斷際禪師語録》：「常謂其徒曰：『吾頃遊方，無所不問，雖草根巖壁中，有人必往，窮詰其所得。』又曰：『馬祖之下得正法眼，歸宗耳；而牛頭以降，皆不可當其意者。』豈公取捨故欲異於世也，亦抑世之人見其不與己合而訴以爲異者也？古之人所以大過人者，信己之專；惟信己，故不惑世人之言。是故所立卓絶，非常人所能及也。……禪師之所養，其峻嚴廣大如此。其語言斷斷如藥石，深可以治晚世學者之病。是知其言蓋所養也，卷舒放肆，驅逐邪妄，開闢正信，直明一心，以歸合佛祖之言，可謂深渺宕肆。大哉，洋洋乎，光明之言也！」該練：博通嫻熟。

〔一八〕的嗣：正宗後裔。正信：篤信正法之心念。《維摩經·方便品》：「受諸異道，不毁正信；雖明世典，常樂佛法。」

〔一九〕酬詰：問答責難。枝詞蔓説：言論繁冗蕪雜。鈎章棘句：刻意推敲苦心斟酌。迅機：迅捷機敏。岐道：同「歧道」，岔路。

〔二〇〕離言語相：參見卷二十八《歸庵記》。

〔二一〕是：同「諟」，訂正，校勘。《廣雅·釋言》：「諟，是也。」王念孫《疏證》：「是、諟聲義并同。」

〔二二〕《景德傳燈録》卷七有傳曰《明州大梅山法常禪師》。

題跋

跋定武帖

右《定武禊飲帖》，今爲大慈寺主僧南宗禪師定公所藏〔一〕。竊考此帖真迹及石刻，俱以殉葬昭陵〔二〕。唐末温韜發其所藏，但取金玉，而帖與石悉棄墓隧中〔三〕。宋初耕民入隧，見帖紙已腐，獨負其石，歸以搗帛。定州一遊士見而奇之，即以百金市去，世謂之古定本。王君貺守長安，取留公庫，庫焚而石毀①〔四〕。

定武乃其别刻，歷代藏之御府。石晉之末，契丹自中原輦載貨寶圖記，北至真定，德光死，漢兵繼至，此石棄之中山〔五〕。慶曆中爲李學究者所有。其後宋景文公守定武，乃取其石匣置郡齋〔六〕。熙寧間，薛師正出牧，其子紹彭好書，因别刻一石易之，世謂之薛氏本。大觀中，紹彭之弟嗣昌，以所易本獻諸朝，徽宗命龕貯宣和殿〔七〕。靖康之亂，遂不知所在矣。

其所摸搨〔八〕，古定本差肥，薛氏本稍瘦。王順伯主肥者，尤延之則以瘦者爲真〔九〕，二公皆好古博雅，其論此帖不同如是，要必互有所見。是本乃類瘦者，其爲薛氏本無疑，蓋定武初刻，世之奇寶也。舊藏魯南吴志淳家〔一〇〕，禪師爲買家旁良田若干畝，貿而有之。

余一日謁禪師慈雲山中〔一一〕，禪師出以相示，而俾識諸後。嘗觀張彦遠《法書要録》，謂右軍平生所書以《禊飲帖》最得意，故留付子孫，傳七世至僧永，乃付弟子辨才，唐太宗遣蕭翼詭辨才以得帖〔一二〕。既傳之於僧，而第五行有僧字者，蓋是時搨本已多，唯僧永所藏爲真，故於行間以僧字押縫耳〔一三〕。

嗟乎！僧永不可作矣，去之六七百年，而此帖復爲僧家所蓄，則禪師者豈永之後身耶？且其石刻，一則曰古定，一則曰定武，皆因定之人士及定牧守所藏而得名。今禪師名定而實有乎此帖，百世之下庸詎知不稱爲僧定所藏本耶？夙有緣契〔一四〕，於斯見之矣。然付之弟子頗難，其人使能知所寶愛如辨才者，猶不保其不失，況下此者乎？禪師後人尚加慎矣哉！

【題解】

定武，宋時河北路之定武軍，或稱定州及中山府。《宋史》卷八十六《地理二·河北路·西路·中山府》：「中山府……太平興國初改定武軍節度。本定州，慶曆八年始置定州路安撫使，統定、保、深、祁、廣信、安肅、順安、永寧八州。政和三年升爲府，改賜郡名曰中山。」

唐宋之際，王羲之《蘭亭集序》石刻一種以契丹南侵流落定武，其摹印本謂之《定武帖》，或名《定武禊飲帖》，詳見卷二十二《跋修禊帖》。

【校勘】

①毀：乾隆本作「燬」。

【箋注】

〔一〕南宗定公：元鄞縣大慈寺高僧，詳見卷二十八《大慈寺上蒙堂記》。

〔二〕《法書要録》卷三唐何延之《蘭亭記》：「貞觀二十三年聖躬不豫，幸玉華宫含風殿，臨崩謂高宗曰：『吾欲從汝求一物。汝誠孝也，豈能違吾心邪？汝意何如？』高宗哽咽流涕，引耳而聽受制命。太宗曰：『吾所欲得《蘭亭》，可與我將去。』及弓劍不遺，同軌畢至，隨仙駕入玄宫矣。」

〔三〕《舊五代史》卷七十三《唐書四十九》：「温韜，華原人……爲耀州節度，唐諸陵在境者悉發之，取所藏金寶，而昭陵最固，悉藏前世圖書，鍾王紙墨筆迹如新。」歐陽修《集古録跋尾》卷四《晉蘭亭修褉序》：「世言真本葬在昭陵。唐末之亂，昭陵爲温韜所發，其所藏書畫皆剔取其裝軸金玉而棄之，於是魏晉以來諸賢墨迹遂復流落於人間。太宗皇帝時購募所得，集以爲十卷，俾摹傳之，數以分賜近臣。今公卿家所有法帖是也。然獨《蘭亭》真本亡矣，故不得列於法帖以傳。」

〔四〕郁逢慶《書畫題跋記》卷三：「有謂太宗既葬蘭亭繭紙，而刻石亦見殉。昭陵既發，耕民負石爲搗帛用。定武一士人見四周龍鳳文隱起，知爲禁中本，以百金市之以歸，謂之古定本。王君貺知長安，移文索入公庫，又謂之古長安本。既而公庫火，石焚。」王君貺：原名拱壽，十九歲舉進士第一，宋仁宗賜名拱辰，君貺其字也；至和間以端明殿學士知永興軍。詳見《宋史》卷三百一十八《王拱辰》。長安：今西安，北宋永興軍衙署在焉。

〔五〕石晉：五代時石敬瑭所建後晉。真定：宋時河北西路真定府。《宋史》卷八十六《河北路·西路》：「府四：真定，中山，信德，廣源。」德光：遼太宗耶律德光，契丹族人。《遼史》卷四《太宗下》：「大同元年春正月丁亥朔，備法駕入汴，御崇元殿受百官賀……壬寅，晉諸司僚吏、嬪御、宦寺、方技、百工、圖籍、曆象、石經、銅人、明堂刻漏、太常樂譜、諸宮縣、鹵簿、法物及鎧仗，悉送上京……丁丑，崩於欒城，年四十六。」漢：此指五代十國時劉知遠所創後漢。

〔六〕宋景文：北宋鴻碩宋祁。初與兄宋庠同舉進士，禮部奏祁第一，庠第三。章獻太后重長幼之序，乃擢庠第一，而置祁第十。歷官廟堂，出知諸州。景祐中徙定州，覓取耶律德光所掠《禊飲帖》石刻置府衙。宋祁博學能文，善議論，以張方平請謚景文。詳見《宋史》卷二百八十四《宋祁》。

〔七〕薛師正：名向，師正其字也。以祖蔭釋褐，輾轉遷尊位。遼人求代北地，北境乏牧守，神宗知向幹局絶人，加樞密直學士、給事中，知定州。宋哲宗元祐中，録其言，謚恭敏。子紹彭，工翰墨；中子嗣昌，以吏材自奮。詳見《宋史》卷三百二十八《薛向》。《書史會要》卷六：「薛紹彭，字道祖，長安人，官至秘閣修撰，出爲梓潼漕。自謂河東三鳳後人，書名亞米芾，符祐間號能書。」

〔八〕摸搨：拓印；摸，通「摹」。

〔九〕王順伯、尤延之：南宋二名士，詳見卷二十二《跋修禊帖》。

〔一〇〕吴志淳：元末慶元路鄞縣寓賢，其籍或云濟南，或云無爲。《浙江通志》卷一百九十四《寓賢·寧波府·明·吴志淳》：「《成化四明郡志》：『字主一，以字行，濟南人，工詩，善草隸。以父廕歷官靖安、都昌二縣簿。元季棄官，寓鄞之東湖。至正末，執政奏除待制翰林。命下，爲權幸所匿。志淳已在耄耋，若不聞焉。當時若南昌揭伯防、會稽盛景華、魏郡邊魯生、永嘉柴養吾，亦嘗寄迹於鄞，至如龍子高之寓慈溪，戴叔能之寓定海，數君子者或賦詩，或作文，或論書法，各逞所長，故詞章翰墨，人得之不啻拱璧。養吾師米南宫，寫雲山煙嵐變滅，渾然天成。魯生亦善寫水墨花鳥梅石，而竹精於鈎勒顫掣之勢，則有得於李後主。子高後歸於閩，張淮中作《琴劍歌》送之。《明詩綜傳》『志淳所著有《環碧軒》《柳南漁隱》二集』。」吴志淳行迹亦載《乾隆鄞縣志》卷十八，然言其爲元時無爲州人。

〔一一〕慈雲山：此指大慈山；慈雲，佛家稱佛以慈悲爲懷，如大雲之覆蓋世界。釋道宣《廣弘明集》卷二十二唐太宗《三藏聖教序》：「引慈雲於西極，注法雨於東陲。」

〔一二〕詳見《法書要録》卷三所引何延之《蘭亭記》。詭：欺詐。

〔一三〕押縫：署名於兩紙首尾縫間。黄伯思《東觀餘論》卷上《記與劉無言論書》：「魏晉以來法書，至梁御府藏之，皆是朱異、唐懷充、沈熾文、姚懷珍等題名於首尾紙縫間，故或謂之押縫，或謂之押尾，衹是謂書名耳。」

〔一四〕緣契：緣分。

跋康里公臨懷素論草書帖

右懷素《論草書帖》語，康里文獻公所臨。按懷素唐僧，字藏真，以善草書擅名大曆間。頃見其一帖云「王右軍草書不及張芝」，又一帖云「張芝草書非老僧莫入其體」，則懷素自謂抗芝而過右軍矣，不知此論然乎否乎〔一〕？

藝家相薄，豈自昔有之乎〔二〕？文獻公書名之重，不在懷素下，其跋此帖，乃尊之爲奇寶，視懷素之論右軍，抑何過厚耶？與權家藏此卷〔三〕，非獨愛其字畫之妙，蓋亦重乎德矣！

【題解】

康里，名巎巎，元著名書法家。《元史》卷一百四十三《巎巎》：「巎巎字子山，康里氏……巎巎幼肄業國學，博通群書，其正心修身之要得諸許衡及父兄家傳。長襲宿衛，風神凝遠，制行峻潔，望而知其爲貴介公子。其遇事英發，掀髯論辨，法家拂士不能過之……巎巎以重望居高位，而雅愛儒士，甚於饑渴，以故四方士大夫翕然宗之，萃於其門……巎巎善真行草書，識者謂得晉人筆意，單牘片紙，人争寶之，不翅金玉。謚文忠。」《元史》載康里巎巎謚文忠，而元代典籍或稱文獻，戴九靈此文乃其一例。《林登州集》卷二十三《書張師夔所藏康里子山書捕蛇者説卷後》：「康里文獻公真草書入妙品，此卷又得健筆佳紙之助，故馳騁精神，略無蹇滯，又妙中之尤妙者也。」

懷素，唐代高僧，以狂草名世，與張旭齊名，合稱顛張狂素。倪濤《六藝之一録》卷三百三十三《釋懷素》：「釋懷素，字藏真，俗姓錢，長沙人，徙家京兆，元奘三藏之門人也。初勵律法，晚精意於翰墨，追仿不輟，禿筆成冢。一夕觀夏雲隨風，頓悟筆意，自謂得草書三昧。斯亦見其用志不分，乃凝於神也。當時名流如李白、戴叔倫、竇臮、錢起之徒，舉皆有詩美之。狀其勢以謂『若驚蛇走虺，驟雨狂風』，人不以爲過論。又評者謂『張長史爲顛，懷素爲狂』，以狂繼顛，孰爲不可？及其晚年益進，則復評其『與張芝逐鹿』，兹亦有加無已，故其譽之者亦若是耶？考其平日得酒發興，要欲字字飛動圓轉之妙，宛若有神，是可尚者。」《全唐文》卷四百三十三陸羽《僧懷素傳》：「懷素疏放，不拘細行，萬緣皆繆，心自得之。於是飲酒以養性，草書以暢志。時酒酣興發，遇寺壁、里牆、衣裳、器皿，靡不書之。貧無紙可書，嘗於故里種芭蕉萬餘株以供揮灑。書不足，乃漆一盤書之，又漆一方板書。至再三，盤、板皆穿。」

【箋注】

〔一〕倪濤《六藝之一録》卷三百三十三《釋懷素》引《淮海題跋·題懷素書》云：「此帖稱王右軍云

『吾真書可比鍾繇，而草故不減張芝』，僕以爲真不如鍾，草不如張。又嘗見其一帖云漢時張芝言『書爲世所重』，非老僧莫入其體。則懷素自謂抗張芝而過右軍矣……歐陽文忠嘗謂：『法帖者，乃魏晉時人施於家人朋友。其逸筆餘興，初非用意，自然可喜。後人乃棄百事，而以學書爲事，如一未至，至於終老窮年，疲弊精神而不以爲苦，是真可歎也！懷素之徒是已。』文忠此論可謂名言。」

〔二〕《文選》第五十二卷曹丕《典論論文》：「文人相輕，自古而然。」

〔三〕與權：元末餘姚醫家張與權，詳見卷十八《種德堂銘并序》。

龍山古迹記後題

嗚呼！是惟先師待制柳公之遺墨。公提舉江西儒學時〔一〕，正宗匡公方主龍興之上藍〔二〕，暇日過從甚相好也。後二三年，公既受代歸婺，而正宗亦謝事還鄞之龍山〔三〕。婺與鄞相去數百里遠，而公扁舟訪之，宿留是山幾一載，《古迹記》作於此時，於時公年已七十。後二年，召入禁林；又一年而歿。去之十六年所，而正宗亦示寂矣〔四〕。

久之，正宗之法孫仲猷闡公由海上使還〔五〕。偶檢故篋，見公此文鼠蠹中，爲之傍徨瞻睹〔六〕。念前修之寖遠，痛遺澤之日微，亟命裝治成卷，且俾志諸左方。

嗟乎！公以道德文章爲世大儒，而其平生乃多喜與方外諸尊宿遊，故其遺墨流落人間者，士大夫罕能蓄之，而每見諸山人野士之室。今觀此文，所以拳拳是寺之始末、正宗之交好者如此，其信道爲法之勤，可謂透脱情境者矣〔七〕。昔人謂蘇文忠公爲五祖戒禪師後身〔八〕，故其爲文，漫衍浩蕩，一自般若中出〔九〕。若公者，豈其人歟！嗚呼！公今已矣，覽其遺墨，尚足以增兹山之勝氣也。

【題解】

龍山，慈溪名山，柳公貫所遊之永樂寺在焉，詳見卷十六《遊龍山》與《永樂寺觀先師柳公三大篆及諸石刻泫然賦此》。

《雍正慈溪縣志》卷十四《藝文》引柳貫《上福龍山古迹記》云：「沿姚江東來，至慈溪六十里，望北山屏障中一峰如龍鷲騫翔，下據平野，意其中必殊勝。舟人云：『此虞公渡也，永樂寺即傅其麓。』移舟泝潮而上可二里，溝港漸狹，水漸淺澀。舍舟而徒出畦畎間，見新亭翼然。稍轉，渡溝約，得支徑，蛇行以入，松杉新栽，高纔出屋，重門深敞，堂殿靚幽，雖在谷中，而不涉梯級，自占平衍，廓如也。

「主僧法匡正宗出迎客，授館水竹居、池上亭。蓋予與正宗别豫章十年矣，感歎離合，不勝情語，而更已向闌。倦極就寢，林月微滿，秋氣肅然，山禽翻樹，磔磔飛鳴，倏焉神悸魄動，不知夢中之夢乃有此境也。

「明日，正宗語予曰：『吾永樂支於甘露，甘露猶唐所建。中峰之西谷，寺實在焉，盍往遊乎？』食已，復出東門，趨右卻轉，隨澗道北上登山，穿長林，陟斜磴，有門危立山半者，甘露院也。中峰之右，復出岡壟一支，掖西谷，漸迤而南，横障門術，再頓再伏，截永樂西南而止。谷中諸水漴流，注巨壑，溢爲澗。其旁爲崖，寺門臨之，欲求席地備折旋，不可得也。入門而殿中佛像三軀，梁間題『開元二十八年』，按曆則庚辰歲也。昔唐國一禪師弟子慧湯受記於其師曰：『逢龍即止，落石即歸。』洎遊方至是，知爲龍山，愛其深夐，而即止焉。因結茅定居，修頭陀行，然五指以誓。久之，緇白信向。旱禱雨，復然二指，雨亦輒應。爲作精藍其處，事聞，天寶三載得賜院額。嘗一夕，山有隕石，馳歸，而師遂告寂。固與記語無弗契者。迨宋治平中，始改甘露。今觀所鑄銅鐘款刻與遵式碑文、如昇序，可互見也。

「相傳寺之始建，在穹巖窈谷間，固蚖蛇之營窟而魑魅之櫓巢也。自湯之寂，居者初厭苦之。後用持咒結界法，對樹二碑門内，四面刻《佛説大悲心》《大佛頂尊勝如意陀羅尼》其上，藉是咒功而魑魅蚖蛇之迹絶矣。碑樹於會昌壬戌，僧宗一書。碑各三千餘字，結體遒密，有二王法。左碑兩幀，刻施人名數，上有詩四韻曰：『大唐天寶甲申年，種柏沙門肇化先。八面署成希世界，三峰湧出半中天。坐推百福開悲殿，行詣千門結上緣。共作雨徵千古事，與君銘記綵巖前。』右兩幀，刻陀羅尼緣起，亦各數百字。皆宗一作。

「殿后壘石三成，其崇十尋，上爲傑閣，背倚中峰巖壁之下，據勢亢極，固已絕出前峰之表矣。江流横亘，如開鏡奩，而隔岸諸山，踴躍效奇，帆檣鷗鷺，往來下上，晴光雨色，頃刻千變。雖使善畫者悉意摸寫，有不能盡。蓋登臨之勝，固在於幽深曠遠，而是閣者崒然拔起於浮嵐疊巘之中，雖敗簷殘桷尚缺增修，然憑欄送目，抑可以呑萬象而抗遊塵。所謂有寺山勝，有閣寺勝，總而論之，其有在乎？閣稍西又有小閣，所見略同，而庭柯之杪稍蔽虧，景趣差不能及。

「往正宗之祖龍石老翁暮年謝事，宴坐閣中，日誦《法華》。横川和尚珙公，其道舊也，嘗自育王過之。别去，寄二偈曰：『龍山閣上望江水，蘆葦叢邊白鳥飛。一個閑人天地外，夕陽遠近釣船歸。』『四十餘年交舊少，惟師遠遠寄新茶。瓦瓶未汲寒泉水，無限清風滿我家。』手墨幸存。而翁用韻和答後篇曰：『春風影裏蘭舟小，曾訪巖扃試雨茶。兩偈重於秋日得，何緣珍重野人家？』正宗在侍，時記此篇成誦，而前篇莫之省矣。龍石之家，蓋多亢宗之子，曰起予字商隱者，有《居山雜言》十六首。予在江右嘗别書之，味道之言，亦資於山水之助耶？

「殿識『開元二十八年』，而詩云『天寶甲申』，則湯之始，在開元初年；化緣既稔，乃於庚辰作殿；至甲申閲五年，寺之衆室始藉施以成，而賜額亦下。粤自天寶九十餘年而會昌，宗一書四陀羅尼而碑之，且形詩詠。『開悲殿』『結上緣』，皆以追紀成績；『植柏沙門』，恐即指湯；『雨徵』峰在中峰西北；『綵巖』亦山名耳。

「大抵是山通謂龍山；曰『上福龍山』，寺之賜額也。建碑在會昌二年，五年而遂毀天下佛寺。夫既奉詔行事，不知此寺此碑何以獲存。豈非山深寺僻，號令未及，而大中復寺之命遄下，故得幸保完璧，無傷美制，以迄至於今？世謂諸上善人建立道場，自利利人，在於佛道，爲最勝矣。乃若湯公之得法於國一，而能投身荒寂，勤修苦證，以成其化。其使夫海隅遐僻之壤，睹兹光明解脱之幢，雖劫塵屢更，海波嘗淺，而世復有人爲之護持，道無污隆，亦無成壞，豈謂是耶？

「遵式與四明尊者同講天台教觀，世稱式懺主。碑作於至道中，毀久，近歲重刻之。銅鐘製作精甚，甬刻『明州上亭鎮上福龍山院，甲辰十月廿五日鑄』，末識住持惠歡名。上亭，今名丈亭。《圖經》云『吴越武肅王改丈亭爲上亭』，然是刻詞稱上亭，則鑄鐘在五代梁唐已後，甲辰必石晉開運元年也。是時浙東西地屬吴越，且錢鏐又嘗自建元寶正，故不著年號，而特以甲辰書。又不知何時復丈亭之名也。

「予觀古人之有功業可傳者，往往資之金石篆刻，遂以不朽。向使是山經始視成之績，前無殿識，後無詩刻，則諸師化緣造事之美，泯泯無聲久矣。至儆兀會昌象法之變，幸其免於湮毁，又若囿乎其數，而貞脆之論，又不暇深計焉者。然則斯寺界乎山水之涯，遊者罕至，亦一覽徑去，未必有若予之迂闊謬悠反復參證以得其迹者焉。乃記其曲折，并及遊歷次第，書而留之山中，以見予於是山實有緣契若此。安知後來不有與予同嗜，因其言以賞其趣者哉！予東陽柳貫道傳，以七月十三日來遊，後四十二日再遊，而記成實至元五年歲次己卯之秋也。」

【箋注】

〔一〕參見卷七《祭先師柳待制文》。

〔二〕龍興：元時江西行省龍興路，今江西南昌。上藍：元龍興路大招提。宋祝穆《方輿勝覽》卷十八《江西路·江西轉運置司·寺院·上藍院》：「唐馬祖道一禪師道場。今爲府城叢林第一。」

〔三〕謝事：辭職。鄞：此指元時慶元路，唐代稱鄞州。

〔四〕示寂：佛菩薩或高僧辭世。

〔五〕仲猷闡公：元末明初高僧，詳見卷二十八《歸庵記》。

〔六〕傍偟：同「彷徨」，徘徊。《史記》卷八十六《刺客列傳》：「傍偟不能去。」

〔七〕拳拳：真摯誠懇。透脱：超脱，不拘泥。陳善《捫虱新話》：「見得親切，此是入書法；用得透脱，此是出書法。」

〔八〕《冷齋夜話》卷七《夢迎五祖戒禪師》：「蘇子由初謫高安時，雲庵居洞山，時時相過。聰禪師者，蜀人，居聖壽寺。一夕，雲庵夢同子由、聰出城迓五祖戒禪師。既覺，私怪之，以語子由。未卒，聰至。子由迎呼曰：『方與洞山老師説夢，子來亦欲同説夢乎？』聰曰：『夜來輒夢見吾三人者同迎五〔祖〕戒和尚。』子由拊手大笑曰：『世間果有同夢者，異哉！』良久，東坡書至曰：『已次奉新，旦夕可相見。』〔二〕〔三〕人大喜，追筍輿而出城，至二十里建山寺而東坡至。坐定無可言，則各追繹向所夢以語坡。坡曰：『軾年八九歲時，嘗夢其身是僧，往來陝右。又先妣方孕時，夢一僧來托宿，記其頎然而眇一目。』雲庵驚曰：『戒，陝右人而失一目。暮年棄五祖來遊高安，終於大愚。』逆數蓋五十年，而東坡時年四十九矣。後東坡復以書抵雲庵，其略曰：『戒和尚不識人嫌，强顔復出，真可笑矣。既法契，可痛加磨礪，使還舊規，不勝幸甚。』自是常衣衲衣。」

〔九〕《石門文字禪》卷二十七《跋東坡忼池録》：「東坡蓋五祖戒禪師之後身，以其理通，故其文渙然，如水之質，漫衍浩蕩，則其波亦自然而成文。蓋非語言文字也，皆理故也。自非從般若中來，其何以臻此？其文自孟軻、左丘明、太史公而來，一人而已。」漫衍：綿延伸展貌。般若：智慧。《大智度論》卷四十三：「般若者，秦言智慧。」

跋𣜏上人所書蓮經後

四明甘露寺沙門龍淵𣜏公手書《妙法蓮華經》七卷以報佛恩〔一〕。乙卯之春，余遊龍山，訪龍淵於甘露禪室〔二〕，龍淵出以相示而命志諸後。

余聞一切契經皆佛所演，而此經獨爲諸經之王〔三〕。至其引蓮爲喻，則以三世同時十方同會〔四〕。方其開時即有果，而於果中即有因。蓋其諸子雖分布而會聚無隔斷，此其所以名蓮，而蓮之爲言連也，所以明上承圓教開權顯實之微意也〔五〕。《經》云「如來以一大事因緣故出現於世」，而所謂開示悟入〔六〕，即其旨也。昔人有誦持此經，至以秦王所贈二物托之母手而降生者〔七〕；亦有書寫此經，即身爲爛瓜香、舌爲青蓮香者〔八〕：一皆夙浄願堅固力之所致。

龍淵之書是也，亦豈徒然也哉！龍淵爲人，純素質直無世間心。而作此字點畫匀整，意態簡遠，其爲知恩精進〔九〕，蓋可知矣。宗風凋弊之餘，或至飽食終日增上慢者〔一〇〕，其視龍淵，亦可少愧哉！龍淵嘗首衆杭之靈隱〔一一〕，後由永樂移至①甘露。時年六十五云。

【題解】

藪上人，生平不詳。《蓮經》，通稱《妙法蓮華經》，或稱《妙法華經》《法華經》。妙法，佛法微妙無比；蓮華，佛經潔白清浄。《妙法蓮華經》始自《序品》，終於《普賢菩薩勸發品》，合二十八品。

唐釋道宣《妙法蓮華經弘傳序》：「《妙法蓮華經》者，統諸佛降靈之本致也。蘊結大夏，出彼千齡。東傳震旦，三百餘載。西晉惠帝永康年中長安青門燉煌菩薩竺法護者初翻此經，名《正法華》。東晉安帝隆安年中後秦弘始丘茲沙門鳩摩羅什次翻此經，名《妙法蓮華》。隋氏仁壽大興善寺北天竺沙門闍那笈多後所翻者，同名《妙法》。三經重沓，文旨互陳。時所宗尚，皆弘秦本。自餘支品別偈，不無其流，具如序曆，故所非述。夫以靈岳降靈，非大聖無由開化；適化所及，非昔緣無以導心。所以仙苑告成，機分小大之别；金河顧命，道殊半滿之科。豈非教被乘時，無足覈其高會！是知五千退席，爲進增慢之儔；五百授記，俱崇密化之迹。所以放光現瑞，開發請之教源；出定揚德，暢佛慧之宏略。朽宅通入大之文軌，化城引昔緣之不墜。繫珠明理性之常在，鑿井顯示悟之多方。詞義宛然，喻陳惟遠。自非大哀曠濟，拔滯溺之沈流；一極悲心，拯昏迷之失性。自漢至唐六百餘載，總歷群籍四千餘軸，受持盛者，無出此經。將非機教相扣，并智勝之遺塵；聞而深敬，俱威王之餘勳。輒於經首，序而綜之。庶得早浄六根，仰慈尊之嘉會；速成四德，趣樂土之玄猷。弘贊莫窮，永貽諸後云爾。」

【校勘】

①至：乾隆本作「主」。

【箋注】

〔一〕甘露寺：慈溪禪寺，參見卷十七《同淬用剛登甘露寺》。

〔二〕龍山：慈溪名山，甘露永樂二寺院在焉，詳見卷十六《遊龍山》。

〔三〕契經：佛經，參見本卷《大梅常禪師語録序》。《妙法蓮華經》卷四《法師品第十》：「藥王今告汝，我所説諸經，而於此經中，《法華》最第一……藥王汝當知，如是諸人等，不聞《法華經》，去佛智甚遠。若聞是深經，決了聲聞法。是諸經之王，聞已諦思惟。當知此人等，近於佛智慧。」《容齋五筆》卷八《八種經典》：「開示悟入諸佛知見，以了義度無邊，以圓教垂無窮，莫尊於《妙法蓮華經》，凡六萬九千五百五字。」

〔四〕三世：佛家以過去、現在、未來爲三世。《壇經·懺悔品》：「今與汝等授無相懺悔，滅三世罪。」十方：佛教稱東、西、南、北、東南、西南、東北、西北、上、下十個方位爲十方，亦泛指各處。唐太宗《三藏聖教序》：「弘濟萬品，典御十方。」

〔五〕圓教：中國華嚴宗判經典教義爲五，圓教包括同教一乘《妙法蓮華經》與別教一乘《華嚴經》。開權：開方便門，即用權宜方式宣講佛法；權，方便，權宜。顯實：示真實相；實，實相，法性，實性，真性，真如。《妙法蓮華經玄義》卷五上：「昔權蘊實，如華含蓮。開權顯實，如華開蓮現。離此華已，無別更蓮；離此粗已，無別更妙。何須破粗往妙？但開權位，即顯妙位也。」

〔六〕開示：開導啓示。《妙法蓮華經》卷一《方便品第二》：「諸佛世尊唯以一大事因緣故出現於世。舍利弗！云何名諸佛世尊唯以一大事因緣故出現於世？諸佛世尊欲令衆生開佛知見使得清浄故，出現於世；欲示衆生佛知見故，出現於世；欲令衆生悟佛知見故，出現於世；欲令衆生入佛知見道故，出現於世。舍利弗！是爲諸佛以一大事因緣故出現於世。」

〔七〕弘覺法師以二物托母轉世，更名曇諦。慧皎《高僧傳》卷七《宋吴虎丘山釋曇諦》：「諦父服嘗爲冀州別駕。母黄氏晝寢，夢見一僧呼黄爲母，寄一麈尾并鐵鏤書鎮二枚，眠覺見兩物具存，因而懷孕生諦。諦年五歲，母以麈尾等示之，諦曰：『秦王所餉。』母曰：『汝置何處？』答云：『不憶。』至年十歲出家，學不從師，悟自天發。後隨父之樊鄧，遇見關中僧䂮道人，忽唤䂮名。曰：『童子何以呼宿士名？』諦曰：『向者忽言阿上是諦沙彌，爲衆僧采菜，被野豬所傷，不覺失聲耳。』䂮經爲弘覺法師弟子，爲僧采菜，被野豬所傷，䂮初不憶此。乃詣諦父，諦父具説本末，并示書鎮麈尾等。䂮乃悟而泣曰：『即先師弘覺法師也。經爲姚萇講《法華》，貧道爲都講，姚萇餉師二物，今遂在此。』追計弘覺捨命，正是寄物之日。復憶采菜之事，彌深悲仰。」

〔八〕惠洪《石門文字禪》卷二十五《題超道人蓮經》：「梁大沙門僧祐平生書寫誦持，未舍受，即身爲爛瓜香；已舍受，即舌本爲青蓮香：皆其精進真信力所成就。」

〔九〕精進：對治怠惰勇於修習。《成實論》卷十八：「精進者，行者若行正勤，斷不善法，修集善法，是中勤行，故名精進。」

〔一〇〕增上慢：對於教理或修行境地尚未有所得有所悟，卻起高傲自大之心，如經論中常舉示之未得謂得、未獲謂獲、未觸謂觸、未證謂證等均屬修行人生起增上慢之例。

〔一二〕首衆：居衆僧首座；首座者，由德業兼修者充任，以統領寺内禪僧。《五燈會元》卷十二《石霜楚圓禪師》：「師以母老，南歸至瑞州，首衆於洞山。」靈隱：杭州西湖名刹。宋無名氏《都城紀勝·三教外地》：「凡佛寺，自諸大禪刹如靈隱、光孝等寺，律寺如明慶、靈芝等寺，教院如大傳法、慧林、慧因等，各不下百數所之外。」

跋袁學士詩後

此六詩袁文清公爲商隱師作也。元之盛際，文清以學問辭章名震天下，而片言隻字，人視之如圭璋珠貝，願一睹之而不可得。然獨於商隱無所愛吝如此，則商隱必有大過人者。按商隱乃龍山永樂寺僧〔一〕，文清嘗與同參横川和尚〔二〕，横川時住玉几山之育王寺〔三〕，雲頂①源師〔四〕、虎丘永師亦與之同參〔五〕。詩中所言玉几、雲頂、虎丘者，蓋指此三人也。

此詩今爲商隱法孫本歸所蓄，間出以相示。余祝之使藏諸名山，庶十百年後，知商隱之結交文清，猶如佛印之於東坡〔六〕，靈源之於山谷〔七〕。其趣味相同，真是山間林下之人，與夫假士大夫之名以粉飾叢林者異矣！商隱諱予，其字商隱，嘗出世里中之開壽寺〔八〕。文清諱桷，字伯長，官翰林爲侍講學士，其謚文清，與商隱同里閈，四明人。

【題解】

袁學士，元初四明袁桷，詳見卷二十一《四明袁氏譜圖序》。袁桷《清容居士集》載録所贈商隱詩六首。《清容居士集》卷十三《商隱長老以余歸喜溢翰墨愧歎之餘次韻以謝三首》其一：「少年學道惡加鞭，掩息支頤絶語言。玉几老禪曾對坐，茶甌如雪閉寮門。」其二：「沈沈雲頂絶天風，不展袈裟萬念同。眼見永師傳妙密，虎丘殘塔夕陽中。」其三：「龍歸石落無消息，碧眼長身振祖傳。江上白鷗元不礙，潮回月出滿樓前。」又，《往歲南歸商隱長老遠惠佳句不獲承賍次韻敘懷三首》其一：「席帽京塵廿載强，風前數髮白於霜。芸編不檢蛛絲羃，班馬專門萬古香。」其二：「桑乾嶺上是天心，萬樹松花積翠深。兩度灤陽三伏節，片雲飛雪是晴陰。」其三：「烏紗承笠霏霏土，短袖持鞭窄窄風。冬盡不知梅蕊白，春來深愧杏花紅。」

《元詩紀事》卷十以《昌上人遊京師欲言禪林弊事甫入國門若使之去者昌余里人幼歲留吴東郡遺老及穎秀自異者多處其地以予所識聞若承天了天平恩穹窿林開元茂皆可依止遂各一詩以問訊虎丘永從遊尤久聞其謝世末爲一章以悼六首》爲此跋所言袁桷贈商隱詩，誤矣。

【校勘】

①頂：諸本作「項」，據《清容居士集》卷十三《商隱長老以余歸喜溢翰墨愧歎之餘次韻以謝三首》與《光緒餘姚縣志》卷二《山川·雲頂山》改。

【箋注】

〔一〕永樂寺：詳見卷十六《永樂寺觀先師柳公三大篆及諸石刻泫然賦此》。《光緒慈溪縣志》卷四十《方外傳·宋·時敏》：「甘露寺僧……暮年謝事歸，晏坐寺之後閣，日誦《法華經》，自稱龍石老翁，善吟詠。寺在龍山中峰西谷，踞山面江，景最幽勝。五傳曰起予，字商隱；曰法匡，字正宗：皆能詩。」

〔二〕參：禪門謁師問道，坐禪參究，集衆説法。元釋圓至《牧潛集》卷三《横川和尚塔記》：「師樸外少飾，中凝不雜，能持坦坦，不變於怒喜怨愛。晚居能仁、育王，道益光。師亦懼於無傳，講誘孜孜，未有厭位卻衆嗜閑意。然或迫而欲之，則欣然避脱，棄比毛秕，不以退進順逆懷蔕芥。學者挽執不置，則棄所從而從之，守扃擁户，迄死乃釋。」

〔三〕育王寺：鄞縣名刹，坐落於育王山麓，玉几山附近，詳見卷十五《遊育王山》。

〔四〕雲頂：餘姚雲頂山之雲頂聖壽寺。《光緒餘姚縣志》卷二《山川·雲頂山》：「在縣南十九里。由竹山西南十里曰谷家尖，東二里曰斗門山、雲頂山。」《光緒餘姚縣志》卷十一《典祀·雲頂聖壽寺》：「在雙雁鄉。元至元十九年實業禪師建庵其地，衆尊慕之，爲建此寺。久廢。

明崇禎末僧冰懷重建。」源師：其人不詳。

〔五〕虎丘永師：元蘇州虎丘山虎丘寺高僧。袁桷《清容居士集》卷十一《昌上人遊京師欲言禪林弊事甫入國門若使之去者昌余里人幼歲留吴東郡遺老及穎秀自異者多處其地以余所識聞若承天了天平恩穹隆林開元茂皆可依止遂各一詩以問訊虎丘永從遊尤久聞其謝世末爲一章以悼》：「我識虎丘三十年，精神霄漢鶻張拳。機當危處即燒印，語到盡時難續弦。路涉兩岐空有泣，溪流一滴竟無傳。雙峰古樹蒼藤罥，時有子規啼徹天。」

〔六〕佛印：北宋著名禪師，蘇軾方外友。釋惠洪《禪林僧寶傳》卷二十九《雲居佛印元禪師》：「禪師名了元，字覺老，生饒州浮梁林氏……凡四十年之間，德化緇白，名聞幼稚，縉紳之賢者多與之遊。蘇東坡謫黄州，廬山對岸，元居歸宗，酬酢妙句與雲煙争麗。及其在金山，則東坡得釋還吴中，次丹陽，以書抵元曰：『不必出山，當學趙州上等接人。』元得書徑來，東坡迎笑問之，元以偈爲獻曰：『趙州當日少謙光，不出三門見趙王。争似金山無量相，大千都是一禪床。』東坡拊掌稱善……元所居方丈特高，名妙高臺，東坡又作詩曰：『我欲乘飛車，東訪赤松子。蓬萊不可到，弱水三萬里。不如金山去，清風半帆耳。中有妙高臺，雲峰自孤起。仰觀初無路，誰信平如砥？臺中老比丘，碧眼照窗几。巉巉玉爲骨，凛凛霜入齒。機鋒不可觸，千偈如翻水。何須尋德雲？只此比丘是。長生未暇學，請學長不死。』」

〔七〕靈源：北宋高僧，著名詩人黄庭堅方外至交。釋惠洪《禪林僧寶傳》卷三十《黄龍福壽清禪師》：「禪師名惟清，字覺天，號靈源叟，生南州武寧陳氏……流輩龍圖徐禧德占、太史黄庭堅魯直皆師友之。」黄庭堅《山谷集》卷十一《寄黄龍清老三首》其一：「萬山不隔中秋月，一雁能傳寄遠書。深密伽陁枯戰筆，真成相見問何如。」其二：「風前橄欖星宿落，日下桄榔羽扇開。照默堂中有相憶，清秋忽遣化人來。」其三：「騎驢覓驢但可笑，非馬喻馬亦成癡。一天月色爲誰好？二老風流只自知。」

〔八〕開壽寺：慈溪寺院。《光緒慈溪縣志》卷四十二《寺觀下·開壽寺》：「縣西南四十里。宋寶祐二年丞相史嵩之建爲功德院，請額開壽普光禪寺。」柳貫《柳待制文集》卷九《慈溪縣開壽普光禪寺碑銘并序》：「昔在宋寶祐二年其歲甲寅，史永國公去相閲十年矣，以其宿智願力，輪發家財，作大阿練若於慈溪縣西南石臺鄉之車廄墺。用前執政恩，數請於朝，得賜額開壽普光禪寺。斥田租一千七百石有奇，海塗山林又若干頃，別籍於寺，以爲永業。於是像佛有殿，演法有堂，庋經有藏，懸簴有樓。有齋寢以安禪寂，有門闑以限出入。有方丈之室，有香積之厨，有治事之司，有肅客之館。魚鼓鐘磬，床笫卧具，凡寺制之所宜有，燦然畢備。」

跋東坡手帖後

右蘇文忠公《與方逢達帖》墨迹刻本〔一〕，通七紙，聯爲一卷。其中所言皆煩碎小事，無足深論。而傳之至今不廢者，世知貴重其人故耳。此卷舊藏逢達家，後爲他姓所得，今復歸之於方氏。政如寶玉大弓之在魯〔二〕，自我失之，自我得之，方氏子孫可以慨然於此矣。

【題解】

蘇軾，字子瞻，號東坡居士，北宋大文豪。趙昚《宋孝宗御製蘇文忠公集序并贊》：「成一代之文章，必能立天下之大節。立天下之大節，非其氣足以高天下者，未之能焉。孔子曰：『臨大節而不可奪，君子人歟？』孟子曰：『我善養吾浩然之氣，以直養而無害，則塞乎天地之間。』蓋存之於身，謂之氣；見之於事，謂之節。節也，氣也，合而言之，道也。以是成文，剛而無餒，故能參天地之化，開盛衰之運。不然，則雕蟲篆刻童子之事耳，烏足與論一代之文章哉！故贈太師謚文忠蘇軾，忠言讜論，立朝大節，一時廷臣無出其右。負其豪氣，志在行其所學，放浪嶺海，文不少衰，力斡造化，元氣淋漓，窮理盡性，貫通天人。山川風雲，草木華實，千彙萬狀，可喜可愕，有感於中，一寓之於文。雄視百代，自作一家，渾涵光芒，至是而大成矣。」

【箋注】

〔一〕墨迹：手書原本。

〔一一〕政：通「正」，恰好，正好。寶玉大弓：春秋時魯國寶物，參見卷十六《庸道提學訪予定川寓舍……》。

題倪樂工瓊花燈詩卷

餘姚樂工倪昌年事母能盡孝。一日母病甚，昌年禱之神有應，乃手製瓊花燈薦之祠下，以昭答神貺〔一〕。其燈備極諸巧，綿時歷月乃成。遠近觀者咸啨啨歎賞不已。於是縣之老儒攖寧滑公〔二〕、庸庵宋公俱爲詩文以寵之〔三〕，而且請余題其左。

嗟乎！樂工，賤伎也；瓊花燈，淫巧也〔四〕：二者皆士君子所不道。攖寧、庸庵，士君子之標的也〔五〕，而於昌年顧乃樂道之如此，豈非有取於孝而然乎？夫孝，衆行之本，萬善之紀也〔六〕。人而能此，雖甚微且陋，亦有足稱者焉。唐史所載孝弟事如萬年王世貴等〔七〕，乃多閭巷之民。而《禮記》言「小孝用力」，蓋思慈愛以忘勞也〔八〕。以今昌年觀之，樂工之伎誠賤矣，其視閭巷之民，庸有間乎〔九〕？一燈之巧，固淫矣，比之忘勞之孝，又豈甚戾乎〔一〇〕？攖寧、庸庵所爲樂道而不置者，蓋亦得夫作史記禮者之遺意矣。余不知昌年，然以二公之言爲足信，故申其意題諸後。

【題解】

樂工，演奏樂曲之藝人。餘姚樂工倪昌年以瓊花燈報答神靈，士君子賦詩嘉其孝行，曰《瓊花燈詩卷》。

明趙撝謙《趙考古文集》卷二《跋瓊花燈卷》：「余讀《史記》《漢書》，竊憾夫馬遷班固不爲孝子列傳，而反列夫貨殖者。今《貨殖傳》自范蠡而下，既極矜其治産積居矣，至若掘冢博戲行賈販脂賣漿洒削胃脯馬醫之至不足齒者，而亦附焉。俾當時人子之能孝行而大有關於世教者，反不得如貨殖之徒流名於萬世，而譏士之長貧賤好語仁義爲足羞，是誠何哉？吾邑有孝子倪昌年者，家甚貧，以母病故，作瓊花燈以祈神貺，事甚可嘉也。夫瓊花燈，雖玩戲者之所爲，然其孝心無所不至，志誠則有在也。以昌年視今世用奸事惡業而成富者，寧不爲之三太息哉！當路之太史氏，能刊落《貨殖》而作《孝子傳》否耶？又能以昌年附《孝子傳》否？觀其卷而重有所感焉。」

【箋注】

〔一〕昭答：虔誠酬答上天。

〔二〕攖寧：元末明初醫家滑壽，自號攖寧生，詳見卷十八《滑伯仁像贊》。

〔三〕庸庵：元末明初餘姚名士宋禧，號庸庵，參見卷二十五《懷宋庸庵》。

〔四〕賤伎：卑微技藝。淫巧：浮華工藝；淫，浮華不實。《尚書·泰誓下》：「作奇技淫巧，以悦婦人。」

〔五〕標的：楷模。

〔六〕《後漢書》卷三十九《江革》：「夫孝者，百行之冠，衆善之始也。」紀：要領，法則。《吕氏春秋·論威》：「義也者，萬事之紀也。」

〔七〕萬年：古時地名，在今陝西西安。《新唐書》卷一百九十五《孝友》：「唐受命二百八十八年，以孝悌名通朝廷者，多閭巷刺草之民，皆得書於史官。萬年王世貴……天子皆旌表門閭，賜粟帛，州縣存問，復賦税，有授以官者。」

〔八〕詳見卷二十《愛日堂記》。

〔九〕間：差異，區别。《孟子·盡心上》：「欲知舜與跖之分，無他，利與善之間也。」

〔一〇〕戾：違背。

墓誌銘

蔡節婦夏氏墓誌銘 并序

鄞人有蔡敬者喪其母，踰再期而哀慕猶不已，益求世之大夫士爲詩若文以抒無窮之悲焉。余嘗取而閱之，爲之喟然歎曰：

昔者先王之治，必始之家，而後及於國與天下〔一〕。故女子自幼至長，皆有師傅之教。是以化成於内外〔二〕，而其俗易美。王道廢熄之餘，閨門之行既非世教所獎成，而其事實又不獲顯揚於爲士者之手，亦何所恃而勸耶？此蔡節婦之死，余固不宜無一言廁諸公之後也，又況其孤之有請耶，是用不讓而受其辭。

按節婦諱某，字守貞，定海夏文華女。年二十四歸鄞縣蔡志善〔三〕；歸三年，生子敬；未及晬〔四〕，而志善死。時海上兵起，居人錯愕不自安。節婦泣以蒞事，自斂至葬無違禮。迨服除，父母兄弟憐其年壯而寡，又蔡氏方衰無所養。間使諷之〔五〕，欲奪而改適。節婦即怒且泣曰：「人不以大節勉我，顧欲使我爲常婦人。且姑老，子在繦褓中，有能奉之而字之者乎〔六〕？」因誓之曰：「所不與蔡氏相始終者，有如河〔七〕。」父母兄弟知其意之莫回也，卒不强之。鄰有嫠婦，嘗相與誓死守義。後竟易其心，而更誘之以甘言。節婦謝絶之，終其身弗與見。

節婦後姑年七十餘，以志善非己出且蚤亡也，益慮無所依，但語輒泫然流涕。節婦事之無戚疏，一日遘病甚革，節婦焚香爇臂〔八〕，乞以身代，其病乃旋愈。教子必納於矩度，嘗戒之曰：「汝生十月而父死，吾寶汝如掌上珠，即不幸有所虧闕，吾寧從父於地下，不願與汝俱生矣。」其子化服，惴惴不敢肆。

節婦兄弟以財雄於鄉，姻族蕃衍而盛大，節婦拊循應接，親疏大小得其宜〔九〕。然未嘗以貧故，一舉口及於利。惡衣惡食，御之不愠〔一〇〕，絲蓄粒聚，以克有家，卒使蔡氏之胤瀕絶而復續。婦德之修，母道之著，庶幾古昔之遺風焉。有司高其行，爲摭其實上之，部使者轉聞於朝以旌異之〔一一〕。事未報下，而節婦不待矣。

節婦年五十有二，卒於某年某月某甲子，而葬於某年某月某甲子，墓在某縣之某原。子一，即敬。孫女一，尚幼。余嘗獲與節婦兄弟遊，而節婦之章章如是者，蓋皆得諸見聞，可以考按而不誣。嗚呼，是有以傳信於後世矣〔一二〕。銘曰：

惟古有治，蓋由内始。世弊俗傷，女教乃亡。不迹而踐，維夏之媛〔一三〕。暨嬪於蔡〔一四〕，卒守大戒。夫夭子孩，志苦心哀。一節自誓，嫠居二紀。既答於夫，亦迪於孤。母儀婦則，尚媲古昔〔一五〕。瞻彼南山，松柏丸丸〔一六〕。琢辭墓石，爲後世式〔一七〕。

【題解】

夏氏，即卷十六《節婦謡》所詠蔡母。此文云「益求世之大夫士爲詩若文以抒無窮之悲焉」，慈溪烏斯道乃夏家所囑名士之一。《春草齋集》卷一《蔡節婦詩》其一：「開門見江水，江上有青山。

青山易黄落，江水易波瀾。婦心寂不移，白首無靦顔。衣藏錦文新，鏡掩銅花斑。惟憂鳳一去，母雛日飢寒。」其二：「奉姑憂戚中，訓子識字初。金鳳買姑藥，繡麟易子書。姑没子已長，今當子孫娱。朱萱隔疏箔，翠竹森前除。春酒洽鄰母，暮齒爲何如？」

【箋注】

〔一〕《禮記·大學第四十二》：「家齊而後國治，國治而後天下平。」

〔二〕化成：教化成功。《易·恒》：「聖人久於其道，而天下化成。」

〔三〕《浙江通志》卷二百八《列女·寧波府·鄞縣》：「蔡志善妻夏氏。戴良《蔡節婦墓誌》：『字守貞，定海夏文華女。』」

〔四〕晬：一周歲。

〔五〕間：間或，斷斷續續。《戰國策·齊策》：「時時而間進。」諷：委婉規勸。

〔六〕字：撫愛。《尚書·康誥》：「於父不能字厥子，乃疾厥子。」

〔七〕所：如果。有如河：古代常用誓詞。《左傳·僖公二十四年》：「公子曰：『所不與舅氏同心者，有如白水！』」楊伯峻《注》：「『有如白水』即『有如河』，意謂河神鑑之。」

〔八〕焚香爇臂：古時焚香燒臂以祈蒼天佑護。《浙江通志》卷一百六十六《人物二·忠臣四·李大韶》：「既而大韶妻楊氏病，應寮刲股以進，弟應官爇臂籲天，刺指血和藥，尋愈。」

〔九〕蕃衍：繁盛衆多。拊循：安撫。

〔一〇〕惡衣惡食：粗劣衣服。《論語·里仁》：「士志於道而恥惡衣惡食者，未足與議也。」御：進用。

〔一一〕部使者：此指浙東海右道肅政廉訪司官吏。

〔一二〕章章：昭著貌。宋濂《碧崖亭辭》：「學問富而德行修，踐揚中外，其善政蓋章章云。」

〔一三〕不迹而踐：不踐迹，不照前人腳印走路，即未經教導薰陶，亦能遵循大道。《論語·先進篇》：「子曰：『不踐迹，亦不入於室。』」媛：美女。

〔一四〕暨：等到。嬪：出嫁。《周禮·大宰》：「七月嬪婦。」

〔一五〕母儀：人母規範。婦則：婦女法則。尚：通「上」。《墨子·非攻下》：「尚欲中聖王之道。」孫怡讓《閒詁》：「尚、上字通。」

〔一六〕丸丸：高大挺直貌。《詩經·商頌·殷武》：「陟彼景山，松柏丸丸。」毛《傳》：「丸丸，易直也。」

〔一七〕式：法度。《説文》：「式，法也。」

項止堂墓誌銘

永嘉有篤行之士曰止堂項君，諱某字某，以某年某月某日卒於杭之寓舍，享年八十有三。其子昕以道梗不能奉柩歸葬，遂遵治命火化於郭外之七寶山〔一〕。後若干年爲某年某月某日，始克函骨卜瘞於餘姚某鄉之某原〔二〕。前事，昕奉故著作郎李公孝光之狀踏門泣告曰〔三〕：「先人之死，既不得以禮葬，而墓上之石，又未知所刻。吾子不以昕之無所肖似，而辱與之交。失今弗圖，恐後或墜闕，以重不孝之罪〔四〕。敢以狀請，幸矜而畀之銘。」

嗚呼！余之晚陋，豈足以銘君？而昕之望之也則至矣，其何敢不諾！按狀，君之曾大父某、大父某，俱豐於財，積而能散。父某，益以仁及物，以義維家，同居合食凡七世，有堂曰同愛。歲時吉凶之會食，指蓋千餘焉。然比三世〔五〕，未有以官業知名於時者。至君始試吏瑞安、平陽二州〔六〕，轉浙東肅政廉訪司奏差〔七〕。辟處州路總管府史〔八〕，遷紹興。秩滿，借授杭州路横塘務副使，改山陰縣典史〔九〕，終焉。

君所至有廉聲，而强敏介直，無所阿避〔一〇〕，人不畏守與令而畏君。其行事尤著者，則在瑞安時，有尹喜者，其妻爲勢家子所奪，愬之州，州弗敢詰，反抵告者罪〔一一〕。君抱牘而諍，勢家子恐，囊白金夜謁〔一二〕，君怒曰：「理與法，吾忍以金屈耶？」卒直其冤〔一三〕，而尹以妻歸。

在紹興時，朝廷遣使決大獄，命君總理諸囚。君悉爲剖析，出其無死罪者七人。

使者以案上中書，俱從所議，七人得不死。

在橫塘時，務循舊弊，以月解餘金私之〔一四〕。君毅然持不可，盡歸之官，俾輕商稅什之一。

在山陰時，郡飢民之流亡者過半。守選君賑恤，所至多所全活。百姓爲之歌曰：「噫吁嚱，頻月之飢今飽而〔一五〕。」君前後被郡檄推鞫①各縣事凡若干〔一六〕，莫不稱允，而不及大用以老，惜哉！

君豐頤巨目，丰神秀偉〔一七〕，而孝友蓋本乎天性。事兄如事父，撫兄弟之子女如己之子女，嫁其從妹之孤貧者四人。御下以嚴，群從弟侄有不遵教者，輒加箠辱，始若不甚堪，而終服其識量。或議分有其先業，君沮之，不可，則曰：「餘從所請，但某所得者不敢受〔一八〕。」其業至今存焉，人目爲義產云。

君自蚤歲即慕道家虛無之説，後遇一異人，授以不傳之秘，而其學日粹。晚益研覈妙旨，演爲《金碧》《大丹之圖》〔一九〕。其於陰陽造化之理有難遽曉者，則假帝江問答〔二〇〕，别爲書若干言。其有得如此，以故春秋雖高，而視聽步履如强壯，齒之落者更生，髮之白者日以黑。至其屬纊之日，猶索筆大書，謂昕曰：「汝能聽吾言，死且無憾。」遂奄然而逝。娶杜氏，早卒；繼翁氏。子男一人，即昕，福建行中書掾史〔二一〕，博學多能，而尤以醫顯。孫男一，曰恕，能世其父學。銘曰：

天之降材兮，用必以時。時不盡用兮，或嗇其施〔二二〕。君材則大兮，其職則卑。百圍之木兮，斧柯是爲〔二三〕。民有疾痛兮，固切吾肌〔二四〕。惟澤之淺兮，卒止於斯。乃惇孝友兮，紹家之肥〔二五〕。乃啓玄秘兮，葆其枯羸〔二六〕。一朝乘化兮，蟬蜕而歸〔二七〕。歸焉斯丘兮，儲祉在兹〔二八〕。越山鬱葱兮，其石如脂〔二九〕。揚芬載美兮，刻此銘詩。

【題解】

項止堂，元温州人，著名醫家項昕之父，項昕事迹詳見卷十九《抱一翁傳》。

【校勘】

① 鞠：乾隆本作「鞫」。

【箋注】

〔一〕七寶山：吴山支峰，坐落於杭州市南。《讀史方輿紀要》卷九十《浙江二·杭州府·吴山》：「在府治南。《圖經》云：『春秋時爲吴南界，故名。』或曰以子胥名，訛伍爲吴也，亦名胥山。左帶大江，右瞰西湖。宋建炎三年，兀朮陷臨安，將還，斂兵於吴山、七寶山，焚掠而去。七寶即吴山西南面支峰也。紹興末，金亮聞其勝概，欲立馬吴山，遂南寇。今峰巒相屬，以山名者凡數處，而總曰吴山。」

〔二〕卜瘞：選擇墓地，埋葬死者。

〔三〕李孝光：元時温州儒學家，參見卷十四《申屠先生墓誌銘》。蹐門：小步登門，形容謙恭之貌。

〔四〕無所肖似：不肖，無似，德薄才鮮。墜闕：丢失缺漏。

〔五〕比：連續，接連。

〔六〕試吏：出仕。瑞安平陽：州名，元時悉屬江浙行省温州路。

〔七〕浙東肅政廉訪司：常稱浙東海右道肅政廉訪司，參見卷八《題余廉訪五大篆後》。奏差：古時齎送表箋章疏之小吏。

〔八〕處州路：今浙江麗水，元時隸屬江浙等處行中書省。史：掌管文書簿籍之小吏。

〔九〕杭州路：今浙江杭州，元時隸屬江浙等處行中書省。務：徵税衙門。山陰：縣名，元時隸屬江浙行省紹興路。典史：元時縣尹屬官，掌管文書簿籍。

〔一〇〕阿避：曲從回避。

〔一一〕愬：控訴。詰：追問。抵罪：抵償罪責。

〔一二〕諍：强諫，直言勸阻。《廣雅》：「諍，諫也。」白金：白銀。

〔一三〕直：洗刷冤屈。蘇軾《子姑神記》：「妾雖死不敢訴也，而天使見之，爲直其冤。」

〔一四〕解：押送財物或犯人。朱彧《萍洲可談》卷二：「商船去時，至溽州，少需以訣，然後解去，謂之放洋。」

〔一五〕頻月：連月；頻，屢次，連續。飢：通「饑」，饑荒。而：然，若，表示某種狀態。《經傳釋詞》卷七《而》：「而，猶然也。《書·皋陶謨》曰『啓呱呱而泣』，言呱呱然泣也。」

〔一六〕推鞫：同「推鞠」，審問。

〔一七〕豐頤：面頰與下巴豐滿。丰神：風貌神情。

〔一八〕沮：阻止。某：自稱，表示謙虚。

〔一九〕演：推衍。金碧大丹：道家典籍《紫陽金碧經》《大丹九轉歌》。《宋史》卷二百五《藝文四》：「《大丹九轉歌》一卷……《紫陽金碧經》一卷。」

〔二〇〕帝江：傳説中神鳥，能識歌舞優劣。《山海經·西山經·西次三經》：「又西三百五十里曰天山……有神焉，其狀如黄囊，赤如丹火，六足四翼，渾敦無面目，是識歌舞，實惟帝江也。」

〔二一〕掾史：胥吏，其職掌管公文簿籍。

〔二二〕盡用：盡情騁才。嗇：此指上天吝惜。施：施恩。

〔二三〕意謂大材小用，百圍巨木僅削斧柄。斧柯：斧柄。

〔二四〕切肌：割肌膚。《廣雅·釋詁二》：「切，割也。」

〔二五〕惇：崇尚。肥：豐厚。《禮記·禮運》：「父子篤，兄弟睦，夫婦和，家之肥也。」

〔二六〕玄秘：玄妙秘訣。枯羸：憔悴羸弱之軀。

〔二七〕乘化：順隨自嬰孩、少壯、老耄至死亡之人生大化。陶淵明《歸去來兮辭》：「聊乘化以歸盡，樂夫天命復奚疑？」蟬蛻：比喻人脱去肉體軀殼，化仙成佛；多指死亡。

〔二八〕丘：墳墓。儲祉：積福。

〔二九〕脂：此喻山石潔白光亮。宋濂《故務光先生張公墓碣銘》：「磧嶺崔崔，白石如脂。」

唐節婦姜氏墓誌銘

三代盛時，《詩》《書》之教，非獨行之賢士大夫，雖至女婦之間，亦未始不加諸意，以故上而后妃〔一〕，下而諸侯大夫之妻與夫江漢汝墳之婦〔二〕，一皆以禮自防，見諸歌詠。去三代遠矣，内外之教舉廢。自賢士大夫固已鮮能知所自守，而况於女婦乎？于斯之時，有如四明唐節婦者，能以少艾之年，專屋而嫠居，青燈静夜，影隻形單，攻苦食辛〔三〕，罔有變志。卒至長諸孤於方穉，續遺胤於將絶，於夫爲令妻，於子爲賢母，於世爲節婦。嗚呼！其可銘也已。乃以孤子賓原之請〔四〕，爲序而銘之。

序曰：節婦姜氏，郡之慈溪人，祖諱宗益，考諱文堯。節婦年十九歸同郡定海唐君榮祖，歸十三年而唐君卒。節婦持喪盡哀，理家盡瘁，課耕農以爲食〔五〕，躬紡績以爲衣，男迪之學，女示之行，遇人恂恂，一由於禮。及春秋既高，於内外屬爲尊行，而慈幼字微，親疏咸附。悍强頑鄙，亦無惡斁〔六〕。先是，唐君嘗命幼弟珍爲子。節婦愛珍甚於己出，曰：「吾愛之勝吾子，然後家人愛之能不異於吾子也。」平居奉養，未嘗有所擇。晚益絶去葷胾，修浄土業〔七〕，有厭世之心焉。子男二人：長請銘者，次曰璲。女二人：長適姜賓和，次適王子志。孫男三：曰文與，曰林，曰太平。孫女二，俱在室。生於元至元甲午十月十二日，卒於洪武癸丑二月十九日，其壽至於八十。以丁巳歲九月甲辰葬於慈溪縣德門鄉之石湫原〔八〕。余既與節婦之諸子遊，嘗得拜之於堂上，而又竊銘唐君之墓矣，其知節婦誠莫余若，是宜賓原之有請也。

銘曰：女之於夫，猶士於君。從一而終，其節乃伸〔九〕。世弊俗偷，或替常度〔一〇〕。士逐頹波，女犯行露〔一一〕。淑惟姜氏，有卓斯時。大節潔然，匪闕匪虧。婦德既修，母道亦行。孰輔而告？惟性之成〔一二〕。士厲於爲，其迹①易顯；女處於私，幽而莫闡〔一三〕。我作銘辭，鑱厥墓門。以警於世，以慰其後昆〔一四〕。

【題解】

本文目録作《唐母姜氏墓誌銘》。姜氏，四明定海唐榮祖妻，參見卷二十三《元故處士唐君墓誌銘并序》。

【校勘】

① 迹：乾隆本作「節」。

【箋注】

〔一〕朱熹《詩集傳》卷一《周南・關雎》：「孔子曰：『《關雎》樂而不淫，哀而不傷。』愚謂此言爲此詩者得其性情之正聲氣之和也。蓋德如雎鳩，摯而有别，則后妃性情之正，固可以見其一端矣。」

〔二〕朱熹《詩集傳》卷一《召南・鵲巢》：「南國諸侯被文王之化，能正心修身以齊其家，其女子亦被后妃之化，而有專静純一之德。故嫁於諸侯，而其家人美之曰：『維鵲有巢，則鳩來居之。是以之子于歸，而百兩迎之也。』此詩之意，猶《周南》之有《關雎》也。」朱熹《詩集傳》卷一《周南・漢廣》：「文王之化，自近而遠，先及於江漢之間，而有以變其淫亂之俗，故其出遊之女，人望見之，而知其端莊静一，非復前日之可求矣。」朱熹《詩集傳》卷一《周南・汝墳》：「是時文王三分天下有其二，而率商之叛國以事紂，故汝墳之人猶以文王之命供紂之役。其家人見其勤苦而勞之曰：『汝之勞既如此，而王室之政方酷烈而未已。雖其酷烈而未已，然文王之德如父母然，望之甚近，亦可以忘其勞矣。』此《序》所謂婦人能閔其君子，猶勉之以正者。蓋曰雖其别離之久，思念之深，而其所以相告語者，獨有尊君親上之意，而無情愛狎昵之私。則其德澤之深，風化之美，皆可見矣。」

〔三〕少艾：年輕貌美。專屋：獨守空房。影隻形單：孤苦伶仃。攻苦食辛：常作攻苦食淡，勤苦勞作艱辛生活。

〔四〕賓原：或作賓元，詳見卷二十三《元故處士唐君墓誌銘并序》。

〔五〕課：督促。耕農：耕種。《史記》卷四《周本紀第四》：「其遊戲，好種樹麻菽，麻菽美。及爲成人，遂好耕農。」

〔六〕尊行：輩分尊貴。字微：愛撫卑微者。惡斁：厭棄。曾鞏《壽昌縣太君許氏墓誌銘》：「及春秋高，於内外屬爲高曾行，而慈幼字微，愈久彌篤。故親疏懷附，無有惡斁。」

〔七〕葷蔬：葷菜。修浄土業：積德累仁以播種投身浄土之善因；浄土，阿彌陀佛所居之極樂世界，參見卷二十八《四華世界記》。

〔八〕德門鄉：慈溪縣鄉名。羅願《羅鄂州小集》卷六《汪推官汲傳》：「汪宣德汲，字子遷，績溪人，年二十嘉祐進士第。嘗爲慈谿令，德門鄉河塞數十年，爲疏導，溉廢田數千頃，民歌且祠之。」

〔九〕伸：伸直，不受壓制。《説文》：「伸，不屈也。」《廣雅》：「伸，展也。」

〔一〇〕世弊俗偷：世風衰頹，習俗淺薄；弊，衰落，敗壞。替：廢棄。曾鞏《壽昌縣太君許氏墓誌銘》：「世弊俗偷，恕於在己。内替常度，外强於理。」

〔一一〕頹波：水波下流，喻頹廢潮流。韋應物《廣陵遇孟九雲卿》：「高文激頹波，四海靡不傳。」行露：道旁露珠，喻强暴無禮者，出自《詩經・召南・行露》，詳見卷二《節婦操爲賈妻作》。

〔一二〕性：善良純粹天性。《易經・説卦》：「窮理盡性，以至於命。」

〔一三〕厲：砥礪，磨練。私：私室。幽：潛藏。闡：彰顯。《易・繫辭下》：「夫《易》彰往而察來，而微顯闡幽。」韓康伯《注》：「闡，明也。」

〔一四〕鑱：鑿，刺。後昆：後代。

汪彦貞墓表

四明汪君彦貞有賢妻陳氏，自君之死，惡衣糲食，居數年乃克葬君鄞縣陶奥之原〔一〕。其將葬也，泣謂於其孤子曰：「汝父不得壽其身，猶可永其名。」其孤子長號以告於宗人定海令汝懋〔二〕，求次其事而銘之，以納諸壙。

葬之數年，又泣謂於其孤子曰：「汝父獲銘於壙中，曷若表之於墓上？」於是孤子常久詣余，乞文刻諸墓。余以不識君讓。常久銜哀跣行〔三〕，伏而告曰：「先君之棄代也〔四〕，不肖孤纔四歲幼孩，甚騃，罔有識知。吾母守節自誓，力於衣食，長之教之，俾知向方〔五〕，乃訓之曰：『汝父生十四年而孤，又十年而死，吾爲汝家婦僅數年。汝父死時，吾年僅二十餘，然何所恃而能自守耶？蓋知汝父之有子，庶幾有待於汝也。汝父既蚤孤，每春秋祭先人，俯仰齋慄〔六〕，如見其享之者。已祭，未嘗不悲哀。事母盡孝，晨昏定省不少怠。睦親戚和上下，恂恂惟恐有弗及。田桑有餘，輒以賙其鄉里。讀書取大義通而已，然尤喜學《易》。爲人守綱紀，尚氣節，不馳騁炫鬻以爲名〔七〕。其操履如此，是真有志者耶！不幸材未試行未充而短命死矣〔八〕。吾聞嗇於其前者，則必裕於後，此所以知汝父之有子也。以汝父之有子，則汝之成立，從可待矣〔九〕。吾雖不能必汝之成立，然能必汝父之有子也。汝宜識之。』常久泣而藏諸心。重惟先君遺事既不克以盡知，幸而有聞於吾母者，又不得令辭以登載，綿歷歲年，以至於今，而猶强顏斯世者，何如人也？先生言可垂後，而志在恤孤，其尚有以蓋覆吾汪氏也哉〔一〇〕！固敢以請。」

嗟乎！余不及識君矣。然余之故人方彦中，實爲贅婿於汪氏，與君居同室食同爨，相親之意不以生死而或殊，固世所謂賢者也。以彦中之賢，可以卜君之必賢。而君之孤子又述其母夫人之言以請，遂悲而輯其辭，使刻於君之墓。

君諱彌亨，彥貞字也。其先歙人〔一〕。宋吏部尚書贈少師謚莊靖者〔二〕，於君爲六世祖。諱與合、諱佑世者，君之大父、父也。母陳，妻蓋其侄女。子一，即常久。生於某年月日，卒於某年月日。嗚呼！人之所難得乎天者，材與行也。天能以人之所難得者與人，而不假以年，則其所得有不暇修爲以少見於世〔三〕，如君者是已。君之材行如是，使幸而至於中壽〔四〕，則其有見於世者，當何如哉？然竟止於此，其命也夫，其可哀也夫！

【題解】

汪彥貞，名彌亨，元四明鄞縣人，不幸英年早逝。賢妻陳氏堅貞自守，孝其母以撫其孤，其事詳見卷二十七《汪節婦傳》。

【箋注】

〔一〕陶奥：或作桃奥，地處鄞縣陽堂鄉。黄溍《黄文獻公集》卷九上《蔣君墓碣》：「貧無以治喪，天台陳廷言嘗主郡教，爲言於太守及寓公，率朋遊之士合錢爲助，乃克以其年十一月某日葬鄞縣陽堂鄉桃奥先墓之次。」

〔二〕汝懋：字以敬，元時淳安人，嘗授慶元路之定海縣尹，詳見卷二十三《故翰林待制致仕汪君墓誌銘》。

〔三〕銜哀：心懷哀痛。跣行：赤腳行走。《左傳·昭公三十一年》：「季孫練冠麻衣跣行。」

〔四〕棄代：去世。

〔五〕向方：歸依正道。《禮記·樂記第十九》：「樂行而民鄉方，可以觀德矣。」

〔六〕齋慄：同「齋栗」，敬慎恐懼。《尚書·大禹謨》：「祇載見瞽叟，夔夔齋栗。」孔穎達《疏》：「見父瞽瞍，夔夔然悚懼，齋莊戰慄，不敢言己無罪。」

〔七〕綱紀：法度。炫鬻：炫耀賣弄。

〔八〕充：推廣。《孟子·滕文公下》：「充仲子之操，則蚓而後可者也。」朱熹《集注》：「充，推而滿之也。」

〔九〕成立：成人自立。從：根據，依照。《助字辨略》卷一《從》：「又由也，因也……《易·小過》：『九三，弗過防之，從或戕之。』此從字，因辭也。」

〔一〇〕蓋覆：遮蓋，庇佑。韓愈《唐河中府法曹張君墓碣銘》：「是其死不爲辱，而名永長存，所以蓋覆其遺胤子若孫。」

〔一一〕歙：元時隸屬江浙行省徽州路。《元史》卷六十二《地理五·江浙等處行中書省·徽州路》：「領司一，縣五（歙縣、休寧、祈門、黟縣、績溪），州一。」

〔一二〕贈少師：按樓鑰《攻媿集》，汪大猷，宋吏部尚書，至於贈少師者，乃其父汪思温；此言汪大猷贈少師，蓋戴九靈誤記也。《攻媿集》卷八十八《敷文閣學士宣奉大夫致仕贈特進汪公行狀》：「父思温，皇左朝議大夫直顯謨閣致仕，累贈少師。」莊靖：南宋名臣汪大猷，謚莊靖。《宋元學案》卷二十五《龜山學案·庇民門人·莊靖汪適齋先生大猷》：「汪大猷，字仲嘉，號適齋，鄞縣人，贈少師思温子也。登紹興進士第，累官至敷文閣待制，謚莊靖。先生生而岐嶷，四歲誦《孝經》，能對客問。學中所講《論語》《孟子》，輒述口義以示同舍，一日千里，儕輩皆畏之。登第後，嘗習宏辭科，應用之文足以行意。出爲州縣，守將多委以箋奏。《南宫名表》一出，士林誦之。孝宗朝爲給事，咨訪時政，陳奏無隱。經筵講義，進故事，論治道之要，務爲實用。先生父少師深仁厚義稱於世，嘗曰：『事事上行方便，物物上有利益，此吾志也。』先生實能推廣之。居鄉，學校寖圮，勸率巨室，且爲之文，謂『崇釋老之居以邀福澤，不如新夫子之宫以助風化』。凡里中義事，多自先生倡舉。晚以白太傅自況，真率之約，未嘗以爵齒上人。樓攻媿謂其『内行修飭，名節純全，放於古之完人，先生庶幾無憾焉』。有《適齋存稿》二十册，手鈔書曰《適齋備忘》十七册，取唐宋名公詩集編爲《詩韻》四十册，又有《漫録》《訓鑑》等書。」

〔一三〕修爲：修行。《晦庵集》卷八十七《祭黄尚書文》：「猗歟我公，受材特異，不假修爲。」

〔一四〕中壽：中等壽命，古時説法不一。《莊子·盗跖》：「人上壽百歲，中壽八十，下壽六十。」《吕氏春秋》卷十《孟冬紀第十·安死》：「人之壽，久之不過百，中壽不過六十。」《淮南子》卷一《原道訓》：「凡人中壽七十歲。」

趙君夫人戴氏墓誌銘

洪武三年冬十有一月庚戌，浚儀趙君之夫人譙郡戴氏卒於浦江德政鄉之正寢〔一〕。卒後二年秋九月庚午，葬家西四里華表山之原。又一年，仲弟良始克回自東海，望墓門而哭。嗚呼！夫人之卒，良既不得憑其棺；其葬也，又不得舉其紼〔二〕。歷歲踰月，痛慕無及，彷徨踴頓〔三〕，幾不能生。已而哀子友亨乃以銘墓之辭來屬〔四〕，且曰：「吾母將終，嘗以不及見舅爲恨；他日又嘗謂舅恭而有文。倘辱爲之銘，吾母之神，庶幸安焉！」

嗚呼！夫人有弟，不閑於訓教，猖狂播徙，卒阻窮裔以致斯極也〔五〕。猶欲强飾不令之言，號慟而爲之書，悲苦抑塞，尚堪措一辭耶〔六〕？雖然，夫人之德之懿，非良不能以究知也。蓋良既乳，即以先夫人之命育於夫人。其後受室趙君之妹，取友卜鄰，又皆夫人是依〔七〕，自幼至老，未始一去其左右，故夫人之爲女爲婦爲母之道，咸目睹而心識之。

夫人生而氣靈，孩而性婉，長而志慤。工足以致美而不華，德足以配禮而不繁〔八〕。其在母家，先君先夫人恩遇特厚。夫人之奉之也，生而侍側，備敬養之禮；殁而當喪，竭悼慟之情。撫諸弟以仁，接宗黨以義。在夫家，移其事父母者事舅姑〔九〕，接宗黨者接姻族。舅蓋故諸王孫〔一〇〕，居家庭間無可當其意者，獨於夫人無違言，年九十而終，囑以後事，夫人泣而蒞之，憂勞逾月，遽纏大酷〔一一〕。姑尤性嚴難犯，夫人承之以恭，事之以謹，威怒之教始終不形。相夫具鹽醯，時種作，廣垣屋，凡供養、教育、婚姻、喪祭之費，一資於經畫。夫好簡静，晚益耽慕老莊之無爲，置家事不問〔一二〕。夫人調護聽順，必稱所欲。中年得子，保持尤至，慈惠以臨之，惻怛以導之〔一三〕，訓之誨之，迄至於成。夫弟之子，蚤失怙〔一四〕；樓氏甥有家難〔一五〕。夫人皆子蓄之，雜己子中，無異恩。

夫人諱如玉，其考曰我先君諱暄，妣曰我先夫人劉氏〔一六〕。趙君諱良本。其考曰梅石處士，諱必俊；妣曰朱氏。夫人生二十二年而歸趙君，距卒時得年六十有八。子男一人，即友亨；孫男二人：季昇、季昱；曾孫男三人。嗚呼！良不敏，無以褒敘令淑，貽厥後來，據實書辭，聊以抒哀思云爾。銘曰：

猗歟夫人秉懿柔，女婦盡職母道修，兩族英英昭令猷〔一七〕。曰德之恒行之周，天啓其祥地掩休。佳城鬱鬱茂松楸，母弟勒銘告諸幽〔一八〕。

洪武七年九月重陽日仲弟戴良誌。

【題解】

趙君夫人戴如玉，戴九靈長姊，適宋室後裔趙良本，其事參見卷八《趙母詩》、卷十五《客中寫懷六首・念姊》、卷十八《趙母戴氏真贊》、卷二十三《祭先姊趙安人文》。《民國浦陽趙氏宗譜》卷二宋濂《故太初子墓碣》：「吾於浦江得太初子，諱良本，字立道……夫人戴氏，先四年卒，合葬焉。」

【箋注】

〔一〕浚儀：今河南開封，浦江趙氏發祥地。酈道元《水經注》卷二十二《渠》：「《陳留風俗傳》曰：『縣北有浚水，像而儀之，故曰浚儀。』」譙郡：元時歸德府亳州，今安徽亳州，浦江戴氏發祥地。《元史》卷五十九《河南江北等處行中書省・歸德府・亳州》：「唐初爲亳州，後改譙郡，又仍爲亳州。」德政鄉：浦江七鄉之一。《嘉靖浦江志略》卷一《疆域志・鄉井》：「唐分七鄉，隸四隅及三十都。德政鄉，名尊仁里，隸四隅、一都之五都。」正寢：住宅正屋。

〔二〕紖：牽引靈車之繩索。

〔三〕痛慕：痛苦，同義複詞。踴頓：跳躍頓足，形容極悲至慟。

〔四〕哀子：母亡而父在者。友亨：字彦嘉，明初浦江名士，詳見卷二十六《樗庵箴》。《民國浦陽趙氏宗譜》卷二趙友同《故奉議大夫江西撫州府同知趙公墓誌銘》：「（梅石）處士生太初先生良本，實公之父也；妣戴氏……洪武二十三年，朝廷詔天下求高年碩德之士，邑長以公應詔。公曰：『吾生平無所愧，第恨未得爲國家效涓埃力爾。』遂治裝赴京師。上知公材器不凡，俾歷事刑曹，尋除江西撫州府同知，階奉議大夫。撫州素稱繁劇，公竭思慮，詢民利病而損益之。郡有逋税若干，積歲不能償，公處置條畫，事且完，而民若不費。興崇學校，延禮師儒。然律己甚嚴，莫敢以私意相請托者。郡人皆稱爲循吏焉。」

〔五〕閑：通「嫻」，嫻熟，熟悉。播徙：流亡遷移。窮裔：偏遠荒僻之地。韓愈《柳子厚墓誌銘》：「既退，又無相知有氣力得位者推挽，故卒死於窮裔。」

〔六〕不令：不美善。抑塞：壓抑堵塞。措：施設。

〔七〕卜鄰：選擇鄰居。《左傳·昭公三年》：「二三子先卜鄰矣。」

〔八〕愨：樸實謹慎。《説文》：「愨，謹也。」工：女紅。楊雄《長楊賦》：「工不下機。」李善《注》：「工，女功也。」

〔九〕舅姑：公婆，此指元末明初浦江趙必俊及其夫人朱氏；趙必俊，字用章，號梅石處士，詳見卷二十三《祭外舅趙處士文》；朱氏，名德貞，出身浦江醫家，詳見本書附録二《故梅石趙公夫人朱氏墓誌銘》。

〔一〇〕王孫：此指趙宋皇室後裔。《民國浦陽趙氏宗譜》卷一明張士謤《浦陽宋室趙氏家乘序》：「宋都開封，支庶皆居汴。至高宗南渡，悉隨駕幸江南而散居，江南諸郡邑往往多有之，但不知出於何王之後。惟婺之浦江，屬籍爲甚詳，出熙陵第八子周王元儼之後。」

〔一一〕大酷：極殘酷之禍殃。

〔一二〕耽慕：沉迷愛慕；耽，沉迷。詳見卷二十三《祭趙立道文》。

〔一三〕至：周到，周全。宋濂《送東陽馬生序》：「或遇其叱咄，色愈恭，禮愈至，不敢出一言以復。」

臨：管教。《韓非子·十過》：「少欲，則能臨其衆。」惻怛：憂傷。

〔一四〕夫弟：夫趙良本爲趙氏嫡長子，其弟良貴早世。《民國浦陽趙氏宗譜》卷二揭汯《故梅石處士趙先生墓誌銘》：「其孤良本致書於豫章揭汯，徵文以銘其墓……子男四人：長即請銘者，有學行；次曰良貴，早亡；曰良仁，善醫；曰良賢，好道家言。」失怙：父親去世。《幼學瓊林》卷三《疾病死喪類》：「自言父死曰失怙。」

〔一五〕樓氏甥：浦江樓楨，早夭，詳見卷七《志樓楨殯記》。

〔一六〕戴暄：字景和，號春谷，詳見卷七《元故戴府君壙記》。劉氏：劉錦，諸暨人，詳見卷七《元故戴府君壙記》。

〔一七〕英英：奇偉傑出。令猷：美好大道。

〔一八〕休：吉慶，美善。佳城：墓地。鬱鬱：茂密繁盛貌。沈約《冬節後至丞相第詣世子車中作》：「誰當九原上，鬱鬱望佳城？」李周翰《注》：「佳城，墓之塋域也。」幽：幽靈。

祭文

祭亡妻趙氏夫人文

嗚呼！吾之伯姊，趙氏之冢婦也〔一〕。二族之好，異於他門，故夫人歸於我。夫人以吾從師問友之便，遂即女氏家焉。補苴罅漏，彌縫闕略〔二〕，未始一日就安也。自時厥後，吾乃不常家居，或旅食於人門，或逐微禄於鄉校〔三〕。二紀之中〔四〕，與夫人共處者，數歲而已；一歲之中，與夫人共圖家事者，數日而已。夫人奉養四親，長育二男二女，畢喪葬婚嫁十餘，既艱且勤，一不以吾之不己助爲念。吾獲免墮他業，而以文墨相始終者，皆夫人之力也。

吾年幾半百，始提舉儒學於淮南〔五〕。夫人同在官者僅三載，即往武林視其孥〔六〕。明年兵起倉卒，復挈其孥，冒濤江之險以東還〔七〕。吾時北至齊魯，東出吳越，爲孟浪之遊〔八〕，益不以家爲意。夫人扶衰救弊，食淡攻苦。又十餘年而喪亂稍平，門户稍静，方撫二子以業耕，率子婦以蠶織，期成家以待吾。

嗚呼！孰謂遽棄吾而死乎？前年夏，夫人遣二子省吾鄞江之上〔九〕。二子謂夫人精力尚强，飲啖尚善，而兩鬢猶漆黑。吾長夫人二歲，時屬病脾〔一〇〕，氣息奄奄，日食不數合〔一一〕，而鬢髮之種種者且就白矣！吾恐一旦殞命他所，夫人阻遠，不得就哭泣之位爲終天恨〔一二〕。嗚呼！孰謂夫人竟死而吾反存乎？夫人始病時，得兄子温書於會稽云〔一三〕：「夫人近病痰氣〔一四〕，甚憊。」吾意痰氣夫人之故病也，雖憊無害。繼見倪氏婿〔一五〕，其言與温同，且加劇焉。吾始魂驚心壞，是夜參半，即星馳而東，越三日抵家，見夫人神氣尚完，語言尚爽朗。日者又謂及秋必愈〔一六〕。吾益意夫人之病雖憊，然終可無害也。嗚呼！孰謂以是而孽其軀乎〔一七〕？豈吾之迂不事事，貽艱投悴於夫人〔一八〕，實有以累其壽乎？

自今已往，孰與撫吾之子，率吾之子婦，以成吾之家乎？吾之所望於後來者孤矣，其於斯世亦無復久居之志矣。天倘假以數歲之期，惟當縛一椽於墓上，待盡其餘齒，以與夫人共藏於兹土，如斯而已矣！嗚呼哀哉！嗚呼哀哉！

吾於夫人，少壯不得以相樂，老不得以相守，病不得以相扶，名爲夫婦，實無異於過客之相遇。吾上悖於天倫，下乖於人道，致使夫人生而銜恤以思，殁而齎恨以别〔一九〕。天之爲乎，抑人之爲乎？吾懷之悲，曷月而止矣？猶幸夫人有子頗知書，有女能盡孝，菽水湯藥不虧於生前〔二〇〕，衣衾棺槨不儉於死後。又得吉壤，迫近女家之左側；而且葬以踰月，合乎先王制禮之意〔二一〕，庶幾神心悦矣，體魄安矣！零丁孤苦之懷，亦於是乎其少慰矣！嗚呼！吾言有盡，吾痛其有窮乎！一奠告誠，老淚如瀉，尚饗！

【題解】

趙氏夫人，元浦江梅石處士趙必俊仲女，其行迹參見卷九《贈婦》《婦答》，卷十四《亡妾李氏墓誌銘》、卷十五《客中寫懷六首・寄婦》。

【箋注】

〔一〕冢婦：嫡長子之妻。詳見卷二十三《祭先姊趙安人文》及本卷《趙君夫人戴氏墓誌銘》。

〔二〕補苴罅漏：同下文「彌縫闕略」，彌補缺陷漏洞。韓愈《進學解》：「補苴罅漏，張皇幽眇。」

〔三〕旅食：客居，寄食。鄉校：戴九靈初任元代浦江縣月泉書院山長，後薦朱元璋所轄寧越府學正。

〔四〕紀：十年或十二年。

〔五〕本書附録四《信三府君元配先妣趙宜人壙記》：「至正辛丑授奉訓大夫淮南江北等處行中書省儒學提舉。」

〔六〕武林：杭州別稱。陸游《武林》：「皇輿久駐武林宫，汴雒當時未易同。」

〔七〕明年：此指至正二十七年，參見卷十四《亡妾李氏墓誌銘》。兵起：此指明兵攻取杭州等地。《隆平紀事》：「(至正二十六年十一月)壬辰，李文忠入杭州，守將潘原明降。」

〔八〕孟浪：魯莽粗率。

〔九〕二子：長子戴思禮與次子戴思樂，參見卷七《元故戴府君墳記》。鄞江：寧波甬江，詳見卷十一《剡源記》。

〔一〇〕《素問·藏氣法時論篇第二十二》：「脾病者，身重善(肌)〔飢〕肉痿，足不收行，善瘛，脚下痛。虚則腹滿腸鳴，飧泄食不化。」

〔一一〕合：十合爲一升。《漢書》卷二十一上《律曆志上》：「合龠爲合，十合爲升。」

〔一二〕終天：終身，一輩子。白居易《祭微之文》：「然以我爾之身，爲終天之别。」

〔一三〕温：戴思温，戴九靈長兄戴仲積次子，參見卷十六《歲除示侄十六韻》。

〔一四〕痰氣：通稱痰氣互結症，常見情志抑鬱，失眠多夢，覺喉口有物梗阻，吞之不下，吐之不出，胸脅滿悶，痰多，苔白膩，脉滑數諸症狀。

〔一五〕倪氏婿：倪佐，參見卷三十《故九靈先生戴公墓誌銘》。

〔一六〕日者：古時以占候卜筮爲業者。

〔一七〕孽：災害，禍殃。《尚書·太甲中》：「天作孽，猶可違；自作孽，不可逭。」

〔一八〕悴：憂傷。《説文》：「悴，憂也。」

〔一九〕銜恤：心懷憂傷。《詩經·小雅·蓼莪》：「出則銜恤，入則靡至。」齎恨：抱憾，抱恨。

〔二〇〕菽水：豆與水，喻粗劣清淡飲食。蘇軾《送程建用》：「辛勤守一經，菽水賢五鼎。」

〔二一〕吉壤：風水極佳墳地。踰月：古代禮制，士及夫人辭世，至第二個月始下葬。《左傳·隱公元年》：「天子七月而葬，同軌畢至；諸侯五月，同盟至；大夫三月，同位至；士逾月，外姻至。」

九靈山房集卷之三十

贊

九靈先生畫像贊

其一

其神之清，秋高露寒，而青田鶴鳴也〔一〕；其氣之温，光含輝潛，而充然如赤瓊也〔二〕；其文之昭，盆盎紛如，而古罍洗獨精明也〔三〕。具此三美，所以斂英毅而集衆長，葆醇熙而孚群情也〔四〕。懿哉斯人！蓋智遍乎物〔五〕，行飾乎躬，而學本乎誠者也。

【題解】

贊凡十九篇，元末明初十八位名流佳士所作，其中九靈先生同門友宋濂學士先後贊之。

【箋注】

〔一〕秋高：秋日天空澄澈高爽。青田鶴：相傳神人養育於永嘉青田之仙鶴。《初學記》卷三十《鳥部·鶴第二》：「《永嘉郡記》曰：有洙沐溪，去青田九里，此中有一雙白鶴，年年生子，長大便去，只惟餘父母一雙在耳。精白可愛，多云神仙所養。」

〔二〕光含輝潛：内藴不露。充然：充實飽滿貌。柳宗元《送徐從事北遊序》：「讀《詩》《禮》《春秋》，莫能言説，其容貌充充然，而聲名不聞傳於世。」赤瓊：紅色美玉。

〔三〕盆盎：二種普通器物。紛如：繁多貌。罍洗：二種器物，罍以盛洗濯前清水，洗以接洗濯後污水。《儀禮·少牢饋食禮》：「司宫設罍水於洗東，有枓。」蔡夢弼《草堂詩話》卷二：「後山詩格律高古，真所謂碌碌盆盎中，見此古罍洗者。」宋濂《水北山居記》：「有能特立而不爲所移者，殆所謂盆盎中之古罍洗也。」精明：純潔光亮。《淮南子·覽冥訓》：「於是日月精明，星辰不失其行。」

〔四〕斂：收取。《廣雅·釋詁一》：「斂，取也。」葆：通「保」。醇熙：淳厚温和。孚：信任，信用。

〔五〕《易·繫辭上》：「知周乎萬物，而道濟天下。」

其二

窅乎其凝者，以道爲家〔一〕；燁乎其澤者，振德之華〔二〕。悄然而深思者，所以周其變〔三〕；沛然而大肆者，又將暢其葩〔四〕。是皆世之所知也。至於困而亨，窮而泰，齊喜戚於夢幻，棄利禄猶泥沙〔五〕，吾欲從而究之，已莫辨其津涯〔六〕，況可得而贊耶！

余三十年間兩贊叔能之像，辭各異焉，以見叔能年既高而德愈進也。因令侍史并書之。前翰林學士金華宋濂記〔七〕。

【箋注】

〔一〕窅乎：窅然，深遠貌。凝：固定，安定。

〔二〕燁乎：明亮貌。振德：奮勉修德。華：光輝。《淮南子·墬形訓》：「末有十日，其華照下地。」高誘《注》：「華，猶光也。」

〔三〕悄然：寂静無聲貌。周：符合，順應。《離騷》：「雖不周於今之人兮，願依彭咸之遺則。」

〔四〕沛然：盛大貌。大肆：奔放淋漓。將：又。《古書虚字集釋》卷八《將》：「一爲又且之義。《韓非子·外儲説左下篇》：『非徒危身，又將危父……非徒危己也，又且危父矣。』」暢：暢茂，繁茂旺盛。葩：華美，此指華美辭藻。

〔五〕亨：通透豁達。泰：安寧。於：如。《經傳釋詞》卷一《於》：「於，猶如也。《昭三年·左傳》曰：『今嬖寵之喪，不敢擇位，而數於守適也。』言數如守適。杜《注》曰：『不敢以其位卑，而令禮數如守適夫人。』」

〔六〕津涯：邊際。

〔七〕侍史：古時處理文書之侍從。宋濂：戴九靈同窗好友，詳見卷一《寄宋潛溪三首》。

其三

志慮高潔，秋水寒潭；器局嚴慤〔一〕，峭壁危巖。峻不可踰，静無弗涵〔二〕。是謂德人，爲衆之詹〔三〕。

義門鄭濤敬贊，元太常禮儀院博士〔四〕。

【箋注】

〔一〕器局：才識度量。嚴慤：嚴肅謹敬。

〔二〕《論語·子張》：「他人之賢者，丘陵也，猶可逾也；仲尼，日月也，無得而逾焉。」峻：高。

〔三〕詹：通「瞻」，瞻仰。《詩經·魯頌·閟宫》：「泰山巖巖，魯邦所詹。」

〔四〕鄭濤：戴九靈同門友，浦江鄭義門人，詳見卷四《説佩》。

其四

懿兹臞仙〔一〕，金華之英。造道自得，修辭立誠〔二〕。持樂之和，秉衡之平〔三〕。出處翛然〔四〕，風月同清。

周伯琦，鄱陽人，元翰林學士〔五〕。

【箋注】

〔一〕臞仙：清瘦神仙。

〔二〕造道：體悟踐行大道。葉適《送孫偉夫》：「我友睎顔人，造道最勇決。」《孟子·離婁下》：「君子深造之以道，欲其自得之也。」修辭：修飾文辭。《易·乾》：「修辭立其誠，所以居業也。」

〔三〕持樂：保持快樂。秉衡：拿秤稱物，喻品評人才；衡，秤。

〔四〕翛然：自然超脱貌。《莊子·大宗師》：「翛然而往，翛然而來而已矣。」

〔五〕周伯琦：字伯温，戴九靈遊宦吴中時僚友，詳見卷八《周伯温侍御席上賦》。

其五

温温乎容貌之可即，抑抑乎威儀之有嬂〔一〕。迹雖寄乎朝著，而與充詘者殊科〔二〕；志常慕乎山林，而與矯崛者異軌〔三〕。長松之陰，消揺曳屣〔四〕，人殆疑其爲遁世之逸民，而不知其爲抱道之君子。吾嘗觀其飭躬而操踐端實〔五〕，纘言而論著宏侈〔六〕，可謂其行則儒，其文則史者矣〔七〕。

楊翮，金陵人〔八〕。

【箋注】

〔一〕《論語・子張》：「君子有三變：望之儼然，即之也温，聽其言也厲。」抑抑：謙謹貌。《詩經・小雅・賓之初筵》：「其未醉止，威儀抑抑。」嬂：美好。

〔二〕朝著：朝班，朝廷位次；著，通「佇」，佇立。《左傳・昭公十一年》：「朝有著定。」杜預《注》：「著定，朝内列位常處，謂之表著。」孔穎達《疏》：「著定，謂佇立定處，故謂朝内列位常處也。」充詘：自滿而失去節制。《禮記・儒行》：「儒有不隕穫於貧賤，不充詘於富貴。」殊科：類別不同。

〔三〕矯崛：矯亢，故意與人違異以抬高自身。異軌：途徑不同。

〔四〕消揺：同「逍遥」，悠閑自得貌。《禮記·檀弓上》：「孔子蚤作，負手曳杖，消揺於門。」

〔五〕飭躬：修身正己。操踐：品行實踐。端實：正直誠實。

〔六〕纘言：創作；纘，通「纂」，編撰。宏侈：盛大富麗。皇甫謐《三都賦序》：「初極宏侈之辭，終以簡約之制。」張銑《注》：「宏，大；侈，麗也。」

〔七〕《禮記·儒行第四十一》：「哀公曰：『敢問儒行？』孔子對曰：『遽數之不能終其物，悉數之乃留，更僕未可終也。』」

〔八〕楊翮：字文舉，元金陵名士，詳見卷八《同楊文舉提學遊虎丘》。

其六

仁義爲飭身之本，忠信爲奉國之基，發爲文章，其聲也希〔一〕。天將以斯人鳴太平之盛，必使翔而後集，覽德輝而下之〔二〕。若人也，其視時爲去就，而以道爲樞機也耶〔三〕！

陳基，臨海人〔四〕。

【箋注】

〔一〕希：此指極微細之聲音。《老子》：「大器晚成，大音希聲。」

〔二〕鳴：揄揚潤飾。集：棲息。德輝：仁德之光輝。《史記》卷八十四《屈原賈生列傳》：「鳳皇翔於千仞之上兮，覽悳煇而下之；見細德之險徵兮，摇增翮逝而去之。」

〔三〕去就：出世與入世。樞機：關鍵，樞紐。

〔四〕陳基：字敬初，元末明初臨海名流，詳見卷八《陪陳夷白左司省先隴遂遊西山諸寺》。

其七

安履其素，不傲以肆志〔一〕；廓通其變，不苟以阿世〔二〕。敻乎蚤歲之芳華，藹乎前修之氣味〔三〕。人方睹紫芝於眉宇之間，吾將求叔度於言論之外也〔四〕。

胡翰，金華人〔五〕。

【箋注】

〔一〕安履：安心實踐。素：純潔本性。

〔二〕廓通：廣泛通曉。皮日休《文藪》卷三《春秋決疑十篇》：「苟無丘明發決其奥，廓通其玄，亦赴來而責實也，非可誣也。」

〔三〕敻乎：遠貌。芳華：美好文采；華，文藻。藹乎：和氣可親貌。韓愈《答李翊書》：「仁義之人，其言藹如也。」氣味：氣度情趣。

〔四〕紫芝：道家仙草，喻仙風。叔度：黄姓，名憲，東漢修身潔行之士，詳見卷十八《錢春軒像贊》。

〔五〕胡翰：字仲申，戴九靈同門友，詳見卷一《憶胡仲申》。

其八

蕭蕭乎冰雪之姿，濟濟乎山林之服〔一〕。萃和氣以中充，藹高標而外肅〔二〕。雖著述之富，有年於兹；而進修之功，惟日不足。庶幾儒林文苑之間，繼昔賢之芳躅〔三〕。吾安得爲之執鞭，參翺翔而追逐〔四〕？

王禕〔五〕，義烏人，翰林院待制。

【箋注】

〔一〕蕭蕭乎：聳立貌。《世説新語·容止》：「嵇康身長七尺八寸，風姿特秀，見者歎曰：『蕭蕭肅肅，爽朗清舉。』」濟濟乎：美好貌。《詩經·齊風·載驅》：「四驪濟濟，垂轡瀰瀰。」

〔二〕萃：聚集。藹：美盛貌。《説文·言部》：「藹，臣盡力之美。」張協《七命》：「搢紳濟濟，軒冕藹藹。」劉良《注》：「藹藹，美盛貌。」高標：高潔格調。

〔三〕儒林文苑：范曄《後漢書》肇創《儒林傳》與《文苑傳》并舉之史家傳統，通經學者入《儒林傳》，工詩賦者入《文苑傳》。《後漢書》卷七十九上《儒林列傳上》：「東京學者猥衆，難以詳載，今但録其能通經名家者以爲《儒林篇》。」又，卷八十下《文苑列傳下》：「情志既動，篇辭爲貴。抽心呈貌，非彫非蔚。殊狀共體，同聲異氣。言觀麗則，永監淫費。」芳躅：前賢蹤迹。

〔四〕執鞭：執鞭駕車，形容景仰。《史記》卷六十二《管晏列傳》：「假令晏子而在，余雖爲之執鞭，所忻慕焉。」參：一同。《莊子·在宥》：「吾與日月參光。」成玄英《疏》：「參，同也。」

〔五〕王禕：字子充，戴九靈同門友，元末明初義烏名士，詳見卷二《寄王子充》。

其九

仙華之峰，鬱乎蒼蒼，儲英孕靈，粲然文光〔一〕。偉才賢之迭興，接踵武而相望〔二〕。有美君子，粹如珪璋〔三〕。言若不出口，而其文則有千里朝宗之勢〔四〕；貌若不勝衣〔五〕，而其志則有百煉不折之剛。玩天機之流動，集藝苑之芬芳。觀其用心，蓋將追古人而頡頏者也〔六〕。夫身之退者，德必進；迹之晦者，名必揚〔七〕。造物者既俾若人以絶出之長，則必使之鳴國家之太平，和儀鳳之鏗鏘〔八〕，豈肯置之於山林泉石之鄉也耶！

吴沉，蘭溪人〔九〕。

【箋注】

〔一〕鬱乎蒼蒼：草木繁茂蒼翠。

〔二〕踵武：足迹，喻繼承前人事業。《楚辭》屈原《離騷》：「忽奔走以先後兮，及前王之踵武。」

〔三〕張懷瓘《書斷贊·蔡伯喈飛白贊》：「妙哉飛白，祖自八分。有美君子，潤色斯文。」

〔四〕朝宗：百川歸海；宗，朝見，歸往。《周禮·春官·大宗伯》：「春見曰朝，夏見曰宗。」《尚書·禹貢》：「江漢朝宗於海。」

〔五〕不勝衣：體弱不能承受衣服。《禮記·檀弓下》：「文子其中退然如不勝衣，其言呐呐然如不出其口。」

〔六〕玩：體會，研究。天機：靈性，天賦悟性。陳樵《天機流動軒記》：「仙華戴君叔能引泉爲沼，作室沼上，金鱗隱現，光景摇動。廷心余公署其榜曰天機流動。」頡頏：不相上下，相提并論。

〔七〕退：隱退。晦：隱藏。

〔八〕絶出：傑出，突出。儀鳳：鳳凰别稱。

〔九〕吴沉：字浚仲，元末明初蘭溪學者吴師道仲子，詳見卷三《舟次蘭陰憶寄君善敬德浚仲諸友》。

其十

皡皡温温，如三春曦，是公德容之腴〔一〕；炳炳彪彪，如泰山芝，是公文藻之輝〔二〕。此固足見其著外之美，而不知其中自得之妙，殆將追孔孟而爲師。是以操七寸之觚，以開蒙蔀於學苑〔三〕；破萬卷之書，而獵精華於道機〔四〕。蓋不屑於詞①人藝士之爲，而直欲由伊洛而溯泗沂也〔五〕。

鄭淵，浦江人，元月泉書院山長〔六〕。

【校勘】

①詞：底本作「䛐」，據乾隆本改。

【箋注】

〔一〕皡皡：同「浩浩」，舒暢自得貌。《孟子・盡心上》：「王者之民皡皡如也。」德容：有道者儀容。腴：美好。

〔二〕炳炳彪彪：文采鮮明耀眼。泰山芝：泰山特産。《宋史》卷六十三《五行二上》：「（大中祥符元年）十月，泰山芝草再生者甚衆。辛丑，車駕次鄆州，知州馬元方獻芝草五本。甲辰，欽若等又獻泰山芝草三萬八千五十本，有并五連、三連理者，五色重暈如寶蓋，下相連帶。」

〔三〕觚：古代書寫所用棱形木簡。蒙蔀：蒙蔽，此代幼稚懵懂者；蔀，遮蔽。馮椅《厚齋易學》卷六《蒙》引林黄中曰：「瞽謂之蒙，童謂之蒙，闇謂之蒙，蔀謂之蒙。」學苑：學校。

〔四〕道機：大道要領；機，關鍵。《淮南子・氾論訓》：「此皆達於治亂之機。」高誘《注》：「機，要也。」

〔五〕伊洛：北宋程頤、程顥講學伊洛二水之間，世人稱其學爲伊洛之學；參見卷九《抵膠州》。泗沂：春秋魯國泗水與沂水，孔子講學授徒之地，代孔子學説。《水經注》卷二十五《泗水沂水洙水》：「泗水出魯卞縣北山……夫子教於洙泗之間，今於城北二水之中，即夫子領徒之所也。《從征記》曰：『洙泗二水交於魯城東北十七里闕里，背洙面泗。』……泗水自城北南逕魯城西南合沂水。沂水出魯城東南尼丘山西北，山即顔母所祈而生孔子也。山東十里有顔母廟，山南數里孔子父葬處。」

〔六〕鄭淵：字仲涵，元末明初浦江鄭義門名士，宋濂弟子。《麟溪集》丑卷蘇伯衡《鄭仲涵傳》：「鄭仲涵者，名淵，浦江人也……初，仲涵試有司，再不合，退益肆力於學。師太史宋先生景濂，以古文辭自振，其於世好泊如也。洪武元年，有詔徵郡國賢者，按察僉事趙子仁踏門起仲涵，仲涵因稱病不起，修然布衣竟死。然自鄉邦至於四方之士，無論識與不識，讀仲涵之文，莫不延頸願見。及聞仲涵没，又莫不嗟悼。以仲涵所成就計之，與其赴功名以取富貴而無稱焉，果孰得失乎？仲涵没時，年四十有八……論曰：余嘗怪仲涵以彼其材學，出爲世用，顛連之徒尚有攸賴乎！而乃高尚其志，以爲名高若是。及夷考其宅心行事，雖古之視匹夫不獲，若己推而内諸溝中者，何以異哉？語曰：『惟孝友於兄弟，施於有政，是亦爲政。』豈仲涵之謂乎？仲涵論著之文，有《遂初稿》，仁思義色津津文字間，庶幾所謂『有德者必有言』者哉！」

其十一

神清氣温，乃道之充；學淳行卓，爲士之雄。瑟彼和氏之璧，勁哉繁弱之弓〔一〕。或出或處，與時卑隆〔二〕。紀甲子，見趣捨之正〔三〕；考《春秋》，窮筆削之工〔四〕。世之人皆以窮達爲得喪，而不知其特立獨行，契古人之高風。

張士謂，永嘉人，浦江縣儒學教諭〔五〕。

【箋注】

〔一〕瑟：鮮明潔浄貌。《詩經·大雅·旱麓》：「瑟彼玉瓚，黄流在中。」繁弱：古代良弓。《荀子·性惡篇》：「繁弱巨黍，古之良弓也，然而不得排檠，則不能自正。」

〔二〕卑隆：地位或尊或卑。

〔三〕紀：記載。甲子：甲爲天干首位，子爲地支首位，十天干十二地支依次相配，得六十數，統稱爲六十甲子；常代歲月。杜甫《春歸》：「别來頻甲子，倏忽又春華。」趣捨：取捨；趣，趨向。

〔四〕筆削：記載删除。《史記》卷四十七《孔子世家》：「至於爲《春秋》，筆則筆，削則削，子夏之徒不能贊一辭。」工：精巧。《乾隆浦江縣志》卷十九《經籍》：「戴良，《春秋三傳纂元》《春秋經傳考》三十二卷。」

〔五〕張士謂：明洪武年間浦江儒學教諭。《大明太祖高皇帝實録》卷二百三十二：「丙戌詔徵儒臣定正宋儒蔡氏《書傳》……於是太子少保唐鐸等舉翰林院編修致仕張美和，國子監博士致仕錢宰，助教致仕靳權，教授高讓，學正王子謙，教諭張士謂、俞友仁、何原銘、傅子裕、周惟善……并遣行人馳傳徵之。」

其十二

九靈先生捐館之八年，伯衡過其鄉邑〔一〕，從其子禮拜其遺像〔二〕，追爲之贊曰：緒接二戴之後〔三〕，道探兩漢之上，卓爾爲人中之英，隱然負海内之望〔四〕。威儀文采尚莫能髣髴，精神心術矧可以名狀〔五〕。其跋涉道途也，類子房之報韓〔六〕；其彷徨山澤也，猶正則之自放〔七〕。世今若山斗之共仰〔八〕，公遽駕風霆而長往，後死者之瞻遺像，安得不慨斯文之將喪也歟〔九〕！

蘇伯衡。

【箋注】

〔一〕伯衡：蘇伯衡，字平仲，金華名儒，詳見卷六《黄氏南薰樓會飲詩序》。

〔二〕禮：戴思禮，字叔儀，戴九靈長子，參看本卷《故九靈先生戴公墓誌銘》。

〔三〕緒：緒業，事業。二戴：西漢后倉言《禮》數萬言，曰《后氏曲臺記》。戴德與戴聖叔侄從后倉學《禮》，德號大戴，爲信都太傅；聖號小戴，以博士論石渠，至九江太守。於是《禮》學有大小戴之殊。詳見《漢書》卷八十八《儒林傳》。

〔四〕隱然：威重貌。《後漢書》卷十八《吴漢》：「吴公差强人意，隱若一敵國矣。」李賢《注》：「隱，威重之貌。」

〔五〕文采：錯雜豔麗之色彩，此指膚色。髣髴：同「髣髴」「仿佛」，梗概，大略。《後漢書》卷四十下《班彪列傳下》：「至令遷正黜色賓監之事焕揚宇内，而禮官儒林屯朋篤論之士而不傳祖宗之仿佛，雖云優慎，無乃葸歟！」李賢《注》：「仿佛，猶梗概也。」

〔六〕子房：漢初謀士張良，字子房，其先爲韓國貴族，秦滅韓，張良與客狙殺秦始皇，不果。詳見《史記》卷五十五《留侯世家》。

〔七〕正則：愛國詩人屈原，名正則。《楚辭》屈原《離騷》：「皇覽揆余初度兮，肇錫余以嘉名；名余曰正則兮，字余曰靈均。」自放：自身正道直行而遭受放逐。《楚辭》屈原《漁父》：「屈原既放，游於江潭，行吟澤畔，顔色憔悴，形容枯槁……漁父曰：『聖人不凝滯於物，而能與世推移。世人皆濁，何不淈其泥而揚其波？衆人皆醉，何不餔其糟而歠其醨？何故深思高舉，自令放爲？』屈原曰：『吾聞之，新沐者必彈冠，新浴者必振衣；安能以身之察察，受物之汶汶者乎！寧赴湘流，葬於江魚之腹中。安能以皓皓之白，而蒙世俗之塵埃乎！』」

〔八〕山斗：泰山與北斗，喻世人所欽敬者。《新唐書》卷一百七十六《韓愈》：「自愈没，其言不行，學者仰之如泰山北斗云。」

〔九〕斯文：儒家禮樂文化。《論語・子罕篇第九》：「子畏於匡，曰：『文王既没，文不在兹乎？

天之將喪斯文也，後死者不得與於斯文也；天之未喪斯文也，匡人其如予何？』」

其十三

温乎其容，維德之充；粹乎其文，惟學之純。斯世之人，斯世之珍。吾將與歸〔一〕，非公其誰？

劉中，臨安人〔二〕。

【箋注】

〔一〕與歸：親附，同義複詞。范仲淹《岳陽樓記》：「微斯人，吾誰與歸？」

〔二〕劉中：字庸道，戴九靈流寓四明時至交，詳見卷十六《庸道提學訪予定川寓舍……》。

其十四

其容粹然，其心靄然〔一〕，其文沛然，非高視物表以樂其天者乎〔二〕？是宜論道廟堂之上，唱道爲儒林之先〔三〕。胡爲而遁世，顧嘯傲乎風煙？然身遁而名隨，聞之者亦興起而慕焉〔四〕。

烏斯道，四明人〔五〕。

【箋注】

〔一〕粹然：純正貌。靄然：仁慈温和貌；靄，通「藹」。陸機《挽歌》：「悲風徽行軌，傾雲結流藹。」李善《注》：「藹與靄，古字同。」

〔二〕高視物表：以出世眼光睥睨俗世；物表，方外。樂天：樂於順應天命。《易・繫辭上》：「樂天知命，故不憂。」

〔三〕唱道：宣導大道；唱，宣導。

〔四〕《孟子・盡心下》：「百世之下，聞者莫不興起也。」

〔五〕烏斯道：元末明初慈溪名士，詳見卷十六《訪烏繼善不值明日以詩見寄遂次韻答之三首》。

其十五

直而温，寛而栗，處事雖簡，殊無傲色〔一〕。志乎聖賢之學，充乎君子之德。廓然有容〔二〕，卓爾有立。究千古之淵微，爲一世之矜式〔三〕。行當發揮所藴以見於世，豈容深處高遯於泉石也耶〔四〕？

徐元，蘭溪人〔五〕。

【箋注】

〔一〕栗：嚴肅，謹敬。《尚書·舜典》：「直而温，寬而栗。」孔穎達《疏》：「栗者，謹敬也。」殊：極。

〔二〕廓然：空曠遠大貌。《明史》卷一《太祖一》：「志意廓然，人莫能測。」

〔三〕淵微：深沉精微。矜式：楷模。

〔四〕行當：將要。韓愈《岳陽樓别竇司直》：「行當掛其冠，生死君一訪。」

〔五〕徐元：或作徐原，元末明初蘭溪名士，詳見卷三《舟次蘭陰憶寄君善敬德浚仲諸友》。

其十六

才可以濟民而位弗稱，德可以厚俗而時弗容：是造物之嗇於公耳。然宏辭偉論，所以宣人文，昭聖學，而垂於無窮者，又不可謂不擅其豐也〔一〕。

趙友同〔二〕。

【箋注】

〔一〕擅：占有。

〔二〕趙友同：明初浦江醫家，戴九靈内侄兼弟子。《潛溪録》卷六《門人姓氏考》：「趙友同，字彦如，從戴良、宋濂講究聖賢之學，而尤精於醫術。洪武間領薦授太醫院御醫。永樂初詔天下儒臣纂修《大典》，遂擢友同兼編修官。後以事左遷華亭縣學訓導。」

其十七

被山野之裳衣，懷琬琰之文辭。其充然者，豈從人而嬴縮〔一〕？其退然者，亦與道而委蛇〔二〕。放乎丘壑，襟韻之夷曠，視幼輿將何用於當世〔三〕？出乎埃壒，神情之散朗，歎叔夜不可得而同時〔四〕。

黄賓，豫章人①〔五〕。

【校勘】

①人：諸本闕，據上下贊體例補。

【箋注】

〔一〕被：通「披」。琬琰：美玉，喻文辭優雅粹美。贏縮：有餘或不足。

〔二〕委蛇：雍容自得。《詩經·召南·羔羊》：「退食自公，委蛇委蛇。」

〔三〕放：放浪不羈。襟韻：胸懷氣度。幼輿：謝鯤，字幼輿，西晉名士。通達卓識，夷曠恬淡，好《老》《易》，能歌善鼓琴。王敦引入幕府，謝鯤不忮不求，縱置身污穢，而高潔不移。王敦露謀逆之迹，鯤知不可以正道匡弼，乃從容諷議，乘時進言。王敦師心自用，謝鯤亦不勉强，唯優遊度歲而已。詳見《晉書》卷四十九《謝鯤》。

〔四〕埃壒：塵土。散朗：灑脱爽朗。《世説新語·賢媛》：「王夫人神情散朗，故有林下風氣。」叔夜：嵇康，字叔夜，西晉竹林七賢之一。穎悟奇秀，拔萃邁群，博覽無不該通。長身偉貌，風度翩然，而土木形骸，不自藻飾。長好《老》《莊》，恬静寡欲，寬簡恢弘，養性服食，彈琴詠詩，自足於懷。嘗采藥山澤，得意忘形，樵蘇者遇之，咸謂之神。從隱士孫登、王烈遊，或歎其性格剛烈，或服其志趣非常，然悉以運命屯蹇爲憾。詳見《晉書》卷四十九《嵇康》。

〔五〕黄賓：疑「黄寶」之訛；黄寶，明初撫州樂安人。撫州，漢屬豫章郡，此處言黄氏爲豫章人，以古稱代今名也。顧祖禹《讀史方輿紀要》卷八十六《撫州府》：「漢屬豫章郡，後漢因之。」黄寶，明初儒家，博通經史；其父黄極，師事草廬先生吴澄，窮義理之學，守貧素之風，廉介不阿，恬静自在。《宋元學案》卷九十二《草廬學案·徵君黄西齋先生極》：「子寶，字仲瑶，淹洽經史，與何淑、張潔、王翊稱樂安四傑。明永樂間，遣使徵之，亦不起。」黄寶，或曰仲寶，明初嘗頌浦江鄭義門耆宿，此可爲黄氏作《九靈先生畫像贊》之佐證。《麟溪集》已卷樂安人黄仲寶《題三老圖》：「浦江之陽三鄭里，合族而食數千指。到今相傳三百年，藹然絲麻與《詩》《禮》。誰其作者沖素君，手植大椿青未已。一葉無非生本根，不是和氣能毓此？旌書煌煌表高門，過者改容皆敬止。征徭屢免見累代，孝義頻書見太史。我聞三皇五帝前，民俗熙熙自古始。後世尺布遽興謡，哀怨音長嗟塞耳。張氏徒聞書忍字，國家重見荆花紫。美哉鄭宗誰與儔？獨立千載民綱紀。《家規》一通在座右，流慶綿綿孫又子。願使淳風四海同，再見《周南》詠《麟趾》。」

其十八

沖然而中虚，翛然而外頎。將用於世也，其才良，其行瑜〔一〕。或困於時也，其神完，其體紓〔二〕。若人者，寔廊廟之具，匪山澤之臞〔三〕。蓋其於學也，深得虖道之妙〔四〕，詎世俗之可窺？雖摛文弄藻，嘲風謔月，特其緒餘〔五〕，要當與秦太虚、黄庭堅并駕而齊驅者矣〔六〕。舍是之外，則非吾可得而知也哉！

姚廣孝，姑蘇人，太子少師〔七〕。

【箋注】

〔一〕沖然：謙虛貌。羭：美好。《左傳·僖公四年》：「且其繇曰：『專之渝，攘公之羭。』」杜預《注》：「羭，美也。」

〔二〕紓：安詳從容。《集韻·魚韻》：「紓，通作舒。」

〔三〕具：才能，才具。《晉書》卷八十《王羲之》：「吾素無廊廟具。」臞：此謂形體清瘦精神矍鑠者。

〔四〕虖：通「乎」，語氣助詞。《漢書》卷四十八《賈誼傳》：「況莫大諸侯，權力且十此者虖？」

〔五〕摛文弄藻：遣辭纂文；摛，鋪張，舒展。緒餘：剩餘。

〔六〕秦觀：字少游，一字太虛，北宋名士，長於議論，文麗而思深。蘇軾讀其《黄樓賦》，以爲不愧屈原、宋玉；王安石睹其詩，歎格調清新，遥接鮑照、謝脁。詳見《宋史》卷四百四十四《文苑六·秦觀》。黄庭堅：北宋碩學，與蘇軾齊名，世稱蘇黄，參見卷二十二《跋黄庭經》。

〔七〕姚廣孝：明成祖朱棣麾下謀士，戴九靈流寓吴中、四明時方外交。本吴中長洲姚氏子，年十四度爲僧，名道衍，字斯道。好學工詩，與王賓、高啓、楊孟載友善，宋濂、蘇伯衡亦推獎之。事道士席應真，得其陰陽術數之學。相者袁珙見而駭，擬之以劉秉忠。明成祖起兵，戰守機事皆決於道衍。成祖破南京定天下，道衍功冠群臣，拜資善大夫太子少師，復其姚姓，賜名廣孝。詳見《明史》卷一百四十五《姚廣孝》。

其十九

萃乾坤清淑之姿，無山林枯瘠之氣〔一〕。其出也，石渠天禄固争睹蒼梧翠竹之英標〔二〕；其處也，茅屋石田未必減金馬玉堂之高致〔三〕。湛盧之劍，匣藏則風雨時鳴〔四〕；琬琰之碧，玉藴而山川增麗〔五〕。嗚呼！浦陽人物，耳目之所接者，若容州文學之風雅遺音〔六〕，蜀山居士之《咸》《韶》帝制〔七〕，至於金舂玉應，交振而錯陳〔八〕，則長薌山長後先而并世〔九〕。率皆騎箕跨尾，而神遊乎上玄〔一〇〕；鞭霆馭風，以歷覽乎無際。然則狂瀾砥柱之障，誰復任之〔一一〕？而九鼎一絲之懸〔一二〕，凛其可畏。前輩之所作成，後生之所期望，惟君與宋景濂氏而已〔一三〕。

趙良恭，蘭溪人〔一四〕。

【箋注】

〔一〕清淑：清和。枯瘠：枯燥貧乏。

〔二〕石渠天禄：漢時皇室藏書閣。《三輔黄圖》卷六：「石渠閣，蕭何造。其下礱石爲渠以導水，若今御溝，因爲閣名。所藏入關所得秦之圖籍。至於成帝，又於此藏秘書焉。天禄閣，藏典籍之所。《漢宫殿疏》云：『天禄、麒麟閣，蕭何造，以藏秘書處賢才也。』」英標：英俊丰采。

〔三〕金馬玉堂：漢代金馬門與玉堂殿，參見卷二十三《祭揭秘監文》。

〔四〕湛盧：春秋時歐冶子所鑄寶劍。《越絶書》卷十一《外傳記寶劍》：「歐冶乃因天之精神，悉其伎巧，造爲大刑三小刑二：一曰湛盧，二曰純鈎，三曰勝邪，四曰魚腸，五曰巨闕。吴王闔廬之時，得其勝邪、魚腸、湛盧。闔廬無道，子女死，殺生以送之，湛盧之劍去之如水。行秦過楚，楚王卧而寤，得吴王湛盧之劍，將首魁漂而存焉。秦王聞而求不得，興師擊楚，曰：『與我湛盧之劍，還師去汝。』楚王不與。」

〔五〕碧：青緑色玉石。《莊子·外物》：「萇弘死於蜀，藏其血三年而化爲碧。」陸機《文賦》：「石韫玉而山輝，水懷珠而川媚。」

〔六〕容州文學：宋末元初浦江高節之士方鳳。鄭柏《金華賢達傳·儒學》：「方鳳，一名景山，字韶父，浦江人……鳳嘗以策干陳宜中，不能用。後得薦，授容州文學。未幾宋亡，肆遊金陵、東甌間。發爲歌詩，至三千餘篇，曰《存雅堂集》。」風雅：本指《詩經》之《國風》《小雅》《大雅》，後泛指詩文。

〔七〕蜀山居士：柳貫，元儒林四傑之一，詳見卷四《浦陽五賢傳并序》。咸韶：堯樂《大咸》與舜樂《大韶》。

〔八〕金春玉應：同「金聲玉振」，常喻集其大成；金，鎛鍾；玉，玉磬。《孟子·萬章下》：「孔子之謂集大成。集大成也者，金聲而玉振之也。」朱熹《集注》：「故并奏八音，則於其未作，而先擊鎛鐘以宣其聲；俟其既闋，而後擊特磬以收其韻。」宋濂《故裕軒先生墓碣銘》：「公坐堂上，子若壻旁侍，問答經義，金春玉應，聽者欣欣忘倦。」振：此指諸樂器振動發聲。王儉《褚淵碑文》：「金聲玉振，寥亮於區寓。」李善《注》引鄭玄《禮記注》曰：「振，猶動也。」

〔九〕長薌山長：浦江大儒吴萊，元末授長薌山長。詳見卷七《吴先生哀頌辭并序》。

〔一〇〕箕尾：東方蒼龍七宿之二。《莊子·大宗師》：「傅説得之，以相武丁，奄有天下，乘東維，騎箕尾，而比於列星。」上玄：上天。

〔一一〕砥柱：或曰底柱，或曰三門山，今河南三門峽黄河急流中石柱；常喻堅守大道支撑危局者。顧祖禹《讀史方輿紀要》卷四十六《河南一·底柱》：「底柱山，亦曰三門山，在今河南府陝州城東南十里、山西平陸縣東南五十里大河中。《禹貢》：『導河至於底柱。』《水經注》：『禹治洪水，山陵當水者鑿之，故破山以通河，河水分流，包山而過，山見水中若柱然，故曰底柱。』《元和志》：『禹鑿底柱，二石見於水中若柱然。河水至此分爲三派流出其間，故亦謂之三門。』」

〔一二〕九鼎一絲：形容極其危急。宋濂《同公塔銘》：「嗚呼，賢首之宗不振久矣，凜乎若九鼎一絲之懸。」

〔一三〕作成：培養造就。宋景濂：名濂，景濂其字也，詳見卷一《寄宋潛溪三首》。

〔一四〕趙良恭：字敬德，元末明初蘭溪文士，詳見卷三《舟次蘭陰憶寄君善敬德浚仲諸友》。

祭文

祭雲林先生文

斯道與宋，俱遷南東〔一〕。文獻卓然，婺爲之宗〔二〕。各尊所聞，丕緒大統〔三〕，風行日臨，山立海湧。有元之衰，耆老淪亡，惟四先生，揚其末光：懿文太史，事明天子〔四〕；長山〔五〕、華川，内外鼎峙〔六〕；惟九靈公，遠迹自藏，嬉遊物表，不耀其章，譬諸寶器，致用先毁〔七〕。顧瞻四傑，喪其三矣。幸公尚存，爲學者師。孰是寡佑〔八〕？一老不遺。

自昔聖賢，莫不有死，死有可傳，禍福同軌。公之表著，實可不磨；視彼區區，何足少多〔九〕！前有千祀，後有萬世，百年之間，蓋不必計。人囿大化，如冰在川，成壞斯須，烏可控摶〔一〇〕！有盡之形，歸諸造物；其無盡者，終古不没〔一一〕。得失之理，公已無疑；我獨何悲？傷道之微。星辰在上，河嶽在下，孰扶其衰？尚徯來者〔一二〕。嗚呼哀哉！

蘇伯衡，金華人，翰林院編修〔一三〕。

【題解】

戴良，號九靈山人，又號雲林。按方孝孺《遜志齋集》卷二十載録此文，題曰《祭戴先生》；浦江戴氏《建溪集》亦載之，署名方孝孺；蘇伯衡所撰《蘇平仲文集》則未見此文。《九靈山房集》鋟梓於正統甲子年，去明成祖逼殺方孝孺尚不過四紀；方氏昭雪尤在神宗初年，其時《九靈山房集》問世已一百餘載。蓋當時戴氏後裔迫於淫威，委曲求全，冠蘇伯衡名於文前，而作者實爲方孝孺也。《明史》卷一百四十一《方孝孺》：「孝孺投筆於地，且哭且罵曰：『死即死耳，詔不可草。』成祖怒，命磔諸市……神宗初，有詔褒録建文忠臣，建表忠祠於南京，首徐輝祖，次孝孺云。」

據《遜志齋集》，方孝孺嘗提及爲戴九靈撰寫祭文一事，斯足爲辨别此文作者之明證。《遜志齋集》卷十《答劉養浩書二首》：「在京師時，專托戴七和之附書，并寄《祭九靈君文》，曾已達否？斯文不振，遂至於兹。巨儒宿學，凋喪殆盡，茫然墜緒，將焉所屬？而吾黨小子，將何所仰耶？」

【箋注】

〔一〕《宋史》卷四百二十七《道學一》：「迄宋南渡，新安朱熹得程氏正傳，其學加親切焉。大抵以格物致知爲先，明善誠身爲要，凡《詩》《書》六藝之文，與夫孔、孟之遺言，顛錯於秦火，支離於漢儒，幽沉於魏、晉六朝者，至是皆焕然而大明，秩然而各得其所。」

〔二〕文獻：典籍與賢士。《論語·八佾》：「夏禮吾能言之，杞不足徵也；殷禮吾能言之，宋不足徵也。文獻不足故也。」朱熹《集注》：「文，典籍也。獻，賢也。」宗：派别。

〔三〕丕緒大統：偉大系統。緒統：同「統緒」，系統。

〔四〕懿文太史：宋濂，元末至正間堅辭翰林國史院編修官；明初擢懿文太子朱標師，拜《元史》總裁官。懿文：朱元璋太子朱標，師事宋濂，未即位而薨，謚曰懿文。《明史》卷一百十五《興宗孝康皇帝》：「興宗孝康皇帝標，太祖長子也。母高皇后……太祖爲吴王，立爲王世子，從宋濂受經……洪武元年正月，立爲皇太子……（洪武二十五年）八月庚申祔葬孝陵東，謚曰懿文。」

〔五〕長山：胡翰，居金華長山之麓，是以尊稱長山先生；參見卷一《憶胡仲申》。《成化金華府志》卷一《山川·金華山》：「一名長山，一名北山，在金華縣北二十里。高千餘丈，周三百六十里。山顛雙巒對矗，曰玉壺、金盆。壺中有湖，即所謂徐公湖者。盆中飛瀑瀉出，若玉虹下飲，乃赤松子登仙之地。他若芙蓉峰、紫微巖、三洞諸勝，蓋皆長山之支也。」

〔六〕華川：王褘，義烏忠節之士；秦時初立烏傷縣，唐武德間改烏傷爲綢州，設烏孝、華川二縣，元末以華川尊稱王褘；參見卷二《寄王子充》。《康熙義烏縣志》卷一《疆域志·建置》：「唐武德四年，郡復爲婺州。割烏傷一縣，别立綢州，分置烏孝、華川二縣。綢以綢巖得名；華川一曰繡川，以繡湖得名。」

〔七〕耀：彰顯。《國語·周語上》：「先王耀德不觀兵。」章：美好才華。《易·坤》：「含章可貞，以時發也。」孔穎達《疏》：「章，美也。」致用：盡其功用。《易·繫辭上》：「備物致用，立成器以爲天下利，莫大乎聖人。」

〔八〕孰：何。《經傳釋詞》卷九《孰》：「孰猶何也，家大人曰：『孰誰一聲之轉，誰訓爲何，故孰亦訓爲何。』《晉語》曰：『惠公出共世子而改葬之，臭達於外。國人誦之曰：孰是人斯而有是臭也。』孰，何也；斯，詞也；言何是人而有是臭也。」

〔九〕表著：顯揚彰明。多：推崇。

〔一〇〕大化：生命大變化。《列子·天瑞》：「人自生至終，大化有四：嬰孩也，少壯也，老耄也，死亡也。」成壞：形成毁壞。控摶：控制。

〔一一〕終古：永恒。《楚辭》屈原《九歌·禮魂》：「春蘭兮秋菊，長無絶兮終古。」

〔一二〕《説文》：「徯，待也。」

〔一三〕蘇伯衡：元末明初金華名士，詳見卷七《黄氏南薰樓會飲詩序》。

故九靈先生戴公墓誌銘

九靈先生既殁之二十八年，次子樂述其平生行實①來京師授友同曰〔一〕：「先君捐館已久，而墓石未銘。樂年且垂老，恐一旦溘先朝露，是終無以暴其懿美於世〔二〕。子於先君爲内侄，又嘗有師弟子之分，知先君者莫若子也。銘烏忍不爲？」友同拜且泣曰：「是故友同之夙夜不遑自寧者，第念先生乃一代名儒，宜托諸能言之士以垂不朽。今既久而未有所屬〔三〕，尚敢以愚陋辭哉！」遂敘而銘之。

先生諱良，字叔能，姓戴氏。其先杜陵人〔四〕。十八世祖昭，唐咸通間任浙之東道五部兵馬大元帥、平南節度使、銀青光禄大夫、檢校太子尚書令〔五〕。仲子堂始遷婺之浦江，好馳馬試劍，故名所居里曰馬劍〔六〕。厥後子孫日益繁夥，樂善業儒，爲縣之望族。

曾大父諱錫，大父諱濤，父諱暄，皆隱德弗耀。先生天資警敏，性至孝。母劉夫人病，日侍湯藥，抱持寢興，衣不解帶者餘年。居父母喪，哀毁幾不能生。每遇忌辰，輒嗚咽流涕。處兄弟備盡恩愛，長姪恭早喪父〔七〕，教之踰己子。早從烏傷朱震亨先生習醫業〔八〕，後以其術大顯於時，官至太醫院使，皆先生力也。

生平嗜讀書，雖祁寒盛暑，恒至夜分乃寐。故天文、地理、醫卜、佛老之書，靡不精究其旨。初治經，習舉子業，尋棄去，專力爲古文。時柳文肅公貫、黄文獻公溍、吴文貞公萊皆以文章鳴浙水東〔九〕。先生往來受業門下，盡得其閫奥。與文肅公尤親密，公之死，爲經紀其家，持心喪三年始歸〔一〇〕。余忠宣公闕，持憲節過婺州〔一一〕，聞先生善歌詩，數相過從，論古今作者詞旨優劣。公欣然曰：「士不知詩久矣。非子，吾不敢相語。」乃盡授以平日所得於師友者，而先生詩名遂雄視乎東南矣。

家居遠城邑，朋游講習頗囏。即買地縣西，結屋數十楹，日與同輩討論濂洛性理之微言〔一二〕，家事有無，悉置不問。親黨或勸以營産業，爲子孫計。先生謝曰：「子孫貧富，非吾可知。且家世業儒，詩書之外，亦不能有他圖也。」居無何，起爲月泉書院山長，後生士子接其風猷，無不已②踐履實學相勸勉〔一三〕。

至正辛丑，以薦者擢授中順大夫、淮南江北等處行中書省儒學提舉〔一四〕。然時事已不靖，無可行其志，乃攜從子温，浮海至中州〔一五〕，欲與豪傑交，而卒無所遇，遂南還四明。四明多佳山水，耆儒故老往往流寓於茲，先生每相與宴集爲樂。酒酣賦詩，擊節歌詠，聞者以爲有《黍離》《麥秀》之遺音焉〔一六〕。

國朝洪武壬戌，以禮幣徵先生至京師，即日召見，試文辭若干篇，命大官予膳，留會同館〔一七〕。名公巨卿見無虚日，甚或以師禮事之。既而上欲用先生，先生以老病固辭，頗忤旨，待罪久之。一日感微疾，即爲書謝諸親舊，猶拳拳以忠孝大節爲語。迨疾亟，召樂謂曰：「吾罪戾本深，賴聖恩寬貸，獲保首領以死。念無報效，汝等幸自勉，以蓋前人之愆，乃爲賢子孫耳。」語畢，遂端坐卒於寓舍，實癸亥四月十七日也，享年六十有七。樂以道遠不克扶柩南還，乃擇地火化，奉其骨而歸，以是年十一月十五日葬於縣南嘉興鄉西山之原〔一八〕。配趙氏，故宋宗室梅石處士必俊之女〔一九〕，有賢德，先公八年卒，至是合窆焉。

子男二人：長禮，本縣儒學訓導，後十三年卒；次即樂，今爲本縣醫學訓科。女二：長適張琪〔二〇〕，次適倪佐。孫男八，孫女三。

先生神氣爽朗，美鬚髯，不妄喜怒，終日危坐無惰容。與人言，必吐露情實，善誘掖後進。嘗以所居在九靈山，晚年自號九靈山人，故學者咸以九靈先生稱之〔二一〕。所著述有《和陶詩一卷》《九靈山房集三十卷》《春秋經傳考三十二卷》藏於家。

嗚呼！先生以盛年遭世多故，晚遇聖朝而進③於老病，故終身莫克伸其志。然志雖不伸一時，而文章之鏗鍧炳耀〔二二〕，所以光前修啓後武，維持斯文而振其遺緒者〔二三〕，固自足伸於永久也。銘曰：

身之强也，時則已非；時之逢也，身則已衰。韜英斂華，大昌厥後。辭雖不獲薦郊廟〔二四〕，而亦有足樂於山巔水涯。嗚呼！先生之高也，豈後人而無知！

文淵閣修書官修職郎太醫院御醫門生趙友同撰〔二五〕。

【題解】

九靈先生下世二十八年，其内侄兼弟子趙友同撰此墓誌銘。趙友同，字彦殊，又字彦如，元末明初浦江鴻生名醫，參見本卷《九靈先生畫像贊》。楊士奇《吴都文粹續集補遺》卷上《御醫趙彦如墓誌銘》：「太醫院御醫趙友同，字彦如。大臣嘗言其文學於上，時方修《永樂大典》，即用爲副總裁。後修五經四書及《性理大全》書，又用爲纂修。書成，皆被寵賜。於是知彦如者，皆爲之喜，且意其將有詞林翰苑之遷也。而彦如亦冀得一職於此爲其親榮。未幾以母喪去，又未幾以病不起。嗚呼惜哉！彦如沈實温雅有行義，自其少篤志學問，手一卷，祁寒盛暑不釋。嘗授經前翰林承旨金華宋先生，爲文章貫穿經史，優柔縝栗，或豐或約，必歸宿於理。今祭酒胡公教諭華亭時，首舉爲訓導。既而浙江布政司聘考鄉試華亭滿九載，天官考最當升。太子少師姚公言其邃醫，詔升太醫院御醫。會浙西水，有言彦如知水事者，又奉詔從今户部尚書夏公往治之。士恒患有所負挾，無所遇而不見試也；若彦如所長數數見用於世，彰明如此，其可謂榮遇而無憾也矣。彦如系出宋南陽侯仲鑛，仲鑛生士翮，爲武節大夫處州兵馬鈐轄，因家處州。士翮生武義郎不玷，官浦江，子孫又徙家焉。曾祖崇傒，祖必俊。父良仁，又徙蘇之長洲，故彦如今爲長洲人；母鄭氏。彦如卒於永樂十六年四月一日，春秋五十有五。所著有《存齋集》若干卷藏於家。娶邵氏，子男三：季珣，季諒，季成。女二，華信、張瑜其壻也。孫男一人：興文。其子卜以卒之歲十二月某日葬某鄉某原。先事，以治命齎監御史張循理所具事狀來求銘，蓋余知彦如者。銘曰：士之所貴，實有諸内。有蘊而奇，貴弗時遺。昆岡之産，用則爲寶。爲瓚爲圭，彼此奚較？嗚呼彦如，既試有聞。肆予作銘，慰其九原。」

《民國浦陽趙氏宗譜》卷二方孝孺《趙彦殊字敍》：「浦陽趙生，其名曰同，或字之曰彦志，其父謂未足以盡其義也，請更之。予更之曰殊，而謂之曰：『今世之所少者，非同也，其患在乎苟同而不知異。苟同而不知異，智者流於迎合而多詐，愚者陷於阿曲而近鄙，（卻）〔欲〕世之大治，安可得哉？生之質可謂美矣，而又飾之以文，翼之以禮，豈將同於當世云乎哉？亦必務古之同，而不同乎俗；務道之同，而不恤人之好惡，斯可也。漢之時，若汲長孺，可謂異俗之士矣；若胡伯始，可謂同世之士矣。伯始近於惠，長孺近於夷，伯始不如長孺之近於道也。生學古嗜道，方以大中爲歸，夷與惠安足效哉！同於所當同而不苟同，異於所當異而不苟異，生之所宜爲也。執其一而不合乎道者，非君子之事也。』」

【校勘】

①實：乾隆本作「述」。

②已：乾隆本作「以」。

③進：乾隆本作「迫」。

【箋注】

〔一〕樂：戴思樂，戴九靈次子，參見卷七《元故戴府君墳記》。行述：行狀。邵博《邵氏聞見後録》卷十四：「子開於歐陽公下世之後作《子固行述》。」

〔二〕溘先朝露：生命消亡疾於朝露，形容死得過早；溘，忽然。

〔三〕屬：通「囑」，托付。

〔四〕杜陵：秦時杜縣，西漢改杜陵縣，漢宣帝劉洵陵墓在焉。《漢書》卷九《元帝紀》：「初元元年春正月辛丑，孝宣皇帝葬杜陵。」

〔五〕銀青光禄大夫：唐時從三品文散官。《新唐書》卷四十六《百官一·吏部》：「凡文散階二十九……從三品曰銀青光禄大夫。」檢校：固定編制外詔除職官。《新唐書》卷四十六《百官一》：「初，太宗省内外官，定制爲七百三十員，曰：『吾以此待天下賢材，足矣。』然是時已有員外置，其後又有特置，同正員。至於檢校、兼、守、判、知之類，皆非本制。」

〔六〕《浦陽戴氏宗譜》卷十七戴蒙《傳誌行狀·唐鎮越使戴府君壙誌》：「先考府君諱堂，字以張，姓戴氏，先世實杜陵人……大父諱昭，字德輝，器識宏遠，德量出人，才備文武，官至浙東道五部兵馬大元帥、平南節度使、銀青光禄大夫、太子檢校尚書令，受命來鎮越。大母鄭氏、王氏生子男四人，次即府君也。敦孝行，秉忠義，剛毅果決，好善惡惡，出於天性，人皆稱爲大丈夫。時中和元年，府君以父命率衆鎮越之鑑湖，與劉文戰勝，薦膺寵渥，分轄概水，遷居浦江興賢鄉建溪。浦江有戴氏，自府君始也。」

〔七〕恭：戴思恭，字原禮，號肅齋，明初傑出醫家。《宋濂全集》卷六十三《戴仲積墓誌銘》：「余之同門友戴叔能有兄曰仲積君者，戴氏之良也……子男二人，長即思恭，次思溫，皆業醫成先志也。」《建溪集》卷一劉基《送戴原禮歸金華》：「岧岧金華山，上屬匏瓜星。紆餘帶江海，窈窕儲仙靈。陰谷泉夏洌，陽崖草冬榮。帝女降清夜，龍鸞夾雲軿。旭昱五色光，天葩播芳馨。初平劚元氣，騎羊遊玉京。宗公秉節鉞，稜威懾邊庭。吕子傳聖學，出辭樊六經。陳生挾英才，雄辯催五兵。至今文彦士，綿綿若連城。子兮抱奇術，爲人駐危齡。運針號一豎，煮齊泣三彭。歲晚趣歸裝，日照千山明。澗阿足石芝，玉色味如餳。可以實飢腸，化骨爲瑤瓊。或可分餉否？相從翱紫清。」

〔八〕朱震亨：金元四大家之一，詳見卷十《丹溪翁傳》。

〔九〕柳貫：元浦江縣大儒。參見卷四《浦陽五賢贊并序》。黄溍：元義烏縣鴻儒，詳見卷七《三先生手帖後題》。吴萊：元浦江縣大儒，參見卷七《吴先生哀頌詞并序》。

〔一〇〕經紀：經營管理。心喪：古時弟子爲師長守喪，唯内心痛悼而不著喪服。《禮記・檀弓上》：「事師無犯無隱，左右就養無方，服勤至死，心喪三年。」

〔一一〕余闕：元朝忠義大臣，參見卷七《題余廉訪五大篆後》。憲節：元時廉訪司官員所持符節。

〔一二〕蘒：同「艱」。濂洛：北宋濂溪周敦頤與洛陽程頤程顥昆弟所創二家學派。清聖祖玄燁《御制性理大全序》：「每思二帝三王之治本於道，二帝三王之道本於心。辨析心性之理而羽翼六經發揮聖道者，莫詳於有宋諸儒。迨明永樂間，命儒臣纂集《性理大全》一書。朕常加繙閱，見其窮天地陰陽之藴，明性命仁義之旨，揭主敬存誠之要，微而律數之精意，顯而道統之源流，以至君德聖學政教紀綱，靡不大小兼該而表裏咸貫，洵道學之淵藪，致治之準繩也。」

〔一三〕月泉書院：浦江縣書院，參見卷十四《申屠先生墓誌銘》。風猷：風範道德。已：通「以」。

〔一四〕中順大夫：元正四品文散官。淮南江北等處行中書省：元至正十二年所設行省，參見卷十三《送錢參政詩序》。

〔一五〕温：戴思温，號益齋，明初醫家，詳見卷七《元故戴府君墳記》。中州：中原地區。

〔一六〕黍離麥秀：哀悼故國二詩，悉見卷十七《哭揭秘監三十四韻》。

〔一七〕大官：同「太官」，掌皇帝膳食及燕享之官員。會同館：明朝驛站總部，招待貴賓爲其職責之一。《大明會典》卷一百四十五《驛傳一》：「自京師達於四方設有驛傳。在京曰會同館，在外曰水馬驛并遞運所，以便公差人員往來。」

〔一八〕《光緒浦江縣志》卷五《建置志第二·宅墓·提舉戴良墓》：「在縣南十里嘉興鄉西山。」

〔一九〕趙氏：詳見卷二十九《祭亡妻趙氏夫人文》。趙必俊：詳見卷十八《梅石處士趙先生像贊》。

〔二〇〕長：長女戴鳳，參見卷二十三《亡女張孺人戴氏墓碣銘并序》。

〔二一〕九靈山：戴九靈桑梓山嶽，詳見卷八《望九靈山》。

〔二二〕鏗鍧：鐘鼓相雜之聲。

〔二三〕後武：後人足迹，常代晚輩。遺緒：前人所遺功業。

〔二四〕韜英斂華：斂藏才華；韜，潛藏。郊廟：古代天子祭祀天地及祖先。

〔二五〕文淵閣：明代皇家藏書及帝王讀書樓。《明史》卷九十六《藝文一》：「永樂四年，帝御便殿閱書史，問文淵閣藏書。」修職郎：明正八品文散官。《明史》卷七十二《職官一》：「正八品，初授迪功郎，升授修職郎。」御醫：明太醫院正八品醫家。《明史》卷七十四《職官三》：「太醫院……其屬，御醫四人，正八品，後增至十八人，隆慶五年定設十人。」

附録一

諸本序跋

九靈山房集序

揭　汯

《九靈山房集》者，金華戴九靈先生所作之詩文也。先生以聰敏之資，篤誠之志，而學文於柳待制先生、黄文獻公，又學詩於余忠宣公。故其文敘事有法，議論有原，不爲刻深之辭，而亦無淺露之態；不爲纖穠之體，而亦無矯亢之氣。蓋其典實嚴整，則得之於柳先生者也；縝密明潔，則得之於黄文獻公者也，而又加之以舂容豐潤，故意無不達，味無不足。其詩則詞深興遠，而有鏘然之音悠然之趣。清逸則類靈運、明遠，沉蔚則類嗣宗、太沖。雖忠宣公發之，而自得者尤多。

夫詩文之法具於六經，而得之者鮮。蓋其説固在於方册，而口傳心授之要，實又在於師承也。不得其要，不惟自誤，而又以誤人，所以必就有道而正焉者此也。先生遊於三先生之門，朝論夕講，日探月索，故能得其得，有其有，而發之於外，縱横上下，無適而不合，可以黼黻，可以弦歌，安有如是而不傳者乎？先生名良，字叔能，金華有九靈山，戴氏世居其下，故以名其集云。至正二十五年十月朔日，中順大夫秘書少監揭汯序。

——正統本《九靈山房集》

九靈山房集序

王禕

昔者浦陽之言詩者二家焉，曰仙華先生方公、烏蜀先生柳公。方公之詩，幽雅而圓潔；柳公之詩，宏麗而典則。大抵皆取法盛唐，而各成一家言，用能俱有重名於當世。然方公隱者，其詩傳之者鮮；而柳公則嘗待制翰林，天下莫不膾炙其言辭。

於是二公不可作矣，繼其學而昌於詩者，又得吾戴九靈先生焉。九靈之詩，質而敷，簡而密，優遊而不迫，沖澹而不攜，庶幾上追漢魏之遺音，其復自成一家者歟！蓋柳公學於方公，而九靈師事柳公爲最久，淵源之懿，信不可誣。禕嘗讀其詩而爲之言曰：「三百篇而下，莫古於漢魏，莫盛於盛唐，齊梁晚唐有弗論矣。今而浦陽之詩寔有之，九靈之詩，其傳也必矣！」嗚呼！世有知言者，其以吾言爲不妄也哉！翰林待制友生烏傷王禕序。

——正統本《九靈山房集》（《建溪集前編》卷三名之曰《戴九靈先生詩集序》）

九靈山房集序

桂彦良

士未嘗欲以文名世也。以文名世者，士之不幸也。有可用之材，當可爲之時，大之推德澤於天下，小之亦足以惠一邑施一州，盡其心力於職業之中，固不暇爲文，然其名亦不待文而後傳也。至於畸窮不偶，略無所見於世，頗自意世之人既不我知，則奮其志慮於文字之間，上以私托於古之賢人，下以待來世之君子。烏乎！是豈其得已哉？此余於浦陽戴先生而有感者也。

先生異時在承平之世，從鄉郡大儒待制柳公貫、侍講黄公溍遊，俊偉秀發，軒然時輩中，已有文名。然志在用世，未暇切切於此也。及事與志乖，所如多不合，知其無所就功名，遂抑情遁迹，盤桓乎山顛海澨，訪羽人釋子而與之居，益肆力於文。凡觸心抵目，天地日月寒暑山川草木奇異之觀，羈人狷士之遺迹隱行，皆紀而載之，因以寓其無聊不暢之思，發其瑰傑磊落之氣，清深雅潔，往往無愧於古之能言者。雖其用意精絶，而先生之窮不幸亦至矣。

然世之得所願欲食禄據位者何限！求其勳業，則未之有聞，問其同時之人，已不識其姓名者有矣。彼雖幸，未必非不幸；而先生之窮，庸知非幸哉？

先生之子禮，輯録成帙，辱以相示。余非能知先生者，然亦有志於斯事，故附私説於後。使觀先生之文，幸者可以自省，而不幸者足以有發也。前太子正字奉議大夫晉府左長史四明桂彦良敘。

——正統本《九靈山房集》

題九靈山房集

宋濂

文未易知也，惟用心於文而致其精者，能真知之，然亦難矣。今世學者喜爲言論，毁譽生於愛惡，美惡惟其所好，紛然自以爲知文而卒莫之知也，不亦厚誣天下哉！

若余友揭君伯防之於戴先生叔能，論其文，言其承傳所自，皆精當可徵。余嘗友於叔能，不能易其言也。君以文學名當世，故能知之也真。然非真知斯文者，亦孰知余言爲信哉！洪武十二年十月既望，前翰林學士承旨嘉議大夫知制誥兼修國史兼太子贊善大夫同門友金華宋濂書。

——正統本《九靈山房集》

四庫全書九靈山房集提要

《九靈山房集》三十卷，元戴良撰。良字叔能，浦江人，嘗學文於柳貫、黄溍、吴萊，學詩於余闕。《明史·文苑傳》：明太祖初定金華時用爲學正，良棄官逃去。至正辛丑順帝用薦者言，授淮南江北等處行中書省儒學提舉。後至吴中依張士誠。知士誠不足與謀，挈家浮海至膠州，欲間道歸擴廓，即世所稱王保保，百戰以圖恢復者也。會道梗不達，僑居昌樂。洪武六年南還，變姓名隱四明山。十五年徵入京，欲官之，以老疾辭，太祖怒，羈留不釋。次年四月卒於京師，然迄未食明禄也。良世居金華九靈山下，故自號九靈山人。

其集曰《山居稿》，曰《吴遊稿》，曰《鄞遊稿》，曰《越遊稿》。後《跋》又云集外有《和陶詩》一卷。今檢集中《越遊稿》内已有《和陶詩》一卷。而其門人趙友同所作《墓誌》亦云《和陶詩》一卷、《九靈集》三十卷，不在集目之内。或本别有《和陶詩》一卷，而爲後人合并於集中者，未可知也。良詩風骨高秀，迥出一時，睠懷宗國，慷慨激烈，發爲唫詠，多磊落抑塞之音。故其《自贊》謂「歌《黍離》《麥秀》之詩，詠剩水殘山之句」；蘇伯衡贊其畫像，亦謂「其跋涉道途，如子房之報韓；其彷徨山澤，如正則之自放」焉。

——《建溪集前編》卷三

四庫全書總目·九靈山房遺稿提要

《九靈山房遺稿》五卷，（副都御史黄登賢家藏本。）元戴良撰。良有《九靈山房集》，已著録。

初，良集世罕傳本，國朝康熙間，其里人張以培蒐采諸書，輯爲此本，傳旭元爲刊版，而秀水曾安世又爲校訂編次。今海内藏書咸登秘府，良之全集復出，此本掇拾殘闕，已可不録，以世所通行，且以培等掇拾補綴之勤亦不可没，故附存其目焉。

——《戴良集·附録》輯自《四庫全書總目》卷一七四

重刊戴九靈先生集序

杭世駿

食毛踐土，荷國家休養生息之恩，委贄之外，不知其他，此天之經也。儒官居賓師之位，講道論德，靖共自獻，倡率生徒，勉爲忠藎，又聖賢之家法也。當元末季，浦江戴叔能先生得柳文肅、黄文獻、吴貞文三先生之傳，推求性命之旨，約六經以爲文，清明剛大之氣，騰躍於行間字裏，俗所尚者不宗，俗所云者不以道也。甫弱冠，起爲月泉書院山長。以直學試肅政府，歷學正、儒學提舉，終身不離儒官。崎嶇吴越之間，由海道泛黑水至登萊，羈棲阨塞，卒不一挫其志。學益粹，詩文益高邁。明太祖定鼎金陵，召至，欲授以官，以老病固辭忤旨。或云自裁於寓舍，或云瘐死於囹圄，此公成仁取義之實事也。

宋濂潛溪亦出柳、黄、吴三先生之門，與公投契最密。濂修《元史》，宜入《忠義》與《儒學》兩傳，而史無之。蓋《元史》先成，公卒在洪武十六年，無從追録，非史之疏而濂之恝也。

裔孫殿江等搜葺遺文，將謀剞劂。先撰《年譜》，以公詩文證公閲歷。《史》言明祖初定金華，命與胡翰等十二人會食省中；明年，用公爲學正，與宋濂、葉儀輩訓諸生，諸人有辭者，而公留居郡庠。《譜》以爲明祖初起，未嘗顯絶於元，公棲遲桑梓，晦迹觀時，非貪其禄也。張士誠降，薦授淮南、江北等處行中書省儒學提舉。斯時士誠爲太尉而居侯服，薦公而公就之，承元命也。公之心迹行事如青天白日，曉然昭著於天下，肯事異姓以苟全性命於亂世哉？

余生後公五百年，私淑諸人，獲與校公遺集，因論公出處之大節以弁其端。學之深博，文之醇茂，有目者能辨之，不復述也。乾隆三十有六年八月朔，仁和後學杭世駿。

——乾隆本《重刻九靈山房集》

重刻九靈山房集序

鮑廷博

余生平泊然寡所嗜好，喜讀書，輒以病止；愛書畫，亦頗懲於玩物之戒。惟於古人遺集篤嗜之勿衰，尤加意於未刊之本。區區之意，豈徒以誇儲藏爾？欲延古人一綫之緒耳。廿餘年來，搜羅宋元遺集不下五百餘家。竊欲與同志約創爲刊書會以流通之而未果也。

《九靈山房集》三十卷，浦陽戴叔能先生所著。初得舊抄於吴中。庚寅秋晤其裔孫瀛三、東瞻昆季於吴山，方購求是集付梓，余亟授而開雕焉。余惟宋元以來，戴氏之以詩文名浙東者，天台戴式之，四明戴帥初，浦陽則先生也。顧石屏僅以詩名江湖間，似未足以方先生；惟剡源受業王伯厚之門，學有本原，差相後先。吾謂先生之品尤爲卓絶，其詩文孤峭廉潔，一洗當時萎苶之習。

生當元季末造，明祖龍興，旁求遺彦，此正文章華國千載一時之遇，使其稍自貶損，入侍帷幄，吾知朝廷詔誥銘頌大手筆，必有資其撰述者，宋文憲不得專美一時矣。而乃終已不顧，屢避徵辟，卒以瘐死，若有不足以易此九靈一片石也者，此其摻行爲何如？而謂其文章猶不免與爝火同滅，豈理也哉？

先是，吾友仁和戴君肇姬，其先蓋浦陽人，以世系考之，先生殆其遠祖，曾謀授梓，乃浮湛諸生間，徒有志而未逮。今戴君昆季能於四百年後網羅訂正，頓還舊觀，克紹世芬，有足多者。肇姬聞之，當必以先睹爲快。世有賢子孫聞戴氏之風者，人人欲表彰其先世遺集。余固不惜出所儲藏以供是正，且藉以慰區區愛古之志焉，豈不大快！嗟乎！世蓋有擁厚貲以自肥，而棄先澤以覆瓿者，其視戴君，賢否爲何如也？乾隆壬辰七夕，歙西長塘鮑廷博書於知不足齋。

——乾隆本《重刻九靈山房集》

重刻九靈山房集序

胡鳳丹

是集爲吾郡戴叔能先生撰。先生生值元季，時真人起濠泗間，天下英俊魁奇之士雲從響應，思自奮於功名者殆難更僕數。獨先生抗首陽之高節，義不餐周粟，而又鄙張士誠之不足與謀也，遂乃竄伏海嶠，彷徨山澤，隱姓名以自晦。洪武十五年徵入京，欲官之，以老疾辭。嗚呼！以明祖之威，而有所不能屈，可不謂忠義之士歟！

余雅慕先生之爲人，適從《乾坤正氣集》中鈔出《九靈山房集》十九卷，乃精校授梓以廣厥傳。謹按，本朝《四庫書目》載先生《集》三十卷、《補編》二卷，又《遺稿》五卷。兹刻卷數與《書目》不符，而《遺稿》五卷搜訪弗獲，俟海内藏書家出以見惠，當續録焉。

先生文得力於柳貫、黄溍、吴萊者爲多，具有古法，尤長於詩。當其感《黍離》《麥秀》而行歌，吊剩水殘山而得句，蒼蒼涼涼，聲情激越，每多變徵之音，非素懷忠義，發於至性至情之所不容遏者，而能臻此詣乎？後之讀是集者，可以勃然興矣。同治九年二月同郡後學胡鳳丹月樵甫謹序。

——同治本《九靈山房集》三十卷《補編》二卷（此序亦録同治胡氏十九卷本）

九靈山房遺稿序

胡鳳丹

浦陽戴叔能先生所著《九靈山房集》，余於庚午春已重録之，而《四庫存目》稱先生有《遺稿》五卷，余以未獲其書爲憾。壬申冬，幸購是編，如得異寶，即以授梓。首序者揭少監（紘）〔汯〕、王待制禕。蓋康熙季年其邑人張竹城明經所蒐輯，秀水曾安世司鐸浦江時所校正者。其編次失序，曾廣文已詳言之。兹仍其舊，計文五十八篇詩二百六十八首。雖殘膏賸馥，正集之所不載，然以先生之介節，後人得其隻字，且宜寶貴以永厥傳，況其裒然成集如是之繁富者乎？

雖然，先生固不藉區區文字爲不朽之業。余獨於先生遺文必搜羅而盡刻之者，竊念先生之襟期偉抱，固爲名教綱常所維繫，又不徒以瓣香先輩桑梓敬恭之誼而已也。先生出處本末已具正集序中，故不贅。同治十二年癸酉夏四月永康後學胡鳳丹謹序。

——同治本《九靈山房遺稿·詩》四卷《文》一卷《補編》一卷

校九靈山房遺稿題詞

曾安世

元孤臣戴叔能先生《九靈山房遺稿》詩二百六十六篇文五十八篇，明經張竹城以培所搜輯，而乃翁明經愚谷哲序之以傳者也。先生生梅節愍、方韶父之鄉，少從里中大儒柳文肅、吴貞文學，長從賢大夫余忠宣遊，以得卓然自成其爲一家言。今其遺文雖不盡流布，而殘篇賸什耿耿不可磨滅者，照耀簡編而膾炙人口，又得愚谷父子搜羅表章之，不可謂不幸矣。

唯是元綱解紐，豪傑并起，無論一時依附獵取富貴之人，即二三鴻儒負重望，或有官位於元者，亦且不有其躬，踴躍以赴功名，固先生夙昔金蘭契也。而先生獨以一儒學提舉，肩名教而心元室，航海從王，間關避地，瀕九死不悔，以卒自裁。夫寧不知立功名者之富貴寵榮乎？抑豈悼顯榮之不終，懼危機之易觸，而甘心行遯乎？要其不必有文山、疊山之任，而常矢乎文山、疊山之心者。其所沐浴乎宋遺民之澤者深，而觀感乎忠宣殺身成仁之烈者至也夫！乃歷乎二十餘年艱虞窮悴流離奔竄之苦，而終不易其初志歟！

所可疑者，明太祖能嘉王保保之爲漢子，而卒不能容先生之潔身。豈當天下大定，猶慮先生才有可爲，而不以容鐵厓者容先生耶？抑本無死先生之心，特不欲令有一人梗悉臣之化，爰以官之者强之，而先生自奮其不爲威屈不爲利回之節，干城名教而靖獻以紹師承耶？

安以仰爾時名義之重風俗之良，而讀書談道之功亦備著矣，惜乎當年無能傳之者，徒令人咨嗟憑吊於數十百年之後，若明若滅若隱若見於楮墨間。此安尚論浦陽先賢，而於先生尤敬之慕之，低回歎悼而不能已，論其世務以傳其心也。

余頗與愚谷、竹城談，而得見此編，乃在其既殁後。竹城盲逾十年，不知果其原編否？抑或所俱錯也。姑辨正其訛失，而舉所散見於他書者補刻附於編，餘則俟諸將來焉。康熙後壬寅冬大雪日秀水後學曾安世題於浦江學舍之敬一亭。

吾所致疑於非竹城原編者，詩文序次非編年則從類，乃殊不解乎其雜亂而無章也。題曰《浦陽五賢贊并序》矣，何以存序而删贊，反留他人之書後也？《浦江修學記》何以去《泮水》之詩以下五十七字也？任繕者刊者之誤，置《容齋説》二行於《題樓彦英詩卷後》？錯易《詠雪》章「林寒催雀聚，簷白誤鷄鳴」於「浪走兒應喜，狂號犬自驚」之上？漫不一檢，而令讀者目瞀舌撟而不能下矣。愚谷、竹城好學，讀書不應有此，而況乎錯謬踵出，標古爲律之紛紛也。豈刊成而愚谷父子未一寓目耶？他若《吴先生哀頌詞》之見《淵穎集》，《浦陽人物記後序》之見《縣志》，《良辰豈長遇》篇之選於《元詩永》，《唐虞去我遠》篇之載《麟溪》丁卷，亦不當舍而不收矣。是日繒關載書。

——同治本《九靈山房遺稿·詩》四卷《文》一卷《補編》一卷

歷朝詩集小引

錢謙益

九靈山人戴良，字叔能，浦江人。少學文於柳待制貫、黄侍講溍，學詩於余忠宣公闕，皆得其師承。至正辛丑以薦授淮南江北等處行中書省儒學提舉，而浙東已入職方矣。乃避地吴中，久之，張氏將亡，挈家泛東海，渡黑水，憩登萊，求間行歸擴廓軍，不得達，僑寓昌樂數載，訪求齊魯豪傑，奮欲有爲，而卒無所遇。洪武六年，天下(太)〔大〕定，始南遷，變姓名隱四明山海間。太祖遣使物色求之，十五年召至京師，試文詞若干篇，留會同館，命大官給膳，欲官之。以老病固辭，忤旨待罪，次年四月卒於寓所，蓋自裁也。世居浦之九靈山下，有《九靈山(人)〔房〕集》三十卷。

良自元亡後，不忍忘故君舊國，酒酣賦詩，擊節歌詠，聞者壯而悲之。其《自贊》曰：「處榮辱而不二，齊出處於一致。歌《黍離》《麥秀》之詩，詠剩水殘山之句，則於二子庶幾無愧。」蘇伯衡贊其畫像曰：「其跋涉道途也，類子房之報韓；其彷徨山澤也，猶正則之自放。」於乎！三百年而下，猶可以想見其人也。

——同治本《九靈山房遺稿・詩》四卷《文》一卷《補編》一卷

乾坤正氣集序

潘錫恩

兩間一積氣也，氣有正，不能無邪，聖人扶正抑邪，乾以之清，坤以之寧，故配天地爲三才。

太平之世，正氣常伸，邪氣常伏，君子猶懼邪氣之潛進也，時有履霜之憂。矧世方有事，陰陽相争，邪氣競進，正氣所存幾於不振矣。苟無人焉出全力扶持而振起之，乾坤不其毁歟！正氣者，公而無私，計一國不計一家，爲天下不爲一身，人至舍其身家以爲國而及天下，氣之正，孰大乎是？此《乾坤正氣集》輯之不可緩也。

是集也，其人皆忠孝節義，身際艱難，不貪富貴，殺身成仁。見其事，咨嗟而涕泗；聞其風，感奮而興起。世之娼嫉奸佞諂諛苟且陰狠詐僞者流對之泚然内愧，可潛消其邪慝之心。邪心消，則其氣沮；邪氣沮，則正氣自伸，而綱常名節可扶，乾坤正矣。人雖至不肖，未有肯自承爲小人者，惟富貴之念勝，則娼嫉之念生。自彼觀之，若誠有見於正人君子之可惡者，以正人君子不便於己也。既以爲可惡，則凡有可以短之陷之并不利於正人君子者無不爲之。故君子目小人爲邪，小人亦目君子爲邪。惟私欲陷溺其心有以蔽之也。《乾坤正氣集》成，則立照膽之鏡，使自窺之，毋庸與辯，而良心自發，其功於萬世甚大，故梓是集，尤不可緩也。

道光十八年，瑩過吴門時，既刻《史忠正集》，又屬顧君湘洲刻《左忠毅集》。見其家藏前代忠義諸公遺集甚多，屬爲目録，考其卷次，編爲《乾坤正氣集》，約至臺後籌資梓行。乃軍事疊興，此事不果，甚以爲恨。

右余同年生桐城姚石甫觀察述其輯《乾坤正氣集》之意如此。時道光二十三年，石甫緣事入都，道經袁浦，談次諄諄以梓是集爲屬。余慨然任之，及閲其目録，僅六十三家，且有四庫著録之書未經列入者。爰從文宗閣所藏補鈔，并屬顧湘洲廣爲搜訪。節次付梓，起自癸卯，迄於戊申，凡六年始竣事。共得集一百一家，每集各冠以小傳，爲卷五百七十有四。剞劂既畢，即以石甫編輯是書之意旨弁諸簡首云。道光二十八年八月涇縣潘錫恩芸閣氏書於袁江節署之求是齋。

——《乾坤正氣集》（斯集凡載録一百零一家，《九靈山房集》與焉）

吴遊稿序

謝　肅

始余遊於中吴也，與雲林方先生爲文字而相善，及兵變而相失。相失以來，河山阻修而音問不相通。或傳其仙去，或疑其滅影海山。存乎否乎？未可知也，而日懸懸於予懷。蓋予自姑蘇抵南京，絶江渡淮，奔走乎河北山東，以南歸於越，未嘗不訪求先生於深山密林，乃得復會於舜江之野，則於時已十年矣。夫爲别十年中間，世故可勝言哉？而言之亦惟相顧太息流涕耳。流涕之餘，授予文一編曰：「吾所著述，殆不止此，皆即所遊之地而名焉。惟是《吴遊稿》，遊吴時所作，子寔見而知之者，宜爲我序之。」

予不敢辭，則復於先生曰：先生固嘗遊於吴矣。夫吴，東南之一都會也。山有靈巖林屋之勝，水有三江五湖之險，而遺臺故苑舊家甲第仙佛之宫參錯乎城郭之内外，民俗富而財賦强，故達官貴人豪雋之士與夫羈客静者無不喜遊焉。其遊何如？不過即其山川風物之美，觴詠娱嬉以各適其所樂而已，烏有如先生之遊哉？先生以爲吴乃讓王之國；而子遊北學孔子，與聞堯舜文武周公之道，得聖人一體，爲文學稱首，流風餘韻未泯也。斯其所以遊焉者，正欲以聖賢之道資進修之益耳，豈徒藉乎山川風物以爲觴詠娱嬉之適而止邪？則先生之遊異乎人之遊也已。

惟其異乎人之遊，所以發而爲文，亦有以異乎人也。雖然，文豈易言哉？堯舜文武周公之文，禮樂政治皆是也。蓋其道之充乎中而發於外者無非文，如天之有氣，則有日月星辰之光耀；如地之有形，則有山川草木之行列。文實道之顯，不可歧而二之也。則子遊之所以爲學也，諸子各以所見著書，則不獨文與道二，而道之裂也，已無有純全者。惟董仲舒氏曰「正其誼不謀其利，明其道不計其功」，揆其行事，不戾斯言，可不謂其文與道一者乎？而韓愈氏曰「所志於古，不惟其辭之好，好其道焉耳」，是亦知夫道之與文不可二矣。然以實而考之，則其文固未能一出於道，况其下者乎？文而一出於道，惟周程張朱數君子耳。且以《太極圖説》《通書》觀之，其簡妙精粹，幾并聖經，以其得孔孟不傳之學，故能若是，豈嘗拘拘學爲文哉？

予聞先生學文於待制柳公、文獻黄公、忠宣余公，此三公學群聖賢之道者也，所以授乎先生，未必不合道與文爲一，而子遊所以爲學者，亦在其中矣，奚必待遊吴而後有所作也哉？第以斯文之作，咸在於吴，故題曰《吴遊稿》耳。是稿也，記若干，序若干，志若干，銘贊若干，五言若干，歌行若干，律詩若干，合若干篇。

嗚呼！載道之文，當傳之天下，豈獨吴哉？豈獨吴哉？遂書以爲序。

——《密庵集》卷七

和陶詩集序

謝　肅

古之君子，苟秉忠義之心，雖或不白於當時，而必顯暴於天下後世者，是固公議之定，亦其著述有所於考也。若楚三閭大夫屈原、漢丞相諸葛亮、晉處士陶潛者，非其人乎？方楚之絀屈原也，秦數紿楚，原復切諫，而君弗悟，反信讒而遷之，原雖溘死而其心則見於《離騷》二十五焉。及漢之末有諸葛亮者，感激三顧，輔翼兩朝以再造王業，事雖不就，而其心則見於《出師》二表焉。若夫陶潛，乃晉室大人之後，恥事異代，超然高舉，安於義命，雖無益於國，而其心則見於《歸去來辭》與諸詩賦焉。之三君子所遇之時不同，忠義之心則一，而天下後世之所共知者也。奈之何或者作《反騷》以議〔湘〕累，書入寇以外武侯，托白璧微瑕以譏靖節，則其忠義之心不亦泯没於天下後世乎？

以今觀之，《離騷》足以見其愛君憂國，雖九死而不悔也。《出師表》足以見其仗義履正，不得興復舊都不止也。《歸去來辭》與諸詩賦，足以見其不慕世榮，惓惓乎其本朝也。是以紫陽夫子或校注其遺文，或發明其偉烈，或表見其幽光，於是三君子忠義之心，炳乎如白日之行青天矣，亦孰得而泯没之邪？

然余又以謂大夫丞相皆嘗列位於朝，其行事故易考而知也。若處士則徒以一縣令，在官不久，尋復歸田，其迹甚隱，宜與屈、葛若不相似然。然而《讀史》九章，其首述夷齊，非孔明識義利大分之謂乎？其次述箕子，非靈均不忍宗國危亡之謂乎？其曰精衛填海，非孔明爲漢復讎鞠躬盡力之謂乎？其曰與三辰遊，非靈均悲時俗迫隘而輕舉遠遊之謂乎？至於所謂山陽歸國平王去京，不自知其涕之流者，其忠義之心，視屈、葛爲何如也！

有志之士讀其詩，未嘗不想見其人而神交於千載之上，若雲林方先生是已。先生生金華，學（于古）〔古于〕待制柳公、文獻黄公、忠宣余公，德行文學，咸有師授，蔚乎士林之望也。嘗一出仕，遭時多故，即浮大海，至乎中州，方與豪傑者交，而鼎已遷矣。遂南還四明，棲遲於荒閑寂寞之地，不知寒暑之幾易也。其流離顛頓，寒飢苦困，憂悲感憤，不獲其意者，莫不發之於詩。詩之體裁音節渾然天出者，又絶似淵明，非徒踵其韻焉而已，因名之曰《和陶集》。

以予相交之善而深知其音也，俾論次以爲之序。予得而誦之，則其豪放之氣，猛烈之志，寓於高雅閑澹之辭，足以使人嗟歎詠歌之者，不但與靖節異世同符，而《離騷》之怨慕，《出師表》之涕泣，亦莫不具在其間也。則是編之傳，豈特著述之足貴？而忠義之心，無愧於古君子者，必將有考於斯焉。其可尚也已。

雖然，自淵明之後，人知重其詩者不爲甚少，韋蘇州學之於憔悴之餘，柳柳州效之於流竄之後。仿之而氣弱者，非王右丞乎？擬之而格卑者，非白太傅乎？而蘇長公又創始和之，自謂無愧於靖節矣，然以英邁雄傑之才率意爲之，故無自然之趣焉。有自然之趣而無柳白（黄）〔王〕蘇之失者，其爲先生是集乎？當與陶詩并傳於後無疑矣。予非私於先生也，凡覽先生之詩而能求之於辭意之表者，其必以余爲知言哉！其必以余爲知言哉！

先生名某字某，號雲林，又號九靈山人云。

——李軍、施賢明校點《戴良集》引自《密庵稿·文稿》辛卷

九靈山房別集序

葉晉

文之窮情極變，引物連類，所指近而所寓遠，足以感人動物，詠其所志者莫如詩。九靈先生久負詩名於海內，有《全集》三十卷行世。予素與先生友善，又得其《別集》十卷，沖融寬暇，有和平之想，愈見其益老益工，入玄入妙。行後而傳遠，有何疑哉？幸附姓名，敢忘序説？友弟葉晉孔昭漫序。

——《戴良集·附録》引自國圖藏清抄別集十卷本卷首

九靈山房集跋

戴統

右《九靈山房集》凡三十卷，吾曾叔祖提學公之所作，叔祖司訓公、吾先人純素處士之所編校者也，其遺稿藏於家久矣。

昔先人於宣德中俾統洎二弟綎、緈，師事暨陽姻友公壽倪先生而受業焉。先人與先生平居交誼甚篤，因懼遺稿馴致散失，乃出而示之，相與議及鋟梓傳世。未幾，吾長兄統、次兄紡不幸遽卒於前，先人由是願莫之遂，竟齎志以歿。不肖孤統等追憶遺訓在耳，耿耿不忘。

比於去載冬，獲會諸親舊謀勒先人墓誌銘昭示貞石，而先生復申前議，將成厥美。統等幸賴遺德餘慶，勉世其業，用敢謹於正統甲子仲春倩摹工鋟梓。今工既訖，嗚呼！庶幾始克少償先人夙志，抑亦上纘前人之懿緒，下詒後胤之徽謨云。集外有《和陶集》一卷，刊版翰林行世。惟《春秋經傳考》三十二卷，其同門友宋太史景濂公詳爲之序，惜未暇刊耳。正統十年歲次乙丑夏六月望前一日從曾孫統拜手謹識。

——正統本《九靈山房集》(原文闕題，據文意補)

刻戴九靈詩集識後

浦江傅旭元

按《國史經籍志》載戴良《九靈山房集》三十卷，又有《東山遺稿》一卷；《志略》云「板刻不存」。稽之《志考》，嘗稱原本其子戴禮類編，《山居稿》凡七卷，《吴遊稿》凡七卷，《鄞遊稿》凡九卷，《越遊稿》凡七卷，是與三十卷之數適符也。正統十年，其從曾孫統刻之。舊序至正二十五年秘書少監揭汯著，又王禕、桂彦良、宋濂皆有序。統又識曰「集外有《和陶集》一卷，刊板存翰林院。惟《春秋經傳考》三十二卷，同門友宋濂詳爲序之，惜未暇刻」云云。

元今遍訪原本，不可得而購也。偶於田間子得《九靈集》兩帖，乃《山居稿》詩文凡七卷，惜字多殘闕。張友以培見之喜甚，輒繕而藏笈焉。後館瀫水，得錢牧齋《歷朝詩選》，所稱《山居》《吴遊》《鄞遊》《越遊》及《和陶集》登選甚夥，惟《東山遺稿》無與耳。悉録之，并前藏笈者，凡二百六十餘首；并録牧齋詩引與桂彦良序，釐爲四卷。較之三十餘卷，殆所謂存什一於千百者，非耶？

張友與元向有《浦江詩録》之舉。元今募刻《宋文憲全集》，補刻《柳待制集》，校刻《吴淵穎集》，俱已告竣。遂謀於張友，而以所録戴詩先付諸梓。至録文六十餘首，貲斧維艱，稍有待焉。

若夫九靈之學詩於余忠宣公，學文於黄、柳二公，其淵源深邃，揭、王兩序，詳哉其言之矣，毋容贅也。獨是戴統所稱宋濂有《九靈山房集序》《春秋經傳序》，考之宋集中，未之見也。噫！詩文散逸，可勝歎哉！康熙五十年歲次辛卯春上巳日壬辰後學傅旭元謹識於仙華書院之文昌閣。

——康熙五十年仙華書院本《九靈山房遺稿》四卷《補編》一卷

九靈山房遺稿識

查慎行

右《九靈山房全集》，《山居稿》七卷，《吴遊稿》七卷，《鄞遊稿》九卷，《越遊稿》七卷，與錢虞山所云三十卷之數正合。楊東里《序》謂《九靈山(人)〔房〕文集》四卷，蓋未嘗見全書也。此本購自南昌志局，其爲足本無疑。惟《吴》《鄞》二編失目録，當爲輯補云。康熙庚子八月海寧查慎行手識，時年七十又一。

癸卯四月，曾繒關以新刊本見遺，與此本相較，僅得十之二三。他日當抄寄，俾補刻成全書。慎行又識。

——康熙五十年仙華書院本《九靈山房遺稿》四卷《補編》一卷（原文闕題，據文意補）

九靈山房遺稿跋

曾安世

始安作《九靈先生遺集編目》云："「第補所及見，以俟孤光耿耿有血性能文章者，當共圖之。」雍正改元癸卯四月送試武林，攜正查田先生。先生出示江右所抄足本三十卷，展捧忭躍，期謀梓於其裔孫之爲諸生者，將借録焉，先生許之。還語其人而弗應也。

甲辰四月，再以送試請自假抄，先生鄭重見授。莊録校對，始知向所刻文，皆《山居稿》，猶有遺缺者并詩三章，亟爲雕入。歎孤光之耿耿，幸昔賢從孫伯初父子一編刻於正統甲子。遥遥三百年，留此不絶如綫之緒於江右，以傳於兹，以足《山居》一稿。正不知《吴》《鄞》《越遊》諸編，何時得再與天下共見也。就力所任，并潛溪題詞、從曾孫統跋、查田跋、竹垞擬傳載於編。是歲七夕月泉吟者秀水曾安世書。

——康熙五十年仙華書院本《九靈山房遺稿》四卷《補編》一卷（原文闕題，據文意補）

重刻九靈山房集跋

戴殿江

殿江十四世從叔祖九靈先生詩文集三十卷，編於男禮叔儀暨從孫我十二世祖諱侗字伯初，刻於從曾孫我十一世祖諱統字彦瞻。惜未幾板燼於火。康熙間重刻，僅十之三四，邑司訓秀水曾繒關先生稍爲勘補。司訓嘗得别本，未謀梓；今求其書，蓋無復存者。

歲庚寅江弟殿海、殿泗遊武林，得鈔本於鮑君以文家。鮑君性嗜古，手爲參校，又爲借得汪氏鈔本及姚江黄梨洲先生手鈔選本。先是，嘉興曹君仲楳與余季善，至是竟得原刻本。郵致山中，再拜繙閲，恍見先人手澤奕世尚存。乃慎相校讎，疑者仍之，復是正於杭堇浦太史，再三反復，始克就梓。

原編自《山居》迄《越遊》，詩文類次，時地皆可尋。按目録與題文少異者，編成於先生没後，今不敢易也。題序紀傳遵其舊而益其所無。復約舉事迹，證諸史集暨《家乘》，訂《年譜》一册。其有遺篇及互異者，别爲《補編》，以俟續采。庀工於辛卯之春，從叔聖鰲龍田、聖倫樂清共襄其事，閲一年工竣。

先生節義文章，前人贊述詳矣。遺書若《春秋經傳考》《和陶集》，今不知尚存與否。要以心精所在，必有靈物呵護其間，故此編燬而復全，水火煙埃不能湮没。吾子姓讀是書者，庶幾仰先德之流傳，謹遺編於勿墜，且無忘鮑氏、曹氏之勤焉，其可也。乾隆壬辰夏月十四世從孫殿江謹識。

——乾隆本《重刻九靈山房集》

书宋戴二君詩卷後

王　褘

《古詩二十首》，前十首戴君叔能以寄宋君景濂，後十首則景濂以答叔能者也。嗟乎！詩道之廢久矣，十年以來，學士大夫往往詘於世故之艱難，溺於俗尚之鄙陋，其見諸詩，大抵感傷之言委靡而氣索，放肆之言荒疏而志乖，爾雅之音遂無復作矣。二君素以古道相尚，是詩之倡酬，蓋仿於蘇李，譬猶律吕之相宣，規矩之互用。然其爲言，或務簡善，而其思遠以切；或尚宏衍，而其情婉以周。鮑謝之微旨，殆各有之。至其托物連類，撫事興懷，則又俱有陳子昂、朱元晦興感之遺音焉。嗟乎！詩道之廢久矣，吾讀二君之作，於是有慨夫古詩之緒未終絶也。孔子曰「詩可以觀」，讀乎其詩，則其所可觀者，可得而見矣。

附郎仁寶《七修類稿》宋戴遺詩條：

予嘗見太史宋公濂詩四册，公親書者也。大字如指頂，小字如芝麻，或行或楷，真有龍蟠鳳舞之象。高可五寸，亦奇物也。惜爲杭守張公取去。今學士集中之詩不滿二百，則知遺落多矣。

予家又藏公與戴九靈寄答古詩各十首。考之九靈集中，止得其六，而公詩集皆無之。且書乃當時吴德基，而題跋則王華川、揭少監、胡仲（伸）〔申〕輩，而又裝潢成軸，襲以文錦，安知不又爲他人之取乎？苟或敗壞，千古埋没，今特録置於稿，則又傳遞一番，彰者衆矣，亦慊收藏者之情。

——《建溪集後編》卷二（此文亦載《王忠文公集》卷十七，曰《跋宋戴二君詩》）

戴九靈和陶詩

楊士奇

九靈姓戴，名良，字叔能，號九靈山人，金華人。少與宋景（廉）〔濂〕、胡仲申同學，文亦齊名。九靈洪武初屢徵不出，變姓名隱四明山中。二十餘年後，坐累卒於京。此集余得之丁鶴年。九靈别有文集四册，余嘗於趙彦如家見之。醇粹博雅，有六一風致，亦一時巨擘也。

——《東里文集》卷十《題跋》

九靈山房别集跋

金侃

《九靈山人别集》十卷，乃琴川汲古閣中物。余庚子冬從斧季先生遊，因出以示，予亟命傭書者録之。然集中正多帝虎魯魚之誤，又無從得善本校正，姑置之以俟來者。辛丑春日侃識。

——《戴良集·附録》輯自國圖藏清抄别集十卷本卷首

曹倦圃藏本手跋

曹溶

《九靈山房集》三十卷。（明洪武刊正統修本，曹倦圃舊藏。）

我里蔣之翹，字楚穉，隱廛市間，有藏書之癖。虞山錢牧齋宗伯編《國朝詩集》，嘗就其家借書，此卷首甲乙題字，宗伯迹也。曾不三四十年，士大夫家遂有不蓄一卷書者，可慨也夫！壬戌上元前二日，鋤菜翁記。

——《戴良集·附録》輯自陸心源《皕宋樓藏書志》卷一百八，中華書局《清人書目題跋叢刊》一

國圖藏明正統刻本跋文

黄丕烈

余向年買舟泛琴川，訪同年張君子和於東言子巷，煮春芹暖酒歡聚。猶記酒後狂態，思豪奪其家藏書以歸，明初黑口板《戴九靈集》其一也。後余獲一紅格舊抄本，缺失太半，因往借前所欲奪者，手爲校補，遇缺失悉一一影寫足之。此吾兩人互相通假古書之一樂也。今忽忽廿來年，子和作古，余亦不常至琴川，徒愴然於懷而已。

歲辛巳，子和孫伯元以此本屬題，來札云：「《戴九靈集》，先祖在時已邀洞鑑。兹再求題數

語於前，以作一重翰墨因緣。」余嘉子和之有孫，而又不忘舊好，重續前盟。而後乃今異地同心之友，得一知己可以不恨，余於伯元有厚望焉。蕘翁。

——《戴良集·附録》輯自國圖藏明正統刻本卷末

國圖藏明正統刻本跋文

孫原湘

《戴叔能集》三十卷，刻於正統九年，此外别無刊本，故流傳絶少。往於元詩選本中讀其詩，神姿竦秀，一洗浮靡之習，不知其文也。今得全集讀之，其文陳義高卓，亦閎肆亦謹嚴，雖未可方駕虞、揭，要當與趙東山、陳夷白馳騁一時。蓋其少學文於黄文獻、柳待制，學詩於余忠宣公，能得其師承。其實文章根柢深厚，尤勝於詩，徒以傳本特稀，得讀者鮮，故世但知其詩耳。觀其《自贊》云：「處榮辱而不二，齊出處於一致。歌《黍離》《麥秀》之詩，詠剩水殘山之句。則於二子，庶幾無愧。」貞心高節如此，其宜詩文之高出一時也。

此本爲張子和所藏，子和孫伯元屬爲跋後，留案頭匝月，幾不忍釋。暇日終當手自抄録，以便隨時展誦。惜無好事者别爲刊槧，以廣其傳。因歎著作之得傳於後，良非易易。如此集得傳矣，而傳之者少，世猶但知其詩。彼負高才絶學而并無一藝之名者，可勝慨哉！辛巳四月，孫原湘記。

——《戴良集·附録》輯自國圖藏明正統刻本卷末

正統本九靈山房集跋

張蓉鏡

正統本《九靈山房集》三十卷，元戴叔能先生所著。向爲汲古舊藏，上有毛子晉印。先祖觀察公得之同里蔣氏。卷首有西君印，文肅公號也。紙墨字畫俱極古雅，爲明初最精刻本。元别集鈔帙居多，元槧及明初本傳世絶可寶貴。其文簡貴精實，洵爲有元巨手。詩則揭序所稱「清逸類靈運，明遠，沉蔚類嗣宗、太沖」，洵知言也。趙君《墓誌》謂其天文地理醫卜佛老之書靡不精究，今觀其《治平類要》標目十篇，經世之略已見大概，不獨貞亮之節爲一代高士也。而於《春秋》，尤獨具隻眼，《纂玄》一序，可知於是經苦志辨别，尤非一朝夕之故矣。惜其著作傳世惟此，其餘悉皆散佚，深爲慨歎。讀《哭陳夷白》詩二章，激昂慷慨，可見交友之厚，宜其詩文之馳騁一時也。

是册本前明葛毅調所藏，後歸汲古者。黄蕘圃先生屢懷圖璧，終不忍割愛。書此見先祖嗜好之篤，後之人寶愛宜何如也！道光癸未二月，芙川張蓉鏡跋於都門寓舍。攜歸重爲潢（池）〔治〕，漫書卷尾，時甲申六月望日也。

——《戴良集·附録》輯自國圖藏明正統刻本卷末

明刊本藏書題跋

瞿鏞

《九靈山房集》三十卷（明刊本），元戴良撰，男戴禮叔儀類編，從孫侗伯初同編。前有至正二十五年秘書少監揭汯序，洪武十二年金華宋濂題辭，烏傷王禕、四明桂彦良序，皆手書録木者。後有正統十年從曾孫統跋，是本即其所刻。未幾，板燼於火，流傳絶少。乾隆中，十四世從孫殿海等擬重刻之。先得鮑氏、汪氏鈔本，依以開雕；續得嘉興曹氏所藏刻本校勘之，始臻無憾。然獲見已遲，故未遵其行款也。

案宋文憲所題，詳其文義，是書揭序後者，舊本首行明寫「題九靈山房集」，新刻概編入原序中，似非是。《祭方壽父文》，「壽」乃「韶」之訛，仙華方公無「壽父」之字也。新本頗有訂正處，而此字猶沿其訛。舊爲藝芸書舍藏本，卷首有「汪士鍾藏」朱記。

——《戴良集·附録》輯自《鐵琴銅劍樓藏書目録》卷二十二

編者謹按：「壽」字無誤，方壽父者，名樗，壽父其字也，仙華方公鳳字韶卿者長子，詳見卷七《祭方壽父文》題解。

附録二

詩文補遺

補遺一

乾隆重刻九靈山房集補編

寄宋景濂六首

結廬在窮巷，藝藿仍種葵。謂將究安宅，何意逢亂離？三年去復還，鄰室無一遺。我屋雖僅存，藿悴葵亦衰。海田既遭變，井邑還日非。扶杖一行遊，歷覽多所悲。本不居市廛，悔之將何追？（《山居稿·詠懷》之一）

庭前兩奇樹，常有好容色。年年遇雪霜，誰謂寒當易？道喪涉千載，親友誼日薄。既貴乃忘賤，歲晏誰堪托？厭此里中居，行行至吳國。不見新相知，唯聞古時迹。古有延陵子，施恩死逾博。一朝協心許，寶劍非所惜。此事難再逢，吾行復何適？（《山居稿·詠懷》之二）

辭家獨行邁，捐軀遠從戎。已謂勳可建，如何志無終？主將東南征，桓桓震群雄。苟秉先登羽，即定一舉功。自非陳力徒，亦可備折衝。制勝兩楹内，設奇樽俎中。獸尚憚爲犧，人豈昧藏弓？況復已多賢，何能奮薄躬？

東州有一士，與世亦殊倫。借問何所殊？守賤與安貧。好爵吾不貴，至寶吾不珍。聘幣照閭里，視之若浮雲。灌木荒繞舍，薜荔深擁門。豈忘其靡麗？苟得非所欣。舉世少知者，我獨慕其人。時時往見之，聊用縈心神。願言攜壺約，長與爾爲鄰。

窮居寡人力，繞屋荒草莽。紛紛集鳥雀，寂寂絶輪鞅。病夫亦何爲？呼兒具藤杖。時復林野中，披榛獨來往。田父荷鋤至，相與飲真賞。寧知雨露深？但説桑麻長。人生適意爾，何事蹈時網？

少小秉微尚，遊心在六經。冉冉年華遲，乃與塵事冥。入秋多佳日，何以陶我情？園蔬青可摘，新穀亦既升。命室釀美酒，一壺聊復傾。兒女戲我側，親戚還合并。此事已云樂，吾生豈無成？俯仰百年内，忽如流電熒。（《山居稿·詠懷》之三）

——見《宋文憲集》（《山居稿》載《詠懷三首》，與此小異）

義門詩

唐虞去我遠，偉此薄俗敦。坐徵宋子語，起拜鄭公門。鄭公多孝義，宋子所嘗言。我請啄其精，爲爾一一論。

爾先家睦州，中徙此山樊。有類植園木，根多枝乃蕃。曰惟九世祖，秉志何軒軒！高探百聖窟，深斸六籍根。修身以及家，秩秩嚴卑尊。遂令雲仍裔，承顔盡春温。

方其歷四葉，尤篤手足恩。世運屬多虞，群兒仍搆患。當時急難意，鶺鴒而在原。又如融褒輩，争赴張儉冤。而兄竟沈命，慷慨死不難。弟也實歸窆，三載廬丘墦。悲動烏烏集，灑血蒼崖丹。人亦孰不死，愧此季與昆。

精誠既上格，遺澤能我慳。門牆茂棠棣，階庭盛芝蘭。豈無兄與弟？我其弄篪壎。豈無曾與元，我其同爨燔。宿集謂已殷，内外無或喧。同心與安貞，大字標堂顔。訓辭誠縷縷，規範何閑閑！宛將仁者矛，剜卻不義肝。問胡能致之，《詩》《書》惟屢翻。平生菽粟味，肯用飾輪轅？遂浚古禮淵，徹彼異教藩。先將謹喪祭，次可嚴冠婚。我後固已恤，奈此寡與鰥？贍饑及賙寒，米纊朝暮頒。居族暨掩骴，廬冢東西存。末俗凜生風，動爲人所歎。淮浙尚無有，鄉邦真獨觀。爾其敦爾行，持用廉彼頑。所以明聖朝，天澤常翕沄。請看烏頭表，光輝照門闌。詎曰一家私？藉爾回狂瀾。

我嘗觀我人，厥初皆一源。叔兮祖所子，侄也父所孫。只緣混異姓，彼詬來嚬嚬。婦姑且誶語，遑恤同氣殘。終然孝與弟，百行兹其元。豈不悦爾道？困彼舌齶反。惟兹鄭氏子，同具衣與冠。是心何獨殊？此理昭無昏。諒哉剛耿士，不受柔弱吞。羽翼一我備，居室亦我安。棲棲何爲者？感此淚河翻。便將書爾行，付以金石刊。金可爍而渝，石可碎非完。不若歌我詩，傳之閭巷間。庶令憸薄夫，聞此心爲酸。化一以爲十，百萬此其端。澆風或可淳，古俗亦可還。但恨才力薄，發聲俚且繁。宋子實知我，我辭爾其删。

——見《麟溪集》

永樂寺

舜江東下艤官船，幾聽潮聲任往還。老去未知重到日，夢中唯識舊遊山。秋風飛舄來天外，滄海遺珠出世間。爲問爾翁强健否？龍山高絶許誰攀？

——見《寧波府志》

吴先生哀頌辭序

先生婺浦江人，諱萊，字立夫，集賢大學士榮禄大夫吴公長子也。重紀至元六年夏四月九日以疾卒於家，得年四十有四。嘗一試於禮部不中。二子謣、謐。至正元年十有一月二十四日，葬先生於盉塢之原。葬後一年，命良爲辭以哀之。良雖不敏，然嘗受學於先生，誼不得辭，乃爲追述平生而爲其文曰云云。

——見康熙間刊本（按吴先生卒葬，此序爲核，故附載於此，辭同不重出）

書天機流動軒卷後

良盛年時識豳國余忠宣公於浦江官舍，公方持使者節行縣，欲執弟子禮，莫可也。後遊郡城，遂因論詩獲質所疑於公，公爲書此四篆以遺，蓋良所居軒扁也。攜歸山中，鄉友宋君景濂首爲贊一通，且貽書東陽陳君君采記之。而金華胡君仲（伸）〔申〕、烏傷王君子充、麟溪鄭君仲舒，皆先後爲文以寄。即嘗命工刻置軒壁矣。

亡何，天下大亂，在在兵起，乃一切委棄，避地海隅。及以垂暮之年歸視故居，軒雖苟完，而壁間舊刻無復存者。急探行橐，僅得公所書親迹及四君記文搨本而已，景濂之贊亦竟不可追蹤，卷中跋語則後所追爲者也。

於是公以淮南行省右丞死節安慶，君采以處士死於鄉。入國朝，景濂以翰林學士責死西土，子充以翰林待制斥死北地，仲（伸）〔申〕亦以儒學教授寄死野人家。同時流輩凋落殆盡，獨仲舒以前朝故官家食無恙，然亦頽然老矣。

由前至今，俯仰未三十載，而變幻不常如此。所恃以持久者，惟字畫與文章。又未知去此三十載，其字與文與所蓄之人，還能相守如今日否？學佛之人，指幻境爲空華，豈不信然歟？良既以四篆四記聯之爲卷，而復詳著其始末於後，暇日一取閲之，安得不爲之三歎乎！元默閹茂之歲夏五月既望九靈山人戴良書。

——見天順間《家乘》

鶴年先生詩集序

昔者成周之興肇自西北，西北之詩見之於《國風》者，僅自豳秦而止。豳秦之外，王化之所不及，民俗之所不通，固不得繫之列國矣。

我元受命，亦由西北而興，西北諸國，若回回、吐蕃、康里、畏吾兒、也里可温、唐兀之屬，往往率先臣順，奉職稱藩，其沐浴休光，沾被寵澤，與京國内臣無少異。積之既久，文軌日同，而子若孫遂皆舍弓馬而事詩書。至其以詩名世，則貫公雲石、馬公伯庸、薩公天錫、余公廷心其人也。論者以馬公之詩似商隱，貫公、薩公之詩似長吉，而余公之詩，則與陰鏗、何遜齊驅而并駕。他如高公彦敬、巙公子山、達公兼善、雅公正卿、聶公古柏、斡公克莊、魯公至道、二公廷珪輩，亦皆清新俊拔，成一家言。此數公者皆居西北之遠國，其去豳秦蓋不知其幾千萬里，而其爲詩乃有中國古作者之遺風，亦足以見我朝王化之大行，民俗之丕變，雖成周之盛莫及也。

鶴年亦西北人，其視數公差後起。家世以勳業著，而鶴年兄弟俱業儒，伯氏之登進士第者三人。鶴年乃泊然無意於仕，遭時兵亂，逃隱海上，邈不與世接。凡幽憂憤悶悲哀痛苦之情，一於詩焉發之。觀其古體歌行諸作，要皆清麗可喜。而注意之深，用工之至，尤在於五七言律。但一篇之作，一語之出，皆所以寓夫憂國愛君之心，閔亂思治之意，讀之使人感憤激烈，不知涕泗之橫流也。蓋其措辭命意，多出杜子美；而音節格調，則又兼得我朝諸閣老之所長。故其入人之深，感人之妙，有非他詩人之所可及。

嗚呼，若鶴年者，豈向數公之流亞與！然數公之在當時，皆達而在上者也，世之士子，孰不膾炙其言辭！鶴年遭夫氣運之適衰，方獨退處遐陬，而爲所謂窮者之詩以自慰，其能知夫注意之深用工之至者，幾何人哉！知與不知，在鶴年未足輕重。第以祖宗涵煦百年之久，致使遐方絶域之詩，俱得繫之天子之國，而鶴年之所以著明王化民俗之盛，以與數公并傳於斯世者，將遂泯無聞矣，不亦重可悲夫！故取其《吟稿》若干卷，序而傳之，以俟世之知鶴年者相與諷詠焉耳。鶴年之清節峻行已別有傳，兹不著。至正甲午秋九靈山人金華戴良序。

——見《丁鶴年集》（與《鄞遊》原稿小異）

夷白齋稿序

《夷白齋稿》合四百五十四篇，通奉大夫内史臨海陳先生所著。良既訪之先生，盡得其稿而編次之以爲三十五卷，而復序其篇目曰：

世道有升降，風氣有盛衰，而文運隨之。故自周衰，聖人之遺言既熄，諸子雜家并起而汩亂之。漢興，董生、司馬遷、揚雄、劉向之徒出，而斯文始近於古。迨其後也，曹、劉、沈、謝之刻鏤，王、楊、盧、駱之纖豔，又靡然於當時。至唐之世，而昌黎韓子以道德仁義之言起而麾之，然後斯文幾於漢。奈何元氣僅還，而剥喪戕賊，復浸淫於五代之陋。直至宋之劉、楊，猶務抽青媲白錯綺交繡以自衒。後七十餘年，廬陵歐陽氏又起而麾之，而天下文章復侔於漢唐之盛。未幾，歐志弗克遂伸，而學者又習於當時之所謂經義者，分裂牽綴，氣日以卑。而南渡之末，卒至經學、文藝判爲專門，士風頽弊於科舉之業，而宋遂亡矣。文運隨時而高下，概可見矣。

我朝輿地之廣，曠古所未有。學士大夫乘其雄渾之氣以爲文者，固未易以一二數。然自天曆以來，擅名於海内，惟蜀郡虞公、豫章揭公、金華柳公、黄公而已。方是時，祖宗以深仁厚澤涵養天下垂五六十年，而戴白之老童兒幼稚相與鼓舞於里巷之間，晏然無以異於漢唐宋之盛時，故一時作者率皆涵淳茹和以鳴太平之鴻休。其摛辭則擬諸漢唐，説理則本諸宋儒，而學問則優遊於周之未衰。學者咸宗尚之，并稱之曰虞、揭、柳、黄，而本朝之盛極矣！繼是而起，以文名家者，猶不下數人。如莆田陳公之俊邁，則有得於虞公；新安程公之古潔，則有得於揭公；而臨川危公之浩博，則又兼得夫四公之長者，郁郁彬彬，何可及哉！近年以來，獨危公立幟詞壇，自餘數公，常想見其丰采，習聞其謦欬，邈然其不可接者久矣。於是淪没殆盡，而得先生以紹其聲光。

先生，黄公之高第弟子。嘗負其所有，泝長江遊吴中久之。自吴逾淮泝黄河，而北達於燕趙，留輦轂之下久之。於時雖未有所遇，然自京師及四方之士，無問識與不識，見其文者，莫不稱美之不置。則其得之黄公者深矣。豈惟黄公，蓋自虞、揭而下數公，亦皆得而師友之。故其爲文，雍容紆徐，如冠冕佩玉周旋堂陛之上；馳騁操縱，又如風雲蛇鳥按行於陣伍之間；而音節曲折，則與前之數公如出一律也。

後由京師還吴中。居無何，我吴王聞其學問，即以樞府都事起於家。不幾年間，遂屢遷而長其省幕。其後調太尉府參軍，由參軍升内史，迹愈顯而文愈工。國家之制作及四方之求之者，皆隨手應之，蓋沛乎其無窮矣。

夫自周衰以來，至於今幾二千載。其閲世非不遠也，歷年非不久也，能言之士非不多也，斯文能自振拔以追於古者，惟漢唐宋及我朝此四世而已。而四世之中，士之卓卓可稱述者，又不過數人焉。何才之不數出而人之難得若是哉！於此有人焉，能以卓卓可稱者自期待，又幸遭逢於時，而得大肆其著作，世其可不爲之貴重之與！

余於先生之文讀之累月，曾不能有所去取於其間，雖片言半幅，咸取而録之者，所以明先生於一字之微，皆可爲斯世之貴重也。先生爲人温良慈惠，其從政寬易愛人，與人交於恩義最篤，雖待臧獲，初未嘗疾言厲色。平居蓋雍雍如也，若先生，非所謂有德有言者耶！夫誦其詩讀其書，不知其人可乎？故予序先生之文，而并及大要可紀者如此。先生名基，字敬初，夷白齋乃其自號也，故以題其稿云。至正二十有四年歲在甲辰夏五月朔旦書。

——見《夷白齋集》（與《吴遊》原稿小異）

補遺二

遺佚

插秧婦

青袱蒙頭作野粧，輕移蓮步水雲鄉。裙翻蛺蝶隨風舞，手學蜻蜓點水忙。緊束暖煙青滿地，細分春雨緑成行。村歌欲和聲難調，羞殺揚鞭馬上郎。

——《元詩紀事》卷二十六

江望

煙低白門柳，片水遥相望。與子一盟後，頓添千里長。虚負溪頭雨，彫殘霞外裳。昔贈蘭皋佩，今來污劍霜。去風欲寄語，夢冷江花光。

——《戴良集·補遺》引自國圖藏清抄别集十卷本卷二

賦得五柳圖爲七十老人

歸來五柳青當門，故園松菊欣然存。南山悠然座上起，白衣送酒香盈樽。清名世人入圖畫，一塵不染無纖芥。衡陽有客氣味同，白髮公名等稊稗。有子已能讀父書，雲霄飛動青霞裾。乞得仙人沆瀣漿，寧計門前柳色疏？華陽洞内陶弘景，前身似是還能省。松松謖謖雙瞳方，煉氣飡霞白日永。二陶前後衹一人，只今真可繼芳塵。試看七十容如玉，五柳方將擬大椿。

——《戴良集·補遺》引自國圖藏清抄别集十卷本卷四

題緑竹居

小結齋居題緑竹，秦淮鬧渡成空谷。楚楚風前立少年，蕭蕭檻外彈清筑。碧葉翻書舞篆文，粉枝滴暈滋牙軸。往還翠鳥流圓紗，素潔青童具野蔌。水依楊柳情自偏，雨得芭蕉韻相屬。笙簫畫艇颺雙鬟，屏几冰綃掛六幅。座多國士祛榻塵，草擁王孫滿階緑。照骨彄環酬短歌，刻詩簾押催官燭。浣花紅瓣濯霞裾，焚麝輕煙飛霧縠。墨彩披紛紫石潭，情豪寄托青州麴。上林色借何蕭蔘！花萼香吹轉芬馥。

——《戴良集·補遺》引自國圖藏清抄別集十卷本卷四

登太山二首

人寰一片平如鏡，天闕光明照大千。高下參差星萬點，山頭佛宇一燈燃。

與朋方上半山隈，田樹依稀且浪猜。忽自相看不識面，青雲一朵撲人來。

——《戴良集·補遺》引自國圖藏清抄別集十卷本卷六

送費之佐赴試

駕言上京國，周道矢斯直。千古慶明良，百年興豪傑。岐陽鳳一鳴，蓬萊雲五色。圭璧鎮天庭，楩楠起王室。風雲冉冉生，龍虎蒸蒸出。行矣勿遲遲，蒼生望無極。

——《浦陽石橋費氏宗譜》卷一

樓後山賦 并序

浦陽東去治所十里許，曰樓後山，勝景也。其脉自睦之桐江發源，至白巖百里，又南至雲掌巖麓，不數里即其地也。或傳漢唐時有好事者建樓掛鐘於絶頂，每一搏擊，四遠皆聞。自後樓毀鐘亡，至今山以樓名，仍其舊也。山之西，則平陽廣潤，左右環抱，忱若海神捧天龍於地軸，而最爲秀氣所锺。宋嘉祐間，有陳百三五府君者，自通化卜居於此，因稱後山陳氏。歷數世，富而好禮，家益昌大，仕宦迭出。我國初湖廣副使陳公德潤與吾世戚，因述始末，命余作賦以紀其事，故不辭而爲之賦曰：

天地發泄其精靈兮，藉山水以呈祥。聖人立極於斯民兮，胥形勝以攸藏。羡浦陽之毓秀兮，聳山岳以軒昂。左奔騰於後山兮，實發源於桐江。建鐘樓於絶頂兮，歷漢紀而隋唐。何世遠與年湮兮，毁樓閣以鐘亡？宋嘉祐之治世兮，有高人以徜徉。度山西之寬廣兮，更虎伏以龍降。因卜築以定居兮，享福壽以安康。禮賢士而誦詩書兮，致子姓之繁昌。積資糧而濟饑荒兮，沛德澤於無疆。善厥孫之繼述兮，薦才德於高皇。叨御筆之親擢兮，俾涖政於荆襄。

履盛滿而知戒兮，乃謝政以還鄉。拉親友以詩酒兮，縱遨遊於四方。效陶令之怡情兮，培松竹於幽莊。不知老之將至兮，流後世以書香。無負山川之靈兮，高名百世其遺芳。

——《浦陽沙城陳氏宗譜》

碎木魚銘 并序

齋中木魚銘，後爲一童子敲碎，今九靈山人復作碎木魚銘四條。銘曰：

刳爾心，擊爾身，何如叩之無鳴！

未酒心醉，未枕心寐，心不可擊唯爾罪。

困魚困魚，久困如此。箠楚萬千，有激而起。

明明是魚，呼之曰木。一朝敲碎，碎分五六。塊塊是木頭，塊塊是魚肉。

——《戴良集·補遺》引自國圖藏清抄別集十卷本卷八

石杯銘 并序

九靈山人遊於育王山之麓，得一白色石，方八寸。因隨其材琢以爲杯，亦成一器也，作斯銘。

不古不今，色與玉同。切之磋之，深而有容。高其外，虛其中，以爲飲器，可舒心胸。

——《戴良集·補遺》引自國圖藏清抄别集十卷本卷八

風雅翼序

《風雅翼》者，中山劉坦之先生之所輯録。既繕寫成書，其友謝君肅來告曰：「先儒朱文公嘗欲掇經史韻語及《文選》古辭附於《詩》《楚辭》之後以爲根本準則，又欲擇夫《文選》以後之近古者爲之羽翼輿衛焉，書未及成而即世。吾鄉劉先生蓋聞文公之風而興起者也，故取蕭昭明所選之詩，精擇而去取之，至其注釋，亦以傳《詩》注《楚辭》者爲成法，所謂《選詩補注》者是也。他若唐虞而降以至於晉，凡歌辭之散見於傳記諸子集者，則又别爲簡拔，題之曰《選詩補遺》。此外又有《選詩續編》，乃李唐趙宋諸作。二編亦皆有注，視《補注》差略。《補注》凡八卷，《補遺》二卷，《續編》五卷，合十五卷，以其可爲《風》《雅》之羽翼也，故通號曰《風雅翼》。願序而傳焉。」

嗟乎！文公之學盛矣，世之士子能以其才識之所至而知慕效焉者，其人豈易得哉？雖然詩亦難言也矣。昔者孔子删《詩》，以其出於國人者謂之《風》，出於朝廷公卿大夫者謂之《雅》，至於《頌》，則宗廟郊社之所用。其體不過此三者而已，而其義則有比興賦之分焉。然去聖既遠，學者徒抱焚餘殘脱之經，倀倀然千有餘年之後，則亦孰能無失於其間哉？文公以邁古超今之學，集諸儒之大成。《詩傳》一書亦既脱略衆説，一洗舊失而新之；又以爲《詩》亡之後，獨楚人之辭得夫變風變雅之體裁，復即其書嚴加檃括而訓注以傳。於是古音之見於今者焕然無遺憾矣。

先生師之宗之，《選詩補注》既視此二書爲無愧，而《補遺》《續編》亦皆有以成公素志之所欲，則其所見何可量哉！非其學問之精博，曷以有是哉！竊嘗論之，詩者，人心感物而動，形諸咨嗟詠歎者也。感於中者有邪正，則形於外者有善惡，善者法之而惡者戒之，皆所以爲教也。善之不足以爲法，惡之不足以爲戒，君子何取於斯焉？《詩》與《楚辭》既經聖賢之删述，固以垂教萬世矣。繼是而後，以辭章名世者無慮數十百家，亦有可取以爲教者乎，抑亦有未然乎？漢魏及晉，蓋皆去古未遠，流風餘韻猶有存者。唐宋遠矣，時則有若杜少陵、韓昌黎諸人，有若王文公及我文公，亦皆豪傑之士，不待文王而興者，取以爲教，詎曰不然？嗚呼！此文公所以有志於采擇，而先生因之取則也。

世之學者誠能從事於斯，探之《補注》以浚其源，廓之《補遺》以博其趣，參之《續編》以盡其變，而又養之以性情之正，體之以言行之和，將見温柔敦厚之教，得諸優遊淫泆之表，則所謂羽翼《風》《雅》於斯世者，蓋亦庶乎其有徵矣。然則先生是書，雖與文公諸書并傳可也。先生名履，其字坦之，宋侍御史忠公四〔世〕孫。忠公，私淑文公者也，固有所受哉！

——《光緒上虞縣志》卷四十七《文徵外編》

四修譜序

《費氏宗譜》，其來尚矣。著姓之原，闡於漢處士文清先生；世系圖傳，成於宋起居吴麓先生。迄今世久，鳳陽府判之佐爲之重修，奕奕乎江南文獻足徵焉。予閲之而感夫費氏列祖相繼以創修是譜，豈直使後人識其先世已哉？又豈直欲族衆相聯屬乎哉？蓋必有進於此而寓勸懲之微意者。昔成周之世，大司徒以孝友睦婣任恤教萬民，費氏列祖之所望於子孫者，端不出此。其爲子若孫者，尚當思其屬望之意。自奮作以求世德，期不辱其祖宗，使人指其族而頌之曰：「是某族也，能尊成周之化者也。」而祖宗功德不因是而益光哉！予與之佐契洽金蘭，斯譜之修，實輔相之，故不揣魯戇，忘其僭妄而代爲之言。時至正辛丑歲陽月望前一日，中順大夫淮南江北等處儒學提舉九靈山人戴良撰。

——《浦陽石橋費氏宗譜》卷一

跋耶律公遺劉侯詩後

予讀《崧高》《烝民》諸詩，然後知古之秉國鈞者，未嘗不假詩以爲世勸也。蓋尹吉甫之佐周也，以申伯之治謝、仲山甫之徂齊，爲作此二詩以送之。其所以褒美之者至矣。非直褒美之也，蓋將以爲世勸焉爾。故當是時，人皆以善自厲，卒致賢才輩出，用能不墜宣王之美，以保有中興之盛。迹其故，豈不由二詩有以勸其爲善之心哉？

然則耶律公之送劉侯也，庶幾有得於此乎！耶律公居中書時，有劉侯者方出治陽門，因其索詩，爲作一章章四句以遺之。且題其末曰：「予之褒美於侯者，所以賞其能治也。賞其能治也者，乃所以爲世勸也。」其後劉侯既以上將帥師，蹶金破汴，爲時名臣。而中統、至元之間，長材懋德亦層見而疊出。詩之所以爲世勸者，又何如哉！

一日，劉侯之曾孫之佐來貳吾邑，因出公是詩以相示，請志下方。予於是知公深得古人之遺意矣。蓋公之在中書也，當夫南北分裂之際，區宇未混一之時，戈甲之營調，芻餉之轉輸，顧方日不暇給，而公乃力排所務，獨以劉侯能治之故，形諸賦詠，樹之風聲，汲汲焉欲藉是以爲世勸之資。則公之是心也，雖質之尹吉甫可也。其所爲詩，又安得不與《嵩高》《烝民》諸篇并傳於世哉？誠使是詩之有傳，則劉侯之名亦將與申伯、仲山甫同垂不朽矣。後之觀者，可不益勸於爲善乎？

公名楚材，字晉卿，耶律其氏也，以契丹世胄入仕皇元。其高勳盛烈與夫辭章之美麗、字畫之遒勁，固已銘之太常，書之太史，兹不著。至正九年其歲己丑閏月望日，浦江戴良謹題。

——此文現藏美國紐約大都會博物館，方勇《浦江文獻集成》第四十五册録焉

（原文闕題，據文意補）

十女墓記

月娥者，西域人也。軍職馬六丁之女，蕪湖葛通用妻。自幼貞懿婉柔，蒸蒸孝友。長益小心敬順，謹飭不怠。其歸葛氏，葛家之冢婦盧方掌内政，月娥事之如姑，待諸姊姒從女皆有恩。盧大喜，一日率諸婦諸女詣月娥，請曰：「某承姑命主中饋，佐蒸嘗，然懼無以爲陰教倡，敢以諸婦諸女屬之。姊惟朝夕諭誨，必有濟。」於是閫以内皆秩然由於禮，純然化於正，上詔下唯，號爲德門。

已而南北兵起，盧謂郡有城郭可依，兵衛可恃，屬月娥攜諸婦諸女至郡。郡有儒士張綱中者，與葛有連，遂僦其屋以居。無何，沔寇奄至，城失守。月娥慨然曰：「吾簪纓家女，忍見犬豕耶？」即抱所生女赴水死。諸婦諸女咸駭愕相顧曰：「母嘗導我以禮，閑我以正。今臨難背去，尚得在世稱人乎？」自長及幼及婢媵凡九人，皆争相入水，無一敢後者。事稍定，家人匍匐問狀，剛中爲物色得其屍。時大暑已七日，月娥顔貌如生，而手所抱女猶凜不可奪。餘亦相挽屍水中，久而不泛，見者以爲異。父老憐而語之曰：「十人死既同，葬不宜異處。」遂擇故居之南黄池里開大壙瘞之，題爲十女墓。弟鶴年樹碑墓下以告來者。其辭曰：

惟綱與常，實天所命。秉彝無類，貞出乎性。懿懿月娥，西土其人。形德孔揚，聲被江漬。

揆兹有初，克靖於家。方善之積，而禍不遐。潛火煽妖，是隳是突。投軀無所，卒死於溺。其水洋洋，潔體以歸。白璧可碎，大節不虧。娥質已殂，群從亦亡。黿鼉魚鱉，悸不敢傷。惟時（憂）〔夏〕暑，方張而毒。屍不上浮，猶避其辱。陷賊自刺，昔有張芝。紿賊自殺，尹虞是爲。鳳妻赴海，駡賊泄憤。薄姬蹈江，誣賊自殞。娥之至行，彼豈云及？一人爲多，矧益以十。鮐背鯢齒，爰壘兹墳。亦有同生，千里徵文。金則可渝，石則可泐。惟德是馨，永永無極。

——《戴良集・輯佚》引自《全元文》五十三册

附：

明管時敏《蚓竅集》卷六《哀鶴年先生女兄月娥死節》：「月娥帥娣姒女婦共十人死於水，葬蕪湖之黄池里，父老題曰十女墓，金華戴叔能先生爲銘詩。姊也從容賊陷城，全家殉節萬人驚。魚龍應護貞魂在，犬豕難虧大義明。世上千年名不泯，水中七日面如生。至今合冢黄山麓，霜月蕭蕭夜共清。」

齊賀氏二娥祠記

孝女二娥，臨海人賀朔之二女也。大曰英如，小曰華如，同乳而母卒，父以不利棄之，呱呱然三日夜不死。鄰嫗勸，遂舉。年十九，力過健兒，井臼機絲，捷便如神。鄉鄰有困者，脱珥濟之。有不孝者，卒教誡切責，改乃已。

唐長興二年八月一日，父漁海溺死，二女與異母弟瑄年十三，號泣江滸，求父屍不得。二女欲投江，人每止之。越五日，竟投。其弟追至舍北三山巖，見所躡履四，曰：「二姊此逝矣。」仰天悲號，呼父呼姊不絶聲，亦投於江。次日，二姊一弟手足相挽，抱父屍而浮至巖下。巖一名三山石，去其父所溺海門外東首三百餘里。二女卒能致父屍，由是鄉人哀而異之，爲收葬焉。

葬後每遇天日晦冥，二女出遊巖洞中，人多見之。江上舟人，或見二女一男子列坐於巖頭。有里女經緯，忽二丐女來傭，織梭躍如飛，俄而布十餘丈即畢。飯之不食，撒地上；挽之不留，走入三山巖下中。又時與里母同緝麻而忽不見。人咸怪之，以爲木僊。爲置香火於三山小娘巖者，必鼓三通獻紙錢爲禮。

顯德四年，周世宗平淮南，遣使聘於吴越國王俶，俶盡括國中戰艦以應。聞一艦風飄至三山下，其矴百數十人拽不動。令泅者下視矴，見二婦人金冠霞帔及戴幞頭人坐兩傍。因問父老，具以二娥神靈告之。戰艦請禱，許建祠宇，不數十人而矴應手掣起。自是靈通感應，揚休海陸。凡雨暘不時，盜賊災患之作，人家蠶畜女工不利，有禱必驗，鄉人福之。縣嘗上其事，不報。

歷宋至宣和三年，寇金七佛陷黄岩，侵掠近境。有二寇忽巫下而言曰：「我三山小娘巖之神，聿來救汝。汝慎勿東，東鄉兵盛，此北去無虞也。」寇東望，旌旆滿山，乃北。時郡司户滕膺正發兵伏其處，寇被紿遇伏敗。滕侯屬羅從願表二娥，奏之朝，建祠。制曰：「孝感天庭，奪父屍於魚腹；神揚水府，移官艦於龍磯。」又曰：「虛張旗幟以扞鄉，實引虎狼而陷穽。威行千里，功蓋萬夫。」朝廷嘗議封二娥邊境，不果。鄉人獨仰其陰福，而并稱其弟爲校尉，歲時修祀不絕。

昔漢之曹娥著名宇宙，於其孝而不於其靈。今二娥情貫山海，孝通神明，故能有靈，而呼爲僊也何疑！況有功於國，有惠於民，而祀於鄉者久矣。千載神魂，彌久彌彰，與漢娥同不朽宜也！獨歎夫時人玩習其孝，不與力奏顯聞。朝廷闕其旌，圖志失其書，良可悲哉！今其孫一正持陳公輔所表來示余，故著爲記，以俟後之史氏。

——《戴良集·輯佚》引自《全元文》五十三册

驄馬橋記

古者先王因時而成杠梁，以免下民之徒涉也。吾浦邑之東，去縣二十五里，有横溪焉。觀其水勢，如玉龍之蟠繞；聆其水聲，似猛虎之奔馳。特未建橋梁，因之病涉者往往不少。

周君諱種者，世居是溪左，自幼懷建橋之志，未能舉行。及登仕途，巡按江右，天子恩賜榮歸以耀宗祖，而往日所蓄之心油然而生，即捐資糾匠，伐石以造是橋。其制上環而下方，以按天地之形。長四丈，如年之有時；闊丈二，猶年之有月。以按陰陽之數，以壯風水之勝，以利往來之便，名曰周家橋。民懷其惠，懇余以序之。

夫周君官職巡而造是橋，宜以驄馬爲名也。我周君有大名，則有大器；有大器則有大德；有大德必有大壽焉。而周君之後必有大獲，可知也。咸誦某詩曰：惟君德心，伊於胡底？奕奕厥靈，媚於天子。億萬斯年，永錫爾祉。庶幾靖共，我君樂只。凡我邑人，何德之酬？有孚惠心，宛程大猷。有斐不諼，多福爾求。綿綿壽考，快哉我侯！時元至正元年正月十八日邑人戴良謹序。

——《浦陽西皋周氏宗譜》

尊序堂碑記

浦江之有趙氏，自添監府君諱不玷始。趙氏系出天潢，在宋以諸王居汴。渡江後有自汴徙睦者，添監父也。至添監乃自睦來仕浦陽，因家焉。生三子，長與幼稱東西位，次稱中位。其後三位之子孫日盛，而趙氏之族遂延蔓於浦江矣。乃宋改物，趙氏之播遷者衆，而其族始衰。顧今七十年間能綿其宗祀而不斬者，蓋亦寡矣。

添監之六世孫大訥嘗念宗支之（寢）〔寖〕悴，一日過其荒墳廢宅，忽長歎曰：「我趙氏自紹興徙居，二百餘年於兹矣。逮時移世易，而弱子單孫之祭有不能盡言語。其系緒於吾，固有親疏之異，然其初則三位之兄弟也，三位其初則添監之一身也。吾爲添監之所出，其能效秦越之視肥瘠，邈不〔如〕〔知〕喜戚於其心乎？」乃即夫曾從祖司户府君之故居，治其後堂而完美之，以祀夫三位子孫之不祀者。又以添監爲始遷之祖，并奉其主而中居之。其餘以次祔焉。每春秋二時，將率子弟以修其〔礿〕嘗事，而乃割田若干畝歸之堂，以供一祀之費。乃曰：「吾之是舉，雖未得爲禮之正，然吾之所以尊其統序者，爲不誣矣。」因扁其堂曰尊序。

堂成，具三獻焉，籩豆有列，儐相有位，邦人士子觀禮祠下，恍然若睹夫二百年之宗（允）〔胤〕新出於一身，而不謂其已在緦麻之遠六從之外也。永新公真有以表率斯民哉！

予聞人之反古復始，以無忘其所由生，非物之自外至也，蓋自中出而生於其心者然也。古昔聖人之導民也，亦自夫生於其心者而先施之，故其感之也爲甚深，化之也爲甚溥，以之治家而一家準，以之治國而一國準，以之治天下而天下準，是豈有刑制以威脅之哉！蓋生於心者，人所同然故也。世之稱士大夫者，固未嘗不欲推行古道以爲表率斯民之計，然其感之化之，卒乃未見其人者，由不知因心以設教爾。永新公之爲是堂，其得於人心之所同然者乎！人雖愚無知，吾意其登公之堂見公之德，而孝悌之心其亦油然而生矣。嗚呼！一凡人過之，猶感化之若是。使趙氏之子弟無人心焉，我則不敢知；其有人心也，則出入是堂，而又讀予記也，能不思繼爾賢父兄之志以延惠於無窮哉！公字敬叔，大訥其名也，好文學而尤長政事。居家治官一本於禮法，時稱良吏云。時至正九年其歲己丑秋庚寅。里生戴良謹記。

——《民國浦陽趙氏宗譜》卷一

故梅石趙公夫人朱氏墓誌銘

夫人諱德貞，姓朱氏，世居婺之浦江，曾大父伯達，大父堯，父允正，皆以醫處官，有譽望。夫人生於舊族，女德克修，正而不失於順，嚴而不害於和，肅恭以承上，莊静以臨下，敬備禮充，宜爲君子之配。

年十八，嫁同里梅石處士趙公必俊，故宋諸王孫，汴人也。四世武節大夫士礽從宋南渡，居睦州；五世祖武義郎不玷由睦官浦江，遂家焉。父崇禊，母吴氏，無子，處士公以從子而爲之後。處士公自幼知讀書，善筆札，蓋恂恂儒者，然喜爲汗漫遊，頗不屑於治生。夫人佐奉養，承蒸嘗，生四男三女，皆㚔身鞠之，不寄他婦之手。以長以教，卒至於成。婦道用光，母儀式著。嫁四十四年，得年六十有二，以疾卒於尊仁里第。未卒前一月，囑諸子曰：「我宿世種善根，金仙氏且迓我矣。繼此毋以葷食進，當啜水三旬而行。」至期，復謂諸子曰：「某後當吉，某後將不利，尚勉之。」言已而卒，追驗所言無不中。嗚呼！夫人之德實通於神明，豈止邦邑稱賢婦賢母而已哉？卒之日爲至正七年丁亥七月七日，以其年九月七日葬縣南五里慈恩山之原。

子男四人：長曰良本，次曰良貴，曰良仁，曰良賢。女三人：長適樓偲，次適良，幼適周晏。孫男五：亨，頤，鍾，鎧，泰。孫女三，曾孫二。良之伯姊，夫人之冡婦也。當總角時，即以懿親故，得拜夫人於堂下。夫人憐而畜訓之，而歸其仲女焉。夫人死且葬，處士公囑之曰：「汝外姑墓木已拱，而有石無辭。他日嘗謂汝秀而文，宜爲之銘。庶死者有知，將或享汝之能報。」良也泣而受命，退爲其銘曰：

懿慈端恪，亮勤敬直。唯夫人兮，胡嘏之詭？宜福而災，委空塵兮。佳城鬱鬱，黠長夕兮。吁嗟夫人，閟兹室兮。

子壻戴良謹撰。

——《民國浦陽趙氏宗譜》卷二

元翰林國史院檢閲菊村先生墓誌銘

鄞之儒師四明先生袁彦章，諱寧老，一諱士元，其先南昌宦族。五世祖知臨安府諱子誠者，從高宗至鄞故，遂爲鄞人；曾大父〔諱〕芳知吉州泰和縣；大父諱景安，登進士第；父諱衍，入國朝隱居不仕。

先生自幼即嗜學，晝讀夜誦，幾廢寢食。父母憐而禁止之，則端坐默記，初不少輟。長益旁搜廣輯，務爲弘肆深博，然一資爲舉子業，每遇郡庠私試，輒中高選。既而累試江浙鄉闈不利，遂抱所學以淑其鄉人。郡守禮致郡庠，爲五經師者六載，一時學者翕然推重。會淮寇陷昆山，總戎佛保公遺使即隱所聘先生至幕府，參謀軍務。功既就緒，佛保公將録先生之名於朝，而監察御史奥林公以茂才異等薦授鄞縣儒學教諭，調西湖書院山長，改鄮山書院。未幾，中書參政危公素復薦先生，授平江路儒學教授，道梗未及上。江浙行中書、浙東肅政府又交章列上先生學行宜居館閣。翰林承旨張公翥、集賢學士張公璟亦雅知先生，言於執政，升授文林郎翰林檢閲官。使命臨門，而先生老矣。

先生天資凝重，動遵禮法，事父母極孝。父嘗患疽發背，先生爲口吮之，疽乃尋愈。平居砥礪名節，落落少所推許，然以此多怨謗，困不得奮。晚益退隱城西别墅，種菊數百本，因號菊村，學者稱爲菊村先生。所著書有《書林外集》若干卷傳學者。初衍無子，子其從弟澤民，先生澤民出也。知其（祺）〔禮〕有未安，卒言之官，復以澤民爲弟，而已爲衍後，倫序以正，聞者歎服。

先生以至正二十四年八月二十一日卒於家，得年五十有九。明年八月丁未葬於鄞桃源鄉楊山人嶴先塋之次。配曰楊，有賢行。子男四人：長珙，次珪，次瑛，次璟。女一人，適同里潘復源。孫男一，忠敉。予不及接識先生，而辱與珙交爲最密，珙奉曹南吴志淳所爲狀丏銘。

予曰：袁先生業精儒書，謂可掇取科第矣，而不獲一售於有司。後用薦者通禁籍，謂將駸駸見用矣，而不獲一試其職守。嗟嗟先生，胡止於斯？彼巍巍者，果誰之司？其不可知也。是爲銘。

——袁忠徹《西袁氏家乘》卷十八《冢墓上》（原文闕題，據文意補）

費逢源先生墓誌銘

先生諱泓，字逢源，其先世居於杭，幼從父起居舍人吴麓公宦遊來浦，遂家於邑之尊仁里。先生穎敏宏達，治經業，充鄉校弟子員，卓犖有聲。痛父起居公殁，極盡哀慕，久而不衰。事母杜夫人先意承志，奉養有方。矢志幹蠱，多所成立。創寢廟在月泉坊下，繼作門第於石橋，田園建立多在月泉沃壤。夫寄旅非生長之鄉，六尺當創垂之任，恒人難爲，公獨優之，則無忝爾所生。

夫人黄氏乃鄉達之女，聰慧天植，婦德無違，古稱伯鸞、孟光何以逾此？子三：文孝、文友、文睦。孝授上虞司教，友肄業邑庠。孫五：公發、公輔、公登、公碩、公弼，咸事孺業，黌校蜚聲。則積德昌後，他日必有繼文定公而起者。

先是寶祐癸丑六月十九日（先生殁），越七日丙子，歸葬月泉太先生墓側，誌銘未備。今兹仲冬十有六日甲辰，夫人歸附。良以戚屬，兼與厥孫公輔遊，懿行稔在知悉，特來送殯，用以誌焉。而復爲之銘曰：猗歟先生，維浙之良，德純養粹，成立非常。休哉令配，修齊化光，鳳麟洽瑞，蘭桂敷揚。仙華峨峨，月水湯湯。藏龍埋玉，亦孔之將。時至大元年戊申十一月吉，中順大夫行中書省邑人戴良撰。

——《浦陽石橋費氏宗譜》卷一

附録三

諸家題拂

松隱居爲戴叔能作

翰林院國史編修長洲高啓青邱

江邊柳樹溪邊花，晉處士宅秦人家。秋風忽來春雨過，坐看衰落俱堪嗟。山中相依歲年久，羡君獨結蒼髯叟。短褐長鑱不解耕，茯苓作食花爲酒。我今身似浮雲閑，正合著在長林間。明朝倘許同棲泊，便擬飛隨白鶴還。

——《建溪集前編》卷一

九靈山房詩

中山劉履坦之

峨峨九靈山，上有仙靈居。雲霞互興没，巖林鬱盤紆。皎皎棲遁士，飄飄列仙儒。結屋依蘿薜，欞牖紛交疏。嵐靄延几席，崖溜隨階渠。鸛鶴宿簷端，麋鹿遊我除。石室探神秘，充架多異書。同懷日相集，微言皆道腴。揮毫發蘭藻，振珮鳴璜琚。孰云形迹滯，心與天壤俱。夙昔騁奇懷，整駕勞馳驅。悠悠望九道，改轍將何如？黄綺憂駟馬，展禽知鶢鶋。聊申獨往願，庶用旋吾廬。

——《建溪集前編》卷一

九靈山房詩

四明桂德稱彦良

九靈勢盤鬱，遠自金華來。連峰倚霄漢，絶壑藏風雷。草木晶光發，煙霞雲錦堆。其中藴神秀，豈不生奇才？山房最深處，超然出氛埃。幽棲眇薄俗，肥遁何悠哉！詎無凌風翼，高飛上蓬萊？戀此一畝宫，石壁緣蒼苔。韞珍良有待，抱璞諒無猜。獨此山中夜，文光燭上能。

——《建溪集前編》卷一

九靈山房詩

慈溪陳（恭）〔遠〕中復

婺女鍾神秀，九靈何巍巍！山翁舊遊地，煙霞深竹扉。延目娱清景，冥心契元機。掩書聽鶴唳，隱几看雲飛。竹映山罍酒，花落石枰棋。莞爾成微笑，優哉想當時。世亂苦羈旅，時平猶不歸。還從定川上，來居慈水湄。曉日散鳧鷖，晚風垂釣絲。流寓終寂寞，首丘頻夢思。隆暑方可畏，出行殊未宜。稍待秋風起，歸訪牧羊兒。

——《建溪集前編》卷一

九靈山房詩

豫章揭樞平仲

少年好山水，中歲厭馳逐。杖策復來歸，憑高結茅屋。盤盤九靈山，挺挺皆喬木。樂此高且清，況得忘羈束。冉冉蕙蘭芳，雅稱蘿衣服。自非隱淪者，輕身友麋鹿。葉落風怒號，歲晏人事促。豈不懷慇懃？繁憂亂心曲。生平所至寶，青萍并結緑。今來幸無他，相顧聊自足。

——《建溪集前編》卷一

九靈山房詩

慈溪張庸

九靈山枕東海崖，中有方壺子之家。三華婀娜映樓閣，六窗瀟灑通煙霞。麻姑顔童肌玉雪，相看互授長生訣。時時石上搗元霜，夜夜山中弄明月。年來忽作人間夢，欲起沈痾濟時用。蒼生多慾乖分緣，人海無端嗟澒洞。袖裏還丹將與誰？北邙空見冢纍纍。昨朝偶得麻姑信，笑指煙霞行復歸。山中依舊春長好，階下青青長瑶草。初平還過叱石羊，安期又寄如瓜棗。愧我人間今白頭，謾將詩酒銷離愁。倘得還丹蜕凡骨，山中一住三千秋。

——《建溪集前編》卷一

九靈山房詩

西域丁鶴年永庚

九靈别業何年到？聊作新圖慰所思。幽谷白雲晴窈窕，高簷翠樹曉參差。輞川已入王維畫，韋曲仍傳杜甫詩。咫尺相望如萬里，卧遊心事許誰知？

——《建溪集前編》卷一

九靈山房詩

慈溪余夢祥

東歸何處是鄉關，鬖鬖秋霜點鬢斑。行李猶爲四明客，采芝常隱九靈山。樵歌積翠空濛裏，書屋懸蘿窈窕間。滿地煙雲塵不染，月明時有鶴飛還。

——《建溪集前編》卷一

九靈山房詩

應奉翰林文字西域愛理沙允中

夢裏家山十載違，丹青咫尺是耶非？墨池新水春還滿，書閣晴雲晚更飛。張翰見機先引去，管寧避亂久忘歸。人生若解幽棲意，處處丘園有蕨薇。

——《建溪集前編》卷一

九靈山房詩

鄞川鄭厚彦博

九靈舊隱經年別，畫裏溪山夢裏同。載雪扁舟無故友，當門五柳自春風。釣臺雨過群鷗滿，經閣花深乳燕通。何日從容行樂地，裁詩卻憶暮雲東？

——《建溪集前編》卷一

奉懷戴九靈先生就次留别原韻二首

丁鶴年

晴霞麗層霄，淑景媚清曙。冉冉草際煙，盈盈花上露。幽禽何處來？飛鳴入庭樹。不見心所親，坐待停雲處。

攀桂月扶疏，撫松雲陸離。豈無淡蕩懷？亦有幽貞期。何緣對清景，孤坐度芳時？故人不可見，新交非可知。

——《建溪集前編》卷一

寄王宣慰兼呈九靈先生

丁鶴年

别館新成足宴遊，珊瑚環珮總名流。獨推南郭爲高士，共識東陵是故侯。天上鶯花三月夢，人間風雨五更愁。行藏盡付浮雲外，爛醉豐年黍稌秋。

——《建溪集前編》卷一

奉寄戴九靈先生四首 先生嘗爲余作傳

丁鶴年

挾海懷山謁紫宸，擬將忠孝報君親。忽逢華表聞遼鶴，卻抱遺經泣魯麟。喪亂行藏心似鐵，蹉跎勳業鬢如銀。萬言椽筆今無用，閑向林泉紀逸民。

花柳村村接海濱，攜家隨處避風塵。衣冠栗里猶存晉，鷄犬桃源久絶秦。對坐青山渾不厭，忘機白鳥自相親。也知出處關時運，豈但逃名效隱淪？

早將長策靖三邊，晚抱孤忠守一廛。出處久推張翰達，登臨重覺謝安賢。煙霞丘壑龍山屐，風月汀洲鳳浦船。東望三神纔咫尺，不妨來往挾飛仙。（龍山、鳳浦皆海濱地名。）

清泉白石兩翛然，仙隱何妨日似年？頗厭文章妨大道，卻從奇耦玩先天。雲間犬舐燒丹鼎，雨裏龍耕種玉田。終歲不聞城府事，閉門閑著《養生篇》。

——《建溪集前編》卷一

見叔能先生於會同館敬賦

龍游訓導同邑周元圭

不見先生二十春，豈期京國重相親？雙眸翦水清如舊，兩鬢侵霜白已新。正會朝廷求治道，豈容林谷隱賢人？倘蒙聖主從容問，好盡胸中直道陳。

——《建溪集前編》卷一

輓九靈先生詩 有序

太子少師長洲姚廣孝榮國

先生捐館久矣。其子和之訓科，今年考滿赴京聽選，過余相見，因言先生臨終念佛，端坐書偈，脱然而去。余心感之，遂成二偈以悼之。余年八十，旦夕西歸，必與先生相會華林寶池之上，詠此二偈，同發一笑也。偈曰：雲林幽隱貌清臞，胸次含藏萬卷書。浄業晚修同少傅，樂邦長往儗龍舒。

深潛澗谷注《麟經》，志向西方德愈馨。端坐真歸元不去，九靈山色自青青。

——《建溪集前編》卷一

九靈山人戴良

雲南知州烏程嚴遂成海珊

擴廓軍遥萬里行，間關南下事無成。稼軒山左收豪傑，皋羽江邊匿姓名。盜賊亡隋何足歎，威儀復漢有餘榮。會同給膳當娛老，極目漸漸《麥秀》生。

——《明史雜詠》卷四（此詩亦載《建溪集前編》卷一，其「會同給膳當娛老」作「祇因食禄難忘死」）

送戴和之往四明收九靈先生遺稿

周元圭

匹馬西風入四明，落花飛絮送人行。知君先子遺經在，收拾還家擬典型。

——《建溪集前編》卷一

鑑溪司訓九靈山房圖

朱　彭

峨峨九靈山，遠寄浦江表。浮嵐幻陰晴，清飆韻松篠。緬昔戴雲林，卜築隱蓬葆。當年曾繪圖，澗户藤蘿繞。出遊恒與俱，眷此林泉好。徵召阻歸來，玆山未終老。平生釣游處，鄉里猶能道。一誦山居詩，高風未云渺。

栗里憶彭澤，谷口懷子真。故居易時代，變幻同煙雲。惟有山人後，聚處敦天倫。依巖闢庭宇，插架羅典墳。簷前秀群木，鬱鬱含古春。重倩方壺筆，風景居然存。乃知古賢士，千載留清芬。

——《建溪集前編》卷二

鑑溪司訓九靈山房圖

仁和何琪春渚

孝子思嗜好，况乃先人居。戴氏有賢裔，不忘數典餘。著作手裒輯，付梓傳通都。兹復乞妙筆，追寫山房圖。學堂八九間，水木羅清疏。山人坐專席，境寂心宴如。髣髴松影中，有聲吟伊吾。俗學絶還往，師承得黄吴。奈何邁陽九，滿眼皆荒蕪？不愛鍾鼎榮，甘受縲絏拘。有生豈不死？一死忠義扶。讀書立人紀，肯作章句儒？司訓信無忝，時雨沾生徒。明德必有後，天道良非誣。

——《建溪集前編》卷二

鑑溪司訓九靈山房圖

翰林院侍講仁和梁同書山舟

九靈先生居九靈，山居滿眼山光青。當時作圖隨行笈，到處髣髴依巖扃。先生理學繼濂洛，先生著作光典刑。同時輩流盡人傑，熟聞姓氏如驚霆。巋然大元一遺老，浩歌薇蕨羞周廷。義不二事死不惜，力挽天地昭常經。清風凛凛四百載，下與來禩傳芳馨。十四世裔作司訓，鳳毛故有摩雲翎。追爲此圖述祖德，恰遇好手摹林坰。前村稍見出樵牧，瀼西隱約窺畦町。若有嵐氣侵户牖，雲中突兀開軒櫺。支頤獨坐意自得，耳邊已似聞風鈴。江天在眼極寥廓，長吟悵望青冥冥。

——《建溪集前編》卷二

鑑溪司訓九靈山房圖

袁枚簡齋

九靈山高與天接，中有先賢戴逵宅。著述能將濂洛追，門庭只許煙霞入。奈值元明鼎革秋，飄蓬未克老菟裘。故山且自描行障，宗炳何妨作卧遊？名流幾輩欣相遇，卷上都留珠玉去。此後滄桑歎屢更，不知神畫飛何處。賴有雲仍後起賢，重煩名手寫層巒。迢迢風景從頭記，歷歷田廬到眼看。雙扉不掩山嵐合，髣髴先生還下榻。夕炤溪邊釣艇歸，高吟雲外樵歌答。屈指年過四百餘，披圖往迹費追摹。想尋當日幽居所，笑問蒼松記得無。

——《建溪集前編》卷二

鑑溪司訓九靈山房圖

國子監祭酒錢塘吴錫麒穀人

我懷九靈客，忽見九靈山。廬井依稀處，松杉遠近間。高風樵子説，明月鶴聲還。滿眼紛蘿薜，相從畫裏攀。

祖德津津述，人稱孫子賢。自傳千古業，高擁廣文氈。齏粥存吾道，林泉證夙緣。依然行笈裏，嵐翠送新鮮。

——《建溪集前編》卷二

題戴東山風希堂圖兼寄哲兄襟三先生

董秉純小鈍

風希堂希誰氏風，九靈山下雲林蹤。（九靈先生亦號雲林，見《烏春草集》，若黄存吾《閑中録》謂變姓名後方號雲林，則非也。）流聲餘施五百載，經苑復著大小雄。長公環堵風雨深，次公九陌短長吟。山河間阻通魂夢，夜夜塤吹篪和心。夢中忽肯堂與構，（劈）〔擘〕窠之書吾友籀。商量結宇結屋椽，計日計年可許就。爾時同舍東海倪，由來畫筆追大癡。聞夢貌得夢中意，仙華靈氣儼在兹。觸撥君懷懷同夢，此圖須歸吾兄誦。吾兄秋半半百年，希風之希人我共。九靈山房舊有圖，此圖得希山房無？後五百年此圖後，果否人希兄與吾？爲規爲謩吾豈敢？願得諸公吐膈臆。長歌導引湧萬言，我一見之神魂撼。我聞九靈來吾鄉，定海東湖永樂場。（今慈溪永樂寺有九靈山房。）師友紛綸最著者，仲權倪氏一經唐。（唐氏一經齋。）篇章翰墨流風久，足使前輝希後走。（九靈與吾鄉唐起賢、陳中復、鄭彦博、倪仲權、桂彦良、烏繼善、夏（潢）〔璜〕、沈源爲友，而唐復禮子轅、轂等四人皆受業，若丁鶴年、吴主一、龍子高、揭伯防，則同以寓公唱和焉。）畫圖工既有倪癡，詩歌和可無鄭厚。（彦博名。）他日扁舟過若耶，堂前荊樹定交花。山堂千載猶能守，海内如君有幾家？

——《建溪集前編》卷二

戴惟憲文學以慈湖圖索題即用九靈山人原韻并呈大阮鑑溪先生

布政司理問慈溪鄭辰三雲

僻居事晨夕，箴理勞生邅。遥睎城北湖，山翠空呈鮮。諸公恝真想，訪勝追前賢。招邀縱清賞，歷歷生綃傳。我羨九靈裔，茂實能光先。劍躍豐城利，玉韞荊山妍。神光貫霄漢，學殖窮根原。蘋風與蕖月，勝引尤非閑。虎頭興亦邁，豪氣凌孤鳶。今雨兩三人，樂趣天機全。湖亭曦影落，歸詠賡蘭言。幸承光誦末，遐慕生長歎。

憶昔九靈子，末暮道苦邅。結廬偕小阮，花嶼環澄鮮。是時避地者，托迹多高賢。雲莊與庸道，名德勾章傳。誰樹騷壇幟，桂烏左右先。每當風日爽，探勝窮幽妍。華篇勒珉石，蘚屐紆郊原。鑑溪浦江秀，一官蕭齋間。校書核魯豕，撫化參天鳶。英聲蜚後起，樂事家庭全。披君《慈湖圖》，如繪雲林言。翹勤以仰止，慨焉三詠歎。

——《建溪集前編》卷二

春塘農部松隱居圖

甘泉江藩鄭堂

我聞金華山水窟，百歲長松身變鐵。中有當年隱者居，數椽茅屋因松結。避亂依劉來三吴，青丘作詩雲林圖。迂墨已入灰劫裹，龍鱗亦脱虬枝枯。九靈山人老孫子，舉世無雙真國士。不忘祖德乞名手，補寫幽居入藤紙。憶昔改元占星文，石人一眼煽妖氛。紅軍香軍時出没，世間蛾子何紛紛！静江猢猻三十六，濠泗真人起逐鹿。詩吟杜鵑少陵拜，文記西臺臯羽哭。可憐幽國已騎箕，恨不地下相追隨。豈肯蒙面事異姓？所學何事敢負師？天子下殿走沙漠，庫庫（庫庫特穆爾，舊作擴廓帖木兒。）軍駐哈喇諾。（哈喇諾海，舊作哈拉那海。）自甘身葬洪波中，泛海無家客昌樂。鬱鬱南還變姓名，矢志不仕竄四明。腸斷遺詩三十卷，字字皆作哀猿聲。亳社既墟年已老，强人失節何顛倒！既放子英歸和林，獨使山人埋秋草。滄桑變幻如雲煙，淩霄直節友蒼髯。老樹幸爲斧斤赦，孤臣不得終天年。謖謖吹來風栗冽，松濤聲似海濤咽。令人不忍展圖看，素髓入地化碧血。

——《建溪集前編》卷二

春塘農部松隱居圖

鳳陽府知府雲夢程懷璟玉農

想像高風勝國初，九靈山色賦歸與。萬松自護蘭成宅，五柳人懷元亮居。薄宦江淮縈舊夢，倦遊吴越有遺書。青丘詩句雲林筆，太息銷沈劫火餘。

玉署仙才思不群，浦陽世德誦清芬。畫圖補種當年樹，堂構高飛出岫雲。山勢巃嵸空翠合，濤聲謖謖遠風聞。何須俛仰嗟陳迹？尺幅長留翰墨勳。

——《建溪集前編》卷二

與戴叔能同度淡竹嶺夜宿山家

翰林待制同邑柳貫道傳

一溪屢涉溪流淺，廿里窮源終絶巘。雲間仄徑細如縈，霜後枯荄齊若翦。沙崩石爛阻危攀，磴斷崖懸還斗轉。已驚汗袂泫餘滋，更擬班荆息微喘。未昏斜照白波淪，直下遥空青霧卷。粤初川嶽各流形，自是陰陽始昭辨。誰開壑谷通片雲，重爲封圻制鈎鍵？神工使解鏟崔嵬，世路何庸增連蹇？舍車未免役孱軀，揞策聊將收勝踐。枌榆連蔭壯且衰，姻友關情行孰遣？吾生已付一浮漚，此足寧堪幾重趼？暮投山館睡齁齁，雨撼窗扉鐙睒睒。寒鷄呼夢報詩成，曠懷直爲朋知展。

——《建溪集後編》卷一（此詩亦存《柳待制文集》卷三，題曰《與用章戴生同度淡竹嶺夜宿山家》）

風希堂圖歌 有序

戴殿泗

韭山居士繪靈山建水之勝，并繪風希堂於其中。堂顔係京邸夢中所得。韭山既紀其事爲詩，郵致金華山中，爲余伯兄五十壽。撫圖讀文，油然生感，爰綴長歌，敬以志謝。時乾隆甲辰秋七月。風希堂，乃在靈山之麓，建溪之滸。

仙華東走百餘里，峰回水蓄成邨聚。越杭睦婺交其間，（敝居在金華極北，去諸暨、桐廬、富陽界各十里。）鑿崖匯流成終古。吾宗棲止已千年，（余族唐懿宗咸通間居此，約九百餘年。）誰其圖者窣環堵？昔年《九靈山房圖》，高風漠漠動吴楚。（十四世從祖九靈山人遊蹤所届，輒懸《九靈山房圖》，右丞周伯温篆額，豐城揭汯、四明烏斯道皆作記。）旅夢今宵三字成，敢將隔代希鴻羽？雲林山人腕力豪，摹崖範壑疑親睹。知我鄉愁不可羈，知我懷兄如晤語。煌煌椽筆寫煙雲，緘寄新詩壽伯甫。一心逐雁歸江南，以手拄地拜且舞。

寒門瑣末豈足陳？世系頻仍尚堪數。唐家東浙建節旄，（浙東節度使，《唐書·職官志》不載，唯見《地理志》中。）遠祖西來肇韋杜。（吾宗唐以前不可考。初祖諱昭，居杜陵，爲浙東節度使，遂居越。）兩世避地葺雲山，鄉自陶朱官鎮撫。（節度使子諱堂，官鎮撫使，自越之陶朱鄉，徙居九靈山下。）東鄰泄水瞰龍湫，（敝居十五里爲五泄山，有五瀑布、二龍湫及七十二峰之勝。）西接金沙走鶴嶼。（西十里爲金沙灘、湖洑溪，又西即富陽棲鶴莊。）烏傷一角分何年，（浦邑自唐天寶間由義烏縣分設。）馬足鮫鞘新定宇。（鎮撫公策馬攜劍來居於此，因名其地曰馬劍，又曰馬建。）甲科連綴北南宋，篇帙荒殘散芒楮。（廿八世祖志遠公諱徵，登宋雍熙進士；廿二世祖世遠公諱堯民，登南宋紹興進士。邑志皆失載，見天順間彦瞻公手輯《家乘》中。）交遊早著北山鄭，（鄭北山剛中，有《渡金沙灘》詩。）後此柳吴聯縞紵。（十五世祖景和公諱暄，與柳文肅交，柳有《遊五泄》詩，實主戴氏。吴有《贈戴仲遊》《懷子壽》詩，仲遊諱泳，子壽諱樗，皆予族祖。）名賢托蹤久棲遲，（吴淵穎客授馬建山中，見柳待制《送白彦昭序》，宋景濂遊五泄，亦主馬劍。）水色巖光共吞吐。

老人入夢著靈奇，蕩釜山高針子午。（九靈山人曾祖諱錫，求葬地積年，夢白鬚老人指一吉地，子山午向，求得之蕩釜山。）於時磊磊能軒公，幼出就傅無寧處。（九靈山人，字叔能，一號能軒。八歲隨姊氏住邑城遊學，去家九十里。）蜀山訪道歲八周，（山人從柳文肅遊，凡八載。柳卒，持心喪三年。烏蜀山，柳所居，去家百三十里。）受業黄吴幾寒暑。（黄文獻居義烏，吴淵穎居深裊山，山人皆遊其門。）忠宣衣鉢凜師承，東海潛蹤賦禾黍。（山人學詩於余忠宣公，公爲書天機流動四篆以名其軒。其後忠宣效節安慶，山人遯迹四明山中，擊節賦詩，有《黍離》《麥秀》之音。明祖召致，卒不屈節。）交胡友宋名益高，侣王儕丁氣彌樹。（金華胡仲申、潛溪宋景濂、義烏王子充、義門鄭仲舒，皆公金石友。晚交西域丁鶴年。）中年淮海晚慈姚，兩涉鄉關歌故土。（山人年四十餘寓吴門，已而奉使泛海，乞援於擴廓軍，晚遯蹤四明山，於鄉土唯兩至云。）當其溟涬黑水洋，九死相攜實吾祖。（山人泛海時獨攜從子與俱，爲予十三世祖諱温，字原直。）十年伉壯化謙柔，烈烈風徽正學序。（方正學有《贈戴原直序》。）家園幽曠宗祠頹，遺址常留屹先緒。（先人舍宅爲宗祠，後燬。乾隆甲午伯兄襟三始謀於族衆，即其基建新祠。）

仰顛踞麓構宅新，堂序綿延驅雀鼠。（十二世祖伯初公諱侗，永樂間始於舊居之東建新居，今永穆堂後宅也。）遺文卅卷有神護，豈使祝融煽炎炬？（《九靈山房遺集》，正統間彦瞻公所刻，後燬。伯兄仲兄力求得之，壬辰歲重鋟梓行世。）中多濳迹晦弗彰，亦有簪纓綰華組。臨池讀畫天趣全，（仲積公能文工書畫，見《書畫譜》。）世業活人仁義許。（仲積公以來，世傳醫業。九靈山人亦善醫，從子原禮公官太醫院使，太祖稱之曰仁義人。）五馬方州惠澤聞，（族祖子迂公，諱垠，洪武間官黄州知府，轉徽州。住東橋下，曰西宅。）百里仁風勤恤煦。（十世祖廷用公，諱珪，宏治間任慈利知縣。）

峨眉崗頭霞氣升，（九靈山分脉鬱起平崗，曰峨眉崗，在舍東三里。）瓊花園口嵐光溥，（舍西北半里，有林有阜，平崗陂突，曰花園口。）屏分障列尚儼然，蓬勃風聲鸞鳳翥。賤子顓蒙百無識，起憶前蹤思健舉。少小聞歌《斯邁》篇，書籍有靈任挹取。京華滯迹經四秋，翠牖雲簷渺何所？月明不乏雁書馳，未得歸來奉醬醑。唯有聯床石友心，家業門風話夜雨。堂名恍惚幻與真，盛意相箴作衡矩。誓將排輯付丹墨，不使虚言負梁礎。晴雲萬片浮空來，曠野蒼茫少煙潊。甯待尋幽過鹿門？只應泛棹趨凫渚。峨峨者岫沄沄波，側身極望長延佇。

——《建溪集後編》卷一

五月十三九靈先祖誕辰每年祭畢同人分題爲詩會嘉慶丙子以讀九靈山房集爲題得先字

戴拱辰

大節千秋炳，鴻文《四庫》鐫。感時逢覽揆，展卷共稱先。藝苑勤搜緒，唫壇早著鞭。何王承婺學，吳柳淑鄉賢。赤縣紛龍戰，青衿蔚鳳騫。禮羅三面合，名教一身肩。金爵觚稜外，銅駝枳棘邊。淵明仍紀晉，文節肯臣燕？激烈青田論，（先祖嘗與丁公鶴年論劉青田，既仕元，不宜復佐明以滅元。）倉皇黑水篇。秦廷空灑泣，閩市且分簞。春夢吳宮樹，秋停剡渚船。望窮華表鶴，句詠獄中蟬。世事迷蕉鹿，鄉思泣杜鵑。都將桑海淚，迸入黍油編。重午逾佳節，生申溯昔年。心香通奕葉，手澤薦芳筵。（先祖《題丹山圖卷》手澤猶存。）忠魄雖埋土，奎光自燭天。蒲觴祇獻畢，翹首九靈巔。

——《建溪集後編》卷一

五月十三九靈先祖誕辰每年祭畢同人分題爲詩會嘉慶丙子以讀九靈山房集爲題得先字

戴燮元

建水雙源合，靈山九瓣連。西流鍾間氣，峻極毓英賢。高視垓埏表，精心溟涬穿。學惟宗麗澤，詩更法忠宣。正值干戈會，何心幣帛戔？鳳銜來北闕，龍鬬極南天。龔勝難歸漢，文山竟赴燕。魂依鵑夜泣，骨返鶴空旋。節已千秋凛，文惟四稿鐫。（《九靈山房集》分《山居》《吳遊》《鄞遊》《越遊》四稿。）遊吳心莫展，適越道彌邅。甬上行吟地，膠東旅食年。（泛海欲投廓廓軍，至膠東昌樂，道阻而返。）懷哉松隱夢，（山居有松隱軒，高青丘有詩。）淒矣《黍離》篇。射豕行尤痛，（《吳遊稿》有《豕圖行》，憤諸將縱寇也。）哀猿涕每漣。（《鄞遊稿》有《百猿圖記》，借猿思元也。）無窮家國恨，都藉棗梨傳。遺刻芸難辟，重鋟璧復全。庚寅逢屈誕，甲子用陶編。菖緑斟清醑，榴紅照綺筵。雲礽蒙祖德，數典敢忘先？

——《建溪集後編》卷一

答戴學正

宋　濂

攢眉入城府，已失山林性。玄造亦何爲？使之仍遘病。熱中鬱不舒，攻上風逾勁。僅存氣半絲，養此一朝命。命豈復在吾？乘化共歸盡。方州羅夾巷，百齡寧幾姓？大運既如斯，何煩苦心競？但我逆旅中，百感易交横。交横復焉如？驩然且孤詠。

山中有玄鹿，西行正騤騤。衆艸吐芳滋，朝夕療我飢。偃仰青石間，和鳴靈渚麋。伊誰施罔罟，生致來軒墀？起踏絶湯火，奮觸無完肌。亦知天地中，久安豈其宜？或恐棲長林，庶可免禍機。禍機既弗脱，死生一任之。唯思石床前，有薇與雲齊。即當謝羈絆，采采不知疲。窘束勢方錮，安能遂吾私？

今日非昨日，明朝異今朝。事變來如雲，斯須無根苗。紛糅不可遏，冰凝火復焦。人壽縱金石，刮剥當亦銷。所以古達士，心冥萬物交。流月不受雲，回飆任成濤。況當九春時，一青發新苕。好鳥從東來，飛鴻何翹翹！中諧律吕音，聽之比《咸》《韶》。盎然泰和内，塵慮息秋毛。吾身且并忘，誰復慕蟬貂？

洛陽有名園，奇葩泄春和。旖旎向人傾，姱麗明綺羅。曾未挾目間，飄零隨風沙。豈惟花獨然，撫躬良自嗟。昔年髮如漆，轉盼已半皤。此身元無根，寧不隨歲化？東衢西巷間，逝者日苦多。唯有山上石，亘古終弗磨。況亦有時泐，尚何恤其他？我年踰半百，來日知幾何？誰家有美酒，鼓缶共高歌？有酒不高歌，銅仙將見訶。

盈盈白面生，騎馬出重關。鐵衣何皦皦，寶刀綴雙環。左右千貔貅，繡旗隨風翻。自云將家子，執節征百蠻。嘗從大將軍，三箭定天山。剽摇意氣得，泰華欲成吞。庸豎震駭之，啧啧咸長歎。鄙我章句生，棄擲同糞丸。我固孱弱軀，久服章甫冠。亦有兵百萬，藏之心胸間。欲施竟何之？目送孤雲還。

夢入青蘿山，山路何鬱紆！髯松稍怒張，似怪皈來遲。女羅卻相迎，故垂千尺絲。戎葵飲露華，葉大逾昔時。自我不見汝，已是三月餘。所愛青猿猴，恐在高樹枝。呼之不見應，莫過他山棲。徘徊觸故物，一喜復一悲。荒鶏忽呼覺，此身還在斯。俯仰天壤中，焉往非夢爲？何如任天運，娛樂以自期！

世間紛擾徒，如何學神仙？衹恐壽命促，汲汲求長年。中開龍虎鼎，烹鍛日月魂。回復存一氣，去入無窮門。日瞻九霄上，白鶴來翩翻。剛飆吹弗休，跬步不可前。迅景若流火，顛髮白被肩。鬼啼丹臺下，令人心鼻酸。帛書或飯中，海風長引船。嬴劉有遺轍，皎若明鑑然。吾身無百年，先後終凋殘。幸有一寸心，萬世能長存。

華齡事觚翰，志可移南山。學染五色絲，織成鳳與鸞。如何中歲臨，厭讀仍厭觀？豈爲血氣衰，惡此葩藻繁？至人抱太素，直溯羲皇前。一塵不可涴，白玉爲肺肝。方知始學謬，中夜發哀歎。躍躍夸毗子，反誚爲迂頑。驅雲駕飛濤，欲使舨筆端。憐之不敢嗔，再拜相與言。床頭有《周易》，時時宜細看。

誰家有高樓，朱户凌雲開？綺帳結流蘇，衆色何蕤蕤！朝筵舞趙女，夕讌歌吴姬。笳簫雜琴瑟，其音愴以悲。自謂永世樂，千秋長若斯。豈知旋踵間，樓毁人亦隨？荒煙厭白艸，寒螿向人啼。盛衰固不常，居安可忘危？感子夜不寐，冥冥起遐思。鶉衣坐西軒，浩然千古懷。

我坐我不懌，我行我悽辛。我生七尺軀，不樂復何因？成童即窮經，豈意墮白紛？爲是動中懷，有淚沾衣巾。犬馬齒未衰，但得日加勤。一息能契道，何須浪云云？年當四五十，所媿在無聞。於此苟不憂，可復名爲人？是非姑置之，取琴彈秋雲。琴中有至和，忘悲以歡忻。所傷志已畢，何能慁吾神！

——《宋濂全集》卷一百一

偕宋景濂戴叔能陪蔡士安韓思學遊月泉書院分得矣字

王禕

良晨盍華簪，出郊餘二里。精廬尋月泉，散策稍遊止。吾邦宋巨儒，厥有吕夫子。淵源自濂洛，述作偕經史。維時考亭翁，志合道尤似。律吕相倡宣，規矩互模擬。傳緒斯有歸，正學固如此。兹土昔過化，百世崇明祀。余思猶藹然，盛德非遠矣。後生抱區區，結髮蹈先軌。今遊雖云樂，車馬謝繁靡。望遠登高丘，臨幽玩清泚。仰惟古人意，豈敢肆娱憙？仙華翠如削，引領足頻跂。

——《王忠文公集》卷一

寄葉德彰戴叔能

楊基

江遠樹層層，蒲荷葉漸增。酒樽池閣雨，棋局夜船燈。竹浄删逾瘦，花疏掃未能。亭亭川上鵠，風雨看飛騰。

——《眉庵集》卷六

與戴叔能遊寶積山寺宿西方丈

陳基

上冢桃塢原，尋僧寶華麓。舟泛石湖清，茗煮𩜹泉緑。山空木已落，天高氣彌肅。松月有餘輝，共向西巖宿。

——《夷白齋稿補遺》

山中與戴叔能對榻　楞伽石湖上也

陳基

六朝古寺白雲封，黄葉堆門路幾重。下界煙雲秋一棹，上方鍾鼓月千峰。道人語默天機熟，詞客縱横賦筆雄。老我平生貪佛日，一龕蕭洒慕何顒！

——《夷白齋稿補遺》

石湖與戴叔能同舟懷雪坡大參

陳基

乘時祭掃匪遊盤，故舊相攜盡楚冠。兵革戰争雖未息，湖山陶寫有餘歡。輞川賓客惟裴迪，江左功名獨謝安。想見鳳皇池上路，秋風吹珮玉珊珊。

——《夷白齋稿補遺》

送戴先生應詔

謝　肅

束帛加金賁海鄉，特舟千里上龍江。天光照人尺五近，文氣凌雲萬丈長。善走宛駒歸漢苑，和鳴岐鳳識周岡。定知黼黻皇猷日，金水河春細柳黄。

——謝肅《密庵集》卷三（此詩未指明戴先生身份，然揆詩意與戴謝交情，戴先生即戴九靈無疑也）

中秋遲雲林先生不至越五日見訪有感

烏斯道

其一

美人涉江水，愛此鷗鷺閒。參差各悵望，江水渺波瀾。蕭蕭風日中，藹藹松竹間。天乎貸予時，再晤良不難。

其二

美人涉江水，將以采芳草。空筐非所思，踟躕向周道。豈無江上花？容華戾中抱。白露秋已零，其能棄衰槁？

——烏斯道《春草齋集》卷一

宿浦陽戴氏九靈山房

沈　鍊

青樓伊鬱白雲隈，曲巘重巒四面開。水石自多塵外景，煙霞猶向夢中來。

——《青霞集》卷七

九靈山房

全祖望

吾懷九靈翁，大節如孤鸞。浮海未得遂，輾轉九洞天。如何變姓名，尚爲弋者彈？（九靈變姓名曰方雲林，自作祭文，見文集中。）高皇不能屈，餘生終自殘。未聞翹車士，〔及〕〔乃〕以牢獄填。諸公不强諫，史册足長歎。黄竹夜淚落，白龍亦神寒。至今永樂寺，悽愴雲林煙。（永樂寺爲九靈寓，有黄竹浦、白龍堆夾其地。）嵯峨君臣義，不以夷夏遷。高皇提日月，赤手洗幽燕。九靈所遭遇，尚與余蔡懸。疑或可無死，巽辭得生還。不見東維子，平定巾欒欒。暫下讀書臺，卒返三泖間。重淵見李黼，完節要無愆。而士各有志，不忘喪其元。（楊、戴一死一生，楊之所以得放還者，由於「四方平定巾」一語得當帝意，然戴之倔强則過之矣。）高皇亦色動，辰星黯長干。滔滔江河下，大節良所難。爲我寓公重，山房永勿諼。

——《鮚埼亭詩集》卷二

詠史

朱鶴齡

海録遺編手自披，百年丁運欲何之？鐵函怨史文難滅，釣瀨狂歌鬼亦悲。匹馬居庸符白雀，雙丸淮右整朱旗。不知王戴諸山叟，（王逢戴良輩。）底事終身痛《黍離》？

——《愚庵小集》卷五

讀戴九靈先生文集

金華曹開泰珩圃

竄迹登萊遁四明，萬方烽火旅魂驚。子真變作吴門卒，王蠋甘心畫邑耕。若使從龍誇建豎，何難躍馬到公卿？白頭一死完臣節，青史千秋照寸誠。

詩比陶韋淡欲秋，文兼黄柳力彌遒。壯懷肯以蟲雕畢？歷劫偏欣蠹簡留。陵谷變遷紛涕淚，海天波浪入歌謳。一編夜雨挑燈讀，腸斷《吴遊》更《越遊》。

——民國《浦陽戴氏宗譜》卷二十二《文辭》引自《宜弦堂集》

讀戴九靈先生集

朱興悌

雲林遺集在，開卷夜燈紅。詩授青陽訣，文探烏蜀雄。棲巖甘采蕨，渡海逐飄蓬。剩水殘山裏，悲歌百世風。

——鄭楙《浦陽歷朝詩録》卷十六

歌七章

尤侗

九靈山人泛東海，《麥秀》《黍離》歌慷慨。席帽山人隱吴門，殘山剩水聲常吞。二子不仕亦不死，惟有子中所爲極難耳。江西復，廣東破。變姓名，北山卧。棄妻子，浮江湘。足已折，身難藏。使者來，引鴆觴。辭親友，歌《七章》。歌《七章》，悲元亡。嗚呼，元亡乃有文天祥！

——《清詩别裁集》卷十一

望九靈山

戴聖芳

九靈何縹緲！白雲冠丹岑。中峰起寒霧，絶頂生層陰。山人去已久，跂步難招尋。長歌向鸞鶴，坐石彈素琴。天風忽下吹，動我巖壑心。攬之不可即，颯然灑清襟。何當追高躅，遺世抽塵簪？

——《戴良集》録自《光緒浦江縣志》卷二，《中國地方志集成·浙江府縣志輯》第五十四册（按《重修金華叢書》第八十二册《光緒浦江縣志》卷二未載此詩）

爲戴氏題九靈山房圖

元末有夷齊，九靈山之下。山以名其居，群喙息侈哆。憶昔喪亂時，孤臣淚頻灑。足迹遍海陬，山房題片瓦。往往歌《采薇》，恨無力叩馬。其居無蹤迹，其人邈焉寡。我嘗往從之，山勢東南跨。即此吊先生，巋然見大雅。能讀聖賢書，肺腑質陶冶。不爲國棟梁，成仁豈〔悚〕者？

文山真其流，没當稷與社。小子愧後來，登山疲兩踝。無由面先生，臨風一輪瀉。山房雖闃然，名義不相假。以是廣爲居，華堂如土苴。吾友賢弟兄，數典無苟且。大集窮討尋，孳孳不肯捨。黽勉謹持之，先業以不墮。踵事繪此山，焚香致祝嘏。山阿豈有人，隱隱在上坐？傴僂受訓言，神光仡如問。豈惟山之靈？文章恃負荷。展玩復細論，玆事慎相把。處在人不亡，君計良非左。更與一銜杯，吾詩有以也。

——清陳松齡、陳浩然《鳴和詩存》卷一《五言古風》

天機流動軒詩

邑人陳毓秀

投身吴越羅昭諫，卜卦橋亭謝疊山。誰識余公門下士，黄冠原不望生還？

——《光緒浦江縣志》卷五《古迹・天機流動軒》

天機流動軒記

布衣東陽陳樵君采

形而上者神，形而下者氣，有神而後有氣。神曰性情，而氣曰陰陽。天人大小雖殊，氣出於神，則一也。是故天一嘘一吸，氣生而液盛，原泉流而不息；人一嘘一息，氣爲衛而百脉流行周回而不已。曰天機，神在是，則機在是矣。

仙華戴君叔能，引泉爲沼，作室沼上，金鱗隱現，光景摇動。廷心余公署其榜曰天機流動。主人開軒臨水，顧而樂之曰：「泉流亹亹，不舍晝夜，道之體也。意者天之性情實使之耶？古之君子誠有取乎是否耶？」

余謂泉流不息，若榮衛然。機出於性，而天地之性卒莫之知者，天機也。是豈有使之然者哉？蓋視聽言動男女飲食，皆人也；榮衛行息出入，而吾未嘗與焉者，天也。以觀乎天，則陰陽相繼，泉源流衍，而天地未嘗與焉者，天也。聖人無欲無爲無聞無見，人祇見其一嘘一息，元氣流行，則幾於天矣；而不知聖人以身爲度，使男女飲食各當其分，則人道立，覆幬若天地矣。雖若是，以我觀我，舍人從天，則與天爲二。孰能一之？一則天矣。發育萬物，非無爲者，其孰能與於斯乎？君屬余記，疏其説以爲記。

——《建溪集前編》卷三

天機流動軒記

衢州教授金華胡翰仲（伸）〔申〕

至正十年春，武威余公持憲節按部至浦江，問邑之士於謙齋趙侯，侯以叔能進。公嘉獎之，書四大字署其軒，曰天機流動。余嘗造焉，叔能顧而乞言於予。既數月，未有以復也。則問諸叔能，而知其説本諸莊周氏之書。又數月，未有以復也，則趙侯來，而得陳君樵所爲記，讀之，乃憮然曰：「是不既備矣乎。」

抑予之所以不敢易其言者，則有其故矣。昔者君子之教人也，孰不欲引而納諸聖賢之域焉？其必曰下學上達者，懼其涉於高遠而不知務也。顏淵，至明睿矣，孔子教之博文約禮之外，若無事焉。以聖人之教如此，而後世猶有爲莊周之學者，況乎以莊周之説而欲明夫聖人之道，不亦難乎？彼以爲無内無外也，而吾亦且以爲無内外也；彼以爲無迎無將也，而吾亦且以爲無迎將也。然則吾所謂天機者，即彼所謂天機者乎，否乎？

吾嘗觀之天地之間，蓋萬有不同矣，而莫不各得其所焉。鳶之飛也，翱翔乎千仞之上，倐倐然不自知也；魚之躍也，浮游乎九淵之下，悠悠然不自知也。是孰使之然乎，抑自然乎？原泉之出也，前者逝而後者續；草木之生也，榮者悴而勾者伸，是孰使之然乎，抑自然乎？日月往來而明不息，寒暑往來而時相代，以爲有主宰者乎？且孰主宰乎是？以爲有推行者乎？且孰推行乎是？以爲氣出於神乎？氣本神也；以爲機出於性乎？性非氣也。《易》曰：「一陰一陽之謂道。」陰陽，氣也；一陰一陽，道也。顯諸用，則萬物無不體；藏諸密，則一物非我有。是故無大無小，無遠無近，無往而不在，無時而不然，而況於人乎？況於聖人乎？今徒見夫榮衛行息出入，而吾無所與者，吾謂之天；視聽言動男女飲食，而吾有所事者，吾謂之人。

是知有物之物，而不知有物之則也。苟知之，則形色，天性也。此吾所謂道，非莊周所謂道也。

雖知之，曷得之？全其在我者而已矣。全其在我者，無私而已矣。是故純亦不已者，德之盛也；自强不息者，勉之至也。行乎人之所不見，猶人之見；發乎己之所自知，猶人之所知者，慎獨之事也。不慎乎獨，則有時而息；不極其純，則無以與天一。此吾所謂學，非莊周之所謂學也。由聖人之學以求聖人之道，翰也皆未之能焉，惡敢以告人？雖然，叔能之命也，余公發其端，翰敢不思有以繼之，故用是以記夫天機流動之軒。

——《建溪集前編》卷三

天機流動軒記

翰林待制義烏王禕子充

浦陽戴君叔能所居之軒曰天機流動者，東陽陳先生樵、金華胡先生翰既皆爲之記。叔能且謂其友烏傷王禕曰：「子復能爲我一言乎？」禕惟二先生之言，其旨不同，而要各有所本，叔能之徵言於禕，豈以二先生之言猶有所未盡乎，抑以禕言或能有出於其所言之外者乎？故久而未敢復命。雖然，禕嘗觀於物，察乎造化之理，而得其説矣，其敢終於吾叔能愛一言哉？

蓋造化之理，一至誠無息之妙而已。《易》之爲卦，取象有八，曰天地定位，山澤通氣，雷風相薄，水火不相射。是八者，爲物不同而其爲理同，一至誠無息之妙者也。夫天，確然在上者也，而日月之代明，寒暑之迭運，其行至健，未始或息也；夫地，隤然在下者也，而草木之并育，河嶽之悉載，其承至順，亦未始或息也。山，人見其爲止也，而物俱由以成，未嘗息焉；澤，人見其爲説也，而物咸賴其潤，未嘗息焉；雷，若有時而息矣，而復於地中，未嘗有息也；風，若有時而息矣，而升於地中，亦未嘗有息也；水，洊習而常流者也；火，繼明而常照者也。非特此也，凡物之有形於天地間者，其消長禪續，生生不息，舉無異於是焉。其所以不息者何？莫非至誠之妙，造化自然之理也。造化自然之理，所謂道體是也。道本無體，然體物而不遺，故妙萬物而無不在，與萬物相爲用而無終窮者也。吾故觀於物，察乎造化之理，而知爲至誠無息之妙也。《中庸》曰：「至誠無息，不息則久。」嗚呼，造化之理，豈有外於是乎？

吾叔能有取於天機流動云者，豈不謂是矣乎？何者？天機之流動，即造化自然之理，至誠無息之妙也。然而觀物以察其理，察理而反諸身者，爲學之要也。故君子所以貴乎體驗之功也。天之健也，地之順也，吾因以充吾健順之德而自强不息焉；山之止也，吾因以成物而不倦；澤之説也，吾因以潤物而不厭；觀水之洊習，吾因以常德行；觀火之繼明，吾因以常中正；觀風雷之恒，吾因以久於其道而立不易方。此之謂觀物以察其理，察理而反諸身也。反諸身者，誠之之事也；誠之之至，則誠矣。《中庸》曰：「誠者，天之道也；誠之者，人之道也。」夫自誠之以至於誠，純而不已，謂之與天合德可也。嗚呼！爲學之要，其有不出於是者乎？不出於是，不足以成其德。吾叔能於是有獨契焉，則其體驗之功，可不謂既至矣乎？顧於褘之言，乃復有徵焉者，豈自信之未篤而猶有資於他人乎？褘也於學，蓋有志焉，而習於奔走，不能從吾叔能遊於高明之域，輒誦所知如此以復叔能，可乎？叔能之所與遊而密者宋先生濂，亦褘之所師友焉者，倘過叔能，幸爲褘相與訂定之。苟以其言爲庶幾，則請姑揭諸軒中以爲後記云。

——《建溪集前編》卷三

天機流動軒記

翰林檢討同邑鄭濤仲舒

夫天機流動者，伊洛諸儒所狀道體之妙也。同里戴君叔能有志於道爲甚切，乃舉是名諸軒。東陽陳先生君采實爲之記，謂氣出於神，而舉夫榮衛行息出入者以明之；而金華胡君仲(伸)〔申〕以先生之言不盡與伊洛合，又推其説而廣之；烏傷王君子充又歷舉八卦之象所以至誠無息者而極言之。叔能復謂濤曰：「子於同門爲最親，可默默乎？」夫道無窮也，而所以言之者，豈有窮哉？於是不讓而重繹其義曰：

人之能與道爲一者，心也。貫動静，該體用，一本末，兼精粗，合大小者也。方其静也，沖漠無朕，萬象森然具乎其中，是則所謂體也；及其動也，隨物順應，巨細畢舉，而莫之或違，是則所謂用也。然而静者，動之根；動者，静之機。一闔一闢，一鼓一隨，前瞻既莫知其合，後顧又莫知其離，語乎其末而本不能外也，語乎其粗而精不能違也，語乎其小而大不能背也。

觀於天運，則陰陽之消長，晝夜之迭更，有如環之無端，而吾心以之；觀於川流，則逝者之方行，來者之已續，亦如環之無端，而吾心以之。此無他，霄壤之間，惟一天機流動，充滿上下，亘古亘今，無一毫之缺遺，無一息之間斷。孔子「逝者如斯」之歎，子思「鳶飛魚躍」之喻，不過各備一事而形容之。君子之所存，存此而已矣；學者之所養，養此而已矣。初非心之外别有所謂道也。舍内而語外，吾不謂之善學也。

奈何世教不明，心學幾絶，人欲紛放，而此心如大軍遊騎而莫知所止！雖道之全體呈露，妙用顯行，尚孰能覺之哉？嗚呼！此濤於叔能所以欿豔而無已也。夫存之於目，必著之於心，叔能日處軒中，默察於日用語默之間，吾心之所以貫動静，該體用，一本末，兼精粗，合大小者，還能無間斷無缺遺，如環之無端乎？叔能篤學力行，當必有以驗之矣。他日來軒中，叔能尚有以告濤哉！毋以濤言爲伊洛之緒餘而棄之也，毋以三君子之所不及詳而疑之也，是爲記。

——《建溪集前編》卷三

天機流動四大篆跋

翰林學士同邑宋濂景濂

右四大篆，豳國忠宣公余闕爲浦陽戴君叔能書。至正九年，公持使者節來鎮浙部，濂偕叔能往見。公奬勵甚至，且各書齋扁爲贈。公去浙後，江南大亂，荆楚之域，皆爲僞漢陳友諒所據。公時以淮南行省右丞分治安慶，安慶前後皆盜區，公獨守六年，小大二百餘戰，未嘗敗北。不幸糧絶城陷，公遂赴水死。君子稱其大節與日月争光，信哉！

公文與詩皆超軼絶倫，書亦清勁，與人相類。然其忠義之氣，可以懼亂賊，清惡厲，天地因之以位，君臣藉之以定，斯豈細故？雖所書不工，猶當傳之萬世，況能臻其妙者乎？此紙所在，定有神物呵護。見者當如張中丞之詩、段太尉之笏，聳然起敬，不可徒以翰墨視之。公唐兀氏，余闕其名也，字廷心，一字天心，元統元年進士，世居武威，今爲合肥人。

——《建溪集前編》卷三

書天機流動軒卷後

程汝器

天者，理也；機者，發動所由也。斯理之在天地間，隨處充滿流行，是故一晝一夜，周天三百六十五度四分之一，亘古亘今，運行而不已，生物而不窮，此造化之天機流動也。近取諸營衛之消息，形氣之相應，與夫心神之出入者，何莫非天機之流動哉！然斯理也，非義精仁熟之君子，固不能與於斯，然非樂道之深者，亦不足以語此也。

金華浦江戴九靈先生叔能父，讀書樂道，沖澹雍容，嘗鑿池於所居之傍，架屋跨池，引水出入，闢軒俯瞰，往來相續，瑩徹澄清，徘徊於湛然之中，悠然自得，乃牓曰天機流動。時武威余忠宣公行部至是邦，爲書四字以顏其楣。繼後太史宋公景濂、東陽陳君君采、金華教授胡公仲（伸）〔申〕、義烏待制王公子充、麟溪博士鄭公仲舒，皆爲之記，悉刻置於壁。未幾，四方多故，城郭丘墟，是軒已成煨燼。迨及承平，先生復葺小軒以存舊觀，且搜閱舊文拓本并余公真迹，裝成卷帙，詳識於後，以寓其慨歎之意。

越十有八年，爲建文元年，予宰是邦，見先生之仲子和之出示此卷，徵予一言。嗟乎！予何言哉！静惟先生之學，已見於《春秋經傳考》；樂道之深，已見於《天機流動卷》；且觀和之恬静幽雅，質實不華，能壽先生之文脉。是先生雖未宏其施，而著述可以與天地相爲悠久，貽謀足衍詩禮之家傳，是則天機流動未嘗息也。余何有哉？姑誦是説以識其景慕云。上章執徐嘉平月望日新安程汝器書於縣齋。

——《民國浦陽戴氏宗譜》卷二十二《文辭》

天機流動軒

縣城南隅，元戴良所居。金華胡翰仲申《記》略云：「余公闕至浦江，問士於趙侯謙齋，侯以叔能進。公深奬許之，爲榜其所居之軒曰天機流動。叔能命予記之。」

——《乾隆浦江縣志》卷二十《古迹》

九靈山房賦

翰林侍讀會稽唐之淳愚士

夫何浦陽之涯，九靈之下，有幽人兮抱道，乃斯焉而托處。於是憑林考宅，緣崖葺宇，門絶塵軒，途回俗軌，求至理之元微，陋時俗之紛沮。顧情累其既泯，豈世網之可迕？爾乃懷荃握蘭，雲飲露餐，稽經諏史，玩賾探元。念往昔其曷今，視後至其無前。爾其嘉會之仇，肥遯之侣，則木客芝童，鴻生雅士，或倚桂而言嘯，或誅茅而廬旅。詠《招隱》之古辭，將終焉而弗悔。

胡干旄之在浚，又良馬之云五。緇衣敝兮改爲，白駒縶兮場圃。豈蕙帳之虚空？信蓬累其時舉。值陽九之頹運，嗟風波之流阻，既南翔乎荆吴，復東邁乎齊魯。慨節運之代序，竟荏苒而歷茲，越河山以托景，每愴怳而念之。倘彼途其未遠，庶此日之可追，亮東皋之有事，迨北山其未移。

惟余生之尚賢，慨既出而終隱。方混迹於塵囂，冀遥舉而遐引。矧高山之仰止，揆十舍其猶近。已焉哉！顯固有機兮，晦亦有時，惟道之修兮，毋世之譏。彼珠玉之韞兮，猶川媚而山輝。采芝兮采薇，自古兮有之。

——《建溪集前編》卷三

九靈山房記

秘書少監豐城揭法伯防

余舊讀金華戴雲林先生之詩文，見其精密古雅，敬慕之而恨未識也。及來四明，始識先生於慈溪之上。又見其氣清而質厚，德温而行謹，已有以慰余之夙心。及覽其全集，則浩乎其博，淵乎其深，而不可底止，意其必有所自來而未敢質也。一日示余以《九靈山房圖》，則有以見夫山之高薄霄漢，深涵洞壑，蜿蜒演迤，峻拔聳峙。喬木修篁，蕭森薈蔚，而鬱葱清淑之氣渤沕而上騰。先生實居其麓，祖宗丘隴亦在焉。

先生自幼至長，凡立身行己之道，窮理盡性之要，博物洽聞之事，皆於斯而講也，遂名其讀書之所曰九靈山房。畫而爲圖者，示不敢忘也。雖宦遊於外，亦可朝夕在目。而後知先生之所以異於人者，固學問之所致，亦兹山之所鍾奇毓秀者也。

人之傑，未始不由乎地之靈，自古而然也。然兹山之美如此，郡志之所不載，圖經之所不記，何哉？豈非昔未有賢人君子處於其間，故世之人無從聞知？而兹山之所以閉其靈，蓄其英，實有待於先生也。今也因先生而九靈之山見之歌詠，傳之四方，幽人雅士之所尋訪，賢士大夫之所企想，且將與富春少室聯芳汗簡，并耀千古，又豈非先生因兹山而降，兹山又因先生而顯也歟？周伯温左丞公既以古篆書其楣間，余遂爲之記，而用置於壁。

——《建溪集前編》卷三

九靈山房記

永新知縣四明烏斯道春草

金華雲林先生以《九靈山房圖》示斯道。斯道問其故，先生曰：「金華多高山，西去逾百里，有屬邑曰浦江，其山爲最高。又西去百餘里爲九靈山，九靈山於諸山又最高。蜿蜒扶輿，曲折起伏，靈氣不泄，萃爲九峰，因以名焉。其左右後先，層巒疊巘，飛翔奔走，綺碧輝焕。雖杖履之樂於登陟者，亦莫得其梗概焉。吾有先人之敝廬實處其中，置琴一張書萬卷。松篁梅檜之屬，鬱乎蒼翠。先人之丘隴，諸父昆弟咸在。而吾乃宦遊淮泗，宿留齊魯之邦。值兵亂，蹈巨海，又東至於四明。閱歲滋久，思返乎故廬，視桑梓，灑掃丘隴，洽諸父昆弟，聚子姓教養之。暇則采山釣水，優遊詠歌，以終夭天年。而道路猶阻絶未獲也。吾雖神遊故山，然未嘗不西向而興慨焉。今覽是圖於寓舍，庶九靈之山在衽席之上，而吾亦不知其身之客也。吾將記是，恐盡於心，子爲我記之。」

斯道謂金華山川之秀文物之懿名江左，人且願遊其間，惡有生長懸弧之門而忘情者哉！昔王摩詰治別業輞川，必手圖之以不忘其勝。陳季卿留長安，睹青龍寺之環瀛圖，則思歸江南。先生出處，固不類乎二子，而覽圖以致其思也，則或幾乎似矣。然先生抱道而夷曠者也，又豈不知天地萬物皆吾有也，九靈之山隨所寓而在，何必凝滯一隅而漆漆然哉？特以禮不忘乎本焉耳。吁！禮不忘本，仁也，非先生其誰歟！先生姓戴，名某，字某，雲林其別號也。

——《建溪集前編》卷三

九靈山房記

會稽胡惟仁

士始生而志四方，仕而不出乎其鄉者，非有志之士也。然其出也，或馳騁於功名之途，或羈罹乎困窮之域。雖幽顯頓異，而越吟楚奏，人情所同，故出而無故鄉之思，非人情也。雖然，君子之周其身以道，道有屈伸，卷舒惟時，奚必出而徇名，亦既倦而懷安乎？

蓋吾夫子嘗載其質於鄉疆，環其轍於天下，而不爲亟；慨然眷父母之邦，而不爲私：亦周吾道而已。譬諸山之出雲，沛然澤物，及其乘長風而逝也，則亦浩然而歸耳！吾何容心哉？故誠得夫隨遇而安之道，則雖跬步未離，而謂之再撫乎四海；雖周流無際，而謂之不出於户庭：非過論也。

雲林先生生長金華名勝之區，而讀書求志則在夫所謂九靈山者。先生資山之靈，懿以文德，畜極不試，將懼永湮，遂北遊萬里，觀乎中國，然一莫之遇焉。朅來四明，東南始多故矣，猶必擇山以居，居凡五遷，輒寓夫「九靈山房」之名，以示不忘乎故。

或曰：「先生南冠而縶者乎哉？」余曰：「不然。先生學孔氏者也，不擇地而安，無所往而不樂。故泛觀乎他山泉石之清潤也，草木之光華也，禽獸羽毛之文麗也，其有異乎吾釣遊之所在歟？實同而名異者，於其實焉而同之，其可也。然先生放而求，曠而休，倏然而往來，遊目而道周，蓋將齊物我於兩忘，任行藏於一漚，又安知八荒之不爲我闉，九州之不爲我丘矣乎？」先生聞之，笑曰：「子之言，不過欲釋吾之離思。雖然，亦幾乎道，不可以不記也。」

——《建溪集前編》卷三

與戴襟三書

周　璠

襟兄足下：

《九靈文集》之得，誠懽誠忭。反覆思之，事蓋不偶然也。夫湖源廣袤百里，自有山水以來，吸壤飲泉蠕動者族之。靈光鬱怒，乃誕偉人。不富貴，不功名，忳然其品，矯然其節，幽然其光，沖然其度，身後之名，且明且晦。而紛拏盤辟於深山大谷之中者，爲雷霆，爲虎豹，動心駭目，不可手施。嗚呼！是不偶然也。

生厭萬山之僻，改卜城南，闤闠負郭，非其志也。丘墓之所在，先人之精爽戀焉，舍故宅爲祠堂以貽後嗣，先生若曰：「吾生寄也，暫也，奚適而不可？吾死之後，千秋萬歲，神魂當依此土矣。」丰兵燹重遭，堂宇無復存者，遺址荒涼，傷心憑吊，後學履之，尚愓愓然神驚，又況其後君子。今諸君且堂且構，俎豆烝嘗，我先生永有依歸，知其慰也。值廟事將竣，文集斯出，不先焉，不後焉。嗚呼！是不偶然也。

賢昆季英年妙才，豈敢預卜所就？顧生而好古，好以身昵古，則莫若仙華、寶掌之近者，方宋吴柳是也；則莫若靈山之朝夕在望者，先生是也。其勞心焦思，無日不以是集之殘缺爲懷。杭城之遊，若推若挽，因緣鮑氏，遂睹是編，雖豐城劍氣，不神於此，是不偶然也。

璠不才，智短識罕。然自訂交昆季以來，相丁寧，相歎喟，相激發，總歸兹集。雖以尊府之深心厚力，而區區者實竭其愚，以朝夕獻儆於左右而俾不敢忘，則一旦得之，而二十年之願望一慰矣。是不偶然也。

繼今而後，九靈之山當蒸而爲霞彩，馥而爲芝蘭。吐納而擷取之者，非他人，賢昆季也。勉旃！勉旃！翹足以企。

——《建溪集前編》卷四

鑑溪司訓九靈山房圖題辭

禮部侍郎秀水錢載籜石

浦江戴君鑑溪來爲嘉興府儒學司訓，貽我以《九靈山房之集》而屬題其《九靈山房之圖》。蓋叔能先生，司訓十四世從祖也。戴氏世居九靈山下，先生自號九靈山人。山人嘗作《九靈山圖》，出遊所至，張之壁，名其居，一時周伯琦書之，胡惟仁、烏斯道記之，唐之淳賦之，丁鶴年輩詩之。而今之圖，則鑑溪追維前烈而作也。

於是受讀《山房之集》，率皆有得於道之言，非有得於道者不能爲此言也。其《待制柳公贊》曰：「朱學之傳，至於文安，公得其師，猶水有源。」此則先生之所學。其《投知己書》曰：「凡其艱難而僅得者，不過用以資其詩與文，而於古聖賢人之大道，則固未之有聞也。」嗚呼，此則先生之所詩與文者矣。

再觀於圖之崖谷泉樹，約略先生《九靈山》詩所云，屋廬冢墓其處，以想見夫往來柳文肅、黄文獻、吴貞文三先生之門，而嘗與宋文憲先生合堂同席以學其所學也。江山和粹之氣，蓋適聚於其時也哉！夫識小識大，道之在人，則夫金華之風朱子之緒，百世而興起者，其猶在浙水之東也歟！司訓固九靈之戴氏，又居近鄭氏之義門，其怡然高望也，圖且有以傳之矣。

——《建溪集前編》卷四

松隱居圖題辭

吴錫麒

夫述祖德者，興思喬木；懷舊隱者，寄慨煙蘿。良以理貴崇睎，情存幽契也。松隱居爲元戴叔能先生故棲，山抱九靈，松分五粒，標新韻而逾古，結寒姿以當春。先生思樂在林，遁奇於野，有雨皆舊，惟雲得停。展倪迂之圖，奏青丘之詠。雖浯溪之題山谷，天柱之寫巨然，亦何以尚之哉！

年載易更，巖壑無改，賢孫春塘以後來之秀，揚前哲之芬，惓惓之意彌勤，窈窈之懷斯托。

既瞻兹繪，代述曩篇。十影九形，恍席月於青嶂；一唱三歎，顧眠琴於綠陰。高山之云，企焉曷既！

——《建溪集前編》卷四

九靈山房藏書記

戴殿江

科舉興而經籍廢，士之懷鉛握槧者，但抱《兔園》十餘册，剿襲成篇，即可以致通顯，若是則奚事於書？有解事者，以百什金（梱）〔捆〕載坊書歸，而牙籤錦帙輝煌乎奇器名畫之間，若是亦何從言讀？有書矣，又能讀矣，而苟非立有章程以守之，則其散也，不必兵火也，雖聚猶勿聚矣。大江之南稱藏書者，祁氏之曠園、毛氏之汲古閣、黄氏之千頃堂，其著也；而徐氏傳是樓則尤著。若兩浙藏書家有歷三百餘年而整比如初者，則唯天乙閣范氏。自司馬公没後，後人藏守極嚴，范仲友破戒引黄梨洲一登樓，爲輯其書目以傳，而其書之有入無出者如故也，蓋非孫月峰、胡孝轅、紐石溪諸家所得而比倫者矣。

至吾家九靈山房之藏書，則有不宜没其緣起者。乾隆甲申歲，仲季瀛三、東瞻遊學吴山，購求《九靈山房遺集》，備列吾婺先哲遺書，囑慶雲齋書賈購之。書賈質諸知不足齋鮑君以文，鮑君一見書單曰：「此金華友也。」問何氏，曰戴氏，則又曰：「戴氏有《九靈集》，板毁矣，而予所畜抄本則佳，然不輕授也。」書賈以告，仲季聞先人遺集在，驚喜，即價以往謁。各恨相見之晚，立出抄本付梓。鮑君曰：「予性喜茗飲，君家九靈山春茗色香味并佳，幸爲予致之；君家寡有之書，予亦可漸致也。」則應之曰：「諾。」於是武林之書肆，苕霅之書船，姑蘇之估客，有好本無不致。

積數年，書稍稍集。而鮑君曰：「未也。聞嘉禾一大姓，積書數萬卷，近以遠官欲售，盍訪諸？」則買棹急往，發其所藏，凡吾欲得之書與未見之本多在焉。乃以千金致其書山中，而九靈山房之藏書乃甲於浙東六郡矣！是役也，浙人多稱道之。時韓城王相國視學兩浙，謂鮑君曰：「禾郡精華，其集於九靈山下乎？予當爲記之。」

其後瀛三歷署教職，所至必以書隨，未能閉關卒業；東瞻旋亦北上，繼入詞垣，讀中秘書，且與藏書樓久闊也。然而藏書之章程，則已具立矣。凡曝書有期，修書有費，書目既定，永矢弗出。良友之嗜學者，聽就抄，不聽攜去。庶可免於借書之癡鬻書之不肖乎？

抑予聞黄梨洲之言曰：「藏書者如護目睛。」而元儒程畏齋讀書分年日程，則謂經史百家皆當循序以進。吾戴氏之書僅藏之而已乎，抑不僅藏之而已乎？乃集子姓而告之曰：「分年讀書之法，凡屬中資，皆可勉也；『如護目睛』之喻，乃藏書家四字訣也。傳是樓之所以甲於大江以南者，以能讀也；天乙閣之所以甲於浙水東西者，以能守也。汝曹其謹識之。」是爲記。

——《建溪集後編》卷二

書柳文肅送白彦昭序後

戴殿泗

柳文肅《送白彦昭序》云「柳子謝歸浦陽之明年，邑之屬鄉興賢巡檢白君彦昭將以月日代，里友吴立夫哀詩贈餞。立夫曰『吾客授馬劍山中，邇彦昭之署居，見彦昭』」云云。按文肅以泰定三年丙寅任江西儒學提舉，秩滿而歸，則天順二年己巳。其明年，至順元年庚午也，時先祖九靈先生年十四。先是，先生從姊氏居邑城，繼遊柳文肅、黄文獻、吴貞文三先生之門。今考得事柳公的在己巳之後，《祭先師柳待制文》所云「良也登門，肇自童蒙」者也。其事貞文，不知孰先孰後。《序》中言貞文知彦昭甚悉，是設教馬劍不始於是年，豈先祖既遊邑城，時還受業耶？

當時耆儒碩德，照耀百里之間，亦極盛矣。馬劍一撮土，亦能篤生俊人，親屈名賢，而以列名大君子之籍。今者鄉居如故，里名不改，追撫遺文，能不憬然以思？山川而有靈也，豈獨厚於昔薄於今哉？兹蒙所不解也。作序之歲，文肅公蓋年六十，元時縣屬皆有鄉官得以治民，此制殆爲近古，不知何時始廢。

——《建溪集後編》卷二

敬題先祖九靈山人遊丹山詩墨迹後

戴　聰

先祖九靈山人《遊丹山詩》墨迹一幅，鮑淥飲先生得自舊書攤以遺先叔父教諭公鑑溪先生者也。山人詩文集已重鋟行世，而手迹無一字存者，叔父得之，如獲異珍，敬付裝潢，并補繪《丹山圖》於後，什襲藏之。每年五月十三山人誕辰，設牲醴，陳卷於几。祭畢，仍謹藏勿敢褻。此詩不載詩集，不標題，無年月，詩後識云「余既賦此詩，□□□出顧山人向所作《丹山紀行圖》，求予書之，遂繫圖後」云云，始知爲遊丹山之作，因某出圖求題，遂書其後，非題《丹山圖》詩也。

按丹山即四明山剡源九曲之第五曲也。地志載天下名山洞天三十六，四明第九，丹山赤水是也。山衺延三四百里，綿亘鄞縣、奉化、餘姚、上虞諸縣境。由鄞縣小溪鎮入者爲東四明；由餘姚白水山入者爲西四明；由奉化雪竇山入者，則直曰四明。山人居鄞最久，名山古刹遊蹤無不到，獨無遊四明詩，知《鄞遊稿》之散逸必多。然此詩曰「邂逅遊白水」，是居餘姚時從白水而遊西四明，非鄞縣之東四明矣。又按《吴遊稿》，有《題陳敬初學士小丹丘》詩及《小丹丘記》，彼爲天台之丹丘，山人遊蹤未至天台，自無遊小丹丘之事。《鄞遊稿》有《丹丘先生歌》，其人好神仙能祈晴，以丹丘爲號，非出圖求題之人也。

詩係五言古，十七韻九行。又後序四行，行十九字。圖記二：曰戴某私印，曰九靈山房。烏闌小楷，無一筆帶行草，書法精勁似黄庭。紙色雖舊，惟識語缺三字，余尚完好。每一展讀，神彩奕奕紙上，想見正氣所鍾，偶一握管，不苟如此。噫！今人得元明人數行尺牘片紙題詠，猶寶貴而珍藏之，況先人手澤耶！我子孫宜如何寶貴，世世守之，無或失墮也耶？

原詩附録

久慕仙山名，莫踐塵途履。蹉跎去元髮，邂逅遊白水。時冬正燠若，朋儔咸戾止。越嶠樹冥冥，涉澗石泚泚。停眸睇崖瀑，澡念謁祠宇。言尋肥遯賢，乃遇冥寂士。揖予沆瀣中，納我鴻濛裏。皮陸辭可求，劉樊事難擬。富貴兩忘情，夫妻同脱屣。時既無古今，迹豈有終始？青山作頭顱，白雲爲衣帔。浮生固多端，趨死諒同軌。此身縱滿百，閱世能有幾？采練昧丹訣，服食乏松髓。已莫駐華年，何能延暮齒？諸君盡高識，兹遊豈徒紀？便須遺世緣，來從赤松子。

余既賦此詩，□□□出顧山人向所作《丹山紀行圖》，求予書之，遂繫圖後。然一時率爾之作，豈能與無聲之詩相抗行哉！九靈山人戴良題。

——《建溪集後編》卷二

聽雪齋記

楊維楨

金華戴君良，過睦謁余官次。明日，復持卷來曰：「良所齋室，鄉先生柳道傳公嘗書聽雪以顔之，未得記而公卒。且令良有請於吾子，幸吾子賜之言。」

予重違柳公契闊意，而且嘉良之切切於雪，爲之言曰：雪一也，聽有不一焉：僵而聽，卧户之士；羈而聽，被鐵之夫；業而聽，又甕牖之儒蓬廬之漁耳。戴君氣盛志廣而才甚長，見時顯貴人，咸喜而與之進出。鄉遊通都，且將北上京國，有風雲之會。而於雪也，奚能效前所陳者聽耶？抑聽雪以聲，固不如聽雪以理者之爲聽之深也。今夫雪也，出玄而生白，似化；藏於密而散彌六合，似道；將集而霰先焉，似幾；陰涸而合，見晹而消，似時；匿瑕藏疾，似量；無論穹卑夷險，一稱物以施狀，似平治。若是者，雪之具德廣矣。戴君反之在己不在雪也，則其取數於聽者不既多矣乎？不然，吾懼之所聽者，卧户之饑士，被鐵之戍夫，牖之窮儒蓬之寒漁而已耳，何取柳先生之屬於雪者哉？

君起謝曰：「良固知聽雪以聲，固不若聽雪以吾子之教也。五泄之麓，敝廬在焉，遊將歸矣，請書爲記。」

——《東維子文集》卷十八

（按《建溪集前編》卷三亦録此文，然請辭於楊維楨者乃戴九靈長兄士垚。今誠難辨究竟，姑且闕疑）

李杲堂先生墓誌銘

黄宗羲

文章不特與時高下，亦有地氣限之。明越兩郡，其地密邇，同一風氣。明初楊鐵崖、戴九靈

（戴寓明州。）爲文學宗老，唐丹崖、謝元功、趙謙比肩而作，宋無逸、鄭千（子）〔之〕皆楊門弟子。其時師友講習，炳然阡陌，一時號爲極盛。

——《戴良集》引自《南雷續文案·吾悔集》卷四

九靈先生山房記

全祖望

姚水之東，慈水之西，有蜀山焉，其地兼明越之勝。山之左有永樂寺，九靈先生寓於此。九靈故浦江人，柳文肅之高弟也。明兵定浙東，九靈避地於吳中依張氏。久之，挈家浮海至膠州，欲投擴廓軍，前不得達，乃避地於昌樂。久之，浮海至寧，定計隱於寧。初卜居於定海，繼卜居於東湖，尋卜居於花墅湖，其後遂止於寺，時洪武六年矣。又十年而被徵，太祖欲官之，九靈不可，忤旨下獄，明年暴卒。錢尚書受之以爲自裁云。

或曰九靈初家居，明兵入金華，大帥嘗以九靈入見太祖，相與論取天下之略，甚稱旨。而其後歸於淮張。淮張亡，始變姓名曰方雲林，避地於寺。天下既定，有使者至寧，過其寺，見九靈而異之，還朝以所變姓名上薦。徵之至，則太祖猶識其爲九靈，欲大用之。會有譖之者，乃袛除工部主事。九靈意不樂，逃去。太祖大索得之，下獄，以鐵銀鐺穿其項下骨。卒，火化其屍，年六十七。今其文集附録有《祭雲林文》。

以予考之，使九靈曾見太祖於金華初定之日，又曾奏對稱旨，則其時太祖方旁求，不應復聽九靈之還，即令太祖不甚物色，而潛溪諸公已侍太祖幕中，不應復聽九靈之還。況九靈之惓惓於《麥秀》《黍離》殘山剩水者，其必不肯輕出明矣。九靈不肯屈身異代，則雖大用之，亦必不受。使其肯出，則工部之命亦未必逃。斯乃世俗流傳誣善之詞，小視九靈，而不足以盡當時之情事，不必深辨而自明者也。

九靈以不肯屈身而被繫，顧其死不甚明。使其出於自裁，固爲元畢命，即令以瘐死，亦爲元也。九靈之大節，不必果出於自裁，而要可信其爲元也。然則山房雖小，足以爲寺重，足以爲吾鄉重。予每過此，輒徘徊竟日不忍去，非徒以蜀山之勝也。

嗚呼！古來喪亂，人才之盛，莫如季宋，不必有軍師國邑之人，即以下僚韋布，皆能礪不仕二姓之節，然此則宋人三百年來尊賢養士之報也。元之立國甚淺，崇儒之政無聞，而其亡也，《一行傳》中人物累累相望，是豈元之有以致之，抑亦宋人之流風善俗歷五世而未斬，於以爲天地扶元氣歟？九靈愛此寺之勝，思永其采薇采蕨之節而不克。豈知此寺之不朽，正以九靈耶？至九靈之别字爲雲林，則見於《烏春草集》，然未嘗變姓也。

——《鮚埼亭集外編》卷十八

甬上寓公偶志

全祖望

吾鄉僻在海上，然累代星移物换之際，必多四方避地之士，其後或留或去，要足以增吾鄉文獻之重，不可遺也……方明之初，西域丁鶴年居定海，金華戴九靈居慈溪永樂寺，曹南吴志淳居鄞東湖，山陰張玉笥居四明山中，永嘉高則誠居鄞櫟社，（今尚有瑞光樓故址。）龍子高亦居慈溪，南昌揭伯防、錢唐楊彦常、會稽盛景章、魏郡邊魯生、永嘉柴養吾俱居鄞。而玉笥埋名傭於僧寺，至死始有知之者，其迹尤奇……嘗思搜輯諸公軼事遺文别爲一録以附圖志之後，而卒卒未暇，姑舉所知者牽連記其名籍，以俟後之博雅者成予志焉。

——《鮚埼亭集外編》卷四十九

移明史館帖子六

全祖望

《元史》於殉難臣僚，業已專傳裒然，可無原父「第二等文字」之誚。而其仗節於順帝遜位之後，尚有多人。史稾成於洪武之初，多失不録。如擴廓不當與張李同傳，陳友定不當與張陳同傳，是猶其顯焉者。至伯顔子中之拒命，則太祖所欲致之而不得者也；戴良之被囚，則太祖所欲奪之而不能者也；蔡子英之遜荒，則太祖所欲留之而不敢强者也；王冕以兵死；永福山道士以刎死；葉蘭以不受薦死；原吉製壙銘以待盡；鐵厓書李黼榜進士以志懷；李一初序《青陽集》，恨不得效一障之用；而丁鶴年宣光綸旅之望，至死不衰；淮張亡後，張憲變姓名傭於僧寺：要之皆非明臣也。

——《鮚埼亭集外編》卷四十二

奉答萬九沙編修寧波府志雜問八條

全祖望

四問：戴九靈寓慈溪之永樂寺，存吾所述大與牧齋不合，如何？

九靈詩文，率皆《黍離》《麥秀》之感，其不肯屈身異代，無可疑者。謂其授官觖望而逃，誤也。

——《鮚埼亭集外編》卷四十七

金華朱子學脉

黄百家

勉齋之學，既傳北山，而廣信饒雙峰亦高弟也。雙峰之後，有吴中行、朱公遷亦錚錚一時，然再傳即不振。而北山一派，魯齋、仁山、白雲既純然得朱子之學髓，而柳道傳、吴正傳以逮戴叔能、宋潛溪一輩，又得朱子之文瀾，蔚乎盛哉！是數紫陽之嫡子，端在金華也。

——《宋元學案》卷八十二《北山四先生學案》（原文闕題，據文意補）

元詩總論

陶瀚　陶玉禾

虞楊范揭諸家之後，古奥有李季和，清警有傅若金，雄健有陳剛中，寄托深遠有劉季翁，意藴沖淡有戴叔能。胚胎前賢，典型未墜。

詩有傳授，所謂師友淵源，波瀾莫二。郝伯常，元遺山弟子也；袁伯長，戴帥初弟子也；戴叔能得法於余廷心；泰兼善得法於李季和；張仲舉得法於仇仁近，而成原常又得之於仲舉。

——《戴良集》選自顧奎光《元詩選》卷首

與朱西崖先生書

戴殿泗

久暌晤教，伏唯文履安好。兹者先祖《九靈山房集》校刻已竣，謹送呈一部。其《補編》暨

《年譜》係是新輯，年譜所據，本集爲多，其他史鑑、志書及家乘及同時諸大家文集僅十數種，未知果能無差謬否？他如字畫體制，倘有差舛，鈞望繙閲之餘，拈出教示，幸甚。

泗自校刻此書，周閲不下三數十過。嘗竊因其字句聲韻之末，以想見夫醞釀蓄積出處語笑之所以然，而遂以仰推旁逮於當日之名師碩友。若柳、吴、黄、余、宋、鄭、王、胡，皆浦産也，不則其鄰於浦而蒞於浦者也。重門洞敞，堂奥深邃，園囿池榭，陂陁上下，各具徑術，不名一途，俯仰揖讓其間，環珮繽紛，步履密切。噫，亦奇觀矣！因亟歎程子所云：「昔之成材也易，今之成材也難。」是語也，於茲爲信。雖然，誠使瑣瑣者得幸生於其際，諸鄉先賢其肯不吝顔色，許令附執鞭焉否？如果不相徑庭，則先輩之聲飆謦欬，略無虛假，毫芒泰山，猶有存者。以譌缺三數百年如先集者，猶得一旦仗不没之精鑾以繕完乎此編，是故殘書之搜輯猶易完，書之能讀最難。不其然與！不其然與！

今日吾鄉學者，六經諸史盡可置之高閣，終世不觀，安用此書？雖然，未可知也。設有能摩挲故物，蹶焉興起，尋其味，别其聲，追求其腠理脉絡，則夫讀經之法具於中；讀史之法具於中；儒先剖别性道之旨，當世閲歷遭逢之故，所以匯經史之精神而運用於一身者，悉具於其中。此方、柳、吴、宋諸巨集中同具之大致，而坎壈轗軻，先集爲益甚，其得所感發亦宜爲益深。然則決非今日之浦江所可有可無之書，不獨家傳世澤理宜輯完而已，易知也。吾黨之士，有能奮興慨慕於斯者乎？敬當奉一編酬之。其若身爲後人，不知感發，悠忽度日，亦何以逃其責？是所望於相愛者之提耳命之，於斯爲不細。泗自承教以來，未嘗不以鄉先賢諸書相贊歎。今集刻告竣，敬以復於先生。其必將不惜片言，有以迪教之也。

——《風希堂文集》卷三

祭雲林先生文

同邑柳穆叔雍

嗚呼先生，天賦之英，才全德備，氣質清明！伊昔吾祖，鳴道於世，先生實來，求啓其秘。負笈擔簦，是親是炙。八載於兹，朝益暮習，濡染滋久，道藝益宏。高談霧屑，偉論雷轟。摛文吐藻，珠光玉潔。洋洋聖謨，昭如日月。人謂吾祖，道有攸寄。我祖斯屬，俾予師事。發我蒙蔀，藥我愚癡。教之誨之，旦夕靡違。我祖既逝，先生復留。爰制心喪，仍爾三秋。分則師友，義猶骨肉。世交之契，莫是之篤。

先生之學，傑出於時。遭世孔艱，抑而未施。遂爾高蹈，卷迹林丘。追逐雲月，滄海之陬。我朝搜賢，禮羅四張。儼乎威鳳，千仞高翔。止水安流，風波靡測。由是顛隮，檣欹柁側。斯文曷任？後學安師？嗚呼先生，竟止於斯！氣至而伸，氣反而散。隨順委常，死生奚憾？尚有令子，崇德象賢。世紹基緒，兹其永年。仙華峨峨，溪流瀰瀰。景仰遺風，此情何極？謹陳薄奠，庸表我私。嗚呼先生，維其鑑之。

——《民國浦陽戴氏宗譜》卷二十二《文辭》

建十三賢祠記

清邑令薛鼎銘

蓋聞師道立則善人多，孟子曰：「聖人，百世之師也。」孔子而後聖不可見，得賢者師之，足矣；不能盡天下之賢者而師之，得一鄉之賢者師之，足矣；又不能得當我世之賢者而師之，得五世十世百世以上之鄉之賢者而師之，亦足矣！近聖人之居，古人以爲幸，其於賢士，何獨不然？

夫自有太極，即有陰陽；有陰陽，即有淑慝。淑慝之分，雖天地不能免。和風甘雨，淑之類也；旱暵淫潦，慝之類也。其在於人，秉五行爲五性，五行雜糅而善惡見。善，非惡不足以形其善；惡，非善不足以易其惡。是故有賢人君子者出，苟有民衷好德之心，必且尊之奉之，生事之，没享之，而且祠廟以居之，肖像以圖之。凡以仰山之高，跂河之廣，而使自愧其爲培塿與沼沚者，亦將畚土增高，導流益廣，日進而不能已。故賢哲者，時人之師。師嚴而後道尊，道尊而後民知敬學，尊嚴之禮，不可不講也。

且夫木同林而良楛别焉，石同山而頑秀殊焉，人同鄉而淳澆異焉，此天之所無可如何者也。然而人心至靈，與物之蠢然者殊，靈則變，變則化，故天常於一鄉一邑，以其間氣所發，挺生豪傑於億千萬人之間，而俾之相形生愧，相近生慕，油油然聞其風而興起，與薰其德而善良者無以異，此鄉先生之没而師範乎人者也。師之則必事之，事之則必享之，作廟翼翼，誰曰不宜？

先是，浦立五賢祠。元至正十二年，達魯花赤廉阿年八哈建以祠孝子陳公，助教、節愍二梅公及忠惠王公、待制柳公。今毁不復存矣。余方從事重修邑志，綜覽前修，或補或續，又得八人，各繫以贊，總之凡十有三人。勸其子孫族姓建合祠於文廟之西南偏，衆皆踴躍，并各捐資置産，爲祭祀歲修永久計。工竣，題其祠額曰十三賢祠。

夫余之所以樂有此舉者，非於邑之中示觀美也，又非徒爲望家令族美其前人以誇耀之也。賢之者，師之云爾。繼自今，邑有誶於室鬩於牆者，盍師陳鄭之孝友？有見義不爲，臨難苟免者，盍師二梅之忠節？有爲逃世絶俗，潔身以亂大倫者，當師倪石陵、方景山、戴叔能之流離瑣尾，一飯不忘；其有事君無義，進退無禮，苟合取容者，當師王忠惠、張伯啓之立朝謇諤，爲郡廉平。他若雕飾詞章，言不顧行，則如柳道傳、吴立夫、宋潛溪之沈潛理學，師之，非徒以其文也；又若惑溺異端，敗常亂俗，則如張孟兼之攘斥緇流，師之，足以正其學也。

嗟乎！此十餘君子，立德、立言、立功，類皆不世出之人，爲通都大邑跨州連郡之所不可兼得，而一萃於蕞爾邦，何其盛歟！以鼎銘之誦其詩，讀其書，低徊嚮慕之已久，一旦親履其地，率都人士而拜於堂宇之間，又何其幸也！詩曰：「高山仰止，景行行止。」吾師，吾師，其在於兹，豈獨爲邑人詔勉哉？顧如余之譾材薄德，忝爲民宰，譬猶田舍老翁腹無一物，不能自課其子若弟，於是具書幣以延宿學之士，日坐皋比而訓之，揚揚然號於人曰：「吾家得名師，某無慮子弟之不才矣！」然則師道立而善人多，自今不大有望於浦之人士乎哉？

——《乾隆浦江縣志》卷十六

八賢贊 并序

清邑令薛鼎銘

元時浦邑建五賢祠。五賢者，陳公太竭、梅公溶、梅公執禮、王公萬、柳公貫也。邑人戴良爲之序而繫以贊，危素書之。後祠圮，而碑之存在學宮者無恙也。余兹綜覽囊修，五人而外又得八人。既建立十三賢祠，竊爲作記以志其事。而復循遺制，八賢亦各爲贊一章。續貂之愧，所不能免，要以伸景仰之私云耳。

提舉戴公良

方圓白黑，朗鏡察形，出處進退，達士揆情。元季失鹿，群雄構兵，晦迹觀時，獨抱丹誠。風起雲揚，鴻鵠高翔，擇人共事，去就無常。《黍離》《麥秀》，歌詠自傷。軒冕敝屣，卒罹於殃。我公之時，潛溪并推。同波異瀾，齊足分馳。君子有心，史臣闡之。九靈之上，向日之葵。

——《乾隆浦江縣志》卷十七

附録四

傳誌年譜

明史戴良傳

戴良，字叔能，浦江人，通經史百家暨醫卜釋老之説。學古文於黄溍、柳貫、吴萊。貫卒，經紀其家。太祖初定金華，命與胡翰等十二人會食省中，日二人更番講經史陳治道。明年，用良爲學正，與宋濂、葉儀輩訓諸生。太祖既旋師，良忽棄官逸去。辛丑，元順帝用薦者言，授良江北行省儒學提舉。良見時事不可爲，避地吴中，依張士誠。久之，見士誠將敗，挈家泛海，抵登萊，欲問行歸擴廓軍。道梗，寓昌樂數年。

洪武六年始南還，變姓名，隱四明山。太祖物色得之，十五年召至京師，試以文，命居會同館，日給大官膳，欲官之，以老疾固辭忤旨。明年四月暴卒，蓋自裁也。元亡後，惟良與王逢不忘故主，每形於歌詩，故卒不獲其死云。

良世居金華九靈山下，自號九靈山人。

——《明史》卷二百八十五《文苑一》

明史擬傳

朱彝尊

戴良字叔能，浦江人。父暄，與柳貫交，命良受業於貫，并從黄溍、吴萊遊，又學詩於余闕，旁及天文、地理、醫卜、佛老之書。貫卒，良持心喪三年。元末以薦授淮南江北等處行中書省儒學提舉。時太祖兵已定浙東，良乃避地吴中。久之，挈家浮海至膠州，欲投擴廓軍，前不得達，僑居昌樂。洪武六年還，變姓名隱四明山。十五年徵入京，試文詞，留會同館，命光禄給膳，欲官之，以老疾固辭忤旨。明年四月卒於獄。

良世居金華九靈山下，自號九靈山人。元亡後，不忘故君舊國，所爲詩文悲涼感慨，其自贊曰：「處榮辱而不二，齊出處於一致；歌《黍離》《麥秀》之章，詠剩水殘山之句：則於二子庶幾無愧。」

翰林檢討史館纂修官秀水朱彝尊撰。

——乾隆本《重刻九靈山房集》(此傳亦載《曝書亭集》卷六十三)

明戴良傳

鄭柏

戴良，字叔能，浦江人，師事柳貫，以文章知名元季之間。嘗出爲世用，遭時多故，泛舟江海，晦迹四明山中，以詩文自寓。久之，爲怨家舉黜，幽憤而卒，所著有《春秋經傳考》《九靈集》。

贊曰：良博學工文，而有志事功。然進非其所，以至浮沉江湖，隱約潛晦。奈何畏影而行日中，危困以死？君子舉措，可不慎與！

——鄭柏《金華賢達傳》卷十一《儒學》

金華先民戴良傳

應廷育

戴良，字叔能，浦江人。性警敏，嗜讀書，雖祁寒暑雨，恒至夜分乃寐，自經史以及天文、地理、醫卜、佛老之書，靡不詳究。初業舉子，尋棄去，專力爲古學。時柳貫、黄溍、吴萊皆以文章鳴於浙水東，良往來門下，盡得其閫奥。貫卒，良爲經紀其家，持心喪三年乃歸。余闕持憲節過婺，聞良善歌詩，與論古今作者詞旨優劣，闕欣然曰：「士不知詩久矣，微子，吾不敢相語。」乃盡授以平昔所得於師友者。於是良之詩名遂雄視乎東南。結屋縣西，日與同輩討論聖賢微旨，家事有無，悉置不問。親黨或勸以營産業爲子孫計。良謝曰：「子孫貧富，非吾所可知。且家世業儒，詩書之外，亦不能有他圖也。」

起爲月泉書院山長，後生小子接其風猷，無不以踐履實學相勉勸也。至正丁丑，以薦擢江北等處儒學提舉。時事不靖，度無可行其志，乃棄去，益肆其力於詩文，瓌奇磊落，清新雅潔，往往無愧於古作者。暇則與其鄉之名賢寓公羽流釋子相與宴集爲樂，酒酣賦詩，擊節歌詠，蕭然有塵外之趣。洪武壬戌，以禮幣徵至京，召見，試文若干篇，欲官之，以老病辭忤旨，待罪久之。明年夏四月，以病卒於寓舍。

良神氣爽朗，不妄喜怒，善誘掖後進，晚自號九靈山人，學者稱九靈先生。所著有《九靈山房集》三十卷、《和陶集》一卷、《春秋經傳〔考〕》三十二卷。

——《金華先民傳》卷七《文學傳》

金華徵獻略忠義傳

東陽王崇炳鶴潭

元戴良，字叔能，浦江人。少學文於柳待制貫、黄侍講溍，學詩於余忠宣公闕，皆得其師承。至正辛丑以薦授淮南江北等處行中書省儒學提舉，而浙東已入職方矣，乃避地吴中。久之，張氏將亡，挈家泛東海，渡黑水，悤登萊，求間行歸擴廓軍，不得達，僑寓昌樂數載，訪求齊魯間豪傑，奮欲有爲，而卒無所遇。洪武六年天下大定，始南遷，變姓名，隱四明山海間。太祖素聞良名，遣使物色之，不得。上乃令郡國臚舉故元耆碩，令不應者坐大辟論。良既不能匿，十五年乃應召至京師，試文辭若干篇，留會同館，命大官給膳，欲官之，以老病固辭忤旨，待罪京師。次年四月卒於寓所，蓋自裁也。世居浦之九靈山下，自號九靈山人，有集三十卷。

良自元亡後不忘故君舊國，思成（高）〔宣〕光綸旅之業。功既不就，遂抑情遁迹，盤桓山海間，訪羽人釋子而與之居，益肆力於詩文，凡觸心抵目，天地日月寒暑山川草木奇異之觀，羈人狷士之遺迹隱行，皆紀而載之。因以寓其無聊不暢之思，發其瑰傑磊落之氣，擊節詠歌，聞者壯而悲之。其《自贊》曰：「處榮辱而不二，齊出處於一致。歌《黍離》《麥秀》之詩，詠剩水殘山之句，則於二子庶幾無愧。」蘇伯衡贊其畫像曰：「其跋涉道途也，類子房之報韓；其彷徨山澤也，猶正則之自放。」嗚呼，三百年而下，猶可想見其人也。良有子曰禮，能守其家學。

論曰：吾讀元遺民詩，良蓋與丁鶴年爲世外交，嘗竊議誠意伯劉基之爲人，謂基既爲元臣，不當展策於明。明主龍興，士大夫皆滌垢向新，薰沐登朝，無復有懷首陽之節者。良之在元，未膺顯爵，徒以末僚散秩，心懷故主，崎嶇山澤，喪家失措。一旦身受物色，加之軒冕，揮之恐浼，卒不可謝，則引義自裁，良其有王蠋之志乎！躋之（顔伯）〔伯顔〕子中、蔡子英之列，何多讓焉！

東陽王崇炳鶴潭撰。

——《民國浦陽戴氏宗譜》卷十七《傳誌行狀》

信三府君元配先妣趙宜人壙誌

戴思樂

先君諱士良，字叔能，號九靈山人，姓戴氏，其先杜陵人也，裔出周卿佚之。後有諱非府君，二傳至十八世祖諱昭，字德輝，唐咸通中任浙東道五部兵馬大元帥平南節度使銀青光禄大夫太子檢校尚書令。晚年居越之暨陽陶朱鄉。既殁，葬靈泉鄉温泉里斗泉村之原。仲子諱堂，字以張，始遷婺之浦江興賢鄉，好馳馬試劍，因名其地曰馬劍。又十傳至九世祖諱良緒，好善急於濟世，治橋梁五十三處以便行旅，捨田供僧，及鄉有貧者來謁，遂以斗升給之。曾大父諱錫，大父諱濤，父諱暄，皆讀書隱德不仕。累有仁厚之德，鄉人世受其恩，至今猶能道其行事，相勸不能忘。

先君天資秀敏淳樸，性至孝。母劉氏夫人有疾，湯藥之奉，逾年不出户庭。及父母殁，從遊於外，必奉木主以行，遇時哀以祭之。自幼學經於柳文肅公貫家十有餘年，文肅公殁，至其家中心喪三年而還。復學文於黄文獻公溍，學詩於余忠宣公闕。及壯，贅夫人於縣南趙氏宋宗室梅石處士必俊公女，遂築室於西隅居焉。凡理家治生，悉以夫人任之。於是闢一軒爲讀書之所，匾曰天機流動，日與同門友宋君景濂、胡君仲（伸）〔申〕、鄭君仲舒輩講明窮理盡性之要博物洽聞之事。凡處兄弟宗族篤於恩義，所共財物未嘗有計。長侄思恭，少喪父，教以讀書，好醫學，遂執禮幣往烏傷朱彦修先生學，後醫術盛行於時，名著四方。凡儒門故族，無不願與之遊。至於諸侄思温、思安、思德、思忠，教養猶己子。

先君元之丁丑任本縣月泉書院山長，至正辛丑授奉訓大夫淮南江北等處行中書省儒學提舉。因時多故，乃攜次侄思温至中州，方與豪傑者交，而元鼎已遷矣。於是南還四明，遇山水之勝以客於彼者十有八年，與揭君伯防、桂君彦良、謝君元功輩及方外交遨遊倡和。所著有《和淵明詩》及《九靈山房集》三十卷、《春秋經傳考》三十二卷。天文地理醫卜佛老諸家之書，無不涉略以著辨論，四方請謁講學之士接迹而至。

洪武壬戌秋九月，國朝遣使召自四明客邸。是年十一月二十四日至京，即日入見，送文淵閣。次日蒙恩賜膳，留會同館，詔在朝禮部尚書等官咸以師禮待之。及選除先君，以年老辭不就仕。次年癸亥四月十七日巳時，以疾卒於寓舍。樂奉柩火化，函殖東歸，忍死以是年冬十一月十五日與夫人趙氏合窆縣南十里嘉興鄉南山之原。

先君生於元延祐丁巳五月十三日丑時，距卒時得壽六十有七。子男二人：長思禮，任本縣儒學訓導；次即思樂，今忝備員本縣醫學訓科。女二人，長適本縣張琪，次適諸暨倪佐。孫男七人：宗慰、宗徵、宗愚、宗懋、宗春、宗晟、宗旼，孫女三人。

嗚呼！先君之懋德博學如是，其時之不遇又如是，誠可痛哉！矧思樂未能乞銘鴻筆以闡潛德，姑述梗概，書磚納諸壙云。孤哀子思樂謹志。

——《民國浦陽戴氏宗譜》卷十七《傳誌行狀》

提舉戴九靈先生良

黄宗羲

戴良，字叔能，浦江人。所居在九靈山下，因以爲號。好讀書，天文、地理、醫卜、佛老之書皆精究其旨。棄舉子業，學於柳道傳貫。道傳之死，心喪三年。至正十年，余闕僉浙東廉訪，行部至浦江，先生上謁，與之談詩，闕曰：「士不知詩久矣，非子吾不敢語。」乃盡授以平日所得於師友者。時以潛溪、華川、長山與叔能稱四先生。起爲月泉書院山長。婺、越攻取不已，避兵山中者久之。張士誠用至正年號，開藩於吴，東南之名士多往依之，先生受中順大夫、淮南行省儒學提舉。明伐吴，先生從海道求救於山東擴廓帖木兒。洪武元年，山東降附，先生附海舟還定海，與東南失職之徒謝肅、揭汯、丁鶴年歌哭於四明山中，其子挽之還家，不得也。十五年，徵至金陵。明年，欲授以官，不可而自裁，年六十七。

謝山《九靈先生山房記》曰：「九靈以不肯屈身而被繫，顧其死不甚明。使其出於自裁，固爲元畢命；即令以瘐死，亦爲元也。九靈之大節，不必果出於自裁，而要可信其爲元也。」

——《宋元學案》卷八十二《北山四先生學案》

九靈山人戴良

顧嗣立

良字叔能，浦江人。少學文於柳待制貫、黄侍講溍，學詩於余忠宣闕，皆得其師承。起爲月泉書院山長。至正辛丑，以薦授淮南江北等處行中書省儒學提舉。然時事已不靖，無可行其志，乃攜家浮海至中州，欲與豪傑交，而卒無所遇，遂南還四明。四明多山水，耆儒故老往往流寓於兹，因相與宴集爲樂，酒酣賦詩，擊節歌詠，聞者悲而壯之。洪武壬戌，召至京師，試文詞若干篇，留會同館，命大官給饍，欲官之，以老病固辭，忤旨待罪。次年四月，卒於寓舍，年六十七。

叔能世居九靈山下，自號九靈山人，有《九靈山房集》三十卷。王褘謂其詩：「質而敷，簡而密，優遊而不迫，沖澹而不攜，上追漢魏之遺音而自成一家。」叔能自元亡後，故國舊君之思往往見於篇什。其自贊曰：「處榮辱而不二，齊出處於一致，歌《黍離》《麥秀》之詩，詠剩水殘山之句，則於二子庶幾無愧。」蘇伯衡贊其畫像曰：「其跋涉道塗也，類子房之報韓；其傍徨山澤也，猶正則之自放。」叔能殆欲終其身爲有元之遺民者歟！

——《元詩選二集》卷二十

戴九靈傳

潘錫恩

公諱良，字叔能，浦江人。少通經史百家醫卜釋老之學。明祖初定金華，命與胡翰等十二人會食省中，日二人更番講經史陳治道。旋用公爲學正，與宋濂、葉儀輩訓諸生。太祖既旋師，公忽棄官逸去。元順帝用薦者言，授公江北儒學提舉。公見時事不可爲，避地吴中依張士誠。久之，見士誠將敗，挈家泛海，抵登萊，欲投擴廓軍，道梗不得達，居昌樂數年。洪武六年始南還，變姓名隱四明山。明祖物色得之，十五年召至京師，試以文，命居會同館，日給膳，欲官之，以老疾固辭忤旨。明年四月暴卒，蓋自裁也，年六十有七。

公世居九靈山下，自號九靈山人。按公生當元季，得柳文肅、黄文獻、吴貞文三先生之傳，推求性命之旨，而清明剛大之氣，發爲文章，縱崎嶇阨塞，卒不稍挫其忠，成仁取義，公之謂也。

道光二十八年八月涇縣潘錫恩芸閣氏撰於袁江節署之求是齋。

——同治本《九靈山房集》三十卷《補編》二卷，亦載《乾坤正氣集》卷首

浙江通志戴良傳

《金華先民傳》字叔能，浦江人。初業舉子，尋棄去，專爲古學。時柳貫、黄溍、吴萊以文章鳴於浙東，良往來諸公門下，盡得其閫奥。余闕持節過婺，聞良善詩，與論古今作者詞旨優劣，闕乃盡授以平生所得於師友者。於是良之詩名遂雄東南。至正丁丑，以薦擢江北儒學提舉，度無可行其志，棄去。益肆力於詩文，瑰奇磊落，清新雅潔，往往無愧於〔古〕作者。有《九靈山房集》三十卷、《和陶》一卷、《春秋經傳〔考〕》三十卷。

——《浙江通志》卷一百八十一《人物六·文苑四·金華府·元·戴良》

（原文闕題，據文意補）

金華府志戴良傳

戴良，字叔能，浦江人，性警敏，嗜讀書，雖祁寒暑雨恒至夜分乃寐。自經史以及天文地理醫卜佛老之書，靡不詳究。初業舉子，尋棄去，專力爲古學。時柳貫、黄溍、吴萊皆以文章鳴於浙東，良往來門下，盡得其閫奥。貫卒，良爲經紀其家，持心喪三年乃歸。余闕持節過婺，聞良善詩歌，與論古今作者詞旨優劣，闕欣然曰：「士不知詩久矣，微子，吾不敢相語。」乃盡授以平昔所得於師友者，於是良之詩名遂雄視東南。結屋縣西，日與同輩討論聖賢微旨。家事有無，悉置不問，親黨或勸以營產業爲子孫計，良謝曰：「子孫貧富，非吾所可知。且家世業儒，讀書之外，亦不能有他圖也。」

至正丁丑，以薦擢江北等處儒學提舉，時事不靖，度無可行其志，乃棄去，遁迹四明，益肆其力於詩文，瑰奇磊落，無愧古作者。暇則與其鄉之名賢寓公羽流釋子相與宴集爲樂，酒酣賦詩，擊節歌詠，蕭然有塵外之趣。明洪武壬戌以禮幣徵至京，召見試文若干篇，欲官之，以老病辭歸。

——《康熙金華府志》卷十六《人物二・元・戴良》（原文闕題，據文意補）

寧波府志戴良傳

戴良，字叔能，世居金華九靈山下，號九靈山人。少學文於柳文肅貫、黄文獻溍，學詩於余忠宣闕，皆得其傳。至正辛丑以薦授淮南江北行中書省儒學提舉。時浙東已入明版圖矣，避地吴中，值張氏將亡，挈家泛東海，渡黑水，趨登萊，求間行歸擴廓軍，不得達。僑寄昌樂數載，訪求齊魯豪傑，奮欲有爲，而迄無所成。洪武六年，天下大定，始南還，變姓名隱慈之花嶼湖，居白龍寺西軒。又自花嶼遷錢(仁仲)〔仲仁〕山莊。久之,爲明祖物色,將授以官,以老病固辭,忤旨自裁。良客慈最久,至今慈之白龍、永樂、定水、金繩諸寺,猶多其遺迹。

——《道光寧波府志》卷三十《流寓·明·戴良》(原文闕題,據文意補)

定海寓賢戴良傳

戴良,字叔能,浦江人。通經史百家暨醫卜釋老之説。初習舉業,已棄去。學古文於黄溍、柳貫、吴萊。辛丑元順帝因薦者言,授江北行省儒學提舉。良見時事不可爲,避地吴中。自鄞至定,欲泛海抵擴廓軍,道梗,寓昌樂。洪武六年始南還,復居於定,提學毛翰有《訪良定川寓舍詩》。其出遊必載二親木主,遇時哀以祭之。後遷慈遷鄞,迄無定所。十年被徵,太祖欲官之,不可,忤旨下獄。明年暴卒。

——《光緒鎮海縣志》卷二十九《寓賢》(原文闕題,據文意補)

鄞縣寓賢戴良傳

戴良,字叔能,婺州浦江人。學古文於黄溍、柳貫、吴萊,學詩於余闕。元末以薦授淮南儒學提舉。時事不靖，無可行其志，乃浮海至中州，欲交其豪傑。卒無所遇，遂南還。至正二十六年至鄞，寓居者六年。徙慈溪，時亦往來郡中。其在鄞所作詩文，別編爲《鄞遊稿》。

——《乾隆鄞縣志》卷十八《寓賢》（原文闕題，據文意補）

慈溪寓賢戴良傳

戴良，字叔能，世居金華九靈山下，號九靈山人。少學文於柳文肅貫、黄文獻溍，學詩於余忠宣公闕，皆得其傳。至正辛丑，以薦授淮南江北行中書省儒學提舉，時浙東已入明版圖矣。避地吴中，值張氏將亡，挈家泛東海，渡黑水，憩登萊，求間行歸擴廓軍，不得達，僑寓昌樂數載，訪求齊魯豪傑，奮欲有爲，而卒無所成。洪武六年，天下大定，始南還，變姓名，隱慈之花嶼湖濱，居白龍寺西軒。又自花嶼遷錢（仁仲）〔仲仁〕山莊，作《移居》詩云「昔我客華嶼，古寺半分宅。窮年無俗調，看山閱朝夕」。久之，爲明祖物色，召至京師，將授以官，以老病固辭，忤旨自裁。

良自元亡後，不忘故君舊國，僧寮野店，擊節賦詩，多悽楚鬱結之音。蘇平仲嘗贊其畫像，擬之子房報韓靈均哀郢；其《自贊》云「詠《離黍》《麥秀》之章，歌剩水殘山之句」：蓋實録也。

良客慈最久，至今慈之白龍、永樂、定水、金繩諸寺，猶多其遺迹云。

——《雍正慈溪縣志》卷十《流寓》（原文闕題，據文意補）

餘姚寓賢戴良傳

戴良，字叔能，浦江人。通經史百家暨醫卜釋老之説，學古文於黄溍、柳貫、吴萊。順帝用薦授良江北行省儒學提舉。元亡，變姓名。洪武五年遷居餘姚石堰秦湖，自稱秦湖漁隱。與謝肅、丁鶴年痛哭四明山水間，其詩不忍讀也。著《九靈山房集》。

——《光緒餘姚縣志》卷二十四《寓賢》（原文闕題，據文意補）

戴九靈先生年譜

戴殿海　戴殿泗

先生諱良，字叔能，號九靈山人，一號雲林先生，居鄞時别號囂囂生。其先杜陵人。唐咸通間，浙東節度使諱昭始居越，子鎮撫使諱堂居浦江之九靈山下，遂世家焉。祖諱濤，父諱暄，母劉夫人。

元仁宗延祐四年丁巳五月十三日丑時，先生生。

泰定帝元年甲子，先生八歲。先生以母命育於姊，是歲姊歸邑城趙君，攜之以行。其後從師問友授室卜居皆依焉。姊卒，先生服之期年。

順帝至元三年丁丑，先生二十一歲。子欒《壙誌》云：「至元丁丑，起爲月泉書院山長。」

四年戊寅，先生二十二歲。七月丁母劉夫人憂，居山中。柳待制《戴孺人墓誌》云：「至元四年春，月泉書院任爲直學，試肅政府，歸而母病，閱四月，母病不起。」

六年庚辰，先生二十四歲。四月，吴貞文卒。冬就室縣南趙氏，遂卜築居邑城。

至正元年辛巳，先生二十五歲。

二年壬午，先生二十六歲。五月，柳文肅卒。時吴貞文萊、柳文肅貫、黄文獻溍，皆以經術文章鳴於世，先生往來受業，盡得閫奥，於文肅尤親密，至是經紀其家，持心喪三年乃歸。有《棲楨殯記》《吴先生哀頌詞》《吴原伯哀詞》。原伯，蘭溪人，《哀詞》云：「前年夏，余舟次溪滸。」

七年丁亥，先生三十一歲。二月，子禮生。

十年庚寅，先生三十四歲。六月，武威余忠宣公闕持憲節過婺州，聞先生善歌詩，見時與論古今作者詞旨優劣，曰：「士不知詩久矣。非子，吾不敢相語。」乃盡授以學焉。東陽陳君采《天機流動軒記》云：「余公至浦江，問士於趙侯謙齋，侯以叔能進。公深獎許之，爲榜其所居之軒曰天機流動，叔能命予記之。」金華胡仲申、烏傷王子充、浦江鄭仲舒皆有《記》；宋景濂有《贊》

并《題後》。皆相與推求性命之旨，而研極於義理之精微云。有《容齋記》《柳待制墓表碑陰記》。九月，丁父景和府君憂，居山中。

十一年辛卯，先生三十五歲。有《浦江縣修學記》。

十二年壬辰，先生三十六歲。有《甘棠集序》《送劉主簿序》《喜雨詩序》《祭方壽父先生文》。

十三年癸巳，先生三十七歲。有《經筵録後序》《浦江新建婺女星君行祠碑》。

十七年丁酉，先生四十一歲。避兵居山中，有《邁里古思公平寇詩》《蔣季高哀詞》。九月，黄文獻卒。有《丁酉除夕效陶體》詩。

十八年戊戌，先生四十二歲。春，余忠宣死節安慶。冬明太祖取婺州。《明史·文苑傳》云：「太祖初定金華，命與胡翰等十二人會食省中。明年，用良爲學正，與宋濂、葉儀輩訓諸生。」按宋有《辭郡守聘五經師書》；葉儀亦以疾辭五經師不就；十二人中有金信者，亦隱優遊洞不就。徵學正事《墓誌》不載，或頗疑之。今考《文集》有《郡齋守歲》《郡齋夜飲》諸詩，《送欒宣使序》有云：「余方叨居郡庠」，《投王郡守》有云「唯應馬南郡，偏重鄭康成，爲居門下久，童僕亦多情」。明祖下婺，以王宗顯知府事。先是郡守無王姓者，蓋是時明祖初起，先生以王守深眷，棲遲桑梓，晦迹觀時，學正之就，非其本志。迨膺提舉之命，而後出處之義較然矣。

十九年己亥，先生四十三歲。居金華，七月子欒生。

二十年庚子，先生四十四歲。居金華，有《别宋景濂》詩。

二十一年辛丑，先生四十五歲。居金華，以薦授淮南江北等處行中書省儒學提舉。先是丁酉，張士誠降於元，元以爲太尉。先生之薦，元命之行也。

二十二年壬寅，先生四十六歲。《朱茂清哀詞》云：「初余客郡城，寄郡東門外家焉。一日，郡兵戕其帥，城門晝閉。余挈家泝流至烏傷，茂清館之。逾二月，予買舟去，復居郡東門外。」按壬寅二月苗兵賊胡大海，「郡兵戕帥」即其事。提舉之薦在辛丑，而托迹金郡至壬寅，亂後始脱身赴任。《方大年墓誌》所云壬寅歲尚與大年遊處金華者是也。《亡妾李氏誌》云「乙巳留吴門，與妻金華縣君居；丙午七月，縣君往錢塘」，《祭趙氏夫人文》云「夫人同在官者僅三載，即往武林視其孥」，是家屬之至吴，固以癸卯也。是歲，擴廓帖木兒代父總兵。

二十三年癸卯，先生四十七歲。以儒學提舉留吴門。有《短歌行》，有《送傅子異序》。是歲，張士誠自稱吴王，《送胡主簿序》云「至正癸卯，予方避兵吴門」，時提舉儒學而曰避兵，亦以自見其志歟！

二十四年甲辰，先生四十八歲。居吴門，有《元日對雪聯句》，有《送能上人詩序》《夷白齋稿序》。是歲，張士誠逐元將達識帖睦邇，以弟士信爲江浙左丞相。有《送董郎中》《真郎中》《馮員外》諸序，有《次韻除夕》詩。

二十五年乙巳，先生四十九歲。居吴門，有《重修甫里書院記》《贈葉生詩序》《金止軒墓誌銘》。冬納妾李氏。

二十六年丙午，先生五十歲。春，自吴還浙，有《發吴門》以下紀行諸詩。夏，適越居鄞。六月，妾李氏卒於吴門，有《亡妾李氏誌》《傷李氏妾》詩。秋末自定水泛海，渡黑水，抵登萊，欲間行歸擴廓軍，前不得達，僑寓昌樂，有《泛海》以下諸詩，有《贈蒲察鎮撫詩序》。

《吴來朋墓誌》云「至正乙巳，余由海道抵京師，後一年，航海南還居鄞」，今考乙巳在吴，代作《陳廉訪壙記》在十二月，納妾亦在十二月。《余豳公手帖後題》云「至正丙午秋，予與臨安劉庸道同客四明」，末署「九月朔日」。是秋時居鄞，重陽後泛海，定在丙午。《汪定海墓誌》云「余嘗由海道往山東，候海風於鄞，君時治定海，朝夕過從甚悉」，《山東九日》詩「去年南地過重陽」，皆其事也。《吴誌》「乙巳」字，丙午之訛耳。又，《次益都》詩云「西遊應未遂，又復渡滄溟」，先生亦未嘗至京師也。《抵富陽宿縣治》詩「是節春已暮」，《至古城飲馮氏家》詩「徒知故山近，終嫌歸路斷」，《望九靈山》詩「可望不可至，徒多故山憶」，古城隸富陽，去家五十里近，兵戈阻絶，不得一至。秋末即行泛海。是時夫人趙氏挈二子居錢唐，明年始克還家；（見《祭趙氏夫人文》。）李氏卒葬，尚在吴門；（見《李氏誌》。）所挾以從者，唯兄子温耳；（《示侄》詩「自非吾骨肉，誰能去鄉邑」，《歲除示侄》詩「頻年同患難」。）艱難離别，蓋身家之念久不存於胸中矣。

黄梨洲選抄先生文集，題其首云：「《李氏誌》明言『至正乙巳冬娶李氏，明年六月李氏死』，此兩年之在吴可知也；乃《台州總管吴來朋誌》則又言『至正乙巳，余由海道抵京師，後一年，杭海南還』：何其自相牴牾也！蓋杭海，在二十六年以後，則爲乞師；二十五年以前，則海道通問之使，吴尋常有之。良所以故亂其説耳。嗚呼，張士誠區區鹽徒，而能得士如此，夫亦有足多者。」按先生泛海非有兩事，梨洲言「故亂其説」，謂避乞師之名耳，然萬里西行，歸我王相，未見其爲士誠乞師也。今全録於此，以備參考。

二十七年丁未，先生五十一歲。寓昌樂，有《山東九日》詩。秋後渡海還鄞，主夏叔宜氏。是歲，張士誠亡。十月元罷擴廓官，奪其軍。十一月明兵徇山東郡縣，皆下之。《百猿圖記》云「至正季歲，余附海舟南還至四明，館人夏叔宜出以相示」，末署云「柔兆敦牂之歲良月」，是丙午十月也。還鄞在丁未，而此云爾者，記蓋作於洪武改元之後，借猿思元，意旨甚明，因遷就其歲月，梨洲所謂「故亂其説」者也。不然，記苟作於丙午，安得輒斥云「至正季歲」乎？《安貞堂記》云：「由郡東門行五里所，巨室夏氏居之，余方客授其家。」

明洪武元年戊申，先生五十二歲。元亡，先生隱鄞，有《東山賞梅詩序》。

二年己酉，先生五十三歲，有《書畫舫燕集詩序》。《序》云：「歲己酉十月初吉，予偕天台毛雲莊出遊慈水之上，主東山沈師程氏。」

三年庚戌，先生五十四歲。有《祭先姊趙安人文》，有《沈明大墓誌銘》《汪定海墓誌銘》。

四年辛亥，先生五十五歲。居慈溪之華嶼，有《四景樓記》云「辛亥之春，予來自定川，方氏之彦德原邀余至横塘云云」。有《辛亥除夕》詩。《寧波府志·流寓傳》：「先生隱慈之花嶼湖，居白龍寺西軒。」

五年壬子，先生五十六歲。居鳳湖，主錢仲仁氏，有《移居詩序》《和淵明飲酒》《連雨獨飲》諸詩。

六年癸丑，先生五十七歲。《趙君夫人墓誌銘》云：「洪武三年趙君夫人卒。後二年葬。又一年，仲弟良始克回自東海，望墓門而哭。」錢、朱皆據此以爲洪武六年泛海南還，《明史》亦然。今考先生詩「十年東海上」「乍離東海郡」，諸言東海者，皆指鄞言，自鄞還浦，故曰「回自東海」。「我遊何處所？北海乃其地」，乃指山東益都言耳。洪武初年在鄞諸作，確有可據，故言六年南還者誤也。是歲，有《祭揭秘監文》《哭揭秘監》詩。

七年甲寅，先生五十八歲。有《題文與可盤谷圖》文。

八年乙卯，先生五十九歲。《跋藪上人蓮經》云：「乙卯之春，予遊龍山。」《寧波府志》：「先生客慈最久。至今慈之白龍、永樂、定水、金繩諸寺，猶多遺迹。」

九年丙辰，先生六十歲。夫人趙氏卒於浦，先生時在會稽，有《祭趙氏夫人文》。

十一年戊午，先生六十二歲。先生宦遊四方，嘗作《九靈山圖》，攜以自隨。所至張之壁間，或即以名其所居之室。名流題詠各有時日。豐城揭汯至正廿五年《記》云「周伯溫左丞以古篆書寓室之楣間」，時伯温官吴，先生在吴門，故得而書之也。會稽胡唯仁、四明烏斯道兩《記》在廿六年泛海前，客越客鄞，此其時也。會稽唐之淳《賦》則在戊午。他如丁鶴年諸公歌詩共十餘首，今俱載《家牒》中。

十三年庚申，先生六十四歲。有《亡女張孺人墓誌銘》。《黄氏南薰樓會飲詩序》云「庚申之秋，余訪蘇太史於黄氏義門，將自是入越」，又云「不鄙謂余方回自千里外」，蓋時偶一還家便適越也。先生居越無實年可考，文集《越遊稿》中《移居》《飲酒》諸詩，亦多在鄞所作。慈、姚壤接，來往頻仍，原不得縷指何時也。

十四年辛酉，先生六十五歲。是年，宋景濂卒於蜀。

十五年壬戌，先生六十六歲。五月一還浦江，有《天機流動軒卷後題》文。冬自四明山召至金陵，有《太素處士趙君墓誌銘》。

十六年癸亥，先生六十七歲。初太祖物色先生，既召至，欲授以官，以老疾固辭忤旨。四月十七日卒於寓舍，蓋自裁也；或曰卒於獄。子禮奉骨歸葬浦江縣南嘉興鄉西山之原，夫人趙氏同穴。劉績《霏雪録》云「有胡僧相九靈日後當有一難，壬戌冬果死囹圄」，（見黄梨洲抄本。）今按壬戌冬當作癸亥夏。

乾隆辛卯十四世從孫殿海、殿泗謹纂。

——乾隆本《九靈山房集》

附録五

浦江九靈先生戴良年譜

先生戴良，初名士良，字叔能。其先杜陵人，唐末浙東道五部兵馬大元帥戴昭受命鎮越，仲子堂者始徙居九靈山麓婺州浦江縣興賢鄉建溪，以其好馳馬舞劍，故名其里曰馬劍。其後子孫繁衍盛大，居仁由義，嗜學好儒，遂爲本縣望族。《民國浦陽戴氏宗譜》卷十七戴蒙《唐鎮越使戴府君壙誌》：「先考府君諱堂，字以張，姓戴氏，先世實杜陵人……大父諱昭，字德輝，器識宏遠，德量出人，才備文武，官至浙東道五部兵馬大元帥、平南節度使、銀青光禄大夫、太子檢校尚書令，受命來鎮越……時中和元年，府君以父命率衆鎮越之鑑湖，與劉文戰勝，薦膺寵渥，分轄概水，遷居浦江興賢鄉建溪。浦江有戴氏，自府君始也。」《故九靈先生戴公墓誌銘》：「仲子堂始遷婺之浦江，好馳馬試劍，故名所居里曰馬劍。」

先生號九靈山人、雲林先生、嚚嚚生、雲樵子。《明史》卷二百八十五《文苑一》：「良世居金華九靈山下，自號九靈山人。」《建溪集前編》卷三烏斯道《九靈山房記》：「金華雲林先生以《九靈山房圖》示斯道。」《萍居解》：「囂囂生乃仰而呼，俯而吁。」《雲樵子》：「永言慮崇替，聊且投吾簪。」

先生師事柳貫、吴萊、黄溍、余闕諸大儒與本邑耆宿方樗等。《三先生手帖後題》：「良也不敏，亦嘗從景濂之後以登三先生之門。」三先生者，本郡名儒柳待制貫、吴淵穎萊、黄文獻溍也。《余豳公手帖後題》：「初，公僉浙東廉訪時，良獲進拜雙溪之上，而師焉而問焉。」《祭方壽父先生文》：「生某等設帷道左，薄陳香幣之奠，爲文以告之曰……」

先生著述雅潔淵深，今傳《九靈山房集》三十卷；惜乎《春秋三傳纂玄》、《春秋經傳考》三十二卷、《和陶詩》一卷及與陳樫合著之《治平類要》十篇皆散佚無存。《光緒浦江縣志》卷十四《志藝文第一・書目・戴良》：「《春秋三傳纂元》《春秋經傳考》三十二卷，并見《先民傳》；《治平類要》十篇，《九靈山房集》三十卷，(《山居稿》七卷，《吴遊稿》七卷，《鄞遊稿》九卷，《越遊稿》六卷，《外集附録》一卷。)見《百川書志》；《和陶詩》一卷，見《九靈先生墓誌》。」

祖父濤(一二六四—一三三四)，字巨源，號次山；祖母陳氏(一二六三—一三三七)。《浦陽戴氏宗譜》卷十七戴暄《傳誌行狀・元仁一府君安人陳氏壙誌》：「先考諱濤，字巨源，姓戴氏，次山其别號也……不幸於元統甲戌八月一日以疾終於正寢，距生年宋景定甲子十一月三十日享壽七十有一。先妣五都陳氏……後先考三年丁丑正月二十七日亦寢疾終，景定癸亥九月十四日乃其生辰，得壽七十有五。子男二：長即暄，次昌。孫男四：士垚，士良，士元，士賢。」

父暄（一二八四—一三五〇），字景和，號春谷，參見《元故戴府君墳記》。母劉錦（一二八〇—一三三八），諸暨人。《柳待制文集》卷十一《元故戴孺人劉氏墓銘并序》：「里中戴暄景和之内子劉氏，越諸暨人……以至元四年其歲戊寅秋七月三日卒家，年五十九……劉氏諱錦。」

外舅趙必俊（一二八六—一三七〇），宋宗室後裔。揭汯《故梅石處士趙先生墓誌銘》：「先生生於前至元丙戌二月廿八日，卒於洪武庚戌九月廿二日，享壽八十有五。」外姑朱德貞（一二八六—一三四七）。附録二《詩文補遺·故梅石趙公夫人朱氏墓誌銘》：「得年六十有二……卒之日爲至正七年丁亥七月七日。」先生年二十四合巹，以從師訪友問學謀職之便入贅趙氏。

妻趙氏（一三一九—一三七五），姊嫜梅石處士趙必俊次女。《民國浦陽趙氏宗譜》揭汯《故梅石處士趙先生墓誌銘》：「女三人，俱有婦道：長適樓偲，次適戴良，次適周晏。」《祭亡妻趙氏夫人文》：「吾長夫人二歲。」《故九靈先生戴公墓誌銘》：「配趙氏，故宋宗室梅石處士必俊之女，有賢德，先公八年卒。」

姊如玉（一三〇三—一三七〇），適縣邑趙良本，參見《趙君夫人戴氏墓誌銘》。

兄士堯（一三〇七—一三四九），字仲積，從朱丹溪遊，聲名藉藉吴越間。《宋濂全集》卷六十三《戴仲積墓誌銘》：「余之同門友戴叔能有兄曰仲積君者，戴氏之良也……君諱士堯，其字仲積，婺浦江人。生於大德丁未八月十九日，卒於至正己丑十一月十三日，得年四十有三。」

弟士元，或作士原，參見《元故戴府君墳記》。

長子戴思禮（一三四七—一三九六），字叔儀，善守家學，本縣儒學訓導。附録四《戴九靈先生年譜》：「七年丁亥，先生三十一歲。二月，子禮生。」《故九靈先生戴公墓誌銘》：「子男二人：長禮，本縣儒學訓導，後十三年卒。」

次子戴思樂（一三五九—一四一七），字和之，號默齋，本縣醫學訓科，屢署縣事。《浦陽戴氏宗譜》卷十七《傳誌行狀·戴默齋先生墓表》：「生於元至正己亥七月十日，卒於今永樂丁酉十一月二十五日，享年五十有九。」

長女戴鳳（一三四一—一三七九），適縣南嘉興鄉張琪，參見《亡女張孺人戴氏墓碣銘并序》。

次女適諸暨倪佐，參見《故九靈先生戴公墓誌銘》。二子二女俱見附録四《信三府君元配先妣趙宜人壙誌》。

元仁宗延祐四年丁巳（一三一七），先生一歲。

五月十三日丑時，先生誕生。附録四《信三府君元配先妣趙宜人壙誌》：「先君生於元延祐丁巳五月十三日丑時。」《建溪集後編》卷一輯録後裔追慕詩《五月十三九靈先祖誕辰每年祭畢同人分題爲詩會嘉慶丙子以讀九靈山房集爲題得先字》。

是年，先生金石交宋濂八歲。《潛溪録》卷二鄭楷《翰林學士承旨嘉議大夫知制誥兼修國史兼太子贊善大夫致仕潛溪先生宋公行狀》：「先生生於至大庚戌十月十三日，享年七十有二。」

同門友金華胡翰十一歲。《明文衡》卷八十四吴沈《長山先生胡公墓銘》：「先生生元丁未十一月初三日，卒於洪武十四年正月十日，年七十有五。」

浦江鄭義門鄭深生於延祐元年甲寅，是年四歲。《麟溪集》寅卷上宋濂《故奉訓大夫僉江東建康道肅政廉訪司事鄭君墓誌銘》：「以辛丑之歲夏五月十有六日卒於杭之寓舍……年甫四十有八。」

鄭義門鄭濤生於延祐二年乙卯，是年三歲。《麟溪集》卯卷胡翰《三老圖序》：「仲舒諱濤，亦六十有二……洪武九年冬十有二月金華胡翰記。」

同門友台州臨海陳基生於延祐元年甲寅，是年四歲。

延祐六年己未（一三一九），先生三歲。

四月，趙良恭生。先生納交蘭溪松坡處士趙必璿及子天全子趙良恭，嘗遺天全子以《趙敬德畫像贊》。吴沉《濴川集》卷六《趙敬德墓誌銘》：「君諱良恭，字敬德，姓趙氏……考諱必璿，抱才不仕，爲鄉黨所推，號松坡處士……敬德生於元延祐六年四月十五日，卒以洪武二年五月二十六日，壽五十有一。」

是年，方外交釋來復見心生。錢謙益《牧齋初學集》卷八十六《跋清教録》：「洪武二十四年，山西太原府捕獲胡党僧智聰，供稱胡丞相謀舉事時，隨泐季潭長老及復見心等往來胡府。復見心坐凌遲死，時年七十三歲。」明初，來復見心駐錫慈溪清泉寺，高僧鴻儒絡繹遊從，先生遺之以《蒲庵》《天香室》。

元英宗至治元年（一三二一），先生五歲。

正月，同里鴻碩方鳳卒，先生師柳貫、吴萊、黄溍悉從之遊。《柳待制文集》卷十《方先生墓碣銘并序》：「先生諱鳳，字韶卿，年八十有二……其卒以至治元年正月某甲子……貫少親事先生。比長，走外歸，輒裒其道路所得，求先生而糾正焉，先生每翼張之。」《宋濂全集》卷七十六《故翰林侍講學士中奉大夫知制誥同修國史同知經筵事金華先生黄公行狀》：「先生諱溍，字晉卿，姓黄氏……從仙華山隱者方君鳳遊，爲歌詩相倡和，絶無仕進意。」《宋濂全集》卷四十八《淵穎先生碑》：「嵓南益異之，許以孫女妻焉。且授《易》《書》《詩》三經義暨秦漢而下諸文章大家，先生一覽即悉其指趣。」

是年，浦江鄭義門鄭泳生。《麟溪集》寅卷王景《故承務郎温州路總管府經歷鄭君墓誌銘》：「洪武丙子五月無語而終，享年七十有六。」

是年，張士誠生於泰州。《明史》卷一百二十三《張士誠》：「二十七年九月……至金陵，竟自縊死，年四十七。」

至治二年（一三二二），先生六歲。

是年十一月，先生同門友義烏王禕生。《蘇平仲文集》卷二《夢芝軒贊并序》：「華川先生王禕生於至治壬戌十一月十有七日。是年，先生大父南稜公年七十歲；是日，則公始生之旦也。前夕，公夢芝産於所居之軒楣，意者有異兆也。」

元泰定帝泰定元年甲子（一三二四），先生八歲。

是歲姊如玉歸縣邑醫家趙良本，先生以母病痱痿依姊入城，其後問友求師授室卜居育兒嫁女悉依焉。參見《趙君夫人戴氏墓誌銘》與《祭先姊趙安人文》。

泰定三年丙寅（一三二六），先生十歲。

内侄趙友亨生。友亨，字彦嘉，號樗庵，諳岐黄術，洪武時授撫州同知。先生先後爲之作《題樗庵像贊》《樗庵贊》。《民國浦陽趙氏宗譜》卷二趙友同《故奉議大夫江西撫州府同知趙公墓誌銘》：「翼日遂奄然而逝，時廿六年正月十九日也……公生於元泰定三年九月初十日，距卒時得年六十有八。」

泰定五年 元文宗天曆元年戊辰(一三二八),先生十二歲。

是年,朱元璋誕生於濠州鍾離。《明史》卷一《本紀第一·太祖一》:「至正四年,旱蝗,大饑疫。太祖時年十七。」

元文宗天曆二年己巳(一三二九),先生十三歲。

江西行省儒學提舉柳公貫秩滿以歸,居浦江南鄉烏蜀山下十餘年。柳公考槃故居期間,先生從之遊八載;且受囑於柳公以教其孫柳穆。此柳戴輾轉指授事迹見本集附録三《祭雲林先生文》。《宋濂全集》卷七十六《行狀·元故翰林待制承務郎兼國史院編修官柳先生行狀》:「三年丙寅,先生年五十七,以文林郎出爲江西等處儒學提舉……滿秩而歸,杜門不出者十餘年……至正元年辛巳,先生年七十二……於是有旨以翰林待制承務郎兼國史院編修官起先生於家。」

元文宗天曆三年 至順元年庚午(一三三〇),先生十四歲。

是年,金華蘇伯衡生。《王忠文公集》蘇伯衡《序》:「文爲《華川集》前後各十卷,前集胡君翰既序以傳,先生復俾伯衡序之於後。伯衡少先生八歲。」

元順帝重紀至元元年（一三三五），先生十九歲。

正月，宋濂始授徒浦江鄭義門，時年二十六歲。《宋濂全集》卷七十二《蘿山遷居志》：「元重紀至元元年乙亥正月十五日，授經浦江義門鄭氏。」

是年，韻友丁鶴年生於武昌。錢謙益《列朝詩集小傳・丁高士鶴年》：「壬辰歲，年十八，淮兵襲武昌，奉母走鎮江。」

重紀至元二年丙子（一三三六），先生二十歲。

是年黄景昌卒。黄氏者，先生師柳貫、吴萊、黄溍同門友。《乾隆浦江縣志》卷十二《人物志・文苑・黄景昌》：「長從方鳳、吴思奇、謝翱遊……重紀至元二年卒，年七十六。」

重紀至元三年丁丑（一三三六），先生二十一歲。

十月，婺州鴻儒許謙卒。《黄文獻公集》卷八下《白雲許先生墓誌銘》：「三年冬十月，疾復作，謂其子元曰：『伯兄以是月二十三日卒，我死殆與之同日乎？』……及是日，正衣冠而坐……頃之，視微瞑，遂卒。」

重紀至元四年戊寅（一三三八），先生二十二歲。

春，授月泉書院直學。柳貫《柳待制文集》卷十一《元故戴孺人劉氏墓銘并序》：「今年（至元四年）春，月泉書院任爲直學，試肅政府。」

《民國浦陽戴氏宗譜》卷十七戴思樂《信三府君元配先妣趙宜人壙誌》云：「先君元之丁丑（一三三七）任本縣月泉書院山長。」後裔戴殿海昆弟《戴九靈先生年譜》因襲其説。戴氏此言甚可疑。《元史》卷八十一《選舉一·學校》云：「凡路府州書院，設直學以掌錢穀，從郡守及憲府官試補；直學考滿，又試所業十篇，升爲學録、教諭……諭、録歷兩考，升正、長。」元時州縣級學官自直學而教諭而山長，則戴思樂言順帝至元三年先生擢月泉書院山長，實不合元時陟罰體例。此事應以柳貫所記爲是，蓋柳貫述於當年而戴思樂追記於數十年之後。至於戴九靈何時升月泉書院山長，今誠難以確指。趙友同《故九靈先生戴公墓誌銘》：「家居遠城邑，朋遊講習頗艱，即買地縣西，結屋數十楹……居無何，起爲月泉書院山長。」戴九靈二十四歲授室，其後卜居縣邑西隅，則其升山長之時，固在任直學後數年。

七月丁内憂。柳貫《柳待制文集》卷十一《元故戴孺人劉氏墓銘并序》云：「里中戴暄景和之内子劉氏……以至元四年其歲戊寅秋七月三日卒家……比歲，良以父命來，從學於治經。今年春，月泉書院任爲直學，試肅政府，歸而母病。聘醫致禱，無所不至。閲四月，遂以不起。」

是年冬或明年初，鄭義門重刻鄭綺墓銘，先生撰《重刻沖素處士墓銘後題》。《麟溪集》巳卷柳貫《跋晏右司撰沖素處士鄭綺墓銘》：「欽遂裝潢成卷，請予題甚急……重紀至元四年戊寅歲冬十二月蜀山居士柳貫題。」

重紀至元六年庚辰（一三四〇），先生二十四歲。

四月，淵穎先生吴萊卒。《宋濂全集》卷四十八《淵穎先生碑》：「重紀至元六年，先生年四十四，棲遲衽席，愈不自振……夏四月九日竟卒於家。……以至正元年十一月二十四日奉柩窆鄉之盉塢。」

冬娶縣南趙氏。趙氏年二十二，先生姊婿太初子趙良本胞妹。本集附録四《戴九靈先生年譜》：「六年庚辰……冬就室縣南趙氏。」《祭亡妻趙氏夫人文》：「夫人以吾從師問友之便，遂即女氏家焉。」

後某一年，先生卜居城西。葺屋數十間，中有天機流動軒，見本集附録三所載陳樵、胡翰、王禕、鄭濤諸《記》及宋濂《跋》；雙松堂，見《客中寫懷六首·憶子》。先生自賦《詠懷三首》《築新居》。《故九靈先生戴公墓誌銘》：「家居遠城邑，朋遊講習頗艱。即買地縣西，結屋數十楹，日與同輩討論濂洛性理之微言。」

先生居城西幾二十年，陳、胡、王、鄭及宋諸友愛慕蒞臨，把盞獻酬，鈎深稽遠，先生以之吟《憶胡仲申》《歲暮遲宋潛溪》諸詩。金華許元、諸暨屠性與楊恒、大梁鍾律，本邑方樗、趙大訥、張如心、鄭渭、張宜仲諸名流亦先後來訪。邑外諸友過從論道，先生吟《寄許存仁》《送屠彦德七首》《楊本初見訪别後卻寄》《陪鍾伯紀遊溪南山》。方樗，自仙華山麓徙居縣城西隅，距先生家甚邇。《吴師道集》卷五《北山行爲方壽父作》：「高門長鋏不可彈，邑西結屋茨生草。」趙大訥，號謙齋，先生忘年交，參見《贈趙謙齋》。張如心，居月泉里第，去先生家甚近，先生與之過從如平生歡，見《張如心先生哀辭并序》。鄭渭，鄭義門第八世主家政者，先生主持其子鄭梴冠禮，撰《鄭梴冠字祝辭有序》。張宜仲，世居浦江平安，好古博雅，卒於先生遊明越時，先生哀之以《哭張宜仲》。

是十餘年間，先生嘗嬰二豎，烏傷賈思誠妙手起沉痾，知交宋濂遠途探訪，毗鄰諸公攜餉撫慰。先生吟《贈賈思誠》《病中承宋編修見過》《病起承諸公攜餉見過》。

先生苗裔由此定居浦江城西，至二十世紀中葉，始以街衢拓寬離開祖屋，散處縣城諸隅。

元順帝至正元年辛巳（一三四一），先生二十五歲。

是歲長女鳳生。

受吴萊二子謣謐之委托，撰《吴先生哀頌辭》。

至正二年壬午（一三四二），先生二十六歲。

是歲作《吴原伯哀辭》。吴氏諱深，原伯其字也，蘭溪名儒吴師道長子，前一年五月以疾棄世。

是歲七月，連襟遺孤樓楨早世，先生作《志樓楨殯記》。

十一月，柳貫卒於京城。先生從吴萊、黄溍、柳貫諸儒遊，精研覃思，悉窺閫奥，而與柳公尤密。柳公殁，先生心喪三年，經紀其家。《黄文獻公集》卷十《翰林待制柳公墓表》：「到官僅八閱月，俄以疾卒於寓舍，至正二年十一月九日也，享年七十有三。」《民國浦陽戴氏宗譜》卷十七《信三府君元配先妣趙宜人壙誌》：「自幼學經於柳文肅公貫家十有餘年，文肅公殁，至其家申心喪三年而還。」

至正三年癸未（一三四三），先生二十七歲。

是年十二月，先生作《祭先師柳待制文》，代父撰《大人祭柳待制文》。《黄文獻公集》卷十《翰林待制柳公墓表》：「夫人盛氏累封浦江縣君，前公十二年卒，以三年十二月二十二日合葬於縣西通化鄉荆山之原。」

至正四年甲申（一三四四），先生二十八歲。

七月，揭傒斯卒京城。明初，先生避禍四明，與揭氏子揭汯酬唱往還。《圭齋文集》卷十《元翰林侍講學士中奉大夫知制誥同脩國史同知經筵事豫章揭公墓誌銘》：「至正四年七月壬辰，翰林侍講學士揭公曼碩以總裁宿史館，得寒疾，歸寓舍，戊戌薨。」

八月，國子博士蘭溪吳師道卒於家。案《送胡主簿詩序》，先生嘗請益於吳氏。《宋濂全集》卷五十《吳先生碑》：「至正三年，先生以内艱南還，明年……八月十七日卒於家，壽六十二。」

至正六年丙戌（一三四六），先生三十歲。

是年，政内鄉巡檢義烏樓彦英去職，作《題樓彦英詩卷後》。《宋濂全集》卷七十六《元故樓主簿行狀》：「至正丙戌薦饑，石甲嘯聚，又相劫掠，視余邑爲尤甚。府公知君之能，移君之任，捕得二十餘人，其患遂弭。」

六月，同門友龍興路富州教授浦江陳士貞去世，先生作《陳彦正哀辭》，代孤子撰《陳府教壙記》。

至正七年丁亥（一三四七），先生三十一歲。

二月，子禮生。

七月，外姑朱德貞辭世。先生八歲隨長姊寓其家，朱氏憐惜訓迪之。見本集附録二《故梅石趙公夫人朱氏墓誌銘》。

至正八年戊子（一三四八），先生三十二歲。

是年前後，江浙行省參知政事蘇天爵搜尋柳貫遺稿，子柳卣獻詩文凡四十四卷；先生代柳卣撰《上蘇伯修參政書》。《元史》卷一百八十三《蘇天爵》：「（至正七年）拜江浙行省參知政事……九年，召爲大都路都總管。」

是年，台州黄巖方國珍聚衆起事。《明史》卷一百二十三《方國珍》：「元至正八年……國珍殺怨家，遂與兄國璋、弟國瑛、國珉亡入海，聚衆數千人，劫運艘，梗海道。」

至正九年己丑（一三四九），先生三十三歲。

是歲，先生作《送葉贇玉序》。葉贇玉，信州路貴溪縣儒家，精通《禮記》，至正甲申舉薦於鄉，遂授浦江月泉書院山長。至正丙戌前後履任，三年後受代而歸。《宋濂全集》卷三十六《題葉贇玉墓銘後》：「余在浦陽，與貴溪葉先生贇玉交……至正己丑，先生父子皆别去。」

嗣任山長者，殆先生文字交諸暨申屠性。《申屠先生墓誌銘》：「然屢舉不利，僅中辛巳、甲申副榜。以新例授徽州路歙縣儒學教諭，改信之貴溪，序遷婺州路月泉書院山長。」

是年，宋濂以修道爲名辭元朝徵召，先生撰《送宋景濂入仙華山爲道士序》。《潛溪録》卷二鄭楷《翰林學士承旨嘉議大夫知制誥兼修國史兼太子贊善大夫致仕潛溪》：「至正己丑，用大臣薦，擢先生將仕佐郎翰林國史院編修官。」

秋，浦江宋宗室後裔趙大訥主倡修葺趙氏尊序堂，先生撰《趙氏尊序堂碑》與《記》。本集附録二《尊序堂碑記》：「時至正九年其歲己丑秋庚寅，里生戴良謹記。」

是年伯兄戴士垚卒。先生教養孤侄思恭與思温如己子，後悉精岐黄術。《宋濂全集》卷六十三《戴仲積墓誌銘》：「生於大德丁未八月十九日，卒於至正己丑十一月十三日，得年四十有三。」

至正十年庚寅（一三五〇），先生三十四歲。

二月，宋濂自金華潛溪徙居浦江青蘿山麓。《宋濂全集》卷七十二《蘿山遷居志》：「十年庚寅二月十五日，擕家自金華來遷，揭其匾曰潛溪，示不忘本也。」

去歲，余忠宣公闕僉浙東海右道肅政廉訪司事。本歲六月，余闕持節巡視浦江鄭義門，盤桓感慨久之，書「東浙第一家」，先生以之著《題余廉訪五大篆後》。余闕復過柳貫故居，命浦江達魯花赤廉阿年八哈鋟梓柳公遺稿，宋濂偕先生校勘編次《柳待制文集》二十卷。蘇天爵《柳待制文集·序》：「至正庚寅，浙東僉憲余公按行所部，以浦江監縣廉君清慎有爲，愛民重士，乃命刻其文傳焉……《文集》二十卷，《别集》又二十卷，皆公門生宋濂、戴良所彙次云。」

下半年某月，先生赴婺城師事余闕。余闕與先生論詩甚歡，書「天機流動」以顔先生書齋，參見本集附録二《書天機流動軒卷後》。宋濂亦載此事，然未言具體時間，參見本集附録三《天機流動四大篆跋》。

六月後著《容齋説》，容齋者，浦江主簿劉師稷前一年所葺書齋。至正十二年，劉氏卸任以歸，先生復作《送浦江主簿劉君滿歸序》。劉氏任浦江主簿期間，先生尚爲之著《跋鮮于伯幾所製劉遺安壽詞後》與《跋耶律公遺劉侯詩後》。

八月，宋濂《浦陽人物記》成，先生撰《浦陽人物記序》。《潛溪録》卷四鄭濤《浦陽人物記序》：「至正十年八月既望。」

九月，丁父憂，先生撰《元故戴府君壙記》。

是年，柳貫歿七載，黄溍撰《翰林待制柳公墓表》；先生隨之著《柳待制墓表碑陰記》。

是年，浦江化城精舍主僧若空鋟梓柳貫詩《十一月十六日爲仙華先生寓祠植碣於其墓北化城僧舍里之交友咸來會祭歸而成詩用識斯事》，先生著《書柳待制詩後》。

是年，先生忘年交唐之淳生。《遜志齋集》卷二十二《侍讀唐君墓誌銘》：「建文三年閏三月二十三日，翰林侍讀唐愚士卒於京師玄津街之官舍……士君子相與歎其賢，宜其壽考，而不幸年五十二而歿。」

至正十一年辛卯(一三五一),先生三十五歲。

是年正月,《柳待制文集》付梓。《柳待制文集》卷二十宋濂《跋》:「是集既成,廉訪使者余公闕命廉侯阿年八哈刻置浦江學宮……至正十一年辛卯歲春正月甲子門人金華宋濂謹記。」

六月,大梁蕭文質始授浦江縣尹,主倡修葺縣學,先生著《浦江縣修學記》。

八月,縣尹蕭文質禱雨有年,先生著《喜雨詩序》。

至正十二年壬辰(一三五二),先生三十六歲。

浦江縣五賢祠落成,先生作《浦陽五賢贊并序》。《乾隆浦江縣志》卷五《祠廟·五賢祠》:「舊《志》:在儒學西,元順帝至正十二年達魯花赤廉阿年八哈建,祀陳太竭、梅溶、梅執禮、王萬、柳貫。」

浦江縣達魯花赤廉阿年八哈三年政成以歸,先生作《甘棠集序》。《乾隆浦江縣志》卷七《宦迹·元達魯花赤》:「廉阿年八哈……順帝至正九年涖浦邑。」

十月,浦江耆宿方樗辭世,先生撰《祭方壽父先生文》。

至正十三年癸巳(一三五三),先生三十七歲。

去年,元兵收復信州路;是歲五月,元兵光復饒州路;先生作《平饒信詩》。

十二月，浦江縣城西南隅新修婺女星君行祠落成，先生作《浦江新建婺女星君行祠碑》。

同門友鄭濤編次《經筵録》，辛卯年以外艱攜歸浦江；是年前後，先生撰《經筵録後序》。

約是年，先生謁建德路總管府推官楊維楨於府治梅城，楊氏爲先生作《聽雪齋記》。《楊維楨文集》附録一貝瓊《楊維楨傳》：「十二年，汝潁兵起，南北騷然。先生既受代，即辟地富春山，後依元帥劉九九於建德。九九敗後，挈家歸錢唐。」

至正十四年甲午（一三五四），先生三十八歲。

同門友鄭濤服闕還朝，先生遺之以《説佩》。

浦江教諭衢州祝應升政成受代，先生遺之以《贈别祝彦明》《送祝彦明詩後序》。《乾隆浦江縣志》卷七《官司志·元·教諭》：「祝應升，（至正）十一年任，姑蔑人。」

至正十五年乙未（一三五五），先生三十九歲。

是年，良友國子博士東陽胡助卒；後先生遊吴，見其子胡瑜，哀吟《吴中追哭胡古愚博士》。張以寧《翠屏集》卷四《學海陳君墓誌銘》：「因家居不復仕，以（未）〔末〕疾卒於至正乙未十二月十四日……比年兵禍盈海内，縉紳顛踣不可勝數，獨君與太常君同享壽康，繼没一年中。」按陳學海者，胡助姻家，蘇州學道書院山長。

約是年，次女生。《賤生述懷呈在座諸公》：「三歲客東海……一女年亦笄。」至正二十七年丁未秋冬，先生始自齊返浙而流落海濱。

浙東旱暵，江浙行省左丞祈雨利物，先生作《禱雨詩序》。

至正十六年丙申（一三五六），先生四十歲。

春，張士誠南略蘇州。《隆平紀事》：「至正十六年……二月壬子朔，入平江據之……士德兵僅三千人，長驅而入，據平江，昆山、吴江、崇明、嘉定諸州縣相繼降。改平江路爲隆平郡……三月，周王張士誠自高郵徙都隆平。」

三月，朱元璋拔金陵，更名應天府。

三月，鄭義門邀多士修禊於玄鹿山桃花澗，先生作《修禊集後記》，見本集卷五。《宋濂全集》卷二十二《桃花澗修禊詩序》：「乃至正丙申三月上巳，鄭君彦貞將修禊事於澗濱。」

七月，集賢大學士吴直方薨，先生數年前爲之吟《吴集賢新堂詩》。《宋濂全集》卷七十六《元故集賢大學士榮禄大夫致仕吴公行狀》：「公生於宋德祐乙亥十一月二十四日庚寅，薨於今至正丙申七月十三日庚寅，享年八十有二。」

九月，餘姚王士毅卒；後先生流落浙東海湄，撰《王先生墓誌銘并序》。王氏既殁，其子王在兄弟名其奉母之室曰愛日堂，先生撰《愛日堂記》。某年，在訪先生於四明寓舍，先生遺之以

《王止善自鳴鶴來訪賦此以別》。

至正十七年丁酉（一三五七），先生四十一歲。

是年，長女戴鳳適同邑平安張琪。《亡女張孺人戴氏墓碣銘》：「年十七歸張氏。」

早春，同門友鄭義門鄭深僉江南浙西道肅政廉訪司事，先生以詩餞行，曰《鄭僉憲授官南歸》。

去歲七月，蘭溪松坡處士趙必瓆卒；本年二月窆封。先生祭拜其墓，或順路重遊東峰亭，作《哭趙隱君》《題蘭溪東峰亭》。王褘《王忠文公集》卷二十二《趙君行狀》：「至正乙未之春……翛然而逝，七月己丑也，享年六十有九……良恭將以丁酉二月壬申奉柩葬於州南銅山鄉塢口之原。」

春三月處州山寇侵婺之永康、武義，夏四月邁里古思提兵蕩平，先生作《邁里古思公平寇詩》。《宋濂全集》卷三十二《贈行軍鎮撫邁里古思公平寇詩序》：「至正丁酉春三月，括寇復興……夏四月庚戌，命諸將黄中等以奇計紿賊……壬申師還。」至正十八年戊戌，邁里古思遇害；後先生宦遊吴中，爲諸君子哀悼詩作序，曰《邁院判哀思序》。

是年七月前某月至明年冬，先生避兵浦江縣興賢鄉馬劍祖居，載稼載穡，聚親邀朋，有《避地二首》《還舊居》《居田》《山中度歲》《丁酉除夕效陶體》《正月五日遊石門懷所遲客》諸詩。《蔣季高誄辭》：「亡友蔣允升……丁酉歲家居遘疾，竟不幸夭死……予方避兵萬山中。」先生避亂馬劍時，顔其祖居曰松隱。後遊吴中，倪雲林繪《松隱居》，高啓賦《松隱居爲戴叔能作》。本集附録三清吴錫麒《松隱居圖題辭》：「展倪迂之圖，奏青丘之詠。」倪迂爲元末長洲畫家倪雲林自稱，青丘則吴中詩家高啓别號。

七月，同門友東陽蔣允升早世，先生作《蔣季高誄辭》。王禕《王忠文公集》卷二十四《蔣季高墓誌銘》：「季高，諱允升，蔣姓，東陽人。年二十有九以卒，至正十七年七月甲戌，其卒之年月日也。」

閏九月，師黄溍卒。《黄文獻公集》卷十二《附録》宋濂《故翰林侍講學士中奉大夫知制誥同修國史同知經筵事金華黄先生行狀》：「十七年秋七月……閏九月五日，薨於繡湖之私第，享年八十有一。」

是年方孝孺生。先生逝後，方氏著《祭雲林先生文》。《方孝孺集·附録·方先生小傳》：「元至正丁酉生，先生生時，有木星墮其所，雙瞳炯炯如電。」

是年，張士誠納款於元。《隆平紀事》：「周王士誠降於元，元以爲太尉……立江淮分省、江浙分樞密院於平江，以處其官屬。」

至正十八年戊戌（一三五八），先生四十二歲。

正月，余闕死節安慶。《宋濂全集》卷十七《余左丞傳》：「至正壬辰……分治安慶……戊戌正月七日城陷……闕遂自刭，不殊，沉水死。」

六月，朱元璋軍隊略定浦江。《宋濂全集》卷七十九《諸子辨》：「至正戊戌春三月丙辰，西師下睦州。浦陽壤地與睦境接，居民震驚，多扶挈耄倪走傍縣……夏六月壬午，僅克脱稿。越三日乙酉，而浦陽陷矣，余遂竭蹙趨勾無。」

七月，鄉紳趙大訥見害於朱元璋部將；數年後，先生祭拜其塋，作《謁趙朝列墓》。《宋濂全集》卷五十一《元故朝列大夫同知婺州路總管府事致仕趙侯神道碑銘》：「戊戌三月丙辰，睦州破。六月乙酉，并入浦陽……幸不死，創甚，至七月丁巳竟殁。」

九月，張士誠季弟士信拜江浙平章政事。《隆平紀事》：「（至正十八年）朝廷詔士信爲江浙行省平章政事。」

十一月，義烏神醫朱丹溪辭世。《宋濂全集》卷七十一《故丹谿先生朱公石表辭》：「先生生於至元辛巳十一月二十八日，卒於至正戊戌六月二十四日。」

十一月，宋濂女弟婺見逼於游卒而投淵就義，先生吟《節婦操爲賈妻作》。

十二月，明太祖朱元璋拔婺州，更名寧越府，徵先生講經史。《大明太祖高皇帝實録》卷六：「戊戌春正月庚子朔……（十二月）甲申上入婺州，下令禁戢軍士剽掠，有親隨知印黄某取民財，即斬以徇，民皆按堵……召儒士許元、葉瓚玉、胡翰、吴沉、汪仲山、李公常、金信、徐孳、童冀、戴良、吴履、張起敬、孫履皆會食省中，日令二人進講經史，敷陳治道。」

先生之見重於明太祖，或由王宗顯舉薦也。王氏早年寓居金華，且嘗遊浦江興賢鄉石門，先生納交王氏，殆昉於此。先生爲學正時，與王氏情意愈密，吟《題茂清齋》《投王郡守二首》。胡翰《胡仲子集》卷三《紀交》：「和（陽）〔州〕王仲良性炳烈，不娖娖爲小謹。避兵渡江，自吴走越，又自越至婺，間關千數百里，與余遇於逆旅……浦陽有山曰石門，險阻可依，嘗率其友至山中，回翔周覽，慨然欲爲田疇之事。」石門者，先生祖居馬劍附近奇山水。

是年，先生文字交桐廬梅月處士李康卒。此前，先生爲之作《答李寧之》《寄寧之鵬南兄弟二首》。《乾隆桐廬縣志》卷十一《人物·隱逸·李康》：「十八年以疾卒。高陽許瑗、青田劉基臨其喪，爲詩文以誄之。」

至正十九年己亥（一三五九），先生四十三歲。

春，授寧越府學正。《大明太祖高皇帝實録》卷七：「己亥春正月甲午朔……命寧越知府王宗顯開郡學，延儒士葉儀、宋濂爲五經師，戴良爲學正，吴沈、徐原等爲訓導。時喪亂之餘，學校久廢，至是始聞弦誦之聲，無不忻悦。」

六月，朱元璋去婺，胡大海以江南行省參知政事守寧越重地。

七月，次子樂生。

十月，文肅公子柳卣卒。《宋濂全集》卷六十《故紹慶路儒學正柳府君墓誌銘》：「浦陽柳府君，諱卣，字致明……壽七十一，以至正己亥十月甲子卒。」

是年，欒鳳知諸全州，先生著《黄氏歸田記》以彰欒氏善政。初，欒鳳爲明江南分省管勾居婺州，兄欒仲舉適來會，先生遺之以《送欒宣使還省詩序》。

是年前後，寧越府名流夜集郡齋，飲酒賦詩，先生賦《郡齋夜飲分韻得晝字》。

約是歲，先生呼朋引伴，遊覽道家名勝金華赤松山，先生吟《遊赤松山分韻得弟字》；同時或前後，先生賦《題赤松山清風樓》。

蓋是年重陽，先生偕同門友王禕、醫家王履遊金華雙溪，賦《九日偕子充安道諸友遊城東》。

是歲前後，先生偕王禕、吴沈遊覽金華北山，賦《同子充浚仲遊北山夜宿覺慈院》《抵智者》《從智者遊九龍謁劉孝標祠》《往山洞》諸紀遊詩。

先生宦遊婺州時，嘗自祖居馬劍啓程，沿壺源江至富春江，再溯桐江、蘭江入婺城；疑先生初孤身赴婺，既而攜家眷入郡城。途經桐廬縣城，暫晤友生方以愚、王天錫，吟《舟發嚴陵承以愚天錫諸公追餞》；既别，逆流而上，先生賦《舟中有懷以愚天錫諸君子》《舟次蘭陰憶寄君善敬德浚仲諸友》。後王天錫遊婺州，先生作《城東會飲送王天錫》《送别王天錫》諸詩。

至正二十年庚子（一三六〇），先生四十四歲。

先生寓居婺州，任郡學學正。

約是年春，朱元璋徵胡翰至金陵；明年秋，授胡翰衢州教授。先生先後作《送别胡仲子二首》《送胡仲子之三衢》。

春三月，朱元璋召宋濂至金陵，先生賦《别宋潛溪》。《明史》卷一《太祖一》：「（至正二十年）三月戊子，徵劉基、宋濂、章溢、葉琛至。」六月，先生遥贈《寄宋潛溪》，宋氏覆之以《答戴學正》。本集附録三《答戴學正》：「自我不見汝，已是三月餘。」

約是年重陽，婺州文臣武將宴飲迎華觀，設宴者疑爲朱元璋麾下江南等處行中書省參知政事胡大海，先生作《九日宴迎華觀》。

先生居金華時，納交虎將胡大海父子、龍泉奇才章溢、金華友琴生朱原良、和陽王德良、宣城名士劉仲脩、溧水儒生劉彦肅與劉彦英、諸暨隱淪宋汝章、永康豪傑吕文燧、范陽孝子衛立本。先生爲之作《送人還鎮》《投同僉公》；《苦齋》《看松庵》《章氏家乘序》；《自得其樂齋記》；《樂善堂記》；《送劉仲脩》；《喜聞過齋箴》；《送劉彦英東還》；《贈勾無山樵宋生序》；《贈别吕用明》；《具慶堂銘》。

先生宦遊婺州時，四海板蕩，國事一發不可收拾，《除夜客中二首》《郡齋度歲二首》《郡齋守歲二首》足見先生殷憂煩悶。

至正二十一年辛丑（一三六一），先生四十五歲。

先生寓居婺州，任郡學學正。

後半年，明太祖略定江右，王禕上《平江西頌》；王禕西隨朱元璋時，先生作《寄王子充》以示深憂。《明史》卷一《太祖第一》：「（至正二十一年八月）戊戌，克安慶，友諒將丁普郎、傅友德迎降。壬寅，次湖口，追敗友諒於江州，克其城，友諒奔武昌。分徇南康、建昌、饒、蘄、黄、廣濟，皆下。冬十一月己未，克撫州。」《王忠文公集》卷二十五劉宗周《道統録・王公傳》：「辛丑進《平江西頌》，上覽之喜。」

是年，張士誠開館納賢。《隆平紀事》：「至正二十一年辛丑，開賓賢館，立鄉學。開館以禮賓客羈寓之士，所贈遺及飲食宫室輿馬供帳甚盛，凡四方名士避地東南者，咸歸焉。」

是年，先生或以張士誠薦授元奉訓大夫淮南江北等處行中書省儒學提舉，參見附録四《信三府君元配先妣趙宜人壙誌》。

至正二十二年壬寅（一三六二），先生四十六歲。

先生寓居婺州。二月，朱元璋宿將胡大海爲降將蔣英所害，婺州擾攘繹騷。《宋濂全集》卷四十八《胡越公新廟碑》：「辛丑夏五月，上憫公之勞，且以婺爲海右大藩，通甌引越，非宿將重臣有以控制之不可，乃授公江南等處行中書省參知政事，屯戍於婺。壬寅春二月，溪洞兵叛而西歸，公遂遇害。」

先生避兵義烏朱漳家，逾二月返回婺城。其間先生偕友生祭拜上醫朱震亨墓，時吟《謁彦修先生墓分韻得風字》；後遊吳，復撰《丹溪翁傳》。既而朱漳去世，先生作《悲亡友朱茂清》《朱茂清哀辭》。

同門友諸暨方椿訪先生於金華，未幾病卒客舍。次年十一月，先生撰《方大年墓誌銘》。

後半載某月，先生至吳門，以儒學提舉入江淮分省。

是年擴廓帖木兒代父總兵。《元史》卷一百四十一《擴廓帖木兒》：「於是復起擴廓帖木兒，拜銀青榮禄大夫、太尉、中書平章政事、知樞密院事、皇太子詹事，仍便宜行事，襲總其父兵。」

十月，秘書卿貢師泰卒於海寧。貢氏，勳績烜赫，詩文造詣頗深，先生師余闕至交，友錢塘劉中、餘姚謝肅從之遊。《玩齋集附録·年譜》：「至正二十二年壬寅，公年六十五……冬十月十日，殁於寓所。」數年後，先生潛藏海濱明州，賦《貢尚書新祠六詠》，撰《題貢尚書二詩》《題貢尚書手帖》。

至正二十三年癸卯（一三六三），先生四十七歲。

先生宦遊吳門，任儒學提舉。先生悲人生短暫，吟《短歌行》。

是年，趙氏夫人至吳。《祭亡妻趙氏夫人文》云：「吾年幾半百，始提舉儒學於淮南。夫人同在官者僅三載。」先生以至正二十六年丙午春去吴適齊，則癸卯、甲辰、乙巳三年，先生與夫人同居吴門。

是年，張士誠自封吴王。《隆平紀事》：「太尉士誠自立爲吴王。」

十一月，劉中祖父劉天祐卒。後數年，先生流寓四明，始結交劉中而爲其祖撰《劉貞逸像贊》《元贈江浙行樞密院都事劉君墓誌銘并序》。先生與劉中過從甚契，作《庸道提學訪予定川寓舍……》《庸道既别云自山北訪桂同德胡舜咨而還》《題劉庸道浮海百韻》。

至正二十四年甲辰（一三六四），先生四十八歲。

先生宦遊吴門，任儒學提舉。

春正月，朱元璋自立吴王。《隆平紀事》：「至正二十四年甲辰春正月，吴國公朱元璋進位爲吴王。」

元日，先生與蔡彦文、徐孟岳會聚賞雪，即興以賦《甲辰元日對雪聯句》。是年或前後年早春，三韻友聚飲，先生吟《次韻春雪禁體》。

先生入吴，訪同門友陳基而爲之綴輯詩文；是年五月定稿著序，命之曰《夷白齋稿》，詳見本集附録二《夷白齋稿序》。先生居吴餘三年，與陳基酬酢往還，先後作《陪陳夷白左司省先隴遂遊西山諸寺》《題陳敬初小丹丘》《由范莊過天平次夷白學士韻》《小丹丘記》《淮南紀行詩後序》諸詩文。其兄上海主簿陳聚倡修橫溪義塾，先生撰《上海橫溪義塾記》。

是年前後，先生偕鴻碩莊士遊諸名勝，吟《遊湖上諸山》《登堯峰》《次韻宿西山》《題梅花莊》《泛石湖》《登靈巖》《宿龍山》《上天池》《夜泊吴江長橋宿垂虹亭》《次韻遊寶華寺》《次韻遊上方》《次韻遊靈巖》《次韻謁范文正公祠》《次韻遊湖山》諸紀遊詩。

是歲前後，江西省郎中丁季周奏捷京城，路過吴門，諸名流賦詩餞行，先生作《送丁郎中赴京師詩序》。

先生寓吴門，故友《春秋》學者鍾律遊吴，先生撰《春秋案斷補遺序》。史學家陳桱亦遊吴，先生居婺時，既與之合撰《治平類要總序》，兹復遺之以《剡源記》《通鑑前編舉要新書序》。

先生官儒學提舉時，納交僚友周伯琦、楊翮、蔡彦文、陳元禮、趙克和、楊彝、張士信、馬玉麟、路季達、陳秀民、沈達卿、陳恭、蘇宗瑞、張憲、楊百川、錢用壬、陳子方、丁子儀、丁弼、姚翥。先生先後作《周伯温侍御席上賦》《周侍御家賞梅》《守愚齋記》；《同楊文舉提學遊虎丘》；《次韻蔡經歷病中述懷》《蔡郎中使還》《蔡履庵像贊》《退思齋銘》；《送陳太守》；《送趙推官赴市舶提舉》；《題貞壽堂三首》；《題平章公所藏天馬圖》；《賦廉范五袴送馬太守》；《送路理問出使太原》《送路理問序》；《次韻寄陳大參》；《六柳莊記》《沈僉院送行詩後序》；《日月牖記》；《上海鶴砂義塾田記》；《玉笥集序》；《送楊都事序》；《送錢參政詩序》；《送陳嘉興序》；《送丁山長序》；《殷府君墓誌銘》；《衛節婦墳記》。先生納交張士誠參軍葉懋，其子葉蕙卿、試登名第六，先生賀之以《故人子以早年中選喜而有賦》《贈葉生詩序》。

先生居吴數年，結交時賢勝流沈右、陳肅、徐矩、張德機、徐孟岳、張紳、葛蒙、韓惟敬、劉以順、朱碧山、王翥、陳介。先生是以作《孤女别主辭》；《寄陳伯將學士》；《徐叔度遺紈扇》；《宜興張德機避兵吴門》；《次韻徐孟岳除夕行》《次韻白頭母》；《次韻憶張雲門》；《山泉説》；《三樂軒記》；《送劉以順詩序》；《贈醫師朱碧山序》；《王處士墓誌銘并序》；《陳廉訪壙記》《祭陳夫人文》。

先生寓吴數歲，尊重方外高士李睿、蕭隱士、讓師、道衡平公、能上人、朝宗。先生因此作《題李道士鶴瓢》；《題蕭隱士卷》；《送讓師還中竺》；《道衡禪師平公畫像贊》《禪海集序》；《送能上人詩序》；《雲深詩序》。

先生遊吴數載，眷戀同郡才士胡瑜、王順、傅子異。先生遺之以《送胡主簿詩序》；《送王都事序》；《送傅子異序》。

是歲八月，張士信爲江浙左丞相，開府杭州。先生爲其僚屬撰《送董郎中序》《送真郎中序》《送馮員外序》。《隆平紀事》：「至正二十四年……秋八月，吴王士誠逐元丞相達識帖睦爾，幽之；弟士信代爲江浙左丞相。」

先生仰慕吴中金氏義門，閏十月金弘道卒，先生撰《止軒居士金君墓誌銘》；先是，先生爲吴氏作《對雨金達可送酒至》《病中承達可送小木椅》《旌表金氏義門記》。

是歲，先生吟《歎年》以悲歲月蹉跎。

內侄趙友同生。友同，字彥殊，又字彥如，明初御醫，父趙良仁自婺州浦江徙居平江長洲。蓋先生漂泊明越時，友同師事之。後友同爲先生撰《九靈先生畫像贊》及《故九靈先生戴公墓誌銘》。楊士奇《吴都文粹續集補遺》卷上《御醫趙彥如墓誌銘》：「彥如卒於永樂十六年四月一日，春秋五十有五。」

至正二十五年乙巳（一三六五），先生四十九歲。

先生宦遊吴門，任儒學提舉。

正月，盧鎮主倡重修《琴川志》問世，先生撰《琴川志序》。

七月，張士誠麾下平章政事朱英修葺甫里書院，先生撰《重修甫里書院記》。

約是年，先生受托於陳桱以著《長洲縣丞楊君去思碑》。

先生遊吴，治事之暇，耘草灌園，吟《治圃四首》。

先生遊吴，以至道淑諸人。張生藻仲蘭心蕙質，先生後漂泊明州，吟《題張藻仲竹木》。

至正二十六年丙午（一三六六），先生五十歲。

春，先生欲致其身，遂奉命於張士誠，北聯擴廓帖木兒。自吴中抵杭州，賦《始發吴門》《雨夜泊秀州城下憶僚友作》《至杭宿錢塘驛》《登飛來峰》《泛西湖舟中作》《遊吴山承天觀》諸紀行詩。《始發吴門》：「及兹將使命，翩然就行役。」《贈蒲察鎮撫詩序》：「余南鄙之陋儒，蓋久而厭亂，遂挈家泛海，渡黑水登萊，行萬里以歸我王相總兵公。」

先生提學吴中，長子思禮年且弱冠，疑其時遊學省城，是以先生有寓舍於杭州。定海唐賓元謁先生杭州寓舍，先生爲其先考撰《元故處士唐君墓誌銘》。此番過杭，先生與胞弟士元會於吴山。洪武五年先生所吟《客中寫懷六首·思弟》云：「前時吴山上，與汝酌東軒。」

暮春，先生由杭州適富陽。擬溯壺源江，與故鄉浦江馬劍訣别。然前行不得達，遥望九靈山，怏怏折回。先生賦《抵富陽宿縣治作》《入湖源》《次場口》《至古城飲馮氏家》《望九靈山》諸紀行詩。《抵富陽宿縣治作》：「是節春已暮，遥途寒尚薄。」《望九靈山》：「可望不可至，空多故鄉憶。」先生之所以不得歸鄉，以馬劍處浦江、諸暨、富陽、桐廬四州縣之際，其時富陽、桐廬屬張士誠，浦江、諸暨隸朱元璋，兩部交界處必有勁將悍卒誰何也。朱元璋部曲至正十八年取浦江，明年略諸暨；然直至至正二十六年十月始拔桐廬、富陽。《隆平紀事》：「至正十九年己亥春正月庚申，胡大海、李文忠取諸暨，守將華元帥遁……至正二十六年丙午……冬十月……是月，李文忠遣指揮朱亮祖、耿天壁分兵攻桐廬，守將戴元帥降。遣指揮袁洪、孫虎圍富陽，克之，擒守將同僉李天禄。」

仲夏，先生自越趨明。《泛海》：「仲夏發會稽，乍秋别勾章。」

去年冬，先生納妾李氏。是歲六月，李氏卒，先生作《傷李氏妾》《亡妾李氏墓誌銘》。七月，趙氏夫人自吳門趨杭州。《亡妾李氏墓誌銘》：「然竟以事余之次年，感暴疾以亡……丙午六月三日也……後一月，金華縣君往錢塘。」

夏秋之交，先生逗留四明，與定海縣尹汪汝懋過從相得。先生既爲其子撰《汪一誠字箴并序》；甫抵齊，復吟《憶汪遯齋二首》。

九月，先生閱劉中篋内余闕遺貢師泰手帖，撰《余豳公手帖後題》。

是年，先生納交西域丁鶴年；秋，作《鶴年吟稿序》。本集附録二《鶴年先生詩集序》云「至正甲午秋九靈山人金華戴良序」，據陳垣《元西域人華化考》，甲午乃丙午之訛。先生愛丁鶴年風清韻遐，先後貽之以《憶鶴年有賦》《寄鶴年》《高士傳》《皇元風雅序》《題馬元德伯仲詩後》。

秋，先生自浙適齊，時侄戴思温隨行，賦五言古詩《泛海》《渡黑水洋》、五言律詩《自定川入海》《渡黑水洋》及七言律詩《渡海》《黑水洋》。先生戒道之時，偶言初秋，屢道深秋，當以後者爲是。《泛海》：「仲夏發會稽，乍秋别勾章。」《余豳公手帖後題》：「至正丙午秋，良與臨安劉庸道同客四明……九月朔日門生良謹書。」《山東九日二首》：「去年南地過重陽，種得籬花一丈長。」

十一月，明兵拔杭州。《隆平紀事》：「至正二十六年丙午……十一月……壬辰，李文忠入杭州，守將潘原明降。」

至正二十七年丁未（一三六七），先生五十一歲。

是年，趙氏夫人攜子女由杭州歸浦江縣邑。《祭亡妻趙氏夫人文》：「明年兵起倉卒，復挈其孥，冒濤江之險以東還。」

先生漂泊益都路，欲伺機投奔擴廓帖木兒，然在在兵燹而不果。先生輾轉往返，賦五言古詩《望大牢山》《抵膠州》《宿高密》《過營丘》《至昌樂》《次益都》、五言律詩《次大牢山下》《至膠州》《宿高密》《過營丘》《寓昌樂》《次益都》、七言律詩《登大牢山》《至東膠》《宿高密》《營丘》《次昌樂》《北海郡》及絶句《秋思二首》《山東九日二首》。

先生盤桓益都時，嘗陟泰山之巔，參見本集附録二《登太山》。

先生羈旅北地，納交豪雄蒲察文政，撰《贈蒲察鎮撫詩序》；結識俊彦班景道、陳仲宣，賦《送班景道》《送陳仲宣東還》。

九月，明將徐達拔平江，張士誠被俘至南京，拒降自縊。《隆平紀事》：「至正二十七年丁未……九月辛巳，徐達克平江，執吴王士誠以歸。」

十月元廷罷黜擴廓帖木兒，削奪其軍權。《元史》卷一百四十一《擴廓帖木兒》：「二十七年八月……十月，詔落擴廓帖木兒太傅、中書左丞相，依前河南王，以汝州爲食邑。」

冬，明兵攻略山東諸郡縣。《明史》卷一《太祖一》：「二十七年春正月戊戌……十一月辛巳……辛丑，徐達克益都。十二月甲辰……張興祖下東平，兖東州縣相繼降。己酉，徐達下濟南。」

十二月，方國珍降於明，浙東全境賓服。《明史》卷一《太祖一》：「二十七年……十二月甲辰，頒律令。丁未，方國珍降，浙東平。」

是年深秋或三冬，先生渡海還鄞，寓居夏氏館舍。《山東九日二首》：「去年南地過重陽，種得籬花一丈長……年年此日倍思親，況在天涯作竄臣。」《百猿圖記》：「至正季歲，予附海舟南還至四明，館人夏叔宜兄弟出此圖以相示。」文末言「柔兆敦牂」，即丙午年，疑血雨腥風裹挾之時，作者故意前挪歲月以免不虞之患。《元贈亞中大夫台州路總管追封延陵郡侯吴君墓誌銘》「歲至正乙巳，余由海道抵京師，問舟於四明……後一年，杭海南還。」乙巳者，丙午之誤，參見《亡妾李氏墓誌銘》。

冬，先生訪慈溪沈明大，時汪汝懋主沈氏西席。未幾，先生賦《題盤隱軒》《寄沈隱君》。後二年三月，時洪武二年，沈明大卒。明年，先生撰《鄞沈明大墓誌銘并序》。沈氏婿唐轅及諸弟從先生遊，先生撰《唐二子傳》《唐氏四子字説》《汪明府以畫竹遺唐伯度求予題》。

先生羈旅浙東海濱，以教授生徒爲常業。慈溪一經齋主人唐起賢館致先生以教子唐林，先生作《一經齋記》《唐林字説》《示唐生林》。先生嘗客授寧波郡城東五里夏氏私塾，訪夏璿兄弟奉母之室，撰《安貞堂記》。先生流離海隅，章蟬從之遊，勖之以《耘業齋銘》；章處士道隆德盛，先生著《章處士像贊》《挽章處士》，疑章蟬即章處士後嗣。四明方士敬師先生，先生著《求諸己齋箴》勉之。四明施弘道洗心澡慮，先生撰《心耕齋銘》。方氏生崇尚儒家心學，先生迪之以《惟微齋銘》。先生授徒明州，鄞縣弟子李孝謙以德行學術名噪海濱。《宋元學案》卷八十二《九靈門人·處士李先生孝謙李先生悌謙李先生忠謙》：「李孝謙，鄞縣人。父仕開，操履方正，當元季四方繹騷，閉門不妄交，惟善武林楊彝、台州陸德暘、金華戴良、永嘉高明、慈溪胡舜咨，令子弟受學焉。先生及弟悌謙、忠謙皆孝友嗜學……及明永樂中，詔天下纂修圖志，太守汪楦起先生總修郡乘，書成而卒。」《明詩綜》卷二十二《李孝謙》：「孝謙名本，以字行，鄞人。與弟悌謙洪永間相繼舉孝廉，皆以母老固辭。有《中林集》。」年近古稀，先生僑居餘姚秦湖，弦歌不輟，授業劬勞。《聞耕隱庸庵諸公遊山累日用深歎羨》：「心疲朱墨頭如雪，志困生徒日似年。」弟子何鼒超逸恬淡，屢辭徵辟。《抑庵文後集》卷三十一《檢討何先生墓誌銘》：「餘姚何先生諱鼒，字玉鉉，以子瑄貴，封翰林檢討，階徵仕郎……先生端重警敏，少從金華戴叔能學詩，深有造詣，戴公甚推許焉。然篤於事親不欲仕，郡大夫再以隱逸薦，皆力辭。」

至正二十八年戊申(一三六八)　明洪武元年，先生五十二歲。

正月，朱元璋即皇帝位，國號明，建元洪武。

元亡，先生避禍四明。春，匿迹古寺，送元朝定海縣尹建德路淳安縣汪汝懋還鄉。《贈别汪定海三首》：「春事動江皋，客愁滿山海……古寺静修廊，空齋冷虚壁。」《故翰林待制致仕汪君墓誌銘》：「已而版圖内附，君間關歸故里。明年己酉七月十有六日，以疾卒於家。」按《題竹窗詩卷》與丁鶴年《慈溪報國寺度夏寄甬東椿上人》，時戴九靈或寄居大年椿上人駐錫之鄞縣慈濟寺。

中秋，先生邀月傷懷，吟《中秋玩月》。

九月，元循吏慈溪縣尹陳麟卒；明年，先生撰《元中順大夫秘書監丞陳君墓誌銘并序》。是年前後，先生爲之作《陳文昭監丞像贊》。明初，閩人許原攝慈溪縣尹，視民如子而通邑擁戴，先生述《許丞傳》。

冬，先生與龍雲從、桂彦良、王桓、劉中諸名士會慈溪東山沈師程宅，作《東山賞梅詩序》《東山宴集分韻得月字》，疑先生同時遺沈氏以《題楊慈湖所書陸象山語》。

約是年除夕，先生擬來年攜侄温遊浙西，不果。《歲除示侄十六韻》：「時將遊西浙……漂流知幾處，奔走已三霜。」

洪武二年己酉（一三六九），先生五十三歲。

是年前後，同門友諸暨屠性卒於遐荒；三載後其子函骨歸葬，先生撰《申屠先生墓誌銘》。

六月，先生吴中僚友周伯琦卒。《宋濂全集》卷六十六《元故資政大夫江南諸道行御史臺侍御使周府君墓銘》：「洪武二年六月某日，卒於家，享年七十又二。」

七月，汪汝懋卒於桑梓淳安。汪氏見舉於先生師柳貫，先生北征山東前後與汪氏過從甚密，撰《汪縣尹像贊》《遯齋小稿序》《禮學幼範序》《深衣圖考序》。汪氏卒，先生賦《哭汪遯齋二十四韻》，撰《祭汪遯齋文》《故翰林待制致仕汪君墓誌銘》。汪汝懋母何氏，乃名醫周貞甥女，周貞業醫而善畫精音律，張淮犯吴，守夷齊高節而卒，先生奉之以《周貞傳》。

深秋，先生偕台州友生毛翰、慈溪唐轅及沈源暢遊慈溪西部名山。先生作《遊龍山》《晚至永樂》《永樂寺觀先師柳公三大篆及諸石刻泫然賦此》《題永樂寺水竹居》《李帥家烹鶴見餉》《星菊》《瑞蓮》《遊清泉寺》《經金繩廢寺》《遊山至葉仲容家飲散因爲醉歌》《自定水回舟漏幾溺》諸紀遊詩。此番遊龍山，先生或納交詩僧淬用剛，作《同淬用剛登甘露寺》；後某年，先生思念淬用剛，吟《有懷淬用剛賦此以寄》。

遊山甫畢，十月初始，先生一行遊慈溪東山，與東平李善、慈溪桂同德、嘉興錢大有、錢塘劉中諸逸人莊士聚飲羅彦直書畫舫，先生賦《書畫舫宴集分韻得澮字》。《書畫舫讌集詩序》：「歲己酉十月初吉，予偕天台毛雲莊出遊慈水之上。」羅彦直有堂曰竹所，先生贈之以《竹所銘》；後數年，先生復吟《寄羅彦直》。

東山群賢既散，先生一行四人回首秋遊情致，共吟《出遊聯句》。

是年前後，先生遊慈溪「同居耆德羅氏之門」，賦《題羅氏五老圖樂府三解》，撰《羅氏五老贊》《春風堂記》《元故沖玄處士羅君墓誌銘》。羅氏婿方景良兄弟以孝義著稱，先生作《春暉樓記》。

洪武三年庚戌（一三七〇），先生五十四歲。

九月，内舅趙必俊卒。初先生撰《梅石處士趙先生像贊》，兹悼之以《祭外舅趙處士文》。《民國浦陽趙氏宗譜》揭汯《故梅石處士趙先生墓誌銘》：「先生生於前至元丙戌二月廿八日，卒於洪武庚戌九月廿二日，享壽八十有五。」

十月，同門友陳基卒。後某年先生聞訊，悲痛難遏，賦《哭陳夷白二首》。《夷白齋稿補遺》尤義《陳基傳》：「洪武三年十月壬午，以疾卒於常熟縣河陽里之寓舍，年五十有七。」

十一月，長姊戴如玉卒，先生服喪期年，視之如母也。初，先生既作《客中寫懷六首・念姊》《趙母戴氏真贊》，兹復撰《祭先姊趙安人文》。

洪武四年辛亥（一三七一），先生五十五歲。

是歲前，先生久客定海白沙，結納富室夏璜家。《留别白沙諸友三首》：「頻年接歌笑，誰忍隔音形。」至正二十一年，夏璜叔玄逸處士夏榮達辭世；至正二十五年，夏璜父真逸處士夏榮顯卒；某年，夏璜姑夏守貞謝世。先生先後作《玄逸處士夏君墓誌銘》；《真逸處士像贊》《真逸處士夏君墓誌銘》；《節婦謡》《蔡節婦夏氏墓誌銘》。真逸處士或有兄弟夏祥甫，先生惠之以《夏祥甫像贊》。

春，先生自定海遊慈溪横塘方德原四景樓。《四景樓記》：「辛亥之春，予來自定川。」

六月，先生徙居慈溪花嶼湖畔白龍寺西軒，處境艱危，思緒黯淡。《光緒慈溪縣志》卷四十三《舊迹三・居址上・九靈隱居》：「洪武四年，戴良隱慈之花嶼湖，居白龍寺西軒。」《和陶淵明移居二首并序》：「余去歲六月遷居慈溪之花嶼。」《辛亥除夕三首》：「俗薄乖留計，時危緩去程……移居湖水上，已是一年期。」

大明初興，血雨腥風。先生寓居白龍寺，進退維谷，百無聊賴，賦《客居三首》。其《自述二首》《歲暮感懷四首》《秋興五首》，悽楚憤懣，或爲同時之作。

洪武五年壬子（一三七二），先生五十六歲。

秋，移居定海鳳浦湖，主詩家錢仲仁氏。《和陶淵明飲酒二十首》：「壬子之秋，乍遷鳳湖。」《和陶淵明移居二首并序》：「余去歲六月遷居慈溪之花嶼，迨今逾一年，僻處寡儔，頗懷鳳湖土俗之盛，意欲居之。後遊其地，得錢仲仁氏山齋數椽，遂欣然徙家焉。」《和陶淵明連雨獨飲一首并序》：「吾居海上，旅懷鬱鬱，方、錢諸地主時饋名酒。」

陶靖節高風清韻，凜凜焉雪野蒼官。先生服膺睎慕，其所吟《和陶淵明歸去來兮辭》《和陶淵明雜詩十一首》《和陶淵明擬古九首》《和陶淵明歲暮答張常侍一首》《和陶淵明詠貧士七首》諸詩，疑悉作於寓居鳳湖之日。

錢仲仁兄弟修葺棲碧、攬秀、玩清樓，先生著《錢氏三樓詩序》；後數年，先生思念闊別知交，賦《寄錢仲仁》。

鳳湖之畔有梧竹居，先生與主人梧竹翁甚投合，作《題鳳湖梧竹居》《對春雪二首寄梧竹翁》《寄方梧竹》。

梧竹翁同里方德盛築高樓，先生吟《蓬山新樓歌》。疑方氏别號盛齋，先生有詩《寄方盛齋》。

是年，先生懷念親友，賦《客中寫懷六首》，其《憶子》云：「況復兒與女，不見今六霜。」

洪武六年癸丑（一三七三），先生五十七歲。

二月，元秘書少監龍興揭汯卒，先生作《哭揭秘監三十四韻》《祭揭秘監文》。《宋濂全集》卷五十五《元故秘書少監揭君墓碑》：「逾年反慈溪。洪武六年二月八日卒於寓舍，年七十。」先生嘗與揭汯同鑑《黄庭經》，其事見《跋黄庭經》。揭汯既歿，先生復善其子樞，作《寄揭平仲》《聞平仲有還鄉之志感念之餘爲作四韻》。

二月，内兄太初子趙良本卒。初，先生既撰《趙太初像贊》，兹復作《哭趙太初》《祭趙立道文》。《民國浦陽趙氏宗譜》宋濂《故太初子墓碣》：「吾於浦江得太初子，諱良本，字立道……洪武六年，太初子卒，年七十……至日晨興，衣冠正坐，啜一食，斂手瞑目，撼之則逝矣，二月十五日也。」

夏，二子思禮思樂自浦江赴四明探望先生。《祭亡妻趙氏夫人文》：「前年夏，夫人遣二子省吾鄞江之上。」

是年某月，先生首次自海濱返鄉，祭拜先姊趙安人墓，撰《趙君夫人戴氏墓誌銘》。

九月，慈溪東皋福昌寺得道高僧述禪師示寂，先生著《覺智圓明述禪師傳》。初，至正十七年丁酉，東皋福昌寺燬於火，緝公與述禪師父子二代相繼恢拓，先生撰《重建東皋福昌寺記》。述禪師法孫宜朴德高識卓，先生惠之以《樸太素字説》。

十二月，同門友王褘遇害。《明文衡》卷六十二鄭濟《故翰林待制華川先生王公行狀》：「遂被害。時六年癸丑臘月二十四日也，享年五十有二。」

十二月，鄞縣大慈山大慈寺南宗定公重刊《禪林僧寶傳》，先生著《重刊禪林僧寶傳序》。初洪武四年，大慈寺燬於火，南宗定公修葺上蒙堂於廢墟。先生敬重南宗定公，先後遺之以《南宗禪師定公像贊》《大慈寺上蒙堂記》《跋定武帖》。大慈寺竺曇瑞師，名其居室曰四華世界，先生著《四華世界記》。是年前後，先生賦《遊大慈山》。

先生淪落明越，慕佛門清風，甚者寄身叢林，是故與緇錫過從甚密至廣。

先生泛鄞縣東錢湖，賦《遊東湖》。湖畔二靈山有二靈寺，天淵禪師隱居寺中風光軒與二靈山房，先生與之周旋往還，作《風光軒贊》《二靈山房記》《湖下對雨有懷天淵老禪》《承天淵天敘二禪師下顧適出不及一會而去詩以謝之》《寄天淵老禪》。

鄞縣大梅山護聖禪寺天敘師，修道講法梅熟堂，先生作《梅簷爲天敘師賦》。護聖寺住持復言慥公與本宗生公相繼請求郁文海校勘唐代法常禪師《語録》以鋟梓流傳，先生撰《大梅常禪師語録序》。

鄞縣高僧旻公用命主持資教寺，緇白諸友賦詩道别，先生爲之序，曰《送秋崖講師住資教寺序》。未幾，先生復吟《寄秋崖講師二首》。

先生登鄞縣育王山而吟詩記之，曰《遊育王山》。育王禪寺僧徒象先護法憫俗，先生手書《般若波羅蜜多心經》，且題辭其上以贈之。育王禪寺玉庭師誦持《華嚴經》，先生勖之以《題棲道人書華嚴經贊》。

鄞縣慈濟講寺貴朽石法師道行高深，編次韻友所賦曰《竹窗詩卷》，先生著《題竹窗詩卷》。來復見心駐錫慈溪清泉寺，高僧鴻儒絡繹遊從，先生遺之以《遊定水》《蒲庵》《天香室》。

慈溪普濟寺僧源道淵精止觀法，先生遺之以《源道淵像贊》。

四明瑄蘊中潛心止觀書，先生著《瑄蘊中字説》。

慈溪有文溪，止公駐錫其畔，先生顧而作《訪止公於文溪》。

福建漳州高僧郁文海雲遊浙東海濱，與先生過從甚歡，先生作《寄郁文海長老》《郁文海像贊》《檀特巖精舍記》。

台州僧巽上人雲遊四明，先生贈之以《題巽上人遊息軒》。

洪武七年甲寅（一三七四），先生五十八歲。

先生流落四明，結交鄞縣古玩家夏叔宜昆弟，是歲秋撰《題文與可盤谷圖》；是年前後，先生遺之以《百猿圖記》《題米元暉煙雨圖》。

先生嘗登鄞縣古玩家孫伯敬、伯睿、伯恭兄弟所居之怡顔堂，撰《怡顔堂記》。是時前後，先生饋之以《寄孫伯敬兄弟》《跋孫伯敬所藏十八學士圖》《跋孫伯睿所藏絳帖》《跋修褉帖》。

慈溪孫經、孫綸兄弟，孝親工書善詩，是年前後先生爲之作《孫氏瑞萱堂詩序》《跋趙文敏所臨蘭亭序》。

洪武八年乙卯（一三七五），先生五十九歲。

春，先生遊龍山，其寓室或曰九靈山房，或曰二蘭軒。《跋藪上人所書蓮經後》：「乙卯之春，予遊龍山，訪龍淵於甘露禪室。」《光緒慈溪縣志》卷四十三《舊迹三·居址上·九靈山房》：「龍山永樂寺中，戴良嘗寓此……按戴良居浦江之九靈山下，因名其居曰九靈山房，自號九靈山人，而《談助》乃以龍山永樂寺寓室當之。《溪上遺聞録》謂『永樂寺中九靈所居爲二蘭軒，無所謂九靈山房』，但據戴殿海撰《九靈年譜》云『洪武十一年，先生六十二歲。宦遊四方，嘗作《九靈山圖》攜以自隨，至張之壁間，或即名其所寓之室』，今以永樂寺中有九靈山房者，或九靈因圖以名其寓室，不必泥以爲浦江也。」

先生旅居吴中、四明、會稽時，《九靈山房圖》終隨其行。先生出遊所至，輒張之於壁，且以名其寓室。吴中提舉儒學之日，周伯琦以古篆書於寓舍楣間，參見本集附録三揭汯《九靈山房記》。先生流落明越時，有唐之淳賦一，揭汯、烏斯道、胡惟仁記三，丁鶴年等韻友詩若干。《建溪集前編》卷三胡惟仁《九靈山房記》：「朅來四明，東南始多故矣。猶必擇山以居，居凡五遷，輒寓夫九靈山房之名，以示不忘乎故。」

先生流落明越時，數易寓舍之名，且各賦詩文以記。如龜毛廬、草心庵、存省齋。《陔餘叢考》卷三十八《諱龜》：「又戴良自署其居曰龜毛廬。」

龍山者，先生師柳公貫盤桓幾一載。先生客遊其地，不啻重入柳公之室，睹其形聆其音矣。己酉年先生既攜多士登陟龍山，此番重履勝地，先生納交尊宿祖闡仲猷、僧徒亶上人與本歸，著《清瀧硯銘》《歸庵記》《龍山古迹記後題》；《泉聲齋銘并序》；《跋袁學士詩後》。

夏，先生遊越，約是時始寓餘姚秦湖。《祭亡妻趙氏夫人文》：「夫人始病時，得兄子温書於會稽。」《乾隆餘姚縣志》卷五《古迹·秦湖隱居》：「九靈山人戴良流寓在石堰秦湖。」

先生居秦湖時，餘姚縉紳雅士多與之遊。宋禧，穎悟力學，頗窺楊維楨詩文閫奥，素善張子文、楊瑛楊璲楊瑀昆弟。先生納交諸士，作《懷宋庸庵》《訪楊季常於陳山回途有述》《伏聞楊宋二先生及應平仲出遊且言回舟見顧喜而有述》《聞耕隱庸庵諸公遊山累日用深歎羨》。竹梅翁王嘉閭，豪俠幹練，先生奉之以《觀雨憶竹梅翁》《王竹梅像贊》《竹梅翁傳》《思愛庵記》。嚴宗道，東漢嚴子陵苗裔，頗有先祖遺風，先生歆羡愛慕，著《題嚴氏蒼雲軒》《蒼雲圖贊》《近造嚴宗道蒼雲軒見宋庸庵壁間舊題因借韻嗣賦》《宗道師曾許尋鄭元秉春草圖見寄詩以促之》。詩人張克問逸才憂世，先生吟《遲九思不至》《九思發背彌月心甚念之忽得安字喜而有賦》。慈湖學院經師胡宗器懷才不遇，先生慰之以《寄胡宗器》。寓賢張員夫婦困厄不屈，恬淡自得，先生作《寄張天民》《張婦傳》。袁桂芳，仕途屯蹇，隱逸任真，先生贊之以《秦湖漁隱爲袁桂芳賦》。宋思賢工詩曉《易》，先生吟《懷宋思賢》。

夏，先生聞趙氏夫人病重，驟歸浦江探視，斯爲明初先生第二次返鄉。後若干日夫人卒於家，先生哭之以《祭亡妻趙氏夫人文》。初，先生德夫人以《贈婦》《婦答》《客中寫懷六首·寄婦》。

洪武九年丙辰（一三七六），先生六十歲。

約是年，重逢謝肅於紹興上虞。先生吟《喜謝密庵至二首》，撰《密庵文集序》二篇。謝肅《密庵集》卷七《吳遊稿序》：「始余遊於中吳也，與雲林方先生爲文字而相善……以南歸於越，未嘗不訪求先生於深山密林，乃得復會於舜江之野，則於時已十年矣。」

是年或後某年，以謝肅之請，爲上虞劉履撰《風雅翼序》。

先生才雄氣豪，遊明越時喜交卓犖非常之士。台州毛翰飽學工詩，顛沛强矯，先生以同道視之，吟《次韻答毛彝仲提學》《庸道提學訪予定川寓舍……》《九月八日閑居無事因誦淵明秋菊滿園持醪靡由之語慨歎久之忽雲莊提學攜酒見過遂歡然共醉》。先生嘗偕毛翰、唐轅、夏璜賞菊，喜吟《對菊聯句》。上虞魏壽延兄弟豪邁慷慨，稽古嗜奇，先生賦《題魏氏福源精舍》。

先生風骨凜凜，明越間逸士隱人多與之遊。鄞縣駱以大高懷清韻，特立獨行，先生遺之以《愛菊説》《近觀以大鶴年和韻諸詩因借韻呈二君子并述己志云耳》《以大先生遺冬菊》《寄駱以大》。駱以大素善本邑鄭駒，以鄭氏矯厲高潔也；先生遂與駱、鄭同遊，著《駱鄭二君子見訪賦絶句八首》《客中憶寄以大千里二先生二首》，并爲鄭氏先考撰《求我齋文集序》。慈溪黄炳文，大儒黄震後裔，高風逸韻，先生遺之以《寄黄炳文》《蓬萊山房記》。鄞縣鄭彦博，西漢隱士鄭子真苗裔，博學善文，躬耕田園，先生作《寄鄭彦博》《谷口莊記》。

先生學廣思博，嗜好奇才異能。袁珙天資穎異，通經史，尤精相術，先生贈之以《袁君廷玉以所藏何思敬山水圖求題爲賦長句》《袁廷玉像贊》《四明袁氏譜圖序》《袁廷玉傳》，且爲其先考著《菊村先生袁君像贊》。鄞縣胡敦丹青精妙，嘗爲先生寫真，先生吟《胡仲厚爲予寫陋容詩以謝之》。

先生義精仁熟，樂道不倦，喜交正人莊士。慈溪烏斯道性情温潤，詩文俊潔，先生著《訪烏繼善不值明日以詩見寄遂次韻答之三首》。慈溪余伯熊，穎慧好學，以詞翰著稱，與先生僚友李仲彬善，先生作《寄余伯熊兼柬李仲彬》《承李仲彬遠顧賦此贈別》。慈溪寓賢胡惟仁，淹貫五經，工五七言律，先生賦《寄胡舜咨》。鄞縣葉恒葉晉父子仁慈篤厚，兼濟大衆，先生爲父吟《海堤行》，遺子以《舟次高錢遲孔昭不至詩以速之》《葉孔昭爲尊公刊海堤集喜而有賦》《題何監丞畫山水歌》《紫金石硯銘并序》《餘姚海堤集序》。鄞縣倪仲權，早年結交大儒柳貫，嗜詩崇文，恬淡寡欲，先生作《倪仲權索予書所作詩文題其後》。鄞縣寓賢陳遠學精藝高，先生作《懷陳中復》。鄞縣紀堂、夏君衡、夏叔榦默契友愛，先生與之遊，吟《寄紀宗正》《十一月十日紀宗正夏君衡約遊東湖……》《承君衡叔榦遠送賦此以别》。餘姚名流景德輝、王旭歆羡先生高風，先生酬之以《承德輝漢章二高士遠顧賦此以寄》《拙守齋銘并序》。東平李善寓居慈溪，砥節礪行，襟度寬宏，先生贈之以《人性皆善齋箴》。茅元禮滿腹經綸而命途屯蹇，先生作《寄茅元禮》《跋錢舜舉所臨閻立本西域圖》。四明宋廷臣，先生遊吴時僚友，遺之以《寄宋廷臣》。王國臣遺先生以宋畫，先生吟《王國臣以龔翠岩先生所畫梨樹幽禽圖見贈賦此》。諸暨黄鄰端莊簡易，明心見性，先生撰《黄元輔小像贊》《全有堂記》。會稽蔣彦章正直清廉，隨遇而安，先生吟《蔣彦章來訪别後懷之》。婺州鄉耋張静虚客遊四明，道隆詩奇，先生吟《次韻答張静虚》《伏承静虚翁以所和詠貧士詩見寄爲賦四韻》。

先生儒家本色，以孝悌爲根柢。四明方原、夏贇、夏永慶、汪常久，四明山石孝子，會稽餘姚倪昌年烝烝孝順，先生著《安節堂記》；《九曲山房外記》《畫馬歌》；《夏孝子詩序》；《汪節婦傳》《汪彦貞墓表》；《石孝子傳》；《題倪樂工瓊花燈詩卷》。

洪武十年丁巳（一三七七），先生六十一歲。

九月，先生爲定海唐賓元先妣撰《唐節婦姜氏墓誌銘》；至正二十六年，先生已著其先考墓誌銘。

婺州浦江醫家，首推元明之際戴、趙二氏。先生耳濡目染，頗精醫道，流落明越時，與海溢醫家過從甚密，且時與侄温行醫賣藥以給衣食。先生結納慈溪楊文元公後裔楊芮，楊氏病革，索求藥方於先生。《哭楊大章先生二首》：「酒闌，索予數藥方，且言必親至而密受之。」《歲除示侄十六韻》：「卜賣嚴公術，醫抄陸姓方……晴窗開藥籠，雨館倚書床。」

儒醫滑壽僑居餘姚，先生與之往來酬酢，著《滑伯仁像贊》《懷滑攖寧》。

傑出醫家温州項昕寓居餘姚，先生惠之以《項彦章像贊》《脾胃後論序》《抱一翁傳》《懷項彦昌》。項氏先考卜瘞餘姚，先生撰《項止堂墓誌銘》。

餘姚張與權，世代以小兒醫著稱，先生作《種德堂銘并序》《生意垣贊并序》《跋康里公臨懷素論草書帖》。

胡仲孚厭飫岐黄術，嗜好道家學，先生贈之以《寄胡仲孚》。

金華鴻儒忠公吕祖儉苗裔吕復居四明，窺岐黄閫奥，祛衆生恫瘝，先生作《松風老人吕君像贊》《滄州翁傳》。

先生姻親義烏周原啓，私淑朱丹溪醫術，親承滑攖寧指授；先生與之邂逅會稽，著《贈醫士周原啓序》。

洪武十一年戊午（一三七八），先生六十二歲。

正月，先生與會稽山陰唐之淳往還酬酢。唐氏撰《九靈山房記》，先生或同時作《萍居解》。《民國浦陽戴氏宗譜》卷二十二唐之淳《九靈山房賦》：「夫何浦陽之涯，九靈之下……著雍敦牂之歲畢陬月哉生明。」

洪武十二年己未（一三七九），先生六十三歲。

三月，長女張孺人戴鳳即世。明年，先生撰《亡女張孺人戴氏墓碣銘并序》。

洪武十三年庚申（一三八一），先生六十四歲。

秋，先生第三次自浙東海畔還鄉，與金華蘇伯衡、義烏劉剛、桐廬吴棟、浦江黄逢源黄嗣宿父子及弟子趙友直會聚浦江黄宅南薰樓。《黄氏南薰樓會飲詩序》：「庚申之秋，余訪蘇太史先生於黄氏義門，將自是入越。」

洪武十四年辛酉，先生六十五歲。

正月，同門友胡翰卒。《明文衡》卷八十四吴沈《長山先生胡公墓銘》：「卒於洪武十四年正月十日，年七十有五。」

五月，同門友宋濂卒於夔州，年壽七十二。《潛溪録》卷二鄭楷《翰林學士承旨嘉議大夫知制誥兼修國史兼太子贊善大夫致仕潛溪》：「十四年五月二十日，先生以疾卒於夔府。」

洪武十五年壬戌（一三八二），先生六十六歲。

四月，内弟太素子趙良賢卒。初，先生既作《趙太素像贊》《太素説》，兹復撰《明故太素處士趙君墓誌銘并序》。

五月，先生第四次自海濱暫返故鄉。天意難問，孰料此番永訣桑梓！本集附録二《書天機流動軒卷後》：「及以垂暮之年歸視故居，軒雖苟完，而壁間舊刻無復存者……元黓閹茂之歲夏五月既望九靈山人戴良書。」

九月，洪武帝詔命遠臨海濱寓舍；十一月先生至金陵。本集附録四《信三府君原配先妣趙宜人壙誌》：「洪武壬戌秋九月，國朝遣使召自四明客邸。是年十一月二十四日至京，即日入見，送文淵閣。」

洪武十六年癸亥（一三八三），先生六十七歲。

明太祖既召先生，欲除拜大用，先生以老疾固辭而忤旨。四月十七日，先生卒於金陵，享壽六十有七；或曰病亟以逝，或曰自裁寓舍，或曰歿於囹圄。次子思樂奉骨東歸，十一月十五日與夫人趙氏合葬縣南嘉興鄉南山之原。

浦江景濂、叔能聯鑣并轡，炳焕熒曄。海内睎慕，不啻衆星之拱桂魄，江河之注溟海。先生風節，似葱倩九靈，尤類峭卓仙華；如靈秀湖溪，益若澄澈浦陽。先生天縱偉才，行足爲百世則，言固作千秋法，七百年來浦陽文壇克紹聲光遥承謀猷者或希矣；後生晚輩，雖不能至，心嚮往之。

——浦江後學朱祖日敬纂

圖書在版編目(CIP)數據

九靈山房集箋注 /（元）戴良著；朱祖日箋注. —上海：上海古籍出版社，2023. 11
ISBN 978-7-5732-0958-0

Ⅰ. ①九… Ⅱ. ①戴… ②朱… Ⅲ. ①古典詩歌—注釋—中國—元代 Ⅳ. ①I222. 747

中國國家版本館 CIP 數據核字(2023)第 213259 號

九靈山房集箋注
（全四册）
［元］戴 良 著
朱祖日 箋注
上海古籍出版社出版發行
（上海市閔行區號景路 159 弄 1-5 號 A 座 5F 郵政編碼 201101）
（1）網址：www. guji. com. cn
（2）E-mail：guji1@guji. com. cn
（3）易文網網址：www. ewen. co
啓東市人民印刷有限公司印刷
開本 890×1240 1/32 印張 90. 25 插頁 12 字數 1,729,000
2023 年 11 月第 1 版 2023 年 11 月第 1 次印刷
ISBN 978-7-5732-0958-0
I·3774 定價：428. 00 元
如有質量問題，請與承印公司聯繫

九靈山房集箋注

〔元〕戴良 著

朱祖日 箋注

二

上海古籍出版社

九靈山房集卷之八

吴遊稿一

四言詩

山有杞 并序

《山有杞》，爲董生彦符作也〔一〕。生侍其父正齋公官吴中〔二〕，見吴中山水之勝，念父之不能以遊息也，爲作圖以娯之。

山有杞，于吴之里，君子至止，可以宴喜〔三〕。水有魚，于吴之墟，君子止居，可以宴胥〔四〕。于山于水，有軒臙臙〔五〕。何斯違斯，莫或遑處〔六〕？于水于山，有亭閑閑〔七〕。何斯違斯，莫或遑安？安其可懷，耄將至矣！今也不樂，歲月逝矣！爰作斯圖，式歌且謡〔八〕。願言公退，惟以逍遥，其樂也哉！

【題解】

「山有杞」句式濫觴於《詩經》，且「山」常與「隰」對舉。《邶風·簡兮》：「山有榛，隰有苓。」《鄭風·山有扶蘇》：「山有扶蘇，隰有荷華……山有喬松，隰有游龍。」《唐風·山有樞》：「山有樞，隰有榆……山有栲，隰有杻……山有漆，隰有栗。」《秦風·晨風》：「山有苞櫟，隰有六駮……山有苞棣，隰有樹檖。」《小雅·四月》：「山有嘉卉，侯栗侯梅……山有蕨薇，隰有杞桋。」杞，或爲枸杞，或爲杞柳，未能確指何木。

【箋注】

〔一〕董彦符：生平不詳，其父疑即張士誠麾下參知政事董綬，參看卷十三《送董郎中序》。

〔二〕吴中：蘇州別名，元時稱平江。至正十五年張士誠下平江；至正十七年，張士誠降於元，立江淮分省、江浙分樞密院以處其官屬。《隆平紀事》：「立江淮分省、江浙分樞密院於平江，以處其官屬，將吏皆授官有差。」

〔三〕里：鄉村聚落。《説文》：「里，居也。」宴喜：同「燕喜」，設宴行樂。《詩經·小雅·六月》：「吉甫燕喜，既多受祉。」梅堯臣《重過南園》：「誰作此園爲宴喜，而今樂事已難并。」

〔四〕墟：墟里，村落。王維《渭川田家》：「斜陽照墟落，窮巷牛羊歸。」宴胥：一起赴宴。李適

《重陽日中外同歡以詩言志因示群官》：「至化自敦睦，佳辰宜宴胥。」

〔五〕膴膴：美好貌。《詩經·大雅·綿》：「周原膴膴，堇荼如飴。」

〔六〕違：離開。遑處：清閑安居；遑，閑暇。《詩經·召南·殷其雷》：「何斯違斯，莫敢或遑。」毛《傳》：「遑，暇也。」

〔七〕閑閑：盛大貌。《詩經·大雅·皇矣》：「臨衝閑閑，崇墉言言。」王引之《經義述聞·毛詩中·臨衝閑閑》：「家大人曰：言言、仡仡，皆謂城之高大，則閑閑、茀茀，亦皆謂車之彊盛。茀茀，或作勃勃，《廣雅》曰：閑閑，勃勃，盛也。」

〔八〕歌：依照樂曲詠唱。謡：純粹張口詠唱。《詩經·魏風·園有桃》：「心之憂矣，我歌且謡。」毛《傳》：「曲合樂曰歌，徒歌曰謡。」

趙母詩

汎彼苕水，可漱可濯〔一〕，閨門有閑，樂爾貞淑〔二〕。汎彼苕水，可泳可游〔三〕，閨門有肅，樂爾貞幽〔四〕。于彼苕矣，其流瀰瀰〔五〕，樂爾貞幽，今其逝矣。翼翼孝烏，息我庭柯，反哺無從〔六〕，傷如之何？翼翼孝烏，晨集于林〔七〕，顧儔相鳴，實感我心。

【題解】

本集稱趙母者凡二：此其一，卷十八《趙母戴氏真贊》其二。蓋洪武十五年，戴九靈受詔赴金陵，途經湖州，盤桓苕溪，思念長姊，化情爲詩。至於編入《吴遊集》，以地域而非歲月，近乎卷六《黄氏南薰樓會飲詩序》。趙母，詳見卷二十九《趙君夫人戴氏墓誌銘》。

【箋注】

〔一〕《詩經·邶風·柏舟》：「汎彼柏舟，亦汎其流。」苕水：亦名苕溪，湖州主要水流，夾岸多苕，秋後花飄水上如飛雪，故名。《讀史方輿紀要》卷八十九《浙江一·苕溪》：「苕溪有二源。一出天目山之陽，經杭州府臨安縣西，繞縣南而東，入餘杭縣界，又東流經餘杭縣治南，又東流二十七里，入錢塘縣界。自源徂流凡百八十里始通舟楫，又東北入湖州府德清縣境，經縣城東南，又北經府城南合諸溪之水，匯爲城濠，此苕溪之東派也。其一源出天目山之陰，經孝豐縣東南，又北流經安吉州西折而東，經長興縣南境，至府城西，亦謂之苕溪。此苕溪之西派也。兩溪匯流，由小梅、大錢二湖口入於太湖。」

〔二〕閑：通「嫻」，高雅。樂：喜愛。貞淑：堅貞善良。《漢書》卷六十《杜周傳》：「故后妃有貞淑之行，則胤嗣有賢聖之君。」

〔三〕泳：潛行水中。游：浮行水上。《詩經·邶風·谷風》：「就其淺矣，泳之游之。」

〔四〕貞幽：身處幽隱堅貞不移。《易·履》：「九二，履道坦坦，幽人貞吉。」王弼《注》：「在幽而貞，宜其吉。」柳宗元《酬賈鵬山人郡内新栽松寓興見贈》之一：「貞幽夙有慕，持以延清風。」

〔五〕于：助詞。《經傳釋詞》卷一《于》：「《爾雅》曰：『于，曰也。』曰，古讀若聿，字本作吹，或作曰，或作聿。聿于一聲之轉。黃鳥于飛，黃鳥聿飛也；于以采蘩，聿以采蘩也。」瀰瀰：水滿貌。《詩經·邶風·新臺》：「新臺有泚，河水瀰瀰。」

〔六〕翼翼：飛貌。《廣雅·釋訓》：「翼翼，飛也。」反哺：烏雛長大後喂養其母，喻子女贍養雙親。《增廣賢文》：「羊有跪乳之恩，鴉有反哺之義。」

〔七〕集：群鳥棲息於樹上。《説文》：「集，群鳥在木上也。」

五言古詩

別鶴操

仙禽胎化初，振迅東海間〔一〕。異質清以曠，明心迴而閑〔二〕。徘徊騁天步，逼仄隘人寰〔三〕。夕飲慕瑤池，朝翔想芝田〔四〕。顧逐華亭侶，來乘衛國軒〔五〕。丹羅既掩翳，青繳亦羈纏〔六〕。俛首時獨思，對影恒自憐。飛群徒在望，驚孤那得還？王鳩知候晦，旅雁識天寒〔七〕。人不處睽①離，何能喻吾言？

【題解】

《别鶴操》，商朝陵牧子悲夫妻睽隔之作，後人鮑照、韓愈、梁簡文帝、吴均、楊巨源、王建、張籍、杜牧胥藉之以瀉孤寂情懷。《樂府詩集》卷五十八《琴曲歌辭二·别鶴操》：「崔豹《古今注》曰：『《别鶴操》，商陵牧子所作也。娶妻五年而無子，父兄將爲之改娶。妻聞之，中夜起，倚户而悲嘯。牧子聞之，愴然而悲，乃援琴而歌。後人因爲樂章焉。』《琴譜》曰『琴曲有四大曲』，《别鶴操》其一也。』將乖比翼兮隔天端，山川悠遠兮路漫漫，攬衣不寐兮食忘餐。」

【校勘】

① 睽：乾隆本作「暌」。

【箋注】

〔一〕胎化：化胎，胎生。《本草綱目》卷四十七《禽之一·鶴》：「《八公相鶴經》云：『鶴乃羽族之宗，仙人之驥，千六百年乃胎産，則胎仙之稱以此。』」振迅：激勵奮起。

〔二〕鮑照《舞鶴賦》：「鍾浮曠之藻質，抱清迥之明心。」異質：稟賦卓異。閑：安閑。

〔三〕天步：天體星象周流運轉。鮑照《舞鶴賦》：「帀日域以回騖，窮天步而高尋。」劉良《注》：「日域天步，言至遠也，言能窮徧天下而爲遊焉。」逼仄：狹窄，迫近。人寰：人間，人世。鮑照《舞鶴賦》：「去帝鄉之岑寂，歸人寰之喧卑。」

〔四〕瑶池：古代神話中神仙居處。《穆天子傳》卷三：「乙丑，天子觴西王母於瑶池之上。」芝田：傳説中仙人種植芝草之地。曹植《洛神賦》：「爾乃税駕乎蘅皋，秣駟乎芝田。」李善《注》：「《嵩高山記》曰：『山上神芝。』《十洲記》曰：『鍾山仙家耕田種芝草。』」

〔五〕華亭：地名，今屬上海松江，三國名將陸遜、陸抗與西晋文學家陸機、陸雲故宅在焉。陸機臨刑時懷念華亭鶴唳，由此華亭鶴名聲遠揚，詳見卷一《和沈休文雙溪八詠》。衛國軒：春秋衛懿公好鶴，俾鶴乘軒以致亡國，詳見卷一《和沈休文雙溪八詠》。

〔六〕鮑照《舞鶴賦》：「厭江海而游澤，掩雲羅而見羈。」掩翳：遮掩。繳：射鳥時繫於箭上之生絲繩。

〔七〕王鳩：鴟鳩别稱。王嘉《拾遺記·少昊》：「帝子與皇娥泛於海上，以桂枝爲表，結薰茅爲旌，刻玉爲鳩，置於表端，言鳩知四時之候。」齊治平《注》：「鳩有數種，其中鴟鳩，又名布穀，每穀雨後始鳴，夏至後乃止，農家以爲候鳥。」晦：昏暗迷茫。旅雁：隨順季節南北遷徙之大雁。

賤生

《中經》閟真訣，内策昧遐討〔一〕。受命歎蒲姿，養生疑桂腦〔二〕。衰曆①已從華，愁容亦收藻〔三〕。空慚皇覽揆，敢擬彭年老〔四〕？僚友欻鱗集〔五〕，杯盤娱潦倒。酣醉及中觴，感悦亂雙抱〔六〕。坐當晝景移，起矚時物好〔七〕。簾前花受風，階際露停草。無情固難恃，有生亦誰保〔八〕？得酒且歡酌，萬事付玄造〔九〕。

【題解】

賤生，寒士謙稱。鮑照《解褐謝侍郎表》：「臣孤門賤生，操無炯迹。」

【校勘】

① 曆：乾隆本作「歷」。

【箋注】

〔一〕鮑照《過銅山掘黄精》：「土肪閟《中經》，水芝韜内策。」中經：三國魏鄭默著。《隋書》卷三十二《經籍志一》：「魏秘書郎鄭默始制《中經》。秘書監荀勖又因《中經》更著《新簿》，分爲四簿，總括群書。」閟：隱蔽，隱藏。内策：或曰内學，即東漢時讖緯之學。緯書依托儒家經義，附會吉凶禍福，預言治亂興廢，多怪誕無稽之談，曰《易緯》《書緯》《詩緯》《禮緯》《樂緯》《春秋緯》《孝經緯》。讖文純爲方士預言，妄誕尤過於緯書。《後漢書》卷八十二上《方術列傳上》：「自是習爲内學，尚奇文，貴異數，不乏於時矣。」李賢《注》：「内學謂圖讖之書也。

其事秘密，故稱内。」

〔二〕蒲姿：蒲柳之柔弱姿態，喻衰弱體質。劉義慶《世説新語·言語》：「蒲柳之姿，望秋而落；松柏之質，經霜彌茂。」桂腦：傳説中石桂英與石腦。鮑照《在江陵歎年傷老》：「方瞳起松髓，頳髮疑桂腦。」《十洲記》：「滄海島在北海中……島上俱是大山，積石至多。石象、八石、石腦、石桂英、流丹、黄子、石膽之輩百餘種，皆生於島石。」

〔三〕衰曆：衰邁暮年；曆，年歲。鮑照《過銅山掘黄精》：「寶餌緩童年，命藥駐衰曆。」從：任憑。藻：華藻，光彩，光芒。

〔四〕皇：皇考，尊稱先父。覽揆：觀察揣測。《離騷》：「皇覽揆余初度兮，肇錫余以嘉名。」敢：豈敢。彭：傳説年壽八百歲之彭祖。葛洪《神仙傳》卷一《彭祖》：「彭祖者，姓籛，名鏗，帝顓頊之玄孫。至殷末世，年七百六十歲而不衰老。少好恬静，不恤世務，不營名譽，不飾車服，唯以養生治身爲事。殷王聞之，拜爲大夫，常稱疾閑居，不與政事。善於補養導引之術，并服水桂、雲母粉、麋鹿角，常有少容，然其性沈重，終不自言有道，亦不作詭惑變化鬼怪之事，窈然無爲，時乃遊行，人莫知所詣……彭祖知之，乃去，不知所在。其後七十餘年，聞人於流沙之西見之。」

〔五〕欻：忽然。鱗集：群聚。劉向《條災異封事》：「子弟鱗集於朝，羽翼陰附者衆。」

〔六〕中觴：酒半，宴會中途。陶潛《遊斜川》：「中觴縱遥情，忘彼千載憂。」黄文焕《陶詩析義》：

「初觴之情矜持，未能縱也。席之半而爲中觴之候，酒漸以多，情漸以縱矣，一切近俗之懷，杳然喪矣。」感：傷痛。棗據《雜詩》：「顧瞻情感切。」李善《注》引《廣雅》：「感，傷也。」鮑照《傷逝賦》：「反靈質於二途，亂感悦於雙抱。」

〔七〕晝景：白晝陽光。獨孤及《苦熱行》：「晝景赩可畏，涼颸何由發？」時物：時節景物。杜甫《故著作郎貶台州司户滎陽鄭公虔》：「操紙終夕酣，時物集遐想。」

〔八〕無情：自然物。有生：常指人類。袁宏《三國名臣序贊》：「夫萬歲一期，有生之通塗；千載一遇，賢智之嘉會。」李周翰《注》：「有生，謂生人也。」保：仗恃，憑藉。《左傳·僖二年》：「保於逆旅。」

〔九〕玄造：造化，造物主。元結《閔荒》：「令行山川改，功與玄造侔。」

歎年

運行歸有窮，餘生會當幾〔一〕？恍忽度華年，蕭條臨暮齒〔二〕。棄繻①慚英妙，游談愧名理〔三〕。偶叨末路慶，復睹東都禮〔四〕。藩國揖文雅，鳳池接冠履〔五〕。顧慊恩私被，莫稱騑服美〔六〕。忝竊旅孤蹤，憂歡將二祀〔七〕。浮榮空此時，芳辰竟何許〔八〕？齊景悲牛山，宣尼歎逝水〔九〕。此身誰不貲，長意自無已〔一〇〕。屑玉昧瑶淵，斸藥乏松髓〔一一〕。吾其翦衆念，且酌穆生醴〔一二〕。

【題解】

歎年，哀歎青春消逝年老志衰。古詩偶以歎年爲題，如錢仲聯《鮑參軍集注》卷六《在江陵歎年傷老》：「五難未易夷，三命戒淵抱。方瞳起松髓，頳髮疑桂腦。役生良自休，大患安足保？開簾窺景夕，備屬雲物好。翾翾燕弄風，嫋嫋柳垂道。池瀆亂蘋萍，園棧美花草。節如驚灰異，零落就衰老。」

【校勘】

①襦：乾隆本作「繻」。

【箋注】

〔一〕運行：命運。齊己《渚宫莫問詩》：「已過知命歲，休把運行推。」會當：將會。《詩詞曲語辭匯釋》卷一《會》：「有作『會當』者。杜甫《望嶽》詩：『會當凌絶頂，一覽衆山小。』蘇軾《次韻景仁留别》詩：『南游許過我，不憚千里邈。會當聞公來，倒屣笑一握。』又《次韻答元素》詩：『流落天涯先有讖，摩挲金狄會當同。』上三則均含有將然語氣。」

〔二〕恍忽：同「恍惚」，模模糊糊。

〔三〕棄繻：漢朝終軍年十八選爲博士弟子，徒步入關。關吏予終軍繻，以爲返鄉出關時憑證。終軍棄繻而去，言「大丈夫西遊，終不復傳還」。後終軍官謁者出關，關吏曰「此使者乃前棄繻生也」。後遂以棄繻形容大志豪氣，詳見《漢書》卷六十四下《終軍》。繻：通「繻」，帛製通行證。游談：清談。名理：辨別名稱分析事理。

〔四〕末路：晚年。謝靈運《酬從弟惠連》：「末路值令弟，開顔披心胸。」李周翰《注》：「末，衰也。衰老始得逢令弟。」東都：成周，周朝洛邑，在鎬京之東，是故稱東都，周公姬旦曾在此制禮作樂。《左傳·昭公三十二年》：「昔成王合諸侯城成周，以爲東都，崇文德焉。」

〔五〕藩國：古代分封或臣服之國，此指元末張士誠割據之東南地區。文雅：文士。《新唐書》卷九十九《戴胄》：「然好抑文雅，奬法吏，時以寡學爲訾。」鳳池：鳳凰池，代中書省，此指至正十七年張士誠在蘇州所設之江淮分省。冠履：代士大夫。

〔六〕恩私：恩惠。被：覆蓋，施及。杜甫《北征》：「顧慚恩私被，詔許歸蓬蓽。」稱：相稱，符合。騑服：騑馬和服馬，駕車之馬；騑，亦曰驂，駕車時兩旁之馬；服，駕車時中間之馬。

〔七〕忝竊：辱居其位，此指詩人任淮南江北等處行中書省儒學提舉。祀：年。

〔八〕何許：何時。徐仁甫《廣釋詞》卷四《何許》：「何許猶何時，疑問時間詞。」謝朓《晚登三山還望京邑》：「佳期悵何許？淚下如流霰。」又，《在郡卧病呈沈尚書》：「良辰竟何許？夙昔夢佳期。』何許皆謂何時。」

〔九〕齊景：春秋齊景公，嘗遊牛山而歎人生匆迫。《晏子春秋·内篇·諫上第一》：「景公遊於牛山，北臨其國城而流涕曰：『若何滂滂去此而死乎！』」宣尼：聖人孔子，漢時追謚褒成宣尼公，曾臨流悲歎時光飛逝。《論語·子罕篇第九》：「逝者如斯夫，不舍晝夜。」

〔一〇〕貲：估量，揣測。長意：渴慕長生不老之心。

〔一一〕屑玉：碾碎玉石，古人以爲食玉能延年益壽。葛洪《抱朴子内篇》卷一一《仙藥第十一》：「玉亦仙藥，但難得耳。《玉經》曰：『服金者壽如金，服玉者壽如玉也。』又曰：『服玄真者，其命不極。』玄真者，玉之别名也。令人身飛輕舉，不但地仙而已。然其道遲成，服一二百斤，乃可知耳。玉可以烏米酒及地榆酒化之爲水，亦可以葱漿消之爲飴，亦可餌以爲丸，亦可燒以爲粉，服之一年已上，入水不沾，入火不灼，刃之不傷，百毒不犯也。」瑶淵：美玉匯集地；淵，淵藪。鮑照《白雲》：「鍊金宿明館，屑玉止瑶淵。」斸藥：采藥。松髓：松脂，此指松脂所化之茯苓，久服安魂養神不飢延年。《格致鏡原》卷三十三《琥珀》：「《博物志》：『松脂淪入地千年，化爲茯苓，茯苓化爲琥珀。』」陳與義《遊峴山次韻》之二：「一丘儻許予，高卧飽松髓。」

〔一二〕翦：同「剪」，清除。穆生醴：西漢初年楚元王劉交敬重同門碩學穆生、白生、申公。穆生不嗜酒，然楚元王每設宴，輒爲穆生備酒。詳見《漢書》卷三十六《楚元王傳第六》。

孤女别主辭

沈仲悦以百金得美妾，既而知其有父憂也，即館諸别室。後爲具資裝嫁之，比嫁時猶處女也〔一〕。

賤妾奉君日，父死方未期。妾心自爲鄙，安知高士懷？高士重明義，豈昧居室時〔二〕？深閨朝暮入，不肯一回窺〔三〕。君德海之大，妾身水之微。大德固不虧，微身將何依？水萍已無定，兔絲賴有施〔四〕。遂仲皎日誓，永絶行露疑〔五〕。百金諒非重，獨行誠所稀〔六〕。在君乃其常，於妾良不貲〔七〕。綿綿感嘉惠，遲遲出門基。願爲雙飛燕，猶及傍君幃。

【題解】

孤女，元時范復初女。陶宗儀《輟耕録》卷五《嫁故人女》：「沈仲説右，姑蘇人。年四十未有子，其妻鄒氏候其他適，爲置一年少貌美之妾。及歸，命出拜，將以奉枕席。仲説詢其鄉貫祖父來歷，始不肯言，詢之再，泣而曰：『妾范復初女也。父喪家貧，老母見鬻於此。』仲説惻然淚下，因囑妻曰：『此女父吴中名士，乃吾故人，豈可以爲妾？當如己子視之。』即尋其母，使擇壻，仲説備奩具嫁之。邦人稱之至今不置。夫嫁人之女爲妾爲妓爲娼者，古有其人矣，今則未聞也，仲説誠賢矣哉！」

主，元末吴門名流沈右，字仲説，見知於時賢。陳衍《元詩紀事》卷二十四《沈右》：「右字仲説，號御齋，吴中世家。有《清輝樓集》。《與慎獨先生》：『東林薄酒試新嘗，中有松花膩粉香。遣送潁川陳有道，書齋渴飲勝茶湯。』」

陳基《夷白齋稿》卷十二《緩軒銘并序》：「吴郡隱君子沈仲説甫以吶名齋，既自爲之箴，復以緩名其軒，屬余爲之銘。曰：古之君子，夙夜孜孜。居則三省，行則再思。下堂而傷足者，數月猶有憂色；佩韋以自戒者，百世而名不衰。既恂恂乎捫舌之訓，復凜凜乎履冰之規。勿行而使手足無措，勿言而使駟馬莫追。故奔車之上無仲尼，覆舟之下無伯夷。我思古人，勤謹是飭，濟以和緩，剛柔兼克。我行勿趨，篤敬以爲輿；我言勿尤，忠信以爲樞。勿亟勿趍，以適乎中庸之途。噫嘻！非若人是勖而誰與！」

【箋注】

〔一〕資裝：嫁妝。《隋書》卷二十四《食貨志》：「老弱耕稼，不足以救飢餒，婦工紡績，不足以贍資裝。」

〔二〕昧：糊塗昏暗。《戰國策·趙二》：「愚者昧於成事，智者見於未萌。」居室：夫婦關係。《孟子·萬章上》：「男女居室，人之大倫也。」

〔三〕深閨：女子所居内室。白居易《長恨歌》：「楊家有女初長成，養在深閨人未識。」

〔四〕水萍：與下文「兔絲」，皆喻孤女。兔絲：蔓生植物，其生依賴榛荆蓬麻。元稹《兔絲》：「人生莫依倚，依倚事不成。君看兔絲蔓，依倚榛與荆。」杜甫《新婚别》：「兔絲附蓬麻，引蔓故不長。嫁女與征夫，不如棄路旁。」施：延伸，蔓延。《詩經·周南·葛覃》：「葛之覃兮，施于中谷。」

〔五〕伸：陳述，表白。杜甫《兵車行》：「長者雖有問，役夫敢伸恨？」韓愈《柳子厚墓誌銘》：「指天日涕泣，誓生死不相背負。」行露：路旁露珠，比喻强暴侵凌者，詳見卷二《節婦操爲賈妻作》。

〔六〕獨行：獨特不群之高潔品格。《後漢書》卷七十一《獨行列傳》：「中世偏行一介之夫，能成名立方者，蓋亦衆也。或志剛金石，而克扞於强禦。或意嚴冬霜，而甘心於小諒。亦有結朋協好，幽明共心；蹈義陵險，死生等節。雖事非通圓，良其風軌有足懷者。」

〔七〕不貲：不可估量，參見本卷《歎年》。《宣和書譜·正書敘論》：「東晉聿興，風流文物度越前世，如王羲之作《樂毅論》《黄庭經》，一出於世，遂爲今昔不貲之寶。」

周伯温侍御席上賦

淅淅扇晨飆，塗塗散暝霏〔一〕。翳翳繁陰結，淒淒陽卉腓〔二〕。開冬感徂物，高會洽音徽〔三〕。嘉肴薦文鯉，芳醑獻蘭巵〔四〕。列坐侍星弁，駢筵箔緋帷〔五〕。綺席全當牖，朱簾半隱扉〔六〕。已酣亭上酌，復玩軒中奇〔七〕。美話既愉心，麗句更流思。清事古難偶，歡合情所希〔八〕。及今不爲樂，後兹將待誰？但乏瓊玖報，虛蒙桃李施〔九〕。惟祝養生年，黄髮以爲期〔一〇〕。

【題解】

周伯琦，字伯温，號玉雪坡，嘗拜監察御史，元末以江浙行省左丞滯留蘇州十餘年，其事參看本卷《周侍御家賞梅》及卷十一《守愚齋記》。

陳衍《元詩紀事》卷二十《周伯琦》：「《續吴先賢贊》：『假江東參政，招諭張士誠，遂没士誠所。羈旅無聊，時與諸文士飲酒賦詩，流連日夜。或前而爲變徵之聲，皆垂淚涕泣，已又爲羽聲慷慨，士盡變色投袂。在吴十餘年。伯琦儀貌都雅，而非勘難才，虛談無實，雍容自免而已。』」

《元史》卷一百八十七《周伯琦》：「周伯琦，字伯温，饒州人……十二年，有旨令南士皆得居省臺。除伯琦兵部侍郎，遂與貢師泰同擢監察御史。兩人皆南士之望，一時榮之……十七年，江浙行省丞相達識帖睦爾承制假伯琦參知政事，招諭平江張士誠。士誠既降，江南行臺監察御史亦辯釋伯琦罪，除同知太常禮儀院事，士誠留之，未行，拜資政大夫、江浙行省左丞。於是留平江者十餘年。士誠既滅，伯琦乃得歸鄱陽，尋卒。伯琦儀觀温雅，粹然如玉，雖遭時多艱，而善於自保。博學工文章，而尤以篆、隸、真、草擅名當時。嘗著《六書正譌》《説文字原》二書，又有詩文稿若干卷。」

侍御，御史别稱。《李太白全集》卷九《贈韋侍御黄裳》王琦《注》引《因話録》云：「御史臺三院，一曰臺院，其僚曰侍御史，衆呼爲端公；二曰殿院，其僚曰殿中侍御史，衆呼爲侍御；三曰察院，其僚曰監察御史，衆呼亦曰侍御。」

【箋注】

〔一〕淅淅：風聲。塗塗：濃厚貌。《楚辭》劉向《九歎・逢紛》：「白露紛以塗塗兮，秋風瀏以蕭蕭。」暝霏：傍晚雲氣。

〔二〕翳翳：幽暗不明。繁陰：同「繁蔭」，濃密樹陰。歐陽修《醉翁亭記》：「野芳發而幽香，佳木秀而繁陰。」陽卉：長於陽坡之野草。腓：枯萎。

〔三〕徂物：萬物凋零消逝；徂，消逝。洽：周遍廣博，此爲充盈洋溢之義。音徽：音聲，樂曲。謝靈運《君子有所思行》：「長夜恣酣飲，窮年弄音徽。」

〔四〕薦：進獻。醑：美酒。蘭卮：盛酒器之美稱。

〔五〕列坐：四座賓客。星弁：皮弁縫里鑲嵌玉石，閃亮如星辰，代周伯温。《詩經・衛風・淇奧》：「有匪君子，充耳琇瑩，會弁如星。」《詩集傳》：「弁，皮弁也。以玉飾皮弁之縫中，如星之明也……興其服飾之尊嚴，而見其德之稱也。」駢筵：緊密連接之筵席。謝惠連《泛湖歸出樓中玩月》：「輟策共駢筵，并坐相招要。」筵：處，居。

〔六〕綺席：華美席位。南朝梁陸倕《石闕銘》：「乃焚其綺席，棄彼寶衣。」

〔七〕酌：酒。《禮記·曲禮下》：「酒曰清酌。」《僑吴集》卷五《周左丞玉雪坡》：「玉雪坡前一色雲，更無純白鬭氤氳。春回土脉孤亭在，山掩人家半路分。」

〔八〕偶：值，遇上。希：通「稀」。

〔九〕瓊玖報：豐厚報答。《詩經·衛風·木瓜》：「投我以木桃，報之以瓊瑤。匪報也，永以爲好也！投我以木李，報之以瓊玖。匪報也，永以爲好也！」

〔一〇〕生年：生前歲月。黄髮：老人髮白，久而變黄，故以黄髮爲高壽之象。《尚書·秦誓》：「雖則云然，尚猷詢茲黄髮，則罔所愆。」

長洲苑送人

聖澤竭周京，伯功侈吴甸〔一〕。館娃既有宫〔二〕，長洲復名苑。奇葩由化造，異羽自神選〔三〕。娱樂纏睿思，盤遊注英眄〔四〕。托乘色斯升〔五〕，觸輪賢已遠〔六〕。治亂良未尋，興亡竟誰辨。蹉跎世運移，淒惻海田變〔七〕。君子屬于役，舉觴此追餞〔八〕。行矣臨長途，悵焉罷歡宴。何當即旋駕，名邦重遊衍〔九〕？

【題解】

長洲苑，春秋時吴王闔閭狩獵之苑囿。《同治蘇州府志》卷三十五《古迹·長洲元和二縣·長洲苑》：「《寰宇記》：『在吴縣西南七十里。』《越絶書》云：『闔閭走犬長洲。』三國時魏武帝對吴使徐詳云：『孤願越横江之津，與將軍遊姑蘇之上，獵長洲之苑。』左思《賦》云：『佩長洲之茂苑。』是也……明高啓：『中國久無霸，闔閭思騁功。講蒐開别苑，訓武出離宫。宰嚭應驂乘，巫臣實御戎。韜鳴深谷應，罝掩廣埸空。遠曳梢雲旆，高彎射月弓。三驅儀已畢，七伐步還同。甲騎從輿後，蛾眉侍幄中。煮胎須紫豹，胹掌得玄熊。樂事方難極，英圖忽易窮。城迷歌黍客，地屬采蕘僮。輦道崩秋雨，旗門失晚風。犬亡毚肆狡，人去雉争雄。草樹迎蕭索，湖山罷鬱葱。猶疑見獵火，寒燒夜深紅。』」

【箋注】

〔一〕意謂春秋時鎬京周天子恩澤既竭盡消逝，吴國霸業則壯大隆盛。聖澤：天子恩澤。周京：鎬京，周朝京城。伯功：霸業；伯，通「霸」。侈：張大。吴甸：吴地，始祖吴太伯，周文王世父；甸，田野。吴太伯，周文王祖父古公亶父長子，其有弟仲雍與季歷，古公亶父鍾愛周文王姬昌，欲由其父季歷傳位給姬昌，吴太伯窺父意旨，暗攜仲雍外逃，至東南蠻荒之地建立吴國；詳見《史記》卷三十一《吴太伯世家第一》。

〔二〕館娃宫：吴王夫差爲西施等美人所造宫室。《同治蘇州府志》卷三十五《古迹·吴縣·館娃宫》：「揚雄《方言》：『吴人呼美女爲娃。』在吴縣西三十里硯石山，今靈巖寺即其地也。山有琴臺；石室，俗云西施洞；硯池；玩花池；玩月池；吴王井；又有響屧廊，亦曰鳴屧廊，以楩梓藉地而虚其下，令西施與宫人行，則有聲，因名；山半有石鼓，即石射棚，大者二十圍，小者半之，相傳石鼓鳴則有兵；山前有采香徑：皆吴宫遺迹。」

〔三〕化：造化，造物主。羽：代鳥。《周禮·考工記·梓人》：「天下之大獸五：脂者、膏者、臝者、羽者、鱗者。」鄭玄《注》：「羽，鳥屬。」

〔四〕此言春秋吴王夫差荒淫好色，爲越國所獻美女西施、鄭旦所惑；老臣伍子胥見微知著，讜言直諫，然吴王置若罔聞，一意孤行。詳見《吴越春秋》卷五《勾踐陰謀外傳第九》。盤遊：遊樂，同義複詞。注：會聚。《周禮·天官·獸人》：「及弊田，令禽注于虞中。」賈公彦《疏》：「注，猶聚也。」英眄：傑出目光；眄，瞻望，遠望。

〔五〕托乘：乘坐權貴豪車，喻受人提拔援引。《楚辭》屈原《遠遊》：「質菲薄而無因兮，焉托乘而上浮？」王逸《注》：「將何引援而升雲也？」《全晉文》卷一百一陸雲《移書太常薦同郡張瞻》：「誠巖穴耀穎之秋，河津托乘之日也。」色：媚態可掬；此指吴國佞臣太宰嚭巧言令色，迎合夫差而炙手可熱。詳見《吴越春秋》卷三《夫差内傳第五》。

〔六〕觸輪：螳臂當車，不自量力。《莊子·人間世》：「汝不知夫螳螂乎，怒其臂以當車轍，不知其不勝任也。」王逢《梧溪集》卷三《寄丘都事》：「觸輪避螳螂，撼樹憐蚍蜉。」賢：此指伍子胥赤膽忠心，屢批逆鱗，夫差竟賜屬鏤之劍，逼其自裁，伍子胥怨憤填膺，伏劍而亡；詳見《吴越春秋》卷三《夫差内傳第五》。

〔七〕蹉跎：衰退蹭蹬。世運：世間盛衰治亂更迭變化。海田：滄海桑田，喻巨大變遷。

〔八〕屬：適逢，恰好。于：助詞。《詩經·王風·君子于役》：「君子于役，不知其期，曷至哉？」

〔九〕何當：何時。即：通「則」，能够。吴昌瑩《經詞衍釋》卷八：「即，則也，古同聲而通用。」裴學海《古書虚字集釋》卷八《則》：「則猶能也。《左傳·哀十一年》：『鳥則擇木，木豈能擇鳥？』」遊衍：肆意遊樂。《詩經·大雅·板》：「昊天曰旦，及爾遊衍。」毛《傳》：「遊，行；衍，溢也。」孔穎達《疏》：「遊行衍溢，亦自恣之意也。」

劍池送人

祖龍南狩年，拔劍當風立〔一〕。慷慨逞雄心，斫石石爲入〔二〕。耿耿秋水光，稜稜鐵花澀〔三〕。殺氣纏蛟螭，腥痕凜原隰〔四〕。參差世祀移，寂寞威風戢〔五〕。要離去不顧〔六〕，湛盧見之泣〔七〕。英圖悵若兹，餘波眇誰挹〔八〕？茂宰欻騫①騰，軍容何翕習〔九〕！仗劍戍三邊〔一〇〕，斬首當幾級？惟國養甲兵，有愾須討襲〔一一〕。相期獻凱歸〔一二〕，此地共栖集。

【題解】

劍池，蘇州虎丘山水池。《同治蘇州府志》卷六《山一・元和縣・虎丘山》：「又云：『闔閭葬其下，以扁諸、魚腸等劍三千殉焉，故池以劍名。』（《郡縣志》：『秦皇鑿以求珍異，莫知所在；孫權穿之，亦無所得。其鑿處遂成深澗。』宋王禹偁以其事詭，作銘辨之。）兩崖劃開，中涵石泉，深不可測。李秀卿品爲天下第五；唐顔真卿書虎丘劍池四字，石刻猶存……道旁有試劍石。（中分如截，取其形似。《吴郡志》謂秦皇試劍，或云吴王試劍。）」

詩云「茂宰欻騫騰……相期獻凱歸」，則「人」當爲長洲縣尹，時率軍以征伐。

【校勘】

① 騫：乾隆本作「鶱」。

【箋注】

〔一〕《史記》卷六《秦始皇本紀》：「因言曰：『今年祖龍死。』……（三十七年）還過吴，從江乘渡。」

裴駰《集解》引蘇林曰：「祖，始也。龍，人君象。謂始皇也。」南狩：巡視南方；狩，巡狩。《孟子·梁惠王下》：「天子適諸侯曰巡狩。巡狩者，巡所守也。」

〔二〕逞：施展。石：虎丘山秦始皇試劍石。

〔三〕耿耿：明亮貌。韓愈《利劍》：「利劍光耿耿，佩之使我無邪心。」稜稜：嚴寒貌。鮑照《蕪城賦》：「稜稜霜氣，蔌蔌風威。」鐵花：刀劍光澤。周南《過虎丘》：「玉雁已隨黄壤盡，鐵花空向碧潭凝。」澀：凝滯，聚結。

〔四〕蛟螭：傳説中蛟龍與螭龍，此喻殺伐争霸之諸侯。《説文》：「蛟，龍之屬。」《説文》：「螭，若龍而黄，北方謂之地螻……或云無角曰螭。」凜：恐懼。原隰：廣平低濕之大地。

〔五〕謝朓《和伏武昌登孫權故城》：「參差世祀忽，寂寞市朝變。」世祀：一代代之祭祀活動。戢：收斂，止息。

〔六〕意謂要離赴衛行刺王子慶忌，慷慨激昂，一去不回頭。要離：春秋吴國刺客。吴公子光既使專諸弑王僚而自立，又遣要離刺殺王子慶忌。要離請公子光斷其右手，戮其妻子，以獲取慶忌之信任；慶忌果信之而謀奪吴國，要離遂乘渡江之機刺中慶忌要害，慶忌赦之使還；要離至江陵，自責不仁不義而伏劍自裁。詳見《吴越春秋》卷二《闔閭内傳第四》。

〔七〕湛盧：相傳春秋時歐冶子所鑄神劍，能辨正邪以去就；吴王闔閭無道，湛盧去吴奔楚。袁康《越絶書》卷十一《外傳記寶劍》：「歐冶乃因天之精神，悉其伎巧，造爲大刑三，小刑二：

一曰湛盧，二曰純鈎，三曰勝邪，四曰魚腸，五曰巨闕。」《初學記》卷二十二《武部·劍第二》：「（越王允常）取湛盧示之，薛燭曰：『善哉！銜金鐵之英，吐銀錫之精；寄氣托靈，有遊出之神。服此劍可以折衝伐敵，人君有逆謀則去之他國。』允常乃以湛盧獻吳，吳公子光弑吳王僚，湛盧去如楚。」

〔八〕英圖：雄圖遠略。餘波：餘澤。張淏《雲谷雜記》卷二：「世謂當爲宰相者，左右自有神物護持，憂虞不可妄干，固不待言，然餘波所及，又可使他人轉禍爲福也。」眇：悠遠。《莊子·庚桑楚》：「不厭深眇而已矣。」成玄英《疏》：「眇，遠也。」

〔九〕茂宰：尊稱縣官。謝朓《和伏武昌登孫權故城》：「雄圖悵若茲，茂宰深遐睠。」欻：忽然，一下子。騫騰：飛騰，興起；騫，通「鶱」，飛翔。杜甫《贈崔十三評事公輔》：「鶱騰坐可致，九萬起於斯。」翕習：威盛貌。王延壽《魯靈光殿賦》：「祥風翕習以颯灑，激芳香而常芬。」

〔一〇〕仗劍：持劍。三邊：邊疆。

〔一一〕討襲：出其不意地出兵討伐。《三國志》卷二十一《魏書二十一·傅嘏》：「乘釁討襲，無勞遠費，此軍之急務也。」

〔一二〕獻凱：戰後進獻俘虜及戰利品。

遊湖上諸山

澄湖總地德，連山雄寓縣〔一〕。嵐氣川上浮，林影波中見。東臨帶吴會，北拒衿①楚甸〔二〕。上峙岫如複，下亘水成練〔三〕。參差窺粉堞，出没見丹殿〔四〕。宏麗邁前聞，遊觀逾昔踐。君侯挺奇興，軒蓋此追衍〔五〕。雲隨朱旆揚，路繞赬霞轉〔六〕。五藥芳可采，三芝秀堪搴〔七〕。升高望已騁，即卑趣仍展〔八〕。願言謝羈纏，久兹事攀援〔九〕。結網政未能，臨淵亦徒羨〔一〇〕。

【題解】

湖，太湖。諸山，太湖島嶼，通稱包山，或云洞庭山、林屋山，凡七十二峰。《洪武蘇州府志》卷二《山·吴縣·包山》：「在縣西一百二十里太湖中，即洞庭山，一名林屋山。周回四十餘里，與杜下對峙，或云夫椒山也。《玄中記》云：『包山有洞穴，北通琅琊東武，或云潛通五嶽。』《郡國志》云：『洞庭山有宫五門，東通王屋，西達峨眉，南接羅浮，北通岱嶽，故周處《風土記》云，包山洞穴潛行地中，無所不通，謂之洞庭地脉。』《道書》云：『林屋洞是十大洞天之第九洞，一名左神幽虚之天。』……山最高者縹眇峰，望之，意其一島而重岡複嶺，四野廣袤，鷄鳴犬吠中設井邑，仙庭佛刹鍾磬相聞，最爲勝絶。唐房琯云：『不遊興德、洞庭，未見山水。』信非溢美云。興德，杭州寺也。」

《同治蘇州府志》卷六《山一・包山》引明王鏊《七十二峰記》云：「太湖之山，發自天目，迤邐至宜興入太湖，融爲諸山。湖之西北爲山十有四，馬迹最大；又東爲山四十有一，西洞庭最大；又東爲山十有七，東洞庭最大。馬迹、兩洞庭，望之渺然如世外；即之茂林平野，閭巷井舍，仙宫梵宇，星布棋列。馬迹之北，津里、夫椒爲大，夫差敗越處也。西洞庭之東北，渡渚、黿山、横山、陰山、葉余、長沙山爲大。長沙之西，衝山，漫山爲大。東洞庭之東武山，北則余山，西南三山、厥山、澤山，爲大，此其上亦有居人數百家或數十家。馬迹、兩洞庭分峙湖中，其餘諸山，或遠或近，若浮若沉，隱見出没於波濤之間。馬迹之西北，有若積錢者，曰錢堆。稍東曰大屼、小屼。與錫山若連而斷，舟行其中，曰獨山。有若二鳧相向者，曰東鴨、西鴨。中爲三峰。稍南大墮、小墮。與夫椒相對而差小，爲小椒，爲杜圻，范蠡所嘗止也。西洞庭之北，貢湖中有兩山相近，曰大貢、小貢。有若五星聚，曰五石浮，曰茆浮，曰思夫山；有若兩鳥飛且止者，曰南鳥、北鳥。其西兩山南北相對而不相見，見即有風雷之異，曰大雷、小雷。横山之東，曰千山、紹山；曰曈浮；曰東獄、西獄，世傳吴王於此置男、女二獄也。其前爲粥山，云吴王飼囚者也。有若琴者，曰琴山；若杵者，曰杵山；有對植者，曰大竹、小竹。與衝山近，若物浮水面可見者，曰長浮、癩頭浮、殿前浮。與鼉山相對而差小者，曰龜山。有二女娟好相對立者，曰謝姑、小謝姑。有若石柱巀嶭者，曰玉柱；稍卻曰金庭。南爲峐山，爲歷耳。中高而旁下者，筆格；驤首若逝者，石蛇；有若老人立，石公；石蛇、石公，石最奇。與鼉山、龜山南北相對，曰鼉山；旁曰小鼉。若螺者，青浮。二鼉之間，若隱若見，曰鷺籃。東洞庭之南，首鋭而末岐者，曰箭浮；若屋欹者，曰王舍浮、苧浮。又南爲白浮。澤、厥之間，有若笠浮水面者，曰篛帽；有逸於前，後追而及之者，曰貓鼠；有若碑碣横者，曰石碑。是爲七十二。然其最大而名者，兩洞庭也。」

【校勘】

①衿：乾隆本作「襟」。

【箋注】

〔一〕總：聚集。《説文》：「總，聚束也。」地德：大地恩德。董仲舒《春秋繁露・人副天數第五十六》：「天德施，地德化，人德義。」寓縣：同「宇縣」，天下。《史記》卷六《秦始皇本紀》：「大矣哉！宇縣之中，順承聖意。」裴駰《集解》：「宇，宇宙；縣，赤縣。」

〔二〕帶：衣帶，引申爲環繞。吴會：蘇州别名。趙翼《陔餘叢考・吴會》：「西漢時會稽郡治本在吴縣，時俗以郡縣連稱，故云吴會。」拒：通「距」，抵達。《集韻・語韻》：「拒，通作距。」衿：通「襟」，上衣前幅，引申爲屏障。楚甸：楚國郊野。

〔三〕岫：山峰。複：夾衣。《説文》：「複，重衣也。」謝朓《和王著作融八公山》：「日隱澗疑空，雲聚岫如複。」練：白色熟絹。李石《同鄧使君賞雙頭牡丹》：「沙寒水成練，雪洞山立壁。」

〔四〕粉堞：白色矮牆；堞，矮牆。《左傳・襄二十七年》：「崔氏堞其宫而守之。」杜預《注》：

「堞，短垣。」丹殿：紅色殿堂，此當指莊嚴佛寺。

〔五〕君侯：達官貴人之尊稱，此或爲詩人勝友湖州郡守陳元禮，詳見本卷《送陳太守》。挺：牽動。《呂氏春秋·忠廉》：「雖名爲諸侯，實有萬乘，不足以挺其心矣。」高誘《注》：「挺，猶動也。」追衍：追逐遊衍。

〔六〕朱旆：紅色旌旗。赬霞：紅色雲霞。謝朓《望三湖》：「積水照赬霞，高臺望歸翼。」

〔七〕五藥：草、木、蟲、石、穀等五種藥物。《周禮·天官·疾醫》：「以五味、五穀、五藥養其病。」鄭玄《注》：「五藥，草、木、蟲、石、穀也。」三芝：三種菌類植物，各家所指不一。沈約《鍾山詩應西陽王教》：「淹留訪五藥，顧步佇三芝。」呂向《注》：「三芝，石芝、靈芝、肉芝也。」秀：草木開花。《後漢書》卷五十九《張衡列傳》：「冀一年之三秀兮，遒白露之爲霜。」李賢《注》：「三秀，芝草也。」搴：拔取。

〔八〕展：舒展，張開。元稹《遺悲懷》：「唯將終夜常開眼，報答平生未展眉。」

〔九〕謝：拒絕。韓愈《答殷侍御書》：「職事羈纏，未得繼請。」

〔一〇〕《漢書》卷五十六《董仲舒傳》：「古人有言曰：『臨淵羡魚，不如退而結網。』」孟浩然《臨洞庭上張丞相》：「坐觀垂釣者，徒有羡魚情。」政：通「正」，恰好。

登堯峰

已從黔泉遊，復向堯峰去〔一〕。堯峰眇何所？甿俗不知處〔二〕。披拂强追尋，疲茶①窘淩遽〔三〕。息喘倚茂松，濟勝犯零露〔四〕。積石擁近蹊，飛嵐護遥樹。仰觀天宇垂，俯睨河流注。石湖尚波瀾，洞庭但煙霧〔五〕。遊子多悲懷，觸景增遠慕〔六〕。微迹既漂泊，流年復遲暮。半生僅一來，百齡能幾度〔七〕？回駕悵難淹，又復首前路〔八〕。

【題解】

堯峰，蘇州西南名山。《同治蘇州府志》卷六《山一·吴縣·堯峰山》：「在横山西南，山麓有岷山、花園山、鳳凰池、小赤壁、紫石池，惟堯峰最高。羅處約《記》：『堯時洪水泛濫，吴人避居於此，故院名免水。』山有清輝軒、碧玉沼、多景巖、寶雲井、白龍洞、觀音巖、偃蓋松、妙高峰、東齋、西隱十景。後廢及半，人因取露禪庵、千人坐、響泉、松岡、竹徑以足之。俗又以壽聖寺爲上堯峰，露禪庵爲中堯峰，興福院爲下堯峰。山半有靉靆嶺，嶺下石塢中産文石。其東南有寶華山寺，有黔黔泉，又有紫薇塢、瑞雲塢、褒忠嶺、青霞嶺。東有長旗嶺、感慈塢。又東爲吴山，吴越廣陵王子文奉建吴山院於此，故名。其南有昇猶山、挑花塢，漫衍六七里，臨太湖白楊灣，與吴江分界。《康熙志》徐源《記》云：『陰雨彌月，則煙霞瀰漫，望之若白浪中浮露青峰也。至風清月明，其氣凝結不散，疑井中龍噓所出，寶雲泉所由名也。』」

【校勘】

①茶：底本作「[疒尔]」，據乾隆本與同治本改。

【箋注】

〔一〕從：向。張相《詩詞曲語辭彙釋》：「從，猶云『向』，介詞。《樂府詩集》卷二十七庾信《對酒》詩：『琴從緑珠借，酒就文君取。』『從』『就』互文，『就』亦爲『向』字義。」酤泉：蘇州西南橫山清泉，詳見本卷《陪陳夷白左司省先隴遂遊西山諸寺》。

〔二〕眇：高遠。盳俗：同「呡俗」，俗衆。梁陸雲《太伯碑》：「内脩訓範，外陶呡俗。」

〔三〕疲茶：疲倦。凌遽：捷速急遽。顏延年《應詔觀北湖田收》：「疲弱謝凌遽，取累非纆牽。」李善《注》：「言己才疲弱而謝急遽。」

〔四〕濟勝：攀登勝境。趙翼《偕孫淵如汪春田兩觀察遊牛首山》：「衰老自憐難濟勝，層椒臨眺亦忘還。」零露：露珠。《詩經·鄭風·野有蔓草》：「野有蔓草，零露漙兮。」

〔五〕石湖：蘇州西南湖泊，詳見本卷《泛石湖》。洞庭：常稱包山，太湖内島嶼，詳見本卷《遊湖上諸山》。

〔六〕慕：悲傷。方孝孺《與訥齋先生書》：「疾疢沉綿，無由致哀於一慟，不勝悲慕耳。」

〔七〕百齡：一生。李德裕《寄題惠林李侍郎舊館》：「百齡惟待盡，一世樂長貧。」

〔八〕淹：滯留，久留。首：朝，向。《楚辭》屈原《九章·哀郢》：「鳥飛返故鄉兮，狐死必首丘。」

同楊文舉提學遊虎丘

疲榮厭府寺，思閑愛林丘〔一〕。今晨偶從告，薄言爲兹遊〔二〕。輿馬出城郭，冠蓋集朋儔。尋雲共陟峴，吟風同倚樓〔三〕。池浸劍光冷，石拱講臺幽〔四〕。丘虎餘昔勢，憨泉溢前流〔五〕。逖聽已咸踐〔六〕，新賞復旁搜。樹杪吴岫出，天末楚雲浮〔七〕。睇迴距遥甸，臨卑撫平疇〔八〕。萬象固如昨，六龍寧暫留〔九〕。且兹酌芳醴，相從滌繁憂〔一〇〕。豈不念行役？天道良悠悠〔一一〕。

【題解】

楊文舉，名翮，元金陵名士，嘗官江浙儒學提舉。《佩玉齋類稿·四庫全書提要》：「《佩玉齋類稿》十卷，元楊翮撰。翮字文舉，上元人。父剛中，大德間官翰林待制，著有《霜月集》，今已不傳。翮初爲浙江行省掾，至正中官休寧主簿，歷江浙儒學提舉，遷太常博士。剛中爲時名宿，所學具有原本，當代勝流多與之遊，翮承其家訓，益鏃厲爲古文詞，觀虞集、楊維楨等所作序，皆儼然以父執自居，則其指受提撕必爲親切，故其文章格律多得自師友見聞，意態波瀾能不失先民矩矱。雖邊幅未廣，醞釀未深，而法度謹嚴，視無所師承，徒以才氣馳騁者，則相去遠矣。是集刊於至正末，而劉仔肩選《明雅頌正音》，乃采入其詩，又楊基集《悼楊文舉博士》詩亦有『白髮蒼髯老奉常，亂離終喜得還鄉』句，則翮之歿當在洪武初年。」

虎丘，蘇州西北名勝。《洪武蘇州府志》卷二《山・長洲縣・虎丘山》：「在縣西北九里，唐避諱曰武丘，先名海湧山。高一百三十尺，周二百十丈，遥望平田中一小丘，北入山則泉石奇詭，應接不暇。《吴越春秋》：『闔閭葬此三日，金精爲白虎踞其上，因名虎丘。』《郡縣志》云：『秦皇鑿山以求珍異，孫權穿之亦無所得，其鑿處遂成深澗。』今劍池兩厓劃開，中涵石泉，深不可測，爲吴中絶景。王元之、張敬夫皆有銘。晉王珣《虎丘銘》曰：『虎丘先名海湧山，山大勢四面周回，嶺南則是山徑，兩面壁立，交林上合，蹊路下通，升降窈窕，亦不卒至。』王僧虔《吴地記》云：『虎丘山絶巖聳壑，茂林深篁，爲江左丘壑之表。吴興太守褚淵昔嘗述職，路經吴境，淹留數日，登覽不足，乃歎曰：今之所稱，多過其實，今觀虎丘，逾於所聞。斯言得之矣。』顧野王《虎丘山序》云：『高不抗雲，深無藏影。卑非培塿，淺異棘林。路若絶而復通，石將斷而更綴。抑巨麗之名山，信大吴之勝壤也。』御史中丞沈禮明等遊山賦詩，并書屋壁。梁郡守謝舉有《虎丘山賦》。宋河求及二弟點胤、陳顧越、唐史德義并隱此山。紹興中，洛人尹焞避地山中，書堂存焉。舊有東西二寺，即王珣别館，皆在山下。今雲巖寺踞其上。山半大石坡陀數畝，高下如刻削，因其僧竺道生於此說法，號千人坐石，他山所無。白蓮池、虎跑泉，亦生公遺迹。陸羽泉，即藏殿側石井。試劍石，因大石中裂，故名。及望海樓、真娘墓，皆有古人賦詠。陸友云『虎丘有清遠道士養鶴湖』，未詳所在。按虎跑泉之名見《續圖經》，而此山石著，惟路側有憨憨泉，恐即虎跑泉。今横山自有[illegible][illegible]泉，在寶華寺。」

【箋注】

〔一〕疲榮：追逐榮華精疲心倦。府寺：官署。《後漢書》卷三十九《劉般》：「時五校官顯職閑，而府寺寬敞，輿服光麗，伎巧畢給，故多以宗室肺腑居之。」

〔二〕從告：聽從命令；告，命令。《爾雅·釋詁上》：「命、令、誥，告也。」邢昺《疏》：「告，謂告諭也。」謝朓《休沐重還丹陽道中》：「薄遊第從告，思閑願罷歸。」薄言：助詞。劉淇《助字辨略》卷五：「薄，辭也。言，亦辭也。薄言，重言之也。」

〔三〕陟峴：攀登小而險之山。賈島《送崔嶠遊瀟湘》：「渡河山鑿處，陟峴漢灘喧。」

〔四〕池：劍池，詳見本卷《劍池送人》。石：虎丘半山千人坐石。講臺：生公臺，晉宋間高僧竺道生於此講經說法。

〔五〕丘虎：春秋吴王闔閭葬蘇州海湧山，三日而虎踞其上，故命之曰虎丘。憨憨泉：虎丘名泉。王鏊《姑蘇志》卷八《山上·虎丘山》：「在府城西北七里。《吴越春秋》云：『闔閭葬此，以扁諸、魚腸劍各三千爲殉，越三日，金精結爲白虎踞其上，故名。』……又有試劍石、憨憨泉、養鶴澗、回仙徑、石井泉。」

〔六〕逖聽：遥聞。《史記》卷一百十七《司馬相如列傳》：「率邇者踵武，逖聽者風聲。」

〔七〕天末：天邊。岑參《登北庭北樓》：「舊國眇天末，歸心日悠哉！」

〔八〕睇迥：斜視遠方。距：至，抵達。《史記》卷六十九《蘇秦列傳》：「渡滹沱，涉易水，不至四五日而距國都矣。」遥甸：遥遠郊野。謝朓《宣城郡内登望》：「威紆距遥甸，巉巖帶遠天。」平疇：平坦原野。

〔九〕六龍：傳説中拉動太陽車駕之六條龍，代光陰。郭璞《遊仙詩》：「六龍安可頓？運流有代謝。」

〔一〇〕酌：飲酒。吴質《答東阿王書》：「對清酤而不酌，抑嘉肴而不享。」

〔一一〕天道：天意。悠悠：深遠。陶潛《怨詩楚調示龐主簿鄧治中》：「天道幽且遠，鬼神茫昧然。」

陪陳夷白左司省先隴遂遊西山諸寺

孝理昭令典，哀敬著前經〔一〕。方冬謹封樹，肅命省丘塋〔二〕。侵晨發西郭，平旦越修坰〔三〕。飛蓋上坡陀，憑軾仰光靈〔四〕。白楊何蕭蕭，悲松復泠泠〔五〕。以兹霜露降，益起悽愴情。本深末斯茂，源浚流愈清。叔氏既尊盛，伯氏亦光榮〔六〕。禄厚養不逮〔七〕，寵極坐自驚。感深去復留，心惕久乃寧。尋徑稍出陸，移舟更穿汀〔八〕。林寒霜雪白，寺古莓苔青。循廊阻昏黑，失路屢顛傾〔九〕。怯風坐深閣，戀月開疏櫺〔一〇〕。含思及明發〔一一〕，鼓勇復前行。酃泉裂地湧，嶤峰矗天横〔一二〕。拍欄睨寒井，尋山窮絶陘〔一三〕。躑躅東林莫，徘徊西月升。將命晚戒道，急時暗催舲〔一四〕。船居類坐甑，蓬宿訝拘囹〔一五〕。防流塹宵閉，戒暴城夜扃〔一六〕。更闌占漏密，家近驗舟停〔一七〕。芳晨已罕遇，良會亦難并〔一八〕。况兹同遊侶，一皆間世英〔一九〕。或爲鳳薄霄，或作鴻入冥〔二〇〕；或分庭竹潤，或奪春蘭馨〔二一〕。獨余事漂泊，顧影久伶俜〔二二〕。豈期當末路，亦此托前旌〔二三〕？忝竊雖過任，感荷實所盟〔二四〕。願言日追從，放浪終百齡。

【題解】

陳夷白，名基，字敬初，其有寓舍曰夷白齋，故時人尊稱陳夷白。陳基行迹亦見本卷《題陳敬初小丹丘》、本書卷九《由范莊過天平次夷白學士韻》、卷十一《小丹丘記》、卷十二《淮南紀行詩後序》《夷白齋稿序》、卷十三《沈僉院送行詩後序》及卷二十五《哭陳夷白二首》。

《夷白齋稿補遺》尤義《陳基傳》：「陳基，字敬初，台之臨海人。父祥，多聞好學，而尤善老子清浄之説，平居常黄冠鹿裘，與方士遊，没時基年甫九歲。越五年，母夫人姜氏即命與兄聚從師於杭。又四年，從金華黄文獻公溍受業。至正仍紀元之元年，從文獻遊京師，授經筵檢討。其徒有爲御史者，以言責咨於基，基謂并后爲致亂之本，因草諫章，力陳其失，冀君覺悟以正始也。而上方溺愛，詰知其由，欲置基於罪，怒且不可測，遂引避南歸於鄉。奉母夫人西至吴，教授諸生，備養惟謹，爲詞必務上法三代，下軼漢唐，東南聲文爲之丕變。遠近學者争師之，户外之屨恒滿。屬南州用兵，朝廷開行樞密府鎮撫南服，起基爲都事，轉江浙行中書省員外郎，俄升郎中。時平章張士信統兵鎮杭，基以本職參佐，道之以正，杭有岳飛墳，蕪穢弗恭久矣，基追慕興慨，以狀請於朝，俾與歷代忠臣并列，春秋致祭，尋自爲文刻石墓上，以表其功。西湖書院舊有經史書板，兵後零落無幾，即白平章，出官錢若干，補綴成帙。夫以天理民彝泯亂之秋，干戈相尋，日不暇給，基乃贊佐餘力，爲其所得爲，使聖經賢傳復明於當時，崇德報功無愧於往昔，雖武夫悍卒，聞下風而望餘光，亦知有所興起，擴而充之，是大有功於名教也。未幾，由杭來吴，參太尉軍府事。及太尉自王於吴，群下同聲賀之，而基獨諫止，太尉欲殺之，不果。已而超授内史，遷學士院學士，階通奉大夫，覃恩二代，凡飛書走檄碑銘傳記，多出於其手。基每以爲憂而未敢以爲榮也。今國家命將平吴，吴臣多見誅戮，而晏然無恐，朝論多基之能，尋召入預修《元史》，書成賜金而還。洪武三年十月壬午，以疾卒於常熟縣河陽里之寓舍，年五十有七……基平居慎重寡默，與物無競，家人僕隸未嘗見其疾言遽色。宗族故舊自浙東來依，率養育獎勸，俾各有成。士有才可用，必引而進之。有喪不能舉者，爲買棺斂，恩意過於平生。方太尉僚屬强占民廬，基獨以己俸買宅天心里，即舊屋數楹，稍加塗墍，環藝花卉之屬，號小丹丘。休沐之暇，輒與客尚羊其中，啜茗清吟，議論古今，出入經史百氏，危坐終日。歲時有事於祖禰，始殺牲以展其孝敬，初非薄於友也。吴國將亡，食肉者惴惴焉恐蹈鼎鑊，君子謂基宜保終吉，已而果然。噫，父母全而生之，子全而歸之，若基者其亦可謂克全而無憾者。今藏於家有《夷白齋稿》二十卷，觀其文雄而氣高，可以黼黻皇猷，敷陳帝業，而乃使留滯江湖之上，驅馳戎馬之間，竟齎志以没，兹其可惜也夫！」

左司，左司郎中之省稱，元時隸屬中書省，此乃張士誠割據東南時所授官職。《元史》卷八十五《百官一》：「左司，郎中二員，正五品。」

先隴，據《夷白齋稿補遺·至正乙巳四月廿七日與家兄上冢石湖泊遊諸山》與《憶横山親墓石湖僧舍》二詩，陳基先人陵墓在石湖畔之横山。後詩云：「親葬吴山歲已深，秋霜春露每驚心。青青長養松杉樹，牧子樵童幸莫侵。」

詩曰「畣泉裂地湧，堯峰矗天横」，則西山爲畣畣泉所在之横山、横山西南之堯峰及鄰近之支硎山等名山。諸寺，此指薦福、楞伽、寶華、堯峰諸叢林。據《洪武蘇州府志》，諸山悉在吴縣西南二十五里處。堯峰，詳見本卷《登堯峰》。

《洪武蘇州府志》卷二《山·吴縣·横山》：「在縣西南二十五里。《隋志》有之。《十道志》：

『山四面皆横，故名。』又名踞湖山，背臨太湖，若箕踞之勢。《圖經》又名五塢山，五塢在薦福寺旁，舊名不雅，皇祐五年節度推官馬雲三遊此山，與高士仇道求林澗峰巒之秀、雲景泉石之奇，冠以美名，即芳桂、飛泉、修竹、丹霞、白雲，并踞湖山爲六題。山中有朱桓墳、陸雲公墳、顧野王墳。《續記》云：『北山鎮郡，西南臨湖控越，實吴時要地。隋時遷郡於横山東，亦以是山爲屏蔽。山周圍甚廣，環以佛祠，如薦福、楞伽、寶華、堯峰之類。』」

《洪武蘇州府志》卷二《山·吴縣·支硎山》：「在縣西南二十五里。所謂南峰、東峰，蓋山之支隴，又有中峰、北峰，皆一山也。晉沙門支遁道林嘗憩息於此。相傳道林冬居石室，夏隱别峰，所遺故物有鐵柱杖、鐵燈籠之屬，有放鶴亭、馬迹石，皆因之得名。今石上雙迹類蹄涔者，後人以小塔識其處。其碧琳泉、待月嶺、南池、新泉，自昔著稱。或云平石爲硎，山有平石，故因支遁以支硎爲號。道林有詩云『石室可蔽身，寒泉濯温手』。白樂天詩云『浄石堪敷坐，寒泉可濯纓』。《松陵集》有云『飽宿支硎雪』，及《報恩寺南池聯句》云『支硎僻亦過』，又云『翠山牛頭聳，苔深馬迹跛』，皆因此山而作。山中有楞迦院，即古報恩寺基，吴越時觀音院也。又天峰院，即唐支山院，五代南峰也；及中峰、北峰院皆在焉。」

【箋注】

〔一〕令典：美好典籍。荀悦《漢紀序》：「昔晉之《乘》、楚之《檮杌》、魯之《春秋》、虞夏商周之《書》，其揆一也，皆古之令典。」

〔二〕封樹：堆土爲墳，植樹爲飾，古代士以上葬禮。肅命：嚴肅用命。曾公亮《武經總要前集》卷三：「三軍服威肅命如此，則前無堅敵。」丘塋：墳墓。

〔三〕侵晨：拂曉。修坰：悠長郊野；坰，遠郊。《詩經·魯頌·駉》：「駉駉牡馬，在坰之野。」毛《傳》：「坰，遠野也。邑外曰郊，郊外曰野，野外曰林，林外曰坰。」

〔四〕飛蓋：驅車疾行。坡陀：山勢起伏不平，引申爲山坡。憑軾：身體靠著車前横木，表示恭敬尊重。劉安《淮南子·修務訓》：「魏文侯過其閭而軾之。」高誘《注》：「軾，伏軾，敬有德。」《漢書》卷四十六《石奮》：「過宫門闕必下車趨，見路馬必軾焉。」顔師古《注》：「軾謂撫軾，蓋謂敬也。」光靈：祖先神靈。顔延之《拜陵廟作》：「周德恭明祀，漢道尊光靈。」吕延濟《注》：「光靈，祖宗之靈。」

〔五〕蕭蕭：風吹樹摇貌。《楚辭》屈原《九歌·山鬼》：「風颯颯兮木蕭蕭，思公子兮徒離憂。」泠泠：清泠貌。宋玉《風賦》：「清清泠泠，愈病析酲。」李善《注》：「清清泠泠，清涼之貌也。」

〔六〕叔氏：此指陳基。伯氏：此爲陳聚，字敬德，嘗官上海主簿、常熟州教授，其事參看卷十一《上海横溪義塾記》。《元詩紀事》卷二十四《陳聚》：「聚字敬德，臨海人。基兄。官常熟州教授。前題（《和西湖竹枝詞》）：『茜紅裙子柳黄衣，花間采蓮人不知。唱歌蕩槳過湖去，荷葉荷花風亂吹。』」

〔七〕養：贍養父母。《孔子集語》卷二：「樹欲静而風不止，子欲養而親不待也。往而不可追者，年也；去而不可得見者，親也。」

〔八〕稍：漸漸。《説文》：「稍，出物有漸也。」汀：水面平静。《説文》：「汀，平也。」段玉裁《注》：「謂水之平也。水準謂之汀，因之洲渚之平謂之汀。」

〔九〕顛傾：跌倒。晉成帝《謚王導册》：「拯其淪墜而濟之以道，扶其顛傾而弘之以仁。」

〔一〇〕疏櫺：窗户；疏，窗户；櫺，窗户上雕花木格子。《史記》卷二十三《禮書》：「疏、房、床、第、几、席，所以養體也。」司馬貞《索隱》：「疏，謂窗也。」

〔一一〕明發：黎明。《詩經·小雅·小宛》：「明發不寐，有懷二人。」朱熹《詩集傳》：「明發，謂將旦而光明開發也。二人，父母也。」

〔一二〕醽泉：醽醽泉，在蘇州西南横山。堯峰：蘇州西南山峰，詳見本卷《登堯峰》。

〔一三〕寒井：此蓋指寶雲井，堯峰十景之一。《同治蘇州府志》卷六《山一·吴縣·堯峰山》：「山有……寶雲井……十景……僧懷深《山居十詠》……《寶雲井》：『寶雲珠草廣禪林，鑿石窮源意亦深。長歎甘泉不當路，汪汪空有濟人心。』」陘：山脉中斷處。《爾雅·釋山》：「山絶，陘。」《説文》：「陘，山絶坎也。」

〔一四〕將命：奉命。《儀禮·聘禮》：「將命於朝。」鄭玄《注》：「將，猶奉也。」戒道：登程。舲：有窗小船。

〔一五〕甑：泥土所製炊具。蓬：蓬船，常作篷船。韋莊《宿蓬船》：「夜來江雨宿蓬船，卧聽淋鈴不忍眠。」囹：囹圄，監獄。

〔一六〕流：流賊，流寇。塹：壕溝，護城河。《史記》卷八《高祖本紀》：「使高壘深塹，勿與戰。」司馬貞《索隱》：「塹，繞城水也。」扃：關閉。

〔一七〕更闌：更深夜盡。占：估計。《史記》卷三十《平準書》：「各以其物自占。」漏：古時計時器銅壺滴漏。

〔一八〕并：并存。謝靈運《擬魏太子鄴中集詩序》：「天下良辰、美景、賞心、樂事，四美難并。」

〔一九〕間世：隔代，非世間所常有。金厚載《和主司王起》：「長慶曾收間世英，果居臺閣冠公卿。」

〔二〇〕謝靈運《登池上樓》：「薄霄愧雲浮，棲川怍淵沉。」冥：高空。陸機《擬明月皎夜光》：「疇昔同宴友，翰飛戾高冥。」李周翰《注》：「冥，天邊也。」

〔二一〕竹潤：翠竹之光潤，比喻風韻清雅。晁公遡《范令人生日》：「清標矜竹潤，盛德頌桃夭」。蘭馨：比喻品德高尚。仇遠《花竹圖》：「梅臞竹潤楚蘭馨，相約凌波作四清。」

〔二二〕伶俜：孤單貌。杜甫《新安吏》：「肥男有母送，瘦男獨伶俜。」

〔二三〕末路：晚年。詳見本卷《歎年》。前旌：儀仗隊前旗幟，此喻陳基。孟浩然《送韓使君除洪州都曹》：「衣冠列祖道，耆舊擁前旌。」

〔二四〕過任：德才不能勝任職位。感荷：感謝有恩於己者。

次韻蔡經歷病中述懷

平旦起趨府，日晏未遑食〔一〕。群言方究萬，紛務諒非一〔二〕。進豈無云補？退猶持夕惕〔三〕。仰窺令圖廣，俯察道言密〔四〕。得喪事既知，治亂情亦識〔五〕。遭時匪過任，撫己恒自失。玩辭戒負乘〔六〕，觀器忌傾側〔七〕。孜孜竭勞勩，役役忘宴息〔八〕。在疚尚懷憂，從告詎思佚〔九〕？琴言澀未和，吏案浩已積〔一〇〕。迓騎應久徯，來客復如織〔一一〕。晨出愧蓬心，晚沐感霜色〔一二〕。乃薄干禄情，欲弛荷擔力〔一三〕。執戟固已疲，草諫亦多疾〔一四〕。萬事莫并歡，重負寧遽釋？不見戾天羽，林木已難擇〔一五〕。

【題解】

蒙元末造，天下板蕩，張士誠把控江浙，鴻儒雅士或仕或隱，薈聚吴門。此詩與本卷《蔡郎中使還》及卷十《蔡履庵像贊》《退思齋銘》，或云「進豈無云補？退猶持夕惕」，或云「帷幕有深謀，君子在所荷」，或云「借籌乎帷幄之密，贊化於經綸之始」，或云「裨之曷以？我退而思」，則蔡氏爲詩人僚友山陰蔡彦文，其嘗官張士誠參軍。《明史》卷一百二十三《張士誠》：「以士信及女夫潘元紹爲腹心，左丞徐義、李伯昇、吕珍爲爪牙，參軍黄敬夫、蔡彦文、葉德新主謀議，元學士陳基、右丞饒介典文章。」

據陳基《夷白齋稿》卷九《寄蔡彦文都事》「蔡子才多病亦多，尺書千里慰蹉跎。同遊暫阻紅蓮幕，相寄慚無紫玉珂。交義人人推管鮑，新詩字字擬隋何。淮南賓客如君少，未許淹留桂樹歌」，蔡彦文體弱多病，嘗擢江浙分樞密院都事，則戴九靈和此詩時，蔡氏既由都事遷經歷，唯疾病纏身如舊。

經歷，此當指江浙分樞密院從五品職官，參見本卷《奉陪省院諸公小集》。《元史》卷八十六《百官二·樞密院》：「經歷二員，從五品；都事四員，正七品。」

【箋注】

〔一〕府：此指至正十七年設立於蘇州之江浙分樞密院。晏：晚。《吕氏春秋·制樂》：「於是早朝晏退，問疾吊喪，務鎮撫百姓。」

〔二〕諒：誠然，確實。《詩經·小雅·何人斯》：「諒不我知。」朱熹《詩集傳》：「諒，誠也。」

〔三〕惕：小心憂懼。《易經·乾》：「君子終日乾乾，夕惕若，厲無咎。」

〔四〕令圖：美好謀劃。《左傳·昭公元年》：「臣聞君子能知其過，必有令圖。令圖，天所贊也。」道言：符合大道之言論。

〔五〕情：實情，情況。《左傳·莊公十年》：「小大之獄，雖不能察，必以情。」

〔六〕玩辭：研究《易經》微言。《周易·繫辭上》：「是故君子居則觀其象而玩其辭。」負乘：卑賤者背負財物以乘車，以致强盜覬覦搶劫，喻德才不稱其位而導致災咎禍殃。《易·解》：「六三：負且乘，致寇至，貞吝。」《易·解·象》：「負且乘，亦可醜也。自我致戎，又誰咎也？」孔穎達《正義》：「乘者，君子之器也。負者，小人之事也。施之於人，即在車騎之上而負於物也，故寇盜知其非己所有，於是競欲奪之。」

〔七〕傾側：原指水滿則欹器傾覆，後喻自大自滿以致傾覆敗亡。《孔子家語·三恕》：「孔子觀於魯桓公之廟，有欹器焉。夫子問於守廟者曰：『此謂何器？』對曰：『此蓋爲宥坐之器。』孔子曰：『吾聞宥坐之器，虛則欹，中則正，滿則覆，明君以爲至誡，故常置之於坐側。』顧謂弟子曰：『試注水焉。』乃注之，水中則正，滿則覆。夫子喟然歎曰：『嗚呼！夫物惡有滿而不覆哉？』」

〔八〕勞勩：辛勞，勞累。役役：勞苦不息貌。《莊子·齊物論》：「終身役役，而不見其成功。」梅堯臣《依韻奉和永叔感興》：「秋蟲至微物，役役網自織。」宴息：休息。《易·隨》：「君子以嚮晦入宴息。」

〔九〕疢：疾病。《韓非子》：「無饑饉疾疢禍罪之殃。」從告：聽從命令，參看本卷《同楊文舉提學遊虎丘》。思佚：渴望安逸；佚，通「逸」。《范忠宣集》卷八《賀知定州許資政》：「名以盛而不居，賢因勞而思佚。」

〔一〇〕琴言：琴聲。謝朓《和王長史卧病》：「縞衣紛可獻，琴言曖已和。」澀：艱澀不流暢。和：

柔和。成公綏《嘯賦》：「清激切於竽笙，優潤和於琴瑟。」張銑《注》：「和，柔和也。」

〔一一〕傒：等待。《説文》：「傒，待也。」

〔一二〕蓬心：心思粗淺鄙陋。《莊子·逍遥遊》：「夫子猶有蓬之心也夫。」沐：洗髮。霜色：白色。周賀《贈神遘上人》：「道情淡薄閑愁盡，霜色何因入鬢根？」

〔一三〕干禄：謀求俸禄。《論語·爲政》：「子張學干禄。」弛力：停止勞役。《周禮·地官·大司徒》：「以荒政十有二聚萬民……四曰弛力。」鄭玄《注》引鄭司農云：「弛力，息繇役也。」

〔一四〕執戟：手持兵戟，即從軍。謝靈運《齋中讀書》：「執戟亦以疲，耕稼豈云樂？」草諫：起草諫書。羅隱《寄鄭補闕》：「未必便爲讒口隔，只應貪草諫書忙。」

〔一五〕戾天：升入高空。《詩經·大雅·旱麓》：「鳶飛戾天，魚躍於淵。」

寄陳伯將學士

構廈必衆材，成裘必群腋〔一〕。自非合才彦，何能定家國？若人藴嘉猷，生世值明德〔二〕。鳳池因托身，龍淵尋矯迹〔三〕。載建家王禮，復睹漢朝則〔四〕。清芬播方來，惠心邁疇昔〔五〕。夜直躡天階，晨趨媚蘭室〔六〕。密謀已究萬，姸論信非一〔七〕。

吾徒方倚賴，微軀荷蘇息〔八〕。無言腹背羽，永愧排空翼〔九〕。

【題解】

陳肅，字伯將，元末無錫名臣。《御選宋金元明四朝詩·御選元詩姓名爵里二》：「陳肅，字伯將，無錫州人。以薦舉爲蘭溪州判官，歷翰林學士、兵部尚書、河南行省左丞。」鍾嗣成《録鬼簿·録鬼簿續編·陳伯將》：「無錫人，元進士。累官至河南參政，遷中書參知政事。至正辛卯，授行軍司馬參將。文章政事，一代典刑；和曲填詞，乃其餘事；打球蹴踘，舉世服之。卒於軍前，營中將士無不慟哭。」

《御選宋金元明四朝詩》與《録鬼簿》所載陳肅行迹有出入，一輯於清，一纂於元，當以元《録鬼簿》爲優，兼采清《御選宋金元明四朝詩》之説。

【箋注】

〔一〕盧子諒《答魏子悌》：「崇臺非一幹，珍裘非一腋。」李善《注》引《慎子》曰：「廊廟之材，蓋非一木之枝；狐白之裘，非一狐之皮也。治亂安危存亡榮辱之施，非一人之力。」

〔二〕嘉猷：善道，美好謀略。《書·君陳》：「爾有嘉謀嘉猷，則入告爾后於内，爾乃順之於外。」孔《傳》：「汝有善謀善道則入告汝君於内。」蔡沈《集傳》：「言切於事謂之謀，言合於道謂之猷。」明德：美德，此指聖君。《詩經·大雅·皇矣》：「帝遷明德，串夷載路。」朱熹《詩集傳》：「明德，謂明德之君，即太王也。」

〔三〕鳳池：與龍淵俱詳卷三《送人還鎮》；鳳凰池，此指元朝河南行省。龍淵：漢宮殿名，此指坐落於宮禁之中書省。矯迹：舉足；矯，高舉。

〔四〕此言陳肅輔佐順帝行太廟四時祭；又恢復科舉取士制度，選儒臣以設經筵，詔修《遼》《金》《宋》三史。參見本卷《祭脱脱丞相祠》。載：初始。家王：父王，前代聖明帝王。謝靈運《擬魏太子鄴中集詩》：「天地中横潰，家王拯生民。」李善《注》：「家王謂魏太祖也。」

〔五〕清芬：清香，喻高尚品格。周德清《滿庭芳·韓世忠》：「閑評論，中興宰臣，萬古挹清芬。」方來：將來。惠心：慧心；惠，通「慧」。謝瞻《張子房詩》：「惠心奮千祀，清埃播無疆。」劉良《注》：「明惠之心。」

〔六〕直：通「值」，值班。天階：宫殿臺階。張衡《東京賦》：「登聖王於天階，章漢祚之有秩。」媚：喜愛。《詩經·大雅·思齊》：「思媚周姜。」毛《傳》：「媚，愛也。」蘭室：高雅屋舍，此指帝王居室。徐堅《初學記》卷九《頌·顔師古聖德頌》：「至德無象，微言罕述。玉裕桂宫，金植蘭室。」

〔七〕妍論：美好言論。李復《送人從辟》：「想有高談開玉帳，尊前妍論灑珠光。」

〔八〕荷：荷恩，蒙受恩惠。蘇息：休養生息。《書·仲虺之誥》：「后來其蘇。」孔《傳》：「待我君來，其可蘇息。」

〔九〕腹背羽：長在腹部與後背之羽毛，喻無能庸才。排空翼：沖向高空之雙翅，喻奇士。盧子諒《答魏子悌》：「顧此腹背羽，愧彼排虛翮。」李善《注》引《韓詩外傳》：「晉平公遊於河而歎曰：『安得賢士與之樂此也？』船人盂胥跪而對曰：『主君亦不好士耳，何患無士乎？』平公曰：『吾食客，門左千人，右千人，何謂不好士乎？』對曰：『夫鴻鵠一舉千里，所恃者六翮耳。背上之毛，腹下之毳，益一把，飛不爲加高，損一把，飛不爲加下。今君之食客，門左右各千人，亦有六翮在其中矣，將皆背上之毛、腹下之毳耶？』」

送陳太守

迅足羨奔影，羈羽忌離聲〔一〕。明暗既異姿，判止亦殊形〔二〕。若人東州彦，生世昌運并〔三〕。軍帳早嘗入，省幕晚所經〔四〕。一朝剖符竹，千里治專城〔五〕。飛蓋出南郭，肅駕騖修坰〔六〕。側聽江風響，俯睨湖光明〔七〕。去意不可淹，行旆安得停〔八〕？顧己正維縶，臨衢逾屏營〔九〕。賓朋徒滿眼①〔一〇〕，何以慰吾情？

【題解】

卷九《送歸安丞》云「若逢陳太守，爲報各衰翁」，卷十一《送丁山長序》云「湖郡太守陳君元禮，余友也」，則戴九靈提舉吴中時，友人陳元禮官拜湖州郡守。按王褘《王忠文公集》卷一《五言古詩・陳元禮太常以使事至錢唐三月十七日堵無傲陳君從朱伯言陶中立韓與玉諸公西湖同泛分韻得氣字》與《元禮奉詔征彭處士於崇安卻歸永嘉省親還京師撫事感時因集杜少陵詩四十韻奉贈》，陳元禮爲温州人。此詩云「若人東州彦」，則陳太守與《送歸安丞》及《送丁山長序》之陳氏爲同一人。卷九《湖州行送人作郡》，殆亦送陳元禮往官湖州之作。

王褘《王忠文公集》卷一《元禮奉詔徵彭處士於崇安卻歸永嘉省親還京師撫事感時因集杜少陵詩四十韻奉贈》：「子負經濟才，久在王侯間。文彩珊瑚鈎，正直朱絲弦。帝曰大布衣，使者來顔闔。實藉長久計，時議歸前列。詔從三殿出，嚴程到須早。征塗乃侵星，掛席窮海島。名賢慎出處，終愧巢與由。未達善一身，潛魚不銜鈎。故鄉有弟妹，家貧仰母慈。倚門固有望，遠道素書稀。家鄉既蕩盡，遊子去日長。人事多錯迕，不如早還鄉。翳翳桑榆日，白日照執袂。超然歡笑同，相對如夢寐。堂上會親戚，久念與存忘。三日共一筵，一舉累十觴。無乃太匆忙，今年又北歸。浩蕩想幽薊，公家有程期。世故莽相仍，豈無濟時策？賢豪贊經綸，天子正前席。勿爲新婚念，平生感意氣。努力輸肝膽，騫騰坐可致。鄙人奉末眷，别離已五年。逍遥展良覿，不敢墜周旋。送子清秋暮，含凄向寥廓。不得相追隨，居然成濩落。艱難愧深情，生别常惻惻。有使即寄書，慰我深相憶。」

蘇州寓賢鄭元祐《僑吴集》卷三《悲歌寄呈劉學齋相執王可矩張德昭二尚書周雪坡大監王本

中經歷貢吉甫司業字文子貞助教危太樸待制貢泰甫授經陳元禮孝廉列位》亦見陳氏蹤影。

太守，至正十六年梟雄張士誠徙都蘇州時，稱郡長官爲太守。《隆平紀事》：「三月，周王張士誠自高郵徙都隆平……凡郡州縣正官，郡稱太守，州稱通守，縣仍曰尹。」

【校勘】

①眵：乾隆本作「眼」。

【箋注】

〔一〕迅足：駿馬，喻陳太守。郭璞《遊仙詩》：「逸翮思拂霄，迅足羨遠遊。」奔影：同「奔景」，太陽飛馳。鮑照《吴興黄浦亭庾中郎別》：「奔景易有窮，離袖安可揮？」張華《晉白紵舞歌詩》：「羲和馳景逝不停，春露未晞嚴霜零。」羈羽：羈鳥，喻詩人。韓愈《北極一首贈李觀》：「北極有羈羽，南溟有沉鱗。」

〔二〕明暗：聰慧愚昧。歐陽修《爲君難論下》：「此非聽言之難，在聽者之明暗也。」判止：分離遠去與停留原地。

〔三〕生世：身世，人生遭遇。李贄《初潭集·夫婦四》：「蔡文姬、王明君同是上流婦人，生世不幸，皆可悲也。」昌運：昌盛國運。顔延之《拜陵廟作》：「敕躬慚積素，復與昌運并。」

〔四〕省幕：張士誠盤踞吴中，元廷設江淮分省以處其官屬。

〔五〕剖符竹：古代授官封爵，以竹符爲信，一剖爲二，一付本人，一留朝廷；參見卷一《和沈休文雙溪八詠》。

〔六〕肅駕：嚴駕，整備車馬。宋祁《早夏出城書所見成篇》：「肅駕來墟落，悠然矚霽氛。」騖：馳騁。《説文》：「騖，亂馳也。」

〔七〕江：吴淞江。湖：太湖。

〔八〕淹：逗留，久留。行旆：隊伍前進時旗幟。趙蕃《雨中簡章令》：「屢起瞻行旆，頻成閲贈詩。」

〔九〕維縶：束縛，羈絆。《詩經·小雅·白駒》：「皎皎白駒，食我場苗，縶之維之，以永今朝。」逾：更加。屏營：惶恐憂懼。《國語·吴語第十九》：「王親獨行，屏營仿偟於山林之中。」

〔一〇〕眵：眼角受傷。《説文·目部》：「眵，目傷眥也。」

吴中追哭胡古愚博士

少小媚桑梓，薄晚遠枌榆〔一〕。因念平生友，長慟千里途。伊人富才彦，清聲播中區〔二〕。翰逸唐晉間，文超秦漢初〔三〕。董筆照往典，孔鐸振今衢〔四〕。上國羽儀盛，曲臺恩禮殊〔五〕。朋情日夜密，徽音歲時疏〔六〕。以兹隔幽明，況乃違里閭〔七〕。

竊禄逐雲旅，載筆預人徒〔八〕。摛辭空有屬，搦管若爲書〔九〕？

【題解】

吴中，蘇州别名，其稱古已有之，《史記》卷七《項羽本紀》：「項梁殺人，與籍避仇於吴中。」古愚，元金華東陽胡助之字。《康熙金華府志》卷十六《人物二·胡助》：「字履信，一字古愚，東陽人。曾祖居仁，從吕祖謙學。助刻志問學，悉究經史百氏大旨。舉茂才，授建康路儒學録。吴澂過金陵，見助詩文，大加稱賞。用薦改翰林國史院編修官。至順間，再轉國子編修。助狀貌清古，平生誠實無僞，見人有善，亟稱之，素薄勢利，故與人無怨惡，嘗作《大拙》《小拙傳》以寓意，所著有《純白齋稿》三十卷行於世。」

按《康熙金華府志》與鄭柏《金華賢達傳》卷十《胡助》，未涉胡助履職博士事；然時賢黄溍、顧仲瑛悉以博士稱之，胡氏自傳亦云以太常博士致仕，則戴九靈尊之爲博士，非妄言也，足以補傳記之闕。黄溍《黄文獻公集》卷二《次韻答胡古愚博士》：「麻衣草坐老仙翁，曾及清時侈際逢。行殿曉趨開豹尾，禁林秋宴出駝峰。休官尚想英遊并，愛客何嫌異味重？况乃東陽山水窟，主張風月有詩宗。」顧仲瑛《草堂雅集》卷十三《胡助》：「字古愚，金華人。性端方，好讀書，長遊京師，受知館閣諸老，辟試史館職。後以太常博士致仕。詩有《雜興》及《上京汴中紀行集》。與鐵崖楊先生訪予里舍，其所題玉山草堂諸作，别刊於《精舍吟》云。」胡助《純白齋類稿》卷十八《純白先生自傳》：「秩滿，授承事郎太常博士。年幾七十，竟告老於朝，致仕以歸，實至正二年也。」

子瑜，祖述胡助遺風，學識淹博，工詩善文，詳見本書卷十二《送胡主簿詩序》。

【箋注】

〔一〕桑梓：古代家宅附近常種桑樹與梓樹，遂以之代故鄉，此指詩人鄉邦金華浦江。薄晚：傍晚，此代晚年。枌榆：漢高祖起兵時禱於枌榆社，後遂以枌榆代故鄉。《史記》卷二十八《封禪書第六》：「高祖初起，禱豐枌榆社。」裴駰《集解》引張晏曰：「枌，白榆也。社在豐東北十五里。或曰枌榆，鄉名，高祖里社也。」

〔二〕中區：人世間。陸機《文賦》：「佇中區以玄覽，頤情志於典墳。」李善《注》：「中區，區中也。」

〔三〕翰：毛筆，此代詩篇。舒岳祥《九日敏求與侄璋九萬載酒蓀墅邀予與胡山甫潘少白及華頂周服之道士……》：「楚國無人屈子傷，陶杜淒涼唐晉季。」《歐陽修全集·附録·四朝國史本傳》：「由三代以降，薄乎秦漢，文章雖與時盛衰，而藹如其言，曄如其光，皦如其音，蓋均有先王之遺烈。」

〔四〕董筆：春秋晉國史官董狐不懼淫威，執史筆直書晉卿趙盾弑君陰謀；此指胡氏爲翰林國史院編修官。《左傳·宣公二年》：「乙丑，趙穿攻靈公於桃園。宣子未出山而復。太史書曰：『趙盾弑其君。』以示於朝。宣子曰：『不然。』對曰：『子爲正卿，亡不越竟，反不討賊，非子而誰？』」宣子曰：『烏呼，我之懷矣，自詒伊戚，其我之謂矣！』孔子曰：『董狐，古之良史也，書法不隱。趙宣子，古之良大夫也，爲法受惡。惜也，越竟乃免。』」孔鐸：孔子教化天下；鐸，發布教令之金鈴木舌樂器；此指胡氏官建康路儒學録。《論語·八佾篇第三》：「天下之無道也久矣，天將以夫子爲木鐸。」

〔五〕上國：京城。羽儀：儀仗中以羽毛裝飾之旌旗。曲臺：秦漢宮殿名；漢時天子射宮，又立爲官署，置太常博士弟子；此指元時太常禮儀院，掌管禮樂祭享贈謚諸事務。

〔六〕徽音：美好音信。謝靈運《登臨海嶠與從弟惠連》：「儻遇浮丘公，長絶子徽音。」

〔七〕以兹：於此，從此。幽明：人世與陰間。違：遠離。

〔八〕雲旅：强盛部隊；雲，比喻盛多。鮑照《從過舊宫》：「肅裝屬雲旅，奉軔承末塗。」清錢振倫《注》引《説文》：「旅，軍五百人也。」載筆：攜帶筆墨以記録時事。《禮記·曲禮上》：「史載筆，士載言。」人徒：服役者。鮑照《從過舊宫》：「微臣逢世慶，征賦備人徒。」

〔九〕摛辭：鋪陳言辭。孫樵《與王霖秀才書》：「儲思必深，摛詞必高，道人之所不道，到人之所不到。」屬：關注，專注。《國語·晉語五》：「則恐國人之屬耳目於我也。」韋昭《注》：「屬，猶注也。」搦管：握筆。若爲：怎樣，如何。蘇軾《和沈立之留别二首》：「試問别來愁幾許，春江萬斛若爲量？」

對雨金達可送酒至

星纏①離夜月，桂渚發朝雷〔一〕。族雲起泉室，零雨下陽臺〔二〕。飄簷方似霧，集地復如埃。空濛迷野鶩，沾②灑滑階苔〔三〕。旅人乏愉悦，孤館獨徘徊。久缺清酤至，忽值白衣來〔四〕。豈不欲爲酌？因君停玉杯。

【題解】

蘇州金義門金弘道，字達可，元時愷悌君子，詳見卷十四《止軒居士金君墓誌銘》。

鄭元祐《僑吳集》卷十《止齋記》：「昔者聖人觀《艮》之象，以爲一陽上進已極，不復進而止矣；其下二陰爲静止，止而下静，有止之義焉。於是著重《艮》之《象》曰：『君子思不出其位。』故舜之飯糗茹草，若將終身；文王羑里而衍《易》；仲尼厄於匡而弦歌。是其心止於其所，泰然不以外物所摇奪，是心曷嘗一出乎外也哉？然而衆人顛倒紛紜，所思不能不出乎其位也。故其身處卑下，而思則在乎崇高；身居淺狹，而思則在乎廣大；以至身在一隅，而思行萬里之遠；身輕一羽，而思舉九鼎之重。是皆不能知所止，而所思汗漫放逸爲無益也。使其無外慕之心而能知其所止，則食服居處一安其分而無慕乎富貴，蓋非薄富貴而弗爲也，謂爲天所賦而分所當安也。是其心能止矣，豈有外慕之心乎？及富貴之來，衣而游纓綴兆，食而膏粱芻豢，居而華堂廣廈，適至不增榮，適去不加辱，亦安於所止而已矣。聖人以其義精微而道甚大也，既於《易》發之，又於所常言曰『在止於至善』。夫惟父子君臣止於慈孝仁敬，皆其位之所素定，何可越位而妄思乎？故曰：『艮其止，止其所也。』吴士金君達可，名其寢處曰『止齋』。達可奉其親，處其弟，教其子姪，既有以得親之歡，又有以盡諸弟之友愛，至於教子姪而齊家者，一切身爲之率而弗事空言。於是達可教行於家，望乎於人，安恬樂裕而無一毫外慕之心，亦可謂能止於其所者矣。爲疏《易·艮》義記之。」

【校勘】

①纏：乾隆本作「躔」。

②沾：乾隆本作「霑」。

【箋注】

〔一〕星纏：同「星躔」，日月星辰所在位置及運動軌迹；星，此指畢宿；纏，通「躔」。《舊唐書》卷十七下《文宗下》：「而德有所未至，信有所未孚，災氣上騰，天文謫見，再周期月，重擾星躔。」離：附著，此指月亮逼近畢宿，古人以之爲下雨徵兆。《詩經·小雅·漸漸之石》：「月離於畢，俾滂沱矣。」朱熹《詩集傳》：「月離畢，將雨之驗也。」桂渚：桂花繁茂之沙洲，形容幽雅勝境。賈島《積雪》：「南猜飄桂渚，北訝雨交河。」

〔二〕族雲：融結凝聚之雲氣。泉室：神話中水下居室。鮑照《喜雨》：「族雲飛泉室，震風沈羽鄉。」陽臺：傳説中巫山神女所處之地；楚王遊高唐而遇神女，神女臨別曰：「妾在巫山之陽，高丘之岨，旦爲朝雲，暮爲行雨，朝朝暮暮，陽臺之下。」詳見宋玉《高唐賦序》。

〔三〕空濛：迷茫縹緲貌。謝朓《觀朝雨》：「空濛如薄霧，散漫似輕埃。」沾：通「霑」，浸潤，濡濕。

〔四〕清酤：清酒，美酒。陶淵明《歲末和張常侍》：「屢闕清酤至，無以樂當年。」白衣：古時官府差役。《漢書》卷七十二《龔勝傳》：「聞之白衣，戒君勿言也。」顔師古《注》：「白衣，給官府趨走賤人，若今諸司亭長掌固之屬。」

徐叔度遺紈扇

團團七華扇，名在制久缺〔一〕。感君裂紈素，與蒙卻煩暍〔二〕。入手訝如珪，暎容疑學月〔三〕。玩之炎氣消，握之微風發。卻願暑長在，無使君暫歇〔四〕。

【題解】

徐矩，字叔度，元饒州路德興縣名士，嘗遊歷江南重鎮蘇州。紈扇，用細絹製成之團扇。史簡《鄱陽五家集》卷十五《明劉炳春雨軒集四·百哀詩并序·徐叔度》：「諱矩，德興人。潛心篆隸，致力詞章。白眼自高，每慎許可。衡門寡接，志尚古人。官知縣。徐卿志瑰奇，苦學務師古。雄文軼先輩，傑筆排咀楚。深村風雅參，力欲造化補。辭官歸敝廬，蓬蒿守環堵。」

《鄱陽五家集》卷十《元葉蘭寓庵詩集二・答徐叔度》：「挾書走南北，未遂慷慨心。縱橫揮六合，一唱諧知音。先王重刑典，履道瞑幽尋。英年昔美麗，娛遊過吳林。灑染翰墨場，高談豁清襟。慈堂慶齡算，芳萱樹春陰。歡榮繼衰謝，樂極終哀深。人生忽飄散，白首悲浮沈。逶迤隔江漢，瞻憶徒登臨。棲遲戀故曲，會合聯溪潯。興言涉遠迹，老氣今蕭森。潛鱗依舊沼，倦羽還幽岑。物性尚怡逸，感茲意難禁。危名貴勇退，薄宦宜投簪。歸休入鄉社，濁醖堪窮吟。」

【箋注】

〔一〕團團：圓滿貌。七華扇：古扇名。《格致鏡原》卷五十八《燕賞器物類・扇・諸扇》：「《古今注》：『漢成帝賜飛燕五明扇、七華扇、雲母扇、翟扇、蟬翼扇。』」

〔二〕紈素：潔白細絹。謝惠連《擣衣詩》：「紈素既已成，君子行未歸。」與蒙：蒙受，接受。與，助詞。蘇軾《評史四十六首・宰我不叛》：「太史公固陋承疑，使宰我負冤千載，而吾師與蒙其詬，自茲一洗，亦古今之大快也。」卻：退，消除。煩暍：悶熱。黃庭堅《辛酉憩刀坑口》：「南北舍小棠，況可清煩暍。」

〔三〕珪：古代帝王諸侯舉行隆重儀式時所用玉製禮器，上尖下方。暎：同「映」。疑：猶如，類似。

〔四〕唐寅《題秋風紈扇圖》：「秋來紈扇合收藏，何事佳人重感情？請把世情詳細看，大都誰不逐炎涼！」

蔡郎中使還

嚴車辭楚壤，飛榜涉淮河〔一〕。畢使遂還心，延瞰起悲歌〔二〕。蕭瑟涼海風，洶湧大江波〔三〕。登艫遲來雨，蕩槳及歸霞〔四〕。相公征不庭，威命被四遐〔五〕。萬騎若雲集，千旌亦星羅〔六〕。士馬固溢肥，境土猶犬牙〔七〕。帷幕有深謀，君子在所荷〔八〕。樽前可折衝，堂上有干戈。中營方倚注，正遠將如何〔九〕？

【題解】

本詩目録作《蔡經歷使還》。蔡郎中，會稽山陰蔡彦文，爲張士誠參軍，詳見本卷《次韻蔡經歷病中述懷》。郎中，元時從五品職官，此蓋隸張士誠所設江淮分省。《元史》卷九十一《百官七·行中書省》：「凡十一，秩從一品，掌國庶務，統郡縣，鎮邊鄙，與都省爲表裏……郎中二員，從五品。」詩云「辭楚壤」「涉淮河」，則蔡氏奉張士誠旨意出使淮河流域，然其地其事俱無從確指。還，返回張士誠都城蘇州。

【箋注】

〔一〕嚴車：整飭車輛。鮑照《行藥至城東橋》：「嚴車臨迥陌，延瞰歷城闉。」楚壤：此指淮河流域。

〔二〕畢使：完成使命。延瞰：遠望。盧照鄰《至陳倉曉晴望京邑》：「今朝好風色，延瞰極天莊。」

〔三〕蕭瑟：風聲。蘇軾《仙都山鹿》：「長松千樹風蕭瑟，仙宫去人無咫尺。」

〔四〕遲：乃，正好。《史記》卷七十八《春申君列傳》：「壹舉事而樹怨於楚，遲令韓、魏歸帝重於齊，是王失計也。」司馬貞《索隱》：「遲音值，值猶乃也。」

〔五〕相公：此指元末盤踞江淮之張士誠。不庭：無道，不正直。《詩經·大雅·韓奕》：「榦不庭方，以佐戎辟。」毛《傳》：「庭，直也。」四遐：四面荒遠之地。

〔六〕孔平仲《清江三孔集》卷二十二《戰彭城賦》：「項王聞之，怒膽摧裂，聲若雷震，目如電掣，引千旌與萬騎，定雌雄於一決。」

〔七〕士馬：兵馬，軍隊。溢肥：豐滿肥壯。王粲《從軍詩》：「軍中多飫饒，人馬皆溢肥。」犬牙：像犬牙般參差交錯。《漢書》卷五十三《中山靖王劉勝》：「諸侯王自以骨肉至親，先帝所以廣封連城，犬牙相錯者，爲磐石宗也。」

〔八〕君子：此指蔡郎中。所荷：承擔出謀劃策之重任者。

〔九〕中營：主帥所在軍營。倚注：倚賴器重。方干《寄靈武胡常侍》：「青雲直上路初通，已在明君倚注中。」

偶書

皇元遘迍邅，海宇咸震蕩〔一〕。兵戈綿歲月，骸骨纏草莽〔二〕。魑魅在野號，蒿萊沒衢長〔三〕。上宰奉王靈，按劍赴楚壤〔四〕。水涉艎萬艘，陸出車千兩〔五〕。一舉清大憝，載舉走奸黨〔六〕。芍陂既昭潔〔七〕，合淝亦澄朗〔八〕。肅肅整歸途，翩翩蕩回槳〔九〕。昔邁歎涂艱，今來樂河廣。惟茲盛勳業，一由進忠讜〔一〇〕。鞠躬軍帳中，指顧將臺上〔一一〕。制勝獲先鳴，收功膺上賞〔一二〕。吉甫六月征〔一三〕，公旦東山往〔一四〕。愧無《風》《雅》音，長歌繼絕響〔一五〕。

【題解】

偶書，偶然記載心頭感觸。詩云「上宰奉王靈」，則當作於張士誠自立爲吴王而勢力鼎盛時。《隆平紀事》：「（至正二十三年秋九月）士誠拓土日廣，南抵紹興，北逾徐州，達於濟寧之金溝，西距汝潁濠泗，東薄海。地方二千餘里，帶甲數十萬，户口殷盛，國用饒富。吴國公方與漢主陳友亮相持，未暇東顧。乃益驕，令其下頌功德，脅達識帖睦爾邀封王爵。達識畏之，爲請於朝，至再三，元不許。士誠乃自立爲王，改國號曰吴。」

【箋注】

〔一〕趙孟頫《題耕織圖二十四首奉懿旨撰》：「大哉皇元化，四海無交兵。」迍邅：困厄艱險。震蕩：動蕩不安。杜甫《寄賀蘭銛》：「朝野歡娱後，乾坤震蕩中。」

〔二〕綿：連續不斷。《廣雅·釋詁四》：「綿，連也。」

〔三〕魑魅：鬼怪。文天祥《端午感興》：「荆棘故宫魑魅走，空餘揚子水東流。」没：遮没。蘇軾《惜花》：「豈知如今雙鬢摧，城西古寺没蒿萊？」

〔四〕上宰：輔佐大臣。王靈：朝廷威德，此指吴王張士誠威命。《左傳·昭公十五年》：「晉居深山，戎狄之與鄰，而遠於王室，王靈不及，拜戎不暇，其何以獻器？」楚壤：此指淮河流域。

〔五〕艎：艅艎，大艦。兩：通「輛」。

〔六〕大憝：大惡。載：通「再」，第二次。

〔七〕芍陂：古代淮水流域著名水利工程，即今安徽壽縣南安豐塘。《讀史方輿紀要》卷二十一《南直三·壽州·芍陂》：「在安豐城南百步。亦曰安豐塘，亦曰期思陂。《淮南子》：『孫叔敖決期思之水，灌雩婁之野。』《意林》：『孫叔敖作期思陂，而荆之土田贍。』《水經注》：『淝水東北徑白芍亭東，積而爲湖，謂之芍陂。周百二十里，在壽春縣南八十里。陂有五門，吐納川流。』……元至元二十一年，江淮行省言：『安豐芍陂，可溉田萬頃，若立屯開耕，實爲便益。』從之，於安豐立萬户府，屯户一萬四千八百有奇，後廢。夫芍陂，淮南田賦之本也。曹公置揚州郡縣長吏，開芍陂屯田，而軍用饒給。齊、梁間皆於芍陂屯田，而轉輸無擾。乃棄而不事，何歟？」

〔八〕合淝：江流名，或曰合肥。《嘉慶廬州府志》卷三《山川下》：「《方輿勝覽》：『肥水在合肥縣。應劭曰：夏水出城父東南，至此與肥合，故曰合肥。《爾雅》曰：歸異出同曰肥。《廬江四辯》曰：水出鷄鳴山，北流二十里，分而爲二，其一東南流入巢湖，其一西北流二百里，出壽春，西投於淮，二水皆曰肥。』」

〔九〕肅肅：疾速貌。《詩經·召南·小星》：「肅肅宵征，夙夜在公，寔命不同。」毛《傳》：「肅肅，疾貌。」

〔一〇〕忠讜：忠誠正直。徐彦伯《比干墓》：「之子彌忠讜，憤然更勇進。」

〔一一〕鞠躬：恭敬謹慎。《史記》卷一百八《韓長孺列傳》：「壺遂之内廉行脩，斯鞠躬君子也。」指顧：指揮。《新唐書》卷一百三十六《李光弼》：「治師訓整，天下服其威名，軍中指顧，諸將不敢仰視。」

〔一二〕先鳴：率先傳遞捷報。《左傳·襄公二十一年》：「平陰之役，先二子鳴。」晉杜預《注》：「十八年晉伐齊，及平陰，州綽獲殖綽、郭最。故自比於鷄門勝而先鳴。」收功：獲取成果。《史記》卷十五《六國年表第三》：「夫作事者必於東南，收功實者常於西北。」

〔一三〕吉甫：尹吉甫，周宣王時重臣，曾於六月征伐獫狁。《詩經·小雅·六月》：「六月棲棲，戎車既飭。四牡騤騤，載是常服。玁狁孔熾，我是用急。王于出征，以匡王國……薄伐玁狁，至於大原。文武吉甫，萬邦爲憲。」朱熹《詩集傳》：「成康既没，周室寖衰。八世而厲王胡暴虐，周人逐之，出居於彘。玁狁内侵，逼近京邑。王崩，子宣王靖即位。命尹吉甫帥師伐之，有功而歸。詩人作歌以敘其事如此。」

〔一四〕公旦：周公姬旦；周成王年幼即位，周公輔佐朝政，嘗東征管蔡之亂。《詩·豳風·破斧》：「既破我斧，又缺我斨。周公東征，四國是皇。哀我人斯，亦孔之將……」朱熹《詩集傳》：「從軍之士以前篇周公勞己之勤，故言此以答其意。曰：東征之役，既破我斧而缺我斨，其勞甚矣。然周公之爲此舉，蓋將使四方莫敢不一於正而後已。其哀我人也，豈不大哉？然則雖有破斧缺斨之勞，而義有所不得辭矣。夫管蔡流言以謗周公，而公以六軍之衆往而征之。使其心一有出於自私，而不在於天下，則撫之雖勤，勞之雖至，而從役之士，豈能不怨也哉？今觀此詩，固足以見周公之心，大公至正，天下信其無有一毫自愛之私。抑又以見當是之時，雖被堅執鋭之人，亦皆能以周公之心爲心，而不自爲一身一家之計，蓋亦莫非聖人之徒也。學者於此熟玩而有得焉，則其心正大，而天地之情真可見矣。」

〔一五〕風雅：《詩經》之《風》《雅》兩部分。

病中承達可送小木椅

木質本堅勁，雕刻乃有施。屈體奉時好，鞠躬承宴疲〔一〕。戀月載三坐，怯風四五移〔二〕。但願丹心在，不使素塵緇〔三〕。

【題解】

金弘道，字達可，蘇州金義門賢士，詳見卷十四《止軒居士金君墓誌銘》。

【箋注】

〔一〕奉：尊奉。時好：世俗愛好。鞠躬：彎腰曲體。宴：安樂，安逸。《詩經·邶風·谷風》：「宴爾新昏。」毛《傳》：「宴，安也。」

〔二〕載：通「再」，兩次。

〔三〕素：白色衣裳，喻高潔純粹。塵緇：塵污變黑。陸機《爲顧彦先贈婦》：「京洛多風塵，素衣化爲緇。」陸游《臨安春雨初霽》：「素衣莫起風塵歎，猶及清明可到家。」

秋菊圖贈别

有美當階菊，秋蕚何離離〔一〕！逢君掖垣宴，摘以奉金卮〔二〕。玉指遺故香，朱唇含昔姿〔三〕。無言勸酭餘，根株長别離。

【題解】

此近乎題畫詩，唯詩末之「長别離」，一語雙關，點明旨意。

【箋注】

〔一〕蕚：花蕚，代花。岳珂《一斛珠·銅彝繡箔》：「梅魄蘭魂，香染九秋蕚。」

〔二〕掖垣：宫殿圍牆。杜甫《春宿左省》：「花隱掖垣暮，啾啾棲鳥過。」仇兆鼇《注》：「掖垣，禁牆也。」金卮：酒器美稱。

〔三〕玉指：美人手指。《樂府詩集》卷四十四《清商曲辭一·子夜歌四十二首》：「朱口發豔歌，玉指弄嬌弦。」宋玉《神女賦》：「眉聯娟以蛾揚兮，朱唇的其若丹。」

次韻宿西山

旦棹東湖滏，暝策西山麓〔一〕。林光漏月清，水影漾天緑。初風革故和，窮律轉新肅〔二〕。悲來攢人懷，山房不成宿。

【題解】

此殆元末吴門鴻生碩彦西山唱和之作。西山，泛指元時平江路吴縣諸山，如横山、堯峰、支硎山等，詳見《陪陳夷白左司省先隴遂遊西山諸寺》。

【箋注】

〔一〕東湖：元時吴縣諸山東邊之湖泊，疑即支硎山下石湖；參看本卷《泛石湖》。滏：岸畔。策：以鞭打馬。

〔二〕初風：初秋涼風。和：春夏和氣。《太平御覽》卷二十二《時序部七》：「焦贛《易林》曰：仲春孟夏，和氣所在。」窮律：歲末。古代十二音律對應十二月，以音律言，窮律爲大吕，以月份言，窮律爲夏曆十二月，所謂「季冬之月，律中大吕」。李世民《首春》：「寒隨窮律變，春逐鳥聲開。」喬琳《慈竹賦》：「至若暮歲窮律，霜凝雪霏。」新肅：初肅，商秋肅殺氣象。王安石

《桂枝香・金陵懷古》：「登臨送目，正故國晚秋，天氣初肅。」

送陳同知

楚客事晉君，已皆榮厚禄〔一〕。身章襲犀象，鼎食飫粱①肉〔二〕。荀范作姻婭，趙魏與追逐〔三〕。旦分馳道出，夜旁天居宿〔四〕。故悲絶宗黨，新敬起賓僕〔五〕。東洲有儒生，官路獨迷躅〔六〕。青年結主知，窮老佐州牧。今爲千里行，猶未分符竹〔七〕。

【題解】

詩云「窮老佐州牧」，則陳同知當爲州郡副職。《元史》卷九十一《百官七》：「諸路總管府……同知、治中、判官各一員……散府……同知一員……諸州……上州……同知秩正六品……中州……同知從六品……下州……同知正七品。」

按楊基詩，陳同知疑名或字爲時敏。《眉庵集》卷一《與陳時敏别》：「近别會有期，遠别易慘淒。一人失意行，衆賓顔色低。相顧各無語，握手立大堤。白沙飛輕煙，赤草漫路蹊。竈户八九家，皮肉瘦且黧。再拜謁官長，鵠立無所齎。孤廳如荒郵，壁落新補泥。日没官吏散，角角野雉啼。歸來對寒燈，兒女相孩提。雖云去鄉國，喜不聞鼓鼙。官卑職易稱，牛刀用割鷄。回首華亭鶴，月白露淒淒。」

【校勘】

① 粱：底本作「梁」，據乾隆本改。

【箋注】

〔一〕楚客：春秋時王孫啓、析公、雍子、申公巫臣等去楚奔晉者，此代元末干禄於張士誠幕府之倫；詳見《國語》卷十七《楚語上》。

〔二〕章：章服，繡有日月星辰等圖案之禮服；每圖爲一章，天子十二章，群臣按品級以九、七、五、三章遞降。《韓非子・亡徵》：「父兄大臣，禄秩過功，章服侵等，宮室供養太侈。」襲：穿衣。曹植《五遊詠》：「披我丹霞衣，襲我素霓裳。」

〔三〕荀范趙魏：春秋晉國聲勢烜赫之荀氏、范氏、趙氏、魏氏諸家族。《史記》卷三十九《晉世家第九》：「晉始作六卿，韓厥、鞏朔、趙穿、荀騅、趙括、趙旃皆爲卿……(平公)十四年，吴延陵季子來使，與趙文子、韓宣子、魏獻子語，曰：『晉國之政，卒歸此三家矣。』……(頃公)十一年，衛、宋使使請晉納魯君，季平子私賂范獻子，獻子受之，乃謂晉君曰：『季氏無罪。』不果入魯君。」

〔四〕馳道：供君王行駛車馬之路。《禮記・曲禮下》：「歲凶，年穀不登，君膳不祭肺，馬不食穀，馳道不除，祭事不縣。」孔穎達《疏》：「馳道，正道，如今之御路也，是君馳走車馬之處，故曰馳道也。」旁：通「傍」，靠近。天居：皇宫，此代張士誠藩府。王維《和尹諫議史館山池》：「雲館接天居，霓裳侍玉除。」

〔五〕宗黨：宗族鄉黨。賓僕：朋友與僕從。鮑照《擬古》：「宗党生光華，賓僕遠傾慕。」

〔六〕東洲：同「東州」，東邊州郡。《古字通假會典·幽部第十七·州字聲系·州與洲》：「《史記·司馬相如列傳》：『行乎洲淤之浦。』《漢書·司馬相如傳》洲作州。」歐陽修《讀易》：「莫嫌白髮擁朱輪，恩許東州養病臣。」躅：足迹。

〔七〕符竹：州郡長官之信物。《漢書》卷四《文帝紀》：「九月，初與郡守爲銅虎符、竹使符。」

周侍御家賞梅

托根向南苑，發萼當北枝〔一〕。逢君後園宴，折以慰佳期。遠近非一香，參差多異姿。餘榮未渠已，晚實方見奇〔二〕。要知調鼎日，復此奉金卮〔三〕。

【題解】

本詩目録作《周左丞家賞梅》。周侍御，元末名士周伯琦，時以江浙左丞滯留吴中，詳見本卷

《周伯温侍御席上賦》。

余闕《青陽集》卷一《玉雪坡（爲周伯温賦）》：「江梅有至性，能怡君子顔。開花競芳節，擢秀帶春寒。惟與玉同色，還嗤雪易殘。芳香拂羅袖，如薰金博山。置此賓席上，人人别意看。」

【箋注】

〔一〕此隱喻主客寄寓江南蘇州而忠心於以大都爲京師之元朝。南苑：南方園林。發萼：開花。沈約《芳樹》：「發萼九華隈，開跗寒露側。」

〔二〕榮：花。《楚辭》屈原《橘頌》：「緑葉素榮，紛其可喜兮。」渠：通「遽」，疾速。《古字通假會典·魚部第十九·巨字聲系·渠與遽》：「《史記·酈生陸賈列傳》：『何渠不若漢？』《索隱》：『渠，《漢書》作遽字。』」

〔三〕調鼎：調和五味，喻拜相治國。《韓詩外傳》卷七：「伊尹，故有莘氏僮也，負鼎操俎調五味，而立爲相，其遇湯也。」孟浩然《都下送辛大之鄂》：「未逢調鼎用，徒有濟川心。」

祭脱脱丞相祠

灌鬯[①]苾椒醑〔一〕，充庭潔薌膋〔二〕。禮爲明祀用，功由報事昭〔三〕。升朝後公叔，逮事愧王寮〔四〕。祠使偶陪廁，福飲遂招邀〔五〕。憩水既駢筵〔六〕，貪山亦停橈。徘徊媚良集，放浪愛清朝。英英雲度林，泫泫露棲條〔七〕。暄風蕩鱗羽，淑景麗江皋〔八〕。神祐溢瞻聽，民思播歌謡〔九〕。冠蓋欻聚散，園塋轉岧嶢〔一〇〕。登城騁回望，遺業相與高。感歎遂成章，聊用布同袍〔一一〕。

【題解】

脱脱，元末賢相，著名政治家、軍事家。《元史》卷一百三十八《脱脱》：「脱脱，字大用，生而岐嶷，異於常兒。及就學，請於其師浦江吴直方曰：『使脱脱終日危坐讀書，不若日記古人嘉言善行服之終身耳。』……至正元年，遂命脱脱爲中書右丞相、録軍國重事，詔天下。脱脱乃悉更伯顔舊政，復科舉取士法，復行太廟四時祭，雪郯王徹徹秃之冤，召還宣讓、威順二王，使居舊藩，以阿魯圖正親王之位，開馬禁，減鹽額，蠲負逋，又開經筵，遴選儒臣以勸講，而脱脱實領經筵事。中外翕然稱爲賢相……三年，詔修遼、金、宋三史，命脱脱爲都總裁官……脱脱儀狀雄偉，頎然出於千百人中，而器宏識遠，莫測其藴。功施社稷而不伐，位極人臣而不驕，輕貨財，遠聲色，好賢禮士，皆出於天性。至於事君之際，始終不失臣節，雖古之有道大臣，何以過之？惟其惑於群小，急復私仇，君子譏焉。」

【校勘】

① 鬯：諸本悉作「匕」，據文意改。《詩經・大雅・文王》：「裸將于京。」毛《傳》：「裸，灌鬯也，周人尚臭。」

【箋注】

〔一〕灌鬯：祭祀儀式，用鬱金香與黍合釀之香酒澆地以祈神靈降臨。苾：芳香。《説文》：「苾，馨香也。」椒醑：浸椒烈酒。張協《洛禊賦》：「布椒醑，薦柔嘉，祈休吉，蠲百痾。」

〔二〕薌：薌合與薌萁等穀類香氣；薌合即黍，薌萁即高粱。《禮記・曲禮下》：「凡祭宗廟之禮……黍曰薌合，粱曰薌萁。」膋：脂肪，祭祀時燒之以取香氣。《漢書》卷二十二《禮樂志・郊祀歌》：「焫膋蕭，延四方。」

〔三〕明祀：重大祭祀。《後漢書》卷三《肅宗孝章帝紀》：「然後敬恭明祀，膺五福之慶，獲來儀之貺。」報事：匯報。李與《玉笥山》：「説與晚衙休報事，長官亭上有新詩。」

〔四〕公叔：至正二十三年，張士誠自稱吴王；其弟張士信初授同知樞密院事，尋升江浙行省平章政事，後又爲江浙左丞相，時人或尊稱爲公叔。王寮：朝廷官吏。蔡邕《汝南周巨勝碑辭》：「遁世無門，屢辭王寮。」

〔五〕祠使：主管祭祀之使者。陪廁：陪伴隨從。福飲：福酒，祭餘酒宴；福，祭神酒肉。《國語・晉二》：「驪姬以君命命申生曰：『今夕君夢見齊姜，必速祠而歸福。』」杜預《注》：「福，胙肉也。」《宋書》卷十四《禮一》：「太祝令各酌福酒，合置一爵中，跪進皇帝，再拜伏。」

〔六〕騈筵：酒席互相連接，參見本卷《周伯温侍御席上賦》。

〔七〕英英：輕盈明亮貌。《詩經·小雅·白華》：「英英白雲，露彼菅茅。」朱熹《詩集傳》：「英英，輕明之貌。」泫泫：露珠晶瑩貌。許繼《夜坐》：「蕭蕭林樾風，泫泫幽篁露。」

〔八〕暄風：春風。《初學記》卷三引南朝梁元帝《纂要》：「春曰青陽……風曰陽風、春風、暄風、柔風、惠風。」江皋：江岸。《楚辭》屈原《九歌·湘夫人》：「朝馳余馬兮江皋，夕濟兮西澨。」

〔九〕意謂脱脱神靈視明聽聰，佑護遍布人間；百姓思念丞相，贊美歌謡傳播大地。《丁鶴年詩輯注·哀思集·脱太師》：「淮海重聞斧鉞臨，一時士庶盡傾心。雷霆聲播天威遠，霖雨恩添帝澤深。暗室有蠅污白璧，明廷無像鑄黄金。風塵未息英雄死，坐對江山慨古今。」

〔一〇〕冠蓋：代參與祭拜之士大夫。園塋：墓地。轉：愈益。白居易《贈皇甫賓客》：「始信淡交宜久遠，與君轉老轉相親。」岧嶢：高大。

〔一一〕同袍：本指戰友，此爲同僚。王昌齡《長歌行》：「所是同袍者，相逢盡衰老。」

題李道士鶴瓢

羽人解騰翥〔一〕，托物示靈奇。遂使園瓢種，亦幻仙禽姿〔二〕。長喙已忘啄，輕軀時欲飛。投贈有深意，世人那得知？

【題解】

李道士，名睿，字士明，元末明初吴門人，嘗得鶴形之葫蘆於青城山道士。馬玉麟《東皋先生詩集》卷四《鶴瓢爲李道士作》：「青城道士思翩翩，幻得瓢成骨是仙。光吐丹砂懸石壁，影隨明月落芝山。曾過縹緲瓊樓外，不到清泠潁水邊。高致也堪居陋巷，莫教飛去破茶煙。」

王行《半軒集》卷十二《方外雜著·鶴瓢山房記》：「吴城東北有老氏之居曰寧真，主者李君名睿，清慎好學。其祖閑翁時開堂，館其徒之四方至者，户外之屨恒數十兩。有黄老師者自蜀之青城山來，道氣崑峭，一室盡傾，君遇之殊謹。居數月告去，君以爲學之要扣之。黄歎曰：『汝誠志於道邪？』因語之云云，暨出一瓢曰：『是從我幾百年，行地餘萬里。今以遺汝，見是如見我也，勉之。』君敬愛焉。瓢形類鶴，遂以鶴名之，并題其室曰鶴瓢山房，仍以自號，尊信黄師之意也……君字士明，至正二十六年九月日。」

陳基《夷白齋稿》卷十二《鶴瓢説》：「瓢與鶴非同類也，而鶴之稱烏乎始？始乎形之肖爾。瓢之種瓠也，而瓢之制烏乎始，始乎始用瓢者爾。均之爲瓢也，然使其種大而實五石，祇見其瓠落無所容，未必其能用也。惟其小也，而又肖夫鶴。蓋小者，人之所易習；鶴者，人之所同愛。以易習肖同愛，噫嘻，吾知其弗棄矣！吴門李士明，得鶴瓢於青城山道士。道士以瓢自隨，初不意其予士明。士明之未始與道士接，亦不意其得是瓢。瓢乎？果孰生爾？孰肖爾而取予？亦孰主張爾乎？吾聞昔有辭天下而受瓢者。夫以天下易一瓢，其所取亦廉矣。然亦不以有瓢爲樂而卒棄之。今士明之得是瓢，既服用之，又圖其狀，詠歌之不少置，若將終其身樂有是瓢者。士明之於瓢，誠厚矣。雖然，藏舟於壑，夜半有力者負之而去。士明之弗棄瓢，士明之責也，士明亦知自盡其責而已。而其責有弗在士明者，亦不暇爲瓢計也。」

【箋注】

〔一〕羽人：道士。李中《竹》：「閑約羽人同賞處，安排棋局就清涼。」騰翥：飛升。梅堯臣《送徐絳秘校罷涇尉而歸》：「心曾不計茶有無，隼在高風自騰翥。」

〔二〕仙禽：鶴。鮑照《舞鶴賦》：「散幽經以驗物，偉胎化之仙禽。」

題陳敬初小丹丘

遥途念鄉縣，晚志重仙靈〔一〕。結構避公館，卧遊資赤城〔二〕。瀾漫泉湧渠，合沓雲翼欞〔三〕。峭崿天末起，飛流户外清〔四〕。山川隔舊賞，庭院暢新情。静有幽事悦，動無塵慮縈〔五〕。何必踐台嶽？兹道可長生〔六〕。

【題解】

陳敬初，名基，元末明初台州臨海賢士，詳見本卷《陪陳夷白左司省先隴遂遊西山諸寺》。陳基輔佐張士誠時有齋舍小丹丘，其事詳録本書卷十一《小丹丘記》。《隆平紀事·陳基》：「基在吳，得小圃於天心里，以台州有丹丘，因號小丹丘。」尤義《夷白齋稿補遺·陳基傳》：「方太尉僚屬强占民廬，基獨以己俸買宅天心里，即舊屋數楹，稍加塗塈，環藝花卉之屬，號小丹丘。休沐之暇，輒與客尚羊其中，啜茗清吟，議論古今，出入經史百氏，危坐終日。」

馬玉麟《東皋先生詩集》卷一《小丹丘爲陳敬初作》：「邈彼丹丘山，窈窕如桃源。飛樓集鳴鳳，曾厓嘯清猿。溪明絢翬采，石古滋蘚痕。羽人或從遊，風景難具論。君子昔居此，別久縈心魂。縮地遠莫致，結想煙霧繁。積石象巖穴，開軒俯林園。采芝隨鶴步，横琴坐松根。青雲在咫尺，逍遥以忘言。」

【箋注】

〔一〕晚志：晚年志願。鮑照《升天行》：「窮塗悔短計，晚志重長生。」仙靈：神仙。鮑照《代升天行》：「從師入遠嶽，結友事仙靈。」

〔二〕結構：構室葺屋。葛洪《抱朴子·勖學》：「文梓干雲而不可名臺榭者，未加班輸之結構也。」卧遊：居家鑑賞藝術以代出門遊覽。赤城：天台山分支。《讀史方輿紀要》卷九十二《浙江四·天台縣·天台山》：「今在縣北六里者曰赤城山，土皆赤色，狀似雲霞，儼如雉堞。孫綽所云『赤城霞起而建標』者。」李白《夢遊天姥吟留別》：「天姥連天向天横，勢拔五嶽掩赤城。」

〔三〕瀾漫：分散雜亂貌。潘岳《滄海賦》：「徒觀其狀也，則湯湯蕩蕩，瀾漫形沉，流沫千里，懸水萬丈。」合沓：重疊攢聚貌。賈誼《旱雲賦》：「遂積聚而合沓兮，相紛薄而慷慨。」

〔四〕峭崿：險峻高峰。王維《燕子龕禪師》：「裂地競盤屈，插天多峭崿。」

〔五〕高啓《詠軒》：「臨楹一流睇，幽事忽滿前。池草方依微，庭柯正葱芊。」

〔六〕台嶽：天台山，詳見卷十一《小丹丘記》。

題梅花莊

離離莊上梅，粲粲獨言奇〔一〕。横窗低可折，雜霰遠難窺。光翻卻月觀，影亂合冰池〔二〕。長違一枝使，竟歸三實詩〔三〕。芳歲固云暮，高標寧遽移〔四〕？但恐草木心，區區君不知〔五〕。

【題解】

梅花莊，疑元末平江路吴江州梅花莊，天台董遠嘗避亂此莊。史册《隆平紀事·董遠》：「字仁仲，天台人。入吴，止天平山，復寓松陵之梅花莊。張王奉書幣迎之，遠受書返幣。使再及門，乃避地錦峰，依浮屠以居。」

松陵，元時吴江州别稱。《洪武蘇州府志》卷一《望吴江縣》：「吴江在南府四十五里。《吴越春秋》『越追奔吴兵入於江陽松陵』，此地是也。」《讀史方輿紀要》卷二十四《南直六·吴江縣》：「本吴縣地，唐曰松陵鎮。」

【箋注】

〔一〕離離：繁盛貌。粲粲：鮮明美好貌。陸游《晚菊》：「粲粲滋夕露，英英傲晨霜。」

〔二〕卻月觀：半月形樓閣臺榭。李賀《牡丹種曲》：「水灌香泥卻月盆。」王琦《注》：「古有卻月城、卻月障，蓋其形似月之半缺者也；花盆似之，故謂之卻月盆。」楊萬里《過太湖石塘三首》：「將取垂虹亭上景，都皈卻月觀中篇。」何遜《揚州法曹梅花盛開》：「枝横卻月觀，花繞凌風臺。」合冰池：水面鋪滿寒冰之池塘；合，全。白居易《洗竹》：「獨立冰池前，久看洗霜竹。」

〔三〕違：背離。《説文》：「違，離也。」一枝使：送梅驛使。《太平御覽》卷九百七十《果部七·梅》：「《説苑》曰：『越使執一枝梅遺梁王。梁王之臣韓子顧謂左右曰：惡有一枝梅遺列國之君乎？』……《荆州記》曰：『陸凱與范曄相善，自江南寄梅一枝，詣長安與曄，并贈詩曰：折花逢驛使，寄與隴頭人。江南無所有，聊贈一枝春。』」歸：通「饋」，贈送。三實詩：詠梅詩。《詩經·召南·摽有梅》：「摽有梅，其實三兮。求我庶士，迨其今兮。」

〔四〕高標：高尚脱俗之品格。賈邕《送蕭穎士赴東府得路字》：「高標信難仰，薄官非始務。」

〔五〕區區：真誠懇切。《古詩十九首·孟冬寒氣至》：「一心抱區區，懼君不識察。」

奉陪省院諸公小集

淵襟眷儒雅，藩國盛名流〔一〕。鳳池早嘗集，虎衛晚仍留〔二〕。禮讌及時暇，昌會因澤周〔三〕。顧余陪鼎食，復此薦民謳〔四〕。世慶共汪溢，身願兩綢繆〔五〕。所愧凡濁資，謬從仙珮遊〔六〕。

【題解】

省院，此指至正十七年張士誠降元後所設江淮分省與江浙分樞密院。史册《隆平紀事》：「表授士誠太尉，開府平江。弟士德淮南平章，士信同知樞密院事。立江淮分省、江浙分樞密院於平江，以處其官屬，將吏皆授官有差。」

【箋注】

〔一〕淵襟：深廣胸懷，此指張士誠。謝朓《和王長史卧病》：「淵襟眷睿岳，變贊動甿歌。」藩國：

諸侯國，此指張士誠盤踞之蘇州。《隆平紀事》：「張吳開宏文、賓賢諸館，又築景賢樓，以爲招賢之所。贈遺輿馬、居室、服食、什器甚具。吴中才雋及四方文學知名士避兵僑寓者多歸之，或居賓位，或就僚屬，或主謀議，或典文章，彬彬焉盛於東南。」

〔二〕鳳池：代稱中書省，此指江淮分省。虎衛：勇士，此代江浙分樞密院。

〔三〕讌：通「宴」，會飲。昌會：盛會。鮑照《侍宴覆舟山》：「禮俗陶德聲，昌會溢民謳。」

〔四〕薦：進獻。《左傳·宣公十四年》：「誅而薦賄，則無及也。」杜預《注》：「薦，進也。」

〔五〕世慶：世間幸福。身願：處境與心願。綢繆：緊纏密繞。蘇軾《故龍圖閣學士滕公墓誌銘》：「君子無黨，譬之草木，綢繆相附者，必蔓草，非松柏也。」

〔六〕濁：凡庸鄙陋。《十誦律》：「有四種人：一者粗人，二者濁人，三者中間人，四者上人。」仙珮：神仙玉佩，此代省院諸公。張耒《減字木蘭花》：「霞裾仙珮，姑射神人風露態。」

以紈扇遺人題其上

我家白紈扇，巧製出孫枝〔一〕。殷勤奉玉手，與君卻煩熺〔二〕。提攜微風起，出入明月隨。所恨秋節至，君恩不可追〔三〕。

【題解】

紈扇，細絹所製團扇。明高啓《送周復秀才賦行李中一物得紈扇》：「不畫乘鸞女，應憐素質新。霜機驚落早，風塵尚揮頻。席上曾歌怨，窗間或掩顰。何如爲君子，遠路障埃塵？」

【箋注】

〔一〕孫枝：新枝，喻妙齡少女。蘇軾《次韻子由送千之侄》：「江上松楠深復深，滿山風雨作龍吟。年來老幹都生菌，下有孫枝欲出林。」

〔二〕玉手：尊稱友人雙手潔白如玉。王安石《得子固書因寄》：「驪駒日就道，玉手行可執。」

熺：熾熱。木華《海賦》：「熺炭重燔，吹炯九泉。」

〔三〕班婕妤《怨歌行》：「新裂齊紈素，皎潔如霜雪。裁爲合歡扇，團團似明月。常恐秋節至，涼風奪炎熱。棄捐篋笥中，恩情中道絶。」李善《注》：「婕妤，帝初即位，選入後宫。始爲少使，俄而大幸，爲婕妤，居增成舍。後趙飛燕寵甚，婕妤失寵，希復進見。」

治圃四首

其一

三春豐雨澤，晨興觀我畦。嘉蔬有餘滋〔一〕，草盛相與齊。勠力治荒穢，指景光已西〔二〕。好月因時來，歸路杳然迷〔三〕。暮鳥尋舊林，晚獸遵故蹊〔四〕。我亦息微勞，去去安吾棲〔五〕。

【題解】

治圃，管理菜園，《說文·口部》：「種菜曰圃。」詩凡四首，各詠「三春」「長夏」「素秋」「窮冬」農事。

【箋注】

〔一〕餘滋：富足汁液；滋，汁液。《玉篇·水部》：「滋，液也。」左思《魏都賦》：「墨井鹽池，玄滋素液。」

〔二〕勠力：盡力。《尚書·湯誥》：「聿求元聖，與之勠力，以與爾有衆請命。」孔穎達《疏》：「勠力，猶勉力也。」指景：參見卷二《送人赴廣信軍幕》。

〔三〕杳然：昏暗貌。《説文》：「杳，冥也。」

〔四〕顧況《夜中望仙觀》：「日暮銜花飛鳥還，月明溪上見青山。」《説文》：「遵，循也。」顔延之《秋胡行》：「離獸起荒蹊，驚鳥縱横去。」

〔五〕去去：離去。陸游《初夏出遊》：「去去衝朝霧，行行弄夕霏。」

其二

長夏罕人事，齋居有餘閑〔一〕。北窗多悴物，且遂灌吾園〔二〕。攢根既舒達，積葉亦葱芊〔三〕。瓜瓞繞畦長，新葵應節鮮〔四〕。抱甕一回視，生意盈化先〔五〕。在我豈不勞？即境多所歡。悠悠千載間，樊生信爲賢〔六〕。

【箋注】

〔一〕長夏：夏天，以白晝較長而稱之。蔡珪《寄通州王倅》：「長夏少人事，官閑簾户深。」齋居：家居，閑居。

〔二〕北窗：古人休憩所在。陶淵明《與子儼等疏》：「嘗言五六月中北窗下卧，遇涼風暫至，自謂是羲皇上人。」李白《戲贈鄭溧陽》：「清風北窗下，自謂羲皇人。」

〔三〕舒達：鋪展延伸。顧況《十月之郊》：「十月之郊，羣木肇生。陽潛地中，舒達勾萌。」葱芊：葱蘢茂盛。顔延之《應詔觀北湖田收》：「攢素既森藹，積翠亦葱芊。」

〔四〕瓞：小瓜。《詩經・大雅・綿》：「綿綿瓜瓞，民之初生，自土沮漆。」朱熹《詩集傳》：「大曰瓜，小曰瓞。」《説文》：「葵，葵菜也。」

〔五〕《莊子・天地》：「子貢南遊於楚，反於晉，過漢陰，見一丈人方將爲圃畦，鑿隧而入井，抱甕而出灌，搰搰然用力甚多而見功寡。」化先：造化未育萬物時，此指天降甘霖前。李白《贈饒陽張司户燧》：「獨見遊物祖，探元窮化先。」

〔六〕樊生：東漢末年京兆尹樊陵，首倡修築樊惠渠。蔡邕《蔡中郎集》卷六《京兆樊惠渠頌》：「光和五年京兆尹樊君諱陵，字德雲，勤恤人隱，悉心政事，苟有可以惠斯人者，無聞而不行焉。遂咨之郡吏，申於政府，僉以爲因其所利之事者，不可已者也。乃命方略大吏麴遂、令伍瓊揣度計慮，揆程經用，以事上聞，付在三府司農。遂取財於豪富，借力於黎元。樹柱累石，委薪積土，基跂工堅，體勢强壯。折湍流，款曠陂，會之於新渠。疏水門，通窬瀆，灑之於畎畝。清流浸潤，泥潦浮游。昔日鹵田化爲甘壤，稉黍稼穡之所入不可勝算。農民熙怡悦豫，相與謳談疆畔，斐然成章，謂之樊惠渠云。」

其三

冉冉素秋節，淒淒天宇清〔一〕。挈杖視西園，俛仰傷我情。藜藿日就凋〔二〕，惟見野草青。草青亦幾日，霜露早已零。萬物會有終，人生無久榮。功勳苟不建，未若托林坰。所以荷蕢翁，長歌悲磬聲〔三〕。吾其理吾圃，聊以隱自名。

【箋注】

〔一〕冉冉：時光漸進貌。屈原《離騷》：「老冉冉其將至兮，恐脩名之不立。」吕向《注》：「冉冉，漸漸也。」

〔二〕藜藿：菜名。曹植《七啓》：「予甘藜藿，未暇此食也。」劉良《注》：「藜藿，賤菜，布衣之所食。」

〔三〕荷蕢翁：《論語》裏肩扛草筐之隱士，勸孔子安時處順，獨善其身。《論語·憲問》：「子擊磬於衛，有荷蕢而過孔氏之門者，曰：『有心哉，擊磬乎！』既而曰：『鄙哉！硜硜乎！莫己知也，斯己而已矣。深則厲，淺則揭。』子曰：『果哉！末之難矣！』」

其四

窮冬霜露下，谷風轉淒其〔一〕。以今四運周，感兹百卉腓〔二〕。披榛歸北囿，墟里故依依〔三〕。桑竹餘朽株〔四〕，臺榭有遺基。野老相與至，嘲諧談昔時〔五〕。談罷輒引觴，陶然無所思〔六〕。紛紜世中事，寒暑相盛衰。此理苟不勝，役役徒爾爲〔七〕。既以適吾願，何能忽去兹〔八〕？

【箋注】

〔一〕谷風：東風。《爾雅·釋天》：「東風謂之谷風。」邢昺《疏》：「孫炎曰：『谷之言穀。穀，生也；谷風者，生長之風也。』」淒其：淒然。裴學海《古書虚字集釋》卷五《其》：「『其』猶『然』也，一爲狀事之詞……《緑衣》篇：『淒其以風。』《裳裳者華》篇：『芸其黄矣。』」

〔二〕四運：四季。陸機《梁甫吟》：「四運循環轉，寒暑自相承。」腓：枯萎。《詩經·小雅·四月》：「秋日淒淒，百卉具腓。」

〔三〕圃：環以圍牆之園林。梅堯臣《送衛真宰晏寺丞罷長安》：「荒榛郊北圃，葱翠國南山。」陶潛《歸園田居》：「曖曖遠人村，依依墟里煙。」袁行霈《箋注》：「墟里：村落。依依：依稀隱約，若有若無。」

〔四〕朽株：腐爛樹樁。司馬相如《上書諫獵》：「輿不及還轅，人不暇施功，雖有烏獲逢蒙之伎，力不得用，枯木朽株，盡爲難矣。」

〔五〕嘲諧：戲謔嘲諷。曾鞏《戲呈休文屯田》：「脱遺拘檢任真率，放恣嘲諧較豪健。」

〔六〕陶潛《時運》：「揮兹一觴，陶然自樂。」

〔七〕勝：美好。陶淵明《移居二首》：「此理將不勝？無爲忽去兹。」徒爾：徒然。任昉《述異記》卷四：「石犬不可吠，銅駝徒爾爲。」

〔八〕既以：既然，已經；以，通「已」。《荀子·富國》：「既以伐其本，竭其原，而焦天下矣。」

次韻夜直

公署近霄漢〔一〕，時夏暑不侵。金鑾殊隱隱，玉漏正沉沉〔二〕。官燭明綺座，夕香散瑶林〔三〕。揆己知爲忝，憮然愧華簪〔四〕。

【題解】

夜直，夜間官吏值班治事。韓愈《和席八十二韻》：「綺陌朝遊間，綾衾夜直頻。」

【箋注】

〔一〕公署：此指坐落於蘇州之江淮分省衙署。

〔二〕金鑾：君主車駕上金製鑾鈴。隱隱：象聲詞。韋應物《煙際鐘》：「隱隱起何處？迢迢送落暉。」玉漏：銅壺滴漏之美稱。沉沉：悠遠隱約貌。陳鐸《醉羅歌·閨怨》：「漏點沉沉響銅壺，好難把長更度。」

〔三〕瑶林：樹林美稱。陳深《宿真元觀》：「瑶林疑有神仙隱，顧得相從物外遊。」

〔四〕華簪：華貴官簪，代達官顯宦。司馬光《送吴耿先生》：「人生貴適意，何必慕華簪？」

泛石湖

束髮企名都，遊宦及兹年〔一〕。遂陪登瀛侣〔二〕，來上泛湖船。水光曜殘日，林影溢中天。巖穴停橈見，樓臺鼓枻看〔三〕。蒼蒼斂暝色，羃羃曳寒煙〔四〕。菰蒲有餘淒，鷗鷺相與閑〔五〕。窈窕趨回浦，蕩漾媚遥川〔六〕。水宿怯宵清，蓬①卧愛月穿〔七〕。俯視潛夜魚，仰睇衝曉鳶。窘身愧浮霄，斂志慚躍淵〔八〕。何當謝冠履，歲晏此盤旋〔九〕？

【題解】

石湖，蘇州西南名湖。《同治蘇州府志》卷八《水·吴長洲元和三縣水·石湖》：「在吴縣西南十八里。《姑蘇志》：『太湖支流自胥口又東，出吴山南，曰白洋灣；折北匯於楞伽山下，曰石湖，界吴縣吴江之間，有茶磨諸峰映帶，頗爲勝絶。相傳范蠡從入五湖處。』宋范成大因越來溪故址爲亭榭，孝宗書石湖二字賜之。中有千巖觀、天鏡閣、玉雪坡、盟鷗亭諸迹，又有巨石鐫大士像，因名石佛寺……《縣志》：『湖長九里，東西四里，周二十里。』明蔡羽《遊石湖記》：『非高山不能遊吾神，非深林不能沈吾思。遊虎丘之一日求石湖焉。時少雨春盡漲未起，舟梗於越來之溪，客刺木揭跣始獲登。遵岸百步，得茶磨之觀音巖，間行憩巖中。爲間，從者至。又百步，得治平寺之竹林。西起茶磨，東繞拜郊臺。其山皆牆立，其腹多怪木美箭，望之蔚然深黑，治平之林樾也。從郊臺東走，環突奔聳，爲楞伽山，顛有楞伽寺，有浮屠插雲中，吴西南之鎮也。竹林逮楞伽不及五里，峻甚多石。客始輿負以升。浮屠之前平展百餘步，有亭其上，曰望湖之亭。於是石湖徑其陽，梅灣出其背，左引靈巖，右帶吴松，不出十五里，林巒毓秀，水風清潔，生雲之山，出泉之谷，咸會亭下。客始定飲於亭而臨觀焉。夫治平深林，楞伽高山，入其深，搜玄鈎僻，萬化俱瞑；登其高，心空目開，萬象俱顯。於一日之遊而兩極其情。四月竹脱節，松生花，草木灌茂，玉膏出林，與泉俱香，服之，已暍而神生。主人王履約讀書石湖蓋三年矣，用能抽其奇奥以與客共，暮不謀歸而忘其倦，則兹遊也，王子之功。』」

【校勘】

① 蓬：乾隆本作「篷」。

【箋注】

〔一〕束髮：古代男孩成童，將頭髮束成一髻，因以束髮代成童。企：踮起腳跟，形容企盼仰慕。《漢書》卷一上《高帝紀》：「日夜企而望歸。」

〔二〕登瀛：唐李世民未登基前遴選十八學士，天下豔羡，謂之登瀛洲；此代張士誠麾下鴻生雅士。《新唐書》卷一百二《褚亮》：「初，武德四年，太宗爲天策上將軍，寇亂稍平，乃鄉儒，宫城西作文學館，收聘賢才，於是下教，以大行臺司勳郎中杜如晦、記室考功郎中房玄齡及于志寧、軍諮祭酒蘇世長、天策府記室薛收、文學褚亮姚思廉、太學博士陸德明孔穎達、主簿李玄道、天策倉曹參軍事李守素、王府記室參軍事虞世南、參軍事蔡允恭顔相時、著作郎攝記室許敬宗薛元敬、太學助教蓋文達、軍諮典籤蘇勖，并以本官爲學士。七年，收卒，復召東虞州録事參軍劉孝孫補之。凡分三番遞宿於閤下，悉給珍膳。每暇日，訪以政事，討論墳籍，榷略前載，無常禮之間。命閻立本圖象，使亮爲之贊，題名字爵里，號十八學士，藏之書府，以章禮賢之重。方是時，在選中者，天下所慕向，謂之登瀛洲。」鄭昺《題閻立本十八學士圖》：「一時登瀛客若是，貞觀治效真不誣。」

〔三〕橈：船槳。鼓枻：摇槳泛舟。《楚辭》屈原《漁父》：「漁父莞爾而笑，鼓枻而去。」

〔四〕蒼蒼：繁盛無際貌。《淮南子·俶真訓》：「渾渾蒼蒼，純樸未散。」斂：聚集。謝靈運《石壁精舍還湖中作》：「林壑斂暝色，雲霞收夕霏。」冪冪：密布貌。李華《吊古戰場文》：「魂魄結兮天沉沉，鬼神聚兮雲冪冪。」

〔五〕菰蒲：兩種淺水植物。謝靈運《從斤竹澗越嶺溪行》：「蘋萍泛沉深，菰蒲冒清淺。」韓維《和景仁喜晴》：「濃陰開積晦，和氣散餘凄。」

〔六〕窈窕：幽深貌。回浦：此指小水流注入石湖之曲折縈紆處。何遜《登石頭城詩》：「連檣入回浦，飛蓋交長術。」

〔七〕蓬臥：蜷臥篷船；蓬，通「篷」。王冕《水竹居》：「好山入屋情無限，明月穿簾興有餘。」

〔八〕斂志：斂抑志向。李夢陽《空同集·釣臺亭碑》：「兀坐磐石之上，凝精斂志，沾沾而聽，瞠瞠而視。」

〔九〕冠履：代官職。歲晏：暮年。王維《秋夜獨坐懷内弟崔興宗》：「吾生將白首，歲晏思滄洲。」

登靈巖

兹山信奇峭，屹立與雲齊〔一〕。高閣枕危峰，古寺俯回溪。太湖襟左右〔二〕，洞庭亘東西〔三〕。靡迤上坡陀①，披拂淩丹梯〔四〕。鳴琴忘故臺，采香惑新蹊〔五〕。眇眇驚麏鼯，唧唧饑鼯啼〔六〕。昔也宫娃駐，今兹山鬼棲〔七〕。吊往固傷惻，念來亦悲悽。盤遊古垂戒，此道願無睽②〔八〕。

【題解】

靈巖，蘇州吳縣名山，參看本書卷九《次韻遊靈巖》。《洪武蘇州府志》卷二《山・吳縣・靈巖山》：「在縣西北二十一里，即硯石山，又名石城山，又名石鼓山，高三百六十丈。《郡國志》云：『石城山有吳王離宮，越獻西施於此。上有石馬，望之如人騎。南有石鼓，鳴則兵起。南有石射堋。』董監《吳地記》引《越絶書》云：『吳於硯石山作館娃宮。』又云：『硯石山有石城，去姑蘇山十里。』又云：『硯石山亦名石鼓山，有琴臺在其上。』《寰宇記》云：『山頂有池，池中生草，歲充貢。』《圖經》云：『有響屧廊，或云鳴屐廊，以楩梓板藉地，西子行有聲。』《續志》云：『山半石室，俗傳吳囚范蠡之地，或號西施洞。』路旁有石龜，石脊隱起，形極肖。絶頂有硯池、玩花池、月池，雖歲至旱，而水常不竭。中又有石鼓，大三十圍。其山皆相連屬，有巉村産石，可以爲硯，蓋硯石之名，誠不虛也。山勢下瞰具區及洞庭兩山，一目千里，崇巖疊塢，點綴於滄波浩渺間，誠爲天下之奇觀。山前十里有采香徑，遠視之如卧箭云。今其地爲靈巖寺，或云晉時陸玩施宅所建也。周鹽公遊琴臺，下視川原華麗，太湖數百里悉在眼中。」

【校勘】

①靡迤上坡陀：諸本闕；裁卷三《登鹿田》「靡迤入松門」與本卷《陪陳夷白左司省先隴遂遊西山諸寺》「飛蓋上坡陀」二句補。

②睽：乾隆本作「睽」。

【箋注】

〔一〕趙汝績《遊石窗》：「遥峰前後獻奇峭，流水左右供潺湲。」李深《遊爛柯山四首》：「尋源路不迷，絶頂與雲齊。」

〔二〕太湖：中國東南巨浸。《同治蘇州府志》卷八《水·太湖》：「在府西南三十餘里。東西二百里，南北一百二十里，周五百里，廣三萬六千頃，襟帶蘇、湖、常三州，東南水都也……一名震澤，一名具區，一名笠澤，一名五湖。然今湖中亦自有五，名曰菱湖、莫湖、貢湖、胥湖、游湖。莫釐之東，周三十餘里，吴王於此種菱，故名菱湖；莫釐之西北，周五六十里，曰莫湖；長山之西北，連無錫老岸，周一百九十里，曰貢湖；胥山之西南，周五六十里，曰胥湖；長山之東南，周五六十里，曰游湖。五湖之外，又有三小湖：扶椒山東，曰梅梁湖；杜圻之西、魚查之東，曰金鼎湖；林屋之東，曰東皋里湖。」

〔三〕洞庭：常稱包山，太湖内島嶼，凡七十二峰，詳見本卷《遊湖上諸山》。

〔四〕靡迤：曲折行進貌。坡陀：傾斜不平，此指斜坡。丹梯：陡峭山峰。謝朓《遊敬亭山》：「要欲追奇趣，即此陵丹梯。」李善《注》：「丹梯，謂山也。」

〔五〕陳基《夷白齋稿補遺·靈巖山琴臺》：「峰頂鼓絲桐，韻雜松風瀉。至今千載餘，猶有烏啼夜。」范成大《吴郡志》卷八《古迹·采香逕》：「在香山之傍小溪也。吴王種香於香山，使美人泛舟於溪以采香。今自靈巖山望之，一水直如矢，故俗又名箭涇。」楊備：「館娃南面即香山，畫舸争浮日往還。翠蓋風翻紅袖影，芙蓉一路照波間。」

〔六〕眇眇：微小貌。《漢書》卷四《文帝紀》：「朕獲保宗廟，以眇眇之身托於天下君王之上，二十有餘年矣。」顔師古《注》：「眇眇，猶言細末也。」麕：同「麇」，獐鹿。鼯：鼠名。《爾雅·釋鳥》：「鼯鼠，夷由。」郭璞《注》：「狀如小狐，似蝙蝠，肉翅。」

〔七〕宫娃：此指越國進獻吴王夫差之西施、鄭旦諸美女。范成大《吴郡志》卷八《古迹·館娃宫》：「《吴越春秋》《吴地記》皆云：『闔閭城西有山號硯石山，山在吴縣西三十里，上有館娃宫。』又《方言》曰：『吴有館娃宫，今靈巖寺即其地也。』山有琴臺、西施洞、硯池、玩花池，山前有采香徑，皆宫之故迹。」兹：通「哉」，語氣詞。《詩經·大雅·下武》：「昭兹來許，繩其祖武。」

〔八〕盤遊：遊樂。《尚書·五子之歌》：「乃盤遊無度，畋於有洛之表，十旬弗反。」孔《傳》：「盤樂遊逸無法度。」

宿龍山

旦發石湖曲，晚過龍山垂①〔一〕。遥峰銜暝日，寒谷斂晴霏。緣源殊未極，即陸淡忘歸〔二〕。既投孤館息，遂誤君侯知〔三〕。談諧獲心醉，觴詠使情依〔四〕。平生仰高風，此夜挹清徽〔五〕。因之念所思，如何獨愆期？泉石余方玩，疾疢君自縻〔六〕。安得同攜手，眷言此棲遲〔七〕？

【題解】

龍山，難以確指。詩云「旦發石湖曲，晚過龍山垂」，則石湖至龍山行程一日。龍山或即吴縣之伏龍山，緊鄰吴縣西北二十一里之靈巖山，距離吴縣西南十八里之石湖大約一日路程。《同治蘇州府志》卷六《山一·吴縣·小白陽山》：「一名伏龍山，在金井塢南山趾，舊有寄山庵，今廢。其東南爲博士塢、彌陀嶺、竺峰嶺；又東南，則獅子巖，在嶁村上；又南，則野芝塢。皆連屬靈巖山。」

【校勘】

① 垂：乾隆本作「陲」。

【箋注】

〔一〕石湖：見本卷《泛石湖》。垂：邊緣。《説文》：「垂，遠邊也。」

〔二〕緣源：逆流尋源。謝朓《遊敬亭山》：「緣源殊未極，歸徑窅如迷。」

〔三〕君侯：富貴者尊稱，其人不詳。

〔四〕談諧：交談投合。陶淵明《乞食》：「談諧終日夕，觴至輒傾杯。」

〔五〕清徽：高潔情操。錢起《酬陶六辭秩歸舊居見柬》：「靖節昔高尚，令孫嗣清徽。」

〔六〕疢疢：疢病。宋濂《贈惠民局提領仁齋張君序》：「苟失其養，内感於七情，外感於六氣，而疢疢即生焉。」

〔七〕眷言：眷戀；言，助詞。沈約《新安江至清淺深見底貽京邑遊好》：「眷言訪舟客，兹川信可珍。」

上天池

良游思已愜，勝①地喜仍踐〔一〕。筍輿穿竹行，雲路盤空轉〔二〕。蓮峰見崒嵂，天池睹清淺〔三〕。石奇斜匝林，徑古曲藏蘚〔四〕。躊躕②日已晏，沾洒露猶泫〔五〕。回駕諒難淹，逸趣歎莫展。理亂良未形，得喪竟誰辨？寄言同懷客，且兹息疲蹇〔六〕。

【題解】

天池，蘇州華山水池。《洪武蘇州府志》卷三《川·池·天池》：「在華山。《老子枕中記》云：

『此地可度難，池中生千葉蓮華，服即羽化。』」

《洪武蘇州府志》卷二《山・長洲縣・華山》：「在縣西北五十里。又云山在吴縣西三十五里……《續志》云：『其山石峭拔聳秀，其巖壑與虎丘、靈巖相埒。山半有天池，在絶巖之麓，逾數十丈，横浸山腹。』」

《同治蘇州府志》卷六《山一・吴縣・華山》：「在府西三十里……《吴郡志》：『父老云，山頂北有池，上生千葉蓮華，服之羽化，因曰華山。』……《姑蘇志》：『山半有池在絶巘，横浸山腹，逾數十丈，又名天池山。』」

【校勘】

①勝：底本作「騰」，據乾隆本改。

②躊躕：乾隆本作「躊躇」。

【箋注】

〔一〕《小爾雅・廣言》：「仍，再也。」

〔二〕筍輿：竹輿。陸游《大醉歸南禪弄影月下有作》：「天風吹筍輿，快若凌空遊。」盤空：凌空。辛棄疾《賀新郎・同父見和再用韻答之》：「硬語盤空誰來聽？記當時只有西窗月。」

〔三〕蓮峰：蘇州華山之蓮花峰。《同治蘇州府志》卷六《山一・吴縣・華山》「《吴地記》『吴縣華山，晉太康二年生千葉石蓮花，故名』，《圖經續記》『此山獨秀，望之如屏，或登其巔，見有狀如蓮花』，今蓮花峰是也。」崒嵂：高峻貌。

〔四〕匝：遍布。李賀《榮華樂》：「嘈嘈弦吹匝天開，洪崖簫聲繞天來。」王琦《注》：「匝，遍也。」

〔五〕躊躕：同「躊躇」，徘徊停留。泫：水珠下垂貌。謝靈運《從斤竹澗越嶺溪行》：「巖下雲方合，花上露猶泫。」

〔六〕疲蹇：跛行弱馬，常自謙材力庸劣。高啓《送許先生歸越》：「群龍在廷翊昌運，疲蹇豈足追騰驤？」

夜泊吴江長橋宿垂虹亭

閃閃練月宵，稜稜素秋節〔一〕。舍棹上孤亭，臨江候歸客。佳人殊未來，幽意爲誰適〔二〕？徘徊當夜半，彷彿去天尺。仰接銀河横，俯照星緯逼〔三〕。直疑穹壤連，豈有人世隔〔四〕？飄飄形若蜕，眇眇思何極〔五〕？居然怯風露，聊復就衾席。亦既不成寐，將何慰兹夕？賴有同心人，連床話疇昔〔六〕。

【題解】

吴江，元時平江路吴江州。長橋，通稱利往橋。斯橋貫通吴江縣城南北。《同治蘇州府志》卷三十四《津梁二·吴江縣城外橋·利往橋》：「俗稱長橋，又名垂虹橋。宋慶曆八年，縣令李問、尉王廷堅建木橋。治平三年，縣令孫覺重修。紹興間，淮上告警，有倡議焚橋者，郡守洪遵堅持不可，得全。元泰定二年，判官張顯祖始易以石……宋錢公輔《記略》：『姑蘇城南五十里，民屋數百攘然沙渚之上者，今吴江縣是也。東湖之流貫城之中，隔限南北。横可以渡者，今吴淞江也。隱然長虹，截湖跨江，便來濟往，安若復道者，初作利往橋也。慶曆七年冬，大理寺丞知縣事李問、尉王廷堅嗟邑民之陋，鮮慕學者，將改立至聖文宣王廟，侈大黌館以進延諸生。乃呼富民譬曉，驩然從命，遂輸緡錢數百萬。未幾，詔禁郡縣不可新立學。二人胥與謀曰：民既從，財既輸矣，不能作一利事以便民，何以謝百姓？遂合傭僝工，橋役興焉。東西千餘尺，市木萬計，不兩月，工忽大就。即橋之心侈而廣之，構宇其上，登以四望，萬景在目，曰垂虹亭。初，縣城爲江流所判，民半居其東，半居其西，晨暮往來，事無纖巨，必舟而後可，故居者爲不利。縣當驛道，川奔陸走者，肩相摩櫓相接也，卒然有風波之變，則左江右湖，飄泊無所，故行者爲不便。及橋之成，行者便居者利。噫，賢人君子措一意，興一役，豈直爲遊觀之美登賞之樂哉？雖然，湖光萬頃，與天接白，洞庭薦碧，雲煙占清，月秋風夏，囂滅埃斷，榜聲棹歌，嘔啞互引，後盼前睨，千里一素，是亦有足樂焉。廷堅字世美，余友也，欲余之文以伸本末。余嘗學《春秋》太史氏法，乃書曰：慶曆八年六月二十八日，蘇州吴江縣初作利往橋成。』」

垂虹亭，立於利往橋上。《同治蘇州府志》卷三十五《古迹·吴江震澤二縣·垂虹亭》：「在長橋上，南臨具區，北枕松江，雲山煙樹，風帆沙鳥，在指顧間，吳下絶景也……元柳貫《垂虹亭晚眺》：『山光自獻一螺青，人立垂虹酒乍醒。兩界星河涵倒景，千家樓閣載浮萍。欹檣側柁衝風勁，密網疏罾刮浪腥。正爲鱸魚忘世味，隨方吾亦具笭箵。』」

【箋注】

〔一〕稜稜：嚴寒貌，參看本卷《劍池送人》。

〔二〕殊：猶，還。《詩詞曲語辭彙釋》卷二《殊》：「猶『猶』也。《文選》謝靈運《南樓中望所遲客》詩：『園景早已滿，佳人殊未適。』殊字五臣本作猶，殊即猶也；適者歸也，言猶未歸也。」幽意：幽雅意趣。爲：與，跟。《古書虚字集釋》卷二《爲》：「爲猶『與』也。《孟子·公孫丑篇》：『得之爲有財。』《戰國策·韓策》：『嚴仲子辟人，因爲聶政語。』」適：專主，主宰。《韓非子·心度》：「故賢君之治國也，適於不亂之術。」

〔三〕星緯：星辰。《南齊書》卷三《武帝》：「星緯失序，陰陽愆度。」

〔四〕直：真。王鍈《詩詞曲語辭例釋·直》：「『直』表一般肯定語氣時則爲『真』字義。杜甫《水宿遣興奉呈群公》詩：『我行何到此？物理直難齊。』陸游《寄答綿州楊齊伯左司》詩：『欲憑夢去直虚語，賴有詩來寬旅愁。』」穹壤：天地。

〔五〕蜕：屍解，得道者留下形體，靈魂升天成仙。王寵《旦發胥口經湖中瞻眺》：「仙人蜕化處，千載空芙蓉。」眇眇：遼遠，高遠。《楚辭·九章·悲回風》：「登石巒以遠望兮，路眇眇之默默。」洪興祖《補注》：「眇眇，遠也。」

〔六〕《易·繫辭上》：「二人同心，其利斷金。」張元幹《乙卯秋奉送王周士龍閣自貶所歸鼎州太夫人侍下》：「蘭若清夜長，連床話疇昔。」

宜興張德機避兵吴門

避亂去鄉族，十載未旋歸〔一〕。亦知事必是，何意身見之？風雨交横來，波濤無已時〔二〕。人各念棲息，胡爲淹在兹〔三〕？目厭長途阻，心懷故里思。義興不可望，一望使人悲。治亂良未形，聚散焉可期〔四〕？請君剪舊念，一任合與離〔五〕。不見門衢外，歲歲轉蓬飛〔六〕。

【題解】

宜興，古稱荆邑、陽羨；嘗名義興，北宋避趙光義諱，改稱宜興。元時屬常州路。《元史》卷六十二《地理五·江浙等處行中書省·常州路》：「領司一、縣二、州二。録事司。縣二：晉陵，武進。州二：宜興州……無錫州。」元末至正間，宜興淪爲梟雄縱横之疆場。史册《隆平紀事》：「十一月辛卯，徐達進攻高郵，未下。太祖恐達深入重地，不能策應諸將，乃命馮國勝率所部節制高郵軍。達還，軍泰州。吴分兵陷宜興。徐達自泰州赴救，以別將守泰州。自率中軍精兵渡江，擊吴軍於宜興城下，敗之，獲三千餘人，復宜興。」吴門，蘇州別稱。

張德機，宜興雅士，室名荆南精舍。陳焯《宋元詩會》卷九十倪瓚《賦得機徵君荆南精舍圖》：「結廬溪水南，勝處足幽探。夏果落山雨，春衣染夕嵐。石龕招鶴磴，門俯射蛟潭。日日縈歸夢，蕭條雪滿簪。」

《全金元詞》謝應芳《高陽臺·題張德機荆南精舍圖》：「陽羨溪山，輞川煙雨，隱然畫里觀詩。芳草王孫，别來幾度春歸。最憐屋壁藏蝌蚪，化劫灰、飛入昆池。好階墀，書帶青青，竹雪霏霏。相逢共約歸期。待玄龜出洛，朱鳳鳴岐，丘壑幽尋，正須重置荷衣。斬蛟射虎都休問，有白鷗、堪與忘機。近西枝，移我龜巢，鄰爾漁磯。」

元末四海板蕩，張氏攜家避亂蘇杭，僑居杭州時有軒曰艇齋。卞永譽《書畫匯考》卷十九胡悌《題張德機艇齋帖》：「德機僦屋鹽橋，以教授爲業。屋之西隅，有軒翼然，即所謂艇齋也。歐陽公有齋名畫舫，其記云『舫者嬉遊之舟』。不知德機之舟，將以涉大川乎，其亦乘以嬉遊乎，將出入二者之間所謂乘流則逝遇坎則止乎？因篆二字，使張於屋壁，稍暇當爲記之。七月二日胡悌書。」又，《胡悌呈德機近作》：「明朝又上闔閭城，江上春風一舸輕。過眼落花應有恨，傍人飛絮自多情。本因世亂依劉表，誰謂才多累禰衡？試問龐公歸隱計，南陽何地可躬耕？」

張德機詩文偶見後人總集。卞永譽《書畫匯考》卷十九張德機《德機頓首次韻答朱德載將築室鄰村作詩見寄》其一：「論交州里自不惡，更欲鄰居亦大奇。避俗如仇還好客。知窮爲祟卻攻詩。一丘風雨書聲共，十載冰霜鬢影知。不用裹糧勤訪遠，閉門憂患是吾師。」其二：「紅塵冠蓋今無夢，風雪相逢自一奇。便欲傾家多釀酒，不須結社苦吟詩。名塗有阱吾方悔，拙味如飴子未知。廛市山林竟誰是？歲寒農圃有余師。」

【箋注】

〔一〕鄉族：家鄉親族。仇遠《拜霞嶼待制伯祖墓下》：「遠也久違鄉族去，忍將椒酒酹斜暉？」

〔二〕風雨：比喻處境惡劣兇險，下句「波濤」意同。韓愈《秋字》：「榮華今異路，風雨昔同憂。」曾鞏《西亭》：「欲知事事今何似，萬里波濤一點萍。」

〔三〕淹：滯留。《左傳·僖公三十三年》：「不腆敝邑，爲從者之淹，居則備一日之積，行則備一夕之衛。」

〔四〕形：顯露，表現。

〔五〕一任：完全聽任。白居易《題韋家池泉》：「自從引作池中水，深淺方圓一任君。」

〔六〕蓬：隨風飄蕩之枯蓬，常喻漂泊遊子。李白《魯郡東石門送杜二甫》：「飛蓬各自遠，且盡手中杯。」

送趙推官赴市舶提舉

離亭漾水寒，別幌耀霜白〔一〕。是時息行旅，念子赴長陌。郡政罷刑書，關譏典商舶〔二〕。逸駕已難追，况勉康衢力〔三〕。

【題解】

按元末馬玉麟詩，趙推官名或字曰克和，北宋名臣趙抃苗裔。《東皋先生詩集》卷二《海船行送趙克和任市舶提舉》：「玉峰山前滄海濱，南風海船來如雲。大艘龍驤駕萬斛，小船星列羅秋旻。舵樓撾鼓近沙浦，黄帽唱歌鳴健艫。海口人家把酒迎，争接前年富商賈。蕃人泊舟各邀請，白氎纏頭雪垂領。珊瑚光映文犀寒，荔子香生蔗漿冷。明珠錯落官署前，舊官已去新官賢。尋常錙銖不與較，左右無敢公需錢。蕃人舉手躍還舞，盡説江南好官府。明朝獲利歸故鄉，相率鄰船入中土。趙君自是清獻孫，爲官十載家常貧。朝廷豈在貴異物？用汝司征懷遠人。」推官，元朝諸路總管府與散府屬官，專治刑獄。《元史》卷九十一《百官七》：「諸路總管府……至元二十三年，置推官二員，專治刑獄……散府……同知一員，判官一員，推官一員。」市舶提舉，元時市舶司從五品職官，主管船舶與港税。《元史》卷九十一《市舶提舉司》：「延祐元年，弛其禁，改立泉州、廣東、慶元三市舶提舉司。每司提舉二員，從五品。」《元史》卷九十四《食貨二・市舶》：「元自世祖定江南，凡鄰海諸郡與蕃國往還互易舶貨者，其貨以十分取一，粗者十五分取一，以市舶官主之。其發舶回帆，必著其所至之地，驗其所易之物，給以公文，爲之期日，大抵皆因宋舊制而爲之法焉。」

【箋注】

〔一〕岑參《送柳録事赴梁州》：「英掾柳家郎，離亭酒甕香。」幌：帷幔。謝朓《離夜詩》：「離堂華燭盡，别幌清琴哀。」

〔二〕刑書：刑法條文。《尚書・吕刑》：「哀敬折獄，明啓刑書胥占，咸庶中正。」譏：稽查。《孟子・公孫丑上》：「關譏而不征，則天下之旅皆悦，而願出於其路矣。」典：主管。

〔三〕逸駕：飛車。唐玄宗《孝經序》：「希升堂者必自開户牖，攀逸駕者必騁殊軌轍。」邢昺《疏》：「逸駕，謂奔逸之車駕也。」

送讓師還中竺

世方疲戰争，師獨樂閑静。稍臨鶴市途〔一〕，復憶虎林境〔二〕。緣源睇雲壑，憩樹悦煙嶺。身名已俱遺，況乃塵事屏〔三〕。

【題解】

讓師，其人不詳。中竺，杭州寺院中天竺。梁詩正沈德潛《西湖志纂》卷八《北山勝迹下·中天竺寺》：「在楓木塢南。《西湖遊覽志》：『隋開皇十七年，僧寶掌建。寶掌以唐高宗顯慶間住浦江化去，自稱度世一千七十二年，世稱千歲和尚，故兹山有千歲巖。吴越錢氏改爲崇壽院。宋政和四年改天寧萬壽永祚禪寺，有摩利支菩薩像。宋淳熙間建華巖閣。元大曆，閣改天曆永祚禪寺。』《武林梵志》：『明洪武初改額中天竺寺，正德間燬，嘉靖二十五年重建。』《成化杭州府志》：『内有天香閣、桂子堂、此中亭。元末燬。僧慧融重建。』王元章《送僧歸中竺》詩：『天香閣上風如水，千歲巖前雪似苔。明月不期穿樹出，老夫曾此聽猿來。相逢五載無書寄，卻憶三生有夢回。鄉曲故人頻問訊，孤山梅樹幾時開？』」

【箋注】

〔一〕鶴市：蘇州别稱，春秋時吴王闔閭寵女滕玉自殺，以白鶴誘萬民陪葬，是以得名；詳見《吴越春秋》卷二《闔閭内傳第四》。

〔二〕虎林：杭州山名，世人誤以爲杭州别名，後又訛爲武林。《七修類稿》卷四《天地類·虎林考》：「按虎林乃杭山名，即今祖山寺之山也。不知者以爲杭郡舊名，後世改虎爲武，嘗自以爲虎林人也。知其爲山者，又不知其改虎之義。今摭數説而訂正之，使人易知，庶不貽笑於外方……楊正質又謂：『錢氏有國時，此山在郭外，異虎出焉，故名。吳音承訛，轉虎爲武耳。』據三説，惟楊爲是。」

〔三〕遣：遣忘，消除。杜甫《白水崔少府十九翁高齋》：「始知賢主人，贈此遣愁寂。」屏：摒棄。

題貞壽堂三首

其一

青青澗畔松，歲晏發華滋〔一〕。衆芳日已悴，風霜何獨宜〔二〕？秖緣一氣貞，何處有榮衰〔三〕？人於萬物中，寧復不如斯〔四〕？惟堅歲寒節，乃異春花飛〔五〕。所以楊令母，高堂壽期頤〔六〕。

【題解】

貞壽，堅定專一壽考永年。貞壽堂，在蘇州城西隅，元時鄱陽楊彝僑居奉母之室。

《貞壽堂詩》凡三首，諸本均遺落後一首，今據《趙氏鐵網珊瑚》卷十補足。

趙琦美《趙氏鐵網珊瑚》卷十周伯琦《貞壽堂記》：松柏挺於深林，蘭茝茂於幽谷，根荄柯葉敷暢條達，〔貫〕（據《式古堂書畫匯考》卷二十二補）四時敵寒暑，不變色不改操者，由其性之正氣之純，而受於天者異於凡卉也。《易》曰：「貞者，事之幹也。」人之有身，猶木之幹。冬而貞，春而元，循环無端，是故貞者必壽，壽者必貞。在物猶然，況於人乎？吴縣尹楊彝之母夫人吴氏，年八十三，吾同郡人也。彝迎養於吴，甘膬滫髓之奉，定省温凊之宜，怡顔愉色，左右如意。一日彝踵門再拜，請於予曰：「吾父素貧，贅於外氏。及禄郡曹，家益貧。彝也不幸，生六歲而孤。有弟曰宜者，生才五月耳。吾母零丁艱苦，躬蠶績以衣食諸孤。外大父吴翁應之嘗惑於嬖妾，潛令媒妁誘之改適以自存。吾母毅然以死自誓曰：『良人亡而家貧子幼，命也夫！貧食吾力，幼者有恃以長，此吾志也。吾夫事親以孝稱，治吏事奉法循理，公而不刻，廉而不矯，能爲人所難，天其或者有後也歟！古人云，一與之醮，終身不改。若奪吾志，則禽獸耳，何以生爲？』屬吴翁有子早亡無嗣，吾母遂以吾兄存禮後之。存禮告外大父曰：『存禮，楊氏子也。今後於吴者，吾母所以報外氏也。苟母志不遂，存禮遠遁，終身不復相見矣。』翁爲惻然而止。於是四十又三年矣，彝也祗服慈訓，出職吏牘，日就月將，幸獲禄養。惟吾母抗節勵行，劬躬正家，所以承宗祀而覆遺胤者大矣。時邁事邈，湮没是懼，願夫子矜其情，表以堂名，記以文辭，庶有以慰母心而示來裔，幸甚勿靳。」予嘉而諾之，遂以貞壽名其堂，而次第其言以實其名義焉。夫人道之大，親親爲先。即家而言，造端乎夫婦，成立乎父子，言父則母在其中矣。然爲夫爲父者，立身恒易；爲婦爲母者，立身恒難。蓋托身於人，事或不偶；柔順之質，類牽於私。自非受於天者至正至純，其能持身堅志以全其貞固之行哉？夫能自秉貞固，行己無忝，氣充體泰，久於其道，幼稚立而家道成，心逸日休，安享眉壽，所謂生於憂患而佚於安樂者也。吾故曰貞者必壽，壽者必貞，非與？夫人夙罹荼毒，之死靡他，凜然《柏舟》之風。及其老也，幸哉有子！燕喜壽母，熙然《魯頌》之盛，稱之貞壽，孰曰不宜？孔子曰『臨大節而不可奪』，孟子曰『人有不爲也，而後可以有爲』，夫人有焉。其曰存禮者，既後於吴，試吏上饒，調郡曹而卒。彝也以才推擇，由廣東郡曹吏，轉茶鹽兩運司書吏，升掾浙東帥府、江浙行中書省，滿考選辟今官。莅政廉敏，民心翕然。宜也亦補吏嘉興郡曹，歷帥府行樞密院掾，今爲行院照磨。二子皆有能聲於時，位日進，禄日豐，養日隆。吾知夫人優遊高堂，媥爛娱侍，怡神悦性，以先君之思自勖，黄髮兒齒，福壽康寧，蓋未艾也。吾嘗職太史，傳忠孝節義，取信於天下，故因其請，而具述之，以風勵四方，非私於鄉黨姻舊也。噫，楊氏子孫，其毋忘夫人之德，以有辭於永世。至正旃蒙大荒落之歲孟夏之月哉生明資政大夫江南諸道行御史臺侍〔御〕史鄱陽周伯琦温父撰并書篆。

【箋注】

〔一〕發：生長。華滋：茂盛。《古詩十九首》之九：「庭中有奇樹，緑葉發華滋。」

〔二〕李白《於五松山贈南陵常贊府》：「爲草當作蘭，爲木當作松。蘭秋香風遠，松寒不改容。」

〔三〕秖：同「祇」，只。處：時候。王鍈《詩詞曲語辭例釋·處》：「元稹《鄂州寓館嚴澗宅》詩：『何時最是思君處，月落斜窗滿寺鐘。』楊萬里《兒啼索飯》詩：『朝朝聽得兒啼處，正是黄粱欲熟時。』高九萬《歸寓舍》詩：『梅欲開時多是雨，草財生處便成春。』『處』均與『時』『中』互文。」

〔四〕復：尚，還。《廣釋詞》卷十《復—尚》：「復猶『尚』，副詞……《古詩爲焦仲卿妻作》：『兒已薄禄相，幸復得此婦。』」

〔五〕《論語·子罕篇》：「歲寒，然後知松柏之後凋也。」

〔六〕令母：賢德母親。蔡邕《濟北相崔君夫人誄》：「堂堂其胤，惟世之良，於其令母，受兹義方。」期頤：百歲高齡。

其二

吴門盡西垂，中有楊母堂〔一〕。龍煤鋪作榜，嘉名偉煌煌〔二〕。亦既榮禄養，婆娑壽而康〔三〕。問胡能致之，惟貞神所相。是行一不然，萬事易乃常。不賡眉壽詩，卻詠棘心章〔四〕。

【箋注】

〔一〕西垂：西邊；垂，旁邊。莊子《逍遥遊》：「其翼若垂天之雲。」崔《注》：「垂，猶邊也。」

〔二〕龍煤：龍腦香焚燒後所餘灰燼。張翥《疏影·王元章墨梅圖》：「惟有龍煤解染，數枝入畫裏，如印溪碧。」

〔三〕婆娑：逍遥自在。班彪《北征賦》：「登障隧而遥望兮，聊須臾以婆娑。」李善《注》：「婆娑，容與之貌也。」

〔四〕賡：繼續。眉壽詩：《詩經》中祝賀長壽詩什，眉壽，長壽。《詩經·豳風·七月》：「爲此春酒，以介眉壽。」《詩經·小雅·南山有臺》：「樂只君子，遐不眉壽。」《詩經·周頌·雝》：「克昌厥後，綏我眉壽。」《詩經·周頌·載見》：「率見昭考，以孝以享，以介眉壽。」《詩經·魯頌·閟宫》：「萬有千歲，眉壽無有害。」《詩經·商頌·烈祖》：「鬷假無言，時靡有争，綏我眉壽。」棘心章：此指《詩經·凱風》，旨在謳歌老母慈悲辛勞；棘心，小棘之嫩芽，喻稚弱子女。《詩經·邶風·凱風》：「凱風自南，吹彼棘心。棘心夭夭，母氏劬勞。」朱熹《詩集傳》：「棘，小木，叢生，多刺，難長，而心又其稚弱而未成者也……以凱風比母，棘心比子之幼時。」陸雲《歲暮賦》：「變棘心之柔風兮，滋豐草之湛露。」

其三

人生此世中，奄忽如奔駒。地久而天長，幾人能與俱？只緣本心死，暫榮還復枯〔一〕。惟此堂下木，枝葉久蕃敷〔二〕。願培百尺根，芘此千歲株〔三〕。

【箋注】

〔一〕本心：善心。《孟子·告子上》：「人性之善也，猶水之就下也。人無有不善，水無有不下。」

〔二〕蕃敷：繁茂舒展。彭大翼《山堂肆考》卷二百二十三《真龍對》：「其在田也，贍腴疆土，庶類蕃敷。」

〔三〕芘：通「庇」，庇護。《宋史》卷四百二十一《李庭芝傳》：「陳宜中請誅文虎，似道芘之。」

始發吳門

冠裳坐自束，窘此文墨職〔一〕。終朝事馳翰，日晏不遑食〔二〕。及兹將使命，翩然就行役〔三〕。忽見江中水，鷗鳥弄群翼。款款身既閑，悠悠意何適〔四〕！便欲尋舊盟〔五〕，同遊復同息。

【題解】

吳門，蘇州別稱，此詩作於戴九靈遠征山東之始。黄宗羲《宋元學案》卷八十二《北山四先生學案·提舉戴九靈先生良》：「明伐吳，先生從海道求救於山東擴廓帖木兒。」

【箋注】

〔一〕文墨職：此指淮南江北等處行省儒學提舉。

〔二〕馳翰：揮筆，動筆。劉楨《雜詩》：「馳翰未暇食，日昃不知晏。」呂向《注》：「馳翰，謂走筆。」

〔三〕將：奉行。《詩經·大雅·烝民》：「肅肅王命，仲山甫將之。」

〔四〕款款：徐緩貌。杜甫《曲江》：「穿花蛺蝶深深見，點水蜻蜓款款飛。」

〔五〕舊盟：故交。陸游《北崦》：「毒熱憚輕出，新涼尋舊盟。」

雨夜泊秀州城下憶僚友作

晨風變淑景，春霞啓陰期〔一〕。雲根結翳翳，雨足散垂垂〔二〕。鄙人獨言邁，去棹不得維〔三〕。路無行輪聲，岸有荒楚滋〔四〕。暮抵秀城下，夜泊河水湄。游魚返深渚，啼鵑起重基〔五〕。客途玩物理，寧不戀所思？

【題解】

秀州，嘉興別稱。《讀史方輿紀要》卷九十一《浙江三·嘉興府》：「石晉天福三年錢氏始奏置秀州……府負海控江，川原沃衍。自春秋時已爲吴、越争衡之地。豈非以三江五湖，相爲襟帶，且濱於海澨，可以出奇制敵哉？拊錢唐之肩背，掣吴越之肘腋，魚鹽饒給，商旅四通，亦江東之雄郡也。」

【箋注】

〔一〕淑景：美景。張羽《春寒》：「淑景元易徂，掩扉愁獨宿。」

〔二〕雲根：雲深處。翳翳：晦暗貌。周邦彦《木蘭花令》：「孤燈翳翳昏如霧，枕上依稀聞笑語。」雨足：雨點。張協《雜詩》：「雲根臨八極，雨足灑四溟。」垂垂：下落貌。蘇舜欽《送人還吴江道中作》：「江雲春重雨垂垂，索寞情懷送客歸。」

〔三〕言邁：遠征；言，助詞。《説文》：「邁，遠行。」

〔四〕荒楚：荒野牡荆；楚，落葉灌木牡荆。

〔五〕鵑：杜鵑，傳説由蜀王杜宇幻化而成。白居易《琵琶行》：「其間旦暮聞何物？杜鵑啼血猿哀鳴。」重基：重重牆腳。

至杭宿錢塘驛

昨夜宿臨平〔一〕，今旦入錢唐。明岑浄朝氣，回浦漾晨光〔二〕。隱隱吴岫出，遥遥越岸長〔三〕。稜稜見摛堞，戢戢睹攢牆〔四〕。堪歎遊歌地，都非佳麗場〔五〕。樓臺已闃寂，闤闠亦荒涼〔六〕。平生昧陳力，末暮忝爲郎〔七〕。徒然感恩義〔八〕，誰復聽忠良？晚投公館宿，官燭何煒煌！自憐無補報，飲愧繞中腸〔九〕。

【題解】

杭，東南都市杭州。《元史》卷六十二《地理五·江浙等處行中書省·杭州路》：「領司二，縣八，州一。左、右録事司。縣八：錢塘、仁和、餘杭、臨安、新城、富陽、於潛、昌化。州一：海寧州。」

顧祖禹《讀史方輿紀要》卷九十《浙江二·杭州府》：「府山川環錯，井邑浩穰，爲東南都會。春秋時吴、越爭雄之所也。自三國以來，皆恃爲財賦淵藪。陳、隋始立郡建州，繁衍之漸，基於此矣。唐末置節鎮於此，以寵錢鏐。鏐於是擁兵廓地，爲東南雄鎮。宋建炎三年，高宗至鎮江，召從臣問去留。吕頤浩乞駐蹕京口，爲江北聲援。王淵獨言鎮江止可捍一面，不如錢塘有重江之險。於是遂如杭州，即州治爲行宫。王阮言：『臨安蟠幽宅阻，面湖背海，膏腴沃野，足以休養生聚，其地利於休息。』陳亮言：『吴會者，晉人以爲不可都。而錢鏐據之以抗四鄰，蓋自毗陵而外，不能有也。其地南有浙江，西有崇山峻嶺，東北則有重湖沮洳，而松江、震澤横亘其前，雖有戎馬百萬，安所用之？此錢鏐所恃以爲安，國家六十年都之而無外憂者也。』朱子嘗言：『建康形勢雄壯，然淮破則止隔一水，欲進取則都建康，欲自守則都臨安。』近時言者，亦謂昔人咎宋都臨安，遂成偏安之局。不知臨安雖偏，前有襟障，左右臂有伸縮，是以晏然者百餘年。六朝都建康，雖云控引江淮，而過於淺露。荆、雍、江、鄂上游跋扈，未有三十年無事者也。然辛幼安有言：『斷皋亭之山，天下無援兵。決西湖之水，滿城皆魚鱉。』陳同甫亦嘗環視錢塘，喟然歎曰：『城可灌也。』蓋以地下於西湖云。而西山真氏則曰：『國家南渡，駐蹕海隅，何異越棲會稽之日？而秦檜乃以議和移奪上心，粉飾太平，沮鑠士氣。士大夫豢於錢唐湖山歌舞之娛，無復故都《黍離》《麥秀》之歎。此檜之罪所爲上通於天，而不可贖也。』」

【箋注】

〔一〕臨平：今浙江餘杭，自古爲杭州北部門户。《西湖遊覽志餘》卷二十一《委巷叢談》：「杭城之水皆東北向而輸委於臨平，蓋其地勢使然也。水口浩散，得皋亭山爲之遮攔，故氣脉不解。皋亭山去府治可二十里。又東北爲臨平山，其下爲臨平湖。吴赤烏二年寶鼎見湖中，因稱鼎湖。又得小石，長四寸廣二寸，刻皇帝字，因改元天璽。晉武帝時占者謂『臨平湖塞天下亂，湖開天下平』，則臨平湖又杭州王氣所關也。」

〔二〕明岑：清朗山峰。《爾雅·釋山》：「山小而高曰岑。」回浦：參看本卷《泛石湖》。

〔三〕吴岫：吴地群峰。越岸：此指流經杭州城南之錢塘江岸。

〔四〕摛堞：鋪排舒展之城上女牆。鮑照《還都至三山望石頭城》：「攢樓貫白日，摛堞隱丹霞。」

《增韻》：「摛，布也。」《韻會》：「堞，城上女牆。」戢戢：密集貌。唐于鵠《過凌霄洞天謁張先生祠》：「戢戢亂峰裏，一峰獨凌天。」

〔五〕謝朓《入朝曲》：「江南佳麗地，金陵帝王州。」

〔六〕闃寂：寂寥。闤闠：街市。《隆平紀事》：「元初有傅立者，善卜筮。世祖以杭州故都之地，恐有再興者，命立占之。對曰：『其地六七十年後，會見城市生荆棘。』後張氏據浙西，杭數毀於兵，遂爲墟。」

〔七〕陳力：施展才力。《論語》：「陳力就列，不能者止。」郎：官名，此指詩人所承之儒學提舉，秩從五品。

〔八〕恩義：恩情。戴叔倫《夫婦怨》：「心知恩義絶，誰忍分明别？」

〔九〕補報：報答。蔡邕《讓尚書乞在閑冗表》：「非臣碎首糜軀，所能補報。」飲愧：深感羞愧。謝翱《晞髮集》卷五《九日》：「舉動良足惜，飲愧望柴桑。」

登飛來峰

人言西山好，兹峰更奇絶〔一〕。飛來自西裔，悠悠彌年月〔二〕。使行偶經從，息徒此沿越〔三〕。結欣涉回澗，澡慮探奇穴〔四〕。嵌崟去崖斷，詭仄歸蹊缺〔五〕。梯苔晞①膴原，捫蘿瞰深樾〔六〕。可憐瑶圃境，盡入兵火劫〔七〕。雲構欻已墟，忍草亦衰歇〔八〕。吾聞西方教，空色俱寂滅〔九〕。莊嚴適增累，幻化匪虚説〔一〇〕。伊人信往矣，對此空騷屑〔一一〕。

【題解】

飛來峰，杭州名山。梁詩正沈德潛《西湖志纂》卷八《北山勝迹下·飛來峰》：「在靈隱山前。《咸淳臨安志》：『一名靈鷲峰。』晏元獻《輿地志》云：『晉咸和元年，西天竺僧慧理登兹山，歎曰：此是中天竺國靈鷲山之小嶺，不知何年飛來。因掛錫造靈鷲寺，號其峰曰飛來。』《西湖遊覽志》：『峰界天竺、靈隱兩山之間，高不逾數十丈，而怪石森立，青蒼玉削，若駭豹蹲獅，筆卓劍植，衡從偃仰，益玩益奇。上多異木，不假土壤，根生石外，矯若游龍，丹葩翠蕤，蒙羃聯絡，冬夏長青。其下巖扃窈窕，屈曲通明，壁間布鐫佛像，戌削奇古，皆六代遺迹。』王安石《登飛來峯》詩：『飛來山上千尋塔，聞説鷄鳴見日升。不畏浮雲遮望眼，自緣身在最高層。』」

【校勘】

① 晞：底本作「晞」，據乾隆本改。

【箋注】

〔一〕西山：此泛指杭州城以西諸峰。

〔二〕西裔：西邊，即中天竺國。彌：連接。《文選》王粲《登樓賦》：「北彌陶牧。」張銑《注》：「彌，連也。」陸機《擬蘭若生春陽》：「隆想彌年月，長嘯入風飆。」

〔三〕使行：奉命出使。經從：經過。《廣雅·釋詁一》：「從，行也。」曹彦約《再至淮南》：「溢浦經從後，淮壖欲到時。」徒：隨從。嵇康《贈秀才入軍》：「息徒蘭圃，秣馬華山。」沿越：順流而下。《説文》：「沿，緣水而下也。」鮑照《和王丞》：「明澗子沿越，飛蘿予縈牽。」

〔四〕結欣：心生喜悦。張時徹《武陵莊雜詠》：「秉願物外遊，結欣在何許？」

〔五〕嵌崟：同「嶔崟」，高峻貌。《集韻·銜韻》：「嵌，亦作嶔。」杜甫《白沙渡》：「高壁抵嶔崟，洪濤越凌亂。」詭仄：怪異欹傾。徐彦伯《和李適答宋十一入崖口五渡見贈》：「沿洄弄沙榜，詭仄眺明岑。」

〔六〕梯：憑依。《山海經·海内北經》：「西王母梯几而戴勝杖。」郭璞《注》：「梯，謂憑也。」睎：觀望。膴原：肥沃原野。《詩經·大雅·緜》：「周原膴膴，堇荼如飴。」深樾：幽深樹林；樾，樹林。

〔七〕瑶圃：仙境。《楚辭》屈原《九章·涉江》：「駕青虬兮驂白螭，吾與重華遊兮瑶之圃。」

〔八〕雲構：此指高聳軒昂之寺院殿堂。元稹《和友封題開善寺十韻》：「梁王開佛廟，雲構歲時遥。」忍草：忍辱草，《涅槃經》卷二十七引《師子吼菩薩》，言雪山有草，名爲忍辱，牛羊食之，則成醍醐。宋之問《遊法華寺》：「晨行踏忍草，夜誦得靈花。」

〔九〕空色：無有虚實。《般若波羅蜜多心經》：「色不異空，空不異色，色即是空，空即是色。」寂滅：涅槃，即超脱一切境界入於不生不死之門。陳子昂《感遇》：「空色皆寂滅，緣業定何成？」

〔一〇〕莊嚴：此指軒昂佛寺。幻化：佛教幻化宗觀念，唯心神不空，天地萬物皆幻化而現。吉藏《中論疏》：「一切諸法皆同幻化，同幻化故，名爲世諦。心神猶真不空，是第一義。若神復空，教何所施？誰修道隔凡成聖？故知神不空。」

〔一一〕伊人：那人，此指佛祖。騷屑：愁苦悲戚。元稹《遺病》：「白日速如飛，佳晨亦騷屑。」

泛西湖舟中作

夙負海嶽志，緬懷西湖名。蹉跎去玄髮，邂逅徵素情〔一〕。駬鞚依岸息〔二〕，畫舫漾波輕。前睇蘇堤繞〔三〕，旁窺葛嶺横〔四〕。戀結處士祠〔五〕，悲纏忠將塋〔六〕。興繁賞屢失，境變魂愈驚。雉堞見新築，翬甍失舊營〔七〕。空餘歌舞地，詎聞簫管聲？顧余文墨吏，遑知治亂情〔八〕？人隱雖未弭，客懷聊暫清〔九〕。一動群生念，咄咄何時平〔一〇〕？

【題解】

西湖，浙江杭州名湖。梁詩正沈德潛《西湖志纂》卷一《西湖全圖》：「西湖古稱明聖湖，在浙江會城之西，方廣三十里，受武林諸山之水，下有淵泉百道，瀦而爲湖，蓄潔渟深，圓瑩若鏡。中有孤山傑峙水心，山之前爲外湖；山後曰後湖；西亘蘇堤，堤以内爲裏湖。湖分爲三，而路則有五：出錢塘門，過段家橋，沿白沙堤至孤山，而西經蘇堤，合趙堤、楊堤，爲一路，曰孤山路；出湧金門而南，合清波門，經南屏山，至南高峯，復自方家峪，經鳳凰山，越龍山，達錢塘江爲一路，曰南山路；由湧金門之北，合錢塘門，渡石函橋，循葛嶺，入靈竺，至北高峯爲一路，曰北山路；面臨吴山，背負西溪，又各爲一路，曰吴山路，曰西溪路。風景天成，形勝地設，其間名賢肇迹之處、仙佛之宫、高隱之廬與夫忠孝節烈凡功德之在人者俎豆薦馨之宇，遠近相屬，樓臺錯峙，亭館銜接，金碧輝映於水光山色間。唐人擬爲十洲三島。迨宋蘇軾則有臨安眉目之喻，至比之西子，遂稱西子湖。後樓鑰復因倪思之論，以西湖似賢者，更名賢者湖。明孫一元著高士服，棲隱湖壖，時人復稱高士湖。又有以西湖比明月者，亦稱明月湖。擬議形容，篇什浩衍，皆不足殫西湖之勝。」

素情。」

【箋注】

〔一〕玄髪：黑髪。徵：驗證。素情：平素心願。宋之問《遊法華寺》：「分刺江海郡，朅來徵素情。」

〔二〕駟輊：驛馬。駟：古代驛站所用之傳車與驛馬。《左傳・文公十六年》：「楚子乘駟，會師於臨品。」杜預《注》：「駟，傳車也。」輊：馬。鮑照《擬古詩》：「獸肥春草短，飛輊越平陸。」

〔三〕《西湖志纂》卷三《蘇堤》：「在西泠橋西，上有六橋。自南新路接北新路，横截湖中。宋元祐間蘇軾築。楊慎《蘇堤本末》：『東坡既奏開湖，周視湖上曰：今欲去葑田，而葑泥如雲，安所置之？湖南北周回三十里，環湖往來之民，或終日不達，若取葑草積之湖中，爲長堤以通南北，則葑去而行者便矣。堤成，杭人稱曰蘇公堤，祠公堤上。』」

〔四〕《西湖志纂》卷一《葛嶺朝暾》：「初陽臺據葛嶺之巔。舊志稱十月朔，海日初出，爛然可觀。蓋地勢高峻，直望東北海門，日輪乍起，微露一痕，瞬息間霞光萬道，天半俱赤，紅若琥珀，大如銅盤，光景離奇，倏忽變幻，不可端倪，故錢塘八景有東海朝暾之目。凡山峰高處皆可觀日出，泰岱日觀峰，其最著者。近如靈隱之韜光，亦有『樓觀海日』之句。而葛嶺獨以初陽名，蓋十月朔日，日行之道恰當臺之正面，是以所見益真。或云日初起時，四山皆晦，惟臺上獨明，山鳥羣起。遥望霞氣中，時有海風蕩潏水面，更有一影，互相照映，傳是日月并升。其説似未可信，而詢之故老，皆同舊志所稱，或非無據也。」

〔五〕處士：宋隱士林逋。《西湖志纂》卷一《梅林歸鶴》：「宋和靖處士林逋故廬在孤山之陰，遥對葛嶺。逋嘗放鶴於此，上多古梅，相傳爲逋手植，今皆不存。而後人補植者多已成林。元至元間，郡人陳子安建鶴亭。後圮，明嘉靖中重建。」

〔六〕忠將：宋抗金名將岳飛。《西湖志纂》卷七《忠烈廟》：「在棲霞嶺下，俗稱岳王廟。《萬曆杭州府志》：『祀宋少保岳武穆王飛。王誣死後，孝宗爲雪其冤，改葬於棲霞嶺，復官，賜謚武穆。廢智果院爲祠，賜額曰褒忠衍福寺，墓木皆南向。』……趙孟頫《岳王祠》詩：『岳王墳上草離離，秋日荒凉石獸危。南渡君臣輕社稷，中原父老望旌旗。英雄已死嗟何及，天下中分遂不支。莫向西湖歌此曲，水光山色不勝悲。』于謙《岳王祠》詩：『匹馬南來渡浙河，汴城宫闕遠嵳峩。中興諸將誰降敵？負國奸臣主議和。黄葉古祠寒雨積，青山荒冢白雲多。如何一别朱仙鎮，不見將軍奏凱歌？』」

〔七〕雉堞：女牆。翬甍：狀如飛鳥兩頭上翹之屋脊。李東陽《題清明上河圖》：「城中萬屋翬甍起，百貨千商集成蟻。」

〔八〕遑：何，哪里。《古書虚字集釋》卷四《況兄皇行遑》：「『皇』猶『胡』也，『何』也……字或作『遑』。《詩·谷風篇》：『我躬不閲，遑恤我後。』」

〔九〕隱：痛苦。《國語·周語上》：「是先生非務武也，勤恤民隱而除其害也。」韋昭《注》：「隱，痛也。」

〔一〇〕群生：黎庶百姓。元結《大唐中興頌》：「邊將騁兵，毒亂國經，羣生失寧。」

遊吴山承天觀

石徑趨巍宮，雲甍倚層壁〔一〕。昔聞帝子遊，今見羽人宅〔二〕。鱗居庭際擁，蜃①閣窗外闢〔三〕。複嶺曲且盤，喬林隱復直〔四〕。路縈賞心侶，谷館咀芝客〔五〕。即近已欣覯，撫遠亦驚覿〔六〕。離離越樹青，渺渺海門白〔七〕。乘風遲來潮，倚月候歸汐〔八〕。徘徊憶天險，俯仰誇地德〔九〕。于時將指使，暫此蕩塵臆〔一〇〕。豈無犬馬情？終負煙霞癖〔一一〕。何當解朝組，相從隱仙籍〔一二〕？

【題解】

吴山，杭州山名。顧祖禹《讀史方輿紀要》卷九十《浙江二·杭州府·仁和縣·吴山》：「在府治南。《圖經》云：『春秋時爲吴南界，故名。』或曰以子胥名，訛伍爲吴也。亦名胥山。左帶大江，右瞰西湖。宋建炎三年兀朮陷臨安，將還，斂兵於吴山、七寶山，焚掠而去。七寶即吴山西南面支峰也。紹興末，金亮聞其勝概，欲立馬吴山，遂南寇。今峰巒相屬，以山名者凡數處，而總曰吴山。」

梁詩正沈德潛《西湖志纂》卷一《吴山大觀》：「吴山最高處名紫陽山，亦名瑞石山。上有宋米芾書『第一山』石刻存焉。頂石砥平，天成若臺，可容憑眺，舊稱大觀臺，故有吴山大觀之目。」

承天觀，江南著名道觀。田汝成《西湖遊覽志》卷十二《南山城内勝迹·承天靈應廟》：「舊爲天地水府三官堂，故俗稱三官廟。宋龍德三年建，名玉虛觀。紹興四年改沖天觀，尋燬。端平三年重建，改賜今額，有天開圖畫閣、清暉亭。元末燬。洪武二十三年道士嚴一清重建。弘治七年，道士沈玄理、章德芳相繼修之。元吴訥《登吴山留題承天觀》詩：『滿目盡樓臺，路從山頂來。潮生沙岸没，雲破海門開。官舍籠鵝去，道人騎鶴回。題詩向何處？石壁掃蒼苔。』《東軒》詩：『孤客憑危正惘然，江南春盡落花天。海門黑送千艘雨，城郭青炊萬竈煙。燒藥金爐猶伏火，射潮鐵箭久離弦。伍員白馬今何在？幾處荒臺野鹿眠。』《宿承天觀用楊廉夫韻》詩：『承天觀裏開圖畫，吴越山河一覽中。半夜月明湖水白，五更日出海門紅。彩船春晚笙歌歇，粉堞風高鼓角雄。十二闌干都倚遍，歸心飛過大江東。』劉伯温《承天觀》詩：『吴山頂上承天觀，玉牒金符鎮地靈。百尺樓臺依斗極，九霄風露出窗櫺。江聲洶湧蛟龍鬬，雲氣虛無翡翠屏。見説蓬萊恰相對，僊凡只在隔滄溟。』張伯雨《清暉亭》詩：『萬瓦連雲人世罕，一鷄啼日海波紅。欲窺倒影青冥外，故着危亭紫翠中。』」

【校勘】

① 蜃：乾隆本作「層」。

【箋注】

〔一〕雲甍：屋脊高聳入雲，代高樓大廈。宋之問《郡宅中齋》：「雲甍出萬家，臥覽皆已遍。」層壁：高大巖壁。王季文《九華山謡》：「杉松一歲抽數尺，瓊草夤緣秀層壁。」

〔二〕帝子：帝王子女。王勃《滕王閣》：「閣中帝子今何在？檻外長江空自流。」

〔三〕鱗居：密布如魚鱗之屋舍。蜃閣：蜃樓，古人謂蜃氣變幻而成之樓閣，此代壯美樓閣。包佶《送日本國聘賀使晁巨卿歸國》：「孤城開蜃閣，曉日上朱輪。」

〔四〕複嶺：重疊山嶺。胡曾《詠史詩·番禺》：「重岡複嶺勢崔巍，一卒當關萬卒回。」喬林：高大樹林。釋文珦《晚歸》：「喬林瑟瑟起陰風，夜色歸山不辨重。」

〔五〕縈：牽繫，牽引。陶淵明《辛丑歲七月赴假還江陵夜行塗中一首》：「投冠旋舊墟，不爲好爵縈。」賞心：心意歡快。館：安排住宿。《左傳·哀十五年》：「陳成子館客。」杜預《注》：「使景伯子贛就館。」咀芝：食用靈芝，形容道家求仙問道生涯，參見卷十《望大牢山》。

〔六〕即：靠近。撫：觀覽。《神女賦》：「於是撫心定氣。」李善《注》：「撫，覽也。」

〔七〕渺渺：遥遠貌。海門：江流入海處。韋應物《賦得暮雨送李胄》：「海門深不見，浦樹遠含滋。」

〔八〕遲：等待。潮：海水晝漲。汐：海水夜漲。《西湖志纂》卷一《浙江秋濤》：「西湖雖不通江，而江湖實相表裏。錢塘江本名浙江，亦名曲江，以江流三折，故稱曲焉。枚乘《七發》云

『觀濤於廣陵之曲江』，是也。凡江皆有潮，而觀濤獨於浙江者，因海潮逆流而上，受龕、赭兩山約束，蹙不得騁，與山争勢，洶而爲濤。或云下有沙潭横亘隔閡，洪波起而爲濤。一日夜再至，而秋八月尤盛。」

〔九〕天險：本指無從攀登之蒼穹，後稱險峻地形。《易·坎》：「天險，不可升也；地險，山川丘陵也。」孔穎達《疏》：「言天之爲險，懸邈高遠，不可升上。」

〔一〇〕將：奉行。指使：差遣，指令。《禮記·曲禮上》：「六十曰耆，指使。」鄭玄《注》：「指事使人也。」蕩：清除。

〔一一〕煙霞：代山水勝景。楊炯《原州百泉縣令李君神道碑》：「不掃一室，自懷包括之心；獨守大玄，且忘名利之境。于時魏特進、房僕射、杜相州等，并以江海相期，煙霞相許。」

〔一二〕解組：辭職；組，佩印或繫玉之絲帶。韋應物《簡寂觀西澗瀑布下作》：「窺蘿玩猿鳥，解組傲雲林。」仙籍：神仙簿册。李商隱《重過聖女祠》：「玉郎會此通仙籍，憶向天階問紫芝。」

抵富陽宿縣治作

戾戾風蕩波，鱗鱗雲出崿〔一〕。乘軺臨安道，指景富春郭〔二〕。是節春已暮，遥途寒尚薄〔三〕。升陽對人掩，傾潤灑衣落〔四〕。解鞍憩危嶺〔五〕，倚劍望幽壑。饑禽聲固慘，哮虎勢尤惡。既暝入公署，息念坐塵閣〔六〕。俯思還浦魚，仰憶回風鶴。以之念鄉縣，臨觴不能酌〔七〕。

【題解】

富陽，元時江浙行省杭州路屬縣。顧祖禹《讀史方輿紀要》卷九十《富陽縣》：「府西九十里。西南至嚴州府桐廬縣八十里，北至餘杭縣五十里。本漢富春縣，屬會稽郡……咸安初以鄭太后諱春，改曰富陽。宋以後因之。隋屬杭州。唐仍舊。五代時吴越嘗復爲富春，尋復故。」

【箋注】

〔一〕戾戾：勁疾貌。鮑照《從臨海王上荆初發新渚》：「戾戾旦風遒，嘈嘈晨鼓鳴。」潘岳《秋興賦》：「勁風戾而吹帷。」李善《注》：「戾，勁疾之貌。」鱗鱗：雲如魚鱗貌。鮑照《上潯陽還都道中》：「鱗鱗夕雲起，獵獵晚風遒。」吕延濟《注》：「鱗鱗，雲貌。」崿：山崖。

〔二〕軺：輕便小馬車。臨安：元代江浙行省杭州路屬縣。《讀史方輿紀要》卷九十《浙江二·臨安》：「府西北百里。西南至嚴州府分水縣一百有三里，東南至富陽縣百里，北至湖州府安吉州孝豐縣六十里。」

〔三〕楊時《春曉》：「莫嫌寒尚薄，雨雪更愁人。」

〔四〕傾潤：降雨。鮑照《喜雨》：「升雰浹地維，傾潤瀉天潢。」

〔五〕釋延壽《山居詩》：「危嶺如登百尺樓，千般異景望中收。」

〔六〕息念：消除雜念。陸游《閉户》：「寸陰息念如年永，丈室端居抵海寬。」

〔七〕鄉縣：詩人故鄉婺州浦江縣，北鄰富陽。

入湖源

榜舟渡長浦，搔首望遥山〔一〕。西界出吴道，東臨入越關。到家諒匪遠，跋馬勢不前〔二〕。懷禄吾豈敢？行路古所難。獨有山上雲，既出復知還〔三〕。

【題解】

浦江縣西部群山逶迤，壺源江濫觴於此。壺源江或曰湖溪，或曰湖源江，流經桐廬、富陽，注入富春江。戴聰《建溪集後編》卷二清周璠《湖源圖説》：「湖溪中流百六十里，入富陽江，俗名曰湖源。湖溪自唐公嶺以上皆浦江；金沙嶺以上，桐浦牙錯；金沙嶺下至富陽江，皆富陽境：此湖溪之大概也。」

戴九靈故鄉元浦江縣興賢鄉馬劍村，即在湖溪支流建溪之畔。戴聰《建溪集後編》卷二戴殿泗《建溪源流記》：「浦北水之大者曰湖溪，其别源曰建溪。建溪發源廿八都之翹竺嶺……建溪西流經九靈山前蕩釜山下，九靈山巍然方廣四十餘里，西北隸富陽，東接諸暨，其在浦江廿九都、三十都界者亘二十里，形勝詳見元揭秘監、烏春草集所載《九靈山房記》中。建溪又西流經馬劍村，入三十都界，有篔簹嶺水、大筧廷水注之，皆九靈山支流也，共十里合於湖溪。有金沙嶺卓立回繞，浦江北界於斯盡焉。建溪西流源委共三十里，既合湖溪入富陽，又西北流八十里，達於富春江。」

【箋注】

〔一〕浦：小水流注入江海處；此指富陽場口鎮東壺源江注入富春江之交匯處。

〔二〕跋馬：騎馬馳逐。嚴武《巴嶺答杜二見憶》：「跋馬望君非一度，冷猿秋雁不勝悲。」

〔三〕宋釋文珦《雲棲》：「静室雲守護，空門雲往還。」

次場口

久宦迷故都，故都在何處〔一〕？驅車向鄰壤〔二〕，頭白不知路。長林日夕行，曠野東西顧。方遠歎途阻，逾近覆心懼〔三〕。豈無入林翮？莫與歸飆遇〔四〕。

【題解】

次，臨時停留。《尚書·泰誓》：「王次於河朔。」埸口，浙江富陽水路重鎮，在壺源江與富春江交匯處。

【箋注】

〔一〕至正二十二年詩人入吳門官淮南江北儒學提舉，眼下已是二十六年春，是以言久宦。故都：故鄉，參見卷三《舟發嚴陵承以愚天錫諸公追餞》。

〔二〕鄰壤：此指與浦江接壤之富陽。《乾隆浦江縣志》卷一《輿地二·疆域》：「北至杭州府富陽縣界九十里，以金沙嶺爲界，自界至縣治九十里。」

〔三〕覆：反而。《詩經·大雅·瞻卬》：「人有土田，女反有之；人有民人，女覆奪之。」鄭玄《箋》：「覆，猶反也。」宋之問《渡漢江》：「嶺外音書斷，經冬復歷春。近鄉情更怯，不敢問來人。」

〔四〕張可久《霜角·練溪晚渡》：「淡煙微隔，幾點投林翮。」

至古城飲馮氏家

跋馬向斯里，仿佛見鄉閈〔一〕。徒知故山近，終嫌歸路斷。移疾駐近郊，薄言息短翰〔二〕。新知固雲集，舊交多雨散。惟君好兄弟，視我實親串〔三〕。慷慨談昔遊，留連興累歎。荒基記歌榭，棄礎憶吟館〔四〕。不睹物興衰，詎知時治亂？鄙人獲良晤，是節牽薄宦〔五〕。清卮阻久陪，别袂限①長判〔六〕。作詩寫情慮，聊用慰憂患〔七〕。

【題解】

古城，湖溪畔山村，今屬富陽市常安鎮，距詩人桑梓浦江馬劍數十里之遥。馮氏，其人不詳；詩云「慷慨談昔遊」，則馮氏必爲詩人故友。

【校勘】

①限：乾隆本作「恨」。

【箋注】

〔一〕鄉閈：鄉里。蘇頌《贈大理寺丞陳公挽辭》：「隱德稱鄉閈，清風遺子孫。」

〔二〕移疾：稱病。錢起《崔十四宅問候》：「微官同寄傲，移疾阻招攜。」短翰：短小羽毛，喻自身德薄才疏。

〔三〕親串：親密者。謝惠連《秋懷》：「因歌遂成賦，聊用布親串。」

〔四〕荒基：荒涼牆腳。棄礎：廢棄石礎。

〔五〕是節：這時節。杜甫《九日寄岑參》：「是節東籬菊，紛披爲誰秀？」

〔六〕清巵：盛酒酒器。謝朓《和伏武昌登孫權故城》：「清巵阻獻酬，良書限聞見。」别袂：舉手道别。判：分開。《左傳·莊公三年》：「紀於是乎始判。」杜預《注》：「判，分也。」

〔七〕寫：宣泄，排除。《詩經·小雅·蓼蕭》：「既見君子，我心寫兮。」鄭《箋》：「我心寫者，舒其情意，無留恨也。」

望九靈山

九靈眇何許？連峰高不極〔一〕。依稀接遠霧，仿像起寒色〔二〕。我家是山下，别來歲頻易。屋廬閑鳥聲，冢墓遺獸迹。可望不可至，空多故鄉憶〔三〕。

【題解】

此詩作於遠征山東途經浦江鄰縣富陽時。九靈山，詩人故鄉浦江馬劍名山。《光緒浦江縣志》卷二《輿地志第二・九靈山》：「縣北九十里，北鄉山惟此最高。山有九峰，元季戴良居此，因自號九靈山人。」戴聰《建溪集後編》卷二戴殿泗《山堂十勝十首・靈山矗雲》：「大谷風雲起，名區洞壑開。九峰青偃蹇，百里翠徘徊。散雨緣支落，流虹繞岸回。高標奇絶處，圖畫憶清裁。」又，戴殿海《靈山矗雲》：「蒼山不改色，白石自成雲。突兀峰徐斂，嶙峋勢乍分。天光開詄蕩，仙馭駕繽紛。爲想巖居者，餐霞絶世紛。」又，戴聰《靈山矗雲》：「連峰青不斷，直上少班聯。天半峨嵋雪，雲端華岳蓮。拓基盤浦北，卜宅肇唐年。山以人增重，清風百世傳。」

【箋注】

〔一〕眇：深遠。何許：如何。王沂孫《摸魚兒》：「姑蘇臺下煙波遠，西子近來何許？」

〔二〕仿像：隱約模糊貌。杜甫《渼陂西南臺》：「仿像識鮫人，空蒙辨魚艇。」

〔三〕至正二十六年春，朱元璋部盤踞諸暨浦江，張士誠部割據富陽桐廬，是故戴九靈無由返鄉，友人張憲詩可窺時勢之一斑。張憲《玉笥集》卷八《答問湖源風土》：「湖源源上路，東與浦陽連。地勝藏春塢，民居小有天。秋山紅入畫，晴野白浮天。一道桃花水，如今泊戰船。」

九靈山房集卷之九

吴遊稿二

五言古詩

贈婦

單居易爲久，仳别難處心〔一〕。而況我佳儷，有若比翼禽〔二〕。暮栖必并枝，朝啄常共林。中道一分散，曠世絶形音〔三〕。跂彼雙睢鳩，翻飛河之潯〔四〕。徘徊逐儔侣，每與同浮沉。今我反不如，迢迢江與岑。可能施兩翮，乘風起相尋？

【題解】

婦，趙姓，宋室苗裔，元時浦江城南人，詳見卷二十九《祭亡妻趙氏夫人文》。《民國浦陽趙氏宗譜》卷二揭汯《故梅石處士趙先生墓誌銘》：「女三人，俱有婦德。長適樓偲，次適戴良，次適周晏。」

【箋注】

〔一〕仳別：離別。謝惠連《西陵遇風獻康樂》：「哲兄感仳別，相送越坰林。」處心：安心；處，安。《詩經·召南·江有汜》：「其後也處。」朱熹《詩集傳》：「處，安也，得其所安也。」

〔二〕俞桂《古意》：「昔爲比翼鳥，今作孤飛翮。」

〔三〕曠世：時間久長。張衡《東京賦》：「蒖莢爲難蒔也，故曠世而不覿。」

〔四〕跂：抬起腳後跟站立，形容遥望豔羨狀。《詩經·衛風·河廣》：「誰謂宋遠？跂予望之。」雎鳩：鳥名，常喻夫婦和諧。《詩經·周南·關雎》：「關關雎鳩，在河之洲。」朱熹《詩集傳》：「雎鳩，水鳥，一名王雎，狀類鳧鷖，今江淮間有之。生有定偶而不相亂，偶常并遊而不相狎，故《毛傳》以爲摯而有别，《列女傳》以爲人未嘗見其乘居而匹處者，蓋其性然也。」

婦答

妾昔舍閭里，從君此西征〔一〕。爲君是妾夫，終遠父與兄。豈知末路來，與君亦分形？茫茫畏途上，惟攜二豎嬰〔二〕。妾固知戀君，君亦有妾情。遊宦偶無終，聊各趣所營〔三〕。願勿以妾故，沉憂損君生。君軀泰山重，詎比妾身輕〔四〕？

【題解】

婦答，趙氏夫人心聲，詩人搦管代言。

【箋注】

〔一〕西征：趙氏夫人跟隨詩人寓居吳中。

〔二〕二豎嬰：此指長子戴思禮與次子戴思樂；豎嬰，豎子，小孩。顔之推《顔氏家訓・治家》：「笞怒廢於家，則豎子之過立見；刑罰不中，則民無所措手足。」

〔三〕偶：偶然遇到。《集韻・候韻》：「偶，不期會也。」終：成功。《國語・周語下》：「純明則終。」韋昭《注》：「終，成也。」趣：趨赴。《詩經・大雅・棫樸》：「濟濟辟王，左右趣之。」毛《傳》：「趣，趨也。」

〔四〕范仲淹《出守桐廬道中十絶》：「君恩泰山重，爾命鴻毛輕。」

傷李氏妾

李乃篤魯迷失治書之女〔一〕，有女德。年十九歸吾爲妾〔二〕，未幾即死，因賦此傷之①。

其一

皎皎彼姝子，粲粲美容華〔三〕。鮮肌暎朝日，惠質鬭晴葩〔四〕。借問何從來？生自公侯家。一爲箕帚妾，斂己絶矜誇〔五〕。居處辭曩貴，食飲避前奢。奈何九秋霜，竟殞三春花〔六〕？時時想爾形，撫膺歎以嗟。

【題解】

李氏妾，河西人，江南行御史臺治書侍御史篤魯迷失養女。至正乙巳冬末出嫁，次年六月染疾謝世，詳見本書卷十四《亡妾李氏墓誌銘》。

【校勘】

① 之：底本闕，據乾隆本補。

【箋注】

〔一〕治書：此指江南諸道行御史臺治書侍御史。《元史》卷八十六《百官二・江南諸道行御史臺》：「至元十四年，始置江南行御史臺於揚州，尋徙杭州，又徙江州。二十三年，遷於建康，以監臨東南諸省，統制各道憲司，而總諸内臺。初置大夫、中丞、侍御史、治書侍御史各一員，統淮東、淮西、湖北、浙東、浙西、江東、江西、湖南八道提刑按察司。」

〔二〕歸：女子出嫁。《説文》：「歸，女嫁也。」

〔三〕姝子：美人。李白《白頭吟》：「茂陵姝子皆見求，文君歡愛從此畢。」容華：美麗容顔。曹植《雜詩》：「南國有佳人，容華若桃李。」

〔四〕暎：同「映」，映襯。惠質：柔美體質。

〔五〕箕帚：畚箕與掃帚，代操持家務。《元詩紀事》卷三十六《管道杲》引《履園叢話》：「夫婦人之事，箕帚中饋刺繡之外，無餘事矣。而吾妹則無所不能，得非所謂女丈夫乎？」矜許：矜持與責讓。

〔六〕九秋：秋天。三春：春天。張協《七命》：「晞三春之溢露，溯九秋之鳴飈。」謝靈運《善哉行》：「三春燠敷，九秋蕭索。」

其二

涼風撼房闥，朗月照簾櫳〔一〕。佳人已冥冥，髣髴睹爾容〔二〕。入室撫遺迹，茵在床竟空。海闊無回波，葉落豈留蓬〔三〕？茫茫百年内，私懷誰克從〔四〕？

【箋注】

〔一〕房闥：房門。簾櫳：窗簾與窗櫺。崔顥《長門怨》：「夜愁生枕席，春意罷簾櫳。」

〔二〕冥冥：幽昧渺茫。沈千運《感懷弟妹》：「兄弟可存半，空爲亡者惜。冥冥無再期，哀哀望松柏。」

〔三〕白居易《浩歌行》：「去復去兮如長河，東流赴海無回波。」白居易《西原晚望》：「門外轉枯蓬，籬根伏寒兔。」

〔四〕茫茫：渺茫模糊。元稹《解秋十首》：「茫茫百年内，處身良未休。」

泛海

仲夏發會稽，乍秋别勾章〔一〕。擬杭黑水海，首渡青龍洋〔二〕。南條山已斷〔三〕，北界水何長！遠近浪爲國，周圍天作疆。川后偶安恬，天吴亦屏藏〔四〕。蕩槳乘月疾，掛席逐風揚〔五〕。零露拂蟠木，旭日耀扶桑〔六〕。我行無休隙，此去何渺茫！東海蹈仲連〔七〕，西溟遁伯陽〔八〕。輕名冀道勝，重己企時康〔九〕。孰謂情可陳？旅念坐自傷〔一〇〕。

【題解】

泛海，榜舟渡海，其事亦見本卷《自定川入海》《渡海》。或言戴九靈泛舟北上歸擴廓軍以效命元朝，《明史》卷二百八十五《文苑一·戴良》：「久之，見士誠將敗，挈家浮海，抵登萊，欲間行歸擴廓軍。」或言戴九靈買舟北上爲張士誠求救於擴廓帖木兒，黄宗羲《宋元學案》卷八十二《北山四先生學案·提舉戴九靈先生良》：「明伐吴，先生從海道求救於山東擴廓帖木兒。」按卷八《始發吴門》「及兹將使命，翩然就行役」，詩人泛海北漂之舉，實奉張士誠之命，北歸擴廓軍以求聯合抗明。若南北果聯盟協力，則詩人完成使命之日，即效忠元朝之時。

【箋注】

〔一〕會稽：紹興别稱。《萬曆紹興府志》卷一《疆域志·形勝》：「紹興枕大海。岸北吴興良田鱗次。左右兩江如夾，曹娥外四明、大蘭爲翼。東接明州。由西陵渡浙江，則臂天目諸山，控扼三吴。南山爲前障。五泄、天姥錯三邑，巖谷連綿，犬牙天台、永嘉間。與閩、豫章相望，固東南一都會也。禹迄功，萬國委輸。勾踐生聚教訓，竟滅强吴，續五霸。二孫據江東，俱自領會稽太守。晉東渡之初，三吴豪蓋請都會稽。五代之亂，錢氏據兩浙，越獨爲完州。南宋都臨安，則紹興爲股肱郡。明興，置防海諸軍，紹興實搤其肮。二百餘年來，名卿輩出，益稱名郡云。」勾章：或作句章，古時慈溪，泛稱寧波。《嘉靖寧波府志》卷一下《沿革》：「漢承秦舊，鄞、勾章、鄮列見於班《志》。鄞今奉化是，鄮今鄞是。勾章在慈溪城山渡，後徙句章鄉小溪鎮，俱有舊址存焉。」

〔二〕杭：渡。黑水海：通稱黑水洋，詳見本卷《渡黑水洋》。青龍洋：昌國海域，即今舟山海域。《浙江通志》卷九十五《兩浙海防》：「賊若流突中界，則沈家門、馬墓港兵船北截過長塗、三姑山，而與浙西兵船相爲犄角。南截過普陀、青龍洋、韭山，而與温、台兵船相爲犄角。」吴萊《淵穎集》卷三《偶閲昌國志賦得補怛洛迦山圖》：「天風吹來黑水國，海雨灑過青龍洋。寶陀山高此孤絶，善財洞近爭巉裂。」

〔三〕南條山：中國東南沿海大山脉。吴萊《淵穎集》卷四《次定海候濤山》：「放舟桃花渡，回首不可量。南條山斷脉，北界水畫疆。」夏良勝《東洲初稿》卷三《銀溪橋記》：「南條山，自粤而閩。嶠入吾郡境，聳然而崧以大者，曰血木嶺。」

〔四〕川后：與下句天吴皆水神名。曹植《洛神賦》：「於是屏翳收風，川后静波。」吕向《注》：「川后，河伯也。」《山海經·海外東經》：「朝陽之谷神，曰天吴，是爲水伯。」謝靈運《遊赤石進帆海》：「川后時安流，天吴静不發。」屏藏：隱藏。

〔五〕掛席：掛帆。謝靈運《遊赤石進帆海》：「揚帆采石華，掛席拾海月。」李善《注》：「揚帆、掛席，其義一也。」

〔六〕蟠木：傳説中山名，或曰度索、扶桑，即今日本。《大戴禮記》卷七《五帝德第六十二》：「高陽……乘龍而至四海，北至於幽陵，南至於交趾，西濟於流沙，東至於蟠木。」孔廣森《補注》：「《海外經》曰：東海中有山焉，名曰度索，上有大桃樹，屈蟠三千里，裴駰謂蟠木即此也。」章炳麟《封建考》：「昔在顓頊，地東至蟠木，南至交趾。蟠木者，一曰榑木，則扶桑也。」扶桑：一曰樹名；一曰地名，即今日本。《淮南子·天文訓》：「日出於暘谷，浴於咸池，拂於扶桑，是謂晨明。」《梁書》卷五十四《諸夷·東夷·扶桑》：「扶桑在大漢國東二萬餘里，地在中國之東，其土多扶桑木，故以爲名。」王冕《送頣上人歸日本》：「上人住近扶桑國，我家亦在蓬萊丘。」

〔七〕仲連：魯仲連，秦末漢初齊國高節之士，詳見卷一《送屠彦德七首》。

〔八〕西溟：西海，泛指西方。《宋濂全集》卷八十三《文原》：「南桂北瀚，東瀛西溟，杳眇而無際，涵負而不竭，魚龍生焉，波濤興焉，吾文之深得之。」伯陽：老子，李姓，名耳，字聃，又字伯陽，晚出散關，匿迹於西地；參見卷三《送胡煉師還山》。

〔九〕康：安寧。屈原《離騷》：「日康娱而自忘兮。」王逸《注》：「康，安也。」

〔一〇〕坐：自然而然。張華《雜詩》：「朱火青無光，蘭膏坐自凝。」李善《注》：「無故自凝曰坐。」

渡黑水洋

舟行五宵旦，黑水乃始渡。重險詎可言？忘生此其處。紫氛蒸作雲，玄浪蹙爲霧〔一〕。柁底即龍躍，櫓前復鯨怒〔二〕。掀然大波起，欻與危檣遇〔三〕。入水訪馮夷，去此特跬步〔四〕。舟子盡號泣，老篙亦悲訴〔五〕。呼天天不聞，委命命何據〔六〕？川后幸戢威，風伯并收馭〔七〕。偶濟固云喜，既往益增懼。居常樂夷曠，蹈險憂覆墜〔八〕。出處愧宿心，禍福昧前慮〔九〕。皎皎乘桴訓，持用慰情素〔一〇〕。

【題解】

黑水洋，今黄海中北部，亦見本卷五言律詩《渡黑水洋》與《黑水洋》。《元史》卷九十三《食貨一》：「至元二十九年，朱清等言其路險惡，復開生道。自劉家港開洋，至撑脚沙轉沙觜，至三沙、洋子江，過匾擔沙、大洪，又過萬里長灘，放大洋至青水洋，又經黑水洋至成山，過劉島，至芝罘、沙門二島，放萊州大洋，抵界河口，其道差爲徑直。」

無名氏《海道經》：「一劉家港開船……江北有瞭角嘴，瞭角嘴開洋，或正西、西南、西北風往。一潮落，往正東或帶北一字行使，戳水約半日，可過長灘，便是白水洋。望東北行使，見官緑水。一日便見黑緑水。循黑緑水望正北行使，好風兩日一夜到黑水洋。好風一日一夜或兩日夜，便見北洋緑水。好風一日一夜，依針正北望，便是顯神山。好風半日，便見成山。」

【箋注】

〔一〕紫氛：紫氣。玄浪：黑浪。《淵穎吴先生集》卷四《登岸泊道隆觀觀有金人闖海時斫柱刀迹因聽客話蓬萊山紫霞洞》：「紫氛蒸作霞，玄浪激爲霧。」蹙：緊縮。

〔二〕柁：同「舵」，調整航向之船尾設備。《釋名·釋船》：「其尾曰柁。柁，拕也，在後見拕曳也。且弼正船，使順流不使他戾也。」櫓：大船槳。張自烈《正字通·木部》：「槳，行舟具，長大曰櫓，短小曰槳。」

〔三〕掀然：軒然，崇高貌。《説文·手部》：「掀之言軒也。」

〔四〕馮夷：河神名。《莊子·大宗師》：「馮夷得之，以游大川。」跬步：此指至近極邇。楊慎《升庵集》卷四十四《司馬法》：「一舉足曰跬，跬三尺；兩舉足曰步，步六尺。」

〔五〕老篙：老船工。董嗣杲《早泊江城三首》：「老篙不語還，晦迹得少憩。」

〔六〕委命：順從命運。雍陶《自述》：「無謀常委命，轉覺命堪嗟。」

〔七〕戢威：停止發威。陳執中《題蒼梧郡》：「行伍戢威遵《下武》，兒童知學樂從儒。」風伯：風神。《楚辭》屈原《遠遊》：「風伯爲余先驅兮，氛埃辟而清涼。」收馭：停止行駛。

〔八〕居常：平常。邵雍《安樂窩中吟》：「居常無病不服藥，就使有災宜俟天。」

〔九〕宿心：夙願。《後漢書》卷十上《皇后紀第十上·和熹鄧皇后》：「上欲不欺天愧先帝，下不違人負宿心。」

〔一〇〕乘桴：乘坐竹木小筏，形容避世隱逸。《論語·公冶長》：「子曰：『道不行，乘桴浮於海。從我者，其由與？』」情素：情愫。戴復古《答婦詞》：「剥封覽情素，既喜復淒惻。」

望大牢山

稍入東膠界，即見大牢山〔一〕。峰攢佯劍戟，嶂疊類雲煙。棱棱插巨海，渺渺漾中川〔二〕。波濤共突兀，天日相澄鮮〔三〕。氓居接島嶼，觀宇連術阡〔四〕。既館茹芝士〔五〕，亦巢遁世賢〔六〕。客行積昏旦，水宿倦舟船。兹山思獨往，結茅徵顧言〔七〕。柁師不我從，太息歸中原。

【題解】

大牢山，或稱嶗山、勞山、大勞山，參看本卷《次大牢山下》《登大牢山》。顧祖禹《讀史方輿紀要》卷三十六《山東七・即墨縣・勞山》：「縣東南六十里。二山相連，東濱大海。其高大者曰大勞，差小者曰小勞。周圍八十里，高二十五里。《齊記》：『泰山雖言高，不如東海勞。』勞亦作嶗，或誤爲牢，又誤爲勞盛山。勞、盛蓋二山，盛即成山也。秦始皇登勞、盛山，望蓬萊，蓋登此二山耳。又《史記》『始皇自琅邪北至榮成山』，榮成又勞成之所誤也。蓋海岸之山，莫大於成山、勞山，故往往并言之。今山有清風嶺、碧落巖、王喬觀、玉女盆、明霞洞諸勝。白沙河源於此。」《乾隆萊州府志》卷一《山川・即墨縣・勞山》：「縣東南六十里，濱海。其山有二：高大者曰大勞，差小者曰小勞。二勞相連，高二十五里，周八十里。《齊記》云：『泰山雖云高，不如東海勞。』又名牢盛山，《寰宇記》『秦始皇登牢盛山，望蓬萊』是也。其上有三標山、鶴山、寶珠山、迎仙峴、清風嶺、王喬崮、凌煙崮、金剛崮、虎嘯峰、鳳凰峰、獅子峰、巨峰、翠屏巖、仙巖、碧落巖、玉皇洞、猶龍洞、白龍洞、華嚴洞、明霞洞、華陽洞、白雲洞、夕陽澗、松風口、八仙墩、玉女盆、南天門、龍門、上苑、聚仙臺、黃石宮、下清宮、上清宮、聚仙宮、太清宮、上宮、仙人橋、張仙塔、僧帽石諸勝。」

顧祖禹《讀史方輿紀要》以勞、盛爲二山，《乾隆萊州府志》則以勞盛爲一山。按顧炎武《勞山考》，顧祖禹所言爲是。《乾隆即墨縣志》卷十顧炎武《勞山考》：「勞山之名，《齊乘》以爲登之者勞；又曰一作牢，丘長春改爲鼇：皆鄙淺可笑。按《南史》，明僧紹隱於長廣郡之嶗山，《本草》天麻生泰山、嶗山諸山，則字本作嶗。若《魏書·地形志》《唐書·姜撫傳》并作牢，乃傳寫之誤。《寰宇記》：『秦始皇登勞、盛山，望蓬萊。』後人因謂此山一名勞盛山，誤也。勞盛，二山名，勞即勞山，盛即成山。《史記·封禪書七》曰『日主祀成山』，《漢書》作『盛山』，古字通用。齊之東偏，環以大海，海岸之山，大莫大於勞、成二山，故始皇登之。又，《秦始皇記》：『令入海者齎捕巨魚具，而自以連弩候大魚至射之。自琅邪北至榮成山，弗見。至之罘，見巨魚，射殺一魚。』《正義》曰：『榮成山即成山也。』按史及前代地理書并無榮成山，余向疑之，以爲其文在琅琊之下成山之上，必勞字之誤。近見王充《論衡·實知篇》引此正作『勞成山』，乃知昔人傳寫之誤，唐時諸公亦未之詳考也，遂使勞山并盛之名，成山冒榮之號。今特著之，以正史書二千年之誤。」

【箋注】

〔一〕東膠：或曰膠東；元益都路膠州轄即墨、膠西、高密三縣，漢文帝時置膠東、膠西二諸侯國，膠東以元即墨爲主，膠西以元高密爲核。

〔二〕稜稜：威嚴貌。渺渺：悠遠貌。中川：海中。《廣雅・釋水》：「川，坑也。」

〔三〕突兀：高聳貌。張栻《大雲巖》：「平地直突兀，頹然若負龜。」

〔四〕氓居：民居。觀宇：道觀。術阡：道路與小路。謝靈運《入華子崗是麻源第三谷》：「險逕無測度，天路非術阡。」

〔五〕茹芝：食用靈芝，形容道家求仙問道生涯。《乾隆即墨縣志》卷十張起岩《聚仙宫碑銘并序》：「自王重陽之東也，而全真氏之教盛行。其徒林立山峙，雲蒸波湧，以播敷恢弘其説，於是并海之名山勝境半爲所有。至若下插巨海，高出天半，連峰複嶺，綿結環抱，蟠據數百里；長松交蔭，飛泉噴薄，珍草奇木，駢生間出；簷楹軒户，隱見於煙雲杳藹之間，憑高引領，歷覽無際，使人有遺世之念，則爲勞山上清宫。蓋即墨爲齊東饒邑，而山在邑東南五十里。陡絶入海，鯨波瀠洄，挾倭本，引吴會，顧揖東萊，襟帶齊魯，風帆浪舶，瞬息千里。上清宫據山之巔，又全得其勝，是宜爲仙真之窟宅，人天之洞府也。然其地峻極，衆頗以登降爲勞。南下轉而西二十里，近山之趾，始得平衍。爲宫殿，爲門垣，請於掌教大宗師，賜額聚仙宮。而簪裳之士雲集於是，即山墾田以供其饘，取材以供其用。」

〔六〕遁世：避世匿迹。《乾隆即墨縣志》卷九《人物·僑寓·漢·逢萌》：「字子康，都昌人。家貧，幼爲亭長，既而置楯歎曰：『丈夫安能爲役哉！』走太學，學《春秋》。已而聞王莽殺其子宇，謂所知曰：『三綱絶矣。不去，禍將及。』即掛冠東都門，攜家屬浮海客於遼東。光武即位，徙居勞山，養志修道，累徵不起。祀即墨鄉賢。」又《南齊·明僧紹》：「平原鬲縣人。宋元嘉中再舉秀才。永光初鎮北府，辟功曹不就，隱居長廣郡勞山，聚徒立學。齊太祖徵之不起，賜竹根如意筍籜冠。」

〔七〕結茅：修建茅屋，形容隱居避塵。陸游《閑居》：「小隱輕華屋，深山自結茅。」徵：驗證，檢驗。願言：愛慕思念貌；言，詞尾。

抵膠州

舟行無休期，晨夜涉風水。蹈越歷吴鄉，乘楚造齊鄙〔一〕。逗浦波尚險，即陸路才砥〔二〕。依稀見州郭，倉皇問官邸。土牆訝半頹，草屋驚全圮〔三〕。所幸民俗淳，稍使客情喜。北來既旬月，西去尚幾里？嚴程謂已近〔四〕，危途方始此。沮洳浩茫茫，菅茅復靡靡〔五〕。幽燕去魂斷，伊洛望心死〔六〕。日暮坐空床，浩然念枌梓〔七〕。

【題解】

膠州，州治在膠西縣，元時隸屬中書省益都路，參見本卷《至膠州》《至東膠》。《元史》卷五十八《中書省·益都路·膠州》：「唐初爲膠西縣。宋置臨海軍。金仍改爲膠西縣，屬密州。元太祖於縣置膠州，領三縣：膠西、即墨、高密。」顧祖禹《讀史方輿紀要》卷三十六《山東七·膠州》：「元至元十二年置膠州於此，隸益都路……州聯絡淮、沂，屏蔽齊、兗，控海道之咽喉，爲登、萊之襟要。」

【箋注】

〔一〕意謂乘舟穿過越、吴、楚東部海域以達齊地邊境。

〔二〕逗浦：停留於小水流入江海處。宋之問《自湘源至潭州衡山縣》：「浮湘沿迅湍，逗浦凝遠盼。」

〔三〕頽：崩塌。《禮記·檀弓上》：「泰山其頽乎！梁木其壞乎！」圮：毀壞。

〔四〕嚴程：期限緊迫之路程。杜甫《送長孫九侍御赴武威判官》：「天子憂涼州，嚴程到須早。」

〔五〕沮洳：低濕地。《詩經·魏風·汾沮洳》：「彼汾沮洳，言采其莫。」孔穎達《疏》：「沮洳，潤澤之處。」浩茫茫：浩瀚寥廓。李流謙《明月篇》：「九州浩茫茫，明月無遺光。」菅茅：茅草。

《詩經·小雅·白華》：「英英白雲，露彼菅茅。」宋玉《高唐賦》：「薄草靡靡，聯延夭夭。」李善《注》：「靡靡，相依倚貌。」

〔六〕幽燕：古幽州，或曰冀州，今河北遼寧一帶。《讀史方輿紀要》卷十《北直一》：「古冀州。舜分置十二州，此爲幽州。《禹貢》亦爲冀州。《周禮·職方》：『東北曰幽州。』武王封召公奭於燕，此爲燕地……蒙古初置燕京路，至元四年定都於此，改大都路，置中書省，統山東、西及河北地。」伊洛：伊水與洛水流域，在今河南。《讀史方輿紀要》卷四十六《河南一·洛水》：「洛水出陝西西安府商州南六十里之冢嶺山……洛水自洛陽故城南，又東至偃師縣西，而伊水入焉。伊水出盧氏縣東南百六十里巒山，東北流歷嵩縣南，經汝州伊陽縣西，又東北至府城東南，又東至偃師縣西而入洛。洛水又東北流，至鞏縣北入於大河。」

〔七〕枌梓：故鄉。葉翥《和姜邦傑感興》：「枌梓交遊盡，靈光巋獨存。」

宿高密

長途跋且涉，征車馳復息〔一〕。曉旦發東膠，落景次高密〔二〕。城居不幾户，驛舍僅容膝〔三〕。僕馬立空曠，徒侶話曛黑〔四〕。客情既牢落，世議復紛惑〔五〕。前險雖幸過，後艱方未測。骨肉在遠道，親朋皆異域。縱云當别家，胡乃輕去國〔六〕？明朝望鄉處，嗚咽淚沾臆〔七〕。

【題解】

高密，元時益都路膠州屬縣。膠州詳見前詩；高密亦見本卷五言律詩《宿高密》與七言律詩《宿高密》。顧祖禹《讀史方輿紀要》卷三十六《山東七·高密縣》：「秦爲高密縣，屬齊郡。漢初屬齊國，文帝十六年分齊地置膠西國，宣帝本始初更爲高密國，皆治高密縣。後漢建武中封鄧禹爲侯，邑改屬北海國。晉屬城陽郡，惠帝復置高密郡。劉宋仍屬高密郡。後魏因之。隋屬密州，大業末廢。唐復置，仍屬密州。宋因之。元屬膠州。」

【箋注】

〔一〕《詩經·鄘風·載馳》：「大夫跋涉，我心則憂。」毛《傳》：「草行曰跋，水行曰涉。」

〔二〕東膠：參見本卷《望大牢山》。落景：落日。謝靈運《於南山往北山經湖中瞻眺》：「朝旦發陽崖，景落憩陰峰。」劉良《注》：「景，日也。」

〔三〕容膝：僅容雙膝，形容居室狹小。司馬光《和張文裕初寒》：「所安容膝地，何必更多餘？」

〔四〕徒侶：同伴。劉琨《扶風歌》：「攬轡命徒侣，吟嘯絶巖中。」曛黑：日暮天黑；曛，傍晚。

〔五〕牢落：孤寂無聊。陸機《文賦》：「心牢落而無偶，意徘徊而不能揥。」紛惑：紛亂。《説文》：「惑，亂也。」宋之問《早發大庾嶺》：「皇明頗照洗，廷議日紛惑。」

〔六〕別家：大丈夫離家樹動。戴叔倫《從軍行》：「丈夫四方志，結髮事遠遊。」乃：如此。《古書虛字集釋》卷六《乃》：「『乃』猶『如此』也。《莊子·德充符》：『子無乃稱。』《大宗師》：『是自其所以乃。』」國：鄉國。

〔七〕宋之問《題大庾嶺北驛》：「明朝望鄉處，應見隴頭梅。」沾臆：浸濕胸口。劉基《關山月》：「夜深羌笛吹一聲，征人相看淚沾臆。」

過營丘

營丘古齊國，綿歷幾千春〔一〕。軌路偶經從，延瞰一悲辛〔二〕。郛郭盡阡陌，濠湟①半煙雲〔三〕。旦揺禾黍實，暮走狐兔群。陵遲世祀忽，變換民居新〔四〕。廟寢想餘基，文物憶前人〔五〕。在昔商政熄，於時周德聞。聖賢相濟會，文武共經綸〔六〕。太公扶大業，伯夷守其仁〔七〕。首陽遺節義，東海爵功勳。功勳誰獨久？節義兩同湮。物理有感觸，長歎回吾輪〔八〕。

【題解】

營丘，姜太公時齊國都城，即今昌樂縣營丘鎮，參看本卷五言律詩《過營丘》與《營丘》。《史記》卷三十二《齊太公世家》：「武王已平商而王天下，封師尚父於齊營丘。」顧祖禹《讀史方輿紀要》卷三十五《山東六・昌樂縣・營陵城》：「縣東南五十里，此太公望所封之營丘也。《史記》：『周武王封師尚父於營丘，未就國，東萊與之争，太公聞之，夜衣而行至營丘，國遂定。蓋營丘邊萊也。』《吕氏春秋》：『太公封營丘之渚，海阻山高，險固之地。其後五世胡公徙薄姑，六世獻公徙臨淄，蓋自東而西也。』漢置營陵縣於此，高帝十一年封劉澤爲營陵侯。應劭曰：『陵亦丘也。』」又，《臨淄縣・營丘》：「《史記》：『太公都營丘，後五世胡公遷薄姑，弟獻公又徙臨淄。』今昌樂縣本漢營陵縣，陵與丘同義，當是太公所封也……顧氏曰：『班《志》云臨淄名營丘，此猶晉遷於新田而仍謂之絳；楚遷於鄀而仍謂之郢，蓋因臨淄城中有小丘而繫以舊名，非即古營丘。』」按戴九靈置本詩於《宿高密》與《至昌樂》之間，則知今言姜尚所封營丘在臨淄者誤矣。

【校勘】

①湟：乾隆本作「隍」。

【箋注】

〔一〕齊國：齊國國都。綿歷：延續時間長久。吴筠《建業懷古》：「綿歷已六代，興亡互紛綸。」

〔二〕軌路：道路。顔延之《還至梁城作》：「眇默軌路長，憔悴征戍勤。」悲辛：悲痛酸楚。杜甫

《奉贈韋左丞丈二十二韻》：「殘杯與冷炙，到處潛悲辛。」

〔三〕郛郭：外城。薛逢《早發剡山》：「南巖氣爽橫郛郭，天姥雲晴拂寺樓。」阡陌：田界。《史記》卷六十八《商君列傳》：「爲田開阡陌封疆。」濠湟：同「濠隍」，護城河；湟，通「隍」。《大戴禮記·夏小正》：「湟潦生蘋。」孔廣森《補注》：「湟，隍也。」

〔四〕陵遲：陵夷，衰微。世祀：參見卷八《劍池送人》。

〔五〕廟寢：即寢廟，宗廟。《禮記·月令》：「寢廟畢備。」鄭玄《注》：「凡廟，前曰廟，後曰寢。」文物：古代遺物。駱賓王《夕次舊吴》：「文物俄遷謝，英靈有盛衰。」

〔六〕聖賢：周文王、武王與賢臣周公、姜尚等。濟會：會合聚集以成就功業。邵雍《樂毅吟》：「自古君與臣，濟會非容易。」經綸：籌畫治理。劉知幾《史通·暗惑》：「魏武經綸霸業，南面受朝。」

〔七〕太公：齊國始祖姜子牙，初輔弼文王修德經綸，三分天下有其二；後扶持武王討伐商紂，肇立周朝。詳見《史記·齊太公世家第二》。伯夷：商末周初反對周武王伐紂而餓死首陽山之高節名士，參見卷十八《竹所銘并序》。

〔八〕邵雍《窺開吟》：「物理窺開後，人情照破時。」

至昌樂

秣馬安丘邑，弭節昌樂縣〔一〕。道路正搔首，郡邑忽馳箭〔二〕。邯河已虎據〔三〕，穆陵復豺戰〔四〕。西拒擁戈矛，南出張組練〔五〕。倉茫走黎庶，錯愕動纓弁〔六〕。我行日已遠，我力日已倦。亨衢冀栖息，異事駭聞見〔七〕。如何命不淑〔八〕，所至時輒亂？既同喪家狗，亦類焚巢燕〔九〕。僕御心盡灰，妻孥淚如霰〔一〇〕。我道苟如此，安得髮不變？

【題解】

昌樂，元時益都路濰州屬縣，參看本卷《寓昌樂》與《次昌樂》。《元史》卷五十八《益都路·濰州》：「元初領北海、昌邑、昌樂三縣及司候司。憲宗三年，省司候司入北海。至元三年，省昌樂縣入北海。」顧祖禹《讀史方輿紀要》卷三十五《山東六·昌樂縣》：「府東七十里。東至萊州府濰縣五十里。古營丘地。漢爲營陵縣地，北海郡治焉……宋乾德二年置安仁縣，尋改昌樂縣，屬濰州。金因之。元至元三年縣省。明初復置，屬青州府。」

【箋注】

〔一〕安丘：元益都路密州安丘縣。弭節：停車。屈原《離騷》：「吾令羲和弭節兮，望崦嵫而勿迫。」馬茂元《注》：「弭節，猶言停車不進。」

〔二〕搔首：手抓頭髮，形容焦慮愁悶。高適《九日酬顔少府》：「縱使登高只斷腸，不如獨坐空搔首。」郡邑：此泛指元時益都路直屬之六縣、八州及八州所領之十五縣。

〔三〕邯河：或曰邯水，或曰邯溝，在今河北邯鄲肥鄉縣，參見本卷《寓昌樂》。《讀史方輿紀要》卷十五《北直六・廣平府・肥鄉縣・邯溝城》：「縣西北七里。漢縣，屬魏郡。顔師古曰：『以邯水之溝而名。』宣帝封趙頃王子偃爲侯邑。今俗謂之桓公城。又有邯會城，在縣西南二十里，亦漢魏郡屬縣也。武帝封趙敬肅王子仁爲侯邑。張晏曰：『漳水別自城西南與邯山之水會。今城旁猶有溝渠在焉。』」《皇明文徵》卷十四《邯鄲行隨張使君肖甫出獵》：「邯水鄲山冷朔雲，趙舞燕歌空古墳。」

〔四〕穆陵：元時益都路臨朐縣關隘。《讀史方輿紀要》卷三十《山東一・穆陵關》：「在青州府臨朐縣東南百有五里大峴山上，山高七十丈，周回二十里，道徑危惡，一名破車峴。其左右有長城、書案二嶺，峻狹僅容一軌，故爲齊南天險。《左傳》：『管仲曰：賜我先君履，南至於穆陵。』」

〔五〕張：擺列。組練：組甲與被練，即將士鎧甲，此代威武軍容。《左傳・襄公三年》：「使鄧廖帥組甲三百，被練三千以侵吳。」孔穎達《疏》引賈逵曰：「組甲，以組綴甲，車士服之；被練，帛也，以帛綴甲，步卒服之。」杜牧《東兵長句十韻》：「羽林東下雷霆怒，楚甲南來組練明。」

〔六〕倉茫：同「蒼茫」，急遽倉促貌；倉，通「蒼」。杜甫《北征》：「杜子將北征，蒼茫問家室。」仇兆鼇《注》：「蒼茫，急遽之意。」纓弁：冠帶與禮帽，此代士大夫。皇甫冉《題高雲客舍》：「時人趨纓弁，高鳥違羅網。」

〔七〕亨衢：道路四通八達。元稹《苦雨》：「百川朝巨海，六龍踏亨衢。」

〔八〕不淑：不幸。《逸周書·度邑》：「王乃升汾之阜以望商邑，永歎曰：『嗚呼不淑！』」

〔九〕喪家狗：喻困厄落魄者。《史記·孔子世家》：「東門有人，其顙似堯，其項類皋陶，其肩類子產，然自要以下不及禹三寸，纍纍若喪家之狗。」焚巢燕：窠巢遭焚之燕，喻處境險惡。《皇清文穎》卷六十八載汪倓《皇帝北征大捷凱旋恭紀》：「方一戰而穴蟻皆逃，不再鼓而城狐悉竄。焚巢鳥雀望斷長林，日暮牛羊曾無歸路。」

〔一〇〕僕御：駕車馬者。妻孥：此指侄子戴思温，其時伴隨詩人北征；妻，襯字。

次益都

我行何處所？北海乃其地〔一〕。去家萬里餘，爲客九秋際。白楊夾軌路，黃茅結官第〔二〕。陸嫌泥活活，水愁河瀰瀰〔三〕。逐寇騎宵馳，防敵城晝閉。疲甿已星散，驚塵仍霧起〔四〕。長嘯指牛山，掩泣望淄水〔五〕。進退兩難圖，徘徊尚誰恃？《易》戒觸藩羝，《詩》刺離罦雉〔六〕。已矣可奈何？愁來但甘寐。

【題解】

次，止息。《尚書·泰誓中》：「王次於河朔。」孔安國《傳》：「次，止也。」益都，元時中書省所轄之益都路治所，參看本卷五言律詩《次益都》與《北海郡》。《元史》卷五十八《中書省·益都路》：「唐青州，又升盧龍軍。宋改鎮海軍。金爲益都路總管府。」

顧祖禹《讀史方輿紀要》卷三十五《山東六·青州府》：「《禹貢》青州地。春秋、戰國爲齊地。秦置齊郡。漢因之，又分置北海郡。後漢爲齊、北海、樂安三國地。永嘉末陷於石勒，其後南燕慕容德建都於此。宋仍爲齊郡，兼置青州，後魏及後周因之。隋初，郡廢州存，煬帝復改置北海郡。唐復曰青州，天寶初亦曰北海郡，乾元初復故，尋曰平盧軍節度。五代因之。宋仍曰青州。金曰益都府。元爲益都路……府憑負山海，利擅魚鹽。班固曰：『臨淄，海、岱間一都會也。』蓋自太公建國以來，齊往往稱雄於天下，歷漢及晉，未始不以臨淄爲三齊根本……蓋太公由之以興，管仲用之而霸。山東之國，齊爲最强，地利然矣。」

【箋注】

〔一〕北海：益都别稱，亦曰青州、齊郡等。韓翃《送張儋水路歸北海》：「片帆依白水，高枕卧青州。」

〔二〕結：積聚。鮑照《代放歌行》：「素帶曳長飆，華纓結遠埃。」劉良《注》：「結，聚也。」

〔三〕活活：泥濘貌。杜甫《九日寄岑參》：「所向泥活活，思君令人瘦。」瀰瀰：水深滿貌。《詩經・邶風・新臺》：「新臺有泚，河水瀰瀰。」

〔四〕甿：同「氓」，農夫。杜荀鶴《亂後逢村叟》：「至今鷄犬皆星散，日落前山獨倚門。」驚塵：疾馳車馬後之飛塵，此爲戰塵。朱德潤《讀隋書》：「江都未放錦帆回，晉陽城内驚塵起。」

〔五〕牛山：參看卷八《歎年》。《讀史方輿紀要》卷三十五《山東六・青州府・臨淄縣・牛山》：「縣南十里。齊景公登山流涕處。孟子所云『牛山之木嘗美』者。徐幹《齊都賦》云『牛嶺鎮其南』，謂此。」淄水：今山東中部水流。《讀史方輿紀要》卷三十五《山東六・青州府・益都縣・淄水》：「府西五十里。源出萊蕪縣原山，東北流經縣界而達於臨淄，至樂安、壽光縣入海。《禹貢》：『濰、淄其道。』此淄水也。《漢志》：『淄水出原山，東至博昌入泲。』……淄多伏流，潦則薄崖，涸則濡軌而已，俗謂之『九乾十八漏』。」

〔六〕觸藩羝：公羊衝撞籬笆，其角爲人所縛；喻進退兩難。《周易・大壯第三十四》：「羝羊觸藩，羸其角。」《集解》引侯果曰：「觸藩，故角被拘羸。」離罦雉：野鷄觸碰羅網；離，通「罹」，遭逢；罦，捕鳥捉獸之網。《詩經·王風·兔爰》：「有兔爰爰，雉離于羅。」朱熹《詩集傳》：「言張羅本以取兔，今兔狡得脱，而雉以耿介，反離於羅。以比小人致亂，而以巧計幸免；君子無辜，而以忠直受禍也。」

七言古詩

題劉凝之騎牛圖

日落未落西山前，誰家老翁牛背眠？短身曲局聳兩肩〔一〕，山花插帽帽爲偏。左手拊牛右捉鞭，牛行不動穩若船。一童銜冷手握拳，迎風鼓勢走欲先〔二〕。荒郊冪冪草纖纖〔三〕，云是匡廬古道邊〔四〕。匡廬山水好盤旋，此日劉公初掛冠。劉公作令天聖間，民物熙熙德化宣〔五〕。世上浮榮直幾錢，白髮東歸耕石田〔六〕。當時出處亦偶然，乃留遺迹後人看。長安城中足豪賢，車騎駢羅氣灼天〔七〕。一朝變滅如雲煙，姓字寥寥若個傳，我觀劉公差獨賢〔八〕。

【題解】

劉涣，字凝之，北宋天聖進士，剛正廉潔，倜儻灑脱，後掛冠歸隱廬山。《宋史》卷四百四十四《劉恕》：「劉恕，字道原，筠州人。父涣，字凝之，爲潁上令，以剛直不能事上官，棄去。家於廬山之陽，時年五十。歐陽修與涣，同年進士也，高其節，作《廬山高》詩以美之。涣居廬山三十餘年，環堵蕭然，饘粥以爲食，而游心塵垢之外，超然無慼慼意，以壽終。」

《劉凝之騎牛圖》，宋李公麟繪。李氏之所以作畫，既尊劉凝之之風骨，亦諷王安石新政。宋吴儆《竹洲集》卷十七《題騎牛圖》：「陳仲舉賢良熙寧中言新法不便，謫南康酒税，豢兩黄犢，時與劉凝之跨之遊廬山，李伯時繪爲圖，今藏其家：汗血聲利塲，舉世循一軌。霜風老觳觫，松路石齒齒。牛瘦僕夫疲，累累山谷裹。兩翁非病狂，顧獨不取彼。牛背有佳處，未可語俗子。夷齊向千載，凜凜有生氣。試問齊景公，烏用馬千駟？」

臨海陳基遊宦吴門，共賞斯畫而有同題之作。陳基《夷白齋稿補遺·宋劉凝之騎牛圖》：「潁川劉翁厭騎馬，去作匡廬牧牛者。手招五老日銜山，脚踏烏犍泥没踝。天聖君臣仁且賢，翁獨胡爲甘棄捐？致君堯舜荷時傑，尚友巢許安吾天。翁朝出遊歸已暮，醉插山花向何處？柳陰殘照尚分明，安用蒼頭導前路？蒼頭引牛翁不知，牛亦無心隨所之。醒時不記醉歸路，翁心自信無他岐。當時好事圖蹤迹，千載流傳增歎息。如今馬上看青山，不似騎牛有顏色。」

【箋注】

〔一〕曲局：蜷曲。《詩經·小雅·采緑》：「予髮曲局，薄言歸沐。」

〔二〕衝冷：衝向寒氣。曹勳《題雪景二首》：「輕舟衝冷肯乘興，情與剡溪寒意深。」鼓勢：激發氣勢。李三甫《兵後尋邊三首》：「角聲惡殺悲於哭，鼓勢爭强怒若雷。」

〔三〕羃羃：覆蓋貌。賈至《巴陵寄李二户部張十四禮部》：「江南春草初羃羃，愁殺江南獨愁客。」

〔四〕匡廬：廬山别名。《讀史方輿紀要》卷八十三《江西一》：「廬山在南康府西北二十里，九江府南二十里。高二千三百六十丈，周二百五十里，疊嶂九層，川流九派……今峰巖洞壑，在南康界者，不可悉數，而最著者，曰五老峰、石鏡峰、紫霄峰、凌霄峰、鐵船峰、漢陽峰。漢陽峰者，在廬山絶頂，望數百里，極目江漢，故名也。漢陽峰之水，西流爲康王谷之谷簾泉，東流爲開先寺之雙瀑。李白云『掛流三百丈，噴壑數十里』是也。廬山之南，瀑布以十數，而開先之雙瀑爲最勝。五老峰下爲棲賢谷。其西爲三峽澗，澗受大小支流九十九派，水行石間，聲如雷霆，擬於三峽之險。相近曰白鹿洞，南唐昇元中，建學館於其下，宋時爲白鹿書院。又有白雲洞，南唐主李璟嘗遊此。原曰栗里原，爲晉陶潛隱居處。此南康之勝也。其在九江界者，曰雙劍峰、蓮花峰、香爐峰、石耳峰、大林峰、上霄峰。上霄峰亦在廬山絶頂，有石室，又有石梁瀑布，秦始皇嘗登其上，謂與霄漢相接也。又石門，在廬山西南，雙闕壁立千仞，瀑布出其中。《山疏》云：『石門者，山之天池、鐵船二峰對峙如門也。』慧遠《詩序》略云：『石門一名障山，雙闕對峙其前，重巖映帶其後，七嶺之美，藴奇於此。』周景式云：『石門澗水出康王谷，吐源深遠，爲衆泉之宗。每夏霖秋潦，轉石發樹，動數十里。』此九江之勝也。」

〔五〕民物：民衆。司馬光《代叔禮使北詩》：「人主愛民物，心無彼此情。」熙熙：和樂貌。《漢書》卷二十二《禮樂志》：「衆庶熙熙，施及夭胎。」顔師古《注》：「熙熙，和樂貌也。」

〔六〕石田：貧瘠田地。王逢《贈龍虎山人鄭良楚》：「石田歲稔茅屋好，種菊乞詩虞翰林。」

〔七〕長安：明言漢唐都城，實指北宋汴京。駢羅：密集排列。王逸《九思·哀歲》：「群行兮上下，駢羅兮列陳。」

〔八〕若個：哪個。東方虬《春雪》：「不知園裏樹，若箇是真梅？」差獨：奇特，同義複詞。宋敖陶孫《四月二十三日始設酒禁試東坡羹一杯其味甚真覺麯蘗中殊無寸功也食已得三詩》：「是中有真意，靖節差獨賢。」

題平章公所藏天馬圖

君不見，余吾水中天馬出〔一〕，赤鬣縞身朱兩翼，割玉爲鞍鞴不得〔二〕。錦衣使者捷若飛〔三〕，紫韁金勒看君騎。卻憶拂林初獻時〔四〕，鳳城五門平旦啓〔五〕。馳道行驕轡耳耳〔六〕，路旁見者誰不喜？衆中牽出朝未央，揮霧流沫滿道香，毛帶恩波眩日光〔七〕。龍眠老子識馬意，行過天閑重回視〔八〕，白筆描成落人世〔九〕。我公購之灤水濱，百金市畫冀得真，奔霄追電何足云〔一〇〕？從今吹笛大軍起，料知一日行千里。

【題解】

平章，平章政事，元時從一品職官。平章公，江浙行省平章政事張士信，其兄即東南梟雄張士誠。史册《隆平紀事》：「（至正十八年）九月，太尉士誠襲苗帥江浙行省左丞楊完者，殺之，據杭州……朝廷詔士信爲江浙行省平章政事……士信、元紹尤好聚斂金玉珍寶，嗜聲伎，日夜歌舞以自娱。」

天馬，駿馬美稱。《史記》卷一百二十三《大宛列傳第六十三》：「初天子發書《易》，云『神馬當從西北來』，得烏孫馬好，名曰天馬。及得大宛汗血馬，益壯，更名烏孫馬曰西極，名大宛馬曰天馬云。」阮籍《詠懷》：「天馬出西北，由來從東道。」王維《送劉司直赴安西》：「苜蓿隨天馬，蒲桃逐漢臣。」詩云「龍眠老子識馬意」，則《天馬圖》係北宋畫家李公麟筆墨。

【箋注】

〔一〕余吾水：今蒙古人民共和國土拉河。《史記》卷一百十《匈奴列傳第五十》：「匈奴聞，悉遠其累重於余吾水北，而單于以十萬騎待水南，與貳師將軍接戰。」《漢書》卷六《武帝紀》：「夏，馬生余吾水中。」

〔二〕縞：白色。《說文》：「縞，鮮色也。」《山海經》卷十二《海内北經》：「有文馬，縞身朱鬣，目若黄金，名曰吉量，乘之壽千歲。」鞴：通「犕」，套轡鞍。薛昭蘊《離别難》：「寶馬曉鞴雕鞍，羅幃乍别情難。」

〔三〕錦衣使者：繡衣使者，或稱繡衣直指，皇帝特派執法大吏。《漢書》卷十九上《百官公卿表上》：「侍御使有繡衣直指，出討奸猾，治大獄。」

〔四〕拂林：通稱拂菻，西域國家，今史稱東羅馬帝國。《明史》卷三百二十六《外國七·拂菻》：「拂菻，即漢大秦，桓帝時始通中國。晋及魏皆曰大秦，嘗入貢。唐曰拂菻。宋仍之，亦數入貢。而《宋史》謂歷代未嘗朝貢，疑其非大秦也。」

〔五〕鳳城：秦穆公女吹簫，鳳降其城，因號丹鳳城；後遂稱京城爲丹鳳城、鳳城、鳳闕等。沈佺期《獨不見》：「白狼河北音書斷，丹鳳城南秋夜長。」劉禹錫《監祠夕月壇書事》：「鏗鏘揖讓秋光裏，觀者如雲出鳳城。」楊炯《從軍行》：「牙璋辭鳳闕，鐵騎繞龍城。」五門：天子宮廷五大門。《周禮注疏》卷七《閽人》：「掌守王宮之中門之禁。」鄭玄《注》引鄭衆曰：「王有五門，外曰皋門，二曰雉門，三曰庫門，四曰應門，五曰路門。路門一曰畢門。」

〔六〕行驕：驕行，矯健前行。李白《陌上贈美人》：「駿馬驕行踏落花，垂鞭直拂五雲車。」耳耳：

柔和貌。《詩經·魯頌·閟宫》：「周公之孫，莊公之子，龍旂承祀，六轡耳耳。」朱熹《詩集傳》：「耳耳，柔從也。」

〔七〕未央：漢宫室名。《史記》卷八《高祖本紀第八》：「蕭丞相營作未央宫，立東闕、北闕、前殿、武庫、太倉。」揮霧：天馬馳騁後散發如霧熱氣。恩波：帝王恩澤。劉駕《長門怨》：「御泉長繞鳳皇樓，只是恩波别處流。」

〔八〕龍眠老子：宋代傑出畫家李公麟，號龍眠居士，參見卷十六《題何監丞畫山水歌》。《宋史》卷四百四十四《文苑六·李公麟》：「李公麟，字伯時，舒州人……好古博學，長於詩，多識奇字，自夏、商以來鍾、鼎、尊、彝，皆能考定世次，辨測款識，聞一妙品，雖捐千金不惜……既歸老，肆意於龍眠山巖壑間。雅善畫，自作《山莊圖》，爲世寶。傳寫人物尤精，識者以爲顧愷之、張僧繇之亞。襟度超軼，名士交譽之，黄庭堅謂其風流不減古人，然因畫爲累，故世但以藝傳云。」天閑：皇家馬廄。

〔九〕白筆：古代官員插於頭髮或笏頭之記事筆，後僅爲儀飾，如唐朝七品官以上用白筆代簪。崔豹《古今注》卷上《輿服第一》：「白筆，古珥筆，示君子有文武之備焉。」《晉書》卷二十五《輿服》：「笏者，有事則書之，故常簪筆，今之白筆是其遺象。」李賀《仁和里雜敘皇甫湜》：「還家白筆未上頭，使我清聲落人後。」

〔一〇〕灤水：河北灤河。《讀史方輿紀要》卷十七《北直八·永平府·灤河》：「府西十里。志以爲即《管子》所稱卑耳溪也。自塞外流入薊州遵化縣境，逕遷安縣東南流經此，又東合於漆河，歷灤州境，下流入於海。」奔霄：周穆王八駿之一。王嘉《拾遺記》卷三《周穆王》：「王馭八龍之駿，一名絶地，足不踐土……三名奔霄，夜行萬里。」追電：秦始皇駿馬名。馬縞《中華古今注》卷中《秦始皇馬》：「有七名馬……四曰追電。」

次韻徐孟岳除夕行

闔閭城中宿歲時，千家萬家新祭祠〔一〕。炮羔烹豕設厨供，擊鍾①列鼎宴賓㩧〔二〕。高風獨羨蔡諮議，五陵豪士不肯視〔三〕。餕餘也復餉比鄰，席上盡皆瑚璉器〔四〕。主人揖客氣如虹，手摛天巧天無功〔五〕。即同魏子歌蜡節〔六〕，復與薛生吟歲窮〔七〕。就中更羨徐季海，越州之英有渠在〔八〕。忽然示我《除夕行》，一座驚看毛髮改〔九〕。主人愛詩兼愛酒，老我對之顔獨厚。交遊栩栩滿樽前，姓字寥寥落人後〔一〇〕。一年三百六十朝，欲盡未盡只今宵。無功可徼青史録，何法能救朱顔凋〔一一〕？行年五十纔欠二，縱到百齡能有幾？何須富貴勢薰天？何須辛苦慕長年〔一二〕？但願主翁酒常好，時來取醉酒中老〔一三〕。

【題解】

按詩「就中更羡徐季海」，徐孟岳當爲紹興詩家。徐氏行迹不詳，其《除夕行》殆已失傳，參看本卷《次韻白頭母》與《甲辰元日對雪聯句》。

陳衍《元詩紀事》卷三十二録徐氏《岳王墓》：「童大王回事已非，岳將軍死勢尤危。直教萬歲山頭雀，去繞黄龍塞上旗。飲馬徒聞腥鞏洛，洗兵無復望條支。湖邊一把摧殘骨，蓋世功成百世悲。」

徐賁《北郭集》卷四《宿王判簿宅送徐孟岳》：「來往頻吴越，扁舟只載書。言從交後浹，情恐别時疏。涼意蓮塘静，宵光竹牖虚。懸知待明發，析盡是愁初。」

楊基《眉庵集》卷八《追送徐孟岳》：「長洲苑前春草生，騎馬送君君已行。東風楊柳忽淡蕩，新水鵝鴨自縱横。青菘堆雨晚飯足，白苧裁雪春衣成。隣家有酒可賒買，我欲相從聽早鶯。」

詩云「行年五十纔欠二」，則詩作於至正二十四年甲辰除夕。

【校勘】

①鍾：乾隆本作「鐘」。

【箋注】

〔一〕闔閭城：吴王闔閭所築都城，即今蘇州。《越絶書》卷二：「吴大城，周四十七里二百一十步二尺。陸門八，其二有樓。水門八。南面十里四十二步五尺，西面七里百一十二步三尺，北面八里二百二十六步三尺，東面十一里七十九步一尺。闔廬所造也。」宿歲：守歲。宗懍《荆楚歲時記》：「歲暮家家俱肴蔌，詣宿歲之位，以迎新年。相聚酣飲，留宿歲飯；至新年十二日，則棄之街衢，以爲去故納新也。」

〔二〕厨供：厨房所供食品。蕭炎《春歸二絶和高希遠韻》：「厨供櫻筍上春盤，把酒留春少住難。」鍾：通「鐘」。賓墀：賓階，賓主相見時賓客所登西階。袁説友《送誠齋二首》：「長裾端欲曳賓墀，人事何乖遽别離。」

〔三〕蔡諮議：張士誠麾下諮議參軍蔡彦文，詳見卷八《次韻蔡經歷病中述懷》。五陵：西漢五皇帝陵寢，即長陵、安陵、陽陵、茂陵、平陵，當時達官富商聚居於此。

〔四〕餕餘：剩餘食物，此指祭餘食品。《説文新附》：「餕，食之餘也。」瑚璉器：宗廟裏盛黍稷之祭器，喻卓犖英才。《論語·公冶長》：「子貢問曰：『賜也何如？』子曰：『女，器也。』曰：『何器也？』曰：『瑚璉也。』」

〔五〕摛：舒展，鋪敘。《説文》：「摛，舒也。」天巧：自然精巧，不假雕琢。韓愈《答孟郊》：「規模背時利，文字覰天巧。」

〔六〕魏子：南北朝時魏收，字伯起，學博今古，才極縱横，與温子昇、邢邵并稱北地三才子，嘗著斷代史《魏書》，或頌以「追從班馬，婉而有則，繁而不蕪，持論序言，鈎深致遠」；詳見《北史》卷五十六《魏收》。蜡節：古代蜡祭會飲之節日；蜡，通「䄍」。《廣韻·禡韻》：「䄍，年終祭名。或作蜡。」《漢魏六朝百三家集》卷一百十《齊魏收集·詩·蜡節》：「凝寒迫清祀，有酒宴嘉平。宿心何所道？藉此慰中情。」

〔七〕薛生：隋朝重臣薛道衡，字玄卿，河東汾陰人，每至沉思構文，必静坐空齋，或向壁而卧，聞户外有人便怒，是以其文能稱高祖意；詳見《隋書》卷五十七《薛道衡》。《太平御覽》卷十七《時序部二》：「隋薛道衡《歲窮應教詩》曰：故年隨夜盡，初春逐曉生。方驗從軍樂，飲至入西京。」

〔八〕徐季海：徐浩，字季海，唐越州傑出文士，遣辭贍速，書法至精，八體皆備，草隸尤工，世狀其法曰「怒猊抉石，渴驥奔泉」，詳見《新唐書》卷一百六十《徐浩》；此暗指徐孟岳。

〔九〕蘇轍《次韻子瞻和陶淵明擬古九首》：「逡巡歲月度，太息毛髮改。」

〔一〇〕栩栩：舒暢得意貌。《莊子·齊物論》：「昔者莊周夢爲蝴蝶，栩栩然蝴蝶也。」成玄英《疏》：「栩栩，忻暢貌也。」寥寥：稀少貌，此謂知之者甚少，自謙也。

〔一一〕徼：招致，獲取。《左傳·昭公三年》：「徼福於太公丁公。」李白《寄遠》：「朱顔凋落盡，白髮一何新！」

〔一二〕熏天：形容氣勢極盛。陸游《追感往事》：「太平翁翁十九年，父子氣焰可熏天。」陸機《歎逝賦》：「嗟人生之短期，孰長年之能執？」

〔一三〕許渾《題灞西駱隱居》：「拚死酒中老，謀生書外貧。」

次韻春雪禁體

孫生讀書光映簷，楊公滌筆色摇盌〔一〕。豈知今日物象新，總向三春堆積滿？着①地都將委瑣藏，拂池盡把瑕疵澣②〔二〕。直愁芝菌埋没平〔三〕，詎惜松篁摧挫短？雜梅既無北使折〔四〕，穿楊那有東風管？千逵曉滑乍羞明，萬瓦夜寒仍待伴〔五〕。村村掩土蟄迷户〔六〕，處處壓林巢覆卵。集遲固爲入坎深，消早豈緣侵座暖？世事已如鴻印爪，我生方類鹿行畽〔七〕。卧廬正慕焦寢安〔八〕，掃徑卻嗟袁路斷〔九〕。何人無事杖堪尋？誰家有酒門可款。皓首書生自局束，紫髯參軍每蕭散〔一〇〕。方晨致命許降臨，未午催詩戒遲緩〔一一〕。徐君可是常勝家〔一二〕，白戰先陳漢庭祖〔一三〕。陽春一曲古難和，凍筆閣來敢辭懶〔一四〕？

【題解】

此詩目録作《次韻徐孟岳春雪禁體》，則徐氏嘗吟《春雪禁體》，惜乎其不傳也。徐氏行迹參看前詩。禁體，遵守特定禁例所賦之詩，意在難中出奇。趙翼《陔餘叢考》卷二十三《禁體詩》：「禁體詩始於歐陽公守汝陰日，因小雪會飲聚星堂賦詩，約不得用玉、月、梨、梅、練、絮、白、舞、鵝、鶴等字，歐公所云『脱遺前言笑塵雜，搜索高寒窺冥漠』者也。其後東坡在潁，因禱雪於張龍公獲應，亦舉此體。其末云『汝南先賢有故事，醉翁詩話誰能説？當時號令君聽取，白戰不許持寸鐵』，蓋修歐公故事也。然《六一詩話》記進士許洞會諸僧分題，出一紙，約曰『不得犯此一字』，於是諸僧皆閣筆，其字乃『山水風雲竹石花草霜雪星月禽鳥』之類也。然則此又歐公所本歟？」

【校勘】

①着：乾隆本作「著」。

②澣：底本作「涴」，據乾隆本改。

【箋注】

〔一〕孫生：晉朝孫康，家貧勤學，嘗映雪讀書。《藝文類聚》卷二《天部下》：「孫康家貧，常映雪讀書，清介，交遊不雜。」楊公：宋初楊徽之，字仲猷，建州浦城人，以純厚清介善談好吟著稱；詳見《宋史》卷二百九十六《楊徽之》。《詩話總龜》卷三《知遇門》：「楊徽之侍讀，太宗聞其名，索之，著數百篇奏御，獻詩云：『十年牢落今何幸，叨遇君王問姓名。』太宗選十聯書於御屏間。梁周翰詩曰：『誰似金華楊學士，十聯詩在御屏間。』僧文瑩嘗謂：『楊公必以天池浩露滌筆於冰甌雪碗中，則方與公詩神骨相副。』」

〔二〕委瑣：細碎，瑣屑。司馬光《進五規狀》：「言其小者近者，則叢脞委瑣，徒足以煩浼聖聽，失於苛細。」澣：洗滌。《詩經·周南·葛覃》：「薄污我私，薄澣我衣。」

爲瑞物。」

〔三〕芝菌：靈芝。《新唐書》卷一百六十八《柳宗元》：「雖朽枿敗腐不能生植，猶足蒸出芝菌，以

〔四〕陸凱居江南，嘗折梅以寄長安范曄，詳見卷八《題梅花莊》。

〔五〕逵：四通八達之路。羞：懼怕。劉禹錫《贈眼醫婆羅門僧》：「看朱漸成碧，羞日不禁風。」

〔六〕蟄：冬眠動物。王禹偁《春居雜興》：「一夜春雷百蟄空，山家籬落起蛇蟲。」

〔七〕鴻印爪：常作雪泥鴻爪，即飛鴻於冷雪上印下爪迹，喻往事所留渺茫痕迹。蘇軾《和子由澠池懷舊》：「人生到處知何似？應似飛鴻踏雪泥，雪上偶然留爪印。」鹿行疃：野鹿行走於舍旁隙地，形容主人羈旅遠征以致室廬荒廢。《詩·豳風·東山》：「町疃鹿場，熠燿宵行。」《詩集傳》：「町疃，舍旁隙地也。無人焉，故鹿以爲場也……遂言己東征而室廬荒廢至於如此，亦可畏矣。」

〔八〕焦：漢末魏初隱士焦先，嘗逢雪露宿。皇甫謐《高士傳》卷下《焦先》：「焦先，字孝然，世莫知其所出也，或言生漢末。及魏受禪，常結草爲廬於河之湄……後野火燒其廬，先因露寢。遭冬雪大至，先袒卧不移，人以爲死，就視如故。」

〔九〕袁：東漢高節名士袁安，隆冬大雪封道，默卧陋室以免煩擾近鄰。《後漢書》卷四十五《袁安》：「後舉孝廉。」李賢《注》引《汝南先賢傳》：「時大雪積地丈餘，洛陽令身出案行，見人家皆除雪出，有乞食者。至袁安門，無有行路。謂安已死，令人除雪入户，見安僵卧。問何以

不出。安曰：『大雪人皆餓，不宜干人。』令以爲賢，舉爲孝廉也。」

〔一〇〕紫髯參軍：東晉郗超爲桓温記室參軍，多髯，時人尊稱髯參軍；此指張士誠參軍蔡彦文，詳見卷八《次韻蔡經歷病中述懷》。《世説新語·寵禮第二十二》：「王珣、郗超并有奇才，爲大司馬所眷拔。珣爲主簿，超爲記室參軍，超爲人多髯，珣狀短小。于時荆州爲之語曰：『髯參軍，短主簿，能令公喜，能令公怒。』」杜甫《送張十二參軍赴蜀州因呈楊五侍御》：「御史新驄馬，參軍舊紫髯。」蕭散：瀟灑超脱。

〔一一〕致命：致辭，傳遞意圖。《史記》卷七《項羽本紀》：「項王使人致命懷王。」

〔一二〕徐君：元末詩家徐孟岳。可：恰好。張相《詩詞曲語辭彙釋》卷一《可》：「可，猶恰也。李白《谷風》十：『吾亦澹蕩人，拂衣可同調。』可同調，猶云恰同調也。」

〔一三〕此言徐孟岳率先吟詠禁體詩。白戰：徒手作戰，常喻吟詠禁體詩。陳：施行。《漢書》卷八十一《匡衡》：「陳之以德義。」顔師古《注》：「陳，施也。」漢庭袒：此以周勃匡弼劉氏史事喻徐孟岳率先吟詩；漢初，吕太后崩，諸吕欲篡劉氏天下，太尉周勃行令軍中，曰「爲吕氏右襢，爲劉氏左襢」，軍中皆左襢爲劉氏，卒誅諸吕而立孝文帝；漢庭，漢朝。

〔一四〕陽春：《陽春白雪》，古時高雅深奥之樂曲。宋玉《對楚王問》：「客有歌於郢中者，其始曰《下里巴人》，國中屬而和者數千人；其爲《陽阿薤露》，國中屬而和者數百人；其爲《陽春白雪》，國中屬而和者不過數十人；引商刻羽，雜以流徵，國中屬而和者不過數人而已。」凍筆：毛筆凍結。范成大《南塘冬夜倡和》：「寒釭欲暗吟方苦，凍筆難驅字更遒。」閣：通「擱」，擱置廢止。

湖州行送人作郡

湖州歲歲修城堡，敵騎時燒城外草〔一〕。城外居民如野鹿，目睽睽兮尾促促〔二〕。去輸官税輸不足，半在軍中半在獄。獨留新婦餉姑前，也執吴綃供税錢〔三〕。吴綃已盡歸未得，復到官家候消息。我相聞之憂爾湖，命選賢侯此剖符〔四〕。賢侯若爲湖作主，便須罷卻徵求苦〔五〕，留得湖民障兹土。

【題解】

湖州，元時江浙等處行中書省之湖州路。《讀史方輿紀要》卷九十一《浙江三·湖州府》：「府山澤逶迤，川陸交會，南國之奥，雄於楚越。自三國置郡以來，恒爲江表之望。建國東南，此尤稱腹心要地。吴越時恃爲北面重鎮，淮南來攻，由宣州出廣德必道吴興之郊，而後及於餘杭。餘杭之安危，吴興寔操之也。蓋山藪環錯，敵之伺我常易，而震澤之浸，尤出奇者所必資。明初有事姑蘇，以湖州形援相接，羽翼未剪，因遣奇兵從義興出太湖，次洞庭，進薄州城，及州拔而姑蘇在掌中矣。夫湖州南衛臨安，北犨吴郡，勢如左右手，顧可忽乎哉？」

人，疑爲温州陳元禮，詳見本書卷八《送陳太守》。

【箋注】

〔一〕元末湖州爲明軍淮兵交鋒要地。《隆平紀事》：「至正十七年……二月丙午，明遣耿炳文等攻長興，守將趙打虎以兵三千逆戰，大敗走湖州。戊申，長興陷……至正十九年……明平章邵榮攻湖州，退屯臨安。李伯昇攻之，榮設伏以待，伯昇遇伏敗走……至正二十四年……冬十月，遣丞相士信大發兵攻長興，明守將耿炳文、費聚等擊敗之……至正二十五年乙巳春正月，吴復攻長興，明守將耿炳文連破之於城下。」敵騎：此指朱元璋麾下軍隊。

〔二〕睽睽：張目注視貌。陳有聲《流化亭》：「昔民睽睽，胥戕以劉。今民熙熙，式歌且謳。」促促：短貌，形容勞苦不安。張籍《山頭鹿》：「山頭鹿，角芟芟，尾促促。」

〔三〕吴綃：吴地以生絲所織之薄紗或薄絹。《説文》：「綃，生絲也。」張籍《促促詞》：「家中姑老子復小，自執吴綃輸稅錢。」

〔四〕相：此指元末掌控江淮之張士誠。剖符：泛指授官，參看卷一《和沈休文雙溪八詠》。

〔五〕徵求：求索，横徵暴斂。杜甫《又呈吴郎》：「已訴徵求貧到骨，正思戎馬淚盈巾。」

豕圖行

胡風吹沙黄入天，胡馬奔騰西出關〔一〕。邊頭人民格鬭死，路旁突出惟孤豕。群胡竦馬逐豕逃，彎弓奮戟意氣豪〔二〕。一人自足當豕力〔三〕，衆騎盤旋追不得。當時豈爲一豕謀？只恐功成恩寵休。豈知此豕命既脱，荐食郊原竟難遏〔四〕？秋來草黄馬正肥，將軍處處事驅馳〔五〕。何時射豕得豕歸？嗚呼！何時射豕得豕歸？

【題解】

豕，《方言》卷八：「豬，關東西或謂之彘，或謂之豕。」此詩藉胡騎逐豕，暗諷諸將之各懷鬼胎以貽誤戰機。

【箋注】

〔一〕岑參《走馬川行奉送封大夫出師西征》：「君不見走馬川行雪海邊，平沙莽莽黄入天。」關：古時多指玉門關與陽關。馬端臨《文獻通考》卷三百三十六《西域總序》：「西域以漢孝武時始通，本三十六國，皆在匈奴之西，烏孫之南。南北有大山，中央有河，東西六千餘里。東則接漢，阨以玉門、陽關，西則限以葱嶺。」

〔二〕竦馬：躍馬，策馬馳騁。王褒《四子講德論》：「而介士奮竦。」吕向《注》：「竦，躍也。」奮戟：摇動長戟。曹植《王仲宣誄》：「我公奮鉞。」張銑《注》：「奮，振也。」

〔三〕當：阻攔，對抗。《左傳·桓公五年》：「鄭子元請爲左拒，以當蔡人、衛人。」

〔四〕荐食：不斷吞食。《左傳·定公四年》：「吴爲封豕長蛇，以荐食上國。」杜預《注》：「荐，數也。」

〔五〕岑參《走馬川行奉送封大夫出師西征》：「匈奴草黄馬正肥，金山西見煙塵飛。」

賦廉范五袴送馬太守

成都婦，何太苦〔一〕！官家火禁猛如虎，夜長不得秉機杼〔二〕。就中小姊最堪憐，箔蠶已老雪團團〔三〕。欲繅新蠒爲匹帛〔四〕，有燭當窗不敢燃。廉生字民識民意〔五〕，來把成都火禁弛。千家萬家夜燈起，機聲軋軋滿城市〔六〕。成都婦，笑開軒，還引老姑齊拜天〔七〕。從今姑婦可安作，回晝爲宵亦不眠。廉生廉生來何暮？里巷至今傳五袴。五袴傳來休重歌，馬公爲政勝廉多。馬公爲政勝廉多，一朝去兮奈若何？

【題解】

廉范，後漢蜀郡太守，廢除苛政，裨益黎庶，蜀民德之以「平生無襦今五絝」。《後漢書》卷三十一《廉范》：「廉范，字叔度，京兆杜陵人，趙將廉頗之後也……建中初，遷蜀郡太守，其俗尚文辯，好相持短長，范每厲以淳厚，不受偷薄之説。成都民物豐盛，邑宇逼側，舊制禁民夜作，以防火災，而更相隱蔽，燒者日屬。范乃毁削先令，但嚴使儲水而已。百姓爲便，乃歌之曰：『廉叔度，來何暮？不禁火，民安作。平生無襦今五絝。』」

馬太守，名玉麟，元末淮南海陵名士；海陵，或曰泰州，或曰吴陵。馬太守事迹參看卷十二《通鑑前編舉要新書序》。

高儒《百川書志》卷十五：「《東臯先生詩集》五卷，參知政事海陵馬玉麟谷璲撰，一字伯祥。」《東臯先生詩集·附録·東臯先生傳》：「先生姓馬氏，諱玉麟，字谷璲，吴陵樊川人。在近世以直言善政伏一時，有詩文若干卷，名《東臯漫稿》。故登其門者，咸以東臯先生稱焉。先生幼聰慧，鎮南王畋，獻詩四韻，有『弓開彎似月，馬走疾於風』之句，王大驚曰：『奇童也。』命取白金賜之。既長，晝經夜史，枕藉不厭，而尤長於《書》。用薦者言，釋褐贛榆縣儒學教諭。未幾，以母喪去官，家居授徒，遠近麇至。孟城張士誠兵起，先生乃奉其考壽椿處士徙居平江。及士誠革面，詔拜太尉，開府平江，久之，聞先生賢，辟爲其府掾史，遇事棘棘不阿。初府義貢米二十萬石，至是朝廷以臯期督運，左右欲罷之，先生曰：『苟此食言，則太尉失臣節矣。』左右色沮，遽如數以運。繇是升長洲縣尹……由是自長洲縣尹累官至江浙行中書省分省員外郎，贊其左丞周伯琦彌縫補闕以蕃王室。時柄用者以吴楚重地，須王爵撫綏，狐媚太尉，將請於朝，先生颺言曰：『太尉苟恭順，則王爵當自至矣。何以請爲？』太尉韙之而止。丞相達識帖木兒聞之曰：『分省有馬員外，事無憂也。』表爲行中書省參知政事。命未下，便宜擢本省郎中，改平江路總管。當行，丞相脱衣服之曰：『此衣上所賜也，多汝賢勞，故脱服汝。』屬歲大饑，道饉相望。先生言發於府，不聽，乃歎曰：『我以罪易民命可也。』輒發米萬石以賑之。柄用者果欲以擅罪先生。太尉曰：『咎在予，太守何罪？』……既爲參知政事，國步日蹙，先生上疏數千言，不報，因憂憤成疾。居無何，大軍下平江，先生賦詩見志，有『囊中短疏成遺恨』之句，遂仰藥而卧。或掖以見總兵，先生曰：『我疾，不能屈膝矣。』尋卒。」

周伯琦《東皋先生詩序》：「古人謂詩文蓋言之精者也。故能詩必能文，合是二者，可謂能言之士矣。然竊怪世之能言者，達而在上恒少，窮而在下恒多。豈山林窮困之士業專志勤，故其工於辭者衆；爵禄宦達之士意盈氣逸，故其工於辭者寡歟！不然，何言之工拙士之窮達異也？有能陟貴顯而肆力於辭章，思欲與布衣韋帶專門名家之作者較其得失短長，馳騁上下，斯不亦難矣哉！以予觀海陵馬侯其人也。始侯以幕僚佐予執政分省，因得相與周旋。每計事之暇，予有所作，侯必繼而和之。後予致政家居，侯位益顯名益彰，職行藩爲賢宰輔，領大郡爲良牧守。予意其出入要途，酬應蓋無虚日，尚何暇以文字相叩擊哉！而侯遇休沐必過予南亭之上，問其詩，未嘗不揚眉舒氣，歷歷爲予誦之。語及時事，輒撫掌太息，其中有深憂者，則又托爲歌詠以自鳴其不平。辭不迫切，而意極懇至。而於文，則未之見也。一日，侯彙粹其詩文若干卷，持以示予，徵一言以弁其首。予得而盡讀之，喜曰：富矣哉！蓋公不獨工於詩，抑又工於文也。其爲詩，若樂府歌行，若五七言近體等作，皆婉麗暢達，組織工巧，有關乎名教，有切於諷諫。其爲文，則以明理爲主，故措辭嚴正，而論事剴切，足追古之作者，可謂能言之士矣。侯以爵禄宦達之資，勵山林窮苦之志，不少懈而益勤，視一介之士，窮居約處，而後能工於辭者，其用心不亦難已哉！雖然，予聞侯之母夫人乃宋胡安定公七世外孫女也。安定之學以明體適用爲要，侯服膺外氏之先訓，其於學術，蓋亦有所自矣。使由是而勉焉，則他日所成，又有出於詩文之外者。序而歸之，識予之所深期於侯也。侯名玉麟，字伯祥，由三公掾起家爲名執政，所至有能聲，嘗自號東皋道人，故名其稿曰《東皋漫稿》云。」

【箋注】

〔一〕何太：極，甚。李白《江上贈竇長史》：「相約相期何太深，棹歌搖艇月中尋。」徐仁甫《廣釋詞》卷四《何—甚》：「何猶甚，程度副詞……又《送客春遊嶺南》：『已訝遊何遠，仍嗟別太頻。』『何』『太』互文，皆甚辭。」

〔二〕火禁：防火禁令。《周禮·秋官·司烜氏》：「中春以木鐸修火禁於國中。」鄭玄《注》：「火禁，謂用火之處及備風燥者。」《禮記·檀弓下》：「小子識之，苛政猛於虎也。」機杼：偏義複詞，織布梭；機，襯字。

〔三〕箔：養蠶用具。《齊民要術·種桑柘》：「桑至春生，一畝食三箔蠶。」

〔四〕繅：煮繭抽絲。《説文》：「繅，繹繭爲絲。」

〔五〕廉生：蜀郡太守廉范。字：撫愛。《尚書·康誥》：「于父不能字厥子。」

〔六〕軋軋：織布機聲。蔣士銓《鳴機夜課圖記》：「母手任操作，口授句讀，咿唔之聲，與軋軋相間。」

〔七〕姑：婆婆。《説文》：「姑，夫母也。」

次韻白頭母

錢王城中白頭母〔一〕，自言身是征人婦。征人十五二十時，有力纔堪折夌股〔二〕。一朝鼙鼓動地聞，卻憶戰場勳可樹。彎弓拔劍走山東，鐵騎奔騰遇强虜〔三〕。壯士軍前不顧生，賤妾城頭空獨語〔四〕。亦知力盡當解圍，山海悠悠没歸路〔五〕。自從棄背今幾時，門巷蕭條雪滿蹊。破衣露肘釵半折，忍對故居成馬埒〔六〕？婦人老似鳩①盤茶〔七〕，此日翻愁夫到家。夫到家，我顔那得新如花？當初本自同苦樂，只嫌身貴情亦奢〔八〕。白頭母，涕如雨，我亦悽然倚庭柱。幾時斫得征馬蹄，不載居人出門去？

【題解】

次韻，此依徐孟岳詩韻；同時詩家張憲、張端、袁華亦和之，後二詩録顧嗣立《元詩選初集》卷四十八暨《耕學齋詩集》卷五。徐孟岳，參看本卷《次韻徐孟岳除夕行》。

張憲《玉笥集》卷三《白頭母次徐孟岳韻》：「道旁哀哀白頭母，西馬塍上花翁婦。數莖短髮不勝簪，百結鶉衣常露股。自言夫本業種樹，一朝棄業從戎伍。荷戈南征竟不歸，不知被殺還被虜。屈指十年音信斷，獨宿孤房誰共語？家在錢塘古蕩東，門前正壓官橋路。卻憶夫在種花時，春來桃李下成蹊。自從夫死花樹折，錦繡園林成馬埒。縱餘梨杏與梅茶，無力入城供富家。富家遭兵亦銷歇，金錢誰復收名花？何況邇來新將相，一體好儉不好奢。兵餘城市化村塢，亂後名園作軍府。年年寒食杜鵑啼，人家上冢西湖西。時光荏苒易飄忽，可憐誰拾花翁骨。君不見海棠風，楊柳雨，牢落錦紋箏，凋零金雁柱。黃四娘家客漸稀，蛺蝶飛來過牆去。」

【校勘】

①鳩：底本作「鴉」，據乾隆本改。

【箋注】

〔一〕錢王城：杭州別名，吴越王錢鏐定都於此，拓城增郭，周三十里，冠履輻輳，闤闠繁榮，實江南大都會，詳見《舊五代史》卷一百三十三《世襲列傳二·錢鏐》。

〔二〕螽股：蝗蟲之足，古時以折螽股喻力大無窮而低調謙恭者，此處反其意而用之。《列子》卷四《仲尼第四》：「公儀伯以力聞諸侯，堂谿公言之於周宣王，王備禮以聘之。公儀伯至，觀形，懦夫也。宣王心惑而疑曰：『女之力何如？』公儀伯曰：『臣之力能折春螽之股，堪秋蟬之翼。』王作色曰：『吾之力者，能裂犀兕之革，曳九牛之尾，猶憾其弱。女折春螽之股，堪秋蟬之翼，而力聞天下，何也？』公儀伯長息退席，曰：『善哉，王之問也！臣敢以實對。臣之師有商丘子者，力無敵於天下，而六親不知，以未嘗用其力故也。臣以死事之，乃告臣曰：人欲見其所不見，視人所不窺，欲得其所不得，修人所不爲，故學視者先見輿薪，學聽者先聞撞鐘，夫有易於内者無難於外，於外無難，故名不出其一家。今臣之名聞於諸侯，是臣違師之教，顯臣之能者也。然則臣之名不以負其力者也，以能用其力者也，不猶愈於負其力者乎？』」

〔三〕山東：常指崤山以東或太行山以東。

〔四〕阮籍《詠懷》：「臨難不顧生，身死魂飛揚。」

〔五〕高適《燕歌行》：「身當恩遇常輕敵，力盡關山未解圍。」

〔六〕馬埒：習射之馳道，兩側有矮牆，使不外騖。《晉書》卷四十二《王渾》：「濟買地爲馬埒，編錢滿之，時人謂爲金溝。」

〔七〕鳩盤茶：或作鳩槃茶，形容貌寢容醜。陸以湉《冷廬雜識·鳩槃茶》：「鳩槃茶乃佛經語，或作拘辨茶、究槃茶、恭畔茶、弓槃茶，皆一也。言甕形似冬瓜也，以是爲喻，狀其容之醜也。」

〔八〕嫌：懷疑。《墨子·小取》：「處利害，決嫌疑。」奢：狂妄無度。《玉篇·奢部》：「奢，泰也。」

題蕭隱士卷

有鳥結巢東海湄，正值海風初發時。飄飄起向天漢飛〔一〕，引以群雛挾以雌。豈知天漢風亦悲，迫逐更有鵰鶚窺〔二〕？禍機未動已心知〔三〕，中夜相失群乃離。既離復合誰實爲？鄉關迢迢千里歸，卻羨舊林多好枝〔四〕。

【題解】

按《蘭庭集》，元末蕭隱士潛居平江路吴縣横山修竹塢。元末明初吴縣謝晉《蘭庭集》卷下《脩竹塢訪蕭隱士》：「草堂寂寞西礀坳，隔林犬吠聲寥寥。幽人無事不出户，送客有時還過橋。溪上斜陽立將盡，莎間細路歸仍遥。明朝秋風桂花發，卧隱東山誰見招？」

元末馬玉麟嘗吟詩以賀蕭隱士返鄉。《東皋先生詩集》卷四《題蕭處士行卷》：「夜半鷄鳴函谷關，暫尋仙客入茆山。愁看妻子經年别，喜在風塵一日還。結屋白雲同鶴住，放舟春雨伴鷗閑。

歸來負郭田堪種，愧我遲回玉筍班。」

【箋注】

〔一〕天漢：天河，銀河；此喻中原。《詩經·小雅·大東》：「維天有漢，監亦有光。」毛《傳》：「漢，天河也。」

〔二〕鴟鴞：俗稱貓頭鷹，常喻惡徒。曹植《贈白馬王彪》：「鴟梟鳴衡扼，豺狼當路衢。」李善《注》：「鴟梟、豺狼，以喻小人也。」

〔三〕禍機：隱藏待發之禍患。劉基《烏生八九子》：「少年挾彈如流星，禍機潛發不見形。」

〔四〕鄉關：家鄉。王維《酬張少府》：「自顧無長策，空知返舊林。」

故人子以早年中選喜而有賦

吳門九月秋氣滿，析析西風吹葉斷〔一〕。忽傳一夜春信來，千花萬花燈上開〔二〕。花開向君報君喜，賢書曉到吳門裏〔三〕。羨君身著五采衣，竟向文場戰勝歸〔四〕。君年今才十有九，能使香名滿人口〔五〕。秖①緣育得毛骨奇，長頭廣額豐兩頤。雙眸燁燁②復如電，世人見之驚且歎。人説驊騮産駿駒，叱撥不生凡馬軀〔六〕。有士如君事非偶，畢竟而翁積來厚。而翁當代稱才賢，身懸紫綬色赭然〔七〕。居官不蹈紈袴習，教子惟磨鐵硯穿〔八〕。莫怪君今致身早，庭栽五桂應亦老〔九〕。須識朱衣暗點時，好是而翁濟時了〔一〇〕。家澤如斯世所無，生子只作蒼頭奴〔一一〕。

【題解】

故人，張士誠麾下諮議參軍葉德新，其迹詳見卷十三《送劉以順詩序》。故人子，葉氏仲子葉蕙，至正二十四年甲辰春張士誠始議開科取士，乙巳之秋葉蕙鄉闈中式，詳見卷十三《贈葉生詩序》。史册《隆平紀事》：「吳王士誠議開取士科用經藝：『今日有德者有言。士之尊聖賢抱大用者，心必和平，詞抒渾雅，自今所取，務合經術，毋采詭奇。乃以隆平北爲淮南省，南爲江浙省，分命人典試事。』」

【校勘】

①秖：乾隆本作「祇」。

②燁燁：乾隆本作「奕奕」。

【箋注】

〔一〕謝靈運《鄰里相送方山》：「析析就衰林，皎皎明秋月。」劉良《注》：「析析，風吹木聲也。」

〔二〕此化用岑參《白雪歌送武判官歸京》：「忽如一夜春風來，千樹萬樹梨花開。」春信：春回大地之消息，喻故人子中式捷報。陸游《梅花》：「春信今年早，江頭昨夜寒。」花：燈花，古時視爲吉兆。杜甫《獨酌成詩》：「燈花何太喜，酒緑正相親。」

〔三〕賢書：原爲舉薦名録，後指科考中式名單。《周禮・地官・鄉大夫》：「鄉老及鄉大夫群吏獻賢能之書於王。」明沈德符《敝帚軒剩語・汪徐相仇》：「汪歸應試，即以是年登賢書。」

〔四〕五彩衣：兒童所著五彩衣服，代未成年時。孟浩然《送張參明經舉兼向涇州省覲》：「十五彩衣年，承歡慈母前。」

〔五〕香名：美名。《送許子擢第歸江寧拜親》：「青春登甲科，動地聞香名。」

〔六〕驊騮：與下文叱撥皆駿馬名。駿駒：少壯良馬。岑參《玉門關蓋將軍歌》：「櫪上昂昂皆駿駒，桃花叱撥價最殊。」李石《續博物志》卷四：「唐天寶中，大宛進汗血馬六匹：一曰紅叱撥，二曰紫叱撥，三曰青叱撥，四曰黄叱撥，五曰丁香叱撥，六曰桃花叱撥。」

〔七〕赭然：赤色貌。岑參《送張獻心充副使歸河西雜句》：「未至三十已高位，腰間金印色赭然。」

〔八〕紈袴：代浮華奢侈之貴族子弟。磨鐵硯穿：磨穿鐵鑄硯臺，形容發憤圖强。陸游《寒夜讀書》：「韋編屢絶鐵硯穿，口誦手抄那計年？」

〔九〕致身：出仕。杜甫《乾元中寓居同谷縣作歌》：「長安卿相多少年，富貴應須致身早。」五桂：比喻親族五人相繼登科。宋王應麟《小學紺珠・氏族・五桂》：「范致君、致明、致虚、致祥、致厚，相繼登第，有五桂堂。」曹之謙《趙吉甫種德園》：「從今不羨燕山竇，五桂聯芳老一椿。」

〔一〇〕朱衣暗點：相傳歐陽修主持貢院考試，每閲試卷，常覺身後有朱衣人暗暗點頭，凡朱衣人點頭時，皆爲合格文章；後遂以朱衣點頭代稱科舉中選。好：正是。《詩詞曲語辭例釋·好》：「好：正，恰，時間副詞。元稹《贈嚴童子》詩：『衛瓘諸孫衛玠珍，可憐雛鳳好青春。』此猶言正當青春。」

〔一一〕蒼頭奴：奴僕；舊時僕隸以深青色巾包頭，故稱蒼頭奴。《漢書》卷七十二《鮑宣》：「蒼頭廬兒，皆用致富。」顔師古《注》引孟康曰：「漢名奴爲蒼頭，非純黑，以别於良人也。」

五言律詩

送歸安丞

之子官何處？湖流一舸通〔一〕。汀洲蘋影外，城郭水光中〔二〕。夜泛苕溪月，春吟箬下風〔三〕。若逢陳太守，爲報各衰翁〔四〕。

【題解】

歸安，元湖州路屬縣，今歸安與烏程合并爲湖州市吴興區。《元史》卷六十二《地理五·江浙等處行中書省·湖州路》：「領司一、縣五、州一。録事司。縣五：烏程，歸安，安吉，德清，武康。州一：長興州。」丞：元上縣屬官。《元史》卷九十三《百官七·諸縣》：「上縣，秩從六品。達魯花赤一員，尹一員，丞一員。」

【箋注】

〔一〕之子：此人。《詩經·周南·漢廣》：「之子于歸，言秣其馬。」湖流：太湖及苕溪等水流。

〔二〕城郭：此指依附湖州府城之歸安縣治。

〔三〕苕溪：湖州主要江流，詳見卷八《趙母詩》。箬下：湖州烏程縣箬溪北岸，以産箬下酒聞名。胡仔《苕溪漁隱叢話後集·楚漢魏六朝上》：「（烏程）縣南五十步有箬溪，夾溪悉生箭箬，南岸曰上箬，北岸曰下箬，居人取下箬水釀酒，醇美，俗稱箬下酒。劉夢得詩云『駱駝橋畔蘋風起，鸚鵡杯中箬下春』，即此也。」

〔四〕陳太守：温州陳元禮，詳見卷八《送陳太守》。

送趙司令

自入嫖姚幕〔一〕，從軍凡幾年。卻緣鹽筴利，去讀《海王篇》〔二〕。蜃氣侵官舍，鮫人迎渡船〔三〕。看君未年邁，暫出莫悽然。

【題解】

趙司令，其人不詳。詩云「卻緣鹽筴利」，則趙氏新授鹽場司令。《元史》卷九十三《百官七·兩浙都轉運鹽使司》：「鹽場三十四所，每所司令一員，從七品；司丞一員，從八品；管勾一員，從九品。」

【箋注】

〔一〕嫖姚：或作「剽姚」，本指漢嫖姚校尉霍去病，此代張士誠麾下猛將。《史記》卷一百一十一《衛將軍驃騎列傳》：「是歲也，大將軍姊子霍去病年十八，幸，爲天子侍中。善騎射，再從大將軍，受詔與壯士，爲剽姚校尉，與輕勇騎八百直棄大軍數百里赴利，斬捕首虜過當。」杜甫《後出塞》：「借問大將誰？恐是霍嫖姚。」

〔二〕鹽筴：徵收鹽稅之政策法令；筴，同「策」。《管子》卷二十二《海王第七十二》：「管子對曰：『海王之國，謹正鹽筴……今夫給之鹽筴，則百倍歸於上，人無以避此者，數也。』」

〔三〕蜃氣：古人以爲蜃吐氣則化成樓宇城郭等幻象。《漢書》卷二十六《天文志》：「海旁蜃氣象樓臺，廣野氣成宮闕然。」鮫人：傳説中居於海底之怪人。張華《博物志》卷二《異人》：「南海水有鮫人，水居如魚，不廢織績，其眼能泣珠。」

除夜客中二首

其一

忽忽歲欲暮，飄飄歎此生〔一〕。孤舟遊子恨，兩地老妻情。數蹇頻思卜，途窮懶問程〔二〕。遥知小兒女，猶自説升平〔三〕。

【題解】詩云「兩地老妻情」「千里更誰家」，則「除夜」蓋爲戴九靈初至吴門，而家屬仍留金華之至正二十二年壬寅除夕。

【箋注】

〔一〕忽忽：急速貌。《楚辭》屈原《離騷》：「欲少留此靈瑣兮，日忽忽兮其將暮。」飄飄：行止無定貌。陸機《從軍行》：「苦哉遠征人，飄飄窮四遐。」

〔二〕數蹇：命運屯蹇困厄；數，命運。王維《老將行》：「衛青不敗由天幸，李廣無功緣數奇。」陸游《薄醉遣懷》：「途窮貧入夢，身老病欺人。」

〔三〕杜甫《月夜》：「遥憐小兒女，未解憶長安。」

其二

已就長途往，堪憐暮景斜〔一〕。一年惟此夜，千里更誰家？戀國心空赤，憂時髮已華〔二〕。此身如可乞，只合老煙霞〔三〕。

【箋注】

〔一〕暮景：夕陽，喻暮年。陸游《太息》：「那知暮景迫？但覺故人稀。」

〔二〕高邁《建德縣詠懷》：「聖恩未報吾心赤，肯效青門學種瓜？」蘇洞《棲閑堂》：「上而公相下百官，鞅掌其身髮華皓。」

〔三〕合：應該。煙霞：代隱逸生活。李群玉《送人隱居》：「平生自有煙霞志，久欲拋身狎隱淪。」

歲暮留别二首

其一

五十明朝過，何從托此身〔一〕？不堪垂老日，翻作負羈臣〔二〕。四海無知己，長途惟見君〔三〕。明朝分别處，草木爲誰春〔四〕？

【題解】

留别，吟詩以貽送别者。詩曰「五十明朝過」，則當吟於至正二十五年，時詩人四十九歲，擬次年早春去吴適齊。

【箋注】

〔一〕過：到，經歷。《吕氏春秋·異寶》：「五員過於吴。」高誘《注》：「過，猶至也。」何從：以何。《古書虚字集釋》卷八《從》：「『從』猶『以』也……《淮南子·説山篇》：『聖人從外知内，以見知隱。』《齊俗篇》：『是從牛非馬，以徵笑羽也。』」

〔二〕負羈：手執馬絡頭，初謂朝臣羈旅流落，泛指侍奉官長之賤役。《左傳·僖公二十四年》：

「臣負羈紲從君巡於天下。」鮑照《送盛侍郎餞候亭》：「君爲坐堂子，我乃負羈人。」

〔三〕楊基《哭高季迪舊知》：「每憐四海無知己，頓覺中年少故人。」

〔四〕韋應物《有所思》：「借問堤上柳，青青爲誰春？空遊昨日地，不見昨日人。」

其二

從宦不得意，歲闌聊復歸〔一〕。親朋隨地有，情誼似君稀。舟小容分榻，裘單許借衣〔二〕。平生歲寒意〔三〕，臨別重依依。

【箋注】

〔一〕歲闌：一年將盡時。白居易《贈元稹》：「一爲同心友，三及芳歲闌。」

〔二〕榻：狹長低矮之坐卧用具。陳著《次韻西山寺主僧清月》：「長與雲分榻，時從鶴出關。」徐賁《吕山人客圓明精舍有贈》：「禪處容分榻，經餘許看書。」裘：皮衣。《論語·公冶長篇第五》：「子路曰：『願車馬衣輕裘與朋友共，敝之而無憾。』」

〔三〕《論語·子罕》：「歲寒，然後知松柏之後彫也。」

自定川入海

乍離東海郡，又上北溟船〔一〕。紅見波中日，青窺水際天。鄉關千里隔，身世一帆懸。鄉信何從達？歸鴻落照前〔二〕。

【題解】

定川，定海别稱，元江浙行省慶元路屬縣。《元史》卷六十二《地理五・江浙等處行中書省・慶元路》：「領司一、縣四、州二。録事司。縣四：鄞縣、象山、慈溪、定海。」定川入海，其事亦見本卷《泛海》及卷二十三《故翰林待制致仕汪君墓誌銘》。陳著《本堂集》卷十三《定海》：「一夜南風便葉舟，天教償我定川遊。兩崖踞海潮吞腳，萬石封堤水掉頭。家家活計魚蝦市，處處歡聲鼓笛樓。不用丹青狀風景，逢人且説小杭州。」

【箋注】

〔一〕東海郡：此指元時臨近東海之慶元路，今寧波。北溟：北部大海，此指黑水洋。

〔二〕王灣《次北固山下》：「鄉書何處達？歸雁洛陽邊。」

渡黑水洋

舟行滄海上，魂斷黑波前〔一〕。好似星沉夜，仍逢雨至天〔二〕。鯨迷川后國，龍觸估①胡船〔三〕。强起推蓬②看，惟應髮欠玄〔四〕。

【題解】

黑水洋，在今黄海一帶，詳見本卷五言古詩《渡黑水洋》。

【校勘】

①估：底本作「佑」，據乾隆本改。

②蓬：乾隆本作「篷」。

【箋注】

〔一〕魂斷：斷魂，甚悲。高啓《惜花歎》：「流水殘香一夜空，黄鸝魂斷無言語。」

〔二〕星沉：星辰匿迹。姚合《洛下夜會寄賈島》：「憶君難就寢，燭滅復星沉。」

〔三〕川后：水神名。李商隱《擬意》：「去夢隨川后，來風貯石郵。」估胡：商胡，或稱胡商，至中國經商之胡人；估，估客，行商。李昉《太平廣記》卷三百一十一《韋騶》：「千金估胡，安穩獲濟；吾弟窮悴，乃罹此殃。」

〔四〕蓬：通「篷」，船篷。惟應：只是。張相《詩詞曲語辭彙釋》卷三《應》：「應，猶是也……白居易《江夜舟行》詩：『叫曙嗷嗷雁，啼秋唧唧蟲。只應催北客，早作白須翁。』只應，只是也。」

次大牢山下

草樹叢祠古，波濤仙掌清〔一〕。鍾聲千里闊，帆影一舟横〔二〕。茅屋邊山戍，泥牆傍海城〔三〕。中原風景異，到此暗傷情〔四〕。

【題解】

大牢山，通稱勞山或嶗山，詳見本卷《望大牢山》。

【箋注】

〔一〕仙掌：本爲西嶽華山山峰，此代大牢山險峰。劉基《徐資深華山圖》：「華嶽插天七千丈，丹崖翠壁開仙掌。」

〔二〕鍾：通「鐘」。《左傳·昭公二十年》：「高臺深池，撞鍾舞女。」

〔三〕邊：接近。《漢書》卷三十四《韓信》：「南邊楚。」顔師古《注》：「邊，近也。」山戍：山上營壘。張説《出湖寄趙冬曦》：「山戍上雲枉，江亭臨水關。」傍：靠近。《説文》：「傍，近也。」

〔四〕范仲淹《漁家傲》：「塞下秋來風景異，衡陽雁去無留意，四面邊聲連角起。」

至膠州

自入東膠路，鄉邦此地賒〔一〕。人悲西候日，帆亂北溟霞〔二〕。民俗農爲業，州城土作家。驛樓何處是？庭樹暮栖鴉〔三〕。

【題解】

膠州，元時隸屬中書省益都路，詳見本卷《抵膠州》。

【箋注】

〔一〕東膠：元膠州東部，詳見本卷《望大牢山》。賒：遠。沈約《冠子祝文》：「行之則至，無謂道賒。」

〔二〕西候：秋季。王勃《秋日别王長史》：「正悲西候日，更動北梁篇。」

〔三〕驛樓：驛站屋舍。張説《深渡驛》：「猿響寒巖樹，螢飛古驛樓。」

宿高密

客路信悠悠，荒城許暫投〔一〕。黄塵齊地晚，紅葉海邦秋〔二〕。燈影明官驛，鍾①聲度縣樓〔三〕。去家今幾許？猶自夢東州〔四〕。

【題解】

高密，元時益都路膠州高密縣，詳見本卷五言古詩《宿高密》。

【校勘】

①鍾：乾隆本作「鐘」。

【箋注】

〔一〕信：委實。悠悠：遥遠貌。張耒《寓楚題楊補之官舍》：「一辭螭陛走天涯，客路悠悠老歲華。」王維《奉寄韋太守陟》：「荒城自蕭索，萬里山河空。」

〔二〕王昌齡《塞下曲》：「黄塵足今古，白骨亂蓬蒿。」

〔三〕燈影：燈光。沈佺期《夜遊》：「月華連晝色，燈影雜星光。」

〔四〕猶自：依然。許渾《塞下》：「朝來有鄉信，猶自寄征衣。」東州：此指戴九靈故鄉婺州。

過營丘

山川無變易，人事有消亡〔一〕。堪歎鷹揚地，都爲鹿卧場〔二〕。故基穿井邑，衰草半濠隍〔三〕。屬有歸歟歎，登臨倍感傷〔四〕。

【題解】

營丘，姜太公時齊國都城，詳見本卷五言古詩《過營丘》。

【箋注】

〔一〕沈青箱《過臺城感舊》：「六代舊山川，興亡幾百年。」孟浩然《與諸子登峴山》：「人事有代謝，往來成古今。」

〔二〕堪歎：可歎。鷹揚：雄鷹奮飛，喻威武或大展雄才。《詩經·大雅·大明》：「維師尚父，時維鷹揚。」鹿卧：野鹿安卧，形容荒涼蕭瑟。

〔三〕故基：遺址。釋紹嵩《遊古寺次朋上人韻》：「黄葉前朝寺，攜朋上故基。」井邑：村鎮。《周禮·地官·小司徒》：「九夫爲井，四井爲邑。」濠隍：護城河。

〔四〕屬：恰好。歸歟：歸鄉；歟，助詞。《史記》卷四十七《孔子世家》：「於是使使召冉求。冉求將行，孔子曰：『魯人召求，非小用之，將大用之也。』是日，孔子曰：『歸乎！歸乎！吾黨之小子狂簡，斐然成章，吾不知所以裁之。』子贛知孔子思歸，送冉求，因誡曰『即用，以孔子爲招』云。」《論語·公冶長篇》：「子在陳，曰：『歸與！歸與！吾黨之小子狂簡，斐然成章，吾不知所以裁之。』」

寓昌樂

淮海來時路，東西幾日程〔一〕。一年行萬里，數口托孤城〔二〕。邯水方馳箭，崤函未罷兵〔三〕。餘年已無幾，坐此欲何成？

【題解】

昌樂，元時益都路濰州屬縣，詳見本卷《至昌樂》。

【箋注】

〔一〕淮海：淮河黄海一帶，即古揚州地。《禹貢》：「淮海惟揚州。」東西：此指偏東之江浙行省慶元路與偏西之中書省益都路。

〔二〕數口：此指詩人與侄戴思温及僕役，參見卷三十《故九靈先生戴公墓誌銘》。

〔三〕邯水：河北邯鄲水流，參見本卷《至昌樂》。崤函：陝西崤山與函谷關。《讀史方輿紀要》卷四十六《河南一》：「自新安西至潼關殆四百里，重岡疊阜，連綿不絶，終日走硤中，無方軌列騎處。其間硤石及靈寶、閿鄉尤爲險要，古之崤函在此，真所謂百二重關也！」

次益都

使傳來遥甸，估車馳近坰〔一〕。茅廬城外市，楊樹驛邊亭。淄水穿原緑，牛山入郡青〔二〕。西遊應未遂，又復渡滄溟〔三〕。

【題解】

益都，元時中書省所轄之益都路治所，詳見本卷五言古詩《次益都》。

【箋注】

〔一〕使傳：使者所乘驛車。曾鞏《送韓玉汝使兩浙》：「使傳東馳下九天，此邦曾屈試鳴弦。」估車：商人所乘之車；估，通「賈」。

〔二〕淄水、牛山：秀水奇山名，詳見本卷五言古詩《次益都》。

〔三〕渡滄溟：此謂橫渡滄海返回江南。

送班景道

鄉邦南北異，姓字獨先知〔一〕。忽見還成別，重逢總未期。路分殘雨外，馬度夕陽時〔二〕。莫動林居興，轅門新拜師〔三〕。

【題解】

班景道，明初嘗官臨洮府同知，以幹練絶倫著稱。《宋濂全集》卷二《同知臨洮府事班景道除陝西行省參知政事誥》：「陝西在古爲雍州之，域三秦之地，延袤一千餘里，土廣物殷，號稱難治。朕嘗建行中書，設參知政事，以綜覈衆務，以鎮安萬民。然必得同寅協恭之臣共釐治之，則事集而功成不難矣。具官班某，負倜儻之才，抱經濟之略。朕嘗歷試其爲人，設施次第，綽有可觀，故自臨洮別駕特授以參預之職。夫別駕，四品之秩也，較之參預之資，實超十階，豈不以爾韞此奇才，故不次而用之乎？爾尚夙夜惟勤，思稱朕懷。官政之有弊者，爾當振而新之；民瘼之未瘳者，爾當撫而摩之。則予一人汝嘉，爾其欽承朕言，不再。」

【箋注】

〔一〕度正《送張西和南歸》：「戎貊也應知姓字，親朋未必記芝眉。」

〔二〕外：後。韓淲《水調歌頭》：「一曲清歌外，四座笑談清。」石召《送人歸山》：「歸路分殘雨，停舟別故人。」

〔三〕林居：避世隱居。司空曙《過終南柳處士》：「雲起山蒼蒼，林居蘿薜荒。幽人老深境，素髮與青裳。」轅門：軍營大門。《六韜》卷六《分合第五十一》：「大將設營而陳，立表轅門。」

七言律詩

送路理問出使太原

使君持節欲何之？好是中原酣戰時〔一〕。天遠儲闈淹歲月〔二〕，雲纏殺氣傍旌旗。渭川浪急舟行速，秦樹陰深馬去遲〔三〕。復命東藩還幾日，風霜看取鬢成絲〔四〕。

【題解】

路理問，元末江浙行省理問路季達，詳見卷十二《送路理問序》。理問：官名，掌勘核刑名。《元史》卷九十一《百官七·行中書省·各省屬官·理問所》：「理問二員，正四品。副理問二員，從五品。」

太原，元時嘗改冀寧路。《元史》卷五十八《地理一·中書省·冀寧路》：「唐并州，又爲太原府。宋、金因之。元太祖十三年，立太原路總管府。大德九年，以地震改冀寧路。」

詩云「天遠儲闈淹歲月」，則路理問出使太原爲至正二十四或二十五年，時元太子避亂冀寧，依擴廓帖木兒。《元史》卷四十六《順帝九》：「（至正二十四年五月）戊辰，擴廓帖木兒奉命討孛羅帖木兒，屯兵冀寧……（七月）丁亥，白鎖住扈從皇太子出順承門，由雄、霸、河間，取道往冀寧……（八月）乙巳，皇太子至冀寧……（至正二十五年七月）乙酉，孛羅帖木兒伏誅，禿堅帖木兒、老的沙皆遁走。丙戌，遣使函孛羅帖木兒首往冀寧，召皇太子還京師。」

【箋注】

〔一〕使君：尊稱奉命出使者。《後漢書》卷十六《寇恂》：「使君建節銜命，以臨四方。」好：正，恰。

〔二〕意謂天神疏遠太子，以致長久滯留太原。儲闈：太子所居宫室，代太子。《新唐書》卷一百三十九《房琯》：「有朋黨不公之名，違臣子奉上之禮，何以儀刑王國訓導儲闈？」

〔三〕渭川：陝西渭水。《讀史方輿紀要》卷五十二《陝西一·渭水》：「《禹貢》：『導渭自鳥鼠同穴，東會於灃，又東會於涇，又東過漆、沮入於河。』……王氏應麟曰：『渭川自大散關以北達於岐、雍，夾渭南北岸，沃野千里，謂之秦川。』」秦：秦川，古雍州，亦稱關中。《讀史方輿紀要》卷五十二《陝西一》：「《禹貢》曰：『黑水、西河惟雍州。』《周禮·職方》：『正西曰雍州。』周都豐、鎬，則雍州爲王畿。東遷以後，乃爲秦地。孝公作爲咸陽，築冀闕，徙都之，謂之秦川，亦曰關中。按潘岳《關中記》：『東自函關，西至隴關，二關之間，謂之關中，東西千餘里。』」

〔四〕東藩：東部藩國，此指張士誠盤踞之東南大地。

次韻遊寶華寺

失腳江湖鬢欲華，尋僧姑啜趙州茶〔一〕。卓泉不復聞飛錫，説法空傳見雨花〔二〕。

水樂隔林迷梵唄，雲衣入户亂袈裟〔三〕。同遊賴有蘭臺客，時出新詩鬭彩霞〔四〕。

【題解】

寶華寺，元末吴縣横山寺院，横山詳見卷八《陪陳夷白左司省先隴遂遊西山諸寺》。《洪武蘇州府志》卷四十三《寺觀·寶華寺》：「去縣（吴縣）西南三十里，舊名智顯禪院。寺有酪酪泉，蓋因酪酪尊者卓錫於此，泉隨湧出。」

【箋注】

〔一〕失腳：舉足不慎而跌倒，喻坎壈受挫。白居易《東南行一百韻》：「翻身落霄漢，失腳到泥塗。博望移門籍，潯陽佐郡符。」髩：同「鬢」。趙州：唐代禪僧，以年八十駐錫趙州城東觀音院，世稱趙州或趙州從諗。趙州嘗以「吃茶去」三字指引僧徒領悟禪宗奥義，後遂稱寺院茶水爲趙州茶。《五燈會元》卷四《南泉願禪師法嗣·趙州觀音院從諗禪師》：「師自此道化被於北地，衆請住觀音院……問新到：『曾到此間麽？』曰：『曾到。』師曰：『吃茶去。』又問僧，僧曰：『不曾到。』師曰：『吃茶去。』後院主問曰：『爲甚麽曾到也云吃茶去，不曾到也云吃茶去？』師召院主，主應喏。師曰：『吃茶去。』」

〔二〕卓泉：此指酪酪尊者植杖泉湧；卓，樹立錫杖。李賀《白虎行》：「朱旗卓地白虎死。」王琦《注》：「卓，特立也。」飛錫：僧人執錫杖飛空，後指僧徒遊歷四方。《釋氏要覽》卷下：「今僧遊行，嘉稱飛錫。此因高僧隱峰遊五臺，出淮西，擲錫飛空而往也。若西天得道僧，往來多是飛錫。」雨花：傳説佛祖説法，感動天神，諸天雨各色香花，於虚空中繽紛亂墜。僧肇

《維摩詰所説經注》卷六《觀衆生品第七》：「時維摩詰室有一天女，見諸大人，聞所説法，便現其身，即以天華散諸菩薩大弟子上。」《大乘本生心地觀經·序品第一》：「六欲諸天來供養，天華亂墜徧虚空。」仇兆鼇《杜詩詳注》卷十一《謁文公上方》：「吾師雨花外，不下十年餘……《續高僧傳》：法雲講《法華經》，忽感天花，狀如飛雪，滿空而下，延於堂内，升空不墜。又勝光寺道宗講《大論》，天雨衆花，旋繞講堂，飛流户内。」

〔三〕迷：混雜。《玉篇·辵部》：「迷，亂也。」雲衣：雲氣。《楚辭》劉向《九歎·遠逝》：「遊清靈之颯戾兮，服雲衣之披披。」王逸《注》：「上遊清冥清涼之處，被服雲氣而通神明也。」

〔四〕蘭臺：漢代宫廷藏書處，設御史中丞掌管，又置蘭臺令史掌書奏，後世遂稱御史臺爲蘭臺；復以班固嘗除蘭臺令史，亦稱史官爲蘭臺。參見卷七《大人祭柳待制文》。

次韻哀逝

豈期偕老到如今，卻掩深情此水潯〔一〕？傷逝已枯潘岳淚〔二〕，齊眉真負孟光心〔三〕。魂迷東海何時返，迹閟西湖與恨深〔四〕。老我每多墳墓感，一聞楚些浩難禁〔五〕。

【題解】

尋繹旨意，此詩作於至正二十六年去吴奔齊逗留明越之際，未審因何不置於《渡海》前。哀逝，哀悼逝者。「傷逝已枯潘岳淚」，則逝者爲亡妾李氏，以夫人趙氏卒於洪武九年丙辰，距戴九靈北遊齊地時甚久。參看卷十四《亡妾李氏墓誌銘》。

【箋注】

〔一〕掩：藏匿。《左傳·文公十八年》：「掩賊爲藏。」杜預《注》：「掩，匿也。」水潯：此指明越水濱；愛妾李氏亡於丙午年六月，其年春戴九靈離吴奔明越，擬買舟北上投擴廓帖木兒。

〔二〕傷逝：哀悼逝者。潘岳：西晉詩家，其妻李氏謝世，吟《悼亡詩三首》以哭之。其二云：「床空委清塵，室虛來悲風。獨無李氏靈，髣髴睹爾容。撫衿長歎息，不覺涕霑胸。霑胸安能已？悲懷從中起。寢興目存形，遺音猶在耳。上慚東門吴，下愧蒙莊子。賦詩欲言志，此志難具紀。命也可奈何！長戚自令鄙。」

〔三〕孟光：字德曜，肥醜而黑，力舉石臼，年三十未嫁而心慕賢士梁鴻，梁鴻聞而娶之。後僑居吴中，梁鴻賃舂以糊口，每倦歸，孟光爲具食，謙卑恭順，舉案以齊眉，詳見《後漢書》卷八十三《逸民列傳·梁鴻》。此代詩人嫡妻趙氏。

〔四〕迹閟：此指趙氏夫人匿迹西湖。卷十四《亡妾李氏墓誌銘》：「（李氏去世）後一月，金華縣君往錢塘。」西湖：杭州西湖，參見卷八《泛西湖舟中作》。

〔五〕楚些：代稱《楚辭·招魂》，亦泛指《楚辭》。沈括《夢溪筆談》卷三：「《楚辭·招魂》句尾皆曰『些』，今夔、峽、湖、湘及南、北獠人，凡禁咒句尾皆稱『些』，此乃楚人舊俗。」范成大《公安渡江》：「伴愁多楚些，吟病獨吴音。」

次韻寄陳大參

仙風久仰羽人丘，功業今歸户牖侯〔一〕。萬事糾紛難辟穀，一秋衰謝獨登樓〔二〕。思閑已蠟遊山屐，願治方資濟海舟〔三〕。聞説中營頻倚注，文園肺病幾時瘳〔四〕？

【題解】

大參，通稱參知政事。李昌祺《剪燈餘話·賈雲華還魂記》：「生曰：『然則丞相正與先公大參及賈平章爲同輩人矣。』嫗駭曰：『郎君豈魏參政子乎？』」

詩云「文園肺病」，則陳大參淹博能文。按《隆平紀事》，張士誠麾下陳姓授參知政事者有陳秀民與陳恭二人。稽考元末吴中名流文集，陳秀民以博雅清逸著稱，故斯詩之陳大參當爲陳秀民。《隆平紀事·陳秀民》：「字庶子，温州人，博學善書。至正中知常熟州，張氏禮致爲參軍。歷江浙行中書省參知政事、翰林學士。入明後不知所終。」

陳秀民與臨海陳基、泰州馬玉麟等名流過從甚歡。陳基《夷白齋稿》卷九《寄陳庶子參軍兼柬饒介之郎中》：「楚天漠漠水迢迢，千里懷人不自聊。帷幄喜聞延曲逆，行間幸忝事嫖姚。江空不采芙蓉寄，歲暮惟歌桂樹招。華蓋仙翁如見問，爲言髀肉近多消。」《夷白齋稿補遺·聞庶子遷城居》：「二老相看如弟兄，十年事主況同盟。不誇迹忝金閨近，最喜班聯玉署清。焚卻銀魚當遂隱，騎歸白鹿有餘榮。鑑湖一曲他年事，期看荷花面面生。」

馬玉麟《東臯先生詩集》卷一《棲老園爲庶子作》：「幽亭寄東園，檀欒蔭嘉樹。翩翩玉堂人，托此養貞素。綸巾白羽扇，佩服文玉璐。退食有餘清，開軒領佳趣。飆涼叢桂秋，雨暗喬木暮。靄靄雲翳床，青青草緣路。丹光夜霏微，磐石棋錯布。更有青衣仙，日日來杖屨。裴徊情共適，逍遥神與悟。載思緑野堂，高風感裴度。」

【箋注】

〔一〕羽人：仙人。《楚辭》屈原《遠遊》：「仍羽人於丹丘兮，留不死之舊鄉。」洪興祖《補注》：「羽人，飛仙也。」户牖侯：漢初功臣陳平封户牖侯，此代陳大參；參見《史記》卷五十六《陳丞相世家第二十六》。

〔二〕辟穀：道家不食五穀以修身成仙之術。陳鵠《耆舊續聞》卷七：「偶遇真人，授丹砂，辟穀有年，身輕於羽。」衰謝：凋零衰敗。杜甫《四松》：「覽物歎衰謝，及兹慰淒涼。」

〔三〕蠟屐：以蠟塗木屐，多形容悠閑生活，參見卷三《從智者遊九龍謁劉孝標祠》。濟海：喻消弭禍亂扭轉乾坤。

〔四〕文園肺病：西漢司馬相如官文園令，常患肺病，或云犯消渴疾，今已無法確指。晁補之《一叢花》：「應憐肺病臨邛客，寄洞庭，春色雙壺。」宗臣《旅懷》：「茂陵肺病長卿賦，漢帝心知賈誼書。」《史記》卷一百一十七《司馬相如列傳》：「相如口吃而善著書，常有消渴疾……相如拜爲孝文園令。」

次韻憶張雲門

年來已草絶交書，豈爲青山不負吾？自分迂疏非世用，愧公才力應時須〔一〕。文多每憶相如病，道勝兼疑子夏臞〔二〕。有客維舟同感念，詩筒還復寄來無〔三〕？

【題解】

張紳，山東登州人，元末寓居崑山，自稱雲門山樵，亦曰雲門遺老。倪瓚《清閟閣全集》卷十二：「張紳，字仲紳，濟南人。慷慨激烈，不瑣瑣於世事。作爲詩文，雖不經意，而自成一家。能議論，終日亹亹不休。蓋北方豪傑之士也歟！爲本朝浙江布政而没。」

朱謀垔《續書史會要》：「張紳，字士行，號友軒，少負才略，談辯縱横，其先山東人，元季寓居崑山，洪武中累官浙江布政，善篆隸，亦能墨竹。」

《明史》卷一百三十七《鮑恂》：「十五年與安吉余詮、高郵張長年、登州張紳，皆以明經老成爲禮部主事劉庸所薦，召至京。恂年八十餘，長年、詮亦皆踰七十矣，賜坐顧問。翌日并命爲文華殿大學士。皆以老疾固辭，遂放還。紳後至，以爲鄠縣教諭，尋召爲右僉都御史，終浙江左布政使。」

謝肅《密菴集》卷四《次韻張雲門中尉望太湖一首》：「雲門旌節駐西山，注目平湖浸兩間。春雨浪高魚欲化，夕陽沙遠鳥遲還。龍都雖限天爲界，霸國休憑水作關。日夜戰船爭利涉，鴟夷何可便投閒！」

【箋注】

〔一〕分：料想。權德輿《自楊子歸丹陽初遂閑居聊呈惠公》：「蹇淺逢機少，迂疏應物難。」

〔二〕相如病：司馬相如病金肺，或云病消渴，參見本卷《次韻寄陳大參》。道勝：道義戰勝俗念。《韓非子·喻老》：「子夏見曾子。曾子曰：『何肥也？』對曰：『戰勝，故肥也。』曾子曰：『何謂也？』子夏曰：『吾入見先王之義則榮之，出見富貴之樂又榮之，兩者戰於胸中，未知勝負，故臞。今先王之義勝，故肥。』」《淮南子》卷七《精神訓》：「子夏見曾子，一臞一肥。曾子問其故，曰：『出見富貴之樂而欲之，入見先王之道又説之。兩者心戰，故臞；先王之道勝，故肥。』」

〔三〕詩筒：盛詩竹筒。白居易《秋寄微之十二韻》：「忙多對酒榼，興少閱詩筒。」

次韻遊上方

故人邀我破愁顔，風磴雲巖尚可攀〔一〕。五色蓬萊常近郭，一湖波浪欲浮山〔二〕。江皋極目寒楓落，澗道傷心細菊班〔三〕。作客異鄉俱老大，乘時相賞不知還〔四〕。

【題解】

上方，或稱楞伽山。《同治蘇州府志》卷六《山一・吴縣・楞伽山》：「在吴山東北，又名上方山。上爲楞伽寺，有浮屠七級。東南麓有丁家山，唐丁公著父喪，負土作冢，故名。北爲寶積山，寶積寺在焉。又北爲吴王郊臺。東北爲茶磨嶼。東麓爲石湖書院。東南麓有普陀巖，有石池石梁……唐張祜《楞伽山》：『樓臺山半腹，又此一經行。樹隔夫差苑，溪連勾踐城。上坡松徑澀，深坐石池清。况是西峰頂，淒涼故國情。』」

【箋注】

〔一〕林景熙《立秋日作》：「苦熱如焚想雪山，清商一夕破愁顔。」風磴：石梯。杜甫《謁文公上方》：「窈窕入風磴，長蘿紛卷舒。」仇兆鼇《注》：「風磴，石梯凌風。」雲巖：高山。高適《同群公題中山寺》：「平原十里外，稍稍雲巖深。」

〔二〕蓬萊：海上仙山，此代上方山。丁鶴年《避地》：「平生自恨無仙骨，五色蓬萊咫尺中。」一湖：此指上方山下之石湖。

〔三〕江皋：江岸。王庭珪《再過東岡》：「物色江寒楓葉凋，江邊微雨暮瀟瀟。」澗道：沿澗通道。杜甫《九日奉寄嚴大夫》：「小驛香醪嫩，重巖細菊斑。」班：遍布。《國語·晉語四》：「車班外内，順以訓之。」韋昭《注》：「班，遍也。」

〔四〕高適《酬裴員外以詩代書》：「如何俱老大，始復忘形骸？」

次韻遊靈巖

白浪連天日下春，杖藜此地躡層峰〔一〕。山從水上摇光碧，樹向雲間結影重。香徑晚風歸野衲，琴臺暮色度疏鍾①〔二〕。懷人憶事空惆悵，登眺何曾得暫從？

【題解】

次韻，此依陳基詩韻。《夷白齋稿補遺·至正乙巳四月廿七日與家兄上冢石湖泊遊諸山·登靈巖》：「石湖解纜日高春，同上靈巖最上峰。紺闕下臨波萬頃，琴臺高入翠千重。客因吊古頻登閣，僧爲迎官誤擊鐘。一碧五湖如鏡浄，扁舟歸計不難從。」靈巖，蘇州吴縣西北名山，詳見卷八《登靈巖》。

【校勘】

①鍾：乾隆本作「鐘」。

【箋注】

〔一〕李群玉《湖中古愁三首》：「翛翛木葉下，白浪連天起。」日下：京城；春秋吴國都蘇州，故此有日下之説。錢起《送薛判官赴蜀》：「邊陲勞帝念，日下降才傑。」層峰：高峰；層，高。許渾《送黄隱居歸南海》：「知君愛宿層峰頂，坐到三更見日華。」

〔二〕香徑：靈巖山前采香徑，與下句琴臺俱詳卷八《登靈巖》。野衲：山野僧徒。黄溍《過烏傷墓》：「牧童晝卧看碑路，野衲春耕祭墓田。」陸游《溪行》：「疏鐘度莽蒼，遠火耿微茫。」

次韻謁范文正公祠

長憶當時將相門，范公壯氣獨軒軒〔一〕。百年義膽聞强虜，一片忠心奉至尊〔二〕。

祠宇何年遺結構？子孫易代自便蕃〔三〕。白頭悵望空歸去，垂裕誰人及後昆〔四〕？

【題解】

底本題目缺「正」字，據乾隆本、同治本及《宋史》補。

次韻，此或依陳基詩韻而作。《夷白齋稿補遺・至正乙巳四月廿七日與家兄上冢石湖泊遊諸山・天平謁范祠》：「古木蒼藤開寺門，清泉白石駐華軒。丹青不改天平廟，閥閱猶知慶曆尊。四面峰巒旗鼓列，一村桑柘子孫蕃。皇皇卷服餘生氣，再拜令人愧後昆。」

元末文士常謁天平山范祠，謝肅《密庵集》卷四《登天平山拜范文正公祠》：「獨倚天平望八荒，白雲泉上每彷徨。雙崖開闢龍門壯，萬石縱横虎陣張。江塹洪波浮舸艦，洞庭飛雨灑衣裳。於今王佐關心切，魏國祠前一瓣香。」

范文正，北宋名臣范仲淹，謚文正。《洪武蘇州府志》卷十六《氏族・范氏》：「唐又有范隨，爲處州麗水縣丞，屬時亂，遂家吴地，子孫遂爲吴人，即文正公之高祖也。」《宋史》卷三百一十四《范仲淹》：「范仲淹字希文，唐宰相履冰之後。其先，邠州人也，後徙家江南，遂爲蘇州吴縣人……仲淹内剛外和，性至孝，以母在時方貧，其後雖貴，非賓客不重肉。妻子衣食，僅能自充。而好施予，置義莊里中，以贍族人。泛愛樂善，士多出其門下，雖里巷之人，皆能道其名字。死之日，四方聞者，皆爲歎息。爲政尚忠厚，所至有恩，邠、慶二州之民與屬羌，皆畫像立生祠事之。及其卒也，羌酋數百人，哭之如父，齋三日而去。」

【箋注】

〔一〕軒軒：軒昂不凡貌。楊萬里《古風送劉委游試藝南宫》：「諸孫個個九鳳雛，此郎軒軒千里駒。」

〔二〕至尊：帝王。《宋史》卷三百一十四《范仲淹》：「仲淹爲將，號令明白，愛撫士卒，諸羌來者，推心接之不疑，故賊亦不敢輒犯其境……而仲淹以天下爲己任，裁削幸濫，考覈官吏，日夜謀慮興致太平。」

〔三〕便蕃：繁多昌盛。《左傳·襄公十一年》：「便蕃左右。」杜預《注》：「便蕃，數也。言遠人相帥來服從，便蕃然在左右。」

〔四〕垂裕：遺留功業名望。《尚書·仲虺之誥》：「王懋昭大德，建中於民，以義制事，以禮制心，垂裕後昆。」

次韻遊湖山

偶向西山傍鶴飛，絶愁嵐氣襲人微〔一〕。道旁野樹飄花盡，湖上陰雲作雨歸〔二〕。

青瑣追趨恩獨厚，赤松導引事多非〔三〕。求仙何似瀛洲好？清切依然近紫薇〔四〕。

【題解】

詩云「偶向西山傍鶴飛」，則所遊之湖山乃卷八《陪陳夷白左司省先隴遂遊西山諸寺》與《次韻宿西山》之西山。

【箋注】

〔一〕絶愁：遣愁解悶。宋太宗《緣識》：「五穀豐登順四時，億兆歌謡絶愁歎。」

〔二〕貫休《春晚寄盧使君》：「白雨飄花盡，晴霞向閣凝。」明張時徹《天池寺》：「俄然吐作山下雲，疾風化雨三千里。」

〔三〕青瑣：宮門上青色圖紋，借指宮廷。杜甫《秋興》：「一卧蒼江驚歲晚，幾回青瑣照朝班。」赤松：傳説中金華北山仙家，參看卷二《遊赤松山分韻得弟字》。導引：古醫家合吐納呼吸熊經鳥伸爲一體之養身術。

〔四〕瀛洲：唐太宗設文學館禮遇杜如晦等十八學士，時人譽之爲登瀛洲，詳見卷八《泛石湖》。清切：清貴而貼近帝王。白居易《夏日獨直寄蕭侍御》：「憲臺文法地，翰林清切司。」沈括《夢溪筆談・故事一》：「舊翰林學士，地勢清切，均不兼他務。」紫薇：同「紫微」，帝王宮室。杜甫《奉漢中王手札》：「入期朱邸雪，朝傍紫微垣。」仇兆鼇《注》：「紫微，指帝宮。」

渡海

結屋雲林度半生〔一〕，老來翻向海中行。驚看水色連天色，厭聽風聲雜浪聲〔二〕。舟子夜喧疑島近，估人曉卜驗潮平〔三〕。時危歸國渾無路，敢憚波濤萬里程〔四〕？

【題解】

此詩與本卷《泛海》皆作於離浙趨齊之際，所謂「敢憚波濤萬里程」也。

【箋注】

〔一〕雲林：常指隱士避囂匿迹之地。王維《桃源行》：「當時只記入山深，青溪幾度到雲林。」半生：此指至正十八年前詩人讀書凝道於故鄉浦江。

〔二〕汪莘《水天月歌》：「水色天色月色擘不開，水光天光月光拈不來。」陸游《夜宿陽山磯將曉大雨北風甚勁俄頃行三百餘里遂抵雁翅浦》：「船頭風浪聲愈厲，助以長笛檛鼉鼓。」

〔三〕卜：灼龜甲取兆以預測吉凶禍福，泛指占卜。驗：驗證。《玉篇·馬部》：「驗，證也。」

〔四〕晁補之《廬山》：「人間未覺渾無路，天上還驚更有山。」釋智圓《懷同志》：「未卜重相見，波濤萬里程。」

黑水洋

涉海才經五日期，深洋一望黑淋漓〔一〕。波淫月夜人先見，船過雨天龍未知〔二〕。險勝吕梁漂鷁處〔三〕，悲同巫峽泣猿時〔四〕。平生一段乘桴意，莫爲微軀到此疑〔五〕。

【題解】

黑水洋，在今黄海中北部，詳見本卷五言古詩《渡黑水洋》。

【箋注】

〔一〕淋漓：酣暢貌。陸游《書悲》：「賴有墨成池，淋漓豁胸臆。」

〔二〕淫：淫淫，洶湧澎湃。《楚辭》劉向《九歎·遠逝》：「波淫淫而周流兮，鴻溶溢而滔蕩。」

〔三〕吕梁：一曰在山西，一曰在徐州，詳見卷三《舟中有懷以愚天錫諸君子》。鷁：水鳥，此代船首畫鷁鳥之舟。

〔四〕巫峽：長江三峽之一，兩岸猿聲哀怨悽楚。《水經注》卷三十四《江水》：「巴東三峽巫峽長，猿鳴三聲淚沾裳。」楊炯《巫峽》：「忠信吾所蹈，泛舟亦何傷！可以涉砥柱，可以浮吕梁。美人今何在？靈芝徒有芳。山空夜猿嘯，征客淚沾裳。」

〔五〕乘桴：乘竹木小筏以高蹈避世；詳見本卷五言古詩《渡黑水洋》。

登大牢山

海上名山誰作鄰？數峰高起自爲群。林明夜見水底日，浪動暮疑巖下雲。渺渺乾坤何處辨？迢迢齊楚此中分〔一〕。那堪①回首東南地，烽火連年警報聞〔二〕。

【題解】

大牢山，通稱勞山或嶗山，詳見本卷《望大牢山》。

【校勘】

①堪：原文作「看」，據乾隆本改。

【箋注】

〔一〕渺渺：幽遠貌。《管子·内業》：「渺渺乎如窮無極。」尹知章《注》：「言心之微遠，如欲窮之，則無其極。」

〔二〕東南地：詩人故鄉元江浙等處行中書省。

至東膠

海上驚聞報曉鷄，人家只在水雲西〔一〕。小舟横浦潮初落，茅屋壓簷鴉亂啼〔二〕。縣市僅誇南貨聚，州城獨許北軍棲〔三〕。平生自是多離恨，一到中原便慘悽。

【題解】

東膠，元膠州東部，以即墨縣爲主，西漢曰膠東，詳見本卷《望大牢山》。膠東與膠西相鄰，蓋以膠水爲界。《讀史方輿紀要》卷三十六《山東七・膠州・膠水》：「在州西。出鐵橛山，東北流接高密縣境，又北入平度州界。《水經注》『膠水出膠山，北徑黔陬故城西』是也。」

【箋注】

〔一〕王禹偁《硤石縣旅社》：「此夕應無寐，何煩報曉鷄？」水雲：碧水彩雲融合交接。戎昱《湘南曲》：「虞帝南遊不復還，翠蛾幽怨水雲間。」

〔二〕浦：小水流注入江海處。釋文珦《晚泊》：「煙生浦欲無，日暮潮初落。」汪元量《夷山醉歌》：「麥青青，黍離離，萬年枝上鴉亂啼。」

〔三〕州城：膠州城，即膠西縣城，元時膠州治所設於膠西。

宿高密

杳杳山城倚暮天，依依墟里見寒煙〔一〕。海邦出息空今日，齊地徵求異昔年〔二〕。俗鄙誰歌《招隱》曲？道窮虛誦《卜居》篇〔三〕。故鄉回望在天末，一片歸心對月懸。

【題解】

高密，元時益都路膠州高密縣，詳見本卷五言古詩《宿高密》。

【箋注】

〔一〕杳杳：深遠幽暗貌。陸游《九月晦日作》：「飛鴻杳杳江天闊，一片愁從萬里來。」依依：隱約模糊貌。陶淵明《歸園田居》：「曖曖遠人村，依依墟里煙。」

〔二〕出息：收益。《北齊書》卷四十六《循吏·蘇瓊》：「道人道研爲濟州沙門統，資産巨富，在郡多有出息，常得郡縣爲徵。」

〔三〕《楚辭補注·招隱士章句第十二》：「《招隱士》者，淮南小山之所作也……小山之徒閔傷屈原，又怪其文昇天乘雲，役使百神，似若仙者，雖身沈没，名德顯聞，與隱處山澤無異，故作《招隱士》之賦，以章其志也。」道窮：大道潛消。《楚辭補注·卜居章句第六》：「《卜居》者，屈原之所作也。屈原體忠貞之性而見嫉妒，念讒佞之臣承君順非而蒙富貴，己執忠直而身放棄，心迷意惑，不知所爲。乃往至太卜之家，稽問神明，決之蓍龜，卜己居世何所宜行，冀聞異策，以定嫌疑，故曰《卜居》也。」

營丘

空壕廢堞繞營丘，一望淒然使我愁〔一〕。賜履封侯千古在，委端霸業此時休〔二〕。鴉啼古木西膠暮，雁落平蕪北海秋〔三〕。回首江南萬餘里，異鄉如此爲誰留？

【題解】

營丘，姜太公時齊國都城，詳見本卷五言古詩《過營丘》。

【箋注】

〔一〕空壕：斷水護城河。廢堞：廢棄女牆。許渾《故洛城》：「鴉噪暮雲歸古堞，雁迷寒雨下空壕。」

〔二〕賜履封侯：周武王混一天下，姜子牙勞苦功高，封之以齊營丘；周成王時又遣召康公命姜子牙討伐東部不臣之倫。《左傳·僖公四年》：「管仲對曰：『昔召康公命我先君大公曰：五侯九伯，女實征之，以夾輔周室。賜我先君履，東至於海，西至於河，南至於穆陵，北至於無棣。』」委端：頭戴禮帽身穿禮服；委，委貌冠，古時禮帽；端，玄端，緇布衣，古諸侯、大夫、士之祭服，冠、婚諸禮亦用之。《後漢書·輿服下》：「委貌冠、皮弁冠同制，長七寸，高四寸，制如覆杯，前高廣，後卑鋭，所謂夏之毋追，殷之章甫者也。」霸業：齊桓公征服諸侯之霸業。《穀梁傳·僖三年》：「陽谷之會，桓公委端搢笏而朝諸侯。」

〔三〕西膠：或曰膠西，元時益都路膠州西部，詳見本卷五言古詩《望大牢山》。平蕪：草木叢雜之曠野。北海：元時益都路古稱，參見本卷五言古詩《次益都》。

次昌樂

世亂何從托此身？荒城牢落偶相親〔一〕。民情固洽初來日，兵氣終悲乍見人。巨鹿郡連來羽檄，穆陵關近起烽塵〔二〕。攜家避地頭俱白，寇至更堪消息真〔三〕。

【題解】

昌樂，元時益都路濰州屬縣，詳見本卷《至昌樂》。

【箋注】

〔一〕牢落：寥落荒蕪貌。羅鄴《僕射陂晚望》：「田園牢落東歸晚，道路辛勤北去長。」

〔二〕巨鹿郡：元時中書省順德路之古稱。《讀史方輿紀要》卷十五《北直六·順德府》：「《禹貢》冀州地，殷祖乙遷於邢，即此……秦爲巨鹿、邯鄲二郡地……唐復爲邢州，天寶初曰巨鹿郡，乾元初復故……元初爲順德府，至元初又改爲順德路。明曰順德府。」羽檄：插有羽毛之告急文書。穆陵關：元時益都路臨朐縣關隘，詳見本卷《至昌樂》。烽塵：烽火煙塵，即兵火戰亂。高啓《與劉將軍杜文學晚登西城》：「相期俱努力，天地正烽塵。」

〔三〕避地：遷移避禍。杜甫《南征》：「偷生長避地，適遠更沾襟。」更堪：同「更那堪」，加上。柳永《雨鈴霖》：「多情自古傷離別，更那堪冷落清秋節。」

北海郡

齊國西行幾日程，平原望望怯初經〔一〕。雨途車過泥藏轍，晴巷馬來塵滿城〔二〕。

野色北連三晉迴，河流東注兩淮清〔三〕。中原土俗古云樂，老我今多萬里情〔四〕。

【題解】

北海郡，《禹貢》青州地，元時益都路，參看本卷五言古詩《次益都》。

【箋注】

〔一〕望望：瞻顧貌。王安石《舟還江南阻風有懷伯兄》：「平皋望望欲何嚮，薄宦嗟嗟空此行。」

〔二〕孟郊《贈李觀》：「舍予在泥轍，飄迹上雲津。」杜甫《哀江頭》：「黄昏胡騎塵滿城，欲往城南望城北。」

〔三〕野色：郊野景色。白居易《冀城北原作》：「野色何莽蒼，秋聲亦蕭疏。」三晉：戰國時趙、韓、魏三國之合稱，後常指山西。《史記》卷三十四《燕召公世家》：「孝公十二年，韓、趙、魏滅智伯，分其地，三晉强。」于謙《暑月將自太行巡汴》：「三晉衝寒到，中州冒暑回。」兩淮：宋代淮東路與淮西路之合稱，後亦沿用其名。吴萊《風雨渡揚子江》：「三楚畸民類魚鱉，兩淮大將猶熊虎。」

〔四〕土俗：本地風俗。《後漢書》卷二十三《竇融列傳》：「累世在河西，知其土俗。」

五言長律

甲辰元日對雪聯句

三冬不作雪，元日乃飛花。殆似呈豐兆，（蔡）還如獻歲華〔一〕。曉梅同璀璨，（戴）凍蝶鬭交加。疊徑如拖縞，（徐）旋空若攬車〔二〕。隨風疏復密，（蔡）雜霰整還斜。葩借雲爲葉，（戴）光凝月在沙。迷汀難辨鷺，（徐）著柳易分鴉〔三〕。詠絮應輪韞〔四〕，（蔡）吟車欲過叉〔五〕。寒將椒酒敵，（戴）瑩比塞酥嘉〔六〕。刻畫天呈巧，（徐）鋪張地掩瑕。早朝光映笏（蔡），暝獵勢漫罝〔七〕。後臘寧非瑞？（戴）先春益自誇。拂林微見蕊，（徐）綴草淺窺芽。暖促庭猊①化，（蔡）陽催瓦雀呀〔八〕。土融偏潤麥，（戴）水活最便茶〔九〕。不雨簷常滴（徐），當陰砌或遮。詩成燈屢剪，（蔡）坐久鼓頻撾〔一〇〕。路活②妨回騎，（戴）城嚴畏奏笳〔一一〕。歲寒同在旅，（徐）春至倍思家。此日堪乘興，（蔡）歸舟向若耶〔一二〕。（戴）

【題解】

甲辰，至正二十四年，戴九靈四十八歲，以儒學提舉留吴門。聯句，詩人輪流各吟一句或數句以成篇。按戴九靈吴門詩友，聯句之蔡，乃張士誠參軍會稽蔡彦文，詳見本書卷八《次韻蔡經歷病中述懷》；徐乃紹興詩家徐孟岳，詳見本卷《次韻徐孟岳除夕行》。

【校勘】

①猊：底本作「倪」，據乾隆本改。

②活：乾隆本作「滑」。

【箋注】

〔一〕歲華：歲時。孟浩然《除夜》：「那堪正漂泊，來日歲華新！」

〔二〕縞：細白生絹。《漢書》卷二十四上《食貨志上》：「乘堅策肥，履絲曳縞。」攪：翻動，流動。嵇康《幽憤詩》：「世務紛紜，祇攪予情。」吕延濟《注》：「攪，動也。」

〔三〕迷：通「彌」，彌滿。杜甫《送靈州李判官》：「血戰乾坤赤，氛迷日月黄。」

〔四〕詠絮：東晉謝道韞以柳絮擬雪花。《晉書》卷九十六《列女·王凝之妻謝氏》：「字道韞，安西將軍奕之女也……又嘗内集，俄而雪驟下，安曰：『何所似也？』安兄子朗曰：『散鹽空中差可擬。』道韞曰：『未若柳絮因風起。』安大悦。」

〔五〕叉：唐詩人温庭筠，才思敏捷，頃刻而就，故號温八叉。孫光憲《北夢瑣言》卷四：「（温庭筠）工於小賦，每入試，押官韻作賦，凡八叉手而八韻成。」《唐才子傳》卷五：「温庭筠，字飛卿……才情綺麗，尤工律賦。每試押官韻，燭下未嘗起草，但籠袖憑几，每一韻一吟而已，場中曰温八吟。又謂八叉手成八韻，名温八叉，多爲鄰鋪假手。」《温飛卿集箋注》卷九《雪二首》：「羸驂出更慵，林寺已疏鐘。蹋緊寒聲澀，飛交細點重。」

〔六〕椒酒：浸椒烈酒。陳造《聞師文過錢塘》：「椒酒須分歲，江梅巧借春。」塞酥：胡酥，北方遊牧民族酥油。《鐵崖樂府》卷二《昭君曲》：「胡酥入饌捐漢食，胡風中人裂漢衣。」

〔七〕漫：滿，遍。罝：捕獸羅網。

〔八〕猊：狻猊，獅子。呀：張口。

〔九〕偏：最，極。《廣釋詞》卷十《偏—最》：「偏猶『最』，副詞。嚴武《巴嶺答杜二見憶》：『可但步兵偏愛酒，也知光禄最能詩。』」

〔一〇〕剪燈：修剪燈芯，常指深夜長談。陳造《夜宿商卿家》：「更喜良宵共譚麈，幾煩親手剪燈花。」撾鼓：擊鼓。李白《猛虎行》：「丈夫相見且爲樂，槌牛撾鼓會衆賓。」

〔一一〕活：活活，泥濘貌。笳：胡笳，北方管樂器。岑參《胡笳歌送顔真卿使赴河隴》：「君不聞胡笳聲最悲，紫髯緑眼胡人吹。」

〔一二〕乘興：此用東晉王子猷佳話。劉義慶《世説新語·任誕第二十三》：「王子猷居山陰，夜大雪……忽憶戴安道。時戴在剡，即便夜乘小船就之，經宿方至，造門不前而返。人問其故，王曰：『吾本乘興而行，興盡而返，何必見戴？』」若耶：若耶溪，詩家蔡彦文、徐孟岳家鄉紹興溪流。《萬曆紹興府志》卷八《溪・會稽・若耶溪》：「在府城東南三十五里，北流入鏡湖，古歐冶子鑄劍之所……李白《采蓮曲》：『若耶溪傍采蓮女，笑隔荷花共人語。日照新妝水底明，風飄香袖空中舉。岸上誰家遊冶郎，三三五五映垂楊。紫騮嘶入落花去，見此踟躕空斷腸。』」

七言絶句

由范莊過天平次夷白學士韻

范家里巷子孫稠，幾度經過回白頭。自是平生重風義，豈緣花柳數來遊〔一〕？

【題解】

范莊，范氏義宅，北宋范仲淹初建於蘇州郡城。《同治蘇州府志》卷四十五《第宅園林一・吴縣・宋・范氏義宅》：「在普濟橋旁雍熙寺之後，文正公仲淹之先業。舊有西齋，皇祐初公知杭州始歸吴，改西齋爲歲寒堂，名齋前二松爲君子樹，樹側之閣爲松風閣，賦詩三章。遂廣其居爲義宅以聚族人，又置義田以贍之。建炎兵燬。慶元中公六世孫良器復完之。至今世守……仲淹自題《歲寒堂》：『我先本唐相，奕世天衢行。子孫四方志，有家在江城。雙松儼可愛，高堂因以名。雅知堂上居，宛得山中情。目有千年色，耳有千年聲。六月無炎光，長如玉壺清。于以聚詩書，教子修誠明。于以列鍾鼓，邀賓樂升平。緑煙亦何知？終日在簷楹。太陽無偏照，自然虛白生。不向摇落地，何憂歲峥嶸？勖哉肯構人，處之千萬榮。』《君子樹》：『二松何年植？清風未嘗息。夭矯向庭户，雙龍思霹靂。豈無桃李姿？賤彼非正色。豈無蘭菊芳？貴此有清德。萬木怨摇落，獨如春山碧。乃知天地威，亦向歲寒惜。有聲若江湖，有心若金璧。雅爲君子材，對之每前席。或當應自然，化爲補天石。』《松風閣》：『此閣宜登臨，上有松風吟。非弦亦非匏，自起《簫韶》音。明月萬里時，何必開緑琴？鳳皇下雲霓，鏘鏘鳴中林。淳如葛天歌，太古傳於今。潔如庖羲《易》，洗人平生心。安得嘉賓來，當之共披襟？陶景若在仙，千載一相尋。』」

天平，蘇州名山。《同治蘇州府志》卷六《山一・吴縣・天平山》：「在支硎南五里，視諸山最爲峭崒。山頂有蓮花洞，又有白雲洞，皆山中最勝處。山皆奇石，瑰形異狀，可喜可愕。其卓筆峰爲最峰，高數丈，截然立雙石之上。餘如屏如矗，或插或倚，備極奇怪。飛來峰高二丈，上鋭下侈，微附磐石，前臨崖谷。大石屋三面壁立，覆以二大石；小石屋一石覆之。又小巖有蓋，斜蔽其頂，俗名頭陀崖。又有五丈石、卧龍峰、巾子峰，皆山中奇迹。盧《志》『巾子峰下有毛魚池，其山頂平正曰望湖臺』，即遠公庵遺址上巨石，圓而面湖者曰照湖鏡。山半有白雲泉，爲吴中第一水。石壁中别有一泉，注出如綫，曰一綫泉，宋僧壽老始發之。有古松蟉糾如蓋，曰華蓋松。他如龍門、穿山洞、蟾蜍石、龍頭石、靈龜石、釣魚石，皆奇絶。南址白雲寺，今爲范文正公功德院……山之隖，范公之祖墓在焉。」

夷白學士，元末臨海詩人陳基，嘗作《夷白齋稿補遺・由范莊過天平》：「范家門巷緑陰濃，楝樹花飄幾信風。自笑微官苦羈縛，看山惟獨後諸公。」戴陳二詩用韻殊異，則戴九靈所和陳氏詩篇殆已失傳。

【箋注】

〔一〕自是：本是。王鍈《詩詞曲語辭例釋・自》：「『自』又經常與『是』連用而構成一熟語，等於説『本是』。王建《宮詞》詩：『樹頭樹底覓殘紅，一片西飛一片東。自是桃花貪結子，錯教人恨五更風。』」花柳：代自然風色。孟郊《長安早春》：「日日出西園，只望花柳色。」

秋思二首

其一

我家遠在浙東西，萬里悲秋思轉迷〔一〕。欲向長途寄安信，歸鴻飛盡暮鴉啼〔二〕。

【題解】

詩云「我家遠在浙東西」，則必吟於去浙入齊之日。「春女思，秋士悲」，仁人所負甚衆，所行至遥，而歲月未嘗因之瞬息留步，此志士所以常吟《秋思》也。如武元衡《秋思》云：「秋室浩煙霧，風柳怨寒蜩。機杼夜聲切，蕙蘭芳意消。美人湘水曲，桂楫洞庭遥。常恐時光謝，蹉跎紅豔凋。」

【箋注】

〔一〕浙東西：浙東與浙西，詳見卷四《浦陽五賢贊》。杜甫《登高》：「萬里悲秋常作客，百年多病獨登臺。」

〔二〕張喬《登慈恩寺塔》：「斜陽越鄉思，天末見歸鴻。」高適《重陽》：「真成獨坐空搔首，門柳蕭蕭噪暮鴉。」

其二

往事分明似夢中，弊衣破帽立西風〔一〕。河流不爲愁人計，勢逐長江日夜東〔二〕。

【箋注】

〔一〕陸游《舟中遺懷》：「歷歷舊遊渾似夢，蕭蕭殘髮不勝梳。」韓維《東窗》：「杖藜書生愛苦吟，獨立西風無旦暮。」

〔二〕張孝祥《多麗》：「翠袖香寒，朱弦韻悄，無情江水只東流。」

山東九日二首

其一

去年南地過重陽，種得籬花一丈長〔一〕。及到山東詢節物，傷心惟見葉飄黄〔二〕。

【題解】

詩云「去年南地過重陽」，則本詩詠於至正二十七年流落山東益都路時。九日，九月九日重陽節。吴自牧《夢粱録》卷五《九月重九》：「日月梭飛，轉盼重九，蓋九爲陽數，其日與月并應，故號曰重陽。是日孟嘉登龍山落帽，淵明向東籬賞菊，正是故事。今世人以菊花、茱萸浮於酒飲之，蓋茱萸名辟邪翁，菊花爲延壽客，故假此兩物服之以消陽九之厄。年例禁中與貴家皆此日賞菊，士庶之家亦市一二株玩賞。其菊有七八十種，且香而耐久，擇其尤者言之。白黄色蕊若蓮房者，名曰萬齡菊；粉紅色者，名曰桃花菊；白而檀心者，名曰木香菊；純白且大者，名曰喜容菊；黄色而圓〔者〕，名曰金鈴菊；白而大心黄者，名曰金盞銀臺菊：數本最爲可愛。」

【箋注】

〔一〕籬花：菊花。陶淵明《飲酒》：「采菊東籬下，悠然見南山。」白居易《履道新居》：「籬菊黄金合，窗筠緑玉稠。」

〔二〕節物：時節景物。蘇舜欽《秋夕懷南中故人》：「向夕依闌念昔遊，蕭條節物更他州。」

其二

年年此日倍思親，況在天涯作竄臣〔一〕。昌樂城中風雨急，幾回和淚灑衣巾〔二〕。

【箋注】

〔一〕王維《九月九日憶山東兄弟》：「獨在異鄉爲異客，每逢佳節倍思親。」

〔二〕昌樂城：詳見本卷《至昌樂》。

憶汪遯齋二首

其一

四明羈客近如何？別去今才一月過〔一〕。記得小齋多野思，豆花陰裏唱離歌〔二〕。

【題解】

元末定海縣尹汪汝懋，學者尊稱遯齋先生，詳見卷二十三《故翰林待制致仕汪君墓誌銘》。詩云「別去今才一月過」，則當作於至正丙午初遊齊地時。

【箋注】

〔一〕羈客：此指宦遊定海之汪汝懋。

〔二〕野思：恬淡悠閑心緒。離歌：常指逸《詩》之《驪駒》。《漢書》卷八十八《王式》：「（江公）心嫉式，謂歌吹諸生曰：『歌《驪駒》。』式曰：『聞之於師，客歌《驪駒》，主人歌《客無庸歸》。』」顏師古《注》：「文穎曰：其辭云『驪駒在門，僕夫具存；驪駒在路，僕夫整駕』也。」

其二

一身獨向中原去，每到前途憶故知。折得柳條無寄者，小橋東畔立多時〔一〕。

【箋注】

〔一〕折柳：形容惜别懷遠。權德輿《送陸太祝》：「新知折柳贈，舊侶乘籃送。」歐陽修《蝶戀花》：「獨立小橋風滿袖，平林新月人歸後。」

送陳仲宣東還

長途漠漠思凄凄，人盡東還我獨西〔一〕。家在江南消息斷，煩君問訊重悲啼〔二〕。

【題解】

詩云「人盡東還我獨西」，又按《福州府志》與《元音遺響》，陳仲宣或爲東南福建人，元末嘗遊歷齊魯幽燕。

《乾隆福州府志》卷七十三《碑碣》：「温陵盧希韓征賦海口鎮，公暇至此。同遊者陳國輔、顔希道、陳仲宣、李月海、鄭宗晦、上官仲德、陳元材、陳士吉、鄭克裕、僧孤巖。時至正己亥十一月二十一日刻石。」

劉紹《元音遺響》卷十《同陳仲宣臨漳眺三臺感賦》：「暮雨灑平陸，渾漳飛急流。停車訪遺趾，蕭瑟餘煙丘。憶昔炎運否，黄星射中州。虔劉矯天威，叱咤風雷愁。構此睨霄漢，憑軒攬壯猷。蜀棧小諸葛，三江卑仲謀。歌鍾綺筵開，冠蓋紛夷猶。詭計棄土苴，姦圖照千秋。誰憐狐媚情，總遺石氏羞。老我詠《梁甫》，臨河思綢繆。緬懷分香悲，敢與西伯儔？鬼魅嘯林慮，西陵風木颼。干戈愴物色，行役吾增憂。」

【箋注】

〔一〕漠漠：寂寞無聲。《荀子·解蔽》：「聽漠漠而以爲哅哅。」楊倞《注》：「漠漠，無聲也。」陶潛《命子》：「紛紛戰國，漠漠衰周。」

〔二〕蘇軾《書李世南所畫秋景》：「扁舟一棹歸何處？家在江南黄葉村。」問訊：慰問。《説文》：「訊，問也。」

九靈山房集卷之十

吴遊稿三

碑

長洲縣丞楊君去思碑

國家置縣令以治其縣事；丞者，令之貳〔一〕，所以述縣事而輔令者也。是故輔之無缺，則一縣蒙其福；毫髮有間〔二〕，則百里爲之不寧矣。丞之設，豈虚也哉？長洲爲吴大縣，按其圖，乃泰伯、仲雍過化之地〔三〕。其土疆沃美碩大，有江湖川澤原隰之富；其植物豐茂繁暢，有黍稌秬秠之饒；其俗有樹藝商賈之利〔四〕。則丞是縣，宜乎其益重矣。然自國初，縣始置吏，於今幾百年。而爲之丞，能以智慮措諸事，德澤施於人，豈可以一二數哉？顧無語言以宣之，文字以達之。而智慮之見諸事功者，不得以久著；德澤之浹乎人心者[五]，或至於遺忘，得非記載之缺文，而士民之遺恨乎？

乃者錢塘龍井寺僧子元以爲泰州楊君之爲丞是縣也[六]，政治廉明，他縣吏所不及，今以年勞改調，留之既不得，則退而圖所以昭永久者。以余方執筆從諸公後，來請紀述其事，以慰縣人去思之情。余以不知讓，子元則告吾僚友陳子經氏[七]。子經來言曰：「昔崔思立爲藍田丞，僅以破崖岸而爲之[八]；陳南仲爲武功丞，僅以簡靖輔之，昌黎韓子、河東柳子猶爲之作文誇美以傳示後來[九]。今君之政有不在二人下，而子元之請之也固宜。」余於是有不得而終辭者矣。

今相國之治吴也[一〇]，以便宜擢君於戎行。方佐治崑山，施於有政[一一]。決群疑於片語，而細民之服之也深；集庶務於移刻，而長守之倚之也重[一二]。其來而處斯職也，帖奸戢暴，植善翼良[一三]，上不畏乎强禦，下不聽乎私謁[一四]，惟知執法以奉公，竭勞以盡職。時當藩翰事殷[一五]，用兵未息，東南民力，乃多在於吴郡。吴郡所需，乃多出於長洲。長洲爲縣，名之曰都者三十，歲出田賦上送於官者，爲在①五十餘萬。君之未至也，每以疲弊之貧民配之兼并之大家，都鄙之間常紛然不安〔一六〕，而民病甚矣。及君之來，取其都之田而分計之，受差之家悉準其田之多少。田多者應重差而不可辭，田少者稱其所出而無幸免。均齊方正，較若畫一〔一七〕，而中下無告之民，庶乎其少康矣。

邇者大發民開白茅河〔一八〕，所在縣邑騷動，而君嚴立法程，俾貧者出其力，富者輸其財，爲之芠舍資糧扉屨酒胔醫藥以勞徠之〔一九〕。而居者無艱瘁之虞，行者無寒餓之厄，是以功成而民不知擾。此其爲治之大略也。

君以某年某月某日上，以某年某月某日受代。在任歲月與衆人同，而其所著見獨章章如是〔二〇〕，亦難矣哉！於是吴之士大夫②與夫在邑在野之民以及外教之流，咸以君之去爲可惜，願得伐石瑑辭〔二一〕，述其去後之思。而余則以子元之請，特爲次第其言，采其歌誦而載之，其詞曰：

於維我國，惠綏黎蒸〔二二〕。既設之令，復佐之丞。維吴有縣，甲是南土。維是楊丞，民之父母。丞之未至，孰父母余？我民倀倀，莫寧其居〔二三〕。丞來撫之，乃遂食息。卒不追呼，吏不隳突〔二四〕。民有征徭，豐儉倍蓰〔二五〕。丞來均之，大小具宜。民有力役，我是用瘁。丞來舒之，如舟斯濟〔二六〕。丞之視民，如鑑之明。善良顯迹，奸宄遁形。丞之守己，如水之潔，出無文車，居不華棁〔二七〕。匹夫匹婦，感慕靡忘。豆羹必祝，蘄之壽康〔二八〕。吾儕小人，朝不及夕。獲保室家，皆丞之錫。老者日亡，壯者日衰。我丞之澤，民得以知。載歌載謡，托之貞石。于千百年，紀此成績。

【題解】

長洲，元時江浙等處行中書省所轄之上縣。《元史》卷六十二《地理五・江浙等處行中書省・平江路》：「領司一，縣二（吴縣、長洲），州四。」縣丞，縣之佐吏。《元史》卷九十一《百官七・諸縣》：「上縣，秩從六品。達魯花赤一員，尹一員，丞一員，簿一員，尉一員，典史二員。」楊君，泰州人，其生平不詳。去思碑，古時官吏秩滿卸任時地方百姓所立紀念碑。

【校勘】

①在：乾隆本作「財」。「在」爲助詞。《助字辨略》卷四：「《孟子》：惡在其爲民父母也？李義山詩：好在青鸜鵒。此在字，語助辭，今蜀人語猶爾也。」

②夫：底本作「士」，據乾隆本改。

【箋注】

〔一〕貳：副職。《周禮・大官・大宰》：「乃施法於官府，而建其正，立其貳。」

〔二〕間：空隙，欠缺。

〔三〕泰伯、仲雍：周文王伯父，周朝吴國締造者，參見卷八《長洲苑送人》。

〔四〕黍稌秬秠：四種農作物。樹藝：種植。

〔五〕浹：貫通，滲透。《淮南子·原道訓》：「不浸於肌膚，不浹於骨髓。」高誘《注》：「浹，通也。」

〔六〕龍井寺：杭州寺院。《西湖志纂》卷五《南山勝迹·龍井寺》：「在風篁嶺下。《咸淳臨安志》：『唐乾祐二年建，名報國看經院。宋熙寧中改壽聖院，蘇軾書額。紹興間改廣福院。淳祐六年改延恩衍慶寺。元豐二年辨才自天竺歸老於此，與蘇子瞻、趙閲道友善，後人因建三賢堂。有過溪亭、德威亭、歸隱橋、方圓庵、寂室、照閣、閑堂、訥齋、潮音堂、滌心沼、獅子峰、薩捶石，山川勝概，一時呈露，而二蘇趙秦諸賢，皆與辨才爲方外交，名章大篇，照映泉石。』」

〔七〕陳子經：名桱，元末明初史學家，詳見卷十二《通鑑前編舉要新書序》。

〔八〕崔思立：或作崔斯立，未審二者皆是，抑或此是彼非。崖岸：山崖堤岸，喻性格高傲。《韓昌黎文集校注》卷二《藍田縣丞廳壁記》：「博陵崔斯立種學績文，以蓄其有，泓涵演迤，日大以肆。貞元初，挾其能，戰藝於京師，再進再屈千人。元和初，以前大理評事言得失黜官，再轉而爲丞兹邑。始至，喟曰：『官無卑，顧材不足塞職。』既噤不得施用，又喟曰：『丞哉，丞哉！余不負丞，而丞負余。』則盡枿去牙角，一躡故迹，破崖岸而爲之。」

〔九〕簡靖：簡約清静。《柳宗元集校注》卷二十六《武功縣丞廳壁記》：「武功爲甸内大縣……後三年，而潁川陳南仲居是官，邑人宜之，號爲簡靖，因其族子存持地圖以來，謁余爲記。夫以武功疆理之大，人徒之多，而陳生以簡靖輔其理，斯固難矣。漢高帝嘗詔天下，凡以戰得爵，七大夫公乘以上，令丞與抗禮，故爲丞益難。今天子崇武念功，與漢初相類，分禁旅以守縣道，武功爲多。陳生爲丞於是，而又職盗賊，其爲理無敗事，吾庸可度哉！」

〔一〇〕相國：《吴游稿》言相國者，率皆元末梟雄張士誠。

〔一一〕崑山：元時江浙行省所轄中州。《元史》卷六十二《地理五・江浙等處行中書省・平江路》：「領司一，縣二，州四……昆山州，唐以來爲縣，元元貞元年升州。」政：正當有條理。《論語・爲政篇第三》：「子曰：『《書》云：孝乎惟孝，友于兄弟，施於有政。是亦爲政，奚其爲政？』」錢穆《論語新解》：「施於有政，猶云施之有政。政者正也，謂行事有條理得其正。」

〔一二〕集：完成。移刻：一會兒。長守：同「守長」，郡守縣令等地方長官。

〔一三〕帖：懾服。《資治通鑑・梁紀二》：「則大帖民情。」胡三省《注》：「帖，静也，安也，伏也。」

〔一四〕强禦：强暴逞勢者。私謁：因私事而干謁請托。

〔一五〕藩翰：守護國家之重臣，此指張士誠。殷：衆多。《詩經・鄭風・溱洧》：「士與女，殷其盈矣。」

〔一六〕都鄙：都，古時低於鄉之行政區劃；鄙，周代行政區劃，此爲襯字。《宋史》卷四百《袁燮》：

「合保爲都，合都爲鄉，合鄉爲縣。」

〔一七〕均齊：均衡齊整。較若畫一：明確一致；較若，明顯貌。荀悦《前漢紀》卷五《惠帝紀》：「蕭何爲法，較若畫一，曹參代之，守而勿失。」

〔一八〕白茅河：元末張士誠宣導疏浚，亦名白茅港、白茅塘。《隆平紀事》：「開常熟白茅港。白茅受海潮逆上，泥淖壅積，海口堙塞，水不得泄，農田患之，因發卒數萬開浚。又議置爬沙夫以加疏浚，歲以爲常。自是數郡無水患。」《同治蘇州府志》卷九《水利一》：「（至正）二十四年，張士誠遣左丞吕珍督浚白茅塘。時塘爲蘆葦所塞，涓流不通。士誠起兵民夫十萬，以芝塘爲行府，駐節於山涇口，命吕珍督浚，塹其地爲港，長亘九十里，廣三十六丈，爲法甚厲，民愁怨之。時有華亭縣丞盛彦忠，奉檄趨事，撫民獨至，輿頌喧傳。」

〔一九〕茇舍：除草平地以爲宿所。扉屨：草鞋。《左傳・僖公四年》：「共其資糧扉屨。」杜預《注》：「扉：草屨。」酒胔：酒肉。勞徠：勸勉。

〔二〇〕章章：昭著貌。

〔二一〕外教：儒家外之流派，如道家釋氏之類。瑑：雕刻。

〔二二〕於維：贊歎詞。黎蒸：同「黎烝」，黎民百姓。

〔二三〕倀倀：無所適從貌。《荀子・修身》：「人無法則倀倀然。」楊倞《注》：「無所適貌，言不知所措履。」

〔二四〕隳突：撞擊毁壞。柳宗元《捕蛇者説》：「悍吏之來吾鄉，叫囂乎東西，隳突乎南北。」

〔二五〕征徭：賦税勞役。豐儉：豐裕儉薄；儉，儉薄，不豐裕。倍蓰：數倍，一倍至五倍；蓰：五倍。

〔二六〕舒：緩解。《詩經·召南·野有死麕》：「舒而脱脱兮。」朱熹《詩集傳》：「舒，遲緩也。」

〔二七〕文車：彩繪馬車。《戰國策·齊策四》：「遣太傅齎黄金千斤，文車二駟，服劍一，封書一。」鮑彪《注》：「文，彩繪也。」棁：梁上短柱。《論語·公冶長》：「臧文仲居蔡，山節藻棁。」邢昺《疏》：「棁，梁上短柱也。」

〔二八〕豆羹：一豆羹湯，形容食物甚少；豆，古代器皿。蘄：通「祈」。

贊

蔡履庵畫像贊

有倬蔡君，實聰實懿。侁侁而貞，婉婉而智〔一〕。以聖賢爲學，而伊傅是期〔二〕。以法令爲師，而風雲自致〔三〕。得君子之時，有霸王之器。既高步於省垣〔四〕，復秉忠於師紀〔五〕。借籌乎帷幄之密，贊化於經綸之始〔六〕。乃篤仁而策勇，乃翼忠而羽義。粹然圭璋之見，屹然山嶽之峙〔七〕。信邦家之老成，儼士林之綏履〔八〕。圖而肖之萬一，窺其涯際矣。

【題解】

按史册《隆平紀事》，如贊所云蔡姓而「得君子之時，有霸王之器」者，張士誠參軍蔡彦文也。蔡氏彦文，號履庵，詳見卷八《次韻蔡經歷病中述懷》

【箋注】

〔一〕侁侁：行動敏捷。《楚辭》宋玉《招魂》：「豺狼從目，往來侁侁些。」蔣驥《注》：「侁侁，往來疾也。」

〔二〕伊：伊尹，商湯時股肱重臣。傅：傅説，商武丁時賢臣。伊傅事迹詳見卷四《答徐進明書》。

〔三〕風雲：喻高位。班固《答賓戲》：「振拔洿塗，跨騰風雲。」吕延濟《注》：「言當須去卑賤以升高位，亦如龍出於淺水以游於風雲之中也。」

〔四〕省垣：元代行中書省，此指至正十七年元朝爲張士誠所設之江淮分省。成廷珪《居竹軒詩集》卷二《寄蔡彦文掾史》：「鳳凰池上神仙吏，卻是中郎幾葉孫？幕下豈無奇計出？床頭猶有異書存。防秋列寨山如戟，蒸土爲城鐵作門。何限民間可憂事，老懷那得與君論？」

〔五〕師紀：整治軍隊職權，蔡氏嘗官江浙分樞密院；紀，管理。吕温《凌煙閣勳臣頌·屈突蔣公通》：「俾侯于蔣，授以師紀。」《新唐書》卷八十九《屈突通》：「授兵部尚書、蔣國公。」

〔六〕借籌：替人謀劃。《漢書》卷四十《張良》：「臣請借前箸以籌之。」贊化：贊助教化。《禮記·中庸》：「能盡物之性，則可以贊天地之化育；可以贊天地之化育，則可以與天地參矣。」經綸：籌畫治理國家大事。《禮記·中庸》：「惟天下至誠，爲能經綸天下之大經。」

〔七〕圭璋：玉製禮器，喻卓異品格。《禮記·禮器》：「圭璋特。」孔穎達《疏》：「圭璋，玉中之貴也……諸侯朝王以圭，朝后執璋。」《後漢書》卷六十七《劉儒》：「郭林宗常謂儒口訥心辯，有圭璋之質。」

〔八〕老成：閱歷豐富練達世事者。綏履：安寧幸福；履，福禄。《爾雅·釋詁上》：「履，福也。」《詩經·周南·樛木》：「樂只君子，福履綏之。」朱熹《詩集傳》：「履，禄；綏，安也。」

道衡禪師平公畫像贊

觀道於衡，其道躍躍〔一〕。謂衡即道，其道斯邈。士之有身，猶物之衡。具此靈光，道以是生。道以是生，而身非道。爲道寫身，豈如來教〔一〕？繄道衡公，身短而豐。道衡視之，幻化是同〔二〕。既同幻化，惟道靡壞。孰謂道衡，丹青可畫？

【題解】

道衡禪師，元末温州人，俗姓葉，通曉内典，尤工詩歌。戴九靈避兵吴門，道衡亦駐錫焉，其事詳載卷十三《禪海集序》。

【箋注】

〔一〕衡：秤杆。《莊子·胠篋》：「爲之權衡以稱之，則并與權衡而竊之。」躍躍：疾跳貌。《詩經·小雅·巧言》：「躍躍毚兔，遇犬獲之。」

〔二〕寫：描摹，模仿。如來：佛諸名號之一。庾信《庾子山集》卷十三《陝州弘農郡五張寺經藏碑》：「肇曰：『秦言如來，亦云如去。如法而來，如法而去，古今不改，千聖同轍，故名如來，亦名如去。』」

〔三〕幻化：佛教語，萬物了無實性。陶淵明《歸園田居》：「人生似幻化，終當歸空無。」

箴

汪一誠字箴 并序

嚴陵汪先生，嘗筮日宿賓〔一〕，冠其子復，而字之曰一誠，請余製辭以箴之。

於皇上帝，降衷群生〔二〕。相厥攸初，孰匪是誠〔三〕？誠斯無妄，一而不二。其體渾然，乃聖之至。氣或內窒，欲仍外訌。是誠日消，爲愚爲庸。嘻彼愚庸，亦克由聖〔四〕。卒間胥淵〔五〕，妄爲之病。惟賢善學，必復其初〔六〕。其初既復，斯聖之徒。伊汪氏子，命名曰復。字以一誠，聖學是勖。咨是汪生，受性則靈〔七〕。聞《詩》聞《禮》，復自過庭〔八〕。今既加巾，製辭訂義〔九〕。可以冠裳，愧厥名字〔一〇〕？欲求罔①愧，宜慎是思。思而克誠，聖豈遠而〔一一〕？

【題解】

汪復，字一誠，戴九靈金石交定海縣尹汪汝懋長子。本序所言「嚴陵」者，常稱嚴陵山所在之桐廬縣；此指管轄桐廬之建德路，汪汝懋鄉邦淳安隸焉。《元史》卷六十二《江浙等處行中書省·

建德路》：「縣六：建德，淳安，遂安，桐廬，分水，壽昌。」

【校勘】

①罔：底本作「妄」，據乾隆本改。

【箋注】

〔一〕筮日：占卜擇日。宿賓：邀請貴賓，參看卷四《鄭梃冠字祝辭有序》。

〔二〕於皇：贊美歎詞。《詩經·周頌·武》：「於皇武王，無競維烈。」降衷：降福。《尚書·湯誥》：「惟皇上帝，降衷於下民。」孔穎達《傳》：「衷，善也。」

〔三〕攸初：初始天性；攸，助詞。《中庸》第二十章：「誠者，天之道也……自誠明，謂之性。」

〔四〕嘻：歎詞。《禮記·檀弓》：「嘻！其甚也！」由聖：效法聖人，順從聖道；由，順從。《國語·晉語八》：「必長者之由。」韋昭《注》：「由，從也。」《尚書·君陳》：「凡人未見聖，若不克見；既見聖，亦不克由聖。」

〔五〕間：差別，不同。《孟子·盡心上》：「欲知舜與跖之分，無他，利與善之間也。」

〔六〕初：本性。《中庸》第二十三章：「誠之者，人之道也……自明誠，謂之教。」

〔七〕咨：歎息。《尚書·堯典》：「帝曰：『咨！汝羲暨和。』」《僞孔傳》：「咨，嗟也。」

〔八〕過庭：承受父訓。《論語·季氏》：「鯉趨而過庭，曰：『學《詩》乎？』對曰：『未也。』『不學《詩》，無以言。』鯉退而學《詩》。他日又獨立，鯉趨而過庭，曰：『學《禮》乎？』對曰：『未也。』『不學《禮》，無以立。』鯉退而學《禮》。」

〔九〕加巾：加冠。宋濂《鄭柏加冠追補字辭》：「近又擕其子柏請曰：柏加巾時，賓字之曰叔端，而祝辭尚闕，願先生追補之。」

〔一〇〕可：豈。以：能。《古書虚字集釋》卷一《以》：「以猶能也。《書・堯典篇》：『克諧，以孝烝烝。』」

〔一一〕而：語氣詞。《論語・微子》：「已而，已而！今之從政者殆而！」

銘

退思齋銘

天有闕，石以補之。君有過，惟賢是裨〔一〕。裨之曷以？我退而思。思則斯得，不思何爲？嗚呼！君之過兮我知；我之過兮，正者其誰？出入是齋兮，鑑此銘詩。

【題解】

退思齋主人，會稽山陰蔡彦文，詳見卷八《次韻蔡經歷病中述懷》。陳基《夷白齋稿》卷三十一

《退思齋記》：「會稽蔡君彦文，由諸生起憲曹，歷郡漕史，辟掾行中書，擢江浙行樞密府爲都事，所至以才諝賢能稱者蓋三十易寒暑矣。今年登指使，經儒緯律，師古不少懈。敏事力行，未嘗擇利害。及退而思，則又未嘗不拊躬自訟者。其自刻勤篤蓋如此。嘗讀書至晉士貞子所稱『荀林父之事君也，進思盡忠，退思補過』，因歎曰：『此春秋之賢大夫所以爲社稷之衛者乎！吾雖無能爲役，嘗受教於君子矣。』乃自題其藏修遊息之處曰退思齋。以余辱有一日之雅，俾申其説而記之。夫士之爲士也，孰有大於事君者乎？其所思也，孰有先於君之事乎？思者何？思所以獻其可而替其否也。君好賢，吾思進之，惟恐其或不先也；君好佞，吾思遠之，惟恐其或後也；君惡諫，吾思犯之，惟恐其或隱也；君喜讒，吾思去之，惟恐其或弗亟也。充此類也，亦可謂盡忠矣。於是退而思曰：『吾所進，果明且哲乎？吾所遠，果便且巧乎？吾所犯，果直道；而所去，果變白爲黑易是爲非者乎？吾補過也類此，其殆庶幾矣。』又退而思曰：『吾責難於君者，欲其盡君道也，吾曷盡其道乎？君有缺，吾思盡其忠矣。吾有缺，將誰盡乎？吾師古人焉爾。』此彦文之於林父，所以善師古也。善師古者無他，亦拊躬自訟而已。然余聞之，賢不肖異思，彼思招人之過以爲直；利口捷給以（便）〔爲〕辯；從臾比同，視喜怒爲毁譽以爲智，此所謂小忠，大忠之賊也。林父疾之如仇讎，賤之如禽犢，惡之如鬼蜮如魍魎者也。彦文之所以勉其在此，而慎其在彼，朝焉而兢，夕焉而惕，閔焉不遑寢食者，蓋將奉以周旋，盡忠社稷，師古之力也。詩云『高山仰止，景行行止』，書以爲記，非徒以私彦文也，亦將以自勖云爾。至正二十年夏五月甲子。」

【箋注】

〔一〕《淮南子》卷六《覽冥訓》：「往古之時，四極廢，九州裂；天不兼覆，地不周載；火爁焱而不滅，水浩洋而不息；猛獸食顓民，鷙鳥攫老弱。於是女媧煉五色石以補蒼天，斷鼇足以立四極，殺黑龍以濟冀州，積蘆灰以止淫水。蒼天補，四極正；淫水涸，冀州平；狡蟲死，顓民生。」裨：補救。

説

山泉説

余讀《易》至「山下出泉，《蒙》〔一〕」，曰：「嗟夫！泉者，水之始達〔二〕；而蒙則君子之所以養其德焉者也。」余友天台葛君名蒙，而自署其號曰山泉，是殆以君子之學自勉耶！

君曰：「願吾子之教之也。」余復之曰：「亦嘗觀於海乎？磅礴而洶湧，注洄而震蕩〔三〕，放乎太空，掉乎無垠，浩浩然洋洋然，被萬里莫之端倪，畢萬古莫之終始〔四〕，何其深且廣也。然即其源視之，則濫觴於崑崙〔五〕，經始於岷山〔六〕，然後銜底柱下龍門〔七〕，轉巫峽〔八〕，率百川以委輸焉〔九〕。海乎！海乎！其所以致夫深且廣者，非山之泉乎？雖然，方其混混潏潏〔一〇〕，未知其所出也。苟①或窒其源而遏其流，使無以遂其達之之性，雖欲自致乎大荒之澨渤澥之尾〔一一〕，不可得矣。

善爲學者，苟知此説，其亦可以少警也乎！學者之欲至於聖賢〔一二〕，猶泉之求達夫海也。不以聖賢自處而學之者，是窒其源而遏其流也。窒之遏之，則泛濫茫洋，無所底止〔一三〕，其不爲衆人者幾希，此養蒙之訓所以爲學者之先務也〔一四〕。人生而幼，其於辨事接物之際，雖蒙而未達，然天所命以聖賢其人者，固以具於純一無僞之本然矣。苟不矜其所得而慢於學，則其至於聖賢也，孰得而禦之哉？

然求所以至之之道焉，尤未②有得於養者不能也。是故《詩》《書》六藝，所以養其心；弦歌洗爵，俯仰之容，升降之節〔一五〕，所以養其耳目手足；祭祀、鄉射、養老之禮，又所以養其恭敬〔一六〕。其心以爲不如是，則其不至於聖賢者，不可以罪吾之德也〔一七〕。夫聖人者，人倫之至也。余以是知自聖人以至於衆人，皆有此德也，聖人至而衆人弗至也。求至焉，賢者之事也，然亦養之於蒙而後可也。故曰「君子以果行育德〔一八〕」，又曰「蒙以養正，聖功也〔一九〕」。

君性睿而質美，則所得於天者厚矣，又能偲偲乎以講學爲職業〔二〇〕，其於山泉之義庶幾哉！因廣其説以爲贈。

【題解】

山泉，水之濫觴；葛蒙目睹泉澗溪川海洋之小大淺深而致力於超凡入聖，遂以山泉爲號。葛蒙，元末天台文人。倪瓚《清閟閣全集》卷十二録葛蒙《題雲林竹》：「美人華翠裾，步入虚堂裏。月落聽秋聲，憶在湘江水。」

【校勘】

① 苟：底本作「茍」，據乾隆本改。

② 未：乾隆本作「非」，亦通。

【箋注】

〔一〕蒙：《易經》卦名，下坎上艮；爲山腳泉流之象，喻愚昧童年。

〔二〕達：暢通，泉水沖出地面。《孟子·公孫丑上》：「凡有四端於我者，知皆擴而充之矣，若火之始然，泉之始達。」

〔三〕注洄：同「洄注」，水流回旋灌注。

〔四〕放：到達，抵達。掉：摇動。畢：古代捕捉禽獸之長柄網，此作動詞。《詩經·小雅·鴛鴦》：「鴛鴦于飛，畢之羅之。」

〔五〕濫觴：發源。崑崙：古人以爲黄河發源於崑崙。《山海經》卷二《西山經》：「西南四百里，曰崑崙之丘，是實惟帝之下都，神陸吾司之……河水出焉，而南流東注於無達。」《爾雅·釋水第十二》：「河出崑崙虚，色白。所渠并千七百一川，色黄。」

〔六〕經始：開始經營。岷山：古人以岷山爲長江之源頭。《尚書·禹貢》：「岷山導江。」《水經注》卷三十三《江水一》：「岷山在蜀郡氐道縣，大江所出，東南過其縣北。」胡寅《寄張趙二相三首》：「河出崑崙墟，江出岷山底。涵涵受百瀆，滚滚經萬里。」

〔七〕底柱：或作底柱，亦曰砥柱，即今河南三門峽黄河急流中之三門山。《尚書·禹貢》：「南至於華陰，東至於底柱。」鄭玄《注》：「底柱，山名，河水分流，包山而過，山見水中若柱然。」龍門：在今陝西韓城與山西河津之間。《藝文類聚》卷九十六《鱗介部上》：「《辛氏三秦記》曰：河津一名龍門，大魚集龍門下數千，不得上。上者爲龍，不上者魚，故云曝鰓龍門。」

〔八〕巫峽：長江三峽之一。《水經注》卷三十四《江水二》：「江水又東逕巫峽，杜宇所鑿以通江水也。」

〔九〕委輸：運送。《史記》卷三十《平準書》：「置平準於京師，都受天下委輸。」

〔一〇〕混混：同「滚滚」，奔流貌。潏潏：湧出貌。

〔一一〕大荒：遼闊原野。澨：岸邊。渤澥：渤海。

〔一二〕《近思録》卷二《爲學大要》：「濂溪先生曰：『聖希天，賢希聖，士希賢。』」

〔一三〕茫洋：浩渺無邊。底止：終止，停止，同義複詞。《詩經·小雅·祈父》：「胡轉予於恤？靡所底止。」

〔一四〕希：通「稀」，少。養蒙：在童蒙時期培養正直品格。

〔一五〕弦歌：在琴瑟伴奏下唱歌。洗爵：宴會時洗滌酒器以示恭敬。俯仰：低頭昂首。升降：登高趨下。

〔一六〕鄉射：古代嘉禮，春秋季節州長於州序以禮會民習射。《儀禮注疏》卷十一《鄉射禮第五》：「鄭云：『州長春秋以禮會民，而射於州序之禮也。謂之鄉者，州，鄉之屬。』」曾鞏《元豐類稿》卷十七《宜黄縣縣學記》：「學有《詩》《書》六藝，弦歌洗爵，俯仰之容，升降之節，以習其心體耳目手足之舉措；又有祭祀、鄉射、養老之禮，以習其恭讓；進材、論獄、出兵、授捷之法，以習其從事。」

〔一七〕德：天性。《莊子·天運》：「此皆自勉以役其德者也。」成玄英《疏》：「德者，真性也。」《後漢書》卷四十三《朱穆》：「得其天性謂之德。」李賢《注》：「不失天性是爲德。」

〔一八〕果行育德：語見《易·蒙》，即果其行以育其德。

〔一九〕蒙以養正：在蒙昧幼年培養正直品格。《易·蒙》：「蒙以養正，聖功也。」孔穎達《疏》：「能以蒙昧隱默，自養正道，乃成至聖之功。」

〔二〇〕偲偲：互相規勸勉勵。《論語·子路》：「朋友切切偲偲。」

書

投知己書

正月間辱示厚意，戰掉悚慄，若無所容。嗟乎！僕生五十有餘年矣，雖足迹不出乎吴越，交遊不及乎卿相，而往還於士大夫間亦多矣。泛泛市道者〔一〕，固不足言；其以斯文相親愛，不啻如親骨肉者，亦且不少矣。然方無事時，未嘗不慷慨激發，期刎頸以相死。一旦遇小故，未至利害之相關，即變顔反目，遽然相背負有矣；或攘臂而擠之〔二〕，如怨家仇人者亦有矣；至於望望然若不識知，不肯出一語辨黑白而反附和焉者，則滔滔皆是也〔三〕。於斯之時，而能以道始終，不以時而去就，不以利而厚薄，考之言行而無二，窺之度量而不見其畦畛者〔四〕，惟閣下一人而已。

朋友道絶，僕乃幸遭逢於閣下，寧不爲之感荷也乎！乖隔之餘，每欲致一書以陳此情，語短意長，將發復止。行自念方當窮深極密〔五〕，與時世不相接，雖閤下之我愛，亦無從款曲以道其離别之思〔六〕，故不得不有言以告。

僕受質甚愚下，於書不能多讀，讀亦不能記憶，凡其艱苦而僅得者，不過用以資於文與詩，而於古聖賢人之大道，則固未之有聞也。以故心志不明，暗於事幾，見夷不能履，見險不能避，踉蹡顛頓〔七〕，爲士類羞。若夫妄言妄行，不顧是否，同於狂惑喪心者之所爲，則誠有不敢。

知我信我，乃不爲流言之所移，嗟乎，世豈復有如閤下者乎？世之如閤下者既少，則彼之造事以詬我，攘臂以擠我，尚何恃而不懼哉！然則如之何而可？亦在乎反躬自省，擇夷而履之，望險而避之，一舉一動，皆由於正，使之無隙之可乘，無迹之可議，如斯而已耳。顧以力微才少，莫知所從。其道云遠，有若望洋〔八〕。兼之病妻弱子累乎中，衣服飲食迫乎外。僕之事，其使閤下悲也。

嗟乎，閤下之知我深矣，其信我至矣，乃今不特知我信我而重以悲我，則僕於閤下當何如報哉！報不報，在閤下未有所損益，所以如此云云者，蓋將明吾之心耳。然僕於閤下，亦豈待於有言而後明耶？

山中風氣多寒，入夏暑熱更甚，將息之道爲難〔九〕。閤下春秋既高，宜益安居静處，使内有所養而外邪無從入，庶幾身可康强而永保壽年。此固鄙心之所綣綣者〔一〇〕，然不能自悦而持以獻諸人，閤下得無閔①笑之乎？雖然，閤下亦加慎矣哉！相望正遠，何時一見以罄此懷！不宣。

【題解】

知己，志同道合者，未審其爲何人。

【校勘】

①閔：乾隆本作「憫」。

【箋注】

〔一〕泛泛：平常普通。市道：市人與行路之人。《漢書》卷七十七《劉輔》：「天人之所不予，必有禍而無福，市道皆共知之。」顔師古《注》：「市人及行於道路者也。」

〔二〕攘臂：捋起袖子伸出胳膊，形容激動奮起貌。

〔三〕望望然：失意掃興貌。滔滔：盛多，普遍。《論語·微子》：「滔滔者，天下皆是也，而誰以易之？」

〔四〕畦畛：界綫。
〔五〕行：又。《古書虚字集釋》卷四《行》：「行，且也……一爲又且之義。《史記·南越傳》：『漢興兵誅郢，亦行以驚動南越。』」
〔六〕款曲：衷情，真情。
〔七〕事幾：事情徵兆。顛頓：顛沛困頓。
〔八〕望洋：仰視貌，此形容力量不足而無可奈何。吴萊《次定海候濤山》：「寄言漆園叟，此去真望洋。」
〔九〕將息：調養休息。李清照《聲聲慢·尋尋覓覓》：「乍暖還寒時候，最難將息。」
〔一〇〕綣綣：懇切忠謹貌。

傳

丹溪翁傳

丹溪翁者，婺之義烏人也，姓朱氏，諱震亨，字彦修，學者尊之曰丹溪翁。翁自幼好學，日記千言。稍長，從鄉先生治經爲舉子業。後聞許文懿公得朱子四傳之學〔一〕，講道八華山〔二〕，復往拜焉，益聞道德性命之説〔三〕，宏深粹密，遂爲專門〔四〕。一日，文懿謂曰：「吾卧病久，非精於醫者，不能以起之。子聰明異常人，其肯遊藝於醫乎〔五〕？」翁以母病脾〔六〕，於醫亦粗習。及聞文懿之言，即慨然曰：「士苟精一藝以推及物之仁〔七〕，雖不仕於時，猶仕也。」乃悉焚棄向所習舉子業，一於醫致力焉。

時方盛行陳師文、裴宗元所定《大觀二百九十七方》〔八〕。翁窮晝夜是習，既而悟曰：「摻①古方以治今病〔九〕，其勢不能以盡合。苟將起度量立規矩稱權衡〔一〇〕，必也《素》《難》諸經乎〔一一〕，然吾鄉諸醫鮮克知之者。」

遂治裝出遊，求他師而叩之，乃渡浙河〔一二〕，走吴中〔一三〕，出宛陵〔一四〕，抵南徐〔一五〕，達建業〔一六〕，皆無所遇。及還武林〔一七〕，忽有以其郡羅氏告者。羅名知悌，字子敬，世稱太無先生，宋理宗朝寺人〔一八〕，學精於醫，得金劉完素之再傳〔一九〕，而旁通張從正〔二〇〕、李杲二家之説〔二一〕。然性褊甚，恃能厭事難得意。翁往謁焉，凡數往返不與接。已而求見愈篤，羅乃進之曰：「子非朱彦修乎？」時翁已有醫名，羅故知之。翁既得見，遂北面再拜以謁，受其所教。羅遇翁亦甚歡。即授以劉、張、李諸書，爲之敷揚三家之旨，而一斷於經〔二二〕。且曰：「盡去而舊學，非是也。」翁聞其言，涣焉無少凝滯於胸臆。居無何，盡得其學以歸。

鄉之諸醫泥陳、裴之學者，聞翁言即大驚而笑且排，獨文懿喜曰：「吾疾其遂瘳矣乎！」文懿得末疾〔二三〕，醫不能療者餘十年。翁以其法治之，良驗。於是諸醫之笑且排者，始皆心服口譽。數年之間，聲聞頓著。

翁不自滿足，益以三家之説推廣之，謂劉張之學，其論臟腑氣化有六，而於濕熱相火三氣致病爲最多〔二四〕，遂以推陳致新瀉火之法療之，此固高出前代矣。然有陰虛火動，或陰陽兩虛濕熱自盛者，又當消息而用之〔二五〕。謂李之論飲食勞倦内傷脾胃，則胃脘之陽不能以升舉，并及心肺之氣，陷入中焦，而用補中益氣之劑治之〔二六〕，此亦前人之所無也。然天不足於西北，地不滿於東南〔二七〕。天，陽也；地，陰也。西北之人陽氣易於降，東南之人陰火易於升。苟不知此而徒守其法，則氣之降者固可愈，而於其升者，亦從而用之，吾恐反增其病矣。

乃以三家之論，去其短而用其長，又復參之以太極之理〔二八〕、《易》《禮記》《通書》《正蒙》諸書之義〔二九〕，貫穿《内經》之言，以尋其指歸。而謂《内經》之言火，蓋與「太極動而生陽」「五性感動」之説有合〔三〇〕。其言陰道虚，則又與《禮記》之「養陰」意同〔三一〕。因作相火及陽有餘陰不足二論以發揮之。

其論相火有曰〔三二〕：「陽動而變，陰静而合，而生水火木金土〔三三〕。然火有二焉：曰君火，曰相火〔三四〕。君火者，人火也；相火者，天火也。火内陰而外陽，主乎動者也，故凡動皆屬火。以名而言，形質相生〔三五〕，配於五行，故謂之君。以位而言，生於虚無，守位稟命，故謂之相。天主生物，恒於動；人有此生，亦恒於動。然其所以恒於動者，皆相火助之也。見於天者，出於龍雷，則木之氣；出於海，則水之氣也。具於人者，寄於肝腎二部。肝屬木而腎屬水也〔三六〕。膽者，肝之府；膀胱者，腎之府；心胞絡者〔三七〕，腎之配。三焦以焦言，而下焦司肝腎之分〔三八〕，皆陰而下者也。天非此火不能生，人非此火不能以有生。天之火雖出於木，而皆本乎地。故雷非伏、龍非蟄、海非附於地，則不能鳴、不能飛、不能波也。鳴也飛也波也，動而爲相火者也。肝腎之陰，悉具相火，人而同乎天也。」

或曰：「相火，天人所同，東垣何以指爲元氣之賊？又謂『火與元氣不兩立，一勝則一負〔三九〕』，然則如之何而可使之無勝負乎？」

曰：「周子曰：『神發知矣，五性感動而萬事出。』五者之性爲物所感，不能不動。

謂之動者，即《内經》五火也〔四〇〕。相火易動五性，厥陽之火又從而扇之〔四一〕，則妄動矣。火既妄動，則煎熬真陰〔四二〕，陰虛則病，陰絶則死。君火之氣，《經》以暑與熱言之；而相火之氣，則以火言，蓋表其暴悍酷烈，有甚於君火也。故曰『相火，元氣之賊』。周子曰：『聖人定之以中正仁義而主静〔四三〕。』朱子亦曰：『必使道心常爲之主，而人心每聽命焉〔四四〕。』此善處乎火者也。人心聽命於道心，而又能主之以静，彼五火將寂然不動；而相火者，惟有扶助造化而爲生生不息之運用爾，夫何元氣之賊哉？」

或曰：「《内經》相火，注言少陰少陽矣，未嘗言及厥陰太陽〔四五〕。而吾子言之，何也？」

曰：「足太陽少陰，東垣嘗言之，治以炒柏，取其味辛，能瀉水中之火。戴人亦言膽與三焦，肝與胞絡，皆從火治〔四六〕。此歷指龍雷之火也〔四七〕。余以天人之火皆生於地，如上文所云者，實廣二公之意耳。」

或曰：「《内經》言火者非一，往往於六氣中見之。而言臟腑者，未之有也。二公豈他有所據耶？」

曰：「《經》以百病皆生於風寒暑濕燥火之動而爲變者，岐伯歷指病機一十九條〔四八〕，而屬火者五，此非相火爲病之出於臟腑者乎？考之《内經》：諸熱瞀瘈，則屬之火；諸狂躁越，則屬之火；諸病胕腫痛酸驚駭，則屬之火〔四九〕。又《原病式》曰：諸風掉眩，屬於肝火之動也；諸氣膹鬱病痿，屬於肺火之升也；諸濕腫滿，屬於脾火之勝也；諸痛癢瘡瘍，屬於心火之用也〔五〇〕。是皆火之爲病，出於臟腑者然也。噫！以陳無擇之通達〔五一〕，猶以暖熾論君火，日用之火論相火〔五二〕，是宜後人之聾瞽哉！」

其論陽有餘陰不足有曰：「人受天地之氣以生。天之陽氣爲氣，地之陰氣爲血，然氣常有餘而血常不足，何爲其然也？天大也爲陽，而運於地之外；地居天之中爲陰，而天之大氣舉之。日實也，屬陽而運於月之外；月缺也，屬陰而稟日之光以爲明者也。則是地之陰已不勝夫天之陽，月之陰亦不敵於日之陽。天地日月尚然，而況於人乎！故人之生，男子十六歲而精通，女子十四歲而經行〔五三〕。是有形之後，猶有待於乳哺水穀之養，而後陰可與陽配，成乎人而爲人之父母。古人必近三十二十而後嫁娶者，可見陰氣之難於成，而古人之善於保養也。錢仲陽於腎有補而無瀉〔五四〕，其知此意者乎？又按《禮記注》曰：『人惟五十，然後養陰者有以加。』《内經》：『年至四十，陰氣自半而起居衰矣〔五五〕。』男子六十四歲而精絶，女子四十九歲而經斷〔五六〕。夫以陰氣之成，止爲三十年之運用，而竟已先虧，可不知所保養也？《經》曰：『陽者，天也，主外；陰者，地也，主内。故陽道實，陰道虛〔五七〕。』斯言豈欺我哉？」

或曰：「遠取諸天地日月，近取諸男女②之身，曰有餘，曰不足，吾已知之矣。人在氣交之中，今欲順陰陽之理，而爲攝養之法，如之何則可？」

曰：「主閉藏者，腎也；司疏泄者，肝也〔五八〕。二藏皆有相火，而其系上屬於心。心，君火也，爲物所感則易於動，心動則相火翕然而隨。聖賢教人收心養心，其旨深矣〔五九〕！天地以五行更迭衰旺而成四時〔六〇〕，人之五臟六腑亦應之而衰旺。四月屬巳，五月屬午〔六一〕，爲火大旺，火爲肺金之夫，火旺則金衰〔六二〕。六月屬未，爲土大旺，土爲水之夫，土旺則水衰。況腎水嘗藉肺金爲母〔六三〕，以補助其不足。古人於夏月必獨宿而淡味，兢兢業業，保養金水二藏，正嫌火土之旺爾。《内經》又曰：『冬藏精者，春不病温〔六四〕。』十月屬亥，十一月屬子，正大③氣潛伏閉藏以養其本然之真，而爲來春升動發生之本。若於此時不恣欲以自戕，至春升之際，根本壯實，氣不輕浮，尚何病之可言哉？」

於是翁之醫益聞四方，以病來迎者遂輻湊於道〔六五〕，翁咸往赴之。其所治病凡幾，病之狀何如，施何良方飲何藥而愈，自前至今驗者何人何縣，里主名得諸見聞，班班可紀：

浦江鄭義士病滯下，一夕忽昏僕，目上視，溲注而汗瀉〔六六〕。翁診之，脉大無倫〔六七〕，即告曰：「此陰虛陽暴絶也，蓋得之病後酒且内〔六八〕，然吾能愈之。」急命治人參膏，而且促灸其氣海〔六九〕。頃之手動，又頃而唇動。及參膏成，三飲之甦矣。其後服參膏盡數斤，病已。

天台周進士病惡寒〔七〇〕，雖暑亦必以綿蒙其首，服附子數百增劇〔七一〕。翁診之，脉滑而數，即告曰：「此熱甚而反寒也。」乃以辛涼之劑吐痰一升許，而蒙首之綿減半。仍用防風通聖飲之愈〔七二〕。周固喜甚，翁曰：「病愈後，須淡食以養胃，内觀以養神，則水可生火可降，否則附毒必發，殆不可救。」彼不能然，後告疽發背死。

浙省平章南征閩粤還〔七三〕，病反胃〔七四〕，醫以爲可治。翁診其脉告曰：「公之病不可言也。」即出，獨告其左右曰：「此病得之驚後而使内，火木之邪相挾〔七五〕，氣傷液亡，腸胃枯損，食雖入而不化，食既不化，五臟皆無所稟。去此十日死。」果如言。

鄭義士家一少年秋初病熱，口渴而妄語，兩顴火赤，醫作大熱治。翁診之，脉弱而遲，告曰：「此作勞後病温〔七六〕，惟當服補劑自已。今六脉皆搏手〔七七〕，必涼藥所致。」竟以附子湯啜之〔七八〕，應手而瘥。

浙東憲幕傅氏子病妄語〔七九〕，時若有所見，其家妖之。翁切其脉告曰：「此病痰也〔八〇〕，然脉虚弦而沉數，蓋得之當暑飲酸又大驚。」傅曰：「然，嘗夏因勞而甚渴，恣飲梅水一二升，又連得驚數次，遂病。」翁以治痰補虚之劑處之，旬浹愈〔八一〕。

里人陳時叔病脹腹如斗，醫用利藥轉加〔八二〕，翁診之，脉數而濇，告曰：「此得之嗜酒，嗜酒則血傷，血傷則脾土之陰亦傷，胃雖受穀不能以轉輸，故陽升陰降而否矣〔八三〕。」陳曰：「某以嗜酒，前後溲見血者有年。」翁用補血之劑投之驗。

權貴人以微疾來召，見翁至，坐堂中自如。翁診其脉，不與言而出，使詰之，則曰：「公病在死法中，不出三月且入鬼録〔八四〕。顧猶有驕氣耶？」後果如期死。

一老人病目無見，使來求治，翁診其脉微甚，爲製人參膏飲之，目明如常時。後數日，翁復至，忽見一醫在庭煉礞石〔八五〕，問之，則已服之矣。翁愕曰：「此病得之氣大虚，今不救其虚，而反用礞石，不出此夜必死。」至夜參半，氣奄奄不相屬而死。

一男子病小便不通，醫治以利藥，益甚。翁診之，右寸頗弦滑〔八六〕，曰：「此積痰病也。積痰在肺，肺爲上焦，而膀胱爲下焦，上焦閉則下焦塞，譬如滴水之器，必上竅通而後下竅之水出焉。」乃以法大吐之〔八七〕，吐已病如失。

一婦人病不知人，稍蘇即號叫，數四而復昏。翁診之，肝脉弦數而且滑，曰：「此怒心所爲，蓋得之怒而强酒也。」詰之，則不得於夫〔八八〕，每遇夜，引滿自酌解其懷。翁治以流痰降火之劑，而加香附以散肝分之鬱〔八九〕，立愈。

一女子病不食，面北卧者且半載，醫告術窮。翁診之，肝脉弦，出左口，曰：「此思男子不得，氣結於脾故耳。」叩之，則許嫁，夫入廣且五年。翁謂其父曰：「是病惟怒可解，蓋怒之氣擊而屬木，故能衝其土之結，今第觸之使怒耳。」父以爲不然。翁入而掌其面者三，責以不當有外思。女子號泣大怒，怒已進食。翁復潛謂其父曰：「思氣雖解，然必得喜，則庶不再結。」乃詐以夫有書，旦夕且歸。後三月，夫果歸，而病不作。

一婦人産後有物不上如衣裾，醫不能喻〔九〇〕。翁曰：「此子宫也。氣血虚，故隨子而下。」即與黄芪當歸之劑，而加升麻舉之〔九一〕。仍用皮工之法，以五倍子作湯洗濯皺其皮〔九二〕，少選子宫上〔九三〕。翁慰之曰：「三年後可再生兒，無憂也。」如之。

一貧婦寡居病癩，翁見之惻然，乃曰：「是疾世號難治者，不守禁忌耳。是婦貧而無厚味，寡而無欲，庶幾可療也。」即自具藥療之，病愈後復投四物湯數百〔九四〕，遂不發動。

翁之爲醫，皆此類也。蓋其遇病施治，不膠於古方而所療皆中。然於諸家方論，則靡所不通。他人靳靳守古〔九五〕，翁則操縱取舍而卒與古合。一時學者咸聲隨影附〔九六〕，翁教之亹亹忘疲〔九七〕。

一日門人趙良仁問太極之旨〔九八〕，翁以陰陽造化之精微與醫道相出入者論之〔九九〕，且曰：「吾於諸生中未嘗論至於此，今以吾子所問，故偶及之。」是蓋以道相告，非徒以醫言也。趙出語人曰：「翁之醫，其殆橐籥於此乎〔一〇〇〕？」

羅成之自金陵來見〔一〇一〕，自以爲精仲景學〔一〇二〕，翁曰：「仲景之書，收拾於殘篇斷簡之餘，然其間或文有不備，或意有未盡，或編次之脱落，或義例之乖舛，吾每觀之，不能以無疑。」因略摘疑義數條以示，羅尚未悟。及遇治一疾，翁以陰虚發熱而用益陰補血之劑療之，不三日而愈。羅乃歎曰：「以某之所見，未免作傷寒治。今翁治此，猶以芎歸之性辛温而非陰虚者所宜服〔一〇三〕，又況汗下之誤乎〔一〇四〕？」

翁春秋既高，乃徇④張翼等所請，而著《格致餘論》〔一〇五〕《局方發揮》〔一〇六〕《傷寒辨疑》《本草衍義補遺》《外科精要新論》諸書，學者多誦習而取則焉。

翁簡慤貞良，剛嚴介特，執心以正，立身以誠，而孝友之行，實本乎天質。奉時祀也，訂其禮文而敬蒞⑤之〔一〇七〕；事母夫人也，時其節宣以忠養之〔一〇八〕。寧歉於己，而必致豐於兄弟；寧薄於己，而必施厚於兄弟之子。非其友不友，非其道不道，好論古今得失，慨然有天下之憂，世之名公卿多折節下之〔一〇九〕。翁爲直陳治道，無所顧忌。然但語及榮利事，則拂衣而起，與人交，一以三綱五紀爲去就〔一一〇〕。嘗曰：「天下有道，則行有枝葉；天下無道，則辭有枝葉〔一一一〕。」夫行本也，辭從而生者也。苟見枝葉之辭，去本而末是務，輒怒溢顏面，若將浼焉〔一一二〕。

翁之卓卓如是，則醫又特一事而已。然翁講學行事之大方，已具吾友宋太史濂所爲翁墓誌，兹故不録，而竊録其醫之可傳者爲翁傳，庶使後之君子得以互考焉。

論曰：昔漢嚴君平博學無不通，賣卜成都，人有邪惡非正之問，則依蓍龜爲陳其利害。與人子言，依於孝；與人弟言，依於順；與人臣言，依於忠〔一一三〕。史稱其風聲氣節，足以激貪而厲俗〔一一四〕。翁在婺得道學之源委，而混迹於醫，或以醫來見者，未嘗不以葆精毓神開其心〔一一五〕。至於一語一默，一出一處，凡有關於倫理者，尤諄諄訓誨，使人奮迅感慨激厲之不暇。左丘明有云：「仁人之言，其利博⑥哉〔一一六〕！」信矣！若翁者，殆古所謂直諒多聞之益友，又可以醫師少之哉〔一一七〕！

【題解】

朱震亨，字彦修，號丹溪翁，金元醫學四大家之一。《宋濂全集》卷七十一《故丹溪先生朱公石表辭》：「初，先生壯齡時，以母夫人病脾，頗習醫，後益研磨之，且曰：『吾既窮而在下，澤不能至遠。其可遠者，非醫將安務乎？』時方盛行陳師文、裴宗元所定《大觀二百九十七方》，先生獨疑之曰：『用藥如持衡，隨物重輕而爲前卻，古方新證安能相值乎？』於是尋師而訂其說，渡濤江走吴，又走宛陵，走建業，皆不能得。復回武林，有以羅司徒知悌爲告者。知悌字子敬，宋寶祐中寺人，精於醫，得金士劉完素之學，而旁參於李杲、張從正二家。然性倨甚，先生謁焉，十往返不能通。先生志益堅，日拱立於其門，大風雨不易。或告羅曰：『此朱彦修也，君居江南而失此士，人將議君後矣。』羅遽修容見之，一見如故交，爲言學醫之要必本於《素問》《難經》，而濕熱相火爲病最多，人罕有知其秘者，兼之長沙之書詳於外感，東垣之書詳於内傷，必兩盡之，治疾方無所憾，區區陳、裴之學，泥之且殺人。先生聞之，夙疑爲之釋然……先生孤高如鶴，挺然不群。雙目有小大，輪日出明。雖毅然之色不可淩犯，而清明坦夷，不事表暴。精神充滿，接物和粹，人皆樂親炙之。語言有精魄，金鏗鐵鏘，使人側耳聳聽，有蹶然興起之意。而於天人感應殃慶類至之説，尤竭力勸誡，反覆不厭。故其教人也，人既易知，昏明强弱皆獲其心。老者則愛慈祥，幼者則樂恭順，莫不皆知忠信之爲美。固未能一變至道，去泰去甚，有足觀者。或有小過，深掩密覆，唯恐先生之知。凡先生杖履所臨，人隨而化。浦陽鄭大龢十世同居，先生爲之喜動顔面，其家所講冠昏喪祭之禮，每諮於先生而後定。蓋先生之學，稽諸載籍，一以躬行爲本。以一心同天地之大，以耳目爲禮樂之原，積養之久，内外一致，夜寐即平晝之爲，暗室即康衢之見，汲汲孜孜，耄而彌篤。每見誇多鬬靡之士，輒語之曰：『聖賢一言，終身行之弗盡，奚以多爲？』至於拈英摘豔之辭，尤不樂顧，且以吾道蟊賊目之。及自爲文，率以理爲宗，非有關於綱常治化，不輕言也。居室垣墉，敦尚儉樸；服御唯大布寬衣，僅取蔽體；藜羹糗飯，安之如八珍。或在豪大姓家，當其肆筵設席，水陸之饈交錯於前，先生正襟默坐，未嘗下箸。其清修苦節，能爲人之所不能爲，而於世上所悦者，澹然無所嗜。惟欲聞人之善，如恐失之，隨聞隨録，用爲世勸。遇有不順軌則者，必誨其改；事有難處者，又導之以其方。」

朱彦修，世居丹溪之畔，故號丹溪翁。《康熙義烏縣志》卷二《山水·丹溪》：「縣南四十里，舊名赤岸。徐僑詩：『丹溪群山俱有情，顒昂環列如逢迎。東出雙秀高沖天，惟先兩峰當我前。二水南來炯相顧，合流於西疑欲住。成此溪山一段青，中有一園十畝平。著我翛然數間屋，繞屋俱栽竹與菊。扶杖行舒景物妍，開卷坐對聖賢讀。嗟予藐焉天地間，居然分得此清閑。毋餒浩然有以老，也應不負爾溪山。』」

【校勘】

①摻：乾隆本作「操」。

②女：底本作「子」，據乾隆本改。

③大：乾隆本作「火」。

④徇：底本作「詢」，據乾隆本改。

⑤ 菈：底本作「泣」，據乾隆本改。

⑥ 博：乾隆本作「溥」。

【箋注】

〔一〕許文懿：許謙，字益之，謚文懿，元時鴻儒，參見卷一《寄許存仁》。《宋元學案》卷八十二《北山四先生學案·文懿許白雲先生謙》：「許謙，字益之，金華人。學者稱白雲先生。長值宋亡家破，力學不已。僑寓借書，分四部而讀之。年踰三十，開門授徒。聞金仁山履祥講道蘭江，乃往就爲弟子，仁山謂曰：『士之爲學，若五味之在和，醯鹽既加，而鹹酸頓異。子來見我已三日，而猶夫人也，豈吾之學無以感發子邪！』先生聞之惕然。仁山因揭爲學之要曰：『吾儒之學，理一而分殊，理不患其不一，所難者分殊耳。』又曰：『聖人之道，中而已矣。』先生由是致其辨於分之殊，而要其歸於理之一，每事每物求夫中者而用之。居數年，得其所傳，油然融會。嘗自謂：『吾無以過人者，惟爲學之功無間斷耳。』中外列薦，皆不應。屏迹東陽八華山中，學者負笈重趼而至，著録者前後千餘人。侍御史趙宏偉自金陵寓書，願率子弟以事，先生爲之强出，踰年即歸。其教以五性人倫爲本，以開明心術變化氣質爲立身之要，以分辨義利爲處事之制，攝其粗疏，入於微密，隨其材分，咸有所得，以身任道者垂四十年。」四傳：由朱熹而黄榦而何基而王柏而金履祥，詳見卷四《浦陽五賢贊并序》。

〔二〕八華山：浙江東陽名山。《八華山志》卷上胡翰《白雲亭記》：「距婺之東百有五十里，其邑爲東陽。未至邑四十里，其鄉爲懷德，其山有曰八華山，故文懿先生講學之所也。山之麓，許氏居之，其兄弟曰和伯，曰晉仲、伯温、伯恭。自以其生也晚，不及登先生之門，幸嘗私淑諸人而與有聞焉。顧瞻遺躅，日接吾前，又幸而未泯，則先生之流風餘韻被及山川草木者，豈直吾鄉之榮哉？誠有慨於心矣。乃度地於山之冢，構亭曰白雲，而屬予以紀其成。白雲者，先生故所自號也。因其故號而扁之，尚德也，乃爲之記曰：儒者之學，尊本明統。宋南渡以來，朱子嘗以是傳之黄文肅公，文肅再傳而爲仁山金公，至先生蓋六傳矣。延祐甲申、乙卯之間，天下承平日久，文治誕興，名公貴人聞先生名者，争欲辟致以爲時用，先生固辭。而侍御史趙公宏偉駐節金陵，寓書願聚子弟以事之，先生留金陵。及是乃歸，而從遊者益衆。以目眚不能見客，遂屏迹山中。諸生籯糧笥書，從者如故。去湫隘而就爽塏，暢堙鬱而挹清曠，境與心會，以專精所學。一時師弟之間，其所得宜何如也！今五十餘年矣，先生既没，而兹山遂表著於婺。」

〔三〕性命：天性命運。《易·乾》：「乾道變化，各正性命。」孔穎達《疏》：「性者天生之質，若剛柔遲速之别；命者人所稟受，若貴賤夭壽之屬是也。」

〔四〕專門：精通一門學術。

〔五〕遊藝：修習技藝。《論語·述而》：「志於道，據於德，依於仁，游於藝。」

〔六〕病脾：脾臟生病。《難經·十六難》：「假令得脾脉，其外症：面黄，善噫，善思，善味；其内證：當齊有動氣，按之牢若痛；其病：腹脹滿，食不消，體重，節痛，怠墮，嗜卧，四肢不收。有是者脾也，無是者非也。」

〔七〕及物：恩及萬物。李翱《與淮南節度使書》：「翱自十五已後，即有志於仁義，見孔子之論高弟，未嘗不以及物爲首。」

〔八〕大觀二百九十七方：北宋大觀年間由陳師文、裴宗元主編之方書，後增訂而成《太平惠民和劑局方》。《太平惠民和劑局方·四庫全書提要》：「《太平惠民和劑局方》十卷，舊本題宋庫部郎中提轄措置，藥局陳師文等奉敕編。案王應麟《玉海》云：『大觀中，陳師文等校正《和劑局方》五卷二百九十七道二十一門。』晁公武《讀書志》云：『大觀中，詔通醫刊正藥局方書。閲歲書成，校正七百八字，增損七十餘方。』又《讀書後志》曰：『《太醫局方》十卷，元豐中詔天下高手醫各以得效秘方進，下太醫局驗試，依方製藥鬻之，仍摹本傳於世。』是大觀之本實因神宗時舊本重修，故公武有校正增損之語也。然此本止十四門，而方乃七百八十九。考《玉海》又載：『紹興十八年閏八月二十三日，改熟藥所爲太平惠民局。二十一年十二月十七日，以監本藥方頒諸路。』此本以太平惠民爲名，是紹興所頒之監本，非大觀之舊矣……戴良《九靈山房集》有《丹溪翁朱震亨傳》曰：『時方盛行陳師文、裴宗元所定《大觀二百九十七方》……』是此書盛行於宋元之間，至震亨《局方發揮》出，而醫學始一變也……是并不能無所舛誤矣。然歷代相傳，專門禁方多在是焉，在用者詳審而已。必因噎而廢食，則又一偏之見矣。」

〔九〕摻：同「操」。《墨子·耕柱》：「一人摻火，將益之。」孫詒讓《閒詁》引畢云：「摻即操字異文。」

〔一〇〕度量：標準，規格。《漢書》卷八十五《谷永》：「明度量以程能，考功實以定德。」稱：舉起。權衡：法度，準則。《韓非子·守道》：「故能使人盡力於權衡，死節於官職。」

〔一一〕素：中醫經典《黄帝内經素問》。王冰《黄帝内經素問序》：「班固《漢書·藝文志》曰：『《黄帝内經》十八卷。』《素問》即其經之九卷也，兼《靈樞》九卷，乃其數焉。雖復年移代革，而授學猶存。懼非其人，而時有所隱，故第七一卷，師氏藏之。今之奉行，惟八卷耳。然而其文簡，其意博，其理奥，其趣深。天地之象分，陰陽之候列，變化之由表，死生之兆彰，不謀而遐邇自同，勿約而幽明斯契。稽其言有徵，驗之事不忒。誠可謂至道之宗，奉生之始矣。」難：秦越人所著《難經》，或稱《黄帝八十一難經》。楊玄操《難經集注序》：「《黄帝八十一難經》者，斯乃渤海秦越人之所作也。越人受桑君之秘術，遂洞明醫道，至能徹視藏府，刳腸剔心，以其與軒轅時扁鵲相類，乃號之爲扁鵲。又家於盧國，因名之曰盧醫。世或以盧扁爲二人者，斯實謬矣。按黄帝有《内經》二帙，帙各九卷，而其義幽賾，殆難究覽。越人乃采摘英華，抄撮精要二部經内，凡八十一章，勒成卷軸，伸演其道，探微索隱，傳示後昆，名爲《八十一難》，以其理趣深遠，非卒易了故也。既弘暢聖言，故首稱黄帝。斯乃醫經之心髓，救疾之樞機。所謂脱牙角於象犀，收羽毛於翡翠者矣。」

〔一二〕浙河：通名浙江，今錢塘江。《讀史方輿紀要》卷八十九《浙江一》：「盧肇云：『浙者，折也。取潮水出海，屈折倒流也。』燕肅云：『浙江上游受婺、衢、歙三港之水，水出兩山間，盤回百折，過蕭山入海。龕、赭兩山之間，岸狹勢逼，湧而爲濤。』祝穆云：『浙江之口，山居江中，潮水投山，十折而曲，故名浙江。』海潮之盛，莫過於浙江，以其去海至近，而江流不足以敵之耳……自東漢以浙江之東皆爲會稽，浙江之西皆爲吴郡。兩浙之名，實起於此。」

〔一三〕吴中：蘇州古稱，參見卷八《山有杞并序》。

〔一四〕宛陵：安徽宣城古稱，元時爲江浙行省寧國路。《讀史方輿紀要》卷二十八《南直十・寧國府》：「漢爲丹陽郡。《漢志》：『元封二年更鄣郡曰丹陽，治宛陵。』後漢因之。晉武帝改置宣城郡。劉宋仍爲宣城郡……元爲寧國路。」

〔一五〕南徐：江蘇鎮江古稱，元時爲江浙行省鎮江路。《讀史方輿紀要》卷二十五《南直七・鎮江府》：「晉初屬毗陵郡。永嘉五年爲晉陵郡治，繼又僑置徐、兖二州，謂之北府。宋爲南徐州治。宋永初二年，加徐州曰南徐州。元嘉八年，分江北爲南兖州，而南徐州獨治京口……元曰鎮江路。」

〔一六〕建業：南京古稱，元時爲江浙行省集慶路。《讀史方輿紀要》卷二十《南直二・應天府》：「孫吴自京口徙都此，改秣陵曰建業……元爲建康路，天曆二年改爲集慶路。」

〔一七〕武林：杭州古稱，元時爲江浙行省杭州路。《武林舊事·四庫全書提要》：「《武林舊事》十卷，宋周密撰……是書記宋南渡都城雜事。蓋密雖居於弁山，實流寓杭州之癸辛街，故目睹耳聞，最爲真確。」

〔一八〕《康熙錢塘縣志》卷二十六《方技·羅知悌》：「字子敬，以醫侍穆陵，甚見寵厚。丹溪朱彦修志醫，遍歷江湖，不遇明者，還至武林，遇知悌，俟門下三載，始得見。知悌愛其誠，盡以其術授之，彦修遂以醫名東南。知悌能詞章，善揮翰，貧病無告，予之藥，無不愈者，仍贍以調理之資。」寺人：宫廷近侍。《詩經·秦風·車鄰》：「未見君子，寺人之令。」毛《傳》：「寺人，内小臣也。」

〔一九〕劉完素：金元四大家之一，世稱劉河間。《金史》卷一百三十一《方伎》：「劉完素，字守真，河間人。嘗遇異人陳先生，以酒飲守真，大醉。及寤，洞達醫術，若有授之者。乃撰《運氣要旨論》《精要宣明論》；慮庸醫或出妄説，又著《素問玄機原病式》，特舉二百八十八字，注二萬餘言。然好用涼劑，以降心火益腎水爲主。自號通元處士云。」

〔二〇〕張從正：金元四大家之一，號戴人。《金史》卷一百三十一《方伎》：「張從正，字子和，睢州考城人。精於醫，貫穿《難》《素》之學，其法宗劉守真，用藥多寒涼，然起疾救死多取效。古醫書有汗下吐法，亦有不當汗者汗之則死，不當下者下之則死，不當吐者吐之則死，各有經絡脉理，世傳黄帝岐伯所爲書也。從正用之最精，號張子和汗下吐法。妄庸淺術，習其方劑，不知察脉原病，往往殺人，此庸醫所以失其傳之過也。其所著有六門二法之目存於世云。」

〔二一〕李杲：金元四大家之一，晚年自號東垣老人。《元史》卷二百三《方技》：「李杲，字明之，鎮人也，世以貲雄鄉里。杲幼歲好醫藥，時易人張元素以醫名燕趙間，杲捐千金從之學，不數年，盡傳其業。家既富厚，無事於技，操有餘以自重，人不敢以醫名之。大夫士或病其資性高謇，少所降屈，非危急之疾，不敢謁也。其學於傷寒、癰疽、眼目病爲尤長……當時之人，皆以神醫目之。所著書，今多傳於世云。」

〔二二〕敷揚：傳布宣揚。經：《黄帝内經》《難經》《神農本草經》《傷寒論》諸醫學經典。

〔二三〕末疾：四肢疾病。《左傳·昭公元年》：「陰淫寒疾，陽淫熱疾，風淫末疾，雨淫腹疾。」

〔二四〕氣化：臟腑氣體之運動變化。六：風熱濕火燥寒諸氣，詳見劉完素《素問玄機原病式·六氣爲病》。

〔二五〕陰虚：陰分不足，津血虧損。陰陽兩虚：臟腑陰陽俱虚，或氣血俱虚，或腎陰陽俱虚。濕熱：濕熱結合之病邪。《素問·生氣通天論篇第三》：「濕熱不攘，大筋軟短，小筋弛長，軟短爲拘，弛長爲痿。」消息：斟酌權衡。

〔二六〕脘：胃腔。《説文》：「脘，胃府也。」李杲《脾胃論》卷中《飲食勞倦所傷始爲熱中論》：「古之至人，窮於陰陽之化，究乎生死之際，所著《内》《外經》，悉言人以胃氣爲本……若飲食失節，寒温不適，則脾胃乃傷……内傷脾胃，乃傷其氣；外感風寒，乃傷其形。傷其外爲有餘，有餘者瀉之；傷其内爲不足，不足者補之。内傷不足之病，苟誤認作外感有餘之病，而反瀉之，則虚其虚也。實實虚虚，如此死者，醫殺之耳！然則奈何？惟當以辛甘温之劑補其中而升其陽，甘寒以瀉其火，則愈矣。」

〔二七〕《素問・陰陽應象大論第五》：「天不足西北，故西北方陰也，而人右耳目不如左明也。地不滿東南，故東南方陽也，而人左手足不如右强也。」

〔二八〕太極：萌生萬物之本源。《易・繫辭上》：「《易》有太極，是生兩儀，兩儀生四象，四象生八卦。」

〔二九〕通書：宋理學家周敦頤著作。朱熹《通書記》：「通書者，濂溪夫子之所作也。夫子姓周氏，名惇頤，字茂叔。自少即以學行有聞於世，而莫或知其師傳之所自。獨以河南兩程夫子嘗受學焉，而得孔孟不傳之正統，則其淵源因可概見。然所以指夫仲尼、顔子之樂，而發其吟風弄月之趣者，亦不可得而悉聞矣。所著之書，又多散失。獨此一篇，本號《易通》，與《太極圖説》并出，程氏以傳於世。而其爲説，實相表裏，大抵推一理、二氣、五行之分合，以紀綱道體之精微，決道義、文辭、禄利之取舍，以振起俗學之卑陋。至論所以入德之方，經世之具，又皆親切簡要，不爲空言。顧其宏綱大用，既非秦漢以來諸儒所及；而其條理之密，意味之深，又非今世學者所能驟而窺也。」正蒙：宋理學家張載著作。王植《正蒙初義・序論》：

「門人范育《序》曰：『張夫子之爲此書也，有六經之所未載，聖人之所未言。蓋道一而已，語上極乎高明，語下涉乎形氣，語大至於無間，語小入於無朕，一有窒而不通，則於理爲妄。《正蒙》之言，高者抑之，卑者舉之，虚者實之，礙者通之，衆者一之，合者散之，要之立乎大中至正之矩。天之所以運，地之所以載，日月之所以明，鬼神之所以幽，風雲之所以變，江河之所以流，物理以辨，人倫以正，造端者微，成能者著，知德者崇，就業者廣。本末上下貫乎一道，過乎此者，淫遁之狂言也；不及乎此者，邪詖之卑説也。推而放諸有形而準，推而放諸無形而準，推而放諸至動而準，推而放諸至静而準，無不包矣，無不盡矣，無大可過矣，無細可遺矣，言若是乎其極矣，道若是乎其至矣，聖人復起，無有間乎斯言矣。』」

〔三〇〕周敦頤《太極圖説》：「無極而太極。太極動而生陽，動極而静；静而生陰，静極復動。一動一静，互爲其根；分陰分陽，兩儀立焉。」五性：仁義禮智信。《白虎通·情性》：「五性者何？謂仁義禮智信。」《太極圖説》：「形既生矣，神發知矣，五性感動而善惡分萬事出矣。」

〔三一〕養陰：保養陰氣。《禮記·郊特牲》：「凡飲，養陽氣也；凡食，養陰氣也。」

〔三二〕詳見朱震亨《格致餘論·相火論》。

〔三三〕《太極圖説》：「陽變陰合，而生水、火、木、金、土。」

〔三四〕君火：心火，以心爲君主之官，故名。相火：與君火相對，肝、膽、腎、三焦内悉寄相火，而其根源則在命門。《素問·天元紀大論篇第六十六》：「君火以明，相火以位。」

〔三五〕形質：形體與本質，外貌與内涵。《晉書》卷一百三《劉曜》：「自以形質異衆，恐不容於世，隱迹管涔山，以琴書爲事。」

〔三六〕中醫五臟配五行：肝木，心火，肺金，腎水，脾土。

〔三七〕心胞絡：簡稱心包，心之外膜與脉絡。《靈樞·邪客第七十一》：「故諸邪之在於心者，皆在於心之包絡。包絡者，心主之脉也，故獨無腧焉。」

〔三八〕三焦：六腑之一，分上焦，中焦，下焦。《靈樞·營衛生會第十八》：「上焦出於胃上口，并咽以上貫膈而布胸中……中焦亦并胃中，出上焦之後，此所受氣者，泌糟粕，蒸津液，化其精微，上注於肺脉，乃化而爲血，以奉生身，莫貴於此，故獨得行於經隧，命曰營氣……下焦者，别回腸，注於膀胱而滲入焉。」

〔三九〕李杲《脾胃論》卷中《飲食勞倦所傷始爲熱中論》：「相火，下焦包絡之火，元氣之賊也。火與元氣不兩立，一勝則一負。」

〔四〇〕五火：五臟各有陰陽，陰陽各有盛衰之變，五火乃五臟之亢陽。《素問·解精微論篇第八十》：「夫一水不勝五火，故目眥盲。」張志聰《注》：「一水，謂太陽之水；五火，五臟之陽氣。」王冰《注》：「五火，謂五臟之厥陽。」

〔四一〕厥陽：失去陰氣涵養之孤陽之氣。《金匱要略·臟腑經絡先後病脉證》：「此爲有陽無陰，故稱厥陽。」

〔四二〕真陰：腎陰，又稱元陰、腎水、真水，與真陽相對而言。

〔四三〕周敦頤《太極圖説》：「聖人定之以中正仁義而主靜，立人極焉。」曹端《太極圖説述解》：「此言聖人全動靜之德，而常本之於靜也。蓋人稟陰陽五行之秀氣以生，而聖人之生又得其秀之秀者，是以其行之也中，其處之也正，其發之也仁，其裁之也義。蓋一動一靜，莫不有以全夫太極之道而無所虧焉，則所謂欲動情勝利害相攻者，於此乎定矣。然靜者誠之復而性之貞，苟非此心寂然無欲而靜，則又何以酬酢事物之變而一天下之動哉？故聖人中正仁義，動靜周流，而其動也必主乎靜，而立人極焉。」

〔四四〕道心：天理，義理。《尚書·大禹謨》：「人心惟危，道心惟微，惟精惟一，允執厥中。」人心：貪欲之心。朱熹《中庸章句序》：「從事於斯，無少間斷，必使道心常爲一身之主，而人心每聽命焉，則危者安，微者著，而動靜云爲自無過不及之差矣。」

〔四五〕少陰：手少陰心經及足少陰腎經，與太陽經互爲表裏。少陽：手少陽三焦經及足少陽膽經，與厥陰經互爲表裏。厥陰：手厥陰心包經與足厥陰肝經。太陽：手太陽小腸經與足太陽膀胱經。《素問·陰陽離合論篇第六》：「少陰之上，名曰太陽……厥陰之表，名曰少陽。」

〔四六〕朱震亨《格致餘論·相火論》：「足太陽少陰，東垣嘗言之矣，治以炒蘗，取其味辛能瀉水中之火，是也。戴人亦言膽與三焦尋火治，肝和包絡都無異。」

〔四七〕龍雷之火：相火。趙獻可《醫貫》卷四《相火龍雷論》：「相火者，龍火也，雷火也。得濕則焫，遇水則燔。不知其性而以水折之，以濕攻之，適足以光焰燭天，物窮方止已。識其性者，以火逐之，則焰灼自消，炎光撲滅。古書瀉火之法，意蓋如此。」

〔四八〕《素問·至真要大論篇第七十四》：「夫百病之生也，皆生於風寒暑濕燥火，以之化之變也……岐伯曰：諸風掉眩，皆屬於肝；諸寒收引，皆屬於腎；諸氣膹鬱，皆屬於肺；諸濕腫滿，皆屬於脾；諸熱瞀瘛，皆屬於火；諸痛癢瘡，皆屬於心；諸厥固泄，皆屬於下；諸痿喘嘔，皆屬於上；諸禁鼓慄，如喪神守，皆屬於火；諸痙項强，皆屬於濕；諸逆衝上，皆屬於火；諸脹腹大，皆屬於熱；諸躁狂越，皆屬於火；諸暴强直，皆屬於風；諸病有聲，鼓之如鼓，皆屬於熱；諸病胕腫，疼酸驚駭，皆屬於火；諸轉反戾，水液渾濁，皆屬於熱；諸病水液，澄澈清冷，皆屬於寒；諸嘔吐酸，暴注下迫，皆屬於熱。」

〔四九〕瞀瘛：視物昏花，手足筋脉拘急抽搐。躁越：躁動失常。胕腫：浮腫，同義複詞。

〔五〇〕詳載劉完素《素問玄機原病式·五運主病》。掉眩：肢體振摇，頭目眩暈。膹鬱：積滿鬱結。病痿：肢體麻木不便。瘡瘍：中醫之腫瘍、潰瘍、癰疽、疔瘡、癤腫、流注、瘰癧諸病。

〔五一〕陳無擇：宋醫學家，號鶴溪道人，永嘉醫派始祖，撰《三因極一病證方論》。《三因極一病證方論·四庫全書提要》：「《三因極一病證方論》十八卷，宋陳言撰。言字無擇，青田人。是書分别三因，歸於一治，其説出《金匱要略》。三因者，一曰内因，爲七情發自臟腑形於肢體；一曰外因，爲六慾，起自經絡，舍於臟腑；一曰不内外因，爲飲食飢飽叫呼傷氣以及虎狼毒蠱金瘡壓溺之類。每類有論有方，文詞典雅，而理致簡該，非他家鄙俚冗雜之比。蘇軾《傳聖散子方》，葉夢得《避暑録話》極論其謬而不能明其所以然；言亦指其通治傷寒諸證之非，而獨謂其方爲寒疫所不廢，可謂持平。《吴澄集》有《易簡歸一序》，稱近代醫方惟陳無擇議論最有根柢，而其藥多不驗，嚴子禮剽取其論而附以平日所用經驗之藥，則兼美矣。是嚴氏《濟生方》，其源實出於此。」

〔五二〕《三因極一病證方論》卷五《君火論》：「五行各一，惟火有二者，乃君相之不同。相火則麗於五行，人之日用者是也；至於君火，乃二氣之本原，萬物之所資始……則知精血乃裁成於識，以識動則暖，静則息。静則無象，暖觸可知。故命此暖識以爲君火，正内典所謂暖識息三連持壽命者也。」

〔五三〕《素問·上古天真論篇第一》：「（女子）二七而天癸至，任脉通，太衝脉盛，月事以時下，故有子……（男子）二八，腎氣盛，天癸至，精氣溢瀉，陰陽和，故能有子。」

〔五四〕錢仲陽：名乙，宋兒科醫家，世人尊之爲兒科之聖。閻季忠《小兒藥證真訣序》：「太醫丞錢乙，字仲陽，汶上人。其治小兒，該括古今，又多自得，著名於時。其法簡當精審，如指諸掌。先子治平中登第，調須城尉識之。余五六歲時，病驚疳癖瘕，屢至危殆，皆仲陽拯之，良愈。是時仲陽年尚少，不肯輕傳其書。余家所傳者，才十餘方耳！大觀初，余筮仕汝海，而仲陽老矣，於親舊間始得説本數十條。後六年，又得雜方，蓋晚年所得益妙。比於京師，復見別本，然旋著旋傳，皆雜亂，初無紀律，互有得失。〔罔〕〔因〕得參校焉，其先後則次之，重複則削之，訛謬則正之，俚語則易之。上卷脉證治法，中卷記嘗所治病，下卷諸方，而書以全。於是古今治小兒之法，不可以加矣。余念博愛者，仁者之用心；幼幼者，聖人之遺訓，此惠可不廣耶！將傳之好事者，使幼者免橫夭之苦，老者無哭子之悲，此余之志也。因以明仲陽之術於無窮。」錢乙《小兒藥證真訣》卷一《腎論》：「腎水，陰也。腎虛則畏明，皆宜補腎，地黄丸主之。」

〔五五〕語出《素問·陰陽應象大論篇第五》。

〔五六〕《素問·上古天真論篇第一》：「（女子）七七，任脉虛，太衝脉衰少，天癸竭，地道不通，故形壞而無子……（丈夫）八八，則齒髮去。腎者主水，受五臟六府之精而藏之，故五臟盛，乃能寫。今五臟皆衰，筋骨解墮，天癸盡矣。故髪鬢白，身體重，行步不正，而無子耳。」

〔五七〕語見《素問·太陰陽明論篇第二十九》，與原文略有出入。

〔五八〕閉藏：生機潛藏隱伏。疏泄：全身氣機流暢通達。

〔五九〕《孟子·告子上》：「孟子曰：『仁，人心也；義，人路也。舍其路而弗由，放其心而不知求，哀哉！人有鷄犬放，則知求之；有放心而不知求。學問之道無他，求其放心而已矣。』」《孟子·盡心下》：「孟子曰：『養心莫善於寡欲。其爲人也寡欲，雖有不存焉者，寡矣；其爲人也多欲，雖有存焉者，寡矣。』」

〔六〇〕醫家以五行對應四季，春屬木，夏屬火，長夏屬土，秋屬金，冬屬水。

〔六一〕古時十二地支對應十二月；按夏曆，建寅之月爲正月，則自正月至十二月，分屬寅卯辰巳午未申酉戌亥子丑。

〔六二〕依據五行生克理論，火克金，火過旺則金衰，如惡夫之凌弱妻。

〔六三〕嘗：通「常」。醫家以母子論五臟，即腎爲肝之母，肝爲心之母，心爲脾之母，脾爲肺之母，肺爲腎之母。

〔六四〕《素問·金匱真言論篇第四》：「夫精者，身之本也。故藏於精者，春不病温。」郭靄春《黄帝内經素問校注語譯》引于鬯説：「藏上當脱冬字。下云『夏暑汗不出者，秋成風瘧。』此冬字與彼夏字爲對。」

〔六五〕輻湊：同「輻輳」，車輻會聚於轂，形容人物密集。

〔六六〕鄭義士：元初浦江鄭義門鄭德珪。鄭太和編《麟溪集》丑卷宋濂《鄭義士傳》：「鄭義士，婺州浦江人，名德珪，字子潤……德璋性勁直，與物多忤。或誣告其罪，當會逮行中書，罪且不測。義士抱其弟哭曰：『彼所欲害者，我也，無與爾事。爾止我往，以一辭折之，姦狀白矣。』乃奮然出就吏。德璋躡其兄至揚州，兄已死無及矣。仰天號慟，絶而復蘇。」滯下：痢疾。《景岳全書》卷二十四：「痢疾一證……因其閉滯不利，故又謂之滯下。」溲：大小便。《史記》卷一百五《扁鵲倉公列傳》：「令人不得前後溲。」司馬貞《索隱》：「前溲，謂小便；後溲，大便也。」

〔六七〕脉大：中醫脉象，常稱脉洪。王叔和《脉經》卷一《脉形狀指下秘決第一》列二十四脉，即浮芤洪滑數促弦緊沉伏革實微澀細軟弱虚散緩遲結代動。李時珍舉二十七脉，《瀕湖脉學・四庫全書提要》：「《瀕湖脉學》一卷，明李時珍撰……其法分浮沉遲數滑澀虚實長短洪微緊緩芤弦革牢濡弱散細伏動促結代二十七種，毫釐之别，精核無遺。」李士才《診家正眼》下卷辨二十八脉，即浮沉遲數滑澀虚實長短洪微細濡弱緊緩弦動促結代革牢散芤伏疾。後世多沿用二十八脉。

〔六八〕暴絶：突然中止。内：房事。

〔六九〕陸烜《人參譜・方療》：「《本草綱目》曰：人參膏，用人參十兩細切，以活水二十盞浸透，入銀石器内，桑柴火緩緩煎取十盞，濾汁，再以水十盞，煎取五盞，與前汁合煎成膏，瓶收，隨病作湯使。」氣海：經穴名，位於腹正中綫，臍下一點五寸；詳見《針灸甲乙經》。

〔七〇〕惡寒：怕冷。《丹溪心法・惡寒》：「陽虚則惡寒。」

〔七一〕附子：《神農本草經》藥名。

〔七二〕防風通聖：常名防風通聖散，《宣明論方》卷三方。

〔七三〕平章：元代從一品官。《元史》卷九十一《百官七》：「每省丞相一員，從一品；平章二員，從一品。」

〔七四〕反胃：或稱翻胃，胃反。趙獻可《醫貫》卷五《噎膈論》：「翻胃者，飲食倍常，盡入於胃矣。但朝食暮吐，暮食朝吐，或一兩時而吐，或積至一日一夜腹中脹悶不可忍而復吐，原物酸臭不化，此已入胃而反出，故曰翻胃。」

〔七五〕火木之邪：心邪與肝邪。

〔七六〕温：或稱温熱病。《素問・評熱病論篇第三十三》：「有病温者，汗出輒復熱，而脉躁疾不爲汗衰，狂言不能食。」

〔七七〕六脉：左右兩手寸關尺三部脉。搏：脉搏彈跳有力，《内經》十二脉之一。《素問・脉要精微論篇第十七》：「胃脉搏堅而長。」

〔七八〕附子湯：《傷寒論》方，亦録《備急千金要方》卷七。

〔七九〕浙東憲府：此指元時浙東海右道肅政廉訪司。

〔八〇〕痰：病證名。《景岳全書》卷三十一《痰飲》：「五臟之病，雖俱能生痰，然無不由乎脾腎。蓋脾主濕，濕動則爲痰；腎主水，水泛亦爲痰。故痰之化，無不在脾；而痰之本，無不在腎。所以凡是痰證，非此則彼，必與二臟有涉。」

〔八一〕旬浹：同「浹旬」，滿十天；浹，周遍。

〔八二〕利藥：通利之藥。張景岳《景岳全書》卷十四《瘧疾》：「甚者又以胸中痞悶，用利藥下之，病人下體既冷，下之則十無一生。」

〔八三〕否：閉塞不通。《易·序卦》：「泰者通也。物不可以終通，故受之以否。」

〔八四〕鬼録：死者名册。

〔八五〕礞石：《嘉祐補注神農本草》藥名。

〔八六〕寸：寸口，亦名脉口、氣口，簡稱口或寸，診脉部位之一。《難經·一難》：「寸口者，脉之大會，手太陰之脉動也……五臟六腑之所終始，故法取於寸口也。」

〔八七〕吐：吐法，八法之一，用催吐藥排出停痰宿食或毒物。

〔八八〕得：契合。《漢書·王褒傳》：「聚精會神，相得益章。」

〔八九〕流痰：即滌痰，袪痰法之一，常服十棗湯、礞石滚痰丸等。香附：《本草綱目》藥名。

〔九〇〕衣裾：衣服前襟。喻：明白。

〔九一〕黄芪當歸：黄芪當歸湯，或名當歸補血湯，《内外傷辨惑論》卷中方。升麻：《神農本草經》藥名。

〔九二〕五倍子：《本草拾遺》藥名。皴：皺縮。

〔九三〕少選：一會兒，不久。《吕氏春秋·音初》：「二女愛而争搏之，覆以玉筐，少選，發而視之，燕遺二卵，北飛，遂不反。」高誘《注》：「少選，須臾。」

〔九四〕四物湯：《仙授理傷續斷秘方》方。

〔九五〕靳靳：固執貌。嚴羽《答出繼叔臨安吴景仙書》：「李杜復生，不易吾言矣，而吾叔靳靳疑之，况他人乎？」

〔九六〕聲隨影附：聲之隨音，影之附形，形容緊緊跟隨；聲，人之所唱；音，樂器之所發。

〔九七〕亹亹：勤勉不倦貌。

〔九八〕趙良仁：字以德，元末明初浦江縣醫家，後寓居吴中長洲，參看卷十八《梅石處士趙先生像贊》。《姑蘇志》卷五十六《人物十八·趙良仁》：「字以德，其先於宋有屬籍。良仁少試吏憲司，即棄去，從丹溪朱彦修學醫，治療多有奇效，名動浙西東。所著《醫學宗旨》《金匱方衍義》并《丹溪藥要》等書。張氏據吴，良仁挈家去浙，後復來吴，占籍長洲，以高壽終。子友同自有傳。」

〔九九〕出入：相似與相異。蘇轍《歷代論四·梁武帝》：「東漢以來佛法始入中國，其道與《老子》相出入，皆《易》所謂形而上者。」

〔一〇〇〕橐籥：古時鼓風吹火裝備，此喻根柢源泉。

〔一〇一〕羅成之：元末名醫。魏之琇《續名醫類案》卷二十一：「羅成之既得丹溪之學，歸隱崇明三沙。張太尉士誠患痰氣怔忡，諸名醫治療不效，迎成之診之，主以倒倉法。張卒用其方，諸病悉除，賜勞甚厚。」

〔一〇二〕仲景：張機，字仲景，東漢著名醫學家，嘗著《傷寒論》。張機《傷寒卒病論集》：「感往昔之淪喪，傷横夭之莫救，及勤求古訓，博采衆方，撰用《素問》《九卷》《八十一難》《陰陽大論》《胎臚藥録》并《平脉辨證》，爲《傷寒雜病論》合十六卷。雖未能盡愈諸病，庶可以見病知源。若能尋余所集，思過半矣。」

〔一〇三〕芎：川芎，録《湯液本草》。歸：當歸，載《神農本草經》。

〔一〇四〕汗下：汗法與下法；下法，憑藉瀉下、攻逐、潤下之藥以通導大便，消除積滯，蕩滌實熱，攻逐水飲。

〔一〇五〕朱震亨《格致餘論序》：「震亨三十歲時，因母之患脾疼，衆工束手，由是有志於醫，遂取《素問》讀之。三年似有所得。又二年，母氏之疾以藥而安。因追念先子之内傷，伯考之瞀悶、叔考之鼻衄、幼弟之腿痛、室人之積痰，一皆殁於藥之誤也。心膽摧裂，痛不可追。然猶慮學之未明，至四十歲復取而讀之，顧以質鈍，遂朝夕鑽研，缺其所可疑，通其所可通。又四年而得羅太無諱知悌者爲之師。因見河間、戴人、東垣、海藏諸書，始悟濕熱相火爲病甚多。又知醫之爲書，非《素問》無以立論，非《本草》無以立方。有方無論，無以識病；有論無方，何以模仿？夫假説問答，仲景之書也，而詳於外感；明著性味，東垣之書也，而詳於内傷。醫之爲書，至是始備；醫之爲道，至是始名。由是不能不致疑於《局方》也。《局方》流行，自宋迄今，罔間南北，翕然而成俗，豈無其故哉？徐而思之，濕熱相火，自王太僕注文已成湮没，至張李諸老始有發明。人之一身，陰不足而陽有餘，雖諄諄然見於《素問》，而諸老猶未表章，是宜《局方》之盛行也。震亨不揣蕪陋，陳於編册，并述《金匱》之治法以證《局方》之未備，間以己意附之於後。古人以醫爲吾儒格物致知一事，故目其篇曰《格致餘論》。」

〔一〇六〕朱震亨《局方發揮》：「《和劑局方》之爲書也，可以據證檢方，即方用藥，不必求醫，不必修制，尋贖見成丸散，病痛便可安痊。仁民之意，可謂至矣。自宋迄今，官府守之以爲法，醫門傳之以爲業，病者恃之以立命，世人習之以成俗。然予竊有疑焉，何者？古人以神聖工巧言醫，又曰醫者意也，以其傳授雖的，造詣雖深，臨機應變，如對敵之將，操舟之工，自非盡君子隨時反中之妙，寧無愧於醫乎？今乃集前人已效之方，應今人無（恨）〔限〕之病，何異刻舟求劍（安）〔按〕圖索驥？冀其偶然中，難矣！」

〔一〇七〕時祀：四時祭祀。《周禮·地官·牧人》：「凡時祀之牲，必用牷物。」鄭玄《注》：「時祀，四時所常祀，謂山川以下，至四方百物。」禮文：禮節儀式。

〔一〇八〕時：伺候，窺視。《論語·陽貨》：「孔子時其亡也，而往拜之。」節宣：勞逸有節以宣散其氣。

〔一〇九〕折節：屈己從人。

〔一一〇〕三綱：君爲臣綱，父爲子綱，夫爲妻綱。五紀：君臣、父子、兄弟、夫婦、朋友等五倫。《莊子·盜跖第二十九》：「五紀六位，將何以爲别乎？」郭慶藩《集釋》引俞樾云：「今案五紀即五倫也……不曰五倫而曰五紀，不曰六紀而曰六位，古人之語異耳。」

〔一一一〕此言有道則品行篤厚，無道則言辭浮華。

〔一二〕浼：玷污。《孟子·公孫丑上》：「推惡惡之心，思與鄉人立，其冠不整，望望然去之，若將浼焉。」

〔一三〕嚴君平：西漢著名隱士，以卜筮教人忠孝節義，詳見《漢書》卷七十二《王貢兩龔鮑傳第四十二》。蓍龜：古人卜筮所用之蓍草與大龜。《易經·繫辭上》：「探賾索隱，鈎深致遠，以定天下之吉凶，成天下之亹亹者，莫大乎蓍龜。」

〔一四〕風聲：聲譽。激貪厲俗：激發鼓勵貪婪庸俗者改弦易轍。《隋書》卷三《煬帝上》：「或節義可稱，或操履清潔，所以激貪厲俗，有益風化。」

〔一五〕葆精毓神：養護精神；葆，通「保」。

〔一六〕《左傳·昭公三年》：「於是景公繁於刑，有鬻踊者，故對曰：『踊貴屨賤。』既已告於君，故與叔向語而稱之。景公爲是省於刑。君子曰：『仁人之言，其利博哉！晏子一言，而齊侯省刑。』」

〔一七〕諒：誠實。《論語·季氏》：「益者三友，損者三友。友直，友諒，友多聞，益矣。」

九靈山房集卷之十一

吴遊稿四

記

重修甫里書院記

吴郡甫里書院者，祠唐甫里先生陸公而列於學官者也。先生諱龜蒙，字魯望，居松江之甫里〔一〕。史稱其學通六經，而尤粹於《春秋》。舉進士一不中，即斂退海隅，與其學徒講明授受，不厭不倦，而高風遠識，何可及也！然性頗高放，雅不喜與流俗交。乘一小舟，設蓬①席，齎書册、筆床〔二〕、茶竈、釣具，往來江湖間。時謂江湖散人；又謂之天隨子；其曰甫里先生者，則又尊之以其地也。唐末嘗以高士聘，不起；後又召拜右拾遺，詔下而先生卒。

甫里故有先生祠。書院之在吴郡，則始於國朝之元統二年，蓋其裔孫德原②請於郡，而以己資創之〔三〕。亦既事聞於朝，建學立師如書院之制，而書院之所宜爲者，已皆次第舉之矣。獨以前逼民居，門術弗稱〔四〕。雖嘗入錢請佃其南官地以圖改作，而豪民怙勢，竟擅其利爲己有，構訟連數歲不決。由是路僅右旋，而靈星之門遂缺而弗置〔五〕。德原殁，子孫散居他處，弗遑於兹者垂三十載，有司校官亦且視爲非急，無能一舉而問焉。

平章朱公之守吴也〔六〕，其居第去書院甚邇。一日過而歎曰：「歲時有事於夫子，而周旋升降揖拜跪起，殆不容接武於户庭之間，則何以奉揚文治以淑吾邦人乎〔七〕？」亟命治其南門而端其術道，仍易旁近民間地廣之，民居之當撤，則資之力以遷。而凡書院之未具與夫既具而中壞者，悉新之。山長啜霱山實交贊其事〔八〕；而躬程督之勞，則省知印朱居敬及千夫長王允中、蔡庸也〔九〕。

屋以間計者凡三十有奇。完舊者曰夫子殿，曰甫里先生祠，曰明倫堂〔一〇〕，曰求志軒，曰明道、正義兩齋，曰東西廡，曰儀門，曰泮池〔一一〕。新增者曰泮池橋，曰靈星門，曰外門。甃南出之路而崇其墉垣〔一二〕，浚北達之河而通其舟楫。藻繪髹彤，照暎輝煌〔一三〕，階墄唐甃，廡緝高固〔一四〕。而規制與郡學侔矣。庀事於至正乙巳之七月辛未〔一五〕，而訖功於某月某日。

於是郡守王侯椿年來言曰：「書院之始創也，翰林待制柳公貫既爲文記之。子爲柳公弟子，則所以紀兹興修之役者，尚得而辭哉？」

余聞宋之季年郡縣學校之教其士子者，大率以科舉之業相尚，本之則無有也〔一六〕。是以識者病之，或即先儒之遺迹，或因山川之名勝，别爲精舍以講學焉，敦道義而絶功利以私淑諸人，蓋取睢陽〔一七〕、白鹿書院之遺制而名之〔一八〕。國家承宋之舊，而書院之建遂徧滿於天下。十數年來，中原釁難，遠近繹騷，江淮閩浙之間，所在兵起，侵軼官宇〔一九〕，蹂踐民廬。則所謂書院者，常十廢其八九。求其修儒服俎豆事於干戈之際〔二〇〕，世固未見其人焉。

惟公以藩翰重臣〔二一〕，而當禦侮制勝之暇，孜孜焉以興修學院爲己任，脱民生於鋒鏑之餘〔二二〕，正人心以弦歌之事，不亦君子之用心乎？昔僖公之修泮宫〔二三〕，魯人頌之，有曰：「矯矯虎臣，在泮獻馘。」又曰：「不告於訩，在泮獻功〔二四〕。」公之文武并用，所以克成是役者，既視僖公爲無愧，庶幾獻馘獻功之墜典復見於今〔二五〕，而魯人之頌且將繼是而有作。

余何人也？猥令載筆而爲之記〔二六〕，其能鋪張盛美敷陳偉績以昭垂於永久也哉？今姑叙次其廢興之歲月以復郡侯之所請。若夫先生之行義與出處之大凡，見於柳公之所論述者，則不敢贅及也。

【題解】

甫里，晚唐文學家陸龜蒙别號之一。陸龜蒙，少高放灑脱，通六經大義，尤精《春秋》。嘗辟州郡幕僚，後居甫里，筆耕不輟，詩文皆可觀。樂聞人學，講授亹亹不倦。俯仰自得，不妄與俗流交，朝廷以高士召，辭不就。詳見《新唐書》卷一百九十六《隱逸·陸龜蒙》。

甫里書院，元明時與學道、和靖、文學齊名之蘇州書院。《洪武蘇州府志》卷十二《學校·甫里書院》：「在府城東南，今長洲縣治之東，祠唐甫里先生陸公龜蒙。元元統二年，真裔孫郡人陸德原請於郡，以己貲創建殿宇，奉宣聖燕居及龜蒙專祠，闢大小學齋、明倫堂。本府總管錢光弼等上其事於朝，許之，設山長主教事。」

柳貫《柳待制文集》卷十四《甫里書院記》：「唐有甫里先生，吴人也。隱居求志，擇乎仁義道德之塗，而以蟬蜕污濁爲潔。觀其《自憐》有賦，慨敢諫鼓之不陳、進善旌之不理而平津閣之不逢。其人身隱言放，自靖於耕釣之中，有異乎鳳兮之歌，而庶幾簞瓢之樂，則進而齒諸七民之列。聖人不没，歸斯受之矣。而況立祠薦饗，闢館遊歌，資於嗣系之良，而成於守牧之賢。於以彰熙代文治之盛，開郡國興化之美。乃若先生，非所謂百世以俟聖人而不惑者歟！先生陸氏，諱龜蒙，字魯望，始居臨頓，而避地松江南旁甫里。里故有祠，環而居之皆其族姓，雖譜佚莫考，而證諸祀典，尚不爲無據。裔孫德原服膺儒業，竊嘗有志於私淑之事。中歲出其餘力建學立師，教里中子弟，規制粗立。間復自念：『吾姓居吴，歷代有聞。而自吴縣男德明以文學顯太宗時；文通先生淳，光明啖、趙氏《春秋》之學；下逮先生高不仕之節，成獨善之名。百世雖遠，聞者興起。因其禴祠之所在，而并築宫以修先聖先師之祀，豈不益爲可久？』總管趙侯鳳儀聞而韙之，爲移廉訪使者按實，上之行省，次達於中書，而禮部、集賢院、國子監咸請著甫里書院之額。即署德原爲其山長。」

【校勘】

①蓬：乾隆本作「篷」。

②原：諸本悉作「厚」，據《洪武蘇州府志》、柳貫《甫里書院記》與黄溍《元故徽州路儒學教授陸君墓誌銘》改。下文「原」誤爲「厚」者，咸徑改之。

【箋注】

〔一〕松江：常稱吴淞江。《洪武蘇州府志》卷三《川·江·松江》：「在郡南四十五里，一名松陵。舊《經》云：『松柏險溢，故名松陵，又名笠澤。』……《元和郡縣志》：『松江在吴縣，過甫里，經華亭，入青龍鎮，旁有滬瀆村是也。江流自湖至海凡二百六十里，岸谷有浦凡百數，其間環曲而爲匯者甚多，賴疏瀹而得免水患。』」

〔二〕筆床：擱筆器具。

〔三〕《吴下冢墓遺文》卷二黄溍《元故徽州路儒學教授陸君墓誌銘》：「君諱德原，字静遠，姓陸氏，平江長洲之甫里人。甫里實唐處士天隨子故居，君蓋其後也……君每見浮屠老子之居金碧亂人目，而儒宫往往就摧毁，慨念世俗訹於福報之説，而不知聖人道德仁義之澤被於無窮也。故於學校之事，尤致意焉。族有田千畝當得，君曰：『吾衣食幸有餘，又私此田，不可。』創義塾，以田歸之。遣重幣迎儒先生爲時所信重如陸君大圭、龔君璛、柳君貫者以爲之師，户屨至無所容。筆札飲膳之物惟所需而具。刻古靈陳公《製錦管見》及四明程君端禮《進學工程》，凡交遊與來學者，人予一帙，曰：『觀此亦足爲仕學之法矣。』郡守趙公鳳儀爲請於行中書省，畀甫里書院額，嗣天隨子爲先賢，而署君爲山長。」《御選元詩·姓名爵里二·陸德源》：「字德遠，一字志寧，長洲人。舉茂才異等，歷徽州路儒學教授。晚號杞菊。」

〔四〕術：道路。《廣雅》：「術，道也。」

〔五〕靈星：或稱天田星，主稼穡，古以辰日祀於東南，取祈年報功之義，凡祭天必先祭靈星。靈星之門：即欞星門；宋仁宗時築郊臺外垣，置靈星門，後移用於孔廟；以漢時祠靈星以祈穀，與孔廟無涉，又見其門形如窗欞，遂改稱欞星門。

〔六〕平章：平章政事，元時從一品職官。朱公：朱英，張士誠麾下重臣。《隆平紀事》：「朱英，江陰盜也。至正乙未，江陰群寇互相吞噬，英與江宗三分黨戕殺。宗三將入城殺英，英時就招安，爲判官之僚佐，無如之何，遂申白江浙行省，云朱英謀反。省遣元帥觀孫壓境，觀孫逗留不進。英乘間挈家逸去，過江至高郵，求救於張士誠，借兵復仇，士誠由此定渡江之策。後仕吴，官平章。」

〔七〕事：此指祭祀。接武：步履相接，形容人群攢聚。奉揚：宣揚。

〔八〕啜靄山：至正二十二年江浙行省鄉試中第者。《南村輟耕録》卷二十八《非程文》：「至二十二年壬寅，復有作彈文云：『……聞人樞膚淺之學，翰林懷賓主之舊情；啜靄山游俠之徒，座主念梓桑之宿好。只因厚契，便擢科名。』」

〔九〕程督：考核督促。知印：掌管印章之官吏。《元史》卷九十一《百官七·行中書省》：「掾史、蒙古必闍赤、回回令使、通事、知印、宣使，各省設員有差。」千夫長：武官名。

〔一〇〕明倫堂：古代學宫中講學論道之核心屋舍，其名本於《孟子·滕文公上》「夏曰校，殷曰序，周曰庠，學則三代共之，皆所以明人倫也」。

〔一一〕儀門：古時官署第二重正門。泮池：古時學校前水池。

〔一二〕甃：砌磚鋪石。墉垣：牆壁。

〔一三〕藻繪：彩色花紋。髹彤：丹漆。《玉篇》：「髹，赤黑漆也。」照暎：同「照映」，明亮耀眼。

〔一四〕階墄：臺階。唐甃：磚石路；唐，廟中路。《詩經·陳風·防有鵲巢》：「中唐有甓。」毛《傳》：「中，中庭也；唐，堂塗也。」廡縝：盛多細密；廡，盛多。張衡《東京賦》：「草木蕃廡。」李善《注》：「廡，盛也。」

〔一五〕庀事：舉事，行事。

〔一六〕元好問《遺山集》卷三十二《博州重修學記》：「故爲記其興造之始末，且以學校之本告之曰：有天地，有中國，其人則堯舜禹湯文武周孔；其書則《詩》《書》《易》《春秋》《論語》《孟子》；其民則士農工賈；其教則君令臣行、父慈子孝、兄友弟恭、夫婦睦、朋友信；其治則禮樂刑政、紀綱法度、生聚教育、冠婚喪祭、養生送死而無憾。庠序黨塾者，道之所自出也；士者，推庠序黨塾所自出之道而致之天下四方者也。」

〔一七〕睢陽：河南商丘，唐天寶初曰睢陽郡，北宋時闢應天書院，爲四大書院之一。《乾隆歸德府志》卷十二《建置略中·儒學》：「宋應天書院，在舊城州治中。宋大中祥符三年，邑士曹誠建學舍百五十楹，聚書千五百卷，招明經義者講習其中。有司以聞，賜額應天書院，久廢。」

〔一八〕白鹿：江西廬山白鹿洞書院，朱熹、陸九淵嘗於此講學論道。王褘《王忠文公集》卷八《遊白鹿洞記》：「按白鹿洞，唐李渤讀書處也。南唐昇元中，始即其地爲學，給田以食其徒，所謂廬山國學也。宋初，天下未有學，惟有四書院睢陽、石鼓、岳麓及白鹿洞也。太平興國二年皆賜白鹿洞九經，當時學者數百人。至崇寧末乃盡廢。及淳熙七年考亭朱文公爲郡，始斥其舊而大之，又定爲學規示學者，來學者益衆，而白鹿洞之盛出他書院右。自後守其成規，二百年如一日也。」

〔一九〕釁難：仇隙怨恨。所在：處處，在在。劉基《横碧樓記》：「天下之佳山水，所在有之。」侵軼：侵犯襲擊。《左傳·隱公九年》：「彼徒我車，懼其侵軼我也。」杜預《注》：「軼，突也。」

〔二〇〕俎豆：古代祭祀宴饗時盛食物之兩種禮器，代祭祀。《論語·衛靈公》：「俎豆之事則嘗聞之矣，軍旅之事未之學也。」

〔二一〕藩翰：捍衛國家之重臣；翰，通「幹」，骨幹。《詩經·大雅·板》：「價人維藩，大師維垣，大邦維屏，大宗維翰。」朱熹《詩集傳》：「藩，籬……翰，幹也。」

〔二二〕鋒鏑：刀刃與箭頭，代兵燹。

〔二三〕僖公：詳見卷五《浦江縣修學記》。泮宮：春秋時魯國學宮。

〔二四〕語見《詩經·魯頌·泮水》。矯矯：威武貌。馘：戰時用以記功而割取之死敵左耳。訩：喧嘩争吵。朱熹《詩集傳》：「蓋古者出兵受成於學，及其反也，釋奠於學，而以訊馘告……不告于訩，師克而和，不争功也。」

〔二五〕墜典：已廢亡之典章制度。

〔二六〕載筆：攜帶筆墨。《禮記·曲禮上》：「史載筆，士載言。」

上海横溪義塾記

自京師及郡縣皆有學，置師弟子員，而教之以《詩》《書》六藝，使知古聖賢之道〔一〕，此國家之常制也。然窮鄉下里僻左之民，去學每遼遠，爲其上者或病其遊歌之無所〔二〕，又别爲義塾以分教之，其亦布宣德化淳一風俗之一事乎？

横溪在上海西，去縣治百餘里。一日，縣主簿陳君以公事至其地，偶見頹垣廢址隱隱荆棘中，進父老而問焉，則前縣尹何君緝所建社學也〔三〕，蓋規制將完而蕩然於兵火。又北行若干里，復見所謂孔宅者，宅已墟而先聖人之廟獨存。愚民以異端土偶雜祠廟中，禱禳祈禬必於是乎在〔四〕。

君曰：「嘻！吾其可以繼何之志矣。」遂撤土偶投諸水，遷聖人像於向所建學處，徙①其廟爲禮殿以居之，而益之以四配〔五〕。仍設兩齋棲師弟子。具祭器，嚴春秋二丁之祀事〔六〕。且勸慕義之士出田二百五十畝以供祭祀教養之費。亦既畢事矣，乃言於其尹，揭之爲横溪義塾。率鄉之士民舍菜於先聖先師〔七〕。落成之後數月，其士民爲之請記。

嗚呼！古之長民者，惟治與教而已，此外無他事也。後世有簿書期會徵調供億趨走逢迎之煩、私計之迫〔八〕，而仕於其時者，不過以審獄訟時賦役慎保守爲職業，豈復有爲治之具〔九〕？而況於教乎？惟其教之或熄也，故世之人淪胥而爲異端之歸〔一〇〕。凡浮屠老氏之宫，既竭其力以興之〔一一〕，而其心術又且大壞於其説。數百年來，膠於見聞，曾莫之悟也。

孰謂俗衰政弊之餘，而君僅以一縣之佐，斷斷焉撤土偶以示異端之當屏，新學廬以明王②教之宜崇，使斯民也歸乎塗轍之正而不惑，由乎門户之中而無疑〔一二〕，豈非古長民者之用心乎？而横溪去縣治既遠，風氣清淳，習俗渾厚，其民固易使也。繼今以往，復能以君之所期待者尊信而從事之，識察乎問學之博，考驗乎躬行之實，端其心志以定其本，措諸事業以施諸用。他日人材之盛，彬彬然自斯塾而出，則君之遺愛又豈有既乎〔一三〕？四方長民之吏聞君之風，且有作而興者，而況於繼君之後者乎？君名聚，字敬德，臨海人〔一四〕。

【題解】

上海，元時松江府屬縣；元末，張士誠把控斯邑。《元史》卷六十二《地理五·江浙等處行中書省·松江府》：「領縣二：華亭，上海。」横溪，或名唐行鎮、青浦鎮。《正德松江府志》卷十三《學校下》：「横溪義塾，在唐行鎮。金華戴良《記》：『自京師及郡縣皆有學……』」民國沈瘦東《青浦十溪詩·横溪》：「一曲清溪水，溪流繞郭涼。老漁閑指點，古鎮説唐行。」

【校勘】

① 徒：底本作「徒」，據乾隆本改。

② 王：乾隆本作「正」。

【箋注】

〔一〕《近思録》卷一《道體》：「立天之道，曰陰與陽；立地之道，曰柔與剛；立人之道，曰仁與義。」

〔二〕《詩經·大雅·卷阿》：「豈弟君子，來游來歌，以矢其音。」陳奐《傳疏》：「游，優遊也；歌，歌舞也。」

〔三〕《正德松江府志》卷二十三《宦迹上·何緝》：「字子敬，泰州人。至正初尹上海縣，廉公有爲，興學校，勸農桑，毀淫祠，斥巫覡，使民知所向。明刑正法，勸善懲惡，民俗以變。」社學：古時鄉村學校；社，古時基層行政區域。《左傳·昭公二十五年》：「自莒疆以西，請致千社。」杜預《注》：「二十五家爲社。」《管子·乘馬》：「方六里名之曰社。」

〔四〕禱禳祈禬：請求神靈佑護；禳，消災除難之祭；禬：除殃消禍之祭。

〔五〕禮殿：禮敬先聖之大殿。四配：古時配祀孔子之顔淵、子思、曾參、孟軻。

〔六〕春秋二丁：祭祀先師孔子之日，即春二月與秋八月之第一個丁日。

〔七〕舍菜：同「釋菜」，學子入學時以蘋蘩之屬祭祀先聖先師。

〔八〕簿書：官府文書。期會：限定日期，泛指施行政令。供億：按需供應；億，估量。

〔九〕時：按時。《莊子·秋水》：「秋水時至，百川灌河。」具：才能。

〔一〇〕淪胥：淪喪，沉淪。

〔一一〕浮屠：佛，梵語音譯。范縝《神滅論》：「浮屠害政，桑門蠹俗。」

〔一二〕斷斷：堅決無疑貌。塗轍：路上之車輛痕迹，喻行事途徑。由：行走。《孟子·離婁上》：「舍正路而不由。」朱熹《集注》：「由，行也。」

〔一三〕彬彬：美盛萃集貌。遺愛：遺留後世之恩德。既：盡。

〔一四〕陳聚：元末明初臨海陳基長兄，參看卷八《陪陳夷白左司省先隴遂遊西山諸寺》。

守愚齋記

江浙行省參政周公治小齋於居第之右，名之曰守愚，而命余記之。余曰：公以高才雅望，致位通顯，則凡所以用夫精神智慮者，可謂勞矣。於是即清閑高曠之室以休息之，此其涵養本源沉潛理趣之至功〔一〕。而余也何足以知之？又何足以言之？雖然，公之命不可以虛辱也，乃爲其文曰：

夫天之於日月，所以耀其光明於下土者，蓋以中之而能昃，滿之而能虧也〔二〕。其於雷霆風雨霜雪，所以寄號令而行惠澤者〔三〕，蓋以春之震者冬即藏〔四〕，晨之施者晚即收也〔五〕。何爲其然也？彼之不數用其光明號令惠澤者，正所以成其爲用也。

其於人也亦然。人之有聰明聖智，猶日月之有光明，雷霆風雨霜雪之有號令惠澤也。光明號令惠澤之在天者，且不可以數用，而況於人乎？故孔子曰：「聰明聖智，守之以愚〔六〕。」夫愚者，昃之虧之藏之收之之事也。以是而自守，豈有數用之失哉？而其爲用也，又豈有既哉？是故有人於此，其聰也如聾，其鋭也如鈍，勿表暴勿浮躁勿淺露〔七〕，涵養乎闇室屋漏之中〔八〕，沉潛乎不睹不聞之地〔九〕，而聰明聖智不可勝用矣！老子有云：「大成若缺，其用不弊；大盈若沖，其用不窮〔一〇〕。」殆謂是歟！雖然，余誠不足以知不足以言也。姑誦所聞，以復於公，請以是記之。

【題解】

守愚，安守愚拙厭棄巧詐。韓偓《守愚》：「守愚不覺世途險，無事始知春日長。」吕温《道州途中即事》：「守愚資地僻，恤隱望年豐。」守愚，或曰守拙。楊萬里《病中七夕》：「説與兒童休乞巧，老夫守拙尚多乖。」釋文珦《首夏獨遊響潭》：「不解驅馳巧作謀，偃然守拙卧林丘。」

守愚即大智，藏拙乃大巧，是以老子揄揚而孔門服膺。《老子》第四十五章云：「大直若屈，大巧若拙，大辯若訥。」《論語·公冶長篇第五》云：「甯武子，邦有道則知，邦無道則愚。其知可及也，其愚不可及也。」《論語·爲政篇第二》云：「吾與回言，終日不違，如愚；退而省其私，亦足以發，回也不愚。」

守愚齋，元末周伯琦吴中小齋；周氏事迹詳見卷八《周伯温侍御席上賦》。周伯琦吴中僚友楊基，嘗吟詩以勖勉。楊基《眉庵集》卷一《守愚齋》：「百智動不足，一愚賢自守。神交武子甯，氣合刺史柳。聰明與睿智，方寸無不有。斂之弗著形，譬若物在缶。慮千每得一，問十且對九。衆辨默乃消，群囂静而受。晨齋掩書坐，草色連户牖。作詩代盤銘，庶或置座右。」

【箋注】

〔一〕沉潛：浸潤，潛心。

〔二〕昃：太陽偏西。《易·豐第五十五·象》：「日中則昃，月盈則食，天地盈虚，與時消息，而況於人乎？況於鬼神乎？」

〔三〕《易·震第五十一·象》：「洊雷，《震》。君子以恐懼脩省。」《易·復第二十四·象》：「雷在地中，《復》。先王以至日閉關，商旅不行，后不省方。」《易·乾第一·象》：「雲行雨施，品物流形。」高亨《周易大傳今注》：「此二句言天有雲行雨降，萬物受其滋育，始能運動形體於宇宙之間。」

〔四〕震：雷擊。《易·豫第十六·象》：「雷出地奮。《豫》。」高亨《周易大傳今注》：「《豫》之上卦爲震，下卦爲坤。震爲雷，坤爲地。然則《豫》之卦像是雷出地上而奮動也……天暖時雷出於地上，天寒時雷返於地中。」

〔五〕《老子》二十三章：「希言自然。故飄風不終朝，驟雨不終日。孰爲此者？天地。天地尚不能久，而況於人乎？」

〔六〕語見《孔子家語·三恕》、《荀子·宥坐篇》、《韓詩外傳》卷三、《淮南子·道應訓》、《文子·十守篇》。

〔七〕《說苑》卷十《敬慎》：「子路曰：『損之有道乎？』孔子曰：『高而能下，滿而能虛，富而能儉，貴而能卑，智而能愚，勇而能怯，辯而能訥，博而能淺，明而能闇，是謂損而不極。能行此道，唯至德者及之。』」表暴：自炫自誇。

〔八〕屋漏：房屋西北角，因上有天窗，日光由此照射入室，故名。《詩經·大雅·抑》：「相在爾室，尚不愧於屋漏。」孔穎達《疏》：「屋漏者，室内處所之名，可以施小帳而漏隱之處，正謂西北隅也。」

〔九〕不睹不聞之地：私密場所。《中庸》：「是故君子戒慎乎其所不睹，恐懼乎其所不聞。莫見乎隱，莫顯乎微，故君子慎其獨也。」

〔一〇〕徐大椿《道德經注·大成若缺第四十五》：「成器之大者，反若有所缺損，故能善藏其用，而終不至於弊敗。盈滿之極者，其中反若空虛，故能不盡其用，而終不至於窮匱。」

三樂軒記

吴郡從事中山韓惟敬先生名其所寓之室曰三樂軒〔一〕，既求浙省左丞鄱陽周公隸古書之〔二〕，復請余記其所以名者。余久而未有以爲言也，然其請至於三四而不倦，乃爲之言曰：

求之書傳，得孟子之所謂三樂者矣：「父母俱存，兄弟無故，一樂也；仰不愧於天，俯不怍於人，二樂也；得天下英才而教育之，三樂也〔三〕。」釋之者曰：「此三樂者，一係於天，一係於人，而其可以自致者，惟不愧不怍而已。」先生蚤嘗起家憲史，後以年勞贊郡於吴〔四〕，曾未及期而南北兵起，遂杜不出，無仕進意。及今年既耄老，孑然環堵之中，四顧蕭然，而處之晏如〔五〕，是其自致者，固仰不愧而俯不怍矣。然上無父兄可以盡其孝養之心，下無佳子弟可以廣其教育之澤，則係之天與人者猶有所未得焉，而於三者之樂何居？

先生之意若曰：「吾之係於天者，雖有所未得，然以先人之遺訓，食士之禄，稽諸國典，可得推恩於泉壤〔六〕，生不逌①於養，而死猶或及於榮，豈非爲人子者之所願乎？係之於人者，雖亦有所未得，然年逾七十，未嘗或陷於非義，則古所謂以身教者，庶乎其有在。不能淑諸人，而猶可以及諸子孫，又豈非人生之所欲乎？二者皆人之所願欲，而吾乃今有之。於是充充乎其自足也，泄泄乎其無求也，休休乎其不知富貴之爲富貴、貧賤之爲貧賤也〔七〕。而天下之樂有如此者，豈不去流俗千百十一哉？」是則先生三者之所樂，夫豈盡戾於孟子哉？

然余觀先生之樂，而竊有概於余衷者矣〔八〕！始余之壯也，父母俱已物故，而兄弟之存焉者亦寡〔九〕。及今叨塵仕版，濫處師職〔一〇〕，而一時之英才，又不能教育其一二。日出而作，日入而息，雖不敢有一時之間〔一一〕；幼而學之，壯而行之，雖不敢有一事之失。然退而自省焉，所可愧怍者多矣。是三者皆余之所憂，而先生乃得而樂之，其相去豈不霄壤哉？

昔莊子與惠子遊於濠梁之上，莊子曰：「儵魚出遊，是魚樂也。」惠子曰：「子非魚，安知魚之樂？」莊子曰：「子非我，安知我不知魚之樂〔一二〕？」余於先生亦既相去霄壤矣，則凡先生之所樂，豈得而知哉？先生之所樂，余既不得而知矣，則於所以名軒者，又豈能執筆而言其萬一哉？顧以居金華時，嘗識先生於浙東憲幕〔一三〕，及今幾三十載，而獲登先生之軒，先生命爲之記，而不敢以不知②讓也。先生尚有以教余也哉！

【題解】

三樂，得道者常以之囊括人生樂趣，斯文所涉孟子三樂，一例也；韓氏之樂，又一例也。至於春秋榮啓期之三樂，尤爲高古。陳士珂《孔子家語疏證》卷四《六本第十五》：「孔子遊於泰山，見榮（聲）〔啓〕期行乎郕之野，鹿裘帶索，鼓瑟而歌。孔子問曰：『先生所以爲樂者何也？』期對曰：『吾樂甚多而至者三。天生萬物，唯人爲貴，吾既得爲人，是一樂也；男女之别，男尊女卑，故人以男爲貴，吾既得爲男，是二樂也；人生有不見日月不免襁褓者，吾既以行年九十五矣，是三樂也。貧者士之常，死者人之終，處常得終，當何憂哉？』孔子曰：『善哉！能自寬者也。』」

【校勘】

①迨：乾隆本作「逮」。

②以不知：底本作「不以知」，據乾隆本與同治本改。

【箋注】

〔一〕從事：佐史。中山：元時真定路中山府。《元史》卷五十八《地理一·中書省·真定路·中山府》：「唐定州，宋爲中山郡。金爲中山府。元初因之……領三縣：安喜，新樂，無極。」

〔二〕周公：江浙行省左丞周伯琦，詳見本卷《守愚齋記》。隸古：以隸書寫定古文。陸德明《經典釋文·條例》：「《尚書》之字，本爲隸古，既是隸寫古文，則不全爲古字。」

〔三〕語見《孟子·盡心上》。故：災禍，患難。《詩經·邶風·式微》：「微君之故。」馬瑞辰《傳箋通釋》：「古者以患難爲故。」

〔四〕憲史：此指浙東海右道肅政廉訪司屬官。年勞：任職年數與功績。

〔五〕孑然：孤獨貌。晏如：安寧貌。

〔六〕國典：此指元代封贈制度，詳見《元史》卷八十四《選舉四》。泉壤：泉下，代墓穴。

〔七〕充充：精神飽滿貌。泄泄：舒暢和樂貌。休休：寬容廣大貌。《尚書·秦誓》：「其心休休焉，其如有容。」孫星衍《尚書今古文注疏》引鄭康成曰：「休休，寬容也。」

〔八〕概：通「慨」。

〔九〕物故：亡故，詳見卷七《元故戴府君墳記》。宋濂《宋濂全集》卷六十三《戴仲積墓誌銘》：「余之同門友戴叔能有兄曰仲積君者……至是益知母死之非命，寤寐修省，怨悔内積，晝雖强顔與諸公接，夜則咨嗟涕洟，衾枕爲之盡濡。如是者十有餘年，遂至陰消陽勝，而痿痹之證作矣，僅一載竟卒……得年四十有三。」

〔一〇〕叨塵：褻瀆，謙辭。仕版：官吏名册。濫處：苟且擔任；濫，失職。《左傳·昭公十六年》：「士不濫。」杜預《注》：「不失職。」

〔一一〕 間：同「閑」，閑暇。

〔一二〕 語見《莊子・秋水篇》。 鯈魚：小白魚。

〔一三〕 至元四年春，戴九靈以月泉書院直學就試浙東海右道肅政廉訪司，殆於其時結交韓惟敬。《柳待制文集》卷十一《元故戴孺人劉氏墓銘并序》：「今年（至元四年）春，月泉書院任爲直學，試肅政府。」

剡源記

奉化陳君子經圖其剡源之境〔一〕，屬余而敘以書曰：奉化之西六十里，有山夾溪而出，蓊然而深茂者，剡源山也。謂之剡源者，以其近越之剡縣名之也〔二〕。剡源之中有水蜿蜿，若白虹西來，益折而東流者，嵩溪也。嵩溪蓋剡源之支流也。剡源之溪以曲數者凡九〔三〕，其第一曲而爲蹕駐者〔四〕。吾七世祖宋殿中監公當五代時以文學行義潛焉〔五〕。吴越忠懿王親往顧之〔六〕，俗故以是名也。自蹕駐東迤北匯爲兩湖〔七〕。湖有大石離立〔八〕，不可名狀。去石數百步，有潭可觀。

甚清冽，魚百許頭可數，所謂小盤谷也〔九〕。又北東而爲蓮葉峰〔一〇〕、三石溪，皆幽麗

至第五曲，則其境尤勝，大抵異石最多，岈然洼然，若垤若穴〔一一〕。而穹然若室者〔一二〕，其大可坐十人，上有丹霞二字，隱隱如朱書。有洞窈然，人之甚寒，問其深，則其好遊者不能窮也〔一三〕。謂之丹山赤水之天，而赤水不常有也〔一四〕。此蓋吾六世祖隆國文簡公之所居也〔一五〕。

又東折至六曲，而爲茅渚，則吾始祖奉化公居之〔一六〕。公於唐末自長安使吴越，遭亂不能還，錢氏留爲奉化尉，故居之也〔一七〕。又北東而與班溪水會〔一八〕，又北流爲高嵒〔一九〕，又東流爲公棠而入爲鄞〔二〇〕，於是九曲之溪始盡也。

然九曲之溪與群山交絡且百里，其間土地入吾族之籍者什常八九也。吾之世居於此者，亦既有山可樵，有水可漁，而又有宅可以桑麻，有田可以稼穡，有圃可以筍茹，此吾之所以樂於處而自遂也〔二一〕。吾少而安焉，及壯而從事四方。今又出應方面之聘，當事物之紛汩世故之艱難〔二二〕，則未嘗不思退於此以自休也。子幸爲我記之，使吾後之人有以知吾之志也。

余惟陳氏自奉化公始居剡源，迨今四百餘年矣。其子孫出而以廉謹名者，殆不

可以數計；處而以節義禮讓自守者，亦累累焉。此固山川秀氣之所鍾，而其先世之遺澤要不可誣也〔二三〕。蓋其先世之居此也，凡居處之樂，衣食之奉〔二四〕，一無待於外而自足，使其子孫在官無内顧之憂，在家無不給之患，行義求志，無施而不可。故其出者皆有廉謹之名，處者皆有節義禮讓之行，至於今不絕也。

然則子經之未出也，則樂於處以自遂；其既出也，則志乎退以自休。而於出處之際從容如此者，豈非先世之澤乎？夫稱人之善而不推本其所從來，非知言者也，庸因作記而具道之如此。

【題解】

剡源，寧波奉化剡源溪流域。趙霈濤《剡源鄉志》卷十七陳沅《剡源九曲圖記》：「州西五十里而遥，有鄉曰剡源，以其界於越之剡縣也。梁開平間，雖析剡而爲新昌，實剡之故壤，所以謂之剡源。」《嘉靖寧波府志》卷六《奉化・川・剡源溪》：「在剡源側，其源皆自嵊縣山、四明山來，合於公棠溪、下泉溪，北入於江，可通舟楫。」

泰州馬玉麟，陳樫寓吴門時文友，嘗吟詩以記剡源。《東皋先生詩集》卷二《剡溪九曲爲陳子經作》：「越州之山天下奇，遠勢入海群龍飛。蓬萊玉笥下磅礴，鄞江剡水相因依。潺湲轉壑作琴筑，縈蚓驚蛇時斷續。半空環佩雜靈雨，兩岸桃花映茅屋。苔封石硯青嶙峋，千載空懷王右軍。鵝群散渚狎鷗鷺，鳥道極天生白雲。丹書峨峨赤如漆，翠華當年曾駐蹕。古杉高樹影參差，疑是旌旗動晴日。峰頭夜發雙芙蕖，金銀樓閣仙人居。春鬟翡翠擁煙霧，武夷彷彿追匡廬。紫陽先生武夷住，山自淳熙名始著。殿中移家居剡源，四百年間德星聚。雲仍奕葉今異常，議論咳唾皆文章。皎如玉樹凜冰雪，走如麒麟飛鳳凰。只今通籍黄金闕，鄉夢時時繞林樾。與君更待風塵清，掛席源頭拾明月。」

【箋注】

〔一〕奉化：元時江浙行省慶元路奉化州。陳子經：名桱，元末明初史學家，詳見本書卷十二《通鑑前編舉要新書序》。

〔二〕剡縣：紹興嵊縣古稱。《讀史方輿紀要》卷九十二《浙江四·紹興府·嵊縣》：「東至寧波府奉化縣百七十里……漢置剡縣，屬會稽郡。晉以後因之。唐武德四年增置嵊州，八年州廢，縣仍屬越州。五代時吴越嘗改爲贍縣。宋初復舊。宣和八年始改爲嵊縣，仍屬越州。」

〔三〕《剡源鄉志》卷三《川類·溪·剡源溪》：「其溪九曲：一曲在六詔，二曲在蹕駐，三曲在兩湖，四曲在柏坑，五曲在三石，六曲在茅渚，七曲在斑溪，八曲在高隩，九曲合於公塘溪。」

〔四〕蹕駐：地名；蹕，帝王出行時車駕。《光緒奉化縣志》卷三十七《古迹·剡源九曲·二曲蹕駐》：「明高啓詩：殿中初未仕，高節振衰謝。讀書在兹丘，蕭然竹間舍。王來有深言，留宿山水夜。誰云南陽翁，獨枉將軍駕？」

〔五〕殿中監：職官名。《宋史》卷一百六十四《殿中省》：「監、少監、丞各一人，監掌供奉天子玉食、醫藥、服御、幄帟、輿輦、舍次之政令，少監爲之貳，丞參領之。」《光緒奉化縣志》卷三十七《古迹・剡源九曲・二曲蹕駐》：「有吴越錢王祠。五代時陳殿中隱於此，吴越忠懿王親往顧之，故名。案史，忠懿即位之後，未嘗東渡浙河，豈其在出鎮台州時邪？惜殿中之名不傳。」

〔六〕吴越忠懿王：錢俶，五代十國時吴越王錢鏐後裔；會趙匡胤混一天下，錢俶順勢納款宋朝；詳見《宋史》卷四百八十《吴越錢氏》。

〔七〕迤：邪行，綿延。《光緒奉化縣志》卷三十七《古迹・剡源九曲・三曲兩湖》：「明高啓詩：山折水暫開，山開水仍往。東陂匯初成，秋色瀰然廣。碧蘿花茸茸，月映石壁上。何時試沿洄，一理煙中舫？」

〔八〕離立：并立。《禮記・曲禮上》：「離立者，不出中間。」孔穎達《疏》：「又若見有二人并立，當己行路，則避之；不得輒當其中間出也。」

〔九〕《剡源鄉志》卷二《山類・谷・小盤谷》：「在兩湖，元陳子翬居其中。」

〔一〇〕《剡源鄉志》卷二《山類・峰・蓮葉峰》：「下有浄慈寺，剡源群峰皆奇，而此峰獨秀麗。」

〔一一〕岈然：山深谷空貌。洼然：凹陷貌。垤：蟻冢，蟻穴外小土堆。柳宗元《始得西山宴遊記》：「其高下之勢，岈然窪然，若垤若穴，尺寸千里，攢蹙累積，莫得遁隱。」

〔一二〕穹然：中央隆起四周下垂貌。

〔一三〕窈然：幽深貌。王安石《遊褒禪山記》：「由山以上五六里，有穴窈然，入之甚寒，問其深，則其好遊者不能窮也，謂之後洞。」

〔一四〕《嘉靖寧波府志》卷六《奉化·山·丹小山》：「縣西五十里，四明山之南，剡源之三石村。上有二洞如廣廈，可容五六十人。内有小穴甚深，昔有入者，行幾半日，聞水聲如雷而返。巖罅水流，迹皆赤色，下有龍湫，旱禱即應。有巖竇，風從竇出，雖盛夏無暑氣，俗號風洞。《雲笈七籤》所謂四明洞天丹山赤水是也。《永樂志》云：『剡源三石村有三巨石，下有洞，上有丹霞二字如朱書。』」《光緒奉化縣志》卷三十七《古迹·剡源九曲·五曲三石》：「明高啓詩：石洞篝火入，石室敷床居。白雲開層巔，上有丹霞書。神仙不遠人，但使粗穢除。何必瀛洲外，茫茫問飆車？」

〔一五〕六世祖：宋户部尚書陳顯。《剡源鄉志》卷九《人物傳一·陳顯》：「字文照，三石人，第進士，授主簿，遷至户部尚書。政和二年夏六月，顯因對言『再用蔡京，士民失望』，帝怒，貶知越州。顯不復仕，歸四明隱於蜜巖，作冥庵以自晦。五年冬十月，召爲宣和殿大學士，辭不起。嘗注《論語》等書，有《平山文稿》。今蜜巖廟之神即顯也。」

〔一六〕始祖：陳棠，台之泉水人，唐末避亂遷居剡源。《光緒奉化縣志》卷三十七《古迹·剡源九曲・六曲茅渚》：「明高啓詩：危梁度清瀨，逶迤入前渚。犬吠樹蒙籠，煙景暗墟聚。雨中耕叟歌，月下歸人語。欲尋仙尉蹤，淒涼一茅宇。」

〔一七〕《剡源鄉志》卷九據此文以録陳棠傳。

〔一八〕班溪：多作斑溪。《光緒奉化縣志》卷五《山川下》：「斑溪有東西二源……又北流五里許，始稱斑溪。又西北流三里，至康嶺入剡源。此剡源前路之枝流也。」《光緒奉化縣志》卷三十七《古迹・剡源九曲・七曲斑溪》：「明高啓詩：清溪泛悠悠，東與斑溪合。菱葉間荷花，風來秋颯颯。久行愁寂寞，忽有人煙雜。我欲發棹謳，漁郎肯相答？」

〔一九〕《光緒奉化縣志》卷三十七《古迹・剡源九曲・八曲高隩》：「明高啓詩：俗駕不可到，有地隩中小。回回別澗通，宛宛連岡繞。人家林谷暗，不見旭光（繞）〔曉〕。東作起炊藜，惟應候啼鳥。」

〔二〇〕公棠：或作公塘。《嘉靖寧波府志》卷六《奉化・山・公棠山》：「縣西四十里。」《光緒奉化縣志》卷三十七《古迹・剡源九曲・九曲公棠》：「明高啓詩：入江水稍決，霜降未可涉。頗聞往來人，出門即舟楫。前飛鷲鷺遠，下飲垂猿捷。何處問興公？風吹赤棠葉。」鄞：鄞江，或稱甬江。《嘉靖寧波府志》卷五《山川上・鄞・川・江・鄞江》：「在縣東北二里，即甬江也。南接奉化江，西接慈溪江，三江同會定海之大浹江，東入於海。」

〔二一〕筍茹：竹筍與蔬菜；茹，蔬菜總稱。

〔二二〕方面：一方之軍政要職。《後漢書》卷十七《馮異》：「受任方面，以立微功。」李賢《注》：「謂西方一面專以委之。」紛沮：混亂敗壞。

〔二三〕要：畢竟，終究。《助字辨略》卷四：「又韓退之《與孟東野書》：『自彼至此雖遠，要皆舟行可至。』《答劉正夫書》：『今後進之爲文，能深探而力取之，以古聖賢人爲法者，雖未必皆是，要若有司馬相如、太史公、劉向、揚雄之徒出，必自於此，不自於循常之徒也。』此要字，猶云究竟也，乃約其終竟之辭。」誣：輕視。嵇康《養生論》：「然則一溉之益，固不可誣也。」劉良《注》：「誣，輕也。」

〔二四〕奉：供養。《孟子・告子上》：「妻妾之奉。」焦循《正義》引《左傳・昭公六年》注云：「奉，養也。」

六柳莊記

六柳者何？主人所以名莊也。曷爲以六柳名？因莊之所有也。莊有柳而遂名之，主人知取夫柳也。卉木之品類夥矣〔一〕，何獨於柳焉取之？蓋是柳也，先春而萌，未秋而凋，參剛柔以定體，應中和以屈伸者也〔二〕。

柳烏乎生？五沃之土宜柳〔三〕。山西、鳳伯、真①陵、平丘柳最多〔四〕；而柴桑之柳，則以陶潛著《五柳先生傳》，故其名獨顯。六柳云者，所以竊擬夫潛也；然則不謂之五柳者，嫌其自同於潛也。潛以時之將亂，解縣綬而去之〔五〕，門適有柳者五，故取以自號也。潛知取乎柳，主人知取夫潛也。

或曰：「潛棄禄仕歸故里，主人即故里爲禄仕，其出處不同〔六〕，吾不知主人之取於潛者何也？」人有曠百世而相同者〔七〕，不於其迹而於其心。惟其心之同也，則主人不必不爲潛也。人不同乎迹而同乎心，物不同乎人而同乎天也〔八〕。是故主人即潛，潛即柳也。

或曰：「劉悛之〔九〕、柳子厚非潛之心矣〔一〇〕，曷爲亦取乎是柳？」二人於柳，雖欲忘己取之〔一一〕，而柳不爲其取也。不爲其取而强取之，猶不知取夫柳也。

傳曰：「惟其有之，是以似之〔一二〕。」主人有焉。主人孰謂？謂沈君也，沈其姓，達卿其字也。記之者誰？九靈山人戴良也。

【題解】

六柳莊，元末沈達卿宅院。沈達卿，嘉興人，嘗官江浙行省理問，素善臨海陳基，參看卷十三

《沈僉院送行詩後序》。陳基《夷白齋稿》卷三十《六柳莊記》：「昔者陶靖節既已不屑爲縣令，浩然賦歸，與造物者游於羲皇之上矣。其視世之軒裳圭組聲色子女與夫宫室狗馬之奉，不啻如腥膻穢腐，蟬脱而去，惟恐其或浼己也。然而猶以五柳自號，彼五柳者亦何與乎靖節重輕哉！近世徐節孝以至行高天下，所居有三柳，因自比靖節，而流風餘韻至今不衰。檇里沈君達卿，起家儒林，歔歷臺省，由丞相掾擢拜南行臺監察御史，尋執法行中書爲理官。其出處與靖節異矣，所居有六柳，遂以名其廬曰六柳莊。其於靖節，亦豈聞其風而興起者乎？達卿由布衣拔畎畝；靖節以世胄樹風烈，節孝以至行立師道：皆人所難能者。達卿爲親而仕且三十寒暑矣，其識量高明，議論倜儻，蓋古之遺直也。今以三尺爲己任，出入廟堂，争論曲直，面折是非，務必當而後已。其爲事蓋亦人所不易者，而處之如公輸引斤，動中程度。然退則蕭然一室，左右琴書，間與賓友舉杯賦詠上下古今，而言不及世事，於是六柳者亦將節孝相望於五柳間。由是觀之，予其同而略其異可也。夫靖節百世之師也，世不得而用之；節孝獨行之士也，世莫得而遺焉；達卿用世之士也，亦顧所用何如耳。古今人不必同，不必不同。要其歸，卒無不同者，君子亦同其心而已矣。達卿殆所謂善學柳下惠者非耶？或曰：『節孝之柳少於靖節者三，達卿之柳多於靖節者一，其不同較然矣；而子獨以爲同，何也？』嗟乎！柳豈以多少爲哉？顧所以相望於柳之外者，非或人所知也。達卿曰：『善！』遂書之。」

【校勘】

①真：諸本悉作「直」，據《初學記》與《太平御覽》改。

【箋注】

〔一〕品類：種類。

〔二〕傅玄《柳賦》：「參剛柔而定體兮，應中和以屈伸。」參：參考斟酌。剛柔：陰陽。《周易·繫辭下》：「剛柔相推，變在其中矣。」孔穎達《疏》：「剛柔即陰陽也。」《淮南子·精神訓》：「剛柔相成，萬物乃形。」高誘《注》：「剛柔，陰陽也。」中和：不偏不倚平和協調。《中庸》：「喜怒哀樂之未發謂之中，發而皆中節謂之和。中也者，天下之大本也；和也者，天下之達道也。」屈伸：伸舒與斂縮。

〔三〕五沃：沃土。《管子·地員第五十八》：「粟土之次曰五沃。五沃之物，或赤、或青，或黄、或白、或黑。」

〔四〕《初學記》卷二十八《木部·柳第十七》：「《山海經》曰：『風山之西有谷焉，名曰藿谷，其木多柳。鳳伯之山、熊山、真陵之山，木多柳。平邱山，爰有楊柳；沃民之國，有白柳。』」其事亦載《太平御覽》卷九百五十七《木部六》。

〔五〕縣綬：拴繫縣官印章之絲帶。陶淵明《歸去來兮辭并序》：「會有四方之事，諸侯以惠愛爲德，家叔以余貧苦，遂見用爲小邑。於時風波未静，心憚遠役，彭澤去家百里，公田之秫，過足爲潤，故便求之。及少日，眷然有『歸歟』之情。何則？質性自然，非矯勵所得。飢凍雖切，違己交病。嘗從人事，皆口腹自役。於是悵然慷慨，深愧平生之志。猶望一稔，當斂裳宵逝。尋程氏妹喪於武昌，情在駿奔，自免去職。仲秋至冬，在官八十餘日。」

〔六〕出處：出仕隱逸。《易·繫辭上》：「君子之道，或出或處，或默或語。」

〔七〕曠：間隔。《孔子家語·六本》：「庭不曠山。」王肅《注》：「曠，隔也。」

〔八〕不同乎人：與庸流迥異。天：天人，與天合而爲一者。《莊子·天下》：「不離於宗，謂之天人。」《莊子·大宗師》：「畸人者，畸於人而侔於天。故曰：『天之小人，人之君子；人之君子，天之小人也。』」《淮南子》卷八《本經訓》：「古之人同氣於天地，與一世而優遊。」《孟子·盡心上》：「夫君子所過者化，所存者神，上下與天地同流。」

〔九〕劉悛之：南朝宋齊時人，史書或作劉悛，字士操，嘗貢柳齊武帝以固寵。《南史》卷三十一《張裕》：「緒字思曼……緒吐納風流，聽者皆忘飢疲，見者肅然如在宗廟。雖終日與居，莫能測焉。劉悛之爲益州，獻蜀柳數株，枝條甚長，狀若絲縷。時舊宮芳林苑始成，武帝以植於太昌靈和殿前，常賞玩咨嗟，曰：『此楊柳風流可愛，似張緒當年時。』其見賞愛如此。」

〔一〇〕唐柳宗元貶謫柳州時植柳江畔以冀功德永垂。《柳宗元集校注》卷四十二《種柳戲題》：「柳州柳刺史，種柳柳江邊。談笑爲故事，推移成昔年。垂陰當覆地，聳榦會參天。好作思人樹，慚無惠化傳。」

〔一一〕《莊子·天地》：「有治在人，忘乎物，忘乎天，其名爲忘己。忘己之人，是之謂入於天。」

〔一二〕傳：書籍。《左傳·襄公三年》：「夫唯善，故能舉其類。詩云：『惟其有之，是以似之。』祁奚有焉。」《左傳》謂自身有這種美德，因而能薦舉肖似者；此文言自身有此種境界，是以能欣賞道合意投者。

小丹丘記

臨海之東有山焉〔一〕，南騖而出於天台〔二〕。或曰山之土多赤，故名爲丹丘；或曰上有丹光煜煜也〔三〕，名以志其異。學士陳君居是山之下，宜其日與之接也。然乃繫官吴門，未嘗一攬其勝焉。故其心有不能以相忘，而小丹丘之所爲名齋也〔四〕。

齋之始名也，君與僚屬賓佐顧而樂之。或有病君之取義者，以爲昔人作《天台賦》，有曰「仍羽人於丹丘〔五〕」，則丹丘者固臨海之名山，而亦神仙家之所棲息焉者也。今君以國之文儒職太史，居乎玉堂之署〔六〕，則世所謂蓬萊、方丈、瀛洲者〔七〕，亦既身宅其地矣，又何慕乎安期、羨門〔八〕，而顧托是以爲樂乎？

余聞而笑曰：「是蓋燭乎其外而闇乎其内者言。君自官吴門以來，釋道路之勞而就車馬之安，舍衡茅之陋而居府寺之美〔九〕，人固疑君之可樂矣。然處之既久，而貌不加豐，髮之黑者日以白。於是浩然將歸老於家而有所未能〔一〇〕，姑以治吾之園圃，潔吾之庭宇，修補弊壞，爲苟完之計〔一一〕。而日放情肆志於其間，悠悠然與顥氣俱，栩栩然與造物遊〔一二〕。方是時，固不知是山之在吴也，抑在越也。山之在吴與越且不知，又豈知是身之爲儒耶爲仙耶？於是乎丹丘者，常足爲君之樂而不足爲君病。常足爲君之樂者，樂乎其内而不以其外也。」或人忻然而悟曰：「有是哉！」遂書之壁間，以爲君小丹丘記。

【題解】

小丹丘，陳基宦遊吴中時齋舍名，以其故鄉臨海有丹丘焉，參見卷八《題陳敬初小丹丘》。陳基《夷白齋稿補遺·小丹丘記》：「予五世祖由永嘉徙台之臨海，距城百里而遠。臨海之山大率自天台支分，綿綿延延，若萬馬東奔而飲於海，予家實在焉。予蚤孤，不逮事先君子，甫兒時即有四方之役。道過天台，不復能記憶。少長，閱天下圖經所載，始知天台爲名山，而予家去山之遠近，了不能喻度也。豈惟山哉？宗族姻黨親疏稚耋，要亦不能盡悉。鄉人有自東而西遊，偶與之接者，聲相勞苦，乃或始知其疏戚遠近，否則不相知者十七八。予少以貧賤役四方，久居於吴，婚娶於吴，育子女於吴，衣帛食稻於吴，母没葬於吴之壤，僕妾廝養皆吴人，盡室皆吴語，而予獨操越音於其間，予所處亦豈得已乎哉？羈旅四方，食飲服御與吴人異者或鮮矣，四方之人遂皆以吴人目之。而予老，且仕不出吴境，吾自視亦吴人而已乎。今年春，予於所居西偏治廢圃可半畝，即其中陋屋三數椽，稍治葺之，因扁曰小丹丘。昔晉孫興公賦《天台》，有曰『仍羽人於丹丘』，後之人遂以丹丘爲天台之别稱。予今扁之，蓋猶有昔人不忘其土之意乎？予生於台，台之戚姻少長不必親也；予長於四方，而吴之家室子女不必疏也。而治圃也，何以丹丘爲哉？且予五世祖家臨海，而五世之上不必知也；予今居吴，而後於予者亦不必其知也。凡人五世而親盡，親盡則塗人而已。自予以往未能爲塗人，則或猶用知者，故予於圃焉發之。予於圃不遑締構之事，屋上棟下宇皆仍舊，稍加塗塈者，予所能也。江湖好事者或持梧桐篠簜橘柚芭蕉薝蔔萱蘭之屬來，則雜藝於圃。客自淮海遺以兩鶴，甚潔白可玩。同門友起居郎金華戴叔能善爲古文詞，予求爲之記。而又自志云云者，恐人不知予非吴人，而後之人不知吾爲台之人，故詞繁而不暇略爾。」

【箋注】

〔一〕臨海：元時台州路屬縣。《元史》卷六十二《地理五・江浙等處行中書省・台州路》：「領司一、縣四、州一。録事司。縣四：臨海，仙居，寧海，天台。州一：黄巖州。」

〔二〕《説文》：「鶩，亂馳也。」天台：台州名山。《讀史方輿紀要》卷九十二《浙江四・天台縣・天台山》：「縣北三里，一名桐柏山，亦名大小台山，以石橋大小得名。道書『大小台當五縣中央』，五縣謂餘姚、奉化、臨海、天台、嵊縣也。《山經》：『天台超然秀出，入山者路由福溪，水險而清，前有石梁，下臨絶澗，逾梁而上，攀藤梯壁，始得平路，其詭異奇秀，非記載所能盡也。』今在縣北六里者曰赤城山，土皆赤色，狀似雲霞，巉如雉堞，孫綽所云『赤城霞起而建標』者。西有玉京洞，道書以爲第六洞天，宋咸平、天聖中皆投金龍玉簡於此。水流爲赤城溪，注於大溪。又瓊臺山，在縣西北三十里。稍南三里曰雙闕山，兩峰萬仞，屹然相向，孫綽云『雙闕雲聳而夾道，瓊臺中天而懸居』，此矣。縣西四十里曰瀑布山，一名紫凝山，有瀑布千丈。又石橋山，在縣北五十里，石橋架兩巖間，長七丈，北闊二尺，南七尺，其中尖起丈餘，下有兩澗合流，勢甚峭峻，孫綽云『跨穹窿之懸巖，臨萬丈之絶溟』，是也。又寒石山，在縣西北七十里，一名寒巖。又縣西九十里有天柱山，其南有黄水峰。已上皆天台之别阜也。」

〔三〕煜煜：明亮熾盛貌。

〔四〕所爲：原因。《廣釋詞》卷九《所以——所爲》：「『所以』猶『所爲』，表原因詞組。《論衡·本性篇》：『禮所以制，樂所爲作。』『所以』與『所爲』互文，是『所以』猶『所爲』也。」

〔五〕仍：連續，追隨。孫綽《游天台山賦》：「仍羽人於丹丘，尋不死之福庭。」語本《離騷》屈原《遠遊》：「仍羽人於丹丘兮，留不死之舊鄉。」王逸《注》：「丹丘，晝夜常明也。」

〔六〕玉堂：宫殿美名，唐宋以後代稱翰林院；張士誠自立吴王，授陳基學士院學士。《宋史》卷二百六十六《蘇易簡》：「帝嘗以輕綃飛白大書『玉堂之署』四字，令易簡榜於廳額。」

〔七〕蓬萊方丈瀛洲：海上三仙山；唐初稱鴻生雅士膺寵得志爲登瀛洲，此以陳基官學士如登仙境；詳見卷八《泛石湖》。

〔八〕安期、羨門：傳説中神仙名。劉向《列仙傳》卷上《安期先生》：「安期先生者，瑯邪阜鄉人也。賣藥於東海邊，時人皆言千歲翁。秦始皇東遊，請見，與語三日三夜，賜金璧度數十萬。出於阜鄉亭，皆置去，留書以赤玉舄一量爲報，曰：『後數年，求我於蓬萊山。』始皇即遣使者徐市、盧生等數百人入海，未至蓬萊山，輒逢風波而還。立祠阜鄉亭海邊十數處云。」。《史記》卷六《秦始皇本紀》：「三十二年，始皇之碣石，使燕人盧生求羨門、高誓。」裴駰《集解》引韋昭説：「古仙人。」

〔九〕衡茅：衡門茅屋，形容居室簡陋。陶潛《辛丑歲七月赴假還江陵夜行塗口》：「養真衡茅下，庶以善自名。」府寺：官署。

〔一〇〕浩然：盛大强烈貌。《孟子·公孫丑下》：「夫出晝，而王不予追也，予然後浩然有歸志。」

〔一一〕苟完：大致完備。

〔一二〕柳宗元《始得西山宴遊記》：「悠悠乎與顥氣俱，而莫得其涯；洋洋乎與造物者遊，而不知其所窮。」悠悠然：閑適自在貌。顥氣：潔白清鮮之氣。栩栩然：歡暢愜意貌。

旌表金氏義門記

吴之金氏聚族而居者六世，有司爲請於朝而旌表之，迨今幾二十年。一時名公卿往往爲詩歌美之，然未有紀諸金石以永上賜者。謂余方待罪翰墨〔一〕，且知金氏爲最深，因復使執筆焉。

金氏不詳其初所由徙。宋將仕郎諱鑄者居吴之東門〔二〕，天性孝友，與其弟鈞同居共爨，斗粟尺布弗敢私。至今鄉鄰兄弟之不協者，其長老必屬之曰：「汝等得爲金將仕乎？」鑄之子曰履曰順，鈞之子曰益曰謙，俱以善繼聞。順尤倜儻好義，能濟人之急。至順之子曰昱曰晟曰昇。昱之子曰伯達，晟之子曰伯榮曰伯祥〔三〕，昇之子曰伯迪，而其族寖盛，合食嘗至千餘指。遭值宋季，兵疫薦臻〔四〕，東西逃匿，家遂不能以久完。及江南内附〔五〕，流亡四歸。昇挈諸子姓伯榮等來歸故里，即所謂金將仕院者而基構焉〔六〕。

昇卒，伯榮痛自刻厲，銖積絲累殆四十年，乃始復其舊業。伯榮孝慈天至，事叔父母如事父母，待兄弟之子若己子。然性儉約，雅不尚華采，子孫服稍麗，則熟視而變容，後易以樸素乃喜。妻吴得婦道甚，每恨無姑可養，而於養叔母也惟謹，但衣裳垢，必親爲澣濯進之以爲常。伯榮曰：「是可爲我家婦矣。」

伯榮之子六人：從禮、公大蚤亡，其仲弘道與弟復善、止善、元善益思繼承先志，務以禮法齊其家。弘道天質夙異，伯榮常奇之曰：「集吾事者〔七〕，必是子也。」至是果能力任家政，上下斬然〔八〕。事母吴尤盡孝，家居無事，未嘗斯須去左右。吴好遊，弘道每率諸弟輿之庭廡間〔九〕，冀得其歡心。一日，吴病癰，弘道口吮以潰，且焚香籲天，乞以身代之，已而病隨愈，人以爲孝感所致。其遇諸弟克盡和孺之情；其有幹才者，則委以家事〔一〇〕；有仕資者，則給使出仕。妻早世，弘道抱弟之子以爲嗣，而終身不再娶。屏處一室，中無長物〔一一〕，茶竈、香鼎、敗書數千卷而已。弘道儀狀清潔①，美鬚髯，衣冠非三代之制不御。望之儼然，而即之也温〔一二〕。無侮無傲，無謔辭，無窘步〔一三〕，平居正身率下，内外不少嘩。

自鑄至弘道，聚族凡六世，縣若府爲列狀以聞，乃至正七年十一月丁未中書以禮部之議移行中書下有司〔一四〕，命旌其門曰義門云。

余惟義門之名不見於三代盛時，而每稱之於後世者，蓋以三代之時，凡所以扶導吾民之具無乎其不備。民生斯世，雖有剛柔緩急之不同，然皆可納於中道〔一五〕，以成智仁聖義忠和之德，以全孝友睦婣任恤之行〔一六〕。而天下之大四海之廣，且至比屋而可封〔一七〕，義門之名若之何而見之？及乎既衰，上之所以扶導吾民者一切廢去，而風俗之壞久矣。於是老師宿儒有不能知當時童子之所知，豪傑名士有不能行當時鄙人之所行者，以迄於今，乃有特起於千載之外，明先王之道以善其身而及其家，豈非難得也哉？有國家者安可不褒之美名以爲之勸哉〔一八〕？

朝廷之於金氏，特名其門曰義門者，正以斯世之如金氏者鮮，而欲藉之以爲厚倫移風計也。《書》曰：「彰善癉惡，樹之風聲〔一九〕。」彰以勸之，癉以懲之。吾知金氏之接迹當世矣，遂刻石以記之。

【題解】

金氏，吴門孝義之家，詳見卷十四《止軒居士金君墓誌銘》。

《洪武蘇州府志》卷十七《旌表》：「金達可，名弘道，郡人，世居婁門之東。自六世祖榮一以來，并同居不異財産，鄉邦稱之；至弘道益以孝義聞。元至正丁亥，有司上其事，官爲旌表其門。」

鄭元祐《僑吴集》卷一《旌表孝義金門》：「出吴東門，沄沄其水。傅陸以居，居民櫛齒。不有孝義，衆何所恃？孝義伊何？曰維金氏。百五十禩，業儒循軌。事親養志，同氣敬順。兄掌家鑰，弟秉文印。不矜而譽，不言而信。里舉鄉推，事騰於朝。用旌其門，以闡教條。張書扁式，與表邇遠。守臣樹聲，加示慶典。坊名孝義，大厥里門。彰善癉惡，周書具存。吴固沃土，才嶚於膴。風頹俗靡，事尠儷古。求若孝義，幾何其心？堪繼公藝，價重南金。克孝克義，我謡我歌。借稯閱墻，敦化猗那。」

【校勘】

① 潔：底本作「緊」，據乾隆本改。

【箋注】

〔一〕待罪：謙辭，意謂身居其職力不勝任則必將獲罪。

〔二〕將仕郎：宋代文散官，秩從九品，詳見《宋史》卷一百六十九《文散官》。

〔三〕陳基《夷白齋稿》卷二十《瞻雲軒詩序》：「吴郡金伯祥氏，家故士族而好施予。其以善士稱於鄉，没而葬吴江久詠鄉之韓墅，伯祥之先君子也。其改葬吴縣横山之吴巷村，内翰金華先生黄公實志其墓焉……既結廬墓側以備風雨，又即其南塋爲軒，曰瞻雲。」鄭元祐《僑吴集》卷五《簡金伯祥高士》：「瞻雲西邁思悠然，過雨群峰紫翠連。兒子劬書能繼業，羽人接袂且談玄。可無海上安期棗？更有山頭太華蓮。便駕飆輪脱塵網，劫灰不到鬱藍天。」

〔四〕薦臻：接連降臨。《詩經·大雅·雲漢》：「天降喪亂，饑饉薦臻。」

〔五〕内附：歸順朝廷，此指元朝統一大江南北。

〔六〕基構：築基構屋。

〔七〕集：成就，促成。《左傳·襄公二十六年》：「今日之事幸而集，晉國賴之。」杜預《注》：「集，成。」

〔八〕斬然：整肅貌。

〔九〕輿：抬。《戰國策·秦策三》：「百人輿瓢而趨，不如一人持而走疾。」

〔一〇〕和孺：兄弟和好相親；孺，親睦。《詩經·小雅·常棣》：「兄弟既具，和樂且孺。」毛《傳》：「孺，屬也。」幹才：辦事才能。

〔一一〕屏處：潛藏，隱居。長物：多餘物件。白居易《銷暑》：「眼前無長物，窗下有清風。」

〔一二〕儼然：嚴肅莊重貌。《論語·子張》：「子夏曰：『君子有三變：望之儼然，即之也温，聽其言也厲。』」

〔一三〕窘步：急步。顔延之《和謝監靈運》：「弱植慕端操，窘步懼先迷。」劉良《注》：「急步追之，常恐先迷失其正道也。」

〔一四〕若：同，與。移：官府公文。《漢書》卷五十八《公孫弘》：「弘乃移病免歸。」顔師古《注》：「移病，謂移書言病也。」

〔一五〕《孟子·盡心下》：「孔子豈不欲中道哉？」趙岐《注》：「中正之大道也。」

〔一六〕《周禮·地官·司徒第二》：「以鄉三物教萬民而賓興之：一曰六德，知仁聖義忠和；二曰六行，孝友睦姻任恤；三曰六藝，禮樂射御書數。」鄭玄《注》：「任，信于友道。恤，振憂貧者。」

〔一七〕比屋：屋舍相鄰，形容家庭衆多。

〔一八〕有國家者：有國者與有家者，即君王與大夫。《論語·季氏第十六》：「丘也聞有國有家者，不患寡而患不均，不患貧而患不安。」

〔一九〕語在《尚書·周書·畢命》。癉惡：憎恨壞人。風聲：美好風氣。

日月牖記

世之人有竭匠氏之巧，盡木石之麗以爲牖者。客至而非之曰：「胡乃以是爲哉〔一〕？自昔豪傑之士，惟思奮志於事功，而不恥居乎貧陋，故有以甕爲牖而名著當時者〔二〕。穴土刳木，曾何足儷乎〔三〕？」

則又有非之者曰：「客之言似矣。然其役心於有爲，孰若肆志於無爲〔四〕？故道家之書有曰：『耳者，體之牖，然聽衆則牖閉〔五〕。』而決牖之術，無爲而已耳〔六〕。則夫以甕而爲牖，豈若以耳爲牖哉？」

於是在座之士又非之曰：「是固道家之所謂牖，而非大人先生之牖也。大人先生以萬期爲須臾，以八荒爲庭衢，故其於牖①也，非土非木，非甕非耳，獨以日月而爲之〔七〕。日謂之晨明，月謂之夜光〔八〕，晨夜相繼，則無時不明矣。無時不明，則幾於天道矣！牖乎，牖乎，是豈世人之所能知乎！」

於是參政陳公治牖方成，適聞座客之言，即矍然曰：「余四明人也。明以日月爲義，而余牖以日月名，顧不可乎〔九〕？」遂命爲説以釋之。

余曰：「日月之照臨，初無限量也。人心之光明，亦豈有限量之可言哉？此吾儒之心學，所以貴夫擴充也〔一〇〕。彼大人先生者，雖所趨有不同，然其負才放曠，達乎事物之表，亦於其心而已矣。凡其光明如日月，無有限量之可言者，豈不廓然於胸中也乎？今公以吾儒致位通顯，亦既贊戎機參大政矣〔一一〕。於是功成名遂，乃思退居田里，以自放於山巔水涯，而彼大人先生之心學，因亦窺見其一二，故遂斂其致君澤民之思，盎然自足於户牖之間〔一二〕，則其謂之日月牖也，不亦宜乎？」

公曰：「善哉，其爲言也！雖然，吾儒之心學，衆所共聞；大人先生之心學，誠未之聞焉。請書其説，以告夫世之未聞者。」遂書以爲記。

【題解】

牖，窗户。日月牖，以日月爲牖照耀心田。劉伶之《酒德頌》殆其濫觴：「有大人先生，以天地爲一朝，萬期爲須臾，日月爲扃牖，八荒爲庭衢。」後人祖述其説，以日月牖寄寓浩大瀟灑之胸襟，如元末陳基《夷白齋稿補遺·西老園圖》云：「酒醒一笑忘妍醜，天地爲家日月牖。」張士誠盤踞東南時，陳姓授參知政事者唯陳恭與温州陳秀民。此文云「余四明人也」，則日月牖主人當爲陳恭。《隆平紀事》：「至正二十七年……徐達籍所獲官屬……參政陳恭、謝節、董綬、王原恭……皆送應天。」

【校勘】

① 牖，底本作「犮」，據乾隆本改。

【箋注】

〔一〕胡乃：何，同義複詞。裴學海《古書虚字集釋》卷六《乃》：「一爲『何』字之義。《論衡·譴告篇》：『顧可言政治失時，氣物爲災；乃言天爲異以譴告之？不改，爲災以誅伐之乎？非謂之言，不然之説也。』」

〔二〕以甕爲牖：以破甕口爲窗户。《禮記·儒行第四十一》：「儒有一畝之宫，環堵之室，篳門圭窬，蓬户甕牖；易衣而出，并日而食，上答之不敢以疑，上不答不敢以諂，其仕有如此者。」《宋元學案》卷九《百源學案上·康節邵堯夫先生雍》：「邵雍，字堯夫……始至洛，蓬篳甕牖，不蔽風雨，而怡然有以自樂，人莫能窺也。」

〔三〕穴土：牆上開窗。刳木：剖鑿木頭。曾何：何，同義複詞。裴學海《古書虚字集釋》卷八《曾》：「《孟子·公孫丑篇》：『爾何曾比予于管仲？』《賈子·諭誠篇》：『王何曾惜一踦屨乎？』《晏子·春秋外篇》：『讒佞之人，則奚曾爲國常患乎？』此上三例，『何曾』『奚曾』皆是複語，曾亦何也。」儷：并列，匹配。

〔四〕役心：用心，驅使精神。無爲：清静虚無，順應自然。

〔五〕陶弘景《真誥》卷二《運象篇第二》：「眼者身之鏡，耳者體之牖，視多則鏡昏，聽衆則牖閉。妾有磨鏡之石，決牖之術，即能徹洞萬靈，眇察絶響，可乎？」

〔六〕決牖：開闢窗户，喻治療耳聾。錢謙益《左耳病戲作十二韻》：「歎世侵尋似鹿皮，聾雖半耳已如癡，盈樽社酒憑誰餉？決牖仙方久不窺。」《老子》十二章：「五色令人目盲；五音令人耳聾；五味令人口爽；馳騁畋獵，令人心發狂；難得之貨，令人行妨。是以聖人爲腹不爲目，故去彼取此。」

〔七〕大人先生：天人，有道之士，其人遺世拔俗，與天合一，庶幾乎《莊子·逍遥遊》所慕之無己至人、無功神人、無名聖人。萬期：萬年；期，周年。庭衢：庭院大路。

〔八〕《淮南子·天文訓》：「日出於暘谷，浴於咸池，拂於扶桑，是謂晨明。」《楚辭》屈原《天問》：「夜光何德，死則又育？」王逸《注》：「夜光，月也。」

〔九〕矍然：驚懼貌。《荀子·勸學》：「天見其明。」楊倞《注》：「明謂日月。」

〔一〇〕貴：崇尚。《孟子·梁惠王上》：「老吾老，以及人之老；幼吾幼，以及人之幼。天下可運於掌。《詩》云：『刑於寡妻，至於兄弟，以御於家邦。』言舉斯心加諸彼而已。故推恩足以保四海，不推恩無以保妻子。古之人所以大過人者，無他焉，善推其所爲而已矣。」《宋元學案》卷五十八《象山學案・艾軒講友・文安陸象山先生九淵・語録》：「涓涓之流，積成江河。泉源方動，雖只有涓涓之微，去江河尚遠，卻有成江河之理。若能混混不舍晝夜，如今雖未盈科，將來自盈科；如今雖未放乎四海，將來自放乎四海；如今雖未會其有極，歸其有極，將來自會其有極，歸其有極。」

〔二〕戎機：軍事機密。

〔三〕致君：俾君主完美；致，達到極點。《大學》：「致中和。」朱熹《四書章句集注》：「致，推而極之也。」盎然：充溢貌。

上海鶴砂義塾田記

上海鶴砂義塾者，皇慶二年縣人雅州守瞿君時學之所建〔一〕。前爲廟，後爲塾。而廟有殿，殿有廡，廡有門。塾有講堂，東西有齋舍〔二〕，有庖有庫。而先聖先師之祭祀，師弟子之廩膳〔三〕，則有田一十四頃以給之。視州縣學蓋無差等矣〔四〕。其後瞿氏子孫日以陵遲，田既易主，而塾亦隨廢。

至正十八年，縣大夫何君某始即故基而重構之〔五〕，宏壯麗密，比舊有加。仍勸知經之士割田七頃有奇以供祭祀廩膳之費〔六〕。

及蘇君宗瑞之來爲縣也〔七〕，乃以學政弗舉，生徒散去，遂延禮某郡易蒙，俾主其塾事。蒙於教養之暇，益以興修廢墜爲己責。祠宇之未具者增之，禮器之弗完者足之，租稅之不實者正之。其屋廬之多寡，田畝之廣袤，亦既立簿正以稽其數，嚴契券以表其畔〔八〕。猶懼後之人或失之也，又謹伐石載始末，請一言而表之。

嗚呼！上海爲吴之近邑，泰伯、仲雍之遺化在焉〔九〕，其人固易使也〔一〇〕。蒙能興善教以正人心美風俗，使之知禮義廉恥而不欺其上，則所以質信於簿正契券者且不必〔一一〕，又何取於咫尺之石哉？雖然，繼蒙之後者來讀余文，其亦有所徵矣。

【題解】

鶴砂義塾，在上海下沙鎮。元薩都剌《吴姬曲》：「郎居柳浦頭，妾住鶴沙尾。」《正德松江府志》卷十三《學校下》：「鶴沙義塾，在下沙鎮。戴良《記》：『上海鶴沙義塾者……』」

【箋注】

〔一〕雅州：元時屬陝西行省。《元史》卷六十《地理三·陝西等處行中書省·雅州》：「領縣五：

名山，瀘山，百丈，榮經，嚴道。」

〔二〕齋舍：書房。韋應物《郡中西齋》：「似與塵境絶，蕭條齋舍秋。」

〔三〕廪膳：膳食津貼。《元史》卷八十一《選舉志一》：「成宗大德十年春二月，增生員廪膳。」

〔四〕差等：區别等級。《孟子·滕文公上》：「(夷)之則以爲愛無差等，施由親始。」

〔五〕何君：縣尹何緝，詳見本卷《上海横溪義塾記》。

〔六〕知經：通曉常理。柳宗元《斷刑論下》：「知經而不知權，不知經者也；知權而不知經，不知權者也。」

〔七〕《正德松江府志》卷二十三《宦迹上·蘇宗瑞》：「至正二十三年尹上海縣，敏練明決，獄無寃滯，民甚德之。又爲文廟置禮器，凡籩豆鼎爵琴瑟鐘鼓之屬，莫不備具。識者謂其知務。」

〔八〕簿正：用文書規定祭器數目。《孟子·萬章下》：「孔子先簿正祭器，不以四方之食供簿正。」趙岐《注》：「先爲簿書以正其宗廟祭祀之器。」契券：契約。表：標記。

〔九〕泰伯仲雍：詳見卷八《長洲苑送人》。

〔一〇〕易使：容易接受教化。《論語·陽貨篇第十七》：「子游對曰：『昔者偃也聞諸夫子曰：君子學道則愛人，小人學道則易使也。』」

〔一一〕質信：驗證真僞；質，驗證。馬端臨《文獻通考》卷一百九十五《經籍考二十二》：「凡此皆無所質信，姑録之以貽博雅者。」

九靈山房集卷之十二

吴遊稿五

序

春秋案斷補遺序

《春秋案斷補遺》者，大梁鍾伯紀先生之所著也。其意以爲學《春秋》者，多惑於傳家褒貶之説〔一〕，而經旨有不明。其能脱去宿弊，一以經文爲正者，又往往於筆削精義而或昧焉〔二〕。今故采擇諸家格言之合於經者附於各條之下，間有未足，則以己意補之，而題以今名，蓋取程叔子「傳爲案經爲斷」語也〔三〕。

余讀之而歎曰：昔之傳《春秋》者有五家〔四〕，而鄒、夾先亡；學《春秋》者，舍左氏、公羊、穀梁三家，則無所考徵矣！然左氏熟於事，而或不得其事之實；公、穀近於理，而害乎理之正者要不能無。至唐啖、趙師友者出〔五〕，始知以聖人手筆之書，折衷三家之是非，而傳已亡逸。繼是而後爲之傳者，雖百十餘家，其言雖互有得失，能不傳會三家之説者鮮矣！

胡康侯得程子之學〔六〕，慨然有志於發揮①。而其生也，當宋人南渡之時，痛千餘年聖經遭王臨川之禁錮〔七〕，乘其新敗，雪洗而彰明之，使世之爲亂賊者增懼。若夫聖人作經之本意，則未知其如何也〔八〕。然自當時指爲復讎之書而不敢廢，太學以之課講，經筵以之進讀。至於我朝，設進士科以取人，治《春秋》者，三家之外，亦獨以胡氏爲主本，則以三綱九法粲然具見於是書〔九〕。而場屋之腐生，山林之曲士，因而掎摭微文，破碎大道，有可閔念者矣〔一〇〕。

然則學《春秋》者，亦將何所折衷乎？竊嘗考求之而得其説矣。「吾志在《春秋》」〔一一〕，夫子之自道也。「《春秋》，天子之事，孔子作《春秋》而亂臣賊子懼〔一二〕」，孟子之所以論《春秋》也。蓋方是時，王綱日紊，篡奪相尋，孔子不得其位以行其權，於是約史記而脩《春秋》，使亂臣賊子無所逃其罪而王法以明，所謂撥亂世而反之正。此其爲夫子之志而天子之事也。是以邵子有曰：「《春秋》，夫子之刑書〔一三〕。」而天門王氏亦曰：「《春秋》一經，無罪者不書。惟罪有大小，故刑有輕重耳[一四]。」斯言也，蓋有得夫孔孟之遺意也。是則學者之折衷，固無出於夫子之自道與夫孟子之所以論《春秋》者矣！後之立言，豈有加於此哉？

先生之於是書，下既不惑於褒貶之説，上復不失乎筆削之義，外有以采擇諸家之博聞，内有以發乎自得之深意。奇而不鑿[一五]，正而不迂，詳而無餘，約而無闕，庶幾善學者焉！然其推傳以達乎經，因賢者之言以盡聖人之志，則得之夫子之自道孟子之所論者爲多，是可以見其折衷之所在矣。

余自幼歲即知讀是經，而山林孤陋之風，科舉利禄之念，或不能無，故其所學，不過曲士腐生之爲耳，惡睹所謂經之義聖人之藴哉？及識先生於浦陽，始聞其説而悦之，至其成書，則未之見焉。近來淞上[一六]，亟求是書於所館。先生手録以示，且曰：「使可傳也，幸爲我序之。」嗟夫，學《春秋》者多矣，求其得乎孔孟之遺意，以折衷群説於千有餘載之下者，幾何人哉？故讀先生之書，譬諸飫芻豢之昏[一七]，病夏畦之苦[一八]，而得一勺之清泉甘露，豈不悦哉？則夫是書之傳，固有不待於區區之言矣。若夫述作之大志，與其編次之歲月，則不可以不書，姑書此以爲序，庶有以復先生之命乎！

【題解】

北宋程頤首論《春秋》案斷，即以《春秋》諸傳稽考《春秋》所涉之史實，復以《春秋》辨析諸傳之正誤。《河南程氏遺書》卷十五《伊川先生語一》：「《春秋》，傳爲案，經爲斷。」又，《河南程氏遺書》卷二十二上《伊川先生語八上》：「棣問：『看《春秋》如何看？』先生曰：『某年二十時看《春秋》，黄贅隅問某如何看？某答曰：以傳考經之事迹，以經别傳之真僞。』」補遺，增補書籍正文之闕漏。

鍾伯紀，元時大梁儒家，精通《春秋》，參看卷二《陪鍾伯紀遊溪南山》。

【校勘】

① 揮：底本作「輝」，據乾隆本改。

【箋注】

〔一〕傳家：闡釋經典之學者；傳，解經文字。

〔二〕筆削：記載與删裁，此指孔子編訂《春秋》。《史記》卷四十七《孔子世家》：「至於爲《春秋》，筆則筆，削則削，子夏之徒不能贊一辭。」

〔三〕格言：合乎法度之言論。程叔子：宋理學家程頤，字正叔，世稱程叔子，參見卷五《經筵録後序》。《宋史》卷四百二十七《道學一·程頤》：「頤於書無所不讀。其學本於誠，以《大學》《語》《孟》《中庸》爲標指，而達於六經。動止語默，一以聖人爲師，其不至乎聖人不止也。張載稱其兄弟從十四五時，便脱然欲學聖人，故卒得孔孟不傳之學，以爲諸儒倡。其言之旨，若布帛菽粟然，知德者尤尊崇之。嘗言：『今農夫祁寒暑雨，深耕易耨，播種五穀，吾得而食之；百工技藝，作爲器物，吾得而用之；介胄之士，被堅執鋭，以守土宇，吾得而安之。無功澤及人，而浪度歲月，晏然爲天地間一蠹，唯綴緝聖人遺書，庶幾有補爾。』於是著《易》《春秋傳》以傳於世。」

〔四〕五家：闡釋《春秋》之左氏、穀梁氏、公羊氏、鄒氏、夾氏，詳見卷六《春秋三傳纂玄序》。陸德明《經典釋文》卷一《序録・次第・春秋》：「既是孔子所作，理當後於周公，故次於《禮》。左丘明受經於仲尼，公羊高受之於子夏，穀梁赤乃後代傳聞，三傳次第自顯。」東晉范甯集解唐楊士勳疏《春秋穀梁傳注疏・序》：「其《春秋》之書，異端競起，遂有鄒氏、夾氏、左氏、公羊、穀梁五家之傳。鄒氏、夾氏，口説無文，師既不傳，道亦尋廢。左氏者左丘明，與聖同恥，恐諸弟子各安其意，爲經作傳，故曰《左氏傳》……公羊子名高，齊人，受經於子夏，故《孝經説》云『《春秋》屬商』是也，爲經作傳，故曰《公羊傳》……穀梁子名淑，字元始，魯人，一名赤，受經於子夏，爲經作傳，故曰《穀梁傳》。……然則三家之傳，是非無取，自漢以來，廢興由於好惡而已。故鄭玄《六藝論》云：『《左氏》善於禮，《公羊》善於讖，《穀梁》善於經。』是先儒同遵之義也。」

〔五〕啖趙：唐代經學家啖助與弟子趙匡。《新唐書》卷二百《儒學下・啖助》：「啖助，字叔佐，趙州人……善爲《春秋》，考三家短長，縫綻漏闕，號《集傳》，凡十年乃成，復攝其綱條，爲例統……助愛《公》《穀》二家，以《左氏》解義多謬，其書乃出於孔氏門人。……助門人趙匡、陸質，其高弟也。助卒，年四十七。質與其子異裒録助所爲《春秋集注總例》，請匡損益，質纂會之，號《纂例》。匡者，字伯循，河東人，歷洋州刺史，質所稱爲趙夫子者。」

〔六〕胡康侯：名安國，字康侯，南宋著名理學家，經史兼治，著《春秋傳》《資治通鑑舉要補遺》，詳見《宋史》卷四百三十五《儒林五·胡安國》。

〔七〕王臨川：王安石，字介甫，臨川人，世稱王臨川。《宋史》卷三百二十七《王安石》：「黜《春秋》之書，不使列於學官，至戲目爲『斷爛朝報』。」

〔八〕《胡氏春秋傳·四庫全書提要》：「顧其書作於南渡之後，故感激時事，往往借《春秋》以寓意，不必一一悉合於經旨。《朱子語録》曰『《胡氏春秋傳》有牽强處，然議論有開合精神』，亦千古之定評也。明初定科舉之制，大略承元舊式，宗法程朱。而程子《春秋傳》僅成二卷，闕略太甚，朱子亦無成書。以安國之學出程氏，張洽之學出朱氏，故《春秋》定用二家，蓋重其淵源，不必定以書也。後洽傳漸不引用，遂獨用安國書。漸乃棄經不讀，惟以安國之傳爲主。當時所謂經義者，實安國之傳義而已。故有明一代，《春秋》之學爲最弊。馮夢龍《春秋大全凡例》有曰『諸儒議論，儘有勝胡氏者，然業已尊胡，自難并收以亂耳目』，則風尚可知矣。」

〔九〕九法：同「九疇」，大禹治理天下之九類大法，《尚書·洪範》：「天乃錫禹洪範九疇，彝倫攸敘。初一曰五行，次二曰敬用五事，次三曰農用八政，次四曰協用五紀，次五曰建用皇極，次六曰乂用三德，次七曰明用稽疑，次八曰念用庶徵，次九曰嚮用五福，威用六極。」。

〔一〇〕曲士：寡聞陋見之流。《莊子·秋水》：「曲士不可語於道者，束於道也。」掎摭：采摘。

〔一一〕李隆基注邢昺疏《孝經注疏·序》：「按《鈎命決》云：『孔子曰：吾志在《春秋》，行在《孝經》。斯則修《春秋》，撰《孝經》，孔子之志行也。』」

〔一二〕語出《孟子·滕文公下》，文字略有出入。

〔一三〕邵子：邵雍，字堯夫，北宋著名理學家，刻苦自勵，探賾索隱，妙悟神契，多所自得，所著有《觀物篇》《漁樵問答》《伊川擊壤集》《先天圖》《皇極經世》等書；詳見《宋史》卷四百二十七《道學一·邵雍》。胡安國《胡氏春秋傳·綱領》：「宋西都邵雍曰：『《春秋》，孔子之刑書也，功過不相掩。五伯者，功之首罪之魁也。先定五伯之功過而學《春秋》，則大義立矣。』」

〔一四〕龍門王氏：隋朝大儒王通，絳州龍門人，私謚文中子。杜淹《文中子序》：「《文中子世家》曰：文中子，王氏諱通，字仲淹……文中子於是有四方之志，蓋受《書》於東海李育，學《詩》於會稽夏琠，問《禮》於河東關子明，正《樂》於北平霍汲，考《易》於族父仲華，不解衣者六歲，其精志如此……乃續《詩》《書》，正《禮》《樂》，修《元經》，贊《易》道，九年而六經大就。門人自遠而至，河南董常、太山姚義、京兆杜淹、趙郡李靖、南陽程元、扶風竇威、河東薛收、中山賈瓊、清河房玄齡、巨鹿魏徵、太原温大雅、潁川陳叔達等咸稱師北面，受王佐之道焉。如往來受業者，不可勝數，蓋千餘人。隋季，文中子之教興於河汾，雍雍如也。」胡安國《胡氏春秋傳·綱領》：「隋王通曰：『《春秋》之於王道，是輕重之權衡，曲直之繩墨也，舍則無所取衷矣。』」

〔一五〕鑿：穿鑿附會。《孟子·離婁下》：「所惡於智者，爲其鑿也。」

〔一六〕淞上：吴淞江畔，即元末張士誠盤踞之蘇州；淞，吴淞江，詳見卷十一《重修甫里書院記》。

〔一七〕《玉篇·食部》：「飫，食過多。」芻豢：牛羊犬豕之類。《孟子·告子上》：「故理義之悦我心，猶芻豢之悦我口。」朱熹《集注》：「草食曰芻，牛羊是也；穀食曰豢，犬豕是也。」昏：心亂智昏。《老子》十二章：「五色令人目盲；五音令人耳聾；五味令人口爽；馳騁畋獵，令人心發狂；難得之貨，令人行妨。」

〔一八〕夏畦：夏天耕耘於田野。《孟子·滕文公下》：「脅肩諂笑，病于夏畦。」

通鑑前編舉要新書序

《通鑑前編舉要新書》二卷，余友陳子經所述。子經名桱，四明人，祖父俱以史學名家，至子經蓋三世矣。子經内承家訓〔一〕，而外私淑慈溪黄氏之教〔二〕，故學問早成，流輩莫敢與并者。

中年以來，遂斐然以著述爲己任。則謂司馬文正公作《資治通鑑》〔三〕，斷自周威烈王，訖於五代。而金文安公作《通鑑前編》以紀其前事，蓋用邵氏《皇極經世曆》〔四〕、胡氏《皇王大紀》之例〔五〕，其年代始陶唐氏〔六〕，而陶唐之前、五代之後咸未有所論次。乃以盤古氏〔七〕、高辛氏〔八〕，契丹阿保機至周亡〔九〕、宋有國至我元，合之爲二十四卷，名之曰《通鑑續編》〔一〇〕。庶幾上補金氏之所曠，下接司馬氏之所缺。而開闢以來至於今上下數千年間，其致治之本與夫爲治之道，歷歷可見。

一日，平江守海陵馬君謂子經〔一一〕：「是編固所以續司馬氏、金氏之未備，然司馬氏《通鑑》乃家有其書，而金氏《前編》則鮮有也，且其著作之體，大義著於題，而注①之所取，則《尚書》《左氏》爲多〔一二〕。《尚書》《左氏》，學士大夫孰不誦而習也？今若舉其題之要，略其注之繁，因以舊名而删正之，使與《續編》并傳於世，不亦可乎？況金氏之《自序》有言『後之君子，或以余之所編，删之爲《前紀》，是尚區區之望也』，則是書之述，豈非金氏之遺意也哉？然非博而能精如子經者，亦孰能與於此也？」於是子經早夜一心，揆其指意所出詳略之際以論著於篇。

先是，馬君居省幕時，嘗以子經《續編》鋟諸梓矣〔一三〕。及是書之成，復將刻而廣之。不鄙謂余生乎金氏之鄉，且嘗托交子經，粗知述作之大致，俾序其説標諸篇首焉。

余竊聞之，紀事莫如《書》，亦莫如《春秋》，古史之體可見者，此二書而已。而二書所載是非得失興壞理亂之故，其事至博，然其爲言不過如此而止，可謂得其要矣。其言要，故學者不可不盡心。能盡心，然後能自得之。揚子雲所謂「知言之要」者是已〔一四〕。然而此二書也，蓋嘗經乎聖人之手，所以由聖人之後歷千百年未有能幾乎此者也。至漢太史公乃始仿《書》爲《史記》，宋文正公又仿《春秋》爲《通鑑》。蓋《史記》則每事别紀以具其事之始末，《通鑑》則編年通紀以見其事之先後，皆可謂傑出之材矣。

然其義例或繆於聖人，而且編次太詳〔一五〕，學者不能閲之而終篇，於是紫陽朱子復取而删之，爲《綱目》若干卷〔一六〕。其立言嚴而正，簡而要，蓋純乎《春秋》之法矣。則聖人之後，不失古史之體者，惟《綱目》一書近之。今夫子經所述，豈非得乎《綱目》之指歸者乎？近時賢士大夫多有取乎其書，豈徒然哉？然而觀是書者，非深得夫朱子之意，則亦不足以知子經之功也。

馬君於治政之暇，而能崇奬正學，章明善道，上以裨國家稽古之治，下以基生民無窮之福〔一七〕，則其爲功亦豈在子經後哉？序而歸之，余固不得而苟辭也。

【題解】

《通鑑前編》，宋元之際蘭溪大儒文安公金氏履祥撰。金履祥《通鑑前編前序》：「朱子曰：『古史之體可見者，《書》《春秋》而已。《春秋》編年通紀以見事之先後，《書》則每事別紀以具事之始末。意者當時史官既以編年紀事，至於大事，則又采合而別記之。若二典所記，上下百有餘年，而《武城》《金縢》諸篇，或更數月，或歷數年，其間豈無異事？蓋必已具於編年之史，而今不復見矣。』履祥按《竹書紀年》載三代以來事迹，然詭誕不經，今亦不可盡見。《史記·年表》起周共和庚申之歲，以上則無紀焉。歷世浸遠，其事往往雜見於他書，靡適折衷。邵子《皇極經世》獨紀堯以來，起甲辰爲編年曆。胡氏《皇王大紀》亦紀甲辰以下之年，廣漢張氏因《經世》之年頗附之以事，顧胡過於詳而張失之簡。今本之以史子傳紀，附之以經，翼之以諸家之論，且考其繫年之故，解其辭事，辨其疑誤，如東萊吕氏《大事記》，而不敢盡仿其例。起帝堯元載，止周威烈王二十三年，接於《資治通鑑》，名曰《通鑑前編》。昔司馬公編輯《通鑑》，先爲長編，蓋長編不嫌於詳，而通鑑則取其要也。後之君子或有取於斯焉，要删之以爲《通鑑前紀》，是亦區區之所望也。」

舉要，列舉主旨大要。《通鑑前編·四庫全書提要》：「履祥自撰《後序》謂：『既編年表，例須表題，故别爲《舉要》三卷。』」許謙《通鑑前編前序》：「斷自唐堯以下，接於《通鑑》之前，勒爲一書，名曰《通鑑前編》，凡有十八卷，《舉要》三卷。」按《提要》及許謙《前序》，金履祥實自撰《通鑑前編舉要》，然本文云「今若舉其題之要，略其注之繁，因以舊名而删正之」，則數家所載何其扞格不一！疑陳桱既讀金氏之《通鑑前編》與《舉要》，復另闢蹊徑以網羅大旨，故名之以《通鑑前編舉要新書》。

陳桱，字子經，元末明初歷史學家，其事亦見卷六《治平類要總序》、卷十一《剡源記》。黄宗羲《宋元學案》卷八十六《東發學案·本堂家學·學士陳先生桱》：「陳桱，字子經，本堂先生著之孫也，本堂與東發善。先承其家學，而私淑黄氏之教，尤長於史學。謂司馬文正公作《通鑑》，斷自周威烈王，訖於五代；而金文安公作《通鑑前編》以紀其前事，蓋用邵氏《皇極經世曆》胡氏《皇王大紀》例，其年始陶唐氏；而唐之前五代之後，咸未有論著。乃以盤古至高辛、宋至元爲二十四卷，名曰《續編》。又取金氏之書，删定爲《通鑑前編舉要》。先生明初僑居白下，爲翰林學士，以非罪死。」

陳桱祖陳著，父陳泌，沉潛史學，造詣精深。黄宗羲《宋元學案》卷八十六《東發學案·知州陳本堂先生著》：「陳著，字本堂，鄞縣人，習庵姪也。文天祥榜進士。賈似道當國，諷其及門，曰：『寧不登朝，不可屈節。』授安福令，改知嵊縣。時嵊爲戚畹所居，有司不得行其政，闕之者十七年，先生整葺之，威令肅然。及遷，後令李興宗問政，答曰：『義利明而取予當，教化先而獄賦後，識大體而用小心，愛細民而化巨室，如斯而已。』嵊民乞留不得，祖帳塞路至城國嶺上，因名曰陳公嶺。後知台州。」

黄宗羲《宋元學案》卷八十六《東發學案・本堂家學・教授陳先生深教授陳先生泌》：「陳深，字汝資，四明人，本堂子。弟泌，字汝泉。陳夷白《跋先生書其弟詩後》曰：『余年二十許時，識汝泉翁，翁時年已五十餘矣。越二十有七年，從其嗣子樫獲視翁兄教授君所書翁十八歲時侍其先公祕監府君中秋飲酒所賦五言三韻七篇，蓋翁以學問文章世其家業，而老蒼峻潔之氣，已見於少年如此。』又言『嗣子樫伯仲，能以家學爲己任』云。」

【校勘】

① 注：底本作「著」，據下文「略其注之繁」及乾隆本改。

【箋注】

〔一〕陳基《夷白齋稿補遺・通鑑續編序》：「蓋子經之先大父秘監公以宋遺老隱居四明山中，嘗推宗《綱目》，著書以紀歷代之統。其先君子教授表章家學，訓釋惟謹。子經束髮受是書，即知先志所屬。」

〔二〕黄氏：慈溪黄震，子黄夢榦、黄淑雅、黄叔英，孫黄正孫，玄孫黄玠；黄氏諸儒，雖造詣深淺不一，然孜孜矻矻，踵事增華，誠難能可貴。《宋元學案》卷八十六《文潔黄於越先生震》：「黄震，字東發，慈溪人，學者稱爲於越先生。寶祐四年登第。度宗時，爲史館檢閲，與修寧宗、理宗兩朝《國史》《實録》。輪對，言當時之大弊：曰民窮，曰兵弱，曰財匱，曰士大夫無恥……居官恒未明視事，事至立決。自奉儉薄，人有急難，則周之不少吝。所著《日鈔》一百卷。宋亡，餓於寶幢而卒，門人私謚曰文潔先生。」

〔三〕《資治通鑑·進資治通鑑表》：「臣既無他事，得以研精極慮，窮竭所有，日力不足，繼之以夜。遍閱舊史，旁采小説，簡牘盈積，浩如煙海，抉擿幽隱，校計毫釐。上起戰國，下終五代，凡一千三百六十二年，修成二百九十四卷。又略舉事目，年經國緯，以備檢尋，爲《目録》三十卷。又參考群書，評其同異，俾歸一塗，爲《考異》三十卷。合三百五十四卷。」

〔四〕皇極經世曆：常稱《皇極經世書》，宋理學家邵雍撰。《皇極經世書·四庫全書提要》：「《皇極經世書》十四卷，宋邵雍撰。邵子數學本於李挺之、穆修，而其源出於陳摶。當李挺之初見邵子於百泉，即授以義理性命之學。其作《皇極經世》，蓋出於物理之學，所謂《易》外別傳者是也。其書以元經會，以會經運，以運經世。起於帝堯甲辰，至後周顯德六年己未，而興亡治亂之迹，皆以卦象推之。朱子謂《皇極》是推步之書，可謂能得其要領。朱子又嘗謂自《易》以後，無人做得一物如此整齊，包括得盡。又謂康節《易》看了卻看别人的不得。而張崏亦謂此書本以天道，質以人事，辭約而義廣，天下之能事畢矣。」

〔五〕《皇王大紀·四庫全書提要》：「《皇王大紀》八十卷，宋胡宏撰。宏字仁仲，號五峰，崇安人，安國之季子也。幼事楊時、侯仲良，而卒傳其父之學……所述上起盤古，下迄周末。前二卷皆粗存名號事迹，帝堯以後始用《皇極經世》編年。博采經傳，而附以論斷。陳振孫《書録解題》嘗譏其誤取《莊子》寓言及敘邃古之初，無徵不信。然古帝王名號可考，統系斯存，典籍相傳，豈得遽爲芟削？至其采摭浩繁，雖不免小有出入，較之羅泌《路史》，則切實多矣。故陳亮極重是書，而朱子亦取之，未可以一眚掩也。」

〔六〕陶唐氏：唐堯，五帝之一。《史記·五帝本紀第一》：「帝堯者，放勳。其仁如天，其知如神。就之如日，望之如雲。富而不驕，貴而不舒。」《索隱》：「堯，謚也。放勳，名。帝嚳之子，姓伊祁氏。」《正義》：「徐廣云：『號陶唐。』」

〔七〕盤古氏：傳説中開天闢地者。《藝文類聚》卷一《天部上》：「徐整《三五歷紀》曰：『天地混沌如鷄子。盤古生其中，萬八千歲，天地開闢，陽清爲天，陰濁爲地。盤古在其中，一日九變，神於天，聖於地。天日高一丈，地日厚一丈，盤古日長一丈，如此萬八千歲。天數極高，地數極深，盤古極長，後乃有三皇。數起於一，立於三，成於五，盛於七，處於九，故天去地九萬里。』」

〔八〕高辛氏：帝嚳，黄帝之曾孫，穎異絶倫，利澤廣布；詳見《史記》卷一《五帝本紀第一》。

〔九〕契丹：古民族名，居今遼河上游西拉木倫河畔；北魏時自號契丹；唐末耶律阿保機建契丹國，復改國號爲遼。阿保機：遼太祖，姓耶律，名億，字安巴堅，東征西討，威震萬里，肇立遼國，垂統二百餘年；詳見《遼史》卷一《本紀第一·太祖上》。《南村輟耕録》卷三《正統辨》：

「契丹之號，立於梁貞明之初。大遼之號，復改於漢天福之日。自阿保機訖於天祚，凡九主，歷二百一十有五年。」周：此指五代後周。

〔一〇〕《通鑑續編·四庫全書提要》：「《通鑑續編》二十四卷，元陳桱撰。桱字子經，奉化人，流寓長洲，官至翰林學士。桱祖著，宋時以秘書少監知台州，嘗作書，名《歷代紀統》。其父（沁）〔泌〕爲校官，又續有撰述，世傳史學。桱以司馬氏《通鑑》、朱子《綱目》并終於五代，其周威烈王以上雖有金履祥《前編》，而亦斷自陶唐，因著此書。首述盤古至高辛氏，以補金氏所未備，爲第一卷。次摭契丹在唐及五代時事，以志其得國之故，爲第二卷。其二十二卷皆宋事，始自太祖，終於二王，以繼《通鑑》之後，故以《續編》爲名。然大書分注全仿《綱目》之例，當名之曰《續綱目》，仍襲《通鑑》之名，非其實也。沈周《客座新聞》載『桱著此書時，书宋太祖云匡胤自立而還，未輟筆，忽迅霆擊其案，桱端坐不懾，曰霆雖擊吾手，終不爲之改易也』云云。此雖小説附會之談，亦足見桱以褒貶自任，後人乃造作此説也。」

〔一一〕海陵：元時泰州海陵縣。《元史》卷五十九《河南江北等處行中書省·揚州路·泰州》：「領二縣：海陵，如皋。」馬君：張士誠割據東南時平江郡守馬玉麟，詳見卷九《賦廉範五袴送馬太守》。

〔一二〕許謙《通鑑前編前序》：「乃用邵氏《皇極經世曆》、胡氏《皇王大紀》之例，損益折衷，一以《尚書》爲主，下及《詩》《禮》《春秋》，旁采舊史諸子，表年繫事，復加訓釋。」

〔一三〕省幕：此指江淮分省，馬玉麟嘗官員外郎以輔佐周伯琦。

〔一四〕《揚子法言》卷十二《君子》：「或問：『孟子知言之要知德之奥？』曰：『非苟知之，亦允蹈之。』」

〔一五〕繆：通「謬」，乖舛，差異。編次：依次編排。

〔一六〕朱子：南宋理學家朱熹，謚文公，世稱紫陽先生。《御批資治通鑑綱目·四庫全書提要》：「《御批資治通鑑綱目》五十九卷，宋朱子撰，因司馬光《資治通鑑》、胡安國《通鑑舉要補遺》而折衷之。大書爲綱，分注爲目，其義例詳於《自序》。又有《凡例》一卷，以闡明褒貶進退之旨。然分注之目，實屬天台趙師淵成之。其間商榷論定見於手書，不一而足，詳慎精密，可謂至矣。」

〔一七〕正學：符合正道之學説。

送丁郎中赴京師詩序

上以四方失寧，嘗更用方面大臣鋭意天下事。乃至正二十年冬，有旨除平章朵列不花公往涖江西行省，而丁君季周則爲其省郎中。君既受命，即從平章公乘驛騎出國門南去。

是時大江之西已爲寇巢，而武昌、湖南諸處亦皆淪没寇黨〔一〕，道里不通，遂遠涉海洋幾萬餘里而至於潮〔二〕。已而廣東憲臣亦執狂悖，負鄙爲叛，其勢張甚。君贊平章公督兵進討，前後破寨百有餘處，其所殺獲甚衆〔三〕。明年冬，復移屯石橋鎮〔四〕，益責諸將致死命。未幾，擒其叛臣父子以歸〔五〕。

蓋至是而平章公之遇害已久〔六〕，及凡省臣無在者，君隻身軍旅中，志在殲厥群盜，盡復江西之故地而後已。今雖未能，然嶺海以南日就廓清，而兩廣郡縣亦賴之以少安者〔七〕，皆君之力也。君猶不自爲功，方以諸將之勤勞乃事，宜見表異〔八〕，因還奏朝廷，乞降恩賞，以作興其士氣〔九〕。於其行也，道過西浙，西浙名士之辱游於君者，咸作歌詩送之，而俾余爲之序。

余惟士大夫之出處，貴乎知所輕重而已。我國家混一以來，分布爪牙之士，干城於内外〔一〇〕，星列棋置，聯絡相承，其爲長顧卻慮可謂至矣〔一一〕。邇者一旦寇兵竊發，往往望風而遁，聽其陷没，甚者舉城以降，緩急無一可賴者，何哉？由其不知輕重故耳。

今君徒以文墨之職出贊省垣，若不素諳軍旅之事也。然當受命之日，兵事方殷，往者多憚行，而君乃獨奮不顧私，毅然當隆冬衝犯寒雪，遠出萬里無所避。及抵寇境，又能被堅執鋭爲士卒先，卒至轉戰千里，誅夷叛逆，而志猶未怠也。嗚呼！若君者可謂知所輕重者矣。向使天下之吏皆知輕重如此，豈至如今日耶？余是以於君之事重有所感也。

然君之事天下既壯之，士大夫又偉之，而朝廷有弗能知也，知之有弗能言也，言之有弗能達也。則所以明見萬里之外而制之者，將何以哉〔一二〕？雖然，君至朝廷有日，當其請命於上也，才足以致其知，事足以發其言，勢足以達其聽〔一三〕，又方不身其謀而國焉是圖，朝議必有以處此者矣。處之而得其宜，將見諸將用命而群凶斂迹〔一四〕。君出則宣德意於遐壤〔一五〕，入則奏成功於天朝。而所以序君之行者，固將再書不一書矣。今姑識其歲月於篇端以俟。

【題解】

郎中，行中書省職官。《元史》卷九十一《百官七·行中書省》：「每省丞相一員，從一品……郎中二員，從五品。」

丁郎中赴京奏捷途經吴中時，陳基、馬玉麟、楊基諸名士吟詩餞别。陳基《夷白齋稿補遺·送江西丁省郎赴京奏捷》：「西省郎官定百蠻，黄茅瘴里喜生還。盡平南海鯨鯢窟，歸奏中天虎豹關。」

馬玉麟《東臯先生詩集》卷四《送湖廣省丁長山郎中赴京》：「郎官獻捷上青霄，萬里風塵使節遥。入奏天廷膺寵錫，爲陳海徼困征徭。褒忠丹詔宜先下，報國英魂尚未招。多少蜑民煙瘴里，江頭日日待歸軺。」

楊基《眉庵集》卷一《送將作僉院丁季周奉使兩廣還朝》：「國家厄中運，四海揚風塵。蚩蚩弄凶兵，皆我耕桑民。或爲官府迫，漁獵無富貧。奮然掉臂起，一呼聚頑嚚。始有可招徠，久之竟沉淪。勢結不易解，遂同越與秦。皇明邈九重，此恨弗得伸。雖居蠻夷中，豈不念帝宸？丁侯京師來，遠使廣海濱。舟師送蛟鼉，陸足披荆榛。所至敷恩威，一一爲具陳。上述天子聖，下言將相賢。款款漸輸誠，仄仄咸來賓。直氣既侃侃，婉辭復諄諄。邊氓及夷戎，感激争自新。酋長獻印璽，老弱投棘薪。幡然悉改圖，喜極涕沾巾。安知萬里外，復得仰化醇？旌棨駕回風，星斗羅高旻。西風吹征衣，相見吴城闉。呼酒慰遠别，烹鱸煮青蓴。念兹歸意切，又問銀河津。嵯峨蓬萊宫，雲霧鬱輪囷。至尊開天顔，前席顧問頻。賜以錦繡段，翠織雙麒麟。追趨鶴禁曉，錫宴龍樓春。賞功固盛典，況復能咨詢。丈夫志四方，策勳貴及辰。嗟我獨匏繫，戚戚罹蹇屯。壯心殊未已，矯首潛酸辛。」

【箋注】

〔一〕《明史》卷一百二十三《陳友諒》：「友諒性雄猜，好以權術馭下。既僭號，盡有江西、湖廣之地，恃其兵强，欲東取應天。」

〔二〕潮：元時江西行省潮州路。《元史》卷六十二《地理五·江西等處行中書省·潮州路》：「領司一、縣三。録事司。縣三：海陽，潮陽，揭陽。」

〔三〕廣東憲臣：海北廣東道肅政廉訪司僉事八撒剌不花。《新元史》卷二百二十七《邵宗愚》：「至正二十一年，廣東都元帥世傑班謀殺廉訪使百家奴，事覺，僉事八撒剌不花執而戮之。八撒剌不花亦專恣自用。詔除八撒剌不花江南行臺侍御史，而以完者篤代之。八撒剌不花怒，殺完者篤等數人，擁兵自衛。廣州内外凶懼不安……二十二年冬十月，江西平章朵列不花移檄討八撒剌不花，宗愚聲言承檄討賊，進攻廣州，元帥何深力戰死之，城遂陷，殺八撒剌不花。」《元史》卷四十六《順帝紀九》：「（至正二十二年）冬十月壬申朔，江西行省平章朵列不花移檄討八撒剌不花。時朵列不花分省廣州，適邵宗愚陷廣州，執八撒剌不花，殺之。」

〔四〕石橋鎮：未詳。

〔五〕《元史》言邵宗愚殺八撒剌不花於廣州，與本文所載不一。

〔六〕《七修類稿》卷十二《國事類·羅良》：「二十三年，潮賊金榮殺江西省平章朵列不花，據城爲叛。」

〔七〕嶺海：兩廣之地，以其北倚五嶺前臨南海，故有此稱。韓愈《潮州刺史謝上表》：「雖在萬里之外，嶺海之陬，待之一如畿甸之間輦轂之下。」兩廣：兩粤，廣東與廣西。

〔八〕乃：其。裴學海《古書虚字集釋》卷六《乃》：「乃猶其也。指事之詞也。《周禮·小宰》：『各修乃職，考乃法，待乃事。』」表異：旌表，表彰。

〔九〕作興：鼓舞激勵。岳飛《辭太尉劄子》：「作興文武，雪恥群狄。」

〔一〇〕爪牙：喻勇士武臣。《詩經·小雅·祈父》：「祈父！予王之爪牙。」干城：盾牌與城牆，代守護捍衛。《詩經·周南·兔罝》：「赳赳武夫，公侯干城。」

〔一一〕長顧卻慮：瞻前顧後，形容思慮縝密謀劃深遠。《蘇平仲文集》卷七《陳氏祠堂記》：「長顧卻慮，以爲吾先祖父之所積累者厚，故其福澤之所漸被者遠也。」

〔一二〕達：表達。明見萬里：常指帝王明察遠方實情。《後漢書》卷二十三《竇融》：「璽書既至，河西咸驚，以爲天子明見萬里之外，網羅張立之情。」

〔一三〕致：傳達。發：闡釋，闡明。《論語·爲政》：「退而省其私，亦足以發。」朱熹《四書章句集注》：「發，發明義理也。」

〔一四〕《尚書·甘誓》：「用命，賞於祖；弗用命，戮於社。」

〔一五〕德意：恩情。陳亮《義烏縣減酒額記》：「是固所以宣天子之德意，而入民之骨髓也。」

送胡主簿詩序

巽時吾婺文獻，視他郡爲獨盛。自今觀之，以忠節行誼顯者，則有忠簡宗氏〔一〕、節愍梅氏〔二〕、默成潘氏〔三〕、毅齋徐氏〔四〕；以道學著者，則有東萊大愚二呂氏〔五〕、北山何氏〔六〕、魯齋王氏〔七〕、仁山金氏〔八〕；以文章家名者，則有香溪范氏〔九〕、所性時氏〔一〇〕、香山喻氏〔一一〕；而龍川陳氏〔一二〕、悦齋唐氏〔一三〕，則又以事功之學而致力焉。是數氏者，皆相望百載之内，相去百里之間，彬彬乎郁郁乎〔一四〕，其鸞鳳之岐陽〔一五〕，驊騮之冀北歟〔一六〕！

内附以來，故家喬木日就凋落〔一七〕，而百年耆舊無在者久之。白雲許氏稍以金氏之學鳴於時〔一八〕，而石塘胡氏伯仲〔一九〕，亦以雄文俊行與許氏相先後。二氏之後，由文學入通朝籍者，是爲待制柳氏〔二〇〕、學士黄氏〔二一〕、禮部吴氏〔二二〕、修撰張氏〔二三〕、太常胡氏、御史王氏〔二四〕，此蓋其卓卓者也。余生也後，雖不及執弟子禮於許氏、胡氏之門，然自柳氏而下，皆得而師友之。十數年來，復將於此有所考問，而故老遺書多不存矣。不亦悲夫！

至正癸卯，余既避兵吴門，回視故鄉，恍如隔世，方將訪其鄉先生子弟之在吴者，而胡君季珹自京師至焉。蓋季珹乃太常之子，尤予之所歆慕者也。居空谷者，聞人足音，猶跫然而喜〔二五〕，況於兵戈阻隔之際，而見其如季珹者，其爲喜慰宜何如耶！

季琙以太常遺蔭爲管庫官，繼持省檄於京師，遂擢杭州路總管府照磨〔二六〕。會大都鄉試，季琙以流寓與貢〔二七〕。及試春官不利，而京師諸公無能以館閣爲薦者，僅取廣西一簿司以去〔二八〕。廣西乃去天萬里煙瘴之地，自承平時，往者猶憚行，而況四方多故舉步荆棘之時乎？使季琙計其家學之所自，非不足於美宦也，然乃弊衣羸馬，毅然遠歷險阻無所避，亦獨何心也哉？

余以桑梓之故，嘗率大夫士力留季琙，而季琙乃曰：「家貧，在遠，急於禄矣〔二九〕。」余知其情，遂不敢以終留也。嗟乎！「雖無老成人，尚有典刑〔三〇〕。」余於婺學微絶之餘，得季琙逆旅中，遺風流韻庶將即是而有見。而季琙棄我如是，是中①無以廣其寡陋也乎〔三一〕。季琙且行，大夫士之所嘗留者咸賦詩以餞之。以余於季琙爲最舊，俾書一言以爲序。余念無以爲季琙言者，獨以昔者吾婺文獻之懿而具道之如此。他若季琙爲學之始末，廣西風土之美惡，已見於群公所賦詩，此不著。

【題解】

主簿，縣尹屬官。胡主簿，東陽名流胡助之子瑜，字季琙，名其詩文曰《甑山存槁》。胡助，字履信，一字古愚，元太常博士，詳見卷八《吴中追哭胡古愚博士》。

胡瑜赴廣西陽朔主簿時，泰州馬玉麟吟詩道別。《東皋先生詩集》卷一《送胡季（城）〔瑊〕主簿之陽朔》：「客從燕山來，翩翩將何之？陽朔在萬里，路遠心先馳。迢迢渡三湘，歷歷逾九疑。夕嵐似湧霧，朝雨如散絲。殊方異寒燠，逆旅感歲時。蘭徑百草晦，風林群鳥悲。邊城屢翻覆，落日多旌旗。臨岐未忍發，對酒傷別離。願言重調攝，紓我長相思。」

張以寧《翠屏集》卷三《瓻山存稿序》：「儒學莫盛於前代之宋氏，大要尚道義而下詞章。而始以學古倡者，則已崇理致，黜崛奇而主平易，忌艱深而貴敷鬯。蘄以復古之作者，又恐沿襲而少變焉，是以其詞紆餘而曲折。及其後也，融之以訓詁，發之以論説，專務明乎理，是以其詞詳盡而周密，其於詩也亦然。蓋不爲秦漢以來之傑然者，而隱然爲宋氏一代之文矣。婺爲郡，儒先東萊呂成公之里也。近何、王、金、許氏，得勉齋黄公之傳於徽國朱文公者，以經學教於鄉。及學士黄公、待制柳公諸賢輩出，又以詞章仕於朝，而故太常博士古愚胡君，實同一時，後先倡和，其源流之所自，蓋可睹矣。太常之子瑜，兹來京師，以寧曩獲交於太常而見焉，因得其文與詩而盡觀之，其於太常君，何其克肖也！既而以序請，蓋昔者切聞之六經至矣，後乎經者，惟韓於文，猶杜於詩，善論者俱以聖稱之，而猶於杜之文韓之詩有説焉。稽之周程二夫子，其爲書其爲詩，甚簡奥醇古，其興起歆動，幾魯語而契雅南者，誠非虚車也，而輅輪之飾，亦豈以詞章名世者所能至哉？噫！學於古者可以悟矣。《記》曰『温柔敦厚，詩教也』；龜山楊氏，學程者也，亦曰『爲文貴有温柔敦厚之氣』：二者固不同也而有同焉。噫！温柔，可學也；敦厚，難能也。以寧不敏，願與君子共學焉。

瑜字季(城)〔珹〕，以任子仕而益學，薦浙江亞榜，擢照磨杭州，恥屈藩侯，航海而來，復以流寓貢於大都，待試於南宮，蓋志於忠孝者，故爲述理學源流之自婺者期之。甑山，其居也，君以名其集焉。」

【校勘】

① 中：乾隆本作「終」。

【箋注】

〔一〕行誼：品行道義。宗氏：名澤，字汝霖，謚忠簡，婺州義烏人，兩宋間愛國名將。矢志抗金，數十年不渝，金人尊憚之，稱爲宗爺爺。然計沮於懦夫，志抑於佞人，憂憤成疾，連呼過河而薨；詳見《宋史》卷三百六十《宗澤》。

〔二〕梅氏：梅執禮，謚節愍，婺州浦江人，北宋末年忠藎國事，殺身成仁，詳見卷四《浦陽五賢贊并序》。

〔三〕潘氏：潘良貴，號默成居士，兩宋間婺州金華人，以剛嚴介特不懼權勢著稱，詳見《宋史》卷三百七十六《潘良貴》。《潘默成公文集·四庫全書提要》：「良貴學術醇正，侃直不阿。首論何㮚等之不可爲相；又與黄潛善、吕頤浩相忤；又面劾向子諲。屢坐屏棄，而所守不移，故朱子亦稱其剛毅而近仁。其《論治體劄子》等篇，悱惻沉痛，足以感人，尤足以覘其節概。」鄭柏《金華賢達傳》卷三《政事·宋潘良貴傳》：「贊曰：史稱良貴才猷可以經邦，風節可以厲世，信哉言矣！觀其辭蔡京之願交，卻頤浩之省職，拒邦昌之妻女，不屑秦檜之求郡；至於請易四相，廷斥子諲：真豪傑之士哉！」

〔四〕徐氏：名僑，南宋婺州義烏人，早師吕東萊門人葉邽，復登文公朱熹之門，朱熹稱其明白剛直，命以毅名齋。淳熙時舉進士釋褐，輾轉宦遊，恪盡職守。宋理宗時入覲，手疏數千言，皆感憤剴切，上劘主闕，下逮群臣，分别黑白，無所顧忌。理宗慰諭之，後多納其言。其學以真踐實履爲上，守官居家悉秉清苦刻厲之操，人所難能。詳見《宋史》卷四百二十二《徐僑》。

〔五〕東萊：吕祖謙，婺州金華人，南宋傑出理學家，世稱東萊先生。其學本諸家庭，紹承中原文獻，長從林之奇、汪應辰、胡憲遊，又納交張栻、朱熹，識見愈高，講習益精。學術以關洛爲宗，而旁稽載籍，汪洋浩蕩，莫測其際。心氣平和，不立崖異，一時英偉卓犖之士皆歸心焉。參見卷七《志樓楨殯記》。《東萊集·四庫全書提要》："「祖謙於《詩》《書》《春秋》皆多究古義，於十七史皆有詳節，故辭有根柢，不涉游談。所撰《文章關鍵》於體格源流，且有心解，故所作雖豪邁駿發，而不失作者典型，亦無語録爲文之習。在南宋諸儒之中，可謂銜華佩實，又何必吹求過甚，轉爲空疏者所藉口哉！」大愚：吕祖儉，南宋學者，自號大愚。受業長兄吕祖謙，博通經史，信道甚篤。累官通判台州，會歲大祲，勸民有無相濟，通郡受惠，全活者甚衆。因命巡行浙東，殫精竭慮，一如台州時。入朝爲大府丞，時韓侂冑用事，衆皆側目莫敢言，祖儉獨抗章殿陛，直指其失。韓侂冑怒，謫韶州，遷吉州，移高安，然終無所摧折以失其素履。詳見《宋史》卷四百五十五《忠義十·吕祖儉》。

〔六〕何氏：名基，元時婺州金華知名學者，世稱北山先生。《宋元學案》卷八十二《北山四先生學案·文定何北山先生基》：「何基，字子恭，金華人。父伯熭，丞臨川，而黄勉齋榦知其縣事，伯熭使二子師事之。勉齋告以必有真實心地刻苦工夫而後可，先生悚惕受命。於是研精覃思，平心易氣，以俟義理之自通，未嘗立異以爲高，徇人而少變也。凡所讀書，朱墨標點，義顯意明，有不待論説而自見者。楊與立深推服之。先生未嘗開門授徒，聞而來學者亦未嘗立題目作話頭。王魯齋柏登其門，先生舉胡五峰之言曰：『立志以定其本，居敬以持其志，志立乎事物之表，敬行乎事物之間。』先生有文集三十卷，其間與魯齋問辯者十八卷，蓋一事而至十餘往復，先生終不變其説也。」

〔七〕王氏：名柏，自號魯齋，婺州金華人，元時知名學者，北山四先生之一。《宋元學案》卷八十二《北山四先生學案·北山門人·文憲王魯齋先生柏》：「王柏，字會之，金華人……已遇楊與立，告以何北山基學於黄勉齋榦，得朱氏之傳，即往從之。北山授以立志居敬之旨，且作《魯齋箴》勉之。自是發憤奮勵，讀書精密，標抹點檢，旨趣自見，謂：『古人左圖右書，後世圖學幾絶。』作《研幾》七十餘圖，又作《敬齋箴圖》，以日用從事夙興見廟。閉閤静坐，子弟白事，非衣冠不見也。來學者衆，其教必先之以《大學》。」

〔八〕金氏：名履祥，元婺州蘭溪學者，世稱仁山先生，北山四先生之一，詳見卷四《浦陽五賢贊并序》。

〔九〕范氏：名浚，宋婺州蘭溪人，世稱香溪先生。《宋元學案》卷四十五《賢良范香溪先生浚》：「范浚，字茂明，蘭溪人也。世家膴仕，先生獨不近榮利，篤志聖賢之學，以治心養氣爲本。紹興中，以賢良薦，因秦氏當國不起。婺守延之入學主講，亦辭不就。閉門講道，危坐一室，塵几敗帷，處之泰然。學者稱爲香溪先生。」

〔一〇〕時氏：名少章，號所性，宋婺州金華學者。《光緒金華縣志》卷八《人物第三・理學・時少章》：「字天彝，號所性，瀾子也，亦師吕祖謙。天才絶出，博極群書，談經多出新意，於史學尤精，詩由盛唐上追漢魏，文溯東都以前而逮古作者。吴師道稱其『峻潔精工，豈惟雄視吾鄉？蓋一代之偉人也。』」

〔一一〕喻氏：名良能，南宋婺州義烏學者。《康熙金華府志》卷十六《人物二・喻良能》：「字叔奇。其先居富陽，宋初始遷義烏之香山。父葆光取黄氏……黄氏脱簪珥買書延師教其五子，皆有成立。良能與兄良倚同入太學，又同年登進士第。補廣德尉，三獲强盜，應賞格，辭不受。調鄱陽丞，遷國子監主簿。進《忠義傳》，起戰國王蠋，止五代孫晟，通一百九十人，乞頒之武學，授之將帥。孝宗嘉歎，顧侍臣曰：『喻良能質實平正。』御書其名於屏間。丁内艱，服除，以國子博士召，兼工部郎官。除太常丞，兼舊職。請外知處州，尋奉祠而歸。以朝請大夫義烏縣開國男食邑三百户致仕。人慕其名，立石表其地曰郎官里。所著有《諸〔經〕講議》五卷、《香山集》三十四卷、《家帚編》十五卷、《忠義傳》二十卷。」

〔一二〕陳氏：名亮，字同甫，南宋婺州永康人，世稱龍川先生，爲人才氣超邁，喜談兵，議論風生，下筆數千言立就。數上疏孝宗，昌言抗金，孝宗赫然震動，而終不能用。其學自孟子後惟推王通，嘗曰：「研窮義理之精微，辨析古今之同異，原心於秒忽，較理於分寸，以積累爲工，以涵養爲主，睟面盎背，則於諸儒誠有愧焉。至於堂堂之陳，正正之旗，風雨雲雷交發而并至，龍蛇虎豹變見而出没，推倒一世之智勇，開拓萬古之心胸，自謂差有一日之長。」光宗策進士，喜先生策，謂善處父子之間，擢第一。既而病卒，聞者悲悼深惜。詳見《宋史》卷四百三十六《儒林六·陳亮》。

〔一三〕唐氏：名仲友，號説齋，婺州金華人。南宋紹興二十一年進士，兼中宏辭科。累官知台州，朱熹劾之落職。遂絶意仕途，潛心論著，與薛季宣、陳傅良、葉適俱以經制之學鳴於浙東。《宋元學案》卷六十《説齋學案·提刑唐説齋先生仲友》：「唐仲友，字與政，金華人也……先生素伉直，既處摧挫，遂不出，益肆力於學，上自象緯方輿、禮樂刑政、軍賦職官，以至一切掌故，本之經史，參之傳記，旁通午貫，極之繭絲牛毛之細，以求見先王制作之意，推之後世，可見之施行……先生之書，雖不盡傳，就其所傳者窺之，當在艮齋、止齋之下；較之水心，則稍淳：其淺深蓋如此。」

〔一四〕彬彬：美盛貌。郁郁：美盛貌。《論語·八佾》：「周監於二代，郁郁乎文哉，吾從周。」

〔一五〕岐陽：岐山南面。《國語·周語上》：「周之興也，鸑鷟鳴於岐山。」韋昭《注》：「鸑鷟，鳳之別名。」

〔一六〕騂騮：赤色駿馬。《左傳·昭公四年》：「冀之北土，馬之所生。」《南齊書》卷四十七《王融》：「秦西冀北，實多駿驥。」

〔一七〕故家喬木：名門望族之傑出人才。《孟子·梁惠王下》：「所謂故國者，非謂有喬木之謂也，有世臣之謂也。」

〔一八〕許氏：名謙，字益之，婺州金華人，自號白雲山人，北山四先生之一，詳見卷十《丹溪翁傳》。

〔一九〕胡氏：婺州永康胡長孺、胡之綱、胡之純昆弟。宋濂《宋濂全集》卷二十《胡長孺傳》：「長孺爲人光明弘偉，務爲明本心之學，慨然以孟子自許。唯恐斯道之失其傳，誘引不倦，一時學者有如飢渴之於食飲。方岳大臣與郡二千石聘致庠序，敷繹經義，環聽者數百人。長孺爲言：『人雖有靈，與物同産，初無二本。』皆躍躍然興起，至有太息者。爲辭章有精魄，金春玉撞，一發其和平之音。海内來求者如購拱璧，碑板焜煌，照耀遐荒。鄉闈取士，屢司文衡，貴實賤華，文風爲之一變。」《康熙金華府志》卷十六《人物二·胡長孺》：「字汲仲，永康人，宋知台州居仁子也。長孺性聰敏，九經諸史，下逮百氏，靡不貫通……長孺師青田俞學古，學古師同邑王夢松，夢松師龍泉葉味道，則朱文公高第弟子也。晚年慕陸九淵之爲人，每取其『宇宙即吾心』之言，諄諄以告學者。在至元中，與金履祥并以學術爲郡人倡，學者尊而仰之，所著有《石塘文集》若干卷。從兄之綱、之純亦皆以文學名。之綱，字仍仲，嘗被薦書。於聲音字畫之學，自謂獨得其妙。之純，字穆仲，咸淳甲戌進士，踐履如古獨行者，文尤明潔可誦。人稱爲三胡云。」

〔二〇〕柳氏：名貫，婺州浦江人，詳見卷四《浦陽五賢傳并序》。

〔二一〕黄氏：名溍，婺州義烏人，詳見卷七《三先生手帖後題》。

〔二二〕吴氏：名師道，字正傳，婺州蘭溪人，詳見卷七《吴原伯哀辭有序》。

〔二三〕張氏：名樞，婺州金華人，嘗辟翰林修撰。《宋元學案》卷八十二《北山四先生學案・白雲學侣・修撰張子長先生樞》：「張樞，字子長，金華人。幼而夙慧，外家蓄書萬卷，悉取讀之，過目輒不忘，宇宙之分合，政治之得失，禮樂之廢興，以至帝號官名，歲月後先，皆無脱誤。每論及一人，則其世系閥閲，與材質之良窳，歷如指掌。一日，白雲漫叩以高帝取天下之故，子長矢口而對，出入紀傳，語蟬聯不能休，白雲大奇之。既而以書上謁，請就弟子列，白雲不可，以友待之，由是斂華就實，而其學益粹。至正間，脱脱修三史，奏辟爲長史，力辭不就。再以翰林修撰同知制誥兼國史編修官召之，行至武林驛，以病辭歸而卒。」

〔二四〕王氏：名餘慶，婺州金華人，元末拜監察御史，詳見本卷《送王都事序》。

〔二五〕跫然：喜悦貌。《莊子・徐無鬼篇》：「夫逃虚空者，藜藋柱乎鼪鼬之徑，踉位其空，聞人足音跫然而喜矣。」

〔二六〕管庫：掌管庫藏之小吏。省檄：此指江浙行省公文。杭州路：元時隸屬江浙行省。照磨：官名。《元史》卷九十一《百官七・諸路總管府》：「至元二十三年，置推官二員……照磨兼承發架閣一員。」

〔二七〕大都：此指元代中書省大都路。與貢：此指由大都路推薦於朝廷。

〔二八〕春官：禮部。館閣：指掌管圖書經籍及編修國史之昭文館、史館、集賢院、秘閣、龍圖閣、天章閣等部門。簿司：主簿；司，覷字；參見卷五《送浦江主簿劉君滿歸序》。

〔二九〕劉向《説苑・建本》：「子路曰：負重道遠者，不擇地而休；家貧親老者，不擇禄而仕。」

〔三〇〕典刑：同「典型」，模範，語本《詩經・大雅・蕩》，朱熹《詩集傳》：「雖無老成人與圖先王舊政，然典刑尚在，可以循守。」

〔三一〕中：通「終」。高亨《古字通假會典・東部第一・中字聲系・中與終》：「《書・禹貢》：『終南惇物。』《左傳・昭公四年》終南作中南。《國語・晉語九》：『勝左人中人。』《淮南子・道應》中人作終人。」

送王都事序 代人

異時東南文獻之懿，惟婺爲最盛。宋亡垂八十載，故家舊俗日就湮微〔一〕，而流風餘韻之或存者寡矣。鳳林王氏自其先世文定公以相業顯〔二〕，文憲公以道學鳴〔三〕，百年禮樂之緒獨久而不墜〔四〕。故於婺學凋謝之餘，而祖孝之先大夫御史公猶以文章家著見於世，天曆初嘗遊京師，用薦者入經筵爲檢討。清聲美譽，一旦隱隱動縉紳間。

余時亦漫浪北遊，間獲與御史公接，暇日過從，意氣歡甚。方將度德論世以叩其家庭之異聞〔五〕。而顧以忌者之不容，遂歸養吳門，回視舊交，邈焉如在天上。居無何，御史公出宣詔命，建行臺越江上〔六〕。越與吳頗密邇，或者有會合之期。然又持節閩廣，相望萬里外，亦不獲償所願也。

御史公不可復作，而祖孝乃自越來吳。去年冬，余有公府之命，祖孝亦被選爲長史〔七〕。每見祖孝之清慎雅厚，綽有父風〔八〕，未嘗不私竊自喜，以爲昔之不得於御史公者，乃今獲與祖孝同事焉，抑何幸歟！已而改調樞府都事，又復忽忽而別。於是府之僚友咸惜祖孝之去，推余爲文以贈。

嗚呼！余於祖孝尚可愛一言乎？乃合僚友而告之曰：「公相開府以來〔九〕，方將考求古典制以修舉方面之治道，然遺老緒言不少概見於時，而耳濡目染如祖孝者〔一〇〕，今又出參戎政，弗能相左右。上之君子苟有事於制作，且從而訪之，則其所取徵將何以哉〔一一〕？雖然，余於祖孝之行，嘗占諸《易》，得《復》之初九曰：『不遠復，無祇悔〔一二〕。』祖孝尚不踰時而復來哉！」

【題解】

都事，此指樞府都事，樞密院或行樞密院正七品職官。《元史》卷八十六《百官二·樞密院》：「後定置知院六員，從一品……都事四員，正七品。」

王都事，名順，字祖孝，工楷書。陶宗儀《書史會要》卷七：「王餘慶，字叔善，（四明）〔金華〕人，官至江南行臺監察御史，草書學夔正齋，甚似。王順，字祖孝，餘慶子，正書亦善。」

父王餘慶，元時以風操政績聞名，參看本卷《送胡主簿詩序》。黄宗羲《宋元學案》卷八十二《北山四先生學案·白雲門人·御史王先生餘慶》：「王餘慶，字叔善，金華人。受業白雲。嘗遊京師，番僧爲總統，欲見之，先生曰：『吾學將以明道，寧有屈身異教而道可明邪？』至正初，入經筵，爲檢討官，累拜監察御史。」

《宋濂全集》卷一百四《哀王御史詩并序》：「鄉先達監察御史王公餘慶，字叔善，仕元至正間，赫赫有聲。持節廣州，卒且葬之矣，後爲亂兵所發。適三衢徐煥自韶移守是州，而東陽趙侃方知印廣東行中書，於是合謀改葬城東悟勝寺之原，實洪武庚戌三月三日也。予既從侃請，大篆其爵位姓字，刻之墓門。復爲詩哀之，（哀之）所以歎鄉學之凋謝，而斯文之無係也。焕字炳文，侃字希貢，皆義士云。詩曰：『剪紙難招御史魂，蠻煙瘴雨但空墳。縱然有石題新篆，誰守揚雄死後文？』」

外舅邁里古思，參見卷十三《邁院判哀詩序》。

王姓家族始居義烏鳳林，後裔分遷金華浦江諸地。王褘《王忠文公集》卷八《鳳林亭記》：「鳳林，鄉名，在義烏之南鄙。故老相傳嘗有鳳凰至，因以名其鄉。今來山之陽，復有小山巋然起於平壤之間，即其地也……其分適他邑而顯者，在金華則尚書莊敏公師心、丞相文定公淮；在浦江則太常忠（思）〔惠〕公萬，皆同出於鳳林。而鳳林王氏之盛，號稱衣冠家，著聞東南矣。」

【箋注】

〔一〕湮微：没落衰微。

〔二〕文定公：王淮，字季海，謚文定，南宋婺州金華人。幼穎悟絶倫，力學屬文，登紹興十五年進士第，累官右丞相兼樞密事。詳見《宋史》卷三百九十六《王淮》。

〔三〕文憲公：王柏，金華北山四先生之一，謚文憲，詳見本卷《送胡主簿詩序》。

〔四〕緒：先人事業。《詩經·魯頌·閟宫》：「至於文武，纘太王之緒。」

〔五〕異聞：獨特教誨。《論語·季氏》：「陳亢問於伯魚曰：『子亦有異聞乎？』」

〔六〕行臺：元時江南諸道行御史臺。《元史》卷八十六《百官二·江南諸道行御史臺》：「至元十四年，始置江南行御史臺於揚州，尋徙杭州，又徙江州。二十三年，遷於建康，以監臨東南諸省，統制各道憲司，而總諸内臺。」越江：常指紹興，參見卷十九《高士傳》；元至正間，建康失守，江南諸道行御史臺東遷紹興。《南村輟耕録》卷二十三《譏省臺》：「集慶失守，行御史臺移置紹興路。」

〔七〕公府：本指三公太尉、司徒、司空府寺，此則梟雄張士誠蘇州衙署。《明史》卷一百二十三《張士誠》：「江浙右丞相達識帖睦邇爲言於朝，授士誠太尉，官其將吏有差。」

〔八〕綽：大。《尚書·無逸》：「不寛綽厥心。」蔡沈《集傳》：「綽，大。」

〔九〕公相：尊稱達官顯宦，此指張士誠。

〔一〇〕修舉：興復。緒言：已發而未盡之論。《莊子·漁父》：「曩者先生有緒言而去。」概見：大略記載。

〔一一〕制作：禮樂制度。方孝孺《與鄭叔度書》：「至周制作之備，孔子稱其文，特言其禮樂憲章之盛耳。」

〔一二〕初九：《復》卦第一爻，爲陽爻；初，第一爻；九，陽爻。祇：大。高亨《周易大傳今注》卷二：「復，返也。祇，大也……人出行不遠而返，則無大悔。」

淮南紀行詩後序

《淮南紀①行詩》者，臨海陳先生之所賦也。淮安告變，浙省平章帥師討之〔一〕。先生於從行僚佐，非工儒學、妙於語言、能討論古今、潤色軍旅之事者，不能稱其位。先生於是時由左司郎中在選，亦既參樞要贊戎機，以克成厥勳。其紀行諸詩，蓋其軍中所賦者。攜至吴門，既請宣君伯聚繕寫成卷〔二〕，且俾余序諸首簡。

余惟古者師出，必吹律以占之〔三〕。而漢之鼓吹鐃歌亦皆軍中之樂也〔四〕。後世音樂廢缺，乃獨歌以詩，而樂府諸作見於軍旅者爲多。然爲古今之所共推者，王粲《從軍五詩》是已〔五〕。粲仕魏爲侍中〔六〕，時從魏公討張魯，魯降，遂作詩紀其事〔七〕。

先生之詩，蓋仿粲而作，而其爲體，長於本人情狀風物，縱横開合〔八〕，動蕩變化。而洒然之音，悠然之思〔九〕，可喜可駭，可悲可歎，三讀之不知手足之將鼓舞也。噫！此固有得於古樂之遺音非耶？然樂之道至矣，聽之者不過得於心而會於意，至其感人之妙，蓋不可得而言也。余於先生之詩，亦惟心得意會而莫能言其妙者焉。嗚呼！安得吴季子者而與言先生之詩哉〔一〇〕？

【題解】

據本文「淮安告變」，淮南乃元時河南江北行省淮安路；至正十二年，淮安隸屬新設之淮南江北等處行中書省；至正十六年，張士誠陷淮安。《元史》卷五十九《地理三·河南江北等處行中書省·淮安路》：「唐楚州，又改臨淮郡，又仍爲楚州。宋爲淮安州……領司一、縣四、州三。州領八縣。録事司。縣四：山陽、鹽城、桃園、清河。海寧州（朐山、沭陽、贛榆）……泗州（臨淮、虹縣、五河、盱眙、天長）……安東州。」

《淮南紀行詩》，浙江臨海陳基撰，今已失傳，《夷白齋稿》暨《元詩選初集》所存《發吴門》《大江》《通州》《如皋縣》《海安》《爛泥洪》《泰州》《上樂》《令丁鎮》諸作爲其遺詩。《元詩選初集》卷五十三《陳學士基·發吴門》：「以下皆辛丑歲張士信出鎮淮安，敬初以左右司員外郎往參其軍事而作也。」

【校勘】

①紀：底本作「記」，據乾隆本改。

【箋注】

〔一〕浙省平章：江浙行省平章政事張士信，元末梟雄張士誠季弟。《隆平紀事》：「至正二十一年……秋七月，以弟同知樞密院事士信鎮淮安，左右司員外郎陳基參軍事……嘗出鎮淮安，陳學士基參軍事，有詩云：『桓桓霍將軍，出入光百辟。位重言益卑，功高志彌抑。』蓋諷之也。」

〔二〕宣伯聚：名昭，字伯聚，元代書法家。陶宗儀《書史會要》卷七：「宣昭，字伯絅，號艮齋，漢東人。有雅行，博通古今，天文地理陰陽術數百氏之學無不諳詣。尤精翰墨正書，師歐陽率更，字字該備八法。」

〔三〕吹律：吹奏律管；律，定音或候氣之律管。《藝文類聚》卷九引漢劉向《别録》：「鄒衍在燕，燕有谷，地美而寒，不生五穀，鄒子居之，吹律而温氣至，而穀生，今名黍谷。」占：視兆以測吉凶。虞集《道園學古録》卷三十二《葉宋英自度曲譜序》：「古者子生師出，皆吹律以占之。蓋其進反之間、疏數之節、細微之辯，君子審之。」

〔四〕漢之鼓吹鐃歌：詳載郭茂倩《樂府詩集》卷十六至十八。

〔五〕郭茂倩《樂府詩集》卷三十二《相和歌辭七·平調曲三》録王粲《從軍行》五首，第一首述魏武帝西征張魯，後四首言魏武帝伐東吴。

〔六〕《三國志》卷二十一《魏書二十一·王粲》：「王粲字仲宣，山陽高平人也……魏國既建，拜侍中。博物多識，問無不對。時舊儀廢弛，興造制度，粲恒典之……善屬文，舉筆便成，無所改定，時人常以爲宿構；然正復精意覃思，亦不能加也。著詩、賦、論、議垂六十篇。」

〔七〕《三國志》卷一《魏書一·武帝操》：「（建安二十年）十一月，魯自巴中將其餘衆降。封魯及五子皆爲列侯……十二月，公自南鄭還，留夏侯淵屯漢中。」裴松之《注》：「是行也，侍中王粲作五言詩以美其事曰：『從軍有苦樂，但問所從誰。所從神且武，安得久勞師？相公征關右，赫怒振天威。一舉滅獯虜，再舉服羌夷。西收邊地賊，忽若俯拾遺。陳賞越山嶽，酒肉逾川坻。軍中多饒飫，人馬皆溢肥。徒行兼乘還，空出有餘資。拓土三千里，往反速如飛。歌舞入鄴城，所願獲無違。』」

〔八〕縱横開合：同「縱横開闔」，操縱自如。

〔九〕洒然：驚異貌。《莊子·庚桑楚》：「庚桑子之始來，吾洒然異之。」

〔一〇〕吴季子：春秋吴國賢公子季札，精通《詩經》及禮樂文化；嘗出使吴國，品評《詩經》諸作，悉因形窺神，就詩論德，切中肯綮；詳見《史記》卷三十一《吴太伯世家第一》。

送路理問序

匠人之製器也，必隨其材之大小短長而用之〔一〕。可圓者則用以爲規；可方者則用以爲矩；可以爲梁爲柱者，則用之爲屋室；可以爲桅爲軾者，則用之爲舟車〔二〕；可揉者則用之爲弧矢〔三〕；可屈者則用之爲桮棬〔四〕。惟其有是材也，然後製之爲器以利民用焉。否則，方者不能以中規，圓者不能以中矩，爲桅爲軾者不足以爲屋室之梁柱，爲梁爲柱者不足以爲舟車之桅軾，弧矢之揉不可以爲杯棬之屈，而器非其器矣。

宰相之用人也亦然。人之爲材有大小短長之不同，則其用也，亦有大小短長之不一，故自一才一藝以至成德之君子，莫不兼收而并蓄之〔五〕。使用於職者，各盡其所長而責其所成，蓋善乎其用人者也。

雖然，有人於此，果能圓其智若規，方其行若矩，重其任若梁若柱〔六〕；危以定乎志若桅，安以成乎禮若軾；可曲可直若弧矢，可放可卷若杯棬：則庶乎集衆器之所長而不局乎一器之用矣。不局乎一器之用，則凡所以施諸其職者，初不可以一器擬也。孔子曰：「君子不器〔七〕。」管仲以伯佐之材，不能致其主於王道，則曰：「其器小哉〔八〕！」殆謂是歟！

路君季達，年富而學贍。上之人賢之，辟爲淮省從事，久之，選爲其省管勾〔九〕。調平江録事，又擢行軍司馬〔一〇〕。用於其職，皆恢恢乎其有餘也。今復自司馬改浙省理問。將之官，余嘉其多材而足於用，有非一器之所可擬者，故本衆器之説以爲贈。

嗟乎！使天下之才舉能如君之無施而不可，則在上者無用人之難矣！

【題解】

路理問，江浙行省理問路季達，參看卷九《送路理問出使太原》。

【箋注】

〔一〕《韓昌黎文集》卷一《進學解》：「夫大木爲宗，細木爲桷。欂櫨侏儒，椳闑店楔，各得其宜，施以成室者，匠氏之工也。」

〔二〕柂：同「柁」，船舵。李白《送蔡山人》：「八極縱遠柂。」王琦《集注》引《釋名》：「船其尾曰柂。柂，拖也，後見拖曳也，且弼正船，使順流不使他戾也。」軾：古時車廂前面用作扶手之横木，詳見卷八《陪陳夷白左司省先隴遂遊西山諸寺》。

〔三〕揉：使直木變曲或使曲木變直。《漢書》卷五十八《公孫弘》：「臣聞揉曲木者不累日。」顔師古《注》：「揉謂矯而正之也。」弧矢：弓箭。《易·繫辭下》：「弦木爲弧，剡木爲矢，弧矢之利，以威天下。」

〔四〕桮棬：杯盤類器皿；先用枝條編成杯盤之形，再以漆加工爲杯盤。《孟子·告子上》：「子能順杞柳之性而以爲桮棬乎，將戕賊杞柳而後以爲桮棬也？」

〔五〕成德：盛德。《韓昌黎文集》卷一《進學解》：「登明選公，雜進巧拙，紆餘爲妍，卓犖爲傑，校短量長，惟器是適者，宰相之方也。」

〔六〕圓：周全。《類篇·口部》：「圓，全也。」《玉篇·口部》：「圓，周也。」方：正直。《韓非子·

解老》：「所謂方者，内外相應也，言行相稱也。」重：承載。陸雲《大將軍宴會被命作詩》：「辰晷重光，協風應律。」李周翰《注》：「重，猶載也。」

〔七〕語見《論語・爲政篇》。錢穆《論語新解》：「器，各適其用而不能相通，今之所謂專家之學者近之。不器非謂無用，乃謂不專限於一材一藝之長，猶今之謂通才。」

〔八〕伯：通「霸」。王道：以德服人之治國策略。《論語・八佾篇》：「子曰：『管仲之器小哉！』」錢穆《新解》：「管仲相桓公，霸諸侯，孔子盛稱其功業。但又譏其器小，蓋指管仲即以功業自滿。」

〔九〕淮省：元至正十二年增設淮南江北等處行中書省，既而爲張士誠侵占盤踞，參見卷八《奉陪省院諸公小集》。《元史》卷四十二《順帝五》：「立淮南江北等處行中書省，治揚州，轄揚州、高郵、淮安、滁州、和州、廬州、安豐、安慶、蘄州、黄州。」從事：此指行中書省僚屬。管勾：行中書省架閣庫官員，參見卷六《送欒宣使還省詩序》。

〔一〇〕平江録事：平江路録事司録事。《元史》卷九十一《百官七・諸路總管府・録事司》：「秩正八品。凡路府所治，置一司，以掌城中户名之事……二千户以上，設録事、司候、判官各一員。」行軍司馬：軍隊統帥之主要僚屬。

玉笥集序

古者學成而用，故其爲志在乎行事而已〔一〕。然方未用時，有其志而無其行事，則以其性情之發寓諸吟詠之間焉。及其既用也，而前日之吟詠，乃皆今日行事之所資。則所以發諸性情以明吾志之有在者，夫豈見之空言而已哉〔二〕？此登高賦詩所以觀乎大夫之能否者〔三〕，其所由來遠矣。

後世學不師古，而詩①之與事判爲二途。於是處逸樂者，則流連光景以自放於花竹之間而不知返，不幸而有飢寒之迫、擯斥摧挫流離窮厄之至，則嗟窮悼屈感憤呼號，莫有紀極於其中〔四〕。然於時政無所繫，於治道無所補，則徒見諸空言而已耳。是故有見於此而思務去之者，豈不謂之有志之士乎？然余求之於時而未之見焉。

及來吴中，張君思廉出其所爲詩一編以示。觀其詠史諸作，上下千百年間理亂之故得失之由，皆粲然可見。而陳義之大，論事之遠，抑揚開闔，反覆頓挫，無非爲名教計〔五〕。至於樂府、歌行等篇〔六〕，則又逸於思而豪於才者。及觀其他作，往往不異於此，而此數體者尤足以肆其馳騁云耳。嗚呼，若思廉者，蓋庶幾古詩人作者之能事也哉！

余嘗以此求諸昔人之作，自三百篇而下，則杜子美其人也。子美之詩，或謂之詩史者〔七〕，蓋其可以觀時政而論治道也。今思廉之詩，語其音節步驟〔八〕，固以兼取二李諸人之所長而不盡出於子美〔九〕；若夫時政之有繫，治道之有補，則其得之子美者深矣。思廉之齒少於余，而余學詩乃在其後。當其始學時，嘗聞諸故老曰：「詩之道，行事其根也，政治其幹也，學其培也〔一〇〕。」余以是求之二十年而未得其要歸，及觀思廉之作，然後悟向者之所聞爲足取，而思廉之惠我至矣。余於思廉又安敢以年齒之已長而自棄乎？因書此於卷首，使觀思廉之詩者，或取於斯言而有所感發也夫。

思廉名憲，其字思廉。玉笥乃所居山也〔一一〕，故以題其集云。

【題解】

《玉笥集》，元時山陰張憲詩集。《玉笥集·四庫全書提要》：「《玉笥集》十卷，元張憲撰。憲字思廉，山陰人，家玉笥山，因以爲號。少負才不羈，晚爲張士誠所招，署太尉府參謀，稍遷樞密院都事。元亡後，變姓名，寄食僧寺以殁。《明史·文苑傳》附載《陶宗儀傳》末，然二人出處不同，非氣類也。是集卷首有同時楊維楨、周砥、戴良及成化初安成劉釪四《序》。又孫大雅《玉笥生傳》一篇，楊基《玉笥生》一篇。後一篇，其平生事狀尚略具其梗概。憲早歲入元都，所作《紅騮馬歌》《酬海一漚》諸篇，皆在集中，奇氣鬱勃，頗有志於功名。後從淮張之招，非其本願，故其《枕上感興》詩云：『拓疆良在念，擇木詎忘覥？嘉猷固久抱，忠憤欲誰展？』蓋初同王粲之依劉，晚類韋莊之仕蜀，亦自知所托非人，而貧賤銜恩不能自拔，讀其詞可以知其志矣。憲學詩於楊維楨，維楨許其獨能古樂府。今集中樂府琴操凡五卷，皆頗得維楨之體。其他感時懷古諸作，類多磊落骯髒，豪氣坌湧。詩末間附評語，蓋亦維楨所點定云。」

劉釪《玉笥集序》：「其詠史非徒詳其事實，且寓褒貶鑑戒之意。其琴操、樂府、五言及近體諸作，通暢俊爽，森嚴壯麗。如入群玉之府，琳琅琨瑶，粲然照目；如閱武庫之兵，戈矛殳戟，雜然陳列。誠非苟作者，於是益重其人焉。蓋思廉當元季擾攘之秋，嘗仕爲帥府參謀，與僚寀議不合罷去，志不獲伸，才不克售，傷時感物，而泄其悲憤於詩者如是。使其生當熙皥之世，所以詠歌泰平之化，當何如哉！嗟乎！聖人删《詩》三百篇，其美其刺存乎勸戒；下至《楚騷》，比物興言，雖過乎怨，其感人亦至矣。漢魏而唐，作者不一，獨杜子美之詩，謂之詩史，以其忠君愛國之誠懇也。思廉，其殆欲追逐古作也與！考其所交，若鐵崖楊君、伯雨張君輩，皆一時能言之士，其所得固有自哉！」

【校勘】

①詩：底本作「師」，據乾隆本改。

【箋注】

〔一〕《論語·子路》：「子曰：『誦《詩》三百，授之以政，不達；使於四方，不能專對。雖多，亦奚以爲？』」

〔二〕空言：與事功相對之思想言論。

〔三〕《漢書》卷三十《藝文志第十》：「不歌而誦謂之賦，登高能賦，可以爲大夫。」《隋書》卷三十五《經籍志四》：「古者登高能賦，山川能祭，師旅能誓，喪紀能誄，作器能銘，則可以爲大夫。」

〔四〕紀極：終極，極限。

〔五〕抑揚：下按上舉，此指文氣跌宕起伏。開闔：詩文結構之鋪展與收合。頓挫：回旋轉折。陸機《文賦》：「銘博約而温潤，箴頓挫而清壯。」張銑《注》：「頓挫，猶抑折也。」名教：正名定分之禮教。

〔六〕樂府：初指漢朝樂府官署所采制之詩歌，後將魏晉以還可以入樂之詩歌及仿樂府古題之作品，通稱樂府。歌行：詩歌體裁。王士禛《池北偶談》卷十七《歌行引》：「又姜白石《詩説》云：『載始末曰引，體如行書曰行，放情曰歌，兼之曰歌行。』」

〔七〕孟棨《本事詩·高逸第三》：「杜逢禄山之難，流離隴蜀，畢陳於詩，推見至隱，殆無遺事，故當時號爲詩史。」

〔八〕音節：詩歌節奏。嚴羽《滄浪詩話·詩辨》：「詩之法有五：曰體制，曰格力，曰氣象，曰興趣，曰音節。」步驟：緩行與疾走，泛指緩急快慢。陳亮《酌古論·諸葛孔明上》：「於是駕以輕車，鳴以和鸞，步驟中度，緩急中節。」

〔九〕二李：唐朝詩人李白與李商隱。《明史》卷二百八十五《文苑一·楊維楨》：「維楨詩名擅一時，號鐵崖體，與永嘉李孝光、茅山張羽、錫山倪瓚、昆山顧瑛爲詩文友……張雨稱其古樂府出入少陵、二李間，有曠世金石聲。」

〔一〇〕培：壅土。《禮記·中庸》：「故栽者培之，傾者覆之。」鄭玄《注》：「培，益也。」

〔一一〕玉笥：會稽名山，常稱宛委山。《萬曆紹興府志》卷四《山川志一·山·會稽·宛委山》：「在府城東南十五里。山上有石簣，壁立干雲，升者累梯而上。《十道志》：『石簣山，一名宛委，一名玉笥。有懸崖之險，亦名天柱山。昔禹治水，歌功未成，乃齋於此，得金簡玉字，因知山河體勢。』」

夷白齋稿序

《夷白齋稿》合若干篇，臨海陳敬初先生所著。余既訪之先生，盡得其稿而編次之以爲三十四卷，而復序其篇目曰〔一〕：

世道有升降，風氣有盛衰，而文運隨之。故自周衰，聖人之遺言既熄，諸子雜家并起而汩亂之。漢興，董生〔二〕、司馬遷〔三〕、揚雄〔四〕、劉向之徒出〔五〕，而斯文始近於古。迨其後也，曹、劉〔六〕、沈〔七〕、謝之刻鏤〔八〕，王、楊、盧、駱之纖豔〔九〕，又靡然於當時〔一〇〕。至唐之久，而昌黎韓子以道德仁義之言起而麾之〔一一〕，然後斯文幾於漢。奈何元氣僅還，而剥喪戕賊，已浸淫於五代之陋〔一二〕。直至宋之劉、楊〔一三〕，猶務抽青媲白錯綺交繡以自炫〔一四〕。後七十餘年，廬陵歐陽氏又起而麾之，而天下文章復侔於漢唐之盛。未幾，歐志弗克遂伸，學者又習於當時之所謂經義者，分裂牽綴，氣日以卑〔一五〕。而南渡之末，卒至經學文藝判爲專門，士風頽弊於科舉之業。

而我朝興地之廣，曠古所未有。學士大夫乘其雄渾之氣以爲文者，固未易以一二數。然自天曆以來，擅名於海内，惟蜀郡虞公〔一六〕、豫章揭公及金華柳公、黄公而已〔一七〕。蓋四公之在當時，皆涵淳茹和以鳴太平之盛治〔一八〕。其摛辭則擬諸漢唐，説理則本諸宋氏，而學問則優柔於周之未衰〔一九〕。學者咸宗尚之，并稱之曰虞、揭、柳、黄，而本朝之盛極矣！繼是而後，以文名家者，猶不下數人。如莆田陳公之俊邁〔二〇〕，則有得於虞公；新安程公之古潔〔二一〕，則有得於揭公；而臨川危公之浩博，則又兼得夫四公之指授者耶：郁郁彬彬，何可及哉〔二二〕！近年以來，獨危公秉筆居中朝，自餘數公，常想見其丰采，習聞其聲欬〔二三〕，邈然其不可接者久矣。於是淪謝殆盡，而得先生以紹其聲光也。

先生，黄公之高弟弟子〔二四〕。嘗負其所有，涉濤江遊吴中。久之，又自吴逾淮溯河而北達於燕趙，留輦轂之下久之。于時雖未有所遇，然自京師及四方之士，不問識與不識，見其文者，莫不稱美之不置，則其得之黄公者深矣。後由京師還吴，適值兵興，藩翰不次用賢，即以樞府都事起於家，後又用之省幕，用之公府，迹愈顯而文愈工〔二五〕。人之求者，皆隨而應之，蓋粲乎其可觀矣。

夫自周衰以來，至於今幾二千載。其涉世非不遠也，歷年非不久也，能言之士非不夥且衆也。斯文能自振拔以追於古者，惟漢唐及宋及我朝此四世而已。而四世之中，士之卓卓可稱者，又常不過數人焉。何世之不數而人之難得若是歟！於此有人焉，能以卓卓可稱者自期待，世其可不爲之貴重歟！

余於先生之文讀之累月，曾莫有所去取於其間，雖片言半簡，咸附而録之者，所以明乎①一字畫之微，皆可爲斯世之貴重也。先生名基，字敬初，夷白其自號也，故以題其稿云。

【題解】

《夷白齋稿》，元末陳基所撰，陳氏行迹詳見卷八《陪陳夷白左司省先隴遂遊西山諸寺》。《夷白齋稿・四庫全書提要》：「基字敬初，臨海人，受業黃溍之門，所作詩文皆操縱馳騁而自有雍容揖讓之度，能不失其師傳。至正中以薦授經筵檢討，嘗爲人草諫章，幾獲罪，引避歸。張士誠據吳，引爲學士，書檄多出其手。明興，太祖召修《元史》，賜金而還。《明史・文苑傳》附見《趙壎傳》中，基寓舍有夷白齋，故以名其稿。凡《内集》詩十一卷、文二十四卷，《外集》詩文合一卷，大抵皆元世所作也。」

【校勘】

①乎：底本作「求」，據乾隆本改。

【箋注】

〔一〕篇目：篇章標題。《漢書》卷三十《藝文志》：「每一書已，向輒條其篇目，撮其指意，録而奏之。」

〔二〕董生：西漢儒學家董仲舒。《漢書》卷五十六《董仲舒傳》：「劉向稱：『董仲舒有王佐之材，雖伊、吕亡以加；管、晏之屬，伯者之佐，殆不及也。』至向子歆以爲：『伊、吕乃聖人之耦，王者不得則不興。故顏淵死，孔子曰：噫！天喪余。唯此一人爲能當之，自宰我、子贛、子游、子夏不與焉。仲舒遭漢承秦滅學之後，六經離析，下帷發憤，潛心大業，令後學者有所統壹，爲群儒首。然考其師友淵源所漸，猶未及乎游、夏，而曰管、晏弗及，伊、吕不加，過矣。』至向曾孫龔，篤論君子也，以歆之言爲然。」

〔三〕司馬遷：西漢傑出史學家。《漢書》卷六十二《司馬遷傳》：「然自劉向、揚雄博極群書，皆稱遷有良史之材，服其善序事理，辨而不華，質而不俚，其文直，其事核，不虚美，不隱惡，故謂之實録。烏呼！以遷之博物洽聞，而不能以知自全，既陷極刑，幽而發憤，書亦信矣。」

〔四〕揚雄：西漢文學家，詳見卷四《上蘇伯脩參政書》。

〔五〕劉向：西漢著名學者。《漢書》卷三十六《楚元王傳》：「自孔子後，綴文之士衆矣，唯孟軻、孫況、董仲舒、司馬遷、劉向、揚雄，此數公者，皆博物洽聞，通達古今，其言有補於世。傳曰『聖人不出，其間必有命世者焉』，豈近是乎？」

〔六〕曹劉：三國魏文學家曹植與劉楨。鍾嶸《詩品·總序》：「昔曹、劉殆文章之聖。」《詩品》卷上《魏陳思王植詩》：「其源出於《國風》。骨氣奇高，詞采華茂，情兼《雅》怨，體被文質，粲溢今古，卓爾不群。嗟乎！陳思之於文章也，譬人倫之有周孔，鱗羽之有龍鳳，音樂之有琴笙，女工之有黼黻。俾爾懷鉛吮墨者，抱篇章而景慕，映餘暉以自燭。故孔氏之門如用詩，則公幹升堂，思王入室，景陽、潘、陸，自可坐於廊廡之間矣。」又《魏文學劉楨詩》：「其源出於《古詩》。仗氣愛奇，動多振絶。真骨凌霜，高風跨俗。但氣過其文，雕潤恨少。然自陳思以下，楨稱獨步。」

〔七〕沈：南朝文學家沈約，參見卷一《和沈休文雙溪八詠》。《杜詩詳注》卷十七《哭王彭州掄》：「新文生沈謝，異骨降松喬。」仇兆鼇《注》：「沈謝，沈約、謝靈運。」《詩品》卷中《梁左光禄沈約詩》：「觀休文衆製，五言最優。詳其文體，察其餘論，固知憲章鮑明遠也。所以不閑於經綸，而長於清怨。永明相王愛文，王元長等皆宗附之。約於時，謝朓未遒，江淹才盡，范雲名級故微，故約稱獨步。雖文不至，其工麗亦一時之選也。見重閭里，誦詠成音。嶸謂約所著既多，今翦除淫雜，收其精要，允爲中品之第矣。故當詞密於范，意淺於江也。」

〔八〕謝：南朝詩人謝靈運。《詩品》卷上《宋臨川太守謝靈運詩》：「其源出於陳思，雜有景陽之體。故尚巧似，而逸蕩過之，頗以繁富爲累。嶸謂若人興多才高，寓目輒書，内無乏思，外無遺物，其繁富宜哉！然名章迥句，處處間起；麗典新聲，絡繹奔會。譬青松之拔灌木，白玉之映塵沙，未足貶其高潔也。」

〔九〕王楊盧駱：初唐四傑王勃、楊炯、盧照鄰、駱賓王。杜甫《戲爲六絶句》：「王楊盧駱當時體，輕薄爲文哂未休。爾曹身與名俱滅，不廢江河萬古流。」陸時雍《古詩鏡·詩鏡總論》：「古雄而渾，律精而微。四傑律詩，多以古脉行之，故材氣雖高，風華未爛。六朝一語百媚，漢魏一語百情，唐人未能辨此。王勃高華，楊炯雄厚，照鄰清藻，賓王坦易。子安其最傑乎？調入初唐，時帶六朝錦色。」

〔一〇〕靡然：頹靡不振貌。曾鞏《筠州學記》：「故先王之道不明，而學者靡然溺於所習。」

〔一一〕韓子：唐文學家韓愈。《蘇軾文集》卷十七《潮州韓文公廟碑》：「匹夫而爲百世師，一言而爲天下法。是皆有以參天地之化，關盛衰之運，其生也有自來，其逝也有所爲。故申、吕自岳降，傅説爲列星，古今所傳，不可誣也。孟子曰『我善養吾浩然之氣』，是氣也，寓於尋常之中，而塞乎天地之間。卒然遇之，則王公失其貴，晉、楚失其富，良、平失其智，賁、育失其勇，儀、秦失其辯。是孰使之然哉？其必有不依形而立，不恃力而行，不待生而存，不隨死而亡者矣。故在天爲星辰，在地爲河嶽，幽則爲鬼神，而明則復爲人。此理之常，無足怪者。自東漢以來，道喪文弊，異端并起，歷唐貞觀、開元之盛，輔以房、杜、姚、宋而不能救。獨韓文公起布衣，談笑而麾之，天下靡然從公，復歸於正，蓋三百年於此矣。文起八代之衰，而道濟天下之溺；忠犯人主之怒，而勇奪三軍之帥。豈非參天地，關盛衰，浩然而獨存者乎？」

〔一二〕剥喪：傷害排擠。《尚書・泰誓中》：「剥喪元良。」孔《傳》：「剥，傷害也。」蔡《傳》：「喪，去也，古者去國爲喪。」戕賊：傷害摧殘；賊，殘害。浸淫：漸次接近。

〔一三〕宋初文臣劉筠與楊億。《西崑酬唱集・四庫全書提要》：「凡億及劉筠、錢惟演、李宗諤、陳越、李維、劉隲、刁衎、任隨、張詠、錢惟濟、丁謂、舒雅、晁迥、崔遵度、薛映、劉秉十七人之詩……其詩宗法唐李商隱，詞取妍華而不乏興象……要其取材博贍，練詞精整，非學有根柢，亦不能鎔鑄變化，自名一家，固亦未可輕詆。《後村詩話》云：『《西崑酬唱集》對偶字面雖工，而佳句可録者殊少，宜爲歐公之所厭。』又一條云：『君謨以詩寄歐公。公答云：先朝楊、劉風采聳動天下，至今使人傾想。豈公特惡其碑板奏疏，其詩之精工律切者自不可廢歟？』二説自相矛盾。平心而論，要以後説爲公矣。」

〔一四〕抽青媲白：以青配白，喻斟酌字句以求對偶工整。錯綺交繡：喻辭藻華美絢麗。

〔一五〕牽綴：牽强湊合。陳亮《書歐陽文粹後》：「學者又習於當時之所謂經義者，剥裂牽綴，氣日以卑。」

〔一六〕虞公：虞集，元儒林四傑之一，自題存稿曰《道園學古録》。歐陽玄《雍虞公文序》：「于時雍虞公方回翔胄監容臺閒，吾黨有識之士，見其著作，法度謹嚴，辭指精核，即以他日斯文之任歸之。至治天曆，公仕顯融，文亦優裕，一時宗廟朝廷之典册、公卿大夫之碑板，咸出公手，粹然自成一家之言。山林之人，縫掖之士，得其贈言，如獲拱璧。公之臨文，隨事酬酢，造次天成，初無一毫尚人之心，亦無拘拘然步趨古人之意，機用自熟，境趣自生，左右逢原，各識其職。故自其外觀之，如深山穹林，葱蒨蓊鬱，莫測根柢；巨野大澤，汪洋澹泊，不爲波濤。試刺其中，則日月之精凝結歲久，皆成金珠龍虎之氣，變化時至，即爲風雲，孰能窮其妙也哉？」

〔一七〕揭公：元儒學家揭傒斯。黄溍《黄文獻公集》卷十下《翰林侍講學士中奉大夫知制誥同修國史同知經筵事追封豫章郡公文安揭公神道碑》：「公爲文敘事嚴整而精核，持論一主於理，語簡而潔。詩長於古樂府、選體，清婉麗密，而不失乎性情之正；律詩偉然有盛唐風。善楷書而尤工於行草。國家大典册及元勳茂德當得銘者，必以命公。人子欲顯其親者，莫不假公文以爲重。仙翁釋子、殊邦絶域，慕公名而得其片言隻字者，皆寶而傳之。」柳公：浦江儒學家柳貫，詳見卷四《浦陽五賢贊并序》。黄公：元代儒學家黄溍，參看卷七《三先生手帖後題》。

〔一八〕涵淳茹和：吸納淳厚學問，藴蓄平和性情。

〔一九〕優柔：從容研討。

〔二〇〕陳旅：字衆仲，興化莆田人，元時著名學者，至正元年擢國子監丞。張翥《安雅堂集序》：「元興以來，光嶽之氣既渾，變雕琢礫裂之習而反諸醇古，故其製作，完然一代之雄盛。文人學士直視史漢，魏晉以下蓋不論也。方天曆至順間，學士蜀郡虞公以其文擅四方，學者仰之，其許予君特厚，君亦得與相薰濡而法度加密焉。故其所鋪張，若揖讓壇坫，色莊氣肅而辭不泛也；其所援據，若檢校書府，理詳事核而序不紊也。其思綿麗藻拔，而杼機内綜也；其勢飛騫盼睞，而精神外溢也。」俊邁：卓越出衆。

〔二一〕新安：元時徽州路古稱。《讀史方輿紀要》卷二十八《南直十・徽州府》：「三國吴分置新都郡。晉改新安郡。宋、齊因之。梁承聖中析置新寧郡。陳復并入新安郡。隋廢郡置歙州，大業初改爲新安郡。唐復曰歙州，天寶初曰新安郡，乾元初復故。宋宣和三年改曰徽州。元爲徽州路。」程公：程文，元徽州著名學者。《元史》卷一百九十《儒學二・程文》：「同時有程文、陳繹曾者，皆名士。文字以文，徽州人，仕至禮部員外郎。作文明潔而精深，集亦多稱之……論者謂二人皆與旅相伯仲云。」《弘治徽州府志》卷七《文苑·程文》：「字以文，號黟南生，婺源箬嶺人。父奇峰，以《易》教授鄉里。文自幼以孝聞，家貧，勤苦自勵。平生介然，自持不苟。比壯，束書往南昌儒學，四閱寒暑，研窮六經，博考諸子百氏，爲文明潔而精深，與陳旅相伯仲。」

〔二二〕危公：危素，字太樸，元末重臣。《宋元學案》卷九十三《静明寶峰學案·蕃遠門人·承旨危雲林先生素》：「危素，字太樸，一字雲林，金溪人也。學於祝蕃遠之門，稱高座。其請業而退也，蕃遠必目送之，謂侍者曰：『他日能傳吾道而行之者，其斯人也夫！』亦學於李仲公，所以待之者如蕃遠。先生在元，累官承旨。國亡，將殉難，不果。入仕於明，亦官學士，謫居和陽以卒，君子惜之。」

〔二三〕聲欬：聲音與咳嗽。

〔二四〕參看卷八《陪陳夷白左司省先隴遂遊西山諸寺》。

〔二五〕藩翰：屏障與骨幹，喻捍衛王室之重臣，此指張士誠。按尤義《陳基傳》，張士誠下平江，陳基爲江浙分樞密院都事，遷江浙行中書省員外郎，俄升郎中，後參太尉府軍事；張士誠自封吴王，陳基官内史，遷學士院學士。

送傅子異序

烏傷，余之鄉縣也。縣之老儒曰傅景文先生者，以詩鳴宋末。入國朝，乃挾其所有西遊於杭，往來濤江之上。每遇遺民故老於殘山剩水間，必爲之握手徘徊，悲歌而不忍去。久之，行橐蕭然，自顧無以存於世，遂斂其①才，爲浙省幕掌故〔一〕，一時吏筆無敢與并者。

先生二子，長南仲，次和仲，俱浮沉州縣間，往往以儒術飾吏事，有譽聞於當時，大抵皆先生之遺也。先生雖家烏傷，然與二子客杭之日多，視杭猶故里。至吾子異遂即吴山上構屋家焉〔二〕。

子異蓋先生之孫、南仲之冢嗣也。其居杭之日，嘗入省幕處先生之職。後以年勞升理問所令史，從補浙東帥府掾〔三〕，出入諸幕府凡二十載，曾不以職卑俸薄爲嫌，意氣濯如也藹如也〔四〕。

且其爲學，既克承祖父之遺，而復旁通日家之説，以歲日月時定人之禍福〔五〕，良驗。由是一時名公卿無不熟子異者。子異既得代，稍乘閒遊吴門。無何，浙省右丞答蘭公道過於吴〔六〕，聞子異名，即物色之，與之語大悦，且欲有所辟薦。而子異乃引辭弗就，僅取一樞掾以去，曰：「吾其所宜居也。」子異既受命，將侍右丞公回杭，而吴門之熟子異者咸賦詩餞之，且請余爲之序。

嗚呼！余於子異非一朝之好也。其在桑梓時，雖以生世之晚，不及拜先生於床下，然嘗托交南仲兄弟父子間。十數年來，離亂相仍，無從會合。癸卯秋，余遊吴門，乃即子異而敦其世契焉〔七〕。於是子異父叔俱已物故，獨子異綿綿延延，以眇乎一繭之緒寄諸異鄉〔八〕，而其齒髮亦已向衰。瞠焉相視，寧能不愴然也乎？

然余聞之，物之盛衰，迭爲消息，子異祖父之著見於世者，未及於盛矣。則蘊諸前而發諸後，豈不在子異乎？子異往赴乃辟，溯世德之不易，感傳緒之在兹〔九〕，尚毋以職卑俸薄而易其初心可也。子異且行，余念無以爲子異言者，姑以昔者祖父出處之大致與夫交好之始末，序諸贈言之首，庶幾區區恭敬桑梓之微意云耳。子異尚有以亮余也哉〔一〇〕！

【題解】

傅子異，先世義烏人，能紹祖輩文風。其祖傅野，字景文，元初義烏詩家。

黄溍《黄文獻公集》卷六《繡川二妙集序》：「吾里中前輩以詩名家者，推山南先生爲巨擘。傅君景文、陳君景傳，其流亞也。先生囊遊太學，未及釋褐而學廢士散。束書東歸，遁迹林壑間，覽物興懷，一寓於詩，悲壯激烈，有以發其邁往不群之氣。自視與石曼卿、蘇子美不知何如。近代江湖間咕咕然動其喙者，姑勿論也。二君之年稍後於先生，而皆有能詩聲。景文之詩，精切整暇，如清江漫流，一碧千里，而魚龍光怪，隱見不常，莫可得而測也……可以配先生者，二君而已。予嘗因先生自序《夢稿》《癡稿》《聽雨留稿》者，重加詮次爲二十卷，題曰《山南先生集》。而先生之交朋，皆已凋謝。後生晚出，有嗜好酸鹹之殊，由是未克大行於世。二君與先生相繼死，而其遺稿亦僅藏於家。因訪而求之，得景文所作若干篇、景傳所作若干篇，合若干卷，題曰《繡川二妙集》，而序其梗概，庶二君之遺風餘韻有在，而不遂泯滅也。先生韜光弗耀十五寒暑，部使者强致之，俾主教事，不得已爲之起，後卒歸隱而終。二君從俗浮沈，嘯歌自適，與先生俱能不以名自累。名且不有，詩之傳不傳，蓋無足爲其重輕也。雖然，物之顯晦，固自有時，天下之寶，當爲天下惜。善而藏之，以待後世之揚子雲，不亦可乎？先生姓劉氏，諱應龜，字元益。景文諱野，景傳諱堯道云。」

【校勘】

①其：底本作「具」，據乾隆本改。

【箋注】

〔一〕蕭然：虚空貌。浙省幕：元代江浙行省衙署。掌故：掌管禮樂制度之小吏。

〔二〕吴山：杭州山名，詳見卷八《遊吴山承天觀》。

〔三〕理問所：元時行省下掌控刑獄之官署，詳見卷九《送路理問出使太原》。令史：掌控案牘簿籍之事務員。浙東帥府：浙東道宣慰司都元帥府，初設婺州，後徙慶元。

〔四〕濯如：濯濯，光明清朗貌。《詩經·商頌·殷武》：「赫赫厥聲，濯濯厥靈。」鄭玄《箋》：「濯濯乎其見尊敬也。」孔穎達《疏》：「濯濯乎光明者，其見尊敬如神靈也。」藹如：和氣可親貌。

〔五〕日家：推算星命者。陶宗儀《南村輟耕録》卷二十九《日家安命法》：「日家者流，以日月五星及計羅炁孛四餘氣躔度過宫遲留伏逆，推人之生年日月時，可以知休咎定壽夭。」

〔六〕鄧士龍《國朝典故》卷六《皇朝平吴録》：「二十四年甲辰八月，士誠逐達識。時右丞答蘭帖木兒、郎中真保二人受士誠金帛，諂事之，數媒孽達識之短。至是，士信使面數之，勒其自陳老病去職。二人又言：『丞相非士信不可。』即逼取符印，遷於嘉興幽之，而士信自爲丞相。」

〔七〕敦：加厚，崇尚。《中庸》：「敦厚以崇禮。」朱熹《章句集注》：「敦，加厚也。」世契：世交。

〔八〕眇：渺小。《莊子·德充符》：「眇乎小哉！所以屬於人也。」緒：絲頭。

〔九〕傳緒：世代沿襲之事業。

〔一〇〕亮：通「諒」，體諒。錢大昕《廿二史考異》卷十五《三國志一·高柔傳》：「昔仲尼亮司馬牛之憂，亮即諒字。」

送能上人詩序

四明陳子經告余曰〔一〕：「余之方外交曰能上人者，雖學於佛，然通儒，喜爲詩歌。至正甲辰夏，嘗挾所有自嘉禾遊吴〔二〕。吴之上善知識聚公白雲留上人且三閱月〔三〕。今將東還，聚公率大夫士及禪者教者賦詩贈之，而首簡之文則以累吾子。以吾子之余愛也，因授簡焉。」

余聞其言而歎曰：人之於其交，惟視其賢則與之〔四〕。苟賢矣，不以其學異己而嫌之可也。古之人有行之者，石曼卿之與惟儼是也。然曼卿兼愛於人無所擇〔五〕；惟儼所守者介〔六〕，非賢士不交，人有不可其意，無貴賤一切閉絶不少顧。是二人者，不惟其學之異，而其爲志亦且有不同。卒乃交合而無間者，豈非以其賢哉？曼卿固世所謂賢者矣，惟儼之賢不少概見於時，而歐陽文忠公稱其通儒術而善辭章，則曼卿之取之也，豈苟也哉？

子經，今世之曼卿也。其於上人，志之有同與否，余雖不得而知，然其爲學則異矣。學異而交同，則上人者，豈非惟儼其人哉？余不識上人而知子經爲最深，故以子經之賢而知其所交之必賢也。

雖然，上人之師有龍安悦公者，嘗以己道爲未至，潛行而求之，後遇素公，卒能於立語之間獲其終身之所欲。上人繼今已往，苟復即其學之同者而求至焉，則人謂上人賢也，亦謂上人之交舉賢也。上人可不敦其所以①至而勉其所未至者哉！上人得度於普惠禪寺，而掌書記於東塔教寺〔七〕。名善能，字仲良，嘉禾人。

【題解】

能上人，嘉興僧徒，掌管嘉興東塔講寺文書。《弘治嘉興府志》卷八《嘉興縣·寺觀·東塔講寺》：「乃漢朱買臣故宅。梁天監中置塔，碑碣不存，在縣東六里，舊大聖院也。宋政和六年，因在城壽聖教院改爲天寧萬壽寺，郡聞於朝，以壽聖教院名就塔院立之。紹興三十二年改東塔廣福教院。洪武二十四年定爲今額。」

【校勘】

① 以：乾隆本作「已」。

【箋注】

〔一〕陳子經：詳見本書卷十二《通鑑前編舉要新書序》。

〔二〕嘉禾：嘉興古稱。《讀史方輿紀要》卷九十一《浙江三・嘉興府》：「五代初屬杭州，石晉天福三年錢氏始奏置秀州。宋因之，政和七年賜名嘉禾郡，慶元初升爲嘉興府。元曰嘉興路。」

〔三〕上善知識：佛教常稱善知識，即高明出衆了悟一切者。聚公白雲：未詳。

〔四〕與：親近，結交。《管子・霸言》：「諸侯之所與也。」尹知章《注》：「與，親也。」

〔五〕石曼卿：北宋歐陽修好友。歐陽修《居士集》卷二十四《石曼卿墓表》：「曼卿，諱延年，姓石氏……其視世事蔑若不足爲，及聽其施設之方，雖精思深慮不能過也。狀貌偉然，喜酒自豪，若不可繩以法度。退而質其平生，趣舍大節無一悖於理者。遇人無賢愚，皆盡欣歡。及間而可否天下是非善惡，當其意者無幾人。其爲文章勁健，稱其意氣。」

〔六〕介：孤高耿直不趨時。歐陽修《居士集》卷四十三《釋惟儼文集序》：「惟儼姓魏氏，杭州人。少遊京師三十餘年，雖學於佛而通儒術，喜爲辭章，與吾亡友曼卿交最善。曼卿遇人無所擇，必皆盡其欣歡。惟儼非賢士不交，有不可其意，無貴賤，一切閉拒絶去不少顧。曼卿之兼愛，惟儼之介，所趣雖異，而交合無所間。曼卿嘗曰：『君子泛愛而親仁。』惟儼曰：『不然。吾所以不交妄人，故能得天下士。若賢不肖混，則賢者安肯顧我哉？』以此一時賢士多從其遊。」

〔七〕普惠禪寺：其情不詳。書記：記事文字，如書籍、信札、奏記之類。《漢書》卷五十一《賈山》：「涉獵書記，不能爲醇儒。」

送王理問序

舉一國之吏，其勢爲孰尊？曰宰相是也。其責爲孰重？曰理官是也〔一〕。凡庶府百司事有不平者〔二〕，則平之於宰相。宰相不欲以自平，則下之於理官。於是理官得以考其情而生死之。使死者不怨，生者銜德，是宰相者代其君以用刑者也，理官者代宰相以掌刑者也。宰相勢雖尊，而其責不若理官之爲重，蓋宰相不能必人之死生，而理官得以法令而死生之也。故理官者，國家生民之司命也〔三〕，其責可不謂重乎！

然理官能重其責矣而不能尊其勢。摻①五刑之柄，以立乎三事之庭〔四〕，爲宰相者頤指而意喻之，欲生其人則寬縱以附輕典，欲死其人則鍛煉以從重刑〔五〕。使鞫②者不得畢其慮〔六〕，寃者不得吐其臆。理官之責，豈果重於宰相矣乎？雖然，此非其職之罪也，亦由爲是職者之不能以自重也。使能者而爲之，每一事之下一獄之成，宰相曰死，理官曰生；宰相曰生，理官曰死〔七〕。惟知己責之爲重，而不知彼勢之爲尊，理官之責豈輕也哉？

維揚王君篤學力行，練於理法，由行軍司馬拜淮省理問〔八〕。余與王君嘗居浙省爲同僚，且相好也，故於其行，既爲道其責之所以重，而又惜其處乎勢之未尊也。因其行③，書以授之。讀余言者，其亦有所感發也矣。

【題解】

王理問，其人不詳。理問，元時行中書省理問所正四品職官，參見卷九《送路理問出使太原》。

【校勘】

①摻：乾隆本作「操」。

②鞠：乾隆本作「鞫」。

③行：底本闕，據乾隆本補。

【箋注】

〔一〕理官：斷案法官。

〔二〕庶府：朝廷各部門。百司：朝廷公卿以下百官總稱。王安石《上仁宗皇帝言事書》：「公卿既得其人，因使推其類以聚於朝廷，則百司庶府，無不得其人也。」

〔三〕司命：主管生命之神靈。

〔四〕摻：同「操」。五刑：五種輕重不一之刑罰。《書・舜典》：「五刑有服。」孔《傳》：「五刑：

墨、劓、剕、宫、大辟。」三事：三公别稱，以理官雖無職而參與六卿之事，故稱三事。《詩經·小雅·雨無正》：「三事大夫，莫肯夙夜。」《正義》：「三事大夫爲三公耳。」

〔五〕頤指：用下巴示意以指揮人，形容態度傲慢。輕典：輕法。《周禮·秋官·大司寇》：「掌建邦之三典……一曰刑新國用輕典，二曰刑平國用中典，三曰刑亂國用重典。」鍛煉：羅織罪名。

〔六〕鞫：通「鞫」，審問。

〔七〕《蘇軾文集》卷二《省試刑賞忠厚之至論》：「當堯之時，皋陶爲士。將殺人，皋陶曰『殺之』三，堯曰『宥之』三。故天下畏皋陶執法之堅，而樂堯用刑之寬。」

〔八〕練：熟悉。行軍司馬：軍隊主帥之重要僚屬，參見本卷《送路理問序》。淮省：江淮分省，詳見卷八《奉陪省院諸公小集》。

琴川志序

知常熟州事淮南盧君以爲古者郡國有圖，風土有記，所以備一方之紀載，今之志書是也〔一〕。常熟舊志自宋兵南渡，版籍不存〔二〕。至慶元丙辰，縣令孫應時始編次爲書[三]。其後縣升爲州，歷年浸遠，而是書之存蓋寡，且丙辰以後續其所未備者，復未有其人，非缺典歟？乃亟訪孫令所編而重正之，復與一二士子輯爲《續志》，附之各卷之末，合十有五卷，仍其舊名而題之曰《琴川志》。

余得而讀之，然後知君之善爲政也。夫士之善於爲政者，必先其所急以及其所緩。爲之衣食以厚民之生，爲之教化以淑民之德，獄訟以戒其不率[四]，賦斂以正其不均，此最其所急而不可緩者也。至於考其人物之愚智、風俗之盛衰以及生産之同異、山川之險夷，凡此之類，蓋差可緩而不可廢者也。故用事於一州一縣[五]，得通敏有爲之士，則裁正乎緩急之間而不謬其序，區別乎先後之際而不失其宜矣。嗚呼！若君之在常熟，其殆庶幾於此者乎！

常熟爲吳之支郡，以言其人物，則姬泰伯之所逃[六]，夫差[七]、項籍之所伯也[八]；以言其風俗，則有言游[九]、公子札之文雅[一〇]；朱買臣[一一]、陸機雲兄弟之馳騁[一二]；范蠡[一三]、希文[一四]、張季鷹之慷慨高舉也[一五]。以言其生産，則湖海魚鹽之富饒，聞於東南也。以言其山川，則有海隅[一六]、烏目之形勝[一七]，大江東海之要害也。若此數事，蓋皆爲政者之不可廢焉者也。

於是君之下車蓋數年矣。凡州政之所宜急者，亦既悉舉而先之，而又不廢其所緩。歷考前數事以成乎是書，真所謂通敏有爲之士哉！昔周官職方氏掌天下之圖與其財用穀畜之數[一八]，以周知其利害，則志書者蓋三代爲政之具，而後世每謹著之爲故實[一九]。今君之爲，乃能先民之所急而後及乎是，余故曰善爲政也。

書將鋟梓以行，君來謁曰：「幸爲我序諸首。」遂書所聞，授之俾刻焉①。

【題解】

琴川，常熟别名，以其縣治水流如琴焉。《寶祐重修琴川志》卷一《敘縣》：「又别名曰琴川，此其顛末也。縣治其後横港凡七，皆西受山水，東注運河，如琴弦。然今僅有一二通流，餘皆堙塞。或云五浦注江，亦若琴弦。或又云取言游弦歌之意，然弦歌乃武城事，於此言之，則成附會矣。」常熟，元時隸屬平江路。《元史》卷六十二《江浙等處行中書省·平江路》：「常熟州。唐以來爲縣，元元貞元年升州。」

《琴川志》，淮南盧鎮首倡續編。《嘉靖常熟縣志》卷五《歷宦志·盧鎮》：「淮南人，至正間以領兵副元帥知常熟州，政績多不傳。卒雜居民間，戢而不肆。邑志久不修，鎮集儒紳續之。其治有可觀者。」

【校勘】

①君來謁曰……授之俾刻焉：《寶祐重修琴川志·琴川志敘》作「君命士友陸景元來謂予曰：

『子執筆史館萬言爲足徵，幸爲我序之。』予雖不識君，然聞君之爲政是州者頗悉，故直書所聞以授之。使後之人觀之，亦足以感發而興起矣。君名鎮，字子安，以領兵元帥兼知州事云。至正乙巳正月望日金華戴良序。」

【箋注】

〔一〕風土：初稱氣候土地，後泛指風俗地理。志書：記載某地疆域沿革、典章、山川、古迹、人物、物産、風俗、藝文之書。

〔二〕版籍：書籍。《管子·宙合》：「故退身不舍端，修業不息版。」房玄齡《注》：「修業亦不息其版籍。」

〔三〕《嘉靖常熟縣志》卷五《歷宦志·孫應時》：「字季和，紹興餘姚人。早從學於象山陸九淵，登進士第。初爲黄巖尉，有惠愛，常平使者朱熹重之。丘密帥蜀，辟入制幕。改常熟縣，既秩滿，郡將以私憾捃摭倉粟，累欠三千斛，邑民感德，至相率擔負詣郡，願代償，不報。竟坐貶秩，故自爲詩謝其邑之人云：『牛車擔負愧高義，豈知薄命非兒寬？』至今人思之。授通判邵武軍，未上而卒。自號燭湖居士。今列祀學宫名宦祠。」

〔四〕率：遵循，奉行。

〔五〕用事：執政。

〔六〕姬泰伯：泰伯，姬姓，吴國始祖，詳見卷八《長洲苑送人》。

〔七〕《寶祐重修琴川志》卷一《敘縣·石城》：「《吴越春秋》：『夫差興樂石城。』《越絶書》曰：『石城，闔廬所置美人離城也。』《吴地志》云：『吴王離宫，越王獻西施於此。』今縣北五里有石城里。」又，卷十《敘祠》：「吴王夫差廟在縣西二里虞山。」

〔八〕項籍：字羽，號西楚霸王，隨叔父項梁起事於吴郡，卒與漢高祖劉邦逐鹿中原，史稱楚漢之争。《洪武蘇州府志》卷一《沿革》：「二世元年，楚人項梁與從子籍起兵於吴，殺假守殷通，遂有其地。」伯：通「霸」，諸侯之長。

〔九〕《寶祐重修琴川志》卷一《敘縣·巷》：「縣有子游巷，故後世以子游爲吴人者，以巷而知也。」又，卷八《人物·言偃》：「吴人，字子游，少孔子四十五歲。子游既已受業聖門，以文學名科，爲武城宰。孔子過聞弦歌之聲，孔子莞爾而笑曰：『割鷄焉用牛刀？』子游曰：『昔者偃也聞諸夫子曰：君子學道則愛人，小人學道則易使。』孔子曰：『二三子，偃之言是也，前言戲之耳。』孔子以爲子游習於文學。」《寶祐重修琴川志》卷十二朱熹《丹陽公祠堂記》：「平江府常熟縣學丹陽公祠者，孔門高第弟子言偃子游之祀也。按太史公記，孔門諸子多東州之士，獨公爲吴人，而此縣有巷名子游，橋名文學，相傳至今。《圖經》又言公之故宅在縣西北，而舊井存焉。今則雖不復可見，而公爲此縣之人，蓋不誣矣。」《洪武蘇州府志》卷五十吴簡《常熟十詠·子游宅》：「列國雄吞際，人材北學難。清涼吴邑里，悵望魯衣冠。舊宅歸蓬顆，新祠倚杏壇。一橋通夾巷，蔽井樹陰寒。」

〔一〇〕公子札：春秋吴國賢公子，詳見本卷《淮南紀行詩後序》。

〔一一〕朱買臣：西漢名臣，吴郡人，詳見卷三《雲樵子》。

〔一二〕陸機雲：東吴末年吴郡名士陸機與陸雲，天才秀逸，名震四海；後仕西晉，俱爲奸佞所害，時人痛悼深惜。參見本書卷一《和沈休文雙溪八詠》。《洪武蘇州府志》卷三十八《人物・文藝・陸機》：「字士衡，吴大司馬抗之子也。身長七尺，其身如鍾，少有異才，文章冠世。機率領父兵爲牙門將，年二十而吴滅。退居舊里，閉門勤學，積有十年……太康末，與弟雲俱入洛。造太常張華，華素重其名，如舊相識，曰：『伐吴之役，利獲二陸。』又常謁侍中王濟，濟指羊酪謂機曰：『卿吴中何以敵此？』答云：『千里蓴羹，未下鹽豉。』時人稱爲名對……機天才秀逸，辭藻宏麗，張華嘗謂之曰：『人之爲文，常恨才少，而子更患其多。』弟雲嘗爲書曰：『君苗見君文，輒欲燒其筆硯。』後葛洪稱：『其文猶玄圃積玉，無非夜光。五河吐流，泉原如一。其弘麗妍贍，英鋭標逸，亦一代之絶乎？』其爲人所推服如此。」又，《雲》：「字士龍，六歲能屬文，性情正，有才瑰。少與兄機齊名，雖文章不及機，而持論過之，號曰二陸。幼時吴尚書廣陵閔鴻見而奇之曰：『此兒若非龍駒，當是鳳雛。』後舉爲賢良，時年十六。刺史周浚召爲從事，謂人曰：『陸士龍，當今之顔子也。』……大將軍參軍孫惠與淮南内史朱誕書曰：『不意二陸相攜闇朝，一旦湮滅，道業淪喪，痛酷之深，荼毒難言。國喪儁望，悲豈一人？』其爲州里所痛悼如此。」

〔一三〕范蠡：春秋奇士，輔佐勾踐伐吴復仇，後功遂身退，隱居太湖。《國語》卷二十一《越語下》：「反至五湖，范蠡辭於王曰：『君王勉之，臣不復入越國矣。』……遂乘輕舟以浮於五湖，莫知其所終極。」

〔一四〕希文：北宋賢臣范仲淹，字希文，謚文正，蘇州吴縣人，詳見卷九《次韻謁范文正公祠》。《寶祐重修琴川志》卷五《敘水·水利》：「景祐間范文正公亦開浚五河，親至海浦。文正公守鄉郡，值歲歉，謂松江不能盡泄震澤之水，當疏導諸邑河渠，東南入吴松江，東北入揚子江。其後親至其地，開浚五河，疏導積潦，皆受其賜。」

〔一五〕《洪武蘇州府志》卷三十八《人物·文藝·張翰》：「字季鷹，吴大鴻臚儼之子也。有清才美望，博學善屬文，詞義新麗，造次立成，而縱任不拘，時人號爲江東步兵。會稽賀循赴命入洛，經吴閶門，於船中彈琴。翰初不相識，乃就循言談，便大相欽悦。問循，知其入洛。翰曰：『吾亦有事北京。』便同載即去，而不告家人。齊王冏辟爲大司馬東曹掾。冏時執權，翰謂同郡顧榮曰：『天下紛紛，禍難未已。夫有四海之名者，求退良難。吾本山林間人，無望於時。子善以明防前，以智慮後。』秋風起，乃思吴中菰菜、蓴羹、鱸魚膾，曰：『人生貴得適志，何能羈宦數千里以要名爵乎？』遂命駕而歸，著《首丘賦》，文多不載。俄而冏敗，人皆謂之見機，然亦以其輒去除吏名。翰任心自適，不求當世。或謂之曰：『卿乃可縱適一時，獨不爲身後名耶？』答曰：『使我有身後名，不如即時一杯酒。』人貴其曠達。」

〔一六〕海隅：常稱虞山。《洪武蘇州府志》卷二《山·常熟縣·虞山》：「在縣西北一里，一名海隅。山高一百六十丈，周回四十六里六十步……山雖無峰巒，而宛延起伏，略如卧龍，隨處望之，形勢各異。山之巔，堆垤磊硊，累累然如蓬顆，似皆人力爲之，或疑古人葬處。其中大抵壘石爲槨，巨石覆之。自邑市入虞山門即登山，半里至半山亭，躡山脊而上，至乾元宫前極目亭，下瞰萬家，平挹兩湖，南望姑蘇諸山，北見大江，最爲絶勝。」《嘉靖常熟縣志》卷一《山志·虞山》：「在縣治西北一里，《括地志》《祥符圖經》并曰海禺，《吴郡志》曰海虞，《續志》曰海巫。以爲海禺者，謂山臨海之隅；以爲海虞者，謂虞仲嘗隱此山，縣亦以山名；〔以爲〕海巫者，以商相巫咸與其子賢嘗居之，後葬於此。《越絶書》云：『虞山，巫咸所居。』蓋吴越時已名虞山矣。舊《志》言山長一十八里，其高處江外諸山皆可見焉。」

〔一七〕《嘉靖常熟縣志》卷一《山志·烏目山》：「在縣北十八里，《海經》以爲即虞山也，《吴地志》云：『海虞山北有烏目山，山有烏目澗。』」

〔一八〕職方氏：官名，掌天下地圖，主四方職貢。《周禮·夏官司馬第四·職方氏》：「職方氏，掌天下之圖，以掌天下之地，辨其邦國、都鄙、四夷、八蠻、七閩、九貉、五戎、六狄之人民與其財用、九穀、六畜之數，要周知其利害。」

〔一九〕故實：足以效法之舊事。《國語·周語上》：「賦事行刑，必問於遺訓，而咨於故實。」韋昭《注》：「故實，故事之是者。」

九靈山房集卷之十三

吴遊稿六

序

送董郎中序

十數年前海内兵起，生民塗炭。樞密院判官邁里古思公首率義從〔一〕，分鎮越江上，守要害以禦暴，立保障以生聚〔二〕，東南之民賴以休息者久之。方是時，士大夫咸聲隨影附，争遊其門以自效。若夫才識之優，文藝之贍，則未有過於董君正仲者矣。

君當院判公遇害之餘，即率其士大夫之在越者來歸我相國〔三〕。我相國以武濟世，以文經邦，不愛玉帛車馬，招納四方賢俊。而才識文藝之士彬彬然爲生民出者，大抵多遊院判公之門，藉院判公之門得美仕，至於今不絕。然特起驟爲柄用者〔四〕，常因其才而不盡以院判公之故，而其人猶曰「吾常遊於院判公」云耳。則院判公之所與遊，豈易得哉？況遊於其門而復以才特見柄用如董君者哉？

君由樞府都事爲分省員外〔五〕，尋拜公府長史〔六〕，擢樞府斷事官，轉經歷，所至甚宜於職，焯有譽聞〔七〕。今平章公開省臨安，更新庶務，思得宿學重望諳練治道之人以長其幕府〔八〕，乃以便宜薦君爲左右司郎中。將之官，樞府諸僚友請爲文以餞之。

夫千里之駒誠駿矣，然必育於范廄者爲足貴〔九〕；千尋之木信材矣，然必産於鄧林者爲足珍〔一〇〕。君以才識之優、文藝之贍早遊院判公之門〔一一〕，是故不失爲范廄之駒、鄧林之木矣。今復當王事靡盬之秋〔一二〕，而受我相之知遇，將見鳴和鸞於衢路〔一三〕，適繩墨於廟堂〔一四〕，而范廄之所育，鄧林之所産，不虛辱也。

然吾聞臨安爲東南一都會，平章公以重兵臨方面。當號令廣布之初，政治更新之日，其任爲至大，其責爲至重。贊之之方，宜制其變於晝諾之際，先其謀於籌思之時，推其源以捄其失，定其本以持其久〔一五〕。盡思廣忠，綽有可爲者，君其勉之。幕府者，庶政之喉衿①也〔一六〕，而軍旅之事亦有與責矣，況君居幕府之長而爲其所柄用者乎？

【題解】

郎中，元代行省從五品職官，詳見卷十二《送丁郎中赴京師詩序》。按《隆平紀事》，董郎中正仲，殆即初仕蒙元，後投張士誠之董綬。史册《隆平紀事》：「徐達籍所獲官屬……參政陳恭、謝節、董綬、王原恭……皆送應天。」又，「《續宏簡録》：『淮張下平江，有郭良弼、董綬者，先仕元，後從張吴遊，因盛稱楊乘才。』」

【校勘】

① 衿：乾隆本作「襟」。

【箋注】

〔一〕邁里古思：寧夏人，元末東南儒將，詳見卷一《邁里古思公平寇詩并序》。義從：志願從行者。《後漢書》卷四十七《班超》：「五年，遂以幹爲假司馬，將弛刑及義從千人就超。」

〔二〕保障：堡壘。生聚：繁殖人口，積蓄物資。

〔三〕相國：元末割據江淮之張士誠。

〔四〕柄用：掌權重用。
〔五〕樞府：元末張士誠把控之江浙分樞密院。都事：元正七品樞密院職官。分省：張士誠管轄之江淮分省。員外：通稱員外郎，從六品行省職官。二者參看卷八《奉陪省院諸公小集》。
〔六〕公府：古時三公衙署，此指張士誠太尉府。長史：職官名，其責近乎總管。
〔七〕《元史》卷八十八《樞密院》：「斷事官，秩正三品。掌處決軍府之獄訟……後定置斷事官八員，正三品；經歷一員，從七品。」焯：明顯，顯赫。
〔八〕平章公：江浙行省平章政事張士信，詳見卷九《題平章公所藏天馬圖》。開省：設立行省，徵召僚吏。《隆平紀事》：「至正二十四年……弟士信代爲江浙左丞相。」臨安：杭州別稱。《讀史方輿紀要》卷九十《浙江二・杭州府》：「宋仍爲杭州，建炎三年升爲臨安府。元曰杭州路。」
〔九〕范廄：唐時安禄山擢閑廄使，遴選良馬入范陽馬廄。《新唐書》卷二百二十五上《安禄山》：「又請爲閑廄、隴右群牧等使……既總閑牧，因擇良馬内范陽。」《歷代名賢確論》卷九十六張唐英《武后安禄山》：「於是以范陽之小，而求兼河東節度；以范陽少馬，而求兼飛龍廄群牧使。而朝廷不復思慮，惟遂其所求，乃選群牧勅腳駿馬送於范陽。兵强馬壯，沛然自大，遂圖不軌。」

〔一〇〕尋：八尺。鄧林：神話傳説中之樹林。《山海經·海外北經》：「夸父與日逐走，入日。渴欲得飲，飲於河渭。河渭不足，北飲大澤。未至，道渴而死。棄其杖，化爲鄧林。」

〔一一〕文藝：詩文造詣。葛洪《抱朴子·自敘》：「洪祖父學無不涉，究測精微，文藝之高，一時莫倫。」

〔一二〕靡盬：無止息。《詩經·小雅·四牡》：「王事靡盬，我心傷悲。」

〔一三〕和鸞：車鈴。《詩經·小雅·蓼蕭》：「和鸞雝雝，萬福攸同。」毛《傳》：「在軾曰和，在鑣曰鸞。」

〔一四〕適：主管。《詩經·小雅·巷伯》：「彼譖人者，誰適與謀？」朱熹《詩集傳》：「適，主也。」

〔一五〕畫諾：在文書上簽字以示同意照辦。捄：同「救」。

〔一六〕喉衿：喉嚨與衣領，喻要領關鍵。趙岐《孟子題辭》：「《論語》者，五經之錧鎋，六藝之喉衿也。」

送真郎中序

客省大使真保君拜江浙行中書左右司郎中〔一〕。君以名將相家仕於方面，其居理官也，則鞫①獄平允〔二〕，民不稱冤；其居客省也，則宣導有儀，等威有度，甚爲公相所器重〔三〕。至正甲辰秋，今丞相開省臨安，思得通習國典諳練治道之士以長其幕府〔四〕。顧視群僚中，惟君宜預是選，遂以便宜薦居今職。

吾屬獲交於君既久且相好也，故於其行不可無一言以贈，乃告之曰：先平章公以名臣貴胄宿德碩才，遭逢盛名廣大之日，敭歷省臺，秉麾授鉞者有年矣〔五〕。而顒顒昂昂②〔六〕，如珪之粹，如璋之美，不以至正而加厲，不以至明而加察。通乎事物之變而不膠於心，達乎天人之蘊而不滯於迹〔七〕。真古所謂愷悌君子四方爲綱者矣。

君結髮侍左右〔八〕，薰蒸乎直温剛簡之德〔九〕，漸漬乎三德三行之訓〔一〇〕。其耳目之所接，家庭之所習，無非尊君親上字民馭吏之道，昔日之所知，乃今日之所行，是宜君之居理官而獄訟平，居客省而儀度舉，有以致其公相之所采用也。雖然，夫所貴乎世家公子者，以能「纂乃舊服」〔一一〕，如先公之在省臺也。先公之流風善政，没世不忘。況臨安蓋嘗遥奉其約束，旁沾其德化，而民若吏至今思慕之不已〔一二〕。君誠能以先公之治省臺者，贊其在上之人而推廣之，吾民其庶幾乎？《詩》曰：「王命山甫，纘戎祖考〔一三〕。」我國有矣。又曰：「無忝爾祖，聿修厥德〔一四〕。」君其勉乎哉！

【題解】

真郎中，元末取媚張士誠之真保，參見卷十二《送傅子異序》。史册《隆平紀事》：「至正二十四年……秋八月，吳王士誠逐元丞相達識帖睦爾，幽之，以其弟士信代爲江浙左丞相。右丞答蘭帖木兒、郎中真保諂事吳王，媒孽丞相短。士信因數達識帖睦爾罪，勒令自陳老病避位，又脅將佐上言丞相非士信不可。即逼取符印，幽之嘉興，士信代爲丞相。」郎中，元代行省從五品職官。

【校勘】

① 鞠：乾隆本作「鞫」。

② 昂昂：乾隆本作「卬卬」。

【箋注】

〔一〕客省大使：通稱客省使；客省，古時官署，掌管國信使之朝見賜宴、四方進奉及外國朝貢等事；至正二十三年張士誠自立爲吳王，其禮儀幾近君王，故設客省使。《元史》卷八十七《百官三》：「客省使，秩從五品。大使二員，副使一員，至元二十五年置。」

〔二〕理官：行省理問所治獄職官，詳見卷九《送路理問出使太原》。鞠：通「鞫」。

〔三〕宣導：傳呼引導。等威：不同等級之威儀。《左傳·文公十五年》：「伐鼓於朝，以昭事神，訓民事君，示有等威，古之道也。」杜預《注》：「等威，威儀之等差。」公相：元末梟雄張士誠。

〔四〕丞相：元末江浙行省丞相張士信；參看卷九《題平章公所藏天馬圖》。

〔五〕歇歷：居官經歷。省臺：元中書省與御史臺。秉麾授鉞：掌管軍事重權；麾，將帥旗幟；鉞，古兵器，亦用作儀仗以象徵王權。

〔六〕顒顒昂昂：同「顒顒卬卬」，體貌温順，氣宇軒昂。《詩經·大雅·卷阿》：「顒顒卬卬，如圭如璋，令聞令望。」毛《傳》：「顒顒，温貌；卬卬，盛貌。」鄭玄《箋》：「體貌則顒顒然敬順，志氣則卬卬然高朗。」

〔七〕天人：天命與人事。藴：精藴，精深含義。王安石《答韓求仁書》：「求仁所問於《易》者，尚非《易》之藴也。」

〔八〕結髮：束髮，成童時期。

〔九〕薰蒸：薰陶。簡：寬大。《尚書·皋陶謨》：「簡而廉。」孔穎達《疏》：「簡者，寬大率略之名。」

〔一〇〕漸漬：浸潤。《周禮注疏》卷十五《師氏》：「師氏，掌以媺詔王。以三德教國子：一曰至德，以爲道本；二曰敏德，以爲行本；三曰孝德，以知逆惡。教三行：一曰孝行，以親父母；二曰友行，以尊賢良；三曰順行，以事師長。」

〔一一〕語出《尚書·君牙》。纂：繼承。舊服：舊業，祖先事業。

〔一二〕約束：規章制度。旁沾：普遍受益；沾，受益，沾光。

〔一三〕《詩經·大雅·烝民》：「王命仲山甫，式是百辟。纘戎祖考，王躬是保。」王：周宣王。山甫：周朝重臣仲山甫。纘：繼承。戎：汝。朱熹《詩集傳》：「戎，女也。」祖考：先祖。

〔一四〕《詩經·大雅·烝民》：「無念爾祖，聿修厥德。」朱熹《詩集傳》：「言欲念爾祖，在於自修其德。」

送楊都事序

楊君百川，世爲吴陵望族〔一〕。由諸生起家公府掾，有能聲，衆論賢之，薦爲江浙分省都事〔二〕。今以前職參贊右丞公軍府〔三〕，將行，中吴大夫士與百川善者〔四〕，咸歌詩餞之，而請余序之。

余曰：方今海内多故，兵戈四起，方面大臣往往藉土地竭貨財，招徠僄勇士〔五〕，務擊刺格鬭以爲强，軍中之氣凜然騰在人上。士之圓冠大裾，坐而堯言，起而舜趨者〔六〕，雖風從霧集列處幕府下，然皆噤口結舌，惴惴莫敢出一語開陳古先王之道而爲之裨贊。

當是時，非明憲度習文法周事情者〔七〕，不足以摇動之。伯川固世之圓冠而大裾者〔八〕，然起家公府掾，則憲度明矣；進擢都事①，則文法習矣；以諸生走南北，則事情周矣。而又本之以職守，將之以教令〔九〕，是行也，吾見其出入鳳池，從容虎帳〔一〇〕，彼之處尊位都重權者，咸磨去圭角，剗平畦岸〔一一〕，不敢傲然自較其尊卑，而古先王之治道庶可裨贊其一二矣。況右丞公之守錢塘，往往虛心多士，屈己下僚，與向之處尊位都重權者異也。嗚呼！以伯川之才之美而往贊右丞公〔一二〕，如決大川而注之海，余尚何所容喙於其間哉？

【題解】

都事，元時行中書省職官。《元史》卷九十一《百官七・行中書省》：「都事二員，從七品。」

【校勘】

①事：底本作「司」，乾隆本同；據上文「薦爲江浙分省都事」改。

【箋注】

〔一〕吴陵：漢末孫堅陵寢，亦名高陵；此代吴陵所在之元江浙行省鎮江路丹陽縣。《讀史方輿紀要》卷二十五《南直七・鎮江府・丹陽縣》：「吴陵，在縣西十五里。《志》云：『孫堅葬此，亦曰高陵。』」《至順鎮江志》卷十二《古迹・陵墓・丹陽縣・吴孫堅墓》：「在吴陵港，土人至今稱爲孫墳。以其最大，異於他墳，又呼曰大墳。按堅征襄陽，爲黄祖所殺，《吴志》及《建康實録》皆言還葬曲阿。後權稱尊號，謚堅武烈皇帝，墓曰高陵。」

〔二〕諸生：儒生。公府：元末張士誠府署。江浙分省：至正十七年，元朝設江淮分省於蘇州，以處張士誠官屬；至正二十三年張士誠自立吴王，或自設江浙分省於蘇州。《隆平紀事》：「乃以隆平北爲淮南省，南爲江浙省，分命人典試事。」

〔三〕右丞：江浙行省右丞答蘭帖木兒，詳見卷十二《送傅子異序》。

〔四〕中吴：吴中，蘇州别稱。王鳴盛《十七史商榷・晉書三》：「宋龔明之作《中吴紀聞》，此特取《史記・項羽紀》『籍避仇吴中』，倒其文耳，非别有一稱。」

〔五〕僄勇：敏捷勇敢。

〔六〕圓冠大裾：圓形冠帽寬大衣襟，形容儒生裝束。王安石《臨川集》卷八十四《送孫正之序》：「予觀今之世，圓冠峨如，大裾襜如，坐而堯言，起而舜趨，不以孟韓之心爲心者，果異衆人乎？」

〔七〕憲度：法度準則。文法：法令條文。周：通曉。《鬼谷子・符言》：「人主不可不周。」陶弘景《注》：「周謂遍知物理。」

〔八〕伯川：同「百川」；伯，通「佰」，「佰」又「百」之别體。《漢書》卷二十四《食貨志上》：「亡農夫之苦，有仟伯之得。」顔師古《注》：「伯音莫白反，今俗猶謂百錢爲一伯也。」

〔九〕將：奉行。《詩經·大雅·烝民》：「肅肅王命，仲山甫將之。」

〔一〇〕鳳池：禁苑池沼鳳凰池，此代江浙行省。虎帳：將軍營帳。

〔一一〕都：總領，統管。《鶡冠子·泰録第十一》：「故孰不詔請都理焉？」陸佃《注》：「都之爲言總也。」圭角：玉圭棱角，喻鋒芒。歐陽修《張子野墓誌銘》：「遇人渾渾不見圭角，而守志端直，臨事敢決。」畦岸：同「崖岸」，形容高傲不可親近。魏徵《唐故邢國公李密墓誌銘》：「（楊素）崖岸峻峙，天資宏亮，壁立千仞，直上萬尋。」

〔一二〕《論語·泰伯》：「子曰：『如有周公之才之美，使驕且吝，其餘不足觀也已。』」

送馮員外序

國家置官，内而朝廷，外而方面，皆爲之設幕府以廣其贊助。所以勖道勸德，補政益治，出入詢謀，言動獻替者也〔一〕。然其爲職亦甚難矣。夫知之而必言，己所可爲也；言之而必從，豈己之所能哉？上無必從之道，則下有必①失之患，非謂之難而何？

雖然，今之居是職者，吾亦未見其爲難也。上之所行是耶，則每徇之於外曰〔二〕：「是己嘗與損益之云耳。」上之所行非耶，則每恕之於内曰：「吾居人之下，言不吾從，行不吾專，而力不吾敵〔三〕。與其立異而速悔，曷若附和而取容〔四〕？」苟焉以全吾位保吾禄而去，是其爲職也，豈不易易哉？

余謂士之居其位事其人，當勉其所難而戒其所易。能勉其難而戒其易，斯無負國家置官之意矣。馮君初以才辟淮省掾，從仕照磨及檢校官，後改浙省都事〔五〕，皆以善贊助稱。今復以員外郎從平章公於臨安〔六〕。平章公以傑出之資，負有爲之志，方將賢禮僚屬，訪問直道，以一新其弊政。君之往也，吾見其無言不從，無行不得，雖不欲以易於其職者自處，而亦無向之所謂難者矣。君其勉之乎！

【題解】

員外，行省從六品職官，《元史》卷九十一《百官七·行中書省》：「員外郎二員，從六品。」

【校勘】

①有必：底本作「必有」，據乾隆本改。

【箋注】

〔一〕詢謀：謀於衆人。《尚書·大禹謨》：「朕志先定，詢謀僉同。」獻替：獻可替否；進獻可行者，除去不可行者，即諍言進諫之意；替，廢棄。《左傳·昭公二十年》：「君所謂可，而有否焉，臣獻其否，以成其可；君所謂否，而有可焉，臣獻其可，以去其否。」

〔二〕外：言行。揚雄《揚子法言》卷三《修身》：「其爲中也弘深，其爲外也肅括，則可以禔身矣！」

〔三〕專：獨斷專行。敵：對等，相當。

〔四〕速：招致。取容：取悦他人以獲益。《吕氏春秋·似順論第五》：「夫順令以取容者，衆能之，而況鐸歟？」高誘《注》：「容，説也。」

〔五〕淮省：江淮分省，至正十七年張士誠納款元廷後設於蘇州。照磨：元行省照磨所正八品職官。檢校：元行省檢校所從七品職官。都事：元行省從七品職官。俱見《元史》卷九十一《百官七·行中書省》。

〔六〕平章公：江浙行省平章政事張士信，參見卷九《題平章公所藏天馬圖》。臨安：元時江浙行省治所杭州。

送劉以順詩序

諮議番陽葉君有兄曰德齋者〔一〕，嘗以江西省員外郎分治廣海間〔二〕，後竟没身王事，而諮議君莫知之也。至正癸卯廣東舶商劉以順至三吴〔三〕，始持員外公故人書遺諮議君，而告以員外死事。諮議君捧書哭仆地，絶而復蘇者數四。已而進以順，詢及其家人，以順曰：「余不識員外公，然聞員外死時，彭夫人已卒，惟孤子肇慶在，今亦莫知其所向矣。」諮議君收涕言曰：「我兄已矣，使是子而在，則我兄雖死猶不死也。雖然，當煙瘴晦冥之際，干戈紛擾之時，而以眇焉獨繭之緒寄諸萬里外，誰爲我致之者？終當棄官往訪，以存我兄之胤嗣。」言已，復哭之慟。

以順因亦泫然出涕，爲感動者久之。既而曰：「余嘗以商事走湖海間，見人視兄弟及兄弟之子，往往如秦人視越人之肥瘠，漠焉不加喜慼於其心〔四〕。而諮議君獨眷戀如是，可謂義人矣！余雖不敏，獨不能感君之義以承君之諾乎？」諮議君拜且泣曰：「果能是，吾將有以報子矣。」

於是以順杭海而南抵惠州〔五〕，訪員外公門人故吏，無在者。已而聞諸道途之言，始知葉氏孤流落州民朱氏家，後以百計得之。以順奮不顧身，即手攜是子，出入鯨波之中，間關虎狼之境〔六〕，越萬里以歸之。

諮議君德之甚，力挽以順留吴，且將圖報於以順。而以順竟擇日戒行李去之不顧也〔七〕。諮議君方以高才雅識佐今太尉丞相治吴，進退人才直易易爾〔八〕。人咸謂以順小留，諮議君必有以處以順者。以順曰：「吾以感人之義不食人之諾而來。事既已，吾當歸爾，不知其他也。」

烏乎①！君子之所爲，惟其義而已矣〔九〕。當慷慨恤人之孤，不顧一己利害時，但知義之所在當如是耳，初豈有絲毫邀報之心哉！不然，非有職司之責簡書之畏也〔一〇〕，而顧以六尺之軀自試於萬里不測②之危地哉！今世之士大夫食人之禄者亦多矣，然或以事適數百里外，則戚戚焉而思引避者有矣；或於事而無避，然不免食人之諾者有矣；能弗食人之諾，或不無望報之心者有矣。其聞以順之風，亦可少愧哉！以順行有日，諮議君爲哀詩餞之，而屬余序其事於首簡如此〔一一〕。

【題解】

劉以順，元末廣東船商，遷徙貿易而唯義是重，素昧平生以恤人之孤，大恩於人卻辭拒酬謝，其依仁蹈義之光有以驅俗情滌陋風。馬玉麟《東皋先生詩集》卷二《鶺鴒詞送劉義士歸廣東》：「琵琶洲前雙鶺鴒，秋風吹寒飛復鳴。低回高舉日相向，水暖東湖芳草平。倏然分飛竟何止？一落吴淞飲江水，一飛遥遥隔滄海，遠入蜑民煙瘴裏。十年不得同伴歸，萬里急難情義違。棠棣花開又花落，滿眼風塵相見稀。廣城嵐氣散絲雨，長日寥寥歎無侶。經時不食秋水寒，寂寞叢篁委毛羽。沙頭白日生黄蘆，中有反哺之孤雛。孤雛欲歸海天遠，哀鳴念念隨飛鳧。飛鳧不識雛歸路，偶入劉郎碧桃樹。劉郎爲雛重丁寧，汝族至今在吴住。南風引汝向北飛，好去蒼茫東海西。闔閭城邊春草緑，望汝歸來同汝棲。雛歸見親喜還舞，忘卻從前道途苦。雛兮雛兮慎勿忘，劉郎高義傳千古。」

張士誠參軍葉懋，字德新，眷念劉氏大恩至德，哀詩以餞之。《明史》卷一百二十三《張士誠》：「二十三年九月，士誠復自立爲吴王……參軍黄敬夫、蔡彦文、葉德新主謀議。」葉德新嘗作銘自警，斯銘可窺修身樂道之一斑。史簡《鄱陽五家集》卷十一《元葉懋僅存詩·銘一首》：「銘者，銘其器以自警之辭也。蓋觀古人有座右之作，非銘其器，直銘其言，尤爲簡要。余切慕之，謹述韻語三百字，揭諸座隅，朝夕觀覽，蓋非敢以擬諸昔賢，聊以示諸子云耳。伊昔古聖皇，性中有天理。勳業德如天，孝悌而已矣。禹湯及周孔，大道同一軌。天機斡元化，乾健無息止。人生於其間，秉德斯懿美。此心本虚明，塵翳或爲滓。學雖慕前修，論恐墮凡鄙。鼎鼎百年内，歲月白駒駛。草木易成灰，聖哲元不死。戰兢恒自持，凜若涉淵水。惟仁思吾居，非義勿吾履。宅心在中正，作事不偏倚。孝乃德之先，敬乃行之始。禮意睦姻親，誠心接閭里。有善推於人，有過責於已。小忿須必懲，大惡或不彌。善端默無見，福報還可竢。禍招必有根，人病不察耳。禍福在吾心，昭晰甚明煒。有失莫甚憂，有得莫甚喜。無貪即無求，有譽還有毀。得失在吾心，毀譽在乎彼。富貴有時來，貧賤寧足恥？窮達聽於天，壽夭難預擬。我謙吾自吾，彼作爾爲爾。人心曲如鈎，天道直如矢。高明乃真儒，固瘁匪嘉士。聖途雖甚遠，涉遠必自邇。恭惟百世師，懷哉我夫子！」

葉懋宦迹亦載友人詩文。陳基《夷白齋稿》卷十二《原器贈葉德新照磨》：「鄱陽葉君德新，束髮讀父兄書。既長，以六藝百家自緣飾，從東諸侯遊，爲郡府史，籍籍有聲流輩間。吾素聞其在甌越時佐郡理官治獄，活不當死者數百人，甌越間人至今稱之。及余以樞密都事左右司員外郎待罪江浙行省文武兩府，而德新由漕史辟掾行中書，辱同在幕下。德新出則操章程参紀律，從將相征討不庭，雖犯霜露冒矢石不避；入則與郎吏百執事進退廟堂，鞠躬盡瘁，務是是非非以忠所事。俛仰六七年如一日，未嘗以利害爲趨舍。余恒爲之語曰：『德新，有用之器也。』今年將相多其勞，承制擢德新行中書賓屬爲照磨。余又欣然謂僚友曰：『方面大臣夙興夜寢，思欲與四方士大夫共天下股肱之寄，猶宫室之於材木、音樂之於琴瑟、衣服之於布帛、舟車之於水陸不啻也。德新以其所抱負從容於規矩尋尺抑揚輕重之中，殆琴瑟之叶和，柱楔之中度，布帛之適體，舟車之服習有素者乎！充是以往，等而上之，蓋無施而不可也。』」

【校勘】

①烏乎：乾隆本作「嗚呼」。

②測：底本作「惻」，據乾隆本改。

【箋注】

〔一〕諮議：常稱諮議參軍。番陽：同「鄱陽」，元代江浙行省饒州路屬縣，參見卷一《平饒信詩》。

〔二〕廣海：臨近南海之兩廣地區。《欽定續通志》卷四百十四《宋一百十八・楊大異》：「命予節兼庾事，進直秘閣，提點廣東刑獄兼庾事……改提點廣西刑獄兼漕庾二司……廣海幅員數千里，道不拾遺，報政爲最。」

〔三〕三吴：常指吴興、吴郡、會稽，亦曰吴郡、吴興、丹陽，或言蘇州、潤州、湖州。《水經注》卷四十《漸江水》：「漢高帝十二年，一吴也；後分爲三，世號三吴，吴興、吴郡、會稽其一焉。」

〔四〕韓愈《争臣論》：「視政之得失，若越人視秦人之肥瘠，忽焉不加喜慼於其心。」

〔五〕惠州：今廣東惠州，元時江西行省惠州路。

〔六〕間關：旅途崎嶇艱辛。

〔七〕戒行李：戒裝，備辦行裝。

〔八〕太尉丞相：元末縱横東南之張士誠。直：真。《莊子・田子方》：「直土埂耳。」陸德明《釋文》：「直，本亦作真。」易易：容易。柳宗元《晉問》：「若果有貢於上，則吾知其易易焉也。」

〔九〕《孟子・離婁下》：「孟子曰：『大人者，言不必信，行不必果，惟義所在。』」

〔一〇〕職司：職務。簡書：文書，公文。《詩經・小雅・出車》：「豈不懷歸？畏此簡書。」朱熹《集傳》：「簡書，戒命也。」

〔一一〕裒：聚集。《爾雅·釋詁上》：「裒，聚也。」

送錢參政詩序

昔者藩翰守臣多以武人爲之，安危大柄盡出於其手。然後左右前後皆一時慓勇士，惟知馳馬試劍擊刺以爲强。一有被①儒服之人開口説仁義禮樂法令事，則往往拒絶勿使近。故其流弊卒至驕蹇自恣〔一〕，甚者蔑棄約束盜有其衆以自私。我相國痛懲前弊〔二〕，凡守疆場綰兵柄者，始參用儒服之人〔三〕，使以仁義爲干戈，禮樂爲甲胄，法令爲矢石，是②則安危大柄其遂倚重於儒臣矣乎！

淮安守者嘗踵故弊，妄啓事造釁〔四〕。相國撫之以威惠，鎮之以親兵，而命淮省參政桐川錢公總治焉〔五〕。公以甲寅科南士第一名中選〔六〕，授翰林國史院編修〔七〕。後出使方面，留掾行臺〔八〕，除浙省都事。會淮安乏守，遂以其省員外郎往繼，由員外升郎中，由郎中擢太尉參軍〔九〕。後居太夫人憂於吴興〔一〇〕。僉謂士之身繫安危者，古有起復之典〔一一〕，又可聽其終喪而不强起之乎？遂超授今職，仍俾總治淮安，以守其故地。公引義固辭。使者促上道，至五六弗止。公不得已，乃墨衰絰而就職〔一二〕。

於是戒塗有日，中吴大夫士以韓昌黎《送李尚書》詩分韻賦古律餞之〔一三〕，且謂余宜爲文序諸首。

竊觀淮安統有兩淮之地凡十六郡〔一四〕，其他名州壯縣蓋數十焉。相國以重兵分鎮之，帶甲之士動十萬計。其土地之廣，兵戎之衆，誠非他郡府所及。然當百戰之餘，人民流散，田業多荒，而生意蓋蕭然矣。其所仰給者不過東南之餱糧，轉輸之事雖日月相繼，而從軍吏士猶燕豆疏惡〔一五〕，有辛苦無聊之心。爲今之計，莫若寓兵於農，興屯田之政，爲富國之本。使吾之將士得以坐享其成利。於是乎椎牛釃酒，豐犒部曲而休養之〔一六〕，以固其軍心，以增其士氣，庶可用之於戰守。則屯田豈非今日之急務乎？

烏乎③！若公者，其亦有見於此乎？公之守淮也，亦既本之以仁義，道之以禮樂，輔之以法令，有以致其軍士之帖服〔一七〕。而比年以來，又廣屯洪澤〔一八〕、芍陂之田以佐其兵費〔一九〕。蓋洪澤既耕，則淮之東可守；芍陂既種，則淮之西無憂。公於此可謂得守淮之急務矣。昔晉羊祜之守襄陽也，嘗減戍邏之卒，墾田八百餘頃。始至無百日之糧，季年乃有十年之蓄〔二〇〕。則公豈非羊祜其人乎？烏乎！此固吾儒之能事，而謂彼武人者能之乎？然則安危大柄其可不倚重於公也乎？

公事二親盡孝，其在朝廷嘗以孝行動皇上之知。及歸省桐川，僅奉其親以居越，而桐川之兵禍④曾不旋踵而見之，識者以爲皆公孝感之所致。公之孝於其親者如此，則其所以忠於事上也，宜其如前之所爲矣，是以不可不表而論之〔二〕。

【題解】

參政，行中書省從二品職官。錢參政，元末桐川錢用壬，初名治，字成夫。史册《隆平紀事》：「錢用壬，字成夫，桐川人。仕元爲翰林國史院編修，歷官江浙行省左右司員外郎，移守淮安，擢太尉府參軍，又參平章張士信軍事於淮安。升參政，鎮淮、徐、邳三州。後仕明，爲禮部尚書。」

錢用壬，嘗遊貢師泰之門而甚爲相得。錢用壬《玩齋集序》：「今年春，先生將漕閩廣粟，道出海昌，值海上有警，而遂留居焉。用壬日陪杖履，散步林皋，從容進曰：『先生昔所示文若詩，敢請以畢前志。』先生喟然歎曰：『自散亂以來，圖書散失，吾文稿之所存者，十亡一二。今吾老矣，追思盛年之所作，殆不可復已。然吾胸中之耿耿者猶在，雖孤客遠寓，而感時撫事，未嘗不形之詠歌也。』因發篋中所藏，前後得四百餘篇。批閱數四，於是知先生之學益至而識益遠，才益廣而氣益充，非仁義道德之素積於中，歷困窮患難而不動其心者，安能若是也哉？亟欲類之成帙，適有校藝江浙之行，又不果。既歸，則其門人謝肅已序次之矣。」

錢氏事迹散見於師友詩文。楊翮《佩玉齋類稿》卷三《送錢生序》：「宣魏彦明以《春秋》學教授諸生。余與之遊，問以諸生孰爲優者，必曰錢生。詢其志，則曰：『專問學而羈寓之不恤，攻文藝而澹泊之不厭，徵成立而劬勩之不移。』若此其篤也。考其能，則曰：『目之所擊，識焉而無或遺；心之所融，析焉而無或繆；意之所造，發焉而無或難。』若此其雋也。求其行，則曰：『儀之文也，而能守以度；言之辯也，而能制以謹；才之敏也，而能處以不矜。』若此其修也。既而審其年，則曰：『詔行貢舉之歲，干之首合於析木，於是乎始生。』若此其壯也。余聞而固已奇之，會彦明與衆人有忤，排毁交至，右之者不數人，其諸生固能不畔以去，獨錢生資之愈深，助之甚力，向慕之益堅。夫能於其師尊信之又若此，是宜獨見稱於其師也。初彦明學於鄉，束脩之敬不越四境而學以成。至其爲師，則旁郡鄰邑之秀從之如雲，而學《春秋》者因以大振。錢生而非刻意乎《春秋》，其亦果能得於彦明若此乎？余蓋深有以奇生矣。雖然美而不可恃者，質也；逝而不可失者，時也。生於此誠能加勵其志，以充其行與能，他日寧不能以《春秋》之學來四方之俊乂，而教之若彦明比乎？今而焉就試於有司，將道其鄉拜其父兄而往，余固不能不爲之言以發之。若由是而偃然以進於道，則余之所以奇生者，又不特止於是而已。生，桐川人，名治，字成夫。余爲上元楊翮。」

陳基《夷白齋稿補遺·送謝元功有引》：「予與桐川錢君成夫同在江浙分省幕，君與予言浙東西所交之賢必首及謝元功……予遊四方，所相知而好者貢公，所與同幕而相得者錢君。今公已矣，錢君又在淮楚江湖寂寞之濱。」

錢用壬以淮省參政去吴赴淮，同僚雜然賦詩。馬玉麟《東皋先生詩集》卷四《送錢參政》：「十年海宇混風塵，今日勳庸屬縉紳。謀國盡推才間世，籌邊總説智如神。甲科自昔稱佳士，大雅於今見舊人。天入全吴沾雨露，風行三楚聽絲綸。南州涵養歸元氣，西徼安危倚大臣。赤幟過齊終入趙，黄河繞渭未通秦。秋高飲馬長城窟，月落鳴笳泗水濱。檄下柳營朝遣將，夢回玉帳夜思親。散金幕府收英俊，東帛丘園訪隱淪。愧我才名非賈董，感君交義重雷陳。燈前劍舞鷄鳴早，海上書緘雁過頻。製得平淮碑頌了，坐看高閣畫麒麟。」

楊基《眉庵集》卷一《送參政錢誠夫之淮安》：「潮落大江渾，烏啼曙色分。公侯千萬騎，送别隘人門。威儀督府嚴，禮秩節度尊。兩淮甲胄士，十年弓箭痕。南陽與豐沛，自古重承恩。」

【校勘】

①被：底本作「彼」，據乾隆本改。

②是：底本作「見」，據乾隆本改。

③烏乎：乾隆本作「鳴呼」；下文「烏乎」，乾隆本亦作「鳴呼」。

④禍：底本作「禂」，據乾隆本改。

【箋注】

〔一〕驕蹇：驕傲乖戾。《漢書》卷四十四《淮南厲王劉長》：「自以爲最親，驕蹇，數不奉法。」顔師古《注》：「蹇謂不順也。」

〔二〕相國：此指元末梟雄張士誠。

〔三〕疆場：邊境。參：夾雜。《資治通鑑·周紀四》：「以是相參也。」胡三省《注》：「參，相參列也，間廁也。」

〔四〕淮安：參見卷十二《淮南紀行詩後序》。釁：争端，仇隙。

〔五〕桐川：或曰桐汭，或曰白石水，元時江浙行省廣德路江流，常代稱廣德。高士奇《春秋地名考略》卷十一《桐汭》：「《哀十五年》：『楚伐吴，及桐汭。』杜《注》：『宣城廣德縣西南有桐水出白石山，西北入丹陽湖。』臣謹按，桐水在今江南廣德州西北二十五里，亦曰桐川，源出州南白石山，西北流經建平縣界，又西入宣城縣界，爲白沙川，亦曰綏溪，匯於丹陽湖，入大江。或謂之白石水。」貢奎《雲林集·過廣德》：「黄塵鞍馬夕陽邊，不到桐川十二年。萬事只多新白髮，虚名何日賦《歸田》？」

〔六〕《元史》卷八十一《科目》：「蒙古、色目人作一榜，漢人、南人作一榜。」

〔七〕《元史》卷八十七《百官三·翰林兼國史院》：「編修官十員，正八品。」

〔八〕行臺：元時江南諸道行御史臺。

〔九〕都事、員外郎、郎中：元行省從七品、從六品、從五品職官。太尉：元末張士誠納款元朝後封太尉。見《明史》卷一百二十三《張士誠》。

〔一〇〕吴興：元時湖州路。《讀史方輿紀要》卷九十一《浙江三·湖州府》：「三國吴寶鼎元年始置吴興郡。晉、宋、齊因之……唐復置湖州，天寶初曰吴興郡……元曰湖州路。」

〔一一〕僉：全。起復：古時官員父母辭世，喪期未滿而應召任職。《宋史》卷三百一十三《富弼》：「故事，執政遭喪皆起復，帝虚位五起之，弼謂此金革變禮，不可施於平世，率不從命。」

〔一二〕墨衰經：黑色喪服；衰經，詳見卷七《志樓楨殯記》。《左傳·僖公三十三年》：「遂墨以葬文公，晉於是始墨。」

〔一三〕錢仲聯《韓昌黎詩繫年集釋》卷九《送李尚書赴襄陽八韻》：「帝憂南國切，改命付忠良。壞畫星摇動，旗分獸簸揚。五營衣轉肅，千里地還方。控帶荆門遠，飄浮漢水長。賜書寬屬郡，戰馬隔鄰疆。縱獵雷霆迅，觀棋玉石忙。風流峴首客，花豔大堤倡。富貴由身致，誰教不自强！」古律：與近體詩絶句、律詩相對，不講求對仗、平仄等格律，用韻比較自由。

〔一四〕兩淮：宋時淮南東路與淮南西路，與元末淮南江北行省地域相當。《宋史》卷八十八《地理四·淮南路》：「東路。州十：揚、亳、宿、楚、海、泰、泗、滁、真、通。軍二：高郵，漣水。縣三十八……西路。府：壽春。州七：廬、蘄、和、舒、濠、光、黄。軍二：六安，無爲。縣三十三。」

〔一五〕燕豆：古代宴飲時盛食品器具。王安石《送鄆州知府宋諫議》：「海谷移文省，谿堂燕豆添。」疏惡：粗劣。

〔一六〕椎牛釃酒：宰牛斟酒。《宋史》卷二百六十二《劉几》：「夫椎牛釃酒，豐犒而休養之，非欲以醉飽爲德，所以增士氣也。」部曲：古時軍隊編制單位。《漢書》卷五十四《李廣傳》：「及出擊胡，而廣行無部曲行陣。」顏師古《注》：「《續漢書百官志》云：『將軍領軍，皆有部曲。大將軍營五部，部校尉一人。部下有曲，曲有軍侯一人。』今廣尚於簡易，故行道之中不立部曲也。」

〔一七〕道：通「導」，引導。帖服：服帖，順從。

〔一八〕洪澤：湖泊名。《讀史方輿紀要》卷二十一《南直三・泗州・盱眙縣・洪澤浦》：「縣北三十里。舊有破釜塘，鄧艾立白水塘與破釜相連，開水門八以溉田。其後煬帝幸江都，道經此，久旱遇雨，因改今名……元至元二十三年淮南立洪澤、芍陂兩處屯田。初，兩淮兵燹之餘，荆榛蔽野，宣慰司昂吉兒言可立屯田以給軍餉。至是試行，果大穫。遂以兵三萬屯此，歲得米數十萬斛。」謝肅《密庵集》卷三《洪澤》：「東流澤受群流廣，遠近雲飛倒影過。萬古蛟龍深處有，太陰雷雨四時多。牙船實欲通淝水，錦纜虛疑轉汴河。會整廢田重灌溉，楚農齊唱有年歌。」

〔一九〕芍陂：湖澤名，詳見卷八《偶書》。

〔二〇〕《晉書》卷三十四《羊祜》：「祜率營兵出鎮南夏，開設庠序，綏懷遠近，甚得江漢之心……於是戍邏減半，分以墾田八百餘頃，大獲其利。祜之始至也，軍無百日之糧，及至季年，有十年之積。」

〔二一〕《孝經・廣揚名章第十四》：「君子之事親孝，故忠可移於君。」

送陳嘉興序

惟我相君之治吴也〔一〕，思有以畏服衆志而安定之。乃起文學通練之士以慰其民望，而士大夫之在吴者，蓋彬彬然而出〔二〕。若夫禮樂之器、文藝之學〔三〕，則未有過於陳君子方者矣。

君，汴人也。乙亥間以《春秋》薦於鄉，及禮部輟科，爲觀風使者所推擇，捧檄云邁，假道於吴〔四〕。先平章公見其意氣之宏達，議論之慷慨，經畫之整密，而文物之雍容也〔五〕，遂以行省都事薦起之。於是章程之施於庶府，故寔之講於幕中，文移之行乎軍旅〔六〕，其赫然震耀於西浙者，大抵皆君啓之也。

居久之，乃以年勞升理問，由理問爲郎中。會嘉興郡守乏人，咸謂非借重於君不可。蓋以多事之秋，列郡人民救死扶傷於田里閭閻者〔七〕，疾病呻吟，未甚休息也。而東征西討，賦斂繁重，撫摩惠愛之恩未盡浹洽也〔八〕；深文俗吏接踵有司，寛裕忠①厚之政未足以旁達幽遠也〔九〕。二千石苟非其人，則何以哉〔一〇〕？於斯時也，寧輟君於省府之親密，而使專城②於千里者〔一一〕，其意亦深矣乎！

於是省府諸公惜僚友之遽别，念舟車之莫留，請余爲文以爲贈。余既知君最深，又方承乏儒臺，以文墨爲職業，其可以固陋辭〔一二〕？乃序之曰：

我朝設進士科以取士，或病實效之不著，然於河南乃獨得其二人焉〔一三〕。其一曰君之兄參政公，當科舉復行，嘗以廷對魁天下士〔一四〕。自後敭歷華要，卓然有爲。在中臺時〔一五〕，屢以直言忤意，奮不顧私，其清節勁行，朝議③偉之，天下壯④之。其一則君也，君所居位視參政公雖稍後，然觀其設施如此，所至豈易量哉？追蹤參政公，豈晚也哉？君行矣，姑待君於蘇臺之上〔一六〕，三年而歸，有以告我焉。

【題解】

陳嘉興，嘉興郡守陳子方，嘗官江浙行省理問，卷十一《六柳莊記》所載之沈達卿爲其同僚。《夷白齋稿》卷九《沈達卿陳子方二理問》：「二妙相看如弟兄，白鷗波上忝同盟。老來轉覺襟期好，别後令人鄙吝生。萬里貔貅方北戍，九秋鴻雁盡南征。洞庭橘熟香醪嫩，心渴還思阮步兵。」

陳子方，元末謙恭寬厚者。陶宗儀《南村輟耕録》卷五《交誼》：「陳子方、閔仲達，同舍生也，皆待次杭府史。陳月日在前，閔以計力反先之。陳殊無怒意，因赴都，以薦舉入仕，歷官浙西廉訪司僉事。閔方升書吏，聞陳來，歎曰：『復何面目見之？』遂稱疾不出。陳下車，即問左右曰：『閔仲達何在？』衆以疾對。陳曰：『必爲我故，非疾也。』亟造其家，皇恐出肅。陳曰：『吾與君氣誼契厚，君昔先我而食禄者，命也。使非此，吾又能致是耶？今幸同一公署，惟有以教正之，幸甚。寧舍我與？』閔感激從事，相好如初。」

【校勘】

①忠：底本作「志」，據乾隆本改。

②城：底本作「誠」，據乾隆本改。

③議：底本作「儀」，據乾隆本改。

④壯：底本作「社」，據乾隆本改。

【箋注】

〔一〕相君：元末梟雄張士誠。

〔二〕文學：文章學問。《隆平紀事》：「張吳開宏文、賓賢諸館，又築景賢樓以爲招賢之所，贈遺輿馬、居室、服食、什器甚具。吳中才雋及四方文學知名士避兵僑寓者多歸之，或居賓位，或就僚屬，或主謀議，或典文章，彬彬焉盛於東南。」

〔三〕器：才能。文藝：著述創作。

〔四〕輟科：廢止科舉考試。觀風：察民情以窺施政得失。云邁：遠行；云，助詞。《説文》：「邁，遠行也。」

〔五〕先平章公：元末豪雄張士德。《隆平紀事》：「（至正十七年）表授士誠太尉，開府平江。弟士德淮南平章……（至正十八年）明太祖欲以所獲將士三千人易永安，士誠不從；士誠欲以永安易士德，太祖亦不許。後士德不食死，永安亦卒於吴。」文物：車馬服飾旌旗儀仗等事物。宋之問《駕出長安》：「太平多扈從，文物有光輝。」

〔六〕庶府：此指省府各部門。故寔：同「故實」，參見卷十二《琴川志序》。文移：公文。

〔七〕閭閻：里巷大門，泛指里巷、民間。

〔八〕浹洽：廣泛霑潤，遍及。

〔九〕深文：援引法律條文苛細嚴峻。旁：普遍。

〔一〇〕二千石：漢制，郡守俸禄二千石，遂以二千石代郡守。《漢書》卷八十九《循吏傳》：「與我共此者，其唯良二千石乎！」顏師古《注》：「謂郡守、諸侯相。」

〔一一〕專城：主宰一城之州郡長官。

〔一二〕承乏：任職，謙辭。《左傳·成公二年》：「敢告不敏，攝官承乏。」杜預《注》：「言欲以己不敏，攝承空乏。」

〔一三〕河南：元時河南江北等處行中書省。

〔一四〕參政：參知政事。《元史》卷八十五《百官一》：「參政二員，從二品。副宰相以參大政，而其職亞於右、左丞。」廷對：殿試，由皇帝在宫禁内主持之考試。

〔一五〕中臺：元時指中書省，諸相居之；陳氏擢參政，實爲副宰相。李直夫《虎頭牌》第四折：「又不是相府中臺，御史西臺，打的你肉綻也那皮開。」

〔一六〕蘇臺：通稱姑蘇臺。《洪武蘇州府志》卷四十三《古迹·姑蘇臺》：「一名胥臺，在吴縣横山西北麓姑蘇山上，吴王夫差造。《越絶書》卷十二《内經九術》：『於是作爲策楯，嬰以白璧，鏤以黄金，類龍蛇而行者。乃使大夫種獻之於吴……吴王不聽，遂受之，而起姑胥臺，三年聚財，五年乃成。高見二百里，行路之人道死屍哭。』」

送丁山長序

古者學無常師，名一人爲師，而其餘皆如弟子焉者，今之學官是也。然求其稱是職而無愧，不亦難哉！江南科舉盛時，蓋嘗有議之者，其説以通經義能辭賦爲稱職〔一〕。至辛巳之歲，科舉既輟而復行，朝廷遂著令以鄉貢下第者署郡學正及書院山長〔二〕，則庶幾議者之遺意。而其效之淺深，則又係諸其人，而非法之罪也。

丁君子儀嘗以《書經》中江浙鄉試，上名。於是南北阻兵，道里不通，欲貢之春官未能，浙省丞相便宜授吴之甫里山長〔三〕。吴爲浙中文獻之邦，游儒奇士冠靡而轂擊，居學官者爲尤難〔四〕。子儀設①席於此，以其學於己者淑諸人，不爲新奇以取名，不爲昏誕以徇俗，使賢②而才者有所據立，愚不肖者有所化而改。至於事上接下之密，勾稽錢穀之嚴〔五〕，繕修屋舍器物之備，時人以爲能者，在子儀則其餘事耳。以故縉紳韋布之士識與不識〔六〕，皆不謀而同聲曰：「此固通經學而能辭賦者也，此固稱其職而無愧者也。」亦既在官五載，受代而歸。訓導張某、金某以余嘗提舉儒學，知子儀爲特深，又且舍子儀之館〔七〕，與子儀交最密，是以來請文以贈。

余不得辭，抑余私有贊子儀者。子儀爲湖之秀彥，而湖則安定胡先生之所教也。安定教湖學時，嘗置經義、治事二齋以淑其人士，如治民、治兵、水利、算數之類，亦皆在所當習〔八〕。是則安定之爲教也，似不止經義、詞賦二者而已耳。子儀去安定雖稍遠，然流風餘澤被於是郡，則其得之安定者深矣。繼兹以往，法當教授一郡〔九〕，子儀尚毋以今之稱其職者爲已足，而益求安定之所以教湖學者而致力焉，吾徒其庶幾乎！湖郡太守陳君元禮〔一〇〕，余友也，子儀歸以余言質之，其將有發也夫！

【題解】

山長，書院主管。《元史》卷八十一《選舉一·學校》：「其他先儒過化之地，名賢經行之所，與好事之家出錢粟贍學者，并立爲書院……書院設山長一員。中原州縣學正、山長、學録、教諭，并受禮部付身。各省所屬州縣學正、山長、學録、教諭，并受行省及宣慰司劄付。」丁山長，字子儀，湖州人，元末甫里書院山長。

【校勘】

①設：諸本皆作「倚」，謹循上下文意改。

②「賢」至篇末：黄靈庚主編之《重修金華叢書》正統本闕，據乾隆本補。

【箋注】

〔一〕戴表元《剡源集》卷十三《送白廷玉赴常州教授序》：「江南科舉盛時，蓋嘗有議之者，其説以通經義能詞賦爲稱職。」

〔二〕著令：擬定書面制度。鄉貢：鄉試中第後參加會試。《元史》卷八十一《選舉一・科目》：「若夫會試下第者，自延祐創設之初，丞相帖木迭兒、阿散及平章李孟等奏：『下第舉人，年七十以上者，與從七品流官致仕；六十以上者，與教授；元有出身者，於應得資品上稍優加之；無出身者，與山長、學正。』……惟已廢復興之後，其法始變，下第者悉授以路府學正及書院山長。又增取鄉試備榜，亦授以郡學録及縣教諭。於是科舉取士，得人爲盛焉。」學正：州郡學官。《元史》卷九十一《百官七・諸路總管府》：「儒學教授一員，秩九品。諸路各設一員，及學正一員、學録一員。其散府、上中州，亦設教授一員；下州設學正一員。」

〔三〕春官：禮部。浙省丞相：下文云「在官五載」，則此丞相爲元末江浙行省左丞達識帖睦邇。《元史》卷一百四十《達識帖睦邇》：「（至正十五年）出爲江浙行省左丞相，尋兼知行樞密院事，許以便宜行事……（二十四年）士信即逼取其諸所掌符印，而自爲江浙行省左丞相。」甫里：甫里書院，詳見卷十一《重修甫里書院記》。

〔四〕文獻：典籍賢才。冠摩轂擊：人來車往熙熙攘攘。戴表元《剡源集》卷十三《送白廷玉赴常州教授序》：「毗陵爲南中文獻之國，游儒寄士冠摩轂擊，居學官者以爲尤難。」

〔五〕勾稽：考查核算。金君卿《題胡主簿澄清軒》：「勾稽職雖賤，爲仁決由己。」

〔六〕韋布：貧賤者所服之韋帶布衣，代寒士。

〔七〕訓導：教諭之副職。館：客舍。《左傳·襄公三十一年》：「乃築諸侯之館。」

〔八〕安定：北宋儒學家胡瑗，學者稱爲安定先生。《宋元學案》卷一《安定學案·文昭胡安定先生瑗》：「胡瑗，字翼之，泰州如臯人。七歲善屬文，十三通五經，即以聖賢自期許……滕宗諒知湖州，聘爲教授……其教人之法，科條纖悉具備。立經義、治事二齋：經義則選擇其心性疏通、有器局、可任大事者，使之講明六經；治事則一人各治一事，又兼攝一事，如治民以安其生，講武以禦其寇，堰水以利田，算曆以明數是也。」

〔九〕《元史》卷八十一《選舉一》：「正、長一考，升散府上中州教授；上中州教授又歷一考，升路教授。」

〔一〇〕陳元禮：元末永嘉人，詳見卷八《送陳太守》。

邁院判哀詩序

樞密院判邁里古思公《哀詩》若干卷，公之門生故吏及其士友之所作也。公武威人〔一〕，初家濤江之上，後居吴最久，有才名浙水間，然每困頓不偶〔二〕。久之，用進士起家，爲紹興路録事司達魯花赤〔三〕。能以直道抗上官，得士庶心。其後遭時多故，遠近騷動，遂練民爲兵，數擊叛亂有功。浙省左丞楊完者方虎視錢塘〔四〕，方國珍亦擅威四明〔五〕，公往往以法誅其部曲，無所顧望，其所行有人所不能行者。名既上聞，乃遷江東道肅政廉訪司經歷〔六〕。未幾，丞相答失帖木公復以便宜改今職〔七〕。公又大出師以討不庭，而臺端貴人有忌公者，召至①私第，使健者候諸門擊殺之〔八〕。

先是，餘姚同知禿堅君、慈溪縣尹陳君麟，亦皆慕公之爲以自奮，而公蓋其傑然者也〔九〕。然三人常鼎立爲掎角勢，故東南之氣稍振。及禿堅以無罪誅，陳以失勢陷，至公之死，而上下之望絶矣。此諸君之所以深恨於斯時也。恨之深而哀之至，故爲按抑《蒿里》《薤露》之遺音作爲敘哀之詩〔一〇〕，多至千餘首。其婿淮省都事王順、樞密院管勾陳遜〔一一〕，既相與編輯成卷；而浙省理問劉宣，公之客也，來屬余序其首。

余惟秦有奄息、仲行、針虎者，皆國之良也，一旦以無罪而見殺，國人爲賦《黄鳥》之詩以哀之。而紫陽朱子以爲世之讀是詩者，亦徒閔三良之不幸而念秦之衰；至於王政不綱，諸侯擅命而殺人不忌如此，則莫知其爲非也〔一二〕。然則公等之死較諸三良之見殺，固不能以盡同，而諸君之所以哀之者，則視《黄鳥》之詩爲無間矣。使朱子而在，得諸君之詩而讀之，余又不知其歎世之何如也。嗚呼悕矣〔一三〕！

公漢姓吴氏，字善卿，居家甚孝。爲人慷慨不拘小禮；遇人豁然推腹心；與人交，於恩意尤篤也。其州里、世次、年壽、卒葬已著於識公之墓者，故此不贅焉。

【題解】

院判，樞密院或行樞密院職官，《元史》卷八十六《百官二·樞密院》：「院判二員，正五品」。邁院判，元末儒將邁里古思，詳見卷一《邁里古思公平寇詩并序》。

陶宗儀《南村輟耕録》卷十《越民考》：「邁里古思，字善卿，西夏人，僑居松江。家貧，授徒以養母。性至孝，然落落不羈，善諧謔，名人士多與之遊。至正甲午，進士及第，授紹興路録事司達魯花赤。比視篆，天下雲擾，所在悉凋瘵。君撫字周至，民愛之如父母。乙未秋，杭破。遄即剋復。浙省左丞楊完者，以本部苗將持露布至，統洞蠻甚衆，意實覘視虛實，又將流毒於我民也，縱虐恣暴，民皆束手，惴惴不敢與争。無故劫府架閣照磨陳修家，妻妾幾被污。君激怒填膺，指揮吏兵收之。郡民讙呼從事，苗遂盡死。後完者聞越民結義且固，終不敢調兵渡浙江。方集慶陷時，江南行臺官流避抵慶元，奉旨置治所於越，遂檄君總督義民護城池。君更募得勇悍者二千餘人，以果毅二字爲號，曰果毅軍，練習武事，分撥守要害。乃日與常所往來者，擊鮮飫醲，酣詠叫嘯，以爲娛樂。雖户外上官坌至，不少延納。永康寇起，據有縣境。君收復，朝廷旌其功。除江南浙西道廉訪司知事。未上，又除江東建康道經歷。浙省丞相塔失帖木兒便宜除行樞密院判官。君即自署諸參謀爲幕官，曰經歷曰都事者不可枚舉。時御史大夫拜住哥任情，(祸)〔猾〕吏爲爪牙，又自統軍三千，曰臺軍，紀律不嚴，民横被擾害，有訴於君，君輒抑之，衆軍皆怨怒。然拜委瑣齷齪，惟以鈎距致財爲務。君不禮之，或以諫，君曰：『吾知上有君，下有民耳，安問其他？』拜頗聞，銜之。遂與臺軍元帥列占、永安張某、萬户閭塔思不花、王哈剌帖木兒等謀殺之，未得間。戊戌十月廿二日，首事出兵踰曹娥江，與平章方國珍部下萬户馮某鬭。既不利，駐軍東關，單騎馳歸。拜意決矣。廿三日遲明，召君私第議事。入至中門，左右以鐵槌撾殺之。初甚祕，守閽軍自相謂無已：『殺總督官，我輩幸也。』民始有聞之者，走白君部將浙東僉元帥黄中。諸參謀聞變，奔避不顧，至有墜城以出行四五十里者。初夜二鼓，中提軍入城，屯戒珠山，拜未及知。中卧病，方飲藥，得少汗，尚昏〔潰〕〔瞶〕困頓。左右扶翼，擐甲上馬，遇臺軍於江橋，鬭十數合，破陣陷堅，身當矢石。郡民老幼皆號泣曰：『殺我總督官，我尚何生爲！』壯者助中軍殊死戰，臺軍一敗塗地。屠其二營，入拜家，姬侍奴隸死者相枕藉，一女爲隊官陳某所掠。舉君屍，無元。大索三日，得於溺池中。拜與二子匿梵宇幽隱處，民搜見之，齊唾其面，且罵曰：『瞎賊！我總督官何罪，而令致於此耶？』不自殺，執以歸中，糞中殺之。中解其縛，率諸軍羅拜之，曰：『總督官忠肝義膽，照映天地，人神所共知，公信任奸邪，使國家之柱石隕於無辜。我之復讎，明大義也。殺我主將者，既已斬之，公幸毋罪。』拜執中以泣曰：『我之罪，尚何言？尚何言？』繼而軍民爲君持服，爲位以祭，私謚曰『越民考』。」

【校勘】

① 篇端至「至」：黄靈庚主編之《重修金華叢書》正統本闕，據乾隆本補。

【箋注】

〔一〕武威：地名，詳見卷四《容齋説》。

〔二〕浙水：錢塘江，詳見卷十《丹溪翁傳》。不偶：時運不佳。蘇軾《京師哭任遵聖》：「哀哉命不偶，每以才得謗。」

〔三〕録事司：元時官署，參見卷十二《送路理問序》。

〔四〕楊完者：苗軍首領，性貪殘嗜殺，元末盤踞江浙行省，所率苗軍素無紀律，肆爲鈔掠，松、嘉、杭三郡悉遭殘燬；詳見史册《隆平紀事》及《元史》卷一百四十《達識帖睦邇》。

〔五〕方國珍：元台州路黄巖人，起兵海溠，盤踞慶元、温州、台州三地；詳見《明史》卷一百二十三《方國珍》。

〔六〕江東道肅政廉訪司：通稱江東建康道肅政廉訪司，管轄寧國、徽州、饒州、集慶、太平、池州、信州、廣德諸路。經歷：肅政廉訪司從七品職官。《元史》卷八十六《百官二·肅政廉訪司》：「經歷一員，從七品。」

〔七〕答失帖木：常稱達識帖睦邇，元末江浙行省丞相，獨斷擅威，肆通賄賂，所部紛紛淪落，恬不以爲意。後爲張士誠幽禁於嘉興，不得已，飲藥自殺；詳見《元史》卷一百四十《達識帖睦邇》。

〔八〕不庭：無道，參見卷八《蔡郎中使還》。臺端：唐朝御史臺有侍御史六人，以久次者一人主臺内之事，號爲臺端；此指江南諸道行御史臺御史大夫拜住哥。

〔九〕同知：州郡佐官，參見卷六《送揚州同知赴官序》。秃堅：元末組建義民以衛餘姚者。《南村輟耕録》卷二十三《造物有報復》：「會稽陳思可睿云：至正丙申，御史大夫納璘開行臺於紹興。于時慶元慈溪則有縣尹陳文昭，本路餘姚則有同知秃堅，在城則有録事達魯花赤邁里古思，皆總制團結民義者。納璘之子安安，以三人爲不易制，思有以去之。乃先紿召秃堅至，拘留寶林寺。夜半率臺軍擒殺之。從而方國珍亦執陳文昭，沈之海。獨存邁里古思一人耳。人皆以秃堅之死歸罪於邁里古思不能力救，殊不知當時之執秃堅，乃所以擒邁里古思也。執禿堅之謀出於潘子素，子素亦爲安安謚諸途。執子素之謀出於辛敬所。敬所（艱）〔間〕關投張士誠，客死平江僧舍。及拜住哥代納璘爲大夫，又不能容邁里古思，撾殺於其私第。拜住哥以弟搠思監拜中書右相詔入朝。既得罪，兄弟誅戮，家無噍類，但未知安安死所耳。静而思之，若有尸於冥冥之中者，不知造物果如何也。」陳麟：元末循吏，詳見卷二十三《元中順大夫秘書監丞陳君墓誌銘并序》。

〔一〇〕按抑：審察研究，同義複詞。《廣雅·釋詁三》：「抑，治也。」崔豹《古今注》卷中《音樂第三》：「《薤露》《蒿里》，并哀歌也，出田横門人。横自殺，門人傷之，爲作悲歌。言人命薤上露，易晞滅也；亦謂人死魂魄歸於蒿里，故有二章。其一曰：『薤上朝露何易晞？露晞明朝更復落，人死一去何時歸？』其二曰：『蒿里誰家地？聚斂精魄無賢愚，鬼伯一何相催促，人命不得少踟蹰。』至孝武時，李延年乃分爲二曲。《薤露》送王公貴人，《蒿里》送士大夫庶人。使挽柩者歌之，世呼爲挽歌。亦謂之長短歌，言人壽命長短定分，不可妄求也。」

〔一一〕王順：字祖孝，義烏人，參見卷十二《送王都事序》。管勾：樞密院九品職官。《元史》卷八十六《百官二·樞密院》：「架閣庫管勾一員，正九品。」

〔一二〕語見朱熹《詩集傳》卷六《秦一之十一·黄鳥》。不綱：喪失綱領。擅命：擅自發號施令。

〔一三〕悕：悲傷。《公羊傳·成公十六年》：「在招丘悕矣。」何休《注》：「悕，悲也。」

贈葉生詩序

國朝設科目以網羅天下之士〔一〕，可謂盛典矣。而十數年來四方多故，時方尚武，中外選舉之制遂格不行〔二〕。而世之爲父兄者，因不復以科舉之業教其子弟；而爲子弟者亦不以此爲學。今相國開藩中吴〔三〕，文武并用，雖當干戈俶擾之際，不廢治朝崇儒之典，而諮議葉君又能擇良師傅益教其子以學，而其仲子蕙遂精其業於舉世不爲之時。

乙巳之秋，浙闈角藝〔四〕，而蕙竟以妙年中選，居諸前列。於是纓冠結珮之士莫不爲葉氏榮〔五〕，而齊郡張君首爲詩一章以示意，繼此而賦者凡若干篇。以余於諮議公爲僚友，既請爲之詩，而復虚其首簡以相屬。

嗚呼！若蕙者豈不爲世之佳子弟哉？蓋我朝之設科也，嘗合異時明經、詞賦及博學宏詞、制策諸科而爲一〔六〕，習之爲甚難，而精之爲尤難。世人有白首而不能與其選者，有歷數舉而後得者。而蕙也年未弱冠即習而精之，一試於鄉，輒①登名第六，以與多士相頡頏。若蕙者，豈不爲世之佳子弟哉？

雖然，苟非我相作養於其上〔七〕，諮議君教之於其下，蕙亦安能以有是也？繼今以往，尚毋志滿意得而益求其至，以副爲相爲父者之所望。他日上計禮部〔八〕，出備官使〔九〕。因捧檄娱親之榮，興②尊君報國之念，在家爲孝子，在國爲忠臣，則蕙之賢又不止爲向之佳子弟而已。

不然，昔人謂年少登高科爲不幸者〔一〇〕，適足爲蕙之累，而亦何榮於是哉？余於蕙有契家子之誼焉〔一一〕，故因序詩而并致其箴規之意如此。諮議君見之，其必有以亮余也哉！

【題解】

葉生，名蕙，字楚芳，葉德新仲子，明洪武初進士，嘗官東昌知府，參看卷九《故人子以早年中選喜而有賦》。葉德新，張士誠麾下諮議參軍，詳見本卷《送劉以順詩序》。

史簡《鄱陽五家集》卷九《元葉蘭寓庵詩集一》：「葉楚庭，名蘭，鄱陽人。父懋，字德新，有才識，善詞章，官至大中大夫嘉興路總管，多政迹……所著有《寓庵集》。蘭弟蕙，字楚芳，登洪武辛亥吴伯宗榜十一名，任山東冠縣知縣，後升青州府同知、東昌知府。任縣時，楚庭有詩寄弟，略云：『我家兄弟誰爲最？文采風流獨二郎。别離已是三年過，仕宦何如一夢長？』

《鄱陽五家集》卷十《寓庵詩集二・楚狂行送楚芳弟》：「江東楚狂長醉狂，一雙青瞳秋水光。雲夢之胸牛斗氣，二十束髮從戎行。出門别父母，抱藝遊四方。四方悠悠少相識，客路淒涼倦行迹。故衣綫斷怯秋風，矮屋打頭天地窄。吁嗟人生能幾何，海水東去無回波。少年落落不得志，蕭〔搔〕〔騷〕短髮空蹉跎。憤來拔劍歌激烈，歌遏行雲劒飛雪。用盡牀頭金，空存口中舌。狂乎狂乎歸去兮，造物弄人如小兒！」

【校勘】

① 輒：底本作「輟」，據乾隆本改。

② 興：底本作「與」，據乾隆本改。

【箋注】

〔一〕科目：分科取士之項目。

〔二〕中外：朝廷和地方。格：抗拒，阻止。

〔三〕相國：元末割據東南沿海之梟雄張士誠。開藩：開府，封疆大吏設立衙署徵召僚吏。《續資治通鑑・元順帝至正二十三年》：「思齊，海陵人，本陰陽家者流，士誠開藩，與有功焉。」

〔四〕浙闈：江浙行省舉辦之鄉試；闈，此指秋闈，即鄉試。角藝：較量才藝。

〔五〕纓冠結珮：戴冠冕掛玉佩，代士大夫。

〔六〕顧炎武《日知録》卷十六：「唐制有六科：一曰秀才，二曰明經，三日進士，四曰明法，五曰書，六曰算。當時以詩賦取者謂之進士，以經義取者謂之明經……高宗立博學宏辭科，凡十二題：制、誥、詔、表、露布、檄、箴、銘、記、贊、頌、序，内雜出六題，分爲三場，每場體制一古一今。南渡以後，得人爲盛，多至卿相翰苑者。」制策：或稱策試、對策、射策；漢代以來取士科目，由主試者命題於簡策上，分甲乙科，列置案頭，應試者隨意取答，主試者按照題目難易及考生所答以定優劣。馬端臨《文獻通考》卷三十四《至孝》：「徐氏曰：按《荀爽傳》，太常趙典舉爽至孝，對策陳便宜。靈帝詔舉有道之士，而謝弼、陳淳、公孫度俱對策，除郎中。由是觀之，漢世諸科皆有制策，有司因以定其科第之等也。」

〔七〕作養：培養。

〔八〕上計：古代年終時，地方官本人或屬吏至京上計簿，將境内户口、錢糧、盜賊、獄訟等事項報告朝廷，以資朝廷考績。《晏子春秋・外篇上二十》：「於是明年上計，景公迎而賢之。」

〔九〕備：充任，擔任。官使：授予官職以盡其材。《漢書》卷五十六《董仲舒傳》：「諸侯、吏二千石皆盡心於求賢，天下之士可得而官使也。」顔師古《注》：「授之以官，以使其材也。」

〔一〇〕高科：科舉高第。吕本中《童蒙訓》卷上：「伊川先生言：『人有三不幸：少年登高科，一不幸；席父兄之勢爲美官，二不幸；有高才能文章，三不幸也。』」

〔一一〕契家：知交。

沈僉院送行詩後序

嘉禾沈君之往官宣政也，吴之大夫士賦詩若干篇以餞之〔一〕。臨海陳先生既爲之序矣〔二〕，先生復俾余書一言於下方。余與君同仕方面也有三年之久，同居郡城也有數十家之近，顧不得同事於職司以觀其行事之所至。而將何以爲言哉？

雖然，竊嘗有聞於先生之餘論而可以知君之大致矣〔三〕。余之始遊吴也，君時爲浙省理問官，先生以惜其才之可用而不試於劇；及其爲吴郡守、爲浙省郎中、爲兩浙鹽運使〔四〕，固試於劇矣，先生復惜其任之小責之近，而不得盡展其所長。及今簽書宣政之命下，先生益惜其投閑而置散矣〔五〕。

余聞而異之。以爲君之居理官而獄無寃人，居郡而郡事理，官省幕、鹽司而政事以明財賦以足。今之官宣政也，雖若優遊於事爲，然向之居是職者，皆以省憲妙選充之〔六〕，則其所責任亦非輕也矣。而先生何惜之深耶？

先生曰：「君之才，人固多知之，而知之深者，則莫余若也。蓋君之才，如神駿之駒，可以一日而千里，而不可從容鸞和於交衢之舞〔七〕，况欲縶之維之以拘拘於銜橛之間哉〔八〕！方今在上之人厲精圖治，思賢如饑渴。執政者苟以君轉而上聞，作而任之以大臣之事，使破厓岸而爲之，則其所著見〔九〕，豈止如前所稱而已哉？古者以泛駕之馬待非常之士〔一〇〕，而卒蒙其力。今豈不若古哉？奚以常法而御君也？」

嗚呼！此非深於知君者之言乎！知君如先生，則凡所以論君者宜無不當矣。庸敢綴輯其大概以爲後序云。

【題解】

沈僉院，嘗除江浙行省理問，當即本書卷十一《六柳莊記》之沈達卿。僉院，元代宣政院正三品職官。《元史》卷八十七《百官七·宣政院》：「秩從一品，掌釋教僧徒及吐蕃之境而隸治之……僉院二員，正三品。」

【箋注】

〔一〕嘉禾：嘉興別名。《讀史方輿紀要》卷九十一《浙江三·嘉興府》：「政和七年賜名嘉禾郡，慶元初升爲嘉興府，元曰嘉興路。」吳：吳郡，元時平江路。

〔二〕陳先生：元末明初臨海陳基，詳見卷八《陪陳夷白左司省先隴遂遊西山諸寺》。

〔三〕餘論：宏論。司馬相如《子虛賦》：「問楚地之有無者，願聞大國之風烈，先生之餘論也。」

〔四〕劇：繁忙，辛苦。郎中：元時行省職官，詳見卷十二《送丁郎中赴京師詩序》。鹽運使：元代掌管鹽政之三品職官。《元史》卷九十一《百官七·兩浙都轉運鹽使司》：「秩正三品，使二員。」

〔五〕簽書：簽字署名。歐陽修《歸田録》卷二：「凡文書非與長吏同簽書者，所在不得承受施行。」

〔六〕省憲：中書省與御史臺。妙選：合適人選。

〔七〕鸞和：車鈴，參見本卷《送董郎中序》。《周禮·地官·保氏》：「乃教之六藝……四曰五馭。」鄭玄《注》：「五馭：鳴和鸞，逐水曲，過君表，舞交衢，逐禽左。」

〔八〕縶維：綁縛。《詩經·小雅·白駒》：「皎皎白駒，食我場苗，縶之維之，以永今朝。」《詩集傳》：「縶，絆其足；維，繫其靷也。」葛洪《抱朴子·博喻》：「若乃求千里之迹於縶維之駿，責匠世之勳於劇碎之賢，謂之不惑，吾不信也。」拘拘：拘泥。銜橛：馬嚼子與車之鈎心。

〔九〕作：起用。《周禮·夏官·羅氏》：「蜡則作羅襦。」鄭玄《注》：「作，猶用也。」厓岸：同「崖岸」，邊際。

〔一〇〕泛駕：翻車，形容駿馬桀驁不馴；泛，通「覂」，翻覆。《漢書》卷六《武帝紀》：「夫泛駕之馬，跅弛之士，亦在御之而已。」顔師古《注》：「覆駕者，言馬有逸氣而不循軌轍也。」

贈醫師朱碧山序 代人①

予蚤歲好讀古書，而於醫家自《素問》《難經》《靈樞》〔一〕《甲乙》之外〔二〕，得漢張長沙《傷寒論》〔三〕，愛其文奥意古，讀之窮日夕不能休。寥寥千載之下〔四〕，繼長沙而作者，其惟劉河間乎〔五〕？河間之言亦奥古，非深於文字者不能以盡通，故通其説而得其傳者，往往灼知病情之所在，爲之一攻伐以除之，可謂快意而通神者矣〔六〕。用是竊私慕焉，而怪東南之醫者鮮克以知此。

一日，與吴醫朱碧山論及之。碧山乃愀然曰：「子誠北士也，知北方之醫而已矣。醫固無南北之異，而習其學者宜有以消息之。北方風氣渾厚，稟賦雄壯，兼之飲食嗜好樸厚而儉素，非有戕賊斫喪之患也。一有疾焉，輒以苦寒疏利之齊投之〔七〕，固快意而通神矣。若夫東南之民，體質柔脆，膚理疏淺〔八〕，而飲食之縱，嗜好之過，舉與北方之人異。顧欲以前法施之，不幾於操刃而殺人乎？是故北方之治疾，宜以攻伐外邪爲先；南方之治疾，宜以保養内氣爲本。斯意也，河間亦嘗及之矣〔九〕，但引之而不發〔一〇〕。學者苟能精思而善用，勿一滯於攻伐，勿苟求於快意，斯爲得之。」

余時雖矍然稱善，然猶未知其何如也。及余官江浙分省，而碧山以省之太醫相周旋。間有疾，必求於碧山，而碧山則每用保養之齊以取驗。以余雖北産而居南日久，故亦不宜從事於攻伐，蓋慎之也。余太夫人春秋高，而遘疾甚憊。吴之醫者群至，獨碧山之用藥爲宜。及余得亡②血病，服藥者經年〔一〕。碧山視之曰：「此陰虚證也〔二〕。徐補之則愈，急止則大害從之。」用其法，不二月而愈。

嗚呼！若碧山者，豈非優於其學者乎？余於是益有以徵其前言之不謬矣。余之德於碧山者甚厚而懼無以報，故爲歷序其所嘗論及夫治法之奇驗如此，使世之習河間之學者不敢以易心求之而且知所戒焉，是尚碧山之志也夫。

【題解】

醫師，《周禮》天官之屬，爲衆醫之長。《周禮·天官·醫師》：「醫師，掌醫之政令。」朱碧山，其人不詳。

【校勘】

①代人：底本闕；文中有「子誠北士也」之語，故據乾隆本補。

②亡：底本作「之」，據乾隆本改。

【箋注】

〔一〕素問難經：醫家經典《黄帝内經素問》與《黄帝八十一難經》，詳見卷十《丹溪翁傳》。靈樞：醫家經典《黄帝内經靈樞》。宋史崧《敘》：「昔黄帝作《内經》十八卷，《靈樞》九卷，《素問》九卷，乃其數焉。世所奉行唯《素問》耳。越人得其一二而述《難經》，皇甫謐次而爲《甲乙》，諸家之説，悉自此始……但恨《靈樞》不傳久矣，世莫能究……僕本庸昧，自髫迄壯，潛心斯道，頗涉其理。輒不自揣，參對諸書，再行校正家藏舊本《靈樞》九卷，共八十一篇，增修音釋，附於卷末，勒爲二十四卷。庶使好生之人，開卷易明，了無差别。」

〔二〕甲乙：晉皇甫謐所撰《針灸甲乙經》。皇甫謐《序》：「按《七略》《藝文志》，《黄帝内經》十八卷。今有《針經》九卷、《素問》九卷，二九十八卷，即《内經》也，亦有所忘失。其論遐遠，然稱述多而切事少，有不編次。比按《倉公傳》，其學皆出於《素問》，論病精微。九卷是原本經脉，其義深奥不易覺也。又有《明堂孔穴針灸治要》，皆黄帝岐伯選事也。三部同歸，文多重複，錯互非一。甘露中，吾病風加苦聾，百日方治，要皆淺近。乃撰集三部，使事類相從，删其浮辭，除其重複，論其精要，至爲十二卷。《易》曰『觀其所聚，而天地之情事見矣』，況物理乎？事類相從，聚之義也。夫受先人之體，有八尺之軀，而不知醫事，此所謂遊魂耳。若不精通於醫道，雖有忠孝之心仁慈之性，君父危困，赤子塗地，無以濟之。此固聖賢所以精思極論盡其理也。」

〔三〕張長沙：東漢醫學家張仲景，嘗撰經典《傷寒論》；詳見卷十《丹溪翁傳》。

〔四〕寥寥：空闊深長貌。左思《詠史》：「寥寥空宇中，所講在玄虛。」李善《注》：「寥寥，深也，空闊也。」

〔五〕劉河間：金代醫學家劉完素；詳見卷十《丹溪翁傳》。

〔六〕通神：與神靈相通，形容技藝爐火純青。李商隱《王昭君》：「毛延壽畫欲通神，忍爲黄金不顧人。」

〔七〕疏利：疏泄，疏通洗滌。

〔八〕《荀子·榮辱》：「骨體膚理，辨寒暑疾養。」楊倞《注》：「膚理，肌膚之文理。」

〔九〕劉完素《素問玄機原病式·六氣爲病·火類·聾》：「瀉實補虚，除邪養正，平則守常，醫之道也。」

〔一〇〕引之而不發：善於教人射箭者，拉滿弓而不射箭，以便學者觀摩領會，喻善於引導後學，使之領悟發揚；引，拉弓；發，射箭。《孟子·盡心上》：「君子引而不發，躍如也。中道而立，能者從之。」

〔一一〕亡血：血液亡失。王叔和《脉經》卷七：「亡血家，不可攻其表，汗出則寒栗而振。」

〔一二〕陰虚：陰分不足，津血虧損，治以滋陰爲主。《素問·調經論篇第六十二》：「經言陽虚則外寒，陰虚則内熱。」

贈蒲察鎮撫詩序

近十數年來，海内多故，兵戈四起，而東南爲尤甚。余南鄙之陋儒，蓋久而厭亂，遂挈家泛海，渡黑水登萊〔一〕，行萬里以歸我王相總兵公〔二〕。及抵山東入昌樂界，愛其境土寧謐，民物阜繁，駐車而少憩焉。忽父老四三人者攜酒漿往勞，而甲胄士數輩亦歡然而前，且曰：「官南來，道里遼遠甚苦，飢將於余具膳，晚將於余止宿，幸毋我虞也。」余訝而問焉，則今鎮撫君屯田之所。君守昌樂數載，而能寓兵於農，奠安部落，仁以綏之，德以撫之，使居者樂而行者喜。故其途路之間，更相勞徠，有三代之遺風，此可見君之善於涖官，而王相之明於用人也。

於是眷兹樂土，解橐與囊，即西郭而問舍焉。君乃爲之假館以居之，分俸以食之。朝夕過從，甚相款洽。既而邑之人士亦咸感君之惠，作爲聲詩以詠歌之。以余嘗從事於文學，請一言爲序引。

余惟至元甲戌間，中書左丞相伯顔公帥師南下以伐宋，大敗宋師於江夏〔三〕。于時將吏兵佐之在軍者，咸詣麾下賀，而丞相則以爲「此皆三君子之力，非我之能也」。

夫所謂三君子者，乃河南陳公、覃懷許公〔四〕，其一則我蒲察公也。自後朝廷録蒲察之勳績以懷遠大將軍荆湖廣東道水陸管軍正萬户〔五〕，俾其子孫世襲焉。

君蓋蒲察公之諸孫，生長世家，爲時貴胄，其耳目之所接，家庭之所習，無非尊君親上字民馭軍之事。昔日之所知，乃今日之所行，是宜君之有爲於其職，而王相之有取於君也。雖然，夫所貴乎世家貴胄者，以能「纂乃舊服」〔六〕，如先公之在軍旅也。君誠能以先公之在軍旅者贊輔王相，以平定其土宇，朝廷亦安得不以待先公者待君焉？《詩》曰：「王命山甫，纘戎祖考〔七〕。」君其勉之矣！

君名文政，字景儀，蒲察其氏也，今爲行軍鎮撫云。

【題解】

蒲察，金人姓氏。《南村輟耕録》卷一《氏族・金人姓氏》：「蒲察曰李。」鎮撫：元代軍事機構鎮撫司長官，參看《元史》卷九十一《百官七》。

【箋注】

〔一〕黑水：詳見卷九《渡黑水洋》。登萊：元時登州與萊州，隸屬元中書省般陽府路；戴九靈實未嘗北涉登萊。《元史》卷五十八《地理一・中書省・般陽府路》：「領司一，縣四，州二……

萊州……掖縣、膠水、招遠、萊陽……登州……蓬萊、黄縣、福山、棲霞。」

〔二〕王相總兵公：元末名將擴廓帖木兒，以元功奇勳拜左丞相，封河南王，總領天下兵。《元史》卷四十六《順帝九》：「（至正二十五年）閏月庚申……辛未，詔封擴廓帖木兒河南王，代皇太子親征，總制關陝、晉冀、山東等處并迤南一應軍馬，諸王各愛馬應該總兵、統兵、領兵等官，凡軍民一切機務、錢糧、名爵、黜陟、予奪，悉聽便宜行事。」

〔三〕伯顔：蒙古八鄰部人，清廉忠勇，深謀善斷。至元十一年，拜中書左丞相，將二十萬衆伐宋，首取湖廣，順江東下，破宋都臨安；詳見《元史》卷一百二十七《伯顔》。江夏：今湖北武昌古稱，元時曰武昌路。《讀史方輿紀要》卷七十六《湖廣二·武昌府》：「漢置江夏郡……元至元中置鄂州路，大德五年曰武昌路。」

〔四〕河南：元時河南江北行省河南府路。陳公：其事不詳。覃懷：元時中書省懷慶路。金履祥《尚書注》：「覃，大也；懷，地名。太行爲河北脊，其山脊諸州皆山險；惟太行以南懷州瀕河之地平夷廣衍，田皆腴美，俗謂小江南，即古覃懷也。」《元史》卷五十八《地理一·中書省·懷慶路》：「唐懷州，復改河内郡，又仍爲懷州。宋升爲防禦。金改南懷州，又改沁南軍。元初復爲懷州……延祐六年，以仁宗潛邸改懷慶路。」許公：其人不詳。

〔五〕懷遠大將軍：元時從三品武散官。荆湖廣東道：或即元荆湖北道宣慰使司與廣東道宣慰使司都元帥府。悉見《元史》卷九十一《百官七》。正萬户：元時萬户府長官。

〔六〕詳見本卷《送真郎中序》。

〔七〕詳見本卷《送真郎中序》。

禪海集序

永嘉有沙門曰道衡平公〔一〕，冥心禪悦，深通内典〔二〕。乃以去古既遠，淳風日澆，末法羼提〔三〕，寖失其本。遂廣輯群書，發明斯事，綿歷十載，始克成編，所謂《禪門宗派圖》，人天眵目〔四〕。亦既模印以行，後復以諸尊宿語去華存實〔五〕，補綴類聚，曰提綱，曰上堂，曰小參，曰訓示語〔六〕，曰拈古，曰頌古〔七〕，曰贊，曰偈〔八〕，曰書問，曰疏語，曰小佛事〔九〕，洎①《六祖檀經》〔一〇〕《馬祖四家語》〔一一〕，合若干卷，名之曰《禪海集》，蓋取馬祖「禪歸海」語也。

於是道衡居吴日久，余以非才竊禄於吴，朝夕與道衡遊，獲知述作之大概。道衡將繡諸梓〔一二〕，俾序其篇端。余嘗聞諸學佛之人曰：

釋迦二十八傳爲達磨②〔一三〕，入中國爲初祖。初祖相承至忍大師〔一四〕，而秀與能分南北宗〔一五〕。南宗既爲六祖，弟子日盛。至馬祖大興禪教，尊其道者益衍迤盛大〔一六〕，他宗莫及也。然皆有機緣訓示之語，弟子編而集之，分爲五宗〔一七〕。宋景德間，吴僧道原采掇成書，曰《傳燈録》，禪宗之書蓋昉諸此〔一八〕。自是以後，又有《續燈》〔一九〕《廣燈》〔二〇〕《五燈會元》〔二一〕《宗鏡録》〔二二〕《僧寶傳》〔二三〕《宗門統要》〔二四〕諸書者出。富哉，其爲言矣！

然自南渡以迄我元，諸尊宿之道行法言散漫諸方〔二五〕，未有輯而爲書者。而况比年以來，兵火四起，所至蕩焚，妙旨玄規不絶如綫，疑似機③微之失，將何所折衷哉〔二六〕？此道衡之書，所以不可不作也。

然必名之以《禪海》者，禪言其静，而海言其性也。佛氏以見性爲學〔二七〕，而性之不能見者，動累之也。是故駐動謂之静，能静則明，明則性可見矣。性可見，則通乎佛矣。故《禪海》者，誠學佛之要書也。其編輯之富，述作之精，雖與《傳燈》諸書并傳可也。然非上根大器之人〔二八〕，其亦孰得而知哉？於此而不知，則捨禪海而入苦海，豈道衡意哉？余非知佛學者，姑誦所聞以爲序。使後之人觀之，其亦有所感悟也矣。

道衡俗姓葉氏，祝髮鎮江之金山〔二九〕。禪教二書靡不畢通〔三〇〕，間亦旁習儒言，其於諸子百家多所涉獵。然最善作詩，有所謂《半間集》傳諸學者云。

【題解】

《禪海集》，温州道衡禪師所撰，參見卷十《道衡禪師平公畫像贊》。禪海，馬祖道一禪師語。普濟《五燈會元》卷三《南嶽讓禪師法嗣》：「江西道一禪師，漢州什邡縣人也，姓馬氏……一夕，西堂、百丈、南泉隨侍玩月次。師問：『正恁麼時如何？』堂曰：『正好供養。』丈曰：『正好修行。』泉拂袖便行。師曰：『經入藏，禪歸海，唯有普願，獨超物外。』」

【校勘】

① 泊：底本作「汨」，據乾隆本改。

② 磨：乾隆本作「摩」。

③ 機：乾隆本作「幾」。

【箋注】

〔一〕永嘉：温州別稱。《讀史方輿紀要》卷九十四《浙江六·温州府》：「東晉太和元年析置永嘉郡……元曰温州路。」

〔二〕冥心：静心思索。禪悦：俾心神恬悦之禪理。《維摩詰經·方便品》：「雖復飲食，而以禪悦爲味。」

〔三〕澆：淺薄。末法：佛法衰微時期。《隋書》卷三十五《經籍四》：「然佛所説：我滅度後，正法五百年，像法一千年，末法三千年，其義如此。」羼提：梵語，漢言安心忍辱。智者大師《法界次第初門》卷下：「羼提，秦言忍辱。内心能安忍外所辱境，故名忍辱。」

〔四〕眵目：睁大眼睛；眵，眼角裂開。

〔五〕模印：刻板印刷。尊宿：年老德盛之高僧。

〔六〕提綱，通稱提唱，提起宗旨以宣揚倡導。上堂：即大參，禪師正式上堂説法。《景德傳燈録》卷三：「第三十二祖弘忍大師者……忍大師自此不復上堂凡三日。大衆疑怪致問，祖曰：『吾道行矣，何更詢之？』」小參：禪師臨時説法。陸庵《祖庭事苑·小參》：「非時説法，謂之小參。」訓示：長者訓導指示晚輩。

〔七〕拈古：或曰拈則；拈示古代公案，并以散文體講解其中大意。戴栩《浣川集》卷九《跋僧獨庵拈古》：「今觀獨庵取古人成案，隨旨贊揚，信手拈出，皆向上機，具第一義，所以闡宏正法，昭揭迷津，其惠後學不少矣。」頌古：拈示古代公案，并以韻文體解釋評議。《佛果圜悟禪師碧巖録》卷一：「大凡頌古只是繞路説禪，拈古大綱據款結案而已。」

〔八〕贊：文體名，以贊美人物爲主。偈：佛教體裁，以歌頌爲主旨，一偈四句，一句數字。

〔九〕書問：書信。疏語：上報帝王之奏章，如《高峰三山來禪師疏語》。佛事：佛教儀式，如佛忌、祈禱、追福等法會。

〔一〇〕六祖檀經：禪宗名著，通稱《六祖壇經》。德異《壇經序》：「妙道虚玄，不可思議，忘言得旨，端可悟明。故世尊分座於多子塔前，拈華於靈山會上，似火與火，以心印心。西傳四七，至菩提達摩，東來此土，直指人心，見性成佛。有可大師者，首於言下悟入，末上三拜得髓，受衣紹祖，開闡正宗。三傳而至黄梅，會中高僧七百，惟負春居士，一偈傳衣，爲六代祖。南遁十餘年，一旦以非風旛動之機，觸開印宗正眼。居士由是祝髮登壇，應跋陀羅懸記，開東山法門。韋使君命海禪者録其語，目之曰《法寶壇經》……夫《壇經》者，言簡義豐，理明事備，具足諸佛無量法門。一一法門，具足無量妙義。一一妙義，發揮諸佛無量妙理。即彌勒樓閣中，即普賢毛孔中，善入者即同善財，於一念間，圓滿功德，與普賢等，與諸佛等。」

〔一一〕馬祖四家語：通稱《四家語録》，選輯禪宗馬祖道一、百丈懷海、黄檗希運、臨濟義玄等語録而成。唐鶴徵《四家語録序》：「達摩大師西來，不立文字，直指人心，見性成佛，心心相印，以迨六祖。六祖以下，分爲南嶽、青原，而南嶽最盛。南嶽又分爲臨濟、溈仰，而臨濟最盛。正所傳《四家語録》者，乃南嶽以下，馬祖、百丈、黄檗、臨濟四尊宿應機接人語也。多者萬言，少者亦不下數千言。果文字乎，非文字乎？西來之意，果不出此乎？」

〔一二〕繡梓：刻板印刷。

〔一三〕達磨：即達摩，菩提達摩之簡稱，中國禪宗始祖。釋覺岸《釋氏稽古略》卷二《西天二十八祖東土初祖菩提達磨尊者》：「南天竺國香至王第三子，姓刹帝利……既而念震旦緣熟，行化時至，辭於侄王。王爲具大舟，實以珍寶。泛重溟，三周寒暑，達於南海，當此梁普通元年九月二十一日也。」

〔一四〕《夜航船》卷十四《九流部·佛教·六祖》：「初祖達摩，二祖慧可，三祖僧燦，四祖道信，五祖弘忍，六祖慧能。一祖一隻履，二祖一隻臂，三祖一罪身，四祖一隻虎，五祖一株松，六祖一張碓。」忍大師：弘忍，禪宗五祖，七歲從道信出家，稟受楞伽師禪法，後聚徒講習於蘄州黄梅雙峰山東山寺，確立東山法門。南宗慧能、北宗神秀皆其高足。詳見《五燈會元》卷一《五祖弘忍大滿禪師》。

〔一五〕秀：唐僧神秀，禪宗北宗創始人，主張漸悟，即「身是菩提樹，心如明鏡臺；時時勤拂拭，勿使惹塵埃」。能：六祖慧能，禪宗南宗創始人，宣導頓悟，自稱「無念爲宗，無相爲體，無住爲本」，確立禪宗宏旨「不立文字」「教外别傳」「直指人心」「見性成佛」。《佛祖通載》卷十六：「禪門本無南北。昔如來以正法眼付大迦葉，展轉相傳至三十一世。此土弘忍大師有二弟子：一名惠能，受衣法居嶺南；一名神秀，在北揚化。得法雖一時，開導發悟有頓漸之異，故曰南頓北漸。非禪宗本有南北之號也。」

〔一六〕馬祖：唐代禪僧，或稱道一禪師，洪州禪創立者。師從懷讓，提倡「平常心是道」「觸類是道而任心」，其名弟子有百丈懷海、西堂智藏、南泉普願三大士。《景德傳燈録》卷六《懷讓禪師第一世》：「江西道一禪師，漢州什邡人也，姓馬氏……唐開元中習禪定於衡嶽傳法院，遇讓和尚，同參九人，唯師密受心印……師入室弟子一百三十九人，各爲一方宗主，轉化無窮。」衍迤：擴大綿延。

〔一七〕五宗：禪宗臨濟、潙仰、曹洞、雲門、法眼五流派。德異《壇經序》：「惟南嶽、青原執侍最久，盡得無巴鼻故。出馬祖、石頭，機智圓明，玄風大震。乃有臨濟、潙仰、曹洞、雲門、法眼諸公巍然而出。道德超群，門庭險峻，啓迪英靈衲子，奮志衝關。一門深入，五派同源。歷遍爐錘，規模廣大。」

〔一八〕楊億《景德傳燈録序》：「有東吴僧道原者，冥心禪悦，索隱空宗，披奕世之祖圖，采諸方之語録，次序其源派，錯綜其詞句，由七佛以至大法眼之嗣，凡五十二世一千七百一人，成三十卷，目之曰《景德傳燈録》。」昉：開始。

〔一九〕宋徽宗趙佶《建中靖國續燈録序》：「自達磨西來，寔爲初祖。其傳二、三、四、五而至於曹溪。於是雙林之道逾光，一滴之流浸廣。自南嶽、清原而下，分爲五宗。各擅家風，應機酬對。雖建立不同，而會歸則一。莫不箭鋒相拄，鞭影齊施。接物利生，啓悟多矣。源派演池，枝葉扶疏，而雲門、臨濟二宗，遂獨盛於天下……今敦禮以其寺住持僧佛國禪師惟白所集《建中靖國續燈録》三十卷來上，且以序文爲請。惟白探最上乘，了第一義，屢入中禁，三登高座，宣揚妙旨，良愜至懷。昔能仁説《法華經》，放眉間白毫相光，照東方萬八千世界，而彌勒發問，文殊決疑，以謂日月燈明佛，本光瑞如此。持是經者，妙光法師；得其證者，普明如來。今《續燈》之名，蓋燈燈相續，光光涉入，義有在於是矣。」

〔二〇〕廣燈：通稱《天聖廣燈録》。宋仁宗趙禎《天聖廣燈録序》：「《天聖廣燈録》者，鎮國軍節度使駙馬都尉李遵勖之所編次也。遵勖承榮外館，受律齋壇。靡恃貴而驕矜，頗澡心於恬曠。竭積順之素志，趨求福之本因。灑六根之情塵，别三乘之歸趣。迹其祖録，廣彼宗風。采開士之迅機，集叢林之雅對。粗裨於理，咸屬之篇。」

〔二二〕林鏞《五燈會元序》：「宋景德間，吴僧道原作《傳燈録》，真宗詔翰林學士楊億裁正而敘之。天聖中駙馬都尉李遵勖爲《廣燈録》，仁宗御製敘。建中靖國元年佛國白禪師成《續燈録》，徽宗作序。淳熙十年浄慈晦翁明禪師作《聯燈會要》，淡齋李泳序之。嘉泰中雷庵受禪師作《普燈録》，陸游敘。斯五燈之所由，始與藏典并傳。宋季靈隱大川禪師濟公以五燈爲書浩博，學者罕能通究，乃集學徒作《五燈會元》以惠後學，恩至渥也。」

〔二三〕宗鏡録：或名《心鏡録》，五代宋初延壽集，全書立論，重在頓悟圓修。錢俶《宗鏡録序》：「詳夫域中之教者三。正君臣，親父子，厚人倫：儒，吾之師也。寂兮寥兮，視聽無得，自微妙升虚無，以止乎乘風馭景，君得之則善建不拔，人得之則延貺無窮：道，儒之師也。四諦十二因緣，三明八解脱，時習不忘，日修以得，一登果地，永達真常：釋，道之宗也。惟此三教，并自心修。《心鏡録》者，智覺禪師所撰也。總乎百卷，包盡微言。我佛金口所宣，盈於海藏，蓋亦提誘後學。師之智慧辯才，演暢萬法，明瞭一心，禪際河游，慧問雲布。數而稱之，莫能盡紀，聊爲小序，以頌宣行云爾。」

〔二三〕僧寶傳：通稱《禪林僧寶傳》，宋釋惠洪撰，詳見卷二十一《重刊禪林僧寶傳序》。

〔二四〕《宗門統要》：南宋宗永著，清茂《宗門統要續集》問世後，其書失傳。任繼愈《佛教大辭典·宗門統要續集》：「宗永原著《宗門統要》，收録上自釋迦文佛、西天應化聖賢、二十八祖、東土六祖，下至六祖下南嶽十一世、青原下十世，凡五百零二人的機緣語句一千一百零七則。」

〔二五〕法言：格言。

〔二六〕玄規：佛門規矩。智昇《開元釋教録》卷八下：「若不搜舉同奉玄規，豈以褊能妄參朝委？」不絶如綫：同「不絶如縷」，形容局勢危急。疑似：似是而非。機微：瑣細，細微。《後漢書》卷八十四《董祀妻》：「失意機微間，輒言斃降虜。」

〔二七〕《六祖壇經·頓漸品第八》：「須知一切萬法，皆從自性起用，是真戒定慧法。聽吾偈曰：心地無非自性戒，心地無癡自性慧，心地無亂自性定。不增不減自金剛，身去身來本三昧。」

〔二八〕上根大器：天資卓異，悟性非凡。

〔二九〕鎮江：元時江浙行省鎮江路。金山：著名禪寺，或曰龍游寺，或曰江天禪寺。《金山志略》卷一虞集《萬壽閣記》：「南徐古治，限大江之堧，受衆川之委，東驅而將至於海也。其浸汪洋以無涯，其流舒肆而莫止。拳然屹立中江以迎其衝者，金山也。山有佛祠，始建於晉明帝時。梁武帝著水陸齋儀，親幸其寺。至宋真宗賜名『龍游禪寺』。」

〔三〇〕禪教：禪宗與教宗；禪宗，不立文字教外别傳以直承佛陀心法之宗派；教，教宗，因佛陀所説法而設立之天台、華嚴諸宗派。

雲深詩序

吴僧朝宗家祁水之南〔一〕，生而穎異，幼不好弄〔二〕。甫十歲，得《法華》七卷讀之〔三〕，即通大義。父母以爲夙成，因命祝髮爲僧，習内典之學。後入天岸法師室〔四〕，復得止觀之旨焉〔五〕。既而典賓筵於雨華〔六〕，主懺席於大德〔七〕，首衆於南翔〔八〕，皆以德業優贍著稱。然恬静自守，雅不泥榮名，嘗題其所居曰雲深，而自號曰雲深道人。

嗟夫！昔人賦詩，有以僧托興於雲者〔九〕，蓋雲與僧皆游於世之外，而以雲出僧不出爲高〔一〇〕。故宋①顯萬在萬松嶺與雲争半間分之，而以己之不出，休休焉自驕於雲〔一一〕。則雲者固僧之所宜以托興焉者也。朝宗以雲深題其居，豈非詩人之遺意而萬之徒歟？故爲序其事而繫以詩曰：

老僧客雲間，雲深不知處。禪房玉葉迷〔一二〕，法座天花護〔一三〕。無形視其消，彌空睹其聚。動静齊變幻，昏旦相依附。雲以無心出，僧以無心住〔一四〕。雖云同卷舒，終亦異留去。顯萬今何在？雲山舊嘗駐。對之而自驕，寧不以此故？僧蓋萬之徒，是用寓情素〔一五〕。

【題解】

雲深，方外之士嗜之。賈島《尋隱者不遇》：「松下問童子，言師采藥去。只在此山中，雲深不知處。」以出世心魄入世者亦戀之。陶弘景《詔問山中何所有賦詩以答》：「山中何所有？嶺上多白雲。只可自怡悦，不堪持贈君。」元僧朝宗避囂絶塵，名其居室曰雲深，戴九靈公序以溯之，詩以多之。

【校勘】

① 宋：諸本悉作「唐」，據《宋詩紀事》改。

【箋注】

〔一〕祁水：通稱練祁河，亦名練祁塘，嘉定縣主流。《萬曆嘉定縣志》卷十四《水利考·練祁塘》：「界縣治中，東西長七十二里，往時江湖之水自西南來，澄澈如練，故因以名。其水西從顧浦納吴淞江之流，東折貫於吴塘，又東過鹽鐵塘入城。東抵羅店鎮，析而東北曰小練祁，入於海。其南一支折而東合馬路塘，又東合月浦，又東合采淘港，入於海。」

〔二〕弄：玩耍，遊戲。《左傳·僖公九年》：「夷吾弱不好弄。」杜預《注》：「弄，戲也。」

〔三〕法華：亦稱《妙法蓮華經》，後秦鳩摩羅什譯，其書弘揚三乘歸一，調和大小乘之諸般學説。

〔四〕天岸：元時尊宿。《御選元詩·姓名爵里二》：「弘濟，字同舟，一字天岸，俗姓姚，餘姚人，投寶積寺爲僧。泰定改元，開法於萬壽圓覺寺。」岑安卿《栲栳山人詩集》卷一《和濟天岸法師約李五峰同遊韻》其一：「我不識往古，誰復知來今？彼哉牛山淚，只濕當時襟。節序倏代謝，秋風生樹林。暑氣日已薄，涼氣日已深。酌我新熟酒，鳴我素蓄琴。陶然一今古，萬事從無心。」

〔五〕止觀：佛教修行方法，止息禪定以明察萬物凝結智慧。

〔六〕雨華：寺院名，其情不詳。

〔七〕懺席：念經拜佛懺悔罪業之法席。大德：元平江路嘉定州寺院。《萬曆嘉定縣志》卷十八《雜記下・寺觀・大德萬壽講寺》：「在南翔寺東一里十二都，元大德初僧良珣建。」

〔八〕首衆：或稱首座，身處衆僧之上，多尊稱寺院方丈。《李温陵集》卷十三《告佛約束偈》：「大衆聞鐘齊起，急忙整頓衣裳，嗽洗諸事各訖，沙彌如前撞鐘，首衆即便領衆以次合掌致恭，前後不得參差。」南翔：嘉定縣寺院。《萬曆嘉定縣志》卷十八《雜記下・寺觀・南翔講寺》引王世貞《重修殿宇記》：「去嘉定縣之南二十四里而遥，蓋有南翔寺云。寺所以稱南翔者，當梁天監間，有異僧德齊止錫其地，規爲阿蘭若。甫決算而雙鶴伏之。晨起放鶴，鶴往之方，必有客至，則爲檀越布金其地，委輸若神鬼。不日而成上刹，以雄嚴冠東南，德公化之亡幾，鶴亦望南而翔，不復返。或云：『鶴之逝也，留詩於刹之楣，郡乘載焉。以其俚，或傅會，置弗録。』垂五百年而爲後唐之開成，寺且圮矣。復出異僧行齊，止錫如德公，雙鶴復依之。行公感其事，爲一衆説法。而有莫少卿者，盡捐其橐緡而拓飾之，雄麗逾於舊觀。行公戲謂鶴：『吾事畢矣，恣汝所往。』鶴應聲盤舞，遂亦望南不復返。行公尋亦化。當是時，震丹之士，亡論緇白，咸以二齊公爲一身，而後雙鶴之爲前雙鶴，其語留珠林中甚著。至宋紹定中，天子知之，遂賜寺額曰南翔。」

〔九〕顧逢《贈僧足庵》：「幽居不可尋，高卧白雲深。舉眼皆貪者，何人有止心？三衣了冬夏，一鉢飽山林。此外無他事，聽松生緑陰。」

〔一〇〕辛棄疾《浣溪沙》：「山上朝來雲出岫，隨風一去未曾回。」阮閱《詩話總龜》卷三十《道僧門》：「唐大興善寺東廊之南，有僧不出院，轉《法華經》三萬七千部，夜常有狐子來聽。長慶初，庭前有牡丹一朵合歡。僧幽之詩曰：『三萬《蓮經》三十春，平生不踏院門塵。』」

〔一一〕顯萬：宋湖南釋子。《宋詩紀事》卷九十二：「顯萬，字致一，浯溪僧。嘗參吕居仁，有《浯溪集》。」其詩多詠楚地風物與古事。如《宋詩紀事·郴陽道中》：「草荒驛路欲迷人，未見梅花信息真。憶著舊家煙雨外，犯寒斜放竹籬春。曉村寒水碧悠悠，雨歇浮雲漫不收。且緩晨炊三十里，不妨亭午到郴州。」而最著者，莫如《庵中自題》：「萬松嶺上一間屋，老僧半間雲半間。三更雲去作行雨，回頭方羨老僧閑。」萬松嶺：湖南永州祁陽浯溪山名。唐元結《浯溪銘·序》：「浯溪在湘水之南，北匯於湘。愛其勝異，遂家溪畔。溪世無名稱者也，爲自愛之，故命浯溪。」《湖廣通志》卷八十《古迹志·祁陽縣·中宫寺》：「在縣南浯溪。《輿地紀勝》：『浯溪中宫禪寺，本元次山故宅。』《浯溪考》：『宋慶曆中，浮屠顯萬建於浯溪之北。元祐中僧承亮徙溪上游。』」休休：安閑灑脱貌。

〔一二〕玉葉：葉片，喻雲彩。章孝標《玩月遇雲》：「無端玉葉連天起，不放金波到曉流。」

〔一三〕天花：佛教傳説中天女聞法所撒天花，詳見卷九《次韻遊寶華寺》。

〔一四〕《清江貝先生集》卷十《半間雲記》：「雲無心也，吾亦無心也。以無心相遭，則吾之爲雲耶，雲之爲吾耶？其飛揚下上而彌乎六合，其卷而斂乎至密，孰得而囿之耶？」

〔一五〕情素：情愫，真心。鄒陽《獄中上梁王書》：「披心腹，見情素。」

九靈山房集卷之十四

吴遊稿七

墓誌銘

王處士墓誌銘 并序

吴門王翥喪其天①之三月，以凶服詣余之故人而語之曰〔一〕：「吾釋先人之殯〔二〕，謁子於城之西，蓋竊有請也。吾先人之生，有德藴於躬而施於家，然不獲顯於世。今其死，宜得銘以傳，而世之工言能使不朽者，又知之莫能深，則吾先人之所存，其卒於無傳耶？然聞子之友曰九靈先生者，方居儒臺掌教職，其言爲可徵。子幸爲我求，爲銘藏之墓中，庶可顯於今而傳於後。」余故人以告。余歎曰：「誠若是，余其可辭耶？」則取翥所自爲狀，爲之誌而銘之。

誌曰：君諱某，字仲和，嘗署其號曰中和處士。其先會稽人，後徙居吴之長洲縣永昌溪上〔三〕。父曰某，妣某氏。君循循雅飭〔四〕，毅然不好戲弄，而孝友蓋出於天性。早失母，惟致養於其父，凡志之所在，不以己一於父而已。至於服食之需，苟力能應之，悉舉以進。雖歲甚儉〔五〕，而致豐於父者終不廢也。其遇親戚宗黨，一本於禮讓。人有患難，必急拯之如水火。家居益延良師友課子姓以學，而翥以文行知名縉紳間。君娶周氏，有子一人，即翥；女三人，皆嫁爲士人妻。生於至大己酉五月某甲子，卒於至正甲辰十二月某甲子，得年五十有六。卒後三月卜葬於縣之鳳凰山先塋之次〔六〕，禮也。

夫自鄉舉里選之法壞〔七〕，而士之有德者常不勝於詞章葩藻之才〔八〕。故君之生，不獲顯於世；而死也，世之知其行者復少焉。以君爲己之心勝，雖無憾於此可也。然自吾黨而觀之〔九〕，使爲善者不得榮於前，而又無以譽於後，亦何所恃而勸耶？此余所以不辭而銘之也。

銘曰：生不得於彼，死何有於此？納銘幽宫，以慰其子〔一〇〕。嗚呼，已矣夫！

【題解】

處士，有才德而隱居不仕者。《孟子·滕文公下》：「聖王不作，諸侯放恣，處士横議，楊朱、墨翟之言盈天下。」

王處士名亨，自號中和處士。其父王元，高風清韻，鄭元祐《僑吴集》卷十二《王處士墓誌銘》云：「中吴山水深秀，自昔多古仙神人。其最顯著，則王方平降蔡經家。又如王可交嗜酒斫鱠，遇星宫七真，雖玉壺縹醪不得飲，而得啗火棗，其骨遂仙，事載郡乘，豈虚言哉？近日王處士蓋亦仙者類。其先本會稽人，大父以上皆宋衣冠世胄，後徙居吴長洲之永昌溪。釣遊耕鑿，縱浪大化，浩然自以爲葛天氏之民。而獨好飲酒，盡擺脱世故以自適於酒，而扁其室曰醉鄉。當其時，悲歡窮達興壞理亂，曾弗絲毫繫心。世降習媮，非達人曠士可以外骸形齊物我也。於是其家不能無朘削，然猶嗜酒，不問有無。其孫翯能自力於學，博洽淹貫，鄉人士推重之。而翯也能悉意以奉處士，於是得陶然醉鄉云。處士取朱氏，先卒，卒後鰥居屏處四十餘年，能待其孫之成立以屬其家。處士雖飲酒，而神觀明朗，人不敢欺。諱元，字元之……卒年七十九，顔貌如孩嬰，人皆以酒仙稱之。而處士亦自笑曰：『神仙道人，亦人而已耳。』……翯言處士當屬纊時，猶索酒曰：『吾醉鄉，雖蓬萊瀛洲不是過也。惜宗人可交福不逮，不得分飲玉壺春耳。然以遇仙馳名，豈若吾之樂無涯也哉！』翯摭斯來乞予銘。是爲銘，銘曰：醉而死，其不死者，吾不知誰之子。斯言也，吾聞諸聃史。何以知其然？蓋所謂一念萬年，不爲刑毁，不爲形全，是之謂醉鄉之古仙。」

墓誌銘，石刻之深埋墓中者。誌多用散文，敘述死者生平事迹；銘則韻文，用以哀悼贊揚死者。趙翼《陔餘叢考》卷三十二《碑表誌銘之別》：「《曾子固文集》有云：『碑表立於墓上，誌銘則埋壙中。』此誌銘與碑表之異制也……賈昊所辨東海女郎及甄邯諸事，皆從開冢而見。又《神僧傳》：『寶誌公歿，梁武帝命陸倕製銘於冢内。』司馬温公誌吕誨云：『誨將死，囑爲其埋文誌。』張仲倩云：『撰次所聞納諸壙。』此誌銘之藏於墓中者也。」

【校勘】

① 天：乾隆本作「父」。

【箋注】

〔一〕天：父親。《詩經·鄘風·柏舟》：「母也天只。」毛《傳》：「天，謂父也。」凶服：喪服。《論語·鄉黨》：「凶服者式之。」何晏《集解》引孔安國曰：「凶服，送死之衣物。」

〔二〕殯：靈柩。《左傳·昭公五年》：「以書使杜泄告於殯。」杜預《注》：「告叔孫之柩。」

〔三〕長洲縣：詳見卷十《長洲縣丞楊君去思碑》。

〔四〕循循：同「恂恂」，恭謹貌。雅飭：規範整飭。

〔五〕儉：歉收。《逸周書·糴匡》：「年儉歲不足。」

〔六〕《洪武蘇州府志》卷二《山·長洲縣·鳳凰山》：「在縣界。晉太康二年掘得石鳳，從穴飛出，故名。上有陸凱墓，與吴縣鷄籠山事相類，蓋傳疑也。今在華亭。」

〔七〕鄉舉里選：古時薦拔鄉里賢士制度。《後漢書》卷三《肅宗孝章帝紀》：「夫鄉舉里選，必累功勞……每尋前世舉人貢士，或起甽畝，不繫閥閱。敷奏以言，則文章可采；明試以功，則政有異迹。文質彬彬，朕甚嘉之。」

〔八〕葩藻：華美。羅大經《鶴林玉露》卷十六：「故詩有工拙之論，葩藻之詞勝，言志之功隱矣。」

〔九〕爲己：砥德修學完善自身。《論語·憲問》：「古之學者爲己，今之學者爲人。」《荀子·勸學篇第一》：「君子之學也，以美其身；小人之學也，以爲禽犢。」黨：同類。《淮南子·繆稱訓》：「人以義愛，以黨群。」

〔一〇〕王安石《大理寺丞楊君墓誌銘》：「納銘幽宮，以慰其子。」

殷府君墓誌銘

君諱德輅，字乘之，其先丁氏，蓋濟陽大族〔一〕。君六世祖麟飛徙湖之德清〔二〕。今爲華亭人者〔三〕，則君大父益之所遷也。益之祖儀，於君爲高祖，娶華亭之殷氏。至益仕宋爲武翼都鈐時，與阿朮戰敗，逃匿殷氏家，故以殷爲籍〔四〕，遂家焉。益生吉甫，無子，君由從子爲之後，於是君生八歲矣。君未弱冠而吉甫卒，乃奉祖母王如其父在時。

後以貧故爲上海縣吏。民有病飢染盜者，縣大夫憫而欲貸其死罪，然持於僚吏〔五〕，不果行。君爲辨其情，輕之，人服其剛恕。歷鹽司横浦〔六〕，調嘉興僧師〔七〕。僧告其族賊殺事，吏讞四月餘不白〔八〕。移君讞，君微得其賊〔九〕，而被冤者二十人悉平反出之。又甲民訴乙民縛其子，屍於水，連十餘人。縣讞又不白。君鞠①之，乃他姓疾子爲盜，私捶殺而誣乙也。良民有與盜首疑名者〔一〇〕，吏脱正犯而收之。君白諸長令，即日釋去。

既而調平江録事司〔一一〕，掌承天、萬壽僧獄事〔一二〕，皆能雪其冤。由是以舉升平江路史〔一三〕，郡守道童公雅器重之〔一四〕，事難決者，必需君決。薦調杭郡，盜入廣濟庫〔一五〕，株逮者百餘人；平準庫守兵首鈔禆僞〔一六〕，株逮者八十餘人。君獨疑非他盜，謂鞠法當以典守者爲始，既而果然。東南隅獲亡姓女屍，鄰仇婦指某氏婦梃死，官以爲實，某氏婦且誣服〔一七〕。君獨曰：「聽仇婦一言以斷大獄，可乎？」後果獲真犯，乃他婦捶死義女也。由是郡長廉公、守任公俱以能績舉〔一八〕，升江浙財賦茶運司吏〔一九〕。已而以省檄對調湖州，湖守高公舉廣東憲史〔二〇〕。檄且至，君以疾辭。乃以行中書選，出長緡雲縣幕〔二一〕。縣豪號兩虎者閉户斂迹，終君三年不敢肆。居無何，富民坐令門豎捶殺平民〔二二〕，連七人。司牘吏欲出甲繫乙，且以脱富民。君問故，曰：「甲多子女，繫之必有詞。乙獨且鰥，不慮也。」君罵曰：「人苟以勢利殺無子者，尚謂有天道乎？」遂用正其法。君之爲吏蓋如此。

君晚年强健如少壯時，忽一日謂子弼曰：「吾吏遊四方者四十年矣，而先人墓廬圮壞弗葺〔二三〕，非孝也。」即日謝事歸，治田築室於先墓之側，日狎田夫野老爲耕牧樂。嘗屬弼曰：「汝當從大儒先生學，以紹隆其先業〔二四〕，勿復爲刀筆吏。」弼遂出遊浙東西，歷聘諸老生而師事之〔二五〕，著書以自見，君之教也。

君取葉氏，生子一人，即弼，今辟樞密分院參謀官〔二六〕。女二人：長適盛某；次適會稽縣主簿毛彦穎。再娶蔣氏，無子。弼之弟㙂，蓋庶出也。

君生於至元癸巳十月廿三日申時，及卒，同其年月日時，得年六十有一。以某年月日葬於上海高昌鄉之陽涇原〔二七〕，與葉氏同窆。監察御史張公士堅以君守正不阿〔二八〕，題其墓曰「正齋殷君之墓〔二九〕」；而金華戴良爲之銘。

銘曰：丁爲顯宗，濟陽其始。居湖四世，趙宋始徙。君之大考〔三〇〕，逃亂華亭。

遂匿厥先，以殷嗣丁。猗君之生，實配前德。頎而陽陽，而心翼翼〔三一〕。亦既筮仕，歸忠於君。施約則己，播惠在民。嗟嗟我君，宜貴而顯。何施之深，而力之淺？維其有子，克大厥家。天祉正人，非在兹耶？

【題解】

殷府君，尊稱已故之殷君德輅。漢魏時，尊稱太守爲府君；自唐以來，不論爵秩，碑版通稱死者爲府君，詳見清王芑孫《碑版文廣例》卷七《通稱府君例》。

【校勘】

① 鞠：乾隆本作「鞫」；下文「鞠」字與此同。

【箋注】

〔一〕濟陽：元時中書省濟南路屬縣，參見《元史》卷五十八《地理一·中書省·濟南路》。

〔二〕德清：元時江浙行省湖州路屬縣，參見《元史》卷六十二《地理五·江浙等處行中書省·湖州路》。

〔三〕華亭：元時江浙行省松江府屬縣，參見卷十一《上海横溪義塾記》。

〔四〕武翼：宋時武翼大夫或武翼郎。參見《宋史》卷一百六十九《職官九》。都鈐：通稱鈐轄，掌軍旅屯戍營房守禦諸事務，參見《宋史》卷一百六十七《職官七・總管鈐轄司》。阿朮：元初大將，沉勇善謀，氣雄萬夫，與丞相伯顏、參政阿里海牙等共伐宋；參見《元史》卷一百二十八《阿朮》。籍：名册。

〔五〕染盜：受污染而變盜賊。《楚辭・七諫・沈江》：「日漸染而不自知兮。」王逸《注》：「污變爲染。」持：制約，挾制。

〔六〕鹽司：鹽場司令。横浦：鹽場名。《元史》卷九十一《百官七・兩浙都轉運鹽使司》：「鹽場三十四所，每所司令一員，從七品……浦東場、横浦場、蘆瀝場。」

〔七〕僧師：此指主管僧徒事務之職官。

〔八〕讞：審理定罪。白：洗刷冤屈。

〔九〕微：暗中察訪。《漢書》卷九十二《郭解》：「使人微知賊處。」

〔一〇〕疑名：名字相似；疑，類似。

〔一一〕平江録事司：詳見卷十二《送路理問序》。

〔一二〕承天：通稱能仁禪寺，元時吴縣寺院。《洪武蘇州府志》卷四十三《寺觀・能仁禪寺》：「在今縣（吴縣）治東北。梁時衛尉卿陸公僧瓚舍宅以建也。初名重玄寺，至宋初改爲承天，宣和中又改爲能仁寺。俗傳有二異石於庭前，因稱之爲雙峨。前有二土山，（智）有銅無量壽佛，高丈餘。後至順間毁於火。至正間寺復一新之。詳見太史黄溍記。寺内有福昌、寶幢、圓通三小寺。」萬壽：元代長洲縣禪寺。《洪武蘇州府志》卷四十三《寺觀·萬壽禪寺》：「在今縣（長洲）治東北，即舊報恩光孝禪寺，又名天寧萬壽禪院。梁時置爲安國院。唐長壽二年改爲長壽院。宋大中祥符二年，丁晉公謂奏改爲萬壽禪院。紹興七年詔改爲萬壽報恩光孝禪寺，爲徽宗薦嚴之地，即今額也。寺門外有尊勝石幢二，周廣順三年癸丑所立，中吴軍節度上柱國邵思寶、周承禮等題名於上。」

〔一三〕史：古時掌管法典處理公文之職官。

〔一四〕鄭元祐《僑吴集》卷十一《前平江路總管道童公去思碑》：「公至吴之明年夏大旱，公宿公署，屏酒肉，恐懼修省，祈哀百神。吴當南北衝，送迎謁候無虚日。公晝盡人事，夜乘單舸或車騎，蓋暴露奔走以請。群望雨以時澍，而積陰以風，稻用虚秕。公曰：『吴民困久矣，兹歲又大祲，使重掊民，椎骨肌，瀝髓腦，亦無不聽命，然豈聖天子選以牧守以字其民之謂哉？』屬邑以災狀聞，公遣僚屬出履畝，戒之曰：『民爲國家赤子。今誠飢虚，爲之父母者不聽其飢啼，而其飢啼謂之誑，父母之於子，固若是乎？今若履畝，必以實聞。』時廉訪使者托岱公按部吴下，聞公言是之。及使者身出履畝，所在災狀無少不讐。」

〔一五〕廣濟庫：官府儲藏財物之倉庫，此指江浙行省廣濟庫。《南村輟耕録》卷十《趁辦官錢》：「浙省廣濟庫歲差杭城譚實户若干名，充役庫子以司出納。比一家中侵用官錢太多，無可爲償，府判王某素號殘忍，乃拘其妻妾子女於官。又無可爲計，則命小舟載之求食於西湖，以貲納官。鬼妾鬼馬，不肖輩群趨焉。」

〔一六〕平準庫：通稱平準行用庫，主貿易金銀平準鈔法。《元史》卷九十一《百官七・諸路總管府》：「平準行用庫，提領、大使、副使各一員。」首鈔：紙幣。王惲《秋澗集》卷九十《秋税准喂養馬駝草料》：「如按察司每歲各處追首鈔，使民免遠倉納税之勞。」裨僞：摻雜僞鈔；裨，增添。

〔一七〕梃：竹棒，木棒。誣服：無辜而服罪。

〔一八〕郡長：此指杭州路達魯花赤。守：此指杭州路總管。《元史》卷九十一《百官七・諸路總管府》：「上路秩正三品。達魯花赤一員，總管一員，并正三品。」

〔一九〕江浙財賦：元官署名。《元史》卷八十六《百官四・江浙等處財賦都總管府》：「掌江南没入貲産，課其所賦，以供内儲。」茶運司：負責榷茶之官署。《元史》卷九十四《茶法》：「榷茶始於唐德宗，至宋遂爲國賦，額與鹽等矣。元之茶課，由約而博，大率因宋之舊而爲之制焉。」

〔二〇〕廣東憲史：廣東道提刑按察司（後改稱肅政廉訪司）屬吏。

〔二一〕縉雲：元時江浙行省處州路縉雲縣。

〔二二〕坐：被罪，抵罪。門豎：守門童僕；豎，未成年奴僕。

〔二三〕墓廬：古人築室父母師長墓旁以守喪，其室曰墓廬。輯：整修。《漢書》卷六十七《朱雲》：「上曰：『勿易，因而輯之，以旌直臣。』」顔師古《注》：「謂補合之也。」

〔二四〕紹隆：繼承弘揚。鍾會《檄蜀文》：「今主上聖德欽明，紹隆前緒。」劉良《注》：「紹，繼；緒，業也，言有聖明之德而繼先人之業。」

〔二五〕聘：問候，徵詢意見。《説文》：「聘，訪也。」

〔二六〕樞密分院：太尉張士誠管轄之江浙分樞密院，詳見卷八《奉陪省院諸公小集》。

〔二七〕高昌：元時江浙行省松江府上海縣五鄉之一。《同治上海縣志》卷一《疆域·鄉保》：「縣舊有五鄉，曰長人，曰高昌，曰北亭，曰新江，曰海隅。」

〔二八〕張士堅：元末名士。釋來復《澹遊集》録諸詩家云：「張士堅，字師允，大名人，至正乙酉狀元及第。由翰林修撰拜監察御史，累官至福建閩海道肅政廉訪副使。」

〔二九〕正齋：正直恪敬；齋，敬慎。《廣雅·釋詁一》：「齋，敬也。」

〔三〇〕大考：亡祖父。

〔三一〕陽陽：壯健貌。翼翼：敬慎貌。王安石《杜涣墓誌銘》：「翼翼而才，頎而陽陽。」

止軒居士金君墓誌銘

嗚呼！自三王不作〔一〕，所以教養天下之士者有不至，而風俗之壞久矣。於此有人焉，能以孝友行於身化於家，使其子孫世守而不失，如唐之張氏〔二〕、五季之陳氏〔三〕、宋之孫氏〔四〕、陸氏〔五〕，其風聲氣概豈不足爲世勸哉！此吴門金氏其事有可敘述焉，而居士蓋其卓卓者也。

居士，大梁官族。五世祖諱鑄，始自大梁來徙，因家焉。鑄業儒，與其弟鈞甚和協，不分財異居，友愛之聲聞於吴。吴人無遠近親疏皆習知其爲人，至今言者猶爲之慨然也。鑄之子曰履、曰順，鈞之子曰益、曰謙；至順之子曰昱、曰晟、曰昇；昱之子曰伯達，晟之子曰伯榮、曰孟祥，昇之子曰伯迪，而家寖盛。然未始以富而廢禮。伯榮生子六人，而居士其仲也。

居士諱弘道，字達可，晚乃自號止軒居士。自幼天質粹美，恂恂蹈規矩惟謹。伯榮嘗奇之曰：「集吾事者，必是子也。」至是果能刻苦自修，復以孝友帥其家。居士事母吴夫人甚至〔六〕。吴好遊，居士每與諸弟輿之庭廡間，冀得其歡心。一日吴病疽，居士晨夕抱持不少懈。迨革，居士口吮其疽以潰。且焚香籲天，願以己年益母壽。吴於夢寐中忽聞震聲如驚雷者三，病以尋愈。及吴卒，居士持喪盡禮，居於倚廬〔七〕，言必戚，哭必哀。比葬，陰雨浹旬。居士每夜泣禱上下神祇，辭極悽楚。至期乃霽，既窆，雨復如初〔八〕。人以爲皆孝感所致。居士於兄弟克盡和孺①之情〔九〕。諸弟有幹才者，則委以家事；有仕資者，則給使出仕。至於事育之責，一以身任之。既而伯季皆早死，獨其仲復善在，兩人友愛尤篤，被服飲食同之，憂悲愉樂共之。

居士蚤失配偶，而終身不再娶。屏處一室，旁絶姬侍，惟左圖右書，焚香獨坐，遇夜則課諸子以學，且喻之曰：「吾世儒家，汝等當紹承先志，毋墮其業。」及復善之子起以諸生起家爲常熟同知〔一〇〕，仲兄公大之子璹中浙省鄉試〔一一〕，未嘗不喜動顏間。

先是，有士人與名鄉薦者當會試禮部〔一二〕，貧不克行。居士既資其行槖，復給其家，使無後顧憂。其士遂登名上第〔一三〕，爲時名臣。人有以白金寄居士者，未幾兵起，居士倉皇出避。曁還，空其家無一物遺。居士乃别具金歸之，且曰：「即前所寄物也。」人啧啧稱異曰：「吾聞古有義士者，於今始見之矣。」居士衣食有餘，輒以賙其鄉里之不足。親戚宗黨待居士而婚葬者若干人。

居士性甚嚴，家庭之間曾不少假以色辭〔一四〕。及至接官長交朋友，則言温氣和，如在春風中。然雅愛名山川，暇日則扁舟出遊，翛然忘返。平居讀書，手不釋卷，尤喜吟詠以自陶寫〔一五〕，有《止軒隨筆》若干卷、《貧樂吟稿》若干卷藏於家。

居士年老而康强，一日病忽作，謂復善曰：「死生之道，猶晝夜然〔一六〕。人之所必至，無足憾者。汝弟②益修其家政以迓續前人〔一七〕，我死其瞑目矣。」言已而逝。居士生於大德丁酉六月六日丁酉，卒於至正乙巳閏十月十七日辛未。踰月，一日甲申，葬於婁門王村先塋之次〔一八〕。享年六十有九。娶曹氏，無子，以季弟止善之子権爲後。孫一：曰壽同。

居士不樂仕進，集賢院嘗錫其號曰「貞逸先生」。而有司則以居士兄弟同居至六世，爲請於朝而旌表之，號曰「義門」。嗟夫！世之享有隆名盛位，或身不終，或至子孫而失者多矣。而居士一門乃以孝友相傳，至於永久而弗墜，何其賢哉！銘以彰其德，亦以勖其嗣人云。

銘曰：有斐君子，在吴之中。本支六世，燔爨同門〔一九〕。煒旌書，雙表崇〔二〇〕，四國賴以敦澆風。敦澆風，德何厚！白石可爛銘不朽。

【題解】

金弘道，字達可，自號止軒居士，蘇州金義門賢士，其事參看卷八《對雨金達可送酒至》《病中承達可送小木椅》、卷十一《旌表金氏義門記》。

張憲《玉笥集》卷五《春日陪金達可張習之僧祖平燕申屠仲耀氏》：「晴風蕩新柳，春意滿陂塘。幸逢二三子，同上夫君堂。劇談到時事，清燕開（闌）〔蘭〕觴。念兹兵燹年，風景殊故鄉。總戎豈乏賢？軍氣胡不揚？曰予好奇計，豪宕無由嘗。乃令鼠蟻輩，撫劍歌慷慨。賢哉兩申屠，伯仲雙玉璜。髯張大雅士，雲漢飛鸞凰。睦睦金義門，七世行彌昌。席端見謙德，愈覺尊而光。平公古墨氏，詞藻葩天章。雅情雜詼笑，歡樂何茫洋！卻憶圍城中，黔首紛彷徨。析骸給曉爨，易子充枵腸。豈無華元心，夜登司馬牀？懷寶不見用，坐待歲月亡。矯矯平津閣，而登白面郎。」

【校勘】

①孺：底本作「儒」，據乾隆本改。

②弟：乾隆本作「第」。

【箋注】

〔一〕三王：夏商周三代聖君，各家所指不一，然不外夏禹、商湯、周文王、周武王四人。

〔二〕張氏：唐朝鄆州壽張張公藝家，九世同居，由北齊至李唐，朝廷屢加撫慰旌表。唐高宗問以同居閫奥，則一忍字以蔽之。詳見《舊唐書》卷一百八十八《孝友·張公藝》。

〔三〕陳氏：五代宋初江州德安陳兢家，自唐以來十餘代同居，世守家法，孝友儉讓，近於淳古。詳見《宋史》卷四百五十六《孝義·陳兢》。

〔四〕孫氏：宋代保定軍孫浦家十世同居，然語焉不詳，難以確定是否爲本文所言孫氏。參見《宋史》卷四百五十六《孝義》。

〔五〕陸氏：南宋撫州金溪陸九淵陸九齡陸九韶昆弟家，累世同居，治家有法。最長者爲家長，舉家帖帖聽命，闔門百口，各司其職，忠敬樂易，鄉人化之。陸氏孝義詳載《鶴林玉露》卷五《陸象山》。

〔六〕至：通「緻」，周密。《説文》：「緻，密也。」

〔七〕持喪：服喪。倚廬：古人守喪所居之簡陋棚屋。

〔八〕窆：葬時下棺於墓穴中。

〔九〕和孺：和好相親，參見卷十一《旌表金氏義門記》。

〔一〇〕常熟：江浙行省平江路屬縣；元時州分上中下，常熟爲中州，同知秩從六品。《元史》卷九十一《百官七·諸州》：「中州……同知從六品。」

〔一一〕璹：此作人名。《説文·玉部》：「璹，玉器也。」

〔一二〕與名：授予名額；與，授予。鄉薦：鄉試中式後推薦參加禮部考試。

〔一三〕上第：科舉成績第一等。

〔一四〕假：寬容放縱。《經義述聞》卷十七《天之不假易》「家大人曰：『假易，猶寬縱也。天不假易，謂天道之不相寬縱也。』《僖三十三年》傳曰『敵不可縱』，《史記·春申君傳》『敵不可假』，《秦策》作『敵不可易』，是假易皆寬縱之意也。」

〔一五〕陶寫：怡悦性情消解愁悶。辛棄疾《滿江紅·自湖北漕移湖南席上留别》：「絲竹陶寫耳，急羽且飛觴。」

〔一六〕《莊子·至樂》：「生者，假借也；假之而生生者，塵垢也。死生爲晝夜。」

〔一七〕弟：通「第」，只。《資治通鑑·漢紀二十二》：「皆罷令就弟。」胡三省《注》：「弟，與第同。」迓續：繼承。

〔一八〕婁門：蘇州城東門。《洪武蘇州府志》卷四《城池·郡城·城門》：「婁門，東門也。」

〔一九〕本支：根幹與枝葉，比喻同一家族裏嫡系後裔與庶出子孫。《詩經·大雅·文王》：「文王孫子，本支百世。」毛《傳》：「本，本宗也。支，支子也。」燔爨：燒火做飯。

〔二〇〕表：此指「貞逸先生」及「義門」二華表。

申屠先生墓誌銘 并序

嗚呼！是惟申屠先生之墓。先生家於暨之陽〔一〕，距余居不二舍近，而辱與爲忘年交者餘二十載。後①余從禄四方，歸而復求先生於暨上，而先生死矣。嗚呼悲夫！

先生諱某，字某，申屠其氏也。大父某，父某，皆隱居而終。先生夙有異姿，自成童時嶷嶷不與凡子齒〔二〕。然家故貧，稍習吏事以自給。未幾，金華黄文獻公爲其州之判官〔三〕，一見即大奇之，謂曰：「子何以吏爲哉？」遂教之治經爲舉子業。習之數年，自謂功名可覆手取，不煩久苦一室中〔四〕，乃治裝出遊，踰濤江而西，宿留吴門，客丹丘柯公九思所〔五〕。世之名人魁士鮮不與善，而京兆杜公本〔六〕、武威余公闕〔七〕、臨川危公素〔八〕、永嘉李公孝光②尤號爲知己〔九〕。至是諸公交相引重，一時聲譽藹然騰在人上〔一〇〕。及就試鄉闈，其輩斂衽畏服〔一一〕，皆曰「莫先申屠生」。然屢舉不利，僅中辛巳甲申副榜〔一二〕。以新例授徽州路歙縣儒學教諭〔一三〕，改信之貴溪〔一四〕，序遷婺州路月泉書院山長〔一五〕。所至扶善遏過，得師道甚。

先生學負經濟，慨然有志於當時，顧厄於下位，噤不得一施〔一六〕。遂韜光斂耀，與世相浮沉，然人咸知其可用。至正間師旅飢饉并臻，遠近騷動，方面大臣以不稱職罷去相望。浙東肅政廉訪副使百家訥公方獨署一道事〔一七〕，思得高才之士爲己助。或薦先生之才不在諸葛亮下〔一八〕，即走幣以聘〔一九〕，欲以參謀留幕府，先生辭不就。乃以五經師起之，舍諸郡庠〔二〇〕。事無大小，公悉諮之而後行。乃增築城郭，遏至③姦盜〔二一〕，黜贓吏，賑貧民。浙東之政爲天下第一者，先生之助居多。

先生年且老，行將堅卧空山爲終老計。而東南兵起，鄉邑失寧，蹙蹙靡所止居，有間關歸國之心焉〔二二〕。已而疆土内附，薦徙遠地。先生益危言危行不少貶損〔二三〕，而卒以徙死。嗚呼悲夫！

先生學通《春秋》，而深於《左氏傳》。鄉之諸生執經考疑者繼於門，而所著《春秋大義》熟在人口。然最喜爲詩，勾章棘句，洒然有杜甫之遺音〔二四〕。至於作字，則清妍宛密，雖褚④遂良〔二五〕、薛稷復生〔二六〕，殆不是過。平居議論風發，品藻古今人物，亹亹不能休〔二七〕，座客聞之，率爲之奪氣。而諧謔調笑，卓詭不羈，又一處以和。且善飲酒，賓客朋遊必劇醉雅歌投壺〔二八〕，窮日夜不厭。行橐雖屢空，無所問也。

治家嚴而有禮，伉儷相敬如賓，課諸子以學，家庭之間而自爲師友。其遇童僕有恩意，故臨禍患無一離判者〔二九〕。娶東平呂氏河南道肅政廉訪使唐臣之孫女、曲阜縣尹貞之女〔三〇〕。有賢行，以憂致疾亡。子男二人：長濬，次澂，皆能世其業〔三一〕。女二人：長適文獻公之孫某，次適某。生於某年月日，卒於某年月日，得年六十。卒之日，惟濬在左右，即收焚之，將函骨以歸，然竟坐貶不克。後三載以例放還，始負其骨葬於其鄉先塋之次，原曰某原，某年月日也。

於是濬等踵門泣拜曰：「先人所爲遊而有文者誰乎？幸哀而賜之銘。使死者有知，將不抑鬱於土中矣。」先生被遣時〔三二〕，嘗托余經紀其家事。已而家屬在遣中，未能少承其所托，豈意今者遽銘其墓耶？嗚呼悲夫！

銘曰：才可大施，而位不羸〔三三〕。何志之忠，卒與禍并？惟其久閟，以啓厥聲〔三四〕。吁嗟先生！

【題解】

申屠先生，名性，字彦德，或稱屠彦德，其事詳見本書卷一《送屠彦德七首》。申屠先生，諸暨人；元末顧仲瑛以爲餘姚人，誤矣。顧瑛《玉山草堂雅集》卷十二《屠性》：「字彦德，會稽餘姚人，明《春秋》學。幼從晉卿黄太史遊，故其詩文嚴整有法度。嘉定儒學聘爲經師，其經由多至草堂，故得詩稍多。」

蘇伯衡《蘇平仲文集》卷五《申屠先生詩集序》：「申屠君以詩鳴元統、至正時，其稿既多，類皆放失於兵燹之間，幸而流傳於好事者十猶二三。其子（徵）〔澂〕極力收拾，蓋自君没後十二年始克彙次成集，以授余求序其端。余聞君自總丱知學，即善記覽，工辭章，號稱儁才。時出爲歌詩，先輩争下之，而君不自足也。延祐間故侍講黄公溍仕於其州，遂委己事焉。侍講文詞爲世楷模，然剛中少容，從之遊者鮮克當其意，而獨器重君，悉授以心法，他從遊不得者，君盡得之。而君又能因侍講之言，以治經之餘力力追古之作者，於是君之詩與年日進，沛然莫禦，而其聲光勃然而起，炳然而不可遏，時之名能詩者風斯下矣。秘卿達兼善、外史張伯雨至謂侍講之有君也，猶吾祖文忠公之有黄山谷、陳後山，其取重縉紳間如此哉！始余謁伯雨於杭之開元宫，伯雨以君和其詩三章示余，私心慕焉。及君來爲經師吾鄉校，遂獲與之交。自是或歲一再見，或間歲一見，見必以文字爲娱樂。海宇變故以來，出處不同，山川間之，思見其人，邈乎不可即矣。此余歸自江東，過其舊遊之處，輒爲之腹痛。間見其遺篇翰，伏讀數過不自休，而不能無九原可作之歎。則余於澂之請，其能已於言乎！昔者浦陽方先生韶父、括吴贇府善父、粤謝軍諮皋父，皆以古詩人自任，東南之士翕然師尊之。論者獨推侍講爲得其宗，而君侍講之世嫡也，則其所詣亦可概見矣。余復何言哉！竊獨慨君生長文明之代，才高而學贍，使其與一時鴻生望士文學侍從之臣通籍著庭之間，鎔金鑄辭，作爲雅頌，播爲歌詠，以鋪張太平雍熙之盛，豈不優爲之？然年踰四十再舉於鄉，始以《春秋》乙榜棲遲學校幾十五年，未及改官而運去物改，愁居愓處，曾不數年，竟以不幸死矣。今其詩之見於集中者多《黍離》《麥秀》之音，則其志不亦可哀乎？尚幸有子若澂寶其遺稿，世其家學，足以慰君於地下云爾。此余所爲撫卷不自知悲喜之交集也。君諱性，字彦德，申屠氏，越諸暨人。」

胡翰《胡仲子集》卷四《屠先生詩集序》：「屠先生彦德，越之諸暨人也。先生少處里閈，習爲吏。黄文獻公判州事，見而才之，勉令就學。遂折節，謝其故等夷，覃思於六藝之文百家之言。久之，學乃大進。監書博士柯敬仲自京師歸，延致吴中，率吴中諸生師事之。吴爲東南都會，而敬仲放達喜通賓客，至者非中朝賢貴人，則四方之遊士，敎學相長，凡國家之故實，前代之儀注，咸與有聞。方是時，天下之知先生者，非直黄公，當朝公卿大夫著聲譽者，往往是也。元有國自至元承平之後，人尚彌文，而器能多不足於用。先生雖儒者，所負魁然而嵬，指畫天下事，出入古今成敗利害，瞭乎若燭照而枚計，近在目中。貴人與之遊者，聽其言，莫不厭於心，然訖不引手援之以爲國家用。低徊不偶，僅以《春秋》試有司，取一教官，反出白皙少年下。則其平生之情，歡愉怫悱，憂思忼慨，觸於物者，宜有以昌其詩而發焉……觀於先生春容密栗，得之自然，時涉恢奇，不失乎當，能發古人之所未言，而悉吾意之所欲言。乃知先生昔者巧力之喻，於今見之矣。夫詩者，所以言乎其志也，先生之志不伸於當代，豈遂泯而不白於後世乎？是用語其二子，姑慎藏之，天下當有采而傳之者矣。」

【校勘】

①後：底本作「從」，據乾隆本改。

②光：底本作「先」，據乾隆本改。

③至：乾隆本作「止」。

④褚：底本作「楮」，據乾隆本改。

【箋注】

〔一〕暨之陽：紹興諸暨，嘗稱暨陽；之，助詞。俞樾《古書疑義舉例》卷四《句中用虚字例》：

「《禮記·射儀篇》：『又使公罔之裘。』鄭《注》：『之，發聲也。』《僖二十四年·左傳》：『介之推不言禄。』杜《注》：『之，語助。』按，於人名氏之中用語助，此亦句中用虚字之例也。」《讀史方輿紀要》卷九十二《浙江四·紹興府·諸暨縣》：「秦置諸暨縣，屬會稽郡，漢以後因之。隋屬越州，唐仍舊。光啓中改曰暨陽，五代初吴越復故。」

〔二〕嶷嶷：高峻貌。

〔三〕黄文獻：黄溍，字晉卿，謚文獻，元儒林四傑之一。《黄文獻公集》卷十二宋濂《故翰林侍講學士中奉大夫知制誥同修國史同知經筵事金華黄先生行狀》：「閲四載，以功超一資，升從事郎紹興路諸暨州判官。」《黄文獻公集》卷二《諸暨休日偶書》：「一室蕭然似冷官，更無車馬駐江干。天清不斷絲絲雨，春淺猶生陣陣寒。公事癡兒何日了？雲山圖畫要人看。輕風正滿微黄柳，誰與相從試憑欄？」

〔四〕不煩：無須煩勞。

〔五〕柯九思：元代著名學者，號丹丘生。陶宗儀《書史會要》卷七：「柯九思，字敬仲，號丹丘生，台州人。官至奎章閣鑑書博士。能詩文，善鑑古器物書畫，亦善書。」

〔六〕杜本：元代清江學者、書法家。朝廷屢以薦者徵，悉辭不就。平居書册未嘗釋手，天文、地理、律曆、度數，靡不通究，尤工於篆隸。沉静寡欲，無疾言遽色。與人交篤於義，有貧無以養親、無貲以爲學者，皆濟之。詳見《元史》卷一百九十九《隱逸·杜本》。

〔七〕余闕：唐兀氏，名余闕，元朝忠義大臣，詳見卷七《題余廉訪五大篆後》。

〔八〕危素：字太樸，元朝名臣，詳見卷十二《夷白齋稿序》。

〔九〕李孝光：字季和，元温州名士。《五峰集·四庫全書提要》：「《五峰集》十卷，元李孝光撰。孝光，字季和，樂清人……至正七年，詔徵隱士，以秘書監著作郎召。明年，升文林郎秘書監丞……元詩綺靡者多，孝光獨風骨遒上，力欲排突古人。樂府古體皆刻意奮厲，不作庸音；近體五言，竦秀有唐調；七言頗出入江西派中，而俊偉之氣，自不可遏……雜文凡二十首，皆矯矯無凡語。楊維楨作《陳樵集序》，舉元代作者四人，以孝光與姚燧、吴澄、虞集并稱，亦不虚矣。」

〔一〇〕引重：推重。藹然：盛大貌。辛文房《唐才子傳》卷十《孟賓于》：「聲譽藹然，留寓久之。」

〔一一〕鄉闈：鄉試試院。斂衽：整飭衣襟以示恭敬。

〔一二〕副榜：正式録取者名列正榜；正榜之外另取若干，名列副榜。

〔一三〕新例：詳見卷十三《送丁山長序》。《元史》卷八十一《選舉一·學校》：「命於禮部及行省及宣慰司者，曰學正、山長、學録、教諭，路州縣及書院置之。」

〔一四〕貴溪：元信州路屬縣，參見卷六《送人遊龍虎山序》。

〔一五〕序遷：按等級依次升遷。月泉書院：元時婺州路浦江縣書院之一，詳見卷五《浦江縣修學記》。《乾隆浦江縣志》卷四《書院》：「元升月泉書院，置山長一員，主教學徒。」

〔一六〕負：倚仗。《説文》：「負，恃也。」噤：閉口。

〔一七〕浙東肅政廉訪：元浙東海右道肅政廉訪司，參見卷七《題余廉訪五大篆後》。《元史》卷八十六《百官二·肅政廉訪司》：「每道廉訪使二員，正三品；副使二員，正四品。」署：代理，暫任。

〔一八〕諸葛亮：三國蜀丞相，大智深謀，竭誠扶漢。《三國志》卷三十五《蜀書五·諸葛亮》：「諸葛亮之爲相國也，撫百姓，示儀軌，約官職，從權制，開誠心，布公道；盡忠益時者雖讎必賞，犯法怠慢者雖親必罰，服罪輸情者雖重必釋，游辭巧飾者雖輕必戮；善無微而不賞，惡無纖而不貶；庶事精練，物理其本，循名責實，虚僞不齒；終於邦域之内，咸畏而愛之，刑政雖峻而無怨者，以其用心平而勸戒明也。可謂識治之良才，管、蕭之亞匹矣。」

〔一九〕走幣：遣使送禮；幣，束帛，泛指禮物。

〔二〇〕郡庠：此指元末金華郡學。

〔二一〕至：通「止」，阻止。《潛夫論·遏利》：「上以天子，下至庶人。」汪繼培《箋》：「至，舊作止，據程本改。」

〔二二〕蹙蹙：局促不舒展。《詩經·小雅·節南山》：「我瞻四方，蹙蹙靡所騁。」靡所止居：没有安居之地。《詩經·小雅·祈父》：「祈父，予王之爪牙。胡轉予于恤，靡所止居？」朱熹《詩集傳》：「汝何轉我於憂恤之地，使我無所止居乎？」歸國：奔赴京城。

〔二三〕危言危行：言行正直無邪。《論語·憲問》：「邦有道，危言危行；邦無道，危行言孫。」

〔二四〕勾章棘句：同「鈎章棘句」，謀篇造句。韓愈《貞曜先生墓誌銘》：「鈎章棘句，掐擢胃腎。」洒然：驚貌。《集韻》：「洒，驚貌。」

〔二五〕宛密：婉轉縝密。褚遂良：傑出書法家，與歐陽詢、虞世南、薛稷并稱初唐四大家。張彦遠《法書要録》卷八《張懷瓘書斷中·妙品》：：「褚遂良，河南陽翟人……善書，少則服膺虞監，長則祖述右軍。真書甚得其媚趣，若瑶臺青瑣，窅映春林；美人嬋娟，不任羅綺。增華綽約，歐、虞謝之；其行草之間，即居二公之後。」

〔二六〕薛稷：唐傑出書畫家。張彦遠《法書要録》卷九《張懷瓘書斷下·能品》：「薛稷，河東人，官至太子少保。書學褚公，尤尚綺麗，媚好膚肉，得師之半，可謂河南公之高足，甚爲時所珍尚。」

〔二七〕品藻：品評。亹亹：連續不絶貌。

〔二八〕雅歌投壺：參見卷五《樂善堂記》。

〔二九〕離判：同「離叛」，離散背叛。《國語·周語中》：「若七德離判，民乃攜貳。」

〔三〇〕東平：元時中書省東平路。河南道肅政廉訪司：元江北河南道肅政廉訪司。曲阜縣：元時濟寧路兖州屬縣。

〔三一〕《萬曆紹興府志》卷四十三《人物志九·鄉賢之四·儒林·元·申屠澂》：「字仲敬，諸暨人。

父性，受業黄文獻公之門。澂與兄濬得其淵源，謹言端行，并爲鄉里所敬憚。而澂尤寡合，賤而賢者禮之，貴而言或少偏，雅如不聞。望之容色毅然，至有所請，則温然愉婉，辨析必盡。工古文，春容簡奥。精篆籀小楷，足配秦晋。辟本路教授，辭疾不行。晚節益堅。所著有《孝全摭言》數卷。」

〔二二〕遣：流放，發配。

〔二三〕嬴：盈，滿。《吕氏春秋·孟秋》：「不可以嬴。」畢沅《新校正》：「高氏本以嬴與盈同。」

〔二四〕閟：埋没。韓愈《岐山下》：「自從公旦死，千載閟其光。」

方大年墓誌銘并序

某年月日，暨陽方君大年卒於金華之寓館。既卒，館人輿而致諸家。閲五日，始克大小斂成喪〔一〕。明年十二月乙卯葬於其鄉之高湖〔二〕。前事之月，其子文燧舍杖哭拜使者以書來告曰〔三〕：「先人不幸以死累夫子，今將以日月葬，敢以銘墓之辭重爲夫子累。不肖嗣方居苫①次，不得跣以請〔四〕。」余受書哭曰：「嗚呼！吾尚忍銘吾友也耶？」又數日，大年之弟楨來速銘〔五〕，且曰：「不得銘，無以葬。」乃敘其族世名字及事始終而銘之。

大年諱椿，字大年。其先睦人也〔六〕，後遷越之暨陽。大父鐵贈奉訓大夫、同知紹興路事；父洵，沅州路蒙古學正〔七〕。大年之宗素盛且好禮，自其曾從祖嘗大開義塾，聘明師儒以淑其家之子弟及四方之學徒，於是吾邑淵穎先生吴公實爲義塾師〔八〕。大年時未弱冠，已能執經考義，嶄然出諸生右。諸生方業應制②書規利禄〔九〕，大年獨鄙而不習，曰：「大丈夫不能爲相於朝堂，佐天子致太平，則當將三軍之士，立功業於邊陲。苟皆不得，寧退而隱處，抱吾才以没世。誰能抑首促促習此俳優語〔一〇〕，以僥幸於萬一也。」故其爲人，慷慨有大志，善謀議，負膽略，儼然戰國諸君子之遺風〔一一〕。時東南構兵，連數歲不解。大年每偃卧一室，計其勝負成敗，百不失一二。然所守以正，不欲爲苟出，聘幣繼於門，弗顧也〔一二〕。

大年遇姻黨以恩；接賓客以禮；九族之親或愚，待之不以愚而慢；士大夫之賢雖失勢，待之不以失勢疏。一時人士聞大年之風者，無不與之遊。大年輒刲羊貰酒，詠調醉呼以爲樂〔一三〕。雖經時歷歲，未嘗有所厚薄勤怠也。

於是近遠諸郡邑日入於亂，大年心懷憂鬱，得唾血病者久之。一日，出遊金華，舍余之近館。余方與之登八詠樓，誦沈約之詩〔一四〕，俯仰溪山，追逐風月，以舒其志解其憂。然未幾病作，唾血數升。翼日又大作，唾出數斗許，遂卒。

大年兄弟四人：長大年，季曰梃，曰楨③，曰棐，皆以和協稱。其妹適福建行中書平章闍僧。配曰石氏，生子男二：長文炳，早死；次即請銘者，有父風。孫男一，曰墜〔一五〕；孫女一：俱幼。生於延祐四年丁巳歲七月十七日，距卒時得年四十六。

嗚呼！余與大年俱淵穎門人，有同門之好。辱交既密，且久有同志之樂，術業同而出處同〔一六〕，至於生之年又同，則交友如大年者，指不再屈矣。禍患餘生，方資大年以爲助，而大年乃托我以死，銘以誄之，固有所不忍者焉。

銘曰：筐不可以持屋，驊騮不可以服車，橇不可以履川〔一七〕，守正之士不可使從邪。此大年之墓，後百十載，人將過之而咨嗟。

【題解】

方大年，元諸暨華山人。按本文，名椿；考地方志，名禧。未審方氏本有二名，抑或一名有誤。《宣統諸暨縣志》卷二十八《人物志·列傳二·元·方鎰》：「方禧，字大年，鎰從曾孫也。從浦江吴萊遊，讀書不屑爲章句，慷慨有大志，善謀議，負膽略。時東南稱兵，連數歲不解，禧每偃卧一室，計其勝負成敗，百不失一二。然所守以正，不欲爲苟出，聘幣繼於門，不顧也。遇親黨以恩，接賓客以禮，士大夫之賢者，雖失勢，待之不少疏，一時人士多歸之。元末兵起，禧憂鬱不得志，出遊金華，以病殁於旅邸。浦江戴良銘其墓。」

元大德間諸暨華山方鎰創白門義塾，方大年與宋濂諸賢會聚白門而受業於吴萊。宋濂《宋文憲公全集》卷四十五《故温州路總管府判官宣君墓銘》：「始濂遊學諸暨時，與烏傷樓君彦珍、浦陽宣君彦昭、鄭君浚常，浚常之弟仲舒，同集白門方氏之義塾，塾師乃吴貞文公立夫，蓋鄉先生也。」

【校勘】

① 苫：底本闕，乾隆本同，據同治本補。

② 制：底本闕，據乾隆本補。

③ 楨：底本作「禎」，據乾隆本改。

【箋注】

〔一〕大小斂：屍體穿上衣服曰小斂，屍體入棺曰大斂。《禮·喪大記》：「小斂於户内，大斂於阼。」

〔二〕高湖：諸暨縣人工湖。《嘉泰會稽志》卷十《水·諸暨縣》：「雙橋溪，在縣東北十四里，源出烏石溪，北流入高湖……高公湖，在縣東二十里，昔高氏浚此湖。」

〔三〕杖：孝子居喪時所持手杖。《禮記訓纂》卷十五《喪服小記第十五》：「苴杖，竹也。削杖，桐也。」

〔四〕苫次：舊指居喪之地。蘇舜欽《亡妻鄭氏墓誌銘》：「余時待盡於苫次，退而又哭於室中。」

〔五〕速：催促。韓愈《貞曜先生墓誌銘》：「樊子使來速銘，曰：『不則無以掩諸幽。』」

〔六〕睦：睦州，常稱嚴州或建德。《讀史方輿紀要》卷九十《浙江二・嚴州府》：「仁壽三年增置睦州，大業初改爲遂安郡。唐武德四年復爲睦州，天寶初曰新定郡，乾元初復爲睦州。五代時錢氏因之。宋仍曰睦州，宣和三年改曰嚴州，咸淳元年又升州爲建德府。元曰建德路。明初改建安府，洪武八年曰嚴州府。」

〔七〕奉訓大夫：元時從五品職官。同知：州郡佐官，詳見卷六《送揚州同知赴官序》。沅州路：元時隸屬湖廣等處行中書省。《元史》卷六十三《湖廣等處行中書省・沅州路》：「元至元十二年立沅州安撫司，十四年改沅州路總管府……領縣三：盧陽，黔陽，麻陽。」蒙古學正：元時學官。《元史》卷八十一《學校》：「至元六年秋七月，置諸路蒙古字學……其學官，至元十九年定擬路府州設教授……大德四年，添設學正一員。」

〔八〕吴公：名萊，字立夫，謚淵穎，元時大儒，詳見卷七《吴先生哀頌辭并序》。

〔九〕業：從事，鑽研。制書：帝王命令。蔡邕《獨斷》：「其命令：一曰策書，二曰制書，三曰詔書，四曰戒書。」規：通「窺」，窺測。

〔一〇〕抑首：低頭。促促：同「娖娖」，小心拘謹貌。韓愈《唐故河南令張君墓誌銘》：「共食公堂，抑首促促就哺歠。」俳優：舊以樂舞諧戲爲業之藝人。

〔一一〕戰國諸君子：戰國四君子，以慷慨豪俠著稱，即齊孟嘗君田文，魏信陵君魏無忌，趙平原君趙勝，楚春申君黄歇。

〔一二〕《孟子·滕文公章句下》：「古之人未嘗不欲仕也，又惡不由其道。不由其道而往者，與鑽穴隙之類也……非其道，則一簞食不可受於人；如其道，則舜受堯之天下，不以爲泰。」聘幣：古代聘請賢士時所備禮物。《孟子·萬章上》：「湯使人以幣聘之，囂囂然曰：『我何以湯之聘幣爲哉？』」

〔一三〕刲羊貰酒：殺羊買酒。詼調：戲謔調笑。

〔一四〕八詠樓：金華名樓。沈約：南朝傑出詩人，嘗授東陽郡太守。俱見卷一《和沈休文雙溪八詠》。

〔一五〕墬：同「地」。

〔一六〕出處：此指學術俱出吴公淵穎之門。

〔一七〕持：支撑。服車：駕車。橇：穿越爛泥之用具。《史記》卷二《夏本紀》：「陸行乘車，水行乘船，泥行乘橇。」

亡妾李氏墓誌銘

妾姓李氏，河西人，故江南行御史臺治書侍御史篤魯迷失公之妻侄女也〔一〕。公以李之惠敏且早孤，抱之爲己女。未幾公薨，其義母復抱以適維揚董氏。董亦河西貴族，與太尉御史大夫高公〔二〕、太尉丞相答失帖木兒公皆姻婭〔三〕。兩公既官江南，而其諸子又皆從仕浙東西有禄食，故遂攜家即錢塘居焉。

於是李年十九，以至正乙巳冬自錢塘歸余爲妾。余時以淮南儒學提舉留吴門，與妻金華縣君居〔四〕。李入門，事余恪敬以順，事金華縣君肅恭畏謹。歲時率諸女婦進拜，捧觴稱壽無違禮，家庭之素習然也〔五〕。李氣貌頗莊重，兩頤豐下，耳長而垂，或以爲稟之天者宜厚。然竟以事余之次年，感暴疾以亡。距入門時僅六閲月，丙午六月三日也。亡後三日，用浮屠法，火厝於吴東門外，函其骨葬滅渡橋水裔〔六〕。吴之士友，自學士陳公而下咸來歸賻〔七〕，而大夫公之子參政安安公亦踊門吊哭〔八〕。吴後一月，金華縣君往錢塘，命子禮擇道士之有功行者爲醮以度之〔九〕。集慶路同知宣君昭實商其醮事且成焉〔一〇〕。又一月餘，始追刻其事於石，納諸水爲銘。

【題解】

李氏，戴九靈四十九歲冬末所納之妾，次年六月卒於吴門，參看本書卷九《傷李氏妾》。

【箋注】

〔一〕河西：古代雍州，今陝西、甘肅及青海額濟納之地。《爾雅·釋地》：「河西曰雝州。」《元史》卷八十六《江南諸道行御史臺》：「大德元年，定爲江南諸道行御史臺，設官九員，以監江浙、江西、湖廣三省，統江東、江西、浙東、浙西、湖南、湖北、廣東、廣西、福建、海南十道……治書侍御史二員。」

〔二〕高公：高納璘，元末權臣，與下文「安安」俱見卷十三《邁院判哀思序》。

〔三〕答失帖木兒：元末江浙行省左丞。《元史》卷一百四十《達識帖睦邇》：「出爲江浙行省左丞相，尋兼知行樞密院事，許以便宜行事。時江淮盜勢日盛，南北阻隔。達識帖睦邇獨治方面，而任用非人，肆通賄賂，賣官鬻爵，一視貨之輕重以爲高下，於是謗議紛然。所部郡縣往往淪陷，亦恬不以爲意。」

〔四〕金華縣君：戴九靈正室趙氏夫人；縣君，唐制，五品官母妻爲縣君，宋元因之。

〔五〕稱壽：祝人長壽。

〔六〕火厝：火葬。《宋濂全集》卷六十七《姑蘇林君母墓銘》：「蘇之俗，嗜浮屠法，喪親以燼骨水瘞爲貴。」

〔七〕陳公：元末明初臨海陳基，時爲張士誠麾下學士，詳見卷八《陪陳夷白左司省先隴遂遊西山諸寺》。歸賻：饋財以助喪家；歸，通「饋」；《玉篇》：「賻，以財助喪也。」

〔八〕《元詩紀事》卷四十一無名子《書臺門》：「苞苴賄賂尚公行，天下承平得未能。二十四官徒獬豸，越王臺上望金陵。」《輟耕録》：『集慶失守，行御史臺移置紹興路，前御史大夫納璘再任。時浙省丞相達失帖木兒得便宜行事，民間頗言其貪。後又以大夫子安安判行樞密院，護臺治，大夫之政，一聽決於院判。有人作詩云云……又有人書於臺之門日……』踏門：小步登門，形容謙恭行進。

〔九〕禮：戴九靈長子戴思禮。醮：道士設壇祈禱。度：超度，佛教謂死者靈魂得以脱離地獄諸苦難。

〔一〇〕集慶路：元江浙行省集慶路，今江蘇省南京市。宣昭：字伯絅，或作伯褧，元書法家，參見卷十二《淮南紀行詩後序》。

衛節婦墳記

丞相掾姚翥書其外祖夫人衛節婦之行事世次〔一〕，而使圖所以傳後世者。按節婦諱覺善，姓王氏，家臨江之新喻〔二〕，父諱惟遠。生十八年而歸維揚衛桓〔三〕，歸十一年而桓卒。

節婦惡衣惡食，御之無慍色〔四〕。井臼中饋之事，親之惟謹。紉縫之勞，職之不廢〔五〕。以止有吾姑也，故致其養愈勞而不懈；以其失所天也〔六〕，故奉其先愈久而猶悲。平居訓諸子以恭儉，待姻舊以慈愛，化女婦以柔順，而内外親無戚疏愚良，輩者附，卑者慕，曰：「可矜法也〔七〕。」當桓之亡，節婦年尚少，父母之家欲奪而嫁之，節婦泣曰：「吾夫既亡，吾不忍即死者，期有以養吾之姑，奉吾之祭祀，撫吾之諸子，如斯而已，它非所敢知也。」其賢如此。至正戊子間，郡守程公鐸以事聞淮東部，使者姚公紱加察詳焉〔八〕，表其門曰節婦王氏之門。

久之，淮南兵起，里有姚世亨者，節婦婿也，謀避地江南，因輿節婦行，且挈其一孫以從，行至姑蘇，遂僦居焉。至正戊戌九月一日，節婦卒於世亨之寓舍，得年八十。以某年月日葬吴縣之吴山湯家原〔九〕。子男二人：長曰國祥，次曰國珍。女二人：長妙淑，適陳某，先卒；次曰妙清，世亨妻。孫男一人：曰庸。世亨生三子：長曰習；次曰翥，即請文者；季曰翀：皆節婦撫養以成，蓋妙清出也。

嗚呼！古者婦人不識廳屏，笑言不聞於鄰里，名不出其境，而善行止於閫以内〔一〇〕。今節婦生則署其行以表焉〔一一〕，没則紀其事以傳焉，不亦戾古之道乎？雖然，世不古若，自公卿大夫無完節，而彼婦人者能之，則表而傳焉宜也。是亦道之熄也。嗚呼悲哉！爲述其概，刻而記諸墓。

【題解】

節婦，古時指年三十以下夫亡不嫁獨居至五十以上之婦女。明俞汝楫《禮部志稿》卷六十五《旌表備考·旌表總例·旌表節孝》：「大明令，凡民間寡婦三十以前夫亡守志，五十以後不改節者，旌表門閭，除免本家差役。」

衛節婦，廣陵姚翥外祖母。姚翥，元末風雅名士，趙琦美《趙氏鐵網珊瑚》卷十二録其《趙子固蘭蕙卷》詩：「南州白髮老宗臣，長日行吟湘水濱。曾托芳蘭寄幽思，至今遺墨淡生春。」

【箋注】

〔一〕丞相：江浙行省丞相張士信，參見卷十三《送真郎中序》。

〔二〕新喻：元時江西等處行中書省臨江路新喻州。

〔三〕維揚：揚州别名，元時河南江北行省揚州路。

〔四〕《論語·里仁》：「士志於道，而恥惡衣惡食者，未足與議也。」

〔五〕職：主管，從事。《後漢書》卷五十六《張晧》：「職事八年，出爲彭城相。」

〔六〕天：此指丈夫。《後漢書》卷八十四《列女傳·曹世叔妻》：「夫者，天也。」

〔七〕矜法：尊重效法。王安石《曾公夫人萬年太君黄氏墓誌銘》：「爲女婦，在其前者，多自歎不及；後來者，皆曰可矜法也。」

〔八〕淮東部：此指淮東道肅政廉訪司。姚紱：陝州豪族，輾轉憲臺，以振興學校砥礪風俗爲要務。蘇天爵《滋溪文稿》卷二《浯溪書院記》：「至元三年春，僉嶺北湖南道肅政廉訪司事陝郡姚侯紱按部祁陽之境。舟過浯溪，覽前賢之遺迹，作而歎曰：『昔唐天寶之季，忠烈之士奮濟時艱，遂復兩京，號稱中興。水部員外郎元公結作爲雅頌，鋪張宏休，撫州刺史顔公真卿大書其詞，刻諸崖石。今四百餘年，過者觀其雄詞偉畫，猶足聳動。惟二公風節文采，可使一方之人獨無所槩見乎？』零陵縣尉曾君進而言曰：『圭家衡山，世業儒術，每讀載籍，見昔人言行卓卓者，心慕好之，況二公流風餘思在此山隅，當作祠宇以奉事之，并築學宫招來多士，庶幾遐方有聞風而興起者矣。』姚侯曰：『善。』於是曾君命其子堯臣獨捐家貲，度材庀工，不一歲告成……是年姚侯移憲廣西，明年又拜南臺都司，往來浯溪之上，瞻拜學宫，裴回而不忍去，嘉曾君父子之用心，走書維揚，請記其事於石。」

〔九〕吴山：蘇州吴縣山名。《江南通志》卷三十八《輿地志·壇廟·祠墓附》：「尚書楊翥墓在吴縣吴山長旗嶺下……少保陳鎰墓在吴山西麓。」

〔一〇〕闈：闈房。《後漢書》卷十上《皇后紀上》：「内無出闈之言。」

〔一一〕署：題寫。《漢書》卷五十《鄭當時》：「翟公大署其門曰：『一死一生，乃知交情；一貧一富，乃知交態；一貴一賤，交情乃見。』」顔師古《注》：「署謂書之。」

陳廉訪壙記 代孤子

嗚呼！我先公諱允文，字昭祖，姓陳氏，其先柘城人〔一〕。於通議大夫僉①河南省事贈正議大夫吏部尚書文肅公諱思濟〔二〕、追封潁②川郡夫人王氏之室爲孫〔三〕，贈嘉議大夫禮部尚書諱某、贈潁川郡夫人李氏之室爲子，朝列大夫僉廣西道肅政廉訪司事中議大夫中山府知府致仕諱誠〔四〕、贈潁川郡夫人某氏之室爲從子。先公乃知府公所出，尚書公無嗣，故以文肅公命爲之後焉。

先公由儒士試吏憲部〔五〕，歷御史大夫、丞相掾。授承直郎、禮部主事〔六〕。尋奉特命，改太禧院斷事官、經歷〔七〕。轉奉議大夫、陝西諸道行御史臺監察御史。遷江南諸道行御史臺監察御史〔八〕。改西臺都事〔九〕。擢奉政大夫，復拜監察御史。除朝請大夫、浙東海右道肅政廉訪副使〔一〇〕。繼以中順大夫移副江西憲〔一一〕。升太中大夫、海北廣東道肅政廉訪使。以嘉議大夫、禮部尚書致仕。

先公晚值中原兵起，徙居毗陵〔一二〕。尋又避地於吴，竟即吴門寓舍薨焉。生於至元壬午歲十一月十八日丑時，薨於至正乙巳歲，而同其生之月日時，壽年八十有四。以是年十二月戊午葬於吴縣十三都之沙涇村制字墩。娶徐氏，早世；繼高氏，南臺中丞高公文甫之女〔一三〕；俱贈潁川郡夫人。子男二人：長，介；次，今夭。女二人：長適福建道肅政廉訪副使、贈翰林直學士李文肅公之孫煜〔一四〕，次適中順大夫同知湖州路總管府事王某〔一五〕。

嗚呼！維文肅公以恢宏之才勤敏之學事我世祖皇帝，德位并著，爲時名臣。維先公被服祖訓，早有榮名，歷踐華要，躋秩三品，而寬厚樂易之政〔一六〕，忠勤廉讓之聲，布於中外，論者以爲有文肅遺風。然乃遭時不淑，莫寧家居，艱苦羈窮十有餘載。卒至屬纊之日，貧無以斂，豈非命也夫？不肖孤方俯伏草土，未能乞銘當代君子以登載盛美，姑敘爵里薨葬歲月，納之壙中。

【題解】

陳廉訪，元順帝時肅政廉訪使陳允文。《元史》卷三十八《順帝一》：「監察御史吕思誠等十九人劾奏徹里帖木兒之罪，不聽，皆辭去，惟陳允文以不署名留。」廉訪，元代肅政廉訪司長官。《續文獻通考》卷六十《職官考》：「元提刑按察司，國初立。後改爲肅政廉訪司，凡二十二道。每道使、副(司)〔使〕各二人；僉事四人，兩廣、海南止二人；所屬經歷、知事、照磨兼管勾各一人。」壙，塋墓。《列子·天瑞》：「望其壙，睪如也。」殷敬順《釋文》：「壙，墓穴也。」

祖陳思濟，元時名臣。《元史》卷一百六十八《陳思濟》：「字濟民，柘城人也。幼讀書，即曉大義，以才器見稱於時輩間。世祖在潛邸，聞其名，召之以備顧問；既即位，始建省部，俾掌敷奏。世祖以京兆爲國重鎮，命廉希憲等行中書省於陝西。思濟實與偕行，多所贊畫。中統三年，詔誅王文統，召廉希憲入中書，思濟還，仍掌敷奏。事無巨細，悉就準繩，姚樞、許衡皆器重之……二十三年，加少中大夫、同知浙東道宣慰司事。時浙西大水，民饑，浙東倉廩殷實，即轉輸以賑之，全活者衆，檄上中書，奏允之。浙東復旱，禱於名山，雨大澍，民賴以蘇。兩淮鹽課不敷，授嘉議大夫、兩淮都轉運使，奸弊盡革，商賈通行，歲課以足。擢嶺北湖南道肅政廉訪使，改池州路總管。江浙行省平章也速答兒威勢赫然，摘淘金户三千，括民間田畝，檄下，力上章以止之。累遷通議大夫、僉河南江北等處行中書省事。大德五年冬，以疾卒，年七十。贈正議大夫、吏部尚書、上輕車都尉，追封潁川郡侯，謚文肅。」

【校勘】

①僉：諸本皆作「簽」，據《元史》卷九十一《百官七》改。

②潁：諸本皆作「穎」，據《元史》卷五十九改，後文依此以諟正。

【箋注】

〔一〕柘城：元汴梁路睢州屬縣。

〔二〕《元史》卷九十一《文散官四十二》：「正議大夫、通議大夫、嘉議大夫，以上正三品；太中大夫、中大夫、亞中大夫，以上從三品……中議大夫、中憲大夫、中順大夫，以上正四品；朝請大夫、朝散大夫、朝列大夫，以上從四品；奉政大夫、奉議大夫，以上正五品……承直郎，以上正六品。」僉河南省事：河南江北行省僉省。《元史》卷九十一《行中書省》：「參知政事二員，從二品……舊制參政之下，有僉省、有同僉之屬，後罷不置。」

〔三〕潁川郡：元時河南江北行省汴梁路許州。《元史》卷五十九《地理二・汴梁路・許州》：「唐初爲許州，後改潁川郡，又仍爲許州。宋升潁昌府。金改昌武軍。元初復爲許州。領五縣：長社，長葛，郾城，襄城，臨潁。」

〔四〕《元史》卷一百六十八《陳思濟》：「子誠襲，蔭入官，拜監察御史、朝列大夫、僉廣西道肅政廉訪司事。」中山府：元時隸屬真定路，參見卷十一《三樂軒記》。

〔五〕憲部：刑部。《資治通鑑》卷二百一十六《玄宗至道大聖大明孝皇帝下之上》：「乙巳，改吏部爲文部，兵部爲户部，刑部爲憲部。」

〔六〕禮部主事：禮部職官，元代設二員，參見《元史》卷八十五《禮部》。

〔七〕太禧院：通稱太禧宗禋院，掌神御殿朔望歲時諱忌日辰禋享禮典，設立諸職官，包括經歷二員，斷事官四員；詳見《元史》卷八十七《太禧宗禋院》。

〔八〕據《元史》卷八十六《百官二》，元朝設江南諸道行御史臺與陝西諸道行御史臺，設官品秩同内臺。

〔九〕西臺：中書省或御史臺别稱，元朝俱設都事，秩正七品，此無以確指；然按陳氏履歷，大抵爲御史臺都事。趙璘《因話録》：「御史臺，當時亦謂之左臺右臺，則憲府未曾有東西臺之稱，惟俗間呼在京爲西臺，東都爲東臺。」

〔一〇〕浙東海右道：參見卷七《題余廉訪五大篆後》。

〔一一〕副江西憲：江西湖東道肅政廉訪司副使。

〔一二〕毗陵：元時江浙行省常州路。《讀史方輿紀要》卷二十五《南直七・常州府》：「晉太康初省校尉，分吴郡置毗陵郡。永嘉五年改曰晉陵郡。宋齊梁陳因之。隋開皇九年廢郡置常州，大業初復曰毗陵郡……元爲常州路。」

〔一三〕南臺：御史臺。杜佑《通典》卷二十四《職官六・御史臺》：「後漢以來謂之御史臺……梁及後魏北齊，或謂之南臺。」元朝多指江南諸道行御史臺。清李慈銘《越縵堂讀書記・札記》：

「又至元十四年初立行御史臺於揚州。二十七年，徙揚州行臺於建康，專蒞江南之地，號南臺。」中丞，御史臺或行御史臺正二品職官。

〔一四〕翰林直學士：元時翰林兼國史院從三品職官，詳見《元史》卷八十七《翰林兼國史院》。

〔一五〕同知：諸路總管府佐官，詳見卷六《送揚州同知赴官序》。

〔一六〕被服：衾被衣服，比喻蒙受信奉。樂易：和樂平易。

祭文

祭陳夫人文

百乘之家〔一〕，碩大且昌。坐役群醜，駕堅驅良〔二〕。不有德人，孰提其綱〔三〕？夫人之生，和裕敦厖〔四〕。寔夷寔訏，寔厚寔方，寔聰寔懿，寔靖寔莊〔五〕。遂配君子，于先有光。君子發身，爰自文場〔六〕。借籌幕府，秉律戎行〔七〕。曾不幾時，薦賓于王〔八〕。乃亢宗祊，乃蓋鄉邦〔九〕。亦由夫人，以佐以相。既相君子，尤孝姑嫜〔一〇〕。生具甘旨，死謹烝嘗〔一一〕。有男鵠峙，有女鸞翔。靡間嫡孽，一以概量〔一二〕。人有妾媵，忌嫉是常，彼方穽深，我不機張〔一三〕。人處豐盈，鮮克自防，彼爲驕侈，我則匪揚〔一四〕。

福善禍淫，道由彼蒼〔一五〕。載觀夫人，宜壽而康。如何一疾，竟卻水漿〔一六〕？綿延三月，卒至淪亡。吾儕小子，久廁門牆〔一七〕，遂及諸婦，亦至于堂。或笑或言，或飲以觴。昔焉敘歡，今則增傷。輀車既駕，丹旐央央〔一八〕。里閈州閭，躑躅周章〔一九〕。矧於我屬，俾也可忘〔二〇〕？

【題解】

陳夫人，元監察御史陳允文嫡妻。陳氏夫婦事迹詳見本卷《陳廉訪壙記》。

【箋注】

〔一〕百乘之家：擁有百輛兵車之士大夫家，泛指顯赫大夫家。

〔二〕群醜：民衆。《詩經·小雅·吉日》：「從其群醜。」鄭玄《箋》：「醜，衆也。」駕堅驅良：同「乘堅驅良」，乘堅車馭肥馬，形容奢華生活。《史記》卷四十一《越王勾踐世家》：「至如少弟者，生而見我富，乘堅驅良逐狡兔，豈知財所從來？」

〔三〕綱：漁網總繩，喻要領。《呂氏春秋·用民》：「壹引其綱，萬目皆張。」

〔四〕和裕：温和寬宏。敦厖：敦厚篤實。《廣韻・江韻》：「厖，厚也。」

〔五〕寔：同「實」，確實。《詩經・召南・小星》：「寔命不同。」朱熹《集傳》：「寔與實同。」夷：平和。訏：浩大。《方言》卷一：「訏，大也。中齊西楚之間曰訏。」靖：謙恭。《管子・大匡》：「士處靖，敬老與貴，交不失禮。」尹知章《注》：「靖，卑敬貌。」

〔六〕發身：起家。《大學》第十一章：「仁者以財發身，不仁者以身發財。」

〔七〕借籌：替人謀劃。《漢書》卷四十《張良》：「臣請借前箸以籌之。」秉律：操持法令。

〔八〕薦賓：薦舉群士，此指陳允文擢升禮部尚書。《儀禮・士喪禮》：「有賓則拜之。」鄭玄《注》：「賓，僚友群士也。」

〔九〕亢：庇護。宗係：宗族世系。

〔一〇〕姑嫜：公婆；姑，丈夫母親；嫜，丈夫父親。杜甫《新婚別》：「妾身未分明，何以拜姑嫜？」

〔一一〕烝嘗：秋冬二祭，泛指祭祀。

〔一二〕靡間：没有區別，一視同仁。概量：概和斗斛等量器，喻衡量論斷。

〔一三〕機張：安設機關；機，機關。王契《桔槔賦》：「若虞機張，如鳥斯企。」

〔一四〕揚：顯耀張揚。《漢書》卷二十七上《五行志上》：「又多兄弟親戚骨肉之連，驕揚奢侈恣睢者衆。」顔師古《注》：「揚，謂振揚張大也。」

〔一五〕福善禍淫：善人享福，惡徒罹禍；淫，邪惡。《尚書・湯誥》：「天道福善禍淫，降災于夏，以彰厥罪。」

〔一六〕卻水漿：水漿不入；卻，拒絶；漿，酸味飲料。

〔一七〕廁：雜置，參加。《史記》卷八十一《樂毅列傳》：「先王過舉，廁之賓客之中。」

〔一八〕《説文》：「輀，喪車也。」丹旐：出喪時所用銘旌。央央：鮮明貌。《詩經・小雅・出車》：「出車彭彭，旂旐央央。」毛《傳》：「央央，鮮明也。」

〔一九〕里閈：里閭，鄉里。州閭：鄉里。《禮記・曲禮上》：「夫爲人子者，三賜不及車馬，故州閭鄉黨稱其孝也。」鄭玄《注》：「《周禮》二十五家爲閭，四閭爲族，五族爲黨，五黨爲州。」周章：驚恐遑遽。左思《吴都賦》：「輕禽狡獸，周章夷猶。」劉良《注》：「周章夷猶，恐懼不知所之也。」

〔二〇〕《詩經・邶風・日月》：「胡能有定？俾也可忘？」劉淇《助字辨略》卷三：「俾，意欲其如此，其義虚而未定，非使令之謂也。」

九靈山房集箋注

一

〔元〕戴良 著

朱祖日 箋注

上海古籍出版社

浦江縣社會科學界聯合會重點委託課題項目

予讀崧高烝民諸詩，然後知古之秉國鈞者未嘗不假詩以為世勸也。蓋尹吉甫之佐周也，以申伯之治謝，仲山甫之徂齊，為作此二詩以送之，其所以褒美之者至矣，非直褒美之也，蓋將以為世勸焉。甫故當是時，人皆以善自厲，卒致賢才輩出，用能不墜宣王之美，以保有中興之盛。迹其故，豈不由二詩有以勸其為善之心哉。然則耶律公之送劉侯也，庶幾有得於此乎。耶律公居中書時，有劉侯者方出治陽門，因其去，詩為作一章，章四句，以遺之，且道其未曰予之褒美於侯者，所以賞其能治也；賞其能治也者，乃所以為世勸也。其後劉侯既以上將帥鄧，金破汴，為時名臣，而中統至元之間，長材懋德，亦屢見而疊出，詩之所以為世勸者，又何如哉。一日，劉侯之曾孫之佐來貳吾邑，因出公是詩以相示，請志下方。予於是知公深得古人之遺意矣。蓋公之在中書也，當大南北分裂之際，區宇未混一之時，戈甲之營，詔爵餉之轉輸，頭方日不暇給，而公方力排所務，獨以劉侯能治之故，形諸賦詠，藹之風聲，汲汲焉欲藉是以為世勸之資，則公之是心也，雖質之尹吉甫可也。其所為詩，又安得不與崧高烝民諸篇並傳於世哉。誠使是詩之有傳，則劉侯之名亦將與申伯仲山甫同垂不朽矣。後之觀者，可不益勸於為善乎。公名楚材，字晉卿，耶律其氏也。以契丹世胄入仕

皇元，其高勳盛烈，與夫辭章之美、麗字畫之遒勁，固已銘之太常，書之太史，茲不著。至正九年其歲己丑閏月望日，浦江戴良謹題。

良字叔能，載明史文苑列傳，通經史百家暨醫卜釋老之學。元順帝用薦者言授江南行省儒學提舉。明太祖定金華，延聘之。世偉

戴良《跋耶律公遺劉侯詩後》手稿

天機流動軒圖　吴建明繪製

序

黄靈庚

元明易代之際，區區浦陽之邑，名儒碩師，相繼崛起。其間最可稱道者，蓋宋潛溪濂與戴九靈良二人也。

九靈潛溪，生同時，居同里，習同師，學同宗，志同趣，行同道，朝夕相處，稱之爲「好友」「良侶」，固不爲過矣。至正十八年戊戌冬，吴公（朱元璋）率師下婺州，王宗顯綜理州政，首開郡學，潛溪、九靈並聘出仕，「潛溪爲五經師」，「戴良爲學正」，斯又可謂「出同官」也。然則二人出處，絶然不同：二十年春，潛溪應聘赴應天，後居新朝文人之首，爲帝王師；九靈則棄官逸去，二十一年辛丑，任舊淮南朝江北行省儒學提舉，旋依張士誠。自此二人分道揚鑣，各奔前程，迄無再見之日矣。張士誠敗績，九靈間關浮海，北上走登、萊，投平章政事王保保軍。道梗，寓昌樂一載，備歷艱辛，人所不堪。至正二十七年丁未，明兵伐齊魯，始南還，隱迹於浙東四明。而此時，潛溪官至翰林侍講學士，榮極一時。九靈則窮困無狀，抑情遁迹，盤桓於山海間，長與羽人、釋子爲伍，賦詩作文，聊以畢志。洪武十年丁巳春，潛溪致政，退居浦陽，本以爲含飴弄孫，終其天年，孰料「事變來如雲，斯須無根苗」，三年後之庚申，以孫慎坐胡案，遭徙茂州；十四年辛酉，喪於夔門。九靈於洪武十五年，被强徵至京，以病老辭，忤旨；明年春，竟自裁於寓舍。悲乎！二人皆不得以善終也。

於是乎余惑焉：設若當年九靈應聲出仕，以其負不世之才、抱經濟之略，設施必綽有可觀，功成名遂，然後紀之以文，足動名邦，傳後無窮，踐履其「太上立德，其次立功，其次立言」之訓，足以爲父母榮、爲鄉里耀也。何以肥遁山林，晦迹民間，飄泊沉淪他鄉幾二十年，致有家不能回、父母親戚皆不得見？何以孤寂困窮，棲居陋巷，室無儋儲，衣不掩脛，賤如野氓乞丐而自苦如是耶？設若潛溪沉潛處幽，盤桓於青蘿山居，或披髮行松間，遇得意時，輒擊磬浩歌，聲振林下，翛翛然如塵外；或與高朋勝士酣歌互答，不知夕陽之在樹也，此何其樂耶！何以自入虎穴，居官禁林，日日鉥心劌腎，操管經營爲帝君謀？政治如風雲變幻不可測，何以委身起於草莽之朝，令子孫不能保，而已命亦隨疾風暴雨飄流耶？惜乎歷史不可假設或預測，士君子之出處去就，靡不以潔身立志爲貴，故曰：官至台輔不足慶也，賤如匹夫亦不足悲也。

戴良立志，固非惟爲蒙元守節。若果以貞節論，既已有任婺州學正之迹，無貞節可彰矣。愚以爲九靈於吳公所爲，心中已有著見，只是不便明言而已。故潛溪當日啓程晉京，人多賀之慶之，獨九靈惻然，賦詩相贈，末云：「如何獨多念，去去懷百憂。」預感潛溪此去，必是兇多吉少。潛溪亦非渾然無知，至京，曾作詩《答戴學正》，云：「盛衰固不常，居安可忘危？感子夜不寐，冥冥起遐思。」已有所感悟。益以落入「罔罟」之玄鹿自比，「禍機既弗脱，死生一任之」，「窘束勢方錮，安能遂吾私」，往後只能戰戰兢兢，竭忠事新朝，走一步算一步。痛哉玄鹿最終未能跳出「禍機」，返歸「長林」！是以宋、戴出處不同，非立志不同，或命不同也。窮達與否，豈命也夫！豈命也夫！

潛溪詩文集，余既已箋注之矣，明年或將公於世。九靈詩文集，朱君祖日亦箋注之矣。祖日君，浦陽人也，於余有一日師生之誼。祖日深思好學，潛心浦陽先賢遺獻。十數年前，閑聊之際，忽問余曰：「浦陽先賢遺籍？未及董理者有諸？」余漫告以九靈詩文集。孰知問者有心，而答者無意？祖日居然立志箋注九靈集，且告之以故，曰：「欲有所爲，不忍碌碌以没世。」余爲之心動，付以箋注宋潛溪集「凡例」，囑其依此行事可矣。箋注戴九靈集，重點固在於稽考人物、行迹及其歷史事件。若詩文繫年，最爲不易，涉及甚廣，非學富五車、才高思疾之飽學之士，則不知從何下手。余於祖日，不無惕惕然，懼其不得其要。數載後，祖日一日告余「初稿已成」，且登門送余審閲。展稿讀之，喜之過望。念彼以其一介中學之師，成此百餘萬言煌煌大著，豈易易之哉？蓋「專心」爲之者矣。心專則事成，心不專則事敗。日間忙於教學雜務，箋注戴書，必於夜間或閑暇之時，其艱難、其勤劬、其專心，皆可想象也。九靈集箋注將付梓，祖日徵序於余，余故樂爲序，且引潛溪送東陽馬生之言以勉之：「其業有不精、德有不成者，非天質之卑，則心不若余之專耳，豈他人之過哉？」

時維昭陽單閼之歲（癸卯）孟夏余月，八十翁黄靈庚序於婺州麗澤寓舍

序

方勇

清海鹽進士朱琰，曾撰《金華詩録》，其《序例》以爲，金華稱小鄒魯，名賢輩出，至浦陽方鳳，與閩海謝翺、括蒼吴思齊爲友，開風雅之宗，由是而黄溍、柳貫皆出其門，吴萊又其孫女夫，宋濂、戴良交相倚重，此金華詩學極盛之一會也。其故何也？

夫劍光徹天，必賴靈秀之地；天荒斯破，實乃地氣之泄。大凡人文之鬱起，必山川清淑之氣，有以鍾於人者也。觀夫浦邑，仙華爲屏，浦江爲帶，周遭若城，衆流包絡，毓天地之秀，鍾造化之靈，而金星婺女争華其上，此固華夏之奥區，人文之淵藪也。是以生民遝至，集於上山。既播厥穀，遂爲宇内稻作所肇；復構其屋，實乃中土村落所始。是浦陽文明，彪炳於世者，固在萬年之先矣。況此文明，下遞良渚，賡續四射，而不絶者乎！

若夫蹄迒迹乎山石，蓋爲倉頡之所取法；嘉穀播於上山，豈乃后稷之所仿效？黄帝之求長生，遣元修置鼎仙華；大禹之浚澍河，命康侯荷鍤浦汭；孫吴之據東南，置縣豐安；唐帝之治天下，易名浦陽。其建制稱謂，由此而著於簡編也。爾乃人文蔚起，軼鄰邑而邁往古；美俗斯興，潤江表而澤後世。楊喬、楊璿以兄弟尚書，令名並蒂；華資、揚遠以父子尚書，嘉譽垂裔。以故勳業丕顯，賢明迭起。若乃服衰終身，烏鳥不啄，太竭感異類以至性；刲肝療母，子孫猶效，鍾宅化一門以孝弟。志在靖難，梅氏溶捐軀以當鋭；情憾侍親，梅執禮捨身以拯帝。是以故家美俗，膾炙人口；忠孝節義，恒爲齊契也。

於是風雅遂被，合文質而鬱鬱，並賦詠而熹熹。七星昭著，于房發三世之雄辭；東南振響，方鳳歌宋季之《黍離》。月泉波興，浦江浪暹，虞柳黄吴，三焉於兹。峻大剛方，柳貫並揭傒斯而名世；沉雄奇絶，吴萊凌楊鐵崖以氣奇。叨遺澤於方門，潛溪紹宋學之正宗；承精藴乎吴柳，宋濂肇明文之宏規。婺郡詩文，盛於此際，豈止浦汭也哉！

方此之時，有戴良者，字叔能，與宋文憲公同門，駸駸乎方駕並軌，聲名馳於四方，而遠播海嵎也。夫大道運化，造化賦形，仙華之東，有曰馬劍者，溪山清邃，巖谷奇偉，劍水瀠其南，東引泄嶺，西控壺溪，而有山拱其北，蜿蜒扶輿，曲折起伏，靈氣不泄，萃爲九峰，故稱九靈山。昔人以爲，此乃勝地，其産必奇，其人必傑也。唐咸通間，有杜陵人戴昭者，爲浙東節度使，始居越之諸暨，其子堂再遷浦陽，卜居九靈山下。嗣後，子孫繁衍昌大，居仁由義，嗜學好儒，遂爲本邑望族。戴良之挺生也，天資秀敏，神氣爽朗，蓋山川淑氣，有以資之也，故自號九靈山人。既而長姊適儒醫趙氏良本，乃攜之入居邑城，凡問友求師皆依焉。及其壯也，遂卜居城西，引泉爲沼，作軒沼上，金鱗隱現，光景摇動，每開軒臨水，輒顧而樂曰：「泉流亹亹，不舍晝夜，道之體也。意者天之性情實使之耶？古之君子誠有取乎是耶？」武威余闕書「天機流動」，榜其軒以嘉獎之。甚矣，其得天地運化之理，山川靈動之性，有如是也哉！

當斯承平之時，鄉郡大儒翰林待制柳貫、長薌書院山長吴萊、翰林侍講學士黄溍，皆學富五車，名重當世，遐邇俊秀，莫不挹其芳潤，膾炙其言辭也。戴良以秀敏之資，篤誠之志，參叩柳吴黄三公之門，窺其文之涵肆演迤、沉雄奇絶與夫峻逸嚴簡，體其詩之古硬奇逸、淵邃空靈以及清和雅健，而又加之以春容豐潤，故其文意達味足，而無淺露之態、矯亢之氣；詩則詞深興遠，而有鏘然之音、悠然之趣也。余闕持憲節過婺，聞良善歌詩，與論古今作者詞旨優劣，欣然曰：「士不知詩久矣，微子，吾不敢相語。」乃盡授以平昔所得於師友者，良之詩名由是雄視東南也。其餘耆儒碩德，如本邑方樗、張恕，蘭溪吴師道，金華張樞、王餘慶，永康胡助，一二遍參，兼收並蓄；復與同門宋濂、陳士貞、鄭濤，義烏王禕，金華胡翰，東陽蔣允升，諸暨屠性諸友，根柢乎聖經，醞釀乎史册，博覽乎諸子，熔冶乎名集，涣然冰釋，悄焉鵬化，然後澄慮覃思，操翰濡墨，若李靖用兵，度越縱舍，卒與法會；如輪扁斫輪，得之於手而應於心，其巧不可語人也。

戴良之及冠也，固已聲譽鵲起，軒然時輩之中，任月泉書院學録，又數年擢爲山長，後生小子接其風猷，莫不以踐履實學相勉勸也。逮逾不惑之年，明太祖下金華，以其聲名之隆，命與胡翰等十有餘人，會食於省中。次年用爲學正，與宋濂、葉儀輩訓諸生，留四載而遁去，殆非其本志歟？適張士誠納款於元，元以之爲太尉，立江淮、江浙官署於平江，以處其官屬焉。既而，張氏開館納賢，四方知名之士，凡避地東南者，咸走而歸依焉。而戴良以文名之盛，元帝以薦授以學官，乃間關北上吴中，以儒學提舉入江淮分省，此殆其本志也歟？宦遊吴門三年，而浙東已入朱明職方，復以張氏不足與謀，遂挈侄浮海至膠州，欲歸元將擴廓貼木兒，以百戰圖復頹元之勢。會兵燹頻仍，道梗不通，雖輾轉北地，而卒無所遇，無幾何而鼎已遷矣。乃間關南還，隱約潛晦，遁迹鄞越，備極顛躋，是先生已逾知命之年矣。豈意其既自金華逸去也，明太祖猶念兹在兹，洪武十有五年，物色旁求而得之，乃召至京師，試文辭若干篇，留會同館而欲大用之，先生以老病固辭忤旨，明年四月卒於獄，享年六十有七歲。

戴良見友人曾流涕，授《吴遊稿》一編曰：「吾所著述，殆不止此，皆即所遊之地而名焉。」既殁之後，其子思禮裒輯遺稿，編爲《九靈山房集》三十卷。是集也，首爲《山居稿》七卷，凡戴良居浦陽，及遊郡城所作皆入之。戴良曾自號九靈山人，名其齋爲九靈山房，又嘗畫《九靈山房圖》，凡羈遊於外，必張之壁上，朝覿而夕覽之，曰：「今覽是圖於寓舍，庶九靈之山在衽席之上，而吾亦不知其身之客也。」其戀戀鄉梓，不忘本始，有如是也！是命「山居稿」者，示其不忘也。次爲《吴遊稿》七卷，凡宦遊吴中，及北地之作皆入之。方戴良寓吴之際也，張氏自爲吴王，開館以興文教，凡東南名士多依焉，其與戴良酬酢唱和者，豈可屈指而計也？而先生以爲，吴以泰伯肇國，本盛禮讓之風，而言偃北學仲尼，與聞先王之道，且得聖人一體，實以文學稱首，流風餘韻未盡泯也。故其所以遊焉者，正欲以聖賢之道資進修之益，而獨多慨歎山河破碎之作，豈徒借山川風物以爲觴詠之適者哉！次爲《鄞遊稿》九卷、《越遊稿》七卷，凡羈遊鄞越之作皆入之。鄞越密邇，僻在海陬，四方避地之士，多轉徙其間，而戴良遁此，凡十有六年，每與遊殘山剩水間，凡觸心扺目，若山澤草木奇異之觀，羈人狷士隱行之遺，莫不形諸歌詠，以寓其無聊鬱結之情，發其瑰傑磊落之氣，聞者無不悲而壯之，固猶不失風人之旨也。清四庫提要云：「良詩風骨高秀，迥出一時，眷懷宗國，慷慨激烈，發爲吟詠，多磊落抑塞之音，故其《自贊》謂：『歌《黍離》《麥秀》之詩，詠剩水殘山之句。』蘇伯衡贊其畫像，亦謂『其跋涉道途，如子房之報韓；其彷徨山澤，如正則之自放』云。」是直以張良報恩宗國、屈原行吟澤畔許之，豈止風人之義也哉！

戴良之治學也，雖祁寒暑雨，恒至夜分乃寐，自經史以及天文、地理、醫卜、佛老之書，靡不窮究以著辨論，而視其用心之專，詩文而外，首推經學，著有《春秋經傳考》三十二卷，當可媲美其文集，惜乎今已蕩然無存矣。夫《春秋》者，固浦陽儒先之所究心焉。北宋以來，若于正封著《春秋三傳是非説》，朱臨著《春秋私記》《春秋統例》，黄景昌著《春秋舉傳論》《蔡氏傳正誤》，吴萊著《春秋經説》《春秋世變圖》《春秋傳授譜》《胡氏傳考誤》，而謝翱爲《春秋》世家，其流寓浦陽之際，復開《春秋》講壇於月泉，闡揚春秋大義於其間，凡後生學子，多翕然從風，即耆宿鳳公，亦擬相從也。戴良承先賢之餘澤，尋《春秋》之精藴而會歸之。年逾弱冠，擢月泉書院山長。月泉者，彼宋季遺老藉之以舉吟社，抒田園之雜興，以表見靖節之幽光。戴良徜徉斯泉，典型如在目前，遺響縈繞耳際，當元綱解紐之時，一如陶公之恥事異代矣。晚歲行吟鄞越，復綴《和陶集》，洵陶徵士之知音也。

世人銓衡戴良所著，每以詩作稱首，若清四庫館臣，謂「良詩風骨高秀，迥出一時」是也。夫元混一天下，百年之間，詩風數變。論者以爲，自至元以來，賦詩多典實和平，藹然有貞觀氣象；至大以來，多雄深雅麗，訇然有開元音韻；末季寇盜薦至，則變風變雅作矣。烏傷王褘歎曰：「嗟乎！詩道之廢久矣，十年以來，學者士大夫往往詘於世故之艱難，溺於俗尚之鄙陋，其見諸詩，大抵感傷之言委靡而氣索，放肆之言荒疏而志乖，爾雅之音遂無復作矣。」而其謂宋濂、戴良之詩，則驚曰：「二君素以古道相尚……至其托物連類，撫事興懷，則又俱有陳子昂、朱元晦興感之遺音焉。嗟乎！詩道之廢久矣，吾讀二君之作，於是有慨夫古詩之緒未終絕也。」（《跋宋戴二君詩》）是戴良凡艱虞奔竄之苦，黍離麥秀之悲，一以慷慨激烈之音寓之於詩，宜其風骨高秀，迥出一時之上，有以歆動末世，上續古詩之緒，而其貞心亮節，尤爲世人所敬也。故《明史》云「元亡後，惟良與王逢不忘故主，每形於歌詩」，其爲史臣所重，有如是也夫！

且夫宋祚南移，偏安錢塘，淛河兩涘，遂繼華夏文化之統；婺汭一區，乃傳中原文獻之正。及吕祖謙鋭意孔學，洞幽燭微，由是理學三分天下，而婺州有其一也。自兹厥後，福建朱學，江西陸學，復又交相浸潤，而三派之學，奄有八婺，浦汭自不能外也。逮宋社既屋，方鳳退隱浦陽，後館同里吴氏，閩人謝翺、括蒼吴思齊咸在焉，三人以風節相高，爲人所尊師，後進之士争親炙之，率皆「以古道相切磋，論文析理，窮極根柢，間出其緒餘，更唱迭和於風月寂寥之鄉，亦足以陶寫其性靈」，「三先生杖屨所臨，一言一笑，無非教也」(黄溍《送吴良貴詩序》)。鳳於書無不通究，留意經學，尤工文善詩，毛氏詩之旨，其最邃者也。晚則益發於歌詠，每與遺老相倡和，浦陽之詩爲之一變。間則爲汗漫遊，訪遺覽古，自陵陽牟巘、新安方回外，若淮陰龔開、剡源戴表元、永康胡之純、南陽仇遠、蒲田劉濩、吴興陳康祖，皆連文字交，用能有聲名於當世，遂爲婺郡風雅之宗也。復有弟子黄溍、柳貫、吴萊之儔揚其波瀾，再傳弟子宋濂、戴良之輩交相倚重，以爲後勁，則婺州文學之盛可知也。明胡應麟云：「婺中黄、柳同輩吴立夫、胡長孺、戴九靈、王子充、宋潛溪諸子，皆以文章顯，而詩亦工，當時不在諸方下，元末國初之才，吾郡盛矣！」(《詩藪》)則文學盛行婺州，振響元明兩朝者，叔能亦與有力焉！

浦陽文化，蓋緣於經學，繼焉者則理學也。及方鳳退食故里，學者翕然師尊之，既而轉相傳承，遂爾蔚爲大宗，而八婺學風所尚，亦爲之一變也。柳貫先受經於蘭溪金履祥，後學文於方鳳，自經史百家、兵刑律曆、數術方技、異教外書，靡所不通。黄溍轉益多師，早年即從方鳳遊，凡經學、史學、文學，莫不通究焉，可謂大雅不群者。吴萊天縱聰明，七歲能賦詩，方鳳見而奇之，歎爲邦家之材，悉以其學授焉，經學、文學皆造詣極深，人稱浦陽江上大儒。此三子者，皆方公之高足，世稱「金華三先生」，或「浙東三大家」，而柳、黄二賢，與虞集、揭傒斯齊名，並稱「元代儒林四傑」，或「元代文章四大家」焉。餘若同邑黄景昌，長從方鳳、謝翺、吴思齊遊，益通五經、諸子、詩賦，尤篤意《春秋》，善於持論，出入經史，衮衮不窮。鳳之二子樗、梓，一爲本邑學正，一爲烏傷訓導，學有根柢，尤能文善詩，每與父輩追隨吟詠，爲士林所器重。由是浦陽文風大盛，人心靡不向學，「或以姻親而托交，或以鄉枌而叨契，或以弟子而遊從，或以友朋而密邇」（戴良《祭方壽父先生文》），凡親緣、鄉緣、師緣、友緣、政緣，滙而爲一，賢士君子遂集於浦汭，其風聲氣習所在，則經史子兼修，文與道並重，融合而會通之，非唯獨具特色，雖婺學亦爲之一新焉！而宋濂得柳貫、黄溍、吴萊三先生之學，復與同輩砥礪切磋，遂以博洽淹貫著稱，凡經學、理學、史學、文學、佛學，無不精通，非唯集婺學之大成，亦開明代文風之新變也。故清四庫館臣曰：「萊與黄溍、柳貫並受業於宋方鳳，再傳而爲宋濂，遂開明代文章之派。」（《淵穎集》提要）清薛熙纂《明文在》，其《凡例》則云：「明初之文之盛，潛溪開其始；明季之文之亂，亦潛溪成其終。蓋潛溪之集不一體，有俊永之文，有平淡之文，有塗澤之文。洪、永以及正、嘉朝之諸公，善學潛溪者，得其俊永而間以平淡，此明文之所以盛也；隆、萬以及啓、禎朝之諸公，不善學潛溪者，得其塗澤而間以平淡，此明文之所以亂也。」則自方鳳以來百二十年，浦陽文化渟蓄藴積，輾轉衍生，至有明一代則影響至巨矣。

榷而論之，鳳公精髓，吴萊得之最深；吴先生學問，宋濂體之最切。至宋文憲，始克以其所藴精華，裁定爲一代禮樂制度，矧其一生弟子甚夥，所可考者有鄭淵、鄭濟、鄭洧、鄭格、鄭棠、鄭楷、鄭柏、樓璉、樓希仁、劉剛、趙友同、王紳、李耑、吴彦誠、章存厚、林静、黄昶之輩，台州方孝孺尤爲翹楚，宜乎四庫館臣獨以宋公溯浦陽文脉也。然所可議者，戴良爲宋公同門好友，所進修者各有千秋也。今考方鳳夫人爲柳貫從表姑，故柳生得以師事鳳公爲最早，且最久焉。鳳公之殁也，柳貫方爲官朝中，輒爲位而哭失聲，並曰：「琢辭表墓，非貫則誰宜爲！」及貫解江西提舉之明年，遂率里友買田具施，爲先生寓祠植碣焉，且探其家藏，摘鳳詩圖可傳者，編爲《方先生詩集》九卷，屬永嘉尹趙氏刻置縣齋。戴良師從柳公，自謂肇自童蒙，是親是炙凡八載；柳公既卒，良爲經紀其家，申心喪三年乃歸。又嘗事鳳公之子樗，及樗公歸葬之日，乃設幃道左，陳香幣之奠，泣淚持文以祭之。是叔能最得柳公之傳，亦與鳳公一脉爲親也。

抑且浦陽古來之忠孝，鳳公氣節之卓絶，叔能所得爲獨多也。又且鳳公雅志遊覽，每欲資以昭德葆性，發爲賦詠，以抒黍離之悲。其門人亦多好遠遊，則欲得山水之助，以滋養其詩文也。戴良産於九靈山下，繼得仙華靈韻，又得月泉神爽，而後遠遊吴中、北地，及鄞越海陬之區，則其賦詠多與鳳公一脉有以相通者可知也。王褘至謂，昔浦陽言詩者凡二家，曰方公鳳、柳公貫，繼其學而昌於詩者，又有能叔戴氏焉，淵源之懿，信不可誣也。由此，亦有以與宋濂區以別之矣。叔能之以所學淑諸人也，亦誠有可書者焉。今考受其霑溉獎掖者，有浦陽張子玉、戴思恭、戴思温、趙友同、趙友直、鄭棡，及他鄉李孝謙、唐轅、張宣、何鼒之儔，亦可謂滋蘭既多矣。而考叔能之交遊，則復不可枚舉矣。由是觀之，鳳公之再傳弟子也，自宋濂而外，戴良則尤著焉者。方孝孺較評婺中人物，以戴良與宋濂、王褘、胡翰齊觀，並稱「四先生」。楊士奇以爲，其文與宋濂齊名，醇粹博雅，有歐陽公風致，亦一時之巨擘也。惜乎！使叔能稍自貶損，入侍洪武之側，則朝廷典章詔告，必有資其大手筆者，而宋公不得專美其時矣。

夫浦陽山川靈秀，其扶輿清淑之氣，鍾鬱於仙華，發泄於月泉，孕育爲英才，故宋明之際，人才之輩出，文運之隨盛，傳承之有自，垂一百二十年，而宋濂之被放，戴良之自裁，方孝孺之被誅，非徒浦陽文脉四世而斬，風流歇絶數世，即東南讀書之種，天下承學之士，亦率皆愓愓然而驚矣。况浦産之張丁也，劉基盛稱其文，以爲當居天下第三，亦一旦爲太祖腰斬棄市乎！何重八得意，肆毒摧鋤如斯，足令百世爲之扼腕也？蓋禮法有以濟之耳。宜乎莊周有云：「彼竊鈎者誅，竊國者爲諸侯，諸侯之門而仁義存焉，則是非竊仁義聖知邪？」今審乎此，可省也夫！

予悲夫鄉邦文脉，攔腰斫斷，數世不振，而鼎革以來，邑中文獻，散佚尤甚，乃倡言纂修《浦江文獻集成》，廣蒐域中吾鄉先賢遺著，亦嘗兩至叔能故居，低回久之不忍去云。方是時也，有鄉賢朱君祖日者，固已擬箋戴公文集矣。

宋濂《浦陽人物記》謂：「天聖慶曆間，縣之能文章者，惟于房父子爲盛；優於經學，則（朱）臨一人而已。」朱臨者，浦陽西隅朱氏之先祖也，而朱君祖日，乃朱臨之裔孫也。西隅朱氏，自臨之肇立學術統緒也，連綿蔓衍千年而無窮，宋、清進士紱、群、興燕、能作，各有所成就，而臨、恮、有聞、質、子槐、仙、興悌諸賢，則更藉藉聲名在人口也。今朱君不忘家學，有意精研鄉邦先賢典籍，以爲賡續浦陽朱氏文脉之津渡也。乃塊然獨處，兀兀窮年，雖折膠流金，不輟其鈎稽也。如此四載有餘，乃撰成皇皇大著，曰《九靈山房集箋注》，庶幾可以告慰先賢矣。

予以爲，箋注者，首在遴選底本。今審《九靈山房集》，實以正統本與乾隆本最佳。正統本既係最早槧本，訛誤亦鮮見；乾隆本舛誤最寡，惜乎無以窺其本來面貌。朱君始用乾隆本，未幾易以正統本；校勘簡明，大抵汲取乾隆本之成果，斯足見朱君唯真是求。本稿題解，所涉人物、地名、事件、典籍、古玩、體裁，大率徵引詩文以顯微闡幽，其所稽浦江以至金華之人事，恐外郡學者難以如此精審入微。稿中箋注，古典今典並重，古典以岐黃釋家爲難，今典則懼人事隱約，朱君不厭叢脞膠轕，劬索而博考之，其注或可商榷，其勤唯俾人起敬而已。書稿附録，庶幾網羅諸本序跋、遺佚詩文、大家品評、傳誌年譜，唯《浦江九靈先生戴良年譜》，係朱君新撰，視九靈山人族裔戴殿海、殿泗昆弟所撰，曰《戴九靈先生年譜》者，則主於增補繩愆，如戴九靈寄寓明越時返鄉次數，戴氏所綴年譜未嘗明言，戴殿泗《風希堂圖歌》則謂「中年淮海晚慈姚，兩涉鄉關歌故土」，朱君斷爲至少四次，的當可證，毋庸置疑，此可見出其用心之專，用力之勤也。

《九靈山房集箋注》書稿既成，朱君數以出版之事相商，予即薦之於上海古籍出版社。今校樣既出，朱君屢來索序，予不揣固陋，綴爲斯文，以弁簡端云。

二〇二三年八月識於滬上

序

李聖華

宋室南渡，文化中心隨之南移，浙學崛興。浙學一脉，大抵主於經史並重、兼容並包、崇實黜虚、經世致用。近千年間，凡有五興。東萊、永康、永嘉之學爲初興，北山四先生及北山後學、深寧之學爲中興，陽明一派爲三興，蕺山、梨洲一派爲四興，樸學浙派爲五興。初興、再興，金華爲中心，三興而後，中心移至紹興（見《北山四先生全書》前言，上海古籍出版社，二〇二二年）。元明之際，金華戴良與宋濂、王禕、胡翰，承吴萊、吴師道、黄溍、柳貫而起，接緒北山四先生，有後四先生之目（見方孝孺《祭雲林先生文》，《九靈山房集》卷三十，明正統間刻本。又見稿本《宋元學案·金華學案》附黄百家案語）。諸子皆長於文學，宋濂、王禕並開「明文正宗」，詩推戴良爲最。至正間，後四先生起主文盟，與青田劉基共倡复古，遂成越中一派。余論明詩，以爲越中、吴中、江右、嶺南四派皆興於元季，與明初閩中派，五派並峙，是爲初明前期詩壇主流（見《初明詩歌研究》，中華書局，二〇一二年）。越中一派以文章顯，而詩不遜於其他四派，殆以戴良、劉基爲大纛，揚扢風雅，鼓吹風氣也。

戴良字叔能，號九靈山人，又號雲林，浦江人。習舉子業，棄去，專力爲學，好詩古文辭，師從柳貫、黄溍、吴萊。至正十八年，朱元璋下婺州，改寧越府。置中書分省，召郡中儒士戴良、胡翰等會食省中。明年，寧越知府王宗顯開郡學，延戴良爲學正。未幾棄官逃，至正二十一年任元淮南江北等處儒學提舉。居吴門數年，及張士誠將亡，航海至山東，奮欲有爲，不果。見天下大定，始南返，變姓名，隱四明山中。十五年，徵至京。朱元璋欲官之，以老病固辭，忤旨，羈於京師，明年四月卒，年六十七。著有《九靈山房集》三十卷、《春秋經傳考》三十二卷等書，與陳桱合纂《治平類要》十篇。方孝孺《祭雲林先生文》云：「斯道與宋，俱遷南東。文獻卓然，婺爲之宗。各尊所聞，丕緒大統。風行日臨，山立海涌。有元之衰，耆老淪亡。惟四先生，揚其末光。懿文太史，事明天子。長山華川，内外鼎峙。惟九靈公，遠迹自藏。」（明正統刊本《九靈山房集》卷三十署蘇伯衡，明成化刊本《遜志齋集》卷十二録此文，蓋方孝孺代蘇伯衡作）元末群雄割據，戴良人生抉擇與宋濂、王褘有異。今共知其工詩，而於其傳浙學一脉、金華文統，元季不肯俯事朱元璋，入明甘爲元遺民，究有所疑而未釋也，兹爲三説略辨之。

一曰九靈之學。

黄宗羲晚年欲撰《宋元學案》，僅得發凡起例，子黄百家於康熙間擬成初稿。惜稿本不存，全貌不可知。今餘姚博物館藏黄璋、徵乂父子校補《宋元學案》稿本（共二十册），其第十七册收《金華學案》，乃黄百家底稿録副，庶可窺百家立金華學案之意。其述戴良一條，摘録趙友同《故九靈先生戴公墓誌銘》(《九靈山房集》卷三十),略爲補綴。徵乂校批曰:「戴良,柳氏門人。」又曰:「戴良、鄭濤、楊燧三人,應入柳貫後。已節入。」浦江鄭濤字仲舒,餘姚楊燧字元度,與戴良俱受業柳貫。百家立《金華學案》,以北山四先生爲朱子嫡傳。何基師朱熹高弟子黄榦,爲朱子再傳;王柏從學何基,爲三傳;金履祥師王柏,爲四傳;許謙、柳貫師金履祥,爲五傳;戴良等受業柳貫,爲六傳。清道光刊本《宋元學案》卷八十二《北山四先生學案》「提舉戴九靈先生良」條,迻録百家文字,鮮有改易。

戴良爲朱子六傳之説,有可辯者。吕祖謙歿,浙學稍衰。嘉定以後,朱、陸之學播傳兩浙,與東萊相兼合,浙學再興,北山四先生即其表率,深寧一派亦著。朱、陸、吕三家並爲浙學之源,然明中葉前,朱、吕之傳爲著,陸傳則微。而朱、吕之傳,朱「顯」而吕「隱」。何、王崛起於東萊之學衰微之際,標舉朱子之統。自王柏以下,返本溯源,遂成學朱爲主,參諸東萊之格局。四先生中,除何基「確守師説」外,餘三家承朱子之學,繼朱子之志,鑑取東萊,兼容並包,已構成朱學之變。浙學由此復興,亦由此「新變」。全祖望《宋元學案序録》稱金履祥爲「浙學之中興」,卓有見解。

金華後四先生宋濂、王禕、胡翰、戴良,爲北山後學中堅,承金履祥「浙學之中興」,問學兼合朱、吕。宋濂志欲興復浙學,戴良並有此意,《送胡主簿詩序》云:「異時吾婺文獻,視他郡爲獨盛。自今觀之,以忠節行誼顯者,則有忠簡宗氏、節愍梅氏、默成潘氏、毅齋徐氏。以道學著者,則有東萊、大愚二吕氏，北山何氏、魯齋王氏、仁山金氏。以文章家名者，則有香溪范氏、所性時氏、香山喻氏，而龍川陳氏、悦齋唐氏則又以事功之學而致力焉。是數氏者，皆相望百載之内，相去百里之間，彬彬乎，郁郁乎，其鳶鳳之岐陽，驊騮之冀北歟！内附以來，故家喬木，日就凋落，而百年耆舊無在者。久之，白雲許氏稍以金氏之學鳴於時，而石塘胡氏伯仲亦以雄文俊行，與許氏相先後。二氏之後，由文學入通朝籍者，是爲待制柳氏、學士黄氏、禮部吴氏、修撰張氏、太常胡氏、御史王氏，此蓋其卓卓者也。余生也後，雖不及執弟子禮於許氏、胡氏之門，然自柳氏而下，皆得而師友之。十數年來，復將於此有所考問，而故老遺書多不存矣，不亦悲夫！」(《九靈山房集》卷十二《吴遊稿》)

後四先生之學大抵近於王柏、金履祥、許謙，好性理之辨，復勤於訓詁考索；尊朱子尚理，而好讀史，貫穿諸子百家，不避朱子所責浙學「博雜」；崇實尚用，負經濟之略。其略異者有三：一則《五經》與諸史之好，甚於《四書》；二則重行事，學術與政事合一；三則文章之好，不減經史。

王、金、許三家，《四書》《五經》並重，治《五經》而貫穿性理，治《四書》而倚重訓詁考據，打成一片。後四先生接續之，遠追東萊「經史不分」，經史互證；溯源東萊文獻之學，考訂疑經，重於求是；主於經世，研治經史，通於世用。

金履祥著《尚書表注》，經史互證，探求義理，綜概事迹，考正文字。又撰《通鑑前編》十八卷、《舉要》二卷，采信一以《尚書》爲主，下及《詩》《禮》《春秋》，旁及舊史諸子，表年繫事，考訂辨誤，凡所引書，輒加訓釋。戴良友人四明陳桱，以《資治通鑑》《通鑑前編》於陶唐之前、五代之後，尚未有所論次，乃撰《通鑑續編》二十四卷，繼成《通鑑前編舉要新書》二卷。戴良《通鑑前編舉要新書序》云：「紀事莫如《書》，亦莫如《春秋》，古史之體可見者，此二書而已。而二書所載是非得失、興壞理亂之故，其事至博，然其爲言不過如此而止，可謂得其要矣」，「則聖人之後，不失古史之體者，惟《綱目》一書近之。今夫子經所述，豈非得乎《綱目》之指歸者乎？」

北山一派，《五經》撰述甚富。《春秋》學之書，王柏有《讀春秋記》八卷、《春秋左氏傳注》二十卷、《紫陽春秋發揮》四十卷；許謙有《春秋温故管窺》《春秋三傳義例》及《三傳點校》；張樞有《三傳歸一》三十卷；周敬孫有《春秋類例》；吴師道有《春秋胡傳補説》；牟楷有《春秋建正辯》；胡翰有《春秋集義》；戚崇僧有《春秋纂例原旨》三卷；戴良有《春秋經傳考》三十二卷。戴良著述富有，惜傳者少。《春秋經傳考》不存，結合《九靈山房集》，略可窺其一端。明正統刊本《九靈山房集》卷六《山居稿》收《春秋三傳纂玄序》，即《春秋經傳考》自序，由是知《春秋經傳考》又名《春秋三傳纂玄》。其《序》云：「錯薪刈楚，披沙揀金，微事尚然，而况於學乎？况於聖人之經有所蕪没於傳注者乎？然則《春秋》之文，昭揭千古，學士大夫往往童而習之，白首不知其統緒之會歸者，無他，亦惟傳家之言有以混淆其間故耳。嗚呼！《春秋》辭尚簡嚴，游夏之徒已不能贊以一辭，而吾聖人之微言奥指，果有待於支離繁碎而後見耶？傳《春秋》者有三，曰左氏、公羊氏、穀梁氏。然公、穀主釋經，左氏主載事，能令百代之下，頗見本末，而因以求意者，左氏之功爲多。然而義例宗指，交出乎巫祝卜夢之間，讜言善訓不多於委巷浮戲之語，鱗雜米聚，混然難證。而公、穀之説，又復互相彈射，不可强通，遂令經意分裂，而學者迷宗也。良自蚤歲受讀，即嘗有病於斯，尋繹之次，因取三家之言，稍加裁剪，以掇其玄要，疏之經文之下。其於一事之傳，首尾異處者，既得以類而從；而文意俱異，各有可存者，亦皆並立其語。然後隨文睹義，若綱在綱，雖行有刊句，句有刊字，非復本文之舊，而鋤荒屏翳，使之日星垂而江河流者，不既有助乎？方之刈楚揀金之細，不又有間乎？」又爲大梁鍾伯紀作《春秋案斷補遺序》，云：「其意以爲學《春秋》者，多惑於傳家褒貶之説，而經旨有不明。其能脱去宿弊，一以經文爲正者，又往往於筆削精義而或昧焉」，「余讀之而歎曰：昔之傳《春秋》者有五家，而鄒、夾先亡；學《春秋》者，舍左氏、公羊、穀梁三家，則無所考徵矣。然左氏熟於事而或不得其事之實，公、穀近於理而害乎理之正者要不能無。至唐啖、趙師友者出，始知以聖人手筆之書折衷三家之是非，而傳已亡逸。繼是而後，爲之傳者雖百十餘家，其言雖互有得失，能不傅會三家之説者鮮矣」，「然則學《春秋》者，亦將何所折衷乎？竊嘗考求之，而得其説矣。『吾志在《春秋》』，夫子之自道也。『《春秋》，天子之事。孔子作《春秋》，而亂臣賊子懼。』」「是以邵子有曰：《春秋》，夫子之刑書。而天門王氏亦曰：《春秋》一經，無罪者不書，惟罪有大小，故刑有輕重耳。斯言也，蓋有得夫孔孟之遺意也。是則學者之折衷，固無出於夫子之自道與夫孟子之所以論《春秋》者矣。」「嗟夫！學《春秋》者多矣，求其得乎孔孟之遺意，以折衷羣説於千有餘載之下者，幾何人哉？」（《九靈山房集》卷十二《吴遊稿》）其《夏正辨》文末則云：「曰：『杜預之於左氏，每委曲遷就，無一言之不合。』説者謂：『預爲左氏之忠臣，若吾子之論，直則直矣，其在諸儒，將不謂之忠臣乎哉？』曰：『正其非以救其失，正所以爲忠也。若預者，乃左氏之諛臣，其於忠乎何有？』」（《九靈山房集》卷二十六《越遊稿》）由是知戴良治《春秋》，疑傳注亂經，而主於求是。王柏疑經，考訂羣書，折衷聖人，意在求是。金履祥《論孟集注攷證跋》謂願爲「朱子之忠臣」（《孟子集注考證》，《率祖堂叢書》本）。許謙於先儒之説未當處不敢苟同，敷説義理，考據訓詁，「要歸於是」。從何基「確守師説」，至王柏疑經還經，再至金履祥、許謙「要歸於是」，復至戴良、宋濂「錯薪刈楚」，「鋤荒屏翳」，可覽北山一脉學術前後之變化及後四先生學問之繇來。

戴良論學，重於經世。與陳樫合纂《治平類要》十篇，今不傳。《九靈山房集》卷六《山居稿》收《治平類要總序》，即其自序，云：「一日，良與四明陳樫論至於此，以爲人君之學，捨古昔帝王，則無所取徵。而古昔帝王之行事見之於經史者，班班可考」，「乃相爲摘取二帝三王致治之由，與漢、唐、宋爲君之所以然，及先民之格言、史臣之論贊，會稡成書，名之曰《治平類要》，而定其標目，凡十篇。」其十篇爲《君道篇》《任相篇》《馭將篇》《用人篇》《愛民篇》《足食篇》《制兵篇》《慎刑篇》《遠佞篇》《納諫篇》。《序》又云：「良等俱以空疏之學，謬叨爲士之名，其於纂修，固多簡略。然開基之主，繼體之君，苟能潛心於此，窮討而深思之，庶幾由彼漢、唐、宋之爲君，以上追二帝三王之盛治，則稽古學古之效，復見於今日，而此書之作，要不爲無小補矣。是以忘其固陋而冒言之，伏惟留神省察，國家幸甚！」戴良較東萊及北山四先生更重於事功，此與永康、永嘉之學相類，殆睹元季凋弊，思濟於用也。

二曰「專力爲古文」。

黄百家撰《金華學案》，察北山一脉前後變化，宋濂傳後案云：「金華之學，自白雲一輩而下，多流而爲文人。夫文與道不相離，文顯而道薄耳。雖然，道之不亡也，猶幸有斯。」《金華學案》前又有案語：「而北山一派，魯齋、仁山、白雲既純然得朱子之學髓，而柳道傳、吴正傳以逮戴叔能、宋潛溪一輩，又得朱子之文瀾，蔚乎盛哉！」前後四先生一大顯異處，即後四先生工詩文，學問乃至爲詩文之名所掩。

北山一脉此一變化，實始於戴良之師柳貫、黄溍、吴萊，及柳貫同門許謙、摯友吴師道。許謙謂文爲載道之器，道爲出治之本，故重於文章。《與趙伯器書》云：「由傳注以求經，由經以知道，蘊而爲德行，發之爲文章事業，皆不倍乎聖人，則所謂行道也。」（《許白雲先生文集》卷四，明成化二年陳相刻本）柳貫邃於理學，耽於文章，以經世之文補益世道。後四先生與蘇伯衡、鄭濤等北山後學，皆爲許、柳、黄、吴所轉，好詩文，以通於「行道」。戴良《贈勾無山樵宋生序》云：「余嘗考近代賢材，而怪士之爲學多不適於世用，談經術者徒知章句之當守，而不知事情之或迂，工文學者又方務以言語聲偶摘裂相誇尚，每棄本而趨末，求其可用於當時，蓋不數數然也。」（《九靈山房集》

卷六《山居稿》）趙友同《故九靈先生戴公墓誌銘》云：「初治經，習舉子業，尋棄去，專力爲古文。時柳文肅公貫、黄文獻公溍、吴文貞公萊，皆以文章鳴浙水東。先生往來受業門下，盡得其閫奥。與文肅公尤親密，公之死，爲經紀其家，持心喪三年始歸。余忠宣公闕持憲節過婺州，聞先生善歌詩，數相過從，論古今作者詞旨優劣，公欣然曰：『士不知詩久矣，非子，吾不敢相語。』乃盡授以平日所得於師友者，而先生詩名遂雄視乎東南矣。」言戴良得柳、黄、吴文章之傳，其説不虚。謂詩得余闕指授，亦事實，然戴詩終傳金華一派，僅得余闕熏陶耳。

北山後學好詩文，蓋主於學術、文章、經世不分也。謂文章原爲「行道」，不離學問根本，不遠經世之用，曲儒拘士裂之爲三，世遂有誤解，文章淪爲空言。王禕《送胡先生序》辯稱吕祖謙、唐仲友、陳亮之學「雖不能苟同，然其爲道皆著於文也，其文皆所以載道也。文義、道學，曷有異乎哉」，柳貫、黄溍、吴師道諸子以文知名，「悉爲世大儒」，後生晚進「言文章者以修飭辭語爲能事，各立標榜，互相排抵，而不究夫統宗會元之歸」（《王忠文公集》卷七）。又作《文訓》，述明文章之本，稱文必「主之以氣」，「一本於道」（《王忠文公集》卷十九）。戴良《密菴文集序》開篇亦云：「文主於氣，而氣之所充，非本於學不可也。」（《九靈山房集》卷二十九《越遊稿》）至於詩，後四先生以爲關乎大道、世運，乃追蹤風雅，以詩爲「文之精」，合詩、文、道爲一，合經世、文學爲一。胡翰《缶鳴集序》云：「故文者，言之精也，而詩又文之精者。」（《胡仲子集》卷四，明刻本）宋濂《題許先生古詩後序》謂詩文「本出於一原」，「沿及後世，其道愈降，至有儒者、詩人之分」（《宋學士文集》卷十二，《金華叢書》本)。徒以文見知於世,則後四先生所不許也。戴良《柳待制墓表碑陰記》云:「至先生,遂以文擅於天下」,「然其所以知先生者,徒以其文爾,而德之藴於躬者,人未必盡知之也」,「然則先生之學,豈直文而已哉!」(《九靈山房集》卷五《山居稿》)力黜「空言」,以爲「行事」乃詩文之本,如於時政無所關,治道無所補,則徒見空言。《玉笥集序》云:「古者學成而用,故其爲志,在乎行事而已。然方未用時,有其志而無其行事,則以其性情之發,寓諸吟詠之間焉。及其既用也,而前日之吟詠,乃皆今日行事之所資,則所以發諸性情,以明吾志之有在者,夫豈見之空言而已哉!此登高賦詩,所以觀乎大夫之能否者,其所由來遠矣。後世學不師古,而詩之與事,判爲二途,於是處逸樂者,則流連光景,以自放於花竹之間而不知返。不幸而有飢寒之迫,擯斥摧挫,流離窮厄之至,則嗟窮悼屈,感憤呼號,莫有紀極於其中,然於時政無所繫,於治道無所補,則徒見諸空言而已」,「余嘗以此求諸昔人之作,自三百篇而下,則杜子美其人也。子美之詩,或謂之詩史者,蓋其可以觀時政而論治道也。」(《九靈山房集》卷十二《吴遊稿》)

有一派學問,乃有一派文章。北山後學文道不相離,尚文别有所指。黄百家既言「流而爲文人」,又言入「朱子之文瀾」,皆有未盡。後四先生詩文,非僅朱子餘波,「文顯而道薄」云云,不足蓋棺論定之。

三曰甘爲元遺民。

戴良《九靈自贊》云:「識字不如揚子雲,摛辭不似沈休文。胡爲而有沈之瘦,胡爲而有揚之貧」，「若乃處榮辱而不二，齊出處於一致。歌《黍離》《麥秀》之音，詠剩水殘山之句，則於二子蓋庶幾乎無愧。」（《九靈山房集》卷十八《鄞遊稿》）至正十九年，王宗顯延聘宋濂爲五經師，戴良爲學正。翌年，宋濂與劉基、葉琛、章溢應召至金陵。戴良則遁去，旋出爲元儒學提舉。二十三年，避兵吴門，依於張士誠。是年九月，士誠再叛元自立。其時吴中派高啓歸隱吴淞江上，徐賁應張羽之邀隱於戴山，而戴良則留吴不歸。及明兵圍平江，士誠亡在旦夕，戴良泛海至登萊，欲間行歸王保保，道阻於兵，訪齊魯豪杰，將欲有爲。未幾悵然歸，與丁鶴年諸遺老吟詠《黍離》《麥秀》之音，將老死林下。洪武中召至金陵，不肯仕，卒歿於京師。全祖望《九靈先生山房記》云：「太祖欲官之，九靈不可，忤旨，下獄。明年暴卒。錢尚書受之以爲自裁云」，「九靈以不肯屈身而被繫，顧其死不甚明。使其出於自裁，固爲元畢命。即令以瘐死，亦爲元也。九靈之大節不必果出於自裁，而要可信其爲元也。」（《鮚埼亭集外編》卷十八，清嘉慶十六年刻本）

趙友同《墓誌銘》以避忌，辭或曲折，或省略，述戴良至正十八年後至洪武十五年前行實，僅云：「至正辛丑，以薦者擢授中順大夫、淮南江北等處行中書省儒學提舉。然時事已不靖，無可行其志，乃攜從子温浮海至中州，欲與豪傑交，而卒無所遇，遂南還四明。四明多佳山水，耆儒故老，往往流寓於兹。先生每相與宴集爲樂，酒酣賦詩，擊節歌詠，聞者以爲有《黍離》《麥秀》之遺音焉。」王崇炳《金華獻徵略》卷三《戴良傳》則徑言不忘故君舊國，以元遺民自勵，不仕貳朝，云：「良自元亡後，不忘故君舊國，思成宣光綸旅之業。功既不就，遂抑情遁迹，盤桓山海間，訪羽人釋子而與之居，益肆力於詩文。凡觸心柢目，天地日月寒暑，山川草木，奇異之觀，羈人狷士之遺迹隱行，皆紀而載之，因以寓其無聊不暢之思，發其瑰傑磊落之氣，擊節詠歌，聞者壯而悲之。」（清雍正十年刻本）

戴良仕元僅爲末僚散秩，元亡而甘爲孤節遺民。《至昌樂》云：「如何命不淑，所至時輒亂。既同喪家狗，亦類焚巢燕。」《懷宋庸庵》云：「《麥秀》歌殘已白頭，逢人猶自説東周。風塵澒洞遺黎老，草木凋傷故國秋。」《懷滑攖寧》云：「道途同是傷心者，只合相從賦《黍離》。」其間亦有難解者。遺民非逸民，宋、明之亡，遺民不仕貳朝，頗易辨認。而論元遺民，顯非易事。蓋元季羣雄割據，朱元璋、張士誠、陳友諒、方國珍、明玉珍各聚人材，士人擇木而棲。及朱明一統，張、陳等所聚士，不肯仕新朝，又非爲信守「故元」，故難以盡列入元遺民。余論元遺民，謂必以持守「故元氣節」與否審度之（見《初明詩歌研究》）。若戴良，以元爲「正統」，持「元臣」之節，與丁鶴年輩爲元遺民中堅。此一抉擇，與宋濂異趨。二子雖各有持守，當皆不免於惑。夷夏之辨，古今正統，久爲遺民社會形成之基石。不復以漢人政治爲「正統」，元遺民可謂逸出夷夏之辨、古今正統。宋亡數十年，士人多以忠君愛國，信元爲「正統」。迨元季夷夏之辨復熾，戴良睹此，能無惑乎？宋濂元末未仕，輔朱明開國，變夷爲夏，復古今正統，然儒者尚忠君愛國，其由元入明，又豈無惑乎？

蘇伯衡謂戴良行事類於張良、屈原，《九靈先生畫像贊》云：「其跋涉道途也，類子房之報韓；其彷徨山澤也，猶正則之自放。」（《九靈山房集》卷三十）終不改其志，意究何在？於忠君愛國外，當察其深衷：

一則洞察古今，推信孟子「保民而王」，厭棄後世殺伐。《感懷》十九首其一云：「黄虞去我遠，大道邈難追。悠悠觀世運，終古歎興衰。王風哀以思，周室日陵遲。二伯方迭起，七雄更相持。兼并逮狂秦，干戈益紛披。復聞晉虜亂，五胡乘禍機。殺伐代相尋，昏虐無休期。羣生困塗炭，萬象翳氛霏。豈無憂世者，咄嗟吾道非。楚狂隱歌鳳，商山淪采芝。去去君勿疑，古今同一時。」（《九靈山房集》卷十五）歷數大道淪喪，隱斥朱明一統，亦是殺伐相仍。

二則尚於氣節，遠於世利紛争，甘爲「高節之士」，友夷齊，存留乾坤清氣一線。趙友同《戴公墓誌銘》云：「嗚呼！先生之高也，豈後人而無知。」關於高士，戴良自有説，爲丁鶴年作《高士傳》云：「高節之士，爲難遇也。《易》稱『君子之道，或出或處，或語或默』。夫捐身以行化者，知進而不能退；嫉世以矯情者，知往而不能返。二者各得其道之一偏，惡睹所謂中哉？孔子曰：『不得中行而與之，必狂狷乎！』狂者又不可得，欲得不屑不潔之士而與之，是狷也，是又其次也。孔子居周之世，而其言如此，況世變多故，君子道消之時乎？於斯之時，責士以必中而不過，則天下爲無士矣。君子之於人也，樂成其美，而不求其備，況蹈義乘方，蟬蜕塵埃之表，時固難遇其人乎！吾之有取於鶴年，有以也哉，有以也哉！作《高士傳》。」（《九靈山房集》卷十九《鄞遊稿》）其甘爲元遺民，蓋於「君子道消之時」，寧拙毋巧，入於中狷，蘇世獨立，不與世俗相俯仰也。

抑更有可論者，戴良元末已以詩雄視東南，既爲元遺民，詩再進一境。宋濂、劉基入明，贊歌新朝，鼓吹館閣之音，因避時忌，皆不免失語之病。戴良徬徨山涯水涘，紀述廢興亂離，懷思故園，多淒霖苦雨之調，時而激昂愾歎。《和陶淵明雜詩十一首》《和陶淵明擬古九首》諸詩詠殘山剩水，陶寫情性，別開和陶生面。《四庫提要》云：「良詩風骨高秀，迥出一時。眷懷宗國，慷慨激烈，發爲吟詠，多磊落抑塞之音。」宋、劉皆莫能比，此亦謂蚌病成珠。

九靈之學，數百年來論者罕言，其爲元遺民一節，復有不易解者，茲故略勾稽其學脉及問學、爲文大旨，庶探其心志。至其詩文所詣，前賢時哲評説已多，不待贅言。

余嘗寄寓金華北山下，從浦江黄靈庚、淳安吴光諸先生後，昌言興復浙學。先是黄先生有《吕祖謙全集》《宋濂全集》之編，余至也晚，不得與其事。及重訂《宋濂全集》，余向絢隆周先生爲紹介，收入《明清别集叢刊》。黄先生精研《楚辭》，時時不忘鄉邦文獻，遂又有整理《明文海》《北山四先生全書》及重訂《吕祖謙全書》之役。《明文海》之役，余與絢隆先生樂爲驅馳。《北山四先生全書》，余忝挂名主編，歷時五年刊出。《吕祖謙全書》，余攜門人襄助，重校《皇朝文鑑》。居北山之下十二年，歲歲不得息，然樂而忘疲也。

既鼓吹浙學，遂得交金華當地學者。其人各有其業，而留心於鄉邦文獻，表章金華先賢，不遺餘力，祖日朱君其一也。朱君，浦江裏朱村人。家貧甚，初中畢業，爲糊口計，入浦江農技校學藝。年十八，回村務農，日出而作，日入而息。一日，憬然省悟，奮發自學。先入中學代課，後轉正，繼脱産進修教育碩士，列名黄先生門下，今執教浦江中學，業已爲中學高級教師。朱君好讀書，崇尊邑先賢吴萊、戴良、張孟兼，教誦之餘，惟以著述爲樂事。金華文脉，自晉以來，延綿千五百餘年，大盛於宋元及明初。近百年來，爝火不滅，八婺鄉邑猶有存續。若朱君者，成就大小可不論，而足徵金華文脉自有賡續也。

余與朱君結識，緣於黄先生。曩與絢隆先生共倡「明清文獻深度整理研究」，迄今已二十年。六年前，與黄先生皆自覺既倡復浙學，名家之集宜深度整理，箋注不可少也。黄先生言其自宋濂始，余承自黄宗羲始。黄先生間歸邑中，朱君聞而心合，遂勇任戴良集校注之役。數至金華問教黄先生，并詢及余。戊戌歲臘，朱君忽自浦江攜爲肩相餽，且述注書之艱，余感喟良久。既余蹴居莪山之麓，朱君驅車數百里，持稿來問。自愧學疏事雜，不能多爲襄助。旋得報上海古籍出版社允爲刊行，且以序相屬。今夏，來書急謂剞劂在即，詢序成否。余慚謝再三，感其事，終不敢以不敏辭。黄先生《宋濂全集箋注》去歲殺青，凡四百餘萬字，今年刊行。朱君後起，注書亦付梓。余向之蓄志注南雷集，竟不知何期。今應朱君之請，聊述九靈爲學、爲文、爲人以應責，并以志吾愧。至於朱君注書之深淺，毋庸余贅言矣。

歲在新紀元第二癸卯，重午前三日，李聖華書於莪山之麓

前言

一

戴良，字叔能，號九靈山人、雲林先生、嚻嚻生、雲樵子，元末明初忠純清士、淹博名儒、高秀詩人、出色史家。元延祐四年（一三一七）五月十三日誕生於江浙行省婺州路浦江縣興賢鄉馬劍村，天資警敏，岐嶷非常兒。八歲，長姊戴如玉適縣城儒醫趙良本，戴良以母病痱痿隨姊寓趙家，其後問友求師、授室卜居、育兒嫁女，咸依長姊。

當是時，本邑翰林待制柳貫、長薌書院山長吴萊、同郡義烏翰林侍講學士黄溍皆淹貫大儒，衣被八荒，霑溉英彦，如泰山之鎮海澨，雄鷹之横蒼穹。戴良恭執弟子禮，先後參叩以窺柳公之涵肆演迤、吴公之精深玄懿、黄公之温醇明潔。武威唐兀氏余闕，氣足以鎮邪，文足以華國，僉浙東海右道肅政廉訪司事，戴良赴婺問詩，唐兀氏歎其才優識精，悉授以平生得之於師友者。

其餘厖材碩德，如本邑方樗張恕、蘭溪吴師道、金華張樞王餘慶、永康胡助，一一徧參，兼收并蓄。又與同門浦江宋濂陳士貞鄭濤、義烏王褘、金華胡翰、東陽蔣允升、諸暨屠性諸友追溯洙泗閩洛之淵源，切磋道德性命之精微。遂觀經術之會通，窺學問之藴奥。然後凝神默索，摇毫行墨，若庖丁之中肯綮，痀僂之承蜩螗，無不汩汩然得之於心而應於手。

重紀至元四年（一三三八）春，戴良二十二歲，俊偉英發，任浦江縣月泉書院直學。後某年，起爲月泉書院山長，新學晚生聆厥玄旨，莫不瞿然惕厲，以真實心地下刻苦功夫。重紀至元六年（一三四〇）冬，戴良入贅城南趙氏，娶姊夫趙良本胞妹。戴良潛心藝文，幾以家事委趙氏夫人。後某年，戴良卜居縣城西隅，架屋數十楹，治天機流動軒以誦經講道，存心養性。戴良苗裔自此定居縣城西隅，直至二十世紀中葉，始以祖屋拆遷而散處縣邑諸隅。

至正十八年冬（一三五八），朱元璋下婺州，易名寧越府，設立江南分省，戴良與胡翰、許元等十三儒士會食省中，每日二人講論經史，敷陳治道。十九年（一三五九），命知府王宗顯開郡學，延宋濂、葉儀爲五經師，戴良爲學正，吴沉、徐原爲訓導。兩浙久陷兵燹，至是始聞學宫弦歌，一郡之民，無不忻悦。六月，朱元璋返回應天，胡大海以江南行省參知政事鎮守婺州，胡氏愛民好士，戴良服膺而納交其父子。戴良羈旅金華近四年，常與鴻生碩士宋濂、章溢、王褘、胡翰、吴沉、王履、欒鳳、朱原良、王德良等酬唱往還。

至正二十一年（一三六一），戴良寓居金華，任郡學學正。張士誠割據東南，納款元朝，延攬四方知名士。張士誠遥知戴良道德文章，上章薦舉，元廷授戴良淮南江北等處儒學提舉。次年，苗將蔣英叛亂，胡大海遇害，婺州搶攘繹騷。數月後，婺州局勢稍安，戴良乘隙北上吴中，以儒學提舉入張士誠所設之江淮分省。戴良居吴三年餘，以文會友，陳基、謝肅、蔡彦文、葉懋、徐孟岳、陳桱、周伯琦、馬玉麟、金弘道諸名流與之過從甚歡。

至正二十六年（一三六六）初春，明兵虎視眈眈，張士誠所轄江淮岌岌可危。戴良欲致身元廷，遂請命於張士誠，北上聯合擴廓帖木兒。自春而秋，戴良先抵杭州，再適越州，次趨四明。秋，戴良攜侄思温自浙買舟適齊。戴良漂泊益州路，欲伺機投奔擴廓帖木兒，以兵連禍結而不果。至正二十七年（一三六七）九月，明將徐達拔平江；十月，元廷削奪擴廓帖木兒兵權。大勢已去，戴良彷徨絶望，秋冬時渡海返鄞。

洪武元年（一三六八）至洪武十五年（一三八二），戴良初避禍明州，後匿迹越州，行蹤不定如浮萍泛梗。其所流寓，或寺院，或私塾，或朋友屋舍，其班班可考者，不過三湖二塾二寺一鎮而已：曰慈溪花嶼湖、定海鳳浦湖、餘姚秦湖，曰慈溪唐氏一經齋、寧波府城東五里鄞縣夏氏私塾，曰慈溪永樂寺、鄞縣慈濟寺，曰定海白沙鎮。而所寓之確切歲月，可稽者尤鮮。戴良所結交者，或爲眷戀勝朝、忠藎不二之遺民，如揭汯、毛翰、劉中、丁鶴年、王嘉誾諸志士；或爲恬淡豁達、孤光自照之野老，如沈明大、駱以大、黄炳文、鄭彦博等逸人；或爲蓄救世良知，抱經濟利器之正人，如烏斯道、胡惟仁、宋禧諸莊士；或爲超凡出世、悲天憫人之奇衲，如天淵、文述、祖闡、郁文海等尊宿。戴良每與之酬唱往還，歌詠剩水殘山，流瀉《黍離》《麥秀》之悲涼。戴良漂泊浙東海濱時，侄兒戴思温隨侍左右。叔侄二人相依爲命，或入塾授徒，或采藥行醫，甚至撰文賣卜，以糊其口於異鄉。雖遘陽九，終不廢讀經論道、紬史吟詩。

洪武十五年（一三八二），戴良被强徵入南京。甫至，洪武帝急召見，試文辭若干篇，欲除拜大用。戴良固辭，頗忤洪武帝意。次年四月卒於京師，或曰病革而亡，或曰寓舍自裁，或曰殁於囹圄，撲朔迷離，莫衷一是。然其眷戀宗國，守節不屈，則確定無疑也。

二

戴良，史傳方志所稱述者不止一端，其亘古今而不泯，塞穹壤而無窮者，乃獨立不遷、遯世無悶、罔顧利害、不計存亡之冰雪氣節。戴良忠節凜凜，雖劫之以衆，沮之以兵，終不可奪、不可移。至正二十二年（一三六二），戴良自婺入吴，任元朝淮南江北等處行中書省儒學提舉。自兹而往，一飯不敢恝然忘君，一息不能狠焉背國。荏苒數年，明兵蠶噬江淮，張士誠進退維谷。若朱元璋奄有其地，元朝豈異釜底遊魚？「至今勞聖主，何以報皇天？」戴良毅然請纓，北上聯合擴廓帖木兒以成南北夾擊之勢。若南北果真同舟共濟，則江淮可保，元朝亦將迎來中興曙光。戴良冒驚濤覆舟之險，涉浮天浴日之洋，北走齊魯，躑躅益都。事雖不果，而其忠義之心，如青天白日，炳焕昭晰。蘇伯衡目之以「其跋涉道途也，類子房之報韓」。

元亡，戴良漂泊海濱明越二州，避禍鄞縣、定海、慈溪、餘姚四縣。埋名匿迹，矢志抗節。徘徊幽谷連峰，彷徨湖畔江湄，凡山川草木亭臺樓軒之奇色瑰景，羈客狷者方士正人之蹤迹隱行，莫不記載形容之，以寓其孤危屯邅抑塞鬱結之苦，發其慷慨激昂磊落不群之氣，明其繫心故國獨立難遷之志。蘇伯衡以屈原擬之，謂「其彷徨山澤也，猶正則之自放」。

洪武十五年（一三八二），洪武帝强徵戴良入京，欲授官大用。戴良鐵膽銅肝，忤旨而卒。夫以洪武帝之殺伐果斷，戴良鄙之如埃壒；以巍巍廟堂之尊位重禄，戴良薄之等苓通。如此威武不能屈，富貴不可淫，誠孟子謳歌之真骨氣大丈夫。大塊至廣，古今至久，有情者恒河沙數，然一貴賤榮辱者已僂指可計，齊生死存亡者尤寥落晨星，至於繫念勝朝十餘年後，致其身而甘心如戴良者，洵爲天地間罕見寡遇之風骨豪雄。

大而言之，戴良之從心所欲至死不屈，本於中國遺民捨生取義大傳統。究此傳統之根本，近乎今日之獨立精神，不計成敗，罔顧順逆，「自反而縮，雖千萬人，吾往矣」。殷末孤竹君二子伯夷和叔齊，或爲遺民文化之濫觴。周武上順天命，下應民心，高擎伐紂大纛，天下諸侯嬴糧影從。天作孽，猶可違；自作孽，不可逭。紂王多行不義，咎由自取；殷朝土崩瓦解，子孫裸將於京。伯夷、叔齊反對武王革命，叩馬而諫，斥武王以臣弑君爲不仁。武王既平殷亂，天下宗周。伯夷昆弟以奉周爲恥，義不食周粟，采薇首陽山而餓死。伯夷、叔齊非不知殷之必亡而周之必興，非不知眷念勝國抗拒周武乃逆流之舉，卻死守君臣常道，置一己之生死存亡於度外。孔子崇拜輔佐武王綏靖天下之周公，亦目非武摒周之伯夷叔齊爲賢人。孟子推崇治國平天下之伊尹，亦極尊重獨立不遷之伯夷，論前者爲聖之任者，後者爲聖之清者。司馬遷通古今之變，爲周武王樹碑，亦爲伯夷立傳，喻之以後凋之松柏，稱之爲混濁人間之清士。順勢而爲之經濟英才，天下至寶也；深固難徙之忠信遺民，亦天下至寶也。二者猶如清涇濁渭，豈可厚此而薄彼？中國社會素重遺民精神，繼伯夷、叔齊而起者，代不乏其人，秦末齊國田横、漢季荀彧、唐末司空圖、南宋文天祥，皆聲光煜煜流千載。《明史》云：「元亡後，惟良與王逢不忘故主，每形於歌詩，故卒不獲其死云。」後身先義，忠貫白日，非烈丈夫戴良之倫，曷克爲之！

遠而言之，戴良之屯蹇不移磨而不磷，實嗣元初浦江以方鳳爲首諸遺民之芳躅。方鳳，早遊杭都，盡交海内知名士，以特恩授容州文學，未上而宋社已屋。方鳳自是無仕志，歸隱浦陽仙華山南麓之故居。既而同里吴渭延請方鳳爲吴溪塾師，閩人謝翱、括蒼吴思齊時皆愛慕方鳳而匿迹吴溪。方鳳忠懇惻怛，每念及勝國事，必仰視霄漢，老淚如霰。吴思齊，永康陳亮外曾孫，宋時嘗授嘉興丞。迨元混一四海，吴思齊生計益艱虞，或勸之仕，輒以烈女不更二夫牢辭。謝翱，文天祥開府延平時署諮事參軍，聲聞閩楚。及宋亡，文天祥就義大都，謝翱悲不能禁。隻身單影行浙水東，逢山川池榭雲嵐草木適與别文天祥時相類，輒彷徨顧眄，失聲痛哭。方吴謝三君子，會於殘山剩水，喟然長歎，盡焉灑淚，壯哉皆氣節不群之士！浦江砥節稽古之遺民影附響應，巋然屹立於浦陽江畔：樹月泉吟社，以義熙人相爾汝；遊金華洞天，發黍離之悲於詩文；登釣臺哭文丞相，寓亡國之痛於祭享。數十年後，戴良以遺民自許，攜畸人義士，盤桓海澨，歌哭山椒。方謝吴一心趙宋，戴氏良不忘順帝；方謝吴戴，易地則皆然。

近而言之，戴良之不以社稷存亡二其心，其忠肝義膽初養於所就諸師。戴良學詩於余闕，時余闕官浙東海右道肅政廉訪司僉事，發奸擿伏，明察若神。丁母尹氏憂，余闕日夜悲號，甘露降於玄宮，君子以爲孝感於天。後鎮守安慶近十年，淮東西皆陷没，安慶巋然獨存。安慶孤立無援，城破之日，余闕猶率衆血戰。既而從容沉水死；其妻聞噩耗，即率子女赴水歿；麾下將卒大慟，從而死者千餘人。余闕者，雖死猶生，其忠精之氣炯炯然上貫霄漢。聞其聲光者，頑夫廉，懦夫有立志，況親炙之而英敏如戴良者乎！戴良從遊柳貫近十年，與柳氏情愫亦最密。柳貫初掌庠序，繼入璧廱，次遷太常，復轉江西儒臺，一以傳道宣化獎掖人才爲己任。年七十二，元廷以翰林待制起柳貫於家，柳貫欣然領旨，欲陳堯舜之道以贊太平之治。柳貫者，何其惓惓於元朝廟堂！風晨月夕，炎夏冱冬，戴良隨侍左右，耳濡目染，默化潛移，潤色帝猷黼黻王度之弘願悄然而起。義烏黄溍，初以儒學振拔，歷仕五朝，建樹匪細。晚乃掌述帝制，勸講經帷，以弘揚大道爲己任，天下士人咸師法之。黄溍擁戴元廷，若大魚入深淵，猛虎行高山，戴良目睹耳聞，豈不欲游重淵而陟大山？大儒吴萊年壽不足，然授長薌書院山長，與元朝實有瓜葛。後其父集賢大學士吴直方退居吴溪近十年，其人自勉以「言忠信」「事君能致其身」二語，戴良幸與之交。則吴氏之於戴良，豈無諄諄然忠義之薰陶？

微而言之，戴良之砥礪不仕二姓之節，蓋源於順帝之崇儒養士與己之年逾弱冠即任月泉書院山長。元順帝重紀至元六年（一三四〇）二月，黜專權自恣虐害天下之中書大丞相伯顔，十二月輒復科舉取士制。至正三年（一三四三）三月，采納監察御史成遵等建議，用終場下第舉人充學正、山長；國學生會試不中者，與終場舉人同。《寄陳伯將學士》所云「載建家王禮，復睹漢朝則」，可窺戴良對順帝之拳拳感荷。重紀至元四年（一三三八），戴良任月泉書院直學；數年後，升山長。至正十七年（一三五七）兵燹逼近婺州前，戴良謳歌戡亂元兵，鄙薄各色義軍，《平饒信詩》《邁里古思公平寇詩》《避地二首》諸詩所蘊褒貶彰明較著。

或疑曰：蒙古族南侵以建元朝，儒先素嚴夷夏之辨，戴良之盡節於元，豈不乖謬邪僻乎？曰：歐陽修《正統論上》云：「正者，所以正天下之不正也；統者，所以合天下之不一也。」元太宗始略中原，從中書令耶律楚材之請，用儒術選士，皇家由是漸入正軌，天下亦隨之而化。元滅金并宋，四海從此混一。故正統者，自趙氏南遷而絶，以元朝興起而續。戴良之盡節於元，實盡忠於正統也，豈可拘拘焉以夷夏之辨責之哉？同門友王禕《正統論》曰：「自遼并於金，而金又并於元，及元又并南宋，然後居天下之正，合天下於一，而復正其統。故元之紹正統，當自至元十三年始也。」

或疑曰：若戴良耿耿然效命於元朝，何爲至正十八年（一三五八）冬朱元璋下婺州時竟願會食江南分省以講論經史，既而受聘郡學學正，前後長達三年餘？曰：元時品秩至高正一品，最低從九品，明祖初起兵時官制仿前朝。戴良始領元月泉書院山長，次任明寧越府學正，皆不入職官序列，既未食元禄，亦未受明禄。《孟子·離婁下》記載曾子居武城，有越寇，曾子走避之；子思居於衛，有齊寇，子思與衛共存亡。就曾子與子思兩種截然不同之抉擇，孟子斷之曰：「曾子，師也，父兄也；子思，臣也，微也。曾子、子思易地則皆然。」不在其位，不謀其政，此時戴良或進或退，豈不綽綽然有餘裕哉！至正十八年（一三五八）冬暨至正二十二年（一三六二），朱元璋次第攻占浙東西部分郡縣。然較之割據長江中游之陳友諒與盤踞江淮之張士誠，實力相對薄弱。至正十七年（一三五七），張士誠迎戰明兵失利而投誠於元。元末各種勢力彼消此長，安知朱元璋不蹈張士誠臣服之路？戴良之遊婺州，誠暫寓以静觀，伺機以行道。是以元授淮南江北等處儒學提舉，戴良即脱身趨吴以躋身元朝百官序列。

三

方孝孺在《答劉養浩書二首》中稱戴良爲巨儒，趙友同於墓誌銘中譽之爲名儒。戴良儒學造詣精博，其本正在遠紹洙泗閩洛之金華學派。宋朝遷鼎於錢塘，經術隨之南移。當是時，東萊吕祖謙讀經婺州，文公朱熹問學閩中，南軒張栻論道湖湘，象山陸九淵講學江右，洶湧激蕩，蔚爲大觀，與北宋五子周敦頤、張載、邵雍、程顥、程頤遥相呼應。吕東萊天資穎悟卓絶，家學淵源綿長深厚，兼采四方師友之長，復以中原文獻稽考潤色之，故其學問融洽貫通無所偏頗。傳承東萊學術者，首賴賢弟忠公吕祖儉及吕喬年、康年、延年諸子姓。

文公朱熹素不喜婺學，然世事無常，異日傳其學術者，竟得力於婺州後學。金華文定公何基，北山四先生之首，遊朱熹高第勉齋黄榦之門，黄榦告之以刻苦功夫真實心地，何基悚惕受命。於是平心易氣，探賾研幾，久之而義理自通。金華文憲公王柏，聞何基得朱氏之傳，即往從之，自是發憤砥礪，讀書精密，旨趣自見。蘭溪文安公金履祥，凡天文、方輿、禮樂、兵謀、陰陽、律曆之書，靡不畢究。既而仰慕濂洛之學而師王柏，從登何基之門，由是講論益密，造詣益邃。金華文懿公許謙，力學不已，聞金履祥講道蘭江，欣然就弟子列。窮理一分殊之學，履聖人中庸之道。居數年，涣然冰釋，油然融會。北山四先生之學汪洋浩瀚，挹而取之，多成宿學。浦江柳貫受經於金履祥，究其旨趣，且遍叩方鳳、謝翶、吴思齊諸遺老，是以學問深有根柢。金華聞人夢吉，受學於父詵，詵遊於王柏之門。夢吉閉户討論經傳，逾十年不出門，立誠以致乎本，推善以及於人，表裏融通，純粹澄澈。金華范祖幹，拜許謙爲師，其學以誠意爲主，而嚴之以慎獨持守之功。金華葉儀，立志堅苦，取經史子集分部披閱。義有未明，質於許謙，隨所指授，窮追不捨。久之，學問精微淹貫。金華張樞，生而敏慧，外家蓄書萬卷，悉取讀之，學問博洽無所遺。請入許謙弟子列，許謙待之以友，從此斂華就實，學識日粹。蘭溪吴師道，初工詞章，及閲真德秀所遺書籍，幡然有志於爲己之學。後以持敬致知之道請益於許謙，許謙覆之以理一分殊之旨，於是豁然開竅，造詣漸深。義烏丹溪先生朱震亨，從許謙於東陽八華山。許謙爲之言天命人心之秘及内聖外王之業。丹溪由此抑其粗豪，歸於純粹。居數年，其學堅定莫能移。黄百家論金華朱子學云：「而北山一派，魯齋、仁山、白雲既純然得朱子之學髓，而柳道傳、吴正傳以逮戴叔能、宋潛溪一輩，又得朱子之文瀾，蔚乎盛哉！是數紫陽之嫡子，端在金華也。」

義烏毅齋先生徐僑，登文公朱熹之門，朱熹稱其明白剛直，以「毅」名齋。方是時，專精篤實，能得朱子所言者甚鮮，世人不過割裂掇拾以竊功名而已，徐僑深以爲憾而力矯之。徐僑之學，輾轉傳至文獻公黄溍，光華煜煜然映射儒林，從其學者皆一時俊彦，宋濂、王禕、戴良、陳基、劉涓、蔣允升、高明數君子尤以學問精微著稱。

東萊學侶龍川先生陳亮崛興於永康，大倡事功之學。浦江倪樸喜談兵用謀，恥修無用之學，與陳亮同聲相應。陳亮授學吴深，喜深奇才，以女歸之。吴深有孫吴思齊，第明辨是非，不問毁譽禍福。宋亡不仕，與浦江方鳳、閩人謝翱善，放浪浙東山水間。方鳳有異材，精《詩》，尤致力於毛、鄭二家言。其所授徒黄溍、吴萊、柳貫、黄景昌，異日皆卓然自成一家。

東萊吕祖謙、北山四先生何王金許、毅齋徐僑、龍川陳亮各以其學倡道婺州。諸學派交流碰撞，日益融合而成婺學，炳焕鏗鍧，獨樹一幟於浙水東。婺學流衍綿延，至元末明初，遂誕金華四先生，曰翰林待制宋濂，曰九靈山人戴良，曰長山先生胡翰，曰忠文公王禕。九靈山人戴良之所以爲大儒，其源幽深澄澈，其根悠長龐大。

戴良經學造詣最精深者，當數《春秋》學。趙友同作墓誌銘時猶存《春秋經傳考》三十二卷，惜乎今已蕩然無存。其能與《九靈山房集》三十卷并列於墓誌銘，意其所就必非浮學未達根本者所能企及。本集卷六載《春秋三傳纂玄序》，稽其文意，《春秋三傳纂玄》疑爲初稿，後經反復增删，再四潤色，乃易名《春秋經傳考》。本集卷六《夏正辨》，遍舉《春秋》經傳所載以證「正朔可改而月數不可改」之論，詳徵博引，言之鑿鑿，非深於《春秋》者不能言亦不敢言。大梁春秋學者鍾律，南遊浦江時納交戴良，二人相得甚歡。後俱遊吴中，戴良爲鍾律《春秋案斷補遺》作序。文章概述左丘明以來千年《春秋》經學史，評斷諸家之優劣高下，有以窺戴良《春秋》學問之淺深。

戴良精於《春秋》，蓋有得於吴萊之啓迪。柳貫、黄溍、余闕諸師皆熟讀《春秋》，各有所獲，然苦心孤詣戛戛獨造者，唯吴萊一人爾。《淵穎吴先生集》中所涉儒家經典之文章，以稽考《春秋》最富而微。或詰難儒先以彰顯己意，如卷十二《春秋釋例後題》《春秋折衷後題》；或請益時賢以探賾索隱，如卷五《與黄明遠第一書論日夜食》及卷六《與黄明遠第二書論左氏二事》；或首簡引言以闡釋精蘊，如卷十一《春秋世變圖序》《春秋舉傳論序》。師吴萊作之，弟子戴良述之，浦江之《春秋》學統或發軔於斯。

戴良熟讀儒家經典，兼得柳貫、黄溍、吴萊諸大家指授，復與宋濂、胡翰、王禕、鄭濤衆學友切磋講論，於是會諸經於一心，融聖意於一爐，當其吟詩作文之頃，則率意俯拾以應無窮之用。譬如深澤巨海，涵浴日月，轉瞬而萬變，豈牛蹄之涔有以擬其大？又如飆風驚霆，摇撼萬物，無幽而不被，豈鼙鼓之音可以望其遠？戴良雄文，或獨尊大道，置功業學問於其次，如卷五《修禊集後記》。或詮釋聖賢心法，取徑反躬自省，如卷二十六《惟微齋銘》《存省齋箴》。或高談人心本善，仁義禮智人所固有，如卷十八《人性皆善齋箴》《求諸己齋箴》、卷二十八《全有堂記》。復以人性本善而勸人積德累仁，如卷十八《種德堂銘并序》《心耕齋銘》《耘業齋銘》及卷十四《止軒居士金君墓誌銘》。或撚仁義禮智之一端以彰其意藴，如卷二十六《仁齋銘》勖勉希顔居仁，卷十三《送劉以順詩序》謳歌壯士之重義輕利，卷二十一《禮學幼範序》推崇自幼習禮以深根固本，卷十八《拙守齋銘并序》闡釋大巧若拙之世間智慧。

事有巨細，物有輕重，先聖孔子極重治國平天下之大仁，其以仁目管仲，實樹萬世之圭臬。《論語・憲問》云：「桓公九合諸侯，不以兵車，管仲之力也。如其仁，如其仁。」戴良信奉先聖，匡時安民爲其筆端一主綫。卷一《平饒信詩》《邁里古思公平寇詩》、卷三《題李愷傳》、卷十二《送丁郎中赴京師詩序》、卷十三《送錢參政詩序》《邁院判哀思序》《贈蒲察鎮撫詩序》及卷二十二《余豳公手帖後題》，熱烈謳歌豪雄之紓難濟世；卷十六《貢尚書新祠六詠》《海堤行》、卷十九《許丞傳》、卷二十一《遯齋小稿序》、卷二十三《元中順大夫秘書監丞陳君墓誌銘并序》《故翰林待制致仕汪君墓誌銘》、卷二十七《竹梅翁傳》及卷二十九《餘姚海堤集序》，深情稱揚志士之安民利物。

儒家素重師承淵源，薪火相傳。戴良博極群書而約之於精，或坐皋比於書院郡學，或設講席於貴賤私塾，皆以其所聞大道淑諸人。戴良矻矻然滋蘭樹蕙，受其霑溉獎掖者甚衆。

戴思恭，字原禮，號肅齋，戴良先兄士垚長子。戴良哀其喪父，教之育之，不遺餘力，勉之誠之，殫精竭慮。丹溪先生以醫術鳴浙東西，戴思恭及門請益，達濂洛奥旨，通諸家醫書，著《推求師意》《本草摘抄》，編《丹溪醫論》凡若干篇，皆行於世。洪武帝徵之，投藥有奇驗，授太醫院御醫，明成祖時升太醫院使。在朝公卿大夫士莫不敬慕之，無親疏踵接於門，一皆有以應之。

戴思温，字原直，號益齋，戴良先兄士垚次子。思温少從叔父讀書問道，又親承丹溪翁指授，以儒入醫，精通岐黄之道。戴良宦遊吴中暨流浪明越，思温始終侍奉左右，醫名藉藉然起於吴越間。洪武二十二年（一三八九）春，明成祖朱棣在北京藩邸，聞思温精醫術，以禮幣聘之。思温盡心調護，屢膺賞賚，暇則與朱棣羽翼姚廣孝、袁廷玉等酬酢爲樂。三年辭歸祭祖，不幸半途病歿。惜哉，奇才思温！天若假年，其所遇豈後於長兄戴思恭？

趙友同，字彦如，又字彦殊，戴良内侄，父良仁自金華浦江遷居吴中長洲。嘗從戴良、宋濂講論聖賢之學，尤邃於岐黄術。洪武中授太醫院御醫；永樂初召天下儒臣纂修《永樂大典》，擢副總裁。

趙友直，字彦方，浦江人。父元朝永新知州趙大訥，以鋤頑決壅聞名縉紳間。父子俱能表先德保遺物，宋濂褒之以孝子慈孫。

鄭棫，字叔高，浦江鄭義門人。戴良授寧越府學正時，鄭棫以大家子入郡學，以其學高能詩，戴良別設一榻以處之。明初屢薦於朝，以親老固辭。所著曰《致用齋稿》。

張子玉，浦江嘉興鄉人，天賦純粹敦厚，早年從戴良遊，學問日精，造詣漸深。父以非罪逮京，子玉零涕侍行，跪請胥徒，代父繫囹圄。後以父罪大白出獄，鄉人目之爲純孝。洪武丁丑，詔選天下閒右英彦，子玉與焉。除湖廣承宣布政使司左參政，持身慤謹，莅政寬平。

李孝謙、悌謙與忠謙三兄弟，鄞縣人。父仕開，操履方正，閉門不妄交，唯善金華戴良、武林楊彝、台州陸德暘、永嘉高明、慈溪胡舜咨，令三子從之學。李孝謙尤嗜學能文，明永樂中詔天下纂修圖志，太守汪旭聘先生總修郡乘，書成而卒。生平所著尚有《經書問難》《通鑑考證》《許心百忍箴注》《急就章解》《長律英華》《中林集》《四明名賢記》。

唐轅、唐輪、唐轂與唐輻四兄弟，慈溪人，或云鄞縣人，皆學於先生。父唐復禮以官鹽受誣陷，將械送京師。唐轅毅然代父行，唐轂遇之於途，奪兄梏以赴京。近臣奏其無辜，僥幸不死而歸。昆弟二人捨生取義，高風峻行，足以寬鄙敦薄、移風易俗。

張宣，字藻仲，常州江陰人，戴良宦遊吴中時弟子。張宣爲人爽闓潤密，文思浩邈雄奇，工畫精行楷。洪武三年聘修《元史》，書成，擢翰林院編修。所著曰《春秋傳義》。

何鼒，字玉鉉，餘姚人。少從戴良學詩，深有體悟。性篤厚孝順，親老不欲仕，郡大夫再以隱逸薦，皆力辭不就。後以子瑄貴，封翰林檢討，階徵仕郎。

四

浦江詩藝，源遠流長，自宋而下，騷客韻士層出迭起。北宋于房登齊雲閣，設文酒以歡賓朋；梅執禮陟五雲亭，俯仰顧盼，恍然步玉京泛霄漢。二子即景吟詩，曰《遊左溪齊雲閣》，曰《五雲亭》，斯則浦江詩藝之濫觴。宋元易代，方鳳守夷夏之大防，抗首陽之高節，履飢寒顛沛以如飴，逆冰刀霜劍而不改。謝翺、吴思齊時避禍流寓浦陽，三人以志節道義相高，藴之於心，發爲詩什，悽楚而雄健，蒼凉以奇崛。既而本邑吴渭邀請方鳳、謝翺、吴思齊樹月泉吟社於吴溪，以《春日田園雜興》爲題徵詩四方，聞風回應者遍布浙、閩、蘇、贛諸省。應徵者大抵爲宋朝遺老，實借聯詩以揚氣節。浦江詩壇以方鳳諸賢之陶鑄霑溉，詩風隨之大變。柳貫、吴萊同遊方、謝、吴三賢之門，柳詩典實嚴整，吴詩雅奥雄深，浦江詩學遂愈流愈壯闊。繼此而興者，曰宋濂戴良，踵事增華，巍巍然屹立於元明藝苑。朱琰《金華詩録・序例》高度評騭浦江詩學：「至浦陽方韶卿，與閩海謝臯羽、括蒼吴子善爲友，開風雅之宗。由是而黄晉卿、柳道傳皆出其門，吴淵穎又其孫女夫，宋潛溪、戴九靈交相倚重，此金華詩學極盛之一會也。」

《四庫全書提要》謂戴良詩歌風骨高秀，此知人以論詩，詩與人渾然爲一，如鹽之化水，聲之流空，影之映澤。風骨高秀者，首謂立言忠厚，足以垂教萬世，如孔子所言「温柔敦厚，《詩》教也」，「《詩》可以興、可以觀、可以群、可以怨，邇之事父，遠之事君」。如郝敬《杜詩題辭》論子美云「惟杜少陵在唐人中砥節固窮，忠義自許，故其爲詩感慨憂時，根柢性情，非徒嘲風弄月而已也」。《鄭僉憲授官南歸》云：「顧兹家範嚴，四海無不聞。昔爲純孝子，今作忠藎臣。西州況久弊，戰骨成埃塵。自非霄漢客，曷拯溝壑民？行矣在勤事，毋徒悲索群。」同門友鄭深授江南浙西道肅政廉訪司僉事，戴良愛慕鄭氏孝義淵源，勖勉好友移孝爲忠，不辭辛勞，竭誠於王事，拯民於水火。詩人忠良懇款之情流溢於字裏行間，有以廉頑立懦、澡污滌穢，何況奇偉沉敏如鄭深者乎！《題梅花莊》「芳歲固云暮，高標寧遽移」，踏莊玩梅，由梅及德，以剛毅倔强、特立獨行自勉勉人。《送趙推官赴市舶提舉》「郡政罷刑書，關譏典商舶。逸駕已難追，況勉康衢力」，僚友趙氏移官海濱，戴良歎其才具絶倫，尋常恭維；勉其殫精竭慮以涖官撫民，一片忠純。《示唐生林》云：「終軍英妙方年少，庾信摧頽漫老成。拭目早令觀豹變，雙親頭白久含情。」慈溪唐起賢闢一經齋，延請戴良授經於其子唐林，此詩贊美唐林風華正茂，促其早日英豪豹變，以慰年邁父母望子成龍之心。寥寥數語，既憂弟子異日前途，尤念唐氏雙親靈臺之酸苦，窮理盡倫，非真性情者焉能下此等語？九靈山人諸詩，所以養本性，厚人倫，求放心，鎮邪氣。醇漓粹雜之具，移風易俗之徑，實在於是。

桂彦良雅愛戴良之詩，謂其「往往無愧於古之能言者」。能言之古詩家，首推杜少陵，以讀其詩近乎讀其史，足以論世而知人。孟棨《本事詩》言：「杜逢禄山之難，流離隴蜀，畢陳於詩。推見至隱，殆無遺事，故當時號爲詩史。」江盈科《雪濤詩評》云：「杜少陵是固窮之士，平生無大得意事，中間兵戈亂離，飢寒老病，皆其實歷，而所閲苦楚，都於詩中寫出。」以治亂而言，戴良三十五歲前，元朝鼎盛，大體平和；後十餘年，天下板蕩繹騷，群雄逐鹿不已；最後十餘年，明朝崛起，四海寖安。讀戴良詩，有以諳世運、識斯人，尤能詳諗元末明初浙水東西之紛繁人事。《贈趙謙齋》及《謁趙朝列墓》二詩，既見蒙元南侵，宋室陵夷之大勢；復以趙大訥之穎脱而出，知趙宋後裔之化主爲客、順勢而爲，且有以窺元代縣尹州官之頻繁遷轉及賢大夫之忠懇莅事。《送人赴廣信軍幕》一詩，解人不難揆度廣信實爲明漢争奪要衝。明兵扼廣信，可以西征江右，遐及武昌；漢兵踞廣信，足以東窺江浙，直撼明祖根基。《送人從戎》「漢幟正星羅，淮騎亦雲從」，直嗅元末明朱元璋、漢陳友諒、淮張士誠三雄往來廝殺之腥氣血味。《蔡郎中使還》「相公征不庭，威命被四遐，萬騎若雲集，千旌亦星羅」，寥寥數語，盡繪張士誠納款元廷後，兵强勢衆，此征彼伐之威武軍容。讀《題嚴氏蒼雲軒》，遥溯千年前嚴光之高風遠韻，近及苗裔之克紹箕裘，先祖作之，後嗣述之，一脉相承，歆羡何已！《哭陳夷白二首》「師門偉器今餘幾？藩國奇才獨數君；共愛辭華追董賈，肯將出處累機雲」，短短數十言，囊括陳基遊學黄溍之門，效命張士誠幕府，器識卓絶，才華横溢，嗜古飽學，難進易退之一生；同時鈎稽二人同出師門，志同道合之情誼。

揭汯言戴良之詩清逸而沉蔚，此以傳承脉絡論詩。戴良兼謝靈運、鮑照與阮籍、左思二派之長，淵源宏深懿鑠。推原戴良之詩，引譬清遠，氣勢傀偉，有以謂之清逸；用典精切、理趣盎然，有以謂之沉蔚。

「文章最忌隨人後」，貴在匠心獨運，如春澍灌衆溪，一種雨水，姿態千般。引譬連類，詩家藝術，然非別出心裁，無以臻妙境動人心。《全唐詩話》卷三云：「慶餘遇水部郎中張籍知音，索慶餘新舊篇，擇留二十六章置之，懷袖而推贊之，時人以籍重名，皆繕録諷詠，遂登科。慶餘作《閨意》一篇以獻曰：『洞房昨夜停紅燭，待曉堂前拜舅姑。妝罷低聲問夫壻，畫眉深淺入時無？』籍酬之曰：『越女新粧出鏡心，自知明豔更沉吟。齊紈未足時人貴，一曲菱歌敵萬金。』由是朱之詩名流於海内矣。」朱慶餘以新婦蛾眉喻篇什，張籍酬之以越女菱歌，俱入譬喻妙境，是以二詩傳唱於無窮。戴良妙心靈性，善用譬喻，常入化境，微婉動人。《和陶淵明飲酒二十首》：「越鳥當北翔，夜夜思南棲。蛟龍去窟宅，常懷蟄其泥。」此句「越鳥」、「蛟龍」擬遊子，「思南棲」「蟄其泥」譬鄉愁，禽獸尚且眷念故地，何況旅懷鬱鬱之羈客？若以直言易譬喻，則淵雅情味無從而覓矣。《汪明府以畫竹遺唐伯度求予題》：「擢榦才數尺，幽姿已猗猗。憶在縣齋日，偏栽此竹多。寫直方有托，持贈意如何？」全詩以新竹喻唐伯度，許以茂才，勸其正直，意旨隱約而不晦澀。《贈婦》：「單居易爲久，仳别難處心。而況我佳儷，有若比翼禽。暮棲必并枝，朝啄常共林。中道一分散，曠世絶形音。跂彼雙睢鳩，翻飛河之潯。徘徊逐儔侶，每與同浮沉。今我反不如，迢迢江與岑。可能施兩翮，乘風起相尋？」本詩「比翼禽」譬詩人夫婦，昔合而今違；「雙睢鳩」擬幸運夫妻，同居以并遊。全詩譬喻兼對照，委婉抒發詩人拋妻行役之内疚酸楚，意藴豐贍，情味悠遠。

自古操觚立言者，以養氣爲之大本。孟子曰：「我善養吾浩然之氣。」韓愈云：「氣，水也；言，浮物也。水大而物之浮者大小畢浮，氣之與言猶是也，氣盛則言之短長與聲之高下者皆宜。」戴良同門友宋濂言：「爲文必在養氣。氣與天地同，苟能充之，則可配序三靈，管攝萬彙。」三位儒先所論，皆不違養氣之真諦。吟詩行文，稱吾氣之小大。志氣充沛，若大江長河下瀉東注，則其伸楮落墨，聲勢自然雄闊高渾。戴良天賦秀逸，學問海涵，氣得其養，吟而爲詩，自有峰聳海湧之勢。《居田》「此意誰復知？千載唯沮溺」，流淌躬耕南畝，尚友古人之逸氣；《看松庵》「所貴貞白質，不爲寒歲欺」，表露君子固窮，松柏後凋之剛氣；《同子充浚仲遊北山夜宿覺慈院》「地僻心自怡，俗遠慮乃遣」，藴蓄平和恬淡，避囂絶塵之雅氣；《登堯峰》「仰觀宇宙垂，俯睨河流注」，鼓蕩踏峰凌虚，囊括宇宙之大氣。《蔡郎中使還》「樽前可折衝，堂上有干戈」，稱揚舉重若輕，舌若利刃之英氣。《感懷十九首》「高視萬乘主，清風振四垂」，洋溢富貴不淫，廉頑立懦之清氣。《近觀以大鶴年和韻諸詩因借韻呈二君子并述己志云爾》「蹈道苟勿愆，没身亦何惜」，噴湧死守善道，鞠躬盡瘁之勇氣。《題葉守常愛竹軒》「至樂非外求，深情自爲足」，謳歌自作主辛，睥睨利禄之骨氣。《自述二首》「剛腸隨世屈，白髮向人明」，傾瀉塵世齷齪，歲月無情之怨氣。《駱鄭二君子見訪賦絶句八首》「白首相逢能幾回，羨君又作等閑來」，彌滿眷戀友生，珍惜暮年之和氣。《和陶淵明詠貧士七首并序》「清風颯然至，高歌吾掩關」，貫注貧賤不移，天地同心之傲氣。

用典，表情達意之津梁。劉勰《文心雕龍》甚重用典：「明理引乎成辭，徵義舉乎人事，乃聖賢之鴻謨，經籍之通矩也。」用典精切，采舊入詩，不啻自其口出，若梓匠伐木深山，長短巨細皆合度量，所謂「山木爲良匠所度，經書爲文士所擇，木美而定於斧斤，事美而制於刀筆」，則言簡意賅，古奥婉曲，以少許勝人多許。戴良既喜用典，又善用典，常能融化而不澀滯，用事而不爲所掣，如善紉者無縫隙，工繪者無漬痕。《投王郡守二首》「惟應馬南郡，偏重鄭康成。賓館懸床待，公庭罷吏迎」，此「徵義舉乎人事」，引東漢馬融、鄭玄師徒佳話，言王宗顯學識淹博，詩人敬之如師；借後漢陳蕃、徐稚及北魏徐遵明故事，云王宗顯尊賢重士，對詩人有知遇之恩。詩中所道五名流，契合王宗顯與詩人之身份、學識與境遇，庶幾運斤成風，而無斧鑿痕迹。《寄鶴年》「衡門之下可棲遲，且抱遺經住海涯。東漢已編高士傳，西方仍誦美人詩」，此「明理引乎成辭」，徑直剪裁《詩經·衡門》之「衡門之下，可以棲遲」與《簡兮》之「彼美人兮，西方之人兮」，先言丁鶴年簞食瓢飲安貧樂道，復美丁鶴年修身潔行冰壺玉尺。

《詩人玉屑》云：「直用其事，人皆能之；反其意而用之者，非學業高人，超越尋常拘攣之見，不規規然蹈襲前人陳迹者，何以臻此！」戴良才富而學飽，反其意而用事，亦能綽綽有餘。《和陶淵明詠貧士七首》云：「自余逢家乏，歲月幾環周。姬公忽以遠，白屋終懷憂。我豈忘世者？嗟哉誰與儔？伯夷本不隘，此説君當求。」此反用周公禮賢下士與伯夷孤芳自賞之史事，抒發抱器不遇之悲與傷時憂世之情，摇曳委曲，甚有雅人深致。

談藝家常言唐詩富情趣，宋詩重理趣。富情趣者近自然，重理趣者見深沉。錢鍾書《談藝録・詩分唐宋》云：「唐詩多以豐神情韻擅長，宋詩多以筋骨思理見勝。」宋詩餘波流衍，元人挹而飲之，理趣遂入元詩而流光溢彩。戴良厭飫儒經，旁涉群籍，身丁憂患，屢涉險境，才氣既雄，思慮至深，故其所吟詩篇，近宋而多理趣。理趣者，不泛説理，而擬萬彙以明理；不空言道，而寫器用以載道。基形而下者，以顯形而上；俾沖漠無朕者，托物而如見。《寄友分韻得枝字》「彼山猶有崖，此木猶有枝」，以山之有崖樹之有枝，反襯憂來無時，愁起無端。《和陶淵明雜詩十一首》「彼蒼無私力，宵盡已復晨。獨有路邊堠，長閲往來人」，以晝夜更迭，土堠長存不毁，寓歲月無情，人生短暫之悲涼。又「朅來卧窮海，時秋枕席冷。還同泣露蛩，唧唧吊宵永」，借枕席冰冷，寒蛩宵吟，言當下困厄蹇剥，異日黯淡無望。《近造嚴宗道蒼雲軒見宋庸庵壁間舊題因借韻嗣賦》「往事只今成變滅，荒祠終古倚孱顔」，往事泯滅與古祠倚崖對照，藴赫赫功名有盡、皎皎高節永在之理。《詠懷古迹》「欲問闔閭埋葬地，五湖東畔已荒蕪」，闔閭當年炙手可熱，如今玄宮荒涼寂寥，隱含功烈時盡、賢愚偕忘之大慟。

五

戴良史學造詣頗深，然幾乎失載於諸家文集，以其氣節、儒學、詩藝炳焕鏗鍧，有以遮蔽史學光芒。一如皖之琅琊、天柱、九華諸山，峰奇林茂，谷幽水回，皆天地間秀絶奥壤；然黄山横空出世，特立九霄，相形之下，諸山黯然失色。又如王凝之、操之、徽之、焕之各得王右軍之一體，獨王獻之與其父合稱二王，丹穴鳳舞，清泉龍躍，諸子遂相形見絀，庶爲人世所忘。

戴良早涉儒門，含英咀華，盡窺精微，尤悟《春秋》閫奥。先哲謂諸經皆史，則儒學乃戴良史學之沃土。郝經《陵川文集》卷十九《經史》云：「古無經史之分。孔子定六經，而經之名始立，未始有史之分也。六經自有史耳，故《易》即史之理也；《書》，史之辭也；《詩》，史之政也；《春秋》，史之斷也；《禮》《樂》，經緯於其間矣，何有於異哉？」《莊子·天運》引老子云：「夫六經，先王之陳迹也，豈其所以迹哉！」經本以載道，向使道不可載，可載非道，則經者，「古人之糟魄」，悉爲記言存迹之史而已。

戴良學古文於柳貫、吴萊、黄溍三大儒，諸師皆横經問道，左圖右史，旁涉諸子百家者，斯乃戴良史學之源泉。柳貫執弟子禮於方鳳、謝翺、吴思齊，三君子蓄其節義爲古文詩歌，柳貫侍奉左右，日漸月漬，潛移默化。又廣交當世耆宿鴻生，往來咨叩無虚日。於是學問之本末，文獻之原委，歷歷如指諸掌，摇毫潑墨，言必有徵，不徒事華藻以媚俗流。觀其傳記墓銘，悉行春秋筆法。年逾古稀，朝廷召以翰林待制兼國史院編修官，此豈史學素養平平者能之乎？吴萊以經術著稱，而知經者莫不具史學功夫，讀其《改元論》《秦誓論》《論倭》，炯炯然史家眼光，不啻夜分驚霆，倏焉驅黑散暗。黄溍博極群書而約之於至精，洞達制度而貫之以覃思，是故提筆論著，布局謹嚴，援據精切。至正間，升侍講學士、知制誥、同修國史、同知經筵事，其縱横捭闔之史學才幹，自不待後人揄揚矣。長鯨游巨海，鷹隼奮穹窿，宋濂與王褘久承諸師指授，每霑殘膏剩馥，日就月將，漸入佳境，有以遥承馬遷班固，近逼歐陽脱脱。宋濂之纂《浦陽人物記》，史家歐陽玄稱其「學術之正，才識之高，豈易及哉！」王褘之論《分野》《改元》《正統》《兵》，出入天文曆法，崇尚混一大統，縱論歷代攻守得失，洵窺其一斑有以覘史才之全豹。洪武元年，二人授《元史》總裁，披薪刈楚，淘沙揀金，嶷嶷然山嶽之聳平野，仰之則彌高，登之則愈峻。

戴良史識高明，首入《治平類要》。惜乎全書已蕩然無存，碩果唯剩《總序》，一如《春秋經傳考》。然嘗臠有以知一鼎之味，《總序》首述君道，勸上遠佞以納諫；次言任相馭將，引以足食制兵肅刑；卒及設官以愛民。一序十篇，治平之大綱要領具足，非良史材不能道也。同聲相應，聚人以類，《治平類要》者，戴良與陳桱合著之史籍，察陳桱之史才，易知戴良之學術。陳桱，祖著，父泌，俱長於史學，有老蒼峻潔之氣。桱幼承家學，私淑黄震所遺史家徑術，學問早成，軒然流輩間。壯歲有志著述，補司馬光《資治通鑑》與金履祥《通鑑前編》之未備，曰《通鑑續編》；復撰《通鑑前編》意旨，删繁就簡，略細取弘，曰《通鑑前編舉要新書》。精博若陳桱者，豈屑與碌碌庸流合作乎？

史家纂述正史，常采擷於專集。一家文集所存之傳記墓銘，較之於正史，固猶椎輪之與大輅，稻穀之與精米，然可微窺作者立言之才具。戴良所撰人物傳記十三篇，《明史》丁鶴年、吕復、袁廷玉傳，多采用其説；唐轅唐轂兄弟、許原、項昕、石孝子、張員婦徐氏、王嘉問、文述諸人物，則爲方志所據；至於朱震亨、項昕、吕復諸傳所列醫案，尤爲各種醫籍轉載。《九靈山房集》凡存墓誌銘二十三篇，金弘道、申屠性、方禧、夏榮顯榮達昆弟、羅世華、吴來朋、唐榮祖轉録於方志，王士毅、陳麟、沈輝卿、汪汝懋則入《宋元學案》。由此足見戴良本史家褒貶之旨，不激不詭，不阿不隨，取捨嚴而論斷核，欲藉一人之行迹，以勵一家之子姓，化一時之風俗，其用心敦厚而悠遠。

箋注《九靈山房集》四載有餘，晦明寒暑，一心在於斯；造次顛沛，亦一意在於斯。雖澡雪精神疏瀹五臟，視削木爲鐻之梓慶弗如遠甚；然苦心孤詣如鳦鳥之築巢，則誠有之而無不及。拙稿問世，實賴賢達親知奬掖玉成。學界黄公靈庚、方公勇、李君聖華、孫君福軒、胡博士聖傑，邑賢何公保華、李公家權、盛公丹平、陳君名義、江君東放、何君金海、方君守紅、方君汶、應君元臣，彌縫匡助尤多；浦江縣教育局局長陳建浦、黄志餘高言襄贊；浦江中學張高平校長默認包容；浦江縣社科聯鍾旭妙、張生壬諸領導便宜行事；上海古籍出版社曾曉紅主任、喬穎叢編輯獨具慧眼，傾注心血於拙稿；一并致以誠摯謝意！

本人學殖荒落，既鮮根柢，亦寡徑術，疏漏謬誤，知所難免，熱忱期待方家讀者指政教益！

凡例

版本

黄靈庚主編之《重修金華叢書》與方勇主編之《浦江文獻集成》大致録入流傳至今戴良文集諸版本。足本凡三：明初戴思禮戴宗侗類編，正統十年戴統鋟梓之《九靈山房集》三十卷；清乾隆三十六年戴氏後裔戴殿江昆弟傳經書屋刊刻之《重刻九靈山房集》三十卷（附《補編》二卷）；清同治九年胡鳳丹退補齋剞劂之《九靈山房集三十卷補編二卷》，此集今存《重修金華叢書》，前十九卷爲文，中十卷爲詩，末一卷爲外集，後猶附補編上下卷，計其所輯，與正統本、乾隆本一脉相承，然胡氏自序言「適從《乾坤正氣集》中鈔出《九靈山房集》十九卷，乃精校授梓以廣厥傳」，此集與胡氏所言卷數不合，不知爲胡氏本人搜訪補綴，抑或後之好事者增補刊板。遺稿共三：清康熙五十年傅旭元刊印之《九靈山房遺稿四卷補編一卷》，清同治九年胡鳳丹從《乾坤正氣集》中抄録刊行之《九靈山房集》十九卷，清同治十二年胡鳳丹梓行之《九靈山房遺稿詩四卷文一卷補編一卷》。選本一：清道光潘錫恩校刻之《乾坤正氣集·戴九靈集》十九卷。

本書底本采用正統本，以其問世最早且訛誤甚少。參校本用戴氏乾隆本，戴殿泗云「自校刻此書，周閲不下三數十過」，故其幾近白璧無瑕。偶遇正統本與乾隆本皆存疑義者，則稽查諸本，擇善而從。

題　解

本書「題解」揭示詩文主旨，簡述題目淵源，解釋重要語詞，尤重闡釋題目所涉之人物、地域、名物、官職等。凡題解所引文字訛誤顯明者，原文悉置（　）中，改字咸放〔　〕内。

凡遇正文標題與目録略有出入而無關大旨者，或正文標題無誤而目録訛舛者，悉采正文標題而不作説明。如卷三《往山洞》，目録作《於九龍往仙洞》；又如卷九《題蕭隱士卷》，目録誤作《題趙隱士卷》。偶逢二者大相徑庭或涉及主旨者，則予援引解説。如卷三《謁彦修先生墓分韻得風字》，目録作《避地丹溪偕仲敬云云》；又如卷三《送人還鎮》，目録作《送同僉公還鎮》。

校　勘

本書校勘以對校爲主，輔以本校、他校，慎用理校。凡底本通達，乾隆本訛誤或避諱者，皆不出校。凡底本訛誤，則據乾隆本改易；若底本與乾隆本皆舛謬，則據諸本修正；若諸本皆扞格不通，則謹循上下文意諟正。凡底本闕漏，則據乾隆本補入；若底本與乾隆本皆闕，則據諸本補充；若諸本皆闕，則謹按文意補足且予以説明。凡底本與乾隆本皆通者，則出異文校。凡異體字，皆徑改爲通行字體，不予出校；若兩種字形難分軒輊，則悉依原文不予更易，如栖棲。凡形近而誤且訛誤顯明者，悉徑改而不出校：如己已巳、戊戍戌、第弟、苦若、干千諸字之互訛，木扌、艸竹部首之相混。凡筆劃殘缺者，悉補足而不出校，如千缺丿而爲十。凡底本用通假字而乾隆本用本字，或底本用本字而乾隆本用通假字，且頻繁出現者，悉依本字，皆不出校，如閑閒、與歟等。凡校勘務求明瞭簡練，不作繁瑣考證。

箋注

本書「箋注」力求詳明，舉凡人物、地名、典故、史實、名物等，均加以箋釋，字義、詞義、句義等亦有注釋。「箋注」所引書籍一律注明篇目。凡箋注所引文字訛誤顯明者，原文悉置（　）中，改字咸放〔　〕内。

附録

本書「附録」凡五端。一爲諸本序跋，輯録自明正統《九靈山房集》至清同治《九靈山房遺稿詩四卷文一卷補編一卷》諸本所涉之序跋。二爲詩文補遺，或采自清乾隆《重刻九靈山房集》，或引於方志、家譜、北師大《戴良集》諸典籍。三爲諸家題拂，彙集元末明初戴九靈與友生之往來酬唱及後人之褒獎品評。四爲傳記年譜：傳記采録《明史·文苑傳》、省郡縣志及諸家所纂；年譜即清戴殿海昆弟之《戴九靈先生年譜》。五爲新輯《浦江九靈先生戴良年譜》。凡附録所引文字訛誤顯明者，原文悉置（　）中，改字咸放〔　〕内。

目録

九靈山房集卷之二……九二

山居稿二……九二

九靈山房集卷之四……二七五

九靈山房集卷之五……三七七

九靈山房集卷之六……四五五

九靈山房集卷之七……五二七

山居稿七……五二七

九靈山房集卷之八 …… 六二九

七言古詩……七九一

五言律詩……八二〇

九靈山房集卷之十四……一一二五

九靈山房集卷之十五……一一七三

九靈山房集卷之十六

九靈山房集卷之十七 …… 一四三六

九靈山房集卷之十九

九靈山房集卷之二十……一七三七

鄞遊稿六……一七三七

九靈山房集卷之二十一……一七九四

鄞遊稿七……一七九四

九靈山房集卷之二十二……一八七三

鄞遊稿八……一八七三

題跋……一八七三

九靈山房集卷之二十六

九靈山房集卷之二十七 …… 二三〇三

九靈山房集卷之二十八 …… 二四一七

附録三 …… 二六四八

九靈山房集卷之一

山居稿一

四言詩

平饒信詩 并序

乃者中原俶擾，列郡繹騷〔一〕。王師下征，負鄙不服〔二〕。及至精兵四集，遂復突出東南，轉攻武昌，延及饒信〔三〕。時老老公爲江浙行省左丞〔四〕，實被命分討，以當饒信之衝。公方帥師上道，而衢之開化、常山、江山亦相繼陷〔五〕，勢甚張橫〔六〕。乃兼行至衢，令諸將分守三縣之嶮〔七〕，間出挑戰以挫其鋒〔八〕。已而所向俱捷，因急擣玉山以奪信城〔九〕。信城既下，寇猶三面固守，扼江爲陣。諸將領兵四進，且戰且前。

寇乃并衆江曲以備〔一〇〕，公責戰益急，諸將合戰益用命。後竟破其陣，斬首萬餘級。復以鉛山諸處〔一一〕，猶往往從寇未下。乃設法購賞，遣數騎往諭①使自新。於是其黨縛寇將致麾下，降人卒以萬計。遂進駐上饒，分道撫慰。而樂平等縣亦望風納款，願擊寇自效〔一二〕。公得寇黨，輒釋不殺，用其策戰，數有功。

由是饒、信悉平，而二郡居民之散亡者，亦皆招集安定，以撫有其舊業〔一三〕。久之，事聞於上。上爲嘉歎，命出黄金繫帶，即軍中賜之，仍俾鎮其地〔一四〕。

于時江西、湖廣久爲寇巢〔一五〕；閩關以南〔一六〕，相挺繼變〔一七〕；而浙水之西，亦淪没不常〔一八〕；惟我饒信，克清境土，截然中居，此其爲功不既大矣乎〔一九〕！昔唐憲宗命裴度、李愬平淮右之亂〔二〇〕，河東柳宗元嘗作《雅詩二篇》以形容其功業〔二一〕。愚雖不敬，庸敢竊取斯義？謹爲詩一篇，凡三百六十言，雖不及柳氏之鋪張諷詠，庶幾指事實録，有以載我公之豐功大業於無窮。其詩曰：

皇舊顯②武，于蔡于徐〔二二〕。彼凶卒迷，敢抗天誅〔二三〕。王旅嘽嘽，怒若③虓虎〔二四〕。是迅是躍④，以夷醜虜〔二五〕。寇乃敗逃，自鄂而饒〔二六〕，而信而衢⑤，奔騰叫譊〔二七〕。惟時我公，出次於東〔二八〕。既禱既禡，駟馬龐龐〔二九〕。群師請命，於皇之訓，踣彼頑嚚⑥，宥此惠順〔三〇〕。載紆金節，載礪雕戈，龍盾虎旗，皇威是荷〔三一〕。進次於衢，寇凶莫逞。既克三邑，彼卒大窘〔三二〕。遂逼信城，信城狷狷，有不能守，復據以江〔三三〕。公曰爾帥，勿徐勿亟，四軍并作，誰其汝克〔三四〕？或敗其腹，或披其枝〔三五〕。大祖而前，不見刀鋸〔三六〕。寇窮輒走，潰其群醜，刃不纏腰，紅不帕首〔三七〕。公曰其追，殄滅是期。卒刌乃肉，血手淋漓〔三八〕。凡變之始，衆或附起，剪厥渠魁，下人罔治〔三九〕。皇有恩言，我是用宣。單車朝出，降幡暮懸〔四〇〕。

螟螣已除，稂莠⑦亦斥〔四一〕。式廣德心，以奠鄉國〔四二〕。孰飢孰寒？孰呻而歎？孰病不治？我惟汝安。乃留乃處，乃撤⑧我土，匪逸其居，王師之所〔四三〕。

皇謂我公，爾其克艱，釐爾寶帶，用旌爾賢〔四四〕。公拜稽首，天子明聖；公拜稽首，皇褻⑨寵命〔四五〕。信饒既清，蔡徐亦寧，惕威忸德，我武用成〔四六〕。太平之期，誰實致之？天祚我皇，命公是毗〔四七〕。公其歸相，爲時碩輔。億萬斯年，無敢余侮〔四八〕。

【題解】

元末天下板蕩，徐壽輝等起兵長江中游，至正十二年壬辰東略饒州與信州，然無遠志，旋占旋失。《嘉靖廣信府志》卷一：「壬辰，徐壽輝陷信州。」平饒信，至正十二年與十三年間元軍收復徐壽輝所略之饒州與信州。《元史》卷四十二《順帝五》：「（至正十二年三月）甲子，徐壽輝僞將項普略陷饒州路，遂陷徽州、信州……（閏三月）命江西行省右丞兀忽失、江浙行省左丞老老與星吉、不顏帖木兒、蠻子海牙同討饒、信等處賊……（十二月）辛亥，詔以杭、常、湖、信、廣德諸路皆克復，赦詿誤者，蠲其夏税、秋糧，命有司撫恤其民。」《元史》卷四十三《順帝六》：「（至正十三年五月）辛未，江西行省左丞相亦憐真班、江浙行省左丞老老引兵取道自信州，元帥韓邦彦、哈迷取道由徽州、浮梁，同復饒州，蘄、黄等賊聞風皆奔潰。」

饒信，元代江浙行省饒州路與信州路。《元史》卷六十二《江浙等處行中書省》：「饒州路。唐改鄱陽郡，仍改饒州，宋因之；元至元十四年，升饒州路總管府……領司一、縣三、州三。録事司。縣三：鄱陽，德興，安仁。州三：餘干州……浮梁州……樂平州……信州路。唐乾元以前，爲衢、饒、撫、建四州之地。乾元元年，始割衢之玉山、常山，饒之弋陽及撫、建二州之地置信州。……元至元十四年，升爲路……領司一、縣五。録事司。縣五：上饒、玉山、弋陽、貴溪、永豐。」

【校勘】

①論：底本作「論」，據乾隆本改。

②舊頮：乾隆本作「奮厥」。

③若：底本作「沾」，據乾隆本改。

④躍：底本作「雖」，據乾隆本改。

⑤衢：底本作「衙」，據乾隆本改。下同。

⑥嚻：乾隆本作「囂」。

⑦莠：底本作「琇」，據乾隆本改。

⑧撤：乾隆本作「徹」。

⑨褻：乾隆本作「鍚」。

【箋注】

〔一〕此指元末劉福通、芝麻李等揭竿起兵，詳見《元史》卷四十二《順帝五》與《明史》卷一百二十二《郭子興韓林兒》及《庚申外史》卷上。乃者：先前。俶擾：開始動亂。繹騷：騷動。《詩經・大雅・常武》：「徐方繹騷，震驚徐方。」馬瑞辰《毛詩傳箋通釋》：「《説文》：『繹，擂絲也。』擂即抽字，抽絲則有動義，引申爲擾動之稱，與騷之訓擾同義。繹騷連言，猶震驚并舉也。」

〔二〕負鄙：依仗邊遠偏僻之地域。

〔三〕《元史》卷四十二《順帝五》：「十二年春正月丙午朔……己未，徐壽輝遣鄒普勝陷武昌，威順王寬徹普化、湖廣行省平章政事和尚棄城走。」武昌：此指元湖廣行省武昌路。《元史》卷六十三《地理六・湖廣等處行中書省・武昌路》：「領司一、縣七。録事司。縣七：江夏，咸寧，嘉魚，蒲圻，崇陽，通城，武昌。」

〔四〕左丞：元正二品職官。《元史》卷九十一《百官七·行中書省》：「右丞一員，左丞一員，正二品。」

〔五〕衢：江浙等處行中書省之衢州路。《元史》卷六十二《地理五·江浙等處行中書省·衢州路》：「領司一、縣五。録事司。縣五：西安，龍游，江山，常山，開化。」

〔六〕張横：强大暴虐；張，强大。《詩經·大雅·韓奕》：「四牡奕奕，孔修且張。」

〔七〕嶮：同「險」。

〔八〕間：乘隙。《左傳·僖公三十年》：「狄間晉之有鄭虞也，夏，狄侵齊。」楊伯峻《注》：「間，猶言乘隙，今曰鑽空子。」

〔九〕因：憑藉，趁機。《孟子·離婁下》：「爲高必因丘陵，爲下必因川澤。」信城：信州城，在今江西上饒信州區。

〔一〇〕江曲：江流之曲折隱僻處，此指信江上饒段彎曲處。

〔一一〕鉛山：此指江浙等處行中書省之鉛山州。《元史》卷六十二《地理五·江浙等處行中書省·鉛山州》：「本建、撫二州之地，山産銅鉛。後唐析上饒、弋陽五鄉爲銅場，繼升爲縣，屬信州。宋因之。元至元二十九年，割上饒之乾元、永樂二鄉，弋陽之新政、善政二鄉來屬，升爲鉛山州，直隸行省。」

〔一二〕納款：投誠歸順。自效：奉獻自身力量乃至生命。

〔一三〕撫有：占有，同義複詞。

〔一四〕黄金繫帶：以黄金裝飾之粗絲帶；繫帶，粗絲帶，同義複詞。宋濂《浦陽人物記》：「上念其功，召至便殿，賜以黄金繫帶，超授集賢直學士。」

〔一五〕江西：元江西等處行中書省。湖廣：元湖廣等處行中書省。

〔一六〕閩關：福建通向内地之關隘。傅鼎銓《憶謝疊山》：「血戰安仁敗不還，潔身賣卜入閩關。」

〔一七〕相挺繼變：交相動摇先後兵變；挺，動摇。《吕氏春秋·忠廉》：「雖名爲諸侯，實有萬乘，不足以挺其心矣。」高誘《注》：「挺，猶動也。」

〔一八〕浙水：錢塘江。浙水之西：此沿襲宋浙東、浙西二路之説。《宋史》卷八十八《地理四·兩浙路》：「府二：平江，鎮江。州十二：杭，越，湖，婺，明，常，温，台，處，衢，嚴，秀。縣七十九。南渡後，復分臨安平江鎮江嘉興四府、安吉常嚴三州、江陰一軍，爲西路；紹興慶元瑞安三府，婺台衢處四州，爲東路。」

〔一九〕克清：平定掃清，同義複詞。截然：整齊貌。《詩經·商頌·殷武》：「有截其所，湯孫之緒。」鄭玄《箋》：「更自敕整，截然齊壹。」

〔二〇〕淮右之亂：或曰淮西之亂，唐憲宗元和九年，淮西節度使吴少陽死，其子吴元濟割據叛亂。因朝中大臣分主戰與主撫二派，且初期所命戡亂統帥非人，不少將領遷延觀望，以致戰而不果。十二月，憲宗命宰相裴度爲淮西宣慰招討處置使，統領諸軍平叛。十月，猛將李愬冒風雪突襲懸瓠城，活捉吴元濟，遂平淮西之亂。詳見《新唐書》卷一百七十二《裴度》。

〔二一〕雅詩二篇：裴度平定淮西之亂，柳宗元賦《平淮夷雅二篇》。一曰《皇武》，其《序》云：「命丞相度董師，集大功也。」一曰《方城》，其《序》云：「命愬守也。卒入蔡，得其大醜，以平淮右。」

〔二二〕顋武：武備不足；顋，頭短貌，此有不足義。蔡：周朝蔡國；唐朝蔡州汝南郡，吴元濟盤踞之地；元朝河南江北等處行中書省汝寧府，其時設上蔡、新蔡諸縣，元末劉福通揭竿此境。徐：元時歸德府徐州，元末芝麻李據此抗元。《元史》卷五十九《地理二·河南江北等處行中書省·歸德府·徐州》：「唐初爲徐州，又改彭城郡，又升武寧軍。宋因之。金屬山東西路。金亡，宋復之。元初歸附後，凡州縣視民多少設官吏。至元二年，例降爲下州。」

〔二三〕天誅：朝廷征伐。《漢書》卷七十《陳湯傳》：「臣延壽、臣湯將義兵，行天誅。」

〔二四〕嘽嘽：衆盛貌。《詩經·大雅·常武》：「王旅嘽嘽，如飛如翰。」毛亨《傳》：「嘽嘽然盛也。」朱熹《詩集傳》：「嘽嘽，衆盛貌。」虓虎：怒吼猛虎。《詩經·大雅·常武》：「進厥虎臣，闞如虓虎。」毛亨《傳》：「虎之自怒虓然。」

〔二五〕《元史》卷四十二《順帝》：「（至正十一年十二月）也先帖木兒復上蔡縣，擒韓咬兒等至京師，誅之……（至正十二年九月）辛卯，脱脱復徐州，屠其城，芝麻李等遁走。」是：則，於是。《詩經·大雅·生民之什》：「恒之秬秠，是穫是畝。」迅：快跑。《爾雅·釋詁下》：「迅，疾也。」邢昺《疏》：「迅者，疾走也。」夷：削平。

〔二六〕鄂：元時武昌路。《元史》卷六十三《地理六·湖廣等處行中書省·武昌路》：「唐初爲鄂州，又改江夏郡，又升武昌軍。宋爲荆湖北路……大德五年，以鄂州首來歸附，又世祖親征之地，改武昌路。」

〔二七〕叫譊：呼叫喧囂。《説文》：「譊，恚呼也。」

〔二八〕次：臨時駐紮。

〔二九〕禡：古代軍隊於所征地祭祀神靈。《詩經·大雅·皇矣》：「是類是禡。」朱熹《詩集傳》：「類，將出師祭上帝也。禡，至所征之地而祭始造軍法者，謂黄帝及蚩尤也。」龐龐：高大强壯貌。《詩經·小雅·車攻》：「四牡龐龐，駕言徂東。」毛《傳》：「龐龐，充實也。」

〔三〇〕於：以。《古書虚字集釋》卷一《於》：「於猶以也。《韓非子·解老篇》：『慈于戰則勝。』《老子》於作以。」蹐：消滅，毁壞。頑嚚：頑劣愚妄。《左傳·文公十八年》：「昔帝鴻氏有不才子，掩義隱賊，好行兇德，丑類惡物，頑嚚不友，是與比周。」陸德明《釋文》：「心不則德義之經爲頑，口不道忠信之言爲嚚。」惠順：柔順，同義複詞。

〔三一〕意謂佩戴使臣符節，磨礪制敵長戈，舉起龍盾，高擎虎旗，承擔維護皇家威嚴之重任。載：句首語氣助詞。紆：掛結。蘇軾《滿江紅·正月十三日送文安國還朝》：「君過春來紆組綬，我應歸去耽泉石。」金節：使臣符節。《周禮·秋官·小行人》：「達天下之六節：山國用虎節，土國用人節，澤國用龍節，皆以金爲之；道路用旌節，門關用符節，都鄙用管節，皆以竹爲之。」礪：砥礪，磨而鋒利。雕戈：雕刻花紋之戈。陸游《書事》：「自笑書生無寸效，十年枉是枕雕戈。」龍盾：畫龍盾牌。《詩經・秦風・小戎》：「龍盾之合，鋈以觼軜。」毛《傳》：「龍盾，畫龍其盾也。」虎旗：繪虎旗幟。《釋名・釋兵》：「熊虎爲旗……軍將所建，象其猛如熊虎也。」

〔三二〕三邑：本序所言之開化、常山、江山。

〔三三〕猖猖：猖獗，顛覆。趙翼《陔餘叢考》卷二十二：「猖獗，有傾覆之意。」

〔三四〕亟：急躁。四軍：指江西行省左丞相亦憐真班、江浙行省左丞老老與元帥韓邦彥、哈迷四路大軍，參見本文題解。汝克：克汝。

〔三五〕此喻叛軍潰散情狀。韓愈《元和聖德詩》：「腹敗枝披，不敢保聚。」

〔三六〕此述王師奮勇争先之狀。柳宗元《平淮夷雅二篇》：「士獲厥心，大袒高驤。」

〔三七〕韓愈《元和聖德詩》：「以錦纏股，以紅帕首。」紅：紅巾。帕首：裹頭。

〔三八〕殄滅：消滅。刌：切斷，割斷。

〔三九〕渠魁：首領，頭目。罔治：免予懲治。《尚書・胤征》：「殲厥渠魁，脅從罔治。」

〔四〇〕是用：以是；用，以，憑藉。單車：一輛車，形容輕車簡從。

〔四一〕螟螣：兩種嚙噬禾苗之害蟲；螣，通「蟘」。《詩經・小雅・大田》：「去其螟螣，及其蟊賊。」毛《傳》：「食心曰螟，食葉曰螣。」稂莠：兩種危害禾苗之雜草。舒元輿《坊州按獄》：「去惡猶農夫，稂莠須耘耨。」

〔四二〕式：語氣助詞。《詩經·大雅·蕩》：「式號式呼，俾晝作夜。」德心：仁善之心。《詩經·魯頌·泮水》：「濟濟多士，克廣德心。」朱熹《詩集傳》：「德心，善意也。」奠：使安寧穩定。《書·禹貢》：「奠高山大川。」鄉國：家鄉。杜儼《客中作》：「容顏歲歲愁邊改，鄉國時時夢裏還。」

〔四三〕處：居住。《易·繫辭下》：「上古穴居而野處，後世聖人易之以宫室。」撤：通「徹」，整治，開發。《集韻·薛韻》：「撤，通作徹。」《詩經·大雅·江漢》：「徹我疆土。」逸：逃跑。《説文》：「逸，失也。」

〔四四〕釐：賜予。《詩經·大雅·江漢》：「釐爾圭瓚。」毛《傳》：「釐，賜也。」

〔四五〕稽首：磕頭至地之跪拜禮。褻：褻瀆，輕慢。寵命：加恩特賜之任命。

〔四六〕惕：敬畏，戒懼。《易·乾》：「夕惕若，厲。」唐孔穎達《疏》：「雖至於夕，恒懷惕懼。」忸：通「狃」，習慣。《荀子·議兵》：「忸之以慶賞。」楊倞《注》：「戰勝則與之慶賞，使習之以爲常。」

〔四七〕祚：賜福。毗：輔佐。

〔四八〕韓愈《元和聖德詩》：「天錫皇帝，厖臣碩輔，博問遐觀，以置左右。億載萬年，無敢余侮。」相：輔佐。碩輔：舉足輕重之輔弼賢臣。億萬斯年：億萬年；斯，助詞。《詩經·大雅·

思齊》：「大姒嗣徽音，則百斯男。」

邁里古思公平寇詩 并序

至正丁酉春，行軍鎮撫邁里古思公以處寇四出，大侵我婺，乃請命憲臺〔一〕，總率諸軍而東。已而婺之永康、武義等縣咸獲清厥境土，轉危爲安；而處之積年老寇，卒至繫頸麾下，俯伏請命〔二〕。遠近聞之，莫不怖駭失措，罔敢違越〔三〕。且其師行之日，市無廢賈〔四〕，野不輟耕，誠近代將帥之所罕及。良雖愚懦疲弱，不得備戎行致死命，以親睹其號令之嚴明，軍容之炳耀〔五〕。然居婺之西鄙，其去平寇之地不數舍近，得諸傳聞可考不誣〔六〕；又粗嘗讀書執筆爲文章，是宜首出歌詩以稱述其萬一。輒依古作四言詩一首，凡五百一十有四字。庶貽諸後世，有以見公之忠勇。其詩曰：

於皇乃元，奄有萬方〔七〕。孰爲小醜，敢擅而狂〔八〕？維括有民，厥細如蟻〔九〕。竟怙其奸，叫呶以起〔一〇〕。根既蟠矣，苞栫薦達〔一一〕。其出穰穰，彌甌蔽粵〔一二〕。遂忽西奔，以蹂我土。披其都邑，扼其嶮阻〔一三〕。

維是戎土，狃於安平。莫振而伍，獨戎以兵〔一四〕。桓桓我公，虎奮臺端〔一五〕。請師往征，其徒三千。亦既禡纛，于門于社〔一六〕。猷盾熊旗，魚魚雅雅〔一七〕。我出我車，自彼征途。庶士餞之，清酒百壺〔一八〕。乃命其佐，敕我卒旅，是惠是馴，以綏士女〔一九〕。勾無之野，婺女之墟〔二〇〕，男歌於道，婦笑於廬。

進次於峴，其衆蠢蠢。士飽而騰，將勇而奮〔二一〕。公曰勿亟，我山我川，我其詢之，周道宛宛〔二二〕。遂申部曲，選爾精鋭〔二三〕。爰拔爰克，指日遄逝〔二四〕。兵貴奇勝，以退爲進。彼凶罔知，遂乃大慶。起召而黨，炙牛行酒，謂今汝勞，婺其可有。既諜厥謀，群師倍驍〔二五〕，乃晝其宵，乃邇其遥。彼曾不虞，卒見窘迫〔二六〕，廣野茫茫，無地可穴。莫挾汝弓，莫椎汝鼓，投汝戈矛，歸我砧斧〔二七〕。其黨復集，卒抗我師，窮凶極頑，洋洋而來〔二八〕。我公曰嗟，是不可宥。進截其衝，潰其群醜。諸將四合，以翼以前，械手繫脰，俘獲連連〔二九〕。我公曰嘻，寇情靡測。益蹈彼疆，胡陳是壁〔三〇〕。寇乃日蹙，莫究所圖，卒火其廬，自殲厥家〔三一〕。

捷上臬臺，有命召公，勿久煩苦，歸奏爾庸〔三二〕。公乃返旆，整兵頓馬，曰安其驅，毋恐觀者〔三三〕。其亂既平，我土悉清。克清我土，維我公之武。武其戢矣，婺民輯矣〔三四〕。誀我婺民，惟我公之仁。惟公布仁，惟天降報，皓髮厖眉，錫公壽考〔三五〕。既錫以壽，復介以福。金節煌煌，享有百禄〔三六〕。公曰無庸，匪我之功，天子仁聖，以釐萬邦〔三七〕。爾婺既定，四方亦安。乾清坤夷，皇家萬年。

【題解】

邁里古思，元末練民爲兵以安輯紹興之士大夫，其事亦録卷十三《送董郎中序》《邁院判哀詩序》、卷二十三《元中順大夫秘書監丞陳君墓誌銘并序》。寇，此指處州揭竿抗元者。

《元史》卷一百八十八《邁里古思》：「邁里古思者，寧夏人也，字善卿。至正十四年進士，授紹興路録事司達魯花赤。苗軍主將楊完者在杭，縱其軍鈔掠，莫敢誰何，民甚苦之。俄有至紹興城中强奪人馬者，邁里古思擒斬數人，苗軍乃懼，不敢復至其境。邁里古思名聲遂大振。會江南行臺移治紹興，檄邁里古思爲行臺鎮撫，乃大募民兵，爲守禦計。處州山賊焚掠婺之永康、東陽，邁里古思提兵往擊之，與石抹宜孫約期夾攻其巢穴，山賊以平。擢江東廉訪司經歷，仍留紹興，以兵衛臺治。時浙東、西郡縣多殘破，獨邁里古思保障紹興，境内晏然，民愛之如父母。江浙省臣乃承制授行樞密院判官，分院治紹興。會方國珍遣兵侵紹興屬縣，邁里古思曰：『國珍本海賊，今既降，爲大官，而復來害吾民，可乎！』欲率兵往問罪。先遣部將黄中取上虞，中還，請益兵。是時朝廷方倚重國珍，資其舟以運糧，而御史大夫拜住哥，與國珍素通賄賂，情好甚厚，憤邁里古思擅舉兵，恐且生事，即使人召邁里古思至其私第，與計事，至則命左右以鐵鎚撾死之，斷其頭，擲廁溷中。城中民聞之，不問男女老幼，無不慟哭者。黄中乃率其衆復仇，盡殺拜住哥家人及臺府官員掾史，獨留拜住哥不殺，以告於張士誠，士誠乃遣其將以兵守紹興。拜住哥尋遷行宣政院使，監察御史真童糾言：『拜住哥陰害帥臣，幾致激變，不法不忠，莫斯爲甚。宜稽諸彝典，置於嚴刑。』於是詔削拜住哥官職，安置潮州，而邁里古思之冤始白。」

《宋濂全集》卷三十二《贈行軍鎮撫邁里古思公平寇詩序》：「至正丁酉春三月，括寇復興，蟻集蜂攢，衆號數萬，遂陷婺之永康，蔓延東陽。二郡震驚，惴惴度日，莫保朝夕。行御史府聞其事，欲命將討之，詢謀於衆，僉以爲邁里古思公名進士也，今長治越城中生聚，而其人文足以附衆，武足以威敵，若討之，莫如公宜。於是命公總護諸軍以行。公受命也，即禡纛於門，載旆就塗，如拯溺焚。三月甲申，抵東陽，公延見耆耇，訊以山川險厄，與盜出入恒狀，笑曰：『賊在吾目中矣，當爲君一鼓卻之。』乃申號令，整部伍，扼其要害，分屯方巖山。夏四月庚戌，命諸將黄中等以奇計紿賊。賊方椎牛豕高會，聞兵至，皆吐舌相顧。諸將横槊大呼而前，自巳及未，大小戰十二餘合，士卒奮勇，無不一當百，擒僞將軍三人，斬首六百級，奪旗鼓槍矛無算。乙卯，賊復空寨出戰，諸將踴躍用命，兩軍方接，公親統精鋭兵截其衝，賊大潰。追逐二十餘里，斬首八百餘級，擒僞將軍六十有六人。辛酉，兵進屯胡陳，諜知賊所在，縱兵深入，賊已宵遁，焚其廬舍殆盡。賊自是不復能兵矣。壬申，師還。」

【箋注】

〔一〕鎮撫：元時軍事機構鎮撫所長官，詳見卷十三《贈蒲察鎮撫詩序》。處：處州，今麗水。婺：婺州，今金華。憲臺：或曰御史臺，此指江南諸道行御史臺，至正十六年丙申由建康移治紹興，納麟任御史大夫。

〔二〕繫頸：繩套頸項以請罪投降。《史記》卷六《秦始皇本紀第六》：「子嬰即繫頸以組，白馬素車，奉天子璽符，降軹道旁。」裴駰《集解》引應劭曰：「繫頸者，言欲自殺也。」

〔三〕違越：違背。韓愈《元和聖德詩序》：「海内怖駭，不敢違越。」

〔四〕廢賈：停止買賣。

〔五〕備戎行：充任軍隊人員；備，備位充數，謙辭；戎行，行伍，軍隊。致死命：致命，獻出生命。

〔六〕西鄙：西部荒遠之地；詩人家鄉浦江縣，在婺州郡城之東北，此稱西鄙者誤。舍：三十里。

〔七〕於：感歎詞。《尚書·堯典》：「僉曰：『於！鯀哉！』」皇：偉大。乃：助詞。劉淇《助字辨略》卷三：「《書·大禹謨》『乃聖乃神，乃武乃文』，《盤庚》『具乃貝玉』，此乃字，語助辭，不爲義也。」奄有：完全占有。《詩經·商頌·玄鳥》：「方命厥後，奄有九有。」萬方：天下各地。

〔八〕擅：獨斷專行。《説文》：「擅，專也。」

〔九〕括：括蒼，即處州，以境内有括蒼山而得名。

〔一〇〕怙：倚仗。叫呶：叫囂喧鬧。柳宗元《平淮夷雅二篇》之一：「狂奔叫呶，以干大刑。」

〔一一〕蟠：盤曲纏繞。《廣雅·釋詁一》：「蟠，曲也。」苞枿：樹木自根部抽出之分枝，多喻後嗣或繼承者。薦達：頻頻萌發；薦，一再，頻頻；達，萌發，幼苗冒出地面。《史記》卷二十四《樂書第二》：「草木茂，區萌達。」張守節《正義》：「達，猶出也。曲出曰區，菽豆之屬；直出曰萌，稻稷之屬。」

〔一二〕穰穰：紛亂貌。桓寬《鹽鐵論毁學》「司馬子言『天下穰穰，皆爲利往。』」甌：温州別稱。粤：通「越」，古代南方諸國，以越爲大，江浙閩粤之地皆爲越所居，世稱百越，亦作百粤；此指毗鄰處州之閩北，元末石抹宜孫奉檄戡亂處州，北侵處州之閩寇即爲亂軍之一，參見卷二《題李愷傳》。

〔一三〕披：劈開，打開。

〔一四〕戎士：此指元朝將士。振：整頓。《尚書·大禹謨》：「班師振旅。」

〔一五〕桓桓：威武貌。臺端：唐代尊稱侍御史，此指江南諸道行御史臺大夫納麟。《通典·職官六》：「侍御史之職……臺内之事悉主之，號爲臺端。他人稱之曰端公。」

〔一六〕意謂雄師出征，在門神和土地神前祭旗。禡纛：古代出師時行祭旗禮。門：門神。社：社神，土地神。

〔一七〕魚魚雅雅：魚行成貫，鴉飛成陣，形容整齊有序；雅，通「鴉」。宋郭印《和仲長統詩二首》：「九天匪高，九地匪下。駕鶴周遊，魚魚雅雅。」

〔一八〕庶士：衆士。《尚書·畢命》：「茲殷庶士，席寵惟舊。」孔《傳》：「此殷衆士，居寵日久。」

〔一九〕敕：告誡。卒旅：士兵，軍隊。惠：仁愛。《説文》：「惠，仁也。」馴：善良。《廣雅·釋詁一》：「馴，善也。」士女：百姓。

〔二〇〕勾無：浙江諸暨地名，亦作「句無」，詳見卷六《贈勾無山樵宋生序》。婺女：北方玄武七宿之婺女星；古代天文學將二十八星宿與郡國對應，婺州是婺女星之分野。墟：居住地。《玄應音義》卷七注「墟陬」云：「墟，居也，民之所居曰墟。」

〔二一〕峴：疑爲永康峰峴嶺與峰峴坑，其地近永康名山方巖。《康熙金華府志》卷四《永康縣山》：「峰峴嶺，縣東四十里……峰峴坑，縣東三十里。」蠢蠢：騷動貌。《左傳·昭公二十四年》：「今王室實蠢蠢焉，吾小國懼矣。」杜預《注》：「蠢蠢，動擾貌。」

〔二二〕周道：大路。《詩經·小雅·四牡》：「四牡騑騑，周道倭遲。」朱熹《詩集傳》：「周道，大路也。」宛宛：蜿蜒曲折貌。

〔二三〕申：申令，發令。部曲：部與曲，古代軍隊編制單位，泛指軍隊。鮑照《代東武吟》：「將軍既下世，部曲亦罕存。」

〔二四〕指日：規定日期。曹植《應詔》：「弭節長騖，指日遄征。」遄逝：疾行，此指快速撤退。

〔二五〕諜：刺探。驍：勇健，勇悍。

〔二六〕虞：預先準備。《孫子·謀攻》：「以虞待不虞者勝。」卒：通「猝」，一下子。見：通「現」，顯露。

〔二七〕挾：夾持。《説文》：「挾，俾持也。」段玉裁《注》：「俾持，謂俾夾而持之也。」椎：敲打。歸：歸順投降。砧斧：砧板利斧。

〔二八〕洋洋：盛大貌。《詩經·衛風·碩人》：「河水洋洋，北流活活。」毛《傳》：「洋洋，盛大也。」

〔二九〕械手：戴手銬。《説文》：「械，桎梏也。」繫脰：繫頸；脰，頸項。

〔三〇〕胡陳：金華、麗水、台州交界處重鎮，今麗水市縉雲縣壺鎮。《光緒縉雲縣志》卷一《疆域》：「鎮一：胡陳。《元豐九域志》：『縉雲縣胡陳一鎮。』《府志》作壺沉，在縣東六十里。」又，卷九《流寓·胡森》：「字雲林，蘇州人，任武節大夫東南第一正將，從高宗南渡，遷居縉雲之美化鄉，是時有陳氏同遷，爲邑著姓，因名其地曰胡陳。」壁：軍營，此處爲修築軍營。

〔三一〕究：謀劃。《詩經·大雅·皇矣》：「維彼四國，爰究爰度。」

〔三二〕臯臺：或稱臯司，元時常指肅政廉訪司，此爲江南諸道行御史臺。庸：功勞。

〔三三〕返旆：回師。皇甫冉《春思》：「爲問元戎竇車騎，何時返旆勒燕然？」《説文》：「驅，驅馬也。」

〔三四〕戢：收斂，停止。諿：和樂。

〔三五〕厖眉：花白眉毛。王褒《四子講德論》：「厖眉耆耇之老，咸愛惜朝夕，願濟須臾。」李善《注》：「謂眉有白黑雜色。」錫：通「賜」。壽考：長壽。

〔三六〕介：幫助。《詩經·豳風·七月》：「爲此春酒，以介眉壽。」百禄：百福，多福。《詩經·小雅·天保》：「罄無不宜，受天百禄。」

〔三七〕無庸：毋須，不用。《左傳·隱公元年》：「無庸，將自及。」杜預《注》：「言無用除之，禍將自及。」

贈趙謙齋

昔宋之季，靡國不夷。宗守蕩失，遵彼四陲。乃淪洪胄，在江之湄〔一〕。其一

迨兹聖世，皇極已建。四海歸疆，三邊改獻。商之孫子，亦集其彦〔二〕。其二

孫子云誰，時謂我公。蘭桂移植，歲久而逢。闕彼①初條，茂此晚叢〔三〕。其三

致此伊何？克履以正。聆善若歸，容惡如病。神之祐之，天保爾定〔四〕。其四

相彼鳴鶴，猶載厥聲。孰是我人，而掩斯名？斯名一播，揚于帝庭〔五〕。其五

帝念群黎，寔惟勤止。爰求明德，肆于百里。英英朱鸞，翻飛而起〔六〕。其六

南粤東甌，我政我布。視明聽聰，察微知著。民之戴公，如飢斯哺〔七〕。其七

瞻彼西水，其流濈濈。乃紆紫綬，乃載朱轓。借曰未衰，亦既有年〔八〕。其八

此日而邁，彼月而征。功成者去，天道可徵。乃眷東顧，棄寵遺榮〔九〕。其九

囊有故衣，廩有餘粟。撫茲逝景，載欣載矚。先民有言，人亦易足〔一〇〕。其十

既亨爾躬，復艾爾後。季也青衿，孟兮皓首。天錫宏祉，如岡如阜〔一一〕。其十一

祉其宏矣，受年孔高。厖眉纚纚，鶴髮皤皤。天錫難老，如江如河〔一二〕。其十二

嗟我人斯，夙遘嘉惠。分遠義親，年殊志比。譬彼喬松，蔓葛是施〔一三〕。其十三

綿綿蔓葛，得托喬松。其根雖異，其條則同。每憑穹幹，庶托高風〔一四〕。其十四

大鈞載運，耄年聿屆。從公華堂，式宴高會。有來雍雍，亦振纓帶〔一五〕。其十五

我儀既肅，我情斯和。豈無他人？慕公宴年②。登堂奉觴，眷戀如何〔一六〕？其十六

【題解】

詩云「洪胄」「夙遘嘉惠」，則趙謙齋繫宋宗室苗裔，詩人内舅浦江縣城南梅石處士趙必俊族人；又云「南粵」「東甌」「西水」，按卷二《謁趙朝列墓》及《宋濂全集》卷五十一《元故朝列大夫同知婺州路總管府事致仕趙侯神道碑銘》，趙氏當爲良吏趙大訥，謙齋殆其號也，時人尊之爲趙侯。

乾隆年間浦江所纂縣志依據胡翰《天機流動軒記》，以趙謙齋爲浦江縣尹，大誤。《乾隆浦江縣志》卷之七《官司志・秩官表・元・縣尹》：「趙謙齋，見胡翰《天機流動軒記》。」《建溪集前編》

卷三胡翰《天機流動軒記》：「至正十年春，武威余公持憲節按部至浦江，問邑之士於謙齋趙侯，侯以叔能進。」至正十年庚寅，武威余闕持節巡視浦江，知浦江者乃郭復亨而非趙謙齋；余闕之所以問士於趙謙齋，胡翰之所以稱趙謙齋爲趙侯，悉以趙氏嘗數知州縣故也。蘇伯衡《東嶽行宫記》：「浦江縣治之西南一里，東嶽行宫在焉……而至正庚寅縣尹郭復亨復治之。」

【校勘】

① 彼：底本作「被」，據乾隆本改。

② 宴年：乾隆本作「實多」。

【箋注】

〔一〕王粲《贈士孫文始》：「天降喪亂，靡國不夷……宗守蕩失，越用遁違。遷于荆楚，在漳之湄。」國：封地，食邑。宗守：宗廟所在，比喻國家政權。蕩失：動摇喪失。洪胄：王侯貴族後代。陸機《答賈長淵》：「誕育洪胄，纂戎于魯。」江：此指縈繞趙謙齋所居浦江縣城之浦陽江。

〔二〕聖世：聖代，古人以之諛稱當代。李益《送同落第者東歸》：「聖代誰知者？滄洲今獨還。」皇極：帝王統治天下之準則，即大中至正之道。《尚書·洪範》：「五，皇極，皇建其有極。」孔穎達《疏》：「皇，大也；極，中也。施政教，治下民，當使大得其中，無有邪僻。」三邊：漢時指匈奴、南越、朝鮮，後泛指邊疆。唐辛常伯《軍中行路難》：「但令一被君王知，誰憚三邊征戰苦？」商：西周初年分封諸侯國，宋國乃商朝遺民集聚地，此詩以商朝後裔集聚之宋國代稱宋朝。集：成就，造就。《左傳·襄公二十六年》：「今日之事幸而集，晉國賴之。」杜預《注》：「集，成也。」

〔三〕時：是，此。《詩經·秦風·駟驖》：「奉時辰牡，辰牡孔碩。」鄭《箋》：「時，是。」蘭桂：蘭花與桂樹，二者皆有異香，常喻君子賢人。劉琨《答盧諶詩》：「虚滿伊何？蘭桂移植。」吕向《注》：「蘭桂，喻君子也。」閡：阻礙。

〔四〕聆善：聽取忠告。陶淵明《酬丁柴桑》：「餐勝如歸，聆善若始。」容惡：寬容邪惡。胡承諾《讀書説》卷二《毁譽》：「夫治世之君子，好善惡惡；亂世之君子，嘉善容惡。」《詩經·小雅·天保》：「天保定爾，亦孔之固。」

〔五〕《詩經·小雅·鶴鳴》：「鶴鳴於九皋，聲聞於野……鶴鳴於九皋，聲聞於天。」載：充滿。《詩經·大雅·生民》：「實覃實訏，厥聲載路。」朱熹《詩集傳》：「載，滿也。」

〔六〕念：愛憐。白居易《弄龜羅》：「物情小可念，人意老多慈。」寔：通「實」。止：語氣助詞。《詩經·召南·草蟲》：「亦既見止，亦既覯止。」明德：美德。肆：盡情施展才智。《抱朴子·外篇·崇教》：「肆心於細務者，不覺儒道之弘遠。」百里：古時一縣所轄百里，因以爲縣之代稱。晉陶潛《酬丁柴桑》：「秉直司聰，惠於百里。」英英：俊美貌。朱鸞：鳳凰。潘岳《爲賈謐作贈陸機》：「英英朱鸞，來自南岡。」劉良《注》：「朱鸞，瑞鳥也，亦喻君子。」

〔七〕南粤：此指閩地，趙大訥嘗除泉州與興化録事，攝莆田縣事，擢漳州路龍溪縣尹，遷泉州路永春縣尹；粤，通「越」，參見本卷《邁里古思公平寇詩》。東甌：温州别稱，趙大訥嘗任温州路永嘉縣尹。

〔八〕西水：此指元江西行省吉安路永新州禾水，趙大訥嘗知永新州。濺濺：水流急速貌。紫綬：紫色絲帶，古代高官用作印組，或作服飾。《漢書》卷十九上《百官公卿表第七上》：「相國、丞相，皆秦官，金印紫綬。」載：乘坐。《説文》：「載，乘也。」朱轓：古代車廂兩邊反出如耳以遮擋塵泥之紅色部件。《漢書》卷五《景帝紀第五》：「令長吏二千石車朱兩轓，千石至六百石朱左轓。」顏師古《注》引應劭曰：「所以爲之藩屏，翳塵泥也。」後遂以朱轓代顯貴者之車乘。借：縱然。《詩經·大雅·抑》：「借曰未知，亦既抱子。」

〔九〕《詩經·小雅·小宛》：「我日斯邁，而月斯征。」天道：天理。《尚書·湯誥》：「天道福善禍淫，降災于夏。」

〔一〇〕撫：窺察。宋玉《神女賦》：「於是撫心定氣。」李善《注》：「撫，覽也。」逝景：光陰流逝。王僧達《答顏延年》：「歡此乘日暇，忽忘逝景侵。」李善《注》：「言人壽不留，與景俱逝而壽損，故謂之侵。」先民：古代賢人。《詩經·大雅·板》：「先民有言，詢於芻蕘。」朱熹《詩集傳》：「先民，古之賢人也。」陶淵明《時運》：「邈邈遐景，載欣載矚。人亦有言，稱心易足。」

〔一一〕艾：養護，養育。《詩經·小雅·南山有臺》：「樂只君子，保艾爾後。」毛《傳》：「艾，養也。」

青衿：讀書人所穿之青色交領長衫，代書生。《詩經·小雅·天保》：「天保定爾，以莫不興。如山如阜，如岡如陵。」

〔一二〕纚纚：長而下垂貌。《楚辭·離騷》：「矯菌桂以紉蕙兮，索胡繩之纚纚。」皤皤：發白貌。

〔一三〕盧諶《贈劉琨》：「伊諶陋宗，昔遘嘉惠……譬彼樛木，蔓葛以敷。妙哉蔓葛，得托樛木。」李善《注》：「遘，遇也。」斯：句尾語氣助詞。《詩經·小雅·何人斯》：「彼何人斯？其心孔艱。」分：名分。比：親近。《周禮·夏官·形方氏》：「使小國事大國，大國比小國。」蔓葛：葛藤，以其主莖蔓延連綿，故稱蔓葛。施：延伸，延長。《詩經·周南·葛覃》：「葛之覃兮，施于中谷。」

〔一四〕穹幹：高大樹幹；穹，高大。

〔一五〕大鈞：上天，大自然。李白《門有車馬客行》：「惻愴竟何道？存亡任大鈞。」聿：助詞。式宴：亦作式燕，宴飲；式，助詞。《詩經·小雅·鹿鳴》：「我有旨酒，嘉賓式燕以敖。」高會：盛大宴會。陸游《閑遊》：「高會揮金愧二疏，食貧只似布衣初。」雍雍：和諧融洽貌。振：抖動。

〔一六〕宴年：安樂晚年；宴，安樂。《詩經·邶風·谷風》：「宴爾新昏。」毛《傳》：「宴，安也。」

春輝堂詩

春日載遲〔一〕，有耀其輝。彼君之子，永念庭闈〔二〕。簣土之孝，泰山之慈〔三〕。欲報之德，中心慊而〔四〕。

何以寫心？聿構斯堂〔五〕。有酒有酒，載崇於觴〔六〕。爾肴其潔，爾膳其香〔七〕。不有慈親，云乎①以康〔八〕？

嗷嗷林鳥，鳴我堂陰〔九〕。我豈不如？懷此好音。好音克懷，實勞我心〔一〇〕。爰有萱草，言樹之襟〔一一〕。

【題解】

春輝，語出孟郊《遊子吟》：「誰言寸草心，報得三春暉？」春輝堂，子女孝養衰邁雙親之室。《光緒慈溪縣志》卷四十三《舊迹三·居址上·春暉樓》謂此詩詠慈溪方景良、景輔昆弟奉母之室，姑從其説，雖此詩入《山居稿》而不載《鄞遊稿》。方氏事迹詳見卷二十《春暉樓記》。

【校勘】

①乎：乾隆本作「胡」。

【箋注】

〔一〕載：語氣助詞。遲：遲遲，日照長久而温暖。《詩經・豳風・七月》：「春日遲遲，采蘩祁祁。」朱熹《詩集傳》：「遲遲，日長而暄也。」

〔二〕君之子：君子；之，助詞。庭闈：父母房間，常代父母。束晳《補亡》：「眷戀庭闈，心不遑安。」李善《注》：「庭闈，親之所居。」

〔三〕簣土：一筐土，喻子女。泰山：喻父母雙親。

〔四〕慊而：遺憾貌；而，然，形容某種狀態。《古書虚字集釋》卷七《而能》：「而猶然也……一爲狀事之詞。《書・皋陶謨篇》：『啓呱呱而泣。』」

〔五〕寫心：表露内心情愫。

〔六〕崇：充滿。柳宗元《送薛存義之任序》：「柳子載肉於俎，崇酒於觴，追而送之江滸，飲食之。」

〔七〕肴：肉食。《詩經・大雅・鳧鷖》：「爾酒既多，爾肴既嘉。」

〔八〕云：助詞。乎：通「胡」。《詩經・秦風・權輿》：「于嗟乎？」王先謙《詩三家義集疏》述魯詩「乎作胡」。康：安樂。《詩經・唐風・蟋蟀》：「無已大康，職思其居。」毛《傳》：「康，樂。」

〔九〕嗷嗷：哀鳴聲。烏：孝烏，其母衰邁時，銜食喂養之，此所謂烏鴉反哺。陰：北面。《戰國策·秦策一》：「天下陰燕陽魏。」鮑彪《注》：「陰，北。」

〔一〇〕《詩經·魯頌·泮水》：「食我桑椹，懷我好音。」勞：憂傷。《詩·邶風·燕燕》：「瞻望弗及，實勞我心。」

〔一一〕萱草：忘憂草，俗稱金針菜、黄花菜，古人以爲種植此草，使人忘憂；常代母親。何景明《爲李秀才壽母》：「梅花似白髮，萱草亦朱顔。」言：助詞。襟：前面。陸機《贈從兄車騎》：「安得忘歸草？言樹背與襟。」李善《注》：「《韓詩》曰『焉得諠草，言樹之背』，然襟猶前也。」

吴集賢新堂詩 并序

吴溪吴公考堂也〔一〕。

毖彼吴溪，浦水出焉。水繞山回，篤生俊賢〔二〕。其一

俊賢之生，時維吴公。自北自南，有聲渢渢〔三〕。其二

其聲謂何？隆以爵位。誰其媲之？超群逸類。其三

我公曰歸，有赫其光，曾是故廬，闇然弗章〔四〕。其四

公曰吁哉，我胡止居？來我工師，我材於溪〔五〕。其五

爰作新堂，新堂孔侐，其桷庭庭，其楹殖殖〔六〕。其六

乃闢我寢，我寢我安，乃立我門，我門有閑〔七〕。其七

我軒我廡，亦曼且碩，羌何敏哉？曾不留役〔八〕。其八

公作斯堂，左山右池。山有集鳥，池有跳魚〔九〕。其九

公登斯堂，以燕父老。有笙喤喤，有鼓考考〔一〇〕。其十

公居斯堂，黄髮其纘。有子有孫，從之如雲〔一一〕。其十一

公曰其徠，爾我孫子。其聽我言，以久此宇〔一二〕。其十二

昔視我廬，榱騫楝橈。今其輪奂，豈不在我〔一三〕？其十三

捄之度之，啓之辟之。何幽不朗？何廢不治〔一四〕。其十四

爾承我志，曰象此堂。小可爲杙，大可爲梁〔一五〕。其十五

毋揠爾本，毋拜爾枝。苟成爾林，小大具宜〔一六〕。其十六

衆領公誨，莫不改容。孰是後人，而弗率從〔一七〕？其十七

噲噲斯堂，德以爲基。構之以功，百世可知〔一八〕。其十八

匪功靡成，匪德曷致？小子作歌，以詔來裔〔一九〕。其十九

【題解】

元集賢大學士吴直方致仕歸鄉，構新堂於浦陽江上游吴溪之湄。吴直方，浦江大儒吴萊之父，吴直方年邁退養時，其子吴萊已謝世，吴萊行迹參看卷七《三先生手帖後題》《吴先生哀頌辭并序》。

《乾隆浦江縣志》卷十九方樗《呈吴學士新第落成》：「一山遥接裊溪水，甲第宏開相府居。燕賀親朋來落落，翬飛夏屋見渠渠。紫宸清禁功難泯，緑埜春林興有餘。輪奂敢陳張老頌？梁間更看有懸車。」

《宋濂全集》卷七十六《元故集賢大學士榮禄大夫致仕吴公行狀》：「公諱直方，字行可，姓吴氏……宗人幼敏家多納名士大夫，鄉先生方公鳳、粤謝公翺、括吴公思齊咸寓其處，或談名理及古今成敗治亂，或相與倡酬歌詩。公每出侍，側聞其言，有會心處輒記之，終身不忘。入坐書塾，凝然如癡，他生晚各散去，猶執卷呻吟弗輟……於是不告戚姻交友，直走京師，日與貴公卿接，所見益恢弘，而所守益凝定。第困於下，而峻登樞要者又諱問布衣，隻影翩翩於五千里外，惡衣菲食或不能繼，凡歷三十有六年而落魄益甚矣，其剛勁不屈之氣初不肯少貶以徇流俗。或憫公，勸其南歸，公笑曰：『生爲寄，死爲棄，何分冀北與江南乎？』掉頭去不顧……六年，丞相（脱脱）之從父秦王伯顔方秉鈞軸，恃其有定策功，專權自恣，悉變亂舊章，出入擁重兵以自衛。中外危疑，上深患之。丞相時爲御史大夫，乃召之問計，丞相以謀於家爲對。公曰：『大夫失言。幾事不密，則害成矣。』丞相驚曰：『謀將安出？』公曰：『宜亟黜之，以謝天下。』丞相以親嫌辭。公曰：『《傳》有之：大義滅親。大夫知有朝廷耳，家固不宜恤。』丞相曰：『事不成奈何？』公曰：『事不成，天也。一死復何惜？即死，亦不失爲忠義鬼。』丞相頓足曰：『吾意決矣。』乃入奏。久之，未敢動。適秦王侍皇太子出獵柳林，丞相欲發。公曰：『皇太子在軍中，脱挾之以生他變，何以處之？』丞相悟，急白太后傳旨趣以歸。閉京城自守，遣使持詔，遣散諸軍，出秦王爲河南行省丞相。一反舊政，民大説。上多公協贊功，召對便殿，慰諭甚至。會内臣以玉盌進饌，輒輟以食公。特超一十餘階，授公集賢直學士，亞中大夫……國有大事，上命必定於公，公亦慨然以澤被斯民爲己任，有知無不言，言之丞相無不行。天下翕然。比後至元之治於前至元，公之功居多……拜集賢學士，階資善大夫。居亡何，以年久謝事，上章乞骸骨。遂以集賢大學士、榮禄大夫致仕，食俸賜終身……公讀書欲通大義，務在力行，不屑爲區區章句之學。其於《魯論》『言忠信』及『事君能致其身』之語，尤深有契悟，終身言必思踐，至於國家有急，輒欲忘軀徇之，而不以爲難。經史格言，可以斷大事決大疑者，皆謹記之，故其臨事未嘗少惑……公家食將十年，跬步不妄出。終日正衣冠危坐，或至夜分，未嘗有惰怠容。賓至，則相與劇談當世之務，玉貫珠聯，聞者解頤。方岳重臣，仰慕聲光，遣使執饋食之禮；州縣大夫俯伏迎拜，唯恐不恭。四海之内，雖愚夫愚婦亦皆能道公名字。而公初無自驕之色，遇鄉黨有如貧賤時，官府事一髮不相涉。傔從或以惡言加人，輒縛至有司杖之……乃自序歷官次第而繫之以辭曰：『余生雖艱，非有所覬。漫遊京華，旅食三紀。際時休明，偶膺禄仕。位躋極品，恩封三世。儒者之榮，於斯爲至。報上一誠，如水東注。樹碑自銘，以詔來裔。』人以爲實録云。」

【箋注】

〔一〕吴溪：浦陽江流經吴直方家鄉之上游河段。《元故集賢大學士榮禄大夫致仕吴公行狀》：「浦陽北鄙有望曰新田，去今縣治二十余里，吴氏之先祖家焉，其冢猶在大樓山之原。歷三傳，有一翁始生六子，其介子公養，唐乾寧初又遷縣西吴溪上。」《乾隆浦江縣志》卷之二《山川》：「中境之幹水曰浦陽江，源出井坑嶺。東流二十里，别名吴溪，在縣西十里，吴渭倡月泉吟社於此。北有深裊山，湧泉爲裊溪，南流數十里入之，故舊載發源深裊溪，因吴萊著書於此山中，地以人傳耳。」考堂：舊時考核官吏宣布結果之場所，此乃教誨督課子孫之廳堂。《新唐書》卷一百三十二《柳冕》：「聖唐稽古，天下朝集，三考一見，皆以十月上計京師，十一月禮見，會尚書省應考績事，元日陳貢棐，集於考堂，唱其考第，進賢以興善，簡不肖以黜惡。」

〔二〕毖：通「泌」，泉水湧出貌。《詩經·邶風·泉水》：「毖彼泉水，亦流於淇。」毛《傳》：「泉水始出毖然流也。」浦水：浦陽江，錢塘江支流，出金華浦江西部山區，經諸暨、蕭山入錢塘江。《乾隆浦江縣志》卷之二《山川·浦陽江》：「去縣南一里許。其源出縣西深裊山中，東流三十餘里，繞縣郭之南。復東注，逶迤百餘里，入紹興諸暨境，始通舟。又綿延二百餘里，以入於海。」篤：很，極，表示程度深。《戰國策·秦策三》：「應侯遂稱篤。」鮑彪《注》：「篤，猶甚。」

〔三〕渢渢：聲音宏大。石介《慶曆聖德詩》：「大聲渢渢，震摇六合。」

〔四〕曰歸：吴直方致仕南返，在至正六年前後；曰，助詞。《元故集賢大學士榮禄大夫致仕吴公行狀》：「薨於今至正丙申七月十三日庚寅……公家食將十年。」有：詞頭，無義。闇然：黯淡無光貌。弗章：不彰顯。劉基《述志賦》：「謂翬翟爲弗章兮，愛羸豕之負塗。」

〔五〕吁：歎詞。工師：工匠。

〔六〕孔侐：極其清静。《詩經·魯頌·閟宫》：「閟宫有侐。」桷：方形椽子。庭庭：筆直貌。《詩經·小雅·大田》：「播厥百穀，既庭且碩。」毛《傳》：「庭，直也。」殖殖：平正貌。《詩經·小雅·斯干》：「殖殖其庭。」毛《傳》：「言平正也。」

〔七〕閑：高大貌。《詩經·商頌·殷武》：「旅楹有閑。」馬瑞辰《毛詩傳箋通釋》：「據《魏都賦注》引薛君《韓詩章句》曰：『閑，大也，謂閑然大也。』則《韓詩》本訓閑爲大貌。」

〔八〕軒：欄杆。宋玉《楚辭·招魂》：「高堂邃宇，檻層軒些。」王逸《注》：「軒，樓版也。言所造之室，其堂高險，屋甚深邃，下有檻楯，上有樓版，形容異制且鮮明也。」廡：堂下周圍走廊或廊屋。曼：長。碩：大。《詩經·魯頌·閟宫》：「孔曼且碩，萬民是苦。」羌：助詞。敏：勤勉。《禮記·中庸》：「人道敏政，地道敏樹。」鄭玄《注》：「敏，猶勉也。」留役：拖延工期。

〔九〕集：棲息。《說文》：「集，群鳥在木上也。」《詩經·周南·葛覃》：「黄鳥于飛，集於灌木，其鳴喈喈。」

〔一〇〕燕：通「宴」，宴享。喤喤：象聲詞，形容聲音洪大和諧。張衡《東京賦》：「萬舞奕奕，鐘鼓喤喤。」考考：象聲詞，擊鼓聲。吴則禮《江樓令》：「憑欄試覓紅樓句，聽考考城頭暮鼓。」

〔一一〕黄髮：年老髮黄，長壽之徵兆。《詩經·魯頌·閟宫》：「黄髮台背。」鄭玄《箋》：「皆壽徵也。」緐：繁多，繁盛。

〔一二〕徠：同「來」。《楚辭·大招》：「魂魄歸徠，無遠遥只。」宇：住宅。《詩經·大雅·緜》：「爰及姜女，聿來胥宇。」朱熹《詩集傳》：「胥，相；宇，宅也。」

〔一三〕榱：屋椽。騫：虧缺，損傷。《詩經·小雅·天保》：「如南山之壽，不騫不崩。」毛《傳》：「騫，虧也。」橈：彎曲。《易·大過》：「棟橈，凶。」《釋文》：「橈，曲折也。」輪奂：高大衆多。《禮記·檀弓下》：「晉獻文子成室，晉大夫發焉。張老曰：『美哉輪焉！美哉奂焉！』」鄭玄《注》：「輪，輪囷，言高大；奂，言衆多。」

〔一四〕捄：把土盛進竹筐。度：把土倒入築牆器具。《詩經·大雅·緜》：「捄之陾陾，度之薨薨。」朱熹《詩集傳》：「捄，盛土於器也。陾陾，衆也。度，投土於版也。薨薨，衆聲也。」啓之辟之：芟除叢雜草木。《詩經·大雅·皇矣》：「啓之辟之。」朱熹《詩集傳》：「啓、辟，芟除也。」

〔一五〕象：效法，模仿。杙：小木樁。

〔一六〕揠：拔出。《孟子·公孫丑上》：「宋人有閔其苗之不長而揠之者，芒芒然歸，謂其人曰：『今日病矣，予助苗長矣。』其子趨而往視之，苗則槁矣。」拜：彎曲，折斷。《詩經·召南·甘棠》：「蔽芾甘棠，勿翦勿拜。」朱熹《詩集傳》：「拜，屈。」

〔一七〕率從：遵循聽從。《詩經·小雅·采菽》「平平左右，亦是率從。」鄭玄《箋》：「率，循也。」

〔一八〕噲噲：寬敞明亮貌。《詩經·小雅·斯干》：「噲噲其正，噦噦其冥，君子攸寧。」鄭玄《箋》：「噲噲，猶快快也……皆寬明之貌。」

〔一九〕小子：詩人自指。來裔：子孫後代。

五言古詩

詠懷三首

其一

結廬在西市，藝藿仍種葵〔一〕。謂將究安宅，何意逢亂離〔二〕？三年去復還，鄰室無一遺。所見但空巷，垣牆亦盡毁①〔三〕。久行得荒徑，披拂認門基〔四〕。我屋雖僅存，藿悴葵亦衰。本自住山澤，此悔將何追〔五〕？

【題解】

詩人抒寫微妙隱約情愫，常名之曰《詠懷》，如白居易之《戊申歲暮詠懷三首》，杜甫之《自京赴奉先縣詠懷五百字》，最負盛名者莫過於魏晉詩人阮籍之《詠懷》，其數高達八十二首；此外猶有諸多擬作，如庾信之《擬詠懷詩》。

詩云「逢亂離」「三年去復還」，「去」指至正十七年丁酉離開浦江城西宅院，避亂本邑九靈山下馬劍祖居；「還」時無以確指，然必在遊婺任寧越府學正期間。

【校勘】

① 毁：乾隆本作「隳」。

【箋注】

〔一〕西市：此指浦江縣城西隅，詩人婚後定居其地。《乾隆浦江縣志》卷之二十《古迹・天機流動軒》：「縣城（南）〔西〕隅，元戴良所居，金華胡翰仲申《記》略云：『余公闕至浦江，問士於趙侯謙齋，侯以叔能進。公深獎許之，爲榜其所居之軒曰天機流動。叔能命余記之。』」藝藿：種植大豆；藿，豆葉，此代大豆。仍：還。葵：蔬菜名。《説文》：「葵，葵菜也。」

〔二〕究：終究，最終。安宅：安居。《詩經·小雅·鴻雁》：「雖則劬勞，其究安宅。」鄭玄《箋》：「此勸萬民之辭，女今雖病勞，終有安居。」

〔三〕空巷：多形容戰亂災荒後景象。杜甫《無家别》：「久行見空巷，日瘦氣慘淒。」

〔四〕披拂：撥開。柳宗元《法華寺石門精室三十韻》：「道同有愛弟，披拂恣心賞。」門基：門廡下地面。《周禮·天官·閽人》：「掌掃門庭。」清孫詒讓《正義》：「蓋每門門廡所覆地謂之門基，基以外皆門庭也。」

〔五〕山澤：詩人祖居浦江縣興賢鄉二十九都。《民國浦陽戴氏宗譜·舊敘》：「今戴氏始自有唐間諱昭者，任太子檢校尚書令兼平南節度使，鎮越，見世故紛更，脱簪不仕，志趣山水，有松菊五柳之慕。二世諱堂，遂定居於浦陽縣北二十九都。」《嘉靖浦江志略》卷一《疆域志·鄉井》：「興賢鄉，亦名登高里，隸二十八都之三十都……二十九都，去縣東北九十里。」

其二

庭前兩奇樹，常有好容色〔一〕。年年遇霜雪，誰謂寒可易〔二〕？大道久已喪，末路多涼德〔三〕。狐裘已適體，誰念寒途客〔四〕？古有延陵子，使還過徐國。徐君骨已朽，信義逾感激。解劍掛高樹，至寶非所惜〔五〕。此士難再逢，四顧吾何適〔六〕？

【箋注】

〔一〕奇樹：詩人浦江城西堂前植雙松，名曰雙松堂；參見卷十五《客中寫懷六首·憶子》。《古詩十九首》：「庭中有奇樹，緑葉發華滋。」

〔二〕《論語·子罕篇第九》：「歲寒，然後知松柏之後凋也。」

〔三〕《禮記·禮運》：「孔子曰：『大道之行也，與三代之英，丘未之逮也，而有志焉。』」末路：朝代末期。《漢書》卷五十一《鄒陽傳》：「至其晚節末路，張耳、陳勝連從兵之據，以叩函谷，咸陽遂危。」涼德：薄德，不仁不義。

〔四〕狐裘：用狐皮縫製之衣，代富貴者服飾。《詩經·秦風·終南》：「君子至止，錦衣狐裘。」朱熹《詩集傳》：「錦衣狐裘，諸侯之服也。」

〔五〕延陵子：季札，春秋吴國公子，世稱延陵季子，出使晉國前拜訪徐君，徐君有慕劍之意，季札欲贈不得而心許之。季札自晉返徐，徐君已亡，季札祭奠墓前，解劍懸樹而去。詳見《史記》卷三十一《吴太伯世家第一》。

〔六〕適：往。李白《行路難》：「停杯投箸不能食，拔劍四顧心茫然。」

其三

少小秉微尚，遊心在六經〔一〕。苒苒歲年遲，乃與塵事冥〔二〕。入秋多佳日，何以陶我情〔三〕？園蔬青可摘，新穀亦既升〔四〕。命室釀美酒，一壺聊復傾〔五〕。兒女在我側，親戚還合并〔六〕。終觴無雜言，但説歲功成〔七〕。至樂固如此，是外徒營營〔八〕。

【箋注】

〔一〕微尚：細小志趣。李白《登峨嵋山》：「平生有微尚，歡笑自此畢。」遊心：潛心，用心。邵雍《老去吟》：「如何得意雲山外，更欲遊心詩酒間。」六經：儒家經典《詩》《書》《禮》《易》《樂》《春秋》。

〔二〕苒苒：漸進貌。遲：久。杜甫《巳上人茅齋》：「枕簟入林僻，茶瓜留客遲。」冥：遠隔。陶潛《辛丑歲七月赴假還江陵夜行塗中》：「閑居三十載，遂與塵事冥。」張銑《注》：「冥，遠也。」

〔三〕陸游《小飲賞菊》：「秋晚遇佳日，一醉詎可無！」歐陽修《數詩》：「《四愁》寧敢擬？高詠且陶情。」

〔四〕升：成熟，豐登。《論語・陽貨第十七》：「舊穀既没，新穀既升，鑽燧改火，期可已矣。」

〔五〕室：妻子。《禮記・曲禮上》：「三十曰壯，有室。」陶淵明《酬劉柴桑》：「命室攜童弱，良日登遠遊。」

〔六〕合并：聚會。王粲《雜詩》：「人欲天不違，何懼不合并？」

〔七〕陶淵明《歸園田居》其二：「相見無雜言，但道桑麻長。」歲功：一年間農事收穫。陶潛《癸卯始春懷古田舍》：「雖未量歲功，即事多所欣。」

〔八〕營營：忙碌不安貌。《莊子・庚桑楚》：「全汝形，抱汝生，無使汝思慮營營。」鍾泰《發微》：「營營，勞而不知休息貌。」

和沈休文雙溪八詠

其一

登臺望秋月，秋月光陸離〔一〕。晻映西南樓，徘徊東北墀〔二〕。凝華奪班扇，流輝鑑阮帷〔三〕。三五暈尚圓，二八形已虧〔四〕。爰有蓬鬢人，長懷桂殿思〔五〕。遼城記吟詠〔六〕，西園憶追隨〔七〕。願以薄暮景，承君清夜暉〔八〕。

【題解】

沈約，字休文，吴興武康人，歷仕宋、齊、梁三朝，是齊梁之際文壇領袖，著名史學家和文學家。南朝齊時沈約拜東陽太守，即景吟詩，《雙溪八詠》乃其一。《南史》卷五十七《沈約傳》：「隆昌元年，除吏部郎，出爲東陽太守。」

《雙溪八詠》形式別具一格，介於詩和賦之間，連其詩題則爲一完整詩作。《光緒金華縣志》卷五《志建置第二・古迹・八詠樓》：「在城南八隅一坊府學西星君祠南，原名元暢樓。《太平寰宇記》引《郡國志》云：『金華縣因山爲石城，南臨溪水，高阜上有樓，名曰元暢樓，宋沈約造次吟詠於此處。』齊隆昌元年沈約爲東陽太守，嘗登此賦詩。沈約《登元暢樓》詩：『危峰帶北阜，高頂出南岑。中有陵風榭，回望川之陰。岸險每增減，湍平互淺深。水流本三派，臺高乃四臨。上有離群客，客有慕歸心。落暉映長浦，換景燭中潯。雲生嶺乍黑，日下溪半陰。信美非吾土，何事不抽簪？』復製《八詠》，詩曰：『登樓望秋月，會圃臨春風。歲暮愍衰草，霜來悲落桐。夕行聞夜鶴，晨征聽曉鴻。解佩去朝市，被褐守山東。』每句又成長歌一篇，多寓己外補不得已之辭。詩見原集及米萬鍾碑。唐時遂易今名。崔融《登東陽沈應侯八詠樓》詩：『早登西北樓，樓竣石城厚。宛生長定間，俯壓三江口。排階銜鳥衡，交疏過牛斗。左右會稽鎮，出入具區藪。越巖森其前，浙江漫其後。此地實東陽，由來山水鄉。隱侯有遺詠，落簡尚餘芳。具物昔未改，斯人今已亡。粤余忝藩佐，束髮事文場。悵不見夫子，神期遥相望。』崔顥《題沈應侯八詠樓》詩：『齊日東陽守，爲樓望越中。緑窗明月在，青史古人空。江静聞山狖，川長數塞鴻。登臨白雲晚，流恨此遺風。』按崔融崔顥詩題皆作八詠樓，又如嚴維《送客》詩有『清風八詠樓』之句，是唐時已易元暢樓名爲八詠矣，乃戚志府志謂宋至道二年知州馮伉易今名，則失考也……宋淳熙十四年，知州李彦穎以舊樓褊迫，就東偏重創宏敞。郡人唐仲友續擬《八詠》序其事，并勒約詩於碑（見唐氏遺書）。吕祖謙詩：『仲舒舊事無人記，家令風流一世傾。天下何曾識真吏？古來幾許尚虚名。』謝翱詩：『江山此愁絶，寒角夢中吹。飛鳥過帆影，遊塵空戟枝。水交明月動，槎洑故洲移。已薄齊梁士，猶吟沈約詩。』元燬於火，而重建者再。按樓與寶婺觀連屬，故建觀者并建樓。趙孟頫詩：『山城秋色静朝暉，極目登臨未擬歸。羽士曾聞遼鶴語，征人又見塞鴻飛。西流二水玻瓈合，南去千峰紫翠圍。如此溪山良不惡，休文何事不勝衣？』」

【箋注】

〔一〕陸離：燦爛明朗。《淮南子·本經訓》：「五采争勝，流漫陸離。」高誘《注》：「陸離，美好貌。」沈約《八詠·登臺望秋月》：「望秋月，秋月光如練。」

〔二〕晻映：同「掩映」，籠罩襯托。徘徊：月光長久朗照。墀：塗色臺階。《八詠·登臺望秋月》：「照耀三雀臺，徘徊九華殿。」

〔三〕凝華：月光凝聚。班扇：班婕妤筆下秋扇。班婕妤《怨歌行》：「常恐秋節至，涼飆奪炎熱。棄捐篋笥中，恩情中道絶。」阮帷：阮籍筆下帷幕。阮籍《詠懷》之一：「夜中不能寐，起坐彈鳴琴。薄帷鑑明月，清風吹我襟。孤鴻號外野，翔鳥鳴北林。徘徊將何見？憂思獨傷心。」沈約《八詠·登臺望秋月》：「凝華入黼帳，清輝懸洞房。」

〔四〕二八：既望，農曆每月十六日。

〔五〕蓬鬢：鬢髮蓬亂，形容失意落魄者。南朝宋鮑照《擬行路難》之十三：「形容憔悴非昔悦，蓬鬢衰顏不復妝。」桂殿：月宫。沈約《八詠·登臺望秋月》：「昭姬泣胡殿，明君思漢宫。」

〔六〕遼城：南朝宋時沈約受大臣蔡興宗、宗室劉燮賞識，遊宦郢州及荆州近十年，與名士范雲、庾杲之等酬唱往還；參見《梁書》卷十三《范雲沈約》。

〔七〕西園：按沈約《八詠·解珮去朝市》「遊西園兮登銅雀」及曹丕《芙蓉池作》「乘輦夜行遊，逍遥涉西園」諸詩句，則西園本指三國曹操鄴都園林，此代稱齊武帝次子蕭子良西邸。永明五年，蕭子良拜司徒，移居鷄籠山邸，集學士抄五經百家，依《皇覽》例爲《四部要略》千卷，沈約與蕭衍（梁武帝）等八人遊其門下，號爲竟陵八友。《梁書》卷一《武帝上》：「竟陵王子良開西邸，招文學，高祖與沈約、謝朓、王融、蕭琛、范雲、任昉、陸倕等并遊焉，號曰八友。」

〔八〕景：光亮。陸機《豫章行》：「前路既已多，後塗隨年侵。促促薄暮景，亹亹鮮克禁。」李善《注》：「景之薄暮，喻人之將老也。」

其二

會圃臨春風，春風弄新陽〔一〕。驅烟入間①户，卷霧出虚堂。響谷鳥將韻，穿林花度香〔二〕。逶迤動中閨，駘蕩經洞房〔三〕。逐舞輕靡袖，傳歌低繞梁〔四〕。所悲金玉軀，遂爍佳麗埸〔五〕。時拂孤鸞鏡，星鬢視飄揚〔六〕。

【校勘】

①間：乾隆本作「閒」。

【箋注】

〔一〕新陽：初春。謝靈運《登池上樓》：「初景革緒風，新陽改故陰。」吕延濟《注》：「春爲陽，秋爲陰也。」沈約《八詠·會圃臨春風》：「臨春風，春風起春樹。」

〔二〕將：攜帶。

〔三〕逶迤：曲折連綿。駘蕩：舒緩蕩漾。洞房：幽深内室。沈約《八詠·會圃臨春風》：「經洞房，響紈素。」

〔四〕靡：通「摩」，摩擦。《莊子·馬蹄》：「喜則交頸相靡。」《列子·湯問第五》：「秦青顧謂其友曰：『昔韓娥東之齊，匱糧，過雍門鬻歌假食。既去，而餘音繞梁欐，三日不絶。』」

〔五〕金玉軀：高貴身軀。元釋大圭《夢觀集》卷一《定公生焚詩》：「何意金玉軀，倏忽煨燼成？」爍：通「鑠」，消熔。佳麗：美女。白居易《長恨歌》：「後宮佳麗三千人，三千寵愛在一身。」

〔六〕孤鸞鏡：飾以鸞鳥圖案之妝鏡。《北堂書鈔》卷一百三十六引南朝宋范泰《鸞鳥詩序》：「昔罽賓王得鸞鳥，甚愛之，欲其鳴而不能致。夫人曰：『聞鳥得類而後鳴，何不懸鏡以映之？』王從其言。鸞鳥睹影而鳴，一奮而絶。」星鬢：花白鬢髮。謝朓《詠風》：「時拂孤鸞鏡，星鬢視參差。」沈約《八詠·會圃臨春風》：「拂明鏡之冬塵，解羅衣之秋襞。」

其三

秋至慼衰草，衰草遍平陸〔一〕。方晨露染黄，入夜風銷緑〔二〕。别葉有歸聲，故蕊無留馥。勁莖坐自摧，寒叢竦如束〔三〕。彼物既如斯，我年寧不促〔四〕？已失早生榮，敢冀晚凋福〔五〕？何當即去①兹，縱浪從所欲〔六〕？

【校勘】

①去：底本作「夫」，據乾隆本改。

【箋注】

〔一〕愍：憐憫。平陸：平原。沈約《八詠・秋至愍衰草》：「愍衰草，衰草無容色。」

〔二〕沈約《八詠・秋至愍衰草》：「霜奪莖上紫，風銷葉中緑。」

〔三〕竦：恐懼。《詩經・商頌・長發》：「不戁不竦。」毛《傳》：「竦，懼也。」

〔四〕促：短促。陸機《擬東城一何高》：「長歌赴促節，哀響逐高徽。」

〔五〕榮：繁茂，茂盛。陸機《園葵詩》：「慶彼晚凋福，忘此孤生悲。」

〔六〕何當：怎能，安得。岑參《阻戎瀘間群盜》：「何當遇長房，縮地到京關？」縱浪：放浪，放蕩不羈。

其四

寒來悲落桐，桐生在長林。積葉既阿那，攢條復蕭森〔一〕。排雲正孤立，乘風忽哀吟〔二〕。朽壤方有托，急霰非所任〔三〕。輪囷龍門側〔四〕，憔悴嶧山岑〔五〕。不求削成圭，何待裁作琴〔六〕？菲薄既非材，固無斤斧侵〔七〕。

【箋注】

〔一〕阿那：茂盛貌。王延壽《魯靈光殿賦》：「朱桂黝儵於南北，蘭芝阿那於東西。」張載《注》：

「黝儵、阿那，皆茂盛之貌。」攢條：繁密樹枝。蕭森：錯落聳立貌。

〔二〕排雲：排開雲霧。沈約《詠孤桐》：「龍門百尺時，排雲少孤立。」

〔三〕朽壤：腐土。梅堯臣《依韻和劉敞秀才》：「正如種青松，而欲托朽壤。」

〔四〕輪囷：屈曲貌。枚乘《七發》：「客曰：『龍門之桐，高百尺而無枝。中鬱結之輪囷，根扶疏以分離。上有千仞之峰，下臨百丈之溪。湍流溯波，又澹淡之。其根半死半生。冬則烈風漂霰飛雪之所激也，夏則雷霆霹靂之所感也。朝則鸝黄鳱鴠鳴焉，暮則羈雌迷鳥宿焉。獨鵠晨號乎其上，鵾鷄哀鳴翔乎其下。於是背秋涉冬，使琴摯斫斬以爲琴，野繭之絲以爲弦，孤子之鉤以爲隱，九寡之珥以爲約。使師堂操暢，伯子牙爲之歌。』」李善《注》：「《周禮》曰：『龍門之琴瑟。』孔安國《尚書傳》曰：『龍門山，在河東之西界。』」沈約《八詠·霜來悲落桐》：「本出龍門山，長枝仰刺天。」

〔五〕嶧山：即山東鄒嶧山。岑：山小而高。《尚書·禹貢》：「嶧陽孤桐。」孔《傳》：「嶧山之陽，特生桐，中琴瑟。」《李太白全集》卷之二十八《琴贊》：「嶧陽孤桐，石聳天骨，根老冰泉，葉苦霜月。斫爲緑綺，徽聲粲發。秋風入松，萬古奇絶。」王琦《注》引《封氏聞見記》：「土人云：此桐所以異於常桐者，諸山皆發地兼土，惟此山大石攢倚，石間周圍皆通人行，山中空虛，故桐木絶響，是以珍而入貢也。」

〔六〕圭：或作珪，古代帝王、諸侯舉行隆重儀式時所用之玉製禮器；周成王以桐葉爲圭賞賜叔虞，後遂以桐圭代稱帝王封賞；詳見《史記》卷三十九《晉世家第九》。沈約《詠梧桐》：「微葉雖可賤，一剪或成珪。」沈約《八詠·霜來悲落桐》：「願作清廟琴，爲舞雙玄鶴。」

〔七〕菲薄：德薄才淺，謙辭。沈約《八詠·霜來悲落桐》：「自惟良菲薄，君恩徒照灼。」斤斧：斧頭。《莊子·人間世》：「匠石之齊，至於曲轅，見櫟社樹。其大蔽數千牛，絜之百圍，其高臨山，十仞而後有枝，其可以爲舟者旁十數。觀者如市，匠伯不顧，遂行不輟……曰：『已矣，勿言之矣！散木也，以爲舟則沈，以爲棺槨則速腐，以爲器則速毀，以爲門户則液樠，以爲柱則蠹。是不材之木也，無所可用，故能若是之壽。』」

其五

夕行聞夜鶴，鶴鳴向天池〔一〕。奇聲傳月迴，清思逐風悲〔二〕。寥寥度霄漢，嗷嗷傷別離〔三〕。華亭侶既失〔四〕，衛軒寵亦衰〔五〕。衛軒非我顧，華亭尚余思。蟋蟀悟寒候〔六〕，商羊識陰期〔七〕。不有莫①類心，此情那得知〔八〕？

【校勘】

① 莫：乾隆本作「慕」。

【箋注】

〔一〕沈約《八詠・夕行聞夜鶴》：「聞夜鶴，夜鶴叫南池。」

〔二〕清思：清雅思緒。孟郊《立德新居》：「碧峰遠相揖，清思誰言孤？」

〔三〕寥寥：寂寞孤單。宋之問《温泉莊卧疾寄楊七炯》：「移疾卧兹嶺，寥寥倦幽獨。」嗷嗷：鳥鳴聲。沈約《八詠・夕行聞夜鶴》：「慜海上之驚鳬，傷雲間之離鶴……自此别故群，獨向瀟湘渚。」

〔四〕華亭：元時江浙等處行中書省松江府華亭縣，西晉傑出文學家陸機故鄉，陸機被害時以不聞華亭鶴唳爲憾；詳見《晉書》卷五十四《陸機》。

〔五〕衛軒：春秋衛懿公好鶴而載以華軒。會狄（或作翟）伐衛，衛懿公欲出兵，國人以其好鶴而乖違；衛師敗績，懿公亦見誅於敵，國遂亡。詳見《左傳・閔公二年》及《史記》卷三十七《衛康叔世家》。

〔六〕《詩經・豳風・七月》：「七月在野，八月在宇，九月在户，十月蟋蟀入我床下。」朱熹《詩集傳》：「暑則在野，寒則依人……言睹蟋蟀之依人，則知寒之將至矣。」

〔七〕商羊：古時異禽，暴雨臨近，常屈一足起舞。《孔子家語・辯政》：「齊有一足之鳥，飛集于宮朝，下止於殿前，舒翅而跳。齊侯大怪之，使使聘魯問孔子。孔子曰：『此鳥名曰商羊，水祥也。昔童兒有屈其一腳，振訊兩眉而跳且謡曰：天將大雨，商羊鼓舞。今齊有之，其應至矣。急告民趨治溝渠，修堤防，將有大水爲災。』頃之大霖，雨水溢泛諸國，傷害民人，唯齊有備不敗。」

〔八〕莫類：缺少同類。柳宗元《梁丘據贊》：「豈惟賢不逮古？嬖亦莫類。梁丘可思，又況晏氏？」沈約《八詠·夕行聞夜鶴》：「既不得離別，安知慕侶心？」

其六

晨征聽曉鴻，鴻飛何處所？隨陽弱水岸，違寒長沙渚〔一〕。冥冥憶霜群，邕邕叫雲侶〔二〕。固將聯匹儔〔三〕，豈惟念羈旅？視夜已昭晰，度聲尚悽楚〔四〕。以之頻感觸，將何慰艱阻？帛書望不來〔五〕，誰知我心苦？

【箋注】

〔一〕弱水：古稱水淺或地僻不通舟楫之水，古籍稱弱水者甚多，其地不一，然皆處西北方。《尚書·禹貢》：「導弱水至於合黎，餘波入於流沙。」《山海經·西山經第二》：「北五十里曰勞山，多茈草。弱水出焉，而西流注於洛。」長沙：傳説大雁南遷至衡陽回雁峰而止，回雁峰與長沙皆在湖南境内。王勃《滕王閣序》：「雁陣驚寒，聲斷衡陽之浦。」沈約《八詠·晨征聽曉鴻》：「跨弱水之微瀾，發成山之遠岸。」

〔二〕冥冥：高遠，渺遠。宋王安石《餘寒》：「冥冥鴻雁飛，北望去成行。」邕邕：群鳥和鳴聲。枚乘《七發》：「螭龍德牧，邕邕群鳴。」李善《注》：「《爾雅》曰：『邕邕，鳴聲和也。』」沈約《八詠・晨征聽曉鴻》：「出海漲之蒼茫，入雲途之杳漫。」

〔三〕匹儔：伴侣，同類。劉基《隔谷歌》：「相彼鴻與雁，亦各顧匹儔。」

〔四〕昭晰：光明，明亮。沈約《八詠・晨征聽曉鴻》：「聞雁夜南飛，客淚夜沾衣。」

〔五〕帛書：書信之著於縑帛者。《漢書》卷五十四《蘇武》：「天子射上林中，得雁，足有繫帛書，言武等在某澤中。」

其七

解佩去朝市〔一〕，朝市路已迷。敢冀恩私被？但嫌朋好暌〔二〕。彼讒起青蠅，我行玷白圭〔三〕。寸心幸能亮，微命不終乖〔四〕。及今去青瑣，何日瞻泰階〔五〕？荒服固云忝，是道諒亦迷〔六〕。安得同志士？三歎寫余懷。

【箋注】

〔一〕解佩：解下佩玉，本形容辭官隱逸，此指離開朝廷。鍾嶸《詩品》：「或士有解佩出朝，一去忘返。」朝市：本包括朝廷與市場；此處單指朝廷，偏義複詞。《史記·張儀列傳第十》：「臣聞争名者於朝，争利者於市。今三川、周室，天下之朝市也。」

〔二〕恩私：皇帝之私情恩惠。被：施及。

〔三〕青蠅：喻讒佞之徒。《詩經·小雅·青蠅》：「營營青蠅，止于樊。豈弟君子，無信讒言。營營青蠅，止於棘。讒人罔極，交亂四國。」《論衡》卷十六《商蟲篇》：「《詩》云：『營營青蠅，止於藩。愷悌君子，無信讒言。』讒言傷善，青蠅污白，同一禍敗，《詩》以爲興。」玷：缺損。《詩經·大雅·抑》：「白圭之玷，尚可磨也；斯言之玷，不可爲也。」

〔四〕亮：明鑑，體察。《資治通鑑·漢紀五十五》：「不亮吾忠。」又，《宋紀二》：「所懷必亮。」胡三省皆《注》：「亮，明也。」微命：卑微生命。《楚辭·天問》：「蜂蛾微命，力何固？」

〔五〕沈約《八詠·解佩去朝市》：「辭北繆而南徂，浮東川而西顧。」青瑣：宫門上所鏤青色圖紋，代指宫廷。泰階：星名，又名三台，上台、中台、下台共六星，兩兩并排而斜上，如階梯，故名；古時以爲一見泰階則天下太平。《漢書》卷六十五《東方朔傳》：「願陳《泰階六符》，以觀天變。」顔師古《注》：「孟康曰：『泰階，三台也。每台二星，凡六星。符，六星之符驗也。』應劭曰：『《黄帝泰階六符經》曰：泰階者，天之三階也。上階爲天子，中階爲諸侯公卿大夫，下階爲士庶人……三階平則陰陽和，風雨時，社稷神祇咸獲其宜，天下大安，是爲太平。三階不平，則五神乏祀，日有食之，水潤不浸，稼穡不成，冬雷夏霜，百姓不寧，故治道傾。』」

〔六〕荒服：古代王畿周邊，以五百里爲一區劃，由近及遠分爲侯服、甸服、綏服、要服、荒服，合稱五服；荒服乃離王畿二千五百里之地域，此指金華。忝：辱没。《説文》：「忝，辱也。」諒：確實，誠然。沈約《八詠·解佩去朝市》：「忝稽郡之南尉，典千里之光貴。」

其八

被褐守山東〔一〕，山東古於越〔二〕。州城冒陘峴，嵐氣屢興没〔三〕。剖竹曰有行，思君不能發〔四〕。指途期闌暑，下車已涼月〔五〕。汲黯薄淮陽〔六〕，子牟戀魏闕〔七〕。豈伊念川途？固亦悲朝列〔八〕。日月倘垂照，猶堪慰寂蔑〔九〕。

【箋注】

〔一〕被褐：穿粗布短襖，形容處境貧困。漢徐幹《中論·治學》：「夫聽黄鐘之聲，然後知擊缶之細；視袞龍之文，然後知被褐之陋。」山東：古稱嵊山或華山以東區域，此指金華；山，泛指横亘逶迤於南朝都城金陵以東之鍾山、方山、土山、雁門山等山巒。沈約《八詠·被褐守山東》：「守山東，山東萬嶺鬱青葱。兩溪共一寫，水潔望如空。」

〔二〕於越：古地名，即春秋時越國。《漢書·貨殖傳》：「辟猶戎翟之與于越不相入矣。」顔師古

《注》：「孟康曰：『于越，南方越名也。』師古曰：于，發語聲也，戎蠻之語則然，于越猶句吴耳。」

〔三〕州城：金華，南北朝時稱東陽郡城。冒：突兀而起。陘峴：山谷與山峰。謝靈運《從斤竹澗越嶺溪行》：「逶迤傍隈隩，迢遞陟陘峴。」李善《注》：「《爾雅》曰：『山絶曰陘。』郭璞曰：『連山中斷曰陘。』《聲類》曰：『峴，山嶺小高也。』」興没：興起消散。

〔四〕剖竹：古代授官封爵，以竹符爲信；竹符一分爲二，一給本人，一留朝廷。謝靈運《過始寧墅》：「剖竹守滄海，枉帆過舊山。」

〔五〕指途：就道上路。陸機《贈弟士龍》：「指途悲有餘，臨觴歡不足。」闌暑：夏末，暑氣將盡時。謝靈運《永初三年七月十六日之郡初發都》：「述職期闌暑，理棹變金素。」下車：官吏到任。涼月：七月。《事物異名録·歲時·七月》引南朝梁元帝《纂要》：「七月曰首秋、初秋、上秋、肇秋、蘭秋、涼月。」

〔六〕汲黯：漢武帝擢汲黯淮陽太守，汲黯力辭，漢武帝勸其勿鄙薄淮陽，汲黯遂領旨治之；詳見《史記》卷一百二十《汲鄭列傳第六十》。

〔七〕子牟：戰國魏國公子，名牟，封於中山，世稱中山公子牟。《莊子·讓王》：「中山公子牟謂瞻子曰：『身在江海之上，心居乎魏闕之下，奈何？』」魏闕：宫門兩邊巍峨臺觀，代朝廷。

〔八〕朝列：朝班，群臣朝見帝王時尊卑位次。

〔九〕日月：比喻天子皇后。《禮記·昏義》：「故天子之與后，猶日之與月。」寂蔑：寂寞空虚。謝靈運《鄰里相送方山》：「各勉日新志，音塵慰寂蔑。」

寄宋潛溪三首

其一

海潮還舊浦，河流歸故道〔一〕。嶺雲雖暫出，回風復吹掃〔二〕。遊子與家别，來歸何不早？路遠隔音形，感物坐空老〔三〕。

【題解】

宋濂，字景濂，以其先人居金華潛溪，世稱宋潛溪，參見本卷《歲暮遲宋潛溪》、卷二《病中承宋編修見過》《别宋潛溪》、卷四《廉齋宋先生像贊》、卷五《修褉集後記》、卷六《送宋景濂入仙華山爲道士序》《浦陽人物記序》、卷七《三先生手帖後題》。

鄭濤《潛溪録》卷二《宋潛溪先生小傳》：「景濂姓宋氏，景濂，字也。其先家金華之潛溪，至景濂始自潛溪遷浦江，今爲浦江青蘿山人……景濂之貌不逾於中人，而其志則欲尚友於千古。接人雖極其和，至於品裁優劣，則極慎許可，當其意者，蓋十無一二焉。或狎而侮之，卒弗與校。人有樂於爲善者，則竭其志慮而助之，不啻若己事。故自家庭之近，至於州里之遠；自公卿之貴，至於僕隸之卑：凡識景濂者，咸以爲愷悌忠厚人也。景濂篤於倫品，處父子兄弟夫婦之間皆無愧。性尤曠達，視一切外物澹如也。年三十即以家業授子侄，朝夕惟從事書册間。稍有餘暇，或支頤看雲，或被髮行松間，遇得意時輒擊缶浩歌，聲振林木，翛翛然如塵外人。其傲視一世，豈徒齊彭殤、忘貴賤而已哉？其胸中之所存，蓋有不可得而測者矣。」

按「寄聲奮飛者，當慎子所之」，此詩作於宋景濂追隨朱元璋遠赴金陵之後。《宋濂全集》附録四徐永明《宋濂年譜》：「元順帝至正二十年庚子，五十一歲。以李善長薦，朱元璋遣樊觀奉書幣來徵。三月一日，宋濂、劉基、章溢、葉琛至應天。」《明史》卷一百二十八《宋濂》：「明年三月，以李善長薦，與劉基、章溢、葉琛并徵至應天，除江南儒學提舉，命授太子經，尋改起居注。濂長基一歲，皆起東南，負重名。基雄邁有奇氣，而濂自命儒者。基佐軍中謀議，濂亦首用文學受知，恒侍左右，備顧問。」

【箋注】

〔一〕浦：小水流注入江海處。歐陽修《鞏縣初見黄河》：「河伯素頑不可令，至誠一感惶且畏。引流辟易趨故道，閉口不敢煩官吏。」

〔二〕回風：旋風。杜甫《對雪》：「亂雲低薄暮，急雪舞回風。」
〔三〕感物：見物興感。韓愈《薦士》：「念將決焉去，感物增戀嫪。」

其二

孤鴻失儔侶，連翩洲渚湄〔一〕。自知羽翮短，不與同奮飛〔二〕。寄聲奮飛者，當慎子所之〔三〕。烟波渺無從，雲路迥難依〔四〕。雲路多鷹隼，烟波有虞機〔五〕。

【箋注】

〔一〕連翩：連續飛翔貌。
〔二〕奮飛：振翼高飛，喻奮發有爲。《詩經·邶風·柏舟》：「静言思之，不能奮飛。」
〔三〕寄聲：托人傳話。
〔四〕渺：浩瀚寥廓。雲路：雲間道路，喻通達仕途。白居易《答崔侍郎》：「泥泉樂者魚，雲路遊者鸞。」
〔五〕鷹隼：兩種鷙鳥。張九齡《詠燕》：「無心與物競，鷹隼莫相猜。」虞機：虞人所設機關；虞，虞人，掌管山林川澤之官吏。劉删《賦得獨鶴凌雲去》：「孤鳴思滄海，矯翮避虞機。」

其三

昔與君別日，妾蠶初弄絲。何意時運傾？寒衣今已治〔一〕。衣成向誰寄？冬雪旦夕飛。雪飛猶自可，時去端足悲。韶顏忌凋落，華志驚變衰〔二〕。安得君子心，不隨年歲移？

【箋注】

〔一〕時運：春夏秋冬四季之運行。《莊子·知北遊》：「陰陽四時運行，各得其序。」陶潛《時運》：「邁邁時運，穆穆良朝。」傾：竭盡。

〔二〕韶顏：美好容顏。華志：高貴志向。鮑照《發後渚》：「華志分馳年，韶顏慘驚節。」

築新居

挈杖去中林，卜宅江之邊〔一〕。江邊多故廬，改築架斯椽〔二〕。左右皆廢墟，南北盡頹垣。昔人固不留，遺迹尚依然。因之悟物理，盛衰恒遞遷〔三〕。世既異市朝，海亦變桑田〔四〕。古來皆有是，念此一長歎。何以慰我懷？斗酒傾前軒〔五〕。百世非所知，聊且樂當年〔六〕。

【題解】

新居，坐落於浦江邑城西隅；其時妻族居城南，詩人依之以築室。

【箋注】

〔一〕中林：林中，此指元時浦江縣興賢鄉馬劍村詩人祖居。卜宅：選擇住處。江：浦陽江，參見本卷《吴集賢新堂詩》。

〔二〕楊萬里《過九里亭》：「水渚才容足，漁家便架椽。」

〔三〕李咸用《秋望》：「榮枯物理終難測，貴賤人生自不知。」遞遷：交替變遷。

〔四〕異：變遷。《資治通鑑·魏紀十》：「必覺我異矣。」胡三省《注》：「異，變也。」

〔五〕鄭剛中《五更醉卧》：「獨坐前軒引破觥，滿床書卷任縱横。」

〔六〕當年：壯年。《晏子春秋·不合經術者》：「當年不能究其禮，積財不能贍其樂。」畢沅《注》：「當年，壯年也。」

還舊居

自我遠行遊，故廬今始歸。如何廿載間，舊事都已非〔一〕？曳杖過比鄰，相呼尋故知〔二〕。不見垂白翁，但見初長兒〔三〕。我園既稍葺，我田亦就治。種秫釀美酒，拾薪煮豆糜〔四〕。一笑集親朋，相從説暌離。以之感疇昔，俯仰多所悲〔五〕。人生一世中，所憂渴與飢。力耕給其用，此外更何思〔六〕？便當息吾駕，皓首以爲期〔七〕。

【題解】

舊居，元時浦江縣興賢鄉馬劍村戴氏祖屋。元至正十七年丁酉，朱元璋、張士誠及元軍逐鹿江浙行省，江南烽火頻仍，禍殃在在，詩人挈婦將雛，自縣邑至祖居躲避戰亂。《蔣季高誄辭》：「亡友蔣允升……丁酉歲家居遘疾，竟不幸夭死。予方避兵萬山中，距其家遠甚，不得一撫其櫬以盡其哀。」

《大明太祖高皇帝實録》卷五：「（至正十七年）丁酉春二月丙午朔，遣耿炳文、劉成自廣德取長興。張士誠將趙打虎以兵三千迎戰，敗之，追至城西門，打虎走湖州。戊申耿炳文克長興……秋七月甲戌朔……庚辰元帥胡大海等進兵徽州，守將元帥八思爾不花及建德路萬户吴訥等拒戰，大海擊敗之，遂拔其城。訥與守臣阿魯灰、李克膺等退守遂安縣，大海引兵追及於白際嶺，復擊敗之，訥自殺……丙申，元帥胡大海克休寧，進攻婺源。元將楊完者率兵十萬欲復徽州，大海還師，與戰於城下，大敗之，殺其鎮撫李才，完者遁去。」又，卷六：「（至正十八年）三月己亥朔……丙辰克建德路。先是行樞密院判鄧愈、親軍左副都指揮朱文忠、元帥胡大海，率兵由徽州昱嶺關進攻建德，道出遂安，未及縣三十里，長槍元帥余子貞以兵來拒，愈等擊敗之，獲馬百餘匹。追至淳安，敵聞風奔潰。復追擊二十餘里，獲其戰船三十艘，降其兵三千人。遂安守將洪某率衆五千援淳安，大海復戰敗之，生擒將士四百餘人，獲馬三十餘匹。至是軍抵建德，元參政不花、院判慶壽、長槍元帥謝國璽、達魯花赤喜伯都剌，總管楊瑀棄城遁，父老何良輔等率衆降……六月戊辰朔。癸酉，左副都指揮朱文忠率兵取婺之浦江縣，下之。縣之感德鄉有鄭氏者，自宋聚族同居；至元旌表爲義門，復其家。至是家衆避兵山谷間，文忠訪得之，悉送還家，禁兵士毋侵犯。」

《宋濂全集》卷五十一《元故朝列大夫同知婺州路總管府事致仕趙侯神道碑銘》：「至正壬辰，中原兵大作，蔓延江南，江浙行中書數遣大將統兵來過，侯告之以恤民止殺，言多聽。戊戌三月丙辰，睦州破。六月乙酉，兵入浦陽。」又，卷七十九《諸子辨并序》：「至正戊戌春三月丙辰，西師下睦州。浦陽壤地與睦境接，居民震驚，多扶挈耄倪走傍縣。予亦遣妻孥入勾無山，獨留未行……夏六月壬午，僅克脱稿。越三日乙酉，而浦陽陷矣，余遂竭蹷趨勾無。」

詩人服膺陶潛之高節清韻，嗜好陶詩之平和沖淡。本詩既有五柳先生《還舊居》之惝怳迷離，尤富《癸卯歲始春懷古田舍二首》之田家愜意。

至正十七年丁酉及次年，詩人避亂祖居，除斯詩外，尚存本卷《居田》、卷二《山中度歲》《丁酉除夕效陶體》《正月五日遊石門懷所遲客》、卷三《避地二首》及卷七《蔣季高誄辭》諸詩文。

【箋注】

〔一〕廿載：元順帝重紀至元四年戊寅（一三三八），詩人丁内憂而守孝祖居；元至正十七年丁酉（一三五七），江浙板蕩危殆，詩人避兵祖居，其間恰好二十年。

〔二〕吕祖儉《道上有感》：「時與舊朋儔，曳杖訪林泉。」陸游《村居書事》：「藥物枝梧病漸蘇，門前野老笑相呼。」

〔三〕賀知章《回鄉偶書》：「少小離家老大回，鄉音無改鬢毛衰。兒童相見不相識，笑問客從何處來。」

〔四〕秫：穀物名，稷之黏者。豆糜：豆粥。

〔五〕俯仰：低頭昂首，形容時間短暫。王安石《送李屯田守桂陽》：「追思少時事，俯仰如一夕。」

〔六〕給：供應，使豐足。白居易《雨歇池上》：「平生所好物，今日多在此。此外更何思？市朝心已矣！」

〔七〕駕：車乘。曾鞏《隆中》：「孔明方微時，息駕隆中田。」

居田

我生非匏瓜，於世可無食〔一〕？躬耕實所慕，戮力歸稼穡〔二〕。當春土脉動，農事滿阡陌〔三〕。晨興負耒去，日入弗遑息〔四〕。我苗今已長，我耕有餘隙。斗酒勞近鄰，隻鷄禮過客〔五〕。人生但如是，亦足慰平昔〔六〕。此意誰復知？千載惟沮溺〔七〕。

【題解】

此詩作於避亂浦江馬劍祖居時，其主旨近乎陶靖節之《歸園田居》，言避囂絶塵躬耕南畝之樂趣。

【箋注】

〔一〕匏瓜：葫蘆之一，其瓜不可食用，喻不見用於世。《論語》：「我豈匏瓜也哉？焉能繫而不食？」可：豈可，哪能。

〔二〕戮力：并力，勉力。稼穡：播種收穫，泛指農業勞動。陶淵明《勸農》：「舜既躬耕，禹亦稼穡。」

〔三〕土脉動：大地經脉運作跳動，即土壤解凍，雨水滋潤，草木萌發。

〔四〕耒：翻土農具之曲木柄，泛指農具。弗遑：没有閑暇。

〔五〕陸游《村居初夏》：「斗酒隻鷄人笑樂，十風五雨歲豐穰。」勞：慰勞。

〔六〕平昔：往日，舊時，此爲夙願義。

〔七〕沮溺：孔子周遊列國時所遇隱士長沮與桀溺。《論語·微子第十八》：「長沮、桀溺耦而耕，孔子過之，使子路問津焉。長沮曰：『夫執輿者爲誰？』子路曰：『爲孔丘。』曰：『是魯孔丘與？』曰：『是也。』曰：『是知津矣。』問於桀溺，桀溺曰：『子爲誰？』曰：『爲仲由。』曰：『是魯孔丘之徒與？』對曰：『然。』曰：『滔滔者天下皆是也，而誰以易之？且而與其從辟人之士也，豈若從辟世之士？』耰而不輟。」

飲酒

在昔童丱時，得年輒自喜〔一〕。謂當羽翮成，青冥將立致〔二〕。去去曾幾何，已覺非初意〔三〕。每思前日事，翻恨莫重遇。盛衰迭相尋，壯極老會至〔四〕。曩也歎時遲，今焉惜年逝〔五〕。人生已如此，有酒且須醉。

【題解】

醉翁之意不在酒，歷代文士常以酒爲媒介抒發靈魂之沉沉喟歎，此詩蓋其一也。

【箋注】

〔一〕童丱：童年；丱，兒童束髮成兩角狀。

〔二〕青冥：青天，喻顯赫地位。貫休《上顧大夫》：「一嶽倚青冥，群山盡如草。」

〔三〕去去：離開童年。曾幾何：曾幾何時，時間不長。

〔四〕翻：反而，卻。尋：連續，延續。杜牧《旅懷作》：「無情春色不長久，有限年光多盛衰。」

〔五〕張協《雜詩》：「疇昔歎時遲，晚節悲年促。」白居易《代鄰叟言懷》：「宿昔愁身不得老，如今恨作白頭翁。」

送屠彥德七首

其一

蓼蟲知習苦，塞雁知避寒〔一〕。人不處睽乖〔二〕，詎知爲別難？戎馬滿東北，風塵闇河關〔三〕。咫尺尚莫期，況乃兩州間〔四〕。送君危途上，如何弗長歎〔五〕？

【題解】

屠彦德，一作申屠彦德，名性，彦德其字也，會稽諸暨人，元黄文獻公溍弟子，參見卷十四《申屠先生墓誌銘》。詩云「我居方蹇剥，君行已逶遲」，則固作於屠彦德卸任浦江月泉書院山長以返回故鄉諸暨時。按《宣統諸暨縣志》，至正十三年前後屠彦德月泉書院山長秩滿去職。

《宣統諸暨縣志》卷二十八《人物志·列傳二·元·申屠性》：「字彦德，花亭鄉人。少爲州吏，敏茂積學。黄溍判州事，見而奇之，授以爲學之要，性益奮勵。至正辛巳與同里高保傳舉副榜，榜其坊曰丹桂。甲申復與王賀舉副榜，改榜曰聯桂。歷歙縣、貴溪教諭、月泉山長。著有《春秋大義》。與浦江戴良交最契，良贈以詩七章。」又，卷四十一《坊宅志一》：「申屠氏故里，在四十五都閙橋，元歙縣教諭申屠性居此。今減雙姓爲屠氏，如白屠、鄔下屠等村，皆其子姓所居，而閙橋居民皆周氏矣。」

《元詩紀事》卷二十四《屠性》：「性字彦德，會稽人。領至正鄉薦。前題（《和西湖竹枝詞》）：『二八女兒雙髻丫，黄金條脱銀條紗。清歌一曲放船去，買得新妝茉莉花。』」

友人陳基與楊翮嘗載屠彦德領鄉薦事。陳基《夷白齋稿外集》卷下《送申屠彦德序》：「秘書少監金華黄先生之宦游浙東西也，四方學者各以本經來受業。會稽申屠彦德則以《春秋》之學以爲高第登先生之門也，後先生稱彦德不置口，而某固願與之遊。及來吴門，訪故監書博士柯公敬仲，而彦德客於其館，始相識，於是修同門之好甚歡也。方是時，士罷科舉之習，一時作者以古雅相尚，而彦德詩文一出，争相傳誦。然日不廢三傳及諸儒所爲説，以研精宣聖筆削之旨。及賓興之制復行，彦德挾所有以往，每方出場屋，同輩各以其文相示，莫不推服彦德，而有司者顧屈之於乙榜，僅以恩例署歙縣教諭。夫士之爲學，亦正義不謀利、明道不計功而已。故其得所願於時，則進而行其志；其未得所願也，則退而求諸己。苟去而奉籩豆玉帛，周旋尼父之庭；深衣大帶，率諸生誦其詩讀其書於朱夫子之里：則又有所不讓也。」

楊翮《佩玉齋類稿》卷五《送屠彦德教諭序》：「至正元年，復鄉舉里選之制。明年，大比天下多士。春官上其名，天子親策焉，第其等而官之。又明年，用監察御史言，取貢士下第於春官者，用之爲校官。復以貢額未廣，而天下之材或遺也，始自今更定名數，於貢額之外，取以補校官之末等，秩視下第者益讓焉。著爲令，於是南士之額在江浙省與貢者廿有八人，而以遺材取者又十有六人。四年，暨陽屠君彦德在十有六人之中，遂爲校官於歙學。知彦德者皆爲彦德喜，以爲彦德雖不獲薦名於春官，而猶半得以遺材致身於校官也。彦德之在歙，能於其職，以故通郡中無不敬禮之。於校官之名實無少愧，視他塗而爲校官者，偃然而有以尚之。嗟乎！以彦德之賢而才教一邑，使天下之校官皆若而人，顧不足爲吾道重哉！今其文藝日登，譽聞日著，安知其異日不能奉大對於明廷，魁多士於天下？然則一邑之校官，不足爲彦德喜幸。予獨以校官之取於此塗者爲得人，故因彦德之解秩歛學，序以告諸世之公卿大夫士，且以明御史爲知言。」

【箋注】

〔一〕蓼蟲：寄生蓼草之小蟲；蓼，草本植物，葉味辛香。東方朔《楚辭·七諫·怨世》：「桂蠹不知所淹留兮，蓼蟲不知徙乎葵菜。」王逸《注》：「言蓼蟲處辛烈，食苦惡，不能知徙於葵菜食甘美，終以困苦而臞瘦也。」習苦：對苦味習以爲常，安然接受苦味。塞雁：塞外飛鴻，秋季南來以避寒。韓元吉《秋懷十首》：「江南底許風光好，塞雁來時未有霜。」

〔二〕暌乖：分離，背離。歐陽修《答梅聖俞寺丞見寄》：「南北頓暌乖，相離獨飄蕩。」

〔三〕戎馬：戰馬。風塵：風中塵土，比喻戰亂。杜甫《釋悶》：「江邊老翁錯料事，眼暗不見風塵清。」

〔四〕兩州：詩人所居之婺州與屠彦德鄉邦越州。

〔五〕陸游《東窗》：「九折危途寸步艱，至今回首尚心寒。」

其二

長歎且復止，請言交好始。君住浣水湄，我家浦川涘〔一〕。固已接聲光，終然異彼此〔二〕。末路遘多幸，來爲遊宦子〔三〕。測測久念息，款款新歡起〔四〕。

【箋注】

〔一〕浣水：浦陽江流經諸暨縣城江段之别名。《萬曆紹興府志》卷之七《山川志四・江・諸暨・浣江》：「在縣南五十步，亦名浣浦，又曰浣溪，曰浣渚。北過縣，分爲東西下江，中有浣紗石。」《宣統諸暨縣志》卷八《山水志四》：「五湖閘之下，瀨江特起者，曰苧蘿山，亦白陽支峰也。山不大而端秀宛然，東向即西施故里。《十道志》云：『勾踐索美女以獻吴王，得之諸暨苧蘿山賣薪女，曰西施。』山下有浣紗石，相傳爲西施浣紗處，一曰曒紗石。《輿地志》云『諸暨苧蘿山，西施、鄭旦所居，其方石乃曒紗處』是也。瀕江石厓鐫浣紗二字，世傳爲王右軍書，詳見《金石志》。稱浣江，見《文獻通考》。亦名浣渚，見《嘉泰會稽志》。又名浣浦，又名浣溪，見《一統志》《萬曆府志》。亦稱浣紗溪，又稱青弋江，又稱瓢溪，實一水而異名也。」湄：河畔。浦川：此指浦江縣境内之浦陽江。涘：水邊。

〔二〕聲光：聲譽美名。宋濂《扶宗宏辨禪師育王裕公生塔之碑》：「師之聲光，自是日起叢林中。」

〔三〕末路：窮途絶路。陸游《晨起偶題》：「幽居不負秋來意，末路偏諳世上情。」

〔四〕測測：深貌。《詩・周頌・良耜》：「畟畟良耜，俶載南畝。」毛《傳》：「畟畟猶測測也。」馬瑞辰《通釋》：「此詩畟畟訓測測，以聲近爲義……胡承珙曰：『《爾雅》：深，測也；《説文》：測，深所至也。』畟畟、測測，皆狀農人深耕之貌。」款款：真誠懇切。

其三

一從新歡起，幾度造門基。解巾日尚早，褰衽陽已微〔一〕。寒光曝頹曜，炎德躧來颸〔二〕。豈辭夏晷永？但恨冬馭馳〔三〕。皎皎淪迹心，非君當告誰〔四〕？

【箋注】

〔一〕解巾：解開頭巾，形容輕鬆得意。白居易《何處堪避暑》：「脱襪閑濯足，解巾快搔頭。」褰衽：提起衣襟，形容起身告辭貌。

〔二〕頹曜：太陽西沉。頹，下墜，落下。屈原《楚辭·九章·悲回風》：「歲忽忽其若頹兮，時亦冉冉而將至。」洪興祖《補注》：「頹，下墜也。」曜，泛指日月星辰。《素問·天元紀大論》：「九星懸朗，七曜周旋。」炎德：陽光温暖。屈原《楚辭·遠遊》：「嘉南州之炎德兮，麗桂樹之冬榮。」王逸《注》：「奇美太陽，氣和正也。」躧：跴，踏。颸：涼風。

〔三〕夏晷：夏季白天；晷，光陰。冬馭：寒冬太陽；馭，此指羲和駕馭之日車。

〔四〕皎皎：潔白光明。曾鞏《明妃曲》：「喧喧雜虜方滿眼，皎皎丹心欲語誰？」淪迹：隱藏行迹，多指避世隱逸。曾鞏《江湖》：「淪迹異鶩衆，辭囂如避時。」

其四

淪迹未云遂，且共陶情靈。新詩促座賦，美酒當壚傾〔一〕。曉我達生語，敦我擊壤情〔二〕。顧已反維縶，心迹猶未并〔三〕。家貧仰薄禄，庶以代躬耕〔四〕。

【箋注】

〔一〕促座：座位互相挨近。當壚：面對安放酒甕之土臺。梁簡文帝《當壚曲》：「當壚設夜酒，宿客解金鞍。」

〔二〕曉：告知。《漢書·元后傳》：「未曉大將軍。」達生：超越世俗羈縻之徹悟境界。吴筠《高士詠·陶徵君》：「吾重陶淵明，達生知止足。」敦：勉勵，督促。擊壤：古時鄉村野老遊戲，後以擊壤代太平盛世。高似孫《緯略》卷四《擊壤》：「《藝經》曰：『擊壤，古戲也。』《釋名》曰：『野老之戲也。』《逸士傳》曰：『堯時有壤父五十人，擊壤於康衢，或有觀者曰：大哉，堯之爲君也！壤父作色曰：吾日出而作，日入而息，鑿井而飲，耕田而食，帝何力於我哉？』此《藝經》所謂古戲也。玄晏云：『十七時與從姑子梁柳等擊壤於路。』則晉時尚有此戲矣。《風土記》曰：『擊壤者，以木作之，前廣後鋭，長尺四，闊三寸，其形如屨，臘節童少以爲戲，分部如擿博也。』《經》曰：『壤以木爲之，前廣後鋭，長尺四，闊三寸，其形如屨。將戲，先側一壤於地，遥於三四十步以手中壤敵之，中者爲上。』此言之最分明也。」南朝宋謝靈運《初去郡》：「即是義唐化，獲我擊壤聲。」

〔三〕維縶：羈絆，束縛。心迹：心願與行迹。元稹《遺書》：「心迹兩相忘，誰能驗行止？」

〔四〕宋袁甫《耕樂詩四首》：「少時操筆代躬耕，老鶴如今太瘦生。」

其五

自君羈薄禄，宛轉日月除〔一〕。僂指弭節初，三涉歲華莫〔二〕。世道有遷轍，天運無淹度〔三〕。爲歡未及終，已復遵往路〔四〕。戒途越嚴風，驅車犯寒露〔五〕。

【箋注】

〔一〕宛轉：時光輾轉消逝。張居正《元夕行》：「年光宛轉不相待，過眼繁華空自愛。」

〔二〕僂指：屈指而數。宋濂《生生堂記》：「僂指計之，誠甲子一周矣。」弭節：駐車，此指屠性乘車初抵浦江。《楚辭·離騷》：「吾令羲和弭節兮，望崦嵫而勿迫。」莫：通「暮」。

〔三〕遷轍：變遷軌迹。天運：日月星辰等天體之運轉。淹度：運轉停滯。南朝宋謝惠連《擣衣》：「衡紀無淹度，晷運倏如催。」

〔四〕終：長久。《詩經·周頌·振鷺》：「以永終譽。」陳奐《傳疏》：「永終，皆長也。」往路：此指返回諸暨之道路。

〔五〕戒途：登程，出發。《昭君怨》：「戒途飛萬里，回首望三秦。」嚴風：寒風。

其六

寒露濕我裳，嚴風吹我衣。美人去不返，後會寧可知〔一〕？我居方蹇剥，君行已逶遲〔二〕。徒堅皓首約，豈遂空谷期〔三〕？倉卒心已苦，别久應更悲〔四〕。

【箋注】

〔一〕美人：道隆德盛者，此指屠彦德。柳宗元《初秋夜坐贈吴武陵》：「美人隔湘浦，一夕生秋風。」寧：豈，難道。

〔二〕蹇剥：時運不濟，艱難坎坷；《易·蹇》：「蹇，難也。」《易·剥》：「剥，不利有攸往。」元耶律楚材《和馮揚善韻》：「今日窮途雖蹇剥，他時行道自亨貞。」逶遲：輾轉遠行貌。王維《送高適弟耽歸臨淮作》：「都門謝親故，行路日逶遲。」趙殿成《注》：「毛萇《詩傳》：『逶遲，歷遠之貌。』」

〔三〕空谷：空曠幽深之山谷，多指賢者隱居處。《詩經·小雅·白駒》：「皎皎白駒，在彼空谷。」孔穎達《疏》：「賢者隱居，必當潛處山谷。」

〔四〕倉卒：同「倉猝」，此指匆匆道别。

其七

欲忘别後悲，獨有惠來篇〔一〕。委曲風波事，殷勤巖壑言〔二〕。蹈海計已乖〔三〕，入蜀願亦愆〔四〕。惟思遵曩訓，偃息在故山。君其慎所適，晦養終百年〔五〕。

【箋注】

〔一〕惠來：遥賜遠寄。艾性夫《除日立春》：「歲如舊政方書滿，春與故人同惠來。」

〔二〕委曲：遷就屈從。陶潛《感士不遇賦》：「寧固窮以濟意，不委曲而累己。」風波：糾紛或患難。白居易《除夜寄微之》：「家山泉石尋常憶，世路風波子細諳。」殷勤：懇切深厚。巖壑：山巒溪谷，多指隱士居處。岑參《下外江舟中懷終南舊居》：「巖壑歸去來，公卿是何物？」

〔三〕蹈海：捨身赴海；戰國時齊人魯仲連抗志行俠，强秦東侵趙，魯仲連挺身紓難，徒以不忍爲秦民，若秦霸天下，唯蹈東海而死耳。詳見《史記》卷八十三《魯仲連鄒陽列傳第二十三》。

〔四〕入蜀：東漢道家宗師張道陵率徒入蜀，修身煉丹，降魔驅鬼，濟衆利世。葛洪《神仙傳》卷五《張道陵》：「陵年五十方退身修道，十年之間已成道矣。聞蜀民樸素可教化，且多名山，乃將弟子入蜀，於鶴鳴山隱居。既遇老君，遂於隱居之所備藥物，依法修煉，三年丹成，未敢服餌。謂弟子曰：『神丹已成，若服之，當沖天爲真人，然未有大功於世，須爲國家除害興利，以濟民庶，然後服丹即輕舉，臣事三境，庶無愧焉。』老君尋遣清和玉女教以吐納清和之法，修行千日，能内見五藏，外集外神，乃行三步九迹，交乾履斗，隨罡所指，以攝精邪，戰六天魔鬼，奪二十四治，改爲福庭，名之化宇，降其帥爲陰官。先時蜀中魔鬼數萬，白晝爲市，擅行疫癘，生民久罹其害，自六天大魔推伏之後，陵斥其鬼衆，散處西北不毛之地，與之爲誓曰：『人主於晝，鬼行於夜，陰陽分别，各有司存，違者正一有法，必加誅戮。』於是幽冥異域，人鬼殊途。今西蜀青城山有鬼市，并天師誓鬼碑，石天地石日月存焉。」愆：喪失。

〔五〕適：往。楊時《此日不再得示同學》：「行己愼所之，戒哉畏迷方。」晦養：韜光養晦。明陳紹先《感興》：「安知莘渭間，養晦恒自足？」

憶胡仲申

點點階上苔，鮮鮮爲誰碧〔一〕？已別舊年人，空餘舊年色〔二〕。我行東齋外，對之還爾惜〔三〕。所思雖久違，猶有往來迹。

【題解】

胡翰，字仲申，或作仲伸，元末明初著名學者，參見卷二《送别胡仲子二首》《送胡仲子之三衢》與卷五《樂善堂記》。本詩唯攄闊别眷戀，初無胡氏離鄉應徵之迹，故當作於詩人定居浦江縣城西隅之日。

《明史》卷二百八十五《文苑一·胡翰》：「字仲申，金華人。幼聰穎異常兒。七歲時，道拾遺金，坐守待其人還之。長從蘭溪吴師道、浦江吴萊學古文，復登同邑許謙之門。同郡黄溍、柳貫以文章名天下，見翰文，稱之不容口。遊元都，公卿交譽之。與武威余闕、宣城貢師泰尤善。或勸之仕，不應。既歸，遭天下大亂，避地南華山，著書自適。文章與宋濂、王禕相上下。太祖下金華，召見，命與許元等會食中書省。後侍臣復有薦翰者，召至金陵。時方籍金華民爲兵，翰從容進曰：『金華人多業儒，鮮習兵，籍之，徒糜餉耳。』太祖即罷之。授衢州教授。洪武初，聘修《元史》，書成，受賫歸。愛北山泉石，卜築其下，徜徉十數年而終，年七十有五。所著有《春秋集義》，文曰《胡仲子集》，詩曰《長山先生集》。」

《明文衡》卷八十四吴沉《長山先生胡公墓銘》：「先生稟高明卓絶之資，爲精敏宏博之學，得於心而證於人，稽於今而質於古，爲文章簡潔清峻，不作則已，作則必高出於人。性嚴毅，寡酬應，未嘗輕有所毀譽。暮年請文者踵門，不苟隨也。」

【箋注】

〔一〕鮮鮮：鮮豔美好。唐韓愈《秋懷詩》：「鮮鮮霜中菊，既晚何用好？」錢仲聯《集釋》引《方言》：「鮮，好也。」

〔二〕舊年：去年。張説《岳州守歲》：「歌舞留今夕，猶言惜舊年。」

〔三〕東齋：古人常以之稱自家書房。陸游《東齋》：「東齋幽寂憑誰畫，開幔床横一素琴。」蘇轍《雪中呈范景仁侍郎》：「羈遊亦何樂？幸此賢主人。東齋暖且深，高眠不知晨。」

歲暮遲宋潛溪

忽忽歲欲暮，駸駸春已迫〔一〕。出門尚誰思？悲歌遲來客。客昔與我期，近在旦與夕〔二〕。如何事多迕？月滿且復魄〔三〕。悲風一夜起，落葉滿長陌。女蘿雖有托，近亦辭松柏〔四〕。萬物會歸盡，人豈無終極〔五〕？而我與夫子，況皆年半百。前途詎難知？玄髮早已白。若不數相過，蹉跎深足惜〔六〕。

【題解】

宋濂，號潛溪，詳見本卷《寄宋潛溪三首》。宋濂長詩人七歲，本詩云「況皆年半百」，蓋單指宋濂年届五十；詩人五十歲時，正自吴逾越達魯，洵無以與宋濂謀面。至正十九年己亥，宋濂年五紀，聘寧越府郡學五經師，詩人爲郡學學正。宋戴二友同時供職郡學，朝夕會晤，而詩云「月滿且復魄」，則詩固不吟於是年。本詩應作於丁酉年前，時宋濂年且五十而浦江未陷兵燹。《大明太祖高皇帝實録》卷七：「（己亥正月）庚申，命寧越知府王宗顯開郡學，延儒士葉儀、宋濂爲五經師；戴良爲學正；吴沉、徐原等爲訓導。」

【箋注】

〔一〕忽忽：急速貌。駸駸：疾速貌。徐鉉《寄和州韓舍人》：「急景駸駸度，遥懷處處生。」

〔二〕遲：等待。旦與夕：早晚，形容時間極短。

〔三〕魄：指月未盛明時所發之微光，通常指每月初三。《禮記·鄉飲酒義》：「月者，三日則成魄。」《白虎通・日月》：「月三日成魄，八日成光。」

〔四〕女蘿：又名松蘿，多附生於松樹，成絲狀下垂。《詩經・小雅・頍弁》：「蔦與女蘿，施于松柏。」郭璞《遊仙詩》：「寒露拂陵苕，女蘿辭松柏。」

〔五〕司馬光《子厚先生哀辭》：「人生會歸盡，但問愚與賢。」終極：終點。

〔六〕數：屢次。宋韓維《對雨思蘇子美》：「吾徒無事數相過，日策疲馬度深淖。」

寄許存仁

一鳥方北來，一鳥卻東飛〔一〕。夫豈巧爲避？羽短風迫之〔二〕。方春遊郡城，子有越上期〔三〕。及今會吾里，而我復差池〔四〕。常時隔遠道，暌乖固其宜〔五〕。豈意兩相接，反更事多違〔六〕？畏塵念彈冠，懼垢願浣①衣〔七〕。士有交臂失，如何弗予思〔八〕？

【題解】

許元，字存仁，元末明初金華儒家。朱元璋略地金華，訪而擢之，後因忤旨死獄中。許氏行迹亦見本書卷七《劉鏞字説後題》。《明史》卷一百三十七《許存仁》：「名元，以字行，金華許謙子也。太祖素聞謙名，克金華，訪得存仁。與語大悦，命傅諸子。擢國子博士。嘗命講《尚書·洪範》休咎徵之説。又嘗問《孟子》何説爲要。存仁以行王道、省刑薄賦對。吴元年擢祭酒。存仁出入左右垂十年，自稽古禮文事，至進退人才，無不與論議。既將議即大位，而存仁告歸。司業劉丞直曰：『主上方應天順人，公宜稍待。』存仁不聽，果忤旨。僉事程孔昭劾其隱事，遂逮死獄中。」許存仁父許謙，元代大學問家，與王柏、何基、金履祥稱北山四先生。柳貫《柳待制文集》卷二十《祭許益之文》：「人十其功，而己則百之，學必至於充類而爲知。晝晝糜以加餐，夜爇薪而照字。披攘典墳，采摘訓傳，務爲高深宏遠，而不墜於習俗之薈翳。苟蹈道之弗頗，亦皇恤乎室之空而躬之悴！於是推其緒餘以私淑諸人，而户外之屨綈其來萃。善待問如撞鐘，叩有小大，而其鳴聲則隨以異。虚而往，實而歸，無不厭滿其心意。故周旋動作之形，常足以觀端棨正襮之所自。昔者安定之徒，亦惟於此有得，而足以振聳群睨。然而病寄蓬蒿環堵之居，名在方岳大臣之議。或飛剡而上公車，或顧盧而勤枉轡。乃魏野之莫回，豈朱雲之可更？望駒谷之逍遥，只以興尊德樂道者之一喟！」

【校勘】

①浣：底本作「涴」，據乾隆本改。

【箋注】

〔一〕韓愈《雙鳥詩》：「一鳥落城市，一鳥集巖幽。不得相伴鳴，爾來三千秋。」

〔二〕巧：巧詐，奸詐。《淮南子·本經》：「飾智以驚愚，設詐以巧上。」高誘《注》：「巧，欺也。」

〔三〕郡城：婺州郡城。越：越州，紹興古稱。期：約會。《詩經·鄘風·桑中》：「期我乎桑中，要我乎上宮，送我乎淇之上矣。」

〔四〕差池：不整齊，不一致。《詩經·邶風·燕燕》：「燕燕于飛，差池其羽。」

〔五〕睽乖：分離，背離。歐陽修《答梅聖俞寺丞見寄》：「南北頓睽乖，相離獨飄蕩。」

〔六〕更：連續，相繼。《周禮·春官·巾車》：「歲時更續。」孫詒讓《正義》引《國語》韋昭《注》：「更，續也。」

〔七〕彈冠：彈掉帽上灰塵。《楚辭·漁父》：「吾聞之，新沐者必彈冠，新浴者必振衣。」王逸《注》：「拂土芥也。」浣衣：洗衣。

〔八〕交臂：胳臂挨胳臂，形容距離極短。蘇軾《夜值秘閣呈王敏甫》：「共誰交臂論今古？只有閑心對此君。」

楊本初見訪別後郤寄

有客越中來，衣帶越溪雨〔一〕。既來還遽辭，耿耿不得語〔二〕。譬如東軒月，偶此成賓主〔三〕。浮雲一與期，清光無定所。出門復入門，悵望夜將午〔四〕。幾向雨來時，念子溪之滸。事違人已衰，别多心更苦。朝來數鬢絲，近復添幾縷〔五〕。

【題解】

楊恒，字本初，號白鹿生，元末諸暨高士，著《書學正韻》《白鹿子文集》。《諸暨縣志》卷四十一《坊宅志一》：「白鹿山房在十九都清潭白鹿山麓，明白鹿生楊恒隱居之所。」《宋濂全集》卷十九《白鹿生小傳》：「白鹿生者，諸暨之人也。風神俊爽，翹然欲超群。其外族曰方，建塾聘賢傅，館四方遊學士。生往受諸經，領其玄旨。稍事文墨，輒峻潔如淵珠。衆嘩曰：『生賦資絶倫，非積功所可及，盍遜其一席地？』聲光流婺越間，煜煜能動人，競要遮作州閭師，類弗應。浦陽江上有鄭氏一宗，累五十室同案而膳，戒子弟執贄致辭。生躍然興曰：『是或可爲也。』即日上道，皋比中居，以倡道爲己責。與諸生言，必稱曰『昔之人』『昔之人』，日摩月切，操行有可觀。歷十春秋，自以精明不逮前時，退居白鹿山，戴椶冠，被羊皮裘，帶經耕煙雨間。暇則吟風弄月，傲睨萬象，若不知古今之殊軌，有識者莫能窮其際。高郵(樂)〔欒〕鳳來爲州牧，獨造門拜曰：『鳳聞先生賢，言行無悖古先哲人，願爲一州學子師。』生牢讓不起，鳳不得已，令閭右子弟即其家問道。州政有闕失，鳳必移書咨訪，生白以利病，裨助弘多。後若干載，殿中侍御史唐鐸出守越，欲辟起之，生力辭如前，鐸不敢强。生性醇篤，無銖髮矯僞。與人語，出肺肝相示，恥爲覆藏；事乖名義，峻言斥之弗少恕。家無儋石儲，臨財甚介。山氓誤坐法當死，生憫其蠢愚，謀諸鄉鄙活之。氓輟烏犍爲謝，生拒之，氓頓顙至地，潸然隕涕。生曰：『東作方興，非牛何以耕？俟三冬或可爾。』至期氓復來請，生反覆譬曉之乃已。州人士求連生族，祝生持其成，暨委禽走介致餼，繼以金幣。生笑曰：『孰謂君子而可貨誘乎？』悉遣去。人復嘩曰：『是可以義取者，生尚不之欲，況其他乎？』於是鄉人教子者，恒指生以爲法，使學焉。生名恒，字本初，姓楊氏。白鹿生因其所居號之云。史官曰：予與生遊者三十年，不可謂不相知者。待罪國史時，遂白執政，薦之入成均。聞生不受州縣辟，事乃寢。然其行義可法者，不當使其泯泯，因爲造小傳如右。隱之與顯，非所以論生也。」

《諸暨縣志》卷二十八《人物志·列傳三》所載楊恒行迹與《白鹿生小傳》無異，蓋編者摭拾於宋氏文集耳。

《方孝孺集》卷十二《白鹿子文集序》：「越之諸暨有隱君子曰楊公本初，居白鹿山。其學一以古人爲宗，務於躬行。言高志大，自勉以孔子、孟軻爲師，教人亦俾以孔子、孟軻爲師。取與不妄，進退不苟。始而鄉人尊之，既而邑人尊之，既而郡人尊之。太史潛溪公以道德文學伏一世，亦甚敬之，至爲之傳，稱之曰白鹿子。白鹿子不喜爲文辭，其言嚴厲峻切，警薄矯邪，往往中世俗忌諱，以故一時之人雖知白鹿子之賢，而死於布衣。今年其孫友載其遺文若干卷至京師，介浦陽戴公原禮，請敘其篇首。予年二十餘時，嘗從太史公謁白鹿子於家，聽其言論，悚然敬異，而白鹿子見予喜甚，以古之君子見望。今二十餘年，公與白鹿子既皆淪謝，而予亦頹然無用於世矣。因復於友曰：「人之自修爲善，事之必可勉者也；修德而冀其傳世，立言而冀其行遠，此雖聖賢有不能預期。蓋幸不幸，有命存焉，非人之所能及也。以白鹿子之學古飭行，自當爲天下後世所重，蓋必有知德之士慕其人而誦其言，然後白鹿子之文赫烜光著於天下，有不可掩者矣。昔揚雄没而《法言》傳，文中子死而《中説》顯，事未有不以久而定者。然白鹿子之爲人，卓卓可稱如此，遺文之傳，安知不較然著於後世乎！」

【箋注】

〔一〕越：越州，楊本初鄉縣諸暨隸屬越州。越溪：此指諸暨浣江，以越女西施浣紗而得名，參見本卷《送屠彦德七首》。

〔二〕耿耿：忠誠貌。

〔三〕東軒：喻詩人。月：喻楊本初。

〔四〕夜將午：將午夜。杜甫《九日寄岑參》：「出門復入門，兩脚但如舊。所向泥活活，思君令人瘦。」

〔五〕鬢絲：白色鬢髮。陸游《菩薩蠻》：「題罷惜春詩，鏡中添鬢絲。」

答李寧之

涸鱗思赴海，倦翮念歸山〔一〕。如何遠遊客，歲久不知還？世途方擾擾，豺虎尚爲患〔二〕。久嫌軍務勞，翻羡爲客閑。夜雨滴愁夢，晨風颯頹年〔三〕。丈夫雖耿介，亦或多苦顔。而我承結鄰，獨喜相追攀。未堅金石交，已枉瑶華篇〔四〕。時時感嘉貺，相視兩凄酸〔五〕。豈不欲爲答？情深諒難宣〔六〕。

【題解】

李康，字寧之，元末桐廬賢達，早年師事胡仲孺，與青田劉基友善，名其書舍曰梅月齋，世稱梅月處士。李寧之卒於至正十八年，詩云「結鄰」，則必作於詩人卜居浦江縣城西隅時。李氏行迹參見卷三《寄寧之鵬南兄弟二首》。

《乾隆桐廬縣志》卷十一《人物・隱逸・李康》：「字寧之，號梅月處士。幼警悟闓爽，年十二母病弗瘥，取股和饘粥以進，病隨愈，里稱李孝子。從永康胡仲孺先生遊，工詩文，博及書畫琴弈，以古學自鳴。至正二年，郡守馬九皋以幣迎，辭之。九年，張奉史聞其賢，又起之，復辭。十六年，宰臣塔失鐵至邑，即致幣遣縣令羅良詣請議事，康不得已而起，極談當時得失。欲官之，康以母老辭歸。十八年，以疾卒。高陽許瑗、青田劉基臨其喪，爲詩文以誄之。康所著有《杜詩補遺》《桐川詩派》《梅月齋永言》《看山清暇集》若干卷藏於家。」

《民國桐廬縣志》卷十六《文徵外編下・詩》劉基《題梅月齋寧之先生讀書處》：「乾坤清氣不可名，琢瓊爲户瑶爲楹。軒窗曉開東井白，簾櫳暮掩西山青。玉堂數枝春有信，銀漢萬頃秋無垠。

夜深步月踏花影，梅清月清人更清。羅浮不獨人間春，廣寒不獨天上人。人間天上有如此，何時載酒來敲門？」又，《留别李君寧之》：「群山雪消江水寬，主人情重欲别難。我今自向玉島去，短日斜倚春風寒。滿樓山色幾時醉？永夜月明何處看？人生有心無遠近，頻將書札報平安。」

《民國桐廬縣志》卷十八《文徵内編下・詩》李仲驤《三月十日寧之侄於廢圃中得梅花一枝有詩因次其韻》：「年年占取百花魁，何事遲遲三月開？也識主人甘遁世，風霜不肯出頭來。」

【箋注】

〔一〕鱗：代魚。駱賓王《疇昔篇》：「涸鱗去轍還游海，幽禽釋網便翔空。」翮：羽莖，代鳥。劉基《旅興》：「倦翮得安巢，感荷天地生。」

〔二〕擾擾：紛亂不安。豺虎：喻猖獗狠毒之惡徒。杜甫《久客》：「狐狸何足道？豺虎正縱横。」

〔三〕颯：颯颯，風聲。頽：下墜，流失。《楚辭・九章・悲回風》：「歲忽忽其若頽兮，時亦冉冉而將至。」

〔四〕金石交：金石般堅固交情。孟郊《審交》：「唯當金石交，可以賢達論。」枉：屈就，紆尊降貴。瑶華：玉白色花，喻精美詩文。岑參《敬酬杜華淇上見贈》：「賴蒙瑶華贈，諷詠慰懷抱。」

〔五〕嘉貺：美好賞賜。

〔六〕諒：委實。宣：表達。張籍《贈殷山人》：「山城一相遇，感激意難宣。」

鄭僉憲授官南歸

相國昔愛才，有才必陶鈞〔一〕。至今海内士，多出幕下賓〔二〕。鄭君入京華，兄弟盡能文〔三〕。鈐閣遽引見，器重異常倫〔四〕。亦既薦明主，遂爲希代珍〔五〕。緑衣不肯著，紫綬忽在身〔六〕。榮名竟藉藉，一旦動縉紳〔七〕。等輩盡嗟異，鄉邦無此人〔八〕。南宫既奮迹，烏府復埋輪〔九〕。群公滿天關①，獨出官海濱〔一〇〕。除書已久至，君命敢因循？蕭蕭風雪時，日暮下東津〔一一〕。過家十二月，臘盡將及春。閭里爲改觀，草木亦光新。上堂拜慈母，下堂辭密親。王事剩相拘，可能逃吾辛〔一二〕？顧兹家範嚴，四海無不聞〔一三〕。昔爲純孝子，今作忠藎臣〔一四〕。西州況久弊，戰骨成埃塵〔一五〕。自非霄漢客，曷拯溝壑民？行矣在勤事，毋徒悲索群〔一六〕。

【題解】

鄭僉憲，名深，元浦江鄭義門人。僉憲，元肅政廉訪司正五品僉事。《義門鄭氏奕葉文集·目録·元廉訪僉事經筵録》：「公諱深，字仲幾，一字浚常。丞相脱脱舉爲太傅府長史，遷文宣閣授經郎，進講經筵，轉鑑書博士，累階奉訓大夫、江東建康道肅政廉訪司僉事。《經筵録》三卷，永樂四年進呈御覽，留史館。」

授官，至正十六年秋鄭深除江南浙西道肅政廉訪司僉事，元時杭州路、湖州路、嘉興路、平江路、常州路、鎮江路、建德路、松江府、江陰州皆在其境内。

《麟溪集》寅卷上宋濂《故奉訓大夫僉江東建康道肅政廉訪司事鄭君墓誌銘》：「君諱深，字仲幾，一字浚常，鄭其姓也……聞太師脱脱公喜士，即走見之。時太師新解幾務，退居於豐，謁入，與語大悦，遂留之……十年春三月，遷宣文閣授經郎，階徵事郎……俄中書奏君兼經筵譯文官……十四年夏四月，轉宣文閣鑑書博士，階儒林郎，兼官如故……當是時，君從弟國子助教濤，方爲經筵檢討權參贊官。每進講殿中，兄弟連翩而入；及退，均被上尊馬湩之賜。人尤以爲榮耀焉。秋七月，改中書吏部員外郎……十六年秋八月，御史臺欲用君爲御史，君以母夫人年高辭。已而除君僉江南浙西道肅政廉訪司事，而中書同日奏君江西行中書省左右司郎中，臺臣覆奏乃止。君急欲南歸，即入謝上。皇太子聞之，將留弗遣。君對以其故，復賜眉壽二大字，君持歸以爲親榮。時中原道不通，君浮海而還……尋除今官，未及上卒，年甫四十有八……君眉目疏豁，軀幹魁梧，雖沉敏多智數，秉心慈恕，而一以正裁之。人未出言，已能窺測其肺腸，故周旋南北間，鮮有僨事。然頗以師道自任，授經宣文閣中，皆勳戚大臣之子，君戴星而出，戴星而入，孜孜以開物成務日迪導之，學成而仕，蔚爲名臣。與人交，不以勢之崇卑而貳其心。在朝公侯卿大夫亡慮數百人，無不知敬愛君，而翰林侍講學士豫章揭公傒斯、翰林學士承旨瀏陽歐陽公玄、太子右諭德東明李公好文、司農少卿臨川危公素，尤與君爲文墨交而無間者也。若君者，可謂奇偉不凡之士矣。濂長君僅四歲，負笈遊立夫吴先生之門，始獲交君，晝同案食，夜則共衾裯而寢，穆穆然，衎衎然，其姓雖殊，情實昆弟也。」

【校勘】

① 闗：乾隆本作「闕」。

【箋注】

〔一〕相國：脱脱，字大用，元順帝時中書右丞相，元末政治家、軍事家，詳見卷八《祭脱脱丞相祠》。陶鈞：造就，陶冶。

〔二〕海内士：名聞天下者。宋張鎡《寄題莊器之招隱樓》：「莊侯海内士，豈特静者類？」

〔三〕兄弟：鄭深與其從弟鄭濤。吴萊《淵穎集》卷三《送鄭浚常北遊京師》：「治世日少事，朝廷正求賢。信哉男兒志，觀此萬里天……牛毛豈不多？麟角獨爾專。」鄭淵《麟溪集》寅卷上《奉議大夫太常博士兄行實》：「後五年辛巳，公（鄭濤）以家塾應接之煩，同宋先生及諸弟已冠者，讀書於東明山中，朝講暮誦，相期於成，人以胡翼之、孫明復、石守道目之。」

〔四〕鈐閣：將帥重臣官署，此指脱脱衙署。引見：接見。《後漢書》卷七十九《張玄傳》：「時右扶風琅邪徐業，亦大儒也，聞玄諸生，試引見之。」

〔五〕明主：此指元順帝。希代：希世，世所罕有；希，同「稀」。元歐陽玄《題紫微老人大字歌》：「家藏有此希世珍，取酒當爲主人壽。」

〔六〕《元史》卷九十一《百官七》：「一品至五品者服紫……八品至九品者服緑。」紫綬：繫結印章之紫色絲帶。李白《門有車馬客行》：「空談霸王略，紫綬不掛身。」

〔七〕藉藉：顯著盛大貌。縉紳：插笏於腰帶間，代士大夫。

〔八〕等輩：同輩。姚勉《贈古樸相士》：「如斯等輩真肉眼，砂裏精金豈能揀！」

〔九〕南宫：古稱尚書省，東漢鄭弘嘗著《南宫故事》以録尚書省諸般政事；三省六部制時，吏部隸屬尚書省，鄭深嘗授吏部員外郎，故言其奮迹於南宫。烏府：御史府别稱，以西漢時數千野烏集於柏樹而得名。《漢書》卷八十三《朱博》：「是時御史府吏舍百餘區井水皆竭；又其府中列柏樹，常有野烏數千棲宿其上，晨去暮來，號曰朝夕烏。」埋輪：東漢御史張綱受命巡視，至洛陽都亭時止步不前，將車輪深埋泥土，上書彈劾權臣大將軍梁冀與河南尹梁不疑；詳見《後漢書》卷五十六《張王種陳列傳第四十六》。後多以埋輪形容御史不懼淫威正道直行；此指鄭深固辭御史之命。

〔一〇〕天關：天門，此指宫廷。陳鵠《耆舊續聞》卷九：「天關啓鑰趨朝後，侍史焚香起草初。」海濱：此指江南浙西道肅政廉訪司。

〔一一〕蕭蕭：風雪聲。《麟溪集》丁卷李好文《送浚常僉憲授官南歸》：「君今持使節，繡衣耀鄉國。歸棹浦江雲，叱起初平石。」

〔一二〕王事：公事。《詩經·小雅·四牡》：「王事靡盬，我心傷悲。」剩：多。高適《贈杜二拾遺》：「聽法還應難，尋經剩欲翻。」可：豈。

〔一三〕家範：浦陽鄭氏自宋鄭綺至元末同居合食，其所以能綿延若此之久，端賴設立家規而深信篤行；元末鄭泳嘗損益司馬氏《書儀》與朱子《家禮》以成《鄭氏家儀》。

〔一四〕純孝：至孝。《左傳·隱公元年》：「潁考叔，純孝也，愛其母，施及莊公。」忠藎：忠誠。

〔一五〕弊：疲困。至正十六年，張士誠南侵，幾據江南浙西道諸郡。《隆平紀事》：「至正十六年丙申春正月朔，張士德陷常熟，遂進攻平江。二月壬子朔入平江，據之……三月，周王張士誠自高郵徙都隆平……夏四月遣兵徇松江下之……分兵下湖州，改爲吳興郡，以左丞潘原明鎮之。遣兵攻常州，有黄貴甫者間道歸士誠，請爲内應，兵至，不戰而破，改常州爲毗陵郡……秋七月，張士德率兵陷杭州，潰走……」

〔一六〕霄漢：天空極高處，常以之喻朝廷。杜甫《送陵州路使君赴任》：「霄漢瞻佳士，泥塗任此身。」溝壑：身陷絶境而死亡之地。《孟子·萬章下》：「志士不忘在溝壑，勇士不忘喪其元。」索群：離群索居。

九靈山房集卷之二

山居稿二

五言古詩

山中度歲

去年當歲暮，我方家市邑。時復掃新居，親朋爲之集〔一〕。天運不可常，周辰今已及〔二〕。投迹此山中，酒杯與誰執？故歡隨歲去，新愁帶春入。唯獨聞爆聲，依然如舊習〔三〕。

【題解】

元至正十七年丁酉，朱元璋、張士誠及元軍逐鹿江浙行省，烽火直逼浙東，詩人舉家避亂祖居，參見卷一《還舊居》。山中者，元時浦江縣興賢鄉九靈山下馬劍村。時至年末，兵燹未息，詩人猶不能返回縣邑新居，遂有此殷憂之作。

【箋注】

〔一〕市邑：市鎮，此指浦江縣城。新居：浦江縣城西隅詩人宅院，參看卷一《築新居》。

〔二〕天運：天命，氣數。《後漢書》卷七十三《公孫瓚》：「舍諸天運，徵乎人文。」李賢《注》：「天運，猶天命也。」周辰：一周歲；古代曆法以日月相會爲辰，一月一辰，一年十二辰，周而復始，循環往復。辰，日月交會點，即夏曆一年十二個月月朔時太陽所在位置。《尚書·胤征》：「辰弗集于房。」孔穎達《疏》：「辰爲日月之會。日月俱右行於天，日行遲，月行疾……一歲十二會，故爲十二辰。」

〔三〕王安石《元日》：「爆竹聲中一歲除，春風送暖入屠蘇。」

丁酉除夕效陶體

亹亹冬春易，悠悠時運傾〔一〕。一歲只今宵，胡能不心驚？我觀寰宇内，誰非愛其生？其生竟幾何？倏忽已頽齡〔二〕。長風向夕起，寒雪没前庭〔三〕。緑竹且就壓，衆①草豈復青？萬事盡如是，何須動中情〔四〕？兒女方在側，尊酒亦既盈〔五〕。今我不爲樂，後此欲何成？笑歌東軒下，且遂陶性靈〔六〕。

【題解】

此與前詩《山中度歲》，皆吟於丁酉歲除夜。明年冬，明太祖朱元璋拔婺州，詩人與胡翰等十二人受聘會食於江南分省，從此離開故居，幾無重遊之日。陶體，陶淵明所創沖淡自然、意深旨遠之詩體。嚴羽《滄浪詩話·詩體》：「陶體，淵明也。」

【校勘】

① 衆：乾隆本作「芳」。

【箋注】

〔一〕亹亹：行進貌。陸游《冬日》：「短景匆匆過，新寒亹亹來。」悠悠：行進貌。《詩經·小雅·黍苗》：「悠悠南行。」毛《傳》：「悠悠，行貌。」傾：竭盡。陶淵明《九日閑居》：「如何蓬廬士，空視時運傾！」

〔二〕曹操《短歌行》：「對酒當歌，人生幾何？」頹齡：暮年。温庭筠《過孔北海墓二十韻》：「激揚思壯志，流落歎頹齡。」

〔三〕長風：大風。玄應《一切經音義》卷一引《兼明苑》：「風暴疾而起者謂之長風。」向夕：傍晚。

〔四〕中情：内心情愫。張衡《思玄賦》：「苟中情之端直兮，莫吾知而不悳。」

〔五〕尊：通「樽」。

〔六〕陶淵明《飲酒》：「嘯傲東軒下，聊復得此生。」孫應時《答潘文叔見寄予十月嘗訪文叔許來而猶未也》：「琴書奉娱玩，足以陶性靈。」

正月五日遊石門懷所遲客

開歲已五日，良辰誠蹉跎〔一〕。悟彼時鳥鳴，往遊山之阿〔二〕。平明發陰壑，亭午憩陽坡。崖障獻奇峭，水木呈清華〔三〕。幽谷既深入，茂林仍遠過。迢迢蹊絶蹤，隱隱泉嚙沙〔四〕。涉澗固洄沿，陟峴復巍峨〔五〕。捨輿挹飛流，停策引芳柯。石畚忽雲擁，巖广亦星羅〔六〕。土嗇念《唐風》，民勤懷《豳歌》〔七〕。羽檄起淮甸〔八〕，烽火連浙河〔九〕。無地可投足，此山思結蘿〔一〇〕。良儔愆我素，荏苒當如何〔一一〕？長嘯臨逝川，汩汩感人多〔一二〕。

【題解】

《建溪集》收録斯詩，則固吟於避兵馬劍祖居時，參看卷一《還舊居》。石門，建溪支流石門溪。《建溪集後編》卷二戴殿泗《建溪源流記》：「浦北水之大者曰湖溪，其别源曰建溪。建溪發源廿八都之翹竺嶺。西北流八里，有黄綾尖水注之。黄綾尖者，一峰聳立，俯瞰百嶺，色如黄綾。建溪合其水，西北流入廿九都界，有壺頭山水注之。壺頭山在廿七都、廿八都、廿九都之交，西界桐廬，峻聳險削，上方廣可容數十家，四陲俯視暨嵊嚴建諸山，歷如指掌，山下有龍湫澄泓幽奥。建溪合其水流三里許，有北塢嶺水、筆架峰水、洋塘嶺水、石門塢水合西流注之。筆架峰雄俊秀拔，人言去諸暨百餘里外，回望浦邑大山，聳然可見者，黄綾尖、筆架峰、九靈山也。石門塢有洋玉嶺，其東水即五泄溪。」按，湖溪，通稱壺源江，或作湖源江。

《建溪集後編》卷二周璠《湖源圖説》：「九靈特起，石門、金竹兩澗夾從。」

【箋注】

〔一〕開歲：新年開始。陸游《幽居雜題》：「開歲頻風雨，清明氣始和。」

〔二〕時鳥：應時而鳴之禽鳥。陸機《悲哉行》：「蕙草饒淑氣，時鳥多好音。」阿：山水彎曲處。《楚辭·九歌·山鬼》：「若有人兮山之阿，被薜荔兮帶女蘿。」王逸《注》：「阿，曲隅也。」

〔三〕崖障：山峰；障，通「嶂」。趙汝績《遊石窗》：「遥峰前後獻奇峭，流水左右供潺湲。」清華：清秀美麗。晉謝混《遊西池》：「景昃鳴禽集，水木湛清華。」

〔四〕仍：乃，又。隱隱：盛多貌。潘岳《閑居賦》：「煌煌乎，隱隱乎，兹禮容之壯觀，而王制之巨麗也。」李善《注》：「隱隱，盛也，一作殷殷。」嚙：侵蝕。陸游《秋日出遊戲作》：「薄雲韜日未成雨，野水嚙沙争赴溪。」

〔五〕洄沿：逆流而上或順流而下。韓愈《送靈師》：「尋勝不憚險，黔江屢洄沿。」陟：攀登。

〔六〕石畬：多石火耕地；畬，畬田，火耕地。杜甫《戲作俳偕體遣悶二首》：「瓦卜傳神語，畬田費火耕。」擁：圍裹。巖广：依巖修建之屋舍。韓愈《遊湘西兩寺》：「剖竹走泉源，開廊架崖广。」

〔七〕土嗇：愛惜土地；嗇，愛惜。《吕氏春秋·先己》：「凡事之本，必先治身，嗇其大寶。」高誘《注》：「嗇，愛也。」《唐風》：《詩經》唐地民歌；唐地土壤貧瘠，百姓勤儉，有帝堯遺風。《詩集傳》卷六：「唐，國名，本帝堯舊都……土瘠民貧，勤儉質樸，憂深思遠，有堯之遺風。」《豳歌》：《詩經》豳地民歌；周朝祖先公劉濟世利物，庶民擁戴，遂立豳國。《詩集傳》卷八：「豳，國名……鞠陶生公劉，能復修後稷之業，民以富實，乃相土地之宜，而立國於豳之谷焉。」

〔八〕羽檄：插鳥羽之緊急公文。淮甸：至正十二年元設淮南江北行省以統轄淮河以南區域；至正十三年，張士誠起兵泰州，至正十四年建都高郵，自稱誠王，僭號大周，詳見《隆平紀事》；至正十七年丁酉，趙君用與早住占據淮安，詳見《元史》卷四十五《順帝八》。

〔九〕浙河：錢塘江，此代浙東西；至正十七年前後，張士誠與朱元璋略浙西，方國珍踞浙東。《明史》卷一《本紀第一·太祖一》：「十七年春二月，耿炳文克長興。三月，徐達克常州。夏四月丁卯，自將攻寧國，取之……六月，趙繼祖克江陰。秋七月，徐達克常熟；胡大海克徽州，八思爾不花遁。冬十月，常遇春克池州。」《隆平紀事》：「（至正十六年）三月，周王張士誠自高郵徙都隆平。」《明史》卷一百二十三《方國珍》：「國珍既授官，據有慶元、温、台之地，益强不可制。」

〔一〇〕結蘿：建造陋室；蘿，蔓生植物。李白《答長安崔少府叔封遊終南翠微寺太宗皇帝金沙泉見寄》：「飲彼石下流，結蘿宿溪煙。」杜甫《佳人》：「侍婢賣珠回，牽蘿補茅屋。」

〔一一〕愆：愆期，爽約。素：先前約定。潘岳《關中詩》：「兵不素肆。」李善《注》引賈逵曰：「素，預也。」荏苒：時光漸進流逝貌。

〔一二〕《論語·子罕篇》：「子在川上曰：『逝者如斯夫，不舍晝夜。』」汩汩：水流迅疾貌。

飲酒古墓下作

峨峨溪南山，上有雙高墳。白楊夾徑路，過者爲悲辛〔一〕。人生此世中，如日難再晨。有酒不肯飲，奈此墳下人？惟此墳下人，生慮亦良勤〔二〕。營營復擾擾，將事百年身〔三〕。安知奄忽間，已與山鬼鄰〔四〕？愚者固久泯，賢才亦長湮〔五〕。吾今且行遊，遑恤賤與貧〔六〕。

【題解】

《李太白全集》卷二十七《春夜宴從弟桃花園序》：「夫天地者，萬物之逆旅也；光陰者，百代之過客也。而浮生若夢，爲歡幾何？」人生不啻白駒過隙，一俯一仰，丘墓横斜矣，此誠人類大悲哀。世人窺荒墳以喟歎，高士雅客愈益敏感，此悼墓詩所以流瀉也，如宋釋文珦《山中古墓》：「白石蒼苔路，荒涼古墓門。看來百歲後，曾有幾人存？故物餘翁仲，今誰是子孫？狐狸空敗穴，殘魄不能言。」戴九靈此詩尤爲悲涼，幾不忍卒讀。

【箋注】

〔一〕白居易《寒食野望吟》：「棠梨花映白楊樹，盡是死生離別處。」唐貫休《經友生墳》：「不覺頻回首，西風滿白楊。」悲辛：悲傷哀痛。

〔二〕惟：思忖。生慮：考慮生計。謝靈運《鄰里相送至方山詩》：「積痾謝生慮，寡欲罕所闕。」

〔三〕營營：勞碌不安。蘇軾《臨江仙》：「長恨此身非我有，何時忘卻營營？」武元衡《南徐別業早春有懷》：「生涯擾擾竟何成？自愛深居隱姓名。」事：侍奉。《莊子·寓言》：「事之以皮帛而不受。」成玄英《疏》：「事，奉也。」

〔四〕常建《吊王將軍墓》：「今與山鬼鄰，殘兵哭遼水。」

〔五〕黄庭堅《清明》：「賢愚千載知誰是？滿眼蓬蒿共一丘。」

〔六〕遑恤：無暇憂慮。《詩經·小雅·小弁》：「我躬不閲，遑恤我後。」

哭趙隱君

泉臺一以閉，長夜幾時曉〔一〕？傷心九原上，但見青青草〔二〕。因懷我疇昔，從君瀫水邊〔三〕。雪游南浦屐，月泛西溪船〔四〕。萍蓬無定蹤，忽復異彼此〔五〕。固嫌久隔闊，豈料到生死〔六〕？斯人已已矣，此意竟誰陳〔七〕？弟兄既無有，嗣子惟一人。一人謂已多，承宗能孝思〔八〕。采衣正朝舞，丹旐忽暮飛〔九〕。我來哭吞聲，亦以嗣子故。平生一掬淚，盡洒墳上樹。嗣子泣挽我，日暮投山扉〔一〇〕。寂寞沙頭路，空聞畫角悲〔一一〕。

【題解】

隱君，避囂絶塵、清風遠韻之隱士。趙隱君，元時蘭溪高士趙必瓚；子趙良恭，參看卷四《趙敬德畫像贊》。

王褘《王忠文公集》卷二十二《趙君行狀》：「君諱必瓚，字仲實，姓趙氏……君性警敏而量寬宏，局度凝重，循循退讓，有古人風。讀經史能通大義。善於辭令，終日言論亹亹不倦，而談辯捷出，如珠貫矢發，皆中倫理。其分剖是非，商確成敗，又如燭照數計，而龜卜莫或有遺，聽者靡不厭服……來仕是州者，賴君明達政體，熟諳物情，有疑事必從君詢訪，而南行臺侍御使洛陽秦公、江西廉訪使范陽張公，與君交尤深。君至晚歲，乃專事沈默，務爲含容，與物無忤。人有忤君者，亦不以介意，無賢不肖皆得其歡心……初君少遭多難，每以不及力學爲恨，常謂今逢時休明，家幸給足，苟不篤於教子，何以迓續先世之遺緒哉？於是米鹽細故，皆身任其勞，而使其子良恭專意於爲學，受業鄉先生禮部郎中吴公之門。巨儒鴻生，如同郡待制柳公、修撰張公、博士胡公及待制京兆杜公、著作永嘉李公，道由是州，即訪館舍以款延之。良恭益用是磨礱浸灌，克有成立，以文學知名於時矣。至正乙未之春，君始感嗽疾，久醫弗效，起居如常時。一日忽語家人曰：『吾其逝矣。』即起盥手足，整衣冠，正身而坐，問日早暮，衆以夜漏方下爲對。君曰：『不及明矣。』良恭在旁雨泣，告之曰：『死生之理如晝夜然，吾年幾七袠，死亦何憾！然吾家詩書之澤垂三百年，汝能以文學亢吾宗，不啻足矣，毋徒以泣爲。』語訖，氣息奄奄，家人號呼。良久，復張目正視，揮手止之，儵然而逝。七月己丑也，享年六十有九。」

吴沉《瀔川集》卷二《趙隱君挽章（敬德父）》其一：「卜築將幽隱，飄然竟不留。鄉閭無舊老，原野有新丘。談笑浮雲散，衣冠逝水流。城南相送處，簫管不勝秋。」其二：「未覺精神憊，俄聞薤曲悲。生當無事日，没值有年時。宿露濡黄壤，淒風繞素帷。芳名垂不朽，太史製銘辭。」

【箋注】

〔一〕泉臺：墓穴，泉壤。駱賓王《樂大夫挽辭》：「忽見泉臺路，猶疑水鏡懸。」

〔二〕九原：墓地。唐皎然《短歌行》：「蕭蕭煙雨九原上，白楊青松葬者誰？」

〔三〕瀔水：浙江蘭溪别名。《嘉慶蘭溪縣志》卷二《山川志·溪·蘭溪》：「一名瀔水，在縣西南二里。其源有二：一自衢城而東北流至於縣，謂之衢港；一自婺城而西流至於縣，謂之婺港。二水合而匯於縣之西南，類羅縠文，因號瀔水。岸多蘭，故名蘭溪。其深可勝百五十斛舟。」

〔四〕南浦：古時常稱送别之地，此指蘭溪南岸。白居易《南浦别》：「南浦淒淒别，西風臭臭秋。」西溪：疑即蘭溪縣城西南之衢港。

〔五〕萍蓬：萍浮蓬飄，喻行蹤轉徙無定。唐杜甫《將别巫峽贈南卿兄瀼西果園四十畝》：「苔竹素所好，萍蓬無定居。」

〔六〕隔闊：隔離，同義複詞。白居易《憶微之》：「三年隔闊音塵斷，兩地飄零氣味同。」

〔七〕已已：休止，止息。王羲之《雜帖》：「半年之中，禍毒至此，尋念相催，不能已已。」

〔八〕承宗：繼承家族傳統。元尹志平《江城子》：「繼祖承宗行教化，享天爵，受人欽。」孝思：孝順父母之心念。《詩經·大雅·下武》：「永言孝思，孝思維則。」朱熹《詩集傳》：「以其長言孝思而不忘，是以其孝可爲法耳。」

〔九〕采衣：未成年人之彩色衣服，楚國老萊子常著采衣作孩童狀以娱雙親。《藝文類聚》卷二十《人部四·孝》：「《列女傳》曰：老萊子孝養二親，行年七十，嬰兒自娱，著五色采衣，嘗取漿，上堂跌仆，因卧地爲小兒啼，或弄烏鳥於親側。」《北堂書鈔》卷一百二十九《衣冠部三·衣二十》：「老萊常服斑斕。《孝子傳》云：『老萊子年七十，父母猶在，萊子常服斑衣，爲嬰兒戲。』」魏曹植《靈芝篇》：「伯瑜年七十，彩衣以娱親。」丹旐：出喪時爲棺柩引路之紅色旗幟。

〔一〇〕山扉：山野柴門；元末兵燹蔓延，趙敬德築舍永湖旁，肆意山林，自適其性。《瀫川集》卷六《趙敬德墓誌銘》：「兵興以來，築屋永湖之濱，左圖右書，或琴或弈，委家事於子，雖城南故廬不數至也。」

〔一一〕晝角：管樂器，發聲哀厲高亢，古時軍中多用以警昏曉，振士氣，肅軍容。杜甫《野老》：「王師未報收東郡，城闕秋生晝角哀。」

題蘭溪東峰亭

昔余駐蘭陰，頗得溪山趣〔一〕。日上東峰亭，遥望水東注。别去曾幾何？重來已遲莫〔二〕。一時同遊者，太半髮垂素〔三〕。亦或卧空墳，翳彼梅花樹。因之念所思，倚欄聊四顧。安知遊目時，翻是傷心處？咄兹露電身，誰似金石固〔四〕？此生縱滿百，會合能幾度？獨有溪上山，年年只如故。

【題解】

《嘉慶蘭溪縣志》卷十六《古迹志・東峰亭》：「聖壽寺後山之東峰，舊名新亭，唐洪令所建，而馮宿記之，其後廢。元監州怯失烈又復亭焉，不久亦廢。」

《嘉慶蘭溪縣志》卷十七上唐馮宿《東峰亭記》：「東陽實會稽西部之郡，蘭溪實東陽西鄙之邑。歲在戊寅，天官署洪君少卿以爲之宰。君之始至，用信待物，用勤集事。信故人洽，勤故物阜，未期月而其政成。後三年夏六月，余過其邑，洪君導余以邑之勝賞，於是有東峰亭之遊。背城之闉半里而近，初届佛刹，刹之上方，而亭在焉。松門蓋空，石道如帶，足倦累息，然後造夫極焉。向之池隍館宇之多，旗亭闤闠之喧，途道往來之衆，簿書鞅掌之繁，顧步之際，忽焉如失。但山風飀飀，嶺雲峨峨，飛軒憑空，澗壑在下，向背殊狀，昏明易色。指遥青而點黛者問之，則曰某山某巖某林某壑；指遠白而曳練者問之，則曰某洲某渚某湫某塘。高深互陳，心目相競，飄若象外，意其幻成。」

《吴師道集》卷三《遊東峰分韻得松字》：「層顛陟岧嶢，前轉憩東峰。周遊撫荒址，分坐蔭茂松。天際遠瀨白，煙中寒樹重。遐瞻目已極，幽尋興未慵。詠歸樂童冠，願言躡遺蹤。」

【箋注】

〔一〕蘭陰：蘭溪勝境蘭陰山。《嘉慶蘭溪縣志》卷二《山川志·蘭陰山》：「縣西南六里，其山多蘭，故名。以其横截大溪，又名横山。其上董子祠、古刹；絶頂爲横山塔，今圮。常有雲氣出入，居民以占晴雨。山之西塢有洞，與北山小三洞相通，高廣如屋。元季兵亂，女婦多避兵其中，今已塞矣。古今名勝，來遊者甚衆。」

〔二〕遲莫：晚年；莫，通「暮」。杜甫《寓目》：「自傷遲暮眼，喪亂飽經過。」

〔三〕太半：大半。素：白髮。按蘭溪吴沉詩，時浦江宋景濂、鄭仲辨諸士與詩人同遊。《瀫川集》卷二《景濂叔能仲辨自浦陽來訪同登東峰亭分韻得東字》：「嘉賓不屢會，攜手步城東。新亭峙華構，山勢極穹崇。唐相留遺址，幾載翳蒿蓬。斷碑至今存，雄文記馮公。横峰起玄雲，瀫水翔鳴鴻。嘯歌振逸響，林澗來驚風。塵途網羅多，咫尺慮難通。得可逍遥處，何必苦匆匆！曰予賦野性，所尚非事功。采芝金華山，歲晏願相同。」

〔四〕咄：咄嗟，歎息。葛洪《抱朴子·勤求》：「令人怛然心熱，不覺咄嗟。」姜夔《悼石湖三首》：「未作龍蛇夢，驚聞露電身。」

有感

芙蓉在華沼，粲粲有餘姿〔一〕。觀者日以至，朝暮被恩私。奄忽秋景逢，華葉兩紛披〔二〕。昔焉眷顧情，一旦成棄遺。時物今尚然，人事那可期〔三〕？故妻泣空房，嬿婉歌重帷〔四〕。彼情無厚薄，我貌有盛衰。願君屏荒翳，馳光到幽微〔五〕。不照妾容老，但照妾心悲〔六〕。

【題解】

榮則慕之，枯則棄之，此俗世之常也；始終如一，盛衰不二，鮮矣！此詩人所以有所感慨也。

【箋注】

〔一〕芙蓉：荷花別名。《楚辭·離騷》：「制芰荷以爲衣兮，集芙蓉以爲裳。」洪興祖《補注》：「《本草》云：其葉名荷，其華未發爲菡萏，已發爲芙蓉。」華沼：美麗池沼。韋應物《賈常侍林亭燕集》：「緑林藹已布，華沼澹不流。」粲粲：文采鮮美貌。陸羽《病中觀辛夷花》：「粲粲女郎花，忽滿庭前枝。」餘姿：多姿多態；餘，衆多。《孟子·告子下》：「子歸而求之，有餘師。」焦循《正義》：「餘，猶多也。」《逸周書·糴匡解第五》：「餘子務藝。」孔晁《注》：「餘，衆也。」傅玄《卻東西門行》：「回目流神光，傾亞有餘姿。」

〔二〕秋景：秋光。紛披：散亂貌。北周庾信《枯樹賦》：「紛披草樹，散亂煙霞。」

〔三〕時物：應時景物。杜甫《故著作郎貶台州司户滎陽鄭公虔》：「操紙終夕酣，時物集遐想。」

〔四〕嬿婉：美好和順貌，此代妙齡新人。蘇軾《和子由記園中草木》：「吾聞東山傅，置酒攜嬿婉。」

〔五〕屏：清除。荒翳：遮蔽掩蓋，同義複詞。《詩經·周南·樛木》：「南有樛木，葛藟荒之。」《詩經·大雅·皇矣》：「作之屏之，其菑其翳。」馳光：光芒飛射。劉基《關山月》：「願得馳光照明主，莫遣邊人望鄉苦。」

〔六〕于石《寄意》：「爲君一磨拭，炯炯光如新。徒能照妾貌，安能照妾心？」

送河南生

累歲事行役，攜家逃世患。已謂計頗周，如何尚間關〔一〕？道路滿飛塵，湖海盡驚湍〔二〕。去此亦何之？對我多苦顔。將軍急籌策，英傑方未閒①〔三〕。苟能慎所擇，何憂行路難？夙昔翰墨場，高步已莫攀〔四〕。及今白羽箭，復看插腰間〔五〕。征人懷遠道，拘士戀故山〔六〕。離隔在須臾，尊酒且同歡。

【題解】

河南，元時河南府路。《元史》卷五十九《地理二·河南江北等處行中書省·河南府路》：「河南府路，唐初爲洛州，後改河南府，又改東京。宋爲西京。金爲中京金昌府。元初爲河南府，府治即周之王城……領司一、縣八（洛陽，宜陽，永寧，登封，鞏縣，孟津，新安，偃師）、州一。州領四縣（陜縣，靈寶，閿鄉，澠池）。」河南生，其生平事迹不詳。

【校勘】

① 閒：乾隆本作「閑」。

【箋注】

〔一〕間關：道路崎嶇艱險。《後漢書》卷十六《鄧騭》：「遂逃避使者，間關詣闕。」李賢《注》：「間關，猶崎嶇也。」

〔二〕飛塵：飄揚塵土，喻兵禍連結。林景熙《讀文山集》：「黑風夜撼天柱折，萬里飛塵九溟竭。」

驚湍：疾速水流，喻緊急兇險。姜特立《舟喻》：「樓船萬險出驚湍，未到安坻未是安。」

〔三〕籌策：揆度謀畫，同義複詞。《史記》卷六十五《孫子吴起列傳》：「孫子籌策龐涓明矣，然不能蚤救患于被刑。」間：通「閑」，閑暇。

〔四〕翰墨場：文壇。杜甫《壯遊》：「往昔十四五，出遊翰墨場。斯文崔魏徒，以我似班揚。」高步：大步。

〔五〕羽箭：尾部綴鳥羽之利箭。王季友《古塞曲》：「騂馬黄金勒，雕弓白羽箭。」

〔六〕征人：此指從軍友生。拘士：拘泥固執不知變通者，詩人自指。黄庭堅《拘士笑大方》：「拘士笑大方，俗吏縛文律。」

東明山賞紅葉

苒苒秋向夕，淒淒天欲寒〔一〕。衆木謂已凋，翻見其葉丹。葉凋猶有色，人老無芳顔〔二〕。於今得美酒，如何不爲歡？況此秋林下，惟多古丘墦〔三〕。時來弗自樂，時去良足歎。茫茫①大化中，陰陽方遞遷〔四〕。明朝事莫知，今日且盤桓。

【題解】

浦江縣東三十里，一小阜隱然突起，曰東明山，鄭義門東明書院在焉。《乾隆浦江縣志》卷二《輿地志·山川·東明山》：「縣東三十里，大澤中隱然突起。元青田尉鄭德璋創精舍於此，以教其族人。内有成性、繼善、四勿、九思四齋；旁有水一泓，曰靈淵。宋景濂嘗與鄭氏諸弟子暨天台方希直講學其中。有二石刻，乃元揭文安傒斯所撰《鄭氏孝友傳》，今尚存。」

《乾隆浦江縣志》卷十五宋濂《東明山精舍壁記》：「東明山在浦江縣之東鄙。浦江倚山爲縣，自仙華峰斜迤而東，若萬馬長驅，不復回顧，二三十里之間，滿望皆山也。東明下瞰大澤，隱然突起，高不逾尋丈，而大林木左右蔽虧，似不與人世通，昔人因得附山爲稱。故青田縣尉鄭君德璋嘗厭家居之叢紛，子若孫勿克專志於學，乃於是地創精舍一區，俾年十六者往讀書其中。君之子大和，復斥而廣之，前爲榮而後爲寢。寢之東西分爲四齋，齋之名，其西曰成性曰四勿，其東曰繼善曰九思，東與西户皆相向。其問難之所曰敬軒，其鼓琴之處曰琴軒，其退休之室曰游泳軒。游泳直九思之北；敬軒則又直繼善之北，而西與琴軒對。琴軒之外，少南有水一泓，不虧不嬴，作欄楯護之，曰靈淵。淵之東北一百步，有泉泠然，而老梅如龍横蹲其上，曰梅花泉。泉之北又五十步，列石爲坐，而蒼松翠竹葱蒨掩映，曰吟壇。凡爲屋二十楹閒，而圊楼湢房與庖庫之屬不與焉。」

詩人數遊東明山，蓋以同門友宋濂及時賢授徒其間焉。《麟溪集》卯卷應奎翁《上巳日聽琴東明書舍序》：「於是賓主雍容，整冠斂裳，飲不至酣，樂不至荒。僉以爲孝義之門讀書之房，藹乎儼然昔日祭酒之堂也，豈不然哉？時在坐者，浦陽戴仲游、叔能，金華宋景濂，東陽蔣文用，暨陽楊本初，義烏黄仲恭，皆一時俊彦。既各賦詩以紀其事，二鄭生從而賡之，於是天台應奎翁爲之序。」

【校勘】

① 茫茫：底本作「范范」，據乾隆本改。

【箋注】

〔一〕苒苒：時光漸進貌。夕：末期；古時日、月、年之末皆曰夕，則時之末亦可曰夕。《玉篇·夕部》：「夕，暮也。」鄭玄注《尚書大傳》卷二「月之夕」曰：「下旬爲月之夕。」又注「歲之夕」曰：「自九月盡十二月爲歲之夕。」淒淒：寒涼。晉陶潛《己酉歲九月九日》：「靡靡秋已夕，淒淒風露交。」欲：將。《古書虚字集釋》卷一《欲》：「欲猶將也。《史記·陳丞相世家》：『且陛下即問長安中盜賊數，君欲强對邪？』」

〔二〕孟郊《雜怨》：「樹有百年花，人無一定顏。花送人老盡，人悲花自閑。」

〔三〕丘墦：墳墓，同義複詞。

〔四〕茫茫：廣大貌。大化：自然萬物變化更迭。《荀子·天論》：「四時代御，陰陽大化。」陰陽：春夏與秋冬。《驅車上東門》：「浩浩陰陽移，年命如朝露。」李善《注》：「《神農本草》曰：『春夏爲陽，秋冬爲陰。』」遞遷：交替變遷。

陪鍾伯紀遊溪南山

一春苦昏墊，今晨收宿霏〔一〕。因憶謝公語，出遊娱清輝〔二〕。溪流深可厲，草露泫未晞〔三〕。林木相映蔚，時禽遞鳴悲〔四〕。佛廬已高據，鳥道方仰窺〔五〕。危峰枕樓閣，細竹擁階基〔六〕。窈窕趨南征，徘徊款東扉〔七〕。倚闌眺懸瀑，企檻引松枝〔八〕。地僻慮自淡，身閑意無違。此理誰識察？悟心惟朋知〔九〕。

【題解】

鍾律，字伯紀，元時大梁碩儒，嘗南遊浦江而納交戴九靈，參見卷十二《春秋案斷補遺序》。王逢《梧溪集》卷五《儉德堂懷寄凡二十二首》其一：「鍾伯紀，名律，汴人。由鄉貢進士權儒學官，前後徵辟，并以疾辭。有《大學補遺》行於世。故人辭聘帛，海上閉柴荆。絶口吴三俊，終身魯兩生。歲時（差）〔羞〕藴藻，風雨夢英靈（一作莖）。尤喜《春秋》學，相將補缺成。」張憲《玉笥集》卷八《寄鍾伯紀》：「著就《春秋傳》，緘封懶示人。共傳懷伯略，獨許作王臣。葛亮終存漢，揚雄漫《劇秦》。憑君贍才力，天下政風塵。」管時敏《蚓竅集》卷六《哭鍾伯紀先生》：「杖策來從浙水東，飄飄意氣欲凌空。曾經捫虱談天下，幾向聞鷄起夜中。魯酒也須佳客共，商歌直與古人同。所知已逝音誰賞？弦絶秋鴻膝上桐。」

溪南山，今無從確指，參見本卷《飲酒古墓下作》。

【箋注】

〔一〕昏墊：陷溺，迷惘無所適從。《尚書·益稷》：「洪水滔天，浩浩懷山襄陵，下民昏墊。」孔穎達《疏》：「言天下之人，遭此大水，精神昏瞀迷惑，無有所知，又若沉溺，皆困此水災也。」宿霏：久積雲氣。

〔二〕謝公：南朝詩家謝靈運，詳見卷十六《題清暉樓》。謝靈運《石壁精舍還湖中作》：「昏旦變氣候，山水含清暉。」

〔三〕厲：身穿衣裳蹚過水流。《論語》：「深則厲，淺則揭。」泫：水珠下垂貌。晞：曬乾。

〔四〕映蔚：相互輝映而繁密茂盛。南朝宋謝靈運《石壁精舍還湖中作》：「芰荷迭映蔚，蒲稗相因依。」

〔五〕據：置身，占有。《史記》卷八十一《廉頗藺相如列傳》：「先據北山上者勝，後至者敗。」鳥道：禽鳥飛越之山路，形容險峻狹窄。李白《蜀道難》：「西當太白有鳥道，可以横絶峨眉顛。」

〔六〕危峰：高山。枕：臨近，靠近。階基：臺階牆腳。韓愈《病鴟》：「飽入深竹叢，飢來傍階基。」

〔七〕窈窕：深邃貌。陶潛《歸去來辭》：「既窈窕以尋壑，亦崎嶇而經丘。」徘徊：流連忘返。蘇舜欽《滄浪亭記》：「予愛而徘徊，遂以錢四萬得之，構亭北碕，號滄浪焉。」

〔八〕魏了翁《飛雪亭》：「懸瀑落巖噴霏屑，中間有亭曰飛雪。」企檻：在欄杆邊踮起腳尖。

〔九〕釋文准《偈十二首》：「不是悟心者，如何舉向伊？」

節婦操爲賈妻作

父母嫁妾時，遺妾雙鴛綺〔一〕。雙鴛既同生，亦復與同死。當知妾有夫，結言亦如此〔二〕。妾夫今在遠，妾身偶獨止。恐爲行露侵，莫與雙鴛齒〔三〕。飲恨赴長川，川竭恨乃已〔四〕。

【題解】

節婦，高潔耿介女性。賈，疑爲義烏賈明善，娶宋濂女弟婺。至正十八年戊戌冬，宋婺見逼於散兵而投淵就義。

《宋濂全集》卷二十《宋烈婦傳》：「烈婦宋婺，字新，金華潛溪人。美姿容，幼既讀書，知大義，搦管作字，亦莊正可觀。既長，歸烏傷賈明善，足不妄踰户閾，雖家人弗聞其語笑聲，一宗讙曰：『是端簡静默也，賈氏有婦矣。』父母亦賢之，不忍其遠去左右，越一年，令與夫來居潛溪，烈婦孝養益謹。見諸女讀古烈女事，則慨然想其爲人，既而曰：『是亦不難，爲婦者當璧碎而潔，無令瓦全而穢也。』歲戊戌十月，西兵擣蘭溪，遠近大震。烈婦不自安，同夫避入浦陽城寶山中。未幾，鄉民嘯聚倡亂，樹旌纛，執劍殺人如刈草菅。烈婦亡匿灌莽中，爲遊卒所執，乃抽銀條脱求解，不聽，將亂之。烈婦以計紿曰：『吾有珠貝，可直數十緡，昨夕瘞山前坎中爾。幸無急我，急我，我將死，於爾何利？不若導爾發之。』游卒悦其言，從之行，至深淵側，竟躍入死焉。時十一月十四日也。母兄濂聞而哭曰：『天乎！烈婦在家爲淑女，歸人爲良婦，既淑且良，縱不備有胡福，豈其不得考終於寢乎？不知何爲而遘兹兵禍也？嗚呼！自古莫不有死。當是時，執法之大吏、秉鉞之將帥、守土之二千石或有不能，而烈婦獨能捐軀徇義。死固死矣，千載猶生，視彼弗死而若死者何如也！縱遘兵禍，又何傷焉？』」

宋婺威武不屈，堪稱巾幗大丈夫，金華胡翰哀而贊之。《胡仲子集》卷八《書賈節婦傳後》：「天下兵興，士大夫能死事者鮮矣，而況鄙夫賤人乎！是固難也。鄙夫賤人能死事者鮮矣，而況婦人女子乎！是尤難也。至元初朔兵渡江，巴陵有韓希孟者，魏公七世孫賈瓊之妻也。嘗爲軍帥得之，義不辱，赴江水而死。既死，人於衣帶中得其帛書，有『借此清江水，葬我全首領』之語，又云『皇天〔如〕有知，許我血面請』，又云『願魂化精衛，填海使成嶺』。其言感慨激切，毅然有烈丈夫之風。郝公伯常賦詩以道其事，惜世少有知者。今賈氏婦之死，（治）〔殆〕有類焉。而余采之民間，其潔身就死，而人不及知者尚多有之。烏乎！以天下之至難，而婦人女子能之，孰謂爲士大夫者不能哉！生人之類，所以不至於澌盡者，蓋必與有立也。」

操，古詩歌體裁，漢樂府有之。本詩主旨蓋昉於《樂府詩集》卷五十八唐孟郊《列女操》：「梧桐相待老，鴛鴦會雙死。貞婦貴徇夫，捨生亦如此。波瀾誓不起，妾行井中水。」

【箋注】

〔一〕綺：素地花紋之絲織品。曹勳《美女篇》：「下有合歡帶，繡作雙鴛鴦。上有雙同心，結作明月璫。」

〔二〕結言：口頭訂約。《楚辭·離騷》：「解佩纕以結言兮，吾令蹇修以爲理。」

〔三〕行露：道旁露珠，喻强暴無禮者。《詩經·召南·行露》：「厭浥行露，豈不夙夜？謂行多露。」朱熹《詩集傳》：「厭浥，濕意；行，道；夙，早也。南國之人遵召伯之教，服文王之化，有以革其前日淫亂之俗，故女子有能以禮自守而不爲强暴所污者，自述己志，作此詩以絶其人。言道間之露方濕，我豈不欲早夜而行乎？畏多露之沾濡而不敢爾。蓋以女子早夜獨行，或有强暴侵陵之患，故托以行多露而畏其沾濡也。」齒：并列。

〔四〕飲恨：抱恨而無由陳訴。江淹《恨賦》：「自古皆有死，莫不飲恨而吞聲。」

病起承諸公攜餉見過

弱齡已孤煢，中歲轉多難〔一〕。正玆懷苦心，矧復嬰病患〔二〕。綿綿諸祟作，擾擾五情亂〔三〕。入夜願曦升，及晨思景晏〔四〕。已謂吾此身，奄忽成夢幻〔五〕。亦既告宗祧，并用別親串〔六〕。逝將委運往，知命尚奚憾〔七〕？造化難預謀，禍福味前算〔八〕。憔悴幾何間？薦覺復神觀〔九〕。幸生差足喜，慰勞傾里閈〔一〇〕。攜肴兼命酒〔一一〕，羅列稍盈案。縱飲非吾事，且從性所玩〔一二〕。未知從此去，幾回同笑粲〔一三〕？民生鮮常在，百年況已半〔一四〕。客養衰病軀，寧復幾昏旦〔一五〕。金石尚銷毀，人物終變換。不共芳顏樂，徒貽皓首歎〔一六〕。念此動余懷，終觴染斯翰〔一七〕。

【題解】

此爲大病初愈後所作，其感激鄉鄰之情近乎杜甫《羌村三首》：「父老四五人，問我久遠行。手中各有攜，傾榼濁復清。莫辭酒味薄，黍地無人耕。兵戈既未息，兒童盡東征。請爲父老歌，艱難愧深情！歌罷仰天歎，四座淚縱橫。」

【箋注】

〔一〕弱齡：弱冠。孤煢：孤獨無依；重紀至元四年戊寅，詩人丁内憂，時年二十二歲。中歲：四十上下，元至正十六年丙申前後，時張士誠、朱元璋、陳友諒割據長江中下游。轉：愈益，更加。

〔二〕嬰：纏繞。曹植《責躬詩》：「咨我小子，頑凶是嬰。」李善《注》引《説文》：「嬰，繞也。」

〔三〕祟：鬼神所造災禍，此指疾病。《説文》：「祟，神禍也。」五情：喜、怒、哀、樂、怨等五種情感，泛指心情。曹植《上責躬應詔詩表》：「形影相吊，五情愧赧。」劉良《注》：「五情：喜，怒，哀，樂，怨。」

〔四〕曦：太陽。景晏：日晏，傍晚；景，太陽。杜甫《贈蜀僧閭丘師兄》：「景晏步修廊，而無車馬喧。夜闌接軟語，落月如金盆。」

〔五〕《古詩十九首》：「奄忽隨物化，榮名以爲寶。」

〔六〕宗祧：宗廟，祖廟。潘岳《秋興賦》：「龜祀骨于宗祧兮，思反身于緑水。」親串：關係親密者。謝惠連《秋懷詩》：「因歌遂成賦，聊用布親串。」

〔七〕委運：順從命運。陶潛《形影神·神釋》：「甚念傷吾生，正宜委運去。」

〔八〕造化：造物主。昧：糊塗，不明白。《漢書》卷五十三《中山靖王劉勝》：「昧不見泰山。」顔師古《注》：「昧，暗也。」前算：事前籌畫。南朝宋謝靈運《秋懷詩》：「夷險難預謀，倚伏昧前算。」

〔九〕薦：一再，頻頻。神觀：精神容貌。陳善《捫虱新話·自悟前身》：「（張文定、蘇東坡）二公平生學道，性地純一，神觀清浄，於一念頃遂見前世。」

〔一〇〕差：略微。傾：盡。里閈：里巷大門，此代街坊鄰居。邵雍《四事吟》：「里閈閑過從，身安心自逸。」

〔一一〕命酒：命人置酒。白居易《覽鏡喜老》：「笑罷仍命酒，掩鏡捋白髭。」

〔一二〕玩：愛好。陸機《五等諸侯論》：「豈玩二王之禍？」吕向《注》：「玩，好也。」謝惠連《秋懷詩》：「未知古人心，且從性所玩。」

〔一三〕粲：露齒含笑。陸游《對食》：「放箸一笑粲，賦詩曉愚公。」

〔一四〕民生：人生。《楚辭·離騷》：「民生各有所樂兮，余獨好修以爲常。」鮮：少。常在：長存。《説文解字注·土部·在》：「在之義，古訓爲存問，今義但訓爲存亡之存。」陶潛《歲暮和張常侍》：「民生鮮常在，矧伊愁苦纏。」

〔一五〕客養：像貴賓般奉養，形容極度愛惜。陶潛《飲酒》：「客養千金軀，臨化消其寶。」

〔一六〕芳顔：年少時美好容顔。陶淵明《諸人共遊周家墓柏下》：「清歌散新聲，緑酒開芳顔。」

〔一七〕染斯翰：舉筆蘸墨；斯，助詞。謝惠連《秋懷詩》：「賓至可命觴。朋來當染翰。」

病中承宋編修見過

負痾南軒下，展轉兩涉旬〔一〕。藥石不時驗，衆苦交我身〔二〕。常恐大化盡，無由見故人〔三〕。夫君一何厚，抱杖來江濆〔四〕。慰我仍戒我，眷戀已良勤〔五〕。繼以習静言，益復知爲親〔六〕。我病既稍除，君遂輕别分。雲山百里外，有語難爲陳。會合本不常，亦知當索群。但我病中懷，願得稍相因〔七〕。既已莫能遂，且復安吾神。

【題解】

此詩與前詩《病起承諸公攜餉見過》悉作於元至正九年己丑後十六年丙申前。

至正九年，元朝授宋濂將仕佐郎、翰林國史院編修官，宋濂固辭不就，世因稱之以宋編修。宋濂行迹詳見卷一《寄宋潛溪三首》。《潛溪録》卷二《翰林學士承旨嘉議大夫知制誥兼修國史兼太子贊善大夫致仕潛溪》：「至正己丑，用大臣薦，擢先生將仕佐郎、翰林國史院編修官。」王禕《王忠文公集》卷二十一《宋太史傳》：「宋太史者，名濂，字景濂，婺之金華人也……至正中，用大臣薦，擢將仕佐郎、翰林國史院編修官。自布衣入史館爲太史氏，此儒者之特選，而景濂素不嗜仕進，固辭，避不肯就……世俗生産作業之事，皆不暇顧，而篤於倫品。處父子兄弟夫婦間，盡其道；與人交，任真無鈎距；視人世百爲，變眩捭闔，謾若不知，知之亦弗與較，縱爲人所賣，不復恤，而人亦無忍欺之者：用是咸稱爲有德之君子。」

【箋注】

〔一〕杜甫《寫懷二首》：「夜深坐南軒，明月照我膝。」展轉：同「輾轉」，反復不定。《後漢書》卷十五《李王鄧來列傳第五》：「大臣乘朝車，處國事，固得輾轉若此乎？」李賢《注》：「輾轉，不定也。」

〔二〕藥石：藥物砭石。陸游《病中作》：「汝病勿怨天，藥石幸可扶。」

〔三〕大化：此指人生大變化。《列子·天瑞》：「人自生至終，大化有四：嬰孩也，少壯也，老耄也，死亡也。」陶潛《還舊居》：「常恐大化盡，氣力不及衰。」

〔四〕夫：語氣助詞。一何：多麽，何其。杜甫《石壕吏》：「吏呼一何怒，婦啼一何苦。」江濆：江邊，此指浦陽江畔之浦江縣城。

〔五〕勤：同「懃」，慇懃，懇切。

〔六〕習静：保持心靈之安静平和。王維《積雨輞川莊作》：「山中習静觀朝槿，松下清齋折露葵。」

〔七〕因：憑藉，依靠。杜甫《別蔡十四著作》：「窮谷無粟帛，使者來相因。」

立秋日言懷

六龍不可頓，四序忽復移〔一〕。氣變感人心，愴然已秋時。池荷挺素質，園葵曄①芳蕤〔二〕。豈無一日好？不久還當衰〔三〕。覽物惜年邁，撫景傷志違〔四〕。日暮坐空堂，此懷當告誰？獨有王子喬，可以解吾悲〔五〕。

【題解】

立秋，天地肅殺之始，百物蕭條之端，此騷人所以情不自禁焉，矧值風雨飄摇之末世耶！

【校勘】

①曄：乾隆本作「奕」。

【箋注】

〔一〕六龍：神話傳説羲和駕馭六龍運載太陽，後遂以六龍代太陽。郭璞《遊仙詩》：「六龍安可頓？運流有代謝。時變感人思，已秋復願夏。」四序：春夏秋冬四個季節。韓愈《幽懷》：「但悲時易失，四序迭相侵。」

〔二〕素質：本質，此指燦爛荷花。張華《勵志詩》：「如彼梓材，弗勤丹漆，雖勞樸斫，終負素質。」

曄：光輝絢爛貌。芳蕤：美麗花葩。陸機《文賦》：「播芳蕤之馥馥，從青條之森森。」李善《注》：「《纂要》曰：『草木華曰蕤。』」

〔三〕一日：一時，短暫。班固《答賓戲》：「彼皆躡風塵之會，履顛沛之勢，據徼乘邪，以求一日之富貴。」

〔四〕撫景：觀賞風物。牟融《贈殷以道》：「閑來撫景窮吟處，尊酒臨風不自娛。」

〔五〕王子喬：周靈王太子晉，修煉得道，乘鶴登仙。《列仙傳》卷上《王子喬》：「王子喬者，周靈王太子晉也。好吹笙作鳳凰鳴。遊伊、洛之間，道士浮丘公接以上嵩高山。三十餘年後，求之於山上，見桓良，曰：『告我家，七月七日待我於緱氏山顛。』至時，果乘白鶴駐山頭，望之不得到，舉手謝時人，數日而去。亦立祠於緱氏山下及嵩山首焉。」

中秋無酒

彼節忽已易，吾年信難留〔一〕。含情及玄夜，逝將秉燭遊〔二〕。皎皎明月光，照我城南樓。常時猶足賞，矧乃當素秋〔三〕。東鄰有美酒，飲之祛百憂〔四〕。客途無由得，虛使時運流。未知明年月，還如此夜不〔五〕？既無典衣事，空歎將誰尤〔六〕？

【題解】

中秋佳節，夜色如水，文士藉之飲酒抒懷。今夜月色怡神，然羈旅無酒，賞月雅興，不知消減幾分。詩云「客途」，則或吟於任寧越府學正時。

【箋注】

〔一〕信：確實。張耒《夏夜二首》：「歲月不待人，吾年已蹉跎。」

〔二〕玄夜：黑夜。劉基《秋懷》：「白日易徂，玄夜何長！」陸游《池亭夜賦》：「池上小亭幽，清宵秉燭遊。」

〔三〕矧：何況。當：碰上。素秋：秋季；根據古代五行之説，秋屬金，其色白，故稱素秋。歐陽修《清商怨》：「關河愁思望處滿，漸素秋向晚。」

〔四〕《易·既濟》：「東鄰殺牛，不如西鄰之禴祭，實受其福。」祛：消除。

〔五〕不：同「否」。楊萬里《中秋月長句》：「月下醒眼搔白首，明年月似今宵否？」

〔六〕典衣：此化用杜甫典衣買醉故事，形容生活困厄貧窶。杜甫《曲江》：「朝回日日典春衣，每日江頭盡醉歸。」

郡齋夜飲分韻得晝字

郡齋無所爲，兀坐度清晝〔一〕。如何趨府客，亦此共臻湊〔二〕？悠悠至深夜，忽忽殊氣候〔三〕。驚飆觸簷檻，皓月窺窗牖〔四〕。美景感人心，嘉會洽時秀〔五〕。壺既秉燭投，詩亦援毫就〔六〕。起視夜何其？曙色錯星宿〔七〕。欲去復遲留，兹歡恐難又〔八〕。人生一世中，誰似金石壽〔九〕？今我不爲樂，知有後會不？爲勸座上人，且盡杯中酒〔一〇〕。明晨索鏡看，吾顏已非舊〔一一〕。

【題解】

郡齋，郡守府邸，詩人任寧越府學正時寓居之，以其與郡守王宗顯投合默契。韋應物《郡齋雨中與諸文士燕集》：「兵衛森畫戟，燕寢凝清香。海上風雨至，逍遥池閣涼。」李商隱《華州周大夫宴席》：「郡齋何用酒如泉？飲德先時已醉眠。」此詩郡齋則爲郡學學舍，詩人任寧越府學正時所寓，參見本卷《别宋潛溪》；後詩人移居郡城東門外，見卷七《朱茂清哀辭》。

分韻，數人相約賦詩，選定數字爲韻，各人依所拈之韻賦詩。白居易《花樓望雪命宴賦詩》：「素壁聯題分韻句，紅爐巡飲暖寒杯。」

【箋注】

〔一〕兀坐：獨自端坐。陸游《春陰》：「兀坐還成倦，荒畦去荷鋤。」

〔二〕趨府：歸依官府；府，寧越府。劉長卿《赴宣州》：「戀舊争趨府，臨危欲負戈。」臻湊：聚集。

〔三〕悠悠：長久。《楚辭·九辯》：「去白日之昭昭兮，襲長夜之悠悠。」忽忽：恍惚，迷惑。司馬遷《報任安書》：「居則忽忽若有亡，出則不知所如往。」

〔四〕驚飆：暴風。簷檻：屋簷與欄杆。

〔五〕曹植《送應氏》：「清時難屢得，嘉會不可常。」洽：融洽和諧。時秀：一時俊秀。韋應物《送雲陽鄒儒立少府侍奉還京師》：「昆弟俱時秀，長衢當自伸。」

〔六〕投壺：投箭於壺而負者飲酒之遊戲。謝肇淛《五雜俎·人部二》：「投壺視諸戲最爲古雅。」毛滂《西江月》：「雅歌誰解繼投壺？桃李無言滿路。」

〔七〕其：語氣助詞。《詩經·小雅·庭燎》：「夜如何其？夜未央。」

〔八〕遲留：逗留。南宋高翥《春暮》：「雖欲遲留芳徑裏，如何禁得杜鵑聲！」

〔九〕金石壽：如金石般永不衰頹之壽命。黄庭堅《減字木蘭花》：「得開眉處且開眉，人世可能金石壽？」

〔一〇〕李白《悲歌行》：「富貴百年能幾何？死生一度人皆有。孤猿坐啼墳上月，且須一盡杯中酒。」

〔一二〕李白《代美人愁鏡》：「紅顔老昨日，白髮多去年。」

送别胡仲子二首

其一

昔與二三子，徘徊在中林〔一〕。拊翼玩文羽，長鳴懷好音〔二〕。何意會飄風，吹汝起高岑〔三〕？朝尚同枝條，暮飛還異尋〔四〕。川流有急波，征途無緩駸〔五〕。舉酒欲爲歡，離憂已沉沉〔六〕。豈不懷耿介？送遠難爲心〔七〕。

【題解】

胡翰，字仲申，别號仲子，詳見卷一《憶胡仲申》。此詩作於元末胡氏受聘朱元璋而去婺時。《明文衡》卷八十四吴沉《長山先生胡公墓銘》：「大明開天皇上駐兵金陵，招羅賢才，遣使聘先生。」《宋元學案》卷八十二《北山四先生學案·教授胡長山先生翰》：「胡翰，字仲申，金華人。從吴正傳師道受經，吴立夫萊學古文詞，又登白雲之門，獲聞考亭相傳的緒。嘗至京師，遍交當世名士，而於余闕、貢師泰尤善。避地南華山中著書。入明，除衢州教授。聘修《元史》，賜金繒而歸。居長山之陽，稱長山先生。卒年七十五。」

【箋注】

〔一〕韓愈《山石》：「嗟哉吾黨二三子，安得至老不更歸！」

〔二〕拊翼：拍打翅膀。陸游《秋旦》：「拊翼鷄頻唱，争枝雀正讙。」懷：留戀，愛惜。

〔三〕起：禽鳥高飛。《孫子·行軍》：「鳥起者，伏也。」高岑：高山。

〔四〕還：已經。王鍈《詩詞曲語辭例釋·還》：「還，已，已經，時間副詞。」異尋：不同尋常。王冕《舟中雜紀》：「道途忘險阻，風景異尋常。」

〔五〕驂：駕一車之三匹馬，代馬車。《説文》：「驂，駕三馬也。」

〔六〕沉沉：沉重。王建《將歸故山留别杜侍御》：「沉沉百憂中，一日如一生。」

〔七〕難爲心：難有好心情。陳琳《詩·高會時不娛》：「高會時不娛，羈客難爲心。」

其二

行遊途可極，餞送恨何長〔一〕？臨分將列筵，屢歎復停觴。我如雀卑棲，子若雁高翔〔二〕。高卑既殊勢，遇合寧可當①〔三〕？事違已憂慄，形單重周章〔四〕。歸臥一室中，誰知我心傷？

【校勘】

①當：乾隆本作「常」。

【箋注】

〔一〕李咸用《送從兄入京》：「柳轉春心梅豔香，相看江上恨何長？」

〔二〕《御制樂善堂全集定本》卷十四《古風十五首》：「豈比藩籬雀，卑棲飽稻粱？」

〔三〕陸游《劍門關》：「客主固殊勢，存亡終在人。」遇合：遭遇。當：相當，對等。《左傳·昭公二十三年》：「列國之卿當小國之君，固周制也。」

〔四〕憂慄：同「憂栗」，憂傷戰慄。皎然《飲茶歌送鄭容》：「賞君此茶祛我疾，使人胸中蕩憂栗。」周章：驚恐惶遽。左思《吴都賦》：「輕禽狡獸，周章夷猶。」劉良《注》：「周章夷猶，恐懼不知所之也。」

遊赤松山分韻得弟字

旦發東郭門，晚憩北山趾〔一〕。乍離城市喧，益羨丘壑美〔二〕。舍車陟嶇嶔，停策玩清泚〔三〕。遊目蒼崖顛，放情白雲裏〔四〕。攀林感落英，涉澗悲逝水。冀憑棲遁踪，往遇冥寂士〔五〕。忽見山阿人，仿佛平與起〔六〕。何當乘素煙，相與嚼丹蕊〔七〕。牧羊事已乖，煉石情徒止〔八〕。長揖謝荒祠，永愧爾兄弟〔九〕。

【題解】

赤松山，金華北部名山，傳説爲黄（或作皇）初平、初起昆弟得道羽化之地。《道光金華縣志》卷一《志疆域第一·山川·金華山》：「又自煉丹山，東經青蛇坑，至赤松山。縣北十五里有寶積觀，今名赤松宫，皇初平叱石成羊處。初平號赤松子，故山以是名。有遇仙石，見《遺事》。吕祖謙有《遊赤松山記》。曹唐《皇初平入金華山》詩：『莫道真遊煙景賒，瀟湘有路入金華。溪頭鶴樹春長在，洞口人間日易斜。一水暗回閒繞澗，五雲長往不還家。白羊成隊難收拾，吃盡溪邊巨勝花。』袁吉《宿赤松會仙閣》詩：『道分相投氣味長，就中何處最難忘？芙蓉閣上秋窗下，卧枕泉聲并石床。』葉審言《赤松山》詩：『井竈仙蹤在，林巒曙色分。苔荒一徑雨，松隱半峰雲。啼鳩催耕事，歸驂帶夕曛。試呼黄道士，石几薦桐君。』吴景奎詩：『雙鶴沖天去不回，五雲繚繞散花臺。山中若見黄初起，爲問留侯幾度來。』戴良《遊赤松山》詩……」

晉葛洪《神仙傳》卷二：「皇初平者，丹溪人也。年十五而家使牧羊，有道士見其良謹，使將至金華山石室中四十餘年，忽然不復念家。其兄初起入山索初平，歷年不能得見。後在市中有道士善卜，乃問之曰：『吾有弟名初平，因令牧羊失之，今四十餘年，不知死生所在，願道君爲占之。』道士曰：『金華山中有一牧羊兒，姓皇名初平，是卿弟非耶？』初起聞之驚喜，即隨道士去尋求，果得相見，兄弟悲喜。因問弟曰：『羊皆何在？』初平曰：『羊近在山東。』初起往視，了不見羊，但見白石無數，還謂初平曰：『山東無羊也。』初平曰：『羊在耳，但兄自不見之。』初平便乃俱往看之，乃叱曰：『羊起。』於是白石皆變爲羊數萬頭。初起曰：『弟獨得神通如此，吾可學否？』初平曰：『唯好道，便得耳。』初起便棄妻子，留就初平，共服松脂、茯苓，至五千日，能坐在立亡，行於日中無影，而有童子之色。後乃俱還鄉里，諸親死亡略盡，乃復還去。臨去，以方授南伯逢。易姓爲赤，初平改字爲赤松子，初起改字爲魯班。其後傳服此藥而得仙者數十人焉。」

元末蘭溪吴沉與詩人一道受聘寧越府郡學，吴氏文集今存同題詩篇，殆同遊之作。吴沉《濲川集》卷二《遊赤松分韻得天字》：「良辰集嘉彦，及此芳春天。逍遥步靈館，眺矚登危巔。崇桃眩碧澗，長松摇紫煙。問羊吊遺石，停觴揮素弦。寓形宇宙内，誰能真百年？行樂不及時，逝者如兹川。枚我塵與土，濯此清冷泉。放情煙霞外，繼躅丹丘仙。」

【箋注】

〔一〕東郭門：金華城東門。北山：常稱金華山，詳見卷三《同子充浚仲遊北山夜宿覺慈院》。趾：山腳。

〔二〕黄常吉《遊洞霄》：「我厭城市喧，故作林泉遊。」吴筠《高士詠·龐德公》：「超然風塵外，自得丘壑美。」

〔三〕嶇嶔：險峻貌。清泚：水流清澈貌。費冠卿《枕流石》：「願以清泚流，鑑此堅貞質。」

〔四〕蒼崖：青山。李德裕《無題》：「松倚蒼崖老，蘭臨碧洞衰。」

〔五〕棲遁：隱居避世。陸游《贈西山老人》：「從來棲遁志，剩欲與翁言。」冥寂：深沉寧静。郭璞《遊仙詩》：「中有冥寂士，静嘯撫清弦。」李善《注》：「冥，玄默也。」

〔六〕平與起：黄初平、初起兄弟。

〔七〕何當：何時。李商隱《夜雨寄北》：「何當共剪西窗燭，卻話巴山夜雨時？」丹蕊：紅花。宋楊炎正《題鄒氏桂軒》：「嫦娥嫁得月中仙，桂呈丹蕊月宫前。」

〔八〕煉石：煉丹，用爐火燒煉藥石。柳伯達《題濮公仙洞》：「佩蘭隱者今何在？煉石仙人去不還。」

〔九〕長揖：拱手高舉，自上而下行禮。《漢書》卷一上《高帝紀上》：「沛公方踞床，使兩女子洗。酈生不拜，長揖曰：『足下必欲誅無道秦，不宜踞見長者。』」顏師古《注》：「長揖者，手自上而極下。」謝：告辭。

别宋潛溪

昨宵郡齋宿，今旦赴行舟〔一〕。官程不敢違，可使須臾留〔二〕？掩泣别故交，强顏逐前儔〔三〕。未嘗去鄉邑，詎能千里遊〔四〕？金陵古帝鄉，雄跨東南州〔五〕。至今開甲第，燁燁①居公侯〔六〕。冠蓋若雲擁，車馬如川流〔七〕。厚禄不虛授，高才將見收〔八〕。如何獨多念？去去懷百憂〔九〕。

【題解】

潛溪，明開國文豪宋濂別號，詳見本書卷一《寄宋潛溪三首》。此詩作於朱元璋徵辟宋濂，宋濂離開婺城遠赴金陵之時。《明史》卷一《本紀第一·太祖一》：「（至正二十年）三月戊子，徵劉基、宋濂、章溢、葉琛至。」

宋濂北徵金陵，同時宦遊金華者多吟詩惜別。吴沉《瀫川集》卷二《送宋景濂之金陵》：「結交二十載，情好真莫逆。我無兄弟親，所藉朋友益。峨峨仙華高，湛湛潛溪碧。相思極夢寐，問訊枉書尺。自從去年冬，來爲郡齋客。幸有子同心，慰此風雨夕。如何捨我去，千里遠行役？豈不願遲留？嚴程苦相迫。人生如浮雲，聚散無定迹。況乃災患餘，忍復成睽隔？君心寧不傷？我髮豈難白？悠悠川上波，矯矯雲際翮。贈言欲云何，至寶當自惜。」

【校勘】

① 燁燁：乾隆本作「奕奕」。

【箋注】

〔一〕郡齋：寧越府郡學學舍，參見本卷《郡齋夜飲分韻得晝字》。

〔二〕官程：赴任期限。歸有光《上趙閣老書》：「當是時，官程迫促，又不能迎拜明公於馬首。」可：豈。

〔三〕前儔：此指劉基、葉琛、章溢諸賢。《宋濂全集》卷六十五《故詩人徐方舟墓銘》：「庚子之（夏）〔春〕，皇帝遣使者奉書幣起濂於金華山中，時則有若青田劉君基、麗水葉君琛、龍泉章君溢同赴召。遂出雙溪，買舟泝桐江而西。」

〔四〕鄉邑：此指金華浦江縣。韓愈《桃源圖》：「初來猶自念鄉邑，歲久此地還成家。」

〔五〕金陵：今南京。李白《金陵歌送别范宣》：「金陵昔時何壯哉！席卷英豪天下來。」帝鄉：京城。雄跨：高踞。韓愈《嘲魯連子》：「開端要驚人，雄跨吾厭矣。」錢仲聯《集釋》：「《一切經音義》引《字林》：『跨，踞也。』」

〔六〕甲第：貴族宅邸。唐崔顥《江畔老人愁》：「南山賜田接御苑，北宫甲第連紫宸。」煒煒：光芒閃爍貌。

〔七〕冠蓋：禮帽與車蓋，代達官顯宦。杜甫《夢李白》：「冠蓋滿京華，斯人獨憔悴。」鮑照《代結客少年場行》：「日中市朝滿，車馬若川流。」

〔八〕韓愈《駑驥》：「有能必見用，有德必見收。」

〔九〕去去：越去越遠。蘇武《古詩》：「參辰皆已没，去去從此辭。」

寄王子充

燕燕何從來？其羽已差池〔一〕。飛入華堂内，意在巢君帷〔二〕。君帷豈不好？傷哉非故知。引去方未能，欲留復回疑〔三〕。嗷嗷徒曉風，翾翾空暮闈〔四〕。

【題解】

王禕，字子充，明初忠節之士，參見本書卷三《九日偕子充安道諸友遊城東》《同子充浚仲遊北山夜宿覺慈院》。詩云「君帷豈不好？傷哉非故知」，則詩當作於王禕見辟於朱元璋而遠遊金陵之後。

《王忠文公集》卷二十五劉宗周《道統録・王公傳》：「王公禕，字子充，號華川，義烏人。少習古學，師事黃文獻。至正戊子元政亂，公爲書七八千言上，時宰嫌其切直，格不聞。危素、張起巖并薦，不報。隱青巖山著書。戊戌應太祖徵，署中書省掾，商略機務，上每稱子充。辛丑進《平江西頌》，上覽之喜，曰：『吾固知浙東有二儒，卿與宋濂耳。學問之博，卿不如濂；才思之雄，濂不如卿。』癸卯授江西儒學提舉司校理，外艱。乙巳除侍禮郎，定議禮制。升南康府同知，至則披荆莽，建府署，撫定瘡殘，收虜賢士，一郡安輯。丁未召議即位禮，忤旨。洪武元年，出爲漳州府通判。二年，召修《元史》，爲總裁官，力任筆削。書成，拜翰林待制。三年，預教大本堂，授皇太子經。尋使土蕃還。五年，命往雲南諭梁王。公至雲南，見梁王諭之，已有降意。會元之遺孽有自立於沙漠者，遣使脱脱，欲連兵以拒我，因以危言迫梁王殺我使，以固其意。公見脱脱欲屈以威，奮駡曰：『天訖汝元，命我朝代之，汝如爝火餘燼，尚欲與日月争光邪？我將命遠來，有死而已，豈爲汝屈！』顧謂梁王曰：『汝朝殺我，大兵夕至矣。』六年十二月竟遇害，年五十二。」

【箋注】

〔一〕燕燕：燕子。差池：參差不齊。《詩經·邶風·燕燕》：「燕燕于飛，差池其羽。」孔穎達《疏》：「此燕即今之燕也，古人重言之。」馬瑞辰《通釋》：「差池，義與參差同，皆不齊貌。」

〔二〕君帷：暗指元末朱元璋幕府。

〔三〕引去：離去，引退。《史記》卷七十六《平原君虞卿列傳》：「居歲餘，賓客門下舍人稍稍引去者過半。」回疑：猶豫遲疑。鮑照《答客》：「澄神自惆悵，嘿慮久回疑。」

〔四〕嗷嗷：鳥鳴聲。曹植《雜詩》：「飛鳥繞樹翔，嗷嗷鳴索群。」翾翾：飛舞貌。鮑照《在江陵歎年傷老》：「翾翾燕弄風，嫋嫋柳垂道。」

送胡仲子之三衢

倦駕忌登陸，疲舲驚出浦〔一〕。不處孤蹇間，誰知别離苦〔二〕？伊昔忝嘉招，經年繆同侣〔三〕。前歡未云畢，後感已尋緒〔四〕。去春客江介，今秋發溪滸〔五〕。久傳飛鞚出，及此高帆舉〔六〕。終然衢士心，枯苕望來雨〔七〕。我意固遲回，君行勿躊躇〔八〕。

【題解】

金華胡翰，别號仲子，詳見卷一《憶胡仲申》。至正十九年己亥夏，朱元璋自婺州返回建康；九月，常遇春攻克衢州。《大明太祖高皇帝實録》卷七：「己亥春正月甲午朔……九月辛卯朔……丁未，同僉常遇春克衢州。時遇春圍城兩月餘，攻擊無虚日。元樞密院判張斌度不能守，密遣其下謁遇春約降。是夕，引軍士十餘人出小西門，迎大軍入城。」本詩云「去春」「今秋」，則朱元璋約於至正二十年春徵胡翰至金陵，參見本卷《送别胡仲子二首》；至正二十一年秋，授胡翰衢州教授。

三衢，衢州别名。《宋濂全集》卷三十《胡仲子文集序》：「吾友胡先生獨不然。自其少時誦數十萬言，在諸生中已驚動，其鄉邦老儒咸畏而敬之。及其既長而壯，奇邁卓越，務師古人。出言簡奥不煩而動中繩墨，如夏圭商敦，望而知其非今世物也。同郡大儒若吴貞文公立夫，先生嘗師事之，吴公亟稱歎其才不置。黄文獻公晉卿以文學名天下，見先生輒延致共語，所以期待者甚隆，而先生亦不爲之屈也。諸公既亡，先生之學益成，行益修，德愈邵，而文愈雄。大江之南稱賢者必曰先生，而先生不自以爲至也。今天子有國之初，大臣交薦先生才行，上憫其老，不欲重煩以政，命爲衢州教授……先生名翰，字仲申，金華人；仲子，其别號云。」

【箋注】

〔一〕忌：忌憚。登陸：在陸地上啓程。孟浩然《越中逢天台太乙子》：「登陸尋天台，順流下吴會。」舲：有窗小船。出浦：離岸泛舟。沈約《早發定山詩》：「歸海流漫漫，出浦水濺濺。」

〔二〕孤蹇：孤獨困苦。薛能《邊城寓題》：「孤蹇復飄零，天涯若墮螢。」

〔三〕嘉招：徵聘，此指朱元璋略金華後，詩人與胡翰等十二人會食江南分省，更番講經史陳治道。潘岳《河陽縣作》：「微身輕蟬翼，弱冠忝嘉招。」經年：一年或多年。繆：通「謬」，謙辭。

〔四〕白居易《和寄樂天》：「後恨苦綿綿，前歡何卒卒。」尋緒：緊接先前頭緒；尋，相繼。鮑照《代門有車馬客行》：「歡戚競尋緒，談調何終止！」

〔五〕江介：此指長江南岸金陵城。溪：金華雙溪，詳見卷三《九日偕子充安道諸友遊城東》。

〔六〕鞚：馬勒，代馬。岑參《青門歌》：「須臾望君不可見，揚鞭飛鞚疾如箭。」

〔七〕終然：停止貌。苕：草名。《詩經·小雅·苕之華》：「苕之華，芸其黄矣。」

〔八〕遲回：遲疑徘徊。白居易《北園》：「花下豈無酒？欲酌復遲回。」

送人赴廣信軍幕

慊慊促夜弦，翩翩戒晨軸〔一〕。臨分將列觴，指景念出宿〔二〕。羈思無定端，官程有成速〔三〕。含思登回陌，抱疢①度遥陸〔四〕。前峰日銜岫，後蹊風出谷〔五〕。欲投近村去，惟見遠煙緑。冰溪渺森沉，玉山鬱駢矗〔六〕。方遠悲路長，逾前歎期促〔七〕。邊障固優暇，邊情易翻覆〔八〕。贊政諒匪難，布德在所勖〔九〕。古來固疆圉，豈皆藉頗牧〔一〇〕？

【題解】

此詩作於詩人在婺州任寧越府郡學學正時。廣信，元稱信州路，明太祖朱元璋於至正二十年改稱廣信府；然廣信之名，早已有之，如卷五《送葉贊玉序》作於至正九年，言葉贊玉爲廣信人；信州路詳見卷一《平饒信詩并序》。《明史》卷四十三《江西·廣信府》：「元信州路，屬江浙行省。

太祖庚子年五月爲廣信府。」軍幕，行軍宿營之帳幕，唐韋元甫《木蘭歌》：「馳馬赴軍幕，慷慨攜干將。」

【校勘】

①疢：乾隆本作「疚」。

【箋注】

〔一〕慊慊：遺憾不滿貌。曹丕《燕歌行》：「慊慊思歸戀故鄉，何爲淹留寄他方？」張銑《注》：「慊慊，心不足貌。」促弦：擰緊琴弦以奏曲。戒軸：準備車乘；戒，準備。《詩經・小雅・楚茨》：「禮儀既備，鐘鼓既戒。」陳奐《傳疏》：「戒亦備也。」

〔二〕將：送。《詩經・召南・鵲巢》：「百兩將之。」毛《傳》：「將，送也。」景：太陽。謝靈運《於南山往北山經湖中瞻眺》：「景落憩陰峰。」劉良《注》：「景，日也。」出宿：出門寄宿。《詩經・邶風・泉水》：「出宿於泲，飲餞於禰。女子有行，遠父母兄弟。」

〔三〕羈思：羈旅愁思。定端：固定頭緒。成速：確定之速度。南朝宋謝瞻《王撫軍庾西陽集别時爲豫章太守庾被徵還東》：「來晨無定端，别晷有成速。」

〔四〕含思：懷憂。李群玉《長沙紫極宮雨夜愁坐》：「春燈含思静相伴，夜雨滴愁更向深。」回陌：路途曲折縈紆。疢：孤獨危急。《詩經・小雅・小弁》：「疢如疾首。」馬瑞辰《傳箋通釋》：「疢疾，爲孤危之稱。」

〔五〕岫：山峰。王令《暮行》：「山銜日入深，雲佇星出緩。」

〔六〕冰溪：或名玉溪。《嘉靖廣信府志》卷二《地輿志·山川·玉山縣·冰溪》：「即玉溪，在縣南一里，又名大王潭，其水清潔如冰，故名。」戴叔倫《送前上饒嚴明府攝玉山》：「家在故林吴楚間，冰爲溪水玉爲山。更將舊政化鄰邑，遥見逋人相逐還。」渺：渺渺，悠長貌。森沉：幽暗深沉。南朝宋鮑照《過銅山掘黄精》：「銅溪晝森沉，乳竇夜涓滴。」玉山：或曰懷玉山，或曰輝山。《嘉靖廣信府志》卷二《地輿志·山川·玉山縣·懷玉山》：「去縣一百四十里，高四百餘丈，盤亘三百餘里，介饒信兩郡，當吴楚閩越之交，爲東南望鎮。按方志云：『天帝遺玉此山，山神戴焉，故名懷玉。或云山有異光夜燭，因名輝山。』唐魏國公賈耽《華夷圖》云：『其山上與天際，勢聯北斗，又名玉斗山。循山之麓，升降凡十有五里，至大洋阪，地寬曠約數百畝，而奇峰秀嶺怪石深池環列於前後左右，真仙靈之窟宅也。山有龍潭一十八漈，又有二十四奇：玉瑯峰、銀尖峰、獅子峰、石牛峰、雲蓋峰、天門峰、飛泉峰、屏風峰、龍蟠岡、金鷄墩、洗墨池、望香墩、七盤嶺、九蓮池、誓坡石、浴佛池、彩霞巖、過雲洞、連理木、天聖松、金剛嶺、石鼓山、羅漢峰、志初巖，真一邑勝概之尤者也，故縣亦由此名。』」鬱：鬱鬱，繁茂貌。司馬光《寄題刁景純藏春塢》：「藏春在何許？鬱鬱萬松林。」騈矗：并峙高聳。

〔七〕孔稚圭《旦發青林詩》：「孤征越清江，遊子悲路長。」

〔八〕邊障：邊境堡壘。韓琦《感事》：「一來邊障地，走馬過三秋。」優暇：閑暇。翻覆：反復無常。盧象《送趙都護赴安西》：「黠虜多翻覆，謀臣有別離。」

〔九〕贊政：輔佐主帥處理政事，其時胡德濟典守廣信府，參見卷三《送人還鎮》。《樂府詩集》卷三十《相和歌辭五・長歌行》：「陽春布德澤，萬物生光輝。」

〔一〇〕疆圉：同「疆圉」，邊境。頗：趙國良將廉頗，趙惠文王時廉頗破齊拔魏，以勇氣聞於諸侯。牧：趙國名將李牧，其時略後於廉頗，北破匈奴，東北伐燕，西擊強秦，南拒韓魏，安邊禦寇，一代楨幹。廉頗李牧行迹詳見《史記》卷八十一《廉頗藺相如列傳》。

謁趙朝列墓

含辛度連岡，掩泣赴孤阡〔一〕。而我爲誰悲？懷人在九泉。西北兵既動，東南旋遘患〔二〕。一朝烈焰起，鄰壤頓燒燔〔三〕。長風當夏急，亦知將燎原。不謂事之及，乃在奄忽間〔四〕。天道幽且遠，禍福茫昧然〔五〕。方晨家盡燬，夕暮身復捐。平生欽若人，鋭氣蓋當年〔六〕。鋤頑務刑肅，決壅思化宣〔七〕。矧兹大節在，可使非義干〔八〕？日月易爲久，墓草已芊芊〔九〕。園林滅遊迹，祠宇有餘閑〔一〇〕。既乘往化盡，何用空名傳〔一一〕？

【題解】

趙朝列，元時浦江名流趙大訥，一名良勝，字敬叔，嘗知永新州，以朝列大夫致仕。朝列，元時從四品職官。《元史》卷九十一《百官七》：「朝請大夫、朝散大夫、朝列大夫，以上從四品。」子趙友直，字彦方，嘗從詩人遊，參見卷六《黄氏南薰樓會飲詩序》。

《宋濂全集》卷五十一《元故朝列大夫同知婺州路總管府事致仕趙侯神道碑銘有序》：「侯名良勝，後更名大訥，字敬叔，姓趙氏……侯少聰敏，通蒙古字學，遂以譯曹掾起家，補泉州録事……轉興化録事……攝莆田縣事……改漳州路龍溪縣尹……調泉州路永春縣尹……俄遷温州路永嘉縣尹……改知吉安路永新州。階自從仕郎四轉至奉訓大夫……在官二年，告老解印綬而歸。將歸，民悵悵如有所失，争詣省、憲二府乞留，侯固辭不可。百里之間，嗟惜贊頌之聲交於道路，至有署侯爵號，事之如神明者。侯既歸，中書以聞，命以同知婺州路總管府事致其事，階升朝列大夫。侯遂優遊里閈，與賓朋過從，扶杖徒行，儼如布衣時。縣大夫問政，直告以利害，匡救其失爲多。至正壬辰，中原兵大作，蔓延江南，江浙行中書數遣大將統軍來過，侯告之以恤民止殺，言多聽。戊戌三月丙辰，睦州破。六月乙酉，兵入浦陽。侯倉黄未及避，有被甲持戟而入者，自稱徐將軍，聞侯有重名，以甘言誘之使降。侯曰：『吾爲元朝老臣，唯有一死報國耳，毋多言。』徐知不能屈，去。繼有至者，强其行以見主帥，侯曰：『吾老不能步。』復使之乘馬，侯曰：『吾不能馬。』遂遇害。幸不死，創甚，至七月丁巳竟殁……侯局度精明，濟之以廉剛，所至以鋤强梗聞。吏卒畏威，無敢出鄉；元豪宿猾，咸相告引去。至於興學校治水利之事，尤加之意。學田奪於民間者，必復之；有陂湖或不築，躬視其成，雖大暑寒弗避。侯生平不識請謁，義所當爲，雖尊官顯人勢相統屬者，不暇遜。常自誦曰：『我有命在天，不以柔媚而得，不以剛直而失，男子之膝可易屈耶？』君子韙其言。侯年既耄，賓客故人多勉侯爲子孫計，何爲久自苦？侯笑曰：『吾在泉時，寶貨俯地可拾，尚弗顧；今肯爾耶？』嗚呼，何其賢也！士君子能建治功於隆平之日，而或不能保大節於危難之時，蓋爲政以及物者易，而殺生以成仁者難。侯自歷官縣州，以循良之吏著名；及至見危授命，又如嚴霜烈日，可畏可仰，不賢而能之乎？侯之家食尚若此，使當大藩之寄，其不能爲城郭封疆死守乎？執德弗回，至死不變，在古者猶鮮能之，況今之人乎！賈子所謂『顧行而忘利，守節而伏義』者，非侯其誰也？」

【箋注】

〔一〕含辛：心懷悲痛。范成大《相州》：「禿巾髽髻老扶車，茹痛含辛説亂華。」阡：墳墓。

〔二〕至正十八年戊戌六月朱元璋取元婺州路浦江縣前，陳友諒陷湖廣、江西諸郡縣，此所謂西北也；張士誠略蘇州，朱元璋下南京，此所謂東南也。遘患：遭遇禍患。何喬新《椒丘文集·雙峰劉先生哀辭》：「悲若人之遘患兮，蹇侘傺以隕生。」

〔三〕烈焰：此喻戰亂。鄰壤：此指朱元璋略建德路，其建德縣東傍浦江縣。燒燔：焚燒。

〔四〕不謂：不意，不料。

〔五〕陶潛《怨詩楚調示龐主簿鄧治中》：「天道幽且遠，鬼神茫昧然。」天道：天意，天理。《禮記·月令》：「毋變天之道。」孔穎達《疏》：「天云道，地云理，人云紀，互辭也。」幽：隱微。茫昧：模糊隱約。

〔六〕若人：這人。當年：當時。孫過庭《書譜》：「安能掩當年之目，杜將來之口？」

〔七〕肅：整飭，整頓。范仲淹《推委臣下論》：「肅朝廷之儀，觸縉紳之邪，此御史府之職也。」決壅：消除壅塞。劉基《浙東肅政廉訪司處州分司題名記》：「今年秋憲副張公始來，決壅疏塞，剔蠹振墜。」化宣：宣化，宣傳君命教化百姓。

〔八〕陸游《書逆旅壁》：「士窮自其分，所幸全大節。」李覯《獨居》：「榮榮豈不欲？非義固所嫌。」干：侵犯，侵蝕。

〔九〕芊芊：草木茂盛貌。《列子·力命》：「美哉國乎！鬱鬱芊芊。」

〔一〇〕陶潛《悲從弟仲德》：「宿草旅前庭，階除曠遊迹。」祠宇：祠堂。夏侯湛《東方朔畫贊》：「逍遥城郭，觀先生之祠宇。」張銑《注》：「祠宇，亦廟也。」餘閑：極寧静。陶淵明《歸園田居》：「户庭無塵雜，虚室有餘閑。」

〔一一〕乘：隨順。謝靈運《從斤竹澗越嶺溪行》：「乘流玩回轉。」張銑《注》：「乘，隨也。」往化：遷移變化。謝靈運《廬陵王墓下作》：「一隨往化滅，安用空名揚？」

九日宴迎華觀

授服當素節，登臺瞰清穹〔一〕。野明棲菊霜，林動振條風〔二〕。良辰感情慮，嘉會合①音容〔三〕。劍佩止肅肅，冠帶來雍雍〔四〕。四座錯觴豆，中堂藹絲桐〔五〕。托蔭柏臺下，寄身霄漢中〔六〕。爲歡情有盡，報德心無窮。願我賢主人，功業日以隆。爲臣慕姬旦，爲子追魯公〔七〕。

【題解】

至正十八年十二月朱元璋入婺州，十九年六月歸建康。臨行，以婺州托付麾下猛將胡大海。詩云「爲臣慕姬旦」，則設宴「賢主人」當爲胡大海。胡大海養子德濟，朱元璋略金華時爲誘兵，大破元軍，生擒敵將，由此知名，是以本詩云「爲子追魯公」。胡大海與德濟事迹，詳見卷六《送人遊龍虎山序》。

迎華觀，或曰明遠堂，元時浙東海右道肅政廉訪使宴息之舍。朱元璋略定金華，迎華觀殆爲軍政要員府邸。袁桷《清容居士集》卷十八《浙東廉訪司重建澄清堂記》：「國家肇置肅政廉訪司，浙之東以婺女爲總治……聽事之所，繇唐歷宋，歲久頽剥不治。至治二年，中奉大夫馬公爲使於是邦，顧瞻改容曰：『兹不可不爲先務。』邦之耄倪亦曰：『兹實聽政之本。』於是郡請於中書行省，計郡餘財以爲匠費。崇其堂隍，稍北以構，柱甓孔新，庭廡邃密，名之曰澄清。復爲燕居之室於其後，曰迎華觀。」又，《清容居士集》卷十八《明遠堂記》：「參政馬公奉聖天子明詔巡行江浙，復至婺女，見其燕居之堂舊曰迎華觀者，而更其名曰明遠，取其切於觀風之道……今夫七郡之黜劾，悉萃於澄清。吏抱其牘，雁鶩以進，卒不敢妄議其可否，將求其生，欲重其罰，情皆不能以得也。精思以究，必退省焉，以品節之事窘於一庭而智足以見萬里。古之善馭吏者不泥於法律，不事於朱墨，故其革奸警饕，無言而化成，必有其本也。在昔聖人，明目達聰，百僚在官，定於三載之考績，夫豈有他哉？維東浙負山聯海，風俗不一，强者雜諼詐，柔者率罷軟，撫摩之道，各有攸處。登斯堂也，必攝齊肅容，悉議其所宜行。退於燕居，申申夭夭，燭照數計，考七郡之幽隱，如指諸掌。名之曰明遠，孰曰不宜？」

【校勘】

① 合：乾隆本作「洽」。

【箋注】

〔一〕授服：常作授衣，古時夏曆九月製冬衣以授人。《詩經·豳風·七月》：「七月流火，九月授衣。」朱熹《詩集傳》：「九月霜降始寒，而蠶績之功亦成，故授人以衣，使禦寒也。」謝瞻《九日從宋公戲馬臺集送孔令詩》：「風至授寒服，霜降休百工。」素節：秋季。謝瞻《九日從宋公戲馬臺集送孔令詩》：「輕霞冠秋日，迅商薄清穹。」李周翰《注》：「清穹，穹天也。」

〔二〕振條：摇動枝條。謝惠連《七月七日夜詠牛女》：「團團滿葉露，析析振條風。」《楚辭・九懷・蓄英》：「秋風兮蕭蕭，舒芳兮振條。」

〔三〕情慮：情愫。孟郊《藍溪元居士草堂》：「人樸情慮肅，境閑視聽空。」

〔四〕劍佩：寶劍玉佩，代赳赳武夫。冠帶：禮帽大帶，代士大夫。肅肅：恭敬貌。《詩經・大雅・思齊》：「雝雝在宫，肅肅在廟。」毛《傳》：「肅肅，敬也。」雍雍：和樂貌。葉適《北齋》：「友朋坐雍雍，燕雀鳴草草。」

〔五〕觴豆：兩種器皿，觴以裝酒，豆以盛食品。藹：繁盛，衆多。杜甫《贈蜀僧閭丘師兄》：「多士盡儒冠，墨客藹雲屯。」絲桐：代琴，古人削桐爲琴，練絲爲弦，故稱之。《格致鏡原》卷四十六《琴材》引《筆談》云「琴雖用桐，然須多年，木性多盡，聲始發越。」又，《琴弦》引《賈子説林》云：「有寡女獨宿不寐，傍壁孔中視隣家蠶離箔。明日，繭都類之，隱然如愁女。蔡邕見之，厚價市歸，繅絲制弦，彈之有憂愁哀怨之聲。問琰，琰曰：『此寡女絲也。』」

〔六〕托蔭：托庇。柏臺：漢御史府中列植柏樹，常有野烏數千集其上，故稱御史臺爲柏臺，參見卷一《鄭僉憲授官南歸》；此代迎華觀，以其嘗爲元浙東海右道肅政廉訪使燕居之室。

〔七〕此以姬旦伯禽父子比擬胡大海德濟父子。姬旦：史稱周公，周文王子，周武王弟。武王即位，輔翼武王克商滅紂。武王崩，成王少，周公不懼流言，攝政當國。弟管叔、蔡叔勾結武庚叛亂，周公奉成王命，興師東伐，誅管叔與武庚，放蔡叔。成王長，周公還政於成王，北面就臣位。然終周公之世，成王不敢視之爲臣。魯公：周公長子伯禽，代父就封於魯，恪遵父訓，戡定徐戎，安輯魯地。周魯二公事迹詳見《史記》卷三十三《魯周公世家第三》。

題赤松山清風樓

仙家十二樓，恒在瀛海間〔一〕。豈意逐飄風，飛颺到兹山〔二〕？翔簷出林表，飛陛躡雲端〔三〕。紫館高與齊，金洞遥相連〔四〕。何年赤松子，揭此清風顔〔五〕？每來恣登覽，幾爲增慨歎。陰陽無停晷，江漢有奔瀾〔六〕。節往速飛箭，時侵逾激弦〔七〕。已難駐衰曆，何用羨華年〔八〕？容鬢坐自凋，齒骨徒空堅〔九〕。澡真能脱屣，煉液解騰天〔一〇〕。凡心倘可除，神道尚堪傳〔一一〕。便將棄囂俗，終往訪靈仙〔一二〕。飛身此樓上，千齡猶未還。

【題解】

赤松山樓閣甚夥，清風樓其一也。吴沉《濲川集》卷二《題清風樓》：「岧岧赤松山，其下名桃源。宮居耀金碧，靈蹤隔塵寰。高樓三重階，絕出浮雲端。非彼遺世人，誰賞此幽玄？簷前集鸞鶴，户外植琅玕。清風泠泠至，日夕聞鏘然。化機無停息，流動被兩間。撓之萬竅作，斂寂還無聞。光明發泰宇，噓吸一氣存。至哉槖籥妙，見此天地根。朝登俯倒景，暮眺凌飛煙。逍遥仙道成，與爾同躋攀。」

【箋注】

〔一〕十二樓：仙家宫室。《漢書》卷二十五下《郊祀志第五下》：「方士有言黄帝時爲五城十二樓。」顔師古《注》引應劭曰：「昆侖玄圃五城十二樓，仙人之所常居。」晉葛洪《抱朴子·袪惑第二十》：「又見昆侖山上一面輒有四百四十門，門廣四里，内有五城十二樓。」瀛海：大海。《論衡·談天》：「九州之外，更有瀛海。」

〔二〕飄風：狂風。《老子》二十三章：「飄風不終朝，驟雨不終日。」

〔三〕翔簷：飛簷，上翹屋簷。李世民《置酒坐飛閣》：「高軒臨碧渚，飛簷迴架空。」飛陛：通往高處之臺階。張協《七命》：「長翼臨雲，飛陛陵山。」劉良《注》：「飛陛，階道也。言高如鳥飛而陵上於山。」躡：登。

〔四〕紫館：與下句「金洞」，悉屬仙人府邸。《初學記》卷二十三《道釋部·觀第四》：「《洞玄經》曰：『金洞素虚館，金母太素三元君所居。』……《玉皇玄聖記》曰：『游龍交馳於紫館之上。』」

〔五〕赤松子：晉代黄初平在金華北山得道成仙，自稱赤松子，詳見本卷《遊赤松山分韻得弟字》。揭：高懸。顔：匾額。

〔六〕陰陽：日月。宋蘇轍《冬至日》：「陰陽升降自相催，齒髮誰教老不回？」

〔七〕侵：流逝。《説文・人部》：「侵，漸進也。」激弦：急疾弓弦聲。《牧齋初學集》卷七十三《梅長公傳》：「剛腸疾惡，面折人過，如矢激弦，一往輒發。」

〔八〕衰曆：衰年。鮑照《過銅山掘黄精》：「寶餌緩童年，命藥駐衰曆。」華年：青春年華。

〔九〕白居易《初見白髮》：「未料容鬢間，蹉跎忽如此。」坐自：自然而然，同義複詞。徒空：徒然。

〔一〇〕澡真：澡雪精神抱持天性。脱屣：脱鞋，比喻看得很輕，無所顧戀。《漢書》卷二十五上《郊祀志第五上》：「嗟乎！誠得如黄帝，吾視去妻子如脱屣耳！」顔師古《注》：「屣，小履。脱屣者，言其便易，無所顧也。」煉液：或曰煉精，道家養生法。《漢武帝内傳・附録・劉京》：「治身之要，當朝朝服玉泉，使人丁壯有顔色，去三蟲而堅齒也。玉泉者，口中液也。朝未起，早起漱液滿口，乃吞之。琢齒二七過，如此者三，乃止。名曰煉精，使人長生也。」解：能够。騰天：升天。

〔一一〕神道：神仙法術。鮑照《白雲》：「笛聲謝廣賓，神道不復傳。」

〔一二〕靈仙：神仙。江淹《遊黄櫱山》：「南州饒奇怪，赤縣多靈仙。」

送人從戎

世事諒難必，伊人去從戎〔一〕。平生二三策，乃用軍帳中〔二〕。東郊已春陽，北陌尚寒風。千里違鄴城，幾日到邊封〔三〕。漢幟正星羅，淮騎亦雲從〔四〕。已入青油幕，猶帶騂角弓〔五〕。願言帷幄士，勉贊戎馬功。但期膺厚賞，不忌捐薄躬〔六〕。庶幾邊上人，咸識爾爲雄。

【題解】

此送友人從軍詩，友人生平及餞别背景不詳。從戎，從軍。鮑令暉《擬青青河畔草》：「人生誰不别？恨君早從戎。」

【箋注】

〔一〕諒：委實。必：確定。《莊子·外物第二十六》：「外物不可必，故龍逄誅，比干戮，箕子狂，惡來死，桀紂亡。」伊人：此人。《詩經·秦風·蒹葭》：「所謂伊人，在水一方。」鄭玄《箋》：「伊當作繄，繄猶是也。」

〔二〕乃：將。《經詞衍釋》：「乃，猶將也。《左傳·昭元年》『將與之唐』，《史記·鄭世家》作『乃與之唐』，《荀子·正論篇》『乃在於惡之與不惡也』，乃在於猶將在於也。」

〔三〕鄴城：中國八大古都之一，在今河北省。漢末曹操爲魏王，定都於此，三國魏都洛陽，鄴仍爲五都之一；後趙、前燕、東魏、北齊皆定都於此；此以鄴城代朱元璋都城南京。邊封：邊境。

〔四〕漢幟：本爲秦末漢王劉邦旗幟，此指元末陳友諒軍旗。《史記》卷九十二《淮陰侯列傳第三十二》：「趙見我走，必空壁逐我，若疾入趙壁，拔趙幟，立漢赤幟。」《明史》卷一百二十三《陳友諒》：「即江州爲都，奉壽輝以居，而自稱漢王，置王府官屬。」淮騎：元末張士誠部稱淮兵。《南村輟耕録》卷二十四《繆孝子》：「繆孝子倫，字叔彝，東平人，侍父宦遊，寓居錢唐。至正十六年，淮兵寇城，執其父，將殺之。」按，至正十六年七月，張士誠弟士德引兵陷杭州，未幾敗走。

〔五〕油幕：塗油帳幕，代將帥幕府。陸游《上王宣撫啓》：「昨屬元臣，暫臨西鄙，獲廁油幕衆賢之後。」駢：并列，成雙。角弓：用獸角裝飾之硬弓。王維《觀獵》：「風勁角弓鳴，將軍獵渭城。」

〔六〕薄躬：渺小身軀。杜甫《天池》：「更是無人處，誅茅任薄躬。」

友人使還

分壤蕃帝室，摛堞奠公家〔一〕。群士盡歸往，若人更才華。一朝銜命出，千里飛佩過〔一〕。大志眇滄海，微功騰尺波〔三〕。遂將戀主心，調入望鄉歌〔四〕。嚴軍發婺城，去棹指齊河〔五〕。復命喜事畢，問程憂路多〔六〕。憂喜君不渝，眷眷將謂何〔七〕？

【題解】

友人奉令赴婺，事成覆命，詩人賦詩道别。

【箋注】

〔一〕分壤：劃分土地。蕃：通「藩」，屏障，此作動詞。鮑照《還都口號》：「分壤蕃帝華，列正藹皇宫。」摛堞：鋪設城牆；摛，布設；堞，城上如齒狀矮牆，代城牆。《漢書》卷一百上《敘傳第七十上》：「摛藻如春華。」顔師古《注》：「摛，布也。」鮑照《還都至三山望石頭城》：「攢樓貫白日，摛堞隱丹霞。」奠：安定。公家：朝廷，國家。

〔二〕銜命：奉命。飛佩：身戴玉佩飛快前進。王鎡《謝靳石門道籙見訪》：「石門仙人雲霞裳，飄飄飛佩來山房。」

〔三〕眇：高遠。《荀子·王制》：「彼王者不然，仁眇天下，義眇天下，威眇天下。」尺波：微波。鮑照《還都口號》：「勉哉河濟客，勤爾尺波功。」

〔四〕調：更易。《日知録·史記注》：「《袁盎傳》『調爲隴西都尉』，此今日調官字所本。調有更易之意，猶琴瑟之更張乃調也。」

〔五〕齊河：齊地江河。鮑照《還都至三山望石頭城》：「南帆望越嶠，北榜指齊河。」

〔六〕復命：同「覆命」，完成使命後回復上司。杜甫《寄裴施州》：「紫衣使者辭覆命，再拜故人謝佳政。」戴叔倫《別友人》：「對酒惜餘景，問程愁亂山。」

〔七〕謂何：如何，怎麽辦。《漢書》卷二十二《禮樂志第二》：「泊如四海之池，徧觀是邪謂何？」顏師古《注》引晉灼曰：「謂何，當如之何也。」

送人歸姑孰

一官冒風塵，十載犯霜露〔一〕。豈伊懷禄情？亦以娱親故〔二〕。長途忽榛棘，四海益氛霧〔三〕。父母且不知，妻子豈得顧？閩海非我鄉，浙河幸余渡〔四〕。誰知消息近，反使心魂懼〔五〕？桑梓半不存，骨肉定何處〔六〕？掩骼古則然，脱驂今豈遇〔七〕？言歸雖有期，悲情將焉訴〔八〕？蓼蟲昧葵堇，晨鷄識晦雨〔九〕。君自處平世，安知我心苦〔一〇〕？

【題解】

姑孰，一作姑孰，常稱當塗，今屬安徽省。《元史》卷六十二《地理五·江浙等處行中書省·太平路》：「領司一，縣三（當塗、蕪湖、繁昌）。」《乾隆當塗縣志》卷二《建置沿革》：「丹陽肇自秦漢，在六朝爲畿輔地，加之僑置以業流甿，故劈析較繁。而貫以姑孰爲當塗，則自隋始。」姑孰溪貫通當塗縣境，此當塗所以又名姑孰也。《乾隆當塗縣志》卷五《山川》：「入江之水凡四，而姑溪爲大。」《讀史方輿紀要》卷二十七《南直九·太平府·當塗縣·姑孰溪》：「在府南二里。自丹陽湖引流而北，合支流諸水匯爲姑孰溪，亦謂之姑浦。又西過鼂浦，經城南，謂之南州津。又西北至府西五里之江口渡，復北經黄山渡，又北歷牛渚、采石磯，至寶積山入於大江。」

【箋注】

〔一〕風塵：與下句「霜露」，皆形容勞苦艱辛。唐方干《送喻坦之下第還江東》：「風塵辭帝里，舟楫到家林。」蘇洵《六國論》：「思厥先祖父，暴霜露，斬荆棘，以有尺寸之地。」

〔二〕此句化用毛義典故。毛義，東漢廬江孝子，母在，出仕以榮親慰母；母亡既久，隱逸以潔身澡真。詳見《後漢書》卷三十九《劉趙淳于江劉周趙列傳第二十九》。

〔三〕榛棘：荆棘，喻艱難困苦。曾鞏《秋懷》：「出門榛棘不可行，終歲蒿藜尚誰恤？」氛霧：陰霾，喻戰亂動蕩。

〔四〕閩海：福建；以其瀕海，故曰閩海。元倪瓚《送張煉師遊七閩》：「高士不羈如野鶴，忽思閩海重經過。」浙河：錢塘江。

〔五〕宋之問《渡漢江》：「近鄉情更怯，不敢問來人。」

〔六〕定：究竟，到底。李白《新林浦阻風寄友人》：「歲物忽如此，我來定幾時？」

〔七〕掩骼：掩埋暴露之屍骨，古代恤民仁政之一。《禮記·月令》：「毋聚大衆，毋置城郭，掩骼埋胔。」脱驂：解下兩旁駕車之馬以幫助人家辦理喪事，後泛指以錢財幫人辦理喪事。《禮記·檀弓》：「孔子之衛，遇舊館人之喪，入而哭之哀；出，使子貢説驂而賻之。」

〔八〕言歸：歸家；言，助詞。唐道宣《續高僧傳·譯經四·玄奘》：「奘少離桑梓，白首言歸，訪問親故，零落殆盡。」

〔九〕蓼蟲：寄生蓼草之昆蟲，詳見卷一《送屠彦德七首》。葵菫：兩種蔬菜；菫，或省作堇。白居易《喜雨》：「圃旱憂葵菫，農旱憂禾菽。人各有所私，我旱憂松竹。」晦雨：陰雨。《詩經·鄭風·風雨》：「風雨如晦，鷄鳴不已。既見君子，云胡不喜？」

〔一〇〕平世：太平盛世。王褒《四子講德論》：「幸遭聖主平世而久懷寶，是伯牙去鍾期，而舜禹遁帝堯也。」

送人赴辟

江路西南遠，江波東北流〔一〕。客行惜奔景，日暮赴輕舟〔二〕。輶軒急才彦，巖穴盡羅搜〔三〕。名既上公車，身可安舊丘〔四〕？人生遇昭世，誰能老遐陬〔五〕？武夫效命力，君子輸智謀〔六〕。入夜無輟棹，侵星有飛輈〔七〕。不見百川水，汩汩俱不休〔八〕？

【題解】

友人英偉不群，應辟宦遊，將抱器以濟世。辟，徵召。《管子·輕重乙》：「辟之以號令，引之以徐疾。」

【箋注】

〔一〕此謂友人將沿婺江應召出仕。婺江，自西而東流入蘭江，參見卷二《哭趙隱君》。謝朓《之宣城郡出新林浦向板橋》：「江路西南永，歸流東北騖。」

〔二〕奔景：奔跑不息之太陽。鮑照《吴興黃浦亭庚中郎別詩》：「奔景易有窮，離袖安可揮？」

〔三〕輶軒：使者乘坐之輕車，代使者。岑參《無題》：「輶軒若過梁園道，應傍琴臺聞政聲。」巖穴：隱士所居山洞。李白《古風》：「中有緑髮翁，披雲卧松雪。不笑亦不語，冥棲在巖穴。」

〔四〕公車：官署名，掌管宫殿司馬門之警戒、臣民上書及徵召等事務。《史記》卷一百二十六《滑稽列傳第六十六》：「朔初入長安，至公車上書，凡用三千奏牘。」

〔五〕昭世：清明時代。遐陬：邊遠角落。

〔六〕效：奉獻。輸：獻納。魏徵《諫太宗十思疏》：「則智者盡其謀，勇者竭其力。」

〔七〕侵星：拂曉。宋王禹偁《寄金鄉張贊善》：「北堂侍膳侵星起，南畝催耕冒雨歸。」輈：車前駕牲畜之直木，代車。

〔八〕汩汩：奔流貌。鮑照《行京口至竹里》：「君子樹令名，細人效命力。不見長河水，清濁俱不息。」

贈賈思誠

短願本有涯，長憂自無端〔一〕。道心日迥絶，衰病坐連綿〔二〕。瑶琴廢不理，金鏡掩莫看〔三〕。誰能蠲兹疾，并用駐吾顔〔四〕？湈真藉靈草，測化奇神丹〔五〕。神丹法已閟，靈草名尚傳〔六〕。或求向蓬島，或采自鍾山〔七〕。何彼巫咸輩，竟墮伎術間〔八〕？《楚辭》稱九折，《周禮》稽十全〔九〕。問名未爲悦，染味方自歎〔一〇〕。賈生妙斯理，輶使旌其賢〔一一〕。莫言相遇易，知音古猶難。

【題解】

賈思誠，金華義烏人，傑出醫學家朱彦修高足，博覽醫書，潛思妙理，卒窺岐黄閫奥以祛人世疾患。宋濂《宋濂全集》卷二十二《贈醫師賈生序》：「烏傷賈思誠，濂外弟也。性醇介，有古君子之行。嘗同濂師事城南聞先生，學治經；久之，思誠復去，受醫説於彦修朱先生之門。諸醫家所著，無所不窺。出而治疾，往往有奇驗。薦紳間多爲賦詩，而屬濂以序。」

《宋濂全集》卷三十二《贈賈思誠序》：「同里張君以書來謂濂曰……聞丹溪朱先生彦修以醫名四方，亟延治之……因屬其高第弟子賈君思誠留以護治之。賈君即視余如手足之親，無所不致其意。慮余怒之過也，則治之以悲；悲之過也，則治之以喜；喜之過也，則治之以恐；恐之過也，則治之以思；思之過也，則治之以怒。左之右之，扶之掖之，又從而調柔之。不特此也，其逆厥也，則藥其湧泉以瘖之；其怔忡也，則按其心俞而定之。如是者數年，不可一朝夕離去。寧食不鮮羞，衣不裼裘，何可一日以無賈君？寧士不枚鄒，客不公侯，何可一日以無賈君？余疾於是乎告瘳，而賈君有功於余者甚大矣……余發張君之書，重有感焉：世之爲民宰者，恒飽食以嬉，其視吾民之顛連，漠然若秦越肥瘠之不相維繫。非惟不相維繫，又濫其髓刳其膏而不知止，孰有如張君勤民成疾者乎？世之醫者酬接之繁，不暇雍容，未信宿輒謝去，至有視不暇脉不暇方而不可挽留者，孰有如賈君調護數年之久而不生厭者乎？是皆可書。余方執筆以從文章家之後，此而不書烏乎書？」

《劉伯温集》卷二十四《送醫士賈思誠還浙東二首》其二：「落木長亭獨客回，蹇驢聊可當篤駘。還山須種千株杏，等待仙華道士來。」

【箋注】

〔一〕鮑照《學陶彭澤體》：「長憂非生意，短願不須多。」陳普《擬古八首》：「人生不滿百，常懷千歲憂。」端：末端。

〔二〕道心：道義，天理。《尚書·大禹謨》：「人心惟危，道心惟微。」《河南程氏遺書》：「人心惟危，人欲也；道心惟微，天理也。」迥絶：遠離隔絶。坐：自然而然。

〔三〕瑶琴：美玉所飾鳴琴。理：操習，彈奏。南朝宋鮑照《擬古》：「明鏡塵匣中，瑶琴生網羅。」

〔四〕蠲：清除。用：以，因，憑藉。《廣釋詞》卷一《用·以因》：「盧諶《贈劉琨書》：『因其自然，用安静退。』杜甫《續得觀書》：『舟楫因人動，形骸用杖扶。』皆因用互文，用猶因也。」孟浩然《宴梅道士山房》：「童顔若可駐，何惜醉流霞！」

〔五〕澡真：净化靈魂守住本性。靈草：仙草。班固《西都賦》：「於是靈草冬榮，神木叢生。」李善《注》：「神木、靈草，謂不死藥也。」測化：揆度造化奥秘。鮑照《白雲》：「探靈喜解骨，測化善騰天。」神丹：神仙所服靈丹。陸游《齋中雜興》：「神丹卒難求，百疾起如蝟。」

〔六〕閟：隱蔽，藏匿。

〔七〕蓬島：蓬萊，傳説海上仙山之一。趙長卿《蓦山溪》：「當年仙子，容易抛蓬島。」鍾山：山名，在昆侖山西北，其地盛産美玉。《楚辭》嚴忌《哀時命》：「願至昆侖之懸圃兮，采鍾山之玉英。」王逸《注》：「鍾山，在昆侖山西北。」

〔八〕巫咸：古代傳説中擅長卜筮者，或稱黄帝時人，或稱堯臣，或稱商代賢臣。《吕氏春秋·勿躬》：「巫彭作醫，巫咸作筮。」《離騷》：「巫咸將夕降兮，懷椒糈而要之。」王逸《注》：「巫咸，古神巫也。」伎術：方伎，古時醫藥、占卜、天文、面相諸種術業；此特指卜筮。

〔九〕九折：九折臂，患者多次折臂療治而漸明醫理。《楚辭·九章·惜誦》：「九折臂而成醫兮，吾至今而知其信然。」宋楊炎正《贈醫士陳國器》：「君不曾三折肱，又不曾九折臂。」十全：治病十治十愈；全，通「痊」。《周禮·天官·醫師》：「歲終，則稽其醫事，以制其食，十全爲上，十失一次之。」鄭玄《注》：「全猶愈也。」賈公彦《疏》：「謂治十還得十。」

〔一〇〕染味：沾染藥味，飲藥。

〔一一〕輶使：使者，參見前詩。

題李愷傳

有元值陽九，群凶方構患〔一〕。大將擁旄節，受命徒空專〔二〕。李生在下位，世頗稱其賢。一朝慕許歷，敗軍惟片言〔三〕。東嘉已電掃，古括猶禍連〔四〕。既登壯士籍，身名寧兩全〔五〕？負戈馳入境，轉戰溪谷間。智勇自無匹，英雄偶迍邅〔六〕。事業不可竟，忠節乃所安。憑軒檢遺事，三讀使我歎。功名固自薄，竹帛向堪傳〔七〕。

【題解】

李愷，元末忠勇武弁，位卑而善謀，死於平定處州叛亂之惡戰。或人撰《李愷傳》，戴九靈因之以示崇敬哀歎之意。

詩中「大將」，蓋元末浙東重臣石抹宜孫。《元史》卷一百八十八《石抹宜孫》：「至正十一年，方國珍起海上，江浙行省檄宜孫守温州，宜孫即起任其事。其年閩寇犯處州，復檄宜孫以兵平之……頃之，處之屬縣山寇并起，宜孫復奉省檄往討之……處爲郡，山谷聯絡，盜賊憑據險阻，輒竊發，不易平治。宜孫用基等謀，或擣以兵，或誘以計，未幾，皆殲殄無遺類。」

【箋注】

〔一〕陽九：厄運。曹植《漢二祖優劣論》：「值陽九無妄之世，遭災光厄會之運。」

〔二〕旄節：古代使臣或鎮守一方軍政長官所持符節。唐李嘉祐《送從弟歸河朔》：「諸將矜旄節，何人重布衣？」專：獨裁，自作主宰。

〔三〕許歷：戰國時趙國士兵，在趙秦會戰中兩番獻策主帥趙奢以破秦樹勳；詳見《史記》卷八十一《廉頗藺相如列傳第二十一》。

〔四〕東嘉：浙江温州别稱。陳叔方《潁川語小》卷上：「蓋郡有同名，以方别之。温爲永嘉郡，俚俗因西有嘉州，或稱永嘉爲東嘉。」電掃：像閃電劃過，比喻迅速掃蕩。元稹《苦雨》：「陰沴皆電掃，幽妖亦雷驅。」古括：歷史悠久之括蒼，即今浙江麗水。

〔五〕籍：簿册。李益《城旁少年》：「名懸壯士籍，請君少相假。」

〔六〕偶：遇上，碰到。綦毋潛《春泛若耶溪》：「幽意無斷絶，此去隨所偶。」迍邅：坎坷困頓。左思《詠史》：「英雄有迍邅，由來自古昔。」

〔七〕竹帛：竹簡白絹，代典籍史乘。陸游《秋懷》：「名慚垂竹帛，文不諧律吕。」向：已經。《助字辨略》卷四：「梁簡文帝《謝竹火籠啓》：『庭雪向飛。』向，已也。」

寄友分韻得枝字

彼山猶有崖，此木猶有枝。而我懷所思，憂來獨無時〔一〕。我有澤上蘭，春至嘗猗猗〔二〕。折柔欲有贈，延意及秋期〔三〕。秋期日已逝，蘭葉日已衰。人生非草木，勿爲寒暑移〔四〕。

【題解】

本詩創作背景不詳，友人亦不知何許人。

【箋注】

〔一〕曹丕《善哉行》：「高山有崖，林木有枝。憂來無方，人莫之知。」

〔二〕猗猗：美盛貌。毛滂《猗猗亭夜月》：「猗猗亭下竹，娥娥竹上月。」

〔三〕延意：情意連綿不絶。韋應物《擬古詩十二首》：「折柔將有贈，延意千里客。」

〔四〕韋應物《擬古詩十二首》：「人生豈草木，寒暑移此心？」

九靈山房集卷之三

山居稿三

五言古詩

題茂清齋

疏傅固知退，貢公未遺榮〔一〕。如何郡齋上，榜此林栖名〔二〕？伊昔宅姑孰，迢遞瞰修坰〔三〕。群山既羅户，回澗亦當庭〔四〕。山行睇松茂，澗涉玩泉清〔五〕。此歡謂可終，外事始難并〔六〕。理棹蕪湖水，剖竹嫯女城〔七〕。昔也樂肥遁，今兹倦將迎〔八〕。幸當官事治，復值民俗寧。虚館絶諍訟，空階長苔蓂〔九〕。罷吏就閑散，卧痾謝纏縈〔一〇〕。曾是懷舊想，眷焉起深情〔一一〕。徇名道不足，適意物可輕〔一二〕。寄語浮丘翁，長憶子音形〔一三〕。

【題解】

詩云「山行睇松茂，澗涉玩泉清」，則「茂清」意爲茂林清流，隱逸者之所嗜也。又言「郡齋」「蕪湖」「剖竹婺女城」，則茂清齋主人乃朱元璋拔金華後所擢寧越府知府王宗顯。王氏行迹亦録本卷《投王郡守二首》。

《康熙金華府志》卷十四《宦迹·明》：「王宗顯，字仲良，和州烏江人。洪武初克婺州，改州爲寧越府，以宗顯知府事。乃開郡學，延儒士葉儀、宋濂爲五經師，戴良爲學正，吴沉、徐原爲訓導。時喪亂之後，學校久廢，至是始聞弦誦之聲。」和州，元時隸屬河南江北等處行中書省廬州路，下轄歷陽、含山、烏江三縣。

胡翰《胡仲子集》卷三《紀交》：「和（陽）〔州〕王仲良，性炳烈，不娖娖爲小謹。避兵渡江，自吴走越，又自越至婺，間關千數百里，與余遇於逆旅。恒負氣忼慨，人以是不欲親之，余以爲淮楚俗固如此。久而得其爲學，蓋出於李晉仲、陳時中二先生。時中之論説，晉仲之文行，最余所敬者，君莫不盡扣而傳焉。渡江之初歲大疫，死者相藉，骨肉不相顧，君獨與其宗族數人僦屋以居，侍醫藥，給喪事，悉身任之。由是其父亦殁於疫，遂葬江寧。唯一侄自從，煢如也。所至邑里，諸生從問學，教有師法，諸生不敢犯，父兄不敢溺愛。一忤焉，即治之擯之，投袂去之。館人無少長，趨事唯謹。嘗論王伯大略當世利鈍得失，顧所親曰：『後當如是如是。』聞者意頗不合。浦陽有山曰石門，險阻可依，嘗率其友至山中，回翔周覽，慨然欲爲田疇之事。居民數十家皆恇怯農家子，遂去之。一日在郡郭聞諜報有警，人情洶甚，君從容相過，輒曰：『事急，死生共之，吾當爲故人留。』留三日，别余而東，後復有警。東南之事，莫不歷歷如君言，余每爲之太息。世之言交者，不以利則以勢耳，徵逐慕悦於一時，而反眼不相識者，接迹於天下，誠以勢利不常有故也。於是有相靡以術者，然亦不能不窮於是。有激於義者，如戰國之公子解驂委輅於屠肆之中，舉夫抱關鼓刀之人，加之賓客之上，意氣傾動，遂成刎頸，若甚烈也，然不過欲得其用，以身下之；彼亦不顧，而以身許之耳，豈道也哉？予故與君皆布衣也，相去不啻風馬牛之不相及，幸而遇之，悉心委迹，不知於道合焉否也。唯不以貧賤動其心，不以禍亂沮其氣，終始一節，而皎乎霜日者，固翰之所願托交也。作《紀交》。君名宗顯，嘗以明經中鄉舉，仲良其字也。」

【箋注】

〔一〕疏傅：漢宣帝時蘭陵疏廣、疏受叔侄分别擔任太子太傅與少傅，後皆激流勇退，棄寵遺榮，詳見《漢書》卷七十一《疏廣》。貢公：西漢賢臣貢禹，明經潔行，屢仕屢免，後擢御史大夫，居三公高位，詳見《漢書》卷七十二《貢禹》。遺榮：鄙薄拋棄榮華富貴。

〔二〕林栖：隱居山林。皎然《别山詩》：「如何區中事，奪我林栖趣？」

〔三〕姑孰：或曰當塗，元時太平路屬縣，詳見卷二《送人歸姑熟》，茂清齋主人王宗顯爲元廬州路和州烏江縣人，殆嘗寓居姑熟。迢遞：遥遠貌。杜甫《野望》：「清秋望不極，迢遞起曾陰。」修坰：綿長郊野。

〔四〕回澗：縈紆溪澗。劉孝威《過康王第宅舊色》：「遠樓隔樹出，回澗隱崖通。」

〔五〕《詩經·小雅·斯干》：「秩秩斯干，幽幽南山。如竹苞矣，如松茂矣。」温庭筠《贈隱者》：「采茶溪樹緑，煮藥石泉清。」

〔六〕外事：世事。宋梅堯臣《訪礦坑老僧》：「山深無外事，日夕愛潺湲。」并：通「屏」，排除，捨棄。《莊子·天運》：「至貴，國爵并焉。」郭象《注》：「并，除棄之謂也。」

〔七〕蕪湖：元時江浙行省太平路屬縣，其地北毗姑熟，西臨長江，溪流縱横，湖泊星羅。剖竹：授命任職，參見卷一《和沈休文雙溪八詠》。婺女城：即婺城，以其城當婺女星之分野，故稱之爲婺城。《元和郡縣圖志》卷二十六：「隋開皇九年平陳置婺州，蓋取其地於天文爲婺女之分野。」

〔八〕肥遁：隱居避世。《易·遁》：「上九，肥遁，無不利。」孔穎達《疏》：「子夏《傳》曰：『肥，饒裕也。』……上九最在外極，無應於内，心無疑顧，是遁之最優，故曰肥遁。」將迎：送往迎來。謝靈運《初去郡》：「負心二十載，於今廢將迎。」

〔九〕諍訟：争論訴訟；諍，通「争」。李白《贈劉都使》：「銅官幾萬人，諍訟清玉堂。」莕蓂：莕蘚和蓂莢；蓂，瑞草蓂莢。《竹書紀年》卷上：「又有草夾階而生，月朔始生一莢，月半而生十五莢；十六日以後，日落一莢，及晦而盡；月小，則一莢焦而不落。名曰蓂莢，一曰曆莢。」

〔一〇〕罷吏：遣散官吏。高適《淇上別劉少府子英》：「近來住淇上，蕭條惟空林。又非耕種時，閑散多自任。」謝：拒絶。

〔一一〕元黄溍《赤城》：「信美無少留，緬焉起深情。」

〔一二〕徇名：捨身求名；徇，通「殉」。

〔一三〕浮丘翁：仙人，傳説嘗煉丹隱玉山，山在元時太平路繁昌縣。《列仙傳》卷上《王子喬》：「(王子喬)遊伊洛之間，道士浮丘公接以上嵩高山。」《嘉慶太平府志》卷三《地理志·山川·繁昌縣·隱玉山》：「一名浮丘山，在縣東十里靈巖鄉。高三百仞，周環四十里。山二峰，峰二嶺。右爲浮丘洞、龍池二，相傳龍潛於此。山中林木幽奇，香陰夾道。村居數百，散處峰隈石罅中。絶頂方敞可數畝許，位以資聖院，即浮丘公、王郭二仙煉丹處。前有鎖虎石、煉丹井，甘泉亘古不涸。下臨無際，江河都邑歷歷指顧間。稍霾則雲氣蓊然，咫尺萬里。至午夜，有物如紅毬隱見木末，相傳爲王郭遺興，嚴永諧詩『丹光穿樹林』是也。」

九日送别分韻得菊字

霜林醉秋英，雨徑卧時菊〔一〕。折以贈將歸，意遠悲别促〔二〕。

【題解】

九日，即農曆九月九日；九爲陽數，故稱重陽節，參見卷九《山東九日二首》。適逢重陽，朋友暌隔，詩人依韻即景而有此作。

【箋注】

〔一〕萸：茱萸，果實鮮紅可愛。《西京雜記》卷三：「九月九日，佩茱萸，食蓬餌，飲菊花酒，令人長壽。」

〔二〕促：急促。陸機《贈弟士龍》：「行矣怨路長，惄焉傷别促。」

城東會飲送王天錫

陰崖斂暝霏，霜陸耀晴晛〔一〕。蕭蕭落木多，綿綿衰草遍〔二〕。開冬感徂①物，列飲會群彦〔三〕。美酳溢流霞，妍談粲餘絢〔四〕。時髦非我匹，清尊豈余戀〔五〕？行矣送將歸，悵焉罷歡宴〔六〕。引領阻雲從，搔首歎蓬轉〔七〕。

城東，金華城東。王天錫，元末明初桐廬儒家，嘗以風雅見重於明太祖。其父嘗宦遊浦江，天錫因之結交浦江諸賢，此或詩人與王天錫過從之津梁。王氏行迹亦見本卷《舟發嚴陵承以愚天錫諸公追餞》《舟中有懷以愚天錫諸君子》《送别王天錫》。

【題解】

《義門鄭氏奕葉文集》卷三鄭淵《贈王天錫詩序》：「淵聞縉紳先生言近世以循吏知名者，莫嚴陵王公案堂若也。公以廉平之政近民，懷之以恩，畏之以威，凡所被其澤者，莫不去而思之，祠而祝之。因竊疾夫暴官殘民，而深有慕於公之善政。惜乎九原已不可作，徒慨想之而不可得。苟得其賢子嗣而見之，亦可以償願慕之私也。辛丑秋，得與公之仲子天錫遊，而天錫方以文章學問垂譽於時，公侯大臣多賢其才，且屈節禮之。來遊麟溪者將旬日，淵之諸弟相率作爲詩章以贈之，復請淵序其首……今以案堂觀之，不徒治民有其道，而教子益有其方，何其賢哉！案堂既啓之於前，而天錫能紹之於後，父子之間，聲譽光華，照映上下，士君子談世澤之美者，今於王氏一門見之，嗚呼，又何其賢哉！昔忠憲韓公有德以臨民，而又善於教子，君子知其後必大，故其諸子皆以文學政事顯於當時。嗟夫，施於前者必報於其後，作於始者必紹於其終，此理之所必然。案堂德澤流衍之深，宜必有待於後。試以忠憲之事媲之，異日天錫兄弟安知不以文學政事顯榮哉！今天錫既抱其才而不售，譬猶玉在山而輝自吐，珠藏淵而光自媚，淵何能以測其涯涘乎！」

《明實録·大明太祖高皇帝實録》卷十二：「（癸卯歲）癸酉置禮賢館。先是，上聘諸名儒集建康，與論經史及咨以時事，甚見尊寵。至是，覆命有司即所居之西創禮賢館處之，陶安、夏煜、劉基、章溢、宋濂、蘇伯衡等皆在館中。時朱文忠守金華，復薦諸儒之有聲望者王禕、許元、王天錫至，上皆收用之。」

【校勘】

①徂：底本作「阻」，據乾隆本改。

【箋注】

〔一〕陰崖：北面山崖。斂：隱藏。《周禮·夏官·繕人》：「既射則斂之。」鄭玄《注》：「斂，藏之也。」暝霏：昏暗雲氣。宋祁《湖上二首》：「樓迥銜空霧，郊長占暝霏。」晛：日光。《詩經·小雅·角弓》：「雨雪瀌瀌，見晛曰消。」

〔二〕蕭蕭：草木摇落聲。杜甫《登高》：「無邊落木蕭蕭下，不盡長江滚滚來。」

〔三〕顔延之《應詔觀北湖田收》：「開冬眷徂物，殘悴盈化先。」吕延濟《注》：「開冬，十月也。」徂物：萬物衰敗凋零。

〔四〕美醑：美酒。流霞：傳説中仙酒。顔蕘《戲張道人不飲酒》：「吾師不飲人間酒，應待流霞即舉杯。」妍談：美好言談。謝靈運《擬魏太子鄴中集詩·阮瑀》：「妍談既愉心，哀弄信睦耳。」粲：露齒含笑。郭璞《遊仙》：「靈妃顧我笑，粲然啓玉齒。」餘絢：文采斐然；絢，文采。《廣韻·霰韻》：「絢，文彩貌。」

〔五〕時髦：當代俊才。《後漢書·順帝紀贊》：「孝順初立，時髦允集。」李賢《注》：「《爾雅》曰：『髦，俊也。』郭璞《注》曰：『士中之俊，猶毛中之髦。』」匹：匹配。清尊：同「清樽」。

〔六〕高適《答侯少府》：「行矣勿復言，歸歟傷我神。」劉基《旅興》：「悵焉念所思，悲感集予衷。」

〔七〕雲從：如雲般跟從伴隨。《詩經·齊風·敝笱》：「齊子歸止，其從如雲。」搔首：抓頭，形容心煩意亂或苦心焦慮。高適《九日酬顏少府》：「縱使登高只斷腸，不如獨坐空搔首。」

送人還鎮

根碩多繁條，源浚有清流〔一〕。尊公啓洪胄，英子紹前猷〔二〕。肇允龍淵升，翻飛鳳池遊〔三〕。光分發硎劍，氣壓噓蜃樓〔四〕。下車儼如昨，去斾已莫留〔五〕。西州實吾鎮，東路安足由〔六〕？帶甲逾萬人，連舫動千艘〔七〕。桓桓順時發，行將舒①國憂〔八〕。

【題解】

本詩目録作「送同僉公還鎮」，與卷三《投同僉公》所詠爲同一人。詩人任寧越府學正時，婺州將領授同僉者有二人。一曰常遇春，然其任同僉僅半載，始自至正十九年四月，終於是年十月；

又，至正十九年六月朱元璋自婺州返回應天，七月常遇春即率兵攻衢州，九月克之，十二月轉攻杭州，此後一直遠離婺州，難覓本詩所言「還鎮」軌迹； 又，常遇春子男三人，長茂驕稚不習事，次昇與森，悉黯淡無光，絶非本詩所言「英子」； 又，常遇春天性嗜殺，《明史》以之爲子孫衰替之由，此固詩人所不屑納交也。《宋濂全集》卷五十一《大明敕賜銀青榮禄大夫上柱國中書平章軍國重事兼太子少保鄂國常公贈翊運推誠宣德靖遠功臣開府儀同三司上柱國太保中書右丞相追封開平王謚忠武神道碑銘》：「己亥夏四月，轉鎮國上將軍同僉書江南等處行樞密院事，守婺城。尋命攻衢州，降之。冬十月，升僉院。十有二月，攻杭州。」

一曰胡德濟，胡大海養子。朱元璋攻婺州，命胡德濟迎戰於梅花門，大破元兵，由是知名行伍間； 胡大海下信州，太祖擢德濟行樞密院同僉，使守之。陳友諒遣師來寇，胡德濟浴血奮戰。其父率軍來援，前後夾擊，破軍擒將。胡德濟者，誠本詩所譽「英子」也。又，胡大海雖不知書，然謹守不殺人、不掠婦女、不焚毁廬舍三律令，庶幾王者之師，此詩人所以服膺而過從。胡氏父子行迹參見卷六《送人遊龍虎山序》。

鎮，險要重地，此指信州，朱元璋易名廣信。

【校勘】

①舒：乾隆本作「紓」。

【箋注】

〔一〕方逢振《賀蛟峰先生得孫》：「代昌賢才出，根碩枝葉繁。願是我家兒，庶幾大吾門。」浚：深。沈約《贈沈録事江水曹二大使》：「伊我洪族，源浚流長。」

〔二〕尊公：此指胡大海。洪冑：王侯貴族後代。陸機《答賈長淵》：「誕育洪冑，纂戎于魯。」英子：此謂胡德濟。紹：繼承，接續。前猷：先輩之遠大謀劃。宋張榘《木蘭花慢》：「須知萬竈出貔貅，智勇邁前猷。」

〔三〕此言胡大海率德濟投奔朱元璋，屢建奇功大勳，累官江南行省參知政事，詳見《明史》卷一百三十三《胡大海》。肇允：起初；允，助詞。《詩經・周頌・小毖》：「肇允彼桃蟲，拚飛維鳥。」陳奐《傳疏》：「允，語詞。」龍淵：漢宮殿名，此代朱元璋幕府。《漢書》卷六《武帝紀》：「河水決濮陽，氾郡十六，發卒十萬救決河，起龍淵宮。」鳳池：鳳凰池，代中書省，此指朱元璋所設江南行省。《晉書》卷三十九《荀勖傳》：「勖久在中書，專管機事。及失之，甚罔罔悵悵。或有賀之者，勖曰：『奪我鳳凰池，諸君賀我邪！』」

〔四〕發硎：刀劍新從磨石上磨出。《莊子・養生主》：「今臣之刀十九年矣，所解數千牛矣，而刀刃若新發於硎。」嘘蜃樓：由蜃所吐氣息變幻而成之海市蜃樓；蜃，傳説中能够吐氣成樓之蛟龍。白居易《泛溢水》：「城雉映水見，隱隱如蜃樓。」

〔五〕下車：官吏到任。李白《與韓荆州書》：「昔王子師爲豫州，未下車，即辟荀慈明；既下車，又辟孔文舉。」去斾：離職時所舉旗幟。趙長卿《臨江仙》：「萬里西風吹去斾，滿城無奈離情。」

〔六〕東路：此指元末朱元璋所略江浙行省婺州、處州諸路。由：行走，巡行。《孟子·離婁上》：「舍正路而不由。」朱熹《四書章句集注》：「由，行也。」曹植《雜詩》：「將騁萬里塗，東路安足由？」李善《注》引《廣雅》曰：「由，行也。」

〔七〕帶甲：披甲將士。連舫：由數船拼湊而成之大船。王粲《從軍詩》：「連舫逾萬艘，帶甲千萬人。」

〔八〕桓桓：勇武貌。杜甫《北征》：「桓桓陳將軍，仗鉞奮忠烈。」仇兆鼇《注》：「桓桓，武勇貌。」行將：將要。舒：緩解。鮑照《尺蠖賦》：「值夷舒步。」

題愛柏軒

瑟瑟涼野風，竦竦寒城木〔一〕。風勁木亦然，受命一何獨？歲物已淪傷，高標誰賞録〔二〕？偶荷主人恩，開軒向城曲〔三〕。老枝扶户吟，密葉停窗緑〔四〕。遂忘孤生悲，行享後凋福〔五〕。有客政迷方，振衣時躑躅〔六〕。願爲柏上枝，托蔭歸君屋〔七〕。

【題解】

元末金華隱者葉顒嘗吟詠愛柏軒，斯時詩人遊歷金華，則愛柏軒當爲元時金華名樓。葉顒《樵雲獨唱》卷二《題愛柏軒古風》：「軒前古柏顔色蒼，鬱如車蓋當兩廂。霜皮雖無四十圍，老榦似有千尺强。雲梢已足庇猿鶴，月樹或能棲鳳皇。孔明廟前曾識面，飽沾雨露凌雪霜。清陰時作長蛟舞，壯氣每學蒼龍翔。虬枝直上九萬里，蔭覆天下爲清涼。常疑半夜風雨響，怒潮駕浪翻錢塘。少焉女媧奏笙簧，仙人環佩朝玉皇。巋然俯瞰君子室，鸞臺鳳閣遥相望。連甍接棟眩青碧，雕楹刻桷施鉛黄。往來吟嘯謝樵牧，冠蓋絡繹多金章。嬌鞍俊馬勢豪逸，（弭）〔珥〕貂鳴玉聲鏗鏘。内中有人貌異常，峨冠大帶美且臧。紫霞之佩雲錦裳，當軒危坐軒中央。手弄瑶琴音琅琅，耳邊雅調流宫商。金盤承露傾天漿，忽然飲我瓊琚觴。柏兮特立階砌下，歲晚相對操愈剛。豈無朱闌護文杏？下視不啻兒女行。奇才偃蹇不世出，聲價豈減楩楠樟？吁嗟爾柏後必昌，大匠遇之未易量。或爲柱石或棟梁，豈可久客卿相傍？慎勿構作祖龍宅，驪山突兀之阿房。慎勿構作黄金屋，茂陵秋風之劉郎。惟畊珍禽貯奇獸，多蓄美娩閑嬙嬙。寧當架爲幽人廬，三重茅屋山之陽。雖無精金乏良玉，瓶儲斗粟書滿床。床頭常留酒一缸，壁上高懸琴一張。讀書彈琴飲醇酎，醉卧不夢封侯王。死生無可無不可，身無富貴名字香。達則營建天子堂，不傾不倚安四方。招延英傑納俊良，致君堯舜弼禹湯。群后歡呼趨廟廊，要令華夏歌虞唐。海宇雍熙萬姓康，天錫百福壽命長。子孫持此傳無疆，柏兮女與有耿光。再三語柏柏無語，願言終久毋相忘。」

【箋注】

〔一〕瑟瑟：象聲詞，形容風聲。竦竦：高聳貌。鮑照《紹古辭》：「瑟瑟涼海風，竦竦寒山木。」

〔二〕歲物：草木，以其一歲一榮枯，故稱。淪傷：零落衰敗。鮑照《學劉公幹體》：「歲物盡淪傷，孤貞爲誰立？」高標：高潔品行。賞録：欣賞録用。鮑照《紹古辭》：「弦絶空咨嗟，形音誰賞録？」

〔三〕開軒：開窗。城曲：城市之深隱偏僻處。

〔四〕扶：靠近。《釋名·釋言語》：「扶，傅也，傅近之也。」

〔五〕行：將。後凋：萬物凋零枯萎時松柏蒼翠如春。文天祥《自歎》：「蒲柳先已零，松柏何後凋？」

〔六〕政：通「正」，恰好。振衣：抖動衣服。陸游《初寒》：「振衣起出户，一笑尋鄰翁。」躑躅：徘徊。

〔七〕托蔭：依托樹蔭。嚴遵《座右銘》：「夫疾行不能遁影，大音不能掩響，默然托蔭，則影響無因；常體卑弱，則禍患無萌。」

送劉仲脩

名都鬱佳麗，公室赫弘敞〔一〕。繽繽集時彦，衮衮歸世網〔二〕。若人固忠勤，受命逾震蕩〔三〕。藩國簡車徒，邊亭巡境壤〔四〕。道途邈以敻，山川修且廣〔五〕。月宵抱影息，霜晨流念往〔六〕。仰看零露團，俯聽悲風響。景物勞夢思，驅馳罷心賞〔七〕。去水無回波，長途有徂軮〔八〕。臨分恨莫留，搔首獨長想〔九〕。

【題解】

元末明初，清江詩家劉仲修聲名藉藉，然其唯洪武初年應詔至南京，元末至正間未曾宦遊。本詩作於戴九靈任寧越府學正時，主人公「藩國簡車徒，邊亭巡境壤」，必非清江劉仲修。梁寅《劉君仲修文集序》：「天朝徵用儒雅，仲修嘗一至京師，翰林宋公景濂一見而道同意合，然仲修竟以重聽許辭，公欲留之不可，乃賦詩餞之。」

本詩主人公，當爲元末明初安徽宣城劉仲脩，其嘗效命朱元璋而擢鄱陽同知、某府知府諸職，行迹散見安徽當塗陶安、歙縣唐桂芳父子與巢縣郭奎文集。陶安《陶學士集》卷十一《送劉仲脩遠遊序》：「吾自慶生逢盛時，四海如家。每思經涉南北，周覽疆域之廣文獻之美，而杜門窮經，願莫之遂，乃獨驚喜仲脩之遊也。仲脩謂予言：『族本縉紳，思繼其業，我不敢不學也。家有父母，思養以禄，我不可不仕也。歲月荏苒，年漸壯矣，末由振拔，恒悒鬱於吾心，非碩儒宿師之依，莫克遂於學；非名卿達官之擢，莫克華於仕。苟困處閭巷，將無所倚成，決意茲往，必有得而歸也。』予聞其言而有告焉：『宇宙間至貴者理而已，理自天出，力不能以强致，謀不能以幸取。博而窮之於物，約而會之於心，心平意定，至貴者悉備乎我。積忠信爲學之本，謹言行爲仕之基。求之己而有餘，復何俟於它求也？子行過通都巨邑，擇其人而質之，其有戾於予言乎？否則駭目而悸神者，山嶽海瀆之靈奇焉，城郭溝隍之高深焉，器服珍寶之華侈焉，固能極視聽之娛，恢翰墨之氣，其於學與仕所資何如也？』仲脩謝曰：『先生命我矣。』遂買酒登溪樓上，宴別甚歡，贈斯言以壯其遊。」

唐桂芳《白雲集》卷一《謝劉仲修同知垂顧槐隱》：「寒風攪樹梢，索索如裂帛。忽聞驕驄嘶，知有遠來客。是時喪亂餘，荒村斷人迹。先生篤世交，不憚遠行役。唯餘二三公，光彩照圭璧。奚啻冠蓋流？乃是文章伯。肯垂眼長青，慰我頭髮白。」

唐文鳳《梧岡集》卷七《跋白雲吳公詩》：「休歙相距百里而近，山水環拱，村墟聯絡，棟宇密比，在在若城邑。歙槐里之程，休吳田之吳，皆代以儒宦顯，連姻締好，氣味相投。吳之望有諱奫，字萬頃，號白雲翁者……嘗記壬寅之歲，翁留槐里，宣城劉仲修授鄱陽同知，寓於歙土，暇日訪先父於三峰精舍，有詩云：『平生每媿劉公幹，晚歲忽逢唐子西。頗怪卧龍淹世用，不辭騎馬訪巖棲。酒清定是松花釀，詩就閑拈柹葉題。他日卜鄰何處是？黄山高與白雲齊。』從遊文儒和之者聯爲巨帙，而翁乃三用韻。回視之，予年始十六，侍翁杖屨，不以穉弱童子鄙之，亦俾賡韻，僂指迄今四十三載矣。」

郭奎《望雲集》卷四《寄劉仲修知府》：「一錢太守紫髯白，清曉褰帷對九華。已召諸生修禮樂，重尋父老問桑麻。公庭吏散棠陰直，寢閣詩成日影斜。爲我高懸徐穉榻，從軍閑暇定移家。」

又，《金陵簡劉仲修昆玉》：「姑孰城中君送我，端陽重上宛溪船。多情雲樹愁如海，回首風塵暗隔年。東海未成高士蹈，南冠應賴故人憐。重來不見劉公幹，別卜交期在九泉。」

【箋注】

〔一〕鬱：突出，高聳。《廣雅·釋詁一》：「鬱，出也。」王念孫《廣雅疏證》：「班固《西都賦》：『神明鬱其特起。』鬱，高出之貌也。」佳麗：美好。崔國輔《題豫章館》：「楊柳映春江，江南轉佳麗。」公室：諸侯家族。《史記》卷六十二《管晏列傳第二》：「管仲富擬於公室，有三歸、反坫，齊人不以爲侈。」謝朓《直中書省》：「紫殿肅陰陰，彤庭赫弘敞。」

〔二〕繽繽：繁多貌。陶弘景《尋山志》：「鳥迷蘿兮繽繽，雲停松兮紛紛。」衮衮：連續不斷貌。杜甫《醉時歌》：「諸公衮衮登臺省，廣文先生官獨冷。」

〔三〕逾：越過，此有巡察義。震蕩：動蕩不安，此作名詞。

〔四〕藩國：諸侯國，此或指婺州。《漢書》卷六《武帝紀第六》：「於是藩國始分，而子弟畢侯矣。」簡：選拔。車徒：車馬和僕從。李康《運命論》：「故遂潔其衣服，矜其車徒，冒其貨賄，淫其聲色，脉脉然自以爲得矣。」劉良《注》：「車徒，謂車馬侍從也。」邊亭：邊地堡壘。南朝宋鮑照《代出自薊北門行》：「羽檄起邊亭，烽火入咸陽。」

〔五〕敻：遠。

〔六〕左思《詠史》：「落落窮巷士，抱影守空廬。」流念：意念雜亂紛繁。宋濂《晚步青溪上》：「流念梁陳際，甲第繞其堧。」
〔七〕勞：牽動。《國語・越語下》：「勞而不矜其功。」韋昭《注》：「勞，動而不已也。」心賞：心情歡暢。楊炯《李舍人山亭詩序》：「唯談笑可以遣平生，唯文詞可以陳心賞。」
〔八〕回波：倒流之水波。李白《姑孰十詠・牛渚磯》：「亂石流洑間，回波自成浪。」徂鞅：前行車輛；鞅，套在牛馬頸上之皮帶，此代車馬。
〔九〕搔首：抓頭，形容心煩意亂。《詩經・邶風・靜女》：「愛而不見，搔首踟躕。」

送劉彦英東還

轉蓬無定在，飄飄將何之〔一〕？未遽離本根，賴有回飆吹〔二〕。在昔從一官，整駕來南陲〔三〕。何意十載留，竟負三年期？上有垂白親，下有初長兒〔四〕。平生已艱瘁，況復當亂離？及兹神武師，拓地如拾遺〔五〕。遂令客行士，秋晏薄言歸〔六〕。慈母既生還，弱子亦抱持。歌舞入故都，志願幸無違〔七〕。鴻鵠遊四海，鷦鷯守一枝〔八〕。寧與鷦鷯處，不隨鴻鵠飛。

【題解】

劉彦英，元時江浙行省集慶路溧水州人；明初擢常山邑丞，有賢子光道、光遠。

胡翰《胡仲子集》卷六《畏所記》：「常山邑丞劉彦英，嘗自溧水辟地抵吾婺，數過從論學。及領邑事，又數於衢郡見之。間語余曰：『吾於世無所取長，自家庭子弟從師受學，長而服官政，隨牒四方，恒若弗勝也弗逮也。人以吾爲畏焉，吾念之固然。計吾得者，以畏也；失者，亦未必非畏也。因名其室曰畏所，願乞記於下執事。』余謝不敏。今年聞余病且免歸，其請益固，乃作而言曰：君子處天下之至約而不戚，服天下之至賤而不愧，履天下之至險、遇天下之至變而不駭且亂。中立而不倚，内省而不疚，惡乎畏也？苟得志，雖富且貴焉，當大任於廟堂之上，決大議於人主之前，一言定國，不變色而利澤加於民，若舉而措之，惡乎畏也？吾聞之，天體物而不遺，人物之生，日用之間，莫非天命之流行。念慮有一不誠焉，言動有一非禮焉，雖至隱至微也，而人僞參之，天命幾乎息矣！操舍之頃，存亡之幾也。敬怠之萌，吉凶之辨也。今君之畏，詎不以是乎？則吾知之矣。以是而畏之，唐虞三代之聖人，猶兢兢業業，孜孜慄慄，翼翼亹亹，不能一朝夕寧也。《書》曰『迪畏』，蹈而畏之也；又曰『寅畏』，敬而畏之也；又曰『抑畏』，謙而畏之也：皆所以畏天也。《詩》曰：『胡不相畏？』小人無所忌憚，不知天者也。不知天者，不當爲而爲之。知天者，不當爲而不爲，當爲而不敢不爲之。故其畏也，非恇怯也，非委靡也，又非有操切之者。『昊天曰旦，與爾遊衍；昊天曰明，與爾出王。』君子知之，故無不畏。仲尼著其三，其致一也。余與劉君，皆學仲尼之學者，而余恇怯委靡，恒患不振。竊觀於劉君，方兵興時脱身危亡疾疫之中，奉其母夫人以行，歷數歲而返於鄉閭，高年無恙，不失人子之道。一弟二子，自爲師友，不廢義方之訓。雖仕宦非其志也，邑人親之，官事不嚴而集。其立心行己，加於余矣。在《易》之《乾》，以惕無咎；在《震》，以恐致福，君何失乎？以君懷恐惕之心，求免於戾，則非也。天下有任重道遠，而賁育不與焉者。吾於君之名室，寧不重有警云。柔兆敦牂之歲夏五月記。」

魯貞《桐山老農集》卷二《送劉縣丞子光道光遠序》：「常山縣丞劉彦英，溧水人也。予嘗識其兄彦敬於松江。俯仰十年事，予閑居山中。今年二月七日，予適出郊外，及歸，彦英來訪，不及見也。諭以詩，又知彦敬之有弟也。寒食後二日，二客過家問之，則彦英嗣也。豐神清爽，迥然非庸衆人。與之語，温乎其有倫也，粲乎其有理也。光遠，盛修齡之婿也，修齡與予爲同年，然則予與光道、光遠有通家之好焉。人之生子，得一以紹箕裘足矣，況二子皆有才美耶！於以見劉氏之多賢子弟也。古人之所謂難兄難弟者，今於劉氏見之。」

【箋注】

〔一〕在：所在，處所。《廣韻·代韻》：「在，所在。」飄飖：飄蕩，飛揚。

〔二〕回飆：盤旋大風。宋祁《溪上》：「烈烈回飆餘，鱗鱗夕浪生。」

〔三〕從：隨順。《論語·爲政》：「七十而從心所欲。」朱熹《四書集注》：「從，隨也。」

〔四〕垂白：白髮下垂。白居易《聞哭者》：「四鄰尚如此，天下多夭折。乃知浮世人，少得垂白髮。」

〔五〕神武：英明威武。拓地：此指朱元璋義軍攻克劉彦英故邦集慶。《大明太祖高皇帝實録》卷四：「(丙申三月)庚寅上進兵集慶，未及城五里，諸軍鼓噪而進，元兵皆破膽。行臺御史大夫福壽督兵出戰，我師擊敗之。福壽閉城拒守，大軍傅城下，將士以雲梯登城，城中莫能支，遂克之……上入城，悉召官吏父老人民諭之曰：『元失其政，所在紛擾，兵戈并起，生民塗炭，汝等處危城之中，朝夕惴惴不能自保。吾率衆至此，爲民除亂耳。汝宜各安職業，毋懷疑懼，賢人君子有能相從立功業者，吾禮用之。居官者慎毋暴横，以殃吾民。舊政有不便者，吾爲汝除之。』於是城中軍民皆喜悦，更相慶慰。」

〔六〕秋晏：晚秋。宋張耒《摇落》：「摇落已可悲，況復值秋晏。」薄言：助詞。

〔七〕故都：故鄉，故居。《楚辭·離騷》：「國無人莫我知兮，又何懷乎故都！」王逸《注》：「復何爲思故鄉念楚國也？」

〔八〕高適《同群公秋登琴臺》：「燕雀滿簷楹，鴻鵠摶扶摇。」鷦鷯：鳥名，巢一枝以棲息。《莊子·逍遥遊》：「鷦鷯巢於深林，不過一枝；偃鼠飲河，不過滿腹。」張華《鷦鷯賦·序》：「鷦鷯，小鳥也，生於蒿萊之間，長於藩籬之下，翔集尋常之内，而生生之理足矣。」

詠省堂後竹

冉冉孤生竹，托根淇水湄〔一〕。何年被簡拔，移植鳴鳳池〔二〕？鳴鳳準寒律，豈待

伶倫吹〔三〕？

【題解】

按《明史》卷一《本紀第一·太祖一》，至正十六年，太祖拔金陵，稱吴國公，置江南行中書省，自領省事。此詩所詠省堂，乃至正十八年冬朱元璋拔取婺州後所設之江南行中書省分省衙署。至正十九年六月朱元璋北返金陵，胡大海以江南行省參知政事鎮守婺州。《大明太祖高皇帝實録》卷六：「（至正十八年十二月）丙戌置中書分省於婺州。」《大明太祖高皇帝實録》卷七：「（至正十九年）辛亥，上將還建康，遣都事王愷召胡大海於紹興。大海既至，上諭之曰：『寧越爲浙東重地，必得其人守之。吾將歸建康，以爾爲才，故特命爾守。其衢、處、紹興進取之宜，悉以付爾。宋伯顔不花在衢州，其人多智術；石抹宜孫守處州，善用士；紹興爲張士誠將吕珍所據。數郡與寧越密邇，爾宜與同僉常遇春同心協力，俟間取之。此三人皆勍敵，不可忽也。』仍命左右司員外郎侯原善、都事王愷、管勾欒鳳綜理錢糧軍務事。六月壬戌朔。上自寧越還建康。」《道光金華縣志》卷一《志疆域第一·沿革表·明·寧越府》：「太祖以所奉龍鳳之四年，實元至正十八年下婺，改并廢録事司，置中書分省於此。」又，卷十二《雜誌第七·兵燹》：「十九年六月還應天，以寧越重地，召大海守之，進江南行省參知政事。」

春秋衛國以淇水翠竹謳歌衛武公；此云「孤生竹」「淇水湄」，則竹喻江南分省主人朱元璋，詩作於至正十八年冬。

【箋注】

〔一〕冉冉：柔弱下垂貌。曹植《美女篇》：「柔條紛冉冉，葉落何翩翩。」孤生竹：喻朱元璋，其父母俱早世。《明史》卷一《本紀第一·太祖一》：「太祖時年十七，父母兄相繼殁。」淇水：衛地河流，其畔生竹，衛人以之喻進德不倦修業不厭之衛武公。《詩經·衛風·淇奥》：「瞻彼淇奥，緑竹猗猗。有匪君子，如切如磋，如琢如磨。瑟兮僴兮，赫兮咺兮，有匪君子，終不可諼兮！」《毛詩序》：「《淇奥》，美武公之德也。有文章，又能聽其規諫，以禮自防，故能入相于周，美而作是詩也。」朱熹《詩集傳》：「衛人美武公之德，而以緑竹始生之美盛，興其學問自修之進益也。《大學》傳曰：『如切如磋者，道學也；如琢如磨者，自修也；瑟兮僴兮者，恂慄也；赫兮咺兮者，威儀也；有匪君子終不可諼兮者，道盛德至善，民之不能忘也。』」

〔二〕簡拔：選拔，遴選。鳳池：鳳凰池，禁苑水池，常代中書省，此指元末朱元璋在婺州所建中書分省。

〔三〕鳴鳳：翠竹葱蒨高潔則鳳凰棲止鳴囀，此以鳳鳴喻布政施令；參見卷十六《題鳳湖梧竹居》。準：依照，仿效。寒律：冬令，寒冬節氣；古人以天時附會政事，以爲政令措施須與季節相應，否則將生災異禍殃。唐翁洮《冬》：「寂寂棲心向杳冥，苦吟寒律句偏清。」《禮記·月令第六》：「孟冬行春令，則凍閉不密，地氣上泄，民多流亡；行夏令，則國多暴風，方冬不寒，蟄蟲復出；行秋令，則雪霜不時，小兵時起，土地侵削……仲冬行夏令，則其國乃旱，氛霧冥冥，雷乃發聲；行秋令，則天時雨汁，瓜瓠不成，國有大兵；行春令，則蝗蟲爲敗，水泉咸竭，民多疥癘……季冬行秋令，則白露蚤降，介蟲爲妖，四鄙入保；行春令，則胎夭多傷，國多固疾，命之曰逆；行夏令，則水潦敗國，時雪不降，冰凍消釋。」伶倫：黄帝樂官，樂律創始者；此代江南分省僚屬。《吕氏春秋・古樂》：「昔黄帝令伶倫作爲律。」

雲樵子

抗志薄囂世，結茅向雲林〔一〕。簷霤起膚寸，庭樹圍十尋〔二〕。不見從龍勢，惟聞伐木音〔三〕。買臣抱才智，遺烈著來今〔四〕。當其樵采時，久困稽山陰。富貴違壯年，伉儷易常心〔五〕。丈夫有迍邅，達士甘滯淫〔六〕。永言慮崇替，聊且投吾簪〔七〕。

【題解】

雲樵子，白雲深處一樵夫。詩人寓心聲於樵子，既存道家率性肆意之恬淡自在，亦抱儒門「時止則止，時行則行」之隱忍豁達。元末明初楊基嘗吟詩勾勒雲樵意境。《眉庵集》卷五《雲樵》：

「朝出雲在野，暮歸雲在山。十年事樵采，朝暮雲中間。空山無人雲滃泱，斧聲丁丁四山響。曾看仙人石上棋，千歲桃花才反掌。白石礪我斧，丹楓裁我柯。浮雲去盡青山晚，奈此猿聲鶴夢多？」

【箋注】

〔一〕抗志：堅守高尚志趣。《後漢書》卷四十九《仲長統》：「抗志山棲，游心海左。」

〔二〕簷靄：屋簷邊雲氣。膚寸：古代長度單位，一指寬度爲寸，四指寬度爲膚，比喻微小。黄庭堅《放言》：「微雲起膚寸，大蔭彌九州。」尋：古代長度單位，一尋爲八尺。宋王令《大松》：「十尋瘦榦三冬緑，一畝濃陰六月清。」

〔三〕從龍：跟隨帝王建功立業。《易經·乾第一》：「雲從龍，風從虎，聖人作而萬物睹。」伍喬《聞杜牧赴闕》：「峽雲難卷從龍勢，古劍終騰出土光。」《詩經·魏風·伐檀》：「坎坎伐檀兮，置之河之干兮。」《詩經·小雅·伐木》：「伐木丁丁，鳥名嚶嚶。」

〔四〕買臣：姓朱，西漢名臣，嘗擢會稽太守；早年困頓坎坷，伐薪給食，其妻鄙而棄之；五十歲後否極泰來，樹勳揚名；詳見《漢書》卷六十四上《朱買臣》。遺烈：遺留人間之功績。陸游《項王祠》：「小人平生仰遺烈，近廟欲結茅三間。」來今：自今以後。《淮南子·齊俗》：「往古來今謂之宙，四方上下謂之宇。」

〔五〕稽山陰：會稽山北面，此指西漢會稽郡北部之吴縣，朱買臣五十歲前伐薪吴縣以糊口。《漢書》卷二十八上《地理志第八上》：「會稽郡……縣二十六：吴……」《萬曆紹興府志》卷四

《山川志一・山・會稽・會稽山》：「在府城東南十二里。《周禮》：『揚州之鎮山曰會稽。』《山海經》：『會稽之山，四方，其上多金玉，其下多砆石，勺水出焉，南流注於湨。』《史記》：『禹會江南，計功而崩，因葬焉。命曰會稽。會稽者，會計也。』」常心：平素心迹。張協《雜詩》：「感物多思情，在險易常心。」

〔六〕迍邅：坎坷困頓。左思《詠史》：「英雄有迍邅，由來自古昔。」甘：情願，樂意。滯淫：長久荒廢。《國語・晉語四》：「底箸滯淫，誰能興之？盍速行乎！」韋昭《注》：「滯，廢也。淫，久也。」

〔七〕永言：長久；言，詞尾。陸機《贈武昌太守夏少明詩》：「心乎愛矣，永言懷之。」崇替：興廢盛衰。宋濂《晚步青溪上》：「繁華隨逝水，崇替起哀歎。」投簪：丟棄固冠之簪，形容棄官歸隱。宋楊時《寄練子安教授》：「投簪解帶謝人世，拂塵披蠹親遺編。」

舟發嚴陵承以愚天錫諸公追餞

祇役旋故都，艤舟析良知〔一〕。臨岐辱飲餞，舉觴念睽①離〔二〕。躑躅東城闉，徘徊江水湄〔三〕。頹陽無停照，別晷有成期〔四〕。屏迹堪養痾，樂道可忘飢〔五〕。持此將久息，豈伊聊暫違〔六〕？願各崇令德，蜚聲慰棲遲〔七〕。

【題解】

嚴陵，桐廬别名，以桐廬境内有東漢嚴光隱逸之嚴陵山與嚴陵瀨。清朝趙一清《水經注釋》卷四十《漸江水》：「又東南流逕桐廬。縣東爲桐溪，孫權藉溪之名以爲縣目，割富春之地立桐廬縣。自縣至於潛，凡十有六瀨，第二是嚴陵瀨。瀨帶山，山下有一石室，漢光武帝時嚴子陵之所居也。故山及瀨，皆即人姓名之。山下有磐石，周回十數丈，交枕潭際，蓋陵所遊也。」《乾隆桐廬縣志》卷二《山川·富春山》：「在縣西四十里。前臨大江，上有東西二臺。一名嚴陵山。清麗奇絕，號錦峰繡嶺，乃嚴子陵釣處。《省志》：《後漢書》『嚴光耕於富春山』；沈約《宋書》『吴分富春之地置桐廬縣』，則嚴陵山即所耕富春山無疑。《西征記》云：『自桐君山而西，有群山蜿蜒，如兩蛇對走於平野之上。二江之水并流於兩間，驚波間馳，秀壁雙峙。上有東漢故人嚴子陵釣臺，孤峰特拔，聳立千仞。奔走名利之客，一過其下，清風襲人，毛髮豎立，使人有芥視功名之意。』」吕祖謙《釣臺集·釣臺記》：「由東陽江而下，逕新定郡五十里，得嚴陵瀨。蓋東漢嚴先生遁世不屈，耕釣於富春山，後人因以名其瀨也。」

以愚，方姓，桐廬人，先後官國史院編修、嘉興推官、銅陵縣尹，闢齋曰寫易軒，唐詩人方干後裔。

納延《金臺集》卷一《送方以愚編修之嘉興推官》其二：「除書侵曉出金鑾，太史銜恩拜理官。賀老平生知李白，張湯一日薦倪寬。春風鈴閣官梅蚤，夜雨圜扉碧草寒。東海獄情無枉滯，歸朝還著惠文冠。（以愚受知賀相）」

余闕《青陽集》卷一《送方以愚之嘉興推官》：「帝仁同禹泣，典憲輟朝纓。我友膺時選，銜命出承明。是日芳節届，列餞多巨卿。桃花疑組色，鳥囀雜歌聲。仰獻一杯酒，遠慰千里行。丈夫有遠業，文墨非所營。勉布惟良政，持用答皇情。」

錢惟善《江月松風集》卷九《送方以愚赴銅陵縣尹》：「參軍重作宰，才美獨能兼。首爲詢痌瘝，仍當舉孝廉。柳陰春繫馬，山色晝垂簾。見説銅陵郡，編氓盡聳瞻。」

宋濂《宋濂全集》卷一百三《寄方編修以愚并簡徐大年》：「方君足文史，二十即決科。州縣治繁劇，史館仍編摩。須知軒冕榮，莫換山水癖。釣清一川舟，攬翠千峰屐。豈徒糜歲月？且復注《春秋》。書法嚴衮斧，箋記分薰蕕。雖然落湖江，政自憶京輦。雪盡馬蹄乾，花簪貂帽淺。十齡不能見，一旦忽奇逢。楚澤蛟龍雨，秦淮雕鶚風。紅燈夢未殘，明月家何處？典衣沽酒别，踏雪騎驢去。匆匆千里意，沉沉三月餘。可憐天邊雁，不帶山中書。懷人隔秋水，題詩寫山石。若見徐徵君，須言共相憶。」

張昱《可閑老人集》卷四《寫易軒爲方以愚賦》：「不於闕下寫文星，天與冥鴻惜羽翎。人世誰爲雙鬢白？家山自是亂峰青。霞分曉色留書几，斗轉寒光落研屏。觀象玩辭從寫遍，方干何忝舊明經？」

天錫，姓王，詳見本卷《城東會飲送王天錫》。

按本詩與《舟中有懷以愚天錫諸君子》《舟次蘭陰憶寄君善敬德浚仲諸友》數詩，乃詩人自浦江縣興賢鄉馬劍村出發，由富陽埸口鎮泛舟至金華時所吟。此行先航富春江，再浮桐江，次行蘭江，卒泛婺江，途經桐廬縣城、嚴子陵釣臺及蘭溪縣城。《讀史方輿紀要》卷八十九《浙江一》：「其大川則有浙江。浙江之源有三：一曰新安江……一曰東陽江，或謂之婺港……一曰信安江，或謂之衢港……三源同流，東過桐廬縣，或謂之桐江。又東北入杭州府富陽縣界而爲富春江。經縣城南，又東經府城南而謂之錢塘江。」

【校勘】

① 睽：乾隆本作「睽」。

【箋注】

〔一〕祇役：恭敬服役，此指受聘寧越府學正。謝靈運《鄰里相送方山》：「祇役出皇邑，相期憩甌越。」旋：返回。故都：故鄉浦江。屈原《楚辭·遠遊》：「絶氛埃而淑尤兮，終不返其故都。」艤舟：停船靠岸。析：離散，分開。《莊子·漁父》：「析交離親謂之賊。」良知：好友。謝靈運《遊南亭》：「我志誰與亮？賞心惟良知。」

〔二〕臨岐：面臨岔路，常用於道別。《釋名·釋道》：「二達曰岐旁。」

〔三〕城闉：城門。

〔四〕頹陽：夕陽，落日。李若水《春日途中》：「頹陽半嶺促歸鴉，斷雲無意横山碧。」成：確定，一定。《國語·吴語》：「夫一人善射，百夫決拾，勝未可成也。」

〔五〕屏迹：隱逸，隱匿蹤迹。岳珂《桯史·尊堯集表》：「安石之屏迹金陵，棄置不召者十載。」

〔六〕聊暫：短暫。張羽《晚涼放舟》：「偶遊非素期，炎氛聊暫屏。」違：離開。《説文》：「違，離也。」《論語·里仁》：「君子無終食之間違仁。」

〔七〕令德：美德。蜚聲：揚名。棲遲：遊息，隱居。《詩經·陳風·衡門》：「衡門之下，可以棲遲。」朱熹《詩集傳》：「棲遲，遊息也。」

舟中有懷以愚天錫諸君子

積雨夕澄霽，曉行出東郭〔一〕。解纜溯驚急，懷舊復淹薄〔二〕。離情固難抑，歸思亦隨作。鼓枻就隈隩，指途阻參錯〔三〕。嶮當嚴公瀨〔四〕，勢奪吕梁壑〔五〕。側耳聽波濤，縱目窺巇崿〔六〕。永懷滄州趣，久負泉石諾〔七〕。及此協幽期，逝將資止托〔八〕。安得同心客，共恣一時樂！

【題解】

詩云「嶮當嚴公瀨」，則固吟於舟過嚴子陵釣臺時。以愚、天賜，元末桐廬賢達，見前詩及本卷《城東會飲送王天錫》。

【箋注】

〔一〕積雨：久雨。薩都剌《玉山道中》：「積雨千峰霽，溪流兩岸平。」澄霽：雨後天氣清朗。南朝謝靈運《遊南亭》：「時竟夕澄霽，雲歸日西馳。」

〔二〕淹薄：停泊。謝靈運《富春渚》：「定山緬雲霧，赤亭無淹薄。」李善《注》：「王逸曰：『泊，止也。』薄與泊同。」

〔三〕鼓枻：叩擊船舷，代行船泛舟。《楚辭·漁父》：「漁父莞爾而笑，鼓枻而去。」王逸《注》：「叩船舷也。」隈隩：曲折幽深之山坳河岸。謝靈運《從斤竹澗越嶺溪行》：「逶迤傍隈隩，迢遞陟陘峴。」李善《注》：「《説文》曰：『隈，山曲也。』《爾雅》曰：『隩，隈也。』」指途：起程上路。參錯：此指江岸參差交錯。謝靈運《富春渚》：「溯流觸驚急，臨圻阻參錯。」李善《注》：「謂碕岸之險，參差交錯也。」

〔四〕嶮：通「險」。嚴公瀨：富春江嚴陵瀨，詳見前詩。《釣臺集》卷三宋陳岩肖《釣臺賦》：「泛富春之極浦，過桐君之所廬。山環翠而繚繞，溪瀉練以縈紆。平林絶岸，可斷而或屬；朝霏夕靄，乍斂而乍舒。湍聲激煙峙之下，嵐色貫雲岫之隅。忽一峰之森然，鬱蒼蒼而倚天。粤嚴先生之舊隱，聳巨石乎雲端。踞此磯而坐釣，抗斯志於當年。高風作塵，不可幾及兮；遺蹤逸躅，至今而獨傳。」

〔五〕吕梁壑：常稱吕梁洪，一曰在山西，大禹鑿之以通黄河；一曰在徐州。《水經注》卷三《河水》：「其水西流，歷於吕梁之山而爲吕梁洪。其山巖層岫衍，澗曲崖深，巨石崇竦，壁立千仞，河流激蕩，濤湧波襄，雷奔電泄，震天動地。昔吕梁未闢，河出孟門之上，蓋大禹所闢以通河也。司馬彪曰：『吕梁在離石縣西。』今於縣西歷山尋河，并無過岨。至是乃爲河之巨險，即吕梁矣，在離石北以東可二百有餘里也。」《讀史方輿紀要》卷二十九《南直十一・徐州・吕梁洪》：「州城東南六十里。有上下二洪，相距凡七里，巨石齒列，波流洶湧。《列子》稱：『孔子觀於吕梁，懸水三十仞，流沫四十里。』《水經注》：『泗水自彭城東南過吕縣南，水上有石梁，謂之吕梁。』」

〔六〕側耳：諦聽。巇崿：山崖，峰巒。謝靈運《晚出西射堂》：「連障疊巇崿，青翠杳深沉。」李善《注》：「巇崿，崖之别名。」

〔七〕滄州：近水之地，常指隱士居住地。泉石：代山水。楊萬里《送劉惠卿》：「舊病詩狂與酒狂，新來泉石又膏肓。」

〔八〕協：符合。張衡《東京賦》：「清風協於玄德。」薛綜《注》：「協，同也。」幽期：隱居山林之約定。謝靈運《富春渚》：「平生協幽期，淪躓困微弱。」吕延濟《注》：「往時已有幽隱之期，但以沈頓，困於微弱，常不能就。」資：憑藉。止托：寄居。謝靈運《富春渚》：「洊至宜便習，兼山貴止托。」

舟次蘭陰憶寄君善敬德浚仲諸友

曉帆發嚴瀨，暝棹次蘭陰〔一〕。悲歌泛回渚，引領睇長林〔二〕。眷言遵舊蹊，欲往訪所欽〔三〕。水行厭棲薄，室邇阻窺臨〔四〕。川静集潛虬，林茂萃鳴禽。獨無群居志，感歎難爲心〔五〕。

【題解】

蘭陰，蘭溪勝地蘭陰山，詳見卷二《題蘭溪東峰亭》。君善、敬德、浚仲，皆元末明初蘭溪賢士。君善，徐姓，名原，元末明初蘭溪高士。《光緒蘭溪縣志》卷五《志人物·徐原》：「字均善，亦作君善，號南州。其先世汴梁人，遠祖處仁，官太宰，謚文敏。高祖誼，知臨安府，家於蘭。曾祖孝，淳熙進士，官翰林學士。原自少從吴師道學，博洽群書，以詩文名於時。當元季築室巖山，與吴沉、宋濂輩相與講學。太祖下婺，命王宗顯開郡學，遂以原與沉爲訓導。劉辰《明初事迹》：『太祖改婺州爲寧越府，命知府王宗顯開郡學，延儒士葉儀、宋濂爲五經師，戴良爲學正，吴沉、徐原爲訓導。喪亂之餘，學校久廢，至是始聞弦誦之聲。』洪武初以賢良徵授翰林待詔。母老乞歸，上嘉其孝，命爲本學司訓，俾沾禄以養。歷主福建、江西試事。著有《五經講義》《巖峰集》《强學齋文集》。」

敬德，姓趙，名良恭，隱者趙必璿子。趙必璿事見卷二《哭趙隱君》，趙良恭事參看卷四《趙敬德畫像贊》。《嘉慶蘭溪縣志》卷十三上《文學·趙良恭》：「字敬德，隆禮坊人，宋宗室。受業於吴師道，嘗建聚（書）〔星〕樓於城南，延接諸名士，所學日進。試不利，遂棄去，專事古文詞，尤精於詩，號天全子。晚作蝸殼軒以終老焉。所著有《白雲山房集》。子約，字博文；絅，字允文：皆好學博雅，善詩詞。」

浚仲，吴姓，名沉，所著《灏川集》傳世。吴沉長兄曰深，早亡，詳見卷七《吴原伯哀辭有序》。《明史》卷一百三十七《吴沉》：「吴沉，字浚仲，蘭溪人。元國子博士師道子也，以學行聞。太祖下婺州，召沉及同郡許元、葉瓚玉、胡翰、汪仲山、李公常、金信、徐孳、童冀、戴良、吴履、孫履、張起敬會食省中，日令二人進講經史。已，命沉爲郡學訓導。洪武初，郡以儒士舉，誤上其名曰信仲，授翰林院待制。沉謂修撰王釐曰：『名誤不更，是欺罔也。』將白於朝。釐言『恐觸上怒』。沉不從，牒請改正。帝喜曰：『誠慤人也。』遂眷遇之，召侍左右。以事降編修……尋以奏對失旨，降翰林院典籍。已，擢東閣大學士。初，帝謂沉曰：『聖賢立教有三：曰敬天，曰忠君，曰孝親。散在經卷，未易會其要領。爾等以三事編輯。』至是書成，賜名《精誠録》，命沉撰序。居一年，降翰林侍書，改國子博士，以老歸。」

【箋注】

〔一〕嚴瀨：見本卷《舟中有懷以愚天錫諸君子》。次：駐扎。

〔二〕回渚：曲折縈紆之水中沙洲。引領：伸長脖子，殷切期待貌。

〔三〕眷言：眷戀貌；言，助詞。

〔四〕棲薄：止息，留居。謝靈運《登臨海嶠初發疆中作與從弟惠連見羊何共和之》：「日落當棲薄，繫纜臨江樓。」室邇：此指距離蘭溪諸友宅第甚近。《論語·子罕》：「『唐棣之華，偏其反而。豈不爾思？室是遠而。』子曰：『未之思也，夫何遠之有？』」

〔五〕陸龜蒙《獨夜》：「獨行獨坐亦獨酌，獨玩獨吟還獨悲。古稱獨立與獨步，若比群居終較奇。」

謁彦修先生墓分韻得風字

楊公泣路岐，阮生哭途窮〔一〕。撫心苟有懷，出涕豈無從〔二〕？吞聲度重阜，銜恨眺連峰。若人久已没，古士將誰逢〔三〕？時春卉木芳，勝會嘉友同。豈無尊中酯，盡灑墳上松〔四〕？埋玉悼遺迹，解劍慚古風〔五〕。長歌欲自慰，情深眷彌重〔六〕。

【題解】

朱震亨，字彦修，金元四大醫學家之一，詳見卷十《丹溪翁傳》。鄭柏《金華賢達傳》卷十《儒學·元朱震亨傳》：「朱震亨，字彦修，義烏人。豪邁俠負，聞許謙承考亭之緒，即摳衣至門，執弟子禮。謙爲開明聖賢大旨，震亨心領神悟，抑其疏豪，歸於粹美，而欲見之實踐。嘗應試秋闈不利，喟然歎曰：『修齊政治皆一理耳，苟能推一家之政以逮鄉閭，寧非仕乎？』乃建祠奉祭，講行《朱子家禮》，屏釋老之誕，罷瀆神之祀，持公平以服衆心，排紛難以安閭里，人多德之。俄母病延醫，因自悟曰：『人子而不知醫，或委之庸夫，寧無失乎？』於是參究醫學，博求名師，得羅知悌之傳，治症多獲奇效。蓋其理明識精，所學必過乎人。嘗著《宋論》《格致餘論》《風水問答》，他如醫家發明甚多。學者因其所居稱丹溪先生……贊曰：震亨聞許謙之言，超然領悟，棄任俠之習，趨聖賢之徒，不亦豪傑之士哉！觀其齊家以禮，鄉黨敬服，屏斥道釋，罷黜淫（詞）〔祠〕，又豈非見諸實踐者與？然醫學蓋其餘事耳，而因親以及人，又何其博施已乎！」

本詩目録作《避地丹溪偕仲敬云云》。至正十八年戊戌六月，朱丹溪卒於家，本詩云「久已没」，又曰「時春卉木芳」，則必作於至正二十二年壬寅詩人避亂義烏丹溪朱漳家之暮春，參見卷七《朱茂清哀辭并序》。仲敬，元代義烏丹溪隱逸高人。金涓《青村遺稿·用仲敬先生折桂韻》：「金印懸腰不用黄，丹溪垂釣亦何傷？舟移鷺點青山破，笛弄梅飄白雪香。月裏版圖窺窄窄，望中鴻鵠去茫茫。蕭曹不是逢隆凖，未必姓名千載芳。」

【箋注】

〔一〕楊公：戰國哲學家楊朱，面臨岔道時常恐誤入歧途而痛哭流涕。《淮南子·説林訓》：「楊子見逵路而哭之，爲其可以南，可以北。」阮生：西晉名士阮籍，常聽憑車馬狂奔，至途窮處輒嚎啕大哭以泄愁苦鬱悶；詳見《晉書》卷四十九《阮籍》。

〔二〕撫心：以手摸胸，表示省察或感歎。無從：難覓途徑。戴復古《新年自唱自和》：「把酒有餘恨，無從見古人。」

〔三〕劉學箕《醉歌》：「古士放達醒者稀，今人不飲徒自苦。」

〔四〕醑：美酒。林俊《嚴田仇節婦紀》：「爲植墳上松，松長妾應老。」

〔五〕埋玉：埋葬才華横溢者。羅隱《湖上歲暮感懷有寄友人》：「音書久絶應埋玉，編簡難言竟委塵。」解劍：季札掛劍墓樹，形容生死不渝之深情，詳見卷一《詠懷三首》。

〔六〕長歌：放聲高歌。李賀《長歌續短歌》：「長歌破衣襟，短歌斷白髮。」

悲亡友朱茂清

人亦孰不死，爾死獨堪驚〔一〕。平生一掬淚，寧不爲爾零？在昔避兵亂，倉皇托門屏〔二〕。一時急難意，視之猶弟兄。動静既殊勢，去住遂分形〔三〕。東皋把袂時，豈意竟先傾〔四〕？雙親已垂白，諸胤纔弱齡〔五〕。遺事竟誰托？素志終難成。流幻一世中，運往誰得停〔六〕？形神既久化，何用哭吞聲〔七〕？

【題解】

朱仙，字仲山，早年負笈從本邑方鳳遊，元大儒柳貫、黄溍皆其同門友。性篤厚粹夷，以孝親聞名，家有高樓曰迎華。《乾隆浦江縣志》卷十九朱仙《仙華晚眺》：「空山遠塵景，回望極天涯。落日君前影，垂蘿石上花。藥苗隨露井，樹靄失樵家。未盡清吟興，他宵見月斜。」《黄文獻公集》卷二《寄朱仲山》：「異縣關心朔雁飛，酒燈棋雨計頻違。寄書全覺嵇康懶，入夢多疑李白非。黄葉閉門方寂寂，碧雲回首故依依。相逢賴有梅花約，試蹋東風走翠微。」《光緒浦江縣志》卷五《古迹·迎華樓》：「元處士朱仙所居，東陽陳樵《賦·序》云：『浦陽朱仲山，名其樓曰迎華，以思親也，其先人好神仙云。』今未詳其處。」陬，角落。《説文》：「陬，阪隅也。」

【箋注】

〔一〕文天祥《顔杲卿》：「人世誰不死？公死千萬年。」

〔二〕門屏：尊稱對方家門。蘇轍《賀歐陽少師致仕啓》：「轍以官守，不獲躬詣門屏，謹奉啓陳賀。」

〔三〕殊勢：情勢不同。陶淵明《與殷晉安别》：「語默自殊勢，亦知當乖分。」

〔四〕東皋：泛指田野或高地。潘岳《秋興賦》：「耕東皋之沃壤兮。」李善《注》：「水田曰皋，東者，取其春意。」把袂：抓住衣袖，形容眷戀不捨。劉長卿《送賈三北遊》：「把袂相看衣共緇，窮愁只是惜良時。」傾：傾覆，死亡。《詩經·大雅·蕩》：「曾是莫聽，大命以傾。」

〔五〕諸胤：諸子。弱齡：二十歲，泛指少年。陶潛《始作鎮軍參軍經曲阿》：「弱齡寄事外，委懷在琴書。」逯欽立《注》：「弱齡，弱年，少年。」

〔六〕流幻：流遷幻化。陶潛《還舊居》：「流幻百年中，寒暑日相推。」運往：時運流逝。謝靈運《歲暮》：「運往無淹物，年逝覺易催。」

〔七〕司馬談《論六家要旨》：「凡人之所生者，神也；所托者，形也；神大用則竭，形大勞則敝，形神離則死。」化：死亡。陶淵明《讀山海經》：「同物既無慮，化去不復悔。」

送别王天錫

久懷山澤居，胡乃憩長途〔一〕？直爲知己故，欲行復躊躇。戀戀交情結，漫漫歸思紆〔二〕。決去既不忍，淹留欲何如〔三〕？眷言命徒御，逝將理舟輿〔四〕。已無軒冕累〔五〕，自多林野娱。但恐禮羅密，不似禁網疏〔六〕。且遂一朝願，明日非所圖。

【題解】

王天錫，元末明初桐廬雅士，詳見本卷《城東會飲送王天錫》。

【箋注】

〔一〕陶淵明《始作鎮軍參軍經曲阿》：「目倦川塗異，心念山澤居。」

〔二〕邵雍《詩史吟》：「送人何戀戀！贈人何懃懃！」漫漫：悠長無際貌。王褘《允載章生歸括蒼賦詩四十韻贈别》：「紅花思漫漫，贈别乏蘭茝。」紆：鬱結纏繞。

〔三〕決：通「訣」，離别。《漢書》卷五十四《蘇武》：「與武決去。」顔師古《注》：「決，别也。」淹留：逗留。

〔四〕眷言：回顧貌；言，助詞。《詩經·小雅·大東》：「眷言顧之，潸焉出涕。」毛《傳》：「眷，反顧也。」徒御：挽車及御馬者，此指僕從。《詩經·小雅·車攻》：「徒御不驚，大庖不盈。」毛《傳》：「徒，輦也。御，御馬也。」

〔五〕軒冕：古代官員之車乘與禮帽，代官爵俸禄。《莊子·繕性》：「古之所謂得志者，非軒冕之謂也，謂其無以益其樂而已矣。」

〔六〕禮羅：籠絡英才之大禮。唐戴叔倫《寄禪師寺華上人》：「禮羅加璧至，薦鶚與雲連。」禁網：法令。《漢書》卷九十二《游俠傳》：「及至漢興，禁網疏闊，未之匡改也。」

題棲碧山人卷

都邑集豪右，山林遺隱淪。隱淪端可慕，豪右何足陳〔一〕？少小悟斯理，出處故絶人〔二〕。杖策托幽棲，抗志辭垢氛〔三〕。陰谷掇丹荑，陽岡望白雲〔四〕。對綬不敢綰，臨符寧肯分〔五〕？晚節嬰世務，薄言走風塵〔六〕。投耒襲珪組，解褐紆縉紳〔七〕。始願竟難畢，俯仰悲此身〔八〕。

【題解】

山人，常指慕仙隱逸抱樸守真之道士。按元末葉顒詩，棲碧山人乃何姓道士，後去山澤以遊俗世。葉顒《樵雲獨唱》卷五《過棲碧何羽士舊隱》：「泉石渾無恙，仙翁去不回。雲深香木老，澗冷碧蓮開。劍掛松關月，丹遺藥竈灰。昔年修煉地，長誤鶴飛來。」

【箋注】

〔一〕隱淪：隱士。唐杜甫《贈韋左丞丈》：「此意竟蕭條，行歌非隱淪。」端：真正。豪右：豪門大族。

〔二〕出處：出仕隱逸。絶人：超越常人。

〔三〕幽棲：隱居。白居易《與僧智如夜話》：「懶鈍尤知命，幽棲漸得朋。」垢氛：污濁氣息。謝靈運《述祖德詩二首》：「兼抱濟物性，而不纓垢氛。」

〔四〕丹荑：初生赤芝。郭璞《遊仙詩》：「臨源挹清波，陵崗掇丹荑。」李善《注》：「《本草經》曰：『赤芝，一名丹芝，食之延年。』凡草之初生，通名曰荑，故曰丹荑。」

〔五〕謝靈運《述祖德詩二首》：「臨組乍不緤，對珪寧肯分？」綰：繫，結。符：符節，見卷一《和沈休文雙溪八詠》。

〔六〕晚節：晚年。嬰：纏繞。風塵：紛擾俗世。皇甫冉《送朱逸人》：「雖在風塵裏，陶潛身自閑。」

〔七〕投耒：放棄農具。襲：穿衣，佩戴。珪組：玉圭與印綬，代官職爵位。縉紳：同「搢紳」，插笏垂衣帶。《晉書》卷二十五《輿服》：「所謂搢紳之士者，搢笏而垂紳帶也。」

〔八〕俯仰：順隨時俗周旋應付。司馬遷《報任少卿書》：「從俗浮沉，與時俯仰，以通其狂惑。」

送胡煉師還山

有客挾丹簡，出遊齊魯間〔一〕。行將入苦縣，亦欲歸函關〔二〕。世途屬多阻，故里聊復還〔三〕。神仙苟難遇，畢志巢空山〔四〕。

【題解】

胡煉師，不知何許人。煉師，精通煉丹術或道行高深道士。

【箋注】

〔一〕丹簡：用朱漆書寫之道家典籍。《雲笈七籤》卷七《丹書墨籙》：「《太真科》云：『丹簡者，乃朱漆之簡，明火主陽也；墨籙者，以墨書文，明水主陰也。人學長生，遵之不死，故名丹簡墨籙，秘不妄傳。』」

〔二〕《史記》卷六十三《老子韓非列傳第三》：「老子者，楚苦縣厲鄉曲仁里人也……老子修道德，其學以自隱無名爲務。居周久之，見周之衰，乃遂去。至關，關令尹喜曰：『子將隱矣，强爲我著書。』於是老子乃著書上下篇，言道德之意五千餘言而去，莫知其所終。」苦縣：春秋時楚邑，即今河南鹿邑，老子故鄉。函關：函谷關，位於今河南省靈寶市；老子出函谷關，或云散關，西遊而不返。

〔三〕屬：適，恰好。

〔四〕畢志：實現避囂絶塵之志願。戴叔倫《孤鴻篇》：「共欣相知遇，畢志同棲遲。」

九日偕子充安道諸友遊城東

四序逝若飛，忽忽授寒服〔一〕。曉徑菊乳黄，暝林葉辭緑〔二〕。居人驚節至，行子感時速。步出東城闉，寄傲雙溪澳〔三〕。挹流當芳醴，聽籟代鳴筑〔四〕。夕陰斂空陂，頽陽照平陸〔五〕。願得重留連，從夕至天旭。

【題解】

子充，王姓，名禕，明初義烏忠節儒士，詳見本書卷二《寄王子充》。胡翰《胡仲子集》卷六《華川集序》：「逮至正以後，黄公猶秉筆中朝，於是淪謝始盡，而得吾子充紹其聲光。子充，黄公里中子也。嘗負其所有，涉濤江遊吴中者久之。又自吴逾淮泝黄河而北達於燕趙，留輦轂之下久之。訖無所遇合，傫然布衣耳。然自京師及四方之士，不問識與不識，見其文者，莫不稱誦其美，則其得之黄公者深矣。余間謁公華川上，質其所業，公不以爲不可教，引之就學。退見子充英妙之氣奕奕文字間，未嘗不駭且愧，意鋭欲追及之。其後每見，則必出其文以示予，而亦每不同。雍容俯仰，如冠冕佩玉周旋堂陛之上；馳騁縱横，如風雲蛇鳥按兵行陣之間。而音節曲折，則與黄公如出一律，雜乎并奏，而天韻逸發也。」

安道，王姓，名履，元末明初醫家，王戴相識殆以醫學也。《明史》卷二百九十九《方伎・王履》：「王履，字安道，崑山人。學醫於金華朱彦修，盡得其術。嘗謂張仲景《傷寒論》爲諸家祖，後人不能出其範圍。且《素問》云『傷寒爲病熱』，言常不言變，至仲景始分寒熱，然義猶未盡。乃備常與變，作《傷寒立法考》。又謂《陽明篇》無目痛，《少陰篇》言胸背滿不言痛，《太陰篇》無嗌乾，《厥陰篇》無囊縮，必有脱簡。乃取三百九十七法，去其重複者二百三十八條，復增益之，仍爲三百九十七法。極論内外傷經旨異同，并《中風》《中暑辨》，名曰《泝洄集》，凡二十一篇。又著《百病鈎玄》二十卷，《醫韻統》一百卷，醫家宗之。履工詩文，兼善繪事。嘗遊華山絶頂，作圖四十幅，記四篇，詩一百五十首，爲時所稱。」

城，婺城，時詩人任寧越府學學正。

【箋注】

〔一〕四序：四季。《魏書》卷一百七《律曆三上》：「然四序遷流，五行變易。」授寒服：參見卷二《九日宴迎華觀》。

〔二〕乳：滋生。王禹偁《山行》：「馬穿山徑菊初黄，信馬悠悠野興長。」王炎《丙子重陽日有感》：「南山林葉赤，北山木葉黄。」

〔三〕雙溪：金華城南溪名。《康熙金華府志》卷三《山川·金華縣水·雙溪》：「一源爲東派，亦曰東港。自東陽縣大盆山過義烏合衆流西行入縣境，曰義烏港。又合航慈溪、白溪、東溪、西溪、坦溪、玉泉〔溪〕、赤松溪之水，經馬鋪嶺、石崎巖下，與南港會。一源爲南派，亦曰南港。出縉雲黄碧山，過永康、武義入縣境，曰武義港，又會售溪、松溪、梅溪之水，經屏山西北行，與東港會於城下，故曰雙溪。西行受白沙溪、桐溪、盤溪之水入於蘭溪。」李白《送王屋山人魏萬還王屋》：「徑出梅花橋，雙溪納歸潮。」王琦《注》引薛方山《浙江通志》：「雙溪在金華縣南，一曰東港，一曰南港。」澳：水邊，岸邊。

〔四〕籟：天籟。筑：一種弦樂器。《史記》卷一百二十四《游俠列傳》：「高漸離擊筑，荊軻和而歌。」

〔五〕空陂：寥廓湖泊。《説文》：「陂，一曰池也。」頹陽：夕陽。謝瞻《王撫軍庾西陽集別時爲豫章太守庾被徵還東》：「頹陽照通津，夕陰曖平陸。」吕延濟《注》：「頹陽，落日也。」

贈別吕用明

旅雁薄霄遊，輕鷗掠水飛〔一〕。相逢多間阻，所向有高卑〔二〕。偶此風雨過，解后洲渚湄〔三〕。翩翩形影亂，噭噭鳴聲悲〔四〕。日落水氣寒，月高風景移。繒繳發中流，又復夜驚離〔五〕。回翔空有志，棲宿定何時？飄飄天衢上，往慎子毛衣〔六〕。

【題解】

呂用明，元末明初永康壯士呂文燧。鄭柏《金華賢達傳》卷七《政事·明呂文燧傳》：「呂文燧，字用明，永康人。曾祖鑰，仕元爲永康尹；祖汲，置義田以食族人，立義學以教宗族子弟。燧承先志，行義著稱。元季（驛）〔繹〕騷，逆盜掠永康，侵擾鄰邑。文燧散貲，與弟文燁召募丁壯，親與盜戰，盜敗走，斬獲甚衆，傍邑皆賴以安。天兵克婺，立永康翼，以文燧爲左副元帥兼知縣事。時文燧以事留杭，命其弟文烜攝之。上聞，又以文燧爲庸田司經歷，改中書省管勾，再轉爲嘉興知府。松江民作亂襲嘉興，文燧走使者告總兵。即遣兵擒獲之，諸將欲屠城，文燧爲言而止。考滿，乃入朝。奉詔諭闍婆國，次興化，俄有疾，卒於驛舍。」

【箋注】

〔一〕旅雁：南北遷徙之大雁，喻呂用明；下句以輕鷗自喻。薄：迫近，靠近。

〔二〕間阻：阻隔。

〔三〕解后：或作「解後」，同「邂逅」，偶然相遇。魏了翁《贈曾醫》：「江西有曾君，解後荆江湄。」

〔四〕《易·泰》：「六四，翩翩，不富以其鄰，不戒以孚。」程頤《傳》：「翩翩，疾飛之貌。」噭噭：鳥嗚聲。曹植《雜詩》：「飛鳥繞樹翔，噭噭鳴索群。」

〔五〕繒繳：繫有生絲繩之射鳥短箭；繒，通「矰」。《戰國策·楚策四》：「（黄鵠）自以爲無患，與人無争也，不知夫射者方將修其碆盧，治其繒繳，將加己乎百仞之上。」

〔六〕天衢：廣闊天空。劉勰《文心雕龍·時序》：「馭飛龍於天衢，駕騏驥於萬里。」毛衣：飛禽羽毛。

贈鐵冠子倪仲德

武士貫卻敵，文儒峨進賢〔一〕。獬豸勵憲臣，鵔鸃寵郎官〔二〕。鄭嘗聚鷸①毛，宋亦表華山〔三〕。爲容豈非美？弗稱斯厚顔〔四〕。有客類疲苶②，秉志實剛堅〔五〕。既用石爲腸，復使鐵作冠。逢萌不許掛，貢禹那敢彈〔六〕？巍峨堂序上，逍遥階陛間〔七〕。古制世則知，古心人不傳。因歌君子德，用繼《緇衣》篇〔八〕。

【題解】

鐵冠，即法冠，一名獬豸冠，又名柱後。以鐵爲柱，置於冠上，執法者服之。《後漢書》卷八十二上《方術列傳上·高獲》：「歙下獄當斷，獲冠鐵冠，帶鈇鑕，詣闕請歙。」唐岑參《送魏升卿擢第歸東都》：「將軍金印䩞紫綬，御史鐵冠重繡衣。」倪仲德，生平事迹不詳。

【校勘】

①鷊：底本作「⿰鬲毛」，諸本悉同，據《左傳・僖公二十四年》改。

②茶：底本作「薾」，誤。《王力古漢語字典・艸部・薾》：「〔辨〕薾，苶，茶。薾是花盛貌；而茶是疲頓，又作苶，形音義均不同。《莊子・齊物論》：『苶然疲役而不知所歸。』某些辭書誤以苶爲薾的簡化，因而誤釋爲『薾，通茶』，結果産生了在茶薾兩個字條下都用《莊子》此語爲例證的矛盾。」

【箋注】

〔一〕貫：通「慣」，習慣。卻敵：卻敵冠，漢代衛士所戴之冠。進賢：進賢冠，古代儒者所戴之緇布冠。《後漢書・輿服下》：「進賢冠，古緇布冠也，文儒者之服也。前高七寸，後高三寸，長八寸。公侯三梁，中二千石以下至博士兩梁，自博士以下至小史私學弟子，皆一梁……卻敵冠，前高四寸，通長四寸，後高三寸，制似進賢，衛士服之。」

〔二〕獬豸：傳説中異獸，能辨是非而擊邪佞；此指獬豸冠，或名法冠。《後漢書・輿服下》：「法冠，一曰柱後。高五寸，以纚爲展筩，鐵柱卷，執法者服之，侍御史、廷尉正監平也。或謂之獬豸冠。獬豸神羊，能別曲直，楚王嘗獲之，故以爲冠。」劉昭《注補》：「《異物志》曰：『東北荒中有獸名獬豸，一角，性忠。見人鬥，則觸不直者；聞人論，則咋不正者。楚執法者所服也。』」憲臣：御史大夫。鵔鸃：文彩絢爛之赤雉，因其似鳳，故以爲瑞鳥；此指鵔鸃冠，即飾以鵔鸃羽之冠。《史記》卷一百二十五《佞幸列傳第六十五》：「故孝惠時郎、侍中皆冠鵔鸃，貝帶。」

〔三〕鄭：鄭國公子子臧，好鷸冠而爲鄭伯所殺。《左傳·僖公二十四年》：「鄭子華之弟子臧出奔宋，好聚鷸冠。鄭伯聞而惡之，使盗誘之。八月，盗殺之于陳、宋之間。君子曰：『服之不衷，身之災也。』《詩》曰：『彼己之子，不稱其服。』子臧之服，不稱也夫。《詩》曰『自詒伊戚』，其子臧之謂矣。《夏書》曰『地平天成』，稱也。」宋：戰國學者宋鈃，即《孟子·告子篇》之宋牼，以華山上下均平，作華山冠象之，宣導平等生活。《莊子·天下》：「宋鈃、尹文聞其風而悦之。作爲華山之冠以自表，接萬物以別宥爲始。語心之容，命之曰心之行。以聏合歡，以調海内，請欲置之以爲主。見侮不辱，救民之鬥，禁攻寢兵，救世之戰。以此周行天下，上説下教。雖天下不取，强聒而不舍者也，故曰上下見厭而强見也。」

〔四〕爲容：修飾容貌。唐杜甫《庭草》：「看花隨節序，不敢强爲容。」稱：相稱。

〔五〕疲苶：疲倦萎靡貌。杜甫《峽口二首》：「疲苶煩親故，諸侯數賜金。」秉志：持志。皮日休《九諷·捨慕》：「粤吾秉志兮，潔於瑾瑜。」

〔六〕逢萌：西漢末年智者，精通《春秋》，時王莽無道，殺其子宇，逢萌見微知著，掛冠歸隱；詳見《後漢書》卷八十三《逸民列傳第七十三》。貢禹：西漢時人，其至交王吉用事，遂彈冠以宦遊。《漢書》卷七十二《王貢兩龔鮑傳第四十二》：「王吉，字子陽，琅邪皋虞人也……吉與貢禹爲友，世稱『王陽在位，貢公彈冠』，言其取捨同也。」彈冠：形容相友善者援引出仕。葛洪《抱朴子・外篇・自敘》：「内無金張之援，外乏彈冠之友。」

〔七〕堂序：廳堂，序，堂東西兩面牆壁。階陛：臺階。

〔八〕緇衣：《詩經》篇章，相傳鄭武公繼鄭桓公爲周司徒，鄭人以《緇衣》頌其美德。《詩經・鄭風・緇衣》：「緇衣之宜兮，敝予又改爲兮。適子之館兮。還予授子之粲兮……」郝敬《毛詩序説》：「古《序》曰：『《緇衣》，美武公也。』毛公曰：『父子并爲周司徒，善於其職，國人宜之，故美其德，以明有國善善之功焉。』説曰：鄭武公以諸侯入爲天子大夫，繼父職，世濟其美，故曰善善，言以善繼善也。」

使客還自建昌

塒鷄初戒曙，關吏已開晨〔一〕。飭徒臨迥陌，振楫發長津〔二〕。四郊盛陰氣，千里塞驚塵〔三〕。艱難將使命，騷屑作行人〔四〕。時值秋冬交，道經吴楚分。昔出方禡師，今還已歸軍。威遲良馬勞，悽惻僕御勤〔五〕。王事不可淹，誰知君苦辛〔六〕？

【題解】

此使者覆命時所作，然不知斯友爲何許人。使客，常稱使者，杜甫《秦州雜詩》之十：「羌童看渭水，使客向河源。」

元至正二十一年秋朱元璋部拔元江西行省建昌路，次年易名建昌府，時詩人遊婺州任寧越府學正。《明史》卷四十三《地理四・江西・建昌府》：「元建昌路，屬江西行省。太祖壬寅年正月爲肇慶府，尋曰建昌府，領縣五（南城、南豐、新城、廣昌、瀘溪）。」

【箋注】

〔一〕塒：鷄窩。戒：告知。《詩經・小雅・楚茨》：「鐘鼓既戒。」朱熹《詩集傳》：「戒，告也。」

〔二〕飭：通「敕」，告誡。鮑照《行藥至城東橋》：「嚴車臨迥陌，延瞰歷城闉。」振楫：搖動船槳，代船隻啓航。

〔三〕塞：充滿。驚塵：車馬疾駛揚起之塵土。蘇軾《荔支歎》：「宮中美人一破顔，驚塵濺血流千載。」

〔四〕將：奉行。《詩經・大雅・烝民》：「肅肅王命，仲山甫將之。」騷屑：愁苦紛擾貌。杜甫《自京赴奉先縣詠懷》：「撫迹猶酸辛，平人固騷屑。」行人：使者。《管子・侈靡》：「行人可不有私。」尹知章《注》：「行人，使人也。」

〔五〕威遲：同「逶遲」，輾轉遠行貌，參見卷一《送屠彥德七首》。顔延之《北使洛》：「隱憫徒御悲，威遲良馬煩。」

〔六〕王事：公事。淹：滯留，拖延。

送人還蕪湖

連汀冪牛渚〔一〕，平原帶鳩兹〔二〕。卧矚浮丘室〔三〕，行尋謝朓詩〔四〕。偶隨樵風便，來憩浙水湄〔五〕。登樓憶吟守，遊山懷牧兒〔六〕。昔至雪載途，今别露霑衣〔七〕。驅車子流感，輟棹我馳思〔八〕。風雲有衢路，寥廓無罾機〔九〕。矯首羨歸翼，冥冥已高飛〔一〇〕。

【題解】

蕪湖縣，元時隸屬江浙行省太平路；至正十五年，明太祖朱元璋拔太平路，改路爲府。本詩作於詩人遊婺州任寧越府學正時，太平府已入明太祖版圖。《明史》卷四十《地理一·南京·太平府》：「元太平路，屬江浙行省江東道。太祖乙未年六月爲府。領縣三（當塗、蕪湖、繁昌）。」

【箋注】

〔一〕牛渚：牛渚磯，當塗縣牛渚山下突入長江之巨石，當塗與蕪湖相鄰，元末俱屬太平路。《嘉慶太平府志》卷三《地理志·山川·當塗縣》：「采石山在郡治西北，去城二十里，高百仞，周一十五里，西臨大江。傳聞昔人采五色石於此，故名。一稱翠螺山，形似螺浮水面。明巡撫周忱植松萬本以隱巉削，峰頭松翠如滴。後爲斬伐者損去幾五六。今則遞相叢植，漸復舊觀。唐李白披宮錦泛月勝事稱最，故山麓構謫仙樓。樓對長江，千里一目。上而北，巖石突出者聯璧臺，巉露陡峭，瞰者肌栗。其下牛渚磯，至山頂三里。三臺閣冠其上，傑出松雲間，一切峰岫皆作陪隸觀。牛渚磯在采石山下，江滸有石柱高丈許，突兀峭壁間。舊傳金牛出此，故名。磯上有江山好處、蛾眉、燃犀、問月、遥望、半山諸亭。」

〔二〕帶：圍繞。鳩兹：蕪湖故城。高士奇《春秋地名考略》卷十一《鳩兹》：「《襄三年》：『楚子重伐吴，克鳩兹，至於衡山。』杜《注》：『鳩兹，吴邑，在丹陽蕪湖縣東，今皋夷也。』臣謹按，杜《注》皋夷，《輿地志》作皋慈，今蕪湖縣東四十里有鳩兹港，即此也。漢蕪湖縣，屬丹陽郡，以地卑蓄水，嘗生蕪藻，因名。」

〔三〕浮丘：仙人，傳説煉丹修道於太平路繁昌縣隱玉山，詳見本卷《題茂清齋》。

〔四〕謝朓：南朝齊詩人，嘗授宣城太守，闢别宅於當塗縣青山。《南齊書》卷四十七《謝朓》：「謝朓，字玄暉，陳郡陽夏人也……朓少好學，有美名，文章清麗……仍轉中書郎，出爲宣城太守。」《嘉慶太平府志》卷三十六《藝文二》郭祥正《青山記》：「當塗有山曰青山，又曰謝公山，齊謝玄暉守宣城時，建别宅於此山，而每往遊焉。廢地遺址隱隱尚存。左丹湖，右長江，（窮）〔穹〕窿盤礴延數十里，爲當塗諸山之表。」又，卷三十八《藝文四》謝朓《遊青山》：「托養因支離，乘間遂疲蹇。語（點）〔默〕良未尋，得喪云誰辯。幸莅山水都，復值清冬緬。凌厓必千仞，尋溪將萬轉。堅崿既崚嶒，回流復宛澶。杳杳雲竇深，淵淵石瀏淺。傍眺鬱篻簩，還望森柟梗。荒隩被葳莎，崩壁帶苔蘚。鼯狖叫層嵁，鷗鳧戲沙衍。觸賞聊自觀，即趣咸已展。經目惜所遇，前路欣方踐。無言蕙草歇，留垣芳可搴。尚子時未歸，邴生悲自免。永志昔所欽，勝迹今能選。寄言賞心客，得性良爲善。」

〔五〕樵風：順風。《後漢書》卷三十三《朱馮虞鄭周列傳第二十三》：「鄭弘字巨君，會稽山陰人也。」李賢《注》：「孔靈符《會稽記》：『射的山南有白鶴山，此鶴爲仙人取箭。漢太尉鄭弘嘗采薪，得一遺箭，頃有人覓，弘還之，問何所欲，弘識其神人也，曰：常患若邪溪載薪爲難，願旦南風，暮北風。後果然。故若邪溪風至今猶然，呼爲鄭公風也。』浙水湄：錢塘江畔；以金華南側之婺江經蘭江、桐江、富春江入錢塘江，故泛稱金華爲浙水湄。

〔六〕樓：八詠樓，早名玄暢樓。吟守：南北朝詩人沈約，嘗拜東陽郡守；沈氏登玄暢樓賦《八詠》，婺人以之易樓名爲八詠；參見卷一《和沈休文雙溪八詠》。牧兒：在金華北山得道成仙之皇初平與皇初起兄弟，詳見卷二《遊赤松山分韻得弟字》。

〔七〕《詩經·小雅·出車》:「今我來思,雨雪載途。」陸游《夜坐中庭》:「草露沾衣冷,天河隔樹明。」

〔八〕流感:意念接連不斷。馳思:思緒飛揚。

〔九〕風雲:比喻蒙受賢主青睞。《易·乾》:「雲從龍,風從虎,聖人作而萬物睹。」吴質《答魏太子箋》:「臣幸得下愚之才,值風雲之會。」罾機:漁網機關。

〔一〇〕矯首:舉頭。冥冥:高遠。揚雄《法言·問明》:「鴻飛冥冥,弋人何篡焉?」

苦齋

薄遊倦簪履,斂性偃林阿〔一〕。群峰既旁繞,衆卉亦前羅。暄風改故柏,微陽變陳蘿〔二〕。荼生緣階上,櫟長即軒多〔三〕。察性搴柔葉,辨味掇芳柯。苦節既可貞,佳名矢弗訛〔四〕。享歠寵王使,集蓼奠皇家(叶)〔五〕。尊盛猶若兹,庇賤將奈何?願賜卜身訣,庶免後賢嗟(叶)〔六〕。

【題解】

元末明初龍泉豪士章溢隱居匡山,築室曰苦齋,構庵曰看松庵,庵情詳見後詩;章溢行迹參看卷五《樂善堂記》、卷六《章氏家乘序》。《明史》卷一百二十八：「章溢，字三益，龍泉人……明兵克處州，避入閩。太祖聘之，與劉基、葉琛、宋濂同至應天。太祖勞基等曰：『我爲天下屈四先生，今天下紛紛，何時定乎？』溢對曰：『天道無常，惟德是輔。惟不嗜殺人者能一之耳。』……洪武元年，與劉基并拜御史中丞兼贊善大夫。時廷臣伺帝意，多嚴苛，溢獨持大體。」

《太師誠意伯劉文成公集》卷六《苦齋記》：「苦齋者，章溢先生隱居之室也。室十有二楹，覆之以茆，在匡山之巔。匡山在處之龍泉縣西南二百里，劍溪之水出焉。山四面峭壁拔起，巖嶗皆蒼石，岸外而臼中。其下惟白雲，其上多北風。風從北來者，大率不能甘而善苦，故植物中之，其味皆苦，而物性之苦者亦樂生焉。於是鮮支、黃蘗、苦楝、側柏之木，黃連、苦杕、亭歷、苦參、鈎夭之草，地黃、游冬、葴、芑之菜，櫧、櫟、草斗之實，楛竹之笱，莫不族布而羅生焉。野蜂巢其間，采花髓作蜜，味亦苦，山中方言謂之黃杜，初食頗可難，久則彌覺其甘，能已積熱，除煩渴之疾。其槚茶亦苦於常茶。其泄水皆嚙石出，其源沸沸汩汩，瀄滵曲折，注入大谷。其中多斑文小魚，狀如吹沙，味苦而微辛，食之可以清酒。山去人稍遠，惟先生樂遊，而從者多艱其昏晨之往來，故遂擇其窊而室焉。攜童兒數人，啓隕籜以藝粟菽，茹啖其草木之荑實。間則躡屐登崖，倚修木而嘯，或降而臨清泠。樵歌出林，則拊石而和之。人莫知其樂也。」

【箋注】

〔一〕薄遊：爲薄禄而宦遊。謝朓《休沐重還道中》：「薄遊第從告，思閑願罷歸。」李周翰《注》：

「薄遊，薄宦也。」簪履：簪與鞋，代釋褐出仕。斂性：約束性情。謝朓《移病還園示親屬詩》：「疲策倦人世，斂性就幽蓬。」偃：休息。謝靈運《石壁精舍還湖中作》：「愉悅偃東扉。」李善《注》引賈逵曰：「偃，息也。」林阿：樹林繁密之大山。

〔二〕暄風：春風。《初學記》卷三引南朝梁元帝《纂要》：「春曰青陽……風曰陽風、春風、暄風、柔風、惠風。」微陽：微弱陽光。

〔三〕荼：苦菜。《詩經·邶風·谷風》：「誰謂荼苦？其甘如薺。」毛《傳》：「荼，苦菜也。」

〔四〕此處反《易》之意而用之。《易·節》：「節，亨。苦節，不可貞。」孔穎達《疏》：「節須得中。爲節過苦，傷於刻薄，物所不堪，不可復正。故曰『苦節，不可貞』也。」苦節：苦守節度。貞：正當，正常。矢：通「誓」，發誓。訛：變化。《詩經·小雅·節南山》：「式訛爾心，以畜萬邦。」鄭《箋》：「訛，化；畜，養也。」

〔五〕享：進獻。揚雄《羽獵賦》：「移珍來享。」李善《注》引犍爲舍人《爾雅注》：「獻珍物曰珍，獻食物曰享。」歜：昌歜，用蒲根所腌食品，參見卷十六《書畫舫宴集分韻得澮字》。寵：尊崇。《國語·楚語下》：「寵神其祖，以取威於民。」韋昭《注》：「寵，尊也。」王使：天子或諸侯所遣使者。蓼：草名，有水蓼、紅蓼等不同品種。《説文》：「蓼，辛菜，薔虞也。」奠：進獻。《儀禮·士昏禮》：「主人升，西面；賓升，北面，奠雁，再拜稽首。」

〔六〕卜身：選擇人生道路；卜，選擇。《淮南子·本經》：「卜其子孫以代之。」高誘《注》：「卜，擇也。」鮑照《答客》：「願賜卜身要，得免後賢嗤。」

看松庵

結構在中林，林木何離離〔一〕。簷隅聳喬幹，庭際俯樛枝〔二〕。蜿蜿鹿尾揚，矯矯龍形垂〔三〕。稠陰暗軒户，積髓滑階基〔四〕。美人遊未還，素心適在兹〔五〕。豈不念封植？無由敦佳期〔六〕。岱畎稱《夏書》，徂徠詠《周詩》〔七〕。屈身古則然，違志今豈非？急雪交横至，嚴飆左右吹〔八〕。所貴貞白質，不爲寒歲欺〔九〕。

【題解】

庵，圓形草屋。《釋名·釋宫室》：「草圓屋曰蒲……又謂之庵。」元末明初龍泉鴻儒章溢嘗葺看松庵以盡性問道。

宋濂《潛溪後集》卷十《看松庵記》：「龍泉多大山，其西南一百餘里諸山爲尤深。有四旁奮起而中窊下者，狀類箕筐，人因號之爲匡山。山多髯松，彌望入青雲，新翠照人如濯。松上薜蘿份份披披，横敷數十尋，嫩緑可咽；松根茯苓，其大如斗，雜以黄精、前胡及牡鞠之苗，采之可茹。吾友章君三益樂之，新結庵廬其間……退坐庵廬，回睇髯松，如元夫巨人拱揖左右。君注視之久，精神凝合，物我兩忘，恍若與古豪傑共語千載之上。君樂甚，起穿謝公屐，日歌吟萬松間，屐聲鏘然合節，與歌聲相答和。髯松似解君意，亦微微作笙簫音以相娱。君喈曰：『此予得看松之趣者也。』遂以名其庵廬云……金華宋濂竊不謂然。夫植物之中，稟貞剛之氣者，唯松爲獨多。嘗昧昧思之。一氣方伸，根而藴者，荄而斂者，莫不振翹舒榮以逞妍于一時；及夫秋高氣清，霜露既降，則皆黄隕而無餘矣。其能凌歲寒而不易行改度者，非松也耶？是故昔之君子每托之以自厲。求君之志，蓋亦若斯而已。君之處也，與松爲伍，則嶷然有以自立；及其爲時而出，剛貞自持，不爲物議之所移奪，卒能立事功而澤生民，初亦未嘗與松柏相悖也。或者不知，强謂君忘世而致疑於出處間，可不可乎？」

吴沉《瀫川集》卷三《看松庵詩爲章三益僉事賦》：「龍泉山水邑，匡山更幽奇。地無他木植，土與長松宜。千年靈根固，百尺浮雲齊。殊形雜怪狀，古幹映喬枝。先生高世人，樂此自忘飢。築亭俯層杪，杖履不暫離。春雨沃蒼翠，夜月發華滋。秀色凌嚴寒，清陰徹炎威。朝暮玩不足，對之窮四時。彼此俱無厭，真賞只自知。平生偃蹇態，不受人招麾。如何我看君，自有妍媚姿？昨宵夢中見，有夫髯而頎。口稱松之神，長揖修容儀。感君顧盼勤，終身敢忘之？我亦有欲言，捨子當告誰？生我者天地，知我者仲尼。歲寒然後凋，秦官豈能緇？我秉丘壑素，亦可棟梁爲。用捨實在天，何喜復何悲！誓將與夫子，永結暮年期。面顔兩弗愧，相見恒如斯。覺來寂無人，但聽長風吹。滿山鸞鶴吟，窈眇和予詩。」

【箋注】

〔一〕中林：林中。《詩·周南·兔罝》：「肅肅兔罝，施于中林。」

〔二〕樛枝：向下彎曲之樹枝。徐僑《雙松亭》：「樛枝若欲頹，直幹固不倚。」

〔三〕蜿蜿：屈曲貌。《楚辭·離騷》：「駕八龍之蜿蜿兮，載雲旗之委蛇。」矯矯：勇武剛勁貌。《詩經·魯頌·泮水》：「矯矯虎臣，在泮獻馘。」鄭玄《箋》：「矯矯，武貌。」呂宜之《梅林分韻得詩字》：「老樹更崛奇，矯矯蛟龍姿。」

〔四〕髓：松脂。階基：臺階。韓愈《病鴟》：「飽入深竹叢，飢來傍階基。」

〔五〕美人：德馨賢士，此謂主人章溢。唐柳宗元《初秋夜坐贈吴武陵》：「美人隔湘浦，一夕生秋風。」素心：心地純樸恬淡。陶潛《移居》：「聞多素心人，樂與數晨夕。」

〔六〕封植：壅土培育。柳宗元《寄許京兆孟容書》：「城西南有數頃田，樹果數百株，多先人手自封植。」敦：勉勵，促成。

〔七〕意謂《尚書·禹貢》稱贊泰山幽谷之蒼松，《詩經·閟宫》歌詠徂徠之喬松。岱畎：泰山山谷。《廣雅·釋山》：「畎，谷也。」《尚書·虞夏書·禹貢第三》：「岱畎絲、枲、鉛、松、怪石。」徂徠：山東泰安大山，其上盛産勁松。《詩經·魯頌·閟宫》：「徂徠之松，新甫之柏。是斷是度，是尋是尺。松桷有舄，路寢孔碩。」劉禹錫《崔公神道碑》：「善積家肥，子孫多材，如彼榱棟，必生徂徠。」

〔八〕嚴飆：寒風。沈約《芳樹》：「宿昔寒飆舉，摧殘不可識。霜雪交横至，對之長歎息。」

〔九〕貞白：正直清白。《後漢書》卷四十一《第五倫》：「性質慤，少文采，在位以貞白稱，時人方之前朝貢禹。」《論語·子罕》：「歲寒，然後知松柏之後凋也。」

同子充浚仲遊北山夜宿覺慈院

窮年厭喧囂，今晨愜遊衍〔一〕。豈伊清曠懷，直爲朋知展〔二〕？指途陽已升，入谷光未顯〔三〕。涉流既百折，尋山亦千轉。停策樹頻倚，攀林芳屢搴〔四〕。路夷始出幽，山暝復凌緬〔五〕。佛廬既栖薄，僧榻聊息偃〔六〕。地僻心自怡，俗遠慮乃遣。明發有佳趣，勝處將歷踐〔七〕。

【題解】

詩云「明發有佳趣，勝處將歷踐」，則此詩與本卷之《抵智者》《從智者遊九龍謁劉孝標祠》《往山洞》《登鹿田》皆一時紀遊之作。

王禕，字子充，明初義烏卓犖志士，詳見本書卷二《寄王子充》及本卷《九日偕子充安道諸友遊城東》。吴沉，字浚仲，明初蘭溪賢達，詳見本卷《舟次蘭陰憶寄君善敬德浚仲諸友》。

子充與浚仲過從甚密，吴沉《瀫川集》卷第七《華川書舍記》：「義烏王君子充榜其齋居之室曰華川書舍，俾予記之。華川即繡湖也，繡湖山水奇勝，爲一邑之壯觀。子充築居而讀書其旁，得其所哉！況斯邑也，實爲侍講黄公之鄉。黄公學問文章表則當代，而子充以鄰里佳子弟朝夕相從遊，得師乎哉！夫既得讀書之所矣，又得碩師依歸焉，何造物者之厚於子充如此也……烏乎，君子之學也，所以明乎道也。道之明矣，而著之於書則非得已也。事業不及見於設施，德澤不得被於生民，於是筆之簡册，以貽方來爾。夫我今日言之，將使天下後世法之。是非灼然真有自得之見可乎哉？昔者東周既衰，道術分裂，百家諸子紛然而起，著書立言之士莫盛於兹時。雖其不能皆合乎聖人之中而有矯激偏蔽之失，然自彼言之，則皆自有所得，而欲成一家者也。其行於至今而不盡磨滅者，豈偶然哉？自漢而下，儒之盛者莫如昌黎韓子。韓子以文爲學者也，因文而有所見於道，此則韓子之異於人也。故《原道》《原性》諸篇傳在人口，與六經同；至其他文，非不皆古且奥也，而習之者終不若此諸篇之詳也：豈非以著述之言與應世之求者，自有高下之不同乎？故凡學而無灼然之見，不足以謂之學也；言而無自得之論，不足以謂之言也。彼世之爲文者，不知求其在己者之可樂，而方且疲心思於無根之談以爲工，亦獨何哉？予之識兹説久矣，恐言之而獲罪於人也，非吾子充，其敢盡之乎？抑予之所謂自得者，非欲求異以取奇也，亦惟道之明而已，予誠不足以及此，願子充之勉之也。」

北山，通稱金華山。《道光金華縣志》卷一《志疆域第一·山川·金華山》：「縣北二十里，一名長山，或曰常山，横亘三百六十餘里。《世説新語》：『支遁見東陽長山曰：何其坦迤！』《抱朴子》云：『老君言此山可合神丹，免五兵洪水之患。』劉峻《山棲志》：『東陽實會稽西部，是生竹箭，山川秀麗，皋壤坱鬱。若其群峰疊起，則接漢連霞；喬木布濩，則春青冬緑。信卓犖塽塏，神居奥宅。』《十道四番志》：『山頂有鳥名橐駝，羽毛五色。』沈約《遊金華山》詩：『杖策追夙心，靈山協久要。天倪臨紫闕，地道通丹竅。未乘琴高鯉，且縱嚴陵釣。若蒙羽駕迎，得奉金書召。高馳入閶闔，方妒靈妃笑。』」

覺慈院，或名覺慈寺，金華北山佛寺，久圮無考。《道光金華縣志》卷四《志建置第三·寺觀·覺慈寺》：「胡翰《次蔡士安覺慈寺韻》詩云：『金華積翠起天邊，秀色迎人到馬前。風急雨聲生竹樹，日高嵐氣散雲煙。酒材久辦山中秫，詩思清過石上泉。御史才名京國舊，可能長借草堂眠。』……以上無考。」

【箋注】

〔一〕遊衍：恣意遊逛。《詩經·大雅·板》：「昊天曰旦，及爾遊衍。」毛《傳》：「遊，行；衍，溢也。」孔穎達《疏》：「遊行衍溢，亦自恣之意也。」

〔二〕清曠：清朗豁達。權德輿《晚渡揚子江卻寄江南親故》：「胸中千萬慮，對此一清曠。」

〔三〕指途：就道上路。謝靈運《從斤竹澗越嶺溪行》：「猿鳴誠知曙，谷幽光未顯。」

〔四〕停策：駐馬。孟浩然《尋梅道士》：「彭澤先生柳，山陰道士鵝。我來從所好，停策夏雲多。」

〔五〕幽：幽谷。凌緬：跨越悠長山嶺；緬，悠長。

〔六〕棲薄：止息，參看本卷《舟次蘭陰寄君善敬德浚仲諸友》。息偃：休息。《詩經・小雅・北山》：「或息偃在床，或不已於行。」

〔七〕明發：黎明。《詩經・小雅・小宛》：「明發不寐，有懷二人。」朱熹《詩集傳》：「明發，謂將旦而光明開發也。」歷：遍，盡。

抵智者

已宿隆壽山，復踐靈源境〔一〕。蜿蜒苔徑長，犖确石路整〔二〕。行愛祇樹密，坐悦禪枝静〔三〕。幽意澹不愜，遊足憩復騁〔四〕。睇瀑跂崇基，追雲躡曾頂〔五〕。行行路已窮，望望日將暝〔六〕。泠泠風出谷，皎皎月窺嶺〔七〕。翳翳群動息，寂寂紛務屏〔八〕。以之觀化機，緬焉發深省〔九〕。此身如露電，百年亦俄頃〔一〇〕。如何乖賞心，馳騁眯風景〔一一〕？緣業倘可除，庶兹慰延頸〔一二〕。

【題解】

智者，金華山之智者山，上有智者寺。《道光金華縣志》卷一《志疆域第一·山川·金華山》：「智者山，縣北十五里。方鳳《金華遊録》：『智者寺，山路有亭，扁『北山』，唐乾元二年縉雲令李陽冰篆書。』」

《道光金華縣志》卷四《志建置第三·寺觀·四十都智者寺》：「縣北十五里，倚巖構屋。梁武帝召惠約受菩薩戒，號智者國師。辭還，見谷口白氣浮空，曰：『兹地三寶當興。』普通七年，敕建。宋淳化至道中，兩降御書一百二十一卷。有祝聖放生池。嘉泰三年重修，陸游有記。寺後有玻璃閣。寺久廢。明萬曆壬午知縣汪可受清其址，僧道化重興。（唐）〔元〕戴叔能詩：『已宿隆壽山……』宋謝翺詩：『流水北山北，芙蓉峰影長。看花春到寺，數竹午過廊。崖石侵衣碧，山雲沐髮香。老僧呈佛骨，看畢下胡床。』元許謙詩：『風日景颸颸，松陰繫紫騮。白雲千載寺，黄葉四山秋。地勝樓臺接，林深虎豹遊。人生自可樂，此外復何求！』」

【箋注】

〔一〕隆壽山：金華北山上丘阜，覺慈院在焉，其情不詳。靈源：水源美稱，此爲金華北山溪流，旁有靈源寺。元末明初吳沉《瀫川集》卷二《留靈源二首》其一：「深林無夏氣，吟嘯且徘徊。企石聽泉響，登樓看雨來。徑閑松子落，池浄藕花開。本是忘機者，休嫌數往回。」其二：「水際（杕）〔杖〕藜影，巖阿諷詠聲。喜無塵士至，得與道人并。深竹秋風早，高梧夜露清。

久爲城府住，偶此息營營。」又，《潄川集》卷二《遊靈源訪德隱禪師》：「十年不到靈源寺，爲訪高僧竟獨來。依舊山林好泉石，不知人世有風埃。寶花頻散中天雨，雲氣俄成五色臺。明日又尋仙子去，桃源深處更徘徊。」

〔二〕犖确：石多貌。韓愈《山石》：「山石犖确行徑微，黄昏到寺蝙蝠飛。」

〔三〕祇樹：相傳釋迦牟尼嘗説法祇樹給孤獨園，後遂稱寺院樹林爲祇樹，亦作祇樹。清周夢顔《安士全書·創修寺院·須達施園》：「舍衛國有大長者，名須達多，欲求勝地，造精舍奉佛。惟有祇陀太子園，廣八十頃，往時迦葉如來道場亦在此處，林木鬱茂，最爲佳勝。往白太子，太子曰：『布金滿園，吾當賣汝。』須達喜曰：『園屬我矣！』遂運金布地，須臾將滿。太子曰：『吾戲言耳。』須達謂：『太子之言，不當有戲。』堅意買之。太子不取其金，共以此金造精舍一千二百所。捉繩定基之際，舍利弗忽笑，須達問故，答曰：『汝方於此經營佛宇，而汝將來所受福報之天宫，此刻先已成就。』因借道眼與須達觀。須達大喜，乃問：『何天最樂？』舍利弗言：『第四兜率天，有彌勒菩薩，現在説法。』須達言：『吾願生此。』精舍告成，王及大臣士庶男女十八億人共來迎佛。世尊入時，放大光明，諸天伎樂，不鼓自鳴，盲聾喑啞皆得六根具足。按，此即祇樹給孤獨園也。園中之樹，皆祇陀太子所施，故曰祇樹。須達恒周給孤獨，故曰給孤獨園。」宋游九功《送常老住疏山》：「師住疏山祇樹園，卧看雲霧起江村。」禪枝：寺院樹林。杜甫《遊修覺寺》：「禪枝宿衆鳥，漂轉暮歸愁。」

〔四〕幽意：幽深清閑之思緒。方干《詹碏山居》：「無人會幽意，來往在煙霞。」

〔五〕跂：抬起腳後跟站立。基：地基，地面。曾：高。謝靈運《過始寧墅》：「築觀基曾顛。」劉良《注》：「曾，高也。」

〔六〕《古詩十九首·行行重行行》：「行行重行行，與君生別離。」王安石《舟還江南阻風有懷伯兄》：「平皋望望欲何向？薄宦嗟嗟空此行。」

〔七〕泠泠：清涼貌。《楚辭·七諫·初放》：「上葳蕤而防露兮，下泠泠而來風。」

〔八〕翳翳：昏暗不明貌。陶潛《癸卯歲十二月中作與從弟敬遠》：「淒淒歲暮風，翳翳經日雪。」王維《寒食汜上作》：「落花寂寂啼山鳥，楊柳青青渡水人。」屏：捨棄。

〔九〕化機：萬物變化之樞要。郎瑛《七修類稿》卷十七《義理類·將術》：「術數之高者，終罔得吉，故京房、郭璞不得其死，泄其化機，神不容也。」

〔一〇〕劉克莊《挽方武成二首》：「闊矣雲霄志，悲哉露電身。」

〔一一〕賞心：歡心。邵雍《同程郎中父子月陂上閑步吟》：「必期快作賞心事，卻恐賞心難便來。」驅馳：策馬快跑，喻俗世奔波。眯：異物入眼，視覺錯亂。

〔一二〕緣業：佛家語，或作業緣，善業爲招樂果之因緣，惡業爲招苦果之因緣，一切衆生皆由業緣而生。延頸：伸長脖子，形容殷切渴慕。曹丕《善哉行》：「延頸鼓翼，悲鳴相求。」

從智者遊九龍謁劉孝標祠

上人敬愛客，追從不知疲〔一〕。昔聞蠟屐遊，今見飛錫隨〔二〕。朝暾烜將出，曉露泫未晞〔三〕。捫葛緣側徑，披榛款幽扉〔四〕。水聲激潤滑，鍾韻出林遲〔五〕。佛廬從中起，祠宇亦旁依。行歌懷昔賢，趨拜想前徽〔六〕。躑躅久不去，此情誰得知？

【題解】

智者，見前詩《抵智者》。九龍，金華北山一峰，上有九龍洞、九龍寺、劉孝標講堂洞諸名勝。《道光金華縣志》卷一《志疆域第一·山川》：「又自白巖山西南至羊角尖、紫薇巖，上九龍洞（即白衣洞，今已閉塞）。經講堂塢、前山尖至講堂洞（縣西北三十里，四十都四圖，去雙龍洞西北三里，爲劉峻讀書處。石室深廣十餘丈，其中峭壁青黄丹碧，夕陽返照，色更鮮麗；陰晦則闇然一色。有懸巖水滴，大旱不竭）。」又，卷四《志建置第三·寺觀·九龍寺》：「縣西北九龍洞山，廢。」方勇《存雅堂遺稿斠補·金華洞天行紀》：「從法清而西，過故康懿秦國長公主墳園，登山可至九龍寺，上有劉先生講堂，劉孝標讀書處也。」

劉孝標，南朝梁時著名文士；劉孝標祠，不知是否劉先生講經堂。《梁書》卷五十《文學下·

劉峻》：「劉峻，字孝標，平原平原人……峻好學，家貧，寄人廡下，自課讀書，常燎麻炬，從夕達旦，時或昏睡爇其髮，既覺復讀，終夜不寐，其精力如此……因遊東陽紫巖山，築室居焉，爲《山棲志》，其文甚美……峻居東陽，吳、會人士多從其學。普通二年卒，時年六十。門人謚曰玄靖先生。」

《道光金華縣志》卷四《志建置第三・宅墓・齊・劉峻寓宅》：「縣北二十五里靈巖古刹，峻舍宅建。峻《山棲》詩：『自昔厭喧囂，執志好棲息。嘯歌棄城市，歸來事耕織。鑿石窺點嶢，開軒望嶄崱。澈水簷前流，修竹望陰植。香風鳴紫鶯，高梧棲緑翼。泉脉洞杳杳，流洑下不極。髣髴玉山隈，想像瑶池側。夜誦《神仙記》，曉吸雲霞色。將馭六龍輿，行從三島食。誰歟金門士，撫心論胸臆！』按何基云：靈巖古刹，聞昔乃孝標之古宅，此地上接紫薇巖、雙龍洞天，想其一時飛屐上下千峰紫翠之間，左浮丘而右洪厓，致猶目前也。雖遺迹不可追企，而泉石影響常存。寺之法堂重葺，謹以《山棲志》舊文鐫之。今寺久廢，所謂清修寺，亦非其故址矣。」

吴沉《瀫川集》卷二《遊劉孝標讀書巖》：「飛巖峙遥空，靈石列奇像。神仙自結構，制度修且廣。劉公昔憩兹，弟子侍函丈。至今百世下，過者尚傾仰。叢林長新條，幽禽弄清響。境勝無世情，神超悟真賞。兵塵暗白日，歧路多羅網。好山信可留，俗士自難往。詩書有夙習，富貴非力强。朗誦《山棲》篇，慨然發長想（孝標有《山棲志》）。」

【箋注】

〔一〕上人：尊稱僧人。

〔二〕蠟屐：以蠟塗木屐。《世説新語·雅量第六》：「祖士少好財，阮遥集好屐……或有詣阮，見自吹火蠟屐，因歎曰：『未知一生當著幾量屐！』神色閑暢。」飛錫：僧人執錫杖飛空，後指僧人雲遊各地。《釋氏要覽》卷下：「今僧遊行，嘉稱飛錫。此因高僧隱峰游五臺，出淮西，擲錫飛空而往也。若西天得道僧，往來多是飛錫。」唐冷朝陽《同張深秀才遊華嚴寺》：「有僧飛錫到，留客話松間。」

〔三〕朝暾：初升之太陽。《隋書·音樂志下》：「扶木上朝暾，嵫山沉暮景。」烜：光亮耀眼。《廣雅·釋詁四》：「烜，明也。」泫：露珠下垂貌。

〔四〕宋釋圓悟《真人洞》：「捫葛敲幽户，空山得遍觀。」側：傾斜。

〔五〕激：水勢受阻後騰湧或飛濺。

〔六〕前徽：前賢之美好德行。李曾伯《和傅山父小園十詠》：「幸有故書千帙在，呼兒共讀嗣前徽。」

往山洞

既停九龍策，瀝酹禮前賢〔一〕。復尋三洞蹊，秉玉朝群仙〔二〕。群仙去綿邈，遺迹費采甄〔三〕。標峰絢霞外，裂竇彩雲間〔四〕。旁聽流活活，俯瞰深淵淵〔五〕。脊曲駭初入，膝阻艱屢遷〔六〕。躧迴方蠖伸，緣隅乃猴牽〔七〕。冥行路易失，前導火頻然〔八〕。傾壁見斜倚，危室睹孤圓〔九〕。穴杳石如透，潭空海疑連〔一〇〕。涉深怯龍躍，出險怵途慳〔一一〕。紆徐度虛隙，恍惚脱重泉〔一二〕。僕御矜乍往，朋徒慶生還〔一三〕。夙志愛遊役，芳時屢徂愆〔一四〕。流光忽我邁，踐勝及兹年〔一五〕。棲息固有期，遲莫復何言〔一六〕？二皇倘可值，頹齡庶能延〔一七〕。

【題解】

山洞，聞名遐邇之金華朝真洞、冰壺洞、雙龍洞。《道光金華縣志》卷一《志疆域第一·山川·金華山》：「又自塔山尖西至朝真洞，折而東南百餘步得冰壺洞，直下里許爲雙龍洞。」元初浦江方鳳嘗偕福建謝翺、金華葉謹諸名士遊北山，其記三洞傳神入微；詳見方勇《存雅堂遺稿斠補·金華洞天行紀》。

【箋注】

〔一〕九龍：山名，詳見前詩。策：拐杖。瀝酹：倒酒。

〔二〕秉玉：操持玉器，禮神儀式之一。謝朓《賽敬亭山廟喜雨詩》：「秉玉朝群帝，樽酒迎東皇。」

〔三〕綿邈：悠久。李華《詠史》：「綿邈數千祀，丘中誰隱淪？」采甄：選擇甄别。謝靈運《還舊園作見顔范二中書》：「殊方咸成貸，微物豫采甄。」

〔四〕標峰：高峰；標，高。任昉《王文憲集序》：「增益標勝。」劉良《注》：「標，高也。」裂竇：洞穴。

〔五〕活活：水流聲，一説水流貌。《詩經·衛風·碩人》：「河水洋洋，北流活活。」馬瑞辰《通釋》：「《傳》：『流也。』當爲流貌，形近之訛。《説文》：『活，流聲也。』亦當作流貌。」淵淵：深邃貌。《莊子·知北遊》：「淵淵乎其若海，巍巍乎其終則復始也。」

〔六〕膝：膝行。宋李新《梓潼張孝女》：「問女膝行日幾曲，哀聲雖微動巖谷。」

〔七〕躧：跴，踏。蠖：尺蠖，其體柔軟細長，屈伸而行。曹植《長歌行》：「尺蠖知屈伸，體道識窮達。」

〔八〕冥行：昏暗中行走。宋陳德明《吴下同年會詩》：「公方闊步鳴先路，我獨冥行怨落暉。」前導：前面引路。陸游《殘臘》：「鷺飛前導生遊興，笑岸綸巾上野航。」然：同「燃」。

〔九〕沈約《早發定山詩》：「傾壁忽斜豎，絶頂復孤圓。」孤：高遠。馬融《長笛賦》：「托九成之孤岑兮。」張銑《注》：「孤，高也。」

〔一〇〕杳：杳杳，深遠幽暗貌。歐陽修《和徐生假山》：「陰穴覰杳杳，高屏立巉巉。」空：深，大。《詩經·大雅·白駒》：「皎皎白駒，在彼空谷。」疑：似乎，好像。徐仁甫《廣釋詞》卷五

《疑》：「『疑』猶『似』，不完全外動詞，多作副詞用。吴均《采蓮曲》：『初疑京兆劍，復似漢冠名。』……疑似互文，疑猶似也。」

〔一一〕慳：欠缺。陸游《懷昔詩》：「澤國氣候晚，仲冬雪猶慳。」

〔一二〕紆徐：緩步貌。孟浩然《西山尋辛諤》：「石潭窺洞澈，沙岸歷紆徐。」重泉：水極深處。《淮南子·齊俗訓》：「積水重泉，黿鼉之所便也。」

〔一三〕乍往：倏然而過之歷程；往，已往歷程。《易·繫辭下》：「夫《易》彰往而察來。」

〔一四〕遊役：遊覽活動；役，事情，活動。《吕氏春秋·貴生》：「生之役也。」高誘《注》：「役，事也。」徂愆：消逝，喪失；愆，喪失。《左傳·昭公二十六年》：「王昏不若，用愆厥位。」南朝宋顔延之《北使洛》：「遊役去芳時，歸來屢徂愆。」

〔一五〕流光：光陰，因其逝去如流水，故稱。踐勝：遊覽勝地。宋胡寅《和仁仲遊桃源》：「漁郎迷路去家久，雖踐勝境終回旋。」

〔一六〕棲息：止息，多指隱居。韋應物《答裴處士》：「況子逸群士，棲息蓬蒿間。」遲莫：通「遲暮」，晚年。

〔一七〕二皇：在金華北山得道成仙之皇初平與初起兄弟，詳見卷二《遊赤松山分韻得弟字》。頽齡：衰年，老年。温庭筠《過孔北海墓二十韻》：「激揚思壯志，流落歎頽齡。」

登鹿田

山北倦遊覽，山南縱攀援。苔滑豈可步？蘿弱猶足捫〔一〕。力竭轉修蹊，險盡得平原。排峰作郛郭，列岫代墉垣〔二〕。披拂趨蘭社，靡迤入松門〔三〕。奇石既羅徑，初篁亦當軒。鹿耕事固遠，仙化迹還存〔四〕。野田遺舊場，孤冢秘精魂〔五〕。感往情已劇，懷來念彌敦〔六〕。學道值時阻，攝生逢景奔〔七〕。何能棄緣業，即此窮朝昏？

【題解】

金華山中有鹿山，其上有鹿田及鹿田寺。《道光金華縣志》卷一《志疆域第一·山川·金華山》：「又西南經徐公湖至鹿山。縣北二十五里二都二圖。其石或碧或白，勝於吴山、太湖多矣，昔人稱爲錦浪云。上有沃野可田。《金華雜誌》：『劉宋時有玉女馴鹿耕山中，常入城市貿易，以物置角間，刻期而歸，遂名其地爲鹿田。』按，今有玉女墳在。昔有東西二寺，今爲上下兩壇。方鳳《鹿田聽雨》詩：『禪棲投倦客，山雨起更闌。窗葉散幽響，石林生峭寒。洞深猶暗瀑，江遠忽風湍。想像雲夢外，應宜曉色看。』」

《道光金華縣志》卷四《志建置第三·寺觀·鹿田寺》：「在山橋西，久廢。《名勝志》：『鹿田峰有東西二寺，即舊寶福院。』……宋謝翱《鹿田聽雨記》：『鄉余見南嶽僧，言嶽頂望日出海，看雲生樹石，與巖屋聽風雨，夐異人世，常疑其言之過。比遊金華之北山，宿東西鹿田，夜聞風雨聲，滃鬱浥隘，琤琮澎湃，淅淅浮浮，泠泠翏翏。或散或哀，或赴或休，或激或射，或凌或瀝，或沉或注，或益而溢。其過虚，若乘；其擊實，若盈；其舉朽，若勝。而振於葉也，若憑；其赴於壑也，若崩；其回旋於空而薄乎軒窗也，若濤風擊舟而擁於敗罶。是不可行而詰其名也。蓋其地近洞天，山川鬼神虎豹蛟龍蟲蛇罔象煙雲水石之所聚，故聲鬱而不散。其石虚，窾竅垤坳枅圈窪臼峆峥口鼻之所出，故其聲汩以深。其林木靃靡，枯新堅脆榮實瘻液之所生，故其聲泛以嗇。其勢之來也，殊方；其席而怒也，殊力；其散而游於物也，殊值。故能若無若有，萬變而不窮。而畸人孤子，抱膝擁衾，感極生悲，而繼之以泣，故其聽也獨真。於是信鄉之所聞於僧者不謬。然僧之聽乎此與人世異，而吾之聽此復與僧異。知吾與人世與僧之所以爲異，則此遊將必有與吾不異而深知此聲者乎？是爲記。』元葉謹翁詩：『憶昨招提宿，空山日影曛。僧窗聽盡雨，樵路踏翻雲。秫甕松花釀，茶泉竹筧分。因君成勝賤，飛瀑夢中聞。』許謙詩：『廣福曾遊處，涼宵復此留。青山仍在眼，白髮自盈頭。鳥道藤蘿月，猿聲竹樹秋。地幽心更静，何處是丹丘？』

【箋注】

〔一〕晁公遡《寄師會三郎》：「女蘿弱質安足恃？奈此歲晚風霜何？」

〔二〕郛郭：外城，在城市周邊加築之城牆，同義複詞。《韓非子・難二》：「趙簡子圍衛之郛郭。」

墉垣：牆壁。三國魏何晏《景福殿賦》：「墉垣碭基，其光昭昭。」張銑《注》：「墉垣，牆也。」

〔三〕蘭社：蘭花簇擁之土地廟。靡迤：曲折行進貌。謝靈運《田南樹園激流植援》：「靡迤趨下田，迢遞瞰高峰。」張銑《注》：「靡迤，細走貌。」松門：前植松樹之屋門。杜甫《返照》：「荻岸如秋水，松門似畫圖。」

〔四〕高啓《贈金華隱者》：「群羊卧地散如石，老鹿耕田馴似牛。」仙化：羽化成仙。

〔五〕孤冢：此指玉女墳。秘：深，此爲深藏義。王延壽《魯靈光殿賦》：「乃立靈光之秘殿。」吕延濟《注》：「秘，深也。」

〔六〕劇：繁多。《荀子·非十二子》：「猶然而材劇志大。」楊倞《注》：「劇，繁多也。」敦：深厚。《孔子家語·問玉》：「温柔敦厚，詩教也。」王肅《注》：「敦，厚也。」

〔七〕學道：此指學仙。《漢書》卷四十《張良》：「乃學道，欲輕舉。」顔師古《注》：「道謂仙道。」攝生：養生。白居易《病中作》：「久爲勞生事，不學攝生道。」

贈别祝彦明

悵望臨荒蹊，驅馳騁遐步〔一〕。江紆練月初，山標彩霞莫〔二〕。天長路易迷，水深舟難渡。征人去不息，倦僕立相顧〔三〕。此時悲送君，安能髮不素〔四〕？

【題解】

祝應昇，字彦明，元時衢州人，嘗任浦江教諭，其事詳見卷五《送祝彦明詩後序》。

【箋注】

〔一〕驅馳：策馬疾馳。騁：盡情施展。遐步：大步。李華《陳留老父贊》：「麒麟遐步，終日不踠。」

〔二〕練月：皎潔月色。練：白色。《淮南子·説林》：「墨子見練絲而泣之。」高誘《注》：「練，白也。」標：高。任昉《王文憲集序》：「增益標勝。」劉良《注》：「標，高也。」莫：通「暮」。

〔三〕征人：此指祝彦明。僕：詩人謙辭。顧：眷戀。鮑照《擬古》：「又蒙令尹顧。」李周翰《注》：「顧，眷也。」

〔四〕素：白色。李中《郵亭早起》：「舊友青雲貴，殊鄉素髮新。」

七言古詩

雙劍篇

君不見干將冶鐵鐵不流，鏌耶遇之剪指投〔一〕。赫然煉成雙寶劍，遂匿其陽以陰獻。雌雄離隔徑①幾年，一朝飛墮君侯前〔二〕。乃知神物不虚授，必待英豪始聯偶〔三〕。從今永近君侯身，玉頭珠口相鮮新〔四〕。韜裏束來白鷳尾，匣中藏卻緑鼉鱗〔五〕。遭時未息干戈事，且爲君侯充武備〔六〕。黑犀中斷未爲奇，白蛇夜斬方稱利〔七〕。五山精，六金英〔八〕，也曾埋没豫章城，時時紫氣斗間明〔九〕。占者已知吾國興，君侯配之可千齡〔一〇〕。

【題解】

雙劍，傳説春秋闔閭時所鑄名劍干將與莫邪。《吴越春秋》卷二《闔閭内傳第四》：「干將者，吴人也，與歐冶子同師，俱能爲劍。越前來獻三枚，闔閭得而寶之。以故使劍匠作爲二枚：一曰干將，二曰莫耶。莫耶，干將之妻也。干將作劍，采五山之鐵精、六合之金英。候天伺地，陰陽同光，百神臨觀，天氣下降，而金鐵之精不銷淪流，於是干將不知其由。莫耶曰：『子以善爲劍聞於王，使子作劍，三月不成，其有意乎？』干將曰：『吾不知其理也。』莫耶曰：『夫神物之化，須人而成，今夫子作劍，得無得其人而後成乎？』干將曰：『昔吾師作冶，金鐵之類不銷，夫妻俱入冶爐中，然後成物。至（今）〔令〕後世即山作冶，麻絰蓌服，然後敢鑄金於山。今吾作劍不變化者，其若斯耶？』莫耶曰：『師知爍身以成物，吾何難哉！』於是干將妻乃斷髮剪爪，投於爐中，使童女童男三百人鼓橐裝炭，金鐵乃濡。遂以成劍，陽曰干將，陰曰莫耶，陽作龜文，陰作漫理。干將匿其陽，出其陰而獻之。」古代賢士多有詠及雙劍者，如王冕《有感》：「慷慨看雙劍，淒涼獨老翁。不嫌天地窄，殊覺路途窮。」

【校勘】

①徑：乾隆本作「經」。

【箋注】

〔一〕干將：鑄劍巧匠，妻鏌耶，或作莫耶、莫邪；後以夫妻之名命其合鑄之劍。流：熔化流動。

〔二〕徑：通「經」。《韓非子·解老》：「邪心勝則事經絕。」王先慎《集解》：「經、徑古通用。」君侯：古時稱列侯爲君侯，後敬稱尊貴者。李白《與韓荊州書》：「此疇曩心迹，安敢不盡於君侯哉！」

〔三〕聯偶：同「連偶」，聯合成雙。

〔四〕玉頭：亦稱鐔、珠口、劍口、劍珥、劍鼻、劍首，即劍柄與劍身連接處兩旁突出部分，常用珠玉、玳瑁、金銀諸物裝飾之。《初學記》卷二十二《武部》：「玉頭珠口。張敞《晉東宫舊事》曰：『太子儀飾有玉頭劍。』《山海經注》曰：『鮫魚皮有珠文而堅，可以飾劍口。』」清程瑶田《通藝録》：「以其有孔曰口，視其旁如耳然曰珥，面之曰鼻，對末言之曰首。」《晉書》卷二十五《輿服》：「漢制，自天子至於百官，無不佩劍，其後惟朝帶劍。晉世始代之以木，貴者猶用玉首，賤者亦用蚌、金銀、玳瑁爲雕飾。」鮮新：鮮明光亮。

〔五〕韜：劍鞘。《説文・韋部》：「韜，劍衣也。」白鷴：鳥名，其雄鳥之冠及下體純藍黑色，上體及兩翼白色，故名。唐李白《和盧侍御通塘曲》：「青蘿嫋嫋掛煙樹，白鷴處處聚沙堤。」郭元振《古劍歌》：「精光黯黯青蛇色，文章片片緑龜鱗。」

〔六〕武備：此指軍事裝備。《穀梁傳・襄公二十五年》：「古者雖有文事，必有武備。」

〔七〕《拾遺記》卷十《昆吾山》：「其山有獸，大如兔，毛色如金。食土下之丹石，深穴地以爲窟；亦食銅鐵，膽腎皆如鐵。其雌者色白如銀。昔吴國武庫之中，兵刃鐵器俱被食盡，而封署依然。王令檢其庫穴，獵得雙兔，一白一黄。殺之，開其腹，而有鐵膽腎，方知兵刃之鐵而爲兔所食。王乃召其劍工，令鑄其膽腎以爲劍，一雌一雄，號干將者雄，號鏌邪者雌。其劍可以切玉斷犀，王深寶之，遂霸其國。」白蛇：秦末劉邦爲赤帝子，秦帝爲白帝子；一日，劉邦醉斬白帝子所化之長蛇；後劉邦果殄秦造漢。《史記》卷八《高祖本紀第八》：「高祖被酒，夜徑澤中，令一人行前。行前者還報曰：『前有大蛇當徑，願還。』高祖醉，曰：『壯士行，何畏！』乃前，拔劍擊斬蛇。蛇遂分爲兩，徑開。行數里，醉，因臥。後人來至蛇所，有一老嫗夜哭。人問何哭，嫗曰：『人殺吾子，故哭之。』人曰：『嫗子何爲見殺？』嫗曰：『吾子，白帝子也，化爲蛇，當道，今爲赤帝子斬之，故哭。』」裴駰《集解》：「應劭曰：『秦襄公自以居西戎，主少昊之神，作西畤，祠白帝。至獻公時櫟陽雨金，以爲瑞，又作畦畤，祠白帝。少昊，金德也。赤帝堯後，謂漢也。殺之者，明漢當滅秦也。』」

〔八〕五山：五嶽，即泰山、衡山、華山、恒山、嵩山。六金：六合金屬。英：精華。《初學記》卷二十二：「候天占氣。趙曄《吴越春秋》曰：吴使干將造劍二枚，一曰干將，二曰鏌耶。鏌耶者，干將之妻名。干將造劍，采五山之鐵精、六合之金英，候天伺地，陰陽同光。」

〔九〕干將莫邪曾被埋沒在豫章地下，雙劍精氣直達斗牛之宿而煥發奇異紫氣；西晉張華遣雷煥尋訪雙劍，雷煥得之於豫章監獄，遂送張華以干將而自留莫邪。後雷煥子華持莫邪遠行，至延平津，莫邪越出墮水，與雄劍干將會合，人唯見波濤洶湧，雙龍翔舞盤縈，參見《晉書》卷三十六《張華》。豫章：郡名，其治在今南昌。

〔一〇〕占者：以龜甲、蓍草等預測吉凶禍福者。《儀禮·士喪禮》：「占者三人。」

秦鏡歌

玉之榮，石之英，光瑩豈若秋金精〔一〕？秋金之精鑄鏡成，良工錫以銀華名〔二〕。銀華顔色如霜雪，攜向秦宫歎奇絶。珊瑚臺上①吐菱花，玳瑁匣中生明月〔三〕。夜籌已竭曉籌終，宫女對之難爲容〔四〕。雲鬟被首黛②渝色，我貌如心不堪飾〔五〕。早知鑑心如鑑貌，漢兵敢犯咸陽道〔六〕？咸陽漢殿空中立，秦鏡團團晝飛入，至今鬼母夜深泣〔七〕。

【題解】

秦鏡，傳説中秦始皇神鏡，能照見五臟六腑，明辨曲直邪正。《西京雜記》卷三：「高祖初入咸陽宫，周行庫府……有方鏡，廣四尺，高五尺九寸，表裏有明。人直來照之，影則倒見；以手捫心而來，則見腸胃五臟，歷然無硋；人有疾病在内，則掩心而照之，則知病之所在；又女子有邪心，則膽張心動。秦始皇常以照宫人，膽張心動者則殺之。」

【校勘】

① 上：底本作「土」，據乾隆本改。

②黛：底本作「黛」，據乾隆本改。

【箋注】

〔一〕榮：草木花，引申爲精華。《淮南子·時則》：「草木生榮。」高誘《注》：「榮，華也。」英：精華。韓愈《進學解》：「沉浸醲鬱，含英咀華。」秋金：五行學説裏秋與金對應，故秋金即金，此專指銅。《尚書·禹貢》：「厥貢惟金三品。」鄭玄《注》：「金三品者，銅三色也。」

〔二〕錫：通「賜」。銀華：銅鏡名。杜公瞻《編珠》卷三《金鏤爐銀華鏡》：「《東宫舊事》曰：皇太子納妃，有著衣大鏡尺八寸，銀華小鏡尺二寸。」

〔三〕珊瑚臺：珊瑚裝飾之鏡臺；臺，鏡臺，鏡奩之大者，下儲裝飾品，上可架鏡。《初學記》卷二十五《魏武雜物疏》：「鏡臺出魏宫中，有純銀參帶鏡臺一，純銀七子貴人公主鏡臺四。」吐菱花：置銅鏡於日下，則光影呈菱花狀。《埤雅》卷十五《釋草·蔆》：「群説鏡謂之蔆華，以其面平，光影所成如此。庾信《鏡賦》云『照壁而蔆華自生』是也。」玳瑁匣：玳瑁修飾之鏡匣。庾信《庾子山集》卷一《鏡賦》：「鏡乃照膽照心，難逢難值……臨水則池中月出，照日則壁上菱生。」

〔四〕籌：古時銅壺滴漏中記時所用箭杆，代時光。劉禹錫《早秋集賢院即事》：「灰琯應新律，銅壺添夜籌。」李商隱《馬嵬》：「空聞虎旅鳴宵柝，無復鷄人報曉籌。」

〔五〕雲鬟：環形髮髻，其形如雲。杜甫《月夜》：「香霧雲鬟濕，清輝玉臂寒。」被：覆蓋。張衡

《東京賦》：「芙蓉覆水，秋蘭被涯。」李善《注》引薛綜曰：「被，亦覆也。」黛：婦女眉毛。不堪：不忍心。南唐李璟《浣溪沙》：「還與容光共憔悴，不堪看！」

〔六〕心：暗指秦朝皇子胡亥與權臣趙高、李斯之陰險狠毒。咸陽：秦王朝都城。

〔七〕鬼母：此指劉邦所斬白蛇之母，詳見前詩。唐李賀《春坊正字劍子歌》：「提出西方白帝驚，嗷嗷鬼母秋夜哭。」

白紵歌

闔廬宫中夜撾鼓，宫樹烏啼月未午〔一〕。玉缸提來酒如乳，白紵衣成向君舞〔二〕。美人醉起行步難，腰間珂佩聲珊珊〔三〕。肯緣嬌愛減君歡，寶釵墮地不敢言〔四〕。宫中門户多無數，君恩反覆日幾度。明朝重着①舞時衣，心中已道不相宜〔五〕。

【題解】

白紵，用白色苧麻所織夏布。《白紵歌》爲樂府舊題，此詩主旨近乎《樂府詩集》卷五十五《舞曲歌辭四》唐王建《白紵歌》其二：「館娃宫中春日暮，荔枝木瓜花滿樹。城頭烏棲休擊鼓，青蛾彈瑟白紵舞。夜天㠉㠉不見星，宫中火照西江明。美人醉起無次第，墮釵遺佩滿中庭。此時但願可君意，回晝爲宵亦不寐，年年奉君君莫棄。」

【校勘】

① 着：乾隆本作「著」。

【箋注】

〔一〕闔廬：一作闔閭，春秋末年吴國國君，名光，吴王諸樊子（一説夷末子）。遣專諸刺殺吴王僚以自立，倚重伍子胥、孫武，滅徐破楚，一度占領楚都郢。後在檇李爲越王勾踐所傷而亡。《越絶書》卷二：「闔廬宫，在高平里。」撾鼓：擊鼓。烏啼：形容悽楚孤寂輾轉不寐。李端《烏棲曲》：「東房少婦婿從軍，每聽烏啼知夜分。」午：午夜，半夜。岑參《與獨孤漸道别長句兼呈嚴八侍御》：「軍中置酒夜撾鼓，錦筵紅燭月未午。」

〔二〕玉缸：酒甕美稱。岑參《青門歌》：「胡姬酒壚日未午，絲繩玉缸酒如乳。」

〔三〕珂佩：珂制佩飾。《玉篇》：「珂，石次玉也，亦碼碯絜白如雪者。一云螺屬也，生海中。」

〔四〕肯：豈肯，不肯。嬌愛：寵愛。唐王諲《後庭怨》：「念君嬌愛無終始，使妾長啼後庭裏。」

〔五〕相宜：合適。陸游《梨花》：「開向春殘不恨遲，緑楊窣地最相宜。」

空城雀

汝雀汝雀亦何爲？有身不向他處飛，卻入空城長苦飢〔一〕。空城四面盡焦土，滿地青蒿幸無主〔二〕。飛來飛去啄蒿實，既無矰兮復無罟〔三〕。豈不見官倉有鼠食官米，所食縱多寧損幾？一朝倉吏來捕爾，爾罪莫逃終磔死〔四〕。

【題解】

《空城雀》爲樂府舊題，此詩融王建與聶夷中之旨爲一。《樂府詩集》卷六十八《雜曲歌辭八》王建《空城雀》：「空城雀，何不飛來人家住？空城無人種禾黍。土間生子草間長，滿地蓬蒿幸無主。近村雖有高樹枝，雨中無食長苦飢。八月小兒挾弓箭，家家畏向田頭飛。但能不出空城裏，秋時百草皆有子。報言黄口莫啾啾，長爾得成無横死。」又，聶夷中《空城雀》：「一雀入官倉，所食能損幾。所慮往損頻，官倉乃害爾。魚網不在天，鳥網不在水。飲啄要自然，何必空城裏！」

【箋注】

〔一〕苦飢：困於飢餓。唐孟郊《感傷》：「去去勿復道，苦飢形貌傷。」

〔二〕焦土：爲烈火所燒之土地，多指房舍等因戰亂而毀壞之慘象。杜牧《阿房宫賦》：「戍卒叫，函谷舉，楚人一炬，可憐焦土。」青蒿：野草名，莖葉入藥，嫩者可食。蘇軾《送范德孺》：「漸覺東風料峭寒，青蒿黄韭試春盤。」

〔三〕杜甫《寄劉峽州伯華使君四十韻》：「咄咄寧書字？冥冥欲避矰。」罟：網。

〔四〕此化用秦相李斯悲劇。李斯年少時，悲廁鼠而慕倉鼠。後李斯貴爲秦相，儼然一倉鼠矣。然酣豢富貴，諂媚苟合，終爲趙高所害而夷滅三族，所謂徒慕倉鼠而不如廁鼠者也。詳見《史記》卷八十七《李斯列傳第二十七》。《説文》：「損，減也。」磔：分裂張開屍體。《説文》：「磔，辜也。」段玉裁《注》：「凡言磔者，開也，張也，刳其胸腹而張之，令其乾枯不收。」

當窗織

當窗織，貧家女兒堪歎息。隔牆惟聽伊軋聲，墮珥欲收應不得〔一〕。兩日織成花錦段，盡輸上官猶誠緩〔二〕。夫婿復來催上機，豈念身穿藍①縷衣〔三〕？君不見富家娘，不識蠶繅着②繡裳〔四〕。

【題解】

《當窗織》，樂府舊題，悲貧女之勞苦，歎人世之不平。《樂府詩集》卷九十四《新樂府辭五》唐王建《當窗織》：「歎息復歎息，園中有棗行人食。貧家女爲富家織，父母隔牆不得力。水寒手澀絲脆斷，續來續去心腸爛。草蟲促促機下啼，兩日催成一匹半。輸官上頭有零落，姑未得衣身不著。當窗卻羨青樓倡，十指不動衣盈箱。」

【校勘】

①藍：乾隆本作「籃」。

②着：乾隆本作「著」。

【箋注】

〔一〕伊軋：織布聲。墮珥：耳環掉在地上，多形容女性之縱情歡樂，此描繪織女辛苦疲憊貌。李群玉《和吴中丞悼笙妓》：「墮珥尚存芳樹下，餘香漸減玉堂中。」

〔二〕錦段：同「錦緞」，一種彩色花紋絲織品。柳永《木蘭花·海棠》：「霏微雨罷殘陽院，洗出都城新錦段。」輸：繳納。誡：告誡，警告。《孔雀東南飛》：「鷄鳴入機織，夜夜不得息。三日斷五匹，大人故嫌遲。非爲織作遲，君家婦難爲！」

〔三〕藍縷：同「襤褸」。

〔四〕蠶繅：養蠶繅絲；繅，繅絲，抽繭出絲。柳宗元《遊南亭夜還敘志》：「飢食期農耕，寒衣俟蠶繅。」繡裳：彩色繡花下衣，泛指華美衣服。

涼州行

涼州城頭聞打鼓，涼州城北盡胡虜〔一〕。羽書昨夜到西京，胡兵已犯涼州城〔二〕。涼州兵氣若雲黑，百萬人衆皆已没。漢軍西出笛聲哀，胡騎聞之去復來〔三〕。年年此地成邊土，竟與胡人相間處。胡人有婦能漢音，漢女亦解調胡琴〔四〕。調胡琴，按胡譜，夫婿從軍半生死，美人踏筵尚歌舞〔五〕。君不見古來邊頭多戰傷①，生男豈如生女强〔六〕！

【題解】

涼州，西漢置，爲漢武帝十三刺史部之一；轄境相當於今甘肅，寧夏，青海湟水流域，内蒙古納林河、穆林河流域。

《涼州行》，古樂府作《涼州》或《涼州詞》。此詩詠戰亂之苦，其旨近乎《樂府詩集》卷七十九《近代曲辭一》薛逢《涼州詞》：「昨夜蕃兵報國仇，沙州都護破涼州。黄河九曲今歸漢，塞外縱横戰血流。」

【校勘】

① 傷：乾隆本作「場」。

【箋注】

〔一〕胡虜：秦漢時稱匈奴爲胡虜，後世通稱與中原敵對之北方部族。李白《子夜吳歌》：「何日平胡虜，良人罷遠征？」

〔二〕羽書：古代插羽毛以示緊急之軍事公文。西京：此指西漢都城長安；以東漢改都洛陽，故稱洛陽爲東京，長安爲西京。

〔三〕胡曾《交河塞下曲》：「何處疲兵心最苦？夕陽樓上笛聲時。」

〔四〕調：演奏。《楚辭·大招》：「叩鍾調磬，娛人亂只。」王逸《注》：「言美女起舞，叩鍾擊磬。」

〔五〕按：依照。踏筵：在宴會上歌舞，以腳踏地爲節拍。李流謙《宋才夫作詩自言作縣之況以冷官爲可樂戲用韻》：「君方踏筵觀豔舞，我正閉户甘草《玄》。」高適《燕歌行》：「戰士軍前半死生，美人帳下猶歌舞。」

〔六〕杜甫《兵車行》：「信知生男惡，反是生女好。生女猶得嫁比鄰，生男埋没隨百草。」

短歌行

青天上有無根日，馳光暫明還復黑〔一〕。晝夜相催老卻人，忽忽吾年①四十七〔二〕。偶看舊鏡鏡爲羞，昔鬚未生今白頭〔三〕。朱顔丹藥已難覓，青史功名行且休〔四〕。歲歲年年待富貴，富貴不來老還至〔五〕。老既至兮百事非，病妻對之怨且詈〔六〕。妻年比我雖稍卑，近亦摧頹如我衰〔七〕。一生仳離殆居半，此世歡娯能幾時〔八〕？縱多子女知何益，北邙冢墓無人識〔九〕。古往今來共如此，我亦胡爲空歎息〔一〇〕？人生滿百世豈多？尊中有酒且高歌，有酒不歌奈老何〔一一〕？

【題解】

《短歌行》係樂府舊題，其流行之廣莫如曹操之《短歌行》。《樂府詩集》卷三十《相和歌辭五・平調曲一・短歌行二十五首・魏武帝三首》：「《樂府解題》曰：『《短歌行》，魏武帝對酒當歌，人生幾何；晉陸機置酒高堂，悲歌臨觴：皆言當及時爲樂也。』」此詩誠脱胎於曹氏《短歌行》之「對酒當歌，人生幾何？譬如朝露，去日苦多」。

詩云「忽忽吾年四十七」，時至正二十三年癸卯，詩人宦遊吴中，授淮南江北等處行中書省儒學提舉。

【校勘】

①年：底本作「言」，據乾隆本改。

【箋注】

〔一〕馳光：光芒閃耀。劉基《關山月》：「願得馳光照明主，莫遣邊人望鄉苦。」

〔二〕長荃子《洞淵集》卷三《歎世》：「君不見，年華促，晝夜相催如轉轂。」

〔三〕髭：脣上邊鬍鬚。《釋名・釋形體》：「口上曰髭。」

〔四〕丹藥：道教徒以丹砂所煉藥物。盧照鄰《羈卧山中》：「紫書常日閲，丹藥幾年成。」行且：將要。趙與旹《賓退録》卷九：「康節歎曰：『吾老且死矣，汝輩行且知之。』」

〔五〕《論語・里仁》：「子曰：『富與貴，是人之所欲也。』」

〔六〕蘇轍《周昉畫美人歌》：「夢魂清夜那復追？老人衰朽百事非。」

〔七〕摧頽：摧折敗壞。元稹《花栽》：「買得山花一兩栽，離鄉別土易摧頽。」

〔八〕仳離：分離。司馬光《送張景淳知邵武軍》：「仳離傷草草，會合更迢迢。」曹植《遊仙詩》：「人生不滿百，戚戚少歡娱。」

〔九〕北邙：山名，東漢、魏、晉時王侯公卿多葬於此，後泛指墓地。唐歐陽詹《觀送葬》：「何事悲酸淚滿巾？浮生共是北邙塵。」

〔一〇〕杜牧《九日齊山登高》：「古往今來只如此，牛山何必獨沾衣？」

〔一一〕王炎《清平樂》：「縱使人生滿百，算來更幾春秋。」白居易《醉後》：「酒後高歌且放狂，門前閑事莫思量。」劉徹《秋風辭》：「歡樂極兮哀情多，少壯幾時兮奈老何！」

五言律詩

除夜客中二首

歲月遽如許，蹉跎老卻人〔一〕。一年惟此夜，明日又逢春〔二〕。湖海未歸客，風塵多病身〔三〕。感時渾不寐，燈火獨相親〔四〕。

【題解】

除夕，居家團圓時節；今流落異地，有情者孰不抑鬱悲戚！

【箋注】

〔一〕遽：疾速。

〔二〕戴叔倫《除夜宿石頭驛》：「一年將盡夜，萬里未歸人……愁顏與衰鬢，明日又逢春。」

〔三〕湖海：四方各地，大地。風塵：擾攘塵世。沈遘《五言送劉泌歸建州》：「東都宦遊客，風塵厭已久。」

〔四〕感時：感慨時序變遷或局勢變化。王逸《九思・哀歲》：「歲忽忽兮惟暮，余感時兮悽愴。」

唐杜甫《春望》：「感時花濺淚，恨別鳥驚心。」戴叔倫《除夜宿石頭驛》：「旅館誰相問？寒燈獨可親。」

又

擾擾百年內，悠悠萬事虛〔一〕。青雲時不至，白首歲將除〔二〕。畫燕空隨俗，占鷄懶發書〔三〕。未知從此去，身世復何如？

【箋注】

〔一〕悠悠：衆多貌。《後漢書》卷四十三《朱樂何列傳第三十三》：「悠悠者皆是，其可稱乎！」李賢《注》：「悠悠，多也。」

〔二〕青雲：喻高官顯爵。《史記》卷七十九《范睢蔡澤列傳第十九》：「須賈頓首言死罪，曰：『賈不意君能自致於青雲之上。』」

〔三〕畫燕：民間春節風俗。湯顯祖《紫釵記》第二出《春日言懷》：「看條風拂水，畫燕迎門，年年春色倍還人。」占鷄：在正月初一鷄日預測吉凶禍福。宋高承《事物紀原》卷一《天地生植部一·人日》：「東方朔《占書》曰：『歲正月一日占鷄，二日占狗，三日占羊，四日占豬，五日占牛，六日占馬，七日占人，八日占穀。皆晴明温和，爲蕃息安泰之候；陰寒慘烈，爲疾病衰耗故。』」《北齊書》卷三十七《魏收》：「魏帝宴百僚，問何故名人日，皆莫能知。收對曰：『晉議郎董勳《答問禮俗》云：正月一日爲鷄，二日爲狗，三日爲豬，四日爲羊，五日爲牛，六日爲馬，七日爲人。』」發書：翻書。賈誼《鵩鳥賦》：「異物來萃兮，私怪其故。發書占之兮，讖言其度。」

郡齋度歲二首

失腳雙溪路，今經兩度春〔一〕。不堪飛雪夜，還作望鄉人。世事方如夢，生涯笑此生〔二〕。惟應兩蓬鬢，不負歲華新〔三〕。

【題解】

郡齋，本爲郡守府邸，此指郡學學舍，詳見卷二《郡齋夜飲分韻得晝字》。

【箋注】

〔一〕失腳：舉步不慎而跌倒，比喻受挫或犯錯。白居易《東南行一百韻》：「翻身落霄漢，失腳到泥塗。博望移門籍，潯陽佐郡符。」雙溪：金華城南溪流，代金華。詳見本卷《九日偕子充安道諸友遊東城》。

〔二〕生涯：生活。杜甫《杜位宅守歲》：「誰能更拘束？爛醉是生涯。」

〔三〕應：必定。徐仁甫《廣釋詞》卷一《應》：「『應』猶『定』，料度副詞。庾信《蕩子婦》：『問道夫婿定應回。』『定』『應』複詞同義。」

又

條風纔應律，柏酒又浮杯〔一〕。舊臘隨宵盡，新年逐曉來〔二〕。浮生蒼狗變，莫景白駒催〔三〕。自歎憂時客，初心寸寸灰〔四〕。

【箋注】

〔一〕條風：春季東北風。應律：應和節律。柏酒：柏葉酒，古人以爲春節飲之，可以辟邪。杜甫《元日示宗武》：「飄零還柏酒，衰病只藜床。」

〔二〕臘：歲末。元稹《酬復言長慶四年元日郡齋感懷見寄詩》：「臘盡殘銷春又歸，逢新別故欲沾衣。」

〔三〕浮生：漂浮無常之人生。蒼狗：白衣蒼狗，喻世事變幻無常。杜甫《可歎》：「天上浮雲似白衣，斯須改變如蒼狗。」秦觀《寄孫莘老少監》：「白衣蒼狗無常態，璞玉渾金有定姿。」莫景：同「暮景」，晚年。白駒：喻光陰飛速流逝。《莊子·知北遊》：「人生天地之間，若白駒之過郤，忽然而已。」唐杜甫《秋日荆南述懷三十韻》：「星霜玄鳥變，身世白駒催。」

〔四〕陸游《秋景》：「舊學成迂闊，初心墮渺茫。」

寄寧之鵬南兄弟二首

攜家非得計，世亂粗求安〔一〕。有季俱行役，誰人救急難〔二〕？月從愁裏没，雪向望中寒〔三〕。昨夜鄉書到，知君不忍看。

【題解】

寧之、鵬南昆弟姓李，桐廬名士。詩人定居浦江縣邑西隅時，嘗與李氏比鄰而居。李氏行迹參見卷一《答李寧之》。

【箋注】

〔一〕得計：如願。《莊子·徐無鬼》：「於魚得計，於羊棄意。」

〔二〕季：幼弟，古代兄弟間以伯仲叔季排列順序。行役：羈旅。柳惲《擣衣詩》：「行役滯風波，遊人淹不歸。」

〔三〕白居易《别韋蘇州》：「百年愁裏過，萬感醉中來。」蘇寓《東峰亭各賦一物得寒溪草》：「餘芳幽處老，深色望中寒。」

又

一自干戈後，先廬幾處存〔一〕？遽成豺虎峽，愁殺鶺鴒原〔二〕。歲酒空今夕，春風非故園〔三〕。憂來無避處，只是倚衡門〔四〕。

【箋注】

〔一〕一自：自從；一，助詞。杜甫《復愁》：「一自風塵起，猶嗟行路難。」先廬：先人所遺房舍。

〔二〕豺虎：喻凶徒。杜甫《久客》：「狐狸何足道？豺虎正縱横。」鶺鴒：鳥名，或作脊令，喻兄弟。《詩經·小雅·常棣》：「脊令在原，兄弟急難。」朱熹《詩集傳》：「脊令飛則鳴，行則摇，有急難之意，故以起興。」

〔三〕歲酒：當年所釀新酒。林逋《山中冬日》：「誰家歲酒熟？輒棹憶西村。」

〔四〕衡門：横木爲門，形容貧困。《漢書》卷七十三《韋賢傳第四十三》：「聖王貴以禮讓爲國，宜優養玄成，勿枉其志，使得自安衡門之下。」顔師古《注》：「衡門，謂横一木於門上，貧者之所居也。」

示全真張子愚

無從歸故園，客思滿窮秋〔一〕。兩地隔千里，一身翻百憂〔二〕。夢回高士榻，情繞羽人丘〔三〕。我亦栖栖者，時同説舊遊〔四〕。

【題解】

全真，保全天性。嵇康《幽憤》：「志在守樸，養素全真。」本詩之全真，係道教重要流派全真教，王重陽首創，其徒丘處機等踵事增華。張子愚，元末道士，其生平事迹不詳。

清劉獻廷《廣陽雜記》卷三：「予曰：道家有南北二宗，南宗不言性，北宗則曰性命雙修；南宗有五祖，北宗有七真也。真皆祖王重陽，各有語録，而丘長春《盤山語録》爲最。其學先了心性，謂之性宗；後以坐功得丹得藥，謂之命宗，故曰性命雙修。其言曰：『修命不修性，卻似鑑容無寶鏡；若還修性不修仙，萬劫陰靈難入聖。』」

元許有壬《圭塘小稿》卷七《龍德宫記》：「聞寧海昆侖山丘公，其人也，遣近臣劉仲禄自奈蠻國即其地徵之。公知天命之不可違，化機之不可失，絶宋金使幣，幡然應詔，跋涉數萬里，見上於西域雪山帳殿，言修身治國撫民止殺之道，大契天心，東歸居燕之太極宫，後因其號，易名大長春宫，賜冠服金印，掌全真大教，是爲長春真人。全真者，恬澹無爲，全其本真，其學倡於其師重陽真君。至是玄風播而道化行，徒衆盛而宫觀興矣。」

【箋注】

〔一〕窮秋：深秋。秦觀《浣溪沙》：「漠漠輕寒上小樓，曉陰無賴似窮秋。」

〔二〕兩地：此指張氏故鄉與流落之地。一身：獨自一人。王維《老將行》：「一身轉戰三千里，一劍曾當百萬師。」

〔三〕回：環繞。《資治通鑑·漢紀四十四》：「今逃匿避回。」胡三省《注》：「回，繞也，曲也。」高士：常指隱逸修煉者。歐陽修《答資政邵諫議見寄》：「材薄力殫難勉强，豈同高士愛林泉？」羽人：此指遊仙道士。

〔四〕栖栖：忙碌不安。王安石《哭梅聖俞》：「栖栖孔孟葬魯鄒，後始卓犖稱軻丘。」舊遊：往昔羈旅歷程。白居易《憶舊遊》：「憶舊遊，舊遊安在哉？舊遊之人半白首，舊遊之地多蒼苔。」

贈友

擾擾干戈際，天涯人未歸。一身爲逆旅，十月未寒衣〔一〕。江漢風波阻，鄉關書信稀〔二〕。危途恐相失，歲晏重依依〔三〕。

【題解】

詩云「江漢風波阻，鄉關書信稀」，則斯友當爲流落異鄉之荆楚人。

【箋注】

〔一〕陸游《村野》：「一身猶逆旅，萬事固浮雲。」寒衣：古代九月備辦寒衣，參見卷二《九日宴迎華觀》。

〔二〕風波：局勢動蕩。李陵《與蘇武》：「風波一失所，各在天一隅。」

〔三〕歲晏：歲末。白居易《觀刈麥》：「吏禄三百石，歲晏有餘糧。」重：極，甚。

投王郡守二首

已落時人後，誰能説姓名？惟應馬南郡〔一〕，偏重鄭康成〔二〕。賓館懸床待，公庭罷吏迎〔三〕。爲居門下久，童僕亦多情〔四〕。

【題解】

王郡守，元末和州儒家王宗顯。至正十八年十二月，朱元璋攻克金華，更名寧越府，以王宗顯爲知府。《明史》卷一百四十《王宗顯》：「王宗顯，和州人，僑居嚴州。胡大海克嚴，禮致幕中。太祖征婺州，大海以宗顯見。太祖曰：『我鄉里也。』命至婺覘敵。宗顯潛得城中虛實及諸將短長，還白太祖。太祖喜曰：『我得婺，以爾爲知府。』既而元樞密同僉寧安慶與守將帖木烈思貳，遣都事縋城請降，開東門納兵，與宗顯所刺事合。改婺州爲寧越府，以宗顯知府事。宗顯故儒者，博涉經史。開郡學，聘葉儀、宋濂爲五經師；戴良爲學正；吴沉、徐源等爲訓導。自兵興，學校久廢，至是始聞弦誦聲。未幾，卒官。」

【箋注】

〔一〕應：是。李商隱《韓翃舍人即事》：「鳥應悲蜀帝，蟬是怨齊王。」馬南郡：東漢通儒馬融，嘗拜南郡太守，學博識精，盧植、鄭玄皆其名弟子，徧注儒家經典，擅長諸體文章，任性率意，不娖娖守小節，詳見《後漢書》卷六十《馬融列傳第五十上》；此代寧越府郡守王宗顯。

〔二〕偏：甚，最。李華《海上生明月》：「照水光偏白，浮雲色最明。」鄭康成：東漢經學家鄭玄，字康成，遊馬融門下，馬融極器重之，括囊大典，網羅衆家，删裁繁誣，刊改漏失，一時天下學者視之爲圭臬，詳見《後漢書》卷三十五《張曹鄭列傳第二十五》；此詩人自稱。

〔三〕懸床：東漢時豫章徐穉恭儉義讓，太守陳蕃慕其風骨，特備床榻一張，來則上坐，去則懸之；詳見《後漢書》卷五十三《周黃徐姜申屠列傳第四十三》。公庭：公堂，官府廳堂。罷吏：遣散官吏，形容尊賢重士。《魏書》卷八十四《徐遵明》：「若慕奇好士，愛客尊賢，罷吏遊梁，紛而成列。遵明以碩德重名，首蒙禮命，曳裾雅步，眷同置醴。」

〔四〕門下：門庭之下。《國策·齊策四》：「(馮諼)使人屬孟嘗君，願寄食門下。」

又

卒歲囊無褐，爲儒坐有氈〔一〕。每因官俸薄，時動故人憐。慷慨空前志，蹉跎已莫年〔二〕。争如歸去好，家在白雲邊〔三〕！

【箋注】

〔一〕卒歲：度過年終。褐：粗布衣服。《説文》：「褐……一曰粗衣。」《詩經·豳風·七月》：「無衣無褐，何以卒歲？」

〔二〕魏徵《出關》：「縱然計不就，慷慨志猶存。」

〔三〕争如：怎如。馬致遠《岳陽樓》第二折：「争如我蓋間茅屋臨幽澗，披片麻衣坐法壇？」

投同僉公

授鉞幾專征，分藩復此行〔一〕。身爲漢飛將，家若魯諸生〔二〕。秘略三邊服，妖氛一劍横〔三〕。已多門下客，持筆待功成。

【題解】

同僉，武將品級，蓋明兵初起時沿襲元朝官制而有斯職。《元史》卷八十六《百官二》：「樞密院，秩從一品。掌天下兵甲機密之務……僉院二員，正三品；同僉二員，正四品……」

同僉公，朱元璋麾下大將胡大海養子德濟，參看本卷《送人還鎮》。

【箋注】

〔一〕授鉞：古代大將出征，君主授之以象徵兵權之斧鉞。張衡《東京賦》：「授鉞四七，共工是除。」李善《注》：「《六韜》曰：『凡國有難，君召將以授斧鉞。』」專征：自主征伐。漢班固《白虎通·考黜》：「好惡無私，執義不傾，賜以弓矢，使得專征。」分藩：帝王分封子弟以爲屏藩，此指胡德濟出鎮廣信。宋無名氏《沁園春》：「入秉鈞衡，出分藩屏，托住東南半壁天。」

〔二〕飛將：西漢猛將李廣。《史記》卷一百九《李將軍列傳第四十九》：「廣居右北平，匈奴聞之，號曰『漢之飛將軍』，避之數歲，不敢入右北平。」諸生：衆儒生，此指胡氏崇儒諳禮。《史記》卷四十七《孔子世家第十七》：「適魯，觀仲尼廟堂車服禮器，諸生以時習禮其家。」

〔三〕秘略：神秘謀略。三邊：邊疆。唐祖詠《望薊門》：「萬里寒光生積雪，三邊曙色動危旌。」妖氛：不祥雲氣，多指凶災禍亂。沈佺期《塞北二首》：「秘略三軍動，妖氛百戰摧。」

郡齋守歲二首

守歲寒齋裏，開盤試奠①辛〔一〕。杯行猶是臘，酒醒即逢春。天地長爲客，風塵歎此生〔二〕。歲時追往事，獨有老隨人。

【題解】

郡齋，此指寧越府郡學學舍，詳見卷二《郡齋夜飲分韻得晝字》。守歲，除夕終夜不睡以迎候新年。晉周處《風土記》：「蜀之風俗，晚歲相與饋問，謂之饋歲；酒食相邀爲別歲；至除夕，達旦不眠，謂之守歲。」宋朱淑真《除夜》：「窮冬欲去尚徘徊，獨坐頻斟守歲杯。」

【校勘】

① 奠：底本作「奠」，據乾隆本改。

【箋注】

〔一〕奠：擺放。《大戴禮記·諸侯遷廟》：「奠衣服于席上。」王聘珍《解詁》：「奠，置也。」辛：五辛盤。《格致鏡原》卷二十六《飲食類六·諸食饌》：「周處《風土記》：『元日造五辛盤。』《注》：『五辛所以發五臟之氣，即大蒜、小蒜、韭菜、雲臺、胡荽是也。』」庾肩吾《歲盡應令》：「聊開柏葉酒，試奠五辛盤。」

〔二〕風塵：喻戰亂。《漢書》卷六十四下《終軍傳》：「邊境時有風塵之警，臣宜被堅執鋭，當矢石，啓前行。」

又

節序清尊外，光陰列炬前〔一〕。屠蘇初入酒，犬馬又催年〔二〕。筋力都非舊，容顔豈更鮮？餘生有如此，杯至且頻傳。

【箋注】

〔一〕節序：節氣時令。駱賓王《疇昔篇》：「江南節序多，文酒屢經過。」

〔二〕屠蘇：藥草名，常以之浸酒。南朝梁宗懔《荆楚歲時記》：「正月一日，是三元之日也……於是長幼悉正衣冠，以次拜賀，進椒柏酒，飲桃湯，進屠蘇酒、膠牙餳，下五辛盤，進敷于散，服卻鬼丸，各進一鷄子。」犬馬：犬馬齒，謙稱自家年齡。陳傅良《除夜用前韻》：「又添犬馬齒，常恐牛羊夕。」

避地二首

轉粟百里道，竄身千仞①巔〔一〕。人行危棧外，家在畏途邊〔二〕。門巷盡營壘，僕夫皆鎧鋋〔三〕。亂離今若此，何日是歸年？

【題解】

此詩作於至正十七年避亂浦江馬劍祖居時，參看卷一《還舊居》。

【校勘】

①仞：底本作「里」，據乾隆本改。

【箋注】

〔一〕轉粟：運送穀物。杜甫《西山》：「築城依白帝，轉粟上青天。」百里道：戴氏祖居浦江縣興賢鄉馬劍村與富陽、諸暨交界，去縣城九十里。《乾隆浦江縣志》卷一《疆域》：「北至杭州府富陽縣界九十里，以金沙嶺爲界，自界至縣治九十里。東北至紹興府諸暨縣界九十里，以楊塘嶺爲界，自界至縣治（五）〔九〕十里。」

〔二〕危棧：高險棧道。家：此指浦江城西宅院。

〔三〕門巷：門庭里巷。鎧鋋：鎧甲與鐵把小矛。

又

邊隅兵又動，咫尺路難通〔一〕。妻子艱虞裏，鄉關震蕩中〔二〕。半生憂世變，此日值途窮。悶極惟思醉，清尊幸未空。

【箋注】

〔一〕邊隅：邊境。杜甫《歲暮》：「歲暮遠爲客，邊隅還用兵。」

〔二〕艱虞：艱難憂患。杜甫《北征》：「維時遭艱虞，朝野少暇日。」震蕩：動蕩不安。杜甫《寄賀蘭銛》：「朝野歡娛後，乾坤震蕩中。」

九靈山房集卷之四

山居稿四

碑

浦江縣新建婺女星君行祠碑

至正十二年十有一月庚寅，浦江縣新作婺女星行祠。明年十有二月戊午祠成，縣之父老合辭請於官，願刻石紀其事，俾文學掾邵國光來請文〔一〕，且曰：「惟婺女星之正祠在婺城之西南〔二〕。按圖經，吾婺自秦漢以來，其名號不一；至隋開皇中，始以其地上直婺女之分而更今名〔三〕。唐武德四年，遂祠婺女於州城〔四〕。宋淳熙十三年，爰賜祠額曰寶婺觀〔五〕。逮國朝大德十年，縣人朱仙母病，嘗禱之祠下，有奇應，因又立行祠於縣之東南陬〔六〕。則吾縣之有婺女星祠，實自仙始也。

比數年來，湮廢殆盡〔七〕。達魯花赤廉君阿年八哈、尹蕭君文質將復加完繕〔八〕，而病其遺址卑陋湫狹，不足以安神而妥靈，乃別卜西南高爽之地以斥大之〔九〕。然工役繁巨，費莫之出，則募富民六人者，俾率其賦以從〔一〇〕。蓋至是而廉公之代已及，蕭公悉舉以自任，始事之日，仍輟己俸爲之倡〔一一〕。不期月而大殿成；兩廡三門，次第畢舉〔一二〕。翼以欄楯，繚以垣牆；階陛以石，唐皇以甃〔一三〕。肖象繪塑，各效乃能〔一四〕；獰威惠慈，悉當其狀〔一五〕。殿之爲間者三，廡之爲間者六，門如其殿之數。基之深十有四丈，廣八丈有奇〔一六〕；屋之高二丈有奇。度用錢六千緡〔一七〕，用工八百。祠既成矣，願得吾子之文篆諸牲石以示後之人〔一八〕。國光敢奉父老之言以請。」

良謹考傳記〔一九〕，自南斗十二度至婺女七度爲星紀〔二〇〕，於辰在丑〔二一〕，爲吴越之分野。吴越之地至廣也，其所分郡縣不止於一婺，而是星之祠，乃獨見之於此者，豈非因星以名郡者耶〔二二〕？夫星宿之在天，州城之在地，明光所燭，神氣必通〔二三〕。其上下之應，次舍之限，真有不可誣者〔二四〕。有司營立祠宇以奉其明靈，行其秩祀以祈其歲事，於禮典豈不宜哉〔二五〕！至於嚴像設崇貌位〔二六〕，被服而人肖之〔二七〕，則固未之前聞矣！然猶必爲之者，蓋其民俗之所習尚焉耳。

嗟乎！神者，民之所恃以安也，今既本於禮而祠祀之，因其俗而像設之，則所以望其出靈隤祉以大芘吾民者，不其至哉〔二八〕！吾民於此，其尚敬承乃志，以延休於無窮可也〔二九〕。

廉公北庭人，豈弟愛民〔三〇〕，人懷其惠；蕭公大梁人，通敏有才器，撫事有方略〔三一〕。凡學院廟壇之宜葺者，皆以次而舉，此祠殆其一也。良既納交二公，頗知作祠之始末，而又重以父老之言、國光之請，因不辭而紀之。且爲《迎》《享》《送神樂歌》三章〔三二〕，俾歌以祀神。其辭曰：

望天門，俟神蹕。靈之來，光景溢〔三三〕。雲爲軿〔三四〕，霓爲旌。僾若有，靡象形〔三五〕。禮已交，誠既感。享維德，菲可薦〔三六〕。右《迎神樂歌》一章

暾將出，夜既艾。靈之留，神哉沛〔三七〕。煙燎升，羽籥鳴〔三八〕。牲幣舉，黍稷馨。靈是娛，歆精祀〔三九〕。鑑民衷，錫繁祉〔四〇〕。右《享神樂歌》一章

樂度周，禮容備〔四一〕。靈之歸，福祚至。陰沴息，陽德宣〔四二〕。粒我民〔四三〕，屢豐年。民報事，益無怠。歌我詩，其千載。右《送神樂歌》一章

【題解】

在原初祠堂外所立祠堂，謂之行祠。婺州，婺女星之分野，故建寶婺觀以祭祀婺女星；浦江，金華屬縣，立婺女星君行祠以崇奉之。《嘉靖浦江志略》卷八《雜誌·祠廟·星君祠》：「在縣南一百步。即郡城寶婺觀婺女星也。元大德十年，縣人朱仙母病，禱之應，因與兄熊於縣之東南隅立行祠。至正十二年移建今所。」《乾隆浦江縣志》卷五《秩祀·祠廟·星君別廟》：「一在縣南百步。《舊志》：『星君即婺女星也。』元成宗大德十年，邑人朱仙母病，禱之應，因與兄熊爲立行祠於縣之東南隅。順帝至正十二年達魯花赤廉阿年八哈移建今所。」

【箋注】

〔一〕合辭：聯合發言。文學掾：或稱文學史，漢代置於州郡及王國，略如後世主管教育之職官。邵國光：元浦江教諭。《乾隆浦江縣志》卷之七《秩官表·元·教諭》：「邵國光，（至正）十三年任。」

〔二〕正祠：原初祠堂，此指金華寶婺觀。

〔三〕直：通「值」，適逢。分：分星或分野；古代天文學將二十八星宿與地面之州郡或諸侯國相對應，言某星宿是某郡國之分星或分野，或言某郡國是某星宿之分野。《康熙金華府志》卷之一《建置沿革》：「三國吴寶鼎元年始分會稽郡置東陽郡，屬揚州……梁武帝改置金華郡……開皇九年，又分吴州置婺州。以其地於天文爲婺女分野，故以名州。」

〔四〕祠：酬神，祭祀神靈。《周禮·春官·喪祝》：「掌勝國邑之社稷之祝號，以祭祀禱祠焉。」賈公彦《疏》：「祈請求福曰禱，得福報賽曰祠。」

〔五〕《道光金華縣志》卷四《志建置第三·寺觀·寶婺觀》：「在南八一坊子城桐樹門上。隋開皇九年，以此地上當婺女，改州名。唐武德四年，立祠城西北隅。宋乾德四年，刺史錢儼遷今所，與元暢樓連屬。景祐間，知州林洙改曰星君樓。淳熙十三年，知府洪邁請賜今額。元燬於火者再。」

〔六〕朱漳，字茂清，元末義烏寬厚長者，大醫朱丹溪再從子，參看卷三《悲亡友朱茂清》。《宋文憲公全集》卷二十四《故丹谿先生朱公石表辭》：「後十年，山水暴至，堤又壞。先生命再從子漳力任其事，以嗣其成。」明太祖下金華，胡大海奉命鎮守，至正二十二年壬寅仲春爲亂兵所害，金華由是板蕩傾危。戴九靈避亂義烏，暫寓茂清家。戴九靈返婺不久，茂清竟以病辭世，戴九靈聞訊大慟而撰文懷之。

〔七〕比：近來。湮廢：沉没廢棄。

〔八〕達魯花赤：蒙古語，漢言掌印者。元時漢人不能任正職，朝廷各部、院及各路府州縣均置達魯花赤，由蒙古或色目人擔任以掌實權。廉阿年八哈：詳見本書卷五《甘棠集序》。蕭文質：字彬祥，見本書卷五《喜雨詩序》。

〔九〕病：擔心。湫：低濕。妥靈：使神靈安穩。韓愈《衢州徐偃王廟碑》：「故制粗樸下窄，不足以揭虔妥靈。」斥大：拓寬擴大。

〔一〇〕工役：土木工程。率：遵循，依照。《中庸》第一章：「天命之謂性，率性之謂道，修道之謂教。」

〔一一〕輟：讓出，捐出。康駢《劇談録》卷下：「有韋光者，待以宗黨，輟所居外舍館之。」

〔一二〕期月：一整年。《論語・子路》：「苟有用我者，期月而已可也，三年有成。」皇侃《疏》：「期月，周月也，謂周一年之十二月也。」廡：廳堂周圍廊屋。

〔一三〕翼：輔助。欄楯：欄杆。階陛：臺階。唐皇：氣勢盛大，此代軒昂祠宇。《後漢書》卷四十上《班固》：「汪汪乎丕天之大律，其疇能亘之哉！唐哉皇哉！皇哉唐哉！」李賢《注》：「唐哉，謂堯也；皇哉，謂漢也。言唯唐與漢，唯漢與唐。」甃：磚。

〔一四〕肖象：同「肖像」，模擬。《淮南子・氾論訓》：「夫物之相類者，世主之所亂惑也；嫌疑肖像者，衆人之所眩耀也。」效：獻出。乃：其。《古書虛字集釋・乃》：「乃猶其也。《周禮・小宰》：『各修乃職，考乃法，待乃事。』」

〔一五〕獰威惠慈：威猛仁慈。獰：兇猛。韓愈《送無本師歸范陽》：「獰飆攪空衢，天地與頓撼。」惠：仁愛。《説文》：「惠，仁也。」

〔一六〕基：牆腳。《詩經・周頌・絲衣》：「自堂徂基。」毛《傳》：「基，門塾之基。」深：此指南北長度。

〔一七〕度：計算。《大戴禮記·保傅》：「燕度地計衆不與齊均也。」盧辯《注》：「度，猶計也。」緡：成串銅錢。

〔一八〕篆：用篆體書寫。韓愈孟郊《贈劍客李園聯句》：「太一裝以寶，列仙篆其文。」牲石：古代拴繫祭牲之豎石，後指功德碑。

〔一九〕傳：古籍。《孟子·梁惠王下》：「於傳有之。」朱熹《四書集注》：「傳，謂古書。」

〔二〇〕星紀：古人把黄道附近一周天由西向東分爲星紀、玄枵、諏訾、降婁、大梁、實沈、鶉首、鶉火、鶉尾、壽星、大火、析木等十二個星次，歲星每年行一個星次，十二年繞天一周；星紀與二十八宿之斗宿、牛宿、婺女宿相匹配。

〔二一〕辰：古人將黄道附近一周天十二等分，由東向西配以子丑寅卯辰巳午未申酉戌亥等十二支，特稱十二辰；星紀與十二辰之丑相匹配。

〔二二〕《萬曆金華府志》卷一《星野》：「金華自昔以婺女名州……按宋太史公濂記寶婺觀曰：『説者謂自南斗十二度至婺女七度爲星紀，吴越之分皆屬焉，何獨婺之人得以專祠婺女乎？是不然，吴越之分固廣，而斗牛女之所該亦廣，苟以躔度細推之，郡之墟正上直於婺女耳。星之降祥，焉可誣也？』」

〔二三〕神氣：神妙靈異之氣。《禮記·孔子閑居》：「地載神氣，神氣風霆，風霆流形，庶物露生，無非教也。」孔穎達《疏》：「神氣，謂神妙之氣。」

〔二四〕次舍：止息場所。《漢書》卷三十五《吴王劉濞》：「治次舍，須大王。」顔師古《注》：「次舍，息止之處也。」

〔二五〕秩祀：依照等級舉行祭祀。歲事：一年中應做之事。《禮記・王制》：「成歲事，制國用。」孔穎達《疏》：「成歲事者，斷定計要，一歲事成，乃制來歲之國用。」禮典：禮法。

〔二六〕嚴：尊敬。《禮記・學記》：「凡學之道，嚴師爲難。」像設：祭祀之人像或神佛像。何良俊《四友齋叢説・史六》：「北京功德寺後宫像設工而麗。」貌位：外貌地位。任昉《爲蕭揚州作薦士表》：「勢門上品，猶當格以清談；英俊下僚，不可限以位貌。」李善《注》：「言英俊之材居於下職，豈可以位卑貌陋而不用？」

〔二七〕被服：穿戴。《文選・古詩十九首》：「被服羅裳衣，當户理清曲。」肖：取法。《廣雅・釋詁一》：「肖，法也。」

〔二八〕出靈：顯靈。隤祉：降福。《漢書》卷八十七上《揚雄傳上》：「發祥隤祉，欽若神明者，盛哉鑠乎，越不可載已！」顔師古《注》：「隤，降也。祉，福也。」芘：通「庇」，庇護。

〔二九〕尚：表示祈求、勸勉或命令。《尚書・湯誓》：「爾尚輔予一人。」延休：延續吉慶美善。

〔三〇〕豈弟：通「愷悌」，和樂平易。《詩經・小雅・青蠅》：「豈弟君子，無信讒言。」

〔三一〕撫事：遇事，處事。王安石《寄吴沖卿》：「讀書謂已多，撫事知不足。」

〔三二〕享：貢獻，此指供奉祭品。《詩經・周頌・載見》：「率見昭考，以孝以享。」

〔三三〕蹕：帝王或神靈出行時車駕。光景：光輝。王安石《四皓》：「靈珠在泥沙，光景不可昏。」

〔三四〕軿：一種帶帷幔車子，多供婦女乘坐。

〔三五〕僾若：僾然，模糊隱約貌。《禮記·祭義》：「僾然必有見乎其位。」象形：摹擬形象。《史記》卷二十四《樂書》：「凡音由於人心，天之與人有以相通，如景之象形，響之應聲。」

〔三六〕享：鬼神享受祭品。《左傳·僖公五年》：「（宫之奇）對曰：『臣聞之，鬼神非人實親，惟德是依。故《周書》曰：皇天無親，惟德是輔。又曰：黍稷非馨，明德惟馨。又曰：民不易物，惟德繄物。如是，則非德民不和，神不享矣。』」菲：微薄祭品。薦：進獻。

〔三七〕暾：初升太陽。艾：盡，停止。沛：盛大貌。

〔三八〕煙燎：祭祀煙火；燎，火炬。沈約《南郊恩詔》：「升煙燎於穹昊，致精誠於太一。」羽籥：古時舞蹈者所持舞羽和管樂器。《周禮·春官·籥師》：「祭祀，則鼓羽籥之舞。賓客饗食，則亦如之。」鄭玄《注》：「文舞有持羽吹籥者，所謂籥舞也。」

〔三九〕牲幣：祭祀所用牲體和束帛；幣，束帛。《孔叢子·論書》：「牲幣之物，五嶽視三公而名山視子男。」歆：神靈享受祭品香氣。

〔四〇〕民衷：民心；衷，内心。

〔四一〕樂度：合法音樂。禮容：禮節儀容。《樂府詩集》卷二《郊廟歌辭二·送神歌》：「蘊禮容，餘樂度。」

〔四二〕福祚：福氣。陰沴：惡氣，災害。陽德：陽氣，陽光。傅玄《衆星詩》：「陽德雖普濟，非陰亦不成。」宣：疏散，散布。

〔四三〕粒：養活。王維《裴僕射濟州遺愛碑》：「一郡之賦，再粒天下。」

趙氏尊序堂碑

趙氏，汴人也〔一〕。自武節大夫士翮，隨宋渡江居睦州〔二〕。已而武節之子保義郎不玷，添監浦江税務，故又爲浦江人。保義生三子：曰訓武郎善連，曰武經郎善近，曰武經郎善逯。浦江諸趙稱三派之子孫者，是其後也〔三〕。趙氏自宋改物，而其族已衰；顧今七十年間，能綿其宗胤弗墜者益鮮〔四〕。

保義之六世孫永新守大訥，因念夫趙宗之鬼餒焉而不食也〔五〕，乃思闢堂以祭享之〔六〕。先是，永新之曾從祖修職郎傺〔七〕，亦以無子而死。後之人以其所居廳事爲黄冠者祠〔八〕，祠之後堂，則虚而弗居。遂即其堂治爲祭享之所；春秋有事，則割田若干畝歸之〔九〕，以供其費。堂成，扁曰尊序。

嗟乎！趙氏自保義徙居以來，傳圭襲蓋，亹烜赫百年矣〔一〇〕。即一旦衰〔一一〕，雖弱子單孫之祭有不能享。顧瞻庭宇，行道咨嗟，又豈所以思惟本原慰答宗親之義哉〔一二〕！永新於此，乃能盡焉感念，因其故宇而作斯堂〔一三〕，使春秋之祀既廢而復舉，可謂以義起禮者矣！雖然，作之非難，而守之爲良難〔一四〕，爲永新之子孫者，其尚敬承乃志，以延裕於無窮可也〔一五〕。乃作詩曰：

趙居汴京，爲宋宗親。世襲官封，有社有民〔一六〕。越武節君，始失故所〔一七〕。從宋于南，嚴陵是處〔一八〕。保義筮仕，于浦之陽〔一九〕。遂奠其居，持持屋牆〔二〇〕。亳社既墟，宗枝亦悴〔二一〕。故鬼久飢，聞者興喟。厥有孝孫，知孝之元〔二二〕。既豐其流，乃羨其源。仙巖之南，江浦之北。歸哉斯堂，孝孫是闢〔二三〕。孝孫來享，來拜斯堂。肩臑脩潔〔二四〕，黍稷馨香。登堂受胙，孝孫有祜〔二五〕。延畀後人〔二六〕，永尊厥序。匪尊厥序，曰報爾先。琢辭貞石，百世斯傳〔二七〕。

【題解】

浦陽趙氏，宋朝帝室苗裔。《民國浦陽趙氏宗譜》卷一新安程汝器《趙氏家乘後序》：「余嘗讀《宋史》，知趙太祖之有天下也，仿佛乎舜禹之揖遜，其繼世庶幾乎成康之仁厚，是以歷數百年。本宗之所以受天命者，不能不終於曆數；而其支庶蔓衍，綿綿延延，愈遠而愈蕃者，夫豈無所自哉！

蓋由積德累仁之澤未泯也。浦江趙氏，派出熙陵，子孫衆盛，或隱或顯，代著聲聞。」元時後嗣趙大訥，恐同宗先祖供奉無主而飢餒於九泉，遂闢尊序堂以祭祀之。趙大訥，一名良勝，字敬叔，嘗知永新州，詳見本書卷二《謁趙朝列墓》。

【箋注】

〔一〕汴：汴京，今河南開封。

〔二〕武節大夫：與下文保義郎、訓武郎、武經郎皆宋朝武職。睦州：或稱嚴州，其境大致包括今淳安、建德、桐廬諸地。《民國浦陽趙氏宗譜》卷一清趙善貞崇頤《浦陽趙氏宗譜源流》：「世居汴。南陽侯生士翮，贈武節大夫，隨駕南渡居於睦。武節大夫生三子，次不玷，自睦授武義郎，添監浦江縣税務，遂家居於縣治之南仁杏巷。」

〔三〕派：分支。《民國浦陽趙氏宗譜》卷一明永嘉張士諤《浦陽宋室趙氏家乘序》：「宋都開封，支庶皆居汴。至高宗南渡，悉隨駕幸江南而散居江南，諸郡邑往往多有之，但不知出於何王之後。惟婺之浦江屬籍爲甚詳，出熙陵第八子周王元儼之後。六世祖諱不玷，授武義郎，監税浦江，始來市南仁杏巷家焉，是爲浦江之始祖也。武義郎子三：長，大將使諱善連；次，三觀使諱善近；又次，四將使諱善移，則七世祖也。」

〔四〕改物：改變前朝文物制度，常指改朝換代。宗胤：家族後代。墜：喪失。《國語·晉語二》：「知禮可使，敬不墜命。」

〔五〕趙宗：趙氏宗族。餒焉：飢餓貌；焉，狀事之詞。《左傳·宣公四年》：「鬼猶求食，若敖氏之鬼，不其餒而？」

〔六〕祭享：陳列祭品供奉神靈。《逸周書·周月》：「至於敬授民時，巡狩祭享，猶自夏焉。」

〔七〕曾從祖：曾祖兄弟。修職郎：宋時從八品寄禄官。傢：人名。

〔八〕廳事：私宅廳堂。黄冠：道士所戴帽子，代道士。《新唐書》卷二百四《方技·李淳風》：「父播，仕隋高唐尉，棄官爲道士，號黄冠子。」

〔九〕事：此指祭祀。《左傳·成公十三年》：「國之大事，在祀與戎。」歸：通「饋」。

〔一〇〕傳圭襲蓋：傳承沿襲高貴地位；圭，古代帝王諸侯舉行典禮時所用玉製禮器；蓋，車蓋。

〔一一〕即：然而，只是。《古書虚字集釋》卷八《即》：「『即』猶『而』也。《史記·陸賈傳》：『將相和調，則士務附，天下雖有變，即權不分。』」

〔一二〕行道：路人。宗親：同宗親屬。

〔一三〕盡焉：悲傷貌。

〔一四〕《全唐文》卷一百三十九《諫太宗十思疏》：「有善始者實繁，能克終者蓋寡。豈其取之易而守之難乎？」

〔一五〕延裕：豐饒祭祀延續不斷；裕，富足。

〔一六〕官封：皇帝贈予之官爵。社：土地神。張孝祥《后土東嶽文》：「下臣蟣虱，天子使守民社。」

服事之始，敢敬有謁。」

〔一七〕越：及，到。《古書虚字集釋》卷二《粤越曰》：「越猶及也。《尚書・召誥篇》：『越六日乙未。』」

〔一八〕嚴陵：或爲桐廬縣别名，參看卷三《舟發嚴陵承以愚天錫諸公追餞》；或爲睦州郡别稱，睦州亦名嚴州、建德。樓鑰《攻媿集》卷五十五《桐廬縣桐君祠記》：「家本嚴陵郡中，慕桐君之高風，來寓邑下，念古祠之蕪廢，思有以興起之，未能也。」

〔一九〕筮仕：初次出仕。浦之陽：浦陽，浦江縣别稱；之，助詞。《嘉靖浦江志略》卷一《疆域志・歷代沿革》：「隋開皇九年立爲婺州戍鎮，唐天寶末始升鎮爲浦陽縣，仍屬婺州。自梁及大明，俱爲浦江縣。」

〔二〇〕奠：勘定確立。持持：莊重貌。韓愈《袁氏先廟碑》：「以平其巇，屋牆持持。」

〔二一〕亳社：殷社，周時魯國爲古商奄地，其遺民在焉，故既設周社，亦立亳社；此以亳社代宋社，又以宋社代宋朝。《左傳・定公七年》：「陽虎又盟公及三桓於周社，盟國人於亳社。」楊伯峻《注》：「周社自是魯之國社，以其爲周公後也；魯因商奄之地，并因其遺民，故立亳社。」

〔二二〕元：初始，本源。《公羊傳・隱公元年》：「元年者何？君之始年也。」宗枝：同「宗支」，家族支派。

〔二三〕仙巖：浙江浦江縣仙華山，詳見卷六《送宋景濂入仙華山爲道士序》。江浦：浦陽江，參看卷一《吴集賢新堂詩》。

〔二四〕肩臑：豬前腿；臑，牲畜前肢。脩潔：整齊潔淨。

〔二五〕胙：祭肉。《説文》：「胙，祭福肉。」祜：福。

〔二六〕延畀：延伸給予；畀，給予。

〔二七〕琢：雕刻玉石。貞石：碑石。

贊

浦陽五賢贊 并序

天地之間，有至巨而無配者，道也。人能心會而身履之〔一〕，口誦而書存之，則必浩乎其大，巍乎其高，淵乎其深，非江海而潤，非雨露而澤，非日月霜雪而光華嚴厲〔二〕。其所著見於後世者，固將弊穹壤、亘古今而不窮〔三〕，貫金石蹈水火而不滅矣。

余嘗考之於經，稽之於史，求其如斯人者，恒曠數十世而一見〔四〕，越數百里而一得。浦江有縣，歷年至淺，而受地至狹，非有數十世之久，數百里之遠，而乃得其五人焉，何其盛哉！五人者，曰孝子陳公，助教、節愍二梅公，忠惠王公，待制柳公也。孝子不知何時人，能服勤孝道，當二親之亡，哀哭弗輟，以衰麻終其身，每即墓奠肴果〔五〕，烏鳥爲之不啄。助教當宋宣和初攝處之松陽丞〔六〕，已而盜發青溪，東南諸郡縣咸望風横潰，公獨嬰城自守，以死殉國〔七〕。節愍於靖康之際爲户部尚書，當金人入寇，刼質天子，竟乃不勝忠憤〔八〕，率衆數十萬，謀夜擣其營，迎歸二帝，事泄而死。忠惠克明正學，歷疏諸經〔九〕，及登嘉定甲科，遂以及人爲務，立朝居郡，綽有可稱〔一〇〕，勁節高風，至今熟在人口。待制問道文安金公〔一一〕，上泝朱子之學，亦既身逢盛世，以文華國〔一二〕，四方學者稱之，至與虞、揭、黄三先生齊名〔一三〕。

嗚呼！五公之卓卓如此，豈非所謂有道之士哉！豈非所謂浩乎其大，巍乎其高，淵乎其深者哉！使其大施諸用，以殫夫潤澤光華嚴厲之功，其所著見可勝既哉〔一四〕！雖其不克大用，亦豈①弊穹壤亘古今而有窮，貫金石蹈水火而有滅者哉？如良者，固不足以灼見五公之所藴。然觀陳公之事親，則未嘗不稱其孝；觀二梅公之事君，則未嘗不歎其忠；觀王柳二公之爲人，則未嘗不慕其學。以稱其孝，歎其忠，慕其學之心，可無一言擬諸形容哉〔一五〕！

借令曠數十世之久，越數百里之遠，猶將低徊企想〔一六〕，以稱述其萬一，而況近在二百年之内、百里之間哉！昔梁肅、李華之於四皓也〔一七〕，時之相後如是其久，地之相去如是其遠，及作爲贊辭，以致歆羡之意，識者尚或稱之。良雖不敏，既獲親出五公之鄉，接其風聲氣澤〔一八〕，而頌聲不作，人其謂何！用敢勉竭駑力，各爲贊一章，以朗前人光韻之美，以伸後學嚮慕之私然〔一九〕。以孝爲百行之先，故用陳公爲贊首，自餘四公，則從其世次而列見焉〔二〇〕。

孝子陳公太竭

倬彼孝思，天經地義。〔二一〕我公履之，式昭厥懿。無父何怙？無母何恃〔二二〕？公于斯時，病殷痛巨。乃號穹旻，口無停聲〔二三〕。月益歲增，有悴其形。衰斬三年，古訓是程〔二四〕。曾不爲就，終身煢煢〔二五〕。人亦有言，孝行之至，可通神明，可感異類〔二六〕。粵惟我公，天相乃志，肴果每陳，烏鳥颺去〔二七〕。昔秦顏生，同出其鄉，亦以孝感，烏吻爲傷〔二八〕。公雖後起，其德則似。令聞令望，曷其有已？千秋萬祀，永稱孝子，配彼顏氏〔二九〕。

助教梅公溶

溶爾梅公，温温而恭，恂恂而忠，有大雅遺風〔三〇〕。遭世中危，遒彼寇鋒〔三一〕，牧通令遁，以公折衝〔三二〕。公謀既決，遂往式遏〔三三〕，乃以柔和，化爲猛烈〔三四〕。亦既載旆，亦既建節，如火之爇，如冰之裂〔三五〕。力有不支，猶驅義師，怒目張膽，以死自期，曰身可殺，義不可虧〔三六〕。帝曰爾溶，古之烈士。肆命之襚，并禄其子〔三七〕，以愧蚩蚩，而惜一死〔三八〕。人誰不死，死貴合義，惟我梅公，以死拄世〔三九〕。前聖有云，殺身成仁〔四〇〕，夫豈彼人，而盡不聞？

節愍梅公執禮

于彼出日，其光燉燉〔四一〕。妖氛一襲，天地爲昏。有飆獰然，勢豁九門〔四二〕，飛廉不將，天步斯屯〔四三〕。宋有社稷，繼五季而國〔四四〕。不知不識，咸順帝則〔四五〕。彼豕忽突，大邦爲敵〔四六〕。血戰未息，二帝奄北〔四七〕。矯矯梅公，從此奮激。指心誓天，願出機先〔四八〕。手除群穢，捧轂南轅〔四九〕。既秉我鉞，既脂我轄，致天之罰，則莫我敢遏〔五〇〕。如彼飆風，其勢發發〔五一〕，將掃氛昏，陽光有赫。事泄群庸，力屈强凶〔五二〕。生義死忠，嗚呼梅公！

忠惠王公萬

犖犖王公，碩學粹行〔五三〕。以道律身，以德施政。輪對之明，見之於立朝〔五四〕；宣化之美，見之於爲郡〔五五〕。帝嘉乃烈，俾居言責〔五六〕，獻可替否〔五七〕，嶷嶷額額〔五八〕。諸史之罪，上通於天，奏章一抗，正氣凜然〔五九〕。不忍澆季，老奸擅世〔六〇〕，遂捨而去，流水莫繫〔六一〕。帝謂王公，有遺直之風，錫之土田，以旌其忠〔六二〕。至今言者，猶爲震恭〔六三〕。在宋嘉定，士俗靡振，公獨屹然，進退以正。其進也，如振鷺之在庭〔六四〕；其退也，如飛鴻之入冥〔六五〕。逸類超倫，舉世未聞。

待制柳公貫

朱學之傳，至於文安〔六六〕，四葉綿綿〔六七〕，公得其師，猶水有源。際茲休明，儒雅勃興，乃以所挾，揚於帝廷〔六八〕。帝嘉其能，俾居縉紳，與鴻碩爲倫，莫之與京〔六九〕。於樂辟雍，曰公是宗〔七〇〕，髦士三千，于于而從〔七一〕。頌臺有禮，公訂古始〔七二〕。佐明文治〔七三〕，成我皇之志。大江以西，政闕教弛〔七四〕，武子之澤，一墜於地〔七五〕。公往化之，有若時雨。歸卧窮山，垂十五年〔七六〕。流水去住，浮雲往還。鋒車薦至，乃掌帝制〔七七〕。惟公出處，關時隆替〔七八〕。出與時行，處與道俱。倏爾岐陽之鳳，忽焉空谷之駒〔七九〕。千載曷窺？蜀山巍巍。

【題解】

浦江壤地不滿百里，然土沃林茂，山峙水曲，髦士俊才，彬彬然盛矣；至於通縣膜拜之賢士，則尤其偉岸卓犖者矣。元末始祀陳太竭、梅溶、梅執禮、王萬、柳貫等五賢；此後崇拜先賢，蔚然成風，賢士數目固有增益，然五賢始終躋身其間，如清朝十三賢，即其一例也。

元末祭祀五賢，邑人鄭濤嘗載其事之本末。鄭濤《義門鄭氏奕葉文集》卷一《元太常博士藥房集·書五賢贊後》：「右《五賢贊》，先生待制柳公高第弟子戴君良之所述也。初縣學有祠，祀節愍梅公、忠庵王公及凡宣勞於學者皆雜位其中。達魯花赤廉侯阿年八哈、尹蕭侯文質以其混淆也，屬教諭祝君應昇圖所以易之。應昇乃於廟西闢一祠以奉二公，而益以孝子陳公、文學梅公、待制柳公，通號曰五賢祠。内列三龕，龕置神主，俾善書作隸古題之。且懼後生小子不知五賢之詳，復奉幣請戴君爲是贊，刻石祠中。嗟乎，長民者不復有教化久矣，徒事簿書期會之末以取能名，孰肯表揚儒先以樹之風聲哉？《書》曰：『不臧厥臧，民罔攸勸。』若今賢令長之爲，非善其後而欲使民知勸者乎！」

陳太竭，唐浦江孝子。《宋濂全集》卷九十《孝子太竭公遺像贊》：「其形枯悴，其氣甚清。終身衰麻，純孝可稱。德化異類，感動天心。名垂史册，萬古揚名。」

梅溶，北宋末年以儒受薦，爲單州助教，年七十餘攝松陽丞，力拒清溪盜，寡不敵衆，以身殉國。《宋濂全集》卷八十《評浦陽人物·宋攝松陽丞助教梅溶》：「溶之死，執禮嘗哭之曰：『吾從父一老儒生耳，平日恂恂似不能言者，乃能慨然守百里之地，以蕞爾之軀膺虎狼之暴，至於糜身弗顧。』執禮之言，其真足信哉！凡人外柔者，内未必柔，但視其所存爲何如耳！世概以白面書生目之，可乎哉？可乎哉？是故溶之死，非儒弗能，故又冠曰儒，以見儒術之有功於名教也。人主嘉其忠而旌賞如是，可以勸矣。故特志之。」

梅執禮，字和勝，北宋末年吏部尚書，旋改户部尚書。金人掠徽欽二帝，執禮謀搗敵營以迎二帝，謀泄罹難。《宋濂全集》卷八十《評浦陽人物·宋户部尚書梅執禮》：「自宣和至靖康七年之間，而梅氏一門殺身徇義者凡二人，豈非難哉！夫生者，人之所甚樂，而有家之私，又人之不能遽忘，彼豈甘於頸血濺地而自以爲得計哉？第以君上決不可背，名教決不可負，綱常決不可虧。忠義一激，雖泰山之高不見其形，雷霆之鳴不聞其聲，刀鋸在前不覺其慘，鼎鑊在後不知其酷，必欲得死然後爲安也。今去之雖數百載，忠剛之氣充塞乎天地之間，凛然如生，非烈丈夫能如是乎？使當時縱能屈膝受辱以保其首領，受人唾駡，受人賤惡，雖生百年，又何益也？賈誼有言曰『守圉捍敵之臣，誠死城郭封疆』，梅溶以之；『法度之臣，誠死社稷』，執禮以之。」

王萬，字處一，南宋忠臣。知台州，疏食敝衣，事至立斷。拜監察御史，忠直介潔，屢劾權貴。初議謚節惠，後更忠惠。宋濂《浦陽人物記》上卷《政事篇·王萬》：「贊曰：人之欲，猶夫疾也；聖賢之書，猶夫藥也。以藥治疾，則疾瘳而體順；以聖賢之書克欲，則欲去而理明：自然之勢也。世顧玩之以爲辭章之助，雖日誦五車，亦何補身心哉！萬自聞季衍讀《四書》之一言，潛思精索，反以自治。故其律己，則義利截然，表裏不欺；牧小民，則忠厚粹和，不事威斷，人自感服；居言官，則不畏權奸，擊之愈力。言或不行，掛冠徑去。嗚呼，是可謂善讀書者矣！當賢士交口稱譽，或謂其如白圭振鷺，玉尺冰壺；或謂其振荒如朱熹，先見如蘇洵、吕獻可，無實功者能之乎？嗚呼，是足以貽不朽矣。視彼抽秘思，騁妍辭，而與庸人孺子同一澌盡者，竟何爲哉！竟何爲哉！」

柳貫，字道傳，元翰林待制，其行迹亦録卷五《柳待制墓表碑陰記》、卷七《三先生手帖後題》《書柳待制詩後》、卷八《祭先師柳待制文》《大人祭柳待制文》、卷十六《永樂寺觀先師柳公三大篆及諸石刻泫然賦此》、卷十七《題永樂寺水竹居》、卷二十九《龍山古迹記後題》。

黄溍《黄文獻公集》卷十《翰林待制柳公墓表》：「又自杭徙婺之浦江，家於縣西烏蜀山……卯歲，遺受經於同郡金先生履祥，即能究其旨趣，而於微辭奧義，多所發揮。既又執弟子禮於同里方先生鳳、括吴先生思齊、粤謝先生翺。三先生隱者，以風節行義相高，間出爲古文歌詩，皆憂深思遠，慷慨激烈，卓然絶出於流俗，清標雅韻，人所瞻慕。公左右周旋，日漸月漬，不自知其與之俱化也。杭於宋爲古都，向之宿儒遺老猶有存者，公遍遊其門，無不折行輩與爲忘年交。而與紫陽方先生回、淮陰龔先生開、南陽仇先生遠、句章戴先生表元、隆山牟先生應龍、永康胡先生之純長孺兄弟交尤密，往來咨叩無虚日……後十有餘年，始以察舉爲江山縣學教諭，又爲昌國州學正。江山乃川阻山窮處，昌國則邈焉雲海島嶼間，公不鄙夷其人，所至日與爲士者敷陳仁義道德之説，人多化之……未上，改擢將仕佐郎，國子助教。由助教爲博士，轉將仕郎。前後在弟子列者千餘人，業成而仕，後多知名。遷徵事郎、太常博士。時方承平，稽古禮文之事次第并舉。遇有所討論，公援據詳洽，權古今之宜而爲之折衷，廷議莫不服其精當……丐外，以文林郎爲江西等處儒學提舉……苟可以扶世道民者，無不爲也……秩滿而歸，杜門不出者十有餘年，自號『烏蜀山人』，扁其齋曰『静儉』。室廬僅庇風雨，饘粥時或不給，處之裕如，若將終身焉。今天子更化之初，登用儒雅，而中朝諸老多已凋落。近臣以公名聞於上，乃以翰林待制、承務郎兼國史院編修官起公於家，公幡然出見使者，退謂人曰：『吾老矣，忝列職禁林，倘緣次對而獲陳堯舜之道，以裨聖政之萬一，豈非幸歟？』……讀書博覽强記，自經史百氏至於國家之典章故實、兵刑律曆、數術方技、異教外書，靡所不通。故其文涵肆演迤，春容紆徐，才完而氣充，事詳而詞核，蔚然成一家之言。老不廢詩，視少作，尤古硬奇逸而意味淵永，後學之士争傳誦之。工篆籀楷法，善鑑定古彝器書畫，而別其真贋。晚益沉潛於理學，以爲歸宿之地焉。所著書有《近思録廣輯》三卷、《字系》二卷、《金石竹帛遺文》若干卷、《烏蜀山房類稿》二十卷。」

【校勘】

① 豈：底本闕，據乾隆本補。

【箋注】

〔一〕履：實行。《禮記·表記》：「處其位而不履其事，則亂也。」鄭玄《注》：「履，猶行也。」

〔二〕光華：光彩明麗。《尚書大傳》卷一下《虞夏傳》引《卿雲歌》：「日月光華，旦復旦兮。」

〔三〕著見：彰顯展現；見，通「現」。弊：盡，囊括。枚乘《上書諫吴王》：「弊無窮之極樂。」李善《注》：「弊，猶盡也。」穹壤：天地。陸游《北望》：「豈無豪傑士，憤氣塞穹壤？」亘：連貫，從頭到尾。

〔四〕曠：久歷時日。賈誼《過秦論》：「去就有緒，變化因時，故曠日長久而社稷安矣。」

〔五〕服勤：艱苦從事。衰麻：居喪時披於胸前之麻布條；衰，通「縗」。奠：向鬼神獻祭品。

〔六〕攝：代理。處：處州，今浙江麗水。《宋史》卷八十八《地理四·兩浙路》：「處州……縣六：麗水，龍泉，松陽，遂昌，縉雲，青田。」

〔七〕青溪：北宋睦州青溪縣，平定方臘後改名淳化縣，復改稱淳安縣。《嚴州府志》卷二《建置》：「宣和四年，改青溪爲淳化縣，隸嚴州。高宗紹興元年，改淳化爲淳安縣。」《宋史》卷四百六十八《宦者三·方臘》：「方臘者，睦州青溪人也……十一月陷青溪，十二月陷睦、歙二州。南陷衢，殺郡守彭汝方；北掠新城、桐廬、富陽諸縣，進逼杭州。郡守棄城走，州即陷，殺制置使陳建、廉訪使趙約，縱火六日，死者不可計……臘之起，破六州五十二縣，戕平民二百萬。」嬰：環繞。

〔八〕劫質：劫持以爲人質。

〔九〕正學：正統學術。黄宗羲《宋元學案》卷二《泰山學案》：「宋興八十年，安定胡先生、泰山孫先生、徂徠石先生，始以師道明正學，繼而濂洛興矣。」歷疏：普遍注疏；疏，疏通文義，一般對舊注進行解釋或發揮。

〔一〇〕及人：恩惠施及他人。綽：寬緩，舒緩。《詩經·衛風·淇奥》：「寬兮綽兮，猗重較兮。」

〔一一〕文安金公：金履祥，宋元之際蘭溪儒家，北山四先生之一。柳貫《柳待制文集》卷二十《故宋迪功郎史館編校仁山先生金公行狀》：「本貫婺州路蘭溪州純孝鄉循義里……先生諱履祥，字吉父，金氏……先生之學，以其絶稟，濟之精誠，得於義理之涵濡，而成於踐修之充闡。研窮經義，以究窺聖賢心術之微；歷考傳注，以服襲儒先識鑑之確。無一理不致體驗，參伍錯綜，所以約其變；無一書不加點勘，鉛黄朱墨，所以發其凡。平其心，易其氣，而不爲浚恒之求深；鉤其玄，探其賾，而不爲臆決之無證。自其壯歲，韜英蓄鋭，致其人十己百之功，固已深造自得乎優柔厭飫之域。迨夫晚莫，意篤見凝，心和體舒，所發皆睟盎，所趣皆寬平，於一動作語默之間，自然不冒太和之内，而無回護掩覆之弊。學之成己，蓋若此也。」

〔一二〕華國：光耀國家。陸雲《張二侯頌》：「文敏足以華國，威略足以振衆。」

〔一三〕《元史》卷一百八十一《柳貫》：「貫，字道傳……與溍及臨川虞集、豫章揭傒斯齊名，人號爲儒林四傑。」

〔一四〕勝既：窮盡，同義複詞。《孟子·梁惠王上》：「不違農時，穀不可勝食也。」徐仁甫《廣釋詞·既終》：「既猶終，時間副詞。黄以周《釋既》曰：『《穀梁傳》曰：既者盡也，盡者終也。』」

〔一五〕擬：揣度。《説文》：「擬，度也。」形容：形體容貌。《易·繫辭上》：「聖人有以見天下之賾，而擬諸其形容，象其物宜，是故謂之象。」

〔一六〕低徊：徘徊。企想：思念。

〔一七〕梁肅：唐代文學家。《唐詩紀事》卷二十五《梁肅》：「肅字欽之，世居陸渾。蕭復、杜佑交薦辟，終右補闕。崔恭序其文，以肅文雖多而無適時之用，故以皇甫士安比之。肅《贊四皓》云：『秦失其鹿，豪傑并逐。鸞鳳何依？白雲深谷。英英南山，采采紫芝。漢以劍起，吾誰與歸？棲心化元，澹泊無爲。禮物雖至，先生默而。惟彼貞名，確不可轉。儲皇不安，我德用顯。大君是驚，惠位是寧。四公屈身，天下和平。弋者何思？鴻飛冥冥。』」李華：唐代文學家，字遐叔。《李遐叔文集》卷一《四皓後贊》：「時濁代危，賢人去之。商洛深山，鸞鳳潛飛。漢以霸興，皇王道衰。玉帛雖至，先生不歸。吾非固然，可動而起。厖眉皓髮，來護太子。至尊動容，奪嫡心已。四賢暫屈，天下定矣。返駕商山，白雲千里。」四皓：秦末漢初東園公、夏黄公、綺里季、甪里先生隱居商山，世稱商山四皓，詳見卷十七《題四皓圖》。

〔一八〕風聲：聲望名譽。

〔一九〕朗：清晰明朗。光韻：光彩風度；韻，風度情趣。伸：陳述。

〔二〇〕世次：前後相承之世系。

〔二一〕倬：光明偉大。《詩經·大雅·桑柔》：「倬彼昊天。」鄭《箋》：「倬，明大貌。」

〔二二〕語出《詩經·小雅·蓼莪》。怙：依仗。

〔二三〕病：憂患。殷：深。李華《二孝贊》：「至哉侯氏！創巨病殷。」穹旻：蒼天。

〔二四〕衰斬：同「斬衰」，古代五種喪服中最重之一種，用粗麻布製成，左右和下邊皆不縫；衰，通「縗」。古訓是程：效法古代遺留之準則，賓語前置；程，效法。《詩經·小雅·小旻》：「哀哉爲猶，匪先民是程，匪大猶是經。」

〔二五〕就：結束。《爾雅·釋詁下》：「就，終也。」邢昺《疏》：「就，謂終竟也。」煢煢：孤獨無依。李密《陳情表》：「煢煢孑立，形影相吊。」

〔二六〕《孝經·感應章》：「孝悌之至，通於神明，光於四海，無所不通。」

〔二七〕粤惟：助詞。《浦陽人物記》卷上《孝友篇·陳太竭》：「親并亡，即墓手藝松柏，終身衰麻，形質枯悴，哀哭弗輟。每奠肴果，烏鳥不啄。」

〔二八〕秦顔生：秦朝孝子顔烏。其父病亡，顔烏悲痛築墳，烏鴉銜土助之，雖喙殘血流而不惜。吻：烏喙。《康熙金華府志》卷十五《人物一·秦顔烏》：「烏傷人，事親孝。父亡，負土成冢，群烏銜土助之，烏吻皆傷，因以名縣。」南朝宋劉敬叔《異苑》卷十：「東陽顔烏以純孝著聞，後有群烏銜鼓集顔所居之村，烏口皆傷。一境以爲顔至孝，故慈烏來萃，銜鼓之興，欲令聾者遠聞。即於鼓處置縣，而名爲烏傷。王莽改爲烏孝，以彰其行迹云。」

〔二九〕令聞：令望，美好聲譽。祀：年歲。

〔三〇〕咨：歎詞。《詩經·大雅·蕩》：「文王曰咨！」毛《傳》：「咨，嗟也。」恂恂：恭謹貌。大雅：德高才美者。班固《西都賦》：「大雅宏達，於兹爲群。」李善《注》：「大雅，謂有大雅之才者。《詩》有《大雅》，故以立稱焉。」

〔三一〕遒：迫近。宋玉《招魂》：「分曹并進，遒相迫些。」王逸《注》：「遒，亦迫也。」

〔三二〕牧逋令遁：州牧溜走，縣令遁逃。折衝：擊退敵軍戰車，即克敵制勝；衝，一種戰車。

〔三三〕式遏：制止，抵禦。《詩經·大雅·民勞》：「式遏寇虐，無俾民憂。」鄭玄《箋》：「式，用；遏，止也。」

〔三四〕《浦陽人物記》卷上《忠義篇·梅溶》：「溶以儒受薦，爲單州助教，年七十餘，攝松陽丞。」

〔三五〕載旆：樹立旗幟。王引之《經義述聞》卷十四《禮記上·載青旌》：「載之言植也立也；載青旌者，植此畫青雀之旌於車上。」建節：樹立作爲使臣憑證之符節。爇：燒。

〔三六〕《孟子·告子上》：「生，亦我所欲也；義，亦我所欲也。二者不可得兼，捨生而取義者也。」《浦陽人物記》卷上《忠義篇·梅溶》：「宣和二年冬，盜發青溪，據歙、睦，遂破杭。明年春，婺、衢、處相繼陷，兵及境，溶勢不能敵，死之。」

〔三七〕烈士：有氣節有壯志者。肆：遂，就。《古書虚字集釋·肆》：「肆，遂也。《書·堯典篇》：『肆類於上帝。』《史記·五帝紀》『肆』作『遂』。」襚：古代弔喪之禮，爲死者穿衣或向死者贈送衣衾。《説文》：「襚，衣死人也。」《浦陽人物記》卷上《忠義篇·梅溶》：「從子執禮言於朝，官其二子敦時、敦成。」

〔三八〕蚩蚩：愚蠢。《詩經·衛風·氓》：「氓之蚩蚩，抱布貿絲。」朱熹《詩集傳》：「蚩蚩，無知之貌。」

〔三九〕童軒《結客少年場》：「丈夫一死貴合義，何必虚將青史污？」

〔四〇〕《論語·衛靈公》：「志士仁人，無求生以害仁，有殺身以成仁。」

〔四一〕于：通「吁」，歎詞。《詩經·周南·麟之趾》：「于嗟麟兮。」王先謙《三家義集疏》：「《韓詩》作吁。」燉燉：光芒盛大。

〔四二〕飆：烈風，此喻梅執禮等忠毅大臣。獰然：兇猛貌。豁：消除，排除。《世説新語·雅量》：「於是豁情散哀，顔色自若。」九門：宫門。

〔四三〕飛廉：風神。將：扶助。《詩經·周南·樛木》：「福履將之。」朱熹《詩集傳》：「將，扶助也。」天步：時運，國運。司馬光《上神宗論郭昭選除閤職》：「國初草創，天步尚艱。」屯：艱難困厄。《宋史》卷三百五十七《梅執禮》：「欽宗立……金人圍京都，執禮勸帝親征，而請太上帝后、皇后、太子皆出避。用事者沮之。」

〔四四〕五季：五代，即後梁、後唐、後晉、後漢、後周。《宋史》卷八十五《地理一》：「唐室既衰，五季迭興，五十餘年，更易八姓，宇縣分裂，莫之能一。」

〔四五〕不知不識：不自以爲是。帝則：天帝所定準則。《詩經·大雅·皇矣》：「不識不知，順帝之則。」朱熹《詩集傳》：「又能不作聰明，以循天理。」

〔四六〕豕：豬，喻金人。忽突：糊塗。明湯顯祖《邯鄲記·生寤》：「忽突帳，六十年光景，熟不的半箸黄粱。」

〔四七〕二帝：北宋末代君王徽宗與欽宗。奄北：滯留北方金兵營寨；奄，通「淹」，久留。《漢書》卷二十二《禮樂志·郊祀歌》：「神奄留。」顔師古《注》：「奄，讀曰淹。」《宋史》卷二十三《欽宗》：「（靖康二年）二月辛酉朔，帝在青城，自如金軍，都人出迎賀……丁卯，金人要上皇如青城。以内侍鄧述所具諸王孫名，盡取入軍中。辛未，金人逼上皇召皇后、皇太子入青城……（三月）丁巳，金人脅上皇北行。夏四月庚申朔，大風吹石折木。金人以帝及皇后、皇太子北歸。」

〔四八〕矯矯：勇武剛强貌。機先：事物初露徵兆之時。《新唐書・狄仁傑傳》：「此由恩不溥洽，失在機先。」

〔四九〕轂：車輪内插軸部件，代車。南轅：車子向南行進；轅，車前駕馭牲畜之直木。

〔五〇〕鉞：古兵器，也用於儀仗，象徵王權。脂：用油脂塗抹。轄：固定車輪和車軸之銷釘。《左傳・哀公三年》：「校人乘馬，巾車脂轄。」致：施行，實現。《浦陽人物記》卷上《忠義篇・梅執禮》：「初，二帝再出，執禮力争不從，遂大慟。歸見其母曰：『主辱臣死，何以生爲？』母曰：『忠孝難兩全。汝受國厚恩如此，宜刳心上報，慎勿以老人爲念。』執禮乃以其母屬兄弟去。與諸將謀奪萬勝門，夜擣敵營，以二帝歸。范瓊輩皆謂無益，獨吴革從公議。以賑給爲名，與宗室子昉密團結軍民，不旬日得十餘萬。」

〔五一〕發發：風力迅疾貌。《詩經・小雅・四月》：「冬日烈烈，飄風發發。」鄭玄《箋》：「發發，疾貌。」

〔五二〕群庸：平庸衆人。屈：竭盡。《宋史》卷三百五十七《梅執禮》：「酋怒，呼四人責之，對曰：『天子蒙塵，臣民皆願致死，雖肝腦不計，於金繒何有哉？顧比屋枵空，亡以塞命耳。』酋問官長何在，振恐執禮獲罪，遂前曰：『皆官長也。』酋益怒，先取其副胡舜陟、胡唐老、姚舜明、王俣，各杖之百。執禮等猶爲之請，俄遣還，將及門，呼下馬撾殺之，而梟其首，時靖康二年二月也。」《浦陽人物記》卷上《忠義篇·梅執禮》：「王時雍、徐秉哲聞之，使瓊泄其謀，故陽托根索事殺之。秉哲即捕子昉送營中。革欲以一隊自奮，瓊紿至帳下議事，遂斬革。」

〔五三〕犖犖：卓越傑出。《浦陽人物記》卷上《政事篇·王萬》：「萬初與季衍遇，衍勉萬從事朱熹之説，久之，有得於『時習』之語，謂『學莫先於言顧行，言是而行違，非言之僞也，習未熟耳，熟則言行一矣。』故終身言行相顧，發於設施論諫，忠懇剴切，無所顧忌……所著書名《時習編》，有《易》《書》《詩》《論語》《孟子》《中庸》《太極圖説》及其他奏劄論天下事者，凡十卷。」

〔五四〕輪對：百官輪流面見帝王以陳述時政得失。《浦陽人物記》卷上《政事篇·王萬》：「萬因輪對，又言於上曰：『天命去留，原於君心。陛下一二而思之，凡惻然有觸於心而不安者，皆心之未能同乎天者也。天不在天，而在陛下之心。苟能天人合一，永永勿替，則天命在我矣。』其言尤爲精白。」

〔五五〕《浦陽人物記》卷上《政事篇·王萬》：「未幾，差知台州。萬至郡，惟疏食敝衣，終日坐公署，事至立斷。吏無所售，多改業散去；民亦化之，不復訟，上下肅然。丁歲祲，萬盡力拯之，民無飢死者，往往感之，但言萬名，莫不舉手加額曰：『吾父母也。』」

〔五六〕烈：功績。言責：進言勸諫之責任，代諫官。

〔五七〕獻可替否：進獻可行者，廢去不可行者。《後漢書》卷四十四《胡廣》：「君以兼覽博照爲德，臣以獻可替否爲忠。」

〔五八〕嶷嶷：高峻貌，喻道德高尚。《史記》卷一《五帝本紀》：「其色郁郁，其德嶷嶷。」司馬貞《索隱》：「嶷嶷，德高也。」額額：同「頟頟」，高峻貌。韓愈《平淮西碑》：「頟頟蔡城，其疆千里。」梅堯臣《依韻和韓子華陪王舅道損宴集》：「來望野興通，古城何額額！」

〔五九〕諸史：南宋史氏家族史宅之、史嵩之等權臣。抗：高舉，上奏。

〔六〇〕澆季：風俗淺薄之末世。擅世：獨裁世事。《説文》：「擅，專也。」

〔六一〕《宋史》卷四百一十六《王萬》：「四年，擢監察御史。首論史宅之，故相之子，曩者弄權，不當復玷從班。上命丞相再三諭旨，迄不奉詔。上不得已，出宅之知平江府。又論之，疏凡五上。史嵩之自江上董師入相，萬又首論之，謂其『事體迫遽，氣象傾搖，太學生欲趣其歸，則賄賂之迹已形。近或謂有族人發其私事，肆爲醜詆者，以相國大臣而若此，非書之所謂大臣矣』。然當時論相之事已決，疏入，遷大理少卿，萬即日還常熟寓舍。遷太常少卿，辭。差知寧國府，辭。召赴行在奏事，出爲福建提點刑獄，加直煥章閣、四川宣諭司參議官，皆力辭，乞休致。」

〔六二〕遺直：繼承古賢遺風而正道直行。《左傳·昭公十四年》：「仲尼曰：『叔向，古之遺直也。』」《宋史》卷四百一十六《王萬》：「嵩之罷相，衆方交論其非。上思萬先見，親賜御劄，謂：『萬立朝蹇諤，古之遺直；爲郡廉平，古之遺愛。聞其母老家貧，朕甚念之，賜新會五千貫，田五百畝，以贍給其家。』」

〔六三〕言者：此指諫官。震恭：震動肅敬。

〔六四〕振鷺：白鷺群飛，後喻操行純潔之賢士。《詩經·周頌·振鷺》：「振鷺于飛，于彼西雝。我客戾止，亦有斯容。」朱熹《詩集傳》：「言鷺飛於西雝之水，而我客來助祭者，其容貌脩整，亦如鷺之潔白也。」

〔六五〕冥：高遠，引申爲高空。揚雄《法言·問明》：「治則見，亂則隱，鴻飛冥冥，弋人何慕焉？」

〔六六〕朱學：宋代思想家朱熹學説。皮錫瑞《經學歷史·經學積衰時代》：「宋學至朱子而集大成，於是朱學行數百年。」文安：宋末元初蘭溪碩儒金履祥，謚文安。《宋元學案》卷八十二《北山四先生學案·北山門人·文安金仁山先生履祥》：「金履祥，字吉父，蘭溪人。凡天文、地形、禮樂、田乘、兵謀、陰陽、律曆之書，靡不畢究。已向濂、洛之學，事同郡王魯齋，從登何北山之門。自是講貫益密，造詣益邃。德祐初，以迪功郎、史館編校起之，辭勿受。宋季，國勢阽危，任事者束手罔措，先生獨進奇策，請以舟師由海道直趨燕、薊，俾擣虚牽制，以解襄、樊之圍。其敘洋島險易，歷歷有據，時不能用。宋亡，屏舍金華山中，視世故泊如也。北山、魯齋之喪，先生率其同門之士，以義制服，觀者始知師弟子之禮。當時議者謂北山之清介純實似和靖，魯齋之高明剛正似上蔡，先生則兼得之二氏，而并充於一已者也。居仁山之下，學者稱爲仁山先生。謚曰文安。所著《通鑑前編》二十卷、《大學章句疏義》二卷、《論語孟子集注考證》十七卷、《書表注》四卷。」

〔六七〕四葉：朱熹創建學説，一傳黄榦，再傳何基，三傳王柏，四傳金履祥，凡四代。《柳待制文集》

卷二十《故宋迪功郎史館編校仁山先生金公行狀》：「於是獲見魯齋王文憲公柏，而受其業焉……文憲王公之學，得之文定何公；何公之學，得之文肅黄公，黄公則文公子朱子之高第弟子也。其授受之淵源，粹然一出於正。」

〔六八〕際：遇上。休明：美好清明時代。儒雅：儒術。《漢書》卷五十八《公孫弘卜式兒寬傳第二十八》：「漢之得人，於兹爲盛：儒雅則公孫弘、董仲舒、兒寬。」

〔六九〕莫之與京：大得無物可比；京，大。《左傳·莊公二十二年》：「八世之後，莫之與京。」孔穎達《疏》：「莫之與京，謂無與之比大。」

〔七〇〕於樂：可頌可樂。《詩經·大雅·靈臺》：「於論鼓鍾，於樂辟廱。」辟雍：自西周始天子所設之大學。班固《白虎通·辟雍》：「天子立辟雍何？所以行禮樂宣德化也。辟者，璧也，象璧圓，又以法天，於雍水側，象教化流行也。」宗：崇尚。

〔七一〕髦士：英俊人士。于于：悠然自得貌。《莊子·應帝王》：「泰氏其卧徐徐，其覺于于。」成玄英《疏》：「于于，自得之貌。」

〔七二〕頌臺：古代掌管禮樂祭祀之太常寺，因其多祝頌之事，故稱；柳貫嘗授太常禮儀院博士。古始：遠古。

〔七三〕文治：以文教禮樂治民。《禮記·祭法》：「文王以文治，武王以武功，去民之災。」

〔七四〕大江以西：元江西行省。闕：通「缺」。

〔七五〕武子：東晉范甯，字武子，雅好經術，淹博精深；嘗授豫章太守，崇儒興學，奬掖士子，負笈求學者甚衆。《晉書》卷七十五《范甯》：「甯在郡，又大設庠序，遣人往交州采磬石以供學用。改革舊制，不拘常憲。遠近至者千餘人，資給衆費，一出私録。并取郡四姓子弟皆充學生，課讀五經。又起學臺，功用彌廣。」

〔七六〕時雨：適合時令之甘霖。窮山：此指浦江烏蜀山。《乾隆浦江縣志》卷二《山川・烏蜀山》：「縣南三十里，與鹿獅巖連。其山突然中起，衆峰若拱若揖，左右環衛，西南有石室，元待制柳貫居其下。」

〔七七〕鋒車：朝廷徵召賢士之車。薦：一再，頻頻。帝制：帝王教令；制，教令，聖旨。

〔七八〕隆替：强盛與衰敗。

〔七九〕岐陽：岐山南面；周朝始祖古公亶父自豳遷岐，岐山實爲周朝發祥地。《國語・周語上》：「周之興也，鸑鷟鳴於岐山。」韋昭《注》：「鸑鷟，鳳之別名。」《詩經・小雅・白駒》：「皎皎白駒，在彼空谷。生芻一束，其人如玉。」朱熹《詩集傳》：「賢者必去而不可留矣，於是歎其乘白駒入空谷，束生芻以秣之。而其人之德美如玉也，蓋已邈乎其不可親矣。」

廉齋宋先生像贊

以公爲優於德耶？則其才學之燁①然者，固已披豁乎心胸也〔一〕；以公爲優於才耶？則其德性之粹然者，固已充溢乎顔容也；以公爲才德之兩優耶？則其所以自處之者[二]，又若不有於其躬也。夫德者，乃才之所資以發；而才者，乃德之所賴以充也。二者皆公之所有，而謂公之自有其有者，曾不足以知公者也[三]。嗚呼，若公者，其殆「有若無，實若虚」，以庶幾夫顔氏子之遺風者乎[四]！

【題解】

丁立中《潛溪録》卷一輯録本贊，則宋先生者，明開國文臣之首宋濂也，廉齋蓋其别號。宋氏行迹詳見卷一《寄宋潛溪三首》。

《潛溪録》與本書所載宋氏像贊略有出入，姑録以資稽考。《潛溪録》卷一戴良《前題（翰林學士宋公贊）》：「以公爲優於德耶？則其才學之卓然者，固以披豁乎心胸也；以公爲優於才耶？則其德行之粹然者，固以洋溢乎容也；以公爲才德之兩優耶？則其所以自處者，又皆不有於躬也。夫德者，乃才之所資以發；而才者，乃德之所賴以充也。二者皆公之所有，而謂公之自有其有也，曾不足以知公者也。嗚呼，若公者，其殆『有若無，實若虚』，以類乎顔氏之遺風者乎！」

【校勘】

①燁：乾隆本作「奕」。

【箋注】

〔一〕爗然：光彩鮮明貌。披豁：通透明晰。劉大櫆《烏程閔君墓誌銘》：「其言披豁暢朗，支分族解，騃童鈍夫聞之，咸如夢寐驚覺。」

〔二〕自處：自持，自守。

〔三〕曾：則，那麼。《古書虚字集釋》卷八《曾》：「曾，則也。《公羊傳・閔二年》：『設以齊取魯，曾不興師，徒以言而已矣。』」

〔四〕《論語・泰伯》：「曾子曰：『以能問於不能，以多問於寡，有若無，實若虚，犯而不校：昔者吾友嘗從事於斯矣。』」顔氏子：孔門高第顔淵。《史記》卷四十七《孔子世家》：「孔子欣然歎曰：『有是哉，顔氏之子！使爾多財，吾爲爾宰！』」

趙敬德畫像贊

卓哉趙君，曰敬德氏。英英以豪，表表而偉〔一〕。視古今如一時，謂天地猶一體〔二〕。以孔孟爲師友，以王謝爲兄弟〔三〕。彼區區之斗筲，曾不足以浼己〔四〕。凡是胸次之豁達，一皆浩氣之所致〔五〕。故其爲文也，直欲凌韓而駕柳；其爲詩也，亦且超杜而逼李〔六〕。然而著述之富，固已見誇於當世之老成〔七〕；至於氣岸之高，則或召非於鄉間之小子〔八〕。彼惟惡直而醜正，遂爾駕尤而騰毀〔九〕。夷考其中之所存〔一〇〕，君蓋庶幾乎無愧。此其所以交之久者知之深，知之深者信之至。觀夫丹青〔一一〕，是僅得其一二矣！

【題解】

趙良恭，字敬德，號天全子，元末明初蘭溪名士，亦見本書卷四《舟次蘭陰憶寄君善敬德浚仲諸友》。

吴沉《瀫川集》卷第六《趙敬德墓誌銘》：「君諱良恭，字敬德，姓趙氏，故宋宗室後也……考諱必璿，抱才不仕，爲鄉黨所推，號松坡處士。敬德生數歲，處士君口授以書，即能成誦。母夫人徐氏雖篤愛之，而訓教則嚴。年十二三，志操已卓然。時先君子自宣城宦（浙）〔游〕歸，處士君遣之來學。先君一見奇之曰：『是子他日當有成也。』敬德稟資甚高，日記千百言，過目者輒不忘。才思敏捷，辭吐華麗，予不及也。先君所交皆海内知名士，或道德之高深，或文章之古雅，或政事之明達，或翰墨之神妙，或言辭之辨博，或氣節之超卓，道經是邦，敬德莫不見之，由是聞見日廣，器識益邁。處士君與其母夫人爲之忻然而喜，創樓三楹間，爲館寓諸賢之所。翰林待制京兆杜公伯原題之曰『聚星』，翰林學士侍講黄公晉卿爲之記，鴻生碩彦形之詠歌，士林相傳以爲一時盛事焉。敬德容貌魁偉，襟度磊落。既有所蘊負，頗易視流俗，同里之爲友者，不過數人而已。嘗一再試藝場屋，不利，遂棄去，一意古學。家藏書將萬卷，皆取而讀之。爲文章肆意立成，如山湧水出，不可窮其垠岸。晚歲專精於詩，悉焚去舊稿，吟哦一篇，輒累日廢寢食，曰：『吾之爲詩，非欲較短長於今人，蓋將追古人而未能也。』兵興以來，築屋永湖之濱，左圖右書，或琴或弈，委家事於子，雖城南故廬不數至也。然其名隱然於諸公間，召至京師，力以老病丐還。益縱情林壑，賓友之至，則觴豆流連，或擊節放歌，所製樂府數闋，意氣慨然也。」

《嘉慶蘭溪縣志》卷十七上黄溍《聚星樓記》：「趙君敬德居蘭溪闤闠中，面溪爲樓，下瞰市區，敬德處之如在山林間也。敬德故宋宗室子，嘗師事其鄉先生吴禮部正傳，所交皆海内知名士，而敬德以佳子弟悉與之相周旋。至元己卯杜待制原父來自武夷，與正傳同登斯樓，同郡柳待制道傳、張長史子長實來會焉。雖無車馬僕役之盛，而有琴書觴詠之適。威儀進退不越乎俎豆，而議論雍容，乃上下於天人。一時風致，殆猶漢陳太丘之詣荀朗陵。原父因用小篆扁其樓曰聚星。後八年，是爲至正丙戌，余偶來寓其處，於是敬德求予文追記其盛集。予惟四君子者，并以文學行義爲世所推，然有見用於時者，亦有時不得而用之者，其出處之迹，固不能以不異，要其歸則皆可以無愧於古人也。至於過從之際，乃獨尚友於太丘、朗陵，豈非以其高風懿範足以師表百世乎？且向之會者四人，余辱與三人者居同郡，然以宦遊奔走四方，不獲參與其列，乃今請老而歸，則道傳、正傳已謝世矣。獨幸原父、子長無恙，又皆高蹈丘園，堅卧不出，雖欲如敬德疇昔追遊之樂，不可復得。顧獨執筆記其陳迹於空山落木之秋，俯仰今昔，得不重爲之興感乎？是歲秋九月九日記。」

王禕《王忠文公集》卷十五《趙敬德畫像贊》：「氣雖腴而能清，體雖癯而實偉。律度以禔其儀容，規矩以制其操履。當其方壯也，玉雪姿質，咸謂異代之王孫；錦繡文章，共稱當世之學士。及其垂老也，收斂英華，沈潛義理，藹乎西漢之醇儒，儼然東魯之君子。慨鄉學之無幾，庶斯文之在此。尚千載以自期，詎百年而遂止？」

【箋注】

〔一〕英英：英偉傑出。表表：卓異不凡。韓愈《祭柳子厚文》：「子之自著，表表而偉。」

〔二〕元末明初釋妙聲《東皋録·危學士贈渭上人詩序》：「雖然士固有曠古而相親，并世而不相遇者矣。而古今一時也，交際一心也，其精神會通，復有愈於目擊而面晤者，豈古所謂神交也與！」《莊子·天下第三十三》：「泛愛萬物，天地一體也。」

〔三〕王安石《寄贈胡先生》：「文章事業望孔孟，不復睥睨蔡與崔。」王謝：東晉名臣王導和謝安。王冕《林壑亭》：「清幽可許漁樵隱，遊賞豈無王謝來？」

〔四〕斗筲：兩種小容器，斗容十升，筲容一斗二升，比喻才識短淺，氣量狹窄。《論語·子路》：「噫！斗筲之人，何足算也？」浼：玷污。

〔五〕胸次：胸懷。吴沉《瀫川集》卷七《蝸殼軒記》：「遂趨而歸，召匠氏葺治其東偏之室，顔之曰

『蝸殻軒』。晝而處焉，宵而寢焉，飲食於斯，詠歌於斯，未嘗一日改也。客有造者曰：『吾聞之，君子居天下之廣居，宅天下之安宅，得時則與鳳凰同其儀，失時則與龍蛇同其蟄，以蝸自比，何其説之卑乎？』先生曰：『不然。子亦嘗觀於天下之物乎？天下之物，小大雖殊，至於各止其所，則一而已。鳳之棲於巢，龍之藏於窟，何異於蝸之休於殻乎？非特物然也，具形色而中天地者，亦若是矣。率性而動，自然而然；適性而樂，均足其足；譬如雲鵬之扶摇，斥鷃之騰躍，何羡於彼？何薄於此乎？吾幼也，嘗讀聖人之書；長也，竊有志於天下之事；今則老將至而髪種種矣，一椽之寄足以安吾之身，一簞之食足以滿吾之腹。方將以無所可用之才，屏黜世俗之務，歸休是軒，以終吾年，不亦可乎？古人有云，蝸之左角有國曰觸氏，蝸之右角有國曰蠻氏，一蝸之身，兩國載焉，蝸亦不可謂之細矣。子尚訾我取譬之卑耶？』客退而語人曰：『吾久不見若人，聽其言，殆將齊物我而遊逍遥矣。是豈可以利害榮辱是非得失之説動之哉！』古有達道之人，其先生也耶！先生姓趙氏，名良恭，字敬德，天全其自號云。」

〔六〕駕：凌駕，超越。王禹偁《贈朱嚴》：「誰憐所好還同我，韓柳文章李杜詩？」

〔七〕老成：德高年長者。吴沉《濲川集》卷八《白雲山房文集序》：「《白雲山房文稿》者，友人趙敬德之所著也。敬德早負俊才，而能就正有道，文强而識明，吾黨之可畏人也……予與敬德遊者幾二十年，凡片言隻字必以教予。蓋其詩文類其爲人，長篇大章，馳騁上下，如山湧水出，必極其勢而後已，而清新之思，雅淡之句，又惟恐有世俗之語存焉。用志之勤若此，可謂難得也矣。」

〔八〕氣岸：意氣，氣概。李白《流夜郎贈辛判官》：「氣岸遥凌豪士前，風流肯落他人後？」瞿蜕園《校注》：「氣岸，指意氣言。」非：責怪，非難。鄉閭：鄉里。

〔九〕醜：厭惡，憎惡。《左傳·昭公二十八年》：「惡直醜正，實蕃有徒。」駕尤：驅使怨恨；尤，怨恨。《史記·屈原賈生列傳》：「般紛紛其離此尤兮。」司馬貞《索隱》：「尤，謂怨咎也。」騰毁：傳播譭謗。《説文》：「騰，傳也。」

〔一〇〕夷考：平静地考察。《孟子·盡心下》：「夷考其行，而不掩焉者也。」趙岐《注》：「察其行，不能掩覆其言。」

〔一一〕丹青：兩種顏料，此代畫像。杜甫《過郭代公故宅》：「迴出名臣上，丹青照臺閣。」楊倫《箋注》：「丹青，謂畫像也。」

題樗庵像贊

澤可以及物，而身不必貴；德可以惠後，而家不必裕〔一〕。孰謂斯人祇局於藝？

苟施澤之益厚，又知德之逾真〔二〕，誠無愧韓伯休之行己〔三〕，宋清之爲人〔四〕。

【題解】

樗，臭椿，古人目爲無用惡木。《莊子·逍遥遊》：「惠子謂莊子曰：『吾有大樹，人謂之樗。其大本擁腫而不中繩墨，其小枝卷曲而不中規矩。立之塗，匠者不顧。今子之言，大而無用，衆所同去也。』莊子曰：『子獨不見狸狌乎？卑身而伏，以候敖者；東西跳梁，不辟高下；中於機辟，死於罔罟。今夫斄牛，其大若垂天之雲。此能爲大矣，而不能執鼠。今子有大樹，患其無用，何不樹之於無何有之鄉，廣莫之野，彷徨乎無爲其側，逍遥乎寢卧其下。不夭斤斧，物無害者，無所可用，安所困苦哉！』」

浦陽趙友亨，字彦嘉，戴九靈内侄兼外甥，得道家明哲以保身之閫奥，參莊子無用以逍遥之精髓，名其齋曰樗庵，其事亦見卷二十六《樗庵箴》。

《民國浦陽趙氏宗譜》卷二趙友同《故奉議大夫江西撫州府同知趙公墓誌銘》：「（梅石）處士生太初先生良本，實公之父也；妣戴氏。公自幼警敏嗜讀書，聞古人嘉言懿行，必身自期待，顧雖髫齡時，已嶷然如成人。事父母周旋中禮，未嘗有毫髮不得其心。先生素業醫，從朱丹溪遊。公侍左右，聞其議論曰：『是誠可以衛生濟物者。』遂篤志受岐黄書，搜羅百氏，數年而業成，一時老醫咸畏服，莫敢與抗。家儲善藥，鄉里有告病者，輒與之，不問其值，亦不問其姓名，由是人咸知爲長者。趙族氏甚蕃，公懼子姓散處，或至相視如途人，乃合其最親者得數百指，同居共爨，朔望拜祠中，申明戒約，子孫俯首奉教，翕然有義風。既以他故，弗克終事，非公志也。生平治家，恥與流俗等，遇冠婚喪祭，必斟酌古禮乃行，觀者以爲矜式。公春秋既高，頗樂恬静，闢一室於舊居東偏，曰樗庵。長山胡先生、潛溪宋學士咸爲賦詩作記。室之外，壘石爲壇，雜莳花木。遇勝日，輒與騷人韻士賞玩，翛然自得也。洪武二十二年朝廷詔天下求高年碩德之士，邑長以公應詔，公曰：『吾生平無所愧，第恨未得爲國家效涓埃力爾。』遂治裝赴京師。上知公材器不凡，俾歷事刑曹，尋除江西撫州府同知，階奉議大夫。撫州素稱繁劇，公竭思慮，詢民利病而損益之。郡有逋税若干，積歲不能償，公處置條畫，事且完而民若不費。興崇學校，延禮師儒。然律己甚嚴，莫教以私意相請托者。郡人皆稱爲循吏焉。」

《民國浦陽趙氏宗譜》卷二永嘉張士謂《樗庵先生像贊》：「稟沖和之氣，勵堅剛之志，不炫名而名自彰，不求禄而禄自至。處官若冰雪之清，接物若春陽之煦。所謂出處之適宜，俯仰而無愧者也。」

【箋注】

〔一〕及物：恩澤施及他人。不必：不一定。惠後：恩賜後裔。

〔二〕藝：此指岐黄醫術。逾真：愈益彰顯天性。

〔三〕韓伯休：東漢隱逸高士，采藥以售，藥不二價，朝廷徵辟，高蹈藏匿。行己：立身行事。皇甫謐《高士傳》卷下《韓康》：「韓康字伯休，京兆霸陵人也。常遊名山采藥，賣於長安市中。口不二價者三十餘年。時有女子買藥於康，怒康守價，乃曰：『公是韓伯休邪？乃不二價乎？』康歎曰：『我欲避名，今區區女子皆知有我，何用藥爲？』遂遁入霸陵山中，博士公車連徵不至。」

〔四〕宋清：唐朝藥界賢能商賈，常以中藥救濟落魄潦倒者。柳宗元《河東先生集》卷十七《宋清傳》：「宋清，長安西部藥市人也。居善藥，有自山澤來者，必歸宋清氏，清優主之。長安醫工得清藥輔其方，輒易讎，咸譽清。疾病庀瘍者，亦皆樂就清求藥，冀速已。清皆樂然回應，雖不持錢者，皆與善藥，積券如山，未嘗詣取直。或不識，遥與券，清不爲辭。歲終，度不能報，輒焚券，終不復言。市人以其異，皆笑之曰：『清，蚩妄人也。』或曰：『清其有道者歟！』清聞之曰：『清逐利以活妻子耳，非有道也。然謂我蚩妄者，亦謬。』」

箴

諫官箴 并序

諫之道有五，而諷諫爲之首，孔子亦曰：「吾從於諷諫焉〔一〕。」諷諫也者，謂君父有過而難言之，故或托興以見乎詞〔二〕，或假事以陳其意，冀有所悟而日遷於善也。是則職諫事者，又豈在乎過直以激怒哉〔三〕？亦曰婉以導之，巽以告之〔四〕，期於必聽而已耳。

何爲其然也？當其一是一非，錯然相間，而欲使之更革其所行，必且悖於目而拂於耳，謬於心而戾於情〔五〕，自非至公至明之君，孰能樂聽之哉？以不樂聽之言，顧乃冒雷霆犯顔色而弗忌〔六〕，其不投鼎鑊而觸刀鋸者幾希矣〔七〕！

今夫富貴寵榮，人之所不能忘也；刑戮流放，人之所不能甘也。苟或昧之而不計，豈不甚可病哉〔八〕！所可病者，非止病其身之危也，亦以病吾言之不卒聽也；非止病吾言之不聽也，亦所以病吾君也。既有以病吾身，而又有以病吾君，君子亦何取於斯焉？作《諫官箴》，其詞曰：

於惟我國，稽古建官，凡是職司，莫諫爲難〔九〕。諫不欲逆，亦不欲驟，逆則罔從，驟則靡究〔一〇〕。所貴婉巽，不大色聲〔一一〕。匪攻彼暗，惟導彼明。以善間惡，猶火背水〔一二〕，火盛水消，善勝惡止。盍不燕閑，乃陳我言，乃遏其萌，乃迎其端〔一三〕？諷而不迫，我言斯聽；陷而不避，我其隕命。勿謂逆鱗，可得而批〔一四〕，折檻之諫，或以爲過許〔一五〕；勿謂鯁骨，可售吾直，斷鞅之諫，或以爲過激〔一六〕。齊有晏子，格君孔多，欲罷大臺，乃飲而歌〔一七〕；魏有閻没，亦云善諫，欲辭梗陽，乃饋而歎〔一八〕。過既無迹，諫亦無形，藹①然千載〔一九〕，德譽愈榮。嗟爾後人，盍視前式？苟視前式，惟晏閻是則〔二〇〕。爰考爾官，用規爾箴，爾如不懲，亦獨何心〔二一〕？

【題解】

諫官，規勸帝王改過遷善之職官。相傳虞舜時已有「納言」一職，乃諫官之濫觴。《尚書·舜典》：「命汝作納言，夙夜出入朕命，惟允。」孔安國《傳》：「納言，喉舌之官，聽下言納於上，受上言宣於下。」周朝保氏則爲正式諫官。《周禮·地官》：「保氏掌諫王惡。」箴，規戒性文體。《文心雕龍·銘箴第十一》：「箴者，所以攻疾防患，喻針石也。斯文之興，盛於三代。」

【校勘】

① 藹：底本作「靄」，據乾隆本改。

【箋注】

〔一〕諷諫：以婉言隱語進諫規勸。劉向《説苑》卷九《正諫》：「君有過失者，危亡之萌也。見君之過失而不諫，是輕君之危亡也。夫輕君之危亡者，忠臣不忍爲也。三諫而不用則去，不去則身亡。身亡者，仁人之所不爲也。是故諫有五：一曰正諫，二曰降諫，三曰忠諫，四曰戇諫，五曰諷諫。孔子曰：『吾其從諷諫矣乎。』」

〔二〕托興：借助外物寄托旨意。

〔三〕職：掌管。過直：過分，不恰當。《漢書》卷二十八下《地理志第八下》：「太原、上黨又多晉公族子孫，以詐力相傾，矜誇功名，報仇過直。」顔師古《注》：「直，亦當也。」

〔四〕巽：通「遜」，謙遜。

〔五〕悖拂謬戾：違背乖戾。

〔六〕顧乃：反而。雷霆：喻威權。顔色：臉面，尊嚴。

〔七〕鼎鑊：兩種烹飪器皿，亦作烹刑刑具。

〔八〕昧：不明白，迷亂。《太玄・聚》：「狂作昧淫，亡。」范望《注》：「昧，迷也。」病：憂慮。

〔九〕於：歎詞。稽古：考察古時法則。職司：職務。

〔一〇〕驟：急迫，急促。究：探求，推求。

〔一一〕婉巽：委婉謙遜。色聲：怒色厲聲。《詩經・大雅・皇矣》：「予懷明德，不大聲以色。」

〔一二〕間：隔開，隔離。

〔一三〕燕閑：安寧，安閑。迎：迎擊。《孫子兵法・行軍》：「客絶水而來，勿迎之於水内，令半濟而擊之，利。」

〔一四〕逆鱗：飛龍喉下倒生鱗片，喻帝王忌諱之事物。批：擊打。《韓非子·説難》：「夫龍之爲蟲也，柔可狎而騎也，然其喉下有逆鱗徑尺，若人有嬰之者則必殺人。人主亦有逆鱗，説者能無嬰人主之逆鱗則幾矣。」

〔一五〕折檻：漢成帝時槐里令朱雲在朝堂貶斥安昌侯張禹，成帝大怒，欲斬之。朱雲攀住殿檻，抗聲争辯，直至折斷欄杆而不屈。詳見《漢書》卷六十七《楊胡朱梅云傳第三十七》。訐：揭發攻擊人家陰私、過錯或短處。《論語·陽貨》：「惡訐以爲直者。」

〔一六〕鯁骨：正直不阿。斷鞅：魯襄公十八年，晉侯率領諸侯圍攻齊國都城，齊侯欲駕車遠遁，齊太子預知諸侯之兵不能持久攻擊，且齊侯一逃，齊國必元氣大傷，故先擋車勸止，後斷鞅進諫；詳見《左傳·襄公十八年》。過激：太激烈。

〔一七〕春秋齊景公徵發民衆修築高臺，晏子高歌進諫，齊景公聞而罷役。《晏子春秋》卷二《内篇·諫下第二》：「晏子使於魯，比其返也，景公使國人起大臺之役，歲寒不已，凍餒之者鄉有焉，國人望晏子。晏子至，已復事公，乃坐飲酒樂。晏子曰：『君若賜臣，臣請歌之。』歌曰：『庶民之言曰：凍水洗我，若之何！太上靡散我，若之何！』歌終，喟然歎而流涕。公就止之曰：『夫子曷爲至此？殆爲大臺之役夫！寡人將速罷之。』」格：匡正，糾正。

〔一八〕春秋晉卿魏獻子欲受賄於梗陽人，閻没與叔寬陪魏獻子進餐，特意三歎而諫，魏獻子因之幡然悔悟；詳見《左傳·昭公二十八年》。閻没：一作閻明。魏獻子屬下大夫。辭：拒絶。

饋：用餐，進食。

〔一九〕藹然：温和貌。施彦執《北窗炙輠録》卷上：「伯淳既見，和氣藹然見眉宇間。」

〔二〇〕盍：何不。前式：往昔法度。則：效法。《易·繫辭上》：「河出圖，洛出書，聖人則之。」

〔二一〕規：效法，作爲準則。韓愈《進學解》：「上規姚姒，渾渾無涯。」獨何：何，同義複詞。《經傳釋詞》卷六《獨》：「猶孰也，何也。《呂氏春秋·必己篇》：『……其野人大悦，相謂曰：說亦皆如此其辯也，獨如向之人？解馬而與之。』高《注》曰：『獨，猶孰也。』」

喜聞過齋箴 并序

古之人苟有過焉，必喜人規，故其德日滋；今之人苟有過焉，必忌人知，故其德日隳〔一〕。嗚呼！生今之世，而可不思古之時乎？詩以箴之，其殆庶幾也已〔二〕。箴曰：

言與道違，行與道背。維背維違，斯過之大〔三〕。過豈有小？大由小績①〔四〕。過小而爲，終累大德〔五〕。人誰無過？改之乃宜。勿病不改，病其不知。知之爲美，匪聞曷以？我過我聞，改之斯易。何以喻我〔六〕？聞過之因。獨形於喜，過乃可聞。苟挾我行，苟持我言〔七〕，悻然自好，莫之敢干〔八〕。彼非我兄，彼非我父，孰肯拂心，以賈我怒〔九〕？宜喜而怒，宜愛而憎，我曾不寤，我過曷懲〔一〇〕？惟古仲由，喜於聞過，赫然千載，令名愈播〔一一〕。嗟我後人，盍視前規？惟仲氏是師。既榜我齋，又箴我銘，有或不慎，亦忝所生〔一二〕。

【題解】

人必有過，過而能改，德由此滋，行由此修。《孟子·公孫丑上》：「孟子曰：『子路，人告之以有過，則喜。禹聞善言，則拜。大舜有大焉，善與人同，舍己從人，樂取於人以爲善。』」《象山語要》卷六《與傅全美》：「古之學者本非爲人，遷善改過，莫不由己。善在所當遷，吾自遷之，非爲人而遷也。過在所當改，吾自改之，非爲人而改也。故其聞過則喜，知過不諱，改過不憚。」

喜聞過齋，元時江浙行省集慶路溧水州劉彦肅寓室。劉氏生平不詳，納交元末王褘、王逢、郭奎諸鴻生。

王褘《王忠文公集》卷二十二《續喜聞過説》：「人不能以無過也。人而至於堯舜，可謂至矣，而猶或不能以無過焉，況其學焉而未至者乎？是故聖人未嘗以有過絶人，而每以改過望於人，蓋其忠恕之至也。故嘗論之，君子之過也，非有意爲之也。非有意於爲過，故有過必思於速改。然而君子之欲改過也，其必先於知過。己有過，不能以自知也，其必先於聞過。過之在己，常人所惡聞。惡聞己過，則人孰肯以告之？人之肯以其過告之者，由己之喜於聞過也。是故喜聞過則必樂於知過，樂於知過則必不憚於改過。過而能改，則寡過矣。過而能寡，則可以至於無過矣。無過，非聖人不能也。聖如堯舜，而猶謂其不能以無過，蓋甚言無過之不易能也。嗚呼！由聞過而知過，由知過而改過，由改過而寡過，由寡過而無過，此聖賢學問始終之序歟！吾觀聖門弟子亦衆矣，三千之徒，四科之目，孰非學聖人之道者？其於過行過言，宜若鮮矣。而喜聞過者惟仲由，不貳過者惟顔子。其故何哉？蓋仲由以勇，顔子以仁。惟勇也，故喜聞於過，而有過則快於速改。惟仁也，故其於私欲能止之於始萌，絶之於未形，不貳之於言行也，不貳過則寡過之謂矣。若仲由者，雖未至於寡過，夫既喜於聞過，苟力行之，於寡過乎何有？嗚呼，學者不有志於聖賢則已；苟有志焉，而庶幾自立於無過之地，其必自仲由之喜聞過始矣。溧水劉君彦肅，有志於學者也，所居之室題其額曰喜聞過，曰：『吾朝夕以自厲也。』京口俞先生既演繹其意以爲説，他日彦肅且復徵予言。予因論其大要，發先生之所未及，豈徒復於君？庶亦以自厲云爾。作《續喜聞過説》。」

王逢《梧溪集》卷三《寄汪用敬劉彦肅二憲郎》：「太尉新開府，諸曹舊直臺。節毛通萬乘，旗羽拂三臺。路繞青州出，烽從赤壁來。英雄滿麾下，參贊屬奇才。」

郭奎《望雲集》卷三《寄劉彦肅》：「露白蒹葭蒼，伊人曠何處？瞻彼雙飛鳧，誰能忘眷顧？月出廣陵堤，風生京口樹。未卒同袍歡，徒悲歲將暮。」

【校勘】

①績：乾隆本作「積」。

【箋注】

〔一〕隳：敗壞，毀壞。

〔二〕庶幾：接近先哲。《易·繫辭下》：「顏氏之子，其殆庶幾乎？」高亨《注》：「庶幾，近也，古成語，猶今語所謂差不多，贊揚之辭。」

〔三〕維：因爲。《經傳釋詞》卷三《惟唯維雖》：「惟猶以也。《書·盤庚》曰：『亦惟女故，以丕從厥志。』」斯：則，那麽。

〔四〕績：通「積」，積累。《爾雅·釋詁下》：「績，業也。」郝懿行《義疏》：「績，通作積。」

〔五〕大德：大節。《書·旅獒》：「不矜細行，終累大德。」

〔六〕喻：使明白。《禮記·學記》：「可謂善喻矣。」

〔七〕挾：倚仗。《孟子·盡心上》：「挾貴而問，挾賢而問，挾長而問……皆所不答也。」持：矜持，自負。宋玉《神女賦》：「頩薄怒以自持兮，曾不可犯干。」李善《注》：「捉顏色而自矜持也。」

〔八〕悻然：惱怒貌。自好：自以爲美好。《莊子·天下》：「天下大亂，聖賢不明，道德不一，天下多得一察焉以自好。」干：觸犯，冒犯。

〔九〕賈：招致。《左傳·桓公十年》：「吾焉用此？其以賈害也。」

〔一〇〕懲：阻止，止息。《易·損·象傳》：「君子以懲忿窒欲。」焦循《正義》：「懲，止也。」

〔一一〕仲由：孔子弟子，剛勇忠誠，聞過則喜。《史記》卷六十七《仲尼弟子列傳第七》：「仲由字子路，卞人也……子路有聞，未之能行，唯恐有聞。」

〔一二〕銘：雕刻在器皿上之文字。有或：假如，同義複詞。《古書虚字集釋》卷二《有》：「有猶如也……一爲如或之義……《周勃世家》：『有如卒，子當代。』有如是複語，猶言設如也。」又，《或》：「或猶若也……一爲若或之義。《賈子·大都篇》：『今大城陳蔡葉與不羹，或不充，不足以威晉；若充之以資財，實之以重禄之臣，是輕本而重末也。』」

銘

具慶堂銘

范陽衛立本扁其奉親之堂曰「具慶〔一〕」，浦江戴良爲之銘：

我之生矣，孰揆厥初〔二〕？惟父與母，載育此軀。亦既冠履，方趾圓顱〔三〕。可忘孝養，慚彼孝烏〔四〕？我觀世間，是心孰無？有懷二親，莫或具俱〔五〕。今而既具，其樂何如？象服不頗〔六〕，大冠峨巍。偕老一堂，載歡載娛，粲粲門子，白華絳趺〔七〕。馨爾晨殽〔八〕，潔爾夕蔬。其殽維何？有鱉有魚。其蔬維何？伊筍及蒲〔九〕。登堂奉觴，氣和色愉。式拜且舞，亹亹忘劬〔一〇〕。禮則罔愆，孝豈有餘〔一一〕？

何彼儉人，弗此之圖？豈無貴富？碩大且訏〔一二〕。或被輕裘，或駕文車〔一三〕。是或不思，胡寧勝余〔一四〕？亦有士子，左圖右書，取青媲白〔一五〕，抉摘芻蕪〔一六〕。苟虧是道，何異賤儒？相彼凡行，疇其獨殊〔一七〕。關血通氣，惟父母且〔一八〕。此而克孝，罔有加諸。顯顯衛氏，世號雙珠〔一九〕。爰樂具慶，用扁室廬。小子不敏，勒辭座隅〔二〇〕。尚慎旃哉，永世弗渝〔二一〕！

【題解】

父母健在謂之具慶。《二程遺書》卷六：「人無父母，生日當倍悲痛，更安忍置酒張樂以爲樂？若具慶者可矣。」《宋濂全集》卷二十九《望雲圖詩序》：「人之壯年有大父母、父母俱存而號重慶者矣；下此，則父與母無故而號具慶者矣。」

衛氏孝順，雙親俱在，名其侍奉父母之室曰「具慶堂」。元吴景奎《藥房樵唱》卷二《寄題衛立本具慶堂》：「日永南陵楝宇深，涿河繞屋樹陰陰。二儀覆幬生成德，百歲期頤孝友心。戲彩自供堂上水，擊鮮無藉橐中金。漢家舊賜麟符在，奕葉蟬聯直到今。」

銘，一種文體。明賀復徵《文章辨體彙選》卷四百四十七《銘一》：「按鄭康成曰『銘者，名也』，劉勰云『觀器而正名也』，故曰『作器能銘，可以爲大夫矣』。考諸夏商鼎彝尊卣盤匜之屬，莫不有銘，而文多殘缺，獨《湯盤》見於《大學》，而《大戴禮》備載武王諸銘。其後作者寖繁，凡山川、宫室、門井之類皆有銘辭，蓋不但施之器物而已。然要其體不過有二：一曰警戒，二曰祝頌。陸機曰『銘貴博約而温潤』，斯言得之矣。」

【箋注】

〔一〕范陽：元代涿州屬縣。《元史》卷五十八《地理一·中書省·涿州》：「領二縣：范陽，房山。」

〔二〕揆：估量，揣測。《離騷》：「皇覽揆余初度兮，肇錫余以嘉名。」

〔三〕方趾圓顱：古時以趾方頭圓爲人之特徵；趾，腳。《全陳文》卷六徐陵《册陳公九錫文》：「茫茫宇宙，憬憬黎元，方趾圓顱，萬不遺一。」

〔四〕可：豈。孝烏：參見本卷《浦陽五賢贊并序》。

〔五〕具俱：同「具具」，全部具備，此指父母健在。《荀子·王制》：「具具而王，具具而霸，具具而存，具具而亡。」王先謙《集解》：「具具者，王霸存亡之具畢具也。」

〔六〕象服：古代王妃及諸侯夫人所穿服裝，上飾諸般物象。《詩經·鄘風·君子偕老》：「象服是宜。」毛《傳》：「象服，尊者所以爲飾。」頗：偏斜，不端正。

〔七〕粲粲：鮮明華美貌。門子：卿大夫嫡子。白華絳趺：白花與紅色花托，此指服裝上圖案；趺，花托。束晳《補亡詩·白華》：「白華絳趺，在陵之陬。」

〔八〕殽：通「肴」。《詩經·小雅·正月》：「彼有旨酒，又有嘉殽。」

〔九〕蒲：菖蒲，此指昌歜，即以菖蒲根腌製之食品，詳見卷十六《書畫舫宴集分韻得澮字》。

〔一〇〕奉觴：舉杯敬酒。亹亹：勤勉不懈。

〔一一〕罔愆：没有差錯。劉向《九歎》：「躬純粹而罔愆兮，承皇考之妙儀。」

〔一二〕憸人：奸邪小人。訏：盛大。《詩經·鄭風·溱洧》：「洧之外，洵訏且樂。」毛《傳》：「訏，大也。」

〔一三〕袚：通「拔」。文車：飾以彩色圖畫之馬車。《戰國策·齊策四》：「遣太傅齎黄金千斤，文車二駟，服劍一，封書一。」鮑彪《注》：「文，彩繪也。」

〔一四〕胡寧：何乃。南朝梁劉勰《文心雕龍·徵聖》：「天道難聞，猶或鑽仰；文章可見，胡寧勿思？」范文瀾《注》：「胡寧猶言何乃。」

〔一五〕取青媲白：以青色配白色，比喻吟詩作文講究整齊對仗。王鏊《震澤長語·文章》：「後世取青媲白，區區以對偶爲工，鸚鵡洲必對鸕鷀堰，白鷺洲必對黄牛峽，字雖切而意味索然矣。」

〔一六〕抉摘：選取，挑剔。芻蕪：雜草，喻雜亂言辭。元稹《上令狐相公詩啓》：「曾不知好事者，抉摘芻蕪，塵瀆尊重。」

〔一七〕凡行：百行，各種品行。疇：助詞。獨殊：特殊，獨特。

〔一八〕關血通氣：血氣關聯貫通。且：語氣助詞。《詩經·鄭風·褰裳》：「狂童之狂也且。」

〔一九〕雙珠：兩顆珍珠，喻兩兄弟風采不凡才華卓越。張説《贈工部尚書馮公挽歌》：「貴門傳萬石，餘慶在雙珠。」

〔二〇〕座隅：座位旁邊。元結《系謨》：「公之所述，真王者之謨，必當篆刻，置之座隅。」

〔二一〕尚：希望。旃：助詞，「之焉」合音。《詩經·唐風·采苓》：「舍旃舍旃。」鄭《箋》：「旃之言焉也。舍之焉，舍之焉，謂謗訕人，欲使見貶退也。」

辭

鄭梃冠字祝辭 有序

義門鄭伯陽將冠其長子梃〔一〕，亦既筮得穆日，乃以其從祖貞和先生之命〔二〕，宿賓於同里戴良〔三〕。良因屢辭不敢，貞和曰：「願吾子之終教之也。」遂往與茲酌禮，且本《商頌》「松桷有梴」之義〔四〕，製其字曰叔高，而祝之以辭曰：

猗歟那歟〔五〕，噲噲其正〔六〕。誰闢斯廬？我寢我成〔七〕。寢其成矣，群材彙征〔八〕。惟梴者桷，獨爾高乘。可陵沉濯，可摘日星。俯瞰千仞，危而不傾〔九〕。我觀是木，産彼幽坰〔一〇〕，一朝效用，巨細必登〔一一〕：居下而污，閫閾是丁〔一二〕；卑而甚力，曰爲旅楹〔一三〕；閈閎户牖，闌楯檻櫨，冗微瑣屑，僅脱薪蒸〔一四〕；彼哉梁棟，固莫與京，苟任之重，亦懼弗勝〔一五〕。豈若斯桷，敻出杳冥〔一六〕？衆木仰視，靡或不承〔一七〕。獲濟①登茲，伊誰之令〔一八〕？惟材之長，乃高其升。

靖惟我人，同具是形，及其用世，或重或輕〔一九〕。或幽而辱，或顯而榮；何異此木，以材自呈〔二〇〕？爾生鄭梴，今既弱齡，寧復處卑，不是之懲〔二一〕？以茲吉日，具弁於庭〔二二〕，曰加爾首，俾棄孩嬰。本諸《詩》義，考諸《禮》經，字爾叔高，式敬爾名。爾其自今，毋替厥稱，苟材孔長，會處高明〔二三〕。矧爾孝義，九世繩繩，皇用褒之，有煒②門旌〔二四〕。既當承宗，奉此嘗蒸〔二五〕，猶桷梴然，衆木所憑。一不自持，載騫載崩，兢兢業業，孝道乃興〔二六〕。又況是道，古語有徵，曰先百行，惟孝爲能〔二七〕。人克履之，實洪厥聲，所處之高，舍此曷營？幸祗訓辭，勿忝所生，我言匪陋，惟聖道之程〔二八〕。

【題解】

鄭梴，字叔高，浦江鄭義門詩人。《義門鄭氏奕葉文集目録・明致用齋稿》：「公諱梴，字叔高，有能詩聲。國初用大家子充郡學，公挾册往，諸儒推讓不敢居師席。學正戴叔能因别設一榻以處之。屢薦於朝，以親老力辭，所著《致用齋稿》亡。」梴，木長貌。《説文》：「梴，長木也。」《詩・商頌・殷武》：「松桷有梴，旅楹有閑。」毛《傳》：「梴，長貌。」

冠字，古代男子二十歲成人，行冠禮，賜以字。《禮記・曲禮上》：「男子二十冠而字……女子許嫁，笄而字。」又，《禮記・檀弓》：「幼，名；冠，字。」孔穎達《疏》：「始生三月而加名，故去幼名；人年二十，有爲人父之道，朋友等類不可復呼其名，故冠而加字。」祝辭：喜慶活動中祝頌言詞。清陳康祺《郎潛紀聞》卷十：「諸公卿宴會，席間必有祝詞，以堅和好，大約互褒其主，兼及其臣，不外禎祥福壽之語。」

《義門鄭氏奕葉吟集》卷二鄭梴《致用齋・擬古》：「周孔既云没，遺文散如雲。戰國大壞之，紛龐亂真醇。軻也實亞聖，誦言亦諄諄。如何千載下，是非遂相因。哀哉吾道窮，愁絶麟乎麟！秦筝一何哀，中有淒涼音。累累孤臣操，咽咽嫠婦吟。晨霜爲之寒，浮雲爲之陰。聽罷復三歎，不覺淚沾襟。披衣步庭皋，嘉樹鳴曙禽。嗒然吾喪我，情與海水深。孤齋悄無人，絳燭夜吐芒。羽蟲忽飛來，投火欲自戕。知爲明所誤，曷不務韜光？子房願封留，淮陰喻弓藏。法戒既昭然，昧者何茫茫！高山有白石，行當煮爲糧。我歌何激烈！傷我義士肝。男兒化女婦，所異惟衣冠。有兵八千人，屈膝向江干。大節不復振，何人障狂瀾？梧桐似有知，翛翛生暮寒。」

【校勘】

①濟：乾隆本作「躋」。

②燁：乾隆本作「奕」。

【箋注】

〔一〕伯陽：鄭渭，字伯陽。《麟溪集》寅卷上宋濂《故浦江義門第八世鄭府君墓版文》：「浦江義門其第八世主家政者曰鄭渭，字伯陽……其子梴、桷與其孫烱、勳合辭請銘於太史氏濂，濂乃濡筆爲之銘曰：『維伯陽父，自幼穎發，佐諸父齊家，才超然自見也。布泉出納及米鹽細務，一一鈎校，使無所漏也。吏繇之繁，身獨任之，戴星往來，逾三十春秋，不憚煩也。辭意懇款，一本諸誠，無纖毫人僞也。化行鄉邦，三尺之童，率皆信服，咸呼之爲長者也。縣之大夫，踵門問政，告之以利病，民陰受其賜也。方岳重臣，嘉其篤純，欲辟爲從事，辭不爲也。上繩祖武，下儀曾孫，循蹈矩矱，晝夜兢兢自惕也。太田以祭，儼若祖考之臨；勒石示訓，戒勿質鬻之也。合爨十世，中更亂離，左抗右禦，卒使危復安也。群從同樂，熙熙然如春，和氣襲人，見者革面也。宅心忠厚，不動聲氣，寧人負己，誓不先人也。國初定賦，郡田一斛驟增其半，白於當路而蠲之也。姻家析貲，陳之以秉彝，不以己之親疏爲厚薄，人服其均且平也。宗族有早孤者，收而鞠之，斂其租入，逮長而悉歸之也。有盜持斧斤入林，僮往禦之，反爲盜所毆。僮妻往護之，失足墜塹死。禁僮勿訟，反遺之槥櫝也。職此之故，聞其捐館，一郡爲之出涕，貴賤賢愚無間然也。」

〔二〕筮：用蓍草占卦以預測吉凶禍福。穆日：吉日。從祖：祖父親兄弟。《爾雅·釋親》：「父之世父、叔父爲從祖祖父。」貞和：鄭文融，一名大和，字順卿。《義門鄭氏奕葉文集目録·元龍灣大使貞和集》：「公諱文融，一名大和，字順卿，累官建康龍灣務提領大使。中年棄官歸，益修家法，冠婚喪祭皆據古禮行。著《家範》五十八條，載《旌義編》。《貞和集》稿，明永樂四年進呈御覽留中，僅存文二篇。」《麟溪集》申卷胡助《貞和先生像贊》：「管庫之任，不足見其英才；孝友之行，奮然著於歸來。指《家禮》一書，而力期於無愧，則有志古人之學，亦大矣哉！觀其沈毅而威，儉約而慈，屏浮屠之淫祀，恢沖素之宏規。陰德施濟於閭井，教條諄戒於同居。黄髮垂領，清風凛如，高卧麟溪之上，而爲義門之宗老，此可謂享期頤百年之壽，而能遂其初者歟！」

〔三〕宿賓：拜訪邀請貴賓。《儀禮·士冠禮第一》：「乃宿賓。賓如主人服，出門左，西面再拜。主人東面答拜，乃宿賓。」鄭玄《注》：「宿，進也。」賈公彦《疏》：「鄭訓宿爲進者，謂進之使知冠日當來。」

〔四〕酌禮：飲酒禮；酌，飲酒。桷：方形椽子。

〔五〕猗歟那歟：歎美之辭。《詩經·商頌·那》：「猗與那與，置我鞉鼓。」猗：盛大。明何景明《花崖梧桐》：「桐生何猗猗，其葉何油油。」那：繁多。《爾雅·釋詁》：「那，多也。」

〔六〕噲噲：寬敞明亮貌。正：朝南敞亮之屋舍。《詩經·小雅·斯干》：「噲噲其正。」鄭玄《箋》：「噲噲，猶快快也。」孔穎達《疏》：「快快，爲宫室寬明之貌。」朱熹《詩集傳》：「正，向明之處也。」

〔七〕寢：卧室。《逸周書·皇門解》：「予獨服在寢。」孔晁《注》：「寢，室也。」

〔八〕彙征：連類而進用。《易·泰》：「初九：拔茅茹，以其彙，征吉。」孔穎達《疏》：「彙，類也，以類相從……征，行也。」陸贄《請許臺省長官舉薦屬吏狀》：「惟廣求才之路，使賢者各以彙征，啓至公之門，令職司皆得自達。」

〔九〕乘：升，登。沆瀣：夜間水氣。《楚辭·遠遊》：「餐六氣而飲沆瀣兮，漱正陽而含朝霞。」王逸《注》：「《凌陽子明經》言：春食朝霞……冬飲沆瀣。沆瀣者，北方夜半氣也。」危：高。

〔一〇〕幽坰：幽深郊野。

〔一一〕效用：效勞、效力。登：收録。《淮南子·繆稱訓》：「錦繡登廟。」高誘《注》：「登，猶入也。」

〔一二〕闠閾：門檻，門限。丁：當，碰上。《詩經·大雅·雲漢》：「耗斁下土，寧丁我躬。」朱熹《詩集傳》：「丁，當也。」

〔一三〕旅楹：衆多楹柱。《詩經・商頌・殷武》：「松桷有梴，旅楹有閑。」朱熹《詩集傳》：「旅，衆也。」

〔一四〕閈閎：門。户牖：窗户；户，襯字，無義。闌楯：欄杆。檻櫺：欄杆上雕花木格子。冗：凡庸，低劣。薪蒸：薪柴。《左傳・昭公二十年》：「藪之薪蒸，虞候守之；海之鹽蜃，祈望守之。」

〔一五〕莫與京：大得無與倫比，參看本卷《浦陽五賢贊并序》。

〔一六〕敻：遠。杳冥：極高遠處，高空。

〔一七〕承：順從，奉承。《詩經・大雅・抑》：「子孫繩繩，萬民靡不承。」

〔一八〕獲濟：成功。蘇軾《答王定國二首》：「静以待之，勿令中途齟齬，自然獲濟。」

〔一九〕靖惟：安静地思考；靖，通「静」。《漢書》卷一百上《敘傳上》：「靖潛處以永思兮。」顔師古《注》：「靖，古静字也。」

〔二〇〕幽：昏暗，黯淡。《楚辭・九章・懷沙》：「玄文幽處兮。」王逸《注》：「幽，冥也。」呈：顯露，彰顯。《列子・天瑞》：「而味味者未嘗呈。」殷敬順《釋文》：「呈，示見也。」

〔二一〕懲：警惕。嵇康《琴賦》：「懲躁雪煩。」李周翰《注》：「懲，戒也。」

〔二二〕弁：古代行冠禮時所用之皮弁與爵弁。《禮記・冠義》：「醮於客位，三加彌尊，加有成也。」

鄭玄《注》：「冠者，初加緇布冠，次加皮弁，次加爵弁，每加益尊，所以益成也。」

〔二三〕替：廢棄，丟棄。《説文》：「替，廢。」《爾雅·釋言》：「替，廢也。」高明：此指顯貴地位。揚雄《解嘲》：「高明之家，鬼瞰其室。」劉良《注》：「高明富貴之家，鬼神窺望其室，將害其滿盈之志矣。」

〔二四〕繩繩：連綿不斷。煒：光輝燦爛貌。門旌：大門口表彰褒獎之匾額牌坊。

〔二五〕嘗蒸：秋祭與冬祭，泛指祭祀。

〔二六〕騫：虧損，詳見卷一《吴集賢新堂詩》。兢兢業業：謹慎戒懼貌。《尚書·臯陶謨》：「兢兢業業，一日二日萬幾。」孔《傳》：「兢兢，戒慎；業業，危懼。」

〔二七〕徵：驗證。百行：各種品行。司馬光《家範》卷四《子上》：「夫爲人子而事親或虧，雖有他善累百，不能掩也。」《吕氏春秋》卷十四《孝行覽第二》：「夫孝，三皇五帝之本務，而萬事之紀也。夫執一術而百善至百邪去天下從者，其惟孝也。」

〔二八〕幸：希望。祇：恭敬。《説文》：「祇，敬也。」程：效法。《詩經·小雅·小旻》：「哀哉爲猶，匪先民是程。」

論長孫無忌

長孫無忌以元勳近戚〔一〕，輔相三朝〔二〕，竟乃坐視武氏之奸，而莫之或救，卒以殉之。觀其事，未嘗不爲之流涕也。

方太宗建儲之際，固已疑晉王之懦弱，而有意於吴王恪矣。無忌乃爲之擁護晉王而疏恪，豈不以晉王爲己之出，而欲藉之以長保富貴故耶〔三〕？太宗且死，無忌遂以遺命立晉王〔四〕。既又陷恪以罪而誅之〔五〕。無忌於此，亦可謂計出萬全矣。殊不知害己者，乃不在於恪，而在於晉王之武氏也。武氏陷無忌以反，固不異於無忌之陷恪以逆。若武於此時明恪之冤，而以構害元德蔑棄宗親戮之〔六〕，無忌其謂何？

無忌此舉，又豈止禍及一身而已？雖唐室之衰，亦未必不自此始也。何則〔七〕？恪之在諸王中，誠英果人也。使恪而不死於無忌之手，則武氏之奸心猶有所忌也。夫惟武氏之無所忌，而後李氏之子孫無遺類矣〔八〕。唐之衰也，又豈待於易姓改號之日而見之哉？嗟乎！以無忌之才，猶乃一舉而家國俱亡〔九〕，則彼大臣之謀國，而欲一出於智力，信不可矣！

【題解】

長孫無忌，唐初大臣，輔佐李世民誅殺皇太子李建成，以功績第一封齊國公。太宗臨終，詔長孫無忌與褚遂良爲托孤大臣。高宗即位，欲立武則天爲皇后，長孫無忌不可，從此結怨武氏，終爲武氏所害。《新唐書》卷一百五《長孫無忌》：「長孫無忌，字輔機……事益急，乃遣無忌陰召房玄齡、杜如晦定計。無忌與尉遲敬德、侯君集、張公謹、劉師立、公孫武達、獨孤彦雲、杜君綽、鄭仁恭、李孟嘗討難，平之。王爲皇太子，授左庶子。即位，遷吏部尚書，以功第一，進封齊國公。帝以無忌皇后兄，又少相友，眷倚日厚，常出入卧内……帝曰：『我欲立晉王。』無忌曰：『謹奉詔，異議者斬！』帝顧王曰：『舅許汝矣，宜即謝。』王乃拜……帝又欲立吴王恪，無忌密争止之……方在離宫，皇太子悲慟，無忌曰：『大行以宗廟、社稷屬殿下，宜速即位。』因秘不發喪，請還宫。太子即位，是爲高宗……帝欲立武昭儀爲后，無忌固言不可。帝密以寶器錦帛十餘車賜之，又幸其第，擢三子皆朝散大夫，昭儀母復詣其家申請。許敬宗數勸之，無忌厲色折拒。帝後召無忌、遂良及于志寧言后無息，昭儀有子，必欲立之者。無忌已數諫，即曰：『先帝付托遂良，願陛下訪之。』遂良極道不可，帝不聽。后既立，以無忌受賜而不助己，銜之。敬宗揣后指，陰使洛陽人李奉節上無忌變事，與侍中辛茂將臨按，傅致反狀……遂下詔削官爵封户，以揚州都督一品俸置於黔州，所在發兵護送；流其子秘書監沖等於嶺外；從弟渝州刺史知仁貶翼州司馬。後數月，又詔司空勣、中書令敬宗、侍中茂將等覆按反獄。敬宗令大理正袁公瑜、御史宋之順等即黔州暴訊。無忌投繯卒，沖免死，殺族子祥，流族弟思於檀口，大抵期親皆謫徙。」

【箋注】

〔一〕元勳近戚：首功外戚；長孫無忌功冠衆臣，又爲文德皇后同母兄、唐高宗李治母舅。

〔二〕輔相：輔佐。三朝：指唐高祖、太宗、高宗。

〔三〕《新唐書》卷七十六《后妃上·文德長孫皇后》：「兄無忌，於帝本布衣交，以佐命爲元功，出入卧内。」《新唐書》卷三《高宗皇帝》「高宗天皇大聖大弘孝皇帝諱治，字爲善，太宗第九子也，母曰文德皇后長孫氏。」

〔四〕且：助詞。王引之《經傳釋詞》卷八《且徂》：「且，句中語助也。《莊子·齊物論篇》曰：『夫隨其成心而師之，誰獨且無師乎？』……且字皆句中語助。」

〔五〕《新唐書》卷八十《太宗諸子·鬱林王恪》：「帝初以晉王爲太子，又欲立恪，長孫無忌固争，帝曰：『公豈以非己甥邪？且兒英果類我，若保護舅氏，未可知。』無忌曰：『晉王仁厚，守文之良主，且舉棋不定則敗，況儲位乎？』帝乃止。故無忌常惡之。永徽中，房遺愛謀反，因遂誅恪，以絶天下望。臨刑呼曰：『社稷有靈，無忌且族滅！』」

〔六〕元德：大德。

〔七〕何則：何，同義複詞。王引之《經傳釋詞》卷八《則》：「何則，何也。《墨子·尚賢篇》曰：『故雖昔者三代暴王桀紂幽厲之所以失損其國家，傾覆其社稷者，已此故也。何則？皆以明小物而不明大物也。』……義并與何也同。」

〔八〕遺類：殘存者。

〔九〕猶乃：尚且，同義複詞。《經傳釋詞》卷六《乃》：「乃，猶且也。《書·大誥》曰：『若考作室，既厎法，厥子乃弗肯堂，矧肯構？厥父菑，厥子乃弗肯播，矧肯獲？』乃字并與且同義。」

論唐太宗六月四日事

余讀《唐史》，至太宗六月四日事，爲之喟然太息。嗟乎！以太宗之英武好名，而卒定計於秦府群小〔一〕，惜哉！太宗首倡非常之謀以勘定海宇〔二〕，則高祖之有天下，誠太宗之功也。雖然，立子以長不以功，高祖之欲傳位於太宗，固義有不可，而太宗之屢辭不受者，豈亦有見於此乎〔三〕？由是而觀，則太宗之心，固已灼知大義之所在矣！其後卒至蹀血禁門，貽譏萬世而不顧者〔四〕，亦由房、杜二人陷之而然耳〔五〕。

寧獨房杜哉？當是時，太宗既誅巢、隱〔六〕，一二近臣惟勸其釋甲以就刑，可也；若高祖念其事非得已而原之，然後輔之以圖後功，亦可也。竟乃釋此不爲。而尉遲敬德者方乃擐甲持矛，直至上前，借曰「恐其驚動上」，意亦何事於矛甲哉〔七〕？敬德此舉，直恐高祖之怒心一發，且將不利於太宗，故特假此以迫脅之〔八〕。使高祖於此不幸偶如其所料，則敬德之矛寧無所施乎？尚賴高祖隱忍而曲全之，故得深潛而不發耳。

雖然，苟非蕭瑀、陳叔達輩爲之陰移其所向，則高祖寧不逆探其本心耶〔九〕？設有以逆探其本心，執付大理以論罪〔一〇〕，太宗將何説之辭？秦府群小之不忠於所事，乃至此也！噫，此輩未足深恨，太宗爲一代賢君，亦從之而不疑，何其悲哉！

【題解】

唐武德九年六月四日，李世民發動玄武門之變，誅殺李建成與李元吉。《新唐書》卷一《高祖皇帝》：「六月丁巳，太白經天。庚申，秦王世民殺皇太子建成、齊王元吉。大赦。」《新唐書》卷二《太宗皇帝》：「太宗爲人聰明英武，有大志，而能屈節下士。時天下已亂，盜賊起，知隋必亡，乃推財養士，結納豪傑。長孫順德、劉弘基等，皆因事亡命，匿之。又與晉陽令劉文靜尤善，文靜坐李密事繫獄，太宗夜就獄中見之，與圖大事。時百姓避賊多入城，城中幾萬人，文靜爲令久，知其豪傑，因共部署。計已定，乃因裴寂告高祖。高祖初不許，已而許之……武德元年，爲尚書令、右翊衛大將軍，進封秦王……太子建成懼廢，與齊王元吉謀害太宗，未發。九年六月，太宗以兵入玄武門，殺太子建成及齊王元吉。高祖大驚，乃以太宗爲皇太子。」

【箋注】

〔一〕秦府：李世民登基之前，以功勳顯赫封秦王。

〔二〕勘定：平定。勘，通「戡」。

〔三〕《新唐書》卷七十九《高祖諸子·隱太子建成》：「又謂秦王曰：『吾起晉陽，平天下，皆爾力，將定東宮，爾亟讓，故成而美志。』」

〔四〕蹀血：踏血前進，形容殺人甚衆。

〔五〕房杜：唐太宗謀士房玄齡與杜如晦，懷抱利器，有王佐才。太宗起兵經營四海，房杜隨侍左右，參帷幄機密，爲股肱大臣。太宗爲秦王時，隱太子建成、齊王元吉欲害之。秦王夜召房杜計事，遂發兵玄武門以誅無道。詳見《新唐書》卷九十六《房玄齡杜如晦》。

〔六〕巢隱：唐高祖李淵第四子李元吉和長子李建成。《新唐書》卷七十九《高祖諸子》：「隱太子建成小字毗沙門……太宗立，追封建成爲息王，謚曰隱……巢剌王元吉小字三胡……貞觀初，改葬，追爵海陵郡王及謚。後改封巢。」

〔七〕擐甲：身穿鎧甲。

〔八〕《新唐書》卷八十九《尉遲敬德》：「時帝泛舟海池，王命敬德往侍，不解甲趨行在。帝驚曰：『今日之亂爲誰？爾來何邪？』對曰：『秦王以太子、齊王作亂，舉兵誅之，恐陛下不安，遣臣宿衛。』帝意悦。於是南衙、北門兵與府兵尚雜鬥，敬德請帝手詔諸軍聽秦王節度，内外始定。」

〔九〕《新唐書》卷七十九《高祖諸子·隱太子建成》：「建成、元吉至臨湖殿，覺變，遽反走，秦王隨呼之，元吉引弓欲射，不能彀者三。秦王射建成即死，元吉中矢走，敬德追殺之……帝謂裴寂等曰：『事今奈何？』蕭瑀、陳叔達曰：『臣聞内外無限，父子不親，失而弗斷，反蒙其亂。建成、元吉自草昧以來，未始與謀，既立，又無功德，疑貳相濟，爲蕭牆憂。秦王功蓋天下，内外歸心，立爲太子，付軍國大務，陛下釋重負矣。』帝曰：『此吾志也！』乃召秦王至，尉撫之曰：『朕幾有投杼之惑。』秦王號泣不能止。」逆探：猜度探尋。《玉篇·辵部》：「逆，度也。」

〔一〇〕大理：大理寺，掌管刑獄之官署。論罪：判定罪行。

論王珪

諫君有道乎？曰：「有。人心亦各有所蔽有所明，故善諫者常不攻其蔽而惟導其明，使之自悟而已矣。是故自其所蔽而攻之，則言難入而聽者猒；自其所明而導之，則不必苦口正言〔一〕，但微中而紛已解〔二〕，此蓋諫君之道也。」

王珪諫太宗出王瑗之妻，其庶幾知此者乎〔三〕？夫好色乃太宗之所蔽，而懼亡則太宗之所明，故珪必先論王瑗得妻之由，而後以郭公善善之事告之，則太宗之祛所蔽也，有不待其辭之畢矣〔四〕。當是時，使珪厲聲正色曰：「此姬必不當取，此姬必不可留。」彼方溺於聲色之娛而怒其出言之暴也，其肯不旋踵而遽出乎？

褚遂良在唐室號稱王魏之亞〔五〕，然當高宗立武后之際，遂良爲之叩頭出血，而帝心終不之回者〔六〕，無他故焉，蓋高宗之蔽在於嬖寵武后，而遂良方且逆其所蔽而攻之〔七〕，其能痛抑而悅從哉！適足以殺其身而已矣。嗚呼！遂良之忠，則盛矣；語其才，猶在王珪下也。在《易·坎》之六四曰：「納約自牖，終無咎〔八〕。」然則王珪其賢乎！

【題解】

王珪，唐初賢臣。《新唐書》卷九十八《王珪》：「王珪，字叔玠……它日進見，有美人侍帝側，本廬江王瑗姬也。帝指之曰：『廬江不道，賊其夫而納其室，何有不亡乎？』珪避席曰：『陛下以盧江爲是邪？非邪？』帝曰：『殺人而取妻，乃問朕是非，何也？』對曰：『臣聞齊桓公之郭，問父老曰：郭何故亡？曰：以其善善而惡惡也。公曰：若子之言，乃賢君也，何至於亡？父老曰：不然，郭君善善不能用，惡惡不能去，所以亡。今陛下知盧江之亡，其姬尚在，竊謂陛下以爲是。審知其非，所謂知惡而不去也。』帝嗟美其言。」

【箋注】

〔一〕苦口正言：竭力勸説直言規諫。

〔二〕微中：委婉涉及事實；中，對應，符合。《論語·微子》：「言中倫，行中慮。」紛：糾紛，爭執。

〔三〕王瑗：唐太宗族兄盧江王李瑗。依附太子李建成，玄武門兵變後，起兵謀反被誅。初李瑗殺姬之夫而娶之，兵敗被殺後，瑗姬納入唐太宗後宫。

〔四〕郭公：春秋郭國君主。善善：欣賞善良者。《齊乘》卷六《人物·郭墟野人》：「謂郭公善善不能用，惡惡不能去，所以亡者。桓公賞焉。」《讀史方輿紀要》卷三十四《山東五·東昌府》：「郭城，在府東北。《水經注》：『郭水出聊城東北，泛則津注，水耗則輟流。』《寰宇記》：『南岸有郭城，春秋時亡國郭氏之墟也，即《傳》所稱郭公善善不能用，惡惡不能廢者。』」祛：清除。

〔五〕王：唐朝賢臣王珪。魏：唐太宗時大臣魏徵，以犯言直諫垂名史册，其事參見卷十六《題魏氏福源精舍》。亞：流亞，同類。《南史》卷七十二《顏協》：「時吴郡顧協亦在蕃邸，與協同名，才學相亞，府中稱爲二協。」

〔六〕《新唐書》卷一百五《褚遂良》：「褚遂良，字登善……曰：『吾奉遺詔，若不盡愚，無以下見先帝。』既入，帝曰：『罪莫大於絶嗣，皇后無子，今欲立昭儀，謂何？』遂良曰：『皇后本名家，奉事先帝。先帝疾，執陛下手語臣曰：我兒與婦今付卿！且德音在陛下耳，可遽忘之？皇后無它過，不可廢。』帝不悦。翌日，復言，對曰：『陛下必欲改立后者，請更擇貴姓。昭儀昔事先帝，身接帷第，今立之，奈天下耳目何？』帝羞默。遂良因致笏殿階，叩頭流血，曰：『還陛下此笏，丐歸田里。』帝大怒，命引出。武氏從幄後呼曰：『何不撲殺此獠？』無忌曰：『遂良受顧命，有罪不加刑。』會李勣議異，武氏立，乃左遷遂良潭州都督。」

〔七〕嬖寵：寵幸。逆：迎。

〔八〕六四：此指《坎》卦第四爻，屬於陰爻。《易經》每卦六爻，以「初、二、三、四、五、上」標明六爻自下而上之順序，以「九」表示陽爻，以「六」表示陰爻。約：通「擢」。無咎：没有災禍。高亨《周易大傳今注》：「納，送入也。約讀爲擢。擢，取出也。牖，屋牆上窗也……納約自牖，送之取之皆由窗間也……終無咎者，謂因人終被釋放而出獄。」

説

容齋説

大梁劉侯官浦江之始年，嘗即其所居西偏之室，治爲宴息之所〔一〕，而名曰容齋。越明年，部使者武威余闕公行縣於是，嘉劉侯之能大其德也，爲特書以題之〔二〕。劉侯圖侈公賜，亦既鏤版，揭諸楣間〔三〕；復俾縣人戴良爲文以廣其説。良曰：

嗚呼！是尚有待於余言哉？侯之自北而南，亦嘗觀夫泰山之與南海矣〔四〕。有石稜稜〔五〕，或裂或崩，如鵲之飛，如羊之蹲，隕而若星，凝而若雲，變怪奇崛，不得而具論。有土黑赤，有木棘櫟，載櫨載癭〔六〕，不埏不埴〔七〕，梓匠之所棄捐，陶冶之所屏斥〔八〕。又有鵰鶚鷹隼之禽，貙豻虎豹之獸〔九〕，號鳴飛走，怒争恨①鬥，喧騰乎左右。凡是數者，宜在所不容，而泰山實藏之。

有溝有渠，有污有滎〔一〇〕，瓜蔓而流，負羽不勝〔一一〕，難任我舟，難濯我纓〔一二〕。亦有蛇虺蛟鼉〔一三〕，噴浪乘濤；含沙蛄石〔一四〕，射影銜波；騂馬電躍〔一五〕，水兕雷咆。揚鰭而掉尾，閃舌而呀齒，噓腥而吐穢〔一六〕。凡是數者，宜在所不容，而南海實納之。故能崒嵂嵯峨〔一七〕，嵎嵎礅礅〔一八〕，超出萬類，特立九霄，雲雨蒸騰，風雷蕩摩〔一九〕，天下莫與争其高。汪洋洄渟〔二〇〕，渺渺沄沄〔二一〕，其下無底，其旁無垠，顛倒日月，浸潤乾坤，天下莫與争其深。

由是觀之，泰山也，南海也，所以能致其高與深者，以其有容也。傳曰：「山藪藏疾，川澤納污〔二二〕。」殆謂是歟？今夫丘陵，非不穹然高也〔二三〕，然不得與泰山并高者，由其容之者少也。沼沚非不淵然深也〔二四〕，然不得與南海并深者，由其容之者淺也。故論容德之極，而至於泰山之與南海止矣。

古之君子不褊淺以爲量，惟含忍以爲容，掩垢匿瑕以大其德〔二五〕，故曰：「有容，德乃大。」又曰：「我之大賢歟？於人何所不容？」是蓋無異乎泰山南海也。

侯能登泰山以求其所以高，臨南海以求其所以深，則容之爲義得矣。容將以大其德也，德之大，舍泰山與南海，孰得而方之〔二六〕？侯於此思無愧焉可也，而尚有待於余言哉？而尚有待於余言哉？侯名師稷，字之佐，大梁名家，有文學而尤粹於行〔二七〕，治家治人一本於寬，人稱爲長者云〔二八〕。」

【題解】

容，寬容，有道者美德。《尚書・周書・君陳》：「爾無忿疾於頑，無求備於一夫。必有忍，其乃有濟；有容，德乃大。」《論語・子張篇第十九》：「子張曰：『異乎吾所聞：君子尊賢而容衆，嘉善而矜不能。我之大賢與，于人何所不容？』」《新唐書》卷一百八《婁師德》：「其弟守代州，辭之官，教之耐事。弟曰：『人有唾面，潔之乃已。』師德曰：『未也。潔之，是違其怒；正使自乾爾。』」

容齋，元浦江主簿劉師稷書齋，其行迹參看卷五《浦江縣修學記》《送浦江主簿劉君滿歸序》、卷六《跋鮮于伯幾所制劉遺安壽詞後》及《附録・跋耶律公遺劉侯詩後》。《乾隆浦江縣志》卷七《秩官表・元》：「按浦江元不設丞。考主簿僅有趙郁，見柳貫《龍華寺記》；劉師稷，見戴良《修學記》。」

【校勘】

①恨：乾隆本作「狠」。

【箋注】

〔一〕大梁：地名，今河南開封；戰國時魏國都城。《史記》卷四十四《魏世家第十四》：「惠王三十一年，徙都大梁。」侯：古代士大夫尊稱。西偏：西邊。宴息：閑居休息。

〔二〕武威：元時甘肅等處行中書省永昌路西涼州。《讀史方輿紀要》卷六十三《陝西十二・涼州衛》：「武帝元狩二年，匈奴休居王降，置武威郡。後漢因之。魏晉時涼州并理於此……元初仍曰西涼府，尋改西涼州，屬永昌路。」余闕：元朝忠藎大臣，時拜浙東海右道肅政廉訪司僉事，詳見卷七《題余廉訪五大篆後》。題：題名。

〔三〕侈：張大。《詩經·小雅·巷伯》：「哆兮侈兮，成是南箕。」楣：門上横梁。

〔四〕南海：泛指南方大海。《史記》卷六《秦始皇本紀》：「上會稽，祭大禹，望於南海，而立石刻頌秦德。」

〔五〕稜稜：高峻突兀貌。

〔六〕尰：足腫，引申爲臃腫。《詩經·小雅·巧言》：「既微且尰，爾勇伊何！」毛《傳》：「骭瘍爲微，腫足爲尰。」癭：頸部囊狀瘤，此指樹幹外部隆起如瘤。《説文》：「癭，頸瘤也。」

〔七〕埏埴：和泥製作陶器。《老子》：「埏埴以爲器，當其無，有器之用。」河上公《注》：「埏，和也；埴，土也。謂和土以爲器也。」

〔八〕梓匠：木匠。陶冶：製作陶器和鐵器之工匠。屏斥：排斥。

〔九〕鵾鶚鷹隼：猛禽名。貙豻：野獸名。司馬相如《子虚賦》：「其下則有白虎玄豹，蟃蜒貙豻。」李善《注》引郭璞説：「貙，似狸而大。豻，胡地野犬也，似狐而小。」

〔一〇〕汚：凝滯不動之水。《左傳·隱公三年》：「潢汚行潦之水。」孔穎達《疏》：「服虔云：畜小水謂之潢，水不流謂之汚。」滎：小水流。《説文》：「滎濘，絶小水也。」

〔一一〕瓜蔓：瓜莖，喻水流細小曲折。負羽：此指浮起鳥羽。東方朔《十洲記》：「鳳麟洲在西海之中央，地方一千五百里，洲四面有弱水繞之，鴻毛不浮，不可越也。」

〔一二〕任：承載。纓：帽帶。《楚辭·漁父第七》：「滄浪之水清兮，可以濯吾纓；滄浪之水濁兮，可以濯吾足。」

〔一三〕蛇虵：蛇類。蛟鼉：水中鰐類動物。韓愈《石鼓歌》：「年深豈免有缺畫？快劍斫斷生蛟鼉。」

〔一四〕含沙：一名蜮，一種害人怪物，因其能在水中含沙射影，使人致病，故名。蛄石：通常作「石蛣」，蟲名，蚌蛤類。王維《送元中丞轉運江淮》：「去問珠官俗，來經石蛣春。」

〔一五〕騂馬：獸名。《山海經第三·北山經》：「旄水出焉，而東流注于印澤，其中多騂馬，牛尾而白身，一角，其音如呼。」

〔一六〕掉：搖動。閃舌：舌頭忽隱忽現。柳宗元《招海賈文》：「垂涎閃舌兮，揮霍旁午。」呀：呀呀，張口貌。獨孤及《和李尚書畫射虎圖歌》：「飢虎呀呀立當路，萬夫震恐百獸怒。」嘘：呼氣，出氣。《説文》：「嘘，吹也。」

〔一七〕崒嵂：高峻貌。嵯峨：高峻貌。

〔一八〕嵎嵎：曲折險阻貌。磝磝：山多石貌。韓愈《别知賦》：「山磝磝其相軋，樹蓊蓊其相摎。」

〔一九〕蕩摩：同「蕩磨」，震動摩擦。

〔二〇〕洄渟：盤旋匯聚；洄，水流回旋。《後漢書》卷七十六《王景》：「十里立一水門，令更相洄注，無復潰漏之患。」李賢《注》：「《爾雅》曰：『逆流而上曰洄。』郭璞《注》云：『旋流也。』」渟，水聚積不流。《史記》卷八十七《李斯列傳》：「禹鑿龍門，通大夏，疏九河，曲九防，決渟水，致之海。」

〔二一〕渺渺：悠遠貌。沄沄：水流洶湧貌。《楚辭》王逸《九思·哀歲》：「流水兮沄沄。」

〔二二〕傳：古書，此指《左傳·宣公十五年》，唯前後兩句順序相反。山藪：山嶺濕地。疾：惡毒之物，如瘴癘、猛獸、長蛇等。

〔二三〕穹然：高大貌。

〔二四〕沼沚：水池，偏義複詞；沚，水中小洲，此爲襯字。

〔二五〕褊淺：狹隘膚淺。量：標準，法度。《管子·牧民》：「上無量，則民乃妄。」容：法度，準則。《廣雅·釋詁一》：「容，法也。」《吕氏春秋·士容》：「此國士之容也。」高誘《注》：「容，猶法也。」掩垢匿瑕：掩蓋污垢隱藏缺點。

〔二六〕方：比擬，比較。《資治通鑑·漢紀三十四》：「時人方於召信臣。」胡三省《注》：「方，比也。」

〔二七〕文學：文章博學。《論語·先進》：「文學：子游，子夏。」刑昺《疏》：「若文章博學，則有子游、子夏二人也。」行：品行。

〔二八〕長者：謹慎厚道者。《韓非子·詭使》：「重厚自尊謂之長者。」

説佩　送義門鄭仲舒

《詩》不云乎「褋佩以贈之〔一〕」？則佩者，蓋古所以贈人而勉之以取法者也。今仲舒之行，亦既無佩之可贈，獨爲之説以告之，何如？仲舒曰：「是余之志也。」乃作而言曰〔二〕：

仲舒，其知是佩之説乎？上俯而下承，中鋭而旁曲也。上而不俯，則無以綴下；下而不承，則無以繫上；中不鋭，則不能以有擊；旁不曲，則不能以有受。居乎上者，珩；居乎下者，衝牙之與璜也〔三〕。珩，言其俯；衝牙與璜，言其承也，衝牙居中而能鋭，璜居旁而能曲也。合是三者，所以具爲佩之制，而爲君子之所法焉者也。

若夫資以繫上而中貫之者，瑀；資以綴下而旁貫之者，琚〔四〕；錯乎琚瑀者，珠；聯乎琚瑀與珠者，綬：一皆參居乎三者之間〔五〕，而非其要也。非其要者，謂不爲君子之所取法也。必君子之所取法而後可，則雖有環以召之〔六〕，有玦以絶之〔七〕，有金以寒之〔八〕，有象以文之〔九〕，有觿以示其事，有韘①以表其用〔一〇〕，有韋以戒其性之急，有弦以警其志之緩〔一一〕，亦皆不足以言佩也：是蓋超居乎三者之外，而非其類也〔一二〕。

非其要而猶待是以成佩者，以其能安是佩於君子也；非其類而猶冒之以爲佩者，以其能存是佩於君子也〔一三〕。然所以得爲佩之正而爲君子之所取法者〔一四〕，則惟三者爲然也。三者之所以能然者，亦在乎上俯而下承，中鋭而旁曲也。

今仲舒與其兄仲幾、弟仲潛三人者〔一五〕，懷玉而遠遊，抱器而效用〔一六〕，太師大丞相見而奇之〔一七〕，因館置府下十餘載，其所以貴重之者，往往有異於他士。後雖薦達之，以有禄位於朝，然亦不使遠違乎左右〔一八〕。蓋凡治己治人之道〔一九〕，恒欲資之而有助焉。則夫三人之見取於大丞相者，豈不猶斯佩之見取於君子矣乎！

三人者，誠能俯乎其民，若珩之有綴；承乎其君，若璜與衝牙之有繫；鋭以去惡，若衝牙之有擊；曲以納善〔二〇〕，若璜之有受。吾見其示法於君子也，其亦異乎琚瑀珠綬者矣，其亦異乎環玦金象觿韘韋弦者矣。

雖然，珩也，璜也，衝牙也，非生而有之也，必待君子者而爲之制，然後俯焉而俯，承焉而承，鋭焉而鋭，曲焉而曲，以克成乎其爲佩也。然則三人之不愧於斯佩者，豈非由我大丞相有以玉成之乎〔二一〕？而三人者，其尚益守乃職〔二二〕，以期無負乎大丞相可也。

三人與良皆友善，而仲舒爲尤厚。今仲舒以三年之喪畢，奉大丞相之命還京。良蓋望其有以見法於君子也，故於其行，爲之説佩以贈。

【題解】

佩，古代結於衣帶之飾物。鄭濤，浦江鄭義門佳弟子，其事亦見本書卷五《經筵録後序》。《義門鄭氏奕葉文集·目録》：「元太常博士《藥房集》。公諱濤，字仲舒，從吴貞文公遊，以文章名世，薦授經筵檢討，每進講，天子爲之首肯。權參贊官，除翰林國史編修，改國子助教，轉太常博士，階奉議大夫。論張士誠不當賜謚，忤宰執意，退居鄉里，以經傳教子姓。所著有《經筵録》二卷，《容臺稿》《成均稿》，俱永樂四年進呈御覽，留史館；所存止《藥房集》。」

《説佩》作於鄭濤丁父憂服闋還朝時。黄溍《黄文獻公集》卷六《送鄭仲舒還朝序》云：「仲舒亦以外艱南歸，服除當還朝……古之贈言者，將以增益其所未至；而今之贈言者，直欲爲之延譽，俾增益於一時。仲舒之先，聚族而居，迨今九葉，朝廷既旌其門閭，而復其徭役，士大夫莫不爲之紀詠以侈其事。仲舒染濡家庭義方之訓，厚自樹立，卓然有過人者。予固無以爲其增重。而仲舒有國之元臣以爲知己，凡所納交，皆鴻生魁彦，亦無俟予爲之延譽而有所增重。若夫攄瓌奇之素藴，酬特達之殊遇，以增崇乎遠大之業，此則予區區愛助之情，不容已於言者。矧今明良相逢，夙夜圖治，網羅衆彦，靡或遐遺。仲舒諸父昆弟，宦遊於京國，有同升館閣者，仲舒踵武蟬聯奕葉之盛，衣被雲漢昭回之光，使澤加於人，名重於後，在此行矣。豈但躡尋故步，取一資半級以爲州里之榮哉！」

【校勘】

① 韘：諸本悉作「韘」，據《詩經·衛風·芄蘭》與《説苑·修文》改。

【箋注】

〔一〕褋佩：各種飾玉連綴而成之玉佩。《詩經·鄭風·女曰鷄鳴》：「知子之來之，雜佩以贈之。知子之順之，雜佩以問之。知子之好之，雜佩以報之。」毛《傳》：「雜佩者，珩、璜、琚、瑀、衝牙之類。」朱熹《詩集傳》：「雜佩者，左右佩玉也。上横曰珩，下繫三組，貫以蠙珠。中組之半貫一大珠，曰瑀；末懸一玉，兩端皆鋭，曰衝牙。兩旁組半各懸一玉，長博而方，曰琚；其末各懸一玉，如半璧而内向，曰璜。又以兩組貫珠，上繫珩兩端，下交貫於瑀，而下繫於兩璜。行則衝牙觸璜而有聲也。」

〔二〕作：起立。

〔三〕珩：佩玉上端横玉。衝牙：玉佩部件。璜：半璧，半圓形玉。

〔四〕資：憑藉。貫：以繩穿物。《離騷》：「貫薜荔之落蕊。」瑀：玉佩上之美石。琚：玉佩上之美石。

〔五〕參居：雜處，夾雜居處。

〔六〕環：中間有孔之圓形美玉，常用來赦免召還罪臣。《漢書》卷五十四《李陵》：「立政等見陵，未得私語，即目視陵，而數數自循其刀環，握其足，陰諭之，言可歸還也。」

〔七〕玦：形狀似環而有缺口之玉佩，常表示斷絶關係。《荀子·大略》：「絶人以玦，反絶以環。」

〔八〕金：金屬，代刀劍。寒：恐懼戰慄。

〔九〕象：象牙。《禮記·玉藻》：「笏，天子以球玉，諸侯以象。」文：修飾。

〔一〇〕觿：古代解繩結之錐，製以骨石。韘：扳指，古時射者套在右手大拇指上用以鈎弦，製以象骨。《詩經·衛風·芄蘭》：「芄蘭之支，童子佩觿……芄蘭之葉，童子佩韘。」劉向《説苑》卷十九《修文》：「能治煩決亂者佩觿，能射御者佩韘。」

〔一一〕韋：熟皮。弦：弓弦。《韓非子·觀行》：「西門豹之性急，故佩韋以自緩；董安于之性緩，故佩弦以自急。故以有餘補不足，以長續短之謂明主。」任昉《王文憲集序》：「夷雅之體，無待韋弦。」李善《注》：「韋，皮繩，喻緩也；弦，弓弦，喻急也……言王公平雅之性，無待此韋弦以成也。」

〔一二〕超：遥遠。《楚辭·九歌·國殤》：「出不入兮往不反，平原忽兮路超遠。」王逸《注》：「言身棄平原山野之中，去家道甚遠也。」

〔一三〕待：依靠，依仗。《吕氏春秋·無義》：「不窮奚待？」高誘《注》：「待，恃也。」冒：假充，假托。

〔一四〕正：主體，核心。《吕氏春秋・執一》：「而爲萬物正。」高誘《注》：「正者，主。」

〔一五〕仲舒：鄭濤，仲舒其字也，元翰林檢討，浦江鄭義門人，參看卷五《經筵録後序》。《麟溪集》寅卷上鄭淵《奉議大夫太常博士兄行實》：「又二年丙戌，僉憲兄在道濟相府，以道濟命來召公。至則延入東閣，俾爲子師。其秋道濟以浮言去國，以子托公兄弟爲教。時道濟冤仇當道，凡道濟所用人皆置以法。公不少避，人皆爲公憂。而卒以儒者守義，弗與於禍。」仲幾：鄭深，一字仲幾，一字浚常，詳見卷一《鄭僉憲授官南歸》。仲潛：鄭泳，仲潛其字也。《義門鄭氏奕葉文集・目録》：「元温州路經歷《半軒集》。公諱泳，字仲潛。損益司馬氏《書儀》、朱子《家禮》，定爲《鄭氏家儀》。於《詩》更小序之乖戾者數條；於《孝經》去分章著《集解》；又作《春秋集義》《諸經史傳》，多所發明。晚尤潛心於《易》，著《道樞釋陰符經》。歷官至温州路總管府經歷。明興，朝臣薦修大典，固辭。高廟知不可屈，詔毋行以全其高。」《麟溪集》寅卷上王景《故承務郎温州路總管府經歷鄭君墓誌銘》：「君諱泳，字仲潛，姓鄭氏……君少從潛溪宋公遊學四方，尤好倜儻奇偉之畫。及壯，以材識受知於元賢相脱脱，辟爲三公府掾。維匡調節，補益弘多。」

〔一六〕懷玉：懷抱美德。《白虎通義・考黜》：「玉者，德美之至也。」抱器：懷才待時。

〔一七〕太師大丞相：此指脱脱，元末政治家、軍事家，詳見卷八《祭脱脱丞相祠》。

〔一八〕薦達：推薦引進。違：離開。

〔一九〕治己：修煉自身。《明儒學案》卷四十五《諸儒學案上》：「治己必先治心，心者舟之舵也，欲正其舟，而不正其舵，可乎？」

〔二〇〕銳：銳氣，勇往直前之氣勢。曲：委曲，遷就。《説文解字注》十二篇下《曲》：「引申之爲凡委曲之稱。」

〔二一〕玉成：幫助成全。張載《西銘》：「富貴福澤，將厚吾之生也；貧賤憂戚，庸玉女於成也。」

〔二二〕尚：希望。《尚書・大禹謨》：「爾尚一乃心力，其克有勳。」

書

答徐進明書

比辱函書爲贄，欲相與以質其所學〔一〕。僕既愚無似〔二〕，又且齒弱而身賤，其素所爲未有足稱其取信於人，人亦未嘗有以是事資於僕者〔三〕。今足下乃獨冒然及之，其亦何所取擇耶？豈足下之有取於僕者，徒以其鄉多先生長者，遂謂能得其學而有可以及人者耶？是殆不然。人之爲學，固由於先生長者而後得，然未可以是而必其有學也〔四〕。

通都之市有大賈焉，所以聚天下之貨寶，通遠近之有無〔五〕。當市門之晝開也，鄉之人持資而求寶者至矣，遠方之人持資而求寶者亦至矣，而大賈者因爲之出其寶以權其價〔六〕。價之合也，則捆載而去之；其不合也，則倒橐垂囊，攘臂而空出〔七〕。方是時，又奚暇問其鄉之人與其遠方之人哉？今夫先生長者之於學，亦猶大賈之於寶也。大賈之於寶，不能偏私於鄉人；先生長者之於學，又豈能獨厚於其鄉哉？

由是觀之，則君子之論人，當取其人之賢而不必惟其鄉之信，亦已明矣。若不問其人之賢而惟以其鄉之信，則是孔孟之里，皆可以爲聖賢〔八〕；盧鄭之鄰，皆可以爲醫卜〔九〕；西子之國，皆可以充後宮〔一〇〕；師曠之邦，皆可以備工瞽〔一一〕；伊傅之黨人，皆可以輔相於明王〔一二〕；孫吴之邑子〔一三〕，皆可以雪恥於强敵矣。其在物也，則麒麟之藪，皆可以稱仁獸〔一四〕；鳳凰之苑，皆可以名神鳥〔一五〕；翡翠之囿〔一六〕，皆可以言珍禽；驊騮之櫪，皆可以目良馬矣〔一七〕。夫蘭茝之谷，蕭艾茂焉〔一八〕；杞梓之林，荆棘出焉〔一九〕；蓬生於麻〔二〇〕，薪錯於楚〔二一〕：物之不繫於其類也久矣！又可以其善者而遂信其不善者哉。考之於人既如彼，求之於物又如此，而足下之於僕，顧乃不問其可否，不論其是非，徒見其鄉之多賢，則謂其人之必賢，其亦取擇之不審矣。取擇之不審，已不可用之於交好，況欲相與以質所學耶！

夫質之云者，爲師者之事也。師自柳河東已不敢當是名矣〔二二〕，而返以施於僕。使僕有過於河東者，乃可爲足下師，若猶未也，則是佞譽誣諛〔二三〕，妄加是名以相欺耳。縱僕樂足下之佞譽，昧足下之誣諛，輒受是名而不辭，然於足下亦何所增加哉？足下固非佞譽誣諛之人，特以過信之，故不覺其偶類耳〔二四〕。僕之屑屑云爾者，亦欲足下之審擇所與，以益其所學，非敢過爲訐直以相角鬬也〔二五〕。足下苟以前者之所陳，比物引類〔二六〕，曲喻而旁譬之〔二七〕，則有以曉僕之意矣。適有小疾①，不能親書，幸察！

【題解】

徐進明，元末金華人。童冀《尚絅齋集》卷二《送徐進明序》：「天下多事，志士之幸，而民生之不幸也。夫志士非幸天下之多故也，非其時則無以見其志士焉。昔者三代而降，天下多故，無甚於戰國典午之季，而志士幸遇亦無甚於斯世，然當時生民塗炭爲何如哉？是則志士之幸，誠民生之不幸也。然非志士無以靖天下，則志士幸遇，生民亦與有幸焉。海宇混一以來垂八十年，晏安無事，尚志之士偃蹇於山林巖穴之間没世無聞者，曷可枚舉？視當時羣生咸遂，幸莫大焉。承平寖久，兵弛吏偷，變起不虞，因以饑饉，戈戟蔓延半東南，故世之志士往往攘袂奮臂，日趨於功名。吾友徐君進明亦有志焉。進明早業進士，薦不得志於有司，懼親老不逮祿也，將東走憲臺，干王公大臣以發其志，以就其功名，歸以爲親榮。同遊之士既歌以贈之，且徵予序。予既傷天下之多故，重懼斯民之不幸，且歎志士不世遇也，聊於進明焉發之。進明其慎乎哉！毋以得志爲可幸也！異時靖禍亂者幸出於志士，俾民生亦與幸焉，則吾有望焉爾。不然，則居易俟命，豈非志士之上策也哉！」

【校勘】

①疾：乾隆本作「病」。

【箋注】

〔一〕函書：書信。贄：禮物。相與：結交。質：詢問，驗證。揚雄《太玄·玄數》：「爰質所疑於神於靈。」范望《注》：「質：問也。」

〔二〕無似：不肖，德薄才鮮。《禮記·哀公問》：「寡人雖無似也，願聞所以行三言之道，可得聞乎？」鄭玄《注》：「無似，猶言不肖。」

〔三〕稱：符合，匹配。資：憑藉。《易·乾》：「大哉乾元，萬物資始。」

〔四〕必：確定，肯定。《韓非子·顯學》：「無參驗而必之者，愚也。」

〔五〕通都：四通八達之都市。韓愈《原道》：「爲之工以贍其器用，爲之賈以通其有無。」

〔六〕因：於是。權：衡量，比較。

〔七〕稛載：捆載。《國語·齊語第六》：「諸侯之使，垂橐而入，稛載而歸。」韋昭《注》：「垂，言空而來；橐，囊也，言重而歸也。」攘臂：捋袖伸臂，振奮或發怒貌。

〔八〕陳普《勸學歌》：「一物一則同一敬，牢守孔孟張朱程。」

〔九〕盧：秦越人，或曰扁鵲，或曰盧醫，春秋時名醫。《史記》卷一百五《扁鵲倉公列傳第四十五》：「扁鵲者，勃海郡鄭人也，姓秦氏，名越人……爲醫或在齊，或在趙，在趙者名扁鵲。」張守節《正義》：「號盧醫，今濟州盧縣。」鄭：鄭詹尹，楚國主管卜筮者。屈原《楚辭·卜居》：「屈原既放，三年不得復見。竭知盡忠而蔽障於讒。心煩慮亂，不知所從。乃往見太卜鄭詹尹：『余有所疑，願因先生決之。』詹尹乃端策拂龜，曰：『君將何以教之？』」

〔一〇〕西子：春秋越國美女西施。《宣統諸暨縣志》卷三十六《人物志·列女傳一》：「西子姓施氏，名夷光，世居諸暨縣苧蘿山下，山離縣五里，今在城南門外。施氏有東西二村，夷光居西，稱西施。父鬻薪，母浣紗，今山厓有方石，相傳爲西施浣紗石也。母嘗浴帛於溪石，明珠射體，感而孕；又夢翠鷄五色，自空而下，久之，化爲鶚，遂生焉。有殊色，嘗病心而矉，人轉美之。鄰女慕焉，人皆憎之，其嬌豔如此……乃處於椒花之房，貫細珠以爲簾幌，朝下以蔽景，夕卷以待月。二人當軒并坐，理鏡靚妝於珠幌之内，竊觀者莫不動心驚魂，謂之神人。吴王目之，若雙鸞之在輕霧，沚水之漾秋蕖，而寵媚西施尤甚。」

〔一一〕師曠：春秋晉國著名政治家與音樂家。《莊子·駢拇第八》：「且夫屬其性乎仁義者，雖通如曾史，非吾所謂臧也；屬其性於五味，雖通如俞兒，非吾所謂甘也；屬其性乎五聲，雖通如師曠，非吾所謂聰也；屬其性乎五色，雖通如離朱，非吾所謂明也。」工瞽：古代樂師。

〔一二〕伊：伊尹，名阿衡，商初股肱重臣。輔弼商湯伐桀廢夏，功勳絶倫。後立商湯嫡長孫帝太甲，帝太甲暴虐無道，伊尹流帝太甲於桐宫而攝政。帝太甲悔過修德，伊尹親迎歸政，天下大治，黎庶安寧。傅：傅説，商朝武丁時賢臣。帝武丁夜夢聖人，遣百官四出尋訪，得傅説於傅險。武丁遽授傅説以相位，天下因之大治。伊傅二賢悉録《史記》卷三《殷本紀第三》。黨人：鄉人。

〔一三〕孫：孫武，春秋吴王闔廬時兵家。闔閭倚重孫武，西破强楚，北威齊晉，顯名諸侯。吴：吴起，戰國時兵家。衛國左氏人，善用兵。初爲魯將，魯君信讒而疑之。魏文侯賢，委質爲魏將，屢樹奇勳，擢西河守。文侯死，奔楚悼王以避害。至則相楚，明法審令，震懾諸侯。楚悼王死，吴起見害於諸權貴。孫吴二將俱見《史記》卷六十五《孫子吴起列傳第五》。邑子：鄉里青年。

〔一四〕麒麟：傳説中瑞獸。丁岳《古風》：「麒麟四靈長，群獸孰敢當？」藪：人物會聚地。

〔一五〕鳳凰：瑞鳥。鮑溶《子規》：「吾聞鳳凰長，羽族皆受制。」苑：蓄養禽獸之園林。

〔一六〕翡翠：一種珍禽。杜甫《絶句六首》：「竹高鳴翡翠，沙僻舞鶤鷄。」囿：有圍牆之動物園。

〔一七〕櫪：馬槽。目：稱。《穀梁傳·隱公元年》：「殺世子母弟目君，以其目君，知其爲弟也。」

〔一八〕蘭茝：兩種香草名。屈原《九歌·湘夫人》：「沅有茝兮澧有蘭。」蕭艾：艾蒿，臭草名。《楚辭·離騷》：「何昔日之芳草兮，今直爲此蕭艾也！」

〔一九〕杞梓：兩種良木。司馬光《送李汝臣同年謫官導江主簿》：「良工構明堂，必不遺杞梓。」

〔二〇〕《荀子·勸學》：「蓬生麻中，不扶而直；白沙在涅，與之俱黑。」

〔二一〕薪錯於楚：低矮薪柴與高大牡荆混雜并處。楚：高大牡荆，其枝幹堅勁，可製手杖。《詩經·周南·漢廣》：「翹翹錯薪，言刈其楚。」鄭玄《箋》：「楚，雜薪之中尤翹翹者。」

〔二二〕柳河東：柳宗元，字子厚，河東人，世人尊稱柳河東。柳宗元《河東先生集》卷三十四《答韋中立論師道書》：「辱書云欲相師。僕道不篤，業甚淺近，環顧其中，未見可師者。雖常好言論，爲文章，甚不自是也。不意吾子自京師來蠻夷間，乃幸見取。僕自卜固無取，假令有取，亦不敢爲人師。爲衆人師且不敢，況敢爲吾子師乎？」

〔二三〕佞譽誣諛：曲意贊美，虚假諂媚。柳宗元《答韋中立論師道書》：「今書來，言者皆大過，吾子誠非佞譽誣諛之徒，直見愛甚，故然耳。」

〔二四〕特：只。裴學海《古書虚字集釋》卷六《特待持恃》：「『特』猶『但』也。《漢書·叔孫通傳》：『吾特戲耳。』」

〔二五〕屑屑：繁瑣細碎。與：結交，親附。訐直：無情揭發。

〔二六〕比物引類：排列事物援引同類。顔延之《祭屈原文》：「身絶郢闕，迹遍湘干。比物荃蓀，連類龍鸞。」

〔二七〕曲喻：委婉譬喻。旁譬：廣泛譬喻。朱震亨《格致餘論》：「爲子爲孫，必先開之以義理，曉之以物性，旁譬曲喻，陳説利害，意誠辭確，一切以敬慎行之，又次以身先之，必將有所感悟而無捍格之逆矣。」

上蘇伯脩參政書 代柳致明

某比承姚掾史傳示鈞喻〔一〕，需及先子遺稿〔二〕，悲喜感怍交動於中。循想累日，無所容措①〔三〕。伏念先子自受學以來，即援筆爲文章，澄搜静索，脅不沾席者五十有餘年，此其志豈不欲籍②是以自托不朽哉〔四〕！顧以弊於蹇剥，既壯而羈窮，未老而閑退〔五〕，業愈習而家愈貧，名愈聞而身愈困。迨至暮年，方僅僅一起，而疾病祟之〔六〕，遂以殞命。某等奔號數千里，迎櫬遠歸，而家事益落。由是送死養生，百冗叢聚，神傷氣悸，衆念昏忘〔七〕。故其遺稿之在篋笥者，未暇整次成帙③〔八〕，以顯揚先志。

某竊聞之，士子之在當世，生雖不偶，死而垂聲者有矣〔九〕。故揚雄没而《法言》

始行〔一〇〕，馬遷生而《史記》未振〔一一〕。文字之傳，恒在既死之後也。然非得大君子爲之發揚以振聳其視聽〔一二〕，則亦不能因其文以永其聲矣。

先子之亡，行且十載。遺文之傳，此惟其時，而卒湮没之若是者，或者以爲未得大君子爲之發揚也。閤下以厚德縟文爲善類所依歸，其所以嘉惠士子振起幽滯者〔一三〕，往往而是。况先子在日又嘗曳裾門牆之下，修容屏罿之間，故相善也〔一四〕。則夫大君子者，不求之閤下，將安求乎？借使閤下方執政於朝，越在數千里之遠〔一五〕，猶將跋涉山川逾淮溯河而進。况當近涖浙省，統有方隅，而某也幸獲以編人齒於治内〔一六〕，不於斯時露其所藏，以希大君子一顧之重，是果於陋劣無志〔一七〕，其爲不孝甚矣。

用敢探其所著詩文，合四十四卷，惶恐獻上。倘蒙不遺雅故，念及朽骨，施恩惠於既死，發幽隱之耿光〔一八〕，則是文之傳，雖未能如《法言》《史記》之盛行，而死後垂聲，亦有以少伸先子之志矣！使先子而有知，寧不銜感於地下乎〔一九〕！某雖區區無似，而結草之報〔二〇〕，此心昭然。尚當課其子姓，世誦名德，以無忘大造〔二一〕。惟閤下垂閔焉〔二二〕。干冒威嚴，伏增戰越〔二三〕。某再拜。

【題解】

蘇天爵，字伯修，元朝重臣學者，嘗先後兩次拜江浙等處行中書省參知政事。《元史》卷一百八十三《蘇天爵》：「蘇天爵，字伯修，真定人也……天爵由國子學生公試，名在第一，釋褐，授從仕郎、大都路薊州判官……七年，天子察其誣，乃復起爲湖北道宣慰使、浙東道廉訪使，俱未行。拜江浙行省參知政事。江浙財賦居天下十七，事務最煩劇，天爵條分目別，細巨不遺……十二年，妖寇自淮右蔓延及江東，詔仍江浙行省參知政事，總兵於饒、信，所克復者，一路六縣。其方略之密，節制之嚴，雖老帥宿將不能過之……天爵爲學，博而知要，長於紀載，嘗著《國朝名臣事略》十五卷、《文類》七十卷。其爲文，長於序事，平易温厚，成一家言，而詩尤得古法，有詩稿七卷、文稿二十卷。於是中原前輩，凋謝殆盡，天爵獨身任一代文獻之寄，討論講辯，雖老不倦。晚歲，復以釋經爲己任。學者因其所居，稱之爲滋溪先生。」

蘇天爵《柳待制文集敘》：「翰林待制柳公既卒，子卣藏其文若干篇。至正庚寅，浙東僉憲余公按行所部，以浦江監縣廉君清慎有爲，愛民重士，乃命刻其文傳焉……天爵竊禄於朝三十餘年，其於浙東巨儒，猶或及識故翰林侍講學士袁文清公及公而已。間嘗接其論議，誦其文章，奇辭奥語層見疊出，信知非因陋就寡之士所能及哉！嘗考南渡之初，一二大賢既以其學作新其徒。吕成公在婺，學者亦盛。同時有聲者，有若薛、鄭之深醇，陳、蔡之富贍，葉正則之好奇，陳同父之尚氣，亦各能自名家，皆有文以表見於世。其爲文也，本諸聖賢之經，考求漢唐之史，凡天文、地理、井田、兵制、郊廟之禮樂、朝廷之官儀，下至族姓、方技，莫不稽其沿襲，究其異同，參謬誤以質諸文，觀會通以措諸用。讀公之文者，庶猶見其兆歟！故公施教訓於成均，則胄子服其學；司議論於奉常，則禮官推其博。天子方召入禁林，而公年已老矣，惜乎文之不大顯於世也。其製作規模之盛，則於鄉之先正有足徵焉。」

戴九靈代柳卣致書蘇天爵時，蘇氏初授江浙行省參知政事。柳致明，翰林待制柳貫長子。《宋濂全集》卷六十《故紹慶路儒學正柳府君墓誌銘》：「浦陽柳府君，諱卣，字致明……府君爲兒時，重遲不戲，潛心於問學。及壯，益孳孳自治，端凝簡静，若對嚴賓師。待制公宦遊中外者久，家政悉寄府君，能斬斬不紊，撫世酬物即始而慮終，一歸於誠。内翰杜公本、修撰張公樞極相推許，且謂其不黷榮利，有古逸民風。浙西部使者聞其賢，辟爲書吏，辭；繼以薦者署紹慶路學正，亦辭。大布寬衣，徜徉煙霞泉石間，超然自得。武威余忠宣公闕來僉浙東憲府，行縣過其家，深加敬畏，退語人曰：『待制公有子矣。』元季兵亂，府君抱先世遺文潛伏巖穴，餘悉不問。未幾，家貲既於盜，府君絶無憂色，人慰之，輒曰：『此亦命也，徒憂將何爲？』」

【校勘】

①惜：乾隆本作「措」。

②籍：乾隆本作「藉」。

③帙：底本作「秩」，據乾隆本改。

【箋注】

〔一〕掾史：漢代以後職權較重之長官有屬吏，分曹治事，通稱掾史；唐宋後掾史之名漸移於辦理文書之胥吏。鈞喻：帝王或尊長指示；鈞，敬辭；喻，通「諭」。

〔二〕先子：先父。《孟子·公孫丑上》：「曾西蹴然曰：『吾先子之所畏也。』」焦循《正義》：「稱先子者，謂父，非謂祖父也。」

〔三〕循想：尋思。《莊子·秋水》：「請循其本。」成玄英《疏》：「循，猶尋也。」容：允許。

〔四〕伏念：思慮，致書於尊者時多用之；伏，敬辭。脅不沾席：脅不接觸草席，形容治學修煉不畏艱辛；脅，腋下至肋骨盡處。宋濂《桐江大師行業碑銘》：「師益加奮勵，脅不沾席者數載，朝叩夕咨，所以悟疑辯惑者，無一髮遺憾。」籍：憑藉。

〔五〕弊：疲困。蹇剥：時運不濟，坎坷不順。羈窮：羈旅漂泊顛沛困厄；此指柳貫初授江山縣學教諭，再升昌國州學正。閑退：安閑隱居，此指江西儒學提舉秩滿後退隱浦江烏蜀山下。數事參見本卷《浦陽五賢贊并序》。

〔六〕起：應聘。此指柳貫年逾古稀時，朝廷徵之以翰林待制承務郎兼國史院編修官；參見本卷《浦陽五賢贊并序》。祟：鬼神給人製造禍害。《説文》：「祟，神禍也。」

〔七〕百冗：各種繁雜事務。昏忘：糊塗健忘。

〔八〕篋笥：書箱。整次：整理編排。帙：卷册。

〔九〕不偶：未遇好機會，命運不好。蘇軾《京師哭任遵聖》：「哀哉命不偶，每以才得謗。」

〔一〇〕揚雄：西漢著名材士。《漢書》卷八十七下《揚雄傳第五十七下》：「雄見諸子各以其知舛馳，大氐詆訾聖人，即爲怪迂。析辯詭辭，以撓世事，雖小辯，終破大道而或衆，使溺於所聞而不自知其非也。及太史公記六國，歷楚、漢，訖麟止，不與聖人同，是非頗謬於經。故人時有問雄者，常用法應之，撰以爲十三卷，象《論語》，號曰《法言》。」

〔一一〕振：顯揚。《韓非子·説林下》：「是振我過者也。」王先慎《集解》引《孟子》趙《注》：「振，揚也。」

〔一二〕發揚：傳播顯揚。振聳：同「震聳」，驚悚敬畏；振，通「震」。

〔一三〕縟文：豐贍之文辭。《漢書》卷九十九下《王莽傳下》：「德盛者文縟。」顔師古《注》：「縟，繁也。」幽滯：失意困頓前途無望。

〔一四〕曳裾：拖曳大襟，形容拜訪結交。修容：修飾儀容。屏罳：屏風；罳，屏風。《説文·網部》：「罳，罘罳，屏也。」善：結交。

〔一五〕越：句首助詞。《尚書·高宗肜日》：「高宗肜日，越有雊雉。」

〔一六〕方隅：邊境四隅，此有疆土之義。編人：擁有户籍者。齒：排列。

〔一七〕果：成爲事實。《禮記·檀弓下》：「於是弗果用。」

〔一八〕雅故：故友。幽隱：隱藏。耿光：光輝。

〔一九〕銜感：心懷感激。張居正《答中元高相公書》：「存殁銜感，言不能喻。」

〔二〇〕結草：蒙受厚恩，雖死猶報。《左傳·宣公十五年》：「初，魏武子有嬖妾，無子。武子疾，命顆曰：『必嫁是。』疾病，則曰：『必以爲殉。』及卒，顆嫁之，曰：『疾病則亂，吾從其治也。』及輔氏之役，顆見老人結草以亢杜回，杜回躓而顛，故獲之。夜夢之曰：『余，而所嫁婦人之父也。爾用先人之治命，余是以報。』」

〔二一〕課：督促。子姓：子孫。大造：巨大恩德。《左傳·成公十三年》：「文公恐懼，綏静諸侯，秦師克還無害，則是我有大造於西也。」

〔二二〕垂閔：賜予憐憫；閔，通「憫」。

〔二三〕干冒：冒犯。戰越：唯恐丟失而戰慄，多用於章表或上書；越，墜失，丟失。《淮南子·精神訓》：「嗜欲者使人之氣越。」高誘《注》：「越，失也。」元稹《爲嚴司空謝招討使表》：「捧詔慚惶，心魂戰越。」

九靈山房集卷之五

山居稿五

記

浦江縣修學記

浦江之在婺，蕞爾縣也，而制宜有學〔一〕。治門之東南，其學在焉。然歲久且壞，比數十年，雖屢加繕理，而僅取苟完，無經久意。

今縣大夫始至，乃喟然興歎，謂：「學之所急，惟田與廬。今監縣廉侯阿年八哈〔二〕，既嘗歸其侵疆矣〔三〕；顧兹屋廬之圮壓，吾得辭其責哉！」遂與主簿劉侯師稷合謀修治〔四〕，而俾教諭祝君應昇宣其勞〔五〕。應昇既受命，即爲禮致知經之士張天錫、吴實〔六〕，飭材徵工，率先凡役〔七〕。而他有籍於學者，因皆相勵而趨爲之〔八〕。自殿庭、門廡以逮泮池、論堂、齋舍、牆垣、廩庾、庖湢之屬〔九〕，悉皆易弊爲良，有加於昔。始事至正辛卯之秋九月，及冬十一月而成。

於是應昇暨學之耆碩方先生樗，相與屬筆於良，以記其役〔一〇〕。良屢謝非其人，不獲命〔一一〕，乃記之曰：

《春秋》之法，凡一工役之興，必備書以示譏，蓋所以重民力也〔一二〕。若僖公之修泮宫〔一三〕，固亦嘗用其民力矣。考之於經，乃不與南門諸役者并存，豈不以學校爲有國之先務〔一四〕，而僖公修之，實爲其所當爲哉！爲其所當爲而不書，雖謂見與於《春秋》可也〔一五〕。

嗚呼！僖公不可作矣〔一六〕。今縣大夫之能若是，不亦僖公之徒歟！然僖公之修泮宫也，魯人嘗作《泮水》之詩以頌之。先儒孔氏發詩人之意，不特謂僖公能修其宫，又謂僖公能修其化〔一七〕。是則所謂修者，豈止乎棟宇之岧嶤、丹雘之華鮮而已哉〔一八〕！亦曰有政焉耳。縣大夫又當思所以①圖之而無愧乎僖公可也。《泮水》之詩其首章有曰「思樂泮水，薄采其芹〔一九〕」，縣大夫之嘉惠吾邑之士者至矣！其二章有曰

「載色載笑，匪怒伊教〔二〇〕」，吾邑之士尚於縣大夫而重有望焉〔二一〕。

縣大夫大梁人，名文質，字彬祥，姓蕭氏，以儒林郎來爲今官〔二二〕。未幾，治三皇廟〔二三〕，葺故所有書院月泉上〔二四〕；尋興是役，以嘉來學：是可謂知爲政者矣。

【題解】

修學，修葺縣學。唐天寶時浦江初設縣，《新唐書》卷四十四《選舉志上》云「（天寶）十二載，乃敕天下罷鄉貢，舉人不由國子及郡縣學者，勿舉送」，則浦江自天寶年間已有縣學，然宋仁宗以前湮没無聞。

《乾隆浦江縣志》卷三《建置志·學校》：「舊《志》：『宋仁宗皇祐元年知縣楊洙重建儒學，在縣治西南。徽宗宣和七年復遷縣東南城外。孝宗淳熙十五年，知縣鮑祖文、主簿葛采重建。寧宗嘉定三年，知縣趙善杓復遷於慈相院之東，即今白佛寺址。理宗紹定三年，知縣李知退以其卑隘，復於文廟之西恢拓增建。端平元年，知縣石孝埃建文行忠信四齋。嘉熙元年，知縣鄭思聰建橋於泮池之上。淳祐十年，知縣張梗建明倫堂。寶祐二年知縣何宗姚、景定五年知縣王霖龍、度宗咸淳七年知縣王安中，相繼修建。元成宗大德九年縣尹蔣恕、順帝重紀至元三年縣尹林以順，相繼更新。至正十一年，縣尹蕭文質復新之。』」

【校勘】

① 當思所以：底本作「所當思以」，據乾隆本改。

【箋注】

〔一〕蕞爾：微小貌。制：體制。

〔二〕監縣：一縣總轄官，元時通稱達魯花赤，由蒙古或色目人充任。廉侯：元浦江達魯花赤，詳見本卷《甘棠集序》。

〔三〕既嘗：已經。侵疆：爲人霸占之土地。揚雄《法言·寡見》：「孔子用於魯，齊人章章，歸其侵疆。」

〔四〕劉師稷：元時浦江主簿，詳見卷四《容齋説》。

〔五〕祝應昇：字彦明，衢縣人，其事詳見本卷《送祝彦明詩後序》。宣勞：效勞，盡力。楊萬里《雨後郡圃行散》：「主管園林鶯稱意，巡行荷芰鷺宣勞。」

〔六〕知經：通曉常道。柳宗元《斷刑論》：「知經而不知權，不知經者也；知權而不知經，不知權者也。」

〔七〕飭材：整治加工材料。凡役：一切勞役。

〔八〕籍：簿書，名册。

〔九〕殿庭：此指孔廟前平地。《資治通鑑》卷一百三十四《宋紀十六》：「己丑旦，道成戎服出殿庭槐樹下，以太后令召袁粲、褚淵、劉秉入會議。」門廡：大門與廊屋。泮池：學宫前水池。論堂：明倫堂；論，通「倫」。袁桷《送董教授之淮南主簿》：「禮殿競傳周簠簋，論堂新整魯詩書。」齋舍：學舍，書房。廩庾：糧倉。庖湢：厨房澡堂。

〔一〇〕暨：及。耆碩：年長德高者。方樗：浦江宋末名士方鳳之子，曾任浦江教諭，詳見卷七《祭方壽父先生文》。屬，通「囑」。

〔一一〕謝：拒絶。獲命：得到允許。

〔一二〕備書：詳盡記載。重：愛惜。《漢書》卷四十《陳平》：「至於行功賞爵邑，重之。」顔師古《注》：「重，言愛惜之。」

〔一三〕僖公：春秋魯國國君。泮宫：春秋魯國修建在泮水邊之學宫。《詩經·魯頌·泮水》：「明明魯侯，克明其德。既作泮宫，淮夷攸服。」

〔一四〕楊伯峻《春秋左傳注·僖公二十年》：「二十年春，新作南門。杜《注》：『魯城南門也。本名稷門，僖公更高大之，今猶不與諸門同，改名高門也。言新，以易舊；言作，以興事：皆更造之文也。』」有國：有國者，諸侯。《論語·季氏》：「丘也聞有國有家者，不患寡而患不均，不患貧而患不安。」

〔一五〕與：贊許，贊美。

〔一六〕作：起立。《孔子家語·終記》：「孔子蚤晨作。」王肅《注》：「作，起也。」

〔一七〕孔氏：唐代學問家孔穎達。《毛詩注疏》卷二十九：「《正義》曰：作《泮水》詩者，頌僖公之能修泮宫也。泮宫，學名。能修其宫，又修其化。《經》八章，言民思往泮宫樂見僖公；至於克服淮夷，惡人感化，皆修泮宫所至，故《序》言『能修泮宫』以總之。」

〔一八〕棟宇：正梁與屋簷，泛指房屋。岧嶢：高峻貌。丹雘：紅色油漆，泛指色彩。《尚書·梓材》：「若作梓材，既勤樸斫，惟其塗丹雘。」孔穎達《疏》：「雘是彩色之名，有青色者，有朱色者。」

〔一九〕思：助詞。樂：快樂聚集。薄：助詞。芹：菜名，古代開學行釋菜禮，用芹藻等祭祀先師。

〔二〇〕意謂和顔悦色，笑容可掬；不怒而威，教誨臣民。色：和顔悦色。

〔二一〕尚：崇尚。《論語·陽貨》：「君子尚勇乎？」重：極，甚。

〔二二〕儒林郎：元時從六品官職。《元史》卷九十一《百官七·勳爵》：「儒林郎，承務郎，以上從六品。」蕭文質：元浦江縣尹，詳見本卷《喜雨詩序》。

〔二三〕三皇廟：醫家祭祀伏羲、神農、黄帝之廟宇。浦江元至治初始克建廟，後屢加修葺。《黄文獻公集》卷七《浦江縣三皇廟記》：「醫有學，三皇有廟，尚矣。合廟學爲一，而俾醫師領其祠事，有司以春秋之季發公帑，具祭料，而折俎升觴焉，今制也……醫家者流，乃得上援羲農黄帝氏而尸祝之，希世之盛典歟……浦江自版圖歸職方，逾四十載，迨至治初，始克有廟於邑署之西南。不久輒壞。天曆間嘗繕完之，而猶未有學也。今達魯花赤八時思溥化以廷對第二人，由中秘外補，再轉而長是邑。既興學宫，以嘉惠章甫逢掖之士。尋又以爲今之建學立師，醫與儒等爾，隆於彼而嗇於此，非所以欽承天子之命教也。乃捐俸資，倡衆而改作焉。中爲殿堂，具嚴像設，兩廡旁列，四墉外周，前植欞星門。而齋宿之次，論説之所，無不畢備。經始於至順三年之某月，落成於明年之某月。」

〔二四〕月泉：浦江縣邑西隅名泉，以其隨月盈虧而漲落，故名；其旁有月泉書院。《嘉靖浦江志略》卷六《書院》：「至正十有二年重修月泉書院。縣尹蕭文質重修。教諭張氏曰：『……繼而縣尹蕭侯文質復經理之。禮殿、賢祠、論堂、庖廩無不具備以壯觀，諸生講學之地弦誦之聲聞於山水之間，豈非一時之盛事也！嗚呼！韓子有謂侯德之立，柳公謂斯泉侯德而發，信乎其有德者能之也。自非其人文雅潔清，潤澤流於下民，能知進退消長之理，精誠感通於無間者，則泉亦閟而不顯也。孰謂造物者不在乎人之所爲乎？侯其專志於斯，復新舊觀，則四方士子，擔簦負笈，林林而來，學朱吕二先生誠身踐履之學，俾斯邑爲鄒魯之邦，又豈他縣所能及哉！』」

黄氏歸田記

諸暨東行六十里，是爲孝義鄉〔一〕。爲其鄉之望者〔二〕，曰黄君松。松故儒家，由科第居顯宦者若干人，而百年之喬木嘗盛矣〔三〕。及一旦衰，松之孫某遂以愚騃盡廢其先業，至以百金産僅易一醉飽〔四〕。富豪之家争爲巧計圖之，而族人之無賴者又從而鼓扇其間〔五〕，以故田凡八百餘畝，屋凡二百餘楹，無一步一椽存者。

維揚樂侯來署州事〔六〕，行視州境，遂察知其弊。一日，召買産之家及某立庭下，歷以古者仁厚之化、義禮之俗開陳之，而且反躬念過，至於泣下。衆因俯伏首實〔七〕，告曰：「惟賢侯命是從。」至夜漏半〔八〕，侯復列香炬，對天誓衆，俾伸者右，抑者左〔九〕。衆又悦服①，當右者右，當左者左。於是冒取者償其業，低直者益其金〔一〇〕。金入，則贖其質田之應期者〔一一〕。曾不滿一月，不笞一人，得田如干畝〔一二〕、屋如干楹歸其家，俾其母妻弟侄之散亡他處者，咸群居聚食如家之盛時。侯猶慮其久而莫繼也，益選宗親之富而賢曰義曰鏞者，以掌出入之數，而且經紀其家事〔一三〕。

於是義與鏞及凡黄氏之族，莫不得侯之爲〔一四〕。願得余文記之，庶幾永侯之德於無窮。乃以張君辰所序事，介宋君時憲以請〔一五〕。

嗚呼！若侯者，其賢於世吏遠矣〔一六〕！蓋自授田之法壞，而兼并之俗興，富右豪强乘民之愚，以襲取其家業者有矣，然民未甚病也〔一七〕。迨夫聽訟之吏出焉，考核之不明，剖決之靡中，構辭累歲，而元奸宿猾因舞手以規民〔一八〕，而民始病矣。世吏之不賢，其重病民多如此。由是而言，則爲侯之民者，雖不幸遭家之中變，其亦庶乎無憾焉！昔韓延壽守左馮翊時，民有訟田者，延壽爲之引咎自責，其民深自悔悟，願以田相移〔一九〕，終死不敢爭。史書其事，至於今傳之。侯之此舉，固史臣之所取而後世之所宜傳也。其可記以永久者，有不在余文矣。

【題解】

諸暨孝義里黄姓，儒家望族，與宋文豪黄庭堅同宗。《諸暨縣志》卷二十七《人物志·列傳一·黄宋卿》：「字公輔……子庾，字襲之，性沖淡，讓父蔭於弟育，鄉人稱曰讓公。育原名渥，字潤甫。黄氏自南唐時有名惠字承遠者，自分寧遷剡之雙井，復自剡遷孝義鄉。黄庭堅，渥昆弟行也。渥更名育，庭堅字之曰懋達，而爲之説曰：『會稽黄渥與庭堅皆出於婺州之黄田……古者生以字尊名，歿以誄易名。易名之實，有宗也，有勸也，其治在後人；尊名之義，有宗也，有勸也，其治當其身。今曰懋達，以配育名則宜。夫草木之茂，亹亹以勸四時，及其日至而立於成功之會，非深根固蒂得其養故耶？彼達於道者不可以窮，故獨立於萬物之表而無終始。以今不出閭巷之智望之，相去遠矣。然而孟子以爲聖人與我同類者何耶？今與一粒之種，則曰是與太倉同類，人之聞之也見而争，慮清氣平則聞命矣，蓋長育以達其才故也。穀之有苗也，達於粢盛；水之有源也，達於海；君子之聞道也，達於天地之大。蓋聞道者必明於權，銖兩低昂，與道翺翔，稱天下以此，不以萬物易己。由是觀之，病於夏畦，曾子難之；未同而言，仲由不知；君子以直養氣而已。氣者，萬物受命而效刑名者也。懋達乎勉之，在邦必達，在家必達！』熙寧間以蔭謁選，文潞公薦爲著作佐郎，官至廣西提刑，多平反，嶺外至今尸祝之。」

【校勘】

①服：底本作「脱」，據乾隆本改。

【箋注】

〔一〕諸暨：今浙江諸暨市；元諸暨州，屬紹興路，至正十九年朱元璋易州名爲諸全。《明史》卷四十四《地理五・紹興府・諸暨》：「府西南。元諸暨州。太祖己亥年正月改諸全州。丙午年十二月降爲諸暨縣。」孝義鄉：以南北朝時孝子賈恩夫婦命名。《萬曆紹興府志》卷四十五《人物志十一・鄉賢之六・孝義・南北朝・賈恩》：「諸暨人。少有至行，母亡未葬，爲鄰火所逼，恩及妻柏氏號哭奔救，鄰近赴助，棺櫬得免，恩、柏俱死於火。事聞，表其里爲孝義里，蠲租三世。」

〔二〕望者：聲譽高名望大者。《左傳・昭公十二年》：「吾子，楚國之望也。」

〔三〕喬木：喻先後輔弼數代帝王之老臣或世家。《孟子・梁惠王下》：「所謂故國者，非謂有喬木之謂也，有世臣之謂也。」

〔四〕愚騃：愚蠢。

〔五〕鼓扇：同「鼓煽」，煽動，慫恿。

〔六〕欒侯：名鳳，其事參見卷六《送欒宣使還省詩序》。署：代理，暫任。

〔七〕首實：交代本人或他人之犯罪事實。《明史》卷一百六十《石璞》：「童子首實，果二道士匿婦槁麥中。」

〔八〕夜漏：夜晚；漏，銅壺滴漏。梅堯臣《和韓仲文西齋閑夜有懷》：「冬日每苦短，方愛夜漏永。」

〔九〕伸者：愜意者。《説文通訓定聲・坤部》：「伸，不屈也。」抑者：冤屈者。《玉篇・手部》：「抑，冤也。」

〔一〇〕冒取：騙取。低直：價錢偏低；直，通「值」。

〔一一〕質：抵押。《説文》：「質，以物相贅也。」《説文》：「贅，以物質錢。」應期：如期，符合預定時間。韓愈《賀雨表》：「龍神效職，雷雨應期。」

〔一二〕如干：若干。

〔一三〕經紀：經營管理。韓愈《柳子厚墓誌銘》：「既往葬子厚，又將經紀其家，庶幾有始終者。」

〔一四〕得：通「德」，感激。《孟子・告子上》：「爲宫室之美，妻妾之奉，所識窮乏者得我與？」

〔一五〕張辰：字彦暉，元末明初諸暨名士。《宣統諸暨縣志》卷二十九《列傳三·張辰》：「字彦暉，唐孝子萬和後也。與王冕同里友善，至正戊午冕南歸，謂辰曰：『黄河北流，天下且大亂，君抱濟世才，盍出而澄清之？』辰頷而不答。洪武初以薦召，與陳嘉謨、陳詔同參史局，一時紀載多出其手。紹興知府唐鐸辟爲郡學訓導，著有《草廬集》。」序：通「敘」。《釋名·釋言語》：「序，抒也。」王先謙《疏證補》引蘇輿曰：「序，與敘同。」介：憑藉。

〔一六〕賢：勝過，超過。

〔一七〕授田：古代按照户口分田納税之制度，如夏之貢法，殷之助法，周之徹法；田爲公有，受田者向國家納税，年老及身故還田。《周禮·地官·遂人》：「以歲時稽其人民，而授之田野。」富右：富貴者。病：困苦，禍害。《廣雅·釋詁四》：「病，苦也。」

〔一八〕聽訟：審理案件。靡中：不恰當。《廣韻·東韻》：「中，宜也。」構辭：組織文辭。元奸宿猾：極其奸詐一貫狡猾者。舞手：玩弄手段。規：通「窺」，窺測。《韓非子·外儲説右上》：「吾無從知之，惟無爲可以規之。」

〔一九〕韓延壽：西漢大臣，官左馮翊太守時，行縣至高陵，遇兩昆弟争田訴訟，韓延壽反躬自責，入卧傳舍，閉門思過。於是令丞、嗇夫、三老自繫待罪；兩昆弟肉袒謝過，不敢復争；一郡翕然從風，悉以道義自勵。詳見《漢書》卷七十六《趙尹韓張兩王傳第四十六》。左馮翊：西漢時拱衛京城長安之三輔之一。移：轉讓，贈與。

自得其樂齋記

金華朱原良以自得其樂名所居之齋，禮部尚書達不花公嘗爲書之，聞乞余言以記之〔一〕。余則復於君曰：「君之所樂，可得而聞之乎？凡世之可以快耳目娛心志者，其爲物至夥〔二〕。昆侖之玉〔三〕，南海之珠〔四〕，涪水之金〔五〕，蜀之文繡〔六〕，象犀虎豹之齒角皮革，豈君之所樂也哉？」君曰：「非也，此蓋世之人之所樂也。」「重珪累組高牙大纛〔七〕，以至狐①貉之裘〔八〕、瑚璉之器〔九〕、萬鐘千駟之奉〔一〇〕、列鼎之食〔一一〕、豈君之所樂也哉？」君曰：「非也，此蓋世之人之所樂也。」

「然則君之所樂者，可得而知矣。湯之盤〔一二〕，孔之鼎〔一三〕，岐陽之鼓〔一四〕，岱山、鄒嶧、會稽之石刻〔一五〕，師曠之琴〔一六〕，孔子之文章，與夫漢魏隋唐之桓碑彝器銘詩記序〔一七〕，下及古文篆籀分隸諸家之字書〔一八〕，皆可喜可玩，而昔人之所以深樂之者也。世人之可樂者，非君之所取；則昔人之所取者，必君之所甚樂也。然昔人之樂，亦豈易哉？君惟視世人之可樂者，不一動其心〔一九〕，乃能退而獲樂於斯。彼世之人，能致其樂矣，而其不得兼焉者，獨昔人之樂耳。惟世之人不得兼，然後君得以取之而自得，亦豈偶然也哉？

雖然，余嘗因君之樂，以求夫聖賢之所謂樂者矣。聖賢之所樂者，蓋樂乎其内也，非以其在外者言之也〔二〇〕。樂乎其内者，道也；則凡在外之物，孰得而加之哉？斯樂也，孔子得之〔二一〕，顔淵繼之；顔淵没，得之者鮮矣〔二二〕。然則君之所得者，其亦有得於此否乎？苟得之，人且謂之有道之士矣。」君曰：「某不敏，敢不敬蚤夜求從子之教。」遂書其本末以爲記。

【題解】

自得其樂齋，朱原良所居屋舍。朱原良，元末金華雅士，號友琴生。王褘《王忠文公集》卷二十二《友琴生傳》：「友琴生，姓朱氏，字原良，金華人也。六世祖漢上先生震以善《易》名，至生克紹世業，篤志讀書，然不屑爲章句學，而藝文之事咸精其能。自三代秦漢六朝隋唐五季金宋以迄於今，凡鍾鼎敦彝鬲卣罍尊玩用服御之器、金鏤石刻繆章鳥篆楷隸之文、圖畫之屬，悉能究其本末，鑑其真贋。今世以好古博雅稱者深所推服，以故士大夫樂與之遊而善。其所居室蕭然絶塵，不留他長物，惟置琴其中，曰：『古人吾所尚友也。雖然古人遠矣，琴者，古人性情之所寓，吾視之猶古人焉耳，其不足爲吾友乎？』因自號曰友琴生。又嘗語人曰：『昔歐陽子號六一居士，謂一琴、一壺、一棋、金石遺文一千卷、書一萬卷，與己爲六也。夫身至貴也，混五物而俱六，是失己也；琴至古也，儕五物而各一，是失物也。要之，皆非也。今吾獨取琴而友視之，友德之義不庶幾歟！』於是人咸謂生爲善取友云。論曰：昔先師朱徽公有琴名雪夜，賓嘗勒銘其腹以遺丞相王魯公，其辭云：『養君中和之正性，禁爾忿欲之邪心。乾坤無私物有則，我獨與子鈎其深。』至哉言乎！言琴之用者，無以加於是矣。原良，魯公里中子也，以琴爲友，其能服膺徽公之言者耶！」

葉顒《樵雲獨唱》卷六《題朱元良友琴圖手卷》（卷上有高山流水）：「彼此虛懷七尺軀，同音相和久相知。坐看峰頂雲飛處，話到江空月落時。遇得意來俄斷絶，到無聲際忽清奇。胸中多少驚人句，不是桐君合語誰？」又《題友琴堂》：「疇昔知音托久要，同聲相和更同條。嗟予無用頭甘禿，顧子多材尾亦焦。七尺身長形固美，兩翁調古腹空枵。何當共坐虛簷下，握手論心到月高？」

童冀《尚絅齋集》卷二《友琴生贊有序》：「友琴生者，尚友於琴也。生倜儻不希合於時，常登山臨水，弦《伐木》之詩，則悲歌慷慨。予竊悼友道之不古，重感生之志，因爲之《贊》云：友者，五品之人倫，將以取乎人。不交人而友諸琴，君其何心？」

【校勘】

①狐：底本作「孤」，據乾隆本與同治本改。

【箋注】

〔一〕達不花：或作「泰不花」，元至正間貞良死節之臣。《嘉靖寧波府志》卷二十五《名宦·泰不花》：「字達兼善，伯牙吾台民。先爲紹興總管。入史館，遷禮部尚書、翰林學士。時相以隙出爲台州路達魯花赤，招安海道，方國珍送款。至正十一年，以功升授浙東道宣慰司都元帥，而國珍復叛。不花自分以死報國，率師討之……賊攢槊刺之，中頸死，猶僵立不仆，投屍海中，年四十九。不花持身廉介，素有大節。初在郡有所廉察，因夜宿村家，聞鄰婦有娣姒夜績者。娣曰：『夜寒如此，我有瓶酒在床下，汝可分其清者，留以奉姑，下之濁者，吾與爾飲之。』姒如其言，起而注清者於他器。已而語曰：『此達元帥也，吾等不得嘗矣。』娣曰：『到底清耶！』遂笑而罷。不花聞之，未曙即去。故其晚節愈勵清操，至一介不取於人。村婦之言，迄今傳焉。」間：間或，偶然。

〔二〕至夥：極多。夥：多。

〔三〕《漢書》卷六十一《張騫李廣利傳第三十一》：「而漢使窮河源，其山多玉石，采來，天子案古圖書，名河所出山曰昆侖云。」

〔四〕《北堂書鈔》卷一百二十二《武功部十·劍三十四》：「綴以南海之珠，飾以夏后之璜。」

〔五〕涪水：四川境内江流。《初學記》卷二十七《寶器部》：「《華陽國志》曰：『廣漢涪水有金銀之礦。』」

〔六〕費著《歲華紀麗譜·蜀錦譜》：「蜀以錦擅名天下，故城名以錦官，江名以濯錦，而《蜀都賦》云『貝錦斐成，濯色江波』。」文繡：繡彩色花紋之絲織品。

〔七〕重珪累組：重疊玉珪與絲帶；珪，玉製禮器；組，用作佩玉或佩印之絲帶。任昉《王文憲集序》：「既襲珪組，對揚王命。」劉良《注》：「珪，諸侯所執也；組，綬，所以繫印者也。」高牙大纛：高大旗幟；牙，牙旗；纛，大旗。歐陽修《相州晝錦堂記》：「然則高牙大纛，不足爲公榮；桓圭衮冕，不足爲公貴。」

〔八〕狐貉：兩種重要毛皮獸。《論語·子罕》：「子曰：『衣敝緼袍，與衣狐貉者立而不恥者，其由也與？』」

〔九〕瑚璉：宗廟里貴重禮器。《史記》卷六十七《仲尼弟子列傳第七》：「子貢既已受業，問曰：『賜何人也？』孔子曰：『汝器也。』曰：『何器也？』曰：『瑚璉也。』」裴駰《集解》：「包氏曰：『瑚璉，黍稷器。夏曰瑚，殷曰璉，周曰簠簋，宗廟之貴器。』」

〔一〇〕萬鍾千駟：萬鍾粟千輛車，代豪富生活；鍾，量詞；駟，四匹馬所牽車輛。沈作喆《寓簡》卷四：「位卿相，禄萬鍾，而志不得行焉，則亦何樂乎？」《論語·季氏》：「齊景公有馬千駟，死之日，民無德而稱焉。」何晏《集解》：「孔曰：『千駟，四千匹。』」

〔一一〕列鼎之食：形容生活豪侈。《孔子家語》卷二《致思》：「從車百乘，積粟萬鍾，累茵而坐，列鼎而食。」

〔一二〕《大學》：「湯之《盤銘》曰：『苟日新，日日新，又日新。』」朱熹《四書章句集注·大學章句》：「湯以人之洗濯其心以去惡，如沐浴其身以去垢，故銘其盤，言誠能一日有以滌其舊染之污而自新，則當因其已新者，而日日新之，又日新之，不可略有間斷也。」

〔一三〕《史記》卷四十七《孔子世家第十七》：「及正考父佐戴、武、宣公，三命兹益恭，故鼎銘云：『一命而僂，再命而傴，三命而俯，循牆而走，亦莫敢余侮。饘於是，粥於是，以糊余口。』其恭如是。吾聞聖人之後，雖不當世，必有達者。」

〔一四〕岐陽之鼓：東周初秦國十塊鼓形石頭，石上以籀文分刻十首四言韻文，其文記述君王遊獵情況，或以爲頌周宣王，或以爲贊歷代秦王，莫衷一是。唐初出土於天興三畤原，杜甫、韓愈、蘇軾諸文豪先後吟詠謳歌。韓愈《石鼓歌》：「周綱陵遲四海沸，宣王憤起揮天戈。大開明堂受朝賀，諸侯劍佩鳴相磨。蒐於岐陽騁雄俊，萬里禽獸皆遮羅。鐫功勒成告萬世，鑿石作鼓隳嵯峨。從臣才藝咸第一，揀選撰刻留山阿。」

〔一五〕岱山：泰山別名。鄒嶧：山東名山。會稽：浙江紹興名山。《史記》卷六《秦始皇本紀第六》：「二十八年，始皇東行郡縣，上鄒嶧山。立石，與魯諸儒生議，刻石頌秦德，議封禪望祭山川之事。乃遂上泰山，立石，封，祠祀……（三十七年）上會稽，祭大禹，望於南海，而立石刻，頌秦德。」歐陽修《居士集》卷四十二《集古録目序》：「湯盤，孔鼎，岐陽之鼓，岱山、鄒嶧、會稽之刻石，與夫漢魏已來聖君賢士桓碑彝器、銘詩序記，下至古文籀篆分隸諸家之字書，皆三代以來至寶，怪奇偉麗工妙可喜之物。」

〔一六〕師曠：春秋晉國著名音樂家、政治家。《韓非子・難一第三十六》：「晉平公與群臣飲，飲酣，乃喟然歎曰：『莫樂爲人君！惟其言而莫之違。』師曠侍坐於前，援琴撞之。公被衽而避，琴壞於壁。公曰：『太師誰撞？』師曠曰：『今者有小人言於側者，故撞之。』公曰：『寡人也。』師曠曰：『啞！是非君人者之言也。』左右請除之。公曰：『釋之，以爲寡人戒。』」

〔一七〕桓碑：大石碑；桓，巨大。《禮記・檀弓下》：「三家視桓楹。」孔穎達《疏》：「桓，大。」彝器：古代宗廟常用青銅祭器，如鍾鼎尊俎之屬。《左傳・襄公十九年》：「且夫大伐小，取其所得以作彝器。」杜預《注》：「彝，常也。謂鍾鼎爲宗廟之常器。」銘詩記序：四種文體。

〔一八〕古文：傳説中倉頡所造文字。張懷瓘《書斷》卷上《古文》：「案古文者，黄帝史倉頡所造也。頡首四目，通於神明，仰觀奎星圓曲之勢，俯察龜文鳥迹之象，博采衆美，合而爲字，是曰古文。」篆籀分隸：小篆、大篆、八分、隸書等四種字體。張彦遠《法書要録》卷三《唐徐浩古迹記》：「自伏羲畫八卦，史籀造籀文，李斯作篆書，程邈起隸法，王次仲爲八分體，漢章帝始爲章草名，厥後流傳，工能間出。」字書：據六書以解釋文字及按字解説形音義之書。

〔一九〕《孟子・公孫丑上》：「公孫丑問曰：『夫子加齊之卿相，得行道焉，雖由此霸王不異矣。如此，則動心否乎？』孟子曰：『否。我四十不動心。』」

〔二〇〕内：靈魂。外：身外，即功名利禄榮華富貴。孟子曰：「求則得之，舍則失之，是求有益於得也，求在我者也。求之有道，得之有命，是求無益於得也，求在外者也。」

〔二一〕《論語・述而》：「葉公問孔子于子路，子路不對。子曰：『女奚不曰：其爲人也，發憤忘食，樂以忘憂，不知老之將至云爾。』」

〔三〕《論語·雍也》：「子曰：『賢哉，回也！一簞食，一瓢飲，在陋巷，人不堪其憂，回也不改其樂。賢哉，回也！』」

樂善堂記

秉彝王君和陽人〔一〕，雖累歲崎嶇戎馬間，然雅意不忘交友〔二〕，嘗於所寓闢堂曰「樂善」，以延天下之善士，於是一時知名之彥，咸喜從之遊。每風晨月夕，則相與坐堂上，或談性命道德之奧，或論古今人事之得失〔三〕、民生之利害，或雅歌、投壺、彈棋、擊筑以盡其歡忻〔四〕。其所與遊而最密者，如劉君伯温〔五〕、章君三益〔六〕、胡君仲申〔七〕，皆嘗獲登斯堂，爲文以頌君之美。君猶以爲未足，而復乞言於余。

余聞之，駭且愧焉。鄙人於善無所聞，君之所樂者，烏得而知之？縱知之，又豈能出於三君所言之外哉？雖然，三君之文皆以樂乎在己之善言之也，予則以爲君之闢斯堂也，固將以延天下之士矣，則君之所樂者，固樂乎天下之善也，而豈一己云乎哉？請得而卒言之，可乎？

夫世之所以快耳目娱心志者，其爲類衆矣，而君子弗好之；弗好之，則弗樂之〔八〕。君子之所樂者，惟在乎天下之善也。以天下之善爲可樂，古之人有行之者矣。叔向之在晉，樂乎鬷蔑之善而用之也〔九〕；鮑叔之在齊，樂乎管仲之善而舉之也〔一〇〕。樂官屬丞史①之善而進之者，鄭當時也〔一一〕；樂兩龔兩唐之善而獎之者，何武也〔一二〕。以至孔融之聞善必薦〔一三〕，陸傪之樂善孜孜〔一四〕。是皆以天下之善而樂之也。天下之善一也，惟得其位，則用之舉之獎之進之薦之；不得其位，則樂之而已。今君猶未得乎其位者也，以是爲樂，不亦宜乎！

雖然，君之樂乎天下之善者，固將以成夫一己之善也。成夫一己之善，則人之樂於君者亦多矣。故君之出入軍旅非一日，求其同列，有陷其父母者矣，有踣其妻子者矣，有鋒鏑其身者矣〔一五〕。今君之父母既皆以令終，而其妻子則固自若也，身之無恙則猶前日也：此皆樂善之效也。彼之不能以若是者，蓋以其所樂者富與貴耳。富貴之毒人也甚於鴆〔一六〕，惟其樂之深也，故其毒愈深。猩猩之樂於酒〔一七〕，魚之樂於餌〔一八〕，彼豈知其爲亡身之具哉？由是而言，則君之賢於人亦遠矣。

傳曰：「人之彥聖，其心好之，尚亦有利哉〔一九〕！」予敢以是爲君慶。君曰：「子言信矣。雖然，某也不敢當。不敢當，則請書之壁間，朝夕鑑觀焉！」

善，人之天性，孟子所謂「仁義禮智，非由外鑠我也，我固有之也，弗思耳矣」。樂善，即率性而爲，行善爲樂，此儒家思想之樞要。元末板蕩，人心不古，王德良僑居金華，修葺「樂善堂」，既以自勉，亦以邀客。王氏行迹亦載卷六《送揚州同知赴官序》。

【題解】

《宋濂全集》卷二十《王秉彝傳》：「秉彝，名德良，和州人，姓王氏。王氏出江左，故望胄也。秉彝爲人龐博而堅凝，鈎經索史，智識過人數級。當衆議膠葛，更端猶尋前緒，秉彝從容墜片言，輒懌然從，以故士君子恒歸往之，秉彝亦樂與盤旋。燕享之禮必極水陸珍脆，酣嬉淋漓，不知日之將夕。間相羊奇山水中，見巖姿川容絪緼來獻狀，情思俎俎然曰：『精聚神會，吾殆與之無間，豈古人所謂煙霞痼疾也邪！』勸之仕，笑不答。或云：『是有道者也。』或云：『是夫也良，其才可用世，遁肥蓋將免乎？』秉彝皆棄弗省。自壬辰兵亂，秉彝崎嶇戎馬間，雖窘迫甚，幸得不死，仰天誓曰：『吾力苟可生人，雖百至凍餒不恤也。』……及僑居金華，一老儒來告曰：『吾不火食者信宿矣。』秉彝爲之動容，搜困中得米二斛，悉予之。建藥區市中，畜善藥以賑人急，甚窶者不受其直。由是秉彝樂善之稱聞四方。秉彝曰：『是善名我。』遂以榜其堂。江左及海右士咸作爲辭章云。」

《宋濂全集》卷三十三《王氏樂善集序》：「和陽王君秉彝，營道抗志，葆學潛貞。軒冕之榮不足以羈其迹，貝珍之麗不足以累其高。肥遁遵《大易》之戒，知足法老氏之旨。汲清澗曲，采綠巖口。集杜若以充衣，織胡繩以爲屩。屹立游塵之表，凌邁層霄之上。當其蘿月斜映，松飆遞響，寄酒賦於閑情，發琴歌於逸韻。泉石自獻，猿鶴不驚。信乎皓皓弗緇，亭亭絶俗者也。然而仁心斯涵，義聞攸暢。拯彼顛連之苦，奚翅飢渴之欲？排難解紛，曾忘其身危；捐困散金，不計其家索。力徼符雅之遺風，崇魯連之高節，矧當戎馬之際，尤止屠劉之虐。起死骨以爲生，藥病甿而使痡。力苟可及，知無不爲。察其善，固不一而足。於是清朝法從之賢，方岳連率之貴，薦紳宏博之士，巖穴隱遁之儔，莫不企瞻其容光，承挹其辭氣。因其堂構，命以樂善。或寓諸賦詠，或紀於文辭，絶去下蔡之音，壹是大雅之倡。言其典雅，則冠冕佩玉揖讓廟堂也；言其雄渾，則江海澄波涵容義娥也；言其勁正，則蒼官青士共傲歲寒也；言其淳古，則殷敦周匜有異褻器也。皆可遺芳不朽，垂裕後昆。」

胡翰《胡仲子集》卷二《樂善論》：「天下之有生者皆有知也，有知者皆有情也。情動於中，物交於外，天下之善惡判矣。故善觀人者，觀其所好。所好誠善也，則君子也必矣。然好之不如樂之，善觀人者，觀其所樂，所樂誠善也，則君子也必矣。今夫重珪累組，身都卿相之位，食禄萬鍾，繫馬千駟，揖讓人主之前，進賢退不肖以圖謀國家利安百姓，人皆知好而樂之，而君子有弗存焉。家累巨萬，南金寶璐之珍，兼乎山海良田廣宅畜牧之産，擬乎封君炮羔擊鮮列鼎而食，縵胡短後，腰弓矢，緤鷹犬，而縱之馳擊，人皆知好而樂之，而君子有弗存焉。等而至於天下之物，莫不皆然。斯豈無耳目心志之欲哉！求之而不可必得，得之而不能皆足，則其所取以爲樂者，未有不爲吾心之累也。且世之擊壤弄丸者，雖至卑賤，皆有以自適悦。富貴而不免爲吾心之累，則是弄丸擊壤之不若也。然彼猶外也，非内也，天下有至貴可愛者，本乎天命之微，顯諸日用之常，格乎上下而放乎四海，無往不准也，無物不體也，會而歸之，不越吾神明之舍。則吾固有之善也，曰仁曰義曰禮曰智，異名而同出者也。苟不知好而樂之，失其情矣。失其情者，失其性矣。人性無不善，其發也無不好善，斯内也，非外也。求之而必得，得之而皆足，反諸躬而已耳。反諸躬而求之不得，得之不足，取諸人而已耳。天下無性外之物，雖取諸人者亦内也，非外也。舜，大聖也，猶樂取諸人以爲善，而況其下者。一言之善，吾聞之若舜之聞之可也。一行之善，吾見之若舜之見之可也。誠以求之，明以辨之，勇以行之，寬以居之，久而自得之矣。自得之則安之矣，充充乎其有餘也，浩浩乎其無愧怍也，休休乎其有容也，孳孳乎不知老之將至也。蓋至是而内外兩忘矣。王君秉彝，樂善之士也，嘗即其燕息之堂徵言於余。余觀君之起家，當四方有事之秋，豈不能奮取功名娱情富貴之境乎？《詩》曰：『民之秉彝，好是懿德。』蓋其得於天性者如此。夫不以衆人之樂爲樂，而以聖賢之樂爲樂；不以一己之善爲善，而以天下之善爲善，余於君豈無望焉？於是乎書。」

金華葉顒《樵雲獨唱》卷一《題王秉彝樂善堂》：「結廬在人世，惟善以自將。宅兹幽迥地，遠彼勢利場。古屋三四間，秋風白雲鄉。仁慈居壼奥，禮義爲垣牆。庭種三古槐，門栽五垂楊。芝蘭香四座，花蕊映兩廂。光輝謝金碧，調飾辭鉛黄。吟榻青峰邊，釣石緑沼旁。窗前書萬卷，膝上琴一張。客至亦不惡，茗碗與酒觴。客去但高卧，不夢封侯王。全無寵辱驚，常有聲名香。胸中萬念空，并此身世忘。祇存金石心，靡替剛毅腸。平生無所短，而亦無所長。平生不作惡，善亦無可揚。善惡俱兩遺，長短未用量。傍人患不足，我樂殊未央。樂此山水麗，樂此松桂芳。樂此煙霞古，樂此風月良。丘園之勝概，泉石之膏肓。豈止樂吾廬？更樂斯民康。古今之遺範，天地之大綱。無一不自樂，其樂匪泛常。其樂善無盡，聊以名此堂。」

童冀《尚絅齋集》卷二《樂善堂賦》：「世有至樂兮，非荒忽與混茫。僉不悟其在中兮，續外索其皇皇。蒙萋菲于文繡兮，豢腊毒於膏粱。聵五音以爲聰兮，昧五色以爲明。外耳目之暫愉兮，衷憂患之搶攘。惟賢達其蚤覺兮，體吾樂於天常。揭孟氏之遺訓兮，建高明以爲堂。仁以爲柱兮，義以爲粱。嚴忠信以植内兮，外禮閑而爲防。正牙籤之秩秩兮，炳聖謨之洋洋。儼博帶而峩冠兮，抗高論于虞唐。伊萬善之攸萃兮，嗟吾樂其未央。昔宣聖之飯疏兮，藐富貴如浮雲。顔氏之庶幾兮，在陋巷而忘貧。舜鷄鳴而孳孳兮，又樂取之於人。軻反身而誠兮，亦强恕而求仁。企聖賢之遐躅兮，曾莫軌其遺塵。魏罃之獨樂兮，乃從欲而病民。郭善善而弗用兮，遽顛國而隕身。援古事以鏡戒兮，恒惕厲而書紳。東平之嘉善兮，克永終譽；滂不爲惡兮，乃因强禦。固厥遇不同兮，惟吾行之不詭。君子兢業兮，有終身之憂，勉脩善而弗怠兮，汔心逸而日休。小人之徇名兮，亦矯情而外飾，羌患得又患失兮，益中心之戚戚。善與僞其幾何兮？憂與樂其倚伏。臧否在人兮，自求多福。彼趙孟之所崇兮，亦趙孟之能卑。緊天爵之尊嚴兮，匪夫人之得私。諒俯仰之無愧兮，實君子之攸宜。亂曰：吉人爲善，惟日不足，將乾乾而夕惕兮，寧懷安而自佚？嗟善人之不可見兮，吾將樂其善而無斁。」

【校勘】

①丞史：底本與乾隆本悉作「丞吏」，今據《史記》改。

【箋注】

〔一〕和陽：按宋濂《王秉彝傳》，王氏係元代河南江北行省廬州路和州人；元代中書省順德路有南和縣，別名和陽，元末明初或不嫌同名，亦稱和州爲和陽；王秉彝寓居婺州時，同鄉和州烏江縣王宗顯知寧越府，參見卷三《題茂清齋》。

〔二〕崎嶇：此喻處境困難艱險。雅意：平素心意。

〔三〕性命：天性命運。《易・乾》：「乾道變化，各正性命。」孔穎達《疏》：「性者天生之質，若剛柔遲速之别；命者人所秉受，若貴賤夭壽之屬是也。」道德：大道真諦。《朱子語類》卷六：「道者，人之所共由；德者，己之所獨得。」《禮記・曲禮上》：「道德仁義，非禮不成。」鄭玄《注》：「道者通物之名，德者得理之稱。」

〔四〕雅歌：原爲歌唱《詩經》之《小雅》與《大雅》，後泛指高歌優雅樂曲。《後漢書》卷二十《祭遵》：「遵爲將軍，取士皆用儒術，對酒設樂，必雅歌投壺。」李賢《注》：「雅歌，謂歌《雅》詩也。」梁簡文帝《蜀國吟》：「雅歌因良守，妙舞自巴渝。」投壺：詳見卷二《郡齋夜飲分韻得書字》。彈棋：古代博戲。《後漢書》卷三十四《梁統列傳第二十四》：「冀字伯卓……能挽滿、彈棊、格五、六博、蹴鞠、意錢之戲。」李賢《注》引《藝經》：「彈棋，兩人對局，白黑棋各六枚，先列棋相當，更先彈也。其局以石爲之。」筑：古代弦樂器，以竹尺擊之，聲音悲壯。《史記》卷八十六《刺客列傳第二十六》：「高漸離擊筑，荆軻和而歌。」

〔五〕劉伯温：劉基，伯温其字也，朱元璋麾下不世出之才。《明史》卷一百二十八《劉基》：「字伯温，青田人……基虬髯，貌修偉，慷慨有大節，論天下安危，義形於色。帝察其至誠，任以心膂。每召基，輒屏人密語移時。基亦自謂不世遇，知無不言。遇急難，勇氣奮發，計畫立定，人莫能測；暇則敷陳王道。帝每恭己以聽，常呼爲老先生而不名，曰：『吾子房也。』又曰：『數以孔子之言導予。』……所爲文章，氣昌而奇，與宋濂并爲一代之宗。」

〔六〕章三益：章溢，字三益，元末明初龍泉高士，詳見卷三《苦齋》。

〔七〕仲申：胡翰，字仲申，元末明初金華碩儒，詳見卷一《憶胡仲申》。

〔八〕《論語·雍也》：「知之者不如好之者，好之者不如樂之者。」

〔九〕叔向：姬姓，羊舌氏，名肸，字叔向，春秋晉國賢臣。鬷蔑：字然明，春秋鄭國大夫。《左傳·昭公二十八年》：「昔叔向適鄭，鬷蔑惡，欲觀叔向，從使之收器者而往，立於堂下，一言而善。叔向將飲酒，聞之，曰：『必鬷明也。』下，執其手以上，曰：『昔賈大夫惡，娶妻而美，三年不言不笑，御以如皋，射雉，獲之，其妻始笑而言。賈大夫曰：才之不可以已，我不能射，女遂不言不笑夫！今子少不颺，子若不言，吾幾失子矣。言之不可以已也如是！』遂如故知。」

〔一〇〕鮑叔：春秋齊大夫，雅善奇才管仲，常恕管氏之過而力薦管氏之長；詳見《史記》卷六十二《管晏列傳第二》。

〔一一〕官屬丞史：部屬副職。鄭當時：西漢初年大臣，以獎掖下屬著名。《史記》卷一百二十《汲鄭列傳第六十》：「每朝，候上之間，説未嘗不言天下之長者。其推轂士及官屬丞史，誠有味其言之也，常引以爲賢於己。未嘗名吏，與官屬言，若恐傷之。聞人之善言，進之上，唯恐後。」

〔一二〕何武：字君公，西漢名卿，曾舉薦龔勝、龔舍與唐林、唐尊，四人行迹俱見《漢書》卷七十二《王貢兩龔鮑傳第四十二》。《漢書》卷八十六《何武王嘉師丹傳第五十六》：「武爲人仁厚，好進士，獎稱人之善。爲楚内史厚兩龔，在沛郡厚兩唐，及爲公卿，薦之朝廷。此人顯於世者，何侯力也，世以此多焉。」

〔一三〕孔融：字文舉，東漢末年魯地名士，數數焉薦賢舉能；詳見《後漢書》卷七十《鄭孔荀列傳第六十》。

〔一四〕陸傪：唐朝中期人物，官拜祠部員外郎，以獎掖賢才聞名。《韓昌黎文集》卷三《與祠部陸員外書》：「執事好賢樂善，孜孜以薦進良士明白是非爲己任，方今天下一人而已……執事之與司貢士者，相知誠深矣。彼之所望於執事，執事之所以待乎彼者，可謂至而無間疑矣。彼之職在乎得人，執事之志在乎進賢，如得其人而授之，所謂兩得其求，順乎其必從也。」

〔一五〕司馬光《家範》：「勿陷父母於不義。」踣：顛覆敗壞。鋒鏑：刀尖與箭頭。

〔一六〕鴆：鴆羽浸泡之毒酒。《舊唐書》卷十六《穆宗》：「仲長子所謂『至於運徙勢去，獨不覺悟者，豈非富貴生不仁，沉溺致愚疾？存亡以之迭代，治亂從此周復。』」

〔一七〕劉元卿《賢奕編》卷三《警喻第十四》：「猩猩，獸之好酒者也。大麓之人設以醴尊，陳之飲器，小大具列焉。織草爲屨，勾連相屬也，而置之道旁。猩猩見，則知其誘之也，又知設者之姓名與其父母祖先，一一數而罵之。已而謂其朋曰：『盍少嘗之？慎無多飲矣！』相與取小器飲，罵而去之。已而取差大者飲，又罵而去之。如是者數四，不勝其唇吻之甘也，遂大爵而忘其醉。醉則群睨嘻笑，取草屨着之。麓人追之，相蹈藉而就縶，無一得免焉。其後來者亦然。」

〔一八〕張衡《歸田賦》：「爾乃龍吟方澤，虎嘯山丘。仰飛纖繳，俯釣長流。觸矢而斃，貪餌吞鈎。落雲間之逸禽，懸淵沉之魦鰡。」

〔一九〕傳：此指《尚書·秦誓》「人之彦聖，其心好之……亦職有利哉」，原著與本文所引略有出入。彦聖：厚德大才。好：愛好。尚：庶幾，差不多。

柳待制墓表碑陰記

先生没後之七年，其友烏傷黄公爲著石表辭一通〔一〕，凡若干言。良得而讀之，未嘗不歎公之深於知先生也。

先生家浦陽江之上，自其先世頗能文，而先府君以科第顯，至先生遂以文擅於天下〔一〕。天下之士識與不識，咸能道其姓字，雖武夫俗吏不通文義者，亦争得先生之文以爲榮。先生之見知於當世久矣，然其所以知先生者，徒以其文爾；而德之藴於躬者〔二〕，人未必盡知之也。

今想其温如春風，肅如秋霜，粲如雲霞之卷舒，凝如崖嶂之森峭〔四〕。恢恢乎而有容也，汪汪乎而莫測也，澄澄乎而不可撓也〔五〕。以之正家而家齊，以之莅官而官治〔六〕，蓋將無所施而不可。然則先生之學，豈直文而已哉？

嗚呼，先生已矣！其不可傳之妙，亦既與物而俱化矣〔七〕。自非石表之辭歷敘而鋪張之〔八〕，後之人何自而知先生！雖然，非公之善於形容〔九〕，又曷足以致是哉？良故歎公之深於知先生也。世之以文求先生者，視公爲何如哉？

公少先生七歲，而其出遊於耆老成人間，乃皆與先生接〔一〇〕；及先生之歷仕中外也，又未始不與之相先後〔一一〕：是蓋交友中之最親且久者。惟其交也久，故知之深；知之深，故書之審，公非有私於先生也。良猶記寒夕宿先生齋閣中，先生擁衾語良曰：「余之交友滿天下，然知我者莫若黄公。我死必求表其墓。」嗚呼！先生之有望於公至矣，而公固有以慰先生之望哉！

先生之子卣〔一二〕，將刻公所著表辭於荆山之阡〔一三〕，良因書公之所以知先生者附見於碑陰。世欲求先生之爲人，更當有考於斯。

【題解】

柳待制，名貫，元儒林四傑之一，詳見卷四《浦陽五賢贊并序》。墓表，刻在墓前或墓道内石碑上以記載死者生平功德之文章。碑陰，墓碑背面。

【箋注】

〔一〕烏傷：浙江義烏古稱。石表辭：詳見卷四《浦陽五賢贊并序》；石表，石碑。郎鍈《七修類稿》卷二十五《泰山没字碑》：「泰山有没字碑，秦始皇所建，今曰石表。」《宋濂全集》卷七十六《故翰林侍講學士中奉大夫知制誥同修國史同知經筵事金華先生黄公行狀》：「先生生當六合混一之時，鍾河岳英靈之氣，積之既厚，所用亦弘。仁皇肇開科舉之初，即以儒學自奮，歷仕五朝，晚乃入侍今天子，掌述帝制，勸講經帷。嶷然獨任斯文之重，天下學士咸所師法，遂使有元之文章炳燿鏗鍧，直與漢唐侔盛，先生之功固不細矣。至於出處大節，尤人之所難能者。年未七衰而謝事，暨群公力薦起之，俄復控辭。上方眷倚之深，再召還朝。未幾又辭。其難進易退之風，真足以廉頑而立懦，揆之古聖賢之道，蓋無愧也。若先生之所自立者，豈不踔踔可傳於後哉！」

〔二〕府君：尊稱已故者，此指柳貫父柳金。《宋濂全集》卷九十六《浦陽人物記下·柳貫》：「父金，字時聲，擢咸淳三年右科進士第，爲高郵令。」擅：獨占文名。

〔三〕《宋濂全集》卷七十六《元故翰林待制承務郎兼國史院編修官柳先生行狀》：「先生局度凝定，燕居默坐，端嚴若神，即之如入春風中。久與之處，未嘗見疾言遽色。雖有桀驁者，瞻其德容，莫不氣奪而意消。孝友本乎天性，季弟實出爲人後，遇之有恩，不翅在家者。生平以獎進人材爲己任，諄諄勸誘，至老不倦；人有一善，播之唯恐不亟：士類咸樂歸之。」

〔四〕粲：鮮明美好。凝：凝重端莊。森峭：高聳峭拔。

〔五〕恢恢：寬宏大度貌。汪汪：深廣貌。澄澄：清澈明潔貌。撓：攪亂，擾亂。《左傳·成公十三年》：「撓亂我同盟。」洪亮吉《詁》：「撓，亂也。」

〔六〕正家：治家而使之秩然有序。《易·家人》：「父父、子子、兄兄、弟弟、夫夫、婦婦而家遂正，正家而天下定矣。」齊：整治。

〔七〕化：消亡。黄生《義府·化》：「人死亦謂之化。」劉安《淮南子·精神訓》：「故形有摩而神未嘗化者。」高誘《注》：「化，猶死也。」

〔八〕自非：如果不是。《廣釋詞》卷八《自非·若非》：「自非猶若非，假設連詞，訓見《詞詮》。樂府《西門行》：『自非仙人王子喬，計會壽命難與期。』」鋪張：敷陳渲染。

〔九〕形容：描繪，描摹。

〔一〇〕成人：德才兼備者，完人。《論語·憲問》：「子路問成人，子曰：『若臧武仲之知，公綽之不欲，卞莊子之勇，冉求之藝，文之以禮樂，亦可以爲成人矣。』」

〔一一〕中外：朝廷與地方。南朝宋劉義慶《世説新語·言語》：「孔融被收，中外惶怖。」

〔一二〕卣：柳卣，字致明，詳見卷四《上蘇伯脩參政書》。

〔一三〕荆山：浦江地名。阡：墳墓。《宋濂全集》卷七十六《元故翰林待制承務郎兼國史院編修官柳先生行狀》：「三年癸未冬十二月二十二日，與夫人盛氏合葬通化鄉荆山之阡。」

修禊集後記

右《修禊詩》一卷，予友宋先生景濂爲之序。嗚呼，景濂之爲此序，不既至矣乎！自晉以來序修禊者多矣，其爲古今所共取，莫若王右軍〔一〕。然右軍之言亦不過區區生死之間，惜時序之迭遷，歎斯人之易老，于以致其感慨之情耳〔二〕。至於聖賢之大道，則固未之有及也。惟其莫及於道也，遂致晉之士習卒以不振，清虚勝而禮法衰〔三〕，曠達興而名檢廢〔四〕。雖謝安之功業可尚〔五〕，孫綽之問學足稱〔六〕，然其雅好游談，耽嗜華藻〔七〕，亦不免於君子之所譏。原其故，右軍豈得辭其責哉？

今景濂則不然。懼斯道之不聞，而末俗之益媮也〔八〕，既以舞雩之詠勖之〔九〕，復以山陰之集戒之，終篇數語，凜乎其可畏〔一〇〕。嗚呼！使晉諸人而聞此，咸以惜時歎老之心而爲汲汲求道之舉，則當時士習寧有不振者乎？獨恨景濂不生於彼時，不得與之言；又恨晉諸人不生於今，不及取衷景濂之論也〔一一〕。雖然，晉之諸人亦既於道無聞矣，則凡諸君之有聞於景濂者，又可不思所以自勉哉？苟不以之而自免①，則雖功業如謝安，學問如孫綽，亦非君子之所予，況未必爾乎！諸君於此惟究心焉可也〔一二〕。

良也不敏，然嘗叨與斯會矣，故於景濂之言不能不有概於其心〔一三〕。申繹其意於末簡〔一四〕，蓋所以勉諸君而且以自勉焉爾。

【題解】

修禊，三月三日群聚臨水以祓除不祥。至正十六年丙申三月三日，浦江鄭義門第七葉家長鄭鉉率多士修禊於玄鹿山桃花澗。衆賢涉溪陟嶺，尋幽攬秀；既至佳處，銜觴賦詩，曰《桃花澗修禊詩》。

《宋濂全集》卷二十二《桃花澗修禊詩序》：「浦江縣東行二十六里，有峰聳然而葱蒨者，玄鹿山也。山之西，桃花澗水出焉。乃至正丙申三月上巳，鄭君彦貞將修禊事於澗濱，且窮泉石之勝。前一夕宿諸賢士大夫，厥明日既出，相帥向北行，以壺觴隨。約二里所，始得澗流，遂沿澗而入……酒三行，年最高者命列觚翰，人皆賦詩二首，即有不成，罰酒三巨觥，衆欣然如約。或閉目潛思；或拄頰上視霄漢；或與連席者耳語不休；或運筆如風雨，且書且歌；或按紙伏崖石下，欲寫復止；或句有未當，搔首蹙額向人；或口吻作秋蟲吟；或群居蘭坡，奪觚争先；或持卷授鄰坐者觀，曲肱看雲而卧：皆一一可畫。已而詩盡成，杯行無算……濂按《韓詩内傳》，三月上巳，桃花水下之時，鄭之舊俗於溱、洧兩水之上招魂續魄，執蘭草以祓除不祥。今去之二千載，雖時異地殊，而桃花流水則今猶昔也。其遠裔能合賢士大夫以修禊事，豈或遺風尚有未泯者哉？雖然，無以是爲也。爲吾黨者，當追浴沂之風徽，法舞雩之詠歎，庶幾情與境適，樂與道俱，而無愧於孔氏之徒。無愧於孔氏之徒，然後無負於七尺之軀矣，可不勖哉！濂既爲序其遊歷之勝，而復申以規箴如此；他若晉人蘭亭之集，多尚清虚，亦無取焉。」

【校勘】

①免：乾隆本作「勉」。

【箋注】

〔一〕王右軍：東晉書法大家王羲之，字逸少，嘗擢右軍將軍，是以世稱王右軍。《晉書》卷八十

《王羲之》：「羲之既拜護軍，又苦求宣城郡，不許，乃以爲右軍將軍、會稽内史……會稽有佳山水，名士多居之，謝安未仕時亦居焉。孫綽、李充、許詢、支遁等皆以文義冠世，并築室東土，與羲之同好。嘗與同志宴集於會稽山陰之蘭亭，羲之自爲之序以申其志……夫人之相與，俯仰一世，或取諸懷抱，悟言一室之内；或因寄所托，放浪形骸之外。雖趣舍萬殊，静躁不同，當其欣於所遇，暫得於己，快然自足，不知老之將至。及其所之既倦，情隨事遷，感慨係之矣。向之所欣，俯仰之間，已爲陳迹，猶不能不以之興懷。況修短隨化，終期於盡。古人云：死生亦大矣。豈不痛哉！每覽昔人興感之由，若合一契，未嘗不臨文嗟悼，不能喻之於懷。固知一死生爲虚誕，齊彭殤爲妄作，後之視今，亦猶今之視昔，悲夫！」

〔二〕迭遷：更替變遷。于以：於此；以，此。《古書虛字集釋》卷一《以》：「以猶之也……一爲指事之詞……《晏子春秋・雜篇》：『寵以百萬以富其家。』《説苑・臣術篇》『寵以』作『寵之』。」

〔三〕士習：士大夫風氣。清虚：清净虚無之道家學説。禮法：禮儀法度。

〔四〕《晉書》卷九十二《文苑・張翰》：「翰任心自適，不求當世。或謂之曰：『卿乃可縱適一時，獨不爲身後名邪？』答曰：『使我有身後名，不如即時一杯酒。』時人貴其曠達。」名檢：名聲規矩。唐順之《與蔡白石郎中書》之二：「江左諸人，任情恣肆，不顧名檢，謂之脱灑。」

〔五〕謝安：東晉社稷重臣。初攜鴻生碩彦，盤桓會稽瑰山瑋水，嘯詠隈隩，浮泛江海；既入朝堂，挫桓温篡位奸謀，遏苻堅南寇雄師。東晉危而安，險而夷，謝安實有豐功焉。詳見《晉書》卷七十九《謝安》。

〔六〕孫綽：博學善屬文，一時文士，悉拜下風。嘗作《天台山賦》，自謂擲地有金石聲。詳見《晉書》卷五十六《孫綽》。

〔七〕雅好：一向愛好。耽嗜：沉迷。

〔八〕末俗：低劣風俗。媮：淺薄，澆薄。

〔九〕舞雩：祭祀高臺。《論語・先進篇》：「莫春者，春服既成，冠者五六人，童子六七人，浴乎沂，風乎舞雩，詠而歸。」

〔一〇〕山陰：晉揚州會稽郡屬縣。《晉書》卷十五《地理下》：「會稽郡：山陰，上虞，餘姚，句章，鄞，鄮，始寧，剡，永興，諸暨。」凜乎：令人敬畏貌。

〔一一〕取衷：取正，當作準則；衷，正，正當。《左傳・昭公六年》：「叔向曰：『楚辟，我衷。若何效辟！』」杜預《注》：「辟，邪也；衷，正也。」

〔一二〕免：通「勉」。《荀子・王制》：「使百吏免盡。」王先謙《集解》引盧文弨曰：「免盡之免，與勉同。《漢書・薛宣傳》『宣因移書勞免之』，《谷永傳》『閔免遁樂』，皆以免爲勉。」予：贊許。究心：潛心研究。

〔一三〕概：通「慨」。王念孫《讀書雜誌・漢書第十六・連語・感概則曰感念局狹爲小節概》：「感慨之爲感慨，猶慨然之爲慨然。」

〔一四〕申繹：引申推究。

序

經筵録後序

經筵檢討鄭君仲舒，裒其所進勸講之文若干篇爲一卷〔一〕，題之曰《經筵録》，攜歸浦陽山中，屬良序之。

良以古之聖王雖有聰明敏達之資，然至其成德〔二〕，則未嘗不由學而致。是以高宗之在殷也，三年弗言，恭默思道〔三〕。其質亦既美矣，而傅説告之，乃更勤勤講學之勉〔四〕。載諸《説命》之篇者〔五〕，不曰「學于古訓」，則曰「惟斆學半〔六〕」；不曰「惟學遜志，務時敏〔七〕」，則曰「念終始典于學〔八〕」：豈不以美質易得，至道難聞〔九〕？必也質美而學修，然後所造爲益深〔一〇〕，所積爲益厚，而聖德之成，有不其①然而然矣〔一一〕。豈惟高宗？唐、虞、三代之君莫不盡然〔一二〕。故揚子曰：「學之爲王者事久矣，堯、舜、禹、湯、文、武汲汲其已久矣〔一三〕。」斯言豈欺我哉？

然自周衰已來，道術不明，爲人君者，莫知學先王之道以成其德；爲人臣者，莫知勉其君以學先王之道。上下之間，一皆卑近淺陋以各趨所便〔一四〕。其能卓然於當時者，惟漢之文、宣，唐之太宗耳。然而此三君者，亦不過以近美之質，發爲一代之治；至於爲學，則曾未之及。故其所就，僅有以賢於後世之庸主；若論唐、虞、三代之盛德，則邈乎其遠矣！由是觀之，帝王之聖否，其不繫於講學之興廢哉？

今天子寬仁明睿，天性自然，踐祚以來，務遵節儉，食菲而衣綈②，臺卑而囿小，不溺情於便嬖，不惑志於游畋〔一五〕，可謂有不世出之資矣。然猶痛念漢唐失學之弊，慨然欲上追唐、虞、三代遐遠之迹，薦開經筵以訪多士〔一六〕。自大丞相而下及凡侍從、宰執之有與於勸講者，莫不畢趨禁近〔一七〕，俾得推演化原以講求其意〔一八〕，舉六藝載籍之文而紬繹其説〔一九〕。至於講文之作，則檢討職也。居是職如仲舒者，又極一時之選〔二〇〕。故其所進，悉皆不以卑近淺陋爲言。其所言者，無非先王之至道，然又論議詳明，情辭懇切，有足以感動其聖心。每一勸講間，必爲之首肯者數四。

嗚呼！仲舒等之盡忠，天子之受盡言〔二一〕，何必古人？此非書傳所載講學之事乎〔二二〕？此非唐、虞、三代之君臣乎？昔伊川程子之在元祐講筵，屢嘗以正心之説爲聖學之勉〔二三〕；紫陽朱子之在淳熙經幄，亦嘗以誠敬之言爲聖學之勸〔二四〕。然皆不能見聽於時君，徒以一誦而遂罷。今仲舒是録，既無愧乎二子之所陳，而又因緣勸講之臣，以悟當寧之聽〔二五〕。卒使海宇之内陰被其賜而不知，可謂奇逢幸會千載一時，而君臣之際〔二六〕，何其盛哉！

嗚呼！吾黨之士，以其文字見知於世難矣，況得施於朝廷，而又當人主講學之時〔二七〕。則夫後世讀仲舒之文者，必將欷歔感慕〔二八〕，有不可及之歎。然後知其時爲難遇，而是録之傳，非徒表仲舒於不朽，然且有以明天子之盛德於無窮矣〔二九〕。仲舒名濤，世居浦江之白麟溪上，兄弟二人俱通籍禁中，爲時所稱云③〔三〇〕。

【題解】

元浦江鄭義門鄭濤，嘗拜經筵檢討，其行迹參看卷四《説佩》。《麟溪集》寅卷上鄭淵《奉議大夫太常博士兄行實》：「冬，知經筵事翰林承旨月魯帖木而以公論舉公爲經筵檢討。同知經筵事侍講黄公喜曰：『争而得之，亦或争而失之；讓而得之，人誰與争？斯爲君子矣。』公於講文，命意誠愨，言辭懇切，務動上聽。每進讀，必蒙首肯者數四。」

鄭濤編次所進之文，曰《經筵録》，自作後記以闡明宗旨。《義門鄭氏奕葉文集》卷之一鄭濤《元太常博士藥房集·經筵録後記》：「右經筵講文四篇，臣濤爲檢討時所進也。經筵乃帝王之學攸繫，所以皆丞相領之，而諸執政、侍從暨内府之臣，亦必才德優深者始兼知其事。若講文之作，則檢討草，授譯掾譯之，遍白諸講臣，定其可否，而後敢正書以進。每進畢，又别謄一通，備書上臨幸之所及勸講諸臣之名，藏之官櫝，三年而總進焉。臣濤濫以末學與聞講事，前後所進凡若干篇，今先録其四，入梓以傳，豈爲臣濤區區之文哉！實以天子聰明睿知，緝熙聖學，凡在廷儒紳，莫不登用。雖臣濤迂疏之極，亦幸從群工之後，獲瞻龍顔，得以堯舜之道上塵天聽，則夫四海之内有志之士孰不鼓舞聖化，以思效用於明時哉！此臣濤所以録之之意也。」

《麟溪集》卯卷王褘《經筵録序》：「故檢討者，其秩雖輕，所職甚近，皆以布衣自廟堂公選爲之。士之爲之者，因得以聖賢仁義禮樂之道、古今治忽成敗之故，徹聞當寧，而寤主意於片言，誠可謂不負所學者矣……昔者曾子之言曰：『尊其所聞，則高明矣；行其所知，則光大矣。高明光大，不在於他，在乎加之意而已。』斯言初若爲學者設也，及漢仲舒舉以告武帝，於是有以知帝王之學亦不外是焉。今觀經筵講文，剖析精詳，陳述曉暢。其實類乎唐人之稡擷經史，而指則切；其法仿乎宋儒之《大學衍義》，而辭尤直。而其大要不過以尊聞行知有望於吾君：誠以聞之則必尊，聞而不尊，猶不聞也；知之則必行，知而不行，猶不知也。然則今日天子之盛德弘業，高明光大，而成帝王之治者，豈非聞而能尊，治而能行，以加之意乎？嗚呼，觀乎是編，而文儒啓沃之功，聖學緝熙之效，以及國家一代之典故，皆可見矣。」

【校勘】

①其：乾隆本作「期」。

②綈：底本作「綈」，據乾隆本改。

③仲舒名濤……爲時所稱云：底本闕，據乾隆本補。

【箋注】

〔一〕經筵檢討：元代職官；經筵，古代帝王爲研讀經史而特設之御前講席；檢討，草擬講稿以供御前講席。裒：聚集。

〔二〕成德：盛德。

〔三〕殷：深憂，此指高宗居喪。《尚書·周書·無逸》：「其在高宗，時舊勞於外，爰暨小人。作其即位，乃或亮陰，三年不言。」《論語·憲問篇》：「子張曰：『《書》云：高宗諒陰，三年不言。何謂也？』子曰：『何必高宗？古之人皆然。君薨，百官總己以聽於冢宰三年。』」

〔四〕傅說：商朝高宗武丁時賢臣。詳見卷四《答徐進明書》。

〔五〕說命：《尚書·商書》篇目。

〔六〕古訓：古代聖賢教誨。惟斅學半：教導和學習各占一半功效；惟，助詞；斅，教誨。

〔七〕惟學遜志：勤奮學習，心意謙虛。務時敏：務必時時勤勉；敏，勤勉。

〔八〕典：從事，堅守。《大戴禮記·千乘》：「司徒典春。」孔廣森《補注》：「典者，領其事也。」

〔九〕至道：極精深最微妙之道理。《禮記·學記》：「雖有至道，弗學，不知其善也。」

〔一〇〕造：學問達到一定境界。益：漸漸，逐漸。

〔一一〕聖德：帝德，至高品德。杜甫《哀王孫》：「竊聞天子已傳位，聖德北服南單于。」其：通「期」。《古字通假會典·其字聲系·其與期》：「《易·繫辭下》：『死期將至。』《釋文》期作其，云：『其亦作期。』《左傳·襄公二十五年》杜注、《三國志·蜀志·姜維傳》裴注引期作其。」

〔一二〕三代：夏商周。《論語·衛靈公》：「斯民也，三代之所以直道而行也。」邢昺《疏》：「三代，夏、殷、周也。」

〔一三〕汪榮寶《法言義疏一·學行卷第一》：「學之爲王者事，其已久矣。堯、舜、禹、湯、文、武汲汲，仲尼皇皇，其已久矣。」

〔一四〕趨：奔赴，追求。《管子·宙合》：「爲臣者不忠而邪，以趨爵禄。」

〔一五〕天性自然：保持善良本性而灑脱自在；自然，不造作，灑脱自在。食菲：吃菲薄清淡食物。衣綈：穿粗厚絲織品。囿：苑囿，養禽獸以供圍獵之園林。便嬖：君主左右得寵小臣。惑志：内心迷惑。《論語·憲問》：「夫子固有惑志于公伯寮。」

〔一六〕薦：一再，頻繁。多士：衆多賢士。《詩經·大雅·文王》：「濟濟多士，文王以寧。」

〔一七〕侍從：隨從帝王左右者。宰執：宰相等執掌國家政事之重臣。禁近：常指翰林院，因其官署在宫禁裏面靠近皇帝所居而得名。元稹《令狐楚衡州刺史制》：「早以文藝，得踐班資；憲宗念才，擢居禁近。」

〔一八〕推演：推究演繹，推斷引申。化原：教化本源。

〔一九〕載籍：書籍，典籍。紬繹：理出頭緒，引申闡述。

〔二〇〕選：人選。《禮記·禮運》：「禹、湯、文、武、成王、周公，由此其選也。」孔穎達《疏》：「用此禮義教化，其爲三王中之英選也。」

〔二一〕盡言：無保留之直言。《國語·周語下》：「唯善人能受盡言。」

〔二二〕書傳：典籍，書籍。

〔二三〕程子：北宋理學家程頤，字正叔，世稱伊川先生。講筵：經筵。聖學：原指孔子所創儒家學説，此指帝王學問。《宋元學案》卷十五《伊川學案上·正公程伊川先生頤》：「尋召赴闕，擢崇政殿説書。奏言：『輔養之道，不可不至。一日之中，接賢士大夫之時多，親宦官宫女之時少，則氣質自然變化。』……先生在經筵，每當進講，必宿齋豫戒，潛思存誠，冀以感動上意，而其爲説，常於文義之外，反復推明，歸之人主。一日，當講『顔子不改其樂』章，門人或疑此章非有人君事也，將何以爲説。及講，既畢章句，入復言曰：『陋巷之士，仁義在躬，忘其貧賤。人主崇高，奉養備極，苟不知學，安能不爲富貴所移？且顔子，王佐才也，而簞食瓢欽；季氏，魯國之蠹也，而富於周公。魯君用捨如此，非後世之監乎！』聞者歎服。」

〔二四〕朱子：南宋大學問家朱熹，字元晦，號晦庵，世稱朱文公、紫陽先生、考亭先生等。經幄：經筵。按《宋史》，宋孝宗淳熙末年，授朱熹崇政殿説書，朱熹力辭不就；至其勖孝宗以誠敬，則因入奏之機，而非經筵講學事矣。《宋史》卷四百二十九《朱熹》：「（孝宗）十五年淮罷相，遂入奏……而其末言：『……願陛下自今以往，一念之頃必謹而察之：此爲天理耶，人欲耶？果天理也，則敬以充之，而不使其少有壅閼；果人欲也，則敬以克之，而不使其少有凝滯。推而至於言語動作之間，用人處事之際，無不以是裁之，則聖心洞然，中外融澈，無一毫之私欲得以介乎其間，而天下之事將惟陛下所欲爲，無不如志矣。』是行也，有要之於路，以爲正心誠意之論上所厭聞，戒勿以爲言。熹曰：『吾平生所學，惟此四字，豈可隱默以欺吾君乎？』……明日，除主管太一宫，兼崇政殿説書。熹力辭，除秘閣修撰，奉外祠。」

〔二五〕當寧：君主在大門和屏風之間接見諸侯，後代稱皇帝；寧，大門和屏風之間。宋陳造《贈錢郎中》：「孤忠當寧知，宏圖時宰領。」

〔二六〕陰被：暗中蒙受。際：會合，交會。

〔二七〕黨：五百户爲一黨，泛指鄉里。《周禮·地官·大司徒》：「五族爲黨。」鄭玄《注》：「族，百家；黨，五百家。」

〔二八〕欷歔：歎息抽噎聲。

〔二九〕然且：且，又，同義複詞。《古書虚字集釋》卷七《然》：「然猶且也，一爲又且之義。《越絶書·請糴内傳》：『親之乎，彼聖人也；將更，然有怨心不已。』」

〔三〇〕白麟溪：溪名，蜿蜒流經浦江鄭義門。《乾隆浦江縣志》卷二《山川·白麟溪》：「縣東二十五里，源出金芙蓉山，東南流入浦陽江。義門鄭氏居此。鄭氏遠祖名白麟，此溪所由得名也。」二人：鄭義門髦俊鄭深與鄭濤，參看卷一《鄭僉憲授官南歸》。通籍：記名於門籍而允許出入皇宫；籍，門籍，記載允許出入宫禁者姓名、年齡、身份等信息之簿册。

送葉贊玉序

昌黎韓子嘗謂「清淑之氣蜿蜒扶輿磅礴而鬱積，其水土之所生，必有魁奇忠信才德之民〔一〕」，豈不信然歟？

廣信爲郡，西連江右，南控閩粤〔二〕，而玉山冰溪之勝〔三〕，又盤旋乎左右，故其清淑之氣，每鍾而爲人。西京而下〔四〕，唐宋爲盛。唐姑不論，宋渡江後，如陳公康伯，以中興事業著見一時〔五〕；謝公疊山，以風節行義照耀千古〔六〕；他若余①公大雅，則以紫陽高弟，爲後學所宗師〔七〕；而傅公季魯，又以象山門人，爲當世所貴重〔八〕。嗚呼！是果何以致是哉？蓋山川之所鍾，往往見之於是郡故也。

我國家混一以來〔九〕，是郡人物之衆，固未易一二數，余所托交者，則有葉君贇玉。葉君才高而學廣，上而群經叢史，下而廋辭僻句，靡不悉該〔一〇〕。善議論，能文辭。甲申間嘗以《禮記》高選貢於鄉，有司用新例授婺之月泉山長〔一一〕。到官未幾，新祭器之朽弊者，復土田之侵奪者，屏學徒之貪蠹者〔一二〕。於是會集儕流，招徠學子，爲之②敷揚先聖人之道〔一三〕。三年政成，受代而歸。邦之人士，咸相率賦詩以惜其去。不以良之固陋〔一四〕，俾爲之序。

嗚呼！若葉君者，殆向所謂魁奇忠信才德之民，非耶？則夫廣信之地靈人傑，固非陳、謝輩所能獨當也〔一五〕。余猶恨葉君居陳、謝二公之鄉，其才與學又不在陳、謝二公下，乃不能如二公之得位行道以自見於時，顧獨抱其遺經而於朱、陸之門弟子有志焉，不亦重可惜乎！雖然，海内寧謐日久，皇上鋭意儒術，日與一二三學士大夫講議經帷，以復二帝三王之治〔一六〕。葉君固將自是登名吏部，進之館閣〔一七〕，以共圖太平。他日見諸行事，亦豈在陳、謝二公後哉！《崧高》之詩曰：「維嶽降神，生甫及申。」山川之鍾秀於葉君厚矣。又曰：「維申及甫，維周之翰〔一八〕。」葉君尚舊③乃志〔一九〕，以無負山川之所鍾可也。余既喜廣信之代不乏人，而又嘉葉君之克繼前武，故因序詩而并致其期望之私若此云。

【題解】

葉贊玉，元時江浙等處行中書省信州路貴溪縣學者，任浦江縣月泉書院山長時，結交浦江宋景濂、戴九靈等鴻生碩彦。

《宋濂全集》卷三十六《題葉贊玉墓銘後》：「余在浦陽，與貴溪葉先生贊玉交。先生之子名愛同，性穎悟特甚，嘗引之升樓，出經題試之。至正己丑，先生父子皆別去。不數年天下大亂，聲迹不相聞者二十三年矣。洪武辛亥之二月，予考試春闈，及榜出，有葉孝友名，乃貴溪人，恐爲先生之子，復以名不同爲疑……戊寅，錫宴中書堂，予被酒上馬出，有從旁呼曰：『君非宋學士邪？』曰：『然。』曰：『子爲誰？』曰：『我葉愛同也。』於是下馬執手相慰勞，問何以更名，乃知有司誤以其字聞。復問先生安否，則作土中人已六年矣。爲之悲喜交集：喜則以先生有子，悲則以先生之學僅止於斯也。」

【校勘】

①余：底本作「俞」，據《朱子語録》《宋元學案》改。

②之：底本作「子」，據乾隆本改。

③舊：乾隆本作「奮」。

【箋注】

〔一〕韓愈《韓昌黎集》卷四《送廖道士序》：「衡山之神既靈，而郴之爲州，又當中州清淑之氣蜿蟺扶輿磅礴而鬱積，其水土之所生，神氣之所感……意必有魁奇忠信材德之民生其間，而吾又未見也。」清淑：清和。蜿蜒：縈回屈曲貌。扶輿：扶摇，盤旋升騰貌。《楚辭》王褒《九懷・昭世》：「登羊角兮扶輿，浮雲漠兮自娱。」磅礴：盛大充盈貌。文天祥《正氣歌》：「是氣所磅礴，凛烈萬古存。」魁奇：傑出奇異。

〔二〕廣信：地名，詳見卷二《送人赴廣信軍幕》。江右：長江下游以西地區。魏禧《魏叔子日録》卷二《雜説》：「曰：『江東稱江左，江西稱江右，何也？』曰：『自江北視之，江東在左，江西在右耳。』」閩粤：福建；粤，通「越」。

〔三〕玉山冰溪：今江西玉山縣名山秀川，詳見卷二《送人赴廣信軍幕》。

〔四〕西京：東漢以西漢都城長安爲西京，後即以西京代稱西漢。

〔五〕康伯：陳康伯，字長卿，宋信州弋陽人，高宗、孝宗時名相。陳康伯静重明敏，力主抗金。内外繹騷，巋然不動，社稷恃之以安。金主亮率兵逼長江，陳康伯請帝親征，既而虞允文敗敵於采石，金主亮斃於内訌，金兵敗還。孝宗即位，金兵寇淮甸，陳康伯扶病復相，敵師竟退。詳見《宋史》卷三百八十四《陳康伯》。

〔六〕謝公疊山：謝枋得，字君直，號疊山，宋信州弋陽人。穎異絶倫，過目不忘。性情豪爽，喜論古今治亂社稷事，以忠義自許。宋末知信州，元兵進犯，弱不敵强，城池失守。無可奈何，易姓更名，輾轉流徙。宋亡，退居閩中，大臣屢薦於朝，堅辭不起。後威逼入京師，抗志不屈，絶食而卒。詳見《宋史》卷四百二十五《謝枋得》及《宋元學案》卷八十四《存齋晦静息庵學案·文節謝疊山先生枋得》。

〔七〕余大雅：或云上饒人，或云順昌人，未審孰是；遊學朱門，窺儒學閫奥，爲一時碩彦。《朱子語類大全·朱子語録姓氏》：「余大雅，字正叔，上饒人。」宋上饒陳文蔚《克齋集》卷十一《祭余正叔》：「始予與公，其生同鄉。予自爲兒，已聞公譽，第未知其有爲學之志。暨其壯歲，聲氣既同，不期自合，遂相與同遊於朱夫子之門。甲辰之秋同往同歸，在道一月，切磋講究，剖心露誠，纖悉無隱。嗣後或離或合，音書絡繹，殆無虚日，類皆至誠惻怛，非不情無味之語。今歲之夏，公復入閩。九月之初，我往公歸，適相邂逅於武夷道上，躊躇言别，不忍遽舍，豈謂分袂而遽成永訣耶？嗚呼！公性和粹，公量宏遠，孳孳講學，未見其止。方幸紫陽之業有嗣，而後學之望有歸，孰謂遽止於此耶？」《宋元學案》卷六十九《滄州諸儒學案上·余先生大雅游先生儆合傳》：「余大雅，字正叔，順昌人。與劍浦游敬仲同時從朱子遊。每見必告以簡約切實工夫，而要其歸於求放心一言。先生嘗有詩云：『三見先生道愈尊，言提切切始能安。如今抉破本根説，不作從前料想看。有物有常須自盡，中倫中慮覺猶難。願言克己工夫熟，便得周旋事仰鑽。』朱子深與其進。有《朱子語録》一卷。」紫陽：南宋理學家朱熹之父朱松曾讀書紫陽山，朱熹後居福建崇安，題廳事曰紫陽書室，後人遂以紫陽爲朱熹別稱。宗師：尊崇效法。

〔八〕傅季魯：南宋著名學者，此云廣信人，或云撫州金溪人，不知孰是。《宋元學案》卷七十七《槐堂諸儒學案·主簿傅琴山先生子雲》：「傅子雲，字季魯，號琴山，金溪人。成童，登象山門，以其少，使先從鄧文範，尋晉弟子之位。象山歸自京師，先生亦入太學，道相值，共泛桐江，答問如回應。天山精舍成，學者坐以齒，先生在末席，象山令設一席於旁，時命先生代講。或頗疑之，象山曰：『子雲天下英才也。』及出守荆門，使居精舍，象山執手語之曰：『書院事，俱以相付，其爲我善永薪傳。』謂諸生曰：『吾遠守小郡，不能爲諸君掃清氛翳，幸有季魯在，願相親近。』象山嘗謂先生骨相寒薄，道雖明，恐不得行。晚奉大對，葛丞相邲期以首選，不果，先生曰：『場屋之得失，窮達不與焉；終身之窮達，賢否不與焉。』時人以爲名言。主甌寧簿，決訟必傳經義，人人服之。先生嘗作《保社議》，其中言鄭康成注《周禮》，半是緯語，半是莽制，可取者甚少。象山最是其言。紹定四年，袁甫持節西江，修明象山之學，爲建象山書院，時槐堂高足惟先生在，巋然上座。所著有《易傳》《論語集傳》《中庸大學解》《童子指義》《離騷經解》。撫州守葉夢得，故先生弟子，建三陸祠於金溪，以先生配。」象山：陸九淵，字子静，南宋心學家，世稱象山先生。

〔九〕混一：統一。

〔一〇〕廋辭：委婉隱語。《國語·晉語五》：「有秦客廋辭于朝，大夫莫之能對也。」韋昭《注》：「廋，隱也，謂以隱伏譎詭之言問於朝也。」

〔一一〕高選：中第。貢：薦舉。新例：新規則。月泉：浦江縣月泉書院，參見本卷《浦江縣修學記》。《乾隆浦江縣志》卷四《書院·月泉書院》：「（度宗咸淳）三年建月泉書室，立朱呂二先生祠……元升爲月泉書院，置山長一員，主教學徒。」《乾隆浦江縣志》卷十五謝翺《月泉遊記》：「月泉在浦江縣西北二里，故老云：『其消長視月之盈虧。由朔至望，投（梯）〔柹〕其間，泉浸浸浮（梯）〔柹〕而上，動蕩芹藻，若江湖之浮舟擁泊於岸，視舊痕不減毫髮。由望至晦，置竹井旁，以常所落淺深爲候，隨月之大小畫痕竹上。當其日之數，旦而測之，水之落痕與石約如竹之畫。視甃間滯萍蘚，枯青相半；殆類水退人家，日蒸氣濕，牆壁故在，而浮槎遊柹棲泊樹石，隱隱可記。』余與友人陳君某至，適望後二日。陳君指萍與草，以爲斯泉虧落之驗。蓋沖漠朕兆間，盈虛消息之理與山川呼吸往來之氣相值而不爽也如此，非必有神物主之，如雜書怪録所謂巨魚吞吐云也。泉旁舊爲堂，祠朱呂二先生。環闌楯甃上，環詩亭上。四顧煙雲竹樹，復環泉若亭，不敢左。」

〔一二〕屏：摒棄，清除。貪蠹：貪贓害民。

〔一三〕儕流：同輩。招徠：招收，延攬。敷揚：傳布弘揚。

〔一四〕固陋：鄙陋，同義複詞。司馬相如《上林賦》：「鄙人固陋，不知忌諱。乃今日見教，謹受命矣。」

〔一五〕當：承受。《孟子·離婁下》：「不祥之實，蔽賢者當之。」

〔一六〕鋭意：專心一意。二帝三王：唐堯、虞舜和伏羲、神農、黄帝。

〔一七〕登名：登記姓名。館閣：宋代昭文館、史館、集賢院和秘閣、龍圖閣、天章閣等官署統稱，泛指文人雅士會聚之官署。

〔一八〕《詩經·大雅·崧高》：「維嶽降神，生甫及申。維申及甫，維周之翰。」朱熹《詩集傳》：「甫，甫侯也，即穆王時作《吕刑》者。或曰此是宣王時人，而作《吕刑》者之子孫也。申，申伯也。皆姜姓之國也。翰，幹。……言嶽山高大，而降其神靈和氣，以生甫侯申伯，實能爲周之楨幹屏蔽。」鍾秀：賦予靈氣。翰：通「幹」，骨幹。

〔一九〕舊：長久。《漢書》卷七十一《雋疏于薛平彭傳》：「竊伏海瀕，聞暴公子威名舊矣。」

喜雨詩序

至正辛卯夏六月，大梁蕭君來治婺之浦江，時境内已彌月不雨〔一〕，民心弗寧，君愀然憂形於色，視事之日，即齋沐率僚佐遍禱諸神〔二〕。越翌日癸卯乃雨〔三〕，甲辰①

又雨。既而不雨者復彌月。公聞縣南有白石湫，爲神龍所宅〔四〕，遂赤日走大澤中以祈其應。乃七月乙亥雨，至八月戊寅而止。君猶以爲未足，因與龍約三日内雨足。次日癸未輒大雨竟夕，甲申雨，乙酉雨。自是泉之竭者悉已溢，禾之槁者悉已蘇，民之病者悉已愈。而我君之憂亦釋而爲喜矣。

邑之大夫士因交相告語曰：「吾屬作於是，息於是，以克享有豐年於是者，皆我君之賜也，其可無情乎哉？」爰相率賦詩以歌美之〔五〕。以良受知於君爲特深〔六〕，俾執筆序其首。

良惟《春秋》記魯十二公之行事〔七〕，獨《僖公三年》書「夏四月不雨」，以志其閔雨，書「六月雨」，以志其喜雨〔八〕；自餘群公則固未之聞也〔九〕。然觀僖公之在魯，不過曰有志乎民與之〔一〇〕，以同其憂樂耳。而孔子之取之者，正以當時諸侯罕能如是也。夫以三代之季〔一一〕，人材猶盛，求其有愛民之心者已罕見之若是；去三代遠矣，民情日以涣散，吏治日以偷惰，有能如我君之用心者，豈易得哉？惜世無孔子，不得取之簡册，使與僖之名并傳於天壤間也。

乃今明良相逢，進賢用能如不及〔一二〕。他日君以政成而去，必將疇其民庸而圖任之〔一三〕，則位當益崇，利澤之及人當益厚。宜有史氏之筆大書特書，以見諸詞翰垂之汗青者，僖公固不得而專美之也〔一四〕，是用弗讓而志其歲月於篇端以俟。

【題解】

浦江大旱，縣尹蕭文質率衆祈禱而旱魃遠遁，合邑紳士賛頌吟詠，曰《喜雨詩》。蕭文質，字彬祥，至正十一年任浦江縣尹，參看卷四《浦江縣新建婺女星君行祠碑》、卷五《浦江縣修學記》。《乾隆浦江縣志》卷七《秩官表·元·縣尹》：「蕭文質，字彬祥，大梁人，（至正）十一年任。」

【校勘】

①辰：底本作「申」，據甲子紀年法及乾隆本改。

【箋注】

〔一〕雨：降雨。蘇軾《喜雨亭記》：「既而彌月不雨，民方以爲憂。」

〔二〕愀然：憂愁貌。視事：就職處事。齋沐：齋戒沐浴。《孟子·離婁》：「雖有惡人，齋戒沐浴，則可以祀上帝。」

〔三〕越：及，到。《尚書·召誥》：「越六日乙未。」

〔四〕《光緒浦江縣志·十詠圖總説·白石湫雲圖説》：「湫在白石之腰，禱無不應，蓋蛟龍窟也，命曰靈澤。每春秋蚕暮，鴻濛瀰漫，仿佛有夭矯連蜷出没隱見於其中者。深山大澤，是生神物，信哉！爲龍之乘，爲雲之從，其何自辨之？」宅：居住。《易・乾》：「（龍）或躍在淵，無咎。」

〔五〕相率：相繼，一個接一個。

〔六〕知：賞識，知遇。《論語・衛靈公》：「君子不可小知，而可大受也。」

〔七〕魯十二公：《春秋》記事，自魯隱公元年迄魯哀公二十七年，前後共歷十二位魯國國君。

〔八〕志：記載。閔：憂慮，擔心。《春秋左氏傳・僖公三年》：「經：夏四月不雨……六月雨。」《後漢書》卷六十一《左周黄列傳第五十一》：「昔魯僖遇旱，以六事自讓，躬節儉，閉女謁，放讒佞者十三人，誅税民受貨者九人，退舍南郊，天立大雨。」李賢《注》引《春秋考異郵》云：「僖公之時，雨澤不澍，比於九月。公大驚懼，率群臣禱山川，以六過自讓，絀女謁，放下讒佞郭都等十三人，誅領人之吏受貨賂趙祝等九人，曰：『辜在寡人。方今天旱，野無生稼，寡人當死，百姓何謗？請以身塞無狀也。』」

〔九〕自餘：其餘；自，其。《周書》卷四十一《庾信》：「唯王褒頗與信相埒，自餘文人，莫有逮者。」

〔一〇〕與：跟隨，親附。

〔一一〕三代：夏、商、周。《論語・衛靈公》：「斯民也，三代之所以直道而行也。」邢昺《疏》：「三代，夏殷周也。」

〔一二〕明良：聖帝良相。《尚書·益稷》：「元首明哉，股肱良哉，庶事康哉！」不及：趕不上；等不及。《論語》：「見善如不及，見不善如探湯。」

〔一三〕他日：將來。疇：通「籌」，籌算，計算。《荀子·正論》：「至賢疇四海，湯、武是也。」楊倞《注》：「疇與籌同，謂計度也。」民庸：治民功績；庸，功勞。《周禮·夏官·司勳》：「王功曰勳，國功曰功，民功曰庸。」鄭玄《注》：「輔成王業，若周公；保全國家，若伊尹；法施於民，若后稷。」圖任：謀劃任用。秦觀《國論》：「圖任元老，眷禮名儒。」

〔一四〕汗青：火烤竹簡，竹簡滲水如人之流汗；後代史册。專美：獨享美名。《尚書·説命下》：「爾尚明保予，罔俾阿衡專美有商。」

送浦江主簿劉君滿歸序

大梁多宦家，而傳世之久稱劉氏。劉氏之先有累官河南路二十八軍州軍民都總管者〔一〕，與其弟懷安、陽門馬步都元帥〔二〕，從太祖皇帝定地有功〔三〕。其所至又皆以不殺爲務，當攻破金汴時〔四〕，所賴以全活者甚多。總管公兄弟亦既以功拜官，而其長子遂皆繼襲父職，珪組相傳者五人。已而元帥之仲子亦以武功起家爲河南路轉運使。其後有爲州郡牧守者，有爲縣令及轉運同知者，有爲理官及主簿司者〔五〕，劉氏傳世之久如是哉！

良生也後，不及拜總管公兄弟於馬前，以睹夫衣冠之盛，而幸獲識其諸孫之佐〔六〕，遂有以詢其家世之一二。之佐主吾婺之浦江簿，能以簡易爲治，用法匪峻而豪右自服，遇人有恩而請托不行，亦劉氏之佳公子也。今既滿三載而去，邑之人士咸爲賦詩以道其去思〔七〕。良於之佐爲最故，又更爲之序。

竊考漢史所載，兩漢之將相如陳平〔八〕、鄧禹者〔九〕，皆其有功於當時者也。然陳氏既卒，其子即以有罪國除〔一〇〕，後竟無顯者；而鄧氏之後，乃累世貴寵，爲公侯及大將軍、牧守、侍中者凡若干人〔一一〕。此其故何如哉？平之言曰：「吾世多陰禍〔一二〕，吾世即廢，終不能復興。」而禹則曰：「吾將百萬之衆，未嘗妄殺一人，後世必有興者。」由是觀之，則鄧氏之後所以異於陳氏者，豈非其所積有不同耶！

嗚呼！二氏之事既已考諸史而有見，乃若劉氏之傳世獨久〔一三〕，亦豈難知哉？必也總管公兄弟能以不殺爲務，故其後嗣得以世食其報，庶幾乎鄧氏之代不乏人。向使其所積者一有所不然，吾恐故家喬木榮悴之不常，雖欲自異於陳氏之後，不可得矣！興廢之來，夫豈偶然哉！之佐於此，其尚思自奮激以保有乎先澤可也。

雖然，之佐之治縣，既不以苛政而殺人；而其冢嗣又方由祖蔭入官，不久且調；自餘諸子亦皆力學好修有仕資〔一四〕：則夫積善之報，又復自之佐始，豈直保有先澤而已哉！良於是益有以卜劉氏之後爲鄧而不爲陳也，大梁宦家寧復有出其右者乎〔一五〕？之佐行有日，凡頌美之辭，惜别之賦，已見於群公之篇什，良故特爲論次其傳世之久者題諸首簡云〔一六〕。

【題解】

劉君，名師稷，字之佐，嘗任浦江主簿，詳見卷四《容齋説》。

【箋注】

〔一〕《元史》卷五十九《地理二·河南江北等處行中書省·河南府路》：「領司一（録事司），縣八（洛陽、宜陽、永寧、登封、鞏縣、孟津、新安、偃師），州一（陝州），州領四縣（陝縣、靈寶、閿鄉、澠池）。」軍州：古代行政區劃。黄汝成《日知録集釋》卷九《知縣》：「《山堂考索》：『藝祖開基，召諸鎮會於京師，賜第以留之。分命朝臣，出守列郡，號權知軍州事。軍謂兵，州謂民也。』」軍民都總管：古代武職，兼管軍民。

〔二〕懷安：元代興和路懷安縣。《元史》卷五十八《地理一·中書省·興和路》：「領縣四（高原、懷安、天成、威寧），州一（寶昌州）。」陽門：金朝弘州陽門縣，治所在懷安縣東北，元廢。顧祖禹《讀史方輿紀要》卷十八《北直九·萬全都指揮使司》：「陽門廢縣，在司西百二十里。《唐志》『媯州有陽門城，爲戍守處』；遼置陽門鎮，屬順聖縣。金貞祐二年升爲縣，屬弘州；元初廢。』」馬步都元帥：古代武職。

〔三〕太祖：元太祖鐵木真。《元史》卷一《太祖》：「太祖法天啓運聖武皇帝，諱鐵木真，姓奇渥温氏，蒙古部人。」

〔四〕金汴：金朝後期都城汴京，今河南開封。

〔五〕轉運使：掌管水陸財貨運輸之職官。轉運同知：轉運使副職。理官：掌管獄訟職官。主簿司：主簿與主司；主簿，掌管文書辦理事務之官吏；主司，主考官。《新唐書》卷四十四《選舉上》：「舉人既及第，綴行通名，詣主司第謝。」

〔六〕諸孫：本家孫輩。

〔七〕去思：地方人士懷念離職官員。《漢書》卷八十六《何武》：「欲除吏，先爲科例以防請托，其所居亦無赫赫名，去後常見思。」

〔八〕陳平：漢高祖劉邦麾下謀士，常出奇計以紓難解紛；吕后用事，拜丞相，明哲保身，酒色自穢；吕后崩，謀於太尉周勃，誅滅諸吕，立孝文帝劉恒。詳見《史記》卷五十六《陳丞相世家第二十六》。

〔九〕鄧禹：漢光武帝劉秀起兵，鄧禹追隨左右，屢樹奇勳。天下大定，以勞苦功高封高密侯。漢明帝時圖畫漢初二十八將於雲臺，鄧禹雄居其首。詳見《後漢書》卷十六《鄧寇列傳第六》。

〔一〇〕國除：剥奪封地。《史記》卷五十六《陳丞相世家第二十六》：「孝文帝二年，丞相陳平卒，謚爲獻侯。子共侯買代侯。二年卒，子簡侯恢代侯。二十三年卒，子何代侯。二十三年，何坐略人妻，棄市，國除。」

〔一一〕《後漢書》卷十六《鄧寇列傳第六》：「鄧氏自中興後，累世寵貴，凡侯者二十九人，公二人，大將軍以下十三人，中二千石十四人，列校二十二人，州牧、郡守四十八人，其餘侍中、將、大夫、郎、謁者不可勝數，東京莫與爲比。」

〔一二〕陰禍：由神靈主宰之禍殃。

〔一三〕乃若：至於。《墨子・兼愛中》：「乃若兼則善矣。」

〔一四〕冢嗣：嫡長子，正妻所生長子。祖蔭：子孫憑祖先功勳獲取官職。仕資：出仕稟賦。

〔一五〕卜：預測。右：尊貴，高貴。《史記》卷八十一《廉頗藺相如列傳》：「以相如功大，拜爲上卿，位在廉頗之右。」

〔一六〕賦：賦詩。《左傳・隱公元年》：「公入而賦。」杜預《注》：「賦，賦詩也。」論次：論定編次。

甘棠集序

北庭廉侯來長婺之浦江〔一〕，浦江之民咸愛戴之如父母，畏敬之如神明，倚賴之如山嶽。三年政成，治任將歸〔二〕，而黄童白叟涕泣以遮留者動千百計〔三〕。已而侯之去志浩不可挽，又皆退而悲思，商賈相與歎於市，行旅相與歎於塗，耕農相與歎於野，低徊顧眄〔四〕，不知所圖。則推夫吾黨之工乎詩者，作爲聲詩以詠歌之〔五〕；一縣之士詠歌之不足，則五縣一州又從而詠歌之〔六〕；五縣一州詠歌之不足，則旁近他郡又從而詠歌之〔七〕。於是篇章之富，合若干首，縣之好事君子，遂擇取其尤者〔八〕，編而爲集。以我民之思侯，無異於召南之思召公，故名其集曰《甘棠集》〔九〕，且俾良序而刻諸梓。

良嘗讀《詩》，至《甘棠》之篇，蓋深有取夫召南之思召公者矣〔一〇〕！召南之思召公，固無往而不在，然乃必於甘棠而見之者，豈不以召公之在當時，嘗布文王之化，且或舍於是樹之下〔一一〕？故國人之被其化者，因皆思其人而惜其物，惜其物則欲其勿翦之矣，欲其勿伐之矣。既欲其勿翦伐之，又欲其勿敗之，又欲其勿拜之〔一二〕。噫！何其思之至者歟！

今我民之思侯，固亦無所不用其至矣！然其所以見之於思者，乃不能如召南之托之於其物，顧徒有以托之於其詩〔一三〕，豈我侯之宣化於是地，曾無一物之可指耶？意者是物之在天地間，風雨之所飄摇，霜露之所剥蝕，雖其惜之之深，保之之至，或不能①免乎異日之必衰；詎如是詩之作，播之於一時，傳之於百世，無風雨霜露之虞〔一四〕，有深長悠久之意。是則托之於其物，固不若托之於其詩矣。

又況彼之有思於召公者，僅著乎召南之一國，至於他國，則曾未之及。若我侯之見思，不惟著之於一縣，抑且形之於他縣；不惟形之於他縣，又且溢之於他郡〔一五〕。然則我民之思侯，豈果在召南下哉？我民之思侯，既不在召南下，則是集之命名，舍《甘棠》而誰宜〔一六〕？序而刻之，良蓋不得而辭也。《集》凡二卷，他文字之有紀於侯者具見《集》中。侯名阿年八哈，字景淵云。

【題解】

周初召地之民思慕召公奭而作《甘棠》。《詩經·召南·甘棠》：「蔽芾甘棠，勿翦勿伐，召伯所茇。蔽芾甘棠，勿翦勿敗，召伯所憩。蔽芾甘棠，勿翦勿拜，召伯所説。」朱熹《詩集傳》：「召伯循行南國，以布文王之政，或舍甘棠之下。其後人思其德，故愛其樹而不忍傷也。」《史記·燕召公世家第四》：「召公奭與周同姓，姓姬氏……召公之治西方，甚得兆民和。召公巡行鄉邑，有棠樹，決獄政事其下，自侯伯至庶人各得其所，無失職者。召公卒，而民人思召公之政，懷棠樹不敢伐，哥詠之，作《甘棠》之詩。」

後世以甘棠稱頌地方官吏之有惠政於民者。漢王褒《四子講德論》：「非有聖智之君，惡有甘棠之臣？」劉禹錫《答衢州徐使君》：「聞道天台有遺愛，人將琪樹比甘棠。」

元浦江達魯花赤廉阿年八哈離任時，民衆愛戴眷戀，工詩者吐而爲詩，曰《甘棠集》。廉侯行迹略見卷四《浦江縣新建婺女星君行祠碑》、卷五《浦江縣修學記》。《乾隆浦江縣志》卷七《宦迹·元達魯花赤》：「廉阿年八哈，一名溥，字景淵，北庭人。恒陽文正王希憲孫也。順帝至正九年涖浦邑，才優識明，不自滿假，延訪黄耇，夙夜孜孜。邑賦税舊輸本府，後更輸睦之和豐倉，逾山歷險，民不堪勞，見而憫惻，爲訴廉訪復舊。均役法行，州縣别選賢能以涖其事，獨浦即以屬溥。溥鈎校覆核，履畝定税以制役，高下各隨其宜，上下稱平。學政久廢，延碩儒，朔望公餘，共與敷明化民成俗之意，翕然從風。復刻《柳文肅公文集》，置之學宫，以存文獻。侯廉靖剛介，私交不行，權幸跼蹐，吏無舞文，民安其生。」

胡助《純白齋類稿》卷十八《廉侯遺愛傳》：「婺之支縣曰浦江，自入國朝以來，凡所更長官二十餘人，求其德政愛民與古之魯卓并稱無愧者，今惟見廉侯一人而已。侯名額琳巴哈，一名浦，字景淵，北庭人也……侯幼穎異，絶無貴介華靡之習。年二十餘即入宿衛禁中，旋以世賞授官，來爲浦江縣達嚕噶齊。下車視事，即訪民利害而興除之。浦江爲邑在山谷間，税糧舊輸之本郡，近年撥輸建德，建德雖與縣境連，而崇岡峻嶺不可通，負荷之費數倍於前，民甚患苦之。侯力稟憲司，獲仍其舊，民皆鼓舞相慶。賦役不均，吏并緣爲奸，是故貧益貧而富益富。侯察知之，日夜思維以救其弊。會憲司行隨産當差之法，他州縣皆别遴官，獨浦江就諉侯行之，蓋素知侯廉明正直，足以登厥事。侯亦感激，益行素知，集耆老於庭，備詢其詳，令民自實其業，用宋咸淳册爲之根柢，命里長履畝而推正之，及命鄰都覆覈，侯躬校簿書，正其是非，斥其隱蔽，更造册籍，粲然明白，積年之弊不可去者，一旦盡除之。然後依糧定役，咸服平允，小民德之，不啻如病而得瘳，如旱而獲雨。侯明敏絶人，加以仁愛，凡民有訟，洞知其情，委曲戒諭，使之自新，不得施刑法，吏不敢欺，民不敢僞。縣舊用胥徒追逮，叫囂隳突，鷄犬不寧，侯悉革去。第令里長呼之，事無不集。侯初至，見學校不治，大懼無以長人興教，即覈學田，葺齋舍，禮致儒士，俾弟子員肄業其中。退輒詣明倫堂，諄諄勉勵。又俾各社延師以訓童稚，弦誦之聲達乎四境。侯每歲親行郊，勸其農人播樹藝，於今三年，皆底厥績。譙樓及戍營將壞，侯爲修理而一新之。鄉先生柳内翰有遺文廿卷藏於家，未能刊布，縣之《圖經》久且未續，侯命文士撰葺成篇。復皆捐俸爲倡，刻置學宫。其表厲斯文意，有非區區俗吏所能及也。武川民素嘩争素嘩起，禍在不測，部使者賢侯之行，俾聽治之。侯發其隱伏，民皆伏罪無冤，一縣稱爲神明。及其歸也，歌謡載路。江東有警，鄰縣惡少年欲乘勢剽掠，人皆震恐，至有挈妻子逃山谷者。侯爲保甲之法，使得互相拯援，復揭高竿於四門，設有亂者暴其屍以徇。侯親部士卒，持弓巡行鄉落，遍告以用法之意，民皆帖帖。此侯之治迹尤著者。侯甚愛民，切切在念，無斯須忘去，須髮爲白。故民得安其生，輸賦税外，毫髮無他費。聞侯之去，皆相顧如有所失，或塑像而立生祠，或植碑以表不朽。見者咸慕，以爲前此未之聞也。侯治縣三年，廉介自守，始終如一，雖虀鹽不給，而處之晏然。善談論，援引明切，動合古今，聽者竦然起敬。傳曰『君子學道則愛人』，《詩》曰『豈弟君子，民之父母』，其侯之謂歟！里父老相與謀曰：『侯今去矣，其德澤在人心，遺愛在田里。及吾之身，固思之不忘也，將如後人何？曷屬諸立言之士，書之以垂來世？』皆曰：『然。』於是介戴良氏具政迹，使來東陽謁文於胡助。助竊聞之，樂道人之善而可以爲世勸者，《春秋》之義，君子事也。矧侯之善政，彰彰若此哉！是何敢辭？故爲之述《遺愛傳》云。

贊曰：今之邑，古子男國也，禮樂刑政教化之具咸在焉，顧施用何如耳？廉侯年不先人，德不後人，春生秋肅，冰清玉潔，綽有古循吏之風焉。非浦江之民懷遺而不能忘，若鄰封之間，亦感其聽斷之公，歌謡載道。非其家世之懿材識之周，決不能致於是也！嗚呼，廉氏世有其人哉！太常博士東陽胡助述。」

【校勘】

①不能：底本與乾隆本悉作「不能不」，據同治本改。

【箋注】

〔一〕北庭：今屬新疆維吾爾自治區，此沿用唐朝名稱。《新唐書》卷四十《地理四·隴右道·北庭大都護府》：「縣四：金滿，輪臺，後庭，西海。」

〔二〕治任：整理行裝。《孟子·滕文公上》：「昔者孔子没，三年之外，門人治任將歸。」

〔三〕黄童白叟：黄髮兒童和白髮老人。遮留：挽留。

〔四〕《孟子·梁惠王上》：「商賈皆欲藏於王之市，行旅皆欲出於王之塗。」行旅：出門遠行者。顧盼：環顧。

〔五〕工：擅長。聲詩：樂歌。歐陽修《相州晝錦堂記》：「勒之金石，播之聲詩。」

〔六〕五縣一州：此指元時婺州路其他州縣。《元史》卷六十二《地理五·江浙等處行中書省·婺州路》：「領司一，縣六（金華、東陽、義烏、永康、武義、浦江），州一（蘭溪）。」

〔七〕他郡：此指元時婺州路鄰近地區，如建德路、杭州路、紹興路、處州路、衢州路等。

〔八〕好事：喜歡某項活動，此指喜歡詩歌。尤：優異，突出。

〔九〕召南：西周召公奭之封地，以其在岐山之南，故稱召南。《史記》卷三十四《燕召公世家第四》：「召公奭與周同姓，姓姬氏。」司馬貞《索隱》：「召者，畿内菜地。奭始食於召，故曰召公。或説者以爲文王受命，取岐周故墟周、召地分爵二公，故詩有周召二《南》，言皆在岐山之陽，故言南也。」朱熹《詩集傳》卷一《周南一之一》：「周國本在《禹貢》雍州境内岐山之陽。

后稷十三世孫古公亶甫始居其地，傳子王季歷，至孫文王昌，闢國寖廣。於是徙都於豐，而分岐周故地以爲周公旦、召公奭之采邑。且使周公爲政於國中，而召公宣布於諸侯。」

〔一〇〕《詩經》稱召地所集歌謡爲《召南》，《甘棠》乃其一。

〔一一〕舍：止息，休息。《論語・子罕》：「逝者如斯夫，不舍晝夜。」

〔一二〕朱熹《詩集傳》：「翦：翦其枝葉也；伐：伐其條幹也……敗，折；憩，息也。勿敗，則非特勿伐而已……拜，屈；説，舍也。勿拜，則非特勿敗而已。」

〔一三〕顧徒：只，同義複詞。《古書虚字集釋》卷五《顧》：「顧猶但也……一爲徒字之義。《論衡・譴告篇》：『顧可言政治失時，氣物爲災。乃言天爲異以譴告之？不改，爲災以誅伐之乎？』」

〔一四〕詎如：哪里比得上。虞：憂患。

〔一五〕形：表現，顯露。溢：水滿向外流，此有傳播之義。

〔一六〕誰：什麽。《古書虚字集釋》卷九《誰》：「誰，何也。《易・同人象傳》：『又誰咎也？』」

送祝彦明詩後序

三衢祝君彦明以儒入官，爲浦江文學〔一〕。三年政成，受代而歸。義門鄭彦貞氏命諸子姓作爲詩歌〔二〕，以道其惜别之懷，而吾友宋先生景濂實爲之序。良雖不敏，竊嘗納交於彦明，又且受知爲特厚，獨能已於言乎？

三衢古稱太末，其地四通五達，而士之生於其間者，往往文武忠義，沛乎非他郡所能及〔三〕。自今觀之，清獻趙公則以淳德高節師表天下〔四〕，屯田劉公則以《易》學藴奥開悟後來〔五〕，彦猷〔六〕、宅卿二徐公〔七〕，叔縝毛公則以守死善道感奮當世〔八〕。其他自北而南以徙居其土者，亦皆卓犖一時，有足稱道，趙丞相〔九〕、范侍讀〔一〇〕、馬諫議其人也〔一一〕。衣冠文物之懿，《詩》《書》《禮》《樂》之傳，彬彬然郁郁然〔一二〕，其杞梓之茂林，鳳麟之靈囿歟〔一三〕！

既而故國淪亡，文獻殘缺，而士友之來自三衢者，每從而叩之，則遺言逸行已皆失所考徵〔一四〕。蓋至是而百年之耆舊，邈乎遠矣！比歲以來，一二俊傑雖稍稍拔起〔一五〕，而良之寡陋，又不足有所接識，以觀其爲學之所至。良之所接識者，彦明一人而已。彦明生當諸老告謝之餘〔一六〕，獨能集其舊書，誦而傳之，以時時稱説。其履歷之所自，庶幾夫流風餘韻之可見者乎〔一七〕！

至正初，嘗以憲府之薦，調官吾學〔一八〕，需次幾十年始克領其教事〔一九〕，然其識趣恬退，曾不以閑曹冷局爲嫌〔二〇〕。每旦深衣幅巾〔二一〕，巍然高坐，以發明聖經賢傳之指歸〔二二〕。諸生列處齋廡，手披口誦，自晨興①至夜分不得休，以爲常。由是士習之陋日以除，俗學之靡日以變，而吾鄉學校之設不爲具文矣〔二三〕！至如復土田之侵奪，新屋廬之朽敗，先達之未祠則祠之，文會之未舉則舉之〔二四〕。此在時人以爲能，而於吾彦明直其餘事耳。

嗚呼！彦明之成就如此，其殆有所自來哉？溯鄉學之淵源，景前人之風裁〔二五〕，以其得諸己者淑諸人〔二六〕。譬猶有源之泉，愈出而愈不竭，苟被其灌溉，沾其潤澤，初不待於時雨之滋而條達暢茂〔二七〕，自不期然而然矣！傳曰：「魯無君子，斯焉取斯〔二八〕？」何其言之甚似歟！

雖然彦明之在浦江，筮仕之始也〔二九〕，職下而事拘，曾未及從容政治之場以行其所志。他日位益顯，年益增，道益懋，其所設施當必大過於人，雖趙公之師表天下，劉公之開悟後來，徐公、毛公之感奮當世，趙、馬、范三公之卓犖一時，無難到者，又可以今之所就爲已足哉？彦明於此尚有以勉之可也。良也塊處窮鄉，邈焉寡侶，晝耕夜讀，質問無從。其於彦明之去，寧不盡然有動〔三〇〕？顧惟禍患餘生，筆硯久棄，莫攄情素以寫别懷〔三一〕，徒以三衢人物之盛序之末簡，庶乎期望之私少寓一二云。

【題解】

祝彦明，名應昇，彦明其字也，元末嘗官浦江教諭，其事参看卷三《贈别祝彦明》。《乾隆浦江縣志》卷七《官司志·元·教諭》：「祝應昇，（至正）十一年任，姑蔑人。」按姑蔑即衢州，衢州春秋時稱姑蔑，後亦稱太末。《國語·越語上》：「勾踐之地，南至於句無，北至於禦兒，東至於鄞，西至於姑蔑。」《左傳·哀公十三年》：「彌庸見姑蔑之旗。」杜預《注》：「姑蔑，今東陽太末縣。」《讀史方輿紀要》卷九十三《浙江五·衢州府·龍游縣·姑蔑城》：「在縣北。今府境，故姑蔑地也。」

祝氏嗜古習儒積德累仁，應昇踐履祖武以嘉惠浦江學界。《宋濂全集》卷七十一《祝母葉氏塢門阡表》：「姑蔑祝君應昇謁濂金陵，備列其先母之行，丐濂爲表揭墓上……其加勵於應昇者，惟恐弗率於理，時立應昇於前而語之曰：『……爾祖南劍教授君與鄉先達徐公友善。徐既卒，二子析田不能平，由爾祖片言而決，各受田萬畝。二子德爾祖之靖其争也，請以畝二千爲壽，爾祖力卻之。逾年，二子强之益切，乃納其閑田五畝。辭多而受少，今人所難。爾當效爾祖之介。當爾祖之殁，爾世父甫三歲，爾父方在妊，後三月始生。爾祖母江夫人冰雪自守，寡母孤子相依爲命，淒然於寒杼苦鐙之間，卒能再植厥家。爾當效爾祖母之勤。爾父由儒補郡吏，從衢調婺、台二州，遷建平縣典史，遇刑獄之有疑者，必傅經典，其無辜坐繫者，必察其狀，理而出之。以故所至，人咸稱其賢也。爾當效爾父之仁。』……先母頗涉獵傳記，每見書紙在地，必掇拾付之水火，雖入糞溷中，亦固取之。人問其故，則曰：『倉頡造書時，鬼尚夜哭，可賤而蹂之耶？』」

【校勘】

① 興：底本作「與」，據乾隆本改。

【箋注】

〔一〕三衢：衢州別稱，以州西有三衢山而名之。《讀史方輿紀要》卷九十三《浙江五・衢州府・常山縣・三衢山》：「縣北二十五里。昔有洪水暴出，派山爲三道，因名。峰巖奇秀，甲於一郡。唐取以名州。」文學：漢代於州郡及王國置文學，或稱文學掾，或稱文學史，近乎後世教官；此指教諭。

〔二〕鄭彦貞：鄭鉉，字彦貞，浦江鄭義門第七代家長，參見本卷《修禊集後記》。《宋濂全集》卷六十《元封從仕郎江浙等處行中書省左司都事鄭彦貞甫墓誌銘》：「彦貞，諱鉉，彦貞字也。其家自宋南渡初，即合食爲義門，迄今已歷十世。宋元二朝國史皆爲立傳。家教修明，有《遺範》二卷，俾奕世守之。彦貞嗣主其政，益匑匑畏謹，正己以涖物，或行其所未至，或補其所不足。家人翕然遵化，一堂之上，雍雍雍雍，動逾千百指，愛無不均也，情無不一也，不知孰爲親而孰爲疏也。視其貨泉，則錙銖皆聚於公，且曰：『我惡敢私也？』察其事功，則群趨而競赴，又曰：『此吾分當然也，爾何與哉？』雖甚勞不懈。義浹仁孚，和氣充牣，四海之廣，莫不聞知。過其門入其庭者，神暢心怡，而鄙吝之萌消沮無餘。退而有言，僉謂：『昔之義居，如樊、楊、張、李之流，誠所不及。』而益重彦貞君之善繼先志也。」

〔三〕《浙江通志》卷二百二十四《祠祀八·衢州府·龍游縣·徐偃王祠》：「衢州，故會稽太末也。」沛乎：沛然，盛大貌。

〔四〕趙公：趙抃，字閲道，宋初衢州人，以太子少保致仕，謚清獻。清修自律，平生不治産業，不蓄聲伎。性情長厚，施恩濟困，不可勝數。在朝光明磊落，彈劾不避權幸，目之爲鐵面御史。爲政因俗施設，以惠利爲本。晚學道有得，臨終詞氣不亂，安坐而殁。詳見《宋史》卷三百一十六《趙抃》與《宋元學案》卷十二《濂溪學案下·濂溪同調·清獻趙先生抃》。

〔五〕劉公：劉牧，北宋衢州易學家。《宋元學案》卷二《泰山學案·運判劉長民先生牧》：「劉牧，字先之，號長民，衢之西安人。年十六，舉進士不第，曰：『有司豈枉我哉！』乃買書閉户治之，及再舉，遂爲舉首。調州軍事推官，與州將争公事，爲所擠，幾不免。及後將范文正公至，先生大喜曰：『此吾師也！』遂以爲師。文正亦數稱先生，勉以實學，因得從學於泰山之門……富文忠公以樞密副使使河北，奏掌機宜文字……先生既優於學，復優於才，又爲范、富二公所知，一時士大夫争譽之。先生亦慨然自以爲當得意。已而屯邅流落，抑没於庸人之中。幾老矣，乃稍出爲世用，若將以有爲也而即死，掄材者爲之悵然。先生又受《易》學於范諤昌，諤昌本於許堅，堅本於种放，實與康節同所自出。其門人則吴祕、黄黎獻也。祕上其書於朝，黎獻序之，《卦德通論》一卷，《鈎隱圖》三卷，《先儒遺論九事》一卷。」蘊奥：精微道理。

〔六〕彦猷：徐姓，名徽言，彦猷其字也，衢州西安人。北宋末年，金兵南侵，徐徽言奉檄守晉寧。當是時，環河東皆已陷没，獨晉寧巋然屹立，横當强敵。徐徽言召集逃伏於山谷之民，與金兵鏖戰數十次，所俘殺過當；告誡諸將畫隅分守，敵至則自致死力，以勁兵往來爲遊援。金兵强攻數敗，圍之益急，且斷城中水道。徽言自度不支，置妻子室中，積薪自焚。徽言自剄不果，爲金兵所俘。敵酋再四誘降，徽言厲聲怒斥，以身殉國。高宗聞之震悼：「徐徽言報國死封疆，臨難不屈，忠貫日月，過於顔真卿、段秀實遠矣。」詳見《宋史》卷四百四十七《忠義二・徐徽言》。

〔七〕宅卿：名揆，宅卿其字也，宋太學生，忠藎剛毅。欽宗陷金營，徐揆寄書敵酋，請車駕還闕。敵酋召徐揆至營壘，揆厲聲抗論而遇害；詳見《宋史》卷四百四十七《忠義二・徐揆》。《同治江山縣志》卷九《人物志三・忠烈・徐揆》：「江浩《志》：字宅卿，居仕陽。靖康初遊太學，待試省闈。金人至都城，揆上書責其敗盟，不得達。翊日，又往。或曰：『子雙親垂白，無位於朝，乃以死徇國乎？』揆曰：『不然。昔王蠋義不事燕，絶脰而死，齊之殘民感激奮發，而田單得以成功。今國破主辱，可無一士死難？揆不敏，竊自比於蠋，庶幾天下士奮義而起。』毅然至敵營，出袖書，且讀且責，金人刃之。紹興初特贈宣教郎，祀鄉賢。《明統志》

《衢州府志》俱作西安人，《兩浙名賢録》江山人。」

〔八〕叔鎮：毛姓，名㮚，北宋忠臣。《浙江通志》卷一百六十六《人物二·忠臣四·衢州府·毛㮚》：「《兩浙名賢録》：『字叔鎮，江山人。少有節操，晚以特恩爲歙七曹。睦寇攻城，官吏皆遁。㮚曰：吾職司寇，獄有繫囚，誼不可去。乃攝州事。時二子貢辟雍，即遣人持印縋城以出，令上之朝。城陷，㮚衣冠坐堂上。賊脅使降，不屈，駡不絶口，嬰刃而死。妻錢氏弗忍去，婦掖其姑又弗忍去，俱遇害。事聞，贈朝請郎。』」守死：終身堅守。善道：正道。

〔九〕趙丞相：趙鼎，兩宋之際賢臣，解州聞喜人，隨宋南遷，寓居衢州。《宋史》卷三百六十《趙鼎》：「及趙鼎爲相，則南北之勢成矣。兩敵之相持，非有灼然可乘之釁，則養吾力以俟時，否則，徒取危困之辱。故鼎之爲國，專以固本爲先，根本固而後敵可圖、讎可復，此鼎之心也。惜乎一見忌於秦檜，斥逐遠徙，卒齎其志而亡，君子所尤痛心也。竊嘗論澤、鼎之終而益有感焉。澤之易簀也，猶連呼『渡河』者三；而鼎自題其銘旌，有『氣作山河壯本朝』之語。何二臣之愛君憂國，雖處死生禍變之際，而猶不渝若是！而高宗惑於憸邪之口，乍任乍黜，所謂『善善而不能用』，千載而下，忠臣義士猶爲之撫卷扼腕，國之不競，有以哉！」

〔一〇〕范侍讀：范沖，字元長，著名史學家范祖禹之子，趙宋南渡，寓居衢州常山。高宗時，奉詔重修《神宗實録》及《哲宗實録》，世稱前者爲朱墨史。高宗設講筵，范沖兼侍讀，與朱震專講

《左氏春秋》。會皇子建國公趙瑗出就傅，命范沖爲資善堂翊善。俄遷翰林學士兼侍讀，固辭，改翰林侍讀學士。詳見《宋史》卷四百三十五《儒林五・范沖》。

〔一一〕馬諫議：馬伸，東平人，南宋初年僑居衢州。《浙江通志》卷一百九十五《寓賢下・衢州府・馬伸》：「《兩浙名賢録》：『東平人，政和中進士，歷官左司諫，有直聲。隨高宗南渡，寓家龍丘，抗疏劾黄潛善、汪伯彦用奸誤國，責監濮州酒税，死道中。後胡安國訟其寃，請官其子孫以旌直臣。不報。』」

〔一二〕文物：禮樂典章。彬彬然：美盛貌。郁郁然：繁盛美好貌。《史記》卷一《五帝本紀第一》：「其色郁郁，其德嶷嶷。」

〔一三〕吴師道《敬鄉録》卷十一《衢州修群賢祠記》：「蓋自嘉祐、治平之間，清獻趙公以淳德高節，師表天下；屯田劉公治《易》圖，鈎深以悟學者，皆爲西安人。建炎俶擾，丞相趙公、侍讀范公、諫議馬公，自北方徙以來。而須江徐先生問道龜山，上饒汪尚書受學横浦，皆集郡下。一時風旨，淵粹藹然，被於鄉閭。靖文、寶謨二劉公，又以信厚平實，有紀於世。尚書之子詹事，聚書萬卷，復演而大之。三衢遂爲道德之藪，他郡莫之敢望而擬也。」靈囿：周文王苑囿名稱，後泛指園林。《詩經・大雅・靈臺》：「王在靈囿，麀鹿攸伏。」

〔一四〕遺言：前賢之遺訓。《荀子・勸學》：「不聞先王之遺言，不知學問之大也。」逸行：超群絶倫之品行；逸，通「軼」，超絶。考徵：考證。

〔一五〕比歲：近年。稍稍：漸漸。

〔一六〕告謝：辭世；謝，謝世。

〔一七〕所自：來源，本源。

〔一八〕憲府：此指浙東海右道肅政廉訪司。

〔一九〕需次：依次等待填補空缺官職。幾：將近。領：領受，接受。

〔二〇〕閑曹冷局：冷淡清閑無關緊要之部門。嫌：遺憾，不滿意。

〔二一〕深衣：衣褌相連前後深長之服裝。幅巾：裹頭所用之全幅細絹。

〔二二〕聖經賢傳：聖人所編經典和賢人闡釋經典之著作。

〔二三〕具文：徒具形式而没有實效之制度。《漢書》卷八《宣帝紀》：「上計簿，具文而已，務爲欺謾，以避其課。」顔師古《注》：「雖有其文，而實不副也。」

〔二四〕文會：文士飲酒賦詩切磋學問之聚會。

〔二五〕景：仰慕。風裁：風度，氣魄。

〔二六〕淑：美好，此作動詞。陸機《悲哉行》：「蕙草饒淑氣。」張銑《注》：「淑，美也。」

〔二七〕條達：通達舒展。暢茂：旺盛繁茂。王守仁《傳習録・卷上》：「至於日夜之所息，條達暢茂，乃是上達。」

〔二八〕《論語・公冶長篇第五》：「魯無君子者，斯焉取斯？」

〔二九〕筮仕：初次出仕。王禹偁《感流亡》：「因思筮仕來，倏忽過十年。」

〔三〇〕塊：塊然，孤獨貌。質問：問人以明是非。䀠然：悲傷貌。

〔三一〕攄：表達。情素：情感；素，通「愫」。

九靈山房集卷之六

山居稿六

序

送宋景濂入仙華山爲道士序

金華宋景濂先生通古今學，有史氏長材〔一〕。當至正中，嘗以翰林國史院編修官徵之，固辭不起，後竟寄迹老子法中〔二〕，入仙華山爲道士。

一日良從而訊之，乃曰：昔人有以紳笏爲柴栅〔三〕、聲名爲韁鎖者，余豈爲是過激哉？顧將順性而動，各趨所安耳。余之所安，乃在於山林而不在於朝市。使其以此而易彼，有大不可者一，決不能者四。余聞居人倫必以禮〔四〕，處官府必以法；然自閑散以來，懶慢成癖，懶則與禮相違，慢則與法相背，違禮背法，世教之所不容：大不可者此也。又心不耐事，且憚作勞，酬答少頃，必熟睡盡日，神乃可復；而當官事叢雜，與夫造請迎將之不置〔五〕：一不能也。嘯歌林野，或立或行，起居無時，惟意之適；而欲拘之以珮服〔六〕，守之以卒吏，使不得自縱：二不能也。凝坐移時，病如束濕〔七〕，一飯之久，必四三起；而當賓客滿座，儼如木偶，俾不得動摇：三不能也。素不善作字，舉筆就簡，重若山嶽〔八〕；而往返書札，動盈几案：四不能也。以一不可之性，而重之以四不能，自度卒難於用世，故舍之而遁。

又聞道士遺言，吐納修養可使久壽〔九〕，故即其師而問焉。雖然，世之賢士大夫聞余之有是行也，必并起而嘲之。子知我者，何不贈之以言，使有以解彼之嘲，而且以卒余之志也？

良應之曰：夫君子之出以行道也，其處以存道也〔一〇〕。而其所以爲道者，蓋或施之於功業，或見之於文章。雖歷千百載而不朽，垂數十世而彌存，若是而爲壽，可也。苟不其然，顧欲潔身隱退，逃棄人間，而苟焉以圖壽爲道，是固老子之所謂道，而非吾之道也。吾之所謂道者，乃堯舜周孔之道也。然堯舜周孔得聖人之用者也，老子得聖人之晦者也。於出也則吾用，於處也則吾晦，而是道之變化，詎有異耶？

故生以春陽，殺以秋陰，先生功也；舒爲雲霞，燦爲日星，先生文也。功而不宰，文而化成〔一一〕，先生道也。道在是則壽在是矣，夫豈苟焉而已哉？昔賀知章辭秘書之職，請爲道士於剡川〔一二〕；陳圖南不應時君之召，入華①山爲道士〔一三〕，是皆有慕聖道之晦，而寄迹於老子者也。先生豈聞二人之風而興起者耶？然二人之在當時，賢士大夫未聞有非之者，則先生是行，又孰得而議之？且一榮辱齊毁譽，先生之爲道然也，亦豈有假於余言哉？亦豈有假於余言哉？

先生名濂，其字景濂，今易其名曰玄貞子，署其號曰仙華道士云。友生戴良序。

【題解】

宋濂，元末明初文章大家，詳見卷一《寄宋潛溪三首》。元季授宋濂翰林國史院編修官，宋濂固辭而入山修道。然據元末明初知交及弟子記載，宋景濂修道仙華山，恐未嘗踐行，第元末搶攘兇險而明哲保身之托辭；攜弟子入龍門山著述，或更接近當時實情。

本文言宋濂遊仙華山爲道士，疑戴九靈以障眼法庇護同門友。劉基，宋景濂莫逆之交，時亦吟詩遺之，其意近乎戴九靈。《劉伯温集》卷十六《送龍門子入仙華山辭·序》：「龍門先生既辭辟命，將去入仙華山爲道士，而達官有邀止之者。予弱冠嬰疾，習懶不能事，嘗愛老氏清浄，亦欲作道士未遂。聞先生之言則大喜，因歌以速其行。先生行，吾亦從此往矣。他日道成爲列仙，無相忘也。」

仙華山，浦江勝地。《乾隆浦江縣志》卷二《輿地志·山川·仙華山》：「縣北十里。俗名仙姑山，高一百五十丈，周二十五里，亦名少女峰。鄭輯之《東陽志》謂『軒轅少女元修於此上升，故名』。其山五筆插天，四面成形，觀者神仄。稍左，竹巖斜方，如玉尺陡建。下坪夷曠，可容數十家。再左一山，名華柱山，俊偉端凝。署居正北，則縣後屏矣。其間層嶂疊峷，峭崿崚嶒，懸崖千尺，下臨幽絶。隆冬積雪，清冷之致，徹人肌骨。謝皋羽謂『遠望若芝掌浮空而立』；吴淵穎謂『如芙蓉翠蓮，如彩鳳騰霄』；胡太常謂『諸峰蒼翠，金華北山不能過』；僧自閑謂『仙華、雷公相爲主賓』；宋景濂謂『浦江壤地雖不越百里，仙華山拔地而起，奇形偉觀，如旌旆，如寶蓮花，如鐵馬臨關；而大江之水又如白虬，蜿蜒斜絡乎其前，實天地間秀絶之區也』。」

宋濂避世著述之龍門山，在其所居青蘿山左側。《乾隆浦江縣志》卷二《山川·青蘿山》：「縣東三十里，高五十丈，峰頂圓粹。左側呀豁丈許，名小龍門。山以南皆平壤……按邑中名龍門者凡五：一在青蘿山，一在劉源，一在城竇山，一在壺盤山，一在金坑。」

王褘《王忠文公集》卷二十一《宋太史傳》：「至正中，用大臣薦，擢將仕佐郎翰林國史院編修官。自布衣入史館爲太史氏，此儒者之特選，而景濂素不嗜仕進，固辭避不肯就。會世亂，益韜閟，不欲事表顯，乃入小龍門山著書。書成二十四篇，曰《龍門子凝道記》，又著《孝經新説》《周禮集注》等書，皆傳於學者。」

《義門鄭氏奕葉文集》卷五鄭楷《翰林學士承旨嘉議大夫知制誥兼修國史兼太子贊善大夫致仕潛溪先生宋公行狀》：「至正己丑，用大臣薦，擢先生將仕佐郎翰林國史院編修官。自布衣入史館爲太史氏，儒者之特選。先生以親老不敢遠違，固辭。會世亂，益韜閟，不事表顯，乃與弟子入龍門山著書二十四篇，曰《龍門凝道記》，及著《孝經新説》《周禮集注》等書。弟子乃先公貞孝處士諱淵府君也。」

【校勘】

①華：諸本悉作「嵩」，據《宋史》卷四百五十七《隱逸上·陳摶》改。

【箋注】

〔一〕長材：卓越才能。清戴殿泗《風希堂文集》卷二《重刻浦陽人物記後序》：「其爲記也，本《春秋》褒貶之旨，暢馬班雄瑋之辭，上稽正史，旁采縣經，下搜各家譜乘志銘之作，并其當身遊歷所稔聞確見者，去取嚴而論斷核。其志將以廉頑立懦寬鄙敦薄，使讀是書者，百世之下，猶將油然而興起也。今相去已四百餘年，而吾浦人物宛如晤對一堂，其爲精神志氣，毛髮畢露；又如親見景濂氏上下評騭，不激不阿，藉一邑之掌故，周舉夫物性民彝之大，與宇宙相嬗於不窮：非良史材而能及是乎？」

〔二〕起：出仕。《列仙傳》卷上《老子》：「仲尼至周見老子，知其聖人，乃師之。後周德衰，乃乘青牛車去入大秦。過西關，關令尹喜待而迎之，知真人也，乃强使著書，作《道德經》上下二卷。」

〔三〕紳笏：士大夫腰帶和記事備忘之手板，代出仕宦遊。柴柵：柵欄。《莊子·天地》：「且夫趣舍聲色以柴其内，皮弁鷸冠搢笏紳修以約其外。内支盈於柴柵，外重纆繳。睆睆然在纆繳之中而自以爲得，則是罪人交臂歷指而虎豹在於囊檻，亦可以爲得矣！」唐順之《禮部郎中李君墓誌銘》：「豈莊生所謂以簪笏爲柴柵者，公固其人歟？」

〔四〕人倫：禮教所定尊卑長幼次序。

〔五〕造請：登門拜訪。迎將：迎送。《淮南子·詮言訓》：「來者弗迎，去者弗將。」高誘《注》：「將，送也。」置：停止。嵇康《與山巨源絶交書》：「足下若嬲之不置。」吕向《注》：「置，止也。」

〔六〕珮服：佩飾和服章；佩，同「佩」，衣帶上裝飾品。

〔七〕凝坐：端坐。移時：超過一個時辰。病：痛苦。束濕：捆紮濕物，形容窘迫困苦。王夫之《詩廣傳·大雅四十八論》：「宣王起，以柔道承之，庶幾釋天下於束濕乎！」

〔八〕就簡：靠近竹簡，此代書寫。

〔九〕吐納：吐故納新，道家養生之術。三國魏嵇康《養生論》：「又呼吸吐納，服食養身，使形神相親，表裏俱濟也。」

〔一〇〕《全唐文》卷六百八十八符載《答盧大夫書》：「某伏見古人，或出以行道，或處以向晦，皆其德不昧，其迹不辱者，以其立身之本固，動静之分明也。」

〔一一〕宰：主宰，控制。《老子》五十一章：「生而不有，爲而不恃，長而不宰：是謂玄德。」化成：教化成功。

〔一二〕賀知章：字季真，越州人，曠達平和，清談風流。肅宗爲太子，賀知章遷賓客，授秘書監。晚年尤誕放，遨嬉里巷，自號四明狂客及秘書外監。每醉，輒屬辭，筆不停書，咸有可觀。善草隸，意有所愜，即爲好事者書之，一紙僅十數字，然世傳以爲寶。天寶初，病中夢遊帝居，數日覺寤，請還鄉里爲道士。詔許之，且賜鏡湖、剡川一曲。詳見《新唐書》卷一百九十六《隱逸·賀知章》。剡川：元時紹興路嵊縣溪流。《萬曆紹興府志》卷八《山川志五·溪·剡溪》：「在縣南一百五十步。剡以溪有名，清川北注，遠與曹娥江接。舊《經》云：『潭壑鏡徹，清流瀉注，惟剡溪有之。』宋樓鑰云：『剡溪上山水俱秀色。邑之四鄉，山圍平野，溪行其中。』……自晉王猷訪戴，而溪名乃顯，故一時名流爲山水勝遊者必入剡，有愛而移家者，有未及遊而憶之者。或稱剡江、剡川、剡汀，或稱嵊水，或稱戴灣、戴家溪、戴逵灘云。唐賀知章乞爲道士，詔賜鑑湖、剡川一曲。」

〔一三〕陳圖南：名摶，字圖南，五代宋初道家，宋太宗賜號希夷先生，自稱扶摇子。四五歲時，青衣媪乳之，從此日益聰悟。及長，讀經史百家言，一見成誦。後唐長興中，舉進士不第，遂摒棄禄仕，放浪山水。往棲武當山九室巖，移居華山雲臺觀，又徙少華山石室。周世宗授諫議大夫，固辭不起。宋太宗時再朝，待之甚厚。好讀《易》，手不釋卷，著《指玄篇》八十一章。諸事詳見《宋史》卷四百五十七《隱逸上・陳摶》。

浦陽人物記序

《浦陽人物記》一書，監縣廉侯到官之初年〔一〕，始請縣人宋景濂氏撰成之。記凡二卷，分爲五類，合二十有九人〔二〕。廉侯將刻梓以傳，而俾良爲之序。

良竊以爲置書之原，則翰林承旨歐陽公既言之矣〔三〕；而作者之意，則經筵檢討鄭君又言之矣；將復何所云哉？雖然，是縣人物之盛，其有繫於山川之所鍾者，或未之及，良安得忘言耶？嗚呼！浦陽於婺爲小縣，其土地僅百里，人民不數萬，無白金〔四〕、水銀、丹砂、石英〔五〕、鍾乳之貴〔六〕，無南金〔七〕、珠璣〔八〕、瑇瑁〔九〕、犀象之珍〔一〇〕，無橘柚、竹箭及他草木之殊異〔一一〕。顧獨於人物之生，不一而足。其以忠孝貞節著者有之，其以政事文學顯者有之，層見疊出，彬彬乎其盛，是果何爲而然哉？蓋山川之氣，大則鍾而爲人，小則發而爲貨寶動植之類，所産者大，則於其小者嗇矣。

郴州多白金、水銀、丹砂、石英、鍾乳，與夫橘柚之包〔一二〕、竹箭之美，則未見其有魁奇忠信材德之民〔一三〕；交州多南金、珠璣、瑇瑁、犀象，與夫草木之殊異，則亦罕鍾乎其人〔一四〕。是又以其所産者小，而於其大者有或嗇也。嗚呼！亦孰若吾浦陽之鍾其大者哉？

然世之人於其小者，則往往知愛而夸張之，至其大者則未有能宏搜廣輯以著其盛，以故浦陽之文獻，或不能勝夫郴、交二州之所鍾。今景濂氏以不世出之才，搜羅廢墜，抉剔幽隱〔一五〕，撰成乎此書。使夫一縣之内，數百年之間，忠君孝父之則，施政爲學之方以及女婦之範模，莫不粲然具備〔一六〕，交見乎吾前。其視彼之區區土物之小者〔一七〕，孰得而孰失哉？吾見浦陽之爲縣，將自是而出色矣。雖然，非廉侯之汲汲于表章，又曷有是哉？廉侯名阿年八哈，爲政未幾，德化大行，蓋詩之所謂「愷悌君子」者矣〔一八〕。至正十年戴良撰。①

【題解】

宋濂撰《浦陽人物記》，世人評價甚高。《義門鄭氏奕葉文集》卷一鄭濤《元太常博士藥房集・浦陽人物記後序》：「浦陽人物載於番陽洪氏《郡志》者，不過蔣邵、張敦、傅柔、楊扶、陳太竭、何千齡六人而已。邑之儒先朱氏因之以撰《縣志》，别具新意，析爲四門：會稽李知退爲縣有善政，隸《遺愛傳》；太竭、千齡、錢遹、梅執禮，隸《孝節傳》；邵、敦、柔、扶及吴傳、王萬，隸《名德傳》；寶掌、祖登、玄朗、靈默，隸《高僧傳》。比舊增多九人，爲一十五人。三山謝氏最後出，獨取執禮及萬，益以梅溶、倪樸，作《浦汭先民傳》。金華宋景濂氏讀而非之，謂洪氏紀載既甚簡略，又不宜失時代後先；朱氏亦不宜以會稽之人參於浦陽，善附之臣入於名節，龐辭幻學之流儕於士類。謝氏取捨謹嚴，雖或差强人意，亦不宜引支蔓浮辭，而於事實反多遺缺。於是潛精積思，稽采史傳，旁求諸傳之所紀録，上下數百年間，一善不遺，先之以忠義、孝友，次之以政事、文學、貞節，合二十九人，區分類聚，勒成一家之言，號之曰《人物記》。其文奮迅而感慨，微婉而精深，有類歐陽文忠公《五代史記》之作，非抱良史材者能之乎？蓋景濂氏自幼以絶人之資，無書不讀；比其長也，又得柳待制道傳、黄侍講晉卿、吴山長立夫三先生爲之師。故其撰述往往筆勢煒煒如此。嗟夫！浦陽之爲縣不改於前，而昔之人物若希闊寂寥，今則昭著赫奕，與通都大邑相抗者，庸非景濂氏振勵之功歟！向使景濂氏不亟爲之，更歷百餘年，顯者固若無害，而弗顯者不隨時而磨滅幾希矣！或者則曰：『維桑與梓，必恭敬止。桑梓且然，況鄉之先達乎？景濂氏之作，善則善矣，而微置品評於其間，毋乃不可乎？』曰：『非是之謂也。文之所貴者，在據事直書，而是非善惡自見。今景濂氏所述，況又多紀善之辭。吾見其扶植綱常者至矣，何名爲品評哉！』」

《乾隆浦江縣志》卷十四歐陽玄《藝文志·浦陽人物記序》：「浦陽爲婺屬邑，異時人物彬彬輩出。陳孝子以卓行聞，梅節愍以忠義著，王忠惠以政事顯，倪石陵以文學稱，與夫制行衡門，流聲天闕，其事可紀者尚多；考之信史，或載與否。金華宋景濂有感於斯，亦以所聞述《浦陽人物記》二卷。上而忠君事親治政講學，下暨婦女之節可以爲世鑑者，悉按其實而列著之，不以一毫喜愠之私而爲予奪，何其至公而甚當也！噫，立言之法，唯其公而已。惟其公也，非唯不因喜愠論人，亦不以窮達觀人，但察其賢否爲何如爾。苟或不然，則雖入帷幄，歷臺府，贊樞機，典藩翰，曾不若匹夫之所行者固不少。世之文士好揚富貴而没賤貧，是果何道哉？景濂斯記，惟有關治教者則書，不問乎其他，此其學術之正，才識之高，豈易及耶？予甚敬畏之，因志其所見於篇首。景濂爲文，序事極有法，議論則開闔，精神氣昌不少餒，復深惜其沉困在下而未能遇也。」

【校勘】

①至正十年戴良撰：底本闕，據《潛溪録》卷四《浦陽人物記序》補。

【箋注】

〔一〕廉侯：廉阿年八哈，元浦江達魯花赤，詳見卷五《甘棠集序》。

〔二〕《宋濂全集》卷九十五《浦陽人物記》卷上《浦陽人物記標目》：「上卷。忠義：梅溶，梅執禮；孝友：陳太竭，何千齡，鍾宅，鄭綺；政事：楊瓚，張敦，蔣邵，傅柔，傅雩，黄仁環，吴傳，石範，王萬，吴直方，趙大訥。下卷。文學：于房，朱臨，錢遹，何敏中，朱有聞，倪朴，方鳳，黄景昌，柳貫，吴萊；貞節：凌楠妻何道融，戴銘妻倪宜弟。」

〔三〕置：設立。歐陽公：歐陽玄，瀏陽人，主修宋、遼、金三史，文章道德冠絶當世。《元史》卷一百八十二《歐陽玄》：「玄性度雍容，含弘縝密，處己儉約，爲政廉平。歷官四十餘年，在朝之日，殆四之三。三任成均，而兩爲祭酒，六入翰林，而三拜承旨。修《實録》《大典》、三史，皆大製作。屢主文衡，兩知貢舉及讀卷官，凡宗廟朝廷雄文大册、播告萬方制誥，多出玄手。金繒上尊之賜，幾無虚歲。海内名山大川、釋老之宫、王公貴人墓隧之碑，得玄文辭以爲榮。片言隻字，流傳人間，咸知寶重。文章道德，卓然名世。羽儀斯文，贊衛治具，與有功焉。」

〔四〕白金：古指銀。《爾雅·釋器六》：「白金謂之銀。」《説文》：「銀，白金也。」

〔五〕石英：礦物名。《三國志》卷二十五《魏書·高堂隆》：「鑿太行之石英，采穀城之文石。」

〔六〕鍾乳：奇石名。元馬祖常《寄舒真人》：「石因鍾乳膩，松爲茯苓肥。」

〔七〕南金：南方所出銅。《詩經·魯頌·泮水》：「元龜象齒，大賂南金。」毛《傳》：「南謂荆揚也。」孔穎達《疏》：「金即銅也。」

〔八〕珠璣：珍珠；璣，不圓之珠或小珠。

〔九〕瑇瑁：同「玳瑁」，熱帶海洋生物，外形如龜，常以其甲殼作飾物。鮑照《擬行路難》：「奉君金卮之美酒，玳瑁玉匣之雕琴。」

〔一〇〕犀象：犀角和象牙。李斯《上書秦始皇》：「夜光之璧，不飾朝廷，犀象之器，不爲玩好。」

〔一一〕竹箭：小竹名。《爾雅·釋地》：「東南之美者，有會稽之竹箭焉。」

〔一二〕郴州：自唐設郴州，宋元等因之，即今湖南郴州。《元史》卷六十三《地理六·湖廣等處行中書省·郴州路》：「唐改桂陽郡爲郴州，宋因之。元至元十三年，置安撫司。十四年，改郴州路總管府。」包：通「苞」，叢生。《尚書·禹貢》：「草木漸包。」僞孔《傳》：「包，叢生。」

〔一三〕魁奇：傑出奇特。韓愈《送廖道士序》：「衡山之神既靈，而郴之爲州，又當中州清淑之氣蜿蟺扶輿磅礴而鬱積，其水土之所生，神氣之所感，白金、水銀、丹砂、石英、鍾乳，橘柚之包，竹箭之美，千尋之名材，不能獨當也。意必有魁奇忠信材德之民生其間，而吾又未見也。」

〔一四〕交州：地名，在今中國西南及越南中北部。《新唐書》卷四十三上《地理七上·嶺南道·安南中都護府》：「本交趾郡，武德五年曰交州，治交趾。調露元年曰安南都護府，至德二載曰鎮南都護府，大曆三年復爲安南。寶曆元年徙治宋平。」柳宗元《河東先生集》卷二十五《送詩人廖有方序》：「交州多南金、珠璣、瑇瑁、象犀，其産皆奇怪，至於草木亦殊異。吾嘗怪陽德之炳耀，獨發於紛葩瑰麗，而罕鍾於人。」

〔一五〕不世出：世間罕見，不是每個時代皆能出現者。廢墜：荒廢喪失。幽隱：隱蔽，隱秘。

〔一六〕粲然：明白貌。《荀子·非相》：「欲觀聖王之迹，則於其粲然者矣，後王是也。」楊倞《注》：「粲然，明白之貌。」

〔一七〕土物：土地所産物品。《尚書·酒誥》：「惟曰我民迪小子，惟土物愛，厥心臧。」孔《傳》：「惟土地所生之物，皆愛惜之，則其心善。」

〔一八〕愷悌：温和快樂，《詩經》作「豈弟」。《詩經·大雅·泂酌》：「豈弟君子，民之父母。」《詩經·大雅·卷阿》：「豈弟君子，來游來歌，以矢其音。」

送欒宣使還省詩序

維陽欒君仲舉好學樂善，敏於爲吏〔一〕。丞相開府，公才之辟，爲其省宣使〔二〕。今以事抵浙東道，過雙溪之上〔三〕。於是其弟架閣君與之爲别者且三載〔四〕，一旦會之是郡，意甚歡洽。已而仲舉復命相府，詰朝將行，架閣君悲四鳥之異林〔五〕，感三荆之分植〔六〕，遂賦近體詩一章，章八句，以送之。且詒郡庠諸友，俾之交和以贈〔七〕。

余方叨居郡庠，目睹珠玉〔八〕，可無一言以序其首。竊聞漢蘇子卿爲中監時〔九〕，嘗賦詩以别其兄，有曰：「昔者嘗相近①，邈若胡與秦〔一〇〕。」又曰：「惟念當别離，恩②情日以新〔一一〕。」蓋言兄弟相近之時，未嘗不玩之以爲常〔一二〕，邈然若胡秦之不相關；及當離别之際，不忍相舍，方知兄弟之不可離，恩情至此而日新矣！今觀架閣是詩，得非子卿之意乎〔一三〕？

然子卿之詩，特以兄弟之至情言之，至於出處之大致〔一四〕，則固未之有及也。架閣則不然，始之以私恩，而卒繼之以公義，愛兄忠君之心油然而并生。讀其詩，可以知其爲人矣。以架閣之爲人，則仲舉之賢又可知矣。良既歆羡架閣之詩之美，而又慕其兄弟之皆賢，故欒書此以序之。

【題解】

宣使，元朝行中書省低級官吏。朱元璋初起兵，官制仿效元朝。《元史》卷九十一《百官七·行中書省》：「每省丞相一員，從一品……掾史、蒙古必闍赤、回回令史、通事、知印、宣使，各省設員有差。」

欒宣使，至正十八年朱元璋拔婺州後所設中書分省管勾欒鳳兄長。《大明太祖高皇帝實録》卷六：「（十二月）丙戌置中書分省於婺州，調中書省左右司郎中李夢庚、郭景祥爲分省左右司郎中，中書省都事王愷爲分省都事，中書省博士夏煜爲分省博士，中書省管勾欒鳳爲分省管勾，以汪廣洋爲照磨。儒士王禕、韓留、楊遵、趙明可、蕭堯章、史炳、宋冕爲掾史。」後欒鳳知諸暨，爲叛將謝再興所害，其行迹參見卷五《黄氏歸田記》。《明史》卷一百三十三《欒鳳》：「高郵人，知諸全，有能聲。方士信來攻，與謝再興力守，數出奇計挫敵……再興忿夢庚出己上，鳳復以細故繩之，遂叛，殺鳳。鳳妻王氏以身蔽鳳，并殺之。」

省，至正十六年朱元璋所設江南行中書省。至正十七年，欒氏家鄉揚州隸焉。《明史》卷一

《太祖一》：「（十六年）秋七月己卯，諸將奉太祖爲吴國公。置江南行中書省，自總省事，置僚佐……（十七年冬十月）繆大亨克揚州，張明鑑降。」

【校勘】

① 近：底本作「因」，據下文「蓋言兄弟相近之時」及《文選》與乾隆本改。

② 恩：底本作「思」，據下文「恩情至此而日新矣」及《文選》與乾隆本改。

【箋注】

〔一〕維陽：常作維揚，揚州別名。岑參《萬里橋》：「成都與維陽，相去萬里地。」欒君：元代高郵府人，高郵自古隸屬揚州。《乾隆高郵州志》卷一《輿地志·沿革》：「夏，淮海惟揚州。周，東南曰揚州……漢，置高郵縣，屬廣陵國。東漢，置高郵縣，屬廣陵郡。」

〔二〕丞相：元至正十六年朱元璋設江南行省，自宰省事，是以尊之爲丞相。開府：重臣大帥設官署選僚吏。宋周輝《清波別志》卷上：「史君開府未浹旬，欲戴綸巾揮白羽。」公才：才能與朝廷司徒、司空、司馬等三公媲美之人才。劉長卿《哭陳歙州》：「儒行公才竟何在？獨憐棠樹一枝存。」

〔三〕浙東道：元浙東海右道肅政廉訪司所轄婺州路、衢州路、紹興路、慶元路、温州路、台州路、處州路等區域。雙溪：金華城南溪流，詳見卷三《九日偕子充安道諸友遊東城》。

〔四〕架閣：宋元時代設立架閣庫以儲藏文牘案卷，由架閣負責掌管。

〔五〕詰朝：清晨。四鳥：同一母鳥所生之四隻鳥，羽毛豐滿後飛向四方。《孔子家語》卷五《顔回第十八》：「孔子在衛，昧旦晨興。顔回侍側，聞哭聲甚哀，曰：『此哭聲非但爲死者而已，又有生離别者也。』孔子曰：『何以知之？』對曰：『回聞桓山之鳥生四子焉，羽翼既成，將分於四海，其母悲鳴而送之，哀聲有似於此，謂其往而不返也。回竊以音類知之。』孔子使人問哭者，果曰：『父死家貧，賣子以葬，與之長訣。』子曰：『回也，善於識音矣。』」

〔六〕三荆：荆樹一剖爲三，喻同胞離析。南朝梁吴均《續齊諧記》：「京兆田真兄弟三人共議分財，生貲皆平均，惟堂前一株紫荆樹，共議欲破三片，明日就截之。其樹即枯死，狀如火然。真往見之，大驚，謂諸弟曰：『樹本同株，聞將分斫，所以憔悴。是人不如木也。』因悲不自勝，不復解樹，樹應聲榮茂。兄弟相感，合財寶，遂爲孝門。真仕至太中大夫。」《藝文類聚》卷八十九《木部下・荆》：「周景式《孝子傳》曰：『古有兄弟，忽欲分異，出門見三荆同株，接葉連陰，歎曰：木猶欣聚，況我而殊哉！還爲雍和。』」

〔七〕詒：傳遞，傳話。《詩經・大雅・文王有聲》：「詒厥孫謀。」鄭玄《箋》：「詒，猶傳也。」

〔八〕珠玉：喻美好詩文。杜甫《和賈至早朝》：「朝罷香煙攜滿袖，詩成珠玉在揮毫。」

〔九〕蘇子卿：蘇武，字子卿，嘗授栘中廏監。漢武帝時出使匈奴，守節不屈，滯留十九載；及還，鬚髮盡白。詳見《漢書》卷五十四《蘇武》。中監：栘中廏監之省稱。

〔一〇〕胡秦：胡地與秦地，比喻相距遥遠。唐于邵《憶舍弟》：「安知汝與我，乖隔同胡秦？」

〔一一〕《文選》卷二十九蘇武《雜詩上·詩四首》：「骨肉緣枝葉，結交亦相因。四海皆兄弟，誰爲行路人。況我連枝樹，與子同一身。昔爲鴛與鴦，今爲參與辰。昔者常相近，邈若胡與秦。惟念當離別，恩情日以新。鹿鳴思野草，可以喻嘉賓。我有一樽酒，欲以贈遠人。願子留斟酌，敘此平生親。」

〔一二〕玩：輕慢，忽視。

〔一三〕得非：豈不是，無乃。韓愈《南山詩》：「得非施斧斤？無乃假詛咒？」

〔一四〕大致：大綱要領。

贈勾無山樵宋生序

曩者承平日久，天下無事。士之居其位者，悉以守常襲故爲職業〔一〕；而智謀雄偉非常之人無所用其材，往往退處山林，老死而不出。十數年來，海内大亂，豪傑并起，自武夫賤藝咸被收采以用其所長，則向之退處不出者，宜可翻然而起矣〔二〕。

然智謀雄偉如宋君汝章，顧猶隱居勾無山中，方以樵采自樂，而不輕於一出，何哉？汝章爲學不事章句〔三〕，頗通戰國時事，善機變，有膽略，尤慨然喜論兵。當兩浙兵起，每退偃一室〔四〕，以默計勝敗，十不失一。若汝章者，可謂有用之奇士矣。

余嘗考近代賢材，而怪士之爲學多不適於世用：談經術者徒知章句之當守，而不知事情之或迂；工文學者又方務以言語聲偶摘裂相誇尚〔五〕，每棄本而趨末。求其可用於當時，蓋不數數然也〔六〕。世之人不賢者恒多，而賢者恒少，幸而爲賢者矣，又或不足以用世，何才難之若是歟〔七〕！苟一有其人焉，幸而及出於有爲之時，可不爲之貴重之歟？

今吾汝章以不輕出之故，卒至放棄山林，爲勾無一老樵，此其可以嘻吁流涕而爲當世悲也〔八〕。雖然，古有朱買臣者，亦嘗退隱會稽山中，賣薪以自給，後竟歷居顯宦，時人謂之衣錦之榮〔九〕。汝章，其鄉人也，年方壯而志方鋭〔一〇〕，他日必不得已而出，又安知其不終爲世用也哉！

汝章出遊甫旬日，即歸勾無。將從勾無求夫概諸山而登之〔一一〕，以窺東南之故壤。凡目之所寓，皆我師用武處，覽其形勝，當必有感於中矣。

【題解】

勾無，或作句無，在今諸暨義烏交界處，相傳爲勾踐越國之南鄙。《國語·越語上》：「勾踐之地，南至於句無。」韋昭《注》：「今諸暨有句無亭是也。」勾無有山曰勾無山，一曰句乘山。《萬曆紹興府志》卷四《山川志一‧句乘山》：「在縣南五十里，義烏界。其山九層，俗呼九乘山。山南舊有句無亭，北十五里有千秋橋、萬歲橋；相傳勾踐曾棲於此。」

元諸暨宋汝章，晦迹采樵勾無山，因自號勾無山樵。《宣統諸暨縣志》卷二十八《人物志·列傳二·元·宋汝章》：「失其字，自號勾無山樵，爲學不事章句，通知戰國時事，善機變，有膽略，喜論兵。當兩浙兵起，每退偃一室以計勝負，十不失一。卒放棄山林以隱逸終。」《宣統諸暨縣志》卷四十一《坊宅志一》：「勾無山樵故居，在勾乘山麓。元逸民宋汝章舊宅，汝章自號勾無山樵。」

清金壇馮煦《宣統諸暨縣志序》：「夫山澤之氣旁薄而鬱積，其地必産貞臣畸士，秉其善世不伐遁世無悶者，與乾坤争一息之命，爲邦人士所圭臬，以挽頽運而激嚚俗，其所繫非細故矣。以諸暨一縣徵之，南宋之初馮時可忤秦檜，援李綱；元季楊維楨浮沈貞元之交，鶴書屢徵而皭然不滓；王冕之杜門不出，義命自安；宋汝章之遁迹勾無，下儕樵牧；明季陳洪綬酒色自晦，而大節皦然。凡若而人者，百年千里得一已難，而諸暨以一彈丸地而貞臣畸士輩輩如此，信足以上薄三辰，下鎮宙合。嗚呼！世不盡黄農虞夏，使非有貞臣畸士若時可若維楨若冕若汝章若洪綬者，榰柱於風雨漂摇人禽雜糅之交，而一任突梯滑稽如脂如韋，不爲千里之駒，而爲水中之鳧，與波上下，以全其軀者，充塞曼衍於其間，乾坤或幾乎息矣。諸暨之父老子弟誠汲汲以時可、維楨與冕、汝章、洪綬爲圭臬，是則是效，敦廉恥厲節義，積之既久，頽運嚚俗將一返於黄農虞夏。諸暨一縣，匪惟浙東之望，抑亦海外内魁杓也。」

【箋注】

〔一〕守常襲故：同「蹈常襲故」，奉行常法沿襲成規。

〔二〕翻然：高飛貌。《抱朴子·對俗》：「翻然凌霄，背俗棄世。」

〔三〕《文心雕龍·章句》：「夫人之立言，因字而生句，積句而爲章，積章而成篇。」

〔四〕兩浙：浙東與浙西，參見卷一《平饒信詩并序》。退偃：退隱。

〔五〕經術：經學儒術。文學：文章典籍。聲偶：聲韻對偶。摘裂：破碎零散。

〔六〕數數然：急切追求貌。《莊子·逍遥遊》：「彼其於世，未數數然也。」

〔七〕才難：人才難得。葛洪《抱朴子·尚博》：「古人歎息於才難，故謂百世爲隨踵，不以璞非昆山而棄耀夜之寶，不以書不出聖而廢助教之言。」

〔八〕嘻吁：歎詞。

〔九〕朱買臣：西漢會稽郡吴縣人，采樵而好學，嘗官會稽太守，詳見卷三《雲樵子》。會稽山：西漢會稽郡衆山，非今言紹興會稽山。歷：屢次。衣錦：身穿華麗衣服，比喻顯赫榮耀。

〔一〇〕鄉：此指西漢會稽郡。鋭：迫切堅決。

〔一一〕夫概：山名，在今浙江長興。《讀史方輿紀要》卷九十一《浙江三·長興縣·戍山》：「縣西三里，一名夫概山。吴王使夫概於此築戍城，故名。梁吴興太守張嵊等亦於此築城捍侯景。

明初，耿炳文點軍山上，俗因呼爲點軍山。」

禱雨詩序

中書左丞某公署事之初年〔一〕，天不雨，自夏六月至於秋七月，禾盡槁，民以病告，公愀然憂形於色。於是公之賓佐合辭進曰：「公毋憂也，古有桑林之祝〔二〕、雲漢之祀〔三〕，皆所以致力於神也。天而不雨，盍禱之神乎？」越翌日丙午夜漏半〔四〕，公躬率郡縣百司走神所，而雨即①嘉應〔五〕。公復與神約三日雨足，丁未雨，戊申雨，己酉又雨，連雨數日而止。

民乃大喜，咸以爲神之所賜而歸德焉〔六〕；金華戴良獨不謂然。天以神和四時，乳百穀，於以煦養其生息者也〔七〕。今乃嗇其施以病民，必希吏之懇禱而後應，是豈神之本心哉？非神之本心而乃章章如是者，蓋公之精誠有以上格於天故也〔八〕。公之所以上格於天者，非在乎禱之之日也，其素行固已合於冥冥也久矣〔九〕，是故無求而不得，無感而不應也。

然則禱之神非歟？曰：「是也。」夫雨暘者〔一〇〕，天之所權也；山川者，神之所伏也。雨暘不時，歲有饑饉，則禱之山川之神，豈非天之高且遠也，不可以自聞，不可以自見，而寄之神？是神用天之權也。故天使之雨，神得而雨之；天不使之雨，神固不得而雨之也。公是以神其聰，而天無不聞也；神其明，而天無不見也。無不聞無不見，此公之所以致夫雨也。夫如是，民固當視公爲神也。於是民愈喜，咸退而爲喜雨之詩，以歸德於公；且俾次第其言爲之序。詩曰：

維浙之東，維黍芃芃。今既穟矣，伊誰之功〔一一〕？維我相君，視民如子。撫綏輯寧〔一二〕，俾安田里〔一三〕。俾耕俾種，俾耘俾耔〔一四〕。苗則既秀〔一五〕，雨澤不時。相君睠焉，爲民憂之。誠之所感，天不我違。山川出雲，降以甘雨。既優既渥，厥施斯普〔一六〕。今之上腴，昔也焦土。今之發榮，昔也槁莽〔一七〕。農人相慶，蹈舞蹁躚〔一八〕。且歌且謡，擊壤以言〔一九〕。維今之雨，匪降自天。維我相君，錫此豐年。稼之有秋〔二〇〕，匪由民力。維我相君，錫此膏澤〔二一〕。我有童烏，捧腹歡如。亦有黧老，今可以飽〔二二〕。我聞我兵，將討不庭。有糇有糧，可以啓行〔二三〕。相君有心，與天爲一。維國維民，咸食其德〔二四〕。田之多稼，周人所美〔二五〕。時之有年，魯史所紀〔二六〕。爰作此詩，志今之喜。頌我相君，令聞不已。

【題解】

禱雨，祈神降雨，中華大地行之，域外亦不乏其事。《周禮·春官·女巫》：「旱暵則舞雩。」明陶宗儀《南村輟耕録》卷四《禱雨》：「往往見蒙古人之禱雨者，非若方士然，至於印令旗劍符圖氣訣之類，一無所用。惟取浄水一盆，浸石子數枚而已。其大者若鷄卵，小者不等。然後默持密咒，將石子淘漉玩弄，如此良久輒有雨。豈其静定之功已成，特假此以愚人耳；抑果異物耶？石子名曰『答』，乃走獸腹中所産，獨牛馬者最妙，恐亦是牛黄、狗寶之屬耳。」

詩云「維浙之東」，則左丞疑指元末盤踞慶元、台州、温州之方國珍。《明史》卷一百二十三《方國珍》：「元累進國珍官至江浙行省左丞相衢國公，分省慶元。」

【校勘】

① 而雨即：底本作「以而不」，據乾隆本改。

【箋注】

〔一〕中書：此指江浙等處行中書省。左丞：元時正二品官職。《元史》卷九十一《百官七·行中書省》：「右丞一員，左丞一員，正二品。」署事：處理公事或代理職務。

〔二〕桑林：商湯禱雨之地。《吕氏春秋》卷九《季秋紀第九·順民》：「昔者湯克夏而正天下，天大旱，五年不收，湯乃以身禱於桑林，曰：『余一人有罪，無及萬夫。萬夫有罪，在余一人。無以一人之不敏，使上帝鬼神傷民之命。』於是翦其髮，𨟖其手，以身爲犧牲，用祈福於上帝，民乃甚説，雨乃大至。則湯達乎鬼神之化人事之傳也。」

〔三〕雲漢：天河，銀河；周時天下大旱，宣王深夜仰視天河，祈求天神降雨。《詩經·大雅·雲漢》：「倬彼雲漢，昭回於天。王曰於乎！何辜今之人？天降喪亂，饑饉薦臻。靡神不舉，靡愛斯牲。圭璧既卒，寧莫我聽。旱既大甚，藴隆蟲蟲。不殄禋祀，自郊徂宫。上下尊瘞，靡神不宗。后稷不克，上帝不臨。耗斁下土，寧丁我躬……」鄭玄《箋》：「時旱渴雨，故宣王夜仰視天河，望其候焉。」

〔四〕夜漏：夜間。梅堯臣《和韓仲文西齋閑夜有懷》：「冬日每苦短，方愛夜漏永。」

〔五〕走：通「奏」，進言。《釋名·釋姿容》：「走，奏也，促有所奏至也。」畢沅《疏證》：「走與奏音義同。」

〔六〕歸德：此指將恩惠歸於神靈；德，恩惠。《論語·憲問》：「以德報怨。」朱熹《集注》：「德，謂恩惠也。」

〔七〕和：調和，調節。乳：生育，滋生。於以：由此。煦養：撫育，撫養。生息：生存，生活。

〔八〕章章：顯著，昭著。格：至，到達。《爾雅·釋詁》：「格，至也。」

〔九〕冥冥：主宰禍福之神靈世界。沈作哲《寓簡》卷一：「豈人之禍福吉凶自有定數存於冥冥之中，雖聖與智不可得而逃耶？」

〔一〇〕雨暘：雨天與晴天。

〔一一〕芃芃：茂盛貌。穟：禾苗茂盛貌。《詩經·大雅·生民》：「荏菽旆旆，禾役穟穟。」

〔一二〕撫綏：安撫。《尚書·太甲上》：「天監厥德，用集大命，撫綏萬方。」輯寧：安撫，使安寧。《尚書·湯誥》：「俾予一人，輯寧爾邦家。」

〔一三〕田里：田地和住宅。《孟子·盡心上》：「所謂西伯善養老者，制其田里，教之樹畜，導其妻子，使養其老。」

〔一四〕耘耔：除草培土，泛指田間勞作。《詩經·小雅·甫田》：「今適南畝，或耘或耔。」

〔一五〕秀：穀類抽穗開花。《論語·子罕》：「苗而不秀者有矣夫！秀而不實者有矣夫！」

〔一六〕優渥：雨水充足。《詩經·小雅·信南山》：「益之以霢霂，既優既渥。」

〔一七〕上腴：上等沃土。發榮：生長繁茂。劉基《旅興》：「今晨視郊原，草木皆發榮。」

〔一八〕蹁躚：盤旋舞動貌。

〔一九〕擊壤：古時鄉村野老遊戲，後代太平盛世；詳見卷一《送屠彦德七首》。

〔二〇〕秋：穀物成熟。《尚書·盤庚上》：「若農服田力穡，乃亦有秋。」

〔二一〕膏澤：雨水，比喻恩惠。韋應物《觀田家》：「飢劬不自苦，膏澤且爲喜。」

〔二二〕童烏：漢文學家揚雄之子，九歲時助父著《太玄》，早夭；此代兒童。黧老：黑黄老人。

〔二三〕不庭：無道，違逆常理。《國語·周語中》：「以待不庭不虞之患。」韋昭《注》：「庭，直也。虞，度也。不直，猶不道也。」糇：乾糧。

〔二四〕食德：享受恩澤。《易·訟》：「六三，食舊德。」
〔二五〕《詩經·小雅·大田》：「大田多稼，既種既戒，既備乃事。」
〔二六〕有年：好年成，五穀成熟。魯史：此指孔子所纂《春秋》。楊伯峻《春秋左傳注·桓公三年·經》：「有年。」又，《宣公十六年·經》：「冬，大有年。」

章氏家乘序

善乎魏國韓公之言曰：「謹家牒而不忘乎其先者，孝之大也〔一〕。」余觀章君三益家乘之作〔二〕，有以見君之孝大矣。人之於其宗，不能無親疏之殺也〔三〕。聖人因之而制服焉〔四〕，自再期而至於三月，而至於無服〔五〕，其禮有差也，其情有節也〔六〕。雖然，豈聖人之得已哉？兄之子於己爲從子，若以吾父視之，猶己之子也；推而上之，大父之孫爲從父兄弟，曾大父之曾孫爲從祖兄弟，若以大父、曾大父視之，猶己之兄弟也〔七〕；又推而上之，以至於無服之親，皆先世一人之分也，若以先世視之，皆己之同氣也〔八〕。尋流而知源，尋葉而知根，詎可以遠而忘之哉？嗚呼，此家牒之謹，所以爲孝之大也。孝之大者，蓋以先世之心爲心，而不以一己之心爲心也。君之是舉，其殆庶幾於此者矣。

章氏世爲汴人，至兵部尚書始家泉之南安〔九〕。後自南安遷建之浦城〔一〇〕，自浦城遷處之龍泉〔一一〕。其間支系繁衍〔一二〕，後先顯者以數百計。世遠族殷〔一三〕，漸至不可於考。君乃疚心瘁志〔一四〕，掇拾於兵火焚棄之餘，搜輯於道路間關之際〔一五〕，仿諸《史·表》〔一六〕，遂爲此編。其他遺言遺行與夫言有當質者〔一七〕，又別爲篇以見。

既成，使來告曰：「吾子雅知我，盍遺一言以詔吾之子孫，使無違吾志。」余聞而歎曰：世之士大夫，其問學非不富也，辭章非不美且麗也，然或藉之以干利禄取榮名，足乎一己而已。至其祖考之所自出，支屬之所由分，漫焉而不加省者，豈少哉！而於宗人族子，相視如途之人者，又豈少哉？君之用心乃如此，其賢於人亦遠矣！昔歐陽文忠公依《漢·年表》爲世譜，而謂子孫不知姓氏之所從，以昧昭穆之敘者，禽獸不若也〔一八〕。今君仿《史·表》爲是書，既無愧於文忠矣。而其所自序亦曰：「子孫視爲不急之務者，非人也。」嗚呼！君之用心，其文忠公之心乎？「勿替引之」〔一九〕，後之人勉乎哉！

【題解】

家乘，或曰家譜，或言家牒，記載一家私事之史籍。羅大經《鶴林玉露》卷十：「山谷晚年作日録，題曰《家乘》，取《孟子》『晉之乘』之義。」元末明初章溢尋流溯源，撰《章氏家乘》。章氏行迹詳見卷三《苦齋》。

《宋濂全集》卷二十二《章氏家乘序》：「章氏本姜姓，出於神農氏之裔，逮齊太公支孫受封於鄣，即《春秋》所書『齊人降鄣』是也……鄣自爲齊所滅，子孫遂去『邑』稱章氏，分適他國。有諱展者，仕晉爲中散大夫，世居汴之陽武。至兵部尚書品，永嘉初出守於泉，始家於南安。唐康州刺史鵬，又自南安遷建之浦城。康州之五世孫重，復自浦城遷處之龍泉……然而世遠族殷，復罹兵燹，漸至不可於考。重之十六世孫溢，深爲是懼。於是稽厥系緒，法諸史表，旁行爲圖，條列不紊，作《譜圖篇》第一。先世遺行，可仰可師，摭其都凡，區别以陳，作《景行篇》第二。竹素所載，琬琰所刻，文章昭爛，不愆其實，作《傳誌篇》第三。事涉考質，難可類分，小大弗爽，集以示後，作《叢載篇》第四。四篇之外，復不厭詳，著《本房圖》以爲别録。通名之曰《章氏家乘》云。」

《王忠文公集》卷五《章氏族譜序》：「《龍泉章氏族譜》四篇，二十一世孫溢之所著……章氏序系所從來者遠，今溢獨勰勰焉推念本始而究心於譜牒，迄能以亡而爲完，尊尊親親之道藹然可見，其可不謂知所本哉！雖然，論氏族之盛衰，由子孫之賢否，若漢之袁氏、楊氏、陳氏，唐之柳氏，宋之戚氏、吕氏，其操義風概累世不替，皆足以厲天下矯異代，豈徒以富貴之故乎？章氏在異時常顯矣，然則世濟其美而令聞長世，固有不在彼而在此者。溢字三益，方以宏才粹德向用於時，古稱能世其家，庶其在是矣乎！」

【箋注】

〔一〕韓公：韓琦，字稚圭，英宗時封魏國公。韓琦風骨秀異，識量英偉，臨大事決大議不動聲色，論者以重厚比周勃，政事比姚崇。久鎮封疆，力拒元昊，與范仲淹齊名，天下尊稱爲韓范。相仁宗、英宗、神宗三朝，與富弼并爲賢相，人謂之富韓。詳見《宋史》卷三百一十二《韓琦》。韓琦《安陽集》卷四十六《重修五代祖塋域記》：「且復誡於子孫曰：『夫謹家諜而心不忘於先塋者，孝之大也。惟墳墓祭祀之有托，故以子孫不絶爲重。琦自志於學，每見祖先所爲文字與家世銘志，則知寶而藏之；有遺逸者，常精意搜掇，未始少懈。時編歲緝，（寑）〔寖〕以大備。其所志先域之所在，雖距今百有餘年，必思博訪而得之，卒能不墜先業，推及先塋之八世，得以歲時奉事，少慰庸嗣之志。向若家諜之不謹，祖先文字之不傳，雖有孝於祖先之心，欲究其宅兆而嚴事之，其可得乎？後世子孫，不能勤而知此，則與夫世之絶也何異！』」

〔二〕三益：章溢，字三益，元末明初龍泉高士，詳見卷三《苦齋》。

〔三〕殺：等級。《禮記·中庸》：「親親之殺，賢賢之等，禮所生也。」

〔四〕服：古代以親疏關係確定斬衰、齊衰、大功、小功、緦麻等五種喪服。

〔五〕再期：兩周年；古代斬衰和齊衰兩種喪服服期爲三年，實則爲兩周年。三月：緦麻喪服服期三個月。無服：關係疏遠而不穿喪服。

〔六〕差：等級。《孟子·滕文公上》：「之則以爲愛無差等，施由親始。」節：等級。《戰國策·齊策五》：「此用兵之上節也。」鮑彪《注》：「節，猶等。」

〔七〕大父：祖父。從父：父親兄弟。曾大父：曾祖。從祖：祖父兄弟。

〔八〕先世：前代，祖先。同氣：兄弟。鮑照《請假啓》：「臣實百罹，孤苦風雨，天倫同氣，實惟一妹。」

〔九〕南安：地名，今福建南安。《元史》卷六十二《江浙等處行中書省·泉州路》：「領司一，縣七……晉江、南安、惠安、同安、永春、安溪、德化。」

〔一〇〕浦城：今福建浦城。《元史》卷六十二《江浙等處行中書省·建寧路》：「領司一，縣七……建安、甌寧、浦城、建陽、崇安、松溪、政和。」

〔一一〕龍泉：今浙江麗水龍泉。《元史》卷六十二《江浙等處行中書省·處州路》：「領司一，縣七……麗水、龍泉、松陽、遂昌、青田、縉雲、慶元。」

〔一二〕支系：家族分支，宗族支派。

〔一三〕世遠族殷：世系遥遠族人衆多。殷：衆多。《詩經·鄭風·溱洧》：「士與女，殷其盈矣。」毛《傳》：「殷，衆也。」

〔一四〕疚心：憂心。瘁志：費心，勞神。

〔一五〕閒關：崎嶇艱險。《後漢書》卷十六《鄧騭》：「逃避使者，閒關詣闕。」李賢《注》：「閒關，猶崎嶇也。」

〔一六〕表：年表，按照年代先後羅列歷史事件；《史記》自《三代世系表第一》至《漢興以來將相名臣年表第十》，凡十表。

〔一七〕質：驗證。《中庸》：「建諸天地而不悖，質諸鬼神而無疑。」

〔一八〕歐陽文忠公：歐陽修，字永叔，謚文忠，北宋賢臣，唐宋八大家之一。《宋史》卷三百一十九《歐陽修》：「三代而降，薄乎秦漢，文章雖與時盛衰，而藹如其言，曄如其光，皦如其音，蓋均有先王之遺烈。涉晉、魏而弊，至唐韓愈氏振起之。唐之文，涉五季而弊，至宋歐陽修又振起之。挽百川之頹波，息千古之邪説，使斯文之正氣，可以羽翼大道，扶持人心，此兩人之力也。」年表：《漢書》自《異姓諸侯王表第一》至《古今人表第八》，凡八表。昭穆：古代宗廟排列神主時，始祖居中，其餘按左昭右穆依次承接，後泛指家族輩分。敘：次序。《説文》：「敘，次第也。」按歐陽修《居士外集》卷二十四《歐陽氏譜圖序》，未載歐陽修此番論述，未審作者引自何處。

〔一九〕替：廢棄。引：繼承延續。《詩經·小雅·楚茨》：「勿替引之。」《詩集傳》：「子子孫孫當不廢而引長之也。」

送人遊龍虎山序

乃者海内分裂，兵交日尋〔一〕，而廣信爲郡，實東南之要衝〔二〕。當陳氏據上游，即爲其所侵奪〔三〕。及參政公奉命南征，提兵不過萬人，舉一郡六縣如摧枯拉朽。其後陳既盛兵東窺以争是土，而公之子某復班師往救，戰敗陳兵，擒其梟將若干人以歸。由是陳失其勢，遂縮手歸武昌，不敢順流而東。父子一時，何其偉哉！

王君乃公之懿親，自起兵時即在行間〔四〕，其所以佐公禁侵掠，止妄殺，卒使恩威并著，爲軍民所歸心者，不一而足〔五〕。自他人言之，孰不欲同登仕版以稍自見於時？而君乃衣白衣，日從文儒勝士相往還〔六〕。每風清日美，則芒鞋竹杖訪赤松子於北山〔七〕，吊沈隱侯於雙溪〔八〕，於以娱情煙渚宴景雲林，且不知斯世之多故而是身之在軍旅中也〔九〕。

君爲人曠達可喜，然好爲汗漫遊〔一〇〕。歲之仲春，將從金華南過信之貴溪，登仙巖〔一一〕，窺鬼公峰〔一二〕，從入龍虎山遊諸勝處。龍虎山乃張道陵所居〔一三〕，子孫世其業，至於今不替〔一四〕。君去謁上清之故宫〔一五〕，攬金沙之遺迹〔一六〕，道朋真侶〔一七〕，徘徊後先，此行當必有所遇矣！

然高甍巨桷，斬爲荆榛；斷塹頹垣，淒人心目〔一八〕：蓋陳氏之流毒兹地也非一日。君升高而望，歎其興亡，欲求陳將就擒之所，而黎庶之散亡殆盡。於是睹山川之如昨，念人事之日非，將遂執青節從白蜺，以與夫道朋真侶遊於方之外，回視身世，不啻如鴻毛之輕〔一九〕。君亦奇士也哉！

嗟乎！君既不用於世，其材無所見，獨觀其出處之際遊從嗜好之間，可以見其志之有在矣！故予於序别而具道之如此〔二〇〕。

【題解】

稽考史傳，文中所言參政公乃朱元璋麾下驍將胡大海，子則爲胡氏養子德濟。至正二十年胡大海拔廣信時，僉行樞密院事；至正二十一年五月，始授江南行省參知政事。至正二十二年二月，胡大海即爲叛軍所害。本文云仲春送王君遊龍虎山，則必在至正二十二年胡大海遇害前夕。《宋濂全集》卷四十八《胡越公新廟碑》：「庚子夏五月，又拔信州。信方絶糧，人皆勸公還師，公曰：『此閩楚喉衿也，可棄之乎？』乃築城浚隍，爲堅守計。辛丑夏五月，上憫公之勞，且以婺爲海右大藩，通甌引越，非宿將重臣有以控制之不可，乃授公江南等處行中書省參知政事，屯戍於婺。壬寅春二月，溪洞兵叛而西歸，公遂遇害。」

《明史》卷一百三十三《胡大海》：「養子德濟，字世美，不知何許人，大海帥以歸太祖。從攻婺州，爲誘兵，大破元兵於梅花門外，擒其將季彌章，由是知名。既下信州，太祖以德濟爲行樞密院同僉，使守之。陳友諒將李明道來寇，德濟與力戰。大海來援，夾擊之，擒明道及其宣慰王漢二。」

龍虎山，道教名山，在江西貴溪縣西南八十里，兩峰對峙，如龍昂虎踞，因名。相傳漢張道陵修煉於此，其子孫世居於兩山間之上清宫，俗稱張天師。《讀史方輿紀要》卷八十五《江西三・廣信府・貴溪縣・龍虎山》：「縣西南八十里，在象山之西北。《志》云：象山一支西行數十里，乃折而南，兩峰對峙，如龍昂虎踞，道書以爲第三十二福地。後漢章、和間，張道陵修煉於此。今有上清宫，在龍虎兩岐之間。」

《嘉靖廣信府志》卷二《山川・貴溪縣・龍虎山》：「縣南八十里仁福鄉。象山一支西行數十里，乃折而南，兩峰相峙，狀若龍虎，天下第二十九福地。漢張道陵煉丹於此，山下有演法觀，丹竈、丹井、飛升臺。上清宫在龍虎兩岐之間，前對琵琶諸峰，其右爲仙巖，争效奇勝。縈紆一水，循巖而西，蓮花石攢塞水口，其外排衙石如武夫千群，臨陣赴敵，猙獰贔屭，形勝炳靈，佳氣鬱積，真神仙窟宅也。」

【箋注】

〔一〕尋：延續，連續不斷。向秀《思舊賦》：「妙聲絶而復尋。」劉良《注》：「尋，續也。」

〔二〕廣信：元信州路，明太祖朱元璋於至正二十年改稱廣信府；詳見卷二《送人赴廣信軍幕》。

〔三〕陳氏：元末梟雄陳友諒；初從徐壽輝部將倪文俊。至正十七年，因倪文俊謀弒徐壽輝，伺機奪取兵權而雄霸一方。《明史》卷一百二十三《陳友諒》：「明年（至正十八年）陷安慶，又破龍興、瑞州，分兵取邵武、吉安，而自以兵入撫州。已，又破建昌、贛、汀、信、衢。」

〔四〕懿親：至親。《左傳·僖公二十四年》：「如是則兄弟雖有小忿，不廢懿親。」行間：行伍之間。

〔五〕歸心：誠心歸附。《論語·堯曰》：「興滅國，繼絶世，舉逸民，天下之民歸心焉。」

〔六〕仕版：登記官吏名籍之簿册。勝士：佳士，才識過人者。

〔七〕芒鞋：草鞋。赤松子：黄初平在金華北山得道成仙，世稱赤松子，詳見卷二《遊赤松山分韻得弟字》。北山：詳見卷三《同子充浚仲遊北山夜宿覺慈寺》。

〔八〕沈隱侯：南朝著名文學家沈約，參看卷一《和沈休文雙溪八詠》。雙溪：金華城南江流，詳見卷三《九日偕子充安道諸友遊東城》。

〔九〕宴景：快樂享受美景；宴，快樂。《左傳·成公二年》：「衡父不忍數年之不宴。」杜預《注》：「宴，樂也。」故：意外事變。

〔一〇〕汗漫：廣大無邊。

〔一一〕《嘉靖廣信府志》卷二《山川·貴溪縣·仙巖》：「縣南上清溪西流十里，石壁峭立，列爲二十四巖，上出雲表，下臨深淵，仰而望之，非臂羽不可到，誠奇迹也：曰機杼巖、杵臼巖、仙床巖，丹竈巖、轆轤巖、酒甕巖、仙棺巖、三仙巖、藥巖、農具巖、鹽倉巖、仙犬巖、仙羊巖、馬廄巖、奕棋巖、木屐巖。」元明善《續修龍虎山志》卷上《山川·仙巖》：「從真人府前順流二十里，與演法觀相去二里。巖中空洞，結庵以居，下臨深淵，上嵌空碧。到處洞穴中通，石竇如井。登眺從竇中而上，絶巘構雲樓，懸空複道如棧，引繩絆結，危險驚魂。引睇青冥，蒼茫天界，二十四巖棋布星列，獨此最爲奇勝。諸巖皆峭絶淩空，人迹罕至，泛舟仰視，上窮目力，僅可仿佛。至路繞山脊，俯巖而窺，眩慄不能及。巖中各具器物，不可名狀。豈仙真奇迹，自有神靈訶護歟？不可得而究也。」

〔一二〕鬼公峰：或曰鬼谷山，或曰洞源山。《嘉靖廣信府志》卷二《山川·洞源山》：「一名鬼谷山，其下有洞。舊志云：周回四里，可容數千人，相傳昔有人入其中，見人物廬舍，儼如人世。又云：鬼谷子嘗於此修真，蘇秦、張儀、孫臏於此受學，有蘇秦臺、張儀井、孫家港云。」元明善《續修龍虎山志》卷上《山川·鬼谷山》：「在宮東南六十里，天下第十五洞天貴玄思真是也。有蘇秦臺、張儀井。或云鬼谷王訓於此修仙，張儀、蘇秦於此受道，及有孫臏寨、龐家井之類。」

〔一三〕張道陵：東漢末年道家正一教創始人，世尊之爲張天師，詳見卷一《送屠彦德七首》。元明善《續修龍虎山志》卷中《太祖高皇帝賜龍虎山二十代天師贊·第一代張道陵》：「驅風疾霆，機斡萬靈。亶惟神智，使濁而清。道常無隱，滿腹仙經。鹿奔虎乘，儵然上升。」

〔一四〕世：繼承。《宋濂全集》卷二十八《漢天師世家敘》：「濂聞文成侯年少時，學禮淮陽，東謁蒼海君。蒼海君，先儒學士以爲海神是也。後又見異人黄石公下邳圯上，則其未達之際，固已能交通於神明。至其晚年，名遂功成，乃欲辟穀從赤松子遊，實其初志，非曰托之以自逃也。故其九傳至漢天師，感慕興起，學輕舉延年之術，拔除陰慝，一以善道化民。而嗣師系師繼之，修其業而弗墜，唯恐有人横遭夭閼者。當漢之季，天下雲擾，唯巴漢之間民生晏然，行者不裹糧，居者不捍關，官府賴以成治。如此者垂三十年，其功之及物，可謂侈矣。宜其世有令人，出俾至化，奚翅古諸侯之國？天之報施，不亦彰明者哉！或者專歸於名山神氣之結，故能演迤盛大如斯，其論亦淺矣。」

〔一五〕上清宫：道教正一道著名道觀，在江西貴溪之上清鎮。顧祖禹《讀史方輿紀要》卷八十五《江西三・廣信府・貴溪縣・薌溪驛》：「上清宫，在龍虎山中。唐名真仙觀。宋大中祥符間，改上清觀。政和間，賜名上清正一宫。元大德間，賜名正一萬壽宫。今曰上清宫。張道陵裔世襲真人居於此。」元明善《續修龍虎山志》卷上《建置・上清宫舊制》：「大上清正一萬壽宫，在龍虎山東二十里，古倪洋市、今真人府東三里。四代天師元宗來自漢中，建祠龍虎山以祀祖天師；後子孫徙建於此，别建壇以傳法籙。唐會昌中二十代天師子堅奉敕修建，賜額真仙觀。宋祥符中敕改額上清觀。天聖間二十六代天師嗣宗奉敕遷建觀於山之陽。

政和中敕改額上清正一宮。元大德甲辰加賜額大上清正一萬壽宮。」

〔一六〕金沙：元貴溪縣山名。《嘉靖廣信府志》卷二《山川·貴溪縣·金沙嶺》：「縣西二里孝思鄉。趙子昂詩：『鬱蘿緑石（凳）〔磴〕，步上金沙嶺。露下色熒熒，月生光炯炯。』」

〔一七〕道朋真侶：道行高深抱樸守真之道教朋友。

〔一八〕高甍巨桷：高屋脊與大方椽。斷塹頹垣：壅塞壕溝與倒塌牆壁。

〔一九〕青節：道教青色旗幡。白蜺：白色虹；蜺，通「霓」。陳子昂《送中嶽二三真人序》：「實欲執青節，從白蜺，陪飲崑崙之庭，觀化玄元之府。」

〔二〇〕序别：敘别，道别；序，通「敘」。

送揚州同知赴官序

和陽王秉彝氏由金華扺三衢〔一〕，既而以書來告曰：「同知三衢郡事某君，今以秩滿調江都。三衢人士咸賦詩以惜其去，而右簡之文〔二〕，非子之托而誰耶？」三衢距僕僅百里遠，行道之人多誦君之美，而獲稍知其爲人。今又重以王君之命，雖不能文，詎得而辭諸？

僕聞之，郡府之職，惟别駕爲易爲〔三〕。蓋有地千里，有民累萬，而趨走之吏，呵衛之卒，一皆視郡守爲降殺〔四〕。然郡守之任乃獨重，任之重者，責之所歸也。别駕有郡守之榮而無其責，吾知其易爲耳。

雖然，方今天下多故，兵事未息，郡縣之煩勞，非復承平之比。況江都當百戰之餘，城郭無居民，官無第舍，空郊百里之外，遺黎僅數十家而已〔五〕。當此之時，而有戈甲之供億，芻餉之轉輸，往來之館勞〔六〕，郡守豈能獨任其責哉？吾見别駕之難爲也。

雖然，古稱江都多才學之士，竊意其如漢之劉瑜〔七〕、魏之陳琳〔八〕、唐之李善〔九〕者，猶往往避亂山谷間，深匿而未出，君能訪其人而羅致之，與之議官政、究民隱〔一〇〕、圖利害，損益以行之，則别駕之易爲，將在於此乎？昔子游之治武城①，吾聖人首以得人爲問〔一一〕，僕因竊取斯義以爲序。

【題解】

揚州，或稱廣陵、江都、維揚，元時隸屬河南江北等處行中書省；至正十二年設淮南江北行省，治揚州。《元史》卷五十九《地理二・河南江北等處行中書省》：「揚州路……領司一，縣二（江都、泰興），州五（真州、滁州、泰州、通州、崇明州）。州領九縣（揚子、六合，清流、來安、全椒，海陵、如皋，静海、海門）。」至正十七年冬十月，明兵拔揚州。《明史》卷一《太祖一》：「（十七年）冬十月……繆大亨克揚州。」

同知，地方長官佐史；朱元璋初起時，官制依仿元朝。《元史》卷九十一《百官七·諸路總管府》：「上路秩正三品，達魯花赤一員，總管一員，并正三品，兼管勸農事，江北則兼諸軍奥魯，同知、治中、判官各一員。下路秩從三品，不置治中員，而同知如治中之秩，餘悉同上。」

【校勘】

①城：底本作「成」，據《論語·雍也》與乾隆本改。

【箋注】

〔一〕王秉彝：詳見卷五《樂善堂記》。三衢：衢州别稱；至正十九年九月，常遇春破衢州，三衢遂入朱元璋版圖。

〔二〕右簡：簡策首頁；古人書寫從右而左，故稱首頁爲右簡。

〔三〕别駕：漢置别駕從事史，爲刺史佐吏，刺史巡視轄境時，别駕乘驛車隨行，故名；其職位略同於後代之通判與同知。

〔四〕呵衛：呵禁守護。降殺：遞減，削減。《宋史》卷一百六《禮九》：「天子七廟，諸侯五，大夫三，士一，降殺以兩。」

〔五〕遺黎：劫難後所遺黎民。王若虚《王氏先塋之碑》：「時甫離兵火，遺黎反側未安。」

〔六〕供億：按需要供應；億，估量。芻餉：草料和糧食。館勞：安置於館舍而慰勞之。

〔七〕劉瑜：字季節，東漢廣陵人。少好經學，尤善圖讖、天文、曆算之術。太尉楊秉舉賢良方正，遂上書陳事，然桓帝終不能用。詳見《後漢書》卷五十七《劉瑜》。

〔八〕陳琳：字孔璋，漢末魏初揚州人，建安七子之一。陳琳初事何進，進不納其言，避難冀州，袁紹使典文章。袁氏敗，琳依曹操。曹操以陳琳、阮瑀爲司空軍謀祭酒，管記室，軍國書檄，多出二人之手。詳見《三國志》卷二十一《魏書二十一·陳琳》。

〔九〕李善：唐朝揚州學者，儒雅持重，淹貫古今，顯慶中累擢崇賢館直學士兼沛王侍讀。窮治《文選》，敷析淵洽。晚居汴鄭間講授，遠近諸生來學，户外之屨常滿。詳見《新唐書》卷二百二《文藝中·李邕》。

〔一〇〕羅致：招致人才。民隱：民衆痛苦。《國語·周語上》：「先王非務武也，勤恤民隱而除其害也。」韋昭《注》：「隱，痛也。」

〔一一〕子游：姓言，名偃，字子游，孔門高第。《論語·雍也》：「子游爲武城宰。子曰：『女得人焉爾乎？』曰：『有澹臺滅明者，行不由徑，非公事未嘗至於偃之室也。』」

治平類要總序

自古人君雖有出類拔萃之資，至於治道之盛，則未始不由學而致。此稽古學古之事，所以見於二帝三王之書〔一〕，而二帝三王之治，有非後世之所能及者，良以此耳。

周衰以來，聖學不明，爲人君者概以古昔帝王迂遠而難遵，不過求所謂卑近淺陋之説以苟且於一時。其能超出乎當①世者，惟漢七制唐三宗之主及趙宋諸君而已〔二〕。然此十數君者，亦僅賢於後世之庸主，若夫二帝三王之盛治，詎可同日而語哉？

嗚呼！二帝三王，悉五百年而一逢，由周之治，乃千餘年而始有漢唐宋之爲君，然又不得與二帝三王并觀而稱極治之時，何斯民之生於後世者之不幸耶？則夫繼此而有國者，其可不加之意耶？加之意者，亦在乎學焉而已矣！

一日，良與四明陳樫論至於此〔三〕，以爲人君之學，舍古昔帝王則無所取徵。而古昔帝王之行事見之於經史者，班班可考〔四〕。顧以自朝及夕，萬幾出焉〔五〕，有未暇遍觀而盡察。乃相爲摘取二帝三王致治之由，與漢唐宋爲君之所以然，及先民之格言、史臣之論贊〔六〕，會稡成書，名之曰《治平類要》，而定其標目凡十篇〔七〕。

君臨四方，蓋本諸道，述君道篇第一〔八〕；人君之職，惟在用相，述任相篇第二；將用禦暴，必善馭之，述馭將篇第三；設官用人，國之重事，述用人篇第四；民爲邦本，愛以固之，述愛民篇第五；國之所賴，莫重於食，述足食篇第六；去亂圖治，非兵不可，述制兵篇第七；刑以輔禮，明慎爲要〔九〕，述慎刑篇第八；佞口覆邦，貴在能遠〔一〇〕，述遠佞篇第九；君能納諫，斯無過舉，述納諫篇第十終焉。

良等俱以空疏之學，謬叨爲士之名，其於纂修固多簡略。然開基之主、繼體之君〔一一〕，苟能潛心於此，窮討而深思之，庶幾由彼漢唐宋之爲君，以上追二帝三王之盛治，則稽古學古之效，復見於今日。而此書之作，要不爲無小補矣！是以忘其固陋而冒言之〔一二〕，伏惟留神省察，國家幸甚！

君道篇第一

天道運，四時行；君道明，萬幾理。禹、湯、文、武，天下之大聖也；夏桀〔一三〕、商辛〔一四〕，天下之大惡也。而其所以爲大聖大惡之分者，道之明與不明耳。欲爲君，盡君道。道者何？仁而已矣！三代之得天下也以仁，有此道也；其失天下也以不仁，喪此道也。大哉，道乎！其興亡之所繫乎！景前聖，式後王〔一五〕，述君道篇。

任相篇第二

人主不可以獨治也，必有卿相輔佐之。足任者，然後可以君天下。蓋卿相，輔佐人主之基杖也〔一六〕。所以上承王命，下統百司，以治民庶〔一七〕，以定邦國。而治體之得失〔一八〕、國勢之安危繫焉。昔黄帝任風后而天下治〔一九〕，高宗任傅説而君德修〔二〇〕，蓋皆得乎任相之道故也。荀卿有曰：「强國榮辱在於取相〔二一〕。」其知言者哉！訂官箴，謹侯度〔二二〕，述任相篇。

馭將篇第三

古者國君有難，召將而詔之曰：「社稷安危，一在將軍〔二三〕。」是則帝王馭將之道，惟在推誠以待之。三代以降，人情日異於古，其待武士也，始皆折之以氣，而結之以恩〔二四〕。蓋不折之以氣，則流於姑息而生驕；不結之以恩，則過於嚴肅而生怨。生驕與怨，非止費財玩寇之弊，而有不戢自焚之患矣〔二五〕！揚子雲曰：「馭得其道，則天下狙詐咸作使；馭失其道，則天下狙詐咸作敵〔二六〕。」後世欲治之君，可不熟慮而慎行之？述馭將篇。

用人篇第四

《書》曰：「翕受敷施，九德咸事，俊乂在官。百僚師師，百工惟時〔二七〕。」蓋天子者，一世人材之宗主也。九德之士，所當兼收并蓄，布而用之，使各隨所長而施於事。則百官皆賢，而互相觀法；百工②皆治，而不失其時矣。然古之用人，必貴於有德，而後世人主，或以才藝取人而不稽諸德行，故有才無德之人，咸得以進之。噫！德成而上，藝成而下〔二八〕，君子宜慎擇焉，述用人篇。

愛民篇第五

人情之所欲，順之則安，擾之則危，故虞廷君臣相戒必曰：「罔咈百姓，以從己之欲〔二九〕。」而太公之告文王亦曰：「利而勿害，成而弗敗，生而勿殺，與而勿奪，樂而勿苦，喜而勿怒，此愛民之道也〔三〇〕。」自是以後，惟漢晁錯論三王之所以本人情者，庶幾近之〔三一〕。以故文帝用其言，而以清浄爲治〔三二〕，卒至黎民醇厚，刑措而不用〔三三〕。愛民之道，其尚有出於此乎？傳曰：「重社稷，故愛百姓；愛百姓，故刑罰中〔三四〕。」殆謂是歟！述愛民篇。

足食篇第六

足食之道，惟在於厚民〔三五〕。蓋民者，財之府〔三六〕；而財者，民之命也。故善興國者，必先義而後利；善養國者，必先民而後國。先義而後利，所以教民順也；先民而後國，所以使民富也。民苟順矣，則國不至於不利；苟富矣，則國不至於獨貧。傳曰：「未有義而後其君者也〔三七〕。」又曰：「百姓足，君孰與不足？百姓不足，君孰與足〔三八〕？」其是之謂乎？法常典，原人情〔三九〕，述足食篇。

制兵篇第七

天生五材〔四〇〕，兵能撥亂，故軒轅之興，其戰七十〔四一〕，征頑伐鬼，代不絶書〔四二〕：

兵其可去乎？然考之古，天子之兵，止於六軍〔四三〕；六軍之兵，止於六卿〔四四〕。其出也，則爲士，爲卒，爲旅，爲軍，爲師〔四五〕；其入也，則有比，有閭，有黨，有族③，有州，有鄉〔四六〕。既無坐食之費，復無長屯之苦〔四七〕，烏有如後世之所謂兵者哉？雖然，田不井授〔四八〕，賦民無藝〔四九〕，而古制之不復久矣！漢以來，能以節制伎擊④〔五〇〕，耆定四方〔五一〕，載之史册，有足徵焉。纘戎功〔五二〕，奮武衛〔五三〕，述制兵篇。

慎刑篇第八

古者大司寇以獄之成告於王〔五四〕，王命三公參聽之〔五五〕。蓋刑者成也，一成而不可變，君子於是而盡心焉！嗚呼！刑於聖人，雖不得而廢之，然非其得已也。是故不教而民從，上也，以身教之也；教之而後從，次也，以言教之也；既不能教之以身，又不能教之以言，而民有弗從者，乃從而刑之，下也。刑之而當罪〔五六〕，民固無所憾矣！又從而虐之苦之誣之抑之，有罪無罪，同歸於非命而死，不亦大可哀乎〔五七〕！《書》曰：「欽哉，欽哉，惟刑之恤哉〔五八〕！」本忠恕，示欽恤，述慎刑篇。

遠佞篇第九

自昔小人將竊取其權寵，必先潛觀密測，覘伺上意而迎合之。蓋以人主好惡之不同，喜怒之難必，不如是不足以爲容悦取媚之地〔五九〕。故薛公事齊，必視美珥所在，以立其愛姬；申不害相韓，必視昭侯所悦，以謀其國事〔六〇〕。讒佞之事君，多合而少忤者，大抵然也。夫巧言如簧，詩人刺之〔六一〕；利口覆邦，聖人所惡〔六二〕。有言者不必有德，而佞者不知其仁〔六三〕。爲人上者，可不有辨於斯乎？述遠佞篇。

納諫篇第十

夫帝王之德，莫盛於納諫。君失於上，則臣補於下；臣諍於下，則君明於上：所繫重焉。是故古之明王，求諫如不及，納諫如轉圜〔六四〕。諒直者嘉之，訐犯者義之〔六五〕，愚淺者恕之，狂誕者容之。蓋以己過難知，惟恐其不聞也。堯設諫鼓，禹拜昌言〔六六〕，上聖且爾，況下此者乎！《易》曰：「山上⑤有澤，《咸》，君子以虛受人〔六七〕。」述納諫篇。

【題解】

治平，治國平天下，《禮記·大學第四十二》：「家齊而後國治，國治而後天下平。」類要，依據綱要分類輯録。《治平類要》，戴九靈與四明陳桱所撰，惜乎失傳已久！

【校勘】

①當：底本作「嘗」，據乾隆本改。

②工：底本作「王」，據《尚書》與乾隆本、同治本改。

③族：底本與乾隆本、同治本皆作「旅」，據《周禮·地官·司徒》改。

④擊：底本作「繫」，據乾隆本與同治本改。

⑤上：底本與乾隆本、同治本皆作「下」，據《周易大傳》改。

【箋注】

〔一〕二帝三王：唐堯、虞舜，夏禹、商湯、周文王。揚雄《羽獵賦》：「以爲昔在二帝三王……財足以奉郊廟，御賓客，充庖厨而已。」李善《注》引應劭曰：「堯、舜、夏、殷、周也。」《尚書·堯典》：「曰若稽古，帝堯曰放勳，欽明文思安安，允恭克讓」《尚書·舜典》：「曰若稽古，帝舜曰重華，協於帝。」《尚書·皋陶謨》：「曰若稽古。皋陶曰：『允迪厥德，謨明弼諧。』禹曰：『俞，如何？』皋陶曰：『都！慎厥身，修思永。惇敘九族，庶明勵翼，邇可遠，在兹。』」《尚書·商書·仲虺之誥》：「纘禹舊服，兹率厥典，奉若天命。」《尚書·周書·周官》：「唐虞稽古，建官惟百……學古入官，議事以制，政乃不迷。」

〔二〕陳元靚《事林廣記後集》卷二《歷代類》：「漢七制：高祖、文帝、武帝、宣帝、光武、明帝、章帝……唐三宗：太宗、玄宗、憲宗……宋十六帝：太祖、太宗、真宗、仁宗、英宗、神宗、哲宗、徽宗、欽宗、高宗、孝宗、光宗、寧宗、理宗、度宗。」按，宋言十六帝而列舉十五帝，前後扞格不一。

〔三〕陳桱：字子經，元末明初著名歷史學家，詳見卷十二《通鑑前編舉要新書序》。

〔四〕班班：明白，明顯。《後漢書》卷八十下《文苑列傳下·趙壹》：「余畏禁，不敢班班顯言，竊爲《窮鳥賦》一篇。」李賢《注》：「班班，明貌。」

〔五〕萬幾：帝王日常所治紛繁事務。

〔六〕論贊：史書篇末評論性文字。歸有光《史論序》：「遺石先生自少耽嗜史籍，仿古論贊之體，爲書若干萬言。」

〔七〕會稡：彙聚，聚集；稡，聚集。標目：名目，題目。

〔八〕君道：帝王準則。宋祁《宋景文公筆記》卷下：「君有常道，臣有定守。賞當功，罰當罪；與之惟我德，奪之惟我懼：君道也。」

〔九〕明慎：明察審慎。《易·旅》：「君子以明慎用刑，而不留獄。」

〔一〇〕佞口：讒佞者之巧語讒言。徐賁《送盧拾遺歸華山》：「紫殿諫多防佞口，清秋假滿别明君。」

〔一一〕開基：開創基業。繼體：繼承帝位；體，本體。《漢書》卷八十六《師丹》：「先帝暴棄天下而陛下繼體，四海安寧，百姓不懼。」

〔一二〕冒：冒犯。《廣韻・德韻》：「冒，干也。」段玉裁《説文解字注・冃部・冒》：「有所干犯而不顧亦曰冒。」

〔一三〕夏桀：姒姓，名履癸，世稱夏桀，失德無道，民弗堪其暴政。湯修德，諸侯悉歸之，遂發兵伐桀以立商。詳見《史記》卷二《夏本紀第二》。

〔一四〕商辛：子姓，名受，號帝辛，世稱商紂王或殷紂王。商紂智足以拒諫，言足以飾非，傲視衆臣，以爲皆出己之下。好酒淫樂，寵幸妲己，百姓怨望，諸侯或叛，唯以酷刑震懾之。微子、比干、箕子三賢，或亡或死或佯狂。周文王修德行善，諸侯多叛紂而歸文王。文王歿，周武王會諸侯伐紂，紂敗而自焚。詳見《史記》卷三《商本紀第三》。

〔一五〕式：法式，榜樣。後王：繼位君王。《尚書・召誥》：「越厥後王後民，兹服厥命。」孔穎達《疏》：「謂繼世之君及其時之人，皆服行其君之命。」

〔一六〕足任：能够勝任；足，能够，够得上。基杖：牆腳和拐杖。

〔一七〕百司：百官。韓愈《論變鹽法事宜狀》：「又宰相者，所以臨察百司，考其殿最。」

〔一八〕治體：治國體制。司馬光《乞優老上殿劄子》：「願陛下慎選德望材器爲衆所服，知治體、曉兵略者以代之。」

〔一九〕風后：黄帝賢臣之一。《史記・五帝本紀第一》：「舉風后、力牧、常先、大鴻以治民。」《集解》：「鄭玄曰：風后，黄帝三公也。」《正義》：「《帝王世紀》云：『黄帝夢大風吹天下之塵垢皆去，又夢人執千鈞之弩，驅羊萬群。帝寤而歎曰：『風爲號令，執政者也。垢去土，后在也。天下豈有姓風名后者哉？夫千鈞之弩，異力者也。驅羊數萬群，能牧民爲善者也，天下豈有姓力名牧者哉？』於是依二占而求之，得風后於海隅，登以爲相。得力牧於大澤，進以爲將。黄帝因著《占夢經》十一卷。』」

〔二〇〕傅説：商朝高宗時賢臣，參看卷四《答徐進明書》。

〔二一〕《荀子》所記與此文略有出入。《荀子・王霸篇第十一》：「彼持國者必不可以獨也，然則强固榮辱在於取相矣。身能相能，如是者王；身不能，知恐懼而求能者，如是者强；身不能，不知恐懼而求能者，安唯便僻左右親比己者之用，如是者危削，綦之而亡。」

〔二二〕官箴：勸誡官吏之箴言。侯度：君王法度。《詩經・大雅・抑》：「質爾人民，謹爾侯度，用戒不虞。」鄭玄《箋》：「侯，君也……慎女爲君之法度，用備不億度而至之事。」

〔二三〕《六韜》卷三《龍韜・立將第二十一》：「武王問太公曰：『立將之道奈何？』太公曰：『凡國有難，君避正殿，召將而詔之曰：社稷安危，一在將軍。今某國不臣，願將軍帥師應之也。』」

〔二四〕折：屈從。結：控制，籠絡。《釋名・釋姿容》：「結，束也。」

〔二五〕玩寇：消極抗敵。戢：收斂。《詩經·小雅·桑扈》：「不戢不難，受福不那。」鄭玄《箋》：「王者位至尊，天所子也。然而不自斂以先王之法，不自難以亡國之戒，則其受福禄亦不多也。」

〔二六〕語出《揚子法言》卷四《問道》。狙詐：狡詐。使：使者，奉命辦事者。

〔二七〕語出《尚書·虞夏書·皋陶謨》，意謂一并接受「寬而栗、柔而立，願而恭，亂而敬，擾而毅，直而温，簡而廉，剛而塞，强而義」等九德且普遍施行，具備九德者悉有用武之地，傑出人士皆乘時任職，百官互相學習渴望出色。翕受：聚合接受。敷施：普遍施行。俊乂：德劭才高者。《説文解字注·人部·俊》：「《皋陶謨》鄭《注》曰：『才德過千人爲俊，百人爲乂。』」百僚：同「百工」，朝廷百官。師師：各師其師，相互師法。惟時：希望工作美好出色；時，美善。《詩經·小雅·楚茨》：「孔惠孔時。」馬瑞辰《傳箋通釋》：「時，善。」

〔二八〕此言道德方面有成就者應該處在上位，技藝領域有造詣者應該處在下位。《禮記·樂記》：「是故德成而上，藝成而下；行成而先，事成而後。是故先王有上有下，有先有後，然後可以有制於天下也。」

〔二九〕語出《尚書·虞書·大禹謨》。虞廷：虞舜朝廷。咈：違逆。

〔三〇〕語出姜尚《六韜》卷一《文韜·國務第三》。成：成全。與：給予。

〔三一〕《漢書》卷二十四上《食貨志第四上》：「鼂錯復説上曰：『……夫寒之於衣，不待輕煖；飢之於食，不待甘旨；飢寒至身，不顧廉恥。人情，一日不再食則飢，終歲不製衣則寒。夫腹飢不得食，膚寒不得衣，雖慈母不能保其子，君安能以有其民哉？明主知其然也，故務民於農桑，薄賦斂，廣畜積，以實倉廩，備水旱，故民可得而有也。』」

〔三二〕清浄：安定，不妄爲。吴兢《貞觀政要》卷一《政體第二》：「故夙夜孜孜，惟欲清浄，使天下無事。」

〔三三〕刑措：刑法擱置不用；措，棄置。《漢書》卷四《文帝紀》：「斷獄數百，幾致刑措。」

〔三四〕傳：古書，此指《禮記·大傳第十六》。社稷：土地神與穀神，代天下國家。中：恰當，得當。

〔三五〕足食：糧食豐足。《論語·顔淵篇第十二》：「子貢問政。子曰：『足食，足兵，民信之矣。』」

〔三六〕府：儲藏財物之倉庫。《禮記·曲禮下》：「在府言府，在庫言庫。」鄭玄《注》：「府謂寶藏貨賄之處也，庫謂車馬兵甲之處也。」

〔三七〕《孟子·梁惠王上》：「未有仁而遺其親者也，未有義而後其君者也。」

〔三八〕語出《論語·顔淵篇第十二》，意謂百姓生活富足，國君和誰會不富足呢？百姓貧乏不足，國君能與誰富足呢？

〔三九〕常典：常例，固定法度。

〔四〇〕五材：五種將領品質。《六韜》卷三《龍韜·論將第十九》：「武王問太公曰：『論將之道奈何？』太公曰：『將有五材十過。』武王曰：『敢問其目？』太公曰：『所謂五材者，勇、智、仁、信、忠也。勇則不可犯，智則不可亂，仁則愛人，信則不欺，忠則無二心。』」

〔四一〕軒轅：黄帝，姓公孫，名軒轅。蘇洵《心術》：「故雖并天下，而士不厭兵，此黄帝之所以七十戰而兵不殆也。」

〔四二〕征頑伐鬼：討伐愚魯無知及狡詐陰險者；鬼，狡猾奸詐。《方言一》：「虔、儇，慧也……自關而東趙、魏之間謂之黠，或謂之鬼。」

〔四三〕《周禮·夏官·序官》：「凡制軍，萬有二千五百人爲軍，王六軍，大國三軍，次國二軍，小國一軍，軍將皆命卿。」

〔四四〕六卿：天子六軍主將。《尚書·甘誓》：「大戰于甘，乃召六卿。」孔《傳》：「天子六軍，其將皆命卿。」

〔四五〕士：士兵，武士。卒旅軍師：古代四種軍隊編制，百人爲卒，五百人爲旅，二千五百人爲師，一萬二千五百人爲軍。《周禮·地官·司徒第二》：「五人爲伍，五伍爲兩，四兩爲卒，五卒爲旅，五旅爲師，五師爲軍。」

〔四六〕比閭黨族州鄉：古代六種地方行政編制，五家爲比，二十五家爲閭，一百家爲族，五百家爲黨，二千五百家爲州，一萬二千五百家爲鄉。《周禮·地官·司徒第二》：「令五家爲比，使之相保；五比爲閭，使之相愛；四閭爲族，使之相葬；五族爲黨，使之相救；五黨爲州，使之相賙；五州爲鄉，使之相賓。」

〔四七〕坐食：不勞而食。屯：駐守。

〔四八〕井授：古代實行井田制，九百畝爲一井，公田一百畝，私田八百畝，八家先耕公田，後分種其百畝私田。

〔四九〕藝：準則，限度。《廣韻》：「藝：常也，準也。」

〔五〇〕節制：調控管轄。伎擊：同「技擊」，原指戰國時齊國步兵攻守之術，後泛指軍事活動。《漢書》卷二十三《刑法志》：「齊愍以技擊强。」

〔五一〕耆定：達成，獻上，引申爲平定；耆，達到。《詩經·周頌·武》：「勝殷遏劉，耆定爾功。」

〔五二〕纘：繼承。戎功：大功。宋濂《擬薛收上秦王平夏鄭頌》：「天下萬姓，歡欣舞抃，以爲皇帝之睿謨雄算，王之戎功駿烈，皦皦乎不可尚已。」

〔五三〕奮：振作。《尚書·禹貢》：「三百里揆文教，二百里奮武衛。」孔穎達《疏》：「由其心安王化，奮武以衛天子，所以名此服爲安也。」

〔五四〕大司寇：掌管刑獄之最高長官。成：此指審案結束。《周禮·天官·司書》：「及事成。」鄭玄《注》：「成猶畢也。」

〔五五〕三公：朝廷里品級最高官員，或曰太師、太傅、太保，或曰司馬、司徒、司空，或曰丞相、太尉、御史大夫。聽：聽訟，審理案件。《論語·顏淵》：「聽訟，吾猶人也，必也使無訟乎？」

〔五六〕當罪：罰當其罪，處罰與罪行對等。《荀子·君子》：「故刑當罪則威，不當罪則侮。」

〔五七〕非命：横死，違背正道而死，因意外災禍而死。

〔五八〕欽：恭敬嚴肅。《尚書·太甲上》：「欽厥止。」蔡沈《集傳》：「欽者，肅恭收斂。」恤：顧念。

〔五九〕覘伺：窺視。容悦：曲意逢迎以取悦君王。《孟子·盡心上》：「有事君人者，事是君，則爲容悦者也。」趙岐《注》：「爲苟容以悦君者也。」

〔六〇〕《長短經》卷八《釣情第二十二》：「昔齊王后死，欲置后而未定，使群臣議。薛公田嬰欲中王之意，因獻十珥而美其一。旦日因問美珥所在，因勸立以爲后。齊王大悦，遂重薛公。此情可以物釣也。申不害始合於韓王，然未知王之所欲也，恐言而未必中於王也。王問申子曰：吾誰與而可？對曰：『此安危之要，國家之大事也。臣請深維而苦思之。』乃微謂趙卓、韓晁曰：『子皆國之辯士也。夫爲人臣者，言何必同？盡忠而已矣。』二人各進議於王以事。申子微視王之所説，以言於王。王大悦之。此情可以言釣也。」薛公：戰國齊公子孟嘗君，嘗趍立夫人之機諂媚齊王。珥：珠玉耳飾。申不害：戰國時法家代表人物，相韓昭侯十五年，内修政教，外交諸侯，國治兵强，諸侯莫敢輕韓。

〔六一〕《詩經·小雅·巧言》：「蛇蛇碩言，出自口矣。巧言如簧，顔之厚矣。」

〔六二〕利口：能言善辯。《論語·陽貨篇第十七》：「子曰：『惡紫之奪朱也，惡鄭聲之亂雅樂也，惡利口之覆邦家者。』」

〔六三〕《論語·憲問篇第十四》：「子曰：『有德者必有言，有言者不必有德。』」《論語·公冶長篇第五》：「或曰：『雍也，仁而不佞。』子曰：『焉用佞！禦人以口給，屢憎於人。不知其仁，焉用佞！』」

〔六四〕轉圜：轉動圓體器物，比喻輕鬆迅速。《漢書》卷六十七《梅福》：「昔高祖納善若不及，從諫若轉圜。」

〔六五〕諒直：誠信正直。訐犯：揭發過錯冒犯尊嚴；訐，揭發過錯或陰私。《論語·陽貨》：「惡訐以爲直者。」

〔六六〕《吕氏春秋》卷二十四《自知》：「堯有欲諫之鼓，舜有誹謗之木，湯有司過之士，武王有戒慎之鞀，猶恐不能自知。今賢非堯、舜、湯、武也，而有掩蔽之道，奚繇自知哉？」昌言：正言，善言。《尚書·皋陶謨》：「禹拜昌言曰：『俞！』」孔穎達《疏》：「禹乃拜受其當理之言。」

〔六七〕咸：通「感」，感動，感通。高亨《周易大傳今注》卷三《咸第三十一》：「山上有澤，則山感其澤，澤感其山，山澤相感，是以卦名曰《咸》。山上有澤，乃崇高之山上有窪空之處，以容納水、魚、蛙、蚌、萍、藻等物。此象人有崇高之德業或爵位，而内心謙虚，能容人也。君子觀此卦象及卦名，從而以謙虚之心，接受他人之教益，以此與人相感。故曰：『山上有澤，《咸》。君子以虚受人。』」

春秋三傳纂玄序

錯薪刈楚〔一〕，披沙揀金〔二〕，微事尚然，而況於學乎？況於聖人之經有所蕪没於傳注者乎？然則《春秋》之文，昭揭千古，學士大夫往往童而習之，白首不知其統緒之會歸者〔三〕，無他，亦惟傳家之言有以混淆其間故耳〔四〕。

嗚呼！《春秋》辭尚簡嚴，游夏之徒已不能贊以一辭〔五〕，而吾聖人之微言奥指，果有待於支離繁碎而後見耶？傳《春秋》者有三：曰左氏，公羊氏，穀梁氏。然公、穀主釋經，左氏主載事〔六〕。能令百代之下，頗見本末〔七〕，而因以求意者，左氏之功爲多。然而義例宗指交出乎巫祝卜夢之間〔八〕，讜言善訓不多於委巷浮戲之語〔九〕，鱗雜米聚，混然難證〔一〇〕；而公、穀之説，又復互相彈射，不可强通〔一一〕：遂令經意分裂，而學者迷宗也〔一二〕。

良自丱歲受讀，即①嘗有病於斯。尋繹之次，因取三家之言，稍加裁剪，以掇其玄要，疏之經文之下〔一三〕。其於一事之傳，首尾異處者，既得以類而從；而文意俱異，各有可存者，亦皆并立②其語。然後隨文睹義，若綱在綱〔一四〕。雖行有刊句，句有刊字，非復本文之舊，而鋤荒屏翳〔一五〕，使之日星垂而江河流者，不既有助乎？方之刈楚揀金之細，不又有間③乎〔一六〕？雖然，亦將藏之篋笥，以自備遺忘而已。若夫優柔厭飫〔一七〕，自博而反約，則三君子之成書在也〔一八〕，予亦安敢有所取舍其間，以爲是經之蠹哉！

【題解】

戴九靈梳理左氏、公羊氏、穀梁氏之解經脉絡，摭拾三家精華而成《春秋三傳纂玄》，惜乎今已失傳。傳，解經文字。孔子憫世亂而作六經之《春秋》，後世紬繹推演者甚夥，最著者三家，曰《春秋左氏傳》《春秋公羊傳》《春秋穀梁傳》，左氏側重追述原委，公羊穀梁氏主釋經。纂玄，連綴樞要提煉精華。

《史記》卷四十七《孔子世家第十七》：「乃因史記作《春秋》，上至隱公，下訖哀公十四年，十二公。據魯，親周，故殷，運之三代。約其文辭而指博。故吴楚之君自稱王，而《春秋》貶之曰『子』；踐土之會實召周天子，而《春秋》諱之曰『天王狩于河陽』：推此類以繩當世。貶損之義，後有王者舉而開之。春秋之義行，則天下亂臣賊子懼焉。」

《漢書》卷三十《藝文志第十》：「《左氏傳》三十卷，左丘明，魯太史。《公羊傳》十一卷，公羊子，齊人。《穀梁傳》十一卷，穀梁子，魯人……丘明恐弟子各安其意，以失其真，故論本事而作傳，明夫子不以空言説經也。《春秋》所貶損大人當世君臣，有威權勢力，其事實皆形於《傳》，是以隱其書而不宣，所以免時難也。及末世口説流行，故有《公羊》《穀梁》《鄒》《夾》之《傳》。四家之中，《公羊》、《穀梁》立於學官，鄒氏無師，夾氏未有書。」

【校勘】

①即：底本作「郎」，據乾隆本改。

②立：乾隆本作「列」。

③間：底本作「聞」，據乾隆本改。

【箋注】

〔一〕錯薪刈楚：從雜亂薪柴中砍伐牡荊；楚，落葉灌木，又名牡荊，其枝幹堅勁，可作手杖。《詩經·周南·漢廣》：「翹翹錯薪，言刈其楚。」

〔二〕披沙揀金：淘洗泥沙以挑揀黃金，比喻從大量事物中挑選精華。唐劉知幾《史通·直書》：「雖古人糟粕，真僞相亂，而披沙揀金，有時獲寶。」

〔三〕昭揭：彰顯。統緒：頭緒，系統。會歸：共同遵循之基本準則。《尚書·洪範》：「會其有極，歸其有極。」《北史》卷十《周本紀下·高祖武皇帝》：「遂使三墨八儒，朱紫交競；九流七略，異説相騰。道隱小成，其來舊矣，不有會歸，爭驅靡息。」

〔四〕程端學《春秋三傳辨疑·四庫全書提要》：「蓋不信三傳之説，創於啖助、趙匡。其後析爲三派：孫復《尊王發微》以下，棄傳而不駁傳者也；劉敞《春秋權衡》以下，駁三傳之義例者也；葉夢得《春秋讞》以下，駁三傳之典故者也。至於端學，乃兼三派而用之，且并以《左傳》爲僞撰，變本加厲，罔顧其安，至是而横流極矣。」

〔五〕簡嚴：簡潔嚴謹。游夏：孔門弟子子游與子夏，擅長文學。贊：輔助，參與。《史記》卷四十七《孔子世家》：「至於爲《春秋》，筆則筆，削則削，子夏之徒不能贊一辭。」

〔六〕主：注重。《朱子語類》卷八十三：「左氏所傳《春秋》事，恐八九分是。公穀專解經，事則多出揣度……以三傳言之，左氏是史學，公穀是經學。史學者記得事却詳，於道理上便差；經學者於義理上有功，然記事多誤。」

〔七〕本末：來龍去脉。《左傳·莊公六年》：「夫能固位者，必度其本末，而後立衷焉。」杜預《注》：「本末，終始也。」

〔八〕義例：著書主旨和體例。宗指：同「宗旨」。巫祝：事鬼神者爲巫，主祭祀贊詞者爲祝；後指主管占卜祭祀者。卜夢：用火灼龜甲預測吉凶禍福與解説夢境之活動。

〔九〕讜言：直言。《漢書》卷一百上《敘傳上》：「吾久不見班生，今日復聞讜言。」顔師古《注》：「讜言，善言也。」委巷：僻陋曲折之小巷，代民間。

〔一〇〕混然：雜亂貌。《朱子語類》卷八十三：「左氏曾見國史，考事頗精，只是不知大義，專去小處理會，往往不曾講學。」

〔一一〕彈射：指摘，指責。强通：强求貫通。《朱子語類》卷八十三：「公穀雖陋，亦有是處，但皆得於傳聞，多訛謬……公穀考事甚疏，然義理卻精。二人乃是經生，傳得許多説話，往往都不曾見國史。」

〔一二〕迷宗：迷失本原，不明宗旨。

〔一三〕玄要：精華要領。疏：分條記載。

〔一四〕綱：魚網總繩。《尚書·盤庚上》：「若網在綱，有條而不紊。」

〔一五〕刊：修改。鋤荒屏翳：清除丢棄障蔽真相之文字；荒，掩蓋。《詩經·周南·樛木》：「南有樛木，葛藟荒之。」毛《傳》：「荒，奄也。」

〔一六〕方：比擬。間：區别，不同。《孟子·盡心上》：「欲知舜與蹠之分，無他，利與善之間也。」

〔一七〕優柔厭飫：從容求索深入體會；厭，同「饜」。杜預《春秋左傳集解序》：「優而柔之，使自求之；饜而飫之，使自趨之。」

〔一八〕程端學《春秋三傳辨疑·四庫全書提要》：「平心而論，左氏身爲國史，記録最真；公羊、穀梁去聖人未遠，見聞較近。」

黄氏南薰樓會飲詩序

庚申之秋，余訪蘇太史先生於黄氏義門〔一〕，將自是入越，黄氏之老資深公堅留不聽去。既而劉君養浩、趙生彦方亦相繼至，而吴侯子宇則固客授其家，資深悉宴之宅左之南薰樓，歡洽殊甚。

養浩以此會雖出邂逅，然蘇先生來自城府，彦方至自邑，己與子宇館寓雖近，而亦一居嚴陵，一家烏傷萬山中〔二〕，不鄙謂余又方回自千里外〔三〕，一日畢集於此，豈偶也哉！睹江山之如昨，念人事之難常，誠不宜以無紀。

資深之子仲昭，英俊子弟也，聞之喜躍，即請以「今夕復何夕，共此燈燭光」分韻〔四〕，而余得「此」字。先生且命書歲月。遂序之云，而系之以詩曰：

昔出念途阻，今歸歎年駛〔五〕。泰階謂久平〔六〕，吾道有如此〔七〕。主人識余意，開筵集文史〔八〕。庶令歡宴餘，悶懷爲之洗。談諧皆素心〔九〕，倡和盡知己〔一〇〕。此會諒難數〔一一〕，不樂將何俟？

【題解】

南薰，出自虞舜之《南風》，後爲煦育之義。陳士珂《孔子家語疏證》卷八《辨樂解第三十五》：「昔者舜彈五弦之琴，造《南風》之詩。其詩曰：『南風之薰兮，可以解吾民之愠兮；南風之時兮，可以阜吾民之財兮。』」

《民國浦陽合溪黄氏宗譜》卷十蘇伯衡《南薰樓記》：「黄氏世居浦江之長塘，自汴宋時爲邑望族，代有聞人。今與吾遊者三人焉，伯曰資善，仲曰資深，季曰資文，皆敦厚周慎……歲之四月，余造其門，資善兄弟引余登樓，東望五指巖，顧而謂余曰：『……昔有虞氏彈五弦之琴，歌《南薰》之詩，而其民也，愠以之解，財以之阜，吾嘗爲之慶幸。私自謂去三千餘年，不可復逢，乃今日以垂白之年，而身親逢太平之運，何其幸與！由吾一家觀之，則知聖天子端拱九重之上，而知四海之外，六合之内，含生之屬，莫不有於南薰之中，又何必琴之彈詩之歌乎？賢於虞帝遠矣！此吾之所以名也。請爲文以記之。』夫作樓以休其暇日，無足書也。因樓之作，而有以見民生之舒愉，治之成也。有樓以休，而不忘上之賜，忠也。爲之記，以昭太平之盛美，以表斯世斯民，其亦異乎不知帝力者，其誰曰不宜？樓凡六楹，縱二尋又二尺，落成於洪武八年十月二十六日。樓之東，其山曰康侯；又東南，曰石斛；又南，曰廣仁、曰華塘；又西，曰桃源、曰棲梧、曰白石、曰平安、曰鶴塘；又北，曰仙華、曰登高、曰金芝、曰左溪：勢皆回巧獻秀。一水出石斛南來，一水出深裊西來，一水出左溪北來，至樓前合潮溪東流，入豐江去；而聚落草木川原田疇錯出類圖畫，是則樓之勝概也。」

明初戴九靈自浙東明越返回故鄉，適逢故舊蘇伯衡做客黄氏義門，遂趨謁之。黄氏長者資深公設宴南薰樓，諸文士分韻賦詩，戴良爲之操觚作序。會飲者數人，賢主黄資深父子，嘉賓戴良、蘇伯衡、劉養浩、趙彦方、吴子宇。

黄資深，名逢原，資深其字也，元末明初浦江名流。《民國浦陽合溪黄氏宗譜》卷九《儒林門傳・逢原》：「字資深，行智二。受業伯父景昌公門，博極群書，得《春秋》微旨，四書奥義。著《中庸辨正》，多所發明，排異端荒誕之説，賢達縉紳咸重之。事親孝，年六十繼母喪，哭擗如孺。齊家有道，與兄逢吉、弟逢昌相友愛，同財共爨，毫無所私，齊登壽域。時繪《三壽圖》，贈以詩章觴詠，傳稱遠邇。以惠恤鄰，以義制族。以近居腴田五畝，儲租具牲醴，每元旦率合族祭始遷祖，祭畢，會拜聚飲。縣大夫及門質，公條其利病告焉，民多陰受其賜。及歿，士友私謚貞裕處士云。」

黄逢原與兄逢吉（字資善）、弟逢昌（字資文）相友愛，同財共爨，毫無所私，齊登壽域。《宋濂全集》卷九十《黄氏三壽圖贊》：「智足以燭理，而加之好學；敏足以涖事，而本於無私。事長不以和樂勝禮，馭下不以慈惠傷威。行乎家庭，春温而秋肅；著乎言行，方矩而圓規。斯學者之所難能。苟謂之篤行君子，其孰以爲非耶？」

黄仲昭，名嗣宿，仲昭其字也，嗜古好義儒士。《金華賢達傳》卷二《孝友・明黄逢原傳》：「宿字仲昭，聰慧而勤敏，好學而有文，從學於蘇伯衡，又嘗遊宋太史之門，以文詞稱。奉侍諸父，服勤將事，聞命即行。而持公平以服鄉里，施恩愛以處家衆。見義樂爲，臨難不避。洪武丁卯伯父逢吉以非罪名隸重籍，宿挺身代行，卒死於法，鄉里哀之。」《方孝孺集》卷十七《尚友齋記》：「浦陽黄君仲昭，年二十餘，好學而警敏，嘗以尚友名其齋。浦陽，萬家邑也，其業儒者亦衆矣，仲昭雖賢，豈無一人可與仲昭友者乎？又推之於一郡，又推之浙水之東，其民益衆，如仲昭者，宜亦多矣。又推之於大江之南，極其廣而至天下，豈盡無如仲昭之賢者乎？仲昭皆不之求，而遽取古之人以爲友。或者固不能無疑。然而仲昭之志，則可尚也。古之聖賢，曷嘗以衆人待其身哉！世衰俗降，士不知所立志，視古之人如鬼神異物然，以爲非人所能及。間有以古人自望者，輒指笑以爲狂。嗟乎，今人啜粟衣帛，莫不與古人同；至於古人之道，則自賤其身而不敢略效之，不亦愚乎！仲昭之爲人，余雖不足知，然斯志則古人之志也，是可以尚友矣！顧未知仲昭所願友者何人爾。古之人有賢有不賢，其道有至有不至，仲昭取其賢且至者以爲友，而以其不賢者自懲，則凡册書之所具，孰非仲昭之友乎？」

蘇太史，名伯衡，字平仲，金華人，北宋文學家蘇轍後裔。《明史》卷二百八十五《文苑一·蘇伯衡》：「伯衡警敏絶倫，博洽群籍，爲古文有聲。元末貢於鄉。太祖置禮賢館，伯衡與焉。歲丙午用爲國子學録，遷學正。被薦，召見，擢翰林編修。力辭，乞省覲歸。洪武十年，學士宋濂致仕，太祖問誰可代者，濂對曰：『伯衡，臣鄉人，學博行修，文詞蔚贍有法。』太祖即徵之，入見，復以疾辭，賜衣鈔而還。」

劉養浩，名剛，養浩其字也，義烏人，宋景濂弟子。《潛溪録》卷六《附録·門人姓氏考》：「從宋太史學經爲文，頗久近。製《國朝鐃歌十二曲》，傳於遠邇，士君子稱之。」《方孝孺集》卷十七《棠溪書舍記》：「浦江之東有地曰棠溪，吾友烏傷劉君養浩築室講學其上。養浩學於太史公，爲文有名於四方。年四十餘，志不稍懈而益篤焉。」《胡仲子集》卷六《芳潤齋記》：「烏傷劉剛養浩，受業於潛溪宋先生。業成，充賦吏部留京師，益磨切其學於四方之賢士，四方來者莫不争先願與之交。公卿大夫言於朝，將用其所長，養浩固卑讓，引而東歸，闢室以爲讀書之所，扁曰芳潤，以求其歸宿於六經……養浩遊於潛溪之門，既得其學，出其所長，足以用世，顧乃退就淡泊，從事於聖賢經傳，矻矻窮年，此其志豈徒在乎口耳三寸之間而已哉？余故即其名齋之義，推論古今得失，學者當務求其本。六經之旨，昔人以爲列天地也，立君臣也，親父子也，别夫婦也，篤兄弟也，明長幼也，浹朋友也。吾過養浩，見其館人王氏長幼千餘指合族以居，父子親，兄弟睦，恂恂習爲孝友禮讓，而養浩常周旋進退其間爲之軌度。《記》之《經解》所謂六教者，養浩有之矣。道在邇，美成在久，則余所望也。」

趙彦方，名友直，彦方其字也，浦江人，父元永新知州趙大訥；趙大訥事迹詳見卷二《謁趙朝列墓》。《宋濂全集》卷三十八《題趙府君墓銘後》：「右虞文靖公所撰《趙府君墓銘》，府君之子永新使君既摹入石，復裝潢成卷，自題其末。使君之子彦方經兵燹之後，能藏弆而勿失，攜至青蘿山中，請予識之。嗚呼！世所貴孝子慈孫者，以其表先德保遺物而已，彦方父子其有焉。」

吴子宇，名棟，子宇其字也，桐廬人。

會飲詩，録存《浦陽合溪黄氏宗譜》及《光緒浦江縣志》卷五《古迹・迎薰樓》，唯後者缺黄氏仲昭詩。

黄資深《南薰樓會飲詩・得光字》：「有客過我門，癯然鬚眉蒼。村居倚山塢，何由得瓊漿？肴采北山蕨，酒借東鄰觴。涼飆遞幽響，明月揚清光。客情何真率，爲我樂徜徉。謔浪恣歡謔，形骸兩相忘。」

黄仲昭《得燈字》：「文字會若期，共此秋夜燈。星月明皎皎，水天湛澄澄。涼飔動疏竹，宛若絲竹興。况乃夜寥闃，危欄時共憑。嘉賓樂觴詠，愧乏酒如澠。轇轕塵俗慮，涣然若釋冰。」

蘇平仲《得共字》：「悠悠阻良覿，栩栩勞清夢。冉冉芳歲徂，養養憂心動。誰知握手歡，天方今夕共？愁消若冰釋，喜劇如射中。念彼合并難，感此情意重。盡醉安敢辭？聊樂爲未縱。」

劉養浩《得燭字》：「商飆下喬林，度我朱弦曲。知音適已遇，三歎爲停轂。謝庭芝蘭森，雅奏塤篪續。高閣開素秋，初筵秉華燭。河清願濯新，月出起遥矚。嘉會良亦難，且進杯中醁。」

趙彦方《得夕字》：「灝氣凌秋清，晚山映天碧。佳賓欻來涖，若聚金與璧。主謂會合難，登樓款今夕。涼颸度綺疏，夜光動瑶席。燈燭共輝煌，杯盤肯狼藉？瑚璉方前陳，只慚混燕石。」

吴子宇《得今字》：「天高玉宇净，浮雲弄晴陰。南山狀自古，秋色淡於今。登樓瞰霏碧，良朋成盍簪。徽談靄氛鬱，默契三生心。珍重主人意，持酒許頻斟。酣飲樂真率，交誼期斷金。」

【箋注】

〔一〕《宋濂全集》卷四十七《義門銘》：「嗚呼！子壯而分，婦姑反脣相稽，秦之俗已然矣。况去古日遠，風氣日益漓。黄氏能不染於末習，卓然不變其恒度，豈非真豪傑者耶？浦陽以義居聞者二三人，唯鄭綺之家已至十葉。黄氏知感慕而興起，進修益力，烏知不綺若耶？雖然，許史之稱，未足爲貴也；猗頓之貨，未足爲富也。唯孝友積諸躬，令名昭於時，其爲貴且富也大矣！所謂特立兩間而無愧，稽諸賢哲而有徵，著之後世而可法，何莫不由於斯？黄氏子孫，曾可不思自勖哉！」

〔二〕城府：此指金華城。邑：此指浦江縣城。嚴陵：桐廬别稱，詳見卷三《舟發嚴陵承以愚天錫諸公追餞》。烏傷：義烏古稱。

〔三〕不鄙謂余：作者自稱。韓愈《祭柳子厚文》：「遍告諸友，以寄厥子，不鄙謂余，亦托以死。」

〔四〕杜甫《贈衛八處士》：「人生不相見，動如參與商。今夕復何夕，共此燈燭光。」

〔五〕途阻：道路險要難行。《詩經·秦風·蒹葭》：「溯洄從之，道阻且躋。」年駛：時光飛逝。王維《贈從弟司庫員外絿》：「欲緩攜手期，流年一何駛？」

〔六〕泰階：星宿名，詳見卷一《和沈休文雙溪八詠》。

〔七〕子曰：「參乎！吾道一以貫之。」東晉陶淵明《癸卯歲始春懷古田舍》：「先師有遺訓，憂道不憂貧。」

〔八〕文史：文學與史學，此代文人。韋應物《郡齋雨中與諸文士燕集》：「吴中盛文史，群彦今汪洋。」

〔九〕談諧：説話投機。陶淵明《乞食》：「談諧終日夕，觴至輒傾杯。」素心：純潔心地。

〔一〇〕倡和：此唱彼和。《詩經·鄭風·蘀兮》：「叔兮伯兮，倡予和女。」

〔一一〕諒：誠然，果真。數：屢次。

九靈山房集卷之七

山居稿七

題跋

跋鮮于伯幾所製劉遺安壽詞後

右漁陽公所製《遺安使君壽詞》一章〔一〕。蓋使君以元勳世胄，出治外服，曆守東南諸大郡〔二〕，一時賢士大夫多出入其門。今觀漁陽此《詞》，語意既多引重，而字畫復致謹不少放〔三〕，則以久遊其門而知敬其人故也。

按此《詞》作於辛丑之歲，閲明年而漁陽没，又十年而使君亦薨。《詞》爲使君家物，歷三世尚寶藏無恙；而其嗣孫師稷復以文藝爲諸公所歸往〔四〕：世澤之滋，於是乎在矣〔五〕！吁！豈漁陽所謂「濟人陰德」有以致之耶〔六〕？

【題解】

鮮于樞，字伯機，一作伯幾，漁陽人，元代著名書法家，世人以郡望稱之爲漁陽公。《新元史》卷二百三十七《文苑上·鮮于樞》：「鮮于樞，字伯機，號困學山民，大都人。官至太常典簿。學書於張天錫。偶適野，見二人挽車行泥淖中，遂悟書法。酒酣，吟詩作字，奇態横生，與趙孟頫齊名，終元世，學者不出此兩家。或言孟頫妒其書，重價購而毁之，故傳世不多云。著有《困學齋集》。」《元詩紀事》卷八《鮮于樞》：「《道園學古録·題鮮于伯機小像》『斂風沙裘劍之豪，爲湖山圖史之樂。翰墨軼米薛而有餘，風流擬晉宋而無作。是以吴興公運畫沙之錐，刻希世之玉』云云。」劉遺安，元浦江主簿劉師稷祖父，其人不詳；劉師稷行迹詳見卷四《容齋説》。

【箋注】

〔一〕使君：尊稱州郡長官。王禹偁《寒食》：「使君慵不出，愁坐讀《離騷》。」

〔二〕世胄：貴族後裔。外服：王畿以外地域。《尚書·酒誥》：「越在外服，侯甸男衛邦伯。」曆：通「歷」。《集韻·錫韻》：「曆，通作歷。」

〔三〕引重：推崇，標榜。致謹：細密嚴謹；致，通「緻」，周密。

〔四〕文藝：著述。《大戴禮記·文王官人第七十二》：「有隱於知理者，有隱於文藝者。」

〔五〕在：察看，省視。《禮記·文王世子》：「必在視寒暖之節。」鄭玄《注》：「在，察也。」

〔六〕吁：歎詞。陰德：暗中助人以積德。《隋書》卷七十七《隱逸·李士謙》：「或謂士謙曰：『子多陰德。』士謙曰：『所謂陰德者何？猶耳鳴，己獨聞之，人無知者。今吾所作，吾子皆知，何陰德之有！』」

三先生手帖後題

友人宋君景濂以三先生所遺手帖聯爲卷，間出以示良。良以三先生學擅一時〔一〕，而一時之人咸仰之望之，雖得其片言隻字，不翅如折圭斷璜〔二〕，保護惟謹。彼於三先生之學，未必能知之，而乃貴重之若是者，其志在翰墨耳〔三〕。

今景濂之爲此卷，則以久遊三先生之門，知慕三先生之學。顧以存殁①相半，離合靡常，思見其人而不可得，因欲即是而見之。所以然者，本志乎三先生之學也，翰墨云乎哉？雖然，三先生之學亦豈無見於斯？自今觀之，或制度之有考，或文章之有稱，或經學之有述，蓋皆示景濂以爲學者也。使景濂無志於三先生之學則已，有志於三先生之學也，寧不即是而有得哉？良也不敏，亦嘗從景濂之後以登三先生之門，其於三先生之學，曾不能如景濂之有得也，故因題卷并志予愧云。

【題解】

三先生，元時浦江鴻儒柳貫、吴萊與義烏碩彦黄溍，宋濂爲三先生高足。手帖，手寫之書信文章。柳貫事詳見卷四《浦陽五賢贊并序》，吴萊事參看卷七《吴先生哀頌辭并序》。黄溍，元儒林四傑之一，參看卷十二《送胡主簿詩序》《夷白齋稿序》、卷十九《覺智圓明述禪師傳》。

《宋元學案》卷七十《滄州諸儒學案下·文獻黄文貞溍》：「黄溍，字晉卿，義烏人。先生生而俊異，比成童，授以《書》《詩》，不一月成誦。迨長，以文名於四方……未幾，除翰林直學士、知制誥、同修國史……先生天資介特，在外唯以清白爲治，及升朝行，挺立無所附，足不登巨公勢人之門，君子稱其清風高節，如冰壺三尺，纖塵弗污。然剛中少容，觸物或弦急霆震，若未易涯涘，一踵間，煦如陽春。先生之學，博極天下之書，而約之於至精，剖析經史疑難及古今因革制度名物之訓，旁引曲證，多先儒所未發。文辭布置謹嚴，援據精切。俯仰雍容，不大聲色，譬之澄湖不波，一碧萬頃，魚鱉蛟龍，潛伏不動，而淵然之光不可犯。所著書有《日損齋稿》二十五卷、《義烏志》七卷，《筆記》一卷。」

《黄文獻公集》卷十二宋濂《故翰林侍講學士中奉大夫知制誥同修國史同知經筵事金華黄先生行狀》：「先生之學，博極天下之書而歸於至精，有問經史疑難、古今因革與夫制度名物之屬，旁引曲證，語蟬聯不能休。至於剖析異同，讞決是非，多先儒之所未發。見諸論著，一本乎六藝，而以羽翼聖道爲先務。然其爲體，布置謹嚴，援據精切，俯仰雍容，不大聲色。譬之澄湖不波，一碧萬頃，魚鱉蛟龍潛伏而不動，淵然之色自不可犯。中統至元以來，如先生者二三人而已。故凡國家典册詔令及勳賢當得銘者，必命先生爲之。海内之士與浮屠老子之流以文爲請者，日集於庭，力麾之而弗去。一篇之出，家傳人誦，雖絶徼殊邦，亦皆知所寶愛。雅善真、草書，人有得其片幅者，必藏弆以爲榮。世之評議者，謂先生爲人高介類陳履常，文辭温醇類歐陽永叔，筆札峻逸類薛嗣通。識與不識，僉無間言。」

《潛溪録》卷二王禕《宋太史傳》：「宋太史者，名濂，字景濂……其友胡君翰曰：『舉子業不足慁景濂，盍爲古文辭乎？』遂與俱往浦陽，從吴萊先生學。吴先生博極經史，善爲古章句。景濂學之，悉得藴奥。久之，文章之名藉然著聞矣。景濂爲文，初若不經思，而用意極精密，浩浩乎莫窺其際，源源乎不知其所窮，洋洋乎不見其所不足也。當是時，鄉先生翰林待制柳公貫、翰林侍講學士黄公溍皆大儒，天下所師仰，景濂又各及其門執弟子禮。而此兩公者，則皆禮之如朋友。柳公曰：『吾邦文獻，浙水東號爲極盛。吾老矣，不足負荷此事，後來繼者，所望惟景濂。以絶倫之識，而濟以精博之學，進之以不止，如駕風帆於大江中，其孰能禦？』黄公曰：『吾鄉得景濂，斯文不乏人矣。』景濂所爲文，多經二公所指授，柳公謂其渾雄可喜，黄公謂其雄麗而温雅。莆田陳君旅，知言士也。爲之序曰：『柳公之文，龐鬱隆凝，如泰山之雲，層鋪疊湧，杳莫窮其端倪。黄公之文，清圓密切，動中法度，如孫吴用兵，神出鬼没，而部伍不亂。景濂之文，其辭韻沈鬱類柳公，體裁簡嚴類黄公。大哉文乎，其不可無淵源乎！』蓋以景濂爲能兼二公之所長矣。」

《王忠文公集》卷十七《跋宋景濂所藏師友帖》：「右待制柳公、侍講黄公及吴立夫先生與其門人宋君景濂手帖。景濂受業於吴先生最蚤，繼乃登二公之門，平日往來書牘殆不止此。然即此三帖觀之，師友之誼固藹然筆札間矣。褘生也後，不及事吴先生；而幸嘗及柳公之門；若黄公之門，又獲久遊焉。故於景濂，雖無能爲役，然竊有同門之好。今柳公已不可復作，而黄公方以累謝得請歸老於家。適景濂以此三帖見示，因識氏名於後，庶幾自附於同門之列云。」

【校勘】

①殁：乾隆本作「没」。

【箋注】

〔一〕擅：獨占美名。

〔二〕片言隻字：形容少量文字。不翅：同「不啻」，如同。折圭斷璜：折斷破損之玉製禮器圭與璜。

〔三〕翰墨：筆墨，此代字畫。

題樓彦英詩卷後

士莫不有能爲之材也，然非值夫得爲之時，則亦無有可爲之事。君子之論人，又可拘拘於事爲之末哉〔一〕！

烏傷樓君，自其壯年即以智勇聞〔二〕。已而群盜起鄰境，勢甚猖横，吏卒咸縮手環視，莫敢誰何〔三〕。君乃匹馬往捕，擒其罪首六人者歸之官。於是縣府爲上其事，部使者加審察焉〔四〕。文達中書，遂遵故事賞其功，調浦江之政内鄉巡檢〔五〕。

時當承平日久，聖化涵濡之深，雖鼠竊狗偷之伍，亦皆奔走遠遁。職警邏者往往無所用其武，故君雖武人，巡檢雖武職，反爲之屏旗幟棄鉦鼓，日從文儒之士賦詩、寫竹〔六〕、呼酒以爲樂，退然若不以武功致官者。彼此一時，何其異哉！

使君於立功之後，仍值夫得爲之時，以展夫能爲之材，則其事之可言，當不止如向之所施而已。不然，豈君之武材獨施於未官之前，而不施於既官之後耶？人之論君，顧欲拘拘於事爲之末，斯亦過矣！

君今以歲月代去，文儒之所與遊者，莫不作詩以祖其行〔七〕。良方讀禮山中〔八〕，不及從諸公之後以相與詠歌之。因君之出示此卷，故爲書其出處之大概如此，而不暇計其言之不文也。

【題解】

樓國華，字彦英，元末義烏豪邁幹練之士。《宋濂全集》卷七十六《元故樓主簿行狀》：「君諱國華，字彦英，姓樓氏，爲義烏智者里人……至君，乃不復事厚積，獨好詩書，志於仕進。時國家以蒙古文字取士，君即肄其業。學成，就試翰林院，授漳州路學正。未幾，以母喪免歸。泰定間，縣惡少余乙，肆爲剽掠，民懼其禍。君親率强有力者，持梃以捕，得渠凶十餘人上諸縣。縣上於府，以此達於朝廷，授婺州路浦江縣政内鄉巡檢。君至官，邏警有嚴，寇盜屏息。巡司屋壞，民欲爲改作，君不欲煩民，捐禄成之。尋權縣事及興賢、通化二鄉巡檢司事，尤有功於民。將代，民爭乞留，越歲凡幾。至正丙（申）〔戌〕薦饑，石甲嘯聚，又相劫掠，視余邑爲尤甚。府公知君之能，移君之任，捕得二十餘人，其患遂弭。轉授保（鞬）〔義〕副尉、湖州路德清縣主簿。命下，丁父憂，不赴。服闋，浙東宣慰使司分鎮紹興，以照磨之職起君。君從之，益務謹飭，不以案牘之勞爲辭，極爲上官所賞受。遭世多故，解綬而歸……至正甲午秋九月，忽語其子曰：『吾春秋五十有三，不可謂不老也，汝等齒亦長矣，吾不復留意人間事。聞歙州多佳山水，將往遊焉。』言已，即躡屩出門去，沉酣回澗曲嶺間。復還金華，訪赤松遺迹，登煉丹山，追逐雲月，浩然而歸。越明年乙未四月十四日，以病卒。」

【箋注】

〔一〕拘拘：拘泥，局限。事爲：事功，作爲。

〔二〕烏傷：義烏古稱。《明文海》卷三百七十張維樞《重修顔孝子永慕廟記》：「義烏縣，昔名曰烏傷，曰孝烏。俱以秦顔孝躬畚鍤葬親，誠感羣烏，銜土助葬，吻爲傷得名……夫孝子孱然布衣耳，非有詩書之習，曾閔師友之素也。彼其僻踴於堊室，枕哭於苫塊，瞿瞿皇皇於畚鍤間，僾然如見者形耶，愾然如聞者聲耶，當日惟一抔土是期，何意身後？然而瞻依之所不至，筋力至焉；筋力之所不至，血誠至焉。天感孝子血誠而假靈群烏，爲之嗚號，爲之躑躅而銜土。孝子之一抔土完，孝子崩心之痛始釋，而孝子、烏傷名亦隨之千秋。」

〔三〕猖横：猖獗恣睢；横，恣睢，放縱暴戾。《漢書》卷五十二《田蚡傳》：「蚡日益横。」顔師古《注》：「横，恣也。」誰何：盤詰查問。

〔四〕部使者：此指浙東海右道肅政廉訪司官員。

〔五〕中書：元時中書省。故事：先例，慣例。政内鄉：浦江縣七鄉之一。《嘉靖浦江志略》卷一《疆域志·鄉井》：「政内鄉，名新田里，隸二十四都之二十七都。」巡檢：負責訓練甲兵及巡邏屬地之官吏。《元史》卷九十一《百官七·諸縣》：「巡檢司，秩九品，巡檢一員。」

〔六〕屏：隱藏。鉦：古樂器，又名丁寧，有長柄，形似鍾而狹長。《詩經·小雅·采芑》：「鉦人伐鼓，陳師鞠旅。」毛《傳》：「鉦以静之，鼓以動之。」寫竹：畫竹。

〔七〕祖：出行前祭祀路神，引申爲餞别。《漢書》卷六十六《劉屈氂》：「貳師將軍李廣利將出兵擊匈奴，丞相爲祖道，送至渭橋。」顔師古《注》：「祖者，送行之祭，因設宴飲焉。」

〔八〕讀禮：古人守喪在家，讀有關喪祭禮書，因稱居喪爲讀禮。《禮記·曲禮下》：「居喪未葬，讀喪禮；既葬，讀祭禮。」

題余廉訪五大篆後

右「東浙第一家」五大篆，武威余公爲義門鄭氏書。鄭氏聚居白麟溪之上，自其九世祖沖素處士綺以來〔一〕，咸能守其家法。爲之子者，必孝於其父；爲之弟者，必恭於其兄；爲之婦者，必順於其夫。其爲父兄夫也，亦各以道而自盡。如是者歷二百餘年不少變。至大末有司既爲上其事於朝，號其門曰「孝義之門」矣。

至正庚寅夏六月己丑，公持部使者節，分按至浦江〔二〕。復過其居而訪問焉，爲之低徊太息者久之，且曰：「吾於浙水之東，已皆按歷之矣，恒未見如鄭氏之孝義者。有孝義如鄭氏，可不善其善以爲之勸哉〔三〕？」乃爲書此於庭曲之石〔四〕，俾其子孫世守之。

嗚呼！鄭氏果何以致是哉？謹按東浙統有七郡，而七郡之中，以州計者六，以縣計者三十有五〔五〕。其土地非不廣也，人民非不衆也，豈無貴極公侯富比封君之家，足以見重於一時者〔六〕？今公咸不之取，獨於鄭氏而有取焉，是果何以致是哉？公之此意，蓋以屬部之内〔七〕，知孝其父者多矣，或於事兄之間而不能以盡恭者有矣；能孝於其父恭於其兄，或不能致其夫婦之相和者有矣；或父子兄弟夫婦咸盡其道，而不能必其九世之遠二百餘年之久猶克守其家法而不墜者有矣〔八〕。凡是數者，一有所不能，則雖籠天下之貨寶，不足以爲富；羅天下之禄爵，不足以爲貴。而其可富可貴者，惟在乎鄭氏之孝義也。是則鄭氏之家，固宜爲七郡之稱首，而豈無以致是哉？雖然，非公之表而出之，則七郡之民，亦無自而知之矣。

抑予聞之〔九〕，孝義非一家之行，而七郡之民莫不盡能之。能之而或不爲，是皆有愧於鄭氏者也。不惟有愧於鄭氏，其亦獲戾於公矣〔一〇〕。公之此舉，豈但爲鄭氏計哉？七郡之民，猶懼其獲戾於公，而況爲鄭氏之子孫者？繼今以往，宜益敬守其家法，以保有乎此石，勿使①恃其門望之高而不念其累世之勤也，吾恐其獲戾於公矣。嗚呼，可不懼哉？公，唐兀氏，名余闕，字廷心，元統癸酉甲科進士，歷官臺閣〔一一〕，今由翰林待制出僉海右道肅政廉訪司事云〔一二〕。

【題解】

余闕，字廷心，一字天心，唐兀氏，廬州人，嘗官浙東海右道肅政廉訪司僉事，巡視浦江鄭義門時，題「東浙第一家」五大字。余闕行迹亦載本書卷四《容齋説》、卷二十一《鶴年吟稿序》、卷二十二《余豳公手帖後題》、卷二十九《皇元風雅序》。

《麟溪集》巳卷胡助《跋余廉訪所篆浙東第一家五大字後》：「至正己丑夏，余闕公自翰林待制來僉浙東海右道肅政廉訪司事。明年庚寅夏六月辛丑，行縣至浦江，察知鄭大和累世義居，謂海右七郡未能再見，書五篆文以嘉之。秋七月甲寅，縣達魯花赤廉侯阿年八哈、縣尹奉符郭侯復亨、縣主簿大梁劉侯師稷，相與樹碑於庭，成公意也。」

《麟溪集》壬卷胡助《題鄭義門并序》：「鄭氏義門旌表久矣，邇者余僉憲行部經過，大書『東浙第一家』五篆文以褒之，此觀風職也。助嘗造義門，獲拜期頤之老於床下，見其長幼有序，衣冠濟濟，一家三代之風也。嗚呼，盛哉！輒賦近體一章以紀云。相國鴻書護碧紗，鳳麟淵藪閟煙霞。南方禮義無多族，東浙衣冠第一家。天上經筵資簡討，里中文學被光華。觀風善俗加褒表，厚德清芬豈有涯！」按，或言「東浙第一家」，或言「浙東第一家」，未審孰是，俟大方之家索隱焉。

《宋濂全集》卷十七《余左丞傳》：「余闕，字廷心，一字天心，唐兀氏，世居武威。父沙剌藏卜官合肥，遂爲合肥人。母尹氏，夢異人生闞，闞生而發盡白。家貧，年十三始能就學。嗜欲甚淺，不知有肉味，唯甘六藝學若飴，歲環攻之。與河南張恒遊，恒臨川吴澄弟子，善談名理，闞之學因絶出四方……闞爲人剛簡有智，無職不宜爲，爲即有赫赫名，所至薦賢旌孝義如恐後。每解政，開門授徒，蕭然如寒士。五經悉爲之傳注，多新意；詩文篆隸皆精緻可傳。贊曰：於戲，闞真人豪也哉！獨守孤城逾六年，小大二百餘戰，戰必勝。其所用者，不過民間兵數千，初非有熊虎十萬之師，直激之以忠義，故甘心效死而不可奪也。後雖不幸糧絶城陷以死，而其忠精之氣，炯炯上貫霄漢，必粲爲列星，流爲風霆，散爲卿雲，凝爲瑞露。闞雖死，而其不死者固自若也。然而闞死於君，而能使妻死於夫，子死於父，忠孝貞節，萃於一門，較之晉卞壼家，又似過之矣。於戲，闞果人豪也哉！余來江左，見其門生故吏言闞事，多至泣下。因想見戰守處，江流有聲，而斷雲落日淒迷於莽蒼間，猶足以動人悲思。」

【校勘】

①使：乾隆本作「徒」。

【箋注】

〔一〕白麟溪：浦江鄭義門溪流，詳見卷五《經筵録後序》。《麟溪集》甲卷元信安璩致恭《白麟溪》：「仙華山，青參差，勢若萬里東南驅。高接雲霄幾千仞，上有帝女煉藥之靈祠，至今丹光夜夜照林壑。清氣下萃爲麟溪，麟溪如環復如帶，孝義鄭氏居其湄。同宗聚食已九世，子孫贅贅循家規，事（巖）〔嚴〕冠婚喪與祭，教有《禮》《樂》《書》共《詩》。仁聲義聞浹旁郡，豈但狗出鷄哺兒？江東陳氏張公藝，兩家盛名當與齊。我生崖谷甘棲遲，嚴霜蚤隕連理枝。因君行義重感激，搵趨何日登賓墀？」綺：浦江鄭義門開創者鄭綺，世人譽之爲沖素處士，詳見本卷《重刻沖素處士墓銘後題》。

〔二〕節：符節，官員憑證。按：視察考核。

〔三〕余闕《青陽集》卷一《美浦江鄭氏義門》：「省風浦江滸，憑軾歷高門。借問居幾何？九世今不分。解驂青松林，愛此季與昆。檢身事先訓，禮度尤恭温。生祥亦何用？有後天所敦。《常棣》閔叔咸，厲階悲婦言。一朝或罔念，喪敗寧具論？清源無濁流，芳蘭有競芬。擿毫誦勿替，勉哉賢子孫！」

〔四〕庭曲：庭院深處；曲，深隱處。

〔五〕七郡：依照《元史》，浙東七路，共三十四縣八州，與戴九靈所言略有出入。慶元路（鄞縣、象山、慈溪、定海，奉化州、昌國州），衢州路（西安、龍游、江山、常山、開化），婺州路（金華、東陽、義烏、永康、武義、浦江，蘭溪州），紹興路（山陰、會稽、上虞、蕭山、嵊縣、新昌，余姚州、諸暨州），温州路（永嘉、樂清，瑞安州、平陽州），台州路（臨海、仙居、寧海、天台，黄巖州），處州路（麗水、龍泉、松陽、遂昌、青田、縉雲、慶元）。

〔六〕封君：領受封邑之貴族。方孝孺《遺安堂記》：「古之君子居乎位者衆矣，其子孫食有餘澤，大者或爲封君，遠者或數十世而不墜。」

〔七〕屬部：轄區。高啓《送李使君鎮海昌》：「海風千里卷雙旌，按轡初聞屬部清。」

〔八〕墜：丢失，散失。《國語·楚語下》：「自先王莫墜其國。」韋昭《注》：「墜，失也。」

〔九〕抑：助詞。《詞詮》卷七《抑》：「語首助詞，無義。『叔善射忌，又良御忌，抑磬控忌，抑縱送忌。』（《詩經·鄭風·大叔于田》）」

〔一〇〕獲戾：獲罪，得罪。

〔一一〕臺閣：漢時尚書臺，後泛指朝廷機構。

〔一二〕僉海右道肅政廉訪司事：任浙東海右道肅政廉訪司僉事。《元史》卷八十六《百官二》：「肅政廉訪司……僉事四員，兩廣、海南止二員，正五品。」

重刻沖素處士墓銘後題

義門鄭子敬氏〔一〕，間出其晏宣明所作《沖素處士墓銘》以示良，且曰：「處士於予爲七世祖，墓在家東百步許，銘石埋墓中，而此石本蓋嘗得之宗人處〔二〕。惟是鼠蠹之餘，懼其久而益壞也，固已裝褫成帙〔三〕，請於待制柳公著其作銘之始末。今復將命工摹刻以傳示吾徒〔四〕，子，柳公弟子也，其幸爲我識之哉！」

良嘗往來縣境，歷覽百里間，問其故家遺族於縣人〔五〕，則自宋以來，達官貴士之門第往往而有，然求其子孫以叩其家世之懿，乃皆吃吃不能道一語，或得其家乘而觀之，其不勝感慨者多矣〔六〕。處士之在當時，不過一窮書生，然能以孝行率其家，至其臨歿，猶歃血示子孫毋分居〔七〕。致使遺澤之滋，至於久而不泯。同門合釜，九世如一日，是何彼此之或異哉？

嗚呼！孝行之至，天地可得而動，神明可得而通，金石可得而貫，況其嗣人，宜其豐碩衍裕而無涯哉！視彼區區希榮徼寵於一時者，又惡得而齊之哉〔八〕！

雖然，處士之孝行固卓然矣，向微宣明之文以爲之引重〔九〕，其不隨世泯滅者幾希。是故斯文之在鄭氏，不翅如寶玉之在世，棄擲埋没，糞土不得掩。雖其暫晦於一時，又復有收而珍之於他日。天之報施處士也若是哉！然則處士之子孫，其可不務謹其傳哉！若子敬者，亦無愧乎爲處士之子孫矣！

【題解】

鄭綺，浦江鄭義門締造者，世稱沖素處士。《麟溪集》寅卷上晏穆《宋故沖素處士鄭府君墓誌銘》：「處士諱綺，字宗文。傳家學，以《春秋》爲宗，其所篤好獨在穀梁氏，撰《穀梁合經論》三萬言。照得罪勢家，賂重辟，文致之，囚繫獄廷。照不伏，拷掠無完膚。處士方自遂安還，號泣奔視，獄門閉不得通。處士以額叩門，血淋被面。獄吏義之，使見照。見已，即抱照仆地，幾至隕絶。復草疏歷陳父子大義，上訴州刺史錢公端禮，乞代父受刑。照冤竟得白。處士之母張夫人病風攣，手足不能屈伸，處士日候床下，抱持以就便溲三十年，初終如一日。張嗜溪水飲，天旱水脉皆絶，處士鑿溪數仞而不得泉，乃慟哭其下，三日夜不息，水爲湧出，俄頃溢丈餘。味甘如醴，微作白荷華香。浹旬始變。張病死，臨葬之夕，天大雪，平地深尺。處士泣禱上下神祇，辭極淒苦，傍聽者皆下淚。厥明，勢猶未止，迨喪車至冢，冢雪皆融，廉隅整方，類以物割截之者。冢外則封積如故，逾七日始消。人以爲皆孝感所致……遂安族子有操瓢丐於道者，處士挽其還，呼妻賣簪珥製衣衣之。且中割所耕田使自給，亦得造家，里中子孫相傳至今……處士面沉黑如鐵，目光焰焰射人，視烈日不眩。朝出耕隴上，掛書於牛角中，稍釋耒，輒取誦不輟。夜則澄坐，或至達旦。素不甘笑語。傅夫人謂其孫運曰：『自吾歸而翁，見其破顔而喜，秪三度爾。』處士恒康强無疾，一日晨起沐浴，服深衣大帶，往拜先祠下，針大指出血滴酒中，召子姓列飲之，仰天誓曰：『吾子孫有不孝不弟不共財聚食者，天實殛罰之。』言畢，叉手正容立，久而不動。就視之，則已逝矣。」

晏穆，字宣明，南宋著名文士。《麟溪集》巳卷柳貫《跋晏右司撰沖素處士鄭綺墓銘》：「右鄭處士墓銘一通，蓋宋晏穆所作。穆字宣明，本蜀人，後寓居衡湘中，有文行。與左丞相周公必大爲文達交。所著有《知非集》行於世。隆山李公伯强爲作墓表，謂穆卒於淳祐九年閏二月丁巳。以處士卒後歲月較之，銘正作於是年，豈其臨絶之辭耶？……處士七世孫欽，近至宗人景仁處究理家牒，并得此文以歸。蓋鐫石時所拓本也。鼠蠹之餘，幾欲堙廢。欽遂裝潢成卷，請予題甚急。予方從客飲，即就案疏與之。第恨老懶不能多記，考核未精審耳。足吾之所不足，尚望繼予而執筆者焉。重紀至元四年戊寅歲冬十二月蜀山居士柳貫題。」

【箋注】

〔一〕鄭子敬：鄭欽，字子敬。《義門鄭氏奕葉文集目録·元青棲居士文》：「公諱欽，字子敬。氣局剛方，孝友出於天性。母疾，燃頂灼臂以籲天；父病，刺血和藥以進。至誠感物，僮僕亦漸染從化。平生設施甚多，續《家範》七十三條，載《旌義編》，兹集載其序文。」

〔二〕石本：石刻拓本。宗人：同一家族者，此指鄭景仁。

〔三〕鼠蠹：鼠咬蟲蛀。裝褫：裝裱。帙：量詞，書一套爲一帙。

〔四〕摹刻：翻刻，翻印。蘇軾《李氏山房藏書記》：「近歲市人轉相摹刻諸子百家之書，日傳萬紙。」

〔五〕故家：累世仕宦人家。《孟子·公孫丑上》：「其故家遺俗，流風善政，猶有存者。」焦循《正義》：「故家，勳舊世家。」

〔六〕吃吃：形容口吃或有話説不出口。

〔七〕歃血：參加結盟者微吸牲血以示誠意。《淮南子·齊俗訓》：「故胡人彈骨，越人契臂，中國歃血也。所由各異，其於信一也。」

〔八〕衍裕：廣博深厚。希榮：追求富貴榮耀。徼寵：同「邀寵」，迎合權貴，企求恩寵。

〔九〕向微：如果没有。向：如果。《助字辨略》卷四：「《後漢書·張衡傳》：『向使能瞻前顧後。』向使，猶假使也。」

跋倪夫人遺事後

蓋自分田制禄之法久不如古〔一〕，而士農工賈之家遂至兼并無藝〔二〕，貧富不均，厭飽粱肉者有之，操瓢爲溝中瘠者有之〔三〕。於斯之時，有能以其所餘惠諸鄉邦之不及者，蓋亦天理人心之所發〔四〕，豈必有爲而爲之哉？迨其後也，天恒報之以福，俾其子孫之享有豐盛，至於累世而不替者，是固理勢之宜然，而非若人之所計也已。

暨陽之西鄙有倪夫人者〔五〕，故宋進士諱永年母也。亦既家富於財，遂教其子孫當以惠及鄉邦爲心，歲有羨餘，必使縮其時直什之二而平糶之以爲常〔六〕。一有不遵其教，即欷歔就寢，竟日夕不食，子孫肉袒謝罪〔七〕，改之乃已。已而倪氏卒以忠厚相傳，迨今五世之遠，二百年之久，而其家之豐盛，固自若也。或者以爲此皆夫人種德之報，而不知夫人於此曷嘗有一毫計望之心哉〔八〕！

雖然，向使夫人之教其子孫者，一不能以若是，吾見德惠之罔施而侵虐之是恣，雖欲求其五世二百年之豐盛，又可得乎？夫人之所以爲子孫計者，其亦慮之審矣。然竊怪夫夫人之在當時，不過居處閨門之內，勤勞饋食之間，非有《詩》《書》之漸染〔九〕，師友之薰陶，而其處心積慮之際，乃能忠厚之如是，則世之以大丈夫名者，果皆夫人若哉？彼其聞夫人之事，其亦少愧矣〔一〇〕！

夫人之四世孫慶，予姻也。因出余觀光氏所録遺事以相示〔一一〕，故輒書而歸之。

【題解】

倪夫人，南宋諸暨進士倪永年之母。倪夫人行善累仁，鄉鄰感激欽佩，余觀光録遺事以嘉之。

【箋注】

〔一〕分田：此指井田制，參看卷六《治平類要總序》。制禄：周朝自天子至庶民，根據地位給予俸禄之體制。《孟子·萬章章句下》：「天子之制，地方千里，公侯皆方百里，伯七十里，子、男五十里，凡四等。不能五十里，不達於天子，附於諸侯，曰附庸。天子之卿受地視侯，大夫受地視伯，元士受地視子、男。大國地方百里，君十卿禄，卿禄四大夫，大夫倍上士，上士倍中士，中士倍下士，下士與庶人在官者同禄，禄足以代其耕也。次國地方七十里，君十卿禄，卿禄三大夫，大夫倍上士，上士倍中士，中士倍下士，下士與庶人在官者同禄，禄足以代其耕也。小國地方五十里，君十卿禄，卿禄二大夫，大夫倍上士，上士倍中士，中士倍下士，下士與庶人在官者同禄，禄足以代其耕也。」

〔二〕無藝：丢棄準則。《國語·晉語八》：「桓子驕泰奢侈，貪欲無藝。」韋昭《注》：「藝，極也。」

〔三〕厭：滿足。操瓢：拿瓢乞討。瘠：通「胔」，腐爛屍體。

〔四〕天理：仁義禮智等道德準則。《宋元學案》卷四十八《晦翁學案上》：「天理只是仁、義、禮、智之總名，仁、義、禮、智便是天理之件數。」

〔五〕暨陽：浙江諸暨別稱。西鄙：西部邊境；鄙，邊境。

〔六〕羨餘：多餘。直：通「值」，價錢。平糶：荒年以平價出售存糧。

〔七〕肉袒：脱衣露臂。《史記》卷八十一《廉頗藺相如列傳》：「廉頗聞之，肉袒負荊，因賓客至藺相如門謝罪。」

〔八〕種德：布德，施恩。王貞白《金陵懷古》：「恃險不種德，興亡歎數窮。」

〔九〕漸染：浸潤，薰染。

〔一〇〕少：稍微。《助字辨略》卷三：「少，略也。《漢書·賈誼傳》：『願陛下少留計。』言少少留意也。」

〔一〕余觀光：宋末元初文士。鄧文原《巴西集》卷下《錢塘諸友贈周古愚詩後序》：「余友余觀光客錢塘，得痟首疾，更數醫勿治。弟子顧潤之走予曰：『吾師之病亟矣，惟先生圖之。』余曰：『頃過周君古愚所，見几上書盈帙，皆手抄細字。余問曰：何書？周君曰：傷寒書也，吾病世之言醫者昧昧表裏虛寔順逆之理，而妄藥人以死，乃輯古禁方，區分彙次，如老吏持三尺法無枉撓者，蓋將翼仲景之書以行於時也。余私識其語，以爲周君博習醫事，於傷寒尤專攻者乎，潤之盍往請焉？』潤之因余言見周君，即策馬往。觀光已憒眊不知人。周君切其脉曰：『是伏陽也。謂陽病得陰脉者非其法，當用大黄、芒硝若干速下之，不且殆。』聽者愕然。周君曰：『吾有以起觀光，毋怖也。』夜服藥，至明發小甦。已復進數劑，最後下瘀血乃愈。皆如周君言……觀光既序其事，交友復詩以美之，而屬予爲後序，予不得以蕪陋辭。」

書柳待制詩後

待制柳公既祠仙華先生於化城精舍〔一〕，且爲刻其所著墓碣植之〔二〕。其於師友之誼，亦云至矣！而又歸賦此詩，豈得無意於其間哉？良嘗觀公之詩，於所謂「淒其十霜露，墓草今幾宿」之句〔三〕，未嘗不爲之愴然有感。

先生没於至治辛酉之春，而立祠植碣乃在於天曆①庚午之冬，相去逾十載，而詩中有及於此者，固已恨其表著之晚矣〔四〕。抑不知後此又十載，而公亦没。其墓草之淒其者，迨今亦十霜露，而近冢之祠、表墓之碣，曾無一之或具。是何公之待先生者爲甚至，而後人之於公，顧乃若是㤔哉〔五〕？良既登公之門而承其訓教，固不得不爲之有感於斯矣。

詩爲化城所藏，今其主僧若空將摹勒入梓以貽諸好事〔六〕，則夫朝誦而莫詠者，又安知其不與良同此感也？噫，此固足以垂勸於後世也夫！

【題解】

元儒林四傑之柳貫，嘗拜翰林待制，其事詳見本書卷四《浦陽五賢贊并序》。柳貫嘗爲其師方鳳寓祠植碣於化城精舍，復吟詩以抒哀戚。柳貫《柳待制文集》卷十五《仙華山化城精舍記》：「仙華山之南麓，蹊術北引。繚原田，度澗岡，前行可數里至東峰之下，有谷窈然中藏，有泉滃然仰出，其土田宜樹藝。浮屠若空者，受經於山北之皇安普利院。出，參禮明師，遊浙東西。倦且休矣，始披荒得之，剪茅茨室，度可尋丈，將自食其力以修習禪觀究了大事。久之，白衣人稍來依止，而室隘莫能容。空之師清衍比受請樓氏，主其墳庵，長者億聞空苦行而嘉之，爲徙其家廢佛祠位於中以嚴像法，作齋寢庖湢，使可繼處。天童竺西和南題其榜『化城精舍』，表緣業也……昔吾鄉先生方韶父隱山南東，嗜詩好遊，采擷奇秀，攄發芳華，是山之勝幾無逸美矣。殁且葬，域距精舍不數十舉武。予時方教國子，赴來，輯行爲銘。其孤樗、梓鑽石未樹。予解江西之明年，始率里友買田具施，請寓祠植碣精舍。空曰：『吾師也，有施道焉，其曷敢不承？』及予絜酒以往，空作禮迎勞，固嘗問詩法於先生，師之亦宜。」

《柳待制文集》卷二《十一月十六日爲仙華先生寓祠植碣於其墓北化城僧舍里之交友咸來會祭歸而成詩用識斯事》：「先生隱仙華，卒葬仙華麓。淒其十霜露，墓草今幾宿？永惟不朽事，誄行當有屬。業巨自宜久，才微豈堪服？重予師友義，黽勉承記録。鋪芬雖弗工，序述皆可覆。平生有道碑，此筆知不辱。但嗟無繅藉，吉薦忝嘉玉。成碑懸窆後，合置庭之曲。奈何荒阡中，風日所飄暴。乍可牛厲角，敲火防童牧。十夫舁致之，寄幕托僧屋。并爲近墓祠，斟泉薦寒菊。交朋響然臻，杖屨或不速。意氣有歆動，夫豈爲肴蔌？兹山望其廬，數里入陰谷。離離紫翠間，歷歷盤遊躅。定應挾飛仙，時來蔭雲木。微吟應吹鶴，高舉還騎鵠。誰家松柏墳，行鹿不敢觸？運往無須臾，夷墁已爲陸。春花照黃壚，有酒無茅莤。先生死布衣，桐棺僅能束。葆兹泉阿藏，免彼塗芻蹴。斯文在天地，千載如轉燭。顧其不亡者，往過來已續。雖微冢瘞文，尚有稿充簏。清詩數千篇，一一汰魚目。簡蒐付方寸，後死慚不穀。藏之於名山，斯言可予復。」

【校勘】

① 天曆：諸本悉作「至順」，據《元史》及《中國歷史年代簡表》改。

【箋注】

〔一〕祠：設立祠堂。仙華先生：方鳳，字韶卿，一字韶父，宋末元初浙江浦江著名文士。

〔二〕《柳待制文集》卷十《方先生墓碣銘并序》：「浦陽江之始源在婺州浦江縣，有山直其東北，曰仙華山。山之南，里大姓方氏居之……先生隱君子也，雅志遊覽，常欲資之以昭德葆性，汲汲然恨行地不廣，接人不多，蓋老而愈鋭……先生未嘗有仕籍，然追記其一時所予，非班序之顯人，則庠黌之聞士。於書無不通究，《毛氏詩》其最邃者也。始蓋用爲文以應有司，後乃束其興觀群怨之旨而一發於詠歌。體裁純密，聲節嫺婉，不緣琢鏤，而神融氣浩，成一家言。詩既益工，業日益落。里士吳明府渭因與其伯兄弟闢家塾，延致先生吳溪上。遇好賓客，則采摭雲月，嘲哢林水間。晚善括蒼吳思奇善父、武夷謝翺皋羽，序其倡答諸詩曰《風雨集》以識。皋羽無子，死，數百里赴其喪，爲函骨葬嚴子陵釣臺南。間歲西遊，訪遺攬古，興愴增鬱。自陵陽牟公獻之、新安方公萬里而下，若淮陰龔聖予、剡源戴帥初、永康胡穆仲、南陽仇仁近、蒲田劉聲之、吳興陳無逸，皆聯文字交。積其稿卷滿數十，便束歸山中，如有德色然。嘗由京口溯江至建業，又東南出括，尋雁蕩大龍湫，抉摘景物，率藉爲賦詠，無一毫儌世意。或以是迂，先生則笑曰：『彼豈知我哉？』家故貧，至先生一倚吟誦，尤不事生殖，遂以艱窶終。其可傳者古近體詩及著述合若干篇，未詮次。得諸躬無若貽諸後，先生庶幾爲不死者。」

〔三〕淒其：淒涼冷落貌。幾宿：幾經枯菀；宿，宿草，隔年老草，後多用爲悼亡之辭。《禮記·檀弓上》：「朋友之墓，有宿草而不哭焉。」孔穎達《疏》：「宿草，陳根也，草經一年則根陳也，朋友相爲哭一期，草根陳乃不哭也。」

〔四〕表著：表彰顯揚。

〔五〕表墓：在墓前樹立石碑以表彰死者功德。恝：冷漠。《孟子·萬章上》：「夫公明高以孝子之心爲不若是恝。」

〔六〕摹勒：翻刻。入梓：刻印書籍；梓，刻板。

劉鏞字説後題

予友許君存仁，嘗以叔聲字其徒劉鏞，且著文三百餘言，序鏞之能聲者甚悉。叔聲復求申其説〔一〕。

予聞鑄鏞之法，必擇精金爲之。金精矣，又必考古制而參合之〔二〕；制合矣，又必求良梟氏審其輕重，均其薄厚，分其小大，而後範模之用具焉〔三〕。蓋金不精，則失之滓；制不古，則失之鄙；重輕不審，則失之紊；薄厚不均，則失之雜；小大不分，則失之混。此五失者，一有不除，鏞固鏞矣，其能美於聲哉！是故善爲鏞者，深察乎此，使無一之不備，然後會精神，運橐籥〔四〕，一鼓而成。植簴而懸之，循隧而叩之〔五〕，則噌吰也，清越也〔六〕，又何其善鳴也！甚哉，鑄鏞之難也如此！

今叔聲年甫及冠，温焉而易，毅焉而方，其質信美矣〔七〕，是不猶金之至精者耶？質既良矣，非六藝之書不講，非聖賢之志不存，舍流俗之所習而欲求通於千載之上，是不猶考古制而參合之者耶？二者固不可及，又得許君爲之師。許君，文懿公之子也〔八〕，其家學之正，遠承考亭之傳〔九〕，是不猶世之良梟氏者耶？蚤夜孜孜，以仁義煉之，以禮樂鎔之〔一〇〕。懼其偏也，扶掖而正之；懼其放也，攝束而約之〔一一〕。是不猶分小大均薄厚審重輕者耶？自時厥後〔一二〕，德業著乎躬，名譽聞於時，近而一鄉，遠而四海，無不知有叔聲，是不猶鏞之善鳴噌吰而清越者耶？

嗚呼！以叔聲之名，觀叔聲之爲學，何其似也！雖然，金之模範，梟氏能爲之；

人之模範，則師之自爲也。以近取譬〔一三〕，其果有異乎哉？揚子雲曰：「孔子鑄顔淵矣〔一四〕。」淵固精金也，非孔子爲之範模，能鑄之乎？許君願學孔子者也，其必有以鑄叔聲哉！

【題解】

鏞，大鍾，《爾雅·釋樂》：「大鍾謂之鏞。」劉鏞，許元門徒，疑即元末嘗任藍山書院山長者。朱珪《名迹録》卷一周伯琦《啓聖廟新建宗魯書塾記》：「於是走幣致前信州藍山書院山長劉鏞以主之。」許元，字存仁，元末明初金華學者，參看卷一《寄許存仁》。

《宋元學案》卷八十二《北山四先生學案·白雲家學·祭酒許先生元》：「許元，字存仁，金華人。父白雲先生，學於仁山金氏，得朱子之傳。明祖初起，幸金華，訪求其後，乃驛赴金陵，拜京學教授，仍命入傅皇太子及諸王。乙巳九月，始置國子學，命爲博士。奉命進講經史，極陳《洪範》休徵咎徵之應。吴元年四月，上至白虎殿，問《孟子》何言爲要。對曰：『勸國君以行王道，施仁政，省刑罰，薄税斂，乃其要也。』冬十月，擢爲祭酒，最見禮遇。設立教國子條例數十事，皆見施行。既而浙江僉事程孔昭誣劾其過，安置韶州。遇赦還，卒。」

【箋注】

〔一〕序：通「敘」。申：引申，闡説。《集韻·震韻》：「申，引也。」《廣雅·釋詁四》：「申，伸也。」

〔二〕精金：優良金屬。參合：符合；參，同，合。《莊子·在宥》：「吾與日月參光。」成玄英《疏》：「參，同也。」唐順之《秋野殷公墓誌銘》：「未幾，翁子文輝以吾友施子羽所爲狀來請銘，狀中事多與邦靖所説參合。」

〔三〕梟氏：負責制鍾之官吏。《周禮·考工記·梟氏》：「梟氏爲鍾。」審：審定。均：調和，調節。範模：模範，鑄器模型。沈括《夢溪筆談·異事》：「裹蹄作團餅，四邊無模範迹，似於平物上滴成。」

〔四〕橐籥：風箱，古代冶煉時鼓風吹火裝備。《老子》五章：「天地之間，其猶橐籥乎？虚而不屈，動而愈出。」吴澄《注》：「橐籥，冶鑄所以吹風熾火之器也。爲函以周罩於外者，橐也；爲轄以鼓扇於内者，籥也。」

〔五〕簴：懸掛鍾磬之框架。隧：鍾上因敲擊磨損而發光處。《周禮·考工記·梟氏》：「于上之攠謂之隧。」

〔六〕噌吰：象聲詞，多形容鍾聲。清越：清脆悠揚。《蘇軾文集》卷十一《石鍾山記》：「得雙石於潭上，扣而聆之，南聲函胡，北音清越……余方心動欲還，而大聲發於水上，噌吰如鍾鼓不絶。」

〔七〕易：和悦。《詩經·小雅·何人斯》：「爾還而入，我心易也。」毛《傳》：「易，説。」方：方正，端正。《禮記·儒行》：「毁方而瓦合。」孔穎達《疏》：「方謂物之方正有圭角鋒芒也。」

〔八〕文懿公：許謙，字益之，謚文懿，世稱白雲先生，宋元之際大學者，參看卷一《寄許存仁》及卷十《丹溪翁傳》。

〔九〕考亭：朱熹，字元晦，或字仲晦，號晦庵，謚文，曾講學福建考亭，世稱考亭先生。

〔一〇〕鎔：鑄造，引申爲陶冶，培養。

〔一一〕攝束：收攏，約束，同義複詞。王廷相《秋日寧國言懷十首》：「異境即吾民，恨不咸攝束。」

〔一二〕時：此。《詩經・秦風・駟驖》：「奉時辰牡，辰牡孔碩。」鄭《箋》：「時，是。」厥：語氣助詞。《經傳釋詞》卷五：「厥，語助也。《書・多士》曰：『誕淫厥泆。』言誕淫泆也。」

〔一三〕取譬：打比方。張綸《林泉隨筆》：「唐韓子言醫師之用藥，匠氏之用木，有如相之用人。其取譬可謂親且切矣。」

〔一四〕揚子雲：揚雄，字子雲，西漢文學家。揚雄《法言》卷一《學行篇》：「或問：『世言鑄金，金可鑄歟？』曰：『吾聞覿君子者，問鑄人不問鑄金。』或曰：『人可鑄歟？』曰：『孔子鑄顔淵矣。』或人踧爾曰：『旨哉！問鑄金得鑄人。』」劉耕《和主司王起》：「孔門頻見鑄顔功，紫綬青衿感激同。」

題葉丞相遺墨

良少時嘗讀故禮部尚書王公所撰丞相葉信公墓銘〔一〕，而知公平生大節歷官行事之概。後三年始從東陽許君獲睹公之遺墨，蓋君先世有權寧海①令者〔二〕。寧海，公之鄉邑，故以此四帖先後遺之；其第五帖則與其弟竹友家書而因及許令之賢，遂皆爲許氏子孫所藏。

嗟乎！令之距今不百年，其家去此不數舍，而其愛人戢暴之政〔三〕，所以致邑人戴之如父母敬之如神明者，後生晚出已無從考知，必觀此數帖而後見，則世之人非附青雲之士而欲垂聲於後世〔四〕，蓋亦難矣！良既得以快睹前修之真迹，而又有以竊窺先達之爲人〔五〕，抑何幸歟！後學浦江戴良謹題。

【題解】

葉丞相，南宋末期寧海葉夢鼎，拜右丞相兼樞密使，封信國公。《宋史》卷四百一十四《葉夢鼎》：「葉夢鼎，字鎮之，台之寧海人……咸淳三年，再召爲參知政事，加食邑，六辭，不許。詔著作佐郎盧鉞與台州守項公采趣行，拜特進、右丞相兼樞密使，累辭，不許，乃與似道分任……五年，引杜衍致仕單車宵遁故事累辭，乃授觀文殿學士、判福州福建安撫大使，進封信國公，不拜……九年，授少傅、右丞相兼樞密使，引疾力辭，宰、掾、郎、曹沓至趣行，扶病至嵊縣，請辭不獲，乞還山林。疏奏：『願上厲精寡欲，規當國者收人心，固邦本，勵將帥，飭州縣，重振恤。』扁舟徑歸。使者以禍福告，夢鼎語之曰：『廉恥事大，死生事小，萬無可回之理。』」《康熙寧海縣志》卷七《鄉賢・葉夢鼎》：「字鎮之，東倉人……乃授觀文殿學士、判福州福建安撫大使，進封信國公，不拜。尋授少傅、右丞相、樞密使，引辭。」

遺墨，元末東陽許仲文所藏葉夢鼎手迹。《宋濂全集》卷四十二《跋葉信公五帖》：「東陽許仲文以先世所藏西澗先生葉公鎮之五帖示濂……今第一帖、第二帖以少保、觀文等職入銜，則壬申、癸酉歲所遺，正許君初權寧海令時也。第三帖言許君愛人戢暴及薦牘之事，雖不知爲何時，當在許令涖官之日，計稍後於前二帖耳。第四帖，即前帖内幅。其第五帖，先生與弟竹友家書，末言許權令解印去，則最後者也。竊惟先生正位臺司，屢拄權奸，直言峻行，無讓古人。在田里時，乃獨惓惓於一許令。令之神明之政，亦能上答先生之知。上不傲下，下能承上，雖當宋季，其氣象猶非後世所及。令之子孫能寶藏五帖於兵燹之餘，其亦賢者之澤哉！令諱元沐，號東泉，景定壬戌方山京榜擢進士第云。」

【校勘】

① 寧海：諸本悉作「海寧」，據《宋史》與《康熙寧海縣志》改；下文誤爲「海寧」者，依此徑改。

【箋注】

〔一〕王公：南宋碩儒王應麟，詳見卷十八《拙守齋銘并序》。

〔二〕權寧海令者：宋末婺州東陽人許元沐；權，代理官職。

〔三〕舍：古時軍行三十里爲一舍。戢暴：制止殘暴；戢，止息。

〔四〕青雲之士：飛黄騰達者。《史記》卷六十一《伯夷列傳第一》：「伯夷、叔齊雖賢，得夫子而名益彰。顔淵雖篤學，附驥尾而行益顯。巖穴之士，趣舍有時若此，類名堙滅而不稱，悲夫！閭巷之人，欲砥行立名者，非附青雲之士，惡能施於後世哉？」

〔五〕前修：先哲。《楚辭・離騷》：「謇吾法夫前修兮，非世俗之所服。」先達：德高才美之前輩。

哀辭

張如心先生哀辭 并序

予自童丱中，即聞張君如心之名甚熟〔一〕。己巳之歲，始獲見君於邑下。君方與一二耆人長德從容鄉校間，峨冠褒衣，掀髯聳目，張拱而肅趍〔二〕，有足以壯威儀存矩度者。予時雖未暇叩其問學之淺深，然觀其動作之間，固以知其爲信厚君子矣。

自後挈挈道路，不得數從之遊〔三〕，而君亦教授於外，不常家居，如是者十年。及予受室於邑之趙氏，去君之居爲甚近，君歲時來歸，乃相與往來如平生歡〔四〕。君晚得脾病，顧已憊甚，坐起不自遂，每聞予至，猶強扶出迎。道古今事變，前賢蹤迹，亹亹若珠比鱗列，予然後知君種學之深〔五〕。凡其動作之見於外者，果非偶然也。

公家故貧，室廬不足以容膝，衣食不足以給體，而氣高自足，無所仰於人。環堵蕭然，有書數百卷，隤然自放〔六〕，用是尊官要人鮮克知之。大德中，年將五十，始用薦者起爲縣文學〔七〕，尋以母老辭去。平居無他嗜好，惟肆其意於歌詩，善偶儷〔八〕，工篆籀，精楷法，而士子評里黨之宿學，蓋未嘗後君也。

嗚呼！君今其死矣，新學晚生失所於歸，而吾邑之文獻將遂絶〔九〕。予方悲不自勝，而君之子端臣請予爲辭以哀之〔一〇〕，乃爲追述平生而爲其文曰：

瞻彼仙巖〔一一〕，其高萬仞，鬱穹窿〔一二〕；有美一人，鍾奇孕秀潛其中〔一三〕。吁嗟美人，受質孔弱志則充〔一四〕。無脂無韋，分甘處悴家四空〔一五〕；日閲其儲，飯有脱粟羹芥菘〔一六〕。人不我堪，我躬甚泰色甚雍〔一七〕。深衣大帶，儼存矩度無墜恭；學徒駿奔〔一八〕，聆厥風旨覯禮容。

我年未冠，猶雀方乳鹿方茸〔一九〕。歲時相過，稱詩誦文好甚隆。執手謂我，曰子之志我所同。願作昌黎，低頭東野爲雲龍〔二〇〕。我方藉之，如石就鑿金就鎔。孰神之苛①，一朝奪使翳蒿蓬？耆舊盡矣，狐號鮲舞靡若風〔二一〕。顧瞻我里，溟濛泱漭吾曷從〔二二〕？奈之何哉？有崇斯土玄以宫〔二三〕。嗟彼牧人，毋登其隴剪其松〔二四〕。

【題解】

張恕，字如心，元時浦江著名文士。《乾隆浦江縣志》卷十二《人物志·文苑·張恕》：「張恕，字如心，祚孫。幼穎悟，取家中遺書，晝夜研摩，雖寒暑不易其恒度。迨長，文名藉藉，遠近來學者户外之屨常滿。舉明經，歷任武陵、東陽、慶元學正。所至以興起斯文爲己任，時集弟子員敷繹聖賢大義，皆充然有得，士風爲之丕變。尋以母老歸里。恕豐神峻潔，望之若玉井冰壺。議論則纚然如貫珠；爲詩音律清麗；書體莊勁，得八分之正。居家悉從文公禮，治喪弗用浮屠。所著有《東庵詩集》。宋濂嘗曰：『張公恕渣滓竭盡，内外瑩澈，足以濯人肺腑。其德誼淵深，不能涯涘，接人於神氣之微，誠前輩之不可及者。』其推重有如此。」

《宋濂全集》卷四十一《題張如心初修譜敘後》：「今其世孫慶元學諭如心公初修譜事。夫如心公固濂景仰，平時獲拜於月泉里第。謂其渣滓竭盡，内外瑩澈，足以濯人肺腑。德藝淵深，不能涯涘，接人於神氣之微，而歎爲前輩之不可及者，今復於譜而見之耶……予欲爲推原本始，分别流派，故如心公之所不言；又欲爲援情論道，稽禮立法，則又如心公之所能言。予且烏乎言哉？予特敬公之爲人，喜是譜之誠而信，微而彰，確守弗失，將流衍於無窮也，故爲題其意緒如此。」

【校勘】

①苛：原文作「笴」，據乾隆本改。

【箋注】

〔一〕童丱：童年；丱，兒童頭髮梳成兩角貌。

〔二〕耆人長德：年長德高之前輩；長德，年長有德者。峨冠：高帽子。褒衣：寬大衣服。掀髯：笑時啓口張鬚貌；激動貌。聳目：聳動眼睛。張拱：行禮時張臂拱手。《論語·鄉黨》：「翼如也。」邢昺《疏》：「張拱端好，如鳥之舒翼也。」

〔三〕挈挈：急切貌。柳宗元《答韋中立論師道書》：「愈以是得狂名，居長安，炊不暇熟，又挈挈而東，如是者數矣。」

〔四〕受室：娶妻。平生歡：素來交好。

〔五〕亹亹：連綿不絶貌。種學：培養學識。韓愈《藍田縣丞廳壁記》：「博陵崔斯立種學績文，以蓄其有，泓涵演迤，日大以肆。」

〔六〕環堵：由一丈見方之四面牆壁環列以成之陋室。隤然：柔順隨和貌。陶潛《晉故征西大將軍長史孟府君傳》：「在朝隤然，仗正順而已，門無雜賓。」逯欽立《注》：「隤然，順隨貌。」

〔七〕文學：教官，參見卷五《送祝彦明詩後序》。

〔八〕偶儷：對偶，對仗。王若虚《文辨三》：「東坡之文……爲四六而無俳諧偶儷之弊，爲小詞而無脂粉纖黯之失。」

〔九〕文獻：典籍與賢士。陸游《謝徐君厚汪叔潛攜酒見訪》：「衣冠方南奔，文獻往往在。」

〔一〇〕《乾隆浦江縣志》卷十二《人物志·文苑·張端臣》：「字正卿，恕長子。與宋濂同硯席，治《書》《易》《禮》三經。洪武初，薦授本學教諭。」

〔一一〕仙巖：浦江縣仙華山，詳見卷六《送宋景濂入仙華山爲道士序》。

〔一二〕鬱：鬱鬱，草木繁盛貌。穹窿：同「穹隆」，高大貌。陸倕《石闕銘》：「鬱崫重軒，穹隆反宇。」李周翰《注》：「鬱崫、穹隆，壯大貌。」

〔一三〕有美一人：《詩經》本指所愛者，後多指賢士。《詩經·鄭風·野有蔓草》：「野有蔓草，零露漙兮。有美一人，清揚婉兮。邂逅相遇，適我願兮。」

〔一四〕質：形體。《集韻·質韻》：「質，形也。」《左傳·僖公二十三年》：「策名委質。」孔穎達《疏》：「質，形體也。」

〔一五〕無脂無韋：不阿諛逢迎，不世故圓滑；脂韋，油脂軟皮，喻圓滑世故。《楚辭·卜居》：「將突梯滑稽，如脂如韋以潔楹乎？」分甘：分甘味與人，以示惠愛。蘇軾《食荔支二首》：「分甘遍鈴下，也到黑衣郎。」

〔一六〕閱：核實，察看。脱粟：糙米。《史記》卷一百一十二《平津侯主父列傳》：「食一肉脱粟之飯。」司馬貞《索隱》：「脱粟，才脱穀而已，言不精鑿也。」芥菘：芥菜與菘菜。

〔一七〕《論語·雍也》：「子曰：『賢哉，回也！一簞食，一瓢飲，在陋巷，人不堪其憂，回也不改其樂。賢哉，回也！』」泰：安寧。雍：和睦，平和。

〔一八〕深衣：古代衣褌相連前後深長之衣裳，參看卷二十一《深衣圖考序》。儼：莊重貌。《詩經·陳風·澤陂》：「有美一人，碩大且儼。」毛《傳》：「儼，矜莊貌。」墜：喪失。駿奔：飛快奔走。

〔一九〕乳：初生。《説文》：「人及鳥生子曰乳，獸曰産。」茸：鹿茸。宋無《句曲王尊師》：「樹暖猴捫虱，花香鹿養茸。」

〔二〇〕昌黎：唐詩家韓愈，字退之，世稱韓昌黎，與孟郊過從甚密。東野：唐詩人孟郊，字東野。韓愈《韓昌黎詩繫年集釋》卷一《醉留東野》：「昔年因讀李白杜甫詩，長恨二人不相從。吾與東野生并世，如何復躡二子蹤？東野不得官，白首誇龍鍾。韓子稍奸黠，自慚青蒿倚長松。低頭拜東野，願得終始如駏蛩。東野不回頭，有如寸莛撞巨鐘。吾願身爲雲，東野變爲龍。四方上下逐東野，雖有離别何由逢？」《歲寒堂詩話》卷上：「退之於籍、湜輩，皆兒子畜之，獨於東野極口推重。雖退之謙抑，亦不徒然。世以配賈島而鄙其寒苦，蓋未之察也。郊之詩，寒苦則信矣，然其格致高古，詞意精確，其才亦豈可易得？」

〔二一〕耆舊：年高望重者。靡若：隨順柔弱貌；靡，柔弱頹靡。

〔二二〕溟濛泱漭：模糊不清。鄭谷《送許棠先輩之官涇縣》：「蕪湖春蕩漾，梅雨晝溟濛。」謝朓《京路夜發》：「曉星正寥落，晨光復泱漭。」李善《注》：「《字書》曰：泱漭，不明之貌。」

〔二三〕崇：堆積隆起。玄以宫：玄宫，墳墓；以，語氣助詞。

〔二四〕隴：通「壟」，墳墓。東方朔《七諫・沈江》：「封比干之丘壟。」王逸《注》：「小曰丘，大曰壟。壟，一作隴。」

吴先生哀頌辭 并序

先生婺浦江人，諱萊，字立夫，集賢大學士榮禄大夫吴公子也。重紀至元六年夏四月九日①以疾卒於家，得年四十有四②。嘗一試於禮部，不中。二子謂、謐葬先生於某原〔一〕。葬後一年，命良爲辭以哀之。良雖不敏，然嘗承學於先生，誼不得辭，乃爲追述平生而爲其文曰：

檀車既堅兮，駟馬既良〔二〕，出門折軸兮，竟斥棄乎康莊〔三〕，嗟嗟夫子兮，胡實類之？天不可測兮，道不可常。昔夫子之有生兮，體孑孑其羸尪〔四〕。雖求師與取友兮，曾不遠違乎故鄉〔五〕。遂取則夫前修兮，亦既蹈乎大方〔六〕。入書林而馳騖兮，闖藝苑以翺翔〔七〕。奈學業之已修兮，尚名譽之未彰？豈不登名於一薦兮？曾不假翼於鸞凰〔八〕。乃娛憂以舒憤兮，寫鬱紆而成章〔九〕。曰有俟乎千載之下兮，庶無掩乎斯文之耿光。人固有偃蹇於一時兮，終前困而後昌。何夫子之齎志以死兮，卒無以自副其所望〔一〇〕？夫子之貌不可見兮，幸微言之在耳，尚炯乎其難忘。撫遺編以長喟兮，仰視天之茫茫。彼嚴霜之夏墜兮，胡獨瘁此衆芳〔一一〕？昔河東之挺生兮，年四十而云亡〔一二〕。今夫子之洵美兮，亦壽命之不長。已焉哉，小人有得其年兮，君子有遘其殃〔一三〕，自古莫不然兮，我又奚傷？

【題解】

吴先生，元代浦江大儒吴萊。父集賢大學士吴直方，詳見卷一《吴集賢新堂詩并序》；外舅方樗，詳見本卷《祭方壽父先生文》。

《淵穎吴先生集·附録》宋濂《淵穎先生碑》：「浦陽江之上有大儒曰淵穎先生吴公，以精深玄懿之學，發沉雄奇絶之文。闔陰闢陽，出神入鬼，縱横變化，其妙難名。生雖弗克顯融以伸其志，既没而言立，浩浩穰穰，其書滿家，信一代之偉人，足以播芳猷於弗朽者也。先生諱萊，字立夫，姓吴氏……族父幼敏家素多書，先生時出與群童敖，私挾一編以歸，晝夜讀竟，又復往易。或以聞於幼敏，迫而觀之，乃班固漢史也。幼敏指《谷永杜鄴傳》謂曰：『爾竊觀吾書，能記是，當不爾責。』

先生琅然誦之至終，第一字不遺。幼敏以爲偶熟此卷，三易他編，其誦皆如初，乃盡出所藏書畀之讀。嵒南益異之，許以孫女妻焉。且授《易》《書》《詩》三經義暨秦漢而下諸文章大家。先生一覽，即悉其指趣。嵒南退謂人曰：『明睿如吴某，雖汝南應世叔，政不足多也。』自是以來，先生博極群書，至於制度沿革、陰陽律曆、兵謀術數、山經地志、字學族譜之屬，尤無所不通矣……延祐間貢舉法行，有司以先生名上。豫章熊公朋來、巴西鄧公文原及吾郡胡公長孺主去留士。此三數公輩行老成，學術淹貫，自非博古該今、明體適用，咸懼不得在玆選，而先生與焉。於是東經齊、魯、梁、楚之郊，北抵燕。每遇中原奇絶處，輒瞪然長視。平岡灌莽，一望千里，昔人歌舞戰争之地，一皆前迎後卻，畢在塵沙霜露中。遂與當塗李翼、餘姚方九思、臨川傅斯正貰酒高歌，天寒風急，毛髮上豎，自謂綽有司馬子長遺風。尋以論議不合於禮官，退歸田里……四方學士慕其聲光，多負笈從之遊。先生遇之恒若撫子姓，羞服有不給者周之。監察御史許君克學行部浙東，以茂才薦署饒州路長薌書院山長。未行而疾作，邪風挾沴血交襲，顔面黫黑，兩脛罷孱，不可越户限。重紀至元六年，先生年四十四，棲遲衽席，愈不自振。忽夢作《(重)〔童〕汪踦贊》，覺謂人曰：「汪踦，殤者也。予自嬰疾以來，何藥不嘗，而勢革若此，今歲殆不起邪？」夏四月九日竟卒於家……先生自少有大志，專思澤物，不欲以文士名。每慕張宣公爲人，推明義利，雖一毫不苟取。表裏一致，與人遊，歡然有恩，愈久愈固。身雖羸弱，若不勝衣，雙瞳碧色，爛爛如巖下電，見者改容。鑑裁精絶，人以古詩文試之，先生察其辭氣，即知其爲某代某人所作。當其賦詠，捷如雨風。一日於故人家見几上堆剡紙數十番，戲爲長歌，頃刻而盡，屬對嚴巧，文采縟麗，觀者驚以爲神，謂非人所能及。」

【校勘】

①重紀至元六年夏四月九日：底本作「至正元年十月某甲子」，據乾隆本補編與宋濂《淵潁先生碑》改。

②四：底本作「一」，據乾隆本補編與宋濂《淵潁先生碑》改。

【箋注】

〔一〕《宋濂全集》卷三《故集賢大學士榮禄大夫致仕吴公墳記》：「先公諱直方，字行可，姓吴氏……孫男三：長士謂，婺州路金華縣儒學教諭，次士謐，次存仁。」

〔二〕檀車：古代多以檀木製作車輪，故稱車爲檀車。《詩經·小雅·杕杜》：「檀車幝幝，四牡痯痯。」

〔三〕康莊：廣闊道路。《爾雅·釋宫》：「五達謂之康，六達謂之莊。」

〔四〕孑孑：細小貌，此指身體弱小。《廣雅·釋詁二》：「孑，短也。」王念孫《疏證》：「孑之言孑然小也。」韓愈《原道》：「彼以煦煦爲仁，孑孑爲義，其小之也則宜。」羸尫：瘦弱，孱弱。

〔五〕違：離開。顧嗣立《元詩選初集·淵穎先生吴萊》：「先生與黄侍講溍、柳待制貫同出方韶父之門，身羸弱如不勝衣，雙瞳碧色爛爛如巖下電。」

〔六〕大方：大道，常道。《莊子·山木》：「不知義之所適，不知禮之所將；猖狂妄行，乃蹈乎大方。」

貴人庇護。

〔七〕書林：文人群體。藝苑：文壇。韓愈《復志賦》：「朝騁騖乎書林兮，夕翺翔乎藝苑。」

〔八〕登名：具名上奏。韓愈《燕河南府秀才得生字》：「功曹上言公，是月當登名。」假翼：借助

〔九〕舒憤：緩解憤懣。寫：宣泄，排除。《詩經·邶風·泉水》：「駕言出遊，以寫我憂。」毛《傳》：「寫，除也。」鬱紆：憂思縈繞貌。曹植《贈白馬王彪詩》：「鬱紆將何念？親愛在離居。」李周翰《注》：「鬱紆，愁思繁也。」《元詩選初集·淵穎先生吴萊》：「延祐間，貢舉法行，有司以《春秋》薦。下第歸，出遊海東洲，歷蛟門峽，過小白華山，登盤陀石，著《觀日賦》以見志。還寓同縣陳士貞家，與龍湫、五泄鄰，榛篁蒙密，似不類人世。日嘯詠其中，暢然自得。」

〔一〇〕偃蹇：困頓。賫志：懷抱大志。副：符合。《淵穎吴先生集》胡翰《淵穎吴先生文集序》：「先生當延祐、天曆之間，嘗慨然有志當世之務矣。其《擬喻日本書》蓋其十八時所作也，人謂其有終軍、王褒之風。其論守令、鹽策、楮幣事，逮今十有餘年，執政者釐而正之，往往多如其説。先生析辭指事，援筆頃刻數百言，馳騁上下，要不失乎正。雖處山林，未嘗忘情天下。使其在官守言責之列，推明古者所以立極成化之道，爲吾君吾相言之，當不止是也。」

〔一一〕茫茫：曠遠模糊。瘁：毁壞。陸機《歎逝賦》：「悼堂構之隤瘁，愍城闕之丘荒。」李善《注》：「瘁，猶毁也。」

〔一二〕河東：唐朝文學家柳宗元，字子厚，世稱柳河東或柳柳州。挺生：安身立命傑出絶倫。《韓

昌黎文集校注》卷七《柳子厚墓誌銘》：「然子厚斥不久，窮不極，雖有出於人，其文學辭章，必不能自力以致必傳於後如今，無疑也。雖使子厚得所願，爲將相於一時，以彼易此，孰得孰失，必有能辨之者。子厚以元和十四年十一月八日卒，年四十七。」

〔一三〕《史記》卷六十一《伯夷列傳第一》：「或曰：『天道無親，常與善人。』若伯夷、叔齊，可謂善人者非邪？積仁絜行如此而餓死！且七十子之徒，仲尼獨薦顔淵爲好學。然回也屢空，糟糠不厭，而卒蚤夭。天之報施善人，其何如哉？盜蹠日殺不辜，肝人之肉，暴戾恣睢，聚黨數千人横行天下，竟以壽終。是遵何德哉？此其尤大彰明較著者也。」

吴原伯哀辭 有①序

原伯世爲婺之蘭溪人，諱深，其字原伯，國子博士吴先生正傳之子也。年二十有一，至正元年五月庚申以疾卒家。既卒之明年，其友戴良爲辭以哭之：

嗚呼！吾尚忍哭吾友也耶？吾固不謂原伯之止於斯耶！始予既冠，往往聞原伯名於朋友間。前年夏，予舟次溪滸〔一〕，遂與原伯會。原伯乃欲相率以爲友〔二〕，與之遊數日，樂甚，固已竊喜先生之有子而予之得友也。嗚呼！孰謂别未三載而遽哭吾友耶？孰謂原伯之遂止於斯耶？

原伯容貌嶷嶷〔三〕，平居若不能言，其取友問學急於飢渴。至於群兒嬉戲，則畏避如懦夫。然每篝燈挾册，雖疾病不休，倦則假寐凝思以求聖賢之心，有疑則進而質之父師〔四〕，退而與其弟沉私相講辨〔五〕。故其父子兄弟之間雍雍睦睦而自爲師友君子，是以知其於孝友最隆也〔六〕。

去年秋先生公被召入京師。未幾上原伯名於國子學。於是原伯始欲崎嶇數千里就學於京，而病已作，閲數月遂卒。嗚呼！其可哀也已。昔韓滂之在韓門，讀書倍文，功力兼人〔七〕，年十九而卒。今原伯之爲吴氏子，固有韓氏之家聲，學又不下於滂，而亦以早死。豈殃慶之不以其類概如是耶，抑原伯獨不幸偶類之耶〔八〕？以予之重有悲於原伯，而知先生之悲也抑深矣〔九〕。故述《哀辭》一篇，以解其悲哀，以舒予憤云。其辭曰：

嗟原伯兮鄉之良，質甚粹兮才甚長。睨秦漢兮刮虞唐，騁雄辨兮爛文章〔一〇〕。射星斗兮奪光芒，闡幽秘兮揭正陽〔一一〕。斂予飾兮儘回翔，暢厥實兮暐煌煌〔一二〕。履至訓兮蹈太防，兄弟雍兮親樂康〔一三〕。羽既就兮勢乃揚，望白雲兮期帝鄉。帝鄉遠兮天一方，命飆車兮騁康莊〔一四〕。豐隆遇兮靳②不將〔一五〕，忽被髮兮下大荒〔一六〕。嗟原伯兮志賓强，何中路兮蹶超驤〔一七〕？命固屈兮譽則彰〔一八〕，願父母兮勿永傷。彼群黎兮直粃糠，名隨身泯兮孰濯其芳〔一九〕？嗟原伯兮獨耿光〔二〇〕，雖夭且困兮猶壽而昌。

【題解】

吴深，字原伯，蘭溪吴師道長子。吴師道，字正傳，元時浙東碩儒，嘗官禮部郎中。《宋濂全集》卷五十《吴先生碑》：「先生吴氏，諱師道，字正傳，婺之蘭溪人。少勇於學，不督而勤，始爲文辭，輒驚駭長老。未冠，讀真文忠公書，大悔初所爲非是，即以聖賢自師。時許文懿公以朱子之學淑學者，先生持所悟識造門質難，許公甚禮敬之，授以所受。心領意繹，日開歲化，斂戢充擴，刻削就規矩，燁然有聞於時……中書左丞吕公思誠、侍御史孔公思立薦先生經明行高，宜爲人師，召入爲國子助教，階承務郎。逾年，升博士，進儒林郎。先生聲著中朝者久，士子聞先生至，喜曰：『是婺吴先生耶？』相率持所疑揖問，開以機鑰，皆歎服去。先生因推所聞，陳説誨誘，端簡嚴肅。經義一本朱子，排斥異端，有詆朱子者，惡絶弗與言。初，許文正公衡在成均時，宗朱子以爲教，其法具在。先生守不變，學者信向如文正時……二男子：長深，先卒；次沈也……先生於書無時不觀，故無所不熟，涵蓄淵邃，不可涯涘。爲文務自理出，暢而不繁，崇而不矯。有《蘭溪山房類稿》二十卷；《易》《書》《詩》皆有《雜説》，通十卷；《戰國策校注》十卷；《絳守居園池記校注》一卷；

《敬鄉録》二十三卷。」

吴師道嘗吟詩哭悼母弟及長子，《吴師道集》卷二《清明哭》：「暄風吹陌塵，野哭紛四起。人哭尚可忍，我哭那可止？哀哀兩年間，奇禍不少俟。哭母哀未終，哭弟仍哭子。生來亦何娱？輾轉荆棘裹。慰眼骨肉完，豈恨同飲水？春陽遍群動，虐厲劇孤卉。呼天自難噤，尤怨寧昧理？灑飯迫兹辰，淺壤魂猶寄。淚竭眼欲枯，沉痛徹心髓。」

【校勘】

① 有：乾隆本作「并」。

② 靳：底本作「蘄」，據乾隆本改。

【箋注】

〔一〕溪滸：蘭江江畔，參看卷二《哭趙隱君》。

〔二〕率：勉勵。《小爾雅·廣詁》：「率，勸也。」何晏《景福殿賦》：「率民耕桑。」吕向《注》：「率，勸也。」

〔三〕嶷嶷：高大魁梧。

〔四〕篝燈：用竹籠罩燈光。質：就正，向人請教以糾正謬誤。《詩經·大雅·緜》：「虞芮質厥成。」朱熹《詩集傳》：「質，正。」

〔五〕吴沉：字浚仲，參看卷三《舟次蘭陰憶寄君善敬德浚仲諸友》及《同子充浚仲遊北山夜宿覺慈寺》。

〔六〕孝友：孝順父母善待兄弟。《詩經·小雅·六月》：「侯誰在矣？張仲孝友。」毛《傳》：「善父母爲孝，善兄弟爲友。」

〔七〕韓滂：唐朝文學家韓愈侄。倍文：背誦文章；倍，通「背」。兼：雙倍。《韓昌黎文集校注》卷七《韓滂墓誌銘》：「滂，韓氏子……滂清明遜悌以敏，讀書倍文，功力兼人。爲文詞，一旦奇偉驟長，不類舊常。吾曰：『爾得無假之人耶？』退大喜，謂其兄湘曰：『某違翁且逾年，懼無以爲見，今翁言乃然，可以爲賀。』群輩來見，皆曰：『滂之大進，不唯於文詞，爲人亦然。』既數月，得疾以死，年十九矣。」

〔八〕殃慶：災禍福澤。抑：還是。

〔九〕抑：又，更。《助字辨略》卷五：「《皮襲美和張處士詩序》：『然抑爲之辭，用塞良友之意。』此抑字，猶且也。」

〔一〇〕睨：睥睨，斜視。刮：磨治，引申爲研究探討。爛：絢爛，文辭華麗豐贍。

〔一一〕星斗：星辰。幽秘：深奥神秘。揭：高舉。《説文》：「揭，高舉也。」正陽：正午光芒。《楚辭·遠遊》：「飡六氣而飲沆瀣兮，漱正陽而含朝霞。」王逸《注》：「正陽，南方日中氣也。」

〔一二〕儘：儘量，竭力。暢：充滿，充實。應瑒《侍五官中郎將建章臺集詩》：「和顔既以暢，乃肯顧細微。」李善《注》引鄭玄《禮記注》：「暢，充也。」暐：光輝四射。

〔一三〕至訓：美好教訓。太防：重大界限。

〔一四〕帝鄉：京城。飆車：傳説中御風而行之神車。桓驎《西王母傳》：「其山之下，弱水九重，洪濤萬丈，非飆車羽輪不可到也。」

〔一五〕豐隆：傳説中雲神，一説雷神。靳：嘲弄。《左傳·莊公十一年》：「宋人請之，宋公靳之。」杜預《注》：「戲而相愧曰靳。」將：扶持，扶助。

〔一六〕被髮：披頭散髮；被，通「披」。下：遊息。司馬相如《上林賦》：「下棠梨，息宜春。」李周翰《注》：「下、息皆遊止之稱也。」大荒：仙境。《山海經·大荒西經》：「大荒之中，有山名曰大荒之山，日月所入……是謂大荒之野。」

〔一七〕蹶：跌倒。超驤：騰躍奔馳。《楚辭》王褒《九懷·株昭》：「步驟桂林兮，超驤卷阿。」

〔一八〕屈：窮盡，消亡。

〔一九〕濯：顯著，光大。《詩經·大雅·文王有聲》：「王公伊濯，維豐之垣。」毛《傳》：「濯，大也。」

〔二〇〕耿光：光輝，光芒。

陳彦正哀辭

山磝磝兮水瀏瀏〔一〕，下土漠乎其廣大兮〔二〕，吾何此焉是留？惟擇里以處仁兮，乃前志之嘉猷〔三〕。倘有人焉其足藉兮，寧遠舉以遐遊〔四〕？噫夫人之挺生兮〔五〕，信喜能而好修〔六〕。探往聖之逸軌兮，仰先哲之洪休〔七〕。道雖隱而必履兮，理雖微而必抽〔八〕。紛吾既有此内美兮，仍刓剛以爲柔〔九〕。哀白日之不與兮，冀匠氏之一收〔一〇〕。苟吾材之適用兮，又何問梁棟之與薪櫍兮〔一一〕。亦既登名於仕籍兮，曾素志之不酬〔一二〕。雖不酬亦何傷兮？有自得之悠悠〔一三〕。

昔先子之詔予兮，謂時俗之方偷〔一四〕，獨夫人之超卓兮，固君子之所周〔一五〕。吾方恃之以有濟兮，砉驚浪之漂舟〔一六〕。凌大江之漫漫兮，幾如是而不自陷於中流〔一七〕。既相我者之不憖兮〔一八〕，又何爲乎舊丘〔一九〕？行躑躅而無從兮，念去此而奚投？假大龜以視兆兮〔二〇〕，將駕馬以行輈〔二一〕。已矣哉！死者不可作兮，吾雖居此其誰儔？

【題解】

陳彦正，浦江東北興賢鄉人，元時浦邑名儒，戴九靈同門友，參看本卷《陳府教壙記》。《乾隆浦江縣志》卷十二《人物志・文苑・陳士貞》：「陳士貞，字彦正。曾祖文焕，以登仕郎自試入官，會宋亡不仕，著有《春秋質疑傳》。士貞幼讀書日數千言，從吴萊習《春秋》以襲家學。試藝鄉闈，一不中，終身遂不復赴。鄧文原在翰林，聞其學行薦朝，授衢州路清獻書院山長，以疾弗果上。改處州石門山長，内艱。起再長建德之釣臺、衢州之柯山二書院。以累考序選龍興路富州教授。平生精勤强力，酬答少閑，即挾册不置。陰陽、卜筮、方伎、仙釋之言無不究。詩文深沉濃郁，見推儕輩。晚以存心養性爲務，榜其居曰『儼若思』以自見。」

【箋注】

〔一〕礆礆：石頭堆疊衆多貌。瀏瀏：水流暢通貌。

〔二〕漠：廣大。《資治通鑑·晉紀三十九》：「以國家居廣漠之地。」胡三省《注》：「漠，大也。」

〔三〕擇里：選擇居住地。處仁：與仁者過從相處。《論語·里仁》：「子曰：『里仁爲美。擇不處仁，焉得知？』」前志：前人記述。嘉猷：美好大道。

〔四〕藉：倚賴。遠舉：高飛。《楚辭·九歌·雲中君》：「靈皇皇兮既降，猋遠舉兮雲中。」

〔五〕夫人：這個人。《經傳釋詞》卷十《夫》：「夫，猶此也……僖三十年《左傳》曰：『微夫人之力不及此。』成十六年曰：『夫二人者，魯國社稷之臣也。』」

〔六〕好修：嗜好修飾，重視心性修煉。《楚辭·離騷》：「汝何博謇而好修兮，紛獨有此姱節？」

〔七〕逸軌：高明之法度。洪休：洪福；休，吉慶，福禄。

〔八〕《禮記·表記》：「處其位而不履其事，則亂也。」鄭玄《注》：「履，猶行也。」抽：抽引，闡發。《廣韻·尤韻》：「抽，或作紬，紬引其端緒也。」

〔九〕紛：衆多貌。《離騷》：「紛吾既有此内美兮，又重之以修能。」刓：削，截。

〔一〇〕與：等待。《論語・陽貨》：「日月逝矣，歲不我與。」邢昺《疏》：「歲月已往，不復留待我也。」《楚辭・離騷》：「汩余若將不及兮，恐年歲之不吾與。」王逸《注》：「恐年歲忽過，不與我相待而身老耄也。」匠氏：木匠，此喻當政用事者。《韓昌黎文集校注》卷一《進學解》：「夫大木爲宋，細木爲桷，欂櫨侏儒，椳闑扂楔，各得其宜，施以成室者，匠氏之工也。」

〔一一〕薪槱：柴火。

〔一二〕仕籍：記載官吏名籍之簿册。

〔一三〕悠悠：悠閑恬静貌。高適《封丘縣》：「我本漁樵孟諸野，一生自是悠悠者。」《宋濂全集》卷四十五《陳彦正丹室銘》：「陳君彦正，家在浦陽大山間，實與龍湫五泄爲鄰。巖巒回互，林木薈翳，絶不類人世。彦正日走其下，當夜静月白時，輒登高危坐，冥然長思，欲求古仙人與遊而不可得。每天風翛翛作聲，輒以爲王子喬、韓衆輩真躡鳳吹簫而來也。」

〔一四〕先子：先父，亡父。偷：淺薄。

〔一五〕周：契合，符合。屈原《離騷》：「雖不周於今之人兮。」王逸《注》：「周，合也。」

〔一六〕濟：渡過江河。砉：迅疾貌。

〔一七〕淩：逾越。漫漫：廣闊無邊。幾：多少，極言其少。《廣雅・釋詁四》：「幾，微也。」王念孫《疏證》：「幾之言幾希也。」

〔一八〕相：輔助。不慭：同「不慭遺」，不願意停留。《詩經・小雅・十月之交》：「不慭遺一老，俾守我王。」顔真卿《康使君神道》：「天乎不憖，其恨若何！」

〔一九〕舊丘：故鄉，故居。杜甫《後出塞》：「戰伐有功業，焉能守舊丘？」

〔二〇〕兆：古人灼龜甲以占吉凶時所見龜甲裂痕。

〔二一〕輈：車前駕馭牲畜之直木，代車。

蔣季高誄辭　并序

亡友蔣允升，字季高，婺之東陽人也。善讀書，工古文辭，知名朋友間。丁酉歲家居遘疾，竟不幸夭死。予方避兵萬山中，距其家遠甚，不得一撫其櫬以盡其哀，因追思其平生可列者，爲文以誄之。誄曰：

茫茫大鈞，孰秉化樞〔一〕？淆汩①斡流，參差報施〔二〕。惡不常釁，善不常禔〔三〕。貞焉而夭，狠焉而耆〔四〕。謂天聽卑，我是用疑〔五〕。哀哀夫子，亦孔之辜〔六〕。

惟子之先，奕葉紛敷〔七〕。邁烈言言〔八〕，垂聲吴吴〔九〕。爰暨乃考，養德益腴〔一〇〕。篤生吾子〔一一〕，誕茂淑姿②〔一二〕。如鹿之茸，如鸞之雛。亦既弱冠，克構堂基〔一三〕。其文與學，日動里閭。子之爲學，潛心以稽。鈎深索隱，探賾研幾〔一四〕。何經不窮？何史不推？上下百代，指掌而窺〔一五〕。子之爲文，惟古是師。簡不遺理，繁不費辭〔一六〕。譬彼錦繢，五采爛如〔一七〕。等輩争取，朝玩夕披。人睹其著，莫究其微。道既克明，動罔不宜。義以爲閑，禮以爲輿〔一八〕。孝實蒸蒸，友亦怡怡〔一九〕。在家而理，在國必治。凡厥未試，我惟子知。子之在世，蓋亦庶幾〔二〇〕。苟遂遐年，疇克似之〔二一〕？庭梧挺秀，方茂其枝；荆玉藴璞，將獻於時〔二二〕。云胡一日，光掩芳萎？

嗚呼哀哉！玄首兮未華，壯志兮竟隳〔二三〕。逝日兮何長，生年兮須臾。俄舊宇兮改觀，乃遽襲兮遺衣〔二四〕。少妻兮嗷嗷，幼子兮呱呱。魚駭躍兮同感，鳥哀鳴兮增欷〔二五〕。豈外物兮有遷？固歡悲兮情移。

嗚呼哀哉！撫氣化之盛衰，念逝者之莫追〔二六〕。奈輀車之在側，將俟時而啓途。魄黝黝兮魂飛飛〔二七〕，子去我兮何歸？既顧瞻之靡及，庶陳情於素旗〔二八〕。嗚呼哀哉！

【題解】

蔣允升，字季高，元時金華東陽人，素善宋濂、戴良、王褘等當世才俊，篤志力學，儒雅謙和，然不幸遘疾早逝。誄：敘述死者生前事迹以示哀悼。《禮記·曾子問》：「賤不誄貴，幼不誄長，禮也。」

《道光東陽縣志》卷十八《人物志六·文苑·蔣允升》：「字季高，横城人。幼穎異，讀書過目即成誦，見稱奇童。稍長，益自力於學，師事方逢辰，亦私淑許子謙。兩先生繼殁，乃束書入懷師山中，博考而精思之，發爲文章，動合法度而喜自馳騁，有古作者風。卒登黄溍之門，稱賞述作，相得恨晚。一時宋濂、王禕皆推重之。允升恂恂儒者，非其言勿言，非其道勿爲。事母孝，相其兄植門户振鄉間周姻族，備極恭懷，遠邇無間言。既試有司不合，遂棄去。部使者以茂才薦，授慶元路儒學正，未任而卒，年二十九，宋濂、王禕皆爲辭以哀之者。有《時敏齋稿》《穿楊集》。」

《宋濂全集》卷八十七《蔣季高哀辭》：「濂聞已，復哭之哀，乃尤天曰：『嗚呼悲乎！不知何繇而夭吾季高乎？使季高其行負天地愧神明，夭之可也。季高恂恂儒者，非其道弗言也，非其道弗爲也。言其事親，則孝而恭；處伯仲，則穆而和；交朋友，則信而貞；遇族姻，則惇而莊；接閭黨，則惠而慈：求其致夭之繇，無有也。今季高何爲乃遘爾乎？豈高高在上，果不可必乎？抑其視夢夢，不能别善惡乎？所謂天道常與善人者，其尚足徵乎？嗚呼悲乎！』初，濂年二十餘，頗嗜學，聞文懿許公弟子三衢方先生以性理學講授東陽之南溪，徒步往從之遊。先生所主蓋蔣君子晦家。子晦，季高父也。濂因獲交季高父子間。時季高尚未冠，即能執經問難，進退雍容，肌肉若玉雪可愛。歲幾何，既哭其父，今又哭季高焉，則夫人世如傳舍者，可不信乎？嗚呼悲乎！季高篤意於學，方先生既殁，復負笈師事侍講黄公。會濂亦執灑掃之役於公門，與季高交益密。季高日出所爲文，皆雅馴可傳誦，濂甚敬之。每一會纑湖上，輒握手吐肺肝。間酒酣氣豪，競出慷慨背俗語，季高喜，益與濂親。季高善辨説，衮衮數千言不休，濂不能屈，每務力勝之，於是各大笑而止。且曰：『良會不可數，一嘻笑一怒駡，皆别後之相思。』當時出此言，亦以爲常，豈知别後之相思者，乃爲死後之相哀乎！心雖如鐵石，其不爲季高一酸辛乎？嗚呼悲乎！去年之春，季高有書來，曰：『東西二峴山，無君足迹十年矣，縱不爲吾行，其可貽山靈之所笑乎？』濂方閉户著書，跬步弗妄出，不及如季高言。濂所居實浦汭青蘿山，山中林樾蒼潤，孤猿野鶴見人了無驚猜意，而梅花泉又極可飲。濂自念雖不能爲季高往，季高清俊士，折簡招之，或可一來，當共飲水哦詩，或投壺白雲間，亦一樂也。豈知季高遽棄濂長逝乎！峴山之蒼翠固在眼，寧不對之墮淚如襄陽乎？雖欲重登，顧後瞻前，而季高不見，又寧不爲之感慨乎！嗚呼悲乎！」

《王忠文公集》卷二十四《蔣季高墓誌銘》：「季高幼穎異，讀書過目即成誦，見稱奇童。稍長，益自力於學。貞節君性嚴毅，教訓甚篤。延太末方先生麒、同邑李先生亦於家塾，俾季高禮而師之。貞節君與兩先生皆金華文懿許公弟子，其學承朱子之正傳，凡天人性命之奥，禮樂名物度數之詳，季高悉得於耳提面命而會其指歸。年甫弱冠，所學已粹然一出於正矣。及貞節君與兩先生繼没，季高乃束書入懷師山中，博考而精思之。所有既富，發爲文章，動合法度，而時時喜自馳騁，有古作者風。會黄公致政家居，季高爰登其門。公一代文章宗工，少所許可，每見季高所述作，未嘗不稱賞，以爲得之之晚也。」

【校勘】

① 汩：底本作「淚」，據乾隆本改。

② 姿：底本作「恣」，據乾隆本改。

【箋注】

〔一〕大鈞：上天，大自然。賈誼《鵩鳥賦》：「大鈞播物兮，坱圠無垠。」李善《注》：「如淳曰：『陶者作器於鈞上，此以造化爲大鈞。』應劭曰：『陰陽造化，如鈞之造器也，其氣坱圠非有限齊也。』」化樞：變化樞機。宋濂《虞文靖公像贊》：「手握化樞，人文昭明也。」

〔二〕淆汩：混淆擾亂；汩，擾亂。梅堯臣《冬雷》：「天公豈物欺，若此汩時序。」斡流：流轉變遷。賈誼《鵩鳥賦》：「斡流而遷兮，或推而還。」報施：報應。

〔三〕釁：憂患。陸機《辨亡論》：「皇家有土崩之釁。」劉良《注》：「釁，憂也。」禔：安寧。

〔四〕貞：正直。《尚書·太甲下》：「一人元良，萬邦以貞。」

〔五〕卑：低下，引申爲民衆。《尚書·泰誓中》：「天視自我民視，天聽自我民聽。」

〔六〕辜：災難，禍害。

〔七〕奕葉：累世。紛敷：盛美貌。《楚辭》王逸《九思·守志》：「桂樹列兮紛敷，吐紫華兮布條。」王褘《王忠文公集》卷二十四《蔣季高墓誌銘》：「又十七世入國朝，爲南康路建昌縣主簿沐，季高之曾大父也。大父吉，襄陽路穀城縣尉。父元，私謚貞節先生。」

〔八〕邁烈：竭力建功；邁，通「勱」。言言：高大貌。《詩經·大雅·皇矣》：「臨衝閑閑，崇墉言言。」毛《傳》：「言言，高大也。」

〔九〕吴吴：聲音洪大。《詩經·周頌·絲衣》：「不吴不敖。」毛《傳》：「吴，嘩也。」

〔一〇〕腴：美好。蔣父玄，嗜古抱獨高人。《宋濂全集》卷六十七《東陽貞節處士蔣君墓銘》：「府君生於燕都，兒時嶷嶷嶄聳，不妄狎笑。八齡就師讀書，終日據案端坐，未嘗旁顧。其師奇之，使察諸生怠肆者，諸生畏憚斂戢，莫敢譁。年十六，侍穀城之官，杜門絶賓客不交，晝夜攻學。母夫人閔其勞，節膏油不多與。俟母寢，以衣衾蔽牖而誦，夜參半乃已。穀城涖官剛嚴，府君因事進諫，多所匡補。出遇其吏民，恂恂退抑，人不知其爲尉子也。既冠而歸，時許文懿公謙以道德爲學者師，府君從而受其説，識悟過人，辨析精確，内涵外飭，日超月異，先輩皆自謂不及……府君饒於貲産，脱去華靡習，聚書萬卷，致力其中，著《四書箋惑》《大學章句纂要》《四書述義通》若干卷，《治平首策》二卷，《學則》二十卷，《韻原》六十卷。府君懲士習淪於夷俗，獨製古冠衣服之，揖讓步趨，必以禮法。人望之，神情夷朗，如逸民高士；及即之，則雍然和；與之語，出仁入義，愈久愈無窮。」

〔一一〕篤生：生而不平凡；篤，厚實，一説語氣助詞。

〔一二〕誕茂：竭力塑造；誕，語氣助詞；茂，通「懋」，勉力。《爾雅·釋詁上》：「茂，勉也。」《詩經·小雅·南山有臺》：「樂只君子，德音是茂。」

〔一三〕堂基：廳堂牆腳，喻德業基礎。

〔一四〕鈎深索隱：尋找索求深奥隱秘學問。探賾研幾：探索研究玄妙精微知識。

〔一五〕指掌：自指其掌，形容瞭解熟諳。葛洪《抱朴子·對俗》：「苟得其要，則八極之外，如在指掌；百代之遠，有若同時。」

〔一六〕費辭：言詞繁瑣。

〔一七〕錦績：色彩豔麗之織錦。爛如：光彩耀眼貌。

〔一八〕閑：法度。《論語·子張》：「大德不逾閑。」輿：車。《論語·衛靈公》：「君子義以爲質，禮以行之，孫以出之，信以成之。」

〔一九〕蒸蒸：美盛貌。張衡《東京賦》：「蒸蒸之心，感物增思。」李善《注》：「蒸蒸，孝也。」友：善待兄弟。王褘《王忠文公集》卷二十三《祭蔣季高文》：「季高行粹以夷，事親從兄，孝弟兼至，處族交友，又誠以信，譬如美玉，絶無玷瑕。」

〔二〇〕庶幾：差不多，此指近乎賢者。《易·繫辭下》：「顏氏之子，其殆庶幾乎？」高亨《注》：「庶幾，近也，古成語，猶今語所謂差不多，贊揚之辭。」

〔二一〕疇：誰。《後漢書》卷五十九《張衡》：「疇可與乎比伉？」李賢《注》：「疇，誰也。」

〔二二〕荆玉：荆山美玉，即和氏璧。璞：未經雕琢之玉石。王褘《祭蔣季高文》：「季高學精而敏，獵史蒐經，旁涉百氏，發爲文章，筆力甚雄，譬如神駒，有逸無蹶。人謂季高，必就遠大，拔出畯林，顯融當世。」

〔二三〕玄首：滿頭黑髮。潘岳《楊荆州誄》：「降年不永，玄首未華，銜恨没世。」李周翰《注》：「玄首，頭未白。」隳：毁壞，敗壞。

〔二四〕舊宇：故居，老宅。襲：穿衣，加衣，專指替屍體穿上衣服。遺衣：死者衣服。

〔二五〕欷：歎泣聲。宋玉《九辯》：「中憯惻之悽愴兮，長太息而增欷。」

〔二六〕撫：察看。宋玉《神女賦》：「於是撫心定氣。」李善《注》：「撫，覽也。」氣化：陰陽二氣之變化。

〔二七〕《淮南子·説山訓》：「魄問於魂曰：『道何以爲體？』」高誘《注》：「魄，人陰神也；魂，人陽神也。」黝黝：青黑色。

〔二八〕旐：希望。素旟：繪有鳥隼圖像之白旗。《詩經·鄘風·干旄》：「孑孑干旟，在浚之都。」

朱茂清哀辭 并序

茂清朱漳，世爲婺之烏傷人，其家距縣五十里近。茂清嘗以事至縣，謁縣大夫歸，俄而疾作竟死，年四十云。

初予客郡城，寄郡東門外家焉〔一〕。一日，郡兵戕其帥，城門晝閉〔二〕。城外居民即讙〔三〕，無男女老幼空其室盡行。予亦挈妻子登舟溯流至烏傷境。因自歎去家遠，行橐枵然無以給〔四〕。予材性下，又無他伎術摇動人〔五〕，又不得好義倜儻之士以相倚，予其不爲溝中瘠也其幾矣〔六〕。爲是憂之甚。

既而遇茂清於道途，茂清乃迎入其家。見其子姓已，即館之别室，飲食供張無一不如意者〔七〕。留茂清家逾二月，而郡民之道還者踵至，予亦買舟竟去。且别，泣而言曰：「予去茂清而歸，予其誰與處耶？他日或還山，或仍客郡城，予即不能往，茂清其過我耶〔八〕！」茂清曰：「是亦滰之言也。」

予既復居郡東門，且將致茂清雙溪上〔九〕。而或以茂清訃聞，予時雖哽①塞不勝，莫詰茂清死狀，然不敢即哭之者，猶冀訃者之或妄。後會伯清至，其言與訃者同。伯清，茂清之宗也。嗚呼，茂清之死爲不妄矣！

茂清善讀書，有幹蠱長材然〔一〇〕，樂爲人解紛。居丹溪之上，而丹溪之人愛慕之。其長老教其子弟必以茂清爲言，其鄉鄰之鬥争無訴者、宗族之顛連無告者〔一一〕，皆曰：「自茂清亡，使吾無所依，而生以爲恨。」茂清嘗買宅一區，買田數頃，將以贍其族人云。噫，茂清之賢如此，而竟止於此，豈非其命也夫？予既悲茂清之死，而又悲予之生而無助也。辭斯作：

維材之良，維行之臧〔三〕，維壽命之不長。嗚呼！天其不予相也，如之何弗傷！

【題解】

朱漳，字茂清，元末義烏寬厚長者，大醫朱丹溪再從子，參看卷三《悲亡友朱茂清》。《宋文憲公全集》卷二十四《故丹谿先生朱公石表辭》：「後十年，山水暴至，堤又壞。先生命再從子漳力任其事，以嗣其成。」明太祖下金華，胡大海奉命鎮守，至正二十二年壬寅仲春爲亂兵所害，金華由是板蕩傾危。戴九靈避亂義烏，暫寓茂清家。戴九靈返婺不久，茂清竟以病辭世，戴九靈聞訊大慟而撰文懷之。

【校勘】

① 哽：底本作「硬」，據乾隆本改。

【箋注】

〔一〕郡城：此指金華府城。

〔二〕《明史》卷一《太祖一》：「（至正二十二年二月）癸未，降人蔣英殺金華守將胡大海，郎中王愷死之，英叛降張士誠。」《道光金華縣志》卷十二《兵燹》：「十九年六月還應天，以寧越重地，召大海守之，進江南行省參知政事。初嚴州既下，苗將蔣英、劉震、李福自桐廬來歸，大海喜其驍勇，置麾下。二十二年正月，三人謀作亂，晨入分省署，請大海觀弩於八詠樓下。遣其黨跪馬前詐訴英過，大海未及答，反顧英，英出袖中椎擊，中腦仆地。并其子關住、郎中王愷皆遇害，同時有高子玉者殲焉。英等大掠城中，奔於吴。同僉行樞密院事李文忠撫定其衆。」

〔三〕讙：喧嘩驚恐。《史記》卷五十六《陳丞相世家》：「諸將盡讙。」司馬貞《索隱》：「讙，嘩也。」

〔四〕枵然：空虚貌。

〔五〕材性：資質，稟賦。《荀子·榮辱》：「材性知能，君子小人一也。」伎：通「技」。

〔六〕胔：通「胔」，尚存殘肉之屍體。幾：多少，此言極少。

〔七〕館：安排住宿。供張：同「供帳」，供設帷帳。《漢書》卷七十一《疏廣》：「公卿大夫故人邑子設祖道，供張東都門外。」

〔八〕還山：此指返回山峙嶺環之浦江縣城。即：如果。

〔九〕雙溪：金華溪流名，詳見卷三《九日偕子充安道諸友遊東城》。

〔一〇〕幹蠱：出色完成父親未竟事業，後泛指擅長處理事務。《易·蠱》：「幹父之蠱，有子，考無咎。」王弼《注》：「幹父之事，能承先軌，堪其任者也。」長材：出衆才能。

〔一一〕顛連：困頓艱難。王冕《江南民》：「無能與爾扶顛連，老眼迸淚如飛泉。」

〔三〕臧：美好。《詩經·邶風·雄雉》：「不忮不求，何用不臧？」

祭文

祭先師柳待制文

嗚呼先生，文場之帥，士林之雄！天既生之，其必有意，將豐將隆。先生之生，雅厚英邁，越自成童〔一〕，展也得師，蚤叩巖南，繼謁仁翁〔二〕。衆理之淵，至道之腴，遂燭而融〔三〕。乃克①新得，斂彼豪英，一變温恭。先生曰嘻，庶廣見聞，觀厥會通〔四〕。厖材碩德，一二遍參，有符其同〔五〕。遂發緒餘，衣被海内，揚厲文風〔六〕。王公戚里，緘幣走門，惟日憧憧〔七〕。二十年間，穹龜巨碑，照耀提封〔八〕。

我業已修，曰驗於爲，以攄厥鍾〔九〕。實艱初試，邑校州庠，繼登辟雍〔一〇〕，青衿胄子，聞膻即附，鼓篋而從〔一一〕。司隸奉常，領教儒臺，聲甚渢渢〔一二〕。包茅有貢，覆溺江湖，再歲而逢〔一三〕。先生疏之，俾附軺傳，以活疲癃〔一四〕。從祀匪德，禮官憚威，莫敢告忠〔一五〕。集議之頃，先生折之，氣厲言雍。

及蒞洪都，曾未期月，教雨其濛〔一六〕。乃嚴矩範，乃聘名師，乃飭儒宮。我疆我理，先生正之，慚屈盲聾〔一七〕。已則有粟，先生均之，廩士告豐〔一八〕。報政而歸，蜀山之下，浦汭之東〔一九〕。飲水著書，爇薪照字，歲且十終。四海環眴，英聳如山，炳焕猶龍〔二〇〕。飛剡交章，論薦公車，上達帝聰〔二一〕。帝曰俞哉！命掌厥制〔二二〕，士論稱公。而今而後，庶其大用，以收厥功。天胡不仁？賀轍未安，門已弔凶〔二三〕。嗚呼先生，今其已矣！士失所宗。良也登門，幾年於兹，肇自童蒙〔二四〕。月夕風晨，婆娑誘掖，猶記德容〔二五〕。教我食我，戒我勸我，在麻之蓬〔二六〕。臨别謂我：「若子之質，纖而必洪。窘兹賤寒，乃我之責，可不薦庸〔二七〕？」我觀先生，我得我失，若闢厥躬。一朝棄我，山摧谷崩，事若夢中。

先生之生，位不滿能，亦云顯崇；先生之年，逾七望八，孰曰非翁？得正而斃，固亦無憾，我意不充〔二八〕。哲人其萎，道日淪喪，孰繼遐蹤〔二九〕？我悲先生，夫豈我私？亦哀道窮〔三〇〕。

輀車既駕，恭陳薄奠，矢辭告衷〔三一〕。嗚呼先生，魂魄毅兮，鑑我哀恫〔三二〕。

【題解】

柳貫，元儒林四傑之一，官翰林待制，詳見本書卷四《浦陽五賢贊并序》。《柳待制文集》宋濂《跋》：「先生素涵匡濟之學，鬱而不能大振，於是悉斂其英華发之於文，震蕩汪洋，自成一家之言。或鋪張製作之休懿，或昭明神人之感通，或序列兵戎之功伐，或闡陳善治之所急，或推原名教之攸繫，肆筆而成，其光焰萬丈自不容掩，初未嘗區區求工於篇章之間也。國子監丞莆田陳公旅嘗評之曰：『柳公之文厖蔚隆凝，如泰山之雲，層鋪疊湧，杳莫窮其端倪。天曆以來，海内之所宗者，唯雍虞公伯生、豫章揭公曼碩、烏傷黄公晉卿及公四人而已。』識者以爲名言。嗚呼！先生之於文，可謂至矣，可謂善觀會通而能宣至文之昭著者矣。使先生得大振所學，功烈僅施於一時，孰若斯文之傳，衣被於無窮哉！雖失於彼而復得乎此，有不足深憾也。」

【校勘】

①克：乾隆本作「充」。

【箋注】

〔一〕越：語氣助詞。《尚書·大誥》：「越予沖人，不卬自恤。」

〔二〕展：誠然，確實。《詩經·小雅·車攻》：「允矣君子，展也大成。」巖南：方鳳，字韶卿或韶父，一名景山，號巖南老人，宋末元初浦江鴻儒，參看卷六《書柳待制詩後》。仁翁：金履祥，宋末元初蘭溪著名理學家，世稱仁山先生，詳見卷四《浦陽五賢贊并序》。

〔三〕淵：深邃。燭：洞察。融：顯明。《詩經·大雅·既醉》：「昭明有融。」朱熹《詩集傳》：「融，明之盛也。」

〔四〕庶：希望，希冀。會通：融會貫通。《易·繫辭上》：「聖人有以見天下之動，而觀其會通，以行其典禮。」孔穎達《疏》：「觀看其物之會合變通。」

〔五〕厖材碩德：大才大德者。《爾雅·釋詁》：「厖，大也。」參：參拜。有符：如同符節；有，如似。

〔六〕緒餘：殘餘。衣被：養護，施恩。歐陽修《夫子罕言利命仁論》：「衣被群生，贍足萬類。」揚厲：發揚光大。

〔七〕戚里：親戚鄰里。緘幣：書信禮物；緘，信；幣，古時作爲禮物之束帛。《説文》：「幣，帛也。」憧憧：往來不絶貌。《易·咸》：「憧憧往來，朋從爾思。」陸德明《釋文》引王肅曰：「憧憧，往來不絶貌。」

〔八〕穹龜巨碑：有龐大龜形底座之石碑；穹龜，大龜。韓愈《南海神廟碑》：「穹龜長魚，踊躍後先。」提封：封疆。

〔九〕攄：散布。鍾：聚集。《世説新語·傷逝》：「情之所鍾，正在我輩。」

〔一〇〕《宋濂全集》卷七十六《元故翰林待制承務郎兼國史院編修官柳先生行狀》：「國朝大德四年庚子，先生年三十一，始用察舉爲江山縣學教諭。至大元年戊申，遷昌國州學正……（延祐）

六年己未，改國子助教，階將仕佐郎。至治元年辛酉，升博士，轉將仕郎。諸生敬之如神明，其後散之四方幾千餘人，去爲良御史、名監司者甚衆。」邑校州庠：縣學與州學。辟雍：周天子所設太學，此代元朝最高學府國子學。

〔一一〕胄子：原指帝王及貴族長子，後泛稱國子學學生。《尚書·舜典》：「夔！命汝典樂，教胄子。」孔《傳》：「胄，長也，謂元子以下至卿大夫子弟。」膻：羊臊氣。鼓篋：擊鼓開篋，古代開學儀式；篋，書箱。《禮記·學記》：「入學鼓篋，孫其業也。」鄭玄《注》：「鼓篋，擊鼓警衆，乃發篋出所治經業也。」

〔一二〕宋濂《元故翰林待制承務郎兼國史院編修官柳先生行狀》：「泰定元年甲子，先生年五十五，遷太常博士，升徵事郎。時方承平，稽古禮文之事次第并舉，遇有所討論，先生爲權準古今，敷繹詳緻，廷議莫不多之。」奉常：秦言奉常，後稱太常，元曰太常禮儀院。《元史》卷八十八《太常禮儀院》：「掌大禮樂、祭享宗廟社稷、封贈謚號等事……屬官：博士二員，正七品。」領教：主管教化活動。儒臺：掌管儒學之官署。渢渢：大聲。

〔一三〕《元故翰林待制承務郎兼國史院編修官柳先生行狀》：「沅陵歲貢包茅四十餘匭，茅輕舟摇，押行吏多沉江死。先生建言，請損其三之二，附他貢以輸。」包茅：古代祭祀時用來濾酒之菁茅。《左傳·僖公四年》：「爾貢包茅不入，王祭不供，無以縮酒。」杜預《注》：「包，裹束也；茅，菁茅也；束茅而灌之酒，爲縮酒。」

〔一四〕疏：上遞奏章分條陳述。軺傳：古代驛站由兩匹馬拉動之輕便車。疲癃：老態龍鍾或殘疾者。

〔一五〕《元故翰林待制承務郎兼國史院編修官柳先生行狀》：「枋國者欲以其祖配享孔子廟，禮官承望風旨，唯恐有忤。先生毅然持不可，事遂寢。」從祀：配享，附祭。《元史》卷七十六《祭祀五》：「皇慶二年六月，以許衡從祀，又以先儒周敦頤、程顥、程頤、張載、邵雍、司馬光、朱熹、張栻、吕祖謙從祀。至順元年，以漢儒董仲舒從祀。」憚威：懼怕淫威。

〔一六〕《元故翰林待制承務郎兼國史院編修官柳先生行狀》：「（泰定）三年丙寅，先生年五十七，以文林郎出爲江西等處儒學提舉。龍興郡學久廢不治，先生請宰府新之，聘延名儒孫轍爲學者師，士風爲之復振。他書院不藉於禮官者亡慮數十，其出納布粟從提舉署，主領一員司之，有力者常行貨求，檄至則乾没爲奸。先生盡罷遣，分隸所在學官。提舉朝夕膳，歲進米凡八十石，皆取於諸生餼廩中，先生謝不受，後來莫有敢追襲其弊者。黄冠師建三靈廟以侵學地，浮屠據東湖書院田二百三十畝而贏，先生皆爲復之。葺漢先賢徐孺子墓，立宋高士蘇雲卿祠，古碑碣所紀有關於名教者，必訪求而重刻焉。凡可以扶世導民者，無不爲也。豐城學徒挾奸以持校官短長，時主教者又不知以職自振，每用計相傾。先生各坐以其罪，聞者心服。」涖：涖任，官吏到任。洪都：或稱洪州，或稱豫章，今江西南昌。期月：一周年。濛：濛濛，繁密貌。

〔一七〕《詩經·小雅·信南山》:「我疆我理,南東其畝。」正:整飭,糾正。盲聾:形容愚昧無知。《韓非子·解老》:「費神多,則盲聾悖狂之禍至。」

〔一八〕廩士:由朝廷提供膳食之讀書人。

〔一九〕《元故翰林待制承務郎兼國史院編修官柳先生行狀》:「滿秩而歸,杜門不出者十餘年。先廬數間,僅蔽風雨,而饘粥或不繼,先生處之裕如也。先生雖居巖壑,海内仰之猶如魯泰山作鎮海隅,莫不以其出處爲斯文隆替之候,風紀行部必過門承問而去。」報政:陳報政績。浦汭:浦陽江,詳見卷一《築新居》。

〔二〇〕環眴:環視;眴,眼睛轉動。英聳:傑出高聳。炳焕:鮮明亮麗。張衡《東京賦》:「瑰異譎詭,燦爛炳焕。」薛綜《注》:「燦爛炳焕,潔白鮮明之貌。」

〔二一〕飛剡:飛章,疾速上遞奏章;剡,剡薦,上書舉薦。交章:官員交互向皇帝上書奏事。公車:掌管皇宫司馬門、徵召及臣民上書等事務之官署。

〔二二〕俞:表示應允歎詞。《尚書·堯典》:「帝曰:『俞!予聞,如何?』」制:皇帝命令。《史記》卷五《秦始皇本紀》:「命爲制,令爲詔。」

〔二三〕賀轍:慶賀者所乘馬車;轍,車輪輾壓所留痕迹,代車。吊凶:吊喪。

〔二四〕肇:開始。童蒙:蒙昧童年。

〔二五〕婆娑:盤旋徜徉貌。德容:得道者儀容。

〔二六〕食：供養。《詩經·豳風·七月》：「采荼薪樗，食我農夫。」在麻之蓬：蓬草隨外物而曲直，若長於筆直大麻之間，則亦隨之而挺立。《荀子·勸學》：「蓬生麻中，不扶而直；白沙在涅，與之俱黑。」

〔二七〕薦庸：推薦任用；庸，用。《尚書·大禹謨》：「無稽之言勿聽，弗詢之謀勿庸。」

〔二八〕得正：契合正道。《禮記·檀弓上》：「吾何求哉？吾得正而斃焉，斯已矣。」充：滿足。

〔二九〕萎：草木枯槁，比喻辭世消亡。遐蹤：先賢高遠事迹。

〔三〇〕《史記》卷四十七《孔子世家》：「及西狩見麟，曰：『吾道窮矣！』喟然歎曰：『莫知我夫！』」

〔三一〕矢辭：正直言辭。方孝孺《春秋諸君子贊·劉康公》：「矢辭豈多？妙合大中。」

〔三二〕哀恫：哀痛。《詩經·大雅·桑柔》：「哀恫中國，具贅卒荒。」鄭玄《箋》：「恫，痛也。」

大人祭柳待制文

嗚呼哀哉！委河海不足以盡公之閎博雄深，披星斗不足以喻公之華辭麗筆〔一〕。當其創意遣言，摇毫行墨，下追班馬，上睨莊屈〔二〕，莫不陶鎔乎神化，陵駕乎儔匹〔三〕。而况律己温恭，接人忠實。行非難繼而動有典常，言不乖忤而心存整飭〔四〕。

追古人而與徒，豈庸態之能測〔五〕？信人物之標表，誠當代之英特〔六〕。

至於居官涖事，務殫厥職。緒正奉常之儀禮，化洽成均之訓迪〔七〕。提文印於儒臺，啓藏書於石室〔八〕，皆足以垂譽來今，騰輝古昔〔九〕。然而官僅階於五品，禄不上於千石〔一〇〕，曾未得歷禁林之獻納〔一一〕，究蘭臺之撰述〔一二〕。何鳳翥而鵬飛，忽飆散而星没〔一三〕？嗚呼哀哉！

國殞其良，孰爲衡石〔一四〕？人殄厥師，莫有矜式〔一五〕。彼縉紳之在位，因匍匐而賙恤。絅公之棺者，有以駭都門之見聞；臨公之喪者，有以興閭巷之楚惻①〔一六〕。況某等近連姻婭，早蒙振祓②〔一七〕。當靈車之遠還，情怳怳以何極〔一八〕！睠荆山之故墟，日徜徉乎屨舄〔一九〕。曾歲月之幾何，遽長掩於玄室〔二〇〕。痛幽明之敻隔〔二一〕，莫有酬夫舊德。列觴豆以告哀，尚愀焉而來格〔二二〕。嗚呼哀哉，尚饗！

【題解】

大人，敬稱父親。《孔子家語·六本》：「向也參得罪於大人，大人用力教參。」此指戴九靈父戴暄，詳見本卷《元故戴府君壙記》。柳待制，名貫，字道傳，詳見本書卷四《浦陽五賢贊并序》。

【校勘】

① 惻：底本作「測」，據乾隆本改。

② 祓：乾隆本作「拔」。

【箋注】

〔一〕委：堆積，積聚。閎：通「宏」。披：劈開，打開。星斗：泛指天上星辰。

〔二〕班馬：史學大家班固與司馬遷。賀鑄《懷寄周元翁十首》：「周郎有史才，班馬可并驅。紛紛讒諂人，畏君筆削誅。」莊屈：道家學派締造者莊子與愛國詩人屈原。陸游《書感》：「苦心文章亦未非，與此二事同一機。寥寥千載見亦稀，莊屈已死吾疇依？」

〔三〕陶鎔：造就。神化：聖王教化。宋濂《送劉永泰還江西序》：「今幸遭逢有道之朝，登崇俊良，凡有血氣者莫不涵泳歌舞於神化之中。」

〔四〕典常：常道。《尚書·周官》：「其爾典常作之師，無以利口亂厥官。」整飭：端正嚴謹。

〔五〕鄭太和《義門鄭氏奕葉文集》卷一《祭柳文肅公文》：「公時壯年，立志已宏，從師問學，負笈擔簦。既見巖南於仙華，又謁仁山於瀫水。而所謂知行并進者，亦惟篤實而粹凝。於是悉心以受傳，若性理之精微，文章之準繩，公既盡得之矣，宜乎志益篤而學益精。故其氣貌之溫溫，德性之徽徽，使人就之則儆然而威，叩之則肅然而清，蓋不可以意而將迎。公不自謂已足，而猶廢寢忘餐，究理會源，考經訂傳，必若庖丁之中其肯綮，而易牙之辨其淄澠，然後敷暢融洽，發爲文英。此其積於中者既久，而見於外者故能鞺鞳而崇閎。」

〔六〕標表：表率，榜樣。英特：傑出卓越人物。

〔七〕緒正：理出頭緒匡正謬誤。王鏊《震澤長語·經傳》：「今《五經》惟《禮》最繁亂，惜不一經朱子緒正。」化洽：教化沾潤。《三國志》卷十六《魏書·蘇則》：「若陛下化洽中國，德流沙漠，即不求自至；求而得之，不足貴也。」成均：太學，國子監。

〔八〕石室：國家圖書室。《史記》卷一百三十《太史公自序》：「紬史記石室金匱之書。」司馬貞《索隱》：「按石室金匱，皆國家藏書之處。」

〔九〕來今：自今以後。騰輝：閃耀光輝。《祭柳文肅公文》：「壯矣哉，獨以斯文爲任而先一世鳴！是宜爲國之楨，作帝股肱，而措天下萬世於隆平。胡爲乎初主泮黌，歷典儒臺，而遂十載韜迹於林坰？惟德性之沖澹，恒葆淑乎靈醇，固不以賤爲辱而以貴爲榮。然縉紳之慕戀，學者之依憑，蓋有若鳳凰之與景星。」

〔一〇〕千石：秦漢以石爲單位計算不同官階者俸禄，從二千石遞減至百石止。

〔一一〕禁林：翰林院別稱。《舊唐書》卷一百七十八《鄭畋》：「禁林素號清嚴，承旨尤稱峻重。」獻納：建言以供采納。

〔一二〕蘭臺：宫廷藏書處。《漢書》卷十九上《百官公卿表上》：「御史大夫……有兩丞，秩千石。一曰中丞，在殿中蘭臺，掌圖籍秘書。」

〔一三〕《祭柳文肅公文》：「於是有詔起公，直赴神京。吾意天其或者將使潤飾皇猷，黼黻乎帝廷，而作我儀型。奈之何德未博施，道未大行，而遽即世於玄扃？豈造物之難知，抑神理之不可徵？吾將有問於彼蒼，果孰尸夫窈冥？何賢人之瘁瘁，而愚者之敉寧？一世之短，萬世之長。惟微言之尚存，爲學者之珮珩。」

〔一四〕衡石：測量物體輕重之器具，喻準則；衡，秤；石，重量單位，一百二十斤爲一石。《後漢書》卷二十八下《馮衍傳第十八下》：「棄衡石而意量兮，隨風波而飛揚。」

〔一五〕殄：滅絶。矜式：楷模。

〔一六〕《宋濂全集》卷七十六《元故翰林待制承務郎兼國史院編修官柳先生行狀》：「省臺樞府而下皆來歸賻，館閣之士至於灑泣。集賢大學士吴公直方、國子博士吴公師道與經筵檢討危公素共經紀喪事。御史中丞張公起巖在成均爲同僚友，至是哭之尤哀。冢孫穎奉靈輀南還，諸公相與陳奠都門，見者皆咨嗟隕涕。」紼：牽引柩車之繩索。楚惻：痛苦悲傷。

〔一七〕姻婭：親戚。振祓：舉擢消災；祓，消災。

〔一八〕悅悅：失意不安。

〔一九〕荆山：元浦江縣通化鄉烏蜀山旁峰巒。《光緒浦江縣志》卷五《宅墓·元待制柳貫墓》：「在縣南三十里通化鄉荆山。」故墟：舊墓。《柳待制文集》卷二十《祭亡室浦江縣君盛氏文》：「茲卜新阡，荆山之麓。」履舄：鞋，引申爲足迹。

〔二〇〕幾何：多少，極言其少。玄室：墓室。

〔二一〕幽明：陰間與人間。韓愈《謝自然詩》：「幽明紛雜亂，人鬼更相殘。」敻隔：遠遠隔離。

〔二二〕觴豆：裝酒與盛食物器皿。尚：希望。來格：來臨。《爾雅·釋詁》：「格，至也。」

祭方壽父先生文

維至正十二年歲次壬辰十月辛丑朔〔一〕，越十九日己未，近故北村先生方公歸葬北山里，生某等設幃道左，薄陳香幣之奠〔二〕，爲文以告之曰：

人之有生，具剛柔之理，稟正通之氣，雖所遇有窮達之殊，然所就無彼此之異〔三〕。故其見之於行者，或不能以少伸；而其托之於言者，則庶乎其可恃。言之精者爲詩，發乎情而止乎禮義〔四〕。顧時世之迭更，遭風變而雅廢〔五〕。苟有道以爲之本根，則出其緒餘，亦皆不以盛衰而二致。

先生於斯可謂有志，是以雖當巢傾雛①覆之餘，橐倒囊垂之際，借椒聊②之一枝〔六〕，曾風雨之不蔽。然猶以貧自娱，以閑自肆。方策竹以爲笻，或紉蘭而作佩〔七〕，訪虞帝③於蒼梧，吊屈子於湘水〔八〕。計足迹之所經，匪山顛則水澨〔九〕。故凡草木之英華，魚蟲之狀類，莫不窮搜遍攬，以爲朝吟夕唱之具〔一〇〕。所以篇章之雜沓，壹是翰墨之遊戲〔一一〕。或托物以寫懷，或緣情而抒思，或登高以詠古，或望遠而諷世。但此情之有適，曾不恤夫室之空而躬之瘁〔一二〕。

迨黌宫之借師，遂有來夫户屨〔一三〕。以其得諸己者淑諸人，亦既有以慰懌其心意。信鄉社之長城，實斯文之徽幟〔一四〕。暨晚年之放曠，稍沉酣乎酒醴。挾麯生以與俱，卧匏樽而徑醉〔一五〕。較劉伶與李白〔一六〕，又何異乎伯仲之與翁季〔一七〕？

惟仙華之故墟，誠衆芳之所萃〔一八〕。當先公隱居行義於是中，而括蒼有吴，延平有謝，亦翻然而來蒞〔一九〕。人之望之，要不翅夫吕氏之友朱、張〔二〇〕，方參居而鼎峙〔二一〕。當是之時，其媚學之徒〔二二〕，惟蜀山爲可仰〔二三〕，他若田居子之清醇〔二四〕，深裊君之精邃〔二五〕，亦皆可挹而可厲〔二六〕。先生之於三公，咸弟撫而兄事，庶幾大雅之風，永振巖南之里〔二七〕。豈期人事之難常，洊若晨星之飄墜〔二八〕？幸靈光之獨立〔二九〕，尚嵯峨於風雨。里黨以之而壯觀，山川以之而暉媚〔三〇〕。

竟斯人之不淑，亦塵飛而煙委〔三一〕。嗚呼！繼今以往，典刑日以曠遠，鄉學日以陵替〔三二〕。閭巷何從而考徵？士子何從而淬礪④〔三三〕？將見黄鍾大吕之音〔三四〕，自是而不續；而濮上桑間，且交陳而并舉〔三五〕。

某等之於先生，或以姻親而托交，或以鄉枌而叨契〔三六〕，或以弟子而遊從，或以友朋而密邇。咸資晉鄙之薰，得免君子之棄〔三七〕。夫何鄰燭之輝〔三八〕，不照泣麟之淚〔三九〕？當靈車之既駕，痛哲人之云逝。托鷄絮以陳誠〔四〇〕，尚愀焉而鑑視。尚饗！

【題解】

方樗，字壽甫，或作壽父，浦江宋末遺民方鳳長子，其行迹略見本書卷五《浦江縣修學記》。賢婿浦江大儒吴萊，參看本卷《吴先生哀頌辭并序》。《乾隆浦江縣志》卷七《官司志・秩官表・教諭》：「四年任。邑人，字壽父。按吴萊《修學記》，樗於至正十一年猶未代去。萊稱之曰『學之耆碩方先生，其爲助教之人』，尤可證。」《乾隆浦江縣志》卷十二《人物志・文苑・方樗》：「方樗，字壽甫，鳳子也。授本邑學正，以振興庠序爲己務，人士因之丕變。弟梓，字實甫，義烏訓導，并能文善詩。嘗從父遨遊山水，與謝翺、吴思奇輩追隨吟詠，爲柳貫、黄溍諸賢所器重。吴萊則樗婿也。樗於至正十二年卒，學者稱北村先生，所著詩文并載《存雅堂集》。」

《吴師道集》卷五《北山行爲方壽父作》：「峨峨仙華峰，下有詩人宅。左招括蒼之貞士，右挽延平之羈客。一時山水鄉，聚此文章伯。君方壯歲清且閑，日操几杖隨追攀。至今倡和猶在耳，隱隱澗水松聲間。衣冠雲散迹如掃，白髮垂肩君亦老。高門長鋏不可彈，邑西結屋茨生草。飛鴻印雪元無據，北村之名不忘故。時時矯首家山路，朝吟暮諷出清新。甑無炊米妻孥嗔，祗有青山不厭人。」

【校勘】

① 雛：底本作「雖」，據乾隆本改。

② 椒聊：乾隆本作「鷦鷯」。

③ 帝：底本作「婦」，據乾隆本改。

④ 礪：底本作「濿」，據乾隆本改。

【箋注】

〔一〕歲次：古代歲星紀年法中每年歲星所值之星次，後指干支紀年法中之天干地支。

〔二〕故：去世。香幣：用於祭祀之香火和幣帛；幣，束帛。《說文》：「幣，帛也。」

〔三〕理：天性。《禮記・樂記》：「天理滅矣。」鄭玄《注》：「理，猶性也。」正通：通正，順暢平正。《爾雅・釋天》：「四時和爲通正。」郭璞《注》：「通，平暢也。」

〔四〕止：約束，限制。《荀子・不苟》：「見由則恭而止。」楊倞《注》：「止，謂不放縱也。」《文選》卷四十五卜子夏《毛詩序》：「故變風發乎情，止乎禮義。發乎情，民之性也；止乎禮義，先王之澤也。」

〔五〕迭更：更替。風變雅廢：變風變雅，本指《詩經·風雅》中反映周政衰亂之詩章，此指反映宋末衰頽局勢之詩文。卜子夏《毛詩序》：「至於王道衰，禮儀廢，政教失，國異政，家殊俗，而變風變雅作矣。」

〔六〕巢傾雛覆：窠巢傾倒小鳥覆没，喻南宋衰亡故國沉淪。椒聊：木名，即椒；聊，助詞。《詩經·唐風·椒聊》：「椒聊之實，蕃衍盈升。」

〔七〕策竹：拄竹子；策，拄。笻：拐杖。紉蘭：連綴幽蘭。屈原《離騷》：「扈江離與辟芷兮，紉秋蘭以爲佩。」

〔八〕虞帝：虞舜。蒼梧：地名，在今廣西壯族自治區，傳説虞舜南巡時途經蒼梧而崩殂。《列女傳》卷一《母儀傳·有虞二妃》：「舜陟方，死於蒼梧，號曰重華。」屈子：屈原，戰國楚地愛國志士，晚年貶謫湘江之畔。

〔九〕漘：通「脣」，邊緣。吴師道《吴正傳先生文集》卷十四《送方壽父之道州序》：「今年秋，識壽父於客舍。一見，語未卒掉鞅去，高姿勝韻，炯炯心目間，旬月未已。既而壽父復來，過門言别曰：『里故人之官春陵，邀我偕往，雅聞南方風物山水之勝，將覽以自廣，發胸中之奇也。』余聞其言，爲之蹙蹙然汗浹不自禁。平生少時意氣激昂，萬里咫尺，謂司馬子長特易易，安知局束困頓至此哉！今君泛然而遊，無假於仕，獨遇好士者之求，馳鶩東西，靡不如志，安得企而隨之乎！矧今所遊，尤予所動心者。道蒼梧、瀟湘之墟，望九疑之聯綿，舜峰之莽蒼，重華二妃之遺迹，尚有可見者乎？」

〔一〇〕具：食物，引申爲素材。《禮記·内則》：「則佐長者視具。」鄭玄《注》：「具，饌也。」

〔一一〕雜沓：紛雜繁多貌。

〔一二〕恤：擔心，憂慮。《説文》：「恤，憂也。」

〔一三〕黌宫：學校。户屨：慕名求學者放於門外之鞋，代求學者。《莊子·列禦寇》：「無幾何而往，則户外之屨滿矣。」

〔一四〕鄉社：鄉里；鄉，地方行政單位，一鄉一萬二千五百家；社，地方行政單位，一社二十五家。斯文：儒者，文人。杜甫《壯遊》：「斯文崔魏徒，以我似班揚。」徽幟：標誌，多指旗幟。

〔一五〕麯生：傳説中美酒所化鬼魅，常以之代美酒。唐鄭棨《開天傳信記》：「法善居玄真觀，嘗有朝客數十人詣之，解帶淹留，滿座思酒。忽有人叩門，云麯秀才。法善令人謂曰：『方有朝僚，未暇瞻晤，幸吾子異日見臨也。』語未畢，有一美措傲睨而入，年二十餘，肥白可觀，笑揖諸公，居末席，抗聲談論，援引古人，一席不測，恐聳觀之。良久，暫起旋轉。法善謂諸公曰：『此子突入，語辯如此，豈非魃魅爲惑乎？試與諸公避之。』麴生復至，扼腕抵掌，論難鋒起，勢不可當。法善密以小劍擊之，隨手失墜於階下，化爲瓶榼，一座驚慴。遽視其所，乃盈瓶醲醞也。咸大笑，飲之，其味甚嘉。座客醉而揖其瓶曰：『麯生風味，不可忘也。』」匏樽：用匏所製酒器。

〔一六〕劉伶：西晉竹林七賢之一，崇尚道家無爲學説，蔑視禮法，嗜酒自放。《文選》卷四十七劉伶《酒德頌》：「有大人先生，以天地爲一朝，萬期爲須臾，日月爲扃牖，八荒爲庭衢。行無轍迹，居無室廬，幕天席地，縱意所如。止則操卮執觚，動則挈榼提壺，唯酒是務，焉知其餘？」李白：性嗜酒，或曰詩仙，或曰酒仙。杜甫《飲中八仙歌》：「李白斗酒詩百篇，長安市上酒家眠。天子呼來不上船，自稱臣是酒中仙。」

〔一七〕翁季：父子。魏了翁《送李季允赴召》：「史筵載筆聯翁季，政路題名接弟兄。」

〔一八〕故墟：舊居。潘岳《西征賦》：「窺秦墟於渭城。」李善《注》引《聲類》曰：「墟，故所居也。」

〔一九〕先公：宋末浦江鴻儒方鳳，參見本卷《書柳待制詩後》。吴：吴思齊，字子善，括蒼人，晚年寓居浦江，月泉吟社重要成員。謝：謝翱，字皋羽，一字皋父，號晞髮子，福建長溪人，宋末抗元志士，晚年寓居浦江建德等地；文天祥開府延平，謝翱投奔效命，此文以延平尊稱謝氏，蓋本於此。翻然：上下飛動貌。宋濂《浦陽人物志·文學篇·方鳳》：「世言杜甫一飯不忘君，今考其詩信然。鳳雖至老，但語及勝國事，必仰視霄漢，淒然淚下，故其詩亦危苦悲傷，其殆有得於甫者非耶？鳳嘗與閩人謝翱、括人吴思奇爲友。思齊則陳亮外曾孫，翱則文天祥客也，皆工詩，皆客浦陽，浦陽之詩爲之一變。思齊以父任入官，爲嘉興丞。宋亡，麻衣繩屨，退隱深山中。翱雖布衣，尤忠憤鬱鬱，或被髮佯狂，行嘯於野，或登釣臺痛哭，以酹天祥，酹已復作楚歌，以招其魂。皆可謂氣節不群之士，而獨與鳳善，豈《易》所謂同聲相應者耶？」

〔二〇〕呂氏：金華理學家呂祖謙，與朱熹、張栻友善，并稱東南三賢。《五峰書院志》卷二《傳略·宋東萊呂成公》：「公諱祖謙，字伯恭，號東萊，金華人。先生之學本之家庭，有中原文獻之傳。長從林之奇、汪應辰、胡憲遊，又友張南軒、朱晦翁，講習益精，以絶學倡東南，一時英偉之士，如陸象山、陳龍川、陳君舉、葉正則輩，皆歸心焉。」陳亮《龍川集》卷二十一《與張定叟侍郎》：「乾道間，東萊呂伯恭、新安朱元晦及荆州鼎立，爲一世學者宗師。亮亦獲承教於諸公後，相與上下其論。今新安巍然獨存，益締晚歲之好。」

〔二一〕參居：三賢并存。鼎峙：聳立如大鼎。

〔二二〕媚：喜歡。《詩經·大雅·思齊》：「思媚周姜。」毛《傳》：「媚，愛也。」

〔二三〕蜀山：元代儒學家柳貫，其宅邸依傍蜀山，因以蜀山代柳貫；詳見卷四《浦陽五賢贊并序》。

〔二四〕田居子：黄景昌之號，元代浦江學問家。《乾隆浦江縣志》卷十二《人物志·文苑·黄景昌》：「黄景昌，字清遠，一字明遠，縣之靈泉人。其先與太史公庭堅同所自出。四歲入小學，十二歲能屬文。長從方鳳、吴思奇、謝翱遊，益通五經諸子詩賦百家之言，尤篤意《書》《春秋》，學之四十年不倦。三傳異説，學者不知所從，景昌據經爲斷，各采其長，有不合者，痛辭辟之不少恕，作《春秋舉傳論》。巴川陽恪著《夏時考正》，言三代悉用夏時，不改月數。景昌以左氏縱不與孔子同時，亦當近在孔子後，其言當不誣，作《周正如傳考》。建安蔡沈集衆説爲《書傳》，世無敢議其非。景昌獨疏其倍師説者數十百條，作《蔡氏傳正誤》。古今詩體制雖相襲，而音節則殊，近代以此名家者亦罕知其説，景昌以古人論詩主於聲，今人論詩主於辭。聲則動合律呂，可以被之金石管弦；辭則文而已矣。乃集漢魏以來諸詩，各論其時代而甄别之，作《古詩考》。景昌善持論，出入經史，衮衮不窮，如議法之吏，反覆推鞫，其人辭不服不止。故其所言，皆綽有理致。他著述尚多，不能備陳。景昌年既耄，猶執筆删述不已，或勸其休，景昌曰：『吾豈不知老之宜佚哉！恐一旦即死，無以藉手見古人耳。』晚自號田居子，述《田間古調辭》九章。賓客至，輒揭甕取酒，其飲酒酣，取辭歌之，以策擊几爲節，音韻激烈，聞者自失，不知世上有貴富也。景昌事親孝，親没，哀泣至終喪。遇孤姊甚戀戀，懷鄉人有恩。重紀至元二年卒，年七十六。」

〔二五〕深褭君：元代浦江大儒吴萊，嘗隱居浦江深褭溪，世或稱之爲深褭君。

〔二六〕掐：舀取。厲：磨礪，激勵。

〔二七〕大雅：高尚雅正。方勇《存雅堂遺稿斠補》附録三引程文德《北村先生樗公學正梓公合傳并贊》云：「方公諱樗，字壽父，名賢韶卿公之元子也。學本庭幃，進修德業，端好惡，崇禮讓，爲人纖毫不爽。生平最好古，善屬詩，詞氣温潤而秀雅，警句多與家君媲美。授本邑學正，又克以爲己之學振興庠序，士習因以丕變，凡汭水之鴻儒、仙華之傑士而出自公之手澤所陶鑄者，有不可以數計。」

〔二八〕洊：再次，重復。《易·坎》：「水洊至，習坎。」

〔二九〕靈光：魯殿靈光之省稱，比喻碩果僅存之人或事物。庾信《哀江南賦》：「死生契闊，不可問天。況復零落將盡，靈光巋然。」倪璠《注》：「喻知交將盡，惟己獨存，若魯靈光矣。」

〔三〇〕陸機《文賦》：「石韞玉而山輝，水懷珠而川媚。」

〔三一〕不淑：不幸。《禮記·雜記上》：「寡君使某，如何不淑？」陳澔《集説》：「如何不淑，慰問之辭，言何爲而罹此凶禍也。」委：消逝。陸機《五等諸侯論》：「終委寇讎之手。」李周翰《注》：「委，死也。」

〔三二〕典刑：典範，法度；刑，通「型」。陵替：衰退，衰敗。

〔三三〕淬礪：同「淬厲」，淬火磨礪，引申爲磨煉進修。

〔三四〕黄鍾大吕：六陽律與六陰律構成十二音律，黄鍾大吕分别爲陽律和陰律之一，其音莊嚴正大悦耳和諧；常以之形容文辭莊嚴正大和諧高妙。鍾，通「鐘」。《陸象山語録》卷下：「先生之文如黄鐘大吕，發達九地，真啓洙、泗、鄒、魯之秘，其可不傳耶？」

〔三五〕濮上桑間：古衛國地，男女幽會之處，後代指萎靡頽唐之音樂與風俗。《禮記·樂記》：「桑間濮上之音，亡國之音也。」鄭玄《注》：「濮水之上，地有桑間者。亡國之音，於此之水出也。昔殷紂使師延作靡靡之樂，已而自沉於濮水。」《漢書》卷二十八下《地理志下》：「衛地有桑間濮上之阻，男女亦亟聚會，聲色生焉。」

〔三六〕鄉枌：故鄉；枌，漢高祖爲枌榆鄉人，起兵時禱於枌榆社，後遂以枌榆代故鄉。叨契：投合，融洽；叨，忝，謙辭。

〔三七〕晉鄙：唐代蒙受長者陽城薰陶而改過遷善之晉地邊境民衆；陽城，陜州夏縣人，謙恭簡素，分甘處悴，遠近慕其醇德而洗心革面者甚衆；詳見《新唐書》卷一百九十四《卓行·陽城》。《韓昌黎文集》卷二《争臣論》：「或問諫議大夫陽城於愈：『可以爲有道之士乎哉？學廣而聞多，不求聞於人也。行古人之道，居於晉之鄙，晉之鄙人熏其德而善良者幾千人』。」薰：通「熏」，熏陶。

〔三八〕鄰燭之輝：鄰居家蠟燭餘光，喻他人恩惠。《史記》卷七十一《樗里子甘茂列傳》：「臣聞貧人女與富人女會績，貧人女曰：『我無以買燭，而子之燭光幸有餘，子可分我餘光，無損子明而得一斯便焉。』今臣困而君方使秦而當路矣。茂之妻子在焉，願君以餘光振之。」

〔三九〕泣麟：仁獸麒麟爲人所獵，孔子見而泣下，後指因世衰道窮而哀歎悲泣。劉勰《文心雕龍·史傳》：「昔者夫子閔王道之缺，傷斯文之墜，静居以歎鳳，臨衢而泣麟。」

〔四〇〕鷄絮：古時祭品隻鷄絮酒；絮，絮酒，先以綿絮浸酒，祭則以水漬綿而灑之。

壙記

志樓楨殯記

嗚呼！是惟樓楨之殯。楨於予爲姻家子，予往時僑寄邑下，居相邇也〔一〕。每見楨在群兒中眉目清揚，進趨閑整〔二〕，心異之。既而楨有祖父之喪，予往吊其家，復見楨衰絰中呱呱涕洟，若嘗習於禮者，用是益奇之〔三〕。

其後楨家寖衰，横逆蜂起，楨累然無依〔四〕。予亦挈挈道路，不得日與楨接。歲時間一見楨，楨則泣而言曰：「吾祖父不幸俱殁，不令子實遭多難〔五〕，萬一不能自支，將無以見先人於地下矣。」予至是則又未嘗不壯其爲人。一日楨果以狀聞於縣，慨然欲再植其家。久之，其横逆由是也，楨復訴之大府，大府頗疑其事，楨乃悲啼恐栗，爲兒恒狀〔六〕，大府官憐之，因得具陳所訴。大府方欲爲之究治其冤，而楨已死，其可哀也夫！

嗚呼！予於樓氏嘗接其祖、子、孫三世矣！始觀楨之祖父俱亡，固已竊爲樓氏憂。及見楨之能自樹立以禦强侮，又未始不爲樓氏慶。今又聞楨之死，則樓氏之憂未有艾也。俯仰十餘年間〔七〕，觀其家之盛衰而置喜戚於其間者，已變更之若是，則凡斯世之人，欲藉其子孫之久保其家而不墜者，皆可悲也，寧獨樓氏哉！

樓氏世居婺之浦江，有諱某者於楨爲四世祖，嘗受業東萊吕氏之門人〔八〕；祖諱某；父諱偲，母趙氏。生於某年某月某日，距卒時得春秋十有四。至正二年七月某日，卒之日也。卒後之某月某日，其母殯其柩於某原，且使請文於予。予年長於楨而分高於楨〔九〕，視楨猶子也，故爲文以志其殯。

【題解】

樓楨，戴九靈連襟樓偲孤子。《民國浦陽趙氏家譜》揭汯《故梅石處士趙先生墓誌銘》：「女三人，俱有婦德：長適樓偲，次適戴良，次適周晏。」殯：停柩待葬，古代短期内處理殁者之法。《禮記·檀弓上》：「夏后氏殯於東階之上。」

【箋注】

〔一〕僑寄：此指寓居浦江邑南趙氏；戴九靈八歲隨長姊依趙氏，重紀至元六年二十四歲娶趙氏仲女，既而構屋邑西以居。戴九靈授室二年，樓楨病殁。

〔二〕清揚：眉目清秀。《詩經·鄭風·野有蔓草》：「有美一人，清揚婉兮。」毛《傳》：「清揚，眉目之間婉然美也。」馬瑞辰《通釋》：「據《齊風·猗嗟》篇首章曰『美目揚兮』，次章曰『美目清兮』，三章即合之曰『清揚婉兮』，是清揚皆指目之美。此詩『清揚婉兮』，義與彼同。」閑整：安靜整齊。

〔三〕祖父：祖父與父親。衰絰：喪服；衰，古人喪服當心處綴長六寸、廣四寸麻布，因名此衣爲衰；絰，散麻繩，頭上者爲首絰，腰間者爲腰絰。涕洟：眼淚；洟，鼻涕，此爲襯字，無義。

〔四〕寖：逐漸。横逆：强暴無理。累然：羸憊貌。方孝孺《贈四明邵真齋序》：「今年春，余患痎瘧，逾百日不止，肌體瘠憊，形容累然。」

〔五〕不令：不善，不肖。

〔六〕由，通「猶」。大府：此指婺州路總管府。恒狀：常態。唐柳宗元《童區寄傳》：「寄僞兒啼，恐栗爲兒恒狀。」

〔七〕俯仰：低頭昂首，形容時間短暫。

〔八〕吕氏：吕祖謙，字伯恭，世稱東萊先生，南宋傑出理學家，詳見卷十二《送胡主簿詩序》。鄭柏《金華賢達傳》卷九《儒學·宋吕祖謙傳》：「祖謙得中原文獻之傳，以關洛爲宗師，而取友於張栻、朱熹，故能研究精微，深造聖賢之域。宏經闡教，唱道東州，俾婺女之墟號稱文獻之邦，其有功於吾郡者多矣。而當時淑其緒論者，或位登台輔，或表忠效節，或師表當時，澤被生民，德霑海宇，又何其宏遠也哉！吾黨之士，幸生斯郡，沾其殘膏賸馥，其可不知所自云。」

〔九〕分：輩分，家族親友間世系次序。

陳府教壙記 代孤子①

先君諱士貞，字彦正，姓陳氏，婺之浦江人。曾大父諱文焕，通《春秋》穀梁學〔一〕，嘗以登仕郎自試入官，會宋亡不仕，杜門著書，有《春秋質疑》傳學者。大父諱德潤。父諱遠大，入國朝以材自效，仕至承事郎、温州路平陽州判官〔二〕；妣黄氏，繼林氏。先君林出也，生於大德六年壬寅十月辛酉，卒於至正六年丙戌六月丁巳，得年四十有五。初娶淩氏，先卒，再娶王氏；俱無子，倫以從子爲之後。王有女一人曰佶，適翰林待制柳公之孫穎〔三〕。先君卒後之六年某月某日，乃克葬於興賢鄉之嚴家塢〔四〕，從治命也。

先君自幼知讀書，記誦日數千言。及長，欲以明經决科，從鄉先生深裊吴公遊，習《春秋》以襲家學〔五〕。居久之，有司使試藝鄉闈，一不中，輒束書而歸，終身不再踐場屋〔六〕。

初，巴西鄧公在翰林〔七〕，聞先君之學行，與同列薦諸朝，事下江浙行中書，初授衢州路清獻書院山長，以疾弗果上〔八〕；改授處州路石門書院山長〔九〕，在官未期月，丁内艱〔一〇〕；再長建德之釣臺〔一一〕、衢之柯山二書院〔一二〕。乃以累考序遷龍興路富州儒學教授〔一三〕。先君慨然思奮拔以自見，命下，即趣裝上道〔一四〕。俄而疾作，竟卒於婺城之寓舍。

痛哉天乎！先君事親謹甚，太夫人年逾七十，沉痾久弗瘳。先君晝夜驚疑，扶持保抱若嬰孺然，人皆以爲孝。在童冠時，嘗從鷙鳥以搏執自娱，大父聞之頗不懌，先君深自悔曰：「作禽荒以貽父憂〔一五〕，不可。」即盡收撲死之。其速於遷善，人亦以爲難。

先君端重韜默，介潔有常，不能脂韋與世俗俯仰〔一六〕，而於交際之禮惟謹。處家以和，待下以寬，雖臧獲有過〔一七〕，絶不以聲色加之。平居精勤，强力酬答，少閑則挾册不置，故於書多所玩繹〔一八〕。至於陰陽、卜筮、巫醫、方伎〔一九〕、神仙、道家之言，靡不畢究。爲詩文深沉醲郁〔二〇〕，見推儕輩。晚乃不欲溺志俗學，尤以存心養性爲務，扁所居齋曰「儼若思〔二一〕」，蓋以自見也。不肖孤茹苦銜毒，言不成辭，姑序次梗概，納之幽宫，其詳則俟立言者銘焉〔三〕。孤子倫泣血謹記。

【題解】

陳府教，名士貞，字彦正，其事詳見本卷《陳彦正哀辭》。府教，元時府州教授，陳彦正晚年擢龍興路富州教授，故稱陳府教。《元史》卷八十一《選舉一》：「正、長一考，升散府、上中州教授。」《元史》卷六十二《地理五・江西等處行中書省・龍興路》：「領司一，縣六（南昌、新建、進賢、奉新、靖安、武寧），州二（富州、寧州）。」

【校勘】

① 代孤子：原文闕，據乾隆本補。

【箋注】

〔一〕穀梁學：戰國學者穀梁赤精研《春秋》，自成一家，曰《春秋穀梁傳》。

〔二〕國朝：此指元朝。平陽州：元時下州，隸屬温州路。《元史》卷六十二《地理五・江浙等處行中書省・温州路》：「領司一，縣二（永嘉、樂清），州二（瑞安州、平陽州）。」判官：《元史》卷九十一《百官七・諸州》：「上州……判官秩正七品……中州……判官從七品……下州……判官正八品。」

〔三〕黄溍《黄文獻公集》卷十《元故翰林待制柳公墓表》：「孫男三人：秬、穎、穆。秬早夭，穎以父命用公廕入官，未調。」

〔四〕興賢鄉：位於浦江縣東北山區。《嘉靖浦江志略》卷一《疆域志·鄉井》：「興賢鄉，亦名登高里，隸二十八都之三十都。」

〔五〕決科：參加科舉考試。吴公：吴萊，元代浦江大儒，詳見本卷《吴先生哀頌辭并序》；《淵穎吴先生集》卷二載録《泰山高寄陳彦正》詩。

〔六〕鄉闈：元時鄉試試院。場屋：試場。

〔七〕鄧公：鄧文原，綿州人，精《春秋》，内嚴而外恕。按《元史》卷一百七十二《鄧文原》，鄧氏延祐四年升翰林待制，陳士貞僅十六歲，幾無舉薦資格。至治二年，鄧氏授集賢直學士，陳士貞年逾弱冠。陳氏之見舉於鄧文原，當在此時。本文言「鄧公在翰林」，乃「集賢」之誤也。

〔八〕楊廷望《衢州府志》卷六《書院·清獻書院》：「在府城北。宋咸淳中郡守請於朝，即趙抃故居立書院，因以抃謚扁焉……宋蘇軾《贊》：『志在伯夷，其清惟聖。頑懦聞風，百世增敬。若清獻公，實嗣其正。處乎鄉閭，力學篤行。立乎朝端，面折廷諍。玉比其潔，冰擬其瑩。飫乎聖經，本乎天性。自初登第，迄於還政，毅然一節，始終惟令。我辱公愛，日相親近。世有公像，如月在水。表而出之，後學仰止。』」果：事實與計劃一致。

〔九〕處州路：今浙江麗水。《光緒青田縣志》卷二《學校·石門書院》：「在石門山。宋淳熙九年，朱文公持常平節循行，嘗欲遊此不果。元至元三十一年，廉訪分司副司王侯至洞，進士劉若濟請建書院。王委教授吴夢炎、縣尹王麟孫集邑耆儒建。久廢。」

〔一〇〕期月：一周年。内艱：遭遇母喪或因父親先亡而以嫡孫身份承重祖母之喪。

〔一一〕《黄文獻公集》卷七上《重修釣臺書院記》：「漢嚴子陵先生，會稽餘姚人。史稱先生少與光武同遊學，光武即位，令以物色訪之，得於齊國，拜諫議大夫，不受去，耕於富春山。按圖志，是時齊爲郡而未爲國，其遺迹已漫不可考。今建德之桐廬，實富春故地，先生釣臺在焉，所謂嚴陵瀨也。不獨以嚴名其地，而且以嚴姓其州。先生高風盛烈之所存，於此爲最著。崇立而表顯之，使人知所向慕奮發，不亦爲民師帥者之職歟！釣臺有祠，創於范文正公作州之日，而重新於蕭侯燧。其有書院，則自陸侯子遹始，更王侯佖、趙侯汝歷，規制乃備。國朝仍其舊，設師弟子員。」

〔一二〕楊廷望《衢州府志》卷六《書院·柯山書院》：「在爛柯山右，去城二十里。宣和間郡人毛友子开、鄭可簡子待問，隱居不仕，築室梅巖，與盧襄、馮熙載、趙令衿相與過從，扁曰『梅巖精舍』。郡人徐霖仕於朝，道不合，歸隱著書。郡守游鈞建柯山精舍，延霖開講，士友群集。景定壬戌，霖捐館舍。郡守謝奕中復請衍聖公孫孔元龍爲山長。後燬於寇。至丁丑，山長徐天俊重建廟祠齋廡。明年，申改爲柯山書院。尋傾圮。景定間，徐囊以監察御史辭禄養親，率衆重興。今廢。」《柳待制文集》卷六《送陳彦正山長奉親赴柯山（昔徐徑畈嘗講太極於是，與紫陽殊旨）》：「之官深入爛柯山，高坐葵園舊講堂。鄧氏三爲文學掾，菑川重起孝廉郎。

板輿行樂春猶早，萱草忘憂日正長。太極一圖關道妙，爲開幽翳出朝光。」

〔一三〕序遷：依次升遷。《宋濂全集》卷一百三《送陳彦正教授之官富州》：「我懷深裊君，燦爛雙碧目……當時入室者，陳子最神速。君時見子來，謂是新生犢。健捷類獅象，有手難加牿。見君復呼子，誨言甚諄複。六經汝甲胄，四子汝劍鏃。濂洛汝金鼓，武夷汝櫜韣。汝將汝心官，汝戰汝邪欲。子即受命還，建起豹尾纛。城池堅如鐵，寇來不得觸。如此四三年，温若于闐玉。唯於進學鋭，勇赴在一蹴。澹然水雲心，不受世羈束。去向神泄山，依巖縛茅屋。拄頰數冥鴻，擷芳食群鹿。終然薜蘿衣，莫蔽錦繡服。石門碧作山，怒瀉千丈瀑。嵬眼與湞耳，雄特類嶽瀆。子嘗往其中，坐候碧桃熟。柯峰與嚴瀨，天下號奇矚。星河羊裘軒，黑白紋楸局。或追隱者操，或授真人籙。嗒然竟忘歸，不記南浦舳。龍興大江西，豐城乃支屬。鬱葱君子林，中藏萬鴻鵠。子今挾書行，有志當灌沃。英英我杞梓，芃芃我棫樸。菁菁我臺萊，一一思樂育。須使魯騶風，染遍荆楚俗。振衣别我去，我有再三祝。子如宛馬駒，未得飽芻粟。方歎當見憐，使縱千里足。子如緱山鶴，六翮暫羞縮。仙人一下來，雲笙恣馳逐。子材有如此，不久當食肉。豈如嚾嘵徒，長困左右塾？祝罷更浩歌，歌意殊局促。祇爲良朋行，使我秋影獨。寥寥風雨夜，燈花尚堪卜。」

〔一四〕奮拔：奮發有爲。趣裝：急忙整治行裝；趣，通「促」。

〔一五〕搏執：捕捉。禽荒：沉迷於田獵。《國語·越語下》：「吾年既少，未有恒常，出則禽荒，入則酒荒。」

〔一六〕韜默：收斂沉默。俯仰：周旋應付。

〔一七〕臧獲：奴婢。

〔一八〕精勤：專心勤奮。强力：努力，勉力。玩繹：玩味探究。

〔一九〕陰陽：有關日月等天體運轉規律之學問。卜筮：古時預測吉凶，用龜甲稱卜，以蓍草稱筮，合稱卜筮。巫醫：巫術與醫術。方伎：醫學、占卜、天文、相術等技藝。

〔二〇〕醲郁：濃厚。韓愈《進學解》：「沉浸醲郁，含英咀華。」

〔二一〕存心養性：存良心養本性。《孟子·盡心上》：「存其心，養其性，所以事天也。」儼若：莊重貌。《禮記·曲禮上第一》：「《曲禮》曰：『毋不敬，儼若思，安定辭，安民哉！』」

〔二二〕茹苦銜毒：含着痛苦與憎恨。《後漢書》卷二十八下《馮衍傳第十八下》：「惡叢巧之亂世兮，毒縱横之敗俗。」李賢《注》：「毒，恨也。」幽宫：墳墓。

元故戴府君壙記

嗚呼！我先君諱暄，字景和，姓戴氏，婺之浦江人。曾祖諱珙；祖諱錫；父諱濤，妣陳氏。先君器度凝愨，恂恂寡言〔一〕，遇物恒多恩，有寬厚長者行〔二〕；尤竭心孝友，處天倫中，事有極難，而先君卒能全其和：君子稱之，謂不讓古人。壽年六十有七，不幸以至政庚寅歲九月辛酉卒家。逾月丁酉，葬興賢鄉嘉樹塢之原。娶諸暨劉氏〔三〕，先十三年卒，墓同穴。

子男三：長堯，亦先卒〔四〕；次良；次元。女一，適趙良本〔五〕。孫男六〔六〕，孫女二。曾孫男一。

嗚呼！以我先君之德之懿，奈何竟止於斯耶？良俯伏草土，未能求銘以登載盛美，謹鑱誌石，納於墳中〔七〕。嗚呼蒼天，父兮何在？孤哀子良泣血記〔八〕。

【題解】

本文目録作《先府君墳》，乾隆本作《先府君墳記》。

戴府君，戴暄，字景和，號春谷。季子戴元，見卷十五《客中寫懷六首·思弟》。仲媳趙氏，見卷九《贈婦》《婦答》、卷十五《客中寫懷六首·寄婦》、卷二十九《祭亡妻趙氏夫人文》；仲子妾李氏，見卷九《次韻哀逝》、卷十四《亡妾李氏墓誌銘》。女戴如玉，見卷十五《客中寫懷六首·念姊》、卷十八《趙母戴氏真贊》、卷二十三《祭先姊趙安人文》、卷二十九《趙君夫人戴氏墓誌銘》。婿趙良本，見卷十八《趙太初像贊》、卷二十三《祭趙立道文》、卷二十七《哭趙太初》。孫思禮與思樂，見卷十五《客中寫懷六首·憶子》。孫思温，見卷十五《客中寫懷六首·示侄》、卷十七《歲除示侄十六韻》《對菊聯句》。孫女戴鳳，見卷十五《客中寫懷六首·憶子》、卷二十三《亡女張孺人戴氏墓碣銘并序》。

《民國浦陽戴氏宗譜》卷十七黄溍《傳誌行狀·元義一府君墓誌銘》：「至正十二年春，余游浦江白麟溪上，忽戴君良以衰絰見拜且泣……府君諱暄，字景和……府君亦自念屢世仁厚，恐一旦不繼，無以見先人於地下，益孜孜自勉，思以德惠及鄉鄰。人之識與不識，皆號府君爲長者。府君事父極其孝。弟文昌與府君不相和協，府君安之，文昌無以開其隙，輒譖於其父，積之久，意不能無動，文昌遂挾之以爲豪奪巧取之計。府君悉與之，無吝色，亦不與辨，但知起敬起孝而已。如是者二十有餘年，其父感悟，謂人曰：『世所謂真孝子，吾暄也足以當之。』文昌亦深自悔咎，執恭順之禮，君子稱焉。府君器度凝愨，恂恂寡言，不能呷喔囁嚅以苟悦於世，故終身不樂仕進。每遇佳山水，輒忻然獨往，若有所得。享壽六十有七，以葬之歲前一月辛酉終於家。娶諸暨劉氏，有婦德，先十三年卒。子男三：長垚，亦先一年卒；次良，善讀書，工古文詞，即來請銘者；次原。女一，適趙（本仁）〔良本〕。孫男七：思恭，思温，思禮，思樂，思安，思德，思忠；孫女二：許適諸暨倪道曾，同邑張琪。曾孫男一：宗儒。嗟夫，孝子慈孫，孰不欲銘其親哉？求其家世，曾無一善之可稱；考之於其身，復不過汲汲焉以徼名寵苟利禄爲事，其於孝友之道，有愧者多矣。雖欲曲爲辭説以副其願望之心，又烏可得哉？惟府君澹然無慕於外，惟知以善自治，上既能承屢世仁厚之則，下又能全一家天倫之和，是皆人之所難者。銘以昭之，非私府君也，於法宜得書也。銘曰：『彼或蘖之，我以爲安也。彼或奪之，我不以爲怨也。兄弟之恩，則和且完也。其行激激，古之人所難也。揭銘墓門，尚肅然而如存也。』」

《建溪集前編》卷一東陽何禹臣《戴春谷處士輓詩》：「無夢登廊廟，林泉樂有餘。半軒三徑菊，斗酒一床書。每設高人榻，頻留長者車。忽聞捐館舍，哀些動鄉閭。」

《建溪集前編》卷一史官胡照《戴春谷處士輓詩》：「家住建溪濱，清風被八垠。徜徉高世士，疏散太平民。義感同胞弟，情歡白髮親。賢郎才跨竈，哀些動儒紳。」

吴沉《瀫川集》卷一《戴府君挽章》：「高蹈煙霞表，飄然物外仙。名登耆舊傳，身老太平年。嘉樹愁寒鴉，悲風咽夜泉。峨峨墓門石，太史筆如椽。（葬嘉樹塢，黄太史爲銘）」

【箋注】

〔一〕凝愨：莊重嚴肅樸實謹慎。《易·鼎·象傳》：「君子以正位凝命。」王弼《注》：「凝者，嚴整之貌也。」《説文》：「愨，謹也。」

〔二〕遇物：待人接物。宋秦觀《南池》：「遇物貴含垢，修身戒明污。」

〔三〕《柳待制文集》卷十一《元故戴孺人劉氏墓銘并序》：「里中戴暄景和之内子劉氏，越諸暨人。生二十一年，歸暄；歸三十八年，相暄治生理家，事舅姑，字兒稚，和宗黨，甚得婦道。以至元四年其歲戊寅秋七月三日卒家，年五十九。卒後三月，卜葬金竹塢，其日九月癸酉也。劉氏諱錦。」

〔四〕《宋濂全集》卷六十三《戴仲積墓誌銘》：「余之同門友戴叔能有兄曰仲積君者，戴氏之良也。戴爲其鄉望族，子孫盛衍，君分卑年少，一旦學識出諸父右，而能敬讓自持，不矜不揚，商事権理，一族爲之聳聽。其待鄉黨接賓客，不翕翕以附，亦不鄙嗇以自足，每有過從，輒列肴醴酒樂之，雖庖傳屢空弗顧也。然氣高性褊，不肯脂韋屈下人，彼或有挾以陵之，則必剖條辨要，求直於有司。人皆始而忌，終而敬且慕，不復吐一辭以犯……君自幼知讀書，喜作唐古體詩，工晉楷法；至於陰陽家卜宅相墓之術，亦往往精到。然最善於醫，故用是以名……君諱士堯，其字仲積。」

〔五〕趙良本：字立道，號太初子，元時浦江名士，見卷十八《趙太初像贊》。

〔六〕思恭，字原禮，號肅齋，戴仲積長子，任明太醫院使；思温，字原直，號益齋，戴仲積次子；思禮，戴九靈長子，明初本縣儒學訓導；思樂，字和之，號默庵，戴九靈次子，明初本縣醫學訓科，累署縣事。《宋濂全集》卷二十六《送戴原禮還浦陽序》：「原禮生儒家，習聞詩禮之訓，惓惓有志於澤物，乃徒步至烏傷，從朱先生彦修學。先生見其穎悟倍常，傾心授之。原禮自是識日廣，學日篤，出而治疾，往往多奇驗……宋之錢仲陽獨得其秘於遺經而擴充之，金之張、劉、李諸家又從而衍繹之，於是《内經》之學大明。劉之學，朱先生得之最深。大江以南，醫之道本於《内經》，實自先生發之。原禮乃其高第弟子，其用心也篤，故造理爲特精；其傳授有要，故察證無不中，亦可謂賢也已矣！近來京師，薦紳之家無不敬愛之，服其劑者沈痾豁然如洗。或欲薦爲醫官，辭不就。」《建溪集前編》卷三許方《贈戴原直序》：「去年冬，定海夏君錫失節宣之宜，群醫以爲陽虚外熱，投之以剛燥之劑，病彌劇，膚革日瘁以削，怗於危矣。會先生高弟戴原直來僑傍近地，招往視之，戚然曰：『噫，是非病乎病，病乎醫也。陽勝則陰虚，陰虚則熱，今反以熱攻熱，猶以火濟火也。』乃亟餌寒涼疏其毒熱，徐進以益陰之劑，疾去而氣完矣。吁，原直之於醫，其不猶善將者之於兵乎！蓋原直既受學於朱先生，先生之學則得之錢塘羅公太無，而羅公又親得劉河間、張戴人、李東垣之正傳，師友淵源，有所自來。原直之父與兄，俱以善醫名，語其家學，有足徵焉。是宜造（誼）〔詣〕之深到也。法曰：『微乎微乎，至於無形；神乎神乎，至於無聲。』原直近之哉！」《建溪集前編》卷一浦江周元圭《送戴和之往四明收九靈先生遺稿》：「匹馬西風入四明，落花飛絮送人行。知君先子遺經在，收拾還家擬典型。」

〔七〕鑱：雕刻。誌石：墓碑。賈島《哭盧仝》：「家側誌石短，文字行參差。」

〔八〕孤哀子：古人父喪稱孤子，母喪稱哀子，父母俱亡稱孤哀子。

〔元〕戴良 著
朱祖日 箋注

九靈山房集箋注

三

上海古籍出版社

九靈山房集卷之十五

鄞遊稿一

樂府

短歌行五解

解一

悠悠逝波，歲月幾何〔一〕？君子有酒，式宴且歌〔二〕。

【題解】

郭茂倩《樂府詩集》卷三十《相和歌辭五·平調曲一》載録《短歌行》二十五首，其詩多歎歲月匆遽人生短暫。陸機《短歌行》:「置酒高堂,悲歌臨觴。人壽幾何?逝如朝霜。時無重至,華不再揚。蘋以春暉,蘭以秋芳。來日苦短,去日苦長。今我不樂,蟋蟀在房。樂以會興,悲以別章。豈曰無感?憂爲子忘。我酒既旨,我肴既臧。短歌可詠,長夜無荒。」

解,樂曲與詩歌之章節,《樂府詩集》卷二十六《相和歌辭一》引《古今樂録》云:「傖歌以一句爲一解,中國以一章爲一解。」

【箋注】

〔一〕逝波:流水,喻時光流逝。賈島《送玄巖上人歸西蜀》:「去臘催今夏,流光等逝波。」曹操《短歌行》:「對酒當歌,人生幾何?」

〔二〕式宴:同「式燕」,宴飲;式,發語詞。《詩經·小雅·鹿鳴》:「我有旨酒,嘉賓式燕以敖。」

解二

人無百年,五十已過。來途漸少,去途苦多〔一〕。

【箋注】

〔一〕曹操《短歌行》:「譬如朝露,去日苦多。」

解三

日不重旦，春不兩和〔一〕。今我不樂，顏能再酡〔二〕？

【箋注】

〔一〕陶淵明《雜詩》：「盛年不重來，一日難再晨。」《長歌行》：「陽春布德澤，萬物生光輝。常恐秋節至，焜黃華葉衰。」

〔二〕酡：酒後臉紅，此指紅顏。孟郊《勸酒》：「勸君金曲卮，勿謂朱顏酡。松柏歲歲茂，丘陵日日多。」

解四

寒蟬在柳，蟋蟀鳴莎〔一〕。情以秋悲，髮以憂皤〔二〕。

【箋注】

〔一〕《樂府詩集》卷三十《相和歌辭五》：「秋風悴林，寒蟬鳴柳。」莎：莎草。劉克莊《秋日會遠華館呈胡仲威》：「夜清群籟息，已有蛩鳴莎。」

〔二〕陸游《悲秋》：「逢秋未免悲，直以憂國故。」皤：髮白。

解五

旨酒既傾，短歌是哦。聊樂一時，孰知其佗〔一〕？

【箋注】

〔一〕韓愈《古風》：「無念百年，聊樂一日。」

門有車馬客

門有車馬客，駕言故鄉至〔一〕。問訊辭未終，相顧輒揮涕〔二〕。歎我久不歸，流落江海裔〔三〕。空懷錦繡腸，何有王霸器〔四〕？童僕失舊歡，妻子生新喟。昔如鷹脱鞲，今作鵠垂翅〔五〕。仍聞邦族間，近亦多凋弊〔六〕。市朝既遷易，衣冠恒殄瘁〔七〕。松柏匝廣阡，蒿萊蕪故第〔八〕。天運無終窮，人事有崇替〔九〕。彼道苟如斯，此生安足恃〔一〇〕？已矣勿復言，興衰自古然〔一一〕。

【題解】

《樂府詩集》卷四十《相和歌辭十五·瑟調曲五》：「《樂府解題》曰：『曹植等《門有車馬客行》皆言問訊其客，或得故舊鄉里，或駕自京師，備敘市朝遷謝親友凋喪之意也。』」戴九靈此詩沉鬱悲涼，視陸機之作，可謂各有丘壑。陸機《門有車馬客行》：「門有車馬客，駕言發故鄉。念君久不歸，濡迹涉江湘。投袂赴門塗，攬衣不及裳。拊膺攜客泣，掩淚敘温涼。借問邦族間，惻愴論存亡。親友多零落，舊齒皆凋喪。市朝互遷易，城闕或丘荒。墳壟日月多，松柏鬱茫茫。天道信崇替，人生安得長？慷慨惟平生，俯仰獨悲傷。」

【箋注】

〔一〕駕言：乘車；言，助詞。《詩經·邶風·泉水》：「駕言出遊，以寫我憂。」

〔二〕蘇軾《江城子·乙卯正月二十日夜記夢》：「相顧無言，惟有淚千行。」

〔三〕曹植《送應氏二首》：「遊子久不歸，不識陌與阡。」

〔四〕錦繡腸：工詩能文。李白《冬日於龍門送從弟京兆參軍令問之淮南覲省序》：「兄心肝五藏皆錦繡耶？不然，何開口成文，揮翰霧散？」王霸器：成就王業或霸業之才具。《孟子·滕文公下》：「大則以王，小則以霸。」

〔五〕韝：革制臂衣，打獵時用以停立獵鷹。王冕《送吴瑞卿歸武昌》：「三載考績鷹脱韝，解鞍出買江上舟。」垂翅：鳥翅下垂不能高飛。杜甫《重送劉十弟判官》：「垂翅徒衰老，先鞭不滯留。」

〔六〕邦族：鄉邦宗族。范成大《舅母太夫人方氏挽詞》：「四德儀邦族，三遷奠里門。」

〔七〕市朝：貿易集市與官府廳堂；朝，官府廳堂。《後漢書》卷七十六《劉寵》：「山谷鄙生，未嘗識郡朝。」衣冠：古代士以上戴冠，遊宦則釋褐，是故衣冠以代士大夫。殄瘁：窮苦困厄。《詩經·大雅·瞻卬》：「人之云亡，邦國殄瘁。」

〔八〕阡：墳墓，墓道。杜甫《秋日夔府詠懷一百韻》：「共誰論昔事？幾處有新阡。」《古詩十九首·十五從軍征》：「遥看是君家，松柏冢累累。」杜甫《夏日歎》：「萬人尚流冗，舉目惟蒿萊。」

〔九〕天運：天體運轉。韓愈《君子法天運》：「君子法天運，四時可前知。」崇替：興廢盛衰。孟浩然《與諸子登峴山》：「人事有代謝，往來成古今。」

〔一〇〕陶淵明《責子》：「天運苟如此，且進杯中物。」

〔一一〕姜特立《感物》：「已矣勿復言，有酒且歡娱。」邵雍《首尾吟》：「堯夫非是愛吟詩，爲見興衰各有時。」

巫山高

巫山望欲極，神女出何遲？朝暮自雲雨，君王徒夢思〔一〕。魂乘林樹合，心着峽猿悲〔二〕。婉孌陽臺夜，不知今是非〔三〕。

【題解】

巫山高，漢樂府舊題，初述懷歸之情，擬作常以巫山神女事代之。《樂府詩集》卷十六《鼓吹曲辭一·漢鐃歌·巫山高》：「《樂府解題》曰：古詞言江淮水深，無梁可度，臨水遠望，思歸而已。若齊王融『想像巫山高』，梁范雲『巫山高不極』，雜以陽臺神女之事，無復遠望思歸之意也。」《樂府詩集》卷十七唐皇甫冉《巫山高》即以楚王神女之情事爲主幹：「巫峽見巴東，迢迢半出空。雲藏神女館，雨到楚王宫。朝暮泉聲落，寒暄樹色同。清猿不可聽，偏在九秋中。」

楚王神女傳説起源甚古。《文選》卷十九戰國宋玉《高唐賦》：「昔者楚襄王與宋玉遊於雲夢之臺，望高唐之觀，其上獨有雲氣，崒兮直上，忽兮改容，須臾之間，變化無窮。王問玉曰：『此何氣也？』玉對曰：『所謂朝雲者也。』王曰：『何謂朝雲？』玉曰：『昔者先王嘗遊高唐，怠而晝寢，夢見一婦人曰：妾，巫山之女也，爲高唐之客，聞君遊高唐，願薦枕席。王因幸之。去而辭曰：妾在巫山之陽，高丘之阻，旦爲朝雲，暮爲行雨，朝朝暮暮，陽臺之下。旦朝視之如言，故爲立廟，號曰朝雲。』」

【箋注】

〔一〕杜甫《詠懷古迹五首》：「江山故宅空文藻，雲雨荒臺豈夢思？」

〔一二〕酈道元《水經注》卷三十四《江水二》：「每至晴初霜旦，林寒澗肅，常有高猿長嘯，屬引淒異，空谷傳響，哀轉久絶。故漁者歌曰：『巴東三峽巫峽長，猿鳴三聲淚沾裳！』」

〔一三〕婉孌：纏綿深摯。陽臺：傳説中高臺，無非子虛烏有，後人據此治高臺於巫峽陽臺山。顧祖禹《讀史方輿紀要》卷六十九《四川四・巫山縣・陽臺山》：「在縣治北，高百丈，志云『上有雲陽臺遺址』。」

鴻雁生塞北行

鴻雁何從來？千里度江湘〔一〕。當春既北飛，涉秋復南翔〔二〕。南翔違霜雪，北飛逃畏陽。豈不念鄉塞？所至有炎涼〔三〕。客子别家久，遥遥征路長。朝遊齊魯國，暮行吴越鄉〔四〕。何思拔《泰》茅〔五〕？惟憂繫《否》桑〔六〕。壯心移歲華，徂貌委年霜〔七〕。蓬落繞本莖，蓮飄戀舊房〔八〕。此邦雖樂土，故鄉焉可忘〔九〕！

【題解】

鴻雁，飛雁。《詩經・小雅・鴻雁》：「鴻雁于飛，肅肅其羽。」毛《傳》：「大曰鴻，小曰雁。」孔穎達《毛詩正義》：「鴻雁俱是水鳥，故連言之。其形鴻大而雁小。」生，助詞。《助字辨略》卷二：「生，語助也。李太白詩『借問别來太瘦生』，杜子美詩『生憎柳絮白於綿』。」《詩經・商頌・殷武》：「以保我後生。」馬瑞辰《傳箋通釋》：「生爲語助詞。」

《樂府詩集》卷三十七《相和歌辭十二・瑟調曲二》載録晉傅玄之《鴻雁生塞北行》。戴傅同題而意殊，戴詩蒼涼憂戚，傅詩爽朗昂揚。

【箋注】

〔一〕江湘：長江與湘江。屈原《涉江》：「哀南夷之莫吾知兮，旦余濟乎江湘。」

〔二〕南翔：傳説秋末冬初鴻雁南飛，至衡山回雁峰而止；來年春暖花開，復北飄以避炎熱。王勃《滕王閣序》：「雁陣驚寒，聲斷衡陽之浦。」杜甫《歸雁》：「萬里衡陽雁，今年又北歸。」

〔三〕鄉塞：家鄉與邊塞。杜審言《贈崔融二十韻》：「雲天斷書札，風土異炎涼。」

〔四〕齊魯：山東益都路，元季詩人北征之地，詳見《吴遊稿》。吴越：吴中與越地寧波紹興，詩人遊宦吴中在淪落齊魯前，漂泊明越則在其後，此籠統雜糅而言。詳見《吴遊稿》《鄞遊稿》及《越游稿》。

〔五〕拔茅：喻同道推薦引進。《易・泰》：「初九：拔茅茹以其彙，征吉。」王弼《注》：「茅之爲物，拔其根而相牽引者也；茹，相牽引之貌也。」王禹偁《留别仲咸》：「頭白忽抛攀桂伴，道消休話拔茅心。」《王文端公尺牘》卷三《謝賀拜相》：「拔《泰》茅而并進，媿彼連茹；受鼎實以參調，虞將覆餗。」

〔六〕繫桑：心憂厄運降臨而戒懼謹慎，則如與繁茂桑叢相連，深固堅定不可撼動。《易·否》：「九五，休否，大人吉。其亡其亡，繫于苞桑。」謝靈運《折楊柳行》：「《否》桑未易繫，《泰》茅難重拔。」

〔七〕徂貌：徂顔，青春容顔；徂，初始。陳慶元《沈約集校箋》卷九《卻東西門行》：「歲華委徂貌，年霜移暮髮。」委：衰頽憔悴。謝朓《暫使下都夜發新林至京邑贈西府同僚》：「時菊委嚴霜。」李善《注》：「委，猶悴也。」李周翰《注》：「委，謂零落也。」年霜：年歲，同義複詞。

〔八〕蓬：此指蓬蒿之花。《詩經·衛風·伯兮》：「首如飛蓬。」朱熹《詩集傳》：「蓬，草名。其華似柳絮，聚而飛，如亂髮也。」房：此指蓮房。蘇軾《蓮龜》：「半脱蓮房露壓欹，緑荷深處有游龜。」

〔九〕李白《蜀道難》：「錦城雖云樂，不如早還家。」

戰城南

將軍西出塞，冒頓北臨關〔一〕。欲戰葱河道，先奪桑乾源〔二〕。鐵騎已雲集，革車仍電奔〔三〕。綏邊吾豈敢？聊報一餐恩〔四〕。

【題解】

《樂府詩集》卷十六《鼓吹曲辭一·漢鐃歌》載録《戰城南》，歷代文人多擬之，其主旨咸不外戍邊遠征。李白《戰城南》：「去年戰，桑乾源；今年戰，葱河道。洗兵條支海上波，放馬天山雪中草。萬里長征戰，三軍盡衰老。匈奴以殺戮爲耕作，古來唯見白骨黄沙田。秦家築城備胡處，漢家還有烽火然。烽火然不息，征戰無已時。野戰格鬬死，敗馬號鳴向天悲。烏鳶啄人腸，銜飛上掛枯樹枝。士卒塗草莽，將軍空爾爲。乃知兵者是兇器，聖人不得已而用之。」

【箋注】

〔一〕冒頓：秦漢際匈奴單于，弑父自立，東滅東胡，西逐月支，北服渾窳、屈射、丁零諸國，南取樓煩、白羊；西漢初年，經常侵擾邊地。詳見《漢書》卷九十四上《匈奴傳上》。

〔二〕葱：葱嶺，古西域西部高山。《漢書》卷九十六上《西域傳》：「東則接漢，阸以玉門、陽關，西則限以葱嶺。」《後漢書》卷六十上《馬融列傳》：「東鄰浮巨海而入享，西旅越葱領而來王。」李賢《注》：「孔安國注《尚書》曰：『西旅，西戎遠國也。』葱嶺，西域山也。《西河舊事》曰：『嶺上多葱，因以名焉。』」葱河：西域主要河流，源出葱嶺。《漢書》卷九十六上《西域傳》：「其河有兩原：一出葱嶺山，一出于闐。于闐在南山下，其河北流，與葱嶺河合，東注蒲昌海。」桑乾：水名，源出山西馬邑縣，向東流入大海。《讀史方輿紀要》卷十《北直一》：「其大川則有桑乾河。桑乾河，源出山西馬邑縣西北十五里洪濤山。」

〔三〕革車：兵車之一。《孫子兵法·作戰》：「凡用兵之法，馳車千駟，革車千乘。」梅堯臣《注》：「革車，重車也……重車一乘，甲士步卒七十五人。」

〔四〕一餐恩：韓信報漂母一飯之恩，喻微小恩賜。《史記》卷九十二《淮陰侯列傳》：「信釣於城下，諸母漂。有一母見信飢，飯信，竟漂數十日。信喜，謂漂母曰：『吾必有以重報母。』母怒曰：『大丈夫不能自食，吾哀王孫而進食，豈望報乎！』……信至國，召所從食漂母，賜千金。」

雜怨二首

其一

并翼猶有義〔一〕，比肩猶有情〔二〕。誰知歌扇妾，虛負合歡名〔三〕？

【題解】

《樂府詩集》卷四十三《相和歌辭十八・楚調曲下》載録聶夷中與孟郊《雜怨》各三首。此篇足以與孟詩遥相呼應。孟郊《雜怨三首》其一：「夭桃花清晨，遊女紅粉新。夭桃花薄暮，遊女紅粉故。樹有百年花，人無一定顔。花送人老盡，人悲花自閑。」其二：「貧女鏡不明，寒花日少容。暗蛩有虚織，短綫無長縫。浪水不可照，狂夫不可從。浪水多散影，狂夫多異蹤。持此一生薄，空成百恨濃。」其三：「憶人莫至悲，至悲空自衰。寄人莫翦衣，翦衣未必歸。朝爲雙蒂花，暮爲四散飛。花落却繞樹，遊子不顧期。」

【箋注】

〔一〕并翼：比翼鳥，喻摯友與愛侣。《爾雅・釋地》：「南方有比翼鳥焉，不比不飛，其名謂之鶼鶼。」郭璞《注》：「似鳧，青赤色，一目一翼，相得乃飛。」曹植《送應氏》：「願爲比翼鳥，施翮起高翔。」

〔二〕比肩：蟨和邛邛岠虚二獸。傳説蟨前足短，後足長，不能走而善覓食，邛邛岠虚前足長，後足短，善走而不能覓食。二獸互相依存，謂之比肩獸。《爾雅・釋地》：「西方有比肩獸焉，與邛邛岠虚比，爲邛邛岠虚嚙甘草。即有難，邛邛岠虚負而走，其名謂之蟨。」郭璞《注》：「《吕氏春秋》曰：『北方有獸，其名爲蟨，鼠前而兔後，趨則頓，走則顛。』然則邛邛岠虚亦宜鼠後而兔前，前高不得取甘草，故須蟨食之。」

〔三〕歌扇：歌者所持風扇。庾信《和趙王看伎》：「緑珠歌扇薄，飛燕舞衫長。」合歡：合歡扇，團扇，喻情人團聚。班婕妤《怨歌行》：「裁爲合歡扇，團團似明月。」

其二

君淚如朝露，妾淚如春瀾〔一〕。朝露應時晞，春瀾何日乾〔二〕？

【箋注】

〔一〕林逋《相思令》：「君淚盈，妾淚盈，羅帶同心結未成，江邊潮已平。」

〔二〕此怨婦深恨，與《焦仲卿妻》異曲同工。《樂府詩集》卷七十三《雜曲歌辭十三·焦仲卿妻》：「磐石方且厚，可以卒千年。蒲葦一時紉，便作旦夕間。」

三婦豔辭二首

其一

大婦蕩湖船，中婦歌采蓮。小婦獨嬌態，含羞辭未宣。牽蓬掩花面，何處不堪憐〔一〕?

【題解】

《樂府詩集》卷三十五《相和歌辭十》載録《三婦豔詩》二十一首，大抵以大婦中婦之勞碌反襯三婦之雅韻詩情，如劉孝綽詩云：「大婦縫羅裙，中婦料繡文。唯餘最小婦，窈窕舞昭君。丈人慎勿去，聽我駐浮雲。」

【箋注】

〔一〕蓬：蓮蓬。崔護《題都城南莊》：「去年今日此門中，人面桃花相映紅。」

其二

大婦剪羅衣，中婦綴珠帷。小婦獨無事，月下理娥①眉。花落滿庭曲，何從覓履綦〔一〕?

【校勘】

①娥：乾隆本作「蛾」。

【箋注】

〔一〕庭曲：庭院幽深處。履綦：鞋上飾物，常代足迹，履印。《漢書》卷九十七下《外戚傳下·孝成班倢伃》：「俯視兮丹墀，思君兮履綦。」顔師古《注》：「言視殿上之地，則思履綦之迹也。」王融《有所思》：「宿昔夢顔色，階庭尋履綦。」

飲馬長城窟行

將軍西擊胡，道過長城窟。飲馬馬不前〔一〕，爲有征人骨。征人之骨朽且寒，沉冤浸恨知幾年？當時亦爲擊胡死，流落孤魂此水邊。秦皇秦皇好征討〔二〕，誰識窮兵是無道〔三〕？爲君無道天實亡，不備中朝備北方〔四〕。一朝禍自蕭牆起〔五〕，回首長城空萬里〔六〕。

【題解】

《樂府詩集》卷三十八《相和歌辭十三·瑟調曲三》載録《飲馬長城窟行》十七首，其詩多述秦始皇時民衆修築長城之苦。此詩殆脱胎於王翰之《飲馬長城窟行》：「長安少年無遠圖，一生惟羨執金吾。騏驎前殿拜天子，走馬爲君西擊胡。胡沙獵獵吹人面，漢虜相逢不相見。遥聞鼙鼓動地來，傳道單于夜猶戰。此時顧恩寧顧身，爲君一行摧萬人。壯士揮戈回白日，單于濺血染朱輪。回來飲馬長城窟，長城道傍多白骨。問之耆老何代人，云是秦王築城卒。黄昏塞北無人煙，鬼哭啾啾聲沸天。無罪見誅功不賞，孤魂流落此城邊。當昔秦王按劍起，諸侯膝行不敢視。富國强兵二十年，築怨興徭九千里。秦王築城何太愚，天實亡秦非北胡。一朝禍起蕭牆内，渭水咸陽不復都。」

【箋注】

〔一〕飲馬：飲馬以水。陳琳《飲馬長城窟行》：「飲馬長城窟，水寒傷馬骨。」

〔二〕《史記》卷六《秦始皇本紀》：「三十三年，發諸嘗逋亡人、贅壻、賈人略取陸梁地，爲桂林、象郡、南海，以適遣戍。西北斥逐匈奴。自榆中并河以東，屬之陰山，以爲十四縣，城河上爲塞。又使蒙恬渡河取高闕、陽山、北假中，築亭障以逐戎人。」

〔三〕《史記》卷一百一十二《平津侯主父列傳》：「秦貴爲天子，富有天下，滅世絶祀者，窮兵之禍也。」

〔四〕中朝：朝中。《史記·秦始皇本紀第六》：「燕人盧生使入海還，以鬼神事，因奏録圖書，曰『亡秦者胡也』。始皇乃使將軍蒙恬發兵三十萬人北擊胡，略取河南地。」

〔五〕蕭牆：門屏，古代宫廷用以分割内外之當門小牆；後喻内部禍患。秦始皇病危，遺詔公子扶蘇與喪繼位，尋崩於沙丘平臺。趙高與公子胡亥、丞相李斯矯詔立胡亥，復數公子扶蘇罪而賜死。詳見《史記》卷六《秦始皇本紀》。《抱朴子·廣譬》：「故秦始築城遏胡而禍發幄帷，漢武懸旌萬里而變起蕭牆。」

〔六〕秦二世胡亥即位，用法益刻深。陳勝首義，四海響應影附，列郡板蕩繹騷。趙高懼二世罪己，逼二世自殺，立子嬰爲秦王。項羽率諸侯入咸陽，殺子嬰及秦諸公子宗族。秦稱雄數百年，至此無噍類。詳見《史記》卷六《秦始皇本紀》。

雉子班

天地茫茫遂物情〔一〕，雉子班兮在林坰〔二〕，心懷耿介飛且鳴。扇綺翼，振錦膺，文章盡稱麗〔三〕，義氣自多驚。寧判帶箭死榛莽，不肯爲袠奉聖明〔四〕。韓信烹漢鼎〔五〕，仲由醢衛庭〔六〕。智勇難并立，賢愚每相傾〔七〕。宜哉避世士，往同雉子逃其形〔八〕。

【題解】

雉子班，雛雉毛色斑斕；雉子，小野鷄；班：通「斑」。雉子班，樂府舊題，郭茂倩《樂府詩集》

卷十六《鼓吹曲辭一·漢鐃歌十八首》首載《雉子斑》篇。此詩旨意近乎《樂府詩集》卷十八李白之《雉子斑》：「辟邪伎作鼓吹驚，《雉子斑》之奏曲成，喔咿振迅欲飛鳴。扇錦翼，雄風生。雙雌同飲啄，趫悍誰能爭？乍向草中耿介死，不求黄金籠下生。天地至廣大，何惜遂物情？善卷讓天子，務光亦逃名。所貴曠士懷，朗然合太清。」

【箋注】

〔一〕遂物情：滿足物性人情。唐懿宗《夏令推恩德音》：「朕端居穆清，不好馳騁，所宜解放，以遂物情。」

〔二〕林坰：森林繁茂之郊野。

〔三〕綺翼：花紋美豔之翅膀。李白《白頭吟》：「寧同萬死碎綺翼，不忍雲間兩分張。」振：摇動。錦膺：色彩華美之胸部。陸游《艾如張》：「錦膺繡羽名山鷄，清泉可飲林可棲。」文章：錯雜之色彩或花紋。梅堯臣《賦孔雀送魏生》：「一身粲爛文章多，引聲笙竽奈遠何？」

〔四〕聖明：英明聖哲，常稱皇帝。韓愈《左遷至藍關示侄孫湘》：「欲爲聖明除弊事，肯將衰朽惜殘年？」

〔五〕韓信：漢初名將，劉邦忌其才，欲殺之，終不忍。後韓信約陳豨反，吕后設計斬韓信。詳見《史記》卷九十二《淮陰侯列傳》。烹：古代酷刑，泛指斬殺。

〔六〕仲由：字子路，孔子高徒，以勇氣聞名四方。衛出公時，子路爲衛大夫孔悝之邑宰。孔悝素善出公父蕢聵，佐其謀奪王位。事成，子路聞之，造蕢聵，欲誅孔悝。蕢聵不從，下令攻子路，子路寡不敵衆而遇害。詳見《史記》卷六十七《仲尼弟子列傳》。醢：剁成肉醬，泛指殺戮。

〔七〕傾：傷害，傾軋。《國語·吴語》：「夫吴民離矣，體有所傾。」韋昭《注》：「傾，傷也。」

〔八〕逃形：避世以藏身。王璹《遊太寧寺》：「泉石有情容避俗，軒裳無術可逃形。」

城上烏

城上烏，翛翛尾〔一〕，畢畢逋〔二〕。體寒誰識得？聲短强相呼〔三〕。爲憶結巢巖穴日，一歲還生八九雛①。羽成翮備各飛去〔四〕，乃留阿母向城隅〔五〕。向城隅，何所止居？烏將北遊，雛莫與俱。我欲遠銜汝，力弱而口瘏〔六〕。方欲舍之行，又恐秦家桂樹枯〔七〕。雛兮雛兮慎所如，毋毀汝巢，毋鬩汝軀〔八〕。

【題解】

《樂府詩集》卷二十八《相和歌辭三·相和曲下》載録吴均與朱超所作之《城上烏》。此詩所言近乎吴詩：「焉焉城上烏，翩翩尾畢逋。凡生八九子，夜夜啼相呼。質微知慮少，體賤毛衣粗。陛下三萬歲，臣至執金吾。」

【校勘】

① 雛，底本作「雖」，據乾隆本改。

【箋注】

〔一〕翛翛：羽毛殘破貌。《詩經·豳風·鴟鴞》：「予羽譙譙，予尾翛翛。」毛《傳》：「翛翛，敝也。」

〔二〕畢畢逋：通常作畢逋，烏尾擺動貌。《後漢書·五行一》：「桓帝之初，京都童謡曰：『城上烏，尾畢逋，公爲吏，子爲徒。』」吴均《城上烏》：「鳴鳴城上烏，翩翩尾畢逋。」

〔三〕聲短：聲音短促，形容力竭悲戚。艾性夫《客歸》：「秋老蟬聲短，江空雁影長。」

〔四〕翮：羽莖。劉孝威《烏生八九子》：「羽成翮備各西東，丁年賦命有窮通。」

〔五〕城隅：城角，多指城根偏僻空曠處。《詩經·邶風·静女》：「静女其姝，俟我於城隅。」

〔六〕瘏：疲病。《詩經·豳風·鴟鴞》：「予口卒瘏。」毛《傳》：「瘏，病也。」

〔七〕秦家桂樹：語出郭茂倩《樂府詩集》卷二十八《相和歌辭三·相和曲下·烏生》：「烏生八九子，端坐秦氏桂樹間。唶！我秦氏家有游遨蕩子，工用睢陽彊，蘇合彈，左手持彊彈，兩丸出入烏東西。唶！我一丸即發中烏身，烏死魂魄飛揚上天。」

〔八〕閼：夭閼，受阻夭亡。張溥《漢魏六朝百三家集》卷九十四劉峻《辨命論》：「故性命之道，窮通之數，夭閼紛綸，莫知其辨。」

有所思

我思美人，乃在瀛海之東隅〔一〕。去路何迢迢，青碕緑浦相縈紆〔二〕。常時起向高樓望，美人不見空愁予〔三〕。空愁予，路難越。夢裏縱窺巫峽雲，覺來詎睹洞房月〔四〕？記得洞房年少時，繡户文窗羅綺帷〔五〕。鸊鵜盃中酌芳酤〔六〕，鴛鴦褥上聽歌辭〔七〕。荏苒歲云暮，佳期不得顧〔八〕。鏡臺朝掩學月眉〔九〕，花階夜黯如雲步〔一〇〕。美人兮美人，年年此地暗思君。願君莫作秋來草，一回見之一回老〔一一〕。

【題解】

《有所思》，樂府舊題，本爲譴責負心者之辭，如《樂府詩集》卷十六《鼓吹曲辭一·漢鐃歌十八首》所載之《有所思》。後多傳遞纏綿悱惻之情，昭明太子《有所思》云：「公子遠於隔，乃在天一方。望望江山阻，悠悠道路長。别前秋葉落，别後春花芳。雷歎一聲響，雨淚忽成行。悵望情無極，傾心還自傷。」

【箋注】

〔一〕瀛海：浩瀚大海。王充《論衡・談天》：「九州之外，更有瀛海。」

〔二〕碕：曲岸。浦：小水流灌入江海處。

〔三〕鄒登龍《秋夜長曲》：「思美人兮天一方，烏啼月落西風急。」屈原《九歌・湘夫人》：「帝子降兮北渚，目渺渺兮愁予。」

〔四〕巫峽雲：傳説巫山神女或化爲雲，或化爲雨，參見本卷《巫山高》。洞房：幽深内室。

〔五〕繡户：雕繪華麗之門。文窗：刻鏤文彩之窗。鮑照《擬行路難》：「璇閨玉墀上椒閣，文窗繡户垂羅幕。」

〔六〕鸚鵡杯：海螺盞，或鑲以金銀足。曹昭《新增格古要論》卷六《鸚鵡盃》：「鸚鵡盃即海螺盞，出廣南，土人琢磨，或用銀或用金廂足作酒杯，故名曰鸚鵡盃。」芳酤：美酒。《詩經・商頌・烈祖》：「既載清酤，賚我思成。」毛《傳》：「酤，酒。」

〔七〕鴛鴦褥：綴飾鴛鴦之坐卧墊具。陳元龍《格致鏡原》卷五十四《居處器物類・褥》：「《西京雜記》：趙昭儀上皇后襚三十五條，有鴛鴦褥。」

〔八〕荏苒：時光漸漸流逝。白居易《歲暮》：「慘澹歲云暮，窮陰動經旬。」

〔九〕鏡臺：詳見卷三《秦鏡歌》。月眉：初月形半環眉妝。李賀《昌谷詩》：「泉樽陶宰酒，月眉謝郎妓。」

〔一〇〕雲步：騰雲而行，形容腳步輕盈。杜牧《張好好詩》：「絳脣漸輕巧，雲步轉虛徐。」

〔一一〕孟郊《怨别》：「一别一回老，志士白髮早。」

艾如張

翠爲衿〔一〕，錦爲衣〔二〕，朝朝暮暮澤水飛，澤中青草深且茂，莫聽爾媒登壟雊〔三〕。壟頭西接桃李埸〔四〕，蓬藋艾盡有羅張〔五〕。羅雖可避機莫測〔六〕，爾誤觸之恐身傷。請看舊日張羅處，祥鳳冥鴻不肯顧〔七〕。

【題解】

艾如張，割草張羅以捕鳥也。艾，通「刈」，割除野草。如，而。《古書虚字集釋》卷七《如》：「如猶而也……《大戴禮·王言篇》：『使有司月省如時改之。』」張，張設羅網。《樂府詩集》卷十六《鼓吹曲辭一·漢鐃歌十八首》載《艾如張》篇；後有擬作，亦述慎行遠禍之旨。陳蘇子卿《艾如張》：「誰在閑門外，羅家諸少年。張機蓬艾側，結網槿籬邊。若能飛自勉，豈爲繒所纏？黄雀儻爲誡，朱絲猶可延。」

【箋注】

〔一〕翠：青緑色翠鳥羽毛。《楚辭·招魂》：「砥室翠翹，掛曲瓊些。」蔣驥《注》：「翠，翠鳥尾毛。」衿：通「襟」，上衣前幅，喻飛鳥前胸。禰衡《鸚鵡賦》：「緑衣翠衿。」劉良《注》：「胸前翠色，故云翠衿。」

〔二〕錦：圖案花紋鮮明絢爛之絲織品。《詩經·唐風·葛生》：「角枕粲兮，錦衾爛兮。」

〔三〕壟：山丘。《説文》：「壟，丘壟也。」雊：雉鳴。張協《雜詩》：「澤雉登壟雊，寒猿擁條吟。」

〔四〕桃李：喻争榮鬬豔追名逐利之小人。李白《贈韋侍御黄裳》：「桃李賣陽豔，路人行且迷；春光掃地盡，碧葉成黄泥。願君學長松，慎勿作桃李。」

〔五〕蓬藋：兩種野草，泛指草叢。沈約《郊居賦》：「披東郊之寥廓，入蓬藋之荒茫。」

〔六〕機：捕捉禽獸之機關。《後漢書》卷八十下《文苑列傳下·趙壹》：「畢網加上，機穽在下。」李賢《注》：「機，捕獸機檻也。」

〔七〕李白《古風》：「鳳飛九千仞，五章備彩珍。」冥鴻：高飛鴻雁。梁肅《四皓贊》：「弋者何思？鴻飛冥冥。」辛棄疾《水調歌頭》：「此樂竟誰覺？天外有冥鴻。」

朱鷺

朱鷺何從止？去啄金堤飲玉水〔一〕。朝隨赤雁暮碧鷄〔二〕，蕩漾驚波不得棲。有時挾子上林去〔三〕，網絲紛紛復難避。不如斂翅江海湄，遠卻幽并游俠兒〔四〕。

【題解】

朱鷺，又名紅鶴。嘴長而下曲，黑色；腳粗短，肉色；羽毛白，略帶淡紅。《朱鷺》，樂府舊題，蓋以鷺羽飾鼓而名曲焉，《樂府詩集》卷第十六《鼓吹曲辭一·漢鐃歌十八首》載録《朱鷺》篇。此詩融會王僧孺與張籍旨意爲一。梁王僧孺《朱鷺》：「因風弄玉水，映日上金堤。猶持畏羅繳，未得異鳧鷖。聞君愛白雉，兼因重碧鷄。未能聲似鳳，聊變色如珪。願識昆明路，乘流飲復棲。」唐張籍《朱鷺》：「翩翩兮朱鷺，來泛春塘棲緑樹。羽毛如翦色如染，遠飛欲下雙翅斂。避人引子入深塹，動處水紋開灩灩。誰知豪家網爾軀，不如飲啄江海隅？」

【箋注】

〔一〕金堤：堅固如金之堤。張衡《西京賦》：「周以金堤，樹以柳杞。」柳永《笛家弄》：「銀塘似染，金堤如繡。」玉水：淥水美稱。白居易《寄崔少監》：「彈爲古宮調，玉水寒泠泠。」

〔二〕赤雁：瑞鳥之一。《漢書》卷六《武帝紀》：「行幸東海，獲赤雁，作《朱雁之歌》。」鮑照《野鵝賦》：「無青雀之銜命，乏赤雁之嘉祥。」碧鷄：傳説中蜀地奇鳥。左思《蜀都賦》：「金馬騁光而絶景，碧鷄倏忽而曜儀。」李善《注》：「《地理志》曰：金馬碧鷄，在越嶲青蛉縣禺同山。漢宣帝時，方士言益州有金馬碧鷄之神，可以醮祭而置也。宣帝使諫議大夫王褒持節而求之。褒道病卒，竟不能致也。」劉禹錫《洛中送楊處厚入關便遊蜀》：「王城曉入窺丹鳳，蜀路晴來見碧鷄。」

〔三〕上林：秦舊苑，漢初荒廢，至漢武帝時重建。《三輔黄圖》卷四《苑囿》：「漢上林苑，即秦之舊苑也。《漢書》云：武帝建元三年，開上林苑，東南至藍田、宜春、鼎湖、御宿、昆吾，旁南山而西，至長楊、五柞，北繞黄山，瀕渭水而東，周袤三百里，離宫七十所，皆容千乘萬騎。」

〔四〕幽并：古代幽州和并州，其俗尚氣任俠。曹植《白馬篇》：「借問誰家子？幽并游俠兒。」杜甫《送高三十五書記》：「高生跨鞍馬，有似幽并兒。」

白頭吟

莫把《白頭吟》，來調緑綺琴〔一〕。蜀客當年聘私室，兩情總向琴中得〔二〕。誰信黄金買賦時，已是青蛾①辭寵日〔三〕？兔絲春來托女蘿〔四〕，雪霜未至尚纏柯。若個人心如草木，不到白頭妾遭逐〔五〕。妾有嫁時緑玉簪，時時插髻悦君心。一朝墮地雙股折，恰似君心中道絶。我簪縱折猶共藏〔六〕，君心一絶去他鄉。

【題解】

《樂府詩集》卷四十一《相和歌辭十六·楚調曲上》輯録《白頭吟》八首，大抵怨婦淒苦之辭，而卓文君《白頭吟》入人最深，流傳最廣。陸時雍《古詩鏡》卷二亦録卓氏《白頭吟》：「《西京雜記》曰：『司馬相如將聘茂陵人女爲妾，文君作《白頭吟》以自絶，相如乃止。』皚如山上雪，皎若雲間月。聞君有兩意，故來相決絶。今日斗酒會，明旦溝水頭。躞蹀御溝上，溝水東西流。悽悽復悽悽，嫁娶不須啼。願得一心人，白頭不相離。竹竿何嫋嫋，魚尾何簁簁！男兒重意氣，何用錢刀爲！」

【校勘】

① 蛾：乾隆本作「娥」。

【箋注】

〔一〕調：彈奏。鄭谷《獻制誥楊舍人》：「窗下調琴鳴遠水，簾前睡鶴背秋燈。」緑綺：司馬相如所彈之琴。《文選》卷三十張孟陽《擬四愁詩》：「佳人遺我緑綺琴。」李善《注》：「傅玄《琴賦序》曰：齊桓公有鳴琴曰號鍾，楚莊有鳴琴曰繞梁，中世司馬相如有緑綺，蔡邕有燋尾，皆名琴也。」

〔二〕司馬相如，蜀郡成都人，素善臨邛令王吉。司馬相如偕王吉訪臨邛富豪卓氏，乘機弄琴挑逗寡女文君。卓文君心悦而慕之，當夜隨相如馳歸成都。詳見《史記》卷一百一十七《司馬相如列傳》。

〔三〕漢武帝嗣位，長公主有大功，以故其女陳皇后驕貴。後武帝寵衛子夫，陳皇后妒而大恚，數欲死衛子夫。武帝大怒，廢陳皇后以立衛子夫；詳見《史記》卷四十九《外戚世家》。蕭統《文選》卷十六司馬相如《長門賦序》：「孝武皇帝陳皇后時得幸，頗妒。别在長門宮，愁悶悲思。聞蜀郡成都司馬相如天下工爲文，奉黄金百斤爲相如文君取酒，因於解悲愁之辭。而相如爲文以悟主上，陳皇后復得親幸。」青蛾：青年女子；蛾，通「娥」。《詩經・衛風・碩人》：「螓首蛾眉。」王先謙《三家義集疏》：「三家蛾作娥。」

〔四〕兔絲：或曰菟絲，蔓生，莖細長，常纏絡依附女蘿；或云女蘿依附菟絲。女蘿：或曰松蘿，絲狀下垂，常寄生松柏。《古詩十九首・冉冉孤生竹》：「與君爲新婚，兔絲附女蘿。」《博物志》卷四：「女蘿寄生兔絲，兔絲寄生木上，生根不著地。」《詩經・小雅・頍弁》：「蔦與女蘿，施于松柏。」

〔五〕若個：哪個。唐東方虬《春雪》：「不知園裏樹，若個是真梅？」

〔六〕林坤《誠齋雜記》：「汾陰女子吴淑姬未嫁夫亡。未亡時晨興靧面，玉簪墜地而折。已而夫亡，其父以其少年，欲嫁之，女誓曰：『玉簪重合則嫁。』居久之，見士子楊子治詩，諷而悦之，使侍兒用計覓得一卷，心動，欲與之合，啓奩視之，簪已合矣。遂以寄子治，結爲夫婦焉。後嫁子治，優於内治，里中稱之。子治仕至蘭陵太守。」

西門行

出西門，望崦嵫〔一〕，莫停乾軸駐坤維〔二〕。歎人生，感盛衰，壽命百年焉可期？燕東逝〔三〕，雁南歸，今日不樂待何時〔四〕？鑑徂貌，撫頹機〔五〕，起招親識飲華卮〔六〕。唱歌曲，揮舞衣，放情舒意解憂悲。

【題解】

《樂府詩集》卷三十七《相和歌辭十二》載録《西門行》，其人生短暫及時行樂之主旨與此詩相近。其詩云：「出西門，步念之，今日不作樂，當待何時？逮爲樂，逮爲樂，當及時。何能愁怫鬱，當復待來兹？釀美酒，炙肥牛，請呼心所懽，可用解憂愁。人生不滿百，常懷千歲憂。晝短苦夜長，何不秉燭遊？遊行去去如雲除，弊車羸馬爲自儲。」

【箋注】

〔一〕崦嵫：日入之處。《山海經·西山經》：「鳥鼠同穴之山西南三百六十里曰崦嵫之山。」郭璞《注》：「日没所入山也。」

〔二〕乾軸：古人認爲天體之運行如車有軸，故以乾軸稱上天。袁宏《三國名臣贊》：「赫赫三雄，并回乾軸。」劉良《注》：「三雄，謂三國之主也。乾，天也。言其競天下若運轉天軸萬物震動也。」坤維：維繫大地之繩索，代大地。張華《博物志》卷一：「其後共工氏與顓頊争帝，而怒觸不周之山，折天柱，絶地維。」《晉書》卷三十一《后妃上》：「德均載物，比大坤維。」

〔三〕張以寧《七夕吟同張士行賦》：「伯勞西飛燕東翥，河乾石爛愁終古。」

〔四〕《樂府詩集》卷三十七《相和歌辭十二·西門行六解》：「今日不作樂，當待何時？」陸機《順東西門行》：「桑樞戒，蟋蟀鳴，我今不樂歲聿征。」

〔五〕撫：細察。宋玉《神女賦》：「於是撫心定氣。」李善《注》：「撫，覽也。」頽機：衰老徵兆。謝惠連《卻東西門行》：「四節競闌候，六龍引頽機。人生隨時變，遷化焉可祈？」

〔六〕親識：親友。謝惠連《順東西門行》：「酌酩華堂集親識，舒情盡歡遣悽惻。」

題羅氏五老圖樂府三解

解一

五石隕東海，鍾秀五老人〔一〕。五石隕東海，鍾秀五老人。厖眉鶴髮，槁項癯身〔二〕，韜光養晦，葆精毓神。年既孔高，福亦隨臻。歌以言之，鍾秀五老人。

【題解】

元慈溪羅氏五老福慧雙修，德劭年高，望之如列仙。其事參看卷十八《羅氏五老贊》、卷二十《春風堂記》。伯氏羅世華，詳見卷二十三《元故沖玄處士羅君墓誌銘》，仲婿方景良，參見卷二十《春暉樓記》。

《慈溪縣志》卷九《孝友・元》：「羅世華，字明達；世英，字明傑；弘惠，字明德；天錫，字明純；世昌，字明叔。兄弟皆耆年，生子二十人，孫五十人，共爨而食者五世。至正初以同居耆德旌門，宋濂敘《五老圖》紀其盛。」

《文憲集》卷九《羅氏五老圖詩卷序》：「善卿取某氏，生五男子：其一曰明遠，年八十又三；

次二曰明傑，其年如明遠而少二歲；次三曰明德，其年如明傑而少十又三歲；次四曰明純，次五曰明叔，明純如明德而少二歲，明叔如明純而少三歲。惟此五人者，高邁八秩，卑逾六旬，當風日和美之時，婆娑中庭，衣冠偉如，佩玉鏘如，于于而趨，雍雍而語。皓髮龐眉，照耀後前。華帨彩衣，給事左右。見者驚詫，不曰『此人世之上瑞』，則曰『是國家之休禎』，嗟歎慕豔，若有所不及。噫，亦異哉！昔者睢陽固嘗以五老聞矣，其系非一姓，其生非一門，不過仕焉而止，優遊鄉梓，相與賦詩倡酬，人猶以爲異而傳之。今羅氏則一姓也；非直一姓，又出一門焉；豈惟一門，又連弟若兄焉。然兄弟之親，有一從者，有再從、三從者，有群從者，不能必其同也；又同出於一父母焉。揆於睢陽之所聞，不爲尤異者歟！尤異之事，可不彰而傳之歟？藉曰睢陽之傳皆以爵顯，而羅氏則隱約於布衣。然爵禄有命，不可以幸致；顯弗顯，固不當計也。嗟夫！人生至欲者，莫逾於壽考。《書》之九五福，舉以爲首；《詩》人善頌，雖不一而足，尤以此爲至願焉。羅氏一門，獲之爲多，誠稀世之盛事，厥今之奇逢，是宜材士大夫播諸聲詩，牘累篇聯，繩繩猶未已也。他日協諸律吕，被於管弦，使其子若孫持觴爲五老人壽，非特爲一時之美談，觀風之使或采而上之，則牛酒之寵勞，絮帛之敷錫，天光下照，赫奕於東海之濱矣。猗歟休哉！顧序睢陽之事者，錢公明逸也。明逸之文雄，故能傳諸久遠。若予之荒靡不振之作，將焉用之？要不足爲羅氏之重輕。姑述其概於首簡，以俟如明逸者删焉。羅氏五昆弟生子二十二人，共爨而食者五世，至正初以同居耆德旌其門。予嘗求其故，絅孜孜樂善，惠利及人者衆；善卿生平不害物命，其好施如其父，歲儉則散粟給宗族，無死徙之憂，臨歿又聚借貸諸券焚之：然其所培植者遠矣。」

【箋注】

〔一〕《春秋左傳注·僖公十六年》：「十有六年春王正月戊申朔，隕石于宋五。」洪咨夔《落星寺》：「春秋隕石于宋五，分作金焦與星渚。」

〔二〕厖眉：花白眉毛。王安石《贈老寧僧首》：「秀骨厖眉倦往還，自然清譽落人間。」槁項：頸項枯槁，多指匿迹山林草澤。《莊子·列禦寇》：「夫處窮閭阨巷，困窘織屨，槁項黄馘者，商之所短也。」

解二

家居五磊山〔一〕，人與山俱壽〔二〕。家居五磊山，人與山俱壽。伯也居前，叔兮在後。上孤楚老〔三〕，下鄙燕竇〔四〕。如星之列，如嶽之秀。歌以言之，人與山俱壽。

【箋注】

〔一〕五磊山：慈溪名山。《嘉靖寧波府志》卷六《慈溪·山·五磊山》：「縣西北四十五里，五峰累累相比，如聚米所成。舊云五磊雲興則雨，土人常以爲候。其南兩巖如門屹立以通出入，狀亦奇怪。曹漢炎詩曰：『咿軋蓋輿入暮雲，青山應認舊時人。竹深殘雪猶藏臈，溪暖枯梅賸得春。瓦甕碧醨初熟醞，地爐紅爇半枯薪。分明身到桃源境，隔斷人間澒洞塵。』」

〔二〕《詩經·小雅·天保》：「如南山之壽，不騫不崩。如松柏之茂，無不爾或承。」

〔三〕楚老：西漢節士龔勝師傅。《漢書》卷七十二《王貢兩龔鮑傳》：「兩龔皆楚人也，勝字君賓……語畢，遂不復開口飲食，積十四日死，死時七十九矣……有老父來吊，哭甚哀，既而曰：『嗟乎！薰以香自燒，膏以明自銷。龔生竟夭天年，非吾徒也。』遂趨而出，莫知其誰。」

〔四〕燕竇：燕人竇禹鈞，積德累仁，五子俱修身顯達，後世稱之曰竇燕山。范仲淹《范文正別集》卷四《竇諫議録》：「竇禹鈞，范陽人，爲左諫議大夫致仕。諸子進士登第，義風家法爲一時標表。馮道贈禹鈞詩云：『燕山竇十郎，教子以義方。靈椿一株老，仙桂五枝芳。』人多傳誦。禹鈞生五子，長曰儀，次曰儼、侃、偁、僖。儀至禮部尚書，儼禮部侍郎，皆爲翰林學士；侃左補闕，偁左諫議大夫參知政事，僖起居郎……先是，公之亡祖亡父夢中告以無子及壽數不永。後十年，復夢其亡祖亡父告之曰：『汝三十年前實無子分，又壽促，我嘗告汝。今汝自數年以來，名掛天曹陰府，以汝有陰德，延算三紀，賜五子，各榮顯，仍以福壽而終，死後當留洞天充真人位。』言訖，復祝禹鈞曰：『陰陽之理，大抵不異。善惡之報，或發於見世，或報於來世。天網恢恢，疏而不漏，此無疑也。』禹鈞愈積陰功。年八十二，沐浴別親戚，談笑而卒，五子八孫皆貴顯於朝廷。後之稱教子者，必曰燕山竇十郎云。」

解三

睢陽圖五老〔一〕，乃萃羅氏門。睢陽圖五老，乃萃羅氏門。昔聯鄉梓，今則同根〔二〕。昔在朋僚，今作弟昆。匪善曷致？匪義奚敦〔三〕？歌以言之，乃萃羅氏門。

【箋注】

〔一〕睢陽五老：北宋杜衍、王涣、畢世長、朱貫、馮平等五位重臣，年老致仕，歸隱故鄉睢陽，世人尊稱睢陽五老，其像曰《睢陽五老圖》。趙琦美《趙氏鐵網珊瑚》卷十三錢明逸《五老圖序》：「夫蹈榮名而保終吉，卻貴勢而躋遐耇，白首一節，人生所難。今致仕宫師相國杜公，雅度敏識，圭璋巖廟，清德令望，龜準當世，功成自引，得謝君門。視所難得者，則安享之；謂所難行者，則恬居之。燕申睢陽，與賓客太原王公、故衛尉河東畢卿、兵部沛國朱公、駕部始平馮公，咸以耆年掛冠，優遊鄉梓，暇日宴集爲五老會。賦詩酬唱，怡然相得，宋人形於繪事以紀其盛。」

〔二〕鄉梓：桑梓等爲古代住宅邊常種樹木，遂以之喻故鄉。《詩經·小雅·小弁》：「惟桑與梓，必恭敬止。」同根：喻同胞兄弟。劉基《孤兒行》：「人生一世爲弟兄，同根自合同枯榮。」

〔三〕陶淵明《榮木》：「匪道曷依？匪善奚敦？」方孝孺《家人箴十五首·慎言》：「匪善曷陳？匪義曷謀？」

日重光行

日重光，天命良悠悠〔一〕。日重光，陰回陽薄春復秋〔二〕。日重光，人生百年苦易滿〔三〕。日重光，黑髮幾時還白頭。日重光，花謝必再開。日重光，人不再少老即休〔四〕。日重光，堪歎富貴利達。日重光，一時變滅如浮漚〔五〕。日重光，何不學彼神仙？日重光，逍遥物外身長留。

【題解】

日重光，太陽東升，重放光芒。《樂府詩集》卷四十《相和歌辭十五》輯録陸機《日重光行》。戴九靈此詩所擄之悲戚無奈，一如數百年前陸氏《日重光行》之無奈淒苦：「日重光，奈何天回薄。日重光，冉冉其遊如飛征。日重光，今我日華華之盛。日重光，倏忽過，亦安停？日重光，盛往衰亦必來。日重光，譬如四時，固恒相催。日重光，惟命有分可營。日重光，但惆悵才志。日重光，身没之後無遺名。」

【箋注】

〔一〕天命：天神意志，自然規律。悠悠：悠長無際。

〔二〕陰回陽薄：陰陽交替，四季循環；薄，逼迫，迫近。《易・繫辭上》：「一陰一陽之謂道。」陰陽學説中陰陽與四季對應且陰陽互根：粗而言之，春夏爲陽，秋冬爲陰；微而言之，夏至乃陽盛之時而一陰生，冬至乃陰盛之時而一陽生，春爲陽中之陰，夏爲陽中之陽，秋爲陰中之陽，冬爲陰中之陰。

〔三〕白居易《詠懷》：「人生百年内，疾速如過隙。」

〔四〕范康《仙吕・寄生草・酒色財氣》：「花尚有重開日，人決無再少年。」

〔五〕浮漚：易生易滅之水面泡沫，比喻世事無常生命短暫。范成大《石湖中秋二十韻感今懷舊而作》：「水天雙對鏡，身世一浮漚。」

月重輪行

天運茫茫〔一〕，月重輪。盛時難久長〔二〕，月重輪。窮通榮辱，一來一去無常〔三〕，月重輪。人生在世，忽焉遷變如流光〔四〕，月重輪。善哉，古昔人功立名揚，身没之後千載何煌煌〔五〕！愚睹一時，聖視無疆〔六〕。我觀我生，堪歎傷！堪歎傷！

【題解】

月重輪，農曆之望，桂魄重圓。《樂府詩集》卷四十《相和歌辭十五》載録《月重輪行》四首。此詩主旨近乎晉陸機《月重輪行》：「人生一時，月重輪。盛年焉可恃？月重輪。吉凶倚伏，百年莫我與期，臨川曷悲悼！兹去不從肩，月重輪。功名不勖之，善哉古人，揚聲敷聞，九服身名流何穆！既自才難，既嘉運亦易愆。俯仰行老，存没將何觀？志士慷慨獨長歎，獨長歎。」

【箋注】

〔一〕天運：天體運轉。茫茫：渺茫模糊。

〔二〕李白《送趙判官赴黔府中丞叔幕》：「蹭蹬鬢毛斑，盛時難再還。」

〔三〕耶律楚材《和摶霄韻代水陸疏文因其韻爲詩十首》：「窮通榮辱皆真夢，毁譽稱譏盡假音。」

〔四〕姬翼《恣逍遥》：「昨日嬰孩，今朝老大，百年間電光石火。」

〔五〕《左傳・襄公二十四年》：「太上有立德，其次有立功，其次有立言，雖久不廢，此之謂三不朽。」《論語・衛靈公》：「子曰：『君子疾没世而名不稱焉。』」

〔六〕王冕《感懷》：「蒙莊曠達士，魯連倜儻生。不徼一時利，乃有千載名。」

五言古詩

感懷十九首

其一

黄虞去我遠，大道邈難追〔一〕。悠悠觀世運，終古歎興衰〔二〕。《王風》哀以思，周室日陵遲〔三〕。一伯方迭起，七雄更相持〔四〕。兼并逮狂秦，干戈益紛披〔五〕。復聞晉虜亂〔六〕，五胡乘禍機〔七〕。殺伐代相尋，昏虐無休期。群生困塗炭，萬象翳氛霏〔八〕。豈無憂世者？咄嗟吾道非〔九〕。楚狂隱歌鳳，商山淪采芝〔一〇〕。去去君勿疑，古今同一時。

【題解】

感懷，心有感觸。詩人常以之爲詩題，如陸游、王冕、劉基等詩家皆吟誦過數量可觀之《感懷》詩。

【箋注】

〔一〕黄虞：聖主黄帝與虞舜。大道：王道。薛據《初去郡齋書懷》：「尚想文王化，猶思巢父賢。時移多讒巧，大道竟誰傳？」

〔二〕世運：治亂更迭盛衰變遷之塵世軌迹。王元《題鄧真人遺址》：「但見白雲長掩映，不知浮世幾興衰。」

〔三〕王風：《詩經》十五國風之一；周朝衰微，周平王自鎬京遷都洛邑，其實力與諸侯國無異，故稱遷都後詩爲《王風》，與諸侯國之詩相提并論。《王風》悲涼憂戚，如周大夫行役，過故都鎬京，見宗廟宫室俱爲禾黍，彷徨不忍去，遂賦《黍離》以寫沉痛：「彼黍離離，彼稷之苗。行邁靡靡，中心摇摇。知我者謂我心憂，不知我者謂我何求？悠悠蒼天，此何人哉？」《文選》卷二十一南朝宋謝瞻《張子房》：「《王風》哀以思，周道蕩無章。」

〔四〕二伯：春秋二霸齊桓公與晉文公；伯，通「霸」。《史記》卷三十二《齊太公世家》：「以太公之聖，建國本，桓公之盛，修善政，以爲諸侯會盟，稱伯，不亦宜乎？洋洋哉，固大國之風也！」《史記》卷三十九《晉世家》：「天子使王子虎命晉侯爲伯……冬，晉侯會諸侯於温，欲率之朝周。力未能，恐其有畔者，乃使人言周襄王狩於河陽。壬申，遂率諸侯朝王於踐土。」七雄：戰國時實力强大之秦齊楚韓魏趙燕。

〔五〕狂秦：秦王朝。《文選》卷五十一賈誼《過秦論》：「始皇既没，餘威震於殊俗。然而陳涉，甕牖繩樞之子，甿隸之人，而遷徙之徒也。材能不及中庸，非有仲尼、墨翟之賢，陶朱、猗頓之富，躡足行伍之間，俛起阡陌之中，率罷散之卒，將數百之衆，轉而攻秦，斬木爲兵，揭竿爲旗，天下雲集而響應，贏糧而景從，山東豪俊遂并起而亡秦族矣。」

〔六〕晉虜：西晉末年聚衆反晉之王彌、陳敏、汲桑等各路梟雄；虜，奴僕。詳見《晉書》卷五《帝紀第五》。

〔七〕五胡：兩晉時匈奴、鮮卑、羯、羌、氐等五個少數民族；西晉末年，五族首領乘各族民衆揭竿之機竊取中原，先後建立十六國政權，即五涼（前、後、南、北、西）、二趙（前、後）、三秦（前、後、西）、四燕（前、後、南、北）、夏、成漢。禍機：機括般禍患。

〔八〕氛霏：霧霾，同義複詞。張耒《上元日駕回登樓二首》：「紫霧氛霏閶闔開，團團明月上天來。」

〔九〕《史記》卷四十七《孔子世家》：「（陳蔡大夫）於是乃相與發徒役圍孔子於野。不得行，絶糧。從者病，莫能興。……孔子曰：『回，詩云「匪兕匪虎，率彼曠野」，吾道非邪？吾何爲於此？』顔回曰：『夫子之道至大，故天下莫能容。雖然，夫子推而行之，不容何病？不容然後見君子！夫道之不修也，是吾醜也。夫道既已大修而不用，是有國者之醜也。不容何病？不容然後見君子！』」咄嗟：歎息。

〔一〇〕楚狂：春秋楚國隱士陸通，字接輿。《論語・微子篇》：「楚狂接輿歌而過孔子曰：『鳳兮鳳兮，何德之衰！往者不可諫，來者猶可追。已而已而，今之從政者殆而！』孔子下，欲與之言，趨而辟之，不得與之言。」《高士傳》卷上《陸通》：「陸通，字接輿，楚人也。好養性，躬耕以爲食。楚昭王時，通見楚政無常，乃佯狂不仕，故時人謂之楚狂……楚王聞陸通賢，遣使者持金百鎰、車馬二駟，往聘通，曰：『王請先生治江南。』通笑而不應。使者去，妻從市來，曰：『先生少而爲義，豈老違之哉？門外車迹何深也！妾聞義士非禮不動。妾事先生，躬耕以自食，親織以爲衣，食飽衣暖，其樂自足矣。不如去之。』於是夫負釜甑，妻戴紝器，變名易姓，遊諸名山，食桂櫨實，服黄菁子，隱蜀峨眉山，壽數百年，俗傳以爲仙云。」商山：商山四皓，詳見卷十七《題四皓圖》。淪：隱淪。謝靈運《入華子岡是麻源第三谷》：「既枉隱淪客，亦棲肥遯賢。」

其二

杪歲屬摇落，青蒲忽青青〔一〕。萌達未幾日，大火已南明〔二〕。天運一如是，廢興安得停？商郊遷夏鼎，殷士裸周京〔三〕。冀方既已没，亳社亦已平〔四〕。務光真達道，湫㞞薄時榮〔五〕。

【箋注】

〔一〕杪歲：歲末。屬：恰好。摇落：殘敗凋落。曹丕《燕歌行》：「秋風蕭瑟天氣涼，草木摇落露爲霜。」青蒲：水生植物蒲草，嫩者可食，莖葉可供編織蒲席等物。

〔二〕陳子昂《感遇詩三十八首》：「青春始萌達，朱火已滿盈。」萌達：發生滋長。大火：東方蒼龍七宿之心宿；夏曆六月黄昏時分，火星出現於南方，方向最正，位置最高；七月以後，火星偏西下移。

〔三〕意謂商湯滅夏，禹鼎遷徙到商朝都城；周武滅商，商朝貴族在鎬京輔助周天子祭祀。夏鼎：禹鼎，相傳夏禹鑄九鼎以像九州，其上刻鏤山精水怪之形，使人知神姦。《左傳・宣公三年》：「昔夏之方有德也，遠方圖物，貢金九牧，鑄鼎象物，百物而爲之備，使民知神姦……桀有昏德，鼎遷于商，載祀六百。」殷士：投誠周朝之殷商貴族。祼：祭祀儀式，以酒澆灌白茅，像神飲酒。《詩經・大雅・文王》：「侯服于周，天命靡常。殷士膚敏，祼將於京。厥作祼將，常服黼冔。王之藎臣，無念爾祖。」

〔四〕冀方：古代以冀州爲核心之中原地區，此代夏朝。《尚書・虞夏書・五子之歌》：「有此冀方。」蔡沈《集傳》：「堯授舜，舜授禹，皆都冀州。言冀方者，舉中以包外也。」《孔子家語・正論解》：「《夏書》曰：『維彼陶唐，率彼天常，在此冀方。』」王肅《注》：「中國爲冀。」亳社：古者建國必先立社，殷都亳，故其所建之社曰亳社。平：剷除。

〔五〕務光：商湯時隱士。《列仙傳》：「務光者，夏時人也。耳長七寸，好琴，服蒲韭根。殷湯將伐桀，因光而謀。光曰：『非吾事也。』湯曰：『孰可？』曰：『吾不知。』湯曰：『伊尹何如？』

曰：『强力忍詬，吾不知其它。』湯既克桀，以天下讓於光，曰：『智者謀之，武者遂之，仁者居之，古之道也。吾子胡不遂之？請相吾子。』光辭曰：『廢上，非義也；殺人，非仁也；人犯其難，我享其利，非廉也。吾聞非義不受其禄，無道之世不踐其位，況於尊我！我不忍久見也。』遂負石自沉於蓼水。」

其三

大運淪三代，高人尚誰窺〔一〕？昭昭羊裘子，乃悟白雲期〔二〕。身托富春耕，心罥桐江絲〔三〕。高視萬乘主，清風振四垂〔四〕。世間驕豪輩，驅逼正嶷嶷〔五〕。何當攀逸駕，山顛與水湄〔六〕？

【箋注】

〔一〕大運：天命，氣數。《後漢書》卷二《顯宗孝明帝紀》：「朕承大運，繼體守文。」三代：夏商周。《論語·衛靈公》：「斯民也，三代之所以直道而行也。」邢昺《疏》：「三代，夏、殷、周也。」

〔二〕李白《古風五十九首》：「昭昭嚴子陵，垂釣滄波間。身將客星隱，心與浮雲閒。」羊裘子：嚴光，字子陵，少有高名，漢光武帝劉秀同門友。光武即位，下詔物色之，聞有人披羊裘釣澤中，疑爲嚴光，禮聘而至，果少年賢友。武帝數請嚴光輔佐理天下，嚴光固辭不屈。後隱逸富春山下，耕釣終其身。詳見《後漢書》卷八十三《逸民列傳》。《説文》：「期，會也。」

〔三〕富春：富春山。《乾隆桐廬縣志》卷二《山川·富春山》：「在縣西四十里，前臨大江，上有東西二臺。一名嚴陵山，清麗奇絶，號錦峰繡嶺，乃嚴子陵釣處。」桐江：徽港、衢港、婺港三江同流，至桐廬縣謂之桐江，入富陽爲富春江。《乾隆桐廬縣志》卷二《山川·桐江》：「在縣南六十步，合徽衢金三水，東北遠注九十里至縣南，曰桐江。東流歷富陽、浙江以入於海。兩岸山巒峭峻，其水深渟如黛。」罥：懸掛。

〔四〕李白《古風五十九首》：「長揖萬乘君，還歸富春山。清風灑六合，邈然不可攀。」四垂：四境。

〔五〕嶷嶷：蒙昧無知貌。《類篇·口部》：「嶷，無所聞見也。」

〔六〕逸駕：奔逸之車駕。謝朓《冬日晚郡事隙》：「願言税逸駕，臨潭餌秋菊。」

其四

寵極辱會至，勢利真禍羅〔一〕。君看道旁木，幾曾成斧柯〔二〕。世中繁華子，追恨每苦多〔三〕。芬芳有徂謝，平地生風波〔四〕。陸機去華亭〔五〕，蘇子狹三河〔六〕。平生已謂畢，末路其如何〔七〕！

【箋注】

〔一〕勢利：權勢爵賞。《國語·晉語九》：「必將求利於我。」韋昭《注》：「利，爵賞也。」

〔二〕幾曾：何嘗。斧柯：斧柄，喻政柄威權。蔡邕《琴操·龜山操》：「予欲望魯兮，龜山蔽之。手無斧柯，奈龜山何？」

〔三〕李白《古風五十九首》：「不知繁華子，擾擾何所迫？」

〔四〕殂謝：消逝凋零。元程巨夫《和陶》：「年運倏徂謝，春秋焉能托？」風波：喻意外變故或糾紛。劉禹錫《竹枝詞》：「常恨人心不如水，等閑平地起波瀾。」

〔五〕華亭：地名，在今上海，陸機昆弟寓居十餘年，參見卷一《和沈休文雙溪八詠》。《世説新語·尤悔第三十三》：「陸平原河橋敗，爲盧志所讒，被誅。臨刑歎曰：『欲聞華亭鶴唳，可復得乎！』」南朝梁劉孝標《注》引《八王故事》：「華亭，吴由拳縣郊外墅也，有清泉茂林。吴平後，陸機兄弟共遊於此十餘年。」

〔六〕蘇子：戰國術士蘇秦，遠離故邦東周雒陽，東走六國，以縱横術佩六國相印，後在齊遇刺身亡；詳見《史記》卷六十九《蘇秦列傳》。《文選》卷二十三阮籍《詠懷詩十七首》：「李公悲東門，蘇子狹三河。」李善《注》引沈約曰：「河南、河東、河北，秦之三川郡，古人呼水皆爲河耳。

蘇子以兩周之狹小，不足逞其志力，故去佩六國相印也。」

〔七〕末路：最後一程。《戰國策·秦策五》：「《詩》云『行百里者半於九十』，此言末路之難。」

其五

高居觀群動，役役將何爲〔一〕？巧智遞傾奪，利欲争刀錐〔二〕。古昔有遺言，財多怨之歸〔三〕。夭桃沐春雨，灼灼能幾時〔四〕？累愚不知戒，永爲達士嗤〔五〕。

【箋注】

〔一〕役役：奔走勞苦貌。梅堯臣《依韻奉和永叔感興》：「秋蟲至微物，役役網自織。」

〔二〕巧：欺詐。《淮南子·本經》：「飾智以驚愚，設詐以巧上。」刀錐：刀尖，喻微末小利。陳子昂《感遇詩》：「務光讓天下，商賈競刀錐。」

〔三〕《漢書》卷七十一《疏廣》：「且夫富者，衆人之怨也；吾既亡以教化子孫，不欲益其過而生怨。」馬端臨《文獻通考》卷二十三《國用考一》：「洮平而府庫尚盈，人皆追怨横斂，而帝方懲奉天儲蓄空窘，益務聚蓄，不知所以致難之由，非因乏財，蓋知聚而不知散，乃怨府也。」

〔四〕夭桃：美盛桃花。《詩經·周南·桃夭》：「桃之夭夭，灼灼其華。」

〔五〕累愚：愚者所罹禍患；累，負擔，禍害。《文選》卷二十一張協《詠史》：「顧謂四坐賓，多財爲累愚。」李善《注》：「累，猶負也。累愚，爲愚者之累也。」

其六

吾觀陰陽化，浩浩靡有停〔一〕。圓光甫東照，靈曜已西傾〔二〕。以之歎斯世，誰能獨久生？金仙談寂滅〔三〕，老聃示窈冥〔四〕。亦有羨門子，道與元化并〔五〕。不死復不老，翩然凌太清。顧憐蚩蚩輩，誑譎誤《丹經》〔六〕。

【箋注】

〔一〕陰陽：此指晝夜。《禮記・祭義》：「日出於東，月生於西，陰陽長短，終始相巡。」孔穎達《疏》：「陰謂夜也，陽謂晝也。夏則陽長而陰短，冬則陽短而陰長，是陰陽長短。」

〔二〕圓光：月亮。李白《君子有所思行》：「圓光過滿缺，太陽移中昃。」靈曜：太陽。郭璞《遊仙詩》：「暘谷吐靈曜，扶桑森千丈。」

〔三〕金仙：如來佛；佛家謂如來之身，金色微妙，因稱金仙。李白《與元丹丘方城寺談玄作》：「朗悟前後際，始知金仙妙。」王琦《注》：「金仙，謂佛。」寂滅：涅槃，即逾越一切境界入於不生不滅超脱自在之門。惠洪《林間録》卷下：「諸佛悟達法性，皆了自心源，妄想不生，不失正念，我所心滅，故不受生死，即究竟常寂滅。以寂滅故，萬樂自歸。」

〔四〕窈冥：深遠奥妙。《老子》二十一章：「道之爲物，惟恍惟惚。惚兮恍兮，其中有象；恍兮惚兮，其中有物；窈兮冥兮，其中有精。」

〔五〕羨門子：古代仙人，詳見卷十一《小丹丘記》。元化：造化，造物主。陳子昂《感遇》：「古之得仙道，信與元化并。」

〔六〕蚩蚩：無知貌。《詩經·衛風·氓》：「氓之蚩蚩，抱布貿絲。」朱熹《詩集傳》：「蚩蚩，無知之貌。」誑譎：欺騙。丹經：闡述煉丹術之專書。《抱朴子》卷一《金丹第四》：「凡受《太清丹經》三卷及《九鼎丹經》一卷、《金液丹經》一卷。」

其七

秋風何蕭瑟，一夜下庭緑〔一〕。登高望宇宙，悄悄傷心曲〔二〕。人生百年内，四序相迫促〔三〕。衰顔與頽運，去去不再復。今晨與君會，明旦成往躅〔四〕。夸父走虞淵，前途乃爾速〔五〕。世人不自悟，朝暮營所欲。冰炭滿襟抱，殊無一朝足〔六〕。奄忽乘物化〔七〕，身名同草木。

【箋注】

〔一〕蕭瑟：秋風聲。宋玉《楚辭·九辯》：「悲哉！秋之爲氣也。蕭瑟兮草木摇落而變衰。」

〔二〕悄悄：憂傷貌。《詩經·邶風·柏舟》：「憂心悄悄，愠於群小。」心曲：内心深處。葛洪《抱朴子·論仙》：「百憂攻其心曲，衆難萃其門庭。」

〔三〕四序：四季。王勃《王子安集》卷四《守歲序》：「春秋冬夏，錯四序之凉炎。」

〔四〕頽運：頽敗命運。《隋書》卷一《高祖上》：「王受天明命，睿德在躬，救頽運之艱，匡墜地之業。」往躅：陳迹。

〔五〕夸父：傳説中與太陽賽跑者。《山海經·海外北經》：「夸父與日逐走，入日，渴，欲得飲，飲於河渭；河渭不足，北飲大澤。未至，道渴而死。棄其杖，化爲鄧林。」虞淵：日落處。《淮南子·天文訓》：「至於虞淵，是謂黄昏。至於蒙谷，是謂定昏。日入於虞淵之汜，曙於蒙谷之浦。」

〔六〕冰炭：喻内心矛盾。陶潛《雜詩》：「孰若當世士，冰炭滿懷抱？」

〔七〕奄忽：倏忽，一下子。乘物化：順應自然變化，形容死亡。《古詩十九首·回車駕言邁》：「人生非金石，豈能長壽考？奄忽隨物化，榮名以爲寶。」李善《注》：「化，謂變化而死也。不忍斥言其死，故言隨物而化也。《莊子》曰：『聖人之生也天行，其死也物化。』」

其八

時秋救邊急，喧呼聞點兵。荒城接沙漠，群馬盡嘶鳴。荷戟者誰子？贏糧將遠征〔一〕。借問何所之？天驕窺漢城〔二〕。西奔丁零塞〔三〕，北走單于亭。窮冬冰雪交，殊方不可行〔四〕。骨肉兩決絶〔五〕，悲極哭無聲。怯卒當勁虜，投魚飷長鯨〔六〕。已分沙場死，暴骨無完形〔七〕。驅車舍之去，不忍聽此聲。聖人御寓内，早使太階平〔八〕。

【箋注】

〔一〕贏糧：攜帶糧食。陳子昂《感遇》：「贏糧匝邛道，荷戟争羌城。」

〔二〕天驕：漢時匈奴用以自稱；後泛稱少數民族。王維《出塞作》：「居延城外獵天驕，白草連天野火燒。」

〔三〕丁零：古民族名。《史記》卷一百十《匈奴列傳》：「後北服渾庾、屈射、丁零、鬲昆、薪犁之國。」張守節《正義》：「已上五國在匈奴北。」李涉《六歎》：「漢臣一没丁零塞，牧羊西過陰沙外。」

〔四〕殊方：異域。班固《西都賦》：「逾崑崙，越巨海，殊方異類，至於三萬里。」

〔五〕決絶：永别。杜甫《前出塞》：「哀哉兩決絶，不復同苦辛。」

〔六〕饇：飽食。《詩經·小雅·角弓》：「如食宜饇，如酌孔取。」毛《傳》：「饇，飽也。」

〔七〕分：預料，料想。暴骨：暴露屍骨，形容死於郊野。《左傳·宣公十二年》：「今我使二國暴骨，暴矣。」韋莊《憫耕者》：「如今暴骨多於土，猶點鄉兵作戍兵。」

〔八〕聖人：尊稱帝王。太階：星名，詳見卷一《和沈休文雙溪八詠》。

其九

《伐木》音久廢，交友竟吾欺〔一〕。利害紛啖食，迫逐方交馳〔二〕。晨起踐零露，四顧將安之〔三〕？東路阻山海，北走到臨淄〔四〕。臨淄古齊國，淳風亦早衰。惟聞管敬仲，嘗受鮑叔知〔五〕。其人今已殁，鄉里失其依。知音苟不存，仗劍起旋歸〔六〕。

【箋注】

〔一〕《詩經·小雅·伐木》：「伐木丁丁，鳥鳴嚶嚶。出自幽谷，遷於喬木。嚶其鳴矣，求其友聲。相彼鳥矣，猶求友聲。矧伊人矣，不求友生？神之聽之，終和且平。」《毛詩序》：「《伐木》，燕朋友故舊也。自天子至於庶人，未有不須友以成者。親親以睦，友賢不棄，不遺故舊，則民德歸厚矣。」

〔二〕陳子昂《感遇》：「讒說相啖食，利害紛嶷嶷。」迫逐：逼迫驅逐。《左傳·襄公十四年》：「昔秦人迫逐乃祖吾離於瓜州，乃祖吾離被苫蓋，蒙荆棘，以來歸我先君。」

〔三〕零露：露珠。南朝宋鮑照《代蒿里行》：「馳波催永夜，零露逼短晨。」貝瓊《贈迮元霖》「宇宙非不大，四顧將安之？」

〔四〕臨淄：春秋齊國都城，以地臨淄水而名，元時中書省益都路，參見卷九《次益都》。

〔五〕春秋齊國管夷吾，字敬仲，世稱管仲。管仲少時與鮑叔遊，以貧困欺鮑叔，鮑叔知其賢，終善遇之。齊桓公立，鮑叔薦舉管仲，管仲以此而爲霸者桓公之股肱；參見《史記》卷六十二《管晏列傳》。

〔六〕仗劍：持劍。旋歸：返回。《詩經·小雅·黄鳥》：「言旋言歸，復我邦族。」《古詩十九首·明月何皎皎》：「客行雖云樂，不如早旋歸。」

其十

蚉蚉分蠍食，有難負以逃〔一〕。一飽不忘報，況復成久要〔二〕。子大啄母腦，亦有東山鴞〔三〕。同氣且相殘，將復敦外交〔四〕？

【箋注】

〔一〕蟨善覓食而不能騄行，邛邛岠虚善走而不能覓食，二獸相濡以沫，相依爲命，參見本卷《雜怨二首》。

〔二〕一飽：韓信落魄時嘗食於漂母，後謝之以千金，參見本卷《戰城南》。久要：往昔盟約。《論語·憲問》：「久要不忘平生之言。」何晏《集解》引孔安國曰：「久要，舊約也。平生，猶少時。」邢昺《疏》：「言與人少時有舊約，雖年長貴達，不忘其言。」

〔三〕鴞：通「梟」，舊傳鴞鳥不孝，母哺翼成，啄母腦以去，或云啄母睛而去，未審孰是。韓愈《孟東野失子》：「鴟梟啄母腦，母死子始翻。」《格致鏡原》卷八十一《梟》：「張華《禽經注》：『梟在巢，母哺之，羽翼成，啄母目翔去也。』《感應經》：『鴟梟食母眼睛乃能飛。』」

〔四〕同氣：親族，多指同胞兄弟。鄭燮《題畫竹》：「兩枝修竹出重霄，幾葉新篁倒掛梢。本是同根復同氣，有何卑下有何高！」

其十一

蓬萊與方丈，乃在東海湄〔一〕。中有一老翁，人説是安期〔二〕。曉沐暘谷水，夜燔若木枝〔三〕。手中碧玉笙，時把《紫鸞》吹〔四〕。我欲訪仙術，長跪前致辭。飆車欻高舉，騰空掩徂輝〔五〕。躋攀莫能及，望望成朵頤〔六〕。何時駕飛鶴〔七〕，揮手與世辭？

【箋注】

〔一〕蓬萊方丈：兩座海上神山。《史記》卷二十八《封禪書》：「自威、宣、燕昭使人入海求蓬萊、方丈、瀛洲。此三神山者，其傳在勃海中，去人不遠。」

〔二〕安期：古仙人，詳見卷十一《小丹丘記》。

〔三〕暘谷：日出之處。若木：神木名，長在日入處。《山海經·大荒北經》：「大荒之中有衡石山、九陰山、洞野之山，上有赤樹，青葉赤華，名曰若木。」郭璞《注》：「生昆侖西，附西極，其華光赤下照地。」

〔四〕碧玉笙：笙名。曹唐《小遊仙詩九十八首》：「笑擎雲液紫瑶觥，共請雲和碧玉笙。」紫鸞：傳説中神鳥，又爲樂曲名。李白《古風五十九首》：「兩兩白玉童，雙吹《紫鸞》笙。」貢師泰《寄示師文姝》：「飄摇金衣鶴雙飛，白玉童吹《紫鸞曲》。」任希夷《竹》：「挺挺霜中節，沉沉日下陰。試裁蒼玉管，吹作《紫鸞》音。」

〔五〕飆車：御風而行之神車。范成大《晝錦行送陳福公判信州》：「人言公與赤松期，飆車羽輪來何時？」徂輝：夕暉，落日光輝。李白《古風》：「白日掩徂暉，浮雲無定端。」王琦《注》：「徂暉，落日之光也。」

〔六〕朵頤：鼓腮嚼食，形容嚮往歆羨。沈德符《萬曆野獲編》卷十一《吏部》：「辛丑年，浙江吏部缺出，朵頤者凡數人。」

〔七〕方回《俞鑑山月歌》：「仙人輕舉跨飛鶴，遊子歸思隨征鴻。」

其十二

玄圃有丹木，八榦何亭亭〔一〕！光同白玉潤，液比碧瑶清〔二〕。不知何年代，産此至陽精〔三〕？仙經所嘗言，服之可千齡〔四〕。吾將具舟楫，涉海掇其英。

【箋注】

〔一〕玄圃：崑崙山上神仙居處。趙一清《水經注釋》卷一《河水一》：「崑崙之山三級：下曰樊桐，一名板松；二曰玄圃，一名閬風；上曰層城，一名天庭，是謂太帝之居。」丹木：木名。《山海經・西山經》：「又西北四百二十里曰峚山，其上多丹木，員葉而赤莖，黄華而赤實，其味如飴，食之不飢。」亭亭：高聳貌。陶淵明《讀山海經》：「亭亭凌風桂，八榦共成林。」《山海經・海内南經》：「桂林八樹，在番隅東。」郭璞《注》：「八樹而成林，言其大也。」

〔二〕陶淵明《讀山海經》其四：「丹木生何許？乃在峚山陽。黄花復朱實，食之壽命長。白玉凝素液，瑾瑜發奇光。豈伊君子寶，見重我軒黄？」

〔三〕至陽：陽氣極盛。范仲淹《乾爲金賦》：「運太始之極，履至陽之位，冠三才而中正，秉一氣而純粹。」

〔四〕仙經：道家經典。鮑照《代淮南王》：「淮南王，好長生，服食煉氣讀仙經。」

其十三

良辰豈長遇？陰晦在須臾。今日弗爲樂，明旦恐不如。都門多佳麗，清囀當座隅〔一〕。促席道平素，況有高士俱〔二〕。列俎過三鼎〔三〕，傾酒盡百壺。揮金娱心意，慷慨不留儲〔四〕。達人每滔蕩，俗士恒自拘〔五〕。白頭懷轗軻，撫己一長吁〔六〕。

【箋注】

〔一〕都門：京都城門，此指蘇州城，元末吴王張士誠定都於此。佳麗：美人。柳永《尉遲杯》：「寵佳麗，算九衢紅粉難比。」清囀：樂聲清脆婉轉。沈約《郊居賦》：「驅四牡之低昂，響繁笳之清囀。」

〔二〕促席：接席，座位靠近。陶潛《詠二疏》：「促席延故老，揮觴道平素。」

〔三〕意謂俎上所盛食物比三鼎之禮豐盛。俎：置肉之几，古代祭祀、朝聘、宴客所用禮器。三鼎：古代貴族祭祀之禮，因等級而異制，士用三鼎，大夫用五鼎。《儀禮·士昏禮》：「陳三鼎於寢門外。」鄭玄《注》：「鼎三者，升豚、魚、腊也。」

〔四〕此暗用西漢疏廣故事。疏廣致仕居鄉，日與族人故交賓客宴飲娛樂。子孫委托德高年劭者勸疏廣買田宅，疏廣拒之以「賢而多財，則損其志；愚而多財，則益其過」，於是衆人悦服，歡娱如故。詳見《漢書》卷七十一《疏廣》。留儲：儲存。張協《詠史》：「揮金樂當年，歲暮不留儲。」

〔五〕滔蕩：廣闊浩大貌。曹植《贈丁翼》：「滔蕩固大節，世俗多所拘。」李周翰《注》：「滔蕩，大貌。」

〔六〕轗軻：不平貌，喻境遇不順，困頓失意。杜甫《詠懷》：「嗟余竟轗軻，將老逢艱危。」撫己：省察自己。陶潛《歲暮和張常侍》：「撫己有深懷，履運增慨然。」

其十四

在世忽如寄，胡乃勞其生〔一〕。濁酒報初熟，頹然醉前榮〔二〕。日莫彩雲斂，天宇湛虚明〔三〕。群動各已息，一鳥忽嚶鳴〔四〕。感之欲長歎，酒至還復傾。陶公歿已久，誰能喻吾情〔五〕？

【箋注】

〔一〕白居易《感時》：「白髮雖未生，朱顏已先悴。人生詎幾何？在世猶如寄。」李白《春夜宴桃李園序》：「夫天地者，萬物之逆旅也；光陰者，百代之過客也。」

〔二〕杜甫《泛溪》：「濁醪自初熟，東城多鼓鼙。」頹然：醉倒貌。梅堯臣《永叔贈酒》：「誰識我爲我，賓主各頹然。」榮：兩頭翹起之屋簷，代屋舍。《説文》：「屋梠之兩頭起者爲榮。」段玉裁《注》：「齊謂之簷，楚謂之梠，簷之兩頭軒起爲榮。」李白《登瓦官閣》：「淮水入南榮。」王琦《輯注》引《上林賦》郭璞曰：「榮，屋簷也。」

〔三〕湛：澄清。陶潛《辛丑歲七月赴假還江陵夜行塗中》：「涼風起將夕，夜景湛虚明。」

〔四〕嚶鳴：鳥鳴，喻朋友間同氣相求。《詩經·小雅·伐木》：「嚶其鳴矣，求其友聲。」

〔五〕陶公：東晉高士陶淵明。徐夤《菊花》：「陶公豈是居貧者？剩有東籬萬朵金。」

其十五

索居將永矣，浩然懷故都〔一〕。故都何處所？限此江與湖。時時起望之，風波緬前途〔二〕。獨見雙飛燕，連翩還我廬〔三〕。我廬有叢菊，近亦開幾株。恐從分別來，靈根日就蕪〔四〕。請爲語比鄰，蚤把惡草除〔五〕。惡草除已盡，歎息復何如？

【箋注】

〔一〕索居：獨居。《禮記·檀弓上》：「吾離群而索居，亦已久矣。」鄭玄《注》：「群，謂同門朋友也；索，猶散也。」浩然：盛大而不可阻遏貌。《孟子·公孫丑下》：「夫出晝，而王不予追也，予然後浩然有歸志。」朱熹《章句集注》：「浩然，如水之流不可止也。」故都：故鄉。

〔二〕緬：遥遠。李白《古風》：「感物動我心，緬然含歸情。」王琦《注》：「緬，遠也。」

〔三〕連翩：連續飛翔貌。謝朓《贈王主簿二首》：「一遇長相思，願寄連翩翼。」

〔四〕靈根：根苗美稱。司馬光《和昌言官舍十題·石榴花》：「靈根逐漢臣，遠自河源至。」

〔五〕賀鑄《題潘大臨東軒》：「庭砌莳蘭萱，未霜除惡草。」陸文圭《送陸同知北上二首》：「鋤姦如惡草，護民猶嬰兒。」

其十六

落葉響空山，羈鳥號莫林。此時單居婦，哀怨起瑶琴〔一〕。清商逐風轉，三歎有餘音〔二〕。分明曲中意，感此離恨①深〔三〕。空床亦易守，時寒難獨禁。涼飆一夕起，達曙懷重衾〔四〕。君固執高節，詎知傷妾心！

【校勘】

①恨：底本作「根」，據乾隆本改。

【箋注】

〔一〕羈鳥：隱喻詩人。陶淵明《歸園田居》：「羈鳥戀舊林，池魚思故淵。」單居婦：暗指獨居金華浦江之趙氏夫人。

〔二〕清商：商聲，五音之一；以其淒清悲涼，故稱清商。杜甫《秋笛》：「清商欲盡奏，奏苦血沾衣。」三歎：形容慨歎之深沉。杜甫《惜別行送劉判官》：「九州兵革浩茫茫，三歎聚散臨重陽。」

〔三〕杜甫《詠懷古迹》：「千載琵琶作胡語，分明怨恨曲中論。」

〔四〕楊億《己亥年十月十七大雪》：「嚴飆一夕起，瑞霰滿空浮。」重衾：雙層棉被。《全唐文》卷一百六十七盧照鄰《釋疾文·悲夫》：「披重衾兮魂悄悄，卧空床兮目熒熒。」

其十七

家藏兩寶劍，已合雌與雄〔一〕。潛鋒在金匣，謂當長相從。何言風雨夕，化作雙蛟龍？一游吴水西，一落豐城東〔二〕。相去邈千里，時時氣上衝〔三〕。神物終不隔，歲晏會當逢〔四〕。

【箋注】

〔一〕雌與雄：傳説中莫邪與干將雙劍，參見卷三《雙劍篇》。干寶《搜神記》卷十一：「楚干將、莫邪爲楚王作劍，三年乃成。王怒，欲殺之。劍有雌雄。其妻重身當産。夫語妻曰：『吾爲王作劍，三年乃成。王怒，往必殺我。汝若生子是男，大，告之曰：出户望南山，松生石上，劍在其背。』於是即將雌劍往見楚王。王大怒，使相之：『劍有二，一雄一雌，雌來雄不來。』王怒，即殺之。」

〔二〕此謂雙劍化龍離析，史傳不載，詩人鮑照始言之，詩聖李白復擬之。鮑照《贈故人馬子喬六首》：「雙劍將離别，先在匣中鳴。煙雨交將夕，從此遂分形。雌沈吴江裏，雄飛入楚城。」李白《古風五十九首》：「寶劍雙蛟龍，雪花照芙蓉……吴水深萬丈，楚山邈千重。」豐城：今江西豐城，西晉雷焕發掘龍泉、太阿（張華謂之干將、莫邪）雙劍於豐城，奉一劍於張華，留一劍自佩，詳見卷三《雙劍篇》。

〔三〕王勃《滕王閣序》：「物華天寶，龍光射牛斗之墟。」

〔四〕歲晏：歲月清明安定；晏，晏如，安定貌。鮑照《贈故人馬子喬六首》：「神物終不隔，千祀儻還并。」李白《古風五十九首》：「雌雄終不隔，神物會當逢。」

其十八

游魚返重淵，飛鳥歸莫山〔一〕。行子別鄉國，既久何當還？日落長風起，稜稜氣遂寒〔二〕。居人息深帷，浮客未遑餐〔三〕。憂虞銷素質，風霜凋夙顔〔四〕。惟餘一寸心，歲莫保貞堅〔五〕。

【箋注】

〔一〕孟浩然《京還贈張維》：「因向智者説，游魚思舊潭。」陶淵明《飲酒》：「山氣日夕佳，飛鳥相與還。」

〔二〕長風：暴風。唐玄應《一切經音義》卷一引《兼明苑》：「風暴疾而起者謂之長風。」

〔三〕浮客：遊子。張繼《晚次淮陽》：「浮客了無定，萍流淮海間。」

〔四〕素質：本質。趙友直《詠蘭》：「裛露靈苗凝淺翠，迎風素質拂輕柔。」風霜：寒風冷霜，喻困苦災禍。劉長卿《獄中聞收東京有赦》：「風霜何事偏傷物？天地無情亦愛人。」

〔五〕李曾伯《沁園春》：「笑平生勁概，寸心如鐵。」

其十九

涉波采芳馨，見此緑荷好〔一〕。搴莖折其絲，芳情共纏繞〔二〕。良人久離居，欲寄隔遠道〔三〕。遠道不可即，攬物坐空老。

【箋注】

〔一〕芳馨：芳香，代芳草。《楚辭》屈原《九歌・山鬼》：「被石蘭兮帶杜衡，折芳馨兮遺所思。」

〔二〕芳情：美好情懷。文徵明《暮春齋居即事》：「芳情經病減，白日廢書長。」

〔三〕良人：賢士。《莊子・田子方》：「昔者寡人夢見良人。」

遊香山

薄遊東海日〔一〕，已羨香山名。飄泊遇知己，招邀諧夙情〔二〕。漾舟孤浦①發，抱策古原行。迤邐遵浄域，紆徐款禪扃〔三〕。被②雲禮梵像，潄玉事尊經〔四〕。洞尋佛迹古，井瞰錫泉清〔五〕。前峰象騰勢，後崖獅化形〔六〕。忍草林際碧，覺花川上明〔七〕。塵中累可絶，物外理宜冥〔八〕。願言持有漏，即此問無生〔九〕。

【題解】

香山，慈溪名山。《光緒慈溪縣志》卷六《山·香山》：「縣東北三十里。《記》云：『巖谷流香。』又云：『山多香草。』即大蓬山支隴。唐常寂太師惟實建寺於此，名智度，今改名香山寺。國朝柯振岳《遊香山記》：『邑東北之境，香山最奇。癸丑三月二十日，余厚庵邀同人駕晚潮而前。天初明，尚未至香山也，四顧清曠，與常境已特殊。復前進里餘登岸，約三里至應氏别業。南度橋，緣溪行三里，過獅山、象鼻，望香山寺在隔溪篁竹間，僧舍隱隱可見。同人咸欲往，厚庵曰：「徐之。」又半里，至山麓。自松徑逶迤升半嶺，忽聞風雨聲滿匡谷，厚庵曰：「此瀑布也。」轉側數十武，見飛泉破峭壁下，踞石坐玩者久之。秦始皇好神仙，求海上三山，相傳達蓬山其駐蹕所也，故名之曰達蓬，或曰大蓬也。予自石壁仰視，計其高三倍於嶺。既望香山前進，地勢險窄皆鳥道。左旋若下，右旋忽上，泉流汩汩，亂注澗壑，若與前荅響而勢僅半之，然回顧向所經象鼻、獅山已隱伏無所見。須臾升其顛，群山遠近，俯者仰者走者峙者還顧者不可數計也。而大海横其北，（滄）〔蒼〕茫晦瞑咫尺，疑挾風雨至者。香山已然，況達蓬乎？山故有下佛迹寺，寺外竹千個；梅八九株，垂實累累，嘗之味差苦。入寺，兩旁樹雪毬花爛漫可愛。汲清泉、煮新茗，禪室數間，蕭然遠也。而雷聲殷殷，催人歸矣。香山寺，唐僧惟實建，裴刺史所稱聖迹在石、巖谷流香者也。歸便道，度石橋，橋下小魚數十頭，如游泳鏡中，悠然濠梁間意。溪以北，疏林斜倚，芳草覆徑，蘭若一二在山半。援竹上，有坪盈丈，自坪睨蘭若，碎瓦隤垣，僅足蔽風日。昔號極盛，今已極衰，陵谷之變，何可勝道！』」

【校勘】

①浦：底本作「補」，據乾隆本改。

②被：乾隆本作「披」。

【箋注】

〔一〕薄遊：漫遊，遊歷；薄，動詞詞頭。李嘉祐《送王牧往吉州謁王使君叔》：「細草緑汀洲，王孫耐薄遊。」

〔二〕梁有譽《秋懷》：「伊予秉微尚，恬曠諧夙情。」

〔三〕淨域：阿彌陀佛所居淨土，後代寺院。楊炯《梓州惠義寺重閣銘》：「遠覽形勢，虔心淨域。」紆徐：從容寬舒貌。禪扃：寺門。

〔四〕被雲：撥開雲層；被，通「披」。三國魏嵇康《琴賦》：「天吴踴躍於重淵，王喬披雲而下墜。」漱玉：漱口；玉，水之美稱。劉長卿《過包尊師山院》：「漱玉臨丹井，圍棋訪白雲。」柳宗元《晨詣超師院讀禪經》：「汲井漱寒齒，清心拂塵服。閑持貝葉書，步出東齋讀。」尊經：此敬稱佛經。宋之問《遊雲門寺》：「維舟探静域，作禮事尊經。」

〔五〕錫泉：佛寺清泉。洪浩《過曹溪》：「錫泉一飲根塵淨，理到清涼禮梵王。」

〔六〕前峰：獅山。後崖：象鼻山。

〔七〕忍草：常稱忍辱草；《涅槃經》卷二十七《師子吼菩薩品第十一》：「雪山有草，名爲忍辱，牛若食者，則出醍醐。」宋之問《遊法華寺》：「晨行踏忍草，夜誦得靈花。」覺花：花名。宋之問《遊雲門寺》：「覺花塗砌白，甘露洗山青。」孫逖《和崔司馬登稱心山寺》：「覺花迎步履，香草藉行車。」

〔八〕累：負擔，累贅。冥：吻合。《説文・宀部》：「宭，冥合也。」段玉裁《注》：「冥合者，合之泯泯然無迹，今俗云吻合者當用此字。」

〔九〕有漏：世間煩惱。唐玄奘《大唐西域記》卷六《藍摩國》：「今兹遠遁，非苟違離，欲斷無常，絶諸有漏。」無生：佛教語，不生不滅。何景明《近寺》：「亦知身是妄，從此學無生。」

遊東湖

漾舟疑港斷，進帆喜湖廣。境麗趣非一，路迷心已往。雲峰互稠沓，煙波紛滉瀁〔一〕。梵宇浮鏡入，琳①宫躡屏上〔二〕。浪起孤嶼沉，水落衆山長。隱隱草畔堤，悠悠蘆際榜〔三〕。幽懷自此多，客情復誰獎〔四〕？身固脱虞穽，心猶寄塵網〔五〕。安得超世姿，來縱山泉賞？

【題解】

鄞縣東湖，或曰東錢湖、錢湖、萬金湖，參看本書卷二十《二靈山房記》。《嘉靖寧波府志》卷五《鄞·川·東錢湖》：「縣東三十五里，一名萬金湖，以其爲利重也。在唐曰西湖，蓋鄮縣未徙時，湖在縣治之西也。天寶三年，縣令陸南金開廣之，宋屢浚治。周回八十里，受七十二溪之流。四岸凡(七)〔六〕堰：曰大堰，曰莫枝堰，曰高湫堰，曰栗木堰，曰平湖堰，曰梅湖堰。水入則蓄，雨不時則啓閘而放之，鄞、奉、定七鄉之田資其灌溉……張時徹《泛湖》詩曰：『春遊不知遠，到處即蓬萊。谷引仙霞入，舟隨返照來。轉沙窺碧漢，度嶺踏蒼苔。明日歸城市，應疑泛斗回。』其二：『瀛洲何處是？春盡一乘槎。石壁飛青雨，天風吹落花。地偏長隱鶴，水静自生霞。不學任公釣，東陵且種瓜。』」

戴表元《剡源集》卷二《養心齋記》：「史文靖公之孫曰景文，其居第在東湖之上，間亦往來州城，與余相從數數相善也……賢哉景文，亦知景文之先所以居東湖者乎？蓋夫東湖，窮海之僻壤，而會稽下邑之荒聚也。其始不過爲農樵漁牧之居，君之高曾擇澳而潛焉。老者知慈，少者興孝，其俗幾少變而善矣。無幾時而弦歌唱焉，衣冠翔焉，而東湖爲文物之區矣。又無幾時而高車駟馬之所奔趨，朱門甲第之所照映，騶官僕從填塞往來，笙鐘歌舞喧咽擁沸，而東湖之富麗，通於名都會府矣。夫物氣過泄者，則當少息；人文太盛者，則將反本。今之東湖，亦可以少還其初乎？景文歸而力踐其言，使山川草木復得涵淳蘊實以自致於君。」

【校勘】

①琳：底本作「淋」，據乾隆本改。

【箋注】

〔一〕稠沓：稠密重疊。宋之問《陸渾南桃花湯》：「遠峰益稠沓，具物盡奇詭。」滉瀁：水面廣大無際貌。王禹偁《泛洞庭》：「銀光吞上下，莫辨天與水。我乃航其間，滉瀁藉一葦。」

〔二〕梵宇：此指二靈寺、大慈寺諸寺院，參見卷二十《二靈山房記》、卷二十八《大慈寺上蒙堂記》。鏡：喻湖面。琳宮：道觀。蘇軾《讀道藏》：「嗟予亦何幸，偶此琳宮居。宮中復何有？戢戢千函書。」屏：喻山峰。獨孤及《題思禪寺上方》：「溪口聞法鼓，停橈登翠屏。」

〔三〕隱隱：模糊隱約。儲光羲《登秦嶺作時陷賊歸國》：「回首望涇渭，隱隱如長虹。」高適《封丘縣》：「我本漁樵孟諸野，一生自是悠悠者。」

〔四〕客情：鄉愁。杜荀鶴《送舍弟》：「我受羈棲慣，客情方細知。」獎：促成。《左傳·定公四年》：「以獎天衷。」杜預《注》：「獎，成也。」

〔五〕虞穽：虞人所設陷阱；虞，虞人，掌管山川田獵之官吏。白居易《秋山》：「心有千載憂，身無一日閑。何時解塵網，此地來掩關？」

遊大慈山

水行境謂盡，陸出路旋通。乃即蒼松逕，步入青蓮宫〔一〕。連嶂既峭崒〔二〕，密林亦葱蘢。地涉清浄界，身遊紫翠重〔三〕。臨流玩廣沼，企石眺奇峰。寒鏡湛秋夕，碧玉劃晴空〔四〕。蘭若與年峻，象筵緣教崇〔五〕。謁祠慨鄉相〔六〕，尋僧叩禪宗。契理已無像，觀念豈有窮〔七〕？願絶區中緣，永依塵外蹤〔八〕。嗒然遺身世，年齊天地終〔九〕。

【題解】

大慈山，鄞縣佛教名山，參看本書卷二十八《大慈寺上蒙堂記》《四華世界記》。

《嘉靖寧波府志》卷五《鄞・山・大慈山》：「縣東六十里東錢湖中，有大慈寺、史相香火院。張時徹詩曰：『丞相祠猶在，溪橋芳草深。碧池涵日月，斷碣倚山岑。架石欹成屋，穿雲窅作林。黄精隨處好，早晚合抽簪。』」

【箋注】

〔一〕青蓮宫：佛寺。《宋元詩會》卷十三梅堯臣《和江鄰幾景德寺避暑》：「常畏俗物來，去避青蓮宫。」

〔二〕峭崒：高峻貌。

〔三〕《俱舍論》卷十六：「遠離一切惡行煩惱垢故，名爲清淨。」紫翠：此指秋山紫翠相間。唐彦謙《高平九日》：「雲淨南山紫翠浮，憑陵絶頂望悠悠。」

〔四〕杜光庭《題仙居觀》：「煙鎖翠嵐迷舊隱，池凝寒鏡貯秋光。」韓愈《送桂州嚴大夫》：「江作青羅帶，山爲碧玉篸。」

〔五〕蘭若：寺院。象筵：講解佛法之坐席。林景熙《江心寺》：「袈裓不限侵門水，十載何人坐象筵？」

〔六〕鄉相：南宋鄞縣權相史彌遠。韓侂冑廢，史彌遠相寧宗十七年。寧宗崩，廢濟王以立理宗，又獨相九年。擅權用事，專任憸壬，貶斥君子，有識者深以爲非；詳見《宋史》卷四百一十四《史彌遠》。史氏生前創功德寺於大慈山，逝後丘墓亦在焉。《乾隆鄞縣志》卷二十四《古迹》：「丞相衛王史彌遠墓，在縣東南大慈山。」

〔七〕契理：契合真諦。陳文蔚《與周希顔遊靈泉歸途偶作》：「信步聽詩忘日晚，因言契理覺春融。」無像：佛教無相，超越有相後所得之真如實相。鳩摩羅什譯《金剛經》：「凡所有相，皆是虚妄；若見諸相非相，則見如來。」《涅槃經》卷三十：「涅槃名無相。」觀念：佛教語，觀察萬象思索大道。宋之問《遊法華寺》：「觀念幸相續，庶幾最後明。」

〔八〕區中：人世間。范仲淹《老子猶龍賦》：「聖人之道也，無幽不通，一則致霖雨於天下，一則宣教化於區中。」塵外：方外。

〔九〕嗒然：物我兩忘之虚静狀態。洪皓《次謁茶假寐之句》：「形如槁木追南郭，隱几何妨效嗒然？」終：久長。《詩經・周頌・振鷺》：「以永終譽。」陳奂《注疏》：「永、終，皆長也。」

遊天童山

避囂去城市，遣悶在川岑〔一〕。遂申獨往意，行此無盡林〔二〕。松篁儼映鬱，蒼翠邈深沉〔三〕。九隴山已見〔四〕，三生石可尋〔五〕。列障圍招提，傑閣俯嶇嶔〔六〕。池光亂塔影，澗流傳磬音〔七〕。龍化井已竭〔八〕，虎去泉徒深〔九〕。周顧信靈迹，遲留多賞心〔一〇〕。念未委塵妄，事可息煩襟〔一一〕。即理苟已協，何用戀華簪〔一二〕！

【題解】

《嘉靖寧波府志》卷五《鄞·山·天童山》：「縣東六十五里。晉永康中僧義興結廬山間，有童子來給薪水，久而辭去，曰：『吾太白星，上帝遣侍左右。』言訖不見。太白、天童之名昉此。前有玲瓏石，巖支徑透；其絶頂景象絶嘉。宋王安石詩曰：『溪水清漣老樹蒼，行穿溪樹踏春陽。溪深樹密無人處，唯有幽花渡水香。』」

《嘉靖寧波府志》卷十八《鄞縣·寺·天童禪寺》：「縣東六十里，太白山之東，舊名天童山景德寺。晉永康中，師義興誅茅結屋，禪定於中，時有童子日給薪水，久而辭曰：『吾太白辰也，上帝以師篤道行，特遣侍左右。』語訖不見，故稱義興爲太白禪師。唐開元中，秘書萬齊融建多寶塔。宋淳熙五年，孝宗賜書『太白名山』四字。後燬。元大德三年重建，賜名『輪元寶閣』。大明宣德三年又燬；八年重建。寺之西北山上有佛迹、玲瓏石，後有響石、虎跑泉，前有萬工池，夾道古松二十里，世爲天下禪宗五山之第三。元參政危素爲之記。」

【箋注】

〔一〕川岑：山川。范曄《樂遊應詔詩》：「崇盛歸朝闕，虛寂在川岑。」

〔二〕申：舒張，伸展。《廣雅·釋詁四》：「申，伸也。」

〔三〕儼：儼然，整齊貌。映欎：互相映襯而繁密茂盛。《乾隆鄞縣志》卷二十五《寺觀·敕賜天童宏法禪寺》引袁燮《天童道上》詩：「太白峰前三十里，古松夾道奏竽笙。清輝秀色交相映，未羨山陰道上行。」

〔四〕九隴山：天童山群峰林立，合曰九隴。《乾隆鄞縣志》卷二十五《寺觀·敕賜天童宏法禪寺》引僧宗泐《題天童萬松圖》詩：「小白寺太白峰，二十里松居其中。一徑陰陰翠羽蓋，半空矗矗蒼髯龍。太白之峰分九隴，壯哉千古之佛宫！」

〔五〕三生：佛教語，即前生、今生、來生。牟融《送僧》：「三生塵夢醒，一錫衲衣輕。」

〔六〕障：山峰。范成大《念奴嬌》：「雙峰疊障，過天風海雨，無邊空碧。」招提：此指天童禪寺。傑閣：高閣，此指臨雲閣、朝元閣等樓閣。《乾隆鄞縣志》卷二十四《古迹·臨雲閣》：「在天童山。舒亶詩：『高僧終日笑憑闌，亦似無心懶出山。幾度海風吹雨散，坐看彩翠落人間。』」《乾隆鄞縣志》卷二十五《寺觀·敕賜天童宏法禪寺》引吉雅謨丁《題天童寺朝元閣》詩：「海内兵塵已十年，上方鐘鼓獨依然。史臣錫號承天寵，中使函香出御筵。山列九龍蟠紫翠，樓開五鳳敞雲煙。籃輿亦有登山約，擬聽松風借榻眠。」嶇嶔：山石險峻貌。

〔七〕磬：石製樂器。蘇軾《遊靈隱高峰塔》：「漸聞鐘磬音，飛鳥皆下翔。入門空有無，雲海浩茫茫。」

〔八〕井：疑即天童山龍隱潭。《浙江通志》卷十三《山川·寧波府·天童山》：「《天童寺志》：

『在縣東六十五里。晉永康中僧義興結廬，感太白星爲童子給侍，故名。有佛迹石、玲瓏巖、龍隱潭諸勝。』」

〔九〕泉：虎跑泉。《乾隆鄞縣志》卷二十五《寺觀·敕賜天童宏法禪寺》引王安石《虎跑泉》詩：「供厨煮浴方成沼，轉磨鳴春始到田。還了山中清净債，卻來塵世作豐年。」

〔一〇〕靈迹：神靈遺迹，此指天童山佛迹石等勝迹。遲留：逗留。

〔一一〕塵妄：佛教語，世俗妄想。唐白居易《題座隅》：「平生榮利心，破滅無遺餘。猶恐塵妄起，題此於座隅。」煩襟：煩悶心懷。韋居安《摸魚兒》：「垂釣餌，趁春水生時，剩有桃花鱖，煩襟浄洗。」

〔一二〕華簪：華貴冠簪，代顯貴官爵。司馬光《送吴耿先生》：「人生貴適意，何必慕華簪？」

遊育王山

栩栩招提遊，冥冥山海觀〔一〕。玉几峰影横，金沙水流漫〔二〕。鷲嶺騫曒日，雁塔侍①清漢〔三〕。遠睇朱甍起，近睹丹宫焕。金輪事已往，舍利光猶爛〔四〕。亦有巨人迹，不隨塵劫换〔五〕。陟降境愈繁，應接日旋晏〔六〕。耆闍固追衍〔七〕，泉石寧盡玩？

浮生諒多途，又動歸歟歎〔八〕！

【題解】

育王，通稱阿育王，古印度國王，生於釋迦牟尼辭世百年之後。一心皈依佛門，遣法師傳教於贍部洲，即古印度各地及鄰國，是以佛家稱之爲鐵輪王。

育王山，鄞縣名山。《嘉靖寧波府志》卷五《鄞・山・阿育王山》：「同谷山之東，昔阿育王見靈，建寺其下，因以名山。山腰有佛足迹，入石二寸餘。有極目亭，望海中山如丘垤。國朝知府孝感張瓚詩曰：『萬松夾道隱鳴鐘，望入承恩紫翠重。古陌行詢馴野雉，禪堂延話起潭龍。雲霞長護金沙井，日月平臨玉几峰。記得坡翁曾解帶，公餘猶得暫從容。』」

育王山麓有古刹育王禪寺。《乾隆鄞縣志》卷二十五《寺觀・育王禪寺》：「在縣東五十里，阿育王山下，舊名阿育王廣利寺。晉義熙元年建，梁武帝賜阿育王寺額。宋大中祥符元年賜名廣利。仁宗時大覺禪師懷璉居之，召居東京浄因院，御製釋典頌并提綱語句授之。還山建宸奎閣，藏仁宗御書。寺有釋迦如來真身舍利塔，内有一角金鐘，舍利在焉。高宗賜號曰佛頂光明之塔，嘗取至禁庭。寺東北山上有迦葉佛左足迹……宋僧常坦有育王山十二題，曰金沙池、佛迹峰、七佛石、袈裟石、明月臺、石屏風、靈鰻井、供奉泉、育王塔、八角殿、晉年松、重臺蓮。寺有妙喜泉，張九成作銘。又有張即之書普香世界額。山門有晉松，亦號放光松，高僅丈餘，虬枝偃地，旁蔭數畝。寺東有鄮峰草堂，元泰不華篆額。東塔院之南有墮星石，石上隱隱有袈裟文，相傳隨塔而墮云。」

【校勘】

①恃：乾隆本作「峙」。

【箋注】

〔一〕栩栩：歡暢貌。冥冥：渺茫晦暗。《乾隆鄞縣志》卷二十五《寺觀·育王禪寺》録樓鑰《登育王山望海亭》詩：「瘦藤拄破山頭雲，山蹊盡處開危亭。平田萬頃際大海，海無所際空冥冥。乾端坤倪悉呈露，飛帆去鳥無遺形。蓬萊去人似不遠，指點水上三山青。褰裳濡足恐未免，倘有飆馭吾當乘。是中始覺宇宙大，眼力雖窮了無礙。雲夢八九不足吞，回視塵寰一何隘！曾聞芥子納須彌，漫説草庵含法界。看我振衣千仞岡，笑把毫端卷煙海。」

〔二〕《嘉靖寧波府志》卷五《鄞·山·玉几山》：「阿育王山之前，横陳如几，故名。」漫：水流漲溢。《乾隆鄞縣志》卷二十五《寺觀·育王禪寺》録李覯《和育王十二題詩·金沙池》：「遥聞金沙池，知是虚名號。世人方競奢，何兹有遺寶？」《烏斯道集》卷四《育王寺》其二：「山看玉几無雲好，泉取金沙瀹茗甘。」

〔三〕鷲嶺：通稱靈鷲山，釋迦牟尼説法處，在中印度摩揭陀國首都王舍城；此代育王嶺，亦稱鄮嶺。《乾隆鄞縣志》卷三《山川·阿育王山》：「有育王嶺，通鎮海縣界。」《烏斯道集》卷四《育王寺》其一：「鄮嶺名如鷲嶺傳，剎竿無恙已千年。」騫：通「騫」，鳥飛貌。雁塔：佛塔，此指育王塔。唐玄奘《大唐西域記》卷九《摩揭陀國下》：「有苾芻經行，忽見群雁飛翔，戲言曰：『今日衆僧中食不充，摩訶薩埵宜知。』是時言聲未絶，一雁退飛，當其僧前，投身自殞。苾芻見已，具白衆僧。聞者悲感，咸相謂曰：『如來設法，導誘隨機，我等守愚，遵行漸教。大乘者，正理也。宜改先執，務從聖旨。此雁垂誡，爲誠明導，宜旌厚德，傳記終古。』於是建窣堵波，式昭遺烈，以彼死雁瘞其下焉。」清漢：天河。李觀《和育王十二題詩·育王塔》：「嘗聞有爲法，佛説如夢幻。胡然窣堵波，香花耀凡眼？」

〔四〕金輪：佛教金輪王，亦名轉輪聖王，即佛祖釋迦牟尼，位居轉輪王之首。《大唐西域記》卷一：「海中可居者，大略有四洲焉，東毗提訶洲，南贍部洲，西瞿陀尼洲，北拘盧洲。金輪王乃化被四天下，銀輪王則政隔北拘盧，銅輪王除北拘盧及西瞿陀尼，鐵輪王則唯贍部洲。夫輪王者，將即大位，隨福所感，有大輪寶浮空來應感，有金、銀、銅、鐵之異，境乃四、三、二、一之差，因其先瑞，即以爲號。」舍利：舍利子，釋迦牟尼佛遺體火化後所遺珠狀物，傳説育王禪寺佛頂光明之塔藏有釋迦如來真身舍利。

〔五〕巨人迹：育王山中大佛足迹。李觀《和育王十二題詩·佛迹峰》：「佛迹空在兹，佛心無處所。尋迹以求之，似學邯鄲步。」塵劫：佛教稱一世爲一劫，無量無邊劫爲塵劫；後泛指塵世劫難。陸游《一叢花》：「相逢共話清都舊，歎塵劫、生死茫茫。」

〔六〕《世説新語·言語》：「王子敬云：『從山陰道上行，山川自相映發，使人應接不暇。若秋冬之際，尤難爲懷。』」

〔七〕耆闍：梵言耆闍崛山，漢語靈鷲山。酈道元《水經注》卷一《河水一》引《西域記》云：「耆闍崛山在阿耨達王舍城東北，西望其山，有兩峰雙立，相去二三里，中道鷲鳥常居其嶺，土人號曰耆闍崛山。山名耆闍，鷲也。」追衍：追溯推演。

〔八〕諒：確實，委實。鄭玄《詩譜序》：「詩之興也，諒不在於上皇之世。」《論語·公冶長》：「子在陳曰：『歸歟！歸歟！吾黨之小子狂簡，斐然成章，不知所以裁之。』」

贈别汪定海三首

其一

兄弟本同氣，恒如行路人〔一〕。誰知風塵交，翻勝骨肉親〔二〕？異鄉方繾綣，中路遽乖分。素琴彈《别鵠》，有耳不忍聞〔三〕。

【題解】

汪汝懋，字以敬，元末慶元路定海縣尹。本詩云「春事動江皋」，卷二十三《故翰林待制致仕汪君墓誌銘》言「已而版圖内附，君間關歸故里，明年己酉七月十有六日，以疾卒於家」，則此詩作於明洪武元年戊申之春。

【箋注】

〔一〕行路人：路上行人，形容感情疏遠。陶潛《贈長沙公序》：「昭穆既遠，以爲路人。」

〔二〕風塵：戰亂動蕩。杜甫《贈别賀蘭銛》：「國步初返正，乾坤尚風塵。」

〔三〕别鵠：或名《别鶴操》，參見卷八《别鶴操》。吴玉搢《别雅》卷五：「鵠，鶴也……崔豹《古今注》古琴曲有《别鶴操》；《韓昌黎集》作《别鵠操》，注云《别鶴操》亦曰《别鵠操》。」

其二

前舟已云發，後舟更誰待？春事動江皋〔一〕，客愁滿山海。别晷只須臾〔二〕，會期知何在？亦既違素心〔三〕，安得顔不改？

【箋注】

〔一〕江皋：江邊。《楚辭》屈原《九歌·湘夫人》：「朝馳余馬兮江皋，夕濟兮西澨。」

〔二〕別晷：離別時刻；晷，日影，代時間。南朝宋謝瞻《王撫軍庾西陽集別時爲豫章太守庾被征還東》：「來晨無定端，別晷有成速。」

〔三〕素心：夙願，本心。李白《贈從弟南平太守之遥》：「素心愛美酒，不是顧專城。」

其三

故人忽已別，兀兀吾何適〔一〕？暮投甬東路，不見往來迹〔二〕。古寺静修廊，空齋冷虚壁。獨有階上苔，猶如舊時碧。

【箋注】

〔一〕兀兀：孤獨貌。盧延讓《冬除夜書情》：「兀兀坐無味，思量誰與鄰。」

〔二〕甬東：翁州別稱，今浙江舟山；元時亦指甬江流域，即慶元路鄞縣、慈溪、奉化諸邑。全祖望《鮚埼亭集外編》卷十五《萬金湖銘》：「甬東七十二溪之水會於横溪，而以其泄入江流也，瀦之爲湖，其名曰萬金湖，亦曰錢湖，言其利之重也。」鄭元祐《僑吴集》卷四《送白主簿》其一：「牢落慈湖館，於今二百年。閑居仍憫己，解《易》尚成編。吾道乾坤大，斯文日月縣。何時甬東路，入邑拜前賢？」鄧牧《伯牙琴・雪竇遊志》：「歲癸巳春暮，余遊甬東，聞雪竇遊勝最諸山，往觀焉。」

題盤隱軒

曲蹊繚深碧，回澗澄遥清。誰知慈水上〔一〕，亦有盤谷名。慕巢屏世喧，等李薄時榮〔二〕。仿像中原路，迢遰太行行〔三〕。軒居儼映蔚，甍棟欻峥嶸〔四〕。暑檻停緑樹，夕階飄素英〔五〕。一翁臨暮齒，二胤當弱齡〔六〕。秫醑報初熟，瓢斝自同傾〔七〕。厭厭檢素展，寂寂塵事冥〔八〕。窺鳥感歸翼，觀魚悟潛形。既已愜時物，亦復諧友生〔九〕。琴書許交錯，辭翰俾縱横〔一〇〕。老我記曾遊，遥途阻重征。溪山寄幽夢，林堂留恨情〔一一〕。可隨東浦月，流光到君庭〔一二〕。

【題解】

盤隱軒，元慈溪賢士沈明大别業，在縣西五里石魚山麓，詳見卷二十三《鄞沈明大墓誌銘》。沈氏子沈源，參看卷十七《出遊聯句》；婿唐轅，詳見卷十九《唐二子傳》。《光緒慈溪縣志》卷四十三《舊迹三·居址上·盤隱軒》：「石魚山麓。清遐居士沈文彪，吴越沈陵之後，以奥學峻行與楊文元爲忘年交，嘗别築亭館石魚之麓，扁曰盤隱，招文元講道其中，命子民獻、婿劉厚南執經座下。清遐裔孫輝卿，字明大，隱居不仕，重揭舊額，與賓客故人相娱樂。其有過從，輒飲酒賦詩。嘗延汪汝懋、戴良於家，俾子源、婿唐轅受業焉……明烏斯道《盤隱爲沈子俊賦》詩：『昔者清遐翁，棲遲慕盤谷。翛然桐葉側，悠哉石魚麓。綺疏延白雲，回溪訊朱旭。冥觀隘蓬瀛，幽期托松菊。日與文元公，微言吐清馥。高風邈難追，百載有遺躅。琴書信可娱，耕釣聊自足。故扁重揭之，餘芳願私淑。出處固靡常，持身諒金玉。』」

太行山有盤谷，唐李愿避世考槃其間；沈氏絶塵隱逸，殆例李愿之徜徉盤谷，此所以名盤隱軒也。《韓昌黎文集》卷四《送李愿歸盤谷序》：「太行之陽有盤谷。盤谷之間，泉甘而土肥，草木叢茂，居民鮮少。或曰：『謂其環兩山之間，故曰盤。』或曰：『是谷也，宅幽而勢阻，隱者之所盤旋。』友人李愿居之……愿之言曰：『……窮居而野處，升高而望遠，坐茂樹以終日，濯清泉以自潔。采於山，美可茹；釣於水，鮮可食。起居無時，惟適之安。與其有譽於前，孰若無毁於其後；與其有樂於身，孰若無憂於其心。車服不維，刀鋸不加，理亂不知，黜陟不聞。大丈夫不遇於時者之所爲也，我則行之。』」

【箋注】

〔一〕慈水：常稱慈溪。《光緒慈溪縣誌》卷九《輿地四・溪・慈溪》：「縣南三十里，與大隱山接，本曰大隱溪。後漢時里有董黯，性篤孝。母寢疾，好飲此溪水，每思之，恐不常得，黯遂築室溪濱，板輿就養，厥疾乃痊，因名溪曰慈溪。」劉仁本《羽庭集》卷三《胡宗器訓迪慈湖書院詩以壯其行》：「今日横經慈水上，菁莪樂育盈蜚英。」

〔二〕巢：巢父，遠古隱士。皇甫謐《高士傳·巢父》：「巢父者，堯時隱人也，山居不營世利。年老以樹爲巢，而寢其上，故時人號曰巢父。堯之讓許由也，由以告巢父，巢父曰：『汝何不隱汝形藏汝光？若，非吾友也！』擊其膺而下之，由悵然不自得。乃過清泠之水，洗其耳，拭其目，曰：『向聞貪言，負吾之友矣！』遂去，終身不相見。」李：唐時韓愈文友李愿。

〔三〕仿像：仿佛、隱約。木華《海賦》：「且希世之所聞，惡審其名？故可仿像其色，靉靆其形。」李善《注》：「仿像、靉靆，不審之貌。」迢遰：同「迢遞」，遥遠貌。

〔四〕軒居：居室。映蔚：相互輝映而繁盛。甍棟：屋棟。

〔五〕素英：白花。韋應物《朝請後還》：「晨露含瑶琴，夕風殞素英。」

〔六〕一翁：沈明大。弱齡：少年，沈明大二子源與溥。

〔七〕秫：稷之黏者，泛指其他穀物之黏者。醑：美酒。瓢斝：兩種盛酒器。

〔八〕厭厭：安和。《詩經·秦風·小戎》：「厭厭良人，秩秩德音。」毛《傳》：「厭厭，安静也。」陶潛《詠二疏》：「厭厭閭里歡，所營非近務。」逯欽立《校注》：「厭厭，安逸貌。」檢素：簡素，書信或書籍。陶潛《和郭主簿》之二：「檢素不獲展，厭厭竟良月。」冥：遠離。陶潛《辛丑歲七月赴假還江陵夜行塗中作》：「遂與塵世冥。」張銑《注》：「冥，遠也。」

〔九〕時物：時節景物。

〔一〇〕辭翰：文筆，辭藻。皮日休《白太傅》：「誰謂辭翰器，乃是經綸賢？」縱横：奔放雄健。

〔一一〕幽夢：隱約夢境。陸游《出遊》：「一枕清風幽夢斷，數匙旅飯野蔬香。」

〔一二〕東浦：東岸，古代呼朋聚友之處。陸游《流年》：「昨日客招東浦釣，今朝僧約北軒棋。」梅堯臣《代書寄歐陽永叔四十韻》：「只期東浦過，共醉小溪邊。」鮑照《代淮南王》：「朱城九門門九閨，願逐明月入君懷。」

贈星士

少小事游説，南越仍北燕〔一〕。謀身難委數，作事詎由天〔二〕？偶遇青囊術〔三〕，從究白衣年〔四〕。窮通三算裏，出處九宫前〔五〕。乃知蟣虱臣，亦應箕斗躔〔六〕。諄諄造命訓，粲粲《非相篇》〔七〕。其言固多辨，乃不識子賢〔八〕。

【題解】

星士，以星象預測吉凶禍福之術士。釋文瑩《玉壺野史》卷一：「苗訓仕周爲殿前散員，學星術於王處訥。從太祖北征，處訥諭訓曰：『庚申歲初，太陽躔亢宿，亢性剛，其獸乃龍，恐與太陽并駕，若果然，則聖人利見之期也。』至庚申歲旦，太陽之上復有一日，衆皆謂目炫。以油盆俯窺，果有兩日相磨蕩，即太祖陳橋起聖之時也。幼夢持鏡照天，列宿滿中，割腹納之，遂迴通星緯之學。」

【箋注】

〔一〕李祁《雲陽集》卷十《草堂書院藏書銘》：「北燕南越西陝東吴，有刻則售，有本則書。」

〔二〕委數：聽憑命運安排；委，聽從；數，氣數，命運。潘岳《西征賦》：「委讒賊之趙虜。」李善《注》引《蒼頡篇》：「委，任也。」

〔三〕青囊：卜筮者盛書之囊。《晉書》卷七十二《郭璞》：「好古文奇字，妙於陰陽算曆。有郭公者，客居河東，精於卜筮。璞從之受業，公以青囊中書九卷與之，由是遂洞五行、天文、卜筮之術。」

〔四〕白衣：平民所著衣服，代平民。《史記》卷一百二十一《儒林列傳》：「而公孫弘以《春秋》白衣爲天子三公。」

〔五〕三算：星士依照三命推算吉凶預測禍福；三命者，出生時年月日所屬干支。參見宋徐子平《珞琭子三命消息賦注》。九宫：方術家以乾、坤、坎、離、震、巽、艮、兑八卦之宫，加上中央，合爲九宫。《文苑英華》卷二百四十九陳子昂《贈嚴倉曹乞推命録》：「聞道沈冥客，青囊有秘編。九宫探萬象，三算極重玄。」

〔六〕蟣虱：虱卵與虱。比喻卑賤或微細。文天祥《御試策一道》：「此何等蟣虱事，而陛下以身親之。」箕斗：箕宿與斗宿。《詩經·小雅·大東》：「維南有箕，不可以簸揚；維北有斗，不可以挹酒漿。」躔：日月星辰在黄道上運行之軌迹。

〔七〕《明儒學案》卷五十八《東林學案一·忠憲高景逸先生攀龍》：「《大易》教人息息造命，臣弑其君，子弑其父，其所由來者漸也。既已來矣，寧可逃乎？辨之於蚤，如地中無此種子，秧從何來？」粲粲：鮮明美好貌。《荀子·非相篇第五》：「故相形不如論心，論心不如擇術。形不勝心，心不勝術。術正而心順之，則形相雖惡而心術善，無害爲君子也；形相雖善而心術惡，無害爲小人也。君子之謂吉，小人之謂凶。故長短小大善惡形相，非吉凶也。」

〔八〕辨：通「辯」，有口才，言辭動聽。

遊慈湖

青年尚奇偉，末暮竟迍邅。出遊訪陳迹，歷覽愧前賢〔一〕。湖光紛蕩漾，山色互澄鮮〔二〕。人以淑氣鍾，境由名德傳〔三〕。我來值初夏，物意盈化先〔四〕。渚蒲革囊悴，雨荷媚新妍。披榛度南徑，躧苔趨北原〔五〕。川嶽無隱形，祠宇有餘閑〔六〕。俛視淵底魚，仰觀天上鳶。撫化心已愜，即物理自全〔七〕。舞雩記曾詠，濠梁憶莊言〔八〕。不見祠下人，感激爲誰歎！

【題解】

慈湖，四明慈溪名湖。《嘉靖寧波府志》卷六《慈溪・川・慈湖》：「縣東北一里，唐開元間縣令房琯鑿之，以溉民田，廣袤一百五十畝，因縣名曰慈。初以吴太子太傅闞澤舊居，呼爲闞湖，又謂之德潤湖。澤後舍宅爲寺，寺名普濟寺，又名其湖曰普濟湖。宋時寺僧築堤湖中，直貫南北，以便往來。」

《光緒慈溪縣志》卷二十四《列傳一・吴・闞澤》：「字德潤，家世農夫，至澤好學。居貧無資，常爲人傭書以供紙筆。所寫既畢，誦讀亦遍。追思講論，究覽群籍，兼通曆數，由是顯名。察孝廉，除錢唐長，遷郴令。孫權爲驃騎將軍，辟補西曹掾。及稱尊號，以澤爲尚書。嘉禾中爲中書令加侍中。赤烏五年，拜太子太傅，領中書如故。澤以經傳文多，難得盡用，乃斟酌諸家，刊約《禮》文及諸注説，以授二宫，爲制行出入及見賓儀。又著《乾象曆注》以正時日。每朝廷大議經典所疑，輒咨訪之。以儒學勤勞，封都鄉侯。性謙恭篤慎，官府小吏召呼對問，皆爲抗禮。人有非短，口未嘗及。容貌似不足者，然所聞少窮。權嘗問書傳篇賦何者爲美，澤欲諷喻以明治亂，因對賈誼《過秦論》最善。權覽讀焉。初以吕壹姦罪發聞，有司窮治，奏以大辟；或以爲宜加焚裂，用彰元惡。權以訪澤，澤曰：『盛明之世，不宜復有此刑。』權從之。又諸官司有所患疾，欲增重科防以檢御臣下，澤每曰：『宜依禮律。』其和而有正，皆此類也。六年冬卒，權痛惜感悼，食不進者數日。」

【箋注】

〔一〕《光緒慈溪縣志》卷四十三《舊迹三・居址上》：「董孝子宅。縣北慈湖書院談妙澗東，宅東數十步即普濟寺……闞太傅宅。縣東北一里，吴闞澤所居，後舍爲寺。唐大中二年縣令李楚臣復立爲德潤院，以澤字名之。後名其峰曰闞峰，湖曰德潤……談妙澗。慈湖之北，南流入湖，野航橋跨其上。楊簡有『澗水簷旁談妙理』，因以爲名……龍虎軒。普濟寺東岡，有松如龍，有石如虎。元豐中縣令盛次仲題詩，因以龍虎名軒……鄰月軒。縣東北一里，龍虎軒北，令崔熙建……仁天亭。縣東北一里，令金昌年建……野航亭。縣東北一里，令金昌年建……詠春亭，縣東北一里，令金昌年建……砥流亭。普濟湖東南堤上……茅亭。普濟寺東岡龍虎軒下……出塵亭。慈湖西嶼，元至正間邑人趙寶峰偕王相山，約楊小隱芮同建，取楊文元『天造慈湖迴出塵』之句以名……四景亭。慈湖之北，元至元間令富德庸建。」歷覽：遍覽，逐一觀賞。前賢：漢董黯、三國闞澤、南宋楊簡諸慈溪先賢。

〔二〕澄鮮：澄澈清新。謝靈運《登江中孤嶼》：「雲日相輝映，空水共澄鮮。」

〔三〕淑氣：温和之氣。名德：有名望品德者。陸游《寄吕子和南廂》：「聖代多名德，君家不乏公。」

〔四〕物意：景物情態。歐陽修《奉答聖俞歲日書事》：「年光向老速，物意逐時新。」盈：超過。張協《七命》：「盈於孔甲之沼。」劉良《注》：「盈，過也。」化先：隆冬盛寒，春天萬物變化之前。顏延之《應詔觀北湖田收詩》：「開冬眷徂物，殘悴盈化先。」吕延濟《注》：「開冬，十月也。此時徂落之物雖復殘悴，而盈於始春初化之先，言足觀也。」

〔五〕披榛：撥開叢生灌木。白居易《遊石門澗》：「石門無舊徑，披榛訪遺迹。」躧苔：脚踩苔蘚。

〔六〕餘閑：長久安静。餘：長久。《廣雅·釋詁三》：「餘，久也。」閑：安静。《集韻·山韻》：「閑，安也。」《楚辭·招魂》：「侍君之閑些。」王逸《注》：「閑，静也。」唐杜荀鶴《送九華道士遊茅山》：「於身無切事，在世有餘閑。」《光緒慈溪縣志》卷十四《壇廟上》：「闞公祠。縣治東北，祀吴闞澤。相傳普濟寺其故居，宋皇祐二年令林肇建……楊文元公祠。縣北慈湖濱，宋寶慶間即楊簡故宅建慈湖書院，祀楊簡其中。元至元間重修。縣令始視事之三日謁祭。」

〔七〕撫化：細察外物變化軌迹。謝靈運《於南山往北山經湖中瞻眺》：「撫化心無厭，覽物眷彌重。」

〔八〕舞雩：古代祈雨時伴有樂舞之祭祀，此指舞雩臺。曾：孔門高足曾皙。《論語·先進篇》：「（曾皙）曰：『莫春者，春服既成，冠者五六人，童子六七人，浴乎沂，風乎舞雩，詠而歸。』」《莊子·秋水第十七》：「莊子與惠子遊於濠梁之上。莊子曰：『儵魚出遊從容，是魚之樂也。』惠子曰：『子非魚，安知魚之樂？』莊子曰：『子非我，安知我不知魚之樂？』惠子曰：『我非子，固不知子矣；子固非魚也，子之不知魚之樂，全矣！』莊子曰：『請循其本。子曰汝安知魚樂云者，既已知吾知之而問我。我知之濠上也。』」

遊定水

常公開化地，源師講經處〔一〕。人物有古今，山川無新故。橐駝既西峙，鳴鶴亦東翥〔二〕。清泉洌廣沼〔三〕，蒼松夾永路。入寺結青蓮，愛方薰玉樹〔四〕。三足想後因，四禪感前悟〔五〕。此生真幻化，學道奈遲暮〔六〕。感歎顧昔心，悵焉起遐慕〔七〕。

【題解】

定水，慈溪縣定水禪寺，一曰清泉寺，一曰教忠報德禪寺，亦見卷十六《遊清泉寺》《自定水回舟漏幾溺》。《嘉靖寧波府志》卷十八《寺觀·慈溪縣·寺·定水禪寺》：「縣西北五十里，唐乾元二年僧一華建，名清泉，世以爲虞世南故宅。宋改額曰定水。紹興七年，更爲禪寺。有泉甘洌，宜煮茗。嘉熙初樞密袁韶請於朝，改賜教忠報德禪寺。今仍名定水。」

元末來復見心禪師駐錫定水寺，其事詳見本卷《蒲庵》《天香室》。劉仁本《羽庭集》卷三《次韻奉答定水見心禪師》：「一壑崎嶇又一丘，雙峰還憶舊追遊。風流此會人俱健，慷慨重來路阻修。竺國瞿曇深丈室，桑乾戍客念并州。何當早見升平業，得與溪山共倡酬？」

釋來復《澹遊集》卷下歐陽玄《定水教忠報德禪寺記》：「慈溪縣西北有山曰鳴鶴。唐乾元二年建寺，名曰清泉，世以爲秘書監虞文懿公故宅，禮部侍郎京兆韓杍材記之。宋改曰定水。紹興七年，然禪師更爲禪刹，樞密越國袁公韶施財作佛殿，賜額曰教忠報德。國朝至元卅有一年，東洲永禪師重作焉。至正十七年，見心復禪師來主斯寺，蓋上距永禪師甲子一周。視其傾圮，遂圖營構，奈何宿逋重而賦役繁，力有莫能舉也。謀於寺之耆舊，僧仁英首捐貲五千緡以倡施者。創於是年之季秋，仲冬落其成。殿後素湧壁觀音大士像，乃寺僧大用集衆力爲之。先是，寺無三塔，遺骼并葬池水，復師以爲非禪祖創規立法之意。因度善地於寺之西偏橐佗峰下而爲三塔。至於三門廊廡鐘樓經藏湢庾之廢墜者，以次修葺而新之。是役也，興於斯時，不可以無述也，則具事狀，航海抵京師，屬余爲之記。嘗聞其地之境萬松夾道，雙峰環繞，山之東麓有泉，甘香清冽，蓋勝處也。昔廬陵楊文節公有《答僧德璘送木犀》之詩，今傳於世，而定水之勝聞於天下久矣。且世間之事，廢興相因，當其廢也，苟有能竭力而圖之，尚惡得而終廢哉？以定水一寺，界於山區海奥之深僻，猶必待人而後興，有志於天下者，可以觀於此矣。楊、袁兩公於余有先世之契，而復師世居豐城，則又有鄉里之誼，故爲之記云。」

【箋注】

〔一〕開化：啓蒙教化。常公：唐代高僧，詳見卷二十九《大梅常禪師語録序》。源師：南宋高僧。《欽定盤山志》卷八載普化爲尊宿寶積畫像，寶葉源頌之云：「清奇古怪娘生面，妙筆丹青作麽施。者廝十分傳得似，依然畫虎只成貍。」釋來復《澹遊集》卷下周伯琦《重修定水教忠報德禪寺記》：「至正十七年歲丁酉之春，見心禪師復公受行宣政院檄，主慈溪之定水教忠報德禪寺……慈溪於四明爲屬邑，寺距邑四十五里鳴鶴山之陽，喬松行列，幽澗縈紆，茂林修竹，疊嶂平湖，輝映左右，爲一方之勝。寺始建於唐之乾元，名清泉寺，相傳大梅常公基之。蓋山之東麓有泉焉，香冽可鑑，大旱不涸，故名。經藏亦唐人所書，蓋古刹也。宋嘉熙中，越公袁韶惜其廢，施財重建寺宇，請於朝改今名，其時有寶葉師源公主之。」

〔二〕槖駝：定水寺西側山峰。周伯琦《重修定水教忠報德禪寺記》：「其寺之西偏槖佗峰下創三塔，礱石爲龕，以藏遺骼。」鳴鶴：慈溪名山，詳見卷十六《王止善自鳴鶴來訪賦此以別》。

〔三〕《光緒慈溪縣志》卷九《輿地四・溪・清泉》：「縣西北五十里定水寺東廡，泉甘潔。」

〔四〕方：地方，區域。《淮南子・兵略》：「方者，地也。」薰：草木香味。江淹《别賦》：「閨中風暖，陌上草薰。」玉樹：神話裏仙樹。《淮南子・墬形訓》：「掘崑崙虚以下地……上有木禾，其修五尋。珠樹、玉樹、琁樹、不死樹在其西。」

〔五〕三足：三具足，寺院供桌上所設之三類供器，即香爐一具、燭臺一雙、花瓶一對。四禪：或曰四禪定、四静慮、四色界定、四天道等，乃最典型之禪定法門。《長阿含經》卷八：「除欲惡不善法，有覺有觀，離生喜樂，入於初禪；滅有覺觀，内信一心，無覺無觀，定生喜樂，入第二禪；離喜修捨，念進自知身樂，諸聖所求憶念、捨、樂，入第三禪；離苦樂行，先滅憂喜，不苦不樂，捨、念清净，入第四禪。」

〔六〕幻化：佛教語，謂萬物了無實性。陶潛《歸園田居》其四：「人生似幻化，終當歸空無。」

〔七〕昔心：昔人心靈。謝靈運《擬魏太子鄴中集詩·徐幹》：「中飲顧昔心，悵焉若有失。」遐慕：企慕先哲。

蒲庵

眷彼水中蒲，采之將何以〔一〕？母老不下堂，兒行在萬里〔二〕。空門隆孝思，除是睦州師〔三〕。

【題解】

《光緒慈溪縣志》卷四十二《舊迹二·寺觀下·定水禪寺》：「至正間，來復來主斯寺。復字見心，自號竺曇叟，豐城人，所著有《蒲庵集》。一時搢紳先生如蜀郡虞（汯）〔集〕、豫章揭（集）〔汯〕，金華黄溍、廬陵歐陽元、魏郡李惟中、河東張起巖莫不屈齒爵之尊，與之來往酬酢，尤與中丞月魯不花、左丞周伯琦善，故其主定水也，時賢朝貴逸士高人贈答之作最多。寺有樵隱亭，元寓公蒙古亦速台嘗登此。蒲庵在寺東澗，來復築，取睦州師編蒲屨養母之事，時來復母留江右，歸養未得，故爲是扁以寓思親之意。天香室在寺中，來復題。慈雲閣亦在寺中。澮遊亭爲來復編《澮遊集》之處……桂彦良《蒲庵》詩：『青青者蒲，在彼中渚。采之緝之，可以爲屨。鬻屨以養，以養其親。昔誰行之？睦州其人。青青者蒲，在彼中河。母不克養，傷如之何！母居西江，道阻且修。曷云迎來，以解我憂？青青者蒲，在彼中澤。爰構我庵，爰飾我室。天乎有知，母來無遲。母如不來，我心孔悲。』」

《宋濂全集》卷八十八《蒲庵禪師畫像贊》：「蒲庵禪師，豫章豐城人，名來復，字見心，以日南至生，故取《易》卦語識之。有志行清净行，欲絶塵獨立，遂歸釋氏。與同袍恭肅翁誓屏諸緣，直明涅槃妙旨。久之，窺見全體無礙，然未以爲至。走雙徑，謁法喜大師楚公，自陳厥故。當機鋒交觸，如鶻落兔走，不間一髮。法喜深然之，留司内記。越三載，復約標士，瞻修西方浄土於吴天平山，刻期破障，比禪觀尤力。浙省左丞相達公九成慕師精進，起住蘇之虎丘，辭不赴。會兵起，避地會稽山中。慈溪與會稽鄰壤，中有定水院，直東海之濱，幽闃遼敻，可以縛禪，復延師出主之。師爲起其廢，禪門典禮依次舉行。瓶錫翩翩來萃，乞食養之，共激揚第一義諦。尋以干戈載塗，不能見母，作室寺東澗，取陳尊宿故事，名爲蒲庵，示思親也。自時厥後，鄞人士請師居天寧寺，時寺爲戍軍營，子女猥雜，其褻穢尤甚。師言於帥閫，移其屯，斥群奴，汛掃建治其弊壞，一還舊貫。師望日以重，大夫士交疏勸主杭之靈隱。適有詔徵高行僧，師兩至南京，賜食內廷，慰勞優渥。洎建大會鍾山，師奉敕升座説法，辭意剴切，聞者咸有警云。師敏朗淵毅，非惟克修內學，形於詩文，氣魄雄而辭調古，有識之儒多自以爲不及。其推師者，李諭德好文則曰：『任道德爲住持，假文辭爲遊戲。』陳狀元祖仁則曰：『禪源妙悟，教部精探，內充外肆，僧中指南。』至於楚國歐陽文公玄，潞國張公翥見諸觚翰間者，獎予爲尤至，言多不載。」

釋來復《澹遊集》卷下張翥《蒲庵記》：「予性澹夷，樂山林水石之勝，故喜與禪僧道人遊，至其館輒如歸，人亦弗我厭也。自去淮海居燕代，雖僕僕車轍馬足間，退則蕭然若忘，不知年歲之不足。回思方外故人，亦辟亂遠引，莫得而詢焉。益知雲鶴之所如，非塵人之能物色蹤迹也。見心復公自慈溪定水寺遺我以書，且徵記其所住蒲庵。一老道人歲晏得庵數椽，吾意其簾以蒲，席以蒲，覆以蒲，不啻足矣，而復名庵以蒲，不幾贅耶？且蒲生陂澤間，根荄泥淤，水鳥攸居，春茁可菹，秋乾可芻，其在植物，亦賤而污者也。師乃珍重如此，抑又奚歟？大氏佛法萬通，何往非道？結蒲禪坐，何事非學？一草之微，何物非寓？彼楩楠之材，可以構廈；芝蘭之芳，可以服玩。顧不取彼，若曰『把茅可以蓋頭，枝竹可爲精藍』，則此蒲庵含容法界爲有餘矣。姚江越溪，蒲生漫漫，風敗雨漏，隨補其處，我伐易獲，用莫勝既。視夫崇飾土木，眩曜丹艧，爲世假觀者，惡足與談蒲之妙用耶？至正廿又三年九月九日蛻庵退叟張翥書於京居之虚遊軒。」

【箋注】

〔一〕蒲：香蒲，或名甘蒲，其葉可製席、屨、扇諸物。

説〔二〕下堂：離開堂屋，此指離開故居。

〔三〕睦州師：唐末睦州高僧陳尊宿，嘗編織蒲鞋以養母。《五燈會元》卷四《黄檗運禪師法嗣·睦州陳尊宿》：「諱道明，江南陳氏之後也……經數十載，學者叩激，隨問遽答，詞語峻險。既非循轍，故淺機之流，往往嗤之，唯玄學性敏者欽伏。由是諸方歸慕，咸以尊宿稱。後歸開元，居房織蒲鞋以養母，故有陳蒲鞋之號。巢寇入境，師標大草屨於城門，巢欲棄之，竭力不能舉。歎曰：『睦州有大聖人。』舍城而去，遂免擾攘。」隆：尊崇。孝思：孝順情愫。

天香室

咄此月中桂，移根向金沙〔一〕。清香滿幽室，天都亦未加〔二〕。憶在梵王家，曾看優鉢華〔三〕。

【題解】

元末明初釋來復駐錫定水寺，榜其方丈曰天香。《澹遊集》卷下周伯琦《重修定水教忠報德禪寺記》：「庭前雙桂甚古，有禪師德璘者，嘗蒸花爲香以遺誠齋。楊公萬里答以詩，有『天香來月窟』之句。復公今榜其方丈曰天香，取諸此也。」

釋來復《澹遊集》卷下楊彝《天香室記》：「慈溪雙峰曰定水禪寺者，自唐以來爲名刹，其主僧往往知名於時。初宋廬陵僧德璘與楊文節公爲方外之遊，居是山日，嘗以桂花蒸香餉公，公爲作五詩報之。今寺主豫章見心復禪師幼而習焉，及是稽諸郡乘而信，至以詢夫山中之人，則弗知也。師歎曰：『以文節公翰墨之重，顧是猶有遺焉，甚而不可詰知，則古人之迹以無徵而堙滅者，可勝道哉！』於是命匠氏礱石刻公所爲五詩，置諸燕坐之室，仍擇言於詩，扁其室曰天香，而屬余爲記。師之是舉，非特補雙峰一代故實，且使夫士之來遊來瞻者，一世四朝壽俊，文章所被，林壑增焕！師之是舉，非特補雙峰一代故實，且使夫士之來遊來瞻者，一世傳靈隱老僧爲駱賓王，其續宋之問詩『天香桂子』之句，至今爲山中奇勝。矧我文節公德業爲當旦接公聲聞於二百載之上，而天香題品遂與靈鷲春淙同一響應，但不知璘公與師，是身之前後爲有辨否也。師履行高卓，不涉世流，至於留意斯文，則稽古尚賢，而與衆人之所嗜好者異矣。然余於是抑有問焉。當其秋高氣清，叢桂作花，于時天香發聞，在林滿林，在室滿室，宴坐之際，根淨塵銷，群用皆寂，而聞聞者則無所住也。苟惟聞聞而已，則從中證者又不知與二公當時所得爲何如也。師相顧一笑。至正十九年龍集己亥秋七月晦日翰林國史院檢閲官楊彝記。」

張昱《可閑老人集》卷四《天香室爲定水寺復見心長老賦》：「宋楊誠齋與定水僧璘公有鄉里之好，璘以桂作餉，誠齋答以七言詩刻寺中。雙峰桂樹今無似，説道璘公有後身。金粟如來能作主，碧山學士願爲鄰。天香入餉清可食，秋露染花黄未勻。何惜一題方丈室，與師同是豫章人！」丁鶴年《丁鶴年詩輯注·方外集·秋夜宿定水寺天香閣有懷見心長老》：「寂寂雙峰映澗流，重來托宿敞雲樓。窗涵虚白三更月，簾卷空晴一色秋。頗有高情酬勝賞，可無奇句入冥搜？天風開遍巖前桂，誰爲蒸香寄澹遊？」

劉仁本《羽庭集》卷二《天香室爲定水寺復上人賦》：「瞿曇丈室小蓬萊，誰送清香天上來？金粟千鍾如藥搗，玉娥一夜竊奩開。冰魂乍返蟾光滿，露氣初凝鶴夢回。憶得前人詩句好，曾揮兩袖步瑶臺。」

【箋注】

〔一〕咄：感歎。金沙：佛家常用語，代佛門净地。釋念常《佛祖歷代通載》卷一：「北悉怛河，從師子口中流出金沙，共五百河，流歸北海。」宋之問《遊稱心寺》：「寶葉交香雨，金沙吐細泉。」劉兼《寄滑州文秀大師》：「一封瑶簡音初達，兩處金沙色共圓。」

〔二〕天都：天空。《淮南子·泰族訓》：「又況登泰山，履石封，以望八荒，視天都若蓋，江河若帶，又況萬物在其間者乎？」

〔三〕梵王：通稱大梵天王；佛教設想一切世界爲欲界、色界、無色界三界，大梵天爲色界諸天之第三天，其王稱大梵天王。金章宗《遊龍山御制》：「金色界中兜率境，碧蓮花裏梵王宫。」優鉢華：通稱優鉢羅花，即青蓮花，或曰金蓮花。《七修類稿》卷四十六《事物類·優鉢羅花》：「嘗聞佛家有優鉢羅花，《本草》《爾雅》諸所不載，意爲幻言也。及見胡致堂云：奉佛者每假樹木花草爲佛之名，愚惑世道，故以仙人柏爲羅漢松，三春柳爲觀音柳，獨脚蓮名觀音蓮，薏苡子爲菩提子，大林檎爲貧婆菓，金蓮花爲優鉢羅花。然又聞北京禮部儀制司後堂，舊有千葉青蓮，花開時四月初八，至冬結如鬼蓮蓬，脱去其衣，中有金色佛一座，因名爲此花。」

中秋玩月

前時避世亂，遑遑齊魯間〔一〕。豈無中秋月？掩淚不忍看。南來如昨日，秋空月又圓。時運尚環周，客子未歸旋〔二〕。身羈逆旅舍，迹隱滄海壖〔三〕。不惜歲年晚，所悲窮路寒。知心有好友，置酒當前軒。邀月與之俱，怡我戚戚顔〔四〕。我顔固可怡，我心亦可歡。獨奈秋月輝，鮮明非往年〔五〕？

【題解】

戴九靈北征齊魯而道路阻塞，鬱鬱南返以避禍四明，斯時不啻喪家之犬。適逢中秋，置酒邀月，然月色亦隨心情而黯淡淒迷。

【箋注】

〔一〕遑遑：驚恐匆忙貌。陶潛《歸去來兮辭》：「胡爲乎遑遑欲何之？」齊魯：詳見卷九《泛海》諸紀遊詩。

〔二〕環周：一年四季循環往復。徐賁《長安即事三首》：「拋擲清溪舊釣鈎，長安寒暑再環周。」

〔三〕惠洪《示超然》：「事非白傅方驚鼎，迹隱庖丁已善刀。」壖：隙地。

〔四〕李白《月下獨酌》：「舉杯邀明月，對影成三人。」戚戚：悲苦貌。李清照《聲聲慢》：「尋尋覓覓，冷冷清清，淒淒慘慘戚戚。」

〔五〕奈：奈何，如何。《廣韻・個韻》：「奈，奈何。」魏了翁《次韻李參政見謝遊龍鶴山詩二首》：「潑眼溪光無間斷，入懷月色太鮮明。」

次韻答毛彝仲提學

毛君於爲詩，思擅語復老〔一〕。氣吞雲夢入，力蹴崑崙倒〔二〕。杜壇時踔躍，韓窟極探討〔三〕。晉宋失風騷，齊梁讓葩藻〔四〕。謂當擇珉玉，乃忽忘醜好〔五〕。繽紛贈瑰詞，錯落見龜寶〔六〕。泠泠《伐木》音，亹亹《太玄》草〔七〕。光怪蟾陋室，巧麗怛愚島〔八〕。朝諷已推襟，暮讀仍退①抱〔九〕。戒亡擬刻琰，懼泄思爇稿〔一〇〕。才高每遭忌，命險真再造〔一一〕。昔也赴湘流，今兹蹈海潦〔一二〕。人固有屈伸，世豈無白皂〔一三〕？羽翼低易摧，聲名積難掃。指注者流俗，鑑觀則穹昊〔一四〕。誰其弦我歌？爲君薦神保〔一五〕。

【題解】

本詩與卷十六《庸道提學訪予定川寓舍……》《九月八日閑居無事……》《自定水回舟漏幾溺》《遊山至葉仲容家飲散因爲醉歌》、卷十七《對菊聯句》《出遊聯句》、卷二十一《書畫舫讌集詩序》諸作，或曰毛彝仲提學，或曰雲莊提學，或曰天台毛雲莊，或曰翰，數篇所涉實爲元末詩人毛翰。毛翰，或名南翰；字彝仲，或字儀仲；雲莊疑其號，台州黄巖騷人高士。

按《御選元詩》，元末台州有二詩家，一曰天台縣毛翰，一曰黄巖縣毛南翰。《御選元詩·姓名爵里》卷二：「毛南翰，字彝仲，黄巖人，至治中辟鄮山書院山長……毛翰，字儀仲，天臺人。」《御選元詩》卷二十二及《光緒上虞縣志》卷四十六《文徵外編》悉載録毛翰眷念上虞魏仲遠《春日有懷仲遠徵士》詩。其一：「抱病惜芳景，衡門掩春風。乾鵲似相語，飛飛鳴屋東。唼唼不少休，趣我步庭中。鵲去故人至，手持書一封。問答未及竟，遠道情已通。開緘感鵲意，含笑歸房櫳。」其二：「鏡湖不可去，還憶夏蓋湖。其源翳林麓，其隰散荷蒲。扁舟四五客，美酒一百壺。狎弄魚鳥間，篏蕩雲水區。放情恣游泝，忘彼形勢途。晚尋煙中塢，猶足憩斯須。幽花列妓女，明月侑盤盂。長嘯來天風，濯足亂江凫。庶幾永終日，聊樂以爲娱。」《光緒上虞縣志》卷七《人物·魏壽延》復言天台毛翰嘗訪魏氏壽延於夏蓋湖，詳見本書卷十六《題魏氏福源精舍》。

按《民國台州府志》與《光緒黄巖縣志》，元末結交上虞魏仲遠者，乃台州黄巖毛南翰。《民國台州府志》卷一百十七《人物傳十八·毛南翰》：「字彝仲，黄巖人。父亨，早卒，育於祖母鄭。少力學，元時科舉既廢，挾册遊吴中，士夫争延接。參政蘇暨（浙江）〔江浙〕行省左丞某奉命平饒信賊，南翰獻《凱旋賦》，二公奇之，留麾下，權理問，徵行幕史，掌計在軍。盡交前御史劉師魯、太史周暾諸人。時雖多事，意致恬如。在饒城客舍，書一篋，酒一壺而已。有獲賊數人，遺之令請功者，南翰笑曰：『吾書生不知戰，而掠他人所獲以爲功，將誰欺？』又嘗客遊上虞，與魏壽延相唱酬。晚舉爲鄮山書院山長，時無爲吴主一、會稽胡舜咨、永嘉柴養吾、魏郡邊魯生輩，後先寄迹於鄞，或賦詩，或作文，或論書法，各逞所長，常推南翰爲祭酒。辭章翰墨，人争得之。」《光緒黄巖縣志》卷二十：「毛南翰，字彝仲，或作儀仲，大井頭人，博學工詩。元季客遊上虞，繼舉爲鄮山書院山長。」

《御選元詩·姓名爵里》并列天台縣毛翰與黄巖縣毛南翰。然考《康熙天台縣志》之《人物志》

與《藝文志》，初無毛翰蹤迹；且諸書所載毛翰或毛南翰咸字彝仲或儀仲，元末遊上虞，納交名士魏仲遠。如此，所謂天台毛翰與黄巖毛南翰實止一人；分而爲二者，《御選元詩》之誤也。天台，台州别稱，以山代郡，非天台縣；毛翰，毛南翰之别名，今已難究其故。

按《澹遊集》，毛翰嘗納交慈溪定水寺住持來復。來復《澹遊集·遊定水寺訪見心長老不遇偶成二絶奉簡》：「毛翰，字儀仲，丹業人，湖州路儒學教授。」

【校勘】

① 退：乾隆本作「遠」。

【箋注】

〔一〕擅：獨特。任昉《王文憲集序》：「則理擅民宗。」劉良《注》：「擅，獨也。」

〔二〕雲夢：古藪澤名，亦作雲瞢。《周禮·夏官·職方氏》：「正南曰荆州，其山鎮曰衡山，其澤藪曰雲瞢。」鄭玄《注》：「衡山在湘南，雲瞢在華容。」《讀史方輿紀要》卷七十七《德安府·雲夢澤》：「《漢陽志》云：『雲在江之北，夢在江之南。今巴陵、枝江、荆門、安陸之境皆云有雲夢，蓋雲夢本跨江南北，爲澤甚廣，而後世悉爲邑居聚落，故地之以雲夢名者非一處，而安陸之雲夢尤最著云。』……《一統志》：『府南一百里有雲夢橋，今澤已堙。』」

〔三〕杜牧《讀韓杜集》：「杜詩韓集愁來讀，似倩麻姑癢處抓。」杜：唐詩聖杜甫。踔躍：跳躍。韓：唐詩文大家韓愈。

〔四〕風騷：《國風》與《離騷》，泛指精美詩文。高適《同崔員外綦毋拾遺九日宴京兆府李士曹》：「晚晴催翰墨，秋興引《風》《騷》。」

〔五〕擇：區别。《孟子·梁惠王上》：「王若隱其無罪而就死地，則牛羊何擇焉？」珉玉：似玉之石與美玉，喻優劣貴賤。陸游《書歎》：「世方亂珉玉，吾其老江湖！」

〔六〕龜寶：龜爲靈物，以其甲占卜能預示吉凶禍福，故稱之爲龜寶，此喻精美詩篇。吕祖謙《宋文鑑》卷七十四歐陽修《會聖宫頌》：「乃以荆灼，乃訊龜寶。」

〔七〕泠泠：聲音清脆。伐木：出自《詩經·小雅》；朱熹《詩集傳》：「此燕朋友古舊之樂歌。」亹亹：工巧精妙耐人尋味。鍾嶸《詩品》卷上《晉黄門郎張協》：「詞采葱蒨，音韻鏗鏘，使人味之亹亹不倦。」太玄：西漢揚雄名篇。《漢書》卷八十七下《揚雄傳下》：「哀帝時，丁、傅、董賢用事，諸附離之者或起家至二千石。時雄方草《太玄》，有以自守，泊如也。」

〔八〕光怪：光亮奇異。蟾：月光，此有朗照義。《廣韻·鹽韻》：「蟾，蟾光，月彩。」陋室：詩人自稱。劉禹錫《陋室銘》：「斯是陋室，唯吾德馨。」怛：驚動。《莊子·大宗師》：「避，無怛化。」愚島：詩人自謙。《柳河東集》卷二十四《愚溪詩序》：「灌水之陽有溪焉……余以愚觸罪謫瀟水上，愛是溪，入二三里，得其尤絶者家焉……池之中爲愚島，嘉木異石錯置。皆山水之奇者，以余故咸以愚辱焉。」

〔九〕諷：背誦。《説文》：「諷，誦也。」。推襟：推心置腹。張充《與王儉書》：「所可通夢交魂，推襟送抱，惟丈人而已。」退抱：心地謙遜。

〔一〇〕戒亡：防備詩稿散逸。《説文》：「戒，警也。」刻琰：雕刻，此指刻板印書；琰，通「剡」，削。《周禮·考工記·玉人》：「琰圭九寸。」孫怡讓《正義》：「琰，與『剡』同。」

〔一一〕再造：新生，此指死裏逃生。劉禹錫《賀復吴少誠官爵表》：「一方承再造之恩，九有睹惟新之化。」

〔一二〕赴湘流：屈原抱道守正，投水成仁。《楚辭》屈原《漁父》：「屈原曰：『……寧赴湘流，葬於江魚之腹中。安能以皓皓之白，而蒙世俗之塵埃乎？』」蹈海潦：戰國魯仲連義不帝秦，欲投海取義，參見卷一《送屠彦德七首》；此指毛彝仲歲寒不凋避地四明。

〔一三〕宋濂《示吕生》：「曷以七尺軀，不解分白皂？」

〔一四〕指注：指點斥責。韓愈《薦士》：「俗流知者誰，指注競嘲傲。」穹昊：蒼天。《論語·憲問》：「子曰：『不怨天，不尤人，下學而上達，知我者其天乎！』」

〔一五〕神保：代表神靈受祭之人。《詩經·小雅·楚茨》：「先祖是皇，神保是饗。」朱熹《詩集傳》：「神保，蓋尸之嘉號。」

客中寫懷六首

其一寄婦

結髮爲夫婦，所願在偕老〔一〕。誰知頭白來，喪亂不相保。我昔從一官，攜汝登遠道〔二〕。芙蓉蕩風波，寧有幾時好〔三〕？猶記東門日，别歸方草草〔四〕。再拜前致辭，幽咽不能道〔五〕。手提小兒女，慟哭向秋昊。詎識是生離，積骨白浩浩〔六〕？汝歸終可安，我去事轉艱。家既異疇昔，去住亦俱難〔七〕。況乃畢婚嫁，百費萃兹年。内方撫群小，外復給上官。日夜聲嗷嗷，孰與分憂煎？夫妻不同苦，不如寡與鰥。汝幸毋我尤，我行偶迍邅〔八〕。人道無終乖，天運久亦還〔九〕。豈復長流蕩？庶往共飢寒〔一〇〕。

【題解】

戴九靈北上齊魯流浪四明時，夫人趙氏攜子女定居浦江縣城西隅，參見卷二十九《祭亡妻趙氏夫人文》。

【箋注】

〔一〕結髮：成婚之夕，男左女右共髻束髮；後代結婚。杜甫《新婚别》：「結髮爲妻子，席不暖君床。」《詩經·邶風·擊鼓》：「執子之手，與子偕老。」

〔二〕一官：此指淮南江北等處行中書省儒學提舉。

〔三〕薩都剌《練湖曲》：「練湖七月涼雨通，白水蕩蕩芙蓉紅。芙蓉紅盡早霜下，鴛鴦飛去何匆匆！」

〔四〕東門：此指蘇州東門，參見卷八《始發吴門》。

〔五〕幽咽：哭聲低沉輕微。杜甫《石壕吏》：「夜久語聲絶，如聞泣幽咽。」

〔六〕浩浩：曠遠廣大貌。《詩經·小雅·雨無正》：「浩浩昊天。」

〔七〕杜甫《哀江頭》：「清渭東流劍閣深，去住彼此無消息。」

〔八〕偶：遇，值。綦毋潛《春泛若耶溪》：「幽意無斷絶，此去隨所偶。」左思《詠史》：「英雄有迍邅，由來自古昔。」

〔九〕人道：人事。天運：日月星辰諸天體之運轉變遷。《老子》四十章：「反者道之動，弱者道之用。」

〔一〇〕流蕩：漂泊，流浪。趙鼎《烏夜啼》：「問我扁舟流蕩，幾時還？」庶：庶幾，也許可以。

其二憶子

綿綿我瓜瓞，引蔓空爾長〔一〕。有子將得力〔二〕，棄之往他鄉。他鄉與故里，兩地永相望。獨有中天月，遠照雙松堂〔三〕。雙松我所植，念之猶不忘。況復兒與女，不見今六霜〔四〕。大兒逾弱冠，有姊同已長〔五〕。想當望我時，齊行松樹傍。見樹不見父，嗚咽淚成行。小女年尚稚，與弟走踉蹡〔六〕。相呼戲樹下，何處褰父裳〔七〕？反哺有慈烏，跪乳有羔羊〔八〕。人事獨睽乖，俛仰我心傷〔九〕。

【題解】

子，戴九靈二男二女；長女鳳至正十七年已歸同邑張琪，長子思禮、次子思樂及仲女偕母共居浦江縣邑。參見卷三十《故九靈先生戴公墓誌銘》。

《民國浦陽戴氏宗譜》卷十七《傳誌行狀·戴默齋先生墓表》：「浦江有質行君子曰默齋先生，諱欒，字和之，姓戴氏。其先居杜陵，二十世祖唐咸通間平南節度使銀青光禄大夫太子檢校尚書令昭來鎮越，遂家縣北之馬劍。曾祖諱濤，祖諱暄，世有令德。父諱良，元奉訓大夫淮南江北等處儒學提舉，因其所居之山而尊稱之九靈先生。始事柳文肅公貫，得仁山金公履祥傳考亭理學之懿。又遊黄文獻公溍、揭文安公曼碩、余忠宣公闕諸先達之門，以文章擅名於世。娶同邑市西趙氏，宋宗室胄也，因徙居市西。二子：長禮，本邑儒學訓導；次即先生。自幼謹厚嗜書；稍長，從父遊學及宦轍所至。父所交皆極天下名士，往來談論，必侍立拱聽，受益宏多。諸名公見其舉止，咸極稱之。未幾，父命歸奉母，與兄竭於子職，母甚安之。既而海内俶擾，九靈棄官浮海，交際隱逸。而干戈日益蜂起，四方道阻，先生與兄欲省侍而莫知其向。惟朝夕相與欷歔，愈服勤致養於母，而母亦以鬱悒念夫君致疾。荏苒歲久，先生兄弟湯藥之奉，左扶右掖，衣不解帶。迨至不起，哀痛莫勝，既而喪禮無少違。而聖朝已削平僭亂，御宇有年矣。九靈猶（寓）〔寓〕四明，以二子之能喪，深加歎賞。先是，先生兄弟更相省父無虚月。求賢之詔屢下，九靈之晦迹益密。久之，有以其晦迹之詳聞於朝者。高皇帝素知其名，遣使驛召，（人）〔入〕見而疾作，留公館調養須選。先生在家聞父行，駿奔隨侍，至則疾革矣。既卒，哀毁如不欲生，負骨東歸，佐兄喪禮襄事。然而創巨痛深，服雖闋而身猶癯然弗勝衣。先生於父書無不讀，而思所允蹈。從兄原禮嘗從丹溪朱公彦修傳劉、張、李三家之醫學，與其弟原直皆用其術保衛文皇帝於潛邸，知名天下。先生復習二兄之學，深得其傳，盛行於鄉。厥後原禮由藩邸入事高廟，擢御醫，寵眷隆厚，上嘗顧語曰：『汝兄弟并兼儒醫，何不自舉？』時原直已卒，遂以先生對。會本邑以醫學訓科貢先生於朝，上欲留用醫院，辭以氣疾，乃擢訓科以歸。居數載，以例去職。文皇登極，以原禮爲太醫院使，先生亦以復設訓科入覲。上因念原直藩邸舊勞，用已不及，乃指先生謂院使公曰：『汝留弟佐汝。』而太子少師姚廣孝嘗學於九靈，且雅愛先生，亦欲舉留力，以疾懇辭。乃領舊職還鄉。先生清心寡欲，出於天性，其於醫也，一主於仁，不知有勢利，惟急於任恤。有疾求治者，施之以藥，不以貴賤貧富爲低昂，所活甚夥。在任九載，每遇縣令佐有缺，府檄必委之署事。洞知民情曲直，凡有争訟，片言以折之，和顔以解之，莫不讋服愧謝，而囹圄空虚。上官賓使臨邑，聞其清修節義，靡不敬重。而先生亦未嘗不以民瘼爲言，陰利及民者，豈少也哉！居常語二親早世，輒泣下霑襟，謂佛書可以滋福於幽冥，遂長齋誦之。慎行寡言，發必中理，故士友稱之爲默齋先生云。生於元至正己亥七月十日，卒於今永樂丁酉十一月二十五日，享年五十有九。」

【箋注】

〔一〕瓜瓞：比喻子孫繁衍相續。《詩經·大雅·緜》：「緜緜瓜瓞，民之初生，自土沮漆。」朱熹《詩集傳》：「大曰瓜，小曰瓞。瓜之近本初生常小，其蔓不絶，至末而後大也。」

〔二〕得力：得到助力。《後漢書》卷十上《明德馬皇后》：「然貴而少子，若養它子者得力，乃當逾於所生。」

〔三〕曾幾《次雪峰空老韻二首》：「須知千里間，只共一明月。」

〔四〕六霜：六年；霜，年歲。

〔五〕大兒：長子戴思禮。姊：長女戴鳳。

〔六〕弟：次子戴思樂。范成大《催租行》：「輸租得鈔官更催，踉蹡里正敲門來。」

〔七〕褰：牽拉。《詩經·鄭風·褰裳》：「子惠思我，褰裳涉溱。」

〔八〕此言子女孝順，如烏反哺，羊跪乳。《增廣賢文》：「鴉有反哺之義，羊有跪乳之恩，馬無欺母之心。」

〔九〕睽乖：離散。張雨《書懷二十韻奉呈虞集賢》：「睽乖遺廿載，痞痳接孤風。」

其三念姊

淮陰古壯士，猶感漂母情〔一〕。而況我同氣，由來恩愛并。一朝遭世患，舍之以徂征〔二〕。惟當欲去時，涕泗下交傾〔三〕。荏苒歲年莫，兩鬢各星星〔四〕。每念焚鬚事，怛焉心内驚〔五〕。老去成飄蕩，所志在偷生〔六〕。顧枉申申詈，詈我久遠行〔七〕。我欲喻中懷，獨有弦歌聲〔八〕。弦歌清且悲，一鼓淚已零。再鼓三歎息，四座不忍聽。可隨晨風去，長跪陳素情〔九〕。

【題解】

長姊戴如玉，適本邑趙氏良本號太初子者，撫育仲弟戴九靈如慈母，詳見卷二十九《趙君夫人戴氏墓誌銘》。

【箋注】

〔一〕壯士：漢初名將韓信，淮陰人，賤時嘗見食於漂母，得志後謝之以重金。參見本卷《戰城南》。

〔二〕王建《主人故亭》：「世間事難保，一日各徂征。」

〔三〕阮籍《詠懷》：「齊景升丘山，涕泗紛交流。」

〔四〕左思《白髮賦》：「星星白髮，生於鬢垂。」

〔五〕《新唐書》卷九十三《李勣》：「性友愛，其姊病，嘗自爲粥而燎其鬚。姊戒止。答曰：『姊多疾，而勣且老，雖欲數進粥，尚幾何？』」怛焉：悲傷貌。

〔六〕志：嚮往，追求。《論語・述而》：「志於道。」皇侃《疏》：「志者，在心向慕之謂也。」

〔七〕申申：反復，再三。《離騷》：「女嬃之嬋媛兮，申申其詈余：『……衆不可户説兮，孰云察余之中情？世并舉而好朋兮，夫何煢獨而不予聽？』」

〔八〕弦歌：以琴瑟伴奏而歌。《史記》卷四十七《孔子世家》：「三百五篇，孔子皆弦歌之。」

〔九〕長跪：直身而跪，表示莊敬。曹植《飛龍篇》：「我知真人，長跪問道。」

其四思弟

將老計轉拙，故里不得安〔一〕。兄弟各東西，何用保餘年〔二〕？前時吴山上，與汝酌東軒〔三〕。已知是久别，杯行淚如泉。征夫懷往路，居士戀故山。音容從此隔，望望兩心酸〔四〕。去冬得汝書，知汝病未痊。道遠不能顧，掩書一長歎。邇來頻夢汝，喜汝無病顔。生死方未知，誰能詰其端〔五〕？自嗟農家子，止合老田園。才疏學更誤，遂爲塵網纏〔六〕。晚節益零落〔七〕，何日得歸旋？仰視雲邊雁，群飛必相連。徘徊失所從，愴然摧心肝〔八〕。

【題解】

戴九靈有弟名元，參看卷七《元故戴府君墳記》。

【箋注】

〔一〕杜甫《自京赴奉先縣詠懷五百字》：「杜陵有布衣，老大意轉拙。」

〔二〕杜甫《月夜憶舍弟》：「有弟皆分散，無家問死生。」

〔三〕吴山：杭州名山，詳見卷八《遊吴山承天觀》。東軒：東向遊廊或小屋，古人讀書飲酒遣興之處。陶潛《飲酒》：「嘯傲東軒下，聊復得此生。」貢師泰《遣懷》：「東軒頗幽敞，夜静時一過。」

〔四〕望望：一再瞻望，表示依戀。董思恭《感懷》：「望望情何極！浪浪淚空泫。」

〔五〕端：緣由。陸機《君子行》：「福鍾恒有兆，禍集非無端。」

〔六〕陶淵明《歸園田居》：「誤落塵網中，一去三十年。」

〔七〕晚節：暮年。《史記》卷四十九《外戚世家》：「及晚節色衰愛弛，而戚夫人有寵。」零落：衰頽敗落。

〔八〕所從：所向，所往。陳希烈《省試白雲起封中》：「豈學無心出，東西任所從？」摧：傷痛。蘇武《詩四首》之二：「長歌正激烈，中心愴以摧。」

其五示侄

老來逃世難，心力豈能及？賴有平生親〔一〕，得免諸患入。時當萬里行，所向輒險澀〔二〕。山多虎豹虞，水有風浪急。自非吾骨肉，誰能去鄉邑？已遂伯陽遁，尚洒楊朱泣〔三〕。何邦爲樂土？仍期共棲集〔四〕。囊中黄金盡，資用將何給？豈惜終憔悴？在困難獨立〔五〕。憮然念猶子，詠言著斯什〔六〕。

【題解】

侄戴思温，字原直，以醫名於世，其時隨仲叔戴九靈羈旅東海之濱，參看本書卷十七《歲除示侄十六韻》與《對菊聯句》。

方孝孺《遜志齋集》卷十五《益齋記》：「余始至浦陽，與邑士戴君原直遇。原直長身昂然，顧眄峭聳，酒酣談論，雜以嘲笑，辭累千百，無澀滯窘複態，鋒穎横出，氣蓋一座。余驚駭，意其爲奇士，而惜余拙吶，不能與之往復詰難也。二年，又見原直。其辭譴給敏如故，而爲禮恭遜斂戢，意若自少昔之所爲者。余又驚之，疑其有所得而然，未暇問也。又一年，重見於錢塘，諸公名士皆在席，各吐所長爲樂。原直攝衣坐其下，俯首斂膝，不發一談。日暮賓退，恂恂揖謝，侃然趨去，儼若願愨君子。及與之言，皆中道理，去前時甚遠，而諸公亦稱其美不置。余大驚而問焉。原直曰：『吾少時嘗以醫出遊，涉吴越，溯淮泗，至齊魯，往來公卿間。虚左而俟，束帛而迎者，不可勝數。吾時志高氣盛，謂口舌間足以成事，方以此自才，而人亦多以此奇我。及今揣之，然後知吾之過多矣。嘗聞於季父能軒君，以爲《易》之遷善改過，莫善於《益》，乃以名吾齋。吾將歸而求於聖賢之學，子意何如？』余聞之愈大驚。世之任意自喜，瀕衰老遇挫抑而能悔悟者有之矣；未有易慮於壯强之時，改節於無事之際者也。余見原直於數年之中而三改其德，每見異焉，非有志於道者能然乎？聖賢之道甚近而易行也，人鮮或至焉者，亦止於自足爾。以原直之善改過，苟從事於聖賢之道，且以爲是，而暮已悔之，昔之所爲，而今覺其非，雖日異而月不同，可也。余蓋將屢驚焉，豈特一再而已矣！」

【箋注】

〔一〕平生：一輩子。親：此指侄兒戴思温。卷三十趙友同《故九靈先生戴公墓誌銘》：「然時事已不靖，無可行其志，乃攜從子温，浮海至中州，欲與豪傑交，而卒無所遇。」

〔二〕萬里：此指元時益都路。險澀：兇險阻塞。杜甫《早發射洪縣南途中作》：「傶裝逐徒旅，達曙凌險澀。」

〔三〕伯陽：老子，號伯陽父，著《道德經》後遺世隱淪；參見卷三《送胡煉師還山》。楊朱：戰國思想家，每逢歧路輒嚎啕大哭，參見卷三《謁彦修先生墓分韻得風字》。《荀子·王霸篇第十一》：「楊朱哭衢塗曰：『此夫過舉跬步而覺跌千里者夫！』哀哭之。」李商隱《荆門西下》：「洞庭湖闊蛟龍惡，卻羨楊朱泣路歧。」

〔四〕《詩經·魏風·碩鼠》：「逝將去女，適彼樂土。樂土樂土，爰得我所。」

〔五〕林昉《遷居》：「江湖難獨立，貧病又遷居。」

〔六〕猶子：侄兒。詠言：吟詠。權德輿《唐故漳州刺史張君集序》：「開卷三復，追懷舊故，詠言擊節，髣髴如聞。」什：篇什。唐彦謙《亂後經表兄瓊華觀舊居》：「醉中篇什金聲在，别後音書錦字空。」

其六懷友

貴盛多士趨，衰賤親交棄〔一〕。投老涉險艱，誰人敦氣義〔二〕？往歲客吴越，保身無善計。風雨交横來，倉皇不知避。陰雲竟日起，龍蛇沸相噬〔三〕。咫尺且莫期，千里詎能致？徘徊畏途上，所向色憔悴。不有高世士，緩急吾何恃〔四〕？時時想舊情，涕淚滿衣袂。恨無縮地法，一見陳往事〔五〕。絶塞悲鴻鵠，秋原老騏驥〔六〕。同心不在眼，蹉跎愧前志。

【題解】

詩人漂泊海濱，流浪四明，煢煢孑立，形影相吊，懷昔日之儔侶，念鄉邦之故舊，輒俯首躑躅，潸然淚下。

【箋注】

〔一〕《史記》卷七十五《孟嘗君列傳》：「自齊王毀廢孟嘗君，諸客皆去。後召而復之，馮驩迎之。未到，孟嘗君太息歎曰：『文常好客，遇客無所敢失，食客三千有餘人，先生所知也。客見文一日廢，皆背文而去，莫顧文者。今賴先生得復其位，客亦有何面目復見文乎？如復見文者，必唾其面而大辱之。』……曰：『生者必有死，物之必至也；富貴多士，貧賤寡友，事之固然也。君獨不見夫趣市者乎？明旦，側肩争門而入；日暮之後，過市朝者掉臂而不顧。非好朝而惡暮，所期物忘其中。今君失位，賓客皆去，不足以怨士而徒絶賓客之路。願君遇客如故。』」

〔二〕投老：垂老。陶潛《感士不遇賦》：「夷投老以長飢，回早夭而又貧。」敦：勉勵。曹植《贈徐幹》：「親交義在敦，申章復何言？」

〔三〕龍蛇：傑出人物。《左傳·襄公二十一年》：「其母曰：『深山大澤，實生龍蛇。彼美，余懼其生龍蛇以禍女。』」沸：飛騰。司馬相如《子虛賦》：「水蟲駭，波鴻沸。」吕延濟《注》：「沸，猶亂飛也。」

〔四〕緩急：危急，偏義複詞；緩，襯字，無義。《史記》卷五十七《絳侯周勃世家》：「孝文且崩時，誡太子曰：『即有緩急，周亞夫真可任將兵。』」

〔五〕縮地法：一種化遠爲近之神仙術。《都公譚纂》卷下：「真六者京師人，瞽目，善説評話，而家甚貧。其鄰某翁，嘗往來河南，瞽告以貧故，欲與偕往，翁諾之。一夕與真出西化門外，以一驢共乘，戒之勿言，耳畔惟聞風聲。久之，聞鷄號，翁呼真下驢，則河南某府也。真以河南去京師若干里，非一夕可達，心大駭，然以翁戒，終不敢言。居半月，爲人説評話，獲布五十匹，大喜過望。翁乃買驢自乘，命真乘驢尾之，復一夕而歸。真以翁多術，心生豔慕。抵家，曳翁衣曰：『翁必教我，否則吾將聞之官。』翁曰：『此縮地法也，汝不可學。』不得已，以卜筮授之，真大精其術。」

〔六〕絶塞：僻遠邊境。林寬《塞上還答友人》：「無端遊絶塞，歸鬢已蒼然。」

賤生述懷呈在座諸公

靡靡五月中，忽忽值初度〔一〕。載觀此身世，安得不悲慕〔二〕？我自弱冠來，早已失恃怙〔三〕。莫攀墳上柏，幾歷歲華莫〔四〕。一官冀榮親，乃與禍機遇。不得顧妻孥，誰能問丘墓？三歲客東海，月夜鵲飛樹〔五〕。餘年尚幾何？未知止息處。幸有同心人，相期此漂寓〔六〕。投身豈無所？揆意難即去。今日定何日？兩鬢已垂素〔七〕。猶子請揮觴，邀賓强笑語〔八〕。詎識忘憂物，翻是傷心具〔九〕？我親長已矣，我兒今孰撫〔一〇〕？一女年亦笄，誰與畢婚娶〔一一〕？固賴慈母在，艱難營近務。終愧爲人父，有子不能顧。盛衰豈人爲？賢愚亦天數。苟不替宗祧，何憂復何懼〔一二〕！我躬且不閱，尚暇身後慮〔一三〕！

【題解】

賤生，寒士謙稱。戴九靈流落海濱，鬱鬱不得志。會逢夏曆五月十三生日，置酒邀朋，暢敘幽情。

【箋注】

〔一〕靡靡：遲緩漸進貌。陶潛《己酉歲九月九日》：「靡靡秋已夕，淒淒風露交。」忽忽：恍惚。宋玉《高唐賦》：「悠悠忽忽，怊悵自失。」李善《注》：「忽忽，迷也。」

〔二〕載觀：静觀默察；載，助詞。悲慕：悲哀，同義複詞。蘇舜欽《歙州黟縣令朱君墓誌銘》：「向使如常童，悲慕不能自引去，徒血凶鋒，於禍無所轉，則家君死難之節不表，而朱氏之祀殄矣。」

〔三〕恃怙：指代父母。《詩經·小雅·蓼莪》：「無父何怙？無母何恃？」

〔四〕歲華：歲時，年月。范成大《立秋》：「歲華過半休惆悵，且對西風賀立秋。」

〔五〕曹操《短歌行》：「月明星稀，烏鵲南飛。繞樹三匝，何枝可依？」

〔六〕同心人：此指丁鶴年、毛翰、劉中、揭汯、揭平仲諸寓賢。

〔七〕定：究竟。李白《新林浦阻風寄友人》：「歲物忽如此，我來定幾時？」

〔八〕陶淵明《詠二疏》：「促席延故老，揮觴道平素。」

〔九〕仇遠《醉醒吟》：「或云酒是忘憂物，醉鄉别有一天地。」具：食物。《禮記·内則》：「則佐長者視具。」鄭玄《注》：「具，饌也。」

〔一〇〕杜甫《石壕吏》：「存者且偷生，死者長已矣！」

〔一一〕一女：此指詩人次女，長女戴鳳已於至正十七年歸張琪。

〔二〕替：廢棄。宗祧：宗廟。《左傳·襄公二十三年》：「紇不佞，失守宗祧，敢告不吊。」杜預《注》：「遠祖廟爲祧。」

〔三〕閱：容納。《詩經·邶風·谷風》：「我躬不閱，遑恤我後。」

近觀以大鶴年和韻諸詩因借韻呈二君子并述己志云爾

其一

輝輝凌霜葉，歲暮靄顔色。宜哉固窮士，秉心如鐵石〔一〕。志乖尚欣豫，道勝豈愁寂〔二〕？冠服自今兹，操行真古昔〔三〕。挾册時政寒，照簷光已夕〔四〕。孫生讓苦心，袁安同至德〔五〕。長風掃凝塵，荒苔翳行迹〔六〕。知音諒已稀，守賤何所惜〔七〕？棲棲①東鄰子，亦脱卞公幘〔八〕。

【題解】

以大，駱姓，元末鄞縣隱逸高人，詳見本書卷十八《愛菊説》。

鶴年，元末明初西域詩家丁鶴年，流寓浙東海濱久之，詳見本書卷十九《高士傳》。《雍正慈溪縣志》卷十《流寓·丁鶴年》：「西域人。父職馬禄丁，以蔭爲武昌達魯花赤，有惠政，因留葬焉。淮張兵襲武昌，鶴年奉母走鎮江。母歿，鹽酪不入口者五年。浙西兵亂，避越江上，又徙四明。時浙東爲方氏所據，嫉色目人。鶴年轉徙逃匿，爲童子師以糊口；或寄居僧寺，賣藥自給。慈之東皋、普濟諸寺，其所常居也。越十載，告牒還武昌。生母馮阻絶病死，瘞東村廢宅。鶴年慟哭行求，夢其母以地告，嚙血沁骨改葬焉。烏斯道作《丁孝子傳》，與柳子厚敘趙來章事絶相類。鶴年自以家世仕元，不忘故國。庚申君北遁後，章皇山澤，飲泣賦詩，一字一句皆寓忠君愛國之心。其避地時，良亦隱居花嶼湖濱，一時名士如烏斯道、余夢祥、時銘皆與之唱和，濡染其學，故慈之詩獨盛於明初。」

和韻，依照原韻和詩：或依韻，即韻腳與原詩同屬一韻而不必用原字；或次韻，也稱步韻，即用原詩韻腳且先後次序一致；或用韻，即用原詩韻腳而不必依照其次序。

【校勘】

① 栖栖：乾隆本作「棲棲」。

【箋注】

〔一〕靄：靄靄，繁盛貌。固窮：在困境中堅守節操。《史記》卷四十七《孔子世家》：「君子固窮，小人窮斯濫矣！」陸游《太息》：「平日鐵石心，忘家思報國。」

〔二〕欣豫：歡樂舒暢。陶淵明《雜詩》：「憶我少壯時，無樂自欣豫。」道勝：大道優勝美好。陶淵明《詠貧士》：「貧富常交戰，道勝無戚顔。」

〔三〕自：雖然。曹植《豫章行》：「鴛鴦自朋親，不若比翼連；他人雖同盟，骨肉天性然。」

〔四〕挾册：形容勤奮讀書。葉適《漢陽軍新修學記》：「今吴越閩蜀，家能著書，人知挾册，以輔人主取貴仕，而江漢蓋鮮稱焉，豈其性與習俱失之哉？」政：通「正」。

〔五〕孫生：孫敬，漢朝勤勉賢士。《太平御覽》卷三百六十三《人事部四・頭上》：「又曰：『孫敬字文寶，好學，晨夕不休，及至眠睡疲寢，以繩繫頭懸屋梁，後爲當世大儒。』」袁安：東漢賢士，詳見卷九《次韻春雪禁體》。

〔六〕凝塵：厚厚灰塵。《晉書》卷九《帝紀第九・太宗簡文帝》：「帝少有風儀，善容止，留心典籍，不以居處爲意，凝塵滿席，湛如也。」

〔七〕守賤：在貧賤中堅守氣節。陶潛《詠貧士》：「安貧守賤者，自古有黔婁。」

〔八〕栖栖：忙碌不安貌。李隆基《經鄒魯祭孔子而歎之》：「夫子何爲者，栖栖一代中？」東鄰子：西鄰不識孔子才華，竟稱之爲東家丘。陳慶元《沈約集校箋》卷五《辯聖論》：「當仲尼在世之時，世人不言爲聖人也，伐樹削迹，干七十君而不一值，或以東家丘，或以爲喪家犬。」卞公幘：南齊卞彬，自稱卞田居，十二年不更换帛冠，詳見《南齊書》卷五十二《文學・卞彬》；此摘頭巾以示贊賞。《樂府詩集》卷二十八《相和歌辭三・陌上桑三解》：「少年見羅敷，脱帽著峭頭。」

其二

内懷松桂性，外抱霜雪色〔一〕。心已委窮通，家豈問儋石〔二〕？義廩餉飢劬，僧榻借禪寂〔三〕。晤歌度芳晝，清嘯終遥昔〔四〕。避世多歲年，卧病幾晨夕。使者求顔闔，邦伯候龐德〔五〕。塵中既息交，物外姑屏迹。但期高士賞，豈顧癡人惜？緼袍苟不恥，無言受衣幘〔六〕。

【箋注】

〔一〕韓愈《孟生詩》：「誰憐松桂性？競愛桃李陰。」辛棄疾《水調歌頭》：「聞道千章松桂，剩有四時柯葉，霜雪歲寒餘。」

〔二〕委：隨順，聽憑。白居易《北窗三友》：「嗜詩有淵明，嗜琴有啓期。嗜酒有伯倫，三人皆吾師。或乏儋石儲，或穿帶索衣。弦歌復觴詠，樂道知所歸。」

〔三〕義廩：義倉。陶潛《和劉柴桑》：「谷風轉淒薄，春醪解飢劬。」禪寂：僧徒坐禪息慮。韓偓《永明禪師房》：「支公禪寂處，時有鶴來巢。」

〔四〕晤歌：相對而歌。《詩經·陳風·東門之池》：「彼美淑姬，可與晤歌。」毛《傳》：「晤，遇也。」鄭玄《箋》：「晤，猶對也。」遥昔：漫長夜晚；昔，通「夕」。

〔五〕顔闔：魯國淡泊恬静隱士。《莊子·讓王第二十八》：「魯君聞顔闔得道之人也，使人以幣先焉。顔闔守陋閭，苴布之衣而自飯牛。魯君之使者至，顔闔自對之。使者曰：『此顔闔之家與？』顔闔對曰：『此闔之家。』使者致幣。顔闔對曰：『恐聽者謬而遺使者罪，不若審之。』使者還，反審之，復來求之，則不得已。故若顔闔者，真惡富貴也。」邦伯：諸侯之長，州牧。龐德：東漢末年襄陽高士，躬耕南畝，不以貴賤貧富爲懷。荆州刺史劉表數禮聘延請，終不能屈。詳見《後漢書》卷八十三《逸民列傳·龐公》。

〔六〕緼袍：以亂麻爲裏子之衣袍；孔門子路以不恥緼袍著稱。《論語·子罕》：「衣敝緼袍，與衣狐貉者立，而不恥者，其由也與？」無言：不要；無，通「毋」；言，助詞。受衣幘：承受朝廷恩惠。《三國志》卷三十《魏書·烏丸鮮卑東夷傳》：「其俗好衣幘，下户詣郡朝謁，皆假衣幘，自服印綬衣幘千餘有人。」

其三

傷禽有驚韻，達士無怨色〔一〕。彼道政多岐，我心非轉石〔二〕。遥途寄孤蹇，衡茅守虚寂〔三〕。新喜絶方來，故歡慚宿昔〔四〕。靡靡念平生，厭厭閲朝夕〔五〕。青黄信爲災，支離乃其德〔六〕。老聃尚蓬累，宣尼猶削迹〔七〕。蹈道苟勿愆，没身亦何惜〔八〕？且共酣中人，一笑穿吾幘〔九〕。

【箋注】

〔一〕驚韻：驚懼之鳴聲。《戰國策》卷十七《楚策四》：「有間，雁從東方來，更羸以虚發而下之。魏王曰：『然則射可至此乎？』更羸曰：『此孽也。』王曰：『先生何以知之？』對曰：『其飛徐而鳴悲。飛徐者，故瘡痛也；鳴悲者，久失群也，故瘡未息而驚心未去也。聞弦音，引而高飛，故瘡隕也。』」《論語·述而》：「（子貢）曰：『伯夷、叔齊何人也？』曰：『古之賢人也。』曰：『怨乎？』曰：『求仁而得仁，又何怨？』」

〔二〕《詩經·邶風·柏舟》：「我心匪石，不可轉也。我心匪席，不可卷也。」

〔三〕孤蹇：特立忠直；蹇，通「謇」。薛能《邊城寓題》：「孤蹇復飄零，天涯若墮螢。」衡茅：衡門茅屋，陋室。陸游《農舍小酌》：「野性安衡茅，傑屋愁耽耽。」

〔四〕新喜：新朋，與下文「舊歡」相對。蘇轍《次韻子瞻過淮見寄兼簡孫奕職方三首》：「行役饒新喜，臨川逢故人。」方來：近期。韋應物《城中卧疾知閻薛二子屢從邑令飲因以贈之》：「車馬日蕭蕭，故不枉我廬；方來從令飲，卧病獨如何？」故歡：舊交。

〔五〕靡靡：遲緩貌。《詩經·王風·黍離》：「行邁靡靡，中心摇摇。」厭厭：安静和悦，參見本卷

《題盤隱軒》。

〔六〕青黄：用各種色彩修飾，此指摧殘本性。《莊子·天地》：「百年之木，破爲犧尊，青黄而文之，其斷在溝中。」韓愈《祭柳子厚文》：「凡物之生，不願爲材。犧尊青黄，乃木之災。」支離：殘缺而不中用。《莊子·人間世》：「夫支離其形者，猶足以養其身，終其天年，又況支離其德者乎！」蘇軾《題過所畫枯木竹石》：「散木支離得自全，交柯蚴蟉欲相纏。」

〔七〕蓬累：像蓬草般飄轉飛行。《史記》卷六十三《老子韓非列傳》：「且君子得其時則駕，不得其時則蓬累而行。」削迹：匿迹。《莊子·讓王》：「夫子再逐於魯，削迹於衛，伐樹於宋。」

〔八〕蹈道：履行正道。韓愈《閔己賦》：「雖舉足以蹈道兮，哀與我者爲誰？」

〔九〕王建《送韋處士老舅》：「憶昨癡小年，不知有經籍……照水學梳頭，應門未穿幘。」

九靈山房集卷之十六

鄞遊稿二

五言古詩

貢尚書新祠六詠

高風臺

重城控閩徼，維西有崇臺〔一〕。江練望中滅，峰蓮行處開〔二〕。海引頹波去，山約高風來〔三〕。境在人已亡，目極令心哀〔四〕。

【題解】

貢尚書，元末名臣貢師泰，先後拜禮部尚書與户部尚書，參見卷二十二《題貢尚書二詩》《題貢尚書手帖》。《元史》卷一百八十七《貢師泰》：「貢師泰，字泰甫，寧國之宣城人……十五年，庸田司罷，擢江西廉訪副使，未行，遷福建廉訪使。居亡何，除禮部尚書。時平江缺守，廷議難其人，師泰又以選爲平江路總管。其年冬，甫視事，張士誠自高郵率衆渡江，直抵城下，攻圍甚急。明年春，守將弗能支，斬關遁去，師泰領義兵出戰，力不敵，亦懷印綬棄城遁，匿海濱者久之。士誠既納降，江浙行省丞相達識帖睦邇以便宜授師泰兩浙都轉運鹽使。至則剔其積蠹，通其利源，大課以集，國用資之。丞相復承制除師泰江浙行省參知政事。二十年，朝廷除户部尚書，俾分部閩中，以閩鹽易糧，由海道轉運給京師，凡爲糧數十萬石，朝廷賴焉。二十二年，召爲秘書卿，行至杭之海寧，得疾而卒。師泰性倜儻，狀貌偉然，既以文字知名，而於政事尤長，所至績效輒暴著。尤喜接引後進，士之賢，不問識不識，即加推轂，以故士譽翕然咸歸之。有詩文若干卷行於世。」

新祠，坐落於福州城西，明鎦績詳述始末。《霏雪録》卷上：「尚書貢公玩齋先生，至正壬戌督漕於閩之三山。逾年召還，時風飄未順，暫居城西香嚴寺。因故臺基增築之，名曰高風臺。辨章道隱公以錢爲公庀工亭其上，曰鳴鳳亭。又得古泉於臺東，曰西泠泉。時劉君子明遣其子中從公遊，公又有秘書之命北還。劉君構生祠六楹於臺東，仍摶土肖公像事之，題曰思玩齋，蓋以公素號玩齋故也。又益北軒曰樂善齋。公平日宦遊，皆有行窩，若雪月，若蚓竅，若鷗室，若粟春者是也。

劉君又作白雲窩於樂善齋西。且求時賢題詠，以寓其悠然之思也。非獨公文章德業有以繫劉君之思；而劉君父子拳拳不忘於公者，何其勤且至哉！劉君，余獲交焉，惜其子已蚤世，予不得見。今余家藏公文稾若干卷，則中手録也，尚未完。中，字庸道。」

《玩齋集附録》弟子朱鐩《年譜》：「至正二十二年壬寅，公年六十五。七月七日自閩中歸舊寓，命其地曰小桃源。冬十月十日殁於寓所。至正二十三年癸卯。是年春，鐩割地以葬，實閏三月三日也。閩士因廣高風臺改先生祠，以綿祭祀。」《玩齋集附録》朱鐩《紀年録》：「二十年九月，朝廷以秘書監卿召還，道梗，公寓居香嚴寺，與經略李公景儀倡酬歌詠以遣興，作高風臺以娱情。」

貢師泰《玩齋集》卷七《高風臺記》：「出福州西城門三里許鳳凰山之下，有古寺曰香嚴。寺之西隙地爲故圃，圃之中有丘隆然，翳以榛莽，蒙以篠簜，堀礨叢襍，垤窪莫辨。羊豕得以爲圂，狐鼠得以爲窟，雖寺之僧亦棄而不顧也。予間過之，見孤樹特起，葱蒨蓊鬱，疑必有殊勝。始命僮開蹊累級，攝衣而登，則上廣旁峻，周以堅甓，石床横布，陳迹具在，乃知故臺也。於是剪茂草，除惡木，斬突夷坳，刓羸補罅。然後方整峭拔，岌焉增高而益曠矣。已乃拂石而坐，倚樹而觀。方山聳其前，蓮峰矗其後，左滄海，右長江，雲煙蒼茫，極目無際。諸生劉中、鄭桓喜而進曰：『是臺也，蔽於近而超於遠，晦於昔而顯於今，脱其蕪穢，處之高明，顧非幸歟！且重桐江之絲，高南州之節，雖其風未足以語希瑟之詠，而逸氣雅操，猶可以激頹波而清薄俗也。願請所以名之者。』語未既，忽有風自南來，飄冠巾襲毛髮，徘徊乎几席之間，泠泠然颯颯然，周流動蕩，若有以宣通夫壅滯而還復乎淳熙者，遂名之曰高風。諸生復請亭其上而志諸石，故記。」

貢師泰《玩齋集》卷七《鳴鳳亭記》：「予既作高風之臺，將亭其上而不果。平章道隱公聞之，使以錢來僦工，而一二同志亦相其成。寺僧悟騰、覺馨躬操畚鍤負木石爲其徒倡。曾不數日，遂落成矣。客請有以名之。予謂：『鳳凰之山，左右翼張，若飛鳴而來下者，名其在兹乎？』適左丞周賢公至而喜曰：『吾舊藏先從父平章公手書鳴鳳二大字，即以是扁，庶其成子之志。』客曰：『美哉，翩翩乎與高風頡頏下上矣！然聞鳳仁鳥也，當黄帝時嘗處齊宫巢阿閣，其後絶不至；及堯即政七年，始止於庭；舜樂九成，而復來儀；周成之世，最稱明盛，亦僅集郊藪。要皆千數百年乃一出，出則天下必大治。吾夫子思見之而終不得，故曰吾已矣夫；漢史雖數載其事，或疑其非真鳳也。子今徒取山之形似者以名亭，不亦甚遠乎？』予乃囅然而笑曰：『人，瑞鳳也；鳳，瑞人耶！鳳兮鳳兮，吾誠不得而見之耶！方今泰治將復，屢詔求賢，圭璋聞望之士，馮翼孝德之賢，行將雝雝和鳴於朝，又何必巢閣儀庭乃爲鳳哉！』因《卷阿》君子之詠，動《匪風》《下泉》之思，三歎而書諸亭。亭後於臺成十五日；揭而扁之，又後亭之三日，實九月丙子也。」

【箋注】

〔一〕重城：舉足輕重之城，此指福州。蘇軾《荆州》：「欲問興亡意，重城自古堅。」徼：邊境。

〔二〕江練：白色江流。蘇轍《遊鍾山》：「青峰回抱石城小，白練前横大江直。」處：時。楊萬里《兒啼索飯》：「朝朝聽得兒啼處，正是黄粱欲熟時。」

〔三〕頹波：下注水波；頹，下墜。文天祥《贈秘書王監丞》：「人生晚節良不易，頹波下下誰障東？」陳與義《竹》：「高枝已約風爲友，密葉能留雪作花。」

〔四〕目極：縱目。白居易《登城東古臺》：「我來一登眺，目極心悠哉！」

鳴鳳亭

言登三山道，遥望鳴鳳亭〔一〕。勢高翔北極，境勝壓南溟〔二〕。已協吹笙趣，空多銜詔情〔三〕。嘗聞故老語，貢公此遺榮〔四〕。

【箋注】

〔一〕三山：福州别稱。曾鞏《道山亭記》：「城之中三山，西曰閩山，東曰九仙山，北曰粤王山，三山者鼎趾立。」《萬曆福州府志》卷四《山川上》：「郡内外皆山也，城中蓋有九山云。東南隅爲九仙山，初名于山，相傳何氏兄弟九人居此仙去，故名……烏石山在西南隅，與九仙對峙。唐天寶八載敕改爲閩山，宋改道山……越王山在郡城北，半蟠城外，東聯冶山，閩越王之所都也。一名屏山，又曰平山。」

〔二〕北極：北極星，亦曰北辰。南溟：南海。王勃《滕王閣序》：「地勢極而南溟深，天柱高而北辰遠。」

〔三〕吹笙：吹奏笙簫宴請嘉賓。《詩經·小雅·鹿鳴》：「呦呦鹿鳴，食野之蘋。我有嘉賓，鼓瑟吹笙。吹笙鼓簧，承筐是將。人之好我，示我周行。」銜詔：奉詔；按《玩齋集附録》朱鐩《年譜》，至正二十年庚子九月元朝授貢師泰秘書監卿，二十二年貢氏北還京師，病殁於海寧寓舍。

〔四〕貢公：西漢貢禹上書乞骸骨，時人目之以遺榮高風；此指貢師泰。遺榮：遺棄榮貴。謝靈運《初去郡》：「彭薛裁知恥，貢公未遺榮。」李善《注》：「《漢書》：貢禹，字少卿，琅耶人也，爲光禄大夫，上書乞骸骨。鍾會有《遺榮賦》。」

西泠泉

兹泉誰所發，地脉一朝通〔一〕。昔彰思治意，今寓澤物功〔二〕。停車已酌廉，横經仍養蒙〔三〕。伊人竟何在？流恨有遺蹤〔四〕。

【箋注】

〔一〕地脉：地下水脉。孟雲卿《放歌行》：「地脉日夜流，天衣有時掃。」

〔二〕澤物：施恩於人。

〔三〕廉：廉泉，其地不一。陳維崧《陳檢討四六》卷十四《壽劉太母韓恭人九十序》：「況復庭有廉泉。《南史》：范柏年初見宋明帝，因言及廣州有貪泉。帝問：『卿州有此否？』對曰：『臣梁州惟有文川、武鄉、廉泉、讓水。』又問：『卿宅何處？』曰：『臣所居在廉讓之間。』帝善之，授梁州刺史。《方輿勝覽》：宋元嘉時，報恩寺中一夕霹靂，湧地爲泉，時歸功太守，名曰廉泉。」橫經：橫陳經典，形容勤奮讀書。李白《上安州裴長史書》：「常橫經籍書，製作不倦，迄於今三十春矣。」養蒙：自以爲蒙昧而孜孜焉修養正道，詳見卷十《山泉説》。

〔四〕伊人：此人，理想人物。蘇軾《顔闔》：「伊人畏照影，獨往就陰息。」流恨：遺憾。杜甫《行次昭陵》：「寂寥開國日，流恨滿山隅。」

思玩軒

粵部涖星使，海邦分地官〔一〕。清聲播遐壤，遺愛托兹山〔二〕。履綦滅遊迹，祠宇有餘閑〔三〕。椒漿阻臨奠，延首一長歎〔四〕。

【箋注】

〔一〕星使：古時認爲天節八星主使臣持節，宣威四方，因稱帝王使者爲星使。《文獻通考》卷二百七十九《象緯考二》：「天節八星在畢南，主使臣之所持也，宣威德於四方，明吉暗凶。」劉長卿《賈侍郎自會稽使回》：「江上逢星使，南來自會稽。」地官：《周禮》六官之一，唐時稱户部尚書；貢師泰以户部尚書管轄福建，故稱地官。杜佑《通典》卷二十三《職官五・户部尚書》：「武太后改置天地四時之官，以户部爲地官。」

〔二〕元稹《遺病》：「李三三十九，登朝有清聲。」遺愛：遺留世間之恩德。陶潛《影答形》：「立善有遺愛，胡可不自竭？」兹山：福州西門外三里許之鳳凰山。

〔三〕餘閑：長久寧静，詳見本卷《遊慈湖》。

〔四〕椒漿：以椒浸製之酒漿，古多用以祭神。王維《椒園》：「椒漿奠瑤席，欲下雲中君。」延首：伸頸遠望，形容殷切思念。

樂善齋

若人抱深識〔一〕，有善必見知。重士慕公旦，好賢比《緇衣》〔二〕。匹儔慕景響，儐從隘門基〔三〕。高齋今寂寞，歲晏吾何依〔四〕？

【箋注】

〔一〕謝肅《玩齋集序》：「雖然，即其詩，又烏足以知先生哉！先生説經，必極聖賢之指要，使學者深領其意而後止；爲文章，必出於己而無愧於古作者；在官政，必欲上盡其道而下懷其德，雖古循吏有不及。至於出處大節，俯仰無愧，每謂禹、稷、顔回同道；而孔明之煩，未嘗不與淵明同其静：此則先生素所自養而窮達一致者也。故或掃石焚香，抱膝危坐，而終日不動；或露晨月夕，宇宙軒豁，則散策海上，逍遥閑曠，而默識夫造化之妙，以自適其天下之樂。則浩然之在胸中者爲何如！而視功名文學直其末事爾。功名文學猶視爲末事，矧所謂詩歌者耶！」

〔二〕公旦：周公姬旦，謙恭好士，唯恐失之交臂。《史記》卷三十三《魯周公世家》：「周公戒伯禽曰：『我文王之子，武王之弟，成王之叔父，我於天下亦不賤矣。然我一沐三捉髮，一飯三吐哺，起以待士，猶恐失天下之賢人。』」《詩經·鄭風·緇衣》：「緇衣之宜兮，敝予又改爲兮。適子之館兮，還予授子之粲兮。」《禮記·緇衣第三十三》：「好賢如《緇衣》，惡惡如《巷伯》。」

〔三〕匹儔：朋友。曹植《贈王粲》：「中有孤鴛鴦，哀鳴求匹儔。」景響：影之隨形響之應聲，形容愛慕追隨貌；景，通「影」。儐從：僕人。門基：門廡下地面。參見卷一《詠懷三首》。

〔四〕高齋：高雅書齋。徐禎卿《在武昌作》：「高齋今夜雨，獨卧武昌城。」歲晏：暮年。李白《贈崔郎中宗之》：「歲晏歸去來，富貴安可求！」

白雲窩

行窩僅容膝，胡乃以雲名〔一〕？吕睹既云披，陶思亦嘗停〔二〕。仰簷歌郁郁，睹室詠英英〔三〕。豈爲其人没，悠然見光靈〔四〕？

【箋注】

〔一〕行窩：宋邵雍自名其居曰安樂窩，出則乘小車，一人挽之，惟意所適。好事者别作屋如雍所居，以候其至，名曰行窩。後遂以行窩泛稱别舍。林景熙《寄懷》：「行窩隨處樂，聊自得吾真。」容膝：立身之地狹小，僅能容納雙膝。陶潛《歸去來兮辭》：「倚南窗以寄傲，審容膝之易安。」

〔二〕吕睹：周文王遇見吕尚。徐幹《中論・審大臣第十六》：「又有不因衆譽而獲大賢，其文王乎？畋於渭水邊，道遇姜太公，皤然皓首，方秉竿而釣，文王召而與之言，則帝王之佐也。乃載之歸，以爲太師。姜太公當此時，貧且賤矣，年又老矣，非有貴顯之舉也，其言誠當乎賢君之心，其術誠合乎致平之道。文王之識也，灼然若披雲而見日，霍然若開霧而觀天。斯豈假之於衆人哉！」陶思：陶淵明思念親友。袁行霈《陶淵明集箋注》卷一《停雲》：「停雲，思親友也。罇湛新醪，園列初榮，願言不從，歎息彌襟。」

〔三〕郁郁：盛美繁多貌。祖無擇《張寺丞鳴玉亭書事》：「列岫曉昏雲郁郁，流泉秋浄石粼粼。」英英：輕盈明亮貌。《詩經・小雅・白華》：「英英白雲，露彼菅茅。」

〔四〕光靈：靈光，神異光芒。韓偓《感舊》：「入室故寮流落盡，路人惆悵見靈光。」

庸道提學訪予定川寓舍既而雲莊提學亦來會次日庸道别去雲莊攜酒至明波約予同餞予以病不果往雲莊有詩遂次其韻五首

其一

越人薄交義，孰主鷄壇盟〔一〕？遺佩憶澧浦，合劍慕延平〔二〕。懷故非任運，歡新真達生〔三〕。振衣者誰氏？理棹此趨程〔四〕。亭午造東館，薄晚饌前榮〔五〕。相求配《伐木》，吐訊感分荆〔六〕。但聞悲促柱，不睹笑絶纓〔七〕。萬事良已矣，且共咀芝英〔八〕。

【題解】

按《玩齋集》與《民國浦陽戴氏宗譜》《烏斯道集》諸典籍，庸道提學，姓劉，名中，字庸道，錢塘人，元朝名流貢師泰高足。參看卷十七《庸道既别云自山北訪桂同德胡舜咨而還》、卷二十一《東山賞梅詩序》、卷二十二《余爾公手帖後題》與《題貢尚書手帖》及《題劉庸道浮海百韻》。父劉文德，字子明，參看卷二十二《題貢尚書手帖》；祖天祐，字祐之，詳見卷二十三《元贈江浙行樞密院都事劉君墓誌銘并序》。

謝肅《玩齋集序》：「亟與新安胡彦舉、錢唐劉中、海昌朱鐩，力加搜訪，或索之記憶，或求之卷册，或録之金石，得古賦歌詩論辨書啓記序表狀碑誌贊頌雜著凡若干卷。」《玩齋集附録》朱鐩《紀年録》：「十九年正月，海上有警，朝廷除户部尚書，奉詔漕閩廣粟。海上有警，留居海寧，與諸生謝肅、劉中、朱鐩等講明道義，露晨月夕，時援琴賦詩以釋憂憤。」貢師泰《玩齋集》卷四《用謝元功韻贈劉生庸道還錢唐》：「緑陰門巷燕遲歸，白日看書見客稀。自是病多便野服，豈因性僻解朝衣？諸生載酒臨滄海，獨子開船背落暉。有約重來莫相遠，好將編簡究精微。」《民國浦陽戴氏宗譜》卷十七《明徵士戴益齋府君墓誌銘》：「於是仰德樂於贈言者，若秘書少監豫章揭公汯、臨安劉公中、四明唐公轅，皆前朝耆碩，稱道公者悉至。」《烏斯道集》卷八《送劉庸道遊閩中序》：「劉庸道侍父往閩省，自武林道經四明，留寓幾三月。余因得與交，而敬其爲人。風裁秀整，眉宇疏朗，若璚樹倚風，明月射水，固得清淑之氣居多。及夫揖讓之和，升降之謹，游觀燕集之閑雅，若祥雲在空，隨所變態而無不佳，知必久習禮樂，移其氣體而然者。至於出言簡而有文，摛辭華而有則，又若江河有源，而流衍不竭；問之，則玩齋貢先生其師也。庸道之才之美如此，豈不可敬也耶？」

雲莊提學，台州黄巖毛南翰，詳見卷十五《次韻答毛彝仲提學》。

定川，元時江浙等處行中書省慶元路定海縣别稱，如南宋樓鑰《攻愧集》卷五十八《昌國縣主簿廳壁記》即以定川稱定海：「余鄞人也，而未嘗涉海，第聞出定川鮫門山，水天無際，風帆迅駛，窮日而後至昌國，故雖有寶陀、安期、蓬萊之勝，願遊而不果。」

明波，定海縣永寧教寺别稱。《光緒鎮海縣志》卷三十六《寺觀·永寧教寺》：「縣西十五里，舊名寧波。晉天福中僧鑑瑩建，名明波。宋治平初改今額。戴良《遇庸道提學於定川寓舍既而雲莊提學亦來會次日庸道别去雲莊攜酒至明波約與同餞良以病不果往雲莊有詩遂次其韻》：……屠僑《過寧波寺登覽》：『落日川橋野寺幽，風篁野蔓碧遭周。居連一舍今方到，勝接三江昔未遊。門外滄波飛白鳥，殿前紅葉偃深秋。雞聲隔竹啼寥寂，僧在薜蘿宫裏頭。』」

【箋注】

〔一〕交義：交情。雞壇：朋友會盟之土壇，後爲交友結盟之典故。《説郛》卷六十上引晉周處《風土記》：「越俗性率朴，初與人交，有禮：封土壇，祭以犬雞，祝曰：『卿雖乘車我戴笠，後日相逢下車揖。我步行，君乘馬，他日相逢卿當下。』」

〔二〕澧浦：或作醴浦，贈神靈以玉佩之地，後多指故友離别處。《楚辭》屈原《九歌·湘君》：「捐余玦兮江中，遺余佩兮醴浦。」洪興祖《補注》：「捐玉遺佩，以貽湘君。與《騷經》『結佩纕以結言』同意，喻求賢也。」李群玉《將之京國贈薛員外》：「澧浦一遺佩，郢南再悲秋。」延平：津渡名；西晉雷焕在豐城得太阿龍泉雙劍，一送張華，一留自家；後其子雷華持劍經過延平津，劍忽躍出，與另一劍會合，化成雙龍，奔騰於江流。詳見卷三《雙劍篇》。

〔三〕任運：聽憑命運擺布。尹志平《悟南柯》：「任運安閑，處處是仙鄉。」歡新：結交新友；歡，結交。達生：參透人生而不受世事牽累。李白《行路難》：「君不見吴中張翰稱達生，秋風忽憶江東行。」

〔四〕振衣：抖衣去塵，以示鄭重。白居易《偶作》：「日出起盥櫛，振衣入道場。」

〔五〕亭午：正午。東館：宫廷東側學舍，此泛指學館。《周書》卷四十五《儒林·樊深》：「太祖置學東館，教諸將子弟，以深爲博士。」前榮：住宅前廳堂；榮，屋簷兩端翹起部分。張翥《聽松軒爲丹丘杜高士作》：「長松千樹擁前榮，虚籟還從樹底鳴。」

〔六〕伐木：《詩經》篇章，旨在覓求友生，詳見卷十五《感懷十九首》。分荆：分割荆樹，喻兄弟離散，詳見卷六《送欒宣使還省詩序》。

〔七〕促柱：擰緊弦柱，形容弦樂急促；柱，樂器綰絲之柱。左思《蜀都賦》：「巴姬彈弦，漢女擊節；起西音於促柱，歌江上之飈厲。」絶纓：楚王設宴，有臣子酒醉而調戲美人，美人扯其冠纓，欲楚王罪之，楚王不從而遮焉。劉向《説苑》卷六《復恩》：「楚莊王賜群臣酒，日暮酒酣，燈燭滅，乃有人引美人之衣者，美人援絶其冠纓，告王曰：『今者燭滅，有引妾衣者，妾援得其冠纓持之，趣火來上，視絶纓者。』王曰：『賜人酒，使醉失禮，奈何欲顯婦人之節而辱士乎？』乃命左右曰：『今日與寡人飲，不絶冠纓者不懽。』群臣百有餘人皆絶去其冠纓而上火，卒盡懽而罷。居三年，晉與楚戰，有一臣常在前，五合五奮，首卻敵，卒得勝之。莊王怪而問曰：『寡人德薄，又未嘗異子，子何故出死不疑如是？』對曰：『臣當死，往者醉失禮，王隱忍不加誅也。臣終不敢以蔭蔽之德而不顯報王也，常願肝腦塗地，用頸血湔敵久矣。臣乃夜絶纓者。』遂敗晉軍，楚得以强，此有陰德者必有陽報也。」

〔八〕芝英：靈芝。參見卷八《遊吴山承天觀》。

其二

青春豈長遇？白日不再中〔一〕。得失笑魯竇，存亡悲楚弓〔二〕。宦遊能幾日？干戈已一終。咄兹年歲邁〔三〕，何人心志同？終然蒲葦岸，偶映金碧叢〔四〕。設筵畫堂北，睇雲天漢東〔五〕。舉杯問明月，脱巾御泠風。倡酬歡徹夜，歌嘯聲摩空〔六〕。身世付蠛蠓，榮顧等苓通〔七〕。放浪至天旭，庭燭尚摇紅〔八〕。

【箋注】

〔一〕青春：春天。《楚辭》屈原《大招》：「青春受謝，白日昭止。」杜預《注》：「青，東方春位，其色青也。」中：天空中央。

〔二〕魯竇：魯國寶物。《春秋・定公八年》：「盜竊寶玉、大弓。」杜預《注》：「盜謂陽虎也。家臣賤，名氏不見，故曰盜。寶玉，夏后氏之璜。大弓，封父之繁弱。」《春秋左氏傳·定公九年》：「夏，陽虎歸寶玉、大弓。」陳士珂《孔子家語疏證》卷二《好生第十》：「楚王出遊亡弓，左右請求之。王曰：『止。楚王失弓，楚人得之，又何求之？』孔子聞之曰：『惜乎其不大也，不曰人遺弓，人得之而已，何必楚也？』」

〔三〕邁：流逝。《詩經·唐風·蟋蟀》：「蟋蟀在堂，歲聿其逝。今我不樂，日月其邁。」朱熹《詩集傳》：「逝、邁，皆去也。」

〔四〕終然：長久貌；終，久。《詩經·周頌·振鷺》：「以永終譽。」陳奐《傳疏》：「永、終，皆長也。」蒲葦：香蒲和蘆葦。陸游《家居》：「蒲葦村深地，風霜歲晚天。」金碧：金碧輝煌之大廈華屋。

〔五〕畫堂：富貴人家華麗房舍。天漢：天河，銀河。張籍《秋夜長》：「秋天如水夜未央，天漢東西月色光。」

〔六〕倡酬：吟詩填詞互相酬答。范成大《再次韻呈宗偉温伯》：「倡酬猥及我，雙松壓孤柳。」摩空：迫近蒼天。曹植《野田黃雀行》：「飛飛摩蒼天，來下謝少年。」

〔七〕蠛蠓：小蟲名。榮願：宏願，最大願望。苓通：豬屎與馬糞，比喻渺小卑賤。王安石《登小茅峰》：「物外真游來几席，人間榮願付苓通。」

〔八〕周邦彥《燭影摇紅》：「燭影摇紅，夜闌飲散春宵短。」

其三

句章古名郡，遊子號鱗襲〔一〕。惟今有兩士，絶世而敻立〔二〕。儒宫鼓篋遊，軍門排闥入〔三〕。開囊但觚翰，持橐盡詩什〔四〕。避時車已捨，登途屨仍輯〔五〕。丹心豈徒秉？苦節諒難及〔六〕。亦有牆東客，時同話憂悒〔七〕。

【箋注】

〔一〕句章：或稱寧波，常指慈溪。《嘉靖寧波府志》卷一下《沿革》：「漢承秦舊，鄞、句章、鄮列見於班志。鄞，今奉化是；鄮，今鄞是；句章在慈溪城山渡，後徙句章鄉小溪鎮。俱有舊地存焉。」鱗襲：像魚鱗般重疊，形容繁盛衆多；襲，重疊累積。《漢書》卷九十七下《孝成許皇后》：「災變相襲。」顔師古《注》：「襲，重累也。」《漢書》卷四十五《蒯通》：「天下之士雲合霧集，魚鱗雜襲，飄至風起。」顔師古《注》：「雜襲，猶雜沓，言相雜而累積。」

〔二〕敻立：特立。范成大《蜀州西湖》：「湖陰玉嬋娟，敻立紅妝外。」

〔三〕鼓篋：擊鼓開篋，古時入學儀式。《禮記·學記》：「入學鼓篋，孫其業也。」鄭玄《注》：「鼓篋，擊鼓警衆，乃發篋出所治經業也。」

〔四〕觚翰：紙筆。胡翰《擬古》：「窮年事觚翰，駕言遠遊遨。」

〔五〕王安石《桃源行》：「避時不獨商山翁，亦有桃源種桃者。」輯：修補。《漢書》卷六十七《朱雲》：「勿易，因而輯之，以旌直臣。」

〔六〕胡皓《和宋之問寒食題臨江驛》：「丹心終不改，白髮爲誰新？」苦節：在困境中堅守氣節。陸游《漣漪亭賞梅》：「苦節雪中逢漢使，高標澤畔見湘累。」

〔七〕牆東客：東漢隱士王君公，時人稱爲牆東王君公。《後漢書》卷八十三《逸民列傳·逢萌》：「初，萌與同郡徐房，平原李子雲、王君公相友善，并曉陰陽，懷德穢行。房與子雲養徒各千人。君公遭亂獨不去，儈牛自隱，時人謂之論曰：『避世牆東王君公。』」

其四

居人懽未畢，行客舟已理。晤對豈無人？眷戀在之子〔一〕。洒洒清風生，英英白雲起〔二〕。喜消飛珮初，愁纏分袂始〔三〕。君情江上波，我心井中水〔四〕。去住不獲偕〔五〕，感歎何時已！

【箋注】

〔一〕元好問《寄贈龐漢》：「之子貧居久，詩文日有功。」

〔二〕洒洒：寒慄貌。《素問・診要經終論》：「秋刺冬分病不已，令人洒洒時寒。」

〔三〕飛珮：征夫起程；珮，古代結於衣帶之飾物；珮，同「佩」。李昴英《水調歌頭》：「穩駕大鵬八極，叱起仙羊五石，飛佩過丹丘。」分袂：分别；袂，衣袖。李山甫《别楊秀才》：「如何又分袂？難話别離情。」

〔四〕孟郊《烈女操》：「波瀾誓不起，妾心古井水。」

〔五〕白居易《别舍弟後月夜》：「悄悄初别夜，去住兩盤桓。行子孤燈店，居人明月軒。」

其五

負痾乖飲餞，神往形獨留〔一〕。已悲陰漠漠，復感風颼颼〔二〕。游魚樂同逝，鳴鳥悦相酬。心交忽已遠，志合更誰求〔三〕？酒甕漉初熟，蔬畦摘新柔。座有古毛義，寺逢今貫休〔四〕。以之宴河曲，相從賦刀頭〔五〕。佳會顧愆期，愁鬢已先秋〔六〕。誰能久寂寞？指景逐行舟〔七〕。

【箋注】

〔一〕黄幹《紹熙庚戌十月偕趙仲宗舜和潘謙之曾魯仲遊九峰芙蓉壽山紀行十首・道間觀瀑

布》：「可望不可親，神往形獨留。」

〔二〕漠漠：密布，廣布。許渾《送薛秀才南游》：「繞壁舊詩塵漠漠，對窗寒竹雨瀟瀟。」

〔三〕心交：知心朋友。張九齡《敘懷二首》：「志合豈兄弟？道行無賤貧。」

〔四〕毛義：東漢賢士，母在，出仕以慰母；母亡，隱逸以潔身。詳見卷二《送人歸姑熟》。貫休：唐末五代高僧，浙江蘭溪人。《嘉慶蘭溪縣志》卷十三下《仙釋・貫休》：「字德隱，姓姜氏，太平鄉登高里人。唐大中七年詣邑之和安寺，從圓真禪師出家，日誦《法華經》一千字，耳所暫聞，不忘於心。受具之後，往洪州傳《法華經》《起信論》，皆精奥義。蔣瓌開洗懺戒壇，命休爲監壇。乾寧中謁吴越武肅王，獻詩云『滿堂花醉三千客，一劍霜寒十四州』，武肅命改爲『四十州』，乃可相見。休曰：『州亦難添，詩亦難改。閑雲孤鶴，何不可飛？』遂遊荆南，與吴融反復酬答，心相得也。天福二年入蜀，獻詩云『一瓶一鉢垂垂老，千水千山得得來』，呼爲得得和尚。蜀主俾尸東禪院，錫號禪月大師。苦節峻行，善草書，工詩歌，著《西岳集》二十餘卷。弟子曇域增衍之，改稱《禪月集》。其後示寂，蜀主即冢上建塔，名以白蓮，知制誥龐延翰爲之銘。」

〔五〕刀頭：刀頭有環，「環」與「還」同音，古人因以爲還鄉隱語。《漢書》卷五十四《李廣蘇建傳》：「立政等至，單于置酒賜漢使者，李陵、衛律皆侍坐。立政等見陵，未得私語，即目視陵，而數數自循其刀環，握其足，陰諭之，言可還歸漢也。」

〔六〕愆期：失期。《詩經·衛風·氓》：「匪我愆期，子無良媒。」

〔七〕指景：手指太陽，參見卷八《抵富陽宿縣治作》。

九月八日閑居無事因誦淵明秋菊滿園持醪靡由之語慨歎久之忽雲莊提學攜酒見過遂歡然共醉

運行儵飄忽，逝水縱虛舟〔一〕。朱夏始徂暑，素節已深秋〔二〕。天高涼風冽，露凝寒氣浮。歸燕别春巢，來鴻鳴曉樓〔三〕。菊可壽衰質，酒能消隱憂。顧兹孤蹇迹，孰慰年歲流〔四〕？知心有好友，攜酒訪窮愁。摘芳相映媚，引滿同獻酬〔五〕。一酌情已遠，重觴興彌幽。插花我放曠，持爵子夷猶〔六〕。寥寥汝陽飲〔七〕，邈邈龍山遊〔八〕。吾今思已高，何用登崇丘？

【題解】

《陶淵明集箋注》卷二《九日閑居一首并序》：「余閑居，愛重九之名。秋菊盈園，而持醪靡由，空服其華，寄懷於言。」

雲莊提學，台州毛南翰，詳見卷十五《次韻答毛彝仲提學》。

【箋注】

〔一〕運行：日月循環運轉。《易·繫辭上》：「日月運行，一寒一暑。」儵：通「倏」，迅疾。《廣雅·釋詁一》：「儵，疾也。」飄忽：輕快，迅疾。蘇軾《辛丑十一月十九日馬上賦詩》：「亦知人生要有別，但恐歲月去飄忽。」縱：聽憑。虛舟：無人駕馭之船。劉安《淮南子·詮言》：「方船濟乎江，有虛舟從一方來，觸而覆之，雖有忮心，必無怨色。」

〔二〕朱夏：夏季。《爾雅·釋天》：「夏爲朱明。」曹植《槐賦》：「在季春以初茂，踐朱夏而乃繁。」徂暑：農曆六月盛夏。《詩經·小雅·四月》：「四月維夏，六月徂暑。」鄭玄《箋》：「徂，猶始也，四月立夏矣，而六月乃始盛暑。」素節：秋季。張協《雜詩十首》：「金風扇素節，丹霞啓陰期。」

〔三〕李商隱《風》：「迴拂來鴻急，斜催別燕高。」

〔四〕孤蹇：孤寂困苦；蹇，屯蹇。《易·蹇》：「象曰：蹇，難也，險在前也。」

〔五〕映媚：映襯生姿。鍾嶸《詩品》卷中：「丘詩點綴映媚，似落花依草。」獻酬：主客互相敬酒。陶潛《遊斜川》：「提壺接賓侶，引滿更獻酬。」

〔六〕夷猶：從容自在貌。張耒《泊長平晚望》：「川穩夷猶棹，春歸杳靄天。」

〔七〕寥寥：闊大恢弘貌。《魏書》卷九十一《術藝·張淵》：「恢恢太虛，寥寥帝庭。」汝陽：唐汝陽郡王李璡，風雅嗜酒，遠韻高格。仇兆鼇《杜詩詳注》卷二《飲中八仙歌》：「汝陽三斗始朝天，道逢麯車口流涎，恨不移封向酒泉。」《注》：「三斗朝天，醉後入朝也。見麯流涎、欲向酒泉，甚言汝陽之好酒。《舊書》：『讓皇帝長子璡封汝陽郡王，與賀知章、褚庭誨爲詩酒之交。』」

〔八〕邈邈：遥遠蒼茫貌。龍山遊：東晉桓温重陽設宴龍山，孟嘉、孫盛等名流畢集暢飲，後遂稱重陽雅集爲龍山會。《晉書》卷九十八《孟嘉》：「九月九日，温燕龍山，寮佐畢集。時佐吏并著戎服，有風至，吹嘉帽墮落，嘉不之覺。温使左右勿言，欲觀其舉止。嘉良久如廁，温令取還之，命孫盛作文嘲嘉，著嘉坐處。嘉還，見即答之，其文甚美，四坐嗟歎。」朱灣《九日登青山》：「想見龍山會，良辰亦似今。」

芳橋宴集分韻得兩字

昔思整去裝，今願憩徂兩〔一〕。顧兹世路艱，愈歎日車往。達人豁繁憂，美景恣歡賞〔二〕。座有朋簪合，庭多賓珮響〔三〕。摘萸新貯囊，采菊細擎掌。時物已内酬，客心仍外獎〔四〕。信美終異鄉，雖樂非故黨〔五〕。何時息風波，一葦泛河廣〔六〕？

【題解】

芳橋，常稱桂芳橋，在寧波南門日湖上。《鮚埼亭集外編》卷四十七《答厲樊榭宋詩人問目》：「疏寮乃憲敏少師之從孫、翰林學士文虎之子，居甬上，晚年始遷姚江，而諸弟如尚書衡孫仍居甬上。至今甬上之南湖，有長春院、桂芳橋，皆高氏物也。」南湖，常稱日湖。《鮚埼亭集外編》卷四十七《奉答萬九沙編修寧志糾繆雜目·南湖西湖小湖異同》：「城中雙湖，其始但稱南湖，錢公輔《衆樂亭序》可考也。其後乃有西湖之名，而割長春門右一帶爲南湖。因以西湖爲月湖，南湖爲日湖矣。」《陶庵夢憶·日月湖》：「寧波府城内，近南門有日月湖。日湖圓，略小，故日之；月湖長，方廣，故月之。二湖連絡如環，中亘一堤，小橋紐之。」

【箋注】

〔一〕憩徂：止息或離去；徂，往。

〔二〕豁：消除。《世説新語·雅量》：「於是豁情散哀，顔色自若。」

〔三〕朋簪：朋友。《易·豫》：「由豫，大有得，勿疑朋盍簪。」孔穎達《疏》：「盍，合也；簪，疾也。若能不疑於物，以信待之，則衆陰群朋合聚而疾來也。」後遂以朋簪稱朋友。

〔四〕時物：應時景物。白居易《春暮寄元九》：「時物又若此，道情復何如？」獎：促成，形成。《左傳·定公四年》：「以獎天衷。」杜預《注》：「獎，成也。」

〔五〕陸游《春晚》：「山川信美故鄉遠，天地無情雙鬢秋。」蘇轍《送蘇公佐修撰知梓州》：「去國身雖樂，憂時論獨堅。」

〔六〕風波：糾紛患難。《詩經·衛風·河廣》：「誰謂河廣？一葦杭之。」

題蘭芳齋

靄靄高齋暮，浮游此空林〔一〕。不遣蘭爲友，孰可與同心？緑豔媲秋色，紫葩摇夕陰〔二〕。芳意徒自負，幽期竟誰尋〔三〕。以之念身世，三歎援孤琴。猗猗不成操，豈爲無知音〔四〕？

【題解】

蘭芳齋，疑詩人漂泊明越時居室。

【箋注】

〔一〕靄靄：雲霧繁盛貌。張祜《夜雨》：「靄靄雲四黑，秋林響空堂。」陸游《東屯高齋記》：「少陵先生晚遊夔州，愛其山川不忍去，三徙居皆名高齋。質於其詩，曰『次水門』者，白帝城之高齋也；曰『依藥餌』者，瀼西之高齋也；曰『見一川』者，東屯之高齋也。故其詩又曰『高齋非一處』。」浮游：漫游。

〔二〕李白《古詩五十九首·孤蘭生幽園》：「飛霜早淅瀝，緑豔恐休歇。」

〔三〕芳意：美好情懷。陳子昂《感遇》：「歲華盡摇落，芳意竟何成？」負：倚仗。幽期：秘密約定。謝靈運《富春渚》：「平生協幽期，淪躓困微弱。」吕延濟《注》：「往時已有幽隱之期，但以沈頓，困於微弱，常不能就。」

〔四〕猗猗：音響裊裊不絶。嵇康《琴賦》：「微風餘音，靡靡猗猗。」操：樂曲。陸機《演連珠》：「操終則絶。」吕延濟《注》：「操，曲也。」

東山宴集分韻得月字

良儔會遥途，芳醑宴華月〔一〕。繁思靄玄夜，浩歌振清樾〔二〕。暫合樂易窮，念離憂難歇〔三〕。綿綿道路艱，冉冉歲月忽〔四〕。後兹胥會時〔五〕，知添幾霜髮。

【題解】

東山，慈溪有三焉，此在縣西五里舊名朱村者，亦見卷二十一《東山賞梅詩序》。

《光緒慈溪縣志》卷六《輿地一·山·東山》：「縣東一里。按東山有三：塔山，俗呼爲東山，一也；縣西朱村隩，亦曰東山，二也；與此山而三。」

《光緒慈溪縣志》卷六《輿地一·山·東山》：「縣西五里，其地舊名朱村。宋元時梅花最盛，粲粲夾徑路。里人沈師程置酒花下，邀桂彦良、王彦貞、龍子高、劉庸道、戴九靈諸君子賞焉。即席賦詩，各成古律一首，九靈爲之序。宋楊簡《東山賦》：『吾之日用何如哉？如東山之曉色，蒼茫無際，不可攬取，其間雲氣隱見，陽輝粲發，霞舒金錦，愈變而愈奇，雲拖玉龍，出没夭矯於萬峰群翠之間，可觀可駭，而須臾忽化，千態萬狀，莫繪莫畫。又如江上之秋光，清空爽明，若近也而不可執，若遠也而不可追而及，清露濡之，霜月炯之，而無所損無所益。又如松間之溪聲，玲玲其鳴，其音甚清，的然可以聽而聞，而不得夫音之形。又如巖前之月明，其潔如玉，其流光凝止，若可以斂而掬，入松爲松，入竹爲竹，隨物賦形，而終不得其機軸。此豈吾之所私有，獨妙獨化，他人不得而與哉？舉遐邇，通萬古，夫孰者之不然？惟昏明之不齊，是非之迭出，所以有知有不知，有協於極於不極。粒我烝民，莫非爾極。孰謂吾日用而非極乎？孰謂吾日用而可以知可以識乎？孔子曰：哀樂相生，正明目而視之，不可得而見也；傾耳而聽之，不可得而聞也。孰謂吾日用而可以見而可以聞乎？偶書如右，他日名之曰《東山賦》。或疑當名《日用賦》，應之曰：如此問，不惟不識東山，亦不識日用。慶元丙辰仲秋書於石魚竹房。』」

【箋注】

〔一〕芳醑：美酒。華月：皎潔明月。杜甫《夏夜歎》：「昊天出華月，茂林延疏光。」

〔二〕繁思：紛繁思緒。劉基《短歌行》：「列星滿天河漢横，繁思攢心劇五兵。」靄：遮蔽。李賀《出城别張又新酬李漢》：「光明靄不發。」王琦《注》：「靄，本訓雲集。雲集則天光爲之掩蔽，故於此作掩蔽解也。」玄夜：黑夜。劉基《秋懷》詩之五：「白日易徂，玄夜何長！」

〔三〕謝惠連《西陵遇風獻康樂》：「趣途遠有期，念離情無歇。」

〔四〕綿綿：連綿不絶。戴叔倫《巫山高》：「故鄉回首思綿綿，側身天地心茫然。」冉冉：漸進貌。吴質《答魏太子箋》：「日月冉冉，歲不我與。」忽：無影無蹤。《淮南子·原道訓》：「忽兮怳兮。」高誘《注》：「忽、怳，無形貌也。」

〔五〕胥會：相會；胥，互相。張鎡《又呈坐客》：「天假南湖一段奇，賓朋胥會只論詩。」

遊龍山

昔聞龍石名，今覓龍山路〔一〕。泛江循近洲，即陸入遥樹。離離列彩巖，泫泫濯甘露〔二〕。欻見雨徵峰，高出雲飛處。好山殊未歷，遊子已多趣。尋幽雖欲行，愛境不能去。庶憑物外蹤，稍息塵中慮〔三〕。佛廬既崇曠，雲閣復高據〔四〕。登臨當雨餘，眺望屬秋暮。意同疏木寒，興逐驚烏翥。蒼蒼暝色起，杳杳晚鍾度〔五〕。耽玩樂地幽，趨事嫌迹遽〔六〕。爲謝林下人，行當重遊寓〔七〕。

【題解】

龍山，慈溪名山，或稱雨徵，亦言雨微，永樂寺與甘露寺在焉，詳見卷二十九《龍山古迹記後題》，參看本卷《永樂寺觀先師柳公三大篆及諸石刻泫然賦此》、卷十七《同淬用剛登甘露寺》《出遊聯句》。

《光緒慈溪縣志》卷六《輿地一・山・雨微山》：「縣西五十里，舊名龍山。一名雨徵，山上有雲氣即雨，邑人以此爲徵，故名。宋避諱，改徵爲微。有彩巖，僧宗一碑上詩所謂『共作雨徵千古事，與君銘記彩巖前』是也。」

《光緒鎮海縣志》卷六《山川上・伏龍山》誤引此詩，慈溪龍山與定海伏龍山相距甚遠，一在慈溪西五十里，一在定海西北八十里。

【箋注】

〔一〕《雍正慈溪縣志》卷十四柳貫《上福龍山古迹記》：「昔唐國一禪師弟子慧湯受記於其師曰：『逢龍即止，落石即歸。』洎遊方至是，知爲龍山，愛其深敻，而即止焉。」

〔二〕離離：繁密貌。曹操《塘上行》：「蒲生我池中，其葉何離離。」泫泫：水珠下垂貌。明許繼《夜坐》：「蕭蕭林樾風，泫泫幽篁露。」

〔三〕李嶠《夏晚九成宫呈同僚》：「暫悦丘中賞，還希物外蹤。」孟浩然《經七里灘》：「揮手弄潺湲，從兹洗塵慮。」

〔四〕韋應物《莊嚴精舍遊集》：「精舍何崇曠，煩跼一弘舒。」雲閣：高聳入雲之樓閣。據：處。《戰國策·齊策三》：「猿獮猴錯木據水，則不若魚鱉。」

〔五〕蒼蒼：青黑色。《御選明詩》卷五十九張九一《夏夜漫興》：「暝色蒼蒼至，琴書燕坐幽。」杳杳：深遠渺茫貌。劉長卿《送靈澈上人》：「蒼蒼竹林寺，杳杳鐘聲晚。」

〔六〕耽玩：玩賞。樓鑰《宿育王山涵秋》：「我亦暫來專一壑，倚欄耽玩不知休。」趨事：處理事務。

〔七〕行當：將要。遊寓：遊歷寄居。韋應物《遊龍門香山泉》：「還當候圓月，攜手重遊寓。」

遊清泉寺

路繞蒼松迴，寺俯清泉幽。況復得佳友，來遊當杪秋〔一〕。情隨水聲遠，興挾山光浮。兩澗涉遊足，雙峰睇吟眸〔二〕。陸尋虞監宅〔三〕，林訪袁家丘〔四〕。徘徊念疇昔，感歎罷冥搜〔五〕。古今如大夢，身世一浮漚〔六〕。不悟無生樂，終纏有漏憂〔七〕。

晤言資道侣，冥理契緇流〔八〕。咄嗟已成累，竟動故園愁〔九〕。

【題解】

清泉寺，一曰定水禪寺，一曰教忠報德禪寺，詳見卷十五《遊定水》。

【箋注】

〔一〕杪秋：秋末。劉基《九日舟行至桐廬》：「杪秋天氣佳，九日更可喜。」

〔二〕雙峰：山名，清泉寺坐落於雙峰山麓。《光緒慈溪縣志》卷六《輿地一·山·雙峰山》：「縣西北四十里，兩峰秀特對峙。明桂彦良《雙峰山》詩：『下車晨過杜湖嶺，喜見壁立之雙峰。十里松風奏《韶護》，一溪秋水潛蛟龍。仙禽古樹集梵刹，細草幽花迎竹筇。齋餘宴坐山閣静，夜深隔屋聞疏鐘。』」釋來復《澹遊集》卷上釋懷渭《奉題定水見心和尚天香室》：「雙峰雙桂樹，歲歲發天香。繁花清露重，密葉緑雲涼。月滿緇經座，風生步屧廊。唯應黄太史，時來對石床。」吟眸：詩人眼眸。范康《竹葉舟》第一折：「暇日相攜登眺，憑高處共豁吟眸。」

〔三〕虞監：唐初秘書監虞世南，秉性沉静寡欲，與兄世基同遊顧野王門下，十餘年精思不懈，至累旬不盥櫛。唐太宗稱虞世南有五絶：一曰德行，二曰忠直，三曰博學，四曰文詞，五曰書翰，參見《新唐書》卷一百二《虞世南》。世傳清泉寺爲虞世南故宅，詳見本卷《遊定水》。

〔四〕袁家丘：袁家墳墓；南宋袁韶請額於朝，改定水禪寺爲教忠報德禪寺，袁韶卒，遂瘗雙峰山麓。袁韶，南宋淳熙間進士，知桐廬縣，免百姓輸石之苦；官臨安府尹，政令簡約，路不拾遺。入朝參政，耿介有操守。參見《宋史》卷四百一十五《袁韶》。《嘉靖寧波府志》卷十七《冢墓・慈溪》：「越國公袁韶墓，在縣西北五十七里，杜湖山雙峰之麓。」袁桷《清容居士集》卷九《髫齡侍諸父拜雙峰祠堂未嘗敢有題詠二十年來接武於玉堂瀛州霜露之思缺然有靦近聞平石長老興廢補仆光紹前聞遂述舊懷爲六詩且申歎仰》其四：「陰陰虞監宅，鬱鬱越公祠。掬水不入獻，布金猶受疑。流年翁仲守，往事苾蒭知。（間）〔澗〕水交流處，曾傳玉帶垂。」

〔五〕冥搜：搜尋幽遠風色。葉夢得《鵝湖山》：「陳迹記往昔，登臨縱冥搜。」

〔六〕浮漚：水上泡沫。李白《春日醉起言志》：「處世若大夢，胡爲勞其生？」范成大《石湖中秋二十韻感今懷舊而作》：「水天雙對鏡，身世一浮漚。」

〔七〕無生：與下文「有漏」，皆佛家語，參見卷十五《遊香山》。

〔八〕道侶：釋家或道家朋友。錢起《夕遊覆釜山道士觀因登玄元廟》：「孤煙出深谷，道侶正焚香。」冥理：深沉道理；冥，深遠。揚雄《太玄・達》：「中冥獨達。」范望《注》：「心深稱冥。」

緇流：僧徒。

〔九〕累：累贅禍患。釋澹歸《偏行堂集》卷八《題孟昉扇》：「世間有世間累，出世間有出世間累。」

永樂寺觀先師柳公三大篆及諸石刻泫然賦此

舍舟遵微行，振衣遊浄域〔一〕。誰知登眺初，已動存殁憶〔二〕？大篆揭巍堂，古句刻貞石〔三〕。辭翰固留今，身世悉成昔〔四〕。筠緑雨新霽，山寒窗易夕〔五〕。方懷露電悲，何有林泉適〔六〕？出睹階上苔，一是舊行迹〔七〕。我心如磵水，欲流翻震激〔八〕。

【題解】

永樂寺，慈溪叢林，參見卷十七《晚至永樂》《題永樂寺水竹居》、卷二十八《歸庵記》、卷二十九《龍山古迹記後題》《跋袁學士詩後》。

《光緒慈溪縣志》卷四十二《舊迹二・寺觀下・永樂寺》：「縣西六十里。宋淳祐間僧志先建，名報慈庵。景定三年請額永樂，改爲寺……國朝黄宗羲《永樂寺碑記》：『去余居六七里而近，有龍山永樂寺，大江横其東，蜀山峙其右，乃易之所謂『姚江東去蜀山青』之地也。蜀山者，陸放翁《入蜀記》云『興國軍富池有小石山，自頂直削去半，與餘姚江濱之蜀山絶相類者』即此，幽潛奇特，爲山水勝處。淳祐間，鐵崖禪師志先與其徒士懷、寶潛建報慈庵。景定請於朝，賜名永樂寺。卒，皆塔於寺之東偏。後四年，曾孫時敏、景星、藴玉復畢所未備。鐵崖與丞相史嵩之友，時敏嗣法佛鑑範，一時飽參久證咸來依止。咸淳七年八月庚寅，立碑於寺。傳至正宗匡，當元至元己卯。正宗能文好客，建水竹居，日吟詠其中。初，正宗主龍興之上藍，金華柳道傳提舉江西儒學，暇日過從甚相好也。後二三年，道傳受代還里，而正宗亦謝事歸龍山。道傳自金華扁舟訪之，宿留是山幾一載，相對賦詩，其見集中者古詩二，律詩五七言各一。其律詩『連延黄竹浦，隱見白龍堆』，指余所居之地名也。詩皆刻石，篆三大字於堂，臨別著《龍山古迹記》一卷。道傳之門人戴九靈，避地慈溪之花嶼、鳳湖。其於寺棲止尤數，而詩亦最多，懷舊維故，句甚悲涼。正宗再傳爲天寧禪師仲猷闡。明太祖以高行僧召至南京，尋奉旨使日本。畢事歸奉詔，許歸隱山中。當其使日本也，太祖及宋景濂皆有詩送之。仲猷建歸庵於寺左，蓋以得歸爲幸；仲猷善鼓琴，又建二蘭齋。其記之者即九靈也。洪武乙卯，滑伯仁、宋無逸登其山巔，滑詩有『登臨重九日，感慨百年心』之句……天地間清淑之氣，山水文章交光互映，雪泥鴻爪不與劫灰俱盡耳。今德聚莊嚴名勝，且欲考水竹居、二蘭齋、歸庵，一一復其故處，亦可謂之不俗矣。顧德聚尚以參學未究爲歉，余以爲使德聚而盡參學之願，不過一杖一拂。夫一杖一拂之與一椽一瓦，皆非佛法。誠能護持名迹，焉知不有如正宗、仲猷其人者將來似續於此乎？余每過寺，念泰定間先州判茂卿先生於此置田講學，徘徊久之。』」

戴九靈嘗寓居永樂寺，扁曰九靈山房，以之排遣濃郁鄉愁。《光緒慈溪縣志》卷四十三《舊迹三·居址上·九靈山房》：「龍山永樂寺中，戴良嘗寓此……按戴良居浦江之九靈山下，因名其居曰九靈山房，自號九靈山人。而《談助》乃以龍山永樂寺寓室當之。《溪上遺聞録》謂永樂寺中九靈所居爲二蘭軒，無所謂九靈山房。但據戴殿海撰《九靈年譜》云：『洪武十一年，先生六十二歲。宦遊四方，嘗作《九靈山圖》，攜以自隨，至張之壁間，或即名其所寓之室。』今以永樂寺中有九靈山房者，或九靈因圖以名其寓室，不必泥以爲浦江也。」

先師柳公，元儒林四傑柳貫，詳見卷四《浦陽五賢贊并序》。

【箋注】

〔一〕微行：小路。《詩經·豳風·七月》：「女執懿筐，遵彼微行，爰求柔桑。」毛《傳》：「微行，牆下徑也。」

〔二〕存殁：生者和死者。韋應物《東林精舍見故殿中鄭侍御題詩追舊書情涕泗横集因寄呈閻澧州馮少府》：「方嬰存殁感，豈暇林泉適？」

〔三〕揭：高懸。《廣雅·釋詁一》：「揭，舉也。」王念孫《疏證》：「凡物之上舉者皆謂之揭。」

〔四〕黄庚《暮春》：「百年身世成何事？回首西山又落暉。」

〔五〕易：快速，疾速。《經義述聞》卷十九：「今案，『易之亡也』四字作一句讀。易者，疾也，速也。」

〔六〕露電：比喻人生短暫無常。陸游《憶昔》：「此身露電那堪説，也復燈前默愴神。」

〔七〕韋應物《過昭國里故第》：「永絶攜手歡，空存舊行迹。」

〔八〕翻：反而。震激：震蕩騰湧。蘇舜欽《上仁宗乞録用劉平石子弟》：「烈士義夫，聞之震激，人人思爲陛下用也。」

自定水回舟漏幾溺

清遊夙所嗜〔一〕，投老興未已。一朝得良儔，投袂爲之起〔二〕。龍山屐既躡，藍水舟亦艤〔三〕。復訪清泉境，三宿石林趾〔四〕。葉氏好弟兄，堅留酣酒醴〔五〕。屢辭不聽去，維縶久乃弛〔六〕。遂乘一敗艇，夜泝潮江水。中流遭墊溺，指顧有死生〔七〕。既類投湘屈〔八〕，復近捉月李〔九〕。雲莊得神助〔一〇〕，躍出洪波裏。長呼施援手，臂與老猿似〔一一〕。唐生脱靴襪，投棄如敝屣。亂江上崩岸，赤①腳不顧禮〔一二〕。空津稍駢集，隙地僅盈咫〔一三〕。前江後畎澮，擬步輒傾圮〔一四〕。既爲屈蠖蹲，復作拳鷺跱〔一五〕。頃之雲益黑，四顧無托止。復賴雲莊仙，指揮命舟子。竟將補天術〔一六〕，塞卻漏船底。仍逆衝波急，直榜慈溪涘〔一七〕。已瞻舊館近，舍舟同步履。叩門訴館人〔一八〕，慰藉雜悲喜。咄茲六尺軀，忽忽當暮齒〔一九〕。危途冒險難，到今知有幾？君子處斯世，真與此舟比〔二〇〕。傾覆乃其宜，得濟誠幸爾〔二一〕。因歌戒溺篇，持用謝知己〔二二〕。

【題解】

定水，慈溪定水禪寺，詳見本卷《遊定水》。戴九靈流落四明時，嘗攜毛翰、沈源及弟子唐轅共遊慈溪西部山水，參看本書卷十七《出遊聯句》。

【校勘】

① 赤：底本作「亦」，據乾隆本改。

【箋注】

〔一〕清遊：清雅遊賞。范成大《送汪仲嘉侍郎使虜》：「清遊不可遲，日日艤船待。」

〔二〕投袂：甩袖，形容激動奮發。《左傳·宣公十四年》：「楚子聞之，投袂而起。」

〔三〕龍山：慈溪山名，詳見本卷《遊龍山》。藍水：通稱藍溪，慈溪縣溪流。《嘉靖寧波府志》卷六《慈溪·川·藍溪》：「縣南六十里，源自龔村，會大闌山三十六嶴之水，西北會餘姚楊溪，注於江，夾岸藤蘿掩映，色深可染。」

〔四〕清泉：慈溪寺院，詳見本卷《遊清泉寺》。石林：疑即慈溪西部葉家大山。《光緒慈溪縣志》卷六《山·葉家大山》：「縣西四十里，舊爲葉氏業，故名。形勢高大，有馬鼻巖、七塊石、玉匣潭等勝景。」趾：山腳。

〔五〕葉氏：指葉仲容昆弟，見本卷《遊山至葉仲容家飲散因爲醉歌》。酒醴：泛指各種酒；醴，甜酒。陸游《與村鄰聚飲》：「俗似山川古，人如酒醴醇。」

〔六〕維縶：挽留。陸游《哭杜府君》：「豈無知之者？相視莫維縶。」

〔七〕墊溺：沉溺，淹没，同義複詞。白居易《自蜀江至洞庭湖口有感而作》：「千年不壅潰，萬姓無墊溺。」指顧：手指目視。陸龜蒙《奉和襲美太湖詩二十首》：「才迎沙嶼好，指顧俄已失。」死生：死亡，偏義複詞；生，襯字，無義。

〔八〕屈：屈原。《史記》卷八十四《屈原賈生列傳》：「於是懷石，遂自沈汨羅以死。」文天祥《端午》：「田文當日生，屈原當日死。生爲薛城君，死作汨羅鬼。」

〔九〕辛文房《唐才子傳》卷二《李白》：「晚節好黄老，度牛渚磯，乘醉捉月，遂沉水中。」文天祥《采石》：「欲從謫仙捉月去，安得然犀照神物？」《容齋隨筆》卷三《李太白》：「世俗多言李太白在當塗采石，因醉泛舟於江，見月影俯而取之，遂溺死，故其地有捉月臺。予按李陽冰作太白《草堂集序》云：『陽冰試弦歌於當塗。公疾亟，草稿萬卷，手集未修，枕上授簡，俾爲序。』又李華作《太白墓誌》亦云：『賦《臨終歌》而卒。』乃知俗傳良不足信，蓋與謂杜子美因食白酒牛炙而死者同也。」

〔一〇〕雲莊：台州黄巖毛南翰，詳見卷十五《次韻答毛彝仲提學》。

〔一一〕杜審言《南海亂石山作》：「萬尋掛鶴巢，千丈垂猿臂。」高啓《效唐人贈邊將》：「射虜誇猿臂，封侯賭馬蹄。」

〔一二〕亂江：洶湧奔騰之江流。王安石《憶昨詩示諸外弟》：「暮春三月亂江水，勁櫓健帆如轉機。」

〔一三〕津：崖岸。《吕氏春秋·求人》：「禹東至榑木之地，日出九津。」高誘《注》：「津，崖也。」駢集：湊集。

〔一四〕畎澮：田中水溝，泛指溪流溝渠。《漢書》卷七十五《李尋》：「今汝潁畎澮皆川水漂踴，與雨水并爲民害。」顔師古《注》：「畎澮，小流也。」

〔一五〕楊時《送嚴尉》：「勿云功未酬，屈蠖終當伸。」拳：屈曲。宋舒岳祥《大横屏》：「拳鷺失巢無倚著，卻隨蓬背下江灣。」

〔一六〕補天：女媧煉石補天，泛指經天緯地扭轉乾坤。黄庭堅《和邢惇夫秋懷》：「許國輸九死，補天煉五色。」

〔一七〕衝波：洶湧奔騰之波浪。劉基《寄江西黄伯善兄弟》：「我思美人，乃在洞庭之陽，彭蠡之陰，衝波亘天三百里，離恨比之應更深。」

〔一八〕館人：客舍經營者。楊萬里《午憩堆錢嶺》：「館人只冷眼，還爲惜奔馳。」

〔一九〕忽忽：倏忽迅疾貌。王安石《驊騮》：「怒行追疾風，忽忽跨九州。」

〔二〇〕比：并列，類似。

〔二一〕宜：理所應當。《淮南鴻烈解》卷九《主術訓》：「皆失其宜矣。」高誘《注》：「宜，適也。」得濟：安穩渡水。王昌齡《沙苑南渡頭》：「孤舟未得濟，入夢在何年？」

〔三〕謝：告知。《樂府詩集》卷二十八《相和歌辭三·陌上桑三解》：「使君謝羅敷，寧可共載不？」

書畫舫宴集分韻得澹字

平生學已誤，末暮道逾貶〔一〕。久酣世味醲，益羨朋交淡①〔二〕。座既接簪纓，享復與昌歜〔三〕。偶會情即親，未識氣已感〔四〕。驚鱗樂連藻，倦翮媚叢菼〔五〕。既忝末席歡，不飲吾何敢！

【題解】

書畫舫，元四明賢士羅彥直室廬。己酉十月，戴九靈與諸名流會聚書畫舫，以「雲淡風輕近午天，傍花隨柳過前川」爲韻賦詩，詳見卷二十一《書畫舫讌集詩序》。

【校勘】

① 淡：乾隆本作「澹」。

【箋注】

〔一〕逾：更加。貶：降低。《廣雅·釋詁二》：「貶，減也。」

〔二〕酣：沉湎。段玉裁《説文解字注》卷十四《酉部·酣》：「引申爲凡飽足之稱。」醲：濃厚。

〔三〕簪纓：士大夫冠飾，代士大夫。昌歜：或曰菖蒲菹，用蒲根所腌食品，傳説周文王嗜昌歜，孔子愛屋及烏，取而食之。《抱朴子内篇》卷三《辯問第十二》：「人口無不悦甘，而周文嗜不美之菹，不以易大牢之滋味。」《吕氏春秋》卷十四《孝行覽第二·遇合》：「若人之於滋味，無不説甘脆，而甘脆未必受也。文王嗜菖蒲（俎）〔菹〕，孔子聞而服之，縮頞而食之，三年然後勝之。」皮日休《郢州孟亭記》：「既慕其名，亦睹其貌，蓋仲尼思文王，則嗜昌歜。」

〔四〕項斯《巴中逢故人》：「勞思空積歲，偶會更無由。」韓愈《送無本師歸范陽》：「家住幽都遠，未識氣先感。」

〔五〕樂：喜歡。媚：喜愛。茭：初生嫩荻。

以大先生遺冬菊

時冬卉木變，高齋淒以清〔一〕。不有籬下菊，芳意竟何成！夕餐金爛爛，曉掇星熒熒〔二〕。已足娱晚歲，況可制頹齡〔三〕。君子篤惠愛，分贈到空庭。盈盈一水隔，托此結幽盟〔四〕。色以喻中道，香以表孤貞〔五〕。一花知微賤，所貴故人情。

【題解】

駱以大，元末鄞縣高潔孤傲之士，詳見卷十八《愛菊説》。

【箋注】

〔一〕高齋：參見本卷《題蘭芳齋》。

〔二〕屈原《離騷》：「朝飲木蘭之墜露兮，夕餐秋菊之落英。」爛爛：絢爛鮮明貌。陶淵明《飲酒》：「秋菊有佳色，裛露掇其英。」熒熒：光亮耀眼貌。

〔三〕頽齡：老年，暮年。陶潛《九日閑居》：「酒能祛百慮，菊爲制頽齡。」

〔四〕盈盈：清澈貌。《古詩十九首·迢迢牽牛星》：「盈盈一水間，脉脉不得語。」幽盟：隱秘盟約。虞剛簡《遊靈巖寺》：「八年前識兹山面，今日幽盟許重尋。」

〔五〕中道：中庸之道；五色對應五方位，其中黄色對應中央，故以菊花之黄色喻中庸之道。蔡襄《送勤師》：「聖人酌中道，君臣與夫婦。」孤貞：孤直忠貞。陳憲章《和陶移居》：「夕陽傍秋菊，采之復采之……願言秉孤貞，勿爲時所欺。」

題葉守常愛竹軒

《詩》嘗詠淇澳，律亦鳴嶰谷〔一〕。遜德豈不懷，希聲竟誰續〔二〕？有美幽隱人〔三〕，早厭喧囂俗。作室臨地偏，開軒愛筠緑〔四〕。雨葉媚晨觀，煙梢延晚矚〔五〕。攀枝想龍化，摘實遲鸞宿〔六〕。賢思晉士七，逸慕唐人六〔七〕。清遊茂林下，沈飲回溪曲〔八〕。喧飆蕩昏旦，曾①輝麗川陸〔九〕。至樂非外求，深情自爲足。謬循遊士蹤，偶睹高人躅〔一〇〕。可隨竹畔風，瀟洒歸君屋。

【題解】

葉守常，生平不詳，殆元末四明潔身自好之士。其時楊基嘗詠此類小軒意境，姑録以資品讀。《眉庵集》卷六《愛竹軒》：「爲愛軒前竹，平安愜此心。雨聲西澗曉，秋影北堂深。瘦倚差差玉，疏摇細細金。閑容扶短策，幽處一披襟。」

【校勘】

① 曾：乾隆本作「層」。

【箋注】

〔一〕淇澳：淇水岸畔，春秋時衛國地，以翠竹繁茂著名，衛國黎庶藉之以頌衛武公；詳見卷三《詠省堂後竹》。嶰谷：傳説崑崙山北有嶰谷，其地産嶰竹，黄帝命伶倫取之爲律管，以别十二音律；後世遂名簫笛等樂器爲嶰竹、嶰管。《説苑》卷十九《修文》：「黄帝詔伶倫作爲音律。伶倫自大夏之西，乃之崑崙之陰，取竹於嶰谷，以生竅厚薄均者，斷兩節間，其長九寸，而吹之以爲黄鍾之宫，曰含少。次制十二管，以崑崙之下聽鳳之鳴，以别十二律，其雄鳴爲六，雌鳴亦六，以比黄鍾之宫。適合黄鍾之宫，皆可生之，而律之本也。」

〔二〕遜德：深遠品德，此指衛武公道隆德盛。希聲：至微聲音，聽而不聞之聲音。《老子》四十一章：「大器晚成，大音希聲，大象無形。」

〔三〕幽隱：隱逸。李咸用《題王處士山居》：「雲木沈沈夏亦寒，此中幽隱幾經年。」

〔四〕陶淵明《飲酒》：「問君何能爾？心遠地自偏。」

〔五〕延：長。《左傳·成公十三年》：「君亦悔禍之延。」杜預《注》：「延，長也。」《楚辭》劉向《九歎·離世》：「指日月以延照兮。」王逸《注》：「延，長也。」

〔六〕葛洪《神仙傳》卷九《壺公》：「長房憂不能到家，公以竹杖與之曰：『但騎此到家耳。』長房辭去騎杖，忽然如睡。已到家，家人謂之鬼，具述前事。乃發視棺中，惟一竹杖，乃信之。長房以所騎竹杖投葛陂中，視之，乃青龍耳。」遲：等待。鸞：鳳凰類鳥；傳説鳳凰以竹實爲食。《莊子·秋水》：「夫鵷鶵，發於南海而飛於北海，非梧桐不止，非練實不食，非醴泉不飲。」

〔七〕《世説新語·任誕第二十三》：「陳留阮籍、譙國嵇康、河内山濤三人，年皆相比，康年少亞之。預此契者，沛國劉伶、陳留阮咸、河内向秀、琅邪王戎。七人常集於竹林之下，肆意酣暢，故世謂竹林七賢。」《新唐書》卷二百二《文藝中·李白》：「李白，字太白……更客任城，與孔巢父、韓準、裴政、張叔明、陶沔居徂來山，日沈飲，號竹溪六逸。」

〔八〕沈飲：酣暢飲酒。韓偓《欲明》：「唯有狂吟與沈飲，時時猶自觸靈臺。」

〔九〕曾：通「層」，重疊。江淹《從冠軍建平王登廬山香爐峰》：「曾陰萬里生。」李善《注》：「曾，重也。」

〔一〇〕遊士：雲遊四方以謀生之文人。桓寬《鹽鐵論·晁錯第八》：「日者淮南、衡山修文學，招四方遊士，山東儒墨咸聚於江淮之間，講議集論，著書數十篇。」躅：蹤迹。

汪明府以畫竹遺唐伯度求予題

擢榦纔數尺，幽姿已猗猗〔一〕。憶在縣齋日，偏栽此竹多〔二〕。寫直方有托，持贈意如何〔三〕？

【題解】

明府，縣令美稱。汪明府，元末定海縣尹汪汝懋，詳見卷二十三《故翰林待制致仕汪君墓誌銘》。唐轅，字伯度，戴九靈流落四明時門生，參看卷十八《唐氏四子字説》。

【箋注】

〔一〕猗猗：美盛貌。孔武仲《猗猗堂下竹》：「猗猗堂下竹，我來初萌芽。」

〔二〕縣齋：此指汪汝懋授定海縣尹時所居官舍。

〔三〕寫直：表露剛直心腸；寫，吐露。孔稚珪《北山移文》：「寫霧出楹。」李周翰《注》：「寫，吐也。」

題清暉樓

緬懷石壁遊，載歌康樂詩〔一〕。築室抗華嶒，臨流對清暉〔二〕。坐中鳳湖見，窗際龍岫微〔三〕。近矚層波涣，遠睇連岡馳〔四〕。巉巉曙雲裏，瀲瀲夕陽時〔五〕。氣候非一狀，遊觀具在斯〔六〕。之子謝維縶，息景偃郊圻〔七〕。峰影墮書帙，波光摇硯池〔八〕。陋彼金門步，敦此玉山期〔九〕。而我去鄉縣，空林閉衡闈〔一〇〕。式窺登樓作，益動歸田思〔二〕。

【題解】

清暉樓，其情不詳。詩云「鳳湖見」「龍岫微」，則清暉樓坐落於元時定海縣西北。

清暉樓，蓋慕南朝宋謝靈運石壁精舍而作。《宋書》卷六十七《謝靈運》：「靈運少好學，博覽群書。文章之美，江左莫逮……性奢豪，車服鮮麗，衣裳器物，多改舊制，世共宗之，咸稱謝康樂也……靈運父祖并葬始寧縣，并有故宅及墅，遂移籍會稽，修營别業，傍山帶江，盡幽居之美。與隱士王弘之、孔淳之等縱放爲娱，有終焉之志。每有一詩至都邑，貴賤莫不競寫，宿昔之間，士庶皆遍，遠近欽慕，名動京師。」

石壁精舍，謝靈運書齋，在上虞石壁山麓。《光緒上虞縣志》卷十九《山川·石壁山》：「在縣西南四十五里。《唐十道志》云：『其南有小山，形方正如樓，名鼓吹樓。』《寰宇記》又名飛翼樓。謝靈運築精舍其下。」又，卷二十五《古迹·石壁精舍》：「在縣西南石壁山，宋謝靈運讀書處。」《文選》卷二十二謝靈運《石壁精舍還湖中作》：「昏旦變氣候，山水含清暉。清暉能娱人，遊子憺忘歸。出谷日尚早，入舟陽已微。林壑斂暝色，雲霞收夕霏。芰荷迭映蔚，蒲稗相因依。披拂趨南徑，愉悦偃東扉。慮澹物自輕，意愜理無違。寄言攝生客，試用此道推。」

【箋注】

〔一〕石壁：上虞石壁山。許景先《徵君宅》：「内史既解綬，支公亦相親……石壁踐丹景，金潭冒緑蘋。」

〔二〕抗：匹敵，相當。《後漢書》卷四十下《班固》：「尊無與抗。」李賢《注》：「抗，猶敵也。」華崿：秀美山峰；崿，山崖。余闕《青陽集》卷一《題蛾眉亭》：「澄江萬里至，華崿兩眉分。」

〔三〕坐：通「座」。鳳湖：定海縣西北鳳浦湖，詳見本卷《題鳳湖梧竹居》。龍岫：定海縣靈緒鄉龍山，常稱伏龍山。《光緒鎮海縣志》卷六《山川上·靈緒鄉·龍山》：「案《采訪册》，縣西北八十里。龍山所城内永樂寺佛座下有石墳起，相傳下有碑記，載明龍山。」《嘉靖寧波府志》卷六《定海·伏龍山》：「縣西北八十里，一名箬山，首尾跨東西海門，蜿蜒如龍。中有千丈巖、刺史門、石壇、乳井、海眼泉。」

〔四〕涣：涣涣，水盛貌。王安石《四皓二首》：「谷廣水涣涣，山長雲泄泄。」

〔五〕巉巉：高險貌。梅堯臣《寄謝師直》：「邀我陟巉巉，宿霧方冥冥。」瀲瀲：水波蕩漾貌。歐陽修《荷葉》：「池面風來波瀲瀲，波間露下葉田田。」

〔六〕氣候：氣象。韋應物《賈常侍林亭燕集》：「朝旦氣候佳，逍遥寫煩憂。」

〔七〕維縶：羈絆束縛。息景：同「息影」，避世隱逸。白居易《重題》：「喜入山林初息影，厭趨朝市久勞生。」郊圻：郊野曲岸；圻，曲岸。謝靈運《富春江渚》：「溯流觸驚急，臨圻阻參錯。」

〔八〕書帙：書籍外套，泛指書籍。蘇轍《南窗》：「西齋書帙亂，南窗初日升。」硯池：凹形硯。杜荀鶴《題弟姪書堂》：「窗竹影摇書案上，野泉聲入硯池中。」

〔九〕陋：鄙薄。金門：西漢宫門，初名魯班門，後易金馬門，簡稱金門。《後漢書》卷二十四《馬援列傳》：「孝武皇帝時，善相馬者東門京鑄作銅馬法獻之，有詔立馬於魯班門外，則更名魯班門曰金馬門。」敦：崇尚。玉山：仙山。《山海經·西山經》：「又西三百五十里，曰玉山，是西王母所居也。」

〔一〇〕衡闈：衡門，横木爲門，代簡陋房舍；闈，宫中小門，泛指門。錢起《落第劉拾遺相送東歸》：「預愁芳草色，一徑入衡闈。」

〔一一〕登樓：漢末王粲南依劉表，百無聊賴，作《登樓賦》以泄鬱悶，此指時賢登清暉樓所撰詩文。《文選》卷十五録張衡《歸田賦》，李善《注》：「《歸田賦》者，張衡仕不得志，欲歸於田，因作此賦。」

題鳳湖梧竹居

鳳去臺久空，世已非姬周〔一〕。誰知東海地，尚想西康州〔二〕？爲重王者興，庶希靈羽留〔三〕。種竹實下垂，植梧枝相樛〔四〕。風雲感期會，牛斗懷匹儔〔五〕。於德苟無取，此計豈良謀？鳳瑞固難傒，人瑞當易求〔六〕。若士産衆雛，結巢居上頭〔七〕。朝啄玉山禾，夕飲醴泉流〔八〕。坐看彩翮就，起作赤霄遊〔九〕。小將啓家慶，大可昭皇猷〔一〇〕。碧梧與翠竹，致此蓋有由〔一一〕。

【題解】

鳳湖，元時慶元路定海縣西北鳳浦湖。《嘉靖寧波府志》卷六《定海・川・鳳浦湖》：「縣西北靈緒三都，周環十八里。」《光緒鎮海縣志》卷七《山川下・鳳浦湖》：「縣北七十里，周環十八里。三都四圖田禾仰以給溉潤，自豪民於湖灘漸次請佃，湖身日狹，儲水無多。每遇旱暵，湖已先涸，沾溉無資，四圖失望。已前不可復奪，嗣後應立法以杜占墾。」

梧竹居，其名源於《莊子・秋水篇》：「惠子相梁，莊子往見之。或謂惠子曰：『莊子來，欲代子相。』於是惠子恐，搜於國中三日三夜。莊子往見之，曰：『南方有鳥，其名爲鵷鶵，子知之乎？夫鵷鶵發於南海，而飛於北海，非梧桐不止，非練實不食，非醴泉不飲。於是鴟得腐鼠，鵷鶵過之，仰而視之曰：『嚇！』今子欲以子之梁國而嚇我邪？』」

梧竹居主人，方姓，尊稱梧竹翁，參看本卷《對春雪二首寄梧竹翁》、卷二十四《和陶淵明連雨獨飲一首并序》與卷二十五《寄方梧竹》。《光緒鎮海縣志》卷三十四《古迹・梧竹軒》:「鳳浦方氏居。丁鶴年詩:鳳鳥曾聞此地過,至今梧竹滿丘阿。正懷剪葉書周史,卻恨翻枝入楚歌。金井月明秋影薄,石壇風細晚涼多。中郎去後知音少,共負奇才奈老何?」

【箋注】

〔一〕臺:鳳凰臺,此指甘肅成縣東南鳳凰山。趙一清《水經注釋》卷二十《漾水》:「南逕鳳溪,中有二石雙高,其形若闕,漢世有鳳凰止焉,故謂之鳳凰臺。」杜甫《鳳凰臺》:「亭亭鳳凰臺,北對西康州。」空:人世動蕩紛争,鳳凰隱身匿迹。《説文解字注・鳥部・鳳》:「出於東方君子之國,翱翔四海之外,過崑崙,飲砥柱,濯羽弱水,暮宿風穴,見則天下大安寧。」姬周:安寧太平之西周時代。

〔二〕西康州:唐代山南道成州屬地,今甘肅省成縣。《新唐書》卷四十《地理四・成州同谷縣》:「縣三:同谷,中下。武德元年以縣置西康州,貞觀元年州廢,來屬,咸通十三年復置。」

〔三〕王者:以德服人之帝王,與霸者相對。杜甫《鳳凰臺》:「所貴王者瑞,敢辭微命休?」庶希:希望。靈羽:神鳥,此指鳳凰。

〔四〕樛:纏繞糾結。杜甫《乾元中寓居同谷縣作歌七首》:「南有龍兮在山湫,古木巃嵸枝相樛。」

〔五〕感：思索。曹植《上責躬應詔詩表》：「竊感《相鼠》之篇。」李善《注》：「感，猶思也。」期會：約期聚會；此指風雲與虎龍之相聚。《易·乾》：「雲從龍，風從虎，聖人作而萬物睹。」牛斗：牛宿和斗宿。匹儔：伴侣；此指牛宿戀女宿，斗宿拱極宿。杜甫《天河》：「牛女年年渡，何曾風浪生！」《爾雅·釋地》：「北戴斗極爲空桐。」邢昺《疏》：「斗，北斗也。極者，中宫天極星。其一明者，泰一之常居也。以其居天之中，故謂之極；極，中也。北斗拱極，故云斗極。」

〔六〕鳳瑞：預示天下太平之鳳凰。《論衡·講瑞》：「或曰鳳皇騏麟，太平之瑞也。」徯：等待。人瑞：德行高尚者。白居易《祭微之文》：「生爲國楨，出爲人瑞。」

〔七〕若士：這位賢士，即梧竹居主人。

〔八〕韓愈《鴑驥贈歐陽詹》：「飢食玉山禾，渴飲醴泉流。」醴泉：甜美泉水。

〔九〕彩翮：五彩羽毛。杜甫《鳳凰臺》：「坐看彩翮長，舉意八極周。」赤霄：高空。

〔一〇〕皇猷：帝王大道。岑參《送顏平原》：「吾兄鎮河朔，拜命宣皇猷。」

〔一一〕由：道路，途徑。《廣雅·釋詁二》：「由，助也。」王念孫《疏證》：「由之言道也。」

訪烏繼善不值明日以詩見寄遂次韻答之三首

其一

達士不羈世，投身向寬閑〔一〕。出處一虚閣，翠樾帶澄瀾〔二〕。高懷抗塵表，逸思窮玄間〔三〕。亦念泣岐客，悠悠歡會難〔四〕。

【題解】

烏斯道，字繼善，號春草，元末明初慈溪名士，服膺九靈山人高節，撰《九靈先生畫像贊》。宋濂《春草齋集序》：「世之學者必有師，雖百工伎藝之微，亦必有以相授，然後能造其閫奥。況爲文者，發造化之祕，貫古今之統，苟無以管攝而闔闢之，則何以盡其變化不測之妙？若不傳之於師，奚可哉？吾鄉修道先生胡公，以光明正大之學，發爲精微嚴簡之文，訓迪學子，篇章句字皆有法，往往從之者多得文之旨趣，其所造固有淺深高下之殊，而體裁終不失於古。四明夢堂噩師雖居浮屠中，能久與先生遊，先生爲文之法，實與聞之。烏君繼善，自幼學文於夢堂，凡先生所指授者，悉以語烏君。故烏君之爲文，俊潔如明月珠，起伏如春江濤，余因語二三子曰：『必如烏君，然後可以言文也。』若無師授，其可易致是哉！余嘗譬之，有美錦焉，使朝市縫人製之，則能中度而適體，委以巖穴之粗工，則左低而右昂，上侈而下斂，錦固錦矣，其如不合作何？文之無師授者，亦若斯而已。余老且多病，文字一切謝去不作，縱有一二，類皆假手於人，獨喜烏君之文，親題其首簡而歸之。於乎！余生也後，雖居先生之鄉而不能傳先生之學，其於烏君，又豈能無慊於中哉！烏君名斯道，繼善字也，明之慈溪人，嘗知化之石龍縣，今調吉之永新。其爲人也，温然如玉，蓋與文相稱云。」

此三詩依烏氏原韻而作，然《春草齋集》卷一僅載録《中秋遲雲林先生不至越五日見訪有感》二首，則烏詩已遺一首，誠爲憾事。其一：「美人涉江水，愛此鷗鷺閒。參差各悵望，江水渺波瀾。蕭蕭風日中，藹藹松竹間。天乎貸予時，再晤良不難。」其二：「美人涉江水，將以采芳草。空筐非所思，踟躕向周道。豈無江上花，容華戾中抱。白露秋已零，其能棄衰槁？」

【箋注】

〔一〕韋應物《答庫部韓郎中》：「高士不羈世，頗將榮辱齊。」陸游《山家》：「風月寬閑地，溪山隱遁身。」

〔二〕出處：出入行止。杜牧《雲》：「東西那有礙？出處豈虚心？」翠樾：成蔭緑樹。范成大《吴船録》卷下：「澗上峰如屏障，翠樾蒙密，絶似杭之靈隱之飛來峰下。」帶：圍繞。

〔三〕抗：樹立。曹丕《與鍾大理書》：「相如抗節。」吕延濟《注》：「抗，立也。」班固《答賓戲》：

「若乃伯夷抗行於首陽。」呂向《注》：「抗，立也。」逸思：飄逸思緒。沈約《棋品序》：「是以漢魏名賢，高品間出；晉宋盛士，逸思争流。」玄間：太空。劉基《旅興》：「安得生羽翼，奮飛出玄間？」

〔四〕泣岐：戰國楊朱每遇岐路輒痛哭悽愴，參見卷三《謁彦修先生墓分韻得風字》。

其二

青雲志已乖，白頭《玄》懶草〔一〕。家貧無宿儲，逐食在遠道〔二〕。風霜減①容鬢，憂虞損襟抱。不有同心人，誰其慰枯槁〔三〕！

【校勘】

①減：乾隆本作「減」。

【箋注】

〔一〕青雲：喻顯赫高貴。白居易《詠拙》：「亦曾奮六翮，高飛到青雲。」玄：漢揚雄所撰《太玄》。辛棄疾《定風波》：「孤負尋常山簡醉，獨自，故應知子草《玄》忙。」

〔二〕宿儲：隔夜糧食。韋應物《觀田家》：「倉廩無宿儲，徭役猶未已。」逐食：糊口。陸游《眉州驛舍睡起》：「胡爲八年間，逐食走萬里？」

〔三〕枯槁：困厄寂寥。陶潛《飲酒》：「雖留身後名，一生亦枯槁。」

其三

佳期詎可失，況乃桑榆時〔一〕？居人忽不見，行子終何之〔二〕？暮色已凝嶼，晴光始泛池〔三〕。默默就歸路，益歎瓊樹枝〔四〕。

【箋注】

〔一〕桑榆：太陽落山時夕照灑向桑樹和榆樹，喻日暮或晚年。陸游《示子聿》：「身退桑榆暖，家貧菽水歡。」

〔二〕居人：居家者，此指烏斯道。行子：出門遠行者，此指詩人。

〔三〕晴光：明朗月光。丘爲《竹下殘雪》：「一點消未盡，孤月在竹陰。晴光夜轉瑩，寒氣曉仍深。」

〔四〕瓊樹枝：傳説中玉樹之枝，喻美好人物。《全唐文》卷三百七十六任華《送王舍人歸壽春侍奉序》：「太子舍人王良輔，時人睹之，呼爲玉人；我心重之，有如瓊枝。」錢起《送王季友赴洪州幕下》：「諸侯重才略，見子如瓊枝。」

甬東精舍訪安仲善書記

繚繞西城曲，逶迤一徑通。院深不知處，日暮但聞鐘〔一〕。蔓草泛光迴，潛筠結影重〔二〕。噩公舊弟子〔三〕，亦住此林中。朝夕孰與晤？一一難言笑同〔四〕。弟兄世多有，誰共得禪宗？稍約遊山侶，來尋汲澗蹤〔五〕。境幽慮自淡，詎能承道風〔六〕？

【題解】

甬東精舍，其情不詳。甬東，古稱鄞縣、慈溪、奉化諸邑，詳見卷十五《贈別汪定海三首》。精舍，常指僧道修煉起居之所。安仲善，其人不詳。書記，古時掌管簿籍者，方内方外皆有此職；後者如宋釋惠洪贈詩潙山湘書記，其事詳見《石門文字禪》卷十四。

【箋注】

〔一〕釋文珦《送僧歸廬山》：「他年我欲尋君去，只恐雲深不知處。」岑參《題山寺僧房》：「高僧瞑不見，月出但聞鐘。」

〔二〕潛：幽深。曹植《七啓》：「出山岫之潛穴，倚峻崖而嬉遊。」李周翰《注》：「潛，深也。」

〔三〕噩公：元四明高僧夢堂噩公。《雍正慈溪縣志》卷十二《仙釋·曇噩》：「字夢堂。初依奉化之長蘆寺，參悟禪學，了了於心。入天台國寧寺，盤桓久之。所至名山勝水，輒留題詠。洪武二年，以高僧赴召，與楚石禪師等説法。已而歸象山之瑞龍寺，居鐘樓側。一日，飓風驟起，鐘樓廊廡俱仆，夢堂端坐無恙，惟見一巨木支其卧榻，人以爲異。六年六月，忽沐浴更衣，請衆敘平生，作偈合掌而化。夢堂本儒家子，常從金華（胡翰）〔胡长孺〕，得文章正傳。以不甘聲利，祝髪東皋寺。晚年文章簡古，爲士林所推。」元成廷珪《居竹軒詩集》卷三《寄四明夢堂噩禪師兼簡用堂上人》：「五山十刹鬱嵯峨，獨愛溪堂隱薜蘿。淮海故人今有幾？江湖尊宿近無多。不聞毛女求《詩》去，每見倭僧問法過。説向梗公重相憶，碧雲日暮奈愁何？」

〔四〕二難：兄弟倆才德俱佳難分高下。包何《和苗員外寓直中書》：「朝列稱多士，君家有二難。」

〔五〕許渾《冬日宣城開元寺贈元孚上人》：「汲澗瓶沈藻，眠階錫掛松。」

〔六〕道風：方外高風。靈一《送冽寺主之京迎禪和尚》：「彼土諸梵衆，嗟君揚道風。」

王止善自鳴鶴來訪賦此以别

貴賤異今迹，賓友易前心。況乃干戈際，復此歲年侵〔一〕。門巷久已寂，劍佩非所臨〔二〕。洞識棄衰盛，高誼略浮沉〔三〕。顧枉丹梯步，見就碧川潯〔四〕。羈足戀歸影，迷羽怯離音〔五〕。明發忽言邁，幽懷浩難禁〔六〕。神交不在舊，歡會當自今〔七〕。倘遂卜鄰願，遲子湖山岑〔八〕。

【題解】

鳴鶴，通常稱慈溪鳴鶴山。《光緒慈溪縣志》卷六《輿地一·山·鳴鶴山》：「縣西北六十里。耆老相傳云，昔有鶴棲於此山，一旦飛鳴沖天而去。一云唐元和間虞九皋，字鳴鶴，第進士，鄉人尊之，因以名其所居。一云形如鶴，翅舒而喙張，有飛鳴之狀，故名。上有文潔黄先生震墓，下有鳴鶴場鹽課司，梁侍中虞茘墓亦在此山。」此詩指鳴鶴山下古鎮。《光緒慈溪縣志》卷三《市鎮·鳴鶴場市》：「縣西北五十里，月逢一三五八日市。」

按卷二十三《王先生墓誌銘并序》與貝瓊《愛日軒記》，王在，字止善，餘姚人；其父王士毅，號東皋先生；其母晏氏，宋元獻公七世孫。王氏其名與字，語出《大學》「在止於至善」。至於王止善因何遊鄞縣慈溪鳴鶴，今已無從確指。王在行迹參看本書卷二十《愛日堂記》。

《清江貝先生文集》卷十四《愛日軒記》：「余友王止善氏家姚江之上林，襟山而負海，讀書耕田，足以自給而無求於時。蓋自先世至其父東皋先生巳四百餘年，越之大姓久而不替者，未有如王氏焉。今年會京師，告曰：『吾父没，獨與母晏氏居，寔元獻公之七世孫，年今八十有六，未嘗敢違左右焉，因名其室曰愛日，取楊子雲語也。幸記而申其義。』余惟日之運而周天者，朝於東而夕於西，其度三百六十有五而羸。日之積而成歲者，始於春而終於冬，其數亦三百六十有五而羸。静而觀之，一歲之久不異一日之近。若飛鳥過吾前，逐之而弗及；若流水決而下注，禦之而弗止。故人之迫於日者，少而壯，壯而老。顔之渥者忽變而不復丹，髪之鬒者既蒼而不復玄。是雖血氣之盛，且莫可恃，況其衰而待有盡之日乎！此孝子所以愛日者，愛其親也。楊子可謂善推聖人一喜一懼之言巳。吁！日無一息之停如此，而人有一息之存如彼，則其所懼甚於所喜，惡得不惜其已逝欲延其方來歟！孰能乞吾駐景之大藥，後天而獨久也？惟其憂之深，故其愛之至。雖有芻豢之味，懼親弗及享；金石之音，懼親弗及樂，則此心爲何如哉？余蚤失父母，以抱終天之恨，時誦《蓼莪》詩，爲之潸然泣下。今止善獲養其母於耆艾之時，凡盡愛日之誠，益重余之所感已。《書》曰『肇牽車牛，遠服賈用，孝養厥父母』，余固不能及；《詩》曰『爲此春酒，以介眉壽』，敢以爲止善祝。是爲記。」

【箋注】

〔一〕侵：漸漸流逝。《説文·人部》：「侵，漸進也。」

〔二〕門巷：門庭里巷。杜甫《遺興》：「客子念故宅，三年門巷空。」劍佩：寶劍玉佩，代士大夫，參見卷二《九日宴迎華觀》。

〔三〕洞識：見識高明。唐順之《詠俞虚江參將》：「洞識天符非候氣，妙窮火力不因風。」

〔四〕顧：反而。枉：屈尊就卑。丹梯：飛黄騰達之路途。許渾《送上元王明府赴任》：「官滿定知歸未得，九重霄漢有丹梯。」見就：探訪自己；就，接近；見，自彼加己之辭。謝朓《郡内高齋閑望答吕法曹》：「若遺金門步，見就玉山岑。」

〔五〕羈足：受羈縻之牲畜野獸。李攀龍《雜興十首》：「名馬不受羈，足下有千里。」迷羽：迷路禽鳥。顧況《遊子吟》：「故櫪思疲馬，故窠思迷禽。」

〔六〕明發：黎明，平明。《詩經·小雅·小宛》：「明發不寐，有懷二人。」朱熹《詩集傳》：「明發，謂將旦而光明開發也。」幽懷：深情。

〔七〕神交：精神之交。《初學記》卷六晉袁宏《山濤别傳》：「陳留阮籍、譙國嵇康并高才遠識……濤初不識，一與相遇，便爲神交。」秦嘉《贈婦》：「憂艱常早至，歡會常苦晚。」

〔八〕王安石《送陳諤》：「鄉閭孝友莫如子，我願卜鄰非一日。」

龜毛廬

倦遊去朝市，委懷在田園〔一〕。既悟執戟疲，益知荷蓧①賢〔二〕。夙晨飯牛出，夕嘌負未還〔三〕。春作固云力，秋斂未盈廛〔四〕。求贏豈其願？拙業乃所安〔五〕。不見龜上毛，成氈亦良難。

【題解】

龜毛，或作龜毛兔角，以龜生毛兔長角喻有名無實可望不可即。《大智度論》卷十二：「如兔角龜毛，亦但有名而無實。」袁桷《清容居士集》卷十五《楊花曲》：「辛勤掇拾不敢棄，願刮龜毛同作氈。」戴表元《剡源文集》卷二十四《鄧君疏》：「蠅翼附驥，自皆致於盛心；龜毛成氈，想不遺於餘力。」

龜毛廬，詩人自題其居，寄寓知其無可奈何而安之若命之豁達襟懷。趙翼《陔餘叢考》卷三十八《諱龜》：「又戴良自署其居曰龜毛廬。」

【校勘】

① 篠：底本作「篠」，據乾隆本、同治本與《論語·微子》改。

【箋注】

〔一〕朝市：官府與市肆，泛指名利場。委懷：寄托情懷。陶潛《始作鎮軍參軍經曲阿》：「弱齡寄事外，委懷在琴書。」

〔二〕執戟：秦漢時宫廷内持戟侍衛官。《史記》卷一百二十六《滑稽列傳》：「官不過侍郎，位不過執戟。」荷蓧：春秋時隱士荷蓧丈人。《論語·微子》：「子路從而後，遇丈人，以杖荷蓧。子路問曰：『子見夫子乎？』丈人曰：『四體不勤，五穀不分。孰爲夫子？』植其杖而芸。子路拱而立。止子路宿，殺鷄爲黍而食之，見其二子焉。明日，子路行以告。子曰：『隱者也。』使子路反見之。至則行矣。」

〔三〕夕曛：黄昏。耒：翻土農具之曲木柄，泛指農具。

〔四〕春作：春天耕作。陶潛《丙辰歲八月中於下潠田舍穫》：「不言春作苦，常恐負所懷。」廛：一家所居房地，此指家庭糧倉。陶淵明《怨詩楚調示龐主簿鄧治中》：「風雨縱横至，收斂不盈廛。」

〔五〕羸：盈餘。拙業：農業生産。杜佑《通典》卷十一《食貨十一》：「田農，拙業也，而秦陽以蓋一州。」

草心庵

息念謝囂俗，滅迹偃中林①〔一〕。川岑寓耳目，丘壟曠形音〔二〕。虚堂帷幔撤，幽途狐兔侵〔三〕。戲班既成昔，刻養空遺今〔四〕。探囊悲識遠〔五〕，閉坎憶情深〔六〕。雖後三春景，寧忘寸草心〔七〕？

【題解】

孟郊《遊子吟》云「誰言寸草心，報得三春暉」，此詩人草心庵所以得名也；然孟氏側重生前之反哺，此詩則述死後之追慕。

【校勘】

① 林：底本作「秋」，據乾隆本改。

【箋注】

〔一〕陸游《閉户》：「寸陰息念如年永，丈室端居抵海寬。」白居易《養拙》：「甘心謝名利，滅迹歸丘園。」

〔二〕丘壟：同「丘隴」，墳墓。陶淵明《雜詩十二首》：「百年歸丘壟，用此空名道。」曠：空，無。陸機《挽歌詩》：「帷衽曠遺影。」吕向《注》：「曠，猶無也。」

〔三〕虚堂：高大廳堂。朱熹《山北紀行》：「喬木無遺株，虚堂唯四壁。」帷幔：帷幕，此指古代行喪禮時懸掛堂上以分割内外之帷幕。幽途：墓前昏暗小徑。孔武仲《陳用之學士挽詞二首》：「幽途應不憾，朋友自沾巾。」

〔四〕戲班：同「戲斑」，楚地老萊子穿斑斕彩衣以娱雙親，詳見卷二《哭趙隱君》。刻養：父母謝世後，孝子雕刻雙親遺像以哭拜祭祀。《宋濂全集》卷三《先夫人木像記》：「先夫人既殁之九年，予妻賈專朝夕思之不少置，間告予曰：『……而妾姑之墓木拱矣，思欲如昔時共君奉觴上壽，其又可得耶？每念及此，輒涕泗交頤，然恨無以自慰也。欲刻木爲像以事之，凡遇疏食菜羹必祭，使死者而有知，亦當翩然而來享也。雖然，此豈妾之敢知哉？不過盡其心焉爾矣。』予謂之曰：『昔之孝子有丁蘭者，事母至孝，及母亡而思之不置，乃刻木事之。此蓋丈夫子之事，子以一女婦能行之，亦可謂賢矣……予之思親，豈不尤切於子哉？禮若可爲，則予爲之久矣。』專曰：『是固然矣。世俗媚浮屠神者，尚飾像奉之，而況妾之姑乎？妾不若是，其心終皇皇焉。君幸有以如妾之意也。』予不能拒，於是命工人刻像以遺之。」

〔五〕探囊：盜竊；此謂父母遠見，小盜可防，然終竊於大盜。《莊子・胠篋》：「將爲胠篋探囊發匱之盜而爲守備，則必攝緘縢固扃鐍，此世俗之所謂知也。然而巨盜至，則負匱揭篋擔囊而趨，唯恐緘縢扃鐍之不固也。」

〔六〕《新唐書》卷一百七十七《李景讓》：「母鄭，治家嚴，身訓勤諸子。始，貧乏時，治牆得積錢，僮婢奔告，母曰：『士不勤而禄，猶菑其身；況無妄而得，我何取？』亟使閉坎。」

〔七〕三春景：三春暉，喻父母慈愛；景，日光。

題静勝軒

端居觀群動，貴賤各有營〔一〕。刀錐競微利，風塵逐浮榮〔二〕。朝暮走囂市，夢想戀神京〔三〕。冰炭俱在懷，是非亦交嬰〔四〕。不爲物外纏，獨有静者情〔五〕。松門盡日掩，山鳥繞舍鳴〔六〕。卷幔風花落，步庭春草生〔七〕。地遠慮自淡，身閑心乃清〔八〕。逍遥足爲樂，一笑萬事輕。

【題解】

静勝軒，主人不知何許人，殆元末東南沿海避囂絶塵之高士。古往今來，静以養性者先後踵武，偶有揭静勝軒於齋舍者，如北宋范純仁《范忠宣集》卷二《僉判李太博静勝軒二首》其一：「開軒納清景，爲吏似閑居。佳客迹頻到，主人心自虚。琴尊良有助，時命固無如。喧静何能必？中恬樂有餘。」其二：「題軒名静勝，静勝理何深！自得歸根趣，寧存較物心？雜花隨節候，疊嶂互晴陰。終日對圖畫，應無塵慮侵。」

【箋注】

〔一〕端居：閑居。孟浩然《臨洞庭贈張丞相》：「欲濟無舟楫，端居耻聖明。」

〔二〕刀錐：刀尖，喻微末小利，參見卷十五《感懷十九首》。風塵：濁世。郭璞《遊仙詩》：「高蹈風塵外，長揖謝夷齊。」

〔三〕神京：帝都。張大安《奉和别越王》：「麗日開芳甸，佳氣積神京。」

〔四〕嬰：纏繞。《説文》：「嬰，繞也。」

〔五〕物：外物，功名利禄。曾鞏《救災議》：「先王之於救災，髮膚尚無所愛，況外物乎！」

〔六〕韋應物《幽居》：「青山忽已曙，鳥雀繞舍鳴。」

〔七〕王冕《隱居偶成》：「風花落水似濯錦，野鳥隔簾如唱歌。」韋應物《幽居》：「微雨夜來過，不知春草生。」

〔八〕張末《夜意》：「老來神慮淡，睡足骨毛輕。」陸游《雨夕》：「心清病良已，境寂句欲吐。」

題嚴氏蒼雲軒　嚴乃子陵之後故取雲山蒼蒼語名軒

茂植有鬱條，澄源無濁流〔一〕。若人嗣芳胤，撫境懷令猷〔二〕。蒼蒼亂山出，翳翳族雲浮〔三〕。何言姚江住，不似嚴灘遊〔四〕？雨耕循近墅，煙釣薄遥洲〔五〕。晨出庭户静，夕息軒窗幽。第嫌古今迹，永間東西州〔六〕。凄凄百世心，眷眷千里眸。存家子悵惘，浪迹我夷猶〔七〕。忽覩述祖作，衹重越鄉憂〔八〕。

【題解】

嚴氏，字宗道，餘姚人，東漢大隱嚴子陵苗裔，參看卷二十五《宗道師曾許尋鄭元秉春草圖見寄詩以促之》《近造嚴宗道蒼雲軒見宋庸庵壁間舊題因借韻嗣賦》、卷二十六《蒼雲圖贊》。

嚴子陵，會稽餘姚人。《萬曆紹興府志》卷四十六《人物志十二·鄉賢之七·隱逸》：「嚴光，字子陵，餘姚人。一名遵，本姓莊，避顯帝諱，諱莊曰嚴。光少有高名，梅福妻之以女。光武微時，嘗與光同學。及即位，乃變姓名，隱身不見。帝思其賢，下令物色之……除諫議大夫，不屈。乃耕於富春山，後人名其釣處爲嚴陵瀨云。建武七年，復特徵，不至。年八十終於家，詔郡縣賜錢百萬穀千斛，葬縣東北客星山，廟祀之。」

蒼雲軒，嚴宗道齋舍。《宋濂全集》卷四十七《蒼雲軒銘》：「世皆稱嚴子陵不屈光武以爲高。士之問學，固求所以行之耳，苟得賢君事之而行所志，君子之所樂也，況光武素知子陵哉！子陵之不以隱爲高也審矣，其隱蓋有所爲爾。人之志意材量，明者能燭之於事爲之先。子陵、光武少相友善，使光武能任人，可爲盡力，子陵何所苦而不出？既出而決去哉？蓋光武察察自用，其後宰輔多不以禮退，子陵預知其如此，故決然避去而不疑，以全故舊之義，此子陵所以爲高也。苟徒以隱爲高，孰不可爲子陵哉？子陵裔孫居餘姚者曰宗道，取范文正公《祠堂記》『蒼雲』語名軒，余恐其昧乎出處之義也，告之故，繫以銘。」

宋禧《庸庵集》卷六《嚴氏蒼雲軒》：「我住城南對北山，子陵墳墓在山間。每思高節空回首，得見諸孫爲破顔。鄉里未尋書屋去，客途曾向釣臺還。連年奔走頭添雪，愛汝看雲日日閑。」

元末諸詩家眷念嚴氏高風，薈萃蒼雲軒，酒酣興濃，肆口吟詠，曰《蒼雲軒燕集詩》。《明文海》卷二百五十六唐肅《蒼雲軒燕集詩後序》：「肅與嚴君宗道別去二載，一日馳書來京師，示以蒼雲軒燕集諸詩并宋庸庵先生所爲詩序，且徵肅題其末簡。肅讀之再四而興歎曰：『夫觀天下之盛衰者，不觀諸朝而觀諸野。朝廷之間賢舉政脩，教化下暨，六合之内薰然大和，則窮山荒澤逸人雅士，始得以被澤承休鼓舞歌詠，焉以適其寬閑安肆之志。故遊康衢而聞童謡者，不待入冀都之境；聆《大章》之樂，而陶唐氏之盛有足徵焉。然則諸子所以獲是樂者，謂非亂極還治否窮復泰之時而有之乎？肅也縻於官守，相去千餘里，想像一時之勝集，猶能以之興懷；而況藻繪之文，爛然在目，金玉之什，洋洋盈耳哉！且采民風紀國俗，史官職也。肅不敏，固與聞之矣。敢書此以復宗道，且用質諸庸庵云。』」

【箋注】

〔一〕茂植：茂盛大樹。蔣堂《和梅摯北池十詠》：「舊枝憐茂植，時亦欠清吟。」蔡沈《古意二首》：「種木必培根，清流必澄源。」

〔二〕芳胤：傑出後代。撫：憐愛鄉土。《爾雅·釋言》：「撫，敉撫也。」郭璞《注》：「撫，愛撫也。」令猷：美好大道。陳文煥《釣臺集》卷二唐梁肅《漢高士嚴君釣臺碑》：「先生諱光，字子陵，會稽餘姚人也，名聞於光武之世，《東觀書》實載其事。當哀、平之後，天地既閉，先生韜其光，隱而不見。建武反正，雲雷既定，先生全其道，出而不屈。消息治亂之際，卷舒夷曠之域，如雲出於山，遊於天，復歸於無間，不可得而累也。則激清風聳高節以遺後世，先生之道可見於是矣。」

〔三〕亂山：錯落山峰。杜荀鶴《途中春》：「人世鶴歸雙鬢上，客程蛇繞亂山中。」翳翳：晦暗不明貌。族雲：雲團。周邦彥《楚村道中》：「族雲行太虛，布置初狼藉。」

〔四〕《萬曆紹興府志》卷七《山川志四・江・餘姚江》：「在縣南十步許，又名舜江，取義皆以舜，亦歷山舜井之類也。江橋西舊産蕙，亦稱蕙江焉。江闊四十丈……宋王安石詩：『山如碧浪翻江去，水似青天照眼明。喚取仙人來住此，莫教辛苦上層城。』又：『軋軋櫓聲急，蒼蒼江日低。吾行有定止，潮汐自東西。』」嚴瀨：常稱嚴陵瀨，詳見卷三《舟發嚴陵承以愚天錫諸公追餞》。

〔五〕墅：農村簡陋房舍。曹植《泰山梁甫行》：「劇哉邊海民，寄身於草墅。」薄：靠近。

〔六〕東西州：元時餘姚所屬之紹興路與桐廬所依之建德路。

〔七〕存家：在家；存，在。《公羊傳・隱公三年》：「有天子存。」何休《注》：「存，在也。」夷猶：猶豫遲疑。謝朓《新亭渚別范零陵雲》：「停驂我悵望，輟棹子夷猶。」

〔八〕述祖：繼承先祖遺風。邵雍《詩史吟》：「可以述祖考，可以訓子孫。」作：傑作，此指蒼雲軒。

題魏氏福源精舍 在上虞夏蓋湖

虞耕表鄉縣〔一〕，夏載紀山川〔二〕。前聖事多往，後哲慶方延。偉兹鄭國裔，彌曠李唐年〔三〕。運移澤謂竭，家久禮益傳〔四〕。直道溯前訓，孝思光往篇〔五〕。合宗懋民德，通急拯時邅〔六〕。幼壯尚沉滓，末暮豈纏牽〔七〕？山遊玩松月，湖泛弄苔泉〔八〕。地隔人煙迥，天浮雲景鮮〔九〕。生應寄別業，死竟托幽埏〔一〇〕。名無汗簡録，行有金石鐫〔一一〕。每睹穹碑焕，兼懷嗣子賢〔一二〕。欲知百世後，當求千載前。本固榮斯盛，源深福乃綿〔一三〕。羨魚須結網，不稼詎盈廛〔一四〕？寫誠勵朋好，世美非徒然。

【題解】

魏氏，元末上虞魏壽延、魏仲仁、魏仲剛昆弟三人。魏氏素饒於財，豪邁慷慨，喜納交高人雅士，其居曰福源精舍，或曰福緣精舍。

《光緒上虞縣志》卷二十五《古迹·福緣精舍》：「在福祈山之陽，元魏文炳建，中有尚古亭、筠深軒、寄傲軒、見山樓等迹，蓋其子壽延續創成之者，《嘉慶志》所稱魏家花園是也。案朱彝尊《魏氏敦交集跋》，仲遠父處士明叔預卜塋兆於福祈山陽，結廬其下，曰福緣精舍。」

《光緒上虞縣志》卷七《人物·魏壽延》：「字仲遠，唐鄭公二十四世孫，世居夏蓋湖上，繞屋植萬竹。兄仲仁、弟仲剛并嗜奇好古，仲遠尤工詩。一時賢士大夫過上虞者必造所居，集倡酬之什爲《敦交集》。其人則淮南潘純，錢唐沈惠心、陸景龍，永嘉李孝光、高明，天台陳廷言、毛翰、朱右，諸暨陳士奎起章，剡王璛公玉，會稽王冕竹齋、陳謨仲嘉、唐肅處敬，山陰陳敬白雲、趙俶本初，餘姚鄭彝元秉、張克問九思、徐本誠存敬、宋僖無逸，上虞徐士原仁初、嚴貞宗正、俞恒時中、徐以文用章、則文惟章，又有于德文、釋宗泐、李延興、戴良、凌彥翀。大抵同里者十之七，宋濂爲作《見山樓記》。」

《文憲集》卷二《見山樓記》：「見山樓者，上虞魏君仲遠之所建也。仲遠居縣西四十里所，龍山委蛇走其南，將升而復翔，其旁支斜迤而西，則爲福祈諸峰，若車，若旌，若奔馬，若渴鹿飲泉，不一而足。勢之下降，爲陰阜，爲連坡，爲平林。一奮一止，復襟帶乎後先。東則遥岑隱見青雲之端，宛類娥眉，向群山相嫵媚爲妍。其下有巨湖，廣袤百里，汪肆浩渺，環浸乎三方，晦明吞吐，朝夕萬變。方屏插起湖濱，曰夏蓋山。去天若尺五，巖峙谷張，尤可玩愛，誠越中勝絶之境也。仲遠心樂之，以爲非高明之居不足延攬精華而領納爽氣，於是構斯樓，日與賢士大夫同登。鼎俎既備，殽核維旅，壺觴更酬，吟篇疊詠。及至神酣意適，褰簾而望，遠近之山争獻奇秀，晴容含青，雨色擁翠，不俟指呼，儼若次第排闥而入。使人涵茹太清，空澄中素，直欲驂鸞翳鳳，招偓佺、韓終，翩然被髮而下大荒，其視起滅埃氛弗能自拔者爲何如也？」

陳樵《鹿皮子集》卷三《上虞魏氏湖上精舍圖》其一：「湖上蘭舟水上亭，有時水漲與階平。亭前古柳經春弱，門外孤洲昨夜生。海氣遥連育王塔，蜃樓半入會稽城。山陰道士攜琴至，寫盡風聲到水聲。」其二：「停舟日日望東溟，蓼岸蘆洲露未凝。沙户得花聯作絮，吴姬雪藕織爲繒。馮夷送月臨軒落，海若令潮入岸生。朝暮屯蒙丹自熟，披沙莫學趙臺卿。」

唐肅《丹崖集》卷六《福源精舍贊并序》：「上虞處士魏明叔君嘗預卜塋兆於福祈山之陽，因結廬其下，名曰福源精舍。處士歿且葬久矣，予獲與其子仲遠、仲剛遊。每過精舍，懷處士之高風而嘉後之善繼也，乃爲之贊以置諸舍中，敢亦寓夫美不忘規之意焉。其辭曰：巖巖鄭公，克相有唐。懿厥曾孫，來居越邦。傳廿有三世，隱德靡涼。善刑於家，亦變其鄉。齒之耄矣，卜我壽藏於福祈之山。木茂土剛，甓室温温。落成孔良，有懷司空氏齊彭與殤。既壙而廬，其樂洋洋。曰我子與孫，於焉蒸嘗。天錫黄耇，乃富乃康。曁闔玄扃，本枝彌昌。丸丸松柏，被於高岡。華宇隆隆，神兮徜徉。神之妥矣，畀福無疆。如水之有原，亹亹其長。嗟哉後人，受之允臧。勿壅其流，勿隳其防。隳則靡瀦，壅則靡常。載導載承，厥世乃彰。蒙也作贊，以揚其幽光。匪揚幽光，亦後人是匡。」

夏蓋湖，上虞人工湖。《萬曆紹興府志》卷七《山川志四·湖·上虞·夏蓋湖》：「在縣西北四十里。北枕大海，海岸有夏蓋山，湖直其南。唐長慶二年，永豐、上虞、寧遠、新興、孝義五鄉之民割己田爲之，周一百五里，滀白馬、上妃二湖之源，地勢東低而西高。中有鏡潭；有九墩，曰楓樹墩、匾墩、周師墩、長墩、黄虹墩、白牛墩、馬墩、楝樹墩、西曬墩；十二山，曰梁家山、柴家山、刺山、鯉魚山、董家山、洋山、土長山、石竹山、荷葉山、犁山、馮家山、甑箪山；又有三十六溝，引灌五鄉田十三萬畝，兼有菱芡芙蕖茭葦及魚蝦之利，俗謂日産黄金方寸云。」

【箋注】

〔一〕虞：虞舜。表：存留標誌。《光緒上虞縣志》卷十九《山川·糶米石》：「在落星石東南，長亘里許，闊尋丈，俗謂舜糶米之路。凶歲石現，米價騰湧，土人用以占年。」《光緒上虞縣志》卷二十五《古迹·姚丘》：「在縣西四十里，一名桃丘，相傳爲舜所生處，旁有虞濱嬀石。舊志在指石山之東。」又《谷林》：「《郡國志》云：『上虞縣東今有姚丘，即舜葬之所。東又有谷林，即舜生之地。復有歷山，舜耕於此，嘉禾降此山也。』」

〔二〕夏：夏禹。載：乘坐。《尚書·益稷》：「予乘四載，隨山刊木。」顔延年《應詔觀北湖田收》：「周御窮轍迹，夏載歷山川。」《光緒上虞縣志》卷十九《山川·夏蓋山》：「在縣西北六十里，一峰崒嵂，高出天半，其形如蓋。一名夏駕山，相傳神禹曾駐於此。上有龍潭，嘗興雲雨。」

〔三〕鄭國：唐朝賢臣鄭國公魏徵，端直忠藎，知無不諫，凜凜然冰松雪柏，唐太宗目爲人鑑；詳見《新唐書》卷九十七《魏徵》。曠：廣大，空闊。《楚辭》宋玉《招魂》：「幸而得脱，其外曠宇些。」王逸《注》：「曠，大也。」

〔四〕運移：氣數更易。杜甫《詠懷古迹》：「運移漢祚終難復，志決身殲軍務勞。」

〔五〕直道：正直品格。白居易《歎魯二首》：「展禽胡爲者？直道竟三黜。」往篇：往昔所作詩文。謝靈運《還舊園作見顔范二中書》：「夫子照情素，探懷授往篇。」

〔六〕懋：盛大美好。《尚書·大禹謨》：「予懋乃德，嘉爾丕績。」通急：排解急難。顔延之《應詔觀北湖田收》：「息饗報嘉歲，通急戒無年。」李善《注》：「通百姓之急者，預戒於無年之時。」

遭：艱難困厄。

〔七〕沉滓：渣滓，喻俗務雜念。宋之問《自洪府舟行直書其事》：「愚以卑自衛，兀坐去沉滓。」

〔八〕山：夏蓋山與福祈山。《光緒上虞縣志》卷十九《山川·福祈山》：「在縣北四十五里，一名大山，巋然當夏蓋湖上，與夏蓋若賓主者。湖有九墩：曰楓樹，曰匾，曰周師，曰長，曰楝樹，曰黄虹，曰馬，曰白牛，曰西曬。楝樹墩在福祈山下，隨水高下，溢未嘗没，涸未嘗凸，旱潦如一，内有石穴如槨然，堪輿家稱善地。」

〔九〕人煙：人家。雲景：雲彩與太陽。李白《九日》：「今日雲景好，水緑秋山明。」

〔一〇〕别業：别墅。幽埏：墳墓。駱賓王《祭趙郎將文》：「異域幽埏，但有新栽松柏；他鄉古木，非復舊邑枌榆。」

〔二〕汗簡：竹簡，代史册。金石：古代頌功紀事之鍾鼎碑碣。崔峒《宿江西竇主簿廳》：「前事成金石，淒然淚欲垂。」

〔三〕穹碑：高大石碑。葉襄《禹陵》：「窆石蟲書古，穹碑鳥篆工。」

〔四〕錢鏐《錢氏九州廟碑記》：「若夫本大枝長，源深派遠，哲賢之後，靈慶常存。」

〔四〕孟浩然《臨洞庭上張丞相》：「坐觀垂釣者，徒有羡魚情。」盈廛：詳見本卷《龜毛廬》。

對春雪二首寄梧竹翁

其一

常時寒已收，今茲陰尚結。惜此豔陽天，盡付蕭騷雪〔一〕。穿花適自亂，雜雨詎成潔？獨有灞橋人，詩思益清絶〔二〕。

【題解】

乾隆本作《對春雪寄梧竹翁二首》。

梧竹翁，元時定海方氏，詳見本卷《題鳳湖梧竹居》。

【箋注】

〔一〕豔陽：豔麗明媚，多指春天。鮑照《學劉公幹體》：「豔陽桃李節，皎潔不成妍。」蕭騷：象聲詞。蘇軾《除夜泊彭蠡湖遇大風雪》：「蕭騷蓬響乾，晃蕩窗光透。」

〔二〕灞橋：或作霸橋，在長安東，古時親友在此折柳道别。朱勝非《紺珠集》卷一《銷魂橋》：「長安東灞陵有橋，人多於此送别，謂之銷魂橋。」清絶：清雅。杜甫《奉同郭給事湯東靈湫作》：「浩歌渌水曲，清絶聽者愁。」

其二

積雨已兩月，飛雪亦二旬。但釀谷中寒，詎睹原上春？庭無鳥聲樂，門有虎迹新〔一〕。君子篤惠愛，應念卧飢人〔二〕。

【箋注】

〔一〕黄庭堅《奉答子高見贈十韻》：「屏處人事少，晴餘鳥聲樂。」韋應物《山行積雨》：「深林猿聲冷，沮洳虎迹新。」

〔二〕卧饑：東漢名士袁安嘗困雪乏食而卧床不起，詳見卷九《次韻春雪禁體》。

十一月十日紀宗正夏君衡約遊東湖舟行未數里雨忽大作乘夜至湖下宿高氏墓廬頽垣敗屋四顧蕭然君衡呼酒劇飲談至夜分霑醉就睡思亦佳甚獨惜孔昭葉君既行而復止不得與此清會次早簷溜不絶遂泛舟而回舟中作此以示同遊諸公且寄孔昭

遽睹芳年謝，坐虧清景遊〔一〕。幸兹舟楫具，肯爲晦冥留？空江已湍濟，凝雲猶未收〔二〕。浦寒雨隨作，篷漏霰仍投〔三〕。澄湖限遥境，溢潦翻近疇〔四〕。急時暗促榜，失路夜迷洲。老篙泊洄曲〔五〕，童子棲浪頭。僅尋空館息，彌動羈客愁。鳥聲入簷急，虎迹當門稠〔六〕。人咤久失主，鼠欣新得儔〔七〕。障牖掛衣袂，燭竈爇薪櫃〔八〕。肴核稍羅列，醴醪聊獻酬〔九〕。僕御競歡謔，賓朋恣吟謳〔一〇〕。外患悠悠逝，中悁亹亹瘳〔一一〕。已諧安集意，洊爲棲宿謀〔一二〕。掃地藉藁秸，解包出衾裯〔一三〕。棟溜訝潛滴，礎潤驚暗流。偃坐類屈蠖，駢卧劇拘囚〔一四〕。悶懷仍抑噫，苦語重咿嘎〔一五〕。默誓屏遊屐，嘉願赴歸舟。陰晴分預卜，行樂且復休。第恨同袍友，近在東家丘〔一六〕。窮年訂期約，此夜闕綢繆〔一七〕。鬱鬱蓄良思，依依仰清猷〔一八〕。兹會已云失，何時復相求？

【題解】

紀堂，字宗正，元末明初鄞縣儒士。《乾隆鄞縣志》卷十四《人物·紀堂》：「字宗正。爲文章不蹈襲而步驟起伏，有古人風致。洪武間舉明經，授泰州知州，謫戍遼左。用知者薦，調知均州。永樂二年改國子學録，卒於官。」

紀堂授國子學録時，禮部尚書浦江鄭沂致仕南返鄭義門，紀堂吟詩餞別。《麟溪集》壬卷紀堂《送尚書鄭仲與致政》：「玉燭曾調天地春，幾回聽履上星辰。功成已覺桑榆晚，身退難同草莽臣。鳳闕入辭情戀戀，龍江餞別喜津津。到家孝義門如舊，加賜黄金盡速賓。」

夏君衡，其人不詳，參看本書卷二十五《承君衡叔榦遠送賦此以別》。

東湖，鄞縣名湖，詳見卷十五《遊東湖》。墓廬，古時居喪守墓屋舍。

葉晉，字孔昭，元末明初鄞縣名士，詳見本卷《舟次高錢遲孔昭不至詩以速之》。

【箋注】

〔一〕芳年：美好年華。虧：缺少。李德裕《題羅浮石》：「清景持芳菊，涼天倚茂松。」

〔二〕空江：浩瀚寂寥之江流。揭傒斯《楚山秋晚》：「老樹風生舟正泊，空江日落雁初飛。」遄：

快速。凝雲：濃雲。

〔三〕霰：雪珠。《楚辭》屈原《涉江》：「霰雪紛其無垠兮，雲霏霏而承宇。」仍：頻繁。《漢書》卷五十五《衛青》：「是後匈奴仍侵犯邊。」顏師古《注》：「仍，頻也。」

〔四〕澄湖：此指東湖。潦：雨水。張祜《苦雨二十韻》：「庭除深溢潦，枕簟去浮埃。」

〔五〕篙：撐船竿，代船夫。洄曲：水流回環盤旋地勢深隱幽僻之處。

〔六〕姚合《送僧默然》：「鳥聲猿更促，石色樹相連。」張祜《途中逢李道實遊蔡州》：「僻地人行澀，荒林虎迹稠。」

〔七〕咤：呼喝。《史記》卷九十二《淮陰侯列傳》：「項王喑噁叱咤，千人皆廢。」

〔八〕障牖：遮蔽窗户。爇：燒。薪櫄：柴火。韓愈《秋雨聯句》：「貧薪不燭竈，富粟空填廥。」

〔九〕肴核：肉類和果類食品。獻酬：主客互相敬酒。丘爲《湖中寄王侍御》：「嘗自愛杯酒，得無相獻酬？」

〔一〇〕謔：矜誇，説大話。吟謳：吟誦。梅堯臣《韻語答永叔内翰》：「綴之輒成篇，聊以助吟謳。」

〔一一〕悠悠：輕盈飄動貌。《詩經·小雅·車攻》：「蕭蕭馬鳴，悠悠旆旌。」悁：憂愁。亹亹：行進貌。陸機《赴洛道中》：「亹亹孤獸騁，嚶嚶思鳥吟。」

〔一二〕諧：實現。《後漢書·五行一》：「南陽有童謡曰：『諧不諧，在赤眉；得不得，在河北。』」安集：安寧，同義複詞。《漢書》卷三十九《蕭何曹參傳第九》：「故相齊九年，齊國安集，大稱賢相。」洊：再，又。

〔一三〕藉：鋪墊。衾裯：裯緞被子。

〔一四〕偃坐：僵坐。《説文·人部》：「偃，僵也。」駢卧：并排躺卧。班固《東都賦》：「駢部曲，列校隊。」李善《注》：「駢，猶并也。」劇：辛苦。陸機《苦寒行》：「劇哉行役人，慊慊恒苦寒。」

〔一五〕抑噫：悲歎。孟郊《雨中寄孟刑部幾道聯句》：「商聽饒清聳，悶懷空抑噫。」咿嚘：或作嚘咿，象聲詞。蘇軾《寄蘄簟與蒲傳正》：「火冷燈青誰復知，孤舟兒女自嚘咿。」

〔一六〕同袍：至交。許渾《曉發天井關寄李師晦》：「逢秋正多感，萬里別同袍。」東家丘：疑孔子後裔聚居地。東家：常稱孔子。張昱《次雪鶴生詩韻二首》：「錯向牆頭窺宋玉，風光元在魯東家。」丘：村鎮。《左傳·僖公十五年》：「敗于宗丘。」孔穎達《疏》：「土之高者曰丘，衆之所聚爲邑，故丘猶邑也。」《莊子·大宗師》：「言其與有足者至於丘也。」郭慶藩《集釋》引郭嵩燾曰：「凡居曰丘。」

〔一七〕闕：空缺。綢繆：殷懃懇切。張昱《醉題》：「情在綢繆歌《白苧》，心同慷慨贈青萍。」

〔一八〕鬱鬱：繁盛貌。《文選·古詩十九首》：「青青河畔草，鬱鬱園中柳。」依依：思慕貌。《後漢書》卷三《肅宗孝章帝紀》：「豈亡克慎肅雍之臣，辟公之相，皆助朕之依依？」李賢《注》：「依依，思慕之意。」

舟次高錢遲孔昭不至詩以速之

屢約湖曲遊，良辰輒蹉跎〔一〕。及今風雨夕，一葦凌寒波〔二〕。遥遥度墟里，靡靡轉坡陀〔三〕。暫息泉上樓，倚欄頻嘯歌。此時知心友，愆期在山阿〔四〕。儔侶徯之久，不至復如何？

【題解】

高錢，鄞縣村落，位於東錢湖畔西亭山麓。《嘉靖寧波府志》卷五《山川·鄞縣·山·西亭山》：「縣東三十里，層巒聳秀，下瞰深淵，人擬赤壁之勝。并山而居者，多錢高二姓，又名高錢山。」

葉晉，字孔昭，鄞縣名流，元末遊學上庠，明初官嘉祥知縣，其事參見本卷《十一月十日紀宗正夏君衡約遊東湖……》、卷十八《紫金石硯銘并序》、卷二十四《葉孔昭爲尊公刊海堤集喜而有賦》。納延《金臺集》卷一《送葉上舍晉歸四明》：「涼空夕陰霽，繁星烜明河。夜色浩如水，秋聲在庭柯。遊子千里情，歸心向江沱。亭亭太白巘，窅窅煙雲多。落月掛松檜，古屋依清波。結縭豈不蚤？流光恐蹉跎。振衣出橋門，晨興理征艖。清淮集魴鯉，曠野飛鴐鵝。顧我羈旅間，執别將如何？持觴易水上，慷慨《驪駒》歌。遠眺東南山，鬱鬱雲嵯峨。」

方孝孺《遜志齋集》卷十四《送嘉祥知縣葉孔昭朝覲還任序》：「先君太守公守濟寧逾五年，於時三州十二縣長佐數十人，皆南方士。舉進士能文章有名者凡數輩，余獲執經諸君間，講論問難。而閩士鄭君禮賢丞曲阜，葉君孔昭知嘉祥，待余尤厚。鄭君端方温直，而長於《詩》；葉君慈良和惠，而明於《易》：余心尤敬愛焉。二君每至，先君屏去崖岸，相與道性命之理，談政事之要，以相娱樂……今年予偶來京師，鄭君適自陝至，會於逆旅，既爲禮相勞苦，即問舊交所在。數十人中已鮮有存者，獨葉君儼然，治嘉祥得上考，朝京師以還，爲衆所推舉。余又歎當時仕州縣者，或聰察强敏，或苛刻有威聲，人畏而服之，今皆無在者。而葉君以慈良和惠之儒者，衆多疑其弛緩少功，而獨存焉。則又可見爲政之道，在此不在彼也……先君之爲政，以刑不足以止暴，則行德以率之；以躁不足以制事，則持静以化之。固是時先君之政爲東方郡牧首。推是道也，豈特可爲郡哉？雖天下可也。今世俗之吏不達大體，捃摭細故以爲明，深文重刑以爲斷，卒之禍及其身而後止，其視葉君何如哉！葉君以寬厚爲縣而治矣，由是而進乎其大者，願無變乎斯道。他日朝廷求寬厚者而用之，其將在兹乎！」

父葉恒，嘗修築海堤以造福餘姚民衆，詳見本書卷十六《海堤行》。

【箋注】

〔一〕蹉跎：失時。阮籍《詠懷》：「娱樂未終極，白日忽蹉跎。」

〔二〕一葦：代小船。《詩經·衛風·河廣》：「誰謂河廣？一葦杭之。」孔穎達《疏》：「言一葦者，謂一束也，可以浮之水上而渡，若桴筏然，非一根葦也。」

〔三〕墟里：村落。王維《輞川閑居贈裴秀才迪》：「渡頭餘落日，墟里上孤煙。」靡靡：遲緩貌。《詩經·王風·黍離》：「行邁靡靡，中心搖搖。」坡陀：斜坡。

〔四〕山阿：山嶺彎曲處。《楚辭》屈原《九歌·山鬼》：「若有人兮山之阿，被薜荔兮帶女蘿。」王逸《注》：「阿，曲隅也。」

湖下對雨有懷天淵老禪

空濛暗遥甸，淅瀝響高樹〔一〕。乍縈林表來，復洒重湖去〔二〕。瀟瀟孤興發，望望寒川莫〔三〕。念與道人期，雲深不知處〔四〕。

【題解】

天淵老禪，鄞縣二靈寺高僧，參看本卷《承天淵天敘二禪師下顧適出不及一會而去詩以謝之》、卷十八《風光軒贊》、卷二十《二靈山房記》、卷二十五《寄天淵老禪》。《乾隆鄞縣志》卷二十《仙釋》：「清浚，字天淵，黄巖人，説法於邑之萬壽寺，歸隱於二靈山。洪武初，召爲左覺義，住靈谷寺，御製詩十二首賜之，浚和詩稱旨。宋濳溪嘗有詩送還四明，稱其才不下祕演、浩初。」

《文憲集》卷八《送天淵禪師濬公還四明序》：「天淵名清濬，台之黄巖人，古鼎銘公之入室弟子。嘗司内記雙徑，説法於四明之萬壽，近歸隱於清雷峰中，蓋法筵之龍象也。余初未能識天淵，見其所裁《輿地圖》，縱横僅尺有咫，而山川州郡彪然在列。余固已奇其爲人，而未知其能詩也。已而有傳之者，味沖澹而氣豐腴，得昔人句外之趣，余固已知其能詩而猶未知其能文也。今年春，偶與天淵會於建業，因相與論文，其辯博而明捷：寶藏啓而琛貝焜煌也；雲漢成章而日星昭焕也；長江萬里，風利水駛，龍驤之舟藉之以馳也。因徵其近製數篇讀之，皆珠圓玉潔而法度謹嚴。余愈奇其爲人，傳之禁林，禁林諸公多歎賞之。余竊以謂天淵之才，未必下於祕演、浩初，其隱伏東海之濱而未能大顯者，以世無儀曹與少師也。人恒言文辭之美者蓋鮮，嗚呼，其果鮮乎哉！方今四海會同，文治聿興，將有如二公者出荷斯文之任，倘見天淵所作，必亟稱之，浩初、祕演當不專美於前矣。或者則曰：『天淵，浮屠氏也。浮屠之法，以天地萬物爲幻化，況所謂詩若文乎？』是固然矣。一性之中，無一物不該，無一事不統，其大無外，其小無内，誠不可離而爲二。苟如所言，則性外有餘物矣。人以天淵爲象爲龍，此非所以言之也。」

天淵禪師清風遠韻，工詩善吟。《御選明詩》卷九十《清濬・上命和山居詩》其一：「老來一鉢住巖幽，塵境無心得自由。空裏每看花滿眼，鏡中漸覺雪盈頭。吟餘月照千峰夜，定起雲生萬壑秋。身世已知渾似夢，百年光景水東流。」其二：「白髮山僧住翠蘿，餘生身事任蹉跎。倦從石上支頤坐，閑向雲中拍手歌。舍利現時光煜煜，伽梨披處影娑娑。鍾山咫尺城東地，草木偏承雨露多。」

【箋注】

〔一〕空濛：朦朧迷茫貌。權德輿《桃源篇》：「漸入空濛迷鳥道，寧知掩映有人家？」甸：郊野。謝朓《宣城郡内登望》：「威紆距遥甸，巉嵒帶遠天。」淅瀝：象聲詞。陸游《春雨絶句》：「蕭條冬令侵春晚，淅瀝寒聲滴夜長。」

〔二〕重湖：大湖。《吕氏春秋·貴生》：「天下，重物也。」高誘《注》：「重，大也。」

〔三〕瀟瀟：風雨暴疾貌。《詩經·鄭風·風雨》：「風雨瀟瀟，鷄鳴膠膠。」毛《傳》：「瀟瀟，暴疾也。」孤興：孤寂心緒。宋之問《見南山夕陽召監師不至》：「孤興欲待誰？待此湖上月。」望望：一再瞻望，形容眷念。董思恭《感懷》：「望望情何極？浪浪淚空泫。」

〔四〕道人：得道高人，此指天淵禪師。賈島《尋隱者不遇》：「只在此山中，雲深不知處。」

留别白沙諸友三首

其一

頻年接歌笑，誰忍隔音形〔一〕？一爲寒餒迫，頓忘别離情。春帆已駕浦，晨鼓亦催程〔二〕。可得重相過，同聽夜潮聲〔三〕？

【題解】

白沙，元慶元路定海縣地名，參看卷二十三《真逸處士夏君墓誌銘》與《玄逸處士夏君墓誌銘并序》。

【箋注】

〔一〕韓維《和曼叔靈樹相别》：「豈其道里遠？要是隔音形。」

〔二〕駕：航行。柳宗元《寄澧州張使君八十韻》：「朝宗延駕海。」蔣之翹《輯注》：「駕海，猶言航海也。」

〔三〕可：通「何」。《讀書雜誌·晏子春秋第二·天之變》：「可，讀曰何；何、可古字通。」

其二

别筵春寂寂，分渚草離離〔一〕。徘徊折芳杜，悵望失佳期〔二〕。潮水有虧日，客情無減時〔三〕。已矣心中事，終遺與誰知？

【箋注】

〔一〕寂寂：寂寥落寞。蘇軾《縱筆三首》：「寂寂東坡一病翁，白鬚蕭散滿霜風。」

〔二〕杜：杜若，香草名。《楚辭》屈原《九歌·湘君》：「采芳洲兮杜若，將以遺兮下女。」佳期：美好時光。謝莊《月賦》：「佳期可以還，微霜沾人衣。」

〔三〕李綱《江城子》：「早是客情多感慨，煙漠漠，雨濛濛。」

其三

雨暗長江日，鍾動寒城曙〔一〕。居人息深閣，遊子行多露〔二〕。冥冥見煙花，曖曖想雲樹〔三〕。不道絶遊從，晨昏自難度〔四〕。

【箋注】

〔一〕賈島《早行》：「遠山鐘動後，曙色漸分明。」鍾：通「鐘」。

〔二〕羅鄴《早發宜陵即事》：「居人猶自掩關在，行客已愁驅馬遲。」

〔三〕冥冥：昏暗晦昧貌。杜甫《高楠》：「楠樹色冥冥，江邊一蓋青。」曖曖：昏昧隱約貌。陶潛《歸園田居》：「曖曖遠人村，依依墟里煙。」雲樹：常喻久别朋友。杜甫《春日憶李白》：「渭北春天樹，江東日暮雲。」高啓《讀周記室荆南集》：「生别猶疑不再逢，楚天雲樹隔重重。」

〔四〕不道：不料。楊萬里《戊戌正月二日雪》：「只愁雪虐梅無奈，不道梅花領雪來。」遊從：友人。文天祥《早秋》：「眼裏遊從驚死别，夢中兒女慰生離。」

寄秋崖講師二首

其一

四窗舊弟子，胡乃住兹山〔一〕。緣思竹一擊，遂分雲半間〔二〕。宗門資負荷，衲子賴陶甄〔三〕。毋徒效前懿，飢餐而困眠〔四〕。

【題解】

秋崖講師，元末四明鄞縣比丘，先入延慶爲懺首，後擢資教講寺住持，詳見卷二十一《送秋崖講師住資教詩序》。

【箋注】

〔一〕四窗：四明山別稱，此代慶元路府城，秋崖講師嘗修道於府城延慶寺。《讀史方輿紀要》卷八十九《浙江一·四明山》：「石窗四面玲瓏，每天地澄霽，望之如户牖，中通日月星辰之光，亦名四窗，故曰四明。」袁燮《遊寶方山》：「甬東有勝境，豁然四窗具。玲瓏皆自然，匪以雕鐫故。」

〔二〕竹一擊：此暗用唐智閑禪師擊竹頓悟事迹，參見卷二十二《題竹窗詩卷》。宋道原《景德傳燈録》卷十一：「鄧州香嚴智閑禪師，青州人也。厭俗辭親，觀方慕道，依潙山禪會。祐和尚知其法器，欲激發智光，一日謂之曰：『吾不問汝平生學解及經卷册子上記得者，汝未出胞胎未辨東西時本分事試道一句來，吾要記汝。』師懵然無對，沉吟久之，進數語陳其所解。祐皆不許。師曰：『卻請和尚爲説。』祐曰：『吾説得是吾之見解，於汝眼目又何有益乎！』師遂歸堂，遍檢所集諸方語句，無一言可將酬對，乃自歎曰：『畫餅不可充飢。』於是盡焚之，曰：『此生不學佛法也，且作個長行粥飯僧，免役心神。』遂泣辭潙山而去。抵南陽，睹忠國師遺迹，遂憩止焉。一日因山中芟除草木，以瓦礫擊竹作聲，俄失笑間廓然省悟。遽歸，沐浴焚香，遥禮潙山，贊曰：『和尚大悲，恩逾父母，當時若爲我説卻，何有今日事也？』仍述一偈云：『一擊忘所知，更不假修治。動容揚古路，不墮悄然機。處處無蹤迹，聲色外威儀。諸方達道者，咸言上上機。』」雲半間：此借用宋僧顯萬逸事，詳見卷十四《雲深詩序》。

〔三〕陸游《歲暮雜感》：「勉終《大學》功，吾道要負荷。」陶甄：陶冶教化。

〔四〕前懿：前賢。道原《景德傳燈録》卷六《懷讓禪師第二世馬祖法嗣》：「越州大珠慧海禪師者，建州人也……有源律師來問：『和尚修道還用功否？』師曰：『用功。』曰：『如何用功？』師曰：『飢來吃飯困來即眠。』」惠洪《石門文字禪》卷二十五《題華嚴綱要》：「方天下禪學之弊極矣，以飽食熟睡遊談無根爲事，而佛鑑乃倡爲宗尚之，其亦護法憫俗之慈也歟？」

其二

涼風振乳泉，落日照白鶴〔一〕。清境曠蕭條，高僧①屬棲泊〔二〕。談經瓜爲香，説法花亦落〔三〕。何當棄塵勞，來問無生樂〔四〕？

【校勘】

①僧，底本作「增」，據乾隆本改。

【箋注】

〔一〕乳泉：鄞縣西部泉水。《嘉靖寧波府志》卷五《山川·鄞·川·泉·乳泉》：「縣西三十五里，資教寺北，味甘色白，故名。」白鶴：鄞縣西部山峰。《嘉靖寧波府志》卷五《山川·鄞·山·白鶴山》：「縣西四十里，與望春山對峙，爲邑之西小朵。」

〔二〕李白《别匡山》：「莫怪無心戀清境，已將書劍許明時。」棲泊：居留。

〔三〕瓜香：梁大沙門僧祐書寫誦持佛經甚勤，其身遂有爛瓜香，詳見卷二十九《跋數上人所書蓮經後》。花落：佛祖講經，感動天神，各色香花紛紛下墜，參見卷九《次韻遊寶華寺》。

〔四〕塵勞：佛教徒謂世俗事務。《無量壽經》卷上：「散諸塵勞，壞諸欲塹。」

承天淵天敘二禪師下顧適出不及一會而去詩以謝之

相聞非一日，相會在何年？行道偶來過，盡興復言施〔一〕。豈伊塵外迹，合屏區中緣〔二〕？去就既殊路，動静詎皆禪〔三〕？身名端可遣，物累諒終纏〔四〕。悠悠仰高韻，默默阻中悁〔五〕。

【題解】

天淵、天敘，元末鄞縣高僧奇衲。天淵事詳見本卷《湖下對雨有懷天淵老禪》，天敘事參看卷二十五《梅簷爲天敘師賦》。

《丁鶴年詩輯注·方外集·寄東湖浚天淵長老伯仲》：「平湖一鑑涵空明，千鬟照影群峰晴。慈雲或將花雨過，幽泉盡學松濤鳴。清猿對户忽長嘯，老鶴下階時獨行。何人最得此中趣？無著天親好弟兄。」

【箋注】

〔一〕行道：修道。言施：佛教法布施，即説法以度人。王常月《龍門心法》：「如以財布施，名爲修福；以法布施，名爲修慧。」

〔二〕塵外：世外。孟浩然《武陵泛舟》：「坐聽閑猿嘯，彌清塵外心。」區中：人世間。陳師道《寄參寥》：「平生西方願，擺落區中緣。」

〔三〕去就：取捨。董仲舒《春秋繁露·保位權第二十》：「黑白分明，然後民知所去就；民知所去就，然後可以致治。」陶淵明《於王撫軍座送客》：「逝止判殊路，旋駕悵遲遲。」

〔四〕遣：消除，丢棄。杜甫《發同谷縣》：「奈何迫物累？一歲四行役。」

〔五〕悠悠：深思貌。《詩經·邶風·終風》：「莫往莫來，悠悠我思。」

七言古詩

揖月樓歌 爲陳節判賦

故人昔官東海陲，舉杯邀月月不知〔一〕。故人今住北江滋〔二〕，開樓揖月月乃至。彼月於人無愛憎〔三〕，倏而墜兮忽而昇。一昇一墜催人老，人非靈仙安得與之久相好？君不見，漢家有樓號干雲；又不見，晉代有樓名伺星〔四〕。兩樓只今誰作主？惟有明月曾照當時人〔五〕。當時人已失①，明月獨如故〔六〕。古往今來共如此，仰看月光能幾度！念此長歌雙淚流，人生似寄君識不〔七〕？欲遺身世放情意〔八〕，除是登君揖月之飛樓。月兮月兮於我亦何有？昨照黑頭今白首。黑頭白首可奈何？且盡今宵一杯酒。酒酣爲問誰可揖，世間只有此月心莫逆〔九〕。酈生空揖隆準公〔一〇〕，汲老徒揖田相國〔一一〕。達固無足取，窮亦不足慕〔一二〕。但願仙人降靈訣，使我長與是月爲賓主。吾聞月中仙桂芳下有白兔，所擣長生不死之藥方〔一三〕，因君儻乞得，千載不相忘。

【題解】

節判，通稱節度判官，唐朝節度使屬官；此稱元樞密院或行樞密院院判，參見卷十三《邁院判哀思序》。

【校勘】

① 失：乾隆本作「矣」。

【箋注】

〔一〕李白《月下獨酌》：「舉杯邀明月，對影成三人。」

〔二〕北江：長江下游。毛晃《禹貢指南》卷四《北江》：「《水經》：『北江，在毗陵北界，東入於海。』又曰：『沔水與江合流，又東過彭蠡澤，又東出居巢縣南，又東過牛渚縣南，又東至石城縣。分爲二：其一東北流；其一又過毗陵縣北，爲北江。』」

〔三〕李商隱《北青蘿》：「世界微塵裏，吾寧愛與憎？」

〔四〕干雲：其情不詳。《藝文類聚》卷五十七《雜文部三》：「後漢劉梁《七舉》曰：『丹楹縹壁，紫柱虹梁。桷榱朱緑，藻棁玄黄。鏤以金碧，雜以夜光。鴻臺百層，干雲參差。』」伺星：晉代高樓。徐堅《初學記》卷二十四《居處部·樓第五》：「晉有伺星樓、儀鳳樓、翔鳳樓。」

〔五〕只今：如今。李白《蘇臺覽古》：「只今惟有西江月，曾照吴王宫裏人。」

〔六〕張若虚《春江花月夜》：「人生代代無窮已，江月年年只相似。」

〔七〕曹丕《善哉行》：「人生如寄，多憂何爲？今我不樂，歲月如馳。」

〔八〕陸游《冬夕閑詠》：「終年幽興遺身世，半夜孤吟愴鬼神。」

〔九〕莫逆：彼此心意相通，無所違逆。《莊子·大宗師》：「（子桑户、孟子反、子琴張）三人相視而笑，莫逆於心，遂相與友。」

〔一〇〕酈生：西漢酈食其，初謁劉邦，長揖不拜。後説齊王田光，田光降漢。韓信突然發兵襲齊，田光疑酈食其賣己而烹之。詳見《史記》卷九十七《酈生陸賈列傳》。隆準公：漢高祖劉邦；隆準，高鼻梁。《史記》卷八《高祖本紀》：「高祖爲人，隆準而龍顔。」

〔一一〕汲老：西漢社稷重臣汲黯，端直豪俠，直諫不屈；丞相田蚡炙手可熱，汲黯長揖不拜；汲黯屢言和親，而漢征匈奴數有功，武帝遂疏遠汲黯直至免官。詳見《史記》卷一百二十《汲鄭列傳》。邵寶《容春堂前集》卷二《樂安大嶺次見素公》：「亢作汲老揖，卑爲侯生迎。」

〔一二〕慕：悲傷。蕭衍《擬明月照高樓》：「悲慕屢傷節，離憂亟華年。」

〔一三〕仙桂：仙界桂樹。《樂府詩集》卷三十四《相和歌辭九·董逃行》四解：「教敕凡吏受言，采取神藥若木端。白兔長跪搗藥蝦蟆丸。奉上陛下一玉柈，服此藥可得神仙。」

節婦謡　爲蔡母賦

四明古郡控海隅，黑雲壓城風振廬〔一〕。中有一婦貌甚姝，年未三十即寡居。時時泣血眼欲枯，鳥啾獸躑助號呼〔二〕。旦夕酳奠絶復蘇，春秋饋祀悲有餘〔三〕。曷不摧殘殞以軀？白頭爲有堂上姑。姑年既耄孰與娱？孰具晨殽與夕蔬？晝理蠶桑夜辟爐①，經營甘旨美且腴〔四〕。奉老仍當撫我雛，我雛未解膝下趨〔五〕。隻身鞠育竭瘁劬〔六〕，年來能作反哺烏。空堂夜静簾影疏，燈燭熒熒一寢孤。照容已絶翠與珠，蔽體只穿麻枲襦〔七〕。人生在世不斯須，茹苦銜②辛何太拘！天地立極聖有謨，重兹首教自古初〔八〕。或始《乾》《坤》或《關雎》，民彝所係理豈誣〔九〕？濮上桑間俗易污〔一〇〕，《柏舟》所詠絶代無〔一一〕。紅顔皓腕滿路衢，容不媿德徒區區。卓哉此節誰得如？里巷遺輝日以敷〔一二〕。褒題況復有文儒，芳名好與金石俱。我固頎然一丈夫，貞節傳中書不書？貞節傳中書不書？

【題解】

節婦，夫死而守貞不再嫁之女婦。俞汝楫《禮部志稿》卷六十五《旌表備考》：「《大明令》：

『凡民間寡婦三十以前夫亡守志，五十以後不改節者，旌表門閭，除免本家差役。』」蔡母，鄞縣蔡敬之母夏守貞，詳見卷二十九《蔡節婦夏氏墓誌銘》。父夏文華，兄夏榮顯與夏榮達，詳見卷二十三《真逸處士夏君墓誌銘》《玄逸處士夏君墓誌銘并序》。

【校勘】

① 盧：乾隆本作「鑪」。

② 銜：底本作「御」，據乾隆本改。

【箋注】

〔一〕李賀《雁門太守行》：「黑雲壓城城欲摧，甲光向日金鱗開。」

〔二〕泣血：淚盡血出，形容極度悲傷。《易·屯》：「乘馬班如，泣血漣如。」躑：跳躍。

〔三〕酹奠：倒酒祭祀；酹，獻酒。《儀禮·特牲饋食禮》：「主人洗角升，酌酳尸。」鄭玄《注》：「酳，猶衍也；是獻尸也。」饋祀：用酒食祭祀。《尚書·酒誥》：「爾尚克羞饋祀。」

〔四〕辟盧：即辟纑，搓麻成綫；盧，通「纑」。《左傳·桓公十三年》：「羅與盧戎兩軍之。」洪亮吉《詁》：「盧，《史記》作纑，亦通。」劉克莊《處士妻十首》：「辟纑并織屨，足了一生中。」

〔五〕趨：趨奉，奉承。陸采《明珠記·別母》：「老景漸龍鍾，冷落長門，没個趨奉。」

〔六〕瘁劬：艱辛勞累。陳宓《挽楊夫人》：「笄年逾十便孀居，苦教孤兒共瘁劬。」

〔七〕麻枲：麻。漢桓寬《鹽鐵論·園池》：「田野闢，麻枲治。」

〔八〕立極：確立準則。蘇頲《奉和聖製過晉陽宫應制》：「立極萬邦推，登庸四海尊。」謨：大道。首教：人世教化以夫婦爲本源。吴萊《題天台山張節婦卷》：「古人重首教，夫婦繫民彝。」

〔九〕乾坤：《周易》第一卦與第二卦。高亨《周易大傳今注》卷五《繫辭上》：「天尊地卑，乾坤定矣……乾道成男，坤道成女。」關雎：《詩經·周南》詩篇，其詩吟詠后妃之美德。朱熹《詩集傳》：「匡衡曰：『妃匹之際，生民之始，萬福之原。婚姻之禮正，然後品物遂而天命全。』孔子論《詩》以《關雎》爲始。言太上者民之父母。后夫人之行不侔乎天地，則無以奉神靈之統而理萬物之宜。自上世以來，三代興廢未有不由此者也。」民彝：人倫。

〔一〇〕濮上桑間：古代濮水之濱有桑間，其地盛行靡靡之音；詳見卷七《祭方壽父先生文》。易污：輕慢卑污。

〔一一〕柏舟：《詩經·鄘風》詩篇，謳歌共姜堅貞不渝之情愫。《詩集傳》：「舊説以爲衛世子共伯蚤死，其妻共姜守義，父母欲奪而嫁之，故共姜作此以自誓。」絶代：冠絶當代。

〔一二〕陸雲《吴故丞相陸公誄》：「仰慕遺輝，痛辟憂殷。」敷：鋪陳，擴展。

丹丘先生歌

丹丘先生好仙靈，自言手把天地扃〔一〕。雷公電母聽使令，衆真狎恰通丁寧〔二〕。

時秋屓贔氣不清，海頭八月神濤傾〔三〕。天河咫尺連滄瀛〔四〕，風號雨蝕不暫停。雲林老臣卻朣朦，欲召群仙來降精〔五〕。奈此淋淫時所丁，海媧嶽姥濕輜軿〔六〕。丹丘先生溘上征，坐驅羽駕逆雲行〔七〕。赤龍騰御青鳥迎，手執芙蓉朝玉京〔八〕。告道祠官①竭精誠，冀陳脩俎靈爽呈〔九〕。天胡奪是兩眼睛，有光不照孤羇情〔一〇〕。頃之飆風翮以輕，旗旄毿毿擁飛旌〔一一〕。口含天語悄無聲，爲臣特借三日晴。扶桑暘谷曉曜赬，百神雜沓天路平〔一二〕。丹丘先生下太清，首峨瓊弁被玉纓〔一三〕。望中恍惚儵若驚〔一四〕，訇然向我振威獰〔一五〕，曷不從之學長生？

【題解】

丹丘，傳說中神仙所居之地，《楚辭》屈原《遠遊》：「仍羽人於丹丘兮，留不死之舊鄉。」王逸《注》：「丹丘，晝夜常明也。」丹丘先生，生平不詳，必也遺世獨立之道家高士。

【校勘】

①官：底本作「宫」，據乾隆本改。

【箋注】

〔一〕仙靈：神仙。左思《吴都賦》：「圖以雲氣，畫以仙靈。」扃：自外關閉門户時所用門栓。

〔二〕真：神仙。《楚辭》王逸《九思·守志》：「隨真人兮翱翔。」王逸《注》：「真，仙人也。」狎恰：密集擁擠貌。蘇舜欽《檢書》：「魚子或破碎，蠹兒尚狎恰。」丁寧：同「叮嚀」。

〔三〕屓贔：强勁有力貌。韓愈《月蝕詩效玉川子作》：「森森萬木夜僵立，寒氣屓贔頑無風。」海頭：海邊。

〔四〕滄瀛：滄海。舒岳祥《神鼇》：「應是任公垂釣得，靈鼇入手出滄瀛。」

〔五〕雲林老臣：詩人自稱。卻膻腥：不茹葷，代齋戒；古人在祭祀前整飭身心以示虔誠。降精：精靈降落。《全唐文》卷一百六十二史仲謨《後漢溧陽侯史崇墓碑頌》：「山嶽降精，川瀆耀靈。」

〔六〕《廣韻·個韻》：「奈，奈何。」淋淫：雨水連綿不絶。宋莊季裕《鷄肋編》卷上：「又春多暴雨淋淫，秋則常苦旱暵。」丁：遇上。海娼嶽姥：泛指掌管滄海山嶽之女神。輜軿：有帷蓋可載重之車。

〔七〕羽駕：傳説中鸞鶴所駕車輛。沈約《遊金華山》：「若蒙羽駕迎，得奉金書召。」

〔八〕媵御：妻家陪嫁婢女與夫家奴僕。《儀禮·士昏禮》：「媵御沃盥交。」賈公彦《疏》：「云媵，送也，謂女從者，即姪娣也。云御……謂夫家之賤者也。」玉京：天帝所居仙都。白居易《夢仙》：「須臾群仙來，相引朝玉京。」

〔九〕祠官：掌管祭祀之官。杜甫《橋陵》：「宫女晚知曙，祠官朝見星。」俻俎：祭祀時盛放酒肉之禮器；脩，通「卣」，酒器。《周禮·春官·鬯人》：「廟用脩。」鄭玄《注》：「脩，讀曰卣。」靈爽：神靈，神明。袁宏《後漢紀》卷二十八《孝獻皇帝紀三》：「朕遭艱難，越在西都，感惟宗廟靈爽，何日不歎！」

〔一〇〕奪：喪失。《素問·通評虚實論篇第二十八》：「精氣奪則虚。」張志聰《集注》：「奪，失也。」孤羈：孤獨羈旅。林景熙《有感》：「逢春感孤羈，抱古來衆吠。」

〔一一〕翩：摇曳飄忽貌。曹植《洛神賦》：「翩若驚鴻，婉若游龍。」旗旄：軍將所建旗幟；旗，上畫龍虎圖像之旗幟；旄，竿頂用犛牛尾裝飾之旗幟。毵毶：毛長貌。旌：旌麾，帥旗。《三國志》卷九《魏書九·夏侯淵》：「大破遂軍，得其旌麾。」

〔一二〕扶桑暘谷：二地名，傳説爲日出之處，詳見卷九《泛海》。曜：泛指日月星辰，此稱太陽。雜沓：同「雜遝」，紛雜繁多貌。杜甫《麗人行》：「簫管哀吟感鬼神，賓從雜遝實要津。」

〔一三〕瓊弁：一種飾以瓊玉之皮弁。被：通「披」。玉纓：以玉爲飾之冠帶。《左傳·僖公二十八年》：「楚子玉自爲瓊弁玉纓，未之服也。」杜預《注》：「弁以鹿子皮爲之；瓊，玉之别名，次之以飾弁及纓。」

〔一四〕儵若：倏然，忽然；儵，通「倏」。《説文》：「驚，馬駭也。」

〔一五〕訇然：象聲詞，形容巨響聲。李白《夢遊天姥吟留别》：「洞天石扉，訇然中開。」振：顯揚。《孟子·萬章下》：「金聲而玉振之也。」趙岐《注》：「振，揚也。」威獰：威猛。釋紹曇《送鏡兕之虎丘》：「虎巖老虎太威獰，平地拏人死復生。」

遊山至葉仲容家飲散因爲醉歌

石林古村鬱深窈，幾處樓居插晴昊〔一〕。主人喜我攜客來，隔屋頻呼酒家保〔二〕。老來厭受樊籠束，十日山行恣幽討〔三〕。世間萬事良可知，一盃且此開懷抱。座中高士毛雲莊，滿腹詩才鬥葩藻〔四〕。自從偕我林壑遊，得句幾回驚絶倒〔五〕。況逢地主亦善詩，時出新篇慰枯槁〔六〕。安得思如劉沈輩〔七〕，席上同吟醉歌好？窗縈月練愛宵遲，樓度日車嫌曙早〔八〕。衆賓固盡新知樂，賤予①獨懷心慅慅〔九〕。有家遠在越水東，數口漂流千里道〔一〇〕。身心已同風撼木，壽命何殊露垂草〔一一〕！柴桑未返彭澤翁〔一二〕，同谷空悲杜陵老〔一三〕。好斟磵水添酒盃，盡把閑愁醉中掃〔一四〕。

【題解】

戴九靈隱居四明時，嘗攜文友台州毛翰、慈溪沈源與弟子唐轅遊歷慈溪西部山川，其間投宿葉家，有感於東道主之慇懃慷慨而吟就此詩，其事參看卷十七《出遊聯句》。葉仲容，其人生平不詳。

【校勘】

①予：乾隆本作「子」。

【箋注】

〔一〕石林：山名，參見本卷《自定水回舟漏幾溺》。

〔二〕酒家保：酒保，酒店傭工。《漢書》卷三十七《欒布》：「窮困，賃傭於齊，爲酒人保。」

〔三〕幽討：探尋幽景。陸游《晨起》：「鳴禽傍窗户，怪我倦幽討。」

〔四〕毛雲莊：台州毛翰，詳見卷十五《次韻答毛彝仲提學》。

〔五〕絶倒：極爲佩服。戎昱《聽杜山人彈胡笳》：「杜陵先生證此道，沈家祝家皆絶倒。」

〔六〕枯槁：失意困苦。《莊子·天下》：「雖然，墨子真天下之好也，將求之不得也，雖枯槁不舍也。」

〔七〕劉沈：魏晉詩人劉楨與沈約，才情卓絶，妙筆生花。史簡《鄱陽五家集》卷六徐瑞《松巢漫稿一·書懷五首》：「曹劉沈謝易摸索，楊王盧駱哂未休。」《文選》卷二十劉楨《公讌詩》：「永日行遊戲，懽樂猶未央。遺思在玄夜，相與復翺翔。輦車飛素蓋，從者盈路傍。月出照園中，珍木鬱蒼蒼。清川過石渠，流波爲魚防。芙蓉散其華，菡萏溢金塘。靈鳥宿水裔，仁獸遊飛梁。華館寄流波，豁達來風涼。生平未始聞，歌之安能詳？投翰長歎息，綺麗不可忘。」陳慶元《沈約集校箋》卷十《正陽堂宴勞凱旋》：「凱入同高宴，歓至均多祜。昔往歌《采薇》，今來歡《杕杜》。善戰惟我皇，勝之不窺户。推轂授神謨，餘壯終能賈。浩蕩金罍溢，周流玉觴傳。」

〔八〕月練：白練般皎潔月色。陳元裕《送德林郎中學士赴東府》：「泛去星槎遠，澄來月練浮。」遲：久。日車：神話傳説中六龍所駕之太陽車；後泛指太陽。郭印《負暄》：「無計凌空去，雲間留日車。」

〔九〕李商隱《風雨》：「新知遭薄俗，舊好隔良緣。」慅慅：憂愁貌。

〔一〇〕數口：此指詩人及侄戴思温，見卷十五《客中寫懷六首·示侄》。

〔一一〕魏了翁《魚耶孫氏挽詩》：「可堪風撼木，不見雪盈簪？」

〔一二〕柴桑：東晉詩家陶潛鄉邦。彭澤翁：陶潛嘗官彭澤令，故稱。《晉書》卷九十四《隱逸》：「執事者聞之，以爲彭澤令……郡遣督郵至縣，吏白應束帶見之，潛歎曰：『吾不能爲五斗米折腰，拳拳事鄉里小人邪！』義熙二年，解印去縣，乃賦《歸去來》。」

〔一三〕同谷：在今甘肅成縣，安史之亂時杜甫流落其地。仇兆鼇《杜詩詳注》卷八《乾元中寓居同谷縣作歌七首》其五：「四山多風溪水急，寒雨颯颯枯樹濕。黄蒿古城雲不開，白狐跳梁黄狐立。我生何爲在窮谷？中夜起坐萬感集。嗚呼五歌兮歌正長，魂招不來歸故鄉。」杜陵老：詩聖杜甫自號杜陵野老、杜陵布衣、杜陵野客等，故世人稱之爲杜陵老。戴復古《論詩七絶》：「飄零憂國杜陵老，感寓傷時陳子昂。」

〔一四〕斞：舀取。《説文》：「斞，挹也。」

胡仲厚爲予寫陋容詩以謝之

世間誰是丹青手？神妙如君不多有。一朝來訪逆旅中，戲捉霜毫貌予醜〔一〕。胡君胡君眼如電，席上乍窺如慣見。二毛既已發天機，五采亦復開生面〔二〕。試拂鸞臺青鏡銅，時時鑑我憂世容〔三〕。雙眉交攢兩肩聳，政與此圖標格同〔四〕。聞説朝家畫麟閣〔五〕，褒公鄂公無處着①〔六〕。不從當代寫英雄，卻向窮途繪老翁。老翁醜狀固無比，一種孤高差足喜〔七〕。里巷從今詫許仙，慎勿取錢盈二千〔八〕。

人生落地無常身，紅顔幾日白頭新。況當萬死干戈際，豈有半神堪寫真？胡君

【題解】

胡敦，字仲厚，元末明初鄞縣畫家，與名流烏斯道、鄭真過從甚密。《乾隆鄞縣志》卷十四《人物·胡敦》：「字仲厚，幼不好弄。既長，潛心經史，講説不倦。晨夕衣冠，如對大賓，雖童稚必束帶見之。每芳辰高會，賡唱迭和，若與世相忘。旁精醫卜，尤嗜寫山水人物，好義輕利，人多高之。」

徐沁《明畫録》卷三：「胡仲厚，鄞人，善畫青緑山水，筆法師董源，而雲氣勃鬱，渲染得法。」

烏斯道《春草齋集》卷二《雲山圖歌》：「城中隱君胡仲厚，酌酒論詩十年友。經書不獨滿胸中，畫作何曾在人後？知我已是山中人，先爲畫山兼畫雲。晴天倒飛秋海浪，浪中亂疊蒼龍鱗。中有喬林結層緑，長梢半掩西邊屋。兔迹鳥道隔重巒，正好開門枕寒玉。我得此圖良慰心，但覺雲山思愈深。他日能償結茅願，可無仲厚來相尋。袖拂白雲相對坐，坐久嗒然吾喪我。此時不復有雲山，山鳥自啼花自墮。」

鄭真《滎陽外史集》卷九十四《題胡仲厚先生畫》：「樓閣重重最上頭，石橋有路接蓬洲。多才欲著興公賦，適意須招太傅遊。棘屋半藏巖日曉，松關深鎖澗雲秋。郭熙自得忘言趣，掛壁爭看醉墨流。」

【校勘】

① 着：乾隆本作「著」。

【箋注】

〔一〕霜毫：毛筆。王冕《明上人畫蘭圖》：「不須百畝樹芳菲，霜毫掃動光風起。」貌：描繪，摹寫。杜甫《丹青引》：「即今漂泊干戈際，屢貌尋常行路人。」

〔二〕二毛：黑白二髮。天機：天賦靈性。《莊子・大宗師》：「其耆欲深者，其天機淺。」生面：生動面目。

〔三〕鸞臺：鏡臺。張先《木蘭花・席上贈同邵二生》：「弄妝俱學閑心性，固向鸞臺同照影。」陸游《夜雨枕上》：「丈夫本憂世，兒女乃畏死。」

〔四〕標格：風範，風度。楊敬之《贈項斯》：「幾度見詩詩總好，及觀標格過於詩。」

〔五〕麟閣：漢宣帝時表彰功臣，圖霍光等十一人像於麒麟閣。《漢書》卷五十四《蘇武》：「甘露三年，單于始入朝。上思股肱之美，乃圖畫其人於麒麟閣。」顔師古《注》引張晏曰：「武帝獲麒麟時作此閣，圖畫其像於閣，遂以爲名。」

〔六〕褒公鄂公：貞觀年間，唐太宗命閻立本畫《二十四功臣圖》於凌煙閣，其間有褒國公段志玄、鄂國公尉遲敬德；二公事迹詳見《新唐書》卷八十九。杜甫《丹青引贈曹將軍霸》：「凌煙功臣少顔色，將軍下筆開生面。良相頭上進賢冠，猛將腰間大羽箭。褒公鄂公毛髮動，英姿颯爽來酣戰。」

〔七〕王冕《題畫梅》：「器識可同莘野夫，孤高差擬蟠溪叟。」

〔八〕《廣韻·語韻》：「許，許可也。」慎勿：千萬不要，表示禁戒。杜甫《潼關吏》：「請囑防關將，慎勿學哥舒。」

海堤行 爲葉敬常州判賦

海潮淼淼海雲黑，幾處居民遭墊溺〔一〕。豈無精衛填石心〔二〕？海水無情誰敢敵？餘姚州佐一文儒，射策到來膽氣粗〔三〕。手槌大鼓召①丁壯，誓作長堤備不虞。伐政行令奔喧百里，畚鍤紛紛集如蟻〔四〕。闔符府檄適復至，以賦來從無遠邇〔五〕。頃山鑿石倏有聲，盡道轟雷動地鳴〔六〕。靈胥聞之尚膽懾〔七〕，天吴值此定心驚〔八〕。從茲疆埸之地脉異疇昔，海口分明見山骨〔九〕。新堤萬丈與城延，怒浪狂波争不得。永奠安，黍稷桑麻應鬱然〔一〇〕。當知擊壤行歌日，絶勝乘濤悔過年〔一一〕。牧童每指村中路，即是前人沈溺處。念功既許髫齔識，追恨惟容髑髏語。姚江渡頭夜泊舟，夜間南岸聽儂謳〔一二〕：鯷壑鮫洲盡耕作，葉公爲政孰與儔〔一三〕？古有白公及鄭國〔一四〕，引渠溉田足民食。二渠已廢名尚傳，况乃葉公今更賢。葉公事業海同久，海堤可壞葉公之名不可朽。

【題解】

葉敬常，名恒，元時鄞縣人，嘗授紹興路餘姚州州判，以土堤爲基，築石岸二萬四千二百三十五尺，從此海潮望而卻步矣。餘姚人士歡欣鼓舞，工詩者紛然賦詩，其集曰《餘姚海堤集》。戴九靈既吟《海堤行》，復序詩集，其事詳見本書卷二十九《餘姚海堤集序》。

《乾隆鄞縣志》卷十三《人物・葉恒》：「字敬常。泰定初擢第，授餘姚州判官，鋤姦抑强，百廢興舉。州東北際海，歲被風濤害稼，嘗以竹石作土堤以捍，率不能久。恒乃設方略，甃以石，長亘二十里，民不知勞。堤南舊有汝仇、餘支二湖，廢爲廣斥者幾四十年，因堤成而湖復瀦水，時其啓閉，田獲灌溉，海潮之患遂絶。後遷翰林國史編修官，爲安南館伴，使饋以金繒珍玩，一無所授。改淮安路鹽城尹，民多不律，恒輒去其尤横者。臺察交薦，將大用而卒，民立祠祀之。」

黄溍《黄文獻公集》卷四《跋餘姚海堤記》：「《書》敘禹之治水，備著其浚導之功；《孟子》亦稱禹疏九河，瀹濟漯，決汝漢，排淮泗。其於海，惟曰入於海注之海而已，蓋至此無所復用其力。是以太史公河渠有書，班孟堅溝洫有志，至於海，則存而不論也。餘姚居天下之東南，而地訖於海，居人數有海患。其故爲縣時，宋慶曆間知縣事謝景初嘗爲堤二萬八千尺，慶元間知縣事施宿嘗爲堤四萬二千尺，而其中爲石堤者五千七百尺，其用力於海，皆古所未及，可謂難矣。國朝易縣爲州四十餘年，而葉君恒來爲其州判官，所作石堤以尺計者，前後總二萬四千二百二十五，視前人不愈難哉！先儒胡文昭公每以經義治事分齋教學者，所治之事，水利其一也。自世儒務爲高論，而不屑意於事爲之末，或者遂指經義爲無用之言以相詬病，亦已久矣。君以經義釋褐入官，而善於治事，至於水利，亦能用力於古所未及。大書深刻，登載已詳，今獨推其能爲人之難能者，由其知先儒爲學之道，而經義之果不爲空言也。」

子葉晉，字孔昭，詳見本書卷十六《舟次高錢遲孔昭不至詩以速之》。

【校勘】

① 召：底本作「名」，據乾隆本改。

【箋注】

〔一〕淼淼：水面遼闊貌。墊溺：沉陷，淹没，參見本卷《自定水回舟漏幾溺》。

〔二〕精衛：鳥名，傳説中炎帝少女之化身。《山海經·北山經》：「又北二百里曰發鳩之山，其上多柘木，有鳥焉，其狀如烏，文首白喙赤足，名曰精衛，其鳴自詨。是炎帝之少女，名曰女娃。女娃遊於東海，溺而不返，故爲精衛，常銜西山之木石，以堙於東海。」

〔三〕射策：漢代以來取士科目，詳見卷十三《贈葉生詩序》。

〔四〕畚鍤：盛土畚箕和挖土之鍤。

〔五〕閫符：將帥符信，此指元時浙東道宣慰司都元帥府公文。府檄：州郡公文，此指餘姚州所在之紹興路總管府公文。

〔六〕轟：形容聲音巨大。張栻《過乖崖堂》：「晴空轟雷霆，下土走魅魍。」

〔七〕靈胥：傳説春秋吴國伍子胥死後爲濤神，故稱其爲靈胥。宋文天祥《送行中齋》：「靈胥目未抉，端欲詣所見。」

〔八〕天吴：水神名，參見卷九《泛海》。

〔九〕地脉：大地脉絡。孟浩然《送吴宣從事》：「旌旆邊庭去，山川地脉分。」山骨：大地骨骼，此指石堤。張華《博物志》卷一：「地以名山爲之輔佐，石爲之骨。」

〔一〇〕疆埸：邊界，此指海岸。《左傳·桓公十七年》：「疆埸之事，慎守其一，而備其不虞。」孔穎達《疏》：「疆埸，謂界畔也。」奠安：安定。李曾伯《水龍吟·壽游參政》：「整齊中夏，奠安西土。」

〔一一〕擊壤：古代鄉村野老遊戲，詳見卷一《送屠彦德七首》。絶勝：遠遠超過。王安石《水花》：「縱被春風吹作雪，絶勝南陌碾成塵。」

〔一二〕儂：古代吴人自稱。趙長卿《滿庭芳·對景》：「刀頭，心寸折，江南厚約，惟是儂知。」

〔一三〕鯷：古代東海部族。《漢書》卷二十八下《地理志下》：「會稽海外有東鯷人，分爲二十餘國。」鮫：鮫人，傳説中人種。張華《博物志》卷二《異人》：「南海外有鮫人，水居如魚，不廢織績，其眼能泣珠。」

〔一四〕白公：西漢水利學家。《漢書》卷二十九《溝洫志第九》：「後十六歲，太始二年，趙中大夫白公復奏穿渠。引涇水，首起谷口，尾入櫟陽，注渭中，袤二百里，溉田四千五百餘頃，因名曰白渠。」鄭國：戰國時韓國水利學家，曾爲秦國修建鄭國渠。《漢書》卷二十九《溝洫志第九》：「其後韓聞秦之好興事，欲罷之，無令東伐。及使水工鄭國間説秦，令鑿涇水，自中山西邸瓠口爲渠，并北山，東注洛，三百餘里，欲以溉田。中作而覺，秦欲殺鄭國。鄭國曰：『始臣爲間，然渠成亦秦之利也。臣爲韓延數歲之命，而爲秦建萬世之功。』秦以爲然，卒使就渠。渠成而用注填閼之水，溉舄鹵之地四萬餘頃，收皆畝一鍾。於是關中爲沃野，無凶年，秦以富强，卒并諸侯，因名曰鄭國渠。」

蓬山新樓歌 爲方德盛賦

達蓬名山控海壖，東望咫尺蓬岳連〔一〕。是中樓居高插天，雲籠霧鎖巢神仙。左蟠龍岫角鬣全，右挾鳳坳羽翼翾〔二〕。澄湖前浸類鑑圓，層崖後擁屏障然〔三〕。一峰來朝屹不遷，班押海國瀦爲淵〔四〕。昂堤伏岸深扃鍵，驚濤駭浪匑敢前〔五〕？彼樓突起正弗偏，中窺倒景窟宅專〔六〕。危甍上矗拂斗躔，雕闌下俯隘幅員〔七〕。綺窗彤檻燦相鮮，曲房密閤極邃延〔八〕。簷間古樹森戈鋋〔九〕，簷外老石寒飛泉。朝嵐夕靄掛復懸，剛飆浩氣噏欲穿〔一〇〕。芙蓉城闕特渺綿，瀛洲殿閣同精甄〔一一〕。老仙兩鬢白以玄，時時陟降跼背肩〔一二〕。鸞鞭鶴馭來蹁躚，東公西母恍後先〔一三〕。下觀塵世直蟻蝝，廣居竈食羅屋櫋〔一四〕。亦有困食列町疃，饕腥飫腐吁誰賢〔一五〕？況復年來逢世癲，滄海盡漲成桑田〔一六〕。白骨被野血被川〔一七〕，弱者死飢勇死權。老仙處此私自憐，含精養神心益虔。仍悲凡質費陶埏，齪齪甘爲帝所捐〔一八〕。伊予沈痼久未痊，丹梯百尺愁攀緣〔一九〕。願從老仙乞數椽，唅其一宇割中邊〔二〇〕。老仙怖我坐臭膻，弱水幾回風引船〔二一〕。僅容斗室混民編，穢胃何由猛滌湔〔二二〕！幸哉道眼雙炬燃，常時照我不我愆〔二三〕。我參我叩志倘堅，靈科秘訣終使傳，食瓜啖棗度年年〔二四〕。

【題解】

蓬山，通稱達蓬山，或曰大蓬山，横跨元時鎮海、慈溪二縣，參見卷二十一《錢氏三樓詩序》暨卷二十五《寄錢仲仁》。《光緒鎮海縣志》卷六《山川上·大蓬山》：「縣西北一百里，一名達蓬，秦始皇欲由此達蓬萊。山多香草，又名香山。有獨葉一枝花，其根荄如算子大，可療百毒，山人珍愛如寶。山之南界慈溪。上有巖高五六丈，左右二崖屹立對峙如鬬鷄之狀。有石穴，深四丈餘。巖上有三佛迹。」

《嘉靖寧波府志》卷五《慈溪·山·大蓬山》：「縣東北三十里，又名達蓬山。上有巖高五六丈，左右二崖屹立對峙，如鬬鷄之狀，名鬬鷄石。有石穴，深四丈餘。巖上有三佛迹。山多香草。秦始皇東遊，欲自此航海達蓬萊仙界，故名。」

新樓主人方德盛，生平不詳，或即卷二十五《寄方盛齋》之主人公。

【箋注】

〔一〕蓬岳：蓬萊，與瀛洲、方丈并稱海上仙山。李白《郢門秋懷》：「已聞蓬嶽淺，豈見三桃圓？」

〔二〕龍岫：元定海縣伏龍山，參見卷二十五《寄錢仲仁》。翾：輕舉貌。《韓詩外傳》卷九：「夫鳳皇之初起也翾翾，十步之雀喔咿而笑之。」

〔三〕澄湖：元定海縣鳳浦湖，參見本卷《題鳳湖梧竹居》。層崖：此指達蓬山；層，高。江淹《别賦》：「巡層楹而空掩。」吕延濟《注》：「層，高也。」

〔四〕班押：常作押班，朝會時領班；押，掌管。潴：水流停積。

〔五〕扃鍵：門栓，同義複詞。矧：何。《古書虚字集釋》卷九《矧》：「矧猶何也。《詩·伐木篇》：『相彼鳥矣，猶求友聲；矧伊人矣，不求友生？』」

〔六〕倒景：倒影。專：單獨。《論語·子路》：「使于四方，不能專對。」何晏《注》：「專，獨也。」

〔七〕斗躔：北斗星；躔，日月星辰在黄道上之運行軌迹。何景明《上李石樓方伯》：「聲價隆方鎮，光芒動斗躔。」幅員：疆域；廣狹稱幅，周圍稱員。

〔八〕檻：欄杆。邃延：深邃綿長；延，長。《禮記·玉藻》：「天子玉藻，十有二旒，前後邃延。」鄭玄《注》：「前後邃延者，言皆出冕前後而垂也。」

〔九〕《説文》：「森，木多貌。」戈鋋：兩種長兵器。

〔一〇〕噏：同「吸」。揚雄《甘泉賦》：「噏清雲之流瑕兮，飲若木之露英。」

〔一一〕芙蓉城闕：芙蓉城宫殿，傳説仙人所居。《蘇東坡全集》卷九《芙蓉城并敘》：「世傳王迥子高，與仙人周瑶英遊芙蓉城。元豐元年三月，余始識子高，問之信然，乃作此詩。」《夜航船》卷十八《荒唐部·芙蓉城主》：「石曼卿卒後，其故人有見之者，恍惚如夢中言：『我今爲仙也，所主芙蓉城。』欲呼故人共遊，不諾，忿然騎一素驢而去。」渺綿：遥遠。精甄：精靈創造；甄，造成，成就。潘岳《西征賦》：「化一氣而甄三才。」李周翰《注》：「甄，成也。」

〔一二〕跼：屈曲不舒展。《後漢書》卷六十三《李固》：「居非命之世，天高不敢不跼，地厚不敢不蹐。」

〔一三〕蹁躚：形容舞姿盤旋輕盈。東公：通稱東王公，傳説中神仙。《藝文類聚》卷十七《人部一・舌》：「《神異經》曰：『東荒山中有大石室，東王公居之。長一丈，頭髮皓白，鳥面人形而虎尾，恒與玉女更投壺。』」西母：通稱西王母，傳説中女仙。《山海經》卷二《西山經》：「又西三百五十里曰玉山，是西王母所居也。西王母其狀如人，豹尾虎齒而善嘯，蓬髮戴勝，是司天之厲及五殘。」《初學記》卷二十六《服食部・肉第十四》：「又《十洲記》曰：『崑崙銅柱下有回屋焉，壁方丈。上有鳥，名曰希。左翼覆東王公，右翼覆西王母。』」

〔一四〕廣居：因巖而架屋居住。蟻蜍：螞蟻；蜍，白蟻。屋櫋：屋簷；櫋，屋簷板。

〔一五〕囷食：成倉糧食；囷，圓倉。《詩經・魏風・伐檀》：「不稼不穡，胡取禾三百囷兮。」町疃：田地。饕腥飫腐：吞噬腥臭腐敗食物，比喻攫取民脂民膏。

〔一六〕姜夔《念奴嬌》：「曾見海作桑田，仙人雲表，笑汝真癡絶。」

〔一七〕汪遵《戰城南》：「白骨又沾新戰血，青天猶列舊旄頭。」

〔一八〕凡質：平凡素質，凡人。陸游《讀程秀才詩》：「英妙非凡質，衰遲畏後生。」費：通「拂」，違背。《墨子・兼愛下》：「此言而非兼，擇即取兼，即此言行費也。」孫怡讓《閒詁》：「畢（沅）

本費改拂，云：『舊作兼費，一本如此。』王（念孫）云：『古者拂與費通，不煩改字。』」陶埏：培養造就。齪齪：謹小慎微貌。

〔一九〕沈痼：痼疾。劉楨《贈五官中郎將》：「余嬰沉痼疾，竄身清漳濱。」丹梯：紅色臺階，此喻尋仙訪道之路。宋之問《發端州初入西江》：「金陵有仙館，即事尋丹梯。」

〔二〇〕唅：通「含」。《漢書》卷九十一《貨殖傳》：「唅菽飲水。」顔師古《注》：「唅，亦含字也。」宇：房舍。中邊：裏外。蘇軾《安州老人食蜜歌》：「恰似飲茶甘苦雜，不如食蜜中邊甜。」

〔二一〕怖：害怕。坐：徒然。臭羶：羊騷味。《禮記・月令》：「其味酸，其臭羶。」弱水：古時稱水淺或地僻不通舟楫者。東方朔《海内十洲記・鳳麟洲》：「鳳麟洲在西海之中央，地方一千五百里，洲四面有弱水繞之，鴻毛不浮，不可越也。」周紫芝《題控鶴亭》：「神仙邈何許？仿佛在中天。弱水不可渡，況乃風引船。」

〔二二〕斗室：狹小房間。民編：編民，編入户籍之平民。

〔二三〕道眼：洞察一切辨别真妄之眼力。蘇軾《與王定國書》：「粉白黛緑者，俱是火宅中狐狸射干之流，願公以道眼照破。」愆：過失。

〔二四〕參：考察，驗證。叩：詢問。《論語・子罕》：「我叩其兩端而竭焉。」靈科：道家科條。王安石《臨川集》卷四十五《南京鴻慶宫開啓皇帝本命道場青詞》：「祗奉靈科，實存故事。」

題何監丞畫山水歌

至正以來畫山水，秘監何侯擅其美〔一〕。帝御宣文數召見，抽毫幾動天顔喜〔二〕。海有時詔許閲内儲，名筆班班世所無〔三〕。王吴李范已心識〔四〕，餘者山堆皆手摹。海内畫工亦無數，才似何侯豈多遇？權門貴戚虚左迎，往往高堂起煙霧〔五〕。人間一筆不可得，門外車徒謾如織〔六〕。葉君使還親集送，乘興始肯留真迹。于時在座揔儒冠，王鄭歌辭晚更妍〔七〕。豈無片語道離恨？見侯之畫筆盡捐。此畫攜歸在鄉縣，萬壑千巖眼中見。卻憶都門送别時，回頭瞥睹西山面〔八〕。莫言短幅僅盈咫，遠勢固當論萬里。既似山河月裏明，復同衡霍牖中起〔九〕。葉君眼力老愈光，愛之不減雲錦章〔一〇〕。年來行橐盡抛棄，惟將此紙十襲藏〔一一〕。何侯遷官定何處？有客披圖正傾慕。北騎南轅倘相值，煩君爲我致毫素，請侯一寫滄州趣〔一二〕。

此畫乃葉君孔昭爲南臺宣使時〔一三〕，以公事走京師，秘書監丞何侯思敬爲寫以贈。而畫上所題鄭仲舒，蓋孔昭同門友，時爲國子博士。其王周叔，則孔昭居胄監時同舍生也，時爲翰林檢閲〔一四〕。章甫亦宦遊京都，與孔昭深友愛。一時交舊，皆文學之士；而思敬翰墨，尤號知名。孔昭既重思敬之所作，而又以諸君子之會合不可驟得[一五]，攜歸故里，請予詩之，而并識其始末於後。睹圖畫之如新，念遊從之日遠，孔昭安得不慨然於斯？

【題解】

何澄，字思敬，元時山水畫家，嘗授秘書監丞、昭文館大學士，世人尊稱爲何監丞，參看本卷《袁君廷玉以所藏何思敬山水圖求題爲賦長句》。

王原祁《佩文齋書畫譜》卷五十四依據本詩輯録何思敬事迹。高士奇以元代圖畫總管何澄與本詩何思敬爲一人。然據虞集題跋，延祐時何澄已殁，壽九十餘；而何思敬贈畫葉孔昭則在至正年間，是以高氏所言失之草率。高士奇《江村銷夏録》卷一《元何秘監歸去來圖卷》：「圖畫總管燕人何澄，年九十作此卷，人物樹石一一皆有趣，京師甚愛重其迹，又得承旨張公書淵明《歸去來》於後，遂成二絶。延祐乙卯九月七日吴興趙孟頫書……京師人貴重何翁，當其在時，每一卷出，不惜千金争售之。官昭文館大學士，年九十餘而終，其畫益貴數倍……泰定乙丑二月既望虞集書……何秘監澄，《圖繪寶鑑》不載其人。九靈山人戴良集中有《題何監丞山水歌》云『至政以來畫山水，秘監何侯擅專美。帝御宣文數召見，抽毫幾動天顏喜』。又云『海内畫工亦無數，才似何侯豈多遇？權門貴戚虚左迎，往往高堂起煙霧』。今以卷内諸君跋語證之，即其人也。」

【箋注】

〔一〕擅：獨占。《莊子·秋水》：「且夫擅一壑之水，而跨跱坎井之樂，此亦至矣。」

〔二〕御：帝王處理事務。蕭洵《元故宫遺録》：「又東爲宣文殿，旁有秘密堂。」抽毫：抽筆出套，代揮毫繪畫。吴融《壬戌歲閿鄉卜居》：「六載抽毫侍禁闈，不堪多病決然歸。」

〔三〕内儲：宫禁所儲圖書。名筆：名家書畫文章。班班：繁密衆多貌。杜甫《憶昔》：「齊紈魯縞車班班，男耕女桑不相失。」

〔四〕王吴李范：古代傑出畫家王維、吴道子、李公麟、范寬。王維：字摩詰，號摩詰居士，唐代著名詩人畫家，世稱「南宗山水畫之祖」。湯垕《畫鑑·唐畫》：「王右丞維工人物山水，筆意清潤，畫羅漢佛像致佳，平生喜作雪景、劍閣、棧道、騾網、曉行、捕魚、雪渡、村墟等圖。其畫《輞川圖》，世之最著者也，蓋其胸次瀟灑，意之所至，落筆便與庸史不同。」吴道子：唐代大畫家。《畫鑑·唐畫》：「吴道子筆法超妙，爲百代畫聖。早年行筆差細，中年行筆磊落揮霍如蓴菜條。人物有八面，生意活動，方圓平正高下曲直，折算停分，莫不如意。其傅采於焦墨痕中略施微染，自然超出縑素，世謂之吴裝。」李公麟：字伯時，號龍眠居士，宋時舒州人。《畫鑑·宋畫》：「李伯時，宋畫人物第一，專師吴生，照映前古者也。畫馬師韓幹，不爲著色，獨用澄心紙爲之。惟臨摹古畫用絹素著色，筆法如雲行水流有起倒……伯時暮年作畫蒼古，字亦老成。余嘗見《徐神翁像》，筆墨草草，神氣烱然，上有二絶句，亦老筆所書佳作。

又見伯時摹韓幹《三馬》，神駿突出縑素，今在杭州人家。使韓復生，亦恐不能過也。」范寬：北宋著名畫家。《畫鑑·宋畫》：「范寬，字中立，以其豁達大度，人故以寬名之。畫山水，初師李成，既乃歎曰：『與其師人，不若師諸造化。』乃脱舊習，遊秦中，遍觀奇勝，落筆雄偉老硬，真得山之骨法。宋畫家山水超絶唐世者，李成、董元、范寬三人而已。嘗評之：董元得山之神氣，李成得體貌，範寬得骨法，故三家照耀古今，爲百代師法。寬尤長雪山，見之使人凜凜。」

〔五〕虚左：空出左邊尊貴座位以逆貴賓。張籍《贈殷山人》：「滿堂虚左待，衆目望喬遷。」煙霧：此指何氏山水畫煙霧瀰漫。杜甫《奉先劉少府新畫山水障歌》：「堂上不合生楓樹，怪底江山起煙霧。」

〔六〕李康《運命論》：「故遂絜其衣服，矜其車徒，冒其貨賄，淫其聲色，脉脉然自以爲得矣。」劉良《注》：「車徒，謂車馬侍從也。」謾：通「漫」，徒然。

〔七〕摠：同「總」，聚集。《淮南子·精神》：「夫天地運而相通，萬物總而爲一。」儒冠：代儒生。杜甫《奉贈韋左丞丈二十二韻》：「紈絝不餓死，儒冠多誤身。」王：王周叔，葉孔昭同門友。鄭：鄭濤，字仲舒，元末金華浦江名士，詳見卷五《經筵録後序》。

〔八〕西山：元時京城大都西山。《清史稿》卷五十四：「西山脉自太行，爲神京右臂。」

〔九〕衡：南嶽衡山。霍：霍山，或云衡山之次山，或云衡山之别名。徐堅《初學記》卷五《衡山第四》：「《周官》：『荆州，其山鎮曰衡山。』徐靈期《南嶽記》及盛弘之《荆州記》云：『衡山者，五嶽之南嶽也，其來尚矣。至於軒轅，乃以灊霍之山爲其副焉。』故《爾雅》云『霍山爲南嶽』，蓋因其副焉（或云衡山，一名霍山）。」杜甫《送王十六判官》：「衡霍生春早，瀟湘共海浮。」

〔一〇〕雲錦章：雲紋絲織品；章，花紋。李白《廬山謡寄盧侍御虚舟》：「屏風九疊雲錦張，影落明湖青黛光。」

〔一一〕襲：層，重。《管子·輕重丁》：「使其牆三重而門九襲。」尹知章《注》：「襲，亦重也。」

〔一二〕毫素：繪畫寫字時所用之毛筆和白色細絹。秦觀《陳用之學士挽詞》：「願寫此情歌挽者，淚沾毫素不成篇。」滄州：水濱，代隱士居處。張斛《海邊亭爲浩然賦》：「夙有滄州趣，雲扃夢幾回。」

〔一三〕南臺：元朝多指江南諸道行御史臺，參見卷十四《陳廉訪壙記》。宣使：御史臺低級官吏。《元史》卷八十六《百官二·江南諸道行御史臺》：「設官品秩同内臺……宣使十人。」

〔一四〕胄監：國子監。翰林檢閲：元代翰林兼國史院正八品屬官。

〔一五〕驟：多次，頻繁。《左傳·文公十四年》：「公子商人驟施于國。」杜預《注》：「驟，數也。」

題顧氏長江圖

天下幾人畫山水，虎頭子孫世莫比。何年寫此《長江圖》，多少江山歸筆底。巴陵三峽天所開，遠勢似向岷峨來〔一〕。洞庭瀟湘僅毫末〔二〕，楚客湘君安在哉〔三〕？江上一朝風雨急，老我曾來踏舟立。鼓枻既聞潭畔吟，抱琴復聽竹間泣〔四〕。别來幾日世已非，忽此披圖憶曩時。早知避地多處所，肯逐紅塵千里歸〔五〕？林下一夫巾屨似〔六〕，亦有舟人與漁子。能添野老煙波裏〔七〕，便與同生復同死。

【題解】

詩云「虎頭子孫世莫比。何年寫此《長江圖》」，則此圖爲東晉晉陵無錫畫家顧愷之後裔所畫。李昉《太平廣記》卷二百十《畫一》：「晉顧愷之，字長康，小字虎頭，晉陵人。多才氣，尤工丹青，傅寫形勢，莫不妙絶。謝安謂長康曰『卿畫自生人已來未有』，又云『卿畫蒼蒼，古來未有』。」湯垕《畫鑑·晉畫》：「顧愷之之畫如春蠶吐絲。初見甚平易，且形似時或有失；細視之，六法兼備，有不可以語言文字形容者。曾見《初平起石圖》《夏禹治水圖》《洛神賦》《小身天王》，其筆意如春雲浮空，流水行地，皆出自然。傅染人物容貌，以濃色微加點綴，不求暈飾。」

《世説新語·巧藝第二十一》：「顧長康畫裴叔則，頰上益三毛。人問其故，顧曰：『裴楷俊朗有識具，正此是其識具。』看畫者尋之，定覺益三毛如有神明，殊勝未安時……顧長康畫人，或數年不點目睛。人問其故，顧曰：『四體妍蚩，本無關於妙處，傳神寫照，正在阿堵中。』」

【箋注】

〔一〕巴陵：地名，今湖南岳陽。宋范致明《岳陽風土記》：「晉平康元年立巴陵縣於此，後置建昌郡。宋元嘉十六年，立巴陵郡，城跨岡嶺，濱阻三江……《江記》言：『羿屠巴蛇於洞庭，積其骨爲陵。』《淮南子》曰：『斬蛇於洞庭。』今巴蛇冢在州院廳側，巍然而高，草木叢翳。張燕公有《登巴丘望墨山》之詩。兼有巴蛇廟在岳陽門内。太守歐穎廢之。」三峽：長江上瞿塘峽、巫峽與西陵峽。岷峨：岷山與峨眉山。蘇軾《滿庭芳》：「歸去來兮，吾歸何處？萬里家在岷峨。」

〔二〕洞庭：今湖南湖北交界處湖泊。《岳陽風土記》：「《寰宇記》云：『郡有青草、洞庭、巴丘三湖。』青草湖中有青草山，冬春水退，皆青草也。洞庭，洞府之庭，上有洞庭真君廟堂。巴丘之名，今不著……樂史言大江在巴陵東北流入洞庭。今洞庭水會於江，非江流入洞庭也。荆江出巴蜀，自高注下，濁流洶湧，夏秋暴漲，則逆泛洞庭。瀟湘清流，頓皆混濁。」瀟湘：湖南瀟水與湘江，詳見卷十七《題瀟湘八景》。杜牧《早雁》：「莫厭瀟湘少人處，水多菰米岸莓苔。」毫末：毫毛末端，比喻極其細微。

〔三〕楚客：戰國末年楚國屈原；屈原忠而被謗，身遭放逐，流落汨羅江一帶，故稱楚客。李白《愁陽春賦》：「明妃玉塞，楚客楓林，試登高而望遠，痛切骨而傷心。」湘君：多指虞舜之娥皇、女英二妃。《岳陽風土記》：「郭景純謂：『巴陵是湘君所遊處，故曰君山。』《湘州記》

言：『皇欲入湘觀衡山，遇風濤漂溺到此山而免，因號君山。』或言秦皇遭風於此，問博士曰：『湘君何神？』曰：『堯女舜妃也，神遊洞庭之湖，出入多風雨。』秦皇大怒，乃赭其山。漢武帝亦發卒以射蛟。《郡國志》：『洞庭山院，堯女居之，内有君山。』然則君山，洞庭之分耳。《博物志》云：『君山即洞庭之山，堯之二女居之，長曰湘君，次曰湘夫人。』今黄陵廟，二妃廟也。」

〔四〕鼓枻：叩擊船舷。《楚辭》屈原《漁父》：「漁父莞爾而笑，鼓枻而去。」王逸《注》：「叩船舷也。」潭畔吟：屈原悲吟於潭畔。《楚辭》屈原《漁父》：「屈原既放，游於江潭，行吟澤畔，顔色憔悴，形容枯槁。」《岳陽風土記》：「青草湖在壘石山，與洞庭相通。其南羅水出焉，故羅縣在其上。其東汨水出焉，下有潭，謂之屈原潭，屈原懷沙自溺之所，忠潔侯三閭大夫廟在其上。」抱琴：傳説虞舜二妃擅長彈奏琴瑟。屈原《遠遊》：「使湘靈鼓瑟兮，令海若舞馮夷。」曹植《仙人篇》：「湘娥拊琴瑟，秦女吹笙竽。」竹間泣：舜亡，二妃對竹灑淚。任昉《述異記》卷上：「湘水去岸三十里許，有相思宫、望帝臺。昔舜南巡，而葬於蒼梧之野。堯之二女娥皇、女英追之不及，相與慟哭，淚下沾竹，竹文上爲之斑斑然。」

〔五〕紅塵：鬧市飛塵，形容繁華。萬齊融《三日緑潭篇》：「金鞍玉勒騁輕肥，落絮紅塵擁路飛。」

〔六〕陸游《春遊》：「今朝新雨霽，一笑整巾屨。」

〔七〕野老：村野老人。陸游《春遊》：「負薪野老無妻子，施藥山人隱姓名。」

題出射圖

玉門關南百草腓，玉門關北鬬兵稀〔一〕。邊頭無事馬秋①肥，將軍出射沙塵瀰〔二〕。一胡據鞍執大旗，翩然前導疾若飛〔三〕。一胡引弰②如附枝，一胡放箭箭不知〔四〕。後有兩胡蹙騎追，側身拔鏃恐鏃遺〔五〕。玉門關城迴且巍，一時士馬何神奇！我來塞外按邊陲，曾揮此馬看君騎〔六〕。爲君取酒盡千巵，醉裏争誇戰勝歸。到今已是十年期，畫家所寫是耶非？卻憶當初親見時。

【題解】

出射，出營射獵。未知《出射圖》何人所畫。

【校勘】

① 馬秋：乾隆本作「秋馬」。

② 弰：底本作「睄」，據乾隆本改。

【箋注】

〔一〕玉門關：在今甘肅敦煌西北，古爲出西域要道，陽關在其東南；出玉門關者爲北道，出陽關者爲南道。《讀史方輿紀要》卷六十四《陝西十三·陽關》「在故壽昌縣西。《漢志注》：『都尉治也。』杜佑曰：『陽關在玉門之南。』」腓：枯萎。高適《燕歌行》：「大漠窮秋塞草腓，孤城落日鬬兵稀。」

〔二〕邊頭：邊境。陸游《秋晚》：「但有一愁消未得，大兒白髮戍邊頭。」瀰：瀰瀰，密布盛大貌。

〔三〕胡：北方和西方少數民族。前導：引路。陸游《殘臘》：「鷺飛前導生遊興，笑岸綸巾上野航。」

〔四〕引弰：拉弓；弰，弓之末端，代弓。劉禹錫《壯士行》：「壯士走馬去，鐙前彎玉弰。」附枝：樹木分枝。權德輿《寄侍御從舅初免職歸東山》：「落落幽澗松，百尺無附枝。」

〔五〕蹵騎：戰馬緊挨。

〔六〕按：巡行考察。《史記》卷一百一十一《衛將軍驃騎列傳》：「遂西定河南地，按榆溪舊塞。」

題打毬圖

群胡擊毬世未見，人馬盤盤若風旋〔一〕。塲中一點走如飛，三人躍馬争先馳〔二〕。兩人翻身驚且歎，前視後視回回轉〔三〕。平沙蹵踏黄入天，肯使蒼鷹飛向前〔四〕？身忘激射但狂走，未知毬落誰人手〔五〕。君不見，秦失其鹿人共逐，劉項雌雄幾翻覆〔六〕。

【題解】

打毬，古時馬上打球遊戲。封演《封氏聞見記》卷六《打毬》：「打毬，古之蹴鞠也。《漢書·藝文志》：『《蹴鞠》二十五篇。』顔《注》云：『鞠以韋爲之，實以物，蹴蹋爲戲。蹴鞠，陳力之事，故附於兵法……』太宗常御安福門，謂侍臣曰：『聞西蕃人好爲打毬，比亦令習會，一度觀之。昨昇仙樓，有群蕃街裏打毬，欲令朕見，此蕃疑朕愛此騁爲之。以此思量帝王舉動，豈宜容易？朕已焚此毬以自誡。』」

【箋注】

〔一〕盤盤：曲折旋繞貌。李白《蜀道難》：「青泥何盤盤，百步九折縈巖巒。」

〔二〕一點：此指遊戲之毬。

〔三〕回回：盤旋環繞貌。杜甫《法鏡寺》：「回回山根水，冉冉松上雨。」

〔四〕蹩：通「蹴」，踩踏。《戰國策·韓策三》：「許異蹩哀侯而殪之。」鮑彪《注》：「蹩，猶留侯躡漢王足，蓋使之佯死。」吴師道《補注》：「蹩，一本作蹴。」

〔五〕激射：噴射，閃擊。王充《論衡·雷虚》：「盛夏之時，太陽用事，陰氣乘之。陰陽分争，則相校軫。校軫則激射。激射爲毒，中人輒死，中木木折，中屋屋壞。」

〔六〕鹿：喻秦朝帝位。《史記》卷九十二《淮陰侯列傳》：「秦失其鹿，天下共逐之，於是高材疾足者先得焉。」劉項：漢高祖劉邦與西楚霸王項羽。雌雄：比喻成敗勝負。翻覆：翻轉不定。詳見《史記》卷七《項羽本紀第七》與《史記》卷八《高祖本紀》或《漢書》卷一《高帝紀》。

畫馬歌

吾聞唐家有馬名胡騮，寫入尺楮百千秋〔一〕。是何筆力妍且勁，眼底飄飄盡龍性〔二〕。此馬曾經百戰來，豐姿逸態何雄哉〔三〕！功成未受伏櫪惠，愁對青騾若相語〔四〕。隰公愛馬兼愛畫〔五〕，市以千金豈高價？流傳幾手到南荒，夏贇兄弟今襲藏〔六〕。年深物化使我傷，驍騰無日，徒遇伯樂與王良〔七〕。

【題解】

古詩以《畫馬》爲題者甚夥，如杜甫《韋諷録事宅觀曹將軍畫馬圖》、黄庭堅《畫馬贊》、蘇軾《試院觀伯時畫馬絶句》。《畫馬》收藏者夏贇兄弟，元時慈溪人，詳見卷二十《九曲山房外記》。

【箋注】

〔一〕胡騮：駿馬名。杜甫《李鄠縣丈人胡馬行》：「自矜胡騮奇絶代，乘出千人萬人愛。」尺楮：尺幅書畫；楮，樹名，其皮可造紙，此代紙。樓鑰《題范寬秋山小景》：「山高最難圖，意足不待大。尺楮眇千里，長江浸横翠。」

〔二〕杜甫《天育驃騎歌》：「矯矯龍性合變化，卓立天骨森開張。」

〔三〕杜甫《驄馬行》：「雄姿逸態何崷崒！顧影驕嘶自矜寵。」

〔四〕伏櫪：卧在馬槽邊受人飼養。杜甫《高都護驄馬行》：「雄姿未受伏櫪恩，猛氣猶思戰場利。」

〔五〕隰公：北宋著名收藏家劉季孫，字景文，嘗知隰州，故世稱隰公。《蘇軾文集》卷六十八《題跋·記劉景文詩》：「劉季孫景文，平之子也。慷慨奇士，博學能詩。僕薦之，得隰州以殁，哀哉！嘗有詩寄僕曰：『四海共知霜鬢滿，重陽能插菊花無。』死之日，家無一錢，但有書三萬軸，畫數百幅耳。」

〔六〕南荒：南方荒涼僻遠之地。高啓《韓子》：「自古南荒竄逐過，佞臣元少直臣多。」襲藏：珍藏。

〔七〕物化：萬物變遷。陸游《東籬雜書》：「老人觀物化，隱几獨多時。」驍騰：奔馳飛騰。王良：古代馭馬高手。《淮南鴻烈解》卷六《覽冥訓》：「昔者王良、造父之御也，上車攝轡，馬爲整齊而斂諧，投足調均，勞逸若一，心怡氣和，體便輕畢，安勞樂進，馳騖若滅，左右若鞭，周旋若環，世皆以爲巧，然未見其貴者也。」王充《論衡・率性》：「王良登車，馬不罷駑；堯舜爲政，民無狂愚。」

袁君廷玉以所藏何思敬山水圖求題爲賦長句

有客訪我城東廬，手持何侯山水圖。乍向高堂一披睹，已知筆力天下無。老我愛山兼愛畫，對此心神忽俱化。得非鼓柁過瀟湘，無乃枝①藤上嵩華〔一〕。野亭倒影浸江清，耳邊仿佛波濤聲。漁子蒼茫泛舟入，林翁傴僂渡橋行〔二〕。因憶良工繹思處，元氣淋漓滿毫素〔三〕。豈但胸藏萬丘壑？西極南溟隨指顧〔四〕。驅山走海何雄哉！滿堂空翠揮不開〔五〕。丹丘赤城意綿邈，蓬萊弱水情沿洄〔六〕。何侯天機深，丹青世無敵。自從揮洒近天顔，林下何曾見真迹〔七〕？年來喪亂走風塵〔八〕，始爲賢豪下筆親。王吴未可誇神逸，閻公致譽安足真②〔九〕？與客傳觀懽未止，卻歎何侯今已矣〔一〇〕！卷圖還客休重看，世間夢境亦如此。

【題解】

袁廷玉，底本作「袁庭玉」，據本集卷二十七《袁廷玉傳》及乾隆本暨《明史》本傳改。《明史》卷二百九十九《方伎·袁珙》：「袁珙，字廷玉，鄞人。高祖鏞，宋季舉進士。元兵至，不屈，舉家十七人皆死。父士元，翰林檢閱官。珙生有異稟，好學能詩。嘗遊海外洛伽山，遇異僧別古崖，授以相人術。先仰視皎日，目盡眩，布赤黑豆暗室中，辨之，又懸五色縷窗外，映月別其色，皆無訛，然後相人。其法以夜中燃兩炬視人形狀氣色，而參以所生年月，百無一謬。珙在元時已有名，所相士大夫數十百，其於死生禍福，遲速大小，并刻時日，無不奇中……洪武中，遇姚廣孝於嵩山寺，謂之曰：『公，劉秉忠之儔也，幸自愛。』後廣孝薦於燕王，召至北平。王雜衛士類己者九人，操弓矢，飲肆中。珙一見即前跪曰：『殿下何輕身至此？』九人者笑其謬，珙言益切。王乃起去，召珙宮中。諦視曰：『龍行虎步，日角插天，太平天子也。年四十，鬚過臍，即登大寶矣。』已見藩邸諸校卒，皆許以公侯將帥。王慮語泄，遣之還。及即位，召拜太常寺丞，賜冠服、鞍馬、文綺、寶鈔及居第。帝將建東宮，而意有所屬，故久不決。珙相仁宗曰：『天子也。』相宣宗曰：『萬歲天子。』儲位乃定。珙相人即知其心術善惡。人不畏義，而畏禍患，往往因其不善導之於善，從而改行者甚多。爲人孝友端厚，待族黨有恩。所居鄞城西，繞舍種柳，自號柳莊居士，有《柳莊集》。永樂八年卒，年七十有六。賜祭葬，贈太常少卿。」

何思敬，元時著名畫家，詳見本卷《題何監丞畫山水歌》。

【校勘】

① 枝：乾隆本作「支」。

② 真：乾隆本作「珍」。

【箋注】

〔一〕瀟湘：瀟水與湘江，參看卷十七《題瀟湘八景》。得非：恐怕是，豈不，與下文「無乃」同義。杜甫《奉先劉少府新畫山水障歌》：「得非玄圃裂，無乃瀟湘翻。」鼓柁：同「鼓舵」，摇動船舵，泛舟。枝藤：同「支藤」，拄拐杖；枝，通「支」。汪元量《天壇山》：「支藤陟曾巔，中有少室屋。」嵩華：嵩山與華山。陸游《會稽行》：「我欲隱嵩華，歎息非吾土。」

〔二〕蒼茫：遼闊廣大貌。李白《關山月》：「明月出天山，蒼茫雲海間。」

〔三〕繹思：推究思索。皎然《讀張曲江集》：「立程正頹靡，繹思何縱横！」元氣：精氣。蘇轍《龍川别志》卷下：「凡人元氣重十六兩，漸老而耗。張公所耗過半矣。」

〔四〕西極：西方極遠之處。《楚辭》屈原《離騷》：「朝發軔於天津兮，夕余至於西極。」南溟：南方大海。杜甫《宿白沙驛》：「隨波無限月，的的近南溟。」

〔五〕李白《當塗趙炎少府粉圖山水歌》：「名公繹思揮彩筆，驅山走海置眼前。」空翠：青翠濕潤之霧靄。范成大《浪淘沙》：「空翠濕征鞍，馬首千山。」

〔六〕丹丘：仙境，參見卷十一《小丹丘記》。赤城：仙境。徐堅《初學記》卷八《州郡部·江南道第十》:「丹洞赤城。《登真隱訣》云:『赤城山下有丹洞,在三十六洞天數,其山足丹。』《名山略記》云:『赤城山,一名燒山,東卿司命君所居。洞周回三百里,上有玉清平天。』」綿邈:情意深長。陸機《文賦》:「函綿邈於尺素,吐滂沛乎寸心。」蓬萊:海上仙山。弱水:傳説中水淺或地僻不通舟楫者,二者俱見本卷《蓬山新樓歌》。蘇軾《金山妙高臺》:「蓬萊不可到,弱水三萬里。」沿洄:順流而下或逆流而上,引申爲盤桓留戀。

〔七〕揮洒:常作「揮灑」,揮毫灑墨。杜甫《寄薛三郎中璩》:「賦詩賓客間,揮灑動八埏。」天顔:帝王容顔。

〔八〕風塵:形容行旅辛苦勞頓。《藝文類聚》卷三十二引漢秦嘉《與妻書》:「當涉遠路,趨走風塵。」

〔九〕王吴:傑出畫家王維與吴道子,參見本卷《題何監丞畫山水歌》。馮晦《南山留題》:「王吴妙手寫不得,若非造物其誰能?」閻公:唐畫家閻立本,詳見卷二十二《跋錢舜舉所臨閻立本西域圖》。真:真畫家。《韓非子·顯學》:「孔子、墨子俱道堯舜,而取捨不同,皆自謂真堯舜。」

〔一〇〕已:消亡。方岳《池亭即事》:「流水伯牙今已矣,世間那復有知音?」

九靈山房集卷之十七

鄞遊稿三

五言律詩

經金繩廢寺

寂寞唐朝寺，頻年客到稀〔一〕。空山孤殿在，荒逕一僧歸〔二〕。苔色驕秋雨，松聲振夕暉〔三〕。驚鳥初有托，近亦出林飛〔四〕。

【題解】

金繩寺，慈溪寺院。《光緒慈溪縣志》卷四十二《舊迹二·寺觀下·金繩寺》：「縣西三十里。唐天佑中慧孜、法通二僧以古華嚴寺址創之。後唐清泰二年錢氏名以護國。宋大中祥符間改賜金繩院額。觀察推官關杞《記》：『院有詔國師所得隋文帝感應舍利一顆，主僧德升建磚浮圖於院前以奉之。』」

【箋注】

〔一〕白居易《靈巖寺》：「館娃宮畔千年寺，水闊雲多客到稀。」

〔二〕薛能《送禪僧》：「寒空孤鳥度，落日一僧歸。」

〔三〕振：發出聲響。《文選·蕭統序》：「金相玉振。」呂延濟《注》：「振，發聲也。」

〔四〕陶淵明《讀山海經》：「衆鳥欣有托，吾亦愛吾廬。」

鄮城逢故人

一別無消息，誰知住此城〔一〕？忽逢難面認，驟語各心驚。身世丹衷折，干戈白髮生〔二〕。憑君陳往事，相看重含情〔三〕。

【題解】

鄮城，漢時鄮縣縣治，元明時在鄞縣縣邑東三十里。《嘉靖寧波府志》卷十九《古迹·鄞·鄮城》：「在鄞縣東三十里，漢鄮縣治，又名官奴城。舊《志》：『光武爲賊所敗，因耕田奴獲免。後議賞，問欲何官，奴云欲鄮縣令，故名。』」

《寶慶四明志》卷十三《鄞縣志》卷二《敘遺·存古》：「古鄮縣在縣東三十里鄮山之東。《太平寰宇記》云：『漢光武爲賊所敗，有奴耕於田而藏之獲免，後議賞，光武問奴欲何官，奴云欲得鄮縣令，故俗號鄮縣爲官奴縣。』又《十道四蕃志》云：『宋武微時避吏於此，與人奴善，奴名桂。藏匿既久，爲吏所逼逐，適值桂在田，以土覆之得免，後立官奴城以報之，掘土築城之地名官奴池。』《太平寰宇記》以爲光武，於史無所據。今按《宋書》，孫恩破上虞時，劉裕嘗戍句章。疑其爲宋武也。」

客中守歲

旅館坐寒夜，條風已轉晨〔一〕。絶憐天畔客，虚負歲朝春〔二〕。彩勝承恩舊，金錢

【箋注】

〔一〕姚合《友人南遊不回因而有寄》：「一別無消息，水南車迹稀。」

〔二〕丹衷：丹心。錢澄之《孤螢篇》：「祇今寂寞自明滅，耿耿丹衷應有血。」

〔三〕重：極，非常。孟郊《古怨別》：「含情兩相向，欲語氣先咽。」

問卜新〔三〕。妻兒千里外，應亦念行人〔四〕。

【題解】

洪武元年，戴九靈年五十二，自此厥後，一直避禍東海之濱。詩云「妻兒千里外」，則詩作於隱匿明越時。

【箋注】

〔一〕條風：春天東北風。《史記》卷二十五《律書》：「條風居東北，主出萬物。條之言條治萬物而出之，故曰條風。」徐堅《初學記》卷三《易通卦驗》：「立春條風至。」

〔二〕天畔：天邊。宋之問《新年作》：「鄉心新歲切，天畔獨潸然。」歲朝：正月初一。《後漢書》卷三十九《周磐》：「歲朝會集諸生，講論終日。」

〔三〕彩勝：或稱幡勝，用金銀箔羅綺所剪飾物或小幡；立春日插彩勝於髮上或繫之於花枝以迎春。張繼《人日代客子是日立春》：「遥知雙彩勝，并在一金釵。」連横《雅言》：「卜筮之術，見於《周易》，人智未開，乞靈神鬼。自是則有骨卜、鏡卜、金錢卜各種，而簽詩亦其一也。」《樂府詩集》卷二十六《相和歌辭一》録于鵠《江南曲》：「衆中不敢分明語，暗擲金錢卜遠人。」

〔四〕行人：遊子。《詩經·齊風·載驅》：「汶水滔滔，行人儦儦。」

挽章處士

處士家何在？棲遲傍海壖〔一〕。園林行迹滅，風物畫圖傳。墓入采樵徑，山餘洗藥泉〔二〕。聲名身後著，猶賴子孫賢〔三〕。

【題解】

處士，德才卓犖隱居不仕者。章處士，其人生平不詳，詳見卷十八《章處士像贊》。《丁鶴年詩輯注·海巢集·挽定海章處士》云：「流年驚逝水，世事逐飄風。卜築鄰篷島，移家類葛洪。丹還金鼎伏，劍解玉棺空。惟有松壇月，通宵貫彩虹。」戴九靈與丁鶴年志同道合，必有共賞之佳客，戴詩之章處士放浪山水，丁詩之章處士慕仙遺世，二詩所詠當爲同一人。

【箋注】

〔一〕棲遲：遊息。《詩經·陳風·衡門》：「衡門之下，可以棲遲。」

〔二〕杜牧《西山草堂》：「曬書秋日晚，洗藥石泉香。」

〔三〕身後：死後。辛棄疾《破陣子·爲陳同甫賦壯詞以寄之》：「了卻君王天下事，贏得生前身後名。」石麟《鷓鴣天》：「吟逸老，醉逃禪，香傳丹桂子孫賢。」

客中憶寄以大千里二先生二首

其一

道路離居久，鄉關入望賒〔一〕。此生渾是客，行處即爲家〔二〕。闢徑全栽菊，分園半種瓜〔三〕。終知多失意，身世一長嗟。

【題解】

以大，鄞縣隱逸高人駱以大，詳見卷十八《愛菊説》。千里，元末明初鄞縣賢士鄭駒，參看本卷《駱鄭二君子見訪賦絶句八首》。父鄭覺民，詳見卷二十一《求我齋文集序》。《宋元學案》卷八十五《深寧學案·鄭氏家學·教授鄭先生駒》：「鄭駒，字千里，求齋覺民之長子也。持身修潔，爲文温潤縝密。洪武初，聘爲郡庠訓導，升義烏教諭，皆能以道淑人。宋潛溪自翰林歸里，見即推重，以賓禮遇之。弟真、鳳，并以文學著名，人目爲三驥。」

【箋注】

〔一〕離居：離開自家居室。《尚書·盤庚下》：「今我民用蕩析離居，罔有定極。」孔穎達《疏》：

「播蕩分析，離其居宅，無安定之極。」孫萬壽《早發揚州還望鄉邑》：「鄉關不再見，悵望窮此晨。」

〔二〕丘葵《春日閑遊過石所山》：「百年渾是客，一月幾佳晨。」晁公遡《偶作》：「常年皆作客，隨地即爲家。」

〔三〕陸游《秋晚散步門外》：「栗里歸栽菊，青門隱賣瓜。」載菊：陶淵明潛居故邦，載菊滿園。陶潛《九日閑居一首并序》：「余閑居，愛重九之名。秋菊盈園，而持醪靡由。」種瓜：漢初，秦朝東陵侯邵平種瓜長安東門外，世稱東陵瓜。《三輔黄圖》卷一《都城十二門》：「長安城東出南頭第一門曰霸城門，民見門色青，名曰青城門，或曰青門。門外舊出佳瓜，廣陵人邵平爲秦東陵侯，秦破爲布衣，種瓜青門外，瓜美，故時人謂之東陵瓜。」

其二

攜家東海上，三載滯還期。髪爲多憂白，身緣久病衰〔一〕。物華誰復對，藥裹不曾離〔二〕。幽事關心極，惟歌二妙詩〔三〕。

【箋注】

〔一〕蘇軾《潁州初别子由二首》：「多憂髪早白，不見六一翁。」范成大《送劉唐卿户曹擢第西歸》：「中年親友惜分離，況我身兼老病衰。」

〔二〕藥裹：藥囊。陸游《病中偶得名酒小醉》：「詩囊羞澀悲才盡，藥裹縱横覺病增。」

〔三〕幽事：雅事。楊萬里《癸亥上巳即事》：「曬書仍焙藥，幽事也勞神。」關心：動心。趙汝鐩《懷亨父》：「久雨千山秋得意，西風一雁客關心。」二妙：此指才藝絶倫之駱以大、鄭千里。

自述二首

其一

事業此生休，遑遑今白頭〔一〕。一年看又盡，數口轉多憂。醉憶山公騎，寒悲季子裘〔二〕。妻兒重相見，説着①也堪羞。

【題解】

自述，自剖也。凡物不平則鳴，古代賢才顛沛横逆之時，常自述以發抑鬱憤懣之氣。如《文山集》卷二十《自述》：「赤舄登黄道，朱旗上紫垣。有心扶日月，無力報乾坤。往事飛鴻渺，新愁落照昏。千年滄海上，精衛是吾魂。」

【校勘】

①着：乾隆本作「著」。

【箋注】

〔一〕遑遑：驚恐匆促貌。陸游《日暮至湖上》：「四年已五遷，終歲常遑遑。」

〔二〕山公：西晉山簡，官鎮南將軍，假節鎮襄陽。天下分崩離析，山簡優遊卒歲，唯酒是耽，有兒歌述其醉酒騎馬狀：「山公出何許，往至高陽池。日夕倒載歸，酩酊無所知。時時能騎馬，倒著白接籬。舉鞭向葛彊，何如并州兒？」詳見《晉書》卷四十三《山簡》。季子：戰國縱横家蘇秦，嘗游説秦王失敗而裘敝金盡。《戰國策》卷三《秦一》：「説秦王書十上而説不行。黑貂之裘弊，黄金百斤盡，資用乏絶，去秦而歸。羸縢履蹻，負書擔囊，形容枯槁，面目黧黑，狀有愧色。歸至家，妻不下紝，嫂不爲炊，父母不與言。」

其二

家無十日程，歸計苦難成。爲客憂飢餒，頻年仗友生。剛腸隨世屈，白髮向人明〔一〕。争似湖居好，扁舟載月行〔二〕。

【箋注】

〔一〕剛腸：剛直心腸。嵇康《與山巨源絶交書》：「剛腸嫉惡，輕肆直言。」

〔二〕争似：怎似。劉禹錫《楊柳枝》：「城中桃李須臾盡，争似垂楊無限時！」

歲暮感懷四首

其一

驅馳三十載，身世竟何如？人老憂虞裏，交疏病廢餘〔一〕。鄉邦書未返，湖海歲將除〔二〕。後夜燒燈坐，依然歎索居〔三〕。

【題解】

戴九靈流落滄海之濱，顛沛屯蹇，心緒牢落，至歲暮而益甚，非吟詩何以發其潦倒之悲？

【箋注】

〔一〕張籍《野居》：「多病減志氣，爲客足憂虞。」韋莊《和人歲宴旅舍見寄》：「老憂新歲近，貧覺故交疏。」

〔二〕湖海：四方各地。李頎《送綦毋三謁房給事》：「惜哉湖海上，曾校蓬萊書。」

〔三〕索居：離群獨居。高適《閑居》：「柳色驚心事，春風厭索居。」

其二

移家東海上，汩没度危時〔一〕。草市腥江鮑，民居雜島夷〔二〕。衣冠隨俗變，姓字畏人知〔三〕。保己無深計，翻言命可疑〔四〕。

【箋注】

〔一〕汩没：沉淪，埋没。李咸用《秋夕書懷寄所知》：「三島路遥身汩没，九天風急羽差池。」韓偓《贈易卜崔江處士》：「白首窮經通秘義，青山養老度危時。」

〔二〕草市：鄉村集市。陸游《村居》：「草市寒沽酒，江城夜擣衣。」島夷：海島居民。皇甫曾《送徐大夫赴南海》：「海内求民瘼，城隅見島夷。」

〔三〕陳與義《江行晚興》：「生身後聖哲，隨俗了悲歡。」陸游《自儆》：「仁常爲己任，清每畏人知。」

〔四〕曹植《贈白馬王彪》：「苦辛何慮思？天命信可疑。」

其三

已被虛名誤，偷生亦偶然〔一〕。兵戈十年久，妻子幾家全〔二〕？往事溪雲外，餘齡逝水前〔三〕。艱難有如此，何日賦《歸田》〔四〕？

【箋注】

〔一〕韓偓《息兵》：「多難始應彰勁節，至公安肯爲虛名？」杜甫《羌村三首》：「世亂遭飄蕩，生還偶然遂。」

〔二〕舒岳祥《辛巳自壽》：「六十三翁自荷天，亂餘骨肉幾家全？」

〔三〕丁鶴年《寄定海故將軍邵公輔》：「往事浮雲杳莫攀，壯懷未展鬢先斑。」孟郊《達士》：「四時如逝水，百川皆東波。青春去不還，白髮鑷更多。」

〔四〕《文選》卷十五張衡《歸田賦》：「遊都邑以永久，無明略以佐時；徒臨川以羨魚，俟河清乎未期。感蔡子之慷慨，從唐生以決疑。諒天道之微昧，追漁父以同嬉；超埃塵以遐逝，與世事乎長辭。」

其四

自我離鄉井，棲栖①又十秋〔一〕。一身渾是累，此世可無憂〔二〕？道路誰青眼？風塵自白頭〔三〕。但求歸葬地，餘事總休休〔四〕。

【校勘】

①栖：乾隆本作「棲」。

【箋注】

〔一〕棲栖：忙碌不安貌。王安石《惜日》：「棲棲孔子者，惜日此之由。」

〔二〕渾：全，都。累：禍患，累贅。皮日休《史處士》：「山期須早赴，世累莫遲留。」

〔三〕青眼：西晉阮籍眼能青白，視禮俗之徒以白眼，待清曠之賢以青眼；後以青眼形容喜愛器重。《晉書》卷四十九《阮籍》：「籍又能爲青白眼，見禮俗之士，以白眼對之。及嵇喜來吊，籍作白眼，喜不懌而退。喜弟康聞之，乃齎酒挾琴造焉，籍大悦，乃見青眼。」戴叔倫《贈殷亮》：「山中舊宅無人住，來往風塵共白頭。」

〔四〕休休：不抱希望。李清照《鳳凰臺上憶吹簫》：「休休，這回去也，千萬疊《陽關》，也則難留。」

客居三首

其一

豫作全身計，遠投東海行〔一〕。地偏惟養拙，歲久未知名〔二〕。苔徑當湖闢，柴門逐水成〔三〕。牧童時聚笑，窮老一先生〔四〕。

【題解】

客居，旅居異地殊方，詩家常以之爲題，抒發背井離鄉之愁苦。如杜甫《客居》之「覽物想故國，十年別荒村，日暮歸幾翼，北林空自昏」。

此詩又名《白龍寺》，蓋避地慈溪花嶼湖畔白龍禪寺時所作。《光緒慈溪縣志》卷四十一《舊迹一·寺觀上·白龍禪寺》：「縣東一十里。五代漢乾祐中僧師晉結宇於此，日誦《華嚴經》，嘗有白龍矯首室外。宋建隆二年置院，因號白龍。治平二年，改賜慈化院額……錢文薦《重建白龍寺碑》：『白龍寺不詳所自始。按志，五代時有(邛)〔晉〕師者説法此地，即其始也。寺負山臨湖，頗饒幽致。今湖水雖涸，而山中巖泉竹樹之美，尤能令冥搜者慕而忘疲，賞而輟厭，洵一方勝概云。』……元戴良《白龍寺》詩：『豫作全身計……無復歎時艱。』《句章摭逸》：『元末九靈山人常居寺之西軒，有詩云。』」

【箋注】

〔一〕全身：保全生命或名節。王禹偁《四皓廟碑》：「是知先生之出，非獨謀漢也，實將救時也。先生之退，非獨全身也，亦將矯世也。」

〔二〕養拙：謙辭，自言才能低劣而閑居度日。錢起《春宵寓直》：「養拙慣雲卧，爲郎如鳥棲。」

〔三〕湖：慈溪花嶼湖，參見卷二十四《和陶淵明移居二首并序》。許渾《閑居孟夏即事》：「緑樹蔭青苔，柴門臨水開。」

〔四〕窮老：困厄衰老。陸游《幽居》：「窮老苦畏事，雅意在丘壑。」

其二

漂流何所往？寂寞住湖陰〔一〕。道路無知己，飢寒亂此心。草枯春牧遠，浪闊夜漁深。敢憚艱虞事？衰年自不禁〔二〕。

【箋注】

〔一〕漂流：漂泊羈旅。李商隱《五月十五日夜》：「萬里漂流遠，三年問訊遲。」

〔二〕艱虞：艱難禍患。杜甫《北征》：「維時遭艱虞，朝野少暇日。」不禁：經受不起。樓鑰《莫將仕挽詞》：「十年契闊遽如許，老淚臨風自不禁。」

其三

寥落空山裏，松門晝亦關。江鄉千里隔，天地一身閑〔一〕。聽雨多臨水，看雲長傍山〔二〕。自今幽思熟，無復歎時艱〔三〕。

【箋注】

〔一〕江鄉：江南水鄉，此指詩人戴九靈故鄉婺州浦江。曾協《暮春雜詠》：「兒曹了官事，天地一身閑。」

〔二〕郭鈺《贈劉子倫》：「登山臨水憺忘歸，聽雨看雲頗愁絶。」

〔三〕幽思：深遠思緒。司馬光《和子駿秋意》：「彩筆動高興，瑶徽發幽思。」

辛亥除夕三首

其一

眇眇家何在？悠悠歲又闌〔一〕。十年東海上，千里北風寒〔二〕。衰鬢隨年改，愁懷借酒寬。何鄉爲樂土？身世各艱難〔三〕。

【題解】

辛亥，明洪武四年，戴九靈五十五歲，寓居慈溪花嶼湖畔白龍寺。

【箋注】

〔一〕眇眇：遼遠，高遠。《楚辭》屈原《九章·悲回風》：「登石巒以遠望兮，路眇眇之默默。」洪興祖《補注》：「眇眇，遠也。」悠悠：久遠。唐白居易《長恨歌》：「悠悠生死别經年，魂魄不曾來入夢。」

〔二〕楊維楨《孔巢父》：「十年東海迷煙霧，釣竿空負珊瑚樹。」楊時《書懷》：「敝裘千里北風寒，還憶簞瓢陋巷安。」

〔三〕杜甫《垂老别》：「何鄉爲樂土？安敢尚盤桓！」

其二

湖海風雲暗，道途霜雪清〔一〕。如何一年盡，翻使百愁生？俗薄乖留計，時危緩去程〔二〕。家人團坐夜，應悉旅中情。

【箋注】

〔一〕湖海：五湖四海。王冕《過漁浦》：「故人湖海襟懷古，能話舊時鷗鷺盟。」

〔二〕陸游《感興》：「下石紛紛驚俗薄，絶弦寂寂歎吾衰。」去程：離去路程。張孝祥《踏莎行》：「去程何許是歸程，離觴爲我深深勸。」

其三

移居湖水上，已是一年期。客路頻辭歲，家山忘别時〔一〕。庭寒無鵲噪，春近有梅知〔二〕。此夜傷情極，椒觴懶獨持〔三〕。

【箋注】

〔一〕家山：故鄉。梅堯臣《讀漢書梅子真傳》：「舊市越溪陰，家山鏡湖畔。」

〔二〕鵲噪：鵲聲噪雜，古時以之爲喜訊。陸游《喜晴》：「正厭鳩呼雨，俄聞鵲噪晴。」

〔三〕元稹《寄樂天》：「閑夜思君坐到明，追尋往事倍傷情。」椒觴：盛椒酒之杯。陸游《除夕》：「熾炭爐中百藥香，屠蘇煎酒代椒觴。」

哭楊大章先生二首

其一

家紹文元學，身安原憲貧〔一〕。世方推獨行，天忽奪斯人〔二〕。客路誰傾蓋？湖堤幾詠春〔三〕？回看攜手處，不語自傷神。

【題解】

楊芮，字大章，元末明初四明慈溪愷悌君子。《光緒慈溪縣志》卷四十三《舊迹三·居址上·

出塵亭》：「慈湖西嶼。元至正間邑人趙寶峰偕王相山約楊小隱芮同建，取楊文元『天造慈湖迴出塵』之句以名。」

《宋元學案》卷七十四《慈湖續傳·徵君楊小隱先生芮》：「楊芮，字大章，慈溪人，文元五世孫。文行素優，性尤坦易，好施，衣食僅自給，少有餘，則分賑其貧者，非義不苟取與。元學士危素、御史余嘉賓交薦，不起。洪武初，有司特起之，以病不行。子伯純，授南康都昌縣丞。孫圭，知南陽郟縣。世篤先訓，不喪所守。」

子楊伯純克紹家學。《春草齋集》卷九《書自作詩文後與楊伯純》：「楊文元公五世孫大章氏，有道君子也，余兄事之。嗣子伯純殊穎秀，克承家學，求余作詩文以驗己之能。嗚呼！大章有子矣。然余言亦徇一時所尚，奚足賈伯純之勇哉！伯純蓋博求而約取，故録一二以爲先路之導。」

【箋注】

〔一〕文元：南宋四明儒學家楊簡，字敬仲，號慈湖，謚文元，心學家陸九淵高足，詳見卷二十二《題楊慈湖所書陸象山語》。原憲：春秋魯國人，孔子門徒，字子思，亦稱原思、仲憲。《莊子·讓王第二十八》：「原憲居魯，環堵之室，茨以生草；蓬户不完，桑以爲樞；而甕牖二室，褐以爲塞；上漏下濕，匡坐而弦歌。子貢乘大馬，中紺而表素，軒車不容巷，往見原憲。原憲華冠縰履，杖藜而應門。子貢曰：『嘻！先生何病？』原憲應之曰：『憲聞之，無財謂之貧，學道而不能行謂之病。今憲，貧也，非病也。』子貢逡巡而有愧色。」

〔二〕獨行：特立獨行。方干《經周處士故居》：「愁吟與獨行，何事不傷情？」

〔三〕傾蓋：停車後兩蓋稍稍傾斜，形容朋友相遇交談。陳士珂《孔子家語疏證》卷二《致思》：「孔子之郯，遭程子於塗，傾蓋而語終日，甚相親。」

其二

近到楊①雄宅，徘徊至夕暉〔一〕。那知三宿别，竟作九原歸〔二〕。許劍嗟何及，懸床事已非〔三〕。祇應重過日，獨泣向空扉〔四〕。

三日前嘗訪先生慈湖之上，蒙留飲至日莫，不聽去。酒闌②，索予數藥方，且言必親至而密受之，故有許劍懸床之語。

【校勘】

①楊：乾隆本與《漢書》作「揚」，古籍或作「楊」。

②闌：原文闕，據上下文補。

【箋注】

〔一〕楊雄：或稱「揚雄」。西漢傑出學問家，此代楊大章，參見卷四《上蘇伯修參政書》。李郢《園居》：「暮雨揚雄宅，秋風向秀園。」

〔二〕九原：九泉，人死後所居地。

〔三〕許劍：春秋吴國公子季札拜訪徐君并默許返程時贈之以劍，然未幾徐君去世，季札遂掛劍墓樹而去，詳見卷一《詠懷三首》。懸床：東漢豫章太守陳蕃特爲賢士徐孺子設坐榻一張，來則放下，去則懸掛，詳見卷三《投王郡守二首》。

〔四〕劉長卿《過隱空和尚故居》：「踏花尋舊徑，映竹掩空扉。」

訪止公於文溪

杖錫遊茲地，過從動隔年〔一〕。已無離別想，那有去來緣〔二〕？心事青山外，禪機白石前〔三〕。偶來非道意，敢借慧燈燃〔四〕？

【題解】

文溪，慈溪縣溪流。《嘉靖寧波府志》卷六《山川下·慈溪·溪》：「文溪，縣東十五里，受衆山之水，清碧成文，俗呼門溪。」

《光緒慈溪縣志》卷九《輿地四・溪・文溪》引戴表元《文溪記》：「明之北四十里而近，有溪曰文溪。郡志以爲山水掩映，碧而成文之名也。學佛者本暢師愛之，卜鄰而居，久而情誼聲迹與溪相馴。人之自遠外慕師而來者，亦號師爲文溪焉。余嘗詰之：『是溪之初，本無即名之者也，而不害其爲溪。自夫人以文名之而愛始生，愛生則人不能忘，而是名且將爲溪累，而溪又以累子，何如？』師曰：『吾何以知名累之有無乎哉？吾以一身寄於空虚，混混乎與衆幻俱馳，與羣有俱休。顧不可無食也，而擷溪之毛；不可無飲也，而掬溪之泉。暇則杖溪雲而遊，喜則藉溪石而謡。吾取於溪若是足矣，而何知夫溪之爲我，我之爲溪乎？而何者爲名，何者爲累乎？且吾久之殆將忘我。豈惟忘溪？又將忘人。而人與溪之自不相忘，則吾又何容知乎？南望驃騎山，漢張將軍意子中書郎齊芳之所隱；西背闞峯，吴侍中澤故居在焉；北引達蓬，土人相傳秦始皇嘗登此山，謂可以達蓬萊；而東眺瀚海，方士徐福之徒所謂〔誇〕〔跨〕溟濛泛煙濤求仙采藥而不返者也。俯仰二千年，是溪之左右前後汲汲而趨者，非以全身，則欲適志。當其盛强，恨不疾鞭而先秉燭而樂。今其遺存幾何？庸詎知陵谷猶未變遷之間，而吾區區者乃獨得而專之？專之復幾何，而能不爲衆人之所晦？是豈不可爲慨然而思廓然而悟乎？而吾與子皆可以忘言矣。』於是余聆其説，喜師道之將成，而離於名遠於累不久也，又嘉其言之足以達其意，亦如是溪之不期於文而文也，遂摭而述之以爲記。」

止公，元末明初僧徒，行迹不詳。元時文溪畔有溪隱庵，疑爲止公駐錫地。《延祐四明志》卷十八《慈溪縣寺院·溪隱庵》：「縣東二十里，至元中僧如艮建。」

【箋注】

〔一〕杖錫：拄錫杖，形容僧徒雲遊。崔顥《贈懷一上人》：「傳燈遍都邑，杖錫遊王公。」

〔二〕皎然《答道素上人别》：「幻情有去住，真性無離别。」韋應物《寄恒璨》：「心絶去來緣，迹順人間事。」

〔三〕禪機：禪宗機要秘訣。牟融《題山房壁》：「玄奥凝神久，禪機入妙深。」

〔四〕慧燈：慧炬，喻無幽不照之智慧。釋契適《觀音詩》：「遍分智慧燈開暗，盡灑清凉雨發枯。」

七言律詩

秋興五首

其一

野色蒼凉日自斜，海城故故隱悲笳〔一〕。人間已退三庚暑，天上誰乘八月槎〔二〕？俯首風塵秋有淚，側身天地老無家〔三〕。杖藜獨立清溪上，愁對歸鴻没暮霞〔四〕。

【題解】

秋興，商秋情懷興致，古詩常以之爲題，如杜甫之《秋興八首》，蘇軾之《秋興三首》，尤以陸游《秋興》詩最爲可觀，多達數十首。

【箋注】

〔一〕蒼涼：寒涼。故故：屢屢。杜甫《月》：「時時開暗室，故故滿青山。」隱：隱隱，盛大貌。潘岳《閑居賦》：「煌煌乎，隱隱乎，兹禮容之壯觀，而王制之巨麗也。」李善《注》：「隱隱，盛也。」笳：胡笳，古代少數民族管樂器。杜甫《後出塞》：「悲笳數聲動，壯士慘不驕。」

〔二〕三庚：三伏，其初伏、中伏、末伏皆以庚日始，故稱三庚。郎瑛《七修類稿》卷二《三伏》：「伏者，藏也。庚金伏於夏火之下，故曰伏。夏至後第三庚爲初伏，四庚爲中伏，該第五庚爲末伏。」晉張華《博物志》卷十：「舊説云天河與海通，近世有人居海濱者，年年八月有浮槎去來不失期。人有奇志，立飛閣於槎上，多齎糧乘槎而去。十餘日中，猶觀星月日辰。自後芒芒忽忽，亦不覺晝夜。去十餘日，奄至一處，有城郭狀，屋舍甚嚴，遥望宫中多織婦，見一丈夫牽牛渚次飲之。牽牛人乃驚問曰：『何由至此？』此人具説來意，并問此是何處。答曰：

『君還至蜀郡，訪嚴君平則知之。』竟不上岸，因還如期。後至蜀問君平，曰：『某年月日，有客星犯牽牛宿。』計年月，正是此人到天河時也。」槎：竹木筏。

〔三〕風塵：擾攘人世。駱賓王《在軍中贈先還知己》：「風塵催白首，歲月損紅顔。」側身：傾斜身體，形容戒懼不安。戴叔倫《巫山高》：「故鄉回首思綿綿，側身天地心茫然。」

〔四〕杜甫《獨立》：「天機近人事，獨立萬端憂。」

其二

咸陽城下動秋風，落木蕭蕭漢苑空〔一〕。太液曾聞駐遊輦，上林誰見弋飛鴻〔二〕？王侯第宅蒼茫外，錦繡山河感慨中〔三〕。關塞只今無夢到，白頭吟望思何窮〔四〕！

【箋注】

〔一〕咸陽：秦朝京都。《三輔黄圖》卷一《咸陽故城》：「自秦孝公至始皇帝、胡亥并都此城。案孝公十二年作咸陽築冀闕，徙都之。始皇二十六年，徙天下高貲富豪於咸陽十二萬户。諸廟及臺苑皆在渭南。秦每破諸侯，徹其宫室，作之咸陽北阪上，南臨渭。自雍門以東至涇渭，殿屋複道周閣相屬，所得諸侯美人鍾鼓以充之。」蕭蕭：象聲詞，此指落葉聲。杜甫《登高》：「無邊落木蕭蕭下，不盡長江滚滚來。」漢苑：漢朝皇家畜養禽獸遊樂打獵之園林，此指上林苑。

〔二〕太液：漢池名，在上林苑内建章宫北。《三輔黄圖》卷四《池沼・太液池》：「在長安故城西，建章宫北未央宫西南。太液者，言其津潤所及廣也。《關輔記》云：『建章宫北有池以象北海，刻石爲鯨魚，長三丈。』《漢書》曰：『建章宫北治大池，名曰太液池，中起三山，以象瀛洲、蓬萊、方丈，刻金石爲魚龍、奇禽、異獸之屬。』」輦：人力車；秦漢以後專指帝王后妃車駕。上林：秦朝舊苑，漢武帝時擴建，司馬相如《上林賦》極言其恢宏壯麗。《三輔黄圖》卷四《苑囿・漢上林苑》：「即秦之舊苑也。《漢書》云：『武帝建元三年開上林苑，東南至藍田、宜春、鼎湖、御宿、昆吾，旁南山而西，至長楊、五柞，北繞黄山，瀕渭水而東，周袤三百里，離宫七十所，皆容千乘萬騎。』《漢宫殿疏》云：『方三百四十里。』《漢舊儀》云：『上林苑方三百里，苑中養百獸，天子秋冬射獵取之。』帝初修上林苑，群臣遠方各獻名果異卉三千餘種植其中，亦有制爲美名，以標奇異。」弋：以繩繫矢而射。

〔三〕蒼茫：曠遠迷茫貌。李白《關山月》：「明月出天山，蒼茫雲海間。」外：裏，中。杜甫《獨立》：「空外一鷙鳥，河間雙白鷗。」

〔四〕關塞：關隘要塞。杜甫《傷春》：「關塞三千里，煙花一萬重。」

其三

唐朝宫殿面南山，韋杜曾傳尺五天〔一〕。馮翊郡連通雨露，崤函地闢接風煙〔二〕。隴雲秦樹空今日，衰草斜陽異昔年〔三〕。世事紛更共如此，豈須見後始悽然！

【箋注】

〔一〕南山：唐都長安南面終南山。《讀史方輿紀要》卷五十二《陝西一・終南山》：「在西安府南五十里，亘鳳翔、岐山、郿縣、武功、盩厔、鄠縣、長安、咸寧、藍田之境，皆謂之南山。《禹貢》謂之終南。《詩》謂之終南，亦謂之南山……蓋終南脉起崑崙，尾銜嵩嶽，鍾靈毓秀，宏麗瑰奇，作都邑之南屏，爲雍梁之巨障。其中盤紆回遠，深巖邃谷，不可殫究。」韋杜：唐時韋氏與杜氏爲望族，韋氏居韋曲，杜氏居杜曲，皆在長安城南，時稱韋杜。尺五天：極言靠近都城。仇兆鼇《杜詩詳注》卷三《奉陪鄭駙馬韋曲二首》：「錢《箋》：『《雍録》：吕圖，韋曲在明德門外，韋后家在此，蓋皇子陂之西也；杜曲，在啓夏門外，西向即少陵原。所謂城南韋杜去天尺五者。』」曾慥《類説》卷二十九《去天尺五》：「韋曲杜鄠近長安，諺曰『韋曲杜鄠去天尺五。』」

〔二〕馮翊：漢時與扶風、京兆合稱三輔郡；馮翊郡南接長安；唐朝稱同州。《三輔黄圖》卷一《三輔治所》：「京兆，在故城南尚冠里；馮翊，在故城内太上皇廟西南；扶風，在夕陰街北。三輔者，謂主爵中尉及左右内史。漢武帝改曰京兆尹、左馮翊，右扶風，共治長安城中，是爲三輔。《文獻通考》卷三百二十二《古雍州歷代沿革之圖》：「左馮翊，二十四縣。」崤函：崤山和函谷關，在今河南靈寶市。李世民《入潼關》：「崤函稱地險，襟帶壯兩京。」

〔三〕隴：古地名，今甘肅一帶。秦：古地名，多指秦國故地。韓維《寄秦川馬從事》：「往歲遊西謁季長，隴雲秦樹勝風光。」王沂《御街行·送王君冕二首》：「隴雲秦樹，周臺漢苑，滿眼相思處。」仲殊《洞仙歌》：「水亭山驛，衰草斜陽，無限行人斷腸處。」

其四

鳳凰飛舞下層巒，珠樹瑶花一夜殘〔一〕。周室舊聞遷寶鼎，漢宫今見泣銅盤〔二〕。荒祠猶記雙龍柱，壞埒曾傳乙鳥壇〔三〕。爲歎興亡腸易斷，不須登眺傍高寒〔四〕。

【箋注】

〔一〕珠樹瑶花：形容花木美好。陳子昂《晦日宴高氏林亭》：「玉池初吐溜，珠樹始開花。」齊己

《送林上人歸永嘉舊居》：「時尋謝公迹，春草有瑤花。」

〔二〕遷寶鼎：周朝滅亡，寶鼎遷入秦國。《史記》卷四《周本紀》：「周君、王赧卒，周民遂東亡。秦取九鼎寶器，而遷西周公於𢠸狐。後七歲，秦莊襄王滅東周。東西周皆入於秦，周既不祀。」泣銅盤：漢朝陵夷，魏明帝移徙漢武帝所鑄金銅仙人，金銅仙人淚灑承露銅盤。李賀《昌谷集》卷二《金銅仙人辭漢歌并序》：「魏明帝青龍元年八月，詔宮官牽車取漢孝武捧露仙人，欲立置殿前。宮官既拆盤，仙人臨行，潸然淚下。唐諸王孫李賀爲作《金銅仙人辭漢歌》。」

〔三〕王禹偁《遊四皓廟》：「修篁瑟瑟石磷磷，去謁荒祠不厭頻。」王冕《秋夜偶成》：「龍柱雲消金氣冷，鳳臺人去月明多。」埒：矮牆。乙鳥壇：祭祀禖神之高壇，禖神者，人世求子之神，以殷商之祖簡狄祈於禖神，吞乙鳥卵而生契，故稱祭禖之壇爲乙鳥壇；乙鳥，燕子別稱。《詩經·商頌·玄鳥》：「天命玄鳥，降而生商。」朱熹《詩集傳》：「玄鳥，鳦也，春分玄鳥降。高辛氏之妃有娀氏之女簡狄，祈於郊禖，鳦遺卵，簡狄吞之而生契。」梅堯臣《聞王景彝雪中禖祀還》：「壇場祠乙鳥，桑柘響陰梟。」

〔四〕王貞白《金陵》：「興亡多少事，回首一長吁。」高寒：秋空。

其五

露下碧梧秋氣深，天時人事共蕭森〔一〕。海流不盡衰年恨，節序祇添故國心〔二〕。

千里還家知幾日，十年逃世至於今〔三〕。芳樽美酒無人共，安得愁中滿意斟？

【箋注】

〔一〕天時：時節。白居易《客路感秋寄明準上人》：「已感歲倏忽，復傷物凋零。孰能不憯悽，天時牽人情？」蕭森：蕭條衰颯。杜甫《秋興》：「玉露凋傷楓樹林，巫山巫峽氣蕭森。」

〔二〕應瑒《别詩》之二：「晨夜赴滄海，海流亦何抽？」節序：節氣，節令。王冕《見雪》：「窮居忘節序，見雪卻憂寒。」

〔三〕楊萬里《五月一日過貴溪舟中苦熱》：「一生怕熱長逢熱，千里還家未到家。」杜甫《逃難》：「五十頭白翁，南北逃世難。」

偶書

自從北渡浣紗溪，十載家山入望低〔一〕。失學已憐元亮子，長齋應愧太常妻〔二〕。百年世事醯鷄變，一夜鄉心謝豹啼〔三〕。卻向歸途望遼鶴，白頭和淚寫淒迷〔四〕。

【題解】

詩云「十載家山入望低」，則必作於晚年羈旅海濱時。偶書，記録心頭感觸，古詩人常有之，如賀知章之《回鄉偶書》。

【箋注】

〔一〕浣紗溪：浦陽江流經諸暨縣城江段之别名，詳見卷一《送屠彦德七首》。

〔二〕元亮：東晉詩人陶淵明，字元亮。《陶淵明集箋注》卷三《責子》：「白髮被兩鬢，肌膚不復實。雖有五男兒，總不好紙筆。阿舒已二八，懶惰故無匹。阿宣行志學，而不愛文術。雍端年十三，不識六與七。通子垂九齡，但覓梨與栗。天運苟如此，且進杯中物。」析義：黄庭堅《書淵明責子詩後》曰：『觀淵明之詩，想見其人豈弟慈祥戲謔可觀也。俗人便謂淵明諸子皆不肖，而淵明愁歎見於詩，可謂癡人前不得説夢也。』」太常：東漢太常卿周澤，恪盡職守，常卧疾齋宫，其妻哀澤老病，窺問所苦。周澤大怒，以妻干犯齋禁，收送詔獄謝罪，時人憐其妻曰：「生世不諧，作太常妻，一歲三百六十日，三百五十九日齋。」詳見《後漢書》卷七十九下《儒林列傳下·周澤》。李白《贈内》：「三百六十日，日日醉如泥。雖爲李白婦，何異太常妻！」

〔三〕醯鷄：或稱蠛蠓，壽極短促，形類蚊而細小。楊敬之《華山賦》：「醯鷄往來，周東西矣；蠛蠓紛紛，秦速亡矣。」方回《題徐仲彬達觀亭》：「老壽龜鶴夭蠛蠓，博大鵬鯤小蜾蠃。」謝豹：

即子規、杜宇、杜鵑。陸游《老學庵筆記》：「吴人謂杜宇爲謝豹。杜宇初啼時，漁人得蝦曰謝豹蝦，市中賣筍曰謝豹筍。唐顧況《送張衛尉》詩曰『緑樹村中謝豹啼』，若非吴人，殆不知謝豹爲何物也。」

〔四〕遼鶴：遼東丁令威，學道於靈虚山，後化鶴返鄉。陶潛《搜神後記》卷一《丁令威》：「本遼東人，學道於靈虚山。後化鶴歸遼，集城門華表柱。時有少年，舉弓欲射之。鶴乃飛，徘徊空中而言曰：『有鳥有鳥丁令威，去家千年今始歸。城郭如故人民非，何不學仙冢累累？』遂高上沖天。」

憶鶴年有賦

投老江湖生事微，隱身草澤接交稀〔一〕。情同栗里陶彭澤，形似遼東丁令威〔二〕。紅日曉迷滄海樹，白雲秋老故山薇〔三〕。牆東野客心同苦，幾度相從話夕暉〔四〕。

【題解】

鶴年，元末明初西域詩人丁鶴年，詳見本書卷十九《高士傳》。戴九靈斯作所憶，頗近乎丁氏自剖詩。丁生俊《丁鶴年詩輯注·哀思集·逃禪室述懷十六韻》：「出處兩茫然，低徊每自憐。本無經國術，仍乏買山錢。故邑三千里，他鄉二十年。力微歸計杳，身遠客心懸。桃李誰家樹，禾麻傍舍田。鶉衣秋屢結，蝸室歲頻遷。逝水終難復，寒灰更不然。久要成齟齬，多病復沉綿。俯仰衷情倦，棲遲野性便。延徐誰下榻？訪戴獨回船。恥灑窮途泣，閑修凈土緣。談玄分上下，味道悉中邊。有相皆虛妄，無才幸苟全。棲雲同白鹿，飲露效玄蟬。高蹈慚真隱，狂歌愧昔賢。惟餘空念在，山寺日逃禪。」

【箋注】

〔一〕生事：生計。白居易《觀稼》：「停杯問生事，夫種妻兒穫。」

〔二〕陶彭澤：陶淵明，嘗爲彭澤縣令，既而掛冠隱居故鄉栗里。袁行霈《陶淵明集箋注》卷六《五柳先生傳》：「閑靖少言，不慕榮利。好讀書，不求甚解；每有會意，便欣然忘食……環堵蕭然，不蔽風日；短褐穿結，簞瓢屢空，晏如也。常著文章自娱，頗示己志。忘懷得失，以此自終。」丁令威：傳説中成仙化鶴者，此擬丁鶴年體貌清臞消瘦，參見本卷《偶書》。

〔三〕薇：野草名，自《詩經》以來，常以采薇爲羈旅懷歸之典故。《詩經·小雅·采薇》：「采薇采薇，薇亦作止。曰歸曰歸，歲亦莫止……采薇采薇，薇亦柔止。曰歸曰歸，心亦憂止……采薇采薇，薇亦剛止。曰歸曰歸，歲亦陽止。」

〔四〕牆東野客：東漢隱士王君公，詳見卷十六《庸道提學訪予定川寓室……》。庾信《和樂儀同苦熱》：「寂寥人事屏，還得隱牆東。」

寄沈隱君

故人家住白雲隈，占此崖盤與澗回〔一〕。風挾水聲歸逕竹，日將山影上階苔。《律書》在篋身同棄，瑞檢堆床手自開〔二〕。聞説蓬瀛從此達，好騎白鹿訪君來〔三〕。

【題解】

沈隱君，慈溪沈明大，家有盤隱軒，其婿唐轅從戴九靈遊，參看卷二十三《鄞沈明大墓誌銘并序》。

【箋注】

〔一〕隈：山水屈曲處。盧照鄰《七夕泛舟》：「微吟翠塘側，延想白雲隈。」

〔二〕律書：兵書。《廿二史札記》卷一《史記律書即兵書》：「遷自序云『非兵不强，非德不昌，司馬法所從來尚矣，太公、孫、吴、王子能紹而明之，故作《律書》』云云，是遷所作《律書》即兵書也。今褚少孫所補序亦云『六律爲萬事根本，其於兵械尤重』，遂極論秦時黷武、漢定天下偃兵息戰等事，是亦尚見兵律相關之意。」劉礪《挽蔡西山先生》：「紀曆深《皇極》，談兵淺《律書》。」瑞檢：道家書籍；檢，古書以竹簡木牘爲之，書成，穿以皮條或絲繩，於繩結處封泥，在泥上鈐印，謂之檢。褚載《贈道士》：「六甲威靈藏瑞檢，五龍雷電繞霜都。」

〔三〕蓬瀛：海上仙山蓬萊、瀛洲；沈明大居達蓬山麓，傳説由此可直達滄海仙境。柳宗元《新植海石榴》：「弱植不盈尺，遠意駐蓬瀛。」王昌齡《就道士問周易參同契》：「仙人騎白鹿，髮短耳何長。」

庸道既别云自山北訪桂同德胡舜咨而還

何事扁舟此問津？似君標格邈難親〔一〕。聞聲舊識尚書履，屏迹今峨學士巾〔二〕。鳳口水深湖没路，龍頭山暝雨隨人〔三〕。遥知兩地登臨處，念别各傷無限神〔四〕。

【題解】

劉中，字庸道，元錢塘雅士，詳見卷十六《庸道提學訪予定川寓舍……》。

山，此指達蓬山，以其近鄰本詩所云「鳳口水」「龍頭山」，參見卷十六《蓬山新樓歌》。桂同德，元四明慈溪學者，參看卷二十一《書畫舫讌集詩序》。《宋元學案》卷七十四《慈湖學案·石坡續傳·教授桂容齋先生同德》：「桂同德，慈溪人，石坡先生萬榮四世孫。謹厚敦樸，篤信好學，聞於遠邇，請益者無虛日。教授郡庠，以德行爲本，懇懇言曰：『窮經窮史，固學者事，而入孝出弟，尤所當先。今日之孝，即他日之忠，忠孝兩全，人道備矣。』故一時親炙其教者，咸有成立。所著有《容齋集》。」

胡惟仁，字舜咨，又字仲子，元末明初慈溪寓賢，參看卷二十五《寄胡舜咨》。《嘉靖寧波府志》卷三十九《流寓·胡舜咨》：「先會稽人，後徙居慈溪。家貧力學，淹貫五經。與金華戴良、蛟川丁鶴年、同邑烏斯道相友善，鈎玄索奇，俱以文學見重。工五七言律，格調清雅，高者逼李商隱、孟浩然。洪武中，有司禮聘訓導邑庠弟子員，教有程度，出其講下者多有文名。所著累帙，學者至今猶景慕焉。」

《宋元學案》卷九十三《静明寶峰學案·桂烏講友·縣令胡仲子先生舜咨》：「胡舜咨，字仲子，會稽人。嘗隨父宦遊於慈，以邑名三孝鄉，又有倡道者楊文元公，遂定居靈山之曲水。先生學博才贍，工於詩。所與遊者，金華戴良、蛟川丁鶴年、邑人烏斯道、桂彦良，率皆諸名士。洪武初，與彦良并以賢良文學徵。拜燕王傅，尋除儀真令。歸而教授子弟，與賓客酌酒賦詩，間挾一二子憩山石間。」

【箋注】

〔一〕問津：詢問渡口，喻探尋真諦大道。陶淵明《飲酒》：「終日馳車走，不見所問津。」標格：風範，風度。白居易《代鶴》：「飲啄雜鷄群，年深損標格。」

〔二〕尚書：元末詩人貢師泰，先後任禮部與户部尚書；詳見卷十六《貢尚書新祠六詠》。學士巾：或曰東坡巾，宋蘇軾所御；以蘇軾嘗拜翰林學士，故亦稱學士巾。沈德符《萬曆野獲編》卷二十六《物帶人號》：「幘之四面塾角者，名東坡巾。」

〔三〕湖：元定海鳳浦湖，參見卷十六《題鳳湖梧竹居》。山：定海伏龍山，參見卷十六《題清暉樓》。

〔四〕王維《九月九日憶山東兄弟》：「遥知兄弟登高處，遍插茱萸少一人。」劉禹錫《吟樂天自問愴然有作》：「親友關心皆不見，風光滿眼倍傷神。」

晚至永樂

江干細路走羊腸，遠逐鐘聲到上方〔一〕。水竹暝時雲淡淡，逕松深處月蒼蒼〔二〕。佛廬夜續傳燈火，僧榻寒薰小篆香〔三〕。何用別尋大竺去？人言此地即慈航〔四〕。

【題解】

永樂，乾隆本作「永樂寺」。永樂，慈溪寺院，詳見卷十六《永樂寺觀先師柳公三大篆及諸石刻泫然賦此》。

【箋注】

〔一〕江干：江岸。上方：仙佛所居天界，亦指道觀佛寺。杜甫《山寺》：「上方重閣晚，百里見纖毫。」

〔二〕俞紫芝《水村閑望》：「溪雲淡淡迷漁屋，野旆翩翩露酒家。」蒼蒼：深青色。王冕《墨梅》：「轉首江南春似梅，一聲簫管月蒼蒼。」

〔三〕傳燈：傳授佛法；以佛法如燈，能破除迷妄，故有傳燈之説。皎然《寒食日同陸處士行報德寺宿解公房》：「寂寂傳燈地，寥寥禁火天。」薰：熏以香料。元好問《丙午九日詠菊》：「三薰復三沐，歲晏與君期。」篆香：盤香。

〔四〕天竺：印度古稱。玄奘《大唐西域記·印度總述》：「詳夫天竺之稱，異議糾紛。舊云身毒，或曰賢豆。今從正音，宜云印度。」慈航：佛菩薩以慈悲度人，如航船之濟衆，使脱離生死苦海。白居易《渭村退居寄禮部崔侍郎翰林錢舍人詩一百韻》：「斷癡求慧劍，濟苦得慈航。」

題永樂寺水竹居　先師柳待制嘗訪匡長老於此

一上高樓悵有餘，登臨事往竟成虚。已無閣老履絇迹，徒認匡公水竹居〔一〕。珮玉聲流池盡處，琅玕影動月來初〔二〕。從今便結東林社，曉鉢高擎老衲如〔三〕。

【題解】

永樂寺，慈溪名刹；水竹居，元高僧正宗匡居室。二者悉詳卷十六《永樂寺觀先師柳公三大篆及諸石刻泫然賦此》。

劉仁本《羽庭集》卷四《龍山水竹居》：「愛此幽居水竹成，玲瓏樓閣繞蓬瀛。琅玕影浸玻璃碧，鸞鳳飛來玉雪清。煮茗不勞僧汲井，截筒還有客吹笙。我來倚檻題詩處，萬籟風生月正明。」

烏斯道《春草齋集》卷六《水竹居記》：「龍山之麓有永樂寺，寺有僧室，扁曰水竹居，蓋指堂禪師所居之地也。長廊縵回，别院斗折，而瀦水培竹其中。其水則因山之濴流屈曲而溝歸之，仍堤其廣狹以避污濁，是以恒清而不涸，若秦宫方鏡，洞燭肝膽，凜凜不敢萌毫髮私意。其隅土特隆起，竹生之離離出屋脊，萎者黜之，瑣者耗之，惡木雜産其下者刊去之。故其蕭森挺拔，若槍楯劍戟之擁轅門，過者不敢褻玩闌入。水光涵竹，竹影入水，水竹交致其媚，而交致其光，上人則蘧蘧焉，栩栩焉，猶形川上之歎，而發《淇澳》之詠也。」

先師柳待制，元浦江大儒柳貫，詳見卷四《浦陽五賢贊并序》。匡長老，元代高僧，嘗主龍興之上藍寺，暮年退居永樂寺，詳見卷二十九《龍山古迹記後題》。

【箋注】

〔一〕閣老：古代稱大學士及翰林學士在文淵閣掌誥敕者爲閣老，此指元翰林待制柳貫。履絢：鞋頭有裝飾之鞋；絢，鞋頭上裝飾。楊萬里《春暖郡圃散策》：「萱草行間過履絢，杏花影裏散文書。」

〔二〕珮玉聲：喻流水聲。柳宗元《小石潭記》：「從小丘西行百二十步，隔篁竹，聞水聲，如鳴佩環，心樂之。」李洪《紀行雜詩》：「石罅飛泉鳴佩玉，灘頭怒石響驚雷。」琅玕：神話中仙樹，其實如珠。葛洪《抱朴子·祛惑》：「（崑崙）有珠玉樹，沙棠、琅玕、碧瑰之樹。」

〔三〕東林社：晉釋慧遠等十八僧俗結社於廬山東林寺，同修浄土之法，中有白蓮池，因號蓮社，或白蓮社。《東林十八高賢傳·慧遠法師》：「既而謹律息心之士，絶塵清言之賓，不期而至者慧永、慧持、道生、曇順、僧叡、曇恒、道昺……名儒劉程之、張野、周續之、張詮、宗炳、雷次宗等，結社念佛，世號十八賢。」《東林十八高賢傳·不入社諸賢傳·謝靈運》：「至廬山一見遠公，肅然心伏，乃即寺築臺，翻《涅般經》，鑿池植白蓮，時遠公諸賢，同修浄土之業，因號白蓮社。」貫休《乞食僧》：「擎鉢貌清羸，天寒出寺遲。」

同浵用剛登甘露寺

丹梯百尺護苔紋，境有仙凡此處分〔一〕。殿影恍從天畔落，磬聲渾向竹間聞。山緣龍出饒青靄，峰值雨微多白雲〔二〕。杖錫又登高閣去，無端詩思忽紛紛〔三〕。

【題解】

浵用剛，元末慈溪永樂寺僧人，參看卷二十五《有懷浵用剛賦此以寄》。烏斯道《春草齋集》卷八《松下小稿序》：「詩之作，非得夫天地之清氣者不能也。然汩於富貴貧賤羈旅勞役，一發於歡欣悲忿之音而盡夫清氣者或寡。清氣得矣，非静而專，又未見其詩之工也。惟浮屠氏寄身閑寂，無外慕膠於中，其爲詩必全夫清氣而又静專，宜有以異於人也。慈溪龍山永樂院用剛禪師，以清明姿從桑門究明覺性有悟入，出而倡道名刹。既歸，闢軒松下，禪定之餘，吟詠風月，合古詩律詩若干首，名曰《松下小稿》。其氣清，其音舒，春容閑淡，若冰霜水月，不容垢氛，使人讀之意消情逸，豈非浮屠氏之異於人哉？余自少與禪師交，知永樂院自昔有龍石、少微、商隱，而下至於歸庵，諸公皆善爲詩。至若往來宿碩，有若恩斷江、噩夢堂；方外之士，若柳公道傳、黄公晉卿、貢公泰甫、鄭公以道、戴公叔能、范公運申、予之伯氏性善：皆以詩鳴者也。或師或友，霑溉膏馥，故其詩不外乎規矩法度，良可尚也。吁！龍山風氣清淑，古陽禪師創業之地也。今禪師之詩流傳山中，豈不爲龍山清氣之一助耶？」

甘露寺，元時慈溪龍山寺院，後并入永樂寺，參看卷二十九《龍山古迹記後題》《跋藪上人所書蓮經後》。《光緒慈溪縣志》卷四十二《舊迹二・寺觀下・甘露寺》：「縣西六十里。唐開元二十八年置，曰上福龍山，以山名名之。宋治平二年改賜甘露院額。常住田一百三十四畝，山一百九十四畝，沙門遵式銘於石。後并永樂寺。在絶頂面江，景最幽勝。罷永樂住持者始退居於此……元柳貫《登龍山寺後閣》詩：『山閣凌虚起，江天引望開。連延黄竹浦，隱見白龍堆。雲樹離離出，風帆杳杳來。飛車倘堪躡，即此妙高臺。』又《上龍山寺》詩：『矯首上龍山，翠氣深盤盤。松雲制扃鑰，沙月轉灣環。沿溯二十里，回檣客叩關。山中宴坐久，閲世如翔鸞。十年不同夢，笑迎發清歡。浣我塵土面，對君冰雪顔。吾生大自在，眠食儘輕安。爲作十日留，閑看飛鳥還。』」

【箋注】

〔一〕丹梯：紅色臺階，喻尋仙問道之塗。陸游《遊武夷山》：「丹梯不容躡，修蔓亦畏捫。」苔紋：苔蘚，青苔。王安石《春晴》：「静看蒼苔紋，莫上人衣來。」

〔二〕山：慈溪龍山，或曰雨徵、雨微，詳見卷十六《遊龍山》。

〔三〕無端：無緣無故。陸機《君子行》：「福鍾恒有兆，禍集非無端。」詩思：吟詩情致。錢起《題精舍寺》：「詩思竹間得，道心松下生。」

李帥家烹鶴見餉

千年端有化胎無？一旦烹來野鳥如〔一〕。身死獨遺沙苑箭，魂歸應詫漆樓書〔二〕。茅君入帳名空在，衛國乘軒事已虚〔三〕。慚愧主人情意厚，搜羅異味及巢居〔四〕。

【題解】

李帥，生平不詳，當即後詩《星菊》《瑞蓮》所言之李磐石。戴九靈攜友跋涉慈溪西部山川時嘗逗留李帥家，參看本卷《出遊聯句》。

【箋注】

〔一〕端：究竟。化胎：化育成胎。鮑照《舞鶴賦》：「散幽經以驗物，偉胎化之仙禽。」李善《注》：「《鶴經》曰……百六十年雄雌相見，目精不轉；孕千六百年，飲而不食。」」

〔二〕沙苑：地名，在今陝西大荔縣南洛渭之間，嘗爲帝王獵場。《讀史方輿紀要》卷五十四《陝西三・同州・沙苑》：「在州南十二里，一名沙阜。《水經注》：『洛水東經沙阜北，其阜東西八十里，南北三十里，俗名之曰沙苑。苑南則渭水經焉。』……《元和郡國圖》：『沙苑宜六畜，唐置沙苑監。』余靖曰：『唐沙苑監，即今之同州。』宋亦置監於此，慶曆五年群牧言『沙苑監地萬一千四百六十餘頃』是也，俗謂之馬坊頭云。」《貞觀政要》卷十《田獵第三十八》：「貞觀十四年，太宗幸同州沙苑，親格猛獸，復晨出夜還。」漆樓：漆宅，塗漆棺材。陶穀《清異録・喪葬》：「余嘗臨外氏之喪，正見漆工之髹裹兇器。余因言棺槨甚如法。漆工曰：『七郎中隨身富貴，只贏得一座漆宅，豈可鹵莽？』」書：鶴頭書，書體名。孔稚珪《北山移文》：「及其鳴騶入谷，鶴書赴隴。」李善《注》引南朝齊蕭子良《古今篆隸文體》曰：「鶴頭書與偃波書，俱詔板所用。」

〔三〕茅君：傳説中仙人，嘗化鶴出入幕帳。《太平廣記》卷十三《茅君》：「茅君者，幽州人。學道於齊，二十年道成歸家……茅君在帳中，與人言語。其出入，或發人馬，或化爲白鶴。」乘軒：春秋衛懿公好鶴，竟使鶴乘軒而行，詳見卷一《和沈休文雙溪八詠》。

〔四〕巢居：此指鶴巢。傅汝舟《赤松詠》：「陰好鶴長在，巢居仙自營。」

星菊　李磐石家菊有同本異花一紫九黄者

白榆歷歷掩穹蒼，誰種群星近畫堂〔一〕。太乙好隨孤豔紫，天津錯認九葩黄〔二〕。

根株灌溉元同品，顔色參差忽異芳〔三〕。自是君家多瑞物，作歌從此詫《芝房》〔四〕。

【題解】

星菊，言菊花繁茂，如夜空之星辰。

【箋注】

〔一〕白榆：星名。《樂府詩集》卷三十七《隴西行》：「天上何所有？歷歷種白榆。」畫堂：華麗屋舍。

〔二〕太乙：或曰太一星，在紫微宫門外天一星南。《星經》卷上《太一》：「太一星，在天一南半度。天帝神王，使十六神，知風雨水旱兵馬饑饉疾病災害之在其國也。星明吉暗凶，離本位而乘斗者，九十日必兵大起也。」天津：星名，凡九星。《楚辭》屈原《離騷》：「朝發軔於天津兮，夕余至乎西極。」王逸《注》：「天津，東極箕斗之間漢津也。」《晉書》卷十一《天文上》：「天津九星，横河中，一曰天漢，一曰天江，主四瀆津梁，所以度神通四方也。」

〔三〕根株：根柢與主幹。陸龜蒙《丁隱君歌》：「老樹根株若蹲獸，霜濃果熟未容收。」

〔四〕芝房：漢郊廟歌，或曰《齊房》。《樂府詩集》卷一《郊廟歌辭一・齊房》：「一曰《芝房歌》。《漢書・武帝紀》曰：『元封二年夏六月，甘泉宫内中産芝，九莖連葉，作《芝房之歌》。』」

瑞蓮　李磐石家蓮有雙花并實者欲以是扁其堂求予爲記

是處秋風滿户庭，誰家猶有瑞蓮生〔一〕？雙開自昔聞連蒂，并實於今喜共莖〔二〕。不學兩妃争寵態，惟含二女望君情〔三〕。李侯忠義天偏識，好榜新堂爲勒銘〔四〕。

【題解】

瑞蓮，常言并蒂蓮，此指雙花一蓮蓬。

【箋注】

〔一〕是處：處處。柳永《八聲甘州》：「是處紅衰翠減，苒苒物華休。」

〔二〕連蒂：并蒂，雙花共一蒂。杜甫《進艇》：「俱飛蛺蝶元相逐，并蒂芙蓉本自雙。」并實：雙花共結一蓮蓬。徐堅《初學記》卷二十七《草部·芙蓉第十三》：「《宋起居注》曰：泰始二年，嘉蓮一雙，駢花并實合跗同莖，生豫州鱧湖。」

〔三〕争寵：競相邀寵。劉向《列女傳》卷八《續列女傳·漢趙飛燕》：「趙飛燕姊娣者，成陽侯趙臨之女，孝成皇帝之寵姬也……上見飛燕而悦之，召入宫，大幸；有女弟，復召入。俱爲婕妤，貴傾後宫，乃封父臨爲成陽侯。有頃，立飛燕爲皇后，其弟爲昭儀。飛燕爲后而寵衰，昭儀寵無比……姊娣專寵，而悉無子，嬌媚不遜，嫉妒后宫。」歐陽修《聚星堂前紫薇花》：「静女不争寵，幽姿如自喜。」二女：虞舜二妃娥皇、女英。劉向《列女傳》卷一《有虞二妃》：「有虞二妃者，帝堯之二女也。長娥皇，次女英……二女承事舜於畎畝之中，不以天子之女故而驕盈怠嫚，猶謙謙恭儉，思盡婦道……舜既嗣位，升爲天子，娥皇爲后，女英爲妃。封象於有庳，事瞽叟猶若焉。天下稱二妃聰明貞仁。舜陟方，死於蒼梧，號曰重華。二妃死於江湘之間，俗謂之湘君。」

〔四〕侯：古代士大夫尊稱。偏：極，十分。勒銘：雕刻。陸游《夜泊水村》：「腰間羽箭久凋零，太息燕然未勒銘。」

五言絶句

題瀟湘八景

洞庭秋月

皓氣澄素流，況當湖正秋〔一〕。舟人夜半起，倚遍岳陽樓〔二〕。

【題解】

瀟湘八景，始載沈括《夢溪筆談》卷十七《書畫》：「度支員外郎宋迪工畫，尤善爲平遠山水，其得意者有《平沙雁落》《遠浦帆歸》《山市晴嵐》《江天暮雪》《洞庭秋月》《瀟湘夜雨》《煙寺晚鐘》《漁村落照》，謂之八景，好事者多傳之。」

《湖廣通志》卷八十九米芾《瀟湘八景圖詩總序》：「瀟水出道州，湘水出全州，至永州而合流焉。自湖而南，皆二水所經，至湘陰始與沅之水會。又至洞庭，與巴江之水合。故湖之南皆可以瀟湘名水；若湖之北，則漢沔湯湯，不得謂之瀟湘。瀟湘之景，可得聞乎？洞庭南來，浩淼沉碧，疊嶂層巖，綿衍千里。際以天宇之虚碧，雜以煙霞之吞吐。風帆沙鳥，出没往來；水竹雲林，映帶左右。朝昏之氣不同，四時之候不一，此瀟湘之大觀也。若夫八景之極致，則具列於左，各繫以序。」

米芾《洞庭秋月序》：「君山南來，浩浩滄溟。飄風之不起，層浪之不生。夜氣既清，清露斯零。素娥浴水，光蕩金精。倒霓裳之清影，來《廣樂》之天聲。纖雲不起，上下虚明。」

【箋注】

〔一〕皓氣：潔白大氣。素流：清澈水流。韋應物《千丈巖瀑布》：「拔地萬重清嶂立，懸空千丈素流分。」正秋：仲秋，農曆八月。馬臻《中秋見月》：「正秋三五滿，萬里絶纖垢。」

〔二〕岳陽樓：湖南岳陽西門城樓，江南三大名樓之一，登樓遠眺，八百里洞庭盡收眼底。范致明

《岳陽風土記》：「岳陽樓，城西門樓也，下瞰洞庭景物寬闊。唐開元四年中書令張説除守此州，每與才士登樓賦詩，自爾名著。」杜甫《登岳陽樓》：「昔聞洞庭水，今上岳陽樓。吴楚東南坼，乾坤日夜浮。」韓愈《岳陽樓别竇司直》：「洞庭九州間，厥大誰與讓。南匯群崖水，北注何奔放！瀦爲七百里，吞納各殊狀。」

瀟湘夜雨

洒江思已悲，入夜聲轉急。還憶在荆南，卧聽湘妃泣〔一〕。

【題解】

米芾《瀟湘夜雨序》：「苦竹叢翳，鷓鴣哀鳴。江雲黯黯，江水冥冥。翻河倒海，若注若傾。舞泣珠之淵客，悲鼓瑟之湘靈。」

【箋注】

〔一〕荆：古荆州。《讀史方輿紀要》卷一《歷代州域形勢一》：「荆及衡陽惟荆州。荆山在湖廣南漳縣西北八十里，衡山在湖廣衡山縣西三十里……孔氏曰：『荆州北據荆山，南及衡山之陽。』」湘妃：相傳舜二妃娥皇、女英没於湘水，遂爲湘水之神，參見卷十六《題顧氏長江圖》。

岑參《秋夕聽羅山人彈三峽流泉》：「楚客腸欲斷，湘妃淚斑斑。」

山市晴嵐

巖上光已合，林端曙未分〔一〕。暫出猶衣濕，況乃趁虚人〔二〕。

【題解】

米芾《山市晴嵐序》：「依山爲郭，列肆爲居。魚蝦之會，菱芡之都。來者于于，往者徐徐。林端縹緲，巒表縈紆。翠含山色，紅射朝暉。舒不盈乎一掬，散則滿乎太虚。」

【箋注】

〔一〕合：聚集。《逸周書·大聚》：「商賈趣市以合其用。」朱右曾《集訓校釋》：「合，聚也。」

〔二〕趁虚：同「趁墟」，趕集。錢易《南部新書》卷八：「端州已南，三日一市，謂之趁虚。」柳宗元《柳州峒氓》：「青箬裹鹽歸峒客，緑荷包飯趁虚人。」

漁村夕照

日落川光暝，一舟横渡頭。心期逐漁網，蕩然俱未收〔一〕。

【題解】

米芾《漁村夕照序》：「翼翼其廬，瀕崖以居。泛泛其艇，依荷與蒲。有魚可鱠，有酒可需。收綸卷網，其樂何如？西山之暉，在我桑榆。」

【箋注】

〔一〕心期：心願。羅隱《讒言・越婦言》：「以匡國致君爲己任，以安民濟物爲心期。」蕩然：放縱不羈貌。蘇洵《詩論》：「吾法既已大棄而不顧，則人之好色與怨其父兄之心，將遂蕩然無所隔限。」

平沙落雁

聲傳孤渚迴，影帶夕陽微。爲有驚弦意，欲下復遲疑〔一〕。

【題解】

米芾《平沙落雁序》：「霜清木落，蘆葦蒼蒼。群雁肅肅，有列其行。或飲或啄，或鳴或翔。匪上林之不美，懼繒繳之是將。雲飛水宿，聊以隨陽。」

【箋注】

〔一〕驚弦：禽鳥曾受箭傷而驚懼惶恐。宋祁《老還》：「怨曲未平曾破瑟，故瘡雖愈尚驚弦。」

遠浦歸帆

楚客去鄉久，還家未有期〔一〕。杳杳長江上，誰遣一帆歸〔二〕？

【題解】

米芾《遠浦歸帆序》：「晴嵐漾波，落霞照水。有葉其舟，捷如飛羽。幸濟洪濤，將以寧處。家人候門，觀笑容與。」

【箋注】

〔一〕楚客：本指忠信被貶流落異鄉之屈原，後多稱漂泊楚地者。杜甫《冬深》：「易下楊朱淚，難招楚客魂。」劉長卿《鄂渚聽杜別駕彈胡琴》：「不解胡人語，空留楚客心。」劉禹錫《夜雨寄北》：「君問歸期未有期，巴山夜雨漲秋池。」

〔二〕杳杳：深遠幽暗貌。楊彝《過睦州青溪渡》：「飄零江海客，欹側一帆歸。」

煙寺晚鐘

冥冥景尚昏，隱隱聲徐度〔一〕。山僧方遽起，忽聽錯朝暮。

【題解】

米芾《煙寺晚鐘序》：「暝入松門，陰生蓮宇。杖錫之僧，將歸林莽。蒲牢一聲，猿驚鶴舉。幽谷雲藏，東山月吐。」

【箋注】

〔一〕冥冥：晦暗昏昧。杜甫《梅雨》：「湛湛長江去，冥冥細雨來。」隱隱：象聲詞。韋應物《煙際鐘》：「隱隱起何處，迢迢送落暉。」

江天暮雪

遠近忽同色，安知江與山〔一〕？一棹在中流，不敢過前灘〔二〕。

【題解】

米芾《江天暮雪序》：「歲宴江空，風嚴水結。馮夷翦冰，亂飄洒雪。浩歌者誰？一篷載月。獨釣寒潭，於焉曠絶。」

【箋注】

〔一〕淩雲翰《瑶華慢・賦雪》：「有人獨倚危樓，望千里江山，高下同色。」

〔二〕蘇洞《霜露吟》：「短褐新冬逼，中流一棹孤。」灘：水中多石而流急處。

七言絶句

駱鄭二君子見訪賦絶句八首

其一

賓王遺韻至今存，自是儒流不易門〔一〕。詩卷若還題二妙，齊名獨有廣文孫〔二〕。

【題解】

按本卷《客中憶寄以大千里二先生二首》，駱鄭二君子乃元末鄞縣名流駱以大與鄭千里。

【箋注】

〔一〕賓王：唐詩人駱賓王，與王勃、楊炯、盧照鄰并稱初唐四傑。徐敬業叛，駱賓王爲之傳檄天下，武則天讀其檄文，驚歎丞相錯失賢才。詳見《新唐書》卷二百一《文藝上·駱賓王》。儒流：儒士。杜甫《贈虞十五司馬》：「文態知浮俗，儒流不異門。」

〔二〕廣文：鄭虔，唐詩人、書法家、畫家與地理學家，官廣文館博士。常苦無紙，聞慈恩寺貯柿葉數屋，遂往取葉肄書，歲久殆遍。性澹如，在官甚貧約，不以爲意。詳見《新唐書》卷二百二《文藝中·鄭虔》。杜甫《戲簡鄭廣文兼呈蘇司業》：「廣文到官舍，繫馬堂階下。醉則騎馬歸，頗遭官長駡。才名四十年，坐客寒無氈。」

其二

客路誰爲骨肉親？兩君解後①結比鄰〔一〕。相交自可到頭白，世亂還家有幾人？

【校勘】

① 解後：乾隆本作「邂逅」。

【箋注】

〔一〕解後：或作邂逅、解逅。劉克莊《題倪上人詩卷》：「故交歲晚各西東，解後斯人慰老窮。」

其三

前時過我菊初栽，此日望君花正開〔一〕。聞説欲來相問訊，隔牆幾次候新醅〔二〕。

【箋注】

〔一〕王安石《縣舍西亭二首》：「主人將去菊初栽，落盡黄花去卻回。」

〔二〕韋應物《病中作》：「聞道欲來相問訊，西樓望月幾回圓。」新醅：未過濾之新釀米酒。

其四

獨住江村客到稀，忽聞山犬吠荆扉〔一〕。青苔黄葉無人掃，賣藥兒郎竟未歸〔二〕。

【箋注】

〔一〕荆扉：柴門。王維《渭川田家》：「野老念牧童，倚杖候荆扉。」

〔二〕劉長卿《酬李穆見寄》：「欲掃柴門迎遠客，青苔黄葉滿貧家。」賣藥兒郎：此指侄兒戴思温。

其五

欲具盤飧餉故知，村荒市遠只隨宜〔一〕。家人不解艱虞事，猶想客來如舊時。

【箋注】

〔一〕杜甫《客至》：「盤飧市遠無兼味，樽酒家貧只舊醅。」隨宜：便宜行事。

其六

兩袖龍鍾雙淚垂，故園幾度入愁眉〔一〕。相過莫説未歸事，一段傷情只自知〔二〕。

【箋注】

〔一〕龍鍾：霑濕貌。岑參《逢入京使》：「故國東望路漫漫，雙袖龍鍾淚不乾。」

〔二〕杜甫《客夜》：「老妻書數紙，應悉未歸情。」

其七

白首相逢能幾回，羡君又作等閑來。明年此日知何處？且向空庭嗅落梅〔一〕。

【箋注】

〔一〕劉宰《送李季允侍郎歸蜀五絶用禪房花竹幽爲韻》：「相思冰雪裏，卻立嗅梅花。」陸游《中夜對月小酌客愁》：「清愁不可耐，三嗅梅花枝。」

其八

憔悴江湖一病身，心交盡日話情文〔一〕。只愁又向溪橋別，後度行來重憶君〔二〕。

【箋注】

〔一〕情文：深情詩文。劉勰《文心雕龍·情采》：「故立文之道，其理有三：一曰形文，五色是也；二曰聲文，五音是也；三曰情文，五性是也。」袁説友《簡唐英同年四首》：「坐喜情文渾不薄，退嗟吾道豈憂窮？」

〔二〕後度：下次。劉麟瑞《宗室趙公》：「後度推敲明月夜，江村村外寄幽情。」行來：往來，來往。董楷《績溪書懷》：「行來人世塵千里，夢繞故山春萬重。」

旅懷五首

其一

自昔操觚逐縉紳，也曾白眼看時人〔一〕。年來點檢平生事，海角天涯一老身〔二〕。

【題解】

旅懷，言羈旅異鄉之情懷，古詩家常以之爲題，如李白之《秋夕旅懷》。

【箋注】

〔一〕操觚：執簡創作。邵雍《笑客吟》：「年近從心唯策杖，詩逢得意便操觚。」白眼：西晉阮籍能作青白眼，以白眼待庸人俗流，參見本卷《歲暮感懷四首》。

〔二〕點檢：清點。白居易《閑遊》：「春來點檢閑遊數，猶自多於年少人。」

其二

春半家書預作期，長兒十月送寒衣〔一〕。江空野曠無消息，踏遍蒼苔又獨歸〔二〕。

【箋注】

〔一〕長兒：戴思禮，參見卷七《元故戴府君壙記》。朱敦儒《十二時》：「征人最愁處，送寒衣時節。」

〔二〕楊公遠《梅花五首》：「問訊頻敲碧玉枝，覓詩踏遍蒼苔逕。」

其三

家多子債幾時還？世路悠悠歲又闌〔一〕。前月山妻書片紙〔二〕，爲言涕淚不曾乾。

【箋注】

〔一〕闌：將盡，將止。錢起《長安客舍贈李行父明府》：「但恐酬明義，蹉跎芳歲闌。」

〔二〕山妻：謙稱自家妻子。

其四

數口迢迢寄海邊，鄉心客計兩茫然〔一〕。老妻豈悉未歸意？將謂飄蓬似往年〔二〕。

【箋注】

〔一〕數口：詩人與侄兒戴思温。李復《兵餽行》：「一身去住兩茫然，欲向南歸卻望北。」

〔二〕飄蓬：飄飛蓬草，喻飄泊不定。劉孝綽《答何記室》：「遊子倦飄蓬，瞻途杳未窮。」

其五

獨向荒村歌《竹枝》，寒煙暮雨不勝悲〔一〕。平生一種凄涼態，豈料偏歸老大時〔二〕？

【箋注】

〔一〕竹枝：《竹枝詞》，本巴渝一帶民歌，唐詩人劉禹錫任夔州刺史時，變民歌爲新辭，歌詠三峽風光及男女戀情，間或流露貶謫心意；此後歷代詩人多賦《竹枝詞》，或寫離思别緒，或詠風土人情，形式悉爲七言絶句。《七修類稿》卷二十六《辯證類·西湖竹枝詞》：「《竹枝詞》本夜郎之音，起於劉朗州，蓋《子夜歌》之變也，實有風人騷子之遺意。故楊廉夫云：『製《竹枝詞》者，不猶愈於今之樂府乎？』」

〔二〕老大：暮年。韓愈《感春三首》：「少年真可喜，老大百無益。」

題赤壁圖

千載英雄事已休，獨餘明月照江流〔一〕。畫圖不盡當年恨，卻寫蘇家赤壁遊〔二〕。

【題解】

戴九靈摯友丁鶴年嘗吟《赤壁圖》，二詩家所見《赤壁圖》疑爲一物。丁生俊《丁鶴年詩輯注·續集·題赤壁圖》：「横槊英聲遠，聞簫逸興長。至今風月夜，鶴夢繞黄岡。」

【箋注】

〔一〕英雄：赤壁之戰時周瑜、諸葛亮、曹操等人物。陸游《曹公》：「二袁劉表笑談無，眼底英雄不足圖。赤壁歸來應歎息，人間更有一周瑜！」蘇轍《赤壁懷古》：「新破荆州得水軍，鼓行夏口氣如雲。千艘已共長江嶮，百勝安知赤壁焚？」

〔二〕蘇家：北宋文豪蘇軾，曾多次遊覽赤壁，世傳《赤壁賦》與《後赤壁賦》《念奴嬌·赤壁懷古》等詩文。《蘇軾文集》卷一《赤壁賦》：「壬戌之秋，七月既望，蘇子與客泛舟遊於赤壁之下。清風徐來，水波不興。舉酒屬客，誦明月之詩，歌窈窕之章。少焉，月出於東山之上，徘徊於斗牛之間。白露横江，水光接天。」《蘇軾文集》卷一《後赤壁賦》：「於是攜酒與魚，復遊於赤壁之下。江流有聲，斷岸千尺；山高月小，水落石出。」

題張藻仲竹木

不見張生已六春，筆頭何事轉清新？鳳毛染得龍池雨，寫寄寒林獨立人〔一〕。

【題解】

張宣，字藻仲，常州江陰人，戴良宦遊吴中時弟子，張宣爲人爽闓潤密，文思浩邈雄奇，工畫精行楷。洪武三年聘修《元史》，書成，擢翰林院編修。所著曰《春秋傳義》。

廖道南《殿閣詞林記》卷八《編修張宣》：「張宣，字藻仲，其先清河人，徙居常州之江陰。父端，爲元江浙樞密院都事。宣十歲善屬文，讀書經目不忘。洪武三年與高啓等被徵，同修《元史》。上親書其名，擢爲編修。宣爲人爽闓潤密，而文思浩雄。宋濂爲撰族譜。所著有《春秋傳義》。」

朱彝尊《明詩綜》卷十三《朱芾》：「芾字孟辨，以字行，松江華亭人。洪武初徵授翰林編修，改中書舍人。詩話：明初詩人善書法者，正書則楊孟載、張翔南，行楷則唐處敬、張藻仲，草書則宋仲温、周履道，章草則盧公武，隸則吴主一、邵復孺，大小篆則張士行、宋仲珩，而孟辨名尤在諸子之上。」

張英《御定淵鑑類函》卷一百七十五《婚姻五》：「明宋濂《送編修張藻仲還家畢姻》詩曰：「少年歸娶奉金鑾，喜得天顔一笑看。紅錦裁雲朝奠雁，紫簫吹月夜乘鸞。靈椿堂上承中饋，寶鏡臺前結合歡。從此梅花消息好，青綾不似玉堂寒。」

【箋注】

〔一〕鳳毛：先人所遺風采。《世説新語·容止》：「王敬倫風姿似父……桓温望之曰：『大奴固自有鳳毛。』」龍池：池名，其一在唐都長安，此喻京城博大文化。《唐六典》卷七《尚書工部》：「初上居此第，其里名協聖諱。所居宅之東有舊井，忽湧爲小池，周袤纔數尺，常有雲氣，或見黄龍出其中。至景龍中潛。復出水，其沼浸廣，時即連合爲一，未半年而里中人悉移居，遂鴻洞爲龍池焉。」

題四皓圖

欲向商山歌《采芝》，白雲望斷不勝悲〔一〕。高人只在丹青裏，滿鬢秋風共奕棋〔二〕。

【題解】

四皓，秦末隱士東園公、甪里先生、綺里季、夏黄公。皇甫謐《高士傳》卷中《四皓》：「四皓者，皆河内軹人也，或在汲。一曰東園公，二曰甪里先生，三曰綺里季，四曰夏黄公，皆修道潔己，非義不動。秦始皇時，見秦政虐，乃退入藍田山，而作歌曰：『莫莫高山，深谷逶迤。曄曄紫芝，可以療飢。唐虞世遠，吾將何歸！駟馬高蓋，其憂甚大。富貴之畏人，不如貧賤之肆志。』乃共入商洛，隱地肺山，以待天下定。及秦敗，漢高聞而徵之，不至。深自匿終南山，不能屈已。」

【箋注】

〔一〕商山：山名，今陝西商縣東。《讀史方輿紀要》卷五十四《陝西三・商州・商洛山》：「州東南九十里。皇甫謐云：『南山曰商山，又名地肺山，亦稱楚山，蓋即終南之支阜矣。』《六典》：『山南道名山曰商山。』漢初四皓隱於此。」

〔二〕白居易《詠懷》：「高人樂丘園，中人慕官職。」奕：通「弈」，下棋。

題畫

憶向江湖歎暮秋，泠梟晴雁共汀洲〔一〕。數株古木寒依水，亦有啼鴉在上頭〔二〕。

【題解】

題畫，詩家常用詩題，如明唐寅之《題畫》詩多達數十首。

【箋注】

〔一〕温庭筠《商山早行》：「因思杜陵夢，鳧雁滿回塘。」

〔二〕李端《送友人遊江東》：「鳥聲悲古木，雲影入通津。」汪元量《醉歌》：「南苑西宫棘露芽，萬年枝上亂啼鴉。」

五言長律

歲暮偶題二十二韻

削迹邊山邑，投身傍海城〔一〕。驅馳悲世事，出處愧家聲〔二〕。學術元求志，文章豈爲名〔三〕？前途迷軌轍，末路玷簪纓〔四〕。藩國羈疏冗，衣冠備老成〔五〕。乾綱遭久紊，坤軸值旋傾〔六〕。朋舊千家淚，妻孥兩地情。風塵齊國往，雨雪海鄉行〔七〕。紀晉慚陶令〔八〕，依劉愧禰衡〔九〕。世偏欺逆旅，天亦薄遺氓〔一〇〕。陋巷棲顔闔，窮途哭步兵〔一一〕。桐君方避姓〔一二〕，越客豈通盟〔一三〕？壯節雙寒鬢，生涯一短檠〔一四〕。道寧隨世屈？身自向人輕。弧矢乖前志，干戈送此生〔一五〕。何心歸故里？浪迹寄遥程〔一六〕。婦怨憐蘇子，男婚憶子平〔一七〕。攜家期浩蕩，逐食歲峥嵘〔一八〕。雲海望中白，雪山愁畔清。寒天催日短，窮臘逼年更〔一九〕。感激芳時謝，凄涼老思驚〔二〇〕。客窗歌一曲，涕泗下縱横〔二一〕。

【題解】

「逝者如斯夫，不舍晝夜」，此賢士所以歲暮而愁悶也；矧戴九靈顛沛海濱有家難回，宜乎面對隆冬而不勝悲涼矣。

【箋注】

〔一〕邊：接近。《漢書》卷四十四《淮南衡山濟北王傳》：「廬江王以邊越，數使使相交。」顏師古《注》：「邊越者，邊界與越相接。」

〔二〕家聲：家族聲譽。《史記》卷一百九《李將軍列傳》：「單于既得陵，素聞其家聲，及戰又壯，乃以其女妻陵而貴之。」

〔三〕王安石《寄曾子固》：「脱身負米將求志，戮力乘田豈爲名？」

〔四〕軌轍：車輪痕迹，喻法則途徑。末路：晚年。簪纓：古代士大夫冠飾，此指詩人以薦擢淮南江北等處儒學提舉。

〔五〕藩國：諸侯國，此指元末張士誠馳騁盤踞之蘇州。疏冗：疏遠閑散職位。備：虚在其位，聊以充數。

〔六〕乾綱：君權，朝綱。聶夷中《過比干墓》：「乾綱既一斷，賢愚無二門。」坤軸：地軸。杜甫《南池》：「安知有蒼池，萬頃浸坤軸？」

〔七〕此指詩人北征齊魯之艱難屯邅，參見卷九《泛海》以下諸詩。風塵：戰亂兵燹。

〔八〕陶令：東晉彭澤令陶淵明；南朝宋武帝劉裕受禪，陶淵明寄情故國，至死不渝。真德秀《西山文集》卷三十六《跋黄瀛甫擬陶詩》：「雖其遺寵辱，一得喪，真有曠達之風。細玩其詞，時亦悲涼感慨，非無意世事者。或者徒知義熙以後不著年號，爲耻事二姓之驗，而不知其眷眷王室，蓋有乃祖長沙公之心。獨以力不得爲，故肥遯以自絕，食薇飲水之言，銜木填海之喻，至深痛切，顧讀者弗之察耳。淵明之志若是，又豈毁彝倫外名教者可同日語乎！」《陶淵明集箋注》附録一湯漢《陶靖節詩集注自序》：「陶公詩精深高妙，測之愈遠，不可漫觀也。不事異代之節，與子房五世相韓之義同。既不爲狙擊震動之舉，又時無漢祖者可托以行其志，故每寄情於首陽、易水之間，又以荆軻繼二疏、三良而發詠，所謂『撫己有深懷，履運增慨然』，讀之亦可以深悲其志也已。」

〔九〕禰衡：漢末才士，好矯時傲物。曹操愛其才而怒其狂，遣人送禰衡於劉表。劉表甚敬重，而禰衡侮慢之，劉表恥不能容，遂效曹氏送於黄祖。黄祖躁急，終殺禰衡。詳見《後漢書》卷八十下《文苑列傳下》。

〔一〇〕遺氓：前朝遺民。汪元量《北征》：「遺氓拜路傍，號哭皆失聲。」

〔一一〕顔闔：春秋時魯國隱士，居陋巷而泊如，參見卷十五《近觀以大鶴年和韻諸詩因借韻呈二君子并述己志云爾》。步兵：西晉名士阮籍，常肆意獨駕，遇途窮輒痛哭流涕；參見卷三《謁彦修先生墓分韻得風字》。

〔一二〕桐君：相傳黄帝時醫師，結廬於浙江桐廬東山桐樹下，人問其姓，則指桐樹示意，是以稱之爲桐君。《乾隆桐廬縣志》卷二《山川・桐君山》：「在縣東二里，下瞰兩江。相傳山側舊有桐樹，有異人采藥結廬於此。或問其姓，則指桐以示之，因號其人爲桐君，而山因以名焉。」樓鑰《攻媿集》卷五十五《桐廬縣桐君祠記》：「荆州多荆，薊州多薊。豫章以木氏都，酸棗以棘名邦。兹邑以一桐之大，垂蓋如廬，古有隱者采藥求道於此，或問其姓，則指桐以示之，人因稱爲桐君。故桐江、桐溪、桐峴皆以此得名。既以爲縣，又因以名郡焉。」

〔一三〕越客：羈旅異鄉之越人，此或指晉宋詩人謝靈運。劉裕篡位造宋，既而其子劉義隆繼承大統。謝家東晉望族，劉義隆深知謝靈運桀驁不馴，且眷念故國，是以逼其出任京職俯首臣服。謝靈運屢受屈辱誣陷，萬不得已，起兵抗禦，最終兵敗被害。謝靈運《道路憶山中》：

「楚人心昔絶，越客腸今斷。」通盟：聯盟，結盟。

〔一四〕壯節：壯烈節操。蘇舜欽《己卯冬大寒有感》：「予聞古烈士，自誓立壯節。丸泥封函關，長纓繫南越。」寒鬢：兩鬢稀疏。生涯：人生極限。劉禹錫《代裴相公讓官第三表》：「聖日難逢，生涯漸短。體羸無拜舞之望，心在有涕戀之悲。」檠：燈架，代燈燭。

〔一五〕弧矢：喻兵事戰亂。杜甫《草堂》：「弧矢暗江海，難爲遊五湖。」

〔一六〕浪迹：漫遊。蘇軾《老人行》：「老人舊日曾年少，浪迹常如不繫舟。」

〔一七〕蘇子：蘇秦説秦失意，其妻冷落埋怨。《史記》卷六十九《蘇秦列傳》：「出遊數歲，大困而歸。兄弟嫂妹妻妾竊皆笑之，曰：『周人之俗，治産業，力工商，逐什二以爲務。今子釋本而事口舌，困，不亦宜乎！』蘇秦聞之而慚，自傷，乃閉室不出，出其書遍觀之。」子平：東漢向長，字子平，通曉《老子》《周易》，隱居不仕，兒女婚嫁後，肆意漫遊五嶽名山，不知所終。詳見《後漢書》卷八十三《逸民列傳》。

〔一八〕浩蕩：變化無常貌。何遜《入西塞示南府同僚》：「年事以蹉跎，生平任浩蕩。」杜甫《敬贈鄭諫議十韻》：「築居仙縹緲，旅食歲峥嶸。」

〔一九〕窮臘：臘日，農曆十二月祭祀百神之日。楊凌《鍾陵雪夜酬友人》：「窮臘催年急，陽春怯和歌。」

〔二〇〕感激：感慨奮發。陳子昂《感遇》：「豈無感激者？時俗頹此風。」老思：暮年思緒。白居易

《感春》：「老思不禁春，風光照眼新。」

〔二二〕杜甫《羌村三首》：「歌罷仰天歎，四座淚縱橫。」

詠雪三十二韻贈友

暮雲凝黯黮，曉雪墮縱橫〔一〕。騁巧穿窗牖，乘危集棟甍〔二〕。挾風潛作黨，雜霰暗分聲。綴柳如欺弱，縈梅似妒清〔三〕。銀盤浮石出，縞帶逐車成〔四〕。增勢初堆岳，含光復洒瀛。即卑猶避污，飄急未忘争〔五〕。細度歌帷遠，斜侵舞袖輕〔六〕。試深筇屢擲，驗密手頻擎〔七〕。裹樹形披介，摧篁韻嘯笙〔八〕。堞遥迷睥睨，岸斷接坳泓〔九〕。罅隙仍仍掩，高低故故平〔一〇〕。陵鋪看象鬭，庭積羡猊獰〔一一〕。林寒催雀聚，簷白誤鷄鳴〔一二〕。浪走兒應喜〔一三〕，狂號犬自驚。照曜連金闕，微茫混玉京〔一四〕。烏輪埋欲没，鼇極壓將傾〔一五〕。獻歲先期見，豐祥此日呈〔一六〕。及時銷癘疫，潤物達萌生〔一七〕。列賀喧朝貴，騰歡沸野甿〔一八〕。第嫌災困約，仍訝助驕盈〔一九〕。冷豔凌回騎，寒光媚飲觥。風流梁苑宴〔二〇〕，悽惻灞橋行〔二一〕。亦有離鄉客，遠居邊海城。底穿嗟履屣，路斷歎門閎〔二二〕。孰動乘舟興？誰憐卧寢情〔二三〕？映書空舊習，授簡豈前榮〔二四〕？倚望勞晨策，吟哦費夜檠〔二五〕。枉煩歌玉樹，寧許媲璇英〔二六〕？刻畫移群象，搜羅億五兵〔二七〕。身孤慚待伴，思沮詫羞明〔二八〕。聊示輕微體，殷勤比贈瓊〔二九〕。

【題解】

詠雪，騷客常用詩題，如韓愈《詠雪贈張籍》、蘇軾《次韻參寥詠雪》、張栻《和元晦詠雪》等。

【箋注】

〔一〕黯黮：昏暗不明貌。《楚辭》宋玉《九辯》：「彼日月之照明兮，尚黯黮而有瑕。」

〔二〕騁巧：展現技巧。韓愈《喜雪獻裴尚書》：「騁巧先投隙，潛光半入池。」乘危：登高。韓愈《詠雪贈張籍》：「穿細時雙透，乘危忽半摧。」

〔三〕張耒《晚春初夏八首》：「日日東風欺弱柳，鵝黃吹盡作青雲。」陳宓《賦梅堂閑吟》「濃霜輕雪妒清華，暖日烘時只見花。」

〔四〕趙良坡《雪水庵詠雪二十韻》：「圜石銀盤疊，尖峰玉筍芽。」縞帶：白色生絹帶。韓愈《詠雪贈張籍》：「隨車翻縞帶，逐馬散銀盃。」

〔五〕歐陽修《對雪十韻》：「鋪平失池沼，飄急響窗軒。」

〔六〕范成大《苦寒六言》：「簷冰低掛闌角，隙雪斜侵坐隅。」

〔七〕笻：手杖。擲：敲擊。杜甫《呀鶻行》：「念爾此時有一擲。」楊倫《鏡銓》：「一擲，一擊也。」

〔八〕介：甲衣。《禮記·曲禮上》：「介者不拜。」

〔九〕堞：女牆，城牆上鋸齒形短牆。睥睨：女牆。杜甫《南極》：「睥睨登哀柝，蝥弧照夕昏。」楊倫《鏡銓》引《古今注》：「女牆，城上小牆也，亦名睥睨，言於城上睥睨人也。」坳泓：凹地深潭。韓愈《詠雪贈張籍》：「坳中初蓋底，垤處遂成堆。」白居易《雙石》：「峭絶高數尺，坳泓容一斗。」

〔一〇〕仍仍：頻頻。黄庭堅《還深父同年兄詩卷》：「仍仍愁時語，聽猿三峽船。」故故：屢屢。杜甫《月》之三：「時時開暗室，故故滿青天。」仇兆鼇《注》：「故故，猶云屢屢。」

〔一一〕元稹《送崔侍御之嶺南二十韻》：「象鬬緣溪竹，猿鳴帶雨杉。」猊：狻猊，獅子。

〔一二〕韓愈《詠雪贈張籍》：「誤雞宵呃喔，驚雀暗徘徊。」

〔一三〕浪走：胡亂奔走。

〔一四〕照曜：光彩奪目貌。揚雄《劇秦美新》：「炳炳照耀，靡不宣臻。」金闕：即玉京，道家謂仙人或天帝居處。葛洪《枕中書》：「吾復千年之間，當招子登太上金闕，朝宴玉京也。」東方朔《神異經》：「西北荒中有兩金闕，高百丈。」李白《廬山謡》：「遥見仙人彩雲裏，手把芙蓉朝玉京。」

〔一五〕韓愈《詠雪贈張籍》：「日輪埋欲側，坤軸壓將頽。」烏輪：太陽。鼇極：神話傳説中女媧斷鼇足所立之四根擎天柱。《淮南鴻烈解》卷六《覽冥訓》：「於是女媧煉五色石以補蒼天，斷鼇足以立四極。」方回《哭鮑景翔魯齋》：「萬古立鼇極，惟思夜氣存。」

〔一六〕獻歲：一年初始。《楚辭》宋玉《招魂》：「獻歲發春兮，汩吾南征。」王逸《注》：「獻，進；征，行也。言歲始來進，春氣奮揚，萬物皆感氣而生。」先期：預先。蘇軾《遊羅浮道院及棲禪精舍》：「門户各努力，先期畢租稅。」

〔一七〕癘疫：瘟疫。韓愈《爲宰相賀雪表》：「實豐穰之嘉瑞，銷癘疫於新年。」達：幼苗出土。《詩經·周頌·載芟》：「驛驛其達，有厭其傑。」鄭玄《箋》：「達，出土也。」萌生：初生。馬永卿《嬾真子》卷二：「如草木萌生，易於傷伐，故當禁之，不特節也。」

〔一八〕白居易《賀雨》：「蹈舞呼萬歲，列賀明庭中。」陸游《屢雪二麥可望喜而作歌》：「坐看比屋騰歡聲，已覺有司寬吏責。」

〔一九〕困約：困厄貧窮。韓愈《詠雪贈張籍》：「巧借奢華便，專繩困約災。」驕盈：驕傲。

〔二〇〕梁苑：西漢梁孝王所建東苑，亦稱兔園，謝惠連嘗作《雪賦》以描摹兔園賞雪宴飲之歡。《西京雜記》卷二：「梁孝王好營宮室苑囿之樂，作曜華之宮，築兔園。園中有百靈山，山有膚寸石、落猿巖、棲龍岫。又有雁池，池間有鶴洲、鳧渚。其諸宮觀相連，延亘數十里，奇果異樹瑰禽怪獸畢備。王日與宮人賓客弋釣其中。」

〔二一〕灞橋：橋名，或作霸橋，在長安東，「灞柳風雪」爲關中八景之一，參見卷十六《對春雪二首寄梧竹翁》。孫光憲《北夢瑣言》卷七《鄭綮相詩》：「唐相國鄭綮雖有詩名，本無廊廟之望……

或曰：『相國近有新詩否？』對曰：『詩思在灞橋風雪中驢子上，此處何以得之？』蓋言平生苦心也。」《三輔黄圖》卷六《霸橋》：「在長安東，跨水作橋。漢人送客至此橋，折柳贈别。」

〔二二〕門閾：門，同義複詞。

〔二三〕乘舟：東晉王徽之雪夜扁舟探訪戴逵。《晉書》卷八十《王徽之》：「嘗居山陰，夜雪初霽，月色清朗，四望皓然，獨酌酒詠左思《招隱詩》，忽憶戴逵。逵時在剡，便夜乘小船詣之，經宿方至，造門不前而反。人問其故，徽之曰：『本乘興而來，興盡而反，何必見安道邪！』」卧寢：東漢袁安大雪時忍飢卧床以免打擾鄰舍，詳見卷十五《近觀以大鶴年和韻諸詩因借韻呈二君子并述己志云爾》。

〔二四〕映書：西晉孫康映雪讀書。《尚友録》卷四《孫康》：「晉京兆人，性敏好學，家貧無油，於冬月嘗映雪讀書。少清介，交遊不苟，後官至御史大夫。」授簡：遺人竹簡以摛辭，此引西漢梁孝王授簡司馬相如事迹。《文選》卷十三謝惠連《雪賦》：「歲將暮，時既昏。寒風積，愁雲繁。梁王不悦，遊於兔園。乃置旨酒，命賓友。召鄒生，延枚叟。相如末至，居客之右。俄而微霰零，密雪下。王乃歌北風於《衛詩》，詠南山於《周雅》。授簡於司馬大夫，曰：『抽子秘思，騁子妍辭，侔色揣稱，爲寡人賦之。』相如於是避席而起，逡巡而揖。曰：『臣聞雪宫建於東國，雪山峙於西城。岐昌發詠於來思，姬滿申歌於黄竹。《曹風》以麻衣比色，楚謡以幽蘭儷曲。盈尺則呈瑞於豐年，袤丈則表沴於陰德。雪之時義遠矣哉！』」

〔二五〕吟哦：推敲詩句。李郢《偶作》：「一杯正發吟哦興，兩盞還生去住愁。」

〔二六〕韋莊《對雪獻薛常侍》：「瓊林瑶樹忽珊珊，急帶西風下晚天。」裴夷直《和周侍御洛城雪》：「天街飛轡踏瓊英，四顧全疑在玉京。」璇英：美玉；英，通「瑛」，似玉美石。

〔二七〕韓愈《詠雪贈張籍》：「雕刻文刀利，搜求智網恢。」群象：千形萬象。釋文珦《江樓寫望》：「平波浄如鏡，群象印寒渌。」《周禮·夏官·司兵》：「掌五兵五盾。」鄭玄《注》：「鄭司農云：『五兵者，戈、殳、戟、酋矛、夷矛也。』」

〔二八〕思沮：思路阻塞。《禮記·儒行》：「沮之以兵。」孔穎達《疏》：「俗本沮或爲阻字。」

〔二九〕體：此指雪花。殷勤：真誠深厚。《詩經·衛風·木瓜》：「投我以木瓜，報之以瓊琚，匪報也，永以爲好也！投我以木桃，報之以瓊瑶，匪報也，永以爲好也！投我以木李，報之以瓊玖，匪報也，永以爲好也！」

哭汪遯齋二十四韻

《詩》《禮》趨庭日，風塵筮仕辰〔一〕。獻荆思報國，捧檄冀榮親〔二〕。肇典丹陽校，旋蘇海邑民〔三〕。漁鹽千古舊，弦誦一朝新〔四〕。浩蕩王綱解，艱虞國步屯〔五〕。遂令娱綵士，幾作負羈臣〔六〕。天地禆忠孝，雲生①獲隱淪〔七〕。陶潛猶紀晉，黄綺肯歸秦〔八〕？體病相如渴，家傷原憲貧〔九〕。將何具②甘旨，并窘奉晨昏〔一〇〕。善事行驚俗，高居德照鄰〔一一〕。儒言存道脉，野趣任天真〔一二〕。里巷稱耆艾，鄉邦禮縉紳〔一三〕。時方瞻故老，世忽哭斯人〔一四〕。莫駐桑榆景，翻全寵辱身〔一五〕。聲名應不泯，傳播必殊倫。循吏光前史，文場殿後塵〔一六〕。遺音悲賈鵬，絶筆歎姬麟〔一七〕。有客含情切，長途洒淚頻。知心遺鮑叔，交誼失陳遵〔一八〕。零落今如是，襟懷孰可陳？未懸徐墓劍，空憶漢江綸〔一九〕。獨立西風裏，老吟東海濱。此生何所托？歌罷復霑巾。

【題解】

汪汝懋，元時建德路淳安縣人，嘗授定海縣尹，門人尊稱遯齋先生，詳見卷二十三《故翰林待制致仕汪君墓誌銘》。

【校勘】

① 生：乾隆本作「山」。

② 具：底本作「其」，據乾隆本改。

【箋注】

〔一〕趨庭：孔鯉見教於其父孔子，泛指接受嚴父教導。《論語・季氏》：「（孔子）嘗獨立，鯉趨而過庭。曰：『學《詩》乎？』對曰：『未也。』『不學詩，無以言。』鯉退而學詩。他日，又獨立，鯉趨而過庭。曰：『學《禮》乎？』對曰：『未也。』『不學禮，無以立。』鯉退而學禮。」筮仕：古人出外做官，先占卦以問吉凶，後遂稱初次做官爲筮仕。

〔二〕獻荆：獻玉；後喻貢獻才智於朝廷。《韓非子・和氏第十三》：「楚人和氏得玉璞楚山中，奉而獻之厲王。厲王使玉人相之。玉人曰：『石也。』王以和爲誑，而刖其左足。及厲王薨，武王即位。和又奉其璞而獻之武王。武王使玉人相之。又曰：『石也。』王又以和爲誑，而刖其右足。武王薨，文王即位。和乃抱其璞而哭於楚山之下，三日三夜，泪盡而繼之以血。王聞之，使人問其故，曰：『天下之刖者多矣，子奚哭之悲也？』和曰：『吾非悲刖也，悲夫寶玉而題之以石，貞士而名之以誑，此吾所以悲也。』王乃使玉人理其璞而得寶焉，遂命曰和氏之璧。」捧檄：接受委任公文，引東漢毛義事迹，詳見卷二《送人歸姑熟》。

〔三〕丹陽：元代鎮江路屬縣。蘇：解除困苦。《書・仲虺之誥》：「徯予后，后來其蘇。」海邑：元時慶元路定海縣。《羽庭集》卷三《清心亭爲定海尹汪以敬賦》：「青山誰築小亭幽？釣客來爲百里侯。退食自公攜一鶴，忘機無事狎群鷗。此心已共滄浪水，清思應涵天地秋。待得風塵稍休息，依然歸去理羊裘。清心亭。尹方來，既作艮光亭，又作此亭，而賦之以寓謹刑之意：御筆諄諄飭謹刑，豈容偏詖失持平？七條首示清心訓，心地宜如冰樣清。」

〔四〕《禮記·文王世子》：「春誦，夏弦。」鄭玄《注》：「誦謂歌樂也，弦謂以絲播詩。」

〔五〕浩蕩：變化無常，參見本卷《歲暮偶題二十二韻》。國步：國家命運。

〔六〕娱絲士：本指春秋楚地老萊子，後泛稱孝子，詳見卷二《哭趙隱君》。負羈：手執馬絡頭，常形容追隨君主羈旅流浪。《左傳·僖公二十四年》：「臣負羈紲從君巡於天下……居者爲社稷之守，行者爲羈紲之僕。」

〔七〕雲生：雲遮霧繞。杜牧《山行》：「遠上寒山石徑斜，白雲生處有人家。」隱淪：隱居。杜甫《贈韋左丞丈》：「此意竟蕭條，行歌非隱淪。」

〔八〕紀晉：東晉屋社，南朝宋興起，陶潛懷念故國不事二姓，參見本卷《歲暮偶題二十二韻》。黄綺：秦末漢初隱士夏黄公與綺里季，此代商山四皓，參見本卷《題四皓圖》。

〔九〕《史記》卷一百一十七《司馬相如列傳》：「相如口吃而善著書，常有消渴疾。」傷：哀憐。《戰國策·秦策一》：「天下莫不傷。」高誘《注》：「傷，愍也。」原憲：孔子弟子，貧困屯邅，守道不移，詳見本卷《哭楊大章先生二首》。

〔一〇〕晨昏：晨省昏定，即清晨向雙親問安，夜晚替父母鋪床。《禮記·曲禮上》：「凡爲人子之禮，冬温而夏清，昏定而晨省。」

〔一一〕善事：善待父母。《説文解字注·老部》：「孝，善事父母者。」虞世南《蟬》：「居高聲自遠，非是藉秋風。」

〔一二〕儒言：此指汪氏儒學專著，參見卷二十一《遯齋小稿序》諸篇。道脉：儒家道統。天真：天性。杜牧《貽友人》：「儻無遷谷分，歸去養天真。」

〔一三〕耆艾：六十歲爲耆，五十歲爲艾，常稱師長。《國語·周語上》：「瞽史教誨，耆艾修之。」韋昭《注》：「耆艾，師傅也。」

〔一四〕故老：前朝遺老。宋濂《元故曾府君石表辭》：「當宋初改物，遺黎故老，猶有存者。」

〔一五〕桑榆景：籠罩桑榆之夕陽，代晚年。劉禹錫《謝分司東都表》：「雖迫桑榆之景，猶傾葵藿之心。」陳子昂《夏日暉上人房别李參軍崇嗣》：「是非紛妄作，寵辱坐相驚。」

〔一六〕前史：前朝元代史册。殿：鎮守。《詩經·小雅·采菽》：「樂只君子，殿天子之邦。」後塵：車輛前馳，塵土後揚，喻跟隨他人之後。杜甫《戲爲六絶句》：「竊攀屈宋宜方駕，恐與齊梁作後塵。」

〔一七〕悲賈鵩：西漢賈誼謫居長沙，鬱鬱不得志；覿鵩鳥而傷身世，遂作《鵩鳥賦》，其序云：「誼爲長沙王傅三年，有鵩飛入誼舍。鵩似鴞，不祥鳥也。誼即以謫居長沙，長沙卑濕，誼自傷悼，以爲壽不得長，乃爲賦以自廣也。」歎姬麟：孔子見麒麟遇害，歎道窮以絶筆，此指汪氏輟筆辭世於元明之交，其時板蕩擾攘一如春秋；姬，周朝姓氏，此代春秋。《文選》卷四十五杜預《春秋左氏傳序》：「或曰：『……《公羊》經止獲麟，而《左氏》經終孔丘卒，敢問所安？』

答曰：『異乎余所聞。仲尼曰：文王既没，文不在兹乎？此制作之本意也。歎曰：鳳鳥不至，河不出圖，吾已矣夫！蓋傷時王之政也。麟鳳五靈，王者之嘉瑞也。今麟出非其時，虚其應而失其歸，此聖人所以爲感也。絶筆於獲麟之一句者，所感而起，固所以爲終也。』」

〔一八〕鮑叔：春秋時齊國賢臣，有知人之明，當管仲微賤時，常寬容扶助之；參見卷十五《感懷十九首》。陳遵：西漢豪俠壯士，列侯近臣貴戚皆敬重之。每逢宴客，輒關閉大門，取客人車轄投井中，雖有急事，竟不得去。詳見《漢書》卷九十二《游俠傳·陳遵》。

〔一九〕徐墓劍：詳見卷一《詠懷三首》。漢江綸：唐詩人孟浩然垂釣漢江，泛指避世絶塵；漢江，或曰滄浪。《尚書·禹貢》：「嶓冢導漾，東流爲漢，又東爲滄浪之水。」孟浩然《峴山作》：「石潭傍隈隩，沙榜曉夤緣。試垂竹竿釣，果得查頭鯿。」杜甫《解悶》：「復憶襄陽孟浩然，清詩句句盡堪傳。即今耆舊無新語，漫釣槎頭縮頸鯿。」

歲除示侄十六韻 時將遊西浙

客裏光陰速，天涯道路長〔一〕。漂流知幾處，奔走已三霜〔二〕。似汝年猶壯，如余老足傷。應慚謝氏父，徒憶阮家郎〔三〕。識曠惟遊衍，時艱可薦揚〔四〕？第須依竹徑，未用羨羅囊〔五〕。卜賣嚴公術，醫抄陸姓方〔六〕。暇仍研史册，閑亦愛詩章。運至終超達，道窮姑退藏〔七〕。晴窗開藥籠，雨館倚書床。茗水支支緑，淞雲片片黄〔八〕。客行隨處是，旅食在身强。白首摧頽甚，青春奔迅將〔九〕。頻年同患難，此去莫凄涼。木德迎新節，條風換歲陽〔一〇〕。萍蹤如可合，處困更何鄉〔一一〕？

【題解】

歲除，舊歲將盡。侄，名醫戴思温，字原直，號益齋，伴隨戴九靈北征東寓，明春擬遊浙西，殆以其兄戴思恭與姻家趙良仁行醫蘇州。按戴聰《建溪集》，戴思温去越征吴時，天台毛翰與孟士穎、古鄮陳惇、桃源林淵諸名士吟詩送别。《建溪集前編》卷一天台毛翰《送戴益齋西遊詩》：「崔嵬太白山，北對驃騎峰。秋高爽風豁，蕩我雲夢胸。胸中有愁思，浩蕩無所容。送客江上坡，行酒玻璃鍾。遊子念行役，别意如酒濃。揮手彈五弦，曲盡心沖沖。願言善自樹，鞠躬思靖恭。醫人復醫國，勖哉致時雍。」西浙，宋時行政區域名，約爲元代杭州路、湖州路、嘉興路、平江路、常州路、鎮江路、建德路、松江府等地，參見卷一《平饒信詩》。

【箋注】

〔一〕陸游《聞猿》：「也知客裏偏多感，誰料天涯有許悲？」

〔二〕三霜：三年，亦虚指多年。杜甫《風疾舟中伏枕》：「十暑岷山葛，三霜楚户砧。」

〔三〕謝氏父：東晉賢臣謝安，極賞識其侄謝玄。前秦苻堅寇邊，謝安舉玄以應敵，果在淝水大敗苻堅。詳見《晉書》卷七十九《謝玄》。阮家郎：西晉阮咸，與叔父阮籍一同納交五賢，曰竹林七賢。詳見《晉書》卷四十九《阮咸》。

〔四〕遊衍：恣意遊樂。王維《桃源行》：「山洞無論隔山水，辭家終擬長遊衍。」薦揚：推薦揄揚。葉大年《挽王學正》：「遺文膾炙在吾鄉，賦罷誰能少薦揚？」

〔五〕羅囊：絲質香袋，東晉謝玄好之；後指生活奢華。《晉書》卷七十九《謝玄》：「玄少好佩紫羅香囊，安患之而不欲傷其意。因戲賭取，即焚之，於此遂止。」杜甫《又示宗武》：「試吟《青玉案》，莫羨紫羅囊。」

〔六〕嚴公：西漢隱士嚴君平，以賣卜爲生，詳見卷十《丹溪翁傳》。陸姓：六家名醫，其情不詳。據卷十《丹溪翁傳》，金元四大家劉完素、張從正、李杲、朱震亨疑在其中；其餘二家，或指卷十七《抱一翁傳》之項昕與卷二十七《滄州翁傳》之吕復。

〔七〕超達：飛黄騰達。退藏：退避隱匿。陸游《讀書》：「面骨峥嶸鬢欲疏，退藏只合卧蝸廬。」

〔八〕苕水：湖州主要江流，詳見卷八《趙母詩》。淞：吴淞江，蘇州干流，東注黄浦江，詳見卷十一《重修甫里書院記》。

〔九〕摧頹：衰敗蒼老。應瑒《侍五官中郎將建章臺集》：「遠行蒙霜露，毛羽日摧頹。」奔迅：迅疾流逝。揭傒斯《幽憂賦》：「上白日之昭昭兮，下黄泉之奔迅。」

〔一〇〕木德：據五行四季説，春屬木，木德即春天造物主滋養草木化育萬物之盛德。《禮記·月令》：「（孟春之月）某日立春，盛德在木。」孔穎達《疏》：「盛德在木者，天以覆蓋生民爲德，四時各有盛時，春則爲生，天之生育盛德在於木位。」條風：春天東北風。《太平御覽》卷九引《易緯》：「立春條風至。」歲陽：古代以甲乙丙丁戊己庚辛壬癸十干所紀年歲叫歲陽。《爾雅·釋天》：「太歲在甲曰閼逢，在乙曰旃蒙，在丙曰柔兆，在丁曰强圉，在戊曰著雍，在己曰屠維，在庚曰上章，在辛曰重光，在壬曰玄黓，在癸曰昭陽：歲陽。」

〔一一〕文天祥《出廣州第一宿》：「越王臺下路，搔首歎萍蹤。」袁燮《題習齋》：「平居寡悔尤，處困心亦亨。」

哭揭秘監三十四韻

試續《儒林傳》，之人迹已陳〔一〕。歸魂鍾阜夜，復魄董溪春〔二〕。憶昔①初觀國，乘時早致身〔三〕。家聲漢司馬，胄教古成均〔四〕。學術諸生識，才華六館親〔五〕。南宫然燭夕，北省聽鑾晨〔六〕。秘閣詩書舊，容臺禮樂新〔七〕。討論抽邃典，制作邁常倫〔八〕。信是闈中彦，端爲席上珍〔九〕。春官方載筆，東郭已埋輪〔一〇〕。雕鶚期高奮，驊騮且遠巡〔一一〕。薇垣蓮幕客，烏府繡衣人〔一二〕。豈獨司喉舌，猶應領搢紳〔一三〕。青冥來健翮，滄海起脩鱗〔一四〕。王氣幽州歇，妖氛國步屯〔一五〕。依劉西適洛，戀闕北過秦〔一六〕。賈傅俄悲鵩，宣尼竟泣麟〔一七〕。風塵辭組日，江漢負羈臣〔一八〕。殷士皆登用〔一九〕，黄公獨隱淪〔二〇〕。《黍離》興歎切，《麥秀》入歌頻〔二一〕。牢落征途上，飄零甬水濱〔二二〕。時艱憐子孝，歲儉感妻仁〔二三〕。我羡陶元亮，人誇賀季真〔二四〕。如何遽凋謝，況乃久邅迍〔二五〕。已矣成長往，哀哉付劫塵〔二六〕。黔婁衾不足，原憲數方貧〔二七〕。筆冢名空在，文場事已泯〔二八〕。行囊猶簡牘，旅冢但荆榛〔二九〕。聽雨嘗連榻，吟風更接茵〔三〇〕。玉山涵遠潤，金井漱餘津〔三一〕。白首論交地，黄泉訣别辰。分財悲鮑叔，投轄失陳遵〔三二〕。北海誰求隱〔三三〕？東都罷對賓〔三四〕。向來知己淚，霑洒滿衣巾。

【題解】

揭汯，字伯防，元龍興富州人，今屬江西豐城，元末拜秘書少監，參看本書卷二十三《祭揭秘監文》。

《文憲集》卷十八《元故秘書少監揭君墓碑銘》：「有元盛時，荆楚之士以文章名天下者，曰虞文靖公集、歐陽文公玄、范文白公梈、揭文安公傒斯，海内咸以姓稱之而不敢名。其後三公皆死無繼者，獨文安冢子諱汯君以文學仕順帝時，至國亡而後終，人謂揭氏有後。君字伯防，少敦樸苦學，同舍諸生已成誦出嬉遊，君獨坐諷不休。夜爇薪以繼，必至精熟乃已。年十八，盡通六經大義。肄舉子業，試不合有司。既棄去，取諸子百氏書窮研之，攻古文辭。侍父入燕都，補太學生，端方有威儀，六館士敬憚之。或譁笑方殷，聞君履聲輒止。是時，虞公及歐陽公皆在朝廷，交稱君美以爲文安慶。至正某年，文安薨，天子錫金錢，百僚皆致賻襚。人勸君輸貨縣官而給鹽淮安，可獲利數倍，且無遺路虞。君哭不從，曰：『汯敢玷先君之喪乎？』至家援禮制儀，戚易兩至。服闋，以蔭補秘書郎，階承務郎。遷翰林國史院編修官。轉太常博士。再入翰林爲修撰，仍兼國史編修，階三轉至奉議大夫。代祀北嶽北鎮還，拜江南行臺監察御史，未上，留爲禮部員外郎，階朝列大夫。十八年奉詔諭江西，至七閩，會僞漢陳友諒陷江西，不得往，改僉江西湖東道肅政廉訪司事，加朝散大夫，治建寧。既而友諒兵寇杉關，下邵武，據延平，建寧受圍，大軍退保福州城中，吏民相繼出奔，惟經略使布顏布哈尚在，君詣與之謀……經略憂以問君。君曰：『士氣在乎作之爾，且直壯曲老，吾以王師討賊，何憂不勝？』乃槌牛釃酒勞將士，以義激之，皆踴躍請戰。空一城鼓噪助之，聲如雷霆，賊衆數萬逆戰，君戎服出陣後，督諸將盡力，俄矢石亂下，或請少避其鋒。君叱曰：『破賊在今日，敢言退者斬。』於是士卒殊死鬬，自寅至午，焚其三栅，乘勝奔之。是日福州援兵繼至，賊敗走，復延平等三州，獲勝兵千餘人……改江西行省郎中，未赴，以工部郎中召。時淮浙亂，道不通，留家四明之慈溪。挾子樞浮海而北，過黑水，抵鐵山，卒遇倭寇，同行多被害，君脱走。趨遼東，轉之山東。制下，升秘書少監，階中順大夫，而齊國忠襄察罕特穆爾在洛，遣使迓君。君赴洛，留歲餘，承制授刑部侍郎，不就。二十八年，逾太行，至燕都。未久，大明兵圍城，七月十八日順帝宵遁。明日君覺之，遑遑北走。樞失君所在，號哭而追，及於海子橋，君駡曰：『吾死職，義也；爾來，欲何爲？』奮然行弗顧。樞泣抱持，賓客故人亦稍至，遂强（振）〔掖〕君歸。環立守之，君擁衾卧不食，樞叩頭流血，請所親厚者交進慰解，乃起食一餐。八月二日兵入燕，凡仕者例從南京。君至，稱疾弗仕。踰年反慈溪。洪武六年二月八日卒於寓舍，年七十……君事繼母以孝聞，撫庶弟有恩。六主文衡，所得多奇士，交友皆當世名人。爲文敦深簡質有父風，務關倫教，不爲浮豔語，集毁於兵，存者若干卷藏於家。君自視歉然，接人和而有禮，寡言峻行，未嘗有矜大之色，雖家人不見其疾言厲氣。平居非疾病必冠帶，爲私書皆端謹可觀……君起其後，又能世其家，有聞於時。而君之子樞、樂，復好學問，不失儒行，當可繼於君。嗚呼！爵禄之繼，可幸致也，而繼其文學爲難；文學可勉而修也，而繼其道德爲難。若君者，可謂兼之矣。」

父揭傒斯，元儒林四傑之一。《元史》卷一百八十一《揭傒斯》：「揭傒斯，字曼碩，龍興富州人。父來成，宋鄉貢進士。傒斯幼貧，讀書尤刻苦，晝夜不少懈，父子自爲師友，由是貫通百氏，早有文名……延祐初，巨夫、摯列薦於朝，特授翰林國史院編修官……升應奉翰林文字，仍兼編修，遷國子助教，復留爲應奉……天曆初，開奎章閣，首擢爲授經郎，以教勳戚大臣子孫……元統初……遷翰林待制，升集賢學士，階中順大夫……既而天子親擢爲奎章閣供奉學士，乃即日就道，未至，改翰林直學士。及開經筵，再升侍講學士、同知經筵事，以對品進階中奉大夫……（至正）詔修遼、金、宋三史，傒斯與爲總裁官，丞相問：『修史以何爲本？』曰：『用人爲本，有學問文章而不知史事者，不可與；有學問文章知史事而心術不正者，不可與。用人之道，又當以心術爲本也。』且與僚屬言：『欲求作史之法，須求作史之意。古人作史，雖小善必録，小惡必記。不然，何以示懲勸！』由是儼然以筆削自任，凡政事得失，人材賢否，一律以是非之公。至於物論之不齊，必反覆辨論，以求歸於至當而後止。四年，《遼史》成，有旨獎諭，仍督早成金、宋二史。傒斯留宿史館，朝夕不敢休，因得寒疾，七日卒……六年，制贈護軍，追封豫章郡公，謚曰文安……傒斯少處窮約，事親菽水粗具而必得其歡心，既有禄入，衣食稍踰於前，輒愀然曰：『吾親未嘗享是也。』故平生清儉，至老不渝。友於兄弟，終始無間言。立朝雖居散地，而急於薦士，揚人之善惟恐不及，而聞吏之貪墨病民者，則尤不曲爲之掩覆也。爲文章，敘事嚴整，語簡而當；詩尤清婉麗密；善楷書、行、草。朝廷大典册及元勳茂德當得銘辭者，必以命焉。殊方絶域，咸慕其名，得其文者，莫不以爲榮云。」

子揭樞，字平仲，參看卷二十五《寄揭平仲》《聞平仲有還鄉之志感念之餘爲賦四韻》。

【校勘】

①昔：原文作「音」，今據乾隆本改。

【箋注】

〔一〕儒林傳：《史記》開創之正史體裁，記載潛心儒學輔佐王化者。《史記》卷一百二十一《儒林列傳·索隱述贊》：「孔氏之衰，經書緒亂。言諸六學，始自炎漢。著令立官，四方扼腕。曲臺壞壁，《書》《禮》之冠。傳《易》言《詩》，雲蒸霧散。興化致理，鴻猷克贊。」

〔二〕鍾阜：或指揭汯故鄉豐城縣鍾城山。《乾隆南昌府志》卷六《山·豐城縣·鍾城山》：「在縣東四十里，有景福觀。前爲城岡，山下有瀑泉數十泓，大旱不竭。」或爲鄱陽湖畔江西九江湖口石鐘山，位於揭汯西歸路上，蘇軾嘗著《石鐘山記》。《讀史方輿紀要》卷八十五《江西三·湖口縣·石鐘山》：「有二：在縣治南者曰上鐘山，縣治北者曰下鐘山。《水經注》：『石鐘山西枕彭蠡，連峰疊嶂，壁立峭削，其西南北皆水，四時如一，白波撼山，響如洪鐘，因名。』」復魄：古時喪禮，爲死者招魂以冀靈魂返回體魄。董溪：慈溪別稱，常代慈溪縣。烏斯道《春草齋集》卷二《惠墨歌》：「我方蠖屈守蓬蒿，侯正騫騰走南北。浮雲萬事果何如？恰恰遭逢董溪側。」樓鑰《攻媿集》卷五十五《慈溪縣董孝子廟記》：「若董孝名鄉，慈溪名縣，亦謂之董溪，則不可磨也。」

〔三〕觀國：觀察京城之政績風俗。《易·觀》：「觀國之光，利用賓于王。」致身：獻身，多指出仕。杜甫《乾元中寓居同谷縣作歌》之七：「長安卿相多少年，富貴應須致身早。」

〔四〕家聲：家族聲譽，元時揭傒斯爲儒林四傑之一。司馬：西漢文學家司馬相如。《西河集》卷一百二十五《賦》：「舊評曰：景與宋并爲賦宗，賈誼與相如并爲賦聖。」胄：古時帝王與貴族長子皆入國學，稱胄子，後泛稱國子學生；揭傒斯嘗授國子助教。成均：先秦大學，此代元時國子監。《周禮·春官·宗伯》：「大司樂掌成均之法，以治建國之學政，而合國之子弟焉。」

〔五〕六館：國子監别稱；唐時國子監領國子學、太學、四門、律學、書學、算學，統稱六館。馬其昶《韓昌黎文集校注》卷二《太學生何蕃傳》：「於是太學六館之士百餘人，又以蕃之義行言於司業陽先生城，請諭留蕃。」

〔六〕南宫：與下文北省，古時俱爲總領全國政務之尚書省别稱，此代元中書省；揭浤嘗官翰林兼國史院編修官及修撰，其地近中書省。《元史》卷八十五《百官一》：「其總政務者曰中書省，秉兵柄者曰樞密院，司黜陟者曰御史臺。」

〔七〕秘閣：元時秘書監，揭浤嘗官秘書郎。容臺：習禮之臺，此代元太常禮儀院，揭浤嘗任太常博士。《淮南鴻烈傳》卷六《覽冥訓》：「容臺振而掩覆。」高誘《注》：「容臺，行禮容之臺。」

〔八〕制作：制禮作樂。《史記》卷二十三《禮書》：「或言古者太平，萬民和喜，瑞應辨至，乃采風俗，定制作。」

〔九〕闈中：宫門裏面。《離騷》：「闈中既以邃遠兮，哲王又不寤。」洪興祖《補注》：「《爾雅》：宫中之門謂之闈，其小者謂之閨。」席上珍：喻賢士。《禮記·儒行》：「儒有席上之珍以待聘。」范仲淹《上都行送張伯玉》：「一材不復遺，況此席上珍。」

〔一〇〕春官：禮部別稱，揭汯嘗官禮部員外郎。載筆：攜帶文具以記録王事。埋輪：東漢御史張綱至洛陽都亭，埋輪不前，上章彈劾權臣，參見卷一《鄭僉憲授官南歸》；揭汯嘗拜江南行臺御史而未上。

〔一一〕許渾《與鄭二秀才同舟》：「牛羊晚食鋪平地，雕鶚晴飛摩遠天。」王安石《騂騮》：「騂騮亦駿物，卓犖地上遊。」

〔一二〕薇垣：或曰紫薇省，或曰中書省，元時亦指行中書省，揭汯曾奉詔諭江西。蓮幕：幕府美稱；南朝人以蓮花池喻王儉幕府，後遂稱幕府爲蓮幕。《南史》卷四十九《庾杲之》：「（王儉）乃用杲之爲衛將軍長史。安陸侯蕭緬與儉書曰：『盛府元僚，實難其選。庾景行泛淥水，依芙蓉，何其麗也。』時人以入儉府爲蓮花池，故緬書美之。」烏府：御史府別稱，參見卷一《鄭僉憲授官南歸》；揭汯嘗擢江西湖東道肅政廉訪司僉事。繡衣人：朝廷特派繡衣御史，或稱繡衣直指。《漢書》卷十九上《百官公卿表第七上》：「侍御史有繡衣直指，出討奸猾，治大獄，武帝所制，不常置。」

〔一三〕喉舌：喻險要之地。《南齊書》卷四十八《劉繪》：「南康是三州喉舌，應須治幹，豈可以年少講學處之耶？」

〔一四〕健翮：猛禽。李曾伯《水調歌頭》：「力挽不能寸，健翮遽斜飛。」脩鱗：大魚。杜甫《萬丈潭》：「閉藏脩鱗蟄，出入巨石礙。」

〔一五〕幽州：元京城大都在古幽州地域。《説苑》卷十八《辨物》：「八荒之内有四海，四海之内有九州，天子處中州而制八方耳。兩河間曰冀州，河南曰豫州，河西曰雍州，漢南曰荆州，江南曰揚州，濟南間曰兖州，濟東曰徐州，燕曰幽州，齊曰青州。」國步：國家命運。《元史》卷四十七《順帝十》：「二十八年春正月壬申朔……至夜半，開健德門北奔。八月庚午，大明兵入京城，國亡。」

〔一六〕依劉：東漢末年王粲投奔荆州牧劉表，參見卷十二《淮南紀行詩後序》；此指揭汯遠赴洛陽依附齊國忠襄察罕帖木兒。戀闕：留戀宫闕，此指眷念元朝順帝。杜甫《散愁》：「戀闕丹心破，霑衣皓首啼。」

〔一七〕賈傅：西漢長沙王太傅賈誼，嘗覩鵩而悲。宣尼：孔子，漢平帝元始元年追謚爲褒成宣尼公，晚年見麟而泣。二者參見本卷《哭汪遯齋二十四韻》。

〔一八〕辭組：辭職；組，組綬，代官職。江漢：長江與漢水，此專指長江。負羈：參見本卷《哭汪遯齋二十四韻》，此指元亡後揭汯被迫前往明朝都城南京。

〔一九〕殷士：歸順周朝之殷商臣子，此代元朝大夫。《詩經·大雅·文王》：「侯服于周，天命靡常。殷士膚敏，裸將于京。」《詩集傳》：「諸侯之大夫入天子之國曰某士，則殷士者，商孫子之臣屬也……言商之孫子而侯服于周，以天命之不可常也。故殷之士助祭於周京而服商之服也。」

〔二〇〕黄公：秦朝隱士黄石公，試張良，敬老忍耐，守信不苟，授以《太公兵法》，詳見《史記》卷五十五《留侯世家》。

〔二一〕《經詩·王風·黍離》：「彼黍離離，彼稷之苗。行邁靡靡，中心摇摇。知我者，謂我心憂；不知我者，謂我何求？悠悠蒼天，此何人哉？」朱熹《詩集傳》：「周既東遷，大夫行役至於宗周，過故宗廟宫室，盡爲禾黍。閔周室之顛覆，徬徨不忍去，故賦其所見黍之離離與稷之苗，以興行之靡靡心之摇摇。既歎時人莫識己意，又傷所以致此者果何人哉，追怨之深也。」切：深。麥秀：《麥秀歌》，箕子痛悼故國之歌。《史記》卷三十八《宋微子世家》：「其後箕子朝周，過故殷虚，感宫室毁壞，生禾黍，箕子傷之，欲哭則不可，欲泣爲其近婦人，乃作《麥秀之詩》以歌詠之。其詩曰：『麥秀漸漸兮，禾黍油油。彼狡僮兮，不與我好兮！』所謂狡童者，紂也。殷民聞之，皆爲流涕。」

〔二二〕牢落：孤寂寥落，無所寄托。白居易《感秋寄遠》：「佳期與芳歲，牢落兩成空。」甬水：甬江，或曰鄞江，參見卷十一《剡源記》。

〔二三〕歲儉：年成歉收。陶淵明《詠貧士七首》：「年饑感仁妻，泣涕向我流。」

〔二四〕陶元亮：東晉詩人陶潛，字元亮，忘懷得失，榮辱俱遣，恣意率性，静穆恬淡，詳見卷二十四《和陶淵明歸去來兮辭》。賀季真：賀知章，字季真，唐朝著名詩人、書法家，詳見卷六《送宋景濂入仙華山爲道士序》。

〔二五〕邅迍：或作迍邅，坎坷困頓。袁燮《送路德章芾三首》：「由來磊落士，處世多邅迍。」

〔二六〕王安石《傷杜醇》：「悲哉四明山，此士今已矣！」長往：死亡。白居易《老病相仍以詩自解》：「昨因風發甘長往，今遇陽和又小康。」劫塵：劫灰，此指兵火所遺殘局。

〔二七〕黔婁：春秋魯國得道者。《列女傳》卷二《賢明傳・魯黔婁妻》：「魯黔婁先生之妻也。先生死，曾子及門人往吊之。其妻出户，曾子吊之。上堂，見先生之屍在牖下，枕墼席稿，緼袍不表，覆以布被，首足不盡斂。覆頭則足見，覆足則頭見。曾子曰：『斜引其被，則斂矣。』妻曰：『斜而有餘，不如正而不足也。先生以不斜之故，能至於此。生時不邪，死而邪之，非先生意也。』」原憲：春秋時孔子弟子，詳見本卷《哭楊大章先生二首》。

〔二八〕筆冢：埋筆墓，形容創作艱辛造詣精深。李肇《唐國史補》卷中：「長沙僧懷素好草書，自言得草聖三昧，棄筆堆積埋於山下，號曰筆冢。」

〔二九〕簡牘：竹簡木牘，代書籍文書。旅冢：埋在異鄉之丘墓。

〔三〇〕《晉書》卷五十五《夏侯湛》：「湛幼有盛才，文章宏富，善構新詞，而美容觀，與潘岳友善，每行止同輿接茵，京都謂之連璧。」

〔三一〕《荀子・勸學》：「玉在山而草木潤，淵生珠而崖不枯。」金井：施有雕欄之井。津：此指井水。《國語・晉語二》：「亦爲君之東遊津梁之上。」韋昭《注》：「津，水也。」沈約《新安江水至清淺深見底貽京邑遊好》：「清濟涸無津。」李善《注》引《字書》：「津，液也。」

〔三二〕鮑叔：與下文陳遵，俱見本卷《哭汪遯齋二十四韻》。

〔三三〕隱：此指東漢隱士管寧。漢末大亂，管寧避亂遼東，郡守公孫度虛館候之，管寧竟廬於郡南山谷間。魏興，中原稍安，管寧浮海還故鄉北海郡，朝廷徵命屢下，悉固辭不受。詳見《三國志》卷十一《魏書十一·管寧》。

〔三四〕東都：東漢都城洛陽，與西都長安相對而言。罷：停止。《廣韻·蟹韻》：「罷，止也。」對賓：班固作《兩都賦》，藉東都主人與西都賓客之對話，彰顯東都之豪富都麗，此代詩人與揭汯傾心交流。《文選》卷一《西都賦》：「有西都賓問於東都主人曰：『蓋聞皇漢之初經營也，嘗有意乎都河洛矣。輟而弗康，寔用西遷，作我上都。主人聞其故而睹其制乎？』主人曰：『未也。願賓攄懷舊之蓄念，發思古之幽情，博我以皇道，弘我以漢京。』賓曰：『唯唯。』」又，《東都賦》：「東都主人喟然而歎曰：『痛乎風俗之移人也！子實秦人，矜誇館室，保界河山，信識昭、襄而知始皇矣，烏睹大漢之云爲乎？夫大漢之開元也，奮布衣以登皇位，由數期而創萬代，蓋六籍所不能談，前聖靡得言焉。當此之時，功有横而當天，討有逆而順民。故婁敬度勢而獻其説，蕭公權宜而拓其制。時豈泰而安之哉？計不得以已也。吾子曾不是睹，顧曜後嗣之末造，不亦暗乎？今將語子以建武之治、永平之事。監於太清，以變子之惑志。』」

聯句

對菊聯句

翡翠剪秋葉，金瓊鏤寒英〔一〕。（良）駢枝競戢戢，植榦紛亭亭〔二〕。（翰）逞芳固的皪，鬬媚益晶熒〔三〕。（璜）幽姿匪人造，逸態諒天成。（轅）　傍芽萌庶孽，乳萼孕懷繃〔四〕。（温）螯虎縮逗翳，癢蚝枯掮莖〔五〕。（良）遲倩飆陣颯，疾役雷輥輷〔六〕。（翰）拏楹互雜沓，跂檻遞紛争〔七〕。（璜）秋榮恣妩媠，春粲失嫈嫇〔八〕。（轅）瑩奪鵝肪膩，飛攘鷗毳輕〔九〕。（温）韻洌帖疏冗，迹秘慰羈傖〔一〇〕。（良）魏書奉延輔，酈水滋甘馨〔一一〕。（翰）締芳笑蘭友，論雅傲梅兄〔一二〕。（璜）搣搣感餘綴，采采憐孤撑〔一三〕。（轅）譜之已百品，詠之復千名〔一四〕。（温）或繁若朝弁，或潔若藍瑛〔一五〕。（良）或密若飄霰，或燦若羅星。（翰）或赴若湊輻，或屹若峨屏〔一六〕。（璜）或散若甑豆，或聚若輜軿〔一七〕。（轅）或潤若璜佩，或麗若金籯〔一八〕。（温）或鮮如鷺振，或悴如魴赬〔一九〕。（良）或斥如僕隸，或積如雲仍〔二〇〕。（翰）或翩如春蝶，或熠如宵螢〔二一〕。（璜）或偃如膂傴，或昂如氣盈〔二二〕。（轅）或揚如袂舉，或側如盃傾〔二三〕。（温）或盛喜若笑，或哀憂若酲。（良）或即階陛立，或俱盆盎升。（翰）或儕處士逸，或儷節婦貞。（璜）或翔疑孔翥，或峙訝鸞停。（轅）或詫天姥巧，或覘地媪靈〔二四〕。（温）朝采有元亮，夕餐有屈平〔二五〕。（良）用酬我嘉節，來踐爾佳盟。（翰）飣容交錯飣，卮許逡巡行〔二六〕。（璜）摘鮮盛梨栗，傾濁鐃醁醽〔二七〕。（轅）起酬足躪蹂①，坐嘯腹膨脝〔二八〕。（温）陸味萃南品，海腥極東烹。（良）已暢一朝樂，復哦千古情。（温）句奇媲犖確，韻古鏗《韶》《韺》〔二九〕。（良）馳驟闖接武，格鬪掀鏖兵〔三〇〕。（翰）味辛薑桂忸，語險魍魅驚〔三一〕。（温）懼敵迹屢屏，懾敗眼頻瞠〔三二〕。（良）籍湜走且躓，郊島弛復獰〔三三〕。（翰）尊卑異川岳，清濁分渭涇〔三四〕。（璜）遐思時踸胃，凝睇靡瞯睛〔三五〕。（轅）顧慚駑駘力，莫抗騏驥衡〔三六〕。（温）四美已云具，二難亦既并〔三七〕。（翰）愁去踰激矢②，歡來劇抽絣〔三八〕。（璜）即此成放曠，何用困拘儜〔三九〕。（良）永緝婀娜佩，庶濯塵垢纓〔四〇〕。（翰）

【題解】

聯句，由兩人或多人各作一句或數句以合成篇章；舊傳始於漢武帝與諸臣合創之《柏梁詩》。南朝梁劉勰《文心雕龍·明詩》：「回文所興，則道原爲始；聯句共韻，則《柏梁》餘制。」聯句之良，詩人戴九靈。温，戴九靈侄戴思温，詳見卷十五《客中寫懷六首·示侄》。翰，天台詩家毛翰，詳見卷十五《次韻答毛彝仲提學》。轅，唐轅，戴九靈門生，詳見卷十九《唐二子傳》。璜，夏璜，參看本書卷二十三《真逸處士夏君墓誌銘》。

【校勘】

① 躪蹂：乾隆本作「蹂躪」。

② 矢：底本作「失」，據乾隆本改。

【箋注】

〔一〕孟郊《和宣州錢判官使院廳前石楠樹》：「鴛鴦花數重，翡翠葉四鋪。」寒英：寒秋菊花。喻良能《次韻馬駒父晚菊五絶》：「何時栗里東籬下，冷蕊寒英伴酒巵？」

〔二〕戢戢：密集貌。李彌遜《春日種菊東籬顧叢蘭衰謝欲棄之因取以植牆下》：「檀欒嘉菊叢，戢戢露奇蘊。」植：豎立。

〔三〕逞芳：散發芳香；逞，顯示，施展。的皪：光亮鮮明貌。范成大《雨後田舍書事》：「熟透晚梅紅的皪，展開新籜翠扶疏。」晶熒：光亮閃爍貌。蘇軾《高郵陳直躬處士畫雁》：「慘澹雲水昏，晶熒砂礫碎。」

〔四〕傍芽：側生花芽；傍，通「旁」。孽：通「蘖」，樹木砍伐或傾倒後所生枝芽。劉琨《答盧諶詩并書》：「三孽并根。」李善《注》引《漢書音義》：「孽，木斬而復特生。」乳萼：初生花萼。懷繃：嬰兒包被。錢仲聯《韓昌黎詩繫年集釋》卷五《城南聯句》：「簪笏自懷繃，乳下秀嶷嶷。」

〔五〕螫虎：咬人壁虎。翳：枯槁傾覆之秋菊。《詩經·大雅·皇矣》：「其菑其翳。」《詩集傳》：「翳，自斃者也。」癢蚝：粘人皮膚則發癢之毛蟲。搰：執，持。韓愈等《城南聯句》：「乾㯋紛拄地，化蟲枯搰莖。」

〔六〕遲：緩慢。颯：颯颯，風聲。劉勰《文心雕龍·物色》：「春日遲遲，秋風颯颯。」輥：通「滾」，滾動。輷：轟轟，巨大雷聲。

〔七〕韓愈等《城南聯句》：「劍石猶竦檻，獸材尚拏楹。」拏：牽引。《説文》：「拏，牽引也。」雜沓：或作「雜遝」，紛雜繁多貌。檻：欄杆。

〔八〕榮：繁茂。婀娜：通稱作婀娜，婀娜柔媚貌。嫈嫇：新婦羞怯貌。《廣韻》：「嫈嫇，新婦貌。」

〔九〕奪：抗争。馬融《長笛賦》：「無相奪倫。」張銑《注》：「奪，猶争也。」攘：使後退。《公羊傳·僖公四年》：「桓公救中國而攘夷狄。」何休《注》：「攘，卻也。」毳：鳥獸細毛。

〔一〇〕帖：安寧。《資治通鑑·梁紀二》：「則大帖民情。」胡三省《注》：「帖，静也，安也，伏也。」疏冗：疏懶閑散。《資治通鑑·唐僖宗中和元年》：「臣備位諫官，至今未知聖躬安否，況疏冗乎！」秘：深沉。王延壽《魯靈光殿賦》：「乃立靈光之秘殿。」吕延濟《注》：「秘，深也。」羃傖：流浪傖夫。

〔一一〕魏：魏文帝。延輔：滋養體魄延長壽命。《藝文類聚》卷四《歲時部中》：「魏文帝與鍾繇書曰：『……故屈平悲冉冉之將老，思食秋菊之落英。輔體延年，莫斯之貴。謹奉一束，以助彭祖之術。』」酈水：水名。宋祁《景文集》卷八《和楊學士同晏尚書西園對菊》：「歲秋無異卉，佳菊自成妍。薄采稱觴客，繁開落帽天。抱池閑沮洳，留蝶小翩翾。爲結胡公賞，并懷酈水邊。」

〔一二〕締芳：結交香草。李彌遜《春日書齋偶成五首》：「清氛遠俗推蘭友，直節過人見竹君。」王炎《雪晴即事》：「梅兄可納交，竹弟亦耐久。」

〔一三〕摵摵：象聲詞，此指花落聲。盧諶《時興詩》：「摵摵芳葉零，蕊蕊芬華落。」吕延濟《注》：「摵摵，葉落聲也。」綴：摧折，殘害。采采：頻繁采摘。《詩經·周南·芣苢》：「采采芣苢，薄言采之。」

〔一四〕譜：菊譜。《劉氏菊譜·四庫全書提要》：「宋劉蒙撰……其書首譜敘，次説疑，次定品，次列菊名三十五條，各敘其種類形色而評次之。以《龍腦》爲第一，而以《雜記》三篇終焉。書中所論諸菊名品，各詳所出之地，自汴梁以及西京、陳州、鄧州、雍州、相州、滑州、鄜州、陽翟諸處，大抵皆中州物産而萃聚於洛陽園圃中者。」《史氏菊譜·四庫全書提要》：「宋史正志撰……所列凡二十七種。前有《自序》稱『自昔好事者爲牡丹、芍藥、海棠、竹筍作譜記者多矣，獨菊花未有爲之譜者，余姑以所見爲之』云云。然劉蒙《菊譜》已在前，正志殆未之見而爲是言耳。末有《後序》一首，辨王安石、歐陽修所争《楚詞》落英事，謂菊有落有不落者，譏二人於草木之名未能盡識，其説甚詳，乃向來所未發。」《范村菊譜·四庫全書提要》：「宋范成大撰，記所居范村之菊……《自序》稱所得三十六種，而此本所載凡黄者十六種、白者十五種、雜色四種，實止三十五種，尚闕其一，疑傳寫所脱佚也。菊之種類至繁，其形色變幻不一，塲師老圃因隨時各爲之題品，名目遂日出而不窮。以此譜與史正志譜相覈，其異同已十之五六。而成大但記家園所植，采擷亦未盡賅備，然敘次頗有理致，視他家爲尤工。至種植之法，黄省曾謂花之朵視種之大小而存之，大者四五蕊，次者七八蕊，又次者十餘蕊。今吴下藝菊者猶用此法，其力既厚，故花皆碩大豐縟。成大乃謂一榦所出數千百朵，婆娑團植，幾於俗所謂千頭菊者，此則今古好尚之不同矣。」

〔一五〕朝弁：古代朝會時禮帽；弁，皮弁冠。《詩經·衛風·淇奥》：「會弁如星。」《詩集傳》：「弁，皮弁也。以玉飾皮弁之縫中，如星之明也。」《後漢書·輿服下》：「委貌冠、皮弁冠同制，長七寸，高四寸，制如覆杯，前高廣，後卑鋭，所謂夏之毋追，殷之章甫者也。委貌以皂絹爲之，皮弁以鹿皮爲之。」藍瑛：陝西藍田山美玉。王安石《估玉》：「潼關西山古藍田，有氣鬱鬱高拄天。雄虹雌霓相結纏，晝夜不散非雲煙。」

〔一六〕幅：車上輻條，代車。峨屏：高聳屏風。

〔一七〕甄豆：兩種器皿，用以盛放祭品。輜軿：施有帷幕之車。

〔一八〕璜佩：玉佩。韓愈《赴江陵途中寄贈三學士》：「班行再肅穆，璜佩鳴琅璆。」金籯：盛放黄金之竹器。《漢書》卷七十三《韋賢傳》：「故鄒魯諺曰：『遺子黄金滿籯，不如一經。』」

〔一九〕鷺振：白鷺群飛；振，奮飛貌。《詩經·周頌·振鷺》：「振鷺于飛，于彼西雍。」岳珂《舞鶴四絶》：「萬里煙霄看鷺振，一池鼓吹謾蛙鳴。」魴赬：魴魚尾巴變紅，形容勞累艱辛。《詩經·周南·汝墳》：「魴魚赬尾，王室如燬。」毛《傳》：「魚勞則尾赤。」

〔二〇〕斥：衆多，廣泛。《左傳·襄公三十一年》：「寇盜充斥。」雲仍：後代子孫。《爾雅·釋親》：「晜孫之子爲仍孫，仍孫之子爲雲孫。」

〔二一〕熠：熠熠，鮮明耀眼貌。晁迥《屬疾》：「夕鳥侵階啄，宵螢入樹流。」

〔二二〕膂傴：脊骨彎曲。氣盈：浩氣盈滿。

〔二三〕揚：高舉。權德輿《送人使之江陵》：「紛紛别袂舉，切切離鴻響。」側：傾斜。

〔二四〕天姥：天上女神。施宿《會稽志》卷九《山·新昌縣·天姥山》：「在縣東南五十里……《寰宇記》云：『登此山者，或聞天姥歌謡之響。』」地媪：地母。盧照鄰《益州至真觀主黎君碑》：「蒼蒼中野，同銷地媪之魂；耿耿太初，獨昧天師之化。」

〔二五〕元亮：陶淵明，一名潛，字元亮，東晉隱士。陶淵明《飲酒》：「秋菊有佳色，裛露掇其英。泛此忘憂物，遠我遺世情。」屈平：楚國大詩人屈原，名平。屈原《離騷》：「朝飲木蘭之墜露兮，夕餐秋菊之落英。」

〔二六〕飣餖：食品堆積貌。唐寅《桃花塢祓禊》：「穀雨芳菲集麗人，當筵飣餖一時新。」卮：酒器。逡巡：從容不迫。《莊子·秋水》：「東海之鱉，左足未入，而右膝已縶矣，於是逡巡而卻。」成玄英《疏》：「逡巡，從容也。」文徵明《題虢國夫人夜遊圖》：「中間一騎來逡巡，秀眉玉頰真天人。」行：行酒，依次斟酒。

〔二七〕醁醽：美酒名。李賀《示弟》：「醁醽今夕酒，緗帙去時書。」

〔二八〕躪蹂：蹂踏。膨脝：膨大貌。陸游《新晴出門閑步》：「窮人旋畫膨脝計，自買蹲鴟煮糝羹。」

〔二九〕犖確：石多貌。韓愈《山石》：「山石犖確行徑微，黄昏到寺蝙蝠飛。」韶：傳説舜所作樂曲。《尚書·益稷》：「《簫韶》九成，鳳皇來儀。」䔋：或作英，傳説帝嚳樂曲。《漢書》卷二十二《禮樂志》：「帝嚳作《五英》。」

〔三〇〕馳驟：疾奔。《韓非子·外儲説右下》：「造父御四馬，馳驟周旋，而恣欲於馬。」掀：高舉兵器。《廣韻·元韻》：「掀，以手高舉。」鏖兵：苦戰，酣戰。杜牧《送國棋王逢》：「守道還如周伏柱，鏖兵不羨霍嫖姚。」

〔三一〕薑桂：辛辣生薑與肉桂。《宋史》卷三百八十一《晏敦復傳》：「況吾薑桂之性，到老愈辣。」忸：慚愧。險：奇特。王若虚《評東坡山谷四絶》之二：「莫將險語誇勍敵，公自無勞與若爭。」魑魅：鬼怪。王守仁《吊屈原賦》：「四山無人兮駭狐鼠，魑魅遊兮群跳嘯。」

〔三二〕屏：隱藏。慑：恐懼。《說文》：「慑，失氣也。」

〔三三〕籍湜：唐朝詩人張籍與皇甫湜，俱爲韓愈門生。蘇軾《潮州韓文公廟碑》：「追逐李杜參翱翔，汗流籍湜走且僵。」郊島：唐朝詩人孟郊與賈島。宋方回《學詩吟十首》：「李杜俱有厄，郊島終不偶。」方文《書吴晦之詩後歸其兄子公綽》：「孤情冷韻似郊島，老死巖穴無人知。」

〔三四〕袁凱《送貢先生入閩》：「日月異行，川嶽異途。嗟嗟我人，胡能并居？」清濁：天賦愚智。陸游《放歌行》：「初無公論判涇渭，徒使新貴矜雲泥。」

〔三五〕踸：踸踔，遲滯，停滯。陸機《文賦》：「故踸踔於短韻。」吕延濟《注》：「踸踔，遲滯也。」瞤睛：眨眼。《說文》：「瞤，目動也。」

〔三六〕駑駘：兩種劣馬。韓愈《駑驥》：「駑駘誠齷齪，市者何其稠！……騏驥生絶域，自矜無匹儔。」

〔三七〕謝靈運《擬魏太子鄴中集詩序》：「天下良辰、美景、賞心、樂事，四者難并。」二難：賢主與嘉賓。王世貞《鳴鳳記·花樓春宴》：「四美二難真際會，九棘三槐盡我儔。」

〔三八〕激矢：疾飛利箭；激，急疾。《吕氏春秋·去宥》：「夫激矢則遠，激水則旱。」劇：快速。《漢書》卷八十七上《揚雄傳上》：「口吃不能劇談。」顏師古《注》：「劇，亦疾也。」絣：綫繩。《戰國策·燕策一》：「妻自組甲絣。」吴師道《補注》：「此謂編組穿甲之繩也。」

〔三九〕拘儜：拘泥。錢仲聯《韓昌黎詩繫年集釋》卷五《城南聯句》「始知樂名教，何用苦拘儜？」引徐震《詮訂》：「儜即泥之音轉。拘儜，猶言拘泥，爲協韻，故用儜字耳。《廣韻》：『儜，困也，弱也。』困義亦與泥近。」

〔四〇〕緝：連綴。謝莊《宋孝武宣貴妃誄》：「陳風緝藻。」張銑《注》：「緝，綴也。」婀娜：摇曳貌。《玉臺新詠》卷一《古詩爲焦仲卿妻作》：「四角龍子幡，婀娜隨風轉。」濯纓：洗濯冠纓，比喻淨化靈魂超塵脱俗。《孟子·離婁上》：「滄浪之水清兮，可以濯吾纓。」

出遊聯句

杪秋劃澄霽，遊思躍然動〔一〕。（良）林飆迅而清，川氣漾不滃〔二〕。（翰）宿期凌沆瀣，晨集侵晻曚〔三〕。（轅）趨程指悠邈，屏務遺倥偬〔四〕。（源）興挾康樂高，志激孟賁勇〔五〕。（良）筆床黄帽賫，茶竈蒼頭捧〔六〕。（翰）放棹闖鷁飛，揚帆接鶂䳲〔七〕。（轅）始循并縣山，尋憩横江隴〔八〕。（源）午分魚石蹤，暮合龍阜踵〔九〕。（良）谷煙披冪紗，階月踏流汞。（翰）投院誇舊知，開筵樂新奉〔一〇〕。（轅）宵嫌墜露繁，曙覺堆嵐重。（源）塔訪湯師銘，窆謁先公冢〔一一〕。（良）彩巖何業岌，雨徵①何巃嵸〔一二〕。（翰）

崖寺蹝蜿蜒，江檻縈螮蝀〔一三〕。（轅）藍水碧可通，蜀山青忽擁〔一四〕。（良）門羨登龍榮，席矜烹鶴寵〔一五〕。（翰）話離憶沉淪，語迹愧荒茸〔一六〕。（轅）纓緌已駢集，刀珮亦珌②琫〔一七〕。（轅）既覿朱扉盛，復瞰清泉湧〔一八〕。（良）兩澗耳邊來，雙峰眉際聳〔一九〕。（翰）虞宅址空存，袁墓木已拱〔二〇〕。（轅）委蛇訝客閑，叢脞笑僧冗〔二一〕。（源）金繩憩宿倦，石林動新竦〔二二〕。（良）大著孕璞玉，賢孫耀珪珙〔二三〕。（翰）德邁東家丘，義壓吾邦勇〔二四〕。（轅）堅留馬就縶，强别囚脱拲〔二五〕。（源）竟忘漏艇危，直溯夜潮洶。（良）滿覆侔器欹，顛蹶同駕覂〔二六〕。（翰）二賢首騰踔，小子繼跳踴〔二七〕。（轅）江闊水翻翻，雲黑天朦朦。（源）甫濟膽固懾，決去心益㥔〔二八〕。（良）孰書拯溺勳？誰息扶僡𨢐〔二九〕？（翰）迹離魑魅驚，身出蛟黿恐〔三〇〕。（轅）叩門氣始振，即館語猶恟〔三一〕。（源）儒服漸林立，賓墀竟川壅〔三二〕。（良）爭看麟一角，共謦龜五總〔三三〕。（翰）吐辭超鮑謝，刮智駕晁董〔三四〕。（轅）舫齋窺曩楹，蘭室睇今栱〔三五〕。（源）困僮屏屨觸，醉侶酒頻噇〔三六〕。（良）屈伸付蚨蠖，聚散等蟣蠓〔三七〕。（翰）歸情蕩躍鱗，别思眇抽蛹〔三八〕。（轅）筆耕期已駛，詩債事尤氄〔三九〕。（源）雲莊充昔蹟，雲林跛初尰〔四〇〕。（良）唐生竟神駭，沈子亦聽悚。（翰）畫軸卷入簷，書册收貯籠。（源）磬折向蒼茫，矢躍超濛澒〔四一〕。（良）仰視

雲畔鳶，去逐煙中鸛[四二]。（翰）到家跳夜厖，入室響寒蛬[四三]。（轅）後會知何時，余髮已種種[四四]。（良）

【題解】

聯句之良，即詩人戴九靈。翰、轅見前詩《對菊聯句》。源，唐轅妻舅沈源，詳見卷二十三《鄞遊稿》。

沈明大墓誌銘并序》。《建溪集前編》卷二録董秉純《題戴東山風希堂圖兼寄哲兄襟三先生》云：「篇章翰墨流風久，足使前輝希後走。（九靈與吾鄉唐起賢、陳中復、鄭彦博、倪仲權、桂彦良、烏繼善、夏（潢）〔璜〕、沈源爲友，而唐復禮子轅、轂等四人皆受業。）」

謹按本詩，戴九靈攜毛翰、唐轅、沈源三人暢遊慈溪西部山川，興遥神飛，先後吟就一組詩章。本書卷十六《遊龍山》《遊清泉寺》《永樂寺觀先師柳公三大篆及諸石刻泫然賦此》《自定水回舟漏幾溺》《書畫舫宴集分韻得澮字》、卷十七《經金繩廢寺》《李帥家烹鶴見餉》《星菊》《瑞蓮》率皆吟於此際。至於卷十五之《遊定水》《蒲庵》《天香室》，疑受邀於來復見心時所作。

【校勘】

①徵：乾隆本作「微」。

②珌：乾隆本作「鞸」。

【箋注】

〔一〕杪秋：秋末。劃：忽然。杜甫《苦雨奉寄隴西公》：「劃見公子面，超然歡笑同。」澄霽：清麗爽朗。吴筠《秋日望倚帝山》：「秋天已晴朗，晚日更澄霽。」躍然：快速跳動貌。

〔二〕衛宗武《約友秋賞》：「秋霖蕩殘暑，林飆鳴策策。」韋應物《無題》：「微雨颯已至，蕭條川氣秋。」滃：滃鬱，彌漫盛大貌。

〔三〕宿：前夕。沆瀣：後半夜大氣。《楚辭·遠遊》：「餐六氣而飲沆瀣兮，漱正陽而含朝霞。」王逸《注》：「沆瀣者，北方夜半氣也。」晻曖：日光不明貌。《集韻·上董》：「晻，晻曖，日未明。」

〔四〕倥偬：困苦急迫貌。《楚辭》劉向《九歎·思古》：「悲余生之無歡兮，愁倥偬於山陸。」王逸《注》：「倥偬，猶困苦也。」

〔五〕康樂：謝靈運，世稱康樂公，詳見卷十六《題清暉樓》。孟賁：戰國秦武王勇士。《孟子·公孫丑上》：「夫子過孟賁遠矣。」焦循《正義》引《帝王世紀》：「秦武王好多力之士，齊孟賁之徒并歸焉。孟賁生拔牛角，是謂之勇士也。」

〔六〕黄帽：代船夫。《史記》卷一百二十五《佞幸列傳》：「鄧通，蜀郡南安人也，以濯船爲黄頭郎。」裴駰《集解》引徐廣曰：「著黄帽也。」李郢《陽羨春歌》：「樓下遊人顔色喜，溪南黄帽應羞死。」蒼頭：僕從。《漢書》卷七十二《鮑宣》：「蒼頭廬兒，皆用致富。」顔師古《注》引孟康曰：「漢名奴爲蒼頭，非純黑，以别於良人也。」白居易《鹽商婦》：「前呼蒼頭後叱婢，問爾因何得如此。」

〔七〕鵷：鵷鶵，鳳凰類鳥。雗：飛貌。《廣韻》：「雗，小鳥飛也。」

〔八〕并縣：依傍慈溪縣城；并，通「傍」，依傍。《史記》卷六《秦始皇本紀》：「自榆中并河以東，屬之陰山。」裴駰《集解》引服虔：「并音傍。傍，依也。」隴：通「壟」，高大山丘。

〔九〕魚石：殆即慈溪石魚山。《光緒慈溪縣志》卷六《山・石魚山》：「縣西五里。山上有石如魚，山下有石魚樓，楊文元公讀書處。」又，卷四十三《舊迹三・居址上・石魚書堂》：「縣西三里石魚山麓，楊簡侍父徙居四十一年。」龍阜：慈溪縣西五十里龍山，詳見卷十六《遊龍山》。踵：足迹。《楚辭》屈原《離騷》：「及前王之踵武。」洪興祖《補注》：「踵，亦迹也。」

〔一〇〕新奉：供奉新鮮美味。韓愈《會合聯句》：「詩書誇舊知，酒食接新奉。」

〔一一〕湯師：唐代禪師，慈溪龍山甘露寺開山祖師，參見卷二十九《龍山古迹記後題》。先公：甘露寺與永樂寺歷代圓寂高僧。

〔一二〕彩巖：龍山峭壁，參見卷十六《遊龍山》。嶪岌：高峻貌。袁燮《天童道上二首》：「嶪岌嶄巖太白峰，高名千古獨稱雄。」雨徵：龍山別名，或曰雨微峰，參見卷十六《遊龍山》。巃嵸：高峻貌。歐陽修《秋懷二首寄聖俞》：「群木落空原，南山高巃嵸。」

〔一三〕崖寺：甘露寺，參見本卷《同淬用剛登甘露寺》。跲：蹈，步行。江檻：臨江欄杆。杜甫《將赴成都草堂途中有作先寄嚴鄭公》：「常苦沙崩損藥欄，也從江檻落風湍。」蝃蝀：彩虹別名。

〔一四〕藍水：或曰藍溪，參見卷十六《自定水回舟漏幾溺》。《光緒慈溪縣志》卷六《山・三女山》：「縣西南六十里。相傳有三女浴於水濱，爲雷所擊，化爲三峰，亭亭相望，此臆説也。以三峰嫵媚，故名三女耳。其水爲藍溪，自龔村會大闌三十六隩之水，出楊溪、黄竹浦注於江。元戴九靈所謂『龍山屐既躡，藍水舟亦艤』『藍水碧可通，蜀山青忽擁』者，指此也。」蜀山：慈溪西部山名。《光緒慈溪縣志》卷六《山・蜀山》：「縣西五十五里，姚水之東慈水之西有蜀山焉，其地兼明越之勝。陸放翁《入蜀記》云『興國軍富池有小石山，自頂直削去半，與餘姚江濱之蜀山絶相類』即此。幽潛奇特，爲山水勝處。」

〔一五〕登龍門：東漢李膺德高望重，士人受其接待則身價倍增，人稱之爲登龍門；此指李帥門庭，詳見本卷《李帥家烹鶴見餉》《星菊》《瑞蓮》諸詩篇。《後漢書》卷六十七《黨錮列傳・李膺》：「膺獨持風裁，以聲名自高。士有被其容接者，名爲登龍門。」李賢《注》：「以魚爲喻也。龍門，河水所下之口，在今絳州龍門縣。辛氏《三秦記》曰：『河津一名龍門，水險不通，魚鱉之屬莫能上，江海大魚薄集龍門下數千不得上，上則爲龍也。』」

〔一六〕沉淪：埋没。荒茸：荒草。錢仲聯《韓昌黎詩繫年集釋》卷四《會合聯句》：「徒言濯幽泌，誰與薙荒茸？」

〔一七〕纓緌：禮帽帽帶，代士大夫；緌，帽帶末端下垂部分。韓偓《送人棄官入道》：「塵土留難住，纓綏棄若無。」珌琫：刀劍鞘口處玉飾叫琫，琫對面小方玉叫珌。《詩經·小雅·瞻彼洛矣》：「君子至此，鞞琫有珌。」毛《傳》：「琫，上飾；珌，下飾。」

〔一八〕朱扉：紅漆大門，此指李帥門庭。清泉：慈溪定水寺甘泉。參見卷十五《遊定水》。

〔一九〕兩澗、雙峰與下文虞宅、袁墓，參看卷十六《遊清泉寺》。

〔二〇〕木拱：樹木長到兩手合抱，形容時間長久。《左傳·僖公三十二年》：「爾何知？中壽，爾墓之木拱矣。」

〔二一〕委蛇：雍容自得貌。蘇軾《謝三伏早出院表》：「遽蒙假借之私，得遂委蛇之樂。」叢脞：瑣碎雜亂。《尚書·益稷》：「元首叢脞哉！」孔穎達《疏》引鄭玄説：「叢脞，總聚小小之事以亂大政。」冗：繁忙。

〔二二〕金繩：寺院名，參見本卷《經金繩廢寺》。宿倦：長久累積之疲倦；宿，長久。《小爾雅·廣詁》：「宿，久也。」石林：地名，詳見卷十六《自定水回舟漏幾溺》。

〔二三〕大著：古時著作郎别稱，此指葉氏祖先。趙與旹《賓退録》卷三：「獨晉人謂著作郎爲大著作，《職官志》亦然。今稱著作郎曰大著，確有據依。」珪珙：兩種貴重玉器，喻超卓賢士。錢仲聯《韓昌黎詩繫年集釋》卷四《會合聯句》：「朝紳鬱青緑，馬飾曜珪珙。」

〔二四〕東家丘：孔子；孔子西鄰不知孔子才識絶倫，輕蔑地稱之爲東家丘。嚴維《餘姚祗役奉簡鮑參軍》：「知己欲依何水部，鄉人今正賤東丘。」吾邦：此指明代寧波府。

〔二五〕縶：拴馬足繩索。《左傳·成公二年》：「韓厥執縶馬前。」拲：兩手同械，手銬。《周禮·秋官·掌囚》：「凡囚者，上罪梏拲而桎。」

〔二六〕器欹：欹器，水滿則傾覆。陳士珂《孔子家語疏證》卷二《三恕第九》：「孔子觀於周廟，有欹器焉……孔子使子路取水試之，滿則覆，中則正，虛則欹。」駕覂：覂駕，翻車。廖行之《再酬湯無邪》：「那知局促多轅下，詭轡竊御誇覂駕？」

〔二七〕二賢：此指毛雲莊與戴九靈，參見卷十六《自定水回舟漏幾溺》。騰踔：跳躍，飛騰凌空。

〔二八〕愯：同「悚」，恐懼。《説文·心部》：「愯，懼也。」

〔二九〕息：慰勞。《儀禮·鄉飲酒禮》：「乃息司正。」鄭玄《注》：「息，勞也。」僝僽：疲倦駑弱；孱弱無能。

〔三〇〕魑魅：鬼怪。杜甫《青陽峽》：「魑魅嘯有風，霜霰浩漠漠。」陸游《秋夜有感》：「日照蛟鼉涎，雪印豺虎迹。誰知七尺軀，幸脱九死厄？」

〔三一〕恂：恐懼。錢仲聯《韓昌黎詩繫年集釋》卷四《會合聯句》：「京遊步方振，謫夢意猶恂。」

〔三二〕儒服：代儒士。陳造《次韻朱秀才二首》：「儒冠林立更鴻生，經倚菑畬道可耕。」賓墀：通稱賓階，西階，賓客所踐西邊臺階；代館舍。《尚書·顧命》：「大輅在賓階面。」

〔三三〕麟：麒麟，古人以爲瑞獸，其獨角喻瑰傑賢士。普巖《百丈大師贊》：「只見祥麟一角尖，定知罪犯彌天大。」龜：烏龜，古人視爲靈物，一千年聚會五次，因稱博學多聞者爲五總龜；

總，聚集。班固《西都賦》：「總禮官之甲科，群百郡之廉孝。」吕向《注》：「總、群，皆聚也。」《新唐書》卷一百九十九《儒學中・殷踐猷》：「博學，尤通氏族、曆數、醫方。與賀知章、陸象先、韋述最善，知章嘗號爲五總龜，謂龜千年五聚，問無不知也。」

〔三四〕鮑謝：南朝詩人鮑照與謝靈運。陸游《送辛幼安殿撰造朝》：「稼軒落筆凌鮑謝，退避聲名稱學稼。十年高卧不出門，參透南宗牧牛話。」刮：發掘，抉發。鼂董：西漢學問家鼂錯與董仲舒。洪適《江城子》：「鼂董聲名，一日滿人間。」

〔三五〕舫齋：此指慈溪羅彦直書畫舫，參看卷十六《書畫舫宴集分韻得澮字》。蘭室：高雅居室，此當指羅彦直竹所，參看卷十八《竹所銘并序》。栱：科栱，木柱上支撑棟梁之方木。

〔三六〕噇：吃喝。

〔三七〕蚨蠖：青蚨與尺蠖，兩種昆蟲，一伸一縮爬行而前。

〔三八〕眇：渺小，細微。抽蛹：蠶吐絲；蛹，繭中蠶。《説文解字注・蟲部・蛹》：「蛹之爲物，在成繭之後化蛾之前，非與蠶有二物也。立文不當曰繭蟲，當曰繭中蠶也，乃使先後如貫珠然。」錢仲聯《韓昌黎詩繫年集釋》卷四《會合聯句》：「堅如撞群金，眇若抽獨蛹。」

〔三九〕詩債：他人索詩或求和，未及酬答，如同負債。陳造《山居十首》：「慵添和詩債，病減灌園功。」氄：鳥獸貼身絨毛。

〔四〇〕充：堵塞。《詩經・邶風・旄丘》：「褎如充耳。」聵：耳聾。雲林：詩人戴九靈别號。嚧：

足尰。《詩經·小雅·巧言》：「既微且尰，爾勇伊何！」

〔四一〕磬折：彎腰如磬，表示恭敬，此指告辭返程。杜甫《遺遇》：「磬折辭主人，開帆駕洪濤。」矢躍：投壺時箭從壺中反跳而出，此指蹦跳如矢。《禮記·投壺》：「壺中實小豆，爲其矢之躍而出也。」濛澒：廣大無涯貌。漢王逸《天問敘》：「既有解詞，乃復多連蹇其文，濛澒其説。」

〔四二〕鳶：鴟鷹。《詩經·大雅·旱麓》：「鳶飛戾天，魚躍於淵。」鷞：水鳥名。

〔四三〕厖：通「尨」，多毛犬。朱駿聲《通訓定聲》：「厖，假借又爲尨。」蛬：蟋蟀。《爾雅·釋蟲》：「蟋蟀，蛬。」

〔四四〕種種：頭髮短小貌，形容老邁。《左傳·昭公三年》：「余髮如此種種，余奚能爲？」杜預《注》：「種種，短也。」

九靈山房集卷之十八

鄞遊稿四

贊

滑伯仁像贊

貌不加豐，體不加長，英英曄曄〔一〕，其學也昌。蚤啄《詩》《禮》之精華，晚探《素》《難》之窈茫〔二〕。推其有，足以防世而範俗；出其餘，可以滌藏而湔腸〔三〕。是故知之者，識其隱身遁命之老儒；不知者以謂醫師一代之良而已矣〔四〕！若人也，其亦遊神二者之間，以玩於世而卒返於其鄉者耶〔五〕。

【題解】

滑壽，字伯仁，晚號攖寧生，許昌人，元末明初傑出醫家，與戴九靈、丁鶴年、宋濂、宋禧、劉仁本諸文豪名流過從甚密，參看卷二十五《懷滑攖寧》。

《明史》卷二百九十九《方伎》：「滑壽，字伯仁，先世襄城人，徙儀真，後又徙餘姚。幼警敏好學，能詩。京口王居中，名醫也。壽從之學，授《素問》《難經》。既卒業，請於師曰：『《素問》詳矣，多錯簡。愚將分藏象、經度等爲十類，類抄而讀之。《難經》又本《素問》《靈樞》，其間榮衛藏府與夫經絡腧穴，辨之博矣，而缺誤亦多。愚將本其義旨，注而讀之，可乎？』居中躍然稱善。自是壽學日進。壽又參會張仲景、劉守真、李明之三家而會通之，所治疾無不中……晚自號攖寧生，江浙間無不知攖寧生者。年七十餘，容色如童孺，行步蹻捷，飲酒無算。」

丁生俊《丁鶴年詩輯注·哀詩集·寄餘姚滑伯仁先生》：「獨木橋邊薜荔門，全家移住水雲村。猿聲專夜丹山静，蜃氣横秋碧海昏。詩卷自書新甲子，藥壺别貯小乾坤。陶漁耕稼遺風在，差勝桃源長子孫。」

《宋濂全集》卷三十二《醫家十四經發揮序》：「濂之友滑君深有所見於此，以《内經·骨空》諸論及《靈樞·本輸篇》所述經脉辭旨簡嚴，讀者未易即解，於是訓其字義，釋其名物，疏其本旨，正其句讀，釐爲三卷，名曰《十四經發揮》。復慮穴之名難於記憶，聯成韻語附於各經之後。其有功於斯世也，豈小補哉！世之著醫書者日新月盛，非不繁且多也。漢之時僅七家爾，唐則增爲六十四，至宋遂至一百九十又七。其發明方藥，豈無其人？純以《内經》爲本而弗之雜者，抑何其鮮也！若金之張元素、劉完素、張從正、李杲四家，其立言垂範，殆或庶幾者乎！今吾滑君起而繼之，凡四家微辭秘旨，靡不貫通。《發揮》之作，必將與其書并傳無疑也。嗚呼！橐籥一身之氣機，以補以瀉，以成十全之功者，其唯針砭之法乎？若不察於諸經而誤施之，則不假鋒刃而戕賊人矣，可不懼哉！縱諉曰九針之法傳之者蓋鮮，苟以湯液言之，亦必明於何經中邪，然後注何劑而治之，奈何粗工絶弗之講也！滑君此書，豈非醫塗之輿梁也歟？……滑君名壽，字伯仁，許昌人，自號爲攖寧生。博通經史諸家言，爲文辭温雅有法，而於醫尤深，江南諸醫未能或之先也。所著又有《素問鈔》《難經本義》行於世。」

宋禧《庸庵集》卷八《重過倪氏深秀樓十首》其六：「滑公江海客，頻到賀家溪。采藥行雲際，吟詩過水西。（原注：滑公，字伯仁，許昌人，儒而善醫。）」《庸庵集》卷八《寄滑攖寧三首》其一：「中秋虚約海邊來，時序驚心白髮催。吟到桂花愁未了，放懷更待菊花開。」其二：「隻鷄斗酒入江城，稍見秋江悵望情。不信勞生長逼仄，海邊有日聽車聲。」其三：「江山荒落未應愁，草木知名對晚秋。誰道歲寒添寂寞？梅花處處可回頭。」

劉仁本《羽庭集》卷三《正月望前一夕與滑伯仁煉藥》：「委羽山中鶴墮翎，老仙爲我制頽齡。人無金石千年壽，藥有丹砂九轉靈。候熟鼎爐分水火，氣吞日月走風霆。輕身已得刀圭祕，莫問昌陽與茯苓。」

【箋注】

〔一〕英英曄曄：俊美貌。潘岳《夏侯常侍誄》：「英英夫子，灼灼其俊。」班固《兩都賦》：「蘭茝發色，曄曄猗猗。」

〔二〕窈茫：深遠。崔尚《唐天台山新桐柏觀之頌》：「窈窈茫茫，通天降祥，保我皇唐，如山是常。」

〔三〕藏：通「臟」，内臟。湔：洗滌。謝維新《古今合璧事類備要前集》卷五十五《技術門・醫家・湔腸滌藏》：「虢太子死，扁鵲至虢國，中庶子曰：『暴蹷而死。』扁鵲曰：『尚可爲也。』庶子曰：『先生得無誕乎？臣聞上古有俞跗，療病不以湯液，乃割皮解肌，湔洗腸胃，漱滌五臟。』」

〔四〕《詩經・王風・黍離》：「知我者，謂我心憂；不知我者，謂我何求。悠悠蒼天，此何人哉！」

〔五〕遊神：遊心，用心。鄉：無何有之鄉，逍遥超脱無掛無礙之心境。《莊子・應帝王》：「予方將與造物者爲人，厭，則又乘夫莽眇之鳥，以出六極之外，而遊無何有之鄉，以處壙埌之野。」《蘇軾文集》卷二十一《秦少遊真贊》：「蓋將挈所有而乘所遇，以遊於世，而卒反於其鄉者乎？」

汪縣尹像贊

於維汪侯〔一〕，民之父母。有猷有爲，有學有守〔二〕。遭世中危，高謝以歸〔三〕。

子職克脩〔四〕，臣節靡虧。時行時止，名教之美〔五〕。我瞻侯像，其顡有泚〔六〕。

【題解】

汪縣尹，定海縣尹汪汝懋，其事詳載本書卷二十三《故翰林待制致仕汪君墓誌銘》。

【箋注】

〔一〕於：歎詞。《尚書・堯典》：「僉曰：『於！鯀哉！』」

〔二〕猷：謀略。《春草齋集》卷四《送汪以敬歸睦州省覲》其二：「封豕封狐在眼中，此時端合見英雄。扶持短世非無術，賈勇長才獨有公。出看旌旗人似雨，不鳴刁斗月當空。秋風曾灑滂沱淚，血濺中原滿地紅。（時領團練。）」

〔三〕高謝：辭職歸隱。殷仲文《解尚書表》：「退不能辭粟首陽，拂衣高謝。」

〔四〕子職：孝子天職。《送汪以敬歸睦州省覲》其三：「官事蕭閑故友多，每因持酒發悲歌。石生參幕真無忝，徐庶思親可奈何！千里歸帆如健馬，滿天急雪似飛蛾。高堂舞得斑衣破，也勝朝衫翦越羅。」

〔五〕時行時止：順勢出仕，適時隱居。《易・艮第五十二・彖》：「艮，止也。時止則止，時行則行，動静不失其時，其道光明。」《論語・述而》：「子謂顔淵曰：『用之則行，舍之則藏，唯我與爾有是夫！』」《孟子・萬章下》：「可以速而速，可以久而久，可以處而處，可以仕而仕，孔子也……孔子，聖之時者也。」名教：以正名定分爲核心之儒家思想。

〔六〕顙：額頭。泚：出汗，形容羞赧慚愧。《孟子·滕文公上》：「蓋上世嘗有不葬其親者，其親死，則舉而委之於壑。他日過之，狐狸食之，蠅蚋姑嘬之。其顙有泚，睨而不視。夫泚也，非爲人泚，中心達於面目，蓋歸反虆梩而掩之。」

項彦章像贊

倬彼項君〔一〕，侃侃恂恂〔二〕，實聰而懿，實藝而文。方躡履霜臺，羽忠翼仁〔三〕；復飲水上池〔四〕，以神異聞。厲濁爲清，化秋作春，是扶是拯，欲人如身。既存心於利物，仍抗志而出塵〔五〕。其應世也，慕祥鸞之隱見〔六〕；其置身也，任尺蠖之屈伸〔七〕。倬彼項君，爲世令人。

【題解】

項昕，字彦章，號抱一翁，元代傑出醫學家，詳載卷十九《抱一翁傳》。

【箋注】

〔一〕倬：光明浩大。《詩經·大雅·桑柔》：「倬彼昊天。」鄭《箋》：「倬，明大貌。」

〔二〕侃侃：和樂貌。《論語·鄉黨》：「朝，與下大夫言，侃侃如也。」恂恂：恭順貌。《論語·鄉黨》：「孔子於鄉黨，恂恂如也，似不能言者。」

〔三〕霜臺：御史臺，項氏嘗就職於江南浙西道與福建閩海道肅政廉訪司。羽：翼，輔佐。

〔四〕上池：上池水，凌空承接或取於草木之露珠，此指項昕潛心醫術。《史記》卷一百五《扁鵲倉公列傳》：「扁鵲者，勃海郡鄭人也，姓秦氏，名越人。少時爲人舍長。舍客長桑君過，扁鵲獨奇之，常謹遇之。長桑君亦知扁鵲非常人也。出入十餘年，乃呼扁鵲私坐，間與語曰：『我有禁方，年老，欲傳與公，公毋泄。』扁鵲曰：『敬諾。』乃出其懷中藥予扁鵲：『飲是以上池之水，三十日當知物矣。』乃悉取其禁方書，盡與扁鵲。忽然不見，殆非人也。扁鵲以其言飲藥三十日，視見垣一方人。以此視病，盡見五藏癥結，特以診脉爲名耳。」

〔五〕利物：裨益萬類，尤指人群。《易·乾·文言》：「利物足以和義。」孔穎達《疏》：「言君子利益萬物，使物各得其宜。」抗志：樹立高潔志向。《孔叢子·抗志》：「屈己則制於人，抗志則不愧於道。」

〔六〕祥鸞：祥鳳。隱見：或隱或現；見，通「現」。王充《論衡》卷十七《指瑞篇》：「儒者説鳳凰、騏驎爲聖王來，以爲鳳凰、騏驎仁聖禽也。思慮深，避害遠，中國有道則來，無道則隱。」《論語·微子篇第十八》：「楚狂接輿歌而過孔子曰：『鳳兮鳳兮，何德之衰！往者不可諫，來者猶可追。已而已而！今之從政者殆而！』」

〔七〕置身：立身，存身。尺蠖：蛾之幼蟲，其體柔軟細長，屈伸而行。《易·繫辭下》：「尺蠖之屈，以求信也；龍蛇之蟄，以存身也。」方孝孺《書夷山稿序後》：「人之窮達，在心志之屈伸，不在貴賤貧富。」

章處士像贊

有鳩者杖〔一〕，有鶴者裾〔二〕。雲谷風溪，以游以居。葛天氏之民歟〔三〕，抑荷篠、接輿之徒歟〔四〕！

【題解】

章處士，元末明初定海雅流，詳見本書卷十七《挽章處士》。

【箋注】

〔一〕鳩杖：頂端刻有鳩形之杖，古代用以賞賜年老者。《藝文類聚》卷九十二《鳥部下·鳩》：

「《風俗通》曰：『俗説高祖與項羽戰，敗於京索，遁叢薄中，羽追求之。時鳩正鳴其上，追者以鳥在無人，遂得脱。及即位，異此鳥，故作鳩杖，以賜老者。』」《後漢書·禮儀中》：「年始七十者，授之以王杖，餔之糜粥。八十九十禮有加賜。王杖長九尺，端以鳩鳥爲飾。鳩者，不噎之鳥也。欲老人不噎。」

〔二〕鶴裾：前襟繡鶴衣服，長壽隱士所服。楊萬里《誠齋集》卷九十八《寫真贊》：「王時可命敏叔寫予真，題其上云：『髹巾鶴裾，山澤之臞。汝荷簣之徒歟，抑接輿之徒歟？』」

〔三〕葛天氏：遠古帝號，參見《史記》司馬貞補撰《三皇本紀》。

〔四〕荷篠：常作荷蓧丈人，參看卷十六《龜毛廬》。接輿：春秋楚國隱士，詳見卷十五《感懷十九首》。

夏祥甫像贊

猗歟夏君〔一〕，克儉克勤，克昌於家，克厚於倫〔二〕。謂我弟兄，一氣之分〔三〕，如彼手與足，豈伊異人？我居既同，我財亦均，一家之内，孝友如春。帝曰爾民，爲我國鳳麟，乃降旌書，於海之濱。既表爾門，仍復爾身〔四〕，履張蹈陳〔五〕，永世有聞。

【題解】

夏祥甫，生平不詳。按卷二十三《真逸處士夏君墓誌銘》與《玄逸處士夏君墓誌銘并序》及本贊「孝友」「降旌書」「海之濱」諸語，夏祥甫疑爲真逸、玄逸處士昆弟。

【箋注】

〔一〕猗歟：歎詞，表示贊美，或作猗與。《詩經·周頌·潛》：「猗與漆沮，潛有多魚。」鄭玄《箋》：「猗與，歎美之言也。」

〔二〕倫：人倫。《孟子·滕文公上》：「使契爲司徒，教以人倫：父子有親，君臣有義，夫婦有別，長幼有序，朋友有信。」

〔三〕一氣：構成萬物之基本要素，此特指父母。王充《論衡·齊世》：「一天一地，并生萬物。萬物之生，俱得一氣。」沈周《荆花春意圖》：「兄弟原從一氣生，荆亦同根復同枝。」

〔四〕復：免除賦税或勞役。《荀子·議兵》：「中試，則復其户，利其田宅。」

〔五〕張陳：唐朝張公藝與五代宋初陳兢家，俱見卷十四《止軒居士金君墓誌銘》。

梅石處士趙先生像贊

峨冠褒衣，鮐背厖眉〔一〕，飭以躬也〔二〕。春陽其煦，秋霜其厲，正以容也。行修①

於身，譽著乎人，道之充也。不榮以禄，惟裕以福，德之鍾也〔三〕。睹是丹青，猶有典刑〔四〕，爲士者之雄也。

【題解】

趙先生名必俊，字用章，號梅石處士，趙宋後裔，戴九靈岳父，參看卷二十三《祭外舅趙處士文》。長子趙良本，號太初子，見本卷《趙太初像贊》、卷二十三《祭趙立道文》、卷二十五《哭趙太初》。叔子趙良仁，見卷十《丹溪翁傳》。季子趙良賢，見本卷《趙太素像贊》《太素説》、卷二十三《明故太素處士趙君墓誌銘》。仲女，適戴九靈，見卷十五《客中寫懷六首·寄婦》、卷二十九《祭亡妻趙氏夫人文》。冢婦戴如玉，見卷八《趙母詩》、卷十五《客中寫懷六首·念姊》、本卷《趙母戴氏真贊》、卷二十三《祭先姊趙安人文》、卷二十九《趙君夫人戴氏墓誌銘》。孫趙友亨，見卷四《題樗庵像贊》、卷二十六《樗庵箴》。孫趙友同，見卷三十《故九靈先生戴公墓誌銘》。外孫樓楨，見卷七《志樓楨殯記》。外孫女戴鳳，見卷二十三《亡女張孺人戴氏墓碣銘并序》。

《民國浦陽趙氏宗譜》卷二揭汯《故梅石處士趙先生墓誌銘》：「梅石處士趙先生卒且葬，其孤良本致書於豫章揭汯，徵文以銘其墓。汯之先文安公居翰林時，先生遊京師，實納交焉。及汯以工部郎故應召過浙上，又獲與先生之婿淮南提學戴君良遊，則汯視先生猶父執友也……先生儀狀清古，美鬚髯，性警敏而負奇見。終日凝然，恒若有所思慮，然曠達自遂，不以俗爲事。性嗜遊樂，聞佳山水，雖遠在千里外，必杖屨往觀。嘗東登鷹巖，西上廬阜，北走燕趙之郊，遇前代廢墟昔賢古迹，輒感奮思羨，掀髯長嘯，莫能窺其涯涘者。其遊京師，主集賢大學士館，吴公直方數延入道濟堂，會相脱脱訪以文墨事，法書名畫多所題識，由是聲稱藉藉。諸公貴人交相薦引，先生悉謝曰：『吾聞燕趙多奇士，庶往見之，豈齷齪求官比耶？』竟拂衣南還。集賢院聞而高之，謂先生之清介有似梅與石，故其署號曰梅石處士。朝之名士，自歐陽文忠公、黄文獻公而下，咸爲序文歌詩以餞。先生自幼至老，讀書不輟。年逾八十，猶挾册照燈影，張目縱觀。爲詩詞，沖浚淵永，有唐人思；而字畫之遒媚絶類，鮮與齊驅。平居好修潔，衣冠非古制不御，飲食非精鑿不食，士非賢不交。鄉邦之中，獨翰林待制柳貫朝夕過從，甚相款洽。他以善行善政聞於時者，先生視之，藐如也……子男四人：長即請銘者，有學行；次曰良貴，早亡；曰良仁，善醫；曰良賢，好道家言。女三人，俱有婦德：長適樓偲，次適戴良，次適周晏。孫男七人：友亨、友頤、友鍾、友鏜、友泰、友佑、友同。孫女五。」

《民國浦陽趙氏宗譜》卷二金華胡翰《梅石處士像贊》：「翩翩公子之遺風，犖犖江湖之奇氣。赫赫者有所不趨，栖栖者有所不棄。徜徉乎梅石之間，而不知老之將至。」又，眉山蘇伯衡《梅石處士像贊》：「質之粹而學之不替，運之去而家之克世。莫窺其際者，深遠之慮；莫攖其鋭者，邁往之氣。有梅石足以娱情，而不必於處，初非自肆；有宰相爲之知己，而不必於仕，夫豈不遇？噫，其殆所謂不辱其身，不降其志者歟！」又，永嘉張士謂《梅石處士像贊》：「商山遺逸，洛社耆英。

保名節泰山之重，視勢力鴻毛之輕。勵梅石之清介，縱丘壑之閑情。想夫過滄州而歷元圃，遊玩乎芙蓉之城。」

【校勘】

①修：乾隆本作「備」。

【箋注】

〔一〕鮐背：老人背上生斑如鮐魚之紋，泛指高壽。《爾雅・釋詁上》：「鮐背、耇老，壽也。」厖眉：花白眉毛；厖，雜亂。王褒《四子講德論》：「厖眉耇耇之老，咸愛惜朝夕，願濟須臾。」

〔二〕飭：整治，修飾。以：其。《古書虚字集釋》卷一《以》：「『以』猶『其』也……《論衡・逢遇篇》：『才高行潔，不可保以必尊貴；能薄操濁，不可保以必卑賤。』《命禄篇》：『是故才高行厚，未必保其必富貴；智寡德薄，未可信其必貧賤。』文例同此。」

〔三〕裕：寬容。《廣雅・釋詁四》：「裕，容也。」

〔四〕典刑：典範，模範；刑，通「型」。文天祥《正氣歌》：「哲人日已遠，典刑在宿昔。」

趙太初像贊

有粹其容，有迪其道〔一〕。志慕羲農〔二〕，學原黄老〔三〕。弊衣糲食，四十星霜〔四〕。

氣清色澤，神夷體康。遊心太初，煉形大化〔五〕。混沌鴻濛〔六〕，作我廬舍。忿世之濁，去而上翀〔七〕。俾爾孫子，晤瞻沖風〔八〕。

【題解】

趙太初，諱良本，字立道，戴九靈内兄，早從朱丹溪學醫，後慕道家而深造有得，詳見卷二十三《祭趙立道文》。

《民國浦陽趙氏宗譜》卷二胡翰《太初子像贊》：「人方立異而尚同，吾獨潛身於膠轕之中；人方嗜甘之飲醲，吾獨棲神於澹泊之宫：是謂太初子。蓋不待遊汗漫超鴻濛，固已觀乎有物之始，入乎無窮之門，法自然以爲宗。」又，蘇伯衡《太初子像贊》：「涉獵百氏，咀其華英，嘯傲一室，葆其清明。秕糠斯世而物莫之攖，恬淡自足而神爲之凝。遊乎衆有之表，夷〔乎〕（坦）〔怛〕化之際。夫是之謂太初子先生。」又，宋濂《太初子像贊》：「據乎會以探其邃，處乎和而兼於介。行高而不戾於時，迹奇而不流於怪。其生也，恒葆神以自全；其殁也，寧隨物以俱壞？此殆與道翱翔而曠視一世者耶！」

《乾隆浦江縣志》卷十二《方技·趙良本》：「良本從學吴萊，通經史大略，不喜專精章句。有得於心，輒見於行事。妹歸樓氏，喪夫，二子楨、楠幼弱，樓族利其貲，欲以計奪之。楨愬官，未報夭死，長老有閔是婦子者，爲言於縣。縣擇可托孤者，皆曰『莫賢於良本』。縣籍其貲貝土田，符令主之。良本視孤甥如己子。既長，授以其籍，絲髮無所私。柳貫命從朱震亨遊。震亨儒者，兼通醫術，嚴毅，不許可庸俗士，獨喜良本，盡以術授之。良本曰：『吾欲及物而患無其道，今得之矣。』遂發其術活病者。窶人來問藥，與畢揮去不受價。某御史聞薦於朝，授以醫學正，不就。顧子友(昌)〔亨〕且長，遂以家事屬之。闢一室以居，自號太初子，研摩養生之説，朝夕粥一器，不御醯鹽蔬蓏，盛暑不舉箑，烈寒不附火。逾三十年，鬚髮不少變。人望之，以爲真神仙人，而良本亦若有所自得，人莫測也。忽一日曰：『明日良，吾將歸矣。』取筆與簡，預書斂葬儀。至日晨興正坐，啜一食，斂手瞑目，撼之則逝矣。時洪武六年二月，其壽七十。」

《乾隆浦江縣志》卷二十《拾遺》：「《古今醫統》載軒岐以來名醫百餘人，浦有二焉：一元時國醫趙良本，著《醫學宗旨》《金匱衍義》傳世；一明初院使戴原禮，嘗言醫道一壞於開元，再壞於大觀，弊在執局方耳。渠所著書，發明《内經》之學。」按《姑蘇志》，撰《醫學宗旨》《金匱衍義》者，乃自婺州浦江北遊吴中之趙良仁，此處誤移仲弟趙良仁醫學造詣於其長兄趙良本身上，失之粗疏。《姑蘇志》卷八十六《趙良仁》：「趙良仁，字以德，其先於宋有屬籍。良仁少試吏憲司，即棄去，從丹溪朱彦修學醫，治療多有奇效，名動浙西東，所著《醫學宗旨》《金匱方衍義》并《丹溪藥要》等書。張氏據吴，良仁挈家去浙。後復來吴，占籍長洲，以高壽終。子友同自有傳。」

童冀《尚絅齋集》卷二《趙立道傳》：「趙立道者，故宋宗室諸孫也。家素饒於財，立道幼即簡静寡欲，居常弗御酒肉。年四十復屏去醯醬甘脆之味，日啖饘粥兩杯。盛暑未嘗揮箑，不澡沐者亦三十年。客至輒促席清談，或終日忘食，晏如也。予間至浦陽，嘗造其居，立道時年幾七十矣，雖攻苦食淡，風神秀拔，氣貌腴澤，予甚異焉。嘗聞空山窮谷中，其人食淡寡欲，壽有至百數十歲者，然皆山澤之臞，立道豈所謂義勝而肥者耶？贊曰：老子有言，五味令人口爽，世之嗜甘腊而獲酖毒者多矣。聞立道好神仙，則道之出口，淡乎其無味者，立道其有得於是乎非耶？」

【箋注】

〔一〕有：能。《古書虛字集釋》卷二《有》：「『有』猶『能』也。《墨子・天志篇》：『處人之家，不戒之慎之，而有處人之國者乎？』《左傳・文七年》：『先人有奪人之心。』」迪：遵循。

〔二〕羲農：伏羲氏與神農氏，傳説中遠古帝王。伏羲氏畫八卦，造書契，教民漁獵畜牧；神農氏，常曰炎帝，教人耕種，辨百草以施醫藥，設闤闠以勵貿易，演八卦爲六十四卦。詳見《史記》司馬貞補撰《三皇本紀》。

〔三〕黄老：此指黄帝與老子所創道家學説。《抱朴子内篇》卷一二《辯問第十二》：「且夫俗所謂聖人者，皆治世之聖人，非得道之聖人。得道之聖人，則黄老是也；治世之聖人，則周孔是也。」黄：黄帝，姓公孫，名軒轅；神農氏衰，諸侯混戰，百姓淪於水火，軒轅舉兵戡亂，諸侯賓服，天下大安；有土德之瑞，順天時，播五穀，聚百物，竭智盡力以利蒼生，故曰黄帝。詳見《史記》卷一《五帝本紀》。老子：參見卷三《送胡煉師還山》。

〔四〕星霜：代歲月，以星一年一周轉，霜每年因時而降。

〔五〕太初：大道之本源。《莊子·知北遊》：「外不觀乎宇宙，内不知乎太初。」成玄英《疏》：「太初，道本也。」大化：人生大變。《列子·天瑞》：「人自生至終，大化有四：嬰孩也，少壯也，老耄也，死亡也。」

〔六〕混沌：天地未分時朦朧渺茫狀態。鴻濛：或作鴻蒙，宇宙形成前虚空混沌狀態。《莊子·在宥》：「雲將東遊，過扶摇之枝，而適遭鴻蒙。」成玄英《疏》：「鴻蒙，元氣也。」

〔七〕翀：直上。

〔八〕晤瞻：察看。沖風：謙虚高風；沖，謙虚。《老子》四十五章：「大盈若沖，其用不窮。」

趙母戴氏真贊

翼翼戴宗，積慶自躬〔一〕，誕生淑女，于趙之從。髮髢峨峨，副笄童童①〔二〕，居兩族間，有德有容。其德伊何？孝敬是持，父母舅姑，悉由此推。乃揚婦則，乃慎母儀，曰子曰孫，咸仰惠慈。恩隆義篤，燕及姻族，有呱者孩，曾不異鞠〔三〕。爰暨下人，悉資愛育，寒不泣襦，飢不號粟〔四〕。行既孔仁，復粹而淳，慮不越閫〔五〕，聲不聞鄰。内安恭順，外絶忿嗔，黨里是賢，況其嗣人。賢而克壽，蓋自天佑，爰肖容儀，以貽厥後。

弟述贊辭，庶幾不朽，於千百年，媲彼軻母〔六〕。

【題解】

戴氏，名如玉，戴九靈長姊，適縣邑趙良本，故曰趙母，詳見卷二十九《趙君夫人戴氏墓誌銘》。

真，肖像；真贊，像贊。

【校勘】

① 童童：乾隆本作「僮僮」。

【箋注】

〔一〕翼翼：恭敬謹慎貌。《詩經·大雅·大明》：「惟此文王，小心翼翼。」鄭玄《箋》：「小心翼翼，恭慎貌。」積慶：行善積福。《易·坤·文言》：「積善之家，必有餘慶；積不善之家，必有餘殃。」

〔二〕髮髢：假髻。副笄：貴族婦女頭飾；編髮爲假髻稱副，假髻上所插簪稱笄。《詩經·鄘風·君子偕老》：「君子偕老，副笄六珈。」童童：繁盛貌。《三國志》卷三十二《蜀書二·先主備》：「有桑樹高五尺餘，遥望見童童如小車蓋。」

〔三〕燕：親近。賈誼《新書·保傅》：「於是爲置三少，皆上大夫也，曰少保、少傅、少師，是與太子燕者也。」鞠：撫養。卷二十九《趙君夫人戴氏墓誌銘》：「夫弟之子，早失怙；樓氏甥有家難。夫人皆子蓄之，雜己子中，無異恩。」

〔四〕爰：以，承接連詞。《廣釋詞》卷二《爰—以》：「『爰』猶『以』，承接連詞，訓見《古書虛字集釋》。曹丕《黎陽作》：『在昔周武，爰暨公旦。』『爰暨』，以及也。」資：提供，給予。襦：短襖。蘇軾《喜雨亭記》：「使天而雨珠，寒者不得以爲襦；使天而雨玉，飢者不得以爲粟。」

〔五〕閫：閨房，字或作梱。《禮記·曲禮上》：「外言不入於梱，内言不出於梱。」鄭玄《注》：「外言内言，男女之職也。不出入者，不以相問也。」孔穎達《正義》：「男職在於官政，不得令婦人預之；女職謂織紝，男子不得濫預。」《列女傳》卷一《母儀傳·鄒孟軻母》：「孟母曰：『夫婦人之禮，精五飯，冪酒漿，養舅姑，縫衣裳而已矣。故有閨内之修，而無境外之志。』」

〔六〕軻母：亞聖孟子母親。《列女傳》卷一《母儀傳·鄒孟軻母》：「鄒孟軻之母也，號孟母。其舍近墓。孟子之少也，嬉遊爲墓間之事，踴躍築埋。孟母曰：『此非吾所以居處子。』乃去，舍市傍。其嬉戲爲賈人炫賣之事。孟母又曰：『此非吾所以居處子也。』復徙，舍學宫之傍。其嬉遊乃設俎豆揖讓進退。孟母曰：『真可以居吾子矣。』遂居。及孟子長，學六藝，卒成大儒之名……孟子之少也，既學而歸，孟母方績，問曰：『學何所至矣？』孟子曰：『自若也。』孟母以刀斷其織。孟子懼而問其故，孟母曰：『子之廢學，若吾斷斯織也。夫君子學以立名，問則廣知。是以居則安寧，動則遠害。今而廢之，是不免於廝役，而無以離於禍患也。何以異於織績而食，中道廢而不爲，寧能衣其夫子而長不乏糧食哉！女則廢其所食，男則墮於修德，不爲竊盜，則爲虜役矣。』孟子懼，旦夕勤學不息，師事子思，遂成天下之名儒。君子謂孟母知爲人母之道矣。」

羅氏五老贊

於惟羅君，天錫壽耇〔一〕。有年有德，五老之首。化行同氣，澤被後昆〔二〕。龍光下燭，爛其盈門〔三〕。

於惟羅君，世之列仙。厖眉鶴髮，弟後兄先。堂靄春風〔四〕，門霑恩雨。凡爾後人，永蹈遺矩。

於惟羅君，貌則孔癯。實肥於義，德與齒俱。既和同生，亦鍾令子〔五〕。洛社之榮，庶其在此〔六〕。

於惟羅君，既富而壽。亦篤友恭，其德克懋〔七〕。廣顙長身，幅巾深衣〔八〕。望之儼然，咸仰令儀。

於惟羅君，實惟季氏。昔也孤髫〔九〕，今焉暮齒。施政孝友，式纘聖謨〔一〇〕。茫茫海隅，用敦薄夫〔一一〕。

【題解】

此詩次第贊頌元代四明羅氏五老，伯曰世華，仲曰世英，叔曰弘惠，季曰天錫，少曰世昌。詳見卷十五《題羅氏五老圖樂府三解》。

【箋注】

〔一〕錫：通「賜」。壽耇：長壽，年老者。《尚書・召誥》：「今沖子嗣，則無遺壽耇。」

〔二〕同氣：同胞兄妹。鮑照《請假啓》：「臣實百罹，孤苦風雨，天倫同氣，實惟一妹。」後昆：後嗣，子孫。《尚書・仲虺之誥》：「垂裕後昆。」

〔三〕《廣雅・釋言》：「龍，寵也。」《詩經・小雅・蓼蕭》：「既見君子，爲龍爲光。」朱熹《詩集傳》：「龍，寵也。爲龍爲光，喜其德之詞也。」爛其：燦爛光輝貌；其，然。《古書虛字集釋》卷五《其》：「『其』猶『然』也。一爲狀事之詞。《詩・小戎篇》：『温其如玉。』《韓奕篇》：『爛其盈門。』」

〔四〕靄：靄靄，盛大貌。卷二十《春風堂記》：「四明羅處士家有春風之堂……春風者何？仁焉而已爾。」

〔五〕鍾：賦予。《正字通・金部・鍾》：「天所賦予亦曰鍾。」

〔六〕洛社：北宋文彦博與富弼、司馬光等十三人共結洛陽耆英會以飲酒賦詩談玄論道。《宋史》卷三百一十三《文彦博》：「與富弼、司馬光等十三人，用白居易九老會故事，置酒賦詩相樂，序齒不序官。爲堂，繪像其中，謂之洛陽耆英會。好事者莫不慕之。」

〔七〕友恭：兄待弟友愛，弟待兄恭敬。懋：盛美。《尚書·大禹謨》：「予懋乃德，嘉乃丕績。」

〔八〕幅巾：用整幅細絹所製頭巾。深衣：見卷二十一《深衣圖考序》。《兩宋名賢小集》卷三十四《晏如堂詩》：「幅巾深衣端可畫，每嗟伯時何在無人圖。」

〔九〕孤髫：孤兒；髫，兒童下垂頭髮，常代兒童；羅母去世時，季子世昌僅周歲，詳見卷二十三《元故沖玄處士羅君墓誌銘》。

〔一〇〕施政孝友：近指家政以孝友爲本；遠指家與國一體，以孝友持家有政治意義。纘：繼承。聖謨：聖人大道。《論語·爲政篇第二》：「或謂孔子曰：『子奚不爲政？』子曰：『《書》云：孝乎惟孝，友于兄弟。施於有政，是亦爲政，奚其爲爲政？』」

〔一一〕《孟子·萬章下》：「故聞柳下惠之風者，鄙夫寬，薄夫敦。」

蟄居生贊

郁乎其文，美乎其容；粹如白璧，穆若清風〔一〕。四明文學，不足以啓其武〔二〕；三山儒臺〔三〕，曷足以大其蹤！噫，此蓋治世之元龜，亂世之卧龍〔四〕。豈宜長居於九野，久蟄於三冬也耶〔五〕？

【題解】

蟄居，隱逸以格致，晦迹以正誠，孜孜然唯進修是急，衎衎焉俟機以兼濟。《周易大傳·繫辭下》：「日往則月來，月往則日來，日月相推而明生焉。寒往則暑來，暑往則寒來，寒暑相推而歲成焉。往者屈也，來者信也，屈信相感而利生焉。尺蠖之屈，以求信也；龍蛇之蟄，以存身也。」贊云「四明文學」「三山儒臺」，則蟄居生或爲江西永新龍雲從，嘗官福建儒學副提舉，後遷居四明慈溪，參見卷二十一《東山賞梅詩序》。

【箋注】

〔一〕郁：通「彧」，盛美，文采斐然。穆：温和。《詩經·大雅·烝民》：「吉甫作誦，穆如清風。」

〔二〕文學：文獻經典。《漢書》卷六《武帝紀》：「選豪俊，講文學。」武：半步，泛指腳步。《國語·周語下》：「夫目之察度也，不過步武尺寸之間。」

〔三〕三山：福州別稱，詳見卷十六《貢尚書新祠六詠》。儒臺：此指元時儒學提舉司。

〔四〕元龜：古時用於占卜之大龜，喻可資借鑑之準繩。《三國志》卷四十七《吴書·吴主傳第二》：「近漢高祖受命之初，分裂膏腴以王八姓，斯則前世之懿事，後王之元龜也。」卧龍：潛藏隱逸之卓越人才。《晉書》卷四十九《嵇康》：「(鍾會)言於文帝曰：『嵇康，卧龍也，不可起，公無憂天下，顧以嵇康爲慮耳。』」

〔五〕九野：九州田野。《後漢書》卷二十八下《馮衍》：「疆理九野，經營五山。」李賢《注》：「九野，謂九州之野。」

劉貞逸像贊

有倬劉公，克孝而敬，縱覽群言，以充其行〔一〕。謂當盛際，歸忠於君；顧斂猷爲，作世隱淪〔二〕。載烈垂①休〔三〕，實昌厥後。象笏朱衣〔四〕，曰兒宜受。亦既有子，而又有孫。我瞻遺像，永媿德門。

【題解】

劉貞逸，錢塘劉天祐，貞逸蓋其號也，戴九靈至交劉中祖父，詳見卷二十三《元江浙行樞密院都事劉君墓誌銘》。

【校勘】

① 垂：底本作「郵」，据乾隆本改。

【箋注】

〔一〕《大戴禮記·文王官人》：「素動人以言。」王聘珍《解詁》：「言，謂文辭。」《廣韻·東韻》：「充，美也。」

〔二〕猷爲：謀劃立功。《宋史》卷十三《英宗》：「既爲皇子，愼静恭默，無所猷爲，而天下陰知其有聖德。」

〔三〕載烈：成就功業；載，成就。《國語·周語上》：「夫利，百物之所生也，天地之所載也。」韋昭《注》：「載，成也。地受天氣，以成百物也。」垂休：留傳福慶。

〔四〕象笏：達官朝見君主時所執象牙手板。朱衣：大紅色官服。元稹《酬樂天喜鄰郡》：「蹇驢瘦馬塵中伴，紫綬朱衣夢裏身。」

李仲賓像贊

肅肅霜臺，正百司也〔一〕。其綱一舉，萬目隨也〔二〕。誰其履之？天子毗也〔三〕。亦有賓贊，輔德威也〔四〕。彼美李君，何頎頎也〔五〕！貌則孔莊，心其夷也。蹂强翼弱，名四馳也。群奸所嫉，善類歸也。食元之禄，既有爲也。服必時制，矢靡移也〔六〕。式觀斯像，俾我祇也〔七〕。起爲之贊，匪溢辭也〔八〕。

【題解】

李仲賓，名衎，元集賢大學士，嘗奉詔録囚江南，善畫竹石，自成一家。蘇天爵《滋溪文稿》卷十《故集賢大學士光禄大夫李文簡公神道碑》：「明年，公請致仕，上不允。尋又以爲言，上曰：『仲賓舊人，宣力有年，不可令去禁近。』超拜集賢大學士榮禄大夫……公諱衎，字仲賓也，世爲燕人……明年，公請補外，除同知嘉興路總管府事，再遷婺州，佐兩郡凡十年。時天下無事，年穀豐穰，法制寬簡，士大夫亦多樂外官。公操韻高潔，又喜吴越風土，所在興學訓士，暇則自放山水間，蓋隱然承平官，府之舊民亦悦其安静之化焉。公有吏能，嘗奉詔録囚江南，或疑不能決者，公得其情，多所平反。常州學田萬畝，僧冒種三之一，公言行省，復歸諸士。」

《竹譜十卷・四庫全書提要》：「《竹譜十卷》，元李衎撰。衎字仲賓，號息齋，薊丘人。皇慶元年爲禮部尚書，拜集賢大學士，謚文簡。蘇天爵《滋溪集》有衎墓誌，稱其翰墨餘暇，善圖古木竹石，有王維、文同之高致。《續宏簡録》曰：『李衎少時見人畫竹，從旁窺其筆法，始若可喜，旋覺不類，輒歎息舍去。後從黄華子澹遊學，已觀華所畫墨迹，又迥然不同，乃復棄去。至元初來錢塘，得文同一幅，欣然願慰。自後一意師之，兼善畫竹法加青緑設色。後使交趾，深入竹鄉，於竹之形色情狀辨析精到。作《畫竹》《墨竹》二譜，凡黏幀礬絹之法悉備。』……其書廣引繁徵，頗稱淹雅。

録而存之，非惟游藝之一端，抑亦博物之一助矣。」

【箋注】

〔一〕霜臺：御史臺别稱，據戴表元詩，李衎曾授肅政廉訪使。《戴表元集·剡源佚詩》卷三《秋仲賓廉訪初至越相招以三詩贊往秋時兼蒞明州未至》其一：「江海蕭疏地，風霜峭峻天。儒謡丹筆外，野色繡衣前。驥出看空櫪，鴻驚聽絶弦。清時有涇渭，書硯莫輕捐。」

〔二〕綱：漁網總繩，比喻大綱要領。目：漁網孔眼，比喻條目。《吕氏春秋·用民》：「一引其綱，萬目皆張。」

〔三〕毗：輔助。《尚書·微子之命》：「永綏厥位，毗予一人。」

〔四〕賓贊：幕僚。韓愈《鄆州溪堂詩》：「公暨賓贊，稽經諏律，施用不差，人用不屈。」

〔五〕頎頎：長貌。《詩經·衛風·碩人》：「碩人其頎。」

〔六〕時制：當時制度。矢：通「誓」，發誓。

〔七〕祇：恭敬。《尚書·金縢》：「四方之民，罔不祇畏。」

〔八〕《莊子·人間世》：「夫兩喜必多溢美之言，兩怒必多溢惡之言。」

陳文昭監丞像贊

侯以文儒，施政海隅，人孰似之？曰召曰杜，爲母爲父，侯實以之〔一〕。蓋於治民，去其敗群，餘悉子之〔二〕。彼或其訛，我戈是荷〔三〕，四國倚之。一忤强藩，十載海山，時竟使之〔四〕。朝嘉乃績，好爵屢錫，卒莫起之〔五〕。圖像如生，觀厥所行，誰不韙之！後有董筆〔六〕，詢名考實，尚其紀之。

【題解】

陳麟，字文昭，温州人，以進士授慈溪縣尹，世人目之以慈溪第一循吏，後擢中順大夫、秘書監丞，詳見卷二十三《元中順大夫秘書監丞陳君墓誌銘》。

《雍正慈溪縣志》卷三《名宦列傳·陳麟》：「字文昭，永嘉人。少貧窶爲吏，年二十始刻志讀書，登至正甲午進士，爲慈令。撫摩窮困，斥逐豪强，民被其惠。時邁里古思在越，禿堅帖木兒在餘姚，皆有能名，稱浙東三傑。僧法匡交結臺省，麟以事置之法。御史大夫納璘改置南行臺於越，其子安安與僧交。視篆初，即遣其徒訴冤，逮麟甚急。麟揚言曰：『臺官，天子耳目，天下事多有可理者，今江南諸道大半淪喪，宜思振臺綱肅風紀，何獨注意於釋氏耶？』納璘愧而止。方國珍據慶元開府，威勢日熾，屬邑皆承奉恐後，麟獨與抗。國珍執之，欲殺不果，羈縻於岱山上，尋又遷置城中。朝命屢遷，至中順大夫秘書丞，以道阻不能赴。」

【箋注】

〔一〕召：西漢循吏召信臣，拜南陽太守，興修水利，勸勉稼穡，農田歲添，多至三萬頃，民享其利，蓄積有餘。遠近百姓絡繹奔赴，户口倍增，盜賊獄訟幾熄。吏民親愛信臣，號之曰召父。詳見《漢書》卷八十九《召信臣》。杜：東漢南陽太守杜詩，清廉愛民，誅暴立威，造水排以鑄農具，用力少而功效大；疏浚陂池，廣墾農田，一郡家給户足；時人擬之以召信臣，曰：「前有召父，後有杜母。」詳見《後漢書》卷三十一《杜詩》。

〔二〕子：愛護。《戰國策・秦策一》：「子元元。」高誘《注》：「子，愛也。」

〔三〕訛：詐僞。劉峻《廣絶交論》：「逮叔世民訛。」李善《注》引鄭玄曰：「訛，僞也。」戈是荷：荷戈，此指訓練民團。《詩經・曹風・候人》：「彼候人兮，何戈與祋。」

〔四〕强藩：台州黄巖方國珍，元末盤踞浙東沿海。海山：元昌國州岱山。

〔五〕錫：通「賜」。起：起用。

〔六〕董筆：春秋晉國史官董狐直書晉卿趙盾弒君劣迹，後遂稱不隱惡不溢美之史家筆墨爲董筆，詳見卷八《吴中追哭胡古愚博士》。

九靈自贊

識字不如楊子雲，摛辭不似沈休文。胡爲而有沈之瘦〔一〕？胡爲而有楊之貧〔二〕？觀汝之生，盍視汝真！以不死不活之眼，而欲覽八詠之風致；以半飢半飽之腹，而欲吐四賦之清新〔三〕。此所以亂叔敖於優孟〔四〕，辱中郎於虎賁也乎〔五〕！若乃處榮辱而不二，齊出處於一致，歌《黍離》《麥秀》之音〔六〕，詠剩水殘山之句，則於二子，蓋庶幾乎無愧！

【題解】

戴九靈效忠元朝，百折不回；避禍四明，念念故國。斯贊藴肝膽於謙卑，抱孤忠以自守。

【箋注】

〔一〕沈休文：沈約，字休文，南朝名士重臣，參見卷一《和沈休文雙溪八詠》。《南史》卷五十七《沈約》：「既而流寓孤貧，篤志好學，晝夜不釋卷。母恐其以勞生疾，常遣減油滅火。而晝之所讀，夜輒誦之，遂博通群籍，善屬文……初，約久處端揆，有志臺司，論者咸謂爲宜，而帝終不用。乃求外出，又不見許。與徐勉素善，遂以書陳情於勉，言己老病：『百日數旬，革帶常應移孔；以手握臂，率計月小半分。欲謝事，求歸老之秩』。」

〔二〕楊：楊雄，字子雲，西漢傑出學者；《漢書》作「揚雄」，《文選》作「楊雄」，未審其詳；參見卷四《上蘇伯修參政書》。《漢書》卷八十七《揚雄傳》：「雄少而好學，不爲章句，訓詁通而已，博覽無所不見……家素貧，耆酒，人希至其門。時有好事者載酒肴從遊學，而巨鹿侯芭常從雄居，受其《太玄》《法言》焉。」

〔三〕宋王應麟《小學紺珠》卷四《藝文類·四賦》：「《甘泉》《河東》《校獵》《長楊》：揚雄作四賦。」

〔四〕孫叔敖：春秋時楚莊王賢相，盡忠竭智以治楚，楚王得以霸，詳見《史記》卷一百一十九《循吏列傳》。優孟：春秋楚莊王時藝人，嘗模仿孫叔敖以解除孫叔敖嗣子困境，詳見《史記》卷一百二十六《滑稽列傳》。

〔五〕中郎：漢末名士蔡邕，拜左中郎將；好辭章、數術、天文，妙操音律。嘗書六經於石碑，募工鐫刻，立太學外，後儒晚學咸以爲法式。詳見《後漢書》卷六十下《蔡邕列傳》。虎賁：漢末孔融麾下酷似蔡邕之勇士。《後漢書》卷七十《孔融》：「邕卒後，有虎賁士貌類於邕，融每酒酣，引與同坐，曰：『雖無老成人，且有典刑。』」

〔六〕黍離：《詩經》篇名，周時藎臣哀歎國家衰微之作。麥秀：商朝箕子痛悼故國之歌。二者俱見卷十七《哭揭秘監三十四韻》。

趙太素像贊

髽兩髻而不言，孰知其玄〔一〕？幻凡質以爲仙，孰知其然？惟天者全，是以能永年，是蓋得夫一氣之先〔二〕。

【題解】

趙良賢，字思復，晚號太素子，戴九靈内弟，詳見卷二十三《明故太素處士趙君墓誌銘》。

【箋注】

〔一〕髽：以麻束髮爲髻。《玉篇·髟部》：「髽，以麻約髻也。」《淮南子·齊俗》：「三苗髽首。」高誘《注》：「髽，以枲束髮也。」《論語·陽貨》：「子曰：『予欲無言。』子貢曰：『子如不言，則小子何述焉？』子曰：『天何言哉？四時行焉，百物生焉，天何言哉？』」

〔二〕一氣之先：大道；一氣，構成天地萬物之基本要素，參見本卷《夏祥甫像贊》。白居易《上元日歎道文》：「道本無象，功成强名，生一氣之先，爲萬物之母。」

松風老人呂君像贊

君名復，字元膺，松風其别號也。胡仲厚氏爲寫像〔一〕，九靈山人贊之曰：

以兩眼而窺六藝之奥，以一心而究六伎①之精〔二〕。汲汲乎其成己之志，拳拳乎其濟物之誠〔三〕。得一善，有以澡身而浴德〔四〕；拔一毫，可以起死而回生。是故知之者識其爲吾儒之老成，不知者有以謂擅夫一代之醫名而已矣〔五〕。雖然，此皆得其粗而語其膚者也。彼其怡神浩劫之餘，遊心太古之初〔六〕，忌者之所不能毁，附者之所不能諛。惟嘗讀其書者，於此復睹其圖焉，然後知其老不枯賤不污，身之臞而道之腴乎〔七〕！

【題解】

吕復，晚號滄州翁，以松風名居室，故亦號松風，詳見卷二十七《滄州翁傳》。《春草齋集》卷九《松風齋銘》：「吕元膺氏以松風顔其齋居之室。或謂予曰：『子亦知元膺命齋之意乎？蓋不樂城市之喧囂，而獨慕丘壑之澹泊云爾。』余以謂：『松，植物也；風，噫氣也。其於城市丘壑奚擇哉！』故述元膺之志以銘之。銘曰：有厥身，保厥身。匪人曷群？匪教曷遵？愾彼貪夫，旨乎腥腐。譬蠕之動，莫知其故。爰正我冠，爰襜我衣。以遴所淑，惟松風是依。肆彼磅礴，莫撓其清。有如聖化，式毗我情。松維揭揭，風維激激。不參而一，入聖人之域。」

【校勘】

① 伎：乾隆本作「技」。

【箋注】

〔一〕胡仲厚：元末明初畫家，參看卷十六《胡仲厚爲予寫陋容詩以謝之》。

〔二〕六藝：儒家六經，即《詩》《書》《禮》《易》《樂》《春秋》。六伎：六微之技，稽考天人之際以療病祛疾，泛指醫道。《後漢書》卷八十二下《郭玉》：「玉少師事高，學方診六微之技，陰陽隱側之術。」姚止庵《素問經注節解》卷五《六微旨大論》：「天有六氣，人有三陰三陽，上下相應，變化於是乎生，疾病於是乎起。其旨甚微，故曰《六微旨大論》也。」《金匱要略》卷上《藏府經絡先後病脉證第一》：「五藏病各有十八，合爲九十病；人又有六微，微有十八病，合爲一百八病；五勞、七傷、六極、婦人三十六病，不在其中。」曾鞏《送劉醫博》：「臨汀劉君落落者，六伎絶偉如天資。」

〔三〕汲汲乎：急切追求貌。拳拳乎：誠摯貌。濟物：濟人。嵇康《與山巨源絶交書》：「子文無欲卿相而三登令尹，是乃君子思濟物之意也。」

〔四〕澡身浴德：摒棄雜念滋養美德。《禮記·儒行》：「儒有澡身而浴德。」孔穎達《疏》：「澡身，謂能澡潔其身不染濁也；浴德，謂沐浴於德，以德自清也。」

〔五〕老成：年高有德。《後漢書》卷四《孝和孝殤帝紀》：「今彪聰明康彊，可謂老成黄耇矣。」李賢《注》：「老成，言老而有成德也。」

〔六〕太古之初：太初，天地未分前之元氣，亦指太古時期。《列子·天瑞》：「太初者，氣之始也。」

〔七〕枯：憔悴。腴：美好。戴復古《求先人墨迹呈表兄黄季文》：「身窮道則腴，年高氣彌壯。」

錢春軒像贊

顒顒昂昂，如圭如璋〔一〕。矯迹詩書之府，策勳翰墨之場〔二〕。豈所謂朝薦公車，暮縮朝章，以飛聲於金闕，而致身於玉堂者乎〔三〕！然乃袖補天之妙手，秘醫國之奇方〔四〕，即湖山以嘯傲，弄雲泉而相羊〔五〕。是殆弁髦功利〔六〕，螻蟻侯王，如黄叔度之在漢〔七〕，賀知章之在唐也〔八〕。

【題解】

錢春軒，生平不詳，春軒殆其號。據戴九靈斯贊，錢氏乃絶代高人，懷抱利器以避囂絶塵。

【箋注】

〔一〕顒顒昂昂：嚴肅挺特貌。《詩經·大雅·卷阿》：「顒顒卬卬，如圭如璋。」朱熹《詩集傳》：「顒顒卬卬，尊嚴也；如圭如璋，純潔也。」

〔二〕矯迹：行迹高卓。陸機《吴王郎中時從梁陳作一首》：「在昔蒙嘉運，矯迹入崇賢。」策勳：記功於簡策。《後漢書》卷一下《光武帝紀下》：「夏四月，大司馬吴漢自蜀還京師，於是大饗將士，班勞策勳。」李賢《注》：「其有功者，以策書紀其勳也。」

〔三〕公車：官署名，掌管宫殿司馬門之警衛與臣民上書及徵召等事宜。朝章：朝廷印章。金闕：皇家宫殿。岑參《奉和中書賈至舍人早朝大明宫》：「金闕曉鍾開萬户，玉階仙杖擁千官。」致身：獻身，多指出仕，參見卷十七《哭揭秘監三十四韻》。玉堂：皇家宫殿。宋玉《風賦》：「然後倘佯中庭，北上玉堂，躋於羅帷，經於洞房，乃得爲大王之風也。」

〔四〕袖：藏於衣袖。補天：女媧補天，形容扭轉乾坤。《舊唐書》卷二十八《音樂一》：「高祖縮地補天，重張區宇；反魂肉骨，再造生靈。」秘：秘藏，隱藏。李白《古風五十九首》：「藥物秘海嶽，采鉛青溪濱。」

〔五〕相羊：倘徉，漫遊。《楚辭》屈原《離騷》：「折若木以拂日兮，聊逍遥以相羊。」

〔六〕弁髦：緇布冠與幼童垂於眉際之頭髮，比喻棄置無用之物。古代男子成人時行冠禮，依次加緇布冠、皮弁、爵弁，三加之後丢棄緇布冠，并剃去垂髦，理髮爲髻；參見本卷《唐林字説》。

〔七〕黄叔度：東漢高士黄憲，叔度其字也。黄憲高潔恬淡，屢辟不仕。士君子見之者，靡不服其清風遠韻，荀淑視爲師表，陳蕃自以爲弗如，郭林宗稱其「汪汪若千頃陂，澄之不清，淆之不濁，不可量也」。詳見《後漢書》卷五十三《黄憲》。

〔八〕賀知章：唐朝名士，嘗官秘書監，後隱居故鄉越州，參見卷六《送宋景濂入仙華山爲道士序》。

真逸處士像贊

我觀若人，質秉柔剛〔一〕。秋氣颯乎毛髮，春風入其肺腸〔二〕。化行閭里而至，等公侯於蠛蠓；政布家庭而直，陋功名於秕糠〔三〕。是蓋築和義以爲基，居孝友而爲鄉者也。當其弄雲泉以遊戲，即丘壑而相羊，但見清卻松林之風，華奪雲錦之裳〔四〕，而不知澤被民物，光焕朝章者〔五〕，殆各夢而同床也耶！

【題解】

貞逸處士，元慶元路定海縣夏榮顯，字仲和，其事詳見卷二十三《真逸處士夏君墓誌銘》。

【箋注】

〔一〕質：本性。《楚辭》屈原《九章・惜頌》：「恐情質之不信兮，故重著以自明。」王逸《注》：

「質，性也。」

〔二〕颯：凋零，衰朽。謝朓《落日同何儀曹煦》：「一賞桂尊前，寧傷蓬鬢颯？」

〔三〕至：廣大。《戰國策・秦策一》：「商君治秦，法令至行。」高誘《注》：「至，猶大也。」於：如。《古書虛字集釋》卷一《於》：「『於』猶『如』也。一爲『如似』之義。《易・繫辭傳》：『《易》曰介於石，不終日，貞吉。介如石焉，寧用終日？斷可識矣。』《白虎通・諫諍篇》引『介於石』作『介如石』。」

〔四〕華：光彩，光華。《淮南子・墬形訓》：「末有十日，其華下照地。」雲錦：有雲紋圖案之絲織品。

〔五〕朝章：朝廷典章。

菊村先生袁君像贊

體貌之厖然〔一〕，氣宇之昂然。泛學海之汪然，倒詞源之滂然〔二〕。以爾爲儒林之隱豹耶？則嘗獻藝於省垣〔三〕；以爾爲仕途之逸驥耶〔四〕？固已放志乎雲泉矣〔五〕。嗚呼！若斯人者，是殆不忮不求，以從容於出處進退之間乎〔六〕！

【題解】

袁君士元，一名寧老，字彦章，世稱菊村先生，元鄞縣名士。祖袁鏞，宋末忠義志士，抗節不屈，凜凜然冰雪勁松，參看卷二十一《四明袁氏譜圖序》。子袁珙，精通相術，見卷十六《袁君廷玉以所藏何思敬山水圖求題爲賦長句》、卷十八《袁廷玉像贊》、卷二十七《袁廷玉傳》。

《乾隆鄞縣志》卷十三《人物·袁士元》：「一名寧老，字彦章，鏞之孫。事父母至孝，母嘗患疽發背，以口吮之，疽尋愈。郡守禮致郡庠，爲五經師者六載。淮寇陷崑山，總戎佛保遣使聘至幕府，參謀軍務。御史奥林以茂才異等薦授鄞學教諭。調西湖書院山長，改鄮山書院。擢平江路儒學教授，未上，江浙行省薦士元學行宜居館閣。承旨張翥、集賢張璘又言於執政，授翰林國史院檢閱官，以老不赴。隱城西别墅，種菊數百本，自號菊村，學者稱菊村先生。父澤民，初爲從兄衍後，士元知其禮有未安，乃言之官，復以澤民爲弟，而己爲衍後。」

《乾隆鄞縣志》卷二十四《古迹·菊村》：「在縣西二里，翰林檢閲袁士元所居，種菊數百本，因號菊村老人。」

袁忠徹《西袁氏家乘》載録危素《書林外集序》：「王文公之宰鄞，嘗以職事行野中而賦詠最多，而其遺愛又在鄞，故鄞人至今多能爲詩，袁君彦章蓋其一也。彦章示余詩百五十首，而其詞清麗可喜。然君幾四十未嘗求仕，觀其所作，往往自放於山巔水涯之間，而與山僧逸人相倡酬，以寫其風雲月露草木禽魚之趣，何其興致之高遠哉！顧國家設科目以取士，使彦章由是而致用於盛時，作爲雅頌，歌於朝廷，薦於郊廟，則彦章之學不特以明經取矣。」

陳敬宗《書林外集敘》：「菊村袁先生《書林外稿》若干卷五七言古律絶句若干首，老氣健辭，雄壯典雅，不雕不琢，出乎自然，誠一代傑作，不可多得。夫自孔子删《詩》之後，有足羽翼乎三百篇者，漢魏蘇李曹劉諸君子而已。沈謝而下，不足論也。逮至李唐，變古爲律而擅名當時者，若高適、岑參之流，不可勝數，而千載之下，獨稱李杜焉。讀其詩，粲然星漢之昭回，而蔚然煙雲之出没；巍乎嵩華之屹立，而浩乎江海之沛然。蓋由其天資高邁，學問充實，故其所發，不自知造乎其極也。先生學通五經，博極群書，仕初爲鄉縣學官，升鄮山書院山長，再升翰林國史檢閲。其爲人慷慨剛正，議論宏偉，而又輔之以學問之功，宜其製作之盛，炳蔚浩汗，直欲追蹤乎古之人也。韓子謂『本之大者末必茂，膏之沃者光必燁，仁義之人，其言藹如』，夫豈不信？」

【箋注】

〔一〕厖然：魁梧雄偉貌。《爾雅·釋詁》：「厖，大也。」

〔二〕汪然：深廣貌。詞源：無窮無盡之文辭。杜甫《醉歌行》：「詞源倒流三峽水，筆陣獨掃千人軍。」滂然：盛多貌。

〔三〕隱豹：深藏長毛以避難遠禍之豹，喻隱逸智者。劉向《列女傳》卷二《賢明傳·陶荅子妻》：「婦曰：『妾聞南山有玄豹，霧雨七日而不下食者，何也？欲以澤其毛而成文章也，故藏而遠害。犬彘不擇食以肥其身，坐而須死耳。今夫子治陶，家富國貧，君不敬，民不戴，敗亡之徵見矣。』」省垣：此指元時江浙行省。

〔四〕逸驥：善奔騏驥。杜牧《走筆送杜十三歸京》：「煙鴻上漢聲聲遠，逸驥尋雲步步高。」

〔五〕放志：任情率性。袁士元《鎮明嶺》：「一嶺坡陀鎮四明，無山無水自天成。閑看來往登瀛客，仿佛金鼇背上行。」

〔六〕忮：嫉妒。求：貪求。《詩經·邶風·雄雉》：「百爾君子，不知德行。不忮不求，何用不臧？」蕭統《陶淵明文集序》：「夫自炫自媒者，士女之醜行；不忮不求者，明達之用心。」

袁廷玉像贊

以一心而涵今古之秘，以兩目而啓天地之關。知人之所不能知，言人之所不能言〔一〕。奪造化之玄妙，定出處於機先〔二〕。既轉禍以爲福，亦化愚而爲賢。求其爲人，殆孟子所謂「胸中正，則眸子瞭焉」者歟〔三〕！

【題解】

袁廷玉，名珙，元末明初相者之翹楚，詳見卷二十七《袁廷玉傳》。

【箋注】

〔一〕《明史》卷一百四十五《姚廣孝》：「年十四，度爲僧，名道衍，字斯道。事道士席應真，得其陰陽術數之學。嘗遊嵩山寺，相者袁珙見之曰：『是何異僧！目三角，形如病虎，性必嗜殺，劉秉忠流也。』……帝在藩邸，所接皆武人，獨道衍定策起兵。及帝轉戰山東、河北，在軍三年，或旋或否，戰守機事皆決於道衍。道衍未嘗臨戰陣，然帝用兵有天下，道衍力爲多，論功以爲第一。」

〔二〕機先：事物初露苗頭。《新唐書》卷一百一十五《狄仁傑》：「此由恩不溥洽，失在機先。」

〔三〕語出《孟子·離婁上》。瞭：眼睛明亮。

南宗禪師定公像贊

雲閑水止，不足以語其道；山包海容，不足以喻其量。若乃求泡影於幻身〔一〕，寫圓光於頂相〔二〕，又豈足以擬其人而盡其狀哉！噫，此所以名飛縉紳之間，行出緇流之上，不爲物外之津梁，則爲法中之龍象矣〔三〕。然師之所至，亦豈止是而已乎！

【題解】

南宗定公，元末明初鄞縣大慈寺高僧，詳見卷二十八《大慈寺上蒙堂記》。南宗定公嘗駐錫論道句容奉聖禪寺，《宋濂全集》卷四十八《句容奉聖禪寺興造碑銘有序》：「又明年丙申，禪師遷住保寧，而懷楚津公、南宗定公先後而至，皆刻厲有爲，益其土田。當是時，大明建都江左，而浙右猶未盡平，寺當毗陵、京口之衝，騎步之兵嬰息者旁午，睹其宏敞嚴飭，戟手相戒不敢犯。」

【箋注】

〔一〕泡影：水泡和影子，形容事物虚幻不實生滅無常。《金剛經·應化非真分》：「一切有爲法，如夢幻泡影，如露亦如電，應作如是觀。」幻身：人身幻化不實，由地、水、火、風假合而成。清江《早春寄崔少府》：「宇宙成遺物，光陰促幻身。」

〔二〕圓光：佛教謂佛菩薩頭頂所放輪光。唐法琳《辨正論·十喻篇上》：「如來身長丈六，方正不傾，圓光七尺，照諸幽冥。」頂相：佛教指如來頭頂之肉髻。曾季貍《羅漢石》：「初觀頂相殊，次觀雙足現。」

〔三〕緇流：僧徒。龍象：佛家稱諸阿羅漢中修行勇猛能力最大者，後因以名高僧。李白《贈宣州靈源寺仲濬公》：「此中積龍象，獨許濬公殊。」

風光軒贊 并序

天淵禪師居二靈之風光軒，方外友戴良謹拜手稽首而述贊曰〔一〕：

聽聲以耳，觀色以目①，何有風光〔二〕，揭名於此？風出乎谷，光或在湖，各各異相，如盤走珠〔三〕。有大比丘，一笑而會，聲色不離，觀聽罔礙。于時此老，晏坐軒中，是心廓然，同太虛空〔四〕。同太虛空，非愚非慧，軒居已忘，風光亦棄。

【題解】

四明鄞縣二靈山上有二靈教寺，一代名僧天淵禪師駐錫焉。天淵禪師瀟灑出塵，攝萬象於雙眸，籠八荒於方寸，其几席之所設，一曰風光軒，一曰二靈山房，詳見卷十六《湖下對雨有懷天淵老禪》。

【校勘】

① 聽聲以耳觀色以目：乾隆本作「觀色以目聽聲以耳」。

【箋注】

〔一〕拜手：跪倒後兩手相拱，俯頭至手之跪拜禮。稽首：叩頭至地之跪拜禮。

〔二〕丁生俊《丁鶴年詩輯注·方外集·寓東湖二靈寺》：「二靈古稱山水窟，興來獨往亦一奇。扣舷時聞《小海唱》，奪卷復睹《長江詩》。月中聽鶴坐不寐，煙外盟鷗歸每遲。桃花流水儻得路，便應黄髮爲漁師。」

〔三〕相：形象。陸機《文賦》：「期窮形而盡相。」吕向《注》：「相，象也。」蘇軾《書楞伽經後》：「如醫之有《難經》，句句皆理，字字皆法，後世達者神而明之，如盤走珠，如珠走盤，無不可者。」

〔四〕晏坐：安坐，閑坐。趙翼《漁塘即事》：「茅齋小窗明，晏坐將讀《易》。」太虚空：太空。朱敦儒《鷓鴣天》：「太虚空裹知誰管？有個明官唤做天。」

銘

竹所銘 并序

慈溪羅彦直以家多美竹，顔其堂曰「竹所」。徵予銘之。嗟乎！竹於植物中無芬香豔色之可悦，而彦直之取之也何居？然芬香所以悦吾鼻，豔色所以悦吾目，而香不芬色不豔者，乃所以悦吾之心也〔一〕，則夫植物之可取，其有過於是竹者乎？雖然，世之人以芬香豔色役乎其心者亦多矣！予懼彦直所取之不固也，銘斯作。

孰花匪香，孰草匪色，君豈惡此，而竹斯植〔二〕？問竹之香，香則孔清，孤竹伯夷，靄靄其名〔三〕。問竹之色，色亦甚美，緑竹武公，其文斐斐〔四〕。王稱此君〔五〕，白謂似賢〔六〕，其色其香，莫或比焉。伊羅氏子，虚而且直，曰芬曰豔，豈爲心役？既顔其居，復勒以銘，庶憑竹友，以振德聲〔七〕。

【題解】

慈溪羅本，字彦直，揭其堂曰「竹所」，蓋竹之清香翠色虚心正直足以自勖也。羅本事迹參看卷十六《書畫舫讌集分韻得澮字》、卷二十一《書畫舫讌集詩序》、卷二十五《寄羅彦直》。

《宋元學案》卷九十三《静明寶峰學案·寶峰門人》：「羅拱，字彦威，慈之杜湖人也，寶峰爲作《常明齋銘》，因稱常明子……羅先生本。梓材謹案：《戴九靈集·書畫舫讌集詩序》言『沈師程之友羅彦直氏』，羅先生拱，字彦威，則彦直蓋先生之字也。」

【箋注】

〔一〕《孟子·告子上》：「故曰：口之於味也，有同耆焉；耳之於聲也，有同聽焉；目之於色也，有同美焉。至於心，獨無所同然乎？心之所同然者何也？謂理也，義也。聖人先得我心之所同然耳。故理義之悦我心，猶芻豢之悦我口。」

〔二〕斯：是。《古書虚字集釋》卷八《斯》：「斯猶是也。《詩·公劉篇》：『于京斯依……于豳斯館。』」

〔三〕孤竹：商朝諸侯國。靄靄：盛大貌。伯夷：孤竹君長子，忠孝仁厚高潔貞固。孤竹君欲立季子叔齊，及孤竹君卒，叔齊讓伯夷，伯夷從父命而逃，叔齊亦隨兄而去。周武王伐紂，二人叩馬而諫，武王不聽。武王既定天下，伯夷兄弟恥之，義不食周粟，采薇首陽山，餓死而不降其志。詳見《史記》卷六十一《伯夷列傳》。《孟子·萬章下》：「伯夷，聖之清者也。」

〔四〕武公：西周衛國仁君，進德不倦，修業不厭，衛人藉淇水畔緑竹頌之；詳見卷三《詠省堂後竹》。斐斐：色彩錯雜絢爛貌。

〔五〕王：東晉名士王徽之，視翠竹如嘉友。《晉書》卷八十《王徽之》：「徽之，字子猷……時吴中一士大夫家有好竹，欲觀之，便出坐輿造竹下，諷嘯良久。主人灑掃請坐，徽之不顧。將出，主人乃閉門，徽之便以此賞之，盡歡而去。嘗寄居空宅中，便令種竹。或問其故，徽之但嘯詠，指竹曰：『何可一日無此君邪！』」

〔六〕白：白居易，唐朝大詩人，目翠竹以賢才。《白氏長慶集》卷四十三《養竹記》：「竹似賢，何哉？竹本固，固以樹德，君子見其本，則思善建不拔者；竹性直，直以立身，君子見其性，則思中立不倚者；竹心空，空以體道，君子見其心，則思應用虛受者；竹節貞，貞以立志，君子見其節，則思砥礪名行夷險一致者……嗟乎！竹，植物也，於人何有哉？以其有似於賢而人愛惜之封植之；況其真賢者乎！然則竹之於草木，猶賢之於衆庶。嗚呼，竹不能自異，惟人異之；賢不能自異，惟用賢者異之。」

〔七〕葛起耕《小隱》：「且約蒼官陪竹友，共邀歡伯訪梅兄。」

槐軒銘

沈剛用柔，揭其宴私之室曰槐軒〔一〕，屬予爲之銘。銘曰：

惟沈所廬，于山之南。有軒翼翼，有槐潭潭〔二〕。沈曰其嗟，來爾子孫。洗心澡慮〔三〕，聽我話言。我築我軒，爾居爾息。曷視我槐，以符爾德？德以爲根，學以爲枝。根固枝蕃〔四〕，德貶學虧。伊仁伊義，爾操爾踐。曰《詩》曰《書》，乃厲乃勉〔五〕。譬之植槐，土厚壤肥。泉流雨露，以溉以滋。有不蓊茂，時乎未至。月益歲增，吐黄含翠〔六〕。毋折爾枝，毋撥爾根〔七〕。庶幾百年，其陰滿軒。三槐王生，厥德靡競。至於魏公，與槐俱盛〔八〕。爾遵我志，用謹封植〔九〕。媲德于王，必世乃食〔一〇〕。噲噲斯軒，槐以爲徵〔二〕。匪三公是慕，惟德之承〔三〕。

【題解】

槐樹偉岸挺拔蓊鬱菶茸，數千年來被視爲瑞木嘉樹。《藝文類聚》卷八十八《木部上·槐》：「《周官》曰：『面三槐，三公位焉。』……《晏子春秋》曰：『齊景公有所愛槐，使人守之，令曰：『犯槐者刑，傷槐者死。』有醉而傷槐者，且加刑焉。』……魏文帝《槐賦》曰：『文昌殿中槐樹，盛暑之時，余數遊其下，美而賦之。王粲直登賢門，小閣外亦有槐樹，乃就使賦焉。有大邦之美樹，惟令質之可嘉。托靈根於豐壤，被日月之光華。周長廊而開趾，夾通門而駢羅。承文昌之邃宇，望迎風之曲阿。修幹紛其灌錯，緑葉萋而重陰。上幽藹而雲覆，下莖立而擢心。伊暮春之既替，即首夏之初期。鴻雁遊而送節，凱風翔而迎時。天清和而温潤，氣恬淡以安治。違隆暑而適體，誰謂此之不怡？』……魏王粲《槐樹賦》曰：『惟中唐之奇樹，稟天然之淑姿。超疇畝而登殖，作階庭之華暉。形禕禕以暢條，色采采而鮮明。豐茂葉之幽藹，履中夏而敷榮。既立本於殿省，植根柢其弘深。鳥取棲而投翼，人望庇而披襟。』」

沈剛慕先哲流風，植槐屋側，且以名其軒。

【箋注】

〔一〕揭：標誌。張衡《南都賦》：「桐柏揭其東。」劉良《注》：「揭，表也。」宴私：公餘遊樂。

〔二〕翼翼：雄偉軒昂貌。何景明《榮養堂歌》：「翼翼兹構兮實顯敞。」潭潭：幽深廣大貌。唐彦謙《拜越公墓因遊定水寺有懷源老》：「越公已作飛仙去，猶得潭潭好墓田。」

〔三〕洗心澡慮：摒棄雜念，滌除俗氣。劉禹錫《洗心亭記》：「余始以是亭環視無不適，始適乎目而方寸爲清，故名洗心。」白玉蟾《西湖大醉走筆百韻》：「澡慮服參苓，潔身佩蘭芷。」

〔四〕蕃：茂盛。《易・坤・文言》：「天地變化，草木蕃。」

〔五〕乃：你們。《小爾雅・廣詁》：「而、乃、爾、若，汝也。」厲：磨礪，磨煉。

〔六〕辛文房《唐才子傳》卷十《翁承贊》：「唐人應試，每在八月，諺曰：『槐花黄，舉士忙。』承贊《詠槐花》云：『雨中妝點望中黄，勾引蟬聲送夕陽。憶得當年隨計吏，馬蹄終日爲君忙。』甚爲當時傳誦。」

〔七〕撥：折斷。《詩經・大雅・蕩》：「枝葉未有害，本實先撥。」

〔八〕王生：北宋兵部侍郎王祐，名相王旦父，積善累仁，世多稱其陰德，嘗手植三槐於庭，曰：「吾之後世，必有爲三公者，此其所以志也。」魏公：北宋真宗時名相王旦，飭身潔行，公允正直，恢弘友善，樸素儉約。王氏父子行迹詳見《宋史》卷二百八十二《王旦》。

〔九〕封植：栽培。凌景陽《海棠》：「名園封植幾經春，露濕煙梢畫不真。」

〔一〇〕世：三十年，引申爲一代。食：享用。《蘇軾文集》卷十九《三槐堂銘》：「國之將興，必有世德之臣，厚施而不食其報，然後其子孫能與守文太平之主共天下之福。故兵部侍郎晉國王公，顯於漢、周之際，歷事太祖、太宗，文武忠孝，天下望以爲相，而公卒以直道不容於時。蓋嘗手植三槐於庭曰：『吾子孫必有爲三公者。』已而其子魏國文正公，相真宗皇帝於景德、祥符之間朝廷清明天下無事之時，享其福禄榮名者十有八年。今夫寓物於人，明日而取之，有得有否；而晉公修德於身，責報於天，取必於數十年之後，如持左契，交手相付。吾是以知天之果可必也。」

〔一〕噲噲：寬敞明亮貌，參見卷一《吴集賢新堂詩》。

〔二〕三公：古代朝廷地位最高之三個職位：或云太師、太傅、太保，或云司馬、司徒、司空，或云丞相、太尉、御史大夫，或云太尉、司徒、司空。

種德堂銘 并序

餘姚張與權家有種德之堂，蓋其祖父俱以善醫惠及其鄉人，至與權十三世矣〔一〕！與權復挾是術遊明越間〔二〕，明越之民賴以全活者甚衆。越人某爲製銘詩二百四言，使榻①諸堂上〔三〕，朝夕覽觀以勖其德云。

有堂渠渠〔四〕，張氏所闢。維彼張氏，世種以德。其德伊何？啓自古昔〔五〕。法以陰陽，和以數術〔六〕。是針是砭，是湯是熨〔七〕。濟我夭札②〔八〕，起我疵疾〔九〕。讓不責③報，奮不遺力。祖父浚源，子孫流澤。有此室廬，綺窗畫壁。門多車馬，庭有履舄〔一〇〕。豈堂之華？惟德之飾。噫古神聖，繼天立極〔一一〕。其養生也，教之稼穡；其救死也，詔以藥石〔一二〕。既曰對時，亦云育物〔一三〕。是德實深，實厚實碩。匪前曷作，匪後曷述〔一四〕。人亦有言，種而後穫〔一五〕。毋謂松柏，必培必植。毋謂黍稌，必艾必銍〔一六〕。累世之慶，一夫之積。我銘足徵，永矢無斁〔一七〕。

【題解】

《易・坤・文言》云：「積善之家，必有餘慶；積不善之家，必有餘殃。」慧根深遠者莫不積德累仁以安身立命，甚者名宅邸以「種德」，其視道德爲何如哉！陳基《夷白齋稿》卷二十八《種德堂記》論金華醫家王鏡潭氏之言，移之於張氏也甚宜。其記云：「君子之種德，猶農夫之種穀。視地肥磽而糞之，時其蚤晚而藝耨之。凡豐草稂莠螟螣蟊蝝之爲苗害者，必耰鋤錢鎛祈禳而務去之。人徒見其秋而穫，冬而藏，養老而撫幼，飢渴而飲食，生生而不匱，而不知其終歲之勤動，曾不以水旱凶災而輟其耒耜也。故曰一歲種之以穀，十歲樹之以木，百歲來之以德。蓋人非穀無以爲食，非木無以備器用，非德無以貽子孫。故種德非君子不能，而君子有貴有賤，有顯有隱，其迹雖不同，而其所以貽子孫則一也。」

種德堂主人張經，字與權，元末明初餘姚醫家，參看本書卷二十六《生意垣贊并序》。《光緒餘姚縣志》卷二十六《方伎·張經》：「字與權，八世祖永見《寓賢傳》。世以善醫惠及其鄉，經復挾其術遊明越間。明越之民賴以全活者甚衆。家有種德堂，戴良銘而序之。又世善小兒醫，因名所居曰生意垣，危素書之，揭傒斯記之，蓋所友皆名士云。四世孫廷玉，字坦庵，爲太醫院使，善橋引按摩甚奇，非世之所聞也。項昕居越江，得見事之，盡其伎，於是爲人診病決死生，無不立驗。」

【校勘】

① 榻：乾隆本作「揭」。

② 札：底本作「扎」，據乾隆本改。

③ 責：底本作「貢」，據乾隆本改。

【箋注】

〔一〕《光緒餘姚縣志》卷二十四《寓賢·張永》：「洛陽人，以醫術爲翰林醫學，與太醫令李會通同時。先是，會通治宮中病，用煎劑弗效，永議爲散，進之即愈。詔擢會通、永，同授駐泊郎。從高宗南渡，因家餘姚。後登進士，官至禮部尚書。著《衛生家寶》《小兒方》傳世，子孫精醫者，皆以駐泊爲名。」

〔二〕明越：寧波與紹興；寧波，常稱四明、鄞州、明州、慶元府，餘姚郡；紹興，常稱越州、會稽郡、紹興府。

〔三〕榻：描摹，摹拓。

〔四〕渠渠：高大深廣貌。《詩經·秦風·權輿》：「於我乎，夏屋渠渠，今也每食無餘。」朱熹《詩集傳》：「渠渠，深廣貌。」

〔五〕古昔：此指遠古醫聖。王冰《黄帝内經素問序》：「夫釋縛脱艱，全真導氣，拯黎元於仁壽，濟羸劣以獲安者，非三聖道則不能致之矣。孔安國《尚書》曰：伏羲、神農、黄帝之書，謂之三墳，言大道也。」

〔六〕《素問·上古天真論篇第一》：「上古之人，其知道者，法於陰陽，和於術數，起居有常，不妄作勞，故能形與神俱，而盡終其天年，度百歲乃去。」法：效法。和：調和。數術：或作術數，道家導引、按蹻、吐納等調攝精神鍛煉體魄之方法。

〔七〕砭：用石針扎患者。《説文》：「以石刺病也。」熨：用藥熱敷。劉向《新序》：「疾在腠理，湯熨之所及也。」

〔八〕夭札：遭疫病而早死。《左傳·昭公四年》：「癘疾不降，民不夭札。」杜預《注》：「短折爲夭，夭死爲札。」

〔九〕起：治愈。《吕氏春秋·察賢》：「今有良醫於此，治十人而起九人，所以求之萬也。」

〔一〇〕履舄：鞋；單底曰履，複底曰舄。《史記》卷一百二十六《滑稽列傳·淳于髡》：「履舄交錯，杯盤狼藉。」

〔一一〕噫：歎詞。繼天立極：繼承天意確立準則。朱熹《大學章句序》：「天必命之以爲億兆之君師，使之治而教之，以復其性，此伏羲、神農、黄帝、堯、舜所以繼天立極。」

〔一二〕藥石：藥物和砭石。《列子·楊朱》：「及其病也，無藥石之儲；及其死也，無瘞埋之資。」

〔一三〕對時：適應時令。育物：培育萬物。高亨《周易大傳今注》卷二《無妄第二十五》：「《象》曰：『……先王以茂對時育萬物。』……焦循曰：『對猶應也。』……先王觀此卦象，從而奮勉努力，針對天下雷行之時令，以育養萬物。」

〔一四〕作：創作。述：遵循。《禮記·中庸》：「父作之，子述之。」

〔一五〕《論語·雍也》：「仁者先難而後獲，可謂仁矣。」《論語·顔淵》：「先事後得，非崇德與？」

〔一六〕稌：稻。《詩經·周頌·豐年》：「豐年多黍稌。」艾：通「刈」，收割。銍：用鐮刀收割。《詩經·周頌·臣工》：「命我衆人，庤乃錢鎛，奄觀銍艾。」陳奂《詩毛氏傳疏》：「《傳》詁銍爲穫者，艾亦穫也。」

〔一七〕矢：通「誓」。《詩經·衛風·考槃》：「獨寐寤宿，永矢弗告。」斁：厭棄。《詩經·周南·葛覃》：「爲絺爲綌，服之無斁。」鄭玄《箋》：「斁，厭也。」

拙守齋銘 并序

會稽王漢章，宋禮部尚書厚齋先生之裔孫也。見世之巧於宦者，或至喪身而辱先，乃欲拙守其先業，而題其齋以示警，九靈山人繹其意而銘之。銘曰：

物盈兩間，則萬斯有〔一〕。孰巧於爲？孰拙其守？我目之明，實本於矇；我耳之聵，乃成厥聰〔二〕。矇聵匪拙，明聰非巧。維拙其巧，善守之道。伊禮部公，古人與偕〔三〕。爰有諸孫，拙守名齋。曰守先業，寧愚與魯〔四〕。彼巧而出，我拙而處。嗟爾王生，遵此大戒。勿以其拙，行厥狙詐〔五〕。昔漢長沙，已國於東。猶拙其舞，巧以求封〔六〕。生其鑑之，去巧取拙。日坐齋居，念念弗越〔七〕。大成若缺，大盈若沖〔八〕。缺則不弊，沖則靡窮〔九〕。祖德遠矣，斯學孰受？小子述銘，用儆座右。

【題解】

拙守齋主人王旭，字漢章，號守拙，世居四明鄞縣，至旭始遷會稽餘姚。參見卷二十五《承德輝漢章二高士遠顧賦此以寄》。

《老子》四十五章：「大直若屈，大巧若拙，大辯若訥。」大巧者若拙，大智者若愚，熟稔禍福之機吉凶之奥者，常自警以拙守，自傲於拙守。

鄞縣鄭真，王漢章益友，摇毫以繹守拙深意。《滎陽外史集》卷七《拙守齋記》：「四明王先生漢章卜居舜江上，扁其齋居曰拙守。前天台劉公羽庭著記，而信安汪公〔以敬〕、會稽楊公鐵崖，或述之贊，或勒之銘，於拙守之義無餘藴矣。先生佩服其言，端居静念，朝夕經史，且取曾伯祖尚書公、曾祖常博公遺書手澤，玩誦而肄習之，於性理之微文章之懿典故之詳，莫不究其源委，訂其指歸。凡世之華采相勝，巧僞相傾，譸張變幻，以墮名敗節辱先喪家者，視之若浮雲然。際今聖朝，有司彊薦起之入京師，兩以母老辭歸。洪武初年，以博學召試，既中選，力辭歸養。明年，復召覆試，得知英山縣事。既到任，以舊扁揭之楣間。士大夫過者謂之曰：『公今有民社之寄，簿書期會將奔走不暇，顧欲以拙守之，不亦疏乎？』先生曰：『巧而能爲，不若拙而能守。吾天性本拙，將守之終身矣。催科刑政，蒞官臨民，以拙守之。民苟如吾之拙，寧有犯禮非義之患哉？吾幸以拙守其先澤，得至於此。賴天之靈，獲歸丘壠，保其遺緒，全真養素，以終吾天年，斯亦不媿夫拙矣！』予聞而韙之曰：是其得守身之本者哉！昔者南軒張子曰：『士病於不拙也久矣！』而考亭朱夫子亦曰：『拙者，順其理而不去也。』拙之時義大矣！拙之守，道之守也，可舍而他哉？先生之守也，非有田園第宅之守也，亦非有金玉寶貨車馬服乘之守也，從容乎仁義，涵詠夫道德，循其自然之正，安乎固有之天，使累世文獻引而不替，豈非古君子之用心哉？乃使學優而仕，將使百里之内淳古敦樸，躋乎仁壽之域，如無懷、葛天氏之民焉。斯有以見其所養所存矣。且夫聖門之學，曾參以魯得之；王氏詩書之傳，先生守之以拙，庶幾於參之魯乎！抑聞之，博學名科，古以待天下異聞之士。宋寶祐、開慶間，尚書公、常博公兄弟繼登是科，世以麟鳳目之。常博公早世，惟尚書公巋然爲館閣冠冕。尚書公，厚齋先生也。自尚書公四傳至先生，復以博學出宰畿邑，斯固拙守之明效也。使得進司綸綍，如公登兩制三字之選；表章儀法，如公在名卿宗伯之列；據事直書，如公之於實録起居；直詞正色，如公與二三執政論事大廷；名遂身退，如公之著書滿家，傳之天下後世：斯所謂繩祖之武者矣，拙守云乎哉！念予懵學無聞，其於自守，蓋漢陰抱灌之具，拙於所用，不免爲浮俗所誚。然與先生有同鄉親契之厚，庶幾志同道合焉者，故爲著其説如此，用以誌期望之私云。」

王旭先祖王應麟，南宋傑士鴻儒。《宋元學案》卷八十五《深寧學案·尚書王厚齋先生應麟》：「王應麟，字伯厚，慶元府鄞縣人。與弟應鳳同日生。九歲通六經，從王子文野受學。淳祐元年第進士，先生曰：『今之事舉子業者，一切委棄，制度典故漫不省，非國家所望於通儒。』於是閉門發憤，誓以博學宏辭科自見，假館閣書讀之。寶祐四年中是科。其弟應鳳，開慶元年亦中是科，詔褒諭之，添差浙西安撫使幹辦公事。帝御集英殿策士，召先生覆考。帝欲易第七卷置其首。先生讀之，乃頓首爲得士賀，遂爲首選。及唱名，乃文天祥也……及似道潰師江上，授中書舍人兼直學士院，即引疏陳十事。進兼同修國史、實録院同修撰兼侍讀，遷禮部侍郎兼中書舍人。日食，應詔論消弭及備禦之策，皆不及用。尋轉禮部尚書兼給事中。丞相留夢炎用徐囊爲御史，擢江西制置使黄萬石等，先生繳奏。疏再上，不報，出關俟命。再奏，又不報，遂東歸。詔中使以翰林學士召，力辭。入元，不出。學者稱爲厚齋先生。後二十年卒。所著有《深寧集》《困學紀聞》《玉海》等書。」

【箋注】

〔一〕兩間：天地之間。王安石《垂虹亭》：「誰投此虹蜺，欲濟兩間厄。」萬斯有：參照本卷《竹所銘并序》之「竹斯植」；萬，萬類。

〔二〕曾鞏《洪範傳》：「夫然故蔽明塞聰，而天下之情可坐而盡也。」矇：目盲，此指有所不見。《楚辭》屈原《九章・懷沙》：「玄文處幽兮，矇瞍謂之不章。」洪興祖《補注》：「有眸子而無見曰矇，無眸子曰瞍。」聵：耳聾，此言有所不聞。

〔三〕禮部公：南宋大家王應麟。《孟子・萬章下》：「以友天下之善士爲未足，又尚論古之人。」

〔四〕《論語・公冶長》：「其知可及也，其愚不可及也。」魯：遲鈍。《説文》：「魯，鈍詞也。」《論語・先進》：「參也魯。」

〔五〕狙詐：狡猾奸詐。《後漢書》卷六十七《黨錮列傳》：「霸德既衰，狙詐萌起。」李賢《注》：「《廣雅》曰：『狙，獮猴也。』以其多詐，故比之也。」

〔六〕長沙：長沙定王劉發，嘗以笨拙舞姿請求其父漢景帝增賜封地。《史記》卷五十九《五宗世家》：「長沙定王發……以孝景前二年用皇子爲長沙王。以其母微，無寵，故王卑濕貧國。」

裴駰《集解》：「應劭曰：『景帝後二年，諸王來朝，有詔更前稱壽歌舞。定王但張袖小舉手。左右笑其拙，上怪問之。對曰：「臣國小地狹，不足回旋。」帝以武陵、零陵、桂陽屬焉。』」

〔七〕越：墜失。石介《慶曆聖德頌》：「心如一兮，率履弗越。」

〔八〕大成若缺：真正大成就，似乎殘缺不足。大盈若沖：真正充盈者，好像虚空貧乏。

〔九〕弊：敗壞。《老子》四十五章：「大成若缺，其用不弊。大盈若沖，其用不窮。」

紫金石硯銘 并序

葉晉孔昭得紫金山黑石，斫爲硯，徵良述銘，銘曰：

懿兹石，孕朔北〔一〕。剛以勁，潤而液。其德玄，其神黑。從飲仙，供醉筆〔二〕。

【題解】

紫金石硯，青州名硯。高似孫《硯箋》卷三《紫金石硯》所引諸家硯論褒貶不一：或曰「青州紫金石，理犕不發墨，京東人用之」；或曰「紫金出臨朐，色紫潤澤，發墨如端、歙，姿殊下」；或曰「晚唐競取紫金石，芒潤清響。國初已乏，琢製不精，惟一轡琢平耳」；或曰「紫金石與右軍硯無異，端、唐出其下」。

米芾目紫金石硯爲天下第一等。《寶晉英光集》卷八《雜著》：「吾老年方得琅琊紫金石，與余家所收右軍硯無異，人間第一品也，端、歙皆出其下。」

紫金石硯主人葉晉，字孔昭，詳見卷十六《舟次高錢遲孔昭不至詩以速之》。

【箋注】

〔一〕朔北：北方。賈島《雨夜寄馬戴》：「今夕曲江雨，寒催朔北風。」

〔二〕飲仙：唐時賀知章、李琎、李適之、崔宗之、蘇晉、李白、張旭、焦遂等八位奇才秀士。醉筆：酒酣使筆，或吟詩作文，或寫字繪畫。《杜詩詳注》卷二《飲中八仙歌》：「知章騎馬似乘船，眼花落井水底眠。汝陽三斗始朝天，道逢麴車口流涎，恨不移封向酒泉。左相日興費萬錢，飲如長鯨吸百川，銜杯樂聖稱避賢。宗之蕭灑美少年，舉觴白眼望青天，皎如玉樹臨風前。蘇晉長齋繡佛前，醉中往往愛逃禪。李白一斗詩百篇，長安市上酒家眠，天子呼來不上船，自稱臣是酒中仙。張旭三杯草聖傳，脱帽露頂王公前，揮毫落紙如雲煙。焦遂五斗方卓然，高談雄辯驚四筵。」

端硯銘

質孕碧溪，膚割紫雲〔一〕。外持堅重，中含粹温。書城之寶〔二〕，士林之珍。人不能然，於硯則云。

【題解】

端硯，産自端州。《端溪硯譜》：「謹按端州治高要縣，自唐爲高要郡。皇朝政和初，以太上皇潛藩，賜號肇慶府。府東三十三里有山曰斧柯，在大江之南，蓋靈羊峽之對山也。斧柯山峻峙壁立，下際潮水。自江之湄，登山行三四里，即爲硯巖也……大抵石性貴潤，色貴青紫。乾則灰蒼色，潤則青紫色。眼貴翠緑圓正有瞳子。」

千年墨客雅重端硯，常頌以詩贊以銘。高似孫《硯箋》卷一陳無己《端硯詩》：「端溪四山下龍淵，鬱積中州清淑氣。金聲玉骨石爲容，河江屈流雲作使。滑如女膚色馬肝，探頷適遭龍伯睡。轆轤挽出萬人負，千歲之藏一朝致。書生活計亦酸寒，斷磚半瓦寧求備？似憐陶瓦磨竈煤，輟誦不減前人志。」又，蘇軾《端硯銘》：「千夫挽綆，百夫運斤。篝火下縋，以出斯珍。一嘘而泣，歲久愈新。誰其似之？我懷斯人。」

【箋注】

〔一〕李賀《楊生青花紫石硯歌》：「端州石工巧如神，踏天磨刀割紫雲。」

〔二〕書城：書堆。陳繼儒《太平清話》卷二：「宋政和時，都下李德茂環積墳籍，名曰書城。」

心耕齋銘

四明施弘道名其所居之齋曰心耕，金華九靈山人爲銘以勖之。銘曰：

心爲我田，今我其耕。我如不耕，吾何以生？耕之曷以？乃耒乃耜〔一〕。隴畝既治，畔岸亦理。孰爲稼穡？曰種以仁。孝弟忠信，以耨以耘〔二〕。惟食與色，爲厥稂莠〔三〕。我其除之，我苗克秀〔四〕。惟師與友，爲厥雨暘〔五〕。我其時之，我苗靡傷〔六〕。仁既成矣，稼穡孰矣〔七〕。饗之祀之，神其福矣〔八〕。心貴乎廣，耕貴乎勤。我銘齋居，用警學人。

【題解】

耕，翻土犁地，泛指精進不懈，如《法言·學行》云：「耕道而得道，獵德而得德。」儒士之心耕，潛心以體仁義，居敬以履聖道也。

【箋注】

〔一〕耒耜：翻土農具；耒，耜柄；耜，耒下端鏟土部分。《易·繫辭下》：「神農氏作，斫木爲耜，揉木爲耒。」

〔二〕耨：耘，除草。

〔三〕稂莠：兩種貌似禾苗雜草。舒元輿《坊州按獄》：「去惡猶農夫，稂莠須耘耨。」

〔四〕秀：穀類作物抽穗開花。《論語·子罕》：「苗而不秀者有矣夫！秀而不實者有矣夫！」

〔五〕雨暘：雨水與太陽。陸游《乞祠禄劄子》：「今春以來，雨暘尤爲調適，二麥繼熟，民間亦以爲所收倍於常年。」

〔六〕時：通「蒔」，栽種。《尚書·舜典》：「播時百穀。」江聲《集注音疏》引鄭康成曰：「時，讀曰蒔。」

〔七〕稼穡：此指莊稼。儲光羲《晚次東亭獻鄭州宋使君文》：「林晚鳥雀噪，田秋稼穡黄。」孰：通「熟」。

〔八〕饗：設酒食祭祀。張衡《東京賦》：「咸用紀宗存主，饗祀不輟。」

耘業齋銘

章生蟬扁其講學之齋曰耘業，蓋取韓退之詩語也〔一〕。九靈山人爲之銘。銘曰：

士之於學，猶農于田，耘而又耘，其業乃專〔一〕。伊士所穡，何穡非性？由是而賢，由是而聖〔三〕。惟四其端，仍五其常〔四〕；既六其藝，亦三其綱〔五〕。此而致力，是曰種學〔六〕，始之不耘，終何以穫？去其害苗，耔而耨之〔七〕；捕其食心〔八〕，長而茂之。乃秀乃穎，乃堅乃好〔九〕。乃觀厥成，有相之道〔一〇〕。舍是奚植？怠是奚收？不植不收，誤我有秋〔一一〕。昔唐昌黎，庶幾知此。而以耘業，勉其學子。咨爾章生，是則是傚。匪以銘齋，亦克允蹈〔一二〕。

【題解】

耘，除草。耘業，朝暮勞作以成就事功。錢仲聯《韓昌黎詩繫年集釋》卷八《送劉師服》：「士生爲名累，有似魚中鈎。齎財入市賣，貴者恒難售。豈不畏顛頷？爲功忌中休。勉哉耘其業，以待歲晚收。」

章蟬匾書齋以耘業，蓋自勖精進也。章蟬，疑即烏斯道文集所述之章蟾，其或先後師事戴九靈與烏春草。《春草齋集》卷六《杖錫禪寺紀續碑記》：「今住山起予公又力纘遺緒，篤揚前休，托章蟾書，走永新請於余。」

【箋注】

〔一〕韓退之：韓愈，字退之，唐朝傑出文學家。錢仲聯《韓昌黎詩繫年集釋·附録·諸家詩話》

鍾惺《唐詩歸》：「唐文奇碎，而退之春融，志在挽回。唐詩淹雅，而退之艱奥，意專出脱。詩文出一手，彼此猶不相襲，真持世特識也。至其樂府，諷刺寄托，深婉忠厚，真正風雅，讀《猗蘭》《拘幽》等篇可見。」

〔二〕專：專門，獨特精深。張九齡《眉州康司馬挽歌辭》：「家受專門學，人稱入室賢。」

〔三〕穡：種植穀物。《近思録》卷二《爲學大要》：「濂溪先生曰：『聖希天，賢希聖，士希賢。』」

〔四〕四端：指惻隱、羞惡、恭敬、是非等四心。《孟子·告子上》：「惻隱之心，人皆有之；羞惡之心，人皆有之；恭敬之心，人皆有之；是非之心，人皆有之。惻隱之心，仁也；羞惡之心，義也；恭敬之心，禮也；是非之心，智也。仁義禮智，非由外鑠我也，我固有之也，弗思耳矣。」

五常：此指仁、義、禮、智、信。《漢書》卷五十六《董仲舒傳》：「夫仁誼禮知信五常之道，王者所當修飭也。」馬其昶《韓昌黎文集校注》卷一《原性》：「其所以爲性者五：曰仁，曰禮，曰信，曰義，曰智。」

〔五〕六藝：此指六經。《史記》卷一百二十六《滑稽列傳》：「孔子曰：『六藝於治一也：《禮》以節人，《樂》以發和，《書》以道事，《詩》以達意，《易》以神化，《春秋》以義。』」三綱：君爲臣綱、父爲子綱、夫爲妻綱。班固《白虎通·三綱六紀》：「三綱者何謂也？君臣、父子、夫婦也。」

〔六〕種學：培養學識。韓愈《藍田縣丞廳壁記》：「博陵崔斯立種學績文，以蓄其有，泓涵演迤，日大以肆。」

〔七〕秄：培土。《詩經·小雅·甫田》：「今適南畝，或耘或秄。」

〔八〕食心：螟蟲。《呂氏春秋·任地》：「大草不生，又無螟蜮。」高誘《注》：「食心曰螟，食葉曰蜮。」

〔九〕乃：又。《古書虚字集釋·乃》：「『乃』猶『又』也。《易·隨》上六：『拘繫之，乃從維之。』《書·金縢篇》：『王出郊，天乃雨，反風。』」穎：穀穗飽滿。堅：堅實。好：形狀味道美好。《詩經·大雅·生民》：「實發實秀，實堅實好，實穎實栗。」

〔一〇〕相：輔助。《詩·大雅·生民》：「誕后稷之穡，有相之道。」

〔一一〕秋：穀物成熟。《尚書·盤庚上》：「若農服田力穡，乃亦有秋。」

〔一二〕允蹈：恪守，履行。李處權《哭駕部舅》：「仁義允蹈之，言行可法則。」

箴

人性皆善齋箴 爲東平李元善作

肇允烝民，乾父坤母〔一〕。誕降之衷，天命則有〔二〕。是名爲性，與生俱生。一本於善，惡何以萌？惟血與氣，誘以物欲。日削月朘，噫其難復〔三〕。動静云爲〔四〕，擾擾紛紛，毫釐之差，聖狂所分。堯舜盜跖〔五〕，其初靡二，敬怠一殊，天淵遂異。匪性使之，人心則然〔六〕。惟心其性，衆善乃全。持性之方，有若防城。仁義禮智，我壘我營。目作旌旗，耳作金鼓。孰帥孰兵？氣爲之主〔七〕。我備既至，我守既堅，寇攘之來，乃殪乃殲〔八〕。寇其殲矣，明而誠矣〔九〕。性誠一固，聖功成矣〔一〇〕。緊昔尼父，垂訓萬年，習遠性近，已發其端〔一一〕。暨孟軻氏，益憫斯世，指示本原，以祛其蔽〔一二〕。有儒一生，李姓善名。宴坐齋居，戰戰兢兢〔一三〕。嗟爾君子，勉哉敬止①。小子作箴，以諗同志〔一四〕。

【題解】

人性皆善齋，元末慈溪寓賢東平李元善屋舍，參看本書卷二十一《書畫舫讌集詩序》。東平，元中書省統轄之東平路。《元史》卷五十八《地理一》：「東平路。唐鄆州，又改東平郡，又號天平軍。宋改東平府，隸河南道……至元五年，以東平爲散府。九年，改下路總管府。」《光緒慈溪縣志》卷四十《流寓·李善》：「字原善，先山東東平人。父灝，仕元爲三山巡檢，遂家慈溪。善刻苦磨厲，篤志問學，簞瓢自樂，襟度裕如，喜怒不形於色，人莫窺其涯涘。嘗扁所居之室曰人性皆善，日吟哦其中。人羨其詩詞豪放，目之曰小李白。所著有《崇陽稿》。」

《宋元學案》卷九十三《静明寶峰學案·李先生善》：「李善，字元善，東平人。遊慈溪，講學寶峰之門，遭亂，遂不歸。人雖侮之，不怨也。每言『三代之政，可以施於今日，絶無高遠難行』。」

李善與餘姚岑安卿、宋禧過從甚密。《栲栳山人詩集》卷中《再用韻柬李元善》：「故鄲書生美無度，飄泊江湖未羞遇。貧如東埜詩愈佳，歎息無車載家俱。莫言家俱少於車，喜有昌黎不平語。清名後世期不刊，富貴浮雲何足數！讀書惟闕温清餘，女哭男啼不須怒。王章昔日卧牛衣，靖節茅檐亦藍縷。即今蹭蹬毋自憐，變化雲龍豈無故？顔生四勿稱仁人，負郭二頃猶言貧。我田僅足了饘粥，苦吟貽笑東西鄰。行藏勿用人稱善，景逼桑榆幸康健。烏紗巵匜僅蒙頭，霜鬢鬅鬆亦遮面。青山白雲交契深，金馬玉堂書問鮮。無才無德空老成，下不尤人上無怨。與君唱酬心自歡，詠歌不足還嗟歎。越中小友有來詩，相要更賦衡陽雁。」

宋禧《庸庵集》卷十二《送李元善序》：「耕桑而衣食給，力學而心志寧，父母優遊於其上，家人和説於其下，此四者天下之至樂也。人之生斯世也，於是乎具其樂，豈不爲幸民哉？上之爲政也，使比屋皆然，豈不爲治世哉？噫！事近而易能，理大而最切，而求欲兼有乎此者，恒以爲難。其有關於世運乎，其無關於世運乎？東平李君元善，齒少而才茂，志廉而行純，好古力學之士也。然而生事亦難焉，其尊甫淹於下僚，與母夫人俱老矣。時巡徼吾州之三山，俸禄之入僅支於豐年，況有修豫之資乎！元善恒用是以戚戚也。辱予交，每見即講學，既而曰：『若世故何？』予之志亦粗與元善同，而所處則又羡元善爲裕於己也。以予元善是羡，其不幸之甚可知矣。雖然，親老無以紓其憂，累重不能弭其謫，唯生事不足然也。然周於生事者，往往委爲庸愚以終其身，則所值未可議其幸不幸也。天其將啓斯人乎，焉往而非曲成之地？政不足病也。天其無意斯人乎，亦將竭其力之所能，未敢遽自棄也。況元善徒以家貧親老爲慮，非如於四者之槩俱不足也。元善之慮固大，猶可以少安而問學，況親禄將日厚乎！若予者，誠不可一日自寧也。抑予之不寧，猶將彊學以日新爲幸，則元善當視予以自慶而益勉矣。嗟乎！惟元善爲可與道此也。至正四年秋，元善將以事適江東，且因以求師友。夫在行而學不輟，非孜孜愛日者能之乎？君所至見學者，或有如予之甚不幸，試以予言質之，庶有發也。」

【校勘】

① 止：底本筆劃殘缺爲「上」，據乾隆本改。

【箋注】

〔一〕肇允：當初；肇，初始；允，語氣助詞。《詩經·周頌·小毖》：「肇允彼桃蟲，拚飛維鳥。」陳奂《傳疏》：「允，語辭。」烝民：民衆，百姓。乾父坤母：《近思録》卷二《爲學大要》：「横渠先生作《訂頑》曰：『乾稱父，坤稱母。予兹藐焉，乃混然中處。故天地之塞，吾其體；天地之帥，吾其性。』」陳榮捷《近思録詳注集評》引朱熹《注》：「乾陽坤陰，此天地之氣塞乎兩間，而人物之所資以爲體者也，故曰『天地之塞，吾其體』。乾健坤順，此天地之意，爲氣之帥，而人物之所以得以爲性者也，故曰『天地之帥，吾其性』。」

〔二〕降衷：降善，賜福。《尚書・湯誥》：「惟皇上帝，降衷於下民。」天命：自然稟賦。《禮記・中庸》：「天命之謂性，率性之謂道，修道之謂教。」

〔三〕朘：縮減。《漢書》卷五十六《董仲舒傳》：「民日削月朘，寖以大窮。」難復：難以恢復善良本性，《孟子・告子上》嘗言天性之易失而難復，詳見本卷《唐林字説》。

〔四〕云爲：言論行爲。《易・繫辭下》：「變化云爲，吉事有祥。」孔穎達《疏》：「或口之所云，或身之所爲也。」

〔五〕盗跖：傳説中春秋盗魁。《莊子・雜篇・盗跖第二十九》：「孔子與柳下季爲友，柳下季之弟，名曰盗跖。盗跖從卒九千人，横行天下，侵暴諸侯；穴室樞户，驅人牛馬，取人婦女，貪得忘親，不顧父母兄弟，不祭先祖。所過之邑，大國守城，小國入保，萬民苦之。」

〔六〕人心：由情感主宰之生理之心。《尚書・大禹謨》：「人心惟危，道心惟微，惟精惟一，允執厥中。」蔡沈《書集傳》：「心者，人之知覺，主於中而應於外者也。指其發於形氣者而言，則謂之人心；指其發於義理者而言，則謂之道心。」

〔七〕氣：正氣。《孟子・公孫丑上》：「(孟子)曰：『我知言，我善養吾浩然之氣。』『敢問何謂浩然之氣？』曰：『難言也。其爲氣也，至大至剛，以直養而無害，則塞於天地之間。其爲氣也，配義與道；無是，餒也。是集義所生者，非義襲而取之也。』」

〔八〕至：通「致」，周密。《詩經·小雅·賓之初筵》：「百禮既至，有壬有林。」寇攘：劫掠，侵擾。《尚書·費誓》：「無敢寇攘，逾垣牆，竊馬牛，誘臣妾，汝有常刑。」殪：射死。《詩經·小雅·吉日》：「發彼小豝，殪此大兕。」

〔九〕《禮記·中庸》：「自誠明，謂之性；自明誠，謂之教。誠則明矣，明則誠矣。」

〔一〇〕誠：誠然。一固：專一穩固。聖功：至高無上之功業德行。《易·蒙》：「蒙以養正，聖功也。」

〔一一〕尼父：孔子，字仲尼，尊稱尼父。《論語·陽貨篇》：「子曰：『性相近也，習相遠也。』」

〔一二〕《孟子·告子上》：「人性之善也，猶水之就下也。人無有不善，水無有不下。今夫水，搏而躍之，可使過顙；激而行之，可使在山。是豈水之性哉？其勢則然也。人之可使爲不善，其性亦猶是也。」《孟子·盡心上》：「盡其心者，知其性也。知其性，則知天矣。存其心，養其性，所以事天也。夭壽不二，修身以俟之，所以立命也。」

〔一三〕宴坐：閑坐。白居易《病中宴坐》：「宴坐小池畔，清風時動襟。」齋居：齋戒別居。《漢書》卷二十三《刑法志》：「時上常幸宣室，齋居而決事，獄刑號爲平矣。」戰戰兢兢：畏懼謹慎貌。《詩經·小雅·小旻》：「戰戰兢兢，如臨深淵，如履薄冰。」

〔一四〕諗：規諫，忠告。《說文》：「諗，深諫也。」段玉裁《注》：「深諫者，言人之所不能言也。」

求諸己齋箴 爲四明方士敬作

懿兹君子，學以求己。彼也小人，求人而已。求己之學，在彼厥初〔一〕。仁義禮智，而勿謂無〔二〕。失而求之〔三〕，實主於我。成己成物〔四〕，推之則可。求人之學，營營外馳〔五〕。不黯其德，獨華以辭〔六〕。金臺玉堂〔七〕，是居是遊。小人之榮，君子之羞。惟己惟人，其端甚邇。毫釐弗察，謬則千里〔八〕。有倬方生，克迓前猷〔九〕。不務人知，惟己之求。爰闢斯齋，左圖右史。日新之功，庶其在此〔一〇〕。咨爾方生，念之敬之。弗怠弗荒，其惟自知。古人遠矣，此學罔傳。我作銘詩，式訛是觀〔一一〕。

【題解】

《論語・衛靈公篇》：「子曰：『君子求諸己，小人求諸人。』」錢穆《新解》：「君子非無所求，惟必反而求諸己。雖不病人之不己知，亦恨没世而名不稱。雖恨没世無名，而所以求之者則仍在己。小人則務求諸人，故違道干譽無所不至，而卒得没世之惡名。」

自孔子昌言「求諸己」，仁人志士莫不視之爲圭臬。《孟子・離婁上》：「孟子曰：『愛人不親，反其仁；治人不治，反其智；禮人不答，反其敬。行有不得者皆反求諸己，其身正而天下歸之。』」

程頤《伊川易傳》卷三：「君子之遇艱阻，必反求諸己而益自修。」朱熹《答劉子澄書》：「願老兄專以聖賢之言反求諸身，一一體察。須使一一曉然無疑，積日既久，自當有見。」

【箋注】

〔一〕厥初：最初，開頭；厥，助詞。王引之《經傳釋詞》卷五：「厥，語助也。」

〔二〕《孟子·告子上》：「仁義禮智，非由外鑠我也，我固有之也，弗思耳矣。」

〔三〕《孟子·告子上》：「仁，人心也；義，人路也。舍其路而弗由，放其心而不知求，哀哉！人有鷄犬放，則知求之；有放心而不知求。學問之道無他，求其放心而已矣。」陳普《孟子·求放心》：「放豚無迹競西奔，著意追求孰用功？惟必操存能主敬，依然不離這腔中。」

〔四〕成物：成全人群及萬物。《禮記·中庸》：「誠者，非自成己而已也，所以成物也。成己，仁也；成物，知也。」

〔五〕營營：往來不絶貌。《漢書》卷八十七上《揚雄傳上》：「羽騎營營，昈分殊事。」顔師古《注》：「營營，周旋貌也。」

〔六〕黯：晦暗不明，此有深藏韜晦義。《禮記·中庸》：「《詩》曰『衣錦尚絅』，惡其文之著也。」鄭玄《注》：「禪爲絅，錦衣之美，而君子以絅表之，爲其文章露見似小人也。」華：顯貴，顯耀。

〔七〕金臺：燕臺，黄金臺；戰國燕昭王築高臺置黄金以延請天下賢士，故名。《讀史方輿紀要》卷十二《保定府·易州·金臺》：「州東南三十里。《圖經》：『臺在易水東南十八里，燕昭王築以事郭隗。』《水經注》：『固安縣有金臺陂，臺在陂北十餘步，高十餘丈，土人呼爲賢士臺，一名招賢臺，亦曰黄金臺。』」羅隱《春日投錢塘元帥尚父》：「正憂衰老辱金臺，敢望昭王顧問來？」玉堂：宫殿，參見本卷《錢春軒像贊》。

〔八〕《禮記·經解》：「《易》曰：『君子慎始，差若毫釐，繆以千里。』」

〔九〕迓：接受。《書·盤庚》：「予迓續乃命於天，予豈女威？用奉畜女衆。」

〔一〇〕《大學》：「湯之《盤銘》曰：『苟日新，日日新，又日新。』《康誥》曰：『作新民。』《詩》曰：『周雖舊邦，其命維新。』是故君子無所不用其極。」

〔一一〕訛：感化，變化。《詩經·小雅·節南山》：「式訛爾心，以畜萬邦。」鄭玄《箋》：「訛，化；畜，養也。」

碑

靈仁廟碑

寧海縣南行六十里，曰桑洲〔一〕，靈仁廟在焉。廟始居洲之上流。唐貞觀中壞於水，居民見所漂神像止洲滸，遂即其地重構之，而廟制未完也。五代時有陳氏、盧氏者，嘗以事禱之應，固①捐己貲爲寢殿門廡〔二〕，規制稍備，而廟額未錫也。至宋端平初，神假夢所司以賜今額，而爵號未頒也。入國朝，盜起婺之玉山〔三〕，蔓延是縣，至則陰兵四起，若有所見，盜遂驚潰不入境。事聞禮部，遂降璽書〔四〕，賜以嘉惠王封，而庭曲之碑無文以刻也。予方避地東海，目睹斯事，礱石請記〔五〕，遂不獲辭。

竊聞名山大川，往往儲精孕靈，出雲興雨，以妥祥隤祉於吾民〔六〕。而嘉惠王之廟食茲土〔七〕，由唐暨今，靈異迭見，然姓諱里第，未之②前聞，豈非山川之氣有所憑依而致耶！國家饗祚受釐〔八〕，懷柔百神〔九〕，凡天下郡縣能禦災捍患載在祀典者〔一〇〕，靡不崇秩異數以昭答洪惠〔一一〕。寧海僻居東南，去天萬里而綸綍渙汗〔一二〕，所以寵錫於爾神者，何其盛哉！是不宜以無述，乃因其請爲作迎、送神樂歌二章，俾歌以祀神，其辭曰：

台嶽青〔一三〕，台水明〔一四〕。靈之來，杳冥冥。唱歌發，牲酒馨。天章煥〔一五〕，神意寧。右迎神樂歌。

台嶽萃，台水沛。靈之歸，祥曖曖。雨暘若〔一六〕，歲時泰。民欣欣，禾旆旆〔一七〕。右送神樂歌。

【題解】

廟，祀神之屋。神祇悲天憫人而妥祥隤祉，故名其廟曰靈仁廟。

【校勘】

①固：乾隆本作「因」。

②之：底本作「知」，據乾隆本改。

【箋注】

〔一〕寧海：元時江浙行省台州路屬縣，參見卷七《題葉丞相遺墨》。桑洲：寧海西南重鎮。《康熙寧海縣志》卷二《市集》：「十市：桑洲。」《徐霞客遊記》卷一下《後遊天台山日記》：「壬申三月十四日，自寧海發騎四十五里，宿岔路口。其東南十五里爲桑洲驛，乃台郡道也。」方孝孺《遜志齋集》卷二十四《夜度桑洲驛》：「山路彎彎石甃平，碧天涼露下三更。無端一夜西風惡，吹著新愁上紫荆。」

〔二〕固：通「故」，因此。貲：通「資」，錢財。寢殿：正殿。

〔三〕玉山：元婺州路東陽縣山名。《萬曆金華府志》卷三《山川·東陽·玉山》：「縣東一百五十里，舊名封山，界於天台。」

〔四〕璽書：皇帝詔書。《魏書》卷六十八《高聰》：「今更造璽書，以代往詔。」

〔五〕礱石：磨石；礱，磨物。

〔六〕妥祥：降祥；妥，落下。杜甫《重過何氏》：「花妥鶯捎蝶，溪喧獺趁魚。」隫祉：賜福，參見卷四《浦江縣新建婺女星君行祠碑》。

〔七〕廟食：立廟而享受祭祀。《史記》卷一百二十六《滑稽列傳》：「廟食太牢，奉以萬户之邑。」

〔八〕饗祚：享福。《册府元龜》卷六十三《帝王部·發號令第二》：「與萬方同其樂，百姓共其安。饗祚遐長，卜年用永。」受釐：漢制祭天地五時，皇帝派人祭祀或郡國祭祀後，皆以祭餘之肉歸致皇帝，叫受釐；釐，通「胙」，祭餘之肉。《史記》卷八十四《屈原賈生列傳》：「孝文帝方受釐，坐宣室。」

〔九〕懷柔：招引安撫。《詩經·周頌·時邁》：「懷柔百神，及河喬嶽。」毛《傳》：「懷，來；柔，安。」

〔一〇〕祀典：記載祭祀儀禮之典籍。傅亮《爲宋公修張良廟教》：「夫盛德不泯，義存祀典。」

〔一一〕崇秩：高貴品級。《舊唐書》卷一百七十二《蕭俛》：「累降褒詔，亟加崇秩，而志不可奪，情見乎辭。」異數：特殊禮遇。錢珝《代史館王相公謝加食邑實封表》：「無補艱難，方懷慚懼。詎謂聖慈，忽被異數？」

〔一二〕綸綍：制令，聖旨。涣汗：汗出於身而不能收回，喻帝王發號施令。《易·涣》：「九五，涣汗其大號。」

〔一三〕台嶽：台州山嶺，此指寧海南部諸山。《康熙台州府志》卷二《山川·寧海·横塘山》：「在縣南五十里。」又，《賓山》：「在縣南六十里，近海游。」又，《靈鳳山》：「在縣南七十里，宋元嘉中梅長者休官隱此，有鳳至，遂名。」

〔一四〕台水：台州水流，此指寧海南部諸水。《康熙台州府志》卷二《山川・寧海・小鰲溪》：「在縣南四十五里，源出桐柏山，東流二十三里入海。」又，《海游溪》：「在縣南七十里，東流五十里入海。」

〔一五〕天章：天文，天上之日月星辰；喻帝王詩文，特指詔書。徐陵《丹陽上庸路碑》：「御紙風飛，天章海溢。」

〔一六〕雨暘若：晴雨調和；暘，晴天；若，助詞。《尚書・洪範》：「曰肅，時雨若；曰乂，時暘若。」楊筠如《尚書覈詁》：「若，《周易》王（弼）注：『辭也。』」

〔一七〕旆旆：茂盛貌。《詩經・大雅・生民》：「蓺之荏菽，荏菽旆旆。」

說

愛菊說

鄞有高世之士曰駱先生以大，貌嚴而氣剛，行峻而言直，學廣而聞多，落落不與世俗相俯仰[一]，一語之不合，一事之不諧，則望望而去，終其身不齒[二]，以故世之士子鮮有當乎其意，辱與爲忘形交者[三]。

然獨視菊如賢友朋。每歲即小齋之外羅植數百本，春而鋤，夏而灌，秋編其榦而屏列之。當天氣始肅，寒英盛開，披鶴氅衣[四]，戴折角巾[五]，攜九節杖[六]，巡行圃中。見夫幽姿勁質，凌轢風霜，則思淬厲節操[七]，處艱瘁而不屈；見夫黄而不雜，得土之中，則思正色獨立[八]，使君子有所敬而小人有所畏；見夫早培晚盛，不競不争，則思居謙處讓，退可以無咎，而進爲有悔[九]；見夫味甘而氣馨，品高而性介，則思蓄用以待時[一〇]，潔身而處俗，不與黄茅白葦俱出於斯世[一一]。

凡是數者，一或不類於是菊，又爲之徘徊花下，仰而視，俯而思，且愧而且責。必也物我兩忘，彼此無間，然後與之曹處乎軒窗寂寞之濱，并驅乎草木摇落之際[一二]。若相磋以道，相錯以德[一三]，不自知其情之孚而身之化也。

夫如是，則菊也先生也，真所謂賢友朋也。菊有賢友朋之象，而先生猶愛之如此，况世之賢士子乎！是故無賢士子則已，有則必爲先生之所愛，如愛斯菊矣。先生愛賢之心，豈果有異於愛菊之心乎？嗚呼，菊不能以自賢[一四]，惟先生能賢之；士子不能自知其不賢，惟先生能知之。賢也，吾其愛；不賢也，吾其棄。嗚呼，安得賢如是菊陶姓而潛名者〔一五〕，與之論先生之交際哉！

【題解】

菊與梅、蘭、竹合稱四君子，歷代文人沉吟驚歎，視之爲諍友，目之爲知音，寶之爲化身。《陶淵明集箋注》卷二《和郭主簿》其一：「芳菊開林耀，青松冠巖列。懷此貞秀姿，卓爲霜下傑。銜觴念幽人，千載撫爾訣。檢素不獲展，厭厭竟良月。」陸游《劍南詩稿》卷四十八《九月十二日折菊》：「黄菊芬芳絶世奇，重陽錯把配萸枝。開遲愈見凌霜操，堪笑兒童道過時。」

此文爲鄞縣高士駱以大作，駱氏行迹參看卷十五《近觀以大鶴年和韻諸詩因借韻呈二君子并述己志云爾》、卷十六《以大先生遺冬菊》、卷十七《客中憶寄以大千里二先生二首》《駱鄭二君子見訪賦絶句八首》。

【箋注】

〔一〕峻：嚴肅。落落：孤獨高傲貌。俯仰：周旋交往。曾鞏《麻姑山送南城尉羅君》：「丈夫舒卷要宏達，世路俯仰多拘牽。」

〔二〕望望：失意掃興貌。《孟子·公孫丑下》：「推惡惡之心，思與鄉人立，其冠不正，望望然去之，若將浼焉。」不齒：不願并列。

〔三〕當：符合。《吕氏春秋·大樂》：「莫不咸當。」高誘《注》：「當，合也。」忘形交：不拘行迹之知音。王若虚《李仲和墓碣銘》：「爲忘形交，久之益親。」

〔四〕肅：收縮。張協《雜詩》：「龍蟄暄氣凝，天高萬物肅。」李善《注》：「肅，縮也。」鶴氅：鳥羽所織裘衣，方外高士衣之。劉義慶《世説新語・企羨第十六》：「孟昶未達時，家在京口，嘗見王恭乘高輿，被鶴氅裘。於時微雪，昶於籬間窺之，歎曰：『此真神仙中人。』」

〔五〕折角巾：即林宗巾；東漢郭林宗，名重一時，一日道遇雨，頭巾沾濕，巾角褶皺，時人效之，故意折巾一角，稱林宗巾，參見《後漢書》卷六十八《郭太》。張耒《贈趙景平》：「定知魯國衣冠異，盡戴林宗折角巾。」

〔六〕九節杖：傳説仙人所用手杖，泛指手杖。杜甫《望嶽》：「安得仙人九節杖，拄到玉女洗頭盆？」

〔七〕凌轢：凌駕。淬厲：同「淬礪」，磨煉砥礪。

〔八〕中：中央黄色；我國中心及四方之土各有其色，中黄東青南赤西白北黑。正色：神色端莊。白居易《代書詩一百韻寄微之》：「正色摧强禦，剛腸嫉喔咿。」

〔九〕《列子・湯問第五》：「人性婉而從物，不競不争。」無咎：没有禍殃。《易・乾》：「九四：或躍在淵，無咎。」進：貪婪冒進。《易・乾》：「上九：亢龍有悔。」

〔一〇〕蓄用：積聚才用。《醫説》卷九：「晦以蓄用，静以應動。」

〔一一〕黄茅白葦：連片生長之黄色茅草或白色蘆葦，喻單調凡庸。蘇軾《答張文潛縣丞書》：「惟荒瘠斥鹵之地，彌望皆黄茅白葦，此則王氏之同也。」

〔一二〕無間：没有隔閡。曹處：并處；曹，偶，匹配。《楚辭》宋玉《招魂》：「分曹并進，乃相迫些。」王逸《注》：「曹，偶也。」摇落：凋零。《楚辭》宋玉《九辯》：「悲哉秋之爲氣也！蕭瑟兮草木摇落而變衰。」

〔一三〕磋：加工象牙，引申爲磋商。《管子·弟子職》：「相切相磋，各長其儀。」錯：通「厝」，治玉磨石。《詩經·小雅·鶴鳴》：「他山之石，可以爲錯。」

〔一四〕《莊子·山木》：「陽子之宋，宿於逆旅。逆旅人有妾二人，其一人美，其一人惡，惡者貴而美者賤。陽子問其故，逆旅小子對曰：『其美者自美，吾不知其美也；其惡者自惡，吾不知其惡也。』陽子曰：『弟子記之！行賢而去自賢之行，安往而不愛哉！』」

〔一五〕陶姓潛名：東晉隱士陶潛，愛菊戀松，高潔曠達。《歸去來兮辭》：「三徑就荒，松菊猶存。」蕭統《陶淵明集序》：「語時事則指而可想，論懷抱則曠而且真。加以貞志不休，安道苦節，不以躬耕爲恥，不以無財爲病。自非大賢篤志，與道污隆，孰能如此乎？」

唐林字説

句章唐起賢之冢子林〔一〕，從予遊久，今年十有五矣。起賢將責之以成人之道也〔二〕，乃行三加之禮而請字於予〔三〕。予取班固「學林」之語而字之以孟學〔四〕。且爲説以告之曰：

生亦即夫高山大澤之林乎？望之蔚然而愈茂，入之窈然而愈深，陟之嶄然而愈峻〔五〕，是何果①以致此哉？蓋其得地之力也完，而去人境也遠。得地力也完，故其積也厚；去人境也遠，故其戕②之者少。於是乎茂也深也峻也，有不期然而然矣。今以近郊之林而爲國人之所窺俟，晝夜所息之氣薄〔六〕，雨露所潤之日淺，而斧斤之伐，牛羊之牧，又相尋於無窮，此豈復有向之蔚然窈然嶄然者乎？

生入學林，亦若是而已矣。而其爲茂爲深爲峻也，又有甚於此者焉。吾懼生之積於内者有未然，而戕於外者日以至，則所謂蔚然窈然嶄然者，且化而爲濯濯矣〔七〕。嗚呼！是豈林之性也哉！生乎，其繼此而務學也乎！

然學有二焉，有義理之學，有文詞之學。義理之學，猶斯林之有根柢③，所以脩夫天爵之貴者也；文詞之學，猶斯林之有芬葩，所以慕夫人爵之榮者也〔八〕。生能舍文詞之學以求義理之學而從事焉，始無愧乎斯林之所養矣。孟子曰：「苟得其養，無物不長；苟失其養，無物不消。」予之告生止於此矣。生再拜曰：「敢不敬蚤夜求從祝辭。」

【題解】

唐林，戴九靈流寓四明慈溪時弟子，參看卷二十《一經齋記》及卷二十五《示唐生林》。

唐林，字孟學，亞聖孟子嘗以牛山之木喻人之本性，戴九靈藉之以勵唐林。《孟子·告子上》：「牛山之木嘗美矣，以其郊於大國也，斧斤伐之，可以爲美乎？是其日夜之所息，雨露之所潤，非無萌蘖之生焉，牛羊又從而牧之，是以若彼濯濯也。人見其濯濯也，以爲未嘗有材焉，此豈山之性也哉？雖存乎人者，豈無仁義之心哉？其所以放其良心者，亦猶斧斤之於木也，旦旦而伐之，可以爲美乎？其日夜之所息，平旦之氣，其好惡與人相近也者幾希，則其旦晝之所爲，有梏亡之矣。梏之反復，則其夜氣不足以存；夜氣不足以存，則其違禽獸不遠矣。人見其禽獸也，而以爲未嘗有才焉者，是豈人之情也哉？故苟得其養，無物不長；苟失其養，無物不消。孔子曰：『操則存，舍則亡；出入無時，莫知其鄉。』惟心之謂與？」

【校勘】

①何果：乾隆本作「果何」。

②戕：底本作「戔」，據乾隆本改。下同。

③柢：底本作「祗」，據乾隆本改。

【箋注】

〔一〕句章：寧波古稱，詳見卷十六《庸道提學訪予定川寓舍……》；特指慈溪縣。《光緒慈溪縣志》卷四十三《舊迹三·居址上·句章故城》：「縣南十五里，城山渡東，春秋時越王勾踐所築。其曰城山者，以句章之城在此山也。」

〔二〕成人：德才兼備者。《論語·憲問》：「子路問成人。子曰：『若臧武仲之知，公綽之不欲，卞莊子之勇，冉求之藝，文之以禮樂，亦可以爲成人矣。』」

〔三〕三加：古代男子行加冠禮，初加緇布冠，再加皮弁，次加爵弁。《禮記·冠義》：「故冠於阼，以著代也。醮於客位，三加彌尊，加有成也。」鄭玄《注》：「冠者，初加緇布冠，次加皮弁，次加爵弁，每加益尊，所以益成也。」

〔四〕《漢書》卷一百下《叙傳下》：「函雅故，通古今，正文字，惟學林。」

〔五〕蔚然：草木繁密貌。窈然：幽深貌。嶄然：高峻突兀貌。

〔六〕國：都城。息：滋生，繁殖。

〔七〕濯濯：光秃貌。《孟子·告子上》：「人見其濯濯也，以爲未嘗有材焉，此豈山之性也哉！」趙岐《注》：「濯濯，無草木之貌。」

〔八〕天爵：高尚道德。人爵：人世間官爵品級。《孟子·告子上》：「有天爵者，有人爵者。仁義忠信，樂善不倦，此天爵也；公卿大夫，此人爵也。」

唐氏四子字説

句章唐景先氏有子四人焉〔一〕：曰轅，曰輪，曰轂，曰輻〔二〕。轅則字之以伯度，輪則字之以仲規，轂則字之以叔直，輻則字之以季齊。一日，景先請所以字四子者其説云何。

予曰：吾子亦知車之任重而致遠乎〔三〕？其轅以句衡，欲其有度焉〔四〕，適淺深而謀進退也。其輪以載地，欲其中規焉〔五〕，杼於澤而侔於山也〔六〕。其轂居於輪之中，欲其直焉而不動也。其輻湊乎轂，欲其齊焉而相任也。夫如是，則車之爲用庶幾哉！

今四子之車，其材良，其質堅，吾固望其任重而致遠矣。雖然，猶懼其法之於外者有所未至也。四子於此，苟能守之以度，而無折無絶也如轅；通之以規，而不匡不附也如輪〔七〕；容乎其直揉乎其齊也如轂如輻〔八〕：則其取法是車也，不既至矣乎！由是而觀，則轅也輪也轂也輻也，必合爲一器，而後可以成乎車；則汝四子之爲兄爲弟也，亦必合之爲一心，而後可以成乎家。

然欲使之有合也，亦在乎度以守之，規以通之，容乎直而揉乎齊耳。是故引而行乎上者，轅也；達而行乎下者，輪也；轂之與輻，又所以同乎輪者也。轅不度，則無以制其下而使之行；輪不規，轂不直、輻不齊，則無以聽乎上而奉之行。輪也轂也輻也，固弟焉而役於轅者也；轅乎，吾見爲兄之難矣。轅率諸弟學於予，予嘉景先之有子也，作字説以貽之。

【題解】

四明唐復禮，字景先，四子居仁由義：伯曰轅，仲曰輪，叔曰轂，季曰輻。唐景先罹禍解京，先長子轅代父入獄，後叔子轂替兄赴死；吉人天相，正則壓邪，唐轂最終免罪而歸。唐氏昆弟舍生取義，高風峻行，不啻朗日之驅黑夜，清風之散污濁，足以廉頑立懦移風易俗。其事詳見卷十九《唐二子傳》。

【箋注】

〔一〕句章：地名，見本卷《唐林字説》。

〔二〕轅：車前駕牲畜之兩根直木。轂：車輪中心穿軸承輻部件。《説文》：「轂，輻所湊也。」輻：車輪中連接轂和輞之直條。《老子》十一章：「三十輻共一轂，當其無，有車之用。」

〔三〕任重致遠：負載重物行達遠方；任，負擔。《墨子·親士》：「良馬難乘，然可以任重致遠；良才難令，然可以致君見尊。」

〔四〕句：通「鉤」，鉤連。衡：車轅頭上套牲口之橫木。度：法度。

〔五〕載：通「戴」，頂。《詩經·周頌·絲衣》：「絲衣其紑，載弁俅俅。」鄭玄《箋》：「載，猶戴也。」中規：同圓規吻合。《荀子·勸學》：「輮以爲輪，其曲中規。」

〔六〕杼：削薄。侔：相等，匹配。《周禮·冬官考工記第六·輪人》：「凡爲輪，行澤者欲杼，行山者欲侔。杼以行澤，則是刀以割塗也，是故塗不附。侔以行山，則是摶以行石也，是故輪雖敝，不甐於鑿。」鄭玄《注》：「杼，謂削薄其踐地者。」

〔七〕通：通暢無阻。《玉篇·辵部》：「無所不流曰通也。」匡：彎曲歪斜。《周禮·冬官考工記第六·輪人》：「察其菑蚤不齵，則輪雖敝不匡。」附：膠著。

〔八〕容：加工。《周禮·考工記·輪人》：「容轂必直。」鄭玄《注》：「容者，治轂爲之形容也。」揉：矯正木料，直木使曲，曲木使直。《漢書》卷五十八《公孫弘傳》：「臣聞揉曲木者不累日。」顔師古《注》：「揉謂矯而正之也。」

樸太素字説

聖如孔子，賢如老莊，其言不過曰「繪事後素〔一〕」，曰「見素抱樸〔二〕」，曰「明白入是素，無爲復樸〔三〕」。蓋樸也，素也，皆質之所始也〔四〕。質之所始，其道之根榦乎！是故中虚外無，不可爲像，是謂溟涬，道之根也；有物混成，先天地生，是謂厖鴻，道之榦也〔五〕。斯道也，不特儒道二教爲然，雖釋氏之教亦然。嘗讀止觀書〔六〕，悟即假即空之理〔七〕，六度萬行自一真出〔八〕。真即道也，道即質之所始，而樸與素之説也。

周氏慈溪右姓，詩禮世其家〔九〕，有奇比丘出焉，東皋宜樸〔一〇〕，字太素者是已。太素幼薙染具戒〔一一〕，後習内外學〔一二〕，奉師祖圓智翁居冢間〔一三〕。大方之士多招以清職，而祖老辭不就〔一四〕。其卓識高行，固已振於叢林〔一五〕，如玉之就琱，木之就斫，駸駸乎其向用矣〔一六〕！

予懼其離樸而散素也，故爲之字説以祝之曰：充耳琇瑩〔一七〕，玉之就琱以成珮者也，而質弗樸，則難乎其爲珮矣。梗楠橡樟，木之就斫以爲梁爲棟者也，而質弗素，則難乎其爲梁爲棟矣。學者質之弗樸弗素也，然亦安能受道乎？所以字樸曰太素者，蓋以受道之質許之矣。雖然，太素禪子也，知所謂翠竹黄花之説〔一八〕，則於是道可一笑而領。

【題解】

樸，未加工成器之木料，《説文》：「樸，木素也。」《論衡·量知》：「無刀斧之斷者謂之樸。」素，本色未染之生帛。《説文》：「素，白致繒也。」樸素，皆指事物之本性，天性，本質。四明東皋福昌寺沙門宜樸，字太素，蓋自守以抱樸守真，自安以體性凝神，自勖以少私寡欲也。其祖文述禪師，詳見卷十九《覺智圓明述禪師傳》。

【箋注】

〔一〕繪事後素：先有白色底子，然後塗抹色彩；喻人有美質，然後可加文飾。《論語·八佾》：「子夏問曰：『巧笑倩兮，美目盼兮，素以爲絢兮。何謂也？』子曰：『繪事後素。』曰：『禮後乎？』子曰：『起予者商也，始可與言詩已矣。』」

〔二〕見素抱樸：推重純粹，保持質樸；見，知曉。《老子》十九章：「見素抱樸，少私寡欲，絶學無憂。」《淮南子·脩務訓》：「而明弗能見者何？」高誘《注》：「見，猶知也。」

〔三〕明白入素，無爲復樸：心智明白，達到純粹之境界；恬淡無爲，恢復淳樸之本性。《莊子·天地》：「夫明白入素，無爲復樸，體性抱神，以遊世俗之間者，汝將固驚邪？」

〔四〕質：本質，本性，本體。《韓非子·解老》：「和氏之璧，不飾以五采；隋侯之珠，不飾以銀黄。其質至美，物不足以飾之。」

〔五〕張衡《河間集》卷二《靈憲》：「太素之前，幽清玄浄。寂寞冥默，不可爲象。厥中惟靈，厥外惟無。如是者永久焉，斯謂溟涬，蓋乃道之根也……有物渾成，先天地生。其氣體固未可得而形，其遲速固未可得而紀也；如是者又永久焉，斯謂厖鴻，蓋乃道之幹也。」不可爲像：不可以形象來判斷；像，通「象」。《莊子・刻意》：「化育萬物，不可爲象。」成玄英《疏》：「化導蒼生，含育萬物，隨機俯應，不守一方，故不可以形象而域之也。」溟涬：天體形成前之自然元氣。混成：混合爲一個整體。厖鴻：天地未剖時之混沌狀態。張衡《思玄賦》：「逾厖鴻於宕冥兮，貫倒景而高厲。」李善《注》：「厖鴻宕冥，皆天之高氣也。」

〔六〕止觀：參見卷十三《雲深詩序》。

〔七〕即假即空：一切因緣所生之物皆空幻虛無。天台宗基本教義一心三觀，謂事物因緣所生，故爲假有；虛假不實，故名爲空；且空、假不可分離，非空非假，即爲中道。人於一心中同時參悟空、假、中三種道理，謂之一心三觀。《摩訶止觀》卷五：「一空一切空，無假中而不空，總空觀也；一假一切假，無空中而不假，總假觀也；一中一切中，無空假而不中，總中觀也。」

〔八〕六度：或曰六波羅蜜，從生死輪回此岸抵達涅槃寂静彼岸之六種方法，即布施度、持戒度、忍辱度、精進度、禪定度、智慧度；且六法須循序漸進，由不愛財方能持戒，由持戒方能忍辱，由忍辱方能精進，由精進方能禪定，由禪定方得趨向涅槃之般若。萬行：遵循六度修身成佛之各色行爲。

〔九〕世：繼承。《漢書》卷四十八《賈誼傳》：「賈嘉最好學，世其家。」顏師古《注》：「言繼其家世。」

〔一〇〕東皋：四明慈溪東皋福昌寺，詳見卷二十八《重建東皋福昌寺記》。

〔一一〕薙染：剃去頭髮，染成緇衣，形容出家爲僧。具戒：具足戒，具足圓滿之戒，出家人受持具足戒，則爲正式僧尼；漢族僧尼依據《四分律》受持具足戒，比丘戒有二百五十條，比丘尼戒有三百四十八條。

〔一二〕内外學：佛學與佛經外學問。耿湋《題清源寺》：「内學銷多累，西林易故居。」鮑溶《送僧東遊》：「風流東晉後，外學入僧家。」

〔一三〕圓智翁：詳見卷十九《覺智圓明述禪師傳》。

〔一四〕大方：識廣學博。《莊子・秋水》：「吾長見笑於大方之家。」

〔一五〕振：通「震」。《史記》卷七十七《魏公子列傳》：「公子威振天下。」

〔一六〕駸駸乎：漸進貌。向用：有意引用。《宋史》卷一百五十五《選舉一》：「時取才唯進士諸科爲最廣，名卿巨公，皆繇此選，而仁宗亦向用之，登上第者不數年輒赫然顯貴矣。」

〔一七〕充耳：也稱瑱，古代貴族懸於冠冕兩旁之美玉，其長及耳，可以塞耳避聽。琇瑩：似玉美石。《詩經・衛風・淇奥》：「有匪君子，充耳琇瑩，會弁如星。」毛《傳》：「充耳謂之瑱；琇瑩，美石也。天子玉瑱，諸侯以石。」

〔一八〕翠竹黄花：佛家指眼前境物，與自性、佛性、真心、菩提心、本來面目相對者。《五燈會元》卷三《越州大珠慧海禪師》：「迷人不知法身無象，應物現形，遂唤青青翠竹總是法身，鬱鬱黄華無非般若。黄華若是般若，般若即同無情；翠竹若是法身，法身即同草木。」

太素説

《易》卦有「復」，所以復乎其本始也〔一〕。本始也者，樸而未散之謂也。樸而未散，是名太素。老子之「抱樸見素」，莊子之「復樸入素」，又皆求復乎太素之説也。然則曷爲而復之？復之之道，惟神是守。守而勿失，與神爲一〔二〕。惟其一也，故不雜；惟不雜也，故能純〔三〕。傳曰：「能體純素，謂之真人〔四〕。」斯言豈欺我哉！

浦陽趙君，儒家子也。晚好老莊之學，從伯氏太初先生遊〔五〕，弊衣糲食，絶去華靡，是蓋有志乎純素者矣。以其字思復，而别號太素子。一日求其説於囂囂生，生曰：「越席疏布〔六〕，物之素也；質先禮後〔七〕，人之素也；而道家之素，《易》與老莊之説一也，《易》言其復，而老莊言其素也。然所以復乎其素，會儒道而爲一者，又君之所自得，非予之所能知，而亦非可以言告也。」太素子拊手稱善，遂書之以爲説。

【題解】

浦江趙良賢，字思復，晚年自號太素子，戴九靈内弟，詳見本書卷二十三《明故太素處士趙君墓誌銘》。太素，構成宇宙之原始物質，引申則爲樸素。《列子·天瑞》：「太素者，質之始也。」班固《白虎通·天地》：「始起之天，始起先有太初，後有太始，形兆既成，名曰太素。」班固《東都賦》：「昭節儉，示太素，去後宫之麗飾，損乘輿之服御。」

蘇伯衡《蘇平仲文集》卷一《太素原》：「絲之潔或涅之，可謂太素乎？曰不可。玉之樸或斫之，可謂太素乎？不可。物莫質於疏幕越席，味莫真於玄酒大羹，音莫淡於蕢桴土鼓。惟其淡也真也質也，是以純而不雜也。純而不雜，此之謂素。而太素云者，則極其純而其不雜無以加之之謂也。潔絲而涅焉，樸玉而斫焉，謂之素且猶不可，而況可謂太素乎？是故疏幕越席而施之以文繡緣飾，則非復質矣；玄酒大羹而和之以麯糵鹽梅，則非復真矣；蕢桴土鼓而節之以聲音律吕，則非復淡矣。何也？猶絲之涅也，猶玉之斫也，雜而不純也。夫文繡緣飾足以壞質，麯糵鹽梅足以損真，聲音律吕足以亂淡，孰謂夫人五色耀目而悦之，五聲盈耳而樂之，五味適口而嗜之，而不失其赤子之心乎？而況戕賊斵喪之者，有甚於彩色音聲臭味者乎？於戲，人之所以爲人，以其有赤子之心也。赤子之心，天地之心也。一僞弗盟，萬善咸備，未有不純焉者也。而汩没於利欲，流轉而忘返，奈之何其不雜也？蓋人之生不能無欲，而可欲之物又交乎前，惟上智之人能不爲其役焉，中智而降不爲其所役者幾希。夫役於物，則將窮其智以求所欲，盡其力以爭所欲。苟慊其欲，則雖處污穢混濁而不辭，行恌巧（徂）〔狙〕詐而不恥，其性有不鑿乎？其心有不失乎？尚何去群惡全萬善居太素之域之望乎？處山林者多願愨敦樸，無他焉，不見外物也；處市井者多矯僞詭譎，無他焉，物引之也。由是言之，士之出於無懷氏、葛天氏、華胥氏之世者，夫安得不質如疏幕越席乎？不真如玄酒大羹乎？不淡如蕢桴土鼓乎？不潔如不涅之絲乎？不樸如不斫之玉乎？無他，茹毛飲血而口不役於味也，衣鳥獸之皮而目不役於色也，擊壤鼓腹而耳不役於聲也，巢居穴處而形不役於安佚也，不識不知而神不役於好惡也，其性不鑿而其心不失也，此其所以熙熙乎皞皞乎渾渾乎其太素，而後世之人所以不及也。然則生今之世欲返古之風，亦惟去其欲而已矣。無作好無作惡無偏黨，素之門也；惟精惟一執中，素之方也；若顔子之三月不違，素之效也；若文王之德之純，素之至也。如是而失其赤子之心，吾未之信也；使夫人皆不失赤子之心，而民德不厚士習不淳風俗不美，吾未之信也；而不熙熙不皞皞不渾渾不太古若者，吾未之信也。浦江趙思復傷（稚）〔雅〕道之喪而衆爲是醨也，思追華胥氏、葛天氏、無懷氏而從之，自號太素生而質諸余。思復儒家者流，余故不欲從囂囂生之後摭老莊之似瀆告之，作《太素原》以贈。」

【箋注】

〔一〕本始：原始，本初。王安石《和吳御史汴渠》：「本始意已陋，末流功更長。」

〔二〕與神爲一：形神融合無間。《莊子·刻意》：「純素之道，惟神是守；守而勿失，與神爲一。」成玄英《疏》：「純精素質之道，唯在守神，守神而不喪，則精神凝静。既而形同枯木，心若死灰，物我兩忘，身神一也。」

〔三〕《莊子·刻意》：「故素也者，謂其無所與雜也；純也者，謂其不虧其神也。」郭象《注》：「苟以不虧爲純，則雖百行同舉，萬變參備，乃至純也；苟以不雜爲素，則雖龍章鳳姿，倩乎有非常之觀，乃至素也。若不能保其自然之質而雜乎外飾，則雖犬羊之鞹，庸得謂之純素哉！」成玄英《疏》：「夫混迹世物之中而與物無雜者，至素者也；參變囂塵之内而其神不虧者，至純者也。豈復獨立於高山之頂，拱手於林籟之間而稱純素哉？蓋不然乎？」

〔四〕《莊子·刻意》：「能體純素，謂之真人。」成玄英《疏》：「體，悟解也。妙契純素之理，則所在皆真道也，故可謂之得真道之人也。」真人：存養本性超凡得道者。

〔五〕太初：元時浦江趙良本，參見卷十八《趙太初像贊》。

〔六〕越席：結蒲草爲席。疏布：粗布。《禮記·禮運》：「與其越席，疏布以冪。」

〔七〕質先禮後：先培植本質，再飾以禮儀。《論語·八佾》：「子曰：『繪事後素。』曰：『禮後乎？』子曰：『起予者商也，始可與言詩已矣。』」

瑄蘊中字説

瑄蓋用之以禮神而爲器之貴者也〔一〕。然則人也，亦有見用於世而爲其所貴乎？公卿大夫士是也。其於僧也則不然。僧蓋出世間者也，是以無用而爲用〔二〕，世固莫得而貴賤之矣。然則師之能瑄也，亦在蘊諸中而已。蘊中之説云何？師讀止觀書，知六度萬行自一真出。則知所蘊之義，其在斯①乎？其在斯乎？師名瑄，而字以蘊中，因爲之説云。

【題解】

元末四明僧人瑄，字蘊中，戴九靈方外友。瑄，六寸大璧。《爾雅·釋器》：「璧大六寸謂之宣。」郝懿行《義疏》：「宣如字，本或作瑄，音同。郭引《漢書·郊祀志》云：『有司奉瑄玉。』孟康注：『璧大六寸謂之瑄。』」神有所主，心有所藏，謂之蘊中。

元慈溪烏斯道有方外交韞禪師，與瑄蘊中殆同一人。《春草齋集》卷三《寄韞禪師》：「孤蹤隨寶地，碩德重禪林。雨遍龍歸洞，天空鶴在陰。泉聲山路静，松影石塘深。何日聽高論，令人慰夙心？」

【校勘】

① 斯：底本作「其」，據乾隆本改。

【箋注】

〔一〕禮神：祭神致福。揚雄《甘泉賦》：「集乎禮神之囿，登乎頌祇之堂。」李善《注》：「禮神，謂祭天也。」

〔二〕《莊子·山木》：「山木自寇也，膏火自煎也。桂可食，故伐之；漆可用，故割之。人皆知有用之用，而莫知無用之用也。」

九靈山房集卷之十九

鄞遊稿五

傳

高士傳

嗚呼甚矣哉，高節之士爲難遇也！《易》稱：「君子之道，或出或處，或語或默〔一〕。」夫捐身以行化者，知進而不能退；嫉世以矯情者，知往而不能返〔二〕：二者各得其道之一偏，惡睹所謂中哉〔三〕？孔子曰：「不得中行而與之，必也狂狷乎？」「狂者又不可得，欲得不屑不潔之士而與之，是狷也，是又其次也〔四〕。」孔子居周之世而其言如此，況世變多故，君子道消之時乎〔五〕？於斯之時，責士以必中而不過，則天下爲無士矣。君子之於人也，樂成其美而不求其備〔六〕，況蹈義乘方，蟬蜕塵埃之表〔七〕，時固難遇其人乎！吾之有取於鶴年，有以也哉！有以也哉〔八〕！作《高士傳》。

鶴年，西域人也〔九〕。曾祖阿老丁與弟烏馬兒皆元初巨商。當世祖皇帝徇地西土〔一〇〕，軍餉不繼，遂杖策軍門，盡以其資歸焉。仍數從征討，下西北諸國如拉朽。廷論以功授官，阿老丁年老不願仕，特①賜田宅，留京奉朝請〔一一〕。烏馬兒擢某道宣慰使〔一二〕。其後招降吐蕃有大功，遂自宣慰拜甘肅行中書左丞〔一三〕。祖苫思丁由北晉王從官起家，累官至臨江路達魯花赤〔一四〕，政尚寬仁，民懷其德。父職馬禄丁輕財重義，盡取祖父遺資賑諸親故之不足及他士之貧者。然性尚豪邁，雅不喜榮名。年四十始應野憐真丞相辟，主臨州縣簿，以治行高等，升武昌縣達魯花赤〔一五〕，有惠政。解官之日，父老爲築「種德」之堂請曰：「吾縣蓋公之桐鄉〔一六〕，願留居毋去。」武昌公亦愛其土俗異他處，遂家焉。

生子五人，而鶴年最幼〔一七〕。武昌公死時，鶴年年甫十二，已屹然如成人。其俗素短喪，所禁止者獨酒，鶴年以爲非古制，乃服斬衰三年，仍八年不飲酒〔一八〕。家有遺資，悉推與諸兄，不留一錢自遺也。武昌公在時，以鶴年倜儻類己，甚鍾愛，畀蔭從父桓州職〔一九〕，鶴年亦辭謝不敢有。惟益厲志爲學，清苦自將，與寒畯賤士等〔二〇〕。或曰：「汝貴家子，不效祖父爲官人，顧乃過自矯激如此〔二一〕。」鶴年曰：「吾宗固貴顯，然以文學知名於世者恒少，吾欲奮身爲儒生，豈碌碌襲先蔭苟取禄位而已耶②？」鄉之諸儒長者以其年幼而有志，多樂教之。年十七而通《詩》《書》《禮》三經。豫章周懷孝，楚大儒，時寓武昌，執經問難者比肩立，然獨器重鶴年，且欲同歸豫章而妻以愛女〔二二〕。鶴年以母老，諸兄皆官千里外，無他兄弟備養，辭不行。母聞而遣之，鶴年曰：「人之所以爲學者，學爲孝耳。今舍晨昏之養而從師遠遊〔二三〕，人其謂斯何？」

明年，淮兵渡江襲武昌〔二四〕，鶴年奉母夫人以行。所在艱阻，三閱月始達鎮江〔二五〕，菽水不給，雖傭販賤業騎射卑職，皆趨爲之不問。及夫人捐館舍，鶴年哀毁盡癯〔二六〕，鹽酪不入口者五年。

於是浙以西日入於亂〔二七〕。鶴年聞從兄吉雅謨丁避地越江上〔二八〕，徒步往依焉。時江南行御史臺移治兹郡，大夫拜住公，鶴年父友也，雅知鶴年，即辟爲從事〔二九〕；御史迭烈圖禿滿迭兒亦舉校官；余觀胡普顔帖木兒安慶舉孝廉〔三〇〕。鶴年痛禄之不逮養也，俱不應。浙東廉訪僉事都堅不花延致鶴年於家，俾諸子師事之，且剡薦入館閤[三一]；薦章未出而宵逝。南臺大夫沙藍答兒公被召還朝[三二]，思得文儒之士以備其諮訪，復以從事辟之；江西、閩海二道肅政府又以其省儒學提舉薦：皆陳悃以辭，毅然不一就[三三]。

鶴年與吉雅謨丁甚友愛[三四]，吉雅謨丁掾南臺③時[三五]，欲以利禄勉鶴年，鶴年去不顧[三六]。後以直言忤權要，謫遷江右[三七]，道里梗塞，僕隸皆憚行，鶴年乃獨衝寒雪冒險途千里從之。

後還越，宿留四明。或旅食海鄉，爲童子師[三八]；或寄居僧舍，賣藥以自給[三九]。雖久處艱瘁，泊如也。通政院判伍寔④督運海上，自負才氣，見賓客不爲禮，而獨賢鶴年，虚左迎至邸[四〇]。鶴年當隆冬弊衣不掩脛，伍欲解衣衣之，畏其清介，言欲發而中止。鶴年當困苦時，人有濟之者，雖饘粥之費無所受。然行橐稍裕，每好赴人之急，人之享其惠者，蓋數數然也[四一]。

時兵戈四起，鶴年益逃匿海島，絶其迹[四二]。已而海上多盜，鶴年轉徙無常，大抵皆明之境内。明當方氏之盛，幕府頗待士[四三]，士之至者踵接。鶴年獨逡巡遠避，門無一迹。慈溪縣尹陳麟號稱賢令⑤，四方士大夫多依之[四四]。鶴年居是邑數載，未嘗睹其面。

鶴年天質穎悟，讀書過目輒成誦。善詩歌，而尤工於唐律；爲文章有氣；至於算數、導引、方藥之説，亦靡不旁習〔四五〕。然專以躬行爲學，非其食不食，非其衣不衣，重然諾〔四六〕，尚氣節，人或有失，雖尊盛必盡言以告。己有過，雖少賤者規之，必斂衽聽受〔四七〕。見人一善，稱之不容口，即不善，未嘗言。然性頗褊隘，於物少容，因自謂曰：「凡爲清士，當以廉爲主，義爲輔，和爲衛，三者備，庶可免於今之世矣。」由是德益修而行益勵，有東漢高士之遺風。員外郎馬子英不妄許可人，嘗曰：「吾友多矣，可托妻子者〔四八〕，惟鶴年一人。」世以爲知言。

贊曰：昔申屠蟠居父憂，哀毁過禮，不進酒肉者十餘年。家貧傭工自給，郡召爲主簿不行，隱居梁碭，以經學自娱〔四九〕。至今想其爲人，猶凜凜有生氣〔五〇〕。鶴年執親之喪，有過無弗及〔五一〕；而間關亂世〔五二〕，利禄不行；至其爲學，博覽經史，而本於躬行：雖蟠何以加諸？詩曰「高山仰止，景行行止〔五三〕」，又曰「維其有之，是以似之〔五四〕」，其鶴年之謂乎？

【題解】

晉皇甫謐撰《高士傳》，述隱者之事，稱逸民之德，以厲濁激貪，廉頑立懦。元末明初西域詩家丁鶴年清風雅韻，遠追先秦兩漢高士，其行迹參看卷十六《近觀以大鶴年和韻諸詩因借韻呈二君子并述己志云爾》、卷十七《憶鶴年有賦》、卷二十一《鶴年吟稿序》、卷二十二《題馬元德伯仲詩後》、卷二十五《寄鶴年》、卷二十九《皇元風雅序》。

《明史》卷二百八十五《文苑一·丁鶴年》：「時又有丁鶴年者，回回人。曾祖阿老丁與弟烏馬兒皆世商。元世祖征西域，軍乏饟，老丁杖策軍門，盡以貲獻。論功，賜田宅京師奉朝請。烏馬兒累官甘肅行省左丞。父職馬禄丁，以世蔭爲武昌縣達魯花赤，有惠政，解官，留葬其地。至正壬辰，武昌被兵，鶴年年十八，奉母走鎮江。母殁，鹽酪不入口者五年。避地四明，方國珍據浙東，最忌色目人，鶴年轉徙逃匿，爲童子師，或寄僧舍，賣漿自給。及海内大定，牒請還武昌，而生母已道阻前死，瘞東村廢宅中，鶴年慟哭行求，母告以夢，乃嚙血沁骨，斂而葬焉。烏斯道爲作《丁孝子傳》。鶴年自以家世仕元，不忘故國，順帝北遁後，飲泣賦詩，情詞凄惻。晚學浮屠法，廬居父墓，以永樂中卒。鶴年好學洽聞，精詩律，楚昭、莊二王咸禮敬之。正統中，憲王刻其遺文行世。」

丁鶴年避地四明定海時，以海巢名其小浹江口寓舍。《光緒鎮海縣志》卷三十四《古迹·海巢》：「在小浹江口，丁鶴年避地處。全祖望《記》：『殘元遺民以文苑巨子而不屈節者，蓋多有之。而爲吾鄉之寄公者三人：九靈戴先生良、玉笥張先生憲暨丁先生鶴年也。戴寓於慈水；張寓於鄞；而丁卜居定海，其所居在浹口，所稱海巢是也。鶴年之來此也，以其從兄吉（謨雅）〔雅謨〕丁官定海之故，由武昌徒步奉母而來。海氛未靖，鶴年轉徙島上，靡有定止。及難稍平，始爲浹口之巢，可爲窮矣！而宣光綸旅之望，至老不衰，何其壯哉！鶴年以朝不坐燕不與之身，豈有故國故君之托寄？況又出自西域，非有中原華閥之系望，乃欲以藜床皂帽支持一代之星火，其亦間世之豪傑也已。桐江一絲，扶漢九鼎。然則浹口之巢，豈不爲殘元七廟之所維繫哉！明室大定，鶴年窮益甚，顧介亦益甚。雖饘粥之需，未嘗妄受，冬衣不能掩脛。嗚呼！陶泉明雖高，然尚不卻檀道濟、王宏之饋，論者不敢以此遽爲泉明貶，蓋論人者於其大也。而鶴年之戛戛，則較泉明又過之矣。予來浹口，求得海巢而過之。驚濤落日，如聞嗚咽之聲，雖荒蕪之餘，猶令人感慨横生。梨洲黄氏論宋元二季人物，以爲皆天地之元氣。顧一如陽之遏於陰而不得出，其聲爲雷；一如陰之遏於陽而不得入，其聲爲風。晞髪、白石之吟，陽氣也，强壓於元，憤盈而無以自泄，未百年而高皇帝發其迅雷。丁、戴諸公之吟，陰氣也，臨以明之重陽，故不能爲雷，而如《蠱》之風，不久而散。此亦梨洲就其身世而立言耳。君臣之義，何所逃於天地之間？此耿耿不散者，孰爲陽？孰爲陰？其激怒旁魄，俱足爲雷；其哀唳悽愴，俱足爲風，不可以歧而視之。至於鶴年之詩，頡頏於馬伯庸、薩天錫、余廷心之間，則前輩之表章已多，尚其小焉者也。』」

【校勘】

① 特：乾隆本作「時」。

② 耶：乾隆本作「邪」。

③ 臺：底本作「亭」，據乾隆本改。

④ 寔：乾隆本作「實」。

⑤ 令：底本作「今」，據乾隆本、同治本改。

【箋注】

〔一〕語出《周易大傳・繫辭上》。

〔二〕行化：施行教化。矯情：違背常情標新立異。《後漢書》卷八十三《逸民列傳》：「或高棲以違行，或疾物以矯情，雖軌迹異區，其去就一也。」

〔三〕一偏：一面，一部分。王守仁《傳習録》卷上：「教人爲學不可執一偏。」中：中庸，不偏不倚恰到好處。

〔四〕語見《論語・子路》與《孟子・盡心下》。中行：立身行事不偏不倚符合中庸之道者。與：結交。狂者：志大言誇而自强不息者。狷：拒絶隨波逐流而潔身自好者。袁宏《詠史詩》：「無名困螻蟻，有名世所疑。中庸難爲體，狂狷不及時。」

〔五〕道消：儒家思想受打擊而不得施行。王禹偁《滁上謫居》：「敢歎我命薄？所嗟吾道消。」

〔六〕《論語・顔淵》：「子曰：君子成人之美，不成人之惡。小人反是。」《論語・微子》：「周公謂魯公曰：『君子不（弛）〔施〕其親，不使大臣怨乎不以。故舊無大故，則不棄也。無求備於一人。』」

〔七〕蹈義：踐行仁義。乘方：順應正道。《後漢書》卷八十一《獨行列傳》：「乘方不忒，臨義罔惑。」蟬蛻：解脱。《史記》卷八十四《屈原賈生列傳》：「自疏濯淖污泥之中，蟬蛻於濁穢，以浮游塵埃之外。」

〔八〕曹丕《與吴質書》：「古人思秉燭夜遊，良有以也。」

〔九〕西域：古時指玉門關陽關以西、葱嶺以東區域。《漢書》卷九十六上《西域傳上》：「南北有大山，中央有河，東西六千餘里，南北千餘里。東則接漢，阸以玉門、陽關，西則限以葱嶺。」

〔一〇〕世祖：忽必烈，元世祖聖德神功文武皇帝。《元史》卷十七《世祖十四》：「世祖度量弘廣，知人善任使，信用儒術，用能以夏變夷，立經陳紀，所以爲一代之制者，規模宏遠矣。」徇地：攻取土地。

〔一一〕奉朝請：古代諸侯春季朝見天子叫朝，秋季朝見爲請，遂稱定期參加朝會爲奉朝請；古時退職大臣、將軍和皇室、外戚多以奉朝請名義參加朝會。

〔一二〕《元史》卷九十一《百官七・宣慰使司》：「每司宣慰使三員，從二品……凡六道：山東東西道、河東山西道、淮東道、浙東道、荆湖北道、湖南道。」

〔一三〕吐蕃：中國古代藏族在青藏高原所建政權。左丞：元行省正二品職官。

〔一四〕《元史》卷六十二《江西等處行中書省・臨江路》：「領司一、縣一（清江）、州二（新淦州、新喻州）。」

〔一五〕野憐真：通稱亦憐真班，先輾轉朝廷諸要職，後官湖廣、江浙、江西諸行省左丞；詳見《元史》卷一百四十五《亦憐真班》。臨州：元時隸屬中書省冀寧路；疑「臨州」當作「臨川」，元時江西行省撫州路屬縣。主簿：元時州設吏目，縣有主簿；參見《元史》卷九十一《百官七》。治行：政績。武昌：元湖廣等處行中書省武昌路屬縣。

〔一六〕桐鄉：古地名，在安徽桐城北；漢朝循吏朱邑嘗任桐鄉嗇夫，廉平不苛，遇人有恩，吏民服膺愛戴，朱邑辭世後葬桐鄉，邑民爲之立祠祭祀；後遂以桐鄉形容官吏惠政。詳見《漢書》卷八十九《循吏傳》。梅堯臣《衛尉邵少卿挽詞》：「桐鄉歸葬日，棠樹去思人。」

〔一七〕丁氏仲兄烈瞻，歿於疆埸；兄翰林應奉愛理沙，元末嘗遊四明。《元史》卷四十四《順帝七》：「章佩監丞普顔帖木兒、翰林修撰烈瞻招諭沔陽。」《丁鶴年集》卷二《哭陣亡仲兄烈瞻萬户》：「獨騎鐵馬突重圍，斬將搴旗疾似飛。金虎分符開幕府，玉龍横劍衛邦畿。委身殉國心方盡，裹革還鄉願竟違。病卧滄江憐弱弟，看雲徒有淚沾衣。」《丁鶴年集·附録》：「愛理沙，字允中，至正間進士，翰林應奉，鶴年兄也……《題東湖古鼎銘長老鍾秀閣》：『檻外澄湖平不流，窗間疊嶂屹將浮。煙霞五色錦屏曉，風月雙清瑶鏡秋。薝蔔濃香吹法席，芙蓉涼影蕩仙舟。結巢擬傍雲松住，回首朝簪愧未收。』」

〔一八〕斬衰：舊時五種喪服中最重者，用粗麻布製成，左右和下邊不縫。服制三年。子及未嫁女爲父母，媳爲公婆，承重孫爲祖父母，妻妾爲夫，均服斬衰。

〔一九〕畀：賜予。蔭：子孫藉先世功勳所得封賞。桓州：元時隸屬中書省上都路。

〔二〇〕自將：自持。寒畯：同「寒俊」，出身貧賤而才能卓越者。

〔二一〕矯激：違逆常情怪異偏激。

〔二二〕周懷孝：名永言，字懷孝，疑又字孝思。《御選元詩·姓名爵里一》：「周永言，字懷孝，富州人。」《丁鶴年集》卷二《奉懷先師豫章周孝思先生》：「先生有道負清時，經濟何由見設施？白水青山聊自適，光風霽月復誰知？出塵標格三株樹，瑞世文章五色芝。鳴鳥不聞人亦去，生芻一束起遐思。」

〔二三〕晨昏：昏定晨省；參見卷十七《哭汪遯齋二十四韻》。

〔二四〕淮兵：至正十二年春元末梟雄徐壽輝遣將掠取武昌，參見《明史》卷一百二十三《陳友諒》。周霆震《石初集》卷四《至正十二年壬辰正月武昌失守》：「黄鶴樓前帝子宫，古來形勝控江東。運籌要害無豪俊，流禍顛厓總寇戎。天馬西來勳可樹，河冰北渡驛誰通？一壺或負千金重，白髮丹心愧少同。」

〔二五〕鎮江：元江浙行省鎮江路，時丁鶴年伯父僑寓斯境。烏斯道《春草齋集》卷七《丁孝子傳》：「後兵亂，鶴年倉卒奉母夫人走南徐世父家。」

〔二六〕哀毁：居親喪悲傷異常而毁損其身。

〔二七〕浙以西：詳見卷一《平饒信詩》。

〔二八〕吉雅謨丁：漢名馬元德，詳見卷二十二《題馬元德伯仲詩後》。越江：泛指越地江流，常代紹興。林景熙《端午次韻懷古或疑屈原曹娥死非正命是不知殺身成仁者也并爲發之》：「湘江沈忠臣，越江沈孝子。」

〔二九〕拜住：江南諸道行御史臺從一品御史大夫，詳見卷十三《邁院判哀詩序》。從事：官名。漢以後三公及州郡長官皆自辟僚屬，多以從事爲稱。《漢書》卷七十四《丙吉》：「坐法失官，歸爲州從事。」

〔三〇〕余觀胡普顔帖木兒安慶：簡稱余觀，元末監察御史。《元史》卷一百八十七《周伯琦》：「江南行臺監察御史余觀糾言伯琦失陷寧國，宜正其罪。」孝廉：漢代以來選拔孝敬廉潔人才之科目。

〔三一〕浙東廉訪：元浙東海右道肅政廉訪司。丁生俊《丁鶴年詩輯注·海巢集·送進士都堅不花出宰三山》：「龍沙公子龍頭客，錦繡胸襟玉雪顔。一日蜚英驚四海，九天承寵宰三山。花前封印青春醉，槐下鳴琴白晝閒。守令近民勤聖念，早須報政五雲間。」剡薦：削牘舉薦。

〔三二〕南臺：此指元江南諸道行御史臺。沙藍答兒：元末重臣。《元史》卷一百四十一《擴廓帖木兒》：「凡擴廓帖木兒所總諸軍……在山西者沙藍答兒領之。」館閣：朝廷所設昭文館、史館、集賢院、秘閣、龍圖閣、天章閣等，其主要職責爲掌管圖書經籍和編修國史。

〔三三〕肅政府：元時肅政廉訪司。悃：真誠。

〔三四〕《丁鶴年集·附録》載吉雅謨丁《秋過弟鶴年書館夜話》：「弟兄惟我老，宗族有君知。萬里常爲客，百年能幾時？秋清妨熟寐，夜静話貞期。明日匆匆别，還生兩地思。」

〔三五〕掾：古代屬官通稱。杜甫《覽物》：「曾爲掾吏趨三輔，憶在潼關詩興多。」

〔三六〕《丁鶴年集·附録》吉雅謨丁《鶴年弟盡棄紈綺故習清心學道特遺楮帳資其澹泊之好仍侑以詩》：「誰搗霜藤萬杵勻，製成鶴帳隔塵氛？香生蘆絮秋將老，夢熟梅花夜未分。枕上不迷巫峽雨，床頭長對剡溪雲。竹爐松火茶煙暖，一段清貞盡屬君。」

〔三七〕江右：元時江西行省。王勃《梓州玄武縣福會寺碑》：「下官薄遊江右，旅寄城隅。」

〔三八〕《丁鶴年集》卷一《客懷》：「此生何坎壈！終歲客他鄉。病骨驚秋早，愁心識夜長。文章非豹隱，韜略豈鷹揚？磨滅餘方寸，還同百煉剛。」

〔三九〕《丁鶴年集》卷三《寓慈湖僧舍次龍子高提舉韻》：「迢遞過蘭若，淹留爲竹林。疏鐘雲嶠回，孤竹雨窗深。長嘯非懷昔，狂歌豈避今？祇緣諸漏盡，不受一塵侵。」

〔四〇〕《元史》卷八十八《百官四》：「通政院，秩從二品。國初，置驛以給使傳，設脱脱禾孫以辨奸僞……院判一員，正五品。」虚左：古代以左爲尊，空出左邊位置以示敬重賓客。

〔四一〕數數：多次。

〔四二〕丁生俊《丁鶴年詩輯注·補遺·春日海村三首》其一：「地僻囂塵遠，人稀習俗淳。花時恒獨往，隨氣踏晴春。斑竹過頭杖，烏紗折角巾。蕭然多古意，何愧葛天民！」

〔四三〕方氏：方國珍，元末明初黄巖人，始倡亂海上，盤踞慶元、温州、台州等地，詳見《明史》卷一百二十三《方國珍》。

〔四四〕陳麟：元末慈溪縣尹，詳見卷二十三《元中順大夫秘書監丞陳君墓誌銘并序》。

〔四五〕導引：導氣引體，醫家養生術。《素問・異法方宜論篇第十二》：「其民食雜而不勞，故其病多痿厥寒熱，其治宜導引按蹻。」方藥：醫方與中藥。

〔四六〕然諾：許諾。《史記》卷一百二十四《游俠列傳》：「而布衣之徒，設取予然諾，千里誦義，爲死不顧世，此亦有所長，非苟而已也。」

〔四七〕斂衽：整飭衣襟以示恭敬。陶潛《勸農》：「敢不斂衽，敬贊德美？」

〔四八〕《孟子・梁惠王下》：「孟子謂齊宣王曰：『王之臣有托其妻子於其友而之楚遊者，比其反也，則凍餒其妻子，則如之何？』王曰：『棄之。』」

〔四九〕申屠蟠：東漢隱士，九歲喪父，哀毁過禮。服除，不進酒肉者十餘年。每忌日，輒三日不食。家素貧窶，爲人塗漆以自給。本郡召爲主簿，固辭不就。潛居問道，博貫五經，兼明圖緯。遊太學，逆料范滂諸人非訐朝政，禍且不測，乃絶迹於梁碭之間。不久，范滂等人果遇害。後朝廷及達官數徵辟，皆堅拒以全高志。詳見《後漢書》卷五十三《申屠蟠》。

〔五〇〕凜凜：正大威嚴貌。丘葵《義方堂瞻先賢遺像》：「至今讀諫疏，凜凜有生氣。」

〔五一〕《丁鶴年集》卷二《夢得先妣墓》：「己未夏五月，還武昌遷葬，兵後陵谷變遷，先妣封樹竟迷所在，久尋不得，露禱大雪中。冬十一月二十日夜忽感異夢，翌日遂得其處。賦詩一首以記歲月云。慈顔幽翳杳難知，風雪孤村遍訪之。極浦空江泥滑滑，荒岡斷壟冢累累。那知恍惚魂歸夜，正是呼號淚盡時？孝格皇天吾豈敢？聊同烏鳥報恩私。」

〔五二〕間關：人生道路崎嶇艱險。《後漢書》卷十六《鄧騭》：「遂逃避使者，間關詣闕。」

〔五三〕此言丁鶴年大德高風，如高山般讓人景仰；立身守道，像大路般讓人遵循；語見《詩・小雅・車舝》。景行：通衢大道。止：助詞。

〔五四〕語見《詩經・小雅・裳裳者華》，朱熹《詩集傳》卷十三《裳裳者華》：「維其有之於内，是以形之於外者，無不似其所有也。」《孟子・盡心上》：「君子所性，仁義禮智根於心，其生色也睟然，見於面，盎於背，施於四體，四體不言而喻。」

周貞傳

周貞，江湖隱人也，字子固，晚號玉田隱者。其先居汴，宋渡江，徙儀真家焉〔一〕。大父順，父允堅，皆不仕。

貞自童齔時，性敏而好學，遇書即善誦知義理。既長，益負奇氣倜儻。大德、元貞間，稍出爲汗漫遊，欲以其學自奮拔〔二〕。會有以貞姓名薦，貞且北行，至揚子江歎曰〔三〕：「仕所以濟人，苟居一藝以拯斯人之疾苦〔四〕，雖不仕於時，猶仕也。」乃返棹吴淞江〔五〕，亟取神農黄帝書及春秋秦漢以來下至金宋諸醫家習之〔六〕。無何，隱隱名動西浙〔七〕。疾病顛連者必歸貞〔八〕，貞皆樂然應之。

每遇奇疾，古今人所未喻者，貞以意與善藥，輒速已。瞿運使得熱病，雖祁①寒亦以水晶浸水〔九〕，輪取握手中。醫以爲大熱，貞曰：「此寒極似熱，非熱也。」飲以附子湯愈〔一〇〕。衛立禮得寒病，雖盛夏必襲重裘〔一一〕，擁火坐密室中。醫投以烏附增劇〔一二〕，貞曰：「此熱極似寒，非寒也。」煮大黄芒硝飲之瘳〔一三〕。王君海子病癩，衆醫莫能療。貞授匕藥漱之，牙齦出檅血數斗，既而形盡瘦骨立，後第以美味補之，數月瘥〔一四〕。王經歷患身輕〔一五〕，飄飄若行空虚中，易醫凡七十人，皆以爲風虚〔一六〕，與熱齊②轉加。貞曰：「此酒毒也。」即以寒涼之齊驅之，隨愈。趙鶴皋妻病咽乾〔一七〕，水漿不能下，衆醫盡愕。貞叩以平生所最嗜，獨瀏鶒〔一八〕，即命烹飪進之，授以匕筯，入口無所苦。已而食進，病如失。一婦人因産子舌出不能收。貞以朱砂傅其舌〔一九〕，仍命作産子狀，以兩女子掖之，乃於壁外潛累盆盎置危處，墮地以作聲，聲聞而舌收矣。一女子忽嗜食泥，日食河中污泥三碗許，貞取壁間敗土調飲之，遂不嗜泥。貞以古方今病之不合，往往出奇見輔其法，而取驗類如此〔二〇〕。

貞善繪事，而尤精於音律。家寧海〔二一〕，知州陳行之嘗延致教《大成樂》〔二二〕。貞持古律管吹之〔二三〕，以節五音之高下〔二四〕。黄文獻公爲作記，有「吹其律而鐘自應」之語〔二五〕。然雅好鼓琴，家居無事，必引琴以自娱。一日大雨雪，有權貴人聯騎詣門，進肴酒，請爲《白雪》之操〔二六〕。貞厲聲曰：「大樂與天地同和，今天大寒，是豈樂一餉時耶？且若獨不聞戴逵破琴之事乎〔二七〕？」客愧謝而去。

貞爲義若嗜欲，至於視利，輕之如糞土。在寧海時，有直學韓成之者，負官錢數千緡〔二八〕，自度貧無以償，乃於學齋中引繩經其脰〔二九〕。貞號救之，爲竭行橐代償。及韓滿去，空一家走謝，且白無行資。貞時橐已竭，仍質所服衣相之行〔三〇〕。治病王氏子時，王問藥直幾何，饋贐當幾何〔三一〕。貞怒曰：「吾愈人疾，未嘗覬其利。汝富家翁，必欲以利酬我，不過移汝禱禳一朝之費耳〔三二〕，豈可面計重輕，待我若小市人哉？」泉幣交於前，悉謝罷無所受〔三三〕。

貞長身美風儀，鬚髯秀整，器局清古，外謙易而內嚴峻，落落不與世俯仰〔三四〕。王公大人每卑禮鈎致，貞視之邈如〔三五〕。平居與客談玄，亹亹不能休，然無一語及時俗事。環堵蕭然，室無長物〔三六〕。當得③趣時，或焚香清坐，或雅歌投壺〔三七〕，或吹鐵笛弄玉簫，怡然自得。賓至則封羊釃酒〔三八〕，與之盡歡，無纖毫儉嗇意。即有饋遺，輒取以賙人之急，雖屢空不顧也〔三九〕。

甥女孫氏，生七歲而孤，貞忍貧鞠養〔四〇〕。及笄，具資裝嫁之〔四一〕。故人夏德輔有女，欲度爲尼〔四二〕，貞曰：「以女爲尼，獨吝遺嫁耳。」乃育爲己女，命故人子李嗣宗爲贅婿。貞無子，以嗣宗之子稷爲之後。嗣宗事貞甚謹，而貞遇之頗嚴厲。苟有小過，必危坐終日不與言。嗣宗偕其妻盛服立左右〔四三〕，惴惴莫敢仰視。貞頷之去，乃肉袒謝罪而退。

貞嘗采藥中吴，吴人館之，遂翛然忘返〔四四〕，將終老焉。至正乙未秋，淮兵犯吴境〔四五〕。城陷，貞杜門堅卧，不食飲者九日而卒，七月五日也，時年八十三。將屬纊〔四六〕，呼嗣宗悉取生平所著書焚之。

爲説者曰：予嘗遊淞上，抵吴門，過貞向所經行處〔四七〕，訪其遺事，而故人長老無在者。及來四明，定海縣尹汪汝懋爲予言貞事首尾如此〔四八〕。

嗟乎！士君子立天地間，不欲懷才抱藝自附逸民之列者，懼其潔身以亂倫耳〔四九〕。今貞雖隱處江湖，然能以善醫拯人之危困起人之死至衆；其遇貧無依，又往往傾行橐濟之，不復顧有無，可不謂仁乎！世衰民散，君臣道廢。一旦寇兵及境，或望風款附，或執殳效驅馳〔五〇〕，以冀須臾毋死者何限！今貞僅於逆旅中視死④如歸，可不謂義乎！能仁與義，謂之潔身亂倫可乎？嗚呼，世之不及此者衆矣！一布衣乃毅然類古有位者之爲〔五一〕，尚可謂世無人乎？

汝懋乃貞所嫁女甥子，慎慤不妄⑤人也，其言有可徵〔五二〕，故列之爲世勸。

【題解】

魏之琇《續名醫類案》卷九《惡寒》所録周貞醫案脱胎於此傳。其文云：「周貞字子固，玉田隱者。治衛立禮，得寒病，雖盛夏必襲重裘擁火坐密室中。他醫投以烏附轉劇。曰：『此熱極似寒，非真寒也。』用硝黄大寒之劑而愈。」

李經緯《中醫大辭典·周真》：「元代醫生。真州人，字子固，號玉田隱者。以善治奇病聞名。」此云周貞，彼云周真，當以戴九靈所載爲是，以其與周氏先後至近也。

【校勘】

① 祁：諸本作「祈」，據上下文意改。

②齊：乾隆本作「劑」。

③得：底本作「時」，據乾隆本改。

④視死：底本闕，據乾隆本補。

⑤妄：底本作「忘」，據乾隆本改。

【箋注】

〔一〕汴：北宋汴京，今河南開封。儀真：今江蘇儀徵。宋元稱真州；明設儀真縣，屬揚州府。《宋史》卷八十六《淮南路·東路·真州》：「大中祥符六年，爲真州。大觀元年，升爲望。政和七年，賜郡名曰儀真……縣二：揚子，六合。」

〔二〕汗漫：浩瀚無際。陸游《憶昨》：「萬里曾爲汗漫遊，豈知白首弄漁舟！」奮拔：奮發有爲。

〔三〕揚子江：長江下游揚州至東海一段江流。《讀史方輿紀要》卷二十三《揚州府·揚子江》：「府南四十里。繇六合縣經儀真縣至瓜洲鎮，又東過泰興、如皋，歷通州故海門縣而入海。」

〔四〕居：占有。《禮記·王制》：「其有中士、下士者，數各居其上之三分。」

〔五〕吴淞江：蘇州主要河流，參見卷十一《重修甫里書院記》。

〔六〕神農：此指《神農本草經》，全書收録上中下三百六十五種藥，以漢末吴普注疏者爲古。邵晉涵《神農本草經序》：「《記》曰：『醫不三世，不服其藥。』鄭康成曰：『慎物齊也。』孔沖遠引舊説云：『三世者，一曰《黄帝針灸》，二曰《神農本草》，三曰《素女脉訣》。』康成《周禮注》

亦曰：『五藥，草木蟲石穀也。其治合之齊，則存乎神農、子儀之術。』……釋《本草》者，以吳普本爲最古，散見於諸書，徵引者綴集之以補大觀本所未備。疏通古義，系以考證，非澹雅之才，沈鬱之思，未易爲此也。古者協陰陽之和，宣贏縮之節，凡夫含聲負氣，以及倒生旁達，蠉飛蠕動之倫，胥盡其性，遇物能名，以達於利用生生之具，儒者宜致思焉……今觀普所釋《本草》，則神農、黄帝、岐伯、雷公、桐君、醫和、扁鵲以及後代名醫之説，靡不賅載，則其多所全濟，由於稽考之勤，比驗之密，而非必別有其奇文異數。信乎，非讀三世書者，不可服其藥也！」黄帝：《黄帝内經》，其中《素問》參見卷十《丹溪翁傳》，《靈樞》參見卷十三《贈醫師朱碧山序》。

〔七〕隱隱：盛大貌。西浙：長江以南錢塘江以北地域，參見卷一《平饒信詩》。

〔八〕顛連：困頓苦難。張載《西銘》：「凡天下疲癃殘疾惸獨鰥寡，皆吾兄弟之顛連而無告者也。」

〔九〕運使：轉運使，掌糧食財貨轉運之官員。

〔一〇〕附子湯：詳見《傷寒論·辨少陰病脉證并治法第七》。

〔一一〕襲：加穿衣服。《禮記·内則》：「寒不敢襲，癢不敢搔。」

〔一二〕烏附：烏頭與附子。《本草綱目》卷十七上《草之六·附子》：「《釋名》：『其母名曰烏頭。』時珍曰：『初種爲烏頭，象烏之頭也；附烏頭而生者爲附子，如子附母也。烏頭如芋魁，附子如芋子，蓋一物也。』」

〔一三〕大黄：《神農本草經》藥名，苦寒，入胃、大腸、肝經，瀉熱毒，蕩積滯，行淤血。芒硝：《名醫别録》藥名，咸苦寒，入胃、大腸經，瀉熱通便，潤燥軟堅。

〔一四〕匕：食器，曲柄淺斗，狀如今之羹匙。

〔一五〕經歷：官名，參見卷八《次韻蔡經歷病中述懷》。

〔一六〕風虚：體内虚弱，而外感風邪。葉適《胡尚書奏議序》：「今日之病名風虚。虚，内也；風，外也。」

〔一七〕咽乾：《傷寒論·辨少陽病脉證并治法第五》：「少陽之病，口苦、咽乾、目眩也。」成無己《注》：「足少陽膽經也。《内經》曰：『有病口苦者，名曰膽癉。』《甲乙經》曰：『膽者，中精之府，五藏取決於膽，咽爲之使。』少陽之脉，起於目鋭眥。少陽受邪，口苦、咽乾、目眩。」

〔一八〕鸂鶒：水鳥名。

〔一九〕傅：通「敷」，塗抹。《荀子·成相》：「禹傅土。」楊倞《注》：「傅讀爲敷。」

〔二〇〕類：大都，大多數。《史記》卷六十一《伯夷列傳》：「巖穴之士，趣舍有時若此，類名湮滅而不稱，悲夫！」

〔二一〕寧海：縣名，元時隸屬江浙等處行中書省台州路。

〔二二〕大成樂：元朝中書省遴選之國家樂曲。《元史》卷六十八《禮樂二》：「五年，太常寺言：『自古帝王功成作樂，樂各有名，盛德形容，於是乎在……曰《大成》，按《尚書》《簫韶》九成，鳳凰來儀；《樂記》曰王者功成作樂；《詩》云展也大成……』中書省遂定名曰《大成之樂》，乃上表稱賀。」黄溍《黄文獻公集》卷七《海鹽州新作大成樂記》：「前史所載元嘉之《六佾》，特施於太學；開元之《宮懸》，僅設於兩京；政和造雅樂名《大晟》，始頒行於天下；而紹興著令『郡邑釋奠，其樂三成』。蓋至是而州縣學有事於先聖先師，無不用樂者矣。國家有因有革，存其聲音器物之舊，而變其稱號，以新一代之觀聽，今所謂《大成樂》是也。」

〔二三〕律管：以竹管或金屬管所製之定音器具。《六韜・五音》：「夫律管十二，其要有五音：宮、商、角、徵、羽。」

〔二四〕五音：五聲，即宮、商、角、徵、羽。《孟子・離婁上》：「不以六律，不能正五音。」

〔二五〕黄文獻：義烏大儒黄溍，詳見卷三《三先生手帖後題》。《海鹽州新作大成樂記》：「至正元年夏四月，陳侯某來知是州，首務興舉學政。問其籍，則爲士者百家，爲田者萬畝；問其春秋之事，則有牲幣而無樂。侯爲之惕然，與寮佐延諸儒共圖之，僉言：『儀真有周君者，善樂事，老而不仕，寓迹於雲間。欲正雅樂，非君不可。』侯即俾持書幣迎致焉。君曰：『樂以導和，不和不足爲樂。僕觀江淮間所用樂，出於伶人賤工之手，器不中法，音不中律，左右高下，參差混淆，惡足以致和哉？苟徒捐厚費而飾虛文，僕弗爲也。』侯曰：『作樂以和神，惟君言是聽。』君乃著其度數齊量，範金爲鐘，而協以古律管，彼此適均，吹其律而鐘自應。至於琴瑟，亦悉自製。惟笙磬之屬，擇善工，使受指畫而爲之。集諸生三十有二人，教之肄習。而以明年春二月上丁合奏焉，在列者無不欣豫。」

〔二六〕白雪：楚國高雅樂曲，全名《陽春白雪》。《文選》卷四十五宋玉《對楚王問》：「其爲《陽阿薤露》，國中屬而和者數百人；其爲《陽春白雪》，國中屬而和者不過數十人而已。」

〔二七〕戴逵：西晉名流，少博學，好談論，善屬文，能鼓琴，工書畫，其餘巧藝靡不畢究。太宰武陵王司馬晞聞其善鼓琴，使人召之，逵對使者破琴曰：「戴安道不爲王門伶人！」詳見《晉書》卷九十四《隱逸》。

〔二八〕直學：元代書院裏由官府派遣掌管錢穀之人員。《元史》卷八十一《選舉一・學校》：「凡路府州書院，設直學以掌錢穀，從郡守及憲府官試補。直學考滿，又試所業十篇，升爲學録、教諭。」緡：成串銅錢，一千錢爲一緡。

〔二九〕經：縊死，上吊。《論語・憲問》：「自經於溝瀆而莫之知也。」脰：頸項。

〔三〇〕質：抵押。《戰國策・燕策三》：「燕太子丹質於齊。」

〔三一〕直：通「值」，價錢。餽贐：餽贈禮物。《孟子・公孫丑下》：「當在宋也，予將有遠行，行者必以贐，辭曰餽贐，予何爲不受？」

〔三二〕禱禳：祈禱鬼神賜福除災。

〔三三〕泉幣：錢幣，同義複詞。《宋史》卷一百六十三《職官三・户部》：「參掌天下給納之泉幣，計其歲之所輸，歸於受藏之府，以待邦國之用。」

〔三四〕清古：清雅自然。《逸周書・周祝》：「天爲古。」段成式《酉陽雜俎續集・支諾皋上》：「道士綏步庭中，年可四十，豐儀清古。」

〔三五〕鈎致：招致，求取。邈如：輕視貌；邈，通「藐」。謝采伯《密齋筆記》：「彼方以趨名利者爲可鄙，宜其視之邈如也。」

〔三六〕長物：多餘東西。《世説新語・德行》：「恭作人無長物。」

〔三七〕雅歌投壺：詳見卷五《樂善堂記》。

〔三八〕刲羊釃酒：宰羊倒酒。

〔三九〕屢空：屢屢匱乏。《論語・先進》：「回也其庶乎，屢空！」何晏《集解》：「言回庶幾聖道，雖數空匱而樂在其中。」

〔四〇〕鞠養：養育，同義複詞。《詩經・小雅・蓼莪》：「父兮生我，母兮鞠我。」

〔四一〕資裝：嫁妝。《隋書》卷二十四《食貨》：「老弱耕嫁，不足以救饑餒；婦工紡績，不足以贍資裝。」

〔四二〕度：離俗出家。

〔四三〕盛服：服飾齊整，表示嚴肅端莊。《禮記・中庸》：「使天下之人齊明盛服，以承祭祀。」

〔四四〕翛然：超脱自在貌。《莊子・大宗師》：「翛然而往，翛然而來而已矣。」

〔四五〕《隆平紀事》：「（至正十五年乙未）冬，士誠遣兵渡江窺平江路……（至正十六年）二月壬子朔，入平江據之。」

〔四六〕屬纊：用新綿置於臨死者鼻前以察其呼吸，代臨終。

〔四七〕淞上：吴淞江兩岸。經行：經過。劉長卿《尋南溪常山道人隱居》：「一路經行處，莓苔見履痕。」

〔四八〕汪汝懋：參見卷二十三《故翰林待制致仕汪君墓誌銘》。

〔四九〕亂倫：違背正常倫理道德，尤指君臣大義。《論語・微子》：「子路曰：『不仕無義。長幼之節，不可廢也；君臣之義，如之何其廢之？欲潔其身，而亂大倫。君子之仕也，行其義也。』」韓愈《寄盧仝》：「故知忠孝生天性，潔身亂倫安足擬？」

〔五〇〕款附：誠心歸附。執殳：手執兵器；殳，兵器名。《詩經・衛風・伯兮》：「伯也執殳，爲王前驅。」

〔五一〕《孟子・離婁下》：「曾子居武城，有越寇。或曰：『寇至，盍去諸？』曰：『無寓人於我室，毀傷其薪木。』寇退，則曰：『修我牆屋，我將反。』寇退，曾子反。左右曰：『待先生如此其忠且敬也。寇至則先去以爲民望，寇退則反，殆於不可。』沈猶行曰：『是非汝所知也。昔沈猶有負芻之禍，從先生者七十人，未有與焉。』子思居於衛，有齊寇。或曰：『寇至，盍去諸？』子思曰：『如伋去，君誰與守？』孟子曰：『曾子、子思同道。曾子，師也，父兄也；子思，臣也，微也。曾子、子思易地則皆然。』」

〔五二〕慎愨：謹慎誠愨。徵：驗證。《左傳·昭公八年》：「君子之言，信而有徵，故怨遠於其身。」

唐二子傳

四明唐復禮二子：長轅，次轂。復禮以擅匿官醝①事被陷〔一〕，且執拘以歸於京。轅詣吏代父命，不省〔二〕，乃叩頭流血，繼之以死。吏閔其情，遂脱父梏而梏之使行。行至越，轂適自杭回，遇諸道上，既挽轅衣袂，頓足哭曰：「兄爲冢子，宗嗣所托〔三〕，不可以圖死，弟請代兄行。」轅不從。轂詒之曰：「兄訥於言説，往必不免，弟有一計可生，幸無苦。」竟奪其梏加己手。吏亦憫而從之。轂抵京，繫獄者旬日。近臣乃奏其非罪，例免以歸，得不死。

嗚呼！干戈興，學校廢，禮義喪，風俗隳〔四〕。中人以下，咸漸漬於失教，被服於成習〔五〕，人倫之際，無不大壞，而天理或幾乎熄矣〔六〕！於此之時，能以孝友修於身，行於家，至於舍死而不顧，豈非難得也哉！故吾於轅之代父、轂之代兄有所取焉。此兩人者，當慷慨就梏時，其心已謂其必死而終；得以無死者幸也，非其所逆知也：則其所存，可不謂較然不欺哉〔七〕！君子之於人也，聞其美而樂道之〔八〕；況舍死者，人之所難乎！轅嘗讀書，轂尤矯然可喜〔九〕，使皆學道進德，終之以禮樂〔一〇〕，庶幾哉流聲後世，可與《國風》所稱衛宣二子列矣〔一一〕！勉之哉！勉之哉！

【題解】

唐二子，兄轅與弟轂，元鄞縣唐復禮子，參看卷十八《唐氏四子字説》。唐轅行迹亦見卷十七《對菊聯句》《出遊聯句》、卷二十三《鄞沈明大墓誌銘并序》。

《宋元學案》卷八十二《北山四先生學案》：「九靈門人……唐先生轅。」《嘉靖寧波府志》卷三十三《傳九・孝友・唐轅唐轂》所載唐氏昆弟孝悌事迹悉剪裁於本文，兹不重録。

或云唐轅兄弟爲慈溪人，不知是否歷代郡縣變更所致，俟方家考證。《光緒慈溪縣志》卷二十五《列傳二》唐轅昆弟傳後云：「按《嘉靖府志》以唐二子爲鄞人；《句章摭逸》作慈溪人，以東沙爲誤。」

《論語・學而篇第一》：「孝弟也者，其爲人之本與！」若唐二子者，可謂信守人生之根本矣。戴九靈爲舍生取義之唐氏二子作傳，猶其友揭汯之父揭傒斯以麟筆記録浦江鄭義門鄭德珪、德璋昆弟之正氣高節。《麟溪集》丑卷揭傒斯《孝友傳》：「德珪，字子潤。儀狀峭緊，美鬚髯，發語必中理，人有赴訴者，得片言皆悦服去。以才受薦，仕至衢之龍游丞。撫弟德璋甚至，出處輒與俱。怨家傾德璋以死罪，將械送揚州，德珪止之曰：『弟毋往，我代爾行。我縱死，弟在，吾不死矣。』德璋泣隨之，争欲赴吏，德珪以詭計先，及德璋至，已死獄市中。德璋抱屍哭，氣絶數四，收骨歸葬，結廬墓側凡二年。德珪子文嗣病僂，德璋篤愛之，爲擇名配。但語及德珪事，輒對之流涕。」

【校勘】

① 鹺：乾隆本作「鹾」。

【箋注】

〔一〕官鹺：官鹽，由官府生産經銷或向官府納税後銷售之食鹽；鹺，通「鹾」，鹽。

〔二〕省：察看。《易·觀》：「先王以省方觀民設教。」

〔三〕冢子：長子。宗嗣：家族繼承者，子孫後代。

〔四〕《新五代史》卷三十四《一行傳》：「雖曰干戈興，學校廢，而禮義衰，風俗隳壞，至於如此；然自古天下未嘗無人也，吾意必有潔身自負之士嫉世遠去而不可見者。」

〔五〕漸漬：浸潤，沾染。被服：衾被衣服不離身，喻親身感受。成習：成俗，固有風俗。《史記》卷二十三《禮書》：「而況中庸以下，漸漬於失教，被服於成俗乎？」

〔六〕天理：天性，良心。《禮記·樂記》：「好惡無節於内，知誘於外，不能反躬，天理滅矣。」

〔七〕較然：明顯清楚貌。《史記》卷八十六《刺客列傳》：「自曹沫至荆軻五人，此其義或成或不成，然其立意較然，不欺其志，名垂後世，豈妄也哉！」司馬貞《索隱》：「較，明也。」

〔八〕《論語·季氏》：「孔子曰：『益者三樂，損者三樂。樂節禮樂，樂道人之善，樂多賢友，益矣。』」

〔九〕矯然：堅勁貌。漢桓寬《鹽鐵論·褒賢》：「文學高行，矯然若不可卷。」

〔一〇〕終：長久，自始至終。《戰國策·魏四》：「安陵君曰：『受地於先王，願終守之，不敢易。』」

〔一一〕春秋衛宣公荒淫無恥，竟娶其子伋（或作急）之未婚妻，曰宣姜。宣姜生壽與朔。宣姜與朔誣陷伋，衛宣公遂遣伋前往齊國而設伏害之。弟壽知之，代兄伋死；伋知壽爲己死，亦以身殉弟。《詩經·邶風·二子乘舟》：「二子乘舟，泛泛其景。願言思子，中心養養。二子乘舟，泛泛其逝。願言思子，不瑕有害？」《毛詩故訓傳》卷三《二子乘舟二章章四句》：「《二子乘舟》思伋、壽也。衛宣公之二子争相爲死，國人傷而思之，作是詩也。」《左傳·桓公十六年》：「初，衛宣公烝於夷姜，生急子，屬諸右公子。爲之取於齊而美，公取之。生壽及朔。屬壽於左公子。夷姜縊。宣姜與公子朔構急子。公使諸齊，使盜待諸莘，將殺之。壽子告之，使行。不可，曰：『棄父之命，惡用子矣？有無父之國則可也。』及行，飲以酒。壽子載其旌以先，盜殺之。急子至，曰：『我之求也，此何罪？請殺我乎！』又殺之。」

許丞傳

君姓許氏，名原，閩人也。其父素業儒，老爲里校師〔一〕。君自幼傳父學，雖樸而頗贍，於書多所觀覽，爲詩與文務達其意而已〔二〕。疆土入職方〔三〕，有司强起赴鄉選〔四〕，召對吏部，授明州府定海縣丞〔五〕。始至，縣人以君盛年未更事易之。及觀君所爲，始皆大畏服，一縣聳然。然上之人多未知君果可以有爲也，時時有所責，君不爲動。雖箠辱横加，未嘗一明其非罪，亦不以是傷其民。

於是西北用兵未已，征需尚繁，戈甲之攻造，旌棨之營置，調發無虚日〔六〕；且地瀕大海，歲修治海舟，蓋難以數計。而官直不時降，或已降而爲吏胥所欺隱〔七〕。每事第差民之中次者一二人以主其出納，謂之庫子〔八〕。凡所費用，皆令其代輸。期會迫促〔九〕，至日受榜笞不恤也，以故歲弊民産恒數十家〔一〇〕。君惻然曰：「是豈爲民父母意哉！」即詣府請其直，集里役之長分授之，俾售其物，次第歸之庫〔一一〕。爲召集人匠，造之使如法。吏皆不得有所與，僅令持筆治文書，以防稽勘耳。是以功成而民不知擾，鄉之人不憚爲庫者，蓋自君始也。

縣以業海爲生〔一二〕，自民船不出海，所恃以存者獨田租。然當民産之無制，里役之無藝，都鄙之間常紛然不寧〔一三〕，而民病甚矣。君曰：「救弊之急，孰甚於此者！」乃取其田分計之，受差之家悉準田之多少：田多者應重差，而不可辭；田少者稱其出，而不得以横擾〔一四〕。中下無告之民，庶乎其少瘳矣！其他宿弊之未除，君止正其尤蠹民者，餘皆一聽其自新。或有所笞罰，惟豪劇吏，苟得萌蘖，一切摘發窮治之不恕〔一五〕。諸吏視君皆側目，至以鄙語目君。卒不得已，潛以他計出君，俾不久於位。

會慈溪闕令，府檄君攝令事。君治慈溪如定海，興利除害，不一月而大治。民以私醝①被獲者，吏受其賕，而罪以旁連〔一六〕。君微行得實，卒更其獄〔一七〕，使罪有所歸，而受抑者得以伸，人至今言之。縣久不雨，君禱之白龍公〔一八〕，不應。後以策鉤致吏之梟狡者，大書其背曰：「天不雨，吏弊爲之也。」既而雨隨至，縣乃大稔。

君色仁氣温，言若不出口〔一九〕；及見義，輒矯矯不可撓〔二〇〕，慷慨辨且强也。爲政去觚角，絀雕琢〔二一〕，以平易質實爲務，而尤謹持其廉行。每出入，月俸必負以自隨，一錢之費必己出。民以飲食進，悉卻之不聽，有私致一肉於舟者，則舉而投之江。自奉寡約甚，菅屨徒步，不問道里遠邇以爲常，雖祁寒未嘗御靴襪〔二二〕，衣服僅取其蔽體，雖甚垢弊，弗易也。日食飯一盂，蔬二味，非公享，酒胾不入口〔二三〕。視民如子女，與之語，款款若恐不得當其意〔二四〕。至有甚惡，乃始繩以法。有可已者，即不究。以故民之愛君，亦如子之於父母。君在其位，則色喜；或以事出，則皇皇如有失。

一日，臺檄下憲府〔二五〕，追君甚急，老幼聞者咸錯愕。比上道，號泣而送者殆千人，且慮乏行資，無一人不懷金以至。自府尹而下，及縣之僚佐與他官之在城邑者，亦皆割俸金馳贈於道左。君悉謝遣無所受〔二六〕，曰：「造次顛沛見人之所守〔二七〕，縱死不易吾心矣。」抵京，上之人率明其非罪，未幾乃還。及還，遠近大夫士無不交口稱賀，喜其公論之有在。

後數月當得代，然以父憂去。先是，父年老不可以迎養，留其妻子使養之。居官計日用俸，輟其餘以歸，爲具甘旨居其父〔二八〕，然父年益老，則念輒悲之。

此君之事，予得於所聞者也。昔司馬遷記前世循吏，詳者人數事，略者三事而止〔二九〕。今予所論次君事，視遷之所記多矣，然猶以爲聞之者少也；令②所聞者多，則其事可勝書耶！姑即是所次爲君傳，庶使世吏③知勸焉。

論曰：《詩》稱：「愷悌君子，民之父母〔三〇〕。」孔子曰：「吾未見剛者〔三一〕。」若許君，非所謂愷悌而能剛者歟④！君以諸生起家，始受一命而爲丞〔三二〕，其所樹立，已卓卓可稱如是；使磨礱灌養之不止〔三三〕，吾未量其所至也。古語有云「天下之寶，當爲天下惜之〔三四〕」，豈謂君哉！

【題解】

許原，元末明初福建人，初授明州府定海縣丞，後攝慈溪縣令，有古循吏之風。《光緒鎮海縣志》卷十九《名宦》所載許原傳，悉剪裁於本文，兹不重引；然該志歸許原爲元吏，洵誤讀本文所致。

【校勘】

①醝：乾隆本作「鹺」。

②令：底本作「今」，據乾隆本改。

③吏：底本作「利」，據乾隆本改。

④歟：乾隆本作「與」。

【箋注】

〔一〕里：古代居民組織單位，或云二十五家，或云五十家；後泛指鄉里。《周禮·地官·遂人》：「五家爲鄰，五鄰爲里。」《管子·小匡》：「制五家爲軌，軌有長；十軌爲里，里有司。」

〔二〕《論語·衛靈公》：「子曰：『辭，達而已矣。』」

〔三〕此指元亡明立。職方：版圖。宋濂《亡友陳宅之墓銘》：「浦陽既入職方，濂挈妻孥西還。」

〔四〕起：舉用，徵召。鄉選：鄉舉里選，或經鄉試選拔，或由鄉里考察舉薦。

〔五〕明州府：明代浙江寧波府初名。《明史》卷四十四《地理五・浙江・寧波府》：「太祖吴元年十二月爲明州府。洪武十四年二月改寧波。領縣五（鄞、慈溪、奉化、定海、象山）。」

〔六〕攻：加工。《周禮・考工記》：「凡攻木之工七，攻金之工六，攻皮之工五。」棨：有衣之戟，古代官吏以爲出行儀仗。調發：徵調，徵發。

〔七〕直：準直，標準。《禮記・月令》：「田事既飭，先定準直，農乃不惑。」孔穎達《疏》：「直，謂繩墨得中也。」吏胥：小吏。白居易《和微之除夜作》：「我統十郎官，君領百吏胥。」

〔八〕中次：中等里之次等。《孟子・萬章下》：「百畝之糞，上農夫食九人，上次食八人；中食七人，中次食六人；下食五人。」

〔九〕期會：期限。沈俶《諧史》：「國家用兵，斂及下户，期會促迫，刑法慘酷。」

〔一〇〕榜笞：鞭打；榜，通「搒」。陸游《秋興》：「榜笞督租賦，涉筆騂我顔。」弊：敗壞。

〔一一〕里役之長：里長，掌管一里之勞役賦税諸政務者。《墨子・尚同上》：「是故里長者，里之仁人也，里長發政里之百姓。」售：買。柳宗元《鈷鉧潭西小丘記》：「問其價，曰：『止四百。』余憐而售之。」

〔一二〕業海：從事捕魚航海等海上活動。

〔一三〕藝：準則。都鄙：縣境内鄉村。《宋史》卷四百《袁燮》：「合保爲都，合都爲鄉，合鄉爲縣。」《吕氏春秋・孟夏紀》：「命司徒循行縣鄙。」高誘《注》：「縣，二千五百家也；鄙，五百家也。」

〔一四〕橫擾：肆意擾亂。《宋書》卷九十二《良吏》：「漢世户口殷盛，刑務簡闊，郡縣治民，無所橫擾。」

〔一五〕豪劇：强横兇猛。曾鞏《尚書都官員外郎王公墓誌銘》：「其督賦税，未嘗急貧民，或有所笞罰，唯豪劇吏耳。」萌蘖：邪行。王安石《臨川先生文集》卷七十一《先大夫述》：「凡有萌蘖，一切擿矜窮治之。」摘發：揭發；摘，通「擿」。曾鞏《開封府獄空轉官制》：「摘發奸欺，動而必中；彈治豪右，勇於敢爲。」

〔一六〕賕：賄賂。旁連：牽連。

〔一七〕微行：古代官吏隱匿身份易服私訪。歐陽修《歸田録》卷一：「公往往易服微行，飲於其中。」

〔一八〕《延祐四明志》卷七《山川考·潭·慈溪縣·白龍潭》：「在縣之東南七里花墅湖上，水出巖間，又名冷水灣，上有龍王祠。」

〔一九〕《禮記·檀弓下》：「文子其中退然如不勝衣，其言呐呐然如不出諸其口。」

〔二〇〕矯矯：勇武貌。《詩經·魯頌·泮水》：「矯矯虎臣，在泮獻馘。」

〔二一〕觚角：鋒芒，棱角。絀：通「黜」，廢除。雕琢：矯飾做作。曾鞏《尚書都官員外郎陳君墓誌銘》：「爲吏去觚角，絀雕琢，以平易敦樸爲務。」

〔二二〕菅屨：草鞋。御：進用，使用。《涉江》：「腥臊并御，芳不得薄兮。」

〔二三〕享：宴請。《左傳·定公十年》：「齊侯將享公。」胾：大塊肉。

〔二四〕款款：誠懇忠實。王安石《次韻酬陸彦回》：「款款故情初未慭，飄飄新句總堪傳。」

〔二五〕臺：明初御史臺。《明史》卷七十三《職官二·督察院》：「初，吴元年置御史臺。」憲府：此指明初浙東道提刑按察司。《明史》卷七十五《職官四·提刑按察使司》：「吴元年置各道按察司，設按察使，正三品，副使，正四品，僉事，正五品。」

〔二六〕謝遣：辭謝遣散。《後漢書》卷二十八上《桓譚》：「不如謝遣門徒，務執謙慤，此修己正家避禍之道也。」

〔二七〕造次顛沛：倉促困頓。《論語·里仁》：「君子無終食之間違仁，造次必於是，顛沛必於是。」

〔二八〕輟：讓出。康駢《劇談録》卷下：「有韋光者，待以宗黨，輟所居外舍館之。」

〔二九〕《史記》卷一百一十九《循吏列傳》載先秦楚孫叔敖、鄭子産、魯公儀休、楚石奢、晉李離等五循吏事迹。

〔三〇〕語見《詩經·大雅·泂酌》。愷悌：和樂平易。

〔三一〕《論語·公冶長》：「子曰：『吾未見剛者。』或對曰：『申棖。』子曰：『棖也欲，焉得剛？』」

〔三二〕諸生：儒生。一命：仕途伊始時所授低微官職。《北史》卷九《周本紀上》：「以第一品爲九命，第九品爲一命。」

〔三三〕磨礱：磨煉，砥礪。陸游《示友》：「學問更當窮廣大，友朋誰與共磨礱？」

〔三四〕劉克莊《滿江紅・送王實之》：「疇昔評君天下寶，當爲天下蒼生惜。」《資治通鑑》卷一百三《晉紀二十五》：「安好聲律，期功之慘，不廢絲竹，士大夫效之，遂以成俗。王坦之屢以書苦諫之曰：『天下之寶，當爲天下惜之！』安不能從。」

抱一翁傳

抱一翁者，東嘉人也〔一〕，今居越江上，姓項氏，名昕，字彦章，晚更自號抱一翁。曾大父某，大父某，父某，比三世俱以和義維其家。

翁自幼聰敏好方數〔二〕，外大父杜曉村世業醫，常奉父命謁受其書讀之。年未成童，已暗誦岐扁《素》《難》〔三〕、王叔和《脉經》〔四〕。稍長，學《易》趙穆仲、葉見山所〔五〕。後以母病，醫誤投藥死，痛之，乃益厲志醫術，欲盡受他禁方。聞越大儒韓明善先生爲方善也，〔六〕遂往拜之，盡得所藏方論甚富。後更詣陳白雲〔七〕，受《五診奇晐》〔八〕，歷試其説，皆精良。會金華朱彦修來越，出金源劉河間、張戴人、李東垣諸書示之〔九〕。翁獨疑古方不可①治今病之論，亟往錢塘見陸簡静叩之，始悟古今方同一矩度也。後又往浙右見葛可久〔一〇〕，論劉張之學。又往建鄴見戴仝父〔一一〕，仝父亦是郡儒者，爲撰《五運六氣機要》若干篇授翁〔一二〕。太醫院使張廷玉善擿引案抏②甚奇〔一三〕，非世之所聞也。翁亦得見事之，盡其伎。於是爲人治診病決死生，無不立驗。

里鍾姓者，一男子病脅痛，衆醫以爲癰也，投諸香薑桂之屬〔一四〕，益甚。翁診其脉③告曰：「此腎邪病〔一五〕，法當先温利而後竭之〔一六〕。」投神保丸〔一七〕，下黑溲痛止；即令更服神芎丸〔一八〕。或疑其太過，翁曰：「向用神保丸，以腎邪透膜，非全蠍不能引導；然巴豆性熱，非得芒硝大黃湯滌之〔一九〕，後遇熱必再作。」乃大泄數出，病已。翁所以知男子之病者，以陽脉弦，陰脉微澀〔二〇〕；弦者痛也，澀者腎邪有餘也。腎邪上薄於脅不能下，且腎方惡燥，今以燥熱發之，非得利不愈。《經》曰「痛隨利減〔二一〕」，殆謂此也。

鍾女病腹脹如鼓，四體骨立。衆醫或以爲娠，爲蠱，爲瘵也〔二二〕。翁診其脉告曰：「此氣薄血室〔二三〕。」鍾曰：「服芎歸輩積歲月〔二四〕，非血藥乎？」翁曰：「失於順氣也。夫氣，道也。血，水也。氣有一息之不運，則血有一息之不行。《經》曰：『氣血同出而異名。』故治血必先順其氣，俾經隧得通〔二五〕，而後血可行。」乃以蘇合丸投之〔二六〕，三日而腰作痛。翁曰：「血欲行矣。」急治芒硝、大黄峻逐之，下污血累累如瓜者可十數枚④，應手愈。翁所以知鍾女之病者，以六脉弦滑而且數〔二七〕。弦者，氣結；滑者，血聚：實邪也〔二八〕。故氣行而大下之。

鍾有從女，病名同而診異。翁曰：「此不治，法當數月死。」向者鍾女脉滑爲實邪；今脉虚〔二九〕，元氣奪矣〔三〇〕。」又一女子，病亦同而六脉獨弦，翁曰：「真藏脉見〔三一〕，法當逾月死。」後皆如之。

越幕官費姓者〔三二〕，有子病甚。衆醫皆以爲瘵，盡愕束手。一日費對客獨泣，客以翁薦，翁診之曰：「此病暑邪〔三三〕，非瘵也。」家問死期，翁曰：「何得死！何得死！」爲作白虎湯，飲之即瘥〔三四〕。翁所以知費子之病者，切其脉細數而且實〔三五〕。細數者，暑也。暑傷氣宜虚，今不虚而反實，乃熱傷血，藥爲之也。

費病胸膈壅滿甚篤，昏不知人。醫者人人異見。翁以杏仁、薏苡之齊⑤灌之〔三六〕，立蘇。繼以升麻、黄蓍、桔梗消其脹⑥〔三七〕，服之，逾月瘳。翁所以知費之病者，以陽脉浮滑陰脉不足也。浮爲風，而滑爲血聚。始由風傷肺，故結聚客於肺〔三八〕；陰脉之不足，則過於宣逐也。諸氣本乎肺，肺氣治則出入易菀⑦陳除〔三九〕，故行其肺氣而病當自已。

建康萬夫長廉君病〔四〇〕，醫投丹附薑桂〔四一〕，逾甚。翁診其脉告曰：「此得之酒，病當嘰作聲，食入即出，而後溲不利〔四二〕。」廉曰：「然，予平生所嗜獨燒酒。」翁進葛花解醒加黄芩〔四三〕，飲一升所，勢減。衆醫以藥性過寒交沮之〔四四〕。翁既論不協，辭去，即歎曰：「實實而虚虚，過二月當入鬼録矣〔四五〕。」果如翁言。翁所以知廉之病者，切其脉細數而且滑，諸數爲熱〔四六〕，滑爲嘔，爲胃有物。酒性大毒大熱，而反以熱齊加之，是火其火也〔四七〕，且溲秘爲陽結〔四八〕。今皆反治，故二月死也。

茶商李，富人也。啖馬肉過多腹脹，醫以大黄、巴豆治之，轉劇。翁後至診之，寸口脉促而兩尺將絶〔四九〕。翁曰：「胸有新邪，故脉促，宜引之上達，今反奪之，誤矣。」急飲以湧齊，且置李中座，使人環旋，頃吐宿肉〔五〇〕。仍進神芎丸大下之，病去。衆醫咸曰：「予所不及也。」

浙東僉憲史君素苦足病〔五一〕，發則兩足如柱潰黄水，逾月乃已，已輒復發。翁診其脉告曰：「六脉皆沉緩，沉爲裏有濕，緩爲厥爲風〔五二〕，此病風濕毒〔五三〕，俗名濕脚氣是也。」乃以神芎丸竭之，繼進舟車神祐丸〔五四〕，下濁水數十出，遂不發動。

南臺治書郭公久患泄瀉惡寒〔五五〕，見風輒仆，日卧密室，以氈蒙其首，熾炭助之，出語咿咿如嬰兒。諸醫皆作沉寒痼冷治[五六]，屢進丹附，不時驗。翁診其脉告曰：「此脾伏火邪，濕熱下流[五七]，非寒也，法當升陽散火以逐其濕熱[五八]。」乃煮升麻、柴胡、澤瀉、羌活等齊，而繼以神芎丸。郭曰：「予苦久泄，今復利之，恐非治也。」翁曰：「公之六脉浮濡而弱且微數。濡者，濕也；數者，脾有伏火也。病由濕熱，而且加之以熱齊，非苦寒逐之不可[五九]。法曰『通因通用[六〇]』吾有所試矣。」頃之，利如木屑者三四出，即蒙首之氈去，次去熾炭，病旋已。

鄞董允謙妻患衄三年許[六一]。醫以血得熱則淖溢[六二]，服瀉心涼血之齊[六三]，益困，衄纔數點輒昏。翁診之，六脉微弱，寸爲甚，曰：「肝藏血而心主之。今寸口脉微，知心虛也。心虛則不能司其血，故逆而妄行。法當養心，仍補脾實其子[六四]，子實則心不虛矣。」服琥珀諸補心之齊愈[六五]。

浙帥胡公病，發熱惡風而自汗[六六]，氣奄奄弗屬[六七]。諸醫作傷寒治[六八]，發表退熱而益增[六九]。翁診其脉，陰陽俱沉細且微數，處以補中益氣之齊[七〇]。醫止之曰：「表有邪而以參、芪補之邪？得補而愈盛，必死此藥矣。」翁曰：「脉沉，裏病也；微數者，五性之火内扇也[七一]；氣不屬者，中氣虛也[七二]：是名内傷。《經》曰『損者温之〔七三〕』。」飲以前藥而即驗。

南臺掾梁彦思使閩而足不能履。醫以風論，或以腳氣治，經年不瘳。翁診之，六脉僅微數，而他無所病，即探患處，乃骨出不入肯綮耳〔七四〕，施以按摩即愈。南臺治書迭里迷失公足失履而傷腕骨〔七五〕，掌反於後者六閲月矣。衆醫不能治，公知翁精按摩，曰：「幸予治也。」翁令⑧壯士更相摩，從辰至申，而筋肉盡腐，遂引其掌以蹂之〔七六〕，嘑嘑然有聲〔七七〕，藥以兩月，其足如常。時金參政子年方稚，嘗嬉戲偃卧於階側，忽驚馬踐其足，胻骨斷碎即死〔七八〕，久乃蘇。翁以其法治之，卒完其足，步履無所苦。閩萬夫長陳君臨陣爲刀斫其面，瘡已愈，而宥與鼻不能循，甚惡〔七九〕，時時仰泣曰：「吾面無完膚，生何以見妻子？死何以見父母乎？」乃拜翁求治。翁命壯士按其面膚，肉盡熱腐，施之以法，即面赤如頳盤〔八〇〕。左右賀曰：「復故矣。」

左丞王公畏瘴毒〔八一〕，晨必命醫診省。醫鄭生切其脉，愕曰：「平日兩尺無虞〔八二〕，今忽不應指，可怪也。」公即驚曰：「人無尺脉，猶樹之無根，其能久生乎？」命他醫診之，其論亦同。乃命翁診，翁曰：「此天和脉〔八三〕，勿妄治也。」因陳氣運交反之道以曉之。公叱衆醫曰：「若等誤人多矣。」奪提舉俸者二人〔八四〕。翁之於醫多類此。

於是門人學子懼其老且衰也，力請著書以貽後，乃作《脾胃後論》，以補東垣之未備〔八五〕。其略曰：

或問：「脾胃之有虚寒〔八六〕，信乎？」曰：「脾胃爲百病之源，然每惡寒而喜熱。寒者，陰氣盛陽氣微也；熱者，陽氣盛陰氣微也〔八七〕。而所以致夫陰陽之微盛者，脾胃之虚故也；甚則陰陽孤立而死矣〔八八〕。《經》曰：『有者爲實，無者爲虚。故氣并則無血，血并則無氣。氣血俱失，故爲虚〔八九〕。』又曰：『陰盛生内寒，厥氣上逆，寒氣積於胸不得瀉，瀉則温氣散，寒氣獨留，故中寒也〔九〇〕。』又曰：『邪氣盛則實，精氣奪則虚，故陰勝而爲實〔九一〕。』《靈樞》曰：『風雨寒熱不能獨傷人。有猝然逢疾風暴寒而不能病者，蓋無虚不能獨傷其人。此必因虚邪之風與身形兩虚相感，乃客其形矣〔九二〕。』此脾胃虚寒之説也。」

又問：「河間謂惡寒戰慄皆屬於熱〔九三〕，然脾胃虚寒亦有惡寒而戰慄者，何耶？」曰：「風寒之邪始居於表，表有寒邪，則外惡寒；因其入裏，與邪氣相搏，故戰慄⑨也；邪氣勝，則熱發於外，故戰慄愈，不惡寒而反惡熱，脉必洪滑數盛：此蓋以實熱而致惡寒戰慄者也〔九四〕。至於脾胃虚弱，傳化失常〔九五〕，榮衛俱虚〔九六〕，不任風寒，内外之邪易以傷之。《經》曰：『因身之虛，逢天之虛，兩虛相感，其氣至骨〔九七〕。』又曰：『陽虛生外寒。』又曰：『陰盛生内寒〔九八〕。』又曰：『陽受氣於上焦，以温皮膚分肉之間。令⑩寒在外，則上焦不通；上焦不通，則寒氣獨留於外〔九九〕。』脉必沉遲而弱，此虛寒而致戰慄者也〔一〇〇〕。熱淫於内，治以甘寒〔一〇一〕，河間所論是也；寒淫於内，治以辛熱〔一〇二〕，上文所論是也。二者所因各不同，又可執一而言哉？」

又問：「戰慄鼓頷及諸禁⑪鼓慄，如喪神守，皆屬於熱〔一〇三〕。河間謂『熱之極，反有水化制之〔一〇四〕』，故其治法，專主甘寒以發其鬱〔一〇五〕，資水以制火也〔一〇六〕。然與治瘧之戰慄鼓頷，可得同其法歟？」

曰：「戰慄鼓頷皆屬於熱，此《經》首章之言〔一〇七〕，言熱之一端也。比及後章言：『瘧之始發，陽氣并於陰，陽虛陰盛，而外無氣，故先寒慄。陰氣逆極，則陽復出，陽與陰復并於外，則陰虛陽實，故先熱〔一〇八〕。』又曰：『温瘧者先傷於風，而後傷於寒。夫寒者，陰氣也；風者，陽氣也。瘧之寒熱戰慄鼓頷者，以上下交争，虛實交作，陰陽相移也〔一〇九〕。』《逆調論》曰：『人非常熱常温，而爲煩熱者何也？』岐伯曰：『以陰氣少陽氣勝也。』『人身非常寒，而寒從中生者何也？』岐伯曰：『陽氣少而陰氣多也。』此皆不可專主於熱矣〔一一〇〕。《明理論》則分戰慄於内外之診：『戰者，身爲戰摇；慄者，心戰〔一一一〕。』又曰：『陰中於邪，必内慄也。表氣虚微，内氣不守，故使邪中於陰〔一一二〕。正氣虚弱，故成慄。戰者，正氣勝；慄者，邪氣勝〔一一三〕。』鼓頷者，邪入陽明〔一一四〕，故鼓頷爲戰之輕者；其有森然而寒，聳然而振，是名曰振，而振亦戰之輕者〔一一五〕。由是而觀，發熱而戰慄者，陰虚而陽盛也，法當補陰而抑陽；不熱而戰慄鼓頷者，陰盛而陽虚也，法當助陽而抑陰。至若寒熱交争，陰陽相移，又當從之逆之〔一一六〕，其始則同，其終則異〔一一七〕。資取化源〔一一八〕，追之迎之調之而爲之治可也〔一一九〕。豈可專以其寒言之，舉一而遺十哉！

又問：「胸隔堅滿痞痛〔一二〇〕，東垣謂之不足而中氣内傷，法當補其中而益其氣〔一二一〕；河間戴人則以爲諸逆上衝，諸濕腫滿，諸氣鬱冒瞀，皆濕火爲病〔一二二〕，法當瀉火，在上則湧⑫之，在下則竭之；張長沙又⑬以爲邪氣所留〔一二三〕，而以辛温之齊開發蕩散之〔一二四〕：何三者治法之不同耶？」

曰：「治有從本者，有從標者，有不從標本而從中治者。證有虚實〔一二五〕，脉有逆從〔一二六〕。其始雖殊，其歸一理也。《經》曰：『天之四令無形，風寒暑濕也；地之四令有形，飢飽勞逸也〔一二七〕。』東垣以胸腹堅滿等證，皆爲飲食七情所致而謂之内傷〔一二八〕，蓋以中氣不足，諸邪得以留之。《經》曰『邪之所湊，其氣必虚〔一二九〕』是已。其脉必弦澀虚遲，故治以補中益氣，使中氣既盛，則邪氣可不戰而屈矣。此拔本塞源之論，蓋治其本者也。河間戴人以爲可湧可竭者，是治其有形之邪，其脉必洪實沉滑，必當去其有形之物而中氣可復。又必資水以制火，而陰陽自和，蓋治其標者也。至若長沙直以邪氣留之於中焦〔一三〇〕，必以辛温之齊散其無形之邪。《經》曰：『寒則氣聚，熱則氣散〔一三一〕。』《舉痛論》曰諸痛爲寒是也〔一三二〕。其脉必虚浮遲澀，故以發鬱開結之齊主之。蓋從中治者也。

知乎此，則三者之法斷不可以偏廢。而近世宗三家者，往往自相詆毁，而有南醫北醫之不同，决不肯以寒涼施之於南方，辛熱施之於北方，何其自啬之若是歟⑭〔一三三〕！《經》曰病當問其起居〔一三四〕，固言地方之不同矣。然治寒以熱，治熱以寒，微者逆之，甚者從之〔一三五〕，要在臨時變通消息以爲治，安可限以南北之分而有寒熱之夐異哉〔一三六〕！」

又問：「《原病式》以濕熱、留飲、否隔而傳化失常，甚則霍亂吐下〔一三七〕。又以爲諸痛乃熱鬱於内，故爲堅痛不可以言寒；又以爲急痛者，因寒之極而乃凝冱⑮而爲痛〔一三八〕。如是則所謂霍亂吐下而心腹絞痛者，當作熱論乎，抑作寒治乎？」

曰：「吐下之作，罕有不由脾胃感之，蓋胃爲水穀之海，受天之氣地之味，精悍薰蒸而成氣血以營養四旁〔一三九〕。往往因其燮理失宜，風寒燥濕之邪得以乘伏錯亂於其間〔一四〇〕。風爲百病之始，而春爲温風，夏爲陽風，秋爲涼風，冬爲寒風〔一四一〕。風也者，天地之氣也；寒風即天地之寒氣。《經》曰：『歲土不及，風乃大行，化氣不令〔一四二〕。草木茂榮，飄搖而甚〔一四三〕，民病飧泄霍亂〔一四四〕。』斯固陰陽錯亂之所致矣。其有食飲過制〔一四五〕，七情内鬱，則濕飲否隔，遂使陰陽不得升降，塞而不通，陽并於陰，陰并於陽〔一四六〕，揮霍變亂，水穀沸騰，而爲吐下霍亂，此則濕熱留飲致之然也。若夫堅痛爲熱，本指瘡瘍，皆屬心火，心主熱化〔一四七〕，故痛屬熱，即不以寒言。至於急痛因寒，乃《舉痛論》諸痛爲寒之説。《經》曰：『寒淫於内，以辛熱散之，佐以苦寒〔一四八〕。』長沙以辛熱之齊散其錯亂風寒之氣，良以此耳。凡所臨證，故當察物之陰陽，驗人之虚實，不可專以爲有熱而無寒，不可專以爲有寒而無熱，斯蓋折衷之道也。」

翁他所診病及所論證治衆多，今頗失之，不能以盡録，而録其大概如此。

其於爲醫，或在杭，或在鄞，或在閩。在杭爲府史，爲肅政府書吏〔一四九〕；在鄞爲帥府令史〔一五〇〕；在閩掾行中書，掾行臺〔一五一〕，一皆以醫見辟諸貴人，而非所尚也。然廉謹練達之風，雖素業吏事卓卓當時者，亦皆自謂不能及。翁偉儀觀，美鬚髯，雙目爛爛如電光。天性純孝，父母有疾，扶持保抱不解帶者旬朔〔一五二〕；没則一遵《儀禮》治其喪。平居樂易寬厚，務揚人善而恥言其過。臧獲有失，亦不忍加以色辭。與人交，盡其義，其於恩意尤至也。喜辭章，善音律，工繪畫，而獨以醫顯。所著書有《竹齋小稿》及《脾胃後論》；别撰《醫原》若干卷，議論宏贍，未及成。子一曰恕，能世其業云。

論曰：仲尼有言：「人而無恒，不可以作巫醫〔一五三〕。」豈不信然歟！抱一翁爲醫四十年所，其已人病、生人之死甚衆〔一五四〕，人以厚利報翁，輒郤而不受。與之藥，即富徒，手亦與藥，不責其償。而濟物一心，孜孜然終始弗少衰。則所謂有恒者，豈近之與！傳曰：「醫非仁愛，不可托；非廉潔，不可信〔一五五〕。」若翁者，殆可托而可信者歟！至於立言以垂世，則取諸先覺之説折衷之，而一本於經，貫微達幽，不失細小，備矣！豈非宣暢曲解〔一五六〕，古之良醫也歟！

【題解】

抱一者，凝神守一始終不渝，所謂「造次必於是，顛沛必於是」也，語出《老子》二十二章「少則得，多則惑，是以聖人抱一以爲天下式」。抱一翁，項昕，字彦章，又字彦昌，元代醫學家，參看卷十八《項彦章像贊》、卷二十一《脾胃後論序》、卷二十五《懷項彦昌》。

《萬曆紹興府志》卷四十九《方技・項昕》：「字彦彰，温州人，僑居餘姚。自幼業醫，從金華朱彦修、錢塘陸尚静、集慶戴同父、紹興陳白雲受五運六氣之説，治病往往奇中。著《脾胃後論》，補東垣之未備。爲人美髯，喜詞章，善音律。」府志所載項昕事迹與本傳無異，蓋脱胎於本傳。父，名字不詳，號止堂，詳見卷二十九《項止堂墓誌銘》。

【校勘】

① 可：底本作「方」，據乾隆本改。
② 抏：底本作「杭」，據《史記・扁鵲倉公列傳》改。
③ 脉：底本作「詠」，據乾隆本改。下文徑改不出校。
④ 枚：底本作「枝」，據乾隆本改。
⑤ 齊：乾隆本作「劑」。下同。
⑥ 脹：底本作「膿」，據乾隆本改。
⑦ 菀陳：諸本皆作「苑陳」，郭靄春《黄帝内經靈樞校注語譯》及李經緯《中醫大辭典・宛陳》作

「宛陳」。

⑧令：底本作「令」，據乾隆本與同治本改。

⑨慄：底本作「慓」，據乾隆本與同治本及上文「然脾胃虚寒亦有惡寒而戰慄者」改。下同。

⑩令：底本作「今」，據郭靄春《黄帝内經素問校注語譯》改。

⑪禁：乾隆本作「噤」。

⑫湧：底本作「瀉」，據乾隆本與同治本改。

⑬又，底本作「人」，據乾隆本與同治本改。

⑭歟：乾隆本作「與」。下同。

⑮冱：底本作「泣」，據乾隆本及劉完素《素問玄機原病式・六氣爲病・寒類》改。

【箋注】

〔一〕東嘉：元時江浙行省温州路。《元史》卷六十二《地理五・江浙等處行中書省》：「温州路。唐初爲東嘉州，又改永嘉郡，又爲温州。宋升瑞安府。元至元十三年，置温州路。」越江：常指紹興，詳見本卷《高士傳》。

〔二〕方數：方術。《史記》卷一百五《扁鵲倉公列傳》：「出行遊國中，問善爲方數者事之久矣。」

〔三〕素：《黄帝内經素問》，傳説爲黄帝岐伯合著，詳見卷十《丹溪翁傳》。難：扁鵲《黄帝八十一難經》，詳見卷十《丹溪翁傳》。

〔四〕王叔和：名熙，高平人，西晉著名醫學家，録其脉學造詣曰《脉經》。王叔和《脉經序》：「脉理精微，其體難辨。弦緊浮芤，輾轉相類。在心易了，指下難明。謂沈爲伏，則方治永乖；以緩爲遲，則危殆立至；况有數候俱見，異病同脉者乎！夫醫藥爲用，性命所繫。和鵲至妙，猶或加思；仲景明審，亦候形證。一毫有疑，則考校以求驗。故傷寒有承氣之戒，嘔噦發下焦之問。而遺文遠旨，代寡能用；舊經秘述，奥而不售。遂令末學，昧於源本，互兹偏見，各逞己能。致微痾成膏肓之變，滯固絶振起之望，良有以也。今撰集岐伯以來逮於華佗經論要訣，合爲十卷。百病根源，各以類例相從，聲色證候，靡不該備。其王、阮、傅、戴、吴、葛、吕、張所傳異同，咸悉載録。誠能留心研窮，究其微賾，則可以比蹤古賢，代無夭横矣。」

〔五〕趙穆仲：元代學者，行迹不詳。《清江貝先生詩集》卷六載其訪友雅事。《丙辰元日時在鳳陽趙穆仲方文敏王繼遠枉騎相過》：「今年元日漢鍾離，著處蕭鼓太平時。老夫畏酒復多病，好客到門能説詩。春前春後雪纔見，水北水南花更遲。卻憶華堂高會處，玉盤纖手送青絲。」葉見山：名峴，元時處州名流。《光緒處州府志》卷二十《人物志中·孝友·元·葉峴》：「字見山，青田人。母嘗病心痛，扶持不離側。母憐之，令外息。峴夜潛入，捫心達旦。母終，舉進士，年六十三，歷官南安尹。著《見山集》。」楊鐵崖《東維子文集》卷六《劉養愚文集序》：「括之士以時文名於今日者，有林君則氏、葉見山氏、徐景熹氏、劉伯温氏、項子華氏。」

〔六〕《萬曆紹興府志》卷四十二《理學・元・韓性》：「字明善，會稽人，魏公琦八世孫。高祖膺胄始家於越。性天資警敏，七歲讀書，數行俱下，日記萬言。九歲通《小戴禮》，作大義，操筆立就，文意蒼古，老宿驚異。及長，博綜群書，尤明性理之學，四方學者輻輳其門。延祐初，科舉取士，學者多以文法爲請。性語之曰：『今之貢舉，悉本朱熹私議，不知朱氏之學，可乎？四書六經，千載不傳之學，自程氏至朱子發明無餘藴矣，顧力行何如爾。有德者必有言，施之場屋，直其末事，豈有他法哉？』其指授不爲甚高論，而義理自融見。人有一善，必爲之延譽，及辨析是非，則毅然不可犯。出無輿馬僕御，所過負者息肩行者避道。巷夫街叟，至於童稚厮役，咸稱之曰韓先生韓先生云。辟薦皆不就，務自韜晦，縉紳大夫有事於越者，必先造其廬，得所論述，即以爲準繩。天曆中，門人李齊爲御史，力舉其行義，而性已卒矣，時年七十有六，朝廷賜謚莊節先生。」

〔七〕陳白雲：《萬曆紹興府志》卷四十九《方技・陳白雲》：「紹興人，不知何名，項昕傳其醫術。」鎦績《霏雪録》卷下：「陳白雲家籬（援）〔楥〕間植決明，家人摘以下茶，生三女皆短而跛，而王氏女甥亦跛，予皆識之。」

〔八〕五診：細察五臟之陰陽虛實。《素問・方盛衰論》：「此皆五藏氣虛，陽氣有餘，陰氣不足，合之五診，調之陰陽，以在經脉。」晐：目大貌。

〔九〕朱彦修：名震亨，彦修其字也，號丹溪翁。金源：水名，代金國。《金史》卷二十四《地理上・上京路》：「即海古之地，金之舊土也。國言『金』曰『按出虎』，以按出虎水源於此，故名金源。建國之號蓋取諸此。」劉河間：與下文張戴人、李東垣悉見卷十《丹溪翁傳》。

〔一〇〕葛可久：元末明初醫學家。《明史》卷二百九十九《方伎・葛乾孫》：「字可久，長洲人。父應雷，以醫名……屢試不偶，乃傳父業。然不肯爲人治疾，或施之，輒著奇效，名與金華朱丹溪埒。富家女病四支痿痹，目瞪不能食，衆醫治罔效。乾孫命悉去房中香奩、流蘇之屬，掘地坎，置女其中。久之，女手足動，能出聲。投藥一丸，明日女自坎中出矣。蓋此女嗜香，脾爲香氣所蝕，故得是症。其療病奇中如此。」

〔一一〕戴仝父：名啓宗，仝父其字也，元建業儒醫，著《脉訣刊誤》《活人書辯》《脉訣刊誤集解》。《脉訣刊誤・四庫全書提要》：「《脉訣刊誤》二卷，元戴啓宗撰。啓宗字同父，金陵人，官龍興路儒學教授……其書自宋以來屢爲諸家所考駁，然泛言大略，未及一一覈正其失。且淺俚易誦，故俗醫仍相傳習。啓宗是書，乃考證舊文，句句爲辨，原書僞妄始抉摘無遺，於脉學殊爲有裨。」吴澄《吴文正集》卷十九《活人書辯序》：「宋朱肱《活人書括》，一本仲景之論，書成之初，已有糾彈數十條者。承用既久，世醫執爲傷寒律令，夫孰更議其非？龍興路儒學教授戴啓宗同父，讀書餘暇，兼訂醫書，朱氏百問，一一辯正，凡悖於《傷寒論》之旨者，擿抉靡遺，如法吏獄辭，隻字必覈，可謂精也已。」又，吴澄《脉訣刊誤集解序》：「醫流鮮讀王氏《脉經》而偏熟於《脉訣》。《脉訣》蓋庸下人所撰，其疏繆也奚怪焉？戴同父，儒者也，而究心於醫書，刊《脉訣》之誤，又集古醫經及諸家説爲之解。予謂此兒童之謡，俚俗之諺，何足以辱通人點竄之筆？況解書者爲其高深玄奥也，得不借易曉之辭以明難明之義也？今歌訣淺近，世人能知之而反援引高深玄奥者爲證，則是以所難明釋所易曉，得無類於奏《九韶》《三夏》之音以聰《折揚》《皇荂》之耳乎？同父曰：『此歌誠淺近，然醫流僅知習此而已。竊恐因其書之誤，遂以誤人也。行而見迷途之人，其能已於一呼哉？』予察同父之言，蓋仁人用心，如是而著書，其可也！」

〔一二〕五運：金木水火土在地爲五行，其氣運行於天爲五運。《素問·天元紀大論篇第六十六》：「論言五運相襲而皆治之。終期之日，周而復始。」六氣：寒、暑、燥、濕、風、火。《素問·六元正紀大論篇第七十一》：「先立其年以明其氣，金木水火土運行之數，寒暑燥濕風火臨御之化。」

〔一三〕太醫院使：元太醫院官職，任職人數變動不一。《元史》卷八十八《百官四》：「太醫院……掌醫事，制奉御藥物，領各屬醫職……至治二年，定置院使一十二員，正二品。」撟引案扤：按摩；案，通「按」。《史記》卷一百五《扁鵲倉公列傳》：「臣聞上古之時，醫有俞跗，治病不以湯液醴灑，鑱石撟引，案扤毒熨。」司馬貞《索隱》：「撟音九兆反，謂爲按摩之法，夭撟引身，如熊顧鳥伸也。扤音玩，亦謂按摩而玩弄身體使調也。」

〔一四〕香薑桂：中藥香附、乾薑、桂枝。

〔一五〕腎邪：五臟病邪之一。《難經·十難》：「心脉沉甚者，腎邪干心也。」《靈樞·五邪第二十》：「邪在腎，則病骨痛，陰痹。陰痹者，按之而不得，腹脹，腰痛，大便難，肩背頸項痛，時眩。」

〔一六〕温利：即温下，治法之一，或以温性瀉下藥，如巴豆霜；或以温熱藥配寒下藥，如附子、細辛配大黄。

〔一七〕神保丸：《太平惠民和劑局方》卷三方。木香、胡椒各一分，全蠍七個，巴豆（去心皮）十個。爲細末，蒸餅爲丸，麻子大，朱砂爲衣，每服三粒。

〔一八〕神芎丸：《宣明論方》卷四方。大黄、黄芩各二兩，牽牛子、滑石各四兩，黄連、薄荷、川芎各半兩。爲細末，水泛或煉蜜爲丸，小豆大。

〔一九〕芒硝：礦物類中藥，鹹苦寒，入胃、大腸經，瀉熱通便，潤燥軟堅。今傳神芎丸無芒硝而有滑石，豈戴九靈以二者爲一物乎？

〔二〇〕陽脉、陰脉：詳見卷十《丹溪翁傳》。

〔二一〕王好古《此事難知》卷二《痛隨利減》：「諸痛爲實，痛隨利減。世皆以利爲下之者，非也。假令痛在表者，實也；痛在裏者，實也；痛在血氣者，亦實也。在表者汗之，則痛愈；在裏者下之，則痛愈；在血氣者散之行之，則痛愈。豈可以利之只作下之乎？」

〔二二〕娠：懷孕。《説文》：「娠，女妊身動也。」蠱：病名，泛指蟲毒結聚絡脉瘀塞引發之脹滿積塊疾患。《雜病源流犀燭·虛損癆瘵源流》：「五臟之氣，有一損傷，積久成癆，甚而爲瘵。」瘵：虛勞重症。《證治彙補》卷六：「脹滿既久，氣血結聚不能釋散，俗名曰蠱。」

〔二三〕薄：逼近。血室：或指衝脈，方有執《傷寒論條辨》：「血室，營血停留之所，經脈集會之處，即衝脈。」或指肝，柯韻伯《傷寒來蘇集·陽明脈證上》：「血室者，肝也。肝爲藏血之臟，故稱血室。」或指子宫。程式《醫彀》：「子宫即血室也。」

〔二四〕芎歸：芎藭與當歸。

〔二五〕經隧：運行氣血之經絡通道。《素問·調經論篇第六十二》：「五臟之道，皆出於經隧，以行血氣，血氣不和，百病乃變化而生，是故守經隧焉。」

〔二六〕蘇合丸：通稱蘇合香丸，《太平惠民和劑局方》卷三方。

〔二七〕六脉：兩手寸關尺三部脉合稱。弦滑數：中醫脉象名，詳見卷十《丹溪翁傳》。

〔二八〕實邪：亢盛邪氣。《素問·通評虛實論篇第二十八》：「邪氣盛則實。」

〔二九〕脉虛：軟而無力之脉象，參見《丹溪翁傳》。

〔三〇〕元氣：或稱原氣，禀受於先天而賴後天榮養，發源於腎（包括命門），藏於丹田，借三焦之道，通達全身，滋養五臟六腑，爲生化動力之源泉。《難經·三十六難》：「命門者，諸神精之所舍，原氣之所繫也。」

〔三一〕真藏脉：簡稱真脉，即五臟真氣敗露之脉象。《素問·玉機真藏論篇第十九》：「真肝脉至，中外急如循刀刃，責責然，如按琴瑟弦，色青白不澤，毛折，乃死。真心脉至，堅而搏，如循薏苡子累累然，色赤黑不澤，毛折，乃死。真肺脉至，大而虚，如以毛羽中人膚，色白赤不澤，毛折，乃死。真腎脉至，搏而絶，如指彈石辟辟然，色黑黄不澤，毛折，乃死。真脾脉至，弱而乍數乍疏，色黄青不澤，毛折，乃死。諸真藏脉見者，皆死，不治也。」

〔三二〕越幕：元時江浙行省紹興路總管府。

〔三三〕暑邪：六淫（風、火、寒、暑、濕、燥）之一，其病自外而内，耗氣傷陰，多見身熱、多汗、頭暈、神疲、煩渴等症。

〔三四〕白虎湯：《傷寒論》方，其效清熱生津。

〔三五〕細：與數、實皆脉象名，參見《丹溪翁傳》。

〔三六〕杏仁：又名苦杏仁。苦，微温，有小毒。入肺、大腸經。降氣化痰，止咳平喘，潤腸通便。薏苡：甘，淡，涼；入脾肺腎經；健脾，利濕，清熱，排膿。

〔三七〕升麻：甘、辛、微苦，涼；入肺脾胃經；散風熱，透疹，升提，解毒。黄蓍：即黄耆、黄芪。蓍：通「耆」。《廣雅・釋草》：「蓍，耆也。」甘，微温；入脾肺經；補中益氣，固表，利水，托膿毒，生肌。桔梗：苦辛，平；入肺胃經；宣肺，祛痰，利咽，排膿。

〔三八〕客：寄居，留止。《靈樞・邪氣臟腑病形第四》：「邪氣入而不能客，故還之於府。」

〔三九〕菀陳：或作「宛陳」，病證名，血氣長久鬱積而生瘀濁；菀，通「蘊」。《靈樞・九針十二原第一》：「凡用針者，虚則實之，滿則泄之，宛陳則除之，邪盛則虚之。」王冰《注》：「菀，積也。陳，久也。除，去也。言絡脉之中，血積而久者，針刺而除去之也。」張志聰《注》：「宛陳則除之者，去脉中之蓄血也。」

〔四〇〕建康：元時江浙行省建康路，又名集慶路，即今江蘇南京。《元史》卷六十二《地理五・江浙等處行中書省・集慶路》：「元至元十二年歸附。十四年，升建康路……天曆二年，以文宗潛邸，改建康路爲集慶路。」

〔四一〕丹附薑桂：丹皮、附子、乾薑、桂枝等辛熱藥。

〔四二〕噦：氣逆乾嘔。《素問・寶命全形論篇第二十五》：「病深者，其聲噦。」後溲：大便。

〔四三〕葛花解酲：葛花解酲湯。《脾胃論》卷下方，分消酒濕，温中健脾。黄芩：苦，寒；入心肺膽大腸經；清熱燥濕，瀉火解毒，涼血，安胎。

〔四四〕沮：阻止。《詩經・小雅・小旻》：「君子如怒，亂庶遄沮。」

〔四五〕實實：邪氣盛上加盛。虚虚：正氣虚而又虚。鬼録：陰間簿册。曹丕《與吴質書》：「觀其姓名，已爲鬼録，追思昔遊，猶在心目。」

〔四六〕諸：凡。《古書虚字集釋》卷九《諸》：「諸猶凡也……《史記・李將軍傳》：『諸廣之軍吏及士卒，或取封侯。』《高祖紀》：『諸所過無不殘滅。』」

〔四七〕火：火邪，六淫之一，甚於温、熱、暑諸病邪。

〔四八〕溲秘：便秘，大便困難而次數少，糞便乾燥。陽結：胃腸實熱燥火所致之便秘。《醫學入門·燥結》：「結有能食脉實數者，爲陽結。」

〔四九〕寸口脉：寸口脉分三部，橈骨莖突處爲關脉，關之前爲寸脉，關之後爲尺脉。

〔五〇〕湧：湧吐，即吐法，用催吐藥或其他刺激物排遣停痰宿食或毒物。宿：久留。《漢書》卷五十二《韓安國》：「孝文寤於兵之不可宿。」顔師古《注》：「宿，久留也。」

〔五一〕浙東僉憲：浙東海右道肅政廉訪司僉事，參見卷七《題余廉訪五大篆後》。

〔五二〕厥：厥氣，逆亂之氣，如陰陽失調、氣血逆亂、痰濁閉阻、食積停滯或暴痛等。

〔五三〕《諸病源候論》卷一《風病諸候·風濕候》：「風濕者，是風氣與濕氣共傷於人也……其狀令人懈惰，精神昏憒；若經久，亦令人四肢緩縱不隨，入臟則瘖瘂，口舌不收；或腳痹弱，變成腳氣。」

〔五四〕舟車神祐丸：或作舟車神佑丸，又名舟車丸，《袖珍方》卷三引《太平聖惠方》。

〔五五〕南臺：元時江南諸道行御史臺。治書：治書侍御史，參見卷十四《亡妾李氏墓誌銘》。泄瀉：腹瀉。《奇效良方·泄瀉門》：「泄者，泄漏之義，時時溏泄，或作或愈；瀉者，一時水去如注泄。」惡寒：怕冷。

〔五六〕沉寒痼冷：以真陽不足陰寒之邪久伏體内而晝夜惡寒手足厥冷。

〔五七〕濕熱：濕熱結合之病邪。《素問·生氣通天論篇第三》：「濕熱不攘，大筋軟短，小筋弛長，軟短爲拘，弛長爲痿。」

〔五八〕升陽散火：升發脾陽，驅散火邪，法用升陽散火湯；見《内外傷辨惑論》卷中或《醫宗金鑑·外科心法要訣》卷六十三。

〔五九〕苦寒逐之：用苦寒藥物清除裏熱。

〔六〇〕通因通用：反治法之一，即用通利之法治療通泄病證；通泄病證，常用温補固澀法，但對似乎通泄實則瘀熱或積滯之病證，則須通利而非温補固澀。《素問·至真要大論篇第七十四》：「熱因熱用，寒因寒用，塞因塞用，通因通用，必伏其所主，而先其所因，其始則同，其終則異，可使破積，可使潰堅，可使氣和，可使必已。」

〔六一〕衄：鼻出血。《傷寒論·辨脉法》：「脉浮，鼻中燥者，必衄也。」

〔六二〕淖：濕盛。《素問·陰陽別論篇第七》：「淖則剛柔不和，經氣乃絶。」

〔六三〕瀉心：心火旺熾，常用《金匱要略》之瀉心湯以瀉火通降。涼血：清熱法之一，用於吐血、衄血、便血、尿血，神昏譫語、舌色紫絳或瘢色紫黑諸症，常以犀角地黄湯治之。

〔六四〕子：此指五藏之脾；中醫五藏與五行對應一體，火生土則心生脾，故心脾爲母子關係。《素問·五運行大論篇第六十七》：「心生血，血生脾。」

〔六五〕琥珀諸補心之齊：指琥珀養心丹、琥珀多寐丸、琥珀定志丸等。

〔六六〕自汗：發熱汗出或未勞作而出汗。《傷寒論·辨太陽病脉證并治法》：「時發熱自汗出而不愈者，此衛氣不和也。」

〔六七〕屬：連接。《尚書·禹貢》：「涇屬渭汭。」孔穎達《疏》：「屬謂相連屬。」

〔六八〕《素問·熱論篇第三十一》：「今夫熱病者，皆傷寒之類也。」

〔六九〕發表：解表，疏表，通過發汗以解除肌表之邪。

〔七〇〕補中益氣：補中益氣湯或補中益氣丸，《內外傷辨惑論》卷中方。補中益氣湯：黄芪一錢，甘草（炙）五分，人參（去蘆）、升麻、柴胡、橘皮、當歸身（酒洗）、白術各三分。爲細末，水煎去滓，早飯後温服。補中益氣湯做蜜丸或水丸，曰補中益氣丸。

〔七一〕五性：五臟特性。《漢書》卷七十五《翼奉傳》：「五性不相害，六情更興廢。」顔師古《注》引晉灼曰：「翼氏五性：肝性静，静行仁，甲己主之。心性躁，躁行禮，丙辛主之。脾性力，力行信，戊癸主之。肺性堅，堅行義，乙庚主之。腎性智，知行敬，丁壬主之也。」扇：熾盛。《梁書》卷三十七《謝舉》：「逮乎江左，此道亦扇。」

〔七二〕中氣：泛指中焦脾胃之氣。

〔七三〕損者温之：語見《素問·至真要大論篇第七十四》。

〔七四〕肯綮：筋骨結合處。《莊子·養生主》：「技經肯綮之未嘗，而況大軱乎！」

〔七五〕失履：踩踏不當。

〔七六〕蹂：通「揉」。《詩經·大雅·生民》：「或舂或揄，或簸或蹂。」馬瑞辰《通釋》：「古者蹂米之法與蹂禾異；蹂禾以足踐之，蹂米蓋以手重擦之。」

〔七七〕哫哫：象聲詞。

〔七八〕胻骨：小腿脛與腓骨之統稱。《素問·骨空論篇第六十》：「胻骨空在輔骨之上端。」

〔七九〕宥：通「囿」，刀創區域。《莊子·天下》：「接萬物以别宥爲始。」成玄英《疏》：「宥，區域也。」循：依順，吻合。惡：醜陋。

〔八〇〕赬盤：或曰赬玉盤，太陽。李白《幽州胡馬客歌》：「婦女馬上笑，顏如赬玉盤。」

〔八一〕瘴毒：瘴氣毒霧。韓愈《祭湘君夫人文》：「愈以罪犯黜守潮州，懼以譴死，且虞海山之波霧瘴毒爲災以殞其命。」

〔八二〕兩尺：左右手尺脉。

〔八三〕天和：天地和氣，亦指人體元氣。葛洪《抱朴子·道意》：「精靈困於煩擾，榮衛消於役用。煎熬形氣，刻削天和。」

〔八四〕提舉：元時醫學提舉。《元史》卷八十八《百官四》：「醫學提舉司，秩從五品……掌考校諸路醫生課義，試驗太醫教官，校勘名醫撰述文字，辨驗藥材，訓誨太醫子弟，領各處醫學。提舉一員，副提舉一員。」

〔八五〕參見卷二十一《脾胃後論序》。

〔八六〕脾胃虚寒：又稱脾陽虚，飲食失常、勞倦過度、憂思傷脾或久病以致脾氣既虚，兼有内寒，治宜健脾温中。

〔八七〕陽氣、陰氣：二氣相反相成。陽氣爲功能，陰氣爲形質。陽氣爲六腑之氣，陰氣爲五臟之氣。陽氣爲衛氣，陰氣爲營氣。陽氣行於外表，向上亢盛增强輕清；陰氣行於内裏，向下抑制減弱重濁。《素問·生氣通天論篇第三》：「夫自古通天者生之本，本於陰陽。」

〔八八〕陰陽孤立：陰陽離決，即由於陰陽失調，一方損耗過度而致另一方失去依存。《素問·生氣通天論篇第三》：「陰陽離決，精氣乃絶。」

〔八九〕并：偏勝，一方超過另一方而失去平衡。《素問·調經論篇第六十二》：「有者爲實，無者爲虚。故氣并則無血，血并則無氣，今血與氣相失，故爲虚焉。」郭靄春《校注語譯》引張介賓言：「有血無氣，是血實氣虚也；有氣無血，是氣實血虚也。」

〔九〇〕中寒：或作寒中，邪在脾胃而見裏寒，多因脾胃虚寒，邪從寒化，或由勞倦内傷傳變而成。《素問·調經論篇第六十二》：「帝曰：『陰盛生内寒奈何？』岐伯曰：『厥氣上逆，寒氣積於胸中而不寫。不寫則温氣去，寒獨留，則血凝泣，凝則脉不通，其脉盛大以濇，故中寒。』」

〔九一〕《素問·通評虚實論篇第二十八》：「邪氣盛則實，精氣奪則虚。」郭靄春《校注語譯》引李中梓言：「邪氣者，風寒暑濕燥火。盛則實者，邪氣方張，名爲實證；三候有力，名爲實脉。精氣即正氣，乃穀氣所化之精微。奪則虚者，亡精失血，用力勞神，名爲内奪；汗之下之，吐之清之，名爲外奪。氣怯神疲，名爲虚證；三候無力，名爲虚脉。」

〔九二〕語出《黄帝内經・靈樞・百病始生第六十六》。客：寓居，留宿。

〔九三〕劉完素《素問玄機原病式・六氣爲病・熱類》：「身熱惡寒，戰慄，驚，惑，悲，笑，譫，妄，衄衊血汗，皆屬於熱。」

〔九四〕實熱：外感病邪化熱入裏，邪氣盛正氣足時所表現之症候。

〔九五〕傳化：輸送轉化。宋洪邁《容齋四筆》卷十《閩俗詭祕殺人》：「閩中習俗尤甚，每執縛其仇，窮肆殘虐。或以酒調鋸屑逼之使飲，欲其黏著肺腑，不能傳化，馴致痰渴之疾。」

〔九六〕榮衛：同「營衛」，營氣和衛氣同出一源，皆水穀精氣所化生。營氣行脉中以營養周身；衛氣行脉外以捍衛軀體。《靈樞・營衛生會第十八》：「營衛之行，不失其常，故晝精而夜瞑。」

〔九七〕語出《素問・八正神明論篇第二十六》。天之虚：自然界之虚邪賊風。

〔九八〕《素問・調經論篇第六十二》：「經言陽虚則外寒，陰虚則内熱；陽盛則外熱，陰盛則内寒。」陽虚：陽氣不足機能衰退，多指氣虚或命門火衰，因氣與命門均屬陽。陰盛：陰寒偏勝，多出現厥逆、痰飲、水氣等内寒證。

〔九九〕語在《素問・調經論篇第六十二》。郭靄春《黄帝内經素問校注語譯》引楊上善云：「陽，衛氣也。衛出上焦，晝行陽二十五周，以温皮膚分肉之間。」分肉：肌肉，以其分外層白肉與内層赤肉而得名。上焦：三焦上部，從咽喉至胸膈部分。

〔一〇〇〕虚寒：正氣虚兼寒之症候，治當以温陽補虚爲主。

〔一〇一〕淫：溢滿、浸潤、流布。甘寒：用甘寒滋潤藥物治療津液不足或熱病化燥傷陰。

〔一〇二〕辛熱：以辛温香竄之品温陽祛寒開竅以治療寒厥或寒凝竅閉之候。

〔一〇三〕鼓頷：下巴頦打顫。《素問・瘧論篇第三十五》：「瘧之始發也，先起於毫毛，伸欠乃作，寒栗鼓頷。」王冰《注》：「栗謂戰慄，鼓謂振動。」禁：通「噤」，口噤不開。鼓慄：寒戰發抖，上下牙齒叩擊。神守：守護形體之精神。《素問・至真要大論篇第七十四》：「諸禁鼓栗，如喪神守，皆屬於火。」劉完素《素問玄機原病式・六氣爲病・火類・禁栗如喪神守》：「如喪神守者，神能御形，而反禁栗，則如喪失保守形體之神也。」

〔一〇四〕《素問玄機原病式・六氣爲病・熱類・吐下霍亂》：「至若利色黑，亦言爲熱者，由火熱過極，則反兼水化制之，故色黑也。」

〔一〇五〕鬱：通稱鬱證，即滯而不得發越之病；《素問・六元正紀大論篇第七十一》載木鬱、火鬱、土鬱、金鬱、水鬱等五鬱，《丹溪心法》則分氣鬱、血鬱、濕鬱、熱鬱、痰鬱、食鬱等六鬱；此處當指火鬱或熱鬱。

〔一〇六〕資水以制火：此屬五行相克之水克火理論。

〔一〇七〕按《素問・上古天真論篇第一》，未見「戰慄鼓頷皆屬於熱」諸語。

〔一〇八〕語載《素問・瘧論篇第三十五》，與原文略有出入。逆極：逆亂到極點。陽與陰復并於外：郭靄春《黄帝内經素問校注語譯》引張琦説：「『外』應作『内』，字誤，此陽入之陰。」

〔一九〕此語檃栝《黄帝内經素問・瘧論篇第三十五》：「此先傷於風，而後傷於寒，故先熱而後寒也，亦以時作，名曰温瘧。」又曰：「夫寒者，陰氣也；風者，陽氣也。先傷於寒而後傷於風，故先寒而後熱也，病以時作，名曰寒瘧。」又曰：「陰陽上下交争，虚實更作，陰陽相移也。」郭靄春《黄帝内經素問校注語譯》引張琦説：「平人陰陽上下交濟。寒熱之家，陰出之陽則寒，陽下入陰則熱，不交濟而交争，陽實則陰虚，陰實則陽虚，是陰陽之相移爲寒熱也。」

〔二〇〕《素問・逆調論篇第三十四》：「黄帝問曰：『人身非常温也，非常熱也，爲之熱而煩滿者何也？』岐伯對曰：『陰氣少而陽氣勝，故熱而煩滿也。』帝曰：『人身非衣寒也，中非有寒氣也，寒從中生者何？』岐伯曰：『是人多痹氣也，陽氣少陰氣多，故身寒如從水中出。』」常：同「裳」。《黄帝内經素問校注語譯》引于鬯説：「『常』本『裳』字。《説文・巾部》：『常，下帬也，或體作裳。』是『常』『裳』一字。此言『裳』，下文言『衣』，變文耳。」

〔二一〕成無己《傷寒明理論》卷一《戰慄第三十一》：「傷寒戰慄，何以明之？戰慄者，形相類而實非一也。合而言之，戰慄非二也；析而分之，有内外之别焉。戰者，身爲之戰摇者是也；慄者，心戰是也。戰之與慄，内外之診也。」

〔二二〕此語由成無己《傷寒明理論》卷一《戰慄第三十一》引自《傷寒論・辨脉法》。中：遭受攻擊。陰中於邪：郭靄春、張海玲《傷寒論校注語譯》引成無己《注》：「浮爲陽，沉爲陰……下焦者，少陰也……濁邪中下，陰氣爲慄，足脛逆冷便溺妄出者，寒邪中於少陰也。」

〔二三〕成無已《傷寒明理論》卷一《戰慄第三十一》：「正氣怯弱，故成慄也。戰者，正氣勝；慄者，邪氣勝也。」

〔二四〕《素問・瘧論篇第三十五》：「陽并於陰，則陰實而陽〔明〕虚，陽明虚，則寒栗鼓頷也。」陽明：經脉名，包括足陽明胃經與手陽明大腸經。

〔二五〕成無已《傷寒明理論》卷一《戰慄第三十一》：「戰之與振，振輕而戰重也……邪與正争，微者爲振，甚者則戰。」森然：陰冷貌。聳然：驚動貌；聳，通「悚」。

〔二六〕《素問・至真要大論篇第七十四》：「逆之從之，逆而從之，從而逆之，疏氣令調，則其道也。」從：從治，也稱反治，當疾病出現假象或大寒證、大熱證對正治法産生格拒時所用治法，其治法與疾病假象一致。逆：逆治，也稱正治，指常規治療方法，如寒證用熱藥，熱證用寒藥，實證用攻法，虚證用補法等。

〔二七〕此謂反治法，開始時藥性與病情之寒熱似乎一致，結果卻迥然不同。語載《素問・至真要大論篇第七十四》。

〔二八〕化源：化生本源，如木能生火，火失養則當資木，從其母氣以資養之。《素問・六元正紀大論篇第七十一》：「必折其鬱氣，先資其化源，抑其運氣，扶其不勝……必折其鬱氣，而取化源，益其歲氣，無使邪勝。」

〔二九〕追之迎之：隨其不足而補之，迎其邪氣而瀉之；既用之於中藥，亦用之於針灸。《靈樞・九針十二原第一》：「迎之隨之，以意和之，針道畢矣。」

〔二〇〕胸隔：同「胸鬲」，亦作「胸膈」，泛指胸腹；隔，通「鬲」。《古字通假會典·支部第十二·鬲字聲系·鬲與隔》：「《漢書·五行志》：『鬲閉門户。』顔《注》：『鬲與隔同。』」堅滿痞痛：發硬堵塞脹滿疼痛。

〔二一〕李杲《脾胃論》卷中《飲食勞倦所傷始爲熱中論》：「内傷脾胃，乃傷其氣；外感風寒，乃傷其形。傷其外爲有餘，有餘者瀉之；傷其内爲不足，不足者補之。内傷不足之病，苟誤認作外感有餘之病而反瀉之，則虚其虚也。實實虚虚，如此死者，醫殺之耳！然則奈何？惟當以辛甘温之劑補其中而升其陽，甘寒以瀉其火，則愈矣。」中氣：脾氣，中醫所謂補中益氣即補脾及升提下陷之脾氣。

〔二二〕散見劉完素《素問玄機原病式》。諸逆上衝：指各種氣逆上衝之病證。諸濕腫滿：因濕氣而浮腫脹滿之病證。鬱冒：昏迷糊塗之病證。瞀：視物昏花。《素問·至真要大論篇第七十四》：「鬱冒不知人，乃洒淅惡寒，振慄譫妄，寒已而熱，渴而欲飲……諸濕腫滿，皆屬於脾……諸熱瞀瘛，皆屬於火……諸逆衝上，皆屬於火。」

〔二三〕張長沙：東漢張機，字仲景，因其在長沙太守任上以仁術治病療疾，世人尊之爲張長沙；撰《傷寒雜病論》，後人剪裁爲《傷寒論》及《金匱要略》；參見卷十《丹溪翁傳》。高保衡等《傷寒論序》：「始受術於同郡張伯祖，時人言識用精微過其師。所著論，其言精而奥，其法簡而詳，非淺聞寡見者所能及。自仲景於今八百餘年，惟王叔和能學之，其間如葛洪、陶景、胡洽、徐之才、孫思邈輩，非不才也，但各自名家而不能修明之。」

〔二四〕開發蕩散：開結發鬱蕩滯散邪。

〔二五〕虛實：虛證與實證；虛證，人體精氣不足之虛弱症候；實證，邪氣盛而正氣尚未虛衰之症候。

〔二六〕逆從：逆順，即上下往來。《靈樞·營氣第十六》：「此營氣之所行也，逆順之常也。」

〔二七〕《黄帝内經·素問》未載此論，張從正《儒門事親》卷十：「外有風寒暑濕，屬天之四令，無形也；內有飢飽勞逸，屬天之四令，有形也。」

〔二八〕七情：喜、怒、憂、思、悲、恐、驚。《素問·舉痛論篇第三十九》：「怒則氣上，喜則氣緩，悲則氣消，恐則氣下，寒則氣收，炅則氣泄，驚則氣亂，勞則氣耗，思則氣結。」《素問·陰陽應象大論篇第五》：「人有五藏，化五氣，以生喜怒悲憂恐。」

〔二九〕語載《素問·評熱病論篇第三十三》。

〔三〇〕中焦：三焦中部，即上腹腔。《靈樞·營衛生會第十八》：「中焦亦并胃中，出上焦之後，此所受氣者，泌糟粕，蒸津液，化其精微，上注於肺脉，乃化而爲血，以奉生身，莫貴於此。」

〔三一〕此語與《素問·舉痛論篇第三十九》所載略有出入：「寒則氣收，炅則氣泄。」

〔三二〕《素問·舉痛論篇第三十九》：「帝曰：『願聞人之五藏卒痛，何氣使然？』岐伯對曰：『經脉流行不止，環周不休，寒氣入經而稽遲，泣而不行，客於脉外則血少，客於脉中則氣不通，故卒然而痛。』」

〔二三〕嗇：閉塞，不通達。《史記》卷一百五《扁鵲倉公列傳》：「診其脉時，切之腎脉也，嗇而不屬。」

〔二四〕《素問・徵四失論篇第七十八》：「診病不問其始，憂患飲食之失節，起居之過度，或傷於毒，不先言此，卒持寸口，何病能中？」

〔二五〕《素問・至真要大論篇第七十四》：「寒者熱之，熱者寒之，微者逆之，甚者從之。」微者逆之：病情輕微則逆治正治。甚者從之：病情嚴重則從治反治。

〔二六〕消息：酌情用藥或飲食。

〔二七〕濕熱：濕熱病邪，其邪可侵入脾胃、肝膽及下焦大腸、膀胱等臟腑或皮膚經脉。留飲：痰飲之一，水飲蓄而不散者。否隔：痞塞阻滯之病證；否，通「痞」。霍亂：泛指猝然大吐大瀉心腹絞痛之疾患。吐下：吐利，即嘔吐與下利同時發生之病證。《素問玄機原病式・五運主病・諸濕腫滿皆屬脾土》：「地之體也土，熱極盛則痞塞腫滿，物濕亦然，故長夏屬土，則庶物隆盛也。」又，《六氣爲病・濕類・積飲》：「留飲積蓄而不散也。水得燥則消散，得濕則不消以爲積飲也，土濕主否故也。」又，《六氣爲病・濕類・痞》：「與否同，不通泰也，謂精神、榮衛、血氣、津液出入流行之紋理閉塞而爲痞也。」又，《六氣爲病・濕類・隔》：「阻滯也，謂腸胃隔絶，而傳化失其常也。」又，《六氣爲病・濕類・霍亂吐下》：「濕爲留飲痞隔，而傳化失常，故甚則霍亂吐瀉也。」

〔三八〕《六氣爲病・寒類・堅痞腹滿急痛》：「寒主拘縮，故急痛也。寒極則血脉凝沍，而反兼土化制之，故堅痞而腹滿也。或熱鬱於内而腹滿堅結痛者，不可言爲寒也。」凝沍：凝滯。

〔三九〕薰蒸：熱氣升騰，酷熱異常。范成大《立秋》：「三伏熏蒸四大愁，暑中方信此生浮。」

〔四〇〕乘伏：隱藏侵襲；乘，侵襲。《傷寒論・平脉法》：「諸陰遲澀爲乘臟也。」

〔四一〕陽風：夏季熱風。《靈樞・論勇第五十》：「春青風，夏陽風，秋涼風，冬寒風。凡此四時之風者，其所病各不同形。」

〔四二〕歲土不及：凡年干爲乙、丁、己、辛、癸等陰干之年，爲五運陰年，若該年歲運未得司天之氣資助，則爲不及之年；歲土不及，即己年未得司天之氣資助，脾氣爲所不勝之臟氣所乘，或爲所勝之臟氣反侮。化氣：化育之氣。《鬼谷子》卷下《本經陰符七篇》：「化氣，先天地而成，莫見其形，莫知其名，謂之神靈。」陶弘景《注》：「至於化育之氣，乃先天地而成，不可以狀貌詰，不可以名字尋，妙萬物而爲言者也，是以謂之神靈。」不令：不能發號施令。

〔四三〕意謂風能生化萬物，草木因之繁茂葱蘢；然而過度飄動飛揚，則侵害毀損萬物。

〔四四〕飧泄：又名飧瀉、水穀痢，以脾胃氣虚陽弱或内傷七情或風濕寒熱諸邪客犯腸胃而消化失常排泄完穀。語載《素問・氣交變大論篇第六十九》，文字略有出入而主旨無異。

〔一四五〕過制：過度。《尚書・畢命》：「驕淫矜侉，將由惡終。」孔《傳》：「言殷衆士驕恣過制，矜其所能，以自侉大。」

〔一四六〕陽并於陰：陰氣兼并陽氣。郭靄春《黄帝内經素問校注語譯・瘧論篇第三十五》引張琦説：「陽爲陰并，故陽虚而惡寒。」陰并於陽：陽氣兼并陰氣。

〔一四七〕瘡瘍：腫瘍、潰瘍、癰疽、疔瘡、癤腫、流注、流痰、瘰癧諸病症。心火：心熱火旺之病證；心火内盛，勢必上炎而擾及心神或内損心陰。熱化：寒邪化熱入裏，寒從熱化。

〔一四八〕此與原文略有出入。《素問・至真要大論篇第七十四》：「寒淫於内，治以甘熱，佐以苦辛，以鹹寫之，以辛潤之，以苦堅之。」

〔一四九〕府史：杭州路總管府掌文書簿籍諸事務之佐吏。書吏：此指江南浙西道肅政廉訪司掌管文書案牘之佐吏。《元史》卷八十六《百官二》：「肅政廉訪司……每道廉訪使二員……書吏十六人。」

〔一五〇〕令史：此指浙東道宣慰司都元帥府掌管文書案牘之佐吏。

〔一五一〕行中書：此指福建行中書省。《元史》卷九十一《百官七》：「江西等處行中書省，至元十四年置。十五年，并入福建行省。十七年，仍置省於龍興府，而福建自爲行省，治泉州。二十二年，以福建行省并入江西。二十三年，又以福建行省并入江浙。」行臺：行御史臺，此當指江南諸道行御史臺。

〔一五二〕旬朔：十天或一月。曹攄《思友人》：「自我别旬朔，微言絶於耳。」

〔一五三〕語載《論語·子路篇》。巫醫：巫師和醫師；巫，古代能以舞降神者。

〔一五四〕《南齊書》卷五十一《崔慧景》：「臣聞生人之死，肉人之骨，有識之士，未爲多感。」

〔一五五〕楊泉《物理論》：「夫醫者，非仁愛不可托也；非聰明理達，不可任也；非廉潔淳良，不可信也。是以古之用醫，必選名姓之後。」

〔一五六〕貫微達幽：熟諳通曉精微深奧學説。宣暢：通達無礙。曲解：徹底理解；曲，盡。楊泉《物理論》：「其德能仁恕博愛，其智能宣暢曲解。能知天地神祇之次，能明性命吉凶之數，處虚實之分，定逆順之節，原疾疹之輕重，而量藥劑之多少。貫微達幽，不失細微。如是乃謂良醫。」

覺智圓明述禪師傳

禪師生於孫氏，名文述，字無作，明之慈溪人也。自幼不近酒胾，讀書伊吾入口輒成誦〔一〕。既長，從師受五經，縱覩子史百家。及去，閲佛書，忽心融神會〔二〕，恍然如素習，人咸異之曰：「此兒材地如此，豈宜處俗？」爲白父母，聽其出家度生死〔三〕。

乃往依東皋福昌寺沙門東溪牧公〔四〕；尋事大用諿公〔五〕，受具習毗尼〔六〕。已而遊方至徑山〔七〕，謁元叟端公〔八〕。端有時名，一見大稱賞，以爲有道之器也。辭去，又謁浄慈東嶼海公〔九〕，亦見器許異流輩。然俱無所解悟，遂杖策東還，入太白山之天童見怪石奇公〔一〇〕。奇與語契合，欲倚之以大其家，即令入室侍香。其後平石砥公主是寺，又掌藏鑰於砥所〔一一〕。諸山法侶遂藉藉聞師聲譽，咸願禮迎講出世法。

會鳳躍山等慈法席虚〔一二〕，行宣政院起師主之〔一三〕；俄遷主大梅山之護聖〔一四〕。二刹皆衰陋處，叢林儀範多廢缺〔一五〕。師至，申以約束，人人自律。至其爲衆説法，則脱略窠臼〔一六〕，撥去枝葉，使聽者涣然無疑。名緇奇衲，風靡而至矣〔一七〕。師之名益聞，帝師有旨〔一八〕，錫以覺智圓明之號，不得辭而勉受之。

既老，退歸受業之福昌。福昌父子傳器〔一九〕，仍强師以居丈室〔二〇〕。時當回禄之後，創構恢拓，師之願力居多〔二一〕。寺既崇成，益尊開山法慧故事〔二二〕，接納諸方，道俗之至如歸，其徒相語曰：「此法慧再來也。」嘗闢一軒於寺左，扁曰「舒嘯」。湖海名流〔二三〕，若斷江恩公〔二四〕、月江印公〔二五〕、商隱予公〔二六〕、夢堂噩公〔二七〕，乃皆迎居是軒師事之。而縉紳之賢者，亦時時過從爲方外交，翰林待制柳公道傳〔二八〕、黄文獻公晉卿〔二九〕，中書左丞危公太樸〔三〇〕、著作佐郎李公季和〔三一〕，尤號知己。

年近七旬，益畏煩鬧樂静退，休居花嶼湖之冢間〔三二〕。獨與法孫宜樸俱，然猶誨樸以精進爲佛事〔三三〕。天黎明必躬起禮拜誦持，雖祁寒暑雨不懈，樸規模之以爲常〔三四〕。平居待諸子孫甚嚴，及至接賓客交朋友，則津然喜見眉目〔三五〕，抵掌笑語，衮衮不能休。有問者，師曰：「成就後學，不可不肅。若乃滑稽善謔，我性實然也。」師匾顱廣顙〔三六〕，面有孺子色，而髮白不剪，神觀超詣〔三七〕，望之令人意消。當白蓮盛開，月色娟好，趺坐一小艇浮湖水中，如世所謂須菩提可畫也〔三八〕。三山文海郁公，以一鉢行四方，人每視其去留爲叢席重輕〔三九〕，然獨從師遊湖上，欽重愛戀，蓋久而忘去。

於是閲世愈多，而情之所及者愈淡。乃更求深山密林，浩然長往湖上。遊歌之士，未嘗不投筇頓足以想見其風裁〔四〇〕。師之行也，樸請陳君中復爲寫照〔四一〕，即怒罵曰：「身非我有，奈何圖此聚沫以貽後人指示哉〔四二〕！」及請戴子爲之贊，則又罵曰：「我法俱空〔四三〕，若等猶以文字爲禪耶〔四四〕！」其痛自韜晦類如此。

癸丑之春，龍山仲猷闡公自大梅迎居〔四五〕，頃還福昌。是歲九月示微疾。二十三日，集門弟子諭以宗門大事〔四六〕。至夜分，索湯頮面盥漱〔四七〕，更衣端坐，謂其徒曰：「我入滅時至矣。」或請説偈辭世，師曰：「豈不聞大梅和尚云『即此物，非他物〔四八〕』？汝等諸人善自護持。」言卒而逝，世壽七十八，僧臘六十〔四九〕。停龕五晝①夜〔五〇〕，顔貌如生。闍維之日，遠近觀者如堵。燼餘輪珠不壞、板齒之不壞者四〔五一〕，收靈骨瘞於冢間祖塔之側。所度子孫：曰一源，曰克丕，曰師徹，皆嘗出世説法，知名禪教云。

贊曰：臨濟十二傳而至大慧〔五二〕，大慧傳佛照光，光傳㴭翁琰，琰傳偃溪聞，聞傳雲峰高，高傳怪石奇，而師嗣奇爲嫡子，蓋臨濟十八世孫也。嘗兩住禪刹，一領受業事，究觀設施，可謂克世其家者矣〔五三〕。至於不泥榮名，甘於自放，而一談一笑，善入遊戲三昧，卒能蟬蜕生死，著厥明驗〔五四〕。雖當法道中微耆年物故之餘〔五五〕，臨濟宗風，豈遽寂寥哉！

【題解】

禪師，專意坐禪通曉禪法之僧徒。述禪師，字無作，以造詣精湛，道行高深，帝師賜以覺智圓明之號。釋河明《補續高僧傳·述禪師》與《光緒慈溪縣志》卷四十《方外·文述》所載與本文無二，必也脱胎於戴九靈斯傳。

【校勘】

①書：底本作「書」，據乾隆本改。

【箋注】

〔一〕酒胾：酒肉。伊吾：讀書聲。高啓《卧病夜聞鄰兒讀書》：「月淡梧桐雨後天，伊吾聲在北窗前。」

〔二〕心融神會：心中明白領會；融，大明。

〔三〕度生死：從生死煩惱之此岸到達解脱涅槃之彼岸。

〔四〕東皋福昌寺：元四明慈溪郊區寺院，詳見卷二十八《重建東皋福昌寺記》。

〔五〕大用諿公：或曰思緝，生平不詳，參看卷二十八《重建東皋福昌寺記》。

〔六〕受具：受具足戒，詳見卷十八《樸太素字説》。毗尼：佛教僧尼所持以制伏諸惡之禁戒。《毗尼母經》卷一：「毗尼者，名滅；滅諸惡法，故名毗尼。」《五燈會元》卷二《嵩嶽元圭禪師》：「唐永淳二年受具戒，隸閑居寺，習毗尼無懈。」

〔七〕田汝成《西湖遊覽志餘》卷十四《方外玄蹤》：「嘉定間品第江南諸寺，以餘杭徑山寺，錢塘靈隱寺、浄慈寺，寧波天童寺、育王寺爲禪院五山。」《浙江通志》卷二百二十七《寺觀·餘杭縣·徑山興聖萬壽禪寺》：「《徑山志》：『在縣西北五十里，乃天目之東北峰。唐代宗時僧法欽結庵於此，永泰中有白衣士來求度爲沙彌，欽即剃度，名崇惠。後如長安，與方士競法既勝，代宗問其師承，曰：臣師徑山僧法欽。召赴闕，賜號國一禪師。逾年辭歸，詔杭州即其庵建寺，曰徑山。』……由宋迄元，爲禪林之冠。元末兵燬，明洪武間重建。范成大《題徑山寺樓》詩：『落日蒼茫水，捫星縹緲樓。神光來燭夜，壽木不知秋。海内五峰秀，天涯雙徑遊。愛山吾欲住，衰病懶乘流。』

〔八〕陳衍《元詩紀事》卷三十四《行端》：「行端，字元叟，臨海人。《續傳燈録》：『行端，號元叟，臨海何氏。初參藏叟於徑山，尋以靈隱山水清勝，掛錫焉。大德中，主中天竺。皇慶壬子，遷靈隱。三被金襴袈裟之賜。』《靈隱寺志》：『端文字不由師授，自然能通，自稱寒拾里人。』《題飛鳴宿食四雁圖》：『年去年來年復年，帛書曾達茂陵前。影連薊北月横塞，聲斷江南霜滿天。雨暗蘆花愁夜渚，露香菰米下秋田。平生千里與萬里，塵世網羅空自懸。』《堯山堂外紀》：『客有以《飛鳴宿食四雁圖》求子昂跋者，時翰林諸公在焉，釋端元叟亦與坐末。諸公咸命賦詩，元叟即援筆題詩云云。諸公稱賞，即以詩授客去。』」

〔九〕浄慈：杭州西湖四大古刹之一，享譽四海，名流賢士足迹在在皆是。梁詩正沈德潛《西湖志纂》卷一《南屏晚鐘》：「南屏山當西湖之南，正對孤山，層巒聳列，翠嶺横披，宛若屏障。凌空而中峙者爲慧日峰，下有慧日永明院，即今之浄慈寺也。寺鐘一鳴，山谷皆應，逾時方息，蓋兹山隆起，中多巖壑，嵌空玲瓏，傳聲獨遠，故稱南屏晚鐘。」東嶼海公：或曰嶼公，元時高僧。《宋濂全集》卷四十九《日本建長禪寺古先源禪師道行碑》：「當是時，虚谷靈公、古林茂公、東嶼海公、月江印公各據高座，展化於一方，禪師咸往謁焉。諸大老見其證悟親切，機鋒穎利，以叢林師子兒稱之。」烏斯道《春草齋集》卷四《題嶼公所畫湘江萬竹圖》：「遥望東南萬竹林，連岡度阪玉蕭森。滿天風雨湘雲冷，落日魚龍楚澤深。翠袖倚時人去遠，黄頭歌罷思難禁。老禪揮灑緣何事？勾引新詩作鳳吟。」

〔一〇〕太白山：通稱天童山。天童：鄞縣大刹天童寺。二者詳見卷十五《遊天童山》。怪石奇公：元時奇衲高僧。袁桷《清容居士集》卷四十《奇禪師住天童疏》：「身隔片雲，更上玲瓏高處；心如止水，久明清浄本源。行藏不假於修爲，去住靡容於擬議。僉言推挽，一笑承當。伏惟天童怪石禪師，潛雷在淵，美玉藴石。法筵擊拂，大辯若訥以難窮；丈室閉門，掩息如灰而莫測。澹兮守僧伽之鐵鉢，寂然護摩尼之寶珠。不滯一方，難違衆論。雲無心而出岫，允稱招提；水有時而回川，佇看興復。祝聖主壽，作天人師。」

〔一一〕《平石如砥禪師語録》釋至仁《天童平石和尚語録序》：「至正十七年，臨濟第十八代孫天童平石禪師砥公示般涅槃於東堂。又九年，其徒大用等集其三會所説法，刻梓以傳。以余逮見禪師，俾爲序。竊惟臨濟乃達磨十世，以大機大用弘教外别傳之旨，度人不可紀極。歷傳至徑山無準範公，其宗益盛。無準傳天童西巖惠公，西巖傳東巖日公，皆所謂得其道而能大其家者也。爲西巖的孫、東巖上足而位望隆然以相繼者，禪師焉，又能以其道大振於東南，天下學者莫不宗仰。嘗觀其提唱之際徵辯之時，擒縱與奪，雷奔電激，悚神駴目，莫可擬測，而使學者涣然而疑釋，超然以有得。苟非善臨濟之機用，曷能若是？所謂本固而末茂，源遠而流益清者歟！」藏：佛教經典。

〔一二〕鳳躍山：浙江象山縣山名。《嘉靖寧波府志》卷六《象山縣·山·鳳躍山》：「即象山之聯峰，唐乾符二年有鳳翔於上，故名。」等慈：象山縣禪寺。《嘉靖寧波府志》卷十八《象山縣·寺·等慈禪寺》：「縣西一里，舊名鳳躍院。宋元嘉初建，治平初改今額。」

〔一三〕《元史》卷九十二《百官八·行宣政院》：「元統二年正月，革罷廣教總管府一十六處，置行宣政院於杭州。」

〔一四〕《嘉靖寧波府志》卷五《鄞·山·大梅山》：「縣東南六十五里，蓋梅子真舊隱也。按福本傳，王莽專政，福一朝棄妻子去，後有見福於會稽。鄞故屬會稽。山中有石洞，仙井、藥爐、丹竈遺迹猶存。」護聖：鄞縣禪寺。《嘉靖寧波府志》卷十八《鄞·寺·護聖禪寺》：「縣東南七十里大梅山，唐貞元年間，法常禪師誅茅結庵。開成元年建寺，名曰『上禪定』。會昌年間廢。大中年間復建，名『觀音禪院』，柳公權書。大中祥符元年賜『大梅山護聖』額。其山乃漢梅子真舊隱也。寺有梅熟堂、荷衣沼。歲久堂圮，惟佛殿存焉。大明嘉靖間重建方丈。」

〔一五〕叢林：或稱禪林，原指禪宗寺院，後泛指各宗寺院；意爲僧衆和合一處，如樹木之叢聚爲林；或取喻於草木生長齊整，以示其中有規矩法度可循。

〔一六〕脱略：超越脱離。皎然《答蘇州韋應物》：「脱略文字累，免爲外物攖。」

〔一七〕名緇奇衲：著名異能僧徒。《僧寶傳》卷二十《華嚴隆禪師》：「隆既得謝事，喜見言色。閑居，奇衲名緇多過從。」

〔一八〕帝師：元代僧官。元至元元年命藏傳佛教薩迦派八思巴以國師領總制院事，七年升號帝師；此後嗣爲帝師者，例領宣政院事，秩從一品，賜玉印；歷代皇帝即位之初，例從帝師受佛戒。

〔一九〕父子傳器：禪宗寺院以住持傳承方式分子孫叢林與十方叢林；子孫叢林，亦稱子孫住持院，甲乙徒弟院，其住持屬師徒相承之世襲制；十方叢林，又稱十方住持院，其住持請各方著名禪師擔任。

〔二〇〕丈室：方丈居室。惠能《壇經・機緣品》：「一夕，獨入丈室請問：如何是某甲本心本性？」

〔二一〕回禄：火災。願力：由宏願所生力量。

〔二二〕法慧：詳見卷二十八《重建東皋福昌寺記》。

〔二三〕湖海：四方各地。李頎《送綦毋三謁房給事》：「惜哉湖海上，曾校蓬萊書。」

〔二四〕《御選元詩・姓名爵里二・覺恩》：「字以仁，號斷江，四明人。卓錫雲門，後住天平白雲寺。」《宋濂全集》卷十九《題恩斷江端元叟手迹後》：「予幼從柳文肅公遊，輒聞以仁恩禪師

《經賈似道墓》詩，有『權握三朝位三事，祇應知己是僧彬』之句，最得詩人優遊不迫之意。蓋似道歷三朝宰輔，傲然以周公自期，一旦敗亡，在朝公卿弗恤之，在野士君子弗恤之，海内蚩蚩之民亦不恤之。其恤之者，唯承天主僧彬木禪師，火焚遺骸，授其仲子歸葬會稽之附子崗耳。似道誤國之罪，可謂上通於天，使其地下聞此詩，將有餘愧矣。此實十四字史評，有關於名教甚大。今臨濟藏主以禪師手迹與元叟端公《山居謡》聯爲一卷，諧余求題，故爲疏詩之義若此。」

〔二五〕月江印公：元代鄞縣育王寺高僧，嘗著《月江正印禪師語録》。《月江正印禪師語録》釋大訢《育王月江和尚語録敘》：「余初遊方時，月江禪師已出世説法。雖辱交三十餘年，而以不及預參、徒久親爐鞴爲恨。至治間奉旨金山升座，獲聆提唱，而驚其若河漢之無極也。比者其徒如月以師《語録》示余，始取讀之，脱然如病之遇耆域，不假湯液丸劑針砭灸熨，而謦欬呼吸之頃，已疾去而平復，百骸調適而并忘其有身矣。於是持神定氣，復沿涯涘以深入性海……噫何此老，作大法，施神通三昧，有如是耶！以吾淺陋觀之，猶所得叵量；又豈無大乘根器，一聞一見，而親證實悟，以續慧命，而傳正法眼，如古塔主之讀《雲門録》，有足徵矣？至元六年庚辰歲三月，龍翔住山比丘大訢拜書。」

〔二六〕商隱予公：元代慈溪龍山永樂寺高僧，詳見卷二十九《跋袁學士詩後》。

〔二七〕夢堂曇公：元末明初四明高僧，詳見卷十六《甬東精舍訪安仲善書記》。

〔二八〕柳道傳：柳貫，字道傳，詳見卷四《浦陽五賢贊并序》。

〔二九〕黄晉卿：黄溍，字晉卿，詳見卷七《三先生手帖後題》。

〔三〇〕危太樸：危素，字太樸，元末明初金溪著名學者，詳見卷十二《夷白齋稿序》。

〔三一〕李季和：李孝光，字季和，元末温州樂清名士，詳見卷十四《申屠先生墓誌銘》。

〔三二〕花嶼湖：慈溪湖泊，戴九靈嘗寓居湖濱白龍寺。《嘉靖寧波府志》卷六《慈溪・川・花嶼湖》：「縣東南十里，古有小塘瀦水。唐貞元十年，刺史任侗勸田修築，計一十七頃四十餘畝，溉田六千餘畝。中有小嶼，春花明媚，多於衆山，故名。中築塘以通往來，湖遂分爲東西，多魚及蓴芡，并湖之民資以爲利。」

〔三三〕宜樸：參見卷十八《樸太素字説》。精進：克服怠惰勇敢修習。《成實論》卷十八：「精進者，行者若行正勤，斷不善法，修集善法，是中勤行，故名精進。」

〔三四〕誦持：誦念經文并持守之。《壇經・行由品》：「但留此偈，與人誦持。」規模：摹仿，取法。

〔三五〕津然：津津然，洋溢貌。《新唐書》卷二百二十三上《李林甫》：「初，三宰相就位，二人磬折趨，而林甫在中，軒驁無少讓，喜津津出眉宇間。」

〔三六〕匾顱廣額：頭顱扁額頭廣；匾，通「扁」；額，額頭。

〔三七〕神觀：精神容貌。《新唐書》卷一百七十三《裴度》：「度退然才中人，而神觀邁爽，操守堅正。」超詣：高超脱俗。張端義《貴耳集》卷上：「東晉清談之士，酷嗜莊老，以曠達超詣爲第一等人物。」

〔三八〕趺坐：雙足交疊而坐。須菩提：釋迦牟尼十大弟子之一，智慧過人，得阿羅漢，最善解悟空性，被稱爲解空第一。

〔三九〕文海郁公：福建高僧，參見卷二十五《寄郁文海長老》。叢席：寺院法席，泛指寺廟。曾幾《贈疏山清老》：「去年瀟湘來，叢席歷幾所。」

〔四〇〕投筇：棄杖，形容遺憾。《山海經》卷八《海外北經》：「夸父與日逐走……棄其杖，化爲鄧林。」風裁：風度神采。葉適《李仲舉墓誌銘》：「余甚幼，而能記仲舉言行，象其風裁，至今想見之。」

〔四一〕陳中復：陳遠，字中復，元末明初才士高人，詳見卷二十五《懷陳中復》。

〔四二〕聚沫：世人因緣和合而生，如同泡沫。《金剛經·應化非真分第三十二》：「一切有爲法，如夢幻泡影，如露亦如電，應作如是觀。」

〔四三〕法空：一切法自性是空。《維摩詰經·問疾品》：「空何用空？」僧肇《注》：「上空法空，下空智空也。諸法本性自空，何假智空然後爲空耶！」

〔四四〕文字禪：參究禪宗典籍以領悟禪理。釋達觀《石門文字禪序》：「夫自晉宋齊梁，學道者争以金屑翳眼。而初祖東來，應病投劑，直指人心，不立文字。後之承虚接響，不識藥忌者，遂一切峻其垣，而築文字於禪之外。由是分疆列界，剖判虚空，學禪者不務精義，學文字者不務了心。」

〔四五〕龍山：慈溪西南名山，永樂寺與甘露寺在焉，詳見卷十六《遊龍山》。仲猷闡公：元末明初高僧，詳見卷二十八《歸庵記》。大梅：此指鄞縣東南七十里大梅山保福院。烏斯道《春草齋集》卷一《送無作禪師住保福院》：「憶昔東臯上，予嘗扣巖扃。翛翛修竹下，宴坐挹高清。正見獨一翁，孤標凛寒冰。嘉言罄前哲，四坐不厭聽。予時方好修，數數往親承。開門見顔色，藹然喜氣盈。風塵三十載，死生隔幽明。每與公言此，默默想儀刑。公今大梅去，又復感中情。翁嘗此中住，靈蹤杳冥冥。」

〔四六〕宗門：原爲佛教各宗通稱；禪宗興起後，自稱宗門，稱他宗爲教門。《祖庭事苑》卷八：「古者命吾禪門，謂之宗門，而尊於教迹之外，殊是也。」

〔四七〕頮面：洗臉。

〔四八〕入滅：達到不生不滅之境界，常指僧尼辭世。《五燈會元》卷三《明州大梅山法常禪師》：「從容間聞鼯鼠聲，乃曰：『即此物，非他物。汝等諸人，善自護持，吾今逝矣。』言訖示滅。」

〔四九〕僧臘：僧尼受戒後年歲。韓翃《題薦福寺衡岳暕師房》：「僧臘階前樹，禪心江上山。」

〔五〇〕龕：佛塔，特指葬僧人遺體之塔。貫休《送人歸夏口》：「倘經三祖寺，一爲禮龕墳。」

〔五一〕闍維：火化。輪珠：骨質圓珠。李洞《冬日題覺公牛頭蘭若》：「石室開禪後，輪珠謝聖君。」板齒：門牙。

〔五二〕臨濟：中國佛教南宗五家之一，由唐僧義玄創立。《宋濂全集》卷三《釋氏護教編後記》：「達摩傳慧可，可傳僧璨，璨傳道信，信傳弘忍，忍傳曹溪大鑑禪師慧能，而其法特盛。能之二弟子懷讓、行思，皆深入其閫奧。讓傳道一，一之學，江西宗之。其傳爲懷海，海傳希運，運傳臨濟慧照大師義玄。玄立三玄門，策厲學徒，是爲臨濟之宗……唯臨濟一宗，大用大機，震蕩無際，若聖若凡，無不宗仰，此則世之所謂禪者也。」

〔五三〕兩住：先後住持等慈和護聖禪寺。受業：此指述禪師開始參悟佛法之東皋福昌寺。世：繼承。

〔五四〕遊戲三昧：神通自在無縛無礙。釋道原《景德傳燈録》卷三《南泉普願禪師》：「後扣大寂之室，頓然忘筌，得遊戲三昧。」

〔五五〕法道：佛法。物故：辭世。《漢書》卷五十四《蘇武》：「前以降及物故，凡隨武還者九人。」

九靈山房集卷之二十

鄞遊稿六

記

一經齋記

一經齋者，四明唐起賢教子之室也。起賢不以予爲無似，嘗館致是齋〔一〕，俾與子林相周旋。

一日，喟然語予曰：「吾僻居東海，交際不及於公卿，行遊不出乎吴越，然而①目之所及見，耳之所及聞，亦多矣。環海之濱，民居職職〔二〕，有資累鉅萬者焉，有田連阡陌者焉，有家豐禄食者焉〔三〕，曾不幾時，其人已死，而子若孫不能以久守。問其資，則庫藏墟矣〔四〕；問其田，則易主屢矣；問其禄，則歸之官矣。噫，彼之爲子孫計者〔五〕，不亦淺淺哉！吾年幾五十而止有一息〔六〕，上而宗祀之所寄，下而嗣胤之所托〔七〕，在是而已。豈不欲效世人稍隆産業，以爲無窮之遺哉？顧以覆轍之鑑痛入吾心，因取漢韋賢『遺子黄金滿籯，不如一經』之言〔八〕，名所居齋以勖之。子幸爲我記其事，而且有以教林也。」

予乃作而言曰：「經者，出於聖人之手而存乎《易》《書》《詩》《禮》《樂》《春秋》孔孟氏之籍〔九〕，以故世有四經五經以至六經九經十三經之名〔一〇〕。今起賢以一經名齋，其言固有自來，然所以教其子者，不既狹矣乎〔一一〕？

徐而思之，學者蓋欲明夫天理民彝自然之物則也〔一二〕。天理民彝之所在，固有不依文字而立者，然古之聖人，欲明是理於天下而垂之萬世，非托文字則不能以自傳也。故自伏羲至於孔子，而垂世立教之具粲然矣。後之學者必將由是沈潛參伍，以明乎在我之本然〔一三〕，然後知有所至〔一四〕，而力行以終之，其爲道不既簡且易乎？

然自世變俗衰，爲師者不知所教，爲子弟者不知所學，則其求之於文字者，乃在乎記誦、訓詁、文辭之間。是以書愈繁而理愈晦，學愈勞而心愈雜〔一五〕，此無他，蓋不知天理民彝之本然在我而不在彼也〔一六〕。學者於此，苟能棄其俗學之繁勞，以求聖學之簡易，則一經既明，而諸經之理皆會之於方寸。所謂由書而心，由心而身，由身而國而天下〔一七〕，追踪古昔，有不期然而然矣。雖然，昔人有三年而讀一經者，有皓首而窮一經者，亦有白首而不能通之者。其用力也深，其收功也遠〔一八〕，一經之教，詎可以易心求哉〔一九〕？

林也能以而父之心爲心，知夫天理民彝無待於外求，而静以持之，敬以存之，使此心之神明清虚純一〔二〇〕，有以爲受學之地。然後謹之以條約，嚴之以矩度，大玩經中之所藴，真積力久，日就月將，異日彬彬而起，爲國效用〔二一〕。雖匡衡以一經致宰相〔二二〕，師丹以一經位三公〔二三〕，公孫弘以一經處台鼎〔二四〕，可馴至矣。韋公之言，夫豈欺我也哉！敢以是復於起賢。」起賢改容謝曰：「善乎其爲言也，請書之壁間，以爲吾兒楷範。」

【題解】

儒學，炎黄子孫靈魂大本源；四書五經，承載儒學精髓之典籍。千百年來，歷代志士孜孜焉潛心儒家經典以善其身而濟天下。通群經者鳳毛麟角，能通一經，斯亦人生之慰藉，如漢韋賢之諸子，通一經而立身安命，世人仰慕不已，傳頌不止。《漢書》卷七十三《韋賢傳》：「韋賢字長孺，魯國鄒人也……賢爲人質樸少欲，篤志於學，兼能《禮》《尚書》，以《詩》教授，號稱鄒魯大儒……賢四子：長子方山爲高寢令，早終；次子弘，至東海太守；次子舜，留魯守墳墓；少子玄成復以明經歷位至丞相。故鄒魯諺曰：『遺子黄金滿籯，不如一經。』」

慈溪鄉紳唐起賢設私塾曰一經齋，命子唐林師事戴九靈。唐氏三代事迹，參看卷十八《唐林字説》。

《光緒慈溪縣志》卷四十三《舊迹三・居址上・一經齋》：「唐起賢教子之室……明張庸《一經齋》詩：『千金適累身，一經可名家。儒術由來席上珍，富貴卻如風中花。君不見董家積金曉成塢，暮落人間如糞土。又不見韋家篋笥只藏書，再世貂蟬絶代無。唐生之父知古意，賣金教子絶聲利。自信箕裘定有傳，人競錐刀豈無愧？一經華扁揭高堂，出入頻瞻示不忘。唐生還能繼父志，門户奕葉生光輝。』按袁符臺《跋一經齋卷後》作『唐矩，交川人』，矩疑起賢之名。而戴良《唐林字説》云『句章唐起賢之家子林從予遊久』，則起賢固句章人也。」

【校勘】

①而：底本作「面」，據乾隆本改。

【箋注】

〔一〕無似：不肖，德薄才鮮。館致：設立學館招聘先生。

〔二〕職職：繁多貌。《莊子·至樂》：「萬物職職，皆從無爲殖。」

〔三〕鉅萬：形容錢財數目極大。《史記》卷一百一十七《司馬相如列傳》：「治道二歲，道不成，士卒多物故，費以巨萬計。」阡陌：田界。《史記》卷六十八《商君列傳》：「爲田開阡陌封疆。」

〔四〕庫藏：倉庫。

〔五〕《史記》卷四十三《趙世家》：「左師公曰：『父母愛子，則爲之計深遠。』」

〔六〕幾：將近。息：兒子。《史記》卷四十三《趙世家》：「老臣賤息舒祺最少，不肖。」

〔七〕宗祀：祭祀祖宗。《漢書》卷一百上《敘傳上》：「夫以匹婦之明，猶能推事理之致，探禍福之機，而全宗祀於無窮，垂策書於春秋。」

〔八〕籯：竹籠。

〔九〕作：起立。孔孟氏之籍：此指《論語》及《孟子》。

〔一〇〕四經：《易》《書》《詩》《春秋》。《宋元學案》卷九十二《草廬學案》：「朱子考定《易》《書》《詩》《春秋》四經，而謂三《禮》體大，未能敘正。」五經：《詩》《書》《禮》《易》《春秋》。六經：《詩》《書》《禮》《易》《樂》《春秋》。九經：《詩》《書》《易》《春秋左氏傳》《春秋公羊傳》《春秋穀梁傳》《周禮》《儀禮》《禮記》。十三經：指《詩》《書》《易》《春秋左氏傳》《春秋公羊傳》《春秋穀梁傳》《周禮》《儀禮》《禮記》《論語》《孟子》《爾雅》《孝經》。

〔一一〕自來：來源。既：太，甚。裴學海《古書虛字集釋》卷五《既》：「一爲『太』字之義。《荀子·

子道篇》：『今汝衣服既盛，顔色充盈。』《説苑·雜言篇》作『衣服甚盛』。『既』訓『太』，與『甚』同義。」

〔一二〕天理：天性，良心。《禮記·樂記》：「人化物也者，滅天理而窮人欲者也。」孔穎達《疏》：「天理，性也，是天之所生本性滅絶矣。」民彝：世人所循倫理；彝，常理。《尚書·康誥》：「天惟與我民彝大泯亂。」物則：事物法則。《國語·周語上》：「考中度衷以涖之，昭明物則以訓之，制義庶孚以行之。」韋昭《注》：「物，事也；則，法也。」

〔一三〕沈潛：長期浸潤。參伍：錯綜比較，反復驗證。《易·繫辭上》：「參伍以變，錯綜其數，通其變，遂成天下之文，極其數，遂定天下之象。」本然：本性，本來面目。

〔一四〕《大學》：「大學之道，在明明德，在親民，在止於至善。」

〔一五〕《宋元學案》卷四十九《晦翁學案下·晦翁文集》：「則其所以求於書，不越於記誦、訓詁、文辭之間，以釣聲名干禄利而已。是以天下之書愈多而理愈昧，學者之事愈勤而心愈放。」

〔一六〕《孟子·盡心上》：「萬物皆備於我矣……君子所性，雖大行不加焉，雖窮居不損焉，分定故也。君子所性，仁義禮智根於心，其生色也睟然，見於面，盎於背，施於四體，四體不言而喻。」

〔一七〕《大學》：「物格而後知至，知至而後意誠，意誠而後心正，心正而後身修，身修而後家齊，家齊而後國治，國治而後天下平。」

〔一八〕《宋名臣言行録後集》卷七《司馬光》：「幼時患記誦不如人。群居講習，衆兄弟既成誦遊息矣；獨下帷絶編，迨能倍誦乃止。用力多者收功遠，其所精誦，乃終身不忘也。公嘗言：『書不可不成誦，或在馬上，或中夜不寢時，詠其文，思其義，所得多矣。』」

〔一九〕易心：輕慢之心。《宋元學案》卷八十二《北山四先生學案·文懿許白雲先生謙》：「聖人之心，具在四書，而四書之義，備於朱子，顧其詞約義廣，安可以易心求之哉？」

〔二〇〕神明：精神。《素問·靈蘭秘典論篇第八》：「心者，君主之官也，神明出焉。」

〔二一〕彬彬：文質兼備貌。《論語·雍也》：「質勝文則野，文勝質則史，文質彬彬，然後君子。」何晏《集解》引包咸曰：「彬彬，文質相半之貌。」

〔二二〕匡衡：西漢經學家，家貧力學，精於《詩》；元帝時代韋玄成爲丞相，封樂安侯，食邑六百户。詳見《漢書》卷八十一《匡衡》。

〔二三〕師丹：西漢經學家，匡衡高足，以治《詩》聞名。哀帝時代王莽爲大司馬，既而徙大司空。詳見《漢書》卷八十六《師丹》。

〔二四〕公孫弘：西漢名相，以治《春秋》聞名。漢武帝時拜御史大夫，後代薛澤爲丞相。詳見《漢書》卷五十八《公孫弘》。台鼎：朝廷三公之别稱，以三公尊貴，如星之有三台，鼎之有三足。《後漢書》卷五十六《陳球》：「公出自宗室，位登台鼎，天下瞻望。」

春暉樓記

春暉樓者，慈溪方君景良與其弟景輔奉母之樓也。初，景良之父即世，夫人撫其遺孤以立其家業。於是景良服《詩》《書》之訓成人矣，念無以報母之德，惟得禄以爲養，庶可以娱親，乃以才謂自效〔一〕，爲鳴鶴場司令〔二〕。每公退，率昆弟子姓晨昏定省寒暑温凊①〔三〕，恭和愉悦之容，甘旨滫瀡之味〔四〕，適其意不違其禮。既又作樓於寢室之左以奉之，扁曰春暉，蓋取唐孟東野詩語也。景良將以久歲月而傳子孫，俾來徵文以記之〔五〕。

嗚呼，其情亦切矣〔六〕。凡物之自形自色以總總林林於兩間者〔七〕，何莫而非天之所生哉〔八〕！天不能以自生而春代之生，則陽和之暉靄乎而在天者〔九〕，其發育萬物固不止乎一草矣。且是草，物之微乎微者也。東野乃獨取之以報夫三春之暉，蓋極言人子之不能報其母之德也。子不能報其母之德，亦猶草之不能報其春之暉。此東野親愛之至，誠篤之深，口不能言而姑托是以爲喻也。

景良之心，其東野之心乎！東野不能以自言，而托寸草以喻之；景良不能以自喻，而假東野以明之：其情不既切矣乎！《詩》曰「母也天只[一〇]」，又曰「欲報之德，昊天罔極[一一]」，景良有焉。予於景良無能爲役，而寸草一心實同有之。故因請記，既爲之文而復繫之以歌曰：

春日兮載陽[一二]，寸草兮芬芳。顧瞻斯草兮，使我心傷。心傷兮何極[一三]，念吾母兮曷報之德！春陽兮燠燠[一四]，寸草兮馥馥。匪春何生兮？匪母何育？奉吾母兮闢吾居，揭春暉兮遵孟模[一五]。豈人有心兮，曾是草之不如！

【題解】

孟郊《遊子吟》云：「慈母手中綫，遊子身上衣。臨行密密逢，意恐遲遲歸。誰言寸草心，報得三春暉。」孝子眷戀雙親，名其樓曰春暉，蓋脱胎於此。樓主方景良，慈溪望族羅氏賢婿，參見卷二十三《元故沖玄處士羅君墓誌銘》。

孝道，中華民族之大德，故春暉樓者，慈溪有之，異地亦有之，如元陳基仰慕之蘇州顧氏春暉樓。《夷白齋稿》卷二十四《春暉樓記》：「吴郡崑山之界溪有園池，曰玉峰佳處，隱君子顧仲瑛甫之别墅也。山之西爲草堂；堂之北爲春草池；跨池爲屋，以藏古帖名畫，如昔人之舫。舫上構重屋，曰春暉樓，與湖光山色相望。仲瑛日率其子若孫爲壽於其親畢，輒與賓客沉酣六義，賦詩以適登臨之趣。嘗誦唐貞耀先生孟郊氏《遊子吟》而有感焉。既以春暉名樓，復徵余文以爲記。嗟乎！世之難遇者，太平人之至樂者，具慶〔也〕。故風人之歎，恒不足於所遭，而世人之情，莫不喜夫逮養。凡邃堂層軒回廊複館與夫珍禽異卉，世之好事者皆可以力致；至於俯仰四世，具慶一門，行無羈旅之思，居有園亭之勝，極天下逮養之樂，無風人不足之感，此殆非人世之所可必者，雖萬乘之卿相，不能强而致也。然則太平之士如仲瑛者，亦可謂遂其心不違其志矣。而登眺徘徊，顧猶有感於春暉，豈所謂愛日之心自知不足者乎？」

【校勘】

① 清：底本作「凊」，據乾隆本及《禮記》改。

【箋注】

〔一〕才諝：才智。楊維楨《曹氏雪齋弦歌集序》：「予居錢塘，聞女士有曹雪齋氏，以才諝稱於人。」

〔二〕鳴鶴場：四明慈溪鹽場。羅濬《寶慶四明志》卷十六《慈溪縣志第一・倉庫務場等・鳴鶴鹽場》：「縣西北六十里，熙寧六年十月置。」司令：鹽場主管，詳見卷九《送趙司令》。

〔三〕温清：温涼。《禮記・曲禮上》：「凡爲人子之禮，冬温而夏清，昏定而晨省。」

〔四〕滫瀡：古代烹調方法，用植物澱粉拌和食物使柔軟滑爽；此指柔軟滑爽食物。《禮記・内則》：「堇、荁、枌、榆、免、薨、滫、瀡以滑之，脂膏以膏之。」

〔五〕伻：使者。《尚書・洛誥》：「伻來，以圖及獻卜。」

〔六〕切：深。《漢書》卷六十八《霍光》：「光聞之，切讓王莽。」顔師古《注》：「切，深也。」

〔七〕總總林林：衆多貌。柳宗元《貞符》：「惟人之初，總總而生，林林而群。」

〔八〕何莫：何，豈，同義複詞。徐仁甫《廣釋詞》卷十《莫何》：「『莫』猶『何』，反詰詞。謝靈運《擬鄴中詩・魏太子》：『莫言相遇易。』《文選》李善注『莫』作『何』。又《陳琳》：『且盡一日娛，莫知古來惑。』『莫』當訓『何』。又《入華子岡是麻源第三谷》：『莫辨百代後？安知千載前？』『莫』『安』互文，『莫』猶『何』，故與『安』義同。」

〔九〕靄乎：盛大貌。方孝孺《王待制私謚議》：「靄乎若春空之雲，變化不常，而其出無窮也。」

〔一〇〕語出《詩經・鄘風・柏舟》。天：父親。只：語氣詞。俞樾《古書疑義舉例・變文協韻例》：「古人之文，更有變文以協韻者。《詩・鄘風・柏舟篇》：『母也天只，不諒人只。』《傳》曰：『天，謂父。』《正義》曰：『先母後天者，取其韻句耳。』按，『母』則直曰『母』，而『父』則稱之爲『天』，此變文協韻之例也。」

〔一一〕語出《詩經・小雅・蓼莪》。昊天罔極：父母恩德如蒼天般無際無盡。

〔一二〕載陽：開始暖和；載，開始。《詩經・豳風・七月》：「春日載陽，有鳴倉庚。」

〔一三〕《詩經・唐風・鴇羽》：「悠悠蒼天，曷其有極！」

〔一四〕燠燠：暖熱。

〔一五〕孟模：孟郊所倡孝親報恩軌轍。

四景樓記

慈溪北行可二舍，有隙地曰横塘，方氏之族居之。方氏避睦州之亂〔一〕，蹈海而東，適海舟飄蕩至兹所，遂留家焉。迨今若干世矣。

其地去海纔二三里近，荒塗斥鹵，土不毛食〔二〕。雖有山川丘壑，未見其爲勝也。自方氏以來，居者附，行者止，地闢人稠，閭閻枕籍〔三〕。方氏益廣第舍治樓居，樓成而境大勝。前俯平原，後臨巨浸，島嶼拱其左，阡陌亘其右，而旁近諸浦漵逶迤〔四〕，南折北匯而入於海，如虹飲江而馬奔廄也。

主人憑欄望遠，見海氣騰上，與林光山色相蕩漾，倏兮昂青，忽兮浮白，渺①乎鬱乎，如抹如畫〔五〕，而雲霞風雨之晦明，花草竹樹之榮悴，四時景物之變，皆輸奇獻秀於几席之間，則斯樓又勝於横塘矣。

辛亥之春，予來自定川〔六〕，方氏之彦德原，邀予至横塘。徘徊樓上，與之望五壘之山〔七〕，睇雙澗之水〔八〕，挹杜湖之波瀾〔九〕，攬鳴鶴諸峰之秀〔一〇〕，愛其江山如昨，景物不殊〔一一〕。而方氏先澤，邈乎其未泯。寧不悠然而思，愴然而感，慨然而歎乎！

德原語予曰：「斯樓也，吾先世嘗以四景名之，而未有記其所以名者，吾子幸爲我執筆焉。」乃告之曰：「二氣流行，生生不已〔一二〕。日往則月來，寒往則暑來，而四時之景物迭變無窮也。以無窮之景物御夫有限之光陰〔一三〕，吾與德原其能久樂斯樓之勝乎？然天地之造化不常，而山川之風氣固在。方氏自五代居此，上下數百年間，故家凋謝無復存者，而是家子孫獨能世其詩書之業，久其田宅之利；德原又以純厖之質誠篤之行〔一四〕，爲邦人所貴重：豈非山川風氣所鍾而致然耶？山川風氣之鍾於方氏，既云厚矣，則夫德原之樂乎是樓也，豈止見之一身而已哉？不止於一身，雖謂久有乎斯樂可也。予東西南北之人，其登斯樓，固有久近之不同，然獲與德原極幽遐之目，空得喪之懷〔一五〕，亦且不知樓之高身之寄矣。紀世德於茲樓，使來者之有考，尚得而苟辭也哉？」遂書是以爲記。

【題解】

四景，四時景象，歷代文人常以四景爲題謳歌自然之大美。方氏徙居慈溪横塘，其族日益昌盛，遂構四景樓以搜奇攬勝。《光緒慈溪縣志》卷四十三《舊迹三·居址上·四景樓記》：「横塘方氏四景樓，其地去鳴鶴場十里而近。九靈先生避地來此，今其樓址已隳。」

【校勘】

① 渺：乾隆本作「眇」。

【箋注】

〔一〕睦州之亂：唐末五代，四海繹騷，在在板蕩，江浙董昌、陳珣先後叛逆肆虐，錢鏐起兵平叛，乘勢撫循睦州等地。《淳安縣志》卷九《忠義·吴越·魯倖》：「字淑大，與錢武肅王鏐有舊。乾寧間董昌兵四出，居民驚竄。倖集義勇得八百人，與武肅合兵破昌，因以倖爲領軍長史。天福間陳珣亂，復破珣章口山下，累進光禄大夫上柱國，賜敕劍，鎮守清溪，平易近民，撫循周洽，卒於鎮。」

〔二〕荒塗：荒地。斥鹵：鹽鹼地，同義複詞。吴曾《能改齋漫録·辨誤三》：「鹹薄之地，名爲斥鹵。」毛食：草木作物。

〔三〕閭閻：里巷大門，代里巷。白居易《湖亭望水》：「岸没閭閻少，灘平船舫多。」枕籍：同「枕藉」，相枕而卧。班固《西都賦》：「禽相鎮壓，獸相枕藉。」

〔四〕巨浸：大海。浦漵：小水流注入江海處。

〔五〕渺乎：曠遠貌。鬱乎：濃盛貌。揚雄《蜀都賦》：「鬱乎青葱，沃野千里。」

〔六〕定川：明朝寧波府定海縣別名，參見卷九《自定川入海》。

〔七〕五壘：同「五磊」，慈溪名山，詳見卷十五《題羅氏五老圖樂府三解》。

〔八〕雙澗：疑即慈溪雙河。《光緒慈溪縣志》卷八《輿地三·雙河》：「縣西北七十里，鳴鶴鄉與餘姚縣上林鄉接境，上林地高，鳴鶴卑下，久雨則上林之水東注，以鳴鶴爲壑。舊置閘以限之，宋乾道九年，里民於閘之左右置堰以便舟楫。」

〔九〕《嘉靖寧波府志》卷六《慈溪·川·杜湖》：「縣西北五十里。古有湖址，唐刺史任侗重加浚築，溉鳴鶴一鄉之田，號第二重天。宋慶曆初，主簿同常募衆築堤修閘，爲利甚博。著作郎倪思爲記，歲久碑不存。今并湖姦民竊甃石破堤岸，水泄不留，民甚病之。」

〔一〇〕鳴鶴：慈溪名山，詳見卷十六《王止善自鳴鶴來訪賦此以別》。

〔一一〕劉義慶《世説新語·言語》：「風景不殊，正自有山河之異。」

〔一二〕二氣：陰氣與陽氣。《宋元學案》卷九十二《文正吴草廬先生澄·草廬精語》：「自未有天地之前，至既有天地之後，只是陰陽二氣而已。本只是一氣，分而言之，則曰陰陽。又就陰陽中細分之，則爲五行。五行即二氣，二氣即一氣。氣之所以能如此者何也？以理爲之主宰也。理者，非別有一物在氣中，只是爲氣之主宰者即是。無理外之氣，亦無氣外之理。」《朱子語類》卷七十一《易七》：「一陽來復，其始生甚微，固若静矣。然其實動之機，其勢日長，而萬物莫不資始焉。此天命流行之初，造化發育之始，天地生生不已之心於是而可見也。」

〔一三〕御：通「迓」，迎接。《詩經·召南·鵲巢》：「之子于歸，百兩御之。」

〔一四〕純厖：純粹敦厚。《楚辭》屈原《九章·惜往日》：「心純厖而不泄兮，遭讒人而嫉之。」王逸《注》：「素性敦厚，慎言語也。」洪興祖《補注》：「厖，厚也。」

〔一五〕空：澡雪，洗滌。梅堯臣《村墅閑居》：「古來得喪何須問？世上榮枯只等閑。」

安節堂記

《易》以明中正之道〔一〕，而中正之在《節》〔二〕，蓋由内兑而外坎，以「説而行險」也〔三〕。人於所説則不知已，遇艱險則思止；「説以行險」，非《節》之得於中正乎〔四〕！《節》之中正而必以安爲言者，則以六①四居九五之下〔五〕，以陰而比陽，以柔而從剛〔六〕，有安行承上之象，無勉强矯爲之意。中也正也，於是乎守之而可常矣。世以守節之女婦況之，亦以其安而能常也哉！

然上古盛世，三光平，寒暑時〔七〕，天下壽昌，民不夭札，惡睹所謂安節之事〔八〕？後世聖人憫民生之不遂，傷風俗之日偷，而安節之名立焉。則安節者，固聖人之所取而非其所願也。

慈溪翁氏女，自幼恪慎孝祇〔九〕，父母以爲賢而選所嫁，得同里方君琬。生子原，三歲而琬卒。年少寡居，或疑其不能安也。翁曰：「吾聞婦人不事二夫〔一〇〕。夫，天也〔一一〕。今死而遂去之，是背天也。背天不祥，死不再適。」乃益經紀家政，夜張燈紡織，晝課童奴樹藝〔一二〕。歲時奉祀，一如琬在時。有司上之朝，既旌其門寵異之；原復爲安節之堂，日夕奉翁坐堂上，食鮮茹美，以享有其餘慶〔一三〕。予嘗造焉，謁原而拜翁於堂下。原徵予記，乃爲其文曰：

節有中正之道，而中正於人，無乎而不在。翁之爲人婦也，亦不過盡其所當守者耳，獨不幸安節之名蓋因喪其所天而後著也。故人莫不幸其節之不守，而尤莫不幸其節之特著。翁之安節固可取也，而非其可願也。

雖然，節有亨之義焉，故曰節亨，又曰安節亨〔一四〕。翁當逾七望八之年，康强無恙；而原以高才懿行爲鄉之善士〔一五〕；原之二子亦皆循循雅飭〔一六〕，福禄方來而未艾：則其爲亨也，人又何其厚幸於翁若是哉〔一七〕！然則斯堂之作，當與翁之餘慶同一永久矣！

作堂者名原，字景淵，唐詩人玄英先生之裔。名堂而題其扁者，鄱陽周太史伯温〔一八〕。引《易》之辭而記之者，九靈山人戴良也。

【題解】

安節，安分守節，常指嫠婦始終一心，「葵藿傾太陽，物性固難奪」。人生覆載間，自作主宰，斯爲尊嚴。有情眷屬，伉儷情深，雖造化弄人，夫亡室虚，然癡情不忘，忠貞不渝，此亦人格之一端。物以類聚，人以群分，高節之士低徊贊歎，盤桓欽慕，斯誠同聲相應同氣相求矣。

然鴛鴦失侶，弱婦喪偶，乃天地間極悲哀之事，深情之士孰不憫焉？《宋濂全集》卷十四《貞則堂記》云：「貞則堂者，傅君藻養母夫人之所也……人皆曰：『女婦青年能守貞者非艱，守於阽危中者爲艱。當夫人獨居，室無儋石之積，嗷嗷自信，如荆南之金，色百煉而弗變，非其賢過人，能如是乎？吾邦生齒之繁，動至數十萬，求如夫人者，千或不能二三，宜其休聞流溢無窮。所可憾者，無良有司上於朝廷，以表其宅里爾。』金華宋濂獨不謂然，何者？婺爲吕成公講道之邦，禮義修明，風俗淳美，非惟家孝弟而人《書》《詩》，至於女子婦人亦皆無思犯禮而畏行露之侵，第處道之常，同老於室，無以見其所執之操。今謂如夫人者千不能二三，是何待父母之國如此其輕也？向使處士君不蚤逝，孰知夫人之行能卓卓如是乎？利器之施，過錯節而顯；勁柏之剛，因凝霜而知名：蓋生於世之變也。計夫人之心，豈樂負守貞之名哉？以守貞名夫人，已爲不幸，況又欲徼旌寵之榮乎？」

安節堂，慈溪方原奉母之室。方原，唐桐廬詩人方干苗裔。方干，字雄飛，號玄英，門人私謚曰玄英先生。《乾隆桐廬縣志》卷十一《人物·文苑·方干》：「字雄飛，咸通中屢舉進士不第。初居縣之鸕鷀源，後隱鑑湖。時徐凝有詩名，一見器之，授以律詩。嘗謁廉帥，誤三拜，人號方三拜。貌寢陋唇闕，晚遇醫補之，又號補唇先生。其詩清潤小巧，率多警句。如『庭接停猿樹，巖飛浴鶴泉』『野渡波揺月，山城雨翳鐘』，皆爲人所稱道。至如『鶴盤遠勢投孤嶼，蟬曳殘聲過別枝』，尤稱絕唱。有集十卷行於世。卒，門人私謚曰玄英先生。干之爲詩，咸通乾符廣明中和間，江之南未有過之者。」

【校勘】

① 六：正統、乾隆、同治諸本皆無，據《周易大傳》補。

【箋注】

〔一〕中正：恰當正直。葉適《答少詹書》：「輕鄙中正平易之論，而多爲驚世駭俗絕高之語。」

〔二〕《節》：《易》稱乾、坤、震、巽、坎、離、艮、兑等爲八經卦，八經卦兩兩組合而成六十四别卦；《節》爲《易》之第六十卦，由兑☱與坎☵兩經卦組成。

〔三〕《易·節》之内卦爲兑，外卦爲坎。兑：通「説」，喜悦。坎：危險。説而行險：心有所樂，行有所爲，遇兇險則惕然止步。

〔四〕得：契合。《漢書》卷六十四下《王褒》：「聚精會神，相得益章。」

〔五〕《易》六十四卦，每卦六爻，爻分陰（⚋）陽（⚊），以「九」標明陽爻，以「六」標明陰爻；每卦自下而上，以「初」「二」「三」「四」「五」「上」標明六爻之順序。《節》卦六爻自下而上爲「初九、九二、六三、六四、九五、上六」，故曰「六四居九五之下」。

〔六〕比：親附。《荀子·議兵》：「莫不順比。」楊倞《注》：「比，親附也。」《易》陽爻象陽類事物，爲剛；陰爻象陰類事物，爲柔。若陰爻在陽爻之下，則爲陰順陽柔從剛，以人事言之，則指臣民服從君上，女性順從男性等，《易》以陰柔順從陽剛爲吉利。《節》六四處九五之下，則陰柔順從陽剛而大吉大利。

〔七〕三光：日月星辰。班固《白虎通·封公侯》：「天有三光日月星，地有三形高下平。」平：平和，和諧。時：按時，應時。《莊子·秋水》：「秋水時至，百川灌河。」

〔八〕夭札：遭疫病而早死。《左傳·昭公四年》：「癘疾不降，民不夭札。」杜預《注》：「短折爲夭，夭死爲札。」

〔九〕祇：恭敬。《説文》：「祇，敬也。」

〔一〇〕《史記》卷八十二《田單列傳》：「王蠋曰：『忠臣不事二君，貞女不更二夫。』」《晉書》卷九十六《列女傳·段豐妻慕容氏》：「慕容氏謂侍婢曰：『我聞忠臣不事二君，貞女不更二夫。段氏既遭無辜，己不能同死，豈復有心於重行哉？』」

〔一一〕天：仰賴以生存者。《儀禮》：「故父者，子之天也；夫者，妻之天也。」

〔一二〕樹藝：種植栽培。《孟子·滕文公上》：「后稷教民稼穡，樹藝五穀。」

〔一三〕寵異：寵愛優待。《易·坤》：「積善之家，必有餘慶。」

〔一四〕《易·節》：「節：亨。」此言人有節度，則亨通順達。《易·節·六四》：「安節，亨。」此言人安於法度，則通達無阻。

〔一五〕善士：有德之士。《孟子·萬章下》：「一鄉之善士，斯友一鄉之善士；一國之善士，斯友一國之善士；天下之善士，斯友天下之善士；以友天下之善士爲未足，又尚論古之人。」

〔一六〕循循：循規蹈矩貌。雅飭：言行優雅謹慎。歐陽修《胡先生墓表》：「其餘散在四方，隨其人賢愚，皆循循雅飭。」

〔一七〕幸：親愛。《楚辭》東方朔《七諫·自悲》：「哀人事之不幸兮。」王逸《注》：「幸，愛。」《戰國策·燕策二》：「不察先王之所以畜幸臣之理。」鮑彪《注》：「幸，親愛之。」

〔一八〕周伯温：元末重臣、學問家兼書法家，詳見卷八《周伯温侍御席上賦》。

蓬萊山房記

東海之上，達蓬山之陽〔一〕，黄氏世居之。黄氏之彦炳文，即所居之西偏闢爲一室，以領山海之勝。右闞波瀾，左撫林麓，前岡後阜，如揖如拱〔二〕。每晨曦東昇，夕月西出，窅乎而列缺倒景〔三〕，泠乎而沆瀣降精〔四〕，青鳥翥於雲間，白鹿走於煙際，嚻聲遠遯，幽意畢來，人居其中，殆不知有人間世也。

炳文曰：「自吾之闢是室，日與良朋①勝友昆弟子姓遊焉息焉，或騁懷以舒嘯，或游目而望遠。恍兮惚兮，若從赤松子於朱宫〔五〕，黄石君〔六〕於紫府，而羨門、安期爲之後先也〔七〕。因名之曰『蓬萊山房』。」間以語嚻嚻生〔八〕，願請記之。

生聞而歎曰：「炳文亦世之高士哉！世傳蓬萊、方丈、瀛洲在東海中〔九〕，列仙居之，然人莫有至之者。秦皇嘗令徐福采藥其地〔一〇〕，卒亦莫能以一至焉。惟其不可以幸至也，故世之慕清閑而樂虚遠者，往往托之以自高。若瀛洲之擬於吾儒〔一一〕，方丈、蓬萊之榜於道家異人〔一二〕，蓋累累也。

炳文之先，多大儒先生，而炳文與諸子又皆世守其業如一日〔一三〕。自他人言之，孰不欲以吾儒登瀛之事爲己任？然乃棄此不務，顧有取於道家異人之説，以名其居室，有以見炳文之高風逸韻迥邁等倫。

比年以來，齒益高而操益厲〔一四〕，遂悉斂其致君澤民之思〔一五〕，退藏於一室，蘧蘧然與顥氣俱〔一六〕，栩栩然與造化遊〔一七〕，于以超出乎六合之表，遐觀乎八荒之外〔一八〕，而彼蓬萊之不可以幸至者，且在乎室中矣。況其所居，一皆岸海而屋，其去蓬萊爲甚近。昔人求仙，欲由之以善達，故字其山曰達蓬。炳文冀遇真仙而不得，得夫昔人求仙之處，則低徊慕戀之不已，不亦人之常情哉！

抑又聞之，古之列仙，皆忠孝仁義之人，或有所譴，則謫降人間，混迹以自晦〔一九〕。若炳文者，豈仙之謫歟②？不然，果高世之士也〔二〇〕。因援琴爲鼓《蓬萊》之操而歌之曰：

蓬山兮峨峨，築室兮山阿〔二一〕。山可遊兮室可歌，宜於此兮婆娑。婆娑兮樂只，望群仙兮不遠伊邇〔二二〕。朝卻粒兮莫脱屣，誓飄飄兮遐舉〔二三〕。遐舉兮焉極，返吾室兮，聊逍遥以容與〔二四〕。

遂并書以爲之記。嚻嚻生，别號九靈山人云。

【題解】

山中屋舍常稱山房，如宋李常少讀書於廬山白石僧舍，既擢第，留所抄書九千卷於其所，名爲李氏山房。慈溪東北有達蓬山，傳説由此可達蓬萊仙境；黄氏炳文世居達蓬南麓，名其遊息之室曰蓬萊山房。黄氏事迹參看卷二十五《寄黄炳文》。

《光緒慈溪縣志》卷二十五《列傳二·元·黄炳文》：「震之裔，先世多大儒，炳文能守其業。元季不仕，齒益高而操益勵。嘗於所居之西闢爲一室，曰蓬萊山房，以領山海之勝，日與良朋勝友昆弟子姓遊焉息焉。戴良稱其高風逸韻，迥邁等倫。」

【校勘】

① 朋：底本作「友」，據乾隆本改。

② 歟：乾隆本作「與」。

【箋注】

〔一〕達蓬山：慈溪東北名山，詳見卷十六《蓬山新樓歌》。

〔二〕林麓：山腳林木。《文選》張協《七命》：「時娱觀於林麓。」吕延濟《注》：「山下林曰麓。」《公羊傳·僖二年》：「獻公揖而進之。」何休《注》：「以手通指曰揖。」拱：抱拳。《説文》：「拱，斂手也。」

〔三〕窅乎：深遠貌。列缺：高空。《楚辭·遠遊》：「上至列缺兮，降望大壑。」洪興祖《補注》：「缺，與缺同。《陵陽子明經》云：『列缺，去地一千四百里。』」倒景：道家指天之極高處；景，通「影」。揚雄《甘泉賦》：「歷倒景而絶飛梁兮，浮蠛蠓而撇天。」李善《注》引張揖曰：「《陵陽子明經》曰：『倒景氣去地四千里，其景皆倒。』」《漢書》卷二十五下《郊祀志》：「登遐倒景。」顔師古《注》：「如淳曰：在日月之上，反從下照，故其景倒。」

〔四〕沆瀣：北方夜半氣。《楚辭》屈原《遠遊》：「餐六氣而飲沆瀣兮，漱正陽而含朝霞。」王逸《注》引《陵陽子明經》云：「冬飲沆瀣；沆瀣者，北方夜半氣也。」沆瀣降精：清露，或云「沆瀣精」，或徑云「沆瀣」。白居易《夢仙》：「朝餐雲母散，夜吸沆瀣精。」田錫《擬古》：「朝吸沆瀣精，遠與溟鴻遊。」嵇康《琴賦》：「餐沆瀣兮帶朝霞。」五臣《注》：「沆瀣，清露。」

〔五〕赤松子：傳説中神仙，詳見卷二《遊赤松山分韻得弟字》。

〔六〕黄石君：秦朝隱士，常稱黄石公，詳見卷十七《哭揭秘監三十四韻》。

〔七〕羨門、安期：傳説中神仙名，詳見卷十一《小丹丘記》。

〔八〕囂囂：自得清剛貌。《孟子・盡心上》：「人知之，亦囂囂；人不知，亦囂囂。」趙岐《注》：「囂囂，自得無欲之貌。」

〔九〕蓬萊、方丈、瀛洲：傳説中三座仙山。《史記》卷六《秦始皇本紀》：「齊人徐市等上書，言海中有三神山，名曰蓬萊、方丈、瀛洲，仙人居之。」

〔一〇〕徐福：又名徐市，秦時著名方士。秦始皇遣徐福入海求神異物，徐福泛海還，以延年益壽藥紿始皇。始皇再使徐福，賜以男女三千及五穀百工。徐福泛舟至平原廣澤，自立爲王。詳見《史記》卷一百一十八《淮南衡山列傳》。

〔一一〕瀛洲：唐太宗選十八學士入文學館，時人目之爲登瀛洲，詳見卷八《泛石湖》。王禹偁《病起歸思》：「四十爲郎非不偶，況曾提筆直瀛州。」

〔一二〕榜：匾額。鮑溶《得儲道士書》：「爲問蓬萊近消息，海波平静好東遊。」常建《張天師草堂》：「花藥繞方丈，瀑泉飛至門。」

〔一三〕世守：繼承守護；世，繼承。《漢書》卷四十八《賈誼傳》：「賈嘉最好學，世其家。」顔師古《注》：「言繼其家世。」

〔一四〕比年：近年。厲：嚴肅。《論語・子張》：「子夏曰：『君子有三變：望之儼然，即之也温，聽其言也厲。』」

〔一五〕致君：輔佐國君達到聖明境界。《墨子・親士》：「良才難令，然可以致君見尊。」

〔一六〕蘧蘧然：悠然自得貌。《莊子・齊物論》：「俄然覺，則蘧蘧然周也。」顥氣：潔白清鮮之氣。邵雍《秋遊》：「先秋顥氣已潛生，洛邑方知節候平。」

〔一七〕栩栩然：歡快舒暢貌。《莊子・齊物論》：「昔者莊周夢爲胡蝴，栩栩然蝴蝶也。」成玄英《疏》：「栩栩，忻暢貌也。」

〔一八〕于以：從此，自此。六合：上下東西南北，泛指天下四海。八荒：八方荒遠之地。《漢書》卷三十一《項籍傳》：「并吞八荒之心。」顔師古《注》：「八荒，八方荒忽極遠之地也。」

〔一九〕抑又：又，同義複詞。《抱朴子内篇》卷三《對俗》：「欲求仙者，要當以忠孝和順仁信爲本。若德行不修，而但務方術，皆不得長生也。」

〔二〇〕高世：超越凡庸。韋應物《朝請後還邑寄諸友生》：「抗志青雲表，俱踐高世名。」

〔二一〕山阿：大山彎曲處。《楚辭》屈原《九歌・山鬼》：「若有人兮山之阿，被薜荔兮帶女蘿。」

〔二二〕婆娑：盤旋停留。宋玉《神女賦》：「既姽嫿於幽静兮，又婆娑乎人間。」

〔二三〕郤粒：辟穀，不食穀粒以求長生。陸機《漢高祖功臣頌》：「托迹黄老，辭世郤粒。」脱屣：脱鞋，喻鄙薄俗世功利。《漢書》卷二十五上《郊祀志上》：「嗟乎！誠得如黄帝，吾視去妻子如脱屣耳！」遐舉：高飛。

〔二四〕極：到達，抵達。《國語・魯語》：「齊朝駕則夕極於魯國。」容與：安閑從容貌。《楚辭》屈原《九歌・湘夫人》：「時不可兮驟得，聊逍遥兮容與。」

愛日堂記

愛日堂者，餘姚王在奉母之堂也。在痛事父之不逮，乃一其孝於母，水菽甘旨之養不違乎朝夕〔一〕。每歲時，爲酒食以召鄉鄰族親坐堂上，率婦子弟姪列拜堂下，捧觴進壽以娱悦其母心〔二〕。母亦樂其有子也，未嘗不盡其歡適。在取孝子愛日之義，題其楣曰愛日堂，走書東海之上，乞予一言以張之。

予嘗遊越，過其鄉而辱與在交。在蓋世家，衣冠詩書之澤未泯，而先府君又以文學行誼聞於時〔三〕。至在兄弟，既文而且孝，而斯堂之命名，又足以化邇而慕遠。予也乃獲與執筆，其何敢辭！

夫愛其親而望其壽，人子之心豈有限量哉！然由於天者，有不可以必得也〔四〕。得其壽而致其養，其心亦豈有窮已哉！然繫於人者，有不可以强能也〔五〕。由於天者不可以必得，於是乎喜壽懼衰之心起焉；繫於人者不可以强能，於是乎思愛忘勞之念生焉〔六〕。喜壽懼衰之心起，則無跬步之或忘矣；思愛忘勞之念生，則無須臾之或暇矣。此孝子愛日之誠自有所不能已也。日往則月來，寒往則暑來〔七〕，而《禮》所謂日究日畜者，豈虚言哉！

在之奉母斯堂也，觀日之昇而憶母年之寖高，視日之没而憂子養之不足。雖大禹之惜寸陰〔八〕，陶侃之惜分陰〔九〕，不越是矣！若此，則愛日之名堂，豈不有所示警於在哉！是不獨在之所當警，而凡士君子之愛其親者，皆其所樂道也。予故爲之記，而并侑之辭〔一〇〕，使在兄弟聯臂踏歌，以爲其親壽，以助其歡云。

姚之江，越之水〔一一〕，儼高堂，翼邃宇〔一二〕，誰其作之？王氏子。前軒後牖，形制焕且美〔一三〕，升堂奉母母心喜。母年老矣時不與，堂標愛日陶孝理〔一四〕。陶孝理兮弟與兄，須臾罔暇兮跬步靡忘。時之豫兮歲之穰〔一五〕，春黍稌兮釃酒漿〔一六〕。賓客上坐兮子孫在旁，母欣欣兮樂康。披彩衣兮進霞觴〔一七〕，壽吾母兮愛日之堂，從朝至暮兮其樂無央〔一八〕。

【題解】

愛日，愛惜光陰，特指子女珍惜侍奉父母之時日。揚雄《揚子法言》卷十《孝至篇》：「孝至矣！一言而該，聖人不加焉。父母，子之天地與！無天何生？無地何形？天地裕於萬物乎，萬物裕於天地乎？裕父母之裕，不裕矣。事父母自知不足者，其舜乎！不可得而久者，事親之謂也。孝子愛日。」

《論語·里仁篇》：「父母之年，不可不知也。一則以喜，一則以懼。」朱熹《集注》：「常知父母之年，則既喜其壽，又懼其衰，而於愛日之誠，自有不能已者。」

《麟溪集》卯卷義烏王汶《愛日承顏詩序》：「予聞楊子嘗曰：『事父母自知不足者，其舜乎？不可得而久者，事親之謂也。孝子愛日。』又聞朱子亦曰：『常知父母之年，則既喜其壽，又懼其衰，而於愛日之誠，自有不能已者。』蓋謂日者難得而易邁者也，父母之壽日多一日，則人子事之日少一日。孝乎親之至者宜何如？以愛平日而養之哉！是楊、朱之所云實得孝子之心也。」

《宋濂全集》卷十五《愛日軒記》：「人之上壽至百，中壽八十，下壽六十。百年者，以日計不過三萬六千；八十者，劣其七千二百；六十〔者〕，又劣其七千二百。親之身，至吾能養之時，已逾百年之半矣；而其長短之數往往不齊，其來者不可預知也。孝子之心，常不敢必得而逆憂之。甲往矣，又憂乙之日；乙往矣，又憂丙之日，如是者十日而一旬。一旬矣，又以旬數之，三旬而一月。一月矣，則躍然喜曰：『吾親之壽加一月矣。』積三月而一時。一時矣，則又躍然喜曰：『吾親之壽加一時矣。』四時而成歲。歲成矣，則又忻然大喜曰：『吾親之壽加一歲矣。』壽吾親者，歲也；積以成歲者，日也。苟大期之至，雖損萬金之産，棄王公之爵，以求須臾之頃，且不可得，况一日乎！是安得而輕視之乎！此昔人之所謂『孝子愛日』……雖然，凡物之可愛者，有時則不愛：美器麗服，人之愛也，敝則不愛；奇色珍玩，人愛之也，過時則不愛。是日也，親在欲其壽吾親，故愛之。親過百年之期，愛之心不遂忘乎？是不可也。孝子之愛日者，非愛夫日也，愛其親也。愛其親者，非止愛親之身而已也，親之所愛者無不愛也。吾之身，親之所尤愛也，可不愛乎？愛吾之身，非以苟長其無用之齒爲足愛也，將日致其功以成吾之德也。吾之德成則名立，名立則親之壽雖百而千萬年也，此古之君子所以常愛日也。苟以親没而遂忘其愛，是以物視其身也，庸得爲孝乎！」

愛日堂，餘姚王在奉母之室，詳見卷十六《王止善自鳴鶴來訪賦此以别》。

【箋注】

〔一〕水菽：常指贍養父母之粗淡飲食。《禮記·檀弓下》：「孔子曰：『啜菽飲水盡其歡，斯之謂孝。』」甘旨：多指奉養父母之美味。白居易《奏陳情狀》：「臣母多病，臣家素貧：甘旨或虧，無以爲養；藥餌或闕，空致其憂。」違：放棄。

〔二〕進壽：敬酒祝壽。韓愈《乳母墓銘》：「時節慶賀，輒率婦孫，列拜進壽。」

〔三〕文學：文章學問，孔門四科之一。《論語·先進》：「文學：子游、子夏。」

〔四〕由：聽憑，聽從。《論語·顔淵》：「爲仁由己，而由人乎哉！」

〔五〕强能：勉强勝任；能，堪，勝任。《廣雅·釋詁二》：「能，任也。」

〔六〕《禮記·祭義第二十四》：「孝有三：小孝用力，中孝用勞，大孝不匱。思慈愛忘勞，可謂用力矣；尊仁安義，可謂用勞矣；博施備物，可謂不匱矣。」

〔七〕《周易大傳·繫辭下》：「日往則月來，月往則日來，日月相推而明生焉。寒往則暑來，暑往則寒來，寒暑相推而歲成焉。」

〔八〕大禹：遠古治水典範，疏浚江流十三年，勞神焦思，不遺餘力，過家門而不敢入，參見《史記》卷二《夏本紀》。

〔九〕陶侃：東晉名臣，處事勤敏，功勳卓絶，常語人曰：「大禹聖者，乃惜寸陰；至於衆人，當惜分陰，豈可逸遊荒醉？生無益於時，死無聞於後，是自棄也。」詳見《晉書》卷六十六《陶侃》。分陰：瞬間。

〔一〇〕侑：勸飲，勸食。《周禮·天官·膳夫》：「以樂侑食。」鄭玄《注》：「侑，猶勸也。」

〔一一〕姚江：詳見卷十六《題嚴氏蒼雲軒》。越水：泛指越地江流，參見卷十九《高士傳》。

〔一二〕《楚辭》宋玉《招魂》：「高堂邃宇，檻層軒些。」儼：儼然，整齊貌。翼：翼翼，莊嚴雄偉貌。

〔一三〕軒：欄杆。《楚辭》宋玉《招魂》：「檻層軒些。」王逸《注》：「軒，樓版也……下有檻楯，上有樓版。」

〔一四〕標：標明。陶：快樂。

〔一五〕豫：安逸，安樂。《詩經·小雅·白駒》：「爾公爾侯，逸豫無期。」穰：豐熟。

〔一六〕稌：稻穀。《詩經·周頌·豐年》：「豐年多黍多稌。」釃：濾去酒糟。

〔一七〕彩衣：春秋老萊子七十歲時著五彩服以娱雙親，詳見卷二《哭趙隱君》。霞觴：霞杯，酒杯。晏幾道《鷓鴣天》：「須教月户纖纖玉，細捧霞觴灩灩金。」

〔一八〕無央：無窮無盡。霍去病《霍將軍歌》：「四夷既獲，諸夏康兮；國家安寧，樂無央兮。」

百猿圖記

右顔輝所畫《百猿圖》一卷，所以圖猿之爲狀凡百數。兩臂掛樹，仰而斜立者一。蹲而背視者一。戲而群折樹上葉，亦或引水欲飲，纍纍如貫珠者五〔一〕。左手攀蘿，右手反掬飛瀑者一。兩手鉤樹上，行復相攜俯摘石上草者三〔二〕。高懸如蹴踘者一〔三〕。揚臂相顧者二。坐而爲子齕虱者一。困卧樹者一。或嘯或墜或蹲或懸或俯或仰者六。首戴子者一〔四〕。聯臂下取澗中泉者三。群遊巖前獨樹，宛轉相顧盼①者九〔五〕。衎衎大樹上呼號食息者四〔六〕。竄身叢竹〔七〕，上下相追逐者十有二。往來引子者三。掛枝欲墮者二。匿身樹陰者二。擁子者一。抱樹相向者二。躑躅枯枿者五〔八〕。蔽虧榛莽者四〔九〕。怒相擊，喜相戲者十。舉手嚇飛鳶者二。寒相附者二。凡猿之大者一百有四：黑者七十八，黄者二十六。

其子之戴者、負者、行者、立者、陟者、降者、癢搔背者、舒臂群呼者、坐母首者、驚附母懷者、走挾母腋者、任母背者、倚母捫虱者、跳躑巖下樹者、出没崖壁隱隱如蒼鼠者，亦皆曲盡其②態〔一〇〕，可喜而可愕。凡猿之小者二十有一：黑者十六，黄者五。而大小之數，通百二十有五焉。

至正季歲，予附海舟南還至四明，館人夏叔宜兄弟出此圖以示〔一一〕。予於是重有所感矣。嗟乎！猿之與猴，其形相近也，其舉動相若也，然猿之性類乎仁，遇稼穡不踐踏〔一二〕，見小草木必環之以行，木實未熟則守之。猴之爲性恒反是，反是則幾於暴矣。猿多産之於西川〔一三〕，而猴莫盛於東海。予居東海萬山中〔一四〕，厭猴之暴而慕夫猿之仁也。嘗杭巨海，抵淄水〔一五〕，登泰山以望巫峽溯川陝〔一六〕，將求猿之所在而寓目焉。然道路阻絶不果也。及還四明，乃得是圖而觀之，能不有感乎？遂從叔宜假之留月餘。叔宜請予題其上，故爲記其形狀與數而歸之。且懼觀者之不審也〔一七〕，或至目猿以爲猴，因并著其外同而内異者如此。柔兆敦牂之歲良月朔日記〔一八〕。

【題解】

底本題目缺「記」字，據本集目録補。《百猿圖》，宋末元初顔輝作。顔輝，字秋月，江山人，或曰廬陵人。擅畫道釋人物，亦工鬼怪，兼能畫猿。風格勁健豪放，有梁楷遺法。

卞永譽《書畫彙考》卷五十二《元·顔輝·顔秋月鍾進士元夜出遊圖卷·題顔秋月寫鍾馗圖後》：「今夏隆暑中，彦德持一卷示予曰：『此顔秋月所繪《鍾進士元夜出遊圖》也。』披而觀之，乃寫衆鬼作小隊前導，有鳴金者，有擎大石者，有顛立而欲飲者，有肘甕而行者，有持鎗者，有揮刃者，有舞盾者，有卓大刀者，有執壺漿者，有捧觴進者，有負椅者，有攜琴書筆硯者。鍾馗於後，三鬼載之而行。又數鬼擁從，有張蓋者、鳴鼓者、吹笛擊板者。詭態異狀，各盡形勢。彦德求余題其後。余聞世傳鍾馗者，終南人也，不第而死階下，因以進士袍笏賜之。既而示形於玄宗夢中曰：

『臣當爲陛下除天下虚耗之孽。』今是圖也，其所謂夢中者耶？且鬼神無形，視之不見，何其有形之若是耶？豈畫者揚其巧，擅其妙，窮其怪狀，而其實無有耶？無亦彰終南進士死有靈爽，尚爲天下剪除妖孽。彼明爲人者視此圖，不惕然警省哉！然則良工用心之苦，蓋有諷於世道者深矣。洪武己巳歲夏六月紫芝山人識。顔秋月，名輝，元之江山人。生而穎敏，有儒者風度，善畫道釋人物，嘗死而復生，故畫鬼尤工。此卷爲《老鍾元夜出遊圖》，筆法奇絶，有八面生意，展卷間令人駭目，非深得造化之妙者，曷克臻此？當珍如拱璧，世守勿失。延陵吴寛。」

猿與猴，貌似性殊，一仁一暴，一靈一頑，賢者愛猿以頌之。《宋濂全集》卷八十一《猿説》：「武平産猿，隕毛若金絲，閃閃可觀。猿子尤奇，性可馴，然不離母。母黠，不可致獵。人以毒傅矢，伺母間射之。母度不能生，灑乳於林飲子，灑已氣絶。獵人取母皮，向子鞭之，子即悲鳴而下，斂手就制。每夕必寢皮乃安，甚者輒抱皮跳擲而斃。嗟夫！猿且知有母，不愛其死，況人也耶！」

烏斯道《春草齋集》卷九《瘞猿銘》：「晉齋倪公畜二猿，白頰玄衣，濯濯可愛。始出自清漳，檻至鄞，迨馴狎，恒縱之於林中。甫二載，爲己巳之冬，其一病死，瘞於西園。《禮》：『埋犬馬以其功也。』兹瘞猿不以功而以清歟？矧猿鶴爲人并稱，古人瘞鶴既有銘，猿之銘其可已耶！銘曰：鞠侯之名，君子之稱；匪仙而輕，謂獸而靈。有鬱其林，孰尼爾適？有繁其實，孰靳爾食？命儔嘯侣，孰戕爾天？濯清追凉，孰嗇爾年？土壤既殊，寒暑亦異；自漳而鄞，天或斯致。凡百獸類，恒死於殃；弗殲於弓，則殄於烹。爾弓弗罹，爾烹弗受；雖死而寧，何怨何咎！」

據黄宗羲説，此文寄寓戴九靈眷元刺明之深意。《明文授讀》卷四十一《百猿圖序跋》：「此以猿比元，以猴比明。此時元尚有四川，而明之發迹在東海，故云。」

【校勘】

①盼：底本作「眄」，據乾隆本改。

②其：底本闕，據乾隆本補。

【箋注】

〔一〕纍纍：連續成串貌。貫珠：成串珠子。

〔二〕行復：又，同義複詞。裴學海《古書虚字集釋》卷四《行》：「『行』，『且』也……一爲又且之義。《史記·南越傳》：『漢興兵誅郢，亦行以驚動南越。』」曹丕《與吴質書》：「歲月易得，别來行復四年。」

〔三〕蹴踘：或作蹴鞠，古代軍中習武之戲，參見卷十六《題打毬圖》。

〔四〕戴：用頭頂。《孟子·梁惠王上》：「頒白者不負戴於道路矣。」

〔五〕宛轉：盤旋屈曲。袁凱《楊白花》：「楊白花，飛入深宫裏，宛轉房櫳間，誰能復禁爾？」

〔六〕衎衎：和樂貌。《易·漸》：「鴻漸於磐，飲食衎衎，吉。」尚秉和《注》：「衎衎，和樂也。」

〔七〕竄身：藏身。崔峒《劉展下判官相招以詩答之》：「竄身如有地，夢寐見明君。」

〔八〕枯枿：枯樹樁上新長枝條。

〔九〕蔽虧：外物遮蔽而半隱半現。孟郊《夢澤行》：「楚山争蔽虧，日月無全輝。」

〔一〇〕挾：從旁夾住。《後漢書》卷四十上《班固》：「挾酆霸，據龍首。」李賢《注》：「在旁曰挾，在上曰據也。」跳躑：跳躍。曲盡：盡，同義複詞。《吕氏春秋·情欲》：「血脉壅塞，九竅寥寥，曲失其宜。」

〔一一〕夏叔宜：四明古玩家，參看卷二十二《題米元暉煙雨圖》及《題文與可盤谷圖》。

〔一二〕稼穡：耕種與收穫，此指農作物。

〔一三〕西川：蜀地西部。唐元和年間在蜀地設西川節度使和東川節度使，西川領益、彭、蜀、漢、眉、嘉、邛等二十六州；其後分合不一。

〔一四〕萬山：此指本集所云浦江仙華山九靈山、金華北山諸山嶽。

〔一五〕巨海：參見卷九《泛海》《渡黑水洋》諸詩。淄水：參見卷九《次益都》。

〔一六〕巫峽：長江三峽之一，其地多猿。酈道元《水經注》卷三十四《江水》：「每至晴初霜旦，林寒澗肅，常有高猿長嘯，屬引淒異，空谷傳響，哀轉久絶。故漁者歌曰：『巴東三峽巫峽長，猿鳴三聲淚沾裳！』」溯：逆流而上，此謂縱目仰望。川陝：元朝四川等處行中書省與陝西等處行中書省交界處。

〔一七〕審：密察。《荀子·非相》：「欲知億萬，則審一二。」

〔一八〕柔兆敦牂之歲：古代紀年法之一，即干支紀年法之丙午年。良月：十月。《左傳·莊公十六年》：「使以十月入，曰：『良月也，就盈數焉。』」

九曲山房外記

四明夏贇嘗爲予言〔一〕：「吾宗之居此也，連數世①不振。至吾父而家益落，吾母徐夫人佐吾父理家治生力勤攻苦餘三十年〔二〕，而有田有廬，家日以裕。凡吾兄弟賴以成立而免流離困踣之患者〔三〕，實吾母罔極之恩也。然不獲享有高年，僅及下壽而傾背〔四〕。吾兄弟忍死營葬地於慈溪之九曲山，且於墓左闢屋四楹間，將奉其神而祠焉〔五〕。亦既發引有日〔六〕，而贇也實以金陵之役慟哭而上道。自遷柩至掩壙不得與。幸而獲保首領以歸〔七〕，而吾母之入土久矣。每歲時偕吾兄弟省墓下退，即其祠而泣祭焉，未嘗不徬徨顧慕以抱恨於無窮。先生幸賜一言疏於壁〔八〕，既以記其祠，而且舒吾之恨也。」

予聞其言而悲之。因思先王制禮，緣人情而約之中〔九〕。故自命士以上，家必有廟；庶人無廟，惟祭之寢〔一〇〕。後世定爲祠堂之制，上下同之，而先王禮意行乎其中。

墓之有祠，豈亦緣情以起禮者歟②？

雖然，是禮之文也〔一一〕；若其本，則孝而已矣。夫孝子之身，親之身也。親有難，則死之，蓋以親之身重乎己之身也〔一二〕。賨以其父會逮於金陵，生死未可知，即釋母殯代之行，是代父以死也。代父以死者，孝之大而禮之本也。盡事生之道，斯盡事死之道〔一三〕，賨蓋務本以致兹文乎！

今世富貴家之葬其親也，亦莫不有墓祠以寓其哀敬。僅一再傳，莽焉而丘墟者有之，無他，子孫去禮之本而失之也。今賨蓋務其本以俟夫後之人，吾見九曲之祠傳之世世而愈固矣。人服孝德，天降之福，其夏氏之謂乎〔一四〕！繼賨之志者，尚有徵於斯言哉！

賨之兄曰贇；弟曰貞，曰賁，曰質〔一五〕：俱有孝行可稱。而貞善詩。徐夫人之年壽、卒葬及是祠營建之歲月，已具見楊君所爲祠記，兹故不録，録賨請文之語以爲外記云。

【題解】

慈溪夏氏兄弟既瘞母於九曲山，復構九曲山房以祭祀之。外記，正式文章外補遺文字；文末云「已具見楊君所爲祠記」，楊君既有記，故此文爲外記。夏氏昆弟襟曠趣遠，參看卷十六《畫馬歌》。

《光緒慈溪縣志》卷四十三《舊迹三·居址上·九曲山房》：「縣西三十五里。元丁鶴年《九曲山房》詩：『九曲園亭結構牢，畫圖誰爲重揮毫？蛟虬起陸巖巒秀，風雨號空樹木高。五夜神光通嶽氣，三秋明水薦溪毛。《瀧岡墓表》情何極？手把杯棬淚滿袍。』自注夏母墓廬也。」

【校勘】

①世：底本作「歲」，據乾隆本改。

②歟：乾隆本作「與」。

【箋注】

〔一〕贇：美好，用作人名。《玉篇》：「贇，美也。」《廣韻》：「贇，美好也。」

〔二〕治生：經營家業。《史記》卷九十二《淮陰侯列傳》：「始爲布衣時，貧無行，不得推擇爲吏，又不能治生商賈，常從人寄食飲。」

〔三〕困踣：困頓潦倒。歐陽修《送張唐民歸青州序》：「故善人尤少，幸而有，則往往飢寒困踣之不暇。」

〔四〕下壽：六十歲，或云八十歲。《莊子·盜跖》：「人上壽百歲，中壽八十，下壽六十。」《左傳·僖公三十二年》「中壽，爾墓之木拱矣！」孔穎達《疏》：「上壽百二十歲，中壽百，下壽八十。」

傾背：去世。

〔五〕祠：春祭，泛指祭祀。《詩經·小雅·天保》：「禴祠烝嘗。」朱熹《注》：「宗廟之祭，春曰祠，夏曰禴，秋曰嘗，冬曰烝。」

〔六〕發引：舊時出殯，柩車啓行，送喪者執紼前導。

〔七〕首領：頭顱與頸項。《左傳·隱公三年》：「若以大夫之靈，得保首領以没；先君若問與夷，其將何辭以對？」

〔八〕疏：雕刻。《禮記·明堂位》：「殷以疏勺。」孔穎達《疏》：「疏謂刻鏤。」

〔九〕中：中庸，恰如其分。《史記》卷二十三《禮書第一》：「余至大行禮官，觀三代損益，乃知緣人情而制禮，依人性而作儀，其所由來尚矣……文貌繁，情欲省，禮之隆也；文貌省，情欲繁，禮之殺也；文貌情欲相爲内外表裏，并行而雜，禮之中流也。」

〔一〇〕命士：受命於君王之士。《禮記·内則》：「由命士以上，父子皆異宫。」《禮記·王制第五》：「天子七廟，三昭三穆，與大祖之廟而七。諸侯五廟，二昭二穆，與大祖之廟而五。大夫三廟，一昭一穆，與大祖之廟而三。士一廟。庶人祭於寢。」

〔一一〕文：禮樂制度。《論語·子罕》：「文王既没，文不在兹乎？」朱熹《四書章句集注》：「道之顯者謂之文，蓋禮樂制度之謂。」

〔一二〕文天祥《沁園春·題潮陽張許二公廟》：「爲子死孝，爲臣死忠，死又何妨！」參見卷十九《唐二子傳》及卷二十七《石孝子傳》。

〔一三〕《論語·先進》：「季路問事鬼神。子曰：『未能事人，焉能事鬼？』『敢問死？』曰：『未知生，焉知死？』」朱熹《四書章句集注》：「問事鬼神，蓋求所以奉祭祀之意。而死者人之所必有，不可不知，皆切問也。然非誠敬足以事人，則必不能事神；非原始而知所以生，則必不能反終而知所以死。蓋幽明始終，初無二理，但學之有序，不可躐等，故夫子告之如此。程子曰：『晝夜者，死生之道也。知生之道，則知死之道；盡事人之道，則盡事鬼之道。死生人鬼，一而二，二而一者也。』」

〔一四〕徐堅《初學記》卷二十一《文部·講論第四》：「《周禮》曰：『師氏以三德教國子：一曰至德，以爲道本；二曰敏德，以爲行本；三曰孝德，以知逆惡。』」

〔一五〕贅：聚集，此作人名。蕡：果實繁多肥大貌，此作人名。

春風堂記

四明羅處士家有春風之堂，子孫聚居其中三世矣，處士之子康請文以追記之。予謂記堂之成可也，堂成已久，何以記爲？康曰：「吾先子之所以垂休委祉者〔一〕，庶其在此，不可以無述也。」乃徵名堂之義而爲其文曰：

羅氏唐末望族，世家虎林〔一〕。居四明者，自處士之七世祖始。七世祖以鎮東節度推官攝四明之慈溪令①，遂留家焉〔二〕。蓋當五代之際，兵革未息，盜賊滋熾，羅氏獨能脩其孝義於家庭之間。歷宋而元，世濟其美〔四〕。至處士兄弟五人，復以高年耆德薰爲太和〔五〕。浙東部使者上其事於朝而旌異之〔六〕，朝野諸巨公咸爲詩文題詠，傳觀遠邇②，亦盛矣哉！夫處田野揚聲譽，靄然爲當世所推重者〔七〕，非祖宗之積累，則其力行之所致也。

今觀羅氏以春風名其堂，豈不然哉！蓋嘗論之，春爲四時之首，而風者大塊之所噫也〔八〕。以言乎天，則陽剛之所以資萬物之始者，此春風也；以言乎地，則陰柔之所以資萬物之生者，此亦春風也〔九〕；以言乎四時，則萬物之所以長育而凝成之者，皆一春風之所爲也。人能順天以成化，因地以成功，體時以成德〔一〇〕，則大和在身無虧無間〔一一〕。雖富貴烜赫如驕陽之在夏，而春風之融於吾心者，不得而淫也〔一二〕；雖威武肅殺如嚴霜之在秋，而春風之暢於吾懷者，不得而屈也；雖貧賤震凌如寒雪之在冬，而春風之煦於吾體者，不得而移也〔一三〕。

風無一日之不春，則身無一日之不和。羅氏累世以來，即以孝義維其家，而處士兄弟又能老而知德，協和於骨肉，則是祖父子孫同一春風之和矣。春風者何？仁焉而已爾。仁者人心也，親親爲大〔一四〕，此處士之名堂所以垂休委祉於後人也歟③！康之兄弟與其子姓日登是堂，涵濡乎孝義之中，鼓舞乎大和之内〔一五〕，有以知昔日之春風在羅氏而不在天地，在累世而不在一時，而仁之爲用大矣！噫，不有作也，孰能述之？處士之後人，其毋忘爾祖名堂之訓哉！

【題解】

春風堂，慈溪羅氏五老世華、世英、弘惠、天錫、世昌所居屋舍。羅氏事迹詳見卷十五《題羅氏五老圖樂府三解》。《嘉靖寧波府志》卷十六《第宅・慈溪・同居耆德門》：「縣西北五十里，羅氏所居，宋濂敘《五老圖》以紀其盛。」

【校勘】

①令：諸本皆作「今」，謹按上下文意改。
②邇：乾隆本作「近」。
③歟：乾隆本作「與」。

【箋注】

〔一〕先子：祖先。《左傳・昭公四年》：「宣伯曰：『魯以先子之故，將存吾宗，必召女。』」杜預

《注》：「先子，宣伯先人。」垂休：留傳福澤。李紳《渡西陵十六韻》：「望禱依前聖，垂休冀厚生。」委祉：賜予福祉。韓愈《袁氏先廟碑》：「高曾祖考所以劬躬燾後，委祉於公。」

〔二〕虎林：古城名，三國時吴國修築，孫權遣子琅琊王孫休守之；元時隸屬江浙行省池州路貴池縣。《大明一統志》卷十六《池州府・古迹・虎林城》：「在府城東二十五里。吴孫權封子休爲琅琊王，鎮虎林城，即此。」

〔三〕七世祖：唐末文學家羅隱之子，參見卷二十三《元故沖玄處士羅君墓誌銘》。節度：通稱節度使，一方軍事長官。

〔四〕濟：增益。《左傳・桓公十一年》：「莫敖曰：『盍請濟師於王？』」

〔五〕耆德：年高而有德望者。薰：通「熏」，熏染。太和：天地間陰陽會和之元氣。盧仝《贈金鵝山人沈師魯》：「人皆食穀與五味，獨食太和陰陽氣。」

〔六〕浙東部：元浙東海右道肅政廉訪司。

〔七〕靄然：盛大貌。韋應物《對雨寄韓庫部協》：「颯至池館涼，靄然和曉霧。」

〔八〕大塊：大自然，亦指大地。噫：出氣，吹氣。《莊子・齊物論》：「夫大塊噫氣，其名爲風。」成玄英《疏》：「大塊者，造物之名，亦自然之稱也。」

〔九〕《周易・繫辭下》：「子曰：『乾坤，其《易》之門邪？』乾，陽物也；坤，陰物也。陰陽合德，而剛柔有體。以體天地之撰，以通神明之德。」

〔一〇〕體時：依照季節；體，依照，效法。《管子·君臣上》：「衣服緷絻，盡有法度，則君體法而立矣。」尹知章《注》：「體，猶依也。」

〔一一〕大：通「太」。無虧無間：不短少，無空隙；虧，缺損，短少。《商書·旅獒》：「爲山九仞，功虧一簣。」

〔一二〕融：和順，和樂。《廣韻·東韻》：「融，和也。」淫：迷亂。

〔一三〕震淩：欺凌，侵凌。宋濂《貞節堂記》：「苟無闔廬，則風雨震淩矣。苟無稻粱，則道殣相望矣。苟無繒布，則手足皸瘃矣。」《孟子·滕文公下》：「富貴不能淫，貧賤不能移，威武不能屈，此之謂大丈夫。」

〔一四〕親親：關愛親人。《中庸》：「仁者，人也，親親爲大。義者，宜也，尊賢爲大。」《孟子·盡心上》：「親親，仁也；敬長，義也。」

〔一五〕涵濡：浸潤。元結《大唐中興頌》：「蠲除妖災，瑞慶大來，凶徒逆儔，涵濡天休。」

戴氏祠堂記

人之生也，自父母而兄弟，其屬爲甚邇，其情爲甚密；退視其子姪，則已有間矣；況群從以降，愈遠而愈疏者乎〔一〕！處愈遠愈疏之勢，而能視遠爲邇，視疏爲密，使有以一其尊專其敬於先世〔二〕，非尊祖敬宗之君子莫能也。

四明戴氏，世居鄞縣之桃源〔三〕。族稍繁衍，至茂兄弟而家益裕，乃營祠堂正寢之東〔四〕。推從姪莊爲宗子〔五〕，中設四龕，以奉宗子之四世〔六〕。而以政爲繼祖之宗，己爲繼禰之宗，各奉其主而位以昭穆〔七〕。其旁附者亦隨其宗以分別焉〔八〕。四時祭饗略如朱文公所著儀式而參諸世守之舊〔九〕。牲殺、器皿、粢盛、酒醢、蘋藻之具〔一〇〕，稱家有無〔一一〕，必豐必潔。且懼貲費之不繼也，復與弟升議買田若干畝，歲入其租，而命子弟輪掌之。因扁其祠曰永思。介同郡陳君撝來請記〔一二〕。撝嘗客授其家，以相成乎是舉，故具以顛末語予，俾悉書之以訓其後人。

嗚呼，若茂者，殆所謂尊祖敬宗之君子哉！昔者先王建國命氏①以報功德之臣〔一三〕，謂其子孫衆多，不可無維持之法也。故因其嫡庶親疏之分，爲之大宗一，以重其本；爲之小宗四，以聯其支〔一四〕：此功臣世德之家所以主祭祀而統族人者也。去古既遠，子孫降爲黎庶，而繼別之大宗〔一五〕，固不可行矣。若繼高、曾、祖、禰之四小宗，亦豈不得而行之乎！近世士大夫家或未暇以及此，而茂能行之，新其祠宇，備其禮物，以主諸群從之子姪，何其有合於先王制禮之深意哉！彼之各私其親，視先世而邈如者，聞茂之風，亦可少愧哉！

雖然，禮非一家之所宜也，推而放諸一鄉而準，放諸一邑而準，放諸四海而準。茂之後人苟能守之而弗墜，將見遠近之人皆來取法，則宗法之行〔一六〕，必自戴氏始矣！《詩》曰：「永言孝思，孝思維則〔一七〕。」名祠之義，其亦有在於斯乎！故予既勉其後人，又以告世之好禮者。

【題解】

祠堂，祭祀祖宗或先賢之廟堂。四明戴氏修建祠堂以尊祖敬宗，用意深遠，契合儒門治家圭臬。

【校勘】

① 氏：底本作「民」，據乾隆本改。

【箋注】

〔一〕間：間隔。群從：堂兄弟及其子姪。《顔氏家訓·兄弟》：「兄弟不睦，則子姪不愛；子姪不愛，則群從疏薄；群從疏薄，則僮僕爲仇敵矣。」

〔二〕一：專一，凝聚；與下文「專」同義。

〔三〕桃源：鄞縣桃源鄉。《乾隆鄞縣志》卷二《鄉里》：「桃源鄉在縣西管石馬里。」

〔四〕正寢：房屋正廳或正屋。《朱子家禮》卷一：「君子將營宫室，先立祠堂於正寢之東。」

〔五〕從子：侄兒。《左傳·襄公二十八年》：「衛人立其從子圃，以守石氏之祀，禮也。」楊伯峻《注》：「從子，兄弟之子也，亦謂之猶子。」宗子：宗族嫡長子；古代宗法制度，嫡長子繼承大宗，爲族人兄弟所共尊，故稱宗子。

〔六〕《朱子家禮》卷一：「爲四龕以奉先世神主。祠堂之内以近北一架爲四龕，每龕内置一卓，大宗及繼高祖之小宗，則高祖居西，曾祖次之，祖次之，父次之。繼曾祖之小宗則不敢祭高祖，而虚其西龕一；繼祖之小宗則不敢祭曾祖，而虚其西龕二；繼禰之小宗則不敢祭祖，而虚其西龕三。」龕：供奉神佛或神位之石室或小閣。四世：高祖，曾祖，祖父，父親。

〔七〕繼祖之宗：由祖父所衍生支派之嫡長子。繼禰之宗：由先父所衍生支派之嫡長子；禰，父死入廟。程瑶田《宗法小記》：「若夫諸小宗者，自後世而溯之，則同父之適兄曰繼禰之宗，同祖之適兄曰繼祖之宗，同曾祖之適兄曰繼曾祖之宗，同高祖之適兄曰繼高祖之宗。」主：先人牌位。昭穆：古時宗廟或墓地依照輩分排列順序，始祖居中，二世以下偶數者居左，稱昭；三世以下奇數者居右，稱穆；後泛指家族輩分。

〔八〕旁附：無後者依附其祖先享受祭祀。《朱子家禮》卷一：「旁親之無後者以其班祔。伯叔祖父母祔於高祖，伯叔父母祔於曾祖，妻若兄弟若兄弟之妻祔於祖，子姪祔於父。」

〔九〕儀式：此指《朱子家禮》卷五《祭禮·四時祭》所載四時祭祀諸環節：「時祭用仲月前旬卜

日、前期三日齋戒、前一日設位陳器、省牲滌器具饌、厥明夙興設蔬果酒饌、質明奉主就位、參神、降神、進饌、初獻、亞獻、終獻、侑食、闔門、啓門、受胙、辭神、納主、徹、餕。」

〔一〇〕牲殺：牲畜。粢盛：盛於祭器之黍稷。《左傳・桓公六年》：「粢盛豐備。」杜預《注》：「黍稷曰粢，在器曰盛。」醢：肉醬。蘋藻：用來祭祀之蘋與藻。《詩經・召南・采蘋》：「于以采蘋，南澗之濱；于以采藻，于彼行潦。」

〔一一〕《朱子家禮》卷五《祭禮・四時祭》：「凡祭，主於盡愛敬之誠而已：貧則稱家之有無，疾則量筋力而行之，財力可及者自當如儀。」

〔一二〕介：憑藉，依賴。《左傳・文公六年》：「介人之寵，非勇也。」撝：此作人名。

〔一三〕命氏：賜姓。王儉《褚淵碑文》：「微子以至仁開基，宋段以功高命氏。」

〔一四〕大宗：肇自始祖之嫡長子世系。小宗：嫡長子以外諸子世系。小宗四：指繼高祖之小宗、繼曾祖之小宗、繼祖之小宗、繼禰之小宗。支：一本而旁出或一源而分流，此指宗族分支。

〔一五〕別：別子，古代諸侯嫡長子以外諸子。《禮記・喪服小記第十五》：「別子爲祖，繼別爲宗，繼禰者爲小宗。」

《詩經・大雅・文王》：「文王孫子，本支百世。」

〔一六〕宗法：古代家族嫡庶系統。鳳韶《鳳氏經説》卷一《宗法》：「先王爲大夫士立有宗法，義取尊祖收族也……大宗惟一，小宗無數。故《大傳》又曰：『有百世不遷之宗，有五世則遷之宗。』宗其繼别子者，百世不遷；宗其繼高祖者，五世則遷：此大小宗法。」

〔一七〕孝思：孝順思想。《詩經·大雅·下武》：「永言孝思，孝思維則。」朱熹《詩集傳》：「（武王）長言孝思而不忘，是以其孝可爲法耳。」

二靈山房記

鄞之名山水不可以一二數，而東湖爲最奇〔一〕。東湖之名山水，不可以一二數，而二靈爲最奇。二靈山房，則又得夫二靈山水之最奇者也。

山有二靈寺，即寺右廡爲山房。寺與山房皆因山以爲名，而寺乃宋和禪師講道之處〔二〕，山房則今大沙門天淵濬公之所居也〔三〕。天淵自萬壽退歸〔四〕，已逃隱此山。是時山房未成，二靈山水未見其爲奇也。一日，命僕人𠝹篠簜剪薪蒸〔五〕，闢其屋之隘陋而加葺焉，且鑿東壁爲牖以通明，於是山房成而境始奇。

蓋東南諸山，踴躍奮迅〔六〕，北走而達於湖，若奔馬之飲江，若游龍之赴壑。其旁群峰，羽翼乎兹山者，亦皆效奇獻巧，若翔鳳之展翅，而衆鳥爲之後先。環之以錦屏，舒之以練帶〔七〕，巉然灣然〔八〕，如拱如揖。凡境之最奇，所以接乎目而交乎心者，舉入乎山房矣。天淵置圖書、几研、供張諸物於其中〔九〕。客至，則相與倚欄而立，縱目以嬉，不知日之將入，但見澤氣上騰，與林光山色相掩苒〔一〇〕。欻兮攢青〔一一〕，倏兮浮白，乍合乍斂，翕忽蕩漾〔一二〕。已而皓月微吐，横射庭隙，流汞下澈〔一三〕，影動虚櫺，悄骨凄神〔一四〕，恍不類人間世。此又一奇也。

山房之境信奇矣，然必得人焉而益奇。向非天淵之居此也〔一五〕，是山庭宇，不過一廢區耳。天淵至而山房之名出，然後里邑之人，慕天淵之學者，皆往遊矣。四方之人，聞天淵之名者，又皆往遊矣。後來繼今，聞風而興起者，又將若是，而山房之境，傳之以不朽，斯其爲奇也，顧不益大矣乎〔一六〕！噫，此予所以慶二靈之有遭，而山房之記所爲作也〔一七〕。

或曰：「學佛之人不三宿樹下，蓋懼其有累也〔一八〕。天淵知人間情緣之爲累，故棄之而學道；知宗門荷負之爲累，又棄之而閑放。今以一奇境之故而眷眷於山房如此，庸詎知是事之非累乎〔一九〕？」

嘻！爲此説者，非惟不足以知佛之爲道，而亦不足以知天淵矣。天淵悟心乎空色〔二〇〕，而超神乎幻有〔二一〕。其於山房之奇境，猶太虚空之容物〔二二〕，明鏡之鑑妍蚩〔三三〕，而未嘗有意於容與鑑也。目之所見，果足以累其心哉！且見者，我也；境者，物也。我爲能見，物爲所見。苟物我兩忘，能所俱泯，則累惡乎生？山房之不爲天淵累也久矣。於是或人顧予而笑曰：「願因吾子從之遊。」遂并書之以爲記。

【題解】

四明鄞縣東錢湖之東有名山，曰二靈；山有叢林，曰二靈教寺；寺有右廡，曰二靈山房。二靈山房，元末明初高僧天淵浚公所居，其人詳見卷十六《湖下對雨有懷天淵老禪》。《丁鶴年詩輯注·方外集·題浚天淵長老二靈山房》：「寶刹憑虚户牖開，群峰北走水南回。六鼇夜湧金銀闕，九鳳朝翔紫翠堆。日静雲間飛錫下，月明天上渡杯來。談玄再就巖房宿，最愛三車有辯才。」宋陳禾築室二靈山，曰二靈山房，斯爲山房得名之權輿。《乾隆鄞縣志》卷二十四《古迹·二靈山房》：「東錢湖中有山突然，曰二靈。熙寧間左正言陳禾築以讀書其中。」

按丁鶴年詩，戴良或嘗寓居二靈寺。《丁鶴年集》卷二《二靈寺守歲》：「守歲山房迥絶緣，燈光香炧共蕭然。無人更獻椒花頌，有客同參柏子禪。已悟化城非樂界，不知今夕是何年。憂心悄悄渾忘寐，坐待扶桑日麗天。」

《嘉靖寧波府志》卷五《山川上·鄞·山·二靈山》：「縣東南五十里，東錢湖東，因山靈水靈故名。」烏斯道《春草齋集》卷四《二靈山》：「東湖闊處二靈山，龍吐雙珠落水間。四面亂峰雲氣白，半天孤塔土花斑。當年馴虎歸何處？今日輕鷗只自閑。問訊老僧詩句好，清風謖謖滿松關。」

《乾隆鄞縣志》卷二十五《寺觀・二靈禪寺》：「在縣東南六十里。宋宣和間正言陳禾舍宅以建。明初僧清浚建二靈山房，又有室曰光明……僧祖銘《二靈寺》詩：『爲愛山靈與水靈，一庵高占白雲層。風光只在闌干外，半屬漁樵半屬僧。』」

【箋注】

〔一〕東湖：詳見卷十五《遊東湖》。

〔二〕和禪師：通稱海尊者。《乾隆鄞縣志》卷二十《仙釋・宋・海尊者》：「號知和。初偕普交問道，盟曰：『他日吾二人宜踞孤峰絶頂視霄漢，爲世外之人，不可作今時籍口官府，屈節下氣於人者。』後交爽盟，至則竟不容接。正言陳禾請住東錢湖之二靈山，舍讀書處爲院以居焉。惟二虎侍左右。宣和七年逝。」

〔三〕沙門：沙門那略稱，漢語爲勤勞、功勞、劬勞、静志、净志、息止、息心、息惡、勤息、修道、貧道之意，後專指佛教僧侣。

〔四〕萬壽：元鄞縣萬壽禪寺。《嘉靖寧波府志》卷十八《鄞縣・寺・萬壽禪寺》：「縣治南大梁街。唐咸通十三年建，賜額惠燈。宋開寶八年重建，太平興國七年改崇壽，正和八年改廣慧，建炎、嘉定累燬累建。或云慧字從心從彗，於星皆火讖，爲額不利。郡聞於朝，紹定元年賜改今額。是日火環寺，而寺獨存，人咸異之。元至元十九年燬，至大二年又燬，復建。」

〔五〕剬：用刀砍。篠簜：小竹與大竹。《尚書・禹貢》：「篠簜既敷。」薪蒸：柴火。《詩經・小雅·無羊》：「爾牧來思，以薪以蒸。」鄭玄《箋》：「粗曰薪，細曰蒸。」

〔六〕奮迅：形容鳥飛或獸跑迅疾而有氣勢。

〔七〕錦屏：錦繡屏風，喻青山翠峰。舒：伸展。練帶：白色熟絹所製絲帶，喻水流。

〔八〕巉然：高聳陡峭貌。灣然：水流彎曲貌。柳宗元《陪永州崔使君遊宴南池序》：「零陵城南，環以群山，延以林麓，其崖谷之委會，則泓然爲池，灣然爲溪。」

〔九〕研：通「硯」。陸游《夏日五鼓起戲書》：「開窗清風來穆然，拂几洗研整蠹編。」

〔一〇〕掩苒：同掩冉，縈繞貌。王質《遊東林山水記》：「一色荷花，風自兩岸來，紅披緑偃，摇蕩葳蕤，香氣勃鬱，衝懷罥袖，掩苒不脱。」高啓《焚香》：「乍飄猶掩冉，將斷更氤氳。」

〔一一〕欻兮：忽然貌；兮，然，表示某種狀態。裴學海《古書虚字集釋》卷四《兮》：「『兮』猶『也』也……一爲狀事之詞。《詩·羔裘篇》：『羔裘晏兮，三英粲兮。』《溱洧篇》：『溱與洧，方涣涣兮。』」攢青：青色凝聚。

〔一二〕翕忽：迅疾貌。元好問《解劍行》：「丈夫墮地自有萬里氣，翕忽變化安能知？」

〔一三〕汞：水銀，此喻月光。澈：通「徹」，通透，暢達。柳宗元《小石潭記》：「日光下澈，影布石上。」

〔一四〕悄骨淒神：内心憂愁，精神淒慘。柳宗元《小石潭記》：「坐潭上，四面竹樹環合，寂寥無人，淒神寒骨，悄愴幽邃。」

〔一五〕向：如果。徐仁甫《廣釋詞》卷四《向—若》：「『向』猶『若』，假設連詞，訓見《詞詮》。杜甫《湖城東遇孟雲卿復歸劉顥宅宿宴飲散因爲醉歌》：『向非劉顥爲地主，懶回鞭轡成高宴。』」

〔一六〕顧：豈。裴學海《古書虚字集釋》卷四《顧》：「『顧』猶『豈』也。《漢書·季布傳》：『且僕與足下俱楚人，使遊揚足下名於天下，顧不美乎？』」

〔一七〕所爲：所以，表示原因。徐仁甫《廣釋詞》卷九《所以—所爲》：「『所以』猶『所爲』，表原因詞組。《論衡·本性篇》：『禮所以制，樂所爲作。』『所以』與『所爲』互文，是『所以』猶『所爲』也。」

〔一八〕三宿樹下：在同一桑樹下住三晚，形容留戀不舍。《佛説四十二章經》：「佛言剃除鬚髮，而爲沙門受道法者，去世資財，乞求取足，日中一食，樹下一宿，慎不再矣。」《後漢書》卷三十下《郎顗襄楷列傳第二十下》：「或言老子入夷狄爲浮屠。浮屠不三宿桑下，不欲久生恩愛，精之至也。天神遺以好女，浮屠曰：『此但革囊盛血。』遂不眄之。其守一如此，乃能成道。」唐李賢《注》：「言浮屠之人寄桑下者，不經三宿便即移去，示無愛戀之心也。」累：累贅。《莊子·至樂》：「諸子所有，皆生人之大累也。」

〔一九〕庸詎：豈，同義複詞。《莊子·齊物論》：「庸詎知吾所謂知之非不知耶？庸詎知吾所謂不知之非知耶！」

〔二〇〕空色：一切物質現象皆虚幻不實。《般若波羅蜜多心經》：「色不異空，空不異色，色即是空，空即是色。受想行識亦復如是。」

〔二一〕幻有：一切現象無自性而幻現爲有。釋法藏《心經略疏序》：「良以真空未嘗不有，即有以辨於空；幻有未始不空，即空以明於有。」

〔二二〕太虛空：太虛，太空。《朱子語類》卷二《理氣下·天地下》：「論日月，則在天裏；論天，則在太虛空裏。」

〔二三〕妍蚩：美醜；蚩，通「媸」。白居易《吴宫詞》：「妍蚩各有分，誰敢妒恩多？」

九靈山房集卷之二十一

鄞遊稿七

序

鶴年吟稿序

昔者成周之興肇自西北〔一〕，而西北之詩見之於《國風》者，僅自豳秦而止〔二〕。豳秦之外，王化之所不及，民俗之所不通，固不得繫之列國，以與邶、鄘、曹、檜等矣。我元受命，亦由西北而興，而西北諸國，如克烈、乃蠻、也里可温、回回、西蕃、天竺之屬〔三〕，往往率先臣順，奉職稱藩，其沐浴休光〔四〕，沾被寵澤，與京國内臣無少異。積之既久，文軌日同〔五〕，而子若孫遂皆舍弓馬而事詩書。至其以詩名世，則馬公伯庸〔六〕、薩公天錫〔七〕、余公廷心其人也〔八〕。論者謂馬公之詩似商隱〔九〕，薩公之詩似長吉〔一〇〕，而余公之詩則與陰鏗、何遜齊驅而并駕〔一一〕。此三公者皆居西北之遠國，其去豳秦蓋不知其幾萬里，而其爲詩乃有中國古作者之遺風，亦足以見我朝王化之大行，民俗之丕變，雖成周之盛莫及也。

鶴年亦西北人，其視三公差後起。家世以勳業著，而鶴年兄弟俱業儒，伯氏之登進士第者三人。鶴年乃泊然無意於仕進，凡幽憂憤悶悲哀愉悦之情，一於詩焉發之。觀其古體歌行諸作，要皆雄渾清麗可喜〔一二〕。而注意之深，用工之苦，尤在於七言律。但一篇之作，一語之出，皆所以寓夫憂國愛君之心閔亂思治之意，讀之使人感憤激烈，不知涕泗之横流也。蓋其音節格調，絶類杜子美〔一三〕，而措辭命意，則又兼得我朝諸閣老之所長〔一四〕。故其入人之深，感人之妙，有非他詩人之所可及。

嗚呼，若鶴年者，豈向所謂三公之流亞歟①〔一五〕！然三公之在當時，皆達而在上者也，世之士子，孰不膾炙其言辭！鶴年遭夫氣運之適衰，方獨退處海隅，爲此辛苦無聊之語以自慰〔一六〕，其能知夫注意之深、用工之苦者幾何人哉！知與不知，在鶴年未足輕重。第以祖宗涵煦②百年之久，致使遐方絶域之詩亦得繫之天子之國〔一七〕，而所以著明王化民俗之盛者，將遂泯泯無聞矣，不亦重可悲乎〔一八〕！予故取其《吟稿》若干卷序而傳之，以俟世之知鶴年者相與諷詠焉耳。鶴年之清節峻行已具載之《高士傳》中，茲不復論也。

【題解】

丁鶴年，元末明初回族詩家，逸氣峻行，博學工詩，詳見本書卷十九《高士傳》。《丁鶴年集·四庫全書提要》：「鶴年，字亦曰鶴年，蓋用孟浩然字浩然例也。色目人，本世家子，遭亂不求仕宦，篤尚志操，兼以孝聞，烏斯道戴良爲作傳，皆以申屠蟠擬之。元亡，避地四明，後歸老武昌山中。《明史·文苑傳》附見《戴良傳》末……鶴年既絕意於功名，惟覃思吟詠，故所得頗深，尤長於五七言近體，往往沈鬱頓挫，逼近古人，無元季纖靡之習。至順帝北狩以後，興亡之感一托於詩，悱惻纏綿，眷眷然不忘故國。瞿宗吉《歸田詩話》所稱『行蹤不異梟東徙，心事惟隨雁北飛』句及《逃禪室與蘇生話舊》一篇可以知其素志。」

《丁鶴年集》明魏驥《鶴年詩集原序》：「武昌丁鶴年先生以詩鳴湖湘間，膾炙人口久矣……余聞言之精者謂之文，而詩於文，又其精者也。必其一字一句瀟灑出塵，使人雋永之不忘，斯足謂之詩。況先生負俊爽之才，加以用心之專，宜其爲詩，名擅於時。至流落人間，人得之以膾炙諸口，則何啻若得元霜紺雪以疏滌其腸胃哉！此先生之詩固不可不傳也。」

【校勘】

① 歟：乾隆本作「與」。

② 煦：底本作「煦」，據乾隆本改。

【箋注】

〔一〕成周：西周時東都洛邑，此代西周。《尚書·洛誥》：「召公既相宅，周公往營成周。」揚雄《解嘲》：「有建婁敬之策於成周之世，則繆矣。」

〔二〕國風：《詩經》分風、雅、頌三部分，風指十五《國風》，即周南、召南、邶、鄘、衛、王、鄭、齊、魏、唐、秦、陳、檜、曹、豳等十五國民歌。

〔三〕克烈、乃蠻、回回、西蕃：元朝西北絶域殊方部族名稱。《元史》卷一《太祖》：「克烈部札阿紺孛來歸……帝既即位，遂發兵復征乃蠻。」《元史》卷一百三十四《昔班》：「父闊里別斡赤，身長八尺，智勇過人，聞太祖北征，領兵來歸。從征回回國，數立功。」《元史》卷一百五十四《鄭鼎》：「庚戌，從憲宗征大理國，自六盤山經臨洮，下西蕃諸城，抵雪山，山徑盤屈，舍騎徒步，嘗背負憲宗以行。」也里可温：元時稱天主教徒；此言西北諸國者，誤也。《元史》卷二十三《武宗二》：「宣政院奏免僧、道、也里可温、答失蠻租税。」天竺：印度古稱。《元史》卷一百七十二《趙孟頫》：「篆籀分隸真行草書無不冠絶古今，遂以書名天下。天竺有僧數萬里來求其書，歸國中寶之。」

〔四〕藩：屬國，屬地。《漢書》卷八《宣帝紀》：「推亡固存，信威北夷，單于慕義，稽首稱藩。」休光：盛美光輝。張叔良《長至日上公獻壽》：「休光連雪浄，瑞氣雜爐香。」

〔五〕文軌：本指文字與車軌，後代國家疆域。《中庸》：「今天下車同軌，書同文。」《晉書》卷七十九《謝安》：「安方欲混一文軌，上疏求自北征。」

〔六〕馬伯庸：馬祖常，字伯庸，世爲雍古部，居浄州天山，元代重臣碩儒。工文章，宏贍而精核，以先秦兩漢爲法，而務去陳言，自成一家。尤致力於詩，圓密清麗，大篇短章悉有造詣。詳見《元史》卷一百四十三《馬祖常》。

〔七〕薩天錫：薩都剌，字天錫，號直齋，工詩善書畫，人稱雁門才子。清顧嗣立《元詩選初集》卷三十四《薩經歷都拉》：「薩都拉，字天錫，別號直齋，本達實曼氏。祖父以勳留鎮雲代，遂爲雁門人……尚書干文傳序其詩曰：『天錫陟官閫憲幕，往還吳中，出所作《雁門集》見示。其豪放若天風海濤，魚龍出没；險勁如泰華雲間，蒼翠孤聳；其剛健清麗，則如淮陰出師百戰不折，而洛神凌波春花霽月之嬋媚也。』……要而論之，有元之興，西北子弟盡爲横經，涵養既深，異才并出，雲石海涯、馬伯庸以綺麗清新之派振起於前；而天錫繼之，清而不佻，麗而不縟，真能於袁、趙、虞、楊之外，別開生面者也。於是雅正卿、達兼善、廼易之、余廷心諸人，各逞才華，標奇競秀，亦可謂極一時之盛者歟！」

〔八〕余廷心：元忠藎大臣余闕，詳見卷七《題余廉訪五大篆後》。《青陽集·四庫全書提要》：

「闕以文學致身，五經皆有傳注，篆隸亦精緻可傳。而力障東南，與許遠、張巡後先爭烈，故集中所著，皆有關當世安危……其詩以漢魏爲宗，優柔沈涵，於元人中别爲一格。」

〔九〕商隱：唐詩人李商隱，字義山。元辛文房《唐才子傳》卷五：「李商隱，字義山。令狐楚奇其才，使遊門下，授以文法，遇之甚厚……商隱工詩，爲文瓌邁奇古，辭難事隱。及從楚學，儷偶長短，而繁縟過之。每屬綴，多檢閲書册，左右鱗次，號獺祭魚，而旨能感人，人謂其横絶前後。」

〔一〇〕長吉：唐詩人李賀，字長吉，唐宗室後裔，天賦穎異，七歲能詞章。每旦騎馬出門，背古錦囊，有所得輒投於囊中，暮歸而補綴之。母見賀所作詩多，怒其嘔心損神。李賀辭尚奇詭，所得精妙邁倫，絶去翰墨畦徑，當時無能效者。詳見《新唐書》卷二百三《文藝下·李賀》。

〔一一〕陰鏗：字子堅，南朝梁陳時詩人。幼聰慧絶倫，五歲能日誦詩賦千言；及長，博涉史傳，尤善五言詩，爲當時所重；詳見《陳書》卷三十四《文學》。何遜：字仲言，南朝梁詩人。八歲能賦詩，弱冠舉秀才。范雲慕其才：「頃觀文人，質則過儒，麗則傷俗；其能含清濁中今古，見之何生矣。」沈約愛其文：「吾每讀卿詩，一日三復，猶不能已。」詳見《梁書》卷四十九《文學上》。

〔一二〕古體：古體詩，與絶句、律詩等近體詩相對。趙翼《甌北詩話·陸放翁詩》：「（放翁）律詩之工，人皆見之；而古體則莫有言及者。」歌行：古詩體裁，歌爲總名，鋪張本事而歌稱行。

《滄浪詩話·詩體》：「《風》《雅》《頌》既亡，一變而爲《離騷》，再變而爲西漢五言，三變而爲歌行雜體，四變而爲沈宋律詩。」

〔一三〕杜子美：杜甫，字子美，世稱詩聖。仇兆鼇《杜詩詳注·序》：「蓋其爲詩也，有詩之實焉，有詩之本焉。孟子之論《詩》曰：『頌其詩，讀其書，不知其人，可乎？是以論其世也。』詩有關於世運，非作詩之實乎！孔子之論《詩》曰：『温柔敦厚，《詩》之教也。』又曰：『可以興觀群怨，邇事父而遠事君。』詩有關於性情倫紀，非作詩之本乎？故宋人之論詩者，稱杜爲詩史，謂得其詩可以論世知人也；明人之論詩者，推杜爲詩聖，謂其立言忠厚，可以垂教萬世也。使舍是二者而談杜，如稹、愈所云，究亦無異於詞人矣。甫當開元全盛時，南遊吴越，北抵齊趙，浩然有跨八荒凌九霄之志；既而遭逢天寶，奔走流離，自華州謝官以後，度隴客秦，結草廬於成都瀼西，扁舟出峽，泛荆渚，過洞庭，涉湘潭。凡登臨遊歷酬知遣懷之作，有一念不繫屬朝廷，有一時不痌瘝斯世斯民者乎？讀其詩者，一一以此求之，則知悲歡愉戚，縱筆所至，無在非至情激發，可興可觀，可群可怨。豈必輾轉附會而後謂之每飯不忘君哉！若其比物托類，尤非泛然。如宫桃秦樹，則悽愴於金粟堆前也；風花松柏，則感傷於邙山路上也。他如杜鵑之憐南内，螢火之刺中官，野莧之諷小人，苦竹之美君子，即一鳥獸草木之微，動皆切於忠孝大義，非他人之争工字句者所可同日語矣。」

〔一四〕閣老：唐代以中書舍人年資長久者爲閣老，中書省、門下省屬官亦互稱閣老；此指元朝耆宿大賢。

〔一五〕流亞：同類，同輩。陸游《達觀堂詩序》：「朱公之逝甚異，世以爲與尹先覺、譙天授、蘇養直俱解化仙去，則吾景先亦其流亞歟？」

〔一六〕丁生俊《丁鶴年詩輯注·哀思集·歲晏百憂集二首》其一：「歲晏百憂集，獨坐彈鳴琴。琴聲久不諧，何以怡我心？拂衣出門去，荆棘當道深。還歸茅屋底，抱膝《梁父吟》。」其二：「歲晏百憂集，擊筑發商聲。商歌未終調，淚下如懸河。故鄉渺何許？北斗南嵯峨。有家無可歸，無家將奈何？」

〔一七〕涵煦：滋潤養育。《宋史》卷三百三十四《徐禧·論》：「真宗仁宗深仁厚澤，涵煦生民。」遐方絶域：邊遠偏僻地區。

〔一八〕泯泯：消失，埋没。韓愈《與孟尚書書》：「後之學者，無所尋逐，以至於今泯泯也。」

四明袁氏譜圖序

異時文獻之盛稱東州〔一〕，東州文獻鄞爲盛，而袁氏又鄞之最盛者也。袁氏之居鄞者三族：曰西門袁氏，曰南袁氏，曰鑑橋袁氏。鑑橋袁氏有蒙齋〔二〕、絜①齋二先生者〔三〕，以風節行誼爲時所敬仰；南袁氏有清容先生謚文清者〔四〕，以奥學雄文爲世所宗師；而西門袁氏則有名鏞字天與者，其以忠貞節義著聞於時〔五〕。鄉人士至今口之不置。

鏞之四世孫珙與予善〔六〕，示予以先世譜圖，予受而觀之，爲之歎息不已。袁蓋舜之後也，周封其裔孫胡公滿於陳〔七〕。滿之十一世孫諸，字伯爰〔八〕。子孫以字爲氏，代有顯人：曰滂曰安〔九〕，俱爲漢司徒；曰粲，仕宋爲僕射〔一〇〕；曰昂，仕梁爲司空〔一一〕；曰恕己，相唐中宗〔一二〕，曰滋，相憲宗〔一三〕；其他爲執政爲侍從爲制帥爲郡爲縣者〔一四〕，多至數十百人。

趙宋渡江，曰子誠者，自南昌扈駕爲臨安知府〔一五〕，遂居鄞。子孫四世皆大官，至鏞以進士死國難，而族稍微。自是而後，獨以儒世其家，恂恂自檢束。鏞之子衍無子，而子其弟澤民。澤民之子寧老〔一六〕，以爲弟繼兄後，於禮非宜，乃白諸有司，奉澤民歸本宗，而已爲衍子。倫序復正，識者韙之。寧老博記善文，從之學者稱之曰菊村先生。珙蓋其冢嗣也，讀父之書，蚤以才名，爲諸公所器重；今又佩服父訓，取其所次譜諜〔一七〕，圖而衍之，深得一本合族之道。此予所以觀其書而歎息也。

嗚呼，世之氏族，孰非古帝王盛德之後哉〔一八〕！然歷世浸遠，支派日分，盛衰隱顯之迹有不齊矣，死生患難慶吊收恤之禮不能以相及矣〔一九〕，同氣相視如途人矣。是故無譜，非賢子孫莫能修也；有譜，非賢子孫莫能傳也。珙亦袁氏之賢子孫哉！自東漢至趙宋，上下數千百年，蟬聯奕葉而文獻足徵矣。奈何自鏞死節之後，子孫僅守儒素，雖珙之賢，亦且浮沉於時，不究於用〔二〇〕，豈天益遠其世以昌其後人乎？《傳》曰：「公侯之世，必復其始〔二一〕。」未有先世德業深厚而其子孫不繁衍盛大者也。今珙率其宗族子姓，覽譜圖之相續，志先德而益勵，西門之族其可量也哉！

【題解】

趙宋渡江，袁氏始徙四明，累世髦俊，奕葉材士，聲名藉藉東海之濱。後裔袁珙祖述父志，編次四明袁氏世系，曰《四明袁氏譜圖》。

《尚絅齋集》卷五《袁氏族譜詩》：「生民之初自古先，林林芬芬天壤間。後來作者有聖賢，制爲氏族分姻婭。猶慮後世昧本源，復著譜牒存簡編。袁氏之先何蟬嫣，宣仲起家初氏轅。固爲博士經術專，盎一名絲或氏爰。不知何年定爲袁，邵公登用遘時艱。垂紳正笏立朝端，九重倚賴四海安。魏晉而下亦有年，代不乏人秉貞堅。石頭忠節貫九泉，九原不死愧褚淵。恕己殉唐尤可憐，功在社稷垂不刊。滋爲唐相有圭田，請立家廟嚴豆籩。子孫似續遂綿延，散居四方日以蕃。鄞邑之族自宋遷，近代復有玉堂仙。奕葉業儒操槧鉛，珙究六籍益覃研。自惟受姓歲二千，譜牒散軼伊誰愆？乃述所聞手自箋，尚病簡略弗克全。我言禹功始濬川，放諸四海乃滔天。《春秋》書法得牽聯，如彼瓜瓞方綿綿，枝牽蔓引相攀援。後人繼承能勉旃，一傳可至千百傳。我作歌詩知其然，子孫世守如真詮。」

【校勘】

① 絜：乾隆本作「潔」。

【箋注】

〔一〕異時：往昔，從前。《史記》卷三十《平準書》：「異時算軺車賈人緡錢皆有差。」司馬貞《索隱》：「異時，猶昔時也。」

〔二〕蒙齋：袁甫，南宋儒家，世稱蒙齋先生。《宋元學案》卷七十五《絜齋學案·正肅袁蒙齋先生甫》：「袁甫，字廣微，絜齋之子也。嘉定七年進士第一，累官權兵部尚書。卒，贈通奉大夫，謚正肅。少服父訓，謂『學者當師聖人，以自得爲貴』。又從慈湖問學，自謂『吾觀草木之發生，聽禽鳥之和鳴，與我心契，其樂無涯』云。著有《蒙齋中庸講義》四卷，所闡多陸氏宗旨。」

〔三〕絜齋：袁燮，南宋心學家陸九淵高足，世尊之以絜齋先生；絜，通「潔」。《宋元學案》卷七十五《絜齋學案·正獻袁絜齋先生燮》：「袁燮，字和叔，鄞縣人，知處州轂之玄孫也。先生生而端粹專静，乳媪置槃水其前，玩視終日，夜卧常醒然。少長，讀東都《黨錮傳》，慨然以名節自期。乾道初，入太學，時陸復齋九齡爲學録，先生望其德容肅然，亟親炙之。同里沈叔晦、楊敬仲、舒元質皆聚於學，朝夕相切磨……爲國子祭酒，延見諸生，必迪以反躬切己忠信篤實爲道本。每言人心與天地一本，精思以得之，兢業以守之，則與天地相似。聞者竦然有得，士氣益振……疾革，猶著述弗倦。或勸之少休，先生曰：『吾以此爲笙鏞筦磬，不知其勞也。』初，先生遇象山於都城，象山即指本心洞徹通貫，先生遂師事，而研精覃思，有所未合，不敢自信。居一日，豁然大悟，因筆於書曰：『以心求道，萬別千差，通體吾道，道不在他。』慈湖與先生同師，造道亦同，而每稱先生之覺爲不可及。學者稱之不以爵氏，而曰絜齋先生。賜謚正獻。子甫……王深寧《困學紀聞》曰：『吕成公讀《論語》躬自厚而薄責於人，遂終身無暴怒。絜齋見象山讀《康誥》有感悟，反己切責，若無所容。前輩切己省察如此。』又曰：『絜齋先生爲樓，名以是亦，曰直不高大爾，是亦樓也。以至山石花木，衣服飲食，貨財隸役，亦莫不然。至於宦情亦薄，曰直不高顯爾，是亦仕也，凡身外之物，皆可以寡求而易足，惟此身與天地并，廣大高明，我固有之，朝夕磨礪，必欲追古人而與俱，若徒儕於凡庸，而曰是亦人爾，則吾所不敢也。』」

〔四〕清容先生：袁桷，字伯長，元代名臣，自號清容居士，謚文清。《清容居士集·四庫全書提要》：「棆少從戴表元、王應麟、舒岳祥諸遺老遊，學問淵源，具有所自。其在朝踐歷清華，再入集賢，八登翰苑，凡朝廷制册勳臣碑版，多出其手。故其文章博碩閎麗，有盛世之音，尤練習掌故，長於考據……其詩格俊邁高華，造語亦多工鍊，卓然能自成一家。蓋棆本舊家文獻之遺，又當大德、延祐間，爲元治極盛之際，故其著作宏富，氣象光昌，蔚爲承平雅頌之聲，文采風流，遂爲虞楊范揭等先路之導。其承前啓後，稱一代文章之巨公，良無愧色矣。」

〔五〕《乾隆鄞縣志》卷二十四《古迹·袁忠臣故居》：「縣西城外，咸淳進士袁鏞之居。」《嘉靖寧波府志》卷三十二《忠節·袁鏞》：「字天與，鄞人。有大志，邃於《春秋》，登咸淳進士第，以父憂未即仕。國事日蹙，鏞竊歎曰：『生爲宋臣，死則宋鬼。顧無寸兵尺地，不能捍禦以固社稷，得仗義執言，從常山、睢陽於地下，不失爲宋國臣，足矣！』居三月，元將遣遊兵十八騎駐鄞西山之資教寺。鏞奮然往，諭以大義，且肆言曰：『汝主無故謀起干戈，殘我土宇，使我人民宛轉鋒刃之下，天地鬼神所不容。四方忠義之士日夜憤惋，勤王之師日至，吾恐汝北歸無日也。』言未竟，就擒。元將奇其才，脅令降曰：『從則富貴，不從則燒戮汝。』鏞罵曰：『我爲宋臣，死則死爾，終不從汝胡也。』元將怒，縱火燎之，鬚髮殆盡，辭氣愈厲，至死不少變。其日家人驚悼赴水而死者十有七八。」

〔六〕袁珙：明初卓犖相士，其事詳見卷二十七《袁廷玉傳》。

〔七〕《史記》卷三十六《陳杞世家第六》：「陳胡公滿者，虞帝舜之後也。昔舜爲庶人時，堯妻之二女，居於嬀汭，其後因爲氏姓，姓嬀氏……至於周武王克殷紂，乃復求舜後，得嬀滿，封之於陳，以奉帝舜祀，是爲胡公。」

〔八〕《新唐書》卷七十四下《宰相世系四下》：「袁氏出自嬀姓。陳胡公滿生申公犀侯……莊伯生諸，字伯爰。孫宣仲濤塗，賜邑陽夏，以王父字爲氏。」

〔九〕袁滂：漢末司徒，《後漢書》無傳。《三國志》卷十一《魏書十一・袁涣》：「父滂，爲漢司徒。」裴松之《注》引袁宏《漢紀》：「滂字公熙，純素寡欲，終不言人之短。當權寵之盛，或以同異致禍，滂獨中立於朝，故愛憎不及焉。」袁安：東漢賢士，純粹介直，漢章帝末年爲司徒。和帝幼弱，竇太后弟憲北略匈奴，妄開邊釁，後復驕矜恣睢，欲結北虜以自固。袁安與司空任隗不懼淫威，正道直行，凛凛然蒼柏勁松，天子及大臣悉恃賴之。參見《後漢書》卷四十五《袁安》及本集卷九《次韻春雪禁體》。

〔一〇〕袁粲：南朝宋明帝泰始年間擢尚書僕射，復加中書令，徙右僕射。粲沉静寡言，不肯當事主裁，然時立一意，則衆莫能改。好飲酒，善吟諷，獨酌園庭，以此自適。居負南郭，素寡往來，門無雜客，所見不過談士文儒一兩人而已。詳見《宋書》卷八十九《袁粲》。

〔一一〕袁昂：字千里，釋褐南朝齊，齊季鎮守吴興，梁武帝舉兵至京師建康，州牧郡守望風納款，袁昂獨守境不受命。京城破，袁昂始詣闕謝罪，梁武帝亦宥之不問。大通元年拜司空、侍中、尚書令。若袁昂者，遠慕伯夷高風而無虧臣節，至於爲梁朝台鼎，洵天地間一奇遇。詳見

《梁書》卷三十一《袁昂》。

〔一二〕袁恕己：唐神龍元年，張柬之首謀誅滅武則天嬖臣張易之昆弟，且逼武氏禪位於中宗李顯。袁恕己與其謀，以功拜銀青光禄大夫、中書侍郎、同中書門下三品。詳見《新唐書》卷一百二十《袁恕己》。

〔一三〕袁滋：字德深，嘗授華州刺史，以慈惠爲本，政令清簡，民愛敬之。唐憲宗監國，拜中書侍郎、同中書門下平章事。性平易簡約，接物推心置腹，家人未見其喜愠。精《春秋》，工篆隸且有古法。詳見《新唐書》卷一百五十一《袁滋》。

〔一四〕制帥：通稱制置使，負責經營謀劃邊防軍務。范成大《吴船録》卷上：「觀者塞途，皆嚴裝盛飾，帟幕相望，蓋自來無制帥行此路者。」

〔一五〕扈駕：隨侍帝王車駕；扈，隨從，侍從。臨安府：昔稱杭州、餘杭郡，宋朝屬兩浙路，轄錢塘、仁和、餘杭、臨安、富陽、於潛、新城、鹽官、昌化。

〔一六〕寧老：袁士元，一名寧老，世稱菊村先生，詳見卷十八《菊村先生袁君像贊》。

〔一七〕冢嗣：冢子，嫡長子。諜：通「牒」，譜牒。

〔一八〕《左傳·文公十八年》：「少皞氏有不才子，毁信廢忠，崇飾惡言，靖譖庸回，服讒搜慝，以誣盛德。」杜預《注》：「盛德，賢人也。」

〔一九〕收恤：收容救濟。《戰國策·趙策三》：「其社稷之不能恤，安能收恤藺、離石、祁乎？」

〔二〇〕儒素：儒術。范仲淹《耀州謝上表》：「竊念臣運偶文明，世專儒素，靡學孫吳之法，恥道桓文之事。」究：極致，肆意馳騁才華。真德秀《著作正字二劉公志銘》：「二劉公在當時，名論最高，惜皆弗究於用。」

〔二一〕語出《左傳・閔公元年》。世：家族先後相承之世系。始：初始之爵位功業。

遯齋小稿序

《遯齋小稿》若干卷，定海縣尹汪君所著。君家建德之淳安〔一〕。至正辛巳秋，以《春秋》試浙闈，僅中乙榜〔二〕。考官翰林待制柳公有遺才之憾，因上言行中書，特署丹陽文學旌之〔三〕。君自丹陽入官，其後升教鄉郡，辟浙東帥閫〔四〕，攝令鄉縣，皆有美譽可稱。及官定海五載，而善政益著〔五〕：飢者哺之，逃者復之，抑者伸之，媚學者知所習，行義者知所勸。已而德溢化流，旁及異類：龍以靈而應禱，虎以暴而懼誅。史人紀諸傳，大夫士詠諸詩。

至其爲文，則以理爲之體，以氣爲之充〔六〕，以學爲之輔。其小篇之瀏亮〔七〕，若宫商金石之相諧〔八〕；大篇之浩汗〔九〕，若水之輸海，若雲之興泰山。而議論之高潔，矩度之森整，又若奏《韶濩》以破桑濮之音〔一〇〕，用孫吴以擊虎豹之陣，恢恢乎其有餘也，井井乎其不亂也。於是碑銘序記書檄歌詩等作，皆分稡成秩〔一一〕。其子明復持以詣予，請爲之序。

予既受以伏讀，歎曰：夫自文學、政事之殊科〔一二〕，而世之學者多偏於一長：能文辭者或嗇於爲政〔一三〕，善政治者又或於文章家有未暇焉；故漢之文名不在於龔黄〔一四〕，而唐之政聲不盛於韓柳〔一五〕，其所由來遠矣！君以諸生起家，歷膺民社之寄〔一六〕，德刑政治亦既馳譽一時，又能存心藝苑，揚聲士林，庶幾作者之流亞，可謂兼有二者所長矣。昔者仁廟設進士科以取士〔一七〕，或病進士之無實效也，仁皇則曰：「千百人中，豈無一范仲淹者乎？」使君於此時獲掇巍科以大其所用，豈不有副神聖之所望乎〔一八〕？此予序君之文必有及於爲政之大略者，蓋將使後之人知君爲有用之學，而不可徒以文字求也。君名汝懋，字以敬。遯齋，其學者所稱，故以題其稿云。

【題解】

汪汝懋，元末慶元路定海縣尹，門人尊稱遯齋先生，故名其書以《遯齋小稿》。汪氏行迹詳見卷二十三《故翰林待制致仕汪君墓誌銘》。

【箋注】

〔一〕淳安：元時江浙行省建德路屬縣。《元史》卷六十二《地理五・建德路》：「領司一、縣六。録事司；縣六：建德、淳安、遂安、桐廬、分水、壽昌。」

〔二〕浙闈：參見卷十三《贈葉生詩序》。乙榜：元時鄉試合格而無緣會試者，其名列入乙榜。

〔三〕柳貫《柳待制文集・附録》宋濂《元故翰林待制承務郎兼國史院編修官柳先生行狀》：「至正元年辛巳……臺閣近臣有以先生名聞於上者，於是有旨以翰林待制、承務郎兼國史院編修官起先生於家……會貢舉法復行，江浙行中書留主文衡。」丹陽：元江浙行省鎮江路屬縣。《元史》卷六十二《地理五・鎮江路》：「領司一、縣三。録事司；縣三：丹徒、丹陽、金壇。」文學：漢代於州郡及王國置文學，或稱文學掾、文學史，後代沿用以稱教官。

〔四〕浙東帥閫：此指浙東道宣慰司都元帥府。

〔五〕劉仁本《羽庭集》卷五《餞定海縣尹汪以敬詩序》：「定海邑當鄞海口，東接三韓倭夷島嶼，南通閩廣，番舶商賈之往來，編氓竈丁衣食雜居，自昔爲重鎮。人慣風濤，從事舟楫，逐漁鹽什一微利，少知禮讓詩書之教。田多鹵下而劣，耕非惰農，斂穫常啬不足。民於庸功非所習，則棄本逐末者衆，非其才之罪，亦風氣地勢使然爾。在承平時，撫字者猶曰難其任。矧擾攘之餘，瘡痍尚未易以甦，而强梗者復怙其驕烈氣焰，從而熏灼之。由是善類不得以自植，而惡者日益暴矣。至正十九年，省垣分署鄞郡，念其民之凋瘵，知進士馬君元德之賢，擢尹兹邑。馭若衆，寬若賦，理若事，不抑以苛細，不畏彼强禦，馴而擾之，三年而政成。政成而升爲奉化州牧，則繼馬君後者，斷斷乎難其人矣。惟是省府復遴擇，因得浙東帥閫都事汪君以敬代之。君，睦人也，習儒書而敏於吏事：舊嘗宰其鄉邑，有政聲；又能輯古訓格言，著《山居四要》，教其民利用厚生飲食起居以自全；及爲帥屬，攝職委積，會計出内間，雖毫末謹飭不妄。今而往爲定海邑，則視其俗少禮讓，必能教以詩書；視其土田之瘠，必能薄其賦斂；而又剛不吐柔不茹：則視前令尹馬尹之政爲何有？君行矣，鄞士率爲詩歌以張之，來徵敘，不得辭，故爲之言然。至正二十二年夏五天台劉仁本敘。」

〔六〕《宋元學案》卷九十二《草廬學案·草廬精語》：「氣之所以能如此者何也？以理爲之主宰也。理者，非别有一物在氣中，只是爲氣之主宰者即是。無理外之氣，亦無氣外之理。」

〔七〕瀏亮：清明爽朗。陸機《文賦》：「詩緣情而綺靡，賦體物而瀏亮。」李善《注》：「瀏亮，清明之稱。」

〔八〕宫商：此代五音，即宫商角徵羽。金石：此代八音，即金、石、絲、竹、匏、土、革、木等八種材料所製樂器。

〔九〕浩汗：同「浩瀚」，廣大遼闊貌。

〔一〇〕韶濩：或作韶護、韶護，商湯時樂曲名。《左傳·襄公二十九年》：「見舞《韶濩》者。」杜預《注》：「殷湯樂。」桑濮：也作桑間濮上，代靡靡之音，參見卷七《祭方壽父先生文》。

〔一一〕分稡：分類彙聚；稡，聚集。郭璞《爾雅序》：「綴集異文，會稡舊説。」

〔一二〕《論語·先進》：「德行：顔淵、閔子騫、冉伯牛、仲弓；言語：宰我、子貢；政事：冉有、季路；文學：子游、子夏。」

〔一三〕嗇：閉塞不通暢。《史記》卷一百五《扁鵲倉公列傳》：「診其脉時，切之腎脉也，嗇而不屬。」

〔一四〕龔黄：西漢循吏龔遂與黄霸。龔遂：字少卿，漢宣帝時渤海郡歲饑，盗賊蜂起，郡守徒歎奈何。時龔遂年七十餘，大臣舉以爲渤海郡太守。至渤海界，移書屬縣撤除捕盗吏，持田器者皆屬良民，攜兵者方爲盗賊。盗賊聞令，悉解散以就南畝。盗患既平，一郡安居樂業。齊俗奢侈，不好田作，乃勸民農桑，春夏必入南畝，秋則以時收斂。復令一人種一樹榆、百本薤、五十本葱、一畦韭，家二母彘、五雞。於是吏民皆富實，獄訟以之止息。黄霸：字次公，明察穎異，熟諳文法，然温良謙恭，視民如傷。擢潁川太守，體恤鰥寡，救濟貧困，百姓向化，世風日醇，道不拾遺，耕者讓畔，朝野目之爲賢人君子。二者俱見《漢書》卷八十九《循吏傳》。

〔一五〕韓柳：唐代文豪韓愈與柳宗元。陳善《捫虱新話》卷九《李杜韓柳有優劣》：「唐世詩稱李杜，文章稱韓柳……晏元獻公嘗言：『韓退之扶導聖教，剗除異端，是其所長。若其祖述墳典，憲章騷雅，上傳三古，下籠百氏，横行闊視於綴述之場者，子厚一人而已。』然學者至今但雷同稱述，其實李、杜、韓、柳豈無優劣，達者觀之，自可默喻。」沈作喆《寓簡》卷四：「柳子厚作楚詞卓詭譎怪，韓退之不能及；退之古文深閎雄毅，子厚又不及。」王十朋《梅溪前集》卷十九《讀蘇文》：「唐宋文章，未可優劣。唐之韓、柳，宋之歐、蘇，使四子并駕而争馳，未知孰後而孰先，必有能辨之者。不學文則已，學文而不韓、柳、歐、蘇是觀，誦讀雖博，著述雖多，未有不陋者也。韓、歐之文，粹然一出於正；柳與蘇，好奇而失之駁。至論其文之工才之美，是宜韓公欲推遜子厚，歐陽子欲避路放子瞻出一頭地也。」

〔一六〕諸生：儒生。民社：人民與社稷。蘇軾《賀時宰啓》：「民社非輕，猶承宣而惴惴；天淵靡外，亦戾躍以欣欣。」

〔一七〕仁廟：元代仁宗，謚曰聖文欽孝皇帝，廟號仁宗，後世或稱之爲仁廟。

〔一八〕巍科：高第，科舉考試名次在前。

禮學幼範序

古者《小學》教人以灑掃應對進退之節、事親敬長隆師親友之道，所以爲脩身齊家治國平天下之本也〔一〕。今其全書雖不可見，而紫陽朱子嘗以其雜出於傳記者蒐輯爲内外篇〔二〕，庶幾《小學》之教復明於後世。

嚴陵汪君學朱子者也，以爲《曲禮》一篇〔三〕，正其幼穉所宜行之禮，但漢儒所記多不以類而從，學者頗艱於致力。遂取篇中凡爲人子及侍先生長者與夫飲食言動冠昏喪祭等禮，類聚而編之；至於總言禮之本原，則又别自爲類以標諸篇首；仍摘鄭氏注語及濂洛諸儒之論附見焉；間有未安〔四〕，則足以己意。合爲七卷，謂之《禮學幼範》。書成，俾予題其端。

夫陶人之治土也，必揉木以爲範；冶人之治金也，必摶土以爲範〔五〕。是故帝有帝範；家有家範；至其爲子弟爲女婦也，則又有師範女範之教焉。有以見天下之事，無大無小，無貴無賤，必資範而後成。況夫人之幼也，欲以其所宜行之禮，講而習之，使其習與智長，化與心成，而無扞格不勝之患〔六〕，可獨無説以爲之範哉！此《禮學幼範》之書不可以不述也。其傳世之遠，當與朱子《小學》相爲終始云。君名汝懋，字以敬，官至定海縣尹。

【題解】

禮學，有關禮儀之學問，以東漢鄭玄兼注之《儀禮》《周禮》《禮記》爲基本載體。《禮學幼範》，年幼者當遵循之禮學規範。幼年習禮以成人，古代《小學》紀之甚詳，惜乎原書散佚失傳。朱熹《小學序》：「古者小學教人以灑掃應對進退之節，愛親敬長隆師親友之道，皆所以爲修身齊家治國平天下之本。而必使其講而習之於幼稚之時，欲其習與智長，化與心成，而無扞格不勝之患也。今其全書雖不可見，而雜出於傳記者亦多，讀者往往直以古今異宜而莫之行，殊不知其無古今之異者，固未始不可行也。今頗搜輯以爲此書，授之童蒙，資其講習，庶幾有補於風化之萬一云爾。」《禮學幼範》，定海縣尹汪汝懋著，其事詳見卷二十三《故翰林待制致仕汪君墓誌銘》。

【箋注】

〔一〕《御定小學集注・小學原序》：「古者，夏商周也。小學，鄉學也。人指八歲以至十四歲之子弟也。灑謂灑水以斂塵；掃謂掃地以去塵。應謂應尊長之呼，對謂對尊長之問。節，禮節也。親，父母也；隆，尊也；親，近也。道者，當然之理。修齊治平，大學之事也。古人由小學以收心養性，基本已立，至大學特收其成功耳。」

〔二〕傳記：古書，同義複詞。《孟子・梁惠王下》：「於傳有之。」朱熹《集注》：「傳謂古書。」《吕氏春秋・務本》：「嘗試觀上古記，三王之佐，其名無不榮者。」高誘《注》：「上古記，上世古書也。」朱熹《小學》内篇包括立教、明倫、敬身、稽古四部分，外篇包括嘉言、善行兩部分。

〔三〕嚴陵：東漢嚴光，字子陵，匿迹富春江嚴陵瀨；後世因以嚴陵稱其流域，元時指江浙行省建德路。曲禮：《禮記》篇目。

〔四〕鄭氏：東漢著名經學家鄭玄，以其碩學奥識兼注《周禮》《儀禮》《禮記》。濂洛：北宋理學學派，濂指濂溪周敦頤，洛指洛陽程顥、程頤。安：妥帖恰當。

〔五〕陶人：燒製陶器之匠人。揉：使木直者變曲，或使木曲者變直。《易·繫辭》：「斫木爲耜，揉木爲耒。」範：模型，準則。《荀子·强國》：「刑範正，金錫美。」楊倞《注》：「刑範，鑄劍規模之器也。」冶人：製造金屬器物之工匠。摶：用手捏之成團。

〔六〕《御定小學集注·小學原序》：「講以明其理，習以熟其事。稚亦幼也；扞格猶牴牾也；不勝，不能勝當其教也。幼稚之子，心知未有所主，及時而教之，使習於善，而與智俱長，化於善，而與心俱成，故無扞格不勝之患，而大學之教亦易入矣。」

深衣圖考序

深衣者何？古所以名衣也。曷爲以深名？以其爲制之深微，故取以名也。取其圜直以象天，方曲以象地，崇之爲三才，而卑之爲三①極也〔一〕。然則烏乎服？有虞氏深衣以養老〔二〕，諸侯、大夫、士夕深衣〔三〕，自天子至於庶人一也〔四〕。禮所以辨貴賤、決嫌疑〔五〕，何獨於深衣焉一之？蓋是衣也，可以用之文，可以用之武，可以用之於擯相〔六〕，可以用之於軍旅，而又可以常服也〔七〕。後世不達乎天子，不用於常服，此制之所以久失也。制既久失，則《圖考》一書，雖欲不作，烏得而不作？

或曰：「《記》有《深衣篇》，而諸儒論之備矣，何有乎《圖考》？」《圖考》之折衷於諸儒，其大節有四〔八〕。謂續衽爲連續旁縫，鉤邊爲左右交鉤〔九〕，則以蔡氏之説爲當守〔一〇〕；而楊氏、方氏以襟爲衽〔一一〕，司馬氏以裾爲衽〔一二〕，吕氏、陳氏衣裳各有衽之説〔一三〕，皆非也。謂方領當循頸而下，方折以抱胸，則以鄭注孔疏爲可從〔一四〕；而司馬氏别施一衿②映所交領，别爲一物折之領上，與夫交領直領之議，皆非也〔一五〕。謂辟二寸，爲總言帶辟之廣；再繚四寸，爲總言帶之結紐。則以陸氏之意爲可推〔一六〕；而注疏家「士用單練，廣二寸；再度繞腰，亦四寸」之言皆非也〔一七〕。嗚呼，此《圖考》之不可以不作也。

或曰：「朱子作《家禮》，亦有圖説可徵矣〔一八〕。然則彼皆非歟③？」朱子之《家禮》，多本司馬氏之《家儀》〔一九〕。司馬氏於前四者之失，已不暇詳考而精求，是宜《家禮》之難徵也。

《圖考》烏乎祖？祖之經也。祖之經，則諸儒紛紛之議可得而折衷矣。古語云：「諸儒異同，稽諸聖；衆説混淆，折諸經〔二〇〕。」《圖考》有焉。

《圖考》孰作？睦汪君也。汪其姓，汝懋其名也。序之者誰？越人良也。

【題解】

深衣，古時重要服飾，其規制詳見《禮記·深衣第三十九》。朱彬《禮記訓纂》卷三十九《深衣第三十九》：「鄭《目録》云：名曰《深衣》者，以其記深衣之制也。深衣，連衣裳而純之以采者……《正義》：……所以此稱深衣者，以餘服則上衣下裳不相連，此深衣衣裳相連，被體深邃，故謂之深衣。」

《深衣圖考》，元代學者汪汝懋著，其事詳見卷二十三《故翰林待制致仕汪君墓誌銘》。

【校勘】

① 三：乾隆本作「太」。

② 衿：乾隆本作「襟」。

③ 歟：乾隆本作「與」。

【箋注】

〔一〕衛湜《禮記集説》卷一百四十五《深衣第三十九》：「長樂陳氏曰：『……故深衣或圜或直，一以天制；或方或曲，一以地制。而崇之爲三才，卑之爲三極，莫不并與其精微之意以示之，此深衣之所由作也。』」圜直：袖圓而衣裳之背縫直；圜，通「圓」。方曲：胸前交領曲折如矩之方。《禮記·深衣第三十九》：「袂圜以應規，曲袷如矩以應方，負繩及踝以應直。」三才：天地人。《易·説卦》：「是以立天之道曰陰與陽，立地之道曰柔與剛，立人之道曰仁與義。兼三才而兩之，故《易》六畫而成卦。」三極：三才，天地人。《易・繫辭上》：「六爻之動，三極之道也。」王弼《注》：「三極，三才也。」

〔二〕《禮記・内則》：「有虞氏皇而祭，深衣而養老。」

〔三〕朱彬《禮記訓纂》卷三十九《深衣第三十九》：「《正義》：『……凡深衣皆用諸侯、大夫、士夕時所著之服，庶人吉服亦深衣，皆著之在表也。』」

〔四〕《禮記集説》卷一百四十五《深衣第三十九》引嚴陵方慤曰：「《經》曰：『有虞氏深衣而養老。』《傳》曰：『庶人服短褐深衣。』則自天子至於庶人，皆服之也。」

〔五〕嫌疑：疑惑。《楚辭》屈原《九章・惜往日》：「奉先功以照下兮，明法度之嫌疑。」

〔六〕擯相：導引賓客，執贊禮儀；擯，通「儐」。《周禮・秋官・司儀》：「掌九儀之賓客擯相之禮，以詔儀容辭令揖讓之節。」鄭玄《注》：「出接賓曰擯，入贊禮曰相。」

〔七〕《禮記・深衣第三十九》：「故可以爲文，可以爲武，可以擯相，可以治軍旅。」

〔八〕大節：要領。《左傳・昭公元年》：「國之大節有五，女皆奸之。」

〔九〕衽：上衣兩旁掩裳邊處。江永《深衣考誤・四庫全書提要》：「永據《玉藻》《深衣》『三袪、縫齊倍要、衽當旁』之文，知裳前後當中者爲襟爲裾，皆不名衽；惟當旁而斜殺者，乃名衽。今以永説，求之訓詁諸書，雖有合有不合；而衷諸經文，其義最當。」

〔一〇〕《深衣考誤》：「蔡氏淵曰：『……謂續衽鈎邊者，只是連續裳旁，無前後幅之縫，左右交鈎，即爲鉤邊，非有别布一幅裁之如鉤而綴於裳旁也。』」

〔一一〕襟：衣服前幅。衛湜《禮記集説》卷一百四十五《深衣第三十九》引慈湖楊簡曰：「古之衽，今之襟，亦曰袂也。深衣屬裳，則當續衣之衽，使之長與裳齊也。」又引嚴陵方慤曰：「衽，襟也，與裳相續，故謂之續衽。」

〔一二〕裾：衣服前襟或後襟。司馬光《書儀》卷二《深衣制度》注「續衽鉤邊」云：「云若今曲裾也者，鄭以後漢之時裳有曲裾，故以續衽鉤邊似漢時曲裾。今時朱衣朝服，後漢明帝所爲，則鄭云今曲裾者，是今朝服之曲裾也。」

〔一三〕衛湜《禮記集説》卷一百四十五《深衣第三十九》引藍田呂大臨曰：「衽，衣裳之旁幅也，《玉藻》所謂『衽當旁』是也。衣之旁幅下殺，裳之旁幅上殺，上下之衽相續而中曲。」陳澔《禮記集説》卷十《深衣第三十九》：「惟深衣裳十二幅交裂裁之，皆名爲衽。所謂續衽者，指在裳旁兩幅言之，謂屬連裳旁兩幅，不殊裳之前後也。」

〔一四〕《深衣考誤》：「按《深衣》云：『曲袷如矩以應方。』《注》：『袷，交領也。古者方領，如今小兒衣領。』孔《疏》云：『鄭以漢時領皆向下交垂方領，似今擁咽，故云若今小兒衣領，但方折之也。』」

〔一五〕司馬光《書儀》卷二《深衣制度》注「交領方」：「如此似於頸下别施一衿，映所交領，使之方正。今朝服有方心曲領，以白羅爲之，方二寸許，綴於圓領之上，以帶於項後結之，或者袷之遺像歟！又今小兒疊方幅繫於頷下，謂之涎衣，亦與鄭説頗相符。然事當闕疑，未敢決從也。《後漢·儒林傳》曰：『服方領習矩步者，委它乎其中。』《注》：『方領，直領也。』《春秋傳》：『叔向曰衣有禬。』杜曰：『禬，領會也，二外反。』《曲禮》曰：『視不上於袷。』鄭曰：『袷，交領也。』然則領之交會處自方即謂袷，疑更無它物，今且從之。」

〔一六〕辟：通「紕」，織物花邊。衛湜《禮記集説》卷七十六《玉藻第十三》引山陰陸佃曰：「據此大帶四寸，雜帶二寸，再繚四寸，雜帶之二當大帶之一也。」

〔一七〕《禮記訓纂·玉藻第十三》：「雜帶：君朱緑，大夫玄華，士緇辟二寸，再繚四寸……《正義》：『士用單練，廣二寸；繚，繞也；再度繞要，亦四寸也。』」

〔一八〕朱熹《家禮序》：「凡禮有本有文。自其施於家者言之，則名分之守愛敬之實，其本也；冠婚喪祭儀章度數者，其文也。其本者，有家日用之常禮，固不可以一日而不修；其文又皆所以紀綱人道之始終，雖其行之有時，施之有所，然非講之素明，習之素熟，則其臨事之際，亦無以合宜而應節，是亦不可以一日而不講且習焉者也……是以嘗獨究觀古今之籍，因其大體之不可變者，而少加損益於其間，以爲一家之書。大抵謹名分崇愛敬以爲之本，至其施行之際，則又略浮文務本實，以竊自附於孔子從先進之遺意。」

〔一九〕家儀：今世傳司馬光《書儀》，或爲《家儀》别稱；或本曰《家儀》，後重修易名《書儀》；今難確知詳情。《書儀》凡十卷，表奏、公文、私書、家書一卷，冠儀一卷，婚儀二卷，喪儀六卷。

《書儀·四庫全書提要》云：「《朱子語録》：『胡叔器問四先生禮。朱子謂二程與横渠多是古禮，温公則大抵本《儀禮》而參以今之所可行者，要之温公較穩，其中與古不甚遠，是七分好。』又，《與蔡元定書》曰『祭禮只是於温公《書儀》内少增損之』云云，則朱子固甚重此書。」

〔二〇〕祖：遵循效法。異同：不一致，偏義複詞。諸葛亮《出師表》：「陟罰臧否，不宜異同。」諸：以。裴學海《古書虚字集釋》卷九《諸》：「《左傳·桓六年》：『遂辭諸鄭伯。』言遂以其父鄭伯之名辭婚也。」

東山賞梅詩序

戊申之冬，豫章龍君子高偕慈溪桂君彦良〔一〕、王君彦貞訪沈師程氏於東山；已而錢塘劉君庸道及一二士友亦來會。時東山梅花盛開，粲粲夾徑路。師程置酒花下，邀諸君子賞焉。酒且半，龍君請即席賦詩，以「東閣觀梅動詩興」爲韻〔二〕，各賦古律一首，輯爲一編。而虚其首簡徵予序。

嗟乎，花於窮陰盛寒而不與衆卉争榮者〔三〕，惟梅爲然。蓋其色能受變，香能處清，而操能立獨，有仁人義士之高致。諸君以之而賞愛，宜也。雖然，使其出處去就之際，一或有戾於是梅〔四〕，縱從而賞之，而是梅不爲其賞矣！今夫諸君子者固世所謂仁人義士，而能受乎變，處乎清，立乎獨，有凌寒之態，無争榮之思，其於是梅，乃嘗友而兄之者矣。師程之賞之也，非賞是梅也，蓋所以賞諸君子之高致也。然則師程亦是梅之知己歟①！梅若有知，當亦爲賢主賓一索笑也〔五〕。

【題解】

東山，慈溪名山，詳見卷十六《東山宴集分韻得月字》。隆冬祁寒，東山梅花怒放，沈師程延邀龍雲從、桂彦良、王桓、劉中諸名流賞梅吟詩，其詩曰《東山賞梅詩》。

沈師程，其人不詳，參看本卷《書畫舫讌集詩序》及卷二十二《題楊慈湖所書陸象山語》。

龍雲從，字子高，元江西吉安路永新州人，後寓居浙東慈溪，與丁鶴年、宋禧、張以寧等過從甚密。《光緒慈溪縣志》卷四十《流寓・龍雲從》：「字子高，永新人。性曠達，負經濟才，佐江浙左丞楊完者成克復之勳，爲廣東帥府都事。歷官福建儒學副提舉。完者没王事，乃渡浙而東，止慈溪，僦屋以居，臨溪水日釣其中，名之曰釣魚軒。有《釣魚軒詩集》，三山張志道爲之序。」《光緒慈溪縣志》卷四十三《舊迹三・居址上・龍都事寓室》：「縣西北鳴鶴場。廬陵龍雲從官廣東帥府都事。後遷居慈溪，築室鳴鶴山之陰。」

宋禧《庸庵集》卷十一《送龍子高序》：「儒者龍君子高，楚之瓌材也。蚤習進士業，以《易》《春秋》之學試於有司，有司類循常踵弊，不肯一顧取雄傑之文以勵士氣。子高既不得志，遂不屑就試席圖進取，而教授草澤之間以自樂。幼彊記，今已四十餘，備涉變故，而經史百家之編舊所嘗過目者，歷歷能暗誦不遺忘，其資有過人者矣。往歲寇陷楚地，子高即盡室抵吴，而又抵明越。其抵越也，寓吾州之歲爲多。雖見禮公侯貴人，而樂居於山野，躬率家僮藝菽麥果蔬，牧鷄豚力桑麻以佐衣食費。間徒步入州郭，好事者留飲酒爲文章，輒酣醉歌吟，奇氣溢出，不可羈束。及語當世事，則未嘗一啓齒一側耳與焉，其處患難又有人不能及者矣。今年春子高在海隅聞皇太子奉征討之命駐於晉冀，總兵少保公朝夕在左右，進天下賢才以輔中興之業，於是幡然有所發，公侯貴人因資其行而浮海達焉，可爲世道賀矣。夫在春秋時，晉楚之彊稱於北南，然楚之材實用於晉者，楚不能用其材故也。晉以得材而盛，楚以失材而衰，材之有益於國也若是哉！今九州四海之地皆國家版圖所載，其有貢賦不入之處，非春秋之國受封王室者比也。子高以瓌材拔衆，能潔身去楚亂，客明越既久，而一旦有晉冀之行，苟有所遇，不有過於春秋人材之遇於上國者乎！且進退以時，《易》之道也。子高困於退者已極矣，其退而進，進而亨，以深謀遠略佐太平之復，不在斯時乎？予以子高習知《春秋》之事而又明於《易》之道，故於其行，樂贈以言，而且爲世道賀也。」

元末明初張以寧《翠屏集》卷三《釣魚軒詩集序》：「詩於唐贏五百家，獨李、杜氏崒然爲之冠。近代諸名人類宗杜氏而學焉，學李者何其甚鮮也！嘗竊論杜由學而至，精義入神，故賦多於比興，以追《二雅》。李由才而入，妙悟天出，故比興多於賦，以繼《國風》。闖其藩籬者，祇見其不同；而窺其閫奧，則謂其氣格渾完，骨肉勻稱，浩浩乎若元氣坱圠，充兩間周萬彙而厚且重者，適兩相埒也。學杜者固誠未易及，而間學李者，率喜於飄逸，弊於輕浮，蓋知李之傑於材，高於趣，而於學之卓者，猶未悉之識也。昔者考亭朱夫子疑孔壁後出《書序》不類西漢文，蓋以格致輕故也；予於學李者亦云。盧陵龍子高氏來京師，出其詩示予。予多其學於李，而獨得其不輕而重者，有異於人人。子高自言爲樂府甚多，惜予未盡見也。噫！詩至於李，幾於聖而不可知者，豈若有意雕飾涉於筆墨蹊徑者之爲哉！觀其詩，所謂『清水出芙蓉者』可想見也已。予妄意學焉，未闖二氏之藩籬者也，子高其有會於斯言乎？子高之詩題曰《釣魚軒集》，於其歸語之曰：『子之於詩，蓋將掣鯨鯢於碧海者矣。尚其繼見，益有以發予望洋之歎也夫！』」

桂彦良，元末明初慈溪耆宿鴻儒。《宋元學案》卷九十三《静明寶峰學案·寶峰門人·文裕桂清溪先生彦良》：「桂彦良，名德稱，以字行，號清溪，慈溪人。元鄉貢進士，爲包山書院山長，改平江路學教授，罷歸。張士誠、方國珍交辟，不就。洪武間，征詣公車，奏對，授太子正字。帝嘗出御製詩，先生就帝前，誦聲徹殿外。左右驚愕，帝嘉其樸誠。因從容奏曰：『帝王之學，具載於經，典謨訓誥，願留聖意；詩非所急也。』帝深然之。帝嘗從容問曰：『人有過，如何？』先生對曰：『過，雖聖賢不能免，勿憚改者，君子之道也。』又問：『仁者有惡乎？』先生對曰：『孔子言，惟仁者能好人，能惡人。仁者之心無私，故好惡得其正。』帝大喜。時選國子生蔣學等爲給事中，舉人張唯等爲編修，肄業文華堂，命先生及宋濂、孔克表爲之師。先生荷帝知遇，知無不言。每侍帝，必以二帝三王爲本，而折衷於孔孟，要以明聖學格君心爲務。至於歷代治忽，啓迪不倦，誠意懇至。凡所言，無一不當帝心，至書其語揭便殿。復謂諸大臣曰：『此彦良與朕論至於此，汝等宜親炙儒者。』遷晉王府右傅，帝親爲文賜之。先生入謝。帝曰：『江南儒者，惟卿一人。』對曰：『臣不如宋濂、劉基。』帝曰：『濂，文人耳。基峻隘，不如卿也。』先生至晉，製《格心圖》獻王。後更王府官制，改左長史。朝京師，上《萬世太平治要十二策》。帝曰：『彦良所陳，通邃事體，有裨治道。世謂儒者泥古不通今，若彦良，可謂通儒矣。』既而請告歸，卒，追謚文裕。所著有《清節集》《清溪集》《山西集》《拄笏集》《老拙集》。」

王桓，元末明初慈溪學者。《宋元學案》卷九十三《静明寶峰學案·寶峰門人·縣令王明白先生桓》：「王桓，字彦貞，慈溪人。從寶峰遊。洪武中以通經學古薦於朝。太祖召見便殿，問：『先生處鄉里，好惡何如？』對曰：『臣處鄉里，善者好之，不善者惡之。』一言稱旨，上呼爲老學士，命與尚書魏杞山錢惟明、學士宋景濂講論治道。逾年，授國子學正。未幾，知河南盧氏縣，先生感上知遇，殫心厥職，臨政無怠惰。日常至閭閻間教耕勸織，相語如家人父子。民有兄弟相鬩而訟者，先生自責曰：『教化不明，彝倫斁壞，長民者之過也，民何罪焉？』遂連日不坐聽事，民乃自悔求責，兄弟遂相和合，民益信之。上方向用，而先生已有退志，遂致仕歸。先是，先生家居，鄉人有不平，事無大小，咸取決於先生，遂稱爲明白先生。所著有《明白先生集》，藏於家。」

劉中，字庸道，元末錢塘文士，詳見卷十六《庸道提學訪予定川寓舍……》。

【校勘】

① 歟：乾隆本作「與」。

【箋注】

〔一〕龍君子高：元吉安路永新州人；此言豫章，乃沿用西漢方輿，元時永新州，西漢爲豫章郡廬陵縣。

〔二〕《杜詩詳注》卷九《和裴迪登蜀州東亭送客逢早梅相憶見寄》：「東閣官梅動詩興，還如何遜在揚州？此時對雪遥相憶，送客逢春可自由？幸不折來傷歲暮，若爲看去亂鄉愁？江邊一樹垂垂發，朝夕催人自白頭。」此言「觀梅」，彼作「官梅」，異文也。

〔三〕窮陰：窮冬，季冬。鮑照《舞鶴賦》：「於是窮陰殺節，急景凋年。」李善《注》：「《神農本草經》曰：『秋冬爲陰。』」

〔四〕出處去就：仕隱去留。《易·繫辭上》：「君子之道，或出或處。」《荀子·樂論》：「唱和有應，善惡相象，故君子慎其所去就也。」戾：乖背，違反。

〔五〕索笑：逗樂，取笑。陸游《梅花》：「不愁索笑無多子，惟恨相思太瘦生。」

書畫舫讌集詩序

歲己酉十月初吉，予偕天台毛雲莊出遊慈水之上〔一〕，主東山沈師程氏〔二〕。于時東平李先生元善〔三〕、四明桂先生同德〔四〕、錢塘錢君明遠、劉君庸道及諸能賦之士咸在焉〔五〕。明日，師程之友羅彦直氏邀予與諸公列飲所居之書畫舫。樽俎既陳，肴羞維旅〔六〕，洗爵奠斝〔七〕，載獻載酬〔八〕。而李先生攝衣以起，執爵而歌，衆賓交倡迭和〔九〕，愉愉如也，洋洋如也〔一〇〕。酒既闌，先生復請座人各賦古律一章，章十二句，以程伯子「雲淡風輕近午天，傍花隨柳過前川」爲韻〔一一〕，序其年齒而先後之。合詩凡十四首，亦既繕寫成卷，彦直徵予爲序引。

予讀《詩》至《伐木》之篇，於是知古人之於朋友，未嘗不假酒食以相樂。自今觀之，不曰「寧適不來，微我有咎」，則曰「民之失德，乾糇以愆」〔一二〕。夫酒食之微，固非君子之所尚。而詩人之意，則以爲人之所以失朋友之義者，非必皆有大故〔一三〕，而或始於酒食之不施以奪其歡心，故我於今惟知具酒食以相樂也。酒食之不施，亦微過耳，於過之微而猶不敢有，則其大者可知矣。嗚呼，此處朋友之要道，而詩人所爲拳拳者也〔一四〕。

彦直之爲是飲，其殆《伐木》詩人之微意乎？先生既已歌之於其前，復率在座諸公賦之於其後，亦可謂得夫是詩之遺音者矣！予既嘉彦直處朋友之有道，而又羡先生之能兩盡其道也。於是乎書。

【題解】

《説文》：「舫，船也。」常人乘舫渡水，急流險灘則駭之，澄湖恬波則笑之。心慧襟遠者，窺兩間之浮沉榮辱，攬人生之逍遥閑適，一如神仙乘槎，無所謂飛瀑驚湍，無所謂平湖廣澤，甚者以舫命其居室。書畫舫，慈溪羅本屋舍。羅本，字彦直，參看卷十八《竹所銘》。

戴九靈與毛雲莊、李元善、桂同德、錢明遠、劉中諸名士宴集書畫舫，逸興遄飛，吟詩敷辭，都曰《書畫舫讌集詩》，參看卷十六《書畫舫宴集分韻得澮字》。

【箋注】

〔一〕毛雲莊：名翰，字彝仲，台州詩家，詳見卷十五《次韻答毛彝仲提學》。慈水：常稱慈溪江，詳見卷十五《題盤隱軒》。

〔二〕沈師程：其人不詳，參看本卷《東山賞梅詩序》。

〔三〕李元善：元末慈溪寓賢，詳見卷十八《人性皆善齋箴》。

〔四〕桂同德：元慈溪學者，詳見卷十七《庸道既别云自山北訪桂同德胡舜咨而還》。

〔五〕錢明遠：謹按《御選元詩·姓名爵里二》，錢大有，字明遠，嘉興人；此言錢塘人，蓋作者之誤。《元詩紀事》卷二十四《錢大有》：「大有，字明遠，嘉興人。《西湖竹枝集》：『始恨詩不工，輒自忿曰：杜甫云讀書破萬卷，下筆如有神，吾患讀不多，不患作不工也。』既而下筆流暢，不凝於物。《前題》：『淡黄裙子縷金衫，長髻垂肩短鳳簪。不願燕京嫁官去，花枝草蔓自江南。』」劉庸道：名中，元末勝流，詳見卷十六《庸道提學訪予定川寓舍……》

〔六〕樽俎：古代盛酒裝肉器具。肴羞：美味佳餚；羞，通「饈」。維：又。裴學海《古書虚字集釋》卷三：「『惟』猶『又』也……字通作『維』。《詩·楚茨篇》：『我倉既盈，我庾維億。』」旅：陳列。《詩·小雅·賓之初筵》：「籩豆有楚，殽核維旅。」

〔七〕爵：酒器。奠：安放。《集韻·徑韻》：「奠，置也。」斝：酒器。朱熹《詩集傳》注《詩經·大雅·行葦》「洗爵奠斝」云：「主人又洗爵酬客，客受而奠之，不舉也。斝，爵也。夏曰醆，殷曰斝，周曰爵。」

〔八〕獻：主人向客人敬酒。《詩經·大雅·行葦》：「或獻或酢。」鄭玄《箋》：「進酒於客曰獻，客答之曰酢。」酬：客人向主人祝酒後，主人再向客人進酒。《説文》：「酬，主人進客也。」

〔九〕倡：領唱。《詩經·鄭風·蘀兮》：「叔兮伯兮，倡予和女。」

〔一〇〕洋洋如：得意喜樂貌。范仲淹《岳陽樓記》：「把酒臨風，其喜洋洋者矣！」

〔一一〕《二程文集》卷一《偶成》：「雲淡風輕近午天，望花隨柳過前川。旁人不識予心樂，將謂偷閑學少年。」或作「傍」，或作「望」，古籍異文。

〔一二〕語出《詩經·小雅·伐木》。朱熹《詩集傳》：「言具酒食以樂朋友如此，寧使彼適有故而不來，而無使我恩意之不至也……言人之所以至於失朋友之義者，非必有大故，或但以乾餱之薄不以分人，而至於有愆耳。」寧：寧可。微：無，不要。乾糇：乾糧。

〔一三〕大故：重大過失或罪惡。《漢書》卷六十《杜延年》：「延年愚，以爲丞相久故，及先帝用事，非有大故，不可棄也。」

〔一四〕拳拳：誠懇真摯貌。

脾胃後論序

昔者黄帝之論四時，以養胃氣爲之本〔一〕；伊尹之製十大方，以守中氣爲之先〔二〕；叔和之評三部脉，以得胃氣爲之主〔三〕。蓋脾胃居乎人之中而土配之，自餘四藏，則分居於上下，而爲木火金水也。木火金水資乎土，土病則木火金水皆從而病矣〔四〕。是故天之邪傷乎人之上，地之邪傷乎人之下，而中焉之受傷，則以水穀寒熱之邪，人所自致者焉〔五〕。中而不傷，雖有天地之邪，且無自而入之。則脾胃者，豈不爲百病之所始哉〔六〕！

脾胃爲百病之始，世醫不能辨之久矣。至金李明之始大明斯理〔七〕，著爲《脾胃論》一書，蓋傑然於當時者也。然其所言，止及内傷之一事，其他諸證，則未暇以詳及。

永嘉項君彦昌，自蚤歲習醫，得外大父杜曉村之家傳。後拜明善韓先生於越上，仝父戴先生於金陵，而又師事陳白雲爲最久〔八〕。遂以所聞於諸君子與平日之自得，用之而有徵驗者，作爲《脾胃後論》若干言。凡内外傷之有關於脾胃而爲病者，莫不條舉而縷述之，仍以對病之方與夫臨時加減之法系於後。信有以補東垣之未備，而衛生家可一覽而見矣。

彦昌與余交最厚，因擕至海上，乞一言爲敘引〔九〕。竊謂醫之爲學，自唐令列之執技之流，而吾儒罕言之〔一〇〕。世之習此者，不過靳靳焉知守一定之方書，以幸其病之偶中〔一一〕，不復深探遠索，上求聖賢之意，以明夫陰陽造化之會歸〔一二〕。至於近世，先知先覺之士迭起而發明之。學者既有以知夫前日之爲陋，遂或徒誦一家成説以爲高，而又不能博極群言，采擇衆議，以資論治之權變；甚者至於屏棄古方，附會臆見，展①轉以相迷〔一三〕。而其爲患，反有甚於前日之爲陋者。嗚呼！是豈聖賢惠慈生民之本意哉！

彦昌家故業儒，而其所與遊者，又皆世之大儒先生，故其爲醫，自《素》《難》諸經而下，無言之不習，無理之不窮。上既明夫陰陽造化之精微，下復究乎論治之權變，庶幾一掃二者之弊，而爲醫家之大成矣！其爲此論，以三墳古書爲主本〔一四〕，以秦漢唐宋諸賢所論爲羽翼，以古今名方爲格法〔一五〕，正而不迂，奇而不僻，博而無餘，約而無闕。是殆識証之元龜〔一六〕，治病之指南也歟②！序而歸之，余固不能而③苟辭也。彦昌名昕，博學多能，雖音律繪畫之事，亦皆優入閫奥，爲世所稱云。

【題解】

金名醫李杲撰《脾胃論》，元好問《序》述其醫學貢獻：「天之邪氣，感則害人五臟，八風之邪中人之高者也；水穀之寒熱，感則害人六腑，謂水穀入胃，其精氣上注於肺，濁溜於腸胃，飲食不節而病者也；地之濕氣，感則害人皮膚筋脉，必從足始者也。《内經》説百病皆由上中下三者，及論形氣兩虚，即不及天地之邪，乃知脾胃不足，爲百病之始。有餘不足，世醫不能辯之者蓋已久矣。

往者遭壬辰之變，五六十日之間爲飲食勞倦所傷而歿者將百萬人，皆謂由傷寒而歿，後見明之《辯内外傷》及《飲食勞倦傷》一論，而後知世醫之誤。學術不明，誤人乃如此，可不大哀耶！明之既著論矣，且懼俗蔽，不可以猝悟也，故又著《脾胃論》丁寧之，上發二書之微，下祛千載之惑。此書果行，壬辰藥禍當無從而作。仁人之言，其意博哉！己酉七月望日遺山元好問序。」

李杲《脾胃論》究造化之理，窺生命閫奥，然囿於内傷，罔及他症。元醫項昕，博聞廣蓄以補東垣之不足，條分縷析以成一家之論，名之曰《脾胃後論》，庶幾前修未密，後出轉精。項氏事迹，詳見卷十九《抱一翁傳》。

【校勘】

①展：乾隆本作「輾」。

②歟：乾隆本作「與」。

③而：乾隆本作「以」。

【箋注】

〔一〕《素問·平人氣象論篇第十八》：「夏以胃氣爲本……秋以胃氣爲本……春以胃氣爲本……長夏以胃氣爲本……冬以胃氣爲本。」

〔二〕伊尹：商湯之股肱重臣，參見卷四《答徐進明書》。十大方：疑即伊尹《湯液經》。中氣：中焦脾胃之氣。嚴器之《注解傷寒論序》：「繼而伊尹以元聖之才撰成《湯液》，俾黎庶之疾疢，咸遂蠲除；使萬代之生靈，普蒙拯濟。」

〔三〕叔和：王姓，名熙，字叔和，西晉醫學家，以《脉經》名世，參見卷十《丹溪翁傳》。《脉經》卷四《辨三部九候脉證第一》：「經言所謂三部者，寸關尺也……三部脉或至或不至，冷氣在胃中，故令脉不通也。」

〔四〕中醫以五行配五臟，即肝木、心火、脾土、肺金、腎水；五行相生相克相侮相乘，五臟亦相互依存相互制約。《素問・太陰陽明論篇第二十九》：「脾者土也，治中央，常以四時長四藏。」《素問・平人氣象論篇第十八》：「人以水穀爲本，故人絶水穀則死，脉無胃氣亦死。」

〔五〕《素問・陰陽應象大論篇第五》：「故天之邪氣，感則害人五藏；水穀之寒熱，感則害於六府；地之濕氣，感則害皮肉筋脉。」《儒門事親》卷二《汗下吐三法該盡治病詮十三》：「天之六氣，風暑火濕燥寒；地之六氣，霧露雨雹冰泥；人之六味，酸苦甘辛咸淡。故天邪發病，多在乎上；地邪發病，多在乎下；人邪發病，多在乎中：此爲發病之三也。」

〔六〕參見題解。

〔七〕李明之：李姓，名杲，詳見卷十《丹溪翁傳》。《脾胃論》卷上《脾胃虚實傳變論》：「則元氣之充足，皆由脾胃之氣無所傷，而後乃能滋養元氣。若胃氣之本弱，飲食自倍，則脾胃之氣既傷，而元氣亦不能充，而諸病之所由生也。」《脾胃論》卷下《脾胃虚則九竅不通論》：「真氣又名元氣，乃先身生之精氣也，非胃氣不能滋之。胃氣者，穀氣也，榮氣也、運氣也、生氣也、清氣也、衛氣也、陽氣也。入天氣人氣地氣，乃三焦之氣。分而言之則異，其實一也，不當作異名異論而觀之。」

〔八〕杜曉村、韓明善、戴仝父、陳白雲：元時名家，皆見卷十九《抱一翁傳》。

〔九〕敘引：兩種文體名，引如序而稍簡短；敘，通「序」。

〔一〇〕高保衡、林億《重廣補注黄帝内經素問序》：「惜乎！唐令列之醫學，付之執技之流，而薦紳先生罕言之。去聖已遠，其術晻昧，是以文注紛錯，義理混淆。」

〔一一〕靳靳焉：固執貌。嚴羽《答出繼叔臨安吴景仙書》：「李杜復生，不易吾言矣，而吾叔靳靳疑之，況他人乎？」中：猜中，符合。

〔一二〕會歸：共同依歸之準則。《北史》卷十《周本紀下》：「遂使三墨八儒，朱紫交競；九流七略，異説相騰。道隱小成，其來舊矣，不有會歸，争驅靡息。」

〔一三〕展轉：同「輾轉」，反覆多變。《戰國策·趙策一》：「韓與秦接境壤界，其地不能千里，輾轉不可約。」鮑彪《注》：「輾轉，猶反覆也。」

〔一四〕三墳：古代典籍。《左傳·昭公十二年》：「是能讀三墳、五典、八索、九丘。」杜預《注》：「皆古書名。」

〔一五〕羽翼：輔佐。格法：法度。辛文房《唐才子傳·包何》：「曾師事孟浩然，授格法。」

〔一六〕識証：辨别症狀；証，通「證」，症狀。元龜：大龜，喻可資借鑑之前事。劉琨《勸進表》：

「前事之不忘，後事之元龜也。」

孫氏瑞萱堂詩序

慈溪孫氏母寡居有年，二子曰經曰綸，事之能盡孝。於是所植之萱有冬榮之瑞，而邑士之賢者亦皆作爲而扁其楣間曰瑞萱堂。秘書少監豫章揭先生記之詳矣〔一〕，銘贊歌詩以諷詠之。經與綸復虛右簡授予，俾爲之序引。

夫萱，小草也。本盛而花翹，其敷榮恒在乎初夏〔二〕。今乃獨開於窮冬盛雪中，介然與松、竹、梅三者争奇而并茂〔三〕，有類乎嫠母孤子之抱節處畸〔四〕，超越乎流俗，而其風節有不可及者。且是萱也，一本而兩花，當聯芳合秀時〔五〕，經與綸朝夕侍母行堂上，徘徊顧瞻，豈不亦曰「吾母其本也，吾兄弟其花也；兩花同出於一本，則吾兄弟弗可以相遠也；弗可以相遠，則圖報於吾母也其幾矣」？

昔者詩人以棘心興母氏之劬勞〔六〕，白華美孝子之潔白〔七〕。棘心白華不聞有感應之異，詩人猶取之以況母勞而子孝，則是萱之在孫氏，宜乎諸君子言之不足而再言也。孫氏兄弟當益封植茲卉，毋若世人之剪其枝葉以戕其本相〔八〕，則庶乎作者之微意焉。詩文凡若干首，請以是序之。

【題解】

按卷二十二《跋趙文敏所臨蘭亭序》與丁鶴年《瑞萱堂爲慈溪孫原道兄弟賦》，慈溪孫氏，長名經，字原道；次名綸，字原理，嘗裒集《元音》所録諸家詩篇。《烏斯道集・補遺・詩文・元音序》：「《元詩》若干卷，合古詩、歌行、律詩若干首，寧波孫原理采輯，陳孟誠編選，定海邑丞張侯中達校正。其子再昌、再隆請鋟梓，侯俾予敘諸篇端。予謂侯之詩已板行於時，膾炙人口；孟誠以科第進宰古田而歸，尤精於詩；原理亦精於詩者也。用心若是，予可已於言哉！……今夫《元詩》，選其尤者，合於三君子之手，或臧或否，或去或取，論歸於一而定焉，固非倚於一偏者也。猶好尚布帛菽粟芻豢，衆人之所同也。以是而鏤板傳之天下後世，使觀詩者知元之世運何若，又以取而法焉，豈不可哉？」

萱草，又名黄花菜、忘憂草，人食之則破愁解悶。《詩經・衛風・伯兮》：「焉得諼草，言樹之背。」陸德明《經典釋文》：「諼，本又作萱。」朱熹《詩集傳》：「諼，忘也。諼草合歡，食之令人忘憂者。」嵇康《養生論》：「且豆令人重，榆令人瞑，合歡蠲忿，萱草忘憂：愚智所共知也。」古時主婦所居北堂樹萱以忘憂，故北堂亦名萱堂，或曰瑞萱堂。

《光緒慈溪縣志》卷四十三《舊迹三・居址上・瑞萱堂》録諸家詩：「陸德陽《詠瑞萱堂》詩：

『慈溪之滸孫郎家，弟兄孝感良可誇。元冬正當建子月，北堂忽放宜男花。煢然孤莖撫二豎，宛如一幹含雙葩。信知嘉祥天所錫，我歌此詩賡《白華》。』沈伯修《瑞萱堂》詩：『萱草花開滿北堂，繡簾垂地護清香。晨羞進饌冰鱗美，夏扇迎風暑簟涼。燁燁春暉生寸草，澄澄璧月霽孤光。瑶池宴罷蟠桃熟，白玉壺中日正長。』丁鶴年《瑞萱堂爲慈溪孫原道兄弟賦》：『手種叢萱孝感深，陽和隨見破窮陰。侵凌雪色雙華萼，報答春暉寸草心。疏翠近分書帶碧，嫩黄遥映壽觴金。忘憂坐對高堂晚，更聽塤篪奏好音。』」

【箋注】

〔一〕揭先生：揭汯，字伯防，詳見卷十七《哭揭秘監三十四韻》。

〔二〕翹：茂盛。陸機《歎逝賦》：「步寒林以淒惻，玩春翹而有思。」敷榮：開花。

〔三〕介然：堅定貌。《荀子·修身》：「善在身，介然必以自好也。」楊倞《注》：「介然，堅固貌。」
林景熙《霽山集·五雲梅舍記》：「即其居累土爲山，種梅百本，與喬松修篁爲歲寒三友。」

〔四〕畸：特殊境遇。《集韻·支韻》：「畸，通作奇。」

〔五〕秀：草木之花。漢武帝劉徹《秋風辭》：「蘭有秀兮菊有芳。」

〔六〕《詩經·邶風·凱風》：「凱風自南，吹彼棘心。棘心夭夭，母氏劬勞。」朱熹《詩集傳》：「南風謂之凱風，長養萬物者也。棘，小木，叢生，多刺，難長，而心又其稚弱而未成者也。夭夭，少好貌。劬勞，病苦也。」棘心：棘木初生嫩芽。興：《詩經》有賦比興三法，興即以景物襯托情感。

〔七〕白華：《詩經·小雅·白華》所詠白花。朱熹《詩序辨説》：「《白華》，孝子之絜白也。」杜甫《送李校書二十六韻》：「倚門固有望，斂衽就行役。南登吟《白華》，已見楚山碧。」

〔八〕封植：壅土培植。本相：原形，本來面目。《朱子語類》卷七六：「貞是常恁地，便是他本相如此。」

求我齋文集序

昔人謂文章與世相高下，然亦恒發於山川之秀，本諸文獻之傳。以鄞一郡觀之，其地環以大海，而四明〔一〕、驃騎諸山〔二〕，往往趨海而盡。士生其間者，率偉茂博洽〔三〕，有古作者之遺風。由宋而上，固不必論，國朝以來，踐歇清華〔四〕，出入禁近〔五〕，所以毖宣皇仁黼黻休光於無窮〔六〕，則文清袁公其人也〔七〕。托迹丘園，淑艾來學〔八〕，而指畫口授，使疑者冰開，虛心者滿懷，則敬叔程公其人也〔九〕。

於是以道鄭先生之出，實與二公相先後，朝講夕辨，學日以肆〔一〇〕。自經史、傳記、諸子以及天文、地理、曆筭〔一一〕、兵刑、食貨、醫卜、釋老之書，罔不悉究。其所爲文章，雖不盡守近世師儒繩尺，而規模論議，要不隨人之後。至其佳處，自可追配古人。嗚呼！若先生者，豈非有得於山川之所發、文獻之所傳而致然耶！

先生且没[一二]，其子駒攜其所著《求我齋稿》三十三卷示予，俾序其篇首。先生生於名郡，負鴻厖之質，抱經濟之才，而陸沉於時[一三]，窮煙霏以履泉石。年過五十，始用薦者爲衢州路龍游縣教諭。到官未幾，即棄去。其後天子遣使經略南方[一四]，使者至鄞，舉先生婺州路教授，執政有阻之者。久之，乃改處州，而先生老矣。故其所學百不一試。而於文章曾不及從袁公之後以大其制作，顧獨於程公爲有合焉[一五]。此予所爲掩卷歎息而不已也。

雖然，文所以載道，而道之行於身者，身死則遂泯；著於事業者，事過則日忘。千百載之下所可托以不朽者，獨文章而已。向使先生裕於彼而嗇於此[一六]，未見其爲得也。且有其實而辭其名者宜有後。駒與二弟曰真曰騏[一七]，皆明經善文，克自樹立，以繼承先志。天其昌先生之後以永其休聲乎[一八]？然則先生之所托以不朽者，固不止乎文章而遂已也。

先生諱覺民，字以道，求我齋其自號也。年壽卒葬具見前太史危公銘墓之辭[一九]，此不著。

【題解】

「求我」，即《論語・衛靈公》之「君子求諸己」。《求我齋文集》，鄞縣鄭覺民撰。《宋元學案》卷八十五《深寧學案・教諭鄭求齋先生覺民》：「鄭覺民，字以道，號求齋，鄞縣人，芳叔之子。積學累行，承其家學。郡舊有鄉飲酒禮，守王元恭與程敬叔議復之，屬其討論，鄰郡咸取以爲法。性至孝，母嘗患目翳，日以舌舐之，即愈。後母病痱，至封股和肉以進。父當葬，適病痁甚劇，人皆止其臨壙，泣曰：『幸後先人訖大事，即道死無憾。』返而瘥，人以爲孝感。爲龍游教諭，三月即棄官歸。經略使徵遺逸，署婺州學職，後中書奏授處州教授，命下已卒。」

長子鄭駒，字千里，參看本書卷十七《客中憶寄以大千里二先生二首》。次子鄭真與季子鄭鳳，俱以才識見稱於時。《宋元學案》卷八十五《深寧學案・鄭氏家學・教授鄭先生真》：「鄭真，字千之，求齋覺民之子。研窮六籍，尤長於《春秋》，旁及百氏傳記，靡不究心。元季，科舉中廢，乃刻意古作。臨川吴草廬策問治道十二事，對者十不得一，先生荅之無疑滯。明洪武四年，鄉舉第一，授臨淮教諭。秩滿入見，太祖賜之宴，命賦《菊綻西風霜脂楓葉》詩，稱旨，升廣信教授。嘗采摭鄉先生言行文辭萃爲一編，曰《四明文獻録》。又嘗類聚諸家格言，著爲《集傳》《集説》《集論》。」《乾隆鄞縣志》卷十四《人物・鄭真》：「弟鳳，字千奇，修仁縣主簿。貝瓊銘其母墓云：『實生三驥，亦顯于時。』」

【箋注】

〔一〕《嘉靖寧波府志》卷六《山川・府・山・四明山》：「府西南百五十里，爲郡之鎮山。由天台山發脉，向東北一百三十里，湧爲二百八十峰。中有三十六峰，周圍八百餘里，綿亘本府之奉化慈溪鄞縣、紹興之餘姚上虞嵊縣、台州之寧海諸境。上有方石，四面如窗，中通日月星宿之光，故曰四明。」

〔二〕《嘉靖寧波府志》卷六《山川・慈溪・山・驃騎山》：「縣東南二十里，舊名古靈。山之西峰聯聳如馬鞍，又名馬鞍山。乃府治後鎮山也。上有驃騎將軍廟。」《嘉靖寧波府志》卷十五《壇廟・慈溪・驃騎將軍廟》：「縣東南十五里。《會稽典録》云：『漢世祖時，張意爲驃騎將軍。其子齊芳歷中書郎，來隱此山，人皆賢之，立廟祀焉，以其父之官名其廟。』」

〔三〕博洽：廣博。《後漢書・杜林傳》：「京師士大夫，咸推其博洽。」李賢《注》：「博，廣也；洽，遍也。言其所聞見廣大也。」

〔四〕踐敭：經歷。清華：清高顯貴門第或官職。

〔五〕禁近：翰林院，以其在禁中且近帝王所居。《新唐書》卷九十六《杜審權》：「審權清重寡言，性長厚，居翰林最久，終不漏禁近語。」

〔六〕皍宣：肆力宣傳。楊翮《佩玉齋類稿》録陳旅《序》：「人謂先生得久於其位，則所以皍宣皇仁而斧藻休光於無窮者宜何如！」黼黻：輔佐。

〔七〕文清袁公：袁桷，謚文清，元代名臣文士，詳見本卷《四明袁氏譜圖序》。元時髦俊多推許袁桷，《柳待制文集》卷二《袁文清墓下作》：「十年漬酒綿，不到文清墓。遥遥許劍心，夢寐傷遲莫。千里來東州，九旬縻逆旅。諒哉生芻束，耿耿復誰語？空懷郭林宗，不見王文度。山風吹空林，更絶重湖去。」

〔八〕淑艾：陶冶培養以使人德業盛美；艾，培養。《詩·小雅·南山有臺》：「保艾爾後。」毛《傳》：「艾，養也。」

〔九〕敬叔程公：元名儒程端禮，字敬叔。《宋元學案》卷八十七《静清學案·静清門人·教授程畏齋先生端禮》：「程端禮，字敬叔，鄞縣人。學者稱爲畏齋先生。初用舉者爲建平、建德兩縣教諭。歷稼軒、江東兩書院山長，累考授鉛山州學教諭，以台州教授致仕。先生受學於史静清，色莊而氣夷，善誘學者，使之日改月化。而其弟端學剛明，動有師法，學者咸嚴憚之。人以比河南兩程氏云。百家謹案：慶元自宋季皆傳陸子之學，而朱學不行於慶元，得史静清而爲之一變。蓋慈湖之下，大抵盡入於禪，士以不讀書爲學，源遠流分，其所以傳陸子者，乃其所以失陸子也。余觀畏齋《讀書日程》，本末不遺，工夫有序，由是而之焉，即謂陸子之功臣可也。」

〔一〇〕肆：才智學識展露無遺。《論語·陽貨》：「古之狂也肆，今之狂也蕩。」

〔一一〕曆筭：曆法，推算天象以定歲時。

〔一二〕且：已。裴學海《古書虛字集釋・且》：「『且』猶『已』也。《漢書・馮奉世傳》：『丞相御史兩將軍，皆以爲民方收斂時，未可多發，萬人屯守之且足。』」

〔一三〕鴻厖：同「厖鴻」，廣大。經濟：經世濟民。陸沉：埋没。王維《送從弟蕃遊淮南》：「高義難自隱，明時寧陸沉？」

〔一四〕經略：經營治理。蘇軾《議學校貢舉狀》：「特願陛下留意其遠者大者，必欲登俊良，黜庸回，總覽衆才，經略世務。」

〔一五〕顧獨：衹，僅僅，同義複詞。裴學海《古書虛字集釋・顧》：「一爲『徒』字之義。《論衡・譴告篇》：『顧可言政治失時，氣物爲災；乃言天爲異以譴告之？不改，爲災以誅伐之乎？』」

〔一六〕啚：不足，欠缺。崔桐《崔東洲集》卷十七《將仕郎潘子芳墓誌銘》：「胡裕德而啚年，拜官而埋璧？」

〔一七〕騏：《乾隆鄞縣志》卷十四作「鳳」，未審何者爲是。

〔一八〕休聲：美名令聞。

〔一九〕危公：危素，元明之際著名學者，參見卷十二《夷白齋稿序》。鎦績《霏雪録》卷上：「危素爲翰林學士，居鐘樓街。有會稽王山農冕遊大都，常見其文而不相識。一日，危騎而過山農所。與之坐，不問其姓名，徐曰：『君非鐘樓街住耶？』曰：『然。』不出他語而罷。人問之，山農曰：『吾觀其文有詭氣，因其人舉止亦然，料知必危太樸也。』

錢氏三樓詩序

定海縣北行八十里，地瀕大海，境接平湖，山勢周回〔一〕，風氣綿密，是名鳳浦里者，錢氏居之蓋三世矣。往年嘗構新堂，據夫湖山勝處。丁未之冬，伯氏孟禧復旁起一樓，翼乎新堂之左；其弟仲仁亦於其右作樓以對之；季高又樓於東南，以與堂左之樓直〔二〕。左樓扁曰棲碧，右樓扁曰攬秀，而東南之樓則以玩清名焉。是縣遊居之彦咸爲賦詩以詠三樓之美觀。仲仁虛其首簡，俾予爲之序。

夫所謂棲碧、攬秀、玩清者，李太白之詩云然也〔三〕。太白以天才冠世，不得志於朝，思欲放浪江湖之上，浮游山林之間，而爲是發憤自遣之辭。仲仁兄弟既有湖山之勝，而曰碧曰秀曰清者且日接於其目，亦何慕夫太白之所詠，而必湖上之碧山、芙蓉之秀色與夫松月之清輝是尚哉！

然借碧山以棲息，假芙蓉而結攬〔四〕，托松月以愛玩，吾之山即太白之山，吾之心即太白之心。於是乎日登三樓，翱翔萬物之表，憑虚馭風，飄飄然有神遊八極之意〔五〕，窅乎若挾群仙而上下〔六〕，則所以慕夫太白之謫仙者，又可拘拘以名實求哉！

且予聞之，東海之上有山曰蓬萊。山之中多樓居，古稱列仙之所舍。錢氏去海僅咫尺，家之後山爲達蓬〔七〕，言自是可達於蓬萊。則仲仁兄弟之三樓，固與安期、羨門、王喬之居相掩映〔八〕，而謫仙人不在於太白而在仲仁兄弟矣。況仲仁，詩人也。詩人見景而生情，觸物而起興，興①盡則情盡，情盡則人景俱忘，而所謂詩中之仙，亦且兼太白而有之。名樓之義，夫豈有悖乎哉〔九〕！予喜錢氏之有是三樓也，又愛其命名之適合，故爲序諸篇什之首云。

【題解】

定海錢氏昆弟構建三樓，命之以詩仙太白之意，曰棲碧，曰攬秀，曰玩清。本邑髦俊賦詩謳歌，其集曰《錢氏三樓詩》。攬秀樓主人錢仲仁，參看卷二十四《和陶淵明移居二首并序》《和陶淵明連雨獨飲一首并序》、卷二十五《寄錢仲仁》。

《光緒鎮海縣志》卷二十一《人物二·錢仲仁》：「住鳳湖，與兄孟禧、弟季高皆隱居不仕。而仲仁尤以詩人稱。戴良自慈溪之華嶼遊其地，仲仁以山齋數椽居之，遂欣然徙家焉。因以詩呈仲仁云：『投身既得所，安能復去之？』其感仲仁之誼如此。」

【校勘】

①興：底本作「與」，據乾隆本改。

【箋注】

〔一〕周回：盤旋回環。謝靈運《山居賦》：「剪榛開徑，尋石覓崖，四山周回，雙流逶迤。」

〔二〕直：通「值」，當，面對。《史記》卷一百十《匈奴列傳》：「諸左方王將居東方，直上谷以往者，東接穢貉、朝鮮。」《索隱》引姚氏云：「古字例以直爲值。值者，當也。」

〔三〕《李太白全集》卷十九《山中問答》：「問余何意棲碧山，笑而不答心自閑。桃花流水窅然去，別有天地非人間。」又，卷二十一《望廬山五老峰》：「廬山東南五老峰，青天削出金芙蓉。九江秀色可攬結，吾將此地巢雲松。」又，卷十七《送蔡山人》：「故山有松月，遲爾玩清暉。」

〔四〕結攬：包攬。《元史》卷九十三《食貨一》：「權勢之徒結攬税石者罪之，仍令倍輸其數。」

〔五〕八極：八方極遠之地。《淮南子·墬形訓》：「八紘之外，乃有八極。」

〔六〕謝朓《敬亭山詩》：「歸徑窅如迷。」劉良《注》：「窅，深也。」

〔七〕達蓬山：元時慈溪定海間名山，詳見卷十六《蓬山新樓歌》。

〔八〕安期、羨門：神仙名，詳見卷十一《小丹丘記》。王喬：通稱王子喬，周靈王太子晉，修煉得道，乘鶴登仙，詳見卷二《立秋日言懷》。

〔九〕悖：謬誤。

夏孝子詩序

孝敬成而人倫厚，人倫厚而教化美風俗移，《詩》之爲教然也。予讀《夏孝子詩》，於是知《南陔》《白華》諸作未嘗亡〔一〕，而先王之遺澤至於永久而不泯矣。

初，孝子之父文德君當大德中轉粟以供京師，亦既浮海而北，舟至海津鎮〔二〕，文德君溺焉。時孝子在側，即倉皇號救，躍入①洪波，戴其父以出。文德君得不死，而孝子以力竭沉水，舟人求之弗獲。人皆啧啧驚歎，稱之曰夏孝子。

厥後三弟追痛其兄之死孝也，益以孝義維其家，居同室而食同爨。有司上之朝，旌其門曰「孝義之門」。而東南之言孝者歸夏氏矣。於是一時大夫士相率賦詩以歌美之。孝子之子禋將銓次以傳〔三〕，請予爲之序。

天之生斯人也，孰不知孝其親哉！而夏孝子之名獨聞，鄉邦稱之，士君子信之，四方傳之，豈天有私於夏氏而致然耶？何其久而益聞也？夫父父子子〔四〕，當安居無事時，晨昏有定省之禮焉，冬夏有温清②之問焉，飲食有甘旨之奉焉，固未知何者爲能孝也。不幸而有禍患之變，倉卒之來〔五〕。委性命以求遂，決死生而不疑〔六〕，知有父子之親而不知此身之爲重，然後能孝之名立。能孝之名立，而世教於是乎興矣〔七〕！嗚呼，此夏孝子所以有關於世教，而諸君之詩將以是成孝敬，厚人倫，美教化而移風俗者也。《南陔》《白華》，夫豈有二道哉？

雖然，以予觀於夏氏之事，孝子之啓於其前者如此，後人之繼之也如彼，朝廷又從而寵嘉之旌異之。他日當有史氏之筆大書特書，以紀之汗青，垂之千古者，諸詩之作又特其一事耳。庸因請序〔八〕，姑志歲月於篇端以俟。孝子名永慶，字章甫，四明人。

【題解】

夏孝子永慶，四明人，隨父泛海輸粟，半途父溺，永慶入水救之，父存而己没。劉仁本《羽庭集》卷六《夏永慶傳》：「東漢會稽上虞孝女曹娥自沈於江，抱父屍以出。後邑令度尚爲文誄而廟祠之，照映簡册，至今聞者興起。四明去曹江僅五六舍，至大四年夏，夏氏子永慶涉千仞淵，行萬里外，爲國家轉漕粟。值父溺，能奮身入水，載父以浮。〔父〕得免而己力不支，遂委死波濤中。賢乎哉！事頗與曹娥類。前太史危公稱其一死而忠孝備者，得矣！獨不知能上而著之國典否？當時有司不能爲度尚者，迨今闕然，悲夫！永慶未有子，且無兄弟。父後生弟怡，今爲海道漕運萬夫長，佩虎符，以子裡嗣永慶，庸非天報之歟？後五十一年，爲至正二十二年冬十月，天台劉仁本識。」

《元音》卷九張翥《夏孝子》：「（名永慶，定海人）翁已全生兒殞軀，投文我欲詰天吳。一時肝膽寧知死？萬頃波濤視若無。骨葬夜泉鯨穴冷，魂歸故國蜃雲孤。自今孝子流風在，直與扶桑水到枯。」

【校勘】

① 入：底本作「又」，據乾隆本改。

② 清：底本作「清」，據乾隆本改。

【箋注】

〔一〕南陔：《詩經》笙詩，有聲無辭。朱熹《詩序辨説》：「《南陔》，孝子相戒以養也。」白華：《詩經》笙詩，有聲無辭，參見本卷《孫氏瑞萱堂詩序》。朱熹《詩集傳·華黍》：「亦笙詩也。《鄉飲酒禮》：鼓瑟而歌《鹿鳴》《四牡》《皇皇者華》；然後笙入堂下，磬南北面立，樂《南陔》《白華》《華黍》。《燕禮》亦鼓瑟歌《鹿鳴》《四牡》《皇華》；然後笙入立於縣中，奏《南陔》《白華》《華黍》。《南陔》以下，今無以考其名篇之義，然曰笙曰樂曰奏，而不言歌，則有聲而無詞明矣。」

〔二〕海津鎮：今天津，或稱直沽。《元史》卷二十五《仁宗二》：「改直沽爲海津鎮。」

〔三〕禋：升煙以祭天，此作人名。銓次：遴選編次。陳鵠《耆舊續聞》卷二：「隨其所問，信筆便書，不復銓次。」

〔四〕父父子子：父行父道，子行子道。《論語・顔淵》：「齊景公問政於孔子。孔子對曰：『君君，臣臣，父父，子子。』」

〔五〕倉卒：匆忙急遽，或指意外事變；卒，通「猝」。

〔六〕委：放棄。《孟子・公孫丑下》：「委而去之。」遂：完成，此指實現孝道。

〔七〕世教：正統禮教。張世南《游宦紀聞》卷四：「且神仙、方技、秘怪之事，書傳所記，從古有之。然詭誕不經，無補世教。」

〔八〕庸：乃，於是。裴學海《古書虚字集釋》卷二《庸》：「『庸』猶『乃』也。《書・皋陶謨篇》：『帝庸作歌。』《左傳・襄二十五年》：『庸以元女大姬配胡公，而封諸陳，以備三恪。』」

贈醫士周原啓序

金源有國時，醫者三人①〔一〕：曰劉守真氏，曰張子和氏，曰李明之氏〔二〕。守真、子和當金之盛，然且地有北方〔三〕，風氣堅勁而稟受雄渾〔四〕，飲食充厚而保養慎密，故其治疾也，每以大實大滿視之〔五〕，而用瀉法以攻其有餘〔六〕。明之則當國勢向衰，師旅饑饉相尋於邦域之中，其人多憂驚而氣耗矣〔七〕。故其持論，每以固根本爲重，而用補法以助其不足〔八〕。三人用是咸擅名於其國。

元之混一，三人皆已物故〔九〕，而所著書始見稱於江南。讀其書而得其學者，惟金華朱彦修〔一〇〕、許昌滑伯仁〔一一〕。而彦修、伯仁之於醫，以人之有餘也，則用疏利之劑以瀉之；人之不足也，則用温平之味以補之〔一二〕：蓋稱亭三人之意而不滯於一偏者也〔一三〕。由是彦修、伯仁之名日重於當時，其視三人之在金，若無異焉者，淵源之懿，何其盛哉！

予來越上，見越之醫者聞三人之風，輒抵掌扼腕〔一四〕，争起而用其説，然求其不謬於補瀉之法如彦修、伯仁者〔一五〕，曾不一二焉。蓋亦難乎其爲術矣！暇日與諸公論至於此，未嘗不爲斯世有疾者憂。久之，乃言其郡有新進之士曰周君者，多讀三人之書，其説亦時時及補瀉之法。苟遇外邪，則先攻而後補；遇内邪，則先補而後攻〔一六〕。郡之大夫士及民庶之家用之良驗。

予喜而詢之，則予姻原啓也。蓋原啓生長彦修之鄉，嘗私淑其所學〔一七〕。其於居越也，又密邇伯仁所寓，而獲親承其指授。故其隨疾施治，往往與他醫異。嗟乎！醫而若原啓者，亦豈苟然也哉？他日擅名於一時，又將與彦修、伯仁相先後矣。故嘗因是而歎曰：「昔秦越人非遇長桑君，則不能明見五藏〔一八〕；郭玉非得程高爲之師，則不能伎盡六微〔一九〕。世之言醫者，人擅其業，家有其書，而授受無聞焉，其視原啓何如也？」予與原啓别且二十餘載，而不意其於醫也如是之精到，故因兒禮過門，始伸紙和墨〔二〇〕，書此以爲贈。異日艤舟一見，又將於原啓徵之。

【題解】

周原啓，一作玄啓，金華人，以醫術鳴浙東海濱。謝肅《密庵集》卷八《針藥二室銘》：「金華周玄啓讀書好醫方術，學於攖寧滑先生。先生生中州，儒而醫也。其用藥絶似劉河間，而針法則本竇大師。凡所砭療，莫不奇中，名聞朔南，是則玄啓固有所受之矣。玄啓嘗以二室曰藥曰針，遇人有疾，針可已者，砭之；藥可愈者，療之。亦往往以奇中有聲，(碩)〔顧〕豈辱於師門邪？雖然，玄啓之於攖寧，親炙者也；攖寧之於竇、劉，私淑艾者也。竇、劉之所聞風而起者，其扁鵲乎？扁鵲身遇長桑君，故能以針藥名當時而傳後世。後世第讀其書而欲精其術，難也。然則術不至於扁鵲，殆不可止，玄啓亦求止於扁鵲哉！予既獲交於攖寧，又喜玄啓之術不苟止也，遂作二銘，使自警焉。其《藥室銘》曰：『備物致用，惟精惟英。俾斯人壽考而康寧，厥道其孰明？非神非聖，曷全乎天地之生？咨爾君子，燮陰陽於庶萌。在篤其行，式昭令名。』其《針室銘》曰：『有微者物，其剽也鋭，以出入萬穴。其惡乎已天下疾？蓋辨順逆，制虚實，然後能中乎陰陽之節。若差毫末，榮衛斯遏。慎爾持操，毋疏厥術。』」

【校勘】

① 三人：底本作「三人者」，據乾隆本改。

【箋注】

〔一〕金源：河流名，或曰金水，此代金國。阿魯圖《進金史表》：「維此金源，起於海裔。」

〔二〕劉守真、張子和、李明之：詳見卷十《丹溪翁傳》。

〔三〕然且：又，同義複詞。裴學海《古書虛字集釋》卷七《然》：「『然』猶『且』也。一爲『又且』之義。《越絶書・請糴内傳》：『親之乎？彼聖人也，將更然有怨心不已。』」

〔四〕稟受：稟賦。王充《論衡・氣壽》：「非天有長短之命，而人各有稟受也。」

〔五〕大實大滿：實證，邪氣盛而正氣尚未虚衰。郭靄春《傷寒論校注語譯・附・傷寒例》：「若表已解，而内不消，大滿大實，堅有燥屎，自可除下之。雖四五日，不能爲禍也。」張從正《儒門事親》卷二《凡在上者皆可吐式十四》：「然自胸以上大滿大實，痰如膠粥，微丸微散皆兒戲也，非吐病安能出？」

〔六〕瀉法：凡汗、下、吐三法，以通導大便、消除積滯、蕩滌實熱、攻逐水飲。張從正《儒門事親》卷二《攻裏發表寒熱殊塗箋十二》：「有一言而可以該醫之旨者，其惟發表攻裏乎？雖千枝萬派，不過在表在裏而已矣。欲攻其裏者，宜以寒爲主；欲發其表者，宜以熱爲主。雖千萬世，不可易也……所謂發表者，出汗是也；所謂攻裏者，湧泄是也。」又，《汗下吐三法該盡治病詮十三》：「夫病之一物，非人身素有之也。或自外而入，或由內而生，皆邪氣也。邪氣加諸身，速攻之可也，速去之可也，攬而留之可乎？雖愚夫愚婦，皆知其不可也……今予論吐汗下三法，先論攻其邪，邪去而元氣自復也。」

〔七〕李杲《脾胃論・四庫全書提要》：「明孫一奎《醫旨緒餘》云：『東垣生當金元之交，中原擾攘，士失其所，人疲奔命，或以勞倦傷脾，或以憂恐傷脾，或以飢飽傷脾。病有緩急，不得不以急者爲先務。』此真知杲者也。」師旅：軍隊，代戰爭。尋：相繼，連續。

〔八〕李杲《脾胃論》卷中《飲食勞倦所傷始爲熱中論》：「古之至人，窮於陰陽之化，究乎生死之際，所著《內》《外經》，悉言人以胃氣爲本……若飲食失節，寒温不適，則脾胃乃傷。喜怒憂恐，損耗元氣。既脾胃氣衰，元氣不足，而心火獨盛……內傷不足之病，苟誤認作外感有餘之病，而反瀉之，則虚其虚也。實實虚虚，如此死者，醫殺之耳！然則奈何？惟當以辛甘温之劑補其中而升其陽，甘寒以瀉其火，則愈矣。」

〔九〕物故：死亡。《漢書》卷五十四《蘇武》：「前以降及物故，凡隨武還者九人。」顔師古《注》：「物故謂死也，言其同於鬼物而故也。一説，不欲斥言，但云其所服用之物皆已故耳。」

〔一〇〕朱彦修：名震亨，彦修其字也，世稱丹溪先生，詳見卷十《丹溪翁傳》。《宋濂全集》卷三十七《題朱彦修遺墨後》：「夫醫之爲道，本於《内經》，其失傳蓋已久矣。金之諸儒劉守真輩獨能遠紹絶學，至先生始三傳，則授受之正，不言可知矣。」

〔一一〕滑伯仁：滑壽，字伯仁，元末明初傑出醫家，參見卷十八《滑伯仁像贊》。揭汯《難經本義序》：「許昌滑君伯仁，篤實詳敏，博極群書，工於醫者三四十年，起廢愈痼，不可勝紀。遂晝惟思，夕旁推遠索，作《難經本義》二卷，析其精微，探其隱賾，鈎其玄要，疑者辯之，誤者正之，諸家之善者取之。於是《難經》之書，辭達理明，條分縷解，而《素問》《靈樞》之奥，亦由是而得矣。」

〔一二〕疏利：疏泄。李時珍《本草綱目·草七·威靈仙》：「威靈仙氣温……其性大抵疏利，久服恐損真氣，氣弱者亦不可服之。」温平之味：温性平和之補益藥；味，草藥。

〔一三〕稱亭：稱量平正，喻公允處置。葉適《除吏部侍郎謝表》：「馭下極稱亭之審，待臣循理分之宜。」

〔一四〕抵掌：擊掌；一説猶據掌，即以一手覆按另一手手掌。《戰國策·秦策一》：「見説趙王於華屋之下，抵掌而談。」鮑彪《注》「抵，側擊也。」高誘《注》：「抵，據也。」扼腕：用一隻手握住另一隻手，表示振奮、惋惜、憤慨等情緒。

〔一五〕《素問・三部九候論篇第二十》：「必先度其形之肥瘦，以調其氣之虚實，實則寫之，虚則補之。必先去其血脉，而後調之，無問其病，以平爲期。」

〔一六〕吴有性《瘟疫論》卷上《前後虚實》：「病有先虚後實者，宜先補而後瀉；有先實後虚者，宜先瀉而後補。」

〔一七〕私淑：未得直接傳授而暗自取法。

〔一八〕秦越人：常稱扁鵲，先秦神醫，敬事長桑君以得醫家秘術。詳見卷十八《項彦章像贊》。

〔一九〕六微：自然界六氣與人體三陰三陽緊密聯繫而染疾患病之精微道理，泛指醫術，詳見卷十八《松風老人吕君像贊》。郭玉：東漢和帝時太醫丞，師程高，程高師涪翁。涪翁每遇疾者，輒下針砭以愈，著《針經》《診脉法》傳於世。郭玉少師程高，學方診六微之技及陰陽隱側之術，診脉療疾，多有效應，和帝歎奇稱善。詳見《後漢書》卷八十二下《方術列傳下・郭玉》。

〔二〇〕精到：精細周到。禮：戴九靈長子戴思禮。費著《歲華紀麗譜》：「燃二椽燭，媵婢夾侍，和墨伸紙，望之者知公修《唐書》，若神仙焉。」

送秋崖講師住資教詩序

鄞之沙門曰旻公秋崖，疏通而粹美〔一〕，精深而敏慧，嘗以叢林妙選，入延慶爲懺首〔二〕。延慶乃一郡望刹之冠，内而耆年宿衲，外而達官貴人，莫不雷動雲集〔三〕，肩摩而踵接。秋崖佐主僧從容酬應，勃窣趨迎〔四〕，當世故艱難之際，宗教陵遲之餘〔五〕，而能牧衆行道，作大佛事如一日，秋崖陰相之力居多。於是行業日益著〔六〕，譽望日益隆，諸山咸願迎禮講出世法。

會資教法席虚，遂起秋崖主之。道俗聞者咸謂：「秋崖，吾刹之福田〔七〕，其可終聽其去也？」予解之曰：「秋崖，苦海之法舟，又可漆漆然於一刹哉〔八〕！且資教爲寺，與延慶相伯仲，歲月之久，廢爲荒丘。秋崖於世有勝緣，他日幻頹址爲化城〔九〕，易朽敗爲丹碧，而耆年宿衲之棲息，達官貴人之遊從，當復如延慶時矣，豈不盛哉！況是處山水甲諸方，望春、白鶴、乳泉之清淑磅礴而鬱積〔一〇〕。馬祖謂紫玉曰：『山水之秀可居，後當益汝道氣〔一一〕。』秋崖是行，又將有得於此乎！」

秋崖行矣，予亦幅巾杖屨〔一二〕，從入此山以終老矣。秋崖倘不以予爲可棄，相與登高臨下，坐苔石以望白雲，濯澗流而聽清籟，庶幾舒徐容曳之情、勝賞幽尋之趣厭飫於平生矣〔一三〕。秋崖亦有以念之否乎？於是道俗之挽留秋崖者，咸相率賦詩以道其離別之思，而書予言於首簡。

【題解】

秋崖講師，元末明初鄞縣比丘，參看卷十六《寄秋崖講師二首》。住，久住護持佛法，即擔任住持。資教，鄞縣古刹資教講寺。《嘉靖寧波府志》卷十八《寺觀・鄞縣・寺・資教講寺》：「縣西三十里，舊名廣德院，周顯德元年建。宋端拱元年重修佛殿。後圮。景泰元年重建大殿及修山門。」《清容居士集》卷二十《資教寺修三門記》：「吾里法智大師以至行約言闡揚天台，大行於浙東西。謂城南延慶爲祖庭，故四明旁邑近郊，雖丈室尋地，多博辯秀出之徒，過於他郡。西山資教其一也。西山在郡西四十里，周顯德元年號廣德院，宋治平改曰資教。負山面湖，有菱荷鳧鷗舟楫亭橋之勝，凡郡人之遊於湖者，必至是寺。」

《羽庭集》卷三《四明西山資教寺》：「雙錦亭臺隱翠微，新篁乍脱錦棚衣。湖田萬頃青山繞，野水孤村白鳥飛。老柏未枯青尚在，黄梅正熟雨初肥。衲僧煮茗供清話，玉乳泉頭汲綆歸。」

【箋注】

〔一〕疏通：通達。《漢書》卷八十一《匡衡》：「蓋聰明疏通者戒於大察，寡聞少見者戒於雍蔽。」

〔二〕妙選：篩選所得之精品或人物。延慶：元時鄞縣名刹。《嘉靖寧波府志》卷十八《寺觀・鄞縣・寺・延慶講寺》：「縣治東南日湖中。周廣順三年建，名保恩院。宋至道中，真宗改爲延慶寺，敕賜『南湖福地』額……寺爲天下講宗五山之第二山。」《烏斯道集》卷六《山趣軒記》：「明之憲法師，居南湖延慶寺之東僻，名其軒曰山趣。間徵文於余，余曰：『南湖渟於郡治，寺據於南湖，四際皆水也，山則杳莫之及，師乃以山趣名軒，何居？』」懺首：引導緇白脱罪祈福之高僧。《佛祖統紀》卷十八《月堂詢法師法嗣・法師法登》：「既具戒，入南湖依月堂。堂以其宿學蚤成，宜待以異禮，逾年命以懺首。」

〔三〕耆年宿衲：年高德劭之僧徒。雷動：氣勢宏大或場面熱烈如雷之轟鳴。

〔四〕勃窣：急行貌。段玉裁《説文解字注・窣》：「《子虚賦》：『嫛姍勃窣，上乎金堤。』韋昭曰：『嫛姍勃窣，匍匐上也。』按，嫛姍謂徐行，勃窣謂急行。」

〔五〕世故：世事。陵遲：敗壞，衰敗。

〔六〕行業：操行。葛洪《抱朴子・廣譬》：「播種有不收者矣，而稼穡不可廢；仁義有遇禍者矣，而行業不可惰。」

〔七〕福田：福源，佛家謂積善行得福報，猶如春種田地，秋穫其實。姚合《送清敬闍黎歸浙西》：「自翻貝葉偈，人施福田衣。」

〔八〕漆漆然：恭敬貌。《禮記・祭義》：「漆漆者，容也，自反也。」鄭玄《注》：「漆漆，讀如朋友切切。自反，猶言自修整也。」

〔九〕勝緣：善緣。化城：音譯乾闥婆城，即一時幻化之城郭；後常指佛寺。王維《登辨覺寺》：「竹徑從初地，蓮峰出化城。」

〔一〇〕《嘉靖寧波府志》卷五《山川・鄞・山・望春山》：「縣西三十里，與白鶴山對峙，爲邑西小朵。」白鶴山：詳見卷十六《寄秋崖講師二首》。乳泉：詳見卷十六《寄秋崖講師二首》。

〔一一〕釋覺範《石門文字禪》卷二十四《送修彦通還西湖序》：「昔雪峰道經祝融，人勸其一登絶頂，掉頭掣肘曰：『青山長在，知識難逢，且山林雖佳，於道無所益也明矣。』馬祖謂紫玉曰：『山水之秀可居，益汝道氣。』是若有益於道者，何也？及觀興化之論，乃曰：『吾雖嗣臨濟，而發藥之友者，大覺是已；山林未暇論也；而師且後之。』是勝侶之德，其不可不重如是其甚也。嗚呼，是三者，古之人有得於一，則固已誇談於叢林而傳誦於後世，矧吾彦通兼取而有之，可謂盛哉！」

〔一二〕杖屨：拄杖漫步。杜甫《祠南夕望》：「興來猶杖屨，目斷更雲沙。」

〔一三〕舒徐：從容謙抑。元稹《貽蜀張校書元夫》：「遠處從人須謹慎，少年爲事要舒徐。」容曳：寬鬆舒展貌。張彦遠《歷代名畫記》卷一《論畫六法》：「古之臺閣竦峙，古之服飾容曳。」

重刊禪林僧寶傳序

《禪林僧寶傳》者，宋宣和初新昌覺範禪師之所撰次也〔一〕。覺範嘗讀唐宋《高僧傳》，以道宣〔二〕、贊寧文陋而識暗〔三〕，其於爲書，往往如户婚按檢，不可屬讀，乃慨然有志於論述，凡經行諸方，見夫博大秀傑之衲，能袒肩以荷大法者，必手録而藏之〔四〕。後居湘西之谷山〔五〕，遂盡發所藏，依仿司馬遷史傳，各爲贊辭，合八十有一人，分爲三十卷，而題以今名。亦既鋟梓以傳，積有歲月，二十年來，南北兵興，在在焚燬〔六〕，是書之存，十不一二。

南宗定公時住大慈名刹〔七〕，慨念末學晚輩不見至道之大全古人之大體〔八〕，因取其書，重刊而廣布之，且以序文屬予，俾書始末傳之永久。

古者左史記言，右史記事〔九〕，而言爲《尚書》，事爲《春秋》，遷蓋因之以作《史記》，而言與事具焉。覺範是書，既編五宗之訓言，復著諸老之行事。蓋聽言以事觀①，覺範可謂得遷之矩度矣。

而或則曰：「遷蓋世間之言，覺範則出世間者也。出世間之道，以心而傳心〔一〇〕。彼言語文字，非道之至也。於此而不能以無滯，則自心光明且因之而壅蔽〔一一〕，其於道乎何有？」是大不然。爲佛氏之學者，固非即言語文字以爲道，而亦非離言語文字以入道〔一二〕。觀夫從上西竺東震諸師〔一三〕，固有兼通三藏力弘心宗者矣〔一四〕，若馬鳴〔一五〕、龍樹〔一六〕，永嘉〔一七〕、圭峰是也〔一八〕。學者苟不致力於斯，而徒以撥去言語文字爲禪，冥心默照爲妙〔一九〕，則先佛之微言，宗師之規範，或幾乎熄矣。

覺範爲是懼而撰此書，南宗亦爲是懼而刊布之，欲使天下叢林咸法前輩之宗綱，而所言所履與《傳》八十一人者同歸於一道，則是書之流傳，豈曰小補之哉！傳曰：「雖無老成人，尚有典刑〔二〇〕。」又曰：「君子多識前言往行，以蓄其德〔二一〕。」後之覽者，勉之哉！洪武六年臘月八日九靈山人戴良序②。

【題解】

宋釋惠洪，又名德洪，字覺範，自號寂音尊者，筠州新昌人，臨濟宗黄龍派高僧，精通唯識之學，博覽載籍奇書，筆墨酣暢，著述豐贍，世傳《禪林僧寶傳》三十卷、《林間録》二卷、《智證傳》十卷、《冷齋夜話》十卷、《臨濟宗旨》一卷、《石門文字禪》三十卷。南宗定公推許《禪林僧寶傳》，懼其泯滅而重刊之。

北宋侯延慶《禪林僧寶傳引》：「覺範謂余曰：『自達磨之來，六傳至大鑑。鑑之後析爲二宗：其一爲石頭，雲門、曹洞、法眼宗之；其一爲馬祖，臨濟、潙仰宗之，是爲五家宗派。嘉祐中，達觀曇穎禪師嘗爲之傳，載其機緣語句而略其始終行事之迹。德洪以謂影由形生，響逐聲起，既載其言，則入道之緣臨終之效，有不可唐捐者。遂盡掇遺編別記，苴以諸方宿衲之傳；又自嘉祐至政和，取雲門、臨濟兩家之裔嶄然絶出者：合八十有一人，各爲傳而繫之以贊，分爲三十卷。書成於湘西之南臺，目之曰《禪林僧寶傳》。幸爲我作文，以弁其首。』余索其書而觀之。其識達，其學諳，其言恢而正，其事簡而完，其辭精微而華暢，其旨廣大空寂窅然而深矣，其才則宗門之遷固也。使八十一人者，布在方册，芒寒色正，燁如五緯之麗天，人皆仰之，或由此書也。夫覺範初閲汾陽昭語，脱然有省，而印可於雲庵真浄。嘗涉患難瀕九死，口絶怨言，面無不足之色。其發爲文章者，蓋其緒餘土苴云。宣和六年三月甲子長沙侯延慶引。」

南宋張宏《禪林僧寶傳序》：「摩竭掩室，毗耶杜口，以真實際，離文字故。自曹溪滴水，派別五家，建立綱宗，開示方便。法源一濬，波流益洪，同歸薩婆若海。然欲識佛性義，當觀時節因緣。從古明大法人，莫非瑰瑋傑特之材，不受世間繩束，是以披緇祝髮，周遊參請，必至於發明己事而後已。蓋有或因言而悟入，或目擊而道存，一刹那間，轉凡成聖。時節因緣各自不同，苟非具載本末，則後學無所考證，此《僧寶傳》之所由作也。是書之傳有年矣，白璧纍藉，見出愛慕。舊藏在廬阜，後失於回禄。錢塘風篁嶺之僧廣遇慮其湮没，即舊本校讐鋟梓，以與諸方共之，十餘年而書始成，其用心亦勤矣。魏亭趙元藻一見遇於湖山之上，慧炬相燭，袖其書以歸，囑予爲一轉語。予與遇未覿面，今披是書，知其志趣，千里同風，且見遇與覺範與八十一人者把臂并行。若有因書省發，得意忘言，即同入此道場，則靈山一會，儼然未散，不爲分外。寶慶丁亥中春上澣臨川張宏敬書。」

《禪林僧寶傳·四庫全書提要》：「惠洪，字覺範，筠州人。禪宗自六祖以後分而爲二：一曰青原，其下爲曹洞、雲門、法眼；一曰南嶽，其下爲臨濟、潙仰；是爲五家宗派。嘉祐中，達觀曇穎嘗爲之傳，載其機緣語句而略其終始行事。惠洪因綴輯舊聞，各爲之傳而繫以贊，凡八十一人。原本前有寶慶丁亥臨川張宏敬序，稱舊本藏在廬阜，後失於回祿，錢塘風篁山僧廣遇慮其湮没，因校讎鋟梓，與諸方共之。然卷末題明州府大慈名山教忠報國禪寺住持比丘寶定刊板，又似刻於四明者，疑爲重鋟之本也。」《提要》所云教忠報國禪寺者，鄞縣大慈寺也；比丘寶定者，南宗定公也；至於「疑爲重鋟之本」，則戴九靈斯文足以祛疑而定論矣。

【校勘】

① 事觀：乾隆本作「觀事」。

② 洪武六年臘月八日九靈山人戴良序：諸本悉闕，據《禪林僧寶傳》補。

【箋注】

〔一〕新昌：宋江南西路瑞州屬縣；瑞州，又名筠州。《宋史》卷八十六《地理四·江南西道·瑞州》：「上，本筠州，軍事。……縣三：高安，上；上高，新昌。」

〔二〕道宣：唐朝高僧，俗姓錢氏，吴興人，著述豐贍，上承梁釋寶唱《名僧傳》與慧皎《高僧傳》而著《續高僧傳》。道宣《續高僧傳序》：「今余所撰，恐墜接前緒，故不獲已而陳之。或博諮先達，或取訊行人，或即目舒之，或討讎集傳。南北國史附見徽音，郊郭碑碣旌其懿德，皆撮其志行，舉其器略。言約繁簡，事通野素，足使紹胤前良，允師後聽。始岠梁之初運，終唐貞觀十有九年，一百四十四載，包括嶽瀆，歷訪華夷，正傳三百四十人，附見一百六十人。序而申之，大爲十例：一曰譯經，二曰解義，三曰習禪，四曰明律，五曰護法，六曰感通，七曰遺身，八曰讀誦，九曰興福，十曰雜科。凡此十條，世罕兼美，今就其尤最者隨篇擬倫。」

〔三〕贊寧：北宋佛學家，俗姓高，吴興德清人，世傳《宋高僧傳》。贊寧《宋高僧傳序》：「臣等謬膺良選，俱乏史才，空門不出於董狐，弱手難探於禹穴。而乃循十科之舊例，輯萬行之新名，或案誄銘，或徵志記，或問輶軒之使者，或詢耆舊之先民，研磨將經論略同，讎校與史書懸合，勒成三帙，上副九重。列僧寶之瑰奇，知佛家之富貴。昔者嘉祥筆削，盡美善於東南；澄照纂修，足英髦於關輔：蓋是拘於虛也，傳不習乎？豈若皇朝也！八極張羅，舉之則無物不至；四夷弭伏，求之則何事不供！臣等分面徵搜，各塗搆集，如見一家之好，且無諸國之殊，所以成十科者，易同拾取。其正傳五百三十三人，附見一百三十人。矧復逐科盡處，象史論以攄辭；因事言時，爲傳家之系斷。厥號《有宋高僧傳》焉。」

〔四〕《石門文字禪》卷二十六《題佛鑑僧寶傳》：「禪者精於道，身世兩忘，未嘗從事於翰墨，故唐宋僧史皆出於講師之筆。道宣精於律，而文詞非其所長，作禪者傳，如户婚按檢；贊寧博於學，然其識暗，以永明爲興福，巖頭爲施身，又聚衆碣之文爲傳，故其書非一體：予甚悼惜之。頃嘗經行諸方，見博大秀傑之衲，能袒肩以荷大法者，必編次而藏之，蓋有志於爲史。

中以罪廢逐，還自海外，意緒衰落，魂魄遺失，其存者無幾。宣和改元夏，於湘西之谷山，發其藏畜，得七十餘輩，因仿前史作贊，使學者概其爲書之意。」按檢：檢查。屬讀：連讀。

〔五〕谷山：宋潭州長沙縣谷山寺。《乾隆長沙府志》卷五《山川・長沙・谷山》：「谷山，縣西七十里，山有靈谷，下有龍潭，禱雨輒應。有石，色淡青，紋如亂絲，叩之無聲，爲硯發墨，亦有光。」《石門文字禪》卷二十六《題端上人僧寶傳》：「臨川志端上人宣和四年夏於長沙之谷山。谷山有衆，而領袖者魯暗，不通曉世事，叢林以是凋落。端律身益敬，日誦經行道，暇則寫《僧寶傳》。」

〔六〕鋟梓：刻板印刷。在在：處處，到處。

〔七〕南宗定公：元四明高僧。大慈：元鄞縣名刹。二者俱見卷二十八《大慈寺上蒙堂記》。

〔八〕大全：十分完備。《莊子・田子方》：「微夫子之發吾覆也，吾不知天地之大全也。」大體：本質，要點。《莊子・天下》：「不幸不見天地之純，古人之大體。」

〔九〕《漢書》卷三十《藝文志》：「左史記言，右史記事，事爲《春秋》，言爲《尚書》，帝王靡不同之。」

〔一〇〕《六祖壇經・行由品第一》：「法則以心傳心，皆令自悟自解。自古佛佛惟傳本體，師師密付本心。」

〔一一〕自心：自性，本性，自在法性，佛性。《六祖壇經・懺悔品第六》：「世人性本清浄，萬法從自性生。思量一切惡事，即生惡行；思量一切善事，即生善行。如是諸法在自性中，如天常清，日月常明……善知識，智如日，慧如月，智慧常明。」

〔一二〕《石門文字禪》卷二十六《題圓上人僧寶傳》：「以是論之，非離文字語言，非即文字語言，可以求道也。」

〔一三〕從上：從前。《祖堂集·慧忠國師》：「諸供奉曰：『從上國師未有得似和尚如是機辯。』」西竺東震：西方天竺與東方震旦；竺，天竺，印度古稱；震，梵語震旦，漢語中國。徐端《壁侍者歸自廬山以詩問訊》：「西竺東震非道二，心宗教意難言傳。何時尋我青陽巔，分我一滴廬山泉？」

〔一四〕三藏：佛教經、律、論三類典籍總稱；經，總説根本教義；律，記述戒規威儀；論，闡明經義。沈約《内典序》：「義隱三藏之外，事非二乘所窺。」心宗：禪宗別名；以覺悟衆生自心爲主旨，故名心宗。李洞《贈興善徹公上人》：「心宗本無礙，問學豈難同？」

〔一五〕馬鳴：音譯「阿濕縛窶沙」，亦譯「功勝」，古印度佛教詩人，大乘佛教著名論師，中天竺國人。初信婆羅門外道，後受脅尊者教化，改信佛教。馬鳴造詣精微，聽者莫不開悟。因馬匹聞其大法而垂淚忘食，故尊稱馬鳴。其事詳載《馬鳴菩薩傳》。

〔一六〕龍樹：音譯「那伽閼剌樹那」「那伽阿周陀那」，亦作「龍猛」「龍勝」，古印度大乘佛教中觀學派創始者，南印度人，屬婆羅門種姓。早年以婆羅門學者聞名，後皈依佛教。始學小乘，精通三藏；入雪山佛塔，遇老比丘授大乘經典，復周遊諸國，更求他經，發揮《般若》性空思想，卓然自成一家。其事詳載《龍樹菩薩傳》及《付法藏因緣傳》卷五。

〔一七〕永嘉：通稱永嘉玄覺，唐代禪僧，世傳《永嘉集》，尤以《永嘉證道歌》淪肌浹髓。《宋高僧傳》卷八《唐温州龍興寺玄覺傳》：「釋玄覺，字明道，俗姓戴氏……總角出家，齠年剃髮，心源本浄，智印全文，測不可思，解甚深義。我與無我，恒常固知；空與不空，具足皆見。既離四病，亦服三衣。德水沐其身，所以清浄；良藥治其眼，所以光明。」《光緒永嘉縣誌》卷三十六《方外·玄覺》：「覺唱道著明，修證悟入。慶州刺史魏靖都輯綴之，號《永嘉集》。李邕作《神道碑》云：『無證無修，不離此心而得佛；或默或語，未嘗有法以示人。』」

〔一八〕圭峰：通稱圭峰宗密，華嚴宗第五祖。少時熟讀儒書，後皈依佛教，常住終南山草堂寺南圭峰蘭若以誦經、修禪、著述，故亦稱圭峰大師。《宋高僧傳》卷六《唐圭峯草堂寺宗密傳》：「釋宗密，姓何氏，果州西充人也……初在蜀，因齋次受經，得《圓覺》十二章，深達義趣，誓傳是經。在漢上，因病僧付《華嚴》，句義未嘗肄習，即爾講之。由是乃著《圓覺》《華嚴》及《涅槃》《金剛》《起信》《唯識》《盂蘭盆》《法界觀》《行願經》等疏鈔及法義類例禮懺修證圖傳纂略；又集諸宗禪言爲《禪藏》，總而序之，并酬答書偈議論等；又《四分律疏》五卷、《鈔懸談》二卷。凡二百許卷圖六面，皆本一心而貫諸法，顯真體而融事理；超群有於對待，冥物我而獨運矣。」

〔一九〕冥心：潛心苦思。默照：默默體察。唐順之《吏部郎中薛西原墓誌銘》：「中歲始好養生家言，自是絶去文字，收斂耳目，澄慮默照。」

〔二〇〕語存《詩經·大雅·蕩》。朱熹《詩集傳》：「雖無老成人與圖先王舊政，然典刑尚在，可以循守。」老成：年高有德。典刑：法度，典範；刑，通「型」。

〔二一〕語存《周易·大蓄·象》。識：通「志」，記住。前言往行：往聖先賢之言行。

九靈山房集卷之二十二

鄞遊稿八

題跋

余豳公手帖後題

至正丙午秋，良與臨安劉庸道同客四明[一]。一日，從庸道閱篋中舊書，得余豳公所遺貢尚書帖[二]。三讀之，蓋不知涕泗之横流也。

初，公僉浙東廉訪時，良獲進拜雙溪之上，而師焉而問焉[三]。於是知公學問該博，汪洋無涯，其證據今古，出入經史百子，亹亹若珠比鱗列[四]；爲文章操紙筆立書，未嘗起草，然放恣横從，無不如意；至古詩詞，尤不妄許可，其視近代諸名公，蔑如也；他若篆隸真行諸字畫，亦往往深到，有漢晉作者之遺風〔五〕。嗚呼，其盛矣！

爰自浙東謝事，居太夫人憂於合肥。淮南盜起，行省强起爲淮西宣慰副使，守安慶，累功至淮南左丞。當其圍守時，以孤城抗賊者幾十載。其後援絶食盡，猶血戰兩月城始陷，死之〔六〕。朝廷贈公攄誠守正清忠亮節功臣、榮禄大夫、淮南等處行中書省平章政事、柱國、豳國公〔七〕，謚忠宣，立廟以祀。

此帖作於守安慶之三年，帖中云「從軍雖極勞瘁，心甚安之」，則公之捐軀報國，蓋素志然也。或傳公死之日，神降於私第之前庭曰：「我有《易説》，爲賊中某小校所得，當取以授吾故人某使刊之。」時公二子已遇害，妻妾亦投井中死，是書之存否，皆不可知。公在浙東時，有所著《易説》五十卷，良嘗請以卒業，公曰：「天假數年，所見當不止此，他日相示未晚〔八〕。」意謂即此書也。帖中猶欲就閩物色《易》《書》三五家，以爲亂思遺老之計，則公於此書，没身而已矣。公與尚書公有同朝之好〔九〕，時持節閩中，故以此帖寄之〔一〇〕。後五年，尚書公亦下世，帖留其徒庸道處。

庸道以良嘗出公門下，俾題左方。昔尚書公之在閩也，見公之遺事，志以二十九言曰：「公之行，不愧乎董賈〔一一〕；公之忠烈，不讓乎張許〔一二〕；其文章可以踵班馬而繼韓歐[一三]。」善言公者，無以易此矣。良復何云哉！公唐兀氏，諱余闕，字廷心，元統癸酉申科進士。其歷官次第言行政治具見國史，此不著。九月朔日門生良謹書。

【題解】

余豳公，元朝忠藎大臣余闕，參見本書卷七《題余廉訪五大篆後》。《元史》卷一百四十三《余闕》：「余闕，字廷心，一字天心，唐兀氏，世家河西武威。父沙剌臧卜，官廬州，遂爲廬州人……出僉浙東道廉訪司事。丁母憂，歸廬州。盜起河南，陷郡縣。至正十二年，行中書於淮東，改宣慰司爲都元帥府，治淮西，起闕副使、僉都元帥府事，分兵守安慶……（至正十七年）秋，拜淮南行省左丞……（至正十八年正月）丙午，普勝軍東門，友諒軍西門，祝寇軍南門，群盜四面蟻集，外無一甲之援。西門勢尤急，闕身當之，徒步提戈爲士卒先。士卒號哭止之，揮戈愈力，仍分麾下將督三門之兵，自以孤軍血戰，斬首無算，而闕亦被十餘創。日中城陷，城中火起，闕知不可爲，引刀自刭，墮清水塘中。闕妻耶卜氏及子德生、女福童皆赴井死……稍暇，即注《周易》，帥諸生謁郡學會講，立軍士門外以聽，使知尊君親上之義，有古良將風烈。或欲挽闕入翰林，闕以國步危蹙辭不往，其忠國之心蓋素定也。卒時年五十六。事聞，贈闕攄誠守正清忠諒節功臣、榮祿大夫、淮南江北等處行中書省平章政事、柱國，追封豳國公，謚忠宣。議者謂自兵興以來，死節之臣，闕與褚不華爲第一云。闕留意經術，五經皆有傳注。爲文有氣魄，能達其所欲言。詩體尚江左，高視鮑、謝，徐、庚以下不論也。篆隸亦古雅可傳。」

【箋注】

〔一〕劉庸道：名中，庸道其字也，詳見卷十六《庸道提學訪予定川寓舍……》。

〔二〕貢尚書：名師泰，字泰甫，元末名臣，詳見卷十六《貢尚書新祠六詠》。

〔三〕僉：此指任浙東海右道肅政廉訪司僉事，參見卷七《題余廉訪五大篆後》。雙溪：浙江金華河流，詳見卷三《九日偕子充安道諸友遊城東》。《宋濂全集》卷三十九《題余廷心篆書後》：「右四大篆，豳國忠宣公余闕爲浦陽戴君叔能書。至正九年，公持使者節來鎮浙部，濂偕叔能往見公，獎厲甚至，且各書齋扁爲贈。」

〔四〕該博：廣博。亹亹：連綿不絶。

〔五〕放恣横從：奔放雄健；從，通「縱」。蔑如：輕微不足道。深到：精深周密。文天祥《知韶州劉容齋墓誌銘》：「其餘佛老精言，亦各深到。」

〔六〕童冀《尚絅齋集》卷三《觀盡忠池拜余忠宣公墓》：「荒池斜日暝雲陰，獨立空山淚滿襟。遺老能言當日事，寒泉猶照死時心。百年妻子皆魚腹，一代河山竟陸沉。故國春風又芳草，祗因遺恨九原深。」

〔七〕攄誠：竭誠盡心。于謙《請旨自將復仇疏》：「雖悔過攄誠，遣使入貢，而罪大惡極，終不可容。」

〔八〕《論語·述而》：「假我數年，五十以學《易》，可以無大過矣。」

〔九〕余闕《玩齋集序》：「余天性素迂，常力矯治之，然終不能入繩墨……京師，天下聲利之區也，能迂非所宜有。嘗陰以求之士大夫之間，得一人焉，曰貢泰甫。泰甫，故學士仲章君之子，能詩文。少遊太學，有時名，因自貴重，不妄爲進取，有所不可交者，亦不妄與交。故吾二人者歡然相得，若魚之泳於江，獸之走於林也。時泰甫爲應奉翰林文字，固多暇者，即與聚盍，有蔬一品，魚一盤，飲酒三行或五行，即相與賦詩論文，凡詞章古今上下治亂賢否圖書彝器，無不言者。意少適，即聯鑣過市，據鞍談譃，信其所如而止。及暮無所止，則與問曰：『將何之？』皆曰：『無所之也。』乃各策馬還。」

〔一〇〕持節：古代使臣執符節以爲憑證。《元史》卷一百八十七《貢師泰》：「十五年，庸田司罷，擢江西廉訪副使，未行，遷福建廉訪使……二十二年，召爲秘書卿，行至杭之海寧，得疾而卒。」

〔一一〕董賈：董仲舒與賈誼。《漢書》卷五十六《董仲舒傳》：「劉向稱『董仲舒有王佐之材，雖伊、呂亡以加，管、晏之屬，伯者之佐，殆不及也』。」《漢書》卷四十八《賈誼傳》：「劉向稱『賈誼言三代與秦治亂之意，其論甚美，通達國體，雖古之伊、管未能遠過也。使時見用，功化必盛。爲庸臣所害，甚可悼痛』。」

〔一二〕張許：張巡與許遠，唐安史之亂時以身許國之忠臣。《韓昌黎文集校注》卷二《張中丞傳後敘》：「遠雖材若不及巡者，開門納巡，位本在巡上，授之柄而處其下，無所疑忌，竟與巡俱死守，成功名。城陷而虜，與巡死先後異耳……及城陷，賊縛巡等數十人坐，且將戮。巡起旋，其衆見巡起，或起或泣。巡曰：『汝勿怖！死，命也。』衆泣不能仰視。巡就戮時，顏色不亂，陽陽如平常。遠寬厚長者，貌如其心；與巡同年生，月日後於巡，呼巡爲兄，死時年四十九。」

〔一三〕班馬：傑出歷史學家班固與司馬遷。杜牧《冬至日寄小侄阿宜詩》：「高摘屈宋豔，濃薰班馬香。」韓歐：傑出文學家韓愈與歐陽修。真德秀《題八君子圖後》：「韓歐開濟姿，如晴月生空。」

跋錢舜舉所臨閻立本西域圖

此吴興錢舜舉臨唐閻中令《西域圖》。中令藝絶古今，張彦遠記歷代畫第爲上品，而《西域圖》實在所録也。蓋當是時，天下已定，而外國初入貢，故詔中令寫外國圖，而於《西域》則奉詔〔一〕。

其真迹有李伯時題識者〔二〕，舊藏廬陵王侍郎家，大觀間詔取上進，廬陵令張達淳輩竊取摹之，於是有摹本〔三〕。彦遠又云當時王知慎亦嘗一摹搨〔四〕。而海外高麗等國往往有唐摹〔五〕。則此圖之傳世，非特一本矣。第不知舜舉所臨者，果自真迹中來耶，抑亦摹本之所出耳。

因茅元禮攜至求題，姑志所聞如是，博雅君子必有能諗之者〔六〕。

【題解】

錢選，字舜舉，元吴興畫家。《元詩紀事》卷三十一《錢選》：「宋景定間鄉貢進士，有《習懶齋稿》。《六研齋筆記》：『至元間，吴興有八駿之號，以子昂爲稱首。俄子昂以薦入朝，諸公皆相附得官。錢舜舉獨齟齬不合，流連詩畫以老。』《題浮玉山居圖》：『瞻彼南山岑，白雲何翩翩？下有幽棲人，嘯歌樂徂年。叢石映清泚，嘉木澹芳妍。日月無終極，陵谷從變遷。神襟軼寥廓，興寄揮五弦。塵影一以絶，《招隱》奚足言？』《珊瑚網》：『吴興公早歲得畫法於舜舉，舜舉多寫人物花鳥，故所圖山水，當世罕傳。此卷蓋其自寫山居，景趣既高，筆墨精妙，尤爲合作。詩亦雅麗，非近人語……』《山居圖卷》：『山居惟愛静，白日掩柴門。寡合人多忌，無求道自尊。鷃鵬俱有意，蘭艾不同根。安得蒙莊叟，相逢與細論？』《珊瑚網》：『此余年少時詩，近留湖濱寫《山居圖》，追懷舊吟，書於卷末。揚子雲悔少作，隱居乃余素志，何悔之有？吴興錢選。』」

閻立本，京兆萬年人，唐高宗時拜右相，後改稱中書令。擅長圖畫，尤工摹寫人物，詳見《新唐書》卷一百《閻立本》。

閻立本畫自盛唐傳至宋元間，慕而臨之者甚夥，錢舜舉摹《西域圖》，乃名家摹巨匠也。

【箋注】

〔一〕張彦遠：字愛賓，唐代蒲州猗氏人，著《歷代名畫記》行於世。畫第：名畫等級。《歷代名畫記》卷九《唐朝上》：「立德弟立本，上品下……有應務之才，兼能書畫，朝廷號爲丹青神化。初爲太宗秦王庫直，武德九年命寫秦府十八學士，褚亮爲贊。貞觀十七年，又詔畫凌煙閣功臣二十四人圖，上自爲贊。時天下初定，異國來朝，詔立本畫外國圖。」

〔二〕李伯時：名公麟，宋傑出畫家，參看卷九《題平章公所藏天馬圖》。題識：題跋。吴曾《能改齋漫録》卷十二《閻立本畫》引李公麟元祐六年《跋》：「博陵閻公總章右丞相，終於中書令，藝兼後素，是謂丹青神化，此其迹也。唐人張彦遠出鳴珂三相家，風流博雅，著書記歷代畫，第閻上品，而《西域圖》在所録。又言王知慎亦搨之，則傳世者非一本。」《宋詩紀事》卷三十何頎之《觀李伯時題閻立本西域圖》：「窮荒未信子年欺，自笑山林老一枝。海上嘗思龜殼卷，天涯欲化鳥工窺。丹青閻令如曾到，風俗張騫舊獨知。公喜著書尤博雅，山經暇日補殘遺。」

〔三〕王侍郎：北宋名臣王贄，字至之，廬陵太和人，晚年拜禮部侍郎，尋遷户部侍郎。張方平《樂全集》卷三十九《朝散大夫守尚書户部侍郎致仕上柱國太原郡開國公食邑二千九百户食實封五百户賜紫金魚袋王公墓誌銘》：「公諱贄……雅知養生，夙明性理，心量虚曠而得安樂。

好書畫，能鑒賞，古之名筆多購得之，聚書萬餘卷。所居有林塘之勝，高僧野客談禪話道，間從詩酒優遊自娛，世事一不屑意，蕭然有方外之趣。以至泊然委化，神明不動，其所得精矣。」《能改齋漫録》卷十二《閻立本畫》：「右伯時跋閻立本《西域圖》，廬陵王（方）贊侍郎家有之，其孫瓌夔玉寶藏之。大觀間，開封尹宋喬年言之省中，詔取以上進。時廬陵令張達淳、郡法掾吴祖源被檄委焉，因竊摹之，於是始有摹本。」

〔四〕朱景玄《唐朝名畫録·神品下七人·閻立本》：「後有王知慎者，亦師範於立本，甚得其筆力。立德乃神品，知慎乃妙品。」《歷代名畫記》卷九《唐朝上·王知慎》：「工書畫，與兄知敬齊名。僧悰云：『師於閻，寫貌及之，筆力爽利，風采不凡，在張孝師下。』」

〔五〕高麗：古國名，或曰高句麗、高句驪、句驪，後爲衛氏朝鮮所并。

〔六〕茅元禮：元末明初滿腹經綸而命途屯蹇者，參看卷二十五《寄茅元禮》。諗：知悉。

跋孫伯敬所藏十八學士圖

宋徽廟居東宫日，嘗親洒宸翰，畫《唐十八學士》并書姓名序贊，以賜近侍張公叔夜〔一〕。靖康初，張以南道總管領兵勤王，其子慈甫從行，慈甫之妻攜是畫南來。有挾勢力索取之者，令作贋本遺之〔二〕。丞相李公綱爲製頌序，乃以爲閻立本所畫，褚亮所贊，而御書十八人姓名〔三〕。刻之豫章者，即其本也。

張婦所藏真迹，後爲參政樓公鑰家所得〔四〕。樓爲天台倅時，刻諸公廨中〔五〕。則天台所刻本視豫章刻有真贋之不侔矣。石刻之在當時已難得其真如此，況丹青之見於綃①素者乎！

此本有元裕之〔六〕、張仲舉題識〔七〕，蓋京師達官家故物。孫氏兄弟購得之，信希世之奇寶也，幸謹襲藏以俟博雅君子鑑定焉〔八〕。

【題解】

孫伯敬，鄞縣清逸嗜古收藏家，詳見卷二十八《怡顔堂記》。唐中書令閻立本與宋徽宗趙佶悉嘗運思創作《唐十八學士圖》，孫氏所藏乃趙佶所繪。

武德四年，秦王李世民開文學館以延十八學士杜如晦、房玄齡、于志寧、蘇世長、薛收、褚亮、姚察、陸德明、孔穎達、李玄道、李守素、虞世南、蔡允恭、顔相時、許敬宗、薛元敬、蓋文達、蘇勖；後薛收卒，徵劉孝孫入館。武德九年，命閻立本畫《唐十八學士圖》，褚亮爲贊。張彦遠《歷代名畫記》卷九《唐朝上》引《秦府十八學士寫真圖序》：「尋遷庫直閻立本圖形貌，具題名字爵里，仍教文學褚亮爲之像贊，勒成一卷，號《十八學士》。并給珍膳，分爲三番，更直宿於閣。每軍國務静，參謁歸休，即引見論討墳典，商略前載，考其得失，或夜分而寢。又降以温顔，禮數甚厚。由是天下歸心，奇傑之士咸思自效於時。預入館者，時所傾慕，謂之登瀛州云。」

宋徽宗趙佶推重秦府學士，爲儲貳時親繪《唐十八學士圖》。宋趙彦衛《雲麓漫鈔》卷一：「我淵聖皇帝居東宫日，親灑宸翰，畫唐十八學士并書姓名序贊，以賜宫僚張公叔夜。」清乾隆《御製文二集》卷十九《宋徽宗畫唐十八學士圖議語》：「世間豔傳唐十八學士登瀛洲之事，擬之僊而望如雲，爲圖肖其形，詠詩紀其迹，蓋不知凡幾矣。而莫若宋徽宗此卷爲藝林之最所珍，而予亦以此卷爲最可議……而宣和自題且有儒林華國之詞，蔡京跋語直貢鄉舉里選跨唐越漢之頌。其時金事將興，君臣燕處爲此豐亨豫大之説，不亦謬乎？是不翅不知登瀛虚文之爲非，而并登瀛虚文之不若矣。」

【校勘】

① 綃：乾隆本作「絹」。

【箋注】

〔一〕徽廟：北宋皇帝趙佶廟號徽宗，宋人因稱徽宗爲徽廟。陳鵠《耆舊續聞》卷三：「徽廟尤喜書，立學養士，惟得杜康稽一人。」宸翰：帝王墨迹。張叔夜：南宋末年忠蓋死節名將，參見《宋史》卷三百五十三《張叔夜》。

〔二〕趙彦衛《雲麓漫鈔》卷一：「靖康初，張以南道總管自鄧領兵，勤王京師，拜樞密，以不肯推戴異姓取過軍前，飲恨而薨。長子慈甫從行。慈甫閣中攜畫南來，諸叔屢取之不與。有以勢力來圖者，慈甫令人以贋本遺之，今豫章刻是也。丞相李公伯紀爲之頌序，以爲閻立本畫褚亮贊而御書十八人姓名。畫既不精，而贊中字亦有故與改之者，李初不考也。後虜人請和，慈甫來取其室人，有旨還之。先妣乃樞密公之姪，而樞密夫人亦先人諸姑。先人在樞密勤王幕中，經理諸孤南來，慈甫之閣留此宸翰，付先君以行。慶元五年，余爲天臺倅，嘗以宸翰刻諸台倅公廨，并載其事。丞相京公得其本，答書云『鄉里所刻爲贋本無疑矣』。」

〔三〕李綱：字伯紀，邵武人，南北宋間抗金名將。振臂主戰，屢遭貶斥，而忠心勁節不少挫，論者以爲有諸葛孔明之苦心。詳見《宋史》卷三百五十八《李綱》。李綱《梁谿集》卷一百四十二《淵聖皇帝題十八學士頌并序》：「《唐天策府十八學士》，閻立本畫像，褚亮贊，淵聖皇帝題其姓名以賜太子詹事李詩，真絶世之寶也。臣某拜手稽首，謹作頌曰：『英英策府，十八學士，森如驥騄，才德兼備。太宗御之，六轡耳耳，嘶風籋雲，一日千里。丹青之妙，寫於縑素，千載風流，遇之旦暮。於穆淵聖，天縱多能，遊戲翰墨，識其姓名。人物圖繪，及兹宸藻，是爲三絶，萬世之寶。沙漠苦寒，翠華未還，傷心北顧，喟其涕潸。安得傑才，如彼諸子，扶翊中微，國勢振起？豈無趙卒，爲御以歸？老臣衰疾，跂而望之。』紹興六年七月二十三日。」

〔四〕樓鑰：字大防，明州鄞縣人，累官參知政事。年逾古稀，精敏絶人，和墨伸紙，一揮而就，同僚驚歎，自愧弗如遠甚。樓鑰文辭精博，著《攻媿集》一百二十卷。詳見《宋史》卷一百五十四《樓鑰》。

〔五〕按《雲麓漫鈔》，授天臺倅且刻《唐十八學士》於官署者，乃南宋趙彦衛；此言樓鑰，蓋作者之誤。倅：古時地方佐貳副官。公廨：官署。

〔六〕元裕之：名好問，字裕之，號遺山，金代著名文學家。徐世隆《元遺山全集序》：「自中州斫喪，文氣奄奄幾絶，起衰救壞，時望在遺山。遺山雖無位柄，亦自知天之所以畀付者爲不輕，故力以斯文爲己任，周流乎齊魯燕趙晉魏之間幾三十年，其迹益窮，其文益富，其聲名益大以肆。且性樂易，好獎進後學，春風和氣隱然眉睫間，未嘗以行輩自尊。故所在士子從之如市然，號爲泛愛。至於品題人物商訂古今，則絲豪不少貸，必歸之公是而後已。是以學者知所指歸，作爲詩文，皆有法度可觀，文體粹然爲之一變。大較遺山詩祖李杜，律切精深而有豪放邁往之氣；文宗韓歐，正大明達而無奇纖晦澀之語；樂府則清雄頓挫，閑婉瀏亮，體制最備，又能用俗爲雅，變故作新，得前輩不傳之妙，東坡稼軒而下不論也。」

〔七〕張仲舉：名翥，字仲舉，號蜕庵，元時翰林待制。早歲恃才放縱，好蹴踘，喜音樂。一日醒悟，閉門讀書，晝夜不暫輟。先受業於江東大儒李存，聞道德性命之説；後從仇遠學詩，盡窺格律閫奥，遂以詩文名噪一時。詳見《元史》卷一百八十六《張翥》。《張蜕庵詩集》釋來復《潞國公張蜕庵詩集序》：「觀公之詩，知公之所蓄厚矣。春空游雲，舒斂無迹，此其沖澹也；崑崙雪霽，河流沃天，此其渾涵也；灝氣横秋，華峰玉立，此其清峭也；平沙廣漠，萬馬驟馳，此其駿邁也；風日和煦，百卉競妍，此其流麗也。寓情賦景，兼得其妙，讀之使人興起，誠爲一代詩豪矣。」

〔八〕希世：世所罕見；希，通「稀」。襲藏：珍藏。

題貢尚書二詩

尚書貢先生《晨坐公堂》及《公館夜坐》二詩，甚有陶韋思致〔一〕。予時病脾逾月〔二〕，偶讀數過，不覺栩栩然去體。乃知檄愈頭風〔三〕，古誠有是事哉！

【題解】

貢尚書，元末名臣貢師泰，詳見卷十六《貢尚書新祠六詠》。按貢師泰《玩齋集》，實未載《晨坐公堂》及《公館夜坐》二詩；其《晨起夜坐詩後序》詳述吟詠《晨起》《夜坐》緣由，然二詩與公堂公館無涉。《元詩紀事》則以爲詩乃貢奎所作，戴九靈張冠李戴，誤移父詩於子。未審二詩實情，姑録以俟考。

《玩齋集》卷六《晨起夜坐詩後序》：「予所居香嚴寺，當山門外，有古樟盤踞道傍，大可百圍，相傳爲隋唐間物。其根魁然突出者，若磐石平布，可列坐十許人。樹南有小石橋，橋傍兩闌衡廣，亦可坐五六人。昕夕輒與諸生出坐樹下，客有程伯來、吴志夫、張仲純，亦時來相與憩息焉。樹雖甚大，而輪囷擁腫，中空液樠，不中繩墨；其枝柯亦卷曲秃缺，摧朽無所用。獨其咢柎條達，旁出蒼翠，蓊鬱陰翳，猶可蔽百餘步。遇風從山下，回注蕩激，則蹄股交戰，鼻口怒號，喁然于然，與橋下水聲相觸，湱湱然若雲詭波譎，而蛟龍神之也。予嘗賦《晨起》《夜坐》二詩，以寫其幽深瑰奇之遇矣。」

《元詩紀事》卷十二《貢奎·夜坐二首》：「京國雨初霽，虚堂夜氣涼。新月上團團，坐久流清光。露葉閃明晦，河雲互飛揚。機籟發天祕，起弄琴與觴。千里同今夕，幽愁結中腸。濕螢低復舉，棲鳥亦驚翔。適時物乃貴，人生何慷慨！」「夜久境逾静，居然庭樹秋。氣機發群動，時節無淹留。涼露浴蟾彩，浮雲澹河流。微生競如髮，瀰思志常周。精爽一以竭，榛煙蔽前丘。道貴善持養，日入當偃休。寄言學仙子，文字徒冥搜。……按，仲章未嘗官尚書，官尚書者乃其子師泰，九靈誤稱。」

【箋注】

〔一〕陶韋：東晉陶潛和唐代韋應物，詩風沖淡幽遠，合稱陶韋。鄭斯立《贈陳宗之》：「陶韋淡不俗，郊島深以艱。」《僑吴集》卷一鄭元祐等《學詩齋聯句》：「直登陶韋奥，旁摩鮑謝壘。」《韋蘇州集》卷七《東郊》：「終罷斯結廬，慕陶真可庶。」《韋蘇州集·四庫全書提要》：「五言古體源出於陶而鎔化於三謝，故真而不樸，華而不綺，但以爲步趨柴桑，未爲得實。」

〔二〕李經緯《中醫大辭典》注「脾病」云：「脾司運化，主四肢肌肉，統攝血液，爲氣上生化之源，開竅於口。脾病有寒熱虚實之分，多由飲食勞倦所傷，脾失健運，水濕不化；或脾陽虚衰，中氣下陷所致。」

〔三〕《三國志》卷二十一《魏書·王衛二劉傅傳》：「太祖并以琳、瑀爲司空軍謀祭酒，管記室。軍國書檄，多琳、瑀所作也。」裴松之《注》引魚豢《典略》：「琳作諸書及檄，草成呈太祖。太祖先苦頭風，是日疾發，卧讀琳所作，翕然而起曰：『此愈我病。』數加厚賜。」鎦績《霏雪録》卷上：「元末有隱君子張南榮者，讀書善鼓琴。時軍帥有慕君一見而不可得者，使數至，君始往見之。且曰：『知君妙於音，固欲相浼。』君爲作《秋風》《亭皋》等曲。適帥瘧作，聽畢，醒然起曰：『吾病去矣。』是後瘧遂除。」

題貢尚書手帖

右玩齋貢先生與劉子明都事手帖〔一〕，言「令子學多進益，且留此，後遣其回」。

所謂令子，即庸道也〔二〕。去之十有五年，而庸道遂以文學知名，爲貢門高弟。使玩齋而在，則待庸道當益厚，不異韓昌黎之於李翺、皇甫湜矣〔三〕。

【題解】

元貢尚書師泰，詩文造詣頗深，有《玩齋集》行於世，時人尊稱玩齋先生。《玩齋集·四庫全書提要》：「師泰少承家學，繼登吴澄之門，復與虞集、揭傒斯諸詩人遊，其學具有淵源，所著有《友迂集》《玩齋集》《東軒集》《臾臾集》《閩南集》。……師泰以政事著，而文章亦足凌厲一時。」

【箋注】

〔一〕劉子明：名文德，字子明，元末擢福建行省左右司都事，參看卷二十三《元江浙行樞密院都事劉君墓誌銘并序》。

〔二〕庸道：姓劉，名中，詳見卷十六《庸道提學訪予定川寓舍……》。貢師泰《玩齋集》卷四《題劉生庸道竹林書室圖》：「劉生讀書竹林下，滿耳金石聲琅琅。翠陰碎落日當户，緗帙亂翻風滿床。中夜蛟龍神變化，清時鸞鳳瑞文章。此君標致誰能寫？一幅雲煙墨數行。」

〔三〕《新唐書》卷一百七十六《韓愈》：「故愈深探本元，卓然樹立，成一家言。其《原道》《原性》《師説》等數十篇，皆奥衍閎深，與孟軻、楊雄相表裏而佐佑六經云。至它文造端置辭，要爲不襲蹈前人者。然惟愈爲之，沛然若有餘，至其徒李翺、李漢、皇甫湜從而效之，遽不及遠甚。」《韓昌黎詩繫年集釋》卷六《送李翺》：「廣州萬里途，山重江逶迤。行行何時到，誰能定歸期？揖我出門去，顔色異恒時。雖云有追送，足迹絶自兹。人生一世間，不自張與弛。譬如浮江木，縱横豈自知？寧懷别時苦，勿作别後思。」又卷六《寄皇甫湜》：「敲門驚晝睡，問報睦州吏。手把一封書，上有皇甫字。坼書放床頭，涕與淚垂四。昏昏還就枕，惘惘夢相值。悲哉無奇術，安得生兩翅！」

題楊慈湖所書陸象山語

陸文安公之學由①《中庸》「尊德性」而入〔一〕，故其用工不以循序爲階梯，而以悟入爲究竟，所謂傳心之學是已〔二〕。斯學也，江右諸公多得其傳〔三〕；浙水之上，傳之得其宗者，惟楊文元公。文元官富陽時，獲見文安而進拜焉。立談之頃，即領道要〔四〕，故其所就卓卓，視文安有光。

文安此帖，有「家之興替在德義，不在富貴」之語，蓋亦心學之所發耳。文元書之以自厲，且署「門人楊某」於後，非有得於心學之傳者若是乎？

夫文安之學，聖人之學也。韓子謂「求觀聖人者，必自孟子始〔五〕」，予亦謂求觀文安者，必自文元始。

師程知慕二公，取其言與字，尊信而表章之〔六〕，是亦文元之徒也歟！

【題解】

楊簡，字敬仲，號慈湖，謚文元，宋陸九淵高足，慈溪理學家。《嘉靖寧波府志》卷三十《傳六・理學・楊簡》：「字敬仲，慈溪人，清明純一，非禮不動，燕私儼恪，如臨君師，學以古聖爲的。入太學，第進士。主富陽簿，日坐公堂，輒諷詠《魯論》《孝經》，不動聲色，而民自化。陸九淵道其邑，齒長二歲，指以心學之要，遂北面師事焉。調紹興府理掾，朱熹持庾節首薦之，每稱簡學有爲己功夫。宰饒之樂平，謂教養茲邑，欲使邑人皆爲君子，況學者乎？誨之醇醇不倦，爲講堂訓曰：『學者孝而已矣。時有古今，道無古今，性無古今。』聞者興起。以國子博士召，講《易・乾（封）〔卦〕》，發人心固有之妙。趙汝愚免相，祭酒李祥抗疏辯之。簡上書，亦以學黨斥，閑居十三年。以秘書召，遷著作〔郎〕將作少監，守温州。訪賢者，禮致之；崇孝養，明宗族相恤之令；首行鄉舉；仿《周官》敬敏任恤之類，書善不書惡。除工部郎將作監，告老奉祠，召不起。終敷文閣直學士，以寶謨閣學士致仕。壽八十六，謚曰文元。有《詩》《易》《春秋》《論語》《古文孝經傳》《孔子閑居解》，又著《己易》，輯《先聖大訓》。簡至誠篤敬，期功之戚，下洎緦麻，一以經禮爲則，而容色稱之。平居接物，從容和樂，未始苟異於人，而高遠自不可及。北方傳誦其文曰：『此江南楊夫子也。』」

陸九淵，字子静，謚文安，象山其號也，宋明心學祖師，與朱熹并稱朱陸。《宋元學案》卷五十八《象山學案·文安陸象山先生九淵》：「陸九淵，字子静，自號存齋，金溪人。梭山、復齋之弟也。三四歲時，問其父賀『天地何所窮際』，父奇之。聞人誦伊川語，自覺若傷我者，嘗曰：『伊川之言，奚爲與孔子、孟子之言不類？』讀《論語》，即疑有子之言支離。他日讀古書，至宇宙二字，解者曰：『四方上下曰宇，往古來今曰宙。』忽大省曰：『宇宙内事，乃己分内事。己分内事，乃宇宙内事。』又嘗曰：『東海有聖人出焉，此心同也，此理同也。西海有聖人出焉，此心同也，此理同也。南海、北海有聖人出焉，此心同也，此理同也。千百世之上有聖人出焉，此心同也，此理同也。千百世之下有聖人出焉，此心同也，此理同也。』乾道八年，登進士第，爲吕東萊所識。始至行都，從遊者甚衆。先生能知其心術之微，言中其情，多至汗下。亦有相去千里，素無雅故，聞其概而盡得其爲人。語學者曰：『念慮之不正者，頃刻而知之，即可以正。念慮之正者，頃刻而失之，即爲不正。有可以形迹觀者，有不可形迹觀者。必以形迹觀人，則不足以知人。必以形迹繩人，則不足以教人。』又曰：『今天下學者，惟有兩途：一途樸實，一途議論。』足以明人心之邪正，破學者窟宅矣……既歸，學者愈盛。每詣城邑，環坐二三百人，至不能容。結茅象山，學徒復大集。居山五年，來見者案籍踰數千人。紹熙二年，除知荆門軍。故事，太守下車，必先揭約束，延賓受牒皆有日期。吏以白，先生曰：『安用是！』賓至即見，持牒即入，無早暮。於是下情盡達，兩造有不持狀對辯求決者。郡已大治。荆門素無城壁，先生以爲四戰之地，遂議築之，二旬而畢。郡於上元設醮，爲民祈福，先生乃會吏民講《洪範》斂福錫民一章以代之，發明人心之善，所以自求多福者。聽者莫不曉然，至有泣下者。三年，卒官，年五十四。嘉定十年，賜謚文安。」

【校勘】

① 由：底本作「曰」，據乾隆本改。

【箋注】

〔一〕尊德性：尊重善良天性。《中庸》二十七章：「故君子尊德性而道問學。」《宋元學案》卷五十八《象山學案・文安陸象山先生九淵》：「宗羲案：先生之學，以尊德性爲宗，謂『先立乎其大，而後天之所以與我者不爲小者所奪。夫苟本體不明，而徒致功於外索，是無源之水也。』」

〔二〕究竟：極致，最高境界。傳心：體悟本性篤行仁道。《性理大全書》卷七十西山真氏《心經贊》：「舜禹授受，十有六言。萬世心學，此其淵源。人心伊何？生於形氣。有好有樂，有忿有懥。惟欲易流，是之謂危。須臾或放，衆慝從之。道心伊何？根於性命。曰義曰仁，曰中曰正。惟是無形，是之謂微。毫芒或失，其存幾希。二者之間，曾弗容隙。察之必精，如辨白黑。知及仁守，相爲始終。惟精惟一，惟一故中。聖賢迭興，體姚法姒。持綱挈維，昭示來世。戒懼謹獨，閑邪存誠。曰忿曰欲，必窒必懲。」

〔三〕江右：長江下游以西地區。王勃《梓州玄武縣福會寺碑》：「下官薄遊江右，旅寄城隅。」

〔四〕《宋史》卷四百七《楊簡》：「乾道五年舉進士，授富陽主簿。會陸九淵道過富陽，問答有所契，遂定師弟子之禮。富陽民多服賈而不知學，簡興學養士，文風益振。」

〔五〕《韓昌黎文集校注》卷八《送王秀才塤序》：「故學者必慎其所道。道於楊、墨、老、莊、佛之學，而欲之聖人之道，猶航斷港絶潢以望至於海也。故求觀聖人之道，必自孟子始。」

〔六〕師程：沈姓，慈溪人，參看卷二十一《書畫舫讌集詩序》《東山賞梅詩序》。表章：表彰，顯揚。

題劉庸道浮海百韻

昔予觀木玄虛《海賦》〔一〕，每疑其言「㴔漭澋漫，不可端倪〔二〕」。及以王事航海，自南而北，過黑水洋，抵登萊〔三〕，見所謂浮天之浪、浴日之波〔四〕，有吞江納漢包乾括坤之勢〔五〕，然後知玄虛之言爲可徵。非善於詠海者，不足以及此。

今觀吾友庸道《浮海百韻詩》，於是又知有庸道者也。玄虛之賦與海同其大，而庸道之詩與海同其深，其大其深皆海之爲體然也，兩人之所作相與①爲不朽矣。

雖然，後之觀此詩者，苟不親涉其境以求夫大與深者而目擊之，亦未必不以予之疑玄虛者疑庸道焉。溟鵬井蛙〔六〕，夫亦以其所見有不同耳，妄議詞章者，尚戒之哉！

【題解】

劉庸道，元末明初錢塘文士，詳見卷十六《庸道提學訪予定川寓舍……》。劉庸道師事貢師泰，所吟詩章自有足觀者，《浮海百韻》殆已失傳，兹舉高士奇《江村銷夏録》卷一所録劉庸道題《宋錢進士秋江待渡圖卷》以窺其詩學造詣：「江上青山如一髮，宛轉林巒翠光滑。幾家茅屋未開門，野渡扁舟遲明發，蕭蕭木葉動秋颸，隔江有人歌《竹枝》。江天空闊波浪惡，也應待渡來多時。正如獨客螺江上，身作孤雲心浩蕩。擬從雙闕覲清光，路梗蓬萊不能往。倪君置我白玉壺，篝燈促迫題畫圖。眼中見此三歎息，卻憶榕窗聞鷓鴣。予自閩浮海，爲阻風還抵四明。倪君有助出示此卷，索予陪春草先生同賦，因得以寓其意焉。」

【校勘】

① 與：底本作「學」，據乾隆本改。

【箋注】

〔一〕《文選》卷十二録《海賦》，李善《注》：「《今書七志》曰：『木華，字玄虛。』《華集》曰：『爲楊駿府主簿。』傅亮《文章志》曰：『廣川木玄虚爲《海賦》，文甚俊麗，足繼前良。』」

〔二〕瀰漫：深廣貌。淼漫：曠遠貌。端倪：邊際。《海賦》：「爾其爲狀也，則乃浟湙瀲灩，浮天無岸；沖瀜沆瀁，渺瀰淼漫；波如連山，乍合乍散。噓噏百川，洗滌淮漢；襄陵廣舄，瀰漫浩汗。」

〔三〕黑水洋：詳見卷九《渡黑水洋》。登萊：元代登州與萊州，隸屬中書省般陽府路；戴九靈嘗北征益都路而未至登萊，參見卷十九《望大牢山》後諸詩。《元史》卷五十八《地理一》：「般陽府路……萊州……領四縣：掖縣，膠水，招遠，萊陽……登州……領四縣：蓬萊，黄縣，福山，棲霞。」

〔四〕孟郊《上張徐州》：「爲水不入海，安得浮天波？」曹操《觀滄海》：「日月之行，若出其中；星漢燦爛，若出其裏。」虞世基《奉和望海詩》：「長瀾疑浴日，連島類奔濤。」

〔五〕《海賦》：「噓噏百川，洗滌淮漢……且其爲器也，包乾之奥，括坤之區。」

〔六〕《莊子・内篇・逍遥遊》：「北冥有魚，其名爲鯤。鯤之大，不知其幾千里也。化而爲鳥，其名爲鵬。鵬之背，不知其幾千里也，怒而飛，其翼若垂天之雲。是鳥也，海運則將徙於南冥。南冥者，天池也。」《莊子・外篇・秋水》：「井蛙不可以語於海者，拘於虚也；夏蟲不可以語於冰者，篤於時也；曲士不可以語於道者，束於教也。」

跋孫伯睿所藏絳帖

宋①太宗購求前代法帖，刻版藏禁中〔一〕。大臣初登二府者，詔賜一本，謂之官帖〔二〕。丞相劉公沆守長沙日，以所賜帖摹刻二本，一置諸郡，一藏於家，自此法帖盛行於世〔三〕。今所取重者，絳、潭二郡〔四〕及兩劉〔五〕、潘〔六〕、趙四家所刻凡六本〔七〕，自餘無足觀矣。

然求其所從來，亦皆官帖之苗裔。官帖不可得，下此惟絳帖近之。蓋其華潤有肉，神氣動人，非若他帖之枯瘠也。此本蓋是絳帖無疑，且其紙墨俱舊，裝潢亦甚精緻，誠可寶也。

二十年來，禍亂相仍，在在兵起，士大夫家所藏舊物羽化殆盡〔八〕。而孫氏兄弟乃能保有此帖於分崩蕩析②之餘，神物於此，固有默相之者。然是家遺澤亦可見其持久而不泯矣，子子孫孫尚永寶之，以無忘前人玩好。

【題解】

孫伯睿，元時慶元路鄞縣古玩家，詳見卷二十八《怡顏堂記》。

絳，宋時河東路絳州。《宋史》卷八十六《地理二·河東路·絳州》：「縣七：正平，曲沃，太平，翼城，稷山，絳，垣曲。」宋太宗詔王著遴選摹刻以賜重臣之法帖，曰《淳化閣帖》。宋尚書郎潘師旦與絳州公庫先後以《淳化閣帖》爲底本損益摹搨，悉命之以《絳帖》。

姜夔《絳帖平序》：「我太宗皇帝造《淳化閣帖》十卷……《淳化帖》今難得，而諸家舊帖亦不易致，《絳帖》傳至今者復有三四本，潘師旦所刻爲勝，絳公庫本次之。厥後漫滅，屢經補治，甚至字畫乖訛。嘗以相校，乃知其有三四本也。嘉泰辛酉予入越，友人朱子大以《絳帖》遺予，歸而玩之，因爲之本事釋文，名曰《絳帖平》。」

【校勘】

①宋：底本作「唐」，據乾隆本改。

②析：底本作「柝」，據乾隆本改。

【箋注】

〔一〕宋曹士冕《法帖譜系》卷上《淳化法帖》：「熙陵以武定四方，載櫜弓矢，文治之餘，留意翰墨，乃出御府所藏歷代真迹，命侍書王著模刻禁中，釐爲十卷。」趙孟頫《松雪齋集》卷十《閣帖跋》：「宋興，太宗皇帝以文治制詔有司，以善賈購法書，聚之御府，甚者或賞以官。時五代喪亂之餘，視唐所藏，存者百一，古迹散落，帝甚憫焉。淳化中，詔翰林侍書王著以所購書由三代至唐釐爲十卷，摹刻秘閣，題曰上石，其實木也。既成，賜宗室大臣人一本。自此遇大臣進二府，輒墨本賜焉。後乃止不賜，故世尤貴之。」

〔二〕二府：宋代稱中書省和樞密院。《宋史》卷一百六十二《職官二》：「宋初，循唐、五代之制，置樞密院，與中書對持文武二柄，號爲二府。」歐陽修《集古録跋尾》卷十《十八家法帖》：「太宗皇帝時，嘗遣使者天下購募前賢真迹，集以爲《法帖》十卷，鏤板而藏之。每有大臣進登二府者，則賜以一本，其後不賜。或傳板本在御書院，往時禁中火災，板被焚，遂不復賜；或云板今在，但不賜爾。故人間尤以官法帖爲難得。」

〔三〕劉沆：北宋丞相，字沖之，吉州永新人。初奉命使契丹，館伴强行勸酒，劉沆霑醉怒詈，坐是貶知潭州。詳見《宋史》卷二百八十五《劉沆》。長沙：或名潭州。

〔四〕絳：絳州公庫所刻《東庫本》。《絳帖平・四庫全書提要》：「《絳帖平》，宋姜夔撰，夔字堯章，鄱陽人。考曹士冕《法帖譜系》云：『《絳本舊帖》，尚書郎潘師旦以官帖私自摹刻者，世稱《潘駙馬帖》，又稱《潘氏析居法帖》。石分而爲二，其後絳州公庫乃得其一，於是補刻餘帖，是名《東庫本》。逐卷各分字號，以日月光天德、山河壯帝居、太平何以報、願上登封書爲别。』今夔所論每卷字號與士冕所説相合，然則夔所得者即《東庫本》也。」潭：宋丞相劉沆摹刻於長沙之《慶曆長沙帖》，或稱《潭帖》。《法帖譜系・雜説上・慶曆長沙帖》：「丞相劉公沆帥潭日以《淳化官帖》命慧照大師希白模刻於石，置之郡齋，增入《霜寒》《十七日》、王濛、顔真卿等諸帖，而字行頗高，與《淳化閣本》差不同，逐卷各有歲月。」

〔五〕兩劉：劉次莊摹刻之《臨江戲魚堂帖》與劉沆摹刻之《劉丞相私第本》。《法帖譜系·雜説上·臨江戲魚堂帖》：「元祐間劉次莊以家藏《淳化閣帖》十卷摹刻堂上，除去卷尾篆題而增釋文。」又，《劉丞相私第本》：「劉丞相既刻法帖於郡齋，復依仿前本刻石十卷以歸私第。予頃在九江，見故家所藏一本，與長沙本絶相似而小異。其後有人跋云『此先丞相私第本也』，疑是劉氏子弟所跋。後復見一本於姑蘇，與九江所見本同，紙墨皆與南碑不類，而慶曆等題字止三兩卷有之，蓋即劉氏本也。」

〔六〕潘：宋尚書郎潘師旦私家摹刻之《絳本舊帖》。《法帖譜系·雜説下·絳本舊帖》：「歐陽公《集古跋尾》謂『近時有尚書郎潘師旦以官帖私自模刻於家，爲别本以行於世』，又云『潘師旦者竊取官法帖中數十帖，别自刻石以遺人，而傳寫字多轉失，然亦有可佳者』。觀此，則《絳帖》是矣。此帖世稱爲《潘駙馬帖》，或又稱《絳帖》，豈潘氏世居絳郡耶？《帖》凡二十卷，其次序卷帙雖與《淳化官帖》不同，而實則祖之，特有少增益耳。」

〔七〕趙：北宋元祐時《二王府帖》。《法帖譜系·雜説上·二王府帖》：「山谷論禁中板刻《古法帖》十卷，當時皆用歙州貢墨墨本賜羣臣，今都下用錢萬二千便可購得。元祐中親賢宅從禁中借板墨百本，分遺宮僚，但用潘谷墨，光輝有餘而不甚黟黑，又多木横裂紋，士大夫不能盡别也。此本可當舊板之半耳。」

〔八〕仍：連續，延續。羽化：得道成仙，此指消亡。

跋脩禊帖

右軍《蘭亭序》〔一〕，古今所共寶，而入石者非一，大抵當以《定武本》爲最勝〔二〕。然世之所傳者，每有肥瘦之不同。宋尤延之謂瘦者爲真《定武①》〔三〕，而王順伯則主肥者〔四〕。二公皆好古博雅，其辨古今石刻真僞，甚爲當世所推重，而於《定武》一帖，所論不同如此，何耶〔五〕？

孫氏藏此二本，一類瘦者，其一差肥〔六〕，使二公而在，當必互有所稱許矣。其家尚寶藏之，他日子孫有能書者，當推此爲書種。

【題解】

東晉穆帝永和九年三月三日，王羲之、謝安、支遁、孫綽等四十一位名士修禊賦詩於紹興蘭亭，裒其詩曰《蘭亭集》。王羲之撰《蘭亭集序》，書法界謂之《蘭亭序》或《修禊帖》。宋桑世昌《蘭亭考》卷三《紀原》：「《蘭亭》者，晉右將軍會稽内史琅琊王羲之逸少所書詩敘也。右軍以穆帝永和九年三月三日，與太原孫統承公、孫綽興公，廣漢王彬之道生，陳郡謝安安石，高平郄曇重熙，太原王藴叔仁，釋支遁道林及其子凝之、徽之、操之等四十有一人，修祓禊於山陰之蘭亭，酒酣賦詩製序，用蠶繭紙鼠鬚筆書，凡二十八行三百二十四字，有重者皆訪別體，而之字最多，至二十許字。他日更書數十本，終無及者。右軍亦自愛重，留付子孫。至七代孫智永爲比丘，俗呼永禪師。永卒，傳其書於辯才弟子，俗姓袁，梁司空昂之玄孫。唐貞觀中太宗鋭意學二王書帖，摹搨殆盡，惟未得《蘭亭》。凡三召辯才詰之，固稱洊經喪亂亡失，不知所在。後遣監察御史蕭翼微服爲書生以詭辯才，始得之。命供奉搨書人趙模、韓道政、馮承素、諸葛貞等四人爲搨數本，以賜皇太子諸王近臣。貞觀二十三年，高宗奉遺詔以《蘭亭》入昭陵。惟趙模所搨者傳於世。」

《修禊帖》真迹殉葬昭陵，後晉末年有石刻輾轉流落定武，曰《定武帖》。《蘭亭考》卷三《紀原》：「定武《蘭亭序》石刻，世稱善本。宣和中從仕中山，詢訪故老。以謂石晉之末，契丹自中原輦載寶貨圖書而北。至真定，德光死。漢祖起太原，永康自立而歸，與其祖母交兵於國，棄此石於中山。慶曆中土人李學究者得之，不以示人。韓忠獻之守定武也，李生始以墨本獻公。公堅索之，生乃瘞之地中，別刻之本示公。又一紀，李生謝世，其子乃出石散模售人，每本須錢一千，由是好事者争取之。其後李氏子負緡無從取償，時宋景文守定，乃以公帑金代輸之，因取石匣藏於庫，非貴遊交舊不可得也。熙寧間，薛師正出牧，其子紹彭又刻別本者留之中山，易古刻攜歸長安。大觀中詔取其石，置宣和殿中，間不復見矣。」

【校勘】

① 定武：底本作「武定」，據乾隆本改。

【箋注】

〔一〕右軍：東晉書法家王羲之，授右軍將軍，世人尊稱王右軍。《晉書》卷八十《王羲之》：「及長，辯贍，以骨鯁稱，尤善隸書，爲古今之冠。論者稱其筆勢，以爲飄若浮雲，矯若驚龍。」

〔二〕《蘭亭考》卷六《審定上》：「《蘭亭序》古今共寶之，而入石者非一，當以《定武古本》最勝……淡巖老人書。」

〔三〕尤延之：尤袤，字延之，南宋重臣，與范成大、楊萬里、陸游并稱南宋中興四大詩人。天資穎異，入太學，以詞賦冠多士。孝宗時二程之學稍振，忌恨者目之以道學，將群起而圍攻。尤袤以爲苟立道學之名，賢人君子欲有所成者，恐悉入其中而無以免禍，孝宗深以爲然。尤袤卒數歲，韓侂胄禁錮道學，賢士大夫果受其殃，識者以尤袤爲知言。詳見《宋史》卷三百八十九《尤袤》。倪濤《六藝之一録》卷三百四十九《歷朝書譜·宋·尤袤》：「尤延之論古人筆法來處，如周太史奠世系，真使人無間言。」

〔四〕王順伯：王厚之，字順伯，南宋著名金石學家。《宋元學案》卷五十八《象山學案·象山學侣·寶文王復齋先生厚之》：「王厚之，字順伯。其先本臨川人，魏公安禮之後也。乾道二年進士，官至江東提刑，直寶文閣。所著有《金石録》三十卷、《考異》四卷、《考古印章》四卷。謝山《答臨川雜問》：『……尤長碑碣之學，今傳於世者，有《復齋碑目》，宋人言金石之學者，歐、劉、趙、洪四家而外，首數順伯。歷官侍從，出爲監司，以剛正稱於時。』」《攻媿集》卷七十

《跋王順伯所藏二帖・鍾繇力命表》:「順伯博雅好古,蓄石刻千計。單騎賦歸,行李亦數篋,家藏可知也。評論字法,旁求篆隸,上下數千載,衮衮不能自休,而一語不輕發。」袁説友《東塘集》卷二《題王順伯秘書所藏蘭亭修禊帖》:「臨川先生天下士,古貌古心成古癖。搜奇日富老不厭,如渴欲飲飢欲食。有時瞥眼道傍見,倒屣迎之如不及。牙籤軸已過三萬,集古録多千卷帙。平生著意右軍處,并蓄兼收一何力!」

〔五〕《蘭亭考》卷六《審定上》:「自山谷嘉《定武本》,以爲肥不剩肉瘦不露骨,於是士大夫争寶之。其實或肥或瘦,皆有佳處。此本差肥而最有精神,號唐古本,或云在永興年。若定武自有三本,獨民間李氏本爲勝,其餘用李本再刻,益瘦細矣。尤袤。……然校三本之優劣,則肥而完者最得運筆意。薛道祖籤題爲唐古本,乃此本也,尤爲可寶。王厚之。……余嘗從觀所藏《蘭亭》,二本相類,一肥一瘦。尤延之謂瘦者乃真定武本,而順伯則主肥者。二公皆好古博雅,其辨古刻之真僞,皆爲後輩所推,今不同如此,孰能決之?此本乃類其瘦者,順伯既著語矣,曷就延之而正焉以究其説?陸九淵。」

〔六〕孫氏:鄞縣古玩家孫伯敬、伯睿、伯恭三兄弟,詳見卷二十八《怡顔堂記》。差:略微。

跋黄庭經

《黄庭經》爲王氏父子所書者,皆不可復見。宋儒評其小字殘缺者〔一〕,蓋是永禪師書〔二〕；字差大者，是吴通微書〔三〕；差長而瘦勁，則徐浩筆耳〔四〕。此帖揭秘監稱其温潤可喜〔五〕，當是世之善本。第不知果出永禪師筆耶，抑通微之與浩也？東坡、山谷輩復生，當必能辨之矣〔六〕。

【題解】

《黄庭經》，道家經典。棲雲山悟元子劉一明《黄庭經解》：「《黄庭經》者，東華扶桑帝君之秘文也。一名《大帝金書》，以其刻於金簡，故名《金書》。一名《東華玉篇》，以其又刻於玉，亦名《玉篇》。其經有内外兩篇。《内篇》者，太上玉晨道祖之所著，是謂正經，故名《内篇》。《外篇》者，太上老君道祖之所解，是謂輔經，故名《外篇》。雖分内外兩篇，其言黄庭諸景之義一也。黄者，中央之色，即中之象；庭者，人居之處，即神室之象。以其中虚，無物不包，無理不具，故以庭喻之；以其中藏生機，萬物皆從此出，故以黄庭喻之。經者，徑也，道也。《黄庭經》即演説中之道也。這個中，無形無象，視之不見，聽之不聞，搏之不得，恍惚杳冥，無方所，無定位。至無而含至有，至虚而含至實，其大無外，其小無内，包羅三千大千世界，有四象五行，九宫八卦，三元九氣，萬神所歸，千靈所聚，出聖出賢，成佛成仙。儒曰太極，又曰道義之門；釋曰真空，又曰不二法門；道曰虚無，又曰衆妙之門，又曰元牝之門。三教聖人，方便立名，無非形容此中之真實象耳。在人身，非四大一身上下之中，非腎前臍後之中，非心下腎上之中，亦非頭頂天谷之中，乃在四大不着之處，萬有經》内外篇，即有以形無，即實以形虚，大露天機，點化後學，慈悲之至。」玉晨、老君二道祖著爲《黄庭經》内外篇，即有以形無，即實以形虚，大露天機，點化後學，慈悲之至。」

皆空之境。後人不知此中是何模樣，直以有形有象有方有所度之。

【箋注】

〔一〕宋儒：北宋大家黄庭堅。《豫章黄先生文集》卷二十八《跋翟公巽所藏石刻》：「《黄庭經》，王氏父子書，皆不可復見。小字殘缺者，云是永禪師書，既刓缺，亦難辯真贋。字差大者，是吴通微書。字形差長而瘦，勁筆圓勝，徐浩書也。」

〔二〕永禪師：王羲之七世孫，南朝陳著名書法家。《萬曆紹興府志》卷四十九《人物志十五・方技・陳・僧智永》：「師七世祖逸少，於永欣寺樓上積年學書，業成方下。有頽筆頭十甕，每甕皆數石。人來覓書者如市，户限爲之穿穴，乃用鐵裹之，人謂鐵門限。後取筆頭瘗之，號退筆冢，自製銘志。臨寫真草《千文》八百本，江南諸寺各留一本。虞監云：『一字直五萬。』王司馬元美云：『少時任尚書郎，曾見一絹本智永《千文》於山陰董氏，妙墨深入膚理，滃鬱欲飛，真神物也。』」《蘇軾文集》卷六十九《書唐氏六家書後》：「永禪師書，骨氣深穩，體并衆妙，精能之至，反造疏淡。如觀陶彭澤詩，初若散緩不收，反覆不已，乃識其奇趣。」

〔三〕吴通微：唐德宗時翰林院學士。李肇《翰林志》：「德宗雅尚文學，注意是選，乘輿每幸學士院，顧問錫賚，無所不至，御饌珍肴，輟而賜之。又嘗召對於玉堂，移院於金鑾殿，對御起草，詩賦倡和，或旬日不出。吴通微昆季同時擢用，與陸贄争恩不叶，甚於水火，天下醜之。」

〔四〕徐浩：字季海，越州人，唐肅宗時寵臣，著名書法家。《豫章黄先生文集》卷二十八《書徐浩題經後》：「書家論徐會稽筆法：『怒猊抉石，渴驥奔泉。』以余觀之，誠不虚語。如季海筆少令韻勝，則與稚恭并驅争先可也。季海長處正是用筆勁正而心圓。若論工不論韻，則王著優於季海，季海不下子敬；若論韻勝，則右軍、大令之門，誰不服膺？往時觀怒猊抉石渴驥奔泉之論，茫然不知是何等語，老年乃於季海書中見之，如觀人眉目也。三折肱知爲良醫，誠然哉！季海莫年乃更擺落王氏規摹，自成一家，所謂盧蒲嫳其髮甚短而心甚長。惜乎，當時君子莫能以短兵伐此老賊也！」

〔五〕揭秘監：揭汯，元末明初知名文士，詳見卷十七《哭揭秘監三十四韻》。

〔六〕東坡：蘇軾，號東坡居士，工書畫，精鑑裁。《蘇軾文集》卷六十九《題跋・論書》：「書必有神氣骨肉血，五者闕一，不爲成書也。」山谷：黄庭堅，北宋學問家。《宋史》卷四百四十四《文苑六・黄庭堅》：「庭堅學問文章，天成性得，陳師道謂其詩得法杜甫，學甫而不爲者。善行草書，楷法亦自成一家。與張耒、晁補之、秦觀俱遊蘇軾門，天下稱爲四學士，而庭堅於文章尤長於詩，蜀、江西君子以庭堅配軾，故稱蘇黄。軾爲侍從時，舉以自代，其詞有『瑰偉之文，妙絶當世，孝友之行，追配古人』之語，其重之也如此。初，遊灊皖山谷寺、石牛洞，樂其林泉之勝，因自號山谷道人云。」

跋東方朔畫贊

黄山谷謂：「《東方朔畫贊》疑是吴通微所書。觀其遺筆結體，絶與通微《黄庭外景經》相類〔一〕。」山谷一代名人，其論此帖，猶稱疑而不敢質〔二〕，後學尚何言哉？

【題解】

《東方朔畫贊》載《文選》卷四十七，夏侯孝若撰。歷代書家王羲之、顔真卿輩仰慕東方朔雄節邁倫，高氣蓋世，嘗先後書《東方朔畫贊》。《蘇軾文集》卷六十九《題顔公書畫贊》：「顔魯公平生寫碑，惟《東方朔畫贊》爲清雄，字間櫛比而不失清遠。其後見逸少本，乃知魯公字字臨此書，雖大小相懸，而氣韻良是。非自得於書，未易爲言此也。」

【箋注】

〔一〕吴通微：唐書法家，參見本卷《跋黄庭經》。

〔二〕《豫章黄先生文集》卷二十八《題東方朔畫贊後》：「予嘗觀《東方朔畫贊》墨迹，疑是吴通微兄弟書，然不敢質也。遺筆結字，極似通微書《黄庭外景》也。」質：盟約，保證。《左傳·哀公二十年》：「趙孟曰：『黄池之役，先主與吴王有質。』」

跋趙文敏所臨蘭亭序

前輩論逸少筆迹，真者當祖之，臨者宜子之。既鐫之石而又摹臨之者，其屬猶近，繼此蓋遠矣[一]！文敏所臨本，豈屬之近者非耶？然傳之於世，真贋常相半。此本舊藏四明袁德平家[二]，文敏與德平友善，故書以遺之。奉化陳士申、慈溪孫原道皆德平姻家子，原道得之於士申，而士申得諸德平，前後相傳不出他族，其爲真迹無疑矣。原道與弟原理皆善書[三]，其必知所珍矣。

【題解】

趙孟頫，謚文敏，元代股肱重臣、傑出書法家。《元史》卷一百七十二《趙孟頫》：「字子昂，宋太祖子秦王德芳之後也……（延祐）三年，拜翰林學士承旨、榮禄大夫。帝眷之甚厚，以字呼之而不名。帝嘗與侍臣論文學之士，以孟頫比唐李白、宋蘇子瞻。又嘗稱孟頫操履純正，博學多聞，書畫絶倫，旁通佛、老之旨，皆人所不及……孟頫所著，有《尚書注》，有《琴原》《樂原》，得律呂不傳之妙。詩文清邃奇逸，讀之使人有飄飄出塵之想。篆籀分隸真行草書，無不冠絶古今，遂以書名天下。天竺有僧，數萬里來求其書歸，國中寶之。其畫山水、木石、花竹、人馬，尤精緻。前史官楊載稱孟頫之才頗爲書畫所掩，知其書畫者，不知其文章；知其文章者，不知其經濟之學。」《蘭亭序》，或稱《修禊帖》，參看本卷《跋修禊帖》。《蘇軾全集》卷六十九《題逸少書三首》其一：「《蘭亭》《樂毅》《東方先生》三帖皆妙絶，雖摹寫屢傳，猶有昔人用筆意思，比之《遺教經》則有間矣。」

【箋注】

〔一〕屬：類别。桑世昌《蘭亭考》卷六引豫章京堂云：「《南華》以副墨爲子，洛誦爲孫。予亦謂前賢筆迹，真者當祖之，臨者宜孫之，既鐫之石，又傳之摹本，其屬猶近，繼此益遠矣。今《定武蘭亭帖》，其去昭陵所得，殆曾孫行耶？予竊傷之。昭陵璽紙既受發藏之辱，定武堅珉又遭兵燹之禍，獨其曾孫得至衣冠禮樂之地，而見貴於中華士大夫之筆，復三歎而爲之喜。」

〔二〕袁德平：元代文人，嘗遊歷京都，後隱居海濱故邦。《元音》卷七王士熙《送袁德平歸越》：「平湖如鏡静秋波，禹穴西風卷碧蘿。狂客有船都載酒，道人無字不籠鵝。床頭舊笏青雲近，窗下殘編白雪多。燕市塵多拂衣去，海門何處問漁蓑？」

〔三〕原道：慈溪愷悌君子孫經，字原道；弟原理，名綸；詳見卷二十一《孫氏瑞萱堂詩序》。

題馬元德伯仲詩後

元德騎鯨上天六七年矣〔一〕，平生詩詞流落人間者，六丁取之殆盡〔二〕，獨此三詩猶爲其弟鶴年所蓄。鶴年聯之爲卷，且追書和答之作，并題四韻於後〔三〕。予得而觀①之，於是知二君之詩爲足傳矣。

元德由進士起家，嘗掾南臺，宰定海，守奉化、昌國〔四〕，皆有善政可紀。鶴年當武昌失守，奉母夫人避地鎮江。母夫人下世，依元德居越。臺省交薦其卓行，俱以禄不逮養堅辭弗起〔五〕。

元德之政事，鶴年之高風，豈他人所可及哉？則其所作之在世，雖一詩律之微，亦宜傳之永久而不廢矣。昔東坡、子由伯仲名德蓋天下〔六〕，而後世以能詩稱，予嘗歎息之。然名德之重，故世珍其所作，蓋理之固然。二君之詩，盍亦以是論之？

【題解】

馬元德，漢名；吉雅謨丁，回族名；或曰名吉雅謨丁，元德其字也。從弟丁鶴年，元末詩家，詳見卷十九《高士傳》。

元末動蕩，丁鶴年依馬元德遊浙東海濱。馬元德辭世，丁鶴年彷徨悲慟，連綴從兄遺詩與己所和詩爲卷。丁生俊《丁鶴年詩輯注·海巢集·太守兄見遺紙帳仍贈以詩次韻奉謝》其一：「湘娥剪水霜刀匀，虚室生白無纖氛。壺中但覺風雨隔，㲄里豈知天地分？蟾光夜明楮葉露，蝶夢春繞梨花雲。恍然置我銀世界，縱有瓊瑶難報君。」其二：「誰擣霜藤萬杵匀，製成鶴帳隔塵氛。香生蘆絮秋將老，夢熟梅花夜未分。枕上不迷巫峽雨，床頭長對剡溪雲。竹爐松火茶煙煖，一段清貞盡屬君。」《丁鶴年集》卷二《題太守兄遺稿後二首》：「太守兄死事之明年，於故篋中得其遺詩一卷，伏讀之次，不知涕泗之横流也。敬題二首於後，以紀哀思云。」其一：「海國期年政化成，肩輿隨處看春耕。正欣鷄犬無驚擾，詎意鯨鯢有鬭争？遥島月明虚燕寢，故人雲冷失佳城。夢回佳句難重得，腸斷池塘草又生。」其二：「黑風吹海浪如山，獨跨長鯨去不還。身世雲煙遊物外，文章奎壁照人間。彤庭朝朔雙鳬遠，五馬行春緑野閒。老我急難餘淚在，一回撫卷一潺湲。」

《丁鶴年集・附録》録馬元德遺詩五首。《題浙東廉訪知事楊仲儒先生死節卷》：「危城經百戰，幕下得真儒。冰蘗存孤操，風雲入壯圖。奇功方破敵，大節竟捐軀。凜凜餘生氣，千秋激懦夫。」《題天童寺朝元閣》：「海内兵塵已十年，上方鐘鼓獨依然。史臣錫號承天寵，中使函香出御筵。山列九龍蟠紫翠，樓開五鳳出雲煙。籃輿亦有登山約，擬聽松風借榻眠。」《贈陳章甫》：「三十年前鬢未蒼，曾陪宰相入鵷行。解衣换酒尋常醉，躍馬看花取次忙。亂後已非前日夢，老來那復少年狂？黄冠野服新妝束，穩把長竿釣海鄉。」《省秋過鶴年書館夜話》：「弟兄惟我老，宗族有君知。萬里常爲客，百年能幾時？秋清妨熟寐，夜静話貞期。明日匆匆别，還生兩地思。」《假日燕集呈席間諸老》：「半生辛苦獨天知，十載鄉關入夢思。作郡正逢多事日，揮毫不及少年時。青衫有淚多如雨，白髮無情亂若絲。今日一樽諸老共，臨風不醉復何辭？」

馬元德宦遊浙東定海、奉化、昌國諸州縣，頗有善政令聞。《光緒鎮海縣志》卷十九《名宦·馬元德》：「世居燕山，登進士第。嘗辟江南御史臺掾，耿介廉慎，學道愛人。至正十九年選爲定海令，抑强扶弱，鋤梗擿奸，均徵徭，寬税斂，周恤民隱，事有牽制，即躬白於省。一年而民信之，又一年而民頌之，三年而民惟恐其去。二十二年春，升知奉化州。」又《吉雅謨丁》：「西域人，至正十七年舉進士，爲定令。值方氏僭據慶元路，軍卒驕横，剽掠村落。丁不避豪勢，獲其渠魁一人格殺之，餘衆斂迹，民賴以安。時徵賦煩苛，一以公平科辦，民無重擾。升奉化州知州，尋調昌國，卒於官。」馬元德者，漢名吉雅謨丁，《光緒鎮海縣志》一據劉仁本《羽庭集》卷五《送馬侯元德任奉化州序》，一據《嘉靖寧波府志》卷二十五《名宦·吉雅謨丁》，誤列爲二傳，失之粗疏。

《羽庭集》卷五《送馬侯元德任奉化州序》：「朝廷重守令，必選得若人而往撫治之，於奉化得李侯元中爲守，於定海〔得〕馬侯元德爲令。馬侯世居燕山，登進士第，嘗辟江南御史臺掾，耿介廉慎，學道愛人，故得選爲定海。其始至也，民疑之。侯能抑强扶弱，鋤梗擿奸，均而徵徭，寬而賦斂，周恤其隱，事有牽制，即躬白於省，故行不得弛，而止不得昵。一年而民信之，又一年而民頌之，三年而民惟恐其去，則日赴訴而願留之。乃今年春會宥府以幕職辟舉李侯。州之爲庶爲士爲農者，從其父老趨詣省署曰：『吾州昔軫凋敝，李侯甦之而未盡復。侯今往矣，將孰爲守？願得如馬定海者，庶其撫我，毋俾我讎。』於是省議舉馬侯往攝者，從民欲也。嗚呼！古之賢哲不擇地而仕，能與時而行，民吾民也，事吾事也，盡心焉而已。故有政績之著，如龔遂治渤海，化佩刀劍者賣而買櫝；鄧攸爲吴郡，去日百姓數千人依舟不欲返。二君之事著在簡策，吾今於馬侯見之矣。且定海去奉化僅百里餘，民相若也，俗相近也，土田賦斂相高下也，絲縷力役之徵無甚相遠也。矧侯之善政聲聞又先入於民也，即其治定海者治奉化，將不必三載而功成考最，其所書者殆又不徒曰撫字心勞催科政拙而已。若曰吾治已足，吾譽已彰，而或怠於宦成者，非吾所敢知也。」

丁生俊《丁鶴年詩輯注·海巢集·觀太守兄昌國勸農》：「東皋風日媚新晴，太守躬耕曉出城。裊裊雙旌穿柳過，蕭蕭五馬踏花行。扶藜父老陪諮訪，騎竹兒童主送迎。豈意兵荒南北遍，化行滄海獨升平？」

【校勘】

① 觀：底本作「得」，據乾隆本改。

【箋注】

〔一〕騎鯨：形容隱遁或遊仙，此指辭世。鄭元祐《趙松雪畫》：「自翁騎鯨上天後，至今玉佩聲珊珊。」

〔二〕六丁：道教火神。陸游《夜寒燃火有感》：「笑談縛三彭，指顧役六丁。」

〔三〕四韻：近體詩中之律詩，由四韻八句構成。王勃《滕王閣序》：「一言均賦，四韻俱成。」

〔四〕南臺：元代江南諸道行御史臺。《元史》卷六十二《地理五·江浙等處行中書省》：「慶元路……縣四：鄞縣，象山，慈溪，定海。州二：奉化州……昌國州……」

〔五〕臺省：此指江南諸道行御史臺與江浙、江西、福建諸行省，詳見卷十九《高士傳》。

〔六〕東坡子由：北宋文豪蘇軾，號東坡居士；弟蘇轍，字子由。晁公武《郡齋讀書記》卷十九《别集類下》：「《右皇朝蘇軾，字子瞻，洵之長子也……初，好賈誼、陸贄書，論古今治亂，不爲空言。既謫黄州，杜門深居，馳騁翰墨，其文一變。平生遇事所爲詩騷、銘記、書檄、論撰，率皆過人。晚喜陶淵明詩，和之幾遍。爲人英辨奇偉，於書無所不通。所作文章才落筆，四海已皆傳誦，下至閭閻田里，外至夷狄，莫不知名。門下賓客，亦皆一世豪傑，其盛本朝所未有也。立朝知無不爲，世稱其忠義，嘗自比范滂、孔融，議者不以爲過。在黄州日，自號東坡居士，世因不呼其名，止目之爲東坡云……右皇朝蘇轍字子由，洵之次子也……凡居雷、循七年，居許十六年，杜門理舊學，於是《詩》《春秋傳》《老子解》《古史書》皆成，自謂得聖賢遺意。」

倪仲權索予書所作詩文題其後

予幼時好作詩文而未得其要，每一執筆，如痿者之欲行，瘖者之思語〔一〕，不自知其力之弛而聲之窒也。年逾弱冠，從鄉先生柳翰林遊，前後幾十寒暑〔二〕，始覺筆底如意，無前二者之病，然可指笑者亦多矣。

今五十餘歲而來四明，見先生所嘗與遊者曰倪君仲權，一笑相顧，年俱老大而嗜好特未除。索予向時所作。予客處既久，舊稿俱已遺失，姑手書近和陶靖節詩辭數篇以寄〔三〕，且戲之曰：昔達觀禪師在宋初，士大夫多以能詩善答稱之，師笑曰：「解答諸方話，能言五字詩。二般俱好藝，只是見錢遲〔四〕。」仲權覽予所寄，亦將指笑其繆耶，抑閔所學之無補也〔五〕？

【題解】

倪興，字仲權，元末鄞縣高士，嗜詩崇文，居仁由義，匾其齋居曰花香竹影。父濟亨，號履齋，品行端恪，處世平和，及物爲樂，構水竹之居以垂釣鼓琴浩歌長嘯，倪仲權緬懷踵武，名先考所遺廬舍曰履齋。

丁生俊《丁鶴年詩輯注·海巢集·挽倪仲權處士》：「先生視富貴，蔑如行空雲。蕭然坐一室，詩書日討論。忠信化閭里，孝友敦親姻。用之以殁世，人亡道彌尊。我昔客東海，托交見天真。犖犖金石義，藹藹骨肉恩。」劉仁本《羽庭集》卷一《適意爲倪仲權作》：「我有琴一張，我有酒一壺。我有書一卷，我有宅一區。物我兩相忘，天地一籧篨。吟詠乎情性，緩步而舒徐。今人不我薄，合與古人居。登山時采茹，臨淵或羨魚。人生適意耳，須富貴何如？」

烏斯道《春草齋集》卷九《題花香竹影圖》：「倪仲權氏扁齋居之室曰花香竹影，日與余燕坐其間。馬君易之、邊君魯生枉駕來訪，笑語者終日。仲權聞魯生儒者，而畫名雅重江湖間，欲請作《花香竹影圖》，未敢出諸口。易之度仲權意以請，遂援筆作是圖無凝滯，香影未嘗不藹然也。觀者或病之曰：『花竹可圖，香影不可圖也。』魯生笑而不答。余爲解之曰：『可圖則皆可圖，不可圖則皆不可圖。《易》曰『艮其背不獲其身，行其庭不見其人』，吾身既不可獲，外物又不可見，花與竹又焉可圖哉？孔子曰『無聲之樂日聞四方』，無聲既可聞，香與影獨不可圖歟？』諸公皆大噱，且相與飲酒而别。」

張仲深《子淵詩集》卷一《倪仲權宅城北隅鑿池植蓮環以翠竹友人烏繼善顔其齋曰花香竹影蓋取慈湖楊氏之言曰花香竹影無非道妙因賦十韻》：「幽人嗜清謐，結廬池南濆。生意浮緑野，波光蕩青雲。奇葩既嫵媚，修篁亦繽紛。繁紅藹晨馥，翡翠護夕曛。物雖一植微，中有至賾存。形色理固顯，索隱邈見聞。妙契俯仰間，鳶魚亦翔奔。乃知動植者，至理同絪緼。玄功諒誰宰？物物均化醇。玩此香影妙，嗒然難具論。」

劉仁本《羽庭集》卷六《履齋記》：「鄞治之地城西北隅，土區燥剛，隱然起伏，河流襟帶，豐植扶疏，林樾茂美，有蓮沼焉，有石甃焉，有楝甍焉，〔有〕花香竹影之交加，無壒氛野馬之馳騖，斯爲城市山林矣。此故宋吏部侍郎高公之竹嶼，今爲倪仲權氏所居也。仲權雅志讀書，家藏萬卷，余故每喜過之。乃一日導入其奧，圖書在床，素弦在壁，壺矢在旁，瓢杓在縣，館賓在席，清蔭幽芬，游鱗出泳，好鳥和鳴。主人命客酌酒賦詩。既而視其扁，則刻番陽周君伯温篆書履齋二字，又揭鄉人程君端禮所製處士墓銘墨本一通。仲權作而進曰：『予小子輿，不敢自暇自逸，荒棄先人之舊業。先人諱某，字濟亨，因取《易》澤下乾上之繇，號曰履齋。延士樂賓，衣冠俎豆無虚日。凡朋偶之往來，親戚之情話，騷人墨客吟詠相接，詩賦辭章動盈籤軸，獨未有爲之記文者。余不幸在齠齔而先人謝世，又不敏，不克繼先人之志，今則徒不能一日忘先人之手澤耳。故必灑掃起居，修葺補治，想其音容，見其顔色，而先人之故交猶有存者，況於敝廬之在焉。敢請記之。』」

【箋注】

〔一〕痿：肢體麻木，不能動作。瘖：失語病。

〔二〕柳翰林：柳貫，詳見卷五《柳待制墓表碑陰記》。

〔三〕參見卷二十四《和陶淵明歸去來兮辭》《和陶淵明雜詩十一首》《和陶淵明擬古九首》諸詩。

〔四〕達觀禪師：宋初潤州金山龍游寺高僧，傳承聰禪師衣鉢，竭力弘揚臨濟宗旨。詳見《五燈會元》卷十二《谷隱聰禪師法嗣·潤州金山曇穎達觀禪師》。《石門文字禪》卷二十六《題自詩與隆上人》：「旁舍有道人隆公，雅好予昔所病者，時時過予，終日而未嘗倦。問予昔所作尚能尋繹乎，予引紙爲録此數篇以遺之，而戲之曰：『昔達觀禪師居京師，士大夫相從者皆以能詩答話多之。觀笑曰：『解答諸方話，能言五字詩。二般俱好藝，只是見錢遲。』隆公曰：

『果爾，吾不復耳。』坐客皆笑之。」解：能。

〔五〕繆：通「謬」，錯誤。

題米元暉煙雨圖

米元暉眼中閣煙雨，胸次有丘壑〔一〕，故含毫和墨，即澄心堂紙爲此圖〔二〕。四明袁文清公居館閣時所嘗收蓄者也〔三〕。後爲郡人夏叔宜家所得，叔宜兄弟争相寶秘，每袖以相誇〔四〕。

秦割十五城以求璧〔五〕，而荆山之人則用之而抵鵲〔六〕，豈非物以罕見爲貴，世固無定情耶？文清久遊京國，厭飫富貴之餘，思欲一睹家山而不可得，見夫畫笥所有而收蓄之，宜矣！叔宜兄弟居江山勝處，一開户牖，則千巖萬壑不呼而登几格，其於是圖亦收蓄而寶秘之如此〔七〕，何乃兼人之所好哉！

【題解】

米友仁，字元暉，或作元輝，宋代書畫家。

父米芾，字元章，吴人，爲文奇險，不蹈常習故。精於翰墨，沉雄飛翥，得王獻之筆意。工山水人物，自成一家。善鑑裁，嗜古器物書畫。詳見《宋史》卷四百四十四《文苑六·米芾》。米元暉肯堂肯構，傳承家學；亦不落窠臼，匠心獨運。《書史會要》卷六：「米友仁，字元暉，小字虎兒，芾之子，官至兵部侍郎，力學嗜古善書。黄庭堅嘗戲之詩云：『虎兒筆力能扛鼎，教字元暉繼阿章。』心畫之妙得於家傳，父作子述，識者謂宋之有元章、元暉，猶晉之有羲之、獻之。或謂作斜弩之筆，一字皆成横欹之勢，此效父體而用心大過耳。」

湯垕《古今畫鑑·米芾元章》：「其子友仁，字元暉，皆傳家學。作山水清致可掬，亦略變其尊人所爲，成一家法。煙雲變滅，林泉點綴，生意無窮。平生亦珍玩，不曾易予人。當時翟耆年有詩云：『善畫無根樹，能描朦朧雲。如今身貴也，不肯與閑人。』爲世貴重如此。」

《御定歷代題畫詩類》卷一黄石翁《題米元暉湖山煙雨圖》：「江南舊物澄心紙，百數十年誰得此？揮毫無復老元章，付與承家大兒子。展開素幅作湖山，點染興入蒼煙間。偶然墨雲起霳霿，風雨偃林生暮寒。筆端奮迅有疾急，雨氣淋漓紙猶濕。世人藏畫尚精微，到此精微下風立。流寓東南誰與鄰？傾懷付與李家親。忽因傲駁論資格，紙上數峰微笑人。」

【箋注】

〔一〕閣：同「擱」，安放。丘壑：喻布局精妙思慮深遠。王冕《曹雲西畫山水圖》：「豈云筆底有江山？自是胸中藴丘壑。」宋釋惠洪《石門文字禪·賞趣堂》：「胸次有丘壑，笑談無俗氛。」

〔二〕含毫：以口潤筆。和墨：調和墨色。澄心堂紙：紙質細薄光潤，南唐後主李煜所造，其祖父南唐烈祖李昪居澄心堂，遂以之命名。歐陽修《六一詩話》：「余家嘗得南唐後主澄心堂紙，曼卿爲余以此紙書其《籌筆驛》詩。」

〔三〕袁文清：元鄞縣鴻儒袁桷，謚文清，詳見卷二十一《四明袁氏譜圖序》。館閣：統稱朝廷所設以掌管圖籍編修國史之昭文館、史館、集賢院及秘閣、龍圖閣、天章閣。

〔四〕夏叔宜：元末明初四明古玩家，參看卷二十《百猿圖記》。寶秘：珍藏。

〔五〕璧：和氏璧，楚國卞和所獻寶玉，參見卷十七《哭汪遯齋二十四韻》。《史記》卷八十一《廉頗藺相如列傳》：「趙惠文王時，得楚和氏璧。秦昭王聞之，使人遺趙王書，願以十五城請易璧。」

〔六〕荆山：美玉所出地。劉越石《重贈盧諶》：「握中有懸璧，本自荆山璆。」李善《注》：「《琴操》：『卞和歌曰：攸攸沂水，經荆山兮，穴山采玉，玉難爲功兮。』」抵：擲，扔。桓寬《鹽鐵論・崇禮》：「南越以孔雀珥門户，崑山之旁以玉璞抵烏鵲。」劉兼《登鄧樓書懷》：「瑞玉豈知將抵鵲？鉛刀何事卻屠龍？」

〔七〕几格：同「几閣」，茶几橱架。韋應物《燕居即事》：「几閣積群書，時來北窗閱。」

題文與可盤谷圖

文湖州以寫竹名天下[一]，而山水人物世固未之睹。甲寅之秋，夏叔宜兄弟出其所作《盤谷圖》相示曰：「此蓋湖州得意時筆也。」予爲之把玩不釋手。蓋湖州胸次之高，足以冠絶天下[二]；翰墨之妙，足以追配古人[三]。去之四百餘年，覽此一圖，尚足使人油然感動，如李愿初入盤谷，韓昌黎與酒作歌時也[四]。此圖係袁文清公家舊物，監定真迹無疑[五]。

【題解】

文與可，北宋傑出藝術家，以晚年官湖州知州，世人稱之爲文湖州。《宋史》卷四百四十三《文苑五》：「文同，字與可，梓州梓潼人……同方口秀眉，以學名世，操韻高潔，自號笑笑先生。善詩文篆隸行草飛白。文彦博守成都，奇之，致書同曰：『與可襟韻灑落，如晴雲秋月，塵埃不到。』司馬光、蘇軾尤敬重之。……元豐初，知湖州。明年，至陳州宛丘驛，忽留不行，沐浴衣冠，正坐而卒。」

盤谷，唐代李愿隱居之地，參見卷十五《題盤隱軒》。

高士奇《江村銷夏録》卷二《宋文與可盤谷圖卷》録慈溪桂同德《跋》云：「東坡先生嘗言：『唐無文章，惟韓昌黎《送李愿歸盤谷序》一篇而已。』又稱其友文與可之畫與詩、楚詞、草書爲四絶。謂其友云：『世無知我者，惟蘇子瞻一見識吾妙處。』今觀夏叔宜兄弟所藏與可畫《盤谷圖》，山水人物林木風致洒落，筆意高古，真足以追配昌黎文章之妙。使當時坡翁見之，必加歎賞無疑也。然此圖既經清容公鑑定，而復爲夏氏奇玩，則後世之坡翁，亦豈無其人哉？」

【箋注】

〔一〕《蘇軾文集》卷十一《文與可畫篔簹谷偃竹記》：「故畫竹必先得成竹於胸中，執筆熟視，乃見其所欲畫者，急起從之，振筆直遂，以追其所見，如兔起鶻落，少縱即逝矣。與可之教予如此……子由爲《墨竹賦》以遺與可曰：『庖丁，解牛者也，而養生者取之；輪扁，斫輪者也，而讀書者與之。今夫夫子之托於斯竹也，而予以爲有道者，則非耶？』」

〔二〕《蘇軾文集》卷十《文與可字説》：「與可之爲人也，守道而忘勢，行義而忘利，修德而忘名，與爲不義，雖禄之千乘不顧也。雖然，未嘗有惡於人，人亦莫之惡也。」又，卷二十一《戒壇院文與可畫墨竹贊》：「風梢雨籜，上傲冰雹；霜根雪節，下貫金鐵。誰爲此君？與可姓文。惟其有之，是以好之。」

〔三〕《蘇軾文集》卷二十一《文與可畫墨竹屏風贊》：「與可之文，其德之糟粕；與可之詩，其文之毫末。詩不能盡，溢而爲書，變而爲畫，皆詩之餘。其詩與文，好者亦寡；有好其德如好其畫者乎？悲夫！」

〔四〕《韓昌黎文集校注》卷四《送李愿歸盤谷序》：「昌黎韓愈聞其言而壯之，與之酒而爲之歌曰：『盤之中，維子之宫；盤之土，可以稼；盤之泉，可濯可沿；盤之阻，誰争子所？窈而深，廓其有容；繚而曲，如往而復。嗟盤之樂兮，樂且無殃。虎豹遠迹兮，蛟龍遁藏；鬼神守護兮，呵禁不祥；飲則食兮壽而康，無不足兮奚所望？膏吾車兮秣吾馬，從子於盤兮，終吾生以徜徉。』」

〔五〕袁文清：元鄞縣袁桷，參見卷二十一《四明袁氏譜圖序》。監定：審察評定；監，通「鑑」。

題般若波羅蜜多①心經

《般若波羅蜜多心經》，靈智妙心者也。心之妙，不可以語言傳而可以語言見〔一〕，蓋語言者，心之緣也〔二〕。予觀此經，其言簡而要，融通而無盡。學者尊信而敬持之，庶幾言之所及，即心之所緣，而悟心成佛，初無障礙矣。

然諸佛已信而持之者也；學者今信而持之者也；惟衆生類貪戀生死，飄流諸趣〔三〕，未信而未持。因焚香三拜，篆此一通以寄象先〔四〕。象先夙有護法閔俗之慈，倘即是所書，轉施而普告之，則諸佛、學者以至一切衆生，皆得以無爲法罔有差別〔五〕，而所謂毗盧海藏〔六〕，蓋自象先啓之矣。

【題解】

原題闕「多」字，據正文及乾隆本補。

梵語般若，漢語智慧；梵語波羅蜜多，漢語度，即由生死迷界之此岸至解脱涅槃之彼岸。《大智度論》卷四十三：「般若者，秦言智慧。一切智慧中最爲第一，無上無比無等，更無勝上。」《般若波羅蜜多心經》言簡意賅，以二百六十字濃縮大乘般若之精華。

《宋濂全集》卷八十五《般若波羅蜜多心經文句引》：「實際理地不染一塵，固在於心明；萬事門中不離一法，必資於言解：此古今之通義也……而《大部般若》合六百卷，凡四處一十六會。所説顯之以五藴，以總其綱；申之以十二處，以覈其變；廣之以十八界，以極其趣。小無不該，大無不統，誠所謂冥衢之燈燭，業海之方舟也。撮其樞要，實惟《心經》……攝須彌於一毫芒，數溟渤於一涓滴，其神功浩浩乎不可思議……渡巨河者，必用筏以濟；見明月者，須假指以標。若欲廢法觀空，因空顯性，何異采蘋於山椒而求魚於木末也？不亦傎乎？」

【箋注】

〔一〕意謂妙心靈性，固非文字所能傳遞，然又依托文字，非文字無以彰顯，故求道者不拘泥於文字，亦不脱離文字。

〔二〕緣：憑藉，依據。《石門文字禪》卷二十五《題讓和尚傳》：「心之妙，不可以語言傳，而可以語言見。蓋語言者，心之緣，道之標幟也。標幟審則心契，故學者每以語言爲得道淺深之候。」

〔三〕諸趣：佛教小乘説一切有部主張五趣，即地獄、餓鬼、畜生、人、天；犢子部等主張六趣，即天、人、阿修羅、畜生、餓鬼、地獄；趣，衆生死後依據生前善惡趨向各地轉生。《大毗婆沙論》卷一百七十二：「趣是何義？答：所往義是趣義，是諸有情所應往所應生結生處，故名趣。」

〔四〕象先：名輿，象先其字也，台州臨海人，俗姓王氏，元僧雪窗光禪師法嗣。《宋文憲公全集》卷四《明覺寺碑》：「四明有伽藍曰明覺者，其地在太白山陰……至正戊戌僧子琦籍其步畝圜落之數，往告阿育王山象先輿公曰：『琦不敏，不足敬承先訓。使塔廟一一委諸草莽，人其謂我何？然而非神力不可以擲象，非定見不可以移山，古莫不然，今豈弗類？惟公儉以持己，誠以格人。格人易以集事，持己率以動物。合是二者，何廢之不興？何壞之不補？今敢以圖籍進，公其受之。』言畢，胡跪作禮而退。當是時，敗屋數楹，頹然荒莽叢棘中。饑鼯窮鼯，後先嘯呼；白草涼烟，舉目淒斷。象先初頗難之，已而曰：『人患志弗堅耳；苟堅矣，事豈有不爲者耶？』於是悉發其儲蓄，市材僦工，剔彼穢荒，土復燥剛，位仍面陽。自戊戌至於丙午，不十年間，咸如舊貫，土田質於民者，既贖歸之，而新置之數又倍於昔，仍令寺僧甲乙世主之。噫，何其能也！」

〔五〕無爲法：一切超越因緣永無生滅變化之絶對存在。《五燈會元》卷三《六祖大鑑禪師法嗣》：「夫出家者，爲無爲法。天上人間，無有勝者。」朱熹《久雨齋居誦經》：「門掩竹林出，禽鳴春雨餘。了此無爲法，身心同晏如。」

〔六〕毗盧：或曰毗盧舍那，或曰毗盧遮那，即大日如來、法身佛。《大日經疏》卷一：「毗盧遮那者，是日之别名，即除暗遍明之義……如來智慧日光，則不如是，遍一切處，作大照明矣，無有内外方所晝夜之别……如來日光，遍照法界，亦能開發衆生善根，乃至世出世間殊勝事業，莫不由之而得成功。」毗盧海藏：常稱毗盧藏海，或言毗盧性海，如來藏心之妙莊嚴海，即如來佛性。《宋濂全集》卷三十《新注楞伽經後序》：「如玘以辨博無礙之智，遊戲毗盧藏海，台衡之書無不融攝，故其論著雖有徵於柏庭，反覆參驗，務不失如來説經本意。」

題棲道人書華嚴經贊

宋初有棲道人者，嘗閔世俗之迫隘，手書《華嚴經》十萬偈於方册〔一〕。覺範禪師爲作此文贊之，其發揚棲公之精進〔二〕，可謂無遺藴矣。

玉庭老師閔世之心有不在棲公下〔三〕，而誦持是經之夙智通力〔四〕，又非但書寫之專勤而已，然世無大手筆如覺範者爲之稱贊。予故篆其所以贊棲公者留鎮育王山中〔五〕，蓋欲世之君子觀乎是文，則知玉庭之盡心於四種無礙〔六〕，而所謂願力之猛利〔七〕，心思之精特，舉無異於覺範之所陳矣。使覺範而在，亦必以予爲知言〔八〕。

【題解】

道人，僧人别稱。《世説新語·言語》：「竺法蘭在簡文坐，劉尹問：『道人何以在朱門？』答曰：『君自見其朱門，貧道如遊蓬户。』」

《棲道人書華嚴經贊》，或曰《小字華嚴經贊》，北宋覺範禪師撰，覺範行迹參看卷二十一《重刊禪林僧寶傳序》。《石門文字禪》卷十九《小字華嚴經贊并序》：「蜂房於梁間，以漆液固其蔕；鵲巢於木末，累百日而後成。彼曾何知，而經營之妙積累之功，若習藝之神。蓋其靈明廓徹，不思議之力，雖昧劣飛摇之中，而具足成就，弗差毫末。況首出萬物，應物而能言者乎？……道人棲公憫世迫隘，就其所欲，書《大方廣佛華嚴經》於方册中，其輕妙可以一掌置，開編蠕蠕如行蟻。熟視之，其横斜曲直，重交反仄，曲盡其妙，不翅如擘窠大書，觀者填門，歎未曾有。」

【箋注】

〔一〕偈：佛經中唱詞。方册：簡牘。程大昌《演繁露·方册》：「方册云者，書之於版，亦或書之竹簡也。通版爲方，聯簡爲册。」

〔二〕精進：佛教語，對治怠惰勇敢修行。

〔三〕玉庭：元末明初鄞縣育王寺僧徒，其事不詳。

〔四〕夙智：早慧。虞集《封悟理問八制》：「遠探夙智之因，如指其掌；廣説真如之緼，實契予心。」通力：神通，不可思議之力量。白居易《八漸偈·濟偈》：「通力不常，應念而變。變相非有，隨求而見。」

〔五〕育王山：元時慶元路鄞縣名山，山麓有古刹育王禪寺，詳見卷十五《遊育王山》。

〔六〕釋惠洪《石門文字禪》卷二十五《題華嚴綱要》：「華嚴宗有四種無礙：謂事無礙，理無礙，事理無礙，事事無礙。」

〔七〕願力：佛教語，誓願所生之力量。范成大《福勝閣》：「劫火不能侵願力，巋然獨似漢靈光。」猛利：厲害。寒山《詩三百三首》：「上人心猛利，一聞便知妙。」

〔八〕《論語·堯曰》：「不知言，無以知人也。」

題竹窗詩卷

香嚴閑禪師參道於潙山〔一〕，久而不契，歸庵南陽，遂擊竹而有悟。朽石師之有取於是竹，得非慕閑之道，見竹如見其人歟！題詠諸公乃多指白太傅《竹窗詩》爲説〔二〕，曾無一語及本宗事。此君有知，當不聽受矣。

予至慈濟，方與大年議論及此〔三〕，忽見冰霜面目，凜凜窗牖間，而高標拔俗，充然有抱道者氣象〔四〕。相視一笑，疑其爲朽石後身也。

【題解】

《竹窗詩卷》，元末騷人爲鄞縣慈濟寺法師貴朽石所賦詩集。《春草齋集》卷一《爲貴朽石法師賦竹窗詩》：「種竹窗乃幽，窗幽竹逾好。孚甲烱外揚，空虚默中抱。疏檽午陰繁，短枕秋聲早。値者豈不多，契兹良獨少。多福闡玄機，香山發天藻。金石誰再宣？琅玕自相保。兀者今在斯，於焉將遠紹。亦嘗戾江皋，觀我庭前草。」

程端禮《畏齋集》卷四《送慈濟朽石遊山序》：「貴師本仕族，與余有瓜葛。童時已爲浮屠，來請學於余弟時叔。時叔令讀四書，訓之以吾儒之道甚悉。貴師聰慧異常，時叔每惜其不爲儒以用世。今主慈濟，凡其興修訓養，事事畢就條理，且戒行嚴，甚近吾儒慎獨之學，在其衆亦皆推以爲弗及。今年春，將遊四方以廣見聞，請贈言。余謂：『余言豈有出於四方之外者？貴師所已知也。今余縱又以韓子之所以告文暢者瀆告之，拘於其法，終不能行也。今其遊也，往參當世之名有道者，遍歷名山大川，訪求上古聖人遺迹。至京師，見君民人物禮樂刑政明倫弼教之嚴且明，五方異俗而同於尊君愛親。默觀天地日月山川人物，運行流峙，往來代謝，實理實心，貫萬古而不息，能使物物各得其所者。貴師得於目見心思而自悟矣，奚以言語爲哉！』」

劉仁本《羽庭集》卷三《贈朽石上人》：「蒼蒼古石出靈山，元氣淋漓屭贔頑。厓骨半枯龍虎死，土花微蝕蘚苔斑。尋常匡阜人皆到，咫尺崑崙手可攀。中有精英元不朽，生公曾見點頭還。」《玩齋集》作貫朽石，形似而誤也。貢師泰《玩齋集·拾遺·贈貫朽石》：「我身如朽石，石朽身不朽。雨灑龍文斑，風吹獅子吼。涼生玉几香，花落金罍酒。跏趺默相對，因之葆眉壽。」

【箋注】

〔一〕香嚴：河南南陽淅川香嚴寺。《河南通志》卷五十《寺觀·南陽府·香嚴寺》：「在淅川縣城東南一百里白崖山，有兩禪院，乃唐一行與虎茵二師所開。一行在長安示寂，肅宗歸而葬之。鄧守表聞，自葬後山中香風一月不息，故名其寺曰香嚴。」閑禪師：唐代青州人，潙山靈祐禪師法嗣，詳見本集卷十六《寄秋崖講師二首》及《景德傳燈録》卷九《前百丈懷海禪師第三世法嗣》。潙山：湖南寧鄉名山，唐時靈祐禪師弘法其境，聲名藉藉緇白間，後建密印寺，爲禪宗潙仰祖庭。《乾隆長沙府志》卷五《山川・寧鄉縣・大潙山》：「縣南百五十里，高二十里，周回一百四十里，煙雲虧蔽，草木深茂，中多沃壤。唐靈祐禪師建道場於此。」《乾隆長沙府志》卷三十五《方外・靈祐禪師》：「福州趙氏子，年十五出家，究大小乘，廿三遊江西，參百丈，悟徹大事。司馬頭陀謂丈曰：『頃在湖南，尋得一山，名大潙，是千五百人善知識所居之處。』師時爲典座，陀一見乃曰：『此潙山主人也。』是夜百丈召師曰：『潙山勝境，汝當居之，嗣續吾宗，廣度後學。』師遂往住。後七載，法道大行，相國裴休以己輿迎師入城，諮領元奥。連帥李景讓奏建寺，賜額曰密印。由是天下禪學輻輳，爲五宗之一，謚大圓禪師，塔曰清浄。」

〔二〕白太傅：唐詩家白居易，世人尊稱白太傅。清高宗敕編《唐宋詩醇》卷二十一《太原白居易詩三・竹窗》：「常愛輞川寺，竹窗東北廊。一别十餘載，見竹未曾忘。今春二月初，卜居在新昌。未暇作廄庫，且先營一堂。開窗不糊紙，種竹不依行。意取北簷下，窗與竹相當。繞屋聲淅淅，逼人色蒼蒼。煙通杳靄氣，月透玲瓏光。是時三伏天，天氣熱如湯。獨此竹窗下，朝回解衣裳。輕紗一幅巾，小簟六尺床。無客盡日静，有風終夜涼。乃知前古人，言事頗諳詳。清風北窗卧，可以傲羲皇。」

〔三〕慈濟：元時鄞縣寺院。《乾隆鄞縣志》卷二十五《寺觀・慈濟講寺》：「在縣東五里，元大德八年建。至大二年賜額。延祐間有名僧普容塔於寺東南，黄文獻溍爲銘。」《玩齋集》卷九

《四明慈濟寺碑》：「慈濟寺在明城之東，鄞江之上，故泉州德化縣尹楊侯秀爲乾符觀主太虛容法師創建者也……至正戊戌冬，予以分部董漕閩廣使過甬東止宿。寺之方丈上人款予甚厚，將别，執書一卷，若有所請而不言。問之，則狀其寺之始末以求記於予也。」大年：元末明初鄞縣慈濟寺僧徒椿上人。《丁鶴年集》卷三《慈溪報國寺度夏寄甬東椿上人》：「一徑野雲深，僧關閟緑陰。雨腥龍出澗，風勁虎過林。澹泊資禪味，清涼養道心。三生如不昧，石上一來尋。」又，《迎大年椿上人不值暮歸偶成》：「東歸聞道已浮杯，力疾逢迎日幾回。何處晚來成誤認，風簾竹影月窗梅？」又，《題大年椿上人梅花》：「娟娟浄色雪消餘，剪剪寒香月上初。標格若教諸佛見，肯將薝蔔譬真如？」

〔四〕高標：高潔品行。充然：滿足盛大貌。韓愈《上巳日燕太學聽彈琴詩序》：「坐於樽俎之南，鼓有虞氏之《南風》……及暮而退，皆充然若有得也。」

九靈山房集卷之二十三

鄞遊稿九

墓誌銘

王先生墓誌銘 并序

王先生諱士毅，字子英，其先秀州人〔一〕。宋天聖間始遷紹①興之餘姚，累世讀書篤②行爲士大夫家。渡江以來〔二〕，官王宫及太學者相望。曾大父諱獻臣，大父諱奎，父諱賫，皆蓄德不仕，而獻臣有文稿行於時。

先生天資秀敏，自幼出遊學，輒與凡子殊。長益挺然，欲以才諝自見〔三〕。稍試蘆花場典史〔四〕，既而不樂爲，即拂衣棄去，向南山而卧〔五〕。於是縱學無不觀，爲詞章務出於己，不肯襲陳蹈故以隨人之後。聞戆庵黄公講道慈溪之杜洲〔六〕，遂往從之，益知道德性命之奥〔七〕。自是學愈粹而行愈高，權貴人有欲强起爲禄仕者，先生確乎不少動。

隱居鄉之上林〔八〕，環堵蕭然，充若自得，雖簞瓢屢空，妻子清坐相看，亦未嘗有憂色〔九〕。鄉之人咸徘徊顧慕，凛然異其爲人，以之革心易貌者至衆。鄰有栲峰岑君〔一〇〕，先生友也，素以氣節相高。每當月夕風晨，必爲之握手歔③欷，行遊湖山間，或臨流飲酒，或登高賦詩，有敻塵之思焉〔一一〕。先生晚益嗜酒，與所過逢醉飲，竟日夕不厭。家以匱乏告，則笑曰：「我道固爾也〔一二〕。」平居好誦陶靖節詩，愛其風致絶人，有「陶潛千載友，相望老東皋」之句〔一三〕，而自署其號曰東皋處士云。

娶晏氏，宋元獻公之七世孫〔一四〕。生子男三：曰在，曰珪，曰坦；在有學。女一，嫁爲士人妻。先生以至正丙申九月十五日卒，年七十二。卒之年某月日，葬於梅川鄉石人里先塋之次〔一五〕。

予東遊海上，在來徵墓銘，爲閲狀而歎曰：「《詩》云：『衡門之下，可以棲遲〔一六〕。』國朝之盛也，文武并用，人才④輩出，可謂野無遺賢矣，猶有隱處衡門如王先生者乎！」乃爲其銘曰：

辭必己出，陋剽賊也。學根道要，愧葩飾也〔一七〕。化洽乎鄉閭，行之積也〔一八〕。舉世溷溷，獨予激也。之死不易，心有隱德也〔一九〕。刻銘墓門，徒者趨而車者軾也〔二〇〕。

【題解】

餘姚王先生士毅，淡泊恬静，潔行固窮，洵有所不爲之狷者。《宋元學案》卷八十六《東發學案·黄氏門人·典史王東皋先生士毅》：「王士毅，字子英，本秀州人，後爲餘姚人。嘗任蘆花場典史，非其志也，棄去，從事於正學。黄震庵講道於慈溪之杜洲書院，遂往從之，益知道德性命之奥，自是所造愈粹而行愈高。或有欲援之爲禄仕者，不爲少動。環堵蕭然，妻子清坐相對，終無戚容。久而鄉里亦凜然異其爲人，有岑樓峰者，亦黄氏徒，而先生之鄰也，相與同遊湖山間，唱和甚樂，嘗有句曰『陶潛千載友，相望老東皋』，因自稱東皋處士。戴九靈銘其墓。」

夫人姜氏，參看卷二十《愛日堂記》。子王在，字止善，參看卷十六《王止善自鳴鶴來訪賦此以别》。

【校勘】

①紹：底本作「詔」，據乾隆本改。

②篤：底本作「爲」，據乾隆本改。

③歔：底本作「欽」，據乾隆本改。

④才：底本作「會」，據乾隆本改。

【箋注】

〔一〕秀州：嘉興古稱，詳見卷八《雨夜泊秀州城下憶僚友作》。

〔二〕渡江：北宋末年，金兵南侵，宋室避禍圖存，横渡長江，定都臨安。

〔三〕挺然：挺拔特立貌。才諝：才智。

〔四〕蘆花場：元朝鹽場之一，在今浙江舟山島。《元史》卷九十一《百官七・兩浙都轉運鹽使司》：「大德三年，定其産鹽之地，立場有差……蘆花場，大嵩場，昌國場……」馮福京《昌國州圖志》卷五《敘官・鹽司》：「宋熙寧六年析監爲三：曰正監，曰東江，曰蘆花。」《元史》卷九十七《食貨三・鹽法・兩浙之鹽》：「本司所轄場司三十四處，各設令、丞、管勾、典史，管領竈户火丁。」

〔五〕王維《送别》：「君言不得意，歸卧南山陲。」

〔六〕虁庵黄公：元慈溪儒家學者。黄宗羲《宋元學案》卷八十六《東發學案・教授黄虁庵先生叔英》：「黄叔英，字彦實，文潔之子也。一以躬行爲本。嘗爲晉陵、宣城、蕪湖三學教諭，又爲和靖、采石兩院山長。以家學教授閩、越間。與韓性相友善。受業其門者，皆卓然有立。學者稱爲虁庵先生。有《虁庵雜著》二十卷、《虁庵暇筆》三卷。」杜洲：慈溪杜洲書院。《鮚埼亭集外編》卷十六《杜洲六先生書院記》：「慈溪縣鳴鶴鄉者，杜洲童先生居易家焉。慈湖世嫡弟子，石坡桂氏而外，即推童氏，累代不替，諸家學録中所未有也。書院之置，則先生之孫副尉金始肇造之，而得朝命於其子桂……六先生者：首杜洲；次松簷，蓋杜洲子鍾也；次懋山曹山長漢炎，則杜洲之徒，最稱耆宿，曾掌慈湖書院者也；次東發黄提刑，則及與杜洲講道者也；次草堂嚴高士畏，亦杜洲之徒也；次聲伯，松簷弟鉉也。曹黄嚴三氏，其居皆在鳴鶴鄉中，當日聚處於講堂最多，故并祀之。」

〔七〕道德性命：一陰一陽生生不息之奥妙，謂之道；仁義禮智信等品格修養，謂之德；與生俱來之善良天質，謂之性；由造化安排之一生遭遇，謂之命。

〔八〕上林：上林湖。《萬曆紹興府志》卷七《山川志四·湖·餘姚·上林湖》：「在縣東北六十里，周五十八頃有奇。明岑襲祖詩：『九月晦日風景妍，南湖棹歌晴滿川。兒童作隊溪頭坐，鷗鳥忘機沙際眠。山堂舊書載一束，市橋美酒沽十千。勝遊如此良不惡，後夜月明還放船。』」

〔九〕《論語·雍也》：「一簞食，一瓢飲，在陋巷，人不堪其憂，回也不改其樂。」陶潛《五柳先生傳》：「環堵蕭然，不蔽風日；短褐穿結，簞瓢屢空，晏如也。」《論語·子罕》：「子曰：『知者不惑，仁者不憂，勇者不懼。』」

〔一〇〕栲峰：餘姚山名，通稱仙居山。《萬曆紹興府志》卷五《山川志二·山·餘姚·仙居山》：「在縣東北六十里，相傳神仙所居。其上有雲霧，天即雨，人以爲占，亦名雨靈山。又狀類栲栳，亦曰東栲栳峰西栲栳峰云。」栲峰岑君：岑安卿，字静能，號栲峰，元時詩家。《光緒餘姚縣志》卷二十三《列傳六・元・岑安卿》：「字静能，號栲峰，宋秘書省校書全孫，仙居教諭珍子也。幼習禮容，年十三四通經義，即欲徧讀子史，父告以聖賢之道具在經典，不宜誇多喪志，安卿惕然有覺。師厲元吉誨之聖賢之道則樂習，或以科舉之業則厭聞，故岑氏多以科第顯，而安卿獨隱居樂道，以名節高天下，嘗爲《三哀詩》吊宋遺民之在里中者，寄托深遠，有俯仰今昔之感。築室栲栳峰下，因號栲栳山人。雖處僻邃，聞者皆循迹而至。至治間下詔求賢，直省舍人劉孛蘭奚、知州脱脱先後以安卿學醇行潔薦，皆力辭……至元、至正間，江浙行省與州郡守宋文瓚、王沂、葉恒皆交章論薦，朝議置館閣，以老力辭。日與處士王毅輩放情林湖栲峰間，嘯歌自得。宋元僖謂：『其論直而不疏；其行方而不迂；其貌則凋飲而清，木茹而臞；其藴則可以尊主而庇民。』世以爲知言。卒年七十，趙謙等私謚曰貞元先生。」《栲栳山人詩集・四庫全書提要》：「安卿，字静能，餘姚人，所居近栲栳峯，故以自號。志行高潔，窮厄以終，其詩有云『老成愧苟得，童稚羞無官』，又云『人視所爲主，結交慎攀援』，足見其堅苦自立之意……是集雖卷帙不多，而戛戛孤往，如其爲人。惟七言古詩時雜李賀、温庭筠之體，蓋有元一代風氣如斯，然氣骨本清，究非圓熟穠冶之習也。」《宋濂全集》卷三十九《題栲栳山人詩集後》：「餘姚岑公静能，志節之士也。其居鄉也，人皆敬而憚之，是何也？其出言可爲世則，其制行可爲世範。所以名閥之家，雖至凋瘁，多藉之以自立；崛起寒微之輩，縱富埒公侯，亦不爲淩躐之事。設有之，往往私相謂曰：『岑先生莫知之乎？』復退縮不敢吐氣。或者不知，徒謂公爲詩人。嗚呼！公果詩人也哉？」

〔一一〕夐塵：遠離塵世。《栲栳山人詩集》卷中《和王子英醉後歌》：「至人超六合，造物期同遊。人生底用愁如織，朝看朱顏暮無色。何如生死兩忘懷，日月梭飛任交擲？君不見秦皇入海求方瞳，包括區宇摧群雄，沙丘轀輬鮑魚臭，一世萬世今何功？又不見班生投筆逾流沙，封侯萬里威遠加，玉門東望不可入，上書祈請心咨嗟。我生於人何所爲！即死於人何所悲！烏鳶螻蟻何所苦！珠襦玉柙何所輝！不如生前賦詩飲酒放浪山水間，死與造物默默還同歸。」飄飄無根蓬，蕩蕩不繫舟。江河罔知返，日夕惟東流。鳴鳩爾何爲？户牖思綢繆。

〔一二〕《論語·衛靈公篇第十五》：「子路愠見，曰：『君子亦有窮乎？』子曰：『君子固窮，小人窮斯濫矣。』」

〔一三〕陶淵明《歸去來兮辭》：「登東皋以舒嘯，臨清流而賦詩。」

〔一四〕元獻公：晏殊，撫州臨川人，北宋名相，謚文獻。七歲能屬文，以神童與進士千餘人同試宫廷，神氣不懾，援筆立成，賜同進士出身。天性剛簡，自奉儉約，仁宗時擢宰相兼樞密使。文章贍麗，尤工詩詞，閑雅有情思，暮年篤學不倦。詳見《宋史》卷三百一十一《晏殊》。

〔一五〕《乾隆餘姚縣志》卷二《疆里》：「城外三十五都……梅川一都，其圖五；二都，其圖十一。」

〔一六〕語出《詩經·陳風·衡門》。朱熹《詩集傳》：「此隱居自樂而無求者之詞，言衡門雖淺陋，亦可以遊息。」衡門：横木爲門，形容陋室。

〔一七〕剽賊：抄襲。道要：大道精髓。張繹《寄友人》：「六經乃道要，無以利心求。」葩飾：華美修飾。

〔一八〕洽：沾潤。鄉閭：家鄉，古以二十五家爲閭，一萬二千五百家爲鄉。

〔一九〕溷溷：混濁糊塗。激：激昂奮發。隱德：施德於人而人所不知。

〔二〇〕趨：快步行走，表示恭敬。《觸龍説趙太后》：「入而徐趨，至而自謝，曰：『老臣病足，曾不能疾走，不得見久矣。』」軾：憑軾致敬。《淮南子·修務訓》：「段干木辭禄而處家，魏文侯過其閭而軾之。」

元中順大夫秘書監丞陳君墓誌銘 并序

元有循吏曰陳君文昭〔一〕，而今亡矣。其孤汝賢持烏本良先生狀來言於予曰〔二〕：「先人卒且葬，不肖嗣以歲之不易，未及徵銘於當世立言君子〔三〕，凜乎先德之日就泯没是懼，惟夫子圖之。」乃退考其狀及所嘗知者，序列而銘諸〔四〕：君諱麟，文昭字也。其先閬人，有諱堯叟者，與其弟堯佐、堯咨俱遷相州〔五〕。堯叟之後爲閩王參軍、記室，子孫散居閩之福清〔六〕。後又自福清徙温，遂占籍焉。曾大父傑、大父楠皆隱居以終。父琚，泉州市舶司吏目，以君貴贈承事郎、同知温州路瑞安州事；母毛氏，贈宜人〔七〕。

君天質警敏，自幼躬孝踐行，屹然如成人。瑞安公有疾，君侍湯藥不解帶者十有四月。迨革，復刲股和糜以進〔八〕，乃尋愈。後捐館，君哀毁踰節。家有遺資，則悉取以與弟若妹，寸田尺宅無入己者，以故貧益甚，晨昏不能具饘粥。然負氣自振，爲司、縣小史〔九〕，數以直言抗上官，或咎君，君笑曰：「我志豈若所知耶？」一①日從南溪父相〔一〇〕，問己所宜。相者謂曰：「公當以經術進，高科可芥拾也。」君聞之心喜，遂一其志於學。時年已三十，積數歲，兩試江浙鄉闈不中，因留吴，教授吴中子弟，而户外之屨常滿〔一一〕。至正甲午，以《易經》貢春官，廷試對策百餘人〔一二〕，君獨指斥時事無所隱，或疑其過直，君曰：「今天下多故，使吾言得達上聽，雖得罪死無憾也。」會掌文衡者亦欲甄拔直言以厲其士氣〔一三〕，遂寘君乙科〔一四〕，授承事郎、慶元路慈溪縣尹。

自元任吏事，吏每竊弄威柄〔一五〕，弊久難遽革。君至，求縣之寓公與士大夫之賢者，即其家問事〔一六〕。父老來見，亦時時語次尋繹，鉤其陰伏，以相參考〔一七〕。又放古爲鉦筩，虛中而穴其上，置諸鄉校，令民有所欲言，投書其中而削其主名，由是縣大小事無不周知〔一八〕。吏大驚，以君盡得其受取請求狀，噤不敢出一語，惟抱文書呈署而已。

時屬兵興，郡縣誅求急若星火，而上之賦下，又往往扼於豪右，莫克均齊〔一九〕。君乃亟取其産而分計之，第以等級榜諸通衢。仍選士民開敏有才者二十餘人，分任以事〔二〇〕，務使均其所出，豪釐不敢有所重輕〔二一〕。民之趨事者皆曰：「縣大夫神人也。」環以相告。歲貢春茶，有司并緣爲姦利〔二二〕。君計其常額，以平價市之〔二三〕，比舊十減九，後遂以爲法。

縣之鳴鶴鄉有界唐②在餘姚界，霖雨至，鄞江之水輒衝潰唐〔二四〕，唐潰而鳴鶴沼矣。君乃去唐五尺許，揵木籠竹，加土築之而甃以石〔二五〕，使民歲歲無水患。是鄉瀕大海，亭煮鹽輸兩浙轉運司〔二六〕，或私鬻，則杖而鈦足以徒〔二七〕，甚苦，君言於司，聽民相貿易，亭始便安之。

宋楊大隱〔二八〕，有道之士也。墓在南山下，爲里人夷其封樹，藝麻麥其上〔二九〕，君爲正其塋域，植碣表其墓〔三〇〕。

淮寇陷湖州，所在繹騷〔三一〕。適有朝旨，令郡縣團結義民以自守，君曰：「教民知戰，古法也。」乃親閱丁壯，教之擊射坐作，得若干人。用《司馬法》立隊伍，分隸左右諸鄉，日夜部勒，無不精練，而且申以條教，與衆爲約〔三二〕。置耳目手足之人〔三三〕，以公其誅賞；立三等九則之法〔三四〕，以通其財用。行之境中，悚然畏服。有豪黠蘇姓、葛姓者，怙勢奪取民財；陳姓亦横恣無比：則悉捕致諸獄。瀕江南岸曰網灘，惡少年嘯聚徒黨爲盜，則督士卒奮擊，磔屍江上〔三五〕。鄞縣之夾唐有劇賊傳舍者，亦時出爲近縣害，則潛引壯士格殺數人，因盡縛之，斬以徇〔三六〕。自是暴者消，冤者平，遠近愚民無一犯法者。

君以古者黨正、族師、閭胥、比長皆輔成王化以教民〔三七〕，今民有小事不能至公庭，則命鄉正處決〔三八〕，上下相維，情不可隱，卒使鄉之大小偷皆自首歸其物，奪人婚姻田宅者皆吐實自新，及有父子兄弟夫妻婦姑之不相能者〔三九〕，亦莫不交責改行。長老以爲自開國以來治慈溪者莫能及。

四方名人巨公聞君治化日行，往往自遠來依，君待之③皆得其歡心。浙東戴僉事按治四明，適副閫帥者横甚，至劫之兵，且欲執以逞，戴窮蹙歸君，君納而禮之，帥亦直君不問〔四〇〕。進士董朝東病且死，托之以後事，君爲殮葬，仍率義士助田三十畝。

於是警報日聞，臺省亦欲倚君爲重，權升浙東副元帥，領慈溪縣事如故〔四一〕。君以所在州縣多陷没，方欲與民相保障以俟天下之定，俄而方左丞駐兵郡城〔四二〕，單騎往謁，方忌君，留之不遣。或説君潛歸爲自守計，君不忍危其民，即盡散其兵爲農。方以君既勢失，陳兵脅之，君正色曰：「吾先朝廷不可以兩虎鬭〔四三〕，故隻身以至。殺我，非男④也〔四四〕。」方愧悟謝過。然卒置君海上之岱山〔四五〕。比行，父老送之出境，遣去不可，皆泣曰：「奈何舍父母乎？」

君至岱山，即着⑤道士衣冠而舍其宫，治田葺園種牧以爲食，無纖毫芥蒂意。後仍詒⑥以足疾，倚杖蹣跚出迎客。方使人覘之，益不疑〔四六〕。君以海鄉僻陋，爲興岱山書院〔四七〕。嚴師弟子之職，暇日復與其里人聚石爲臺，陳簠簋爵斝，盛升降揖讓如鄉飲酒禮〔四八〕。父老見而榮之，争令子弟爲學，變其習俗，且名其臺曰「陳公臺」。久之，益親信君，事有不平，俟君一言而解。頑民亦知敬憚，諸山酋長掠財物於外，輒戒其衆曰：「勿登此山，有陳公在也。」

已而朝廷起君户部主事，佐尚書貢師泰往理福建鹽賦〔四九〕；尋改温州路瑞安知州：君度不能行，俱以疾辭。丞相河南王總戎太原，承制授君中順大夫、秘書監丞〔五〇〕，亦不赴。君留海上十載，移郡城又三載，而版圖内附〔五一〕，於是南遊閩中，未幾竟卒閩之寓舍。越數月，汝賢扶柩歸温，卜葬永嘉縣赤唐原先塋之次〔五二〕。

君生於皇慶壬子九月十七日；卒於洪武戊申九月二十日；次年十二月乙酉，葬之日也。配毛氏，封宜人。子男四人：長曰汝明，早世；次曰汝賢，即請銘者；曰汝翼，幼夭；曰汝弼。女二人：長適同郡項恕，次在室。孫男三：慶童，鄮童，善童。孫女一。

君博學强記，於書多所考論，而尤粹於《易》。平居貞直寬恕，淡然無所嗜好。衣布衣如錦繡，啖糲食如粱⑦肉，不求備於妻孥，不致嗔於臧獲〔五三〕，不忍勞其下。室無姬侍，庫無留資。父有養子爲君兄，既没，蓄其子如己子。輕財重義，德洽於戚疏〔五四〕。其在官，剛毅奮發而有爲，不阿上官，不承風旨，而虚心下問，謙謙能受盡言〔五五〕。與人交，篤於故舊，然性公直，凜焉不可干以私〔五六〕。故其生也，見者無不愛敬；死之日，聞者莫不哀焉。

海内兵起，生民塗炭，元之守令於是爲難。君與紹興路録事司達魯花赤邁里古思、餘姚州同知禿堅皆練民爲兵〔五七〕，守要害以禦暴，立保障以生聚〔五八〕，境内之民賴之以休息。然彼二人區區不量輕重〔五九〕，構怨强臣，刑戮不旋踵；君獨善處權姦，免禍亂世，生有榮名，死有遺愛，庶幾哉古循吏之遺風矣！銘曰：

元季世，兵四猘，有令如君民乃愒〔六〇〕。曳儒裾，提將符，奸宄勁勦伏以逋〔六一〕。彼業業，此帖帖，坐堂彈琴仁化洽〔六二〕。名之馳，忌之歸，海酋擅命矰弋機〔六三〕。才不及究而老，吁其悲〔六四〕。

【題解】

中順大夫，元正四品職官，見《元史》卷九十一《百官七》。秘書監丞，元從五品職官，《元史》卷九十《百官六》：「秘書監，秩正三品，掌歷代圖籍并陰陽禁書……監丞二員，從五品。」

陳君麟初拜慈溪縣尹，後擢中順大夫秘書監丞，參看本書卷十八《陳文昭監丞像贊》。《宋元學案》卷九十三《静明寳峰學案·秘監陳文昭先生麟》：「陳麟，字文昭，温州人也。以進士爲慈溪縣尹。慈有趙寳峰者，私淑楊文元公之學，講道山中，先生從之，北面問難，尤邃於《易》。其爲吏，善通下情，自薦紳先生、寓公以至父老，時時咨訪，因以得境内一切隱伏事，以相參考。又放古爲缿筩，虚中而穴其上，置諸庭，令民有所欲言，投書其中，而削其主名，由是縣大小事無不周知，而胥吏輩不敢逞其奸。大嵐三女峰歲貢茶，所謂十二雷者也，有司緣爲蠹，先生計其常額，平價市之，山中之民以蘇。鳴鶴鄉有界塘與姚江接，每霖潦，江水大至，塘輒潰，鳴鶴爲壑。先生於塘五尺外〔楗〕〔揵〕木籠竹，加之土而甃以石，自是無水患。轉運司禁瀕海之私鬻鹽者，杖而鈦足以徒，先生言於司，聽民相貿易。高士大隱楊先生墓在南山，歲久夷其封，先生正其塋域，植碣表之。尤以教化爲重，慈溪之民，漸至有恥且格。説者以爲自來慈溪第一循吏。于時沿海被兵，山澤之間亦竊起。先生與紹興路録事司達魯花赤邁里古思、同知餘姚州事秃堅，皆練民爲兵，以保障境内。凡盜起，輒誅之，民賴以安。有詔升權浙東副元帥，仍領慈溪。而方國珍已盡破昌國、奉化，入鄞，使人要先生相見。先生欲拒之，歎曰：『吾不忍危其民。』單騎入謁，勸以勤王，國珍留之不遣。或説先生潛歸自守，先生念力不能抗，即散其兵。國珍意欲臣之，以兵脅之，先生正色責曰：『吾不欲以兩虎相鬭，使民塗炭，故隻身來。殺我，非勇也。』國珍媿謝過，然終畏之，置之海上之岱山。先生即自稱足疾扶杖，著道士冠服，治田葺園，種牧自給。國珍時時遣人偵之，以爲真廢，乃不復加害。海上故有岱山書院，先生重興之，與山中子弟講學，行鄉飲酒禮，父老因名其臺曰陳公臺。沿海諸山酋長劫掠，獨相戒曰：『勿登此山，恐驚陳公。』朝廷方以尚書貢師泰督理閩中鹽賦，以先生爲户部主事副之，尋命知瑞安州，國珍留之不遣。擴廓亦聞先生名，承制授秘書監丞參其軍，亦不赴也。凡拘海上者十年，移入鄞又三年，而國珍亡。乃南遊閩中，竟卒於閩，君子哀之。」

清全祖望《句餘土音》卷下《甬上琴操・陳大令岱山操》：「慈溪大令陳文昭，名麟，受業於慈之儒寶峰趙氏，以傳慈湖之學。方國珍軍入慶元，獨公不屈。國珍執而投之海，或諫而止，乃囚之岱山，終不屈而死。今《翁洲志》謂公避方氏於岱山者非。昔年竇峰兮，北面受教；晝而鳴琴兮，夜則講道。聖學有真兮，惟忠與孝；詎以城邑兮，齎彼群盜?·憤彼元帥兮，喪其旌纛；空令下吏兮，義憤懆懆。洋洋東海兮，岱山其隩；追蹤蘇卿兮，困於雪窖。西瞻竇峰兮，靈光有曜；不負吾師兮，臨流長嘯。」

【校勘】

① 一：底本闕，據乾隆本補。

② 唐：乾隆本作「塘」；下同。

③ 之：底本與乾隆本皆無，據同治本補。

④ 男：乾隆本作「勇」。

⑤ 着：乾隆本作「著」。

⑥ 詒：乾隆本作「紿」。

⑦ 粱：底本作「梁」，據乾隆本改。

【箋注】

〔一〕循吏：奉職守法官吏。《史記》卷一百三十《太史公自序》：「奉法循理之吏，不伐功矜能，百姓無稱，亦無過行，作《循吏列傳》第五十九。」

〔二〕烏本良：元慈溪著名文學家烏斯道長兄，博學多才，尤以孝悌知名。《宋元學案》卷九十三《静明寶峰學案·烏春風先生本良》：「烏本良，字性善，慈溪人。少好學，與弟斯道自相師友。窮經博史，精詩詞及書法，隱然爲一邑望。父没家貧，無以養母，時斯道方弱冠，季弟二，女弟二，俱髫齔，仰給先生，乃去而授徒錢塘。日與秋雲徐先生、衆仲陳先生講磨今古，業日益廣。時杭之大家願以女妻之，先生曰：『吾本爲母與弟，衣食之謀未遂，何暇及婚事？』後俟二弟稍長，遣嫁二女弟畢，始婚，人用是高之。邑有王相山、趙寶峰、時子中三先生，得慈湖遺書，究明心學。先生與其弟從而講貫，遂盡棄舉子業學焉，謂如在春風中，即以春風名其齋，人稱爲春風先生。」

〔三〕《詩經·大雅·文王》：「宜鑑於殷，駿命不易。」朱熹《詩集傳》：「不易，言其難也。」立言：著書立説。《左傳·襄公二十四年》：「大上有立德，其次有立功，其次有立言，雖久不廢，此之謂不朽。」

〔四〕序列：依次論述。《史記》卷六十一《伯夷列傳》：「孔子序列古之仁聖賢人，如吴太伯、伯夷之倫詳矣。」

〔五〕閬：宋時利州路閬州。堯叟：與弟堯佐、堯咨，皆北宋達官，一時推爲盛族。長兄堯叟姿貌壯偉，奏對明辨，久涉機密，軍馬之籍，悉能周記。堯佐少好學，及貴，讀書不輟。善古隸八分，尤工詩。性簡約，戒左右勿殺動物，器服破敝，輒補葺弗棄。季弟堯咨，以氣節自任。善射，嘗以錢爲的，一發貫其中。陳氏三兄弟詳見《宋史》卷二百八十四《陳堯佐·堯叟·堯咨》。相州：宋時隸屬河北西路，分安陽、湯陰、臨漳、林慮四縣。

〔六〕參軍：職官名，意謂參謀軍事。記室：職官名，掌管章表書記文檄。福清：州名，元時隸屬福州路。

〔七〕珤：同「寶」。市舶司：管理商舶徵收關税之官署，詳見卷八《送趙推官赴市舶提舉》。吏目：佐官名。承事郎：元代正七品文散官。同知：元時佐官，上州秩正六品，中州秩從六品，下州秩正七品。瑞安：元時下州名，隸屬江浙行省温州路。宜人：元代正從七品官母妻封宜人。《元史》卷八十四《選舉四·考課》：「正從七品封贈父母，父止用散官，母妻并宜人。」

〔八〕革：通「亟」，病危。刲股：割股肉以療親疾。《新唐書》卷一百九十五《孝友》：「唐時陳藏器著《本草拾遺》，謂人肉治羸疾，自是民間以父母疾，多刲股肉而進。」糜：稠粥。

〔九〕司：元時録事司。小史：掌管簿籍文書之小史。

〔一〇〕南溪：疑即永嘉楠溪。《萬曆温州府志》卷一《山川·永嘉縣·楠溪》：「去城北十里，出台州仙居諸山，與賢宰、永寧、清通、仙居四鄉諸山水合流，爲欓樟羅藤蓬珍小李八溪，至潮滁合入永寧江。」

〔一一〕鄉闈：鄉試。《莊子·列禦寇》：「伯昏瞀人曰：『善哉觀乎！女處己，人將保汝矣！』無幾何而往，則户外之屨滿矣。」

〔一二〕貢：推薦。春官：禮部別稱。對策：科舉考試科目之一，詳見卷十三《贈葉生詩序》。

〔一三〕文衡：考官評判文章之取舍權，以其如秤稱物，故曰文衡。劉禹錫《唐故尚書主客員外郎盧公集序》：「丞相曲江公方執文衡，揣摩後進，得公深器之。」

〔一四〕乙科：古代考試科目之一。漢時歲課以選拔太學生充任官吏，分甲乙丙三科。唐宋後進士皆有甲乙科。明清稱舉人爲乙科，進士爲甲科。

〔一五〕威柄：權柄。《後漢書》卷三十七《丁鴻》：「夫威柄不以放下，利器不可假人。」李賢《注》：「威柄，謂《周禮》之八柄，即爵、禄、生、置、予、奪、廢、誅也。」

〔一六〕《宋元學案》卷九十三《静明寶峰學案·隱君趙寶峰先生偕·治縣權宜（爲陳令文昭作）》：「末世處至難仕之時，爲至難治之事，不勝掣肘。上下左右，無非陷吾於不義者，所幸山林間通今達古者不少。宜每日平明到縣治事，畢，抽暇時往學宫，會集賢士，從容講明政事得失，人物善惡，及將諸簿所書，討論是否，從公議定，庶幾學校有資於政事，政事實出於學校，不致虚文。且親君子之時多，親小人之時少，雖不長坐縣廷，其功多矣。」

〔一七〕語次：交談。尋繹：推求。《漢書》卷八十九《循吏傳·黄霸》：「吏民見者，語次尋繹，問它陰伏，以相參考。」鉤：誘導獲取。《鬼谷子·飛箝第五》：「引鉤箝之辭，飛而箝之。」陶弘景《注》：「鉤，謂誘致其情。」陰伏：隱私。

〔一八〕放：通「仿」，仿效。銗筒：接收投訟文書之器具。主名：當事者姓名。《治縣權宜》：「用木櫃封固置學堂，俾進言者實封投於櫃。五日一啓，請至公無私之人共爲考校。」

〔一九〕誅求：索取。《左傳·襄公三十一年》：「以敝邑褊小，介於大國，誅求無時，是以不敢寧居，悉索敝賦，以來會時事。」杜預《注》：「誅，責也。」

〔二〇〕《治縣權宜》：「寮佐洎各吏，吾股肱也，而今無非掣吾肘者。是用禮請各都隅知禮識字里正，每半月輪流在縣，潔一室，致敬以延之。每日所行公事，諮之以行，如其所未通未知，則俾轉問高見之人。」

〔二一〕豪：通「毫」。《古字通假會典·宵部第十八·高字聲系·豪與毫》：「《禮記·經解》：『差若豪釐。』《釋文》：『豪依字作毫。』」

〔二二〕并緣：相互依附勾結。《漢書》卷七十一《薛宣》：「三輔賦斂無度，酷吏并緣爲奸。」

〔二三〕常額：常規數目。平價：平常價格。

〔二四〕界唐：兩地交界處之池塘；唐，通「塘」。鄞江：寧波甬江，參見卷十一《剡源記》。

〔二五〕揵木籠竹：立木爲樁而遮以竹；揵，竪立；籠，遮住。甃：修砌。

〔二六〕亭：亭户，鹽户。《宋史》卷一百八十一《食貨下三》：「其鬻鹽之地曰亭場，民曰亭户，或謂之竈户。」

〔二七〕鬻：賣。鈦：腳鐐。《漢書》卷六十六《陳萬年》：「或私解脱鉗鈦，衣服不如法。」顔師古

《注》：「鉗在頸，釱在足，皆以鐵爲之。」

〔二八〕袁桷《延祐四明志》卷四《人物考·大隱楊先生》：「楊先生適，字安道，慈溪人，隱居大隱山。爲人醇厚介特，議論辯博平正。人有善則稱之，不善如未之聞。爲學要行乎己，唯恐爲人所知，毀譽榮辱不以動其心，人莫得而親疏。蓋自比仲元、叔度之流。鄉人嚴憚之，相語不以名氏而尊之曰大隱先生。衣食纔自給，非義之饋，一介不取。躬耕養親，族之貧者分賑之。鄰盜其稼，人告之，先生愀然曰：『彼窮厄而求捄其生爾，勿治也。』盜聞之慚悔，其後無敢侮者。善言治道，究歷代治亂之原。孫威敏公沔自諫官出按浙東西刑獄，欲見先生，先生不肯見。先生之越時，范文正公守越，聞之就見焉，輿致府中，澹焉無求，公益賢之。先生治經不守章句，黜浮屠、老子之説，歌詩卓越超邁。容儀甚偉，衣冠儼如。始友錢塘林逋，後與同郡王致、杜醇結交，後進莫不師之。退處四十年，德行益高，名聞京師。仁宗詔求遺逸，太守鮑軻以名聞，賜以粟帛。太守錢公輔又薦之，授將仕郎，試太學助教，州遣從事致詔書、袍笏、輿從迎之，先生辭不受，遁去。壽七十有六，遺令篆石壙前，曰宋隱人之墓。熙寧二年滎陽張峋爲文表之。」

〔二九〕封樹：堆土爲墳，種樹標記，古代士以上葬禮。

〔三〇〕表：在墓前刻石以表彰其人之道德功業。蔡邕《郭有道碑文》：「於是樹碑表墓，昭銘景行。」

〔三一〕淮寇：此指元末張士誠麾下兵卒，時人稱之爲淮人或淮寇。《明史》卷一百二十三《張士誠》：「十六年二月陷平江，并陷湖州、松江及常州諸路。」《南村輟耕録》卷八《志苗》：「至正十六年春二月朔，淮人陷平江。」長谷真逸《農田餘話》卷上：「丙申，淮張入姑蘇。」

〔三二〕司馬法：先秦兵書。《漢書》卷三十《藝文志》：「《軍禮司馬法》百五十五篇。」部勒：部署。條教：條文教令。《漢書》卷五十六《董仲舒傳》：「仲舒所著，皆明經術之意，及上疏條教，凡百二十三篇。」

〔三三〕耳目手足：比喻親信輔佐者。《尚書·益稷》：「帝曰：『臣作朕股肱耳目。』」孔穎達《疏》：「君爲元首，臣爲股肱耳目，大體如一身也。」陳子昂《上軍國利害事·牧宰》：「宰相，陛下之腹心；刺史縣令，陛下之手足。未有無腹心手足而能獨理者也。」

〔三四〕九則：九種類别。《楚辭》屈原《天問》：「地方九則，何以墳之？」王逸《注》：「謂九州之地，凡有九品。」《漢書》卷一百下《敘傳下》：「坤作地勢，高下九則。」顔師古《注》：「劉德曰：『九則，九州土地上中下九等也。』」

〔三五〕江：通稱慈溪，詳見卷十五《題盤隱軒》。磔屍：陳屍。

〔三六〕夾唐：即「夾塘」，鄞縣地名。袁桷《延祐四明志》卷八《遞鋪·鄞縣》：「夾塘鋪、景安鋪、洞橋鋪……」傳舍：供行人休息住宿之房舍。《史記》卷八十一《廉頗藺相如列傳》：「舍相如廣成傳舍。」徇：示衆。

〔三七〕黨正：周時地方組織長官。《周禮·地官司徒·黨正》：「黨正，各掌其黨之政令教治。」鄭玄《注》引鄭司農曰：「五百家爲黨；正，其長也。」族師：周代百家之長。《周禮·地官司徒·族師》：「族師，各掌其族之戒令政事。」鄭玄《注》引鄭司農曰：「百家爲族。」閭胥：周代掌管一閭二十五家政事者。《周禮·地官司徒·閭胥》：「各掌其閭之徵令。」比長：周代管理五家事務之長者。《周禮·地官司徒·比長》：「各掌其比之治。五家相受相和親，有辠奇衺則相及。」王化：天子教化。《詩大序》：「《周南》、《召南》，正始之道，王化之基。」

〔三八〕鄉正：鄉大夫。《左傳·襄公九年》：「二師令四鄉正敬享。」杜預《注》：「鄉正，鄉大夫。」《周禮·地官·鄉大夫》：「鄉大夫之職，各掌其鄉之政教禁令。」

〔三九〕能：親善和睦。《詩經·大雅·民勞》：「柔遠能邇，以定我王。」

〔四〇〕僉事：元浙東海右道肅政廉訪司僉事。閫帥：元浙東道宣慰司都元帥府長帥。

〔四一〕臺省：此指江南行御史臺與江浙行省。權：代理官職。領：兼任較低官職。《宋史》卷一百六十九《職官九》：「宣和以後，官高而仍舊職者謂之領，官卑而職高者謂之視。」

〔四二〕方左丞：元末梟雄方國珍，累官江浙行省左丞。《明史》卷一百二十三《方國珍》：「元累進國珍官至江浙行省左丞相、衢國公，分省慶元。」

〔四三〕《史記》卷八十一《廉頗藺相如列傳》：「顧吾念之，强秦之所以不敢加兵於趙者，徒以吾兩人在也。今兩虎共鬬，其勢不俱生。吾所以爲此者，以先國家之急而後私仇也。」

〔四四〕男：大丈夫。程顥《秋日》：「富貴不淫貧賤樂，男兒到此是豪雄。」

〔四五〕岱山：元慶元路昌國州山名，在今浙江舟山。袁桷《延祐四明志》卷七《山川考·山·昌國州》：「東岱山……西岱山……」馮福京《昌國州圖志》卷四《叙山·岱山》：「在海之北，傳所謂岱輿蓬萊，或者名始於此。」

〔四六〕詒：欺騙。覘：窺視。

〔四七〕馮福京《昌國州圖志》卷二《學校·岱山書院》：「書院在岱山，因以爲名。往宋咸淳癸酉里人魏榘等請於郡，以岱山廢酒坊空官地建立，未就緒而歸附焉，恒産皆無。近於至元三十年本處鹽場官徐應舉、朱許芳買民屋三間遷於市，以存其名。江浙行省未知其詳，例以爲闕。」

〔四八〕簠簋：兩種盛黍稷稻粱之禮器。《禮記·樂記》：「簠簋俎豆，制度文章，禮之器也。」爵斝：兩種飲酒器。鄉飲酒禮：周代鄉學三年業成大比，考其德行道藝優異者以薦於諸侯，是時鄉大夫設宴以賓禮相待，謂之鄉飲酒禮；亦指地方官在庠序行敬老儀式。

〔四九〕《元史》卷一百八十七《貢師泰》：「十五年，庸田司罷，擢江西廉訪副使。未行，遷福建廉訪使。」

〔五〇〕丞相河南王：元末名將擴廓帖木兒，以功拜左丞相河南王。後順帝及太子忌而欲誅之，擴廓帖木兒大恚，引軍拔太原，擒殺朝廷所遣諸將。順帝大恐，下詔歸罪太子，盡復擴廓帖木兒官，令其南討明兵。詳見《明史》卷一百二十四《擴廓帖木兒》及本集卷九《送路理問出使太原》與卷十三《贈蒲察鎮撫詩》。總戎：統率軍隊。承制：秉承皇帝旨意而便宜行事。

〔五一〕内附：此指歸順明王朝。

〔五二〕赤唐：或作赤塘。《光緒永嘉縣志》卷三《建置志·鄉都·建牙鄉》：「《康熙志》在縣西南五十里，梁蔣湛隱此，刺史季廣琛建牙持牒，詣其家徵之，故名。統都三。十七都……赤塘。」

〔五三〕戴復古《寄興》：「黄金無足色，白璧有微瑕。求人不求備，妾願老君家。」臧獲：奴婢。司馬遷《報任少卿書》：「且夫臧獲婢妾，由能引決，況僕之不得已乎？」李善《注》引韋昭曰：「羌人以婢爲妻，生子曰獲；奴以善人爲妻，生子曰臧。荆楊海岱淮齊之間，駡奴曰獲。齊之北鄙，燕之北郊，凡人男而歸婢謂之臧，女而歸奴謂之獲，皆異方駡奴婢之醜稱也。」

〔五四〕戚疏：親疏。司馬光《送昌言舍人得告還蜀》：「外物有榮悴，中心無戚疏。」

〔五五〕風旨：意旨，尤指上司意圖。盡言：直言，極言。《國語·周語下》：「唯善人能受盡言。」

〔五六〕干：請求。杜甫《早發》：「艱危作遠客，干請傷直性。」

〔五七〕邁里古思：元末忠臣，詳見卷一《邁里古思公平寇詩》。禿堅：餘姚州佐官，參見卷十六《邁院判哀詩序》。

〔五八〕保障：堡壘；保，通「堡」。生聚：繁殖人口，聚積物力。

〔五九〕區區：狹隘愚拙。葛洪《抱朴子·百家》：「狹見之徒，區區執一。」

〔六〇〕猘：狂犬。愒：休息。《詩經·大雅·民勞》：「民亦勞止，汔可小愒。」

〔六一〕奸宄：作奸犯科者。劻勷：惶遽不安。

〔六二〕嶪嶪：高大貌。何晏《景福殿賦》：「峨峨嶪嶪，罔識所届。」吕向《注》：「峨峨、嶪嶪，高貌。」帖帖：温順服帖。洽：普遍，廣泛。蔡允恭《奉和出潁至淮應令》：「欲知仁化洽，謳歌滿路歸。」

〔六三〕矰弋：繫有生絲之射鳥短箭。機：弩機。《楚辭》屈原《九章·惜誦》：「矰弋機而在上兮，罻羅張而在下。」

〔六四〕究：窮盡。吁：憂歎。《詩經·周南·卷耳》：「云何吁矣？」朱熹《詩集傳》：「吁，憂歎也。」

真逸處士夏君墓誌銘

四明夏璜將葬其父處士君，前事之月以凶服踏予所館〔一〕，丐文其冢上之石，且曰：「吾先世居郡東鄞江上〔二〕，單宗弱胤，幾不能家〔三〕。吾父蚤歲即慨然思奮，嘗語人曰：「吾世浸衰，吾不能服勤自立〔四〕，不名爲人。」乃度定川之白砂舟車輻輳〔五〕，可以治生植資遺〔六〕。因挾其仲及季俱往，心經意緯，勾檢朒贏〔七〕，不數年間，遂甲諸室。於是即所寓爲廬舍，以迎吾祖徙家焉。于時兄弟八人方散處兩縣間，吾父不忍骨肉之分異，乃益大其居宇，爲聚族計。而伯氏首挈妻子以至，同室而居，同爨而食，蓋雍雍如也〔八〕。

吾父善處倫理，而孝友本乎天性〔九〕。苟父母之所愛，雖己甚惡，必致之；父母之所惡，雖己甚愛，必遠之。起處云爲不以己，一於父母而已〔一〇〕。事其兄如事父，閫以外，其行不敢有出焉；事兄之妻如事母，閫以内，其事不敢有專焉。以愛己之心愛諸弟，以字己子之心字兄弟之子。女弟適人而早寡，有子方稚，則悉取之來，撫之終其世。其於鄉黨州閭，有無通之，休戚共之，而飯飢襦寒藥病櫘死，率有常度〔一一〕。由是譽聞日著，諸公貴人數款門問勞，顧不可强之仕，即薦集賢院〔一二〕，聞而嘉之，爲錫其號曰「真逸處士」云。

生於至大辛亥十一月八日，以至正乙巳二月二十日終於家。葬鄞縣十都徐嶴之原〔一三〕。吾母包氏生子男二人：長曰璜，即吾；曰璇，其弟也。女三人：適李進、李順德，其一未行。孫男復謙，孫女尚幼。

予曰：世之大夫士恒喜譽貧而詆富〔一四〕，嗚呼！富豈可詆也哉〔一五〕！《書》曰：

「既富方穀〔一六〕」，又曰「資富能訓〔一七〕」，則富者固所以爲善之資也，而豈可詆也哉！今處士既能資富以爲善，而其二子又方知崇父德，丐文以圖長存，可銘也已！處士諱榮顯，字仲和；祖諱祖貴；父諱文華，妣陳氏。銘曰：

古有經界，井地以均〔一八〕。家既有養，亦富於鄰。後世法壞，盈歉日分。不處乎泰，曷濟夫屯〔一九〕？故處士厚利而骨肉蒙其義，閭里厄貧而處士施其仁。吁嗟乎後之人，尚勿踐其穴與墳。

【題解】

夏君，名榮顯，字仲和，號真逸處士，參看卷十八《真逸處士像贊》。弟夏榮達，號玄逸處士，詳見本卷《玄逸處士夏君墓誌銘》。戴九靈先後爲夏榮顯昆弟撰寫墓誌銘，兄文側重仁，弟文側重勇，各有千秋，盡得其要。《光緒鎮海縣志》卷二十五《孝義》所載夏榮顯傳，純出於本墓誌銘，玆不詳引。

子夏璜，參看卷十七《對菊聯句》。女弟夏守貞，其夫早喪，守節不渝，詳見卷二十九《蔡節婦夏氏墓誌銘并序》。

【箋注】

〔一〕凶服：喪服。《論語·鄉黨》：「凶服者式之。」

〔二〕鄞江：寧波甬江，參見卷十一《剡源記》。

〔三〕單宗弱胤：家族勢孤，後代弱小。

〔四〕浸：漸漸。服勤：從事辛勞事務。

〔五〕定川：定海别稱，參見卷九《自定川入海》。白砂：元定海重鎮，參見卷十六《留别白沙諸友三首》。劉仁本《羽庭集》卷五《白沙聯句序》：「《白沙聯句》，餞尚書貢公也。公以至正十九年冬董漕事於南海道，由錢塘經越絶，浮鄞舶入閩廣。門生故舊散處外方者凡若而人，胥會尋盟鄞海上，祖於白沙之澨。酒闌情洽，不能舍去，因宿留舟楫間，各出肺腑語，聯句以餞别。」

〔六〕生植：生産經營。《晉書》卷九十《良吏·王宏》：「雖詔書屢下，敕厲慇懃，猶恐百姓廢惰以損生植之功。」資遺：出資饋贈。《魏書》卷八十九《酷吏·李洪之》：「洪之將數十騎至其里閭，撫其妻子，問所疾苦，因資遺之。」

〔七〕心經意緯：盡心謀劃。勾檢：審核檢查。王禹偁《滁州官舍》：「勾檢簿書寧失俗？逢迎使命亦隨時。」朒贏：虧缺與盈餘。

〔八〕雍雍：和樂融洽貌。《禮記·樂記第十九》：「夫肅肅，敬也；雍雍，和也。」

〔九〕《朱子語類》卷七十二：「正家之道在於正倫理，篤恩義。」王安石《送郊社朱兄除郎東歸》：「孝友父兄家法在，想能清白遺兒曹。」

〔一〇〕起處：起居。云爲：言語行動。

〔一一〕吴泳《鶴林集》卷三十四《惠寺丞墓誌銘》：「若夫心經意緯，唱義役於鄉，飯飢薪寒槥死藥疾，與比隣鄰鄙共其休戚，此又敘之之所優爲者。」鄉黨州間：古時四種行政區劃，泛指鄉里；鄉，一萬二千五百户；黨，五百户；州，二千五百家；閭，二十五户。槥死：用棺材裝殮死者；槥，小棺材。

〔一二〕問勞：問候，慰問。《元史》卷八十七《百官三・集賢院》：「秩從二品。掌提調學校，徵求隱逸，召集賢良，凡國子監、玄門道教、陰陽祭祀、占卜祭遁之事，悉隸焉。」

〔一三〕十都：在鄞縣陽堂鄉；都，鄉村行政區劃。《乾隆鄞縣志》卷二《鄉里》：「陽堂鄉，在縣東三十里，管都七：五都，六都，七都，八都，九都，十都，十一都。」徐嶴：地名。

〔一四〕皇甫謐《高士傳》卷上《嚴遵》：「嚴遵，字君平，蜀人也……蜀有富人羅沖者……君平曰：『不然。吾前宿子家，人定而役未息，尚瞑皆興。晝夜汲汲，未嘗有足。今我以卜爲業，不下床而錢自至，猶餘數百，塵埃厚寸，不知所用。此非我有餘而子不足邪？』沖大慚。君平歎曰：『益我貨者損我神，生我名者殺我身，故不仕也。』時人服之。」

〔一五〕《論語・述而》：「子曰：『富而可求也，雖執鞭之士，吾亦爲之。如不可求，從吾所好。』」《論語・里仁》：「富與貴，是人之所欲也。不以其道得之不處也。」

〔一六〕《尚書・周書・洪範》：「凡厥正人，既富方穀，汝弗能使有好於而家，時人斯其辜。」周秉鈞

《尚書易解》：「此言在位之正長既富有芳香之穀，汝不能使其有善於汝家國，於是人乃將罪汝矣。」方穀：芳香五穀；方，通「芳」。

〔一七〕語出《尚書·周書·畢命》。資富：資財富足。訓：通「順」，順從教化。

〔一八〕經界：土地分界綫；經，界綫。《孟子·滕文公上》：「夫仁政，必自經界始。經界不正，井地不鈞，穀禄不平，是故暴君污吏必慢其經界。」井地：古代田畝制度，八家九百畝，公田一百畝，共耕以輸國家；私田一家一百畝。

〔一九〕泰：通達，寬裕。《周易大傳·序卦》：「履而泰，然後安，故受之以泰。泰者，通也。」屯：困厄艱難。

元故沖玄處士羅君墓誌銘

至正癸卯十一月辛丑，沖玄處士四明羅君卒，年八十。後二年十一月丙午，葬於鄉之鳴鶴山〔一〕。既葬，其子康乞余銘其墓。余以不敏讓，而康之請益力，曰：「無銘，是無諸孤也。」乃爲退考中書左丞危公素所爲《旌門記》及御史中丞月魯不花公〔二〕、翰林承旨張公翥〔三〕、翰林學士張公以寧〔四〕、秘書少監揭公汯所爲詩若序〔五〕，采掇其世次行事而銘之。

處士諱世華，字明遠，集賢院檄爲沖玄處士。其姓羅氏，羅蓋世有衣冠，歷漢魏晉宋，仕者不絶。唐之季年，有爲鎮海軍節度掌書記者曰隱，以文章節行爲世名①士，隱蓋虎林人〔六〕。其子鎮東節度推官曰塞翁，攝四明之慈溪令②，始徙家焉。塞翁之後曰明復，曰謙，嘗中宋嘉禧四年、淳祐六年進士第〔七〕，於處士爲高曾祖。有曰絅者，家饒於財，樂善好施與，鄉邦敬愛之，稱爲衣錦居士，處士之大父也。曰善卿者，恭儉樸茂而敬宗睦族，理家恤鄰，具有節法〔八〕，處士父也。

善卿有子五人，長即處士，次曰世英，曰弘③惠，曰天錫，曰世昌，皆以高年聚居，扁所居堂曰春風。深衣幅巾〔九〕，蒼顔白髮，望之如列仙。浙東部使者以五人之壽，上其事於朝，請旌異之而復其徭役〔一〇〕。亦既報下如章，而鄉之好事者復用洛社故事〔一一〕，繪以爲圖。從子温州路照磨間攜至輦轂之下，一時公卿大夫咸賦詩題詠，傳觀中外〔一二〕。嗚呼，盛矣！

處士體貌魁偉，鬚髯秀整，而孝友之性本乎天質。事先府君謹甚，凡其志之所欲爲，必順而服行之，無所勉强；即不欲者，不使纖芥置諸心。然内而家事，外而公役，侍側無虛日④。先府君年考益高，而能以禮自處，爲時善士，晨昏之助爲多〔一三〕。其後卒且葬，處士結廬墓左，且穿旁穴以待他日從葬焉，曰：「古有廬墓之禮〔一四〕，吾不忍以死生異也。」其待諸弟尤極和孺之情〔一五〕，事有難處，一以身任而不使之知。母夫人死時，季弟方晬〔一六〕，處士扶持保抱，至於成人。及接諸子侄，未嘗有疾言遽色，或不可其意，則引咎自歸，期於感化。子孫五十餘人，至今無一人酗酒爲不律事，家教使然也。

至於遇姻族，處黨里〔一七〕，亦皆盡其恩意。飢饋之粟，寒遺之衣，歲以爲常。鄉有獄訟，有司所不能決者，處士片言折⑤之，即刃迎縷解〔一八〕，悅服而去。里多鹵丁鹺户，或窘乏不支，處士輒資以己力，公私賴焉。平居謙恭信厚，寬而有容，雖臨大事遇急務，亦儼然自若〔一九〕，不少有動於中。其德量邁世，標望絶人〔二〇〕。士大夫每稱舉以厲其士俗。至卒之日，聞者莫不哭泣相吊，曰：「世豈復有斯人哉〔二一〕！」

娶同邑朱氏，先卒；繼童氏：俱有婦道。子男六人：長曰裕，次曰芳，曰益，曰恒，曰彝，其一即請銘者。女三人：長適定海陳均和，次適鳴鶴場司令同里方景良〔二二〕，季早世。裕、長女，朱所出；彝，庶出；餘皆童氏生也。孫男十三人，孫女九人。曾孫男三人。

余頃北遊京師，往還東海上〔二三〕，求處士之廬謁焉，而處士之死久矣。然見處士諸弟及其子姓若干人，皆恂恂雅飭，恭謹有禮；而仲子益尤紹德踐行，綽有父風。嗚呼，若處士可謂化行於家，以道始終者矣！

銘曰：東海之濱，是生俊人，高冠岌岌傴以身〔二四〕。有德有年，有子有孫，有弟合食義且仁。乃降旌書，爛其盈門，厥聲孔播行亦尊。一朝死矣，日遠而湮，我作銘詩永其聞〔二五〕。

【題解】

羅氏，慈溪衣冠望族，孝義人家，詳見卷十五《題羅氏五老圖樂府三解》。《光緒慈溪縣志》卷二十五《列傳二・元・羅世華》：「字明遠，集賢院檄爲沖元處士。孝友天性，本乎天質。事父謹甚，侍側無虚日；父没，結廬墓左。德量邁世，標望絶人，士大夫每稱舉以厲其士俗。與弟世英、弘惠、天錫、世昌皆以高年聚居，扁所居堂曰春風，深衣幅巾，蒼顔白髮，望之如列仙。子孫七十餘人，無一人爲不律事，家教使然也。至正二十四年，有司上其事於朝，旌其門曰同居耆德羅氏之門。」

【校勘】

① 名：底本作「曰」，據乾隆本改。

②令：底本作「今」，據乾隆本改。

③弘：乾隆本作「宏」。

④日：底本作「口」，據乾隆本改。

⑤折：底本作「拆」，據乾隆本改。

【箋注】

〔一〕鳴鶴山：慈溪縣名山，詳見卷十六《王止善自鳴鶴來訪賦此以别》。

〔二〕危素：字太樸，金溪人，元時詩文大家，詳見卷十二《夷白齋稿序》。月魯不花：字彦明，元末死節大臣。未冠，遊會稽韓性之門，爲文一揮而就，粲然成章。試江浙鄉闈，居右榜第一。後登進士第，累官江南諸道行御史臺中丞，爲政寬猛相濟，崇尚儒道，奬掖後進。參見《元史》卷一百四十五《月魯不花》及本集卷二十七《袁廷玉傳》。

〔三〕張翥：元朝鴻碩，參見卷二十二《跋孫伯敬所藏十八學士圖》。

〔四〕張以寧：字志道，古田人，才敏學博，以《春秋》舉進士，累官翰林侍讀學士知制誥。在朝宿儒虞集、歐陽玄、揭傒斯、黄溍之屬相繼下世，張氏擅名於時，人呼小張學士。參見《明史》卷二百八十五《文苑一・張以寧》。張以寧《翠屏集》載宋濂《序》云：「今觀先生之文，非漢非秦周之書不讀，用力之久，超然有所悟入。豐腴而不流於叢冗，雄峭而不失於粗厲，清圓而不涉於浮巧，委蛇而不病於細碎，誠可謂一代之奇作矣。」

〔五〕揭汯：元末名流，詳見卷十七《哭揭秘監三十四韻》。

〔六〕軍：唐時戍邊軍事機構。《新唐書》卷五十《兵》：「唐初，兵之戍邊者，大曰軍，小曰守捉，曰城，曰鎮，而總之者曰道。若盧龍軍一，東軍等守捉十一，曰平盧道。」節度：通稱節度使，一方軍事長官。掌書記：唐元帥府及節度使屬官，主撰文字。《新唐書》卷四十九下《百官四下》：「節度使、副大使知節度事。行軍司馬、副使、判官、支使、掌書記、推官、巡官、衙推各一人。」虎林：詳見卷二十《春風堂記》；《吴越備史》言羅隱爲新登縣人；虎林者，其祖籍也。羅隱《讒書》引《吴越備史本傳》云：「羅隱，字昭諫，新登縣人也……隱累官錢唐縣令，尋授鎮海軍掌書記、節度判官、鹽鐵發運副使。授著作上郎、司勳郎中。歷諫議大夫、給事中，賜金紫，卒年七十七歲。所著《江南甲乙集》《淮海寓言》及《讒書》《後集》，并行於世。」《讒書》元黄德弼《羅昭諫讒書題辭》：「余少讀羅公昭諫《嚴陵釣臺遺刻》，蓋所著《讒書》之一者，氣節凛然，燁燁方册間，每以未睹全書爲恨。近客徽學，會公之遠孫雲叔來爲學正，因得拜觀《讒書》及所賦詩。大抵忿勢嫉邪，舒泄胸中不平之藴焉耳。公晚唐節士，抱負卓犖，遭時不偶，受知吴越錢氏幕辟，歷仕給事中、諫議大夫，首勸調師勤王，問罪朱温，雖錢不見聽而依中國以自固，遇真主納款歸疆，終其身及其子若孫無僭竊之志，往往皆出公平日講明之素也。唐宋僭僞紛起，立其朝者安食厚禄，充然無赧容，如公沈淪下僚氣節弗渝者幾何人？吁，士以氣節爲重，而文辭特其餘事。在昔憸邪輩，豈無絺章繢句取媚一時？而泯泯莫聞。公氣節可敬可慕，凡片言隻字皆足以傳世，況其著書垂訓者乎！」

〔七〕明復：按縣志作復明；且登第以淳祐元年，視本文所記晚一載。《光緒慈溪縣志》卷二十五《列傳二・宋・羅季清》：「與黄震同里，年二十七登第。從官四方，不以仕廢學，顔其居曰恥獨以自勵。及卒，震爲文祭之，稱其『氣姿磊落，材識英特，久歷仕途，尚家徒四壁，天下識與不識，皆知有季清云。』黄文潔《祭季清文》云『季清先余十五年登科』。按文潔登進士在寶祐四年，《雍正志・選舉》『淳祐元年登第者有羅復明』，下距寶祐四年適十五載。疑季清爲復明之字，取義亦相合，録此以備參考。」

〔八〕樸茂：樸實厚道。節法：規矩法度。

〔九〕深衣：衣裳相連前後深長之衣服，詳見卷二十一《深衣圖考序》。幅巾：用全幅細絹所製頭巾。

〔一〇〕復：免除賦税或勞役。

〔一一〕章：此指浙東部使者之奏章。洛社：參見卷十八《羅氏五老贊》。

〔一二〕照磨：元時諸路總管府屬員。《元史》卷九十一《百官七》：「諸路總管府，至元初置……照磨兼承發架閣一員，司吏無定制，隨事繁簡以爲多寡之額。」輦轂：皇帝車輿，代京城。中外：朝廷内外。

〔一三〕年考：年壽。晨昏：昏定晨省。

〔一四〕廬墓：父母或師長喪期在墓旁搭蓋小屋，暫居以守墳。酈道元《水經注》卷二十五《泗水》：「今泗水南有夫子冢……即子貢廬墓處也。」

〔一五〕和孺：和好親睦。《詩經·小雅·常棣》：「兄弟既具，和樂且孺。」

〔一六〕晬：一周歲。

〔一七〕黨里：鄉里；古時五百家爲黨，二十五家爲里。

〔一八〕片言：本爲訴訟雙方中某一方言辭，後亦指簡短語言。折：折獄，審理案件。《論語·顔淵》：「子曰：『片言可以折獄者，其由也與！』。」刃迎縷解：輕鬆解除糾葛。韓愈《貞曜先生墓誌銘》：「及其爲詩，劌目鉥心，刃迎縷解，鉤章棘句，掐擢胃腎，神施鬼設，間見層出。」

〔一九〕儼然：矜持莊重貌。《論語·子張篇第十九》：「子夏曰：『君子有三變：望之儼然，即之也温，聽其言也厲。』」

〔二〇〕邁世：超越世俗。標望：風度聲望。

〔二一〕斯人：這人，常指道隆德盛者。《論語·雍也篇第六》：「伯牛有疾，子問之，自牖執其手，曰：『亡之，命矣夫！斯人也而有斯疾也！斯人也而有斯疾也！』」

〔二二〕方景良：元末慈溪愷悌君子，詳見卷二十《春暉樓記》。

〔二三〕參見卷九《泛海》以下諸紀遊詩；然戴九靈浮海北抵益都路而止，未達元京城大都。

〔二四〕傴：彎腰曲背貌，形容謙恭。《史記》卷四十七《孔子世家》：「及正考父佐戴、武、宣公，三命兹益恭，故鼎銘云：『一命而僂，再命而傴，三命而俯，循牆而走，亦莫敢余侮。饘於是，粥於是，以糊余口。』其恭如是。」

〔二五〕聞：聲聞，名聲。《尚書·微子之命》：「舊有令聞。」

元贈亞中大夫台州路總管追封延陵郡侯吴君墓誌銘

歲至正乙巳，余由海道抵京師，問舟於四明〔一〕。始入國，士有吴瑛者執雉請見〔二〕。出當世名公卿所爲文一編，志其家之五世同居事甚悉。予得而讀之，固以知其世德之深厚矣〔三〕。後一年，杭海南還，復舍瑛旁近地，而瑛以先府君墓銘請。復閲家乘行牒〔四〕，益知其教忠之報不可重誣也〔五〕。

吴氏世爲桐廬人〔六〕，後遷明之鄞縣。有諱升者，登宋大觀三年進士第，累贈中大夫〔七〕。生子五人，俱以科第顯。其季秉信〔八〕，官至中書舍人兼給事中、吏部侍郎〔九〕，逮事徽廟，歷高、孝二朝〔一〇〕。自是子孫世其禄百有餘年，衣冠相傳爲鄞著姓。至諱澄者，始自鄞徙定海，府君之大父也。澄生大堯，是爲府君父。大堯無子，以方氏子入爲後，是名來朋，即府君也。吴入國朝，無仕者。後以府君仲子璋貴，贈大堯朝列大夫、同知温州路事、騎都尉，追封延陵郡伯； 府君亞中大夫、台州路總管、輕車都尉，追封延陵郡侯〔一一〕。

府君字友文。 自幼稟性恭謹，而孝弟之行不勖而成，事温州府君無違志。 遇親舊，接黨里，周而有恩。 姻族之孤寡，以田給之； 里役之煩擾，以財助之。 綱維其急難〔一二〕，而剖析其是非。 一鄉之内，不懼於有司，而懼府君之一言。

年幾五十，遂韜光養晦，不復有志於當時，卜鄞縣桃源之鳳栖山以居〔一三〕，日從逸人達士盤旋山水間，窮深極密，若將終身焉。

於是有子三人俱有仕資，一日命之曰：「吾其老矣，爾三子者宜及時自厲，出爲國家致分寸力，而父不足效也。」璋乃奉命北遊帝都，起家巡防百户〔一四〕，督運中原，陷紅巾中〔一五〕，抗節弗屈四載。 朝議嘉之，擢海道運糧千户〔一六〕。 其後海運有功，制升海道都漕運萬户。 紫衣金符，躋秩三品，而恤典薦被，光昭二代〔一七〕。 嗚呼，此可見其教忠之報矣！

府君生於元貞元年二月七日，卒於至正十七年四月九日。 逾月，葬鳳栖山下。 子娶同郡張氏，有婦德，先七年卒，追封延陵郡夫人。 繼孫氏，亦封延陵郡夫人。

男：長曰珪，平江路吴縣主簿；次即璋；幼即請銘者，台州路天台縣尉〔一八〕，嘗從縉紳諸老遊，有學行。女嫁邑人鄭信。皆張夫人出也。孫男六：懋和、懋功、懋德、懋信、懋中、懋昭。

銘曰：生不禄食〔一九〕，死有侯封。天雖嗇乎其始，而於其終也豐矣。

【題解】

贈，封建王朝推恩大官重臣，授官爵於父母，甚至祖父母、曾祖父母。亞中大夫，元從三品散官。台州路：元時隸屬江浙行省。總管，元時諸路總管府三品職官，參見《元史》卷九十一《百官七》。

追封，朝廷以官爵授予去世者。延陵郡，元時江浙行省常州路，以春秋吴公子季札居之，遂爲吴姓郡望。《康熙常州府志》卷十一《封系·季札》：「吴壽夢之季子。壽夢有子四人：長諸樊，次餘祭，次餘眛，次季札。壽賢季札，欲立之。札讓，不可，棄其室而耕。乃舍之，封於延陵，號曰延陵季子。歷聘上國，觀樂慎禮，詳具《左傳》。諸樊兄弟約傳以次，必致國於札而止。諸樊卒，餘祭立；餘祭卒，餘眛立；餘眛卒，欲授季札，復逃去……孔子題其墓曰：『嗚呼！有吴延陵君子之墓。』」郡侯：元從三品爵。《元史》卷八十四《選舉四》：「正從三品封贈二代，爵郡侯，勳正上輕車都尉，從輕車都尉，母妻并郡夫人……封贈曾祖，降祖一等，祖降父一等，父母妻并與夫子同。」《光緒鎮海縣志》卷二十《人物一》所述吴璋傳及卷二十五《孝義》所載吴來朋傳，悉裁於本墓誌銘，兹不詳引。

【箋注】

〔一〕參見卷九《泛海》以下諸紀行詩。乙巳：當作丙午；乙巳歲先生居吴，丙午年始去浙適齊，詳見卷十四《亡妾李氏墓誌銘》。

〔二〕雉：士人互訪時禮物。《儀禮·士相見禮》：「士相見之禮。摯，冬用雉，夏用腒，左頭奉之。」《周禮·春官宗伯第三》：「以禽作六摯，以等諸臣：孤執皮帛，卿執羔，大夫執雁，士執雉，庶人執鶩，工商執鷄。」

〔三〕世德：累世德行。《詩經·大雅·下武》：「王配於京，世德作求。」鄭玄《箋》：「以其世世積德，庶爲終成其大功。」

〔四〕行牒：出行時身份憑證。《新唐書》卷四十六《百官一》：「天下關二十六，有上、中、下之差。度者，本司給過所；出塞逾月者，給行牒。」

〔五〕《左傳·僖公二十三年》：「子之能仕，父教之忠，古之制也。」誣：虚妄不實。

〔六〕桐廬：元江浙行省建德路屬縣，參見卷三《舟發嚴陵承以愚天錫諸公追餞》。

〔七〕中大夫：宋從四品職官，參見《宋史》卷一百六十九《職官九》。

〔八〕《乾隆鄞縣志》卷十二《人物二・吴秉信》：「字信叟，剛簡自信。初爲國學官。張浚奉母居潭州，築第稍廣。檜忌浚復出，諷中丞万俟卨論浚卜宅僭擬，家有五鳳樓，命秉信奉使察其事。至則以檜意告浚，返言：『浚所居皆人臣制，堂曰盡心，浚嘗記之，樓實無有也。』檜大怒，黜秉信。後爲吏部侍郎，與凌景夏言張偁不宜爲兩浙轉運判官。偁，内侍張去僞所薦也，帝不悦，并景夏出知外郡。秉信知常州，未幾疾卒。秉信知人善薦，士王剛中入史官，史浩國子博士，後皆至宰輔。史浩以太保魏公致仕，親祭其墓，且官其孫云。」

〔九〕《宋史》卷一百六十一《職官一・中書省》：「設官十有一：令、侍郎、右散騎常侍各一人，舍人四人……」又《門下省》：「凡官十有一，侍中、侍郎、左散騎常侍各一人，給事中四人……」《宋史》卷一百六十三《職官三・禮部》：「設官十：尚書、侍郎各一人……」

〔一〇〕徽廟：北宋皇帝趙佶廟號徽宗，世亦稱徽廟。高：南宋皇帝高宗趙構。孝：南宋皇帝孝宗趙昚。

〔一一〕朝列大夫：元從四品文散官。同知：諸路總管府佐官，參見卷六《送揚州同知赴官序》。騎都尉：元從四品勳。郡伯：元從四品爵。輕車都尉：元從三品勳。

〔一二〕綱維：扶持，維護。《三國志》卷十四《魏書・劉放》：「宜速召太尉司馬宣王，以綱維王室。」

〔一三〕《乾隆鄞縣志》卷二《鄉里》：「桃源鄉在縣西三十里。」鳳栖山：或曰前鳳山后鳳山。《乾隆鄞縣志》卷三《山川・前鳳山后鳳山》：「俱在縣西四十里，即鳳嶴，又曰凰嶴。」

〔一四〕《元史》卷九十八《兵一》：「考之國初，典兵之官，視兵數多寡，爲爵秩崇卑，長萬夫者爲萬户，千夫者爲千户，百夫者爲百户。」

〔一五〕《明史》卷一百二十二《韓林兒》：「元末，林兒父山童鼓妖言，謂『天下當大亂，彌勒佛下生』。河南、江淮間愚民多信之。潁州人劉福通與其黨杜遵道、羅文素、盛文郁等復言『山童，宋徽宗八世孫，當主中國』。乃殺白馬黑牛，誓告天地，謀起兵，以紅巾爲號……時徐壽輝等起蘄、黄，布王三、孟海馬等起湘、漢，芝蔴李起豐、沛，而郭子興亦據濠應之。時皆謂之紅軍，亦稱香軍。」

〔一六〕《元史》卷九十一《百官七》：「海道運糧萬户府，至元二十年置……達魯花赤一員，萬户一員，并正三品……海運千户所，秩正五品。達魯花赤一員，千户二員，并正五品。」

〔一七〕紫衣金符：代達官顯宦；紫衣，紫色公服；金符，此指金虎符，古代發兵所用符信。《元史》卷九十八《兵一》：「萬户佩金虎符，符趺爲伏虎形，首爲明珠，而有三珠、二珠、一珠之别。千户金符。百户銀符。」躋秩：升遷品秩；秩，官吏品級。恤典：朝廷所訂臣下喪葬善後禮式。薦被：一再施及。光昭：彰顯。

〔一八〕《元史》卷六十二《地理五・江浙等處行中書省・平江路》：「縣二：吴縣，長洲。」縣尉：縣邑佐官，主管一縣治安。

〔一九〕禄食：食禄，供職官府享有俸禄。《後漢書》卷四十三《朱暉》：「禄食之家，不與百姓争利。」

元故處士唐君墓誌銘 并序

處士唐君既卒之二十有八年，其孤賓元謁予錢唐寓舍，乞文以揭諸墓〔一〕，且曰：

先君之棄代也，賓元方在髫幼孩，甚騃①〔二〕，莫省所圖。後逮事諸父，始聞稱述其遺行以教。蓋七歲就學，操觚櫝如素習而秉志不凡〔三〕，動異群兒。大父愛之甚，每撫其背曰：「噫，我祖父以簪纓遺胄而濟其德美，顧幽而不揚；異日亢吾宗者〔四〕，不無望於是子也。」伯祖知州府君殊靳許可，每見即奇之，曰：「唐氏世胤，在此而已。」

既長，益耽於學，有進取長才〔五〕。父乃命之遊京師，挾奇策以干諸公貴人。時以母體久羸不欲行，迫之乃浮海。而北渡黑水洋，至登萊界〔六〕，天忽反風，舟南漂三晝夜。夢寐中如見母遘病，有忍死待兒之語。驚起覓所在，則舟行已近家。即登岸馳視之，而母果病棘，遂泣禱上下神祇②〔七〕，得尋愈。天相孝道，彰彰如是也。

又嘗侍母氏，有聞如諸父之謂且具教曰：「汝父自海上歸，益無意仕進，獨脩其政家庭間〔八〕。其事父母愿而和，敬而順，每遇盛怒，必下氣低顔，微言以悟之〔九〕，冀得其歡心乃已。其待兄弟，温恭友悌，雍睦惠諧〔一〇〕；五服之中〔一一〕，雖或分門以處，割户以居，而必親必愛，不翅若同堂。其在閨門，媟慢之氣不形，忿懥之色不兆〔一二〕。爲夫婦十有餘年，賓而禮之，若嚴君焉。」

又泣謂曰：「汝父行不負於神明，德不愧於士類，而竟止於是，豈食其報者在汝後人耶？吾自汝父死，每鬻簪珥質裳衣〔一三〕，延師以教汝，使汝兄弟不失身賤夫奴隸之爲者，知汝父之有子也。及汝之子長，吾復督汝教之如吾之教汝者，知③汝父之有孫也。吾雖不能必汝等之成立，然能必汝父之有後也〔一四〕。汝宜知之。」賓元泣而識諸心不敢忘。

惟我先君有德有行，而不肖孤不能以盡知，幸而有聞於諸父與母氏者，又不得令辭以登載，綿歷歲年以至於今，而猶强顔斯世者〔一五〕，何如人也？先生言可垂後而志在恤孤，其尚有以蓋覆吾唐氏也哉！敢固以請。

予謂賢者貴而仁者壽，天之道也。處士君宜貴且壽，而卒虛其應，天道之難明也〔一六〕，嘻乎甚耶！遂悲而受其辭。

處士諱榮祖，字景輝。其先蜀人，與子西先生同譜系，因仕徙汴〔一七〕。六世祖百二居士復自汴南徙，即四明之定海家焉。曾大父諱惟忠；大父諱霆之；父諱茂宏，娶姜氏，有賢行，寡居幾三十載，大節皎如，颺於姻族〔一八〕。生子男二人：長即賓元，次曰璲。賓元、璲之未生也，處士嘗抱幼弟以爲子，命之曰珍。三人皆知讀書勵行，有處士遺風。女二人：長適姜賓和，次適王子志。孫男三人：曰文與，曰林，曰太平。孫女二人，俱在室。生於元貞丙申八月二十二日，卒於元統甲戌十月二十八日，年止三十九。墓在家西一里許古唐村之原。

銘曰：豈才之劣而不顯榮？豈行之愆而不久生？彼皆蒙其慶，此獨厄於命。爾子爾孫，其尚俟夫天之定耶〔一九〕！

【題解】

處士，道隆德盛而避囂絶塵者。唐君，名榮祖，字景輝，元時慶元路定海縣人。《光緒鎮海縣志》卷二十五《孝義》所載唐榮祖傳，純出於本墓誌銘，兹不詳引。

唐夫人姜氏，詳見卷二十九《唐節婦姜氏墓誌銘》。

【校勘】

①騃：底本作「駭」，據乾隆本改。

②祇：底本與乾隆本、同治本皆作「祗」，據文義改，古文「祇」「祗」多混用。

③知：底本作「如」，據乾隆本改。

【箋注】

〔一〕錢唐：杭州別名，常作錢塘。揭：標識。郭璞《江賦》：「峨嵋爲泉陽之揭，玉壘作東別之標。」李善《注》：「揭、標皆表也。」

〔二〕棄代：去世。騃：癡呆。

〔三〕觚櫝：書寫木牘，同義複詞。唐元《再題霜葉》：「我家大江東，觚櫝夙所操。」

〔四〕簪纓：古代士大夫冠飾，代達官顯宦。濟：增益。亢：庇護。

〔五〕耽：潛心鑽研。《晉書》卷三十四《杜預》：「既立功之後，從容無事，乃耽思經籍。」長才：卓越才能。

〔六〕黑水洋：詳見卷九《渡黑水洋》。登萊：山東地名，詳見卷二十二《題劉庸道浮海百韻》。

〔七〕棘：通「急」，危重。《新唐書》卷七十七《后妃下》：「將立后，會病棘而止。」神祇：神靈；神，天神；祇，地神。

〔八〕政：制度，此指家規。《大戴禮記・四代第六十九》：「修政勤禮以交諸侯。」王聘珍《解詁》：「政，猶制也。」

〔九〕愿：誠謹善良。《尚書・皋陶謨》：「愿而恭。」孔穎達《疏》：「愿者，慤謹良善之名。」微言：語言委婉。

〔一〇〕惠：恭順。《詩・邶風・燕燕》：「終温且惠，淑慎其身。」毛《傳》：「惠，順也。」孔穎達《疏》：「又終當顏色温和，且能恭順，善自謹慎其身。」

〔一一〕五服：由親疏遠近決定之五種喪服。《禮記・學記》：「師無當於五服，五服弗得不親。」孔穎達《疏》：「五服：斬衰也，齊衰也，大功也，小功也，緦麻也。」

〔一二〕媟慢：舉止輕狂，不莊重。忿懥：憤怒。兆：表現。《老子》：「我獨泊兮其未兆。」

〔一三〕簪珥：簪子與耳飾；珥，珠玉所製耳飾。質：抵押。

〔一四〕歐陽修《居士集》卷二十五《瀧岡阡表》：「嗚呼，其心厚於仁者邪！此吾知汝父之必將有後也。」

〔一五〕綿歷：延續時間永久悠長。强顏：厚顏無恥。

〔一六〕天道：支配人類命運之天神意志。《論語・雍也》：「知者樂，仁者壽。」王安石《推命對》：「天人之道合，則賢者貴，不肖者賤。天人之道悖，則賢者賤，而不肖者貴也。」

〔一七〕子西：唐庚，字子西，眉州丹稜人，北宋名士，文章精密，詩情恬淡，其《醉眠》諸詩，遠韻幽思，洗盡塵滓。《醉眠》：「山静似太古，日長如小年。餘花猶可醉，好鳥不妨眠。世味門常掩，時光簟已便。夢中頻得句，拈筆又忘筌。」唐庚事載《宋史》卷四百四十三《文苑五》。

汴：河南開封瀕臨汴水，簡稱汴。

〔一八〕颺：顯揚。《左傳·昭公二十八年》：「今子少不颺，子若無言，吾幾失子矣。」

〔一九〕天定：主宰吉凶、禍福、貴賤之天命確定不移。《蘇軾文集》卷十九《三槐堂銘》：「世之論天者，皆不待其定而求之，故以天爲茫茫。善者以怠，惡者以肆。盜跖之壽，孔、顔之厄，此皆天之未定者也。松柏生於山林，其始也，困於蓬蒿，厄於牛羊；而其終也，貫四時，閲千歲而不改者，其天定也。善惡之報，至於子孫，則其定也久矣。」

鄞沈明大墓誌銘 并序

明大既卒之明年，其婿唐轅代致孤子源之言曰〔一〕：「先人生無聞於時，死宜得銘以傳，而世之知先人者復鮮。先生愛轅以及源，且重知先人，則先人之緒言遺行〔二〕，將先生是托。惟哀而執筆焉。」

予往歲遊東海，主定海尹汪君以敬〔三〕。時轅與源俱受業汪君之門，而明大未之識也。其後明大延致汪君於家，俾子若壻以卒業，予始因汪以往謁明大。明大爲之刲羊釃酒，縱飲盤隱軒〔四〕。或擊缶而歌，或拂衣而舞，有戀戀相歡合之情。後二年，汪君既没，予往明大問訊焉，而明大亦死矣。嗚呼，其忍執筆而銘諸！

明大諱輝卿，姓沈氏，其先吴興人〔五〕。有諱陵者，吴越王時官四明〔六〕，遂家焉。五世祖清遐居士文彪〔七〕，以奥學峻行與楊文元公爲忘年交〔八〕，嘗别築亭館，招文元講道其中，命子民獻、壻劉厚南執經座下，更相問難〔九〕，而高風遠韻萃於一門。曾大父芑，鎮江府教；大父櫄孫，父如翁，皆處而不仕〔一〇〕。

沈氏累世富饒，至明大而家益落〔一一〕。明大削衣貶食以度艱虞，儉設薄施以致充裕。中年而降，益大治園田，耕稼以自足，無捨己爲人意。人有勸之仕，則辭；語之以隱德，則諾。一日，源將從禄藩閫〔一二〕，明大斥之曰：「吾家以詩禮相傳，棄儒而即吏，非吾志也。」立止之。惟教之勤儉艱苦曰：「吾貧時，與汝母養吾親，皆躬操井臼而不爲勞，汝忍忽忘以求逸耶！」

明大自奉雖甚嗇，然遇人多恩。有餘財，間以周親舊之急〔一三〕。而最喜與賓客故人相娱樂，其有過逢，輒相從飲酒，醉即慢歌江左諸賢詩詞，蹲蹲起舞〔一四〕，連日夜不厭。平居質直不阿，人有過，恒面折之〔一五〕；苟得一善，亦啨啨稱道不已：以故莫有怨嫌之者。

於是變故日臻，情煩思擾，但語身世事，輒泫然流涕。蓋久而成疾，越數月遂卒。明大生於至大①庚戌九月十九日，卒於洪武己酉三月初七日，以某年月日葬於某鄉某原。其配唐氏，有婦德。子男二：長即源，次溥。女一，嫁轅，配之侄也。孫女二，俱幼。

銘曰：惟沈之宗，實熾而昌〔一六〕。至於清遐，事文元以彰。其子其婿，理學則紹〔一七〕，伊清遐之教，文元之道。明大之生，遭家孔棘，爲瘁爲艱〔一八〕，以有衣食。迨至末暮，纂序清遐〔一九〕，乃延碩師，以淑其家。曰源曰轅，亦克允蹈〔二〇〕。觀明大所立，於先有耀。猗歟明大〔二一〕，宜顯而揚。既明且慎，卒處以藏〔二二〕。善積於躬，澤及其子，沈之有後，庶其在此。

【題解】

沈輝卿，字明大，慈溪清遐居士後裔，詳見卷十五《題盤隱軒》、卷十七《寄沈隱君》。《光緒慈溪縣志》卷二十五所載沈輝卿事迹，悉裁於本墓誌銘，兹不詳引。

《宋元學案》謂沈輝卿爲鄞縣人，或爲黄氏誤記，或千年郡縣轄區更易所致，今無以決斷。《宋元學案》卷七十四《慈湖學案·清遐續傳·沈先生輝卿》：「沈輝卿，字明大，鄞縣人，清遐居士五世孫，而民獻之玄孫也。沈氏累世富饒，至先生而家益落，能削衣貶食以度艱虞，儉設薄施以致充裕。其子源將從禄藩閫，先生斥之曰：『吾家以詩禮相傳，棄儒而即吏，非吾志也。』立止之。」

【校勘】

① 至大：底本闕，據乾隆本補。

【箋注】

〔一〕《宋元學案》卷七十四《慈湖學案·遯齋門人·沈先生源唐先生轅合傳》：「沈源，鄞縣人，清遐居士六世孫，明大之子；唐轅，明大婿：皆事汪遯齋。」

〔二〕重知：深知，熟諳。《舊唐書》卷一百五十八《韋貫之》：「荷公重知，願公無權足矣。」緒言：言而未盡之論。

〔三〕主：寓居。《史記》卷四十七《孔子世家》：「孔子遂至陳，主於司城貞子家。」汪以敬：詳見本卷《故翰林待制致仕汪君墓誌銘》。

〔四〕刲羊釃酒：參見卷十九《周貞傳》。盤隱軒：詳見卷十五《題盤隱軒》。

〔五〕吴興：湖州古稱，元時爲江浙行省湖州路。

〔六〕吴越王：唐末錢鏐藉黄巢之亂，據有吴越，昭宗授以杭越兩藩節制，封彭城郡王。五代後唐莊宗時，賜錢鏐吴越國王。錢鏐薨，子孫嗣其位。趙匡胤乘時龍興，錢氏後裔俶審時度勢，納土歸宋。詳見《五代史》卷六十七《吴越世家》暨《宋史》卷四百八十《世家三・吴越錢氏》。

〔七〕《宋元學案》卷七十四《慈湖學案・慈湖講友・沈清遐先生文彪》：「沈文彪，鄞縣人，號清遐居士。以奥學峻行，與慈湖爲忘年交。」

〔八〕峻行：高尚品行。楊文元：南宋儒學家楊簡，詳見卷二十二《題楊慈湖所書陸象山語》。黄宗羲《宋元學案・慈湖學案》引謝山《碧沚楊文元公書院記》：「文元之學，先儒論之多矣。或疑發明本心，陸氏但以爲入門，而文元遂以爲究竟，故文元爲陸氏功臣，而失其傳者亦有之。愚以爲未盡然。夫論人之學，當觀其行，不徒以其言。文元之齋明嚴恪，其生平踐履，蓋涑水、横渠一輩人。曰誠，曰明，曰孝弟，曰忠信，聖學之全，無以加矣！特以當時學者沈溺於章句之學，而不知所以自拔，故爲本心之説以提醒之。蓋誠欲導其迷途而使之悟，而非謂此一悟之外，更無餘也。而不善學者，乃憑此虚空之知覺，欲以浴沂風雩之天機，屏當一切，是豈文元之究竟哉！」

〔九〕《宋元學案》卷七十四《慈湖學案・慈湖門人・沈先生民獻》：「沈民獻，鄞縣人，清遐居士文彪子。清遐嘗别築亭館，招慈湖講學其中，命先生執經問難於其間。」《宋元學案》卷七十四《慈湖學案・慈湖門人・朝請劉寶山先生厚南》：「劉厚南，字子固，慈溪人，沈清遐婿也。與民獻皆事慈湖。嘉定進士，授瑞安尉。邑瀕海，多盜，先生莅政慈惠，盜遂息。慈湖出守温州，以其勤於奉職，奏之，累階進秩，皆有能聲。以國子博士召，館下喜得師。會日食，詔求直言，上疏有云：『陛下自登大寶，今將二紀。凡懼災罪己，導人使諫，不知幾詔。叩閽投匭，應詔來諫，不知幾疏。求言於今日，人未必不指爲玩；獻言於今日，人未必不視爲常。惟因言以見於用，尊聞以行所知，斯爲得之。』言極剴切，帝加獎諭。遷著作郎，轉朝散大夫，知台州。轉朝請大夫致仕卒。」

〔一〇〕芑：穀類良種之一，常用爲人名。府教：府學教授。《宋史》卷一百六十七《職官七·教授》：「慶曆四年，詔諸路州、軍、監各令立學，學者二百人以上，許更置縣學。自是州郡無不有學。始置教授，以經術行義訓導諸生，掌其課試之事，而糾正不如規者。」槱：堆柴燃燒，常用爲人名。

〔一一〕益落：漸漸泠落。《漢書》卷五十《張馮汲鄭傳》：「當時始與汲黯列爲九卿，内行修。兩人中廢，賓客益落。」

〔一二〕藩閫：藩鎮，封疆大吏，此當指元末方國珍幕府。

〔一三〕嗇：節省。《韓非子·解老》：「少費之謂嗇。」

〔一四〕過逢：過從，拜訪交往。江左：指長江下游以東地區。魏禧《魏叔子日録》卷二《雜説》：「江東稱江左，江西稱江右，蓋自江北視之，江東在左，江西在右耳。」蹲蹲：起舞貌。《詩經·小雅·伐木》：「坎坎鼓我，蹲蹲舞我。」毛《傳》：「蹲蹲，舞貌。」

〔一五〕面折：當面斥責。《史記》卷一百二十《汲鄭列傳》：「黯爲人性倨，少禮面折，不能容人之過。」

〔一六〕熾：强盛。《詩經・魯頌・閟宫》：「俾爾熾而昌，俾爾壽而臧。」

〔一七〕理學：宋代周敦頤、邵雍、張載、程顥、程頤、朱熹、陸九淵、吕祖謙等儒家學説。

〔一八〕棘：急迫困難；棘，通「急」。《詩經・小雅・采薇》：「豈不日戒？玁狁孔棘。」

〔一九〕纂序：纂緒，繼承統緒；序，通「緒」。《説文解字注・廣部・緒》：「又《周頌》：『繼序思不忘。』《傳》曰：『序，緒也。』此謂序爲緒之假借字。」

〔二〇〕允蹈：恪守，遵循。周煇《清波别志》卷中：「爰集大成，千古允蹈。」

〔二一〕猗歟：同「猗與」，贊歎詞。《詩經・周頌・潛》：「猗與漆沮，潛有多魚。」

〔二二〕《論語・述而》：「子謂顔淵曰：『用之則行，舍之則藏，惟我與爾有是夫！』」

元贈江浙行樞密院都事劉君墓誌銘 并序

君諱天祐，字祐之，姓劉氏。其先山東人也。後遷河南之杞縣〔一〕。六世祖興仕宋，從高宗渡江，居於杭，故又爲杭人。大父汝良，宣德郎、判登聞鼓院〔二〕；父元龍。

君生而凝重，不好戲弄。父死時雖甚幼，已自卓立如成人，能葬父喪及大父母喪之未舉者，人謂劉氏有子矣。其後稍事生業〔三〕，家益裕，乃痛念父不逮養，而一其孝於母。飲食供奉惟母之所嗜。外祖母寡居浸老，君迎養於家，没而禮葬之。凡所以安母之心者無不至。一日，君失配偶，内雖甚悲悼，而外無憂容，曰：「恐傷母心也。」及母卒，君持喪盡禮。比葬，有雙鸛巢墓上，久而不去，蓋孝感所致云〔四〕。

君蚤從吾衍先生學〔五〕，縱觀經史，涉獵諸子百家，爲人質實無華，恂恂畏謹甚。其接親戚交朋友，一本於誠敬，而遇鄉曲尤有恩〔六〕。人有質錢者，久而子本俱不償〔七〕，則取其券焚之。

君蚤食禄於時，後以母老棄不就。年將七十，始因子貴封從事郎①、江浙等處行樞密院都事〔八〕。踰年遂卒，至正二十三年十一月三日也，得年六十九。卒之明年三月壬午葬錢塘縣之履泰鄉〔九〕。配陳氏，先十四年卒，追贈宜人，與君葬同竁〔一〇〕。子男二人：長文德，從事郎、福建等處行中書省左右司都事〔一一〕；次文質，兩浙都轉運鹽使司書吏〔一二〕。女二人：適吴興沈佑、滎陽鄭友仁。孫男七人：曰中，曰申，曰本，曰用，曰庭，曰庶，曰永。中，慶元路儒學教授〔一三〕；申，汀州路蒙古學録〔一四〕；餘皆未仕。君既葬，中以都事君命持嶺南肅政廉訪司知事王魯之狀授予曰[一五]：「求爲銘。」

銘曰：行孝而敬，學擅而正[一六]，邦之傑兮。鼎不拄車，筐不持廬[一七]，顧子子兮[一八]。惟德之肖，惟忠之教，啓後烈兮[一九]。國慶既施，命服有輝，亶昭晰兮[二〇]。我作銘章，以賁其藏[二一]，爲善者之轍兮。

【題解】

原題闕「贈」字，據乾隆本補。

江浙行樞密院，掌江浙兵甲機密事務之官署。《元史》卷八十六《百官二》：「國初有征伐之事，則置行樞密院。大征伐，則止曰行院。爲一方一事而設，則稱某處行樞密院，或與行省代設，事已則罷。」都事，此指行樞密院正七品職官，參看卷十二《送王都事序》。

劉君，名天祐，元時錢塘人，參看卷十八《劉貞逸像贊》。

一子文德，字子明，授福建等處行中書省左右司都事，參看卷二十二《題貢尚書手帖》。貢師泰《玩齋集》卷三《題劉子明西雲亭》：「野樹偏宜晚，江花欲變秋。幌明霞散綺，簾暗月沉鈎。解補青山闕，還生白髮愁。何時作霖雨，卻共水東流？」

一孫劉中，字庸道，戴九靈流寓四明時至交，詳見卷十六《庸道提學訪予定川寓舍……》。

【校勘】

① 從事郎：底本作「從仕郎」，據《元史》改；下同。

【箋注】

〔一〕杞縣：元時汴梁路屬縣，參見《元史》卷五十九《地理二・河南江北等處行中書省・汴梁路》。

〔二〕宣德郎：宋正七品文散官，載《宋史》卷一百六十九《職官九・文散官》。判：擔任判官。登聞鼓院：宋代官署。《宋史》卷一百六十一《職官一・門下省》：「登聞檢院，隸諫議大夫；登聞鼓院，隸司諫、正言：掌受文武官及士民章奏表疏。凡言朝政得失、公私利害、軍期機密、陳乞恩賞、理雪冤濫，及奇方異術、改換文資、改正過名，無例通進者，先經鼓院進狀；或爲所抑，則詣檢院。」

〔三〕生業：生計。薩都剌《桃源行題趙仲穆畫》：「男耕女織作生業，版籍不是秦家民。」

〔四〕孝感：孝行感動蒼天。《宋史》卷四百五十六《孝義・易延慶》：「延慶居喪摧毀，廬於墓側，手植松柏數百本，旦出守墓，夕歸侍母。紫芝生於墓之西北，數年又生玉芝十八莖。本州將表其事，延慶懇辭。或畫其芝來京師，朝士多爲詩賦，稱其孝感。」

〔五〕《宋濂全集》卷十七《吾衍傳》：「吾衍，字子行，杭人也。意氣簡傲，不爲公侯屈色，常自比郭忠恕。居生花坊一小樓，客至，僮輒止之，通姓名，使其登乃登。廉訪使徐琰一日來見，衍從樓上呼曰：『此樓何敢當貴人登耶！願明日謁謝使節。』琰素重衍，笑而去。生徒從衍遊者，常數十百人。衍坐童子地上，使冠者分番下授之。時出小清涼傘，教之低昂作舞勢。或對賓遊談大噱，解髮濡酒中爲戲，群童皆肅容莫敢動。衍左目眇，又跛右足，一俯一仰，嫵媚可觀，宛有晉宋間風致。畜兩鐵如意，日持弄之。或倚樓吹洞簫數曲，超然如忘世者。性好譏侮文學士，獨推服仇遠及胡之純、長孺兄弟，謂百年間所無有。」

〔六〕鄉曲：鄉里，家鄉。司馬遷《報任少卿書》：「僕少負不羈之才，長無鄉曲之譽。」

〔七〕質錢：抵押借錢。子本：利息和本金。韓愈《柳子厚墓誌銘》：「其俗以男女質錢，約不時贖，子本相侔，則没爲奴婢。」

〔八〕從事郎：元朝從七品文散官，見《元史》卷九十一《百官七·散官》。

〔九〕錢塘：元時杭州路屬縣。

〔一〇〕宜人：參見本卷《元中順大夫秘書監丞陳君墓誌銘并序》。窀：墓穴。

〔一一〕都事：元從七品職官，參見卷十三《送楊都事序》。

〔一二〕《元史》卷九十一《百官七·兩浙都轉運鹽使司》：「秩正三品……至元十四年，置司杭州。」書吏：承辦官府文書案牘之吏員。

〔一三〕《元史》卷九十一《百官七·諸路總管府》：「儒學教授一員，秩九品。諸路各設一員，及學正一員，學録一員……蒙古教授一員，正九品。」

〔一四〕汀州路：元時先由江浙行省管轄，後分置福建行省而隸屬之。

〔一五〕《元史》卷八十六《百官二・肅政廉訪司》：「知事一員，正八品。」

〔一六〕擅：獨特。任昉《王文憲集序》：「既道在廊廟，則理擅民宗。」劉良《注》：「擅，獨也。」

〔一七〕此以寶鼎不能支撑馬車，竹筐不能扶持屋舍，喻人不得其所。《韓昌黎文集》卷六《試大理評事王君墓誌銘》：「鼎也不可以柱車，馬也不可使守閭。」《淮南子・齊俗訓》：「柱不可以摘齒，筐不可以持屋，馬不可以服重，牛不可以追速。」

〔一八〕孑孑：渺小細微貌。韓愈《原道》：「彼以煦煦爲仁，孑孑爲義，其小之也固宜。」

〔一九〕肖：仿效。烈：功業。

〔二〇〕慶：賞賜。《孟子・告子下》：「則有慶，慶以地。」趙岐《注》：「慶，賞也。」命服：古代官員及配偶按等級所穿制服。亶：誠然，果真。昭晰：光亮耀眼。

〔二一〕賁：大，此作動詞。藏：葬地。

玄逸處士夏君墓誌銘　并序

君諱榮達，字仲賢，姓夏氏，四明人。自少懷才負氣，不肯受人侮辱轢蹙〔一〕。然家故貧，又無資地可以圖進取〔二〕。一日歎曰：「與其進退皆困，莫若擇一要津爲貨殖謀，幸而遂，我志可舒。」乃以定海之白砂爲宜，遂自鄞縣徙居之。其地當海舟泊步處〔三〕，而絶海之商，通蕃之賈〔四〕，往往貿遷於此。君爲之數年，泉餘於庫〔五〕，粟餘於廩，而定海之言富室者歸夏氏。

君於是益大治廬舍，中爲奉親之堂，而虚其左右諸室，以俟兄弟之合居。仲兄季弟合居已日久，而伯兄亦繼挈妻子至。女弟適人早寡，一子在幼，俱取之來。一家之事，悉身任之無巨細。其有費處分者，亦毅然竟往，不見有顏色，曰：「葛藟猶能芘其本根〔六〕，況人乎！」父嘗被陷私醝事，吏讞久不白〔七〕，君泣愬有司，即平反以出。又嘗爲郡司税曹氏所構，且誣伏〔八〕，君百計雪其冤，不克。曹蓋西州巨家，在位者多向意助之〔九〕，一家盡駭，君曰：「無苦，吾第①愬之肅政司，父枉可伸〔一〇〕。」既而果然，曹亦以是黜。鄉民有以鈔法被收者〔一一〕，吏受賄，聽其僞指，君以次兄亦在株逮中，爲白諸上官，即日釋去。里楊姓爲鄰仇中傷當坐，君盡力直之〔一二〕。李氏孤貧而願學，君育而教之。林婦病亟，當服參附靈砂諸貴細藥而無資以致〔一三〕，君出所藏濟之。

君讀書雖不多，然雅敬賢士夫而聽其話言。子若孫必延名師儒以教。雖臧獲賤隸，亦委曲嫗煦②得其心〔一四〕。平居和易恭謹，恂恂如懦夫；至其爲義，則踔厲風發〔一五〕，勇不顧前後。其所樹立，殆不可及。集賢院聞而嘉之，爲錫其號曰「玄逸處士」。

祖諱祖貴，父諱文華，皆有隱德。娶蔡氏，孝順祗脩〔一六〕，克爲君配。子男一人，曰琛；女五人：長適王牧，次適陳關，其餘幼也。琛有孝行，屢嘗刲股已母病。昆弟八人，君於次爲第四，皆僇力起家〔一七〕，而君之功居多。生於延祐甲寅十月五日，卒於至正辛丑八月四日，以癸卯十一月十九日葬鄞縣界中。蔡氏後十年亦卒，與君葬同穴。

嗚呼，世之人當父兄安居無事時，亦孰不以孝弟稱哉！然一旦遇禍患，落陷阱，不能一引手救，反煦煦孑孑以相咎者有矣〔一八〕。此其齷齪無爲，視父兄如路人，聞君之風，亦可少愧哉！

君前時遭家之困，急於自爲〔一九〕，故所就僅如此。使其出而爲人，取一城一障乘之，則徇忠報國以敵愾於當時者〔二〇〕，要必大可觀矣！惜乎才不爲世用，志不行於時也！君卒之若干年，琛以其師陳剛之狀徵予銘，遂銘之，其辭曰：

貧不奪氣〔一一〕，富不失義，維士之雄。踣强折姦〔一二〕，卒直其冤，乃才之充。及至守身，卑讓肫肫〔一三〕，何行之恭！我作銘誄，以載厥美，垂之無窮。

【題解】

夏君榮達，富而好禮，集賢院褒之以「玄逸處士」。《光緒鎮海縣志》卷二十五《孝義》所載夏榮達傳，純出於本墓誌銘，兹不詳引。

兄夏榮顯，號真逸處士，詳見本卷《真逸處士夏君墓誌銘》。女弟蔡守貞，詳見卷二十九《蔡節婦夏氏墓誌銘》。

【校勘】

① 第：底本作「弟」，據乾隆本改。

② 煦：底本作「㖦」，據乾隆本改。

【箋注】

〔一〕轢蹷：碾壓踩踏，喻欺凌侮辱；蹷，通「蹴」。韓愈《故幽州節度判官贈給事中清河張君墓誌銘》：「張御史長者，毋侮辱轢蹷我事，無庸殺，置之帥所。」

〔二〕資地：資歷地位。趙瑩《論修唐史奏》：「凡有將此數朝實録詣闕進納，請量其文武才能，不拘資地，與除一官。」

〔三〕泊步：碼頭，埠頭；步，水邊停船處。柳宗元《永州鐵爐步志》：「江之滸，凡舟可縻而上下者曰步。永州北部有步曰鐵爐步。」韓愈《唐正議大夫尚書左丞孔公墓誌銘》：「蕃舶之至泊步，有下碇之税。」

〔四〕絶：横渡。蕃：附庸，泛指外族或外國。司空圖《雜題》：「岸香蕃舶月，洲色海煙春。」

〔五〕泉：貨幣。司馬光《乞罷免役錢狀》：「錢者，流通之物，故謂之泉布。」《周禮・天官・外府》：「掌邦布之入出。」鄭玄《注》：「布，泉也。布，讀爲宣布之布。其藏曰泉，其行曰布。取名於水泉，其流行無不遍。」

〔六〕費：消耗精力。處分：處理。葛藟：葛藤。芘：通「庇」，庇護。《詩經・王風・葛藟》：「綿綿葛藟，在河之滸。終遠兄弟，謂他人父。謂他人父，亦莫我顧。」毛《序》：「《葛藟》，王族刺平王也。周室道衰，棄其九族焉。」《左傳・文公七年》：「葛藟猶能庇其本根，故君子以爲比。」

〔七〕醝：通「鹺」，鹽。白：昭雪。

〔八〕誣伏：同「誣服」，無辜而認罪。《史記》卷八十七《李斯列傳》：「趙高治斯，榜掠千餘，不勝痛，自誣服。」

〔九〕西州：晉宋間揚州刺史治所，以其在臺城西，故曰西州；兹後常稱西州所在之南京城。温庭筠《經故翰林袁學士居》：「西州城外花千樹，盡是羊曇醉後春。」向意：留意。

〔一〇〕肅政司：此指浙東海右道肅政廉訪司。伸：伸直，昭雪。《廣雅·釋詁三》：「伸，直也。」

〔一一〕《元史》卷九十三《食貨一·鈔法》：「僞造鈔者處死，首告者賞鈔五錠，仍以犯人家産給之。」

〔一二〕當坐：判決抵罪。《後漢書》卷十五《來歷》：「龔調據法律明之，以爲男、吉犯罪，皇太子不當坐。」直：昭雪。

〔一三〕亟：病危。參附靈砂：人參、附子、靈砂諸中藥。

〔一四〕委曲：屈身折節。《感士不遇賦》：「寧固窮以濟意，不委曲而累己。」嫗煦：同「煦嫗」，愛撫關懷。司馬光《和君貺寄河陽侍中牡丹》：「真宰無私嫗煦同，洛花何事占全功？」

〔一五〕和易：和悦，同義複詞。《詩經·小雅·何人斯》：「爾還而入，我心易也。」毛亨《傳》：「易，説。」踔厲風發：振奮昂揚。

〔一六〕祇修：修身敬謹。陶淵明《感士不遇賦》：「獨祇修以自勤，豈三省之或廢？」

〔一七〕僇力：勠力，盡力。《史記》卷六十八《商君列傳》：「僇力本業，耕織致粟帛多者復其身。」

〔一八〕煦煦孑孑：謹小慎微。韓愈《原道》：「彼以煦煦爲仁，孑孑爲義，其小之也則宜。」

〔一九〕自爲：自謀立身。王建《公無渡河》：「婦人無力挽斷衣，舟沉身死悔難追，公無渡河公自爲。」

〔二〇〕乘：登高守護。《漢書》卷七十《陳湯》：「望見單于城上立五采幡織，數百人披甲乘城。」顔師古《注》：「乘謂登之備守也。」徇忠：捨身盡忠；徇，通「殉」。敵愾：抵抗可恨仇敵。《左傳·文公四年》：「諸侯敵王所愾，而獻其功。」杜預《注》：「敵，猶當也；愾，恨怒也。」

〔二一〕奪：改變。《史記》卷八十四《屈原賈生列傳》：「懷王使屈原造爲憲令，屈平屬草稿未定。上官大夫見而欲奪之，屈平不與。」

〔二二〕踣强折姦：摧毁强暴姦詐之徒；踣，毁壞。

〔二三〕肫肫：真誠懇切。韓愈《施先生墓銘》：「卑讓肫肫，出言孔揚。」

故翰林待制致仕汪君墓誌銘

前定海縣尹翰林待制致仕淳安汪君既卒之明年，其子循屬君之從甥俞溥，考次君之官氏、邑里與其行事之實爲狀〔一〕，以書來告曰：「先君之葬，既得日月，不可以不銘。銘之莫如子宜，孤也敢請。」蓋予嘗由海道往山東，候海風於鄞〔二〕，君時治定海，朝夕過從甚相好。予後復客鄞，而君之去定海已久，鄞之人談君之政猶亹亹不釋口。若君者，非獨平生之舊可哀，而其爲政於定海者，皆宜見於予文，宜其來請於予也，乃爲誌其墓而銘之。

君諱汝懋，字以敬，其先歙人。唐忠武將軍越國公之子廣遷睦之青溪〔三〕，今淳安縣也。曾大考南强，宋户部架閣官〔四〕；大考夢發；考斗建〔五〕，倜儻有奇志，在京學嘗率同舍生伏闕上書，攻賈似道誤國〔六〕；至元内附，從蛟峰方公講道石峽書院〔七〕。

君自幼端謹不好戲弄，而警敏絶人，讀書數過輒不忘。稍長，從吴朝陽〔八〕、夏大之〔九〕、洪本一三先生學治經〔一〇〕。後以《春秋》試江浙鄉闈不售，僅中庚寅乙榜，考官柳公道傳有遺才之憾，特薦君行中書，授丹陽縣學教諭〔一一〕，再調青陽〔一二〕。會壬辰兵起，率鄉兵捍縣境。平章月魯不花兒公統大軍至〔一三〕，以功舉升鄉郡教授〔一四〕。僉憲哈剌忽公又舉充浙東帥府令史〔一五〕。副都元帥伯顔不花的斤公又舉攝鄉縣〔一六〕。君初不欲就，元帥公素奇君，謂曰：「親老，顧擇禄耶？」君矍然起就之〔一七〕。後調將仕佐郎、浙東帥府都事；未幾，授登仕郎、慶元路定海縣尹兼勸農防禦事〔一八〕。居位伍年，乃以老病乞致仕。守不從，即扁舟宵逝。朝廷嘉之，以前職致仕，階文林郎〔一九〕。已而版圖内附，君間關歸故里。明年己酉七月十有六日，以疾卒於家，享年六十有二。某年月日葬某鄉某原。

君於書無所不觀，爲文章操筆布紙數百言立就。事父以孝聞。爲人恂恂蹈規矩，持己約而廉；與人交，盡其義；或有所不合，遇之無厚薄〔二〇〕。居官一以樂易爲務，而按姦發伏，世吏莫能抗〔二一〕。御吏不察察〔二二〕，然終任之間，不使能得一錢。於刑寧失有罪，不肯法外傷人。於賦斂，度民所當輸，乃與爲期會，未嘗取疾争先。其爲民興利除害，若嗜欲疾痛之在己。

所至必以教養爲職業。始任丹陽，復侵田一百八十畝，脩先聖廟，建先賢祠宇，作禮器，與其邑人春秋釋奠興於學〔二三〕。其在浙東，在鄉縣，皆有聲。浙東以慈恕簡静贊上官，釋温、慶之民被誣以盜者數十百人〔二四〕。鄉縣甲民誣乙民聚衆爲不軌，守檄君覈。君還力白其實非〔二五〕，守是君所白，悉縱之。乙德之曰：「非汪公，吾屬如何矣！」

在定海時，益以禮讓化其民。民有兄弟既分而復合者，有讓争田而不取者，亦有婦勸其夫以和義者，君皆造門奬厲，不使有所懈。他郡富人僑居縣南鄙，同邑子盡殺一家而以其貲去。久之罪不正，逮繫且百人，君驗治三歲兒，盡得其隱伏，殺人者論死，餘皆釋不問〔二六〕。有盜夜劫民財，民疑其鄰，愬之官。君時適公出，其僚鞫①鄰，使當罪〔二七〕。君察其冤，爲變其獄辭。僚恚，出語訕君，君不爲動。既而鄞縣獲真盜，事遂白。民有酤釀佃人家〔二八〕，佃人被醉夜歸〔二九〕，以杖擊其壁，壁壞，甕缶盡傾壓，酤釀人亟起護其器，偶中擊即死。縣議以故殺，君從容一言使吐實，得減死論〔三〇〕。一嫗有布在機，夜失去，嫗懟外人盜。君往視之，獨鞫其婿，使首服〔三一〕，後果得布。人問之，君曰：「吾視其竇不可以容人，而室中他器無所取，故知非他盜。」聞者皆歎服。

縣多虎，或入市郭爲民害。君齋戒禱之神，明日衆見虎浮江往他境。嘗宿南鄉廣嚴寺，聞虎咆哮，君衣冠夜起，禱之如前時。詰朝，有樵入山〔三二〕，見虎伏地卧，集衆逐之，乃死虎也。事傳京師，翰林承②旨張公翥爲作贊〔三三〕。歲比旱，君行赤日禱雁潭，見雙雁飛舞導前，有雲勃勃起潭所〔三四〕，雨乃旋作。後復禱十黿潭〔三五〕，有黿浮水出，其雨亦大至。君之爲政類如此。

娶方氏，贈恭人〔三六〕。子男三：長曰復，出爲伯父後；次即請銘者；季曰徽。女二人：長適方翊，次適胡斌。孫男二：鑄、鉦。孫女二，俱在室。初京學公無子，晚歲始得君。當君未生時，嘗抱胡氏甥會之爲之後，會之又無子，因遂命君後之。君以父命事之如親生。其後會之欲正其昭穆〔三七〕，乃爲文囑君，俾復爲兄弟。君泣拜已，謂諸子曰：「終吾身以父事之，死後正名可也〔三八〕。」故當屬纊時，始命子復後會之。天倫父命庶幾兩盡之矣。

君所著書有《春秋大義》百卷、《深衣圖考》三卷、《禮學③幼範》四卷、《善行啓蒙》四卷、《歷代紀年》四卷、《山居四要》四卷、《遯齋稿》三十卷，藏於家。觀君之所立，可謂有古君子之遺風非耶？然自顧利冒恥之俗興〔三九〕，士多矜智飾名，譁世以取寵，行己居官一切從事空文而不忌〔四〇〕。其能嗇外脩内，蒸蒸德讓如君者〔四一〕，世固不之貴而亦莫能知之也。故於君之事，予喜爲之見於文，使後之知君者得覽焉。其銘曰：

神徂聖伏道久隳〔四二〕，士俗靡靡日以卑。外固藩飾内則非〔四三〕，謂名可盜世可欺。衆方慕效君獨違，顧取弦歌化海陲〔四四〕。棄捐斤斧引纆徽〔四五〕，窾實靡訂識者誰〔四六〕？有儒④一生心獨知，爲編墜行述銘詩〔四七〕。聲名自可百代垂，噫君雖死其何悲！

【題解】

翰林待制，元正五品職官。按正文暨《宋元學案》及郡縣方志，汪汝懋以定海縣尹致仕，階文林郎，不知題目何據以翰林待制稱汪氏。汪汝懋行迹參見卷九《憶汪遯齋二首》、卷十五《贈别汪定海三首》、卷十六《汪明府以畫竹遺唐伯度求予題》、卷十七《哭汪遯齋二十四韻》、卷十八《汪縣尹像贊》、卷二十一《遯齋小稿序》《禮學幼範序》《深衣圖考序》、本卷《祭汪遯齋文》。長子復，字一誠，詳見卷十《汪一誠字箴并序》。

《光緒鎮海縣志》卷十九《名宦》所載汪氏功績，悉依據本墓誌銘，茲不重引。《光緒鎮海縣志》卷三十四《古迹・清心亭》：「縣治後。縣尹汪汝懋築，爲退息之所。」又，《光霽亭》：「泮池東。縣尹汪汝懋所築，時吟詠其間。」《嘉靖寧波府志》卷二十五《名宦・汪汝懋》言汪氏爲桐廬人，誤矣。

《宋元學案》卷七十四《慈湖學案・大之門人・縣尹汪遯齋先生汝懋》：「汪汝懋，字以敬，本歙人，後徙淳安。其父斗建，受業方蛟峰之門，而先生從遊吴朝陽、夏大之、洪本一三君之門。以鄉薦爲推官，攝淳安縣事。尋爲定海縣尹，以慈恕簡静稱，而折獄如神明，境内無冤。此縣多虎，或入市郭爲民害，先生齋戒禱之社，明日，居民見虎浮江去。嘗宿南鄉廣嚴寺，夜聞虎聲，衣冠起禱之，詰朝，有虎死山中，張承旨翥記其事。暇則與諸生講學。在定海凡五年，以老病請致仕，不許，先生一夕扁舟宵遁。客於鄞之沈氏，因講學焉。所著有《春秋大義》百卷、《深衣圖考》三卷、《禮學幼範》四卷、《善行啓蒙》四卷、《歷代紀年》四卷、《山居四要》四卷、《遯齋稿》三十卷。其弟子曰沈源、唐轅，皆鄞人。」

【校勘】

① 鞫：乾隆本作「鞠」；下同。

② 承：底本作「丞」，據乾隆本改。

③ 學：底本作「樂」，據乾隆本與卷二十一《禮學幼範序》改。

④ 儒：底本作「濡」，據乾隆本改。

【箋注】

〔一〕從甥：堂姐妹之子。

〔二〕參見卷九《泛海》以下諸紀遊詩。鄞：此指元時慶元路。

〔三〕歙：元時江浙行省徽州路，古稱歙州。越國公：汪華，安徽歙縣人，隋末率衆起義，後奉表歸唐，封越國公，拜忠武將軍。羅愿《新安志》卷一《祠廟》：「新安之神諱華，姓汪氏，績溪人，隋將寶歡之從子。少以勇俠聞，大業之亂以土豪應郡募，平婺源寇有功。尋爲衆所推，保據郡境。時四方割據，建號者衆，乃稍以兵取旁郡，并有宣杭睦婺饒五州，帶甲四十萬，建號吴王。爲政明信，遠近愛慕，部内賴以安全凡十餘年。唐武德四年，以籍土地兵民，遣使納款於唐。高祖嘉之，制曰：『汪某往因離亂，保據州鄉，鎮静一隅，以待寧晏。識機慕化，遠送款誠，宜從褒寵，授以方牧，可使持節，總管歙宣杭睦婺饒等六州諸軍事歙州刺史上柱國，封越國公，食邑三千户。』七年朝於京師。貞觀二年，授左衛白渠府統軍事，參掌禁兵。十七年，改忠武將軍，行右積福府折衝都尉。太宗征遼東，爲九宫留守。比還，稱其忠勤。二十二年三月三日薨於長安。永徽中歸葬歙縣北七里雲郎山。郡人思慕，立祠於刺史宅西偏。大曆中遷於烏聊山，號越國公汪王神。」清溪：淳安古稱。《宋史》卷八十八《地理四·

兩浙路·建德府》：「縣六：建德，望；淳安，望，舊清溪縣，宣和初改淳化，南渡改今名。」

〔四〕架閣官：掌管架閣庫官員，參見卷六《送欒宣使還省詩序》。

〔五〕《光緒淳安縣志》卷十《文苑·汪斗建》：「宋末遺老也，嘗爲學官，隱居不仕，其詩大有聲律，號《雲留小稿》。」《宋元學案》卷八十二《北山四先生學案·蛟峰門人·汪先生斗建》所載汪氏行迹與本文無二，蓋九靈公始録，而黄宗羲祖之也。

〔六〕京學：京師太學。伏闕：拜伏宫闕之下，多指上書奏事。賈似道：字師憲，台州人。先後相南宋理宗及度宗朝，專横恣睢，畏人議己，務以權術駕馭，大肆封官賜爵，牢籠一時名士。又加太學餐錢，寬科場恩例，以小利啖之。由是言路斷絶，威福肆行，以致國勢日蹙，不絶如縷。恭宗時罷相貶謫，途經漳州，縣尉鄭虎臣誅之。詳見《宋史》卷四百七十四《姦臣四》。

〔七〕方公：宋末元初淳安大儒方逢辰。石峡書院：淳安著名書院，創建於南宋淳熙元年。《黄文獻公集》卷十《蛟峰先生阡表》：「故宋禮部尚書方公，歷事三朝，爲時名臣。宋亡，晦迹弗仕，學者因其自號，稱之曰蛟峰先生，如隱者焉……公遂即家建塾以私淑其徒。後以從官侍經帷，每事啓沃以格君心。度宗眷遇之甚至，問公講授之所，賜御書扁額曰石峡書院，仍賜手詔褒寵之。江南新附，鄉寇猖獗，官舍民居盡燬，而書院巋然劫火之餘。葺治既完，諸生稍稍來集。倡明正道，以致知力行名其堂，以仁義禮智名其齋。時所在士風頹靡，公所以振起而作新之者，成效甚著。此則公自任以師道之重，期於繼往聖而開來學者也……公人物魁岸，聲音如鐘。磊落若青天白日，渾淪醇厚不見涯涘。觀書至老不廢，視紛華盛麗事，蔑如也。待諸父昆弟子侄，各盡其禮。接物以誠，而無不悦服；不爲察察，而自莫能欺。」《光緒淳安縣志》卷十五《藝文志四》載録方逢辰《石峽山茶盛開》：「冰崖赤骨物俱老，火樹生陽我不孤。鐵葉幾經寒暑戰，丹心不爲雪霜枯。托根峽里老居士，加號花中烈丈夫。顔色不淫枝幹古，洛陽牡藥只爲奴。」

〔八〕《宋元學案》卷七十四《慈湖學案·大之同調·修撰吴朝陽先生暾》：「吴暾，字朝陽，淳安人也。八歲能詩文，留心性理之學。嚴陵自融堂講學後，弟子極盛。入元，則夏自然爲大師，而先生接之而出，以《春秋》教授，成泰定進士。其官番陽也，士貢皆以金，然非滇中葉金則不中格，民苦之，先生力言於朝，始得以常金入貢；升鎮平尹，兼知軍事；轉峽州路經歷：所至皆有聲。未幾，解印綬去，授徒講學，以終其身。追贈翰林修撰。先生弟子最盛。鄭師山之侍其父於淳安也，受業三年，其後師山雖爲朱子之學，然追溯生平得力，必曰自朝陽先生云。所著有《吴修撰集》。」

〔九〕《宋元學案》卷七十四《慈湖學案·自然家學·教授夏大之先生溥》：「夏溥，字大之，自然先生仲子。博通經學，兼工詩，爲安定書院山長，一以安定學規課士。遷龍興教授。鄭師山學於淳安，自言得大之啓發之功；趙東山亦嘗師之。其詩自成一家，當時稱爲夏體，而東山謂其大似誠齋。師山亦稱其古文。先生在龍興與道園善。」

〔一〇〕《宋元學案》卷七十四《慈湖學案·默齋續傳·洪本一先生瀆》：「洪瀆，字君實，其後字本一，淳安人也。淳安自融堂爲慈湖高弟，而先生之族祖夢炎亦登其門，故淳安之士，皆爲慈湖之學。先生少肆力於群書。延祐中，慕太史公之所爲，將北遊燕、薊，以求中原文獻之盛，涉江抵維揚，有感而止。歸而遊於杭、越之間。周仁榮、杜本、柯九思、張翥皆名士也，雅重先生。柯公爲文宗所向用，以書招之，欲以國子助教處之。先生答曰：『嚴陵山水以子陵顯，吾將買扁舟荷草笠以追其躅。』……先生爲學，要於本領端厚，不使支離曲碎，破壞心術。嘗語學者曰：『爲學當以求仁爲先。聖人言仁雖多，然皆因門弟子之問，隨其淺深高下而答之；獨里仁爲美以下七章，皆夫子之所自言，門人以其序而記之。知記言之有序，則知求仁之有方矣。』其説甚長。其所著曰《庸言稿》，諸經皆有考釋。鄭師山方遊淳安，與先生善，自謂得往復討論之功。其後再見於錢唐，師山已爲朱子之學，漸不同矣。然師山銘先生之墓，則曰『是天下之公言』，不以此而廢彼也。」

〔一一〕參見卷二十一《遯齋小稿序》。不售：懷抱利器而不得志。

〔一二〕青陽：元代隸屬江浙行省池州路。《元史》卷六十二《地理五·江浙等處行中書省·池州路》：「縣六：貴池、青陽、建德、銅陵、石埭、東流。」

〔一三〕月魯不花：元末重臣，泛海遇倭寇，不屈罹禍，朝廷追贈遼陽等處行中書省平章政事，參見本卷《元故沖玄處士羅君墓誌銘》及卷二十七《袁廷玉傳》。

〔一四〕鄉郡：此指淳安縣所屬之建德路。

〔一五〕僉憲：元肅政廉訪司僉事，正五品職官。浙東帥府：浙東道宣慰司都元帥府。令史：胥吏，小吏。

〔一六〕伯顏不花的斤：字蒼崖，畏吾兒氏，累官浙東都元帥，分守衢州。陳友諒遣兵攻信州，伯顏不花的斤引兵西援，力戰不屈。信州城破，自刎殉國。詳見《元史》卷一百九十五《忠義三・伯顏不花的斤》。

〔一七〕矍然：驚懼貌。班固《東都賦》：「主人之辭未終，西都賓矍然失容。」

〔一八〕將仕佐郎：元從八品職官。都事：職官名，參見卷十二《送王都事序》。《羽庭集》卷二《柳南小隱爲汪以敬參謀賦》：「楊柳湖頭手自栽，柳南新築小亭臺。絶憐張緒風流在，擬學陶潛歸去來。燕子飛時花雨過，鶯聲近處翠簾開。塵沙故里休惆悵，且放春光入酒杯。」登仕郎：元正八品職官。

〔一九〕文林郎：元正七品職官。

〔二〇〕曾鞏《司封郎中孔君墓誌銘》：「君事母孝，持己約，與人交，盡其義。」厚薄：冷落輕視，偏義複詞；厚，襯字，無義。

〔二一〕按姦發伏：審察姦詐小人揭發隱秘惡行。世吏：世代爲吏者。

〔二二〕察察：苛察明辨。《後漢書》卷三《肅宗孝章帝紀》：「魏文帝稱『明帝察察，章帝長者』，章帝素知人厭明帝苛切，事從寬厚。」

〔二三〕釋奠：古代在學校設置酒食以祭祀先聖先師之典禮。《禮記·文王世子》：「凡學，春，官釋奠於其先師，秋冬亦如之。凡始立學者，必釋奠於先聖先師。」

〔二四〕温慶：元代江浙行省温州路與慶元路。

〔二五〕守：此指建德路達魯花赤或總管。白：稟告，陳述。

〔二六〕正：治罪，依法制裁。《周禮·夏官·大司馬》：「賊殺其親，則正之。」鄭玄《注》：「正之者，執而治其罪。」論：定罪。

〔二七〕鞫：通「鞠」，審訊。當罪：依罪判決，抵罪。《元史》卷一百九十《贍思》：「其審刑當罪多類此。」

〔二八〕酤釀：釀酒出售。《後漢書》卷五十二《崔寔》：「因窮困，以酤釀販鬻爲業。」佃人：租田耕種之農民。

〔二九〕被醉：被酒，醉酒。毛奇齡《西河集》卷一百三十五《朝中措》：「因被醉書此詞，附坐客後。」

〔三〇〕減死：減免死刑。《新唐書》卷七十八《膠東王道彦》：「詔減死，謫戍邊。」

〔三一〕首服：自首服罪。柳宗元《零陵三亭記》：「宿蠹藏姦，披露首服。」

〔三二〕詰朝：平旦，天亮。

〔三三〕張翥：元時儒家，參見卷二十二《跋孫伯敬所藏十八學士圖》。

〔三四〕《光緒鎮海縣志》卷七《山川下・靈巖鄉・雁潭》：「三都，禱雨屢應。」勃勃：興盛貌。

〔三五〕十龜潭：元慶元路慈溪縣潭名。《光緒慈溪縣志》卷九《輿地四・潭・九龜潭》：「舊作十龜潭，《延祐志》十誤卜。縣東北一十五里驃騎山之頂，有龍宅焉，時作十龜出見。邑令張春皓升湖州司李，當湖甚旱，張以令慈日禱於十龜而應，遂率郡人禱焉。祈得一龜以去，留於湖，故名九龜。宋張春皓《十龜潭祈雨詩》：緣蘿躡磴共躋攀，水色山光遠近間。一勺龍蟠通海窟，半空虎嘯隔塵寰。石潭雲冷人稀到，溪路苔生馬倦還。旱望雲霓施聖澤，何難菅履步靈山？」

〔三六〕恭人：元時六品以上大夫母或妻封號。《元史》卷八十四《選舉四》：「正從六品封贈父母，父止用散官，母妻并恭人。」

〔三七〕昭穆：宗廟或墓地輩分次序，始祖居中，後嗣偶數居左，爲昭；奇數居右，爲穆。

〔三八〕正名：糾正名分。《論語・子路》：「子路曰：『衛君待子而爲政，子將奚先？』子曰：『必也正名乎！』」

〔三九〕顧利冒恥：醉心利禄罔顧羞恥；冒，干犯而不顧。曾鞏《元豐類稿》卷十一《列女傳目録序》：「士之苟於自恕，顧利冒恥而不知反己者，往往以家自累故也。」

〔四〇〕矜智飾名：炫耀才智修飾沽名。譁世：用浮誇言論煽動世人。空文：有名無實之法規條文。桓寬《鹽鐵論・非鞅》：「故賢者處實而效功，亦非徒陳空文而已。」

〔四一〕嗇外脩内：處世低調養性不懈；嗇，收斂約束。《管子·國蓄》：「是人君非發號令收嗇而户籍也。」尹知章《注》：「嗇，斂也。」蒸蒸：同「烝烝」，純厚貌。《漢書》卷九十《酷吏傳》：「而吏治蒸蒸，不至於姦，黎民艾安。」

〔四二〕神徂聖伏：神靈遠逝聖人潛伏。韓愈《南陽樊紹述墓誌銘》：「寥寥久哉莫覺屬，神徂聖伏道絶塞。」

〔四三〕藩飾：掩飾，遮飾。《荀子·榮辱》：「今以夫先王之道仁義之統，以相群居，以相持養，以相藩飾，以相安固耶？」

〔四四〕弦歌：在琴瑟伴奏下詠歌，引申爲禮樂教化。張説《送王晙自羽林赴永昌令》：「多謝弦歌宰，稀聞桴鼓聲。」

〔四五〕斤斧：斧頭，此代刑具。《後漢書》卷二十六《蔡茂》：「斧斤廢而不舉。」李賢《注》：「斧斤，謂刑戮也。」纆徽：木工畫直綫時所用細繩，比喻規矩法度。韓愈《送區弘南歸》：「我念前人譬葑菲，落以斧引以纆徽。」

〔四六〕竅實靡訂：難以評定空洞抑或充實。《宋文鑑》卷一百四十四張耒《商瑶墓誌銘》：「天下平治，士無功名，才否一區，之死無聲；或宏其聲，而中乃枵。竅實靡訂，孰昧孰昭？」

〔四七〕墜行：失散遺落之品行。

明故太素處士趙君墓誌銘　并序

太素處士趙君既卒之始年，其孤致書鄞江之上而泣告曰：「先人有遺言焉，我死必求戴子銘。戴子，吾姻婭也，知之爲最深，其銘我爲宜〔一〕。」予受書而長慟，蓋久而不忍措一辭也。已而召命遠臨，有司交迫上道甚急〔二〕。其孤復俾吾兒來促銘，且曰：「不得銘，則不肖孤隕命於先人，無以畢兹窀穸之事矣〔三〕，敢固以請。」予復受命而長慟，乃於道途倉卒之際收涕而序之曰：

君諱良賢，字思復，晚乃自號曰太素子。其先汴人，系出宋宗室，有諱不玷者官浦江，因占籍焉〔四〕。曾祖汝但；祖崇褉〔五〕；父必俊，世稱梅石先生，母朱氏〔六〕。先生故諸王孫，天性倜儻，左右事之難得意〔七〕；朱夫人亦性嚴氣烈，諸子中莫有當其心者。君獨先意順承，以孝以養，而瀡瀡之奉，曾不以家窶而廢豐〔八〕，以故父母愛之恒異於他子。兄弟四人，而君居其季，君咸事之如事父。其伯兄太初翁早受道家無爲之説，黄冠野服，蕭然有出塵意〔九〕。君竊慕效之，故友愛爲特至。二姊一妹，皆不以既嫁而稍疏，而於仲姊爲尤厚。仲姊則予妻，每語予曰：「吾與季弟自幼至老，無一語之不合、一事之不諧，真得手足之誼者也。」

於是二兄俱即世〔一〇〕，其一兄又遠處淞上〔一一〕，歲時不得以會聚，乃愴然有慨於心，率諸從子詣祠堂神位前，反覆告戒，號泣爲誓約，務使居同室食同爨，斗粟尺布莫敢私。每旦鷄初鳴，躬率諸子諸婦與諸孫拜祠下，退坐堂上，長幼以次序立，俯首聽誨言，如是者若干歲。或謂君執禮太嚴，而不克以有終〔一二〕，惜哉！

君娶同邑黄氏，有淑行。生子男二人，長曰友鍾，次曰友鏜，俱善守先志。女一人，適戴思忠。孫男三人：季晏、季曄、季昂。君生於元至治壬戌八月十有二日，卒於國朝洪武十五年四月初九日。卒後以其年十月辛亥葬縣東九里森塘之原，與黄氏合窆焉。

君性剛而志柔，言激而行粹。孝友之懿，實本乎天質〔一三〕。與人交，慨然推腹心，而於恩誼爲最隆也。讀書取通大義，不屑屑章句之末〔一四〕。晚慕黄老長生久視之術〔一五〕，久而粗若有得。一日病癱，即索湯沐浴，囑以後事，命置棺於後堂，怡然而逝。嗚呼，若君者，可謂遊戲生死者矣。

予與君幼同學，壯同里閈〔一六〕，老同志。顧以人事之不齊，糊其口於四方，而不獲旦暮同起處。偶一來歸，則拳拳焉以葆精毓神之要相勉勵〔一七〕，期久住於斯世。曾不幾時，君僅以中壽卒，而予又以禍患餘生，未卜死所〔一八〕。回視向者之言，恍如夢寐，則君之行事尚忍執筆而銘之耶！然二孤之所托，不可以虚辱；而君之遺命，不得以重違也。姑序次平生梗概與卒葬歲月，而繫以銘曰：

尊正學，敦孝友。參異教，期壽耇〔一九〕。志不伸，數實囿〔二〇〕。述銘辭，播永久。石可泐兮，名不朽〔二一〕。

【題解】

太素處士趙良賢，戴九靈内弟，元末明初浦江人，參見卷十八《趙太素像贊》《太素説》。《方孝孺集》卷十八《題太素子墓銘後》：「昔昌黎韓子之銘盧處士，歐陽子之銘薛直孺，皆其妻之兄弟。知之深望之厚而哀其没，故其辭反覆於天人之際爲最深。今戴先生於太素子趙君，猶二公之於盧薛也。是以其辭信而詳，其事微而可傳，而太素子之卓行，因得著明於世。古今人，夫豈果相遠哉？吾昔遊金華，聞太素子之風，高其爲人，而今已矣。浙水東固多奇士，求若人之似於山海之間，其尚可得耶？惜夫！」

【箋注】

〔一〕鄞江：今寧波甬江，參見卷十一《剡源記》。

〔二〕召命：此爲明太祖聖旨；召，通「詔」。《詩·齊風·東方未明》：「自公召之。」陳奐《傳疏》：「召，古詔字。」《明史》卷二百八十五《文苑一·戴良》：「太祖物色得之，十五年召至京師。」

〔三〕隕命：未能實現遺囑；隕，丢失。窀穸：埋葬。

〔四〕占籍：擁有正式户籍。《民國浦陽趙氏宗譜》卷一《八逸圖解》：「粤惟趙氏，系宋室周王諱元儼者六世孫敕封武義郎諱不玷字白圭府君者，由睦授添監浦江縣事，隨擇縣南仁杏巷居焉。厥後子孫蕃衍，承仁孝忠厚之傳，服禮樂詩書之教，名宦鄉賢，後先彪炳。」《乾隆浦江縣志》卷二十《塋墓·宋宗室趙不玷墓》：「在縣東五里，土名羅帶。周王元儼之曾孫，從高宗南渡，初居睦州，後遷於浦。」

〔五〕褋：衣袖，此作人名。

〔六〕梅石先生：參見卷十八《梅石處士趙先生像贊》。朱氏：參見本集《附録二·故梅石趙公夫人朱氏墓誌銘》。

〔七〕諸王孫：皇族子弟。《唐摭言》卷十：「李賀，字長吉，唐諸王孫也。」得意：契合心意。

〔八〕先意：預先揣摩心思。《禮記·祭義》：「君子之所爲孝者，先意承志，諭父母于道。」滫瀡：柔軟爽口食物。

〔九〕參見卷十八《趙太初像贊》。黄冠：道士所戴。唐球《題青城范賢觀》：「數里緣山不厭難，爲尋真訣問黄冠。」蕭然：瀟灑悠閑貌。蘇軾《遊惠山》：「愛其語清簡，蕭然有出塵之姿。」

〔一〇〕《民國浦陽趙氏宗譜》卷二揭汯《故梅石處士趙先生墓誌銘》：「子男四人，長即請銘者，有學行；次曰良貴，早亡；曰良仁，善醫；曰良賢，好道家言。」戴良《故梅石趙公夫人朱氏墓誌銘》：「子男四人：長曰良本，次曰良貴，曰良仁，曰良賢。」

〔一一〕淞：通稱吴淞江，參見卷十一《重修甫里書院記》。楊士奇《吴都文粹續集補遺》卷上《御醫趙彦如墓誌銘》：「父良仁，又徙蘇之長洲，故彦如今爲長洲人。」

〔一二〕《詩經・大雅・蕩》：「靡不有初，鮮克有終。」

〔一三〕志柔：心氣平和；志：心氣。《大戴禮記・四代第六十九》：「氣爲志。」《孟子・公孫丑上》：「夫志，氣之帥也。」激：激昂慷慨。

〔一四〕屑屑：勞碌不安貌。《漢書》卷九十九上《王莽傳》：「晨夜屑屑，寒暑勤勤。」章句：經學家剖章析句以解説經義。末：細小。《吕氏春秋・精喻》：「淺智之所争者末矣。」

〔一五〕長生久視：長壽。《老子》五十九章：「是謂深根固柢，長生久視之道。」

〔一六〕里閈：里門。《後漢書》卷十四《成武孝侯順》：「順與光武同里閈，少相厚。」

〔一七〕拳拳焉：忠誠懇切貌。葆精毓神：參見卷十《丹溪翁傳》。

〔一八〕中壽：中等壽命，古代説法不一，少則言六十歲，長則言九十以上；此指六十歲。

〔一九〕正學：儒家正統學説。異教：異端，此指道家學説。元好問《曲阜紀行》：「魯人惑異教，吾道宜湮淪。」

〔二〇〕數：命運。王維《老將行》：「衛青不敗由天幸，李廣無功緣數奇。」

〔二一〕泐：石塊分解。《周禮·考工記·總序》：「石有時以泐。」鄭玄《注》引鄭司農云：「泐，謂石解散也。」

亡女張孺人戴氏墓碣銘 并序

浦江張氏居縣南，戴氏居縣北，素以道義相厚善〔一〕。張氏有子曰琪，戴氏有女曰鳳，皆賢。兩家父母皆願與爲昏，而戴氏之女遂歸張氏〔二〕。

張氏富室，戴氏乃寒門，於其歸也，衣飾服御皆母嫁時物，其約素可知〔三〕。然列處華靡，怡然無愠容，或誚之，曰：「我自樂此也。」觀其意，蓋不忍豪髮傷父母心〔四〕。在父母家，父母衣食待之而後安，昆弟姑姊妹咸賴以拊循；在夫家，侍舅姑如父母，待伯叔娣姒如兄弟姊妹〔五〕，相夫以成其志而宜於家〔六〕。嚴饋祀，和屬人〔七〕，慈幼字微，無不合於義。

歸數年無子，即子其夫之兄子機。幼而姁姁撫之〔八〕，長而教育之，曰：「吾待之甚於己出，然後家人待之能不異吾之所出也。」舅姑卒，喪之戚而禮。語及，必泣下沾襟，謂不得盡婦職。

母病經年，晝夜扶持，忘其身之憊。歿則哀毁成疾，終喪而癯然不能勝人事，蓋久而益殆。一日集家衆訣别，從容若常時。氣奄奄，猶忍死待弟而弟至，忍死待父而念父之不及見，移頃而絶。内外大小聞之，無不傷悼。

後一年，其夫卜兆於家旁之松山〔九〕，將以月日葬。以書馳告其父戴良曰：「昔梅聖俞妻謝氏年三十七而亡，聖俞閔其賢而蚤世也，請於①歐陽文忠公述銘以著其不朽〔一〇〕。今吾妻之賢實同謝氏，而即世之早亦如之。獨爲之夫者，無聖俞之學，不能致文忠之銘揭諸墓〔一一〕。諺有之：『知子莫如父。』幸賜一言，少慰亡魂於地下。」予曰：「嗚呼！甚矣老者之痛其女也！何能遏吾之悲哀以寫無窮之憾乎！」遂涕泣而序之。

張氏之父曰誼，母于氏。戴氏之父曰良，母趙氏。一子即機。生於元之至正辛巳六月二十一日。年十七歸張氏，凡二十有四年而卒，洪武己未三月二十五日也，得年三十有九。明年十二月十七日，葬之日也。銘曰：

戴有孝女，張有敬婦。既諧舅姑，亦順父母。作善之報，悉享壽耇。胡獨汝嗇，竟夭而死。吾聞盛世，父不哭子〔二〕。忍使老親，啼號送柩？仰天俯地，無所歸咎。刻辭墓門，庶幾永久。

【題解】

孺人，初爲古代貴族官吏母妻封號。《禮記·曲禮》：「天子之妃曰后，諸侯曰夫人，大夫曰孺人，士曰婦人，庶人曰妻。」後通稱妻。戴九靈長女戴鳳適張琪，故曰張孺人。

【校勘】

① 於：底本作「爲」，據乾隆本改。

【箋注】

〔一〕《浦陽平安張氏宗譜》方漸逵《平安張氏重修宗譜序》：「浦陽江之南，貴人峰之西，有望族焉，曰平安張氏。漢建寧初，諱賁者避黨錮之禍，始居浦之桃源，生子伯仁，仕車騎將軍，崇祀鄉賢。其孫仕淮之清河令，遂家焉。至五代建隆時，任衢州判史諱懷仁者，再徙浦陽祖所寓之處居焉。厥後五世孫改遷於此，號曰平安。」縣北：戴氏居浦江東北興賢鄉。《嘉靖浦江志略》卷一《疆域志·鄉井》：「唐分七鄉……興賢鄉，亦名登高里，隸二十八都之三十都。」厚善：交情深厚。《三國志》卷二十八《魏書·毌丘儉》：「儉與夏侯玄、李豐等厚善。」

〔二〕昏：通「婚」。歸：女子出嫁。

〔三〕服御：衣服車馬器用之類。約素：節儉樸素。

〔四〕豪髮：常作「毫髮」；豪，通「毫」。

〔五〕拊循：撫慰。舅姑：公婆。娣姒：妯娌；兄妻爲姒，弟妻爲娣。

〔六〕宜：和順。《詩經・周南・桃夭》：「宜其室家。」朱熹《詩集傳》：「宜者，和順之意。」

〔七〕饋祀：以酒食祭祀鬼神。《尚書・酒誥》：「爾尚克羞饋祀。」孔《傳》：「能考中德，則汝庶幾能進饋祀於祖考矣。」屬人：下屬，下人。《新唐書》卷二百一十四《吴元濟》：「用夜半到蔡，破其門，取元濟以獻，盡得其屬人卒。」

〔八〕姁姁：温和友好貌。

〔九〕卜兆：選擇墓地。《孝經・喪親》：「卜其宅兆而安措之。」唐玄宗《注》：「宅，墓穴也；兆，塋域也。」

〔一〇〕《歐陽修全集》卷三十六《南陽縣君謝氏墓誌銘》：「慶曆四年秋，予友宛陵梅聖俞來自吴興，出其哭内之詩而悲曰：『吾妻謝氏亡矣。』丐我以銘而葬焉。予未暇作。居一歲中，書七八至，未嘗不以謝氏銘爲言，曰：吾妻故太子賓客諱濤之女、希深之妹也。希深父子爲時聞人而世顯榮。謝氏生於盛族，年二十以歸吾，凡十七年而卒。卒之夕，斂以嫁時之衣，甚矣吾貧可知也，然謝氏怡然處之。治其家，有常法，其飲食器皿，雖不及豐侈，而必精以旨；其衣無故新，而澣濯縫紉必潔以完；所至官舍雖庳陋，而庭宇灑掃必肅以嚴；其平居語言容止，必怡以和。吾窮於世久矣，其出而幸與賢士大夫遊而樂，入則見吾妻之怡怡而忘其憂。使吾不以富貴貧賤累其心者，抑吾妻之助也。吾嘗與士大夫語，謝氏多從户屏竊聽之，間則盡能商榷其人才能賢否及時事之得失，皆有條理。吾官吴興，或自外醉而歸，必問曰：『今日孰與飲而樂乎？』聞其賢者也則悦；否，則歎曰：『君所交皆一時賢儁，豈其屈己下之邪？惟以道德焉，故合者尤寡。今與是人飲而歡耶？』是歲南方旱，仰見飛蝗而歎曰：『今西兵未解，天下重困，盜賊暴起於江淮，而天旱且蝗如此。我爲婦人，死而得君葬我，幸矣！』其所以能安居貧而不困者，其性識明而知道理多此類。嗚呼！其生也迫吾之貧，而殁也又無以厚焉，謂惟文字可以著其不朽。且其平生尤知文章爲可貴；殁而得此，庶幾以慰其魂，且塞予悲。此吾所以請銘於子之勤也。」

〔一二〕《南陽縣君謝氏墓誌銘》：「銘曰：『高崖斷谷兮，京口之原。山蒼水深兮，土厚而堅。居之可樂兮，卜者曰然。骨肉雖土兮，魂氣則天。何必故鄉兮，然後爲安？』」

〔一三〕《春秋繁露・王道第六》：「民修德而美好，被髪銜哺而遊，不慕富貴，耻惡不犯，父不哭子，兄不哭弟。」

祭文

祭揭秘監文

惟公之先，玉藴珠藏〔一〕；逮及顯考，始大而昌〔二〕。紫衣象版，金馬玉堂〔三〕。當元盛際，輝映四方。如唐昌黎，如宋歐陽〔四〕。

公續厥家，纂文有光。儒林杞梓，藝苑鳳凰〔五〕。公之學問，洞徹汪洋。既溯濂洛，復派湖湘。折以聖言，會乎衆長〔六〕。公之詞語，峻潔渾剛。上規莊屈，下法班揚。一掃塵軌，高蹈康莊〔七〕。公之持己，仁肝義腸；公之接物，春日秋霜〔八〕。籍甚聲華，亟踐朝行〔九〕。初居冑監，發硎劍鋩〔一〇〕。繼典南宫，教繹荐颺。乃入詞垣，乃遷奉常〔一一〕。文傳四國，禮定一王〔一二〕。帝念遠民，俾莅遐荒。曰省曰憲，以騰以驤〔一三〕。揚涇激渭，走仆起僵〔一四〕。我黨聞之，驚喜失床〔一五〕。

長途方騁，時忽擾攘。垂翼海島〔一六〕，失勢江鄉〔一七〕。揭來四明，假榻僧房。朝冰暮蘖，清苦自將〔一八〕。回視故里，一何渺茫！公其處之，渾似鄉邦。耆人宿德，日就凋喪。惟公巋然，若魯靈光〔一九〕。庶幾百歲，兀此老蒼。斯文柱石，吾道垣牆〔二〇〕。壽踰七旬，孰曰夭殤？況有賢子，逸氣昂昂。肯堂肯構，吐語成章〔二一〕。居四品秩，亦云顯彰〔二二〕。公雖已矣，夫豈真亡？

一疾而徂，事出倉皇。如何今者，天降不祥？

我等與公，同處異鄉。稱詩讐文，咸被教綱。公有疾疢，我藥我嘗。爲留庶日，已遂平康〔二三〕。餞我於庭，神全氣强。曾不信宿〔二四〕，凶訃在傍。公初病亟，忍死我望。臨絶之夕，語猶琅琅。公實知我，我其敢當？負此幽冥，吁嗟痛傷〔二五〕！長號送終，涕淚霑裳。一奠告情，俾也可忘〔二六〕？嗚呼哀哉，尚饗！

【題解】

揭汯，字伯防，元末累官秘書少監，詳見卷十七《哭揭秘監三十四韻》。揭汯與戴九靈皆元代遺老，晚年匿迹四明，顛沛屯蹇，懷黍離之悲，吊剩山殘水，推誠置腹，相濡以沫。

【箋注】

〔一〕玉藴珠藏：喻藴蓄道德懷抱利器。雷鋐《讀書偶記》：「古大人之淵渟嶽峙，玉藴珠藏，大抵皆凝静中蓄養來。」

〔二〕顯考：顯赫先父，此指揭傒斯，詳見卷十七《哭揭秘監三十四韻》。

〔三〕紫衣：貴官公服。象版：象笏，參見卷十八《劉貞逸像贊》。金馬：漢代宮門，參見卷十六《題清暉樓》。玉堂：此指漢代宮殿，參見卷十八《錢春軒像贊》。揚雄《解嘲》：「歷金門，上玉堂，有日矣。」

〔四〕曾豐《贈遊子信二首》：「唐宋建長策，韓歐蹈大方。」

〔五〕纂：繼承。《禮記・祭統》：「子孫纂之，至於今不廢。」杞梓：兩種佳木，喻卓犖人才。《國語・楚上》：「晉卿不若楚，其大夫則賢。其大夫皆卿材也，若杞梓皮革焉，楚實遺之。」

〔六〕洞徹汪洋：通達浩瀚。濂洛：宋理學家濂溪周敦頤與洛陽程頤、程顥。派：學術流派。湖湘：南宋胡宏、張栻等鴻儒立言講學於洞庭湘江流域，世稱湖湘學統。《宋元學案》卷四十二《五峰學案序録》：「紹興諸儒，所造莫出五峰之上。其所作《知言》，東萊以爲過於《正蒙》，卒開湖湘之學統。」又，卷五十《南軒學案・五峰門人・宣公張南軒先生栻》：「少長，從五峰胡先生問程氏學。五峰一見，知其大器，即以所聞孔門論仁親切之指告之。先生退而思，若有得也。五峰曰：『聖門有人，吾道幸矣！』先生益自奮勵，以古聖賢自期，作《希顔録》以見志……湖南一派，在當時爲最盛，然大端發露，無從容不迫氣象。自南軒出，而與考亭相講究，去短集長，其言語之過者裁之歸於平正。『有子，考無咎』，其南軒之謂與！」折：折衷。

〔七〕規：效法。莊屈：道家莊子與楚辭祖師屈原。陸游《書感》：「寥寥千載見亦稀，莊屈已死吾疇依？」班揚：西漢歷史學家班固與文學家揚雄。杜甫《壯遊》：「斯文崔魏徒，以我似班揚。」塵軌：世俗法則。康莊：寬廣大路。《爾雅》：「一達謂之道路……五達謂之康，六達謂之莊。」

〔八〕春日秋霜：喻性情溫和而嚴肅。《晉書》卷二十三《樂下》：「仁配春日，威逾秋霜。」

〔九〕籍甚：盛大。《漢書》卷四十三《陸賈》：「賈以此遊漢廷公卿間，名聲籍甚。」聲華：聲譽榮耀。朝行：朝列。

〔一〇〕此指揭汯爲太學生而六館士敬憚之。胄監：國子監。發硎：磨礱刀鋒劍芒於砥石。

〔一一〕南宮：此指禮部，揭汯嘗爲禮部員外郎。教繹荐飈：施教綿綿不絶，受薦者飛黄騰達。詞垣：翰林院，揭汯初擢翰林國史院編修官，累遷翰林修撰。奉常：元時太常禮儀院，揭汯嘗拜太常博士。按《宋濂全集》卷五十五《元故秘書少監揭君墓碑》，揭汯先遷翰林院，再轉太常寺，繼入禮部，其仕宦次第與此文異，未審孰是。

〔一二〕四國：天下。《詩經·大雅·崧高》：「揉此萬邦，聞于四國。」鄭玄《箋》：「四國，猶言四方也。」一王：一代王朝。《漢書》卷四十三《叔孫通》：「叔孫通舍枹鼓而立一王之儀。」顏師古《注》：「别創漢代之禮，故云一王之儀也。」

〔一三〕省：揭汯先奉詔諭江西行省，後授其省郎中。憲：揭汯嘗除江西湖東道肅政廉訪司僉事。

驤：駿馬奔跑。

〔一四〕揚涇激渭：表彰善良抨擊邪惡。走仆起僵：俾傾覆僵死者重煥生機，如首倡死守建陽，以至叛賊無功而返。

〔一五〕失床：離開座位；床，坐卧用具。黄庭堅《李君貺借示其祖西臺學士草聖并書帖一編二軸以詩還之》：「明窗棐几開卷看，坐客失床皆起立。」

〔一六〕《元故秘書少監揭君墓碑》：「挾子樞浮海而北，過黑水，抵鐵山。卒遇倭寇，同行多被害。君脱走，趨遼東，轉之山東。」

〔一七〕江鄉：此指明初都城南京。《元故秘書少監揭君墓碑》：「八月二日，兵入燕，凡仕者例從南京。君至，稱疾弗仕。逾年，反慈溪。」

〔一八〕朅來：來到，偏義複詞；朅，襯字，無義。辛棄疾《念奴嬌·戲贈善作墨梅者》：「疑是花神，朅來人世，占得佳名久。」假榻：寄寓。冰蘗：飲冰食蘗，或作飲水食蘗，比喻生活艱苦心魂淒涼。白居易《三年爲刺史》：「三年爲刺史，飲水復食蘗。」王邁《歲晚偶題》：「飲冰食蘗坐窮閻，旋覺星星上鬢髯。」

〔一九〕宿德：年老有德者。魯靈光：魯殿靈光；漢代魯恭王修建靈光殿，屢經戰亂而巋然獨存，後因以魯殿靈光稱輾轉遺留之瑰奇人物。韓翃《送故人歸魯》：「秋草靈光殿，寒雲曲阜城。」

〔二〇〕兀：突兀，高聳貌。老蒼：年老髮白，代老者。杜甫《壯遊》：「脱落小時輩，結交皆老蒼。」

〔二一〕斯文：儒家禮樂文化。《論語·子罕》：「天之將喪斯文也，後死者不得與於斯文也。」吾道：儒家學説。

〔二二〕徂：通「殂」，死亡。《史記》卷六十一《伯夷列傳》：「于嗟徂兮，命之衰矣。」秩：品級，官銜。

〔二三〕逸氣：超絶等倫之氣概。曹丕《與吴質書》：「公幹有逸氣，但未遒耳。」肯堂肯構：子孫願意築堂基蓋房屋，喻繼承父輩事業。《尚書·大誥》：「若考作室，既底法，厥子乃弗肯堂，矧肯構！」《元故秘書少監揭君墓碑》：「君起其後，又能世其家，有聞於時。而君之子樞、樂，復好學問，不失儒行，當可繼於君。嗚呼！爵禄之繼，可幸致也，而繼其文學爲難；文學可勉而修也，而繼其道德爲難。若君者，可謂兼之。」

〔二四〕疾疢：疾病。庶日：多日；庶，衆多。《詩經·大雅·卷阿》：「既庶且多。」鄭玄《箋》：「庶，衆也。」

〔二五〕信宿：兩晚。《詩經·豳風·九罭》：「公歸不復，於女信宿。」毛亨《傳》：「再宿曰信；宿，猶處也。」

〔二六〕幽冥：陰間地府，代死者。

〔二六〕《詩經·邶風·日月》：「胡能有定？俾也可忘？」《詩集傳》：「言何獨使我爲可忘者邪？」

祭汪遯齋文

嗚呼，生而無見於時爲凡民〔一〕，死而無聞於後非偉人〔二〕。有見有聞，維我汪君。

君之方幼，敏睿倜儻，習《詩》《禮》於家庭，親俎豆於鄉黨〔三〕。及其既壯，學葩而正〔四〕，紹聞先達之格言〔五〕，密受師資之正印〔六〕。外無物之不燭，内無理之不瑩〔七〕。近而舉之學，遠而薦之鄉，儼麟筆之炳焕〔八〕，庶鵬程之奮揚〔九〕。

志則孔高，時不吾以〔一〇〕，俗學熏骨，危言入髓〔一一〕。嗚丹鳳於燕雀之壇〔一二〕，奏黄鍾於箏笛之耳〔一三〕，亶一意以孤行〔一四〕，亦群情之所忌。始教丹陽，繼攝鄉縣，東閫南臺，亦辟於掾〔一五〕。乃三仕而三已，信吾道之方賤〔一六〕。迨至末暮，僅拜朝除，作令五載，於海之隅〔一七〕。既刑政之克修，亦教化之荐敷，遂使魚鹽之俗，胥爲禮義之居〔一八〕。方礱石以紀功，忽掛冠而歸沐〔一九〕。

何遭世之孔艱，復稟命之不淑〔二〇〕？攝提轉而屈子乘鷖，單閼逢而賈生賦鵩〔二一〕，雖運會之偶然，抑民生之無禄〔二二〕。然其聲譽之靄靄，固已傑出於當時；而於文字之超卓，又足歷歲月而昭垂。其亦有以自附於偉人之列而不爲凡民之歸矣。

顧念長途漫漫，言笑晏晏[二三]；扁舟餞别，欻焉聚散[二四]。謂雲山之可期，竟此身之成幻[二五]。嗚呼哀哉！大道之行，老不哭死[二六]，奈何九十之親，翻送六旬之子？此遠近聞之，所以神飛而魄褫也[二七]。吾儕小人，悉俾深知。或姻親之早結，或交友之晚依，或以編氓而承事[二八]，或以門第而得師。當訃音之遠播，聊設位以致祠[二九]。嗚呼哀哉！哭野則疏，哭寢則疑[三〇]，爰即僧舍，以聲我悲。蓋上爲吾道惜[三一]，而下以悼其私。嗟嗟汪君，知乎不知！尚饗！

【題解】

汪遯齋，元定海縣尹汪汝懋，學者稱爲遯齋先生，詳見本卷《故翰林待制致仕汪君墓誌銘》。

【箋注】

〔一〕《史記》卷八《高祖本紀》：「高祖常繇咸陽，縱觀，觀秦皇帝，喟然太息曰：『嗟乎，大丈夫當如此也！』」

〔二〕《左傳·襄公二十四年》：「穆叔曰：『以豹所聞，此之謂世禄，非不朽也。魯有先大夫曰臧文仲，既没，其言立，其是之謂乎！豹聞之：大上有立德，其次有立功，其次有立言。雖久不廢，此之謂不朽。」《論語・衛靈公》：「子曰：『君子疾没世而名不稱焉。』」錢穆《論語新解》：「君子學以爲己，不務人知，然没世而無名可舉，則君子疾之。蓋名以舉實，人之一生，不過百年，死則與草木同腐，淹忽隨化，一切不留，惟名可以傳世，故君子以榮名爲寶。名在而人如在，雖隔千百世，可以風儀如生，居遊增人慨慕，謦欬亦成想象。不僅稱述尊仰，光榮勝於生時。此亦君子愛人垂教之深情厚意所寄。」

〔三〕俎豆：古代宴客、朝聘、祭祀時所用器皿。《論語・衛靈公篇第十五》：「俎豆之事，則嘗聞之矣。」

〔四〕葩而正：華美正大。韓愈《進學解》：「《易》奇而法，《詩》正而葩。」

〔五〕紹聞：努力聽取；紹，通「劭」，盡力。《尚書・康誥》：「今民將在祗遹乃文考，紹聞衣德言。」

〔六〕師資：先生。《春秋穀梁傳注疏》卷九《僖公三十二年》：「此蓋修《春秋》之本旨，師資辯説日用之常義……師者教人以不及，故謂師爲師資也。」正印：正宗學説。

〔七〕燭：洞察。瑩：清楚。左思《招隱》：「前有寒泉井，聊可瑩心神。」張銑《注》：「瑩，清也。」

〔八〕麟筆：傳説孔子作《春秋》，絶筆於獲麟，故以麟筆稱史官筆墨。

〔九〕《莊子・逍遥遊》：「有鳥焉，其名爲鵬。背若泰山，翼若垂天之雲。摶扶摇羊角而上者九萬里，絶雲氣，負青天，然後圖南，且適南冥也。」

〔一〇〕以：重用。《論語·子路篇第十三》：「如有政，雖不吾以，吾其與聞之。」

〔一一〕俗學：庸俗學問。《學仕遺規》卷三：「此理學俗學，君子儒小人儒，上達下達之所由分也。」

〔一二〕危言：聳人聽聞之言論。

〔一三〕《楚辭》屈原《涉江》：「鸞鳥鳳皇，日以遠兮。燕雀烏鵲，巢堂壇兮。」洪興祖《楚辭補注》：「鸞鳳，俊鳥也，有聖君則來，無德則去，以興賢臣難進易退也……燕雀烏鵲，多口妄鳴，以喻讒佞。」

〔一三〕黄鍾：古代廟堂樂器，其聲激越純正；鍾，通「鐘」。《楚辭》屈原《卜居》：「黄鐘毀棄，瓦釜雷鳴；讒人高張，賢士無名。」箏笛：兩種樂器，其聲高亢急促而使人體躁意散。《嵇中散集》卷五《聲無哀樂論》：「今平和之人，聽箏笛琵琶，則形躁而志越；聞琴瑟之音，則聽静而心閑……琵琶箏笛，間促而聲高，變衆而節數，以高聲御數節，故更形躁而志越。」

〔一四〕亶：果真，誠然。孤行：獨行。張衡《思玄賦》：「何孤行之煢煢兮，孑不群而介立？」

〔一五〕詳見本卷《故翰林待制致仕汪君墓誌銘》，然未見掾南臺一事。

〔一六〕《論語·公冶長》：「子張問曰：『令尹子文三仕爲令尹，無喜色；三已之，無愠色。舊令尹之政，必以告新令尹。何如？』子曰：『忠矣。』」

〔一七〕詳見本卷《故翰林待制致仕汪君墓誌銘》。僅：纔。朝除：朝廷授官。《宋史》卷四百二十四《黄師雍》：「宗勉在政府，力言於丞相喬行簡，行簡已許以朝除。」

〔一八〕荐：屢屢，接連。敷：施行，布施。《尚書·君牙》：「弘敷五典，式和民則。」

〔一九〕歸沐：官吏休假，此指致仕還鄉。

〔二〇〕不淑：不幸。參見卷七《祭方壽父先生文》。

〔二一〕攝提：攝提格，寅年别稱。單閼：卯年别稱。《爾雅·釋天》：「太歲在寅曰攝提格，在卯曰單閼。」攝提轉：意謂屈原誕生於寅年，此後年歲漸長。乘鷖：乘坐鳳車，比喻遺世俗遠小人；鷖，鳳凰别名。《楚辭》屈原《離騷》：「攝提貞于孟陬兮，惟庚寅吾以降……駟玉虬以乘鷖兮，溘埃風余上征。」《文選》卷十三賈誼《鵩鳥賦》：「誼爲長沙王傅，三年，有鵩鳥飛入誼舍，止於坐隅。鵩似鴞，不祥鳥也。誼既以謫居長沙，長沙卑濕，誼自傷悼，以爲壽不得長，乃爲賦以自廣。其辭曰：單閼之歲兮，四月孟夏。庚子日斜兮，鵩集予舍。」

〔二二〕運會：時勢，時運，際會。羊祜《讓臺司表》：「今臣身托外戚，事遭運會，誡在過寵，不患見遺。」民生：人生。《楚辭》屈原《離騷》：「民生各有所樂兮，余獨好修以爲常。」無禄：不幸，無福。《詩經·小雅·正月》：「憂心惸惸，念我無禄。」朱熹《詩集傳》：「無禄，猶言不幸爾。」

〔二三〕晏晏：安和，温和。《詩經·衛風·氓》：「總角之宴，言笑晏晏。」

〔二四〕詳見卷十五《贈别汪定海三首》。欻焉：忽然，一下子。

〔二五〕雲山：隱士或僧道所居地。元稹《修龜山魚池示衆僧》：「雲山莫厭看經坐，便是浮生得道時。」

〔二六〕《韓詩外傳》卷三：「傳曰：太平之時，無瘖、聾、跛、眇、尪蹇、侏儒、折短，父不哭子，兄不哭弟，道無襁負之遺育，然各以其序終者，賢醫之用也。」

〔二七〕褫：剥奪。

〔二八〕編氓：編入户籍之平民。承事：接受指令以處理事務。《南史》卷三十五《顧琛》：「琛不能承事劉湛，故尋見斥外。」

〔二九〕致祠：祭祀。朱熹《建寧府學游御史祠記》：「乃爲堂於府學之東偏，立像致祠。」

〔三〇〕寢：内堂，卧室。《禮記·檀弓上》：「伯高死於衛，赴於孔子。孔子曰：『吾惡乎哭諸？兄弟，吾哭諸廟；父之友，吾哭諸廟門之外；師，吾哭諸寢；朋友，吾哭諸寢門之外；所知，吾哭諸野。於野，則已疏；於寢，則已重。夫由賜也見我，吾哭諸賜氏。』」

〔三一〕吾道：儒家學説。杜甫《屏迹》：「用拙存吾道，幽居近物情。」

祭外舅趙處士文

維年月日，子婿戴良謹於羈旅具香幣之奠，并録《墓銘》一通〔一〕，遣從子温展告於外舅故梅石處士趙公之靈〔二〕：

惟公純德懿行，足以範乎俗；卓識高風，足以勵乎世。顧抱負之何如，豈窮通之有異？方國步之無虞，戒舟車而遠逝〔三〕。或西江與南粤，或東甌與北薊〔四〕。觀其目力之所及，與夫足迹之所至，非名山大川之瑰瑋，則寓①縣神州之雄麗〔五〕。然不過資筆底之詩材，擴胸中之文氣，詎金紫之足拾？任纓緌之可貴〔六〕。

迨春秋之孔高，益舒情而肆志〔七〕。高予冠之岌岌，長予佩之纚纚〔八〕。或訪柳於東鄰〔九〕，或彈棋於南里〔一〇〕。上不恤夫天運之變遷，下不聞乎世道之隆替〔一一〕。緣有子而有孫，庶優遊以卒歲〔一二〕。裘葛已適乎温凉，食飲肯虧乎甘旨〔一三〕？雖儒素之酸寒，要娱情於莫齒〔一四〕。何耄年之已届，竟期頤之難企〔一五〕？

良也不才，忝居門婿。爰自童烏〔一六〕，即承教示。當磨礱之浸久，稍知名乎士類。暨方面之需賢，遂牽聯於班綴〔一七〕。曾榮遇之幾何，欻風塵之交起〔一八〕。視我得與我失，每心存乎憂喜。念終始之恩情，實淪肌而浹髓〔一九〕。謂忘義於暫疏，乃承凶於永棄。想丹旐之翩翩，尚遲疑乎別袂〔二〇〕。胡事生之既失，仍送死之莫遂？幸臨没之緒言，猶托我以銘誄〔二一〕。儼鬼神之如在，敢斯須之遺墜〔二二〕？望蒼天而致辭，托回風以揮淚。靈其有知，鑑此誠意。尚饗。

【題解】

《爾雅·釋親》：「妻之父爲外舅。」趙處士，名必俊，字用章，號梅石處士，詳見卷十八《梅石處士趙先生像贊》。

【校勘】

① 寓：底本作「寓」，據乾隆本改。

【箋注】

〔一〕香幣：參見卷七《祭方壽父先生文》。墓銘：此指《民國浦陽趙氏宗譜》卷二揭汯《故梅石處士趙先生墓誌銘》。

〔二〕温：戴思温，明初醫學家，詳見卷十五《客中寫懷六首·示侄》。展告：告知；展，陳述。《左傳·哀公二十年》：「寡君之老無恤，使陪臣隆敢展謝其不共。」

〔三〕國步：國家命運。謝莊《宋孝武帝哀策文》：「王室多故，國步方蹇。」戒：準備。謝惠連《擣衣》：「美人戒裳服，端飾相招攜。」吕向《注》：「戒，備也。」

〔四〕西江：今江西。顧祖禹《讀史方輿紀要》卷八十四《江西二·新建縣·豫章城》：「今廢改不一，而滕王閣在章江門城上，唐顯慶四年滕王元嬰爲洪州都督時所造也。明初駕幸南昌，宴從臣於此，尋改建西江第一樓，在章江門外迎恩館。」南粤：與下文東甌，悉見卷一《贈趙謙齋》。北薊：今北京。《讀史方輿紀要》卷十一《北直二·順天府·宛平縣·薊城》：「今府治東，古燕都也。《記》曰：『武王克商，封帝堯之後於薊。』其後燕并薊地，遂都於薊，以城西北有薊丘而名。秦始皇二十一年，王賁取燕薊城，因置薊縣，屬上谷郡。項羽封臧荼爲燕王，都薊。漢盧綰亦封焉。後爲廣陽國治。更始二年，光武以王郎新盛，北徇薊。其後爲刺史治。自魏、晉及唐皆曰薊縣，州郡嘗治此。」《民國浦陽趙氏宗譜》卷一《文學傳》：「梅石處士，善詩文，精書畫，與柳待制、吴集賢諸公投分講學。樂佳山水，不遠千里，東遊雁宕，西上廬阜，北走燕趙，過前代廢墟先賢古迹，輒感奮思善，歌詠題識。自幼至老，讀書發憤，年逾八十，猶焚膏繼晷，流覽史册，手不停披焉。」

〔五〕寓縣：同「宇縣」，天下。

〔六〕金紫：金印紫綬，此代達官顯宦。任：任憑，隨便。纓緌：冠帶，代士大夫；緌，帽帶之末端。《吴師道集》卷十五《送趙用章序》：「知其喜詩而好遊，每親戚故舊從宦四方，未嘗不往焉。故東陟天台，西登廬阜，往來江湖間。又嘗一至京師，今其再也。夫山水之樂，搜奇抉勝，固昔人之高致。若京師聲利之區，自非有求者不至。用章之志，未可知也。一日，來告予曰：『吾之是行，非有他也。縱觀巨麗，展覲懿親而已。向常葺佚老之廬，柳君嘗以梅石名其齋，取清安之義。今集賢諸公畀我以處士之命，用是以爲號，遂受而不辭。持此以歸，徜徉梅石間，不啻足矣。』予聞其言，然後歎用章之賢於人也。夫奮起褐夫，自南而北者，揚袂抵掌，莫不有芥拾青紫之心，奔走造進，日夜不少休，以僥幸於一得，而不得者亦多矣。乖義而違命，貽羞而取譏，往往皆是也。若用章者，豈不誠賢乎哉！」

〔七〕肆志：率性恣意。《民國浦陽趙氏宗譜》卷一吴興林静製《梅石處士像贊》：「戴華陽巾，執玉如意，骨癯而清，神閑而粹。不知者以爲洞府之列仙，知之者乃爲天潢之支裔。亦既抱傅巖之高，胡爲慕孤山之趣？蓋以梅可羡而石可礪。曷若行吟乎蹋雪之林，終老乎漱流之地，掀髯長嘯於榮辱之外也？」

〔八〕岌岌：高貌。《楚辭》屈原《離騷》：「高余冠之岌岌兮，長余佩之陸離。」王逸《注》：「岌岌，高貌。」纚纚：長而下垂貌。《楚辭》屈原《離騷》：「矯菌桂以紉蕙兮，索胡繩之纚纚。」

〔九〕柳：高士所嗜佳木。陶淵明《五柳先生傳》：「先生不知何許人也，亦不詳其姓字，宅邊有五柳樹，因以爲號焉。閑静少言，不慕榮利。好讀書，不求甚解；每有會意，便欣然忘食。」東鄰：此指清逸鄰居。元結《漫問相里黄州》：「東鄰有漁父，西鄰有山僧。」

〔一〇〕南里：陶淵明隱居地，代得道友人所居村落。《陶淵明集箋注》卷二《與殷晉安别一首》：「去歲家南里，薄作少時鄰。負杖肆遊從，淹留忘宵晨。」《民國浦陽趙氏宗譜》卷二揭汯《故梅石處士趙先生墓誌銘》：「士非賢不交，鄉邦之中，獨翰林待制柳貫朝夕過從，甚相款洽；他以善政善行聞於時者，先生視之藐如也。」

〔一一〕天運：天命，氣數。陶潛《責子》：「天運苟如此，且盡杯中物。」世道：人間情狀。隆替：興廢盛衰。

〔一二〕優遊：悠閑灑脱。《抱朴子外篇》卷四《正郭第四十六》：「未若巖岫頤神，娱心彭老，優哉遊哉，聊以卒歲。」

〔一三〕裘葛：冬衣與夏衣，泛指四時衣服。《故梅石處士趙先生墓誌銘》：「平居好修潔，衣冠非古制不御，飲食非精鑿不食。」

〔一四〕儒素：儒者操行。《晉書》卷四十九《謝鯤》：「父衡，以儒素顯，仕至國子祭酒。」莫齒：晚年。

〔一五〕期頤：一百歲。《禮記·曲禮上》：「百年曰期頤。」

〔一六〕童烏：漢文學家揚雄早慧而夭折之子，後代早慧或幼殤者。揚雄《法言·問神》：「育而不苗者，吾家之童烏乎？九齡而與我玄文。」方岳《除夜》：「眼底童烏已七齡，吾伊略亦記群經。」

〔一七〕方面：一方軍政要職，此指元末淮南江北行省。班綴：官吏行列。張耒《歲日同郡官朝天慶回偶成》：「投老埃塵從馬後，異時班綴近龍顔。」

〔一八〕白居易《答故人》：「見我昔榮遇，念我今蹉跎。」風塵：戰亂。李端《代村中老人答》：「京洛風塵後，村鄉煙火稀。」

〔一九〕淪肌、浹髓：滲入肌肉骨髓，形容感受至深。朱熹《與芮國器書》：「蘇氏之學，以雄深敏妙之文，煽其傾危變幻之習，以故被其毒者，淪肌浹髓而不自知。」

〔二〇〕承凶：承受噩耗。丹旐：丹旌，出喪時所用紅色銘旌。翩翻：摇曳翻轉。

〔二一〕銘誄：兩種文體。《荀子》卷十三《禮論篇》：「其銘誄繫世，敬傳其名也。」楊倞《注》：「銘，謂書其功於器，若孔悝之鼎銘者；誄，謂誄其行狀以爲謚也。」

〔二二〕《論語·八佾篇第三》：「祭如在。祭神如神在。」

祭趙立道文

嗚呼，昔我蒙幼，我居下里，子以名門，來婿伯姊〔一〕。遂緣姻好，同踔并跱，既親且昵，人莫與比〔二〕。子返於邑，我來自山，授館授粲，顧之眷然〔三〕。彼渾以剛，此悖而頑，諄諄誨化，罔匪德言。

荐及成人，憂我無配，不著不蔡，室以賢妹〔四〕。繼兹而後，愈狎愈愛，我往子來，何有内外？蛩響之夕，鳥鳴之朝〔五〕，林遊野處，子歌我謡。或喜以笑，或悲而咷，凡我之逢，亦子之遭。

曾不幾時，兵戈四起，爰究爰度，我行子止〔六〕。日月于邁，倏踰一紀，生闊死休，後會有幾〔七〕？兩地相望，各天一涯，子不出鄉，我尚爲羈。我有家室，將子是依，子之不淑，嗟我之衰。我昔西征，子實命我，思而弗得，遂不我可。惟不子從，卒罹轗軻，以至於今，殃慶罔保〔八〕。興言及之，隕涕傷神〔九〕。豈不欲往？道阻曷因？庶幾後此，天合朋鄰〔一〇〕。此志莫諧，長負幽冥〔一一〕。

嗚呼，居不恤患，疾不視藥，斂不憑棺，瘞不繞槨〔一二〕。莫補我愆，何承子托？天固使之，亦心之怍。噫其已矣，永隔死生，我誠孰鑑？我衷孰明？祭以敘哀，文以告情，有淚如河，與酒俱傾。嗚呼哀哉，尚饗！

【題解】

趙立道，戴九靈内兄，參看卷十八《趙太初像贊》、卷二十七《哭趙太初》。《宋濂全集》卷七十二《太初子碣》：「宋之德深遠矣，暨其衰微不振，人能取其國而不能絶其子孫。百餘年間，顯官名士森布於天下，當世稱多才者歸趙氏，此豈人力乎？非天曷能至此乎？吾於浦江得太初子諱良本，字立道……太初子少時好讀書，從學於鄉先生吴貞文公萊，通經史大略，不喜專精爲章句，有得諸心，輒見於行事，其言纚然可聽。其爲家以禮，取友必君子，凡所友者，善譽惡諷，終身不變也……太初子行方嚴有度，柔仁者咸慕與親，剛愎者惴憚不敢過其門。翰林待制柳文肅公貫，太初子父友，雅愛太初子爲人，命從朱先生震亨遊。朱先生老儒，通醫術，最嚴毅，不許可庸俗士，獨樂太初子，盡傳以其術。太初子謂『吾欲及物而患無其道，今乃得之』，遂發其術濟病者。寠人來問藥，與畢麾去不取賈。監察御史聞太初子精於醫，薦於朝，授以醫學正，太初子笑不就。而太初子之嫡亦且長，於是太初子謂曰：『兒善治其家，吾將休矣。』遂闢一室以居，研摩養生之說，朝夕粥一器，不御醯鹽蔬蓏，盛暑不箑浴，烈寒不附火，逾三十年無懈意，至老髮鬚不少白，人望之以爲真神仙人，而太初子亦若有所自得，人莫測也。」

【箋注】

〔一〕下里：此指元浦江縣興賢鄉馬劍，參見本卷《亡女張孺人戴氏墓碣銘并序》。名門：趙宋宗室後裔。

〔二〕同踔并跱：一同蹦跳站立，形容親密無間。比：并列。《尚書・牧誓》：「稱爾戈，比爾干。」

〔三〕授館：安排賓客住宿。《國語・周語中》：「膳宰不致餼，司里不授館。」授粲：供給伙食；粲，通「餐」。《詩經・鄭風・緇衣》：「適子之館兮，還，予授子之粲兮。」朱熹《詩集傳》：「粲，餐也；或曰，粲，粟之精鑿者。」

〔四〕荐：屢次，逐漸。《左傳・定公四年》：「吴爲封豕長蛇，以荐食上國，虐始於楚。」不著不蔡：捨棄卜筮；古代預測吉凶，用火灼龜甲取兆曰卜，用蓍草占休咎曰筮；蔡，大龜。袁淑《吊古文》：「書余言於子紳，亦何勞乎蓍蔡？」室：妻。《禮記・曲禮》：「三十曰壯，有室。」

〔五〕蛩：蟋蟀。崔豹《古今注》：「蟋蟀，一名吟蛩，一名蛩。秋初生，得寒則鳴。」

〔六〕《詩經·大雅·皇矣》：「維彼四國，爰究爰度。」毛亨《傳》：「究，謀也。」朱熹《詩集傳》：「度，謀也。」

〔七〕邁：時光消逝。《詩經·唐風·蟋蟀》：「今我不樂，日月其邁。」紀：歲星繞地球一周約需十二年，故稱十二年爲一紀；此指戴九靈遊宦蘇州，授淮南江北等處儒學提舉。生闊死休：生則闊別，死則永訣。韓愈《祭河南張員外文》：「君出我入，如相避然；生闊死休，吞不復宣。」

〔八〕罹：遭受。轗軻：困頓坎坷。殃慶：禍殃，偏義複詞；慶，襯字。

〔九〕興言：語氣助詞。《詩經·小雅·小明》：「念彼共人，興言出宿。」馬瑞辰《毛詩傳箋通釋》：「興言猶云薄言，皆語詞也。」

〔一〇〕庶幾：希望。《孟子·公孫丑下》：「王庶幾改之，予日望之！」朋鄰：近鄰。韓愈《祭馬僕射文》：「惟東有猘，惟西有虺；顛覆朋鄰，我餘有幾？」

〔一一〕諧：促成，辦成。《後漢書·五行一》：「南陽有童謠曰：『諧不諧，在赤眉；得不得，在河北。』」

〔一二〕恤患：救濟罹禍者。皮日休《春秋決疑》：「故春秋之時，滅人國者多，救人國者鮮，仲尼旌其恤患也。」櫬：外棺。

祭先姊趙安人文

維年月日，弟戴良謹於逆旅遣姪温遠致香幣之奠，并《墳記》《真贊》各一通，展告於先姊安人柩前，而侑以文曰〔一〕：

嗚呼，衰門薄祐，降集艱危。由始暨終，可愕可悲〔二〕。我之初生，母病痱瘻〔三〕。朝斯夕斯，呱呱涕洟〔四〕。姊實念我，負任提攜。既虞水火，亦免癘疵〔五〕。越在髫齔，姊已有歸〔六〕。乃復挾我，問友求師。壯有室家，晚築門基。教男配女，咸姊之依。

爰及暮齒，遭逢百罹。倉皇播遷，保此庸癡〔七〕。千里故鄉，相望歔欷。每申訓語，俾遠禍機〔八〕。既官方面〔九〕，曾不幾時。城郭如昔，人民已非〔一〇〕。乃淪草莽，曰海之湄。頓地號天，惟姊之思。飢不知食，寒不知衣。孰謂斯日，凶報遠馳？

嗚呼哀哉！疾不視藥，斂不憑屍，葬不繞壙，生死恩虧〔一一〕。臨没有命，俾記容儀。寧敢遺墮？天實臨之〔一二〕。乃陳贊辭，以揭孝帷；并楫懿行，篆之墓碑〔一三〕。顧纏世議，奔赴莫宜，我志孰明？我愆孰禆？先王制禮，情義并施〔一四〕，喪服大功，今必以期〔一五〕。遥望松楸，歸瘞有期，長慟送哀，終天永辭〔一六〕。尚饗！

【題解】

安人，宋朝始設之命婦封號。《宋史》卷一百六十三《職官三·吏部》：「外内命婦之號十有四：曰大長公主，曰長公主，曰公主，曰郡主，曰縣主，曰國夫人，曰郡夫人，曰淑人，曰碩人，曰令人，曰恭人，曰宜人，曰安人，曰孺人。」明清兩朝六品官妻封安人。元代賜命婦不用安人稱號，遂移用安人於命婦之外者。高明《琵琶記·蔡公逼試》：「你既不肯去呵，且看老員外和老安人出來如何説。」

趙安人，戴九靈長姊戴如玉。此文尊稱趙安人，寄寓作者滿腔之依戀感激；詳見卷二十九《趙君夫人戴氏墓誌銘》。柳貫《柳待制文集》卷十一《元故戴孺人劉氏墓銘》：「里中戴暄景和之内子劉氏，越諸暨人……子男三：堯、良、元；女一，適趙仁本。」

【箋注】

〔一〕墳記：其情不詳。真贊：卷十八《趙母戴氏真贊》。侑：輔助。

〔二〕衰門薄祐：門庭衰弱福氣淺薄；祐，福。《論衡·福虚》：「埋一蛇獲二福，如埋十蛇得幾祐乎？」

〔三〕痱：中風，癱瘓。《靈樞·熱病第二十三》：「痱爲病也，身無痛者，四肢不收，智亂不甚，其言微知，可治。」痿：肢體麻木無力。《素問·痿論篇第四十三》：「五藏使人痿何也？」張隱庵《集注》：「痿者，四支無力委弱，舉動不能，若委棄不用之狀。」《宋濂全集》卷六十三《戴仲積墓誌銘》：「余之同門友戴叔能有兄曰仲積君者，戴氏之良也……母夫人病久不瘳，醫之知名者，君悉迎致，其藥餌之品多附子、靈砂之屬，錢動數萬計。君營治勤瘁，而病益以增。後遇烏傷朱君彦修，始知其藥之非，方圖改法而母病不可爲。」

〔四〕涕洟：眼淚鼻涕。

〔五〕癘疵：或作「疵癘」，災害疾病。《莊子·逍遥遊》：「其神凝，使物不疵癘而年穀熟。」成玄英《疏》：「疵癘，疾病也。」

〔六〕越：句首語氣詞。《尚書·大誥》：「越予沖人，不卬自恤。」髫齔：幼年。

〔七〕罹：憂患。《詩經·王風·兔爰》：「我生之後，逢此百罹。」播遷：遷徙流離。

〔八〕禍機：機栝般隱伏待發之禍患。

〔九〕方面：一方軍政要職，此指淮南江北等處儒學提舉。《後漢書》卷二十三《竇融》：「融以兄弟各受爵位，久專方面，懼不自安，數上書求代。」

〔一〇〕此語初載仙人丁令威之歌，詳見卷十七《偶書》。

〔一一〕斂：通「殮」，爲死者易衣曰小斂，入棺曰大斂。

〔一二〕遺墮：棄置。韓愈《祭柳子厚文》：「非我知子，子實命我。猶有鬼神，寧敢遺墮？」臨：居上視下。

〔一三〕孝帷：靈堂所設帳幕。楫：通「輯」，聚集。《漢書》卷五十八《兒寬》：「陛下躬發聖德，統楫群元。」顔師古《注》引張晏曰：「楫，聚也。」

〔一四〕《禮記・禮運》：「何謂人情？喜怒哀懼愛惡欲，七者弗學而能。何謂人義？父慈、子孝、兄良、弟弟、夫義、婦聽、長惠、幼順、君仁、臣忠，十者謂之人義。講信修睦，謂之人利。争奪相殺，謂之人患。故聖人之所以治人七情，修十義，講信修睦，尚辭讓去争奪，舍禮何以治之？」

〔一五〕大功：舊時喪服名，服期九個月；依古喪禮，出嫁姊妹去世，服大功。《明史》卷六十《禮十四》：「曰大功九月者：爲同堂兄弟及姊妹在室者，爲姑及姊妹及兄弟之女出嫁者。」期：一年，此視長姊爲母輩。《明史》卷六十《禮十四》：「曰齊衰杖期者：嫡子衆子爲庶母；嫡子衆子之妻爲夫之庶母，爲嫁母、出母、父卒繼母改嫁而已從之者；夫爲妻。」

〔一六〕終天：一輩子。陶潛《祭程氏妹文》：「如何一往，終天不返！」